John Dos Passos wurde 1896 in Chicago geboren. Er studierte in Harvard und ging nach dem Abschluss 1916 nach Europa. Als Kunststudent in Spanien begann er zu malen und zu schreiben. Unter dem Eindruck des Ersten Weltkriegs verfasste er zwei pazifistische Romane, bevor er mit dem multiperspektivischen Großstadtpanorama «Manhattan Transfer» 1925 den amerikanischen Roman revolutionierte. Er gilt neben Hemingway, Faulkner und Fitzgerald als einer der wichtigsten Vertreter der amerikanischen Moderne. John Dos Passos starb 1970 in Baltimore.

Dirk van Gunsteren, geboren 1953 in Duisburg, übersetzte u. a. Jonathan Safran Foer, Colum McCann, Thomas Pynchon, Philip Roth, T.C. Boyle und Oliver Sacks. 2007 erhielt er den Heinrich Maria Ledig-Rowohlt-Preis.

Nikolaus Stingl, geboren 1952 in Baden-Baden, übersetzte u. a. William Gaddis, William Gass, Graham Greene, Cormac McCarthy und Thomas Pynchon. Er wurde mit dem Heinrich Maria Ledig-Rowohlt-Übersetzerpreis, dem Literaturpreis der Landeshauptstadt Stuttgart, dem Paul-Celan-Preis und dem Straelener Übersetzerpreis der Kunststiftung NRW ausgezeichnet.

«Gewimmel und Getöse: Die USA-Trilogie von John Dos Passos erscheint in großartiger Neuübersetzung.» *FAZ*

«In dem insgesamt etwa 1600 Seiten langen Werk zeigt Dos Passos ein Panorama der Vereinigten Staaten in den ersten drei Jahrzehnten des 20. Jahrhunderts und entlarvt die zerstörerische Kraft des American Dream.» *Neue Zürcher Zeitung*

JOHN DOS PASSOS

USA-TRILOGIE

DER 42. BREITENGRAD / 1919 / DAS GROSSE GELD

Aus dem Englischen von
Dirk van Gunsteren und
Nikolaus Stingl

ROWOHLT TASCHENBUCH VERLAG

Neuübersetzung
Der deutsche Text folgt der Ausgabe von The Library of America, New York, 1996.
Am Schluss des Buches finden sich Anmerkungen der Übersetzer.

Veröffentlicht im Rowohlt Taschenbuch Verlag, Hamburg, Januar 2022

Die Übersetzung wurde durch ein Exzellenzstipendium des Deutschen Übersetzerfonds gefördert.
Redaktion Kristian Wachinger
Buchgestaltung Anja Sicka
Covergestaltung any.way, Barbara Hanke / Cordula Schmidt, nach einem Entwurf von Anzinger und Rasp, München
Coverabbildung New York, Woolworth Building / akg-images
Satz aus der Newzald und Calibre bei Dörlemann Satz, Lemförde
Druck und Bindung CPI books GmbH, Leck, Germany
ISBN 978-3-499-27381-0

USA-
TRILOGIE

DER 42. BREITENGRAD
1919
DAS GROSSE GELD

INHALT

USA 13

DER 42. BREITENGRAD

Wochenschau I 19
Das Auge der Kamera 1 22
Mac 23
Das Auge der Kamera 2 30
Mac 31
Wochenschau II 40
Das Auge der Kamera 3 42
Freund der Menschheit 43
Das Auge der Kamera 4 46
Mac 47
Wochenschau III 73
Das Auge der Kamera 5 74
Wochenschau IV 75
Das Auge der Kamera 6 77
Wochenschau V 77
Mac 78
Wochenschau VI 101
Das Auge der Kamera 7 102
Der Pflanzenmagier 103
Wochenschau VII 105
Das Auge der Kamera 8 106
Mac 107
Das Auge der Kamera 9 114
Big Bill 115
Das Auge der Kamera 10 118
Mac 119
Wochenschau VIII 130
Das Auge der Kamera 11 131
Wochenschau IX 133
Mac 134
Das Auge der Kamera 12 153
Wochenschau X 154
Das Auge der Kamera 13 156
Janey 157
Das Auge der Kamera 14 172
Wochenschau XI 173
Janey 175
Das Auge der Kamera 15 192
Wochenschau XII 194
Der jugendliche Redner vom Platte River 196
Das Auge der Kamera 16 200
J. Ward Moorehouse 201
Das Auge der Kamera 17 236

Wochenschau XIII 237
Eleanor Stoddard 238
Das Auge der Kamera 18 253
Eleanor Stoddard 254
Das Auge der Kamera 19 268
Wochenschau XIV 269
Der Kaiser der Karibik 272
Das Auge der Kamera 20 276
J. Ward Moorehouse 277
Das Auge der Kamera 21 292
Wochenschau XV 294
Der Friedensprinz 296
Das Auge der Kamera 22 297
J. Ward Moorehouse 298
Wochenschau XVI 306
Das Auge der Kamera 23 308
Eleanor Stoddard 309
Das Auge der Kamera 24 316
Janey 317
Der Elektromagier 330
Das Auge der Kamera 25 335
Wochenschau XVII 336
Mac 337
Proteus 360
Janey 363
Das Auge der Kamera 26 384
Wochenschau XVIII 386
Eleanor Stoddard 387
Wochenschau XIX 398
Das Auge der Kamera 27 399
Bob der Kämpfer 401
Charley Anderson 405

1919

Wochenschau XX 457
Joe Williams 458
Das Auge der Kamera 28 464
Playboy 467
Joe Williams 473
Wochenschau XXI 531
Das Auge der Kamera 29 533
Richard Ellsworth Savage 533
Wochenschau XXII 564
Das Auge der Kamera 30 566
Randolph Bourne 567
Wochenschau XXIII 570
Eveline Hutchins 572
Das Auge der Kamera 31 593
Eveline Hutchins 595
Wochenschau XXIV 607
Das Auge der Kamera 32 609
Der fröhliche Krieger 610
Das Auge der Kamera 33 617
Joe Williams 620
Das Auge der Kamera 34 645
Wochenschau XXV 647
Ein Don Quixote aus Indiana 649

Wochenschau XXVI 656
Richard Ellsworth Savage 658
Wochenschau XXVII 689
Das Auge der Kamera 35 691
Eveline Hutchins 692
Wochenschau XXVIII 706
Joe Williams 708
Wochenschau XXIX 717
Das Auge der Kamera 36 719
Miister Wiilsonn 720
Wochenschau XXX 731
Das Auge der Kamera 37 733
Wochenschau XXXI 735
Töchterlein 736
Wochenschau XXXII 771
Das Auge der Kamera 38 773
Wochenschau XXXIII 774
Eveline Hutchins 777
Wochenschau XXXIV 823
Das Haus Morgan 825
Wochenschau XXXV 831
Das Auge der Kamera 39 833
Wochenschau XXXVI 835
Richard Ellsworth Savage 838
Wochenschau XXXVII 895
Das Auge der Kamera 40 899
Wochenschau XXXVIII 900
Töchterlein 903
Wochenschau XXXIX 918
Das Auge der Kamera 41 920
Wochenschau XL 921
Joe Hill 922
Ben Compton 924
Wochenschau XLI 955
Das Auge der Kamera 42 957
Wochenschau XLII 958
Paul Bunyan 960
Richard Ellsworth Savage 966
Wochenschau XLIII 971
Die Leiche eines Amerikaners 973

DAS GROSSE GELD

Charley Anderson 983
Wochenschau XLIV 991
Charley Anderson 992
Wochenschau XLV 1000
Der amerikanische Plan 1001
Wochenschau XLVI 1008
Das Auge der Kamera 43 1009
Wochenschau XLVII 1011
Das Auge der Kamera 44 1013
Charley Anderson 1015
Wochenschau XLVIII 1030
Tin Lizzie 1032
Wochenschau XLIX 1043
Charley Anderson 1045
Wochenschau L 1082
Der bittere Trank 1084

Wochenschau LI 1098
Mary French 1099
Das Auge der Kamera 45 1120
Mary French 1121
Das Auge der Kamera 46 1146
Wochenschau LII 1148
Die Kunst und Isadora 1150
Wochenschau LIII 1159
Margo Dowling 1161
Wochenschau LIV 1188
Der Adage-Tänzer 1190
Wochenschau LV 1196
Das Auge der Kamera 47 1197
Charley Anderson 1199
Wochenschau LVI 1243
Das Auge der Kamera 48 1244
Margo Dowling 1249
Wochenschau LVII 1262
Margo Dowling 1264
Wochenschau LVIII 1286
Die Camper von Kitty Hawk 1288
Wochenschau LIX 1295
Charley Anderson 1297
Wochenschau LX 1338
Margo Dowling 1340
Wochenschau LXI 1355
Charley Anderson 1358
Wochenschau LXII 1395
Margo Dowling 1397
Wochenschau LXIII 1447
Architekt 1450
Wochenschau LXIV 1456
Das Auge der Kamera 49 1459
Wochenschau LXV 1461
Mary French 1463
Wochenschau LXVI 1486
Das Auge der Kamera 50 1488
Wochenschau LXVII 1490
Armer kleiner reicher Junge 1493
Richard Ellsworth Savage 1505
Wochenschau LXVIII 1550
Das Auge der Kamera 51 1554
Macht und Übermacht 1556
Mary French 1565
Vagabund 1593

ANMERKUNGEN 1597

USA-
TRILOGIE

USA

Der junge Mann bewegt sich rasch und allein durch die Menge, die sich in den nächtlichen Straßen verläuft; die Füße sind müde vom stundenlangen Gehen; die Augen sehnen sich nach den warmen Konturen von Gesichtern, der Erwiderung eines Blickes, dem Neigen eines Kopfes, dem Heben einer Schulter, der Art, wie Finger gespreizt und Fäuste geballt werden; das Blut kribbelt von Wünschen; der Geist ist ein Bienenstock voll summender, stechender Hoffnungen; die Muskeln lechzen nach Arbeit, sie wollen wie der Straßenbauarbeiter Spitzhacke und Schaufel schwingen, wie der Fischer das schlüpfrige Netz mit dem Haken geschickt über die Reling des schlingernden Kutters ziehen, wie der Brückenbauer den Hammer halten, mit dem der weiß glühende Niet eingeschlagen wird, wie der Lokomotivführer langsam und überlegt das Drosselventil öffnen, wie der Ackerbauer die Maultiere zügeln und den Pflug mit ganzem Körpereinsatz aus der Furche wuchten. Der junge Mann geht allein in der Menge, suchend, mit gierigen Augen, die Ohren gierig gespitzt, für sich, allein.

Die Straßen sind leer. Die Menschen haben sich in U-Bahnen gezwängt und sind in Busse und Straßenbahnen gestiegen; in den Bahnhöfen haben sie Vorortzüge umwimmelt; sie sind in Mietskasernen und Absteigen gesickert und mit Aufzügen in die oberen Etagen von Wohnhäusern gefahren. In einem Schaufenster stellen zwei blasse, hemdsärmelige Dekorateure eine Schaufensterpuppe in einem roten Abendkleid auf, an einer Ecke beugen sich Schweißer hinter ihren Masken über blaue Flammen und reparieren eine Schiene, ein paar Betrunkene taumeln vorbei, unter einer Straßenlaterne stolziert eine traurige Hure auf und ab. Vom Fluss her ertönt das tiefe, grollende Signal eines ablegenden Dampfers. In der Ferne tutet ein Schlepper.

Der junge Mann geht allein, schnell, aber nicht schnell genug, weit, aber nicht weit genug (Gesichter gleiten aus dem Blick, Gespräche zerfasern, Schritte verklingen in Gassen); er muss die letzte U-Bahn, die Straßenbahn, den Bus erreichen, die Gangways aller Dampfer hinaufhetzen, sich in allen Hotels in alle Gästebücher eintragen, in allen Städten arbeiten, sich auf alle Stellenanzeigen bewerben, alle Handwerke erlernen, alle Stellen annehmen, in allen Pensionen absteigen, in allen Betten schlafen. Ein Bett ist nicht genug, eine Stelle ist nicht genug, ein Leben ist nicht genug. Er geht durch die Nacht, den Kopf umnebelt von Wünschen, für sich, allein.

Keine Arbeit, keine Frau, kein Haus, keine Stadt.

Aber die Ohren, die so eifrig Worte aufnehmen, sind nicht allein; sie sind umfangen, fest mit der Welt verbunden durch Ranken aus Redewendungen, der Pointe eines Witzes, dem Singsang einer verklingenden Geschichte, einem barsch geäußerten Satz; verflochtene Wortranken recken sich aus Häuserblocks, schießen über Bürgersteige und durch breite, parkgesäumte Avenues, rasen mit den Lastwagen dahin, die zu ihren langen Nachtfahrten auf donnernden Schnellstraßen aufbrechen, flüstern auf staubigen Feldwegen, vorbei an ausgemergelten Farmen, verbinden Städte und Tankstellen, Lokschuppen, Dampfer, Flugzeuge, die sich auf ihren Flugrouten vorantasten; Worte werden auf Bergwiesen gerufen und sickern hinab in Flüsse, die sich an stillen Stränden weiten und ins Meer ergießen.

Bei diesen nächtlichen Wanderungen durch das Gedränge der Menschen war er nicht weniger allein als in dem Ausbildungslager bei Allentown oder an jenem Tag im Hafen von Seattle oder im leeren Kummer warmer Sommernächte im Washington seiner Kindheit oder in dem Schnellimbiss in der Market Street oder beim Schwimmen vor den roten Felsen bei San Diego oder in dem Bett voller Flöhe in New Orleans oder im eiskalten Rasiermesserwind am Lake Michigan oder zwischen den grauen Gesichtern, die vom Rumpeln der Zahnräder unter der Michigan Avenue erbebten, oder im Raucherwagen von Schnellzügen oder beim Durchwandern des Landes oder beim Aufstieg aus trockenen Schluchten oder in der Nacht ohne Schlafsack neben überfrorenen Bärenspuren im Yellowstone Park oder bei sonntäglichen Kanufahrten auf dem Quinnipiac;

aber in den Geschichten seiner Mutter, die von Vorlangerzeit erzählte, in den Geschichten seines Vaters von damals, als ich noch ein Junge war, in den Veralberungen seiner Onkel, in den Lügen, die seine Freunde in der Schule auftischten, in dem Garn, das der Handlanger spann, in den Aufschneidereien der Soldaten nach dem Zapfenstreich;

war es das gesprochene Wort, das sich an die Ohren heftete und mit dem Kribbeln im Blut verband; USA

USA, das ist ein Stück von einem Kontinent. USA, das ist eine Handvoll Beteiligungsgesellschaften, ein Häufchen Gewerkschaften, ein in Kalbleder gebundenes Gesetzbuch, ein Rundfunknetz, eine Kinokette, ein paar auf einer Tafel notierte Börsenkurse, die ein junger Mann von Western Union wegwischt und aktualisiert, eine öffentliche Bibliothek voll alter Zeitungen und eselsohriger Geschichtsbücher, deren Seitenränder mit empörten Bemerkungen vollgekritzelt sind. USA, das ist das größte Flusstal der Welt, eingerahmt von Hügeln und Bergen, USA ist eine Reihe großmäuliger Amtsträger mit zu vielen Bankkonten. USA sind viele in Uniform beerdigte Männer auf dem Friedhof Arlington. USA sind die Buchstaben am Ende der Adresse, wenn man verreist ist. Vor allem aber ist USA das gesprochene Wort der Menschen.

DER 42. BREITEN-GRAD

Wochenschau I

Es waren die Söhne der Freiheit,
Die stürmten den Hügel hinan,
Als der Rebellen Feuer
Die tödliche Ernte begann.

WASHINGTONS JAHRHUNDERT GEHT ZU ENDE /1/

General Miles /2/ in prächtiger Galauniform und auf feurigem Ross stand im Mittelpunkt der Aufmerksamkeit, zumal seine Stute äußerst unruhig war. Als die Marschkapelle am Oberkommandierenden vorbeizog, stieg das Pferd unvermittelt und stand für einen Augenblick hoch aufgerichtet da. Sogleich zügelte General Miles das erschrockene Tier und setzte die Sporen ein, um es unter Kontrolle zu bringen, worauf es zum Entsetzen der Anwesenden stürzte und den Oberkommandierenden unter sich begrub. Zur allgemeinen Erleichterung wurde General Miles dabei nicht verletzt, das Pferd dagegen trug erhebliche Abschürfungen an der Flanke davon. Der Mantel des Generals war über und über mit Straßenstaub bedeckt, und zwischen den Schultern hatte sich ein mehrere Zentimeter großes Loch aufgetan. Ohne darauf zu warten, dass ihm jemand den Staub abbürstete, saß General Miles wieder auf und nahm die Parade ab, als hätte es sich um ein ganz alltägliches Ereignis gehandelt.

Der Vorfall erregte natürlich Aufsehen und lenkte die allgemeine Aufmerksamkeit auf die Tatsache, dass der Oberkommandierende jedes Mal, wenn ihm eine Fahne präsentiert wird, den Kopf entblößt, bis sie weitergetragen wird

Der Captain der Kompanie B, er ging
Voran mit entschlossnem Gesicht,

Und als tapfren Soldaten kümmerten ihn
Die pfeifenden Kugeln nicht.

BEAMTE FINDEN KEINEN HINWEIS AUF MÄNGEL

Brauchwasserkommission verwandelt den Chicago River in Abwasserkanal LAKE MICHIGAN REICHT DEM VATER ALLEN WASSERS DIE HAND /3/ Kanarienvogel-Gesangswettbewerb des deutschen Züchtervereins eröffnet Kampf für den Bimetallismus /4/ im Verhältnis 16 zu 1 ist laut Bryan /5/ noch nicht verloren

BRITEN BEI MAFEKING GESCHLAGEN /6/

So mancher brave Mann
Ward gemeuchelt in Luzon

ERHEBT FÜR ALLE ZEIT ANSPRUCH AUF DIE INSELN

Der Hamilton Club lauscht einer Rede des ehemaligen Abgeordneten Posey aus Indiana

LÄRM BEGRÜSST DAS NEUE JAHRHUNDERT
DIE ARBEITERBEWEGUNG BEGRÜSST DAS NEUE JAHRHUNDERT
DIE KIRCHEN BEGRÜSSEN DAS NEUE JAHRHUNDERT

Mr. McKinley arbeitet in der Silvesternacht unverdrossen an seinem Schreibtisch.

DIE NATION BEGRÜSST DEN ANBRUCH EINES NEUEN JAHRHUNDERTS

Anlässlich eines Toasts auf die Nation beim Bankett im Columbia Club in Indianapolis, Ind., sagte Ex-Präsident Benjamin Harrison unter anderem: Ich werde mich weder hier noch anderswo gegen eine territoriale Expansion aussprechen; im Gegensatz zu manchen anderen sehe ich darin jedoch nicht den sichersten und günstigsten Weg zur Weiterentwicklung unseres Landes. Durch billige Kohle und Eisen im Überfluss, durch eine enorme Überproduktion von Lebensmitteln, durch Erfindungen und wirtschaftliche Produktionsweisen sind wir heute in der Lage, die erste und größte Kolonialmacht am Nasenring durch die Manege zu führen.

Society-Damen geschockt: Hatten mit Zivilpolizisten getanzt

So mancher brave Mann
Ward gemeuchelt in Luzon,
In Mindanao

REVUEGIRLS IN NEW JERSEY BELÄSTIGT

Eine der Lithographien zeigte die Hauptdarstellerin in einem Badeanzug, so knapp, wie man ihn in Atlantic City nicht erwarten würde; sie hatte auf einem rot glühenden Ofen Platz genommen und hielt in der einen Hand ein randvolles Glas Wein, in der anderen zwei Bänder, mit denen ein tanzendes Hummerpaar angeleint war.

So mancher brave Mann
Ward gemeuchelt in Luzon
In Mindanao
Und Samar

Anlässlich eines Toasts auf das 20. Jahrhundert sagte Senator Albert J. Beveridge unter anderem: *Das 20. Jahrhundert wird ein amerikanisches sein. Amerikanische Gedanken werden es gestalten. Amerikanischer Fortschritt wird ihm Farbe und Richtung geben. Amerikanische Taten werden ihm Glanz verleihen.*

Die zivilisierte Welt wird Schanghai niemals aufgeben. Die zivilisierte Welt wird Hongkong niemals verlassen. Die Tore von Peking werden nie wieder vor den Verfahrensweisen der modernen Welt verschlossen sein. /7/ *Die physische wie moralische Wiederherstellung der Welt hat begonnen, und Revolutionen sind nie rückwärtsgerichtet.*

Ja, auf den Philippinen fand
So mancher brave Mann den Tod
Und schläft im kühlen Grab.

Das Auge der Kamera 1

auf der Straße musst du aufpassen dass du immer auf die Pflastersteine trittst und nicht auf die leuchtend grünen ängstlichen Grashalme · leichter wenn du Mutters Hand hältst denn dann kannst du von Stein zu Stein hüpfen aber wenn du schnell gehst musst du auf zu viele Grashalme treten und die armen geknickten grünen Zungen werden von deinen Füßen gequetscht · vielleicht sind darum die Leute so wütend und verfolgen uns und drohen uns mit Fäusten /8/ · sie schmeißen Steine nach uns Erwachsene die Steine schmeißen · Sie geht schneller wir rennen ihre spitzen Schuhe heben sich von den armen zertretenen Grashalmen unter den Falten ihres braunen Kleids ab · Engländer · ein Kieselstein hüpft über das Pflaster

Schnell Schatz schnell in den Postkartenladen da drinnen ist es still die wütenden Leute sind draußen und können nicht rein · non nein nicht Engländer amerikanisch americain · Es lebe Amerika Vive l'Amerique Sie lacht Oh je die haben mir einen schönen Schreck eingejagt

Krieg im veldt Kruger Bloemfontein Ladysmith und Königin Victoria eine alte Dame mit Spitzenhäubchen hat den Soldaten zu Weihnachten Schokolade geschickt

unter dem Ladentisch ist es dunkel und die Dame die nette holländische Dame die Amerikaner liebt und Verwandtschaft in Trenton hat zeigt dir Postkarten die im Dunkeln schimmern schöne Hotels und Paläste · O que c'est beau schon jetzt ein so hübsches Kerlchen · und das Mondlicht riffelt riffelt unter einer Brücke und im Dunkeln unter dem Ladentisch leuchten die kleinen Straßenlaternen und die kleinen Fenster der Hotels am Hafen O que c'est beau la lune

und der große Mond

Mac

Wenn der Wind von den Silberfabriken jenseits des Flusses herüberwehte, roch es in dem grauen Vierparteienhaus aus Holz, in dem Fainy McCreary geboren war, intensiv nach Transeife. An anderen Tagen roch es nach Kohl und Babys und Mrs. McCrearys Waschbottichen. Fainy konnte nie zu Hause spielen, denn Pop, ein lahmer Mann mit eingefallener Brust und dünnem, graublondem Schnurrbart, war Nachtwächter bei Chadwick und musste den ganzen Tag schlafen. Erst gegen fünf sickerte ein schwacher Geruch nach Tabakrauch unter der Tür zwischen Vorderzimmer und Küche hindurch. Das war das Zeichen, dass Pop munter war und demnächst sein Abendessen haben wollte.

Dann wurde Fainy um eine der zwei Ecken an der kurzen, schlammigen Straße geschickt, an der lauter gleiche Holzhäuser standen.

Einen halben Block nach rechts war Finley's, wo er an der Theke in einem Wald aus matschbespritzten Hosenbeinen warten musste, bis all die stinkenden, krakeelenden Mäuler der Erwachsenen mit Bier und Whiskey abgefüllt waren. Auf dem Heimweg achtete er auf seine Schritte, und der Henkel des schäumenden Krugs schnitt ihm in die Hand.

Einen halben Block nach links war Maginnis' Feinkostladen, heimische und ausländische Produkte. Fainy gefielen der Cream-of-Wheat-Neger aus Pappkarton im Fenster, die Vitrine mit den verschiedenen Salami, die Fässer voll Kartoffeln oder Kohlköpfen, der braune Geruch nach Zucker, Sägemehl, Ingwer, eingelegtem Hering, Schinken, Essig, Brot, Pfeffer, Schmalz.

«Einen Laib Brot, bitte, Mister, ein halbes Pfund Butter und eine Schachtel Ingwerwaffeln.»

An manchen Abenden, wenn es Mom nicht gut ging, musste Fainy einen viel weiteren Weg auf sich nehmen; um die Ecke, an Maginnis vorbei, die Riverside Avenue hinunter, wo die Straßenbahn fuhr, und zur roten Brücke über den kleinen Fluss, der sich im Winter schwarz zwischen unterspülten, vereisten Schneewehen hindurchwand, zur Schneeschmelze im Frühjahr gelb schäumte und im Sommer braun und ölig dahinfloss. Jenseits des Flusses, bis zur Ecke Riverside und Main, wohnten die Polacken. Ihre Kinder kämpften immer gegen die Kinder der Murphys und O'Haras und O'Flanagans, die in der Orchard Street wohnten.

Fainy zitterten die Knie, die behandschuhte Hand umklammerte das in weißes Papier gewickelte Medizinfläschchen. An der Ecke Quince stand eine Gruppe Jungen, an denen er vorbeimusste. Das ging zunächst gut; erst als er etwa zwanzig Meter entfernt war, zischte der erste Schneeball an seinem Kopf vorbei. Es gab kein Zurück. Wenn er losrannte, würden sie ihn verfolgen. Wenn er das Medizinfläschchen fallen ließ, würde er zu Hause eine

Tracht Prügel kriegen. Ein weicher Schneeball traf seinen Hinterkopf, der schmelzende Schnee rann ihm in den Nacken. Wenn die Brücke nur noch einen halben Block entfernt war, würde er es darauf ankommen lassen und losrennen.

«Angsthase, Pfeffernase ... irischer Kartoffelfresser ... krummbeiniger Murphy ... renn nach Hause und erzähl's deiner Mama ...», riefen die Polackenkinder, wenn sie nicht gerade einen Schneeball warfen. Sie härteten die Bälle, indem sie Wasser darübergossen und sie über Nacht gefrieren ließen; wenn man so einen abkriegte, blutete es.

Der Hinterhof war der einzige Ort, wo man beim Spielen wirklich sicher war. Da gab es kaputte Zäune, verbeulte Mülltonnen, alte Töpfe und Pfannen, so löchrig, dass es praktisch Siebe waren, einen leeren Hühnerstall, in dem noch Federn waren und Hühnerkacke auf dem Boden, da gab es Bärenklau im Sommer und Matsch im Winter, aber das Herrlichste im Hinterhof der McCrearys war der Stall, in dem Tony Harriman seine Hasenkaninchen züchtete. Tony Harriman hatte Schwindsucht und wohnte mit seiner Mutter im Erdgeschoss links. Er wollte alle möglichen anderen Kleintiere züchten, Waschbären, Otter, sogar Silberfüchse, und damit reich werden. Als er starb, konnte man den Schlüssel für das große Vorhängeschloss an der Tür des Hasenstalls nicht finden. Fainy fütterte die Hasen ein paar Tage lang, indem er Kohl- und Salatblätter durch den doppelten Maschendraht schob. Dann kam eine Woche Regen und Schneeregen, und er ging nicht ein einziges Mal in den Hof. Als er am ersten regenlosen Tag nachsah, war einer der Hasen tot. Fainy wurde kreidebleich und versuchte sich einzureden, er sei bloß eingeschlafen, aber das Tier lag steif und verdreht da und war kein bisschen eingeschlafen. Die anderen Hasen saßen geduckt und zusammengedrängt in einer Ecke und sahen sich mit zuckenden Nasen um; ihre großen Ohren lagen hilflos und schlaff auf ihren Rücken. Arme Hasen, wollte Fainy schreien. Er rannte hinauf in die Küche, tauchte unter dem Bügelbrett hindurch und holte den Hammer aus der Schublade des Küchentischs. Beim ersten Mal schlug er sich auf den Finger, aber der zweite Schlag traf das Schloss, sodass es zerbrach. Drinnen war ein komischer, säuerlicher Geruch. Fainy hob den toten Hasen an den Ohren hoch. Der weiche weiße Bauch war bereits aufgebläht, und eines der toten Augen stand gruselig offen. Plötzlich kam etwas über ihn und zwang ihn, den Hasen in die nächste Mülltonne zu werfen und hinaufzurennen. Noch immer zitternd und frierend, schlich er auf Zehenspitzen zum Balkon und sah hinunter. Atemlos beobachtete er die anderen Hasen. Sie hoppelten vorsichtig zu der Tür, die aus dem Stall in den Hof führte. Dann sprang einer hinaus. Er machte Männchen und stellte die eben noch schlaffen Ohren auf. Mom rief, Fainy solle ihr das Bügeleisen vom Herd bringen. Als er auf den Balkon zurückkehrte, waren alle Hasen verschwunden.

In diesem Winter wurde Chadwick bestreikt, und Pop verlor seine Arbeit. Er saß den ganzen Tag rauchend und fluchend im Vorderzimmer:

«Diensttüchtig, bei Gott, allerdings. Noch mit der Krücke auf den Rücken gebunden nehm ich's mit jedem von diesen verdammten Polacken auf … Und ich hab Mr. Barry gesagt: Bei dem Streik mach ich nicht mit. Mr. Barry, ich bin ein ruhiger, vernünftiger Mann, bisschen invalide vielleicht, und ich hab ne Frau und Kinder. Acht Jahre war ich Nachtwächter, und jetzt schmeißen Sie mich raus und stellen ein paar Schläger von ner Detektivagentur ein? Dieser elende Schweinehund.»

«Ja, wenn diese verdammten verlausten Ausländer nicht einfach aufgehört hätten zu arbeiten», sagte dann jemand beschwichtigend.

In der Orchard Street hielten die Leute nicht viel von dem Streik. Er führte dazu, dass Mom noch mehr arbeitete und unentwegt in Waschbottichen rührte und dass Fainy und seine ältere Schwester Milly ihr nach der Schule helfen mussten. Und dann wurde Mom eines Tages krank und legte sich ins Bett, anstatt

Wäsche zu bügeln, und da lag sie dann mit ihrem runden, faltigen Gesicht, weißer als das Kissen, die vom Wasser runzligen Hände unter dem Kinn verschränkt. Der Arzt kam, dann die Bezirksschwester, und in allen drei Zimmern roch es nach Arzt und Schwester und Medizin, und der einzige Platz, wo Fainy und Milly sitzen konnten, war die Treppe. Dort saßen sie und weinten leise. Dann schrumpfte Moms Gesicht zu einem kleinen, faltigen weißen Ding wie ein zerknülltes Taschentuch, und sie sagten, sie sei tot, und brachten sie weg.

Die Beerdigung wurde vom Bestattungsinstitut im nächsten Block der Riverside Avenue organisiert. Fainy war stolz und fühlte sich wichtig, weil alle ihn küssten und ihm über den Kopf strichen und sagten, er betrage sich wie ein kleiner Mann. Er hatte auch einen neuen schwarzen Anzug, wie ein Erwachsenenanzug, mit Taschen und so, nur dass die Hose kurz war. Im Bestattungsinstitut waren alle möglichen Leute, die er noch nie von nahem gesehen hatte – Mr. Russell, den Metzger, Father O'Donnell und Uncle Tim O'Hara aus Chicago –, und es roch nach Whiskey und Bier wie bei Finley's. Uncle Tim war ein schmächtiger Mann mit scharf konturiertem, gerötetem Gesicht und trüben blauen Augen. Er trug eine lose gebundene schwarze Seidenkrawatte, die Fainy einschüchterte, beugte sich immer wieder zu ihm hinunter, wobei er in der Hüfte abknickte, als wollte er sich wie ein Taschenmesser zusammenklappen, und flüsterte mit schwerer Zunge in Fainys Ohr.

«Beachte sie gar nicht, alter Junge, die sind bloß ein Haufen Heuchler und Versager, und die meisten sind jetzt schon sternhagelvoll. Sieh dir diesen Father O'Donnell an, das fette Schwein – rechnet bestimmt gerade die Beerdigungskosten aus. Aber beachte sie gar nicht – und vergiss nicht, deine Mutter war eine O'Hara. Ich beachte sie auch nicht, alter Junge, und deine Mutter war durch Blut und Geburt meine Schwester.»

Als sie nach Hause kamen, war er furchtbar müde, und seine Füße waren kalt und nass. Niemand beachtete ihn. Wimmernd saß er im Dunkeln auf der Bettkante. Aus dem Vorderzimmer kamen Stimmen und das Klirren von Messern und Gabeln, aber er traute sich nicht hinein. Er drehte sich mit dem Gesicht zur Wand und schlief ein. Das Licht weckte ihn. Uncle Tim und Pop standen an seinem Bett und redeten laut. Sie sahen komisch aus und schienen nicht ganz sicher auf den Beinen zu sein. Uncle Tim hielt die Lampe.

«Also, Fainy, alter Junge», sagte Uncle Tim und schwenkte die Lampe gefährlich nah über Fainys Kopf, «Fenian O'Hara McCreary, setz dich auf und hör zu und sag uns, was du von unserem Vorschlag hältst, in die große und immer größer werdende Stadt Chicago zu ziehen. Middletown ist ein grässliches Provinzkaff, wenn du mich fragst … nichts für ungut, John … aber Chicago … Herrgott, Mann, wenn du nach Chicago kommst, hast du das Gefühl, du hast dein ganzes bisheriges Leben in einem Sarg verbracht.»

Fainy hatte Angst. Er zog die Knie an die Brust und sah zitternd die beiden schwankenden, von der schlingernden Lampe beleuchteten Gestalten an. Er versuchte, etwas zu sagen, aber die Worte erstarben auf seinen Lippen.

«Der Junge schläft ja noch, Tim, trotz deinem ganzen Geschwafel … Zieh dich aus, Fainy, leg dich ins Bett und schlaf. Morgen fahren wir.»

Spät am nächsten, verregneten Morgen brachen sie auf, ohne Frühstück und mit einem großen alten Überseekoffer, notdürftig auf dem Dach der Droschke festgebunden, die Fainy von Hodgesons Mietstall hatte holen müssen. Milly weinte. Pop sagte kein Wort und zog an seiner kalten Pfeife. Uncle Tim kümmerte sich um alles, machte Witzchen, über die keiner lachte, zog bei jeder Gelegenheit ein Geldbündel aus der Tasche und trank große, gurgelnde Schlucke aus seinem Flachmann. Milly weinte und weinte. Fainy sah mit großen, trockenen Augen hinaus auf die vertrauten, jetzt plötzlich seltsamen, wie aus dem Gleichgewicht geratenen Straßen, die an der Droschke vorbeizogen; die rote Brücke, die schorfig geschindelten Häuser, wo die Polacken wohnten, Smith & Smith, der Drugstore an der Ecke … da war Billy Hogan, ein

Päckchen Kaugummi in der Hand. Schwänzte mal wieder. Fainy wollte ihm etwas zurufen, aber seine Kehle war wie zugeschnürt … Main Street mit ihren Ulmen und Straßenbahnen, Blocks voller Geschäfte und Läden, um die Ecke in die Church, und dann die Feuerwehr. Fainy blickte zum letzten Mal in die dunkle Höhle, in der die Kupfer- und Messingteile der Pumpe verführerisch leuchteten, vorbei an den billigen Holzfassaden der First Congregational Church und der Carmel Baptist Church, und dann kam die St. Andrew's Episcopal Church, die aus Backstein war und diagonal stand, anstatt ihr strenges Gesicht der Straße zuzuwenden wie die anderen Kirchen, und dann die drei gusseisernen Hirsche auf der Grünfläche vor der Handelskammer und die Anwesen, jedes mit Rasen, durchbrochenem Verandageländer und Hortensienbusch. Schließlich wurden die Häuser kleiner, die Rasenflächen verschwanden, die Droschke rollte an Simpsons Lagerhaus für Sämereien und Futtermittel und an einer Reihe Friseurgeschäfte, Bars und Imbisslokalen vorüber, und dann waren sie am Bahnhof und stiegen aus.

Im Bahnhofsrestaurant lud Uncle Tim alle zum Frühstück ein. Er trocknete Millys Tränen, ließ Fainy in ein großes neues Taschentuch schnäuzen, an dessen Ecke noch das Preisschild hing, und bestellte Spiegeleier, gebratenen Speck und Kaffee. Fainy hatte noch nie Kaffee getrunken und fühlte sich ziemlich gut, weil er wie ein Mann am Tisch saß und Kaffee trank. Milly mochte ihren nicht und sagte, er sei bitter. Sie saßen ziemlich lange allein vor ihren leeren Tellern und leeren Kaffeebechern, unter den wachsamen Augen einer Frau mit langem Hals und spitzem Hühnergesicht, die hinter der Theke stand und sie missbilligend beäugte. Dann fuhr mit einem enormen, markerschütternden Ruff-Puff-Ruff … Puff der Zug ein. Sie wurden an die Hand genommen und über den Bahnsteig und durch einen pfeifenraucherfüllten Wagen gezogen, und im nächsten Augenblick war der Zug schon wieder in Bewegung, und das winterlich rostrote Connecticut rumpelte vorbei.

Das Auge der Kamera 2

wir waren in Eile und wurden in der muffigen, nach Stall riechenden Droschke hin und her geworfen wie auf einem Schiff. · Er sagte immer wieder Was würdest du tun Lucy wenn ich einen von ihnen zum Abendessen einladen würde? Es sind sehr freundliche Leute Lucy diese Farbigen und er hatte Nelken in einem Silberdöschen und sein Atem roch nach Rye Whiskey und wir waren in Eile um den Zug nach New York zu kriegen

und sie sagte Ach ich hoffe wir sind nicht zu spät dran und Scott wartete schon mit den Fahrscheinen und am Bahnhof 7th Street mussten wir zum Bahnsteig hinaufrennen und alle Kanonen fielen aus der Tasche und alle bückten sich danach und hoben sie auf und der Schaffner Alles einsteigen Lady schnell jetzt bitte

es waren kleine Messingkanonen sie schimmerten hell auf dem Bahnsteig des Bahnhofs 7th Street und Scott schob uns in den Wagen und der Zug setzte sich in Bewegung und die Glocke an der Lokomotive läutete und Scott drückte dir eine kleine Handvoll winziger Messingkanonen in die Hand gerade groß genug für die allerkleinsten Knaller der Schlacht um Manila und sagte Hier ist die Artillerie Jack

und im Salonwagen schwang er Reden und sagte Aber klar Lucy wenn es zum Wohl der Menschheit unerlässlich wäre würde ich jederzeit rausgehen und mich erschießen lassen und das würdest du doch auch tun Jack oder? Sie nicht auch? zu dem Ober der gerade eine Flasche Wasser brachte und er hatte einen Flachmann in der braunen Hand und die seidenen Taschentücher mit den gestickten Initialen rochen immer nach Bay Rum

und als wir nach Havre de Grace kamen sagte er Weißt du noch Lucy bevor es die Brücke gab mussten wir mit der Fähre über den Susquehanna fahren

und über den Gunpowder Creek auch

Mac

Rostrote Hügel, Wäldchen, Farmhäuser, Kühe, auf einer Koppel ein rotbraunes, bockendes Fohlen, Lattenzäune, Marschland.

«Ich fühl mich wie ein geprügelter Hund, Tim ... Zeit meines Lebens hab ich versucht, das Richtige zu tun», sagte Pop immer wieder mit belegter Stimme. «Und jetzt? Was werden die jetzt von mir denken?»

«Herrgott, Mann, was hättest du denn sonst tun sollen? Was zum Teufel kannst du tun, wenn du kein Geld und keine Arbeit hast und ein Haufen Ärzte und der Bestattungskerl und der Vermieter kommen und bezahlt werden wollen? Und außerdem hast du zwei Kinder zu ernähren.»

«Aber ich war immer ein ruhiger, anständiger, zuverlässiger Mann, ich hab bloß Pech gehabt, seit ich geheiratet und eine Familie gegründet hab. Was werden die jetzt von mir denken, wenn ich mich davonschleiche wie ein geprügelter Hund?»

«John, du weißt, dass ich der Letzte bin, der den Namen einer Frau beschmutzen will, die durch Blut und Geburt meine Schwester war ... Aber es ist nicht deine Schuld, genauso wenig wie meine ... die Armut ist schuld, und an der Armut ist das System schuld ... Fenian, jetzt hör deinem Uncle Tim O'Hara mal gut zu, und du, Milly, du hörst auch gut zu, denn Frauen sollten über diese Dinge genauso Bescheid wissen wie Männer, und dieses eine Mal sagt euch Tim O'Hara die reine Wahrheit ... Das System ist schuld, dass dem arbeitenden Menschen die Frucht seiner Mühen vorenthalten wird ... Die Einzigen, die am Kapitalismus verdienen, sind die Betrüger – die werden in kürzester Zeit Millionäre ... Aber ehrliche Leute wie John oder ich können hundert Jahre schuften und hinterlassen nicht mal genug für eine anständige Beerdigung.»

Rauch wehte vor dem Fenster vorbei und schüttelte aus den

weißen Wolken Bäume und Telegraphenmasten und kleine, viereckige, schindelgedeckte Häuser und Dörfer und Karren und lange Reihen von Wagen mit dampfenden Pferden.

«Und wer erntet die Früchte unserer Arbeit? Die verdammten Geschäftsleute, die Agenten, die Mittelsmänner, die in ihrem ganzen Leben nie eine Hand gerührt haben.»

Fainys Blick folgt dem Auf und Ab der Telegraphendrähte.

«Also, Chicago ist kein Paradies, John, das kann ich dir sagen, aber im Augenblick ist es ein besserer Marktplatz für die Kraft und den Verstand eines Arbeiters als die Ostküste ... Und warum? Soll ich dir sagen, warum? Angebot und Nachfrage. In Chicago werden Arbeiter gebraucht.»

«Tim, ich sag dir, ich fühl mich wie ein geprügelter Hund.»

«Es liegt am System, John, an diesem verdammten lausigen System.»

Allgemeine Geschäftigkeit im Wagen weckte Fainy auf. Es war dunkel. Milly weinte wieder. Er wusste nicht, wo er war.

«Tja, meine Herren», sagte Uncle Tim, «wir werden in Kürze im gemütlichen alten New York eintreffen.»

Im Bahnhof war es hell; das überraschte Fainy, der gedacht hatte, es sei bereits Abend. Er und Milly mussten im Wartesaal lange auf dem Koffer sitzen. Der Wartesaal war riesig und voller fremdartig aussehender Menschen, die unheimlich waren, wie Figuren in Bilderbüchern. Milly weinte immer noch.

«Mann, Milly, wenn du nicht aufhörst, verpass ich dir eine.»

«Warum denn?», heulte Milly und weinte nur umso mehr.

Fainy hielt sich so weit wie möglich von ihr entfernt, damit die Leute nicht dachten, sie gehörten zusammen. Als er kurz davor war, ebenfalls loszuheulen, kamen Pop und Uncle Tim und brachten sie und den Koffer in ein Restaurant. Ihr Atem roch stark nach Whiskey, und ihre Augen schimmerten eigenartig hell. Sie setzten sich an einen weiß gedeckten Tisch, und ein freundlicher Farbiger in einer weißen Jacke gab ihnen eine große, dichtbedruckte Speisekarte.

«Lasst uns was Gutes essen», sagte Uncle Tim, «und wenn's das Letzte ist, was wir auf dieser Erde tun.»

«Scheiß auf die Kosten», sagte Pop. «Schuld ist das System.»

«Zur Hölle mit dem Papst», sagte Uncle Tim. «Wir werden noch einen guten Sozialdemokraten aus dir machen.»

Sie bestellten gebackene Austern und Hähnchen und Eis und Kuchen für Fainy, und als sie dann rennen mussten, um ihren Zug zu kriegen, bekam er schreckliche Seitenstiche. Sie stiegen in einen Wagen, in dem es nach Leuchtgas und Achselhöhlen roch.

«Wann gehen wir zu Bett?», jaulte Milly.

«Wir gehen nicht zu Bett», sagte Uncle Tim. «Wir werden hier schlafen wie kleine Mäuse … wie kleine Mäuse in einem Stück Käse.»

«Ich mag aber keine Mäuse», rief Milly unter erneuten Tränen, und dann setzte der Zug sich in Bewegung.

Fainys Augen brannten, in den Ohren hatte er das unaufhörliche Donnern, das Ratterdiklacker auf den Weichen, das unvermittelte Knurren auf den Brücken. Sie fuhren durch einen Tunnel, der ganze Weg nach Chicago war ein einziger Tunnel. Die Gesichter von Pop und Uncle Tim, die gegenübersaßen, waren rot und knurrig, und es gefiel ihm nicht, dass sie so aussahen, und das Licht war verraucht und flackernd, und draußen war alles nur Tunnel, und seine Augen brannten, und in seinen Ohren donnerten Räder und Schienen, und er schlief ein.

Als er erwachte, waren sie in einer Stadt, und der Zug fuhr direkt an der Main Street entlang. Es war ein sonniger Morgen. Er sah irgendwelche Leute, die irgendwohin unterwegs waren, er sah Geschäfte, er sah Pferdewagen und Fuhrwerke, die am Bordstein standen, und Jungen, die Zeitungen verkauften, er sah geschnitzte Indianer vor den Zigarrenläden. Zunächst dachte er, es sei ein Traum, doch dann fiel es ihm wieder ein, und er kam zu dem Schluss, dass es Chicago sein musste. Pop und Uncle Tim schliefen. Ihre Münder standen offen, ihre Gesichter waren fleckig, und ihm gefiel nicht, wie sie aussahen. Milly hatte sich zusammengerollt und mit einem Wolltuch zugedeckt. Der Zug wurde langsamer und fuhr in einen Bahnhof ein. Wenn es Chicago war, mussten sie aussteigen. In diesem Moment kam der Schaffner vorbei, ein alter Mann, der ein bisschen wie Father O'Donnell aussah.

«Bitte, Mister, ist das Chicago?»

«Chicago ist noch weit, Junge», sagte der Schaffner, ohne zu lächeln. «Das ist Syracuse.»

Und dann wachten alle auf, und Stunden um Stunden zogen die Telefonmasten vorbei, die Städte, die Holzhäuser, die gemauerten Fabriken mit Reihen über Reihen blinkender Fenster, die Müllkippen und Güterbahnhöfe, das gepflügte Land, die Wiesen und Kühe, und Milly wurde übel, und vom langen Sitzen fühlten Fainys Beine sich an, als würden sie gleich abfallen; manchmal schneite es, manchmal schien die Sonne, und Milly wurde immer wieder übel, sie stank erbärmlich nach Kotze, und dann wurde es dunkel, und sie schliefen; und dann wurde es wieder hell, und die Städte und die Farmhäuser und die Fabriken begannen sich zu verdichten und brachten Lagerhallen und Silos hervor, und der Güterbahnhof erstreckte sich, so weit das Auge reichte, und das war Chicago.

Aber es war so kalt, und der Wind blies ihm den Staub so heftig ins Gesicht, und seine Augen waren von Staub und Schlaf so verklebt, dass er gar nichts sehen konnte. Sie mussten lange warten. Milly und Fainy schmiegten sich in der Kälte aneinander, und dann stiegen sie in eine Straßenbahn und fuhren und fuhren. Sie waren so müde, dass sie gar nicht genau wussten, wo der Zug aufhörte und die Straßenbahn begann. Uncle Tim redete und redete, stolz und aufgeregt: Chicago, Chicago, Chicago. Pop saß da, das Kinn auf die Krücke gestützt. «Tim, ich fühl mich wie ein geprügelter Hund.»

Fainy lebte zehn Jahre in Chicago.

Anfangs ging er zur Schule und spielte samstagnachmittags Baseball in irgendwelchen Höfen, aber dann kam die Abschlussfeier, alle Schüler sangen *My Country, 'Tis Of Thee*, und dann war seine Schulzeit vorbei, und er musste arbeiten. Zu dieser Zeit hatte Uncle Tim eine Akzidenzdruckerei in einer schmutzigen Seitenstraße der North Clark. Die Druckerei lag im Erdgeschoss und nahm nur einen kleinen Teil des alten, heruntergekommenen Backsteingebäudes ein, das meist als Lagerhaus benutzt wurde und für seine Rattenpopulation berühmt war. Zur Straße hin gab es nur ein einziges großes Fenster, auf dem in goldenen Frakturlettern TIMOTHY O'HARA, AKZIDENZDRUCK stand.

«Also, Fainy, alter Junge», sagte Uncle Tim, «du sollst Gelegenheit bekommen, diesen Beruf von der Pike auf zu lernen.» Und so erledigte er Botengänge, lieferte Wurfsendungen, Handzettel und Plakate aus, wich Straßenbahnen aus, tauchte unter den schäumenden Gebissen großer Zugpferde hindurch und sprang auf vorbeifahrende Lieferwagen auf. Wenn es keine Botengänge zu erledigen gab, fegte er unter den Druckmaschinen, reinigte die Typen, leerte die Papierkörbe oder lief, wenn es hoch herging, um die Ecke und holte Kaffee und Sandwiches für den Setzer oder eine kleine Flasche Bourbon für Uncle Tim.

Pop humpelte jahrelang mit seiner Krücke herum und suchte Arbeit. Abends saß er auf der Hintertreppe von Uncle Tims Haus, rauchte seine Pfeife, verfluchte sein Pech und drohte manchmal, wieder zurück nach Middletown zu gehen. Eines Tages bekam er Lungenentzündung und entschlief friedlich im Sacred Heart Hospital. Etwa zur selben Zeit schaffte Uncle Tim eine Linotype-Setzmaschine an.

Uncle Tim war so aufgeregt, dass er drei Tage lang keinen Tropfen Alkohol trank. Die Dielen waren morsch, daher mussten sie für die Maschine einen Sockel vom Keller bis ins Erdgeschoss mauern. «Bei der nächsten ziehen wir einen Betonboden ein», sagte Uncle Tim allen. Einen ganzen Tag wurde nicht gearbeitet. Alle standen herum und bestaunten die große, schwarze, komplizierte Maschine, die in der Werkstatt aufragte wie eine Kirchenorgel. Wenn sie arbeitete und die Druckerei mit einem

Geruch nach heißem Metall erfüllte, verfolgten aller Augen den bebenden, suchenden Arm, der mit Gelenken versehen war und über der Tastatur hin und her fuhr. Als die warmen, schimmernden Linotype-Zeilen von Hand zu Hand gingen, schob der alte deutsche Setzer, den aus irgendeinem Grund alle Mike nannten, die Brille auf die Stirn und weinte. «Fünfundfünfzig Jahre Drucker, und jetzt, wo ich alt bin, muss ich als Handlanger arbeiten.»

Das Erste, was Uncle Tim auf der neuen Maschine setzte, war der Satz: Proletarier aller Länder, vereinigt euch! Ihr habt nichts zu verlieren als eure Ketten!

Als Fainy siebzehn war und gerade anfing, sich für Röcke und Knöchel und Damenunterwäsche zu interessieren, wenn er am Feierabend nach Hause ging und die Lichter der Großstadt vor dem hellen, betörenden Himmel im Westen leuchteten, streikten Chicagos Drucker. Tim O'Hara hatte immer nur Gewerkschaftsmitglieder beschäftigt und erledigte Gewerkschaftsaufträge zum Selbstkostenpreis. Er druckte sogar auf eigene Kosten ein Flugblatt mit der Überschrift «Ein ernsthafter Protest», unterschrieben mit «Ein Bürger». Fainy durfte es am Abend, als alle anderen gegangen waren, an der Linotype setzen. Ein Satz blieb ihm im Gedächtnis, und als er zu Bett gegangen war, wiederholte er ihn in Gedanken: Es ist an der Zeit, dass sich rechtschaffene Männer zusammentun und der Habgier der Privilegierten Einhalt gebieten.

Der nächste Tag war ein Sonntag, und Fainy ging die Michigan Avenue entlang, in der Hand einen Stapel Flugblätter, die er verteilen wollte. Es war ein Vorfrühlingstag. Über das morsche, gelbliche Eis auf dem See strich eine leise Brise, die unverhofft nach Blumen roch. Die jungen Frauen sahen ungeheuer hübsch aus, und ihre Röcke bauschten sich im Wind, und Fainy spürte heißes Frühlingsblut durch seine Adern strömen und wollte küssen und auf dem Boden herumrollen und von einer Eisscholle zur anderen hüpfen und von Telefonmasten herab Reden schwingen und über Straßenbahnwagen springen; doch stattdessen verteilte er

Flugblätter, ärgerte sich, dass die Säume seiner Hose ausgefranst waren, und wünschte, er hätte einen schicken Anzug und ein schickes Mädchen.

«He, Bürschchen, wer hat dir erlaubt, Flugblätter zu verteilen?», knurrte ein Polizist. Fainy drehte sich kurz nach ihm um, ließ die Flugblätter fallen und rannte weg. Er schlüpfte zwischen glänzenden schwarzen Droschken und Wagen hindurch, verschwand in einer Seitenstraße und ging, ohne sich umzusehen, immer weiter, bis er an eine Hebebrücke kam, die er überquerte, kurz bevor sie hochgezogen wurde. Der Polizist verfolgte ihn ohnehin nicht.

Lange stand er am Bordstein; die Flöte eines Erdnussverkäufers schrillte ihm spöttisch ins Ohr.

Beim Abendessen fragte ihn sein Onkel nach den Flugblättern.

«Klar, ich hab sie am Seeufer verteilt ... Ein Bulle wollte es mir verbieten, aber ich hab ihm gesagt, er soll sich schleichen.» Fainy wurde krebsrot, als alle johlten. Er schob sich einen Löffel Kartoffelbrei in den Mund und sagte nichts mehr. Seine Tante, sein Onkel und ihre drei Töchter lachten und lachten. «Nur gut, dass du schneller warst als der Polizist», sagte Uncle Tim. «Sonst müsste ich jetzt Kaution für dich stellen, und das kostet was.»

Früh am nächsten Morgen fegte Fainy die Druckerei aus, als ein Mann mit einem Gesicht wie ein rohes Steak die Stufen zum Eingang hinaufstieg. Er rauchte eine dünne schwarze Zigarre, wie Fainy sie noch nie gesehen hatte, und klopfte an die Glastür.

«Ich will Mr. O'Hara sprechen, Timothy O'Hara.»

«Er ist noch nicht da, müsste aber jeden Moment kommen, Sir. Wollen Sie warten?»

«Worauf du dich verlassen kannst.» Der Mann setzte sich auf eine Stuhlkante, nahm die Zigarre aus dem Mund, betrachtete lange und nachdenklich das zerkaute Ende und spuckte aus. Als Tim O'Hara kam, gingen die beiden ins Büro. Die Tür fiel knallend ins Schloss. Nervös drückte Fainy sich vor dem Büro herum; er fürchtete, es könnte ein Kriminalpolizist sein, der die Sache mit den Flugblättern verfolgte. Stimmen wurden lauter und leiser, der Fremde sagte kurze, hämmernde Sätze, O'Hara antwortete mit ausschweifenden Erklärungen, hin und wieder hörte Fainy das Wort «Zwangsvollstreckung», und plötzlich flog die Tür auf, und der Mann stürmte mit hochrotem Gesicht heraus. Auf der eisernen Schwelle blieb er stehen, drehte sich um, zog eine neue Zigarre aus der Tasche, entzündete sie an der alten und sagte knurrend und blauen Rauch paffend: «Sie haben vierundzwanzig Stunden Bedenkzeit, Mr. O'Hara ... Ein Wort von Ihnen, und die ganze Prozedur wird gestoppt.» Dann ging er und zog eine lange Fahne aus stinkendem Rauch hinter sich her.

Kurz darauf kam Uncle Tim kreidebleich aus dem Büro. «Fainy, alter Junge, du musst dir eine andere Arbeit suchen. Ich mach den Laden zu ... Halt die Augen offen. Ich brauch jetzt was zu trinken.» Er war sechs Tage betrunken. Schließlich erschienen einige sanftmütig wirkende Männer mit Vorladungen, und Uncle Tim musste so weit ausnüchtern, dass er imstande war, vor Gericht zu erscheinen und einen Offenbarungseid zu leisten.

Mrs. O'Hara schimpfte und wütete. «Tim O'Hara, hab ich dir nicht immer gesagt, dass nichts Gutes dabei rauskommt, wenn du dich mit diesen gottlosen Gewerkschaftern und Sozialdemokraten und Helden der Arbeiterklasse abgibst, allesamt besoffene Faulpelze wie Tim O'Hara? Ist doch klar, dass die großen Druckereien sich zusammentun und deine Schuldscheine aufkaufen und dich zerquetschen wie eine Laus, und recht geschieht's dir, Tim O'Hara, mit deinem gottlosen sozialistischen Gesaufe, nur an deine arme Frau und ihre hilflosen kleinen Kinder haben diese Sozialisten nicht gedacht, und jetzt werden wir hungern müssen, wir und die Schmarotzer, die du uns ins Haus geschleppt hast.»

«Das ist ja wohl die Höhe!», rief Milly. «Als hätte ich nicht geschuftet und mir die Finger wund gearbeitet für jedes Stück Brot, das ich hier gekriegt hab!» Sie sprang vom Frühstückstisch auf und stürmte hinaus. Fainy saß da, während der Streit tobte, dann stand er auf, steckte ein Maisbrötchen in die Tasche und ging ebenfalls. Im Flur nahm er den Teil mit den Stellenanzeigen aus der *Chicago Tribune*, setzte die Mütze auf und trat in einen kühlen Sonntagmorgen voller Kirchenglocken, die ihm in den Ohren klangen. Er stieg in eine Straßenbahn und fuhr zum Lincoln Park. Dort saß er lange auf einer Bank, aß das Brötchen und studierte die Stellenanzeigen – Hilfskraft gesucht –, doch keine sah besonders verlockend aus. Eins war sicher: Solange der Streik dauerte, würde er keine Arbeit in einer Druckerei finden. Dann fiel sein Blick auf folgende Anzeige:

Gesucht: intelligenter junger Mann mit Ehrg. und lit. Geschm., Erfahrung im Druck- u. Verl.gewerbe, für Verkauf u. Vertrieb, 15 $/Woche, Zuschriften an Postfach 1256b

Mit einem Mal fühlte sich Fainys Kopf ganz leicht an. Intelligenter junger Mann – das bin ich. Ehrgeiz und literarischer Geschmack ... Mann, ich hab *Looking Backward* noch nicht ausgelesen ... Ja, ich lese gern, und ich könnte eine Linotype bedienen oder Handsatz machen, wenn man mich ließe. Fünfzehn Scheine die Woche ... nicht schlecht, das wäre eine Lohnerhöhung um zehn Dollar. Und er begann in Gedanken, eine Bewerbung zu schreiben.

GEEHRTER HERR (SEHR GEEHRTER HERR)
oder vielleicht SEHR GEEHRTE HERREN!
Hiermit möchte ich mich um die von Ihnen in der heutigen Sonntagsausgabe der Tribune *ausgeschriebene Stelle bewerben. (Gestatten Sie mir zu sagen,) dass ich siebzehn bin, nein, lieber neunzehn, und mehrere Jahre Erfahrungen im Druck- und Verlagsgewerbe gesammelt habe und dass ich ehrgeizig bin und über ausgezeichnete Kenntnisse und Geschmack verfüge, besonders im Druck- und Verlagsgewerbe ...*

nein, das hatte ich schon ... Und dass ich die Stelle sehr gern haben möchte ... Er stand auf, dachte im Gehen über den Brief nach und geriet immer mehr durcheinander.

Er merkte, dass er neben dem Karren eines Erdnussverkäufers stand. Es war bitterkalt, der Rasiermesserwind pfiff über die Eisschollen und das schwarze Wasser des Sees heran. Fainy riss das Inserat heraus und ließ den Rest der Zeitung davonwirbeln. Dann kaufte er sich eine Tüte warme Erdnüsse.

Wochenschau II

Come on and hear
Come on and hear
Come on and hear

In seiner Rede vor dem Parlament von Michigan sagte der scheidende Gouverneur Hazen S. Pingree unter anderem: Wenn die Männer an den Schaltstellen sowie diejenigen, in deren Händen die Gesetzgebung liegt, das gegenwärtige System der Ungleichheit nicht ändern, dann prophezeie ich, dass unser großartiges Land in nicht einmal einem Vierteljahrhundert eine blutige Revolution erleben wird.

CARNEGIE SPRICHT ÜBER SEINEN GRABSTEIN

Alexander's Ragtime Band
It is the best
It is the best

Lunch wurde im Physiklabor serviert, das mit originellen Geräten ausgestattet war. Mitten auf der Banketttafel stand ein über einen Meter hoher Miniatur-Hochofen, und eine zwölf Meter lange Miniatur-Eisenbahn verlief rings um den Tisch. Anstelle von geschmolzenem Metall floss heißer Punsch aus dem Ofen in die Waggons. Die Eiscreme nahm sich aus wie Eisenbahnschwellen, und das Brot hatte die Form von Lokomotiven.

Mr. Carnegie pries zwar die Vorteile einer umfassenden Bildung in allen Wissensbereichen, kam jedoch letztlich zu dem Schluss, körperliche Arbeit habe sich als die beste Grundlage für die größten Errungenschaften des Geistes erwiesen.

VIZEPRÄSIDENT RÄUMT BANK AUS

Come on and hear
Alexander's Ragtime Band
It is the best
It is the best

Bruder von Jesse James findet Theaterstück, das ihn als Banditen, Eisenbahnräuber und Gesetzlosen zeigt, entwürdigend Bezirksfehde endet mit Polygamie ist laut Ermittlungen durch die Geistlichkeit von Salt Lake City unter Mormonen noch immer verbreitet Clubdamen schockiert

It is the best band in the land

sagen, dass die Zirkustiere ausschließlich Pferdefleisch aus Chicago fressen Zwangsversteigerungen von Grundstücken in Indiana markiert das Ende des durch die Weltausstellung ausgelösten Booms benutzt Fahne als Putzlumpen auf einer Kannibaleninsel getötet Wärter fällt ins Wasser und wird von Seelöwen angegriffen.

Das Boot erreichte den halb entleerten Ballon des Luftschiffs, der Santos Dumont jeden Augenblick unter sich zu begraben drohte. Letzterem gelang es, teils aus eigener Kraft, teils mit Hilfe zupackender Hände, an Bord zu klettern.

Der Prinz von Monaco bat ihn dringend, an Bord seiner Yacht zu kommen, um sich abzutrocknen und die Kleider zu wechseln, doch Santos Dumont weigerte sich, das Boot zu verlassen, bevor alles, was gerettet werden konnte, geborgen war. Erst dann ging auch er, durchnässt, aber lächelnd und unbekümmert, unter dem frenetischen Jubel der Menge an Land.

Das Auge der Kamera 3

O qu'il a de beaux yeux sagte die Frau auf dem Sitzplatz gegenüber aber Sie sagte so was solle man Kindern nicht sagen und der kleine Junge war verschwitzt und klebrig aber es wurde dunkel und die Lampe sah aus wie eine Melonenhälfte und war trübrot und der Zug rumpelte und plötzlich ich hab geschlafen und es ist ganz finster und die blaue Troddel hüpft am Rand des dunklen Schattens der wie eine Melone aussieht und überall sind spitze gekrümmte Schatten (als Er das erste Mal kam brachte Er eine Melone mit und die Sonne schien durch die hohen Fenster mit den Spitzengardinen und als wir sie aufschnitten roch der ganze Raum nach Melone) Nein Schatz die Kerne nicht davon kriegst du eine Blinddarmentzündung

aber du siehst durch das Fenster hinaus in die schwarze rumpelnde Finsternis in der sich plötzlich Reihen plumper Kamine abzeichnen und du hast Angst vor dem schwarzen Rauch und den Stichflammen die aus den plumpen Kaminen schießen und vergehen Keramikfabriken Schätzchen die arbeiten da die ganze

Nacht · Wer arbeitet da die ganze Nacht? · Arbeiter und so Travailleurs Mechaniker

du hattest Angst

aber dann war die Finsternis wieder ganz schwarz die Lampe im Zug und der Himmel und alles hatte einen blauschwarzen Schatten und Sie erzählte eine Geschichte von

Vorlangerzeit Vorderweltausstellung Bevorduaufderweltwarst und sie fuhren in einem privaten Wagen auf der neuen Strecke, die über die Grenze führte, und die Männer schossen vom Zug aus auf Antilopen und große Hasen die sie Eselhasen nannten und einmal nachts Vorlangerzeit Vorderweltausstellung Bevorduaufderweltwarst hatte Mutter solche Angst wegen all den Schüssen aber es war alles in Ordnung nur eine kleine Schießerei sie hatten bloß einen Mexikaner erschossen

das war damals

Freund der Menschheit

Debs /9/ war Eisenbahner, geboren in einer Bretterbude bei Terre Haute.
Er war eins von zehn Kindern gewesen.
Sein Vater war '49 mit einem Segelschiff nach Amerika gekommen,
ein Elsässer aus Colmar, kein großer Geldverdiener, einer, der gern las und Musik hörte,
er machte es möglich, dass seine Kinder die Schule bis zum Abschluss besuchten, aber das war auch schon so ziemlich alles.
Mit fünfzehn war Gene Debs bereits Mechaniker bei der Indianapolis & Terre Haute Railway.
Er fuhr als Heizer auf Lokomotiven,

arbeitete als Verkäufer,
trat in den Ortsverband der Lokomotivheizer ein, wurde zum Sekretär gewählt, reiste im ganzen Land herum und organisierte.
Er war ein großer Mann mit watschelndem Gang und verfügte über die Art von mitreißender Redegabe, die Eisenbahnarbeiter in ihren aus Brettern zusammengenagelten Sälen begeisterte,
sodass sie die Welt wollten, die er wollte,
eine brüderlich geteilte Welt,
an der jeder einen gleichen Anteil hatte:
Ich bin kein Arbeiterführer. Ich will nicht, dass ihr mir oder irgendeinem anderen folgt. Wenn ihr einen Moses sucht, der euch aus der kapitalistischen Wüste führt, werdet ihr bleiben, wo ihr seid. Selbst wenn ich könnte, würde ich euch nicht ins Gelobte Land führen, denn wenn ich euch hineinführen könnte, würde ein anderer euch hinausführen.
So sprach er zu Verladehelfern und Streckenwärtern, zu Heizern und Weichenstellern und Lokomotivführern, und er sagte, es genüge nicht, dass die Eisenbahner sich organisierten, nein, alle Arbeiter müssten sich in einer kooperativen Gemeinschaft organisieren.
Als Heizer hatte er viele lange Nachtfahrten gemacht,
und unter dem Rauch verzehrte ihn ein Feuer, es brannte in den flammenden Worten, mit denen er die Brettersäle füllte: Seine Brüder sollten freie Menschen sein.
Das war es, was er in der Menge sah, die ihn am Bahnhof Old Wells Street begrüßte, als er nach dem Pullman-Streik aus dem Gefängnis entlassen wurde,
das waren die Männer, die ihm 1912 neunhunderttausend Stimmen gegeben und die Frack- und Zylinderträger und ihre brillantenbehängten Frauen in Saratoga Springs oder Bar Harbour oder am Genfer See mit dem Schreckbild eines sozialistischen Präsidenten in Angst versetzt hatten.

Aber wo waren Gene Debs' Brüder 1918, als Woodrow Wilson ihn in Atlanta einsperren ließ, weil er seine Stimme gegen den Krieg erhoben hatte,
wo waren diese großen, starken Männer, die dem Whiskey und ihresgleichen zugetan waren, diese sanftmütigen, weitschweifigen Geschichtenerzähler an den Theken von Kleinstadtbars im Mittleren Westen,
diese ruhigen Männer, die ein Haus mit Veranda wollten, an dem sie herumbosseln konnten, und eine dicke Frau, die für sie kochte, ein paar Drinks und Zigarren, einen Garten, in dem sie graben, und ein paar Kumpel, mit denen sie alles bequatschen konnten,
und dafür wollten sie arbeiten,
und sie wollten, dass andere ebenfalls dafür arbeiteten;
wo waren die Heizer und Lokomotivführer, als man ihn ins Gefängnis von Atlanta schaffte?

Zum Sterben brachten sie ihn zurück nach Terre Haute,
damit er im Schaukelstuhl, eine Zigarre im Mund, auf der Veranda sitzen konnte,
neben den American-Beauty-Rosen, die seine Frau in eine Vase gestellt hatte;
und die Leute in Terre Haute und in Indiana und im ganzen Mittleren Westen hatten ihn gern und fürchteten ihn zugleich und betrachteten ihn wie einen netten alten Onkel, der sie gernhatte, und wollten ihn besuchen, damit er ihnen Bonbons schenkte,
aber sie hatten auch Angst vor ihm, als hätte er sich eine Geschlechtskrankheit zugezogen, Syphilis oder Lepra oder so, und fanden, es sei wirklich schade,
aber weil es doch um die Fahne ging,
um Wohlstand
und darum, für die Demokratie zu kämpfen,
fürchteten sie sich, ihn zu besuchen

oder viel an ihn zu denken, aus Angst, sie könnten ihm glauben,
denn er sagte:
Solange es eine Unterklasse gibt, gehöre ich zu ihr, solange es eine Klasse von Gesetzesbrechern gibt, gehöre ich zu ihr, solange auch nur ein einziger Mensch eingekerkert ist, bin ich nicht frei.

Das Auge der Kamera 4

in der holpernden Droschke rückwärts durch den Regen die beiden Gesichter gegenüber in der flackernden Beleuchtung des vierrädrigen Wagens und Ihre großen Koffer poltern auf dem Dach und Er zitiert mit seiner Anwaltsstimme *Othello*

Ihr Vater liebte mich, lud oft mich ein,
Erforschte meines Lebens Lauf von Jahr
Zu Jahr: die Schlachten, Stürme, Schicksalswechsel,
So ich bestand.
Ich ging es durch, vom Knabenalter her
Bis auf den Augenblick, wo er gefragt.
So sprach ich denn von manchem harten Fall,
Von schreckender Gefahr zu See und Land,
Wie ich ums Haar dem droh'nden Tod entrann

oh da ist der Schuylkill · auf dem nassen glatten Asphalt klingt das Klappern der Pferdehufe schärfer als auf dem Kopfsteinpflaster · durch die grauen Regenschwaden schimmert der Fluss rötlich vom winterlichen Schlamm · Als ich so alt war wie du Jack bin ich von dieser Brücke gesprungen durch die Geländer kann man das kalte verregnet schimmernde Wasser sehen · Hattest du was an? · Nur mein Hemd

Mac

In dem vollen Hochbahnwagen stand Fainy in der Nähe der Tür; er lehnte sich an den dicken Mann vor ihm, der sich an der Schlaufe festhielt, und las immer wieder einen Brief, der auf dickem, mit Wasserzeichen versehenem Papier geschrieben war:

Truthseeker Literary Distributing Co., Inc.
Hauptverwaltung 1104 S. Hamlin Avenue
Chicago, Ill. 14. April 1904
Fenian O'H. McCreary
456 N. Wood Street
Chicago, Ill.

Sehr geehrter Herr,
wir haben das Vergnügen, den Empfang Ihres Schreibens vom 10. d. M. zu bestätigen.

In Hinblick auf die vorliegende Angelegenheit sind wir der Meinung, dass ein persönliches Gespräch von Vorteil wäre. Wenn Sie also die Güte hätten, am 16. April um neun Uhr die oben genannte Adresse aufzusuchen, werden wir Ihre Eignung für die von Ihnen angestrebte Position gründlich prüfen können.

Stets auf der Suche nach der Wahrheit
Ihr
EMMANUEL R. BINGHAM, Doctor of Divinity

Fainy hatte Angst. Der Zug fuhr zu früh in die Station ein. Ihm blieben fünfzehn Minuten für zwei Blocks. Er schlenderte die Straße entlang und betrachtete Schaufenster. Im Fenster eines Präparators stand ein ausgestopfter Goldfasan; darüber hing ein großer, flacher, grünlicher Fisch mit einer Art Sägeschnabel, an dem ein Schild hing:

SÄGEFISCH (Pristis perotteti)
Verbreitungsgebiet: Golf von Mexiko, bevorzugt
Flussmündungen und seichte Buchten.

Vielleicht würde er gar nicht hingehen. Im Hintergrund des Schaufensters waren ein Luchs und eine Wildkatze, jeweils auf einem Ast. Plötzlich schrak er zusammen. Er würde zu spät kommen. Eilig ging er weiter.

Im vierten Stock angekommen, war er außer Atem, und sein Herz hämmerte lauter als die Wagen der Hochbahn. Er musterte die Milchglasscheiben in den Türen auf dem Flur.

THE UNIVERSAL CONTACT COMPANY
F. W. Perkins
Versicherungen

THE WINDY CITY MAGIC AND NOVELTY COMPANY

Dr. Noble
Ärzte- und Pflegebedarf

Die letzte Tür war schmutzig und gleich neben der Toilette. Der Goldlack der Lettern war abgeblättert, doch Fainy konnte sie anhand der Umrisse entziffern:

THE GENERAL OUTFITTING AND
MERCHANTIZING CORPORATION

Dann entdeckte er an der Wand neben der Tür eine Karte mit einer gezeichneten Hand, die eine Fackel hielt, und darunter die Worte «Truthseeker Inc.». Er klopfte zaghaft ans Glas. Keine Antwort. Er klopfte noch einmal.

«Herein … nicht klopfen!», rief eine tiefe Stimme. Fainy öffnete die Tür, trat in einen schmalen, dunklen Raum, der fast vollständig von zwei riesigen Rollladenschreibtischen ausgefüllt war, und stammelte: «Ich ... ich möchte bitte ... zu Mr. Bingham, Sir.»

An dem weiter entfernten Tisch vor dem einzigen Fenster saß ein massiger Mann mit schweren Hängebacken, die seinem Gesicht etwas von einem Setter verliehen. Sein schwarzes Haar war lang und kräuselte sich über den Ohren, und auf dem Hinterkopf saß ein breitkrempiger schwarzer Filzhut. Er lehnte sich in seinem Stuhl zurück und musterte Fainy von Kopf bis Fuß.

«Guten Tag, junger Mann! Mit welcher Art von Büchern kann ich Ihnen dienen? Was kann ich für Sie tun?», sagte er mit dröhnender Stimme.

«Bitte, Sir, sind Sie Mr. Bingham?»

«Doc Bingham, wie er leibt und lebt.»

«Bitte, Sir ... ich komme wegen der Stelle.»

Sogleich veränderte sich Doc Binghams Miene. Er verzog den Mund, als hätte er in etwas Saures gebissen, schwang den Drehstuhl herum und spuckte in einen Messingspucknapf in der Ecke. Dann wandte er sich wieder Fainy zu und wies mit dem dicken Zeigefinger auf ihn. «Wie buchstabiert man ‹Erfahrung›, junger Mann?»

«E ... r ... f ... a ... r ... u ...»

«Das reicht ... Bildungslücken ... Hab ich mir gedacht ... Keinerlei Kultur, keins der edleren Gefühle, die den zivilisierten Menschen von den Barbaren der Wildnis unterscheiden ... Keine Begeisterung für die Wahrheit, keine Entschlossenheit, ihr Licht in die Finsternis zu tragen ... Ist dir eigentlich klar, dass es sich nicht um eine Stelle, sondern um eine einmalige Gelegenheit handelt? Um die Gelegenheit, einer Sache zu dienen und sich zugleich zu vervollkommnen. Ich biete dir eine Gratis-Ausbildung.»

Fainy scharrte mit dem Fuß. Er hatte einen Kloß im Hals.

«Wenn's was mit Drucken zu tun hat, krieg ich's bestimmt hin.»

«Nun, junger Mann, denke bei der kurzen Befragung, die ich jetzt vornehmen werde, stets daran, dass du an der Schwelle einer großartigen Zukunft stehst.»

Doc Bingham stöberte lange in den Schubladen des Schreibtischs, fand schließlich eine Zigarre, biss das Ende ab, zündete sie an und wandte sich wieder zu Fainy, der von einem Fuß auf den anderen trat.

«Zunächst einmal bitte deinen Namen.»

«Fenian O'Hara McCreary.»

«Hm, irisch und schottisch, ein ziemlich guter Menschenschlag, zu dem auch meine Vorfahren gehörten. Religion?»

Fainy wand sich. «Pop war katholisch, aber ...» Er errötete.

Doc Bingham lachte und rieb sich die Hände.

«Ach, Religion – was für Verbrechen werden in deinem Namen begangen! Ich selbst bin Agnostiker ... wenn ich unter Freunden bin, kümmern mich weder Klasse noch Glaube; manchmal allerdings, mein Junge, muss man sich dem Wind beugen. Nein, mein Gott ist die Wahrheit, deren Fackel von aufrechten Männern weitergetragen wird, damit sie den Nebel der Gier und Unwissenheit zerteilt und der Menschheit Freiheit und Wissen bringt. Stimmst du mir zu?»

«Ich hab bei meinem Onkel gearbeitet. Er ist ein Sozialdemokrat.»

«Ach, die hitzköpfige Jugend ... Kannst du einen Pferdewagen fahren?»

«Ja, Sir, ich glaube schon.»

«Tja, dann weiß ich nicht, warum ich dich nicht einstellen sollte.»

«In der Anzeige in der *Tribune* stand was von fünfzehn Dollar die Woche.»

Doc Binghams Stimme klang samtweich. «Nun, Fenian, mein junger Freund, fünfzehn Dollar pro Woche werden das Mindeste sein ... Hast du schon mal vom kooperativen System gehört? Das ist das System, nach dem ich dich einstellen werde. Als alleiniger Eigentümer und Repräsentant der Truthseeker Corporation biete ich ein herausragendes Programm von Broschüren und Schriften zu allen Teilbereichen des menschlichen Wissens und Strebens.

Gegenwärtig läuft eine landesweite Verkaufskampagne an, und du wirst einer meiner Vertriebshändler sein. Die Bücher kosten zwischen zehn und fünfzig Cent. An jedem Zehn-Cent-Buch verdienst du einen Cent, an jedem Fünfzig-Cent-Buch verdienst du fünf Cent.»

«Dann kriege ich also ... keinen festen Wochenlohn?», stammelte Fainy.

«Willst du etwa knickrig im Kleinen und verschwenderisch im Großen sein? Willst du dir die größte Gelegenheit deines Lebens für die Zusicherung eines bloßen Taschengelds entgehen lassen? Nein, das Funkeln in deinen Augen und dein aus der ehrwürdigen irischen Geschichte entlehnter Rebellenname verraten mir, dass du ein junger Mann voller Schwung und Entschlossenheit bist ... Sind wir uns einig? Dann schlag ein, und bei Gott, Fenian, du wirst es niemals bereuen.»

Doc Bingham sprang auf, ergriff Fainys Hand und schüttelte sie.

«Nun, Fenian, komm mit, wir haben einige wichtige Vorbereitungen zu treffen.» Doc Bingham zog den Hut ins Gesicht, und dann gingen sie die Treppe zum Eingang hinunter. Er war ein schwerer Mann, und beim Gehen wabbelte das Fett. Immerhin Arbeit, dachte Fainy.

Zunächst gingen sie zu einer Schneiderei, wo ein Mann mit gelblicher Haut und langer Nase, den Doc Bingham mit Lee anredete, aus der Werkstatt kam, um sie zu begrüßen. Es roch nach gebügeltem Stoff und Reinigungsmitteln. Lee sprach, als hätte er keinen Gaumen.

«Mann, ich bin chiemlich krang», sagte er. «Hab chon mea alch auchend Ollar für Ärchte auchgegehm, aber nikch.»

«Nun, wir helfen, wo wir können, das wissen Sie doch, Lee.»

«Ja, kla, kla, aber Chie chuldn mir eifach chu viel Geld, Mannie.»

Dr. Emmanuel Bingham sah aus dem Augenwinkel zu Fainy.

«Ich kann Ihnen versichern, dass die gesamte finanzielle Situation binnen sechzig Tagen bereinigt sein wird ... Aber weswegen ich gekommen bin: Ich möchte mir zwei von Ihren großen Pappkartons ausleihen, die, in denen Sie Ihre Anzüge liefern.»

«Wa wolln Chie deng damit?»

«Mein junger Freund und ich verfolgen ein kleines Projekt.»

«Aber dach Chie nikch Illegalech damit machn – da chteht mei Name drauf.»

Doc Bingham lachte herzlich, als sie aus dem Laden traten, unter dem Arm Kartons, auf denen in geschwungenen Lettern *Schneiderei Levy & Goldstein – Pünktlich und zuverlässig* stand.

«Er ist ein Witzbold, Fenian», sagte er. «Aber nimm seinen bemitleidenswerten Zustand als Warnung: Der unglückselige Mann leidet an den Folgen einer schrecklichen Geschlechtskrankheit, die er sich bei einem jugendlichen Fehltritt zugezogen hat.»

Sie kamen an dem Geschäft des Tierpräparators vorbei. Da waren die Katzen, der Goldfasan, der große Sägefisch ... *bevorzugt Flussmündungen und seichte Buchten.* Fainy war in Versuchung, den Karton fallen zu lassen und wegzurennen. Aber immerhin, es war Arbeit.

«Fenian», sagte Doc Bingham in vertraulichem Ton, «weißt du, wo das Mohawk House ist?»

«Jawohl, Sir, für die haben wir Druckaufträge erledigt.»

«Aber man kennt dich dort nicht, oder?»

«Nein, die kennen mich nicht. Ich hab da bloß mal Schreibpapier abgeliefert.»

«Hervorragend ... Hör gut zu: Meine Zimmernummer ist 303. In etwa fünf Minuten kommst du dorthin. Du bist der Ladenjunge vom Schneider, verstanden, und willst ein paar Anzüge zum Reinigen holen. Dann gehst du hinauf in mein Zimmer, holst die Anzüge und bringst sie in mein Büro. Wenn dich jemand fragt, wohin du damit willst, sagst du, zu Levy & Goldstein, verstanden?»

Fainy holte tief Luft. «Klar, hab ich verstanden.»

Als er in das kleine Zimmer im obersten Stock des Mohawk House trat, ging Doc Bingham darin auf und ab.

«Levy & Goldstein», sagte Fainy, ohne die Miene zu verziehen.

«Du bist ein fähiger Assistent, mein junger Freund», sagte Doc Bingham. «Ich bin froh, dass meine Wahl auf dich gefallen ist. Ich werde dir einen Dollar Vorschuss auf deinen Lohn geben.» Während er das sagte, nahm er aus einem großen Koffer, der mitten im Zimmer stand, Kleider, alte Bücher und Papiere und packte sie sorgsam in einen der Kartons. In den anderen legte er einen pelzgefütterten Mantel. «Der hat zweihundert Dollar gekostet, Fenian, ein Relikt vergangener Herrlichkeit ... Ach, das Herbstlaub in Vallombrosa ... *Et tu in Arcadia vixisti* ... Das ist Latein, die Sprache der Gelehrten.»

«Mein Onkel Tim, dem die Druckerei, in der ich gearbeitet hab, gehört hat, kann auch ganz gut Latein.»

«Meinst du, du kannst die Kartons tragen, Fenian? Sind sie auch nicht zu schwer?»

«Klar kann ich die tragen.» Fainy wollte ihn nach dem Dollar fragen.

«Na gut, dann los. Warte im Büro auf mich.»

Im Büro saß jemand am anderen Schreibtisch. «Was wollen Sie hier?», rief er mit heiserer Stimme. Er war ein junger Mann mit schmaler Nase, wächserner Haut und schwarzem, abstehendem Haar. Fainy war vom Treppensteigen außer Atem, und seine Arme waren steif vom Tragen der schweren Kartons. «Ich nehme an, es handelt sich mal wieder um eine von Mannies Idiotien. Sagen Sie ihm, dass er seinen Schreibtisch räumen soll – den habe nämlich ich gemietet.»

«Aber Dr. Bingham hat mich gerade eingestellt. Ich arbeite für die Truthseeker Literary Distributing Company.»

«Dass ich nicht lache.»

«Er wird jeden Moment hier sein.»

«Dann setzen Sie sich und seien Sie still – sehen Sie nicht, dass ich arbeite?»

Niedergeschlagen setzte Fainy sich auf den Drehstuhl am Fenster, den einzigen, auf dem sich keine Broschüren türmten. Draußen sah er ein paar schmutzige Dächer und Feuerleitern und konnte durch schmutzige Fenster in andere Büros mit anderen Rollladenschreibtischen blicken. Auf dem Tisch vor ihm lagen in Papier eingeschlagene Bücherstapel, dazwischen Massen von Broschüren. Sein Blick fiel auf einen Titel:

DIE KÖNIGIN DER WEISSEN SKLAVINNEN
Skandalöse Enthüllungen von Milly Meecham, die ihren Eltern im Alter von sechzehn Jahren entzogen und von ihrem gewissenlosen Entführer zu einem Leben in Schmach und Schande gezwungen wurde.

Er begann zu lesen. Sein Mund war trocken, und er fühlte sich ganz verschwitzt.

«Du bist von niemandem angesprochen worden, oder?» Doc Binghams dröhnende Stimme riss ihn aus der Lektüre. Bevor er antworten konnte, knurrte der Mann am anderen Schreibtisch: «Hören Sie, Mannie, Sie müssen Ihr Zeug zusammenpacken. Ich habe den Schreibtisch gemietet.»

«Oh, schütt'le nicht die blut'gen Locken wider mich, Samuel Epstein. Mein junger Freund und ich sind im Begriff, zu einer Expedition zu den Eingeborenen im tiefsten Michigan aufzubrechen. Noch heute Abend fahren wir nach Saginaw. Ich werde vor Ablauf von sechzig Tagen zurück sein und Sie der Verantwortung für dieses Büro entheben. Der junge Mann begleitet mich, um das Geschäft zu erlernen.»

«Geschäft – dass ich nicht lache», knurrte der andere und vergrub sich wieder in seine Papiere.

«Aufschub, Fenian, ist der Dieb der Zeit», sagte Doc Bingham und schob die dicke Hand nach Napoleonart in die doppelreihige Weste. «Der Strom der menschlichen Geschäfte wechselt; nimmt man die Flut wahr …» In den nächsten zwei Stunden schuftete Fainy unter Doc Binghams Anleitung, indem er Broschüren in braune Pappkartons packte, die er verschnürte und an Truthseeker, Inc., Saginaw, Mich., adressierte.

Er bat um eine Stunde, um sich von seiner Familie zu verabschieden. Milly gab ihm mit schmalen Lippen einen Kuss auf die Stirn. Dann brach sie in Tränen aus. «Du hast Glück! Ach, ich wollte, ich wäre ein Junge», schluchzte sie und rannte nach oben. Mrs. O'Hara ermahnte ihn, ein guter Junge zu sein, immer im YMCA /10/ abzusteigen – da sei ein junger Mann keinen Versuchungen ausgesetzt – und sich Uncle Tim und sein Gesaufe ein warnendes Beispiel sein zu lassen.

Die Kehle war ihm wie zugeschnürt, als er sich auf die Suche nach Uncle Tim machte. Er fand ihn im Hinterzimmer von O'Grady. Seine Augen waren hellblau, und seine Unterlippe zitterte, als er sagte: «Komm, Junge, trink einen mit mir – du bist jetzt auf dich allein gestellt.»

Fainy trank ein Glas Bier, ohne etwas davon zu schmecken.

«Fainy, du bist ein intelligenter Bursche ... Ich wollte, ich hätte dir mehr helfen können – du bist durch und durch ein O'Hara. Du hast Marx gelesen. Lies, so viel du kannst, und vergiss nicht: Du bist durch Blut und Geburt ein Rebell ... Gib nie anderen Menschen die Schuld. Sieh dir das schreckliche, spitzzüngige Zankweib an, mit dem ich verheiratet bin – gebe ich ihr die Schuld? Nein, schuld ist das System. Und verkauf dich nie an diese Schweinehunde, Junge. Die Frauen sorgen dafür, dass man sich verkauft – du weißt schon, was ich meine. Gut, geh jetzt ... sonst verpasst du noch deinen Zug.»

«Ich schreibe dir aus Saginaw, Uncle Tim – versprochen.»

Uncle Tims schmales, gerötetes Gesicht in dem leeren, von Zigarrenrauch erfüllten Raum, die Theke mit der glänzenden Messingstange und dem Barkeeper, der sich mit seinen rosigen Armen darauf stützte, die Flaschen und die Spiegel und das Porträt von Lincoln beschrieben eine verschwommene halbe Drehung vor seinen Augen, und dann war er draußen, auf der regennassen, schimmernden Straße unter schimmernden Wolken und eilte, den Koffer in der Hand, zur Station der Hochbahn.

In der Illinois Central Station erwartete ihn Doc Bingham inmitten eines Kreises aus gestapelten Paketen. Fen hatte ein komisches Gefühl, als er ihn sah: die blassen, fettigen Hängebacken, die zweireihige Weste, der unförmige schwarze, an einen Pfarrer gemahnende Mantel, der staubige schwarze Filzhut, der die Haare über den fleischigen Ohren in einer unvermittelten Welle abstehen ließ. Aber immerhin, es war Arbeit.

«Ich muss gestehen, Fenian», sagte Doc Bingham, sobald Fainy vor ihm stand, «dass ich trotz meiner profunden Menschenkenntnis ein wenig in Sorge war, du könntest es dir anders überlegt haben. Wie hieß noch der Dichter, der gesagt hat, dass die ersten Flügelschläge des ausfliegenden Nestlings die schwierigsten sind? Ich werde jetzt die Fahrscheine kaufen – du lädst inzwischen diese Pakete in den Zug, und achte darauf, dass wir im Raucherabteil sitzen.»

Als sich der Zug in Bewegung gesetzt und der Schaffner ihre Fahrscheine kontrolliert hatte, beugte sich Doc Bingham vor und tippte Fainy mit dem dicken Zeigefinger aufs Knie. «Ich bin froh, dass du dich ordentlich kleidest, mein junger Freund. Man sollte nie vergessen, wie bedeutsam es ist, sich der Welt von seiner guten Seite zu zeigen. Wenn auch im Herzen nichts als Staub und Asche ist, muss man äußerlich doch schwungvoll und frohgemut sein. Lass uns für ein Weilchen nach vorn gehen, ins Raucherabteil des Pullman-Wagens, damit wir nicht die ganze Zeit bei diesen Landeiern sitzen.»

Es regnete heftig, und vor dem Dunkel der Nacht krochen Regentropfen diagonal über die Fenster. Fainy fühlte sich unbehaglich, als er Doc Bingham schwankend zu dem kleinen, mit schwarzen Ledersitzen versehenen Raucherabteil am Ende des in grünem Plüsch gehaltenen Salonwagens folgte. Dort zog Doc Bingham eine lange Zigarre aus der Tasche und begann, eine beeindruckende Serie von Rauchringen zu blasen. Fainy saß, die Füße unter den Sitz gestellt, neben ihm und versuchte, so wenig Platz wie möglich einzunehmen.

Nach und nach füllte sich das Abteil mit schweigsamen Männern und träge kreisendem Zigarrenrauch. Der Regen schlug wie Kies an die Fenster. Lange herrschte Schweigen. Hin und wieder räusperte sich einer und spie Tabaksaft oder Schleim in den Spucknapf.

«Tja, ich muss sagen», ließ sich einer vernehmen, ohne sich an irgendjemanden im Bestimmten zu richten, «es war eine schöne Amtseinführung, auch wenn wir fast erfroren wären.»

«Sie waren in Washington?»

«Allerdings, Sir, ich war in Washington.»

«Die meisten Züge haben's erst am nächsten Tag geschafft.»

«Ich weiß. Ich hatte Glück. Ein paar Züge waren achtundvierzig Stunden eingeschneit.»

«Ja, das war ein ziemlicher Schneesturm.»

«Den ganzen Tag Nordwinde schieben
Über das Land ein weißes Stieben,
Bis blasser Sonne fahles Licht
verhalten durch den Schneedunst bricht»,

sagte Doc Bingham halblaut und mit niedergeschlagenen Augen.

«Sie müssen ein gutes Gedächtnis haben, dass Sie solche Verse einfach so aus dem Ärmel schütteln können.»

«Allerdings, Sir. Ich verfüge über ein Gedächtnis, das man, wie ich meine, ohne die Grenzen der Bescheidenheit zu verletzen, durchaus als zyklopädisch bezeichnen kann. Wäre es eine angeborene Gabe, so müsste ich schamhaft erröten und schweigen, doch da es das Resultat vierzigjähriger Studien des Besten ist, was die Menschheit an epischer Lyrik und dramatischer Literatur hervorgebracht hat, habe ich das Gefühl, es könnte andere, die ebenfalls den Pfad zu Erleuchtung und persönlicher Vervollkommnung eingeschlagen haben, vielleicht ein wenig ermutigen, auf diesen Umstand hinzuweisen.» Plötzlich wandte er sich zu Fainy. «Möchtest du vielleicht Othellos Rede vor dem venezianischen Senat hören, mein Junge?»

«Klar möchte ich das», sagte Fainy und errötete.

«Na, wenigstens kriegt Teddy jetzt Gelegenheit, sein Versprechen zu erfüllen und die Konzerne zu bekämpfen.»

«Ich sage Ihnen, diese aufrührerischen Farmer im Nordwesten ...»

«Schlimm, dass diese Sonderzüge zur Amtseinführung im Schnee steckengeblieben sind.»

Aber Doc Bingham war nicht zu bremsen:

«Ehrwürd'ger, mächt'ger und erlauchter Rat,
Sehr edle, wohlerprobte, gute Herrn –
Dass ich dem alten Mann die Tochter nahm,
Ist völlig wahr; wahr, sie ist mir vermählt ...»

«Die werden mit diesen Gesetzen zur Schwächung der Konzerne nicht durchkommen, glauben Sie mir. Man kann die individuelle Freiheit nicht einfach so beschneiden.»

«Aber gerade die Freiheit des einzelnen Geschäftsmanns will der progressive Flügel der Republikaner doch schützen.»

Doc Bingham hatte sich erhoben. Die eine Hand steckte unter seiner zweireihigen Weste, die andere beschrieb weite Kreise.

«Ich bin von rauem Wort
Und schlecht begabt mit milder Friedensrede,
Seit siebenjähr'ge Kraft mein Arm gewann.
Bis vor neun Monden etwa übt' er stets
Nur Kriegestat im Felde wie im Lager.»

«Die Stimmen der Farmer», beharrte der andere schrill, aber niemand hörte ihm zu. Die Bühne gehörte Doc Bingham.

«Und wenig lernt' ich von dem Lauf der Welt,
Als was zum Streit gehört und Werk der Schlacht;
Drum wenig Schmuck wohl leih' ich meiner Sache,
Red ich für mich.»

Der Zug wurde langsamer. Das Abnehmen des Lärms ließ Doc Binghams Stimme eigenartig laut klingen. Fainy spürte im Rücken die Sitzlehne, und mit einem Mal herrschte Stille, man hörte nur das entfernte Läuten einer Lokomotivglocke und dann Doc Binghams anzügliches Flüstern:

«Gentlemen, ich habe hier in Form von Broschüren die komplette und unzensierte Ausgabe eines Klassikers der Weltliteratur, des berühmten *Dekameron* von Boccaccio, seit vier Jahrhunderten der Inbegriff von pikantem Witz und derbem Humor ...» Er zog ein Bündel Heftchen aus einer seiner ausgebeulten Taschen und wedelte damit herum. «Sollte sich einer der Herren dafür interessieren, so wäre ich aus reiner Freundschaft bereit, mich von einigen Exemplaren zu trennen ... Hier, Fenian, nimm die und sieh, ob jemand eins will – sie kosten zwei Dollar das Stück. Mein junger Freund wird sich um alles weitere kümmern ... Gute Nacht, Gentlemen.» Damit ging er hinaus, und der Zug setzte sich wieder in Bewegung. Fainy stand, die Broschüren in der Hand, mitten im schlingernden Wagen, durchbohrt von den misstrauischen Blicken der Raucher.

«Lass mal sehen», sagte der kleine Mann mit den abstehenden Ohren, der in der Ecke saß. Er schlug das Heft auf und begann gierig zu lesen. Fainy stand mitten im Wagen, es kribbelte ihn am ganzen Körper. Er sah das Weiß im Augenwinkel blitzen, als der kleine Mann an den Zigarren vorbei durch die Rauchschwaden spähte. Die abstehenden Ohren waren jetzt leicht gerötet.

«Starker Tobak», sagte er, «aber zwei Dollar sind zu viel.»

«A-aber es sind nicht m-meine», stammelte Fainy, «u-und ich weiß nicht – »

«Ach, was soll's.» Der kleine Mann drückte ihm zwei Dollar in die Hand und fuhr fort zu lesen. Als Fainy zu seinem Wagen zurückkehrte, hatte er sechs Dollar eingenommen. Zwei Hefte waren noch übrig. Unterwegs begegnete ihm der Schaffner. Sein Herz setzte beinahe aus, doch der Mann sah ihn nur scharf an, sagte aber nichts.

Doc Bingham saß mit geschlossenen Augen, den Kopf in die Hand gestützt, da und schien zu dösen. Fainy setzte sich neben ihn.

«Wie viele haben sie gekauft?», fragte Doc Bingham aus dem Mundwinkel und ohne die Augen zu öffnen.

«Ich hab sechs Dollar ... Mann, der Schaffner hat mir einen Schrecken eingejagt. Wie der mich angesehen hat.»

«Überlass den Schaffner mir, und vergiss nicht, dass es kein Verbrechen ist, die Krämer und Geldwechsler in diesem gottverlassenen Land im Namen der Menschlichkeit und Erleuchtung mit den Werken der großen Humanisten bekanntzumachen ... Gib mir die Moneten.»

Fainy wollte ihn nach dem versprochenen Dollar fragen, doch Doc Bingham zitierte schon wieder Othello:

«Wenn jedem Sturm so heitre Stille folgt,
Dann klimme, Schiff, die Wogenberg' hinan,
Hoch wie Olymp.»

Im Commercial House in Saginaw schliefen sie sich aus und aßen ein opulentes Frühstück, bei dem Doc Bingham über Theorie und Praxis des Buchhandels dozierte. «Ich fürchte sehr, dass wir in den Weiten des Landes, in die wir jetzt vordringen», sagte er, während er drei Spiegeleier zerschnitt und in sein Brötchen biss, «auf genau die Art von Hinterwäldlern treffen werden, die noch immer Maria Monk[11] lesen wollen.»

Fainy wusste nicht, wer Maria Monk war, wollte aber nicht fragen. Er ging mit Doc Bingham zu Hummers Mietstall, um Pferd und Wagen zu mieten. Es folgte ein langer, zäher Kampf zwischen der Firma Truthseeker und der Direktion von Hummers Mietstall bezüglich des Preises für einen kleinen Wagen und ein geschecktes Pferd in vorgerücktem Alter und mit Kruppen, an denen man seinen Hut hätte aufhängen können, und so war es später Nachmittag, als sie mit ihren Stapeln von Bücherpaketen Saginaw verließen und den Weg zur Landstraße einschlugen.

Es war ein kühler Frühlingstag. Bauchige, grau verschwimmende Wolken trieben über einen bläulich silbrigen Himmel. Der Schecke fiel immer wieder in Schritt; Fainy ließ die Zügel auf den knochigen Rücken klatschen und schnalzte mit der Zunge, bis sein Mund ganz trocken war. Beim ersten Schlag fiel das Tier in einen leichten Galopp, aus dem aber sogleich ein unregelmäßiger Trab und dann wieder Schritt wurde. Fainy fluchte und schnalzte, doch es gelang ihm nicht, das Pferd im Trab zu halten. Doc Bingham saß, den breitkrempigen Hut in den Nacken geschoben, neben ihm auf dem Kutschbock, rauchte eine Zigarre und schwadronierte. «Ich muss dir sagen, Fenian, die Haltung eines aufgeklärten Mannes kann nur sein: *Zum Teufel beider Sippschaft!* Ich bin ein Pantheist, aber auch ein Pantheist muss essen, daher also Maria Monk.» Ein paar Regentropfen, kalt und beißend wie Hagelkörner, wehten ihnen ins Gesicht. «Wenn es in diesem Tempo weitergeht, werde ich eine Lungenentzündung bekommen, und das wird deine Schuld sein: Du hast gesagt, du könntest einen Wagen fahren ... Los, zu dem Farmhaus da. Vielleicht dürfen wir Pferd und Wagen in der Scheune abstellen.»

Auf der Zufahrt zu dem grauen Haus und der großen grauen Scheune, die ein Stück abseits der Straße unter ein paar großen Fichten standen, fiel der Schecke wieder in Schritt und rupfte Halme von dem leuchtend grünen Gras im Graben. Fainy zog ihm mit dem Zügelende eins über und reckte sogar den Fuß, um ihn in den Hintern zu treten, doch es nützte nichts.

«Verdammt, gib mir die Zügel.»

Mit einem heftigen Ruck riss Doc Bingham am Zügel, doch das Pferd wandte nur den Kopf und sah die beiden an; zwischen den langen gelben Zähnen waren grünlicher Schaum und halb zerkaute Halme. Für Fainy sah es aus, als würde es sie auslachen. Der Regen wurde stärker. Sie schlugen die Kragen hoch. Ein paar kalte Tropfen rannen Fainy den Nacken hinunter.

«Dann steig ab und lauf, verdammt. Wenn du ihn nicht antreiben kannst, musst du ihn eben führen», schimpfte Doc Bingham. Fainy sprang vom Wagen und zog das Pferd zur Hintertür des Farmhauses. Das Wasser rann ihm in den Ärmel des Arms, mit dem er das Halfter hielt.

«Guten Tag, Ma'am.» Doc Bingham war abgestiegen und verbeugte sich vor der kleinen alten Frau, die aus der Tür getreten war. Er stellte sich neben sie unter das Vordach, um vor dem Regen geschützt zu sein. «Würde es Ihnen etwas ausmachen, wenn ich mein Pferd und meinen Wagen für ein paar Augenblicke in Ihrer Scheune abstelle? Ich habe wertvolle, verderbliche Ware geladen und keine wasserfeste Abdeckung.» Der magere weiße Kopf der alten Frau nickte. «Ich muss sagen, das ist überaus freundlich von Ihnen ... Gut, Fenian, führ das Pferd in die Scheune und bring mir das Päckchen, das unter dem Kutschbock liegt ... Gerade habe ich noch zu meinem jungen Freund gesagt, dass in diesem Haus gewiss ein guter Samariter lebt, der zwei müde Reisende aufnehmen wird.»

«Kommen Sie rein, Mister, dann können Sie sich an den Ofen setzen und sich trocknen. Kommen Sie rein, Mister ... äh?»

«Doc Bingham ist mein Name ... Reverend Doctor Bingham», hörte Fainy ihn im Hineingehen sagen.

Er war durchnässt und fror, als er selbst ins Haus trat. Das Bücherpäckchen trug er unter dem Arm. Doc Bingham hatte es sich in einem Schaukelstuhl am Herd bequem gemacht. Neben ihm standen auf einem sauber geschrubbten Tischchen eine Tasse Kaffee und ein Teller mit einem Stück Kuchen. Ein angenehmer Geruch nach Äpfeln, gebratenem Speck und Lampen hing in der Küche. Die alte Frau beugte sich über den Tisch und hörte Doc Bingham aufmerksam zu. Eine andere, größere, dürre Frau, die ihr dünnes, sandfarbenes Haar zu einem Knoten gebunden hatte, stand, die roten Hände in die Seiten gestemmt, im Hintergrund. Buckelnd und mit steil erhobenem Schwanz rieb sich eine schwarz-weiße Katze an Doc Binghams Bein.

«Ah, Fenian, du kommst gerade recht», sagte er mit einer Stimme, die wie das Schnurren der Katze klang. «Ich habe unseren freundlichen Gastgeberinnen gerade von unserem höchst interessanten und lehrreichen Sortiment erzählt, in dem das Beste an erhebender und erbaulicher Literatur vereinigt ist, was es auf der Welt gibt. Es ist so gütig von ihnen, uns bei diesem kleinen Missgeschick mit dem Wetter Obdach zu gewähren, dass ich dachte, es wäre nur gerecht, ihnen eine kleine Auswahl zu zeigen.»

Die große Frau wrang die Schürze. «Ich les ja ganz gern mal», sagte sie schüchtern, «aber ich komm nicht so oft dazu, erst im Winter.»

Gütig lächelnd knotete Doc Bingham den Bindfaden auf und öffnete das Päckchen auf seinem Schoß. Ein Büchlein fiel zu Boden. Fainy sah den Titel: *Die Königin der weißen Sklavinnen*. Ein missvergnügter Schatten legte sich über Doc Binghams Gesicht. Er stellte den Fuß auf das Buch. «Das sind Bibelauslegungen, mein Junge», sagte er. «Ich wollte *Dr. Spikenards kurze Predigten für alle Gelegenheiten*. Er reichte das halb geöffnete Päckchen an Fainy zurück, der es an die Brust drückte. Dann bückte er sich, hob das Büchlein unter seinem Fuß mit einer langsamen, gleitenden Bewegung auf und steckte es in die Tasche. «Ich werde wohl selbst nachsehen müssen», sagte er samtweich schnurrend. Als sie unter dem Vordach standen, knurrte er Fainy an: «Unter dem Kutschbock, du kleine Ratte … Wenn du so was noch mal machst, breche ich dir alle Knochen.» Und er trat so fest mit dem Knie in Fainys Hintern, dass dessen Zähne aufeinanderschlugen und er hinaus in den Regen stolperte. «Das war keine Absicht, ehrlich», beteuerte Fainy. Aber Doc Bingham war schon wieder im Haus, und der wohltönende Klang seiner Stimme drang zugleich mit dem ersten Lampenlicht hinaus in die regnerische Dämmerung.

Diesmal öffnete Fainy das Päckchen, bevor er es hineintrug. Doc Bingham nahm ihm die Bücher aus der Hand, ohne ihn anzusehen, und Fainy stellte sich neben das Ofenrohr. Dort stand er im Dampf, der von seinen Kleidern aufstieg, und hörte Doc Binghams dröhnender Stimme zu. Er war hungrig, aber offenbar kam niemand auf den Gedanken, ihm ein Stück Kuchen anzubieten.

«Ach, meine teuren Freundinnen, welche Worte könnten schildern, wie dankbar dieser einsame Diener der frohen Botschaft des Lichts, der durch die Mühsalen und Fährnisse dieser Welt wandert, seinem gütigen Schöpfer ist, wenn er auf aufnahmebereite Zuhörer stößt. Ich bin sicher, diese Büchlein werden tröstlich, interessant und erbaulich für alle sein, die sich der kleinen Mühe der Lektüre unterziehen. Ich bin dessen so sicher, dass ich stets eine Anzahl davon mit mir führe, die ich für einen bescheidenen Betrag abgeben kann. Es bricht mir beinahe das Herz, dass ich überhaupt etwas dafür verlangen muss.»

«Was kosten sie denn?», fragte die alte Frau, und ihre Miene bekam etwas Scharfes. Die dürre Frau ließ die Hände sinken und schüttelte den Kopf.

«Fenian», sagte Doc Bingham und drehte sich leutselig zu ihm um, «kannst du dich an den Selbstkostenpreis dieser Bücher erinnern?» Fainy ärgerte sich und gab keine Antwort. «Komm, Fenian», sagte Doc Bingham honigsüß, «und erlaube mir, dich an die Worte des unsterblichen Dichters zu erinnern:

Die Demut ist der jungen Ehrfurcht Leiter;
Wer sie hinanklimmt, kehrt den Blick ihr zu;
Doch hat er erst den höchsten Spross erreicht,
Dann kehret er der Leiter seinen Rücken.

Du bist sicher hungrig. Iss meinen Kuchen.»

«Ich glaub, wir haben noch ein Stück Kuchen für den Jungen», sagte die alte Frau.

«Waren es nicht zehn Cent?», sagte Fainy und trat näher.

«Na, wenn die bloß zehn Cent kosten, nehm ich eins», sagte

die Alte schnell. Die dürre Frau wollte etwas sagen, aber es war zu spät.

Kaum hatte Fainy den Kuchen hinuntergeschlungen, kaum war die glänzende Zehn-Cent-Münze aus der alten Tabakschachtel im Küchenschrank genommen worden und in Doc Binghams Westentasche verschwunden, da hörte man das Klirren eines Pferdegeschirrs, und in der Regennacht schimmerte das Licht einer Kutschlaterne. Die alte Frau stand auf und sah nervös zur Tür, die sich sogleich öffnete. Ein stämmiger grauhaariger Mann mit rundem Gesicht und einem kleinen Kinnbart trat ein und schüttelte das Regenwasser von seinem Mantel. Hinter ihm kam ein mageres Bürschchen in Fainys Alter.

«Guten Abend, Sir, guten Abend, Junge», donnerte Doc Bingham und spülte den letzten Bissen Kuchen mit einem Schluck Kaffee hinunter.

«Sie haben gefragt, ob sie ihr Pferd in der Scheune abstellen können, bis es aufhört zu regnen. Das ist dir doch recht, oder, James?», fragte die alte Frau nervös.

«Von mir aus», sagte der Mann und ließ sich schwer auf den freien Stuhl sinken. Die alte Frau hatte die Broschüre in der Schublade des Küchentischs verschwinden lassen. «Wie's aussieht, handelt ihr mit Büchern.» Er starrte das geöffnete Paket an. «Tja, für solchen Quatsch haben wir hier keine Verwendung, aber ihr könnt in der Scheune übernachten. In so einer Nacht will man keinen Hund vor die Tür jagen.»

Also spannten sie das Pferd aus und bereiteten sich ein Lager im Heu über dem Kuhstall. Bevor sie hinüber zur Scheune gingen, ließ der Mann sie ihre Streichhölzer abliefern. «Wo Streichhölzer sind, kann's Feuer geben», sagte er. Doc Binghams Gesicht war finster, als er sich in eine Pferdedecke wickelte und etwas von «würdeloser Behandlung eines Geistlichen» murmelte. Fainy war aufgeregt und glücklich. Er lag auf dem Rücken und lauschte dem Regen, der auf das Dach trommelte und in den Dachrinnen gurgelte, und den gedämpften Geräuschen der Tiere unter ihnen; in der Nase hatte er den Duft des Heus und den warmen, wiesensüßen Geruch der Kühe. Er war nicht müde. Er wünschte, es wäre ein Gleichaltriger da, mit dem er sich hätte unterhalten können. Aber immerhin, es war Arbeit, und er war unterwegs.

Er war kaum eingeschlafen, als ein Licht ihn weckte. Der Junge, den er in der Küche gesehen hatte, stand mit einer Laterne über ihm. Sein Schatten schwebte riesenhaft über das Dachgebälk.

«Ich will ein Buch kaufen.»

«Was für ein Buch?» Fainy gähnte und setzte sich auf.

«Du weißt schon ... so eins mit Tänzerinnen und weißen Sklavinnen und so.»

«Wie viel willst du denn bezahlen, mein Sohn?», kam Doc Binghams Stimme von unter der Pferdedecke hervor. «Wir haben eine ganze Reihe überaus interessanter Bücher, in denen die Tatsachen des Lebens frank und frei geschildert und die beklagenswerten Ausschweifungen des großstädtischen Lebens schonungslos offenbart werden, und zwar zu einem Preis von ein bis fünf Dollar das Stück. *Dr. Burnsides komplette Sexologie* kostet sechs fünfzig.»

«Mehr als einen Dollar hab ich aber nicht ... Aber ihr verpetzt mich nicht bei dem Alten, oder?», sagte der junge Mann und sah von einem zum anderen. «Seth Hartwick wohnt ein Stück die Straße runter, und der war mal in Saginaw und hat von einem Mann im Hotel ein Buch gekauft. Mann, das war ziemlich heißes Zeug!» Er kicherte verlegen.

«Fenian, geh runter, such ihm *Die Königin der weißen Sklavinnen* raus und lass dir einen Dollar geben», sagte Doc Bingham, drehte sich um und schlief weiter.

Fainy und der Junge stiegen die wacklige Leiter hinunter.

«Sag mal, ist das auch wirklich heiß? Mann, wenn Pop das rauskriegt, kann ich was erleben ... Mann, ich wette, die hast du alle gelesen.»

«Ich?», sagte Fainy herablassend. «Ich brauch die nicht zu lesen. Ich kann das alles in Wirklichkeit erleben, wenn ich will ... Hier ist es. Da geht’s um gefallene Frauen und so.»

«Ist das nicht ein bisschen dünn für einen Dollar? Ich dachte, für einen Dollar krieg ich was Dickeres.»

«Das hier ist aber ganz schön heiß.»

«Na, ich glaub, ich nehm's mal lieber, bevor Pop mich noch erwischt ... Nacht.» Fainy kehrte zu seinem Heulager zurück und schlief sofort wieder ein. Er träumte, er sei in einer Scheune und gehe eine wacklige Treppe hinauf, und zwar mit seiner Schwester Milly, die immer größer und weißer und dicker wurde und einen großen Hut mit Straußenfedern trug, und ihr Kleid platzte am Hals auf, und der Riss ging immer weiter hinunter, und Doc Bingham sagte: Das ist Maria Monk, die Königin der weißen Sklavinnen, und gerade als er nach ihr greifen wollte, schien ihm die Sonne ins Gesicht und weckte ihn. Doc Bingham stand breitbeinig vor ihm, kämmte sich das Haar und rezitierte:

«Doch weiter nun, die segensreiche Sonne
Beschenkt mit ihren Strahlen and're Länder auch,
Und Menschen schlagen Wurzeln nicht wie Bäume ...

Komm, Fenian», rief er dröhnend, als er sah, dass dieser wach war, «lass uns den Staub dieses ungastlichen Ortes von den Füßen schütteln und unsere Schuhe fluchend schnüren wie die alten Philosophen ... Spann an, wir werden irgendwo unterwegs frühstücken.»

So ging es mehrere Wochen. Eines Abends kamen sie an ein ordentliches, gelbes, von einigen Lärchen umstandenes Haus. Fainy blieb auf dem Wagen sitzen, während Doc Bingham hineinging. Nach einer Weile trat er aus der Tür, ein breites Grinsen legte seine Wangen in Falten. «Hier wird man uns sehr anständig aufnehmen, Fenian, wie es einem Angehörigen des geistlichen Standes und so weiter gebührt. Gib acht, was du sagst. Und jetzt führ das Pferd zur Scheune und spann aus.»

«Sagen Sie, Mr. Bingham, wie steht's eigentlich mit meinem

Geld? Wir sind jetzt schon seit drei Wochen unterwegs.» Fenian sprang vom Wagen und nahm das Pferd am Zaum.

Ein düsterer Schatten glitt über Doc Binghams Gesicht. «Ach, der schnöde Mammon …

Doch sieh:
Die weißen Hände sind so sauber nicht,
Denn hier und da zeugt garst'ger Schmutz davon,
Dass um ein Handgeld feil sie waren …

Ich hatte große Pläne für ein Kooperationsgeschäft, die du mit deiner jugendlichen Hast und Gier zunichtemachst – aber gut, wenn du darauf bestehst, werde ich dir noch heute Abend alles, was dir zusteht, und noch mehr übergeben. Spann jetzt das Pferd aus und bring mir das Päckchen mit *Maria Monk* und *Der Plan der Papisten.*»

Es war ein warmer Tag. In den Bäumen rings um die Scheune sangen Vögel. Der Duft von frischem Gras und Blumen lag in der Luft. Die Scheune war rot, und auf dem Hof liefen weiße Hühner herum. Als er das Pferd ausgespannt und in einen Stall gebracht hatte, setzte Fainy sich auf einen Zaun, sah über ein Feld voll silbergrüner Hafersprossen und rauchte eine Zigarette. Er wünschte, es wäre ein Mädchen da, um das er den Arm legen, oder ein Bursche in seinem Alter, mit dem er sich unterhalten könnte.

Eine Hand legte sich auf seine Schulter. Doc Bingham stand neben ihm.

«Fenian, mein junger Freund, wir haben einen Treffer gelandet», sagte er. «Sie ist allein zu Haus, ihr Mann ist mit dem Knecht für zwei Tage in die Stadt gefahren. Niemand da außer ihren zwei süßen kleinen Kindern. Vielleicht werde ich den Romeo spielen. Du hast mich noch nie verliebt gesehen – es ist meine edelste Rolle. Ach, eines Tages werde ich dir von meiner stürmischen Jugend erzählen. Aber jetzt komm und lerne den beredten Charmeur kennen.»

Sie traten in die Küche und wurden von einer drallen Frau mit Grübchen und lavendelfarbener Haube verschämt begrüßt.

«Dies ist mein Assistent, Ma'am», sagte Doc Bingham mit würdevoller Geste. «Fenian, das ist Mrs. Kovach.»

«Sie sind sicher hungrig. Das Essen ist gleich fertig.»

Die letzten Strahlen der Abendsonne beleuchteten den Küchenherd, auf dem zahlreiche Töpfe und Pfannen standen. Köstlicher Duft stieg in Wölkchen von den runden, glänzend polierten Deckeln auf. Mrs. Kovach beugte sich hinunter, sodass ihr großer blauer Hintern und die Schleife der gestärkten Schürze ins Blickfeld rückten, klappte den Ofen auf und zog ein Blech voll Maisbrötchen heraus, die sie in eine Schüssel auf dem bereits gedeckten Tisch am Fenster gab. Der warme Backdunst erfüllte die ganze Küche. Fainy lief das Wasser im Mund zusammen. Doc Bingham rieb sich die Hände und verdrehte die Augen. Sie nahmen Platz, und die beiden blauäugigen Kinder mit den verschmierten Gesichtern setzten sich ebenfalls und begannen schweigend zu essen, nachdem Mrs. Kovach gebackene Tomaten, Kartoffelbrei, Schmorfleisch und Limabohnen mit Speck ausgeteilt hatte. Sie schenkte ihren Gästen Kaffee ein, setzte sich und sagte mit feuchten Augen: «Ich seh's gern, wenn Männer essen.»

Ihr Gesicht bekam einen naiv-schwärmerischen Ausdruck, sodass Fainy jedes Mal, wenn er sie ansah, gleich wieder den Blick abwenden musste. Nach dem Essen hörte sie aufmerksam und mit ängstlich geweiteten Augen zu, während Doc Bingham redete und redete und sich gelegentlich zurücklehnte, um einen Rauchring hinauf zur Lampe zu schicken.

«Ich selbst bin zwar kein Lutheraner sozusagen, Ma'am, und doch habe ich Martin Luther, diesen großen Mann, stets als einen Lichtbringer der Menschheit bewundert, ja, verehrt. Wäre er nicht gewesen, dann würden wir noch immer unter dem Joch des Papstes in Rom schmachten.»

«Die werden sich hier nicht breitmachen – Gott behüte! Allein bei dem Gedanken wird mir ganz anders.»

«Nicht solange noch rotes Blut in den Adern frei geborener Protestanten fließt. Aber um die Finsternis zu bekämpfen, Ma'am, braucht man Licht, und Licht kommt durch Bildung, durch Lesen, durch das Studium von Büchern.»

«Ach Gott, die meisten Bücher machen mir bloß Kopfschmerzen, und um ehrlich zu sein, hab ich auch gar keine Zeit. Mein Mann liest immer Bücher vom Landwirtschaftsministerium. Er hat mir mal eins gegeben, da ging's um Hühnerzucht, aber ich hab kaum was verstanden. Er und seine Familie sind aus der alten Heimat, und da drüben sieht man das vielleicht anders.»

«Es muss schwer sein, mit so einem Ausländer verheiratet zu sein.»

«Manchmal weiß ich nicht, wie ich das aushalte ... Aber er hat schon sehr gut ausgesehen, als ich ihn geheiratet hab, und einem gutaussehenden Mann konnte ich noch nie widerstehen.»

Doc Bingham beugte sich über den Tisch; seine Augen sahen aus, als würden sie ihm gleich aus dem Kopf fallen.

«Und ich konnte einer gutaussehenden Frau noch nie widerstehen.»

Mrs. Kovach seufzte tief.

Fainy stand auf und ging hinaus. Er hatte auf eine Gelegenheit gewartet, seinen Lohn zur Sprache zu bringen, aber es war sinnlos. Draußen war es kalt, über den Dächern der Scheune und der Nebengebäude funkelten die Sterne. Vom Hühnerstall her ertönte manchmal ein verschlafenes Glucken oder das Rascheln von Federn, wenn eine der Hennen sich auf ihrer Stange zurechtsetzte. Fainy ging im Hof auf und ab, verfluchte Doc Bingham und trat hin und wieder nach einem Erdklumpen.

Als er etwas später durch das Fenster in die von der Lampe beleuchtete Küche spähte, hatte Doc Bingham den Arm um Mrs. Kovachs Taille gelegt und rezitierte, wobei er mit der freien Hand weiträumig gestikulierte:

«Dies zu hören
War Desdemona eifrig stets geneigt.
Oft aber rief ein Hausgeschäft sie ab;
Und immer, wenn sie eifrig dies vollbracht,
Gleich kam sie wieder, und mit durst'gem Ohr …»

Fainy drohte mit der Faust zum Fenster. «Hol dich der Teufel – ich will mein Geld», sagte er laut. Dann ging er ein Stück die Straße entlang. Als er zurückkehrte, war er müde und fror. Die Küche war leer, der Lampendocht weit heruntergedreht. Er wusste nicht, wo er sich schlafen legen sollte, und so setzte er sich in einen Sessel am Herd und nickte ein.

Ein gewaltiges Poltern über ihm, gefolgt vom Kreischen einer Frau. Sein erster Gedanke war, dass Doc Bingham dabei war, die Frau auszurauben und zu ermorden, doch im nächsten Augenblick ertönte eine andere Stimme, die in gebrochenem Englisch schrie und fluchte. Er hatte sich halb aus dem Sessel erhoben, als Doc Bingham an ihm vorbeirannte. Er trug nur seine Flanellunterwäsche. In der einen Hand hatte er seine Schuhe, in der anderen die Kleider. Seine Hose flatterte an den Trägern hinter ihm her wie der Schwanz eines Drachens.

«He, was machen wir denn jetzt?», rief Fainy ihm nach, bekam aber keine Antwort. Stattdessen stand vor ihm plötzlich ein hochgewachsener, dunkelhaariger Fremder mit struppigem schwarzem Bart, der kühl zwei Patronen in eine doppelläufige Flinte schob.

«Rehposten. Ich knall den Scheißkerl über den Haufen.»

«Aber das können Sie doch nicht machen!», rief Fainy. Der Mann versetzte ihm einen Stoß mit dem Gewehrkolben, dass er wieder in den Sessel fiel, ging mit großen, federnden Schritten hinaus und feuerte zwei Schüsse ab. Schrotkugeln prasselten auf die Nebengebäude. Die Frau stieß wieder Schreie aus, unterbrochen von hysterischem Kichern und Schluchzen.

Fainy saß in dem Sessel am Herd wie festgeklebt.

Sein Blick fiel auf eine Fünfzig-Cent-Münze, die auf dem Küchenboden lag. Sie musste aus der Tasche von Doc Binghams Anzug gefallen sein. Fainy ging hin und steckte sie ein, als der hochgewachsene Mann mit der Flinte zurückkam.

«Keine Patronen mehr», sagte er düster. Dann setzte er sich an den Küchentisch, auf dem noch das Geschirr und die Reste des Abendessens standen, und begann zu weinen wie ein kleines Kind. Die Tränen rannen ihm durch die Finger seiner großen, schwieligen Hände. Fainy schlich hinaus und ging zur Scheune. «Doc Bingham?», rief er leise. Das Geschirr lag in einem Haufen zwischen den Deichseln des Wagens, doch weder Doc Bingham noch der Schecke waren irgendwo zu sehen. Das verängstigte Gegacker der aufgeschreckten Hühner im Stall mischte sich mit den Schreien der Frau, die noch immer aus dem ersten Stock des Farmhauses drangen. «Und was zum Teufel soll ich jetzt machen?», fragte sich Fainy, doch in diesem Augenblick sah er die große Gestalt, die sich als Silhouette vor der offenen Küchentür abzeichnete und mit einem Gewehr auf ihn zielte. Gerade als der Schuss knallte, schlüpfte er in die Scheune und rannte auf der Rückseite wieder hinaus. Schrotkugeln sirrten über seinen Kopf hinweg. «Mist, er hat doch noch ein paar Patronen gefunden.» Fainy rannte über das Haferfeld, so schnell ihn seine Beine trugen. Ganz außer Atem kletterte er schließlich über einen von Brombeerranken überwucherten Lattenzaun. Die Dornen zerkratzten ihm Gesicht und Hände. Er fand einen trockenen Graben und legte sich flach hinein. Niemand verfolgte ihn.

Wochenschau III

«IN DIESER WELT BRAUCHT MAN MUMM»
LETZTE WORTE VON GEORGE SMITH MIT
SEINEM BRUDER IN KANSAS VOM MOB
GELYNCHT MARQUIS VON QUEENSBERRY
TOT GEWÜRZFABRIK ABGEBRANNT GERICHT
SPRICHT ZOLA FREI

vor einigen Jahren planten die mit roten Abzeichen der Anarchie und McKinley-Anstecknadeln versehenen und von den Republikanern mit Bier versorgten Anarchisten von New Jersey die Ermordung des gekrönten Hauptes eines europäischen Staates, und es ist wahrscheinlich, dass der Plan, den Präsidenten zu ermorden, zur selben Zeit oder wenig später geschmiedet wurde

Das Mondlicht glänzte hell auf dem Wabash,
Den süßen Duft von Heu atmeten wir,
Durchs Laub des Ahorns schimmerte die Kerze
Am schönen Ufer des Wabash, gar fern von hier.

WILL SICH MÄCHTIG AMÜSIEREN

Sechstausend Arbeiter in Smolensk demonstrieren mit Transparenten Tod dem Mörderzaren

Streik der Lastwagenfahrer beginnt mit Ausschreitungen und Straßensperren

GRÖSSTE SEESCHLACHT DER
WELT BEI

In Madrid kommt es zu Zusammenstößen zwischen der Polizei und Arbeitern mit schwarzer Flagge

Zuschauern wird schwindlig als eine Tänzerin den Rekord bricht der einen Mann in den Wahnsinn getrieben hat und dabei eine Orange isst

Das Auge der Kamera 5

und wir spielten die Seeschlacht vor Port Arthur in der Badewanne nach und das Wasser tropfte durch die Decke des Salons und das alles war wirklich schlimm aber in Kew Gardens kam der alte Mr. Garnet zum Tee der noch immer sehr rüstig war obwohl er schon so alt war und wir sahen ihn zuerst durchs Fenster mit seinem roten Gesicht und dem John-Bull-Bart und Auntie sagte das ist der wiegende Gang des Seemanns und er hatte eine Schachtel unterm Arm und Vickie und Pompom bellten und da war Mr. Garner der zum Tee gekommen war und er zog ein Grammophon aus der schwarzen Schachtel und legte einen Zylinder in den Apparat und sie schoben die Teesachen von der Tischecke · Vorsicht nicht fallen lassen die kriegen leicht Kratzer · Mit ner normalen Nähnadel würd's auch gehen Ma'am aber ich hab Spezialnadeln.

und wir unterhielten uns über Admiral Togo /12/ und die Bajan /13/ und dass die Russkis so viel Wodka tranken und all diese armen Fischer auf der Nordsee getötet hatten /14/ und er zog es ganz vorsichtig auf damit die Feder nicht kaputtging und die Nadel machte chrr chrr · Ja ich war auch mal Seemann Junge seit ich n kleiner Steppke war nich viel größer als du jetz und dann bin ich Bootsmannsmaat geworden auf dem ersten britischen Panzerkreuzer der Warrior und ich kann immer noch ne Hornpipe tanzen Ma'am · und er hatte einen Kompass in Rot und Blau auf dem Handrücken und seine Fingernägel waren schwarz und dick und er fummelte an der Nadel herum und die Nadel machte chrr chrr und weit entfernt spielte eine Marschkapelle und aus dem knirschenden Geräusch das aus dem kleinen schwarzen Trichter kam wurde *God Save the King* und die kleinen Hunde heulten

Wochenschau IV

Ich traf meinen Schatz am Alamo
Als eben der Mond aufging
Ihr Licht überstrahlte das seine,
Und ihr Blick mich sanft umfing.

am Vormittag hinderten Streikposten einen mit fünfzig Klappstühlen beladenen Lastwagen an der Weiterfahrt zur Feuerwache an der Ecke Michigan Avenue und Washington Street. Die Stühle waren, wie es heißt, für an der Streikfront eingesetzte Polizeibeamte bestimmt

FLOTTEN KÖNNTEN HEUTE
WESTLICH VON LUZON AUFEINANDERTREFFEN

drei große Wölfe wurden vor dem Abendessen erlegt.

Heute soll eine große Parade stattfinden, an der Präsident Roosevelt zu Pferd teilnehmen wird, sodass alle Zuschauer ihn werden sehen können. An der Spitze wird man einen Käfig mit einem Bären mitführen, der kürzlich gefangen wurde, nachdem er ein Dutzend Hunde getötet und mehrere Männer verletzt hatte. Sodann wird der Bär freigelassen werden und eine Stunde Vorsprung erhalten, bevor man die Hunde auf seine Fährte setzt und Präsident Roosevelt und seine Jagdführer die Verfolgung aufnehmen

drei Columbia-Studenten auf Automobil-Wettfahrt nach Chicago

JETZT DROHT EIN GENERALSTREIK

Das Mondlicht glänzte hell auf dem Wa-habash

DER GLÜCKLICHSTE TAG DES ÖLKÖNIGS

ein Cherub alle fünf Minuten Markt für alle Arten von Immobilien weiterhin robust bei guter Nachfrage nach Fabrikgrundstücken sowie Wohn- und Geschäftsgebäuden Gerichtskosten brechen Gewerkschaft

BLUTIGER SONNTAG IN MOSKAU

weibliche Engel zerschlagen Truppen schützen Ölfelder Amerika wird zu einem Imperium wie zur Zeit der Caesaren fünf Dollar pro Gedicht kriegt reichen Mann esst weniger sagt Edison reicher Pokerspieler mit Royal Flush fällt tot vom Stuhl Anklage wegen Bestechlichkeit in Cicero

STREIK IN RUSSLAND KÖNNTE ZU AUFSTAND FÜHREN

romantisches Rendezvous zweier Yachten Mord beendet Arbeitskampf Michigan besiegt Albion rote Fahnen in Sankt Petersburg

ZAR MACHT DEM VOLK ZUGESTÄNDNISSE

hält das tote Kind vierzig Stunden im Arm Familien nach Wasserrohrbruch vor die Tür gesetzt

ZAR GEWÄHRT VERFASSUNG /15/

Den süßen Duft von Heu atmeten wir,
Durchs Laub des Ahorns schimmerte die Kerze

Das Auge der Kamera 6

Ja lauf lauf rief Mr. Linwood der Direktor wenn man nach vorn stürmte und dabei den Ball vor sich her trat Kicken nannten sie das in Hampstead und danach war es Zeit nach Hause zu gehen und man fühlte sich gut weil Mr. Linwood ja lauf lauf gerufen hatte

Taylor sagte Es ist noch ein Amerikaner gekommen und er hatte Zähne wie Teddy in den Zeitungen und eine Stupsnase und einen Anzug wie Teddys Rough Rider und er sagte Wen wählt ihr? und man sagte Ich weiß nicht und er warf sich in die Brust und sagte Ich meine für wen sind deine Eltern Roosevelt oder Parker? und man sagte Richter Parker

das Haar des anderen Amerikaners war sehr schwarz und er nahm die Fäuste hoch und reckte die Nase und sagte Ich bin für Roosevelt willst du kämpfen und man sagte ein bisschen zittrig Ich bin für Richter Parker aber Taylor sagte Wer hat Tuppence für Ginger Ale? und so gab es dann doch keinen Kampf

Wochenschau V

KÄFER VERTREIBEN BIOLOGEN

von den Flüchtigen gefesselt und geknebelt und durch einen Hund befreit

ZAR NIKOLAUS II. DURCH AUFSTAND UNTER DRUCK GEWÄHRT UNTERTANEN BÜRGERRECHTE

Lähmung stoppt Skalpell mit einem Federstrich ist die letzte absolute Monarchie Europas Geschichte Bergmann aus dem Death Valley und unfreiwilliger Werbeträger für die

Santa Fe Road könnte sterben für den Diebstahl eines Gipsengels in die Besserungsanstalt geschickt

Am schönen Ufer des Wabash, fern von hier.

Mac

Am nächsten Morgen, kurz nach Tagesanbruch, humpelte Fainy aus einem heftigen Regenschauer in den Bahnhof von Gaylord. Im Wartesaal brannte ein großer, bauchiger Ofen. Der Schalter war geschlossen. Es war niemand zu sehen. Fainy zog den einen und dann den anderen durchnässten Schuh aus und hielt die Füße an den Ofen, bis die Strümpfe getrocknet waren. An beiden Fersen hatten sich Blasen gebildet, die aufgeplatzt waren; ein schmutziger Schorf verklebte den Stoff mit der Haut. Er zog die Schuhe wieder an und streckte sich auf einer Bank aus. Innerhalb von Sekunden war er eingeschlafen.

Jemand Großes in Blau sprach ihn an. Er versuchte, den Kopf zu heben, war aber zu schläfrig.

«He, Mann, lass dich nicht vom Bahnhofsvorsteher erwischen», sagte die Stimme, die er schon im Schlaf gehört hatte. Fainy schlug die Augen auf und kam hoch.

«Und ich dachte schon, du wärst ein Bulle.»

Vor ihm stand ein breitschultriger junger Bursche in blauem Jeanshemd und Latzhose. «Ich hab mir gedacht, ich weck dich lieber – der Vorsteher in diesem Kaff ist ein verdammt harter Knochen.»

«Danke.» Fainy streckte die Beine. Seine Füße waren so geschwollen, dass er kaum stehen konnte. «Mann, bin ich steif.»

«Wenn wir jeder einen Vierteldollar hätten, wüsste ich was, wo wir ein Spitzenfrühstück kriegen.»

«Ich hab eineinhalb Dollar», sagte Fainy langsam. Er stand auf, steckte die Hände in die Taschen, spürte die Wärme des Ofens im Rücken und musterte das kantige Gesicht und die blauen Augen des anderen. «Wo bist du her?»

«Aus Duluth. Ich bin mehr oder weniger auf der Walz. Und du?»

«Mann, wenn ich das wüsste. Gestern Abend hatte ich noch Arbeit.»

«Du hast gekündigt?»

«Wie war das mit dem Frühstück?»

«Frühstücken wär gut. Ich hab nämlich gestern nichts gegessen ... Ich heiße übrigens George Hall, aber die anderen nennen mich Ike. Eigentlich bin ich nicht richtig auf der Walz, ich will mir bloß die Welt ansehen.»

«Und ich werde mir die Welt jetzt wohl ansehen müssen», sagte Fainy. «Ich heiße McCreary und bin aus Chicago, aber geboren bin ich im Osten, in Middletown, Connecticut.»

Als sie die Fliegentür der Eisenbahnerunterkunft ein Stück die Straße hinunter öffneten, schlug ihnen ein Geruch nach Schinken, Kaffee und Kakerlakenpulver entgegen. Eine blonde Frau mit vorstehenden Zähnen und einer rostigen Stimme kam mit Tellern und Besteck.

«Wo arbeitet ihr Jungs? Ich hab euch hier noch nie gesehen.»

«Ich hab im Sägewerk gearbeitet», sagte Ike.

«Das Sägewerk ist seit zwei Wochen zu, weil sich der Direktor das Hirn rausgeblasen hat.»

«Weiß ich.»

«Vielleicht solltet ihr lieber im Voraus zahlen.»

«Ich hab Geld», sagte Fainy und wedelte mit dem Dollarschein.

«Na, wenn das so ist, werdet ihr ja wohl zahlen», sagte die Kellnerin und zeigte lächelnd ihre großen Zähne.

«Aber klar doch, Süße, wir zahlen wie Millionäre», sagte Ike.

Sie schlugen sich den Bauch mit Kaffee, Maisgrütze, Spiegeleiern, gebratenem Speck und großen, schweren weißen Brötchen voll, und als sie damit fertig waren, lachten sie so laut über Fainys Geschichten von Doc Binghams Leben und Liebesabenteuern, dass die Kellnerin sie fragte, ob sie getrunken hätten. Ike überredete sie, ihnen ohne Aufpreis Kaffee nachzuschenken. Dann fischte er zwei zerknitterte Zigaretten aus der Hosentasche. «Willst du auch einen Sargnagel, Mac?»

«Hier drinnen wird nicht geraucht», sagte die Kellnerin. «Die Misses will das nicht.»

«Na gut, meine Schöne, dann verschwinden wir jetzt.»

«Wo wollt ihr denn hin?»

«Ich will nach Duluth, da ist meine Familie.»

«Du bist aus Duluth?»

«Was ist daran so witzig?»

«Duluth ist kein Witz, sondern Pech.»

«Kann es sein, dass Sie mich ein bisschen auf den Arm nehmen wollen?»

«Dafür hab ich gar keine Zeit, mein Kleiner.» Die Kellnerin räumte kichernd den Tisch ab. Sie hatte große rote Hände und dicke, von der Küchenarbeit weiße Fingernägel.

«Haben Sie eigentlich Zeitungen? Ich würd gern was zu lesen haben, während ich auf den Zug warte.»

«Ich bringe euch welche. Die Misses hat den *American* aus Chicago.»

«Mann, ich hab seit drei Wochen keine Zeitung mehr gesehen.»

«Ich will auch die Zeitung lesen», sagte Mac. «Ich will wissen, was los ist in der Welt.»

«Das meiste ist doch gelogen», sagte Ike. «Kapitalistenpresse.»

«Hearst steht auf der Seite des Volkes.»

«Dem trau ich genauso wenig wie den anderen.»

«Kennst du den *Appeal to Reason* /16/?»

«Sag mal, bist du vielleicht Sozialist?»

«Klar. Ich hab in der Druckerei von meinem Onkel gearbeitet, bis ihm die großen Druckereibesitzer den Laden zugemacht haben, weil er sich auf die Seite der Streikenden gestellt hat.»

«Oh, schön, vielen Dank ... legen Sie sie da hin. Ich bin auch einer. Mensch, Mac, das ist ein großer Tag für mich – ich treffe nicht oft Leute, die so denken wie ich.»

Sie gingen mit den Zeitungen hinaus und setzten sich unter eine große Kiefer am Rand des Städtchens. Die Sonne war herausgekommen, große, weiße Marmorwolken segelten über den Himmel. Sie lagen auf dem Rücken, den Kopf auf eine rötliche Wurzel mit einer Borke wie Alligatorhaut gebettet. Obwohl es in der Nacht geregnet hatte, waren die Kiefernnadeln unter ihnen warm und trocken. Vor ihnen verlief die eingleisige Strecke durch Dickicht und gerodetes Waldland, wo hier und da Weidenröschen ihre blassgrünen Sprossen reckten. Sie lasen die eine Woche alten Zeitungen von vorn bis hinten durch und unterhielten sich.

«Vielleicht wird's in Russland anfangen. Das ist das rückständigste Land, wo die Leute am schlimmsten unterdrückt werden ... Im Sägewerk war einer aus Russland, ein gebildeter Mann, der aus Sibirien geflohen ist, mit dem hab ich oft geredet, und der hat das gesagt: dass die soziale Revolution in Russland beginnen und sich über die ganze Welt ausbreiten wird. Das war ein guter Typ. Der war bestimmt mal was Besseres.»

«Mein Onkel Tim denkt, dass es in Deutschland losgehen wird.»

«Eigentlich sollte es hier losgehen, in Amerika. Hier haben wir doch schon freie Zusammenschlüsse – wir müssen uns nur noch die Kapitalisten vom Hals schaffen.»

«Uncle Tim sagt, uns geht's einfach zu gut. Wir wissen gar nicht, was Armut und Unterdrückung ist. Er und meine anderen Onkel waren Fenier, bevor sie von Irland hierher kamen, darum heiße ich Fenian ... Pop hat das wohl eher nicht gefallen. Ich glaube, er hatte nicht besonders viel Mumm.»

«Hast du mal Marx gelesen?»

«Nein, würde ich aber gern.»

«Ich auch nicht, aber ich hab Bellamys *Rückblick*[17] gelesen, und dann bin ich Sozialist geworden.

«Davon musst du mir erzählen», sagte Mac. «Als wir von zu Hause losgefahren sind, hatte ich gerade damit angefangen.»

«Es ist über einen Typen, der einschläft und im Jahr 2000 wieder aufwacht, und da ist die soziale Revolution längst passiert, und alles ist sozialistisch, und es gibt keine Gefängnisse mehr und keine Armut, und keiner arbeitet nur für seinen eigenen Vorteil, und es ist unmöglich, ein reicher Kapitalist oder Aktionär zu werden, und die arbeitende Klasse hat ein ziemlich schönes Leben.»

«Das hab ich auch immer schon gedacht. Schließlich sind es ja die Arbeiter, die den ganzen Reichtum schaffen, und darum sollten sie ihn kriegen und nicht irgendwelche Nichtstuer.»

«Ja, wenn man den Kapitalismus und die großen Konzerne und die Wall Street abschaffen könnte, dann wäre es so.»

«Das wär was.»

«Man müsste nur einen Generalstreik ausrufen und die Arbeiter dazu bringen, nicht mehr für einen Boss zu schuften. Herrgott – wenn die Leute bloß wüssten, wie verdammt leicht es wäre. Aber das Kapital hat die Druckerpressen und verhindert, dass die Arbeiter zu Wissen und Bildung kommen.»

«Mit Druckmaschinen und Linotypes kenne ich mich ganz gut aus. Mann, vielleicht könnte ich ja mal was machen.»

Mac sprang auf. Es kribbelte ihn am ganzen Körper. Eine Wolke hatte sich vor die Sonne geschoben, doch im lichten Wald entlang der Strecke leuchtete das Goldgrün des jungen Birkenlaubs. Sein Blut war wie Feuer. Breitbeinig stand er da und blickte das Gleis entlang. An der Biegung in der Ferne tauchte eine mit ein paar Arbeitern besetzte Draisine auf, ein winziger Schemen in Braun und Dunkelblau. Er sah sie näher kommen. An der Vorderseite des Fahrzeugs flatterte eine kleine rote Fahne; sie wurde größer, tauchte in Schatten ein und war jedes Mal, wenn sie wieder von der Sonne beschienen wurde, größer und besser zu erkennen.

«He, Mac, wenn wir den Güterzug nehmen wollen, sollten wir uns lieber verkrümeln. Auf der Strecke hier gibt's ein paar richtig üble Wachleute.»

«Gut.»

Sie gingen hundert Meter, bis sie in dem jungen Wäldchen aus Kiefern und Birken waren. Neben einem von grünen Flechten überzogenen Baumstumpf blieb Mac stehen, um zu pinkeln. Der Urin leuchtete hellgelb im Sonnenlicht und versickerte sofort in dem Humus aus verfaulten Blättern und Holz. Mac war sehr froh. Er gab dem Stumpf einen Tritt. Das Ding war durch und durch morsch. Sein Fuß traf auf keinen Widerstand, und als der Baumstumpf abbrach und unter einen Holunderbusch fiel, stieg ein feines Pulver auf, das wie Rauch aussah.

Ike hatte sich auf einen Baumstamm gesetzt und stocherte mit einem dünnen Birkenzweig zwischen den Zähnen. «Bist du eigentlich mal an der Küste gewesen, Mac?»

«Nein.»

«Hättest du Lust?»

«Klar.»

«Wie wär's dann, wenn wir beide uns erst mal nach Duluth durchschlagen? Ich will da vorbeischauen und meiner Mutter hallo sagen, die hab ich seit drei Monaten nicht gesehen. Dann nehmen wir die Weizenernte mit und sind im Herbst in Frisco oder Seattle. Ich hab gehört, in Seattle gibt's gute Abendschulen, umsonst. Ich will was lernen, verstehst du? Bis jetzt weiß ich einfach gar nichts.»

«Klingt gut.»

«Bist du mal auf nem Güterzug oder im Gepäckwagen mitgefahren?»

«Eigentlich nicht.»

«Dann komm mit und mach alles genau wie ich. Du kriegst das schon hin.»

In der Ferne ertönte der Pfiff einer Lokomotive.

«Das ist der Nummer 3, der da um die Kurve kommt. Den schnappen wir uns, wenn er aus dem Bahnhof fährt. Und dann sind wir heute Nachmittag in Mackinaw.»

In Mackinaw suchten sie am späten Nachmittag steifgefroren Zuflucht in einem Schuppen an der Dampferpier. Über allem lag ein treibender, mit Nieselregen durchsetzter Nebel, der vom See kam. Sie hatten für zehn Cent ein Päckchen Zigaretten gekauft, sodass nur noch neunzig Cent übrig waren. Als sie diskutierten, wie viel sie für ein Abendessen ausgeben sollten, trat der Dampferagent, ein dünner Mann mit grünem Augenschirm und Regenmantel, aus seinem Büro. «Sucht ihr Arbeit?», fragte er sie. «Da ist nämlich einer vom Lakeview House gekommen – die suchen noch Tellerwäscher. Die Agentur hat ihnen anscheinend nicht genug geschickt, und morgen beginnt die Saison.»

«Was zahlen die denn?», fragte Ike.

«Ich glaube, nicht viel, aber das Essen ist ziemlich gut.»

«Was meinst du, Mac? Wir sparen uns das Geld zusammen, und dann fahren wir wie reiche Pinkel mit dem Schiff nach Duluth.»

Und so nahmen sie noch am selben Abend den Dampfer nach Mackinac Island. Dort war es ziemlich langweilig. Es gab eine Menge kleiner Aussichtspunkte mit Schildern, auf denen «Hexenkessel» oder «Zuckerhut» oder «Liebessprung» stand, und es gab die Frauen und Kinder von mittelmäßig verdienenden Geschäftsleuten aus Detroit, Saginaw und Chicago. Die Frau mit dem grauen Gesicht, die das Hotel führte und nur *die Geschäftsführung* genannt wurde, ließ sie von sechs Uhr morgens bis weit nach Sonnenuntergang schuften. Sie mussten nicht nur Geschirr spülen, sondern auch Holz sägen, Botengänge erledigen, Toiletten putzen, Böden schrubben, Gepäck tragen und alle möglichen anderen Aufgaben erledigen. Die Kellnerinnen waren alte Jungfern oder Frauen von bankrotten, saufenden Farmern. Der einzige andere Mann war der Koch, ein hypochondrischer frankokanadischer Halbindianer, der darauf bestand, mit «Mr. Chef» angesprochen zu werden. Abends saß er in seiner kleinen Blockhütte hinter dem Hotel, trank Opiumtinktur und murmelte irgendwas von Gott.

Sobald sie ihren ersten Monatslohn bekommen hatten, wickelten sie ihre wenigen Sachen in Zeitungen und schlichen an Bord der *Juanita*, die nach Duluth fuhr. Ihr ganzes Geld ging für die Passage drauf, aber als sie am Heck des Dampfers standen und die mit Fichten und Balsamtannen bestandene Insel hinter ihnen im See versank, waren sie froh.

Duluth; Strebewerke am Ufer und hüttenbedeckte Hügel und hohe, dünne Kamine und ein Gedränge buckliger Getreidesilos unter Wolken von Fabrikrauch breiteten sich dunkel vor einem gewaltigen lachsfarbenen Sonnenuntergang aus. Ike wäre am liebsten auf dem Schiff geblieben, denn dort hatte er eine hübsche dunkelhaarige Frau gesehen, die er die ganze Zeit hatte ansprechen wollen.

«Ach was, Ike, für die bist du doch Luft, die ist viel zu hochgestochen», sagte Mac immer wieder.

«Ja, und die alte Dame wird sich freuen, uns zu sehen», sagte Ike, als sie die Gangway hinuntergingen. «Ich hab fast damit gerechnet, dass sie uns am Hafen erwartet, obwohl ich ihr gar nicht geschrieben hab, dass wir kommen. Mann, ich wette, wir kriegen bei ihr was Gutes zu essen.»

«Wo wohnt sie denn?»

«Es ist nicht weit, du wirst sehen. Und frag lieber nicht nach meinem Alten – der kriegt einfach gar nichts hin. Wahrscheinlich mal wieder im Knast. Meine Alte hatte ziemliche Mühe, uns großzuziehen ... Ich hab noch zwei Brüder in Buffalo, aber mit denen verstehe ich mich nicht ... Sie stickt und macht ein und backt Kuchen und so. Früher hat sie in einer Bäckerei gearbeitet, aber jetzt hat sie's mit dem Rücken. Aus der hätte was werden können, wenn wir nicht immer so verdammt arm gewesen wären.»

Sie bogen in eine matschige Straße ein und gingen einen Hügel hinauf. Ganz oben stand ein kleines, hübsches Haus, das wie eine Schule aussah.

«Da wohnt sie ... Warum ist da kein Licht?»

Sie traten durch das Tor im Lattenzaun. Im Blumenbeet vor dem Haus blühten Morgenröschen. Sie konnten die Blumen riechen, aber kaum erkennen, denn es war zu dunkel. Ike klopfte.

«Verdammt, was ist da los?» Er klopfte noch einmal. Dann riss er ein Streichholz an. An der Tür war mit einem Reißnagel eine Karte befestigt. ZU VERKAUFEN stand darauf, und darunter die Adresse eines Maklerbüros. «Das ist komisch ... sie muss umgezogen sein. Da fällt mir ein: Ich hab seit ein paar Monaten keinen Brief mehr von ihr gekriegt. Hoffentlich ist sie nicht krank. Ich frag mal Bud Walker, der wohnt nebenan.»

Mac setzte sich auf die Holztreppe und wartete. Durch eine Lücke zwischen den Wolken, die noch immer einen ganz schwachen rötlichen Schimmer hatten, ging sein Blick in die schwarze Leere voller Sterne. Der Duft der Morgenröschen kitzelte ihn in der Nase. Er war hungrig.

Ein leiser Pfiff ließ ihn aufsehen. «Komm», sagte Ike barsch und ging mit schnellen Schritten und hochgezogenen Schultern den Hügel hinunter.

«Was ist denn los?»

«Nichts. Die Alte ist zu meinen Brüdern nach Buffalo gezogen. Die Mistkerle haben sie überredet, das Haus zu verkaufen, wahrscheinlich, damit sie ihr Geld auf den Kopf hauen können.»

«Mann, das ist ja richtig übel.»

Ike gab keine Antwort. Sie gingen weiter, bis sie an eine Straße mit beleuchteten Schaufenstern und Straßenbahnen kamen. Aus einer Bar drang das Geklimper eines Pianolas. Ike drehte sich um und klopfte Mac auf die Schulter. «Ach, was soll's. Komm, lass uns was trinken.»

An der langen Theke saß nur ein anderer Gast, ein sehr betrunkener, hochgewachsener älterer Mann in Holzfällerstiefeln und mit einem Südwester auf dem Kopf, der immer wieder mit unverständlicher Stimme brüllte: «Rauf damit, Jungs!», und mit dem schmutzigen Arm ausladende Gesten machte. Mac und Ike tranken je zwei Whiskeys, so stark und scharf, dass es ihnen den Atem verschlug. Ike zahlte mit einem Dollar und steckte das Wechselgeld in die Tasche. «Komm, lass uns gehen.»

In der kühlen Abendluft spürten sie den Alkohol. «Mann, Mac, lass uns noch heute Abend von hier verschwinden ... Es ist schrecklich, wenn man in die Stadt zurückkommt, in der man aufgewachsen ist. Wahrscheinlich laufe ich hier all den verrückten Kerlen über den Weg, die ich damals kannte, und all den Mädchen, in die ich verknallt war ... Bei mir geht immer alles schief.»

In einem Schnellimbiss am Güterbahnhof bekamen sie für dreißig Cent Hamburger und Kartoffeln und Brot und Butter und Kaffee. Sie kauften ein paar Zigaretten und hatten noch immer acht Dollar fünfundsiebzig. «Mann, wir sind reich», sagte Mac. «Und was machen wir jetzt?»

«Warte hier. Ich seh mich mal auf dem Güterbahnhof um. Einer, den ich kannte, hat da gearbeitet.»

Mac stand unter einer Laterne an der Straßenecke herum, rauchte eine Zigarette und wartete. Seit der Wind sich gelegt hatte, war es wärmer. In einer Pfütze irgendwo auf dem Güterbahnhof knarrten Kröten. Auf dem Hügel spielte ein Akkordeon. Vom Bahnhof kamen das schwere Schnaufen einer Güterlok, das Rumpeln rangierter Waggons und das Sirren rollender Räder.

Nach einer Weile hörte er Ikes Pfiff von der dunklen Seite der Straße. Er lief hinüber. «Komm, Mac, wir müssen uns beeilen. Ich hab den Typen gefunden. Er macht uns einen Waggon im Güterzug nach Westen auf und sagt, wir müssen nur drin sitzen bleiben, der bringt uns bis zur Küste.»

«Aber woher kriegen wir was zu essen, wenn wir in einem Güterwaggon eingesperrt sind?»

«Wir werden prima essen. Überlass das nur mir.»

«Aber –»

«Jetzt halt doch mal die Klappe. Oder willst du, dass jeder in dieser verdammten Stadt weiß, was wir vorhaben?»

Im Dunkeln gingen sie auf Zehenspitzen zwischen zwei Reihen von Güterwaggons hindurch. Ike fand die halboffene Tür und kletterte hinein. Mac folgte ihm. Ganz leise schlossen sie die Schiebetür.

«Jetzt müssen wir nur noch schlafen», flüsterte Ike. Sein Mund war ganz dicht an Macs Ohr. «Der Typ hat gesagt, heute Nacht sind hier keine Wachmänner unterwegs.»

Am Ende des Waggons fanden sie einen zerfallenen Ballen Heu. Der ganze Wagen roch danach. «Ist das nicht famos?», flüsterte Ike.

«Das kannst du laut sagen.»

Ziemlich bald setzte sich der Zug in Bewegung, und sie legten sich nebeneinander auf das spärliche Heu. Der kalte Fahrtwind wehte durch die Ritzen im Boden. Sie schliefen unruhig. Der Zug stoppte und fuhr weiter und stoppte erneut, rangierte auf Nebengleisen vor und zurück, und die Räder ratterten und rumpelten und schlingerten durch die Weichen. Gegen Morgen fielen sie in einen angenehmen Schlaf, und die dünne Schicht Heu auf dem Boden war plötzlich weich und warm. Da keiner von beiden eine Uhr hatte und der Himmel bedeckt war, wussten sie nicht, wie spät es war, als sie aufwachten. Ike schob die Tür ein Stück zurück, sodass sie hinaussehen konnten: Der Zug fuhr durch ein breites Tal, das ganz überschwemmt zu sein schien vom grünen Wogen ausgewachsenen Weizens. Wie ferne Inseln standen hier und da Baumgrüppchen. An jedem Bahnhof gab es einen wuchtigen, blinden Silo.

«Das muss der Red River sein», sagte Ike. «Ich bin gespannt, in welche Richtung wir jetzt weiterfahren.»

«Ich könnte eine Tasse Kaffee vertragen», sagte Mac.

«In Seattle werden wir Kaffee trinken, Mac, du wirst sehen.»

Sie schliefen noch ein wenig, und als sie erwachten, waren sie durstig und ganz steif. Der Zug hatte angehalten. Es war vollkommen still. Sie lagen auf dem Rücken, reckten sich und lauschten. «Mann, ich würde zu gern wissen, wo wir eigentlich sind.» Nach einer ganzen Weile hörten sie Schritte auf dem Gleisschotter. Jemand rüttelte an den Türen der Waggons. Sie lagen so still, dass sie ihre Herzen klopfen hören konnten. Näher und näher knirschten die Schritte. Die Schiebetür wurde aufgerissen, und mit einem Mal war es taghell im Waggon. Sie rührten sich nicht. Jemand klopfte Mac mit einem Stock auf die Brust. Er setzte sich auf und blinzelte. Eine Stimme mit schottischem Akzent knurrte: «Dachte ich mir doch, dass ich hier n paar Erste-Klasse-Passagiere finde. Na gut, Jungs, dann macht mal die Taschen leer, sonst liefer ich euch bei den Mounties ab.»

«Oh, Scheiße», sagte Ike und kroch in Richtung Tür.

«Schimpfen und fluchen nützt euch jetzt auch nichts. Wenn ihr n paar Kröten habt, lass ich euch weiterfahren nach Winnipeg, dann könnt ihr da euer Glück versuchen. Wenn nicht, seid ihr schneller beim Straßenbau, als ihr kucken könnt.» Er war ein kleiner, schwarzhaariger Mann und hatte etwas Lauerndes, Gemeines.

«Wo sind wir eigentlich, Chef?», fragte Ike.

«In Gretna. Ihr seid im Dominion Kanada. Man könnte euch nicht bloß wegen Landstreicherei drankriegen, sondern auch, weil ihr Ihrer Majestät Grenze unerlaubt überschritten habt.»

«Tja, dann werden wir wohl lieber blechen. Es ist nämlich so, Chef: Wir sind Söhne aus adeligem Haus, die mal richtig was erleben wollen.»

«Keine Ausreden – wie viel habt ihr?»

«Ein paar Dollar.»

«Her damit.»

Ike zog erst den einen und dann den anderen Dollarschein aus der Tasche; in den zweiten Dollar war ein Fünfer gefaltet. Der Schotte nahm die drei Scheine und schob die Tür zu. Sie hörten, dass er den Schließhaken vorlegte. Lange saßen sie still im Dunkeln. Dann sagte Ike: «Mann, Mac, du kannst mir eine runterhauen. Das war wirklich scheißblöd. Ich hätte die Scheine nicht in der Tasche haben sollen, ich hätte sie hinter den Gürtel stecken sollen. Jetzt haben wir noch ungefähr fünfundsiebzig Cent. Wir stecken wirklich in der Scheiße. Wahrscheinlich telegraphiert er gerade, damit sie uns in der nächsten größeren Stadt rausholen.»

«Haben die hier bei der Bahn auch Mounties?», flüsterte Mac.

«Mann, ich weiß genauso wenig wie du.»

Der Zug fuhr weiter, und Ike legte sich auf den Bauch und schlief bedrückt ein. Mac lag auf dem Rücken, betrachtete den schmalen Streifen Sonnenlicht, der durch den Türspalt fiel, und fragte sich, wie es wohl in einem kanadischen Gefängnis sein mochte.

In der Nacht, als der Zug eine Zeitlang inmitten des Zischens und Ratterns eines großen Güterbahnhofs gestanden hatte, hörten sie, dass der Schließhaken geöffnet wurde. Nach einer Weile nahm Ike seinen Mut zusammen und schob die Tür auf. Steif und entsetzlich hungrig sprangen sie auf den Schotter hinunter. Auf dem benachbarten Gleis stand ein anderer Güterzug, sodass sie nur die hellen Sterne über ihnen sahen. Sie ließen den Güterbahnhof ohne weitere Schwierigkeiten hinter sich und liefen durch die menschenleeren Straßen einer ausgedehnten Stadt.

«Ich muss sagen, Winnipeg sieht verdammt tot aus», bemerkte Ike.

«Es ist bestimmt schon nach Mitternacht.»

Sie liefen und liefen und fanden schließlich ein kleines Imbisslokal. Der Besitzer war Chinese und wollte gerade schließen. Sie gaben vierzig Cent für Eintopf, Kartoffeln und Kaffee aus. Sie fragten den Chinesen, ob sie vielleicht auf dem Boden hinter der Theke schlafen dürften, aber er schmiss sie raus, und so liefen sie wieder todmüde durch die breiten, leeren Straßen von Winnipeg. Es war zu kalt, um sich irgendwo hinzusetzen, und sie fanden nichts, was aussah, als könnte man dort für fünfunddreißig Cent übernachten, und so liefen und liefen sie. Immerhin wurde der dunkle Himmel im langsamen Morgengrauen eines Sommertags im Norden nach und nach heller. Als es Tag geworden war, kehrten sie zu dem Chinesen zurück und gaben ihre letzten fünfunddreißig Cent für Porridge und Kaffee aus. Dann gingen sie zum Personalbüro der Canadian Pacific und wurden als Arbeiter für den Streckenbau bei Banff angestellt. Die Stunden bis zur Abfahrt verbrachten sie in der öffentlichen Bibliothek. Mac las in Bellamys *Rückblick*, und Ike, der kein Buch von Marx finden konnte, las im *Strand Magazine* /18/ eine Folge von *Wenn der Schläfer erwacht* /19/. Als sie dann in den Zug stiegen, waren sie voller Begeisterung für die bevorstehende sozialistische Revolution und ließen die beiden hünenhaften Holzfäller mit den roten Gesichtern, die ihnen gegenübersaßen, daran teilhaben. Der eine der beiden kaute die ganze Zeit nur Tabak, doch der andere spuckte seinen Priem aus dem Fenster und sagte: «Wenn ihr beiden Hänflinge wisst, was gut für euch ist, hört jetzt auf mit dem sozialistischen Gequatsche.»

«Mann, das hier ist ein freies Land, oder?», sagte Ike. «Da kann man doch sagen, was man will.»

«Ja, und zwar so lange, bis dir einer, der was zu sagen hat, sagt, dass du dein Maul halten sollst.»

«Ich will keinen Streit, Mister», sagte Ike.

«Ist auch besser», sagte der Mann, und dann sagte er nichts mehr.

Den ganzen Sommer arbeiteten sie für die C. P. R., und am 1. Oktober waren sie in Vancouver, mit neuen Koffern und neuen Anzügen. Ike hatte neunundvierzig Dollar und fünfzig Cent, und in Macs nagelneuer schweinslederner Brieftasche steckten dreiundachtzig Dollar fünfzehn. Mac hatte mehr, weil er nicht pokerte. Sie teilten sich ein Zimmer für einen Dollar fünfzig und lagen an ihrem ersten freien Morgen im Bett wie Prinzen. Sie waren braun gebrannt und abgehärtet und hatten schwielige Hände. Nach den Eisenbahnerbaracken mit ihren Wanzen und dem Gestank nach schmutzigen Toiletten und ungewaschenen Füßen erschien ihnen das kleine saubere Hotel mit den sauberen Betten wie ein Palast.

Als Mac ganz wach war, setzte er sich auf und griff nach seiner Ingersoll /20/. Elf Uhr. Vom Rauch der Waldbrände entlang der Küste hatte das Sonnenlicht auf dem Fensterbrett einen rötlichen Stich. Er stand auf und wusch sich über dem Waschbecken mit kaltem Wasser. Dann ging er im Zimmer auf und ab und trocknete sich mit dem Handtuch Gesicht und Arme ab. Es fühlte sich gut an, mit dem frischen, rauen Tuch über den Hals, die Mulde zwischen den Schulterblättern und die Muskeln der Arme zu fahren.

«Sag mal, Ike, was wollen wir heute eigentlich machen? Ich finde, wir sollten wie richtig feine Pinkel mit dem Schiff nach Seattle fahren. Ich will mir eine Wohnung suchen und in einer Druckerei arbeiten, da kann man gut verdienen. Und im Winter will ich lernen, dass die Schwarte kracht. Was meinst du, Ike? Ich will raus aus diesem verdammten England für Arme und zurück in Gottes eigenes Land. Was meinst du, Ike?»

Ike grunzte und drehte sich um.

«Herrgott, jetzt wach doch mal auf. Wir sehen uns diese komische Stadt an, und dann machen wir die Biege.»

Ike setzte sich auf. «Verdammt, ich brauch eine Frau.»

«Ich hab gehört, in Seattle gibt's jede Menge schöne Weiber, ehrlich.»

Ike sprang aus dem Bett und bespritzte sich von Kopf bis Fuß mit kaltem Wasser. Dann zog er sich an, sah aus dem Fenster und kämmte sich das nasse Haar.

«Und wann fährt dieses Scheißschiff? Mann, ich hatte zwei feuchte Träume. Du auch?»

Mac errötete und nickte.

«Wir brauchen Frauen. Feuchte Träume machen einen schlapp.»

«Aber ich will mir nichts einfangen.»

«Ach, Quatsch. Du bist erst ein Mann, wenn du dreimal Tripper gehabt hast.»

«Jetzt komm, wir sehen uns die Stadt an.»

«Na also – ich warte ja schon seit einer halben Stunde darauf, dass du endlich fertig bist.»

Sie rannten die Treppe hinunter und auf die Straße. Dann liefen sie in Vancouver herum, rochen den weinwürzigen Geruch der Sägemühlen am Wasser, schlenderten unter den großen Bäumen im Park und holten sich schließlich im Schiffsbüro ihre Fahrscheine. Anschließend gingen sie in ein Geschäft für Herrenmode und kauften gestreifte Krawatten, farbige Socken und seidene Vier-Dollar-Hemden. Als sie mit den neuen Anzügen, den neuen Koffern und den Seidenhemden über die Gangway an Bord des Dampfers nach Victoria und Seattle gingen, kamen sie sich vor wie Millionäre. Sie schlenderten auf dem Deck umher, rauchten Zigaretten und sahen sich die jungen Frauen an. «Mann, die beiden da sehen ganz zugänglich aus. Aber ich wette, die wollen Geld sehen», flüsterte Ike und gab Mac einen Rippenstoß, als sie an zwei jungen Frauen mit Topfhüten vorbeigingen, die ihnen entgegenkamen. «Ach, Scheiße, komm, wir quatschen sie an.»

Sie tranken ein paar Gläser Bier an der Bar und gingen wieder an Deck. Die beiden jungen Frauen waren verschwunden. Niedergeschlagen hielten Mac und Ike nach ihnen Ausschau und entdeckten sie schließlich am Heck, wo sie an der Reling lehnten. Es war eine mondhelle Nacht mit vereinzelten Wolken. Das Meer und die düsteren, mit aufragenden Nadelbäumen bewachsenen Inseln lagen hell und dunkel im silbrigen, fleckig schimmernden Licht. Beide Frauen hatten krauses Haar und Ringe unter den Augen. Mac fand, dass sie zu alt aussahen, aber Ike hatte sie schon ins Visier genommen und war nicht mehr zu bremsen. Die Frau, die er ansprach, hieß Gladys. Die andere, die Olive hieß, gefiel Mac besser, aber Ike hatte sich schon neben sie geschoben. Sie blieben an Deck und scherzten und kicherten, bis die beiden Frauen sagten, ihnen sei kalt, und dann gingen sie in den Salon und setzten sich auf eine Polsterbank, und Ike ging und kaufte eine Schachtel Bonbons.

«Wir haben zum Abendessen Zwiebeln gegessen», sagte Olive. «Ich hoffe, das macht euch nichts aus. Und ich sag noch: Gladys, sag ich, wir sollten keine Zwiebeln essen, bevor wir an Bord gehen.»

«Gib mir einen Kuss, und ich sag dir, ob's mir was ausmacht oder nicht», sagte Ike.

«Werd nicht frech, Kleiner. So was läuft nicht – nicht hier auf dem Schiff», sagte Olive und bekam zwei strenge Falten rechts und links des Mundes.

«Auf dem Schiff müssen wir sehr aufpassen», erklärte Gladys. «Heutzutage sind die Leute schrecklich misstrauisch, wenn zwei junge Frauen allein unterwegs sind. Ist das nicht furchtbar?»

«Kann man wohl sagen.» Ike schob sich ein bisschen näher an sie heran.

«Hör auf mit dem Quatsch! Zisch ab wie ein Ballon mit Loch. Ich meine es ernst.» Olive setzte sich auf die Bank gegenüber. Ike folgte ihr.

«Früher war auf diesen Schiffen ganz schön was los, aber das ist jetzt vorbei», sagte Gladys leise und vertraulich zu Mac. «Habt ihr in einer Fischkonservenfabrik gearbeitet?»

«Nein, wir haben den ganzen Sommer für die C. P. R. geschuftet.»

«Da habt ihr bestimmt ganz schön was verdient.» Mac sah, dass sie ihrer Freundin aus dem Augenwinkel einen Blick zuwarf.

«So viel nun auch wieder nicht. Aber ich hab fast einen Hunderter gespart.»

«Und jetzt fahrt ihr nach Seattle.»

«Ja. Ich will mir was als Maschinensetzer suchen.»

«Wir wohnen in Seattle. Olive und ich teilen uns eine Wohnung. Komm, lass uns rausgehen, hier drinnen ist es so stickig.»

Als sie an Olive und Ike vorbeigingen, beugte Gladys sich vor und flüsterte ihrer Freundin etwas ins Ohr. Dann wandte sie sich mit einem süßen Lächeln zu Mac. An Deck war niemand. Sie ließ es zu, dass er einen Arm um ihre Taille legte. Er spürte die

Stäbe eines Korsetts und drückte zu. «Au, nicht so grob, Kleiner», quietschte sie mit einer komischen, piepsigen Stimme. Er lachte. Als er seine Hand fortnahm, streifte er ihre Brust, und beim Gehen berührte sein Bein das ihre. Noch nie zuvor war er einer Frau so nahe gewesen.

Nach einer Weile sagte sie, sie wolle zu Bett gehen.

«Wie wär's, wenn ich mitkomme?»

Sie schüttelte den Kopf. «Nicht hier auf dem Schiff. Wir sehen uns morgen. Vielleicht wollt ihr uns in unserer Wohnung besuchen. Dann zeigen wir euch die Stadt.»

«Klar», sagte Mac. Er ging an Deck herum. Sein Herz klopfte. Er spürte das Hämmern der Dampfmaschine und das Strömen des Wassers, das der Pfeil des Bugs durchschnitt, und fühlte sich genauso. Dann begegnete er Ike.

«Meine hat gesagt, sie muss zu Bett gehen», sagte Ike.

«Meine auch.»

«Und? Bist du schon weitergekommen?»

«Sie haben eine Wohnung in Seattle.»

«Meine hat mich geküsst. Sie ist verdammt heiß. Mann, ich hab schon gedacht, gleich greift sie mir in die Hose.»

«Morgen wird's schon klappen.»

Der nächste Tag war sonnig. Der Hafen von Seattle funkelte, roch nach frisch geschnittenem Holz und war erfüllt vom Gerassel der Fuhrwerke und den Schreien der Kutscher. Sie nahmen sich ein Zimmer im YMCA. Ihr Leben als Landstreicher und Streckenarbeiter war vorbei. Sie würden sich eine richtige Arbeit suchen, sich anständig benehmen und abends lernen. Den ganzen Tag liefen sie in der Stadt herum, und am Abend trafen sie sich mit Olive und Gladys am Totempfahl auf dem Pioneer Square.

Alles passierte ziemlich schnell. Sie aßen in einem Restaurant und tranken Wein dazu, und dann gingen sie in einen Biergarten, wo eine Kapelle spielte, und tranken Whiskey Sours. Als sie sich zur Wohnung der beiden Frauen aufmachten, nahmen sie noch eine kleine Flasche Whiskey mit, die Mac beinahe auf der Treppe hätte fallen lassen. «Macht um Himmels willen nicht so einen Krach, sonst haben wir gleich die Bullen hier.» Die Wohnung roch nach Moschus und Puder, und auf allen Stühlen lag Unterwäsche herum, und als Erstes knöpften sie jedem fünfzehn Dollar ab. Mac war mit seiner Braut im Badezimmer, und sie tupfte ihm Lippenstift auf die Nasenspitze, und sie lachten und lachten, bis er zu grob wurde und sie ihm eine knallte. Danach saßen sie alle um den Tisch und tranken noch ein bisschen, und Ike stand auf und tanzte barfuß einen Schleiertanz. Mac musste lachen, weil es so komisch war, und dann saß er mit einem Mal auf dem Boden, und als er aufstehen wollte, fiel er wieder hin, und auf einmal kotzte er in die Badewanne, und Gladys schimpfte und keifte. Sie zog ihn wieder an, nur seine Krawatte konnte er nicht finden, und alle sagten, er sei zu betrunken, und schoben ihn hinaus, und er ging die Straße entlang und sang dabei vor sich hin *Zisch ab wie ein Ballon mit Loch*, und dann fragte er einen Polizisten nach dem Weg zum YMCA, und der nahm ihn mit zur Wache und sperrte ihn in eine Zelle.

Als er erwachte, fühlte sein Kopf sich an wie ein großer, zerbrochener Mühlstein. Sein Hemd war vollgekotzt, die Hose hatte einen Riss. Er durchsuchte alle Taschen und konnte die Brieftasche nicht finden. Ein Polizist öffnete die Zellentür und sagte ihm, er solle verschwinden, und er ging hinaus ins gleißende Sonnenlicht, das ihm wie mit Messern in die Augen stach.

Im YMCA sah der Mann am Empfang ihn scheel an, aber er schaffte es aufs Zimmer, ohne von jemandem angesprochen zu werden. Ike war noch nicht zurück. Mac nickte ein und spürte den Kopfschmerz noch im Schlaf. Als er aufwachte, saß Ike mit glänzenden Augen und geröteten Wangen auf der Bettkante. Er war noch immer ein bisschen betrunken. «Sag mal, Mac, haben sie dich auch ausgenommen? Meine Brieftasche ist weg, und als ich zurückgehen wollte, hab ich das Haus nicht mehr gefunden. Mann, hätte ich diese verdammten Schnepfen verdroschen ...

Scheiße, ich bin noch immer voll wie eine Haubitze. Der Typ am Empfang sagt übrigens, wir sollen ausziehen. Trunkenheit wird im YMCA nicht geduldet.»

«Aber wir haben für eine ganze Woche bezahlt.»

«Wir kriegen einen Teil zurück. Ach, was soll's, Mac? Wir sind zwar pleite, aber mir geht's prima. Ich hatte noch jede Menge Spaß mit deiner Braut, nachdem sie dich rausgeschmissen hatten.»

«Ich fühle mich hundeelend.»

«Und ich will nicht einschlafen, aus Angst, dass ich dann einen Kater kriege. Komm, wir gehen raus – wird dir guttun.»

Es war drei Uhr nachmittags. Sie gingen in ein kleines chinesisches Lokal am Hafen und tranken Kaffee. Ihre Koffer hatten sie für zwei Dollar versetzt. Die Seidenhemden hatte der Pfandleiher nicht nehmen wollen, weil sie schmutzig waren. Draußen regnete es wie aus Kübeln.

«Herrgott, warum waren wir so blöd, uns zu besaufen? Wir sind wirklich zwei Riesentrottel, Ike.»

«Aber es war eine tolle Party. Du hast komisch ausgesehen mit dem Lippenstift im Gesicht.»

«Ich fühle mich zum Kotzen ... Ich will lernen und mich für was einsetzen, du weißt schon, was ich meine, nicht um irgendein verdammter Sklaventreiber zu werden, sondern für den Sozialismus und die Revolution und so, nicht immer bloß schuften und das Geld auf den Kopf hauen und dann wieder schuften und das Geld wieder auf den Kopf hauen wie diese verdammten Schlitzaugen bei der Eisenbahn.»

«Na und? Beim nächsten Mal sind wir schlauer und verstecken die Brieftaschen an einem sicheren Ort. Oh Mann, jetzt sacke ich auch ab.»

«Wenn das Haus abbrennen würde, hätte ich nicht die Kraft rauszulaufen.»

Sie blieben so lange wie möglich dort sitzen und gingen dann hinaus in den Regen, um eine Absteige zu finden, wo sie für dreißig Cent die Nacht verbrachten und von Wanzen gefressen wurden. Am Morgen machten sie sich auf Arbeitssuche. Mac klapperte Druckereien ab, während Ike es bei den Reedereien versuchte. Abends trafen sie sich wieder. Sie hatten kein Glück gehabt, und da es eine warme Nacht war, schliefen sie im Park. Schließlich ließen sie sich für ein Holzfällerlager am Snake River anwerben. Die Agentur schickte sie in einem Wagen voller Finnen und Schweden dort hinauf. Mac und Ike waren die Einzigen, die Englisch sprachen. Als sie im Lager angekommen waren, fanden sie den Vorarbeiter so hart, den Fraß so schlecht und die Baracken so schmutzig, dass sie nach wenigen Tagen beschlossen, zu verschwinden und wieder auf der Straße zu leben. In den Blue Mountains war es schon reichlich kühl, und wenn sie nicht ein bisschen Essen in den Kantinen der Holzfällerlager am Weg erbettelt hätten, wären sie wohl verhungert. In Baker City kamen sie an eine Eisenbahnlinie und erwischten einen Güterwagen nach Portland. Dort fanden sie keine Arbeit, weil ihre Kleider so schmutzig waren, und so wanderten sie nach Süden durch ein endlos langes Oregon-Tal voller Obstfarmen, wo sie in Scheunen übernachteten und sich hier und da mit Holzhacken oder anderen Arbeiten eine warme Mahlzeit verdienten.

In Salem stellte Ike fest, dass er sich einen Tripper eingefangen hatte, und Mac verbrachte schlaflose Nächte vor Angst, er könnte sich ebenfalls angesteckt haben. Sie gingen zu einem Arzt. Er war ein rundlicher Mann mit einem runden Gesicht und einem herzlichen Lachen. Als sie sagten, sie hätten kein Geld, antwortete er, das mache nichts, sie könnten das Honorar mit häuslichen Arbeiten begleichen, doch als er erfuhr, dass es um eine Geschlechtskrankheit ging, hielt er ihnen eine Predigt über den gerechten Lohn der Sünde und warf sie hinaus.

Hungrig und mit wunden Füßen schlurften sie an der Straße entlang; Ike hatte Fieber und Schmerzen beim Gehen. Keiner von beiden sagte etwas. Schließlich kamen sie an eine kleine Obstverladestelle mit Wassertanks an der Hauptstrecke der Southern

Pacific. Dort sagte Ike, er könne nicht mehr weiter, sie müssten hier auf einen Güterzug warten. «Herrgott, der Knast wär besser als das hier.»

«Wenn du in diesem Land kein Glück hast, hast du wirklich kein Glück», sagte Mac, und aus irgendeinem Grund mussten beide lachen.

Im Gebüsch hinter dem Schuppen stießen sie auf einen alten Tramp, der in einer Blechdose Kaffee kochte. Er gab ihnen von seinem Kaffee, Brot und Speck, und sie erzählten ihm von ihren Leiden. Er sagte, er wolle für den Winter in den Süden, und das beste Mittel gegen Tripper sei ein Tee aus Kirschkernen und -stielen.

«Wo zum Teufel soll ich denn jetzt Kirschkerne und -stiele herkriegen?», fragte Ike.

Sie sollten sich keine Sorgen machen, sagte der Alte, das Ganze sei nicht schlimmer als ein schwerer Schnupfen. Er war ein fröhlicher alter Mann, in dessen Gesicht sich der Schmutz so tief eingegraben hatte, dass es aussah wie eine braune Ledermaske. Er wollte es mit einem Güterzug versuchen, der kurz nach Sonnenuntergang hier halten würde, um Wasser zu tanken.

Während der Alte und Ike sich unterhielten, nickte Mac ein. Als er erwachte, schrie Ike ihn an, und dann rannten sie alle zum Zug, der schon wieder anruckte. Im Dunkeln verfehlte Mac die Leitersprosse und fiel auf die Schwellen. Er verrenkte sich das Knie und schlug mit dem Gesicht auf den Schotter, und als er sich hochgerappelt hatte, verschwanden die beiden Schlusslichter des Zugs im Novemberdunst.

Das war das Letzte, was er von Ike Hall sah.

Er ging zurück zur Straße und humpelte daran entlang, bis er zu einem Ranchhaus kam. Ein Hund bellte ihn an und schnappte nach seinen Knöcheln, aber er war zu erledigt, um sich davon abhalten zu lassen. Schließlich trat eine stämmige Frau aus der Tür, gab ihm ein paar altbackene Brötchen und Apfelmus und sagte, wenn er ihr all seine Streichhölzer gebe, könne er die Nacht in der Scheune bleiben. Er schleppte sich zur Scheune, legte sich ins Heu und schlief ein.

Am nächsten Morgen kam der Rancher, ein hochgewachsener, vierschrötiger Mann, der eine dröhnende Stimme hatte und Thomas hieß, in die Scheune und bot Mac an, er könne ein paar Tage für ihn arbeiten und sich Unterkunft und Verpflegung verdienen. Die Leute waren nett und hatten eine hübsche Tochter namens Mona, in die er sich ein bisschen verliebte. Sie war ein dralles, rotbackiges Mädchen, stark wie ein Junge, und fürchtete sich vor nichts. Sie knuffte ihn und balgte sich mit ihm, und als er etwas ausgeruht hatte und wieder zu Kräften gekommen war, konnte er nachts kaum schlafen, weil er immer an sie denken musste. Er lag in seinem Bett aus Heu und dachte daran, wie sie ihm den Zerstäuber für die Obstbäume zurückgegeben oder ihm beim Bündeln der abgeschnittenen Zweige geholfen und dabei mit ihrem nackten Arm den seinen gestreift hatte, er dachte an die Rundung ihrer Brüste und ihren Atem, der süß war wie der einer Kuh und den er an seinem Hals spürte, wenn sie nach dem Abendessen herumalberten und einander Streiche spielten. Doch die Thomasens hatten andere Pläne für ihre Tochter und sagten Mac, sie bräuchten ihn nicht mehr. Sie schickten ihn freundlich fort und gaben ihm viele gute Ratschläge, ein paar getragene Kleidungsstücke und etwas in Zeitungspapier gewickelten Proviant, aber kein Geld. Als Mac auf dem staubigen, ausgefahrenen Karrenweg davonging, lief Mona ihm nach und gab ihm vor den Augen ihrer Eltern einen Kuss. «Ich gehöre zu dir», sagte sie. «Verdien viel Geld, komm zurück und heirate mich.»

«Bei Gott, ja, das will ich», sagte er und ging davon, mit Tränen in den Augen und einem wohligen Gefühl. Besonders froh machte ihn, dass er sich damals bei der Frau in Seattle keinen Tripper eingefangen hatte.

Wochenschau VI

Paris endlich aufgeschreckt

HARRIMAN ALS EISENBAHNGIGANT /21/

berüchtigter Betrüger zur Strecke gebracht

TEDDY DROHT MIT GROSSEM STOCK /22/

Passagiere fordern Maßnahmen gegen U-Bahn-Überfüllung

Auf dem Boot mit dir
Im Mondenschein,
Da hörten wir Stimmen,
Sie schienen zu singen:
Du hast das Herz mir gestohlen,
Lass mich jetzt nicht allein,
Und dann sangen auch wir
süße
alte
Lieder
der Liebe
Im Mondenschein

NACH DEM GEBET VOM MOB GELYNCHT

als das Metall aus dem Hochofen schoss, versuchten die Arbeiter, sich in Sicherheit zu bringen. Rechts des Hochofens sah ich zehn fliehende Männer, deren Kleider lichterloh brannten. Offenbar waren einige bei der Explosion verletzt worden, andere stolperten und stürzten. Im nächsten Augenblick ergoss sich das glühende Metall über die Ärmsten.

DAS MONOPOL IST ZUM VORTEIL ALLER

Unternehmer und Gewerkschaften verhandeln in Mrs. Potter Palmers Haus

süße
alte
Lieder
der Liebe
Auf dem Boot mit dir
Im Mondenschein

Das Auge der Kamera 7

Schlittschuh laufen auf dem Teich bei der Silberfabrik wo immer so ein komischer flaumiger Geruch von der Abfallgrube in der Luft hing Transeife sagte jemand die brauchten sie um all die silbernen Messer und Gabeln und Löffel auf Hochglanz zu polieren bevor sie verkauft wurden · das Eis schimmerte frühes schwarzes Eis das wie ein Sägeblatt sang und von den Kufen der Schlittschuhläufer weiße Kratzer bekam · ich lernte das Schlittschuhlaufen nicht und fiel immer wieder hin · nimm dich in Acht vor den Polacken sagten alle die stecken Steine in ihre Schneebälle und schreiben schmutzige Wörter an die Wände und machen schmutzige Sachen in den Gassen ihre Eltern arbeiten in der Fabrik

wir sauberen amerikanischen Rover geschickt im Umgang mit Werkzeug Wildtöter Hockeyspieler Pfadfinder fuhren auf dem Eis schöne Achten Achilles Ajax Agamemnon ich lernte das Schlittschuhlaufen nicht und fiel immer wieder hin

Der Pflanzenmagier

Luther Burbank wurde in einem aus Backsteinen gebauten
Farmhaus in Lancaster, Massachusetts, geboren,
einmal ging er im Winter in den Wald,
stapfte durch schimmernden, verharschten Schnee
und entdeckte eine Mulde, in der eine warme Quelle entsprang,
und da waren grünes Gras und allerlei Unkraut,
und Stinkkohl reckte einen stechenden Daumen.
Er ging heim und setzte sich an den Ofen und las Darwin
Kampf ums Dasein Entstehung der Arten Natürliche
Auslese so was lehrten sie nicht in der Kirche,
und so hörte Luther Burbank auf zu glauben und zog nach Lunenburg,
fand an einer Kartoffelpflanze eine Beere mit vielen Samen,
säte sie aus und profitierte von Mr. Darwins natürlicher Auslese,
von Spencer und Huxley,
und zwar mit der Burbank-Kartoffel.

Gehen Sie nach Westen, junger Mann –
Luther Burbank ging nach Santa Rosa
und träumte von grünem Gras im Winter, von immer-
blühenden Blumen und immer-
reifen Beeren; Luther Burbank
profitierte von der natürlichen Auslese, Luther Burbank
nahm seinen apokalyptischen Traum von grünem Gras im Winter
und kernlosen Beeren und kernlosen Pflaumen und dornenlosen Rosen Brombeeren Kakteen –
es waren trostlose Winter in diesem trostlosen

Backsteinfarmhaus im trostlosen Massachusetts –
mit ins sonnige Santa Rosa,
und er war ein sonniger alter Mann
dort, wo die Rosen das ganze Jahr über blühten,
immer knospend, immer blühend,
Hybriden.

Amerika war eine Hybride.
Amerika sollte von der natürlichen Auslese profitieren.
Er war ein Ungläubiger er glaubte an Darwin und die natürliche
Auslese und den Einfluss der großen Toten
und an gutes transportfähiges Obst
für die Konservenfabriken.
Er war einer der großen alten Männer, bis die Kirchen und die Gemeinden
Wind davon bekamen, dass er ein Ungläubiger war und an Darwin glaubte.

Luther Burbank hatte sich nichts Böses gedacht,
als er in diesen sonnigen Jahren in Santa Rosa
immer bessere Hybriden für Amerika gezüchtet hatte.
Doch diesmal stach er in ein Wespennest
und wollte Darwin und der natürlichen Auslese nicht abschwören,
und so stachen sie ihn, und er starb
verblüfft.
Man begrub ihn unter einer Zeder.
Sein Lieblingsfoto zeigte
einen kleinen Knirps
neben einem Beet mit hybriden
immerblühenden Shasta-Gänseblümchen,
der sich nichts Böses dachte,
und im Hintergrund war der Mount Shasta,

der früher mal ein Vulkan war,
aber Vulkane gibt es jetzt
nicht mehr.

Wochenschau VII

SAGT, DIES IST DAS JAHRHUNDERT,
IN DEM GELD UND INTELLIGENZ
BESTIMMEND SEIN WERDEN

in Minneapolis geborenes Kind im Brutapparat hierhergebracht

Cheyenne, Cheyenne,
Spring auf mein Pferd

sagt, Jim Hill wolle in 939 Punkten gegen den Ölkonzern vorgehen

C.P.R.-ZUG /23/ EXPLODIERT

Frauen und Kinder ausgelöscht sagt aus Zeuge von Auspeitschungen und sogar Verstümmelungen gewesen zu sein jedoch keine Gräueltaten gesehen zu haben

DIE WAHRHEIT ÜBER DEN KONGO-FREISTAAT /24/

Gravierende Mängel an Schlachtschiff aufgedeckt Santos Dumont spricht von Wettstreit mit Raubvogel Frauen Hauptinteresse von Eingeborenen im Kongo Sonderbefehl kommandiert US Marines ab

WEISSE IM KONGO VERLIEREN MORALISCHES EMPFINDEN

ZWIELICHTIGE ANWÄLTE HALTEN FRAU GEFANGEN

ENTSCHEIDENDER TAG IM THAW-PROZESS /25/

GEWERKSCHAFTEN DROHEN DER POLITIK

Salome zum letzten Mal in New York vergeblicher Heldenmut einer Mutter

Da ist genug Platz für zwei,
Und später dann, nach dem Glockengeläut,
Reiten vereint wir aus der Stadt hinaus,
Aus dem guten alten Cheyenne

Das Auge der Kamera 8

du hast auf dem Bett gesessen und dir die Schuhe aufgeschnürt und da stand Tylor in der Tür und schrie He Frenchie du musst gegen den Kid antreten · ich will aber nicht · du musst aber seht ihr das nicht auch so Leute? · Freddy schob sein Gesicht durch den Türspalt und machte eine lange Nase Du musst gegen ihn antreten ein Schiedsrichter und alle anderen aus dem obersten Stock waren da wenn nicht bist du ein Waschlappen und ich hatte den Schlafanzug an und sie schoben den Kid rein und der Kid verpasste Frenchie einen und Frenchie verpasste dem Kid einen und du hattest den Geschmack von Blut im Mund und alle schrien Gib's ihm Kid außer Gummer der schrie Schlag ihn K. O. Jack und der Kid lag auf dem Bett und Frenchie war über ihm aber alle zogen ihn runter und drückten ihn an die Tür und er teilte rechts und links aus und konnte nicht sehen wer auf ihn einschlug und alle schrien Der Kid hat ihn erledigt und Tylor und Freddy hielten seine Arme fest und sagten dem Kid er solle ihm eine reinhauen aber der Kid wollte nicht und weinte

dieser blutig-süße kotzige Geschmack und dann läutete die Klingel Licht aus und alle rannten in ihr Zimmer und du hast dich ins Bett gelegt und in deinem Kopf hat es gehämmert und du hast geweint und Gummer kam auf Zehenspitzen herein und sagte Du hast ihn erledigt Jack das war eine Scheißsauerei und der dir das da verpasst hat war Freddy aber Hoppy schlich durch den Flur und erwischte Gummer auf dem Rückweg in sein Zimmer und bekam seine

Mac

Bis Thanksgiving hatte Mac sich nach Sacramento durchgeschlagen, wo er in einem Lagerhaus für Trockenobst leere Kisten zu Kleinholz machte, und zu Beginn des neuen Jahres hatte er so viel gespart, dass er sich einen dunklen Anzug kaufen und mit dem Dampfer den Fluss hinunter nach San Francisco fahren konnte.

Gegen acht Uhr abends kam er dort an. Den Koffer in der Hand, ging er die Market Street entlang. Überall waren Lichter. Junge Männer und hübsche junge Frauen in bunten Kleidern gingen mit schnellen Schritten in einem heftigen, böigen Wind, der Röcke und Schals flattern ließ, klapsend Farbe in Wangen brachte und Staub und Papierfetzen aufwirbelte. Auf den Straßen waren Chinesen, Itaker, Portugiesen, Japse. Man ging in Shows und Restaurants. Aus den Eingängen von Bars drang Musik, Küchen verströmten buttrige Bratdüfte, es roch nach Weinfässern und Bier.

Mac hätte gern ein bisschen gefeiert, hatte aber nur vier Dollar, und so nahm er sich ein Zimmer im YMCA und aß in der leeren Cafeteria im Erdgeschoss ein Stück klitschigen Kuchen und trank dazu eine Tasse Kaffee.

In seinem Zimmer, das so leer und kahl wie in einem Krankenhaus war, öffnete er als Erstes das Fenster, aber es ging nur auf einen Luftschacht. Das Zimmer roch nach irgendeinem Reinigungsmittel, und als er sich aufs Bett legte, roch die Decke nach Formaldehyd. Er fühlte sich einfach zu gut, das warme Blut sprudelte in seinen Adern. Er wollte mit jemandem reden, er wollte tanzen gehen oder mit einem, den er kannte, was trinken oder mit einer Frau flirten. Plötzlich roch er wieder das Rouge und den parfümierten Puder in dem Zimmer der beiden Frauen in Seattle. Er setzte sich auf, saß auf der Bettkante und ließ die Beine baumeln. Dann beschloss er auszugehen, legte aber sein Geld in den Koffer, den er abschloss. Einsam wie ein Gespenst lief er durch die Straßen, bis er hundemüde war; er ging mit raschen Schritten und sah weder links noch rechts: angemalte Frauen standen an Straßenecken herum, Schlepper wollten ihm Visitenkarten in die Hand drücken, Betrunkene suchten Streit, Bettler winselten um Kleingeld. Bitter, frierend und müde kehrte er in sein Zimmer zurück und fiel ins Bett.

Am nächsten Tag fand er Arbeit in einer kleinen Druckerei, die einem glatzköpfigen Italiener gehörte. Er hatte einen großen Schnurrbart, trug eine schwarze Fliege und hieß Bonello. Bonello sagte ihm, er sei einer von Garibaldis Rothemden gewesen, doch jetzt sei er Anarchist. Ferrer [26] war sein großer Held; er stellte Mac ein, weil er glaubte, ihn für die Sache gewinnen zu können. Den ganzen Winter arbeitete Mac in Bonellos Druckerei, aß Spaghetti, trank Rotwein, diskutierte abends mit ihm und seinen Freunden über die Revolution und ging sonntags zu Picknicks der Sozialisten oder Versammlungen der Libertären. Samstagabends ging er mit einem Burschen namens Miller, den er im YMCA kennengelernt hatte, in eins der Bordelle. Miller studierte

Zahnmedizin. Mac freundete sich mit einer jungen Frau namens Maisie Spencer an, die im Emporium in der Damenhüteabteilung arbeitete. Sie wollte, dass er sonntags mit ihr in die Kirche ging. Maisie war eine stille Frau mit großen blauen Augen, aus denen sie ungläubig lächelnd zu ihm aufsah, wenn er von der Revolution erzählte. Sie hatte kleine, regelmäßige Zähne und kleidete sich hübsch. Nach einer Weile hörte sie auf, ihm wegen des Gottesdienstes in den Ohren zu liegen, und es gefiel ihr, wenn er sie zum Presidio ausführte, wo die Musik spielte, oder zum Sutro Heights Park, wo man sich Statuen ansehen konnte.

Am Morgen des Erdbebens dachte Mac, nachdem er die anfängliche Panik überwunden hatte, als Erstes an Maisie. Das Haus in der Mariposa Street, wo sie und ihre Familie lebten, stand zwar noch, war aber verlassen. Erst nach drei Tagen als freiwilliger Helfer der Feuerwehr, drei Tagen voll Rauch, zerhackter Balken und Dynamitexplosionen, entdeckte er sie in der Schlange vor einer Freiluftküche am Eingang des Golden Gate Parks. Die Spencers lebten in einem Zelt unweit der eingestürzten Gewächshäuser.

Zunächst erkannte sie ihn nicht, denn Haar und Augenbrauen waren versengt, seine Kleider hingen in Fetzen, und er war von Kopf bis Fuß voll Ruß. Er hatte sie noch nie geküsst, aber jetzt nahm er sie vor allen Leuten in die Arme und küsste sie. Als er sie losließ, war auch ihr Gesicht voll Ruß. Einige Leute in der Schlange lachten und klatschten, aber die alte Frau hinter Maisie, die ihr Haar schief aufgesteckt hatte, sodass man die Kopfhaut sah, und zwei wattierte Seidenmorgenröcke übereinander trug, sagte gehässig: «Jetzt wirst du dir wohl das Gesicht waschen müssen.»

Von da an betrachteten sie sich als verlobt, doch sie konnten nicht heiraten, denn Bonellos Druckerei war, wie der ganze Rest des Blocks, zerstört, und somit war Mac arbeitslos. Wenn er Maisie abends nach Hause begleitete, ließ sie sich in dunklen Hauseingängen küssen und umarmen, aber mehr zu versuchen gab er bald auf.

Im Herbst bekam er eine Stelle beim *Bulletin*. Das war Nachtarbeit, und außer an Sonntagen bekam er Maisie kaum noch zu sehen, aber sie begannen darüber zu sprechen, dass sie nach Weihnachten heiraten wollten. Getrennt von Maisie war Mac meist irgendwie sauer auf sie, aber sobald sie zusammen waren, schmolz er dahin. Er wollte, dass sie Flugschriften über den Sozialismus las, aber sie lachte nur, sah ihn mit großen blauen Augen innig an und sagte, das sei ihr zu hoch. Sie ging gern ins Theater und in Restaurants, wo die Tischwäsche gestärkt war und die Ober schwarze Anzüge trugen.

Ungefähr zu dieser Zeit ging er eines Abends zu einem Vortrag von Upton Sinclair über die Schlachthöfe von Chicago. Neben ihm saß ein junger Mann in Latzhosen. Er hatte eine Hakennase, graue Augen und tiefe Falten unter den Wangenknochen und sprach langsam und gedehnt. Er hieß Fred Hoff. Nach dem Vortrag tranken sie ein Bier und unterhielten sich. Fred Hoff gehörte der neuen revolutionären Organisation namens Industrial Workers of the World/27/ an. Beim zweiten Glas Bier las er Mac die Präambel vor. Fred Hoff war gerade erst als Heizer auf einem Frachter nach San Francisco gekommen und hatte den Schweinefraß und das harte Leben auf See satt. Er hatte noch seine ganze Heuer und war entschlossen, sie nicht auf den Kopf zu hauen. Seit er von dem Bergarbeiterstreik in Goldfield erfahren hatte, wollte er hinfahren und sehen, was er da tun konnte. Er gab Mac das Gefühl, ein ziemlich mieses Leben zu führen, weil er half, Lügen über die Arbeiterklasse zu drucken. «Gott im Himmel, Mann, du bist genau das, was wir da draußen brauchen. Wir machen eine Zeitung in Goldfield, Nevada.»

Noch am selben Abend ging Mac zum Gewerkschaftsbüro und füllte einen Antrag aus, und als er zu seiner Pension zurückkehrte, gingen ihm lauter Gedanken im Kopf herum. Um ein Haar hätte ich mich an diese Scheißkerle verkauft, dachte er.

Am nächsten Sonntag wollten Maisie und er mit der Scenic Railway zum Gipfel des Mount Tamalpais fahren. Mac war furchtbar müde, als der Wecker läutete. Sie wollten früh aufbrechen, denn am Abend musste Mac wieder arbeiten. Als er zum Fähranleger ging, wo sie sich um neun treffen wollten, hörte er noch das Dröhnen der Druckmaschinen und roch den säuerlichen Geruch der Druckerschwärze und des gewalzten Papiers, und dahinter war noch ein anderer Geruch, der Geruch des Flurs in dem Haus, in das er mit ein paar Kumpels gegangen war, ein Geruch nach feuchten Wänden und Toiletteneimern und Achselhöhlen und dem Frisiertisch der kraushaarigen Frau, mit der er auf dem Bett mit den klammen Laken geschlafen hatte, und er schmeckte den Nachgeschmack des abgestandenen Biers, das sie getrunken hatten, und hörte die süßliche, mechanische Stimme: «Bis bald, Süßer, lass dich mal wieder sehen.»

«Herrgott, ich bin ein Schwein», sagte er zu sich selbst.

Der Morgen war zur Abwechslung mal klar und sonnig, auf den Straßen leuchteten alle Farben wie Glas. Herrgott, er war es leid, zu den Huren zu gehen. Wenn Maisie doch bloß was mitmachen würde, wenn sie doch bloß eine Rebellin wäre, mit der man reden konnte wie mit einem Freund. Und wie zum Teufel sollte er ihr sagen, dass er seine Stelle kündigen wollte?

Sie erwartete ihn am Anleger und sah mit dem hübschen marineblauen Kleid und dem Strohhut wie ein Gibson Girl /28/ aus. Sie hatten keine Zeit, irgendwas zu sagen, denn sie mussten rennen, um die Fähre nicht zu verpassen. Als sie an Bord waren, hob sie ihr Gesicht, damit er sie küssen konnte. Ihre Lippen waren kühl, und ihre behandschuhte Hand berührte ganz zart die seine. In Sausolito nahmen sie die Straßenbahn, und als sie umstiegen und sich beeilen mussten, um einen guten Platz im Aussichtswagen zu bekommen, lächelte sie ihn an, und sie fühlten sich so abgeschieden in der tosenden Unermesslichkeit aus gelbbraunen Bergen, blauem Himmel und Meer. Sie waren zusammen noch nie so glücklich gewesen. Sie rannte ihm voraus bis zum Gipfel. Als sie am Aussichtspunkt ankamen, waren sie beide außer Atem. Sie drückten sich an eine Wand, wo die anderen Leute sie nicht sehen konnten, und sie ließ sich überall im Gesicht küssen, überall im Gesicht und am Hals.

Nebelschwaden flogen vorbei und verdeckten stellenweise die Aussicht auf die Bucht, die Täler und schattenwerfenden Berge. Als sie zur meerwärts gewandten Seite gingen, heulte dort ein eiskalter Wind. Eine brodelnde Nebelmasse erhob sich über dem Meer wie eine gewaltige Flutwelle. Sie griff nach seinem Arm. «Das macht mir Angst, Fainy!» Unvermittelt sagte er, er habe gekündigt. Sie sah zu ihm auf, ängstlich und im kalten Wind zitternd, klein und hilflos; zu beiden Seiten ihrer Nase rannen Tränen über ihr Gesicht. «Aber ich dachte, du liebst mich, Fenian ... Glaubst du denn, mir wäre es leichtgefallen, die ganze Zeit auf dich zu warten, dich zu lieben und mich nach dir zu sehnen? Ach, ich dachte, du liebst mich!»

Er legte den Arm um ihre Schultern und konnte nichts sagen. Sie gingen in Richtung Bahnsteig.

«Ich will nicht, dass alle Leute sehen, dass ich geweint habe. Vorher waren wir so glücklich. Lass uns zu Fuß nach Muir Woods gehen.»

«Das ist ziemlich weit, Maisie.»

«Ist mir egal, ich will trotzdem zu Fuß gehen.»

«Mensch, Maisie, mit dir macht man was mit.»

Sie schlugen den Weg ins Tal ein, und der Nebel verschluckte alles.

Nach ein paar Stunden machten sie Rast. Sie verließen den Weg und entdeckten hinter einem Dickicht aus Zistrosen eine kleine Wiese. Ringsum war Nebel, doch der Himmel über ihnen war blau, und sie spürten die Wärme der Sonne. «Au, ich habe Blasen», sagte sie und verzog so komisch das Gesicht, dass er lachen musste. «Es kann jetzt nicht mehr weit sein», sagte er. Er wollte ihr von dem Streik und der neuen Gewerkschaft erzählen und ihr erklären, warum er nach Goldfield fahren wollte, doch er konnte nicht. Er konnte sie nur küssen. Sie presste den Mund an seine Lippen und schlang die Arme um seinen Hals.

«Wirklich, daran, dass wir heiraten, ändert sich gar nichts, ganz ehrlich nicht ... Maisie, ich bin verrückt nach dir ... Du musst mich lassen ... Du musst ... Wirklich, du kannst dir nicht vorstellen, wie schrecklich es für mich ist, dass ich dich so liebe und du mich nie lässt.»

Er erhob sich und strich ihr Kleid glatt. Sie lag mit geschlossenen Augen und bleichem Gesicht da; er fürchtete, sie könnte ohnmächtig geworden sein. Er kniete nieder und küsste sie sanft auf die Wange. Sie lächelte ganz leicht, zog seinen Kopf zu sich hinunter und fuhr ihm durchs Haar. «Mein kleiner Ehemann», sagte sie. Nach einer Weile standen sie auf und gingen durch den Redwoodwald – den sie gar nicht wahrnahmen – zur Haltestelle der Straßenbahn. Auf der Fähre beschlossen sie, noch in der kommenden Woche zu heiraten. Mac versprach, nicht nach Nevada zu gehen.

Als er am nächsten Morgen erwachte, war er deprimiert. Er verkaufte sich. Beim Rasieren im Badezimmer sah er sich im Spiegel und sagte halblaut: «Du Scheißkerl, du verkaufst dich an diese Schweinehunde.»

Er ging wieder in sein Zimmer und schrieb Maisie einen Brief.

Liebe Maisie –

ehrlich, du darfst keine Sekunde denken, dass ich dich nicht liebe, aber ich habe versprochen, nach Goldfield zu fahren und den Jungs zu helfen, ihre Zeitung zu drucken, und das muss ich tun. Sobald ich dort bin, schicke ich dir meine Adresse, und wenn du mich wirklich wegen irgendwas brauchst, komme ich sofort, ehrlich.

Alles Liebe und viele Küsse

Fainy

Dann ließ er sich beim *Bulletin* seinen Lohn auszahlen, packte sein Zeug und ging zum Bahnhof, um zu sehen, wann der nächste Zug nach Goldfield, Nevada, fuhr.

Das Auge der Kamera 9

tagsüber stanken die Düngerfabriken zum Gotterbarmen und nachts waren so viele Moskitos in der Hütte dass sie einen glatt hätten wegschleppen können aber Crisfield war am Ostufer der Bucht und wenn wir ein Motorboot gehabt hätten hätten wir unsere Tomaten und den Mais und die ersten Pfirsiche rüberfahren können bis nach New York hätten wir sie fahren können anstatt uns von den Zwischenhändlern in Baltimore übers Ohr hauen zu lassen wir hätten eine Gemüsefarm gehabt und junges Gemüse geliefert und das vom Tabakanbau ausgelaugte Land am Northern Neck bewässert und gedüngt und verbessert wenn wir ein Motorboot gehabt hätten hätten wir im Winter Austern verkauft und Schildkröten gezüchtet

aber an der Verladestelle kam ich mit einem jungen Typen ins Gespräch der war bestimmt nicht viel älter als ich und schlief in einem Güterwaggon mitten in der Sonne und dem Geruch von Maisstängeln und dem Gestank der faulenden Fische in den Düngerfabriken · er hatte Locken in denen sich Heuhalme verfangen hatten und weil sein Hemd offen war konnte man sehen dass er bis zum Gürtel ganz braun gebrannt war es war wohl nicht viel an ihm dran aber immerhin hatte er es auf Güterzügen von Minnesota bis hierher geschafft er wollte nach Süden und als ich ihm von der Chesapeake Bay erzählte war er nicht besonders verwundert und sagte zum Schwimmen isses wohl zu weit dann heuer ich eben aufm Fischkutter an

Big Bill

Big Bill Haywood wurde neunundsechzig in einer Absteige in Salt Lake City geboren.
Er wuchs in Utah auf und lernte alles, was er wissen musste, in Ophir, einer Goldgräbersiedlung, wo man Meinungsverschiedenheiten mit Waffen regelte und samstagabends an Pokertischen spielte, auf denen zwischen Whiskeypfützen haufenweise nagelneue Silberdollars lagen.
Mit elf gab seine Mutter ihn zu einem Farmer, aber der schlug ihn mit der Peitsche, und so lief er davon. Das war sein erster Streik.
Er verlor ein Auge, als er aus einem Stück Eichenholz eine Schleuder schnitzte.
Er arbeitete als Ladengehilfe, hatte einen Obststand, war Platzanweiser im Theater von Salt Lake City und Page im Continental Hotel.
Mit fünfzehn
ging er zu den Minen in Humboldt County, Nevada,
und nahm eine Latzhose, einen Pullover, ein blaues Hemd, schwere Schnürstiefel, zwei Decken, Schachfiguren, Boxhandschuhe und einen großen Plumpudding mit, den seine Mutter für ihn gemacht hatte.
Er heiratete und lebte in Fort McDermitt, das einst zur Abwehr der Indianer errichtet worden war und jetzt, da die Grenze verschwunden war, leer stand;
dort bekam seine Frau ihr erstes Kind, ohne Arzt oder Hebamme. Bill durchtrennte die Nabelschnur und begrub die Nachgeburt;
das Kind lebte. Bill arbeitete als Prospektor, schnitt Heu im Paradise Valley, ritt Pferde zu und streifte durch das weite wilde Land.
Eines Abends bei Thompson's Mill war er einer von fünf

Männern, die sich zufällig in einem verlassenen Farmhaus begegneten, wo sie übernachten wollten. Jeder hatte ein Auge verloren, sie waren die einzigen Einäugigen im ganzen County.
Er verlor seine kleine Farm, alles ging den Bach runter, seine Frau wurde krank, er musste seine Kinder ernähren. Er arbeitete in einem Bergwerk in Silver City, Idaho.
In Silver City trat er in die Bergarbeitergewerkschaft WFM /29/ ein und bekleidete seine erste Funktion: Bei dem Kongress, den die WFM '98 in Salt Lake City veranstaltete, war er der Delegierte der Bergarbeiter von Silver City.
Von da an war er Organisator, Redner, Propagandist; die Nöte der Bergarbeiter waren seine Nöte; er kämpfte in Coeur D'Alenes, Telluride, Cripple Creek,
wurde Mitglied der Sozialistischen Partei, verfasste Aufrufe und sprach in Idaho, Utah, Nevada, Montana, Colorado vor Bergarbeitern, die für einen Achtstundentag streikten, für ein besseres Leben und einen Anteil an dem Reichtum, den sie aus den Bergen hackten.

Im Januar 1905 wurde in Chicago eine Konferenz abgehalten, in demselben Saal in der Lake Street, in dem sich zwanzig Jahre zuvor die Chicagoer Anarchisten versammelt hatten.
William D. Haywood hatte den Vorsitz. Auf dieser Konferenz wurde das Manifest verfasst, das schließlich zur Gründung der IWW /30/ führte.
Zurück in Denver wurde er nach Idaho verschleppt und zusammen mit Moyer und Pettibone wegen Mordes an dem Schafzüchter Steunenberg vor Gericht gestellt, dem ehemaligen Gouverneur von Idaho, der in seinem Haus von einer Bombe in die Luft gesprengt worden war.
Nachdem das Gericht in Boise die drei freigesprochen hatte (ihr Anwalt war Clarence Darrow /31/), war Big Bill Haywood im ganzen Land als Arbeiterführer bekannt.

Jetzt waren die Nöte aller Arbeiter seine Nöte, er war der Vertreter des Westens, der Cowboys und Holzfäller, der Erntehelfer und Bergarbeiter.
(Der Bohrhammer hatte viele Bergarbeiter arbeitslos gemacht und machte den Bergarbeitern im Westen Angst.)
Die WFM wurde ihm zu konservativ. Haywood arbeitete mit den IWW *für eine neue Gesellschaft im Gehäuse der alten* und unterstützte 1908 die Präsidentschaftskandidatur des Sozialisten Eugene Debs. Er sprach bei allen großen Streiks im Osten, wo der revolutionäre Geist um sich griff, in Lawrence, in Paterson, beim Streik der Hüttenarbeiter in Minnesota.
Man ging mit dem Amerikanischen Expeditionskorps nach Europa, um Morgans Kredite und Wilsons Demokratie zu retten, man stand an Napoleons Sarkophag und träumte von einem Imperium, man trank Champagner-Cocktails im Ritz und schlief in Montmartre mit russischen Gräfinnen und träumte von einem Imperium, und im ganzen Land konnte man mit patriotischen Reden auf Veranstaltungen der *American Legion*[32] oder der Handelskammer gutes Geld verdienen;
man lynchte Pazifisten und Sauerkrautfresser und Gewerkschafter und Rote und Bolschewiken.
In Chicago stand Bill Haywood mit hundert anderen Mitgliedern der IWW vor Gericht, wo Richter Kenesaw Landis, der Baseballzar,
ihn mit einer Nonchalance, als ginge es um ein Verkehrsdelikt,
zu zwanzig Jahren Gefängnis und dreißigtausend Dollar Geldstrafe verurteilte.
Nach zwei Jahren in Leavenworth wurde Big Bill auf Kaution entlassen (er war jetzt fünfzig, ein schwerer, gebrochener Mann). Der Krieg war vorbei, aber im Spiegelsaal von Versailles hatte man Imperium gelernt;

eine Wiederaufnahme des Prozesses wurde verweigert.
Haywood musste sich entscheiden, ob er die Kaution verfallen lassen oder für den Rest der zwanzig Jahre ins Gefängnis gehen sollte.
Er war Diabetiker, er hatte ein hartes Leben hinter sich, das Gefängnis hatte seine Gesundheit ruiniert. Russland war eine Arbeiterrepublik; er ging nach Russland und lebte noch ein paar Jahre in Moskau, war aber nicht glücklich, diese Welt war ihm zu fremd. Dort starb er, und man verbrannte seinen großen gebrochenen Leichnam und begrub die Asche zu Füßen der Kremlmauer.

Das Auge der Kamera 10

der alte Major der mich mitnahm zum Capitol wenn der Senat und das Repräsentantenhaus tagten war Proviantmeister der konföderierten Armee gewesen und hatte sehr gute Umgangsformen und darum verbeugten sich die Diener vor ihm alle außer den Pagen die bloß kleine Jungen waren kaum älter als dein Bruder der ja auch mal Page im Senat war und gelegentlich sah ihn ein Abgeordneter oder Senator an und kniff die Augen zusammen könnte jemand Wichtiges sein und verbeugte sich oder schüttelte ihm herzlich die Hand oder hob grüßend den Arm

der alte Major trug einen sehr gut geschnittenen Cutaway und hatte einen Backenbart und wir gingen im matten Sonnenlicht ganz langsam durch den Botanischen Garten und lasen die kleinen Schilder an den Bäumen und Büschen und sahen die dicken Rotkehlchen und Stare auf dem Rasen herumlaufen und gingen die Treppe hinauf und durch die verbrauchte Luft unter der Rotunde mit den toten Statuen in verschiedenen Größen und der Senatssaal war rot und der Ausschussraum und das Repräsentantenhaus waren grün und welche Farbe die Beratungsräume und der Oberste Gerichtshof hatten weiß ich nicht mehr

und Geflüster hinter der Tür zur Besuchergalerie und verbrauchte Luft und eine Stimme die die Oberlichter erklirren ließ und Schreibtische die zugeklappt wurden und lange Flure voll verbrauchter Luft und unsere Beine wurden sehr müde und ich dachte an die Stare auf dem Rasen und die langen Straßen voll verbrauchter Luft und meine Beine waren müde und ich hatte zwischen den Augen einen stechenden Kopfschmerz und die alten Männer die sich verbeugten mit schnell zusammengekniffenen Augen

könnte jemand Wichtiges sein und unfreundlich zusammengekniffenem Mund und der staubige schwarze Filz und der Geruch nach Garderobeschränken und verbrauchter Luft und ich frage mich woran der alte Major wohl dachte und wie ich das alles fand zum Beispiel dieses große Bild in der Corcoran Art Gallery mit den vielen Säulen und Stufen und Verschwörern und Caesar in einer purpurroten Toga auf dem Boden das hieß Caesars Tod

Mac

Kaum war Mac in Goldfield aus dem Zug gestiegen, da sprach ihn ein schlaksiger Mann in Khaki und mit Militärgamaschen an. «Wenn ich fragen darf: Was führt Sie hierher, mein Freund?»

«Ich bin Vertreter für Bücher.»

«Was für Bücher?»

«Schulbücher und so, für Truthseeker, Inc. in Chicago.» Mac schnurrte das sehr schnell herunter, der Mann schien beeindruckt.

«Das ist wohl in Ordnung», sagte er. «Wollen Sie im Eagle absteigen?» Mac nickte. «Plug kann Sie auf seinem Fuhrwerk mitnehmen … Wir halten hier die Augen offen nach diesen Wobblys, diesen verdammten Agitatoren von der ‹Ich Will Winseln› /33/-Gewerkschaft.»

Vor dem Golden-Eagle-Hotel standen zwei Soldaten Wache, untersetzte, robust wirkende Männer, die ihre Hüte tief in die Stirn gezogen hatten. Als Mac hineinging, drehten alle an der Theke sich um und musterten ihn. Er sagte so knapp wie möglich «Guten Abend, die Herren», ging zum Besitzer und bat um ein Zimmer. Die ganze Zeit fragte er sich, bei wem zum Teufel er es wagen konnte, sich nach dem Büro des *Nevada Workman* zu erkundigen.

«Ich glaube, ich hab eins für sie. Vertreter?»

«Ja», sagte Mac, «in Büchern.»

Am Ende der Theke stand ein großer Mann mit Walrossbart und schwang mit betrunkener, klagender Stimme Reden. «Wenn sie mich nur machen lassen würden, hätte ich diese Scheißkerle schnell aus der Stadt gejagt. Da haben zu viele verdammte Anwälte die Finger im Spiel. Schmeißt diese Stinker einfach raus. Wenn sie nicht wollen, schießen wir sie einfach übern Haufen, das hab ich dem Gouverneur auch gesagt, aber jetzt kommen diese gottverdammten Anwälte und veranstalten ihren Zirkus von wegen richterlicher Verfügung und Habeas Corpus und dem ganzen langatmigen Gewäsch. Habeas Corpus kann mich mal.»

«Du sagst es, Joe», warf der Besitzer beschwichtigend ein. Mac kaufte eine Zigarre und schlenderte hinaus. Als sich die Tür hinter ihm schloss, rief der große Mann noch einmal: «Habeas Corpus kann mich kreuzweise.»

Es war beinahe dunkel. Ein kalter Wind fegte durch die Straßen aus windigen Bretterhäusern. Mac stolperte ein paar Blocks weit durch den Matsch in den tiefen Spurrillen und sah hinauf zu dunklen Fenstern. Er ging durch den ganzen Ort, konnte aber nirgends ein Zeitungsbüro entdecken. Als er zum dritten Mal an derselben chinesischen Garküche vorbeikam, verlangsamte er seinen Schritt und blieb unentschlossen am Bordstein stehen. Am

Ende der Straße überragte ein hoher, zerklüfteter Hügel den Ort. Auf der anderen Straßenseite lehnte ein junger Mann mit hochgeschlagenem Kragen am dunklen Schaufenster eines Werkzeugladens. Mac fand, dass er wie ein anständiger Arbeiter aussah, ging hinüber und sprach ihn an.

«Sag mal, wo ist denn hier das Büro des *Nevada Workman*?»

«Wozu willst du das denn wissen?»

Mac und der andere beäugten einander.

«Ich will zu Fred Hoff ... Bin extra von San Fran hergekommen, um beim Drucken zu helfen.»

«Hast du ne rote Karte?»

Mac zog seinen IWW-Ausweis hervor. «Ich hab auch eine von meiner Gewerkschaft, wenn du die sehen willst.»

«Lass mal ... Ich glaub, du bist in Ordnung. Mal so gesagt: Wenn ich n Bulle wäre, wärst du jetzt im Knast.»

«Ich hab denen erzählt, ich wär ein braver Schulbuchvertreter, damit sie mich in die verdammte Stadt lassen. Hab meinen letzten Vierteldollar für eine Zigarre ausgegeben, damit ich aussehe wie ein Burschwa.»

Der andere lachte. «Na gut, Genosse. Ich führ dich hin.»

«Haben die hier das Kriegsrecht ausgerufen?», fragte Mac, als er dem Mann durch eine Gasse zwischen zwei halb überwucherten Bretterhütten folgte.

«Jeder verdammte Kavallerist in Nevada ist in der Stadt ... Wie man so sagt: Du kannst froh sein, wenn du nicht mit nem Bajonett im Bauch aus der Stadt gejagt wirst.»

Am Ende der Gasse war ein kleines, schuhschachtelförmiges Haus mit hell erleuchteten Fenstern. Junge Burschen in Bergarbeiterkleidung oder Overalls standen davor herum und saßen auf der wackligen Treppe. «Was ist das – eine Kneipe?», fragte Mac.

«Das ist der *Nevada Workman*. Ich heiße übrigens Ben Evans. Ich stelle dich jetzt mal vor ... Hört mal her, Jungs, das hier ist Genosse McCreary. Er ist extra von Frisco hergekommen, um für uns zu drucken.»

«Willkommen, Mac», sagte ein Hüne, der wie ein schwedischer Holzfäller aussah, und drückte Mac die Hand, dass die Knochen knackten.

Fred Hoff trug einen grünen Augenschirm und saß an einem Schreibtisch, auf dem sich Druckfahnen stapelten. Er stand auf und schüttelte Mac die Hand. «Mann, du kommst zur rechten Zeit. Hier ist die Hölle los. Unser Drucker sitzt im Knast, und wir müssen dieses Flugblatt rausbringen.» Mac zog die Jacke aus und ging nach hinten, um sich die Druckmaschine anzusehen. Er beugte sich gerade über den «Thron» des Setzers, als Fred Hoff ihn beiseitenahm.

«Hör zu, Mac, ich erkläre dir jetzt mal die Situation. Es ist irgendwie seltsam. Die WFM lässt uns hängen. Es ist ein Scheißdurcheinander. Neulich war Vincent Saint John /34/ hier, und dieses Arschloch Mullany hat ihn in beide Arme geschossen, jetzt liegt er im Krankenhaus. Die sind stinksauer, weil wir den Gedanken der revolutionären Solidarität verbreiten, verstehst du? Wir haben die Wirte hinter uns und einen Teil der Bergarbeiter. Inzwischen hat der Gewerkschaftsdachverband Wind von der Sache gekriegt und einen knallharten Streikbrecher geschickt, der im Montezuma-Club mit den Minenbesitzern mauschelt.»

«Langsam, Fred, langsam, lass mich erst mal ankommen.»

«Vor ein paar Tagen gab's eine kleine Schießerei vor einem Lokal ein Stück die Straße runter, und der Bursche, dem der Laden gehört, hat was abgekriegt, und jetzt haben sie ein paar von den Jungs dafür eingebuchtet.»

«Schöne Scheiße.»

«Und nächste Woche kommt Big Bill Haywood und redet zu uns ... Das ist im Großen und Ganzen die Situation, Mac. Und ich muss noch einen Artikel schreiben ... Du bist jetzt der Drucker und kriegst siebzehn fünfzig wie alle anderen. Schon mal was geschrieben?»

«Nein.»

«In Zeiten wie diesen bereut man, dass man in der Schule nicht besser aufgepasst hat. Mann, wenn ich einigermaßen gut schreiben könnte.»

«Ich kann's ja mal versuchen.»

«Big Bill wird was für uns schreiben. Das kann er richtig gut.»

Für Mac stellten sie hinter der Druckmaschine ein Feldbett auf. Es dauerte eine Woche, bis er Gelegenheit fand, zum Eagle zu gehen und seinen Koffer zu holen. Über dem Büro und der Druckmaschine war ein langer Dachboden mit einem Ofen, wo die meisten der Jungs schliefen. Wer eine Decke hatte, rollte sich darin ein, wer keine hatte, deckte sich mit seiner Jacke zu, und wer keine Jacke hatte, schlief, so gut er konnte. Am Ende des Raums hing ein langes Stück Papier, auf das jemand in Schmuckschrift-Versalien die Präambel der IWW gedruckt hatte. Auf die verputzte Wand im Büro hatte jemand einen Arbeiter mit der Aufschrift «IWW» gezeichnet, der einen dicken Mann mit Zylinder und der Aufschrift «Minenbesitzer» in den Hintern trat. Darüber sollte offenbar das Wort «Solidarität» stehen, doch bis jetzt war man über SOLIDA nicht hinausgekommen.

An einem Abend im November sprach Big Bill Haywood im Gewerkschaftshaus. Mac und Fred Hoff gingen hin, um über die Rede zu berichten. In dem gewaltigen Tal voll schrillem Wind und wirbelndem Schnee wirkte die Stadt so verlassen wie eine alte Müllkippe. Im Saal war es warm und stickig von der Feuchtigkeit, die von großen Körpern, Kautabak und dicker Kleidung aufstieg und einen Elendsgeruch nach Lampenöl, verkohltem Holz, fettigen Pfannen und unverschnittenem Whiskey verbreitete. Zu Beginn der Versammlung gingen die Männer unruhig umher, traten von einem Bein aufs andere und räusperten sich. Auch Mac fühlte sich unbehaglich. In seiner Tasche steckte ein Brief von Maisie. Er kannte ihn auswendig:

Liebster Fainy –

es ist genau das passiert, wovor ich Angst hatte. Du weißt, was ich meine, mein lieber kleiner Mann. Jetzt sind es schon zwei Monate, und ich habe solche Angst und kann mit niemandem darüber reden. Liebling, du musst sofort zurückkommen. Wenn nicht, sterbe ich. Wirklich, ich werde sterben, und ich sehne mich auch so sehr nach dir und habe solche Angst, das jemand was merkt. Wenn wir verheiratet sind, werden wir irgendwo anders hingehen müssen und erst zurückkommen, wenn viel Zeit vergangen ist. Wenn ich mir vorstellen könnte, dort Arbeit zu finden, würde ich zu dir nach Goldfield kommen. Ich glaube, es wäre schön, wenn wir nach San Diego ziehen würden. Ich habe Freunde dort, und die sagen, es ist wunderbar, und wir könnten allen Leuten sagen, dass wir schon lange verheiratet sind. Bitte komm, mein liebster kleiner Mann. Ich sehne mich so nach dir, und es ist so schrecklich, das alles allein durchzustehen. Die x sind Küsse. Deine dich liebende Frau

Maisie

xxxxxxxxxxxxxxxxx

Big Bill sprach über Solidarität und darüber, dass man gegen die herrschende Klasse zusammenhalten müsse, und Mac fragte sich die ganze Zeit, was Big Bill wohl tun würde, wenn er eine Frau in solche Schwierigkeiten gebracht hätte. Big Bill sagte, jetzt sei der Tag gekommen, eine neue Gesellschaft im Gehäuse der alten zu errichten, und die Arbeiter müssten sich bereit machen, die Kontrolle über die Fabriken zu übernehmen, die sie mit ihrem Schweiß und Blut aufgebaut hätten. Als er rief: «Wir wollen die eine große Gewerkschaft», brachen alle im Saal in Jubel und Beifall aus. Fred Hoff klatschte und stieß Mac an. «Wir machen ihnen Feuer unterm Arsch, Mac.»

Die Klasse der Ausbeuter, sagte Big Bill, werde hilflos sein gegen die Solidarität der vereinten Arbeiterklasse. Die Nationalgardisten und Soldaten seien doch auch Arbeiter. Sobald sie die historische Mission der Solidarität begriffen hätten, werde die herrschende Klasse ihnen nicht mehr befehlen können, auf ihre Brüder zu schießen. Die Arbeiter müssten sich bewusst machen, dass jeder kleine Kampf für höhere Löhne, Redefreiheit oder bessere Lebensbedingungen nur dann bedeutsam sei, wenn er Teil des Kampfes für die Revolution und ein kooperatives Gemeinwesen sei. Mac vergaß Maisie. Am Ende der Rede waren seine Gedanken so weit in die Zukunft geeilt, dass er vergessen hatte, was Big Bill eigentlich gesagt hatte, aber er glühte vor Begeisterung und schrie, so laut er konnte. Er und Fred Hoff jubelten, und der vierschrötige böhmische Bergarbeiter neben ihnen, der so streng roch, klatschte, und der einäugige Pole auf der anderen Seite klatschte, und das Itakergrüppchen und der kleine Japs, der im Montezuma-Club bediente, und der riesige Rancharbeiter, der in der Hoffnung auf eine ordentliche Schlägerei gekommen war, klatschten ebenfalls. «Der Scheißkerl ist ein verdammt guter Redner», sagte der Riese immer wieder. «Ich sag euch: In Utah gibt's noch Männer. Ich selbst bin übrigens aus Ogden.»

Nach der Versammlung kam Big Bill ins Büro, flachste mit allen herum, setzte sich hin und schüttelte einen Artikel für die Zeitung aus dem Ärmel. Dann holte er einen Flachmann hervor, und alle nahmen einen Schluck, außer Fred Hoff, der es nicht mochte, wenn Big Bill oder sonst jemand trank, und dann gingen sie zu Bett. Die nächste Nummer war druckfertig, und alle fühlten sich müde, erhitzt und gut.

Am nächsten Morgen musste Mac plötzlich an Maisie denken und las noch einmal ihren Brief. Die anderen waren noch nicht aufgestanden, und er saß auf dem Rand des Feldbetts und hatte Tränen in den Augen. Er steckte den Kopf in einen Eimer mit Wasser, das allerdings gefroren war, sodass er es erst mit heißem Wasser aus dem Kessel auf dem Ofen schmelzen musste, doch die schreckliche Sorge ließ sich nicht betäuben. Als er mit Fred Hoff zum Chinesen ging, um zu frühstücken, sagte er ihm, er werde nach San Francisco fahren und heiraten.

«Das kannst du nicht machen, Mac – wir brauchen dich hier.»

«Aber ich komme doch zurück, Fred, versprochen.»

«Die erste Pflicht eines Mannes ist der Kampf für die Arbeiterklasse», sagte Fred Hoff.

«Sobald das Kind da ist und sie wieder arbeiten kann, komme ich zurück. Du weißt doch, wie es ist, Fred. Von siebzehn fünfzig die Woche kann ich das Krankenhaus nicht bezahlen.»

«Du hättest eben besser aufpassen müssen.»

«Herrgott, Fred – ich bin auch nur ein Mensch aus Fleisch und Blut wie alle anderen. Was sollen wir denn deiner Meinung nach sein – Heilige aus Blech?»

«Ein echter Gewerkschafter sollte keine Frau und Kinder haben – erst nach der Revolution.»

«Ich gebe den Kampf nicht auf, Fred. Ich verkauf mich nicht, das schwöre ich bei Gott.»

Fred Hoff war ganz blass geworden. Er presste die Lippen zusammen, stand vom Tisch auf und ging hinaus. Mac blieb lange dort sitzen und war sehr bedrückt. Dann ging er wieder zum Büro des *Nevada Workman*. «Hör mal, Fred», sagte er, «ich hab's mir überlegt. Ich bleibe noch einen Monat. Ich schreibe Maisie einen Brief.»

«Ich wusste, dass du bleiben würdest, Mac. Du gibst nicht so leicht auf.»

«Aber Herrgott, du erwartest einfach zu viel von den Leuten.»

«Zu viel ist noch zu wenig», sagte Fred Hoff.

Mac begann, die Zeitung zu setzen.

Wenn in den nächsten Wochen ein Brief von Maisie kam, steckte er ihn ungelesen in die Tasche. Er machte ihr Mut, so gut er konnte, und schrieb ihr, er werde kommen, sobald die Jungs einen Ersatz für ihn gefunden hätten.

An Heiligabend las er Maisies Briefe. Sie waren alle gleich und brachten ihn zum Weinen. Er wollte nicht heiraten, aber den ganzen Winter ohne Frau hier oben in Nevada zu verbringen, war die reine Hölle, und er hatte es satt, zu den Huren zu gehen. Die anderen sollten ihn nicht so niedergeschlagen sehen, und darum ging er in die Bar, in die die Kellner aus den anderen Lokalen gingen, um etwas zu trinken. Ein gewaltiger, dampfiger Lärm aus betrunkenem Gesang drang auf die Straße. An der Tür traf er Ben Evans.

«Hallo, Ben, wo willst du hin?»

«Mal so gesagt: Ich will was trinken.»

«Ich auch.»

«Was ist los?»

«Mir geht's ziemlich mies.»

Ben Evans lachte. «Mir auch ... und dabei ist doch Weihnachten, oder?»

Sie tranken drei Gläser, aber in der Bar war es voll, und ihnen war nicht nach Feiern zumute, und so kauften sie sich eine Halbliterflasche – mehr konnten sie sich nicht leisten – und gingen damit auf Bens Zimmer. Er war ein ziemlich stämmiger junger Mann mit sehr schwarzen Augen und Haaren und stammte aus Louisville, Kentucky. Er war recht lange zur Schule gegangen und Automechaniker. In dem Zimmer war es eiskalt. Sie legten sich Decken um und setzten sich auf das Bett.

«Das ist ja eine schöne Art, Weihnachten zu feiern», sagte Mac. «Nur gut, dass Fred Hoff uns nicht erwischt hat.» Er kicherte.

«Fred ist ein wirklich guter Kerl, grundehrlich und so, aber er lässt einen einfach nicht leben», sagte Ben.

«Ich glaube, wenn wir alle mehr wie Fred wären, würden wir besser vorankommen.»

«Da kannst du recht haben ... Ach, Mac, diese Schießerei und dass die Mistkerle von der WFM im Montezuma-Club sitzen und mit diesem Verräter vom Dachverband mauscheln, macht mich ganz fertig.»

«Tja, so was würden die Wobblys nie tun.»

«Aber wir sind nicht genug ...»

«Du solltest was trinken, Ben.»

«Mal so gesagt: Das ist wie mit diesem winzigen Fläschchen. Wenn wir mehr davon hätten, könnten wir uns betrinken, aber wir haben eben nicht mehr. Wenn wir mehr Leute wie Fred Hoff hätten, würden wir eine Revolution machen, aber wir haben eben nicht mehr.»

Sie tranken jeder einen Schluck. Dann sagte Mac: «Hast du eigentlich jemals eine Frau in Schwierigkeiten gebracht, eine Frau, die du sehr gern hattest?»

«Klar, Hunderte.»

«Und das macht dir kein schlechtes Gewissen?»

«Mann, wenn die Frau nicht letztlich eine verdammte Hure wäre, würde sie einen doch gar nicht ranlassen, oder?»

«So sehe ich das aber nicht, Ben. Verdammt, ich weiß nicht, was ich machen soll ... Sie ist jedenfalls ein anständiges Mädchen. Ach, Mann ...»

«Ich trau denen nicht, keiner Einzigen. Ich kannte mal einen, bei dem lief das auch so: Seine Freundin hat gejammert und geheult, er hätte ihr ein Kind gemacht. Da hat er sie dann geheiratet, und dann stellte sich raus, dass sie eine verdammte Hure war und ihm auch noch die Syphilis angehängt hat. Nein, Mann, hör auf mich: Pflück sie und dann nichts wie weg – Burschen wie uns bleibt gar nichts anderes übrig.»

Sie leerten die Flasche. Mac ging zurück zum Büro des *Workman* und legte sich schlafen. In seinem Bauch brannte der Whiskey. Er träumte, dass er an einem warmen Tag mit einem Mädchen über eine Wiese ging. Der Whiskey war süßheiß in seinem Mund und summte wie Bienen in seinen Ohren. Er war nicht sicher, ob es Maisie oder bloß eine verdammte Hure war, aber er spürte eine große Wärme und Zärtlichkeit, und sie sagte mit leiser, süßheißer Stimme: «Liebe mich, wie du nur kannst, Kleiner», und als er sich über sie beugte, konnte er durch das dünne Kleid ihren Körper sehen, und die ganze Zeit sagte sie mit süßheißem Summen: «Liebe mich, wie du nur kannst, Kleiner.»

«Heh, Mac, willst du nicht endlich mal aufstehen?» Fred Hoff stand über ihm und rieb sich Hals und Gesicht mit einem Handtuch ab. «Ich will hier noch aufräumen, bevor die anderen kommen.»

Mac setzte sich auf. «Hm, was ist los?» Er hatte keinen Kater, war aber niedergedrückt, das merkte er sofort.

«Du warst gestern Abend ja ganz schön besoffen.»

«War ich nicht. Ich hab ein bisschen was getrunken, aber du liebe Zeit ...»

«Als du ins Bett gegangen bist, hast du einen Krach gemacht wie ein verdammter Säufer.»

«Pass mal auf, Fred, du bist nicht mein Kindermädchen. Ich komm ganz gut allein zurecht.»

«Ihr braucht aber ein Kindermädchen. Ihr besauft euch und rennt zu den Huren und könnt nicht mal warten, bis wir diesen Streik gewonnen haben.»

Mac saß auf der Bettkante und schnürte die Stiefel. «Was denkst du eigentlich, warum wir hier sind – zur Kur vielleicht?»

«Bei den meisten von euch hab ich keine Ahnung, warum sie hier sind», sagte Fred Hoff, ging hinaus und knallte die Tür hinter sich zu.

Ein paar Tage später stellte sich heraus, dass es noch einen gab, der eine Linotype bedienen konnte, und Mac machte sich auf den Weg. Er verkaufte seinen Koffer und seine guten Kleider für fünf Dollar, sprang auf einen Flachwagenzug voll Erz und fuhr bis Ludlow. Dort wusch er sich, spülte den Alkalistaub aus dem Mund und aß etwas. Er hatte es sehr eilig, nach San Francisco zu kommen, und fürchtete die ganze Zeit, Maisie könnte sich umbringen. Er sehnte sich wie verrückt nach ihr, er wollte neben ihr sitzen, er wollte, dass sie seine Hand streichelte, wenn sie nebeneinandersaßen und redeten, wie sie es früher immer getan hatte. Nach diesen trostlosen staubigen Monaten in Goldfield brauchte er eine Frau. Ein Fahrschein nach Frisco kostete elf Dollar fünfzehn, und er hatte nur vier Dollar und ein paar

Cents. Bei einem Würfelspiel im Hinterzimmer einer Bar riskierte er einen Dollar, doch er verlor sofort, kriegte kalte Füße und ging.

Wochenschau VIII

Professor Ferrer der ehemalige Direktor der Modernen Schule in Barcelona der dort als Hauptrĝdelsführer der kürzlich niedergeschlagenen revolutionären Unruhen vor Gericht stand ist zum Tode verurteilt worden und wird am Mittwoch von einem Erschießungskommando hingerichtet werden es sei denn

Cooks Hoffnungen /35/ ruhen noch immer auf zwei Eskimos sagt das Innere der Insel Luzon ist der schönste Ort auf Erden

RÄTSELRATEN BEI POL-GESPRÄCHEN

Begrabt mich nicht in der weiten Prärie,
Wo Koyoten heulen und Schlangen zischen
Und der Wind über alles hinweggeht

GIPSYS BATAILLONE /36/
STÜRMEN ROTLICHTBEZIRK

Große Männer unternehmen Flusskreuzfahrt Damen des Englewood-Clubs wollen Not lindern Prediger spricht vor Tausenden mitten ins Herz stumme Menschenmengen am Ufer hat 3018 Dollar und wird festgenommen

SPENDET MILLIONEN FÜR KAMPF
GEGEN HAKENWÜRMER

Gipsy Smith und seine Anhänger marschieren durch das Rotlichtviertel in der South Side

mit einer Haltung, die Tränen in die Augen der für seine Erschießung abkommandierten Soldaten trieb, trat Francisco Ferrer heute Morgen an das Grab, in dem er nach der Exekution beerdigt werden sollte

AUTO LANDET IM WASSER –
IM FLUSS ERTRUNKEN

Das Auge der Kamera 11

die Pennypackers gingen in die presbyterianische Kirche und die Mädchen der Pennypackers sangen mit schrillen Sopranstimmen im Chor und als sie in die Kirche gingen grüßten sie alle und draußen schaukelte das Sommerlaub an den Bäumen grünblaugelb durch die Fenster und wir schoben uns in die Kirchenbank und ich fragte Mr. Pennypacker der ein Dekan der Kirche war wer waren die *Molly Maguires* /37/

ein Eichhörnchen schimpfte auf der Eiche aber die Pennypacker-Mädchen und all die jungen Frauen mit ihren besten Hüten sangen das erste Lied im Kopf die Frage wer waren die Molly Maguires? Einschusslöcher in einer alten Scheune verlassene Minenschächte schwarze Gleisskelette überwachsene Kippstellen wer waren die Molly Maguires? aber es war zu spät in der Kirche konnte man nicht reden und all die jungen Damen mit ihren besten Hüten und den hübschen rosaroten grünen blauen gelben Kleidern und das schimpfende Eichhörnchen wer waren die Molly Maguires?

und bevor ich wusste was los war war auch schon Abendmahl und ich wollte sagen dass ich nicht getauft bin aber alle Augen riefen Halt den Mund als ich es Con zuflüstern wollte

es war Traubensaft in kleinen Gläsern und in Würfel geschnittenes altes Brot und man musste das Brot runterschlucken und sich das Taschentuch vor den Mund halten und ein heiliges Gesicht machen und die kleinen Gläser machten beim Trinken ein komisches schmatzendes Geräusch und die ganze Kirche still und drum herum der sonnige leuchtend blaue Sonntag und die Eichen mit ihrem schaukelnden Laub und der Geruch nach Bratkartoffeln der aus dem weißen Haus kam und der blaue stille Sonntagsrauch aus den Kaminen von Öfen in denen Hähnchen brutzelten und wo Maisbrot und braune Sauce auf der Warmhalteplatte standen

und drum herum Eichhörnchen und Kippstellen und der blaue Sommersonntag in Pennsylvania und die kleinen Gläser schmatzten weil alle den Saft bis zum letzten Tropfen

und ich hatte ein Kribbeln im Nacken ob mich wohl der Blitz treffen würde weil ich das Brot aß und den Saft trank obwohl ich gar nicht an Gott glaubte und nicht getauft und kein Presbyterianer war und wer waren die Molly Maguires? maskierte Männer die nachts herumritten und Löcher in Scheunen schossen und was wollten sie eigentlich in diesen Nächten damals?

der Gottesdienst war vorbei und alle gingen raus und wurden gegrüßt und nach dieser Kommunion hatten alle einen schönen Appetit bloß ich konnte nicht viel essen mit diesem Kribbeln im Nacken und diesen unheimlichen maskierten Reitern in der Nacht den Molly Maguires

Wochenschau IX

WEGEN TRUNKENHEIT DEGRADIERT

Begrabt mich nicht
in der weiten Prärie
Doch seinen Wunsch erfüllten sie nicht.
Sie begruben ihn dort, in der weiten Prärie

COLLEGE-REKTOR LEUGNET KÜSSE

und da kehrte unser Mut zurück, denn wir wussten, dass die Rettung nahe war, und schrien und riefen wieder, obwohl wir nicht wussten, ob man uns hören konnte. Dann kam der Durchbruch, und ich verlor das Bewusstsein. All die Tage und Nächte fielen von mir ab und ich sank in Schlaf

ENTSCHEIDUNG ÜBER ALTMAN FÄLLT UM MITTERNACHT

Dies ist unser vierter Tag hier unten. Das glaube ich jedenfalls, denn unsere Uhren sind stehengeblieben. Ich sitze im Dunkeln, denn wir haben das Wachs in unseren Grubenlampen gegessen. Ich habe auch etwas Kautabak, ein bisschen Borke und ein Stück von meinem Schuh gegessen, aber darauf konnte ich nur herumkauen. Ich hoffe, du kannst das hier lesen. Ich habe keine Angst vor dem Sterben. Heilige Jungfrau, erbarme Dich meiner. Ich glaube, meine Zeit ist gekommen. Du weißt, was mir gehört. Wir haben zusammen dafür gearbeitet, und jetzt gehört alles dir. Das ist mein Letzter Wille, und du musst ihn erfüllen. Du warst eine gute Frau. Möge die Heilige Jungfrau dich beschützen. Ich hoffe, du kriegst das hier irgendwann und kannst es lesen. Es ist hier unten sehr still geworden, und ich frage mich, was mit den anderen ist. Leb wohl, bis wir uns im Himmel wiedersehen.

Frauenbelästiger öffentlich gezüchtigt

SIE WILL STRAUSSE

In einer Kiste, roh behauen und schlicht,
Und seine Knochen, sie bleichen jetzt
in der weiten, weiten Prärie

Mac

Mac ging zu den Wassertanks jenseits der Gleise, um dort auf einen passenden Güterzug zu warten. Der Hut und die kaputten Schuhe des alten Mannes waren aschgrau von Staub; er hockte da, den Kopf zwischen den Knien, und bewegte sich erst, als Mac bei ihm war und sich neben ihn setzte. Der Alte verströmte einen strengen Geruch nach Fieberschweiß.

«Was ist los, Väterchen?»

«Mit mir geht's zu Ende, sonst nichts ... Ich hab's mein Leben lang auf der Lunge gehabt, und jetzt ist es wohl so weit.» Er verzog schmerzhaft den Mund und senkte den Kopf wieder zwischen die Knie. Nach einer Weile sah er auf und schnappte schwach nach Luft wie ein sterbender Fisch. Als er wieder sprechen konnte, sagte er: «Fühlt sich jedes Mal so an, als würde einer mit nem Rasiermesser was von meiner Lunge wegschneiden. Hilfst du mir, Junge?»

«Klar», sagte Mac.

«Hör zu, Junge, ich will nach Westen, wo es Bäume und so gibt ... Du musst mir auf einen von den Wagen helfen, ich bin zu schwach zum Klettern … Und pass auf, dass ich mich nicht hinlege. Wenn ich liege, fange ich an zu bluten.» Wieder schnappte er nach Luft.

«Ich hab ein paar Dollar. Vielleicht kann ich mit dem Bremser reden.»

«Du redest nicht wie n Hobo.»

«Ich bin Drucker, und ich will so schnell wie möglich nach San Francisco.»

«Leck mich am Arsch – ein Arbeiter! Soll ich dir was sagen, Junge? Ich hab seit siebzehn Jahren nicht mehr gearbeitet.»

Ein Zug fuhr ein. Die Lokomotive blieb zischend am Wassertank stehen.

Mac half dem alten Mann auf und setzte ihn in die Ecke eines Flachwagens voller Maschinenteile, die mit einer Plane abgedeckt waren. Der Lokomotivführer und der Heizer beugten sich aus dem Führerstand und sahen ihnen zu, sagten aber nichts.

Als der Zug sich in Bewegung setzte, war der Fahrtwind kalt. Mac zog die Jacke aus und legte sie dem alten Mann unter den Kopf, damit er nicht so durchgerüttelt wurde. Der alte Mann hatte die Augen geschlossen und den Kopf in den Nacken gelegt. Mac wusste nicht, ob er tot war oder nicht. Es wurde dunkel. Mac fror erbärmlich und kauerte sich unter ein Stück Plane am anderen Ende des Wagens.

Im Morgengrauen erwachte Mac mit klappernden Zähnen aus einem Dämmerschlaf. Der Zug stand auf einem Nebengleis. Macs Beine waren so gefühllos, dass es eine Weile dauerte, bis er sie wieder gebrauchen konnte. Er ging zu dem alten Mann, der noch immer wie leblos dasaß. Es wurde etwas heller, der Himmel im Osten begann zu glühen wie die Kante eines Stücks Eisen in der Esse. Mac sprang vom Wagen und ging zum Bremserwagen am Ende des Zugs.

Der Bremser döste neben seiner Laterne. Mac sagte ihm, auf einem der Flachwagen liege ein alter Landstreicher im Sterben. Der Bremser hatte in der Tasche seiner guten Jacke, die hinter ihm am Haken hing, eine kleine Flasche Whiskey. Gemeinsam gingen sie am Zug entlang. Als sie den Wagen erreicht hatten, war es beinahe Tag. Der alte Mann war zur Seite gesunken. Sein Gesicht war so weiß und ernst wie das der Statue eines Südstaatengenerals. Mac knöpfte ihm die Jacke, das schmutzige, zerrissene Hemd und das Unterhemd auf und legte die Hand auf seine Brust. Sie war so kalt und leblos wie ein Brett. Als er die Hand wegnahm, klebte geronnenes Blut daran.

«Blutsturz», sagte der Bremser und schnalzte ohne viel Teilnahme mit der Zunge.

Der Bremser sagte, sie müssten den Leichnam vom Zug heben. Sie legten ihn in den Graben neben dem Schotterbett und bedeckten sein Gesicht mit dem Hut. Mac fragte den Bremser, ob er vielleicht eine Schaufel habe, damit sie ihn begraben könnten und die Geier ihn nicht kriegten, doch er sagte, nein, er habe keine Schaufel, die Streckenwärter würden ihn schon finden und beerdigen. Er ging mit Mac zurück zum Bremserwagen, gab ihm einen Schluck Whiskey und wollte wissen, wie der alte Mann gestorben war.

Mac schlug sich nach San Francisco durch.

Anfangs war Maisie kühl und bitter, aber als sie eine Weile geredet hatten, sagte sie, er sehe so mager und abgerissen aus wie ein Landstreicher, und dann brach sie in Tränen aus und küsste ihn. Sie hoben etwas Geld von ihrem Sparkonto ab, kauften einen Anzug für Mac, gingen zum Rathaus und heirateten, ohne ihren Angehörigen ein Wort zu sagen. Sie waren sehr glücklich, als sie mit dem Zug nach San Diego fuhren. Dort nahmen sie sich ein möbliertes Zimmer mit Küchenbenutzung und sagten der Vermieterin, sie seien seit einem Jahr verheiratet. Dann telegraphierten sie Maisies Eltern, sie seien auf Hochzeitsreise und würden bald wieder zurück sein.

Mac fand eine Stelle als Akzidenzdrucker, und sie begannen mit Ratenzahlungen für einen Bungalow in Pacific Beach. Die Arbeit war nicht schlecht, und er war recht zufrieden mit seinem ruhigen Leben an Maisies Seite. Vom Herumziehen hatte er jedenfalls fürs Erste genug. Als Maisie zur Entbindung ins Krankenhaus ging, bat er Ed Balderston, seinen Chef, um zwei Monatslöhne Vorschuss, und trotzdem mussten sie auch noch eine zweite Hypothek auf den Bungalow aufnehmen, um die Rechnung zu bezahlen. Das Baby war ein Mädchen und hatte blaue Augen. Sie nannten sie Rose.

Das Leben in San Diego war sonnig und ruhig. Mac fuhr mit dem Dampfbus morgens zur Arbeit und abends nach Hause. Sonntags machte er sich im Haus nützlich, und manchmal setzte er sich mit Maisie und der Kleinen an den Strand. Sie waren stillschweigend übereingekommen, dass er zu tun hatte, was Maisie sagte, weil er sie vor der Hochzeit so sehr hatte leiden lassen. Im nächsten Jahr bekamen sie ein zweites Kind, und danach musste Maisie lange im Krankenhaus bleiben, sodass sein Wochenlohn jetzt gerade mal reichte, um die Zinsen seiner Schulden zu bezahlen, und er den Gemüsehändler und den Milchmann und den Bäcker bei Laune halten musste, damit sie weiter anschrieben. Maisie las viele Zeitschriften und wollte ständig neue Sachen für das Haus: ein Pianola, einen neuen Eisschrank, einen elektrischen Herd. Ihre Brüder verdienten in Los Angeles viel Geld mit Immobilien, ihre Familie stieg auf. Jedes Mal, wenn sie einen Brief von ihren Eltern bekam, lag sie Mac in den Ohren, er solle eine Lohnerhöhung verlangen oder sich eine besser bezahlte Arbeit suchen.

Wenn irgendein Wobbly in der Stadt in Not war oder wenn Geld für eine Streikkasse gesammelt wurde, spendete Mac ein paar Dollar, aber viel mehr konnte er nicht tun, aus Angst, Maisie könnte es herausfinden. Wenn sie den *Appeal to Reason* oder irgendeine andere radikale Zeitung im Haus fand, verbrannte sie sie sofort, und dann stritten sie sich, waren beleidigt und machten einander tagelang das Leben schwer, bis Mac es schließlich aufgab und mit ihr nie mehr darüber sprach. Aber es stand zwischen ihnen, beinahe so, als hätte sie den Verdacht, dass er sie mit einer anderen betrog.

An einem Samstagnachmittag hatten Mac und Maisie eine

Nachbarin gebeten, auf die Kinder aufzupassen, und waren unterwegs in ein Varieté, als sie an der Ecke vor Marshall's Drugstore einen Menschenauflauf bemerkten. Mac schob sich durch die Menge. Ein dünner junger Mann in blauer Arbeitskleidung stand neben dem Laternenpfahl, an dem auch der Feuermelder hing, und verlas die Unabhängigkeitserklärung: *Wenn es im Lauf menschlicher Begebenheiten* ... Ein Polizist kam und sagte, er solle weitergehen ... *unveräußerliches Recht* ... *Leben, Freiheit und das Streben nach Glück.*

Jetzt waren es schon zwei Polizisten. Der eine packte den jungen Mann an den Schultern und versuchte, ihn von dem Laternenpfahl wegzuziehen.

«Komm, Fainy, die Show fängt gleich an», sagte Maisie immer wieder.

«Hol eine Feile – der Drecksack hat sich an den Pfahl gekettet», sagte der eine Polizist zum anderen. Maisie schob Mac zur Theaterkasse. Schließlich hatte er es ihr versprochen, und sie war den ganzen Winter nicht ausgegangen. Das Letzte, was er sah, war, dass der Polizist ausholte und dem jungen Mann einen Kinnhaken verpasste.

Mac saß den ganzen Nachmittag in dem dunklen, stickigen Theater. Er achtete weder auf die Darbietungen noch auf die Pausennummern und sprach nicht mit Maisie. Tief drinnen fühlte er sich elend. Offenbar veranstalteten die Jungs eine Aktion gegen die Beschränkung der Redefreiheit. Hin und wieder warf er einen Blick auf Maisies Gesicht im trüben Widerschein der Bühnenbeleuchtung. Es war ein bisschen in die Breite gegangen und hatte ein paar zufriedene Rundungen bekommen wie eine Katze, die am warmen Ofen sitzt, aber sie sah noch immer gut aus. Maisie hatte den Vorfall längst vergessen, sie war ganz in die Show versunken und restlos glücklich. Ihre Lippen waren leicht geöffnet, ihre Augen glänzten wie die eines kleinen Mädchens bei einer Geburtstagsfeier. «Ja, ich glaube, ich hab mich an die Scheißkerle verkauft», dachte Mac immer wieder.

Die letzte Nummer des Programms war Eva Tanguay. Als sie mit nasaler Stimme zu singen begann, erwachte Mac aus seinem finsteren Grübeln. Alles erschien ihm plötzlich hell und klar: der Bühnenrahmen mit den vergoldeten Säulen, die Gesichter in den Logen, die Köpfe vor ihm, das kitschige, pudrige Gemisch aus blauem und bernsteinfarbenem Licht, die schlanke Frau, die im Regenbogen der Scheinwerfer auf und ab tanzte.

In den Zeitungen steht, ich bin verrückt,
Aber mir ... ist das ... egal.

Mac stand auf. «Wir sehen uns nachher zu Hause. Bleib ruhig bis zum Schluss. Mir geht's nicht so gut.» Bevor Maisie etwas sagen konnte, war er schon an den anderen Leuten vorbei aus der Reihe geschlüpft und ging zum Ausgang. Auf der Straße war alles wie immer an einem Samstagnachmittag. Mac ging kreuz und quer durch die Innenstadt. Er wusste nicht mal, wo das Büro der IWW war. Er musste mit jemandem reden. Als er am Hotel Brewster vorbeikam, stieg ihm Biergeruch in die Nase. Er brauchte was zu trinken, sonst wurde er noch verrückt.

Er ging in eine Bar an der nächsten Ecke und trank vier Rye Whiskeys ohne alles. Am Tresen standen Männer, die tranken, einander einluden und laut über Baseball, Boxkämpfe und Eva Tanguay und ihren Salome-Tanz redeten.

Neben Mac stand ein großer Mann mit rotem Gesicht und einem breitkrempigen Filzhut, den er weit in den Nacken geschoben hatte. Als Mac nach seinem fünften Glas griff, legte der Mann ihm die Hand auf den Arm und sagte: «Mein Freund, darf ich Sie dazu einladen? Ich hab heute nämlich was zu feiern.»

«Danke. Dann also auf Ihr Wohl», sagte Mac.

«Nehmen Sie's mir nicht übel, aber Sie trinken, als wollten Sie das ganze Fass leeren und für uns andere nichts übriglassen. Wie wär's mit einem Glas zum Nachspülen?»

«Gern», sagte Mac. «Ein Bier.»

«Ich heiße McCreary», sagte der große Mann. «Hab gerade meine Obsternte verkauft. Ich bin aus der Gegend von San Jacinto.»

«Ich heiße auch McCreary», sagte Mac.

Sie schüttelten einander die Hand. «Na so was – das ist ja ein Zufall! Wir sind bestimmt verwandt, um ein paar Ecken jedenfalls. Woher kommst du?»

«Ich bin aus Chicago, aber meine Eltern waren aus Irland.»

«Meine waren aus dem Osten, aus Delaware, aber durch und durch irisch und schottisch.»

Darauf tranken sie. Dann gingen sie in eine andere Bar, setzten sich an einen Tisch in einer Ecke und redeten. Der große Mann erzählte von seiner Obstfarm und der Aprikosenernte und seiner Frau, die seit der Geburt des letzten Kindes bettlägerig war. «Ich hab das alte Mädchen wirklich gern, aber was soll ich machen? Ich kann mich ja nicht kastrieren lassen, nur damit ich nicht fremdgehe.»

«Ich hab eine prima Frau», sagte Mac, «und prima Kinder. Rose ist vier und fängt schon an zu lesen, und Ed lernt gerade laufen … Aber verdammt, bevor ich verheiratet war, hab ich immer gedacht, ich bring's mal zu was … Nicht, dass ich glauben würde, ich wäre was Besonderes … Na, du weißt ja, wie das ist.»

«Lieber Freund, ich weiß genau, wie das ist. Als ich jung war, ging's mir genauso.»

«Maisie ist eine prima Frau, ich mag sie mit jedem Tag mehr», sagte Mac und spürte eine starke, warme Zuneigung in sich aufwallen wie manchmal samstagabends, wenn er ihr half, die Kinder zu baden und ins Bett zu bringen, und der Raum noch dampfig war vom Badewasser und ihre Blicke sich plötzlich begegneten und sie nirgendwohin mussten und einfach zusammen waren.

Der Mann aus der Gegend von San Jacinto begann zu singen:

Meine Alte ist aufs Land gefahrn,
Hurra, hurra!

Ich lieb sie, meinen süßen Schatz,
Doch sie ist grad nicht da.

«Aber verdammt», sagte Mac, «ein Mann muss doch für mehr arbeiten als für sich selbst und seine Kinder, damit er sich gut fühlt.»

«Da has du assolut recht, mein Freund – jeder für sich, und den Letzn beißn die Hunde.»

«Ach, ich wollte, ich könnte wieder rumziehen oder bei den anderen in Goldfield sein.»

Sie tranken und tranken, aßen den Gratislunch und tranken noch etwas mehr, immer Rye Whiskey und ein Bier zum Nachspülen, und der Mann aus der Gegend von San Jacinto hatte eine Telefonnummer und rief ein paar Frauen an, und dann kauften sie eine Flasche Whiskey und gingen in ihre Wohnung, und der Obstfarmer saß da, auf jedem Knie eine Frau, und sang: *Meine Alte ist aufs Land gefahrn.* Mac hockte zusammengesackt und rülpsend in der Ecke; mit einem Mal wurde er furchtbar wütend, sprang auf und warf ein Tischchen mit einer Glasvase um.

«McCreary», rief er, «das ist kein Ort für einen klassenbewussten Kämpfer ... Ich bin ein Wobbly, verdammt ... Und ich geh jetzt raus und mach mit beim Kampf für die Redefreiheit.»

Der andere McCreary fuhr fort zu singen und beachtete ihn gar nicht. Mac stürmte hinaus und knallte die Tür hinter sich zu. Eine der Frauen lief ihm nach und schimpfte wegen der zerbrochenen Vase, aber er gab ihr einen Stoß gegen die Stirn und ging hinaus auf die stille Straße. Er hatte den letzten Dampfbus verpasst und musste nach Hause laufen.

Als er dort ankam, saß Maisie im Kimono auf der Veranda und weinte. «Und dabei hatte ich ein so schönes Abendessen gekocht», sagte sie immer wieder. Ihre Augen blickten kalt und bitter wie damals, vor ihrer Hochzeit, als er aus Goldfield zurückgekehrt war.

Am nächsten Tag hatte er hämmernde Kopfschmerzen und

einen nervösen Magen. Er rechnete aus, dass er fünfzehn Dollar ausgegeben hatte, eine Verschwendung, die er sich nicht leisten konnte. Maisie sprach nicht mit ihm. Er blieb im Bett, wälzte sich herum und wünschte, er könnte wieder einschlafen und nie mehr aufwachen. Am Abend kam Maisies Bruder Bill zum Abendessen. Sobald er zur Tür herein war, unterhielt Maisie sich mit Mac, als wäre nichts geschehen. Es machte ihn sauer, weil sie das nur tat, damit ihr Bruder nicht merkte, dass sie sich gestritten hatten.

Bill hatte eine sehr kräftige Statur, flachsblondes Haar und einen roten Nacken und war dabei, Fett anzusetzen. Er saß am Tisch, aß Schmorbraten und Maisbrot und schwadronierte vom Immobilienboom in Los Angeles. Er war Lokomotivführer gewesen und bei einem Unfall verletzt worden, und dann hatte er Glück gehabt mit ein paar Optionen auf Bauland, die er von seiner Entschädigung gekauft hatte. Er versuchte Mac zu überreden, seine Stelle in San Diego aufzugeben und bei ihm einzusteigen. «Ich gebe dir ein Stück vom Kuchen ab, Maisie zuliebe», sagte er immer wieder, «und in zehn Jahren bist du ein reicher Mann, so reich, wie ich in noch kürzerer Zeit sein werde ... Jetzt ist der richtige Zeitpunkt, was Neues anzufangen, Maisie, solange ihr noch jung seid – wenn ihr zu lange wartet, ist es zu spät, und Mac bleibt für immer bloß ein Arbeiter.»

Maisies Augen leuchteten. Sie stellte einen Schokoladenkuchen und eine Flasche süßen Wein auf den Tisch. Ihre Wangen waren gerötet, und sie lachte und lachte und zeigte ihre kleinen perlweißen Zähne. So hübsch hatte sie seit dem ersten Baby nicht ausgesehen. Bills Gerede über Geld machte sie betrunken.

«Aber mal angenommen, es gibt Leute, die gar nicht reich werden wollen. Du weißt schon ... wie Gene Debs gesagt hat: ‹Ich will nicht aus meiner Klasse aufsteigen, sondern mit meiner Klasse› », sagte Mac.

Maisie und Bill lachten. «Wer so was sagt, ist reif für die Klapsmühle, das kannst du mir glauben», sagte Bill. Mac errötete und schwieg.

Bill schob den Stuhl zurück und räusperte sich ernst. «Also, Mac, ich bin für ein paar Tage in der Stadt, um die Situation hier einzuschätzen, aber für mich sieht's hier ziemlich tot aus. Was ich dir vorschlagen will, ist Folgendes. Du weißt ja, wie ich zu Maisie stehe, für mich ist sie das süßeste kleine Mädchen der Welt, und ich wollte, meine Frau hätte nur die Hälfte von dem, was Maisie hat ... Jedenfalls, mein Vorschlag: An der Ocean View Avenue hab ich noch ein paar herrliche Bungalows im spanischen Missionsstil, siebeneinhalb Meter Front, dreißig Meter tief, das Ganze in einer gehobenen Wohngegend. Ich hab schon einige davon für fünftausend bar auf den Tisch des Hauses verkauft. In ein, zwei Jahren können Leute wie wir uns da nicht mehr sehen lassen, dann wohnen da nur noch Millionäre ... Wenn du bereit bist, das Haus Maisie zu überschreiben, werde ich Folgendes machen: Ich tausche mit euch und übernehme alle Kosten für die Klärung der Besitzverhältnisse und den Grundbucheintrag und natürlich auch eure Hypotheken, damit die sozusagen in der Familie bleiben, sodass du dann dort nicht wesentlich mehr zahlen wirst als hier und auf die Erfolgsspur kommst.»

«Ach, Bill, du bist ein Schatz!», rief Maisie. Sie sprang auf, küsste ihn auf den Kopf, setzte sich auf die Armlehne seines Stuhls und ließ die Beine baumeln.

«Tja, das muss ich erst mal überschlafen», sagte Mac. «Aber es ist wirklich sehr nett von dir, uns das anzubieten.»

«Fainie, ich finde, du solltest Bill dankbarer sein», fuhr Maisie ihn an. «Natürlich nehmen wir sein Angebot an.»

«Nein, du hast ganz recht», sagte Bill. «Über so was muss man erst mal nachdenken. Aber vergesst nicht die Vorteile: bessere Schulen, eine gehobene Wohngegend, eine Stadt mit Zukunft anstatt einer Stadt, die praktisch tot ist, und eine Chance voranzukommen, anstatt immer nur ein Lohnsklave zu sein.»

Und so zogen die McCrearys einen Monat später nach Los Angeles. Der Umzug und die Einrichtung kosteten Mac fünfhundert Dollar, die er sich leihen musste. Dann bekam die kleine Rose

richteten, bekam Mac ein Telegramm von Milly: Uncle Tim sei gestorben, und er solle Geld für die Beerdigung schicken. Mac ging zur Bank, hob die dreiundfünfzig Dollar fünfundsiebzig ab, die er für die Schulausbildung der Kinder angespart hatte, und wies ihr telegraphisch fünfzig Dollar an. Maisie fand es erst an Eds Geburtstag heraus, als sie zur Bank ging, um die fünf Dollar einzuzahlen, die ihr Bruder Bill dem Kleinen geschenkt hatte.

Als Mac spätnachts die Haustür aufschloss, brannte zu seiner Überraschung Licht im Flur. Maisie saß dösend und in eine Decke gewickelt auf der Polsterbank und erwartete ihn. Er freute sich und wollte sie mit einem Kuss begrüßen. «Was ist los, Schatz?», sagte er. Sie stieß ihn zurück und sprang auf.

«Du Dieb!», rief sie. «Ich wollte nicht schlafen, ohne dir gesagt zu haben, was ich von dir halte. Wahrscheinlich hast du es versoffen oder mit einer anderen Frau durchgebracht. Darum kriege ich dich auch kaum noch zu sehen.»

«Maisie, nun mal ruhig. Was ist denn überhaupt los? Lass uns in Ruhe darüber reden.»

«Ich werde mich scheiden lassen. Deinen eigenen Kindern Geld zu stehlen, um dich rumzutreiben – deinen eigenen armen kleinen Kindern ...»

Mac richtete sich auf und ballte die Fäuste. Er sprach ganz leise, doch seine Lippen zitterten.

«Ich hatte absolut das Recht, das Geld abzuheben. In ein, zwei Wochen werde ich mehr als das wieder einzahlen, und außerdem geht dich das gar nichts an.»

«Das möchte ich sehen, dass du fünfzig Dollar sparst! Du bist ja nicht mal imstande, anständig für deine Frau und deine Kinder zu sorgen, und darum musstest du das Geld vom Sparbuch deiner armen unschuldigen Kinder stehlen.» Sie brach in trockenes Schluchzen aus.

«Das reicht jetzt, Maisie – ich hab genug.»

«*Ich* hab genug von dir und deinem gottlosen sozialistischen Gerede. Damit hat's noch nie einer zu was gebracht, und diese miesen Landstreicher, mit denen du dich herumtreibst ... Ach, hätte ich dich doch bloß nie geheiratet. Aber das kann ich dir sagen: Ich hätte es auch niemals getan, wenn nicht gleich was unterwegs gewesen wäre.»

«Sag so was nicht, Maisie.»

Sie ging auf ihn zu, ihre Augen waren groß und glänzten fiebrig. «Das Haus ist auf meinen Namen eingetragen, vergiss das nicht.»

«Mir reicht's.» Bevor er wusste, was er tat, hatte er die Tür hinter sich zugeschlagen und ging die Straße entlang. Es begann zu regnen. Im Staub der Straße machten die Tropfen Flecken, so groß wie Silberdollars. Das Licht der Straßenlaterne ließ den Regen ganz künstlich aussehen. Mac wusste nicht, wohin er gehen sollte. Durchnässt marschierte er immer weiter. In einem Garten an einer Ecke standen ein paar Palmen, die ein wenig Schutz boten. Zitternd blieb er lange dort stehen. Fast hätte er geweint beim Gedanken daran, wie Maisies sanfte Wärme ihn umfangen hatte, wenn er spätnachts von der elenden, ratternden Druckerei nach Hause gekommen war, die Decke ein wenig zurückgeschlagen hatte und neben ihr, die natürlich längst geschlafen hatte, ins Bett geschlüpft war, an die Art, wie sich ihre Brüste, ihre Brustwarzen unter dem dünnen Nachthemd angefühlt hatten, an die Kinder in ihren Betten auf der Schlafveranda und daran, wie er sich immer über sie gebeugt und auf die warme Stirn geküsst hatte. «Aber mir reicht's», sagte er laut, als spräche er mit jemandem. Erst da kam ihm ein anderer Gedanke. «Ich bin frei, ich kann durchs Land reisen, ich kann für die Bewegung arbeiten, ich kann mich rumtreiben.»

Schließlich ging er zu der Pension, in der Ben Evans wohnte. Es dauerte lange, bis er jemanden bewegen konnte, die Tür zu öffnen. Als er schließlich in Bens Zimmer trat, setzte der sich im Bett auf und starrte ihn schlaftrunken an. «Was zum Teufel ..?»

«Tja, Ben, ich hab gerade mein häusliches Leben beendet, und jetzt gehe ich nach Mexiko.»

«Sind die Bullen hinter dir her? Herrgott, du hättest nicht herkommen dürfen.»

«Nein, nicht die Bullen. Aber meine Frau.»

Ben lachte. «Ach herrje.»

«Also, was ist, Ben? Willst du mitkommen nach Mexiko und die Revolution erleben?»

«Aber was willst du denn in Mexiko machen? Außerdem haben die Jungs mich zum Sekretär des Bezirks 257 gewählt – ich muss hier bleiben und meine siebzehnfünfzig verdienen. Mann, du bist ja ganz nass – zieh deine Sachen aus und nimm mein Arbeitszeug, das hängt am Haken hinter der Tür. Und du musst schlafen. Ich rücke ein bisschen beiseite.»

Mac blieb noch zwei Wochen in der Stadt; so lange dauerte es, bis die Druckerei einen gefunden hatte, der ihn an der Linotype ersetzen konnte. Er schrieb Maisie, er werde weggehen und ihr so bald wie möglich Geld für den Unterhalt der Kinder schicken. Dann stieg er eines Morgens mit fünfundzwanzig Dollar und einem Fahrschein nach Yuma, Arizona, in den Zug.

Yuma war heißer als das Fegefeuer. In der Eisenbahnerunterkunft sagte einer, wenn er versuche, von hier nach Mexiko zu gehen, werde er bestimmt verdursten, und überhaupt habe keiner irgendwas von einer Revolution gehört. Also schlug er sich entlang der Southern Pacific nach El Paso durch. Dort hieß es, jenseits der Grenze sei die Hölle los. Die Banditen könnten Juárez jeden Moment einnehmen. Amerikaner würden sofort erschossen. Die Bars von El Paso waren voller Rancher und Bergbauingenieure, die den guten alten Zeiten nachtrauerten, als Porfirio Díaz noch an der Macht gewesen war und man in Mexiko als anständiger Mann gutes Geld hatte verdienen können. Und so klopfte Macs Herz heftig, als er über die Grenzbrücke und durch die staubigen, geschäftigen, von Backsteinhäusern gesäumten Straßen von Juárez ging.

Er schlenderte herum und betrachtete die kleinen Straßenbahnen und die Esel und die meerblau gestrichenen Wände und die Bauernfrauen, die auf dem Markt hinter Obstpyramiden saßen, und die verschnörkelten, bröckelnden Kirchenfassaden und die tiefen, zur Straße hin offenen Bars. Alles war fremd, die Luft stach ihm wie Pfeffer in die Nase, und er fragte sich, was er jetzt tun sollte. Es war ein später Nachmittag im April. Mac schwitzte in seinem blauen Flanellhemd. Er fühlte sich schmutzig, es juckte ihn überall, er sehnte sich nach einem Bad. «Ich werde langsam zu alt für diesen Kram», sagte er zu sich selbst. Schließlich fand er das Haus eines gewissen Ricardo Perez – einer der Anarchisten in Los Angeles hatte Mac die Adresse gegeben. Es war ein großes Haus mit einem unordentlichen Hof, und Mac hatte einige Mühe, ihn zu finden. Keine der Frauen, die dort Wäsche aufhängten, schien ihn zu verstehen. Schließlich hörte er von oben eine Stimme, die in sorgfältig moduliertem Englisch sagte: «Wenn Sie Ricardo Perez suchen, kommen Sie herauf, bitte ... Ich bin Ricardo Perez.» Mac sah nach oben, wo sich ein hochgewachsener Mann mit dunkler Haut, grauem Haar und einem alten braunen Staubmantel über die Brüstung der obersten Galerie beugte. Er ging die eiserne Treppe hinauf und schüttelte dem hochgewachsenen Mann die Hand.

«Kollege McCreary ... meine Genossen haben mir geschrieben, dass du kommen würdest.»

«Ja, und jetzt bin ich da. Ich bin froh, dass du Englisch sprichst.»

«Ich habe viele Jahre in Santa Fe und in Brockton, Massachusetts, gelebt. Aber setz dich doch bitte. Ich freue mich sehr, einen amerikanischen revolutionären Arbeiter willkommen zu heißen. Auch wenn wir nicht in allem übereinstimmen, haben wir doch vieles gemeinsam. Wir sind Kameraden in der großen Schlacht.» Er klopfte Mac auf die Schulter und drückte ihn auf einen Stuhl. «Bitte.» Einige hellbraune Kinder in zerrissenen Hemden rannten barfuß umher. Ricardo Perez setzte sich ebenfalls und nahm das kleinste, ein Mädchen mit abstehenden Zöpfen und schmutzigem Gesicht, auf den Schoß. In dem Raum roch es nach Chili und verbranntem Olivenöl und Kindern und Wäsche. «Was hast du in Mexiko vor, Kollege?»

Mac errötete. «Na ja, ich will irgendwie ins Geschehen, dahin, wo die Revolution ist.»

«Die Situation ist sehr verworren. Hier in der Stadt sind die Arbeiter klassenbewusst und organisieren sich, aber die Bauern lassen sich von skrupellosen Menschen leicht in die Irre führen.»

«Ich will dahin, wo was los ist. Ich hab in Los Angeles gelebt und war schon dabei zu verspießern wie alle anderen. Ich schätze, ich kann mich als Drucker durchschlagen.»

«Ich muss dich den Genossen vorstellen. Bitte, gehen wir.»

Die blaue Abenddämmerung senkte sich über die Straßen. Lichter schimmerten gelb. In den Bars klimperten mechanische Klaviere. Unter einem Torbogen spielte eine Musikgruppe auf verstimmten Instrumenten. Der Markt war von Fackeln und Laternen hell erleuchtet, an den Ständen wurde alles mögliche bunte, glitzernde Zeug verkauft. Ein alter Indio und eine alte Frau mit breitem Gesicht, beide blind und voller Pockennarben, standen an einer Straßenecke und sangen mit schrillen Stimmen ein endloses Lied, dicht umdrängt von untersetzten, bäuerlich wirkenden Menschen, die Frauen mit schwarzen Kopftüchern, die Männer in weißen Baumwollanzügen, die wie Pyjamas aussahen.

«Sie singen über den Mord an Madero. Das ist gut für die Bildung dieser Menschen. Sie können keine Zeitungen lesen, also erfahren sie die Nachrichten durch Lieder. Madero wurde von eurem Botschafter ermordet. Er war ein bourgeoiser Träumer, aber auch ein großer Mann ... Bitte, hier ist der Saal. Da ist das Schild: ‹Es lebe die *Revolución Reivindicadora* als Auftakt zur sozialen Revolution!› Dies ist der Saal der Anarchistischen Gewerkschaft der Industrie- und Landarbeiter. Huerta hat in dieser Gegend ein paar *Federales*, /40/ aber sie sind so schwach, dass sie es nicht wagen, uns anzugreifen. Ciudad Juarez kämpft mit Leib und Seele für die Revolution. Bitte sag ein paar Worte zur Begrüßung der Genossen.»

Der verrauchte Saal und das Podium waren voller dunkelhäutiger Männer in blauer Arbeitskleidung, weiter hinten standen ein paar Landarbeiter in Weiß. Viele schüttelten Mac die Hand, schwarze Augen musterten ihn, einige Männer umarmten ihn. Man gab ihm einen Klappstuhl in der ersten Reihe auf dem Podium. Offenbar leitete Ricardo Perez die Versammlung. Jedes Mal, wenn er in seiner Rede innehielt, ertönte Applaus. Große Ereignisse lagen in der Luft. Als Mac sich erhob, rief jemand: «*Solidarity forever!*» Mac stammelte ein paar Worte, sagte, dass er kein offizieller Vertreter der IWW sei, dass aber alle klassenbewussten amerikanischen Arbeiter große Hoffnungen in die mexikanische Revolution setzten, und schloss mit dem Wobbly-Slogan, es sei an der Zeit, eine neue Gesellschaft im Gehäuse der alten zu errichten. Als Perez seine kleine Ansprache übersetzt hatte, brandete stürmischer Beifall auf, und Mac fühlte sich ziemlich gut. Die Versammlung ging immer weiter, mehr und mehr Reden wurden gehalten, und hin und wieder wurde auch gesungen. Mehrmals ertappte Mac sich dabei, dass er einnickte. Der Klang der fremden Sprache machte ihn schläfrig. Nur mit Mühe schaffte er es, wach zu bleiben, bis eine kleine Musikgruppe in der offenen Tür des Saals eine Melodie spielte und alle sangen und anschließend hinausgingen.

«Das war *Cuatros Milpas* – das bedeutet ‹Vier Maisfelder›. Es ist ein Bauernlied, das jetzt alle singen», sagte Perez.

«Ich bin ziemlich hungrig und würde gern irgendwo was essen», sagte Mac. «Heute Morgen in El Paso hab ich einen Becher Kaffee getrunken und einen Donut gegessen, und seitdem hab ich nichts mehr in den Bauch gekriegt.»

«Wir werden im Haus eines Genossen essen», sagte Perez. «Bitte … hier lang.»

Sie traten von der jetzt dunklen, leeren Straße durch eine hohe Tür mit Perlenvorhang in einen weiß gekalkten Raum, der von einer stark nach Karbid riechenden Lampe hell erleuchtet wurde, und setzten sich an einen langen Tisch. Nach und nach füllte sich der Raum mit Leuten, die von der Versammlung kamen, meist waren es junge Männer in blauen Arbeitskleidern und mit schmalen, scharfgeschnittenen Gesichtern. Am anderen Ende des Tischs saß ein alter dunkelhäutiger Mann mit der großen Nase und den breiten Wangenknochen eines Indios. Perez schenkte Mac zwei Gläser eines eigenartig schmeckenden weißen Getränks ein, das ihm sofort zu Kopf stieg. Das Essen war sehr scharf, mit Pfeffer und Chili gewürzt, und er musste husten. Die Mexikaner verwöhnten Mac wie ein Kind bei seiner Geburtstagsfeier. Er musste viele Gläser Bier und Brandy trinken. Perez ging früh nach Hause und ließ ihn in der Obhut eines jungen Burschen namens Pablo, der ein Schulterhalfter mit einer Colt Automatic trug, auf die er sehr stolz war. Er sprach ein rudimentäres Englisch und legte die eine Hand auf Macs Schulter und die andere auf den Verschluss des Halfters. «Gringo schlecht … Schnell töten … Kollege gut … internacional … Viva!» Sie sangen ein paarmal die Internationale, dann die Marseillaise und schließlich die Carmagnole. Mac war von einem pfeffrigen Dunst umfangen. Er aß und trank, und langsam verlor alles die Konturen.

«Kollege muss heiraten gut Mädchen», sagte Pablo. Sie standen in irgendeiner Bar. Er legte beide Hände ans Gesicht und stellte pantomimisch einen Schlafenden dar. «Komm.»

Sie gingen zu einem Tanzsaal. Am Eingang musste man seine Waffen auf einem Tisch ablegen, der von einem Soldaten mit Schirmmütze bewacht wurde. Mac bemerkte, dass die Männer und Frauen Abstand zu ihm hielten. Pablo lachte. «Sie denken, du Gringo. Ich sag ihnen, du revolucionario internacional. Die da, gut Mädchen. Kein Hure. Nicht Geld geben, ist gut Arbeiterin, Genossin.»

Mac wurde einer braunen jungen Frau mit breitem Gesicht vorgestellt, die Encarnación hieß. Sie war hübsch gekleidet, hatte sehr glänzendes schwarzes Haar und schenkte ihm ein strahlendes Lächeln. Er streichelte ihre Wange. Sie tranken an der Theke ein paar Gläser Bier und gingen hinaus. Auch Pablo hatte eine

Frau an seiner Seite. Die anderen blieben im Tanzsaal. Pablo und seine Freundin begleiteten Mac und Encarnación zu ihrem Haus. Sie hatte ein Zimmer, in das man über einen kleinen Hof gelangte. Dahinter lag, so weit das Auge reichte und beschienen vom abnehmenden Mond, die gewaltige Weite der hellbraunen Wüste. In der Ferne leuchteten winzige Lichtpünktchen. Pablo deutete mit gespreizten Fingern darauf und flüsterte: «Revolución.»

Dann verabschiedeten sie sich an der Tür zu Encarnacións Zimmer, in dem es ein Bett, ein Bild der Heiligen Jungfrau und ein neueres Foto von Madero gab, das mit einer Nadel an der Wand befestigt war. Encarnación schloss die Tür, verriegelte sie, setzte sich auf das Bett und sah lächelnd zu Mac auf.

Das Auge der Kamera 12

als alle verreist waren ging Jeanne mit uns jeden Tag zum Spielen auf den Farragut Square und erzählte dir dass die Wölfe im französischen Jura im Winter in die Täler kommen und heulend durch die Dörfer laufen

und manchmal sahen wir Präsident Roosevelt ganz allein auf einem rotbraunen Pferd vorbeireiten und einmal waren wir sehr stolz denn als wir unsere Mützen abnahmen waren wir sehr stolz weil er lächelte und die Zähne zeigte wie in der Zeitung und die Finger an den Hut legte und wir waren sehr stolz und er hatte einen Adjutanten

aber wir hatten eine Plüschente mit der wir auf den Stufen spielten bis es dunkel wurde und die Wölfe heulten und durch die Dorfstraßen rannten und Kinderblut von ihren Schnauzen tropfte nur dass es Sommer war und wir zwischen Hund und Wolf /41/ zu Bett gebracht wurden und Jeanne war eine junge Französin aus dem Jura wo die Wölfe heulend durch die Straßen rannten und wenn alle schlafen gegangen waren nahm sie dich zu sich ins Bett und es war eine sehr lange gruselige Geschichte und der allerschlimmste von den Wölfen die im Jura durch die halbdunklen Straßen heulten dass den Kindern das Blut in den Adern gefror war der Werwolf und wir hatten Angst und sie hatte Brüste unter ihrem Nachthemd und der Werwolf war furchtbar schrecklich und schwarzes Haar an das man sich schmiegen konnte und draußen heulten die Wölfe durch die Straßen und es war nass und sie sagte das sei nichts weiter und sie habe sich gerade gewaschen

aber der Werwolf war in Wirklichkeit ein Mann halt mich ganz fest Cheri ein Mann der mit blutiger Schnauze durch die Straßen heulte und jungen Frauen und kleinen Kindern den Bauch aufriss

und danach wusstest du wie es bei Mädchen war und sie war sehr albern und du musstest versprechen es niemandem zu sagen aber das hättest du sowieso nicht getan

Wochenschau X

MOONS PATENT SCHEITERT

Wahlen in Kansas legen Rebellen zu die Seelenverwandten von Oak Park trennen achttausend reisen mit dem Auto sagt die Frau habe um ihren Mann gebettelt

BÖRSE GLAUBT AN AUFSCHWUNG

Ach, mein schönes Püppchen,
Mein großes schönes Püppchen,

die Welt kann das, worum es hier geht, nicht verstehen, sagte sie. Es hat den Anschein einer gewöhnlichen Affäre mit niedrigen, vulgären Untertönen, aber in Wirklichkeit ist

es nichts dergleichen. Er ist ein ehrlicher, aufrechter Mann. Ich kenne ihn. Ich habe Seite an Seite mit ihm gekämpft. Mein Herz ist jetzt bei ihm. /42/

Lass dich in die Arme schließen,
Lass einander uns genießen,

Beinahe reglos im Mittsommer Flaute auf den Wirtschaftsmeeren eine Million sehen Betrunkene vor die Tür gesetzt

GESCHWORENE VOR DEN TOREN DER FLEISCHBARONE

vergleiche Liebe mit Vesuv geschmückte Straßen erwarten Vagabund der Paladine

Lass einander uns genießen,
Ach, mein schönes Püppchen,
Mein großes schönes Püppchen.

TAUSCHT SCHIMMEL GEGEN BRAUNEN

Maderos Truppen besiegen Rebellen in der Schlacht bei Parral Roosevelt setzt sich in Illinois durch Rede zum Einschlafen Chicago braucht dringend mehr Wasser

ERKLÄRTE ANARCHISTEN KÜSSEN KNIEND DIE AMERIKANISCHE FLAGGE

Die Sonnenschein-Bewegung wächst /43/

BOMBE NR. 4 IM ROTLICHTKRIEG ZERSTÖRT BAR IN DER WEST SIDE

einem am Mittwoch erschienenen Bericht laut dem es sich bei einem in einem separaten Gebäude des St. Luke's Hospital untergebrachten Patienten dem ein Krebsgeschwür an der Zungenwurzel entfernt worden ist um General Grant handeln soll wurde sowohl von der Krankenhausleitung als auch von Lieut. Howze widersprochen der darüber hinaus erklärte diese Geschichte sei nichts weiter als eine gezielte Falschmeldung

Das Auge der Kamera 13

er war ein Schlepperkapitän und kannte den Fluss von Indian Head bis Virginia Capes in- und auswendig und die Bay und die Ostküste bis rauf nach Baltimore sowieso und er lebte in einem Backsteinhaus in Alexandria und das Ruderhaus roch nach hundert ausgebrannten Pfeifen

das da ist die *Mayflower* die Yacht des Präsidenten und das da ist die *Dolphin* und da ist der alte Flusskreuzer *Tippecanoe* und da ist der Zollkutter und gerade fahren wir am Polizeiboot vorbei

wenn Käptn Keen die Hand zur Decke des Ruderhauses hebt um an der Schnur für das Signalhorn zu ziehen kann man unter den schwarzen Haaren an seinem Handgelenk das rot und grün tätowierte Armband sehen

Ach Gott der alte Käptn Gifford war n guter Freund von mir wir sind oft zum Austernfischen an der Ostküste rauf- und runtergefahrn und damals gab's Austernpiraten die junge Burschen schanghait haben und die mussten dann den ganzen Winter schuften man konnte ja nich weg außer man wär an Land geschwommen und das Wasser war zu scheißkalt und der Alte nahm den jungen Burschen die Klamotten weg wenn sie in ner Bucht oder in der Nähe von nem Haus oder so vor Anker gingen Mann das warn miese Kerle diese

Austernpiraten ach Gott einmal hatten sie n jungen Burschen den ließen sie schuften bis zum Umfallen und dann haben sie ihn einfach über Bord geschmissen mit der Zange Austern greifen oder mit nem Schleppnetz fischen wie das die Austernpiraten gemacht haben is im Winter die allermieseste Arbeit weil die Gischt an den Leinen gefriert und einem die Hände in Stücke reißt und das Schleppnetz sich alle naselang verdreht und wir's raufziehen und mit bloßen Händen im eiskalten Wasser klarieren mussten einmal haben wir n Stockfisch rausgeholt · Was ist ein Stockfisch? Ach Gott n Stockfisch is n Toter mein Junge das war n junger Bursche der hatte keinen Faden am Leib und sah aus als wär er mit nem Belegnagel oder nem Ruder schlimm verprügelt worden er wollte wohl nich arbeiten oder vielleicht war er auch krank oder so und der Alte hat auf ihn eingeprügelt bis er tot war ja klar das kann nur n Austernpirat gewesen sein

Janey

Als Janey klein war, wohnte sie in Georgetown, in einem alten, gesichtslosen Backsteinhaus, von der M Street ein kleines Stück den Hügel hinauf. In den Zimmern, die nach vorn gingen, war es immer dunkel, denn Momma zog immer die schweren Spitzenvorhänge zu und ließ die gelben Leinenrollos mit den eingesetzten Spitzenstreifen herunter. Sonntagnachmittags mussten Janey und Joe und Ellen und Francie im Salon sitzen und sich Bilder ansehen oder Bücher lesen. Janey und Joe lasen gemeinsam die Comicbeilage, weil sie die Ältesten waren – die anderen waren bloß Babys und wussten sowieso nicht, was witzig war. Sie durften aber nicht laut lachen, weil Poppa mit dem Rest des *Sunday Star* im Sessel saß und nach dem Abendessen meist einschlief, den zerknitterten Teil mit dem Leitartikel und den Kommentaren in der großen, blau geäderten Hand. Kleine Gerinnsel aus Sonnenlicht, das durch die Spitzeneinsätze der Rollos fiel, lagen bebend auf seiner Glatze, einem großen roten Nasenflügel, der einen Hälfte des Schnurrbarts, der gesprenkelten Sonntagsweste und den weißen, gestärkten, über dem Ellbogen von Gummibändern gehaltenen Hemdsärmeln mit den funkelnden Manschettenknöpfen. Janey und Joe saßen im selben Sessel und spürten gegenseitig ihre Rippen zucken, wenn sie über die *Katzenjammer Kids* lachten, die unter dem Hocker des Käptns einen Kracher zündeten. Die Kleinen sahen sie lachen und lachten ebenfalls. «Ruhe!», schnauzte Joe sie aus dem Mundwinkel an. «Ihr wisst ja gar nicht, worüber ihr lacht.»

Manchmal, wenn von Momma, die oben, im hinteren Schlafzimmer, in einem verblichenen, mit Rüschen besetzten lila Hauskleid ihr Nachmittagsnickerchen hielt, nichts zu hören war und sie eine ganze Weile Poppas langgezogenen, mit einem leisen Zischen endenden Schnarchern gelauscht hatten, rutschte Joe vom Sessel, und Janey folgte ihm mit angehaltenem Atem in die Eingangshalle und zur Haustür hinaus. Sobald sie die so vorsichtig geschlossen hatten, dass der Klopfer sich nicht bewegte, gab Joe ihr einen Klaps, rief «Du bist es!» und rannte hinunter in Richtung M Street, und sie musste ihm nachlaufen, mit klopfendem Herzen und kalten Händen vor Angst, er könnte sie allein zurücklassen.

Im Winter waren die gepflasterten Bürgersteige vereist, und wenn die Kinder morgens zur Schule gingen, streuten farbige Frauen Asche vor ihren Türen. Joe wollte nie bei seinen Geschwistern sein, weil sie Mädchen waren, und blieb entweder zurück oder rannte voraus. Janey wäre lieber mit ihm gegangen, konnte aber ihre beiden Schwestern, die sich an ihren Händen festhielten, nicht allein lassen. In einem der Winter gewöhnten sie sich an, mit einem braunen Mädchen, das genau gegenüber wohnte und Pearl hieß, den Hügel hinauf nach Hause zu gehen. Meistens hatte Pearl ein paar Pennys, für die man in einem kleinen Laden in der Wisconsin Avenue Bonbons oder Schokobananen kriegte. Sie gab Janey immer die Hälfte ab, und darum mochte Janey sie gern. Eines Nachmittags fragte sie Pearl, ob sie nicht mitkommen wolle. Sie spielten unter dem großen Hibiskusstrauch ganz hinten im Hof mit Puppen, aber als Pearl nach Hause gegangen war, rief Momma Janey in die Küche. Momma hatte die Ärmel über den bleichen Armen aufgekrempelt und eine karierte Schürze umgebunden. Sie rollte Pastetenteig für das Abendessen aus, und darum waren ihre Hände weiß von Mehl.

«Janey, komm her», rief sie, und an dem kalten Beben in ihrer Stimme erkannte Janey, dass irgendetwas nicht in Ordnung war.

«Ja, Momma.» Janey stand vor ihrer Mutter und drehte den Kopf von einer Seite zur anderen, sodass die beiden steifen, sandfarbenen Zöpfe hin und her schlugen.

«Herrgott, steh doch still, Kind! Jane, ich muss mit dir reden. Dieses farbige Mädchen, das du heute mitgebracht hast ...» Janey sank das Herz. Ihr wurde flau, und sie merkte, dass sie errötete, wusste aber gar nicht so recht, warum. «Versteh mich nicht falsch: Ich mag und respektiere Farbige; es gibt einige, die an ihrem Platz gute, rechtschaffene Menschen sind ... aber du darfst dieses farbige Mädchen nicht mehr einladen. Farbige freundlich und mit Respekt zu behandeln, ist eines der Zeichen guter Abstammung. Vergiss nicht, dass deine Mutter aus einer sehr guten Familie stammt ... Damals, in Georgetown, war alles ganz anders. Wir hatten ein großes Haus mit einem wunderschönen Garten ... Aber du darfst Farbigen nie auf gleicher Stufe begegnen, und in dieser Gegend ist es umso wichtiger, auf solche Dinge zu achten. Wenn man sie als Gleiche behandelt, respektieren einen weder die Weißen noch die Schwarzen. Das ist alles, Janey – ich weiß, du verstehst, was ich meine. Jetzt geh raus und spiel – das Abendessen ist bald fertig.»

Janey wollte etwas sagen, brachte aber keinen Ton heraus. Sie stand mitten im Hof auf dem Gullydeckel und starrte auf den schwarzen Zaun. «Niggerfreundin, Niggerfreundin, lalla-lalla-la», rief Joe ihr ins Ohr, «Niggerfreundin, Niggerfreundin, lalla-lalla-la!» Janey begann zu weinen.

Joe war ein flachsblonder Junge, der nicht viel sprach und beim Baseball die gemeinsten Bälle werfen konnte. Er lernte im Rock Creek schwimmen und tauchen und sagte, er wolle Straßenbahnfahrer werden. Als er sich mit Alec McPherson anfreundete, dessen Vater Lokomotivführer bei der Baltimore and Ohio Railroad war, wollte er Lokomotivführer werden. Wenn die beiden sie ließen, ging Janey mit ihnen, zum Straßenbahndepot am Ende der Pennsylvania Avenue zum Beispiel, wo sie sich mit ein paar Schaffnern und Fahrern anfreundeten, die sie manchmal, wenn kein Inspektor zu sehen war, ein paar Blocks weit auf der Plattform mitfahren ließen, oder hinunter zum Kanal oder rauf zum Rock Creek, wo sie Kaulquappen fingen und ins Wasser fielen und einander mit Schlamm bespritzten.

An Sommerabenden, wenn es nach dem Essen noch lange hell war, spielten sie mit den anderen Kindern aus der Nachbarschaft im hohen Gras auf ein paar unbebauten Grundstücken beim Oak-Hill-Friedhof «Löwen und Tiger». Es gab lange Zeiten, in denen Masern oder Scharlach umgingen und Momma ihnen verbot hinauszugehen. Dann kam Alec zu ihnen, und sie spielten im Hof. Das gefiel Janey am besten, denn dann behandelten die Jungen sie wie ihresgleichen. Die Sommerabende waren schwül und voller Glühwürmchen. Wenn Poppa gute Laune hatte, schickte er sie den Hügel hinauf zum Drugstore an der N Street, damit sie dort Eiscreme kauften, und da sahen sie dann junge Männer in Hemdsärmeln, die Strohhüte trugen und mit jungen Frauen auf und ab spazierten, die sich zur Abwehr der Moskitos ein Stück Zunderholz ins Haar gesteckt hatten, und rochen den aufdringlichen Geruch und das billige Parfüm der farbigen Familien, die dichtgedrängt auf den Stufen vor ihren Häusern saßen und sich unterhielten und lachten, und manchmal blitzten dann Zähne oder das Weiße eines Auges auf. Der schwüle, verschwitzte Abend war unheimlich, er brummte und rumpelte von fernem Donner

ohne Abendessen zu Bett und denkst darüber nach, dass jeder für sich selbst einstehen muss, Janey.»

Sie rannte hinauf in ihr Zimmer und legte sich zitternd ins Bett. Als sie schließlich eingeschlafen war, weckte Joes Stimme sie wieder auf. Er stand im Nachthemd an der Tür.

«Hör zu, Janey», flüsterte er, «mach das nicht noch mal. Ich kann mich selbst wehren. Ein Mädchen darf sich nicht in Männersachen einmischen. Wenn ich erst Arbeit habe und meine eigenen Kröten verdiene, kaufe ich mir eine Pistole, und wenn Poppa dann versucht, mich zu vertrimmen, erschieße ich ihn.» Janey begann zu schluchzen. «Warum heulst du denn? Ist doch alles halb so wild.»

Sie hörte ihn auf Zehenspitzen hinunter in sein Zimmer gehen.

Auf der Highschool wählte sie den Zweig für kaufmännische Berufe und lernte Stenographie und Maschinenschreiben. Sie war ein unscheinbares Mädchen mit schmalem Gesicht und blondem Haar, ziemlich still und beliebt bei den Lehrern. Sie hatte flinke Finger und eignete sich das Tippen und Stenographieren mit Leichtigkeit an. Sie las gern und lieh sich in der Bibliothek Bücher wie *Des Kelches Neige*, *Der Kampf der Starken* und *Das Herz der Barbara Worth* aus. Ihre Mutter sagte ihr immer, sie werde sich mit dem vielen Lesen noch die Augen verderben. Wenn Janey las, stellte sie sich vor, sie sei die Heldin, Joe sei der schwache Bruder, der auf die schiefe Bahn geriet, im Grunde seines Herzens aber – wie Sidney Carton in *Eine Geschichte aus zwei Städten* – ein Gentleman und zu jedem Opfer fähig war, und Alec sei der Held.

Sie fand, dass Alec der bestaussehende – und stärkste – Junge in Georgetown war. Er hatte schwarzes, kurzgeschnittenes Haar, sehr helle Haut mit ein paar Sommersprossen und einen athletischen, breitschultrigen Gang. Joe sah am zweitbesten aus und war der Zweitstärkste, aber der beste Baseballspieler. Alle sagten, er solle die Highschool zu Ende machen, weil er ein so guter Baseballspieler war, aber am Ende des ersten Jahres sagte Poppa, er habe drei Mädchen großzuziehen, und Joe müsse sich Arbeit suchen; also fing er als Telegrammbote bei Western Union an. Janey war ziemlich stolz auf ihn in seiner Uniform, bis die anderen Mädchen in der Schule sie deswegen aufzogen. Alecs Eltern hatten versprochen, ihn aufs College zu schicken, wenn er sich in der Highschool gut machte, und darum strengte er sich an. Er war nicht grob und benutzte keine schmutzigen Wörter wie die meisten anderen Freunde von Joe, und er war immer nett zu Janey, auch wenn er anscheinend nicht gern mit ihr allein war. Irgendwann gestand sie sich ein, dass sie schrecklich in ihn verknallt war.

Der schönste Tag ihres Lebens war der glühend heiße Sommersonntag, an dem sie mit dem Kanu nach Great Falls gefahren waren. Sie hatte am Abend zuvor Proviant eingepackt und legte am Morgen noch ein Steak dazu, das sie im Eisschrank gefunden hatte. Am Ende der Straße aus Backsteinhäusern und dunklen, sommergrünen Bäumen hing ein bläulicher Dunst, als sie und Joe um sieben, noch bevor irgendjemand anderes aufgestanden war, aus dem Haus schlichen.

Alec erwartete sie an der Ecke vor dem Straßenbahndepot, breitbeinig, in der Hand eine kleine Pfanne.

Sie rannten und erwischten eine Straßenbahn nach Cabin John's Bridge. Sie hatten den Wagen für sich allein, als wäre es eine Privatbahn. Er fuhr summend am Kanal entlang, wo weiß getünchte Schuppen und Niggerhütten standen, und dann an Hügeln vorbei, wo zwei Meter hohe Maispflanzen angetreten waren wie Soldaten. Das Sonnenlicht gleißte bläulich weiß auf den winkend hängenden Hüllblättern der Kolben mit ihren Blütenquasten; mit grellem Glanz, mit Surren und Ticken stoben Fliegen und Grashüpfer wie heiße Rauchwolken rings um den ratternden, schaukelnden Straßenbahnwagen in den bleichen Himmel. Sie aßen süße Sommeräpfel, die Alec bei einer Farbigen am Bahnhof gekauft hatte, sie hampelten im Wagen herum, ließen sich in den Ecken der Sitzbänke aufeinandersinken und kicherten und lachten, bis sie ganz schwach waren. Dann fuhren sie durch Wald; sie konnten zwischen den Bäumen die Balkenkonstruktion der Achterbahn im Glen Echo Park sehen, und als sie an der Cabin John's Bridge ausstiegen, waren sie aufgekratzter als eine Horde Affen.

Sie liefen zur Brücke und sahen den Fluss hinauf und hinunter, der im blendend weißen Morgen braun und dunkel zwischen laubsatten Ufern dahinströmte. Dann gingen sie zu dem Kanu, das einem Freund von Alec gehörte und in einem Schuppen am Kanal lag, kauften Kekse und ein paar Flaschen Limonade und Root Beer und brachen auf. Alec und Joe paddelten, und Janey saß auf dem Boden und lehnte an der Sitzbank, um die sie ihren Pullover gewickelt hatte. Alec paddelte am Bug. Es war heiß. Das schweißnasse Hemd klebte an der Wölbung seines muskulösen Rückens, der sich bei jedem Paddelschlag beugte. Nach einer Weile zogen die beiden Jungen sich bis auf die Badehosen aus, die sie unter den Kleidern trugen. Janeys Kehle bebte, als sie Alecs kräftigen Rücken und die schwellenden Muskeln seiner Arme sah – es machte sie glücklich und ängstlich zugleich. In ihrem weißen Sommerkleid saß sie da und tauchte die Hand in das grünbraune, von Algen durchzogene Wasser. Sie hielten an, um Seerosen und weiße, wie Eis glänzende Pfeilkrautblüten zu pflücken, und die schlammigen Wurzeln der Seerosen rochen nass und modrig. Die Limonade wurde warm, sie tranken sie und flachsten hin und her, und Alec fing einen Krebs und machte lauter grünschleimige Flecken auf Janeys Kleid, was ihr aber ganz egal war, und sie nannten Joe «Käptn», und er wurde gesprächiger und sagte, er werde zur Navy gehen, und Alec sagte, er wolle Ingenieur werden, und dann werde er ein Motorboot bauen und mit ihnen herumfahren, und Janey war glücklich, weil die beiden sie einschlossen, wenn sie so redeten – als wäre sie ebenfalls ein Junge. An einer Schleuse unterhalb der Wasserfälle mussten sie das Boot ein ganzes Stück tragen. Janey nahm den Proviant, die Paddel und die Pfanne, und die Jungen schleppten schwitzend und fluchend das Kanu. Dann paddelten sie hinüber nach Virginia und machten in einer kleinen Bucht zwischen grauen, rostroten Felsen ein Feuer. Joe briet das Steak, und Janey packte die Sandwiches und den Blechkuchen, den sie gebacken hatte, aus und legte ein paar Kartoffeln in die heiße Asche. Sie rösteten einige Maiskolben, die sie sich von einem Feld am Kanal geholt hatten. Alles war bestens – nur dass sie nicht genug Butter mitgenommen hatten. Nach dem Essen saßen sie ums Feuer, aßen den Kuchen, tranken Root Beer und unterhielten sich. Alec und Joe zogen Pfeifen hervor, und Janey fühlte sich ziemlich gut: Sie saß am Wasserfall des Potomac mit zwei Männern, die Pfeife rauchten.

«Mensch, Janey, das Steak hat Joe wirklich gut hingekriegt, oder?»

«Weißt du noch, Alec? Als wir noch klein waren, haben wir oben am Rock Creek Frösche gefangen und gegrillt.»

«Klar weiß ich das noch, und Janey war auch mal dabei. Du lieber Himmel, was du für einen Tanz veranstaltet hast, Janey.»

«Ich wollte nicht sehen, wie ihr sie häutet.»

«Aber wir waren doch Trapper im Wilden Westen. Es war ein Mordsspaß.»

«Aber das hier finde ich viel schöner, Alec», sagte Janey zögernd.

«Ich auch», sagte Alec. «Mann, wenn wir bloß eine Wassermelone hätten.»

«Vielleicht sehen wir auf dem Heimweg eine am Ufer.»

«Was glaubst du, Joe, was ich jetzt mit einer Wassermelone machen würde?»

«Momma hat eine in den Eisschrank gelegt», sagte Janey. «Vielleicht ist noch was davon da, wenn wir nach Hause kommen.»

«Ich will nie mehr nach Hause», sagte Joe plötzlich mit bitterem Ernst.

«So was darfst du nicht sagen, Joe.» Sie hatte plötzlich Angst und kam sich vor wie ein kleines Mädchen.

«Ich sage, was ich will, verdammt. Herrgott, ich hasse dieses miese Drecksnest!»

«So was darfst du nicht sagen, Joe.» Janey hatte das Gefühl, als müsste sie gleich weinen.

«Leute», sagte Alec, «wir sollten langsam aufbrechen. Was meinst du, Joe – sollen wir noch mal reinspringen und uns dann auf den Rückweg machen?»

Als die Jungen genug gebadet hatten, gingen sie alle hinauf und sahen sich den Wasserfall an, und dann machten sie sich auf den Heimweg. In der raschen Strömung am bewaldeten Steilufer ging es rasch dahin. Es wurde sehr schwül, sie fuhren durch Schwaden warmer, feuchter Luft. Im Norden quollen riesige Wolken auf. Janey machte der Ausflug keinen Spaß mehr. Sie hatte Angst, es könnte regnen. Sie fühlte sich flau und ausgelaugt und fürchtete, ihre Periode zu bekommen. Sie hatte den Fluch erst ein paar Male erlebt, und der Gedanke daran machte ihr Angst und nahm ihr alle Kraft. Am liebsten hätte sie sich irgendwo verkrochen wie eine alte, kranke, räudige Katze. Sie wollte nicht, dass Joe und Alec merkten, wie sie sich fühlte. Sie stellte sich vor, wie es wohl wäre, wenn sie das Kanu zum Kentern brächte. Die Jungen würden natürlich an Land schwimmen, aber sie würde ertrinken, und man würde den Fluss nach ihrem Leichnam absuchen, und alle würden weinen und furchtbar traurig sein.

Eine grauviolette Düsternis verdunkelte die weißen Wolkentürme. Plötzlich war alles bleigrau und violett. Die Jungen paddelten, so schnell sie konnten. Der Donner kam näher. Die Brücke war schon in Sicht, als der Wind sie traf, eine heiße Sturmbö voll Staub, welkem Laub und trockenen Halmen, die das Wasser aufwühlte.

Sie schafften es gerade noch rechtzeitig zum Ufer. «Mann, das wird ein Mordsgewitter», sagte Alec. «Kriech unter das Boot, Janey.» Auf dem Kiesufer drehten sie das Kanu im Windschatten eines großen Felsens um und hockten sich darunter. Janey saß in der Mitte und hielt die Seerosen in der Hand, die sie am Morgen gepflückt hatten und die von der Hitze ganz schlaff und klebrig waren. Die Jungen lagen in ihren Badehosen rechts und links von ihr. Alecs zerzaustes Haar berührte ihre Wange. Auf der anderen Seite lag Joe mit dem Kopf am Ende des Kanus und hatte die schlanken, braun gebrannten Beine unter ihr Kleid geschoben. Vom Geruch nach Schweiß und Flusswasser und dem warmen Jungenduft von Alecs Haar und Schultern wurde ihr ganz schwindlig. Als der Regen auf den Boden des Kanus trommelte und sich ein rauschender weißer Vorhang aus Sprühwasser herabsenkte, schob sie den Arm um Alecs Hals und legte die Hand zaghaft auf seine nackte Schulter. Er rührte sich nicht.

Nach einer Weile hörte der Regen auf. «Tja, das war nicht so schlimm, wie ich gedacht hatte», sagte Alec. Sie waren allesamt ziemlich nass und entsprechend abgekühlt, aber die frische, vom Regen gereinigte Luft fühlte sich gut an. Sie schoben das Kanu wieder ins Wasser und fuhren zur Brücke. Dann trugen sie es zu dem Schuppen, aus dem sie es geholt hatten, und gingen zu dem kleinen Wartehäuschen an der Straßenbahnhaltestelle. Sie waren müde, sonnenverbrannt und verschwitzt. Der Wagen war voller Ausflügler, die am Sonntagnachmittag ein Picknick am Wasserfall oder im Glen Echo Park gemacht hatten und nass geworden waren. Janey glaubte, sie würde es nicht aushalten. Ihr Bauch war vollkommen verkrampft. Als sie in Georgetown ausstiegen, hatten die Jungen zusammen noch fünfzig Cent und schlugen vor, in ein Kino zu gehen, aber Janey lief los und ließ sie stehen. Sie wollte nur nach Hause, ins Bett, damit sie das Gesicht ins Kissen drücken und weinen konnte.

Danach weinte Janey nicht mehr oft; natürlich gab es Dinge, die sie aufregten, doch anstatt zu weinen, wurde sie dann ganz kalt und hart. Die Highschoolzeit ging rasch vorbei, und zwischen den Schuljahren lagen die heißen, gewittrigen Washingtoner Sommer. Hin und wieder gab es ein Picknick vor der Marshall Hall oder eine Party in irgendeinem Haus in der Nachbarschaft. Joe arbeitete jetzt bei Adams Express. Sie bekam ihn nicht mehr oft zu sehen, denn er aß nicht mehr zu Hause. Alec hatte sich ein Motorrad gekauft, und obwohl er noch auf der Highschool war, hörte Janey nicht viel von ihm. Manchmal blieb sie auf, um wenigstens ein paar Worte mit Joe zu reden, wenn er nachts nach Hause kam. Er roch dann nach Rauch und Schnaps, schien aber nie betrunken zu sein. Er ging um sieben zur Arbeit, und nach Feierabend hing er mit den anderen in den Billardsalons in der 4 ½ Street oder an Bowlingbahnen herum oder würfelte um Geld. Sonntags spielte er in Maryland Baseball. Janey blieb auf und wartete auf ihn, aber wenn er kam und sie ihn fragte, wie es in der Arbeit laufe, sagte er: «Gut», und wenn er sie dann fragte, wie es in der Schule laufe, sagte sie ebenfalls: «Gut», und dann gingen sie zu Bett. Manchmal fragte sie ihn, ob er Alec gesehen habe, und dann sagte er: «Ja», mit einem ganz kleinen schiefen Lächeln, und wenn sie ihn dann fragte, wie es ihm gehe, sagte er: «Gut.»

Sie hatte eine Freundin, Alice Dick, ein dunkelhaariges, untersetztes Mädchen mit Brille. Alice hatte dieselben Kurse belegt wie Janey. Samstagnachmittags zogen sie ihre besten Kleider an und machten einen Schaufensterbummel entlang der F Street. Sie kauften ein paar Kleinigkeiten, tranken irgendwo ein Soda und fuhren mit der Straßenbahn nach Hause in dem Gefühl, einen geschäftigen Nachmittag verbracht zu haben. Manchmal – eher selten – gingen sie zu einer Matinee ins Poli-Kino, und danach nahm Janey ihre Freundin zum Mittagessen mit nach Hause. Alice Dick mochte die Williams, und die Williams mochten sie. Sie sagte, sie fühle sich freier, wenn sie ein paar Stunden mit liberalen Menschen verbringen könne. Ihre Eltern waren Methodisten aus dem Süden und sehr engstirnig. Ihr Vater war Angestellter in der staatlichen Druckerei und lebte in ständiger Angst, seine Stelle könnte den Sparmaßnahmen im öffentlichen Dienst zum Opfer fallen. Er war ein dicker, kurzatmiger Mann, der seiner Frau und seiner Tochter gern Streiche spielte und unter chronischen Verdauungsstörungen litt.

Bennett/50/ und betrachteten sich als ungebundene, selbstbewusste junge Frauen. Sie lernten Bridge und kürzten ihre Röcke. An Weihnachten bekam Janey hundert Dollar Bonus und eine Gehaltserhöhung auf zwanzig Dollar die Woche. Sie warf Alice vor, sie wolle sich auf nichts Neues einlassen und immer nur bei Mrs. Robinson bleiben. Sie selbst entwickelte jetzt den Ehrgeiz, Karriere zu machen. Sie hatte keine Angst mehr vor Männern und plauderte im Aufzug mit den jungen Angestellten über Themen, bei denen sie noch vor einem Jahr errötet wäre. Wenn Johnny Edwards oder Morris Byer sie abends ins Kino einluden, hatte sie nichts dagegen, dass sie den Arm um sie legten oder sie ein-, zweimal küssten, während sie in der Handtasche nach dem Hausschlüssel suchte. Wenn ein Mann allzu zudringlich wurde, wusste sie, wie sie sein Handgelenk packen und wegschieben musste, ohne eine große Szene zu machen, und wenn Alice sie warnte, die Männer hätten nur eines im Kopf, lachte sie und sagte: «Ja, besonders schlau sind sie nicht.» Sie entdeckte, dass etwas Peroxid im Wasser ihre Haare etwas blonder und weniger unscheinbar machte. Wenn sie sich abends bereit machte auszugehen, nahm sie manchmal mit dem kleinen Finger etwas Rouge und verrieb es sorgfältig auf den Lippen.

Das Auge der Kamera 15

in der Schuylkillmündung kam Mr. Pierce an Bord sechsundneunzig Jahre alt und gesund und munter · Damals als Er sich freiwillig gemeldet hatte aber an der Schlacht von Antietam nicht teilnehmen konnte weil Er die Ruhr hatte war Er Gehilfe in Mr. Pierce' Kanzlei gewesen und Mr. Pierce' Tochter Mrs. Black nannte Ihn Jack und rauchte kleine braune Zigaretten und wir spielten *Fra Diavolo* auf dem Grammophon und alle waren lustig und vergnügt und

Mr. Pierce zupfte an seinem Backenbart und trank einen Toddy und Mrs. Black rauchte eine Zigarette nach der anderen und sie redeten über alte Zeiten und Er erzählte wenn es nach Seinem Vater gegangen wäre wäre Er Priester geworden und dass Seine arme Mutter ihre liebe Not hatte ihre gefräßigen Jungen satt zu kriegen und dass Sein Vater ein wortkarger Mann war und meistens Portugiesisch sprach und wenn er an dem Essen das auf den Tisch kam etwas auszusetzen hatte warf er es aus dem Fenster und Er wollte zur See fahren studierte dann aber Jura und arbeitete in Mr. Pierce' Kanzlei und Er sang

Ach wie das Herz des Seemanns sich weitet wenn sein schlankes Schiff durch die Wogen gleitet

und Er mixte einen Toddy und Mr. Pierce zupfte an seinem Backenbart und alle waren lustig und vergnügt und sie sprachen über den Schoner *Mary Wentworth* und darüber dass Colonel Hodgeson und Pater Murphy gern mal ein bisschen tiefer ins Glas sahen und Er mixte einen Toddy und Mr. Pierce kraulte seinen Backenbart und Mrs. Black rauchte eine kleine braune Zigarette nach der anderen und alle waren lustig und vergnügt und auf dem Grammophon spielte *Fra Diavolo* und die Hafengerüche und die Fährboote und der Delaware ganz silbrig geriffelt früher waren da drüben nichts als Marschen da haben wir Enten gejagt und Er sang zusammen mit dem Grammophon *Vittoria*

und Pater Murphy bekam einen furchtbaren Gichtanfall und musste auf einem Lukendeckel von Bord getragen werden und Mr. Pierce sechsundneunzig Jahre alt und gesund und munter nahm einen Schluck Toddy und zupfte an seinem Backenbart silbrig geriffelt und mit dem frischen Wind kamen die Hafengerüche und der Rauch von den Werften in Camden und der Zitronen-Whiskey-Zucker-Geruch von den Toddygläsern und alle waren lustig und vergnügt

Doch weit sehr weit ist der Weg
Vom Ufer der Seine
Zu einem braven Mädchen
Am Ufer des Saskatchewan

Der jugendliche Redner vom Platte River

Auf dem Parteitag 1896 in Chicago erhob der preisgekrönte jugendliche Redner, der Pfarrerssohn, der nie einen Tropfen Alkohol getrunken hatte, seine Silberstimme, und sie füllte nicht nur die gigantische Halle, sondern auch die Ohren der einfachen Leute:

Sehr geehrter Herr Vorsitzender, sehr geehrte Delegierte,
ginge es hier lediglich um die rednerische Fertigkeit,
so wäre es in der Tat anmaßend,
mich mit den überragenden Männern messen zu wollen,
die vor mir gesprochen haben,
doch dies ist kein Wettstreit zwischen Personen.
Der geringste Bürger dieses Landes ist,
wenn er für eine gerechte Sache eintritt,
weit stärker als die Heerscharen des Irrtums.
Ich spreche zu Ihnen, um für eine Sache einzutreten, die so heilig ist wie die der Freiheit …

ein junger Mann mit einem großen Mund und einer weißen Krawatte,
ein Volksredner, ein Mahner, ein Erweckungsprediger,
seine Stimme verzauberte die hypothekengeplagten Farmer der Plains, ertönte in geschindelten Schulhäusern im Missourital, klang angenehm in den Ohren kleiner Laden-

besitzer, die sich nach leichteren Kreditbedingungen sehnten, ließen die Herzen der Männer schmelzen wie das süße Lied einer Amsel oder einer Nachtigall in der grauen Stille vor Sonnenaufgang oder ein plötzliches Anziehen der Winterweizenpreise oder ein Trompeter unter der wehenden Fahne;
die Silberzunge der einfachen Menschen:

... der Mann, der für seine Arbeit Lohn erhält, ist ebenso sehr Geschäftsmann wie sein Lohnherr:
der Anwalt in der Kleinstadt ist ebenso sehr Geschäftsmann wie der Konzernsyndikus in der Großstadt;
der Kaufmann mit einem Laden an einer Landstraßenkreuzung ist ebenso sehr Geschäftsmann wie der Kaufhausbesitzer in New York;
der Farmer, der des Morgens aufsteht und den ganzen Tag arbeitet, der im Frühjahr beginnt und sich den ganzen Sommer über abmüht, der mit Kopf und Muskeln die natürlichen Ressourcen nutzt und so zum Reichtum des Landes beiträgt, ist ebenso sehr Geschäftsmann wie der Börsenmakler, der auf den Weizenpreis wettet;
die vielen Bergarbeiter, die der Erde tief unter Tage
oder in schwindelnder Höhe
kostbare Metalle abringen,
damit diese in Handel und Wandel einfließen,
sind ebenso sehr Geschäftsleute wie
die wenigen Finanzmagnaten, die
in Hinterzimmern sitzen und
den Reichtum der Welt unter sich aufteilen.

Der Angestellte und der Kleinstadtanwalt horchten auf,
es waren große Worte für den Farmer, der einen Kredit auf seine Ernte aufgenommen hatte, um Dünger kaufen zu können, große Worte für den Kleinstadtbürger, den Werkzeug-

nung. Aber mit Dad werde ich wohl schimpfen müssen: Was fällt ihm ein, seine einzige Tochter nicht vom Bahnhof abzuholen!»

In der dunklen, nur von einigen verrußten Öllampen beleuchteten Hotellobby sah er aus dem Augenwinkel, dass sie einen hochgewachsenen, weißhaarigen Mann umarmte, doch als er in seiner energischsten Handschrift «John W. Moorehouse» ins Gästebuch geschrieben und den Zimmerschlüssel erhalten hatte, waren die beiden bereits verschwunden. In dem kleinen Zimmer mit Bretterwänden war es sehr warm. Als er das Fenster öffnete, drang durch das rostige Fliegengitter das Rauschen der Brandung in den Raum, vermischt mit dem Trommeln des Regens auf dem Blechdach. Er wechselte den Kragen, wusch sich mit abgestandenem Wasser aus dem rissigen Krug auf dem Waschtisch und ging hinunter in den Speisesaal, um zu sehen, ob es noch etwas zu essen gab. Eine Kellnerin mit Ziegengebiss brachte ihm gerade eine Suppe, als Miss Strang eintrat, gefolgt von dem hochgewachsenen Mann. Da die einzige Lampe im Raum auf seinem Tisch stand, steuerten sie auf ihn zu. Lächelnd erhob er sich. «Das ist er, Dad», sagte sie. «Und du schuldest ihm etwas für den Fahrer, der uns hergebracht hat. Mr. Morris, das ist mein Vater, Dr. Strang … Der Name war doch Morris, oder?»

Johnny errötete. «Moorehouse, aber das ist schon in Ordnung. Sehr erfreut, Sir.»

Am nächsten Morgen stand Johnny früh auf und ging zum Büro der Ocean City Improvement and Realty Company, das sich in einem neuen, mit grün gebeizten Schindeln verkleideten Bungalow an einer erst kürzlich abgesteckten Straße gleich hinter dem Strand befand. Es war noch niemand da, und so spazierte er eine Weile in der Stadt umher. Es war ein grauer, schwüler Tag, und die kleinen Holzhäuser und ungestrichenen Bretterbuden am Bahndamm machten einen ziemlich trübseligen Eindruck. Hin und wieder erschlug er einen Moskito an seinem Hals. Er trug seinen letzten sauberen Kragen und war besorgt, dieser könnte aufweichen. Wenn er den Bretterweg verließ, rieselte Sand in seine

Schuhe, und an seinen Knöcheln hingen ein paar Strandkletten. Schließlich sah er auf den Stufen vor dem Bungalow einen korpulenten Mann im weißen Leinenanzug sitzen. «Guten Morgen, Sir», sagte Johnny. «Sind Sie Colonel Wedgewood?»

Der Mann war zu kurzatmig für eine Antwort und nickte nur. Er hatte ein großes seidenes Taschentuch unter den Kragen geschoben und wischte sich mit einem zweiten über das Gesicht. Johnny gab ihm den Brief seiner Firma und wartete. Der dicke Mann las den Brief stirnrunzelnd und ging voran ins Büro. «Dieses verdammte Asthma», sagte er. «Wenn ich in Eile bin, kriege ich keine Luft mehr. Sehr erfreut, mein Sohn.»

Johnny blieb den Rest des Vormittags bei dem alten Colonel, sah aus blauen Augen jungenhaft in die Welt, hörte höflich zu, wenn der Colonel vom Bürgerkrieg und General Lee und seinem Grauschimmel Traveller und den Gesellschaften erzählte, die man damals, vor dem Krieg, an der Küste veranstaltet hatte, lief dann zum Laden, um einen Barren Eis für den Eisschrank zu holen, hielt eine kleine Rede über Ocean Citys leuchtende Zukunft als Ferienort – «Ja, was haben die in Atlantic City oder Cape May, das wir hier nicht haben?», donnerte Wedgewood –, begleitete den Colonel zum Mittagessen in seinen Bungalow, wodurch Johnny den Zug verpasste, mit dem er zurück nach Wilmington hätte fahren müssen, lehnte, da er weder rauchte noch trank, einen Mint Julep dankend ab, sah aber bewundernd zu, während der Colonel zwei gute, ziemlich starke mixte und trank – gegen das Asthma –, und setzte das Lächeln, die blauen Augen und die jungenhafte Schlaksigkeit bei Mamie, der farbigen Köchin des Colonels, ein. Um vier lachte er herzlich über den Witz über die Gouverneure von North und South Carolina und hatte eine Stelle bei der Ocean City Improvement and Realty Company: fünfzehn Dollar die Woche und ein kleines, möbliertes Häuschen. Er ging zurück zum Hotel und schrieb an Mr. Hillyard. Er legte eine Spesenabrechnung bei, bat um Entschuldigung dafür, dass er die Firma so kurzfristig verlasse, und erklärte, er schulde es seiner notleidenden Familie, sich nach Kräften zu verbessern; dann schrieb er seiner Mutter, er werde in Ocean City bleiben, und bat sie, ihm seine Kleider per Eilpost zu schicken. Er überlegte, ob er auch Miss O'Higgins schreiben sollte, beschloss aber, es nicht zu tun. Vorbei war vorbei.

Nach dem Abendessen ging er zur Rezeption und bat um die Rechnung. Er war ziemlich nervös, weil er fürchtete, sie nicht bezahlen zu können. Als er, den Koffer in der Hand und zwei Vierteldollar in der Tasche, aus dem Hotel trat, begegnete er Miss Strang. Sie war in Begleitung eines recht kleinen, dunkelhaarigen Mannes in einem weißen Flanellanzug, den sie als Monsieur de la Rochevillaine vorstellte. Er war Franzose, sprach aber gut Englisch. «Ich hoffe, Sie verlassen uns nicht», sagte sie.

«Nein, Ma'am, ich ziehe in eines von Colonel Wedgewoods Häusern am Strand.» Der Franzose war ihm unangenehm – er stand neben Miss Strang und lächelte verbindlich wie ein Friseur.

«Ach, dann kennen Sie unseren dicken Freund? Er und mein Vater stecken immer zusammen, aber ich finde ihn einfach zu langweilig mit seinem Grauschimmel Traveller.» Miss Strang und der Franzose lächelten, als teilten sie ein Geheimnis. Der Mann stand da und wiegte sich auf den Ballen entspannt vor und zurück, als stünde er neben einem eben erworbenen Möbelstück, das er einem Freund vorführte. Johnny verspürte den Impuls, ihm eins dorthin zu verpassen, wo sich der weiße Flanell über dem kleinen Schmerbauch wölbte.

«Tja, ich muss gehen», sagte er.

«Kommen Sie später noch einmal? Es wird getanzt. Wir würden uns freuen, wenn Sie auch dabei wären.»

«Oh ja, unbedingt», sagte der Franzose.

«Wenn ich kann», sagte Johnny, nahm den Koffer und ging. Sein Kragen fühlte sich klebrig an. Er war sauer. «Verdammter Franzose», sagte er laut. Trotzdem: Wie sie ihn, John W. Moorehouse, angesehen hatte, das war nicht ohne. Er nahm an, dass er dabei war, sich zu verlieben.

Es war ein heißer August. Vormittags war es windstill, nachmittags baute sich die Schwüle zu Gewittern auf. Wenn er keine Kunden hatte, denen er die sonnenverbrannten Sandgrundstücke und den von geplanten Straßen durchzogenen schütteren Kiefernwald zeigen musste, saß Johnny allein im Büro unter dem zweiflügeligen Deckenventilator. Er trug weißen Flanell und ein rosarotes Tennishemd mit bis zu den Ellbogen aufgekrempelten Ärmeln und verfasste eine lyrische Beschreibung von Ocean City, die Einleitung für die Werbebroschüre, die die Lieblingsidee des Colonels war: «Die lebenspendenden Wogen des großen Atlantiks schlagen an die feinkörnigen Sandstrände von Ocean City (Maryland) ... der Duft der Kiefern bringt Linderung für alle, die an Asthma oder Schwindsucht leiden ... nicht weit entfernt die breite Mündung des Indian River, ein Paradies für Wassersportler, in dem es wimmelt von ...» Nachmittags kam schwitzend und keuchend der Colonel, und Johnny las ihm vor, was er geschrieben hatte, und der Colonel sagte: «Gut, gut, mein Junge», fand aber, er solle alles noch einmal gründlich überarbeiten. Und dann schlug Johnny noch ein paar schöne Wörter im zerfledderten Wörterbuch nach und fing von vorn an.

Es wäre ein schönes Leben gewesen, doch er war verliebt. Abends zog es ihn zum Ocean Hotel. Jedes Mal, wenn er die knarzenden Stufen zur Veranda hinaufging, wo alte Damen mit Palmwedelfächern in Schaukelstühlen saßen, und durch die Fliegentür in die Lobby trat, war er sicher, dass er Annabelle Marie allein antreffen würde, doch jedes Mal war der Franzose bei ihr, lächelnd, gelassen und schmerbäuchig wie immer. Beide machten viel Aufhebens um Johnny und behandelten ihn wie ein Hündchen oder ein frühreifes Kind; sie brachte ihm den Boston bei, und der Franzose, der, wie sich herausstellte, ein Herzog oder Baron oder so war, bot ihm ständig Drinks, Zigarren und parfümierte Zigaretten an. Johnny war äußerst schockiert, als er sah, dass Annabelle Marie rauchte, aber irgendwie passte es zu Herzögen und Newport und Europareisen und so weiter. Sie benutzte ein Parfüm mit

Er lief ein Stück den Strand entlang, zog sich aus und rannte sehr schnell ins Wasser. Er wagte nicht, sich umzusehen, und erhaschte nur einen kurzen Blick aus dem Augenwinkel auf weiße Beine und Brüste und den weißen Schaum einer Welle, die ihre Füße umspülte. Als er sich wieder anzog, fragte er sich, ob er wirklich eine Frau heiraten wollte, die nackt mit Männern badete, und ob sie das auch mit dem verdammten Franzosen getan hatte. «Sie haben ausgesehen wie ein marmorner Faun», sagte sie, als er ans Feuer zurückkehrte, wo sie ihr schwarzes Haar aufsteckte. Sie behielt beim Sprechen die Haarnadeln im Mund. «Wie ein sehr nervöser marmorner Faun ... Meine Haare sind nass geworden.»

Er hatte es nicht vorgehabt, aber nun zog er sie unvermittelt an sich und küsste sie. Sie schien keineswegs verärgert, sondern machte sich klein in seinen Armen und sah zu ihm auf, damit er sie noch einmal küssen konnte.

«Würdest du einen Mann wie mich heiraten, einen, der kein Geld hat?»

«Ich habe noch nie darüber nachgedacht, mein Schatz, aber vielleicht.»

«Du bist ziemlich reich, glaube ich, und ich habe keinen Cent und muss meine Familie unterstützen, aber ich habe Aussichten.»

«Aussichten? Was für Aussichten?» Sie zog seinen Kopf zu sich hinunter, fuhr ihm durchs Haar und küsste ihn.

«Ich werde aus diesem Immobiliengeschäft was machen, das schwöre ich.»

«Ja, wirst du das, mein armes Baby?»

«Du bist gar nicht so viel älter als ich, Annabelle. Wie alt bist du eigentlich?»

«Vierundzwanzig, gebe ich zu, aber das darfst du niemandem verraten. Und auch nichts von heute Abend und so.»

«Wem sollte ich es erzählen, Annabelle Marie?»

Auf dem Heimweg schien sie in Gedanken versunken, denn

sie achtete nicht auf das, was er sagte, und summte leise vor sich hin.

An einem anderen Abend saßen sie auf der Veranda seines Häuschens und rauchten Zigaretten – er rauchte jetzt hin und wieder auch eine, um ihr Gesellschaft zu leisten –, und er fragte sie, was ihr denn Sorgen bereite. Sie legte die Hände auf seine Schultern und sagte: «Oh, Moorehouse, was bist du nur für ein Dummerchen. Aber das gefällt mir.»

«Irgendetwas macht dir doch Kummer, Annabelle. Als wir mit dem Zug hierhergefahren sind, hast du nicht so bekümmert ausgesehen.»

«Wenn ich es dir sagen würde ... Ach Gott, ich kann mir vorstellen, was für ein Gesicht du machen würdest.» Sie lachte das harte, raue Lachen, bei dem ihm immer etwas unbehaglich zumute war.

«Ich wollte, ich hätte das Recht, dich zu zwingen, es mir zu sagen. Du solltest diesen verdammten Franzosen vergessen.»

«Ach, du bist ein solches Unschuldslamm.» Sie erhob sich und ging auf und ab.

«Setz dich doch wieder, Annabelle. Magst du mich denn nicht ein kleines bisschen?»

Sie fuhr mit der Hand durch sein Haar und über sein Gesicht. «Aber natürlich, mein kleines blauäugiges Dummerchen ... Aber verstehst du nicht, dass mich das alles ganz verrückt macht? All diese alten Knacker im Hotel, die über mich sprechen, als wäre ich eine sündhafte Frau, nur weil ich hin und wieder auf meinem Zimmer eine Zigarette rauche ... In England rauchen alle möglichen hochadeligen Frauen in der Öffentlichkeit, ohne dass sich irgendjemand darüber aufregt ... Und ich mache mir Sorgen wegen Dad – er versenkt zu viel Geld im Immobiliengeschäft. Ich glaube, er wird verrückt.»

«Aber es deutet alles darauf hin, dass hier ein großer Boom einsetzen wird. Mit der Zeit wird das hier ein zweites Atlantic City.»

«Mal ehrlich: Wie viele Grundstücke hast du diesen Monat verkauft?»

«Na ja, nicht so viele. Aber ein paar wichtige Geschäfte sind noch in der Schwebe. Eine große Gesellschaft will ein neues Hotel bauen.»

«Dad kann von Glück sagen, wenn er für jeden investierten Dollar fünfzig Cent kriegt. Und mir sagt er immer, ich hätte nichts im Kopf. Er ist Arzt und kein Finanzgenie, das müsste er doch einsehen. Grundstücksspekulationen sind was für einen wie dich, der nichts zu verlieren hat und seinen Weg machen will ... Und was den fetten Colonel betrifft: Ich weiß nicht, ob er ein Trottel oder ein Betrüger ist.»

«Was für ein Arzt ist dein Vater eigentlich?»

«Soll das heißen, du hast noch nie von Dr. Strang gehört? Dem besten Hals-Nasen-Ohren-Spezialisten von Philadelphia? Ach, ist das süß!» Sie küsste ihn auf die Wange. «Und ahnungslos.» Ein weiterer Kuss. «Und unschuldig.»

«So unschuldig bin ich gar nicht», sagte er rasch und sah ihr in die Augen. Sie starrten einander an und erröteten. Sie ließ den Kopf langsam an seine Schulter sinken.

Ihm klopfte das Herz. Vom Duft ihres Haars und des Parfüms wurde ihm schwummrig. Er legte den Arm um ihre Schultern und zog sie hoch. Leicht schwankend, ihr Bein an seinem Bein, ihr steifes Korsett an seinen Rippen, ihr Haar an seiner Wange, zog er sie durch das kleine Wohnzimmer ins Schlafzimmer und verschloss die Tür. Dann küsste er sie, so fest er konnte, auf den Mund. Sie setzte sich aufs Bett und begann sich auszuziehen, etwas leidenschaftslos, wie er fand, aber er war zu weit gegangen, um jetzt einen Rückzieher zu machen. Sie warf das Korsett in die Ecke. «Weg damit», sagte sie. «Ich hasse diese ekelhaften Dinger.» Dann stand sie auf, ging im Unterkleid zu ihm und tastete im Dunkeln nach seinem Gesicht. «Was ist los, Schatz?», flüsterte sie heiser. «Hast du etwa Angst vor mir?»

Alles war viel einfacher, als Johnny befürchtet hatte. Kichernd zogen sie sich an. Als sie am Strand entlang zum Ocean Hotel gingen, dachte er die ganze Zeit: Jetzt muss sie mich heiraten.

Anfang September, gleich nach dem Labor Day, leerten ein paar kalte Nordoststürme das Hotel und die Ferienhäuser. Der Colonel schwang immer größere Reden über den bevorstehenden Boom und seine Werbekampagne und trank immer mehr. Johnny aß jetzt bei ihm anstatt in Mrs. Ames Pension. Die Broschüre war fertig und abgesegnet, und Johnny musste ein paarmal mit dem Text und den Fotografien nach Philadelphia fahren, um Kostenvoranschläge von Druckereien einzuholen. Dass er dabei durch Wilmington fuhr, ohne dort auszusteigen, gab ihm ein angenehmes Gefühl der Unabhängigkeit. Dr. Strang wirkte immer besorgter und sagte, er müsse seine Investitionen schützen. Über Johnnys Verlobung mit seiner Tochter hatten sie noch nicht gesprochen, sie schien aber eine ausgemachte Sache zu sein.

Annabelles Stimmungen waren unberechenbar. Ständig sagte sie, sie sterbe vor Langeweile. Sie quengelte, sie nörgelte an Johnny herum. Eines Nachts schreckte er aus dem Schlaf, weil sie neben seinem Bett stand. «Hab ich dich geweckt?», sagte sie. «Ich konnte nicht schlafen ... Hörst du das Meer?» Der Wind heulte um das Häuschen, und hohe Wellen donnerten an den Strand. Erst als es schon beinahe hell war, gelang es ihm, sie aus dem Bett und zurück zum Hotel zu bugsieren. «Sollen sie mich doch sehen», sagte sie. «Das ist mir doch vollkommen egal.»

Ein andermal, als sie am Strand entlangspazierten, wurde ihr übel, und er musste warten, während sie sich hinter einer Düne übergab, und sie stützen, als sie bleich und zittrig zurück zum Hotel ging. Er war unruhig und besorgt. Bei einem seiner Aufenthalte in Philadelphia sprach er beim *Public Ledger* vor, in der Hoffnung, eine Stelle als Reporter zu bekommen.

Eines Samstagnachmittags saß er in der Lobby des Ocean House und las die Zeitung. Er war allein, die meisten Gäste waren abgereist. Am 15. des Monats würde das Hotel schließen. Plötzlich hörte Johnny ein Gespräch. Die beiden Hotelpagen waren hereingekommen, hatten sich auf die Bank an der Wand gesetzt und unterhielten sich leise.

«Tja, ich bin diesen Sommer auf meine Kosten gekommen, würde ich sagen.»

«Wär ich auch, wenn's mich nicht erwischt hätte.»

«Hab ich dir nicht gesagt, du sollst die Finger von dieser Lizzie lassen? Mann, ich glaub, mit der haben's alle Drecksäcke in der ganzen Stadt getrieben, auch die Nigger.»

«Sag mal, hast du eigentlich ... du weißt schon, die mit den schwarzen Augen? Das wolltest du doch ... hast du jedenfalls gesagt.»

Johnny erstarrte und hielt die aufgefaltete Zeitung steif vor sich.

Der eine Page pfiff leise. «Heiße Nummer», sagte er. «Herrgott, mit was diese feinen Damen durchkommen, geht über meinen Verstand.»

«Also hast du oder hast du nicht?»

«Eher nicht. Ich hatte Schiss, ich könnte mir was holen. Aber der Franzmann hat. Mann, der war andauernd in ihrem Zimmer.»

«Ich weiß. Ich hab ihn mal erwischt.» Sie lachten. «Die hatten vergessen abzuschließen.»

«Und? War sie nackig?»

«Würde ich sagen ... unter dem Kimono. Aber er war ganz gelassen und hat Eiswasser bestellt.»

«Warum hast du nicht Mr. Greeley raufgeschickt?»

«Warum denn? Der Franzose war ganz in Ordnung. Hat mir fünf Dollar Trinkgeld gegeben.»

«Ich glaube, die kann machen, was sie will. Die Leute sagen, das ganze Drecksnest hier gehört ihrem Vater und dem alten Colonel Wedgewood.»

«Ich glaube, jetzt ist der Junge vom Immobilienbüro dran. Sieht so aus, als würde er sie heiraten.»

«Mann, wenn eine so viel Kies hat, würde ich sie auch heiraten.»

Johnny brach der kalte Schweiß aus. Er wollte ungesehen die Lobby verlassen. Eine Glocke läutete, und einer der Pagen ging hinaus. Johnny hörte, dass der andere sich zurechtsetzte. Vielleicht las er eine Zeitschrift oder so. Johnny faltete die Zeitung geräuschlos zusammen, schlich hinaus auf die Veranda und ging die Straße hinunter, ohne irgendetwas zu sehen. Eine Zeitlang wollte er den nächsten Zug nehmen und die ganze Sache abschreiben, aber da war die Broschüre, die an den Mann gebracht werden musste, da war die Chance aufzusteigen, wenn der Boom kam, da war diese Verbindung zu den Strangs und ihrem Geld. Das Glück klopft nur einmal an die Tür eines jungen Mannes. Er ging zurück zu seinem Häuschen, schloss sich im Schlafzimmer ein und betrachtete sich lange in dem Spiegel auf der Kommode: das helle, ordentlich gescheitelte Haar, die schöne Nase, das wohlgeformte Kinn. Das Bild verschwamm. Er stellte fest, dass er weinte. Er warf sich auf das Bett und schluchzte.

Als er das nächste Mal nach Philadelphia fuhr, um die Korrekturfahnen der Broschüre

OCEAN CITY (Maryland)
DAS URLAUBSPARADIES

zu prüfen, hatte er die Hochzeitseinladung dabei:

Dr. Alonso B. Strang
gibt Nachricht von der Vermählung seiner Tochter
Annabelle Marie
mit
Mr. J. Ward Moorehouse
Die Trauung findet
am fünfzehnten November neunzehnhundertundneun
um zwölf Uhr
in der St. Stephen's Protestant Episcopal Church,
Germantown, Pennsylvania, statt

Im oberen Bett des Schlafwagens nach Pittsburgh lag er die ganze Nacht wach. Er war dreiundzwanzig, er hatte weder einen College-Abschluss noch einen Beruf, und auch die Hoffnung, Komponist zu werden, hatte er längst aufgegeben. Verdammt, nie wieder würde er der Lakai irgendeiner reichen Dame der Gesellschaft sein! Die Luft war stickig, das Kopfkissen klumpte sich zusammen, Fetzen von Verkaufsgesprächen für Bryants oder Bancrofts *Amerikanische Geschichte* ... «fließt zwischen Pfirsichblüten dahin ...», die Stimme von Mr. Hillyard, der in den Tiefen des Maklerbüros in Wilmington ein flammendes Plädoyer für Grundbesitz hielt: «Grundbesitz, Sir, ist die einzige sichere, beständige, konservative Investition, gefeit gegen Wasser und Feuer; ein Grundbesitzer ist durch unauflösliche Bande mit dem Wohl und Wachstum seiner Stadt oder Nation verknüpft ... er kann es ganz nach Belieben verbessern oder auch nicht, auf jeden Fall aber kann er in Ruhe zu Hause sitzen, in der Gewissheit, dass ihm die Reichtümer, die das unvermeidliche und unveräußerliche Wohlstandswachstum einer mächtigen Nation hervorbringt, in den Schoß fallen werden ...», und Mr. Oppenheimer sagte: «Für einen jungen Mann mit den richtigen Verbindungen, angenehmen Umgangsformen, wenn ich so sagen darf, und einer umfassenden klassischen Bildung dürfte die Bankbranche ein günstiges Feld für die Entwicklung und Pflege gewisser Tugenden wie Tatkraft, Verhandlungsgeschick und vielleicht Fleiß sein ...»

Eine Hand zupfte an der Bettdecke. «Pittsburgh, Sir, in fünfundvierzig Minuten», sagte der farbige Schaffner. Ward zog seine Hose an, stellte verärgert fest, dass sie ihre Bügelfalten verlor, stieg aus dem Bett und in die Schuhe, die stumpf waren, weil er sie hastig und mit schlechter Schuhcreme geputzt hatte, und stolperte, vorbei an verschlafenen Menschen, die aus ihren Abteilen zum Vorschein kamen, durch den Gang zum Waschraum. Seine Augen waren verklebt, und er sehnte sich nach einem Bad. Die Luft im Wagen war unerträglich stickig, und im Waschraum roch es nach Unterwäsche und der Rasiercreme anderer Männer.

Durch das Fenster konnte er schwarze, mit Schnee bestäubte Hügel sehen, hin und wieder eine Kohlenhalde, Reihen gleichförmiger grauer Baracken, ein von Abraum- und Schlackehaufen verunstaltetes Flussbett, den dunklen Spitzensaum von Bäumen an der von einer roten Sonne scharf umrissenen Silhouette eines Hügels und dann, vor dem Hügel und so hell und rot wie die Sonne, das Aufleuchten eines Hochofenabstichs. Ward rasierte sich, putzte sich die Zähne, wusch Hals und Gesicht, so gut es ging, und zog einen Scheitel. Sein Kinn und die Wangenknochen bekamen langsam etwas Kantiges, das ihm sehr gefiel. «Eine alerte junge Führungskraft», sagte er zu seinem Spiegelbild, als den Kragen anlegte und die Krawatte band. Annabelle hatte ihn gelehrt, Krawatten zu wählen, die zu seiner Augenfarbe passten. Als er ihren Namen dachte, glaubte er irritierenderweise ihre Lippen zu spüren und ihr schweres Parfüm zu riechen. Er wischte den Gedanken beiseite, begann zu pfeifen, hielt aber inne, weil er fürchtete, die anderen Passagiere könnten es sonderbar finden, und trat hinaus auf die offene Plattform.

Die Sonne war jetzt ganz aufgegangen, die Hügel waren rosarot, schwarz und bläulich dagegen die Mulden und Täler, wo sich der Rauch der Frühstücksfeuer sammelte. Überall waren Reihen von Baracken, Stahlwerke, Kohlehalden. Hin und wieder riss ein Hügel ein paar Schuppen und Hochöfen himmelwärts. An den Bahnübergängen standen Gruppen von Männern mit dunklen Gesichtern und dunklen Kleidern im Matsch. Rußgeschwärzte Mauern schlossen den Himmel aus. Der Zug fuhr durch Tunnel und tiefe Einschnitte und unter Stahlfachwerkbrücken hindurch. «Pittsburgh Union Station», rief der farbige Schaffner. Ward drückte dem Mann einen Vierteldollar in die Hand, zog zwischen anderen Gepäckstücken seinen Koffer hervor, ging mit forschem, festem Schritt den Bahnsteig entlang und atmete tief die kalte, kohlenrauchgeschwängerte Luft der Bahnhofshalle ein.

Das Auge der Kamera 17

in dem Frühling in dem man aus den hinteren Fenstern im obersten Stock des großen Hauses über den Wipfeln der Ulmen den Halleyschen Kometen sehen konnte/58/ sagte Mr. Greenleaf du wirst jetzt in den Konfirmandenunterricht gehen und konfirmiert werden wenn der Bischof das nächste Mal kommt und das nächste Mal als ihr mit dem Kanu herumgefahren seid hast du zu Skinny gesagt dass du dich nicht konfirmieren lassen willst weil du nur an Zelten und Kanufahren glaubst und an den Halleyschen Kometen und das Universum und das Geräusch das der Regen nachts auf der Zeltplane macht und ihr hattet beide *Der Hund von Baskerville* gelesen und du hattest das Steak an einen Baum gehängt und der Hund muss es gerochen haben denn er umkreiste das Zelt und heulte schauerlich und du hattest solche Angst (aber das hast du nicht gesagt du weißt nicht mehr was du gesagt hast)

und bestimmt nicht in der Kirche und Skinny sagte wenn du nicht getauft bist kannst du auch nicht konfirmiert werden und du bist zu Mr. Greenleaf gegangen und hast es ihm gesagt und er hat dich sehr kühl angesehen und gesagt dass du lieber nicht mehr zum Konfirmandenunterricht gehen sollst und von da an musstest du sonntags zwar in die Kirche gehen konntest sie dir aber aussuchen und so bist du manchmal in die Freikirche gegangen und manchmal in die Episkopalische und an dem Sonntag an dem der Bischof kam war der Halleysche Komet nicht mehr da und du hast zugesehen wie die anderen konfirmiert wurden und das hat stundenlang gedauert weil auch eine Menge Mädchen konfirmiert wurden und man konnte nur hören murmel-murmel dieses Dein Kind und murmel-murmel dieses Dein Kind und du hast dich gefragt ob du das nächste Mal wenn der Halleysche Komet kommt wohl noch am Leben sein wirst

Wochenschau XIII

Ich war vor dem Nationalpalast, als geschossen wurde, und lief über die Plaza wie Tausende davonrennende Männer Frauen und Kinder, von denen Dutzende stürzten, als sie in wilder Flucht

NEUE HOHE BERGE ENTDECKT

Jim O'Shea wurde angeschwemmt
Auf einer indischen Insel,
Den Leuten dort gefiel sein Haar
Und auch sein irisches Grinsel.

DAS IRRENHAUS IN DER KUNST

BANDITEN IN DER WILDNIS

Washington hält die Wahl von General Huerta zum provisorischen Nachfolger des gestürzten Präsidenten von Mexiko für unglücklich unlogisch und unnatürlich

DREI FLIEHEN AUS DER STADT
FÜRCHTEN VERSTRICKUNG

Er habe im Hotel Sand in den Zucker getan sagt der Autor er sei als politischer Flüchtling nach Amerika gekommen und habe nur Schmutz und Elend gefunden

EHEMALIGE KAISERIN VON CHINA
LONGYU IN DER VERBOTENEN STADT
GESTORBEN /59/

La cucaracha la cucaracha
Ya no quiere caminar
Porque no tiene
porque no tiene
Marijuana que fumar

und bei der Organisierung der Republik die niederen Klassen zu übergehen, könnte zu einem erneuten Aufstand führen

SECHSHUNDERT AMERIKANER FLIEHEN
AUS DER HAUPTSTADT

Sollst haben Ringe am Finger,
Und einen Ehrenplatz,
Elefanten zum Reiten
Für meinen irischen Schatz,
So komm zu deinem Nabob, und am nächsten Patricks Day
Bist du Mrs. Mumbo Jumbo Jijibhoy Jay O'Shea

Eleanor Stoddard

Als sie klein war, hasste sie alles. Sie hasste ihren Vater, einen stämmigen, rothaarigen Mann, der nach Bart und schalem Pfeifentabak roch. Er arbeitete in einem Büro in einem der Schlachthöfe, und wenn er nach Hause kam, stanken seine Kleider nach Schlachthof, und er erzählte Witze, in denen viel Blut vorkam und es um das Schlachten von Schafen, Rindern, Schweinen und Männern ging. Eleanor hasste Gerüche und den Anblick von Blut. Nachts träumte sie, dass sie nur mit ihrer Mutter in einem großen sauberen weißen Haus in Oak Park lebte und es war Winter und überall lag Schnee und sie hatte den Tisch mit einem weißen Tuch und hell glänzendem Silber gedeckt und weiße Blumen darauf gestellt und aß weißes Hähnchenfleisch mit ihrer Mutter die eine Dame der Gesellschaft war und ein Kleid aus weißem Samt trug aber dann war plötzlich ein winziger roter Fleck auf dem Tisch und er wurde größer und größer und die Hände ihrer Mutter flatterten hilflos und sie versuchte den Fleck wegzuwischen aber er wurde immer größer ein Fleck aus aufwallendem Blut das sich über das ganze Tischtuch ausbreitete und sie erwachte aus dem Albtraum, roch den Schlachthofgestank und schrie.

Mit sechzehn, in der Highschool, schworen sie und ihre Freundin Isabelle, sich umzubringen, sollte ein Junge sie je berühren. Noch im selben Herbst bekam Isabelle Scharlach und dann eine Lungenentzündung und starb.

Der einzige andere Mensch, den Eleanor mochte, war Miss Oliphant, ihre Englischlehrerin. Miss Oliphant war in England geboren und als halbwüchsiges Mädchen mit ihren Eltern nach Chicago gekommen. Sie begeisterte sich sehr für die englische Sprache, ermunterte ihre Schüler, das «a» breit auszusprechen, und fand, ihr stehe mit Fug und Recht eine gewisse Autorität auf dem Gebiet der englischen Literatur zu, denn sie war entfernt verwandt mit einer gewissen Mrs. Oliphant, die Mitte des 19. Jahrhunderts in englischen Literatenzirkeln verkehrt und so schön über Florenz geschrieben hatte. Hin und wieder lud sie vielversprechendere Schüler, deren Eltern offenbar kultivierte Leute waren, zum Tee in ihre kleine Wohnung ein, die sie mit einer schläfrigen blauen Perserkatze und einem Dompfaff teilte, und erzählte ihnen von Goldsmith /60/ und Dr. Johnsons /61/ Aphorismen und Keats /62/ und *Cor Cordium* /63/ und seinem furchtbar frühen Tod und von Tennyson /64/ und wie grob er Frauen behandelt hatte und von der Wachablösung in Whitehall und dem Weinstock, den Heinrich VIII. am Hampton Court Palace gepflanzt hatte, und der unglückseligen schottischen Queen Mary.

Miss Oliphants Eltern waren Katholiken gewesen und hatten die Stuarts als die rechtmäßigen Erben des englischen Throns betrachtet und ihre Weingläser über den Wasserkrug gehalten, wenn auf den König getrunken wurde. All dies fanden die Jungen und Mädchen – und besonders Eleanor und Isabelle – sehr spannend, und Miss Oliphant gab ihnen gute Noten für ihre schriftlichen Arbeiten und ermunterte sie zu lesen. Eleanor mochte sie sehr und war im Unterricht sehr aufmerksam. Sie brauchte nur zu hören, wie Miss Oliphant «The Great Monuments of English Prose» oder «The Little Princes in the Tower» oder «St. George and Merrie England» aussprach, und schon überlief sie ein Schauer. Als Isabelle starb, war Miss Oliphant so einfühlsam und lud Eleanor ganz allein zum Tee ein und las ihr mit klarer, spröder Stimme *Lycidas* /65/ vor und sagte ihr, sie solle zu Hause *Adonais* /66/ lesen – das könne sie ihr nicht vorlesen, denn sie wisse, dass sie dann in Tränen ausbrechen würde. Dann erzählte sie Eleanor von ihrer besten Freundin in ihrer Mädchenzeit, einem irischen Mädchen mit rotem Haar und einer ganz warmen, reinen, weißen Haut, genau wie Crown-Derby-Porzellan, meine Liebe, und dass sie nach Indien gegangen und dort am Fieber gestorben sei und dass Miss Oliphant geglaubt habe, sie werde über diese Trauer nie hinwegkommen, und wie Crown Derby erfunden worden sei und dass der Erfinder seinen letzten Penny für die Entwicklung dieses wunderbaren Porzellans ausgegeben und als allerletzte Zutat etwas Gold gebraucht habe, und sie hätten schon am Hungertuch genagt und nur noch den Trauring seiner Frau gehabt und das Feuer im Brennofen mit ihren Stühlen und Tischen in Gang gehalten, aber immerhin habe er dieses wunderbare Porzellan zustande gebracht, das die königliche Familie täglich benutzte.

Miss Oliphant war es, die Eleanor vorschlug, Kurse an der Kunstschule zu belegen. An den Wänden ihrer Wohnung hingen Drucke von Rossetti und Burne-Jones /67/, und sie erzählte Eleanor von der präraffaelitischen Bruderschaft und erweckte in ihr das

Gefühl, dass Kunst elfenbeinweiß und sehr rein und edel und entrückt und traurig sei.

Als ihre Mutter an perniziöser Anämie starb, war Eleanor ein dürres Mädchen von achtzehn. Tagsüber arbeitete sie in einem Geschäft für Spitzen, und abends studierte sie Gebrauchsgraphik am Art Institute. Nach der Beerdigung ging sie nach Hause, packte ihre Sachen und zog ins Moody House. Ihren Vater besuchte sie nur selten. Manchmal rief er bei ihr an, doch sie ließ sich nach Möglichkeit verleugnen. Sie wollte ihn ganz und gar vergessen.

Im Geschäft war sie beliebt, weil sie so kultiviert war und etwas verbreitete, was die Besitzerin, die alte Mrs. Lang, als «einen gewissen, undefinierbaren Chic» bezeichnete, doch sie verdiente nur zehn Dollar die Woche, und fünf davon gingen für Zimmer und Essen drauf. Sie aß nicht viel, aber das Essen war schlecht, und sie hasste es, mit den anderen jungen Frauen im Speisesaal zu sitzen, und so kaufte sie sich hin und wieder eine Extraflasche Milch, die sie auf ihrem Zimmer trank, und manchmal hatte sie nicht genug Geld für Stifte und Zeichenpapier und musste zu ihrem Vater gehen und ihn um ein paar Dollar bitten. Er gab ihr das Geld gern, doch irgendwie hasste sie ihn dafür nur umso mehr.

Abends saß sie in ihrem heruntergekommenen Kabuff auf dem hässlichen Eisenbett mit der hässlichen Tagesdecke und las Ruskin/68/ und Pater/69/ aus der Leihbücherei, während im Gemeinschaftssaal Choräle gesungen wurden. Manchmal ließ sie das Buch sinken und starrte den ganzen Abend auf die trübe, rötliche Glühbirne, die einzige Lichtquelle, die die Direktion des Hauses erlaubte.

Wenn sie um eine Gehaltserhöhung bat, sagte Mrs. Lang: «Ach, meine Liebe, Sie werden ohnehin bald heiraten und uns verlassen. Eine junge Frau mit Ihrem Geschmack und Ihrem undefinierbaren Chic bleibt nicht lange allein, und dann brauchen Sie das Geld ja nicht mehr.»

Sonntags fuhr sie gewöhnlich mit dem Zug nach Pullman, wo

die Schwester ihrer Mutter ein kleines Haus besaß. Aunt Betty war eine stille, unscheinbare kleine Frau, für die Eleanors Eigenarten bloße Backfischlaunen waren und die eifrig Ausschau nach einem geeigneten jungen Mann hielt, den sie ihr vorstellen könnte. Ihr Mann, Uncle Joe, war Vorarbeiter in einem Walzwerk. Nach vielen Arbeitsjahren war er vollkommen taub, behauptete aber, im Stahlwerk könne er alles hören, was man ihm sage. Im Sommer verbrachte er seine Sonntage im Garten, wo er sich auf Salat und Astern spezialisierte. Im Winter oder bei schlechtem Wetter saß er im Wohnzimmer und las *The Railroad Man's Magazine*. Aunt Betty kochte nach Rezepten aus *The Ladies' Home Journal* ein aufwendiges Mittagessen und bat Eleanor, die Blumen auf dem Tisch zu arrangieren. Nach dem Essen spülte Aunt Betty das Geschirr, und Eleanor trocknete ab, und wenn die alten Herrschaften dann ihren Mittagsschlaf hielten, setzte sie sich ins Wohnzimmer und las die Gesellschaftsnachrichten der *Chicago Tribune*. Wenn das Wetter schön war, begleiteten die beiden sie nach dem Abendessen zum Bahnhof und setzten sie in den Zug, und dann sagte Aunt Betty, es sei eine ausgemachte Schande, dass eine so reizende junge Frau ganz allein in der Stadt leben müsse, und Eleanor lächelte strahlend und bitter und sagte, sie habe keine Angst.

Die Züge in Richtung Stadt waren sonntagabends überfüllt mit jungen Männern und Frauen, die verschwitzt, zerzaust und sonnenverbrannt von einem Tag auf dem Land oder in den Dünen zurückkehrten. Eleanor hasste sie und die italienischen Familien mit ihren brüllenden Bälgern, die einen Gestank nach Knoblauch und Wein verbreiteten, die Deutschen mit ihren roten Gesichtern, die den ganzen Nachmittag Bier getrunken hatten, und die betrunkenen finnischen und schwedischen Arbeiter, die sie mit blauen Alkoholikeraugen und hölzernen Gesichtern anstarrten. Manchmal wollte ein Mann mit ihr anbändeln, und sie musste in einen anderen Wagen wechseln.

Einmal, als der Zug wirklich sehr voll war, rieb sich ein Mann mit lockigen Haaren unmissverständlich an ihr. Die Leute standen so gedrängt, dass sie nicht ausweichen konnte. Um ein Haar hätte sie laut um Hilfe gerufen, fand aber, es sei vulgär, ein Aufhebens zu machen. Als sie sich schließlich im Bahnhof aus dem Wagen zwängte, wurde ihr schwindlig, und sie musste auf dem Heimweg in einem Drugstore ein Fläschchen Riechsalz kaufen. Noch immer zitternd ging sie mit schnellen Schritten durch die Eingangshalle von Moody House und hinauf in ihr Zimmer. Ihr war übel, und die anderen Mädchen sahen, dass sie sich auf der Toilette übergab, und musterten sie eigenartig. Zu solchen Zeiten war sie sehr unglücklich und dachte an Selbstmord. Ihre Periode bereitete ihr schmerzhafte Krämpfe, und mindestens einen Tag im Monat musste sie im Bett bleiben. Oft fühlte sie sich eine ganze Woche lang elend.

Eines Tages im Herbst rief sie Mrs. Lang an und sagte ihr, sie sei krank und müsse das Bett hüten. Dann ging sie hinauf in ihr Zimmer, legte sich hin und las *Romola*. Sie hatte sich die gesammelten Werke von George Eliot aus der Bibliothek des Moody House vorgenommen. Als die alte Putzfrau hereinkam, um das Bett zu machen, sagte Eleanor: «Ich bin krank, Mrs. Koontz, ich mache das heute selbst.» Am Nachmittag bekam sie Hunger, und das Laken war ganz faltig und zerwühlt. Sie schämte sich zwar ein bisschen, weil sie sich imstande fühlte auszugehen, obwohl sie Mrs. Lang gesagt hatte, es gehe ihr so schlecht, dass sie nicht zur Arbeit kommen könne, aber plötzlich war ihr, als müsse sie ersticken, wenn sie auch nur eine Minute länger in ihrem Zimmer blieb. Sie zog sich sorgfältig an und ging etwas verstohlen hinunter.

«Aha», sagte Mrs. Biggs, die Hausmutter, als sie ihr in der Eingangshalle begegnete, «dann sind Sie also doch nicht so krank.»

«Ich will nur ein wenig frische Luft schnappen.»

«Schlimm, das mit Ihnen», hörte sie Mrs. Biggs murmeln, als sie hinausging. Die Hausmutter betrachtete Eleanor mit Argwohn, weil sie am Art Institute studierte.

Eleanor fühlte sich noch immer flau und kaufte in einem Drugstore etwas Riechsalz. Dann fuhr sie mit einer Droschke zum Grant Park. Am Seeufer wirbelte ein starker Nordwestwind Staub und Papier auf.

Sie ging zum Art Institute und in den Stickney-Saal, um sich die Whistlers anzusehen. Für sie war das Art Institute der schönste Ort in Chicago, der schönste Ort auf der ganzen Welt: die Stille, die Abwesenheit aufdringlicher Männer, der weiche Geruch des Firnis auf den Bildern. Nur nicht an Sonntagen, wenn Besuchermengen kamen und es entsetzlich war. Aber heute war im Stickney-Saal nur eine andere junge Frau, gut gekleidet, mit einem grauen Fuchskragen und einem kleinen grauen Hut, an dem eine Feder steckte. Sie war in das Porträt Manets versunken. Eleanors Interesse war geweckt; sie tat nur so, als würde sie die Whistlers betrachten, und beobachtete dabei die andere Frau. Schließlich stand sie neben ihr und musterte ebenfalls das Porträt des Malers. Unvermittelt sahen sie einander an. Die Augen der anderen Frau waren hellbraun und mandelförmig und standen recht weit auseinander. «Für mich ist er der beste Maler der Welt», sagte sie mit Nachdruck, als erwarte sie Widerspruch.

«Ich finde, er ist ein wunderbarer Maler», sagte Eleanor und bemühte sich, das Beben in ihrer Stimme zu unterdrücken. «Ich liebe dieses Bild.»

«Das ist allerdings nicht von Manet, sondern von Fantin-Latour», sagte die andere Frau.

«Ja, natürlich», sagte Eleanor.

Es trat eine Pause ein. Eleanor fürchtete, das sei vielleicht schon alles gewesen, doch die andere sagte: «Welche anderen Bilder gefallen Ihnen denn?»

Eleanor ließ den Blick langsam über die Whistlers gehen und sagte dann: «Die von Whistler und Corot.»

«Mir auch, aber am besten gefällt mir Millet. Er ist so rund und warm ... Sind Sie schon einmal in Barbizon [70] gewesen?»

«Nein, aber ich würde es zu gern einmal sehen.» Wieder eine

Pause. Dann sagte Eleanor: «Millet ist immer ein bisschen grob, finden Sie nicht auch?»

«Sie meinen das ‹Angelusläuten›? Ich finde Bilder, auf denen religiöse Gefühle dargestellt werden, einfach widerwärtig und abscheulich – und Sie?»

Eleanor wusste nicht, was sie darauf antworten sollte, und so schüttelte sie den Kopf und sagte: «Ich liebe Whistler – wenn ich mir Bilder von ihm angesehen habe, kann ich aus dem Fenster schauen, und alles ist irgendwie pastellig.»

«Ich habe eine Idee», sagte die Frau nach einem kurzen Blick auf eine Uhr in ihrer Handtasche. «Wir könnten doch zusammen Tee trinken. Ich kenne eine kleine deutsche Konditorei, wo man einen sehr guten Tee bekommt. Und da ich erst um sechs zu Hause sein muss, könnten wir uns in aller Ruhe unterhalten. Sie finden es doch nicht zu unkonventionell, dass ich Sie einlade, oder? Ich liebe Unkonventionelles – Sie nicht auch? Und ist Chicago nicht grässlich?»

Ja, auch Eleanor fand Chicago und konventionelle Menschen und all das grässlich. Sie gingen zu der Konditorei und tranken Tee, und die andere Frau, deren Name Eveline Hutchins war, trank ihren mit Zitrone. Eleanor redete viel und brachte Eveline zum Lachen. Ihr Vater, hörte Eleanor sich sagen, sei Maler, er lebe in Florenz, und sie habe ihn zuletzt als kleines Mädchen gesehen. Ihre Eltern hätten sich scheiden lassen, und ihre Mutter habe ein zweites Mal geheiratet, einen Geschäftsmann aus der Fleischwirtschaft, sei dann aber gestorben, und jetzt habe sie nur noch ein paar Verwandte in Lake Forest. Sie studiere am Art Institute, spiele aber mit dem Gedanken, das Studium abzubrechen, weil die Professoren ihr nicht gefielen. Sie finde das Leben in Chicago schrecklich und wolle an die Ostküste ziehen.

«Warum fahren Sie nicht nach Florenz und leben bei Ihrem Vater?», fragte Eveline Hutchins.

«Vielleicht später mal, wenn ich genug Geld beisammenhabe», sagte Eleanor.

«Ach, ich werde nie reich sein», sagte Eveline. «Mein Vater ist Pfarrer. Lassen Sie uns zusammen nach Florenz fahren, Eleanor – wenn wir erst mal da sind, wird er uns nicht vor der Tür stehen lassen.»

«Ich würde so gern eines Tages hinfahren.»

«Ich muss nach Hause. Wo wohnen Sie eigentlich? Wir könnten uns morgen Nachmittag treffen und uns all die Bilder ansehen.»

«Morgen habe ich leider zu tun.»

«Aber vielleicht können Sie abends mal zum Essen kommen. Ich frage meine Mutter, wann es ihr recht ist. Man lernt so selten eine Frau kennen, mit der man sich wirklich unterhalten kann. Wir wohnen am Drexel Boulevard. Hier ist meine Karte. Ich schreibe Ihnen, und Sie versprechen zu kommen, ja?»

«Sehr gern, wenn es nicht vor sieben ist. Nachmittags habe ich zu tun, außer an Sonntagen, und da fahre ich meist zu meinen Verwandten in ...»

«In Lake Forest?»

«Ja, genau ... Wenn ich in der Stadt bin, wohne ich im Moody House, das ist eine Art YWCA – plebejisch, aber praktisch. Ich schreibe Ihnen die Adresse auf diese Karte.» Es war eine von Mrs. Lang mit der Aufschrift «Importierte Spitzen und Handstickereien» auf der Vorderseite. Sie schrieb ihre Adresse darauf, strich die andere Seite durch und gab sie Eveline.

«Wunderbar», sagte die. «Ich schicke Ihnen noch heute Abend eine Postkarte, und Sie müssen mir versprechen, dass sie kommen.»

Eleanor begleitete sie bis zur Straßenbahn und ging dann langsam die Straße entlang. Sie hatte ihre Unpässlichkeit ganz vergessen, doch nun, da Eveline fort war, kam sie sich einsam, verlassen und schäbig gekleidet vor, als sie durch die abendlich belebten, winddurchfegten Straßen ging.

Durch Eveline Hutchins schloss Eleanor einige Freundschaften. Als sie die Hutchins zum ersten Mal besuchte, war sie so schüchtern, dass sie kaum etwas wahrnahm, doch nach und nach legte sie ihre Befangenheit ab, besonders als sie merkte, dass man sie interessant und sehr kultiviert fand. Die Familie bestand aus Dr. Hutchins und seiner Frau sowie zwei Töchtern und einem Sohn, der an einem College studierte. Dr. Hutchins war Unitarier und sehr liberal, und Mrs. Hutchins malte Aquarelle von Blumen, von denen es hieß, sie verrieten große Begabung. Ihre ältere Tochter Grace hatte an der Ostküste studiert, am Vassar College, und schien ein gewisses literarisches Talent zu besitzen, der Sohn studierte in Harvard Altgriechisch, und Eveline hatte an der Northwestern University in Chicago höchst interessante Kurse belegt. Dr. Hutchins hatte eine sanfte Stimme, ein großes, glattes, rosiges Gesicht und große, glatte, weiße Hände, die wie tot wirkten. Das kommende Jahr würde sein Sabbatjahr sein, und die Hutchins wollten alle zusammen nach Europa fahren. Eleanor war fasziniert: Solche Unterhaltungen hatte sie noch nie erlebt.

Eines Abends nahm Eveline sie mit zu Mrs. Shuster. «Meinen Eltern darfst du aber nichts davon erzählen», sagte sie zu Eleanor, als sie von der Hochbahn hinunter zur Straße gingen. «Mr. Shuster ist Kunsthändler, und mein Vater findet die beiden zu bohemienhaft, nur weil Annie Shuster uns mal besucht und beim Abendessen eine nach der anderen geraucht hat. Ich habe ihnen gesagt, wir gehen zu einem Konzert ins Auditorium/71/.»

Eleanor hatte sich ein neues Kleid genäht, ein ganz schlichtes weißes Kleid mit ein paar grünen Applikationen – nicht direkt ein Abendkleid, aber eines, das sie zu allen Gelegenheiten tragen konnte, und als Annie Shuster, eine kleine, dickliche, rothaarige Frau mit federndem Gang und forscher Stimme, ihnen an der Tür aus den Mänteln half, rief sie, das sei ja ein bezauberndes Kleid.

«Ja, wirklich sehr schön», sagte Eveline. «Du siehst heute Abend ganz hinreißend aus.»

«Aber ich wette, das ist nicht von hier», sagte Mrs. Shuster. «Eher aus Paris.»

Eleanor lächelte bescheiden, errötete ein wenig und war hübscher denn je.

Sehr viele Menschen drängten sich in zwei kleinen Zimmern – Zigarettenrauch, Kaffeetassen, ein Duft nach Punsch. Mr. Shuster war ein Mann mit grauem Gesicht, weißem Haar und einem Kopf, der zu groß für seinen Körper wirkte. Er hatte etwas Weltmüdes und sprach wie ein Engländer. Einige junge Männer standen bei ihm; einen kannte Eleanor flüchtig vom Art Institute. Er hieß Eric Egstrom, und sie hatte ihn schon immer sympathisch gefunden; er hatte blaue Augen, blondes Haar und einen kleinen blonden Schnurrbart. Es war offensichtlich, dass Mr. Shuster viel von ihm hielt. Eveline führte Eleanor herum, machte sie mit allen bekannt und stellte den Leuten Fragen, die manchmal etwas verwirrend waren. Männer wie Frauen rauchten und unterhielten sich über Bücher und Bilder und Menschen, von denen Eleanor noch nie gehört hatte. Sie sah sich um, sagte nicht viel und bemerkte die griechischen Silhouetten auf den orangeroten Lampenschirmen, die sehr eigenartigen Bilder an den Wänden und die zwei Reihen französischer Bücher mit gelben Rücken im Regal und hatte das Gefühl, dass sie hier eine Menge lernen konnte.

Sie mussten sich früh verabschieden, weil Eveline beim Auditorium vorbeigehen wollte, um einen Blick auf das Konzertprogramm zu werfen, für den Fall, dass man sie zu Hause danach fragte. Eric und ein anderer junger Mann begleiteten sie. Als sie sich vor dem Haus der Hutchins von Eveline verabschiedet hatten, fragten sie Eleanor, wo sie wohne. Sie wollte es ihnen aber nicht sagen, weil das Moody House in einer so hässlichen Straße lag, und so ließ sie sich von ihnen zur Hochbahnstation bringen, lief dort schnell die Treppe hinauf und verbot ihnen, sie weiter zu begleiten, obwohl sie Angst hatte, so spät allein nach Hause zu gehen.

Wegen ihres dunklen Haars, des schmalen, ovalen Gesichts und der zarten, durchscheinenden Haut hielten viele von Mrs. Langs Kundinnen Eleanor für eine Französin. Als eine Mrs. McCormick, von der Mrs. Lang vermutete, sie gehöre zu *den* McCormicks, eines Tages nach der netten Französin fragte, die sie zuvor bedient habe, hatte Mrs. Lang eine Idee: Eleanor würde fortan Französin sein. Mrs. Lang bezahlte ihr zwanzig Französischstunden bei der Berlitz School und sagte, sie könne morgens von neun bis zehn frei haben. So lernte Eleanor im Dezember und Januar dreimal pro Woche Französisch bei einem alten Mann in einer muffig riechenden Wolljacke und begann, wenn sie mit Kundinnen sprach, so zwanglos wie möglich den einen oder anderen französischen Satz einfließen zu lassen, und wenn Kundschaft im Laden war, sprach Mrs. Lang sie mit «Mademoiselle» an.

Sie lernte eifrig und lieh sich von den Shusters Bücher mit gelben Rücken aus, die sie abends mit Hilfe des Wörterbuchs las, und bald konnte sie besser Französisch als Eveline, die als kleines Kind ein französisches Kindermädchen gehabt hatte. Eines Tages hatte sie in der Berlitz School auf einmal einen neuen Lehrer. Der alte Mann hatte eine Lungenentzündung, und daher übernahm ein junger Franzose seinen Unterricht, ein schlanker Mann mit spitzem, bläulich umschattetem Kinn und großen braunen Augen mit langen Wimpern. Mit seinen schmalen, aristokratischen Händen und seiner zurückhaltenden Art war er Eleanor sogleich sympathisch. Nach einer halben Stunde hatten sie den Unterricht vergessen und unterhielten sich auf Englisch, das er flüssig, wenn auch mit einem komischen Akzent sprach. Besonders gefiel ihr sein kehliges R.

Beim nächsten Mal war sie, als sie die Treppe hinaufging, angenehm gespannt, ob sie wieder diesen jungen Lehrer haben würde. Ja, tatsächlich. Er sagte ihr, der alte Mann sei gestorben. Sie hätte betroffen sein müssen, doch sie war es nicht. Dem jungen Mann entging das nicht. Er machte ein komisches, halb lachendes, halb weinendes Gesicht und sagte: *«Vae victis.»* [72] Dann erzählte er ihr von seinem Elternhaus in Frankreich und wie sehr ihm dieses Leben in bürgerlichen Konventionen verhasst sei und dass er nach Amerika gekommen sei, weil es das Land der Jugend und der Zukunft und der Wolkenkratzer und des 20th Century Limited [73] sei, und dass er Chicago wunderschön finde. Eleanor hatte noch nie jemanden so reden hören und sagte, er müsse wohl auf dem Weg nach Amerika über Irland gefahren sein und den Blarney Stone[74] geküsst haben. Er sah sehr bekümmert aus und sagte: «*Mademoiselle, c'est la pure vérité*»[75], und sie sagte, doch, doch, sie glaube ihm, und es sei so interessant, ihn kennenzulernen, und sie müsse ihn unbedingt mit ihrer Freundin Eveline Hutchins bekannt machen. Dann erzählte er ihr, dass er in New Orleans gelebt habe und als Steward auf einem französischen Passagierdampfer nach Amerika gekommen sei und dass er als Tellerwäscher und Kellner gearbeitet und in Cabarets und schlimmeren Etablissements Klavier gespielt habe und wie sehr ihm die Neger gefielen und dass er eigentlich Maler sei und sich so gern ein Atelier mieten und Farben kaufen wolle, aber noch nicht genug Geld habe. Bei der Erwähnung von schmutzigem Geschirr, Cabarets und Farbigen war Eleanor etwas befremdet, doch als er sagte, er interessiere sich für Kunst, war sie umso mehr davon überzeugt, dass sie ihn Eveline vorstellen musste, und kam sich sehr kühn und unkonventionell vor, als sie sich mit ihm für Sonntagnachmittag im Art Institute verabredete. Wenn sie und Eveline sich dagegen entschieden, brauchten sie ja nicht hinzugehen.

Eveline war total begeistert, doch weil Franzosen einen so schlechten Ruf hatten, luden sie Eric Egstrom ein, sie zu begleiten. Der Franzose verspätete sich sehr, und sie fürchteten schon, er werde gar nicht mehr kommen oder sie hätten ihn in der Menschenmenge irgendwie verpasst, doch schließlich entdeckte Eleanor ihn auf der Haupttreppe. Er hieß Maurice Millet – nein, nicht verwandt mit dem Maler – und schockierte sie, indem er erklärte, er habe nicht vor, sich irgendwelche Gemälde in diesem Museum anzusehen, und im Grunde müsse man es niederbrennen. Er gebrauchte Wörter wie Kubismus und Futurismus, die Eleanor noch nie gehört hatte, doch sie sah sofort, dass er bei Eveline und Eric großartig ankam; sie hingen geradezu an seinen Lippen, und während sie Tee tranken, achtete keiner von beiden auf Eleanor. Eveline lud Maurice zu sich nach Hause ein, und so gingen sie alle zum Abendessen zum Drexel Boulevard, wo er überaus höflich zu Evelines Eltern war, und danach zu den Shusters. Als sie von dort gemeinsam aufbrachen, sagte Maurice, die Shusters seien unmöglich und hätten sehr schlechte Gemälde. *«Tout ça c'est affreusement pompier»* /76/, sagte er. Eleanor war verwirrt, aber Eveline und Eric sagten, sie wüssten genau, was er meine: dass die Shusters von Kunst so viel verstünden wie eine Kuh vom Klavierspielen, und da mussten sie alle sehr lachen.

Als Eleanor ihre Freundin das nächste Mal sah, gestand Eveline ihr, sie sei bis über beide Ohren in Maurice verliebt, und dann weinten beide sehr, kamen aber zu dem Schluss, dass ihre wunderschöne Freundschaft auch dies aushalten werde. Sie waren in Evelines Zimmer am Drexel Boulevard. Auf dem Kaminsims war ein in Pastellfarben ausgeführtes Porträt von Maurice, das Eveline aus dem Gedächtnis gezeichnet hatte. Sie saßen dicht nebeneinander auf dem Bett, hatten die Arme umeinandergelegt und sprachen ernst und feierlich über ihre Freundschaft. Eleanor erzählte ihr, wie sie zu Männern stand; Eveline sagte, ihre Gefühle seien etwas anderer Art, aber nichts könne ihre wunderschöne Freundschaft je zerstören, und sie würden einander immer alles sagen können.

Etwa zu dieser Zeit bekam Eric Egstrom eine Stelle in der Abteilung für Inneneinrichtung bei Marshall Field, die ihm fünfzig Dollar die Woche einbrachte. Er mietete eine schöne Atelierwohnung mit einem großen Nordfenster in einer Seitenstraße der North Clark Street, und Maurice zog bei ihm ein. Die beiden Frauen besuchten sie oft und luden viele Freunde ein und tranken Tee nach russischer Art aus Gläsern und manchmal auch ein bisschen Wein, sodass sie nicht mehr zu den Shusters gehen mussten. Eleanor versuchte immer, Eveline unter vier Augen zu sprechen. Dass Maurice Eveline nicht auf dieselbe Weise mochte wie sie ihn, machte Eveline sehr unglücklich. Maurice und Eric dagegen schienen sehr glücklich zu sein. Sie schliefen im selben Bett und waren unzertrennlich. Eleanor machte sich manchmal ihre Gedanken über sie, aber es war so schön, junge Männer zu kennen, die nicht wie verrückt hinter Frauen her waren. Sie gingen zusammen in die Oper, in Konzerte und Kunstausstellungen – meist waren es Eric oder Eveline, die die Eintrittskarten kauften oder im Restaurant bezahlten –, und Eleanor fand das Leben in diesen Monaten schöner als je zuvor. Sie fuhr nicht mehr nach Pullman, und sie und Eveline planten, gemeinsam eine Wohnung zu mieten, wenn die Hutchins von ihrer Europareise zurück wären. Der Gedanke, dass der Juni mit jedem Tag näher rückte und sie dann den grässlichen, staubigen, verschwitzten Chicagoer Sommer allein würde ertragen müssen, machte Eleanor manchmal ein bisschen trübselig, aber Eric versuchte, ihr eine Stelle in seiner Abteilung zu verschaffen, und sie und Eveline besuchten einen Abendkurs für Inneneinrichtung an der Universität, und das gab ihr etwas, auf das sie hinarbeiten konnte.

Maurice malte wunderschöne Bilder in blassen Gelb- und Violetttönen: junge Männer mit schmalen Gesichtern, großen, leuchtenden Augen und langen Wimpern, junge Frauen mit schmalen Gesichtern, die wie junge Männer aussahen, russische Windhunde mit großen, leuchtenden Augen, und immer waren im Hintergrund ein paar Brückenträger oder ein weißer Wolkenkratzer und große, bauschige weiße Wolken, und Eleanor und Eveline fanden, es sei eine Schande, dass er weiter an der Berlitz School unterrichten müsse.

Am Tag vor Evelines Abreise veranstalteten sie in Egstroms Wohnung eine kleine Party. Überall an den Wänden standen Maurice' Bilder, und alle waren froh und traurig und aufgeregt und kicherten viel. Dann verkündete Egstrom, er habe seinem Chef von Eleanor erzählt – dass sie Französisch könne und Kunst studiert habe und sehr gut aussehe und so weiter –, und Mr. Spotmann habe gesagt, er solle sie ihm morgen gegen Mittag einmal vorstellen, und wenn sie sich bewähre, werde sie mindestens fünfundzwanzig Dollar die Woche verdienen. Und eine ältere Dame war gekommen, hatte sich Maurice' Bilder angesehen und spielte mit dem Gedanken, eins zu kaufen. Alle waren ausgelassen und tranken eine Menge Wein, und als es schließlich an der Zeit war, sich zu verabschieden, war es Eveline, die sich einsam fühlte, weil sie all dies hinter sich ließ, und nicht Eleanor, die eigentlich damit gerechnet hatte, sie werde sich einsam fühlen, weil sie zurückbleiben musste.

Als Eleanor die Hutchins am nächsten Abend zum Zug nach New York gebracht hatte – das Gepäck war mit Aufklebern des Dampfers *Baltic* versehen, aller Augen leuchteten, sie waren aufgeregt, weil sie nun an die Ostküste und nach Europa fuhren, und die Luft war erfüllt von Kohlenrauch und dem Läuten der Lokomotivglocken und dem Scharren zahlloser Füße –, ging sie am Bahnsteig entlang zum Ausgang, die Fäuste geballt, sodass sich die spitzen Fingernägel in die Handflächen bohrten, und sagte sich immer wieder: «Ich werde auch nach Europa fahren – es ist nur eine Frage der Zeit, aber ich werde auch hinfahren.»

Das Auge der Kamera 18

sie war eine sehr elegante Dame und liebte Bullterrier und hatte einen Freund der berühmt war für seine Ähnlichkeit mit King Edward

sie war eine sehr elegante Dame und in der Eingangshalle standen weiße Lilien Nein mein Lieber im Zimmer kann ich diesen Duft nicht ertragen und die Bullterrier bissen die Handwerker und den Zeitungsjungen Nein mein Lieber nette Menschen beißen sie nicht und bei Billy und seinen Freunden sind sie immer ganz brav

und wir fuhren mit einer Kutsche und der Mann hinten blies in ein langes Horn und da hatte Dick Whittington gestanden der mit der Katze und den Glocken · und es gab Picknickkörbe und sie hatte graue Augen und war sehr freundlich zu dem kleinen Sohn ihres Freundes obwohl sie die meisten Kinder schrecklich einfach schrecklich fand und ihr Freund der berühmt war für seine Ähnlichkeit mit King Edward weder Kinder noch Bullterrier ertragen konnte und sie fragte immer wieder Warum nennst du ihn eigentlich so?

und du dachtest an Dick Whittington und die großen Glocken von Mary-le-Bow dreimal Bürgermeister von London und sahst in ihre grauen Augen und sagtest Vielleicht weil ich ihn so genannt habe als ich ihn zum ersten Mal gesehen habe und ich mochte sie nicht und ich mochte die Bullterrier nicht und ich mochte die Kutsche nicht und wünschte Dick Whittington dreimal Bürgermeister von London riefen die großen Glocken von Mary-le-Bow und ich wünschte Dick Whittington ich wünschte ich wäre zu Hause aber ich hatte kein Zuhause mehr und der Mann hinten blies in ein langes Horn

Eleanor Stoddard

Die Arbeit bei Marshall Field war ganz anders als bei Mrs. Lang. Dort hatte sie nur eine Chefin gehabt, doch hier, in diesem großen Kaufhaus, schien jeder andere in der Abteilung über ihr zu stehen. Sie war jedoch so kultiviert und kühl und hatte eine so frische, bestimmte Art, dass sie gut zurechtkam, obwohl viele sie nicht besonders mochten. Selbst Mrs. Potter und Mr. Spotmann, die Abteilungsleiter, hatten ein bisschen Angst vor ihr. Es gab Gerüchte, sie stamme aus einer wohlhabenden Familie und habe es eigentlich gar nicht nötig zu arbeiten. Sie ging sehr einfühlsam auf die Kunden und ihre Probleme bei der Gestaltung der Inneneinrichtung ein, behandelte Mrs. Potter mit einem Hauch von herablassender Bescheidenheit und bewunderte ihre Garderobe, und so sagte Mrs. Potter am Ende des Monats zu Mr. Spotmann: «Ich glaube, mit der kleinen

Stoddard haben wir einen guten Griff getan», und Mr. Spotmann antwortete, ohne sein farbloses Altweibermaul richtig zu öffnen: «Das hab ich von Anfang an gedacht.»

Als Eleanor eines sonnigen Abends auf die Randolph Street trat, in der Hand den Umschlag mit dem ersten Wochenlohn, war sie ziemlich vergnügt. Um ihre dünnen Lippen spielte ein so scharfes kleines Lächeln, dass einige sich nach ihr umdrehten, als sie vorüberging, den Kopf in den böigen Wind geneigt, damit der Hut nicht davongeweht wurde. Sie bog in die Michigan Avenue ein, ging in Richtung Auditorium und betrachtete die hell erleuchteten Schaufenster, den sehr blassblauen Himmel, die taubenblauen bauschigen Wolkenhaufen über dem See, die weißen Dampffetzen aus den Lokomotiven. Sie trat in die tiefe, in Bernsteinlicht getauchte Eingangshalle des Auditorium Annex /77/ und setzte sich ganz allein an einen Rattantisch in einer Ecke des Foyers. Dort saß sie lange, ganz allein, trank Tee, aß Buttertoast und gab dem Ober ihre Anweisungen mit leiser, knapper, kultivierter, wohlhabender Stimme.

Dann ging sie zum Moody House, packte ihre Sachen und zog in den Eleanor Club, wo sie für Kost und Logis sieben fünfzig bezahlte, doch das neue Zimmer war nicht viel besser, und alles atmete den grauen Mief einer wohltätigen Einrichtung, und so zog sie eine Woche später in ein kleines Wohnhotel in der North Side, wo Kost und Logis fünfzehn die Woche kosteten. Da ihr somit nur drei fünfzig blieben – es hatte sich herausgestellt, dass die Stelle nur zwanzig Dollar die Woche brachte, also achtzehn fünfzig nach Abzug der Versicherung –, musste sie doch wieder ihren Vater besuchen. Mit ihrem Aufstieg und der Aussicht auf eine Lohnerhöhung beeindruckte sie ihn so, dass er ihr fünf Dollar die Woche versprach, obwohl er selbst bloß zwanzig verdiente und noch einmal heiraten wollte, eine Mrs. O'Toole, Witwe mit fünf Kindern, die irgendwo in Elsdon eine Pension führte.

Eleanor wollte ihre zukünftige Stiefmutter nicht kennenlernen. Ihr Vater musste ihr versprechen, das Geld wöchentlich per Postanweisung zu schicken, denn er könne von ihr ja wohl nicht erwarten, jedes Mal nach Elsdon zu fahren, um es zu holen. Als sie ging, küsste sie ihn auf die Stirn, was ihn sehr glücklich machte. Die ganze Zeit sagte sie sich, dies sei das allerletzte Mal.

Dann kehrte sie ins Hotel Ivanhoe zurück, ging auf ihr Zimmer, legte sich auf das bequeme Messingbett und betrachtete den kleinen Raum, die weiß lackierten Tür- und Fensterrahmen, die blassgelbe Tapete mit den dunkleren, wie Satin schimmernden Streifen, die Spitzengardinen und schweren Vorhänge. Der Putz an der Decke hatte einen Riss, und der Teppich war abgetreten, aber das Hotel war sehr kultiviert, das konnte sie sehen: lauter ältere Ehepaare mit kleinen Einkommen, und die Angestellten waren sehr alt und höflich. Zum ersten Mal in ihrem Leben fühlte sie sich zu Hause.

Als Eveline Hutchins im Frühjahr aus Europa zurückkehrte, mit einem großen, federgeschmückten Hut und voller Geschichten über den Salon des Tuileries und die Rue de la Paix und Museen und Kunstausstellungen und die Oper, hatte Eleanor sich verändert. Sie wirkte älter, als sie war, kleidete sich modisch, aber zurückhaltend, und wenn sie sprach, hatte ihre Stimme einen neuen, scharfen, bitteren Ton. Sie gehörte zum festen Personal der Abteilung für Inneneinrichtung bei Marshall Field und konnte mit einer baldigen Gehaltserhöhung rechnen, wollte aber nicht darüber sprechen. Sie hatte die Abendkurse aufgegeben und ging nicht mehr ins Art Institute, sondern verbrachte viel Zeit mit einer unverheirateten alten Dame, einer Miss Eliza Perkins, die ebenfalls im Ivanhoe wohnte und angeblich sehr reich und sehr geizig war.

Am ersten Sonntag nach Evelines Rückkehr lud Eleanor ihre Freundin zum Tee ins Hotel ein. Sie saßen im muffigen Salon und unterhielten sich in kultiviertem Flüsterton mit der alten Dame. Eveline erkundigte sich nach Eric und Maurice, und Eleanor sagte, vermutlich gehe es ihnen gut, aber sie habe sie nicht mehr oft gesehen, seit Eric seine Stelle bei Marshall Field verloren habe. Er habe sich nicht so gut entwickelt, wie sie gehofft habe. Die beiden hätten begonnen, viel zu trinken, und seien in zweifelhafter Gesellschaft gesehen worden.

Eleanor hatte auch nur selten Gelegenheit, sich mit ihnen zu treffen, denn sie aß täglich mit Miss Perkins zu Abend, und Miss Perkins hielt große Stücke auf sie und kaufte ihr Garderobe und nahm sie mit auf Ausfahrten durch den Park und ging manchmal mit ihr ins Theater, wenn es etwas Lohnendes gab, Minnie Maddern Fiske /78/ etwa oder Guy Bates Post /79/ in einem interessanten Stück. Miss Perkins war die Tochter eines reichen Gastwirts. Ihr war in jungen Jahren übel mitgespielt worden: Sie hatte einem jungen Anwalt, in den sie sich verliebt hatte, Geld anvertraut, damit er es für sie investierte, doch er war mit einer anderen Frau und etlichen Wertpapieren verschwunden. Wie viel sie noch besaß, hatte Eleanor nicht herausfinden können, doch da sie im Theater stets die besten Plätze nahm, gern in teuren Hotels und Restaurants zu Abend aß und Kutschen immer gleich für einen halben Tag mietete, nahm Eleanor an, dass sie recht vermögend war.

Nachdem sie Miss Perkins verlassen hatten, um zum Abendessen zu den Hutchins zu gehen, sagte Eveline: «Also wirklich, ich weiß nicht, was du an dieser ... dieser alten Schachtel findest. Und dabei wollte ich dir eine Million Sachen erzählen und dich eine Million Sachen fragen ... Das war regelrecht gemein.»

«Ich mag sie aber sehr gern, Eveline, und ich dachte, du freust dich, eine gute Freundin von mir kennenzulernen.»

«Ach, natürlich freue ich mich, aber ... Herrgott, aus dir werde ich einfach nicht schlau.»

«Na, du brauchst ihr ja nicht mehr zu begegnen. Obwohl ich gemerkt habe, dass sie dich ganz bezaubernd fand.»

Als sie von der Hochbahnstation zum Haus der Hutchins gingen, war es wieder wie früher. Eleanor erzählte von den Spannungen zwischen Mr. Spotmann und Mrs. Potter und dass beide versuchten, sie als Verbündete zu gewinnen, worüber ihre Freundin herzlich lachen musste, und dann verriet ihr Eveline, dass sie sich während der Rückfahrt auf der *Kroonland* unsterblich in einen Mann aus Salt Lake City verliebt hatte – nach all diesen fremden Menschen endlich ein Amerikaner –, und Eleanor neckte sie und sagte, er sei wahrscheinlich Mormone, und Eveline lachte und antwortete, nein, er sei Richter, aber dann gestand sie, dass er bereits verheiratet war.

«Siehst du?», sagte Eleanor. «Also doch Mormone.»

Eveline erwiderte, das sei er ganz bestimmt nicht, aber sollte er sich scheiden lassen, dann würde sie ihn sofort heiraten. Darauf sagte Eleanor, sie sei prinzipiell gegen Scheidungen, und hätten sie nicht schon vor der Tür gestanden, dann hätten sie sich vielleicht gestritten.

In diesem Winter bekam sie Eveline nicht oft zu sehen. Die hatte viele Verehrer und ging auf viele Partys, und sonntags morgens las Eleanor in den Gesellschaftsnachrichten von ihr. Sie selbst hatte viel zu tun und war abends oft sogar zu müde, um mit Miss Perkins ins Theater zu gehen. Zwischen Mrs. Potter und Mr. Spotmann war es zum Streit gekommen, und die Direktion hatte Mrs. Potter in eine andere Abteilung versetzt, worauf sie auf einem antiken spanischen Sessel zusammengesunken und vor allen Kunden in Tränen ausgebrochen war, und Eleanor hatte sie in den Umkleideraum führen, Riechsalz besorgen und ihr helfen müssen, das wasserstoffblonde Haar wieder zu einer Hochfrisur zu modellieren. Sie hatte versucht, Mrs. Potter zu trösten, indem sie gesagt hatte, in der anderen Abteilung werde es ihr bestimmt viel besser gefallen. Danach war Mr. Spotmann monatelang sehr freundlich. Hin und wieder lud er Eleanor in der Mittagspause zum Essen ein, und jedes Mal machten sie denselben Witz darüber, wie Mrs. Potters Hochfrisur gezittert hatte, als sie vor den Kunden die Fassung verloren hatte. Er schickte Eleanor mit vielen kleinen Aufträgen in reiche Häuser, und die Kunden mochten sie, weil sie so kultiviert und einfühlsam war, und die anderen Angestellten in der Abteilung hassten sie und nannten sie hinter ihrem

Rücken «Streberin». Mr. Spotmann sagte, er wolle versuchen, ihr eine prozentuale Beteiligung an den Aufträgen zu verschaffen, und sprach oft davon, ihr die in Aussicht gestellte Gehaltserhöhung auf fünfundzwanzig Dollar die Woche zu bewilligen.

Eines Abends kam Eleanor erst nach dem Abendessen ins Hotel, und der alte Portier berichtete ihr, Miss Perkins habe beim Mittagessen einen Herzschlag erlitten und sei noch im Speisesaal gestorben. Der Leichnam sei jetzt im Bestattungsinstitut Irving. Er fragte Eleanor, ob sie von irgendwelchen Verwandten wisse, die benachrichtigt werden müssten. Eleanor wusste nur, dass Miss Perkins ihre Geldangelegenheiten über die Corn Exchange Bank regelte, und glaubte, einmal gehört zu haben, dass sie in Mound City Nichten habe, deren Namen sie allerdings nicht wusste. Der Portier war sehr besorgt wegen der Kosten für den Arzt, den Abtransport des Leichnams und die offene Wochenrechnung und sagte, Miss Perkins' Sachen würden unter Verschluss gehalten, bis eine bevollmächtigte Person komme, um sie zu holen. Er schien zu denken, Miss Perkins sei nur gestorben, um die Hotelleitung zu ärgern.

Eleanor ging auf ihr Zimmer, schloss die Tür ab, warf sich auf das Bett und weinte ein bisschen, denn sie hatte Miss Perkins gerngehabt.

Dann kam ihr ein Gedanke, der ihr Herz schneller schlagen ließ. Was, wenn Miss Perkins ihr ein Vermögen hinterlassen hatte? So etwas hatte es schon gegeben: junge Männer, die das Türchen der Kirchenbank aufhielten, Kutscher, die eine vergessene Tasche hinterhertrugen – dass alte Damen ihr Vermögen solchen Leuten vermachten, kam alle Tage vor.

Sie sah schon die Schlagzeile: KAUFHAUSANGESTELLTE ERBT MILLION.

Sie konnte die ganze Nacht nicht schlafen. Am Morgen ging sie zur Hoteldirektion und bot ihre Hilfe an. Dann rief sie Mr. Spotmann an, erklärte ihm, dieser Todesfall habe sie geradezu niedergeschmettert, und überredete ihn, ihr einen Tag freizugeben.

Anschließend telefonierte sie mit der Corn Exchange Bank und sprach mit einem Mr. Smith, der das Vermögen von Miss Perkins verwaltete. Er versicherte ihr, die Bank werde alles in ihrer Macht Stehende tun, um die Erben und anderen Vermächtnisnehmer zu schützen, und sagte, das Testament befinde sich in Miss Perkins' Schließfach. Er sei sicher, dass alles in bester Ordnung sei.

Eleanor hatte für den Rest des Tages nichts zu tun, und so verabredete sie sich mit Eveline zum Mittagessen und ging danach mit ihr ins Kino. Es fühlte sich zwar nicht ganz richtig an, sich einen Film anzusehen, während ihre Freundin noch nicht einmal unter der Erde lag, doch nach diesem furchtbaren Schock war sie so angespannt und nervös, dass sie Ablenkung brauchte. Eveline war sehr teilnahmsvoll, und die beiden Frauen fühlten sich so eng verbunden wie seit Evelines Abreise nach Europa nicht mehr. Ihre Hoffnungen erwähnte Eleanor mit keinem Wort.

Bei der Beerdigung waren nur Eleanor, das irische Zimmermädchen – eine alte Frau, die ständig schniefte und sich bekreuzigte –, Mr. Smith sowie ein Anwalt namens Sullivan, der die Nichten aus Mound City vertrat. Eleanor trug Schwarz, und der Bestattungsunternehmer trat zu ihr und sagte: «Entschuldigen Sie, Miss, aber ich kann nicht umhin, Ihnen zu sagen, wie bezaubernd Sie aussehen – wie eine Bermuda-Lilie.» Es war nicht so schlimm, wie sie gedacht hatte, und als Eleanor, Mr. Smith und Mr. Sullivan danach das Krematorium verließen, waren sie regelrecht fröhlich.

Es war ein strahlender Oktobertag, und alle waren sich einig, dass der Oktober der schönste Monat des Jahres sei und der Pfarrer sehr schön gesprochen habe. Als Mr. Smith Eleanor fragte, ob sie, da sie im Testament erwähnt sei, mit ihnen zu Mittag essen wolle, blieb ihr fast das Herz stehen, doch dann schlug sie die Augen nieder und sagte, es sei ihr ein Vergnügen.

Sie nahmen ein Taxi. Mr. Sullivan sagte, es sei schön, die Trauerkapelle und die trüben Gedanken hinter sich zu lassen. Im De Yonghe brachte Eleanor die Männer zum Lachen, indem sie erzählte, wie die Hoteldirektion reagiert habe und wie besorgt man dort gewesen sei. Als man ihr die Speisekarte reichte, sagte sie, sie könne jetzt nichts essen, doch dann fiel ihr Blick auf den auf einem Brett servierten Fisch, und sie beschloss, eine kleine Portion davon zu nehmen, nur um etwas auf dem Teller zu haben. Wie sich zeigte, hatten die windige Oktoberluft und die lange Taxifahrt sie allesamt hungrig gemacht. Eleanor aß mit Appetit und bestellte nach dem Fisch etwas Waldorfsalat und Pfirsich Melba.

Die Herren fragten, ob sie etwas dagegen habe, wenn sie Zigarren rauchten, und Mr. Smith machte ein verwegenes Gesicht und bot ihr eine Zigarette an, und sie errötete und erwiderte, sie rauche nicht, worauf Mr. Sullivan sagte, er könne keine Frau respektieren, die rauche, und Mr. Smith bemerkte, einige Töchter aus den besten Familien Chicagos seien Raucherinnen, und er persönlich finde nichts dabei, solange sie nicht wie Schornsteine qualmten. Nach dem Essen gingen sie über die Straße und fuhren mit dem Aufzug hinauf zu Mr. Sullivans Kanzlei. Dort setzten sie sich in große Ledersessel, Mr. Smith und Mr. Sullivan machten feierliche Mienen, und dann verlas Mr. Sullivan das Testament. Anfangs verstand Eleanor kein Wort, und Mr. Smith musste ihr erklären, dass der größte Teil des Vermögens von drei Millionen Dollar an das Florence Crittenton Heim für gefallene Mädchen gehen sollte. Eine Summe von je eintausend Dollar war für Miss Perkins' drei Nichten aus Mound City bestimmt, und eine hübsche, mit Brillanten besetzte Brosche in Form einer Lokomotive sollte Eleanor Stoddard bekommen. «Wenn Sie morgen in der Corn Exchange Bank vorbeischauen, Miss Stoddard, werde ich sie Ihnen mit dem größten Vergnügen aushändigen», sagte Mr. Smith.

Eleanor brach in Tränen aus.

Beide waren sehr mitfühlend und gerührt, weil Miss Stoddard von dieser Geste ihrer alten Freundin derart gerührt war. Als sie hinausging und versprach, die Brosche am folgenden Tag abzuholen, sagte Mr. Sullivan gerade mit überaus freundlicher Stimme:

«Sie werden verstehen, Mr. Smith, dass ich das Testament namens meiner Mandanten anfechten werde», worauf Mr. Smith nicht weniger freundlich erwiderte: «Das werden Sie wohl, Mr. Sullivan. Ich glaube allerdings nicht, dass Sie damit viel Glück haben werden. Es ist ein absolut wasserdichtes Dokument, wenn ich das ungebührlicherweise sagen darf, denn ich selbst habe es aufgesetzt.»

Also ging Eleanor am nächsten Tag um acht Uhr wieder zu Marshall Field, und so blieb es einige Jahre lang. Sie bekam die Gehaltserhöhung und die prozentuale Beteiligung an den Aufträgen, und sie und Mr. Spotmann arbeiteten eng zusammen, doch er machte ihr nie Avancen, und ihr Umgang miteinander blieb stets förmlich. Darüber war Eleanor erleichtert, denn sie hörte immer wieder von Verkäufern oder Abteilungsleitern, die junge Verkäuferinnen bedrängten, und Mr. Elwood aus der Möbelabteilung war aus ebendiesem Grund entlassen worden, weil sich nämlich herausgestellt hatte, dass die kleine Lizzie Dukes schwanger war – auch wenn das vielleicht nicht nur Mr. Elwoods Schuld war, denn Lizzie Dukes sah aus, als hätte sie es faustdick hinter den Ohren. Jedenfalls kam es Eleanor so vor, als würde sie den Rest ihres Lebens damit verbringen, anderen Leuten ihre Salons und Speisezimmer einzurichten, Stoffproben für Vorhänge und Polstermöbel sowie Mustermappen für Tapeten vorzulegen und aufeinander abzustimmen, empörte Kundinnen zu beschwichtigen, die anstatt eines mit Intarsien versehenen Couchtischs aus Teakholz einen Porzellanhund geliefert bekommen hatten oder mit dem Muster dieses Cretonnestoffs nicht zufrieden waren, obwohl sie ihn selbst ausgesucht hatten.

Eines Abends nach Geschäftsschluss wurde sie von Eveline erwartet, die zwar nicht weinte, aber leichenblass war. Sie sagte, sie habe seit zwei Tagen nichts gegessen, und fragte Eleanor, ob sie mit ihr im Sherman House oder sonst wo Tee trinken wolle.

Sie gingen ins Auditorium Annex, setzten sich in die Lobby und bestellten Tee und Zimttoast, und dann erzählte Eveline, sie habe die Verlobung mit Dirk McArthur gelöst, aber beschlossen, sich nicht umzubringen, sondern zu arbeiten. «Ich werde mich nie mehr in irgendjemanden verlieben, so viel ist sicher, aber ich muss irgendwas tun. Und du versauerst in diesem miefigen Kaufhaus, Eleanor. Du weißt genau, dass die dir nie Gelegenheit geben werden zu zeigen, was du kannst. Du wirfst deine Perlen vor die Säue.»

Eleanor sagte, sie hasse den Laden wie die Pest, aber was solle sie denn tun?

«Warum machen wir nicht, wovon wir schon seit Jahren reden?», sagte Eveline. «Ach, es ist zum Verrücktwerden – die Leute haben einfach keinen Mumm und tun nie irgendwas, das interessant ist oder Spaß macht. Ich wette, wenn wir ein Einrichtungsstudio aufmachen, werden wir uns vor Aufträgen kaum retten können. Sally Emerson wird uns ihr neues Haus einrichten lassen, und danach werden alle gerannt kommen, die dazugehören wollen. Ich glaube, die Leute wollen eigentlich gar nicht in diesen spießig eingerichteten Häusern wohnen – sie wissen es nur nicht besser.»

Eleanor trank ein paar winzige Schlucke aus ihrer Teetasse und betrachtete ihre kleinen, weißen, sorgfältig manikürten Hände mit den spitzen Nägeln. Dann sagte sie: «Aber woher sollen wir das Geld nehmen? Wir bräuchten doch ein Startkapital.»

«Ich glaube, Dad würde uns was geben und Sally Emerson vielleicht auch. Sie ist ein prima Kerl, und unser erster Auftrag wird uns bekannt machen. Ach, komm, Eleanor – das wird bestimmt ein Riesenspaß.»

«‹Hutchins & Stoddard – Inneneinrichtung›», sagte Eleanor und stellte die Teetasse ab. «Oder vielleicht ‹Miss Hutchins & Miss Stoddard›. Ja, ich finde, das ist eine großartige Idee.»

«Meinst du nicht, ‹Eleanor Stoddard & Eveline Hutchins› wäre besser?»

«Ach, egal, das können wir noch entscheiden, wenn wir ein Studio mieten und uns ins Telefonbuch eintragen lassen. Lass es uns doch so machen, Eveline: Wenn du deine Freundin Sally

Emerson dazu bringen kannst, uns den Auftrag für ihr neues Haus zu geben, gehen wir es an – wenn nicht, warten wir, bis wir einen richtigen Auftrag haben.»

«Gut. Das tut sie bestimmt. Ich werde gleich mal hinfahren und mit ihr reden.» Evelines Gesicht hatte Farbe bekommen. Sie stand auf, beugte sich zu Eleanor und gab ihr einen Kuss. «Ach, Eleanor, du bist ein Schatz.»

«Warte, wir müssen noch bezahlen», sagte Eleanor.

Der nächste Monat war eine einzige Qual: Sie musste morgens vom Ivanhoe zum Kaufhaus eilen, sich die Beschwerden der Kunden anhören, höflich zu Mr. Spotmann sein und sich kleine Scherze ausdenken, um ihn bei Laune zu halten. Ihr Zimmer im Ivanhoe erschien ihr klein und schäbig, und dann der Küchengeruch, der durch das Fenster hereinkam, und der Ölgestank des uralten Aufzugs. Mehrmals rief sie in der Frühe an und meldete sich krank, stellte dann aber fest, dass sie es in ihrem Zimmer nicht aushielt, und streifte durch die Stadt, ging in Geschäfte und Kinos und war dann schlagartig so müde, dass sie für den Heimweg ein Taxi nehmen musste, das sie sich eigentlich nicht leisten konnte. Ein-, zweimal ging sie sogar ins Art Institute, aber sie kannte die Bilder auswendig und hatte nicht genug Geduld, sie noch einmal eingehend zu betrachten. Dann gelang es Eveline endlich, Mrs. Philip Paine Emerson davon zu überzeugen, dass das Speisezimmer in ihrem neuen Haus unbedingt eine neue, moderne Note brauchte. Sie machten ihr einen Kostenvoranschlag, der weit unter dem lag, was andere Inneneinrichter verlangt hätten, und Eleanor hatte das Vergnügen, Mr. Spotmanns überraschtes Gesicht zu sehen, als sie sogar eine Gehaltserhöhung auf vierzig Dollar die Woche ausschlug und sagte, sie und eine Freundin seien beauftragt, die neue Villa der Paine Emersons in Lake Forest einzurichten.

«Tja, meine Liebe», sagte Mr. Spotmann und klappte seinen breiten, farblosen Mund zu, «Sie wollen unbedingt beruflichen Selbstmord begehen, und ich werde Sie nicht davon abhalten. Sie können sofort gehen. Das Weihnachtsgeld verfällt dann natürlich.»

Eleanors Herz klopfte. Sie sah das graue Licht, das ins Büro fiel, sie sah die gelben Karteikästen, die Stapel von Briefen und die Stoffproben, die zwischen ihnen hervorsahen. Im Vorzimmer hatte Ella Bowen, die Sekretärin, aufgehört zu tippen; wahrscheinlich lauschte sie. Eleanor atmete die leblose Luft ein, die nach Chintz und Möbelpolitur und Dampfheizung und menschlichen Ausdünstungen roch, und sagte: «Ja, Mr. Spotmann.»

Es dauerte den ganzen Tag, bis sie endlich ihr ausstehendes Gehalt und die Versicherungsprämien hatte, die ihr zustanden, denn über den Gesamtbetrag musste sie sich lange mit einem der Buchhalter herumstreiten, und so war es später Nachmittag, als sie hinaus in das Schneetreiben trat und in einen Drugstore ging, um Eveline anzurufen.

Eveline hatte bereits zwei Etagen eines alten viktorianischen Hauses in einer Seitenstraße der Chicago Avenue gemietet, und sie waren den ganzen Winter über damit beschäftigt, das Büro und die Verkaufsräume im Erdgeschoss, ihre Wohnung im ersten Stock und natürlich Sally Emersons Speisezimmer einzurichten. Sie stellten ein farbiges Hausmädchen namens Amelia ein, die zwar ein wenig trank, aber sehr gut kochte, und am Ende des Nachmittags rauchten sie Zigaretten und tranken Cocktails und zum Abendessen Wein. Sie fanden eine in Not geratene französische Schneiderin, die ihnen Abendkleider nähte, damit sie passend gekleidet waren, wenn sie mit Sally Emerson und ihren Freunden ausgingen, und sie nahmen sich Taxis und lernten eine Menge wirklich interessanter Leute kennen. Als sie im Frühjahr endlich einen Scheck über fünfhundert Dollar von Philip Paine Emerson bekamen, hatten sie tausend Dollar Schulden, doch sie lebten so, wie sie wollten. Man fand das Speisezimmer zwar ein wenig extrem, aber manchen gefiel es, und sie bekamen weitere Aufträge. Sie fanden viele neue Freunde und waren wieder oft in Gesellschaft von Malern und Autoren, die für die *Daily News* oder den *American* schrieben und sie in ausländische Restaurants ausführten, wo es sehr verraucht war und sie viel über moderne französische Malerei und den Mittleren Westen sprachen und darüber, ob man nach New York ziehen sollte. Sie sahen sich die Armory Show /80/ an, über dem Schreibtisch in ihrem Büro hing eine Fotografie von Brancusis «Maiastra» /81/, und zwischen Briefen von Kunden und unbezahlten Rechnungen von Lieferfirmen lagen Ausgaben von *Little Review* und *Poetry*.

Eleanor ging oft mit Tom Custis aus, einem älteren Mann mit gerötetem Gesicht und einer Vorliebe für Musik, Revuetänzerinnen und Alkohol, der Mitglied in sämtlichen Clubs und seit Jahren ein glühender Verehrer von Mary Garden /82/ war. Er hatte eine Loge in der Oper, fuhr einen Stevens-Duryea und tat nichts anderes, als Schneider aufzusuchen, Spezialisten zu konsultieren und hin und wieder gegen einen Juden oder einen anderen Bewerber um die Mitgliedschaft in einem der Clubs, denen er angehörte, sein Veto einzulegen. Als die Armours /83/ die Schlachthöfe seines Vaters gekauft hatten, war er noch ein College-Sportler gewesen, und seither hatte er keinen Finger gerührt. Er behauptete, das gesellschaftliche Leben hänge ihm zum Hals heraus, nahm regen Anteil an der geschäftlichen Entwicklung der kleinen Firma, verfolgte sehr genau, was sich in der Wall Street tat, und überschrieb Eleanor hin und wieder ein paar der Aktien, mit denen er spekulierte. Wenn sie stiegen, war es umso besser für sie, und selbst wenn sie fielen, machte sie keinen Verlust. Seine Frau war in einem privaten Sanatorium, und er und Eleanor waren übereingekommen, dass sie nichts weiter als Freunde sein würden. Manchmal, wenn er sie nachts mit einem Taxi nach Hause brachte, wurde er etwas zu zärtlich, aber dann stauchte Eleanor ihn zusammen, und am nächsten Tag war er dann sehr zerknirscht und schickte ihr große Kartons mit weißen Blumen.

Eveline hatte mehrere Verehrer – Autoren und Zeichner und dergleichen –, aber die hatten nie Geld, und wenn sie zum Abendessen kamen, aßen und tranken sie das Haus leer. Einer von ihnen, Freddy Seargeant, war Schauspieler und Produzent und nur vorübergehend in Chicago gestrandet. Er hatte Freunde bei den Shuberts/84/, und sein größter Wunsch war, eine Pantomime in der Art von Max Reinhardts *Sumurun* aufzuführen, allerdings auf der Grundlage eines Maya-Märchens. Er hatte viele Fotografien von Maya-Ruinen, und Eleanor und Eveline begannen, Kostüme und ein Bühnenbild zu entwerfen, und hofften, Tom Custis oder die Paine Emersons dazu bringen zu können, eine Produktion in Chicago zu finanzieren.

Das größte Problem war die Musik. Ein junger Pianist, für dessen Studium in Paris Tom Custis aufgekommen war, hatte mit der Komposition begonnen und kam eines Abends, um sie ihnen vorzuspielen. Sie veranstalteten eine Abendgesellschaft für ihn. Sally Emerson und viele Leute der guten Gesellschaft waren da, aber Tom Custis trank so viele Cocktails, dass die Musik völlig an ihm vorbeiging, Amelia war ebenfalls betrunken und verdarb das Essen, und Eveline sagte dem jungen Pianisten, seine Komposition klinge wie Filmmusik, worauf er wütend hinausstürmte. Als alle fort waren, gingen Freddy Seargeant, Eleanor und Eveline in der verwüsteten Wohnung umher und fühlten sich schrecklich. Freddy raufte sich mit seinen schmalen Händen das schwarze, bereits leicht grau melierte Haar und sagte, er werde sich umbringen, und Eleanor und Eveline gerieten in heftigen Streit.

«Aber es klang tatsächlich wie Filmmusik – und warum eigentlich auch nicht?», sagte Eveline immer wieder, und Freddy Seargeant nahm seinen Hut und sagte im Gehen: «Ihr Frauen macht mir das Leben zur Hölle.» Eveline brach in Tränen aus und wurde hysterisch, und Eleanor musste einen Arzt kommen lassen.

Am nächsten Tag kratzten sie fünfzig Dollar zusammen und schickten Freddy zurück nach New York, und Eveline zog wieder in das Haus am Drexel Boulevard und überließ Eleanor die Führung des Geschäfts.

Im nächsten Frühjahr verkauften sie ein paar Kronleuchter, die sie in einem Trödelladen in der West Side für fünfundzwanzig

Dollar gekauft hatten, für fünfhundert Dollar und stellten gerade Schecks aus, um die dringlichsten Schulden zu begleichen, als ein Telegramm eintraf.

VERTRAG MIT SHUBERT FUER DIE HEIMKEHR UEBERNEHMT IHR KOSTUEME UND BUEHNENBILD 150/WOCHE FUER JEDE MUESST SOFORT NACH NY KOMMEN TELEGRAPHIERT SOFORT HOTEL DES ARTISTES CENTRAL PARK SOUTH FREDDY

«Das müssen wir machen, Eleanor!», sagte Eveline, nahm eine Zigarette aus der Handtasche und ging, Rauchwolken ausstoßend, auf und ab. «Das wird jetzt etwas hektisch, aber wir müssen unbedingt den 20th Century heute Abend kriegen.»

«Es ist schon Mittag», sagte Eleanor mit zitternder Stimme.

Statt einer Antwort ging Eveline zum Telefon und rief das Pullman-Büro an. Am selben Abend saßen sie in ihrem Abteil und sahen die Stahlwerke von Indiana Harbor, die großen, kittfarbenen Qualm rülpsenden Zementwerke und die erglühenden Hochöfen von Gary in der rauchdurchwirbelten Winterdämmerung verschwinden. Keine von beiden brachte ein Wort heraus.

Das Auge der Kamera 19

die Frau des methodistischen Pfarrers war eine große dünne Frau die Klavier spielte und mit dünner entrückter Stimme kleine Lieder sang und gehört hatte dass du Bücher magst und in ihrem Garten Blumen und Gemüse anbaute und so interessiert war weil sie früher in der episkopalischen Kirche gewesen war und schöne Dinge liebte und Geschichten geschrieben hatte die dann in Zeitschriften erschienen waren und sie war jünger als ihr Mann der schweigsam war und schwarzes Haar hatte und einen Mund wie eine Mausefalle und Tabaksaft am Kinn und sie trug dünne weiße Kleider und benutzte Parfüm und sagte mit glockenheller Stimme dass irgendetwas lieblich wie eine Lilie sei oder der Mond wie eine zum Platzen gefüllte Blase hinter der großen Kiefer als wir am Ufer entlang zurückgingen und du hattest das Gefühl du solltest den Arm um sie legen und sie küssen aber das wolltest du nicht und außerdem hättest du dich gar nicht getraut beim langsamen Gehen über Sand und Kiefernnadeln unter dem großen Mond zum Platzen gefüllt wie ein riesiger Tropfen Quecksilber und sie erzählte sehr traurig von dem was sie sich vom Leben erhofft hatte und es tat dir leid

du mochtest Bücher und Gibbons *Verfall und Untergang des römischen Imperiums* und Captain Marryats /85/ Romane und wolltest weg von zu Hause und zur See fahren und ferne Städte sehen wie Carcassonne Marrakesch Isfahan und du mochtest es wenn etwas schön war und wolltest du hättest dich getraut Martha zu umarmen und zu küssen das farbige Mädchen von dem alle sagten sie sei halb Indianerin die Tochter der alten Emma oder die kleine rothaarige Mary der ich das Schwimmen beigebracht hab wenn ich mich doch bloß trauen würde atemlose Nächte wenn der Mond voll war aber um Gottes willen keine Lilien

Wochenschau XIV

KANONIER STOPPT AUSTRALISCHES

sagte der Colonel die Demokraten hätten dem Land geschadet ich trete zurück wenn ich sterbe knurrt Huerta mit grimmigem Trotz und halb Mexiko wird mit mir sterben waren keine Flammen zu sehen doch über dem Krater stand eine kilometerhohe schwarze Rauchsäule und im zwanzig Kilometer entfernten Macomber Flats regnete es Vulkanasche

Eier laut? Keine Pokerchips.

Unten am Ufer
In Alabama
Sind Ephram und Sammy
Und Papa und Mama.

MONDFEEN TANZEN IM RAVINIA PARK

WILSON LÄSST SICH
VON WIRTSCHAFTSBOSSEN BERATEN

gesteht die Bombe geworfen zu haben Polizistenfrau schmeißt Runden nachdem einer verloren in Weizen als Einbrecher getötet

In mondheller Nacht
Sieht man sie warten,
Und Banjoklänge
Ertönen im Garten,
Und was sagen sie alle,
Was singen sie,

als er James' Unterschrift sah, nahm der Präsident den Knallbonbon und riss an der Schnur. Ein Strom goldgelber Drops ergoss sich über den Schreibtisch; er griff nach der Karte und las: «Iss nicht zu viele davon – Mama sagt, sonst wird dir schlecht.»

SEEWOLF IN MEXIKANISCHEN GEWÄSSERN

Was summen und hüpfen
Und tanzen sie?
Wir warten auf die Robert E. Lee,
Die die Baumwolle bringt nach New Orleans.

ISADORA DUNCANS NEUES GLÜCK

Unruhestifter der IWW /86/ stürmten heute Nachmittag in Rosebank (Staten Island) eine Feier zu Ehren des Geburtstags von Garibaldi, beschmutzten die italienische Fahne, schlugen mit Fäusten und Stöcken auf Mitglieder der Italian Rifle Society ein und hätten auch die amerikanische Fahne in den Schmutz gezerrt, wenn nicht

SECHS NACKT BADENDE FRAUEN SCHLAGEN SPANNER GRÜN UND BLAU

Indianische Taucher suchen nach dem Leichnam eines Jungen. Einige Zeugen sahen eine Frau in der Menge. Sie wurde von einem Ziegelstein getroffen. Der Mann in Grau ging hinter ihren Röcken in Deckung, um zu feuern. Die oberen Decks und die dunklen Ecken des Schiffs sind ein Paradies für Verliebte, wo man sich oft große Freiheiten nimmt mit jungen, angetrunkenen Mädchen, deren Mütter sie nicht unbegleitet auf eine solche Vergnügungsfahrt hätten gehen lassen sollen.

MITTLERER WESTEN ENTSCHEIDET ÜBER WILSONS SCHICKSAL

SPRECHEN ÜBER DIE URSACHEN DER UNRUHE IN DER ARBEITERSCHAFT

«Ich bin ein Schweizer Admiral unterwegs nach Amerika», und der Polizist winkte einem Taxi

Seht sie tanzen und singen,
Hört das Banjo erklingen,

Wie schön, Mann,
am Ufer zu sitzen und
Zu warten
auf
die
Robert
E.
Lee

Der Kaiser der Karibik

Als Minor C. Keith gestorben war, brachten alle Zeitungen sein Foto: ein Mann mit wachem Blick, großer Nase, ansehnlichem Bäuchlein und einem beunruhigten Zug um die Augen.
Minor C. Keith war der Sohn eines reichen Mannes, in eine Familie geboren, die den Geruch von Geld liebte, die Geld um den halben Globus wittern konnte.
Sein Onkel war Henry Meiggs, der Don Enrique der südamerikanischen Westküste. Sein Vater war im Holzgeschäft und handelte mit Grundstücken in Brooklyn;
der junge Keith war ein Apfel, der nicht weit vom Stamm fiel.

(1849 hatte der Goldrausch Don Enrique nach San Francisco gelockt. Er ging nicht in die Berge, um Gold zu schürfen, er verdurstete nicht beim Sieben von Alkalistaub im Death Valley. Nein, er verkaufte den anderen die Ausrüstung. Er blieb in San Francisco und mischte ein wenig in Politik und Hochfinanz mit, bis er ins Schwimmen geriet und eilig an Bord eines Schiffes gehen musste.

Das Schiff brachte ihn nach Chile. In Chile witterte er Geld. Er war der *capitalista yanqui*. Er baute die Bahnlinie von Santiago nach Valparaiso. Auf den Chincha-Inseln gab es große Guano-Vorkommen. Er witterte Geld in Guano. Er machte ein Vermögen damit, wurde zu einer Macht an der südamerikanischen Westküste und jonglierte mit Zahlen, Eisenbahnen, Armeen und örtlichen Chefs und Häuptlingen – sie waren nur Chips in einem gewaltigen Pokerspiel. Er hatte ein starkes Blatt und häufte Dollars an.
Er finanzierte die unglaubliche Andenbahn.)
Als Tomás Guardia sich zum Diktator von Costa Rica aufschwang, schrieb er Don Enrique, dieser solle ihm eine Eisenbahn bauen.
Meiggs hatte in den Anden zu tun, ein Auftrag über 75 000 Dollar erschien ihm kaum der Mühe wert,
und so schickte er seinen Neffen Minor Keith.

In dieser Familie lag man nicht auf der faulen Haut:
Mit sechzehn verkaufte Minor Keith Kragen und Krawatten in einem Geschäft für Herrenoberbekleidung und verdiente sein eigenes Geld.
Danach war er Waldvermesser und stieg ins Holzgeschäft ein.
Als sein Vater Padre Island vor der texanischen Küste kaufte, schickte er Minor dorthin, damit er Gewinn erwirtschaftete.
Minor Keith züchtete auf Padre Island Rinder und fing Fische in Netzen,
aber Rinder und Fische warfen nicht schnell genug Geld ab,
und so kaufte er Schweine und schlachtete die Rinder und kochte das Fleisch und verfütterte es an die Schweine und hackte die Fische in kleine Stücke und verfütterte sie ebenfalls an die Schweine,

aber auch Schweine warfen nicht schnell genug Geld ab, und darum war er froh, als er nach Puerto Limón gerufen wurde.

Puerto Limón war eines der schlimmsten Pestlöcher der Karibik, selbst die Indianer starben an Malaria, Gelbfieber und Ruhr.
Keith fuhr auf dem Dampfer *John G. Meiggs* nach New Orleans, um Arbeiter für den Bau der Eisenbahn anzuheuern. Er bot einen Dollar und drei Mahlzeiten pro Tag und kehrte mit siebenhundert Männern zurück. Einige von ihnen kannten die Gegend von früher, aus den Zeiten des Piraten William Walker.
Etwa fünfundzwanzig kehrten aus dem Urwald zurück.
Die whiskeygetränkten Leichen der anderen verfaulten in den Sümpfen.
Mit der nächsten Ladung schaffte er weitere fünfzehnhundert Männer dorthin; sie starben allesamt, womit bewiesen war, dass nur Neger aus Jamaika in Puerto Limón überleben konnten.

Minor Keith starb nicht.

1882 waren dreißig Kilometer fertiggestellt, und Keith hatte eine Million Dollar Schulden;
es gab nichts, was die Eisenbahn hätte fahren können.
Keith ließ Bananen pflanzen, damit die Eisenbahn etwas zu transportieren hatte, und um die Bananen vermarkten zu können, stieg er in die Schifffahrtsbranche ein;
es war der Beginn des Geschäfts mit Obst aus der Karibik.
Und währenddessen starben die Arbeiter an Whiskey, Malaria, Gelbfieber und Ruhr.
Drei Brüder von Minor Keith starben ebenfalls.

Minor Keith starb nicht.

Er baute Eisenbahnen, eröffnete überall entlang der Küste, in Bluefields, Belize und Puerto Limón, Geschäfte und kaufte und verkaufte Gummi, Vanille, Schildpatt und Sarsaparilla – er kaufte, was er billig kriegen konnte, und machte zu Geld, was er teuer verkaufen konnte.
1898 gründete er zusammen mit der Boston Fruit Company die United Fruit Company, die seither zu einem der mächtigsten Konzerne der Welt geworden ist.
1912 gründete er durch Fusion die International Railways of Central America;
alles aus Bananen;
in Europa und den USA begannen die Leute, Bananen zu essen,
also rodete man überall in Mittelamerika den Urwald und pflanzte Bananen
und baute Eisenbahnen, um die Bananen zu transportieren,
und jedes Jahr fuhren mehr Dampfer der Großen Weißen Flotte
mit Bananen beladen nach Norden,
und das ist die Geschichte des amerikanischen Imperiums in der Karibik
und des Panamakanals und des geplanten Nicaraguakanals
und der Marines und der Schlachtschiffe und der Bajonette.

Woher nur kam der beunruhigte Zug um die Augen von Minor C. Keith, dem Pionier des Obsthandels und des Eisenbahnbaus, auf diesem Foto, das alle Zeitungen brachten, als er tot war?

Das Auge der Kamera 20

als die Straßenbahner in Lawrence aus Solidarität mit wem auch immer gestreikt haben das waren ja alles bloß Spaghettis Polacken Kanaken die sich nicht waschen und Knoblauch fressen und unzählige plärrende Bälger haben und fette Weiber mit fettigen Haaren die verdammten Spaghettis da wurden Freiwillige gesucht saubere ordentliche junge

als Fahrer und Schaffner für die Straßenbahnen und um den ausländischen Rädelsführern zu zeigen dass das hier immer noch das Land der Weißen

und dieser Kerl war aus Matthews und wollte immer schon Straßenbahnschaffner werden · angeblich war Mr. Grover in Albany Straßenbahnschaffner gewesen und hatte getrunken und war auf der Straße mit leichten Mädchen gesehen worden

also dieser Kerl war aus Matthews und ist mit seinem Zimmergenossen nach Lawrence gefahren und die beiden haben sich gemeldet und die Leute haben geschrien sie wären verdammte Streikbrecher aber die die keine Spaghettis waren waren bloß irgendwelche Krakeeler aus der Gosse sie waren gute Freunde dieser Kerl und sein Zimmergenosse und er hat sich an den Fahrerplatz gestellt und die Messingkurbel gedreht und geklingelt

das war im Straßenbahndepot · sein Zimmergenosse stand gerade zwischen den Wagen und hat an irgendwas herumgefummelt und er hat die glänzende Messingkurbel gedreht und der Wagen hat sich in Bewegung gesetzt und seinen Zimmergenossen überfahren sein Kopf wurde zwischen den Puffern zerquetscht einfach so und da war er tot da im Straßenbahndepot und jetzt hat der Kerl die Familie von seinem Zimmergenossen am Hals

J. Ward Moorehouse

In Pittsburgh bekam Ward Moorehouse eine Stelle beim *Times Dispatch* und verbrachte sechs Monate damit, über italienische Hochzeiten, Mitgliederversammlungen der *Elks*/87/, rätselhafte Todesfälle, Morde und Selbstmorde unter Litauern, Albanern, Kroaten und Polen, die bürokratischen Schwierigkeiten bei der Einbürgerung griechischer Restaurantbesitzer und die festlichen Diners der *Sons of Italy*/88/ zu berichten. Er wohnte in einem großen roten Holzhaus am unteren Ende der Highland Avenue. Es gehörte einer Mrs. Cook, einer launischen alten Frau aus Belfast, die gezwungen war, Pensionsgäste aufzunehmen, weil ein Kran ihren Mann, der in einer der Homestead-Werke Vorarbeiter gewesen war, unter einer Ladung Roheisen begraben hatte. Sie macht Ward das Frühstück und das Sonntagsessen, und wenn er es allein in dem stickigen, vollgestellten Speisezimmer verzehrte, stand sie neben ihm und erzählte von ihrer Jugend in Nordirland, der Heimtücke der Papisten und den Vorzügen des verstorbenen Mr. Cook.

Es war eine schlimme Zeit für Ward. Er hatte in Pittsburgh keine Freunde, und den ganzen kalten, schmutzigen, graupeligen Winter hindurch plagte ihn eine Erkältung und Halsentzündung nach der anderen. Er hasste die Redaktion, er hasste die steilen Straßen, den immer bedeckten Himmel und die halsbrecherischen Holztreppen, die er ständig hinauf- und hinuntersteigen musste, er hasste den Geruch der Armut, den Geruch nach Kohl, Kindern und Wäsche in den heruntergekommenen Mietskasernen, wo er sich zu irgendeiner Mrs. Piretti durchfragen musste, deren Mann bei einer Kneipenschlägerei in der Locust Street ums Leben gekommen war, oder zu einem Sam Burkovich, den neuen Präsidenten der Gesellschaft für ukrainisches Liedgut, oder zu irgendeiner Frau mit Seifenschaum an den Händen, deren Kind irgendeinem Perversen zum Opfer gefallen war. Er kam nie vor drei oder vier

Uhr morgens nach Hause, und wenn er gegen Mittag gefrühstückt hatte, schien nie genug Zeit zu sein, um irgendetwas Sinnvolles zu tun, bevor er wieder in der Redaktion anrufen musste. Als er nach Pittsburgh gekommen war, hatte er Mr. McGill aufgesucht, den er in Paris durch Jarvis Oppenheimer kennengelernt hatte. Mr. McGill erinnerte sich an ihn, notierte sich seine Adresse und sagte, er werde sich mit ihm in Verbindung setzen, denn er hoffe, in dem neuen Informationsbüro, das die Handelskammer eröffnen wolle, eine Stelle für ihn zu finden, doch die Wochen gingen dahin, und Ward hörte nichts von Mr. McGill. Hin und wieder kamen ein paar dürre Zeilen von Annabelle Marie, darin ging es dann um juristische Feinheiten; sie werde die Scheidung einreichen, und zwar wegen Verletzung der Unterhaltspflicht, böswilligen Verlassens und seelischer Grausamkeit. Er musste nur davon absehen, in Philadelphia zu erscheinen, nachdem ihm die Papiere zugestellt worden waren. Der Duft auf dem blauen Briefpapier weckte in ihm ein leises, grollendes Begehren nach Frauen – aber er musste sauber bleiben und an seine Karriere denken.

Am schlimmsten war der wöchentliche freie Tag. Oft blieb er dann von morgens bis abends im Bett, zu deprimiert, um hinauszugehen in den schwarzen Matsch der Straßen. Er machte Fernkurse für Journalistik und Werbung, ja sogar einen, bei dem man lernte, wie man Obstbäume behandeln musste, weil er den plötzlichen Impuls gehabt hatte, alles hinzuschmeißen und in den Westen zu gehen und auf einer Farm oder so zu arbeiten, aber er war zu apathisch, um die Heftchen zu lesen, und so wurde der Stapel auf seinem Tisch Woche um Woche höher. Nichts schien irgendwohin zu führen. Immer und immer wieder ging er in Gedanken durch, was er getan hatte, seit er Wilmington verlassen hatte und mit dem Zug nach Ocean City gefahren war. Irgendwo musste er einen Fehler gemacht haben, doch er wusste nicht, wo. Er begann, Patiencen zu legen, aber nicht mal darauf konnte er sich konzentrieren. Er vergaß die Karten, saß an dem Tisch mit der lebkuchenbraunen Veloursdecke und stierte an dem mit Krepppapier umhüllten Topf mit dem künstlichen Farn und der verstaubten Schleife, der auf der Bonbonniere stand, vorbei auf die breite Straße, wo Straßenbahnen quietschend abbogen und das Licht der Bogenlampen, die im Zwielicht des Nachmittags eingeschaltet wurden, das schwarze Eis in den Rinnsteinen schimmern ließ. Er dachte oft an die alten Zeiten in Wilmington, an Marie O'Higgins und seine Klavierstunden und daran, wie er als Junge in einem alten Ruderboot auf dem Delaware geangelt hatte; dann wurde er so rastlos, dass er hinausgehen, im nächsten Eckladen eine heiße Schokolade trinken und anschließend in die Stadt gehen musste, um sich einen billigen Film oder ein Varieté anzusehen. Er gewöhnte sich an, jeden Tag drei Zigarren zu rauchen, eine nach jeder Mahlzeit. So hatte er wenigstens etwas, das ihn mit einer unbestimmten Vorfreude erfüllte.

Ein- oder zweimal versuchte er, bei Mr. McGill im Frick Building vorzusprechen, doch der war jedes Mal auf Geschäftsreise. Während er wartete, plauderte er ein wenig mit der jungen Frau am Empfang und sagte dann: «Stimmt, er hat ja gesagt, dass er verreisen muss», oder: «Anscheinend hat er unsere Verabredung vergessen», um seine Verlegenheit zu überspielen, bevor er widerwillig hinausging. Er verließ nur ungern den hell erleuchteten Empfang, die großen, schimmernden Mahagonisessel mit den Löwenköpfen an den Armlehnen und die Tische mit den Löwentatzen an den Beinen, das zirpende Klappern von Schreibmaschinen hinter den Trennwänden, die läutenden Telefone und die gutgekleideten Angestellten und Abteilungsleiter, die geschäftig hin und her eilten. In der Zeitungsredaktion war es laut wegen der rumpelnden Druckmaschinen, es roch säuerlich nach Druckerschwärze und feuchten Papierrollen, und schwitzende Korrektoren liefen mit grünen Augenschirmen herum. Keine wirklich netten Menschen zu kennen und nie einen Auftrag zu kriegen, bei dem es nicht um Arbeiter oder Ausländer oder Verbrecher ging – es hing ihm zum Hals raus.

An einem Frühlingstag ging er ins Schenley, um einen Vortragsreisenden zu interviewen. Er freute sich darauf, denn er hoffte, dem Lokalredakteur die Erlaubnis abringen zu können, seinen Namen unter den Artikel zu setzen. Im Hotel waren gerade zahlreiche Teilnehmer eines Kiwanis-Kongresses/89/ eingetroffen, und Ward schob sich gerade durch das Gedränge in der Lobby, als er plötzlich vor Mr. McGill stand.

«Na so was ... Moorehouse», sagte Mr. McGill so lässig, als hätte er ihn längst bemerkt. «Gut, dass ich Sie treffe. Diese Idioten im Büro haben Ihre Adresse verlegt. Haben Sie eine Minute?»

«Ja, natürlich, Mr. McGill», sagte Ward. «Ich bin hier mit jemandem verabredet, aber das hat Zeit.»

«Lassen Sie nie einen Mann warten, mit dem Sie verabredet sind», sagte Mr. McGill.

«Es ist nichts Geschäftliches», sagte Ward und sah Mr. McGill blauäugig und jungenhaft lächelnd an. «Es wird ihm nichts ausmachen, kurz zu warten.»

Sie gingen ins Schreibzimmer und setzten sich auf ein Sofa. Mr. McGill erklärte, er sei gerade zum vorläufigen Generaldirektor ernannt worden und stehe nun vor der Reorganisation der Bessemer Metallic Furnishings and Products Company, die zahlreiche Nebenerzeugnisse der Homestead-Werke vermarkte. Er brauche einen ehrgeizigen und tatkräftigen Mann für Werbung und Verkaufsförderung. «Und da fiel mir die Broschüre ein, die Sie mir in Paris gezeigt haben, Moorehouse, und ich glaube, Sie könnten dieser Mann sein.»

Ward sah zu Boden. «Dafür müsste ich natürlich meine jetzige Stelle kündigen.»

«Und die wäre?»

«Ich bin bei einer Zeitung.»

«Ach, diese Art von Arbeit sollten Sie schleunigst aufgeben, das hat keine Zukunft. Aus Gründen, die ich jetzt nicht erläutern kann, müssten wir nominell jemand anderen zum Direktor für Werbung ernennen, aber der eigentliche Leiter der Abteilung würden Sie sein. Was sind Ihre Gehaltsvorstellungen?»

Ward sah Mr. McGill an. In seinen Ohren rauschte das Blut, als er sich beiläufig sagen hörte: «Wie wär's mit hundert die Woche?»

Mr. McGill strich sich über den Schnurrbart und lächelte. «Na, das können wir später noch klären», sagte er und erhob sich. «Ich kann Ihnen nur raten, Ihre jetzige Stelle zu kündigen. Ich werde mit Mr. Bateman darüber sprechen, damit er versteht, warum wir Sie abwerben. Nicht dass es Unmut gibt, weil Sie dort so plötzlich aufhören. Unmut sollte man tunlichst vermeiden. Kommen Sie morgen um zehn in mein Büro, Sie wissen ja, im Frick Building.»

«Ich glaube, was Werbung betrifft, habe ich ein paar sehr gute Ideen, Mr. McGill. Das ist die Arbeit, die mich am meisten interessiert», sagte Ward. Mr. McGill hatte sich bereits abgewendet, nickte ihm zu und ging hinaus. Ward begab sich hinauf, um den Vortragsreisenden zu interviewen, und wagte es nicht, sich jetzt schon allzu sehr zu freuen.

Der nächste Tag war sein letzter bei der Zeitung. Er war einverstanden mit einem Gehalt von fünfundsiebzig Dollar die Woche und der Zusicherung einer Erhöhung, sobald die Erträge seiner Arbeit diese rechtfertigten, nahm sich ein Zimmer mit Bad im Schenley und bekam ein Büro im Frick Building, wo er sich einen Doppelschreibtisch mit einem jungen Mann namens Oliver Taylor teilte, der ein Neffe eines Direktors war und nun innerhalb des Konzerns langsam nach oben bugsiert wurde. Oliver Taylor war ein erstklassiger Tennisspieler, Mitglied in allen Clubs und nur zu bereit, Moorehouse die Arbeit erledigen zu lassen. Als er erfuhr, dass Ward in Europa gewesen war und seine Anzüge von einem englischen Schneider stammten, sorgte er für seine Aufnahme im Sewickley Country Club und lud ihn nach Feierabend auf ein paar Drinks ein. Nach und nach schloss Ward Bekanntschaften und wurde als heiratsfähiger Junggeselle eingeladen. Er lernte Golf bei einem Lehrer auf einem kleinen Golfplatz in Allegheny, wo ihn, wie er hoffte, niemand sehen würde. Als er es einigermaßen beherrschte, wechselte er nach Sewickley.

Eines Nachmittags begleitete Oliver Taylor ihn, zeigte ihm all die großen Bosse aus der Stahl-, Kohle- und Ölindustrie, die an diesem Sonntagnachmittag über die Fairways spazierten, und machte über jeden Einzelnen derbe Bemerkungen, bei denen Ward zwar kichern musste, die er insgesamt jedoch sehr geschmacklos fand. Es war ein sonniger Tag im Mai, und der Wind brachte vom fruchtbaren Land am Ohio den Duft der Akazienblüten mit und ließ auf dem Rasen vor dem Clubhaus die bunten Kleider flattern, und auch den scharfen Knall, wenn ein Golfball geschlagen wurde, plötzlich erklingendes Gelächter und das Baritongemurmel der Geschäftsleute trug die sonnenwarme Brise herbei, in der noch immer ein Hauch von Ruß war. Es fiel ihm schwer, die Leute, denen er vorgestellt wurde, nicht merken zu lassen, wie gut er sich fühlte.

Der Rest seiner Zeit war mit Arbeit angefüllt. Er ließ sich von seiner Sekretärin Miss Rodgers, einer unscheinbaren alten Jungfer, die das Metallwarengeschäft nach fünfzehn Jahren in Pittsburgher Büros in- und auswendig kannte, Bücher über die Industrie besorgen, die er abends im Hotelzimmer las, und bald überraschte er die Direktoren bei Besprechungen mit seinen Kenntnissen über Prozesse und Produkte. Er hatte nichts als Bohrer, Kanthaken, Hämmer, Gegengewichte, Äxte, Hacken und Rollgabelschlüssel im Kopf; manchmal ging er in der Mittagspause in einen Werkzeugladen, um eine Schachtel Nägel oder Reißzwecken zu kaufen und sich mit dem Besitzer zu unterhalten. Er las *Crowds* [90] und diverse Bücher über Psychologie, versetzte sich in einen Metallwarenhändler oder den Direktor von Hammacher Schlemmer oder einem anderen großen Werkzeugvertrieb hinein und stellte sich vor, wie die Werbebroschüre einer Fabrik aussehen müsste, um ihn zu beeindrucken. Wenn morgens sein Bad einlief und er sich rasierte, zog eine lange Reihe von Kaminböcken, Rosten, Heizungsrohren, Pumpen, Fleischwölfen, Bohrern, Schieblehren, Schraubstöcken, Rollen und Schubladengriffen zwischen ihm und seinem Spiegelbild vorbei. Er fragte sich, wie er sie für den Einzelhandel attraktiv machen könnte. Er rasierte sich mit einem Gillette – aber warum benutzte er einen Rasierapparat von Gillette und nicht von einem anderen Hersteller? «Bessemer» war ein guter Name, er roch nach Geld, gewaltigen Walzwerken und mächtigen Direktoren, die Limousinen entstiegen. Es war entscheidend, das Interesse des Käufers zu wecken und ihm das Gefühl der Zugehörigkeit zu etwas zu geben, das groß war, mächtig und stark, dachte er, als er die Krawatte aussuchte. «Bessemer», sagte er beim Frühstück zu sich selbst. Wie können wir unsere Stahlsplinte attraktiver machen als die der Konkurrenz?, fragte er sich, wenn er in die Straßenbahn stieg. Während er sich, eingezwängt zwischen all den anderen, die zur Arbeit in die Innenstadt fuhren, am Haltegriff festhielt und auf die Schlagzeilen der Zeitungen starrte, ohne sie wirklich wahrzunehmen, gingen ihm Kettenglieder und Anker und Kupplungen und verstellbare Rohrkrümmer und Verbindungen und Muffen und Schmiernippel und Pfeifendeckel durch den Kopf. «Bessemer.»

Als er um eine Gehaltserhöhung bat, bekam er eine: hundertfünfundzwanzig die Woche.

Bei einem Tanzabend im Country Club lernte er eine Blondine kennen, die sehr gut tanzte. Sie hieß Gertrude Staple und war die einzige Tochter des alten Horace Staple, Direktor mehrerer Gesellschaften und angeblich Besitzer eines großen Aktienpakets von Standard Oil. Gertrude war mit Oliver Taylor verlobt, obwohl sie sich, wenn sie zusammen waren, ununterbrochen stritten, wie sie Ward anvertraute, als sie einen Tanz ausließen. Wards Abendanzug saß außerordentlich gut, und er wirkte viel jünger als die anderen Männer auf dem Ball. Gertrude sagte, in Pittsburgh seien die Männer ohne jeden Reiz. Sie langweile sich hier zu Tode und würde lieber in Nome, Alaska, als in Pittsburgh leben. Ward erwähnte, er sei in Paris gewesen. Das interessierte sie sehr, und so erzählte er ihr vom Tour d'Argent und dem Hotel Wagram und der Bar im Ritz und ärgerte sich, dass er keinen Wagen hatte, denn er merkte, dass sie es ihm leicht machte, sie zu fragen, ob er sie nach

Hause bringen dürfe. Am nächsten Tag schickte er ihr Blumen mit einem Gruß auf Französisch, der ihr, wie er glaubte, ein Lächeln auf die Lippen zaubern würde. Am nächsten Samstagnachmittag nahm er die ersten Fahrstunden und schlenderte dann beim Stutz-Händler vorbei, um herauszufinden, was ihn ein Roadster kosten würde.

Eines Tages trat Oliver Taylor mit einem eigenartigen Lächeln ins Büro und sagte: «Gertrude ist verliebt in dich, Ward. Sie redet nur noch von dir. Von mir aus – nur zu. Mir ist das völlig egal. Die ist mir viel zu anstrengend, nach einer halben Stunde mit ihr bin ich fix und fertig.»

«Das liegt wahrscheinlich daran, dass sie mich eigentlich gar nicht kennt», sagte Ward und errötete.

«Zu dumm, dass ihr alter Herr sie nur einem Millionär geben will. Aber ein kleines Abenteuer wäre vielleicht drin.»

«Für so was hab ich keine Zeit», sagte Ward.

«Und ich für nichts anderes», sagte Taylor. «Na dann, bis bald. Halt du die Stellung – ich bin zum Mittagessen mit einer tollen Frau verabredet. Sie ist das reinste Zuckerpüppchen und tanzt in *The Red Mill* in der ersten Reihe, als Dritte von links.» Er zwinkerte Ward zu, gab ihm einen Klaps auf die Schulter und ging wieder.

Das nächste Mal, als Ward das große, hinter Bäumen verborgene Haus der Staples besuchte, fuhr er einen roten Stutz, den er sich für eine ausgedehnte Probefahrt ausgeliehen hatte. Er kam ganz gut damit zurecht, auch wenn er etwas zu scharf in die Zufahrt einbog und ein paar Tulpen niedermetzelte. Gertrude sah es durch das Fenster der Bibliothek und neckte ihn damit. Er sagte, er sei ein miserabler Fahrer, das sei er immer schon gewesen und werde es auch bleiben. Sie bewirtete ihn mit Tee und einem Cocktail an einem kleinen Tisch unter einem Apfelbaum im Garten hinter dem Haus, und während sie sich unterhielten, fragte er sich die ganze Zeit, ob er ihr sagen sollte, dass er geschieden war. Schließlich erzählte er ihr von seinem unglücklichen Leben mit

Annabelle Strang. Gertrude war sehr teilnahmsvoll. Sie kannte Dr. Strang vom Hörensagen.

«Und ich hatte gehofft, Sie wären ein Abenteurer», sagte sie. «Sie wissen schon: vom Zeitungsjungen zum Präsidenten und so.»

«Aber das bin ich ja», rief er. Sie mussten beide lachen, und er merkte, dass sie tatsächlich in ihn verliebt war.

An diesem Abend waren sie wieder auf einem Ball und gingen in den hintersten Winkel des Wintergartens, wo die Luft wegen der Orchideen sehr warm und feucht war, und dort küsste er sie und sagte, sie sei wie eine blassgelbe Orchidee. Von da an schlichen sie sich davon, wann immer sich eine Gelegenheit bot. Wenn er sie küsste, erschlaffte sie in seinen Armen, und das gab ihm die Gewissheit, dass sie ihn liebte. Doch wenn er nach solchen Abenden in sein Zimmer zurückkehrte, war er zu nervös und erregt, ging auf und ab, sehnte sich nach einer Frau, mit der er schlafen könnte, und verfluchte sich dafür. Oft nahm er dann ein kaltes Bad und sagte sich, er müsse sich auf seine Arbeit konzentrieren und dürfe an so etwas nicht mal denken und vor allem nicht zulassen, dass eine Frau ihm so unter die Haut ging. Die Straßen im unteren Teil der Stadt waren voller Huren, aber er fürchtete, sich eine Krankheit zu holen oder erpresst zu werden. Eines Nachts nach einer Party nahm Taylor ihn mit in ein Haus, das, wie er behauptete, sehr seriös geführt wurde, und dort lernte Ward eine hübsche, dunkelhaarige Polin kennen, die nicht älter als achtzehn sein konnte, doch er ging nicht oft zu ihr, denn es kostete fünfzig Dollar, und er war immer nervös, wenn er dort war, denn er hatte Angst, es könnte eine Razzia geben, und dann müsste er Schmiergeld zahlen.

An einem Sonntagnachmittag sagte ihm Gertrude, ihre Mutter habe mit ihr geschimpft, weil sie sich so oft in seiner Gesellschaft zeige und er doch in Philadelphia eine Frau habe. Das Scheidungsurteil war ihm am Morgen zuvor zugestellt worden. Ward war in Hochstimmung, erzählte ihr davon und bat sie, seine Frau zu werden. Sie waren bei einer öffentlichen Orgelprobe im Carnegie Institute – das war ein guter Treffpunkt, denn niemand, der jemand war, ging je dorthin. «Komm mit ins Schenley, und ich zeige dir das Urteil.» Die Musik hatte begonnen. Gertrude schüttelte den Kopf, strich aber über seine Hand, die auf dem Plüschsitz neben ihrem Knie lag. Sie gingen mitten im ersten Stück hinaus. Die Musik war nervtötend. Sie standen lange in der Lobby und redeten. Gertrude sah traurig und elend aus. Sie sagte, es gehe ihr nicht gut, und ihre Eltern würden nie in eine Hochzeit mit einem Mann einwilligen, dessen Einkommen nicht mindestens so groß wie ihres sei, und sie wünschte, sie wäre eine arme Sekretärin oder Telefonistin, die tun könne, was sie wolle, und sie liebe ihn sehr und werde ihn immer lieben, und wahrscheinlich werde sie jetzt anfangen zu trinken oder Drogen zu nehmen, denn das Leben sei einfach zu schrecklich.

Ward war sehr kalt, biss die Zähne zusammen und sagte, dann sei es mit ihrer Liebe wohl doch nicht so weit her, und für ihn sei die Sache damit zu Ende. In Zukunft würden sie, wenn sie sich begegneten, nur gute Freunde sein. Er fuhr sie in dem noch nicht abgezahlten Stutz zur Highland Avenue, zeigte ihr das Haus, in dem er gewohnt hatte, als er nach Pittsburgh gekommen war, und sagte, er spiele mit dem Gedanken, in den Westen zu gehen und seine eigene Werbeagentur aufzumachen. Schließlich setzte er sie in Highland Park am Haus einer Freundin ab, denn sie hatte ihrem Chauffeur gesagt, er solle sie um sechs dort abholen.

Ward fuhr zum Schenley, ließ sich eine Tasse schwarzen Kaffee aufs Zimmer bringen und gab sich bitteren Gedanken hin. Dann machte er sich daran, einen Text, den er geschrieben hatte, zu überarbeiten, wobei er die ganze Zeit vor sich hin murmelte: «Soll der Teufel doch die Schnepfe holen!»

In den nächsten Monaten dachte er nicht oft an Gertrude, denn bei Homestead wurde gestreikt, und einige der Streikenden waren von den Wachleuten der Minengesellschaft getötet worden. Gewisse sentimentale Schreiberlinge in New York und

Chicago verfassten lange Artikel, in denen sie die Stahlindustrie und die «Feudalgesellschaft von Pittsburgh», wie sie es nannten, geißelten, im Kongress heulten die Progressiven auf, und es gab Gerüchte, dass Leute, die aus dieser Sache politisches Kapital schlagen wollten, auf einen Untersuchungsausschuss drängten. Mr. McGill und Ward aßen im Schenley zu Abend und besprachen die Situation, und Ward sagte, bei der Öffentlichkeitsarbeit der Industrie sei eine völlig neue Linie unerlässlich. Die neue Aufgabe bestehe darin, die Allgemeinheit in einem jahrelangen Prozess durch sorgfältig gezielte Publikationen aufzuklären. Mr. McGill war sehr beeindruckt und sagte, er werde bei Direktoriumssitzungen die Einrichtung eines gemeinsamen Informationsbüros der Stahlindustrie zur Sprache bringen. Ward sagte, dann wolle er die Leitung dieses Büros übernehmen, denn mit den Bessemer-Produkten verschwende er nur seine Zeit – das sei zu einer Routinearbeit geworden, die ebenso gut ein anderer übernehmen könne. Er erwähnte auch, dass er mit dem Gedanken spiele, nach Chicago zu gehen und seine eigene Werbeagentur aufzumachen. Mr. McGill strich sich lächelnd über den stahlgrauen Schnurrbart und sagte: «Nicht so eilig, junger Mann. Bleiben Sie noch eine Weile hier, und ich gebe Ihnen mein Ehrenwort, dass Sie es nicht bereuen werden», und Ward sagte, er sei ja guten Willens, aber er sei nun schon fünf Jahre in Pittsburgh, und was habe er erreicht?

Das Informationsbüro wurde gegründet, und man übertrug Ward die Leitung. Er bekam jetzt zehntausend Dollar pro Jahr und begann, mit dem überschüssigen Geld ein wenig an der Börse zu spekulieren, aber über ihm waren etliche Männer, die mehr verdienten und nichts anderes taten, als ihn zu behindern, und so war er rastlos und unzufrieden. Er fand, es sei an der Zeit, zu heiraten und eine eigene Firma zu gründen. Er verfügte über zahlreiche Kontakte in alle möglichen Zweige der Stahl- und Ölindustrie und hatte das Gefühl, es sei angemessen, ein Haus zu haben, in dem er Gäste empfangen konnte. Einladungen ins Fort Pitt oder ins Schenley waren teuer und wirkten irgendwie halbseiden.

Eines Morgens las er in der Zeitung, Horace Staple sei am Tag zuvor im Aufzug des Carnegie Building an Angina pectoris gestorben, und Gertrude und ihre Mutter seien in ihrem palastartigen Anwesen in Sewickley in tiefer Trauer. Sogleich ging er ins Schreibzimmer und schrieb ein paar Zeilen an Gertrude, auch wenn das bedeutete, dass er zu spät zur Arbeit erscheinen würde:

Liebste Gertrude,
erlaube mir in diesem schrecklichen Augenblick des Schmerzes zu sagen, dass ich ununterbrochen an dich denke. Gib mir sofort Bescheid, wenn ich auf irgendeine Weise behilflich sein kann. Im dunklen Tal des Todes müssen wir erkennen, dass der allgütige Gott, dem wir alle Liebe, allen Reichtum, alle zärtlichen Gefühle am heimischen Herd verdanken, auch der grausam hinwegraffende Gott sein kann ...

Er starrte auf die Worte, kaute auf dem Ende des Federhalters herum und kam zu dem Schluss, dass das mit dem «grausam hinwegraffend» vielleicht ein bisschen zu stark war. Er schrieb die Karte noch einmal, ließ diesmal den letzten Satz weg, unterschrieb mit «Dein dich liebender Ward» und schickte sie per Boten nach Sewickley.

Er wollte gerade in die Mittagspause gehen, als der Bürojunge ihm meldete, eine Dame wolle ihn am Telefon sprechen. Es war Gertrude. Ihre Stimme zitterte, doch sie machte einen nicht allzu mitgenommenen Eindruck. Sie bat ihn, mit ihr am Abend irgendwo essen zu gehen, wo sie keinem Bekannten begegnen würden, denn das Haus und alles dort seien ihr irgendwie unheimlich, und wenn sie noch einen einzigen Kondolenzbesuch empfangen müsse, werde sie verrückt. Er sagte, er werde sie in der Lobby des Fort Pitt erwarten, und dann würden sie zu einem kleinen Restaurant fahren, wo sie in Ruhe reden könnten.

Am Abend pfiff ein eisiger Wind. Der Himmel war schon den ganzen Tag bleigrau gewesen, und von Nordwesten waren noch dunklere Wolken aufgezogen. Als Gertrude in die Lobby trat, war sie so in Pelz gehüllt, dass er sie zuerst gar nicht erkannte. Sie reichte ihm die Hand und sagte: «Lass uns hier verschwinden.» Er sagte, er kenne ein kleines Wirtshaus an der Straße nach McKeesport, aber in seinem offenen Roadster werde die Fahrt zu kalt für sie sein.

«Lass uns dorthin fahren, unbedingt», sagte sie. «Ich liebe Schneestürme.» Und als sie in den Wagen stieg, sagte sie mit zitternder Stimme: «Freust du dich, deine alte Flamme zu sehen, Ward?»

«Oh ja, und wie. Aber freust du dich auch, mich zu sehen?»

«Merkt man das denn nicht?», sagte sie. Er murmelte etwas über ihren Vater, doch sie unterbrach ihn: «Lass uns nicht davon reden.»

Der heulende Wind verfolgte sie durch das ganze Monongahela-Tal, und hin und wieder fiel Schnee. Halden, Hochöfen und Reihen hoher Schornsteine hoben sich tintig schwarz von einem tiefhängenden, schlierigen Himmel ab, der den feurigen Schein glühenden Metalls und roter Schlacke, das Weiß der Bogenlampen und Lokomotivscheinwerfer reflektierte. An einem Bahnübergang wären sie fast mit einem Kohlenzug zusammengestoßen. Ihre Hand packte seinen Arm, als der Wagen schleudernd zum Stehen kam.

«Das war knapp», sagte er mit zusammengebissenen Zähnen.

«Egal», antwortete sie, «heute Abend ist mir alles egal.»

Er musste aussteigen und den abgewürgten Motor mit der Kurbel anwerfen. «Alles in Ordnung, solange wir nicht erfrieren», sagte er und setzte sich wieder auf den Fahrersitz. Sie beugte sich zu ihm und küsste ihn auf die Wange.

«Willst du mich immer noch heiraten? Ich liebe dich, Ward.»

Der Motor heulte auf, als er den Arm um sie legte und sie so fest auf den Mund küsste, wie er damals, in dem Häuschen in

Ocean City, Annabelle geküsst hatte. «Natürlich will ich das, Liebste», sagte er.

Das Wirtshaus gehörte einem französischen Ehepaar. Ward sprach französisch mit ihnen und bestellte ein Brathähnchen und Rotwein und heißen Whiskey-Punsch zum Aufwärmen. Außer ihnen war niemand da, und er ließ einen Tisch vor den Gasofen mit künstlichen glühenden Scheiten am Ende des in Rosarot und Gelb gehaltenen Speisesaals stellen. Das trübe Licht beschien eine lange Reihe gespenstisch leerer Tische, die Fenster waren verschneit. Während des Essens erzählte er Gertrude von seinem Plan, eine eigene Agentur zu eröffnen. Er suche nur noch einen geeigneten Partner und sei sicher, dass er sie zur größten Agentur in ganz Amerika machen könne, besonders unter diesem neuen, ganz unverbrauchten Gesichtspunkt der Beziehungen zwischen Kapital und Arbeit.

«Wenn wir erst verheiratet sind, werde ich dir sehr helfen können, mit Kapital und Ratschlägen und allen möglichen anderen Dingen», sagte sie und sah ihn mit geröteten Wangen und leuchtenden Augen an.

«Ja, das kannst du, Gertrude.»

Beim Essen trank sie eine Menge Wein, und danach wollte sie noch mehr Whiskey-Punsch, und er küsste sie und strich mit der Hand über ihr Bein. Ihr schien alles egal zu sein, denn sie küsste ihn vor den Augen des Wirts. Als sie hinausgingen, um zurückzufahren, war der Wind zu einem ausgewachsenen Sturm geworden, und die Straße war völlig verschneit. Ward sagte, in einer solchen Nacht nach Pittsburgh zu fahren, sei reiner Selbstmord, und der Wirt warf ein, er habe ein Zimmer für sie, und Monsieur und Madame müssten verrückt sein, sich auf den Weg zu machen, besonders da sie Gegenwind haben würden. Für einen Augenblick überkam Gertrude Panik, und sie sagte, sie wolle sich lieber umbringen als bleiben, doch dann sank sie plötzlich hysterisch schluchzend in Wards Arm zusammen. «Nein, ich will hierbleiben, ich will hierbleiben, ich liebe dich so.»

Sie riefen im Haus der Staples an und sprachen mit der Nachtschwester, die ihnen sagte, sie habe Mrs. Staple ein Opiat gegeben; sie schlafe jetzt friedlich wie ein Kind. Gertrude sagte, wenn ihre Mutter wieder wach sei, solle die Schwester ihr ausrichten, sie werde die Nacht bei ihrer Freundin Jane English verbringen und nach Hause kommen, sobald der Straßenzustand es erlaube, mit dem Wagen zu fahren. Dann rief sie Jane English und sagte ihr, sie sei von Trauer ganz überwältigt und habe sich ein Zimmer im Fort Pitt genommen, um allein zu sein. Wenn ihre Mutter anrufe, solle sie ihr sagen, sie schlafe gerade. Und schließlich rief sie im Fort Pitt an und reservierte ein Zimmer auf ihren Namen. Dann gingen sie hinauf. Ward war sehr glücklich und stellte fest, dass er sie sehr liebte, und sie hatte so etwas offenbar schon öfter gemacht, denn das Erste, was sie sagte, war: «Wir wollen aber keine Zwangsheirat, oder, Schatz?»

Ein halbes Jahr später waren sie verheiratet, und Ward kündigte seine Stelle als Leiter des Informationsbüros. Er hatte an der Wall Street einiges Glück gehabt und beschloss, sich ein Jahr freizunehmen und auf Hochzeitsreise nach Europa zu fahren. Wie sich herausstellte, hatte Mr. Staple sein gesamtes Vermögen seiner Frau zu treuen Händen vermacht; Gertrude würden bis zum Tod von Mrs. Staple lediglich fünfzehntausend Dollar pro Jahr ausbezahlt werden, doch Ward und sie wollten die alte Dame in Karlsbad besuchen und hofften, von ihr etwas Kapital für eine neue Werbeagentur zu bekommen. Das junge Paar buchte die Hochzeitssuite auf der *Deutschland* und hatte eine ruhige Überfahrt. Ward war nur ein einziges Mal seekrank.

Das Auge der Kamera 21

in dem August hat es nicht einen Tropfen geregnet und im Juli war auch schon kaum Regen gefallen · das Gemüse war in einem schrecklichen Zustand und in der ganzen nördlichen Ecke von Virginia hatte es keinen Sinn Futtermais zu ernten weil die unteren Blätter allesamt verwelkt waren und sich eingerollt hatten · nur bei den Tomaten waren die Erträge gut

wenn Rattler nicht auf der Farm gebraucht wurde durftest du ihn reiten (er war ein Fuchswallach drei Jahre alt und neigte zum Stolpern) durch den Wald aus hohen Mastbaumkiefern und auf sandigen Wegen zwischen den Flammenblüten der Trompetenbäume und durch ausgetrocknete Sümpfe wo die Erde rissig war wie eine Alligatorhaut

vorbei am Haus der Morris wo die Morris-Kinder alle trocken und braun und staubig aussahen

und am Flussufer entlang an der Harmony Hall vorbei wo Sydnor ein barfüßiger Zweimetermann mit einem langen Gesicht und einer langen Nase und einer großen Warze auf der Nase auf und ab schlurfte und nicht wusste was er machen sollte weil es doch so trocken war und seine Frau war krank und ein neues Baby war unterwegs und die Kinder hatten Keuchhusten und er hatte Magenprobleme

und wieder an Sandy Pint und der großen Kiefer vorbei

und Miss Emily sah über den Zaun neben der Jamaika-Kirsche (sie trug eine Haube und hatte immer ein paar Blumen und Brathähnchen zu verkaufen und in ihren Adern floss das beste Blut des Südens Tancheford so schreibt man es aber wir sprechen es Tofford aus wenn nur die Jungs nicht so nichtsnutzig wären immer nur saufen und sich unten am Fluss rumtreiben und Whiskey von Maryland rüberschmuggeln anstatt zu fischen und stinkbesoffen rausfahren und die Netze zerreißen oder gleich ganz verlieren · Miss Emily trank selbst ab und zu mal ein Tröpfchen aber sie war immer nett und freundlich wenn sie über den Zaun neben der Jamaika-Kirsche sah und sich mit den Leuten unterhielt die auf der Straße vorbeigingen)

und dann runter zu Lynch's Pint wo der alte Bowie Franklin war (der war auch ziemlich nichtsnutzig und sah aus wie ein Bantam-Hahn der Bowie Franklin mit seinem langen dürren Hals und seinem ruckartigen Gang und er konnte nicht viel arbeiten und hatte kein Geld für Whiskey und darum fütterte er bloß seine grauen Hühner mit denen auch nicht viel los war und die genau so aussahen wie Bowie und hing am Kai rum und manchmal wenn das Boot angelegt hatte oder ein paar Fischer kamen weil es draußen in der Bucht zu stürmisch war gab ihm einer einen aus und dann brauchte er einen ganzen Tag um seinen Rausch auszuschlafen)

Rattler schwitzte wie verrückt weil er bei dieser Hitze mit Mais gefüttert worden war und der alte Sattel stank und die Bremsen summten um seine Flanken und es war Abendessenszeit und du bist langsam nach Hause geritten und hast dieses verdammte ausgelaugte Land gehasst und die Hitze die das Gemüse kaputt machte und das schrille Sirren der Heuschrecken und Zikaden in den jungen Gummibäumen und Persimonen die wie Staubgespenster an der Straße standen und den sichelförmigen Strand wo die Meernesseln dich verbrannt haben als du rausschwimmen wolltest und die Sandflöhe und die Gesprächsfetzen über die Sachen die in Haag oder Warschau oder Pekatone passierten und das Telefon im Haus das immer läutete wenn irgendeine Farmerfrau zum Hörer griff um irgendeine andere Farmerfrau anzurufen und dann klickte es im Hörer weil alle anderen entlang der Leitung zum Telefon rannten um mitzuhören was die beiden sagten

und das Land zwischen den Flüssen war aller Kraft beraubt von dem Tabak der in den frühen Walter-Raleigh-Captain-John-Smith-Pocahontas-Tagen hier angebaut worden war aber was war es nur damals vor dem Krieg das die Männer und Frauen hier ihrer Kraft beraubte

und ich ritt Rattler den dreijährigen Fuchswallach der so oft stolperte und ich hasste die von der Sonne gebackene steinharte Erde und den lehmigen Untergrund und die rauschenden Kiefern und die nichtsnutzigen Gummibäume und Persimonen und die Brombeeren

nur die Bucht konnte man mögen funkelnd bis zum Horizont und den Südostwind der jeden Nachmittag aufkam und die weißen Segel der Austernfischer

Wochenschau XV

Zu den Klängen von *Home Sweet Home* erlöschen die Lichter eines nach dem anderen niedrige Löhne führen zu Unruhen, sagt die Frau

Im Herzen von Maryland gibt's eine Frau,
Und ihr Herz gehört mir allein

WOLLEN EINEN GROSSEN KRIEG
ODER GAR KEINEN

das Mannequin, das häufig auf Pariser Rennbahnen zu sehen ist, übertrifft sich selbst beim Lancieren modischer Neuerungen. Diese Frau erscheint in der erstaunlichsten Aufmachung und präsentiert sie mit vollkommener Gelassenheit. Das Motto lautet «Widersprüchlichkeit»

Drei deutsche Stabsoffiziere, die zufällig vorübergingen, wurden von begeisterten Menschen, die ihnen die Hand schütteln wollten, förmlich überrannt

Frau tritt auf Streichholz – Kleid fängt Feuer – Bei lebendigem Leib verbrannt

Und Maryland
War Zauberland
Als sie sagte, sie sei mein

SCHÜSSE AN DER DONAU LÖSEN
ERSTE GEFECHTE AUS

Ich bin, wie alle vernünftigen Frauen, gegen die Todesstrafe. Der Gedanke, dass eine Frau Zeugin einer Hinrichtung sein könnte, ist mir zuwider. Dass der Staat einen Mord begeht, ist schrecklich.

ZAR VERLIERT GEDULD MIT ÖSTERREICH

Panischer Exodus aus Karlsbad Verschwinden eines Majors bringt Mordserie an den Tag Dekolleté am helllichten Tag Unterwäsche Kleider die man sich unter keinen Umständen im Haushalt vorstellen Was sollen wir als Nächstes tragen? ruft Paris Chorknaben am Lagerfeuer Professor will Wälder erwandern Belgrad gefallen

AUSWEITUNG DES KRIEGES DROHT

DER ABGEORDNETE JAURÈS /91/ ERMORDET

LEBT NOCH ZWEI STUNDEN
NACH FESTSTELLUNG DES TODES

als Garros ums Leben kam, habe ich einen Kameraden und Freund verloren, und ich werde wohl noch mehr Freunde aus dieser Branche verlieren, bevor der Krieg vorbei ist

VERLORENE KOFFER TAUCHEN IN LONDON AUF

in der Sommerzeit, die der Ruhe und Erholung gewidmet ist, finden Zusammenkünfte aller Art zwangsläufig weniger Beachtung oder werden übergangen, und wegen der augenblicklichen Entspannung erfreuen sich einige Mitglieder der jüngeren Generation, die erst in zwei oder gar drei Saisons debütieren werden, der herrlichen

SCHWARZER PAPST EBENFALLS TOT

zur Versorgung der britischen Truppen auf dem Kontinent sollen große Mengen Virginia-Tabak nach England importiert werden

Im Herzen von Maryland gibt's eine Frau,
Und ihr Herz gehört mir allein

Der Friedensprinz

Andrew Carnegie
wurde in Dunfermline in Schottland geboren
kam auf einem Einwandererschiff in die USA
arbeitete als Spuler in einer Textilfabrik
befeuerte Dampfkessel
war für zwei fünfzig die Woche Angestellter in einer Spinnerei
trug in Philadelphia für Western Union Telegramme aus
lernte morsen war Telegraphist bei der Pennsylvania Railroad
war im Bürgerkrieg Militärtelegraphist und

sparte jeden Cent;
wenn er einen Dollar hatte, investierte er ihn.
Andrew Carnegie kaufte Aktien von Adams Express und Pullman, als sie spottbillig waren;
er setzte sein Vertrauen in Eisenbahnen,
er setzte sein Vertrauen in Kommunikationsmittel,
er setzte sein Vertrauen in Transportmittel,
er glaubte an Eisen.
Andrew Carnegie glaubte an Eisen, baute Brücken Hochöfen Stahlwerke Walzwerke;
Andrew Carnegie glaubte an Öl;
Andrew Carnegie glaubte an Stahl;
er sparte jeden Cent
und wenn er eine Million hatte, investierte er sie.
Andrew Carnegie wurde der reichste Mann der Welt und starb.
Bessemer Duquesne Rankin Pittsburgh Bethlehem Gary
Andrew Carnegie spendete Millionen für den Frieden
und für Bibliotheken und Forschungsinstitute und Stiftungen und sparsames Wirtschaften
wenn er eine Milliarde hatte, gründete er eine Stiftung zur Förderung des Weltfriedens
jedes Mal
außer wenn gerade Krieg war.

Das Auge der Kamera 22

die ganze Woche hing der Nebel über dem Meer und den Klippen · gegen Mittag ließ die Sonne den Stockfisch auf den Spänen trocknen · graue Späne grünes Meer graue Häuser weißer Nebel · gegen Mittag gab es gerade genug Sonne um Multebeeren und Holzbirnen im Moor reifen zu lassen und Lorbeeren und Farnmyrten zu wärmen zur Essenszeit in der Pension warteten alle auf die Funker · die Funker kamen kaum zum Essen · ja es war Krieg

Machen wir mit? Macht England mit?

Gemäß den Verpflichtungen des Vertrages von … händigte dem Botschafter die Pässe aus · jeden Morgen legten sie den Stockfisch auf die Späne schön gleichmäßig nebeneinander im matten Licht der Sonne das durch den Nebel drang

in der Ferne tutete ein Dampfer Wellen klatschten an die Pfähle Möwen schrien über den mit Seegras bewachsenen Felsen in der Pension klapperte Geschirr

Rasche Kriegserklärung … Große Schlacht in der Nordsee deutsche Flotte zerstört BRITISCHE FLOTTE ZERSTÖRT DEUTSCHES GESCHWADER VOR KAP RACE *loyale Neufundländer eilen zu den Fahnen Häfen in St. Johns und Port aux Basques gesperrt*

und jeden Abend holten sie den Stockfisch wieder rein das Klappern des Pensionsgeschirrs und alle warteten auf die Funker

Wellen klatschten an die Pfähle am Kai Möwen schrien und kreisten weiß im weißen Nebel in der Ferne tutete ein Dampfer und jeden Morgen legten sie den Stockfisch auf die Späne

J. Ward Moorehouse

Als Ward von seiner zweiten Hochzeitsreise nach Europa zurückkehrte, war er zweiunddreißig, wirkte aber älter. Er verfügte über Kapital und Verbindungen und hatte das Gefühl, der große Augenblick sei endlich gekommen. Im Juli hatte das Gerede von Krieg ihn bewogen, die Reise abzukürzen. In London hatte er einen jungen Mann namens Edgar Robbins kennengelernt, der für International News /92/ aus Europa berichtete.

Er trank zu viel und war ein Schürzenjäger, aber Ward und Gertrude nahmen ihn überallhin mit und beschlossen insgeheim, ihn auf den rechten Weg zu bringen. Eines Tages nahm Robbins Ward beiseite und sagte ihm, er habe Syphilis und werde in Zukunft ein tugendhafteres Leben führen müssen. Ward überlegte eine Weile und bot ihm dann eine Stelle in dem New Yorker Büro an, das er gleich nach seiner Rückkehr eröffnen wollte. Gertrude sagten sie, es handle sich um ein Leberleiden, und fortan schimpfte sie mit ihm wie mit einem Kind, wenn er etwas Alkoholisches trank. Auf der Rückfahrt nach Amerika hatten sie das Gefühl, dass Robbins ihnen beiden vollkommen ergeben war. Von da an musste Ward keine Texte mehr schreiben und konnte sich voll und ganz dem Aufbau seiner Agentur widmen. Die alte Mrs. Staple hatte sich bewegen lassen, fünfzigtausend Dollar in die Firma zu investieren. Ward mietete ein Büro in der Fifth Avenue 100 und stattete es mit chinesischen Porzellanvasen und Aschenbechern aus feinem Emaille aus. In seinem Privatbüro lag ein Tigerfell. Jeden Nachmittag trank er Tee nach englischer Art, und ins Telefonbuch ließ er «J. Ward Moorehouse, Öffentlichkeitsarbeit» eintragen. Während Robbins sich um die Texte kümmerte, die verschickt werden sollten, fuhr Ward nach Pittsburgh und Chicago, nach Bethlehem und Philadelphia, um alte Kontakte aufzufrischen.

Gerade als er in Philadelphia die Lobby des Bellevue Stratford betrat, begegnete er Annabelle Marie. Sie begrüßte ihn freundlich und sagte, sie habe von ihm und seiner Agentur gehört. Sie aßen zusammen zu Abend und sprachen über vergangene Zeiten. «Du hast dich eindeutig verbessert», sagte Annabelle Marie mehrmals. Ward spürte, dass sie die Scheidung ein wenig bereute, was er für sich selbst nicht behaupten konnte. Die Falten in ihrem Gesicht waren tiefer geworden, sie sprach Sätze nicht zu Ende, und ihre Stimme war so schrill wie die eines Papageis. Sie war sehr stark zurechtgemacht, und er fragte sich, ob sie vielleicht Drogen nahm. Sie ließ sich gerade von Beale scheiden, der sich, wie sie sagte, als homosexuell erwiesen hatte. Ward sagte trocken, er habe wieder geheiratet und sei sehr glücklich. «Wer wäre das nicht mit dem Staple-Vermögen im Rücken?», sagte sie. Ihre besitzergreifende Art irritierte ihn, und so entschuldigte er sich gleich nach dem Essen und sagte, er habe noch zu tun. Annabelle legte den Kopf schräg und sah ihn mit halbgeschlossenen Augen an. «Viel Glück», sagte sie, trat mit einem schrillen Lachen in den Aufzug und fuhr hinauf auf ihr Zimmer.

Am nächsten Tag fuhr Ward in einem Salonwagen der Pennsylvania Railroad nach Chicago. Seine Sekretärin Miss Rosenthal und Morton, sein englischer Diener, begleiteten ihn. Er aß im Salonwagen mit Miss Rosenthal, einer blässlichen und unscheinbaren, aber scharfsinnigen Frau, die ihm treu ergeben war. Sie war schon bei Bessemer in Pittsburgh seine Sekretärin gewesen. Als der Kaffee abgeräumt war und Morton ihnen einen Schluck Brandy eingeschenkt hatte – unter großem Gekicher von Miss Rosenthal, die sagte, der werde ihr zu Kopf steigen –, begann Ward zu diktieren. Der Zug vibrierte und schlingerte, und hin und wieder konnte Ward Kohlenrauch und das heiße, dampfig-ölige Ungetüm von Lokomotive riechen, den heißen, schimmernden Stahl, der durch die dunklen Appalachen raste. Er musste laut sprechen, damit Miss Rosenthal ihn verstand. Das Vibrieren des Zugs brachte seine Stimmbänder zum Schwingen. Über seinen Worten vergaß er alles andere ... Die amerikanische Industrie ist wie eine Dampfmaschine, wie die Hochleistungslokomotive eines großen Expresszugs, der durch die Finsternis der alten individualistischen Methoden rast ... Was ist nötig, um eine Lokomotive zu bauen? Kooperation – erst das Zusammenwirken eines Erfinders und eines Organisators ermöglicht die Entwicklung dieser Höchstleistungsprodukte ... Ebenso eine Koordination des Kapitals, der gespeicherten Energie eines Volkes in Form intelligent gelenkter Kredite, und der Arbeiterschaft, den gutverdienenden, zufriedenen amerikanischen Arbeitern, denen die beispiellosen Möglichkeiten des in großen Konzernen gesammelten Kapitals einen gedeckten Tisch, billige motorisierte Transportmittel, Versicherungen und kurze Arbeitszeiten beschert haben … Komfort und Wohlstand in einem Maße, wie es sie in der tragischen Geschichte der Menschheit oder den erforschten Regionen der bewohnbaren Welt niemals gegeben hat.

Er musste jedoch bald aufhören zu diktieren, denn er stellte fest, dass ihm die Stimme versagte. Er entließ Miss Rosenthal und ging zu Bett, konnte aber nicht schlafen: Worte, Ideen, Pläne, Börsenkurse zogen wie auf einem endlosen Tickerstreifen durch seinen Kopf.

Am nächsten Nachmittag im LaSalle meldete sich Richter Bowie C. Planet an. Während er ihn erwartete, saß Ward da und sah in den sehr blassblauen Himmel über dem Lake Michigan. In der Hand hielt er eine Karteikarte, auf der stand:

Planet, Bowie C. – Richter in Tennessee, verheiratet
mit Elsie Wilson Denver; kl. Anteile in Kupfer, Blei …
Anaconda? /93/ *glücklose Ölspekulationen … Teilhaber*
der kl. Kanzlei Planet & Wilson, Springfield, Illinois

«Danke, Miss Rosenthal», sagte er, als es an der Tür klopfte. Sie ging mit der Karteikarte ins Nebenzimmer.

Morton öffnete die Tür und ließ einen Mann mit rundem Gesicht, schwarzem Filzhut und Zigarre ein.

«Guten Tag, Richter Planet», sagte Ward, stand auf und ging ihm mit ausgestreckter Hand entgegen. «Wie geht's?» Richter Planet trat langsam näher. Er hatte einen eigenartig schwankenden Gang, als täten ihm die Füße weh. Sie schüttelten sich die Hand. «Wollen Sie sich nicht setzen?» Richter Planet nahm Platz und stellte fest, dass ihm das stahlgleißende Licht, das durch das große Fenster hinter Moorehouse' Schreibtisch fiel, ins Gesicht schien.

«Möchten Sie eine Tasse Tee, Sir?» Morton erschien mit einem Tablett, auf dem ein silbern glänzendes Teeservice stand. Der Richter war so überrascht, dass er die Zigarrenasche, die er hatte lang werden lassen, um sich zu beweisen, dass er nüchtern war, auf seine straff sitzende Weste fallen ließ. Sein Gesicht blieb rund und ausdruckslos. Es war das Gesicht eines Schufts, aus dem alle Anzeichen von Schuftigkeit sorgfältig getilgt worden waren. Der Richter nippte an seinem lauwarmen Tee mit Milch.

«Das macht einen klaren Kopf, Sir, einen klaren Kopf», sagte Ward und ließ seine eigene Tasse unberührt kalt werden.

Richter Planet zog an seiner Zigarre. «Nun, Sir, es freut mich sehr, Sie kennenzulernen», sagte er.

In diesem Augenblick meldete Morton einen Mr. Barrow, einen dünnen Mann mit vorstehenden Augen und einem großen Adamsapfel über der sehr schmalen Krawatte. Er hatte eine nervöse Sprechweise und rauchte zu viel. Er sah aus, als wäre er mit Nikotin getränkt: Finger, Gesicht und Zähne waren gelblich verfärbt.

Auf Wards Schreibtisch lag eine zweite Karteikarte, auf der stand:

Barrow, G. H. – Verbindungen zur Arbeiterschaft,
Reformer; ehem. Sekr. der Lokführergewerkschaft;
unzuverlässig

Während er sich erhob, drehte er die Karte um. Nachdem er Mr. Barrow die Hand geschüttelt, ihm einen Stuhl gegenüber dem Fenster angeboten und seine Bewegungsfreiheit mit einer Tasse Tee eingeschränkt hatte, begann er zu reden.

«Wie Sie im Verlauf Ihrer ganz verschiedenen und nützlichen beruflichen Tätigkeiten bemerkt haben werden», sagte er so langsam und deutlich, als würde er diktieren, «haben sich Kapital und Arbeit, diese beiden großen Kräfte unseres nationalen Lebens, die ohne einander nicht existieren können, immer weiter voneinander entfernt, das verrät uns schon eine flüchtige Lektüre der Zeitungen. Mir scheint, dass einer der Gründe für diesen beklagenswerten Zustand darin zu suchen ist, dass es keine private

Agentur gibt, die der Öffentlichkeit den Sachverhalt fair und unparteiisch darstellt. Die meisten Missverständnisse werden durch einen Mangel an richtig verbreiteten Informationen verursacht. Die großen Führer des Kapitals sind, wie Sie, Mr. Barrow, sicher wissen, überzeugte Verfechter von Gerechtigkeit und Demokratie und nur zu bereit, dem Arbeiter seinen Anteil am Gewinn zu geben, wenn man ihnen einen Weg aufzeigt, wie sie dies tun können, ohne die Rechte der Allgemeinheit und der Aktionäre zu beschneiden. Immerhin ist die Allgemeinheit ja der Investor, dem wir alle zu dienen haben.»

«Manchmal», sagte Mr. Barrow, «aber doch kaum –»

«Wünscht einer der Herren einen Whiskey und Soda?» Mit straff zurückgekämmtem Haar stand Morton zwischen ihnen, in den Händen ein Tablett mit Karaffen, hohen, mit Eis gefüllten Gläsern und ein paar geöffneten Mineralwasserfläschchen.

«Tja, warum eigentlich nicht?», sagte Richter Planet.

Als jeder ein klirrendes Glas in der Hand hielt, ging Morton wieder hinaus. Draußen begann der Himmel in der Abenddämmerung zart zu leuchten und tauchte den Raum in ein rötliches Licht. Die Gläser machten alles etwas zwangloser. Der Richter kaute auf dem Ende einer neuen Zigarre.

«Mal sehen, ob ich Sie recht verstehe, Mr. Moorehouse», sagte er. «Sie haben Verbindungen zur Werbebranche und zur Großindustrie und wollen ein neues Feld erschließen, und zwar in Form einer Agentur, die Auseinandersetzungen zwischen Kapital und Arbeit friedlich und auf freundschaftliche Weise beilegt. Aber wie wollen Sie das anstellen?»

«Ich bin sicher, dass die organisierte Arbeiterschaft dabei mitmachen würde», sagte G. H. Barrow und rutschte bis an die Stuhlkante vor. «Wenn sie nur sicher sein könnte, dass ... na ja, dass ...»

«Dass man ihr nicht das Fell über die Ohren zieht», sagte der Richter und lachte.

«Genau.»

«Nun, Gentlemen, ich werde meine Karten auf den Tisch legen. Meine gesamte berufliche Tätigkeit stand schon immer unter dem Motto ‹Kooperation›.»

«Da gebe ich Ihnen vollkommen recht», sagte der Richter, lachte erneut und schlug sich aufs Knie. «Die große Frage ist nur, wie Sie diesen schönen Zustand herbeiführen wollen.»

«Nun, der erste Schritt besteht darin, einen Kontakt zwischen den Parteien herzustellen. In ebendiesem Augenblick sehen wir ja mit eigenen Augen die Entwicklung eines freundschaftlichen Verhältnisses.»

«Ich muss zugeben», sagte G. H. Barrow mit einem unbehaglichen Lachen, «ich hätte nicht gedacht, dass ich mal mit einem der Teilhaber von Planet & Wilson Whiskey trinken würde.»

Der Richter schlug sich auf den dicken Schenkel. «Sie meinen, wegen der Sache in Colorado? Nein, keine Angst, Mr. Barrow, ich werde Sie schon nicht fressen. Aber ehrlich gesagt, Mr. Moorehouse, scheint mir jetzt nicht der richtige Zeitpunkt für Ihr kleines Projekt zu sein.»

«Dieser Krieg in Europa –», begann G. H. Barrow.

«Ist Amerikas große Chance! Sie kennen doch das Sprichwort: Wenn zwei sich streiten, freut sich der Dritte. Im Augenblick, das gebe ich zu, sind wir unsicher und bedrückt, doch sobald sich die amerikanische Industrie von dem ersten Schock erholt hat und sich aufrafft ... Nun, Gentlemen, ich bin soeben aus Europa zurückgekehrt, meine Frau und ich haben Großbritannien am Tag der Kriegserklärung verlassen – es war knapp. Eines kann ich Ihnen mit ziemlicher Sicherheit sagen: Egal, wer gewinnt – Europa wird wirtschaftlich erledigt sein. Dieser Krieg ist Amerikas große Chance. Die Tatsache, dass Amerika neutral ist –»

«Ich wüsste nicht, wer außer den Munitionsfabriken davon profitieren sollte», unterbrach ihn Barrow.

Ward redete noch lange. Schließlich sah er auf seine Taschenuhr, die auf dem Schreibtisch lag, und stand auf. «Gentlemen, ich fürchte, Sie müssen mich entschuldigen. Ich habe gerade noch

Zeit, mich zum Abendessen umzuziehen.» Morton stand bereits mit ihren Hüten neben dem Schreibtisch. Es war dunkel geworden im Raum. «Machen Sie bitte Licht, Morton», sagte Ward knapp.

Im Hinausgehen sagte Richter Planet: «Es war nett, mit Ihnen zu plaudern, Mr. Moorehouse, aber ich fürchte, Ihr Plan ist ein wenig zu idealistisch.»

«Ich habe selten einen Geschäftsmann mit so viel Sympathie und Verständnis für die Lage der Arbeiterschaft sprechen hören», sagte G. H. Barrow.

«Ich formuliere lediglich die Gedanken meiner Kunden», sagte Ward und verabschiedete sich mit einer Verbeugung.

Am nächsten Tag sollte er bei einem Essen des Rotary Clubs zum Thema «Arbeitskämpfe – ein Ausweg» sprechen. Er saß an einem langen Tisch im Bankettsaal des großen Hotels, die Luft war voller Essensgerüche und Zigarettenrauch, Ober eilten hin und her. Er stocherte mit der Gabel in dem Essen auf seinem Teller herum, antwortete, wenn man ihn etwas fragte, scherzte mit Richter Planet, der ihm gegenübersaß, und versuchte, aus den Phrasen, die ihm durch den Kopf gingen, Sätze zu bilden. Schließlich war es an der Zeit, sich zu erheben. Er stand, eine Zigarre in der Hand, am Kopf der langen Tafel und sah in die zwei Reihen feister Gesichter, die sich ihm zuwandten.

«Als ich ein kleiner Junge an den Ufern des Delaware war ...» Er hielt inne. Die Ober trugen noch das Geschirr ab, und durch die Schwingtür zur Küche ertönte lautes Klappern. Ein Mann ging hin, bat um Ruhe und kehrte leise zu seinem Platz zurück – man hörte das Knarzen seiner Schuhe auf dem Parkettboden. Am Tisch beugte man sich erwartungsvoll vor. Ward begann aufs Neue. Diesmal kam er rasch in Fahrt; er wusste kaum, was er sagte, aber er hatte sie zum Lachen gebracht. Die Spannung löste sich.

«Die amerikanische Geschäftswelt hat viel zu lange gezögert, sich die Möglichkeiten moderner Öffentlichkeitsarbeit zunutze zu machen ... die Aufklärung der Öffentlichkeit, der Arbeitgeber und der Arbeitnehmer, die in ihrer Gesamtheit dem Gemeinwohl dienen ... Kooperation ... Aktienbesitz vergrößert das Interesse des Arbeitnehmers an seinem Unternehmen ... treten wir der Gefahr entgegen, die von Sozialismus, Demagogie und Schlimmerem ausgehen ... In einer solchen Situation kann sich der Berater für Öffentlichkeitsarbeit auf ruhige, männliche Art einmischen und sagen: Gut, Gentlemen, jetzt wollen wir das von Mann zu Mann besprechen ... Aber seine größte Bedeutung hat er in Zeiten des Arbeitsfriedens. Wenn zwei Männer wütend aufeinander sind und sich gegenseitig an die Gurgel gehen wollen, ist nicht der richtige Augenblick, ihnen Vorträge über das Gemeinwohl zu halten ... Der Zeitpunkt für eine Aufklärungskampagne und einen Werbefeldzug, der alle Glieder des gewaltigen Kolosses der hochmodernen amerikanischen Industrie erreicht, ist gekommen, hier und jetzt.»

Es gab viel Applaus. Er setzte sich und sah Richter Planet blauäugig lächelnd an. Richter Planet wirkte beeindruckt.

Wochenschau XVI

der Mann aus Philadelphia hatte bereits dreizehn Runden und drei Kilometer der vierzehnten Runde zurückgelegt, seine Geschwindigkeit betrug Schätzungen zufolge hundertsechzig bis hundertsiebzig Stundenkilometer. Sein Wagen schleuderte kurz, geriet nach links von der Straße ab, raste über eine kleine Bodenwelle, hob ab und landete mit allen vier Rädern auf der hohen Böschung. Dort war offenbar nichts, was die halsbrecherische Fahrt aufhielt. Wishart steuerte den Wagen die Böschung hinunter, um wieder auf die Straße zu gelangen, doch die hohe Geschwindigkeit ließ das nötige Einlenken nicht zu, und so pflügte der Wagen durch den Vorgarten eines an der Rennstrecke gelegenen Farmhauses. Es gelang ihm, einem Baum auszuweichen, doch er prallte seitlich gegen einen anderen. Da Wisharts Beine unter dem Lenkrad eingeklemmt waren, wurden sie abgerissen, als er hinausgeschleudert

Wir wollen stolz nach Mexiko gehn,
Unterm Sternenbanner kämpfen,
Wir wollen die Feinde fliehen sehn

MACHT FOTO – SETZT LEBEN EIN ENDE

hübsche kleine Stühle und Tische stehen verloren auf den Bürgersteigen denn nur wenige sind reich genug um auch nur ein kleines Getränk bezahlen zu können

KLEMPNER HAT 100 BRÄUTE

BRINGT AFFEN NACH HAUSE

vermisster Rektor gefunden Ernteverluste in den USA wenn Sie gesunde Kinder wollen lassen Sie sie nackt herumlaufen sollte dieses Geheimnis je gelüftet werden sagte Polizist E. B. Garfinkle wird man feststellen dass eine Frau dahintersteckt die Ereignisse die zum gegenwärtigen Krieg geführt haben reichen zurück bis zur Französischen Revolution

UNVERSITÄT VERBIETET KAUGUMMI

sie schienen zu taumeln wie Betrunkene denen man einen Schlag auf den Kopf versetzt hat worauf sie auf uns zustürzten und absonderliche Schreie ausstießen die wir nicht verstanden

Und im Harem seine Frauen
Fingen an, sich was zu trauen,
In Bagdad damals, lang ist's her …

Das Auge der Kamera 23

diese Freundin von Mutter war eine sehr schöne Frau mit sehr schönem Haar und zwei sehr schönen Töchtern die Blonde heiratete einen Mann aus der Ölbranche der so kahl war wie eine Handfläche und zog mit ihm nach Sumatra · die Dunkelhaarige heiratete einen Mann aus Bogotá und es war eine lange Fahrt in einem Einbaum den Rio Magdalena hinauf und die Eingeborenen waren Indianer und schliefen in Hängematten und hatten so schreckliche Krankheiten und wenn eine Frau ein Kind bekommen hatte war es der Mann der sich ins Bett legte und Giftpfeile benutzte und wenn man sich in diesem Land verletzte verheilte die Wunde nicht sondern eiterte und schwärte und der Einbaum kenterte so leicht und dann fiel man in das warme dampfende Wasser voller gieriger Raubfische und wenn man nur einen Kratzer oder eine unverheilte Wunde hatte zog der Geruch des Blutes sie an und manchmal rissen sie einen Menschen in Stücke

acht Wochen dauerte die Fahrt im Einbaum den Rio Magdalena hinauf und dann war man in Bogotá

der arme Jonas Fenimore kehrte als sehr kranker Mann aus Bogotá zurück und man sagte es sei Elephantiasis · er war ein netter Kerl und erzählte Geschichten vom dampfigen Urwald und den Gewittern und den Krokodilen und den schrecklichen Krankheiten und den gierigen Raubfischen und er trank den ganzen Whiskey auf der Anrichte und wenn er schwamm konnte man die großen braunen Flecken an seinen Beinen sehen wie bei einem faulen Apfel und er trank gern Whiskey und sagte dass Kolumbien dabei sei eines der reichsten Länder der Welt zu werden und erzählte von Öl und seltenen Hölzern für Furniere und tropischen Schmetterlingen

aber die Fahrt den Rio Magdalena hinauf war zu lang und zu heiß und zu gefährlich und er starb

man sagte am Whiskey und an der Elephantiasis

und am Rio Magdalena

Eleanor Stoddard

Als sie in New York ankamen, war Eleanor, die noch nie an der Ostküste gewesen war, ganz und gar auf Eveline angewiesen. Freddy erwartete sie am Bahnhof und fuhr mit ihnen zum Brevoort/94/. Er sagte, es liege zwar ein Stück vom Theater entfernt, sei aber sehr viel interessanter als die Uptown-Hotels – alle Künstler und Radikalen und wirklich interessanten Leute stiegen dort ab, und es sei sehr französisch. Im Taxi redete er von dem wunderbaren, hervorragenden Stück und seiner großartigen Rolle und sagte, Ben Freelby, der Regisseur, sei ein Idiot, und einer der Geldgeber habe nur die Hälfte der versprochenen Summe bereitgestellt, aber Josephine Gilchrist, die Produktionsleiterin, habe die Summe jetzt praktisch zusammen, und die Shuberts seien interessiert, und die Premiere werde in genau einem Monat sein, außerhalb der Stadt, in Greenwich. Eleanor sah hinaus auf die Fifth Avenue, wo der kühle Frühjahrswind die Röcke der Frauen bauschte und ein Mann seinem Hut hinterherrannte, sie sah die grünen Busse, die Taxis, die spiegelnden Schaufensterscheiben und fand New York gar nicht so viel anders als Chicago. Beim Mittagessen im Brevoort jedoch war dann alles doch sehr anders. Freddy schien unerhört viele Leute zu kennen und machte die beiden stolz mit allen bekannt. Es waren lauter Namen, die Eleanor schon einmal gehört oder in den Buchkritiken der *Daily News* gelesen hatte. Alle waren sehr freundlich. Freddy sprach Französisch mit dem Ober, und die Sauce hollandaise war die köstlichste, die sie je gegessen hatte.

Am Nachmittag, unterwegs zur Probe, sah Eleanor durch das Fenster des Taxis zum ersten Mal den Times Square. Im dunklen Theatersaal saßen die Schauspieler und warteten auf Mr. Freelby. Es war sehr geheimnisvoll – über der Bühne hing eine einzige große Glühbirne, und die Kulissen irgendeines anderen Stücks standen herum und sahen flach und verstaubt aus.

Ein grauhaariger Mann mit einem breiten, traurigen Gesicht und dunklen Ringen unter den Augen trat ein. Es war der berühmte Benjamin Freelby; er hatte etwas Müdes, Väterliches, und lud Eveline, Eleanor und Freddy zum Abendessen in seine Wohnung ein, um in Ruhe das Bühnenbild und die Ausstattung zu besprechen. Eleanor war erleichtert, weil er so freundlich und müde war, und fand, dass sie und Eveline immerhin viel besser gekleidet waren als irgendeine dieser New Yorker Schauspielerinnen. Mr. Freelby regte sich auf wegen des Lichts – sollte er etwa im Dunkeln proben? Der Inspizient machte sich, den Text in der Hand, auf die Suche nach einem Beleuchter, und jemand wurde beauftragt, im Büro anzurufen. Mr. Freelby ging kochend vor Wut auf der Bühne auf und ab und rief immer wieder: «Das ist ungeheuerlich.» Als der Beleuchter erschien, sich mit der Hand über den Mund wischte und das Saallicht und ein paar Scheinwerfer einschaltete, brauchte Mr. Freelby einen Tisch, einen Stuhl und eine Leselampe. Offenbar war niemand imstande, einen Stuhl in der richtigen Höhe aufzutreiben. Mr. Freelby tobte, raufte sich das dichte graue Haar und rief: «Das ist ungeheuerlich!» Aber schließlich saß er und sagte zu Mr. Stein, dem Inspizienten, einem schlaksigen Mann, der neben ihm saß: «Gut, Mr. Stein, wir beginnen mit dem ersten Akt. Haben alle ihren Text?» Einige Schauspieler gingen auf die Bühne und standen dort herum, die anderen unterhielten sich halblaut. Mr. Freelby rief ihnen zu: «Also, Kinder, Ruhe bitte!», und die Probe begann.

Von da an musste alles in schrecklicher Eile geschehen. Eleanor schien gar nicht mehr zum Schlafen zu kommen. Mr. Bridgeman, der Kulissenmaler, hatte an allem etwas auszusetzen; wie sich herausstellte, würde jemand anders, ein blasser junger Mann mit Brille, der für Mr. Bridgeman arbeitete, die Kulissen nach ihren Skizzen anfertigen, und Eleanor und Eveline würden gar nicht im Programmheft stehen, allenfalls als Kostümbildnerinnen, nicht aber als Bühnenbildnerinnen, denn sie waren ja nicht Mitglied in der Bühnenbildnergewerkschaft. Wenn sie sich nicht mit dem Kulissenmaler herumstritten, fuhren sie im Taxi mit Stoffproben durch die Stadt. Vor vier, fünf Uhr morgens kamen sie nicht ins Bett. Alle waren so temperamentvoll, und jede Woche musste Eleanor kämpfen, damit Miss Gilchrist einen Scheck herausrückte.

Als die Kostüme, allesamt im frühviktorianischen Stil, endlich fertig waren und Eleanor, Eveline, Freddy und Mr. Freelby sie bei der Kostümschneiderin in Augenschein nahmen, waren sie tatsächlich sehr gelungen, aber ohne Scheck wollte die Schneiderin sie nicht herausgeben, und Miss Gilchrist war nicht aufzutreiben, und alle fuhren wie verrückt Taxi, und am späten Abend erklärte sich Mr. Freelby schließlich bereit, einen Scheck auf sein eigenes Konto auszustellen. Der Spediteur stand mit seinen Lastwagen voll Kulissen vor dem Theater, wollte sie aber ohne Scheck nicht hineintragen. Auch Mr. Bridgeman war da und sagte, sein Scheck sei mit dem Stempel *Keine Deckung* zurückgekommen. Er und Mr. Freelby stritten sich im Büro. Endlich kam Miss Gilchrist mit einem Taxi und hatte fünfhundert Dollar in bar dabei, als Anzahlung für Mr. Bridgeman und den Spediteur. Alle lächelten, als sie die knisternden Scheine mit dem orangeroten Aufdruck sahen, und man war allgemein sehr erleichtert.

Als sie sich davon überzeugt hatten, dass die Kulissen tatsächlich ins Theater getragen worden waren, gingen Eleanor, Eveline, Freddy Seargeant, Josephine Gilchrist und Mr. Freelby zu Bustanoby /95/, um einen Happen zu essen, und Mr. Freelby gab ein paar Flaschen Pol Roger aus, und Josephine Gilchrist sagte, sie spüre es in den Knochen, dass das Stück ein Erfolg werde, und das passiere ihr nicht oft, und Freddy sagte, den Bühnenarbeitern gefalle es, und das sei immer ein gutes Zeichen, und Mr. Freelby sagte, Ike Gold, dem Bürojungen der Shuberts, seien, als er sich den Durchlauf angesehen habe, die Tränen über die Wangen gelaufen, aber niemand wusste, wo sie nach der Woche in Greenwich und der Woche in Hartford spielen würden, und Mr. Freelby sagte, er werde das gleich am nächsten Morgen mit J.J. besprechen.

Freunde aus Chicago riefen an und wollten die Generalprobe sehen. Eleanor kam sich ziemlich wichtig vor, besonders als Sally Emerson anrief. Die Probe zog sich endlos hin, die Hälfte der Kulissen fehlte, und die Dorfbewohner aus Wessex hatten keine Kostüme, aber alle sagten, eine schlechte Generalprobe sei ein gutes Omen.

Am Premierenabend kam Eleanor nicht zum Essen und hatte nur eine halbe Stunde, um sich umzuziehen. Sie fror vor Aufregung. Sie hoffte, dass das neue Abendkleid aus hellgrünem Tüll, das sie sich bei Tappé hatte machen lassen, gut aussah, hatte aber keine Zeit, sich darüber Gedanken zu machen. Sie trank eine Tasse schwarzen Kaffee. Die Taxifahrt uptown schien ewig zu dauern. Als sie am Theater eintraf, war die Lobby hell erleuchtet und voller Zylinder und nackter, gepuderter Rücken und Brillanten und Stolen, und all die Premierenbesucher sahen sich um und winkten ihren Freunden und unterhielten sich darüber, wer da war und wer nicht, und suchten noch ihre Plätze, als der erste Akt schon längst begonnen hatte. Eleanor und Eveline standen steif ganz hinten im Zuschauerraum und stießen einander an, wenn ein Kostüm besonders gut aussah. Sie waren sich einig, dass die Schauspieler einfach schrecklich waren, und am schrecklichsten fanden sie Freddy Seargeant. Bei der Party, die Sally Emerson in der Maisonettewohnung ihrer Freunde, der Careys, für alle Beteiligten veranstaltete, sagten alle, die Kostüme und das Bühnenbild seien großartig, und das Stück werde bestimmt ein großer Erfolg. Eleanor und Eveline standen im Mittelpunkt des Interesses, und Eveline trank etwas zu viel und wurde immer lauter, was Eleanor ärgerte. Aber sie lernte sehr viele interessante Leute kennen und beschloss, in New York zu bleiben, ganz gleich, wie es weiterging.

Das Stück wurde nach zwei Wochen abgesetzt, und Eleanor und Eveline bekamen nie die siebenhundertfünfzig Dollar, die die Produktion ihnen schuldete. Eveline ging zurück nach Chicago, Eleanor dagegen mietete sich eine Wohnung in der 8th Street. Sally Emerson war zu dem Schluss gekommen, Eleanor habe großes Talent, und überredete ihren Mann, ihr tausend Dollar zu leihen, damit sie in New York ein Einrichtungsstudio eröffnen konnte. Evelines Vater war krank, doch sie schrieb, sie werde mitmachen, sobald es ihr möglich sei.

Wenn Sally Emerson in jenem Sommer nach New York kam, ging Eleanor sehr oft mit ihr aus und lernte viele reiche Menschen kennen. Durch Alexander Parsons kam sie zu dem Auftrag, das Haus einzurichten, das J. Ward Moorehouse gerade unweit von Great Neck auf Long Island bauen ließ. Mrs. Moorehouse führte sie durch das noch unfertige Gebäude. Sie war aschblond und sagte immer wieder, sie würde das Haus gern selbst einrichten, doch seit ihrer Operation fehle es ihr an Kraft. Seit der Geburt ihres zweiten Kindes habe sie die meiste Zeit das Bett hüten müssen. Sie erzählte Eleanor in allen Einzelheiten von ihrer Operation. Frauenbeschwerden waren Eleanor verhasst, und so nickte sie nur kühl, machte sachliche Bemerkungen über Möbel und Vorhänge und notierte sich hin und wieder etwas. Mrs. Moorehouse bat sie, zum Mittagessen zu bleiben, in dem Häuschen, in dem sie wohnten, bis das große Haus fertiggestellt war. Das kleine Häuschen erwies sich als großes Gebäude im holländischen Kolonialstil, mit Pekinesen, Dienstmädchen in rüschenbesetzten Schürzen und einem Butler. Als sie ins Esszimmer gingen, hörte Eleanor aus einem anderen Raum Männerstimmen und roch Zigarrenrauch. Beim Essen wurden ihr Mr. Moorehouse und ein Mr. Perry vorgestellt. Die beiden hatten Golf gespielt und unterhielten sich über Tampico und Ölquellen. Als Mr. Moorehouse Eleanor anbot, sie nach dem Mittagessen in die Stadt mitzunehmen, war sie froh, von Mrs. Moorehouse wegzukommen. Eleanor hatte ihre Ideen für das neue Haus noch nicht mit ihr erörtert, doch Mr. Moorehouse stellte ihr während der Fahrt viele Fragen dazu, und beide lachten darüber, wie hässlich die meisten Häuser waren. Eleanor fand es höchst interessant, einen Geschäftsmann kennenzulernen, der Sinn für solche Dinge hatte. Mr. Moorehouse schlug vor, sie solle einen Kostenvoranschlag machen und zu ihm ins Büro kommen.

«Wäre Ihnen Donnerstag recht?», fragte sie.

Er sagte, Donnerstag passe ihm sehr gut, da habe er keine anderen Termine, und wenn sie wolle, könnten sie zusammen zu Mittag essen. «Ich komme nur beim Essen dazu, mich mit geistigen Dingen zu beschäftigen», bemerkte er mit blau funkelnden Augen, und als er sie an der Ecke 8th Street und Fifth Avenue aussteigen ließ, sagten beide noch einmal «Donnerstag». Eleanor fand, dass er wirkte, als hätte er Humor, und dass er ihr besser gefiel als Tom Custis.

Im Verlauf der Arbeit stellte Eleanor fest, dass es mit Ward Moorehouse viel zu besprechen gab. Sie lud ihn zum Abendessen in ihre Wohnung ein und ließ Augustine, ihr Hausmädchen aus Martinique, sautierte Hähnchenbrust mit Paprika und Tomaten kochen. Sie tranken Absinth-Cocktails und eine Flasche ausgezeichneten Burgunder, und Ward Moorehouse gefiel es, auf dem Sofa zu sitzen und zu erzählen, und ihr gefiel es, ihm zuzuhören. Fortan nannte sie ihn JW, und sie wurden Freunde, ganz unabhängig von ihrer Arbeit an dem Haus in Great Neck.

Er erzählte Eleanor von seiner Jugend in Wilmington, Delaware, und von dem Tag, an dem der alte Neger unter Beschuss der Miliz geraten war, weil die ihn für die spanische Flotte gehalten hatte, von seiner unglücklichen ersten Ehe und dass seine zweite

Frau leidend sei, er erzählte von seiner Zeit als Reporter und Werbeagent, und Eleanor in ihrem grauen Kleid, an dessen Schulter als einziger Schmuck eine kleine glitzernde Brosche befestigt war, spielte das diskrete kleine Heimchen am Herd so erfolgreich, dass er ihr schließlich auch erklärte, worin seine Arbeit bestand: Er klärte die Öffentlichkeit über die Beziehung zwischen Kapital und Arbeit auf, stemmte sich der Propaganda von sentimentalen Schwärmern und Reformern entgegen und verteidigte amerikanische Ideale gegen die Verrücktheiten deutscher Sozialisten und die Patentrezepte irgendwelcher Hinterwäldler aus dem Nordwesten. Eleanor fand seine Ideen sehr interessant, wollte aber lieber mehr über die Börse erfahren, über die Gründung der US Steel Corporation und die Schwierigkeiten, mit denen die Ölgesellschaften in Mexiko zu kämpfen hatten, über Hearst und die großen Vermögen. Sie fragte ihn um Rat wegen einer kleinen Investition, und er sah sie an, mit strahlenden blauen Augen in einem weißen, kantigen Gesicht, das der Wohlstand sanft zu runden begann, und sagte: «Miss Stoddard, gewähren Sie mir die Ehre, Ihr Finanzberater zu sein.»

Eleanor fand seinen leichten Südstaatenakzent und seine guten Manieren sehr anziehend. Sie wünschte, sie hätte eine markanter eingerichtete Wohnung, und bereute, dass sie nicht einige Kronleuchter behalten hatte, anstatt sie zu verkaufen. Es war schon zwölf, als er aufbrach und sagte, er habe einen sehr angenehmen Abend verbracht, müsse jetzt aber ein paar Ferngespräche führen. Im Licht zweier Kerzen saß Eleanor lange an ihrem Frisiertisch vor dem Spiegel und verteilte Coldcream auf ihrem Gesicht. Sie wünschte, ihr Hals wäre nicht so dürr, und überlegte, ob sie wohl anfangen sollte, sich das Haar nach dem Waschen mit Henna durchspülen zu lassen.

Das Auge der Kamera 24

Regen im historischen Quebec · Regen fiel auf das Château im historischen Quebec wo auf einer Lithographie der furchtlose Wolfe /96/ mit seinem Dreispitz in einem Boot saß und seinen Männern Grays *Elegy* vorlas wo der furchtlose Wolfe die Klippen hinaufkletterte um auf der Abraham-Ebene auf den furchtlosen Montcalm mit seinem Dreispitz zu treffen mit höfischen Verbeugungen und Spitzenrüschen an den Uniformen im Karree angetreten und der Feuerbefehl und die Rüschen ganz zerdrückt im Dreck der Abraham-Ebene

aber das Château war das Château Frontenac das weltberühmte Hotel historisch im grauen Regen im historischen grauen Quebec und wir gingen hinauf vom Anlegesteg Dampferfahrten auf dem Sagueney Das schönste Flusstal der Welt der Chautauqua-Redner /97/ und seine Frau und der Bariton aus Athens Kentucky wo es einen Hügel gibt der Akropolis heißt genau wie in Athen und Kultur und einen Nachbau des Parthenon genau wie der in Athen

durch steinigen Regen auf steinigen Straßen und auf die Aussichtsplattform und die Leute aus St. Lawrence gingen mit aufgespannten Schirmen auf der breiten regennassen Holzplattform auf und ab und blickten über die spitzen Schiefergiebel von Quebec und die Kohlenkais und die Getreidesilos und die Fährboote und die *Empress of Ireland* mit cremefarbenen Schornsteinen die gerade von Drüben kam und Levis und die grünen Hügel jenseits des Flusses und die Île d'Orléans grün auf grün und den steinigen Regen auf den schimmernden spitzen Schiefergiebeln von Quebec

aber der Chautauqua-Redner will sein Abendessen und streitet mit seiner Frau und macht im historischen Speisesaal im historischen Château Frontenac eine Szene und der Oberkellner kommt und der Chautauqua-Redner ist ein großer dicker wütender Mann mit krausem Haar und einer Stimme die es gewohnt ist in großen Zelten Reden über die Akropolis genau wie in Athen und den Parthenon genau wie in Athen und die geflügelte Siegesgöttin zu halten und der Bariton bemüht sich zu sehr um den kleinen Jungen der nur wegwill und bereut dass er gesagt hat dass er mitkommt und die ganze Bande am liebsten loswäre

aber es regnet im historischen Quebec und als er mit dem Bariton allein die Straße entlanggeht redet der die ganze Zeit davon dass es in solchen Städten schlimme Frauen gibt und dass Jungen nicht mit solchen schlimmen Frauen mitgehen sollen und die Akropolis und der Belcanto und der Parthenon und die Stimmbildung und die wunderschönen Statuen griechischer Jünglinge und die geflügelte Siegesgöttin und die wunderschönen Statuen

aber schließlich konnte ich ihn abschütteln und fuhr mit der Straßenbahn raus und sah mir die Montmorency-Fälle an über die es so viele Lieder und Geschichten gibt und eine Kirche voller Krücken die die Lahmen nicht mehr brauchen in Sainte-Anne-de-Beaupré

und die grauen verregneten Straßen voller Frauen

Janey

Im zweiten Jahr des Kriegs in Europa verkaufte Mr. Carroll seine Anteile an der Kanzlei Dreyfus & Carroll an Mr. Dreyfus und kehrte nach Baltimore zurück. Es bestand die Möglichkeit, dass die Demokratische Partei ihn für das Amt des Gouverneurs von Maryland nominieren würde. Janey vermisste ihn und verfolgte die politischen Ereignisse in Maryland mit großer Aufmerksamkeit. Als Mr. Carroll dann doch nicht nominiert wurde, tat das Janey sehr leid. Es kamen jetzt immer mehr Ausländer in die Kanzlei, und die Gespräche hatten eine eindeutig deutschfreundliche Tendenz, was ihr ganz und gar nicht gefiel. Mr. Dreyfus war gegenüber seinen Angestellten sehr höflich und großzügig, aber Janey musste immer an den Überfall auf Belgien und die grässlichen Gräuel denken und wollte nicht für einen Deutschen arbeiten, und so sah sie sich nach einer anderen Stelle um. In Washington gingen die Geschäfte nicht besonders gut, und sie wusste, wie dumm es war, bei Mr. Dreyfus zu kündigen, aber sie konnte nicht anders und ging für einen Dollar die Woche weniger zu Smedley Richards, einem Immobilienmakler in der Connecticut Avenue. Mr. Richards war ein stämmiger Mann, der viel von Anstand und Ehre redete, ihr aber ständig nachstellte. Zwei Wochen konnte sie ihn auf Distanz halten, aber in der dritten begann er zu trinken, betatschte sie mit seinen großen Händen und lieh sich einen Dollar von ihr, und am Ende der Woche sagte er ihr, er könne sie erst am Montag oder Dienstag bezahlen, und so ging sie einfach nicht mehr hin und war arbeitslos.

Das war beängstigend; bei dem Gedanken, wieder zu ihrer Mutter zu ziehen und mit den Pensionsgästen und ihren lauten Schwestern unter einem Dach zu leben, wurde ihr ganz anders. Täglich studierte sie die Stellenanzeigen im *Star* und in der *Post* und bewarb sich, aber immer war irgendjemand schneller als sie, obwohl sie stets gleich als Erstes am Morgen hinging, um sich vorzustellen. Sie ließ sich sogar bei einer Stellenvermittlung registrieren. Die Frau dort war dick und hatte schlechte Zähne und ein böses Lächeln. Sie verlangte zwei Dollar als Registrierungsgebühr, zeigte Janey die Warteliste voller erstklassiger Stenotypistinnen und sagte, Frauen sollten lieber heiraten, anstatt zu versuchen, ihren Lebensunterhalt selbst zu verdienen, denn das sei Unsinn und unmöglich. Von der schlechten Luft und den verkniffenen Gesichtern der Frauen, die auf den Wartebänken saßen, wurde Janey ganz flau. Sie ging hinaus, setzte sich am Lafayette Square ein Weilchen in die Sonne und fragte sich, wie sie Alice, die noch immer bei Mrs. Robinson arbeitete, sagen sollte, dass es ihr bis jetzt nicht gelungen war, eine Stelle zu finden. Ein junger Mann mit gerötetem Gesicht setzte sich neben sie und wollte ein Gespräch mit ihr anfangen, und so musste sie weitergehen. In einem Drugstore bestellte sie eine kalte Schokolade, und als der Mann hinter dem Tresen versuchte, mit ihr zu flirten, brach sie in Tränen aus.

Er erschrak zu Tode und sagte: «Entschuldigung, Miss, ich hab's nicht bös gemeint.» Ihre Augen waren noch immer gerötet, als sie sich vor dem Riggs Building mit Alice traf; Alice bestand darauf, sie zu einem Mittagessen für fünfunddreißig Cent in The Brown Teapot einzuladen, obwohl Janey keinen Bissen hinunterbrachte. Ständig schien Alice der Satz «Ich hab's dir ja gleich gesagt» auf der Zunge zu liegen, und das machte Janey wütend. Es war auch zu spät, zu Mrs. Robinson zu gehen und sie um Arbeit zu bitten, denn die hatte schon jetzt nicht genug für die Frauen, die sie beschäftigte. Am Nachmittag war Janey zu mutlos, um auf Stellensuche zu gehen. Stattdessen schlenderte sie durch die Smithsonian Institution und versuchte, sich für indianische Perlenstickereien, Kanus und Totempfähle zu interessieren, aber das ganze Zeug war ihr irgendwie unheimlich, und so ging sie nach Hause und weinte sich aus. Sie dachte an Joe und Jerry Burnham und fragte sich, warum sie ihr nie schrieben, sie dachte an die armen Soldaten in ihren Schützengräben und fühlte sich sehr einsam. Als Alice nach Hause kam, hatte Janey sich das Gesicht gewaschen und Puder und Rouge aufgelegt und ging geschäftig in ihrem Zimmer hin und her. Sie machte Witze über die Wirtschaftskrise und sagte, wenn sie in Washington nichts finden könne, werde sie eben nach Baltimore oder New York oder Chicago gehen. Alice antwortete, wenn sie so etwas höre, werde ihr ganz elend zumute. Dann gingen sie aus und aßen zu Abend: jede nur ein Schinkensandwich und ein Glas Milch, um Geld zu sparen.

Den ganzen Herbst versuchte Janey, Arbeit zu finden. Das Erste, dessen sie sich beim Aufwachen bewusst wurde, war das schwarze, deprimierende Wissen, nichts zu tun zu haben. Den Weihnachtsabend verbrachte sie bei ihrer Mutter und ihren Schwestern, denen sie erzählte, sie werde ab Neujahr fünfundzwanzig die Woche bekommen, damit sie nur ja keinen Grund hatten, sie zu bemitleiden. Diese Genugtuung gönnte sie ihnen nicht.

An Weihnachten bekam sie mit der Post ein aufgerissenes

Päckchen von Joe mit einem bestickten Kimono. Sie untersuchte es immer wieder und hoffte, einen Brief zu finden, doch da war nur ein kleiner Zettel, auf dem «Frohe Weihnachten» stand. Das Päckchen war in Saint-Nazaire in Frankreich aufgegeben worden und trug den Stempel OUVERT PAR LA CENSURE. /98/ Auf einmal schien der Krieg ganz nahe zu sein, und sie hoffte, dass Joe dort drüben nicht in Gefahr war.

An einem eiskalten Nachmittag im Januar, als Janey auf dem Bett lag und *Die Geschichte der alten Damen* las, wurde sie von Mrs. Baghot, ihrer Wirtin, gerufen. Sie fürchtete schon, es sei wegen der Miete, mit der sie einen Monat im Verzug war, doch es war ein Anruf von Alice, die sagte, sie solle sofort kommen, denn gerade habe ein Mann angerufen, der für ein paar Tage eine Stenographin brauche, und die anderen seien gerade nicht da, und Janey könne doch mal hingehen und sehen, ob das etwas für sie sei.

«Wie ist die Adresse?», sagte Janey. «Ich gehe gleich hin.»

Alice gab sie ihr. Sie stotterte vor Aufregung. «Ich hab solche Angst … Wenn Mrs. Robinson das rauskriegt, ist der Teufel los.»

«Keine Sorge, ich werde es dem Mann schon erklären», sagte Janey.

Er war im Hotel Continental an der Pennsylvania Avenue abgestiegen, hatte ein Schlafzimmer und einen mit Manuskripten und Broschüren übersäten Salon und trug eine Schildpattbrille, die er ständig auf- und absetzte, als wäre er nicht sicher, ob er damit besser oder schlechter sah. Sobald sie Hut und Mantel abgelegt und Stift und Block aus der Handtasche geholt hatte, begann er zu diktieren, ohne sie auch nur einmal anzusehen. Er sprach ruckweise, als würde er eine Rede halten, und ging dabei die ganze Zeit mit langen, dünnen Beinen auf und ab. Es war irgendein Artikel mit dem Vermerk «Zur sofortigen Veröffentlichung», und darin ging es um Kapital und Arbeiterschaft und den Achtstundentag und die Lokführergewerkschaft. Ihr war etwas beklommen zumute, als sie sich zusammenreimte, dass er ein Gewerkschaftsführer sein musste. Sobald er zu Ende diktiert hatte, sagte er ihr, sie solle alles so schnell wie möglich abtippen, er werde gleich zurück sein. Dann ging er hinaus. Auf dem Tisch stand eine Remington, doch Janey musste erst das Farbband wechseln. Sie schrieb in großer Eile, denn sie fürchtete, er könnte zurückkehren, bevor sie fertig war. Danach saß sie da und wartete, das Manuskript und die Durchschläge lagen ordentlich gestapelt auf dem Tisch. Es verging eine Stunde, doch er kam nicht. Janey wurde unruhig, ging im Raum umher und blätterte in den Broschüren. Es ging darin um Arbeit und Wirtschaft, und das interessierte sie nicht. Sie sah aus dem Fenster und reckte den Kopf, um die Uhr auf dem Turm des Postamts zu sehen, doch das gelang ihr nicht, und so ging sie zum Telefon, rief beim Empfang an, um nach der Uhrzeit zu fragen und zu bitten, Mr. Barrow, falls er im Hotel sei, zu benachrichtigen, das Manuskript sei fertig. Man sagte ihr, es sei fünf Uhr, und Mr. Barrow sei noch nicht zurück, obgleich er hinterlassen habe, er werde gleich wieder da sein. Als sie den Hörer auflegte, stieß sie einen auf lavendelfarbenem Papier geschriebenen Brief vom Tisch. Sie hob ihn auf, und da sie nichts zu tun hatte und es leid war, die Zeit totzuschlagen, las sie ihn. Sie schämte sich, aber als sie erst einmal angefangen hatte, konnte sie nicht mehr aufhören.

Lieber G. H.,
ich tu's nicht gern, aber ehrlich, Kleiner, ich brauche ganz, ganz dringend Geld. Wenn du nicht mit zweitausend Scheinen ($ 2000) rüberkommst, höre ich auf, mich wie eine Lady zu benehmen, und lass die Fetzen fliegen, das schwöre ich. Ich tu's nicht gern, aber ich weiß, dass du genug hast, sonst würde ich's nicht aus dir rausleiern. Diesmal meine ich's ernst.
Die Kleine, die du mal geliebt hast
Queenie

Janey errötete und legte den Brief genau so hin, wie er zuvor gelegen hatte. Waren Männer nicht schrecklich? Immer irgendwo eine Leiche im Keller. Draußen wurde es dunkel, und Janey wurde langsam unruhig und hungrig, da läutete das Telefon. Es war Mr. Barrow, der sagte, es tue ihm leid, dass er sie habe warten lassen, er sei gerade im Shoreham, in Mr. Moorehouse' Suite, und ob sie wohl gleich dorthin kommen könne – nein, nicht um das Manuskript zu bringen, er habe vielmehr weitere Schriftstücke zu diktieren. J. Ward Moorehouse, der Name sei ihr sicher bekannt. Janey hatte diesen Namen noch nie gehört, fand aber den Gedanken, im Shoreham ein Diktat aufzunehmen, und den Brief und alles andere sehr aufregend. So aufregend wie damals, als sie mit Jerry Burnham ausgegangen war. Sie frischte vor dem Spiegel über dem Kamin ihr Make-up auf, zog Hut und Mantel an und ging durch den kalten Januarabend zur Haltestelle an der Ecke Avenue F und 14th Street. Sie wünschte, sie hätte einen Muff, denn der peitschende Wind biss durch die dünnen Handschuhe in ihre Hände und in die Waden über den Stiefeletten. Sie wünschte, sie wäre verheiratet und lebte in Chevy Chase, und gleich käme die Limousine, die sie heimbrächte zu ihrem Mann und den Kindern und dem lustig brennenden Kaminfeuer. Sie dachte an Jerry Burnham und fragte sich, ob sie ihn wohl hätte heiraten können, wenn sie anders reagiert hätte. Oder Johnny Edwards; als sie ihm einen Korb gegeben hatte, war er nach New York gegangen, und jetzt arbeitete er bei einem Börsenmakler und verdiente massenhaft Geld. Oder Morris Byer. Aber er war Jude. Im vergangenen Jahr hatte sie keinen einzigen Verehrer gehabt. Sie war dabei, eine alte Jungfer zu werden, darauf lief es wohl hinaus.

An der Ecke vor dem Shoreham stieg sie aus. In der Lobby war es warm. Elegante Menschen standen herum und unterhielten sich mit eleganten Stimmen. Es roch nach Treibhausblumen. Am Empfang sagte man ihr, sie werde erwartet – Apartment 8 in der ersten Etage. Ein Mann mit einem faltigen weißen Gesicht unter glänzendem, straff zurückgekämmtem Haar öffnete ihr. Er trug einen glänzenden schwarzen Anzug und hatte einen diskreten, gleitenden Gang. Sie sagte, sie sei Mr. Barrows Stenographin, und er führte sie zum angrenzenden Zimmer. In der Tür blieb sie stehen und wartete darauf, dass jemand Notiz von ihr nahm. Am Ende des Raums war ein großer Kamin, in dem zwei Scheite brannten, davor ein breiter Tisch, auf dem sich Zeitungen, Zeitschriften und Manuskripte türmten. An einem Ende des Tischs stand ein silbernes Teeservice, am anderen ein Tablett mit Karaffen, einem Mixbecher und Gläsern. Alles hatte einen gepflegten silbrigen Glanz: Stühle, Tische, das Teeservice, die Uhrenkette und die Zähne und das vorzeitig ergraute Haar des Mannes, der mit dem Rücken zum Feuer stand.

Sobald Janey ihn sah, dachte sie, er sei bestimmt ein guter Mann. Mr. Barrow und ein kleiner Mann mit Glatze saßen in tiefen Sesseln zu beiden Seiten des Kamins und hörten ihm sehr aufmerksam zu.

«Das ist für die Zukunft dieses Landes von höchster Bedeutung», sagte er mit leiser, ernster Stimme. «Ich kann Ihnen versichern, dass die großen Vorstandsvorsitzenden und mächtigen Aktionäre in Industrie- und Finanzkreisen diese Entwicklung mit größtem Interesse verfolgen. Sie dürfen mich nicht zitieren, aber ich kann Ihnen im Vertrauen sagen, dass selbst der Präsident –» Er bemerkte Janey. «Ah, Sie sind sicher die Stenographin. Bitte treten Sie ein, Miss …»

«Williams», sagte Janey.

Seine Augen waren so blau wie eine Alkoholflamme und hatten ein jungenhaftes Flackern; das musste der J. Ward Moorehouse sein, von dem sie eigentlich gehört haben sollte.

«Haben Sie Block und Stift? Sehr gut, dann nehmen Sie doch bitte Platz. Morton, bringen Sie das Teezeug weg.» Der Diener räumte das Teeservice geräuschlos ab. Janey setzte sich an das Tischende und holte Block und Bleistift hervor. «Aber sollten Sie nicht vorher Hut und Mantel ablegen? Sonst werden Sie frieren, wenn Sie nachher hinausgehen.» In seiner Stimme war eine Wärme – mit ihr sprach er anders als mit den Männern. Wenn sie doch für ihn arbeiten könnte! Jedenfalls war sie froh, hier zu sein.

«Also, Mr. Barrow, wir brauchen eine Erklärung, die die Unruhe unter den Arbeitern dämpft. Wir müssen in dieser Kontroverse *beiden* Seiten den Wert der Kooperation vor Augen führen. Das ist ein großes Wort: Kooperation ... Wir werden zunächst einmal eine Rohfassung erstellen. Sie werden bitte Vorschläge seitens der organisierten Arbeiterschaft einbringen, und Sie, Mr. Jonas, werden die rechtlichen Aspekte beleuchten. Sind Sie so weit, Miss Williams? Notieren Sie: ‹Von J. Ward Moorehouse, Berater für Öffentlichkeitsarbeit, Hotel Shoreham, Washington, D.C., 15. Januar 1916 ...›» Und dann war Janey zu sehr mit Schreiben beschäftigt, um dem Sinn des Gesagten zu folgen.

Als sie nach Hause kam, lag Alice bereits im Bett und wollte schlafen, aber Janey redete in einem fort von Mr. Barrow und Arbeitskämpfen und J. Ward Moorehouse und was für ein guter Mann das war, so nett und freundlich und mit so interessanten Ideen über die Kooperation von Kapital und Arbeit und so vertraut mit den Gedanken des Präsidenten und denen von Andrew Carnegie, und er wusste, was die Rockefellers oder Mr. Schick oder Senator La Follette vorhatten, und hatte so hübsche jungenhafte blaue Augen und war so nett und das silberne Teeservice und wie jung er wirkte, trotz des vorzeitig ergrauten Haars, und der offene Kamin und der silberne Mixbecher und die Kristallgläser.

«Du liebe Zeit, Janey», unterbrach Alice sie gähnend, «du bist ja völlig verknallt. So hab ich dich noch nie über einen Mann reden hören.»

Janey errötete und wurde böse. «Ach, Alice, du bist so dumm. Mit dir kann man wirklich über gar nichts reden.» Sie zog sich aus und löschte das Licht. Erst als sie im Bett lag, fiel ihr ein, dass sie gar nichts zu Abend gegessen hatte, aber sie sagte nichts, denn sie war sicher, dass Alice einen dummen Kommentar abgeben würde.

Am nächsten Tag erledigte sie den Rest der Schreibarbeiten für Mr. Barrow. Den ganzen Morgen über wollte sie ihn nach Mr. Moorehouse fragen, wo er wohnte, ob er verheiratet war und woher er stammte, fand aber, das habe wohl nicht viel Sinn. Am Nachmittag, als er sie bezahlt hatte, ertappte sie sich dabei, dass sie durch die H Street ging, weil die am Shoreham vorbeiführte. Sie redete sich ein, sie wolle nur einen Schaufensterbummel machen, und sah zwar nicht ihn, wohl aber eine große, schwarze, glänzende Limousine mit einem Monogramm, das sie nicht entziffern konnte, ohne sich zu bücken, und das hätte ja ziemlich seltsam ausgesehen; jedenfalls kam sie zu dem Schluss, dass dies sein Wagen war.

Sie ging die Straße hinunter bis zu der Ecke gegenüber der großen Lücke zwischen den Häusern, wo das Arlington Hotel abgerissen wurde. Es war ein klarer, sonniger Nachmittag. Sie schlenderte über den Lafayette Square und betrachtete die von kahlen Bäumen umgebene Statue von Andrew Jackson auf seinem sich aufbäumenden Pferd.

Auf den Bänken saßen Kinder und Kindermädchen in kleinen Gruppen. Ein Mann mit einem grauen Knebelbart und einer schwarzen Aktentasche nahm auf einer der Bänke Platz, stand aber sogleich wieder auf und setzte seinen Weg fort; ein ausländischer Diplomat, dachte Janey, und wie schön war es doch, in der Hauptstadt zu leben, wo es ausländische Diplomaten und Männer wie J. Ward Moorehouse gab. Sie umkreiste noch einmal die Statue von Andrew Jackson, der im rötlichen Licht des Winternachmittags hoch aufgerichtet grün und edel auf seinem grün-edlen Ross saß, und ging dann wieder in Richtung Shoreham, mit schnellen Schritten, als käme sie verspätet zu einer Verabredung. Sie fragte einen Pagen nach dem Steno-Dienst, und er wies ihr den Weg in den zweiten Stock zu einer Frau mit ätzendem Blick und spitzem Kinn, die auf ihrer Maschine tippte, ohne den kleinen Ausschnitt des grün ausgelegten Flurs, den sie durch die halboffene Tür sehen konnte, aus den Augen zu lassen. Janey fragte sie, ob vielleicht eine Stenographin gebraucht werde.

Die Frau mit dem ätzenden Blick starrte sie an. «Das hier ist keine Agentur.»

«Ich weiß, ich dachte nur, vielleicht ist ja zufällig ...», sagte Janey und spürte, wie aller Schwung sie verließ. «Macht es Ihnen was aus, wenn ich mich kurz setze?»

Die Frau mit dem ätzenden Blick fuhr fort, sie anzustarren. «Wo habe ich Sie schon mal gesehen? Nein, nein, sagen Sie nichts ... Sie ... Sie haben bei Mrs. Robinson gearbeitet, als ich mal da war, um ihr auszuhelfen. Sehen Sie? Ich erinnere mich genau.» Sie lächelte gelblich.

«Ich hätte mich bestimmt an Sie erinnert», sagte Janey, «aber ich bin ganz erledigt von der Arbeitssuche.»

«Ach ja, das kenne ich», seufzte die Frau.

«Wissen Sie nicht zufällig etwas?»

«Ich sag Ihnen jetzt was: Die von Nummer 8 haben angerufen und wollen ein Diktat aufgenommen haben. Die verbrauchen die Stenographinnen wie ... wie verrückt, sie gründen da drinnen einen Konzern oder so. Also hören Sie zu, meine Liebe: Sie gehen jetzt ganz selbstverständlich da rein und legen den Hut ab, als hätte man Sie geschickt, und nehmen das Diktat auf. Die werden Sie schon nicht rauswerfen, auch wenn die andere gerade erst gekommen ist. Wie gesagt: Sie verbrauchen Stenographinnen wie verrückt.»

Bevor Janey wusste, was sie da tat, hatte sie die Frau mit dem ätzenden Blick auf die Wange geküsst und war unterwegs zur Suite 8, wo ihr der Mann mit dem glänzenden, straff zurückgekämmten Haar öffnete. Er erkannte sie und fragte: «Die Stenographin?»

«Ja», sagte Janey, und eine Minute später hatte sie Hut und Mantel abgelegt und Block und Stift hervorgeholt und saß am

Ende des schimmernd dunklen Mahagonitischs vor dem Kaminfeuer, dessen Licht die Karaffen und die silberne Teekanne und das Heißwasserkännchen und die schwarzen, perfekt polierten Schuhe und die flammenblauen Augen von J. Ward Moorehouse funkeln ließ.

Da war sie also und nahm ein Diktat von J. Ward Moorehouse auf.

Gegen Ende des Nachmittags kam der Mann mit dem zurückgekämmten Haar herein und sagte: «Es ist Zeit, sich für das Abendessen umzuziehen, Sir», und J. Ward Moorehouse grunzte und sagte: «Herrgott.» Der Mann mit dem zurückgekämmten Haar glitt auf dem dicken Teppich ein wenig näher. «Bitte um Entschuldigung, Sir: Miss Rosenthal ist gestürzt und hat sich die Hüfte gebrochen. Sie ist auf dem vereisten Bürgersteig vor dem Finanzministerium ausgerutscht, Sir.»

«Ach, verdammt! Entschuldigen Sie, Miss Williams», sagte er und lächelte. Sie sah nachsichtig-verständnisvoll zu ihm auf und lächelte ebenfalls. «Ist sie gut versorgt?»

«Mr. Mulligan hat sie ins Krankenhaus gebracht, Sir.»

«Gut. Gehen Sie runter, Morton, und lassen Sie ihr Blumen schicken. Suchen Sie ein paar schöne aus.»

«Sehr wohl, Sir. Für etwa fünf Dollar, Sir?»

«Nicht mehr als zwei fünfzig, Morton, und legen Sie eine Karte von mir bei.»

Morton verschwand. J. Ward Moorehouse ging vor dem Kamin auf und ab, als wollte er etwas diktieren. Janeys Stift verharrte über dem Block. Schließlich blieb J. Ward Moorehouse stehen und sah sie an. «Wissen Sie vielleicht jemanden, Miss Williams? Ich suche eine nette, intelligente Sekretärin und Stenographin, jemand, dem ich vertrauen kann. Verdammt, warum muss diese Frau sich ausgerechnet jetzt die Hüfte brechen!»

Janey wurde schwindlig. «Ich selbst suche gerade eine solche Stelle, Sir.»

J. Ward Moorehouse sah sie noch immer mit wägendem,

blauem Blick an. «Würde es Ihnen etwas ausmachen, mir zu sagen, warum Sie Ihre letzte Stelle verloren haben, Miss Williams?»

«Ganz und gar nicht. Ich war bei der Kanzlei Dreyfus & Carroll, vielleicht kennen Sie sie. Mir haben die Mandanten nicht mehr gefallen. Es wäre etwas anderes gewesen, wenn Mr. Carroll nicht weggegangen wäre – obwohl Mr. Dreyfus immer sehr freundlich war.»

«Er ist ein Agent der deutschen Regierung.»

«Das meine ich ja. Nach der Erklärung des Präsidenten wollte ich nicht mehr dort bleiben.»

«Nun, wir alle hier sind auf der Seite der Alliierten, also wird es da wohl keine Schwierigkeiten geben. Ich glaube, Sie sind genau das, was ich mir vorgestellt hatte ... Ganz sicher kann ich natürlich nicht sein, aber meine besten Entscheidungen habe ich immer schnell getroffen. Sind Sie mit fünfundzwanzig pro Woche für den Anfang einverstanden?»

«Gern, Mr. Moorehouse. Diese Arbeit ist bestimmt sehr interessant.»

«Morgen früh um neun, bitte, und wenn Sie hinausgehen, geben Sie diese Telegramme auf:

Mrs. J. Ward Moorehouse
Great Neck Long Island New York
Muss vielleicht nach Mexico City Erkläre Saltworth außerstande am Essen teilzunehmen Hoffe alles in Ordnung Grüße an alle Ward

Miss Eleanor Stoddard
45 E 11th Street New York
Schreib mir was du aus Mexiko willst Wie immer Ward

Reisen Sie gern, Miss Williams?»

«Ich bin noch nie gereist, aber ich bin sicher, dass es mir gefällt.»

«Es könnte sein, dass ich eine Bürokraft mitnehmen muss ... Ölgeschäfte. Ich lasse es Sie in ein, zwei Tagen wissen.

James Fruntze c/o J. Ward Moorehouse
100 Fifth Avenue New York
Erwarte sofortige Information Shoreham Entwicklung A und B Barrow unruhig Veröffentlichen Sie Erklärung zur Einheit amerikanischer Interessen gegen ausländischen sozialistischen Unsinn JWM

Danke, das ist alles für heute. Wenn Sie das abgeschrieben und die Telegramme aufgegeben haben, können Sie gehen.»

J. Ward Moorehouse ging durch eine Tür an der Rückseite des Raums und zog im Gehen das Jackett aus. Als Janey die Artikel getippt hatte und durch die Lobby eilte, um bei Western Union die Telegramme aufzugeben, erhaschte sie einen Blick auf ihn: Er trug einen Abendanzug und einen grauen Filzhut und hatte einen gelbbraunen Mantel über den Arm gelegt. Er war in Eile und stieg in ein Taxi, ohne sie zu sehen. Als sie nach Hause kam, war es schon sehr spät. Ihre Wangen waren gerötet, aber sie war gar nicht müde. Alice saß lesend auf der Bettkante. «Ach, ich hab mir solche Sorgen gemacht», begann sie, aber Janey fiel ihr um den Hals und sagte ihr, sie sei jetzt die Privatsekretärin von J. Ward Moorehouse und werde nach Mexiko fahren. Alice brach in Tränen aus, aber Janey war so glücklich, dass sie es gar nicht bemerkte und fortfuhr, ihr alles über den Nachmittag im Shoreham zu erzählen.

Der Elektromagier

Edison wurde achtzehnhundertsiebenundvierzig in Milan, Ohio, geboren;
Milan war eine Kleinstadt am Huron River, eine Zeitlang der Hafen, in dem der Weizen der Connecticut Western Reserve/99/ verschifft wurde; die Eisenbahnen übernahmen den Transport, die Familie Edison zog nach Port Huron in Michigan, um gemeinsam mit dem Land groß zu werden;
sein Vater war Schindelmacher und versuchte sich in verschiedenen kleinen Spekulationsgeschäften; er handelte mit Getreide und Viehfutter und Holz und baute einen dreißig Meter hohen Holzturm; Touristen und Ausflügler zahlten einen Vierteldollar, um hinaufzusteigen und den Blick über den Lake Huron und den St. Clair River zu genießen, und Sam Edison wurde ein ordentlicher und geachteter Bürger von Port Huron.

Thomas Edison besuchte nur drei Monate lang die Schule, denn der Lehrer hielt ihn für geistig zurückgeblieben. Seine Mutter brachte ihm bei, was sie wusste, las Schriftsteller des 18. Jahrhunderts mit ihm – Gibbon, Hume und Newton – und ließ ihn im Keller ein Laboratorium einrichten.

Immer wenn er etwas las, das ihn interessierte, ging er in den Keller und probierte es aus.
Mit zwölf brauchte er Geld für Bücher und Chemikalien; er bekam eine Konzession, im täglich verkehrenden Zug von Detroit nach Port Huron Zeitungen zu verkaufen. In Detroit gab es eine öffentliche Bibliothek, dort las er sich durch die Regale.
Er richtete sich im Zug ein Laboratorium ein, und immer wenn er etwas las, das ihn interessierte, probierte er es

aus. Er installierte eine kleine Druckerpresse und druckte eine Zeitung namens *The Herald*, und als der Bürgerkrieg ausbrach, organisierte er einen Nachrichtendienst und verdiente an den großen Schlachten. Eines Tages ließ er ein Stück Phosphor fallen, setzte den Waggon in Brand und wurde aus dem Zug geworfen.

Inzwischen war er im ganzen Land ziemlich bekannt als der Junge, der die erste in einem fahrenden Zug gedruckte Zeitung herausgegeben hatte. Die Londoner *Times* schrieb über ihn.

Er lernte morsen und bekam eine Stelle als Nachttelegraphist in Stratford Junction in Kanada, doch eines Tages ließ er einen Güterzug aufs falsche Gleis fahren und musste gehen.

(Während des Bürgerkriegs konnte jemand, der das Morsealphabet beherrschte, überall Arbeit finden.)

Edison reiste im Land herum, nahm eine Stelle an, kündigte wieder und zog weiter, er las alles, was ihm in die Hände fiel, und immer wenn er von einem wissenschaftlichen Experiment las, probierte er es aus, und immer wenn er eine Maschine sah, bastelte er daran herum, und immer wenn man ihn in einem Telegraphenbüro allein ließ, stellte er irgendwas mit den Drähten an. Dann verlor er die Stelle und musste gehen.

Er arbeitete im ganzen Mittleren Westen als Aushilfstelegraphist: Detroit, Cincinnati, Indianapolis, Louisville, New Orleans. Er war immer pleite, seine Kleider rochen nach Chemikalien, und immer versuchte er irgendwelche Tricks mit den Telegraphendrähten.

Er arbeitete bei Western Union in Boston.

In Boston baute er den Prototypen seines ersten Patents, einen automatischen Stimmenzähler für den Kongress, aber der Kongress wollte keinen automatischen Stimmenzähler, und so kam für Edison nichts dabei heraus als eine

Fahrt nach Washington und einige Schulden; er erfand einen Börsentelegraphen und diverse Alarmanlagen und verätzte sich mit Salpetersäure das Gesicht.

Aber New York war bereits der große Marktplatz für Aktien und Ideen, für Gold und Geld.

(*Dieser Teil stammt von Horatio Alger:*) /100/
Als Edison nach New York kam, war er völlig mittellos und hatte Schulden in Boston und Rochester. Das war zu der Zeit, als der Goldpreis einen Höchststand erreicht hatte und Jay Gould versuchte, den Markt aufzukaufen. Die Wall Street stand kopf. Ein gewisser Law hatte einen elektrischen Apparat gebaut (Callahans Erfindung), der in den Büros der Börsenmakler den aktuellen Goldpreis anzeigte. Edison hatte kein Geld, keine Arbeit, keine Wohnung. Er war gerade im Hauptbüro und plauderte mit den anderen Telegraphisten, als mitten im nervösen Treiben eines hektischen Handelstages mit einem Krachen der Haupttransmitter ausfiel; alles verlor den Kopf. Edison reparierte den Apparat und bekam eine Stelle mit dreihundert Dollar pro Monat.
Neunundsechzig, im Jahr des Börsenkrachs, gründete er mit einem Mann namens Pope eine Firma für Elektrotechnik.
Von da an war er selbständig. Er erfand einen Börsenticker, der sich gut verkaufte. Er hatte eine Werkstatt und ein Laboratorium. Immer wenn er sich ein Gerät ausdachte, probierte er es aus. Mit dem Universal Stock Ticker verdiente er vierzigtausend Dollar.

Er mietete eine Werkstatt in Newark und arbeitete an einem automatischen Telegraphen und an Apparaten, die es ermöglichten, zwei oder vier Nachrichten gleichzeitig durch den Draht zu schicken.

In Newark bastelte er mit Sholes an der ersten Schreibmaschine, erfand den Mimeographen, den Karbon-Regelwiderstand und das Mikrotasimeter und war der Erste, der Ölpapier herstellte.

Etwas, das er als ätherische Kraft bezeichnete, trieb ihn um, er machte sich viele Gedanken über diese ätherische Kraft, aber es war Marconi, der aus den hertzschen Wellen Profit schlug. Das Radio war im Begriff, das alte Universum zu zerschmettern. Das Radio war im Begriff, den alten euklidischen Gott zu vernichten, aber über philosophische Konzepte hatte sich Edison noch nie den Kopf zerbrochen;
er arbeitete Tag und Nacht und bastelte mit Zahnrädern, Kupferdraht und Reagenzien herum, und immer wenn er sich ein Gerät ausdachte, probierte er es aus. Er brachte Dinge in Gang. Er war kein Mathematiker. Er sagte: Ich kann mir Mathematiker leisten, aber Mathematiker können sich mich nicht leisten.
Achtzehnhundertsechsundsiebzig zog er nach Menlo Park. Dort erfand er das Kohlemikrophon, das die wirtschaftliche Nutzung der Telefontechnik ermöglichte
er arbeitete Tag und Nacht und erfand
  das Grammophon
    die elektrische Glühbirne
und Systeme zur Generierung, Verteilung, Steuerung und Messung von elektrischem Strom sowie Fassungen, Schalter, Isolatoren, Mannlöcher. Edison entwickelte die ersten Beleuchtungsanlagen, wobei er Gleichstrom und kleine Glühbirnen und die Bogenlampen verwendete, die in London Paris New York und Sunbury, Pennsylvania, leuchteten
den Dreiphasengleichrichter
  den magnetischen Eisenerzabscheider
    eine elektrische Eisenbahn.

Er hielt die Leute im Patentamt mit seinen Erfindungen auf Trab.
Auf der Suche nach einem funktionierenden Glühfaden, der eine wirtschaftliche Nutzung der Glühbirne ermöglichte, experimentierte er mit allen Arten von Papieren und Stoffen, mit Garn, Angelschnur, Fasern, Zelluloid, Buchsbaumholz, Kokosnussschalen, Fichtenholz, Eichenholz, Lorbeer, Ahornspänen, Rosenholz, Zunder, Kork, Flachs, Bambus und dem roten Barthaar eines Schotten;
immer wenn er eine Idee hatte, probierte er sie aus.
Achtzehnhundertsiebenundachtzig nahm er die riesigen Laboratorien in West Orange in Betrieb.
Er erfand Erzzertrümmerer und das Fluoroskop und den Zelluloidfilm für die Filmkameras und die Alkali-Batterie und den langen Brennofen, den man brauchte, um Portlandzement zu machen, und das Kinetophon, das den ersten Tonfilm brachte, und das Fertighaus aus Gussbeton, das den Arbeitern im Zeitalter der Elektrik billigen künstlerisch gestalteten identischen gesunden Wohnraum bieten würde.

Mit zweiundachtzig arbeitete Thomas A. Edison sechzehn Stunden am Tag;
er machte sich nie Gedanken über Mathematik oder das Gesellschaftssystem oder allgemeingültige philosophische Konzepte;
genau wie Henry Ford und Harvey Firestone, die sich ebenfalls nie Gedanken über Mathematik oder das Gesellschaftssystem oder allgemeingültige philosophische Konzepte machten;
er arbeitete sechzehn Stunden am Tag, um einen Ersatz für Gummi zu finden; immer wenn er etwas las, das ihn interessierte, probierte er es aus; immer wenn er eine Idee hatte, ging er ins Laboratorium und probierte es aus.

Das Auge der Kamera 25

in jenen Frühlingsnächten knirschen und kreischen die Straßenbahnräder rumpeln die Wagen durch die Kurve am Harvard Square Staub hängt im pudrigen gleißenden Licht der Bogenlampen die ganze Nacht bis zum Morgen kann nicht schlafen

hab nicht den Mumm aus der Glasglocke auszubrechen

vier Jahre unter der Äthermaske tief atmen ganz ruhig sehr gut sei ein guter Junge eins zwei drei vier fünf sechs sieh zu dass du in manchen Kursen Bestnoten bekommst aber sei kein Streber interessiere dich für Literatur aber bleibe ein Gentleman lass dich nicht mit Juden oder Sozialisten sehen

und all diese netten Bekanntschaften werden dir späterimleben nützlich sein sag nett hallo zu allen wenn du den Yard überquerst

sitz da und betrachte die Abenddämmerung der schönsten vier Jahre deines Lebens

lass dein Interesse für Kultur erkalten wie eine Tasse Tee die vergessen zwischen einem Räuchergefäß und einem Buch von Oscar Wilde steht kalt und lasch wie die Weinschorle bei einem Volkskonzert in der Symphony Hall

vier Jahre lang wusste ich nicht dass man tun kann was man Michelangelo will zum Beispiel

Marx

für alle

Professoren zertrümmern mit einem kleinen Swift alle Greenoughs in der Schießbude

sondern wälzte mich mit brennenden Augen die ganze Frühlingsnacht lang hin und her las Marlowes *Doctor Faustus* und wurde schier verrückt wenn die Straßenbahnräder knirschten und kreischten und die Wagen durch die Kurve am Harvard Square rumpelten und über den Salzmarschen der Ruf der Züge und die dumpfe Sirene eines auslaufenden Dampfers erklang und der blaue Peter /101/ gesetzt war und Fabrikarbeiter hinter einer Marschkapelle durch die Straßen von Lawrence Massachusetts marschierten es war wie bei den Magdeburger Halbkugeln der äußere Druck sorgte dafür dass das innere Vakuum erhalten blieb

und ich hatte nicht den Mumm

aufzuspringen und rauszugehen und allen zu sagen sie können mich kreuzweise am

Rimbaud

im Mondschein

Wochenschau XVII

ein Angriff durch einige feindliche Luftschiffe erfolgte vor Mitternacht. Bomben wurden mehr oder weniger wahllos über Gebieten ohne jede militärische Bedeutung abgeworfen.

EISENBAHNGESELLSCHAFTEN GEBEN KEINEN MILLIMETER NACH

Wir müssen die Fahrt unter nicht ganz vorteilhaften Bedingungen unternehmen, sagte Kapitän König, als die *Deutschland* nach neunzig Seemeilen um 2 Uhr 30 Solomon's Island passierte. Alle anderen Dampfer ließen zum Gruß ihre Sirenen ertönen.

Du hast mich zu dem gemacht, was ich bin,
Ich hoffe, das genügt dir,
Du zogst mich tief und tiefer hinab,
Bis meine Seele starb in mir

Sir Roger Casement /102/ wurde heute Morgen um neun Uhr im Gefängnis von Pentonville gehängt.

U-BOOT PASSIERT UNGEHINDERT DIE VIRGINIA CAPES

lediglich mit Kimonos bekleidete badende junge Damen erschrecken Mittagsgäste anstelle eines erstklassigen Cafés auf dem Vergnügungssteg der amerikanische Erntebericht weist schwere Verluste aus Italiener jubeln als die Österreicher bei ihrem überstürzten Abzug die Brote im Ofen riesige Wasserwand wälzt sich durch das Tal Professor sagt Beethoven wirkt wie ein saftiges Steak

GEFÄNGNISZAUBER VERWANDELT MÜLLHALDE IN GOLDMINE

MOND WIRD HEUTE NACHT SATURN VERDECKEN

BRUDERKRIEG IM DUNKEL

Mac

Die Rebellen nahmen Juárez ein, und Huerta floh, und die Dampfer nach Europa waren voller *Científicos* /103/, die nach Paris wollten, und Venustiano Carranza /104/ war Präsident in Mexico City. Jemand besorgte Mac einen Fahrschein für den Mexican Central in die Hauptstadt. Encarnación weinte, als er aufbrach, und alle Anarchisten kamen zum Bahnhof, um ihn zu verabschieden. Mac wollte sich Zapata /105/ anschließen. Er hatte von Encarnación ein bisschen Spanisch gelernt und eine vage Vorstellung von den Zielen der Revolution. Die Fahrt dauerte fünf Tage. Fünfmal wurde der Zug aufgehalten, weil Streckenarbeiter die Gleise reparierten. Nachts flogen manchmal Kugeln durchs Fenster. In der Nähe von Caballos ritt eine Horde Männer, die breiten Hüte schwenkend und ihre Waffen abfeuernd, am ganzen Zug entlang. Die Soldaten im letzten Wagen wachten auf und erwiderten das Feuer, worauf die Reiter in einer Staubwolke verschwanden. Bei den ersten Schüssen hatten sich die Passagiere unter die Sitze geduckt oder in den Mittelgang geworfen. Nachdem der Angriff abgewehrt worden war, begann eine Frau plötzlich zu schreien: Ihr Kind war in den Kopf getroffen worden. Die Mutter war eine stämmige, dunkelhäutige Frau in einem geblümten Kleid. Sie ging, das Kind in ein Tuch gewickelt, durch den ganzen Zug und suchte einen Arzt, aber jeder sah, dass das Kind tot war.

Mac dachte, die Fahrt würde nie enden. In Bahnhöfen kaufte er bei alten Indiofrauen scharf gewürztes Essen und lauwarmes Bier und versuchte Pulque zu trinken und mit den anderen Passagieren ins Gespräch zu kommen. Endlich lag Querétaro hinter ihnen, und auf der langen Gefällstrecke fuhr der Zug schneller durch die kalte, klare Luft. Dann ragten in der blauen Ferne über dem endlosen Schachbrett aus Agavenfeldern die Gipfel der großen Vulkane auf, und mit einem Mal ratterte der Zug zwischen Gartenmauern und fedrigen Bäumen dahin und kam mit klirrenden Kupplungen zum Stehen: Mexico City.

Mac fühlte sich verloren, als er inmitten leise sprechender Menschen durch die hellen Straßen ging. Die Männer waren allesamt weiß gekleidet, während die Frauen nichts als Schwarz oder Dunkelblau trugen. Die Straßen waren staubig, sonnig und still. Die Geschäfte waren geöffnet, es gab Droschken und Straßenbahnen und glänzende Limousinen. Mac machte sich Sorgen. Er hatte nur zwei Dollar. Er war so lange unterwegs gewesen, dass er vergessen hatte, was er am Ziel der Reise hatte tun wollen. Er sehnte sich nach einem Bad und sauberer Kleidung. Als er ziemlich lange umhergelaufen war, sah er ein Schild «American Bar». Seine Beine waren müde. Er setzte sich an einen Tisch. Ein Kellner kam und fragte ihn auf Englisch nach seinen Wünschen. Weil ihm nichts anderes einfiel, bestellte er einen Whiskey. Er trank den Whiskey und saß da, den Kopf in die Hände gestützt. An der Theke standen eine Menge Amerikaner und ein paar Mexikaner mit großen Hüten und würfelten um Drinks. Mac bestellte noch einen Whiskey. Ein fleischiger Mann mit geröteten Augen und einem zerknitterten Khakihemd schlich unruhig in der Bar herum. Als sein Blick auf Mac fiel, setzte er sich zu ihm an den Tisch.

«Was dagegen, wenn ich mich setze, Kumpel? Die Kerle da drüben sind mir einfach zu laut. Heh, Sombrero ... wo ist denn der verdammte Kellner? Gib mir n Glas Bier! Tja, ich hab eben meine Alte und die Kinder weggeschafft ... Wann machst du dich davon?»

«Ich bin ja gerade erst gekommen», sagte Mac.

«Ach du Scheiße! Das hier ist nichts für einen Weißen. Diese Banditen können jeden Moment über die Stadt herfallen, und das wird schrecklich, das sag ich dir. Die werden keinen von uns am Leben lassen ... aber ein paar von denen nehm ich mit. Bei Gott, ja, fünfundzwanzig von diesen Banditen werden dran glauben müssen, nein, vierundzwanzig.» Er zog einen Colt aus der hinteren Hosentasche, schüttelte die Patronen aus der Trommel in die Hand und zählte sie. «Acht.» Dann kramte er in seinen Taschen und reihte die übrigen Patronen auf dem Tisch auf. Es waren insgesamt nur zwanzig. «Irgendein Scheißkerl hat mich beklaut.» Ein hochgewachsener, schlanker Mann kam von der Theke herüber und legte dem Mann mit den geröteten Augen die Hand auf die Schulter.

«Steck das lieber wieder ein, Eustace, das werden wir später noch brauchen», sagte er. Dann wandte er sich an Mac. «Sie wissen, was Sie zu tun haben, oder? Sobald geschossen wird, versammeln sich alle Amerikaner in der Botschaft. Da werden wir uns dann bis zum letzten Mann verteidigen.»

Einer der Männer an der Theke rief: «Heh, Langer, hier gibt's eine neue Runde», und der hochgewachsene Mann ging wieder zurück.

«Ihr rechnet anscheinend mit Ärger», sagte Mac.

«Ärger? Und ob! Du kennst dieses Land nicht. Bist du gerade erst hergekommen?»

«Vor ein paar Stunden. Aus Juárez.»

«Kann nicht sein. Bei Querétaro sind die Gleise zerstört.»

«Dann haben sie sie eben repariert», sagte Mac. «Was erzählt man sich denn hier über Zapata?»

«Mann, der ist der blutdürstigste Bandit von allen. Den Vorarbeiter einer Zuckerfabrik in Morelos haben sie über dem offenen Feuer geröstet und seine Frau und seine Tochter vor seinen Augen vergewaltigt ... Herrgott, Kumpel, du weißt nicht, was für ein Land das hier ist! Weißt du, was wir tun sollten? Weißt du, was wir tun würden, wenn im Weißen Haus ein echter Mann sitzen würde und nicht ein feiger, Girlanden quatschender Reformer? Wir würden mit einer Armee von hunderttausend Mann kommen und aufräumen ... Es ist ein wirklich verdammt schönes Land, aber keiner von diesen Scheißmexikanern ist die Kugel wert, mit der man ihn erledigt. Man müsste sie ausräuchern wie Ungeziefer, sage ich immer. Jeder verdammte Hurensohn in diesem Land ist ein verkappter Zapata.»

«Was machst du eigentlich beruflich?»

«Ich bin Ölprospektor und seit fünfzehn Jahren in diesem Drecksland. Ich hab's satt. Ich hätte heute den Zug nach Vera Cruz genommen, aber ich hab noch ein paar Besitzrechte zu regeln und muss die Möbel verkaufen. Man weiß nicht, wann sie die Bahnlinie unterbrechen, und dann können wir nicht mehr raus, und Präsident Wilson lässt zu, dass sie uns abknallen wie Ratten im Käfig. Wenn die amerikanische Öffentlichkeit wüsste, was hier los ist ... Herrgott, alle anderen Nationen lachen sich kaputt über uns! Und du, was machst du so?»

«Ich bin Drucker. Maschinensetzer.»

«Suchst du Arbeit?»

Mac hatte einen Dollar hervorgezogen, um seine Drinks zu bezahlen. «Werde ich wohl müssen», sagte er. «Das ist mein vorletzter Dollar.»

«Dann geh doch mal zum *Mexican Herald*, die suchen immer Drucker, die Englisch können. Hier will eben keiner bleiben. In diesem Land kann man als anständiger Mann nicht mehr leben. Lass mal, Kumpel, der Drink geht auf mich.»

«Dann bestellen wir eben noch einen, und den zahle dann ich.»

«Mit diesem Land geht's den Bach runter, Kumpel ... Alles geht zum Teufel ... Lass uns einen trinken, solange wir noch können.»

Nachdem er in einem kleinen amerikanischen Lokal etwas zu Abend gegessen hatte, spazierte Mac noch ein bisschen auf der Promenade herum, um den Whiskey aus dem Kopf zu bekommen, bevor er zum *Mexican Herald* ging, um zu sehen, ob es dort Arbeit für ihn gab. Nur für ein paar Wochen, sagte er sich, nur so lange, bis er sich ein bisschen auskannte. Die hohen Bäume, die weißen Statuen, die Springbrunnen, die gutgekleideten Paare, die in der Abenddämmerung schlenderten, die Droschken, die über das Kopfsteinpflaster rumpelten, die Indiofrauen mit den versteinerten Gesichtern, die an ihren Ständen am Bordstein Obst, Nüsse und rosarote, gelbe, grüne Bonbons verkauften – das alles wirkte äußerst friedlich. Mac kam zu dem Schluss, dass der Mann in der Bar ihm, dem Neuling, einen Bären aufgebunden hatte.

Er bekam tatsächlich eine Stelle beim *Mexican Herald*, für dreißig Mex-Dollar die Woche, aber in der Druckerei redeten alle wie der Mann in der Bar. In der Nacht brachte ihn ein alter polnischstämmiger Amerikaner, der als Korrektor angestellt war, zu einem kleinen, billigen Hotel und lieh ihm bis zum nächsten Zahltag ein paar Dollar. «Lass dir deinen Lohn so weit wie möglich im Voraus zahlen», riet er Mac, «denn irgendwann gibt's eine Revolution, und dann ist es vorbei mit dem *Mexican Herald* ... außer Wilson macht sehr schnell eine Intervention.»

«Das wär mir ganz recht – ich will ja die soziale Revolution erleben», sagte Mac.

Der Alte legte den Finger an die Nase, schüttelte sonderbar den Kopf und ging.

Am nächsten Morgen erwachte Mac in einem kleinen, knallgelb gestrichenen Zimmer. Die Möbel waren blau und die offenen Vorhänge leuchtend rot. Die langen Fensterläden zwischen den Vorhängen hatten ein Gitter aus hellviolettem Sonnenlicht, das einen warmen Pfad auf die Bettdecke malte. Irgendwo sang ein Kanarienvogel, und er hörte das flache Patschen einer Frau, die Tortillas machte. Er stand auf und stieß die Fensterläden auf. Der Himmel über den roten Ziegeldächern war wolkenlos. Die Straße war leer, erfüllt von Sonnenlicht. Er atmete die kühle, dünne Luft tief ein und spürte das Brennen der Sonne auf Gesicht, Hals und Armen. Es musste noch früh sein. Er legte sich wieder hin und schlief noch einmal ein.

Als Wilson ein paar Monate später alle Amerikaner aus Mexiko zurückrief, wohnte Mac mit einer Frau namens Concha und zwei weißen Perserkatzen in einer kleinen Wohnung an der Plaza del Carmen. Concha war Stenographin und Dolmetscherin für eine amerikanische Firma und außerdem drei Jahre die Geliebte eines Amerikaners aus der Ölbranche gewesen und sprach ziemlich gut Englisch. In der Panik nach Huertas Flucht hatte sich der Amerikaner nach Vera Cruz davongemacht und Concha sitzengelassen. Sie hatte Mac in die Hauptpost gehen sehen, und er hatte ihr gleich gefallen. Sie machte es ihm sehr behaglich, und wenn er davon sprach, dass er sich Zapata anschließen wolle, lachte sie nur und sagte, diese Bauern seien dumme Wilde, die nur mit der Peitsche regiert werden könnten. Ihre Mutter, eine alte Frau, die stets ein schwarzes Kopftuch trug, kam und kochte für sie, und Mac fand Gefallen an mexikanischem Essen: Truthahn mit dicker, schokoladenbrauner Sauce und Enchiladas mit Käse. Die Katzen hießen Porfirio und Venustiano und schliefen am Fußende des Betts.

Concha war sehr sparsam und konnte mit seinem Lohn viel besser haushalten, als er es gekonnt hätte, und sie machte ihm keine Vorwürfe, wenn er sich in der Stadt herumtrieb und erst spät und mit Kopfschmerzen vom vielen Tequila nach Hause kam. Anstatt zu versuchen, einen Platz in einem der überfüllten Züge nach Vera Cruz zu bekommen, nahm Mac etwas erspartes Geld und kaufte gehetzt blickenden amerikanischen Geschäftsleuten, die mit jedem Preis einverstanden waren, Büromöbel ab, die er im Hof hinter dem Haus, in dem er wohnte, lagerte. Das Ganze war Conchas Idee gewesen, und wenn er sie fragte, ob sie eigentlich wisse, wie sie das Zeug wieder loswerden sollten, nickte sie und sagte: «Warte nur.»

Concha mochte es, wenn er sonntags Freunde zum Essen mitbrachte. Sie bediente alle sehr aufmerksam, schickte ihren kleinen Bruder Antonio, damit er Bier und Brandy besorgte, und hatte immer Kuchen im Haus für den Fall, dass jemand vorbeikam. Mac dachte oft, dass dieses Leben viel angenehmer war als das mit Maisie in San Diego, und spielte immer seltener mit dem Gedanken, sich Zapata anzuschließen.

Korski, der polnischstämmige Korrektor, erwies sich als politischer Flüchtling. Er war Sozialist und gut informiert und konnte den ganzen Nachmittag vor einem halben Glas Brandy sitzen und über europäische Politik reden; seit dem Zusammenbruch der europäischen sozialistischen Parteien zu Beginn des Kriegs hatte er sich aber nicht mehr politisch betätigt – er war nur noch Zuschauer. Er vertrat die Theorie, dass Zivilisation und Mischkost das Verderben der menschlichen Rasse seien.

Und dann gab es noch Ben Stowell, einen unabhängigen Ölunternehmer, der mit der Regierung Carranza einen Vertrag über den rechtmäßigen Betrieb einiger Ölquellen abschließen wollte. Er war meist pleite, sodass Mac ihm Geld leihen musste, sprach aber immer von Millionen. Er bezeichnete sich als Progressiven und fand, Zapata und Villa seien anständige Leute. Ben Stowell bezog in Diskussionen stets den diametral entgegengesetzten Standpunkt von Korski und trieb den alten Mann mit seiner antisozialen Haltung zur Weißglut.

Mac wollte Geld verdienen und es Maisie zukommen lassen, für die Schulausbildung der Kinder. Er fühlte sich gut, wenn er Rose hin und wieder eine Schachtel mit Spielzeug schickte. Er und Ben hatten lange Gespräche über die Möglichkeiten, in Mexiko zu Geld zu kommen. Ben brachte ein paar junge Radikale mit, die gern den ganzen Nachmittag herumsaßen, über Sozialismus redeten, tranken und dabei Englisch lernten. Mac sagte meist nicht viel, doch hin und wieder verpasste er ihnen eine volle Breitseite der reinen IWW-Lehre. Concha beendete die hitzigen Diskussionen, indem sie das Essen auftrug und kopfschüttelnd sagte: «Alle armen Leute sind socialista ... a cómo no? Aber wenn werden reich, ganz schnell sehr capitalista.»

An einem Sonntag fuhren Mac und Concha und ein paar mexikanische Zeitungsleute und Ben Stowell und seine Freundin Angustias, die Revuetänzerin im Lirico war, mit der Straßenbahn nach Xochimilco. Sie mieteten ein Boot mit einem Tisch und einem Sonnendach und einem Indio, der sie auf pappelgesäumten Kanälen zwischen blühenden Blumen- und Gemüsegärten hindurchstakte. Sie tranken Pulque und hatten eine Flasche Whiskey dabei, und sie kauften Callalilien für die Frauen. Einer der Mexikaner spielte Gitarre und sang.

Am Nachmittag fuhr der Indio sie wieder zurück zum Anlegesteg, und sie spazierten paarweise durch den Wald. Mac hatte plötzlich großes Heimweh und erzählte Concha von seinen Kindern in den USA und besonders von Rose, und Concha brach in Tränen aus und sagte ihm, sie liebe Kinder sehr, aber mit siebzehn sei sie sehr, sehr krank gewesen, sodass alle schon gedacht hätten, sie müsse sterben, und deswegen habe sie keine Kinder, nur Porfirio und Venustiano. Mac küsste sie und sagte, er werde immer für sie da sein.

Als sie sich, beladen mit Blumen, an der Straßenbahnhaltestelle trafen, ließen Mac und Ben die Frauen allein nach Hause fahren und gingen in eine Cantina, um etwas zu trinken. Ben sagte, dieses Leben hänge ihm ziemlich zum Hals heraus, und er wolle eigentlich nur seinen Schnitt machen und dann heimfahren in die USA, heiraten und ein Haus und eine Familie haben.

«Verstehst du, Mac, ich bin jetzt vierzig», sagte er. «Herrgott, man kann sich doch nicht sein Leben lang rumtreiben.»

«Tja, ich bin auch nicht weit davon entfernt», sagte Mac.

Sie redeten nicht viel, aber Ben begleitete Mac noch bis zum *Mexican Herald* und wollte dann in die Innenstadt gehen, zum Hotel Iturbide, um sich mit ein paar Männern aus dem Ölgeschäft zu treffen, die dort abgestiegen waren. «Es ist ein großartiges Leben, solange man keine Schwäche zeigt», sagte er, winkte Mac zum Abschied und ging die Straße hinunter, ein stämmiger, stiernackiger Mann mit O-Beinen.

Ein paar Tage später kam Ben zur Plaza del Carmen. Mac lag noch im Bett. «Geh heute Mittag mit mir essen», sagte Ben. «Da ist einer, den ich ein bisschen in der Stadt herumführen will. Er heißt G. H. Barrows und könnte uns nützlich sein. Auf jeden Fall will ich wissen, was er hier will.»

Der Mann schrieb Artikel über die Situation in Mexiko und hatte angeblich Verbindungen zur AFL [106]. Beim Essen erkundigte er sich nervös, ob das Wasser trinkbar sei und ob man sich nach Einbruch der Dunkelheit auf die Straße wagen könne. Ben Stowell nahm ihn ein bisschen auf den Arm und erzählte ihm Geschichten von Generälen und ihren Freunden, die in eine Bar eingefallen seien und auf die Dielen gefeuert hätten, um die anwesenden Gäste zum Tanzen zu animieren, bevor sie die Räumlichkeiten als Schießbude benutzt hätten.

«Schießbude nennt man hier das Parlament», sagte Mac.

Barrow sagte, er wolle am Nachmittag zu einer Versammlung der *Unión Nacional de Trabajadores* gehen, und fragte sie, ob sie ihn nicht als Dolmetscher begleiten wollten. Es war Macs freier Tag, also waren sie einverstanden. Barrow sagte, er sei beauftragt, Kontakte zu verlässlichen Elementen der organisierten Arbeiterschaft herzustellen, in der Hoffnung, sie in die *Pan-American Federation of Labor* aufnehmen zu können. Wenn es ihm gelinge, eine Art Schulterschluss herzustellen, werde Gompers/107/ persönlich kommen. Er sagte, er sei Verladehelfer und Pullman-Schaffner und Funktionär der Eisenbahnergewerkschaft gewesen, doch jetzt arbeite er für die AFL. Er wünschte, die amerikanischen Arbeiter verstünden mehr von Lebenskunst. Er sei beim Kongress der Zweiten Internationale in Amsterdam gewesen und finde, die europäischen Arbeiter hätten den amerikanischen in Hinblick auf Lebenskunst einiges voraus. Als Mac ihn fragte, warum die Zweite Internationale nichts unternommen habe, um den Weltkrieg aufzuhalten, sagte er, die Zeit dafür sei noch nicht reif gewesen, und sprach von deutschen Gräueltaten.

«Diese deutschen Gräueltaten sind ein Sonntagspicknick im Vergleich zu dem, was sich jeden Tag in Mexiko abspielt», sagte Ben. Barrow wollte wissen, ob die Mexikaner so unmoralisch seien, wie immer behauptet werde. Das Bier, das sie zum Mittagessen tranken, war recht stark und machte sie entspannter, und so fragte Barrow, ob es sehr riskant sei, sich hier mit einer Frau einzulassen, wegen der hohen Syphilisrate. Mac sagte ja, aber er und Ben könnten ihm ein paar Häuser zeigen, in denen es sauber zugehe – ob er die mal sehen wolle? Barrow kicherte und wirkte verlegen und sagte, er könne sie sich ja mal ansehen. «Wenn man die Situation einschätzen will, muss man die Dinge von allen Seiten betrachten.» Ben schlug mit der Hand auf den Tisch und sagte, Mac sei genau der Richtige, um ihm alle Seiten von Mexiko zu zeigen.

Sie gingen zu der Versammlung. Im Saal drängten sich schmächtige dunkelhaarige Männer in blauer Arbeitskleidung. Anfangs kamen die drei gar nicht hinein, weil die Leute auch in den Gängen und ganz hinten im Saal standen, aber Mac sah einen Funktionär, den er kannte und der sie hineinlotste und ihnen Plätze in einer Loge verschaffte. Die Luft war sehr stickig, eine Kapelle spielte, es wurde gesungen, und die Reden waren sehr lang. Barrow sagte, wenn er fremde Sprachen höre, werde er immer müde, und schlug vor, ein bisschen durch die Stadt zu schlendern; er habe gehört, das Rotlichtviertel sei ... er interessiere sich für die Lebensbedingungen.

Vor dem Saal lief ihnen Enrique Salvador über den Weg, ein Reporter, den Ben kannte. Er hatte einen Wagen mit Chauffeur. Nachdem er alle begrüßt hatte, sagte er lachend, der Wagen gehöre dem Polizeichef, der ein Freund von ihm sei, und ob sie nicht einen kleinen Ausflug nach San Angel machen wollten? Sie fuhren auf der langen Allee an Chapultepec vorbei – die Champs-Élysées von Mexico City, wie Salvador sagte. Bei Tacubaya zeigte er ihnen die Stelle, wo sich die Zapatisten ein paar Tage zuvor ein Scharmützel mit Carranzas Truppen geliefert hatten, und die Ecke, wo ein reicher Stoffhändler von Banditen ermordet worden war, und G. H. Barrow fragte immer wieder, ob es denn nicht gefährlich sei, so weit aufs Land hinauszufahren, und Salvador sagte: «Ich bin von der Zeitung – ich bin jedermanns Freund.»

Draußen bei San Angel tranken sie etwas, und auf dem Rückweg in die Stadt fuhren sie durch Pajaritos. Barrow wurde sehr still, und seine Augen wurden feucht, als er die kleinen erleuchteten Holzhütten sah, jede mit einem Bett und ein paar Papierblumen und einem Kruzifix, das man durch die offene Tür mit dem roten oder blauen Vorhang sehen konnte, und die stummen dunklen Indiomädchen in kurzen Hemdchen, die vor den Türen standen oder auf den Schwellen saßen.

«Sehen Sie?», sagte Ben. «Ganz einfach. Allerdings sollte man in dieser Gegend nicht leichtsinnig sein. Salvador zeigt uns nach dem Abendessen ein gutes Haus. Er kennt sich aus, denn sein Freund ist der Polizeichef, und dem gehören hier die meisten Bordelle.»

Aber Barrow wollte in eine der Holzhütten gehen, also stiegen sie aus und redeten mit einer der Frauen, und Salvador sagte dem Chauffeur, er solle ein paar Flaschen Bier besorgen. Das Mädchen war sehr höflich, und Barrow versuchte Mac zu überreden, ihr Fragen zu stellen, aber Mac wollte nicht und überließ das Salvador. Als Barrow ihr die Hand auf die nackte Schulter legte und versuchte, das Hemd abzustreifen, und fragte, wie viel es kosten würde, sie ganz nackt zu sehen, verstand sie ihn nicht, riss sich los und schrie und verwünschte ihn. Salvador wollte nicht übersetzen, was sie gesagt hatte. «Sehen wir zu, dass wir mit dem Scheißkerl wegkommen», sagte Ben halblaut zu Mac, «bevor es noch eine Schlägerei oder so gibt.»

Vor dem Abendessen tranken sie in einer kleinen Bar, in der es nichts anderes als Tequila aus verpichten Fässern gab. Salvador zeigte G. H. Barrow, wie man ihn trank: Erst legte man eine Prise Salz auf den Handrücken zwischen Daumen und Zeigefinger, dann stürzte man das kleine Glas Schnaps hinunter, leckte das Salz auf und schluckte etwas Chilisauce hinterher, aber Barrow verwechselte die Reihenfolge und bekam einen Hustenanfall.

Beim Abendessen waren sie alle schon ziemlich betrunken, und G. H. Barrow sagte immer wieder, die Mexikaner verstünden sich auf die Lebenskunst, und das war Wasser auf die Mühlen von Salvador, der über den indianischen und den lateinischen Genius sprach und sagte, Mac und Ben seien die einzigen Gringos, mit denen er es aushalte. Er bestand darauf, ihr Essen zu bezahlen, und sagte, er werde sich das Geld von seinem Freund, dem Polizeichef, erstatten lassen. Als Nächstes gingen sie in eine Cantina, die neben einem Theater lag und in der angeblich Französinnen verkehrten, aber die waren nicht da. In der Cantina saßen drei alte Männer, die Cello, Geige und Piccoloflöte spielten. Salvador ließ sie *La Adelita* spielen, das alle mitsangen, und danach *La Cucaracha*. Ein alter Mann mit einem breitkrempigen Hut, der ein riesiges schimmerndes Pistolenhalfter umgeschnallt hatte, trank, als sie eintraten, rasch aus und ging hinaus, und Salvador flüsterte Mac zu, das sei General Gonzales, und ging ebenfalls hinaus, damit ihn niemand mit Gringos trinken sah.

Ben und Barrow steckten an einem Tisch in der Ecke die Köpfe zusammen und redeten über das Ölgeschäft. Barrow sagte, es werde ein Mann kommen, der im Auftrag gewisser Ölfirmen sondieren solle; er könne jeden Moment im Regis eintreffen, und Ben sagte, dass er diesen Mann gern kennenlernen würde, und Barrow legte ihm die Hand auf die Schulter und sagte, er sei sicher, dass Ben genau der Mann sei, den dieser Beauftragte kennenlernen wollen würde, um sich ein Bild von der Lage zu machen. Mac und Salvador tanzten inzwischen mit den Frauen einen kubanischen Danzón. Dann erhob sich Barrow leicht schwankend und sagte, er wolle nicht auf die Französinnen warten – sie könnten doch dorthin zurückgehen, wo sie schon gewesen wären, und von dem dunklen Fleisch kosten, aber Salvador bestand darauf, sie zum Haus von Remedios in der Nähe der amerikanischen Botschaft zu führen. «Quelquecosa de chic», sagte er in schlechtem Französisch. Es war ein großes Haus mit einer Marmortreppe und Kristalllüstern und lachsroten Vorhängen und Spitzengardinen und Spiegeln überall. «Personne que les henerales vieng aqui», verkündete Salvador, als er sie der Madam vorstellte, einer Frau mit dunklen Augen und grauem Haar, die ganz in Schwarz gekleidet war und mit dem Tuch, das sie um Kopf und Schultern gelegt hatte, eher wie eine Nonne wirkte. Nur eine der Frauen war gerade frei, und so vereinbarten sie, dass Barrow sie haben sollte, verhandelten über den Preis und ließen ihn mit ihr allein. «Gut, dass wir den endlich los sind!», sagte Ben, als sie wieder auf der Straße standen. Es war kalt, und der Himmel war sternenübersät.

Salvador überredete die drei alten Männer mit den Instrumenten, sich auf den Rücksitz des Wagens zu setzen, und sagte, er fühle sich romantisch und wolle seiner *novia* ein Ständchen bringen. Auf der breiten Chaussee fuhren sie in einem Höllentempo in Richtung Guadelupe. Mac und der Chauffeur und Ben und Salvador und die drei alten Männer sangen *La Adelita* zum schrägen Schrammeln der Instrumente. In Guadelupe hielten sie unter ein paar großen Platanen an einem Haus mit großen, vergitterten Fenstern und sangen *Cielito lindo* und *La Adelita* und *Cuatro milpas*, und Ben und Mac sangen *Just To Keep Her From The Foggy Foggy Dew* und wollten gerade *Oh Bury Me Not On The*

Lone Prairie anstimmen, als eine Frau an eines der Fenster kam und lange und leise auf Salvador einsprach.

Er wandte sich zu den anderen. «Ella dit que nous machen escándalo und müssen gehen. Très chic.»

Inzwischen war auch ein Trupp Soldaten auf Patrouille da und wollte sie festnehmen, doch der kommandierende Offizier kam hinzu, erkannte Salvador und den Wagen und lud sie auf einen Schluck in seine Unterkunft ein. Als sie wieder vor Macs Wohnung standen, waren sie allesamt sehr betrunken. Concha, die auf Mac gewartet hatte und müde aussah, legte für Ben eine Matratze ins Esszimmer, und als sie zu Bett gingen, sagte Ben: «Mensch, Concha, du bist wirklich eine tolle Frau. Wenn ich mein Geld gemacht hab, kaufe ich dir die schönsten Brillantohrringe von ganz Mexico City.» Das Letzte, was sie von Salvador sahen, war, dass er auf dem Vordersitz des Wagens stand und, während dieser auf zwei Rädern um die Ecke bog, mit weit ausholenden Gesten die drei alten Männer dirigierte, die noch einmal *La Adelita* spielten.

Vor Weihnachten kehrte Ben Stowell bester Dinge von einer Reise nach Tamaulipas zurück. Sein Blatt schien sich zu wenden. Er hatte mit einem örtlichen General vereinbart, auf der Basis fünfzig zu fünfzig Öl aus einer Quelle nicht weit von Tampico zu fördern. Durch Salvador hatte er sich mit einigen Mitgliedern von Carranzas Kabinett angefreundet, und nun hoffte er, mit einigen der großen Schürfrechtebesitzer in den USA ins Geschäft zu kommen. Er hatte jede Menge Bargeld und nahm sich ein Zimmer im Regis. Eines Tages kam er zur Druckerei und bat Mac für einen Augenblick hinaus auf die Straße.

«Hör zu, Mac», sagte er, «ich hab ein Angebot für dich. Du kennst doch die Buchhandlung vom alten Worthington, oder? Also, ich war gestern Abend ein bisschen betrunken und hab sie ihm abgekauft, für zweitausend Pesos. Er sagt, er will aufhören und zurück in die Staaten gehen.»

«Ist nicht wahr!»

«Doch, und ich bin ganz froh, ihn aus dem Weg zu haben.»

«Du alter Schürzenjäger – du bist hinter Lisa her.»

«Tja, vielleicht ist sie so froh wie ich, wenn sie ihn los ist.»

«Sie sieht jedenfalls verdammt gut aus.»

«Ich habe jede Menge Neuigkeiten, aber die erzähle ich dir später. Vielleicht ist es bald nicht mehr so gesund, beim *Mexican Herald* zu arbeiten ... Ich will dir einen Vorschlag machen, Mac. Bei Gott, ich schulde dir eine Menge. Diese Büromöbel, die Concha dich damals hat kaufen lassen?» Mac nickte. «Also, die würde ich dir abnehmen und dir dafür die Hälfte der Buchhandlung abtreten. Ich eröffne ein Büro. Na, und du kennst dich aus in der Buchbranche, hast du mir ja selbst gesagt. Im ersten Jahr gehört der Gewinn dir allein, und danach machen wir halbe-halbe. Du wirst sehen, der Laden wirft genug ab. Der alte Trottel Worthington hat ganz gut davon gelebt und außerdem noch Lisa ausgehalten. Also, wie sieht's aus?»

«Herrje, Ben, lass mich ein bisschen darüber nachdenken. Jetzt muss ich erst mal zurück in die Tretmühle.»

Und so war Mac mit einem Mal Inhaber einer Buchhandlung in der Calle Independencia, wo er auch Papierwaren und Schreibmaschinen verkaufte. Zum ersten Mal in seinem Leben war er sein eigener Herr, und das war ein gutes Gefühl. Concha, deren Vater ebenfalls einen Laden gehabt hatte, war entzückt. Sie führte die Bücher und unterhielt sich mit den Kunden, sodass Mac nicht viel mehr zu tun hatte, als im Hinterzimmer zu lesen oder sich mit Freunden zu unterhalten. Zu Weihnachten gaben Ben und Lisa, eine hochgewachsene Spanierin mit kamelienweißer Haut und tiefschwarzem Haar, die in Malaga angeblich Tänzerin gewesen war, diverse Partys in der Wohnung mit Bad und Küche im amerikanischen Stil, die sie in dem neuen, in Richtung Chatultepec gelegenen Viertel gemietet hatten. Am Tag des jährlichen Festessens der *Asociación de Publicistas* kam Ben hochgestimmt in die Buchhandlung und sagte, Mac und Concha sollten nach dem Abendessen bei ihm und Lisa vorbeischauen, und vielleicht könne Concha ein paar Freundinnen mitbringen – nette, wohlerzogene Mädchen, nicht allzu wählerisch, sie wisse schon. Er gebe eine Party für G. H. Barrow, der aus Vera Cruz zurückgekehrt sei, und einen wichtigen Kontaktmann aus New York, der irgendeine große Sache plane, er wisse nur noch nicht, um was es genau gehe. Der Mann aus New York habe gestern mit Carranza gesprochen, und beim Bankett hätten alle versucht, sich bei ihm einzuschmeicheln.

«Mann, Mac, du hättst dabei sein sollen: Sie haben eine Straßenbahn gemietet, mit einem langen Tisch in der Mitte und einer Musikgruppe, und dann sind wir rausgefahren nach San Angel und wieder zurück und durch die ganze Stadt.»

«Ich hab gesehen, wie sie losgefahren sind», sagte Mac. «Für mich sah's eher wie ein Trauerzug aus.»

«Aber es war wirklich toll. Salvador und alle anderen waren da, und dieser Moorehouse, dieses hohe Tier aus New York, sah aus, als wüsste er nicht, wo oben und unten ist. Er hat ein Gesicht gemacht, als hätte er Angst, es könnte unter seinem Sitz jeden Augenblick eine Bombe hochgehen ... Für Mexiko wäre das übrigens gar nicht mal schlecht gewesen. Die übelsten Figuren der Stadt, alle auf einem Haufen.»

Die Party bei Ben lief nicht besonders gut. J. Ward Moorehouse fand nicht so viel Gefallen an den Frauen, wie Ben gehofft hatte. Er hatte seine Sekretärin mitgebracht, eine erschöpfte Blondine, und beide wirkten sehr verängstigt. Es gab ein opulentes mexikanisches Mahl und Champagner und eine Menge Cognac, man hörte Platten von Victor Herbert und Irving Berlin auf dem Grammophon, und eine kleine umherziehende Musikgruppe, angelockt vom Partylärm, spielte auf der Straße unter den Fenstern mexikanische Melodien. Nach dem Essen wurde es drinnen etwas laut, und so nahmen Ben und Moorehouse ihre Stühle mit auf den Balkon und führten bei einer Zigarre ein langes Gespräch über die Ölsituation. J. Ward Moorehouse erklärte, er sei ganz inoffiziell hier, Sie verstehen, um Kontakte herzustellen und herauszufinden, wie die Lage hier sei und warum Carranza sich amerikanischen Investitionen so störrisch widersetze, und dass die großen Geschäftsleute in den Staaten, mit denen er in Kontakt stehe, lediglich fair behandelt werden wollten und dass er das Gefühl habe, wenn ihr Standpunkt nur richtig dargestellt würde, durch eine Informationsagentur zum Beispiel oder durch freundschaftliche Zusammenarbeit mit mexikanischen Zeitungen ...

Ben ging hinein und kehrte mit Salvador und Mac zurück. Gemeinsam sprachen sie über die allgemeine Lage, und J. Ward Moorehouse sagte, als alter Zeitungsmann verstehe er die Situation der Presse vollkommen, denn die sei in Mexico City wahrscheinlich nicht viel anders als in Chicago oder Pittsburgh, und alle Zeitungsleute wollten doch nichts anderes, als jeden frischen, unverstellten Blick auf die Verhältnisse im Geist der Fairness und der freundschaftlichen Kooperation zur Diskussion zu stellen, doch leider habe er den Eindruck, die mexikanischen Zeitungen seien über die Ziele amerikanischer Investoren in Mexiko ebenso falsch informiert wie die amerikanische Presse über die Ziele der mexikanischen Politik. Wenn Mr. Enrique so freundlich sein wolle, ihn im Regis aufzusuchen, werde er es ihm oder jedem anderen der anwesenden Gentlemen mit Vergnügen erläutern, und wenn er wegen der zahlreichen Interviews, die er in der sehr kurzen Zeit seines Aufenthalts in der mexikanischen Hauptstadt geben müsse, gerade nicht da sei, werde Miss Williams, seine Sekretärin, sie gern mit allen Informationen versorgen, die sie bräuchten, unter anderem mit eigens zusammengestellten und streng vertraulichen Dossiers über die Absichten der großen amerikanischen Konzerne, mit denen er ganz informell in Kontakt stehe.

Dann sagte er, es tue ihm leid, aber ihn erwarteten im Regis mehrere Telegramme, und so fuhr Salvador ihn und Miss Williams im Wagen des Polizeipräsidenten dorthin.

«Mann, was für ein aalglatter Scheißkerl», sagte Mac zu Ben, als J. Ward Moorehouse gegangen war.

«Mac», sagte Ben, «dieser Typ ist von oben bis unten mit Millionen eingeschmiert. Verdammt, ein paar der Kontakte, von denen er immer redet, würde ich ganz gern haben. Vielleicht mach ich das ... Du wirst sehen, Mac: Wenn das hier durch ist, werde ich mit den ganz großen Tieren zusammensitzen.»

Danach war die Party nicht mehr ganz so zivilisiert. Ben holte noch etliche Cognacflaschen hervor, und bald bugsierten die Männer die anwesenden Frauen in die Schlafzimmer, die Flure, ja sogar die Küche und die Speisekammer. Barrow heftete sich an eine Blondine namens Nadia, die eine halbe Engländerin war, und erklärte ihr den ganzen Abend das Prinzip der Lebenskunst. Als alle anderen gegangen waren, stellte Ben fest, dass sie sich in seinem Schlafzimmer eingeschlossen hatten.

Mac fand Gefallen am Leben eines Ladeninhabers. Er stand auf, wann er wollte, und ging durch sonnige Straßen an der Kathedrale und dem Nationalpalast vorbei und die Independencia entlang, wo der Bürgersteig mit Wasser besprengt war und eine morgendliche Brise wehte, die einen süßen Duft nach Blumen und geröstetem Kaffee mitbrachte. In der Buchhandlung hatte Antonio, Conchas jüngerer Bruder, bereits die Rollläden geöffnet und fegte den Fußboden. Dann setzte Mac sich ins Hinterzimmer und las, oder er ging im Laden umher und unterhielt sich auf Englisch oder Spanisch mit den Kunden. Er verkaufte nicht viele Bücher, führte aber amerikanische und europäische Zeitungen, und die gingen gut, besonders *The Police Gazette* und *La Vie Parisienne*. Er eröffnete ein Bankkonto und plante, sich mit einigen Schreibmaschinenvertretern in Verbindung zu setzen. Salvador versprach immer wieder, ihm einen Regierungsauftrag für Schreibmaschinenpapier zu verschaffen und ihn zu einem reichen Mann zu machen.

Eines Tages sah er auf dem Platz vor dem Nationalpalast eine große Menschenmenge. Mac ging in eine der Cantinas unter den Arkaden und bestellte ein Bier. Der Kellner sagte, Carranzas Truppen hätten Torreón geräumt, und Villa und Zapata seien dabei, die Hauptstadt einzukreisen. Als Mac an der Buchhandlung ankam, ging das Gerücht durch die Straße, Carranzas Regierung sei geflohen, und die Revolutionäre würden vor Einbruch der Dunkelheit in der Stadt sein. Die anderen Händler verrammelten bereits ihre Läden. Concha und ihre Mutter kamen weinend und riefen, es werde noch schlimmer werden als in der schrecklichen Woche nach Maderos Sturz, und die Revolutionäre hätten geschworen, die Stadt zu plündern und zu brandschatzen. Antonio stürzte in den Laden und rief, die Zapatistas hätten Tacuba unter Beschuss genommen. Mac fuhr mit einer Droschke zum Parlament, in der Hoffnung, dort einen Bekannten zu finden, der Genaueres wusste. Alle Türen standen sperrangelweit offen, und in den Korridoren lagen Papiere verstreut. Im Plenarsaal waren nur ein alter Indio und seine Frau, die Hand in Hand umhergingen und ehrfürchtig die vergoldete Decke, die Gemälde an den Wänden und die mit grünem Filz bezogenen Tische bestaunten. Der alte Mann hatte den Hut abgenommen, als wäre er in einer Kirche.

Mac fuhr weiter zu der Zeitungsredaktion, in der Salvador arbeitete, doch der Pförtner sagte ihm mit einem Augenzwinkern, Salvador sei mit dem Polizeichef nach Vera Cruz gefahren. Weiter ging es zur amerikanischen Botschaft, wo es ihm nicht gelang, zu irgendjemandem vorzudringen. Die Vorzimmer und Flure waren voller Amerikaner, die von Farmen und Bergwerken in die Stadt geflohen waren, Präsident Wilson verfluchten und einander mit Horrorgeschichten über die Gräueltaten der Revolutionäre verrückt machten. Mac kam mit einem Syrer ins Gespräch, der ihm anbot, seinen Lagerbestand an Büchern zu übernehmen. «Kommt nicht in Frage», sagte Mac und kehrte in die Calle Independencia zurück.

Dort liefen bereits Zeitungsjungen herum und riefen: «Viva la Revolución Revindicadora!» Concha und ihre Mutter waren in Panik und sagten, wenn sie nicht den Zug nach Vera Cruz erreichten, würden sie alle ermordet werden. Die Revolutionäre hätten Klöster geplündert und Mönche und Nonnen umgebracht. Die alte Frau fiel in einer Ecke des Ladens auf die Knie und begann, ein Ave-Maria zu beten.

«Ach, verdammt», sagte Mac, «dann verkaufen wir eben und gehen wieder in die Staaten. Willst du in die Staaten, Concha?» Concha nickte heftig und lächelte unter Tränen. «Aber was zum Teufel machen wir mit deiner Mutter und Antonio?» Concha sagte, sie habe in Vera Cruz eine verheiratete Schwester. Wenn sie es dorthin schafften, könnten die beiden bei ihr bleiben.

Schweißüberströmt eilte Mac wieder zur Botschaft und suchte den Syrer. Als er ihn gefunden hatte, konnten sie sich nicht auf einen Preis einigen. Auch Mac war jetzt in Panik, denn alle Banken waren geschlossen, und es gab keine Möglichkeit, an Geld zu kommen. Der Syrer sagte, er stamme aus dem Libanon und sei amerikanischer Staatsbürger und Christ, und er werde Mac hundert Dollar leihen, wenn er ihm einen über sechzig Tage laufenden Schuldschein unterschreibe und als Sicherheit seinen Anteil an der Buchhandlung in Höhe von zweihundert Dollar eintrage. Er sagte, er als amerikanischer Staatsbürger und Christ riskiere sein Leben, um Macs Frau und Kinder zu retten. In seiner Verwirrung merkte Mac erst im letzten Moment, dass der Syrer ihm hundert mexikanische Dollar geben wollte, während der Schuldschein auf amerikanische Dollar ausgestellt war. Der Syrer rief, Gott solle sie beide schützen, und es sei ein bedauerlicher Irrtum gewesen, und Mac ging mit zweihundert Pesos in Gold nach Hause.

Concha hatte bereits gepackt und alles abgeschlossen und erwartete ihn mit ein paar Bündeln und einem Korb für die Katzen vor dem Laden, neben ihr Antonio und ihre Mutter, die beide eine Decke umgelegt hatten.

Der Bahnhof war so überfüllt, dass sie gar nicht hineinkamen. Mac ging zu den Rangiergleisen und trieb dort einen Bekannten namens McGrath auf, der bei der Eisenbahn war. McGrath sagte, er könne das regeln, aber sie müssten sich beeilen. Er führte sie zu einem Wagen der zweiten Klasse, der noch auf dem Rangiergleis stand, und sagte, er werde ihnen Fahrscheine besorgen, die allerdings wahrscheinlich doppelt so teuer wie sonst sein würden. Macs Hutband war durchgeschwitzt, als die beiden Frauen endlich einen Platz hatten und die Bündel, der Katzenkorb und Antonio verstaut waren. Der Zug war bereits voll, bevor er überhaupt in den Bahnhof eingefahren war. Nach mehreren Stunden setzte er sich schließlich in Bewegung. Soldaten in staubigen Uniformen drängten die Menge zurück. Sämtliche Plätze waren besetzt, Priester und Nonnen standen in den Gängen, und gutgekleidete Männer klammerten sich an die Haltegriffe der Plattformen zwischen den Wagen.

Mac schwieg meist, als er neben Concha in der stickigen Hitze des langsam dahinfahrenden Zugs saß. Concha seufzte viel, und ihre Mutter murmelte ständig: *«Ay de mi dios.»* Sie nagten Hähnchenflügel ab und aßen Mandelpaste. Der Zug wurde oft von Soldaten angehalten, die entlang der Strecke patrouillierten. Auf Nebengleisen standen Waggons voller Soldaten, doch niemand schien zu wissen, auf welcher Seite sie kämpften. Mac sah hinaus auf die endlosen Reihen von Agaven und die bröckelnden Kirchen. Die beiden riesigen, schneebedeckten Vulkane Popocatépetl und Ixtaccíhuatl tauschten am Horizont die Plätze, dann schob sich langsam der goldbraune Kegel eines erloschenen Vulkans vorbei, und schließlich kam der blauweiße Gipfel des Pico de Orizaba in Sicht und ragte höher und höher in den wolkenlosen Himmel.

Hinter Huamantla fuhren sie durch Wolken hinab. Die Schienen sangen unter den munter ratternden Rädern, als der Zug die steile Gefällstrecke durch das neblige, feuchte, bewaldete Tal hinabkurvte. Die Reisenden begannen aufzuatmen. Mit jeder Kurve, die der Zug nahm, wurde die Luft wärmer. Bald sah man Orangen- und Zitronenbäume. Alle Fenster waren geöffnet. In den Bahnhöfen kamen Frauen und verkauften Bier und Pulque, Hähnchen und Tortillas.

Bei Orizaba schien wieder die Sonne. Der Zug blieb lange stehen. Mac setzte sich allein in die Bahnhofswirtschaft und trank ein Bier. Die anderen Passagiere lachten und schwatzten, aber Mac war in finsterer Stimmung.

Als die Glocke der Lokomotive läutete, wollte er nicht zu Concha und ihrer Mutter mit ihren Seufzern, ihren Hähnchenflügeln und ihren fettigen Händen zurückkehren.

Er stieg in einen anderen Wagen. Die Nacht brach herein, erfüllt von Blumenduft und dem Geruch warmer Erde.

Spät am nächsten Tag erreichten sie Vera Cruz. Die Stadt war voller Fahnen, und über die von orangeroten, limettengrünen und bananengelben Häusern mit grünen Fensterläden gesäumten Straßen, wo Palmen sich im Meerwind wiegten, waren große rote Banner gespannt, auf denen stand: «Viva Obregón», «Viva La Revolución Revindicadora» und «Viva El Partido Laborista».

Auf dem Hauptplatz spielte eine Kapelle, und die Menschen tanzten. Aufgeschreckte Dohlen flogen zwischen den dunklen, schirmförmigen Bäumen umher.

Mac ließ Concha mit ihrer Mutter, Antonio und den Bündeln auf einer Bank sitzen und ging zum Büro der Ward Line, um sich nach Passagen in die Staaten zu erkundigen. Dort redeten alle von U-Booten, dem bevorstehenden Kriegseintritt Amerikas und deutschen Gräueltaten. Mac stellte fest, dass das nächste Schiff erst in einer Woche fuhr und sein Geld nicht mal für zwei Zwischendeckplätze reichte, und so kaufte er nur einen. Er hatte den Verdacht, dass er dabei war, etwas Idiotisches zu tun, und beschloss, ohne Concha zu fahren.

Als er zu der Bank zurückkehrte, hatte sie inzwischen Zimtäpfel und Mangos gekauft. Die alte Frau und Antonio waren mitsamt Bündeln auf der Suche nach dem Haus von Conchas Schwester. Die weißen Katzen hatten den Korb verlassen und sich neben ihr auf der Bank zusammengerollt. Sie sah Mac mit einem raschen, zuversichtlichen, schwarzäugigen Lächeln an und sagte, Porfirio und Venustiano freuten sich über den Fischgeruch. Er nahm ihre beiden Hände und half ihr auf. In diesem Augenblick konnte er ihr unmöglich sagen, dass er allein in die Staaten fahren würde.

Antonio kam gerannt und sagte, sie hätten die Schwester gefunden, und diese werde sie auch aufnehmen, und ganz Vera Cruz sei für die Revolution.

Wieder gingen sie über den Hauptplatz, und Concha sagte, sie sei durstig. Als sie vor den Cafés nach einem leeren Tisch Ausschau hielten, entdeckten sie Salvador. Er sprang auf, umarmte Mac und rief: «Viva Obregón». Dann tranken sie nach amerikanischer Art gemixte Mint Juleps. Salvador berichtete, Carranza sei in den Bergen von seinen eigenen Stabsoffizieren ermordet worden, der einarmige Obregón sei an der Spitze seiner Yaqui-Indios in Mexico City eingezogen, ganz in Weiß wie ein Bauer und mit einem großen Bauernhut, es habe keine Ausschreitungen gegeben, die von Juárez und Madero betriebene Politik solle fortgesetzt werden, und ein neues Zeitalter breche an.

Sie tranken etliche Mint Juleps, und Mac erwähnte seine Rückkehr nach Amerika mit keinem Wort.

Er fragte Salvador, wo sein Freund, der Polizeichef, eigentlich sei, aber Salvador hörte ihn nicht. Dann fragte er Concha, wie es wohl wäre, wenn er allein nach Amerika fahren würde, aber sie lachte und sagte, er mache Witze. Vera Cruz gefalle ihr, und sie könne sich gut vorstellen, hier zu leben. Salvador sagte, jetzt kämen große Zeiten für Mexiko, und er werde am nächsten Tag wieder in die Hauptstadt fahren. Abends aßen sie alle im Haus von Conchas Schwester. Mac besorgte Cognac. Sie tranken auf die Arbeiterklasse, auf die Gewerkschaften, auf die *Partido Laborista*, auf die soziale Revolution und die Bauernmilizen.

Am nächsten Morgen erwachte Mac früh und mit leichten Kopfschmerzen. Er schlich aus dem Haus und ging am Hafendamm entlang. Das Gefühl, dass es idiotisch gewesen war, seine Buchhandlung so ohne weiteres aufzugeben, begann an ihm zu nagen. Er ging zum Büro der Ward Line, gab seinen Fahrschein zurück, bekam das Geld erstattet und war rechtzeitig wieder im Haus von Conchas Schwester, wo es zum Frühstück Kuchen und Schokolade gab.

Proteus

Steinmetz /108/ war bucklig,
der Sohn eines buckligen Lithographen.
Er wurde achtzehnhundertfünfundsechzig in Breslau geboren, bestand als Siebzehnjähriger mit Auszeichnung das Abitur am Breslauer Gymnasium und studierte an der Universität Breslau Mathematik;
Mathematik war für Steinmetz Muskelkraft und lange Wanderungen über die Hügel und der Kuss eines verliebten Mädchens und herrliche Abende, an denen man mit Freunden Bier soff;
seinen buckligen Rücken drückte die gesellschaftliche Last ebenso schwer, wie sie die Arbeiter mit geradem Rücken und die armen Studenten drückte, er war Mitglied in einem sozialistischen Club und Herausgeber einer Zeitung namens *Die Volksstimme*.

In Berlin saß Bismarck wie ein großer Briefbeschwerer und sorgte dafür, dass das neue Deutsche Reich feudal blieb und nicht gegen seine Bosse, die Hohenzollern, aufbegehrte.
Um dem Gefängnis zu entgehen, floh Steinmetz nach Zürich, wo seine Mathematik sämtliche Professoren des Polytechnikums aus dem Schlaf weckte;
doch im Europa der achtziger Jahre des 19. Jahrhunderts war kein Platz für einen mittellosen, buckligen Studenten mit einem großen Kopf voll höherer Mathematik und Staunen über die Elektrizität, die letztlich nichts anderes ist als kraftgewordene Mathematik,
der obendrein Sozialist war.

Mit einem dänischen Freund fuhr er im Zwischendeck des alten französischen Liniendampfers *La Champagne* nach Amerika,
lebte anfangs in Brooklyn und fuhr täglich nach Yonkers, wo er für zwölf Dollar die Woche für Rudolf Eickemeyer arbeitete, der achtzehnhundertachtundvierzig aus Deutschland ausgewandert und Erfinder und Elektriker und Besitzer einer Fabrik war, in der er Maschinen zur Herstellung von Hüten und elektrische Generatoren produzierte.
In Yonkers entwickelte Steinmetz die Theorie der Dritten Harmonik
sowie das Gesetz der Hysterese, das die hundertfältigen Wechselwirkungen zwischen metallischer Hitze, Dichte und Frequenz, die beim Wechsel der Magnetpole unter Wechselstrom entstehen, in eine Formel fasst.
Steinmetz' Gesetz der Hysterese hat all die Transformatoren, die man in kleinen Gehäusen und spitzgiebeligen Häusern und Hochspannungsleitungen im ganzen Land findet, erst möglich gemacht. Die mathematischen Symbole in Steinmetz' Gesetz sind der Bauplan für alle Transformatoren der Welt.

Achtzehnhundertzweiundneunzig, als Eickemeyer seine Firma an die Gesellschaft verkaufte, aus der später General Electric hervorging, waren Steinmetz und andere wertvolle Apparate Gegenstand des Kaufvertrags. Sein Leben lang war Steinmetz Teil eines Apparats, der General Electric gehörte.
Anfangs stand sein Laboratorium in Lynn, dann wurde es zusammen mit dem kleinen Buckligen nach Schenectady verlegt, in die Stadt der Elektrizität.

General Electric hielt ihn bei Laune, ließ ihn Sozialist sein, finanzierte ihm ein mit Quecksilberdampflampen beleuchtetes Gewächshaus für seine Kakteen, ließ ihn Alligatoren, sprechende Krähen und eine Gila-Echse als Haustiere halten, und die Abteilung für Öffentlichkeitsarbeit schrieb über den Hexenmeister, den Medizinmann, der die Symbole kannte, die Schlüssel zu Ali Babas Schatzhöhle.

Steinmetz notierte eine Formel auf seiner Manschette, und am nächsten Morgen gab es tausend neue Kraftwerke, und die Generatoren sangen Dollar, und die Lautlosigkeit der Transformatoren brütete Dollar,
und die Abteilung für Öffentlichkeitsarbeit träufelte jeden Sonntag schmalzige Geschichten in die Ohren der amerikanischen Öffentlichkeit, und Steinmetz war der kleinwüchsige Salonzauberer,
der in seinem Laboratorium einen Spielzeugblitz entzündete und machte, dass alle Spielzeugeisenbahnen pünktlich waren und das Fleisch im Eisschrank kalt blieb und die Lampen im Salon funktionierten und die Suchscheinwerfer und die rotierenden Leuchtfeuer, die Flugzeuge nachts nach Chicago, New York, St. Louis, Los Angeles leiteten,
und sie ließen ihn Sozialist sein und glauben, die Gesellschaft könne optimiert werden wie ein Generator, und sie ließen ihn deutschfreundlich sein und einen Brief schreiben, in dem er Lenin seine Hilfe anbot, denn Mathematiker sind ja so weltfremd: Sie finden Formeln, mit denen man zwar Kraftwerke, Fabriken, U-Bahnen, Licht, Wärme, Luft, Sonnenschein herstellen kann, aber ganz bestimmt kein menschliches Miteinander, das Aktienwerte beeinträchtigen und Direktorengehälter schmälern könnte.

Steinmetz war ein berühmter Zauberer, und er sprach mit
Einstein und tippte Morsezeichen auf Edisons Knie,
denn da war Edison schon stocktaub,
und er ging nach Westen
und hielt Reden, die kein Mensch verstand,
und sprach in einem Zug mit Bryan über Gott,
und als er und Einstein einander begegneten,
standen lauter Reporter um sie herum,
verstanden aber nicht, was die beiden sagten,
und Steinmetz war der kostbarste Apparat, den General Electric besaß,
bis er verschlissen war und starb.

Janey

Die Reise nach Mexiko und die Rückfahrt in dem Salonwagen, den die mexikanische Regierung J. Ward Moorehouse zur Verfügung gestellt hatte, waren sehr schön, aber auch etwas ermüdend, und als sie durch die Wüste fuhren, war alles so staubig. Janey kaufte ganz billig ein paar sehr hübsche Dinge – Türkisschmuck und rosaroten Onyx – als Mitbringsel für Alice, ihre Mutter und ihre Schwestern. Im Salonwagen hatte sie viel zu tun, denn J. Ward diktierte unaufhörlich. Es fuhren viele Männer mit, die im Raucherraum oder auf der Aussichtsplattform saßen und ständig tranken, Zigarren rauchten und sich schmutzige Witze erzählten. Einer von ihnen war dieser Barrow, für den sie in Washington einmal gearbeitet hatte. Er wechselte jetzt immer ein paar Worte mit ihr, und obwohl ihr die Art, wie er sie ansah, wenn er neben ihrem Tisch stand und sich mit ihr unterhielt, nicht gefiel, war er doch ein interessanter Mann, ganz anders, als sie sich einen Gewerkschaftsführer vorgestellt hatte, und sie empfand diebische Freude bei dem Gedanken, dass sie von Queenie wusste und er entsetzt wäre, wenn er wüsste, dass sie es wusste. Sie scherzte oft mit ihm und dachte, er würde sich vielleicht in sie verlieben, doch er gehörte zu den Männern, die zu allen Frauen so waren.

Ab Laredo hatten sie keinen privaten Salonwagen mehr, und die Fahrt war nicht mehr so angenehm. Sie fuhren ohne weiteren Aufenthalt nach New York. Sie hatte das untere Bett eines Schlafwagenabteils in einem anderen Wagen als J. Ward und seine Freunde. Das obere Bett gehörte einem jungen Burschen, der ihr sehr gut gefiel. Er hieß Buck Saunders, stammte aus dem Norden von Texas und sprach einen sehr witzigen Dialekt. Er hatte als Cowboy und auf den Ölfeldern von Oklahoma gearbeitet und etwas Geld gespart, und nun wollte er sich Washington ansehen. Er war entzückt, als sie ihm sagte, sie stamme aus Washington, und von den Sehenswürdigkeiten erzählte, vom Capitol und vom Weißen Haus und vom Lincoln Memorial und vom Veteranenheim und Mount Vernon. Sie sagte, er müsse unbedingt nach Great Falls hinausfahren, und schilderte ihm ihre Kanufahrt auf dem Kanal und das schreckliche Gewitter, in das sie bei der Cabin John's Bridge geraten war. Sie aßen mehrmals gemeinsam im Speisewagen, und er sagte, sie sei eine prima Frau, mit der man sich toll unterhalten könne, und er habe eine Freundin in Tulsa, Oklahoma, gehabt und wolle nach Venezuela gehen, nach Maracaibo, um auf den Ölfeldern zu arbeiten, denn sie habe ihm den Laufpass gegeben, um einen reichen Farmer zu heiraten, der auf seiner Kuhweide auf Öl gestoßen war. G.H. Barrow zog Janey mit ihrem gutaussehenden Fang auf, und sie konterte, indem sie sich nach dem Stand der Dinge zwischen ihm und der rothaarigen Dame erkundigte, die in St. Louis ausgestiegen war, und da mussten sie beide lachen, und sie kam sich sehr verwegen vor und fand, G.H. Barrow sei vielleicht doch nicht so übel. Als Buck in Washington ausstieg, schenkte er ihr einen Schnappschuss, auf dem er und eine Ölpumpe zu sehen waren, und sagte, er werde ihr täglich schreiben und nach New York kommen und sie besuchen, wenn er dürfe, aber sie hörte nie wieder etwas von ihm.

Auch Morton, den Londoner Diener von J. Ward, fand sie sympathisch, denn er behandelte sie immer sehr respektvoll. Jeden Morgen kam er und berichtete über den Gemütszustand seines Herrn. «Heute wirkt er ziemlich düster, Miss Williams», oder: «Beim Rasieren hat er vor sich hin gepfiffen. Gute Laune? Bestimmt.»

Als sie in der Pennsylvania Station angekommen waren, blieb sie mit Morton zurück, bis das Gepäck ausgeladen war, um dafür zu sorgen, dass der Koffer mit den Akten und Unterlagen nicht in J. Wards Haus auf Long Island, sondern ins Büro in der Fifth Avenue 100 gebracht wurde. Morton verabschiedete sich von ihr und fuhr in einem Pierce-Arrow davon, der eigens von Great Neck gekommen war, um die Koffer zu holen. Sie nahm sich ein Taxi und fuhr mit ihrer Schreibmaschine und den Akten und Unterlagen zum Büro. Ängstlich und aufgeregt sah sie durch die Fenster des Wagens die hoch aufragenden weißen Gebäude, die runden Wassertanks, die sich gegen den Himmel abhoben, die emporquellenden Dampfwolken, die vielen Menschen auf den Bürgersteigen und die Taxis und Lastwagen und das Schimmern und Drängen und Trappeln. Sie fragte sich, wo sie wohnen, wie sie Freundinnen finden und wo sie essen würde. Es war sehr unheimlich, ganz allein in einer so großen Stadt zu sein, und sie wunderte sich, dass sie den Mumm dazu gehabt hatte. Sie beschloss, eine Stelle für Alice zu finden, damit sie sich zusammen eine Wohnung nehmen konnten – aber wo sollte sie heute Nacht schlafen?

Das Büro wirkte normal und beruhigend, und es war so geschmackvoll möbliert und auf Hochglanz poliert, und die Schreibmaschinen klapperten so schnell, und es herrschte viel mehr Geschäftigkeit als bei Dreyfus & Carroll, aber alle sahen jüdisch aus, und Janey fürchtete, die anderen würden sie nicht mögen, und darum werde es ihr nicht gelingen, die Stelle zu behalten.

Eine Frau namens Gladys Compton führte Janey zu ihrem

Schreibtisch, der zuvor, wie sie sagte, der von Miss Rosenthal gewesen war. Er stand in einem kleinen Flur vor J. Wards Privatbüro und gegenüber der Tür zu Mr. Robbins' Büro. Gladys Compton war Jüdin und Mr. Robbins' Stenographin. Sie sagte, was für eine reizende Person Miss Rosenthal gewesen sei und dass der Unfall allen schrecklich leid tue, und Janey hatte das Gefühl, in den Schuhen einer Toten zu stehen und einen steinigen Weg vor sich zu haben. Gladys Compton sah sie aus missgünstigen braunen Augen an, die sie ein wenig zusammenkniff, wenn sie etwas genau betrachtete, und sagte, das Pensum sei manchmal einfach mörderisch und sie hoffe, dass Janey ihm gewachsen sein werde. Dann ging sie zurück an ihren Platz.

Zum Feierabend um fünf trat J. Ward aus seinem Privatbüro. Janey freute sich sehr, als er an ihrem Schreibtisch stand. Er sagte, er habe mit Miss Compton gesprochen und sie gebeten, Janey ein bisschen unter ihre Fittiche zu nehmen. Er könne sich vorstellen, wie schwierig es für eine junge Frau sei, in einer neuen Stadt zurechtzukommen, eine ordentliche Wohnung zu finden und so weiter, aber Miss Compton sei wirklich sehr nett und werde ihr helfen, und er sei sicher, dass alles klappen werde. Er schenkte ihr ein blauäugiges Lächeln, gab ihr ein Bündel eng beschriebener Notizzettel und fragte sie, ob es ihr etwas ausmachen würde, am nächsten Tag ein bisschen früher zu kommen, damit er diese Notizen um neun Uhr sauber abgeschrieben auf seinem Schreibtisch vorfände. Unter normalen Umständen würde er sie nicht um derartige Arbeiten bitten, aber die anderen Stenotypistinnen seien so dumm, und wegen seiner langen Abwesenheit sei alles durcheinander. Janey war überglücklich, und als er lächelte, durchrieselte es sie warm.

Sie und Gladys Compton verließen gemeinsam das Büro. Gladys schlug vor, da Janey ja offenbar neu in New York sei, könne sie doch mit zu ihr kommen. Sie lebte bei ihren Eltern in Flatbush – es sei natürlich nicht das, was Miss Williams gewöhnt sei, aber sie hätten ein freies Zimmer, das sie haben könne, bis sie sich ein bisschen zurechtgefunden habe, und es sei auf jeden Fall sauber, was man von vielen Pensionszimmern nicht behaupten könne. Sie fuhren zum Bahnhof, um Janeys Gepäck zu holen. Janey war erleichtert, dass sie ihren Weg durch dieses Gedränge nicht allein finden musste. Sie gingen hinunter in die U-Bahn und stiegen in einen voll besetzten Expresszug. Janey hielt es kaum aus, zwischen so vielen Menschen eingezwängt zu sein. Sie glaubte, sie würden nie ankommen, und im Tunnel machte der Zug einen solchen Lärm, dass sie von dem, was Gladys Compton sagte, kein Wort verstand.

Schließlich stiegen sie aus und waren auf einer breiten Straße, über der die Hochbahn verlief und wo die Gebäude nur ein oder zwei Stockwerke hatten und die Geschäfte Obst und Gemüse und andere Lebensmittel verkauften. Gladys Compton sagte: «Wir essen koscher, Miss Williams, wegen meiner Eltern. Ich hoffe, das macht Ihnen nichts aus. Benny – das ist mein Bruder – und ich haben natürlich keine Vorurteile.» Janey wusste nicht, was «koscher» war, sagte aber, selbstverständlich mache es ihr nichts aus, und erzählte dann von den seltsamen Speisen in Mexiko, so scharf, dass man sie kaum essen könne.

Als sie angekommen waren, sprach Gladys Compton weniger deutlich und war sehr freundlich und zuvorkommend. Ihr Vater war ein kleiner alter Mann mit einer Brille auf der Nasenspitze, und ihre Mutter war eine dicke, birnenförmige Frau mit einer Perücke. Untereinander sprachen sie jiddisch. Sie taten, was sie nur konnten, um es Janey behaglich zu machen, gaben ihr ein hübsches Zimmer und sagten, sie könne Zimmer und Verpflegung für zehn Dollar die Woche haben, und zwar so lange sie wolle, und wenn sie irgendwo anders hinziehen wolle, könne sie das jederzeit tun, und sie würden es ihr bestimmt nicht übelnehmen.

Es war ein gelbes Holzhaus für zwei Parteien in einem langen Block voller Häuser, die genau gleich aussahen, aber es war gut geheizt, und das Bett war bequem. Der alte Mann war Uhrmacher und arbeitete bei einem Juwelier in der Fifth Avenue. In der alten

Heimat hatte die Familie Kompschtschutzki geheißen, aber das, sagten sie, habe in New York niemand aussprechen können. Der alte Mann hatte den Namen in «Freedman» ändern wollen, aber seine Frau hatte gefunden, dass «Compton» kultivierter klang. Es gab ein gutes Abendessen mit Tee in Gläsern und Suppe mit Teigklößchen und roten Kaviar und etwas, das Gefilte Fisch hieß, und Janey fand es schön, so nette Leute kennenzulernen. Benny war noch in der Highschool, ein schlaksiger Junge mit Brille, der beim Essen den Kopf tief über den Teller beugte und auf ungezogene Weise allem widersprach, was irgendjemand sagte. Gladys sagte, es sei am besten, gar nicht darauf einzugehen; er sei sehr gut in der Schule und werde Jura studieren. Als sich die anfängliche Fremdheit etwas gegeben hatte, mochte Janey die Comptons sehr gern, besonders Mr. Compton, der sehr freundlich war und allem, was ihm widerfuhr, mit einem sanften, untröstlichen Humor begegnete.

Die Arbeit im Büro war überaus interessant. J. Ward begann, sich auf sie zu verlassen. Janey hatte das Gefühl, dass es ein gutes Jahr für sie werden würde.

Das Schlimmste war die allmorgendliche U-Bahn-Fahrt zum Union Square; sie dauerte eine Dreiviertelstunde. Janey versuchte dann, Zeitung zu lesen und sich in eine Ecke zu drücken, so weit wie möglich entfernt vom Gedränge der Leiber. Sie wollte ausgeruht und frisch im Büro ankommen, ohne zerknittertes Kleid und ordentlich frisiert, aber die lange, ruckelnde Fahrt ermüdete sie, und danach fühlte sie sich, als müsste sie noch einmal baden und sich umziehen. Sie ging gern die 14th Street entlang, die im sonnenbeschienenen morgendlichen Staub leuchtete und schimmerte, und dann die Fifth Avenue hinauf bis zum Büro. Sie und Gladys waren stets unter den Ersten. Janey hatte immer Blumen auf ihrem Tisch und schlich manchmal in J. Wards Büro und stellte eine Silbervase mit ein paar Rosen auf seinen großen Mahagonitisch. Dann sortierte sie die Post, legte die persönlichen Briefe in einem säuberlichen Stapel auf die Ecke der mit rotem italienischen Leder eingefassten Schreibunterlage, las die übrigen Briefe, sah in seinen Terminkalender und setzte eine maschinengeschriebene Liste auf: Besprechungen, Interviews, Entwürfe und Presseerklärungen, die versendet werden mussten. Die Liste platzierte sie in der Mitte der Schreibunterlage, legte einen Briefbeschwerer aus Rohkupfer von der oberen Halbinsel in Michigan darauf und bezeichnete mit einem akkuraten W die Punkte, die sie ohne Rückfragen bei ihm erledigen würde.

Wenn sie dann wieder an ihrem Schreibtisch saß und einen Bericht, der am Vortag aus Mr. Robbins' Büro gekommen war, auf Tippfehler durchsah, spürte sie ein seltsames inneres Kribbeln: Bald würde J. Ward kommen. Sie sagte sich, das sei Unsinn, doch jedes Mal, wenn die Eingangstür aufschwang, sah sie erwartungsvoll auf. Sie begann sich zu sorgen – womöglich hatte er auf dem Weg von Great Neck in die Stadt einen Unfall gehabt. Wenn sie es schließlich aufgegeben hatte, ihn zu erwarten, trat er plötzlich schwungvoll durch die Tür, grüßte mit einem strahlenden Lächeln in die Runde und verschwand hinter der Milchglastür in seinem Privatbüro. Janey bemerkte, ob er einen dunklen oder einen hellen Anzug trug, welche Krawatte er gewählt hatte, und ob er beim Friseur gewesen war. Eines Tages hatte er einen Schlammspritzer an der Hose seines blauen Sergeanzugs, und sie suchte den ganzen Morgen nach einem Vorwand, um hineinzugehen und es ihm zu sagen. Nur selten sah er sie im Vorbeigehen aus blau blitzenden Augen an oder blieb an ihrem Tisch stehen, um sie etwas zu fragen, und dann fühlte sie sich gut.

Die Arbeit im Büro war überaus interessant. Sie versetzte Janey in die Welt der Schlagzeilen wie damals, als sie bei Dreyfus & Carroll gearbeitet und sich mit Jerry Burnham unterhalten hatte. Da war das Dossier über die Onondaga Salt Products mit Artikeln, in denen es um Badesalze und Chemikalien und die Baseballmannschaft und die Cafeteria und den Pensionsfonds für die Mitarbeiter ging, oder über Marigold Copper und ihren Kampf gegen subversive Elemente unter den Bergleuten, die größtenteils aus dem Ausland stammten und über die amerikanischen Werte aufgeklärt werden mussten, da waren die Kampagne der Handelskammer von Citrus Center, die Kleininvestoren im Norden über die Stabilität der Obstindustrie in Florida informieren wollte, oder der Slogan: «Eine Alligatorbirne auf jeden Frühstückstisch!», den die Kooperative der Avocado-Produzenten in Auftrag gegeben hatte. Diese Vereinigung ließ ihnen übrigens hin und wieder eine Kiste Avocados zukommen, damit jeder Mitarbeiter eine mit nach Hause nehmen konnte – nur Mr. Robbins wollte keine, da sie, wie er sagte, nach Seife schmeckten. Der größte Auftrag war die Kampagne der Southwestern Oil gegen die heimtückische antiamerikanische Propaganda der britischen Ölfirmen in Mexiko und die Einflussnahme der Hearst-Lobby in Washington.

Im Juni fuhr Janey zur Hochzeit ihrer Schwester Ellen nach Washington. Es war seltsam, wieder dort zu sein. Während der Zugfahrt freute Janey sich darauf, Alice wiederzusehen, doch als es dann so weit war, fanden sie kaum einen Gesprächsstoff. Im Haus ihrer Mutter fühlte sie sich fremd. Ellen heiratete einen Jurastudenten von der Georgetown University, und nach der Trauung war das Haus voller Studenten und junger Frauen, die lachten und herumalberten. Auch Mrs. Williams und Francie schienen sich gut zu amüsieren, aber Janey war froh, als es an der Zeit war, zum Bahnhof zu gehen und zurück nach New York zu fahren. Als sie sich von Alice verabschiedete, schlug sie ihrer Freundin nicht vor, sie solle doch auch nach New York kommen.

Sie saß in dem stickigen Salonwagen, sah Kleinstädte, Felder und Reklametafeln vorbeiziehen und fühlte sich ziemlich elend. Als sie am nächsten Morgen ins Büro trat, war es, als wäre sie heimgekehrt.

Es war aufregend in New York. Seit der Versenkung der *Lusitania* /109/ war man allgemein überzeugt, dass der Kriegseintritt der USA nur noch eine Frage von Monaten sei. An der Fifth Avenue wehten viele Fahnen. Janey dachte oft an den Krieg. Sie hatte aus Schottland einen Brief von Joe bekommen, in dem er schrieb, sein

Schiff, die *Marchioness*, sei torpediert worden, und sie seien vor dem Pentland Firth in einem Schneesturm und bei ablandiger Strömung zehn Stunden in einem offenen Rettungsboot getrieben, aber schließlich sei es ihnen gelungen, an Land zu kommen, und es gehe ihm gut, die ganze Mannschaft habe Sonderzahlungen bekommen, und er verdiene ohnehin jede Menge Geld. Als sie den Brief gelesen hatte und in J. Wards Büro ging, um ihm ein Telegramm zu bringen, das soeben aus Arizona gekommen war, erzählte sie ihm, das Schiff ihres Bruders sei torpediert worden. Er zeigte großes Interesse und sprach von patriotischer Pflicht und Bewahrung der Zivilisation und der historischen Schönheit der Kathedrale von Reims. Er sagte, er sei bereit, seine Pflicht zu erfüllen, wenn es an der Zeit sei, und glaube, dass der Kriegseintritt der USA nur noch eine Frage von Monaten sei.

Eine sehr gut gekleidete Frau suchte J. Ward recht oft auf. Mit Neid sah Janey ihren glatten Teint, die schönen, nicht übertrieben auffälligen, aber immer eleganten Kleider, die manikürten Fingernägel und die winzigen Füße. Eines Tages sprang die Tür von J. Wards Privatbüro einen Spaltbreit auf, sodass Janey die vertrauliche Unterhaltung zwischen ihrem Chef und der eleganten Dame hören konnte.

«Aber J. W., Schatz», sagte sie, «dieses Büro ist ein Loch. So haben die Büros in Chicago Anfang der achtziger Jahre ausgesehen.»

Er lachte. «Tja, Eleanor, dann richte es doch neu ein. Einzige Bedingung: Die Arbeit muss weitergehen. Ich habe wichtige Geschäfte, und ein Umzug kommt nicht in Frage.»

Janey war entrüstet. Das Büro war sehr gut so, wie es war, sehr apart, das sagten alle. Als sie am nächsten Tag einen Scheck über zweihundertfünfzig Dollar für Stoddard & Hutchins, Inneneinrichtung, ausstellen musste, hätte sie beinahe etwas gesagt, beherrschte sich aber, denn es ging sie ja nichts an. Von da an schien Miss Stoddard das Büro gar nicht mehr zu verlassen. Die Arbeiten wurden nachts ausgeführt, sodass jeden Morgen etwas verändert war. Die Wände und Möbel waren in Schwarz und Weiß gehalten, die Vorhänge und Polster in einem eigenartigen Burgunderrot. Janey gefiel es gar nicht, aber Gladys sagte, das sei jetzt modern, und fand es sehr interessant. Mr. Robbins verweigerte sich allen Veränderungen an seinem Privatbüro, und beinahe wären J. Ward und er deswegen aneinandergeraten, doch schließlich bekam er seinen Willen, und es hieß, J. Ward habe Mr. Robbins' Gehalt erhöhen müssen, um zu verhindern, dass er zu einer anderen Agentur ging.

Am ersten Septemberwochenende zog Janey um. Es tat ihr leid, die Comptons zu verlassen, aber sie hatte eine Frau namens Eliza Tingley kennengelernt, die schon in mittleren Jahren war und für einen Anwalt auf derselben Etage wie J. Wards Büro arbeitete. Eliza Tingley stammte aus Baltimore, hatte ebenfalls die Anwaltsprüfung abgelegt und machte auf Janey den Eindruck einer Frau von Welt. Sie und ihr Zwillingsbruder, der Buchprüfer war, hatten eine Etage in einem Haus in der West 23rd Street in Chelsea gemietet und fragten Janey, ob sie nicht zu ihnen ziehen wolle. Das bedeutete, dass sie nicht mehr mit der U-Bahn würde fahren müssen, und Janey hatte das Gefühl, dass ihr der kleine morgendliche Spaziergang zur Fifth Avenue guttun würde. Eliza Tingley hatte Janey schon gefallen, als sie sie in der Cafeteria im Erdgeschoss kennengelernt hatte. Bei den Tingleys ging es frei und ungezwungen zu, und Janey fühlte sich gleich zu Hause. Manchmal tranken sie abends einen Cocktail. Eliza war eine gute Köchin, und so saßen sie immer sehr lange am Tisch und spielten vor dem Schlafengehen noch ein paar Partien Bridge zu dritt. Samstagabends gingen sie fast immer ins Theater – Eddie Tingley bekam die Karten zu ermäßigten Preisen bei einer Agentur, die er kannte. Sie hatten *The Literary Digest*, *The Century* und *The Ladies' Home Journal* abonniert, sonntags gab es Hähnchen oder Ente, und alle lasen den Magazinteil der *New York Times*.

Die Tingleys hatten einen großen Freundeskreis, und da sie Janey mochten, bezogen sie sie immer mit ein. Janey hatte das Gefühl, endlich so zu leben, wie sie leben wollte. Und dieser Winter, in dem ständig Kriegsgerüchte die Runde machten, war besonders aufregend. Sie hatten an der Wohnzimmerwand eine große Europakarte aufgehängt und markierten die Positionen der alliierten Armeen mit kleinen Fähnchen. Sie standen ganz und gar auf Seiten der Alliierten, und bei Namen wie Verdun oder Chemin des Dames überlief es sie kalt. Eliza wollte reisen und ließ Janey immer wieder in allen Einzelheiten von Mexiko erzählen; sie planten eine Europareise für die Zeit nach dem Krieg, und Janey begann, dafür zu sparen. Als Alice ihr schrieb, sie spiele mit dem Gedanken, von Washington nach New York zu ziehen, antwortete Janey, zurzeit sei es für Frauen sehr schwer, in New York eine Stelle zu finden, und sie solle es sich lieber noch einmal überlegen.

Den ganzen Herbst war J. Ward bleich und angespannt. Er gewöhnte sich an, die Sonntagnachmittage im Büro zu verbringen, und Janey machte sich nach dem Essen mit Freuden auf den Weg, um ihm zu helfen. Dann sprachen sie über die Ereignisse der vergangenen Woche, und J. Ward diktierte ihr viele persönliche Briefe und sagte, sie sei ein Schatz, worauf sie sich glücklich an die Maschine setzte und die Briefe tippte. Auch sie war besorgt. Obwohl ständig neue Aufträge hereinkamen, war die finanzielle Situation der Firma nicht sehr gut. J. Ward hatte bei Spekulationsgeschäften an der Börse Pech gehabt und musste rudern, um alles zusammenzuhalten. Er wollte der alten Mrs. Staple unbedingt den großen Firmenanteil abkaufen, den sie noch immer hielt, und sprach von Mitteilungen, die seiner Frau in die Hände gefallen seien und von denen sie, wie er fürchtete, unüberlegten Gebrauch machen könnte. Janey sah, dass seine Frau eine unsympathische, missmutige Person war, die das Geld ihrer Mutter benutzte, um J. Ward an der kurzen Leine zu halten. Den Tingleys erzählte sie nie etwas über J. Ward persönlich, sprach aber oft vom Büro, und die beiden stimmten ihr zu und fanden ihre Arbeit hochinteressant. Janey freute sich auf Weihnachten, denn J. Ward hatte angedeutet, er werde ihr Gehalt erhöhen.

An einem regnerischen Sonntagnachmittag tippte sie gerade einen vertraulichen Brief an Richter Planet, dem sie den Bericht einer Detektivagentur über die Machenschaften von Gewerkschaftsagitatoren unter den Bergleuten in Colorado beifügen sollte, und J. Ward ging vor ihrem Tisch auf und ab und starrte mit gerunzelter Stirn auf die Spitzen seiner polierten Schuhe, als es an der Eingangstür klopfte.

«Wer kann das sein?», sagte J. Ward und klang verblüfft und nervös.

«Vielleicht Mr. Robbins, der seinen Schlüssel vergessen hat», sagte Janey. Als sie die Tür öffnete, rauschte Mrs. Moorehouse an ihr vorbei. Sie trug einen nassen Regenmantel und hatte einen Schirm in der Hand, ihr Gesicht war bleich, und ihre Nasenflügel zuckten. Janey schloss leise die Tür und setzte sich an ihren Schreibtisch. Sie war besorgt. Mit einem Bleistift malte sie Kringel an den Rand eines Bogens Schreibmaschinenpapier. Was in J. Wards Privatbüro vor sich ging, war nicht zu überhören. Mrs. Moorehouse war hineingestürmt und hatte die Milchglastür hinter sich zugeschlagen.

«Ich halte das nicht aus, Ward … Ich werde das nicht länger dulden», schrie sie aus Leibeskräften. Janeys Herz klopfte sehr schnell. Sie hörte J. Wards leise, beschwichtigende Stimme und dann wieder Mrs. Moorehouse: «Ich lasse mich nicht so behandeln, das sage ich dir. Ich bin kein kleines Kind mehr. Du nutzt meinen Zustand aus. So behandelt zu werden macht mich krank.»

«Hör mir zu, Gertrude, ich gebe dir mein Wort als Gentleman», sagte J. Ward, «es ist absolut nichts dahinter. Du liegst im Bett und bildest dir alles Mögliche ein, und du solltest hier nicht so hereinplatzen. Ich bin sehr beschäftigt und habe wichtige Transaktionen vor, die meine ganze Aufmerksamkeit erfordern.»

Wie empörend, dachte Janey.

«Wenn ich nicht wäre, würdest du noch immer in Pittsburgh sitzen und für Bessemer arbeiten, das weißt du genau, Ward. Ja, du verachtest mich, aber Dads Geld verachtest du nicht ... Aber ich bin fertig mit dir – ich werde die Scheidung einreichen.»

«Aber Gertrude, du weißt doch genau, dass es keine andere Frau in meinem Leben gibt.»

«Und diese Person, mit der man dich ständig sieht ... wie heißt sie noch ... Stoddard? Wie du siehst, weiß ich mehr, als du denkst ... Ich bin nicht die Frau, für die du mich hältst, Ward, ich lasse mich nicht zum Narren halten, hast du gehört?»

Mrs. Moorehouse' Stimme steigerte sich zu einem rauen Kreischen. Dann schien sie zusammenzubrechen – Janey hörte sie schluchzen.

«Aber Gertrude», sagte J. Ward in beruhigendem Ton, «du steigerst dich in etwas hinein. Eleanor Stoddard und ich haben ein paarmal geschäftlich miteinander zu tun gehabt. Sie ist eine intelligente Frau, die ich sehr anregend finde, intellektuell, meine ich. Wir haben hin und wieder zu Abend gegessen, meist mit gemeinsamen Freunden, und das Ganze ist absolut ...» Er sprach so leise, dass Janey ihn nicht verstehen konnte. Sie fragte sich, ob es nicht besser wäre, sich leise hinauszuschleichen, und wusste nicht, was sie tun sollte.

Sie hatte sich gerade erhoben, als Mrs. Moorehouse erneut hysterisch losschrie: «Du bist kalt wie ein Fisch ... Du bist nichts weiter als ein kalter Fisch. Ich würde dich weniger widerwärtig finden, wenn es wahr wäre, wenn du eine Affäre mit ihr hättest ... Aber egal – ich werde mich nicht benutzen lassen, um dir Zugang zu Dads Geld zu verschaffen!»

Die Tür zu J. Wards Privatbüro wurde aufgerissen, und Mrs. Moorehouse trat heraus, musterte Janey mit einem bitteren Blick, als hätte sie diese ebenfalls im Verdacht, eine Affäre mit ihrem Mann zu haben, und ging hinaus. Janey setzte sich wieder an ihren Schreibtisch und versuchte, ein unverbindliches Gesicht zu machen. In seinem Büro ging J. Ward mit schweren Schritten auf und ab. Als er sie rief, klang seine Stimme matt: «Miss Williams?»

Sie stand auf und ging, Block und Stift in der Hand, in sein Büro. J. Ward begann zu diktieren, als wäre nichts vorgefallen, doch mitten in einem Brief an den Präsidenten der Ansonia Carbide Corporation rief er plötzlich: «Ach, verdammt!», und gab dem Papierkorb einen Tritt, sodass er an die Wand flog.

«Entschuldigen Sie, Miss Williams, ich mache mir große Sorgen ... Ich kann mich doch darauf verlassen, dass Sie keiner Menschenseele etwas davon sagen, ja? Sie müssen verstehen, meine Frau ist nicht ganz bei sich ... Sie ist krank ... das letzte Kind ... Sie wissen ja, bei manchen Frauen gibt es das.»

Janey sah zu ihm auf. In ihren Augen standen Tränen. «Oh, Mr. Moorehouse, wie können Sie nur denken, dass ich das nicht verstehe? Es muss schrecklich für Sie sein, und Ihre Arbeit ist so wichtig und interessant!» Sie konnte nicht weitersprechen, ihre Lippen fanden die Worte nicht.

«Miss Williams», sagte J. Ward, «ich weiß das, äh ... sehr zu schätzen ...» Er bückte sich und hob den Papierkorb auf. Janey sprang auf und half ihm, das verstreute Papier einzusammeln. Sein Gesicht war vom Bücken gerötet. «Ich trage schwere Verantwortung ... Wissen Sie, diese verantwortungslose Frau kann eine Menge Schaden anrichten.» Janey nickte und nickte. «Nun, wo waren wir? Lassen Sie uns das zu Ende bringen und dann von hier verschwinden.»

Er stellte den Papierkorb unter den Schreibtisch und fuhr fort zu diktieren.

Auf dem Heimweg nach Chelsea dachte sie, während sie Matsch und Pfützen auswich, darüber nach, was sie J. Ward gern gesagt hätte, um ihm zu verstehen zu geben, dass das ganze Büro hinter ihm stand, ganz gleich, was geschah.

Als sie zu Hause ankam, sagte Eliza, ein Mann habe für sie angerufen. «Er klang ziemlich ungehobelt, wollte mir nicht mal seinen Namen sagen. Ich soll dir ausrichten, dass Joe angerufen hat und sich wieder meldet.» Janey spürte Elizas fragenden Blick.

«Das war wahrscheinlich mein Bruder. Er ist … er ist bei der Handelsmarine.»

Ein paar Freunde der Tingleys kamen zu Besuch, man fand sich zu zwei Bridge-Partien zusammen, und alle amüsierten sich großartig, als erneut das Telefon läutete. Es war Joe. Janey spürte, dass sie errötete, als sie mit ihm sprach. Sie konnte ihn nicht einladen, wollte ihn aber sehen. Die anderen riefen ihr zu, sie solle weiterspielen. Er sagte, er sei gerade erst angekommen und habe ein paar Geschenke für sie, und er sei gleich rausgefahren nach Flatbush, aber die Jidden dort hätten ihm gesagt, sie sei nach Chelsea gezogen, und er sei jetzt in dem Zigarrenladen an der Ecke Eighth Avenue. Die anderen riefen ihr zu, sie solle weiterspielen. Sie ertappte sich dabei, dass sie ihm sagte, sie habe gerade sehr viel zu tun, und fragte, ob sie sich morgen Nachmittag um fünf vor der Fifth Avenue 100 treffen könnten. Sie fragte ihn, wie es ihm gehe, und er sagte «Gut», doch er klang enttäuscht. Als sie an den Tisch zurückkehrte, neckte man sie mit ihrem Freund, und sie lachte und errötete, aber insgeheim schämte sie sich, weil sie ihn nicht eingeladen hatte.

Am nächsten Abend schneite es. Um fünf trat Janey aus dem voll besetzten Aufzug in die Eingangshalle und blickte sich erwartungsvoll um, doch Joe war nicht da. Erst als sie sich von Gladys verabschiedete, sah sie ihn durch die Tür: Er stand vor dem Eingang, die Hände tief in die Taschen seiner blauen Seemannsjacke vergraben. Schneeflocken umtanzten sein zerfurchtes, gerötetes, wettergegerbtes Gesicht.

«Hallo, Joe», sagte sie.

«Hallo, Janey.»

«Wann bist du gekommen?»

«Vor n paar Tagen.»

«Geht's dir gut? Bist du gesund?»

«Ich hab einen Mordskopf heute. Hab gestern n bisschen auf den Putz gehauen.»

«Joe, es tut mir so leid wegen gestern, aber es waren so viele

Leute da, und ich wollte mich allein mit dir treffen, damit wir besser reden können.»

Joe grunzte. «Lass mal, schon in Ordnung ... Mann, du siehst toll aus. Wenn die anderen mich mit dir sehen könnten, würden sie denken, dass ich ne scharfe Braut aufgerissen hab.»

Janey fühlte sich unbehaglich. Joe trug schwere Arbeitsstiefel, und an seinen Hosenbeinen waren graue Farbspritzer. Er hatte ein in Zeitungspapier gewickeltes Päckchen unter dem Arm.

«Lass uns irgendwo was essen. Mann, tut mir leid, dass ich nicht besser aufgetakelt bin. Als der Torpedo uns erwischt hat, war mein ganzer Kram futsch.»

«Du bist noch mal torpediert worden?»

Joe lachte. «Klar, direkt vor Kap Race. Ach, es is n tolles Leben! Das war also Nummer zwei ... Aber verdammich, ich hab dir immerhin n Schal mitgebracht ... Ich weiß, wo wir essen: Wir gehen zu Lüchow.»

«Ist die 14th Street nicht ein bisschen –»

«Ach was, die haben auch eine Damentoilette. Du glaubst doch wohl nicht, dass ich dich in einen Laden schleppe, der keine Klasse hat, oder?»

Als sie den Union Square überquerten, sagte ein heruntergekommener junger Mann im roten Pullover: «Hallo, Joe.» Joe drehte sich zu ihm um. Die beiden wechselten ein paar Worte, und dann steckte Joe dem jungen Mann einen Geldschein zu, sagte: «Bis dann, Tex», und schloss zu Janey auf, die mit leisem Unbehagen allein weitergegangen war. Nach Einbruch der Dunkelheit war ihr die 14th Street nicht geheuer.

«Wer war das, Joe?»

«Auch n armes Schwein. Hab ihn in New Orleans kennengelernt. Ich nenne ihn Tex, weil ich nicht weiß, wie er heißt. Er ist gerade ziemlich arm dran.»

«Du warst in New Orleans?»

«Ja, da haben wir ne Ladung Melasse geholt, mit der *Henry B.*

Archimbond. ‹Arschaufgrund› haben wir sie genannt. Und jetzt liegt sie mit dem Arsch auf dem Grund der Neufundlandbank.»

Als sie in das Restaurant traten, musterte der Oberkellner sie mit einem scharfen Blick und platzierte sie an einen Tisch in der Ecke eines kleinen Nebenraums. Joe bestellte ein großes Menü und Bier, aber Janey mochte kein Bier, darum trank er ihres ebenfalls. Nachdem Janey ihm alle Neuigkeiten aus der Familie erzählt und gesagt hatte, wie sehr ihre Arbeit ihr gefalle und dass sie an Weihnachten wahrscheinlich eine Gehaltserhöhung bekommen werde und wie schön es mit den Tingleys sei und wie nett sie seien, schien es nicht mehr viel Gesprächsstoff zu geben. Joe hatte Karten für das Hippodrome /110/, aber bis zur Vorstellung war noch viel Zeit. Sie saßen schweigend über ihrem Kaffee. Joe rauchte eine Zigarre. Schließlich sagte Janey, es sei schade, dass das Wetter so schlecht sei, und wie schrecklich es sein müsse für die armen Soldaten in den Schützengräben und dass diese Hunnen nichts als Barbaren seien und die *Lusitania* und wie idiotisch Fords Friedensschiff /111/ sei. Joe lachte auf die seltsame, unvermittelte Art, die er sich anscheinend angewöhnt hatte, und sagte: «Ja ja, die armen Seeleute, die in so ner Nacht unterwegs sind.» Dann stand er auf, um sich noch eine Zigarre zu holen.

Janey fand, es sei ein Jammer, dass er sich beim Friseur nicht den Nacken hatte ausrasieren lassen. Der war gerötet und von kleinen Falten durchzogen, und Janey dachte an das harte Leben, das er führen musste, und als er an den Tisch zurückkehrte, fragte sie ihn, warum er sich nicht eine andere Arbeit suche.

«Du meinst, auf ner Werft? Da kann man jetzt das dicke Geld verdienen, aber verdammich, Janey, ich zieh lieber in der Welt rum. Alles für die Erfahrung, wie man so sagt, wenn der Henker kommt.»

«Nein, Joe, in dem Büro, in dem ich arbeite, gibt es junge Männer, die nur halb so intelligent sind wie du und eine schöne Stelle haben, bei der sie sich die Hände nicht schmutzig machen müssen ... und eine schöne Zukunft.»

«Meine Zukunft hab ich schon hinter mir», sagte Joe und lachte.

«Ich könnte ja nach Perth Amboy gehen und in ner Munitionsfabrik arbeiten, aber ich möchte eigentlich lieber auf hoher See in die Luft fliegen, verstehst du?»

Janey fuhr fort, vom Krieg zu sprechen, und sagte, wie sehr sie sich wünsche, Amerika würde sich beteiligen, um die Zivilisation und das arme, kleine, hilflose Belgien zu retten.

«Den Quatsch kannst du dir sparen, Janey», sagte Joe und machte mit seiner großen roten Hand eine schneidende Bewegung knapp über dem Tischtuch. «Ihr habt keine Ahnung. Dieser ganze verdammte Krieg ist ein Beschiss, vom Anfang bis zum Ende. Warum werden keine französischen Schiffe torpediert? Weil die Franzmänner mit den Krautfressern eine Vereinbarung haben: Wenn die Deutschen französische Schiffe in Ruhe lassen, bombardieren die Franzosen keine deutschen Fabriken hinter der Front. Nein, wir sollten uns zurücklehnen und ihnen Munition verkaufen und zusehen, wie sie sich gegenseitig abmurksen. Die Schweinebande in Bordeaux oder Toulouse oder Marseille macht schöne Geschäfte, während ihren eigenen Leuten an der Front alles um die Ohren fliegt. Und bei den Tommys ist es genau dasselbe. Ich sag dir, Janey: Dieser Krieg ist ein einziger Beschiss, genau wie alles andere.»

Janey begann zu weinen. «Musst du denn immer so schrecklich fluchen?»

«Tut mir leid, Schwesterlein», sagte Joe demütig, «ich bin eben bloß ein Rumtreiber, keine gute Gesellschaft für so ne hübsche Dame wie dich.»

«So hab ich das nicht gemeint», sagte Janey und trocknete ihre Tränen.

«Ach, Mann, jetzt hab ich den Schal ganz vergessen.» Er riss das Päckchen auf und breitete zwei spanische Tücher auf dem Tisch aus. Das eine war aus schwarzen Spitzen, das andere aus grüner, mit großen Blumen bestickter Seide.

«Ach, Joe, du kannst mir doch nicht beide schenken – du solltest eins davon deiner Freundin geben.»

«Für die Frauen, mit denen ich rumziehe, ist so was viel zu schön. Nein, die hab ich für dich gekauft, Janey.»

Janey fand die Tücher sehr schön und beschloss, eins davon Eliza Tingley zu geben.

Sie gingen ins Hippodrome, aber es war nicht so schön. Janey gefielen solche Shows nicht besonders, und Joe schlief immer wieder ein. Als sie aus dem Theater kamen, war es bitterkalt. Schneegraupeln fegten durch die Sixth Avenue, sodass die Hochbahn kaum zu erkennen war. Joe brachte sie mit einem Taxi nach Hause und verabschiedete sich vor der Tür mit einem abrupten «Bis dann, Janey». Sie stand, den Schlüssel in der Hand, auf der Schwelle und sah ihm nach, als er, den Kragen seiner Seemannsjacke hochgeschlagen, nach Westen in Richtung Tenth Avenue und Hafen ging.

In jenem Winter war die Fifth Avenue täglich beflaggt. Jeden Morgen las Janey begierig die Zeitung; im Büro sprach man von deutschen Spionen und U-Booten und Gräueltaten und Propaganda. Eines Morgens erhielt J. Ward Besuch von einer Abordnung französischer Militärs, gutaussehenden blassen Offizieren in blau-roten, mit Orden dekorierten Uniformen. Der jüngste ging an Krücken. Alle waren an der Front schwer verwundet worden. Als sie gegangen waren, gerieten Janey und Gladys beinahe in Streit, weil Gladys sagte, Offiziere seien doch bloß Drückeberger, und sie würde lieber mal eine Abordnung aus einfachen Soldaten sehen. Janey fragte sich, ob es nicht vielleicht ihre patriotische Pflicht sei, J. Ward von Gladys' Deutschfreundlichkeit zu erzählen. Die Comptons waren womöglich deutsche Spione – hatten sie nicht ihren Namen geändert? Und Benny war Sozialist oder Schlimmeres, das wusste sie genau. Sie beschloss, auf der Hut zu sein.

Am selben Tag erschien auch G. H. Barrow. Janey war die ganze Zeit anwesend, als er und J. Ward in dessen Privatbüro miteinander sprachen. Es ging um Präsident Wilson und die Neutralität und den Aktienmarkt und die Verzögerung bei der Übermittlung der Lusitania-Note/112/. G.H. Barrow hatte eine Unterredung mit dem Präsidenten gehabt. Er war Mitglied eines Komitees, das zwischen den Eisenbahngesellschaften und den mit Streiks drohenden Gewerkschaften vermitteln sollte. Janey fand ihn sympathischer als damals in dem Salonwagen auf der Rückreise von Mexiko, darum unterhielt sie sich, als er sie auf dem Weg hinaus im Flur ansprach, sehr gern mit ihm, und als er sie fragte, ob sie mit ihm zu Abend essen wolle, nahm sie die Einladung an und kam sich sehr verwegen vor.

Während seines ganzen Aufenthalts in New York führte G.H. Barrow sie zum Abendessen und ins Theater aus. Janey gefiel das, und wenn er auf dem Heimweg im Taxi etwas zu freundlich wurde, konnte sie ihn mit einer Bemerkung über Queenie auf Distanz halten. Wie sie davon erfahren hatte, war ihm rätselhaft, und schließlich erzählte er ihr die ganze Geschichte und dass diese Frau ihn immer wieder um Geld angehe, aber nun, da er geschieden sei, nichts mehr tun könne. Nachdem er Janey hoch und heilig hatte schwören lassen, dass sie es keiner Menschenseele verraten werde, erklärte er ihr, dass er aufgrund von juristischen Formalien eine Zeitlang mit zwei Frauen gleichzeitig verheiratet gewesen sei. Eine davon sei Queenie gewesen, doch da er inzwischen von beiden Frauen geschieden sei, könne Queenie ihm nichts mehr anhaben. Leider würden die Zeitungen aber immer nach irgendwelchen Schmutzgeschichten suchen, besonders bei liberal denkenden Menschen wie ihm, die sich für die Rechte der Arbeiter einsetzten. Dann sprach er über Lebenskunst und sagte, amerikanische Frauen verstünden nichts davon – jedenfalls nicht Frauen wie Queenie. Janey tat er sehr leid, doch als er sie bat, ihn zu heiraten, lachte sie und sagte, vor Beantwortung dieser Frage werde sie wohl erst einen Rechtsanwalt fragen müssen.

Er erzählte ihr seine Lebensgeschichte: dass er aus einer armen Familie stamme und erst als Verladehelfer und dann als Schaffner gearbeitet habe, dass er sich mit Begeisterung der Gewerkschaftsarbeit gewidmet und mit seinen Enthüllungsartikeln über die Arbeitsbedingungen bei der Eisenbahn einen Namen gemacht habe und zu Geld gekommen sei, weswegen seine alten Weggenossen glaubten, er habe die Seiten gewechselt, doch das sei bei Gott nicht wahr.

Zu Hause berichtete Janey den Tingleys von dem Heiratsantrag, sagte aber kein Wort über Queenie oder Bigamie, und sie machten Witze darüber und lachten, und Janey fühlte sich gut, weil ein so bedeutender Mann um ihre Hand angehalten hatte. Sie fragte sich, warum sich solche interessanten Männer immer in sie verliebten, und bedauerte, dass sie immer so verlebt aussahen, aber sie wusste noch immer nicht, ob sie G. H. Barrow heiraten sollte oder nicht.

Am nächsten Tag im Büro sah sie im *Who's Who* nach, und da stand er: *Barrow, George Henry, Publizist* ..., doch sie glaubte nicht, ihn jemals lieben zu können. J. Ward wirkte an diesem Tag sehr besorgt und krank. Das tat Janey so leid, dass sie G. H. Barrow darüber vergaß. Sie wurde zu einer Besprechung gerufen, die J. Ward mit Mr. Robbins und einem irischen Anwalt namens O'Grady abhielt. Man fragte sie, ob sie bereit sei, auf ihren Namen ein Schließfach für gewisse Sicherheiten zu mieten und ein Privatkonto beim Bankers Trust zu eröffnen. Man plane die Gründung eines neuen Unternehmens, es gebe geschäftliche Umstände, die dies unbedingt erforderten. Mr. Robbins und J. Ward würden zusammen die Mehrheit an dieser Gesellschaft halten und auf einer Gehaltsbasis für sie arbeiten. Mr. Robbins wirkte sehr besorgt und ein wenig betrunken, zündete ständig Zigaretten an, die er dann auf der Tischkante vergaß, und sagte immer wieder: «Ich bin mit allem einverstanden, was du tust, J. W., das weißt du.» J. Ward erklärte Janey, dass sie in dem neuen Unternehmen eine Führungsposition einnehmen werde, natürlich ohne in irgendeiner Weise persönlich haftbar zu sein. Wie sich herausstellte, forderte die alte Mrs. Staple auf gerichtlichem Weg eine hohe Summe von J. Ward. Seine Frau hatte in Pennsylvania die Scheidung eingereicht und ihm verboten, seine Kinder zu sehen. Zurzeit wohnte er im McAlpin.

«Gertrude hat nicht mehr alle Tassen im Schrank», sagte Mr. Robbins freundlich und gab J. Ward einen Klaps auf den Rücken. «Wie es aussieht, ist die Kacke am Dampfen. Tja, ich werde dann mal zu Mittag essen. Essen – und trinken – muss schließlich jeder, auch ein mutmaßlicher Bankrotteur.» J. Ward verzog das Gesicht, und Janey fand es sehr geschmacklos, so zu reden, und dann auch noch so laut.

Am Abend erzählte sie den Tingleys, dass sie eine der Führungskräfte des neuen Unternehmens sein werde, und sie fanden es wunderbar, dass sie so schnell vorankam, und sagten, jetzt müsse sie aber wirklich um eine Gehaltserhöhung bitten, auch wenn die wirtschaftliche Lage nicht die beste sei. Janey lächelte und sagte: «Alles zu seiner Zeit.» Auf dem Heimweg war sie ins Telegraphenamt in der 23rd Street gegangen und hatte G. H. Barrow, der wieder nach Washington gefahren war, telegraphiert: LASSEN SIE UNS FREUNDE BLEIBEN.

Eddy Tingley holte eine Flasche Sherry hervor, und beim Abendessen tranken er und Eliza «auf die neue Direktorin». Janey errötete und war sehr geschmeichelt. Danach spielten sie eine Partie Bridge zu dritt.

Das Auge der Kamera 26

es war voll im Madison Square Garden und draußen waren jede Menge Polizisten die allen sagten sie sollten weitergehen und das Bombenentschärfungskommando war auch vor Ort

wir kriegten keine Plätze mehr und rannten hinauf zur obersten Galerie und sahen durch die bläuliche Luft auf die Gesichter dort unten die rundlich waren wie lauter Kieselsteine und auf der

Rednerbühne standen winzige schwarz gekleidete Gestalten und einer hielt eine Ansprache und immer wenn er Krieg sagte zischten alle und immer wenn er Russland sagte applaudierten alle wegen der Revolution ich wusste nicht wer da sprach und einer sagte Max Eastman und ein anderer sagte nein das ist irgendein anderer Typ aber wir klatschten und jubelten wenn er von Revolution redete und zischten wenn es um Morgan und den Krieg der Kapitalisten ging und da war ein Zivilbulle und sah uns an als würde er sich unsere Gesichter einprägen

und dann gingen wir um Emma Goldman /113/ im Bronx Casino zu hören aber die Veranstaltung war verboten worden und die Straßen ringsum waren voller Menschen und es fuhren Möbelwagen herum und es hieß in den Möbelwagen seien lauter Polizisten mit Maschinengewehren und außerdem fuhren kleine Polizei-Fords mit Suchscheinwerfern durch die Menschenmenge · alle redeten von Maschinengewehren Revolution Bürgerrechten Redefreiheit aber hin und wieder kam einer einem Bullen in die Quere und wurde verprügelt oder in einen Polizeiwagen gesteckt und die Polizisten hatten Angst und sagten sie würden die Feuerwehr rufen damit die die Menge auseinandertrieb und alle sagten es sei ungeheuerlich und was ist mit Washington und Jefferson und Patrick Henry /114/?

danach fuhren wir zum Brevoort dort war es viel angenehmer alle die was waren waren da und Emma Goldman aß Frankfurter mit Sauerkraut und alle sahen sie und alle anderen die irgendwas waren an und alle waren für Frieden und die Kooperation der Gemeinwesen und die russische Revolution und wir redeten über rote Fahnen und Barrikaden und geeignete Stellungen für Maschinengewehre

und wir tranken ein paar Gläser und aßen überbackenen Käsetoast und zahlten und gingen nach Hause und schlossen die Tür auf und zogen den Pyjama an und gingen zu Bett und im Bett war es gemütlich

Wochenschau XVIII

Goodbye, Piccadilly, farewell Leicester Square,
It' a long way to Tipperary /115/

EHEFRAU SCHLIESST MANN UND GELIEBTE
IN HOTELZIMMER EIN

für eine solche Aufgabe können wir unser Leben einsetzen, unser Vermögen und alles, was wir sind und was wir haben, und zwar mit dem Stolz derer, die wissen,

dass der Tag gekommen ist, an dem Amerika die Ehre hat, mit seinem Blut und seiner Macht für die Grundsätze einzutreten, auf denen dieses Land aufgebaut ist und die ihm das Glück und den Frieden gebracht haben, den es so schätzt. Gott ist auf unserer Seite – wir können nicht anders

It's a long way to Tipperary,
It's a long way to go,
It's a long way to Tipperary
And the sweetest girl I know

HÜTET EUCH VERRÄTER

Vögel geschossen – Geldstrafe für vier Männer in Evanstown

WILSON WILL EINFÜHRUNG DER WEHRPFLICHT
BESCHLEUNIGEN

Lebensmittelspekulanten treiben Preise für Konserven in die Höhe fordern Einführung eines Alkoholverbots für die Dauer des Krieges Anklage gegen Männer die der Nationalhymne nicht die gebührende

JOFFRE /116/ BITTET UM SOFORTIGE TRUPPENVERLEGUNG

Der Fall Mooney /117/ erregt die Gemüter

Goodbye, Piccadilly, farewell Leicester Square,
It's a long way to Tipperary,
But my heart's right there.

KONGRESS VERWEIGERT T. R. GENEHMIGUNG
FÜR ANWERBUNG VON TRUPPEN

die amerikanische Botschaft war heute Ziel eines Angriffs durch einen Mob radikaler Sozialisten angeführt von Nicolai Lenin einem Exilanten der kürzlich via Deutschland aus der Schweiz zurückgekehrt ist

ALLIIERTE FAHNEN WEHEN ÜBER WASHINGTONS GRAB

Eleanor Stoddard

Eleanor fand, dass sich die Dinge in diesem Winter sehr interessant entwickelten. Sie und J. W. gingen oft miteinander aus, in französische Opern und zu allen möglichen Premieren. Es gab ein kleines französisches Restaurant ganz im Osten der 56th Street, wo sie Hors d'œuvres aßen. Sie sahen sich französische Bilder in den Galerien an der Madison Avenue an. J. W. begann sich für Kunst zu interessieren, und Eleanor spazierte gern mit ihm herum, weil er bei allem eine so romantische Art hatte und ihr sagte, sie sei seine Inspiration, und nach ihren Treffen kämen ihm immer gute Ideen. Sie sprachen oft darüber, wie dumm die Leute seien, die sagten, eine platonische Liebe zwischen Mann und Frau sei unmöglich. Sie schrieben sich täglich kleine Briefe auf Französisch. Eleanor dachte oft, es sei ein Jammer, dass J. W. eine so dumme Frau hatte, die obendrein krank war, aber die Kinder waren entzückend, und es war reizend, dass beide die schönen blauen Augen ihres Vaters hatten.

Sie hatte jetzt eine eigene Firma; zwei Mädchen lernten bei ihr das Geschäft, und es gab viel zu tun. Das Büro befand sich in der Madison Avenue im ersten Block nördlich des Madison Square, und an der Tür stand nur ihr Name. Eveline Hutchins war ausgeschieden, denn Dr. Hutchins hatte sich zur Ruhe gesetzt und war mit der ganzen Familie nach Santa Fe gezogen. Eveline schickte ihr hin und wieder ein Paket mit indianischen Kunstgewerbestücken, Töpferwaren und Aquarellen von indianischen Schulkindern, die sehr gute Preise brachten. Nachmittags fuhr Eleanor mit dem Taxi downtown und sah auf zum Metropolitan Life Building und zum Flatiron Building und den Lichtern dort oben vor dem stählernen Himmel über Manhattan und dachte an Kristalle und künstliche Blumen, an goldene Muster auf indigoblauem und burgunderrotem Brokat.

Das Hausmädchen hatte den Tee bereitet, und oft wurde sie von Freunden erwartet, jungen Architekten und Malern. Stets waren Blumen arrangiert: Callalilien mit einer Textur wie Eiscreme oder ein Strauß Fresien. Sie unterhielt sich noch eine Weile, bevor sie sich zum Abendessen umzog. Wenn J. W. anrief, um zu sagen, er könne nicht kommen, war sie sehr enttäuscht, und falls von ihrer Teegesellschaft noch jemand da war, bat sie ihn zu bleiben und ihr bei einem improvisierten Abendessen Gesellschaft zu leisten.

Sie war stets begeistert beim Anblick einer französischen Fahne oder wenn eine Kapelle *Tipperary* spielte. Eines Abends, als sie sich zum dritten Mal *The Yellow Jacket* ansahen, trug sie einen neuen Pelzmantel, von dem sie noch nicht wusste, wie sie ihn bezahlen sollte. Sie dachte an all die Rechnungen im Büro und das Haus am Sutton Place, das sie auf eigenes Risiko renovierte, und wollte J. W. nach den tausend Dollar fragen, die er für sie hatte investieren wollen, und ob sie schon eine Rendite gebracht hatten. Sie hatten sich über Luftangriffe und Giftgas und die Auswirkungen der Kriegsnachrichten auf die Geschäftswelt, über die Engel von Mons /118/ und die Jungfrau von Orleans unterhalten, und sie sagte, sie glaube an Übernatürliches, und J. W. machte Andeutungen über Rückschläge an der Börse und sah hager und besorgt aus, aber sie überquerten inmitten der abendlichen Menge den Times Square, und die Reklamelichter blinkten. Die kleinen dreieckigen Männchen turnten auf dem Wrigley-Zeichen herum, und plötzlich spielte eine Drehorgel die Marseillaise. Es war einfach zu schön: Sie brach in Tränen aus, und sie sprachen über Opfermut und Hingabe, und J. W. hielt ihren Arm unter dem Pelz ganz fest und gab dem Drehorgelmann einen Dollar. Im Theater ging Eleanor zur Damentoilette, um nachzusehen, ob ihre Augen gerötet waren, doch als sie in den Spiegel sah, waren sie keineswegs gerötet, sondern erfüllt von einem tiefen, starken Gefühl, und so frischte sie ihr Make-up nur ein wenig auf und kehrte in die Lobby zurück, wo J. W. sie, die Eintrittskarten in der Hand, erwartete, und ihre grauen Augen funkelten und waren voller Tränen.

Eines Abends machte J. W. einen sehr besorgten Eindruck und sagte, als er sie von der Oper, wo sie *Manon* gesehen hatten, nach Hause brachte, seine Frau verstehe nicht, welcher Art ihre Beziehung sei, sie mache ihm Szenen und drohe mit Scheidung. Eleanor war empört und sagte, wenn Gertrude nicht begreife, dass ihre Beziehung so rein wie frisch gefallener Schnee sei, müsse sie eine sehr grob gestrickte Person sein. J. W. sagte, das sei sie tatsächlich. Er mache sich große Sorgen, denn der größte Teil des Kapitals der Firma gehöre seiner Schwiegermutter, die ihn, wenn sie wolle, in den Bankrott treiben könne, und das sei schlimmer als eine Scheidung. Eleanor fühlte sich sehr kühl und entschlossen und sagte, sie werde lieber ganz aus seinem Leben verschwinden, als seine Ehe zu gefährden, und das sei er auch seinen reizenden Kindern schuldig. J. W. antwortete, sie sei seine

Inspiration, und er brauche sie, und als sie wieder in der 8th Street waren, gingen sie, umschwebt von schwerem Lilienduft, in Eleanors weiß glitzerndem Salon auf und ab und überlegten, was zu tun sei. Sie rauchten viele Zigaretten, kamen aber zu keiner Entscheidung. Als er ging, sagte J. W. seufzend: «Vielleicht hat sie Detektive beauftragt, die mich in diesem Augenblick beschatten», und war sehr niedergeschlagen.

Als er fort war, ging Eleanor vor dem hohen venezianischen Spiegel zwischen den Fenstern auf und ab. Sie wusste nicht, was sie tun sollte. Ihre Einnahmen deckten gerade einmal die Unkosten. Die Rate für das Haus am Sutton Place stand aus, sie war die Wohnungsmiete seit zwei Monaten schuldig, und auch der Pelzmantel war noch nicht bezahlt. Sie hatte fest mit den Aktien im Wert von tausend Dollar gerechnet, die J. W. ihr hatte überschreiben wollen, sobald er mit den venezolanischen Ölaktien das große Geschäft gemacht hatte. Irgendetwas musste schiefgegangen sein, sonst hätte er sie sicher erwähnt. Schließlich ging sie zu Bett, konnte aber nicht schlafen und war sehr unglücklich und einsam. Sie würde in das elende Leben einer Verkäuferin zurückkehren müssen. Sie würde ihr gutes Aussehen und ihre Freunde verlieren, und es wäre einfach schrecklich, wenn sie jetzt auch noch J. W. aufgeben müsste. Sie dachte an ihr farbiges Hausmädchen Augustine, die solches Pech mit den Männern hatte und Eleanor immer davon erzählte, und wünschte, sie könnte auch so sein. Vielleicht war es von Anfang an ein Fehler gewesen, ihr ganzes Leben so absolut richtig und schön einzurichten. Sie weinte nicht, aber sie lag die ganze Nacht wach und starrte mit weit geöffneten, brennenden Augen auf das Blumenfries unter der Zimmerdecke, das sie im durch die lavendelblauen Tüllvorhänge einfallenden Licht der Straßenbeleuchtung gut erkennen konnte.

Einige Tage später war sie im Büro und untersuchte ein paar antike spanische Stühle, die ein Antiquitätenhändler ihr verkaufen wollte, als ein Telegramm kam: UNANGENEHME ENTWICKLUNGEN MUSS DICH SOFORT SPRECHEN TELEFONIEREN

UNMÖGLICH 5-UHR-TEE PRINCE GEORGE HOTEL. Kein Absender. Sie sagte dem Händler, er solle ihr die Stühle überlassen, und als er gegangen war, stand sie lange da, betrachtete den Blumentopf auf ihrem Schreibtisch, in dem lavendelblaue Krokusse mit gelben Stempeln blühten, und fragte sich, ob es wohl einen Sinn hätte, nach Great Neck hinauszufahren und mit Gertrude Moorehouse zu sprechen. Schließlich rief sie Miss Lee, die im anderen Zimmer Vorhänge nähte, und bat sie, sich um das Büro zu kümmern – sie werde im Lauf des Nachmittags anrufen.

Dann nahm sie sich ein Taxi und fuhr zur Pennsylvania Station. Es war ein Vorfrühlingstag, die Leute gingen mit offenen Mänteln durch die Straßen. Der Himmel war von einem zarten Mauve, durchsetzt mit weißen Wölkchen wie aus zerzupfter Watte. In den Geruch nach Pelzen und Mänteln und Auspuffgasen und gedrängten Leibern mischte sich ein unerwarteter Duft von Birkenrinde. Eleanor saß kerzengerade auf dem Rücksitz des Taxis und grub die spitzen Fingernägel in die Flächen ihrer grau behandschuhten Hände. Sie hasste diese trügerischen Tage, wenn der Winter sich plötzlich anfühlte wie Frühling: Dann traten die Falten in ihrem Gesicht hervor und alles rings um sie her schien zu zerbröckeln, sodass sie keinen festen Boden unter den Füßen hatte. Sie würde hinausfahren und mit Gertrude Moorehouse von Frau zu Frau sprechen. Ein Skandal würde alles zerstören. Wenn es ihr gelang, eine Weile mit Gertrude zu sprechen, würde es ihr auch gelingen, sie davon zu überzeugen, dass zwischen ihr und J. W. nie etwas gewesen war. Ein Scheidungsskandal würde alles zerstören. Sie würde ihre Kunden verlieren und Konkurs anmelden müssen, und dann würde ihr nichts anderes übrigbleiben, als wieder zu Onkel und Tante nach Pullman zu ziehen.

Sie bezahlte den Taxifahrer und ging die Treppe zur Long Island Railroad hinunter. Ihre Knie waren zittrig, und sie fühlte sich unendlich erschöpft, als sie sich durch die Menge zum Informationsschalter schob. Der nächste Zug nach Great Neck fuhr erst um 14 Uhr 13. Sie stand lange in der Schlange vor dem Schalter. Ein Mann trat ihr auf den Fuß. Es ging quälend langsam voran. Als sie endlich an der Reihe war, dauerte es mehrere Sekunden, bis ihr der Name des Ortes einfiel, zu dem sie fahren wollte. Der Mann am Schalter sah sie aus mürrischen kleinen Augen an. Er trug einen grünen Augenschirm, und seine Lippen waren zu rot für das bleiche Gesicht. Die Leute hinter ihr wurden ungeduldig, ein Mann in einem Tweedmantel und mit einem schweren Koffer wollte sich vordrängen. «Einen Rückfahrschein nach Great Neck», sagte sie. Kaum hatte sie bezahlt, da wurde ihr bewusst, dass sie, wenn sie nach Great Neck fuhr, keinesfalls um fünf würde zurück sein können. Sie steckte den Fahrschein in ihre Geldbörse aus grauer, mit Jett besetzter Seide und dachte an Selbstmord. Sie würde die U-Bahn Richtung downtown nehmen, mit dem Aufzug zum Dach des Woolworth Buildings fahren und sich hinunterstürzen.

Stattdessen ging sie zum Taxistand. Rötliches Sonnenlicht fiel schräg zwischen den grauen Säulen hindurch, der blaue Qualm der Auspuffgase stieg auf und bauschte sich wie Seide in Wasser. Sie sagte dem Fahrer, er solle sie durch den Central Park fahren. Manche Zweige waren rot, und an den Buchen glänzten lange Knospen, aber das Gras war noch braun, und an den Wegrändern lagen schmutzige Schneehaufen. Ein kalter Wind ließ die Oberfläche der Teiche erzittern. Der Taxifahrer redete ununterbrochen. Sie konnte dem Schwall nicht folgen, und weil sie es leid war, unverbindliche Antworten zu geben, ließ sie sich vor dem Metropolitan Art Museum absetzen.

Während sie das Taxi bezahlte, lief ein Zeitungsjunge vorbei und rief: «Extrablatt!» Sie kaufte ihm für fünf Cent eins ab, und der Taxifahrer kaufte ebenfalls eins. «Ja, leck mich am ...», hörte sie ihn ausrufen, lief aber schnell die Treppe hinauf, damit er nicht weiter auf sie einreden konnte. Erst als sie im stillen, silbrigen Licht des Museums stand, schlug sie die Zeitung auf. Das Papier verströmte den ranzigen Geruch der noch nicht ganz getrockneten Druckerschwärze, die auf ihre Handschuhe abfärbte.

KRIEGSERKLÄRUNG
Unterrichtete Kreise in Washington:
Nur noch eine Frage von Stunden
Deutsche Note ganz und gar unzureichend

Sie ließ die Zeitung auf einer Bank liegen und betrachtete die Rodins. Danach ging sie in den chinesischen Flügel. Als es an der Zeit war, mit dem Bus die Fifth Avenue entlang zum Prince George Hotel zu fahren – sie hatte das Gefühl, dass sie zu viel Geld für Taxis ausgab –, fühlte sie sich belebt. Während der ganzen Fahrt dachte sie die ganze Zeit an «L'Age d'Airain» /119/. Als sie J. W. im schummrigen rosaroten Licht der Hotellobby erblickte, ging sie mit beschwingten Schritten zu ihm. Sein Kinn war gestrafft, und seine blauen Augen blitzten. Er wirkte jünger als bei ihrem letzten Treffen.

«Endlich ist es so weit», sagte er. «Ich habe gerade nach Washington telegraphiert und der Regierung meine Dienste angeboten. Das möchte ich sehen, dass die Burschen jetzt einen Eisenbahnerstreik vom Zaun brechen.»

«Es ist wunderbar und schrecklich zugleich», sagte Eleanor. «Ich zittere am ganzen Körper.»

Sie gingen zu einem kleinen Ecktisch hinter schweren Vorhängen und bestellten Tee. Kaum hatten sie sich gesetzt, da spielte das Hotelorchester die Nationalhymne, und sie mussten sich wieder erheben. Es herrschte große Geschäftigkeit. Leute liefen umher, schwenkten die neuesten Extrablätter, lachten und redeten laut. Wildfremde tauschten Zeitungen aus, sprachen über den Krieg und gaben einander Feuer.

«Mir ist eine Idee gekommen», sagte Eleanor und hielt mit spitzen Fingern ein Stück Zimttoast. «Wenn ich mit Gertrude von Frau zu Frau reden würde, dann würde sie die Situation sicher besser verstehen. Als ich euer Haus eingerichtet habe, war sie so freundlich – wir sind so gut miteinander ausgekommen.»

«Ich habe Washington meine Dienste angeboten», sagte Ward.

«Vielleicht erwartet mich im Büro bereits die Antwort. Ich bin sicher, Gertrude wird einsehen, dass es ihre patriotische Pflicht ist.»

«Ich will auch gehen, J. W.», sagte Eleanor. «Ich habe das Gefühl, ich muss.»

«Wohin?»

«Nach Frankreich.»

«Tu jetzt nichts Übereiltes, Eleanor.»

«Nein, ich habe einfach das Gefühl, ich muss ... Ich könnte eine sehr gute Lazarettschwester sein. Ich fürchte mich vor nichts, das weißt du ja, J. W.»

Erneut spielte das Orchester die Nationalhymne; Eleanor sang einen Teil des Refrains mit schriller, bebender Stimme mit. Sie waren zu aufgewühlt, um lange stillzusitzen, und fuhren mit einem Taxi zu J. W.s Büro. Dort herrschte große Aufregung. Miss Williams hatte die Fahnenstange unter dem Mittelfenster einsetzen lassen und hisste soeben die Fahne. Eleanor ging zu ihr, sie schüttelten einander herzlich die Hand. Der kalte Wind fegte die Papiere von den Schreibtischen und wirbelte Schriftstücke durch den Raum, doch das schien niemanden zu kümmern. Auf der Fifth Avenue näherte sich eine Marschkapelle, die *Hail, Hail, The Gang's All Here* spielte. Überall waren die Fenster hell erleuchtet, der Wind klatschte die Fahnen an die Masten, Büroangestellte und Stenographinnen lehnten sich jubelnd hinaus und warfen Papiere, die vom böigen, bitterkalten Wind davongewirbelt wurden.

«Es ist das 7. Regiment», sagte jemand, und alles klatschte und jubelte. Die Kapelle zog schmetternd unter dem Fenster vorbei. Sie hörten den stampfenden Marschtritt der Milizionäre. Der Verkehr war zum Erliegen gekommen, und alle Automobile ließen die Hupe ertönen. Auf den Bussen standen Menschen und winkten mit kleinen Flaggen. Miss Williams beugte sich vor und gab Eleanor einen Kuss auf die Wange. J. W. stand daneben und sah mit einem stolzen Lächeln über ihre Köpfe hinweg zum Fenster hinaus.

Als die Kapelle weitergezogen war und der Verkehr wieder

floss, schlossen sie die Fenster, und Miss Williams ging herum und sammelte die Papiere auf. J. W. hatte ein Telegramm aus Washington, in dem man ihm mitteilte, seine Dienste würden in dem Komitee für Öffentlichkeitsinformation gebraucht, das Präsident Wilson gerade zusammenstelle. Er sagte, er werde am nächsten Morgen nach Washington fahren. Dann rief er in Great Neck an und fragte Gertrude, ob er zum Abendessen jemanden mitbringen dürfe. Sie sagte ja und fügte hinzu, sie hoffe, sie werde imstande sein, sie zu begrüßen. Auch sie freute sich über den Kriegseintritt, sagte aber, die Gedanken an all das Elend und Gemetzel bereiteten ihr schreckliche Kopfschmerzen.

«Ich habe das Gefühl, wenn ich dich heute Abend mitnehme, wird alles gut», sagte er zu Eleanor, «und mein Gefühl trügt mich nur selten.»

«Ich bin sicher, sie wird es verstehen», sagte Eleanor.

Als sie das Büro verließen, begegneten sie Mr. Robbins. Er nahm weder den Hut ab noch die Zigarre aus dem Mund und wirkte betrunken. «Was zum Teufel ist da los, Ward?», sagte er. «Sind wir jetzt im Krieg oder was?»

«Wenn wir's nicht schon sind, werden wir es vor morgen früh sein», sagte J. W.

«Das ist der widerwärtigste Verrat in der Geschichte der Menschheit», sagte Mr. Robbins. «Wofür haben wir Wilson gewählt anstatt den Bartzausel, /120/ wenn er uns nicht aus diesem verdammten Schlamassel raushält?»

«Ich bin ganz und gar nicht deiner Meinung, Robbins», sagte J. W. «Ich halte es für unsere Pflicht, die Zivilisation –» Doch Mr. Robbins war bereits unter Hinterlassung eines starken Whiskeygeruchs in seinem Büro verschwunden.

«Ich hätte ihm zu gern die Meinung gesagt», bemerkte Eleanor, «aber in diesem Zustand wäre ich wohl gar nicht zu ihm durchgedrungen.»

Die Fahrt im Pierce-Arrow nach Great Neck war aufregend. Als sie, den kalten Wind im Rücken, über die Queensboro Bridge fuhren, war es, als würden sie über die Lichter und Häuserblocks und die dunkle Masse von Blackwell's Island und die Dampfer und die hohen Kamine und das bläuliche Licht der Kraftwerke hinwegfliegen. Sie unterhielten sich über Edith Cavell[121] und Luftangriffe und Flaggen und Suchscheinwerfer und das Grollen vorrückender Armeen und Johanna von Orleans. Eleanor schloss den Pelzmantel bis zum Kinn und überlegte, was sie zu Gertrude Moorehouse sagen würde.

Als sie ins Haus traten, fürchtete sie, es könnte zu einer Szene kommen. In der Eingangshalle blieb sie stehen, zog einen Klappspiegel aus der Handtasche und überprüfte ihr Make-up.

Gertrude Moorehouse saß auf einer Chaiselongue neben dem Kamin, in dem ein Feuer knisterte. Eleanor sah sich um und stellte zufrieden fest, dass der Raum tatsächlich sehr gelungen war. Bei ihrem Anblick erbleichte Gertrude.

«Ich wollte mit Ihnen sprechen», sagte Eleanor.

Gertrude streckte die Hand aus, erhob sich aber nicht. «Entschuldigen Sie, dass ich sitzen bleibe, Miss Stoddard, aber diese schreckliche Nachricht hat mich regelrecht niedergeschmettert.»

«Die Zivilisation erfordert Opfer von uns allen», sagte Eleanor.

«Was die Hunnen da getan haben, ist natürlich entsetzlich», sagte Gertrude. «Belgischen Kindern die Hände abzuhacken und so weiter.»

«Mrs. Moorehouse», sagte Eleanor, «ich möchte mit Ihnen über das unglückselige Missverständnis in Hinblick auf meine Beziehung zu Ihrem Mann sprechen. Halten Sie mich wirklich für eine Frau, die imstande wäre, hierherzukommen und Ihnen gegenüberzutreten, wenn an diesen widerlichen Gerüchten etwas wäre? Unsere Beziehung ist so rein wie frisch gefallener Schnee.»

«Bitte sprechen Sie nicht davon, Miss Stoddard – ich glaube Ihnen.»

Als J. W. eintrat, saßen die beiden Frauen rechts und links des Kamins und unterhielten sich über Gertrudes Operation. Eleanor stand auf. «Ach, es ist so bewundernswert, J. W.», sagte sie.

J. W. räusperte sich und sah von einer zur anderen.

«Es ist das Mindeste, was die Pflicht gebietet», sagte er.

«Was meinst du denn?», fragte Gertrude.

«Ich habe der Regierung angeboten, für die Dauer des Krieges nach freiem Ermessen über mich zu verfügen.»

«Doch nicht an der Front?», sagte Gertrude und sah ihn erschrocken an.

«Ich fahre morgen nach Washington. Selbstverständlich verzichte ich auf jede Bezahlung.»

«Ach, Ward, das ist so edelmütig!», sagte Gertrude.

Er tat ein paar Schritte in ihre Richtung, bis er neben der Chaiselongue stand, beugte sich zu ihr hinunter und gab ihr einen Kuss auf die Stirn. «Wir alle müssen Opfer bringen. Meine Liebe, ich vertraue darauf, dass du und deine Mutter – »

«Natürlich, Ward, natürlich! Es war ein albernes Missverständnis.» Gertrude errötete und erhob sich. «Ich war eine dumme, misstrauische Idiotin ... Aber du darfst dich nicht an die Front schicken lassen, Ward. Ich werde mit Mutter sprechen.» Sie ging auf ihn zu und legte ihm die Hände auf die Schultern. Eleanor trat zurück an die Wand und betrachtete die beiden. J. W. trug einen hervorragend sitzenden Smoking, von dessen Schwarz sich Gertrudes lachsrotes Kleid abhob. Im Licht des Kristalllüsters war sein helles Haar vor der hohen elfenbeingrauen Wand des Raums aschgrau. Sein Gesicht war umschattet und wirkte sehr traurig. Eleanor dachte, wie sehr die Leute doch einen Mann wie ihn verkannten und wie schön der Raum war – wie eine Bühne, wie eine von Whistler /122/ gestaltete Bühne für eine Sarah Bernhardt. Rührung verschleierte ihre Augen.

«Ich werde mich beim Roten Kreuz melden», sagte sie. «Ich kann's gar nicht erwarten, nach Frankreich zu kommen.»

Wochenschau XIX

USA IM KRIEG

DIE LOSUNG DER CITY:
ZUSAMMEN FÜR DIE NATION!

Rüber,
Rüber,

bei der jährlichen Aktionärsversammlung der Colt Patent Firearms Manufacturing Company wurde eine Dividende von 2,5 Millionen Dollar beschlossen. Der Kapitalstock wurde erhöht. Die Gewinne stiegen um 259 Prozent

FREUDIGE ÜBERRASCHUNG FÜR
BRITISCHE

Wir Yankees fahren
rü-hü-ber

GEPLANTES GESETZ SOLL FARBIGEN
ZUGANG ZU WEISSEN VIERTELN
ERSCHWEREN

viele Millionen ausgegeben für Golf bei Chicago Hindu-Agitatoren in landesweiter Panik Armour /123/ drängt die USA die Welt vor Hungersnot zu retten

BELEIDIGUNG DER FAHNE WIRD STRAFBAR

Gewerkschaftsvertreter Gefahr nach Russland zeigen Kennzeichen von schändlichem Frieden verlautet in London

Und wir kehren erst zurück,
Wenn dort fertig ist das Stück.

Das Auge der Kamera 27

an Bord der *Espagne* waren auch Priester und Nonnen · der Atlantik war flaschengrün und stürmisch · man hatte die Bullaugen mit Planen abgedeckt und sämtliche Decklichter waren abgeschirmt und man durfte an Deck kein Streichholz anzünden

aber die Stewards waren sehr mutig und sagten die Boches /124/ würden kein Schiff der Compagnie Générale versenken und zwar wegen der Priester und Nonnen und der Jesuiten und weil das Comité des Forges versprochen hatte das Val de Briey nicht zu beschießen wo die großen Hüttenwerke waren an denen der Prince de Bourbon beteiligt war und die Jesuiten und die Priester und Nonnen

jedenfalls waren alle sehr mutig außer dem Colonel und Mrs. Knowlton vom amerikanischen Roten Kreuz die wasserdichte kältefeste U-Boot-sichere Anzüge angelegt hatten in denen sie wie Eskimos aussahen aber sie trugen sie und saßen mit den aufgeblasenen Anzügen an Deck und man konnte nur ihre Gesichter sehen und in den Taschen der Anzüge waren Erste-Hilfe-Päckchen und am Gürtel war ein wasserdichter Behälter mit Milchschokolade und Keksen und Malztabletten

und wenn man morgens an Deck herumging sah man Mr. Knowlton der Mrs. Knowlton aufblies

oder Mrs. Knowlton die Mr. Knowlton aufblies

und die Roosevelt-Jungs /125/ waren sehr mutig und hatten nagelneue amerikanische Uniformmützen mit steifen Schirmen und Medaillen an der khakibraunen Schützenschnur und sie sagten von morgens bis abends Wir müssen da rein Wir müssen da rein

als wäre der Krieg ein Schwimmbecken

und der Barmann war mutig und die Stewards waren mutig jeder von ihnen war verwundet worden und heilfroh dass er Steward und nicht im Schützengraben war

und das Gebäck war phantastisch

schließlich erreichten wir die Zone und fuhren einen Zickzackkurs wir saßen schweigend in der Bar und dann sahen wir die Mündung der Gironde und ein französisches Torpedoboot umkreiste im perlig-sanften Morgenlicht das Schiff und wegen der Minenfelder folgten die Dampfer dem kleinen Patrouillenboot · die Sonne ging rot über dem rotbraunen Weinland auf und die Gironde war voller Frachter und Flugzeuge in der Sonne und Schlachtschiffe

die Garonne war rot · es war Herbst und auf den Kais vor den grauen Häusern standen Fässer mit neuem Wein und Munitionskisten und die Masten der gedrungenen Segelboote dicht an dicht vor der großen roten Eisenbrücke

Im Hotel Zu den sieben Schwestern waren alle in Trauer aber das Geschäft lief gut wegen des Kriegs und jeden Augenblick erwartete man die Regierung aus Paris

im Norden starb man im Matsch und in den Schützengräben aber in Bordeaux machte man gute Geschäfte und die Winzer und die Schiffsagenten und die Munitionsfabrikanten saßen allesamt im Chapon Fin und aßen Ortolane und Pilze und Trüffeln und es gab ein großes Schild

MÉFIEZ-VOUS

les oreilles enemies vous écoutent /126/

Rotweindämmerung und gelb gekieste mit Weinfässern eingefasste Plätze und der Geruch von Schokolade im Park graue Statuen und die Straßennamen

Straße der verlorenen Hoffnungen Straße des Geistes des Gesetzes Straße der vergessenen Schritte

und der Gestank von schwelendem Laub und die grauen Bourbonenhäuser die in der Rotweindämmerung zerbröckelten

als du im Hotel Zu den sieben Schwestern zu Bett gegangen warst erwachtest du mitten in der Nacht und da war ein Mann von der Geheimpolizei der deine Reisetasche durchwühlte

und er studierte stirnrunzelnd deinen Pass und warf einen Blick in deine Bücher und sagte Monsieur c'est la petite visite /127/

Bob der Kämpfer

La Follette /128/ wurde im Stadtgebiet von Primrose geboren; bis zum Alter von neunzehn Jahren arbeitete er auf einer Farm in Dane County, Wisconsin.

Er brachte die University of Wisconsin hinter sich. Er wollte Schauspieler werden und studierte Rhetorik und Robert Ingersoll /129/ und Shakespeare und Burke /130/;

(wer wird je erklären können, welchen Einfluss Shakespeare auf das vergangene Jahrhundert hatte? Mark Anton an Caesars Bahre, Othello vor dem Senat von Venedig, und Polonius, überall Polonius)

als er nach der Abschlussfeier im offenen Pferdewagen heimfuhr, war er Booth /131/ und Wilkes, die die Junius-Briefe /132/ schrieben, und Daniel Webster /133/ und Ingersoll, der Gott herausforderte, und die togagewandeten Größen, ernst und unbestechlich wie Statuen, die in den capitolinischen Jahrhunderten Donnerworte gesprochen hatten;

er war der beste Redner seines Jahrgangs
und siegte bei einem staatenübergreifenden Wettkampf mit einer Rede über Jagos Charakter.
Er arbeitete in einer Anwaltskanzlei und kandidierte für das Amt des Bezirksstaatsanwalts. Seine Freunde gingen im ganzen County abends von Tür zu Tür und warben für ihn.
Er forderte die Partei heraus und gewann.
Es war die Revolte eines jungen Mannes gegen den Parteiapparat der Republikaner,
und Boss Keyes[134], der Postmeister von Madison, ohne dessen Zustimmung im County nichts lief, war so überrascht, dass er beinahe vom Stuhl fiel.

So kam La Follette zu einem Gehalt, das es ihm gestattete zu heiraten. Er war fünfundzwanzig.
Vier Jahre später kandidierte er für den Kongress; wieder standen die Studenten hinter ihm; er war der Kandidat der jungen Leute. Er war der jüngste Abgeordnete im Repräsentantenhaus.
Philetus Sawyer, der Holzkönig aus Wisconsin, der es gewohnt war, Politiker zu kaufen, zu lagern und zu verkaufen wie Klafterholz, führte ihn in die Washingtoner Kreise ein.
Er war Republikaner, doch er hatte gegen den Parteiapparat aufbegehrt. Jetzt war er in Washington, und sie glaubten, sie hätten ihn. In Washington konnte niemand aufrecht und ehrlich bleiben.
In jenem Winter spielte Booth Shakespeare in Baltimore. Wegen der bitteren Erinnerungen an seinen Bruder trat er nie in Washington auf. Bob La Follette und seine Frau besuchten jede Vorstellung.

Während der Landwirtschaftsausstellung versuchte Boss Sawyer, der Holzkönig, ihn im Salon des Plankinton Hotels in Milwaukee zu bestechen: Er solle auf seinen Schwager

Einfluss nehmen, der Vorsitzender Richter in einem Verfahren gegen den Landesschatzmeister der Republikaner war.
Bob La Follette verließ das Hotel bleich vor Wut. Es begann ein gnadenloser Kampf gegen den republikanischen Parteiapparat von Wisconsin, der erst endete, als er zum Gouverneur gewählt wurde und den Apparat zerschlug;
es war ein zehnjähriger Krieg, an dessen Ende Wisconsin ein Modellstaat war und die Wähler – ordnungsliebende Deutsche und Finnen, Skandinavier, die ihren eigenen Kopf hatten – lernten, die neuen Instrumente zu benutzen: direkte Vorwahlen, Volksbegehren und Abwahl.

La Follette besteuerte die Eisenbahnen.

In der Lobby des Ebbitt House in Washington sagte John C. Payne vor einigen Politikern: «La Follette ist ein verdammter Idiot, wenn er denkt, dass er sich mit einer Eisenbahn anlegen kann, die ein Streckennetz von achttausend Kilometern besitzt. Er wird feststellen, dass er sich geirrt hat. Wenn es so weit ist, werden wir uns seiner annehmen.»
Doch als es so weit war, nahmen sich die Farmer von Wisconsin und die jungen Anwälte und Ärzte und Geschäftsleute, die ihre Ausbildung gerade erst abgeschlossen hatten,
seiner an
und wählten ihn dreimal zum Gouverneur
und schließlich in den Senat der USA,

wo er sein Leben lang tätig war und lange Reden voller Statistiken hielt und sich für die Demokratie und das Wohlergehen der Farmer und kleinen Geschäftsleute einsetzte, wo er allein und mit dem Rücken zur Wand gegen Korruption und Großkapital und Hochfinanz und Konzerne und Konglomerate von Konglomeraten und die miasmatische Lethargie von Washington kämpfte.

Er gehörte zu «einer kleinen Gruppe eigensinniger Männer, die nichts als ihre eigene Meinung vertreten»,
und sich gegen eine Gesetzesvorlage zur Bewaffnung amerikanischer Handelsschiffe stemmten, welche einen Krieg mit Deutschland unausweichlich gemacht hätte; man bezeichnete es als Obstruktion, doch es waren sechs mutige Männer, die sich mühten, mit bloßen Händen eine außer Kontrolle geratene Dampfwalze aufzuhalten;
die Presse fütterte ihre Leser mit Hass auf La Follette,
den Verräter,
in Illinois wurde er symbolisch verbrannt,
in Wheeling wollte man ihn nicht reden lassen.

Neunzehnhundertvierundzwanzig kandidierte La Follette ohne Geld und ohne Parteiapparat für das Amt des Präsidenten und bekam viereinhalb Millionen Stimmen,
doch er war ein kranker Mann, die unablässige Arbeit und die verbrauchte Luft der Sitzungszimmer und der Parlamentskammern
und der Schmutzgestank der Politiker
setzten ihm zu, und er starb,
ein Redner, der seiner Nation im Capitol einer verlorenen Republik die Leviten las;
doch wir werden nicht vergessen,
wie standhaft er im März neunzehnhundertsiebzehn war,
als Woodrow Wilson seine zweite Präsidentschaft antrat und La Follette die gewaltige Maschine für drei Tage zum Stillstand brachte. Man wollte ihn nicht reden lassen, die Galerie überschüttete ihn mit Hass, der Senat war ein Lynchmob,

ein untersetzter Mann mit einem zerfurchten Gesicht, ein Bein in den Gang gestreckt, die Arme verschränkt, eine zerkaute Zigarre im Mundwinkel,
vor sich auf dem Tisch eine ungehaltene Rede,
ein eigensinniger Mann, der nichts als seine eigene Meinung vertrat.

Charley Anderson

Charley Andersons Mutter betrieb eine Eisenbahnerpension unweit des Bahnhofs der Northern Pacific in Fargo, North Dakota. Es war ein Holzhaus mit Giebeln und einer umlaufenden Veranda, senfgelb, mit schokoladenbraun eingefassten Türen und Fenstern, und hinter dem Haus hing immer Wäsche an durchhängenden Leinen, die zwischen einem Pfosten bei der Küchentür und einer Reihe verfallener Hühnerställe gespannt waren. Mrs. Anderson war eine grauhaarige Frau mit leiser Stimme und Brille; die Pensionsgäste hatten Angst vor ihr, und wenn sie sich über die Betten, das Essen oder die nicht ganz frischen Eier beklagten, taten sie das bei der watschelnden, dickarmigen Lizzie Green aus Nordirland, der Dienstmagd, die kochte und die ganze Arbeit im Haus erledigte. Wenn einer der Jungs betrunken nach Hause kam, war es Lizzie, die sich einen abgewetzten Männermantel über das Nachthemd zog und für Ruhe sorgte. Einmal wollte ein Bremser frech werden, aber Lizzie verpasste ihm einen Kinnhaken, dass er glatt von der Veranda fiel. Lizzie war es auch, die den kleinen Charley wusch und schrubbte, die dafür sorgte, dass er pünktlich zur Schule kam, die Arnikasalbe auf seine aufgeschürften Knie und Schmierseife auf seine Frostbeulen strich und seine Kleider flickte. Mrs. Anderson hatte drei Kinder großgezogen, die bereits erwachsen waren, und schien einfach nicht imstande, sich mit einem vierten zu befassen. Ungefähr zu der Zeit, als Charley geboren worden war, hatte Mr. Anderson ebenfalls das Haus verlassen; er war in den Westen gegangen, denn wegen seiner schwachen Lunge hatten ihm die harten Winter zugesetzt – das jedenfalls sagte Mrs. Anderson. Mrs. Anderson führte Buch, kochte zur jeweiligen Jahreszeit Erdbeeren, Erbsen, Pfirsiche, Bohnen, Tomaten, Birnen, Pflaumen und Apfelmus ein, ließ Charley jeden Tag ein Kapitel aus der Bibel lesen und verrichtete viel Kirchenarbeit.

Charley war ein kräftiger Junge mit stets zerzaustem blondem Haar und graublauen Augen. Die Hausgäste liebten ihn, und er fand das Leben eigentlich ganz in Ordnung, bis auf die Sonntage, denn da musste er zweimal zum Gottesdienst und in die Sonntagsschule, und nach dem Abendessen las seine Mutter ihm ihre Lieblingspassagen aus Matthäus oder Esther oder Ruth vor und stellte ihm Fragen zu den Kapiteln, die er in der vergangenen Woche hatte lesen müssen. Das fand an einem Tisch mit roter Tischdecke statt, neben einem Fenster, an dem im Sommer wie im Winter Mrs. Andersons Blumentöpfe mit Gartenampfer, Gottesauge, Begonien und Farnen standen. Charleys Beine kribbelten, das schwere Essen machte ihn schläfrig, doch er hatte schreckliche Angst, eine Sünde gegen den Heiligen Geist zu begehen, worunter, wie seine Mutter angedeutet hatte, zu verstehen war, dass er im Gottesdienst, in der Sonntagsschule oder wenn sie ihm aus der Bibel vorlas unaufmerksam war.

Im Winter war es in der Küche ganz still, man hörte nur das leise Bullern des Ofens oder Lizzies schwere Schritte und ihr Schnaufen, wenn sie die gespülten Teller in den Schrank räumte. Im Sommer war es viel schlimmer. Die anderen Kinder hatten ihm erzählt, sie wollten im Red River baden oder angeln oder auf dem Holzplatz oder bei den Kohlenbunkern hinter dem Lokschuppen Verstecken spielen, und die gefangenen Fliegen summten matt auf den baumelnden Fliegenpapierstreifen, und er hörte die Rangierlok, die Güterwagen hin und her schob, oder den Expresszug nach Winnipeg, der pfiff und die Glocke läutete, wenn er sich dem Bahnhof näherte, und mit dem steifen Kragen fühlte er sich beengt und verschwitzt und sah immer wieder auf die laut tickende Wanduhr mit dem Zifferblatt aus Porzellan. Wenn man zu oft auf die Uhr sah, verging die Zeit nur umso langsamer, und so zwang er sich zu warten, bis er glaubte, dass fünfzehn Minuten vergangen waren, doch dann waren es doch nur fünf Minuten, und ihm sank das Herz. Vielleicht, dachte er, wäre es besser, die Sünde gegen den Heiligen Geist zu begehen und ein für alle Mal verdammt zu sein und wie Dolphy Olsen mit einem Landstreicher durchzubrennen, aber dazu fehlte ihm der Mut.

Als er alt genug für die Highschool war, stieß er in der Bibel auf seltsame Dinge; es las sich fast wie das, worüber die anderen Jungen redeten, wenn sie es leid waren, im Gebüsch hinter dem Holzplatz mit Murmeln zu spielen. Da war die Sache mit Onan oder mit dem Leviten und seiner Nebenfrau oder das Hohelied Salomos, und wenn er so was las, fühlte er sich ganz seltsam und bekam Herzklopfen wie manchmal, wenn er Gesprächsfetzen der Eisenbahner in der Pension hörte, und er wusste, was Huren waren und warum Frauen manchmal ganz dick wurden, und machte sich viele Gedanken darüber, aber wenn er mit seiner Mutter sprach, durfte sie nicht merken, dass er über solche Dinge Bescheid wusste.

Charleys Bruder Jim hatte die Tochter eines Mietstallbesitzers in Minneapolis geheiratet. In dem Frühjahr, als Charley die Highschool abschloss, besuchten die beiden Mrs. Anderson. Jim rauchte im Haus Zigarren und frotzelte seine Mutter, und solange sie da waren, gab es keine Bibellesungen.

Eines Sonntags ging Jim mit Charley zum Fischen an den Cheyenne und sagte ihm, er solle nach der Highschool nach Minneapolis kommen, dann könne er in der Autowerkstatt arbeiten, die er in einem Teil des Mietstalls seines Schwiegervaters einrichten wolle. Es klang gut, wenn er den anderen in der Schule erzählte, er habe für den Sommer eine Arbeit in der Stadt. Charley freute sich darauf, aus dem Haus zu kommen, denn seine Schwester Esther war, nachdem sie die Krankenpflegeschule abgeschlossen hatte, zurückgekehrt und nörgelte ständig an ihm herum, er drücke sich zu gewöhnlich aus, halte seine Kleider nicht in Ordnung und esse zu viel Kuchen.

An dem Morgen, als er ganz allein, in der Hand einen Koffer, den Esther ihm geliehen hatte, nach Moorhead ging, um den Zug nach Minneapolis zu nehmen, fühlte er sich großartig. Am Bahnhof wollte er eine Schachtel Zigaretten kaufen, aber der Mann im Kiosk lachte ihn aus und sagte, dafür sei er zu jung. Es war ein schöner, etwas zu warmer Frühlingstag. Die Flanken der großen Pferde, die eine lange Reihe mit Mehl beladener Wagen über die Brücke zogen, glänzten von Schweiß. Während Charley im Bahnhof wartete, wurde es immer schwüler, und ein Dunst legte sich über den Himmel. Die Sonne schien rot auf die großen Dächer der Getreidesilos entlang der Schienen. Er hörte einen Mann sagen: «Sieht so aus, als könnte es einen Tornado geben», und als Charley dann im Zug saß, beugte er sich aus dem Fenster und sah im Nordwesten, über den leuchtend grünen Weizenfeldern, die sich bis zum Horizont erstreckten, wie sich grauviolette Gewitterwolken auftürmten. Irgendwie hoffte er, dass es einen Tornado geben würde, denn er hatte noch nie einen gesehen, aber als die ersten Blitze wie Peitschenhiebe herabfuhren, bekam er ein bisschen Angst, auch wenn es im Zug mit dem Schaffner und den anderen Passagieren einigermaßen sicher zu sein schien. Es war kein Tornado, aber ein kräftiges Gewitter, und die Weizenfelder verwandelten sich in Zink, als große, trampelnde, zischende Regenschwaden langsam über sie hinwegstrichen. Danach kam die Sonne heraus, und Charley öffnete das Fenster, und alles roch nach Frühling, und in den Birken und den dunklen Fichten, die an kleinen, schimmernden Seen standen, sangen die Vögel.

Jim holte ihn mit einem Ford-Lieferwagen am Bahnhof ab. Sie fuhren zum Güterbahnhof, und Charley musste helfen, eine Menge schwerer Kisten einzuladen, Ersatzteile aus Detroit mit der Empfängerangabe «Vogels Garage». Charley versuchte so zu tun, als hätte er schon sein ganzes Leben in der großen Stadt verbracht, doch von den scheppernden Straßenbahnen und den schwer beschlagenen Hufen der Gespanne, die auf dem Kopfsteinpflaster Funken schlugen, von den hübschen blonden Mädchen, den großen deutschen Bierhallen und dem Summen der Fabriken und Werkstätten schwirrte ihm bald der Kopf. In seinem Overall sah Jim dünn und hochgewachsen aus, und er hatte eine ganz neue, barsche Ausdrucksweise.

«Hör zu, Kleiner», sagte er, als sie alles eingeladen hatten und langsam durch den dichten Verkehr fuhren, «sieh zu, dass du dich benimmst. Der Alte, Hedwigs Vater, ist Deutscher und wie alle alten Deutschen ein bisschen pingelig.»

«Klar», sagte Charley. Bei dem Gedanken daran, wie es sein würde, in Minneapolis zu leben, war ihm ein bisschen unbehaglich zumute. Er wünschte sich, Jim würde mehr lächeln.

Der alte Vogel war ein stämmiger Mann mit rotem Gesicht, unordentlichem grauem Haar und einem Schmerbauch, der gern Schmorgerichte mit viel Sauce und Knödeln aß und dazu Bier trank, und Hedwig war seine einzige Tochter. Seine Frau war tot, aber eine Deutsche in mittleren Jahren, die alle nur Aunt Hartmann nannten, führte ihm den Haushalt. Mit einem Mopp putzte sie den Männern hinterher und hielt das Haus zusammen mit Hedwig, die im Herbst ein Kind bekommen würde, weswegen ihre blauen Augen immer ein bisschen verdrießlich blickten, so makellos sauber, dass man ein Spiegelei vom Linoleumboden hätte essen können. Die Fenster durften nie geöffnet werden, damit kein Staub hereinkam. Das Haus stand an der Straße, der Mietstall befand sich direkt dahinter und war zugänglich durch eine Gasse, auf deren anderer Seite die jetzt zur Autowerkstatt umgebaute ehemalige Sattlerei lag. Als Jim und Charley dort ankamen, waren die Schildermaler gerade dabei, das neue, glänzende, rot-weiße Schild mit der Aufschrift «VOGELS GARAGE» aufzuhängen. «Der Saukerl», murmelte Jim. «Er hat gesagt, es soll

‹Vogel & Anderson› heißen, aber was soll's?» Es roch nach Stall, und ein Farbiger führte ein mageres Pferd herum, dem er eine Decke aufgelegt hatte.

Den ganzen Sommer wusch Charley Autos, wechselte Öl und baute neue Bremsbeläge ein. Er war immer schmutzig und ölverschmiert und steckte in einem ölverschmierten Overall, er trat morgens um sieben zur Arbeit an und war erst spätabends fertig, und dann war er so erledigt, dass er nur noch auf das Feldbett fallen konnte, das man auf dem Dachboden über der Werkstatt für ihn aufgebaut hatte. Jim gab ihm einen Dollar die Woche und erklärte, das sei äußerst großzügig, denn schließlich lerne Charley dabei etwas. Samstagabends war Charley der Letzte, der ins Bad durfte, und dann war das Wasser meist nur noch lauwarm, und er hatte seine liebe Not, den Dreck abzuwaschen.

Der alte Vogel war Sozialist und kein Kirchgänger und saß sonntags biertrinkend mit seinen Freunden zusammen. Beim Mittagessen redeten alle Deutsch, und Jim und Charley saßen stumm und verdrossen am Tisch, während der alte Vogel ihnen Bier einschenkte und Witze riss, über die Hedwig und Aunt Hartmann brüllend lachten. Nach dem Essen war Charley ganz beduselt von dem Bier, das für seinen Geschmack viel zu bitter war, doch er glaubte, es trinken zu müssen, und der alte Vogel drängte ihm eine Zigarre auf und sagte, er solle sich doch mal die Stadt ansehen.

Also ging er hinaus, vollgefressen und leicht beduselt, und fuhr mit der Straßenbahn nach St. Paul, um sich das neue Capitol anzusehen, oder zum Lake Harriet oder zum Big Island Park, wo man Achterbahn fahren konnte, oder er lief am Parkway herum, bis seine Füße sich anfühlten, als würden sie gleich abfallen. Anfangs kannte er keine Jungen in seinem Alter, und so las er viel. Er kaufte jede Nummer von *Popular Mechanics* und *Scientific American* und *Adventure* und *The Wide World Magazine*. Er wollte sich nach den Plänen im *Scientific American* eine Jolle bauen und damit den Mississippi bis zum Golf von Mexiko hinunterfahren.

Unterwegs würde er sich von Enten und Fisch ernähren. Er fing an, auf eine Schrotflinte zu sparen.

Es gefiel ihm aber ganz gut beim alten Vogel, schon weil er nicht in der Bibel lesen und zum Gottesdienst gehen musste. Er schraubte gern an Motoren herum und lernte, den Lieferwagen zu fahren. Nach einer Weile freundete er sich mit Buck und Slim Jones an, zwei Brüdern in seinem Alter, die im selben Block wohnten. Sie fanden ihn schon ziemlich erwachsen, weil er in einer Autowerkstatt arbeitete. Buck verkaufte Zeitungen und wusste, wie man durch den Hinterausgang ins Kino kam und von welchem Zaun man den besten Blick auf die Baseballspiele hatte. Fortan ging Charley sonntags nach dem Mittagessen zu ihnen. Sie hatten jede Menge Spaß, fuhren auf der Ladefläche von Getreidelastwagen mit, ritten auf den Kupplungen von Straßenbahnwagen und wurden von Polizisten verscheucht, stiegen auf Holzverladekräne, gingen schwimmen und kletterten auf den Felsen oberhalb der Stromschnellen herum. Danach war er ganz verschwitzt, hatte seinen guten Anzug schmutzig gemacht und wurde von Hedwig ausgeschimpft, weil er zu spät zum Abendessen kam. Sobald der alte Vogel die Jones-Jungen bei der Werkstatt herumhängen sah, scheuchte er sie weg, aber wenn er und Jim nicht da waren, kam Gus, der farbige Stallknecht, und roch nach Pferden und erzählte ihnen von Pferderennen und leichten Mädchen und Whiskeybesäufnissen in Louisville und wie man ein Mädchen richtig entjungferte und dass er und seine feste Freundin es die ganze Nacht trieben, ohne auch nur für eine Minute aufzuhören.

Am Labor Day fuhr der alte Vogel mit Jim und seiner Tochter und Aunt Hartmann mit einem leichten Wagen und zwei hübschen Braunen aus, die man zum Verkauf bei ihm eingestellt hatte. Charley musste in der Werkstatt bleiben für den Fall, dass jemand Öl oder Benzin wollte. Buck und Slim kamen vorbei und sagten, schließlich sei doch Labor Day, und es sei eine Schande, dass sie nicht zusammen irgendwohin gehen könnten. Auf dem

Ausstellungsgelände werde es zwei Spiele hintereinander geben, und auch sonst sei eine Menge los.

Alles fing damit an, dass Charley Buck zeigen wollte, wie der Lieferwagen funktionierte. Dazu musste er den Motor ankurbeln, und ohne lange nachzudenken, sagte er, sie könnten ja mal eine Runde um den Block drehen. Nachdem sie um den Block gefahren waren, schloss er die Werkstatt ab, und dann machten sie eine Spritztour in Richtung Minnehaha. Charley sagte sich, er werde ganz vorsichtig fahren und Stunden vor den anderen zurück sein, aber auf dem asphaltierten Boulevard fuhr er dann doch ziemlich schnell und hätte um ein Haar einen Ponywagen voll kleiner Mädchen gerammt, der plötzlich aus einer Seitenstraße gekommen war. Auf dem Heimweg tranken sie Limonade aus Flaschen und genossen die Fahrt, als Buck plötzlich sagte, hinter ihnen sei ein Polizist auf einem Motorrad. Charley gab Gas, um ihn abzuhängen, nahm aber eine Kurve zu scharf und landete an einem Telegraphenmast. Buck und Slim verschwanden, so schnell sie konnten, aber Charley bekam es mit dem Polizisten zu tun.

Der war ein Schwede, und er schrie und fluchte und putzte ihn runter und sagte, er müsse ihn mitnehmen, weil er ohne Führerschein gefahren sei, aber Charley fand den Führerschein seines Bruders unter dem Fahrersitz und sagte, er und sein Bruder hätten eine Ladung Äpfel nach Minnehaha geliefert, und sein Bruder habe ihm gesagt, er solle den Wagen zurück zur Werkstatt bringen, und da hatte der Polizist ein Einsehen und sagte nur, er solle vorsichtiger fahren. Der Wagen lief noch gut, nur ein Kotflügel war verbeult, und die Lenkung war ein bisschen komisch. Charley fuhr so langsam, dass der Kühler kochte, als er am Haus ankam, wo Gus die Zügel der Braunen hielt und alle gerade ausstiegen.

Es gab nichts zu sagen. Alle sahen sofort den zerbeulten Kotflügel und stürzten sich auf Charley. Aunt Hartmann schrie am lautesten, und der alte Vogel war puterrot, und alle redeten auf

Deutsch auf ihn ein, und Hedwig zerrte an seiner Jacke und schlug ihn ins Gesicht, und alle sagten, Jim müsse ihm eine ordentliche Tracht Prügel geben. Charley wurde sauer und sagte, niemand werde ihm eine Tracht Prügel geben, und Jim sagte, es sei wohl das Beste, wenn er nach Fargo zurückkehre.

Charley ging hinauf, packte seinen Koffer und ging, ohne sich von irgendjemandem zu verabschieden, in der einen Hand den Koffer, unter dem anderen Arm die letzten fünf Nummern von *The Argosy* /135/. Sein gespartes Geld reichte nur für einen Fahrschein nach Barnesville; danach versteckte er sich bis Moorhead vor dem Schaffner. Seine Mutter freute sich und sagte, er sei ein guter Junge, weil er schon vor Schulbeginn gekommen sei, und redete von seiner Konfirmation. Charley erwähnte den beschädigten Lieferwagen mit keinem Wort und beschloss, sich auf keinen Fall in irgendeiner verdammten Kirche konfirmieren zu lassen. Er aß das große Frühstück, das Lizzie ihm gemacht hatte, ging auf sein Zimmer und legte sich aufs Bett. Er fragte sich, ob es eine Sünde gegen den Heiligen Geist war, wenn man sich nicht konfirmieren ließ, aber wenn es so war, dann machte es ihm weniger Angst als zuvor. Er war müde, weil er die ganze Nacht im Zug gesessen hatte, und schlief sofort ein.

Charley quälte sich durch die letzten Jahre der Highschool und verdiente sich ein bisschen Geld, indem er abends in der Moorhead Garage aushalf, aber nach seinem Ausflug nach Minneapolis gefiel es ihm zu Hause nicht mehr. Seine Mutter erlaubte ihm nicht, sonntags zu arbeiten, und nörgelte an ihm herum, weil er sich nicht konfirmieren lassen wollte, und seine Schwester nörgelte sowieso und wegen allem an ihm herum, und Lizzie behandelte ihn wie einen kleinen Jungen und nannte ihn vor allen Mietern «Schätzchen», und er hatte von der Schule die Nase so voll, dass er in dem Frühjahr, in dem er siebzehn wurde, nach der Abschlussfeier noch einmal nach Minneapolis fuhr, diesmal um sich dort auf eigene Faust eine Arbeit zu suchen. Da sein Geld für ein paar Tage reichte, ging er als Erstes zum Big Island Park.

Er wollte Achterbahn fahren und in Schießbuden schießen und schwimmen und Mädchen kennenlernen. Mit Käffern wie Fargo oder Moorhead, wo nie irgendwas passierte, war er fertig.

Als er zum See kam, war es fast dunkel. Der kleine Dampfer legte an, und er hörte durch die Bäume die Klänge einer Jazzband und das Knarzen und Rattern der Achterbahn und die Schreie, wenn ein Wagen in die Tiefe raste. Es gab einen Tanzpavillon und farbige Lampions in den Bäumen, und es roch nach dem Parfüm der jungen Frauen und nach Popcorn und Melassebonbons und Pulver von den Schießbuden, und die Ausrufer vor den Buden legten sich mächtig ins Zeug. Es war ein Montag, und darum war nicht viel los. Charley fuhr ein paarmal mit der Achterbahn und fragte den jungen Mann, der sie betrieb, wie die Chancen stünden, hier eine Stelle zu finden.

Der Mann sagte, er solle in der Nähe bleiben; an Feierabend, so gegen elf, werde Svenson, der Geschäftsführer, kommen, und möglicherweise suche er jemanden. Der Mann hieß Ed Walters und sagte, der Lohn sei nicht besonders, aber Svenson sei ein ziemlich anständiger Typ. Er ließ Charley ein paarmal umsonst fahren, damit er sah, wie die Achterbahn funktionierte, schenkte ihm eine Flasche Limonade und riet ihm, immer schön ruhig zu bleiben. Er war jetzt das zweite Jahr in der Vergnügungsbranche, hatte ein scharf geschnittenes Fuchsgesicht und schien sich auszukennen.

Charley klopfte das Herz, als ein großer Mann mit eingefallenen Wangen und borstigem blondem Haar erschien, um die Einnahmen abzuholen. Das war Svenson. Er musterte Charley von Kopf bis Fuß und sagte, er werde es für eine Woche mit ihm versuchen. Dann sagte er noch, dies sei ein Vergnügungspark für die ganze Familie, und er werde keine Grobheiten oder Flegeleien dulden, und Charley solle am nächsten Morgen um zehn zur Arbeit erscheinen.

«Bis dann», sagte Charley zu Ed Walters und kriegte gerade noch das letzte Boot und die letzte Straßenbahn in die Stadt. Als er ausstieg, war es schon zu spät, um seine Tasche von der Gepäckaufbewahrung am Bahnhof abzuholen, und weil er weder Geld für ein Zimmer ausgeben noch zu Jim gehen wollte, schlief er auf einer Bank vor dem Rathaus. Es war ein warmer Abend, und er fühlte sich gut, weil er wie ein richtiger Tramp auf einer Bank schlief. Die Bogenlampen blendeten ihn allerdings, und er war nervös wegen der Polizei; es wäre wirklich idiotisch, wegen Landstreicherei eingebuchtet zu werden und die Stelle im Park zu verlieren. Seine Zähne klapperten, als er im frühen Morgengrauen erwachte. Die Bogenlampen leuchteten rosarot vor einem blassgelben Himmel; die großen Blocks aus Geschäfts- und Bürohäusern mit ihren leeren Fenstern sahen seltsam und grau und verlassen aus. Er musste mit raschen, stampfenden Schritten auf und ab gehen, um das Blut in den Beinen wieder in Bewegung zu bringen.

Er fand eine Bude, wo er für fünf Cent eine Tasse Kaffee und einen Donut bekam, und fuhr mit der ersten Straßenbahn hinaus zum Lake Minnetonka. Es war ein schöner Sommertag, aber der Wind brachte ein bisschen Norden mit. Der See war sehr blau, und die Birken waren sehr weiß, und die kleinen Blätter tanzten vor dunkelgrünen Nadelbäumen und dunkelblauem Himmel grüngelb im Wind. Charley fand, dass es der schönste Ort war, den er je gesehen hatte. Lange wartete er dösend am Ende des Stegs auf das Boot zur Insel. Als er dort ankam, war der Park noch geschlossen. Die Buden waren verriegelt, und die reglosen roten und blauen Wagen der Achterbahn sahen im Morgenlicht ganz verloren aus. Charley lief eine Weile herum, aber seine Augen brannten, die Beine taten ihm weh, und der Koffer war einfach zu schwer, und so ging er schließlich in den Windschatten einer Bude, legte sich neben seinem Koffer auf den sonnenbeschienenen, mit Kiefernnadeln bedeckten Boden und schlief ein.

Unvermittelt schreckte er hoch. Auf seiner Ingersoll war es elf. Ihm sank das Herz. Es wäre wirklich zu dumm, die Arbeit zu verlieren, weil er zu spät kam. Svenson saß, einen Strohhut in den

Nacken geschoben, im Kassenhäuschen der Achterbahn. Er verlor kein Wort über die Zeit, sondern sagte Charley, er solle seine Jacke ausziehen und MacDonald, dem Mechaniker, helfen, den Motor zu schmieren.

Den ganzen Sommer arbeitete Charley bei der Achterbahn, bis der Park im September geschlossen wurde. Er wohnte mit Ed Walters und einem Spaghetti namens Spagnolo, der einen Süßigkeitenstand hatte, in einem kleinen Haus in Excelsior.

Im Nachbarhaus wohnte Svenson mit seinen sechs Töchtern. Anna, die älteste, war etwa dreißig und Kassiererin im Vergnügungspark, zwei weitere waren Kellnerinnen im Tonka Bay Hotel, und die anderen waren auf der Highschool und arbeiteten nicht. Alle waren groß und blond und hatten einen schönen Teint. Charley verknallte sich in Emiscah, die Jüngste, die etwa in seinem Alter war.

Sie gingen alle zusammen zum Baden, es gab ein Floß und ein Sprungbrett. Charley trug den ganzen Sommer immer nur ein Trägerhemd und eine Khakihose und war sehr braun gebrannt. Eds Freundin war Zona, und wenn der Vergnügungspark geschlossen war, fuhren sie zu viert im Kanu herum, besonders an warmen Sommerabenden, wenn der Mond schien. Sie tranken nicht, aber sie rauchten Zigaretten und spielten Musik auf dem Grammophon und knutschten auf dem Boden des Kanus. Wenn sie nach Hause kamen, lag Spagnolo schon im Bett, und sie ärgerten ihn und schoben Junikäfer unter seine Decke, und er fluchte und schimpfte und schlug um sich. Emiscah konnte prima Toffees machen. Charley war ganz verrückt nach ihr, und sie schien ihn zu mögen. Sie brachte ihm den Zungenkuss bei, strich ihm übers Haar und rieb sich an ihm wie eine Katze, aber mehr ließ sie nicht zu, und das hätte er auch nicht richtig gefunden. Einmal gingen sie zu viert auf den Hügel hinter den Häusern und machten im Wald unter einer großen Fichte ein Feuer. Sie toasteten Marshmallows und erzählten sich Gespenstergeschichten. Sie hatten Decken mitgenommen, und Ed wusste, wie man ein Bett aus in den Boden gesteckten Fichtenzweigen baute. Alle lagen unter denselben Decken und kitzelten und befummelten einander, und es dauerte lange, bis sie eingeschlafen waren. Charley lag zwischen den beiden Mädchen. Sie schmiegten sich an ihn, aber er kriegte einen Steifen und konnte nicht schlafen und hatte Angst, sie könnten es merken.

Er lernte tanzen und Poker spielen, und als der Labor Day kam, hatte er zwar kein Geld gespart, aber einen wunderbaren Sommer erlebt.

Er und Ed nahmen sich ein Zimmer in St. Paul. Charley bekam eine Stelle als Hilfsmechaniker in der Ausbesserungswerkstatt der Northern Pacific und verdiente gutes Geld. Er lernte, eine elektrische Drehbank zu bedienen, und schrieb sich in einem Abendkurs ein, um sich auf ein Ingenieursstudium vorzubereiten. Ed hatte, was Arbeit betraf, anscheinend weniger Glück und kriegte bloß hin und wieder ein paar Dollar als Kegeljunge in einer Bowlingbahn. Sonntags aßen sie oft bei den Svensons. Mr. Svenson betrieb auch ein kleines Kino namens Leif Erikson in der 4th Street, das allerdings nicht besonders gut lief. Für ihn war es ausgemacht, dass die Jungs mit zwei seiner Töchter verlobt waren, und daher freute er sich immer, sie zu sehen. Samstagabends ging Charley mit Emiscah aus, kaufte ihr eine Menge Süßigkeiten und lud sie in eine Varietéshow und zum Chinesen ein, wo man nach dem Essen tanzen konnte. Zu Weihnachten schenkte er ihr seinen Siegelring, von da an gab sie zu, seine Verlobte zu sein. Sie konnten bei den Svensons im Wohnzimmer auf dem Sofa sitzen und sich umarmen und küssen.

Emiscah schien es Spaß zu machen, ihn auf Touren zu bringen. Dann sprang sie auf, lief hinaus, um ihr Haar in Ordnung zu bringen oder etwas Rouge aufzulegen, und blieb lange fort. Er hörte sie oben mit ihren Schwestern kichern. Er ging fahrig und nervös im Wohnzimmer auf und ab, wo nur eine einzige Lampe mit einem geblümten Schirm brannte, und wusste nicht, was er tun sollte. Er wollte nicht heiraten, denn dann würde er weder herumreisen noch studieren können. Die anderen in der Werkstatt, die nicht verheiratet waren, gingen zu Huren, aber Charley hatte Angst, sich was einzufangen, und wegen der Abendschule hatte er auch nie Zeit. Außerdem wollte er sowieso nur Emiscah.

Wenn er sie zum Abschied geküsst, ihre Zunge gespürt, den schweren Duft ihres Haars gerochen hatte und, den Geschmack ihres Mundes noch auf den Lippen, nach Hause ging, rauschte das Blut in seinen Ohren, und er fühlte sich ganz krank und schwach; dann konnte er nicht schlafen, wälzte sich hin und her und glaubte, verrückt zu werden, bis Ed ihn von seiner Seite des Betts anstieß und grunzte, er solle verdammt noch mal endlich Ruhe geben.

Im Februar bekam Charley eine üble Halsentzündung, und der Arzt sagte, es sei Diphtherie, und schickte ihn ins Krankenhaus. Sie gaben ihm das Antitoxin, und danach war er tagelang furchtbar krank. Als es ihm besserging, kamen Ed und Emiscah und setzten sich auf die Bettkante, und da fühlte er sich gleich besser. Ed war ziemlich herausgeputzt und sagte, er habe eine Stelle und verdiene jede Menge Geld, wollte aber nicht verraten, womit. Charley hatte das Gefühl, dass Ed und Emiscah jetzt, da er krank war, ein bisschen miteinander herummachten, dachte sich aber nichts dabei.

Im Nachbarbett lag ein magerer, grauhaariger Mann namens Michaelson, der ebenfalls Diphtherie gehabt hatte. Er hatte in diesem Winter in einem Werkzeugladen gearbeitet und war ziemlich arm dran. Bis vor ein paar Jahren hatte er in Iowa, im Maisgürtel, eine Farm gehabt, aber nach einer Reihe von Missernten hatte die Bank seinen Kredit gekündigt und ihm die Farm abgenommen. Man hatte ihm angeboten, sie als Pächter weiter zu bewirtschaften, aber er hatte gesagt, er werde niemals irgendjemandem Pacht zahlen, und war in die Stadt gekommen, und da war er jetzt, fünfzig Jahre alt, mit einer Frau und drei kleinen Kindern, und versuchte, wieder auf die Beine zu kommen. Er war ein großer Bewunderer von Bob La Follette und hatte die Theorie, die

Wall-Street-Banker hätten sich verschworen, um die Regierung und das Land zu übernehmen, indem sie die Farmer in die Armut trieben. Er redete den ganzen Tag mit dünner, pfeifender Stimme von der Nonpartisan League[136] und der Farmer-Labor Party[137] und der Bestimmung des Nordwestens und sagte, dass Farmer und Arbeiter zusammenhalten und aufrechte Männer wie Bob La Follette wählen müssten, bis die Schwester ihm schließlich sagte, er solle den Mund halten.

Charley war im Herbst der Gewerkschaft beigetreten, und Michaelsons von Keuchen und Husten unterbrochenen Reden rüttelten ihn auf und machten ihn neugierig auf Politik. Er beschloss, öfter Zeitung zu lesen und sich über das, was auf der Welt so vorging, auf dem Laufenden zu halten. Dieser Krieg zum Beispiel – man wusste ja nicht, was da noch alles passieren konnte.

Als Michaelsons Frau und Kinder ihn besuchten, stellte er ihnen Charley vor und sagte, mit einem so intelligenten jungen Burschen als Bettnachbarn sei es geradezu eine Freude, krank zu sein. Charley war ganz elend zumute, als er sah, wie blass und mager sie waren und was für dünne, abgerissene Kleider sie bei dieser Kälte trugen. Er wurde vor Michaelson entlassen, und als er sich über ihn beugte und ihm zum Abschied die trockene, knochige Hand schüttelte, sagte Michaelson: «Junge, du musst Henry George[138] lesen, versprich mir das. Er weiß, was in diesem Land schiefläuft, verdammt!»

Charlie war so froh, wieder auf eigenen Beinen im trockenkalten Wind durch die verschneiten Straßen zu gehen und nicht mehr Jod und kranke Menschen riechen zu müssen, dass er es vergaß.

Als Erstes ging er zu den Svensons. Emiscah fragte ihn, wo Ed Walters sei, und er sagte, er sei noch nicht zu Hause gewesen und wisse es nicht. Sie machte ein besorgtes Gesicht, und das gab ihm zu denken.

«Weiß Zona es nicht?», fragte Charley.

«Nein, sie hat einen neuen Freund und denkt an nichts anderes mehr.» Dann lächelte sie und streichelte ihn, und sie setzten sich auf das Sofa. Sie brachte Toffees, und sie hielten Händchen und gaben einander klebrige Küsse, und Charley ging es gut. Anna kam herein und sagte, er sei ja ganz mager geworden, sie müssten ihn wohl aufpäppeln, und so blieb er zum Abendessen. Mr. Svenson sagte, er solle jeden Abend zum Essen kommen, bis er wieder bei Kräften sei. Nach dem Essen spielten sie Karten und amüsierten sich großartig.

Als Charley nach Hause kam, lauerte ihm die Wirtin auf. Sie sagte, sein Freund sei verschwunden, ohne die Miete zu bezahlen, und er müsse jetzt sofort dafür aufkommen, oder sie werde ihn nicht in sein Zimmer lassen. Er stritt sich mit ihr und sagte, er sei gerade erst aus dem Krankenhaus entlassen worden, und schließlich gab sie ihm eine Woche Zeit. Sie war eine große, sanft wirkende Frau mit Grübchen in den Wangen und trug eine Schürze aus gelbem Chintz mit vielen kleinen Taschen. Als Charley in das Zimmer trat, in dem er mit Ed den halben Winter verbracht hatte, war es kalt und trostlos. Zitternd lag er im eiskalten Bett, fühlte sich klein und schwach und hätte beinahe geweint. Er fragte sich, warum Ed verschwunden war, ohne eine Nachricht zu hinterlassen, und warum Emiscah ein so seltsames Gesicht gemacht hatte, als er gesagt hatte, er wisse nicht, wo Ed sei.

Am nächsten Tag ging er in die Werkstatt und bekam wieder seine alte Stelle, war aber so schwach, dass er keine große Hilfe war. Der Meister war sehr anständig und sagte, er solle es ein paar Tage ruhig angehen lassen, aber weil er kein langjähriger Mitarbeiter sei und kein Attest vom Betriebsarzt habe, könne man ihm für die Zeit, in der er krank gewesen sei, keinen Lohn zahlen. Am Abend ging Charley zu der Bowlingbahn, wo Ed manchmal gearbeitet hatte. Der Barmann sagte, Ed sei nach Chicago gegangen, wegen irgendeiner dubiosen Sache mit einer geklauten Uhr. «Wenn du mich fragst: Gut, dass er weg ist», sagte der Barmann. «Der Typ war ein faules Ei.»

Er bekam einen Brief von Jim, in dem stand, ihre Mutter habe geschrieben, sie mache sich Sorgen um ihn, er solle mal bei Jim vorbeischauen und sich ansehen lassen, und so ging Charley am nächsten Sonntag zu den Vogels. Als Erstes entschuldigte er sich bei Jim und sagte, die Sache mit dem Ford sei ein blöder Dummejungenstreich gewesen. Sie schüttelten sich die Hand, und Jim sagte, sie würden kein Wort mehr darüber verlieren, und Charley solle zum Essen bleiben.

Das Essen war gut, das Bier ebenfalls. Jims kleiner Sohn war ein süßes Baby, und Charley fand es komisch, dass er jetzt Onkel war. Selbst Hedwig war nicht mehr so missmutig. Die Werkstatt lief gut, und der alte Vogel wollte den Mietstall aufgeben und sich zur Ruhe setzen. Als Charley erwähnte, dass er zur Abendschule ging, horchte der Alte auf. Jemand sagte etwas über La Follette, und Charley sagte, er sei ein großer Mann.

«Aber was nützt es, ein großer Mann zu sein, wenn man unrecht hat?», sagte der alte Vogel mit Bierschaum im Schnurrbart. Er nahm einen weiteren Schluck aus dem Krug und sah Charley mit blitzenden blauen Augen an. «Aber wir sind ja erst am Anfang – wir werden schon noch einen guten Sozialisten aus dir machen.»

Charley errötete und sagte: «Na, ich weiß nicht», und Aunt Hartmann schaufelte ihm eine zweite Portion Hasenpfeffer und Stampfkartoffeln auf den Teller.

An einem kalten Märzabend ging er mit Emiscah in *The Birth of a Nation*/139/. Die Schlachten und die Musik und die schmetternden Trompetensignale ließen sie innerlich erbeben. Sie hatten Tränen in den Augen, als die beiden Jungen einander auf dem Schlachtfeld begegneten und im Tod umarmten. Als die Reiter des Ku-Klux-Klan über die Leinwand stürmten, drückte Charley sein Bein an das von Emiscah, und sie packte sein Knie so fest, dass es weh tat. Nach dem Film sagte Charley, er würde verdammt noch mal am liebsten nach Kanada gehen und sich freiwillig melden und rüberfahren, um den großen Krieg zu sehen. Emiscah sagte, er solle nicht solchen Unsinn reden, und dann sah sie ihn komisch an und fragte ihn, ob er etwa für England sei. Er sagte, das sei ihm egal und die Einzigen, die von der Sache profitieren würden, ganz gleich, wie der Krieg ausging, seien die Banker.

«Ja, ist das nicht schrecklich?», sagte sie. «Lass uns nicht mehr davon reden.»

Zu Hause saß Mr. Svenson in Hemdsärmeln im Wohnzimmer und las die Zeitung. Er stand auf, ging mit gerunzelter Stirn auf Charley zu und wollte etwas sagen, doch Emiscah schüttelte den Kopf. Er zuckte die Schultern und ging hinaus. Charley fragte, was der Alte denn habe. Emiscah klammerte sich an ihn, legte den Kopf an seine Schulter und brach in Tränen aus.

«Was ist denn los, Kleines? Was ist denn?», fragte er immer wieder, aber sie weinte immer weiter, bis er ihre Tränen auf der Wange und am Hals spürte und sagte: «Jetzt hör schon auf – du weichst mir ja den Kragen auf.»

Sie ließ sich auf das Sofa fallen, und er sah, dass sie Mühe hatte, sich zu fassen. Er setzte sich neben sie und tätschelte ihre Hand. Plötzlich stand sie auf und stellte sich vor ihn hin. Er wollte sie in die Arme nehmen und beruhigen, doch sie stieß ihn zurück. «Charley», sagte sie mit harter, gepresster Stimme, «ich muss dir was sagen ... Ich glaube, ich kriege ein Baby.»

«Bist du verrückt? Wir haben doch nie ...»

«Vielleicht von einem anderen ... O Gott, ich bring mich um!»

Charley nahm sie an den Armen und setzte sie auf das Sofa. «Jetzt reiß dich zusammen und sag mir, was los ist.»

«Mir wär's am liebsten, wenn du mich schlagen würdest», sagte Emiscah und lachte schrill. «Na los, schlag zu.»

Charley fühlte sich plötzlich ganz schwach. «Sag mir einfach, was los ist. Ed kann's ja wohl nicht gewesen sein.»

Sie sah zu ihm auf, ihr Gesicht war so hager wie das einer alten Frau. «Nein, nein ... Ich sag dir, wie es ist: Ich bin jetzt schon einen Monat über die Zeit, und weil ich mich damit nicht so auskenne, hab ich Anna gefragt, und sie sagt, ich bin bestimmt schwanger und wir müssen sofort heiraten, und dann hat sie es Dad erzählt, die miese Petze, und ich konnte ihnen einfach nicht sagen, dass es nicht von dir ist, verstehst du? Die denken, es ist von dir, und Dad sagt, es ist schon in Ordnung, so sind die jungen Leute heutzutage, und dass wir eben heiraten müssen, und zuerst dachte ich, ich sag's dir einfach nicht, und du wirst es nie erfahren, aber jetzt muss ich es dir doch sagen.»

«Oh Mann», sagte Charley und betrachtete den rosaroten geblümten Lampenschirm mit dem Spitzenbesatz auf dem Tischchen neben dem Sofa und seine Schuhe und die Rosen auf dem Teppich. «Vom wem ist es?»

«Es ist passiert, als du im Krankenhaus warst, Charley. Wir haben viel Bier getrunken, und dann hat er mich in ein Hotel gebracht. Wahrscheinlich bin ich einfach ein schlechter Mensch. Er hat mit Geld um sich geworfen, und wir sind mit einem Taxi gefahren. Ich glaube, ich war verrückt. Nein, ich bin durch und durch schlecht, Charley. Als du im Krankenhaus warst, bin ich jeden Abend mit ihm ausgegangen.»

«Herrgott, es war Ed.»

Sie nickte, schlug die Hände vors Gesicht und begann wieder zu weinen.

«Dieser verdammte Scheißkerl!», sagte Charley. Emiscah krümmte sich auf dem Sofa zusammen. «Und er ist nach Chicago abgehauen – ein richtig faules Ei.»

Er hatte das Gefühl, er müsse hinaus an die Luft, griff nach Jacke und Mütze und zog sie an. Emiscah sprang auf und warf sich an seine Brust. Sie drückte sich an ihn und umschlang seinen Hals.

«Ich hab die ganze Zeit immer nur dich geliebt, Charley, wirklich. Ich hab mir vorgestellt, dass du es bist.»

Sie küsste ihn auf den Mund. Er stieß sie fort, aber er fühlte sich müde und schwach und dachte an den langen Heimweg durch vereiste Straßen und an sein kaltes Zimmer, und dann dachte er: Ach, was soll's?, und zog die Jacke wieder aus. Sie küsste und streichelte ihn und schloss die Tür ab, und sie schliefen auf dem

Sofa miteinander, und sie ließ ihn tun, was er wollte. Nach einer Weile machte sie mehr Licht, strich ihre Röcke glatt und ging zum Spiegel, um ihr Haar in Ordnung zu bringen, und er band die Krawatte neu, und sie glättete sein Haar mit den Fingern, so gut es ging, und dann schlossen sie ganz leise die Tür auf, gingen in den Flur und riefen ihren Dad. Emiscahs Gesicht war gerötet, und sie sah wieder sehr hübsch aus. Mr. Svenson und Anna und die anderen Schwestern waren in der Küche, und Emiscah ging hinein und sagte: «Dad, Charley und ich werden nächsten Monat heiraten.»

Alle beglückwünschten sie, und die Mädchen küssten Charley, und Mr. Svenson holte eine Flasche Whiskey hervor, damit sie darauf trinken konnten. Auf dem Heimweg fühlte sich Charley wie ein geprügelter Hund.

In der Werkstatt arbeitete ein Mann namens Hendriks, der sich ziemlich gut auszukennen schien. Am nächsten Morgen fragte Charley ihn, ob er nicht etwas wisse, das eine Frau nehmen könne, und Hendriks sagte, er habe da ein Rezept für ein paar Tabletten. Einen Tag später brachte er es mit und schärfte Charley ein, dem Apotheker nicht zu verraten, dass die Tabletten für eine Schwangere seien. Es war Zahltag, und abends, als Charley sich gewaschen und umgezogen hatte, kam Hendriks vorbei und fragte, ob er die Tabletten bekommen habe. Charley hatte die Schachtel in der Tasche und wollte anstatt in die Abendschule zu Emiscah gehen und sie ihr geben, aber vorher musste er noch in der Bar an der Ecke mit Hendriks was trinken. Charley trank den Whiskey nicht gern pur, und Hendriks schlug vor, er solle ihn mit Ginger Ale probieren. Das schmeckte großartig, und da Charley unglücklich und verärgert war und Emiscah eigentlich gar nicht sehen wollte, tranken sie noch ein paar und gingen bowlen. Charley gewann vier von fünf Runden, und Hendriks sagte, von jetzt an gingen die Getränke auf seine Rechnung.

Hendriks war ein breitschultriger Bursche mit rotem Haar, Sommersprossen und einer schiefen Nase. Er erzählte von den komischen Sachen, die er mit den Weibern erlebt hatte, und sagte, er habe nun mal einen Schlag bei Frauen. Er war schon überall gewesen und hatte Hell- und Dunkelbraune in New Orleans, Schlitzaugen in Seattle, eine Vollblutindianerin in Butte, Montana, Französinnen und deutsche Jüdinnen in Colón und eine über neunzigjährige Karibin in Port of Spain gehabt. Er sagte, Milwaukee sei das Letzte, und eigentlich sollte man runterfahren und sich was auf den Ölfeldern bei Tampico oder in Oklahoma suchen, weil man da wenigstens ordentliches Geld verdienen und wie ein normaler Mensch leben konnte. Charley sagte, er habe nichts dagegen, seine Zelte abzubrechen, aber vorher wolle er noch den Kurs an der Abendschule abschließen, und Hendriks sagte, er sei ein verdammter Idiot. Bücherwissen habe noch nie irgendjemanden irgendwohin gebracht. Er jedenfalls wolle seinen Spaß haben, solange er jung und kräftig sei, und scheiß auf später, worauf Charley bemerkte, seinetwegen könne man eigentlich auch scheiß auf alles sagen.

Sie gingen in verschiedene Bars, und Charley, der nichts Stärkeres als Bier gewohnt war, hatte bald einen sitzen, aber es war schön, mit Hendriks durch die Bars zu ziehen. In einer sang Hendriks *Eine Dame meine Mutter war*, in einer anderen *Der Bastardkönig von England*, worauf ein alter Typ mit rotem Gesicht und Zigarre ihnen ein paar Drinks spendierte. Dann wollten sie in eine Tanzhalle gehen, aber der Türsteher sagte, sie seien zu betrunken, und setzte sie an die Luft, und das war zum Totlachen, und dann zogen sie weiter und landeten im Hinterzimmer von einem Haus, das Hendriks kannte, und da waren zwei Frauen, die Hendriks kannte, und er machte mit je zehn Dollar für den Rest der Nacht was klar, aber bevor sie dahin gingen, wo die Frauen wohnten, tranken sie noch einen, und Hendriks sang:

Zwei gutgelaunte Reisende,
Die aßen im Grand Hotel,
Und als die hübsche Kellnerin
Herbeigeeilt kam schnell,

Da machten sie sich einen Spaß,
Und der war nicht sehr fein,
Sie sagten schlimme Worte ihr
Und griffen ihr ans Bein.

«Ist er nicht eine tolle Nummer?», sagte die eine zur anderen, aber die war schon ein bisschen betrunken und fing an zu heulen, als Hendriks und Charley gemeinsam sangen:

Eine Dame meine Mutter war,
Wie Ihre sicher auch,
Und eine Schwester gibt's vielleicht,
Die Ihre Hilfe braucht,
Ich kam in diese große Stadt
Zu finden den Bruder hier,
Sie würden anders reden, Sir,
Wenn Jack jetzt wär bei mir.

Sie weinte, und die andere stieß sie an und sagte: «Hör schon auf, Süße, du bist bloß rührselig», und auch das war zum Totlachen.

In den nächsten Wochen fühlte Charley sich elend und unglücklich. Von den Tabletten wurde Emiscah erst sehr übel, aber dann wirkten sie. Charley ging nicht mehr so oft zu den Svensons, aber die Gespräche dort drehten sich noch immer um «Wenn wir dann verheiratet sind», und alle behandelten ihn, als wäre es längst geschehen. Emiscah nörgelte ein bisschen, weil er so viel trank und mit diesem Hendriks herumzog. Charley ging nicht mehr zur Abendschule und hielt nach einer Arbeit anderswo Ausschau, ganz egal, wo. Eines Tages machte er eine Drehbank kaputt, und der Meister schmiss ihn raus. Als er es Emiscah erzählte, wurde sie sauer und sagte, es sei höchste Zeit, mit dem Saufen und Durch-die-Bars-Ziehen aufzuhören, aber er hörte gar nicht hin, sondern sagte, es sei höchste Zeit zu verschwinden, nahm Mütze und Jacke und ging. Auf der Straße fiel ihm ein, dass er den

Siegelring nicht zurückgefordert hatte, aber er wollte nicht umkehren.

Am Sonntag darauf ging er zum Essen zu den Vogels, sagte ihnen aber nicht, dass er keine Arbeit mehr hatte. Es war ein unvermittelt warmer Frühlingstag. Er hatte Kopfschmerzen, weil er sich in der Nacht zuvor mit Hendriks betrunken hatte, und war den ganzen Morgen herumgelaufen und hatte sich die Krokusse und Hyazinthen im Park und die schwellenden Knospen in den Vorgärten angesehen. Er wusste nicht, was er tun sollte. Die Miete war seit über einer Woche fällig, er ging nicht mehr zur Abendschule und hatte keine Freundin – am liebsten hätte er alles hingeschmissen und sich als Freiwilliger bei der Miliz gemeldet, zum Dienst an der mexikanischen Grenze. Sein Kopf hämmerte, und er war es leid, in der morgendlichen Wärme durch die Straßen zu laufen. Gutgekleidete Männer und Frauen fuhren in Automobilen vorbei. Ein junger Mann auf einem roten Motorrad. Er wollte, er hätte den Kies, sich ein Motorrad zu kaufen und irgendwohin zu fahren. Am Abend zuvor hatte er versucht, Hendriks zu überreden, mit ihm nach Süden zu gehen, aber Hendriks hatte gesagt, er habe eine süße Maus aufgetan, eine ganz heiße Nummer, die ihn jeden Abend ins Bett bringe, und das werde er nicht so bald aufgeben. Scheiß drauf, dachte Charley, ich will was vom Land sehen.

Als er in die Autowerkstatt trat, war er so niedergeschlagen, dass Jim fragte: «Was ist denn los, Charley?»

«Ach, nichts», sagte Charley und half Jim, den zerlegten Vergaser eines Mack-Lastwagens zu reinigen. Der Fahrer war ein braun gebrannter junger Bursche mit kurzem schwarzem Haar. Er gefiel Charley. Er sagte, er müsse morgen eine Ladeneinrichtung nach Milwaukee fahren und suche noch einen Beifahrer.

«Würden Sie mich nehmen?», fragte Charley.

Der Fahrer sah ihn verdutzt an.

«Schon okay, Fred, das ist mein kleiner Bruder, der ist in Ordnung. Aber was ist mit deiner Arbeit, Charley?»

Charley errötete. «Ich hab gekündigt.»

«Na gut, komm mit zum Boss», sagte der Fahrer. «Wenn der nichts dagegen hat, nehm ich dich.»

Am nächsten Morgen vor Tagesanbruch fuhren sie los. Charley hatte ein schlechtes Gewissen, einfach abzuhauen, aber er hatte seiner Wirtin einen Zettel auf den Tisch gelegt, auf dem stand, dass er ihr das Geld schicken werde, sobald er etwas verdient habe. Es war schön, die Stadt und die Fabriken und Getreidesilos im grauen, kühlen Licht des frühen Morgens hinter sich zu lassen. Die Straße folgte dem Fluss und den Hügeln, und der Lastwagen donnerte durch Pfützen und matschige Spurrinnen. Es war kühl, doch wenn die Sonne hinter den Wolken hervorkam, wurde es gleich wärmer. Charley und Fred mussten das Gebrüll des Motors übertönen, aber sie erzählten sich Geschichten und redeten über dies und das. Die Nacht verbrachten sie in La Crosse.

Gerade rechtzeitig, um noch Hamburger zu bestellen, traten sie in den Schnellimbiss, und Charley hatte das Gefühl, dass er bei der Kellnerin, die Helen hieß und aus Omaha stammte, ziemlich gut ankam. Sie war um die dreißig und hatte etwas Müdes um die Augen, das ihn auf den Gedanken brachte, sie sei leicht zu haben. Er blieb, bis sie abschloss, und fragte sie, ob sie noch einen kleinen Spaziergang machen wolle. Sie gingen am Fluss entlang, der Wind war warm und brachte einen würzigen Geruch von den Sägewerken mit, ein schmaler Mond schien durch flockige Wolken, und sie setzten sich hinter aufgestapelten Baumstämmen, wo es ganz dunkel war, ins junge, frische Gras. Sie legte den Kopf an seine Schulter und nannte ihn «mein Kleiner».

Fred lag, in eine Decke gewickelt, auf der mit Sackleinwand abgedeckten Ladung und schlief. Charley legte sich auf die andere Seite und deckte sich mit seinem Mantel zu. Es war kalt, und die Transportkisten waren unbequem, aber er war müde, und sein Gesicht brannte vom Fahrtwind, und bald war er eingeschlafen.

Vor Tagesanbruch fuhren sie weiter.

Das Erste, was Fred sagte, war: «Und? Hast du sie rumgekriegt?»

Charlie lachte und nickte. Er fühlte sich gut und fand, er habe verdammtes Glück gehabt, Minneapolis und Emiscah und den Scheißkerl von Meister hinter sich gelassen zu haben. Die Welt lag vor ihm wie eine Landkarte, der Mack donnerte dahin, und überall warteten Städte, wo er arbeiten und gutes Geld verdienen und gutaussehende Frauen finden konnte, die ihn «mein Kleiner» nannten.

Er blieb nicht lange in Milwaukee. In den Autowerkstätten brauchte man keine Helfer, und so musste er in einem Schnellimbiss Geschirr spülen. Es war eine elende, schmutzige Arbeit bis spät in den Abend. Um Geld zu sparen, nahm er sich kein Zimmer, sondern schlief in einem Lastwagen in einer Garage, wo ein Freund von Jim arbeitete. Sobald er den ersten Wochenlohn hatte, wollte er mit dem Schiff nach Chicago fahren.

Im Imbiss arbeitete auch ein Wobbly namens Monte Davis, der alle dazu brachte zu streiken, weil die Wobblys in Milwaukee eine Aktion angezettelt hatten, um Redefreiheit für ihre Anführer durchzusetzen, und so hatte Charley eine ganze Woche geschuftet, ohne einen Cent zu verdienen, und eineinhalb Tage nichts gegessen, als Fred mit dem Mack und einer neuen Ladung erschien und ihm eine Mahlzeit ausgab. Nach dem Essen tranken sie Bier und gerieten in Streit. Fred sagte, diese Wobbly-Agitation sei ein verdammter Blödsinn und die Bullen hätten recht, wenn sie sie allesamt einbuchteten. Charley sagte, die Arbeiter müssten zusammenhalten und sich anständige Lebensbedingungen erkämpfen, und es werde eine große Revolution kommen, wie die amerikanische Revolution, nur größer, und danach werde es keine Bosse mehr geben, und die Arbeiter würden die Fabriken selbst führen. Fred sagte, er rede wie ein verdammter Ausländer und solle sich schämen. Als anständiger Mann müsse man doch an die Freiheit des Einzelnen glauben, und wenn man bei einer Stelle mal Pech habe, könne man sich verdammt noch mal ja wohl eine andere suchen. Als sie sich trennten, waren sie noch immer sauer, aber weil Fred im Grunde gutmütig war, lieh er Charley fünf Dollar, damit er nach Chicago fahren konnte.

Einen Tag später war er auf dem Schiff. Es trieben noch ein paar gelbliche, zerfressene Eisschollen auf dem See, der von einem ganz blassen, kalten Blau war; hier und da hatten die Wellen weiße Schaumkronen. Charley war noch nie mit einem Schiff über eine große Wasserfläche gefahren und fühlte sich ein bisschen flau, aber es war großartig, die hohen Kamine und großen Gebäude zu sehen, die sich, im Sonnenlicht wie Perlmutt schimmernd, aus dem Fabrikrauch schälten, die Wellenbrecher und die großen Erzfrachter, die das blaue Wasser durchpflügten, und dann am Kai entlangzugehen, wo ihm alles neu war, in die Menge einzutauchen, in den Strom der Automobile und grünen und gelben Busse, die sich an der Hebebrücke der Michigan Avenue stauten, im heftigen Wind durch die Straßen zu schlendern und die beleuchteten Schaufenster, die hübschen Frauen, die flatternden Röcke zu betrachten.

Jim hatte ihm gesagt, er habe einen Freund, der in einer Ford-Werkstatt in der Blue Island Avenue arbeitete, aber der Weg war so weit, dass der Mann schon Feierabend hatte, als Charley dort ankam. Sein Boss war aber noch da und sagte, morgen habe er Arbeit für ihn. Da er nicht wusste, wohin er gehen sollte, und dem Boss nicht sagen wollte, dass er völlig pleite sei, ließ er den Koffer in der Werkstatt und ging die ganze Nacht herum. Ab und zu nickte er auf einer Parkbank ein, wachte aber schon nach kurzer Zeit steif und durchgefroren auf und musste herumlaufen, um wieder warm zu werden. Die Nacht wollte nicht enden. Am Morgen konnte er sich nicht mal eine Tasse Kaffee leisten und musste eine Stunde vor der Werkstatt auf und ab spazieren, bis einer kam und aufschloss.

Er arbeitete ein paar Wochen in der Ford-Werkstatt. Eines Sonntags traf er Monte Davis in der North Clark Street und ging mit ihm zu einer Wobbly-Kundgebung vor der Newberry Library.

Die Polizei schritt ein, und Charley rannte nicht schnell genug, und bevor er wusste, was los war, wurde er mit einem Gummiknüppel zusammengeschlagen und in einen Polizeiwagen geschoben. Er verbrachte die Nacht in einer Zelle mit zwei bärtigen Männern, die nicht nur sternhagelvoll, sondern offenbar auch des Englischen nicht mächtig waren. Am nächsten Morgen wurde er von einem Haftrichter vernommen, und als er sagte, er sei Automechaniker, rief jemand in der Werkstatt an, um das zu überprüfen. Der Richter setzte ihn auf freien Fuß, aber in der Werkstatt sagte der Boss, er wolle keine verdammten Wobblys in seinem Laden, zahlte ihm seinen Lohn und schmiss ihn raus.

Er versetzte den Koffer und seinen guten Anzug, machte aus Socken und ein paar Hemden ein Bündel und ging zu Monte Davis, um ihm zu sagen, er wolle per Anhalter nach St. Louis fahren. Monte sagte, in Evansville laufe gerade eine Aktion zur Redefreiheit, und wollte mitkommen, um zu sehen, was sich da tat. Sie fuhren mit dem Zug bis Joliet. Als sie am Gefängnis vorbeikamen, sagte Monte, wenn er ein Gefängnis sehe, fühle er sich immer ganz elend, er habe dann jedes Mal eine ungute Vorahnung. Er war niedergeschlagen und sagte, die Bosse würden ihn wohl bald erwischen, aber andere würden seinen Platz einnehmen. Monte Davis war aus Muscatine, Iowa, ein stotternder, blasser junger Mann mit schmalem Gesicht und einer langen, krummen Nase. Sein ganzes bisheriges Leben lang hatte er immer nur Zeitungen verkauft oder in Knopffabriken gearbeitet, und er dachte an nichts anderes als die IWW und die Revolution. Als Charley darüber lachte, wie schnell die Wobblys vor der Polizei davongerannt waren, stauchte Monte ihn zusammen und sagte, er falle den Arbeitern in den Rücken und müsse klassenbewusst werden und die Dinge ernst nehmen.

An der Stadtgrenze von Joliet erwischten sie einen Lastwagen, der sie bis Peoria mitnahm, wo sie sich trennten, weil Charley einen Lastwagenfahrer traf, den er in Chicago kennengelernt hatte und der nach St. Louis fuhr. In St. Louis lief es nicht so gut, und er geriet in Streit mit einer Hure, die er in der Market Street aufgegabelt hatte und die ihn ausnehmen wollte, und da irgendjemand gesagt hatte, in Louisville gebe es jede Menge Arbeit, machte er sich auf den Weg nach Osten. In New Albany war es höllisch heiß, kaum jemand nahm ihn mit, und seine Füße waren geschwollen und voller Blasen. Lange stand er auf der Brücke, zu müde, um weiterzugehen, und starrte auf den braun dahinströmenden Ohio. Er war es so leid, herumzuziehen und Arbeit zu suchen. Der Fluss hatte die Farbe von Pfefferkuchen, und er dachte an die Pfefferkuchen, die Lizzie Green in der Küche seiner Mutter gebacken hatte, und fand dieses Vagabundenleben verdammt idiotisch. Er würde nach Hause gehen und sich ins gemachte Nest setzen, ja, das würde er tun.

In diesem Augenblick fuhr ein klappriger Ford-Lastwagen vorbei. «Heh, Sie haben einen Platten!», rief Charley.

Der Fahrer bremste ruckartig. Er war ein großer, stiernackiger Mann in einem roten Pullover. «Und was geht dich das an?»

«Ich dachte nur, Sie hätten's vielleicht noch nicht gemerkt.»

«Doch, doch, ich merke alles, mein Junge. Hab den ganzen Tag schon nichts als Ärger. Willst du n Stück mitfahren?»

«Klar», sagte Charley.

«Na, hier auf der Brücke kann ich jedenfalls nicht stehenbleiben. Den ganzen Tag nichts als Ärger. Da steh ich in aller Frühe auf, wo's noch dunkel ist, und will vier Fässer Tabak holen, und dann hat der verdammte Nigger den Schlüssel vom Lagerhaus verloren. Ich sag dir, wenn ich ne Kanone gehabt hätte, hätte ich ihn übern Haufen geschossen.»

Am Ende der Brücke hielt er an, und Charlie half ihm, das Rad zu wechseln. «Woher kommst du, Junge?», fragte der Mann, richtete sich auf und klopfte sich den Staub von der Hose.

«Aus dem Nordwesten», sagte Charley.

«Sag bloß, du bist n Schwede oder so.»

Charley lachte. «Nein, ich bin Automechaniker und suche Arbeit.»

«Dann steig mal ein. Wir reden mit dem alten Wiggins, das ist mein Boss. Mal sehen, was der dazu sagt.»

Charley blieb den ganzen Sommer in Louisville und arbeitete in Wiggins' Werkstatt. Er teilte sich ein Zimmer mit einem Italiener namens Grassi, der nach Amerika gekommen war, um dem Militärdienst zu entgehen. Grassi las täglich die Zeitung und hatte große Angst, die USA könnten in den Krieg eintreten. Wenn das geschehe, sagte er, müsse er wohl nach Mexiko gehen. Er war Anarchist und ein eher stiller Typ, der die Abende damit verbrachte, auf den Stufen vor dem Haus Akkordeon zu spielen und dazu leise zu singen. Er erzählte Charley von den großen Fiat-Werken in Turin, wo er gearbeitet hatte, und brachte ihm bei, wie man Spaghetti aß und Rotwein trank und *Funiculi funicula* auf dem Akkordeon spielte. Sein großer Traum war, Pilot zu werden.

Charley lernte eine junge Jüdin kennen, die als Sortiererin in einem Tabaklager arbeitete. Sie hieß Sarah Cohen, wollte aber lieber Belle genannt werden. Er mochte sie, ließ jedoch keinen Zweifel daran, dass er kein Mann zum Heiraten war. Sie sagte, sie sei eine Radikale und glaube an die freie Liebe, aber das passte ihm auch nicht. Er lud sie ins Kino ein und ging im Cherokee Park mit ihr spazieren, und als sie erwähnte, der Amethyst sei ihr Geburtsstein, schenkte er ihr eine Amethystbrosche.

Wenn er über sich nachdachte, fühlte er sich ziemlich niedergeschlagen. Er machte Tag für Tag die gleiche Arbeit, ohne irgendeine Aussicht, mehr Geld zu verdienen oder etwas zu lernen oder das Land zu sehen. Als der Winter näher rückte, wurde er unruhig. Er hatte einen alten Ford-Roadster, den sie eigentlich zum Schrottplatz hatten schleppen sollen, beiseitegeschafft und mit ebenfalls geborgenen Ersatzteilen zusammengeflickt und überredete Grassi, mit ihm nach New Orleans zu fahren. Sie hatten etwas Geld gespart und wollten sich dort Arbeit suchen und den Mardi Gras /140/ erleben. Seit Charley Minneapolis den Rücken gekehrt hatte, war der erste Tag, an dem er sich wirklich gut fühlte, der kalte, verregnete Januartag, an dem sie Louisville hinter sich ließen. Der Motor lief auf allen vier Zylindern, im Kofferraum lagen ein paar völlig abgefahrene Ersatzreifen, und sie waren unterwegs in den Süden.

Sie fuhren durch Nashville und Birmingham und Mobile, aber die Straßen waren entsetzlich, und ständig mussten sie den Wagen reparieren. Bei Guntersville wären sie in einem Schneesturm fast erfroren und mussten ein paar Tage Rast machen, und als sie endlich Bay St. Louis erreicht hatten und unter einem blauen Himmel auf der Küstenstraße dahinfuhren und die warme Sonne spürten und Palmen und Bananenstauden sahen und Grassi vom Vesuv und Bella Napoli und seinem Mädchen in Turin erzählte, das er wegen dem verdammten Kapitalistenkrieg nie wiedersehen würde, hatten sie kein Geld mehr. Mit einem Dollar und fünf Cent und nicht mehr als einer Tasse Benzin im Tank kamen sie in New Orleans an, doch zum Glück gelang es Charley, den Wagen so, wie er da stand, für fünfundzwanzig Dollar an einen farbigen Bestattungsunternehmer zu verkaufen.

Für drei Dollar die Woche bekamen sie ein Zimmer in einem Haus hinter dem Damm. Die Wirtin war eine Frau mit hellbraunem Gesicht und stammte aus Panama. Auf der Galerie vor ihrem Zimmer hing ein Käfig mit einem Papagei, und wenn sie durch die Straßen gingen, spürten sie auf den Schultern die Wärme der Sonne. Grassi war glücklich. «Wie in Italia», sagte er immer wieder. Sie gingen herum und hörten sich nach Arbeit um, aber alles, was sie hörten, war, nächste Woche sei Mardi Gras. Sie schlenderten durch die Canal Street, wo sich Farbige drängten, Chinesen, hübsche Frauen in bunten Kleidern, Rennbahngestalten und großgewachsene ältere Herren in hellen Sommeranzügen. Sie tranken ein Bier in einer Bar, die zur Straße hin offen war, mit Tischen davor, an denen alle möglichen Männer saßen, Zigarren rauchten und tranken. Als sie weitergingen, kaufte Grassi eine Zeitung. Er erbleichte und zeigte Charley die Schlagzeile: KRIEGSEINTRITT STEHT KURZ BEVOR. «Wenn Amerika Krieg mit Deutschland macht, verhaften die Bullen jeden Italiano und schicken nach Italien, damit kämpft. Meine Freund hat mir gesagt, arbeitet in Konsulat, verstehst du? Ich kämpfe nicht in Kapitalistenkrieg, nein.»

Charley versuchte, ihn aufzumuntern, aber Grassi machte ein besorgtes Gesicht, und kaum war es dunkel geworden, da ließ er Charley stehen und sagte, er werde zu Bett gehen.

Charley ging allein durch die Straßen. Von den Zuckerraffinierien wehte ein warmer Melassegeruch herüber, und hier und da roch es nach Gärten, nach Knoblauch und Pfeffer und Bratöl. Überall schienen Frauen zu sein, sie saßen in Bars, standen an Straßenecken, warfen ihm hinter halbgeschlossenen Türen oder Fensterläden hervor einladende Blicke zu, aber er hatte zwanzig Dollar in der Tasche und Angst, eine von ihnen könnte ihn beklauen, und so ging er nur herum, bis er müde war, und kehrte dann ins Zimmer zurück. Grassi schlief bereits und hatte sich die Decke über den Kopf gezogen.

Als Charley erwachte, war es schon spät. Auf der Galerie kreischte der Papagei, heißes Sonnenlicht erfüllte den Raum. Grassi war nicht da.

Charley war angezogen und kämmte sich, als Grassi ganz aufgeregt hereinkam. Er hatte als Heizer auf einem Frachter nach Südamerika angeheuert. «Wenn ich bin in Buenos Aires, keine Krieg mehr», sagte er. «Wenn Argentina auch macht Krieg, ich gehe woanders.» Er küsste Charley auf den Mund und bestand darauf, ihm das Akkordeon zu schenken. Das Schiff sollte um zwölf ablegen. Als er zum Hafen aufbrach, hatte er Tränen in den Augen.

Charley lief in der Stadt umher und fragte in Garagen und Werkstätten nach Arbeit. Die Straßen waren breit und staubig und gesäumt mit niedrigen Holzhäusern, deren Fensterläden geschlossen waren. Die Entfernungen waren gewaltig. Bald war Charley müde, verschwitzt und staubig. Die Leute, mit denen er sprach, waren verdammt nett, aber keiner schien zu wissen, wo er Arbeit finden könnte. Er beschloss zu bleiben, bis Mardi Gras vorbei war, und dann wieder nach Norden zu fahren. Man sagte ihm, er solle es in Florida oder Birmingham versuchen, in Memphis oder Little Rock, aber alle waren sich einig: Wenn man nicht auf einem Schiff anheuern wollte, war in New Orleans keine Arbeit zu kriegen. Die Tage zogen sich warm und langsam dahin, erfüllt von Sonne und dem Melassegeruch aus den Zuckerraffinerien. Charley verbrachte viel Zeit in der Bibliothek oder saß am Kai herum und sah den Niggern beim Entladen der Schiffe zu. Er hatte zu viel Zeit zum Nachdenken und fragte sich, was er mit seinem Leben anfangen sollte. Nachts schlief er nicht gut, weil er den ganzen Tag nichts getan hatte, was ihn ermüdet hätte.

Eines Abends hörte er Gitarrenmusik, die aus einer Bar namens The Original Tripoli in der Chartres Street kam. Er ging hinein, setzte sich an einen Tisch und bestellte etwas zu trinken. Der Kellner war ein Schlitzauge. Ganz hinten, wo es dunkel war, tanzten Paare, die einander wie Ringer umklammerten. Charley beschloss, wenn er für weniger als fünf Scheine eine Frau kriegen konnte, würde er sie nehmen. Wenig später hatte er für eine Frau, die angeblich Liz hieß, etwas zu essen und zu trinken bestellt. Sie sagte, sie habe den ganzen Tag nichts gegessen. Er fragte sie nach dem Mardi Gras, und sie sagte, das sei eine ganz miese Zeit, weil die Bullen mächtig Druck machten.

«Gestern Nacht haben sie alle Hafenmädchen zusammengetrieben und den Fluss raufgebracht.»

«Und was haben sie dann mit ihnen gemacht?»

«Sie haben sie nach Memphis geschafft und laufenlassen. In diesem Staat gibt's keinen Knast, der groß genug ist für alle Nutten dieser Stadt.»

Sie lachten und tranken noch etwas, und dann tanzten sie. Charley drückte sie an sich. Sie war mager, mit kleinen, spitzen Brüsten und breiten Hüften.

«Mann, Baby, du bist ja eine ganz heiße Nummer», sagte er, als sie eine Weile getanzt hatten.

«Ist ja schließlich mein Beruf, euch Jungs das Leben zu versüßen.»

Ihm gefiel die Art, wie sie ihn ansah. «Was kriegst du denn dafür?»

«Fünf Dollar.»

«Mann, ich bin doch kein Millionär. Und hab ich dir nicht schon was zu essen spendiert?»

«Na gut, Zuckerbacke, dann sagen wir eben drei.»

Sie bestellten noch etwas zu trinken. Charley bemerkte, dass sie nur Limonade trank. «Willst du nicht was Richtiges, Liz?»

«In meiner Branche geht das nicht, Schätzchen. Wenn ich damit anfangen würde, würde ich's bald umsonst machen.»

Ein großer, betrunkener Mann in einem schmutzigen Unterhemd, der wie ein Heizer aussah, schlingerte durch den Raum. Er bekam Liz' Hand zu fassen und tanzte mit ihr, wobei er sie mit dicken, blau und rot tätowierten Armen an sich presste. Charley sah, dass er an ihrem Kleid zerrte. «Hör auf, du Blödmann!», rief sie, und Charley wurde sauer, ging hin und zog den Mann von ihr weg. Der Kerl drehte sich um und wollte Charley eins verpassen, aber der duckte sich, sprang in die Mitte des Raums und nahm die Fäuste hoch. Der Bursche war völlig betrunken, und als er einen zweiten Schwinger versuchte, stellte Charley ihm ein Bein, worauf der andere stolperte und der Länge nach auf einen Tisch und einen kleinen, dunkelhäutigen Mann mit schwarzem Schnurrbart fiel, der blitzschnell aufsprang und eine Machete zog. Die Schlitzaugen rannten herum und schrien wie ein Schwarm Möwen. Der Besitzer, ein dicker Spanier mit Schürze, kam hinter der Theke hervor und schrie: «Raus, und zwar alle!» Der Mann mit der Machete ging auf Charley los. Liz zog Charley rasch beiseite, und bevor er wusste, wie ihm geschah, zerrte sie ihn an den stinkenden Toiletten vorbei und durch die Hintertür auf die Straße. «Bist du eigentlich verrückt, wegen einer kleinen Hure Streit anzufangen?», flüsterte sie ihm ins Ohr.

Kaum auf der Straße, wollte Charley wieder reingehen und

seine Mütze und seine Jacke holen, aber Liz hielt ihn zurück. «Ich hol sie dir morgen früh», sagte sie.

Sie gingen die Straße hinunter.

«Du bist eine prima Frau», sagte Charley, «du gefällst mir.»

«Wenn du zehn Dollar springenlässt, bleiben wir die ganze Nacht zusammen.»

«Tut mir leid, Schätzchen, aber ich bin blank.»

«Tja, dann muss ich dich nachher wohl rausschmeißen und noch ein bisschen anschaffen ... Es gibt nur einen auf der Welt, der's bei mir umsonst kriegt, und der bist du nicht.»

Sie hatten viel Spaß miteinander. Danach saßen sie im Bett und unterhielten sich. Sie war auf eine zarte, zerbrechliche Art hübsch mit ihren geröteten Wangen und dem rosaroten Hemdchen und zeigte ihm ein Foto von ihrem festen Freund, der zweiter Maschinist auf einem Tanker war.

«Sieht der nicht toll aus? Wenn er hier ist, geh ich nicht anschaffen. Er ist so stark! Er kann mit dem Bizeps eine Pecannuss knacken», sagte sie und zeigte Charley die entsprechende Stelle an seinem Oberarm.

«Woher kommst du eigentlich?»

«Wieso interessiert dich das?»

«Du bist aus dem Norden, das höre ich an der Art, wie du redest.»

«Klar. Ich bin aus Iowa, aber dahin geh ich nie, nie mehr zurück ... Es ist ein Scheißleben, das sag ich dir. ‹Freudenmädchen› – dass ich nicht lache. Zu Hause, im Norden, hab ich gedacht, ich hätte Klasse, aber eines Morgens bin ich aufgewacht und war bloß eine verdammte Hure.»

«Warst du schon mal in New York?»

Sie schüttelte den Kopf. «Es ist eigentlich gar nicht mal so schlimm, solange man die Finger vom Alkohol lässt und sich die Zuhälter vom Hals hält», sagte sie nachdenklich.

«Ich glaube, nach Mardi Gras schiebe ich ab nach New York. In dieser Stadt finde ich einfach keinen Boss.»

«Mardi Gras ist nicht so toll, wenn man blank ist.»

«Aber ich bin extra deswegen hergekommen, also will ich auch sehen, was da los ist.»

Als er ging, graute der Morgen. Sie begleitete ihn hinunter. Er küsste sie und sagte, er werde ihr die zehn Dollar geben, wenn sie ihm seine Mütze und seine Jacke holte, und sie sagte, er solle um sechs am Abend kommen und auf keinen Fall zum Tripoli gehen, denn der Spanier sei ein übler Bursche und werde ihm auflauern.

Die Straßen zwischen den alten, stuckverzierten Häusern mit den wie Klöppelspitzen wirkenden schmiedeeisernen Balkonen waren randvoll mit bläulichem Nebel. In den Höfen machten sich ein paar Mulattinnen mit Kopftüchern zu schaffen. Alte farbige Männer bauten auf dem Markt ihre Obst- und Gemüsestände auf. Als Charley nach Hause kam, stand die Frau aus Panama auf der Galerie vor seinem Zimmer, schwenkte eine Banane und rief mit dünner, quäkender Stimme: «Komm, Polly, komm.» Der Papagei saß auf dem Rand des Dachs, musterte sie aus Knopfaugen und plapperte leise vor sich hin. «Ich hier ganze Nacht», sagte sie mit einem traurigen Lächeln, «aber Polly will nicht komm.» Charley kletterte am Fensterladen hoch, doch der Papagei hüpfte einfach außer Reichweite, und Charley bekam nur einen Dachziegel zu fassen, der ihm auf den Kopf fiel. «Will nicht komm», sagte die Frau aus Panama traurig. Charley grinste, ging in sein Zimmer, warf sich aufs Bett und schlief sofort ein.

Am Mardi Gras lief Charley in der Stadt herum, bis ihm die Füße weh taten. Überall waren Menschen und Lichter und Prunkwagen und Paraden und Musikgruppen und Frauen in schönen Kleidern. Er sprach einige an, aber sobald sie merkten, dass er kein Geld hatte, verloren sie das Interesse. Er war so sparsam wie möglich. Wenn er Hunger bekam, ging er in eine Bar, bestellte ein Bier und aß so viel Knabberzeug, wie er sich traute.

Am Tag nach Mardi Gras waren schon sehr viel weniger Menschen auf den Straßen, und Charley hatte kein Geld für Bier. Unglücklich und hungrig ging er herum; in der schweren, feuchten Luft wurde ihm übel von dem Geruch nach Melasse und den Absinthdünsten, die aus den Bars im French Quarter quollen. Er wusste nicht, was er mit seinem Leben anfangen sollte. Ihm fehlte die Entschlossenheit, einfach loszulaufen oder per Anhalter zu fahren. Er ging zum Western-Union-Büro und wollte Jim ein Telegramm per Nachnahme schicken, aber der Mann sagte, Telegramme würden nicht per Nachnahme verschickt.

Die Frau aus Panama schmiss ihn raus, weil er nicht für eine weitere Woche im Voraus zahlen wollte. Grassis Akkordeon unter dem einen und sein mit Zeitungspapier umwickeltes Kleiderbündel unter dem anderen Arm, schlurfte er die Esplanade Avenue hinunter zum Fluss, setzte sich an einem sonnenbeschienenen Plätzchen ins Gras und dachte lange nach. Entweder er ging ins Wasser, oder er meldete sich freiwillig zur Army. Plötzlich fiel ihm das Akkordeon ein. So ein Ding war doch bestimmt eine Menge wert. Er versteckte sein Bündel unter ein paar Brettern und fragte in allen Leihhäusern, die er finden konnte, aber nirgends wollte man ihm mehr als fünfzehn Dollar geben. Als er alle abgeklappert hatte, dämmerte der Abend, und die Geschäfte wurden geschlossen. Er stolperte durch die Straßen, ihm war ganz flau vor Hunger. An der Ecke Canal und Rampart Street blieb er stehen. Aus einer Bar ertönte Gesang. Ihm kam die Idee, er könnte hineingehen und *Funiculi funicula* spielen – vielleicht spendierte ihm einer was zu essen und ein Glas Bier?

Charley hatte kaum angefangen zu spielen, und der Rausschmeißer kam gerade hinter der Theke hervor, um ihn an die Luft zu setzen, als ein hochgewachsener Mann an einem der hinteren Tische ihm winkte.

«Komm her, Bruder, hock dich hin!» Es war ein großer Kerl mit einer langen, gebrochenen Nase und hohen Wangenknochen. «Und du, Bruder, lass ihn in Ruhe.» Der Rausschmeißer verzog sich wieder hinter die Theke. «Bruder, du kannst genauso wenig Akkordjon spielen wie n Karnickel. Ich bin zwar bloß n Landei aus Okachobee City, aber verdammt, wenn ich nich besser spielen kann als du!»

Charley lachte. «Ich weiß, dass ich nicht spielen kann. Schon in Ordnung.»

Der Mann aus Florida zog ein dickes Bündel Geldscheine aus der Tasche. «Weißt du, was du jetzt machst, Bruder? Du verkaufst mir das Ding. Ich zwar bloß n kleiner Farmer, aber bei Gott, du wirst mir jetzt – »

«Heh, Doc, denk nach – was willst du denn mit dem verdammten Ding?» Seine Freunde versuchten, ihn davon abzuhalten, doch er machte eine große Gebärde, wobei er drei Gläser vom Tisch fegte.

«Ihr Geier haltet jetzt mal den Mund. Wie viel willst du für das Akkordjon haben, Bruder?»

Der Rausschmeißer war wieder da und baute sich bedrohlich vor dem Tisch auf.

«Schon gut, Ben», sagte Doc, «hier ist alles in trockenen Tüchern. Bring uns noch ne Runde von dem guten Rye Whiskey. Und jetzt zu dir, Bruder: Was willst du für das Ding haben?»

Charley überlegte kurz und sagte: «Fünfzig Dollar.»

Doc zählte fünf Zehner ab. Charley stürzte den Whiskey hinunter, stellte das Akkordeon auf den Tisch und machte, dass er rauskam. Wenn er zu lange dort blieb, kam der andere womöglich zur Besinnung und wollte sein Geld zurück. Außerdem hatte er Hunger.

Am nächsten Tag kaufte er sich eine Zwischendeckspassage auf dem Dampfer *Momus* nach New York. Der Wasserspiegel des Flusses lag höher als die Stadt. Es war ein komisches Gefühl, am Heck des Dampfers zu stehen und unter sich die Dächer und Straßen und Straßenbahnen von New Orleans zu sehen. Als das Schiff ablegte, begann Charley sich besser zu fühlen. Er trieb den farbigen Steward auf und brachte ihn dazu, ihm eine Koje im Deckshaus zu geben. Als er sein Zeitungsbündel unter das Kopfkissen schob, warf er einen Blick auf die untere Koje. Da lag Doc und schlief. Er war herausgeputzt und trug einen hellgrauen Anzug und einen Strohhut. Im Mundwinkel steckte eine erloschene Zigarre, und neben ihm lag das Akkordeon.

Sie fuhren zwischen den Eads Jetties hindurch und spürten den Meerwind auf den Gesichtern und die ersten Wogen des Golfs unter den Füßen, als Doc schwankend an Deck kam. Er erkannte Charley und ging mit ausgestreckter Hand auf ihn zu. «Na, da soll mich doch ... wenn das nicht unser Musiker ist. Das ist ein prima Akkordjon, Junge. Ich dachte, du hättest mich vielleicht übers Ohr gehauen, weil ich bloß n Landei bin, aber verdammt, wenn das Ding nicht sein Geld wert ist. Hast du Lust auf einen Schluck?»

Sie gingen hinein, setzten sich auf Docs Koje. Doc holte eine Flasche Bacardi hervor, und sie tranken ein bisschen, und Charley erzählte ihm, er sei total pleite gewesen, und ohne die fünfzig Dollar würde er noch immer im Hafen herumhängen, und Doc sagte, mit den fünfzig Dollar hätte er jetzt erster Klasse fahren können.

Doc sagte, er sei unterwegs nach New York, um sich als Freiwilliger zum Sanitätskorps zu melden und nach Frankreich zu fahren. So einen großen Krieg bekam man schließlich nicht alle Tage zu sehen, und er wollte mitmachen, bevor alles vorbei war. Die Vorstellung, auf lauter Weiße zu schießen, mit denen er gar keinen Streit hatte, gefiel ihm allerdings nicht besonders, und so war er auf das Sanitätskorps gekommen. Wenn die Hunnen Nigger wären, sähe die Sache natürlich ganz anders aus.

Charley sagte, er wolle nach New York, weil es in einer so großen Stadt bestimmt jede Menge Möglichkeiten gebe, etwas zu lernen. Er sei Automechaniker, wolle aber was Besseres werden, denn als einfacher Arbeiter ohne weitere Kenntnisse komme man zu nichts.

Doc sagte, das sei alles Blödsinn. Ein junger Bursche wie er solle sich schleunigst als Mechaniker beim Sanitätskorps melden, da kriege man fünfzig Dollar im Monat, vielleicht sogar mehr, und drüben könne man haufenweise Geld machen, und er müsse sich den verdammten Krieg ansehen, bevor alles vorbei sei.

Doc hieß eigentlich William H. Rogers und stammte ursprünglich aus Michigan, aber sein Vater hatte sich entschlossen, in Frostproof, Florida, Grapefruit anzubauen, und Doc hatte aus der Schlammerde der Everglades ein paar gute Ernten herausgeholt und verkauft und fuhr nun hinüber nach Europa, um die Madmosells zu sehen, bevor alles vorbei war.

Als es Abend wurde, waren sie beide einigermaßen betrunken, saßen am Heck und unterhielten sich mit einem abgerissen wirkenden Mann mit einem Derby, der sagte, er sei Este. Doc, Charley und der Este waren nach dem Abendessen auf die kleine Brücke über dem Achterhaus gegangen; der Wind hatte sich gelegt, und es war eine sternklare Nacht mit einer sanften Dünung.

«Herrgott, mit diesem Kahn stimmt was nicht», sagte Doc. «Vor dem Essen war der Große Wagen im Norden, und jetzt ist er dahinten, im Südwesten.»

«Was soll man von kapitalistjeski Gesellschaft anderes erwarten?», sagte der Este. Als er hörte, dass Charley Gewerkschaftsmitglied war und Doc allenfalls Nigger erschießen wollte, hielt er eine große Rede: In Russland sei eine Revolution ausgebrochen, der Zar habe abdanken müssen, und dies sei der Beginn einer Erneuerung der Menschheit von Osten her. Er sagte, die Esten würden ihre Unabhängigkeit erlangen und bald werde ganz Europa unter der roten Fahne vereint sein, die freien, sozialistjeski Vereinigten Staaten von Europa.

«Was hab ich dir gesagt, Charley?», sagte Doc. «Die ganze Chose wird bald vorbei sein. Du solltest wirklich mitkommen und dir den Krieg ansehen, solange es ihn noch gibt.» Charley sagte, Doc habe wohl recht, und Doc sagte: «Ich nehm dich mit, Junge – du brauchst bloß deinen Führerschein vorzuzeigen und zu sagen, dass du Student bist.»

Der Este wurde sauer und sagte, es sei die Pflicht eines jeden klassenbewussten Arbeiters, sich diesem Krieg zu verweigern, aber Doc sagte: «Mein lieber Esty, wir wollen ja gar nicht kämpfen. Wir holen die Jungs vom Schlachtfeld, bevor sie ausgezählt sind, verstehst du? Ich wäre sehr enttäuscht, wenn alles vorbei wäre, bevor wir da sind – geht's dir nicht auch so, Charley?»

Sie stritten sich noch ein bisschen darüber, wo der Große Wagen war, und Doc sagte immer wieder, er sei nach Süden gewandert, und als die zweite Flasche leer war, sagte Doc, Weiße sollten sich nicht gegenseitig erschießen, sondern nur Nigger, und suchte den verdammten Niggersteward, damit er ihn, um seinen Standpunkt zu bekräftigen, umbringen konnte, und der Este sang die *Marseillaise*, und Charley sagte jedem, er wolle nichts weiter als in den großen Krieg ziehen, bevor alles vorbei sei. Charley und der Este hatten ihre liebe Not, Doc in seine Koje zu bugsieren. Immer wieder sprang er auf und schrie, er wolle ein paar Nigger töten.

Als sie in den New Yorker Hafen einliefen, tobte ein Schneesturm. Doc sagte, die Freiheitsstatue sehe aus, als hätte sie ein Nachthemd an. Der Este sah sich um, summte die *Marseillaise* und sagte, amerikanische Städte seien nicht künstlerisch, denn die Häuser hätten keine Giebel wie die im Baltikum.

Charley und Doc gingen zusammen zum Broadway Central Hotel. Charley war noch nie in einem so großen Hotel gewesen und wollte lieber etwas Billigeres suchen, aber Doc sagte, er solle mitkommen, er habe genug Kies für sie beide, und es habe ja keinen Sinn, Geld zu sparen, denn bald sei ohnehin alles vorbei.

New York war erfüllt von mahlenden Getrieben und hupenden Automobilen und dem Donnern der Hochbahn und den Rufen der Zeitungsjungen. Doc lieh Charley einen guten Anzug und ging mit ihm zur Rekrutierungsstelle des Sanitätskorps, die sich in der Kanzlei eines wichtigen Anwalts in einem großen, schimmernden Bürohaus mitten im Bankenviertel befand. Der Gentleman, der ihre Personalien aufnahm, war ein New Yorker Anwalt und sagte, sie seien Freiwillige und Gentlemen und müssten sich wie Gentlemen betragen und der Sache der Alliierten und der amerikanischen Fahne und der Zivilisation, für die die tapferen französischen Soldaten in den Gräben jahrelang gekämpft hätten, alle Ehre machen. Als er hörte, dass Charley Mechaniker war, trug er ihn ein, ohne an den Rektor der Highschool und den Pfarrer der lutheranischen Kirche in Fargo zu schreiben, deren Namen Charley als Referenzen angegeben hatte. Er sagte ihnen, wo die ärztliche Untersuchung stattfand, bei der sie auch ihre Typhusimpfung bekommen würden, und wies sie an, sich am folgenden Tag zu melden, um das Datum der Einschiffung zu erfahren. Als sie aus dem Fahrstuhl traten, steckten in der marmorschimmernden Lobby ein paar Männer die Köpfe zusammen und beugten sich über eine Zeitung. Die USA hatten Deutschland den Krieg erklärt.

Am Abend schrieb Charley seiner Mutter, er ziehe in den Krieg, und sie solle ihm bitte fünfzig Dollar schicken. Dann gingen Doc und er aus, um sich die Stadt anzusehen.

An allen Gebäuden hingen Fahnen. Sie liefen an einem Büroblock nach dem anderen vorbei und suchten den Times Square. Überall waren Leute mit Zeitungen. An der 14th Street hörten sie Trommeln und Marschmusik und warteten an der Ecke, um zu sehen, welches Regiment da marschierte, aber es war nur die Heilsarmee. Als sie zum Madison Square kamen, war es Abendessenszeit, und die Straßen waren leer. Es begann zu nieseln, und die Fahnen am Broadway und an der Fifth Avenue hingen schlaff von ihren Stangen.

Sie gingen ins Hofbräu, um etwas zu essen. Charly fand, dass der Laden zu teuer aussah, aber Doc sagte, er lade ihn ein. Vor dem Eingang stand ein Mann auf einer Leiter und schraubte Glühbirnen in ein Schild, das die amerikanische Fahne darstellte. Auch drinnen waren überall Fahnen aufgehängt, und jedes zweite Stück, das die Kapelle spielte, war *The Star-Spangled Banner*, sodass sie immer wieder aufstehen mussten. «Was soll das werden?», knurrte Doc. «Fangen sie jetzt schon an mit dem Drill?»

An einem runden Tisch in der Ecke saßen einige Leute, die sich nicht erhoben, wenn die Nationalhymne gespielt wurde, sondern weiteraßen und sich leise unterhielten, als wäre gar nichts geschehen. Die anderen Gäste starrten sie an und machten Bemerkungen. «Das sind bestimmt Hunnen ... deutsche Spione ... Pazifisten.» An einem der Tische saßen ein Offizier der Army und eine Frau. Der Offizier wurde jedes Mal zornrot, wenn er zu der Gruppe hinübersah. Schließlich trat der Kellner, ein älterer Deutscher, an den Ecktisch und flüsterte den Gästen etwas zu.

«Auf gar keinen Fall», sagte jemand aus der Gruppe. Der Offizier ging hin und sagte etwas von Respekt gegenüber der Nationalhymne. Als er an seinen Platz zurückkehrte, war sein Gesicht noch röter als zuvor. Er war ein kleiner Mann mit O-Beinen und sehr blank polierten Ledergamaschen. «Verdammte Deutschenfreunde», stieß er hervor, als er sich setzte. Sogleich musste er wieder aufstehen, denn die Kapelle spielte erneut *The Star-Spangled Banner*.

«Warum rufst du nicht die Polizei, Cyril?», sagte die Frau zu dem Offizier. Inzwischen gingen auch die anderen Gäste auf den Ecktisch zu. Doc stieß Charley an. «Pass auf, das wird gut.»

Ein großer Mann zerrte einen der Männer am Tisch auf die Beine und sagte mit breitem texanischen Akzent: «Steh auf oder ich schmeiß dich raus!»

«Sie haben kein Recht, uns hier zu belästigen», sagte einer der anderen Männer am Tisch mit englischem Akzent. «Sie bringen Ihre Zustimmung zu diesem Krieg zum Ausdruck, indem Sie sich erheben, und wir unsere Missbilligung, indem wir –»

«Sei still, beachte sie gar nicht», sagte eine dicke Frau mit einem federgeschmückten roten Hut, die ebenfalls am Tisch saß. Die Kapelle hatte die Hymne inzwischen zu Ende gespielt. Alle klatschten, so laut sie konnten, und riefen: «Noch mal, noch mal!» Die Kellner liefen nervös herum, und der Geschäftsführer stand mitten im Saal und wischte sich über die Glatze.

Der Offizier ging zur Kapelle und sagte: «Bitte spielen Sie noch einmal unsere Nationalhymne.» Bei den ersten Takten nahm er stramm Haltung an und salutierte. Die anderen Männer eilten zum Ecktisch. Doc und der Mann mit dem englischen Akzent stießen zusammen. Doc wollte ihm eins verpassen.

«Wenn Sie sich schlagen wollen, lassen Sie uns hinausgehen», sagte der Mann.

«Lasst sie, Jungs», rief Doc, «ich verarzte sie draußen, immer zwei auf einmal.»

Der Tisch war umgestürzt, und die Gesellschaft zog sich in Richtung Tür zurück. Die Frau mit dem roten Hut nahm eine Schüssel Hummermayonnaise und wehrte die Angreifer ab, indem sie ihnen Batzen davon ins Gesicht schleuderte. In diesem Augenblick erschienen drei Polizisten und nahmen die verdammten Pazifisten fest. Alle standen da und wischten sich die Mayonnaise ab. Die Kapelle spielte noch einmal *The Star-Spangled Banner*, und alle versuchten mitzusingen, aber es machte nicht viel Eindruck, denn keiner kannte den Text.

Danach gingen Doc und Charley in eine Bar, um einen Whiskey Sour zu trinken. Doc wollte eine Revue sehen und fragte den Barmann. Das hörte ein kleiner dicker Mann mit einer amerikanischen Flagge im Knopfloch und sagte, die beste Revue in ganz New York gebe es im Minsky in der East Houston Street. Als Doc sagte, sie seien entschlossen, sich diesen Krieg mal anzusehen, gab er ihnen ein paar Drinks aus und bot ihnen an, sie zum Minsky zu begleiten. Er hieß Segal und war bis zur Versenkung der *Lusitania* Sozialist gewesen, doch jetzt fand er, Deutschland müsse besiegt und Berlin zerstört werden. Er war in der Konfektionsbranche und sehr zufrieden, denn er hatte einen Auftrag für Uniformen so gut wie in der Tasche. «Wir brauchen den Krieg, damit er Männer aus uns macht», sagte er und schlug sich an die Brust. Sie nahmen ein Taxi, aber im Minsky war es sehr voll, es gab keine Sitzplätze mehr.

«Stehplätze, verdammt», knurrte Doc. «Ich will Frauen sehen.»

Mr. Segal legte den Kopf schief und überlegte. «Wir gehen ins Little Hungary», sagte er.

Charley war enttäuscht. Er hatte gedacht, er würde sich in New York amüsieren, aber jetzt wünschte er sich, er läge im Bett. Im Little Hungary waren viele deutsche, jüdische und russische Frauen. Der Wein kam in seltsam aussehenden Flaschen, die mit dem Hals nach unten in einen Halter in der Mitte des Tischs gesteckt wurden. Mr. Segal sagte, er werde von jetzt an alles bezahlen. Das Orchester spielte europäische Melodien. Doc wurde nach und nach ziemlich betrunken. Sie saßen an einem Tisch, eingezwängt zwischen anderen Tischen. Charley lief ein wenig herum und forderte eine junge Frau zum Tanzen auf, aber aus irgendeinem Grund wollte sie nicht.

An der Bar kam er mit einem jungen Burschen mit schmalem Gesicht ins Gespräch, der sagte, er sei gerade bei einer Friedensdemonstration im Madison Square Garden gewesen. Charley horchte auf, als er sagte, in New York werde es eine Revolution geben, wenn die Regierung versuchen sollte, die allgemeine Wehrpflicht einzuführen. Er hieß Benny Compton und hatte an der New York University Jura studiert. Charley begleitete ihn zu einem Tisch, an dem ein junger Mann aus Minnesota saß, der als Reporter für den *Call*/141/ arbeitete. Charley fragte sie, ob er wohl Arbeit finden und abends eine Ingenieursschule besuchen könne; er war schon fast entschlossen, bei der Sache mit dem Sanitätskorps einen Rückzieher zu machen. Doch die beiden schienen zu finden, dass die Chancen ziemlich schlecht standen, sofern man kein Geld gespart hatte, um die erste Zeit zu überstehen. Der aus Minnesota sagte, New York sei nichts für Arme.

«Ach, scheiß drauf, dann zieh ich eben in den Krieg», sagte Charley.

«Es ist die Pflicht eines jeden radikal denkenden Menschen, sich lieber einsperren zu lassen», sagte Benny Compton. «Außerdem wird es eine Revolution geben. Die Arbeiterklasse wird sich das nicht mehr lange bieten lassen.»

«Wenn du Kohle machen willst, musst du rüberfahren nach Bayonne und in einer Munitionsfabrik arbeiten», sagte der aus Minnesota mit müder Stimme.

«Jeder, der das tut, ist ein Verräter an seiner Klasse», sagte Benny Compton.

«Aber als Arbeiter steckt man in der Klemme», sagte Charley. «Verdammt, ich will nicht den Rest meines Lebens für fünfundsiebzig im Monat Tin Lizzies[142] zusammenbasteln.»

«Hat Eugene V. Debs nicht gesagt: ‹Ich will nicht aus meiner Klasse aufsteigen, sondern mit meiner Klasse›?»

«Tja, Benny, aber du studierst Tag und Nacht, um Anwalt zu werden und aus der Arbeiterklasse rauszukommen, oder?», sagte der aus Minnesota.

«Damit ich mich im Kampf nützlich machen kann. Ich will ein scharf geschliffenes Werkzeug sein. Wir müssen die Kapitalisten mit ihren eigenen Waffen bekämpfen.»

«Und was machen wir, wenn sie den *Call* verbieten?»

«Das werden sie nicht wagen.»

«Doch, das werden sie. Sie haben den Krieg erklärt, um die Morgan-Kredite[143] zu sichern. Und sie werden den Krieg benutzen, um mit der Opposition im Land aufzuräumen, so wahr ich Johnson heiße.»

«Wo wir gerade davon reden: Meine Schwester ist Stenographin und arbeitet für J. Ward Moorehouse, ihr wisst schon, diesen Berater für Öffentlichkeitsarbeit … er macht Propaganda für die Morgans und Rockefellers. Und die hat gesagt, dass er schon seit Anfang des Jahres an einem Geheimauftrag der Franzosen arbeitet. Das Großkapital hat eine Heidenangst vor einer Revolution in Frankreich. Sie hat gesagt, er kriegt zehntausend Dollar dafür, dass er über eine Agentur kriegstreiberische Artikel lanciert. Und das nennt man ein freies Land.»

«Ich wundere mich über gar nichts mehr», sagte der aus Minnesota und schenkte sich den Rest aus der Weinflasche ein. «Tja, jeder von uns könnte ein Spion oder Regierungsagent sein.»

Die drei saßen da und sahen einander an. Charley lief es kalt den Rücken hinunter.

«Das sage ich ja. Meine Schwester weiß Bescheid, sie arbeitet ja für diesen Moorehouse. Das Ganze ist eine Verschwörung des Großkapitals: Morgan und die anderen wollen die Arbeiter kleinkriegen, indem sie sie in den Krieg schicken. Wenn du erst mal in der Army bist, ist es vorbei mit deinen Bürgerrechten und der Bill of Rights … dann können sie dich ohne Prozess erschießen.»

«Das ist ungeheuerlich! Die Leute im Nordwesten werden sich das nicht bieten lassen», sagte der aus Minnesota. «Hör mal, du warst doch erst vor kurzem noch dort: Stimmt es, dass La Follette sagt, was die Leute im Nordwesten denken?»

«Klar», sagte Charley.

«Na also, was soll's dann?»

«Das ist mir zu hoch», sagte Charley, stand auf und schob sich zwischen den dicht stehenden Tischen hindurch, um Doc zu suchen. Der war inzwischen sehr betrunken, und da Charley fürchtete, der Abend könnte zu sehr ins Geld gehen, verabschiedeten sie sich von Mr. Segal, der sie bat, speziell für ihn bitte recht viele Deutsche zu töten, gingen hinaus und hielten sich auf der Houston Street in Richtung Westen. Überall an den Bordsteinen standen Handkarren mit Laternen, deren Licht den Gesichtern der dichtgedrängten Passanten in der regnerischen Dunkelheit einen rötlichen Schimmer verlieh.

Sie kamen an das Ende einer breiten Avenue, wo viele Menschen aus Theatern strömten. Vor dem Cosmopolitan Café stand ein Mann auf einer Kiste und hielt eine Rede. Das Theaterpublikum umdrängte ihn. Doc und Charley schoben sich durch die Menge, um zu sehen, was da los war. Von dem, was der Mann mit heiserer, bellender Stimme rief, hörten sie nur Bruchstücke.

«Vor ein paar Tagen war ich im Cooper Institute und habe einen Vortrag von Eugene Victor Debs gehört, und was hat er gesagt? ‹Was ist diese Zivilisation, diese Demokratie, für die ihr

Arbeiter nach dem Willen der Bosse euer Leben geben sollt, denn anderes als Lohnsklaverei, was ist sie denn anderes als …› »

«Halt's Maul! Wenn's dir hier nicht passt, geh doch zurück dahin, wo du hergekommen bist!», ertönten Stimmen aus der Menge.

« ‹… die Freiheit zu arbeiten, damit die Bosse noch reicher werden, und die Chance zu verhungern, wenn ihr gefeuert werdet?› »

Doc und Charley wurden von hinten angerempelt. Der Mann fiel von der Kiste und verschwand. Das Ende der Avenue wimmelte von Menschen. Doc rangelte mit einem großen Mann in einem Overall. Ein Polizist ging dazwischen und teilte mit seinem Knüppel nach links und rechts aus. Doc wollte ihm eins verpassen, aber Charley fiel ihm in den Arm und zerrte ihn aus dem Handgemenge.

«Herrgott, Doc, wir sind noch nicht im Krieg», sagte Charley.

Docs Gesicht war gerötet. «Der Kerl war mir unsympathisch», sagte er.

Hinter den Polizisten schoben sich zwei Polizeiwagen mit riesigen Scheinwerfern durch die Menge. Arme, Köpfe, Hüte, rempelnde Schultern, niedersausende Gummiknüppel zeichneten sich schwarz vor dem gleißenden Licht ab. Charley zog Doc an die Schaufensterscheibe des Cafés.

«Pass auf, Doc, wir wollen nicht im Knast landen und unser Schiff verpassen», flüsterte Charley ihm ins Ohr.

«Ach, was soll's?», sagte Doc. «Bis wir da rüberkommen, ist doch sowieso alles vorbei.»

«Heute rennen die Arbeiter vor den Bullen weg, aber bald werden die Bullen vor den Arbeitern wegrennen!», rief einer. Jemand sang die *Marseillaise*. Andere fielen ein. Doc und Charley wurden an die Scheibe gedrückt. Das Café hinter ihnen war voller Gesichter, die in bläulichen Rauchschwaden schwammen wie Fische in einem Aquarium. Mit einem Mal zerbrach die Scheibe, die Leute im Café sprangen auf. «Die Kosaken kommen!», schrie jemand.

Ein Polizeikordon rückte auf der Avenue vor, dahinter war die Straße leer. Auf der anderen Seite kam berittene Polizei aus der Houston Street. Auf dem Platz stand ein Gefangenentransporter. Polizisten stießen Männer und Frauen hinein.

Doc und Charley duckten sich an einem berittenen Polizisten vorbei, der sein Pferd mit martialischem Trappeln an der Hauswand entlang traben ließ, und rannten um die Ecke. Die Bowery war dunkel und menschenleer. Sie gingen nach Westen zu ihrem Hotel.

«Mann», sagte Charley, «wegen dir wären wir fast im Knast gelandet. Dabei will ich jetzt nach Frankreich, unbedingt.»

Eine Woche später waren sie unterwegs. Die *Chicago*, ein Schiff der French Line, schob sich durch die Narrows. Sie hatten beide einen Kater von der Abschiedsparty, ihnen war vom Schiffsgeruch ein bisschen flau, und die Musik der Jazzband, die auf dem Kai gespielt hatte, klang ihnen noch in den Ohren. Eine bleigraue Wolkendecke hing tief über dem Meer, und es sah aus, als würde es bald schneien. Die Matrosen und Stewards waren Franzosen. Bei ihrer ersten Mahlzeit an Bord wurde Wein serviert. Es gab einen ganzen Tisch mit jungen Burschen im Dienst des Sanitätskorps.

Nach dem Abendessen legte Doc sich in der Kabine aufs Ohr. Charley ging, die Hände in den Taschen, auf dem Schiff umher und wusste nicht, was er tun sollte. Am Heck wurde die Persenning über dem Fünfundsiebzigergeschütz entfernt. Charley ging durch das Unterdeck, wo Fässer und Kisten gestapelt waren, und stakste über aufgerollte dicke, faserige Taue zum Bug. Dort stand ein kleiner französischer Matrose mit gerötetem Gesicht und einer roten Troddel an der Mütze und hielt Ausguck.

Das Meer war gläsern, mit schmutzigen, wogenden Flecken aus Seegras und Abfall. Möwen schwammen auf dem Wasser oder standen auf Treibholzstücken. Hin und wieder breitete eine von ihnen träge die Flügel aus und flog schreiend davon.

Der steile Schiffsbug schnitt zwei gleichmäßige Wellen in das flaschengrüne Wasser. Charley versuchte, mit dem Ausguck ins Gespräch zu kommen, und zeigte nach vorn. «Osten», sagte er. «Frankreich.»

Der Ausguck beachtete ihn nicht. Charley zeigte nach hinten, zum rauchverhangenen Westen. «Westen», sagte er. Und dann zeigte er auf sich selbst und sagte: «Ich bin aus Fargo, North Dakota.»

Der Ausguck schüttelte nur den Kopf und legte einen Finger an die Lippen.

«Frankreich ist weit im Osten ... U-Boote ... Krieg», sagte Charley.

Der Ausguck hielt sich die Hand vor den Mund. Schließlich verstand Charley, dass er nicht mit ihm sprechen sollte.

1919

Wochenschau XX

Bei der Infanterie, der Infanterie,
Heißt's durch den Dreck marschieren

GRÖSSTE HEERESSCHLACHT DES ERDBALLS BEI VERDUN

PARADE VON 150 000 MÄNNERN UND FRAUEN

das wirft jedoch eine andere äußerst wichtige Frage auf. Die New Yorker Börse ist heute der weltweit einzige freie Markt für Wertpapiere. Wenn sie diese Position hält, wird sie mit Sicherheit das vielleicht größte Zentrum der Welt für den Handel mit

BRITISCHE FLOTTE ZUM GOLDENEN HORN ENTSANDT

Bei Kavallerie und Artillerie
Und bei den Pionieren
Geht im Vergleich zur Infanterie
Man nur bequem spazieren

TÜRKEN BEI GALLIPOLI AUF DER FLUCHT VOR TOMMYS

was werden unsere Kriegsveteranen bei ihrer Rückkehr nach Hause von dem Amerikaner halten, der von irgendeiner diffusen neuen Ordnung faselt und dabei im Sand sitzt und im flachen Wasser plantscht? Aufgrund seiner feigen Torheit werden sich diejenigen, die das blutige Schauspiel überlebt haben, an Europa erinnern, das riesige neue Niemandsland, das nach Mord und Raubgier stinkt und von den Feuern der Revolution entflammt ist

STREIKENDE KELLNER BITTEN FRAUEN UM HILFE

Ach die Eiche, die Esche, die Weide, sie blühn,
und in Amerika sprießt das Gras so grün

mit einer derartigen Position wird die Zufuhr großer Mengen Geld aus dem Ausland einhergehen, die dem Zweck dienen, hierzulande für ausgeglichene Salden zu sorgen

Wenn ich an die Flagge denke, die unsere Schiffe führen, den einzigen Farbfleck an ihnen, das Einzige, was sich bewegt, als wohnte ihm – dem festen Gefüge dieser Schiffe – ein bestimmter Geist inne; dann scheint mir, als sähe ich Pergamentstreifen, auf denen das Recht auf Freiheit und Gerechtigkeit geschrieben steht, im Wechsel mit Streifen von Blut, das zur Verteidigung dieser Rechte vergossen wurde, und ferner – in der oberen Ecke – eine Verheißung der blauen Ungetrübtheit, in die jede Nation eingehen kann, die für diese Rechte steht. /144/

Wir nageln Stars and Stripes ganz oben an den Bau,
Und dann rücken wir ein ins A----l--- von der Sau

Joe Williams

Joe Williams zog den gebraucht gekauften Anzug an und warf seine um einen Pflasterstein gewickelte Uniform vom Rand der Pier aus in das trübe Wasser des Hafenbeckens. Es war Mittag. Kein Mensch zu sehen. Er wurde unruhig, als er feststellte, dass er die Zigarrenkiste nicht bei sich hatte. In den Schuppen zurückgekehrt, fand er sie dort, wo er sie hatte liegenlassen. Die Kiste hatte einmal Flor-de-Mayo-Zigarren enthalten, die er sich im Suff in Guantanamo gekauft hatte. Jetzt lagen unter der Goldfolie das Foto von Janey bei der Highschool-Abschlussfeier, ein Schnappschuss von Alec mit seinem Motorrad, ein Bild mit den Unterschriften des Trainers und sämtlicher Spieler der gesamten Highschool-Juniorenmannschaft, deren Kapitän er gewesen war, alle in Baseball-Klamotten, ein alter, rosa verfärbter, fast schon verblasster Schnappschuss vom Schlepper seines Vaters, der *Mary B. Sullivan,* aufgenommen vor den Virginia Capes mit einem Vollschiff am Haken, das Nacktfoto einer jungen Frau namens Antoinette, mit der er in Villefranche zusammen gewesen war, ein paar Sicherheitsrasierklingen, ein Foto von ihm selbst und zwei anderen Burschen, alles Mariner in weißen Anzügen, aufgenommen vor dem Hintergrund eines maurischen Bogens in Málaga, ein paar ausländische Briefmarken, ein Päckchen Merry-Widow-Kondome und zehn kleine rosarote Muscheln, die er in Santiago am Strand aufgelesen hatte. Er kam sich schäbig vor in den ausgebeulten Zivilklamotten, als er, die Kiste unter den Arm geklemmt, langsam hinaus zur Bake ging und zusah, wie das Geschwader in Formation den Rio de la Plata hinunterdampfte. Der Himmel war verhangen; bald verschwammen die schlanken Kreuzer in den Rauchschwaden, die sie hinter sich herzogen.

Joe wandte den Blick ab und beobachtete ein rostiges Trampschiff, das gerade einlief. Es krängte stark nach Backbord, und man konnte sehen, dass der Rumpf unterhalb der Wasserlinie von Seegras grün und schleimig war. Am Heck wehte eine blauweiße griechische Flagge, und auf halber Höhe des Fockmastes hing ein schmuddeliger gelber Quarantänewimpel.

Ein Mann, der sich Joe von hinten genähert hatte, sagte etwas auf Spanisch zu ihm. Er hatte eine gesunde Röte, lächelte, trug blaue Drillichhosen und rauchte eine Zigarre, doch aus irgendeinem Grund versetzte er Joe in Panik. «Nix verstehen», sagte Joe und entfernte sich zwischen den Lagerschuppen hindurch in die Straßen hinter dem Hafengebiet.

Er hatte Mühe, Marias Pinte zu finden, so sehr ähnelten sich sämtliche Häuserblocks. An der mechanischen Geige im Schaufenster erkannte er sie schließlich. In dem muffigen, nach Anis riechenden Dreckloch stand er lange am Tresen, eine Hand um ein klebriges Bierglas, und schaute hinaus auf die Straße, die er durch den in der Tür hängenden Perlenvorhang in hellen Streifen sah. Er rechnete jeden Moment mit dem Anblick der weißen Uniform und des gelben Koppels eines Marineinfanteristen.

Hinterm Tresen lehnte ein junger Kerl mit gelber Haut und krummer Nase an der Wand und starrte ins Leere. Als Joe sich entschieden hatte, hob er ruckartig das Kinn. Der Junge kam herüber und beugte sich komplizenhaft über den Tresen, auf eine Hand gestützt, während er mit dem Lappen, den er in der anderen hielt, über das Wachstuch wischte. Die Fliegen, die sich auf den Bierglasringen versammelt hatten, flogen auf und gesellten sich zu dem summenden Schwarm an der Decke.

«Hör zu, sag Maria, dass ich sie sprechen will», sagte Joe aus dem Mundwinkel.

Der Junge hinterm Tresen hielt zwei Finger hoch. «Dos pesos», sagte er.

«Quatsch, ich will nur mit ihr reden.»

Maria winkte ihn von der Tür in der Rückwand aus zu sich. Ihre Haut war teigig, und sie hatte große, weit auseinanderstehende Augen mit bläulichen Tränensäcken. Durch den zerknitterten Stoff ihres rosa Kleides, das über der Wölbung ihrer Brüste spannte, konnte Joe die Ringe gekräuselter Haut um ihre Nippel sehen. Sie setzten sich an einen Tisch im Hinterzimmer.

«Bring mir zwei Bier», rief Joe durch die Tür.

«Was willst du, hijo de mi alma?», fragte Maria.

«Du kennen Doc Sidner?»

«Klar, ich kennen alle Yanki. Was willst du, du nicht fahren mit große Schiff?»

«Nein, nicht fahren mit große Schiff ... Schlägerei mit große Scheißkerl, verstehst du?»

«Ché!» Marias Brüste wackelten wie Pudding, wenn sie lachte. Sie legte ihm eine fette Hand in den Nacken und zog seinen Kopf zu sich heran. «Arme Baby ... Blaue Auge.»

«Und ob er mir ein blaues Auge verpasst hat.» Joe zog den Kopf von ihr weg. «Petty Officer. Ich hab ihn ausgeknockt, verstehst du ... In die Navy kann ich nicht mehr zurück ... Damit bin ich fertig. Sag mal, der Doc sagt, du kennst einen, der einen Matrosenbrief fälschen kann ... Vollmatrose, verstehen? Ich von jetzt an Handelsmarine, Maria.»

Joe trank sein Bier aus.

Kopfschüttelnd sagte sie: «Ché ... pobrecito ... Ché.» Dann, mit tränenvoller Stimme: «Wie viel Dollar du haben?»

«Zwanzig», sagte Joe.

«Er wiehl fünfzig.»

«Ich schätze, dann bin ich völlig im A----.»

Maria trat hinter seinen Stuhl, legte ihm einen fetten Arm um den Hals und beugte sich mit leisen gluckenden Lauten über ihn. «Moment ... wir denken ... sabes?» Ihre große Brust, die sich gegen seinen Hals und seine Schulter presste, machte ihn kribbelig. Morgens, wenn er noch nüchtern war, mochte er es nicht, von ihr angefasst zu werden. Aber er hielt still, bis sie plötzlich ein Papageienkreischen ausstieß. «Paquito ... ven acà.»

Von hinten kam ein schmutziger Kerl mit birnenförmiger Gestalt und rotem Gesicht und Nacken herein. Die beiden unterhielten sich über Joes Kopf hinweg auf Spanisch. Schließlich tätschelte sie Joe die Wange und sagte: «In Ordnung, Paquito sabe, wo er wohnen ... vielleicht er nehmen zwanzig, sabes?»

Joe stand auf. Paquito nahm die fleckige Kochschürze ab und zündete sich eine Zigarette an. «Du verstehen Matrosenbrief?», sagte Joe, der auf ihn zugegangen war und ihn ansah. Der andere nickte. «In Ordnung.» Joe umarmte Maria und kniff sie leicht. «Bist ein braves Mädchen, Maria.» Grinsend folgte sie ihnen an die Tür der Bar.

Draußen warf Joe einen scharfen Blick nach rechts und links.

Keine Uniform zu sehen. Am Ende der Straße neigte sich schwarz ein Kran über die Betonlagerhäuser. Sie stiegen in eine Straßenbahn und fuhren lange, ohne etwas zu sagen. Joe saß da und starrte mit zwischen den Knien baumelnden Händen auf den Boden, bis Paquito ihn anstieß. Sie stiegen in einem billig wirkenden Vorort aus, neue, bereits schmutzige Betonhäuser. Paquito klingelte an einer Tür, die wie alle anderen Türen aussah, und nach einer Weile machte ein Mann mit rot geränderten Augen und großen Pferdezähnen auf. Er und Paquito unterhielten sich eine ganze Weile auf Spanisch durch die halb geöffnete Tür. Joe trat von einem Bein aufs andere. An der Art, wie sie ihn beim Reden von der Seite ansahen, erkannte er, dass sie abschätzten, wie viel sie aus ihm herausquetschen konnten.

Er wollte gerade dazwischenreden, als der Mann in der Tür sich in abgehacktem Cockney an ihn wandte. «Sie geben dem Kerl fünf Pesos für seine Mühe, Kumpel, und dann regeln wir das hier wie ehrliche Männer.» Joe löhnte, was er an Silbergeld in der Tasche hatte, und Paquito ging.

Joe folgte dem Engländer in den Eingangsflur, in dem es nach Kohl, Bratfett und Waschtag roch. Drinnen legte ihm der Mann die Hand auf die Schulter und sagte, während er ihm abgestandenen Whiskeyatem ins Gesicht blies: «Also, Kumpel, wie viel können Sie sich leisten?»

Joe wich zurück. «Zwanzig Dollar, mehr hab ich nicht», sagte er mit zusammengebissenen Zähnen.

Der Engländer schüttelte den Kopf. «Nur vier Pfund ... na, wir können ja mal schauen, was sich dafür machen lässt, oder, Kumpel? Lassen Sie mal sehen.»

Während der Engländer dastand und ihm zusah, nahm Joe seinen Gürtel ab, trennte mit der kleinen Klinge seines Taschenmessers ein paar Stiche der Naht auf und zog zwei längs gefaltete amerikanische Geldscheine mit orangefarbener Rückseite hervor. Er entfaltete sie sorgfältig und war schon dabei, sie dem anderen zu geben, doch dann überlegte er es sich anders und steckte sie sich in die Tasche. «Werfen wir erst mal n Blick auf das Papier», sagte er grinsend.

Die rot geränderten Augen des Engländers blickten tränenselig; er sagte, man müsse einander beistehen und dankbar sein, wenn einer Kopf und Kragen riskiere, um seinen Mitmenschen zu helfen. Dann fragte er Joe nach Name, Alter und Geburtsort, wie lange er zur See gefahren sei und so weiter, und ging in ein Zimmer weiter hinten, dessen Tür er sorgfältig hinter sich abschloss.

Joe stand im Flur. Irgendwo tickte eine Uhr. Das Ticken wurde immer langsamer. Endlich hörte Joe, wie sich der Schlüssel im Schloss drehte, und der Engländer kam mit zwei Papieren in der Hand heraus. «Eigentlich müsste Ihnen klar sein, was ich für Sie tue, Kumpel ...» Joe nahm die Papiere. Er runzelte die Stirn und musterte das obere; sah gut aus. Das andere Papier bevollmächtigte die Titterton's Marine Agency, Joes monatliche Heuer zu pfänden, bis der Betrag von zehn Pfund erreicht war. «Moment mal», sagte Joe, «das wären ja siebzig Dollar, die ich dann löhne.» Der Engländer sagte, er gehe schließlich ein ziemliches Risiko für ihn ein, die Zeiten seien hart, und er könne es ja auch bleiben lassen. Joe folgte ihm in das mit Papieren übersäte hintere Zimmer, beugte sich über den Schreibtisch und unterschrieb mit einem Füllfederhalter.

Mit der Straßenbahn fuhren sie in die Innenstadt und stiegen in der Avenida Rivadavia aus. Joe folgte dem Engländer in ein kleines Büro hinter einem Lagerhaus. «Hier hab ich n aufgeweckten jungen Burschen für Sie, Mr. McGregor», sagte der Engländer zu einem gallig aussehenden Schotten, der Nägel kauend hin und her ging.

Joe und Mr. McGregor sahen einander an.

«Amerikaner?»

«Ja.»

«Amerikanische Heuer erwartest du aber nicht, oder?»

Der Engländer trat zu ihm und flüsterte etwas, McGregor betrachtete den Matrosenbrief und schien zufrieden. «Na schön, unterschreib im Buch … unterm letzten Namen.» Joe unterschrieb und gab dem Engländer die zwanzig Dollar. Damit war er blank.

«Na dann, machen Sie's gut, Kumpel.»

Joe zögerte einen Moment lang, ehe er dem Engländer die Hand gab. «Wiedersehen», sagte er.

«Geh deine Siebensachen holen, und sei in einer Stunde wieder hier», sagte McGregor mit kratziger Stimme.

«Hab keine Siebensachen. Hab hier auf dem Trockenen gesessen», sagte Joe und wog die Zigarrenkiste in der Hand.

«Dann warte draußen, ich bringe dich nachher an Bord der *Argyle.*»

Joe stand eine Zeitlang in der Tür des Lagerhauses und schaute auf die Straße hinaus. Verdammt, er hatte die Schnauze voll von B. A. Er setzte sich auf eine Packkiste mit der Aufschrift Tibbett & Tibbett Emaillewaren, Blackpool, um auf Mr. McGregor zu warten, und fragte sich, ob er der Skipper oder der Maat war. Bestimmt würde es noch ganz schön dauern, bis er aus B. A. rauskam.

Das Auge der Kamera 28

als das Telegramm kam, dass sie im Sterben lag (die Straßenbahnräder quietschten durch die Glasglocke /145/ wie sämtliche Griffel auf sämtlichen Schiefertafeln in sämtlichen Schulen) beim Spaziergang um den Fresh Pond der Geruch von abgestandenem Wasser Weidenkätzchen im rauen Wind quietschende Straßenbahnräder ratterten auf lockeren Gleisen durch die Vororte von Boston · Trauer ist keine Uniform hau auf den Putz und trink Wein zum Abendessen und dann nimm den Federal

Ich bin sie leid die Veilchen
So nehmt sie doch endlich weg

als das Telegramm kam, dass sie im Sterben lag, zersprang die Glasglocke in einem Quietschen von Griffeln (hast du schon jemals im April eine Woche lang nicht schlafen können?) · und Er holte mich in der grauen Perronhalle ab meine Augen brannten von zinnoberroten bronzenen und chromgrünen Tuschen die aus den sausenden Aprilhügeln sickerten · Sein Schnurrbart war weiß die müde Schlaffheit von Altmännerwangen · Sie ist tot Jack Trauer ist keine Uniform und der · im Wohnzimmer · der wächserne Duft von Lilien im Wohnzimmer (Er und ich wir müssen die Uniform der Trauer begraben)

dann der Flussgeruch der schimmernde Potomac erreicht die kleinen kabbelig silbernen Wellen bei Indian Head · auf dem Friedhof gab es Spottdrosseln und die Straßenränder dampften vor Frühling · genug April um die Welt zu erschüttern

als das Telegramm kam, dass Er tot war ging ich durch die Straßen voller Fünfuhr-Madrid siedend von Zwielicht in gesplitterten Würfeln von Aguardiente Rotwein Gaslampengrün Sonnenuntergangsrosa Ziegelocker · Augen Lippen rote Wangen braune Säule des Halses stieg an der Estación del Norte in den Nachtzug ohne zu wissen warum

Ich bin sie leid die Veilchen
So nehmt sie doch endlich weg

die gesprungene schillernde Glasglocke die sorgfältig nachgebildeten Büsten die architektonischen Details die Grammatik der Stile

es war das Ende jenes Buches und ich ließ die Oxford-Dichter in dem lauten kleinen Zimmer zurück, das nach abgestandenem Olivenöl roch in der Pension Boston · Ahora · Jetzt · Maintenant · Vita Nuova · aber wir die wir Copeys /146/ wunderschöne Lesestimme gehört und die stattlich gebundenen Bücher gelesen und den Wachslilien- und künstlichen Parma-Veilchen-Duft unterm Ätherkegel tief eingeatmet (tief atmen eins zwei drei vier) und in der Bücherei beim Frühstück gesessen hatten, wo die Büste von Octavius stand

waren jetzt tot im Telegraphenamt

auf der rumpelholprigen Holzbank im Zug der durch Mitternacht raste hinaufsteigen aus dem Zwischendeck um eine Prise Atlantikluft zu schnuppern auf dem stampfenden Dampfer (die junge Schweizerin mit dem ovalen Gesicht und ihr Mann waren meine Freunde) sie hatte leichte Glubschaugen und eine etwas barsche Art Zut alors zu sagen und sie warf uns wie einem Seelöwen einen Fisch ein leises Lächeln zu, das uns im Dunkeln wärmte · als der Mann von der Einwanderungsbehörde ihren Pass verlangte konnte er sie nicht nach Ellis Island schicken la grippe espagnole sie war tot

diese Fenster waschen

Küchendienst

mit einem Taschenmesser die Zündkerzen reinigen

Unerlaubte Entfernung von der Truppe

die American-Beauty-Rosen im Bett dieser Hure zu Staub zermahlen (die Nebelnacht entflammt von den Proklamationen der Liga der Menschenrechte) der Mandelgeruch von Sprengkörpern, die singende éclats durch den süßlich kübelnden Bombast der verwesenden Toten jagen

morgen hoffte ich wäre der erste Tag des ersten Monats des ersten Jahres

Playboy

Jack Reed
war der Sohn eines United States Marshal, eines prominenten Bürgers von Portland, Oregon.
Er war ein angenehmer Bursche
also schickten seine Leute ihn zum Studium an die Ostküste
und nach Harvard.

Harvard stand für das breite *a*, für jene Kontakte, die im späteren Leben so nützlich sind, und für gute englische Prosa ... wenn man dem Igel in Harvard keine Bildung vermitteln kann, dann kann man ihm überhaupt
keine und die Lowells sprechen nur mit den Cabots und die Cabots
und das Oxford Book of Verse.
Reed war ein angenehmer junger Bursche, er war weder Jude noch Sozialist, und er kam nicht aus Roxbury; er war groß und kräftig, gierig, hatte Lust auf alles: ein Mann muss in seinem Leben vieles mögen.
Reed war ein Mann; er mochte Männer mochte Frauen aß gern schrieb gern mochte neblige Nächte trank gern mochte neblige Nächte schwamm gern mochte Football mochte gereimte Verse war gern Cheerleader, Ivy-League-Redner, Clubmitglied (nicht in den allerbesten Clubs, für die war sein Blut nicht dünn genug)
und er mochte Copeys Stimme, wenn sie *Der Mann, der König sein wollte*[147] las, den sterbenden Herbst *Urnenbestattung*[148], gute englische Prosa, die Lampen, die auf der anderen Seite des Hofes angingen, unter den Ulmen im Zwielicht
gedämpfte Stimmen in Hörsälen

den sterbenden Herbst die Ulmen den Discobolos die Ziegel der alten Gebäude und die erinnerungsträchtigen Tore die Annehmlichkeiten und die Dekane und Dozenten, die allesamt mit dünnen Stimmen zu Verzicht aufriefen,
Verzicht; der rostige Mechanismus knirschte, die Dekane zitterten unter ihren Doktorhüten, die Rädchen drehten sich weiter zur Abschlussfeier, und Reed war draußen in der Welt:

Washington Square!
Konventionell erweist sich als Schimpfwort;
Villon sucht ein Nachtquartier /149/ in den italienischen Mietskasernen in der Sullivan Street, Bleecker, Carmine;
Forschungen haben ergeben, dass R. L. S. ein großer Stecher war,
und was die Elisabethaner angeht,

die soll der Teufel holen.
Heure auf einem Viehtransporter an, dann siehst du was von der Welt erlebst Abenteuer über die du jeden Abend lustige Geschichten erzählen kannst; ein Mann muss viele Dinge in seinem Leben … den sich beschleunigenden Puls das Gefühl dass heute an nebligen Abenden Schritte Taxis Frauenaugen … lieben.
Europa mit einem Schuss Meerrettich, Paris wie eine Auster schlürfen;
aber mit dem Oxford Book of English Verse ist es nicht getan. Linc Steffens sprach vom genossenschaftlichen Gemeinwesen.
von Revolution mit einer Stimme so samtig wie die von Copey ging Diogenes Steffens mit Marx als Laterne durchs Abendland und suchte nach einem guten Menschen, Sokrates Steffens fragte immerzu warum keine Revolution?

Jack Reed wollte in einem Fass leben und Verse schreiben; aber er lernte immerzu Pennbrüder Arbeiter große kräftige Kerle kennen, die er mochte die vom Pech verfolgt waren keine Arbeit hatten warum keine Revolution?
Bei so vielen Menschen die vom Pech verfolgt waren konnte er sich nicht auf seine Arbeit konzentrieren;
hatte er in der Schule nicht die Unabhängigkeitserklärung auswendig gelernt? Reed war ein Westerner, und wenn er was sagte, war's ihm ernst damit; wenn er an der Bar des Harvard Club mit einem Kommilitonen zusammenstand und was sagte, war's ihm ernst damit von den Sohlen seiner Füße bis zu den Wellen seines zerstrubbelten Haars (für den Harvard Club den Dutch Treat Club und die respektable New Yorker Freischaffenden-Boheme war sein Blut nicht dünn genug).

Leben, Freiheit und das Streben nach Glück;
davon gab's nicht viel in den Seidenspinnereien,
als er 1913
nach Paterson ging, um über den Streik zu schreiben, demonstrierende Textilarbeiter von Polizisten verprügelt, die Streikenden im Knast; ehe er sich's versah war er selbst ein demonstrierender Streikender von Polizisten verprügelt im Knast;
er ließ nicht zu, dass der Herausgeber ihn gegen Kaution herausholte, bei den Streikenden im Knast würde er mehr lernen.
Er lernte genug um das Theaterstück über den Paterson-Seidenstreik im Madison Square Garden zu inszenieren.
Er lernte die Hoffnung auf eine neue Gesellschaft in der niemand vom Pech verfolgt sein würde,
warum keine Revolution?

Das Metropolitan Magazine schickte ihn nach Mexiko
für einen Artikel über Pancho Villa.
Pancho Villa brachte ihm das Schreiben bei und die Berggerippe die hohen Orgelpfeifenkakteen die gepanzerten Züge und die Musikkapellen die auf kleinen Plazas voller dunkelhäutiger Frauen mit blauen Schultertüchern spielten
und der verfluchte Staub und das Pfeifen von Gewehrschüssen
in der gewaltigen Nacht der Wüste und die braunen leisen Tagelöhner die starben verhungerten töteten für die Freiheit
für Land für Wasser für Schulen.
Mexiko brachte ihm das Schreiben bei.

Reed war ein Westerner, und wenn er was sagte, war's ihm ernst damit.

Der Krieg war eine Explosion die sämtliche Diogenes-Laternen ausblies;
die aufrechten Männer begannen sich zusammenzurotten und forderten Maschinengewehre. Jack Reed war der letzte des großen Geschlechts der Kriegsberichterstatter, die sich unter der Zensur hindurchduckten und für eine Story ihre Haut riskierten.
Jack Reed war der beste amerikanische Schriftsteller seiner Zeit, wenn irgendjemand etwas über den Krieg hätte wissen wollen, hätte er in den Artikeln von Jack Reed etwas darüber lesen können
über die deutsche Front,
den serbischen Rückzug,
Saloniki;
die Etappe im wankenden Reich des Zaren,
die Flucht vor der Geheimpolizei,
das Gefängnis in Cholm.

Die hohen Tiere wollten ihn nicht nach Frankreich lassen, weil er angeblich eines Nachts in den deutschen Schützengräben beim Herumalbern mit der Geschützbedienung des Boche die Schnur einer Hunnenhaubitze gezogen hatte, die auf das Herz Frankreichs zielte ... Playboy-Kram, aber was spielte es letztlich für eine Rolle, wer die Geschütze abfeuerte oder in welche Richtung sie zielten? Reed war bei den Jungs die krepierten,
bei den Deutschen den Franzosen den Russen den Bulgaren den sieben kleinen Schneiderlein im Ghetto von Saloniki,
und 1917
war er bei den Soldaten und Kleinbauern
in Petrograd im Oktober:
Smolny,
Zehn Tage, die die Welt erschütterten;

Schluss mit Villa dem malerischen Mexiko, Schluss mit Harvard-Club-Playboy-Kram, Plänen für griechische Theater, dem Schmieden von Versen, guten Storys eines altmodischen Kriegsberichterstatters,
das war kein Spaß mehr
das war grauenvoll.

Delegierter,
wieder in den Staaten Anklagen, der Prozess gegen *The Masses*, der Wobbly-Prozess, Wilson füllte die Gefängnisse, gefälschte Pässe, Reden, Geheimdokumente, mit dem Güterzug schwarz durch den cordon sanitaire, als blinder Passagier im Kohlenbunker von Dampfschiffen;
Gefängnis in Finnland, alle seine Papiere gestohlen,
keine Möglichkeit mehr, Verse zu schreiben, kein herzliches Geplauder mehr mit jedem Burschen, den man kennenlernte, der College-Boy mit dem sympathischen Lächeln, der sich beim Richter herausredet;

die vom Harvard Club sind alle beim Geheimdienst und machen die Welt sicher für das Morgan-Baker-Stillman-Bankenkartell;
dieser alte Tramp, der seinen Kaffee aus einer Tomatendose trinkt, ist ein Spion des Generalstabs.

Die Welt ist kein Spaß mehr
nur Maschinengewehrfeuer und Brandstiftung
Hunger Läuse Bettwanzen Cholera Typhus
kein Mull für Verbände kein Chloroform oder Äther Tausende sterben an Wundbrand cordon sanitaire und überall Spione.
Die Fenster des Smolny leuchten weißglühend wie Bessemerstahl,
kein Schlaf im Smolny,
Smolny das riesige Walzwerk das rund um die Uhr läuft und Männer Nationen Hoffnungen Jahrtausende Regungen Ängste produzierte
Rohmaterial
für die Fundamente
einer neuen Gesellschaft.

Ein Mann muss in seinem Leben viele Dinge tun
Reed war ein Westerner, und wenn er was sagte, war's ihm auch ernst damit.
Er warf alles, was er hatte, und sich selbst ins Smolny,
Diktatur des Proletariats;
UdSSR
Der erste Arbeiterstaat
wurde gegründet und hat Bestand.
Reed schrieb; unternahm Einsätze (überall waren Spione), arbeitete bis zum Umfallen,
bekam Typhus und starb in Moskau.

Joe Williams

Fünfundzwanzig Tage auf See an Bord des Dampfers *Argyle,* Glasgow, Kapitän Thompson, beladen mit Fellen, und von morgens bis abends Rost klopfen, Mennige auf Stahlplatten pinseln, die in der Sonne glühend heiße Backbleche waren, den Schornstein streichen, in der schweren, schmutzigen Dünung stampfen und schlingern; in den Kojen in der stinkenden Back Wanzen, als Fraß irgendeine Plempe, mit Kartoffeln voller Augen und schimmeligen Bohnen, auf dem Tisch in der Messe zerquetschte Kakerlaken, aber jeden Tag gemäß Vorschrift ein Gläschen Zitronensaft; dann unerträgliche verregnete Hitze und Trinidad blau im Dunst jenseits des rötlichen Wassers.

Bei der Durchfahrt durch die Boca begann es zu regnen, und die unter farnigem, grünem Laubwerk begrabenen Inseln wurden im Wolkenbruch grau. Bis sie am Kai in Port of Spain festgemacht hatten, waren alle von Regen und Schweiß bis auf die Haut durchnässt. Mr. McGregor, der mit dunkelrotem Gesicht in einem Südwester hin und her stakste, verlor von der Hitze die Stimme und musste seine Befehle in fiesem Flüsterton zischen. Dann hob sich der Regenvorhang, die Sonne kam heraus, und alles dampfte. Alle waren sauer, nicht nur wegen der Hitze, sondern auch, weil davon die Rede war, dass sie zum Pitch Lake fahren und Asphalt laden würden.

Am nächsten Tag tat sich nichts. Die Felle im vorderen Laderaum stanken, als sie die Luken öffneten. Klamotten und Bettzeug, zwischen den Güssen im sengenden Gleißen der Sonne zum Trocknen aufgehängt, wurden jedes Mal wieder klatschnass, bevor sie sie hereinholen konnten. Während es regnete, gab es keinen Ort, wo man trocken blieb; durch die Persenning überm Deck tropfte es unaufhörlich.

Am Nachmittag endete Joes Wache, aber es hatte nicht viel Sinn, an Land zu gehen, weil keiner Heuer bekommen hatte. Joe fand sich schließlich in einer Art Park in der Nähe des Hafens wieder, wo er unter einer Palme auf einer Bank saß und auf seine Füße starrte. Es begann zu regnen, und er stellte sich vor einer Bar mit Markise unter. In der Bar gab es elektrische Ventilatoren; ein kühler Hauch von Zitronen, Rum, Whiskey und geeisten Drinks wehte zur offenen Tür heraus. Joe hatte Bierdurst, aber er hatte keinen roten Cent. Der Regen fiel wie ein Perlenvorhang vom Rand der Markise.

Neben ihm stand ein jüngerer Mann in weißem Anzug und Panamahut, dem Aussehen nach Amerikaner. Er sah Joe mehrmals von der Seite an, dann fing er seinen Blick auf und lächelte. «Sind Sie Am-m-merikaner?», fragte er. Er stotterte leicht. «Ja», sagte Joe.

Kurzes Schweigen. Dann streckte der Mann die Hand aus. «Willkommen in unserer Stadt», sagte er.

Joe merkte, dass der andere einen sitzen hatte. Seine Hand fühlte sich weich an. Die Art, wie der Mann ihm die Hand gab, gefiel Joe nicht. «Wohnen Sie hier?», fragte er.

Der Mann lachte. Er hatte blaue Augen und ein rundes Gesicht mit leicht gespitzten Lippen, das freundlich wirkte. «Ach was, nein … ich bin bloß für ein paar Tage hier, auf so einer Westindien-Kreuzfahrt. Hätte mein Geld lieber sparen und zu Hause bleiben sollen. Eigentlich wollte ich nach Europa, aber das g-g-geht ja nicht wegen des Krieges.»

«Ja, auf dem britischen Seelenverkäufer, auf dem ich bin, reden sie auch von nichts anderem als vom Krieg.»

«Warum die uns zu diesem Loch hier gefahren haben, weiß ich beim besten Willen nicht, und jetzt ist auch noch was mit dem Schiff, und wir kommen zwei Tage lang nicht von hier weg.»

«Das muss die *Monterey* sein.»

«Ja. Ein schreckliches Schiff, nichts als Weiber an Bord. Schön, dass ich mal jemandem übern Weg laufe, mit dem ich reden kann. Hier scheint's nichts als Nigger zu geben.»

«Sieht so aus, als gäb's auf Trinidad alle Farben.»

«Hören Sie, es wird noch eine ganze Weile so weiterschütten. Kommen Sie rein und trinken Sie einen mit mir.»

Joe musterte ihn argwöhnisch. «Na schön», sagte er schließlich, «aber ich sag Ihnen besser gleich, dass ich mich nicht revanchieren kann ... ich bin blank, und diese verdammten Schotten wollen uns keinen Vorschuss auf unsere Heuer geben.»

«Dann sind Sie also Seemann?», fragte der Mann, als sie am Tresen standen.

«Ich arbeite auf einem Schiff, wenn es das ist, was Sie meinen.»

«Was nehmen Sie ... Hier gibt's einen guten Planter's Punch. Haben Sie das schon mal probiert?»

«Ich nehme ein Bier ... normalerweise trinke ich Bier.»

Der Barkeeper war ein Chinese mit breitem Gesicht und bekümmertem Lächeln, das dem eines sehr alten Affen glich. Er stellte die Drinks ganz vorsichtig vor sie hin, als hätte er Angst, die Gläser zu zerbrechen. Das Bier in dem beschlagenen Glas war kalt und gut. Joe trank es in einem Zug. «Sagen Sie mal, Sie wissen nicht zufällig irgendwelche Baseball-Ergebnisse, oder? Als ich das letzte Mal eine Zeitung in der Hand hatte, sah's so aus, als hätten die Senators eine Chance auf die Meisterschaft.»

Der Mann nahm seinen Panamahut ab und wischte sich mit einem Taschentuch die Stirn. Er hatte krauses schwarzes Haar. Er sah Joe immer wieder an, als müsste er sich über irgendetwas schlüssig werden. Schließlich sagte er: «Hören Sie, mein Name ist ... Wa-wa-wa ... Warner Jones.»

«Auf der *Argyle* nennen sie mich Yank ... bei der Navy haben sie mich Slim genannt.»

«Dann waren Sie also bei der Navy? Ich fand gleich, dass Sie eher nach Kriegsmarine als nach Handelsmarine aussehen.»

«Ach ja?»

Der Mann, der sich als Jones vorgestellt hatte, bestellte noch einmal dasselbe. Joe war leicht beunruhigt. Aber was soll's, auf britischem Boden können sie einen nicht wegen Fahnenflucht verhaften. «Was ist denn jetzt mit den Baseball-Ergebnissen? Inzwischen müsste die Meisterschaft schon eine ganze Weile laufen.»

«Ich habe die Zeitungen im Hotel ... möchten Sie einen Blick darauf werfen?»

«Klar.»

Es hörte auf zu regnen. Das Pflaster war schon trocken, als sie aus der Bar kamen.

«Hören Sie, ich habe vor, eine Rundfahrt über die Insel zu machen. Angeblich kriegt man hier wilde Affen und alles Mögliche zu sehen. Warum kommen Sie nicht mit? Allein auf Besichtigungstour zu gehen langweilt mich zu Tode.»

Joe überlegte einen Moment lang. «Ich bin nicht passend angezogen ...»

«Quatsch, wir sind doch hier nicht auf der Fifth Avenue.» Der Mann, der gesagt hatte, er heiße Jones, winkte einen blankpolierten Ford herbei, den ein junger Chinese fuhr. Der Chinese trug eine Brille und einen dunkelblauen Anzug und sah aus wie ein College-Student; er sprach mit britischem Akzent. Er sagte, er werde sie durch die Stadt und zum Blue Pool hinausfahren. Als es gerade losgehen sollte, sagte der Mann, der gesagt hatte, er heiße Jones: «Moment noch», lief in die Bar und kam mit einer Flasche Planter's Punch wieder.

Er quasselte unentwegt, während sie zur Stadt hinausfuhren, vorbei an den britischen Bungalows und den Amtsgebäuden aus Backstein und danach eine Straße entlang durch gummiblauen Wald, der so dicht und dampfig war, dass es Joe vorkam, als müsste irgendwo darüber ein Glasdach sein. Er sagte, er liebe Abenteuer und das Reisen und wünschte, er hätte die Freiheit, sich einzuschiffen und herumzuvagabundieren und sich die Welt anzusehen, und es müsse wunderbar sein, wenn man wie Joe nur von seinem Schweiß und seiner Muskelkraft leben könne.

Joe sagte: «Ach ja?»

Aber der Mann, der gesagt hatte, er heiße Jones, achtete gar nicht darauf, sondern redete einfach weiter und sagte, er müsse sich um seine Mutter kümmern, das sei eine große Verantwortung, manchmal glaube er, er werde wahnsinnig, er sei deswegen beim Arzt gewesen, und der Arzt habe ihm geraten, eine Reise zu machen, aber das Essen auf dem Schiff sei nicht gut, er bekomme davon Verdauungsbeschwerden, und das Schiff sei voller alter Weiber mit Töchtern, die sie unter die Haube bringen wollten, und dass ihm ständig Frauen nachliefen, mache ihn nervös. Am schlimmsten aber sei, keinen Freund zu haben, mit dem er über alles reden könne, was ihn so beschäftige, wenn er sich einsam fühle. Er wünschte, er hätte einen netten, gutaussehenden Burschen zum Freund, einen, der herumgekommen sei, keinen Waschlappen, sondern einen, der sich im Leben auskenne und einen Sinn für Schönheit habe, im Grunde so einen wie Joe. Seine Mutter sei furchtbar eifersüchtig und könne die Vorstellung nicht ertragen, dass er enge Freunde habe, und wenn sie dahinterkomme, dass er irgendwelche Freunde habe, werde sie jedes Mal krank und versuche, ihm sein Taschengeld vorzuenthalten, weil sie wolle, dass er bis in alle Ewigkeit an ihrem Rockzipfel hänge, aber er habe das gründlich satt und werde von jetzt an tun, wozu er verdammt noch mal Lust habe, und sie müsse ja ohnehin nicht über alles Bescheid wissen.

Er gab Joe unentwegt Zigaretten und bot auch dem Chinesen welche an, der jedes Mal sagte: «Vielen Dank, Sir, aber ich habe mir das Rauchen abgewöhnt.»

Sie hatten die Flasche Punsch miteinander leer getrunken, und der Mann, der gesagt hatte, er heiße Jones, begann gerade, auf dem Sitz näher an Joe heranzurücken, als der Chinese den Wagen am Ende eines schmalen Weges zum Stehen brachte und sagte: «Wenn Sie den Blue Pool sehen möchten, müssen Sie knapp sieben Minuten dort hinaufgehen, Sir. Es ist die Hauptattraktion der Insel Trinidad.»

Joe sprang aus dem Wagen und stellte sich vor einen großen Baum mit zottiger roter Rinde, um Wasser zu lassen. Der Mann, der gesagt hatte, er heiße Jones, stellte sich neben ihn. «Zwei Seelen, ein Gedanke», sagte er.

«Ja», sagte Joe, ging zu dem Chinesen und fragte ihn, wo es Affen zu sehen gebe.

«Der Blue Pool», sagte der Chinese, «ist einer ihrer Lieblingsplätze.» Er stieg aus dem Wagen, ging drumherum und blickte mit seinen schwarzen Knopfaugen scharf in das Blattwerk über ihnen. Plötzlich zeigte er mit dem Finger nach oben. Hinter einem schwankenden Büschel Blattwerk war etwas Schwarzes zu sehen. Ein kreischendes Keckern ertönte, und drei Affen setzten in langen, schwingenden Sprüngen von Ast zu Ast. Im Nu waren sie fort, und man sah nur noch da und dort im Wald Äste federn, wo sie mit ihren Sprüngen landeten. Einer von ihnen hatte ein rosiges Babyäffchen vor der Brust hängen. Joe war begeistert. Er hatte bis jetzt noch nie richtig wilde Affen gesehen. Er marschierte los, den Pfad hinauf, und schlug ein so flottes Tempo an, dass der Mann, der gesagt hatte, er heiße Jones, Mühe hatte, mit ihm Schritt zu halten. Joe wollte noch mehr Affen sehen.

Nach einigen Minuten Fußmarsch hörte er einen Wasserfall. Irgendetwas ließ ihn an Great Falls und Rock Creek denken, und ihm wurde innerlich ganz weich zumute. Unter einem Wasserfall lag eine von riesigen Bäumen gesäumte Gumpe. «Hol's der Teufel, ich hätte Lust zu baden», sagte er.

«Gibt's hier keine Schlangen, Slim?»

«Schlangen tun einem nichts, wenn man ihnen nichts tut.»

Doch bei der Gumpe angelangt, sahen sie, dass dort Leute picknickten, junge Frauen in luftigen blau-rosa Kleidern, zwei, drei Männer in weißen Segeltuchhosen, alle unter gestreiften Schirmen gelagert. Zwei indische Diener warteten ihnen auf und brachten Speisen aus einem Korb. Von der anderen Seite der Gumpe drang das Zirpen kultivierter englischer Stimmen herüber «Mist, hier können wir nicht baden, und Affen wird's hier auch keine geben.»

«Wie wär's, wenn wir uns ihnen anschließen ... ich könnte mich vorstellen und Sie als meinen kleinen Bruder ausgeben. Ich habe ein Empfehlungsschreiben an einen Colonel Soundso, fühlte mich aber nicht in der Stimmung, es abzugeben.»

«Was zum Teufel haben die hier rumzufurzen?», sagte Joe und kehrte um. Affen sah er keine mehr, und bis er wieder beim Auto angekommen war, hatte in dicken Tropfen Regen eingesetzt.

«Das wird ihnen ihr verfluchtes Picknick versauen», sagte er grinsend zu dem Mann, der gesagt hatte, er heiße Jones, als dieser ihn mit schweißüberströmtem Gesicht einholte. «Meine Güte, Sie haben vielleicht ein Tempo drauf, Slim.» Er atmete schwer und klopfte Joe auf den Rücken. Joe stieg in den Wagen.

«Ich schätze, jetzt kriegen wir nen richtigen Guss.»

«Meine Herren», sagte der Chinese, «ich werde in die Stadt zurückfahren, denn wie ich sehe, steht uns ein Wolkenbruch bevor.»

Sie waren noch keinen Kilometer weit gekommen, da regnete es schon so kräftig, dass der Chinese nichts mehr sehen konnte. Er fuhr den Wagen in einen kleinen Schuppen am Straßenrand. Der auf das Blechdach hämmernde Regen tönte so laut wie ein Schiff, das Dampf ablässt. Der Mann, der gesagt hatte, er heiße Jones, fing an zu reden; er musste schreien, um sich überm Prasseln des Regens verständlich zu machen. «Ich schätze, Sie kriegen so einiges Komische zu sehen, Slim, bei dem Leben, das Sie führen.»

Joe stieg aus dem Wagen und wandte sich dem jähen Regenvorhang zu; das Sprühwasser in seinem Gesicht fühlte sich beinahe kühl an. Der Mann, der gesagt hatte, er heiße Jones, schob sich seitlich an ihn heran und bot ihm eine Zigarette an. «Wie hat's Ihnen denn bei der Navy gefallen?»

Joe nahm die Zigarette, zündete sie an und sagte: «Nicht besonders.»

«Ich war mit vielen Jungs von der Navy befreundet ... ich nehme an, auf Landurlaub haben Sie richtig die Puppen tanzen lassen, oder?» Joe sagte, um die Puppen tanzen zu lassen, habe es ihm für gewöhnlich am nötigen Kleingeld gefehlt, manchmal habe er stattdessen Baseball gespielt, das sei gar nicht so übel gewesen.

«Aber Slim, ich habe immer gedacht, Seeleuten wäre alles egal, wenn sie im Hafen liegen.»

«Na ja, einige von den Jungs versuchen schon, einen draufzumachen, aber für gewöhnlich kommen sie nicht sehr weit, weil sie nicht genug Kies haben.»

«Vielleicht können Sie und ich in Port of Spain einen draufmachen, Slim.»

Joe schüttelte den Kopf. «Nein, ich muss zurück an Bord.»

Der Regen nahm zu, bis das Blechdach so laut dröhnte, dass Joe nicht verstehen konnte, was der Mann, der gesagt hatte, er heiße Jones, ihm zu sagen versuchte, dann ließ der Regen nach und hörte schließlich ganz auf.

«Aber Sie kommen doch wenigstens im Hotel mit auf mein Zimmer, Slim, dann trinken wir was. Hier kennt mich niemand. Ich kann machen, was ich will.»

«Ich würde mir gern den Sportteil von der Zeitung von zu Hause ansehen, wenn's Ihnen recht ist.»

Sie stiegen in den Wagen und fuhren in die Stadt zurück, auf Straßen, die wegen des stehenden Wassers wie Kanäle wirkten. Die Sonne kam heiß heraus, und alles dampfte blau. Es war Spätnachmittag. Die Straßen der Stadt wimmelten von Menschen; Inder mit Turbanen, Chinesen in flotter Kleidung von Hart Schaffner & Marx, weiß gekleidete Weiße mit roten Gesichtern, zerlumpte Nigger in allen Schattierungen.

Beim Gang durch die Eingangshalle des Hotels war Joe in seinem Arbeitsanzug, der zudem noch ziemlich nass war, unbehaglich zumute, und außerdem hatte er eine Rasur nötig. Der Mann, der gesagt hatte, er heiße Jones, legte ihm den Arm um die Schultern, als sie die Treppe hinaufstiegen. Sein Zimmer war groß, mit hohen, schmalen Fenstern, deren Läden vorgelegt waren, und es roch nach Haarwasser. «Mein Gott, was ist mir heiß und was bin ich nass», sagte er. «Ich gehe duschen ... aber zuerst lassen wir uns mal zwei Gin Fizz kommen ... Wollen Sie sich nicht ausziehen und es sich gemütlich machen? Bei dem Wetter hält man es in den Kleidern doch gar nicht aus.»

Joe schüttelte den Kopf. «Meine Klamotten stinken zu sehr», sagte er. «Was ist denn jetzt mit den Zeitungen?»

Der indische Zimmerkellner kam mit den Drinks, während der Mann, der gesagt hatte, er heiße Jones, im Badezimmer war. Joe nahm das Tablett entgegen. Der schmale Mund des Inders und die schwarzen Augen, die auf etwas hinter einem schauten, hatten einen Ausdruck, der Joe sauer machte. Am liebsten hätte er dem tabakbraunen Scheißkerl eine gelangt. Der Mann, der gesagt hatte, er heiße Jones, kam in einem seidenen Bademantel ins Zimmer und wirkte erfrischt.

«Setzen Sie sich, Slim, wir trinken was und plaudern ein bisschen.» Der Mann strich sich mit den Fingern sanft über die Stirn, als hätte er Kopfschmerzen, dann fuhr er sich durch das krause schwarze Haar und ließ sich in einem Sessel nieder. Joe setzte sich auf der anderen Seite des Zimmers auf einen Stuhl.

«Mein Gott, ich glaube, die Hitze würde mich umbringen, wenn ich eine Woche hierbleiben müsste. Ich verstehe nicht, wie Sie das aushalten, wo Sie doch auch noch körperlich arbeiten und alles. Sie müssen ein ziemlich harter Bursche sein!»

Eigentlich wollte Joe nach den Zeitungen fragen, aber der Mann, der gesagt hatte, er heiße Jones, redete bereits weiter und sagte, er wünschte, er wäre auch ein harter Bursche und käme so in der Welt herum, lernte alle möglichen Menschen kennen, ginge in alle möglichen Pinten, bestimmt kriege man da so einiges Komische zu sehen, es müsse komisch sein, die ganzen Kerle, die tagelang auf See so dicht beieinander schliefen, da gehe es wohl ganz schön wild zu, wie?, und dann die Nächte an Land, wenn sie die Puppen tanzen ließen, einen draufmachten, mehrere Kerle mit einer Frau. «Wenn ich so leben würde, wäre mir alles egal, man hätte ja keinen Ruf zu verlieren, also könnte einen auch keiner erpressen, man müsste nur aufpassen, dass man nicht im Gefängnis landet, wie? Wissen Sie was, Slim, am liebsten würde ich mitkommen und auch so ein Leben führen.»

«Ach ja?», sagte Joe.

Der Mann, der gesagt hatte, er heiße Jones, klingelte nach weiteren Drinks. Als der indische Zimmerkellner gegangen war, fragte Joe erneut nach den Zeitungen.

«Ehrlich, Slim, ich habe überall danach gesucht. Anscheinend sind sie weggeworfen worden.»

«Tja, dann geh ich wohl mal wieder auf meinen verfluchten Kahn.» Joe hatte die Hand auf der Klinke.

Der Mann, der gesagt hatte, er heiße Jones, kam zu ihm gerannt, nahm seine Hand und sagte: «Nein, Sie gehen nicht. Sie haben gesagt, Sie gehen mit mir feiern. Sie sind ein furchtbar netter Junge. Sie werden es nicht bereuen. Sie können doch nicht einfach so gehen, wo ich mich jetzt so wohl mit Ihnen fühle und so, wie soll ich sagen, zärtlich. Geht es Ihnen denn nie so, Slim? Ich lasse mich auch nicht lumpen. Ich gebe Ihnen fünfzig Dollar.» Joe schüttelte den Kopf und zog die Hand weg.

Er musste den anderen zur Seite stoßen, um zur Tür hinauszukommen; er rannte die weiße Marmortreppe hinunter und auf die Straße.

Es war schon fast dunkel; Joe ging rasch. Er war schweißüberströmt. Im Gehen fluchte er leise vor sich hin. Er fühlte sich mies, war stinksauer und hätte wahnsinnig gern ein paar Zeitungen von zu Hause gesehen.

Eine Zeitlang schlenderte er in der kleinen, parkartigen Anlage, wo er am Nachmittag gesessen hatte, hin und her, dann machte er sich auf den Weg zu den Kais. Er konnte sich genauso gut aufs Ohr hauen. Der Bratfettgeruch aus den Esslokalen erinnerte ihn daran, dass er Hunger hatte. Er betrat eines, bevor ihm einfiel, dass er keinen Cent in der Tasche hatte. Er folgte den Klängen eines Klaviers und fand sich im Rotlichtbezirk wieder. In den Türen der kleinen Hütten standen Niggerhuren in sämtlichen Schattierungen und Formen, Mischlingsfrauen mit chinesischem und indianischem Einschlag, ein paar verblühte fette Deutsche oder Französinnen; eine kleine Mulattin, die die Hand ausstreckte und ihn an der Schulter berührte, als er vorbeikam, war verdammt hübsch. Er blieb stehen, um mit ihr zu reden, doch als er sagte, dass er blank war, lachte sie und sagte: «Dann geh mal weiter, Mister Kein-Geld-Mann ... für nen Kein-Geld-Mann ist hier kein Platz.»

An Bord zurückgekehrt, wollte er den Koch um ein bisschen was zu futtern bitten, aber er konnte ihn nirgendwo finden, also kaute er einen Priem und ließ es gut sein. In der Back war es wie in einem Ofen. Nur mit einer Latzhose am Leib ging er an Deck und spazierte mit der Deckswache auf und ab, einem jungen Kerl aus Dover mit rosigem Gesicht, den alle nur Tiny nannten. Tiny sagte, er habe den Alten und Mr. McGregor in der Kabine miteinander reden hören, morgen wollten sie nach Sainte-Luce, Zitronen laden, und dann zurück in die Heimat, und was wär er froh, die schöne kleine Insel wiederzusehen und endlich von diesem Scheißkahn runterzukommen. Joe sagte, ihm würde das gar nichts nützen, er sei in Washington, D.C., zu Hause.

«Ich will raus aus diesem Drecksleben und einen Job, bei dem was rumkommt. Im Augenblick glaubt jeder Scheißkerl von Tourist mit n bisschen Kies in der Tasche, er kann dich als Matratze mieten.» Joe erzählte Tiny von dem Mann, der gesagt hatte, er heiße Jones, und Tiny lachte sich halb kaputt. «Fünfzig Dollar, das sind zehn Pfund. Für zehn Pfund hätt ich nicht übel Lust gehabt, den feinen Pinkel ranzulassen.»

Die Nacht war vollkommen windstill. Die Moskitos begannen sich über Joes nackten Hals und seine Arme herzumachen. Aus dem trägen Wasser am Kai stieg ein süßlich heißer Dunst auf, der die Lichter am Ufer verschwimmen ließ. Joe und Tiny drehten ein paar Runden, ohne etwas zu sagen.

«Was genau hat er eigentlich von dir verlangt, Yank?», sagte Tiny kichernd.

«Ach, zum Teufel mit ihm», sagte Joe. «Ich will raus aus diesem Leben. Egal was passiert oder wo du bist, der Seemann langt immer in die Scheiße. Stimmt's, Tiny?»

«Und ob ... zehn Pfund! Der feine Pinkel sollte sich was schämen. Die Moral verderben, darum geht's ihm. Man müsst ihm mit n paar Schiffskameraden auf die Bude rücken und ihn kräftig bluten lassen. In Dover gibt's so einige alte feine Pinkel, die zahlen kräftig und haben viel weniger Dreck am Stecken als der. Die kommen auf Urlaub rüber und steigen den Jungs in den Badeanstalten nach ... Bluten lassen würd ich ihn, Yank.»

Joe blieb stumm. Nach einer Weile sagte er: «Mein Gott, und als Kind hab ich gedacht, ich wollte in die Tropen.»

«Das hier sind nicht die Tropen, das ist ein verdammtes Höllenloch, und nichts anderes.»

Sie gingen noch ein paarmal auf und ab. Joe trat an die Reling, beugte sich darüber und schaute hinunter in die schmierige Schwärze. Verfluchte Moskitos. Sein Priem landete mit leisem Platschen im Wasser, als er ihn ausspuckte. Er ging wieder hinunter in die Back, kroch in seine Koje, zog sich die Decke über den Kopf und lag schwitzend da. «Verdammt, ich wollte unbedingt die Baseball-Ergebnisse sehen.»

Am nächsten Tag bunkerten sie Kohlen, und am Tag danach musste Joe die Offizierskabinen malern, während sich die *Argyle* erneut zwischen den schleimgrünen, farnüberwucherten Inseln der Boca aufs offene Meer hinausschob, und er war sauer, weil er einen Matrosenbrief hatte und sie ihn hier immer noch wie einen gewöhnlichen Leichtmatrosen behandelten, und außerdem war er auf dem Weg nach England und wusste nicht, was er dort sollte, und seine Schiffskameraden sagten, man würde ihn höchstwahrscheinlich in ein Internierungslager stecken, immerhin wäre er Ausländer und würde ohne Pass in England landen, schließlich war Krieg, und überall wimmelte es von deutschen Spionen; aber der Wind schmeckte mittlerweile nach Salz, und wenn er aus dem

Bullauge schaute, sah er statt des Pfützenwassers vor Trinidad blauen Ozean und fliegende Fische, die zu Hunderten vom Schiff wegschnellten.

Der Hafen von Sainte-Luce war sauber und landumschlossen, unter den Kokospalmen weiße Häuser mit roten Dächern. Wie sich herausstellte, sollten sie Bananen laden; sie brauchten anderthalb Tage, um im Laderaum achtern Trennwände mit Kanthölzern zum Aufhängen der Bananen zusammenzuzimmern. Es war schon dunkel, als sie am Bananenkai festgemacht und die beiden Laufplanken und den kleinen Ladebaum zum Abfieren der Bananenbüschel aufgebaut hatten. Auf dem Kai wimmelte es von farbigen Frauen, die lachten, kreischten und der Crew alles Mögliche zuschrien, und kräftigen Niggern, die untätig herumstanden. Das Verladen übernahmen die Frauen. Nach einer Weile fingen sie an, eine Laufplanke heraufzukommen, jede mit einem riesigen grünen Bananenbüschel auf Kopf und Schultern; es gab alte schwarze Mommys und hübsche junge Mulattinnen; im Licht der großen Schiffslampen glänzten ihre Gesichter von Schweiß, unter ihren zerlumpten Kleidern konnte man ihre schwingenden Hängebrüste sehen, braune Haut durch einen Riss im Ärmel. Wenn eine Frau am Ende der Laufplanke ankam, hoben zwei große Nigger ihr vorsichtig das Bananenbüschel von den Schultern, der Vorarbeiter gab ihr einen Zettel, und sie lief auf der anderen Laufplanke wieder auf den Kai hinunter. Außer den Leuten an dem kleinen Hilfsmotor hatte die Decksmannschaft nichts zu tun. Die Männer standen unbehaglich herum und betrachteten die Frauen, das Glitzern von weißen Zähnen und Augäpfeln, die schweren Brüste, die kräftigen Bewegungen der Schenkel. Sie standen herum, sahen den Frauen zu, kratzten sich, traten von einem Bein aufs andere; es fielen nicht einmal viele schmutzige Bemerkungen. Die Nacht war schwarz und still, heiß umdunstete die Männer der Bananengeruch und der Schweißgestank der Niggerweiber; ab und zu drang von ein paar Kisten Zitronen, die auf dem Kai gestapelt waren, ein leiser Hauch von Frische herüber.

Auf einmal merkte Joe, dass Tiny ihn zu sich winkte. Er folgte ihm in den Schatten. Tiny hielt den Mund an Joes Ohr. «Hier gibt's Nutten, Yank, komm mit.» Sie gingen nach vorn in den Bug und ließen sich an einem Tau auf den Kai hinunterrutschen. Das Tau versengte ihnen die Hände. Tiny spuckte sich in die Hände und rieb sie aneinander. Joe tat das Gleiche. Dann schlüpften sie in den Lagerschuppen. Zu ihren Füßen huschte eine Ratte vorbei. In dem Schuppen lagerte Guano, es stank nach Dünger. Vor einer kleinen Tür in der hinteren Wand war es stockfinster, der Boden sandig. Ein trüber Schimmer von Straßenlaternen erhellte den oberen Teil des Schuppens. Man hörte Frauenstimmen, ein leises Lachen. Tiny war verschwunden. Joes Hand lag auf einer nackten Frauenschulter. «Aber zuerst musst du mir n Shilling geben», sagte die süße Stimme einer Westinderin mit Cockney-Akzent. Seine Stimme war heiser geworden. «Klar, Schätzchen, natürlich.»

Als seine Augen sich an die Dunkelheit gewöhnt hatten, sah er, dass sie nicht die Einzigen waren. Überall um sie herum Gekicher, heiseres Atmen. Vom Schiff kam das unregelmäßige Surren der Winschen und das laute Stimmengewirr der Frauen, die Bananen luden.

Die Frau verlangte Geld. «Nun mach schon, white boy, du hast's versprochen.» Tiny stand neben ihm und knöpfte sich gerade die Hose zu. «Wir sind gleich wieder da, Mädels.»

«Ja, wir haben unsern Kies aufm Schiff vergessen.»

Von den Frauen verfolgt, rannten sie durch den Lagerschuppen zurück, hangelten sich die Jakobsleiter hinauf, die jemand heruntergelassen hatte, und landeten völlig außer Atem und sich vor Lachen biegend auf dem Deck. Als sie über die Reling schauten, liefen die Frauen auf dem Kai hin und her, fauchten und schimpften wie die Wildkatzen.

«Macht's gut, Ladys», rief Tiny zu ihnen hinunter und lüftete seine Mütze. Er packte Joe am Arm und zog ihn weg; eine Zeitlang standen sie am Ende der Laufplanke herum. «Sag mal, Tiny, deine war so alt, das hätt glatt deine Großmutter sein können, verdammt noch mal», flüsterte Joe.

«Großmutter, von wegen, ich hab die Hübsche gehabt.»

«Erzähl nicht so n Quatsch ... die muss mindestens sechzig gewesen sein.»

«Was n Scheiß ... ich hab die Hübsche gehabt», sagte Tiny und entfernte sich verschnupft.

Hinter den befransten Hügeln war rot der Mond aufgegangen. Die Bananenbüschel, die die Frauen die Laufplanke hinauftrugen, bildeten im Gleißen der Arbeitslampen eine sich windende grüne Schlange. Joe fühlte sich plötzlich angewidert und müde. Er ging nach unten und wusch sich gründlich mit Seife und Wasser, ehe er in seine Koje kroch. Er schlief ein, während er den schottischen und britischen Stimmen seiner Schiffskameraden lauschte, die über die Nutten hinterm Lagerschuppen redeten, darüber, wie viele sie gehabt hatten und wie oft und wie es im Vergleich dazu in Argentinien, Durban oder Singapur aussah. Das Verladen ging die ganze Nacht weiter.

Bis Mittag hatten sie für Liverpool klariert, der erste Maschinist ließ kräftig einheizen, um für eine schnelle Überfahrt zu sorgen, und alles redete von der Heimat. Es gab Bananen, so viel sie essen konnten; jeden Tag brachte der Ladungsoffizier überreife Büschel nach oben und hängte sie in die Kombüse. Alle nörgelten darüber, dass sie nicht bewaffnet seien, aber der Alte und McGregor machten sich anscheinend mehr Sorgen um die Bananen als um die Handelsstörer. /150/ Ständig schauten sie unter die Leinwandplane über dem Luk, an dem oben ein Ventilator angebracht worden war, um festzustellen, ob die Bananen zu rasch reiften. In der Back gab es viel Gequatsche über die verdammten Bananen.

Nachdem sie den Wendekreis überquert hatten, gerieten sie in einen üblen Nordwind, der vier Tage anhielt, und danach war das Wetter die ganze Zeit mies. Nach seinen vier Stunden am Ruder hatte Joe nicht viel zu tun; in der Back nörgelten sie alle darüber, dass die Kakerlaken und Wanzen nicht ausgeräuchert wurden, dass das Schiff nicht bewaffnet war und sich keinem Konvoi anschloss. Dann verbreitete sich das Gerücht, vor Lizard Point kreuzten deutsche U-Boote, und vom Alten abwärts wurden alle reizbar. Man begann, auf Joe herumzuhacken, weil Amerika sich aus dem Krieg heraushielt, und er hatte lange Auseinandersetzungen mit Tiny und einem alten Burschen aus Glasgow, den sie Haig nannten. Joe sagte, er sehe nicht ein, was zum Teufel der Krieg die Vereinigten Staaten anginge, und darüber kam es fast zu einer Prügelei.

Nachdem sie die Leuchtfeuer der Scilly Islands gesichtet hatten, sagte der Funker, sie hätten Verbindung zu einem Konvoi und würden für die Fahrt durch die Irische See einen Zerstörer ganz für sich allein bekommen, der sie sicher bis in den Mersey geleiten würde. Die Briten hätten bei Mons /151/ eine große Schlacht gewonnen. Der Alte gab eine Runde Rum aus, und alle waren bester Stimmung, außer Joe, der sich Sorgen darüber machte, was wohl mit ihm passieren würde, wenn er ohne Pass nach England kam. Außerdem fror er ständig, weil er keine warme Kleidung hatte.

Am gleichen Abend tauchte aus dem nebligen Zwielicht plötzlich ein Zerstörer auf, der über seiner großen, weiß schäumenden Bugwelle wie eine Kirche aufragte. Die auf der Brücke bekamen einen Heidenschreck, weil sie zuerst glaubten, es wäre ein Hunne. Der Zerstörer hisste den Union Jack, verlangsamte seine Fahrt auf das Tempo der *Argyle* und hielt sich in kurzer Entfernung querab von ihr. Die Mannschaft kam an Deck und brachte ein dreifaches Hurra auf den Zerstörer aus. Einige wollten *God Save the King* singen, aber der Wachhabende auf der Brücke des Zerstörers begann per Megaphon den Alten zur Schnecke zu machen, wieso er verfluchte Scheiße noch mal keinen Zickzackkurs fahre und ob er vielleicht nicht wisse, dass in Kriegszeiten auf einem Handelsschiff jegliche Art von verfluchtem Scheißlärm verboten sei.

Es war acht Glasen, die Wache wechselte, und Joe und Tiny begannen genau in dem Moment zu lachen, als sie an Deck

Mr. McGregor begegneten, der mit purpurrotem Gesicht angestakst kam. Er blieb direkt vor Joe stehen und fragte ihn, was er denn so lustig finde. Joe gab keine Antwort. Mr. McGregor starrte ihn unverwandt an und sagte mit seiner langsamen, fiesen Stimme, wahrscheinlich sei er gar kein Amerikaner, sondern ein dreckiger Hunnenspion, und er solle sich zur nächsten Schicht im Kesselraum melden. Joe sagte, er habe als Vollmatrose angeheuert, und sie hätten nicht das Recht, ihn als Heizer zu beschäftigen. Mr. McGregor sagte, er habe sich in dreißig Jahren auf See noch nie an jemandem vergriffen, aber wenn er, Joe, noch ein einziges Wort sage, dann werde er ihn verdammt noch mal niederschlagen. Joe spürte brennende Hitze, aber er blieb mit geballten Fäusten stehen, ohne ein Wort zu sagen. McGregor starrte ihn mehrere Sekunden lang einfach nur an, im Gesicht rot wie ein Truthahn. Zwei von der Wache kamen vorbei. «Übergebt den Kerl hier dem Bootsmann und legt ihn in Eisen. Vielleicht ist er ein Spion ... Geh friedlich mit, oder es wird noch schlimmer für dich.»

Die Füße in Eisen, verbrachte Joe die Nacht zusammengekauert in einem kleinen Kabuff, das nach Bilge roch. Am nächsten Morgen ließ ihn der Bootsmann heraus und sagte ihm einigermaßen freundlich, er solle sich beim Smutje einen Schlag Porridge holen, sich ansonsten aber nicht an Deck blicken lassen. Man werde ihn der Ausländerbehörde übergeben, sobald man in Liverpool angelegt habe.

Als er, die Beine noch steif von den Fesseln, das Deck überquerte, um zur Kombüse zu gehen, stellte er fest, dass sie bereits im Mersey waren. Der Morgen war in rötliches Sonnenlicht getaucht. Ringsum lagen überall Schiffe vor Anker, plump wirkende schwarze Segelkähne und Patrouillenboote durchschnitten das fahlgrüne, gekräuselte Wasser. Die große, braune Rauchglocke über ihnen war hier und da mit frischem, weißem Rauch durchsetzt, in dem sich das Sonnenlicht fing.

Der Koch gab ihm einen Teller Porridge und einen Becher bitteren, kaum lauwarmen Tee. Als er aus der Kombüse kam, waren sie schon weiter flussaufwärts, man sah kleine Städte auf beiden Seiten, der Himmel war vollständig mit braunem Rauch und Nebel bedeckt. Die *Argyle* lief mit kleiner Fahrt.

Joe stieg in die Back hinunter und legte sich in seine Koje. Seine Schiffskameraden starrten ihn allesamt wortlos an, und als er etwas zu Tiny sagte, der in der Koje unter seiner lag, bekam er keine Antwort. Das bedrückte ihn mehr als alles andere. Er drehte das Gesicht zur Wand, zog sich die Decke über den Kopf und schlief ein.

Er wachte davon auf, dass ihn jemand schüttelte. «Na los, guter Mann», sagte ein hochgewachsener englischer Bobby, der einen blauen Helm mit Glanzleder-Kinnriemen trug und ihn an der Schulter gepackt hielt.

«Schon gut, einen Moment», sagte Joe. «Ich würde mich gern waschen.»

Der Bobby schüttelte den Kopf. «Je eher und je friedlicher Sie mitkommen, desto besser für Sie.»

Joe zog sich die Mütze tief in die Stirn, holte seine Zigarrenkiste unter seiner Matratze hervor und folgte dem Bobby an Deck. Die *Argyle* hatte bereits am Kai festgemacht. Also ging er, ohne sich von jemandem zu verabschieden oder Heuer zu bekommen, die Gangway hinunter, einen halben Schritt hinter sich den Bobby, der ihn fest am Oberarm gepackt hielt. Sie gingen über den mit Steinplatten belegten Kai und durch ein großes Eisentor bis zu der Stelle, wo der Gefangenenwagen stand. Eine kleine Schar Müßiggänger, rote Gesichter im Nebel, schwarze, schmutzige Kleidung.

«Schaut ihn euch an, den dreckigen Hunnen», sagte ein Mann. Eine Frau zischte, ein paar Buhrufe und ein Pfiff wurden laut, dann schlossen sich die glänzenden schwarzen Türen hinter ihm; der Wagen fuhr zügig an, und Joe spürte, wie es in rasender Fahrt über kopfsteingepflasterte Straßen ging.

Er saß vornübergebeugt im Dunkeln. Er war froh, dass er allein hier drin war. So hatte er die Möglichkeit, sich wieder in den Griff zu bekommen. Er hatte kalte Hände und Füße. Nicht zu zittern kostete ihn alle Mühe. Er wünschte, er wäre anständig angezogen. Ein Hemd, eine Hose mit Farbflecken und ein Paar schmutzige Filzpantoffeln waren alles, was er anhatte. Plötzlich hielt der Wagen an, zwei Bobbys befahlen ihm auszusteigen, und er wurde einen weiß getünchten Flur entlang in ein kleines Zimmer gescheucht, in dem an einem gelb lackierten Tisch ein Polizeiinspektor, ein hochgewachsener Engländer mit länglichem Gesicht, saß. Der Inspektor sprang auf, ging mit geballten Fäusten auf Joe zu, als wollte er ihn schlagen, und sagte plötzlich etwas in einer Sprache, bei der es sich, wie Joe glaubte, um Deutsch handeln musste. Joe, der das Ganze irgendwie komisch fand, schüttelte grinsend den Kopf. «Nix verstehen», sagte er.

«Was ist in der Schachtel?», blaffte der Inspektor die beiden Bobbys plötzlich an; er hatte sich wieder an den Schreibtisch gesetzt. «Ihr müsst diese Burschen durchsuchen, bevor ihr sie hier hereinbringt.»

Einer der Bobbys riss Joe die Zigarrenkiste unterm Arm weg, klappte sie auf, wirkte erleichtert, als er sah, dass sie keine Bombe enthielt, und kippte sie auf dem Tisch aus.

«Sie behaupten also, Amerikaner zu sein?», brüllte der Mann Joe an.

«Klar bin ich Amerikaner», sagte Joe.

«Was zum Teufel haben Sie dann in Kriegszeiten in England verloren?»

«Ich wollte ja gar nicht nach ...»

«Schnauze», brüllte der Mann.

Dann bedeutete er den beiden Bobbys zu gehen und sagte: «Schicken Sie Corporal Eakins herein.»

«Jawohl, Sir», sagten die beiden Bobbys unisono und in respektvollem Ton.

Als sie hinausgegangen waren, kam er erneut mit geballten Fäusten auf Joe zu. «Am besten, Sie gestehen alles, Freundchen ... wir haben sämtliche erforderlichen Informationen.»

Joe musste die Zähne zusammenbeißen, damit sie nicht klapperten. Er hatte Angst.

«Ich hab in B.A. auf dem Trockenen gesessen, verstehen Sie ... musste den ersten Kahn nehmen, den ich kriegen konnte. Sie glauben doch nicht, dass einer freiwillig auf einem Engländer anheuert, wenn er nicht muss, oder?» Joe wurde allmählich sauer; ihm war wieder warm.

Der in Zivil griff nach einem Bleistift und klopfte damit drohend auf den Schreibtisch. «Mit Unverschämtheit erreichen Sie hier gar nichts, Freundchen ... Immer schön höflich bleiben.» Dann begann er, die Fotos, Briefmarken und Zeitungsausschnitte aus Joes Zigarrenkiste durchzusehen. Zwei Männer in Khaki kamen herein. «Ziehen Sie ihn aus und durchsuchen Sie ihn», sagte der Mann am Schreibtisch, ohne aufzublicken.

Joe sah die beiden Männer verständnislos an; sie wirkten ein wenig wie Krankenwärter. «Zack, zack», sagte einer von ihnen. «Wir wollen ungern Gewalt anwenden.»

Joe zog sein Hemd aus. Dass er errötete, machte ihn sauer; er schämte sich, weil er keine Unterwäsche anhatte. «Gut, jetzt die Hose.»

Joe stand nackt in seinen Pantoffeln da, während die Männer in Khaki seine Hose und sein Hemd durchsuchten. Sie fanden ein Knäuel sauberes Werg, eine verbeulte Prince-Albert-Dose mit einem Stück Kautabak darin und ein kleines Taschenmesser mit abgebrochener Klinge. Einer von ihnen untersuchte den Gürtel und machte den anderen auf die Stelle aufmerksam, wo das Leder frisch vernäht war. Mit einem Messer schlitzte er sie auf, und beide blickten gespannt hinein.

Joe grinste. «Da drin hab ich meine Geldscheine aufbewahrt», sagte er. Die beiden verzogen keine Miene.

«Mund auf.» Einer von ihnen packte ihn mit kräftiger Hand am Kiefer. «Sergeant, sollen wir die Füllungen rausnehmen? Er hat zwei, drei Füllungen hinten im Mund.»

Der Mann hinter dem Schreibtisch schüttelte den Kopf. Einer

der Männer verließ den Raum und hatte, als er zurückkam, an einer Hand einen eingefetteten Gummihandschuh. «Vorbeugen», sagte der andere, legte Joe eine Hand in den Nacken und drückte seinen Kopf nach unten, während der mit dem Gummihandschuh ihm mit dem Finger in den After fuhr. «He, was soll das», zischte Joe mit zusammengebissenen Zähnen.

«Gut, Freundchen, das wär's dann fürs Erste», sagte der Mann, der ihm den Kopf heruntergedrückt hatte, und ließ los. «Tut mir leid, aber das muss sein ... Vorschrift.»

Der Corporal trat an den Schreibtisch und nahm Haltung an. «In Ordnung, Sir ... der Gefangene hat nichts von Interesse bei oder an sich.»

Joe fror schrecklich. Seine Zähne klapperten, und er konnte nichts dagegen machen.

«Schauen Sie auch in seinen Pantoffeln nach, wenn's recht ist», knurrte der Inspektor. Joe gab seine Pantoffeln nur ungern her, weil er schmutzige Füße hatte, aber es war nichts zu machen. Der Corporal zerschnitt sie mit seinem Taschenmesser. Dann nahmen beide Männer Haltung an und warteten darauf, dass der Inspektor aufblickte. «In Ordnung, Sir ... nichts gefunden. Soll ich dem Gefangenen eine Decke holen, Sir? Sieht so aus, als wär ihm kalt.»

Der Mann hinter dem Schreibtisch schüttelte den Kopf und winkte Joe zu sich. «Kommen Sie her. Wenn Sie jetzt bereit sind, wahrheitsgemäß zu antworten, und uns keine Scherereien machen, dann ist das Schlimmste, was Ihnen passieren kann, dass Sie bis Kriegsende in ein Internierungslager kommen ... Aber wenn Sie uns Scherereien machen, sieht die Sache möglicherweise sehr viel ernster aus. Immerhin gilt bei uns das Gesetz zur Verteidigung des Reiches /152/, vergessen Sie das nicht ... Wie heißen Sie?»

Nachdem Joe seinen Namen, seinen Geburtsort, den Namen seines Vaters und seiner Mutter sowie die Namen der Schiffe genannt hatte, auf denen er gefahren war, feuerte der Inspektor plötzlich eine Frage auf Deutsch ab. Joe schüttelte den Kopf. «Hey, warum glauben Sie bloß, dass ich Deutsch kann?»

«Sperren Sie den Kerl ein … Wir wissen sowieso über ihn Bescheid.»

«Sollen wir ihm seine Sachen geben, Sir?», fragte einer der Männer zaghaft.

«Der braucht keine Sachen mehr, wenn er sich nicht verdammt in Acht nimmt.»

Der Corporal zückte einen Schlüsselbund und öffnete eine schwere Holztür in der Seitenwand des Raums. Sie stießen Joe in eine kleine, fensterlose Zelle mit einer Bank. Die Tür knallte hinter ihm zu, und er saß zitternd im Dunkeln. Tja, jetzt sitzt du richtig in der Scheiße, Joe Williams, sagte er laut. Er stellte fest, dass er sich aufwärmen konnte, indem er Gymnastik machte und sich Arme und Beine rieb, aber seine Füße blieben taub.

Nach einer Weile hörte er, wie sich der Schlüssel im Schloss drehte; der Mann in Khaki warf eine Decke in die Zelle und knallte die Tür zu, ehe Joe etwas sagen konnte.

Er wickelte sich in die Decke, legte sich auf die Bank und versuchte zu schlafen.

Er fuhr aus einem Albtraum hoch. Es war kalt. Die Wache war geweckt worden. Er sprang von der Bank auf. Es war stockdunkel. Eine Sekunde lang glaubte er, er wäre in der Nacht blind geworden. Dann fiel ihm wieder ein, wo er sich befand, und auch, was sonst noch passiert war, seit sie die Leuchtfeuer der Scilly Islands gesichtet hatten. Er hatte einen Eisklumpen im Magen. Eine Zeitlang ging er von Wand zu Wand hin und her, dann wickelte er sich wieder in die Decke. Es war eine gute, saubere Decke, die nach Lysol oder etwas Ähnlichem roch.

Als er wieder aufwachte, hatte er einen Mordshunger und wollte Wasser lassen. Er musste lange im Viereck der Zelle herumtappen, bis er unter der Bank einen EMAILLIERTEN Eimer fand. Er benutzte ihn und fühlte sich besser. Er war froh, dass der Eimer einen Deckel hatte. Er fragte sich, wie er die Zeit totschlagen sollte. Er begann, an Georgetown zu denken, daran, wie gut er es mit Alec und Janey gehabt hatte, an die Clique, die in Mulvaneys Billardkneipe herumhing, die Mädels, die er bei Mondscheinfahrten auf der *Charles Macalister* abgeschleppt hatte, ließ sämtliche guten Pitcher Revue passieren, die er je gesehen oder von denen er gelesen hatte, und versuchte, sich an den Batting average jedes einzelnen Spielers in den Mannschaften von Washington zu erinnern.

Er war dazu übergegangen, sich seine Highschool-Spiele Inning für Inning ins Gedächtnis zurückzurufen, da wurde der Schlüssel ins Schloss gesteckt. Der Corporal, der ihn durchsucht hatte, öffnete die Tür und gab ihm sein Hemd und seine Hose. «Sie können sich waschen, wenn Sie wollen», sagte er. «Und machen Sie's lieber gründlich. Wir haben Befehl, Sie zu Captain Cooper-Trask zu bringen.»

«Mein Gott, können Sie mir denn nicht was zu essen oder ein bisschen Wasser holen? Ich bin halb verhungert ... Wie lang bin ich überhaupt schon hier drin?» Joe blinzelte in dem grellen weißen Licht, das aus dem anderen Raum in die Zelle fiel. Er zog sein Hemd und seine Hose an.

«Mitkommen», sagte der Corporal. «Darf keine Fragen beantworten, bis Sie bei Captain Cooper-Trask gewesen sind.»

«Aber was ist mit meinen Pantoffeln?»

«Bleiben Sie immer schön höflich und beantworten Sie alle Fragen, die man Ihnen stellt, das ist für sie das Beste ... mitkommen.»

Als er dem Corporal denselben Korridor entlang folgte, durch den er hereingekommen war, starrten sämtliche englischen Tommys auf seine nackten Füße. Im Waschraum gab es einen Kaltwasserhahn aus glänzendem Messing und ein Stück Seife. Als Erstes trank Joe ausgiebig. Ihm war schwindelig, und seine Knie zitterten. Von dem kalten Wasser, mit dem er sich Hände, Gesicht und Füße wusch, ging es ihm etwas besser. Zum Abtrocknen gab es nur ein Rollenhandtuch, das bereits schmutzig war. «Hören Sie, ich müsste mich rasieren», sagte er.

«Erst mal müssen Sie jetzt mitkommen», sagte der Corporal streng.

«Aber irgendwo habe ich noch eine Gillette ...»

Der Corporal starrte ihn wütend an. Sie gingen durch die Tür eines schön möblierten Büros mit einem dicken rotbraunen Teppich auf dem Boden. Hinter einem Mahagonischreibtisch saß ein älterer Mann mit weißem Haar, rundem Roastbeef-Gesicht und Unmengen von Abzeichen an der Uniform. «Ist das ...?», begann Joe, sah dann jedoch, dass der Corporal, nachdem er die Hacken zusammengeschlagen und salutiert hatte, in Habachtstellung erstarrt war.

Der ältere Mann hob den Kopf und betrachtete die beiden mit einem väterlichen Blick aus blauen Augen. «Ah ... ganz recht ...», sagte er. «Holen Sie ihn ein bisschen näher heran, Corporal, dann wollen wir ihn uns mal genauer anschauen ... Sieht er nicht ziemlich verheerend aus, Corporal? Geben Sie dem armen Teufel doch Schuhe und Strümpfe ...»

«Zu Befehl, Sir», sagte der Corporal in giftigem Ton und erstarrte erneut in Habachtstellung.

«Stehen Sie bequem, Corporal, stehen Sie bequem», sagte der ältere Mann, setzte eine Brille auf und betrachtete einige Papiere, die auf seinem Schreibtisch lagen. «Das ist ... äh ... Zentner ... behauptet, amerikanischer Staatsbürger zu sein, wie?»

«Er heißt Williams, Sir.»

«Ah ja, ganz recht ... Joe Williams, Seemann ...» Er bedachte Joe mit einem vertraulichen Blick seiner blauen Augen. «Ist das Ihr Name, mein Junge?»

«Ja, Sir.»

«Tja, und wie kommt es, dass Sie in Kriegszeiten versuchen, ohne Pass oder anderes Ausweispapier nach England zu gelangen?»

Joe erzählte, dass er einen Matrosenbrief besitze und in B. A. ... Buenos Aires ... auf dem Trockenen gesessen habe.

«Und wieso waren Sie in diesem Zustand in Argentinien?»

«Na ja, Sir, ich war bei der Mallory Line, und mein Schiff hat ohne mich abgelegt, ich hab nämlich ein bisschen einen draufgemacht, Sir, und der Skipper ist früher als vorgesehen abgefahren, und damit saß ich auf dem Trockenen.»

«Ah ... *a hot time in the old town tonight* /153/ ... so was in der Art, wie?» Der ältere Mann lachte; dann runzelte er plötzlich die Stirn. «Mal sehen ... äh ... auf welchem Dampfer der Mallory Line sind Sie gereist?»

«Auf der *Patagonia*, Sir, und ich bin nicht auf ihr gereist, sondern ich war Matrose.»

Der ältere Mann schrieb lange Zeit auf ein Blatt Papier, dann nahm er Joes Zigarrenkiste aus der Schreibtischschublade und begann die Zeitungsausschnitte und Fotos durchzusehen. Er griff ein Foto heraus und hielt es so, dass Joe es sehen konnte. «Ein ziemlich hübsches Mädchen ... ist das Ihre Liebste, Williams?»

Joe lief puterrot an. «Das ist meine Schwester.»

«Flottes Ding, muss ich schon sagen ... finden Sie nicht auch, Corporal?»

«Doch, Sir», sagte der Corporal reserviert.

«Also, mein Junge, wenn Sie irgendetwas über die Aktivitäten deutscher Agenten in Südamerika wissen ... oft sind das Amerikaner oder Hochstapler, die sich als Amerikaner ausgeben ... dann gestehen Sie es am besten gleich.»

«Ehrlich, Sir», sagte Joe, «davon weiß ich rein gar nichts. Ich war nur ein paar Tage in B. A.»

«Leben Ihre Eltern noch?»

«Mein Vater ist ziemlich krank ... aber ich habe noch meine Mutter und meine Schwestern in Georgetown.»

«Georgetown ... Georgetown ... mal sehen ... liegt das nicht in Britisch Guayana?»

«Es ist ein Stadtteil von Washington, D. C.»

«Richtig ... ah, wie ich sehe, waren Sie bei der Navy ...»

Der ältere Mann hielt das Bild von Joe und den beiden anderen

Marinern ein Stück von sich weg. Joes Knie fühlten sich so weich an, dass er meinte, er würde gleich umfallen. «Nein, Sir, das war bei der Reserve.»

Der ältere Mann legte alles in die Zigarrenkiste zurück. «Das können Sie jetzt alles wiederhaben, mein Junge ... Geben Sie ihm Frühstück und lassen Sie ihn im Hof ein bisschen frische Luft schnappen. Er sieht mir ziemlich wackelig auf den Beinen aus, Corporal.»

«Zu Befehl, Sir.» Der Corporal salutierte, und sie marschierten hinaus.

Das Frühstück bestand aus wässrigem Haferbrei, fadem Tee und zwei Scheiben Brot mit Margarine. Hinterher hatte Joe noch mehr Hunger als vorher. Trotzdem tat es gut, an die frische Luft zu kommen, obwohl es leicht nieselte und sich die Steinplatten des kleinen Hofs, in den man ihn führte, unter der dünnen Schmiere aus schwarzem Schmutz wie Eis an seinen Füßen anfühlten.

Im Hof war noch ein Gefangener, ein kleiner Mann mit feistem Gesicht, der eine Melone und einen braunen Mantel trug und sofort auf Joe zukam. «Sagen Sie, sind Sie Amerikaner?»

«Klar», sagte Joe.

«Mein Name ist Zentner ... Einkäufer für Restaurantausstattung ... aus Chicago ... ein verdammter Skandal ist das ... da komme ich in dieses verdammte Land, um ihnen ihre verdammte Ware abzukaufen, und gebe gute amerikanische Dollars aus ... noch vor drei Tagen habe ich in Sheffield eine Bestellung über zehntausend Dollar platziert. Und die verhaften mich als Spion, und ich bin schon die ganze Nacht hier, und erst heute Morgen lassen sie mich mit dem Konsulat telefonieren. Ungeheuerlich ist das, dabei habe ich einen Pass und ein Visum, alles, was die verlangen. Ich lasse mir das nicht gefallen. Ich gehe damit nach Washington. Ich werde die britische Regierung wegen Rufschädigung auf hunderttausend Dollar Schadenersatz verklagen. Vierzig Jahre bin ich schon amerikanischer Bürger, und mein Vater, der ist nicht aus Deutschland, sondern aus Polen gekommen … Und Sie, Sie Ärmster, wie ich sehe, haben Sie ja nicht mal Schuhe. Und die reden ständig von den grausamen Deutschen, und wenn das keine Grausamkeit ist, was ist es dann?»

Joe zitterte und drehte im Laufschritt Runden, um sich warm zu halten. Mr. Zentner zog seinen braunen Mantel aus und gab ihn ihm.

«Hier, Junge, ziehen Sie den Mantel an.»

«Aber das kann ich nicht annehmen; das ist verdammt nett von Ihnen.»

«In der Not muss man sich gegenseitig helfen.»

«Hol's der Teufel, wenn das hier der Frühling ist, dann will ich gar nicht wissen, wie der Winter aussieht … Ich gebe Ihnen den Mantel zurück, wenn ich wieder reingehe. Mein Gott, hab ich kalte Füße … Sind Sie auch durchsucht worden?»

Mr. Zentner verdrehte die Augen. «Ungeheuerlich», sprudelte er hervor. «Einen Geschäftsmann aus einem neutralen, befreundeten Land so zu demütigen. Warten Sie, bis ich das dem Botschafter erzähle. Ich werde klagen. Ich werde Schadenersatz fordern.»

«Ich auch», sagte Joe lachend.

In der Tür erschien der Corporal und rief: «Williams.»

Joe gab Mr. Zentner den Mantel zurück und schüttelte ihm die feiste Hand. «Vergessen Sie um Gottes willen bloß nicht, dem Konsul zu sagen, dass hier noch ein Amerikaner sitzt. Die reden davon, mich bis Kriegsende in ein Internierungslager zu stecken.»

«Sicher, keine Sorge, mein Junge. Ich hole Sie raus», sagte Mr. Zentner und warf sich in die Brust.

Diesmal wurde Joe in eine reguläre Zelle gebracht, die ein bisschen Licht und Platz zum Umhergehen bot. Der Korporal gab ihm ein Paar Schuhe und Wollsocken voller Löcher. In die Schuhe kam Joe nicht hinein, aber die Socken wärmten ihm ein wenig die

Füße. Gegen Mittag brachte man ihm eine Art Eintopf, der hauptsächlich aus Kartoffeln mit Augen bestand, und dazu wieder Brot und Margarine.

Am dritten Tag brachte der Schließer zusätzlich zum Mittagsfraß einen in braunes Papier eingewickelten Packen, der geöffnet worden war. Er enthielt einen Anzug, ein Hemd, Flanellunterwäsche, Socken und sogar eine Krawatte.

«Ein Brief war auch noch dabei, aber das ist gegen die Vorschriften», sagte der Schließer. «Die Klamotten machen n richtig feinen Pinkel aus Ihnen.»

Am Spätnachmittag befahl ihm der Schließer mitzukommen, und Joe legte den sauberen Kragen an, der ihm zu eng war, band sich die Krawatte um, zog die Hose hoch, die ihm um die Taille viel zu weit war, und folgte dem Schließer durch Korridore und über einen Hof voller Tommys in ein kleines Büro mit einer Wache vor der Tür und einem Sergeant an einem Schreibtisch. Auf einem Stuhl saß ein geschäftig wirkender junger Mann mit einem Strohhut auf den Knien.

«Da haben Sie Ihren Mann», sagte der Sergeant, ohne Joe anzusehen. «Sie können ihn jetzt befragen.»

Der geschäftig wirkende junge Mann stand auf und ging auf Joe zu. «Sie haben mir ja ganz schön viel Scherereien gemacht, aber ich habe mir die Unterlagen in Ihrem Fall angesehen, und für mich sieht es so aus, als wären Sie tatsächlich der, für den Sie sich ausgeben ... Wie heißt Ihr Vater?»

«Joseph P. Williams, genau wie ich ... Sagen Sie, sind Sie der amerikanische Konsul?»

«Ich bin vom Konsulat ... Was haben Sie sich eigentlich dabei gedacht, ohne Pass an Land zu kommen? Glauben Sie, wir haben nichts Besseres zu tun, als uns um einen Haufen verdammter Idioten zu kümmern, die zu dämlich sind, sich unterzustellen, wenn es regnet? Verdammt, eigentlich wollte ich heute Nachmittag Golf spielen, und jetzt hocke ich schon zwei Stunden hier und sehe zu, dass ich Sie aus dem Bau rauskriege.»

«Ich bin doch gar nicht an Land gegangen. Die sind aufs Schiff gekommen und haben mich geholt.»

«Das wird Ihnen hoffentlich eine Lehre sein ... Das nächste Mal haben Sie Ihre Papiere in Ordnung.»

«Jawohl, Sir ... Ganz bestimmt.»

Eine halbe Stunde später stand Joe draußen auf der Straße, die Zigarrenkiste und seine alten Kleider zu einem Bündel zusammengerollt und unter den Arm geklemmt. Es war ein sonniger Nachmittag; dunkel gekleidete Leute mit roten Backen, Frauen mit langen Gesichtern und schäbigen Hüten, die Straßen voller großer Autobusse und hoher Straßenbahnwagen; alles sah furchtbar komisch aus, bis ihm plötzlich einfiel, dass das hier England und dass er noch nie hier gewesen war.

Im Konsulat musste er lange in einem leeren Büro warten, während der geschäftig wirkende junge Mann einen Haufen Papiere zusammenstellte. Joe hatte Hunger und musste immerzu an Beefsteak mit Pommes frites denken. Endlich wurde er an den Schreibtisch gerufen, bekam ein Papier, und man sagte ihm, für ihn stehe ein Platz auf dem amerikanischen Dampfer *Tampa*, Heimathafen Pensacola, zur Verfügung, er solle am besten gleich zur Linienagentur gehen, die Sache klarmachen und sich an Bord begeben, denn wenn man ihn in Liverpool noch einmal aufgreife, sehe es schlecht für ihn aus.

«Sagen Sie, ist es vielleicht möglich, dass ich hier irgendwas zu essen kriege, Mr. Consul?»

«Was glauben Sie denn, was das hier ist, ein Restaurant? ... Nein, für irgendwelche Zuwendungen haben wir nicht die Mittel. Sie sollten dankbar sein für das, was wir schon getan haben.»

«Auf der *Argyle* habe ich keine Heuer gekriegt, und im Gefängnis bin ich fast verhungert.»

«Also gut, da haben Sie einen Shilling, aber mehr kann ich absolut nicht für Sie tun.»

Joe betrachtete die Münze. «Wer ist das – König George? Na, vielen Dank, Mr. Consul.»

Die Adresse der Linienagentur in der einen und den Shilling in der anderen Hand, ging er die Straße entlang. Er war sauer, fühlte sich schlapp und hatte ein flaues Gefühl im Magen. Auf der anderen Straßenseite sah er Mr. Zentner. Er rannte durch den stehenden Verkehr zu ihm hinüber und ging mit ausgestreckter Hand auf ihn zu.

«Ich habe die Kleider bekommen, Mr. Zentner, das war verdammt nett von Ihnen.» Mr. Zentner war in Begleitung eines kleinen Mannes in Offiziersuniform. Er wedelte mit seiner feisten Hand, sagte: «Ist mir ein Vergnügen, einem Landsmann behilflich zu sein», und ging weiter.

Joe ging in eine Fischbraterei und gab sechs Penny für Bratfisch aus, die anderen sechs Penny gingen für einen Krug Bier in einer Kneipe drauf, wo er auf einen Free Lunch gehofft hatte, an dem er sich satt essen konnte, aber es gab keinen. Bis er endlich zu der Agentur gefunden hatte, war dort schon geschlossen, und er durchstreifte im weißen, dunstigen Abend ohne rechtes Ziel die Straßen. In der Gegend des Hafens fragte er mehrere Leute, ob sie wüssten, wo die *Tampa* lag, aber keiner konnte ihm helfen, und sie redeten ohnehin so komisch, dass er sie kaum verstand.

Dann, als gerade die Straßenlaternen angingen und ihn so langsam der Mut verließ, sah er sich mit einem Mal hinter drei Amerikanern her eine Nebenstraße entlanggehen. Er schloss zu ihnen auf und fragte sie, ob sie wüssten, wo die *Tampa* liege. Teufel auch, und ob sie das wüssten, schließlich kämen sie selber von dort und seien gerade auf dem Weg, sich die gottverdammte Stadt anzusehen, er solle doch mitkommen. Und er war ganz aus dem Häuschen vor Freude darüber, nach den zwei Monaten auf dem britischen Kahn und dem Gefängnis und allem anderen ein paar Jungs aus der Heimat zu treffen. Sie gingen in eine Bar, tranken Whiskey, und er erzählte ihnen vom Gefängnis, davon, wie ihn die verdammten Bobbys vom Schiff geholt hatten und dass er keine Heuer und kein gar nichts gekriegt hatte, und sie hielten ihn frei, und einer namens Will Stirp, der aus Norfolk, Virginia, kam, zog einen Fünfdollarschein aus der Tasche und sagte, Joe solle ihn nehmen und ihn zurückzahlen, wenn er könne.

Solchen Jungs über den Weg zu laufen war wie eine Heimkehr in Gottes eigenes Land, und sie tranken eine Runde; sie waren vier Amerikaner in diesem lausigen Engländerkaff, und jeder spendierte eine Runde, weil sie vier Amerikaner waren und bereit, es mit der ganzen Welt aufzunehmen. Olaf war Schwede, aber er hatte schon seinen Einbürgerungsantrag gestellt, deswegen zählte er mit, und der andere hieß Maloney. Die Bardame mit dem scharfgeschnittenen Gesicht gab ihnen zu wenig raus, aber das ließen sie sich nicht gefallen; sie hatte ihnen fünfzehn Shilling statt zwanzig für ein Pfund gegeben, aber sie zwangen sie, die fünf rauszurücken. Sie gingen noch mal in eine Fischbraterei; anscheinend gab's in diesem Land nichts zu fressen außer Bratfisch, und dann tranken sie alle noch ein paar, und sie waren vier Amerikaner, denen es in diesem lausigen Engländerkaff ziemlich gut ging. Ein Schlepper kriegte sie zu fassen, weil wegen des Krieges schon Sperrstunde war, nichts mehr offen hatte und nur noch wenige Straßenlaternen brannten, die wegen der Zeppeline komische kleine Hütchen aufhatten. Der Schlepper war ein blasser Knülch mit Rattengesicht, er sagte, er kenne ein Haus, dort bekämen sie Bier und nette Mädchen und könnten sich in Ruhe amüsieren. Im Eingangsraum des Hauses hing eine große, mit roten Rosen bemalte Lampe, die Frauen waren mager und hatten Pferdezähne, ein paar Scheißengländer waren da, die schon ziemlich einen in der Krone hatten, und sie vier waren Amerikaner. Die Tommys fingen an, auf Olaf rumzuhacken, von wegen er wär n verdammter Hunne. Olaf sagte, er wäre Schwede, aber wenn er sich's aussuchen könnte, wär er lieber n verdammter Hunne als n Engländer. Irgendwer langte irgendwem eine, und ehe Joe wusste, was Sache war, prügelte er sich mit einem, der größer war als er, Polizeipfeifen schrillten, und sie wurden allesamt in den Gefangenenwagen verfrachtet.

Will Stirp sagte unentwegt, sie vier seien Amerikaner, sie hätten sich bloß nett miteinander unterhalten und die Bobbys hätten überhaupt keinen Grund gehabt, sich einzumischen. Aber sie wurden alle vor einen Schreibtisch gezerrt, in Gewahrsam genommen und zu viert in eine Zelle gesteckt, während die Engländer in eine andere kamen. Die Polizeistation war voller Besoffener, die herumbrüllten und sangen. Maloney blutete aus der Nase. Olaf schlief ein. Joe konnte nicht schlafen; ständig sagte er zu Will Stirp, er habe Angst, dass man ihn diesmal ganz sicher bis Kriegsende in ein Internierungslager stecken würde, und Will Stirp antwortete jedes Mal, sie vier seien Amerikaner, ob er vielleicht kein frei geborener amerikanischer Bürger sei, und sie könnten ihn nicht das Geringste anhaben. Freiheit der Meere, verdammt noch mal.

Am nächsten Morgen kamen sie vor Gericht, und das war verflucht komisch, außer dass Joe Angst hatte; es ging so feierlich zu wie bei einem Quäker-Meeting, der Richter trug eine kleine Perücke, und jeder von ihnen wurde zu drei Shilling sechs plus Gerichtskosten verurteilt. Das lief auf ungefähr einen Dollar pro Nase raus. Ein Glück, dass sie noch ein bisschen Kies in der Tasche hatten.

Und dann hielt ihnen der Richter mit der kleinen Perücke eine Standpauke, von wegen man befinde sich im Krieg und was ihnen einfalle, sich auf britischem Boden zu betrinken und öffentlich Ärgernis zu erregen, eigentlich müssten sie Schulter an Schulter mit ihren Brüdern kämpfen, Engländern von ihrem eigenen Fleisch und Blut, denen die Amerikaner alles zu verdanken hätten, sogar ihre Existenz als große Nation, um die Zivilisation, die freiheitlichen Errungenschaften und das tapfere kleine Belgien gegen die eindringenden Hunnen zu verteidigen, die Frauen vergewaltigten und friedliche Handelsschiffe versenkten.

Als der Richter fertig war, raunten sämtliche Anwesenden: «Hört, hört», schauten sehr grimmig und feierlich drein, und nachdem die Amerikaner ihre Strafe bezahlt hatten und der Polizeisergeant sich ihre Papiere angesehen hatte, ließ man sie frei. Joe musste noch dableiben, weil seine Papiere vom Konsulat stammten und nicht den Stempel des zuständigen Polizeireviers trugen, aber nach einer Weile ließ man ihn ebenfalls gehen und warnte ihn davor, noch einmal an Land zu kommen: dann würde es ihm sehr viel schlechter ergehen.

Als Joe mit dem Skipper gesprochen, offiziell angeheuert, seine Koje hergerichtet hatte und an Land gegangen war, um sein Bündel zu holen, das er in der ersten Kneipe der vergangenen Nacht bei der netten flachshaarigen Kellnerin gelassen hatte, fühlte er sich erleichtert. Endlich war er auf einem amerikanischen Schiff. Auf beiden Seiten des Rumpfes stand neben einer aufgemalten amerikanischen Flagge in weißen Buchstaben der Name *Tampa*, Pensacola, Florida. Es gab einen farbigen Smutje, und sie bekamen gleich als Erstes Maisgrießbrei mit Karo-Sirup und Kaffee statt des lausigen Tees, und das Essen schmeckte wahnsinnig gut. So wohl hatte Joe sich kein einziges Mal gefühlt, seit er von zu Hause weggegangen war. Die Kojen waren sauber, und es war ein schönes Gefühl, als die *Tampa* unterm Tuten ihrer Dampfpfeife ablegte und sich den schiefergrauen Strom des Mersey hinunter in Richtung offene See zu schieben begann.

Fünfzehn Tage bis zu den Hampton Roads, und jeden Tag sonniges Wetter und eine See wie Glas, bis auf die letzten beiden Tage, an denen ein steifer Nordwestwind aufkam, der vor den Virginia Capes für kräftigen Seegang sorgte. Am Union Terminal in Norfolk löschten sie die paar Ballen bedruckten Kattun, die ihre Ladung ausmachten. Es war ein großer Tag für Joe, als er mit seiner Heuer in der Tasche an Land ging, um sich zusammen mit Will Stirp, der hierher gehörte, die Stadt anzusehen.

Sie gingen Will Stirps Leute besuchen, sahen sich ein Baseballspiel an und fuhren dann mit zwei Frauen, die Will Stirp kannte, mit der Straßenbahn zum Virginia Beach. Die eine hieß Della, eine Dunkelhaarige, in die sich Joe irgendwie verguckte. Als sie in der Umkleidekabine ihre Badeanzüge anzogen, fragte er Will, ob sie ihn wohl …? Und Will wurde wütend und sagte: «Bist du so dämlich, dass du ein anständiges Mädchen nicht von ner Nutte unterscheiden kannst?» Und Joe sagte, heutzutage könne man das nie so genau wissen.

Sie gingen schwimmen, alberten in ihren Badeanzügen am Strand herum, machten ein Feuer, rösteten Marshmallows, und dann brachten sie die Frauen nach Hause. Della ließ sich von Joe zum Abschied küssen, und er liebäugelte mit dem Gedanken, sie zu seiner festen Freundin zu machen.

In die Stadt zurückgekehrt, wussten sie nichts Rechtes anzufangen. Sie hatten Lust auf was zu trinken und ein paar Weiber, aber sie hatten Angst, sich volllaufen zu lassen und ihr ganzes Geld auszugeben. Sie gingen in eine Billardkneipe, die Will kannte, und spielten ein bisschen Billard, und Joe war ziemlich gut und kochte die Lokalmatadoren ab. Danach gingen sie, Joe spendierte in einer Kneipe einen Drink, aber es war kurz vor der Sperrstunde, und sie waren gleich wieder draußen. Nutten fanden sie keine; Will sagte, er kenne ein Haus, aber dort schröpften sie einen, und sie wollten gerade nach Hause gehen und sich schlafen legen, da liefen sie zwei ziemlich hellhäutigen schwarzen Nutten übern Weg, die ihnen einladende Blicke zuwarfen. Sie folgten ihnen ein langes Stück die Straße hinunter bis in eine Querstraße, wo nur wenige Lampen brannten. Die beiden waren scharfe Bräute, aber sie waren nervös und hatten Angst, dass jemand sie sehen könnte. Sie fanden ein leeres Haus mit einer Veranda nach hinten raus, wo es stockfinster war, und dort machten sie es mit ihnen, und hinterher gingen sie zum Schlafen zurück zu Will Stirps Leuten.

Die *Tampa* war wegen einer Platte, die sich gelockert hatte, zur Reparatur ins Trockendock von Newport News gekommen. Joe und Will Stirp wurden ausbezahlt, lungerten den ganzen Tag in Norfolk herum und wussten nichts mit sich anzufangen. Samstagnachmittags und sonntags spielte Joe ein bisschen Baseball mit einer zusammengewürfelten Mannschaft von Jungs, die in der Marinewerft arbeiteten, und abends ging er mit Della Matthews aus. Sie war Stenographin bei der First National Bank und sagte häufig, sie würde nie einen Seemann heiraten, auf Seeleute sei kein Verlass, es sei ein raues Leben, das keinerlei Fortkommen biete. Joe sagte, sie habe recht, aber man sei nur einmal jung, und so wichtig sei es nun auch wieder nicht. Sie erkundigte sich öfter nach seinen Leuten und warum er nicht nach Washington fahre, um sie zu besuchen, zumal doch sein Vater krank sei. Er sagte, seinetwegen könne der Alte krepieren, er hasse ihn, mehr gebe es dazu nicht zu sagen. Sie sagte, sie finde, er sei ein schrecklicher Mensch. Das war, als er ihr nach dem Kino eine Limonade spendierte. Sie sah süß und mollig aus in ihrem luftigen rosa Kleid, und ihre kleinen schwarzen Augen blitzten ganz aufgeregt. Joe sagte, er habe keine Lust, über diesen Kram zu reden, das sei nicht wichtig, aber sie sah ihn ganz fies und böse an und sagte, sie würde ihn am liebsten schütteln, alles sei schrecklich wichtig, er sei doch ein netter Junge, komme aus einer netten Familie, sei gut erzogen und solle daran denken, in der Welt vorwärtszukommen, anstatt sich wie ein Pennbruder und Faulenzer herumzutreiben. Joe wurde sauer, sagte: Ach ja?, und ließ sie ohne ein weiteres Wort vor ihrer Haustür stehen. Danach sah er sie vier, fünf Tage lang nicht.

Dann ging er eines Nachmittags zu der Bank, wo sie arbeitete, und passte sie dort ab, als sie herauskam. Er hatte öfter an sie und ihre Worte gedacht, als ihm lieb war. Zuerst wollte sie an ihm vorbeigehen, aber er grinste sie an, und sie lächelte unwillkürlich zurück. Er war zu dem Zeitpunkt ziemlich abgebrannt, aber er kaufte ihr eine Schachtel Süßigkeiten. Sie redeten darüber, wie heiß es war, und er sagte, nächste Woche würden sie sich das Spiel ansehen. Er erzählte ihr, die *Tampa* fahre nach Pensacola, um Bauholz zu laden, und dann rüber auf die andere Seite.

Während sie auf die Straßenbahn zum Virginia Beach warteten, gingen sie auf und ab und schlugen sich mit den Moskitos herum. Als er sagte, dass er mit rüberfahre, wirkte sie ganz bestürzt. Ehe er wusste, was er tat, versicherte er ihr, er werde nicht wieder auf der *Tampa* mitfahren, sondern sich hier in Norfolk eine Arbeit suchen.

In dieser Nacht war Vollmond. Am Strand alberten sie lange im Badeanzug neben einem ein kleinen, stark qualmenden Feuer herum, das Joe gemacht hatte, um die Moskitos fernzuhalten. Er saß im Schneidersitz da, und sie hatte den Kopf auf seine Oberschenkel gebettet, er strich ihr unentwegt übers Haar, beugte sich vor und küsste sie; sie sagte, wie komisch sein Gesicht so verkehrt herum aussehe, wenn er sie küsste. Sie würden heiraten, sobald er eine feste Arbeit gefunden habe, und gemeinsam würden sie es zu etwas bringen. Seit sie als Klassenbeste von der Highschool abgegangen sei, habe sie das Gefühl gehabt, sie müsse hart arbeiten und es zu etwas bringen. «Die Leute hier machen einfach nichts aus sich, sie leben einfach nur in den Tag hinein.»

«Weißt du was, Del, irgendwie erinnerst du mich an meine Schwester, Janey, ganz ehrlich. Verdammich, die hat es wirklich zu was gebracht ... Und furchtbar hübsch ist sie auch ...»

Della sagte, sie werde sie hoffentlich eines Tages kennenlernen, und Joe sagte, das werde sie ganz bestimmt, und dann zog er sie hoch, nahm sie fest in die Arme und küsste sie. Es war spät, unter dem großen Mond war es kühl und einsam am Strand. Della begann zu zittern und sagte, sie müsse sich anziehen, sonst würde sie sich den Tod holen. Sie mussten rennen, um die letzte Straßenbahn nicht zu verpassen.

Die Schienen schepperten, während die Bahn durch die mondhellen, lichten Kiefernwälder voller schnarrtrommelnder Zikaden und Heuschrecken ruckelte. Della sackte plötzlich zusammen und fing an zu weinen. Joe fragte sie immer wieder, was sie denn habe, aber sie gab keine Antwort, sondern weinte und weinte. Es war eine gewisse Erleichterung, sich vor dem Haus ihrer Leute von ihr zu verabschieden und allein durch die leeren, stickigen Straßen zu der Pension zu gehen, wo er ein Zimmer hatte.

Die ganze nächste Woche latschte er auf der Suche nach einer

Arbeit mit Zukunft durch Norfolk und Portsmouth. Er fuhr sogar nach Newport News rüber. Auf dem Rückweg hatte er nicht genug Kies für die Fähre und musste den Mann, der die Fahrscheine einsammelte, bequatschen, damit er ihn die Überfahrt mit Aufwischen abarbeiten ließ. Die Pensionswirtin fragte schon nach der Miete für die nächste Woche. Für sämtliche Stellen, auf die sich Joe bewarb, brauchte man entweder Erfahrung, eine Ausbildung oder einen Highschoolabschluss, und viele gab es ohnehin nicht, also musste er am Ende doch wieder anheuern, und zwar auf einem seetüchtigen Lastkahn, der mit einer Ladung Kohle darauf wartete, dass ein Schlepper ihn ostwärts nach Rockport beförderte.

Zu dem Schleppverband gehörten fünf Kähne; die Fahrt war gar nicht so schlecht, bloß er, ein älterer Mann namens Gaskin und dessen Sohn, ein etwa fünfzehnjähriger Junge, der ebenfalls Joe hieß. In Schwierigkeiten kamen sie nur einmal, als in einer Sturmbö vor Cape Cod das Schlepptau riss, aber der Kapitän des Schleppers war auf Draht und schaffte es, eine neue Trosse zu ihnen an Bord zu bringen, ehe ihre Ankerkette abgelaufen war.

In Rockport löschten sie ihre Kohle, ankerten draußen im Hafen und warteten darauf, an einen anderen Kai verholt zu werden, um für die Rückfahrt Granitblöcke zu laden. Eines Abends, Gaskin und sein Sohn waren an Land gegangen, und Joe hatte Wache, kam der zweite Maschinist des Schleppers, ein Kerl mit schmalem Gesicht namens Hart, in einer Jolle unters Heck gerudert und fragte Joe im Flüsterton, ob er Lust auf was zu vögeln habe. Joe hatte sich auf dem Deckshaus ausgestreckt, rauchte eine Pfeife und dachte an Della. Der Hafen, das felsige Ufer und die Hügel verblassten gerade zu einem warmen, rosigen Dämmerton. Hart hatte eine nervöse, stotternde Art. Zuerst zögerte Joe noch, aber nach einer Weile sagte: «Bring die Weiber her.»

«Hast du Karten?», fragte Hart.

«Ja, hab ich.»

Joe ging nach unten, um die Kabine aufzuräumen. Er würde

einfach so tun, als ob, dachte er. Jetzt, wo er und Della heiraten wollten, durfte er sich nicht mehr mit anderen Weibern austoben und all so Sachen. Er hörte das Geräusch der Ruder und ging an Deck. Vom Meer schob sich eine Nebelbank heran. Unterm Heck waren Hart und seine beiden Frauen. Sie stolperten, kicherten und fielen schwer gegen ihn, als er ihnen an Bord half. Sie hatten Schnaps, ein paar Pfund Hackfleisch und Kräcker mitgebracht. Schönheiten waren sie keine, aber sie waren prima Kerle, mit kräftigen, festen Armen und Schultern, und sie konnten einiges vertragen. Solche Frauen hatte Joe noch nie gesehen. Mit ihnen konnte man Pferde stehlen. Zusammen hatten sie einen Liter Schnaps dabei, und sie tranken ihn aus Wassergläsern.

Die anderen beiden Kähne ließen alle zwei Minuten ihr Nebelhorn ertönen, aber Joe vergaß das völlig. Der Nebel glich einer weißen, vor die Kajütenfenster genagelten Leinwand. Sie spielten Strip Poker, kamen aber nicht sehr weit damit. Er und Hart wechselten in dieser Nacht dreimal die Frauen. Die beiden waren völlig verrückt, sie schienen nie genug zu kriegen, aber gegen zwölf waren sie verdammt anständig, sie brieten das Hackfleisch, tischten eine Mahlzeit auf und aßen dem alten Gaskin das ganze Brot und die Butter weg.

Dann kippte Hart aus den Latschen, und die Frauen machten sich Sorgen, wie sie bei dem Nebel nach Hause kommen sollten. Wie die Irren lachend, schleppten sie Hart zu dritt an Deck und gossen einen Eimer Wasser über ihn. Das Wasser von Maine war so kalt, dass er ruckzuck zu sich kam, stinkwütend wurde und sich mit Joe prügeln wollte. Die Frauen beruhigten ihn, verfrachteten ihn in das Boot, und sie fuhren in den Nebel davon und sangen dabei *Tipperary*.

Joe war selbst ein bisschen wackelig auf den Beinen. Er steckte den Kopf in einen Eimer Wasser, räumte die Kajüte auf, warf die Flaschen über Bord und begann, das Nebelhorn regelmäßig zu bedienen. Hol's der Teufel, sagte er sich immer wieder, er würde niemandem den Gefallen tun und zum Heiligen werden. Er fühlte sich prima, er wünschte, er hätte was anderes zu tun, als das verdammte Nebelhorn zu bedienen.

Bei Tagesanbruch kam der alte Gaskin an Bord. Joe merkte sofort, dass er von irgendwas Wind gekriegt hatte, denn er redete von da an kein Wort mehr mit ihm, außer wenn er Befehle erteilte, und erlaubte auch seinem Jungen nicht mehr, mit ihm zu sprechen; also verlangte Joe, nachdem sie in East New York die Granitblöcke gelöscht hatten, seine Heuer und sagte, er habe die Schnauze voll. Der alte Gaskin knurrte, er sei froh, ihn los zu werden, und er dulde auf seinem Kahn kein Gesaufe und Gehure. Und so ging Joe mit fünfundvierzig Dollar in der Tasche durch Red Hook und suchte sich eine Unterkunft.

Nachdem er ein paar Tage lang Stellenanzeigen gelesen und auf der Suche nach einer Arbeit durch Brooklyn gelatscht war, wurde er krank. Er ging zu einem Weißkittel, den ihm ein Stammgast in der Pension genannt hatte. Der Doc, ein kleiner Jid mit Ziegenbart, sagte ihm, er habe einen Tripper und müsse jeden Nachmittag zur Behandlung kommen. Für fünfzig Dollar, die Hälfte zahlbar im Voraus, garantiere er ihm, ihn zu heilen, und er würde ihm raten, einen Bluttest machen zu lassen, damit man feststellen könne, ob er auch Syphilis habe, und der koste ihn fünfzehn Dollar. Joe zahlte die fünfundzwanzig an, sagte jedoch, das mit dem Test würde er sich noch mal überlegen. Er bekam eine Behandlung und ging hinaus auf die Straße. Der Doc hatte ihm gesagt, er solle darauf achten, so wenig wie möglich zu gehen, aber irgendwie hatte er keine Lust, in die stinkende Pension zurückzukehren, und streifte stattdessen ziellos durch die lärmenden Straßen von Brooklyn. Es war ein heißer Nachmittag. Beim Gehen lief ihm der Schweiß in Strömen herunter. Wenn man es gleich am ersten oder zweiten Tag erkennt, wird es nicht so schlimm, sagte er sich immer wieder. Er kam auf einer Brücke unter der Hochbahn heraus; das musste die Brooklyn Bridge sein.

Auf der Brücke war es kühler. Hinter dem Spinnengewebe der Kabel hoben sich die Schiffe und die dichtgedrängten hohen Gebäude schwarz vom Gefunkel des Hafens ab. An der ersten Pier setzte sich Joe auf eine Bank und streckte die Beine vor sich hin. Da war er wieder arbeiten gegangen und hatte sich gleich was eingefangen. Er fühlte sich schrecklich, und wie sollte er jetzt Del schreiben; und er musste seine Miete zahlen und eine Arbeit finden, und dann waren da noch die verdammten Behandlungen. Mein Gott, er fühlte sich lausig.

Ein Junge kam mit den Abendzeitungen vorbei. Joe kaufte ein *Journal,* setzte sich, breitete die Zeitung auf dem Schoß aus und las die Schlagzeilen: WEITERE TRUPPEN AN MEXIKANISCHE GRENZE VERLEGT. Was zum Teufel konnte er tun? Er konnte nicht mal in die Nationalgarde eintreten und nach Mexiko gehen; sie nahmen einen nicht, wenn man krank war, und selbst wenn, wäre es nur wieder das Gleiche wie bei der gottverfluchten Navy. Er las die Anzeigen: wie man mit zwei Stunden angenehmer abendlicher Heimarbeit sein Einkommen aufbessern, wie man Geist und Gedächtnis schulen konnte, Fernkurse. Was zum Teufel konnte er tun? Er blieb sitzen, bis es dunkel war. Dann nahm er die Straßenbahn bis zur Atlantic Avenue, stieg die vier Treppen bis zu dem Zimmer hoch, in dem er direkt am Fenster eine Pritsche hatte, und legte sich schlafen.

In dieser Nacht ging ein schweres Unwetter nieder. Stundenlang blitzte und donnerte es ganz in der Nähe. Joe lag auf dem Rücken und betrachtete die Blitze, die so hell waren, dass sie das Geflacker der Straßenlaternen an der Decke überstrahlten. Jedes Mal, wenn der Kerl auf der anderen Pritsche sich im Schlaf umdrehte, knarrten die Sprungfedern. Es begann hereinzuregnen, aber Joe fühlte sich so schwach und krank, dass er erst nach längerer Zeit die Energie aufbrachte, sich aufzusetzen und den Schiebeflügel herunterzuziehen.

Am nächsten Morgen machte die Pensionswirtin, eine große, grobknochige Schwedin mit flachsblondem Haar, das ihr in Strähnen in das knochige Gesicht fiel, ihn zur Schnecke, weil das Bett nass war. «Was kann ich denn dafür, dass es regnet?», knurrte er, den Blick auf ihre großen Füße gesenkt. Als er ihren Blick auffing, merkte er, dass sie ihn bloß veräppeln wollte, und sie lachten beide.

Sie war ein prima Kerl, hieß Mrs. Olsen und hatte sechs Kinder großgezogen, drei Jungen, die schon erwachsen waren und zur See fuhren, ein Mädchen, das Lehrerin in St. Paul war, und zwei sieben- oder achtjährige Zwillingsmädchen, die ständig Dummheiten machten.

«Noch ein Jahr, dann schicke ich sie zu Olga nach Milwaukee. Über Seeleute weiß ich Bescheid.» Pop Olsen saß schon seit Jahren irgendwo in der Südsee auf dem Trockenen. «Nur gut, wenn er dort bleibt. In Brooklyn war er ständig im Bau. Jede Woche musste ich zahlen, um ihn aus dem Gefängnis zu holen.»

Joe ging dazu über, ihr im Haus beim Saubermachen zu helfen, und erledigte ab und zu Maler- und Tischlerarbeiten für sie. Als ihm das Geld ausging, durfte er wohnen bleiben, und sie lieh ihm sogar zwanzig Dollar, damit er den Arzt bezahlen konnte, als er ihr erzählte, dass er krank war. Sie klopfte ihm auf die Schulter, als er sich bedankte. «Jedes Mal, wenn ich einem Jungen Geld leihe, entpuppt er sich als richtiger Pennbruder», sagte sie und lachte. Sie war ein prima Kerl.

Es herrschte scheußliches, graupeliges Winterwetter. Morgens saß Joe in der Küche und lernte für einen Kurs in Navigation, den er sich vom Alexander Hamilton Institute hatte zuschicken lassen. Nachmittags saß er nervös in der schäbigen Arztpraxis, in der es nach Karbol roch, und blätterte, während er darauf wartete dranzukommen, in zerlesenen Exemplaren des *National Geographic* von 1909. Es war ein gedrückt wirkender Haufen, der da wartete. Man redete nicht groß miteinander. Ein paarmal begegnete er auf der Straße Leuten, mit denen er sich beim Warten ein bisschen unterhalten hatte, aber sie gingen jedes Mal an ihm vorbei, als sähen sie ihn gar nicht. Abends fuhr er manchmal nach Manhattan rüber, spielte im Seamen's Institute Dame oder drückte sich bei der Seaman's Union herum, um sich nach Schiffen zu erkundigen, auf denen er vielleicht anheuern konnte, sobald ihn der Doc kuriert hatte. Es war eine miese Zeit, aber Mrs. Olsen war verdammt gut zu ihm, und bald hatte er sie lieber als seine eigene Mutter.

Der verdammte jüdische Weißkittel versuchte, ihm noch einmal fünfundzwanzig Dollar abzuknöpfen, um die Kur zu Ende zu bringen, aber Joe sagte, zum Teufel damit, und heuerte als Vollmatrose auf der *Montana* an, einem nagelneuen Tanker der Standard Oil, der leer nach Tampico und dann weiter nach Osten fahren sollte, einige von den Jungs sagten, nach Aden, andere, nach Bombay. Er hatte die Schnauze voll von der Kälte, dem Schneematsch, den dreckigen Straßen von Brooklyn, den Logarithmentafeln des Kurses in Navigation, die ihm einfach nicht in den Kopf wollten, und Mrs. Olsens scherzhaft kommandierender Stimme; sie führte sich allmählich so auf, als wollte sie über sein Leben bestimmen. Sie war zwar ein prima Kerl, aber so langsam wurde es Zeit, dass er sich davonmachte.

Die *Montana* umfuhr Sandy Hook in einem tückisch peitschenden Schneesturm aus Nordwest, aber drei Tage später befand sich das Schiff südlich von Kap Hatteras im Golfstrom und wiegte sich in einer langen Dünung, und zwischen den Wanten waren Leinen gespannt, an denen zum Trocknen die Hemden und Hosen der Mannschaft hingen. Es tat gut, wieder auf Blauwasser zu sein.

In Tampico war mächtig was los; es hieß, von Mescal werde man verrückt, wenn man zu viel davon trank; es gab riesige Tanzsäle voller Bohnenfresser, die beim Tanzen den Hut aufbehielten und Knarren an der Hüfte trugen, in jeder Bar eine Musikkapelle oder ein Klavier in voller Lautstärke, Schlägereien und besoffene Texaner von den Ölfeldern. Die Türen der Puffs standen offen, sodass man das Bett mit weißen Kissen sehen konnte, darüber das Bild der Jungfrau Maria, die Lampen mit phantasievollen Schirmen und die Verzierungen aus buntem Papier; die braunen Frauen mit den breiten Gesichtern saßen in Spitzenunterröcken davor. Aber alles war so verdammt teuer, dass sie gleich ihren ganzen Kies loswurden und an Bord zurückmussten, bevor es Mitternacht war. Und die Moskitos kamen in die Back, gegen Morgen auch die Sandflöhe, es war heiß, und keiner konnte schlafen.

Als die Tanks vollgepumpt waren, fuhr die *Montana* hinaus in den Golf von Mexiko und geriet in einen Nordwind, in dem die Decks überspült wurden und die Gischt die Brücke peitschte. Sie waren noch keine zwei Stunden unterwegs, da stolperte ein Mann an der Monkeyreling und ging über Bord, und einem Jungen namens Higgins wurde der Fuß zerquetscht, als er den Steuerbordanker, der sich losgerissen hatte, festmachen wollte. Dass der Skipper kein Boot abfieren ließ, machte sie unten in der Back ziemlich wütend, obwohl die älteren Männer sagten, dass sich bei solchem Seegang kein Boot halten könne. Immerhin kreuzte der Skipper in weitem Bogen um die Unglücksstelle und musste dabei ein paar schwere Dwarsseen nehmen, die beinahe die stählernen Decks eingedrückt hätten.

Sonst passierte auf dieser Fahrt nicht viel, außer dass Joe eines Nachts, als er am Ruder stand und es auf dem Schiff, das sich durch die lange, flache Dünung ostwärts pflügte, totenstill war bis auf das unregelmäßige Plätschern des sich teilenden Wassers, plötzlich Rosen oder vielleicht auch Geißblatt roch. Der Himmel war bläulich wie eine Schale geronnener Milch, ab und zu ließ sich ein verkümmerter Splitter Mond sehen. Es war tatsächlich Geißblatt, und es roch nach gedüngten Gartenbeeten und feuchtem Laub, als ginge man im Winter an der offenen Tür eines Blumenladens vorüber. Ihm wurde innerlich ganz weich und komisch zumute, als ob gleich neben ihm auf der Brücke eine Frau stünde, als ob Del neben ihm stünde und ihr Haar duftete nach irgendeinem Parfüm. Komisch, der Duft von dunklem Frauenhaar. Er holte das Fernglas herunter, aber am Horizont war nichts zu sehen bis auf die tiefen, wie geronnenen Wolkenfetzen, die im schwachen Mondlicht westwärts trieben. Er stellte fest, dass er vom Kurs abwich, bloß gut, dass sich der Maat nicht gerade diesen Moment ausgesucht hatte, um achtern nach dem Kielwasser zu schauen. Er steuerte das Schiff wieder auf ONO $^{1}/_{2}$ O zurück. Als seine Wache vorbei war und er sich in seine Koje legte, konnte er lange nicht einschlafen und dachte an Del. Gott, er wollte Geld, eine gute Arbeit und eine feste Freundin statt der ganzen verdammten Flittchen in den Häfen. Er müsste nach Norfolk gehen, sich dort niederlassen und heiraten.

Am nächsten Tag sichteten sie gegen Mittag den grauen Zuckerhut von Pico mit einem weißen Wolkenband knapp unter dem Gipfel und weiter im Norden blau und unregelmäßig Faial. Die See wurde sehr blau; es roch wie auf den Feldwegen außerhalb von Washington, wenn in den Gärten Geißblatt und Lorbeer blühen. Das blaugrüne, gelbgrüne Flickenmuster der Felder bedeckte die steilen Hügel wie ein altmodischer Quilt. In dieser Nacht sichteten sie ostwärts noch weitere Inseln.

Fünf Tage schwere Dünung, und sie waren in der Straße von Gibraltar. Acht Tage schmutzige See und kalter, böiger Regen, und sie waren vor der ägyptischen Küste und liefen an einem warmen, sonnigen Morgen mit langsamer Fahrt in den Hafen von Alexandria ein, während sich der gelbe Dunst vor ihnen zu Masten, Kais, Gebäuden, Palmen verdichtete. Auf den Straßen roch es nach Mülleimer, sie tranken Arrak in Kneipen mit griechischen Wirten, die in Amerika gewesen waren, und zahlten einen Dollar pro Nase, um in einem Hinterzimmer drei jüdisch aussehende Frauen nackt bauchtanzen zu sehen. In Alexandria bekamen sie zum ersten Mal Schiffe mit Tarnanstrich zu Gesicht, drei wie Zebras gestreifte britische Aufklärungskreuzer und ein Transportschiff, das über und über mit blauen und grünen Wellenmustern gesprenkelt war. Als sie die Schiffe sahen, stürzte die gesamte Deckswache an die Reling, und die Männer lachten sich halbtot.

Als er einen Monat später in New York abmusterte, war es ziemlich befriedigend für ihn, zu Mrs. Olsen zu gehen und seine Schulden zu begleichen. Sie hatte inzwischen einen anderen jungen Mann bei sich in der Pension wohnen, einen flachsblonden

Schweden, der kein Wort Englisch konnte, deshalb schenkte sie Joe nicht viel Beachtung. Er drückte sich ein Weilchen in der Küche herum, fragte sie, wie es so gehe, und erzählte ihr von den Jungs auf der *Montana*, dann ging er zur Penn Station, um herauszufinden, wann er einen Zug nach Washington bekommen würde. Die halbe Nacht saß er dösend im Raucherabteil des Sitzwagens, dachte an Georgetown, an die Zeit, als er dort zur Schule gegangen war, an die Jungs aus der Billardkneipe in der $4^1/_2$ Street und an Bootsfahrten auf dem Fluss mit Alec und Janey.

Es war ein strahlender, winterlicher, sonniger Morgen, als er an der Union Station ausstieg. Irgendwie konnte er sich nicht entschließen, nach Georgetown zu fahren und seine Leute zu besuchen. Er lungerte in der Union Station herum, ließ sich rasieren und die Schuhe putzen, trank eine Tasse Kaffee, las die *Washington Post*, zählte sein Geld; er hatte immer noch über fünfzig Piepen, ganz schön viel Kies für jemanden wie ihn. Dann beschloss er, zu warten und zuerst mit Janey zu reden, er würde dort warten, wo sie arbeitete, vielleicht konnte er sie abpassen, wenn sie mittags herauskam. Er spazierte über die Capitol Grounds und die Pennsylvania Avenue entlang zum Weißen Haus. Den Rekrutierungsstand auf der Avenue, wo er sich für die Navy hatte anwerben lassen, gab es immer noch. Irgendwie war ihm das unheimlich. Er ging weiter, setzte sich auf dem Lafayette Square in die Wintersonne, betrachtete die herausgeputzten, spielenden kleinen Kinder, die Kindermädchen, die fetten Stare, die im Gras herumhüpften, und die Statue von Andrew Jackson, bis er dachte, dass es jetzt Zeit sei, Janey abzupassen. Sein Herz hämmerte so heftig, dass er kaum richtig sehen konnte. Es musste später sein, als er dachte, denn keine von den Frauen, die aus dem Fahrstuhl kamen, war sie, dabei wartete er ungefähr eine Stunde in der Eingangshalle des Riggs Building, bis irgendein lausiger Schnüffler ankam und ihn fragte, was zum Teufel er hier herumzulungern habe.

Also musste Joe doch nach Georgetown fahren, um rauszukriegen, wo Janey wohnte. Seine Mutter und seine kleinen Schwestern waren da, und sie redeten von nichts anderem als davon, dass sie mit den zehntausend Dollar von der Versicherung des Alten das Haus renovieren lassen wollten, und er solle zum Oak Hill fahren und sich das Grab anschauen, aber Joe sagte, was das denn für einen Sinn habe, und eiste sich so bald wie möglich los. Sie stellten ihm alle möglichen Fragen, wollten wissen, wie es ihm so gehe, und er wusste nicht, was zum Teufel er ihnen sagen sollte. Sie sagten ihm, wo Janey wohnte, wussten aber nicht, wann sie Feierabend hatte.

Er legte einen Zwischenstopp beim Belasco ein, kaufte zwei Theaterkarten und ging dann wieder zum Riggs Building. Gerade als er dort ankam, trat Janey aus dem Fahrstuhl. Sie war hübsch angezogen und reckte auf eine neue, keck selbstbewusste Art das Kinn. Er freute sich so sehr, sie zu sehen, dass er Angst hatte loszuheulen. Ihre Stimme war anders. Sie sprach in knappem, kühlem Ton und hatte eine ironische Art, die er von ihr nicht kannte. Er ging mit ihr essen und ins Theater, und sie erzählte ihm, wie gut es ihr bei Dreyfus & Carroll gehe und was für interessante Menschen sie dort kennenlerne. Er kam sich neben ihr wie ein Penner vor.

Dann verabschiedete er sich von ihr vor der Wohnung, die sie zusammen mit einer Freundin bewohnte, und fuhr mit der Straßenbahn zurück zum Bahnhof. Er ließ sich im Raucherabteil des Sitzwagens nieder und rauchte eine Zigarre. Ihm war ziemlich trübsinnig zumute. Am nächsten Tag besuchte er in New York einen Kerl, den er kannte, und sie zogen los, tranken ein paar Gläschen und besorgten sich zwei Weiber, und am Tag danach saß er mit einem Brummschädel und ohne einen Cent in der Tasche auf einer Bank am Union Square. Er fand die abgerissenen Eintrittskarten für die Vorstellung im Belasco Theater, in der er mit Janey gewesen war, und verstaute sie sorgfältig in der Zigarrenkiste, bei dem anderen Kram.

Das nächste Schiff, auf dem er anheuerte, war die *North Star* mit Zielhafen Saint-Nazaire und einer Ladung, bei der es sich laut Verzeichnis um Konserven handelte, obwohl jeder wusste, dass es Granatenhülsen waren, und die Mannschaft bekam eine Gefahrenzulage, weil das Schiff durch die Zone /154/ fahren würde. Es war ein verrückter kleiner Walrücken, der auf den Großen Seen Erz transportiert hatte und so viel Wasser zog, dass sie die halbe Zeit die Lenzpumpen laufen lassen mussten, aber Joe mochte die Jungs, der Fraß war verdammt gut, und der alte Käptn Perry war ein echter Seebär, wie man ihn sich besser nicht wünschen konnte, lebte eigentlich schon seit ein paar Jahren unten in Atlantic Highlands an Land, war aber wegen des großen Geldes aufs Meer zurückgekehrt, um etwas für seine Tochter auf die Seite legen zu können; die Versicherung würde sie in jedem Fall kriegen, hörte Joe ihn mit pfeifendem Lachen zum Maat sagen. Die Überfahrt verlief glatt, eine Winterfahrt, bei der sie bis in den Golf von Biskaya den Wind stets im Rücken hatten. Es war sehr kalt, und die See lag totenstill, als die flache und sandige französische Küste vor der Mündung der Loire in Sicht kam.

Sie hatten die Flagge gehisst, außerdem Signalflaggen für den Schiffsnamen, der Funker machte Überstunden, und wegen der Minen waren sie alle ziemlich nervös, bis das französische Patrouillenboot kam und sie durch die gewundene Fahrrinne zwischen den Minenfeldern hindurch in den Fluss führte.

Als sie in der rauchverhangenen Dämmerung die Kirchtürme, die langen Reihen grauer Häuser und die kleinen, aneinandergedrängten Schornsteinaufsätze von Saint-Nazaire sahen, klopften sich die Jungs gegenseitig auf die Schulter und sagten, heute Abend würden sie sich garantiert besaufen.

Tatsächlich aber ankerten sie draußen im Fluss, Käptn Perry und der Erste Maat fuhren mit dem Beiboot an Land, und festmachen konnten sie erst zwei Tage später, weil an den Kais bis dahin kein Platz gewesen war. Als sie schließlich an Land kamen, um sich die Mesdemoiselles und den Vin rouge näher anzusehen, mussten sie beim Verlassen des Kais einem Mann mit rotem Gesicht in blauer Uniform mit roten Besätzen und einem gewaltigen, aufgezwirbelten schwarzen Schnurrbart ihre Seemannspässe zeigen. Blackie Flanagan hatte sich hinter ihm niedergeduckt, und irgendwer wollte ihm gerade einen Schubs geben, da schrie sie der Alte über die Straße hinweg an: «Herr des Himmels, seht ihr Blödmänner denn nicht, dass das ein französischer Bulle ist? Ihr wollt doch nicht gleich auf dem Kai hopsgenommen werden, oder?»

Joe und Flannagan wurden von den anderen getrennt, spazierten herum und sahen sich die Stadt an. Die Straßen waren mit Kopfsteinen gepflastert und furchtbar schmal und komisch, die alten Frauen trugen allesamt enganliegende weiße Spitzenhauben, und alles wirkte irgendwie marode. Sogar die Hunde sahen französisch aus. Sie landeten schließlich in einer Kneipe, die sich American Bar nannte, aber keinerlei Ähnlichkeit mit den Bars hatte, die sie von den Staaten kannten. Für den Anfang bestellten sie eine Flasche Cognac. Flannagan sagte, die Stadt komme ihm vor wie Hoboken, aber Joe meinte, sie sehe eher aus wie Villefranche, das er von seiner Zeit bei der Navy kannte. Amerikanische Dollar reichten ziemlich weit, wenn man so schlau war, sich nicht über den Tisch ziehen zu lassen.

Ein weiterer Amerikaner erschien in dem Dreckloch, sie kamen ins Gespräch, und er erzählte, er sei auf der *Oswego* gefahren, und die sei direkt vor der Loiremündung torpediert worden. Sie gossen ihm etwas von dem Cognac ein, und er erzählte, wie es gewesen war: Das U-Boot habe die arme alte *Oswego* regelrecht aus dem Wasser gepustet, und als sich der Rauch verzogen habe, sei das Schiff in der Mitte auseinandergebrochen und zusammengeklappt wie ein Taschenmesser. Darauf tranken sie noch eine Flasche Cognac, und dann brachte der Mann sie zu einem Haus, das er, wie er sagte, kannte und wo schon einige von der Mannschaft saßen, Bier tranken und mit den Frauen tanzten.

Joe amüsierte sich prächtig beim Parlewuh mit einer der

Frauen – er zeigte auf irgendetwas, und sie sagte ihm, wie es auf Französisch hieß –, da ging irgendwo eine Keilerei los, die französischen Bullen kam, und sie mussten stiften gehen. Sie kamen alle vor den Bullen an Bord des Schiffes zurück, doch die blieben auf dem Kai stehen und schnatterten ungefähr eine halbe Stunde lang herum, bis der alte Käptn Perry, der gerade mit einer Pferdedroschke aus der Stadt zurückgekommen war, ihnen Bescheid stieß.

Die Rückfahrt ging langsam, aber recht gut vonstatten. Sie lagen nur eine Woche in den Hampton Roads, übernahmen eine aus Stahlbarren und Sprengstoff bestehende Ladung und liefen nach Cardiff aus. Alles stand unter Anspannung. Der Käptn steuerte einen nördlichen Kurs, und sie gerieten oft in Nebel. Dann, nach einer geschlagenen Woche mit eiskaltem Wetter und einer riesigen nachlaufenden See, sichteten sie Rockall. Joe stand am Ruder. Der Frischling im Krähennest schrie: «Schlachtschiff voraus», und der alte Käptn Perry stand lachend auf der Brücke und betrachtete durch sein Fernglas den Felsen.

Am nächsten Morgen sahen sie im Süden die Hebriden. Käptn Perry machte den Maat gerade auf den Butt of Lewis aufmerksam, als der Ausguck im Bug einen Schreckensruf ausstieß. Es war tatsächlich ein Unterseeboot. Als Erstes sah man das Periskop, das eine weiße Schaumfeder hinter sich herzog, dann den triefenden Kommandoturm. Das U-Boot war kaum an die Oberfläche gekommen, da fing es auch schon an, der *North Star* mit einem kleinen Geschütz, das die Krauts schon bemannten, während das Deck noch überspült wurde, vor den Bug zu schießen. Joe rannte nach achtern, um die Flagge zu hissen, obwohl mittschiffs auf beiden Seiten des Rumpfes das Sternenbanner aufgemalt war. Die Glocke im Maschinenraum klingelte, als Käptn Perry volle Kraft zurück befahl.

Die Jerrys stellten das Feuer ein, vier von ihnen kamen in einem Faltboot herüber und an Bord. Alle Mann hatten bereits ihre Rettungswesten an, einige wollten noch nach unten gehen und ihren Seesack holen, da blaffte der deutsche Offizier, der an Bord gekommen war, auf Englisch, sie hätten fünf Minuten Zeit, das Schiff zu verlassen. Käptn Perry übergab die Schiffspapiere, die Boote wurden, weil die Blöcke gut geölt waren, wie nichts abgefiert. Irgendetwas veranlasste Joe, aufs Bootsdeck zurückzulaufen und mit seinem Taschenmesser die Zurrings der Rettungsflöße durchzuschneiden, sodass er, Käptn Perry und die Schiffskatze die *North Star* als Letzte verließen. Die Jerrys hatten im Maschinenraum Sprengladungen gelegt und ruderten zum U-Boot zurück, als wäre der Teufel hinter ihnen her. Das Boot des Käptns hatte kaum abgestoßen, als die Explosion ihnen seitlich gegen den Schädel hieb. Das Boot schlug voll, und ehe sie wussten, was sie getroffen hatte, trieben sie zwischen allen möglichen Plankenteilen und sonstigem Krempel im eisigen Wasser. Zwei von den Booten schwammen noch. Die alte *North Star* sank ganz ruhig mit wehender Flagge, und die Signalflaggen blähten sich hübsch in der leichten Brise.

Sie trieben wohl eine halbe oder eine ganze Stunde im Wasser. Nachdem das Schiff untergegangen war, schafften sie es, sich in die Rettungsflöße zu ziehen, und das Maatsboot und das Kapitänsboot nahmen sie ins Schlepptau. Käptn Perry rief die Namen auf. Es fehlte kein einziger. Das U-Boot war schon vor einiger Zeit getaucht und verschwunden. Die Männer in den Booten begannen, in Richtung Ufer zu rudern. Bis zum Einbruch der Nacht trug die kräftige Tide sie rasch auf den Pentland Firth zu. Im letzten Dämmerlicht konnten sie schon die hohen Landspitzen der Orkneys sehen. Doch als die Ebbe einsetzte, kamen sie nicht gegen die Strömung an. Die Männer in den Booten und die Männer in den Flößen wechselten sich immer wieder an den Riemen ab, doch gegen die schreckliche Ebbe war kein Vorwärtskommen. Irgendwer sagte, der Gezeitenstrom habe hier eine Geschwindigkeit von acht Knoten. Die Nacht war ziemlich übel. Im ersten Morgenlicht sichteten sie einen Aufklärungskreuzer, der auf sie zuhielt. Sein Suchscheinwerfer blendete sie jäh, sodass ringsum alles wieder schwarz wurde. Die Engländer nahmen sie an Bord und scheuchten sie sofort hinunter in den Maschinenraum, damit sie sich aufwärmen konnten. Ein Steward mit rotem Gesicht brachte einen Eimer Tee mit Rum, den er mit einer Schöpfkelle ausschenkte.

Der Aufklärungskreuzer brachte sie, vom Wellengang der Irischen See kräftig durchgeschüttelt, nach Glasgow, und sie standen im Nieselregen auf dem Kai herum, während Käptn Perry den amerikanischen Konsul suchen ging. Vom Stillstehen schliefen Joe die Füße ein, doch als er versuchte, zu dem Eisentor gegenüber der Kaihütte zu gehen, um einen Blick auf die Straße zu werfen, richtete ein älterer Mann in Uniform ein Bajonett auf seinen Bauch, und er blieb stehen. Er ging zurück zu den anderen und sagte ihnen, sie seien Gefangene, als wären sie Fritzen. Da wurden sie vielleicht sauer. Flannagan fing an zu erzählen, wie die Franzmänner ihn mal hopsgenommen hatten, weil er sich in einer Bar in Marseille mit einem Oranier geprügelt hatte, und dass sie drauf und dran gewesen waren, ihn zu erschießen, weil die Iren, behaupteten sie, alle deutschenfreundlich seien. Joe erzählte davon, wie die Tommys ihn in Liverpool eingebuchtet hatten. Alle meckerten sie herum, das Ganze sei eine Riesensauerei, da erschien Ben Tarbell, der Maat, mit einem alten Burschen vom Konsulat und sagte ihnen, sie sollten mitkommen.

Auf Straßen, die zum Schutz vor Fliegerangriffen verdunkelt und vom Regen schlüpfrig waren, mussten sie durch die halbe Stadt bis zu einer länglichen, mit Teerpappe verkleideten Baracke latschen, die mit Stacheldraht umzäunt war. Ben Tarbell sagte den Jungs, es tue ihm leid, aber sie müssten vorläufig hier bleiben, er werde versuchen, über den Konsul etwas zu erreichen, und der Alte habe an die Eigner telegraphiert, damit sie Geld schickten. Ein paar junge Frauen vom Roten Kreuz brachten ihnen was zu essen, hauptsächlich Brot, Marmelade und Streichwurst, nichts, wo man richtig reinbeißen konnte, und außerdem ein paar dünne Decken. In diesem verfluchten Loch blieben sie zwölf Tage, spielten Poker, spannen Seemannsgarn und lasen alte Zeitungen. Manchmal schaffte es abends ein schlampiges, halb besoffenes Weib an dem alten Wachtposten vorbei, schaute zur Tür der Baracke herein und winkte einen von den Männern heraus, irgendwo in die neblige Dunkelheit hinter den Latrinen. Einige ekelte das, und sie gingen nicht mit.

Sie waren so lange dort eingesperrt, dass sie, als der Maat schließlich erschien und ihnen sagte, sie führen nach Hause, nicht einmal mehr genug Energie hatten, um laut zu brüllen. Wieder gingen sie in nebeltrübem Gaslicht durch den dichten Verkehr der Stadt und an Bord eines neuen 6000-Tonnen-Frachters, der *Vicksburg*, die gerade ihre aus Baumwolle bestehende Ladung gelöscht hatte. Passagier zu sein und auf der Heimfahrt den ganzen Tag faul herumliegen zu können fühlte sich komisch an.

Am ersten sonnigen Tag, den sie hatten, lag Joe gerade draußen auf dem Lukendeckel, als Käptn Perry zu ihm kam; Joe stand auf. Käptn Perry sagte, er habe noch keine Gelegenheit gehabt, ihm seine Anerkennung dafür auszusprechen, dass er so geistesgegenwärtig gewesen sei, die Zurringe an den Rettungsflößen durchzuschneiden, und die Hälfte der Mannschaft verdanke ihm ihr Leben. Joe sei ein heller Bursche, er solle zusehen, dass er aus der Back herauskomme, wegen des Krieges wachse die amerikanische Handelsmarine mit jedem Tag, und junge Burschen wie ihn brauche man als Offiziere. «Wenn wir in die Hampton Roads kommen», sagte er, «dann erinnern Sie mich, mein Junge, mal sehen, was ich auf dem nächsten Schiff, das ich kriege, für Sie tun kann. Noch ein bisschen die Schulbank drücken, und Sie bekämen ruckzuck ihr Patent als Dritter Nautischer Offizier.» Joe grinste und sagte, dazu hätte er große Lust. Es verschaffte ihm ein Hochgefühl, das die ganze Fahrt über anhielt. Er konnte es gar nicht abwarten, Del wiederzusehen und ihr zu sagen, dass er kein gewöhnlicher Matrose mehr war. Verdammt noch mal, er hatte es satt, sein Leben lang wie ein Knastbruder behandelt zu werden.

Die *Vicksburg* legte in Newport News an. In den Hampton

Roads lagen mehr Schiffe, als Joe je dort gesehen hatte. Auf den Kais redete alles von der *Deutschland,* die gerade in Baltimore eine Ladung Farbstoffe gelöscht hatte. Als Joe ausbezahlt wurde, wollte er nicht einmal mehr ein Glas mit seinen Schiffskameraden trinken, sondern eilte zum Fähranleger, um die Fähre nach Norfolk zu erwischen. Mein Gott, was kam ihm der alte Kahn langsam vor. Es war an einem Samstag gegen fünf Uhr nachmittags, als er nach Norfolk kam. Während er die Straße entlangging, befürchtete er, Del würde noch nicht zu Hause sein.

Del war zu Hause und schien sich über sein Kommen zu freuen. Sie sagte, sie habe für den Abend eine Verabredung, aber er setzte ihr zu, sie abzusagen. Schließlich seien sie doch verlobt, oder? Sie gingen in eine Eisdiele und aßen einen Eisbecher, und sie erzählte ihm alles über ihre neue Stelle bei den DuPonts, dass sie zehn Dollar mehr die Woche bekomme, dass alle Jungs, die sie kenne, und auch einige Frauen in den Munitionsfabriken arbeiteten, dass manche von ihnen fünfzehn Dollar pro Tag verdienten und sich Autos kauften und dass der Junge, mit dem sie verabredet sei, einen Packard fahre. Es dauerte lange, bis Joe dazu kam, ihr zu erzählen, was Käptn Perry gesagt hatte, und sie regte sich furchtbar auf, als sie erfuhr, dass sein Schiff versenkt worden war, und sagte, er solle sich doch drüben in Newport News eine Arbeit auf der Werft suchen und gutes Geld verdienen, der Gedanke, dass sein Schiff jeden Moment versenkt werden könne, gefalle ihr überhaupt nicht, aber Joe sagte, er wolle die Seefahrt nicht gerade jetzt an den Nagel hängen, wo er Gelegenheit habe vorwärtszukommen. Sie fragte ihn, wie viel er als Dritter Nautischer Offizier auf einem Frachtschiff verdiene, und er sagte, hundertfünfundzwanzig im Monat, aber für die Zone gebe es jedes Mal eine Gefahrenzulage, im Augenblick würden haufenweise neue Schiffe gebaut, und er halte die Aussichten insgesamt für ziemlich günstig.

Del verzog auf komische Art das Gesicht und sagte, sie wisse nicht, ob es ihr recht wäre, einen Mann zu haben, der ständig von zu Hause weg sei, aber sie ging in eine Telefonzelle, rief den anderen Jungen an und sagte die Verabredung ab, die sie mit ihm gehabt hatte. Sie kehrten zu ihr nach Hause zurück, und sie kochte ihm ein Abendessen. Ihre Leute waren zum Essen zu einer Tante nach Fortress Monroe gefahren. Für Joe fühlte es sich gut an, sie mit umgebundener Schürze in der Küche hantieren zu sehen. Sie ließ sich ein paarmal von ihm küssen, doch als er hinter sie trat, sie umarmte, ihren Kopf zurückbog und sie küsste, sagte sie, er solle das lassen, davon komme sie ganz außer Atem. Vom dunklen Geruch ihres Haars und dem Gefühl ihrer milchweißen Haut an seinen Lippen wurde ihm schwindelig. Es war eine Erleichterung, als sie wieder auf die Straße und in den scharfen Nordwestwind traten. In einem Drugstore kaufte er ihr eine Schachtel Samstagabend-Süßigkeiten. Sie gingen ins Colonial und sahen sich ein Vaudeville- und Kinoprogramm an. Die Kriegsbilder aus Belgien waren furchtbar aufregend, Del sagte, ob das nicht schrecklich sei, und Joe begann ihr zu erzählen, was ihm ein Bekannter von einem Luftangriff in London erzählt hatte, aber sie hörte nicht zu.

Als er sie im Flur zum Abschied küsste, wurde ihm furchtbar heiß, er drängte sie in die Ecke neben dem Hutständer und versuchte ihr die Hand unter den Rock zu schieben, aber sie sagte, erst wenn sie verheiratet seien, und er sagte, den Mund auf ihrem Mund, wann sie denn heiraten würden, und sie sagte, sobald er seine neue Stelle habe.

In diesem Moment hörten sie, wie sich direkt neben ihnen der Schlüssel im Schloss drehte, und sie zog ihn ins Wohnzimmer und flüsterte ihm zu, er solle noch nichts von ihrer Verlobung sagen. Es waren Dels alter Herr, ihre Mutter und ihre beiden jüngeren Schwestern, und der Alte bedachte Joe mit einem bösen Blick, die Schwestern giggelten, und Joe ging mit einem Gefühl ziemlicher Verwirrung. Es war noch früh, zum Schlafengehen war ihm ohnehin zu heiß, also ging er noch ein bisschen spazieren und schaute dann bei den Stirps vorbei, um festzustellen, ob Will in der Stadt war. Will sei in Baltimore auf Arbeitssuche, sagte die alte Mrs. Stirp, aber wenn er nirgends unterkomme, könne er gern in Wills Bett schlafen, doch er konnte nicht schlafen vor lauter Gedanken an Del, wie gescheit sie war, wie es sich anfühlte, sie in den Armen zu halten, wie der Geruch ihres Haars ihn verrückt machte und wie sehr er sie begehrte.

Am Montagmorgen fuhr er als Erstes rüber nach Newport News zu Käptn Perry. Der Alte war verdammt nett zu ihm, fragte ihn nach seiner Schulbildung und erkundigte sich nach seinen Leuten. Als Joe sagte, er sei der Sohn des alten Käptn Joe Williams, überschlug sich Käptn Perry beinahe vor Hilfsbereitschaft. Er und Joes alter Herr waren in der guten alten Zeit der Klipper zusammen auf der *Albert and Mary Smith* gefahren. Er sagte, er würde Joe als Vierten Offizier auf der *Henry B. Higginbotham* unterbringen, sobald die Reparaturen am Schiff abgeschlossen seien, und er müsse drüben in Norfolk die Schulbank drücken, sich auf die Prüfung bei der Zulassungsbehörde vorbereiten und sich sein Patent holen. Die kniffeligeren Fragen werde er persönlich mit ihm durchgehen. Als Joe sich verabschiedete, sagte der Alte: «Mein Junge, wenn Sie so arbeiten, wie man es von einem Sohn Ihres Vaters erwarten darf, und wenn der Krieg noch eine Weile dauert, dann werden Sie in fünf Jahren Ihr eigenes Schiff führen, das garantiere ich Ihnen.»

Joe konnte es gar nicht abwarten, Del zu erwischen und ihr davon zu erzählen. An jenem Abend ging er mit ihr ins Kino, und sie sahen *Die vier Reiter.* /155/ Es war verdammt aufregend, sie hielten während der gesamten Vorstellung Händchen, und er presste die ganze Zeit das Bein gegen ihren drallen kleinen Oberschenkel. Hier mit ihr den Krieg und alles über die Leinwand flimmern zu sehen, die Musik wie in der Kirche, ihr Haar an seiner Wange und in der warmen Dunkelheit leicht schwitzend fest an sie gedrückt zu sein, das alles stieg ihm zu Kopf. Als der Film vorbei war, hatte er das Gefühl, er würde verrückt, wenn er sie nicht auf der Stelle haben konnte. Irgendwie ging sie nicht darauf ein, und er wurde sauer und sagte: Gottverdammich, sie müssten auf der Stelle heiraten, oder er sei fertig mit ihr. Sie habe ihn jetzt lange genug hingehalten. Sie begann zu weinen, blickte mit tränennassem Gesicht zu ihm auf und sagte, wenn er sie wirklich liebte, würde er nicht so reden, das sei keine Art, mit einer Lady zu reden, und er kam sich furchtbar schäbig vor.

Als sie wieder zu ihr nach Hause kamen, waren schon alle schlafen gegangen, und sie setzten sich in die Speisekammer hinter der Küche, ohne das Licht einzuschalten, und sie ließ sich von ihm fummeln. Sie sagte, ehrlich, sie liebe ihn so sehr, dass er alles mit ihr machen dürfe, was er wolle, nur wisse sie eben, dass er sie dann nicht mehr achten würde. Sie habe es satt, zu Hause zu wohnen und ständig von ihrer Mutter überwacht zu werden, morgen früh werde sie ihren Leuten sagen, dass er eine Stelle als Schiffsoffizier habe und dass sie heiraten müssten, bevor sein Schiff auslaufe, und er müsse sich sofort eine Uniform besorgen.

Als Joe das Haus verließ, um sich nach einer Schlafstelle umzutun, hatte er das Gefühl, auf Wolken zu schweben. Eigentlich hatte er nicht vorgehabt, so bald zu heiraten, aber was soll's, ein Mann brauchte was Festes. Er begann sich zurechtzulegen, wie er Janey deswegen schreiben würde, kam dann jedoch zu dem Schluss, dass es ihr nicht recht wäre und er besser nicht schrieb. Er wünschte, Janey wäre nicht so hochnäsig, aber schließlich war sie ja auch beruflich sehr erfolgreich. Wenn er erst mal Skipper seines eigenen Schiffs war, würde sie bestimmt alles ganz prima finden.

Diesmal blieb Joe zwei Monate an Land. Er ging jeden Tag zur Seefahrtschule, wohnte im YMCA, trank keinen Tropfen, spielte kein Billard und gönnte sich auch sonst nichts. Das Geld, das er von den beiden Fahrten auf der *North Star* gespart hatte, reichte so gerade, um über die Runden zu kommen. Alle ein, zwei Wochen fuhr er nach Newport News hinüber, um sich mit dem alten Käptn Perry zu besprechen, der ihm sagte, was für Fragen die Prüfungskommission stellen und was für Papiere er brauchen würde. Joe machte sich ziemliche Sorgen wegen seines ursprünglichen Matrosenbriefs, aber inzwischen hatte er einen anderen und außerdem Empfehlungen von Schiffskapitänen, unter denen er gefahren war. Was soll's, er fuhr jetzt seit vier Jahren zur See, so langsam wurde es Zeit, dass er lernte, selbst ein Schiff zu führen. Wegen der Prüfung war er halb krank vor Angst, aber als er dann tatsächlich vor den alten Knackern der Kommission stand, war es gar nicht so schlimm, wie er gedacht hatte. Und als er tatsächlich sein Patent als Dritter Nautischer Offizier bekam und es Del zeigte, freuten sie sich beide riesig.

Joe kaufte sich seine Uniform, als er einen Vorschuss auf seine Heuer bekam. Von da an war er den ganzen Tag beschäftigt und erledigte am Trockendock dies und das für den alten Käptn Perry, der noch keine Mannschaft zusammenbekommen hatte. Abends strich er die kleine Einzimmerwohnung mit Kochnische und Bad, die er für das Leben an Land für sich und Del gemietet hatte. Dels Leute bestanden auf einer kirchlichen Trauung, und Will Stirp, der in einer Werft in Baltimore fünfzehn Dollar pro Tag verdiente, kam herüber, um den Trauzeugen zu machen.

Während der Hochzeit kam sich Joe furchtbar dämlich vor, und Will Stirp hatte sich Whiskey besorgt und einen Atem wie ein Schnapsfass, ein paar von den anderen Jungs waren blau, weswegen Del und ihre Leute stinkwütend wurden, und Del machte während der gesamten Trauung ein Gesicht, als würde sie ihm am liebsten eine runterhauen. Als es vorbei war, stellte Joe fest, dass er seinen Kragen durchgeschwitzt hatte, Dels alter Herr riss am laufenden Band Witze, und ihre Schwestern in ihren weißen Organdy-Kleidern kicherten so sehr, dass er sie hätte erwürgen können. Sie fuhren zum Haus der Matthews, und alle waren furchtbar steif bis auf Will Stirp und seine Freunde, die eine Flasche Whiskey mitgebracht hatten und den alten Matthews besoffen machten. Mrs. Matthews schmiss sie alle hinaus, die alten Weiber vom Frauenhilfswerk verdrehten die Augen und sagten: «Ist es zu fassen!», und Joe und Del fuhren in einem Taxi weg, das ein Bekannter von ihm steuerte, alle schmissen Reis nach ihnen, Joe stellte fest, dass ihm jemand ein Schild mit der Aufschrift «Frisch verheiratet» an den Rockschoß gepinnt hatte, Del heulte und heulte, schloss sich, in der Wohnung angekommen, im Bad ein und gab keine Antwort, als er rief, sodass er schon befürchtete, sie wäre ohnmächtig geworden.

Joe zog sein neues blaues Sergejackett aus, legte Kragen und Krawatte ab, tigerte hin und her und wusste nicht, was er tun sollte. Es war sechs Uhr abends. Er musste um Mitternacht an Bord sein, weil sie bei Tagesanbruch ablegen und Kurs auf Frankreich nehmen würden. Er wusste nicht, was tun. Vielleicht wollte sie ja etwas zu essen, also machte er auf dem Herd Eier mit Speck. Als alles kalt war und Joe leise fluchend hin und her tigerte, kam Del ganz frisch und rosig aus dem Badezimmer, als wäre nichts passiert. Sie sagte, sie könne nichts essen, aber sie könnten doch ins Kino gehen ...

«Aber Schätzchen», sagte Joe, «ich muss um zwölf los.»

Sie begann wieder zu heulen, er wurde rot und war völlig durcheinander. Sie schmiegte sich an ihn und sagte: «Wir bleiben nicht bis zum Hauptfilm. Dann sind wir auf jeden Fall rechtzeitig zurück.» Er packte sie und zog sie an sich, aber sie stieß ihn sehr entschieden zurück und sagte: «Später.»

Joe konnte sich nicht auf den Film konzentrieren. Als sie in die Wohnung zurückkehrten, war es zehn Uhr. Sie ließ sich von ihm ausziehen, sprang dann aber ins Bett, wickelte die Decke um sich und wimmerte, sie habe Angst, ein Kind zu bekommen, er müsse warten, bis sie herausgefunden habe, was sie tun müsse, um kein Kind zu bekommen. Alles, was er durfte, war, sich durch die Decke hindurch an ihr zu reiben, und dann war es plötzlich zehn vor zwölf, und er musste sich schleunigst anziehen und zum Kai hinunterrennen. Ein alter Farbiger ruderte ihn zum Liegeplatz seines Schiffs hinaus. Es war eine süß duftende, mondlose Frühlingsnacht. Er hörte Schreie über sich und versuchte mit zusammengekniffenen Augen, die Vögel zu erkennen, die vor den fahlen Sternen vorbeistrichen.

«Das sind Gänse, Boss», sagte der alte Farbige mit leiser Stimme.

Als er an Bord kletterte, pflaumten ihn alle an und behaupteten, er sehe völlig geschafft aus. Joe wusste nicht, was er sagen sollte, also spuckte er große Töne, pflaumte zurück und log wie gedruckt.

Wochenschau XXI

Adieu, Broadway
Hello, Frankreich
Wir sind zehn Millionen Mann /156/

ACHTJÄHRIGER VON FREUND
MIT GEWEHR ERSCHOSSEN

die Polizei hat uns bereits mitgeteilt, dass jegliche Art von Belustigung in Paris kurz, still und nicht in der Öffentlichkeit vonstattenzugehen habe und dass wir bereits mehr Tanzabende als tunlich veranstaltet hätten

Kapitalisierung um 104 Prozent gestiegen, Geschäftsvolumen um 520 Prozent erweitert

DEUTSCHE VERLIEREN KONTROLLE ÜBER
ZUCKERPRODUKTION IN HAWAII

Bemühungen der bolschewistischen Regierung, im Wege von Waffenstillstandsverhandlungen über einen Rückzug der US-amerikanischen und alliierten Truppen aus Russland zu diskutieren, finden keine ernsthafte Beachtung

BRITISCHER FLIEGER KÄMPFT GEGEN SECHZIG FEINDE

SERBEN RÜCKEN 15 KILOMETER VOR; BESETZEN 10 STÄDTE; BEDROHEN PRILEP

Good Morning
Mr. Zip Zip Zip
Sie sind ja richtig flott
Good Morning
Mr. Zip Zip Zip
Mit nem Bürstenschnitt wie meinem
Mit nem Bürstenschnitt wie meinem
Sehn Sie aus wie n junger Gott

LENIN ANGEBLICH NOCH AM LEBEN

PUBLIKUM BEI EHRUNG IM HIPPODROM ZU BEIFALLSSTÜRMEN UND TRÄNEN GERÜHRT

mir sind etliche gut belegte Berichte über das Ausmaß von Hindenburgs Brutalität zu Ohren gekommen; die Einzelheiten sind zu schrecklich, als dass man sie drucken könnte. Sie betreffen geschändete Frauen und Mädchen, Selbstmord und das Blut der Unschuldigen, in dem Hindenburg watet

KRIEG FÜHRT ZU RÜCKGANG VON EHESCHLIESSUNGEN UND GEBURTEN

Oh Asche zu Asche
Und Dreck zu Dreck
Killt die Bombe dich nicht
Putzt die Kugel dich weg /157/

Das Auge der Kamera 29

die Regentropfen fallen einer nach dem anderen aus der Rosskastanie über der Laube auf den Tisch in dem verlassenen Biergarten und den pfützigen Kies und meinen geschorenen Schädel wo meine Finger sanft über die flaumigen Knubbel und Kuhlen hin und her streichen

Frühling und wir haben gerade in der Marne gebadet irgendwo weit weg hinter den fetten Wolken am Horizont hämmern sie auf ein Blechdach · im Regen im Frühling nach einem Bad in der Marne mit diesem Hämmern im Norden das uns den Gedanken an den Tod in die Ohren trommelt

der weinige Gedanke an den Tod brennt im Frühlingsblut das im sonnenverbrannten Hals pocht unterm engen Gürtel am Bauch auf und ab · jagt es wie Cognac in meine Zehenspitzen und Ohrläppchen und Finger die den geschorenen flaumigen Schädel streicheln

schüchtern kribbelnde Finger erfühlen die Grenzen des harten unsterblichen Schädels unterm Fleisch · ein Skelett mit Totenkopf sitzt mit einer Brille auf der Nase in der Laube unter den vereinzelten leuchtenden Regentropfen in der neuen Khaki-Uniform in meinem einundzwanzigjährigen Körper der in Chalons im Frühling in rot-weiß gestreifter Badehose in der Marne gebadet hat

Richard Ellsworth Savage

In den Jahren, als Dick noch klein war, hörte er nie irgendetwas von seinem Dad, aber wenn er abends in seinem kleinen Mansardenzimmer Hausaufgaben machte, dachte er manchmal an ihn; dann warf er sich aufs Bett, lag auf dem Rücken und versuchte sich zu erinnern, wie das gewesen war mit ihm und Oak Park und allem, bevor Mutter so unglücklich gewesen war und sie an die Ostküste hatten umziehen müssen, zu Tante Beatrice. Da war der Geruch nach Haarwasser und Zigarrenrauch, und er saß auf dem Rückenpolster eines Sofas neben einem dicken Mann mit Panamahut, der mit seinem Lachen das Sofa zum Wackeln brachte; er hielt sich an Dads Rücken fest und knuffte seinen Arm, und der Muskel war so hart wie ein Stuhl oder ein Tisch, und wenn Dad lachte, spürte man es in seinem Rücken rumpeln. «Dicky, komm mir mit deinen schmutzigen Füßen ja nicht an meinen Sommeranzug», und er war auf Händen und Knien in dem Sonnenlicht, das sich durch die Spitzengardine ergoss, und versuchte, die großen purpurroten Rosen vom Teppich zu pflücken; sie standen alle vor einem roten Automobil, Dads Gesicht war rot, er roch nach Achselhöhle, überall kam weißer Dampf heraus, und Leute sagten: «Sicherheitsventil.» Unten saßen Dad und Mummy beim Essen, sie hatten Gäste, es gab Wein und einen neuen Butler, und es musste furchtbar lustig sein, weil sie so viel lachten, und die Messer und Gabeln machten die ganze Zeit klick, klick; Dad erwischte ihn, wie er im Nachthemd zwischen den Portieren hindurchlinste, kam furchtbar komisch und gereizt und nach Wein riechend heraus und verhaute ihn, und Mutter kam heraus und sagte: «Henry, schlag das Kind nicht», und sie standen hinter den Portieren und zischten einander an, mit leiser Stimme wegen der Gäste, und Mummy hatte Dick auf den Arm genommen und weinend nach oben getragen in ihrem Abendkleid, das voller Spitzen und Rüschen war, mit weiten, gebauschten Seidenärmeln; die Berührung mit Seide war ihm zuwider, und ihm lief ein Schauder über den Rücken. Er und sein drei Jahre älterer Bruder Henry S. hatten gelbbraune Mäntel mit Taschen wie Erwachsenenmäntel und gelbbraune Mützen, und er hatte den Knopf von seiner verloren. Damals war es sonnig und windig; Dicky wurde jedes Mal müde, und ihm wurde ganz flau, wenn er versuchte, sich so zurückzuerinnern, und dann konnte er sich nicht mehr auf die Aufgaben für den nächsten Tag konzentrieren und holte *Zwanzigtausend Meilen unter dem Meer* hervor, das er unter der Matratze versteckte, weil Mutter ihm Bücher wegnahm, wenn sie nicht direkt mit der Schule zu tun hatten, und las ein bisschen, und beim Lesen vergaß er dann alles und konnte am nächsten Tag seine Lektion nicht.

Trotzdem kam er in der Schule sehr gut zurecht, und die Lehrer mochten ihn, besonders Miss Teazle, die Englischlehrerin, weil er gute Manieren hatte und kleine Bemerkungen machte, die nicht frech waren, aber alle zum Lachen brachten. Miss Teazle sagte, er habe ein echtes Gespür für den englischen Aufsatz. Einmal schenkte er ihr zu Weihnachten ein selbst verfasstes kleines Gedicht über das Christkind und die Heiligen Drei Könige, und sie erklärte, er sei begabt.

Je besser es ihm in der Schule gefiel, desto schlimmer wurde es zu Hause. Tante Beatrice war von morgens bis abends am Nörgeln. Als ob er nicht wüsste, dass er und seine Mutter ihr Brot aßen und unter ihrem Dach schliefen. Immerhin bezahlten sie für Kost und Logis – oder etwa nicht? –, zwar nicht so viel wie Major und Mrs. Glen oder Dr. Kern, aber dafür arbeiteten sie so viel mit, dass allein schon damit ihr Unterhalt hätte bezahlt sein müssen. Einmal, als Dr. Atwood zu Besuch kam und Tante Beatrice gerade nicht im Zimmer war, hatte er Mrs. Glen sagen hören, es sei eine Schande, dass die arme Mrs. Savage, so eine liebe Frau, dazu eine gute Kirchgängerin und die Tochter eines Generals, sich die Finger wund arbeiten müsse für ihre Schwester, die nur eine kleinliche alte Jungfer sei und viel zu hohe Preise nehme, obwohl sie schon ein ganz reizendes Haus führe, und das Essen sei ganz ausgezeichnet, man fühle sich gar nicht wie in einer Pension, sondern eher wie in einem schönen, kultivierten Privathaus, welch ein Segen, dass man in Trenton noch so etwas finde, dieser Handelsstadt, wo es von Arbeitern und Ausländern nur so wimmle; wirklich traurig, dass die Töchter von General Ellsworth darauf angewiesen seien, zahlende Gäste aufzunehmen. Dick fand, Mrs. Glen hätte ruhig auch erwähnen können, dass er die Asche hinausbrachte und Schnee schaufelte und so weiter. Jedenfalls war er nicht der Meinung, dass jemand, der auf die Highschool ging, gezwungen sein sollte, einen Teil der Zeit, die er zum Lernen brauchte, für häusliche Arbeiten abzuknapsen.

Dr. Atwood war der Pfarrer der St. Gabriel's Episcopal Church, wo Dick jeden Sonntag bei zwei Gottesdiensten im Chor singen musste, während Mutter und sein Bruder, der in einem Zeichenbüro in Philadelphia arbeitete und nur an den Wochenenden nach Hause kam, bequem in einer Kirchenbank saßen. Mutter liebte St. Gabriel's, weil es dort so hochkirchlich zuging und es Prozessionen und sogar Weihrauch gab. Dick hasste die Kirche, zum einen wegen der Chorproben und weil er sein Chorhemd sauber halten musste, und zum anderen, weil er nie Taschengeld hatte, um hinter der Bank in der Sakristei mit den anderen würfeln zu können, und er immer derjenige war, der an der Tür stehen und «Aufhören» zischen musste, wenn jemand kam.

Eines Sonntags kurz nach seinem dreizehnten Geburtstag war er mit seiner Mutter und Henry von der Kirche nach Hause gegangen, hatte Hunger gehabt und sich unentwegt gefragt, ob es wohl Brathähnchen geben würde. Sie stiegen alle drei die Eingangstreppe hinauf, Mutter stützte sich leicht auf Dicks Arm, und die dunkelroten und grünen Mohnblumen auf ihrem breitkrempigen Hut wippten leicht in der Oktobersonne, da sah er Tante Beatrice' mageres Gesicht besorgt durch die Glasscheibe der Haustür hinausblicken.

«Leona», sagte sie mit aufgeregter, vorwurfsvoller Stimme, «er ist da.»

«Wer, liebe Beatrice?»

«Das weißt du sehr gut ... Ich weiß nicht, was ich machen soll ... Er sagt, er will dich sprechen. Ich habe ihn in den unteren Flur gesetzt, wegen ... äh ... unserer Freunde.»

«O Gott, Beatrice, habe ich unter diesem Menschen nicht schon genug gelitten?»

Mutter ließ sich auf die Bank unter dem als Garderobe dienenden Hirschgeweih sinken. Dick und Henry betrachteten die kreidebleichen Gesichter der beiden Frauen. Tante Beatrice schürzte die Lippen und sagte in gehässigem Ton: «Ihr beiden geht mal lieber und macht einen Spaziergang um den Block. Ich kann das nicht brauchen, dass zwei große Lümmel wie ihr im Haus herumlungern. Pünktlich um halb zwei seid ihr zum Essen wieder da ... und nun lauft.»

«Was ist denn mit Tante Beatrice los?», fragte Dick, während sie die Straße entlanggingen.

«Hat wohl miese Laune ... sie geht mir furchtbar auf die Nerven», sagte Henry in überlegenem Ton.

Dick stupste beim Gehen mit den Schuhspitzen gegen das Straßenpflaster.

«Hör mal, wir könnten doch eine Limo trinken gehen ... bei Dryer gibt's richtig gute Limo.»

«Hast du Kies?»

Dick schüttelte den Kopf.

«Glaub ja nicht, dass ich dir einen ausgebe ... Menschenskind, ist dieses Trenton ein Dreckskaff ... In Philadelphia hab ich einen Drugstore gesehen, mit ner Limotheke so lang wie ein halber Häuserblock.»

«Ach, Quatsch.»

«Ich wette, du erinnerst dich nicht mehr daran, wie wir in Oak Park gewohnt haben, Dick ... Chicago, das ist eine tolle Stadt.»

«Klar erinnere ich mich ... Du und ich, wir sind in den Kindergarten gegangen, und Dad war da und alles.»

«Mensch, ich hätte Lust zu rauchen.»

«Mutter wird es riechen.»

«Ist mir doch egal.»

Als sie nach Hause kamen, empfing Tante Beatrice sie mit bitterbösem Gesicht schon an der Haustür und sagte, sie sollten ins Tiefparterre gehen. Mutter wolle sie sprechen. Auf der Hintertreppe roch es nach Sonntagsessen und Hähnchenfüllung mit Salbei. Sie schlichen so langsam wie möglich hinunter, bestimmt ging es um Henrys Raucherei. Mutter war in dem dunklen Flur im Tiefparterre. Trotz des Lichts der Gasflamme an der Wand konnte

Dick nicht erkennen, wer der Mann war. Mutter kam auf sie zu, und sie sahen, dass ihre Augen rot waren.

«Jungs, es ist euer Vater», sagte sie mit schwacher Stimme. Die Tränen begannen ihr übers Gesicht zu laufen.

Der Mann hatte einen grauen, formlosen Kopf, seine Haare waren ganz kurz geschnitten, er hatte rote, wimpernlose Augenlider, und seine Augen hatten die gleiche Farbe wie sein Gesicht. Dick hatte Angst. Sein Vater war jemand, den er als kleines Kind gekannt hatte; das da konnte nicht Dad sein.

«Herr des Himmels, Schluss jetzt mit Tränen, Leona», sagte der Mann mit wehleidiger Stimme. Während er dastand und den Jungs ins Gesicht starrte, wackelte sein Körper leicht, als hätte er schwache Knie. «Sehen gut aus, die beiden, Leona ... an ihren armen alten Dad denken sie wohl nicht viel.»

Alle standen sie, ohne etwas zu sagen, in dem dunklen Flur im kräftigen, drückenden Sonntagessensgeruch aus der Küche. Dick hatte das Gefühl, er müsse etwas sagen, aber irgendetwas steckte ihm in der Kehle. Er stellte fest, dass er stotterte. «Bi-bi-bist du krank gewesen?»

Der Mann wandte sich an Mutter. «Besser, du erzählst ihnen alles, wenn ich weg bin ... nimm keine Rücksicht auf mich ... auf mich hat nie jemand Rücksicht genommen ... schaut mich nicht an, als wäre ich ein Gespenst, Jungs, ich tue euch nichts.» Ein nervöses Zittern durchlief seine untere Gesichtshälfte. «Mein Leben lang war ich immer derjenige, auf dem man herumgetrampelt hat ... tja, das hier ist eine ganze Ecke von Oak Park weg ... ich wollte euch bloß noch einmal sehen, lebt wohl ... meinesgleichen geht wohl besser zur Hintertür raus ... wir treffen uns morgen um Punkt elf in der Bank, Leona, und danach musst du nie mehr was für mich tun.»

Die Gasflamme färbte sich rot, als die Tür aufging und der Widerschein des Sonnenlichts in den Flur strömte. Dick zitterte vor Angst, dass der Mann ihn küssen würde, aber er gab den beiden nur einen leichten, zittrigen Klaps auf die Schulter. Sein Anzug umschlotterte ihn, und er schien Mühe zu haben, die Füße in ihren weichen, ausgelatschten Schuhen die fünf Stufen bis zur Straße hinaufzuheben.

Mutter schloss energisch die Tür.

«Er geht nach Kuba», sagte sie. «Das war das letzte Mal, dass wir ihn gesehen haben. Hoffentlich kann Gott ihm das alles vergeben, eure arme Mutter kann es jedenfalls nicht … wenigstens ist er nicht mehr an diesem schrecklichen Ort.»

«Wo war er denn, Mom?», fragte Henry mit sachlicher Stimme.

«In Atlanta.»

Dick rannte fort, hinauf ins oberste Stockwerk und in sein Mansardenzimmer, wo er sich schluchzend aufs Bett warf.

Keiner von ihnen ging zum Essen nach unten, obwohl sie Hunger hatten und im Treppenhaus der kräftige Geruch nach Brathähnchen hing. Als Pearl den Abwasch machte, schlich sich Dick auf Zehenspitzen in die Küche und schwatzte ihr einen großen, gehäuften Teller mit Hähnchen, Füllung und Süßkartoffeln ab; sie sagte, er solle im Hinterhof essen und sich beeilen, denn sie habe heute ihren freien Tag, müsse aber zuerst noch das Geschirr abwaschen. Zum Essen setzte er sich auf eine staubige Trittleiter in der Waschküche. Wegen der merkwürdigen Steifheit in seiner Kehle brachte er das Hähnchen kaum hinunter. Als er fertig war, musste er Pearl beim Abtrocknen helfen.

In jenem Sommer kam er als Page in einem kleinen Hotel in Bay Head unter; es wurde von einer Lady geführt, die zur Pfarrgemeinde von Dr. Atwood gehörte. Vor seiner Abfahrt gaben ihm Major und Mrs. Glen, Tante Beatrice' Vorzeigemieter, einen Fünfdollarschein als Taschengeld und eine Ausgabe von *Little Shepherd of Kingdom Come* [158] als Lektüre für die Bahnfahrt. Nach der Bibelstunde an seinem letzten Sonntag bat ihn Dr. Atwood, noch dazubleiben, erzählte ihm das Gleichnis von den anvertrauten Talenten [159], das Dick bereits sehr gut kannte, weil

Dr. Atwood mindestens viermal pro Jahr über diesen Text zu predigen pflegte, zeigte ihm einen Brief des Direktors von Kent, mit dem er fürs nächste Jahr als Stipendiat akzeptiert wurde, und sagte ihm, er müsse hart arbeiten, denn Gott erwarte von uns, dass ein jeder sich nach seinen Fähigkeiten anstrenge. Dann erzählte er ihm noch einiges, was ein heranwachsender Junge wissen musste, und sagte, er müsse Versuchungen meiden, Gott stets mit sauberem Körper und sauberem Geist dienen und sich für das schöne, brave Mädchen, das er eines Tages heiraten werde, rein erhalten, denn alles andere führe nur zu Wahnsinn und Krankheit. Dick ging mit glühenden Wangen.

Im Bayview war es gar nicht so übel, aber Gäste und Personal waren allesamt alte Leute, außer Skinny Murray, der andere Page, ein hochaufgeschossener, rotblonder Junge, der nie den Mund aufmachte. Er war nur ein paar Jahre älter als Dick. Sie schliefen auf zwei Pritschen in einem kleinen, stickigen Zimmer direkt unterm Dach, das zur Schlafenszeit von der Sonne noch so aufgeheizt war, dass man es kaum anfassen konnte. Durch die dünne Trennwand konnten sie die Kellnerinnen beim Zubettgehen rumoren und kichern hören. Dick hasste diese Geräusche und den Geruch von jungen Frauen und billigem Puder, der durch die Ritzen in der Wand drang. In den heißesten Nächten nahmen er und Skinny das Fliegengitter aus dem Fenster und krabbelten an der Regenrinne entlang bis zu einem Stück Flachdach über einer der oberen Veranden. Dort wurden sie zwar von den Moskitos gequält, aber es war immer noch besser, als zu versuchen, auf den Pritschen zu schlafen. Einmal schauten die Frauen aus dem Fenster, sahen sie an der Regenrinne entlangkrabbeln und schlugen einen Riesenkrach von wegen, sie wären Spanner, das würden sie der Direktorin melden, und die beiden hatten eine Mordsangst und schmiedeten die ganze Nacht Pläne, was sie tun würden, wenn man sie feuerte; sie würden nach Barnegat gehen und sich Arbeit auf den Fischerbooten suchen; aber am nächsten Tag sagten die Frauen kein Wort. Dick war irgendwie enttäuscht, weil er es hasste, Leute zu bedienen und auf Klingelzeichen Treppen hinauf- und hinunterzurennen.

Skinny kam irgendwann auf die Idee, sie könnten sich mit dem Verkauf von Karamell-Konfekt ein bisschen was dazuverdienen, denn als Dick von seiner Mutter ein Päckchen Konfekt bekam, verkaufte er es für einen Vierteldollar an eine der Kellnerinnen. Also schickte Mrs. Savage jede Woche mit der Paketpost frisches Konfekt und Panocha, die Dick und Skinny in kleinen Schachteln an die Gäste verkauften. Skinny kaufte die Schachteln und machte den Großteil der Arbeit, aber Dick überzeugte ihn, dass es nicht fair von ihm wäre, mehr als zehn Prozent des Gewinns zu nehmen, weil er und seine Mutter ja schließlich das Anfangskapital aufgebracht hätten.

Im nächsten Sommer betrieben sie den Konfektverkauf in größerem Stil. Die Arbeit blieb mehr denn je an Skinny hängen, denn Dick war auf einer Privatschule gewesen und hatte den ganzen Winter über mit reichen Jungs verkehrt, deren Eltern haufenweise Geld hatten. Zum Glück kam keiner von ihnen für den Sommer nach Bay Head. Er erzählte Skinny von der Schule und rezitierte Balladen über den heiligen Johannes und den heiligen Christophorus, die er selbst verfasst hatte und die in der Schulzeitung erschienen waren; er erzählte ihm vom Ministrieren, von der Schönheit des christlichen Glaubens und wie er es als Outfielder ins Junior-Baseballteam geschafft hatte. Er brachte Skinny dazu, ihn jeden Sonntag zum Gottesdienst in die kleine episkopalische Kapelle St. Mary's-by-the-Sea zu begleiten. Dick blieb nach dem Gottesdienst öfter da, sprach mit Mr. Thurlow, dem jungen Geistlichen, über Fragen der Glaubenslehre und der Gottesdienstfeier und wurde schließlich eingeladen, zum Essen zu ihm nach Hause zu kommen und seine Frau kennenzulernen.

Die Thurlows wohnten in einem unverputzten, spitzgiebeligen Bungalow mitten auf einem sandigen Grundstück in der Nähe des Bahnhofs. Mrs. Thurlow war eine dunkelhaarige Frau mit dünner Adlernase und Ponyfrisur, die Zigaretten rauchte und Bay Head hasste. Sie redete davon, wie sehr sie sich langweile und wie schockiert die alten Damen unter den Pfarrkindern von ihr seien, und Dick fand sie wunderbar. Sie war eine eifrige Leserin von *Smart Set, The Black Cat* /160/ und Büchern, die als fortschrittlich galten, und machte sich über Edwins Versuche lustig, das Urchristentum «auf die Strandpromenade zu tragen», wie sie es formulierte. Dann bedachte Edwin Thurlow sie mit einem Blick seiner fahlen Augen unter farblosen Wimpern und flüsterte duldsam: «Hilda, so solltest du nicht reden», wandte sich sanft an Dick und sagte: «Sie meint es nicht so, wissen Sie.» Sie wurden enge Freunde, und Dick gewöhnte sich an, zu ihnen hinüberzukommen, wann immer er sich im Hotel freimachen konnte. Ein paarmal nahm er auch Skinny mit, aber Skinny fand offenbar, dass ihre Gespräche zu hoch für ihn waren, und blieb nie lange, sondern erklärte schon bald, er müsse Konfekt verkaufen, und schlurfte von dannen.

Im nächsten Sommer lag es hauptsächlich an der Hoffnung auf ein Wiedersehen mit den Thurlows, dass Dick wieder gern im Bayview arbeitete, wo Mrs. Higgings ihm den Lohn erhöhte und ihn wegen seiner guten Umgangsformen zum Empfangschef beförderte. Dick war sechzehn und kam in den Stimmbruch; er hatte Träume von Sachen mit Mädchen, dachte viel über Sünde nach und war heimlich in Spike Culbertson, den blonden Kapitän seiner Schulmannschaft, verknallt. Alles an seinem Leben war ihm verhasst, seine Tante und der Geruch ihrer Pension, der Gedanke an seinen Vater, die mit Blumen überladenen Hüte seiner Mutter, dass er nicht genug Geld hatte, um sich anständige Kleidung zu kaufen oder wie seine Mitschüler in schicke Ferienorte zu fahren. Alles Mögliche versetzte ihn in schreckliche Aufgeregtheit, die nur mit Mühe zu verbergen war. Das Gewackel der Hüften und Brüste der Kellnerinnen, wenn sie bei den Mahlzeiten servierten, Damenunterwäsche in Schaufenstern, der Geruch der Badeanstalten, das salzige Kitzeln eines nassen Badeanzugs und die gebräunte Haut von Burschen und Mädchen, die am Strand in der Sonne lagen.

Den ganzen Winter über hatte er Edwin und Hilda lange Briefe über alles geschrieben, was ihm so durch den Kopf ging, doch als er sie dann tatsächlich wiedersah, war ihm komisch und gezwungen zumute. Hilda benutzte ein neues Parfüm, das ihn in der Nase kitzelte; sogar wenn er mit ihnen bei Tisch saß und sie kalten Schinken und Kartoffelsalat aus dem Feinkostgeschäft aßen und sich über ursprüngliche Formen der Litanei und gregorianische Musik unterhielten, konnte er nicht anders, als die beiden in Gedanken auszuziehen und sie sich nackt im Bett vorzustellen; seine Gefühle waren ihm zuwider.

Jeden Sonntagnachmittag fuhr Edwin nach Elberon, um dort in einer anderen kleinen Sommerkapelle den Gottesdienst abzuhalten. Hilda fuhr nie mit und lud Dick oft zu einem Spaziergang oder zum Tee bei ihr zu Hause ein. Er und Hilda schufen sich nach und nach eine eigene kleine Welt, mit der Edwin nichts zu tun hatte und in der sie nur von ihm redeten, um sich über ihn lustig zu machen. Dick begann von Hilda zu träumen, schräge, abscheuliche Träume. Hilda sprach davon, dass sie und Dick eigentlich wie Bruder und Schwester seien und dass leidenschaftslose Menschen, die eigentlich nie irgendetwas begehrten, Menschen wie sie gar nicht verstehen könnten. Bei solchen Gelegenheiten kam Dick nicht groß zu Wort. Er und Hilda pflegten auf der Hintertreppe im Schatten zu sitzen und Egyptian Deities zu rauchen, bis ihnen leicht übel war. Dann sagte Hilda, es sei ihr egal, ob die verdammten Gemeindemitglieder sie sähen oder nicht, und redete unentwegt davon, sie wolle etwas erleben, schicke Kleider, Reisen in fremde Länder und Geld zum Ausgeben, anstatt sich mit dem Haushalt herumärgern zu müssen, und manchmal habe sie das Gefühl, sie könne Edwin mit seiner schafsmäßigen Sanftmut erwürgen.

Edwin kam normalerweise mit dem Zug um 22 Uhr 53 zurück, und da Dick sonntagabends im Hotel frei hatte, aßen er und Hilda allein zu Abend und machten dann noch einen Spaziergang am Strand. Dabei nahm sie seinen Arm und ging dicht neben ihm her;

und jedes Mal, wenn sich ihre Beine berührten, fragte er sich, ob sie sein Zittern spürte.

Die ganze Woche dachte er an diese Sonntagabende. Manchmal sagte er sich, er würde nicht mehr hingehen. Er würde in seinem Zimmer bleiben und Dumas lesen oder mit Bekannten ausgehen; jedes Mal, wenn er so mit Hilda allein gewesen war, hatte er hinterher ein allzu mieses Gefühl.

Dann, in einer mondlosen Nacht, waren sie am Strand ein ganzes Stück weit über die rosig glimmenden Feuer der Ausflügler hinausspaziert, saßen nebeneinander im Sand und sprachen über *India's Love Lyrics* /161/, woraus Hilda ihm am Nachmittag laut vorgelesen hatte, als sie sich plötzlich auf ihn warf, sodass ihre Knie in seinen Bauch drückten, ihm die Haare zerzauste und ihm unter seinem Hemd mit den Händen über den Körper fuhr. Sie war kräftig für eine Frau, aber er hatte es gerade geschafft, sie wegzuschieben, da musste er sie bei den Schultern packen und sie auf sich ziehen. Sie sagten beide kein Wort, sondern lagen nur schwer atmend im Sand.

Schließlich flüsterte sie: «Dick, ich darf kein Kind bekommen ... Das können wir uns nicht leisten ... Deswegen schläft Edwin auch nicht mit mir. Verdammt, ich will dich, Dick. Siehst du denn nicht, wie schrecklich das alles ist?» Während sie das sagte, versengten ihn ihre Hände, die ihm über die Brust, die Rippen, die Wölbung seines Bauchs strichen.

«Nicht, Hilda, nicht.» Moskitos umschwirrten ihre Köpfe. Die mit langgezogenem Zischen heranspülende, unsichtbare Brandung berührte beinahe ihre Füße.

In dieser Nacht brachte Dick es nicht fertig, Edwin wie gewohnt von der Bahn abzuholen. Er ging mit zitternden Knien ins Bayview zurück und warf sich in seinem stickigen kleinen Zimmer unterm Dach aufs Bett. Er dachte daran, sich umzubringen, aber er hatte Angst, in die Hölle zu kommen; er versuchte zu beten, sich wenigstens auf das Vaterunser zu besinnen, und erschrak furchtbar, als er feststellte, dass ihm nicht einmal die

Worte des Vaterunsers einfielen. Vielleicht war das die Sünde wider den Heiligen Geist, die sie begangen hatten.

Bis er endlich einschlief, wurde der Himmel vor dem Fenster schon grau, und die Vögel begannen zu zirpen. Den ganzen nächsten Tag, während er hohläugig hinter der Rezeption saß, die Wünsche der Gäste nach Eiswasser und Handtüchern weiterleitete und Fragen nach Zimmern und Abfahrtszeiten beantwortete, trug er sich in Gedanken mit einem Gedicht, das vom Scharlachrot seiner und ihrer Sünde handeln sollte, von dunklen, über anschwellenden Wogen kreischenden Vögeln und dem leidenschaftlichen Seufzen verdammter Seelen. Als das Gedicht fertig war, zeigte er es den Thurlows. Edwin wollte wissen, wo er derart morbide Gedanken herhabe, freute sich jedoch, dass Glaube und Kirche am Ende obsiegten. Hilda lachte hysterisch und sagte, er sei ein komischer Kerl, aber vielleicht werde ja eines Tages ein Schriftsteller aus ihm.

Als Skinny für vierzehn Tage kam, um einen der neuen Pagen zu vertreten, der krank geworden war, spuckte Dick ihm gegenüber große Töne über Frauen und Sünde und gab damit an, dass er in eine verheiratete Frau verliebt sei. Skinny sagte, das sei nicht richtig, es liefen jede Menge leichter Mädchen herum, von den man so viel Liebe kriegen könne, wie man nur wolle. Doch als Dick dahinterkam, dass Skinny, obwohl er zwei Jahre älter war als er, noch nie mit einer Frau zusammen gewesen war, tat er sich so dicke von wegen Erfahrung und Sünde, dass Skinny eines Abends, als sie auf eine Limo in den Drugstore gegangen waren, zwei Frauen aufgabelte, mit denen sie später am Strand entlanggingen. Die Frauen waren mindestens fünfunddreißig, und Dick erzählte seiner von nichts anderem als seiner unglücklichen Liebesaffäre, und dass er seiner Liebe treu sein müsse, obwohl sie ihm in ebendiesem Moment untreu sei. Sie sagte, er sei noch zu jung, um alles so ernst zu nehmen, und eine Frau, die einen so netten Jungen wie ihn unglücklich mache, solle sich schämen.

«Mein Gott, ich würd einen Mann glücklich machen, wenn mich bloß einer ließe», sagte sie und brach in Tränen aus.

Auf dem Rückweg zum Hotel machte Skinny sich Sorgen, dass er sich vielleicht was eingefangen hatte, aber Dick sagte, das Körperliche spiele keine Rolle und Reue sei der Schlüssel zur Erlösung. Wie sich herausstellte, wurde Skinny tatsächlich krank, denn später im Sommer schrieb er Dick, er zahle einem Doktor fünf Dollar die Woche, um sich kurieren zu lassen, und er fühle sich deswegen schrecklich.

Dick und Hilda sündigten weiter jeden Sonntagabend, wenn Edwin in Elberon den Gottesdienst hielt, und als Dick im Herbst auf die Schule zurückkehrte, kam er sich sehr wie ein Mann von Welt vor.

In den Weihnachtsferien besuchte er die Thurlows in East Orange, wo Edwin Kaplan des Pfarrers der Kirche St. John Apostle war. Dort, beim Tee im Haus des Pfarrers, lernte er Hiram Halsey Cooper kennen, einen Rechtsanwalt und Politiker aus Jersey City, der sich für die Hochkirche und für Erstausgaben von Huysmans interessierte und Dick zu sich einlud. Als Dick ihn aufsuchte, setzte Mr. Cooper ihm ein Glas Sherry vor, zeigte ihm Erstausgaben von Beardsley, Huysmans und Austin Dobson, seufzte um seine verlorene Jugend und bot ihm einen Job in seiner Kanzlei an, sobald er mit der Schule fertig sei. Wie sich herausstellte, war Mr. Coopers verstorbene Frau eine Ellsworth gewesen, eine Cousine von Dicks Mutter. Dick versprach, ihm Abschriften seiner sämtlichen Gedichte und auch die Artikel zu schicken, die er in der Schulzeitung veröffentlichte.

Die ganze Woche, die er bei den Thurlows wohnte, versuchte er, Hilda allein zu erwischen, aber es gelang ihr, ihm aus dem Weg zu gehen. Er hatte gehört, dass es so etwas wie Präservative gab, und das wollte er ihr sagen, aber Edwin musste erst am letzten Tag aus dem Haus, um Besuche in der Gemeinde zu machen. Diesmal war Dick der Stürmische und Hilda die Abwehrende, aber er brachte sie schließlich dazu, sich auszuziehen, und sie lachten und kicherten, während sie miteinander schliefen. Diesmal machten sie sich wegen der Sünde keine großen Gedanken mehr, und als Edwin zum Abendessen nach Hause kam, fragte er sie, was denn so lustig sei, sie schienen ja so guter Laune zu sein. Dick erzählte einen Haufen frei erfundener Geschichten über seine Tante Beatrice und ihre Pensionsgäste, und sie verabschiedeten sich am Bahnhof unter schallendem Gelächter voneinander.

In jenem Sommer fand in Baltimore der Parteitag/162/ statt. Mr. Cooper hatte dort ein Haus gemietet und empfing viele Gäste. Dicks Aufgabe bestand darin, sich im Vorzimmer aufzuhalten, jedermann höflich zu begrüßen und die Namen der Besucher zu notieren. Er trug einen Anzug aus blauem Serge und machte mit seinem gewellten schwarzen Haar, das laut Hilda der Schwinge eines Raben glich, seinen treuherzigen blauen Augen und seinem rosigweißen Teint einen ausgezeichneten Eindruck. Was vor sich ging, überstieg zwar seinen Horizont, aber er merkte recht bald, welche Leute Mr. Cooper wirklich zu sprechen wünschte und welche Leute nur hingehalten werden sollten. Wenn er und Mr. Cooper dann allein waren, holte Mr. Cooper eine Flasche Amontillado hervor, goss ihnen beiden ein Glas ein, setzte sich in einen großen Ledersessel, rieb sich die Stirn, als wollte er sich die Politik aus den Gedanken reiben, und begann über Literatur und die neunziger Jahre zu reden, darüber, wie sehr er sich wünschte, wieder jung zu sein. Es galt als ausgemacht, dass er Dick das Geld für ein Studium in Harvard vorstrecken würde.

Kaum hatte im nächsten Herbst Dicks letztes Schuljahr begonnen, da bekam er ein Telegramm von seiner Mutter: Komm sofort nach Hause Liebling dein armer Vater ist tot. Er war nicht betrübt, sondern schämte sich irgendwie, hatte Angst, einem seiner Lehrer oder Mitschüler zu begegnen, die ihm vielleicht Fragen stellen würden. Am Bahnhof schien es ihm, als würde der Zug nie kommen. Es war Samstag, und am Bahnhof waren auch einige seiner Klassenkameraden. Bis der Zug einfuhr, dachte er an nichts anderes als daran, wie er ihnen aus dem Weg gehen konnte. In dem leeren Sitzwagen saß er steif auf seinem Platz und blickte hinaus auf die rostroten Oktoberhügel, ganz angespannt vor Angst, jemand könnte ihn ansprechen. Es war eine Erleichterung, aus der Grand Central Station in das Straßengewimmel von New York hinauszueilen, wo ihn kein Mensch und er keinen Menschen kannte. Bei der Überfahrt mit der Fähre war ihm froh und abenteuerlustig zumute. Dann fürchtete er sich auf einmal vor dem Nachhausekommen und verpasste absichtlich den ersten Zug nach Trenton. Er setzte sich zum Mittagessen in den alten Speisesaal der Pennsylvania Station, aß gebackene Austern und Zuckermais und bestellte sich ein Glas Sherry, wobei er halb befürchtete, der farbige Kellner würde ihm keinen Alkohol servieren. Dort saß er lange Zeit, las *The Smart Set,* trank den Sherry und kam sich vor wie ein Mann von Welt, der auf eigene Faust reiste, doch unter alldem lag die Erinnerung an das zitternde, weiße Leidensgesicht jenes Mannes, an die Art, wie er an jenem Tag die Hintertreppe hinaufgestiegen war. Das Restaurant leerte sich allmählich. Bestimmt kam es dem Kellner schon komisch vor, dass er so lange da saß. Er zahlte und fand sich früher, als ihm lieb war, im Zug nach Trenton wieder.

In Tante Beatrice' Haus hatte sich nichts verändert, auch die Gerüche waren noch die gleichen. Seine Mutter lag bei heruntergelassenen Jalousien auf dem Bett, auf der Stirn ein mit Eau de Cologne getränktes Taschentuch. Sie zeigte ihm eine Fotografie, die sein Vater aus Havanna geschickt hatte: ein verhutzeltes Männlein, das aussah, als wären ihm sein Sommeranzug und sein Panamahut viel zu groß. Er hatte als Angestellter im Konsulat gearbeitet und eine Lebensversicherung über zehntausend Dollar zugunsten seiner Frau hinterlassen. Während sie sich unterhielten, kam Henry mit sorgenvoller und wütender Miene herein. Die beiden gingen in den Hinterhof und rauchten zusammen Zigaretten. Henry sagte, er werde Mutter zu sich nach Philadelphia holen, weg von Tante Beatrice' Nörgelei und dieser verdammten Pension. Dick solle ebenfalls dorthin kommen und an der University of Philadelphia studieren. Dick sagte, nein, er werde nach Harvard gehen. Henry fragte ihn, wie er denn das Geld dafür aufbringen wolle. Dick sagte, er werde schon zurechtkommen, er wolle nichts von der verdammten Versicherung. Henry sagte, er werde die Versicherung nicht anrühren, die gehöre Mutter, und als sie wieder nach oben gingen, waren sie drauf und dran, einander auf die Fresse zu hauen. Dick allerdings ging es besser, er konnte den Jungs in der Schule erzählen, sein Vater sei Konsul in Havanna gewesen und an einem Tropenfieber gestorben.

In jenem Sommer verdiente Dick bei Mr. Cooper 25 Dollar die Woche, indem er einen Prospekt für ein Museum verfasste, das Mr. Cooper in Jersey City gründen wollte, und er widmete ihm eine gereimte Übersetzung von Horaz' Gedicht über Maecenas/163/, die er mit Hilfe einer Kladde anfertigte und über die sich Mr. Cooper so freute, dass er ihm tausend Dollar für sein College-Studium schenkte; der Form halber, und damit Dick sich seiner Verantwortung bewusst war, geschah das in Form eines Wechsels mit fünfjähriger Laufzeit zu vier Prozent Zinsen.

Seine zwei Wochen Ferien verbrachte Dick bei den Thurlows in Bay Head. Er hatte es kaum erwarten können, mit der Bahn hinzufahren, um festzustellen, wie es Hilda ging, aber alles war anders. Edwin hatte nicht mehr das käsige Aussehen von früher; er war als Kaplan an eine reiche Kirche auf Long Island berufen worden, wo ihm nur eines Sorgen machte, nämlich dass ein Teil der Gemeinde gegen hochkirchliche Gebräuche war und weder Gesang noch Weihrauch zulassen wollte. Er tröstete sich mit dem Gedanken, dass sie immerhin Kerzen auf dem Altar zuließen. Auch Hilda hatte sich verändert. Dick sah mit Sorge, dass sie und Edwin sich beim Essen an den Händen hielten. Als sie unter vier Augen waren, erzählte sie ihm, sie und Edwin seien mittlerweile sehr glücklich, sie bekomme ein Kind, und man solle die Vergangenheit ruhen lassen. Dick stakste hin und her, fuhr sich mit den Händen durchs Haar und redete dunkel vom Tod, von der Hölle auf Erden und dass er so schnell wie möglich zum Teufel gehen werde, doch Hilda lachte bloß und sagte ihm, er solle nicht albern sein, er sei ein gut aussehender, attraktiver Junge und würde viele nette Mädchen finden, die sich darum reißen würden, sich in ihn zu verlieben. Vor seiner Abreise hatten die drei ein langes Gespräch über Religion, und Dick erklärte ihnen mit einem bitteren Blick auf Hilda, er habe seinen Glauben verloren und glaube nur noch an Pan und Bacchus, die alten Götter der Lust und des Rausches. Edwin war ziemlich bestürzt, doch Hilda sagte, das sei alles Unsinn und habe nur mit Wachstumsschmerzen zu tun. Nach seiner Abreise verfasste er ein sehr obskures Gedicht voller klassischer Anspielungen, das er «An eine gemeine Prostituierte» betitelte und Hilda schickte, mit einem Postskriptum, dem zufolge er sein Leben der Schönheit und der Sünde weihe.

Weil er eine Prüfung in Geometrie wiederholen musste, bei der er im Frühjahr durchgefallen war, und außerdem eine Prüfung in Latein für Fortgeschrittene ablegen wollte, um zusätzliche Punkte zu sammeln, fuhr er eine Woche vor Vorlesungsbeginn nach Cambridge. Seine Koffer ließ er ab der South Station von einer Spedition hinbringen, er selbst fuhr mit der U-Bahn. Er trug einen neuen grauen Anzug und einen neuen grauen Filzhut und hatte Angst, den bestätigten Scheck zu verlieren, den er zwecks Einzahlung bei der Bank in Cambridge in der Tasche hatte. Als der Zug an die Oberfläche kam und über die Brücke fuhr, erschienen ihm die vorüberziehenden roten Backsteinhäuser von Boston und das Parlamentsgebäude mit seiner goldenen Kuppel jenseits des schiefergrauen Charles River wie Bilder von den Orten in fremden Ländern, an die er und Hilda sich in Gesprächen geträumt hatten. Kendall Square ... Central Square ... Harvard Square. Weiter fuhr der Zug nicht; er musste aussteigen. Irgendetwas an dem Schild am Drehkreuz – *Ausgang zur Universität* – ließ ihm einen Schauer über den Rücken laufen. Er war noch keine zwei Stunden in Cambridge, als er dahinterkam, dass sein Filzhut braun und alt anstatt neu hätte sein müssen und dass es für ein Erstsemester ein schwerer Fehler war, sich ein Zimmer im Yard /164/ zu nehmen.

Vielleicht lernte er ebendeshalb, weil er im Yard wohnte, die falschen Leute kennen: ein paar jüdische Sozialisten, die im ersten Jahr Jura studierten, einen Doktoranden aus dem Mittleren Westen, der in Kunstgeschichte promovierte, und einen jungen Mann aus Dorchester, der auf den YMCA schwor und jeden Morgen am Gottesdienst teilnahm. Dick ging zum Erstsemester-Rudern, schaffte es aber in keine der Mannschaften und gewöhnte sich an, an drei Nachmittagen in der Woche allein in einer Jolle zu rudern. Die Burschen, die er unten im Bootshaus traf, waren durchaus freundlich zu ihm, aber die meisten von ihnen wohnten an der Gold Coast oder in Beck, und über ein «Hallo» und ein «Bis dann» kam er mit ihnen nicht hinaus. Er ging zu sämtlichen Football-Spielen, Männerrunden und Bierabenden, aber er hatte immer einen seiner jüdischen Freunde oder ein höheres Semester dabei, deshalb lernte er dort nie jemanden kennen, der jemand war.

Eines Sonntagmorgens im Frühjahr lief er im Union /165/ Freddy Wigglesworth über den Weg, als sie beide frühstücken gingen; sie setzten sich an denselben Tisch. Freddy war mit ihm in Kent zur Schule gegangen und studierte inzwischen im dritten Jahr. Er fragte Dick, was er so mache und wen er so kenne, und schien entsetzt über das, was er zu hören bekam.

«Mein Lieber», sagte er, «jetzt hilft nur noch, sich an den *Monthly* oder den *Advocate* ranzuwagen ... der *Crime* /166/ liegt wohl eher nicht auf deiner Linie, könnte ich mir vorstellen.»

«Ich habe schon daran gedacht, einiges von meinen Sachen anzubieten, aber ich habe mich nicht recht getraut.»

«Wenn du bloß schon vorigen Herbst zu mir gekommen wärst ... Meine Güte, schließlich sind wir es unserer alten Schule schuldig, dir zum richtigen Start zu verhelfen. Hat dir denn keiner gesagt, dass nur Studenten im letzten Jahr im Yard wohnen?» Bekümmert schüttelte Freddy den Kopf, während er seinen Kaffee trank.

Hinterher gingen sie auf Dicks Zimmer, und er las einige Gedichte laut vor.

«Die sind ja gar nicht so schlecht», sagte Freddy Wigglesworth, der eine Zigarette paffte. «Allerdings ziemlich blumig, würde ich sagen … lass ein paar davon abtippen, ich gebe sie R. G. … Wir treffen uns Montag in einer Woche um acht Uhr abends im Union, dann gehen wir zu Copey … Also, bis dann, ich muss los.» Als er fort war, ging Dick mit heftig pochendem Herzen in seinem Zimmer auf und ab. Er hätte gern mit jemandem geredet, aber er hatte die Leute satt, die er in Cambridge kannte, also setzte er sich hin und schrieb Hilda und Edwin einen langen Brief mit gereimten Einschüben, in dem er ihnen schilderte, wie gut er an der Universität zurechtkam.

Schließlich wurde es Montagabend. Dick, der sich bereits ermahnte, nicht enttäuscht zu sein, falls Freddy Wigglesworth die Verabredung vergessen hatte, war eine volle Stunde vor der Zeit unterwegs zum Union. Das hallende Geklapper und der Geruch der Mem, /167/ die komischen Geschichten der Holzköpfe an seinem Tisch und Mr. Kanrichs schwitzender Kahlkopf, der über den Blechblasinstrumenten der Kapelle auf der Galerie auf und nieder hüpfte, all das kam ihm an jenem Abend besonders öde vor.

In den gepflegten Gärten von Cambridge blühten Tulpen, und ab und zu lag ein Hauch von Flieder in der Luft. Dick fühlte sich in seinen Kleidern unwohl; er hatte schwere Beine, während er um die Blocks aus gelben Holzhäusern mit rasenbewachsenen Vorgärten herumging, die er schon viel zu gut kannte. Das Blut hämmerte ihm so schnell und so heiß durch die Adern, dass er es kaum ertragen konnte. Er musste raus aus Cambridge, sonst würde er verrückt. Natürlich war Wigglesworth noch nicht da, als Dick Punkt acht langsam die Stufen des Union hinaufstieg. Er ging nach oben in die Bibliothek und nahm ein Buch zur Hand, aber er war zu nervös, um auch nur den Titel zu lesen. Er ging wieder nach unten und stand in der Eingangshalle herum. Ein Kommilitone, der in Physik 1 den Laborplatz neben ihm hatte, kam auf ihn zu und fing an, über irgendetwas zu reden, aber Dick brachte kaum eine Antwort über die Lippen. Der Kommilitone bedachte ihn mit einem verwirrten Blick und ging weg. Es war zwanzig nach acht. Natürlich kam er nicht, zum Teufel mit ihm, es war blöd gewesen, damit zu rechnen, dass er kommen würde, niemals würde ein eingebildeter Snob wie Wigglesworth eine Verabredung mit jemandem wie ihm einhalten.

Freddy Wigglesworth stand vor ihm, die Hände in den Hosentaschen. «Na, sollen wir copeysieren?», sagte er.

Er hatte noch jemanden dabei, einen verträumt aussehenden Jungen mit flaumigem, goldblondem Haar und sehr blassblauen Augen. Dick starrte ihn unwillkürlich an, so gut sah er aus. «Das ist Blake, mein jüngerer Bruder ... Ihr seid im gleichen Semester.»

Blake Wigglesworth sah Dick kaum an, als sie sich die Hand gaben, aber sein Mund verzog sich zu einem schiefen Lächeln. Als sie in der frühen Sommerdämmerung über den Yard gingen, lehnten Studenten aus den Fenstern und riefen «Rinehart O Rinehart» /168/, in den Ulmen lärmten die Stärlinge, und von der Massachusetts Avenue konnte man das Kreischen von Straßenbahnrädern hören; tiefe Stille aber herrschte in dem niedrigen, von Kerzenschein erleuchteten Raum, wo ein schäbig aussehender kleiner Mann eine Geschichte vorlas, die sich als Kiplings *Der Mann, der König sein wollte* entpuppte. Alle saßen auf dem Boden und hörten aufmerksam zu. Dick beschloss, Schriftsteller zu werden.

Im zweiten Studienjahr begannen Dick und Blake Wigglesworth miteinander herumzuziehen. Dick hatte ein Zimmer in der Ridgely Hall, und Blake war ständig da. Dick stellte plötzlich fest, dass es ihm an der Universität gefiel, dass die Wochen nur so dahinflogen. In jenem Winter erschien im *Advocate* und im *Monthly* jeweils ein Gedicht von ihm; er und Ned, wie er Blake Wigglesworth inzwischen nannte, tranken nachmittags Tee miteinander, führten Gespräche über Bücher und Dichter und beleuchteten das Zimmer mit Kerzen. Sie aßen fast nie mehr in der Mem, obwohl

Dick dort angemeldet war. Dick blieb keinerlei Taschengeld, sobald er Kost, Studiengebühren und die Zimmermiete in Ridgely bezahlt hatte, aber Neds Monatswechsel war ziemlich großzügig bemessen und reichte für beide. Die Wigglesworths waren wohlhabend; sonntags luden sie Dick oft zum Essen nach Nahant ein. Neds Vater war früher Kunstkritiker gewesen und hatte einen weißen Van-Dyke-Bart; im Wohnzimmer gab es einen Kamin aus italienischem Marmor, über dem ein Gemälde mit einer Madonna, zwei Engeln und einigen Lilien hing, das die Wigglesworths für einen Botticelli hielten, obwohl B. B. – aus reiner Bosheit, wie Mr. Wigglesworth zu erklären pflegte – darauf bestand, dass es von Botticini stammte.

Dick und Ned gewöhnten sich an, samstagabends im Thorndike in Boston zu essen und sich mit funkelndem Nebbiolo einen leichten Schwips anzutrinken. Danach gingen sie ins Varieté oder ins Old Howard. /169/

Im nächsten Sommer machte Hiram Halsey Cooper Wahlkampf für Wilson. Trotz der spöttischen Briefe von Ned begeisterte sich Dick für «Neue Freiheit», «Zu stolz, um zu kämpfen», «Neutralität in Geist und Tat», «Harmonische Beziehungen zwischen Kapital und Arbeit», schuftete zwölf Stunden am Tag, tippte Verlautbarungen und belämmerte Redakteure von Provinzblättern, den Reden von Mr. Cooper, in denen das Finanzkapital gegeißelt und Privilegien gebrandmarkt wurden, mehr Raum zu geben. Es war eine Enttäuschung, zu den sterbenden Ulmen des Yard zurückzukehren, zu Vorlesungen, die sich weder für etwas einsetzten noch etwas angriffen, zu *The Hill of Dreams* /170/ und nachmittäglichen Teestündchen. Er hatte ein Stipendium vom Englischen Institut bekommen, und er und Ned bewohnten gemeinsam ein Zimmer in einem Haus in der Garden Street. Sie hatten eine Menge Freunde, die sich für Literatur und die schönen Künste und dergleichen interessierten, sich am Spätnachmittag bei ihnen einfanden, bis spät in die Nacht bei Kerzenschein im Zigarettenqualm und dem Räucherwerk vor einem bronzenen

Buddha hockten, den Ned einmal im Suff in Chinatown gekauft hatte, Tee tranken, Kuchen aßen und quatschten. Ned sagte nie etwas, außer das Gespräch kam aufs Trinken oder Segelschiffe; wenn von Politik, dem Krieg oder irgendetwas dergleichen die Rede war, machte er die Augen zu, warf den Kopf nach hinten und sagte: Bla, bla, bla, bla.

Am Wahltag war Dick so aufgeregt, dass er sämtliche Vorlesungen schwänzte. Am Nachmittag machten er und Ned einen Spaziergang durchs North End und hinaus bis ans Ende der T-Pier. Es war ein bitterkalter, grauer Tag. Sie unterhielten sich über einen Plan, den sie gemeinsam gefasst hatten und über den sie nie mit anderen Leuten sprachen: Sie wollten sich nach dem Examen eine kleine Yawl oder Ketsch besorgen, an der Küste entlang bis nach Florida und in die Karibik und von dort durch den Panamakanal in den Pazifik segeln. Ned hatte sich ein Buch über Nautik gekauft, das er eifrig studierte. An jenem Nachmittag war er sauer, weil Dick irgendwie nicht beim Thema Segeln bleiben konnte und sich unentwegt laut fragte, wie wohl dieser oder jener Staat abstimmen würde. Im Orvieto, das ausnahmsweise einmal voll war, aßen sie in mürrischer Stimmung ein aus kalten Scaloppine und Spaghetti bestehendes Abendessen; die Bedienung war miserabel. Sobald sie eine Flasche weißen Orvieto geleert hatten, bestellte Ned eine weitere; sie verließen das Restaurant mit steifen, bedächtigen Schritten und lehnten sich dabei leicht aneinander. Vor dem rosig goldenen Dunkel der Hanover Street wirbelten körperlose Gesichter an ihnen vorbei. Sie fanden sich auf dem Common wieder, am Rand der Menschenmenge, die die Informationstafel am Gebäude des *Boston Herald* betrachtete. «Wer gewinnt? Immer feste drauf ... Ein Hurra auf unseren Mann», schrie Ned immerzu.

«Wissen Sie denn nicht, dass heute Wahlabend ist?», sagte ein Mann hinter ihnen aus dem Mundwinkel.

«Bla, bla, bla, bla», krähte Ned dem Mann ins Gesicht.

Dick musste ihn wegzerren, um eine Prügelei zu vermeiden.

«Wenn du so weitermachst, landen wir garantiert im Knast», flüsterte Dick ihm mit ernster Stimme ins Ohr. «Und ich will die Ergebnisse sehen. Vielleicht gewinnt Wilson ja.»

«Gehen wir ins Frank Locke, einen heben.»

Dick wollte draußen bei der Menge bleiben und die Ergebnisse sehen. Er war aufgeregt und wollte nichts mehr trinken. «Wenn, dann gibt es keinen Krieg.»

«Hätt lieber n Krieg», sagte Ned mit schwerer Zunge, «wär so lustig … aber Krieg hin oder her, darauf tringn wir ers ma ein.»

Der Barkeeper im Frank Locke wollte ihnen nichts zu trinken geben, obwohl er sie schon oft bedient hatte, und sie waren missmutig auf der Washington Street unterwegs zur nächsten Bar, als ein Zeitungsjunge mit einer Extraausgabe in zehn Zentimeter hohen Lettern an ihnen vorbeirannte: HUGHES GEWÄHLT.

«Hurra», schrie Ned. Dick hielt ihm die Hand vor den Mund, und sie rauften sich mitten auf der Straße, während sich eine feindselig gestimmte Gruppe von Männern um sie scharte. Dick hörte die dumpfen, unfreundlichen Stimmen: «Studenten … Harvard-Schnösel.» Sein Hut fiel herunter. Ned ließ ihn los, damit er den Hut aufheben konnte. Ein Polizist drängte sich durch die Gaffer zu ihnen durch. Sie richteten sich beide auf und gingen, plötzlich ernüchtert, mit roten Gesichtern weg. «Alles nur Blablablabla», flüsterte Ned leise. Sie gingen in Richtung Scollay Square. Dick war wütend.

Am Scollay Square gefielen ihm die Leute auch nicht, und er wollte nach Hause, nach Cambridge, aber Ned fing eine Unterhaltung mit einem Schlägertypen und einem Seemann mit wackeligen Beinen an. «Hör zu, Kumpel, nehmen wir die beiden mit zu Mother Bly», sagte der Schlägertyp und versetzte dem Seemann einen Rippenstoß. «Nu ma nich so hastig, nu ma nich so hastig», murmelte der Seemann mit unsicherer Stimme vor sich hin.

«Egal wohin, bloß weg von diesem ganzen Blablablabla», schrie Ned und wippte von einem Bein aufs andere.

«Hör zu, Ned, du bist betrunken, komm mit zurück nach Cambridge», beschwor ihn Dick in verzweifeltem Flüsterton und zerrte ihn am Arm, «die wollen dich betrunken machen und dir dein Geld abnehmen.»

«Könn mich nich betrunken machen, das bin ich nämich schon … bla, bla, bla, bla», wieherte Ned, riss dem Seemann die weiße Mütze vom Kopf und setzte sie sich anstelle seines Hutes auf.

«Dann mach doch, was du verdammt noch mal willst, ich gehe jetzt jedenfalls.» Dick ließ unvermittelt Neds Arm los und ging weg, so schnell er konnte. Mit dröhnenden Ohren und heißem, pochendem Kopf ging er über den Beacon Hill. Er legte den ganzen Weg bis Cambridge zu Fuß zurück und kam zitternd und müde in seinem Zimmer an, den Tränen nahe. Er ging zu Bett, konnte aber nicht schlafen, lag die ganze Nacht da, frierend und elend, auch nachdem er sich zusätzlich mit dem Läufer zugedeckt hatte, und lauschte auf jedes Geräusch von der Straße.

Als er am Morgen aufstand, hatte er Kopfschmerzen und ein saures, brennendes Gefühl im ganzen Körper. Er war gerade dabei, am Tresen im Lampoon Building Kaffee und ein getoastetes Brötchen zu sich zu nehmen, als frisch und rosig Ned hereinkam, den Mund zu einem Lächeln verzogen.

«Tja, mein junger Politico, Professor Wilson ist gewählt – nichts wird's mit Säbel und Epauletten.»

Dick gab ein Knurren von sich und aß weiter.

«Ich habe mir Sorgen um dich gemacht», fuhr Ned leichthin fort, «wohin bist du denn so plötzlich verschwunden?»

«Was glaubst du denn? Ich bin nach Hause gegangen und habe mich schlafen gelegt», fauchte Dick.

«Dieser Barney hat sich als sehr fideler Bursche entpuppt, ein Boxtrainer, wenn er kein schwaches Herz hätte, könnte er Weltergewichts-Champion von New England sein. Wir sind in einem türkischen Bad gelandet … höchst merkwürdiger Ort.» Dick hatte große Lust, ihm die Faust ins Gesicht zu pflanzen. «Ich muss ins Labor», sagte er heiser und verließ das Café.

Er kam erst bei Einbruch der Dunkelheit nach Ridgely zurück. Im Zimmer war jemand. Es war Ned, der im blauen Dämmer hin und her ging.

«Dick», murmelte er, sobald sich die Tür hinter Dick geschlossen hatte, «nie sauer sein.» Die Hände in den Taschen, stand er schwankend mitten im Zimmer. «Nie über irgendwas sauer sein, Dick, was einer tut, wenn er besoffen ist ... Nie über irgendwas sauer sein, was einer tut. Sei so nett und mach mir eine Tasse Tee.» Dick füllte den Kessel und entzündete den Spirituskocher. «Man muss nun mal einen Haufen verdammter Dummheiten machen, Dick.»

«Aber solche Leute ... am Scollay Square einen Seemann aufzugabeln ... so verdammt gefährlich», sagte Dick schwächlich.

Ned drehte sich mit ungezwungenem, fröhlichem Lachen zu ihm um. «Dabei hast du mir immer gesagt, ich wäre ein verdammter Back-Bay-Snob /171/.»

Dick gab keine Antwort. Er hatte sich auf den Stuhl neben dem Tisch plumpsen lassen. Er war nicht mehr sauer. Es gelang ihm nur mit Mühe, nicht loszuheulen. Ned hatte sich aufs Sofa gelegt und hob zuerst das eine, dann das andere Bein über seinen Kopf. Dick saß da, starrte in die blaue Spiritusflamme des Kochers und lauschte dem Summen des Teekessels, bis die Dämmerung endgültig in Dunkelheit überging und aschgraues Licht von der Straße ins Zimmer zu sickern begann.

In jenem Winter war Ned jeden Abend betrunken. Dick schaffte es ins *Monthly* und in den *Advocate*, seine Gedichte wurden im *Literary Digest* und im *Conning Tower* /172/ nachgedruckt, er besuchte Zusammenkünfte der Boston Poetry Society und wurde von Amy Lowell /173/ zum Essen eingeladen. Er und Ned stritten häufig, denn Dick war Pazifist, und Ned sagte, was soll's, er werde zur Navy gehen, es sei doch alles sowieso nur ein Haufen Blabla.

In den Osterferien, nachdem die Armed Ship Bill /174/ verabschiedet worden war, führte Dick ein langes Gespräch mit Mr. Cooper, der ihm eine Stelle in Washington besorgen wollte, weil, wie er sagte, ein Junge von seinem Talent seine Karriere nicht dadurch gefährden dürfe, dass er in die Army eintrete, und man munkle bereits von allgemeiner Wehrpflicht. Dick errötete schicklicherweise und sagte, sein Gewissen verbiete ihm, den Krieg auf irgendeine Weise zu unterstützen. Sie unterhielten sich lange ohne rechtes Ergebnis über staatsbürgerliche Pflichten, Parteiführung und die Forderungen der Stunde. Am Ende nahm Mr. Cooper ihm das Versprechen ab, keine übereilten Schritte zu tun, ohne sich vorher mit ihm zu besprechen. In Cambridge exerzierten alle und besuchten Vorlesungen in Militärwissenschaft. Dick wollte sein vierjähriges Studium in drei Jahren abschließen und musste schwer schuften, aber irgendwie interessierte ihn daran nichts mehr. Er nahm sich die Zeit, eine Reihe von Sonetten unter dem Titel «Morituri te salutant» /175/ aufzupolieren, und beteiligte sich damit an einem Wettbewerb, den der *Literary Digest* veranstaltete. Er gewann den Preis, doch die Redaktion schrieb ihm, man sähe es lieber, wenn die letzten sechs Zeilen eine hoffnungsfrohere Note erhielten. Dick lieferte die hoffnungsfrohere Note und schickte die hundert Dollar Preisgeld Mutter, damit sie nach Atlantic City fahren konnte. Er stellte fest, dass er seinen akademischen Grad in diesem Frühjahr ohne jedes Examen bekommen konnte, falls er sich zum Militärdienst verpflichtete, fuhr eines Tages, ohne irgendjemandem etwas zu sagen, nach Boston und meldete sich zum freiwilligen Sanitätsdienst.

An dem Abend, an dem er Ned erzählte, dass er nach Frankreich gehen würde, betranken sie sich beide auf ihrem Zimmer mit Orvieto-Wein und redeten ausgiebig darüber, dass es das Schicksal von Jugend, Schönheit, Liebe und Freundschaft sei, von einem frühen Tod ausgelöscht zu werden, während die alten, fetten, aufgeblasenen Narren über ihren Leichnamen fröhlich feiern würden. Bei Tagesanbruch gingen sie aus dem Haus und setzten sich mit einer letzten Flasche auf einen der alten Grabsteine des Friedhofs an der Ecke des Harvard Square. Lange Zeit saßen sie ohne ein Wort auf dem kalten Grabstein und tranken nur, und nach jedem Schluck warfen sie die Köpfe zurück und blökten leise im Chor: Bla, bla, bla, bla.

Dass er Anfang Juni mit der *Chicago* nach Frankreich fuhr, kam ihm so vor, als hätte er plötzlich etwas unterbrechen müssen, mit dem er noch nicht abgeschlossen hatte. Ned, seine Mutter, Mr. Cooper, die literaturbeflissene Dame, die um einiges älter war als er selbst und mit der er einige Male unter eher unguten Gefühlen in ihrer Maisonettewohnung am Central Park South geschlafen hatte, seine Gedichte, seine pazifistischen Freunde und die Lichter der Esplanade, die sich zittrig im Charles River spiegelten, verblassten in seinen Gedanken wie Passagen eines Romans, den man halb gelesen beiseitelegt. Er wurde leicht seekrank und fürchtete sich ein wenig vor dem Schiff, vor der lärmenden, saufenden Besatzung und den Rotkreuzschwestern mit ihren länglichen Gesichtern, die einander mit Geschichten von aufgespießten belgischen Babys, gekreuzigten kanadischen Offizieren und geschändeten älteren Nonnen wohlige Gänsehaut machten; innerlich war er so angespannt wie eine überdrehte Uhr von der Frage, wie es dort drüben wohl sein mochte.

Bordeaux, die rote Garonne, die pastellfarbenen Straßen mit ihren alten, hohen Mansardendächern, Sonnenlicht und Schatten so überaus zartblau und zartgelb, die allesamt aus Shakespeare stammenden Namen der Bahnhöfe, in den Bücherständen die Romane mit den gelben Rücken, die Weinflaschen in den buvettes, das alles war ganz anders, als er es sich vorgestellt hatte. Die ganze Strecke nach Paris über waren die blass blaugrünen Felder scharlachrot gesprenkelt von Mohnblumen, wie die ersten Zeilen eines Gedichts; der kleine Zug zuckelte in Daktylen dahin; alles schien sich zu Reimen zu fügen.

Als sie nach Paris kamen, war es schon zu spät, um sich im Büro des Sanitätskorps zu melden. Dick stellte seinen Koffer in dem Zimmer im Hotel Mont Thabor ab, das ihm zusammen mit zwei anderen zugewiesen worden war, und spazierte durch die

Straßen. Es war noch nicht dunkel. Es herrschte praktisch kein Verkehr, aber in der blauen Junidämmerung waren die Straßen voller Flaneure. Sowie es dunkler wurde, beugten sich Frauen hinter Bäumen hervor zu ihnen hin, Frauenhände griffen nach ihren Armen, hier und da platzte so unvermittelt wie ein geworfenes Ei über dem nasalen französischen Singsang ein schmutziges englisches Wort. Die drei gingen Arm in Arm, leicht verängstigt und sehr unnahbar, denn ihnen klangen noch die Ohren von dem Vortrag über die Gefahren einer Ansteckung mit Syphilis und Gonorrhö, den ein Sanitätsoffizier am Vorabend auf dem Schiff gehalten hatte. Sie kehrten früh ins Hotel zurück.

Ed Schuyler, der Französisch konnte, weil er in der Schweiz aufs Internat gegangen war, schüttelte den Kopf, während er sich am Waschtisch die Zähne putzte, und blubberte hinter seiner Zahnbürste hervor: «C'est la guerre.»

«Tja, die ersten fünf Jahre sind die schwersten», sagte Dick lachend.

Fred Summers war ein Automechaniker aus Kansas. Er setzte sich in seiner wollenen Unterwäsche im Bett auf.

«Leute», sagte er, und sein Blick ging feierlich vom einen zum anderen, «das ist kein Krieg ... das ist ein gottverdammtes Hurenhaus.»

Am nächsten Morgen standen sie früh auf, tranken hastig ihren Kaffee, schlangen ihre Brötchen hinunter und eilten, während ihnen vor Erregung abwechselnd heiß und kalt war, in die Rue François Premier, um sich zu melden. Man sagte ihnen, wo sie ihre Uniformen bekamen, ermahnte sie, sich von Wein und Frauen fernzuhalten, und befahl ihnen, am Nachmittag wiederzukommen. Am Nachmittag sagte man ihnen, sie sollten am nächsten Morgen wiederkommen, um ihre Ausweise abzuholen. Die Ausweise kosteten sie einen weiteren Tag Warterei. In der Zwischenzeit kutschierten sie mit einer Pferdedroschke durch den Bois de Boulogne, sahen sich Notre-Dame, die Conciergerie und die Sainte-Chapelle an und fuhren mit der Straßenbahn nach

Malmaison. Dick frischte sein Schulfranzösisch auf, saß im milden Sonnenschein zwischen den schäbigen weißen Statuen der Tuilerien und las *Les dieux ont soif* und *L'Île des Pingouins.* /176/ Er, Ed Schuyler und Fred blieben zusammen und machten jeden Abend, nachdem sie besonders gut gespeist hatten, weil sie befürchteten, es könnte ihre letzte Mahlzeit in Paris gewesen sein, in der von Menschen wimmelnden, horizontblauen Dämmerung einen Bummel über die Boulevards; inzwischen redeten sie immerhin schon mit den Frauen und schäkerten ein bisschen mit ihnen. Fred hatte sich ein Prophylaxepäckchen und eine Serie schmutziger Ansichtskarten gekauft. Er sagte, am letzten Abend, bevor sie abrückten, wolle er die Korken knallen lassen. Wenn sie an die Front kämen, könnte er jeden Augenblick sterben, und was dann? Dick sagte, er rede gern mit den Frauen, aber ihm sei das Ganze zu kommerziell, davon drehe sich ihm der Magen um. Ed Schuyler, dem sie den Spitznamen Frenchie verliehen hatten und der in seinem Verhalten immer mehr zum Europäer wurde, sagte, die Straßenmädchen seien zu naiv.

Die letzte Nacht, bevor sie abrückten, war mondhell, sodass die deutschen Flieger kamen. Die drei aßen gerade in einem kleinen Restaurant am Montmartre. Als die Sirenen zum zweiten Mal losheulten, scheuchten die Kassiererin und der Kellner sie alle in den Keller. Dort trafen sie auf drei jüngere Frauen namens Suzette, Minette und Annette. Als das kleine Feuerwehrauto vorbeifuhr und mit seinem Tuten verkündete, dass der Luftangriff vorbei war, hatte bereits die Sperrstunde begonnen, und sie bekamen an der Bar nichts mehr zu trinken; die Frauen schleppten sie in ein Haus mit fest verschlossenen Fensterläden, wo man sie in einen großen Raum bat, dessen purpurrote Tapete grüne Rosen zierten. Ein alter Mann mit grüner Stoffschürze brachte Champagner, und die Frauen setzten sich den Männern auf den Schoß und zausten ihnen die Haare. Summers bekam die Hübscheste ab und verdrückte sich mit ihr in den Alkoven, wo das Bett stand, über dem in ganzer Länge ein Spiegel angebracht war. Dann zog er den Vorhang zu. Dick stellte fest, dass er die Fetteste und Älteste abgekriegt hatte, und ihn packte der Ekel. Ihr Fleisch fühlte sich an wie Gummi. Er gab ihr zehn Francs und ging.

Als er die schwarze abschüssige Straße draußen hinabeilte, lief er ein paar australischen Offizieren über den Weg, die ihm einen Schluck Whiskey aus einer Flasche spendierten und ihn in ein anderes Haus mitnahmen, wo sie eine Show auf die Beine gestellt kriegen wollten, aber die Puffmutter sagte, die Frauen seien alle beschäftigt, und die Australier bekamen in ihrem Suff ohnehin nichts mit und fingen an, den Laden zu demolieren. Dick konnte sich gerade noch davonmachen, ehe die Gendarmen kamen. Während er in die ungefähre Richtung des Hotels ging, gab es erneut Alarm, und er sah sich von einer Gruppe Belgier in eine Metro-Station gezerrt. Dort unten war eine Frau, die sehr hübsch war, und er versuchte ihr gerade klarzumachen, dass sie mit ihm ins Hotel kommen sollte, da tauchte ihr Begleiter auf, ein Spahi-Oberst /177/ mit rotem, goldbetresstem Mantel und gewichstem, vor Wut gesträubtem Schnurrbart. Dick erklärte, das Ganze sei ein Missverständnis, man entschuldigte sich reihum, und sie waren alle «braves alliés». Auf der Suche nach einem Lokal, wo sie zusammen noch etwas trinken konnten, gingen sie um mehrere Blocks, aber es hatte schon alles geschlossen, und so trennten sie sich unter großem Bedauern vor dem Eingang von Dicks Hotel. Er ging bester Laune aufs Zimmer; dort fand er die beiden anderen vor, die sich missmutig mit Argyrol und Metschnikow-Salbe einschmierten. Dick schmückte seine Abenteuer zu einer guten, deftigen Geschichte aus. Aber die anderen beiden sagten, es sei verdammt schäbig von ihm gewesen, eine Lady sitzenzulassen und ihre zarten Gefühle zu verletzen. «Jungs», begann Fred Summers und schaute ihnen mit seinen runden Augen ins Gesicht, «das ist kein Krieg, das ist ein gottverdammtes …» Ihm fiel kein passendes Wort dafür ein, also schaltete Dick das Licht aus.

Wochenschau XXII

KOMMENDES JAHR VERSPRICHT WIEDERGEBURT DER EISENBAHN

DEBS /178/ ZU 30 JAHREN GEFÄNGNIS VERURTEILT

Ein langer Weg sich windet
Ins Land meiner Träume hinein
Wo die Nachtigallen singen
Im hellen Mondenschein

künftige Generationen werden aufstehen und jene Männer gesegnet nennen, die den Mut haben, an ihren Überzeugungen festzuhalten, die den Wert des menschlichen Lebens im Gegensatz zu materiellem Gewinn angemessen zu würdigen wissen und die, von brüderlichem Geiste erfüllt, die große Gelegenheit ergreifen

ANLEIHEN KAUFEN KUGELN KAUFT ANLEIHEN

KUPFERWERTE VON UNSICHERER PERSPEKTIVE BEEINFLUSST

FRAUEN WÄHLEN WIE ERFAHRENE POLITIKER

althergebrachten Fleischgerichten wie Haschee, Gulasch, Fleischpasteten, Leber und Speck wieder zu ihrem Recht verhelfen. Jeder deutsche Soldat führt eine kleine Kleiderbürste mit sich; wenn er in einer Gefängniszelle landet, holt er als Erstes diese Bürste hervor und beginnt seine Kleidung zu säubern

ARBEITGEBER MUSS UNABKÖMMLICHKEIT
DES ARBEITERS BEWEISEN

Ne lange Nacht des Wartens,
Bis meine Träume sich erfülln

AGITATOREN BEKOMMEN KEINE
AMERIKANISCHEN PÄSSE

die beiden Männer aus der Provinz Transvaal gaben im Laufe der Reise der Meinung Ausdruck, dass weder die britische noch die amerikanische Flagge irgendeine Bedeutung hätte und ihretwegen auf dem Meeresgrund versenkt werden könnte, und sie räumten ein, dass sie sogenannte Nationalisten seien, ein Typus, der stark an unsere IWW-Mitglieder /179/ erinnert. «Ich habe nicht die Absicht», schrieb Hearst, «mit Gouverneur Smith öffentlich, privat, politisch oder gesellschaftlich zusammenzutreffen, da es mir keinerlei Befriedigung verschafft.»

SELBSTMORD AUF HOHER SEE; CITY MACHT JAGD
AUF DRÜCKEBERGER

Oh der alte Onkel Sam
Der hat die Infantrie
Der hat die Kavallrie
Der hat die Artillrie,
Und so, bei Gott, gehn wir nach Dschörmenie
Gott helfe Kaiser Bill!

Das Auge der Kamera 30

Erinnerung an die grauen krummen Finger das von der Leinwand triefende Blut das Blubbern wenn die Lungendurchschüsse zu atmen versuchen die verdreckten Fleischbrocken die man lebendig in den Sanitätswagen schiebt und tot wieder herauszieht

wir sitzen zu dritt im trockenen Betonbecken des Springbrunnens in dem kleinen Garten mit der rosa Mauer in Récicourt

Nein · es muss irgendeine Möglichkeit geben · Land der Freien haben sie uns beigebracht · Gewissen · Gebt mir die Freiheit oder gebt mir · Tja sie geben uns den Tod [180]

sonniger Nachmittag · durch die leichte Übelkeit infolge des Senfgases hindurch rieche ich den Buchsbaum die weißen Rosen und den weißen Phlox mit dem blutroten Auge drei braun und weiß gestreifte Schnecken hängen mit unendlicher Zartheit an einem Geißblattzweig über unseren Köpfen · droben im Blauen grast schläfrig wie eine angepflockte Kuh ein Fesselballon · betrunkene Wespen klammern sich an die überreifen Birnen die jedes Mal auf den Boden fallen und aufplatzen wenn die nahen Geschütze ihre schweren Granaten speien die durch den Himmel dröhnen

mit einem Surren das an einen Waldspaziergang erinnert bei dem man eine Schnepfe aufschreckt

wohlhabende Landleute haben mit Sorgfalt die Mauern gebaut und auch das kleine Außenklo mit dem sauber geschrubbten Sitz und dem Viertelmond in der Tür wie das Plumpsklo einer alten Farm zu Hause mit Sorgfalt den Garten angelegt und das Obst und die Blumen genossen · mit Sorgfalt diesen Krieg geplant

der Teufel soll sie holen · Patrick Henry stellt sich in Khaki dem Eierkontrollgriff und steckt seine sämtlichen Pennies in einen Liberty Loan [181] · *oder gebt mir*

arrivés · Schrapnelle die aus winzigen Pulverwölkchen ihre Harfentöne zupfen laden uns zart zum ewigen Ruhm ein · wir Glücklichen betrachten die bedächtigen Bewegungen der Schnecken in der Nachmittagssonne und sprechen mit leiser Stimme über

La Libre Belgique /182/ · *die Junius-Briefe* /183/ · *Areopagitica* /184/ · *Milton erblindete um der Redefreiheit willen · wenn man die richtigen Worte trifft wird die Demokratie schon verstehen · sogar die Bankiers und die Geistlichen · ich · du · wir · müssen*

Solange drei Männer zusammenstehn
Hat kein König Gewalt über sie /185/

unbeschwert unterhalten wir uns mit leiser Stimme in der Nachmittagssonne über après la guerre auf dass unsere Finger unser Blut unsere Lunge unser Fleisch unterm schmutzigen Khaki Feldgrau Bleu Horizont weiterbestehen wachsen süß werden bis wir reif wie die überreifen Birnen vom Baum fallen · die arrivés wissen Bescheid und singende éclats zischende Gasgranaten · ihrer ist die Macht und ewiger Ruhm
oder gebt mir den Tod

Randolph Bourne

Randolph Bourne kam als ein Bewohner dieser Erde
der nicht das Vergnügen hatte, sich seinen Aufenthaltsort
oder seine Laufbahn aussuchen zu können.
Er war ein Buckliger, Enkel eines kongregationalistischen
Geistlichen, geboren 1886 in Bloomfield, New Jersey; dort
besuchte er die Grundschule und die Highschool.
Mit siebzehn trat er eine Stelle als Sekretär bei einem Geschäftsmann in Morristown an.
Sein Studium an der Columbia finanzierte er durch eine
Stelle in einer Pianola-Plattenfabrik in Newark, als Korrektor, Klavierstimmer, Begleiter in einem Gesangsstudio an
der Carnegie Hall.

An der Columbia studierte er bei John Dewey,
bekam ein Reisestipendium, das ihn nach England, Paris, Rom, Berlin, Kopenhagen führte,
schrieb ein Buch über die Gary-Schulen. /186/
In Europa hörte er Musik, sehr viel Wagner und Skrjabin,
und kaufte sich eine schwarze Pelerine.

Dieser kleine, spatzenhafte Mann,
dieses winzige, verkrümmte Stück Fleisch in einer schwarzen Pelerine,
ständig leidend und krank,
legte einen Kiesel in seine Schleuder
und traf Goliath damit genau an der Stirn.

Der Krieg, schrieb er, *ist die Gesundheit des Staates.*

Halb Musiker, halb Theoretiker der Pädagogik (schwache Gesundheit, körperliche Entstellung und ein schlechtes Verhältnis zu seiner Anverwandtschaft hatten Randolph Bourne die Welt nicht verleidet; er war ein glücklicher Mensch, liebte die *Meistersinger,* spielte gern Bach mit seinen langen Fingern, die so mühelos die Tasten überspannten, liebte hübsche Frauen, gutes Essen und Gespräche am Abend. Als er an einer Lungenentzündung erkrankte und im Sterben lag, brachte ein Freund ihm einen Eierpunsch; Sieh dir das Gelb an, es ist wunderschön, sagte er immer wieder, während sein Leben in Delirium und Fieber verebbte. Er war ein glücklicher Mensch.), machte sich Bourne mit fieberhafter Inbrunst die Ideen zu eigen, die damals an der Columbia im Schwange waren, aus dem schwülstigen Durcheinander von John Deweys Lehren pflückte er eine rosarote Brille, durch die er klar und deutlich sah
das leuchtende Capitol der reformierten Demokratie,
Wilsons Neue Freiheit;

aber er war ein zu guter Mathematiker; er musste die Gleichungen lösen
mit dem Ergebnis,
dass er in jenem verrückten Frühjahr 1917 bei der *New Republic,* wo er gut verdiente, unbeliebt zu werden begann,
denn *Neue Freiheit* hieß *Wehrpflicht, Demokratie* hieß *den Krieg gewinnen,* Reform *hieß die Morgan-Anleihen* absichern
Fortschritt, Zivilisation, Bildung, Dienst hieß
eine Kriegsanleihe zeichnen
dem Hunnen aufs Haupt schlagen
die Kriegsdienstverweigerer ins Gefängnis stecken.
Er schied bei der *New Republic* aus; nur die *Seven Arts* [187] hatte noch den Mut, seine Artikel gegen den Krieg zu veröffentlichen. Die Unterstützer der *Seven Arts* trugen ihr Geld anderswohin; Freunde ließen sich nicht mehr gerne mit Bourne sehen, sein Vater flehte ihn in einem Brief an, den Namen der Familie nicht zu entehren. Die regenbogenbunte Zukunft der reformierten Demokratie platzte wie eine angestochene Seifenblase.
Die Liberalen wuselten nach Washington;
einige seiner Freunde beschworen ihn, auf Schulmeister Wilsons Wagen aufzuspringen; von den Drehstühlen in Mr. Creels [188] Büro in Washington aus ließ sich prima Krieg führen.
Er wurde karikiert, von der Spionageabwehr und von der Gegenspionage beschattet; während eines Spaziergangs mit zwei weiblichen Bekannten in Woods Hole wurde er verhaftet, in Connecticut stahl man ihm einen Koffer voller Manuskripte und Briefe. (Gewalt bis zum Äußersten, donnerte Schulmeister Wilson.)
Den großen Zirkus des Versailler Friedens und die leicht anrüchige Normalität der Ohio Gang [189] erlebte er nicht mehr.

Er starb sechs Wochen nach dem Waffenstillstand, während er noch Pläne für einen Essay über die Grundlagen einer künftigen radikalen Bewegung in Amerika machte.

Wenn ein Mensch einen Geist hat,
dann hat Bourne einen Geist,
einen winzigen, verkrümmten, unerschrockenen Geist in einer schwarzen Pelerine,
der die schmutzigen alten Ziegel- und Sandsteinstraßen entlanghüpft, die es in downtown New York noch gibt,
und mit schrillem, tonlosem Kichern ausruft:
Der Krieg ist die Gesundheit des Staates.

Wochenschau XXIII

Wenn du Onkel Sammy nicht gern magst
Und das Rot, Weiß und Blau dir nicht passt

morgen Nachmittag wird sich im Branch Brook Park, Newark, N. J., das Lächeln des patriotischen Essex County konzentrieren und dokumentiert werden. Musikkapellen werden Marschmusik und Melodien spielen, zu deren Rhythmus eine riesige Menschenmenge fröhlich vorübermarschieren wird; Mütter von Söhnen unserer Nation werden da sein; Ehefrauen, viele davon mit einem Baby auf dem Arm, das erst geboren wurde, als sein Vater längst auf dem Weg an die Front war, sie alle werden im ausdrucksvollen Festzug von Essex County ihren Platz einnehmen; Verwandte und Freunde der Helden, welche die Botschaft der Freiheit weitertragen, werden an einer Batterie von Kameras vorbeidefilieren, und ihr Lächeln wird gleichfalls eine Botschaft sein und aufgezeichnet werden: Fortsetzung Nr. 7 der Aktion «Ein Lächeln geht übers Meer». Beginn des allgemeinen Lächelns ist 14:30.

MOBS PLÜNDERN STÄDTE

REPORTER FINDET WEG DURCH TROMMELFEUER

es war ein Mitleid erregender Anblick, wie die gesamte Bevölkerung jeden Abend bei Einbruch der Dunkelheit die Stadt räumte und bis Tagesanbruch auf freiem Feld schlief. Alte Frauen und Kleinkinder, in Leiterwagen gezogene oder in Schubkarren geschobene Krüppel, Menschen, die zum Gehen zu schwach und zu alt sind und getragen werden müssen

SOLDATEN AUS JERSEY NEHMEN WEIBLICHE KANONIERE GEFANGEN

die Probleme hatten ihren Ursprung in der Forderung der Werftarbeiter nach einem Acht-Stunden-Tag

Wenn das Sternenbanner dir fremd bleibt,
Dann fahr doch zurück übers Meer,
Geh zurück in das Land, wo du herstammst,
Denn hier gehörst du nicht her

FÜHRENDER REPUBLIKANISCHER POLITIKER IN SCHECKBETRUG VERWICKELT

Wenn das Rot, Weiß und Blau dir nicht passt,
Dann wolln wir dich hier nicht haben,
Denn dann fällst du uns bloß zur Last

Eveline Hutchins

Die kleine Eveline, Arget, Lade und Gogo wohnten in der obersten Etage eines gelben Backsteinhauses am North Shore Drive. Arget und Lade waren die Schwestern der kleinen Eveline. Gogo war ihr kleiner Bruder, kleiner als Eveline; er hatte so hübsche blaue Augen, aber Miss Mathilda hatte grässliche blaue Augen. Im Stockwerk darunter waren Dr. Hutchins' Arbeitszimmer, wo Euervater nicht gestört werden durfte, und das Zimmer von Liebemutter, wo sie den ganzen Vormittag in einem lavendelfarbenen Kittel malte. Im Erdgeschoss waren das Wohnzimmer und das Esszimmer, wo manchmal Gemeindemitglieder waren und kleine Kinder sich nicht mucksen durften, und zur Essenszeit roch es nach leckeren Sachen, und man hörte Messer und Gabeln und plappernde Gästestimmen und Euervaters dröhnende, schreckliche Stimme, und wenn Euervaters Stimme ertönte, waren alle Gästestimmen still. Wenn Euervater abends am Bett stand, um darauf zu achten, dass kleine Mädchen ihre Gebete sprachen, kniff Eveline ganz festängstlich die Augen zu. Erst wenn sie ins Bett hüpfte und sich ganz tief hineinkuschelte, sodass die Decke ihr bis über die Nase ging, hatte sie es gemütlich.

George war ein Schatz, obwohl Adelaide und Margaret ihn immer aufzogen und sagten, er sei ihr Kaplan, so wie Mr. Blessington Vaters Kaplan war. George steckte sich immer zuerst mit irgendetwas an, und dann bekamen sie es alle. Es war schön, als sie alle auf einmal Masern und Mumps hatten. Sie mussten im Bett bleiben und bekamen Hyazinthen in Töpfen und Meerschweinchen, und Liebemutter kam zu ihnen herauf, las ihnen aus dem Dschungelbuch vor und malte lustige Bilder, und Euervater kam herauf und bastelte aus Papier lustige Vogelschnäbel, die auf- und zugingen, und erzählte Geschichten, die er sich im Kopf ausdachte, und Liebemutter sagte, er habe in der Kirche für euch

Kinder gebetet, und das machte sie froh, und sie kamen sich ganz erwachsen vor.

Als sie alle wieder gesund waren und im Kinderzimmer spielten, holte sich George gleich wieder etwas und bekam Lung-Zündung, weil er sich die Brust verkühlt hatte, und Euervater war sehr ernst und sagte, sie sollten nicht traurig sein, wenn Gott ihren kleinen Bruder zu sich rufe. Aber Gott brachte den kleinen George zu ihnen zurück, nur war er hinterher sehr zart und musste eine Brille tragen, und als Eveline Liebemutter helfen durfte, ihn zu baden, weil Miss Mathilda ebenfalls die Masern hatte, bemerkte Eveline, dass er da etwas Komisches hatte, wo sie nichts hatte. Sie fragte Liebemutter, ob das ein Mumps sei, aber Liebemutter schimpfte sie aus und sagte, sie sei ein unanständiges kleines Mädchen, weil sie hingeschaut habe. «Still, Kind, stell keine Fragen.» Eveline wurde über und über rot und weinte, und Adelaide und Margaret sprachen tagelang nicht mit ihr, weil sie ein unanständiges kleines Mädchen war.

Im Sommer fuhren sie alle mit Miss Mathilda in einem Salonwagen nach Maine. George und Eveline schliefen im oberen Bett, Adelaide und Margaret im unteren; Miss Mathilda wurde eisenbahnkrank und tat auf dem Sofa gegenüber die ganze Nacht kein Auge zu. Der Zug machte Rumpelpumpel Schnaufschnauf, und die Bäume und Häuser sausten vorbei, die vorderen schnell und die weiter weg ganz langsam, und nachts heulte die Lokomotive, und die Kinder kamen nicht dahinter, warum der starke, nette, große Schaffner so freundlich zu Miss Mathilda war, die so abscheulich und eisenbahnkrank war. In Maine roch es überall nach Wald, Mutter und Vater waren schon da und holten sie ab, und sie gingen mit Vater und den Pfadfindern zelten. Eveline lernte am schnellsten von allen schwimmen.

Bei der Rückfahrt nach Chicago war es dann schon Herbst, und Mutter liebte das schöne Herbstlaub, das Miss Mathilda so traurig machte, weil der Winter näher rückte, und den Frost, den man auf dem Gras hinter dem Schatten der Waggons sah, wenn man morgens aus dem Zugfenster schaute. Zu Hause scheuerte Sam das Emaille, Phoebe und Miss Mathilda hängten Vorhänge auf, und im Kinderzimmer roch es traurig nach Mottenkugeln. Dann kam ein Herbst, in dem Vater anfing, jeden Abend, wenn sie alle ins Bett gesteckt worden waren, ein wenig aus den *Idyllen des Königs* /190/ vorzulesen. Danach waren Adelaide und Margaret den ganzen Winter über König Arthur und Königin Ginnewehr. Eveline wollte Elaine die Schöne sein, aber Adelaide sagte, das gehe nicht, weil ihr Haar mausgrau sei und sie ein Gesicht wie ein Pfannkuchen habe, also musste sie die Magd Evelina sein.

Die Magd Evelina ging öfter in Miss Mathildas Zimmer, wenn Miss Mathilda nicht da war, und betrachtete sich lange im Spiegel. Ihr Haar war nicht mausgrau, es war ziemlich blond, wenn sie es doch bloß lockig statt in Zöpfen hätte tragen dürfen, und ihre Augen waren zwar nicht blau wie die von George, aber sie hatte kleine grüne Pünktchen darin. Ihre Stirn war edel. Eines Tages erwischte Miss Mathilda sie dabei, wie sie so in den Spiegel starrte.

«Schau dich nur oft genug an, und du siehst den Teufel», sagte Miss Mathilda auf ihre gemeine, steife deutsche Art.

Als Eveline zwölf war, zogen sie in ein größeres Haus am Drexel Boulevard um. Adelaide und Margaret kamen aufs Pensionat im Osten, und Mutter musste wegen ihrer Gesundheit den Winter bei Freunden in Santa Fe verbringen. Es machte Spaß, jeden Morgen bloß mit Dad, George und Miss Mathilda zu frühstücken, die allmählich älter wurde und sich mehr um den Haushalt und das Schmökern von Sir Gilbert Parkers Romanen als um die Kinder kümmerte. Eveline mochte die Schule nicht, aber dass Dad ihr abends beim Lateinlernen half und algebraische Gleichungen für sie löste, gefiel ihr. Sie fand ihn wunderbar, wenn er so sanft und gütig von der Kanzel predigte, und war sonntagnachmittags in der Bibelstunde stolz darauf, die Tochter des Geistlichen zu sein. Sie dachte viel über die Vaterschaft Gottes nach, über das Weib aus Samaria, Joseph von Arimathäa, Baldur den Schönen, die menschliche Gemeinschaft und den Apostel, den Jesus liebte. In diesem Jahr brachte sie viele Körbe mit milden Gaben in die Wohnungen von Armen. Armut war schrecklich, die Armen waren zum Fürchten, und warum tat Gott nichts gegen die Probleme und Übel und Zustände in Chicago, fragte sie ihren Vater oft. Dann lächelte er und sagte, sie sei noch zu jung, um sich über derlei Gedanken zu machen. Inzwischen nannte sie ihn Dad und war sein Kamerad.

An ihrem Geburtstag schickte Mutter ihr ein wunderschönes Buch, *The Blessed Damozel* von Dante Gabriel Rossetti, mit farbigen Illustrationen nach seinen Gemälden und denen von Burne Jones. Immer wieder sagte sie den Namen Dante Gabriel Rossetti wie traurig vor sich hin, weil sie ihn so liebte. Sie fing an zu malen und kleine Verse über Engelschöre und arme kleine Kinder zur Weihnachtszeit zu schreiben. Ihr erstes Ölgemälde war ein Porträt von Elaine der Schönen, das sie ihrer Mutter zu Weihnachten schickte. Alle sagten, es zeige große Begabung. Wenn Freunde von Dad zum Essen kamen, sagten sie, wenn sie ihr vorgestellt wurden, jedes Mal: «Das ist also die begabte junge Dame, nicht wahr?»

Adelaide und Margaret mokierten sich sehr über alles, als sie von der Schule nach Hause kamen. Das Haus sehe schäbig aus, in Chicago gebe es nichts Stilvolles, und ob es nicht schrecklich sei, Tochter eines Geistlichen zu sein, aber Dad war natürlich kein gewöhnlicher Geistlicher mit weißer Halsbinde, er war Unitarier, sehr aufgeschlossen und eher so etwas wie ein berühmter Autor oder Wissenschaftler. George entwickelte sich zu einem launischen kleinen Jungen mit schmutzigen Fingernägeln, dessen Schlips ständig schief saß und der ständig seine Brille kaputtmachte. Eveline arbeitete an einem Porträt von ihm, das ihn so zeigen sollte, wie er als kleiner Junge mit blauen Augen und goldblonden Locken gewesen war. Sie weinte oft über ihren Farben, weil sie ihn und die armen kleinen Kinder, die sie auf der Straße sah, so liebhatte. Alle sagten, sie sollte Kunst studieren.

Es war Adelaide, die Sally Emerson zuerst kennenlernte. In

diesem Jahr wollten sie an Ostern *Aglavaine und Sélysette* /191/ zu wohltätigen Zwecken in der Kirche aufführen. Miss Rodgers, die Französischlehrerin an Dr. Grants Schule, wollte das Stück mit ihnen einstudieren und sagte, wegen des Bühnenbildes und der Kostüme sollten sie sich an Mrs. Philip Payne Emerson wenden, die die ursprüngliche Inszenierung in Europa gesehen habe; außerdem wäre ihr Interesse von unschätzbarem Wert, um die Sache *zum Laufen* zu bringen; alles, wofür sich Sally Emerson interessiere, *laufe*. Die Hutchins-Mädchen waren ganz aufgeregt, als Dr. Hutchins Mrs. Emerson anrief und sie fragte, ob Adelaide vormittags einmal vorbeikommen dürfe, um sie wegen einer Laien-Theateraufführung um Rat zu fragen. Sie hatten sich schon zu Tisch gesetzt, als Adelaide mit leuchtenden Augen zurückkam. Sie sagte nicht viel, außer dass Mrs. Philip Payne Emerson sehr gut mit Maeterlink bekannt sei und einmal zum Tee vorbeischauen wolle, aber sie erklärte immer wieder: «Sie ist die eleganteste Frau, die ich je kennengelernt habe.»

Aglavaine und Sélyzette wurde nicht ganz der Erfolg, den die Hutchins-Mädchen und Miss Rodgers sich erhofft hatten, obwohl sich alle darin einig waren, dass die von Eveline entworfenen Bühnenbilder und Kostüme von wirklicher Begabung zeugten, doch in der Woche nach der Aufführung bekam Eyeline eines Morgens eine Mitteilung, mit der Mrs. Emerson sie, und nur sie, am selben Tag zum Mittagessen einlud. Adelaide und Margaret waren so wütend, dass sie nicht mehr mit ihr redeten. Eveline war ziemlich zittrig zumute, als sie sich in den eisig hellen, staubigen Tag aufmachte. Adelaide hatte ihr im letzten Moment einen Hut und Margaret ihre Pelzstola geliehen, damit sie ihnen, wie sie sagten, keine Schande machte. Als sie beim Haus der Emersons ankam, war sie bis auf die Knochen durchgefroren. Sie wurde in ein kleines Boudoir geführt, das voller Bürsten, Kämme, silberner Döschen mit Puder und sogar Rouge und Eau de Toilette in roten, grünen und rosa Fläschchen war, und man ließ sie allein, damit sie ablegen konnte. Als sie sich in dem großen Spiegel sah, hätte sie fast losgeschrien, denn sie sah so jung aus, ihr Gesicht glich einem Pfannkuchen, und ihr Kleid war grässlich. Das Einzige, was einigermaßen gut aussah, war die Pelzstola, also behielt sie sie an, als sie hinaufging in den großen Salon im ersten Stock mit seinem tiefgrauen weichen Teppich und den wandhohen Fenstern, durch die das Sonnenlicht hereinströmte und auf helle Farben und den glänzend schwarzen Flügel fiel. Auf jedem Tisch standen große Schalen mit Freesien, lagen gelbe und rosafarbene französische und deutsche Kunstbände. Sogar die rußgeschwärzten Häuserblocks von Chicago duckten sich im Wind, und das eiskalte Sonnenlicht wirkte durch das großflächige, gelbe Spitzenmuster der Vorhänge leicht aufregend und fremdländisch. In den üppigen Duft der Freesien mischte sich ein feiner, kostbarer Hauch von Zigarettenrauch.

Eine Zigarette in der Hand, kam Sally Emerson herein und sagte: «Entschuldigen Sie bitte, meine Liebe», irgendein elendes Weib habe sie am Telefon festgenagelt wie einen aufgespießten Schmetterling. Sie aßen an einem kleinen Tisch, den der ältere farbige Mann komplett gedeckt ins Zimmer getragen hatte, und Eveline wurde wie eine Erwachsene behandelt und bekam sogar ein Glas Port eingegossen. Sie traute sich nicht, mehr als einen winzigen Schluck zu nehmen, aber es schmeckte köstlich, und das Essen war ganz knackig und cremig, auf allem war geriebener Käse, und sie hätte eine Menge gegessen, wenn sie nicht so schüchtern gewesen wäre. Sally Emerson sprach davon, wie pfiffig ihre Kostüme für das Stück gewesen seien, sie dürfe auf keinen Fall das Zeichnen aufgeben, in Chicago gebe es ebenso viele Menschen mit künstlerischen Fähigkeiten wie überall auf der Welt, es fehle nur das Milieu, die Atmosphäre, meine Liebe, die Spitzen der Gesellschaft seien allesamt bösartige Schwachköpfe, und es komme darauf an, dass die wenigen Menschen, denen an der Kunst gelegen sei, zusammenhielten und das reiche, schöne Milieu schüfen, das sie brauchten, und dann sprach sie über Paris, über Mary Garden /192/ und über Debussy. Beim Nachhausegehen schwirrte Eveline der Kopf von Namen, Bildern und Opernausschnitten, und ihre Nase kitzelte der Duft von Freesien, vermischt mit überbackenem Käse und Zigarettenrauch. Zu Hause kam ihr alles so unordentlich, öde und hässlich vor, dass sie in Tränen ausbrach und ihren Schwestern keine einzige Frage beantworten wollte; das machte diese wütender denn je.

Als in jenem Juni die Schule vorbei war, fuhren sie alle nach Santa Fe, um ihre Mutter zu besuchen. In Santa Fe war sie schrecklich deprimiert, die Sonne brannte so heiß, die erodierten Hügel waren so trocken und staubig, und Mutter wirkte so ausgelaugt, las theosophische Schriften und sprach auf eine Weise von Gott und der Seelenschönheit der Indianer und Mexikaner, dass den Kindern unbehaglich zumute wurde. Eveline las in jenem Sommer Unmengen von Büchern und verließ ungern das Haus. Sie las Scott, Thackeray, W.J. Locke und Dumas, und als sie im Haus eine alte Ausgabe von *Trilby* /193/ fand, las sie sie dreimal hintereinander. Von da an sah sie die Welt in Du-Maurier-Bildern und nicht mehr in Rittern und Damen.

Wenn sie nicht las, lag sie flach auf dem Rücken und träumte lange Geschichten, die von ihr und Sally Emerson handelten. Die meiste Zeit fühlte sie sich nicht wohl und verfiel in längere Folgen von grässlichen Gedanken über menschliche Körper, von denen ihr übel wurde. Adelaide und Margaret sagten ihr, was sie gegen ihre monatlichen Beschwerden tun könne, aber sie sagte ihnen nicht, wie grässlich ihr deswegen innerlich zumute war. Sie las die Bibel und schlug in Enzyklopädien und Wörterbüchern Begriffe wie *Gebärmutter* nach. Dann kam sie eines Nachts zu dem Schluss, dass sie es nicht mehr ertragen konnte, und durchstöberte den Arzneimittelschrank im Badezimmer, bis sie ein Fläschchen mit der Aufschrift GIFT fand, das irgendein Laudanum-Gemisch enthielt. Aber sie wollte noch ein Gedicht schreiben, bevor sie starb, der Gedanke ans Sterben stimmte sie so herrlich musikalisch traurig, doch irgendwie wollten ihr die Reime nicht so recht gelingen, und sie schlief schließlich mit dem Kopf auf dem

Blatt ein. Als sie aufwachte, wurde es gerade Tag, und sie kauerte an dem Tisch am Fenster, in ihrem dünnen Nachthemd steif und frierend. Zitternd schlüpfte sie ins Bett. In jedem Fall nahm sie sich vor, das Fläschchen zu behalten und sich umzubringen, sobald ihr alles zu schmutzig und grässlich vorkam. Damit fühlte sie sich besser.

In jenem Herbst gingen Margaret und Adelaide aufs Vassar College. Eveline wäre auch gern in den Osten gegangen, aber alle sagten, sie sei noch zu jung, obwohl sie die Eignungsprüfungen fürs College größtenteils schon bestanden hatte. Sie blieb in Chicago, nahm Mal- und Zeichenunterricht, besuchte Vorträge der einen oder anderen Art und leistete Kirchenarbeit. Es war ein unglücklicher Winter. Sally Emerson hatte sie offenbar vergessen. Die jungen Leute im Umfeld der Kirche waren ungemein spießig und konventionell. Die Abende am Drexel Boulevard wurden ihr ebenso verhasst wie all die leeren emersonschen Phrasen, die ihr Vater mit seinem dröhnenden Predigerorgan von sich gab. Am besten gefiel ihr die Arbeit im Hull House. Dort gab Eric Egstrom abends Zeichenunterricht, und manchmal sah sie ihn im hinteren Gang an der Wand lehnen und eine Zigarette rauchen, und er wirkte, wie sie fand, in seinem grauen, mit frischen, hellen Farbflecken gesprenkelten Kittel sehr nordisch. Manchmal rauchte sie eine Zigarette mit ihm, und sie wechselten ein paar Worte über Manet oder Claude Monets unzählige Getreideschober, und dabei fühlte sie sich die ganze Zeit unwohl, weil das Gespräch nicht interessanter und gehaltvoller war und weil sie Angst hatte, jemand würde kommen und sie beim Rauchen erwischen.

Miss Mathilda sagte, es sei schlecht, wenn ein Mädchen so verträumt sei, und riet ihr, nähen zu lernen.

Eveline dachte in jenem Winter an nichts anderes als daran, auf die Kunstakademie zu gehen und Bilder von der Lake Front zu malen, mit einer Farbgebung wie der von Whistler, aber so reich und gehaltvoll wie Zeichnungen von Millet. Eric liebte sie nicht, sonst wäre er nicht so freundlich und distanziert. Ihre große

Liebe lag hinter ihr; jetzt war ihr Leben vorbei, und sie musste sich der Kunst weihen. Sie ging dazu über, ihr Haar im Nacken zu einem Knoten zu schlingen, und als ihre Schwestern sagten, das sei unkleidsam, antwortete sie, genauso wolle sie es haben.

An der Kunstakademie nahm ihre schöne Freundschaft mit Eleanor Stoddard ihren Anfang. Eveline trug ihren neuen grauen Hut, der ihr vorkam wie ein Utensil aus einem Manet-Porträt, und es ergab sich ein Gespräch mit einer äußerst interessanten jungen Frau. Als sie nach Hause kam, war sie so aufgeregt, dass sie sofort George davon schrieb, der im Internat war: Zum ersten Mal sei sie einer Frau begegnet, die die Malerei wirklich zu *empfinden* scheine und mit der sie *richtig* reden könne. Und außerdem tue sie *wirklich* etwas, sei so selbständig und habe so eine lustige Art zu erzählen. Wenn ihr, Eveline, denn schon die Liebe versagt bleibe, könne sie ihr Leben wenigstens auf eine *schöne Freundschaft* gründen.

Eveline gefiel es allmählich so gut in Chicago, dass sie regelrecht enttäuscht war, als die Zeit kam, die einjährige Auslandsreise anzutreten, die Dr. Hutchins seit langer Zeit für sich und seine Familie plante. Aber New York und an Bord der *Baltic* zu gehen und die Anhänger für ihr Gepäck auszufüllen und der komische Geruch der Kabinen ließen sie das alles vergessen. Die Überfahrt war rau, das Schiff schlingerte kräftig, aber sie saßen am Kapitänstisch, und der Kapitän war ein jovialer Engländer, der sie bei Laune hielt, sodass sie kaum eine Mahlzeit versäumten.

Sie kamen mit dreiundzwanzig Gepäckstücken in Liverpool an, doch auf der Fahrt nach London verloren sie den Plaidriemen, der die Reiseapotheke enthielt, und mussten ihren ersten Vormittag im Fundbüro des Bahnhofs Saint-Pancras verbringen, um ihn wiederzubekommen. In London war es sehr neblig. George und Eveline sahen sich die Elgin Marbles und den Tower an, aßen in A. B. C.-Restaurants /194/ zu Mittag und fanden viel Vergnügen am U-Bahn-Fahren. Dr. Hutchins gestand ihnen nur zehn Tage in Paris zu, die sie größtenteils mit Ausflügen zur Besichtigung von Kathedralen zubrachten. Notre-Dame, Reims, Beauvais und Chartres mit ihrem leuchtenden Glas, ihrem Weihrauchduft in kaltem Stein und den großen, grauen Statuen mit den länglichen Gesichtern machten Eveline fast zur Katholikin. Für die ganze Strecke nach Florenz hatten sie ein reserviertes Erster-Klasse-Abteil und einen Korb mit kaltem Huhn und vielen Flaschen Saint-Galmier-Mineralwasser, und sie kochten Tee auf einem kleinen Spirituskocher.

In jenem Winter regnete es viel, in der Villa war es kalt, die Mädchen zankten sich häufig, und in Florenz gab es offenbar nichts als alte englische Ladys; Eveline jedoch zeichnete nach der Natur und las Edward Gordon Craig. /195/ Junge Männer kannte sie keine, und die jungen Italiener mit Namen wie von Dante, die in der irrigen Annahme, sie seien reiche Erbinnen, um Margaret und Adelaide herumstrichen, konnte sie nicht ausstehen. Insgesamt war sie froh, dass sie mit Mutter etwas früher als die anderen, die noch einen Abstecher nach Griechenland machen wollten, die Heimreise antreten würde. Sie fuhren von Antwerpen aus mit der *Kroonland*. Eveline empfand es als den glücklichsten Moment ihres Lebens, als sie beim Ablegen des Dampfers das Deck unter ihren Füßen erzittern spürte und ihr das langgezogene Signal des Schiffshorns in den Ohren dröhnte.

Ihre Mutter ging am ersten Abend nicht in den Speisesaal, sodass Eveline, da sie ganz allein zu Tisch gehen musste, leicht verlegen war und sich bereits hingesetzt hatte und ihre Suppe löffelte, ehe sie mitbekam, dass der Mann ihr gegenüber Amerikaner war und noch dazu gut aussah. Er hatte blaue Augen und störrisches, zerzaustes, hellblondes Haar. Es war einfach zu schön, als sich herausstellte, dass er auch aus Chicago kam. Er hieß Dirk McArthur. Er erzählte, er habe ein Jahr in München studiert, aber jetzt haue er ab, ehe sie ihn hinauswürfen. Er und Eveline freundeten sich auf der Stelle an, und von da an gehörte ihnen das Schiff. Für April war es eine ruhige Überfahrt. Sie spielten Shuffleboard und Decktennis und verbrachten viel Zeit im Bug, wo sie zusahen, wie die glatten Wellen des Atlantiks unterm Vorwärtsstürzen des Schiffs zerrissen und sich brachen.

In einer mondhellen Nacht, in der sich der Mond durch rasch dahinjagende Gischtfetzen westwärts pflügte wie die *Kroonsgard* durch die unruhige See, stiegen sie ins Krähennest hinauf. Das war ein Abenteuer; Eveline wollte sich nicht anmerken lassen, dass sie Angst hatte. Es war keine Wache da, sie waren allein, und ihr war leicht schwindelig in dem gemütlichen Segeltuchkorb, in dem es leicht nach Seemannspfeife roch. Als Dirk ihr den Arm um die Schultern legte, begann sich in ihrem Kopf alles zu drehen. Sie durfte das nicht zulassen.

«Mann, Sie sind ein prima Kerl, Eveline», sagte er mit atemloser Stimme. «Ein nettes Mädchen, das zugleich ein prima Kerl ist, das trifft man selten.»

Ohne es recht zu wollen, wandte sie ihm das Gesicht zu, ihre Wangen berührten sich, sein Mund glitt heran und küsste sie hart auf den Mund. Sie stieß ihn von sich.

«Hey, Sie wollen mich doch wohl nicht über Bord werfen, oder?», sagte er lachend. «Hören Sie, Eveline, geben Sie mir denn nicht wenigstens einen winzig kleinen Kuss, um mir zu zeigen, dass Sie mir nicht böse sind? Auf dem ganzen weiten Atlantik gibt's heute Nacht nur Sie und mich.»

Verschreckt küsste sie ihn aufs Kinn. «Eveline, ich mag Sie so sehr. Sie sind ein tolles Mädchen.» Sie lächelte ihn an, und plötzlich schloss er sie fest in die Arme, seine Beine drückten hart und kräftig gegen ihre Beine, seine Hände ausgespreizt auf ihrem Rücken, während seine Lippen ihre Lippen zu öffnen versuchten. «Nicht, bitte nicht», hörte sie ihre heisere kleine Stimme sagen.

«In Ordnung, tut mir leid ... kein primitiver Kram mehr, großes Pfadfinder-Ehrenwort, Eveline. Aber Sie dürfen nicht vergessen, dass Sie das attraktivste Mädchen auf dem Schiff sind ... Was sag ich, auf der ganzen Welt, und Sie wissen ja, wie es einem Mann so geht.»

Er kletterte voraus. Als sie sich durch die Öffnung im Boden des Krähennests hinunterließ, wurde ihr schwindelig. Sie fiel. Seine Arme schlossen sich fest um sie.

«Schon gut, Mädchen, Sie sind ausgerutscht», sagte er ihr schroff ins Ohr. «Ich hab Sie.»

Ihr schwamm der Kopf, irgendwie wollten ihre Arme und Beine nicht so, wie sie wollte; sie hörte ihre kleine, klagende Stimme: «Lassen Sie mich nicht fallen, Dirk, lassen Sie mich nicht fallen.»

Als sie schließlich am Fuß der Leiter angekommen waren, lehnte sich Dirk an den Mast und atmete tief aus. «Puh ... Sie haben mir einen ganz schönen Schrecken eingejagt, junge Lady.»

«Es tut mir so leid», sagte sie. «Es war dumm von mir, mich wie ein kleines Kind aufzuführen ... ich muss wohl kurz ohnmächtig geworden sein.»

«Ich hätte Sie nicht da raufschleppen dürfen.»

«Ich bin froh, dass Sie es getan haben», sagte Eveline; dann errötete sie unwillkürlich und eilte das Hauptdeck entlang davon, zum Eingang der ersten Klasse und in die Kabine, wo sie eine Geschichte erfinden musste, um ihrer Mutter zu erklären, wie sie sich den Strumpf zerrissen hatte.

Sie konnte in dieser Nacht nicht schlafen, sondern lag wach in ihrer Koje und lauschte dem fernen Rhythmus der Maschinen, dem Ächzen des Schiffs und dem Zischen zerwirbelter Wellen, das durch das offene Bullauge hereindrang. Immer noch spürte sie die sanfte Berührung seiner Wangen und die sich plötzlich straffenden Muskeln seiner Arme um ihre Schultern. Sie wusste jetzt, dass sie schrecklich in ihn verliebt war, und wünschte, er würde ihr einen Antrag machen. Doch am nächsten Morgen fühlte sie sich ehrlich geschmeichelt, als Richter Ganch, ein hochgewachsener weißhaariger Jurist aus Salt Lake City mit jugendlich rotem Gesicht und munterem Gebaren, sich ans Fußende ihres Liegestuhls setzte und sich stundenlang über seine frühen Jahre im Westen, seine unglückliche Ehe, Politik, Teddy Roosevelt und die Fortschrittspartei ausließ. Sie wäre lieber mit Dirk zusammen gewesen, aber sie fühlte sich hübsch, und ihr war leicht aufgeregt zumute, als sie Dirk leicht verschnupft vorbeigehen sah, während sie sich Richter Ganchs Geschichten anhörte. Sie wünschte, die Fahrt würde niemals enden.

Nach Chicago zurückgekehrt, sah sie Dirk McArthur häufig. Er gab ihr jedes Mal einen Kuss, wenn er sie nach Hause brachte, drückte sie beim Tanzen fest an sich und nahm sie manchmal bei der Hand und sagte ihr, was für ein nettes Mädchen sie sei, aber er sprach niemals vom Heiraten. Einmal begegnete sie Sally Emerson bei einem Ball, zu dem sie mit Dirk gegangen war, und musste gestehen, dass sie nicht mehr malte, worauf Sally Emerson ein derart enttäuschtes Gesicht machte, dass Eveline sich ziemlich schämte und rasch von Gordon Craig und einer Matisse-Ausstellung zu reden begann, die sie in Paris gesehen hatte. Sally Emerson war gerade am Gehen. Ein junger Mann wartete darauf, mit Eveline tanzen zu können. Sally Emerson nahm sie bei der Hand und sagte: «Aber Eveline, Sie dürfen nicht vergessen, dass wir große Hoffnungen in Sie setzen.» Und während Eveline tanzte, kam ihr mit einem Mal wieder alles zum Bewusstsein, wofür Sally Emerson stand, und auch, wie wunderbar sie sie einmal gefunden hatte; doch auf der Nachhausefahrt mit Dirk wurden alle diese Gedanken weggewischt vom Gleißen der Scheinwerfer, von dem kräftigen Satz, mit dem der Wagen anfuhr, dem Schnurren des Motors, von Dirks Arm um ihre Schultern, von der großen Kraft, mit der sie an ihn gedrückt wurde, wenn der Wagen um Kurven fuhr.

Es war eine warme Nacht, er fuhr in Richtung Westen durch endlose, immergleiche Vorstädte hinaus in die Prärie. Eveline wusste, dass sie eigentlich nach Hause musste, inzwischen waren alle aus Europa zurück und würden mitbekommen, wie spät sie nach Hause kam, aber sie sagte nichts. Erst als er anhielt, bemerkte sie, dass er schwer betrunken war. Er zog einen Flachmann hervor und bot ihr zu trinken an. Sie schüttelte den Kopf.

Sie hatten vor einer weißen Scheune angehalten. Im zurückgeworfenen Scheinwerferlicht sahen seine Hemdbrust, sein Gesicht und sein zerwühltes Haar kreideweiß aus.

«Du liebst mich nicht, Dirk», sagte sie.

«Klar doch, ich lieb dich mehr als jeden anderen ... außer mir selber ... das ist mein Problem ... mich selber lieb ich am meisten.»

Sie fuhr ihm mit den Fingerknöcheln durchs Haar. «Du bist ziemlich albern, weißt du das?»

«Aua», sagte er. Es fing zu regnen an, also wendete er und fuhr zurück nach Chicago.

Eveline wusste hinterher nicht genau, womit sie eigentlich zusammengeprallt waren, nur dass sie unterm Sitz hervorkroch, dass ihr Kleid ruiniert war, dass sie sich nichts getan hatte und dass der Regen die Scheinwerferkegel der Autos schraffierte, die zu beiden Seiten von ihnen am Straßenrand anhielten. Dirk saß auf dem Kotflügel des ersten Wagens, der angehalten hatte. «Bist du verletzt, Eveline?», rief er mit zittriger Stimme. «Nur mein Kleid ist kaputt», sagte sie. Er blutete aus einer Schnittwunde an der Stirn und drückte den Arm gegen den Körper, als wäre ihm kalt.

Dann war alles ein einziger Albtraum: Dad anrufen, Dirk ins Krankenhaus schaffen, den Reportern entgehen, Mr. McArthur anrufen, damit er dafür sorgte, dass die Morgenzeitungen nichts davon brachten. Es war acht Uhr an einem heißen Frühjahrsmorgen, als sie nach Hause kam, über dem ruinierten Abendkleid einen Regenmantel, den eine der Krankenschwestern ihr geliehen hatte.

Die Familie saß vollzählig beim Frühstück. Niemand sagte etwas. Dann erhob sich Dad und trat mit der Serviette in der Hand auf sie zu. «Meine Liebe, ich werde jetzt nicht von deinem Verhalten sprechen, ganz zu schweigen von dem Schmerz und der Demütigung, die wir deinetwegen haben ausstehen müssen ... Ich kann nur sagen, es wäre dir recht geschehen, wenn du dir bei einer derartigen Eskapade ernsthafte Verletzungen zugezogen hättest. Geh nach oben und ruh dich aus, wenn du kannst.» Eveline ging nach oben, schloss ihre Zimmertür zweimal ab und warf sich schluchzend aufs Bett.

Ihre Mutter und ihre Schwestern verfrachteten sie, so schnell es ging, nach Santa Fe. Dort war es heiß und staubig, und es war ihr zuwider. Sie musste immerzu an Dirk denken. Sie begann den Leuten zu erzählen, dass sie an die freie Liebe glaube, lag stundenlang in ihrem Zimmer auf dem Bett, las Swinburne und Laurence Hope und träumte, Dirk wäre da. Das ging so weit, dass sie beinahe die zudringlichen Finger seiner Hände weit gespreizt in ihrem Kreuz und seinen Mund spüren konnte, so wie in jener Nacht im Krähennest der *Kroonland*. Es war geradezu eine Erleichterung, als sie Scharlach bekam und acht Wochen lang auf der Isolierstation des Krankenhauses das Bett hüten musste. Alle schickten ihr Blumen, sie las viele Bücher über Gestaltung und Innendekoration, und sie aquarellierte.

Als sie im Oktober zu Adelaides Hochzeit nach Chicago fuhr, sah sie bleich und gereift aus. Eleanor küsste sie und rief: «Meine Liebe, du bist ja eine umwerfende Schönheit geworden.» Sie hatte nur eines im Sinn, nämlich Dirk zu sehen und mit ihm ins Reine zu kommen. Es dauerte mehrere Tage, bis ein Treffen gelang, denn Dad hatte ihn angerufen und ihm das Haus verboten, und die beiden hatten am Telefon eine lautstarke Auseinandersetzung gehabt. Sie trafen sich in der Eingangshalle des Drake Hotel. Sie sah auf einen Blick, dass er es seit ihrer letzten Begegnung ziemlich wild getrieben hatte. Er war auch jetzt leicht betrunken. Er zeigte ein kleinlautes Jungengesicht, von dem ihr fast die Tränen kamen.

«Na, wie geht's Barney Oldfield?», /196/ fragte sie lachend.

«Miserabel, aber mein Gott, du siehst umwerfend aus, Eveline ... Hör mal, *The Follies of 1914* sind in der Stadt, eine Riesensensation in New York ... ich habe Eintrittskarten, hast du Lust mitzukommen?»

«Ja, das fände ich großartig.»

Er bestellte die teuersten Sachen, die auf der Speisekarte standen, und dazu Champagner. Ihr steckte etwas in der Kehle, das sie am Schlucken hinderte. Sie musste es sagen, ehe er sich zu sehr betrank.

«Dirk ... das klingt jetzt nicht sehr ladylike, aber so, wie es jetzt ist, finde ich es bloß lästig ... aus deinem Verhalten im Frühjahr habe ich den Eindruck gewonnen, dass du mich magst ... also, wie sehr magst du mich? Das will ich wissen.»

Dirk stellte sein Glas ab und lief rot an. Dann holte er tief Atem und sagte: «Eveline, du weißt, ich bin nicht fürs Heiraten gemacht ... ich flattere eher von einer zur anderen. Ich kann's nicht ändern, so bin ich nun mal.»

«Ich meine doch nicht, dass du mich heiraten sollst.» Ihre Stimme entglitt ins schrill Unbeherrschte. Sie begann zu kichern. «Ich meine doch nicht, dass du eine ehrbare Frau aus mir machen sollst. Dazu besteht überhaupt kein Anlass.» Jetzt konnte sie etwas natürlicher lachen. «Vergessen wir das Ganze ... Ich werde dich nicht mehr damit ärgern.»

«Du bist ein prima Kerl, Eveline. Ich habe immer gewusst, du bist ein prima Kerl.»

Als sie im Theater den Gang zwischen den Sitzreihen entlanggingen, war er so betrunken, dass sie die Hand unter seinen Ellbogen schieben musste, damit er nicht ins Stolpern kam. Die Musik, die billigen Farben und wackelnden Körper der Revuegirls, alles traf gleichsam eine wunde Stelle in ihrem Inneren, sodass, was sie sah, ihr weh tat wie etwas Süßes an einem empfindlichen Zahn. Dirk redete unentwegt. «Schau mal, die da ... die Zweite von links in der hinteren Reihe, das ist Queenie Frothingham ... du verstehst schon, Eveline. Aber eines sag ich dir, ich hab noch nie eine Frau zu einem Fehltritt gezwungen ... den Vorwurf muss ich mir nicht machen.» Die Platzanweiserin kam und forderte ihn auf, nicht so laut zu sprechen, er verderbe den anderen Zuschauern das Vergnügen an der Show. Er gab ihr einen Dollar und sagte, er werde mucksmäuschenstill sein, so still wie ein kleines dummes Mäuschen, und dann schlief er plötzlich ein.

Am Ende des ersten Akts sagte Eveline, sie müsse nach Hause, der Doktor habe ihr reichlich Schlaf verordnet. Er bestand darauf, sie mit einem Taxi bis vor ihre Haustür zu bringen, dann fuhr er wieder zurück zur Show und zu Queenie. Eveline lag die ganze Nacht wach und starrte auf das Zimmerfenster. Am nächsten Morgen saß sie als Erste am Frühstückstisch. Als Dad herunterkam, sagte sie ihm, sie müsse arbeiten gehen, und bat ihn, ihr tausend Dollar zu leihen, sie wolle ein Geschäft für Innendekoration aufmachen.

Das Geschäft für Innendekoration, das sie zusammen mit Eleanor Stoddard in Chicago eröffnete, brachte nicht so viel Geld ein, wie Eveline gehofft hatte, und Eleanor war insgesamt recht anstrengend; aber sie lernten ungeheuer interessante Menschen kennen, gingen zu Partys, Premieren und Vernissagen, und Sally Emerson achtete darauf, dass sie im gesellschaftlichen Leben von Chicago stets im Rampenlicht standen. Eleanor beklagte sich immerzu, dass die jungen Männer, die Eveline um sich scharte, allesamt so arme Schlucker und für das Geschäft eher eine Belastung als ein Aktivposten seien. Eveline glaubte fest daran, dass sie sich alle einen Namen machen würden, und als Freddy Seargeant, der so lästig gewesen war und sie mehrmals angepumpt hatte, in New York tatsächlich eine Inszenierung von *Tess of the d'Urbervilles* [197] auf die Beine stellte, verspürte Eveline ein solches Triumphgefühl, dass sie sich beinahe in ihn verliebt hätte. Freddy war sehr in sie verliebt, und sie konnte sich einfach nicht entscheiden, was sie mit ihm anfangen sollte. Er war ein Schatz, und sie mochte ihn sehr, aber ihn zu heiraten, konnte sie sich nicht vorstellen, es wäre ihre erste Liebesaffäre gewesen, und richtig umwerfend fand sie Freddy dann doch nicht.

Aber sie saß gern mit ihm bis spät in die Nacht bei Rheinwein und Selters plaudernd im Café des Brevoort-Hotels, das voller interessanter Leute war. Eveline betrachtete ihn durch den sich kräuselnden Zigarettenrauch und fragte sich, ob sie eine Liebesaffäre haben würde. Er war groß und dünn, um die dreißig, mit ein paar weißen Strähnen im dichten schwarzen Haar und einem länglichen, blassen Gesicht. Sein Verhalten war distinguiert, er drückte sich sehr gewählt aus und sprach das «A» sehr breit, sodass die Leute manchmal glaubten, er sei aus Boston, einer von den Seargeants aus Back Bay.

Eines Abends ergab es sich, dass sie Zukunftspläne für sich selbst und für das amerikanische Theater schmiedeten. Wenn sie Unterstützung bekommen könnten, würden sie ein Repertoiretheater gründen und echte amerikanische Stücke aufführen. Er wäre der amerikanische Stanislawski, sie wäre die amerikanische Lady Gregory, vielleicht auch der amerikanische Bakst. /198/ Als das Café schloss, bat sie ihn, durch das andere Treppenhaus auf ihr Zimmer zu kommen. Der Gedanke, mit einem jungen Mann allein in einem Hotelzimmer zu sein, erregte sie, und sie überlegte, wie schockiert Eleanor wäre, wenn sie davon wüsste. Sie rauchten Zigaretten, redeten ein wenig zerstreut über das Theater, und schließlich legte Freddy ihr den Arm um die Taille, küsste sie und fragte, ob er die ganze Nacht bleiben dürfe. Sie ließ sich von ihm küssen, konnte aber nur an Dirk denken und sagte, diesmal bitte nicht, und er war sehr zerknirscht und bat sie mit Tränen in den Augen, ihm zu verzeihen, dass er einen schönen Moment besudelt habe. Sie sagte, so habe sie das nicht aufgefasst und er solle am nächsten Morgen wiederkommen und mit ihr frühstücken.

Nachdem er gegangen war, wünschte sie halb, sie hätte ihn dabehalten. Es kribbelte sie am ganzen Körper, wie damals, als Dirk sie in die Arme genommen hatte, und sie hätte schrecklich gern gewusst, wie es wohl war, mit einem Mann zu schlafen. Sie nahm ein kaltes Bad und ging zu Bett. Wenn sie aufwachte und Freddy wiedersah, würde sie entscheiden, ob sie in ihn verliebt war. Doch am nächsten Morgen bekam sie ein Telegramm, das sie nach Hause rief. Dad war schwer an Diabetes erkrankt. Freddy brachte sie zum Zug. Sie hatte damit gerechnet, dass der Abschied ihr schwer zu schaffen machen würde, aber irgendwie war das nicht der Fall.

Dr. Hutchins' Befinden besserte sich, und Eveline fuhr mit ihm zur Erholung nach Santa Fe. Ihre Mutter war die meiste Zeit ebenfalls krank, und da Margaret und Adelaide beide verheiratet waren und George für Hoovers Belgisches Hilfswerk /199/ in Europa arbeitete, oblag es anscheinend ihr, sich um die alten Leute zu kümmern. Sie verbrachte ein verträumtes Jahr, das trotz der grandiosen, skeletthaften Landschaft, der Ausritte und der Arbeit an Aquarellen von Mexikanern und indianischen Penitentes wenig glücklich war. Sie ging durchs Haus, legte den Speiseplan fest, kümmerte sich um den Haushalt, ärgerte sich über die Dummheit der Dienstmädchen, erstellte Wäschelisten.

Unter den Bekanntschaften, die sie dort schloss, gab es nur eine, in deren Gegenwart sie sich lebendig fühlte, nämlich José O'Riely. Trotz seines irischen Namens war er Spanier, ein schlanker junger Mann mit tabakbraunem Gesicht und dunkelgrünen Augen, der irgendwie in eine Ehe mit einer stämmigen Mexikanerin geraten war, die alle neun Monate einen neuen plärrenden braunen Säugling zur Welt brachte. Er war Maler und lebte davon, dass er gelegentlich Tischlerarbeiten erledigte und manchmal Modell stand. Eveline kam eines Tages mit ihm ins Gespräch, als er gerade das Garagentor strich, und bat ihn, ihr Modell zu stehen. Er betrachtete das Pastell, das sie von ihm anfertigte, und erklärte ihr mehrfach, es sei miserabel, bis Eveline zusammenklappte und in Tränen ausbrach. Er entschuldigte sich in seinem steifen Englisch und sagte, sie solle sich nicht aufregen, sie habe Talent und er persönlich werde ihr das Zeichnen beibringen. Er nahm sie mit zu seinem Haus, einer unaufgeräumten kleinen Bretterbude im mexikanischen Teil der Stadt, stellte sie seiner Frau Lola vor, die Eveline mit verschreckten, argwöhnischen schwarzen Augen musterte, und zeigte ihr seine Gemälde, große, auf Gips gemalte *retablos*, die wie italienische Primitive aussahen.

«Wie Sie sehen, male ich *mártires*», sagte er, «aber keine christlichen. Ich male die *mártires* der ausgebeuteten Arbeiterklasse. Lola versteht das nicht. Sie sagt, ich soll reiche Ladys wie Sie malen und damit viel Geld verdienen. Was halten Sie für besser?»

Eveline errötete; zu den reichen Ladys gezählt zu werden gefiel ihr nicht. Aber die Bilder begeisterten sie, und sie sagte, sie werde bei ihren Freunden Reklame dafür machen; sie kam zu dem Schluss, dass sie ein Genie entdeckt hatte.

O'Riely war ihr dankbar und wollte danach fürs Modellstehen oder für die Kritik an ihren Bildern kein Geld mehr nehmen, sondern lieh sich stattdessen ab und zu als Freund kleinere Summen von ihr. Noch bevor er anfing, ihr Avancen zu machen, beschloss sie, dass es diesmal eine richtige Affäre sein musste. Wenn in dieser Hinsicht nicht bald etwas passierte, würde sie verrückt werden.

Die Hauptschwierigkeit war, einen Ort zu finden, wo sie sich treffen konnten. Ihr Atelier lag gleich hinterm Haus, und es bestand jederzeit die Gefahr, dass ihr Vater, ihre Mutter oder irgendwelche Bekannte hereinplatzten. Außerdem war Santa Fe ein kleines Nest, und den Leuten fiel bereits auf, wie oft er in ihr Atelier kam.

Eines Abends, als der Chauffeur der Hutchins nicht da war, stiegen sie in sein Zimmer über der Garage hinauf. Dort war es stockfinster, und es roch nach altem Pfeifenrauch und schmutzigen Kleidern. Eveline stellte mit Entsetzen fest, dass sie die Kontrolle über sich verloren hatte; es war wie eine Äthernarkose. Dass sie noch Jungfrau war, überraschte ihn, und er ging sehr sanft und zärtlich, fast entschuldigend mit ihr um. Aber während sie auf dem Bett des Chauffeurs in seinen Armen lag, empfand sie nichts von der Ekstase, mit der sie gerechnet hatte; es war fast so, als wäre das alles schon einmal passiert. Hinterher lagen sie auf dem Bett und unterhielten sich lange in leisem, vertraulichem Ton. Sein Verhalten hatte sich geändert; er behandelte sie mit Ernst und Nachsicht, wie ein Kind. Er sagte, er hasse Heimlichtuerei und Schmutz, das lasse sie beide verrohen. Er würde einen Ort finden, wo sie sich in der Natur treffen könnten, unter freiem Himmel, nicht wie Verbrecher im Verborgenen. Dann inspizierte er sie sorgfältig, um festzustellen, ob ihr Kleid derangiert aussah, und sagte ihr, sie solle ins Haus hinüberlaufen und zu Bett gehen; und sie solle Vorsichtsmaßnahmen ergreifen, wenn sie kein Kind bekommen wolle, obwohl er stolz wäre, wenn sie ein Kind von ihm bekäme, zumal sie ja reich genug sei, um es ernähren zu können. Die Vorstellung entsetzte sie, und sie fand es grob und gefühllos von ihm, so leichthin über dieses Thema zu reden.

Den ganzen Winter über trafen sie sich ein paarmal die Woche in einer kleinen, verlassenen Hütte, die abseits des Weges im Kessel eines kleinen, steinigen Cañon hinter der Stadt lag. Sie ritt dorthin, und er kam zu Fuß auf einem anderen Weg. Sie nannten den Ort ihre Wüsteninsel.

Dann warf Lola eines Tages einen Blick in seine Mappen und fand Hunderte von Zeichnungen ein und derselben nackten Frau; zitternd und schreiend, mit wild ins Gesicht fallenden Haaren, kam sie auf der Suche nach Eveline zum Haus der Hutchins gelaufen und brüllte, sie werde sie umbringen. Dr. Hutchins war wie vom Donner gerührt. Doch Eveline, obwohl innerlich furchtbar verängstigt, gelang es, kühl zu bleiben und ihrem Vater zu sagen, sie habe sich zwar von O'Riely zeichnen lassen, aber sonst sei nichts zwischen ihnen vorgefallen, seine Frau sei einfach eine dumme, ignorante Mexikanerin und könne sich nicht vorstellen, dass ein Mann und eine Frau in einem Atelier miteinander allein sein könnten, ohne auf widerwärtige Gedanken zu kommen. Dad schalt sie zwar dafür, dass sie so unbedachtsam gewesen war, aber er glaubte ihr, und es gelang ihnen, die ganze Geschichte vor Mutter geheim zu halten; Pepe allerdings sah sie danach nur noch ein einziges Mal. Er zuckte die Schultern und sagte, was er denn machen solle, er könne doch seine Frau und seine Kinder nicht verlassen, ohne ihn würden sie verhungern, so arm er auch sei, er müsse bei ihnen bleiben, ein Mann brauche schließlich eine Frau, die für ihn arbeite und koche; von romantischen Flausen könne er nicht leben, er müsse essen, und Lola sei zwar dumm und unordentlich, aber eine gute Frau, und er habe ihr versprechen müssen, Eveline nicht wiederzusehen. Eveline drehte sich auf dem Absatz um und ließ ihn stehen, ehe er ausgeredet hatte. Sie war froh, dass sie ein Pferd hatte, dass sie aufsteigen und davonreiten konnte.

Das Auge der Kamera 31

eine mit irgendwas von Vantine/200/ bedeckte Matratze dient als Diwan im Studio der Fotografin · wir sitzen auf dem Diwan und auf Kissen auf dem Boden und der englische Schauspieler mit dem langen Hals liest rhythmisch das Hohelied vor

und die Fotografin in Brustplatten und seidener Pluderhose tanzt rhythmisch das Hohelied

das kleine Mädchen in Rosa ist eine klassische Tänzerin mit Panflöte aber die Fotografin mit dem Hennahaar tanzt rhythmisch das Hohe Lied mit blinkendem Nabel und klirrenden Brustplatten von eher orientalischem Stil

er erquicket mich mit Blumen und labet mich mit Äpfeln
denn ich bin krank vor Liebe
seine Linke liegt unter meinem Haupte
und seine Rechte herzet mich

die Schauspielerin im Halbruhestand die oben wohnte stieß einen Schrei aus und dann noch einen · Einbrecher Männer im ersten Stock · Mein Gott sie wird überfallen · wir Männer rennen die Treppe hinauf arme Frau sie ist völlig hysterisch · es ist die falsche Wohnung · im Treppenhaus wimmelt es von Bullen draußen fahren sie rückwärts den Gefangenenwagen ran · Na schön Männer auf die eine Seite Mädels auf die andere was für ein Laden ist das hier überhaupt? Durch sämtliche Fenster kommen Bullen herein Bullen kommen aus der kleinen Küche

die Fotografin mit dem Hennahaar hält sie in Schach in eine Portière gewickelt schwenkt sie das Telefon · Spreche ich mit dem Büro von Dr. Wickersham? · Staatsanwalt · missliche Erfahrung · ein paar Freunde · eine kleine Tanzdarbietung auf brutalste Weise prominente Schauspielerin im ersten Stock hysterisch · na schön Officer sprechen Sie mit dem Staatsanwalt er wird Ihnen sagen wer ich bin wer unsere Freunde sind

Bullen verkrümeln sich Gefangenenwagen scheppert in eine andere Straße der englische Schauspieler spricht · Nur mit allergrößter Selbstbeherrschung habe ich mein Temperament zügeln können die Schweine ich bin schrecklich wenn man mich in Rage bringt schrecklich

und der türkische Konsul und seine Freundin die inkognito da waren kriegführende Nation Justizministerium Spionageabwehr Jagd auf radikale Deutschenfreunde verdrückten sich in aller Stille und wir beide rannten die Treppe hinunter · und gingen schnell downtown und fuhren mit der Fähre nach Weehawken

es war eine ungeheuer neblige Nacht durch die sich tollpatschig die großen blinden Schemen von Dampfschiffen bewegten von der Lower Bay her Sirenen

im Bug der Fähre atmeten wir die ranzige Flussbrise redeten laut mit brüllendem Lachen

von den stillen Straßen von Weehawken führen unglaublich schräge Viadukte hinauf in den Nebel

Eveline Hutchins

Sie glaubte verrückt zu werden, bis sie in den Zug stieg, der sie in den Osten zurückbrachte. Mutter und Dad wollten nicht, dass sie fuhr, aber sie zeigte ihnen ein Telegramm, um das sie Eleanor gebeten hatte und in dem diese ihr eine gutdotierte Stelle in ihrem Dekorationsgeschäft anbot. Sie sagte, das sei eine Gelegenheit, die nicht wiederkomme und die sie ergreifen müsse, und überhaupt wären sie beide ja nicht ganz allein, da George auf Urlaub nach Hause komme. In der Nacht ihrer Reise lag sie wach in ihrem unteren Schlafwagenbett, und das Sausen des Fahrtwindes und das rasche Stampfen der Räder stimmten sie ungeheuer froh. Doch hinter St. Louis begann sie sich Sorgen zu machen: Sie war zu dem Schluss gekommen, dass sie schwanger war.

Sie hatte schreckliche Angst. Die Grand Central Station wirkte so riesig, so voller leerer Gesichter, die sie im Vorbeigehen anstarrten, während sie dem Dienstmann folgte, der ihren Koffer trug. Sie fürchtete, ohnmächtig zu werden, bevor sie das Taxi erreichte. Die ganze Fahrt in die Innenstadt über schwamm ihr vom Geruckel des Taxis und vom misstönenden Pulsieren des Verkehrs in ihren Ohren der Kopf, und ihr war übel. Im Breevort trank sie einen Kaffee. Durch die hohen Fenster fiel rötliches Sonnenlicht ein, ein warmer Restaurantgeruch lag im Raum; allmählich fühlte sie sich besser. Sie ging zum Telefon und rief Eleanor an. Ein französisches Dienstmädchen nahm ab und verkündete, Mademoiselle schlafe noch, aber sowie sie aufgewacht sei, werde sie ihr sagen, wer angerufen habe. Dann rief Eveline Freddy an, der sehr aufgeregt klang und sagte, er werde so rasch da sein, wie er es von Brooklyn aus schaffen könne.

Als sie Freddy sah, war es so, als wäre sie gar nicht weggewesen. Er hatte so gut wie sicher einen Finanzier für das Maya-Ballett, und er hatte mit einem neuen Musical zu tun, für das Eveline die Kostüme entwerfen sollte. Die Aussichten auf einen Krieg mit Deutschland dagegen stimmten ihn sehr düster, er sei Pazifist und werde wahrscheinlich ins Gefängnis wandern, sofern es nicht zu einer Revolution komme. Eveline erzählte ihm von ihren Gesprächen mit José O'Riely und was für ein großartiger Maler er sei, und sagte, sie glaube, sie sei vielleicht Anarchistin. Freddy machte ein besorgtes Gesicht und fragte, ob sie sich etwa in den Maler verliebt habe, und sie errötete, lächelte und verneinte, und Freddy sagte, sie sehe hundertmal besser aus als im vergangenen Jahr.

Zusammen gingen sie Eleanor besuchen, deren Haus in einer der dreißiger Straßen östlich des Parks lag, sehr elegant war und teuer aussah. Eleanor saß im Bett und beantwortete ihre Post. Ihr Haar war sorgfältig frisiert, und sie trug einen Hausmantel aus rosa Satin mit Spitzenbesatz und Hermelinkragen. Sie tranken Kaffee mit ihr und aßen dazu warme Brötchen, die das Hausmädchen aus Martinique selbst gebacken hatte. Eleanor war entzückt, Eveline zu sehen, machte ihr Komplimente über ihr Aussehen und gab sich sehr geheimnisvoll, was ihre Geschäfte und alles andere anging. Sie sagte, sie stehe kurz davor, Theaterproduzentin zu werden, und sprach mehrfach von «meinem finanziellen Berater», bis Eveline schließlich nicht mehr wusste, was sie davon halten sollte; trotzdem war offensichtlich, dass es Eleanor recht gut ging. Eigentlich wollte Eveline sie fragen, was sie über Empfängnisverhütung wisse, aber sie kam nicht dazu, und vielleicht war das auch ganz gut so, denn als sie auf den Krieg zu sprechen kamen, fingen sie sofort zu streiten an.

An jenem Nachmittag nahm Freddy sie zum Tee mit in das Haus einer Dame mittleren Alters, die in der West 8th Street wohnte und eine begeisterte Pazifistin war. Das Haus war voller Menschen, die diskutierten, und jungen Männern und jungen Frauen, die bedeutungsvoll raunend die Köpfe wiegten. Dort kam Eveline mit einem abgezehrt wirkenden, helläugigen jungen Mann namens Don Stevens ins Gespräch. Freddy musste irgendwann zu einer Probe, und sie blieb da und unterhielt sich mit Don Stevens. Dann stellten sie ganz plötzlich fest, dass alle anderen gegangen und sie beide mit der Gastgeberin allein waren, einer stämmigen, schnaufenden, verbissenen Frau, die Eveline ungeheuer auf die Nerven ging. Sie verabschiedete sich und ging. Sie war kaum die Eingangstreppe hinunter auf die Straße gelangt, da war ihr Stevens, der seinen Mantel hinter sich herschleifte, mit seinem schlaksigen Gang bereits gefolgt.

«Wo essen Sie zu Abend, Eveline Hutchins?»

Eveline sagte, das habe sie sich noch nicht überlegt, und ehe sie sich's versah, saß sie mit ihm in einem italienischen Restaurant in der 3rd Street. Er aß sehr schnell eine Menge Spaghetti, trank eine Menge Rotwein und stellte sie dem Kellner vor, der Giovanni hieß. «Er ist Maximalist, genau wie ich», sagte er. «Die junge Frau hier ist anscheinend eine philosophisch angehauchte Anarchistin, aber darüber werden wir ihr schon hinweghelfen.»

Don Stevens kam aus South Dakota und hatte seit seiner Highschool-Zeit bei Kleinstadtzeitungen gearbeitet. Außerdem hatte er sich zu Hause als Erntehelfer verdingt und war bei mehreren Arbeitskämpfen des IWW dabei gewesen. Mit beträchtlichem Stolz zeigte er Eveline seinen Mitgliedsausweis. Er war nach New York gekommen, um bei *The Call*[201] mitzuarbeiten, hatte aber gerade gekündigt, weil sie dort, wie er sagte, verdammte Hasenfüße seien. Er schrieb außerdem für das *Metropolitan Magazine*[202] und für *Masses*[203] und trat bei Antikriegsveranstaltungen als Redner auf. Er sagte, es bestehe nicht die leiseste Chance, dass die Vereinigten Staaten sich aus dem Krieg heraushielten; die Deutschen stünden vor dem Sieg, in ganz Europa werde sich die Arbeiterklasse in Kürze erheben, die Revolution in Russland sei der Beginn der weltweiten sozialen Revolution, die Bankiers wüssten das und Wilson wisse es ebenfalls; die einzige Frage sei, ob die Industriearbeiter im Osten und die Farmer und Tagelöhner im Mittleren Westen und Westen sich einen Krieg gefallen lassen würden. Die gesamte Presse sei gekauft und geknebelt. Die Morgans müssten Krieg führen, oder sie würden bankrott gehen. «Es ist die größte Verschwörung der Geschichte.»

Giovanni und Eveline lauschten mit angehaltenem Atem. Ab und zu ließ Giovanni einen nervösen Blick durchs Lokal huschen, um festzustellen, ob irgendeiner der Gäste an den anderen Tischen nach Polizei aussah. «Verdammt noch mal, Giovanni, bring uns noch eine Flasche Wein», rief Don mitten in einer ausführlichen Analyse der ausländischen Beteiligungen von Kuhn, Loeb & Co. /204/ Dann wandte er sich plötzlich Eveline zu und schenkte ihr ein. «Wo haben Sie nur all die Jahre gesteckt? Eine schöne Frau wie Sie hat mir so gefehlt. Heute Abend wollen wir uns so richtig amüsieren, vielleicht war das unsere letzte anständige Mahlzeit, heute in einem Monat sind wir vielleicht schon im Gefängnis oder werden an die Wand gestellt, stimmt's, Giovanni?»

Giovanni vergaß, seine anderen Tische zu bedienen, und wurde vom Besitzer angeschnauzt. Eveline musste unentwegt lachen. Als Don sie fragte, warum, sagte sie, das wisse sie nicht, er sei nun mal so lustig.

«Aber es ist tatsächlich das Ende der Welt, gottverdammich.» Dann schüttelte er den Kopf. «Was soll's, es hat noch nie eine Frau gegeben, die was von Politik verstanden hat.»

«Und ob ich was davon verstehe ... Ich finde das alles schrecklich. Ich weiß nicht, was ich tun soll.»

«Ich weiß auch nicht, was ich tun soll», sagte er aufgebracht. «Ich weiß nicht, ob ich gegen den Krieg kämpfen und ins Gefängnis gehen soll oder ob ich mir eine Stelle als Kriegsberichterstatter besorgen und mir die verfluchte Schweinerei ansehen soll. Wenn man sich darauf verlassen könnte, dass einen irgendwer unterstützt, dann wäre es was anderes ... was soll's, gehen wir.»

Er ließ anschreiben und bat Eveline, ihm einen Dollar zu leihen, damit er Giovanni ein Trinkgeld geben konnte, denn er selbst habe keinen Cent in der Tasche. Ohne recht zu wissen, wie es dazu gekommen war, trank sie in einem kalten, unaufgeräumten Zimmer, drei schmutzige Holztreppen hoch am Patchin

Place, ein letztes Glas Wein mit ihm. Er begann ihr Avançen zu machen, und als sie einwandte, sie kenne ihn erst seit sieben Stunden, sagte er, das sei schon wieder so eine dumme bourgeoise Idee, von der sie sich lösen müsse. Dann fragte sie ihn, wie das mit der Empfängnisverhütung sei, und er setzte sich neben sie und verbreitete sich eine halbe Stunde lang darüber, was für eine großartige Frau Margaret Sanger /205/ und dass die Empfängnisverhütung der größte Segen für die Menschheit seit Erfindung des Feuers sei. Als er dann wieder anfing, ihr auf sehr sachliche Art Avancen zu machen, ließ sie sich lachend und errötend von ihm ausziehen. Sie fühlte sich erschöpft, schuldbewusst und beschmutzt, als sie um drei Uhr morgens in ihr Zimmer im Brevoort zurückkam. Sie nahm eine riesige Dosis Rizinusöl und ging zu Bett, wo sie bis Tagesanbruch wach lag und sich fragte, was sie zu Freddy sagen konnte. Sie war für elf Uhr nach seiner Probe zu einem kleinen Abendessen mit ihm verabredet gewesen. Ihre Angst, schwanger zu sein, war verflogen, als wäre sie aus einem Albtraum erwacht.

In jenem Frühjahr machte sie mit Eleanor und Freddy massenhaft Pläne für Inszenierungen und Hauseinrichtungen, aber es wurde nie etwas daraus, und nach einer Weile wurde New York ihr regelrecht fremd, denn inzwischen war der Krieg erklärt, die Straßen füllten sich mit Flaggen und Uniformen, und in ihrer Umgebung fielen alle dem patriotischen Wahnsinn anheim und sahen unter jedem Bett Spione und Pazifisten. Eleanor besorgte sich eine Stelle beim Roten Kreuz. Don Stevens hatte sich beim Hilfswerk der Quäker verpflichtet. Freddy verkündete jeden Tag eine neue Entscheidung, sagte schließlich aber, er werde abwarten, bis er einberufen werde. Adelaides Mann hatte eine Stelle bei der neugeschaffenen Schifffahrtsbehörde in Washington. Dad schrieb ihr alle paar Tage, Wilson sei der bedeutendste Präsident seit Lincoln. An manchen Tagen hatte sie das Gefühl, den Verstand zu verlieren, so verrückt erschienen ihr die Menschen um sie herum. Als sic das Eleanor gegenüber ansprach, lächelte diese überlegen und sagte, sie habe bereits darum gebeten, sie in ihrem Büro in Paris als Assistentin einstellen zu dürfen.

«In deinem Büro in Paris, Liebste?»

Eleanor nickte.

«Egal, was für eine Arbeit das ist, das mache ich gerne», sagte Eveline. Eleanor fuhr eines Samstags mit der *Rochambeau,* und Eveline folgte ihr zwei Wochen später mit der *Touraine.*

Es war ein dunstiger Sommerabend. Ihre Verabschiedung durch Margaret, Adelaide und Margarets Mann Bill, der mittlerweile Major war und draußen auf Long Island Scharfschützen ausbildete, hatte sie auf fast schon rüde Weise abgekürzt, so sehr war sie darauf bedacht, von diesem Amerika wegzukommen, das ihr nur noch auf die Nerven ging. Das Schiff legte mit zwei Stunden Verspätung ab. Die Kapelle spielte immerzu *Tipperary, Auprès de ma Blonde* und *La Madelon.* Es waren sehr viele junge Männer in unterschiedlichen Uniformen da, alle ziemlich betrunken. Die kleinen französischen Matrosen mit ihren roten Pompons und Babygesichtern wechselten laute Zurufe im rollenden, näselnden Tonfall des Bordelais. Eveline ging an Deck auf und ab, bis sie müde Beine hatte. Es kam ihr vor, als würde das Schiff nie ablegen. Und Freddy, der erst spät erschienen war, winkte ihr vom Kai aus unentwegt zu, sie hatte Angst, dass Don Stevens auftauchen würde, und sie war ihr ganzes Leben der letzten Jahre gründlich leid.

Sie ging nach unten in ihre Kabine und begann, Barbusse' *Le Feu* /206/ zu lesen, das Don ihr geschickt hatte. Sie schlief ein, und als die grauhaarige, magere Frau, mit der sie sich die Kabine teilte, sie mit ihrer Geschäftigkeit weckte, war das Erste, was sie spürte, das zitternde Stampfen der Schiffsmaschinen. «Sie haben das Essen versäumt», sagte die grauhaarige Frau.

Ihr Name war Miss Eliza Felton, und sie war Illustratorin von Kinderbüchern. Sie wollte in Frankreich einen Lastwagen fahren. Zuerst ging sie Eveline auf die Nerven, aber während die warmen, ruhigen Tage der Überfahrt verstrichen, gewann Eveline sie lieb.

Miss Felton war regelrecht in Eveline vernarrt und oft eine Plage, aber sie trank gern Wein und kannte Frankreich sehr gut, denn sie hatte viele Jahre dort gelebt. Tatsächlich hatte sie zur Zeit der Impressionisten in Fontainebleau Malerei studiert. Wegen Reims, Louvain und wegen der kleinen belgischen Babys mit den abgeschnittenen Händen war sie von Bitterkeit gegen die Hunnen erfüllt, aber sie hatte für keine Männerregierung viel übrig, nannte Wilson einen Feigling, Clemenceau einen Rüpel und Lloyd George einen Kriecher. Über die Vorsichtsmaßnahmen gegen U-Boot-Angriffe könne sie, wie sie sagte, nur lachen, denn sie wisse, dass die französische Linie völlig sicher sei, da sämtliche deutschen Spione damit führen. Als sie in Bordeaux anlegten, war sie Eveline eine große Hilfe.

Anstatt mit den anderen Leuten vom Roten Kreuz und vom Hilfswerk nach Paris weiterzufahren, blieben sie einen Tag in Bordeaux und sahen sich die Stadt an. Die Reihen grauer Häuser aus dem 18. Jahrhundert waren in der endlosen, rosigen Sommerdämmerung allerliebst, genau wie die Blumen an den Ständen, die höflichen Menschen in den Geschäften, die filigranen Schmiedeeisenmuster und das schöne Essen im *Chapon Fin*.

Nur eines war schwierig, wenn man mit Eliza Felton unterwegs war: Sie hielt sämtliche Männer fern. Am nächsten Tag fuhren sie mit der Bahn nach Paris, und angesichts der Schönheit der Landschaft, der Häuser, der Weingärten und der hohen Pappelreihen konnte Eveline kaum die Tränen zurückhalten. Auf jedem Bahnhof standen kleine Soldaten in blassblauer Uniform, und der ältere, beflissene Schaffner sah aus wie ein College-Professor. Als der Zug schließlich sanft durch den Tunnel in die Gare d'Orléans glitt, schnürte es Eveline so sehr die Kehle zu, dass sie kaum ein Wort herausbrachte. Es war, als wäre sie noch nie in Paris gewesen.

«Wo wollen Sie denn hin, meine Liebe? Wie Sie sehen, müssen wir unser Gepäck selbst tragen», sagte Eliza Felton in geschäftsmäßigem Ton.

«Nun ja, ich denke, ich sollte zum Roten Kreuz gehen und mich dort melden.»

«Dafür ist es heute schon zu spät, das kann ich Ihnen sagen.»

«Nun ja, ich könnte versuchen, Eleanor anzurufen.»

«Da können Sie auch gleich versuchen, die Toten aufzuwecken, das ist genauso aussichtsreich, wie in Paris in Kriegszeiten telefonieren zu wollen ... am besten, meine Liebe, kommen Sie mit mir in ein kleines Hotel am Quai, das ich kenne, und melden sich morgen beim Roten Kreuz; so würde ich es jedenfalls machen.»

«Ich möchte nur ungern wieder nach Hause zurückgeschickt werden.»

«Sie könnten wochenlang hier sein, und die würden es gar nicht merken ... Ich kenne doch diese Schafsköpfe.»

Also wartete Eveline bei ihrem Gepäck, während Eliza Felton einen kleinen Wagen holte. Sie stapelten ihr Gepäck darauf, rollten es zum Bahnhof hinaus und im letzten malvenfarbenen Schimmer der Dämmerung durch die leeren Straßen zum Hotel. Es brannten nur wenige Straßenlaternen, ihr Licht war blau, und sie trugen Blechhauben, damit sie von oben nicht zu sehen waren. Die Seine, die alten Brücken und der längliche Klotz des Louvre wirkten blass und unwirklich; es war, als ginge man durch ein Bild von Whistler.

«Wir müssen uns beeilen, damit wir noch etwas zu essen bekommen, bevor alles zumacht ... wir gehen zu Adrienne», sagte Miss Felton.

Sie ließen ihr Gepäck im Hôtel du Quai Voltaire, damit es in der Zwischenzeit auf ihre Zimmer gebracht wurde, und gingen zügig durch ein Kreuzundquer schmaler, rasch dunkel werdender Straßen. Sie schlüpften gerade durch die Tür des kleinen Restaurants, als jemand begann, den schweren, eisernen Laden herunterzuziehen.

«Tiens, c'est Mademoiselle Elise», rief eine Frauenstimme aus dem Hintergrund des kleinen, mit dicken Polstermöbeln versehenen Raums. Eine kleine Französin mit sehr großem Kopf und sehr großen, vorstehenden Augen kam angelaufen, umarmte Miss Felton und küsste sie mehrfach.

«Das ist Miss Hutchins», sagte Miss Felton mit ihrer trockenen Stimme.

«Sähr ährfröit ... Sie ist so übsch ... schöne Augen, hein?»

Es war Eveline unangenehm, wie die Frau sie ansah, deren großes, gepudertes Gesicht in den Halsrüschen der hochgeschlossenen Bluse saß wie ein Ei im Becher. Sie brachte Suppe, kaltes Kalbfleisch und Brot, entschuldigte sich wortreich dafür, dass sie weder Butter noch Zucker hatte, beklagte sich mit Singsangstimme darüber, wie streng die Polizei sei, dass die Kriegsgewinnler Lebensmittel hamsterten und wie schlimm die militärische Lage sei. Dann hörte sie plötzlich zu reden auf; die Blicke aller drei fielen im gleichen Moment auf das Schild an der Wand:

MEFIEZ-VOUS
LES OREILLES ENNEMIES VOUS ECOUTENT /207/

«Enfin c'est la guerre», /208/ sagte Adrienne. Sie saß neben Miss Felton und tätschelte mit ihrer dicklichen Hand, auf deren Fingern unzählige Strassringe steckten, Miss Feltons schmale Hand. Sie hatte ihnen Kaffee gemacht. Sie tranken Cointreau aus kleinen Gläsern. Adrienne beugte sich vor und tätschelte Eveline den Hals. «Faut pas s'en faire, hein?» /209/ Dann warf sie den Kopf zurück und stieß ein schrilles, hysterisches Lachen aus. Sie schenkte ihnen immerzu Cointreau nach, und Miss Felton schien allmählich leicht beschwipst zu sein. Adrienne tätschelte ihr unentwegt die Hand. Eveline spürte, wie sich ihr in dem muffigen, dunklen, abgeschlossenen kleinen Raum der Kopf drehte. Sie stand auf und sagte, sie gehe jetzt ins Hotel zurück, sie habe Kopfschmerzen und sei müde. Sie versuchten, sie zum Bleiben zu bewegen, aber sie schlüpfte unter dem eisernen Laden hindurch.

Draußen war die eine Straßenhälfte von Mondlicht erleuchtet, die andere lag stockfinster im Schatten. Mit einem Mal fiel Eveline ein, dass sie den Weg zum Hotel gar nicht wusste; trotzdem konnte sie nicht ins Restaurant zurück, ihr grauste vor dieser Frau, also ging sie rasch los und hielt sich dabei im Mondlicht, voller Furcht vor der Stille, den wenigen schattenhaften Gestalten und den alten, schmucklosen Häusern mit ihren breiten, tintenschwarzen Durchgängen. Endlich kam sie auf einem Boulevard heraus, auf dem Männer und Frauen spazierten, Stimmen zu hören waren und gelegentlich ein Automobil mit blauen Scheinwerfern leise über den Asphalt glitt. Plötzlich setzte in der Ferne das Albtraumheulen einer Sirene ein, dann noch eins und noch eins. Irgendwo am Himmel war ein leises Summen wie von einer Biene zu hören, lauter, dann leiser, dann wieder lauter. Eveline sah die Leute um sie herum an. Niemand schien beunruhigt, niemand schien seinen Schlendergang zu beschleunigen.

«Les avions … les boches …», /210/ hörte sie Leute in unaufgeregtem Ton sagen. Sie ertappte sich dabei, dass sie am Bordstein stand und in den milchigen Himmel hinaufstarrte, der rasch von Suchscheinwerferstrahlen durchschnitten wurde. Neben ihr stand ein väterlich aussehender französischer Offizier mit herabhängendem Schnurrbart und allen möglichen Borten an seinem Käppi. Der Himmel über ihnen begann wie von Glimmer zu funkeln; es war wunderschön und weit weg, wie das Feuerwerk, dem man am vierten Juli über den See hinweg zusah. Unwillkürlich sagte sie laut: «Was ist das?»

«C'est le shrapnel, Mademoiselle. /211/ Das sind unsärr Flugabwährgeschütz», sagte er in bedächtigem Englisch, dann bot er ihr seinen Arm an und erklärte sich bereit, sie nach Hause zu bringen. Sie bemerkte, dass er ziemlich stark nach Cognac roch, aber sein Verhalten war ausgesprochen nett und väterlich, er bedeutete ihr mit einer komischen Pantomime, dass ihnen etwas auf den Kopf fallen könne, und sagte, sie müssten Deckung suchen. Sie bat ihn, sie zum Hôtel du Quai Voltaire zu bringen, da sie sich verlaufen habe.

«Ah, charmant, charmant», sagte er. Während sie da gestanden und sich unterhalten hatten, war die Straße menschenleer geworden, niemand war mehr zu sehen. Jetzt bellten von überallher Geschütze. Sie gingen wieder durch die schmalen Straßen und hielten sich dabei dicht an der Häuserwand. Einmal zog er sie plötzlich in einen Durchgang, und etwas landete mit lautem Knall auf dem Bürgersteig gegenüber. «Es ist die Stücke von die Schrapnell, nischt gut», sagte er und klopfte sich oben auf sein Käppi. Er lachte, Eveline lachte ebenfalls, und sie verstanden sich prächtig.

Sie waren am Flussufer angelangt. Aus irgendeinem Grund schien man unter den dichtbelaubten Bäumen sicher zu sein. Vom Hoteleingang aus zeigte er plötzlich in den Himmel. «Schauen Sie, c'est les fokkers, ils s'en fichent de nous.» /212/ Während er das sagte, schwenkten die Boche-Flugzeuge ab, sodass sich das Mondlicht in ihren Flügeln fing. Eine Sekunde lang glichen sie sieben winzigen silbernen Libellen, dann waren sie verschwunden. Im selben Augenblick kam von irgendwo jenseits des Flusses das ohrenbetäubende Fauchen einer Bombe.

«Permettez, Mademoiselle.» /213/ Sie betraten die stockfinstere Eingangshalle des Hotels und tasteten sich in den Keller hinab. Während er Eveline die letzte Stufe der staubigen Holztreppe hinunterhalf, salutierte der Offizier gravitätisch vor der gemischten, um ein paar Kerzen versammelten Gruppe von Menschen in Bademänteln oder Mänteln über ihren Nachtgewändern. Es war auch ein Kellner da, und der Offizier wollte etwas zu trinken bestellen, aber der Kellner sagte: «Ah, mon colonel, c'est défendu», /214/ worauf der Colonel ein schiefes Gesicht machte. Eveline setzte sich auf eine Art Tisch. Während sie die Leute anschaute und dem fernen Schnauben der Bomben lauschte, war sie so aufgeregt, dass sie kaum bemerkte, dass der Colonel ihr ein wenig öfter als nötig das Knie drückte. Die Hände des Colonels wurden zum Problem.

Als der Luftangriff zu Ende war, kam mit einem merkwürdig sägenden, zwischen einem Entenquaken und einem Eselsbrüllen liegenden Geräusch etwas auf der Straße vorbei. Eveline empfand das als so komisch, dass sie lachte und lachte; der Colonel schien nicht zu wissen, was er davon zu halten hatte. Als sie ihm gute Nacht sagen wollte, um auf ihr Zimmer zu gehen und etwas zu schlafen, wollte er mitkommen. Sie wusste nicht, was sie machen sollte. Er war so nett und zuvorkommend gewesen, dass sie nicht unhöflich zu ihm sein wollte, aber irgendwie konnte sie ihm nicht begreiflich machen, dass sie zu Bett gehen und schlafen wollte; er antwortete jedes Mal, das wolle er auch. Als sie ihm zu erklären versuchte, dass sie sich das Zimmer mit einer Freundin teilte, wollte er wissen, ob die Freundin ebenso charmant sei wie Mademoiselle, wenn ja, würde er sich sehr freuen. Ihr Französisch ließ sie komplett im Stich. Sie wünschte inständig, Miss Felton würde auftauchen, sie konnte dem Concierge nicht begreiflich machen, dass sie ihren Zimmerschlüssel wollte und dass Mon colonel nicht mit aufs Zimmer kommen würde, und sie war kurz davor, zusammenzuklappen und in Tränen auszubrechen, da erschien von irgendwo aus den Schatten ein junger Amerikaner in Zivilkleidung mit rotem Gesicht und Himmelfahrtsnase und sagte mit einer schwungvollen Verbeugung in sehr schlechtem Französisch: «Monsieur, moi frère de madmosel, sehen Sie denn nicht, dass die Kleine fatiguée ist und bonsoir sagen will?» Er hakte sich bei dem Colonel unter und sagte: «Vive la France … Kommen Sie mit auf mein Zimmer, wir trinken einen.»

Der Colonel rappelte sich hoch und sah ausgesprochen wütend aus. Ohne abzuwarten, was als Nächstes passierte, rannte Eveline die Treppe zu ihrem Zimmer hinauf, stürzte hinein und schloss die Tür zweimal ab.

Wochenschau XXIV

es ist kaum zu ermessen, welch ungeheure Summen Europa wird aufnehmen müssen, um die Kriegsschäden zu beseitigen

ERLEDIGT IM ALLEINGANG 28 HUNNEN

Friedensgerede hat allmählich Auswirkungen auf südlichen Eisenmarkt

NEW YORKER JUNGE NIMMT OFFIZIER GEFANGEN

EIN DRITTEL DER GRUNDSTÜCKSZUTEILUNGEN ERGAUNERT

Es gibt ein Lächeln, das macht uns glücklich
Es gibt ein Lächeln, das uns traurig macht

wir wollen uns noch einmal mit der Frage der Frachttarife beschäftigen; angenommen, die Vereinigten Staaten verfügen über einen Schiffsbestand von insgesamt 3000 Fracht- und Passagierschiffen, die zwischen amerikanischen und ausländischen Häfen verkehren

BANDENFÜHRER AUF OFFENER STRASSE UMGEBRACHT

Es gibt ein Lächeln, das trocknet die Tränen
So wie die Sonne nach dem Regen lacht
Es gibt ein Lächeln, das bedeutet so Zartes,
Dass nur die liebenden Augen es sehn

STIMMEN VON SOLDATEN ENTSCHEIDEN WAHLEN

angenommen, in dieses empfindliche Medium ökonomischer Gesetzmäßigkeiten greift nun als bestimmender Faktor der Besitzer eines Drittels der weltweiten Tonnage ein, der Profit wie Verlust mit Gleichmut betrachtet, der die Zinsen auf Kapitalinvestitionen nicht als Betriebskostenfaktor einrechnet, der Schiffe baut, ob ihr Betrieb nun gewinnbringend ist oder nicht, und der Frachttarife berechnet, die nicht einmal annähernd mit den Gesetzen von Angebot und Nachfrage in Einklang stehen; wie lange würde es wohl dauern, bis die Schifffahrt der ganzen Welt komplett zusammengebrochen wäre?

KRONPRINZ AUF DER FLUCHT

Doch nur das Lächeln, das du schenkst,
lässt
mir
die
Sonne
im
Herzen
aufgehn

das fortwährende Gerede von Frieden sorgt für Beunruhigung, und die Grippeepidemie hat Käufer vom Lande davon abgehalten, die größeren Zentren zu besuchen

Das Auge der Kamera 32

täglich à quatorze heures précisément /215/ belegten die Boches /216/ mit ihrer berühmten Pünktlichkeit und Exaktheit jene Brücke mit Granaten · à quatorze heures précisément ließ Dick Norton mit Monokel im Auge seine Einheit ein kleines Stück von der Brücke entfernt antreten, um sie dem Amerikanischen Roten Kreuz zu übergeben

die Rotkreuz-Majore sahen dicklich und weiß aus in ihren neuen Uniformen mit ihren blankgeputzten Koppeln mit Schulterriemen in ihren blankgeputzten engen Ledergamaschen · das war also Europa

das war also die Front · tja · schön

Dick Norton rückte sein Monokel zurecht und begann eine Rede zu halten er habe uns als Gentlemen und Freiwillige verpflichtet und als Gentlemen und Freiwillige verabschiede er uns nun · Wumm der erste *arrivé* /217/ Mandelgeruch das Sonntagsgefühl von null Verkehr auf der Straße kein Poilu /218/ in Sicht · Dick Norton rückte sein Monokel zurecht · die Rotkreuz-Majore spürten den Dreckschauer · rochen das Melinit · kurzer Ruch von Latrine und zusammengepferchten Soldaten

Wumm Wumm Wumm wie am vierten Juli · die Granatsplitter singen uns klingen die Ohren

die Brücke steht noch und Dick Norton rückt sein Monokel zurecht und steht da und verbreitet sich über Gentlemen und Freiwillige und den Sanitätsdienst und la belle France

Der leere Stabswagen steht da

aber wo sind die Majore die das Kommando übernehmen

die eine Rede im Namen des Roten Kreuzes halten sollten? Der langsamste und dicklichste und weißeste der Majore ist noch zu sehen auf Händen und Knien die Gamaschen mit Dreck bespritzt kriecht er in den abri /219/ und das war das Letzte was wir von den Rotkreuz-Majoren zu sehen bekamen

und das Letzte was wir von Gentlemen

oder Freiwilligen zu hören bekamen

Der fröhliche Krieger

Seit sieben rechtschaffenen Generationen lebten die Roosevelts auf Manhattan Island; sie besaßen ein großes Backsteinhaus in der 20th Street, ein Anwesen in Dobbs Ferry, Grundstücke in der City, eine Kirchenbank in der Dutch Reformed Church, Anteilscheine, Aktien und Obligationen, sie hatten das Gefühl, Manhattan gehöre ihnen, Amerika gehöre ihnen. Ihr Sohn
Theodore
war ein kränklicher Knabe, litt an Asthma, war stark kurzsichtig; seine Hände und Füße waren so klein, dass es ihm schwerfiel, Boxen zu lernen; seine Arme waren sehr kurz; sein Vater war so etwas wie ein Philanthrop, gab Weihnachtsessen für Zeitungsjungen, beklagte die Zustände, die Slums, die East Side, Hell's Kitchen.
Der junge Theodore hatte Ponys, wurde dazu angehalten, Spaziergänge im Wald zu unternehmen und zelten zu gehen, bekam Box- und Fechtunterricht (ein amerikanischer Gentleman sollte sich zu verteidigen wissen), gab Bibelstunden, leistete Missionsarbeit (ein amerikanischer Gentleman sollte sich nach Kräften bemühen, seinen nicht so vom Glück begünstigten Mitmenschen emporzuhelfen);
Rechtschaffenheit war ihm in die Wiege gelegt;
er hatte eine Leidenschaft für Naturkunde, für Bücher über Vögel und wilde Tiere, für die Jagd; trotz seiner Brille wurde er ein guter Schütze, trotz seiner winzigen Füße und kurzen Beine ein tüchtiger Spaziergänger und ein passabler Reiter, trotz seiner kurzen Reichweite ein aggressiver Kämpfer und, obwohl er aus einer der wohlhabenden holländischen Familien New Yorks stammte, ein gewiefter Politiker.
1876 ging er nach Cambridge, um in Harvard zu studieren, ein reicher, redseliger, sprunghafter junger Mann mit

einem Backenbart und sehr dezidierten Ansichten zu allem und jedem unter der Sonne,
in Harvard fuhr er in einem Einspänner herum, sammelte ausgestopfte Vögel, ließ Stücke, die er bei seinen Ausflügen in die Adirondacks geschossen hatte, präparieren; obwohl er nicht trank, ein ziemlicher Frömmler war und merkwürdige Vorstellungen über moralische Besserung und die Heilung von Lastern hatte, gehörte er dem Porcellian, dem Dickey und sämtlichen anderen Clubs an, denen anzugehören sein gutes Recht als Sohn einer der wohlhabenden holländischen Familien von New York war.
Seinen Freunden erzählte er, er werde sein Leben dem Dienst an der Gesellschaft weihen: *Ich will nicht die Lehre schändlichen Müßiggangs predigen, sondern die Lehre des tätigen Lebens, eines Lebens von Mühe und Arbeit, von Anstrengung und Kampf.*

Seit seinem elften Lebensjahr schrieb er unermüdlich, füllte Tagebücher, Notizhefte und lose Blätter mit einer großen, ungestümen Kritzelschrift, hielt alles fest, was er tat, dachte und sagte;
natürlich studierte er Jura.
Er heiratete jung und ging in die Schweiz, um das Matterhorn zu besteigen; der frühe Tod seiner ersten Frau schmetterte ihn völlig nieder. Er ging in das Ödland von West Dakota und wurde Rancher am Little Missouri;
als er nach Manhattan zurückkam, war er Teddy, die ehrliche Haut aus dem Westen, der Elchjäger, der Mann mit dem Stetson-Hut, der Stiere mit dem Lasso eingefangen, im Nahkampf einen Grizzly bezwungen und als Deputy Sheriff amtiert hatte,
(ein Roosevelt hat diesem Land gegenüber eine Verpflichtung; die Verpflichtung eines Roosevelt besteht darin, seinen nicht so vom Glück begünstigten Mitmenschen em-

porzuhelfen, denjenigen, die erst kürzlich an unsere Ufer gekommen sind)
im Westen trug Deputy Sheriff Roosevelt die Bürde des weißen Mannes, /220/ half, Übeltäter und böse Menschen dingfest zu machen; ein prima Dienst.
Die ganze Zeit hatte er geschrieben, hatte Zeitschriften mit Schilderungen seiner Jagden und Abenteuer gefüllt, hatte politische Versammlungen mit seinen Ansichten, seinen Anklagen, seinen einprägsamen Phrasen gefüllt: Tätiges Leben, Realisierbare Ideale, gerechte Regierung, *wenn Männer Arbeit oder gerechten Krieg fürchten, wenn Frauen die Mutterschaft fürchten, dann stehen sie am Rande des Untergangs, und es ist nur gut, dass sie vom Antlitz der Erde verschwinden, wo sie zu Recht der Verachtung all jener Männer und Frauen anheimfallen, die selbst stark, tapfer und hochsinnig sind.*
T. R. heiratete eine reiche Frau und gründete in Sagamore Hill in aller Rechtschaffenheit eine Familie.
Er saß eine Legislaturperiode lang im Parlament des Staates New York und wurde von Grover Cleveland mit dem wenig lukrativen Amt des Commissioner for Civil Service Reform betraut,
war Reform-Police-Commissioner von New York, verfolgte Übeltäter, hielt entschieden daran fest, dass weiß weiß und schwarz schwarz ist,
schrieb die Geschichte des Seekrieges von 1812,
wurde zum Assistant Secretary of the Navy ernannt
und trat, als die *Maine* in die Luft flog, /221/ zurück, um das Kommando über die Rough Riders /222/ zu übernehmen,
als Lieutenant-Colonel.
Das war der Rubikon /223/, der Kampf, das Sternenbanner, die gerechte Sache. Die amerikanische Öffentlichkeit wurde nicht im Dunkeln gelassen über die Tapferkeit des Colonels, als die Kugeln sangen und er ohne seine Leute

den San Juan Hill hinaufstürmte und umkehren musste, um sie zu holen, und dabei einen fliehenden Spanier in den Hintern schoss.
Zu schade, dass die Regulären den San Juan Hill vorher schon von der anderen Seite genommen hatten und es gar nicht nötig war, überhaupt dort hinaufzustürmen. Santiago kapitulierte. Der Feldzug war erfolgreich. T. R. stürmte den San Juan Hill hinauf auf den Gouverneursposten des Empire State;
doch nach Ende der Kampfhandlungen wollten Freiwillige, Kriegsberichterstatter, Zeitschriftenreporter nach Hause;
es war alles andere als prima, im tropischen Regen unter Zeltbahnen zu hocken oder in den verbrannten kubanischen Bergen in der Morgensonne zu schmoren, während die Malaria sie niedermähte und man sich ständig vor Ruhr und Gelbfieber fürchten musste.
T. R. organisierte eine Bittschrift an den Präsidenten und ersuchte ihn, die Amateurkrieger nach Hause zu schicken und die Drecksarbeit den Berufssoldaten zu überlassen,
die Gräben aushoben, Scheiße schaufelten und gegen Malaria, Ruhr und Gelbfieber kämpften,
um Kuba gemütlich zu machen für den Sugar Trust /224/
und die National City Bank.

Als er zu Hause landete, gab er eines seiner ersten Interviews Lemuel Quigg, dem Abgesandten von Boss Platt /225/, der die Stimmen von Upstate New York in seiner Westentasche hatte.
Mit Boss Platt traf er sich auch, aber das vergaß er hinterher. Alles lief prima. Er schrieb eine Biographie von Oliver Cromwell, dem er nach allgemeinem Dafürhalten ähnelte. Als Gouverneur legte er Platt und seinen Apparat aufs Kreuz (ein rechtschaffener Mann darf ein kurzes Gedächtnis haben); Boss Platt glaubte, er habe ihn aufs Abstellgleis

geschoben, als er ihn 1900 für die Vizepräsidentschaft nominierte;

Czolgosz /226/ machte ihn zum Präsidenten.

T. R. fuhr wie ein Verrückter bei strömendem Regen im offenen Karren über die schlammigen Straßen von Mt. Marcy in den Adirondacks zur Bahn, um den Zug nach Buffalo zu kriegen, wo McKinley im Sterben lag.
Als Präsident
verlegte er Sagamore Hill, das gesunde, glückliche, normale amerikanische Zuhause, ins Weiße Haus, unternahm mit ausländischen Diplomaten und fetten Offizieren Spaziergänge im Rock Creek Park, wo er sie schrecklichen Zumutungen aussetzte, sie durch Gestrüpp krabbeln, auf Trittsteinen über Bäche hüpfen, durch Untiefen waten, die lehmigen Ufer hinaufkraxeln ließ
und drohte vermögenden Bösewichtern mit dem Großen Stock.
Alles lief prima.
Er inszenierte die Revolution in Panama, in deren Schatten das berühmte Jonglierkunststück mit der alten und der neuen Kanalgesellschaft stattfand, dank dem vierzig Millionen Dollar in den Taschen internationaler Bankiers verschwanden,
aber über der Kanalzone flatterte das Sternenbanner
und der Kanaldurchstich erfolgte.
Er zerschlug ein paar Trusts,
empfing Booker Washington /227/ zum Mittagessen im Weißen Haus
und setzte sich für den Erhalt der Natur ein.
Er bekam den Friedensnobelpreis, weil er den Frieden von Portsmouth zusammengestoppelt hatte, der den Russisch-Japanischen Krieg beendete,

und schickte die Atlantikflotte um die ganze Welt, damit jedermann sah, dass Amerika eine Macht ersten Ranges war. Nach seiner zweiten Amtszeit überließ er Taft das Präsidentenamt und eine Aufgabe, die dem elefantösen Anwalt ausgezeichnet lag, nämlich juristischen Balsam auf die verletzten Gefühle der Herren des Geldes zu träufeln,
und ging auf Großwildjagd nach Afrika.
Großwildjagd war prima.
Jedes Mal, wenn ein Löwe oder ein Elefant, von einem wohlgezielten Teilmantelgeschoss getroffen, ins Dschungelunterholz krachte,
leuchteten in den Zeitungen die Schlagzeilen auf;
als er sich zu Pferde mit dem Kaiser unterhielt,
blieb die Welt nicht im Dunkeln über das, was er sagte, und auch nicht, als er den Nationalisten in Kairo die Leviten las und ihnen beibrachte, dass dies die Welt des weißen Mannes war.
Er ging nach Brasilien, durchquerte den Matto Grosso in einem Einbaum auf Gewässern, die wimmelten von winzigen, menschenfressenden Fischen, den Piranhas,
schoss Tapire,
Jaguare,
einzelne Exemplare des Weißbartpekari.
Er durchfuhr die Stromschnellen des Rio da Dúvida
bis hinunter zur Mündung in den Amazonas, wo er krank, einen infizierten Abszess im Bein, ankam und ausgestreckt in einem Einbaum unter einer Plane lag, neben sich einen zahmen Trompetervogel.

In die Staaten zurückgekehrt, kämpfte er seinen letzten Kampf, erklärte sich für die Vorwahlen der Republikaner 1912 zum Kandidaten der Fortschrittlichen, Verfechter des Ehrlichen Deals, Kreuzritter des kleinen Mannes; der Elchbulle /228/ nahm Reißaus vor der Dampfwalze Taft und gründete um der Rechtschaffenheit willen im Chicago Colosseum die Progressive Party, während die Delegierten, die eine demokratische Regierung wiederherzustellen gedachten, sich mit Tränen in den Augen hin und her wiegten und dazu sangen:

Vor-wärts Christi Stra-hei-ter
Auf-hauf zum heilgen Krieg

Vielleicht war der Fluss des Zweifels für einen Mann seines Alters zu viel gewesen; vielleicht lief es nicht mehr so prima; während der Drei-Parteien-Kampagne verlor T.R. seine Stimme. In Duluth schoss ihn ein Wahnsinniger in die Brust, nur der dicke Manuskriptstapel der Rede, die er halten wollte, rettete ihm das Leben. T.R. hielt die Rede mit der Kugel im Leib, hörte den erschrockenen Applaus, spürte, dass die kleinen Leute für seine Genesung beteten, aber irgendwie war der Zauber gebrochen.
Die Demokraten kamen ans Ruder, der Weltkrieg übertönte die rechtschaffene Stimme des fröhlichen Kriegers mit dem Dröhnen von explodierendem Melinit.
Wilson wollte T.R. keine Division führen lassen, dies war kein Krieg für Amateure (vielleicht erinnerten sich die Berufssoldaten an seine Bittschrift in Santiago). Er konnte nichts weiter tun, als Zeitschriftenartikel gegen die Hunnen schreiben und seine Söhne in den Krieg schicken; Quentin fiel.
Es war nicht mehr die prima Welt der Amateure. Niemand wusste, dass am Waffenstillstandstag Theodore Roosevelt, der fröhliche Amateurkrieger mit den Grinsezähnen und dem mahnenden Zeigefinger, der Naturkundler, Forscher, Zeitschriftenautor, Sonntagsschullehrer, Viehtreiber, Moralist, Politiker, rechtschaffene Redner mit kurzem Gedächtnis, der gerne Lügner (den Ananias Club) anpran-

gerte und Kissenschlachten mit seinen Kindern machte, ins Roosevelt Hospital gebracht wurde, weil er schwer an entzündlichem Rheumatismus erkrankt war.
Es lief nicht mehr prima;
T. R. hatte Mumm;
Er ertrug die Schmerzen, das In-der-Versenkung-Verschwinden, das Gefühl, vergessen worden zu sein, so wie er bei der Erforschung des Rio da Dúvida die mörderischen Portagen /229/, die Hitze, den stinkenden Dschungelschlamm, den infizierten Abszess in seinem Bein ertragen hatte,
und starb friedlich im Schlaf
in Sagamore Hill
am 6. Januar 1919
und legte den Schultern seiner Söhne
die Bürde des weißen Mannes auf.

Das Auge der Kamera 33

11 000 registrierte Huren sagte der Pressemann des Roten Kreuzes machen die Straßen von Marseille unsicher

in der Rue de Rivoli streikte der Ford dreimal · in Fontainebleau tranken wir unseren Café au lait im Bett · der Wald war so schmerzlich rot gelb novemberbraun im zarten Lavendelregen · dahinter kletterte die Straße durch taubengraue Hügel empor · die Luft roch nach Äpfeln

Nevers (Dumas nom de dieu /230/) Athos Porthos und d'Artagnan hatten im Wirtshaus eine bisque bestellt · auf gewundener Straße fuhren wir langsam hinab ins rote Macon das nach Weintrub und Traubenlese roch · fais ce que voudras /231/ · Sauté Bourguignon /232/ im Rhônetal das erste strohgelbe Sonnenlicht streifte die weiße Straße mit Schatten von Pappelskeletten · bei jedem Halt tranken wir Wein so kräftig wie Beefsteaks üppig wie der Palast von François Premier Bouquet /233/ der letzten von Graupel gepeitschten Rosen · wir fuhren nicht über den Fluss nach Lyon wo Jean-Jacques als junger Mensch an Bleichsucht litt · die Landschaften der Provence stammten alle aus dem Gallischen Krieg die Städte waren Wörterbücher lateinischer Wurzeln Orange Tarascon Arles wo van Gogh sich sein Ohr abschnitt · der Konvoi war nun nicht mehr so sehr geführte Tour · wir hielten an um in den Estaminets /234/ zu würfeln · Jungs wir fahren nach Süden · um den Rotwein zu trinken der den Päpsten am besten schmeckte · um fette Speisen mit Olivenöl und Knoblauch zu essen · unterwegs in den Süden · Cèpes provençales /235/ der Nordwind schrillte über die Ebenen der Camargue und scheuchte uns nach Marseille wo die Elftausend sich in den beschlagenen Spiegeln des Promenoir /236/ im Apollo wiegten

Austern und Vin de Cassis petite fille tellement brune tête de lune qui aimait le Winntährspohr /237/ · und am Ende waren es lauter Geldautomaten entkleidet als phokäische Figurinen die mit gespreizten Beinen an den schäbigen Rändern des ältesten Hafens postiert waren

die Riviera war eine Enttäuschung aber hinter San Remo gab es auf jedem Hügel eine bonbonfarbene Kirche mit spitzem Turm · Porto Maurizio blaue Seltersflaschen die im cinzanofarbenen Sonnenlicht neben einem Glas VERMOUTH TORINO standen · Savona wie gebaut für den Kaufmann von Venedig gemalt von Veronese Pontedecimo · in Pontedecimo standen die Sanitätsfahrzeuge auf einem mondbeschienenen Platz zwischen trostlosen steinernen Arbeiterhäusern · alles war mit Raureif überzogen · in der kleinen Bar brachte uns der Erfolgreiche Kurzgeschichtenautor bei, Cognac und Maraschino halb und halb zu trinken

tringwirnoein

wie sich herausstellte schrieb er nicht das was er nach seinem Empfinden schreiben wollte Was kann man den Leuten zu Hause vom Krieg erzählen? wie sich herausstellte wollte er nicht was er schrieb er wollte Gefühle haben · Cognac und Maraschino · war nicht mehr jung · (Es machte uns verdammt wütend wir gierig auf das was wir nach unserem Empfinden wollten wir wollten allen sagen dass sie lügen neue Städte sehen nach Genua fahren) · tringwirnoein? · Wie sich herausstellte wünschte er sich er wäre ein nackter braungebrannter Hirtenjunge der im Sonnenschein auf einem Hang sitzt und Flöte spielt

nach Genua zu kommen war ganz leicht die Straßenbahn fuhr hin Genua die neue Stadt die wir noch nie gesehen hatten voller marmorner Dogen und halsbrecherischer Treppen marmorner Löwen im Mondschein · Genua · brannte die alte Herzogstadt? Sämtliche marmornen Paläste und die kantigen Steinhäuser und die Campanili /238/ auf den Hügeln hatten eine Wand die in Flammen stand

Freudenfeuer unterm Mond

die Bars waren voller Briten piekfeine Zivilisten spazierten durch Säulengänge außerhalb des Hafens unterm Genueser Mond stand das Meer in Flammen der Angehörige des Nachrichtendienstes seiner Majestät sagte, es sei ein Yankee-Tanker war er auf eine Mine gelaufen? torpediert worden? warum versenken sie ihn nicht?

Genua · Augen loderten vom Licht des brennenden Tankers · Genua · wonach suchst du? nach dem Lodern im Blut unterm Mond auf den mitternächtlichen Straßen in den Gesichtern von Jungen und Mädchen · Genua · Augen die Frage in ihren Augen

durch die verfallenden Steinhöfe unterm Genueser Mond die halsbrecherischen Treppen hinauf und hinunter Augen in Flammen unterm Mond um die nächste Ecke voll ins Gesicht das Lodern des Freudenfeuers auf dem Meer

11 000 registrierte Huren sagte der Pressemann des Roten Kreuzes machen die Straßen von Marseille unsicher

Joe Williams

Es war eine lausige Fahrt. Die ganze Zeit machte sich Joe um Del Sorgen, befürchtete, die Erwartungen nicht zu erfüllen, und die Decksmannschaft war eine Bande von Miesmachern. Andauernd fielen die Maschinen aus. Die *Higginbotham* war gebaut wie eine Käseschachtel und so langsam, dass sie an manchen Tagen nicht mehr als dreißig bis vierzig Meilen schafften, und das bei nur mäßigem Gegenwind. Das einzig Unterhaltsame war der Boxunterricht, den er vom zweiten Maschinisten, einem Burschen namens Glen Hardwick, bekam. Das war ein kleiner, drahtiger Kerl, ein ziemlich guter Amateurboxer, obwohl er bestimmt schon vierzig war. Bis sie in Bordeaux ankamen, war ihm Joe schon ein ganz guter Trainingspartner. Er war schwerer und hatte eine größere Reichweite, und Glen sagte, er habe von Natur aus eine rechte Gerade, mit der er es als Leichtgewichtler weit bringen könne.

Der erste Hafenbeamte, der in Bordeaux an Bord kam, wollte Käptn Perry auf beide Wangen küssen. Präsident Wilson hatte Deutschland gerade den Krieg erklärt. In der ganzen Stadt war nichts zu gut für les Américains. An den Abenden, an denen sie frei hatten, zogen Joe und Glen Hardwick gemeinsam um die Häuser. Die Frauen von Bordeaux waren verdammt hübsch. Eines Nachmittags lernten sie im Park zwei kennen, die überhaupt keine Nutten waren. Sie waren hübsch angezogen und sahen so aus, als kämen sie aus guten Familien, aber scheißegal, schließlich war Krieg. Zuerst dachte Joe, jetzt, wo er verheiratet war, müsste er solche Sachen eigentlich bleiben lassen, aber immerhin hatte Del ihn ganz schön hingehalten. Sie konnte sich ja wohl denken, dass er kein Heiliger war. Sie landeten schließlich in einem kleinen Hotel, das die Frauen kannten, aßen zu Abend, tranken beaucoup /239/ Wein und Champagner und machten so richtig einen drauf. Joe hatte sich noch nie im Leben mit einer

Frau so gut amüsiert. Seine hieß Marceline, und als sie am Morgen aufwachten, brachte das Zimmermädchen im Hotel ihnen Kaffee und Brötchen, sie frühstückten im Bett, Joes Französisch besserte sich, er lernte, C'est la guerre und On les aura /240/ und Je m'en fiche zu sagen, und Marceline sagte, sie würde immer sein Schätzchen sein, wenn er in Bordeaux war, und nannte ihn Mon petit lapin. /241/

Sie blieben nur die vier Tage in Bordeaux, die sie abwarten mussten, bis sie an der Reihe waren, am Kai festmachen und ihre Ladung löschen zu können, aber sie tranken die ganze Zeit Wein und Cognac, das Essen war prima, und alle zerrissen sich für sie, weil Amerika in den Krieg eingetreten war, und es waren tolle vier Tage.

Auf der Heimfahrt lief die *Higginbotham* so übel leck, dass der Alte komplett aufhörte, sich wegen U-Booten Gedanken zu machen. Es stand Spitz auf Knopf, ob sie es überhaupt bis Halifax schaffen würden. Das Schiff war leicht und rollte wie ein Baumstamm, sodass das Geschirr nicht mal bei hochgeklappter Schlingerleiste auf der Back blieb. Eines Nachts machte Joe irgendwo südlich von Kap Race bei miesem Wetter und Nebelschwaden mit hochgeschlagenem Kragen mittschiffs einen Rundgang an Deck, da riss es ihn plötzlich von den Beinen. Sie erfuhren nie, was sie getroffen hatte, eine Mine oder ein Torpedo. Nur weil die Boote in gutem Zustand waren und kaum Seegang herrschte, konnten sie sich überhaupt retten. Die vier Boote wurden getrennt. Die *Higginbotham* entschwand im Nebel, und sie sahen sie nicht untergehen, doch als sie sie zum letzten Mal zu Gesicht bekamen, lag ihr Hauptdeck schon unter Wasser.

Sie waren nass und froren. In Joes Boot wurde nicht viel geredet. Die Männer an den Riemen mussten sich kräftig ins Zeug legen, um gegen den einsetzenden leichten Wellengang anzukommen. Jede See, die ein bisschen größer war als die anderen, durchnässte sie mit Gischt. Sie trugen Woll-Troyer und Rettungswesten, aber die Kälte drang durch. Endlich graute der Nebel ein wenig, und es war Tag. Joes Boot und das des Kapitäns schafften es, beieinander zu bleiben, bis sie am Spätnachmittag von einem großen Schoner aufgefischt wurden, einem Dorschfänger, der nach Boston unterwegs war.

Als sie aufgefischt wurden, ging es Käptn Perry schon sehr schlecht. Der Kapitän des Dorschfängers tat für ihn, was er konnte, doch als sie vier Tage später Boston erreichten, war Perry bewusstlos, und er starb auf dem Weg ins Krankenhaus. Die Ärzte sagten, es sei Lungenentzündung gewesen.

Am nächsten Morgen gingen Joe und der Erste Offizier zum Büro des Agenten von Perkins & Ellerman, der Eigner, um sich darum zu kümmern, dass sie und die Mannschaft ihre Heuer bekamen. Dort erfuhren sie, dass das Schiff aufgrund irgendeines krummen Dings mitten im Atlantik den Besitzer gewechselt hatte, ein Mann namens Rosenberg hatte es im Zuge eines Spekulationsgeschäfts gekauft, jetzt war er nicht aufzufinden, die Chase National Bank machte Besitzansprüche geltend, und die Versicherung schlug Krach. Der Agent sagte, sie würden ganz sicher ihr Geld bekommen, Rosenberg habe Sicherheit gestellt, aber es würde einige Zeit dauern.

«Und was zum Teufel sollen wir Ihrer Meinung nach bis dahin tun, Gras fressen?» Der Agent sagte, es tue ihm sehr leid, aber sie müssten sich direkt an Mr. Rosenberg wenden.

Joe und der Erste Offizier standen eine Zeitlang nebeneinander am Rinnstein vor dem Büro und fluchten vor sich hin, dann fuhr der Maat nach South Boston hinüber, um das Ganze dem Chief beizubringen, der dort wohnte.

Es war ein warmer Juninachmittag. Joe begann, die Heuerbüros nach Fahrtmöglichkeiten abzuklappern. Dann bekam er es satt, ging zum Common, setzte sich auf eine Bank und betrachtete die Spatzen, die herumlungernden Mariner und die Ladenmädchen, die von der Arbeit nach Hause kamen und mit ihren hohen Absätzen über die asphaltierten Fußwege klackten.

Ein paar Wochen lang trieb sich Joe völlig pleite in Boston herum. Die Heilsarmee kümmerte sich um die Überlebenden und versorgte sie mit Bohnen, wässriger Suppe und einer Unmenge misstönender Kirchenlieder, die Joe so, wie er sich gerade fühlte, nicht zusagten. Er wollte unbedingt genug Kies zusammenkratzen, um nach Norfolk zu Del fahren zu können. Er schrieb ihr jeden Tag, aber die Briefe, die er postlagernd von ihr bekam, klangen irgendwie kühl. Sie machte sich Sorgen wegen der Miete, brauchte neue Frühjahrsklamotten und befürchtete, dass man im Büro nicht gerade begeistert wäre, wenn man dahinterkäme, dass sie verheiratet war.

Joe saß auf den Bänken des Common, wanderte zwischen den Blumenbeeten im Park umher und sprach regelmäßig im Heuerbüro vor, um nach Arbeit zu fragen, aber schließlich bekam er das Herumlungern satt und heuerte als Steuermannsmaat auf der *Callao* an, einem Schiff der United Fruit. Er glaubte, dass es eine kurze Fahrt werden würde, und wenn er dann in ein paar Wochen zurückkäme, würde er sein Geld kassieren können.

Auf der Heimfahrt mussten sie bei Roseau auf Dominica mehrere Tage auf der Reede vor Anker liegen, weil die Zitronen, die sie übernehmen sollten, erst noch in Kisten verpackt werden mussten. Wegen der Quarantäne, weil die Zitronen noch nicht so weit waren und weil die Leichter so lang brauchten, um vom Ufer wegzukommen, waren alle sauer auf die Hafenbehörden, einen Haufen verdammter britischer Nigger. An ihrem letzten Abend im Hafen begannen Joe und Larry, einer der anderen Steuermannsmaate, ein paar junge Nigger anzuflaumen, die mit einem Bumboot unters Achterschiff gekommen waren, um der Mannschaft Obst und Schnaps zu verkaufen; ehe sie recht wussten, was sie da eigentlich machten, hatten sie ihnen einen Dollar pro Nase angeboten, wenn sie sie ein Stück weiter weg, damit die Offiziere sie nicht sahen, an Land brächten.

Die Stadt roch nach Niggern. Auf den Straßen brannte kein Licht. Ein kleiner, kohlrabenschwarzer junger Kerl kam angerannt und fragte, ob sie Lust auf Berghühnchen hätten.

«Ich schätze, der meint garantiert wilde Weiber», sagte Joe. «Heute Nacht ist alles möglich.»

Der kleine Nigger führte sie zu einer Bar, die von einer stämmigen Mulattin geführt wurde, sagte etwas zu ihr in dem Insel-Kauderwelsch, das sie nicht verstanden, sie sagte, sie müssten sich ein bisschen gedulden, und sie setzten sich hin und tranken ein paar Corn 'n' Oil.

«Ich schätze, das ist die Puffmutter», sagte Larry. «Wenn die Weiber nach nichts aussehen, können sie sich von mir aus zum Teufel scheren. Auf dunkles Fleisch bin ich sowieso nicht so scharf.»

Aus dem Hinterzimmer kamen brutzelnde Geräusche und der Duft von etwas Bratendem. «Gottverdammich, ich könnte was zu essen vertragen», sagte Joe. «He, Junge, sag ihr, wir wollen was zu essen.»

«Gleich kriegt ihr Berghühnchen.»

«Was zum Teufel?»

Sie tranken gerade aus, als die Frau mit einer großen Platte hereinkam, auf der etwas Gebratenes lag. «Was ist das?», fragte Joe.

«Das ist Berghühnchen, Mister; so nennen wir hier Froschschenkel, aber das sind nicht so Frösche, wie ihr sie in den Staaten habt. Ich war in den Staaten, ich weiß Bescheid. Eure Frösche würden wir hier nicht essen. Das hier sind saubere Frösche, genau wie Hühnchen. Die schmecken euch garantiert richtig gut.»

Sie brüllten vor Lachen. «Mein Gott, darauf geben wir einen aus», sagte Larry und wischte sich die Tränen aus den Augen.

Dann bekamen sie Lust, ein paar Frauen aufzugabeln. Sie sahen zwei aus dem Haus kommen, in dem Musik spielte, und folgten ihnen die dunkle Straße entlang. Sie sprachen sie an, die Frauen zeigten die Zähne, wackelten mit den Hüften und kicherten. Doch auf einmal kamen stinksauer drei, vier Nigger daher und begannen im hiesigen Kauderwelsch auf sie einzureden.

«He, Larry, wir passen mal lieber auf», sagte Joe mit zusammengebissenen Zähnen. «Die Kerle haben Rasiermesser.»

Sie waren von einer brüllenden Gruppe großer, kräftiger Schwarzer umringt, als sie hinter sich eine amerikanische Stimme hörten: «Kein weiteres Wort mehr, Jungs, ich regle das.»

Ein kleiner Mann in Khaki-Reithosen und einem Panamahut drängte sich durch die Gruppe und redete dabei die ganze Zeit im Insel-Kauderwelsch. Er hatte ein graues, dreieckiges Gesicht mit einem Ziegenbart. «Mein Name ist Henderson, DeBuque Henderson aus Bridgeport, Connecticut.» Er gab beiden die Hand.

«Na, worum geht's denn, Jungs? Jetzt ist alles in Butter, hier kennt mich jeder. Hier auf der Insel müsst ihr vorsichtig sein, Jungs, die sind empfindlich, die Leute hier, sehr empfindlich ... Kommt mal lieber mit mir, wir trinken einen ...» Er nahm sie beide beim Arm und führte sie rasch die Straße entlang. «Ich war schließlich auch mal jung ... bin's immer noch ... klar, ihr wolltet die Insel kennenlernen ... und das völlig zu Recht, die interessanteste Insel der gesamten Karibik, nur einsam ... nie sieht man ein weißes Gesicht.»

Bei seinem Haus angekommen, führte er sie durch einen großen, weiß getünchten Raum auf eine Terrasse, wo es nach Vanilleblüten roch. Sie sahen die Stadt mit ihren spärlichen Lichtern vor sich liegen, die dunklen Hügel, den weißen Rumpf der noch immer von den Leichtern umgebenen *Callao* im Schein der Arbeitslampen. Ab und zu wehte das Rasseln der Winschen zu ihnen herauf und von irgendwoher eine wilde Tanzmelodie.

Der alte Bursche schenkte jedem ein Glas Rum ein; dann noch eines. Er hatte einen Papagei auf einer Sitzstange, der unentwegt kreischte. Von den Bergen her war, voller schwerer Blütendüfte, der Landwind aufgekommen und wehte dem Alten die strähnigen Haare in die Augen. Er deutete auf die hellerleuchtete, von ihrem Ring aus Leichtern umgebene *Callao*. «United Fruit ... Vereinigte Diebesbande ... es ist ein Monopol ... wenn du ihre Preise nicht akzeptierst, lassen sie deine Zitronen auf dem Kai verrotten; es ist ein Monopol. Ihr Jungs arbeitet für einen Haufen Diebe, aber ich weiß, ihr könnt nichts dafür. Na dann prost.»

Es dauerte nicht lange, und Larry und Joe fingen zu singen an. Der Alte redete von Baumwollspinnmaschinen und Kegelbrechern und schenkte aus einer Rumflasche nach. Sie waren ziemlich besoffen. Sie wussten nicht, wie sie an Bord kamen. Er erinnerte sich noch an die dunkle Back und an die Schnarchgeräusche aus den sich drehenden Kojen, an die Müdigkeit, die ihn wie ein Sandsack traf, und an den süßlichen, widerlichen Rumgeschmack im Mund.

Ein paar Tage später bekam Joe Fieber und schreckliche Gelenkschmerzen. Als sie ihn in St. Thomas an Land setzten, delirierte er. Es war Denguefieber, und er lag zwei Monate lang auf der Nase, ehe er auch nur die Kraft hatte, Del zu schreiben, um ihr mitzuteilen, wo er war. Der Krankenwärter sagte ihm, er habe fünf Tage lang deliriert und man habe ihn schon aufgegeben gehabt. Die Ärzte seien deswegen stinkwütend geworden, denn er sei eigentlich kein Fall mehr fürs Krankenhaus gewesen, aber immerhin ein Weißer und nicht ganz bei sich, und sie hätten ihn schlecht an die Haie verfüttern können.

Es war Juni, ehe sich Joe so weit erholt hatte, dass er in den steilen, schmalen, mit Korallensand bedeckten Straßen der Stadt herumspazieren konnte. Er musste das Krankenhaus verlassen und wäre schlecht dran gewesen, wenn sich nicht einer der Köche im Stützpunkt der Marineinfanterie um ihn gekümmert und ihm einen Schlafplatz in einem unbenutzten Teil des Gebäudes verschafft hätte. Es war heiß, nie stand ein Wölkchen am Himmel, und er kriegte es ziemlich satt, immer nur Nigger, kahle Hügel und den kleinen, landumschlossenen Hafen zu sehen. Er verbrachte viel Zeit damit, draußen auf dem alten Kohlenpier im Schatten eines Wellblechdachs zu sitzen, durch die Ritzen zwischen den Planken auf das klare, tief blaugrüne Wasser zu schauen und den Schwärmen von Schnäppern zuzusehen, die um das Pfahlwerk herum Nahrung suchten. Er kam ins Nachdenken über Del, über die Französin in Bordeaux, über den Krieg und darüber, dass die United Fruit eine Diebesbande war, und dann kreisten die Gedanken in seinem Kopf, kreisten immerzu wie die kleinen silbernen, blauen und gelben Fische um das sich wiegende Seegras am Pfahlwerk, und er merkte, dass er eingeschlafen war.

Als ein Obstdampfer auf der Fahrt nach Norden in den Hafen kam, bekam Joe auf dem Kai einen der Offiziere zu fassen und erzählte ihm seine traurige Geschichte. Sie nahmen ihn bis nach New York mit. Als Erstes versuchte er, Janey zu fassen zu kriegen; vielleicht würde er, wenn sie ihm zuriet, dieses Hundeleben aufgeben und sich eine feste Arbeit an Land suchen. Er rief bei der J. Ward Moorehouse Werbeagentur an, aber die Frau am anderen Ende der Leitung sagte ihm, Janey sei inzwischen Chefsekretärin und gerade auf Geschäftsreise im Westen.

Er fuhr nach Red Hook und besorgte sich bei Mrs. Olson eine Schlafstelle. Dort redete alles von der Wehrpflicht und dass sie einen als Drückeberger verhafteten, wenn man ohne Registrierkarte angetroffen wurde. Und tatsächlich, gerade als Joe eines Morgens aus der U-Bahn-Station Wall Street kam, trat ein Polizist auf ihn zu und fragte ihn nach seiner Karte. Joe sagte, er sei bei der Handelsmarine, sei gerade von einer Fahrt zurückgekommen, habe noch keine Zeit gehabt, sich registrieren zu lassen, und sei ohnehin von der Wehrpflicht befreit, aber der Polizist sagte, das solle er alles dem Richter erzählen. Sie waren ziemlich viele, die da den Broadway entlanggeführt wurden; ein paar Schlauberger unter den Angestellten und Ladenschwengeln, die die Bürgersteige säumten, schrien: «Drückeberger», und die Frauen zischten und buhten.

Im Custom House wurden sie in Kellerräume gescheucht. Es war ein heißer Augusttag. Joe drängte sich durch die schwitzende, schimpfende Menge in Richtung Fenster. Die meisten waren Ausländer, einige waren Schauerleute und Nichtstuer; viele rissen das Maul auf, aber Joe dachte an die Navy, hielt den Mund und hörte zu. Er war den ganzen Tag da. Die Bullen ließen keinen telefonieren, es gab nur ein Klo, und dorthin durfte man nur unter Bewachung. Joe fühlte sich noch ziemlich schwach auf den Stelzen, er hatte die Nachwirkungen des Denguefiebers noch nicht überwunden. Er war kurz davor, aus den Latschen zu kippen, als er plötzlich ein bekanntes Gesicht sah. Teufel auch, war das nicht Glen Hardwick?

Glen war von einem Engländer aufgefischt und nach Halifax gebracht worden. Er hatte sich als Zweiter Maschinist auf der *Chemang* anheuern lassen, die Maultiere nach Bordeaux und Stückgut nach Genua bringen sollte und mit einem 3-Zoll-Geschütz samt Navy-Kanonieren bewaffnet war, Joe solle doch mitkommen.

«Mein Gott, meinst du, die würden mich nehmen?», fragte Joe.

«Klar, die sind ganz scharf auf Navigationsoffiziere; die würden dich auch ohne Patent anheuern.»

Bordeaux hörte sich ziemlich gut an, schon allein die Frauen dort. Sie vereinbarten, dass Glen, sowie er rauskam, Mrs. Olsen anrufen würde, damit sie Joes Papiere brachte, die in einer Zigarrenkiste am Kopfende seines Bettes lagen. Als sie schließlich zum Verhör gebracht wurden, ließ der Kerl am Schreibtisch Glen sofort laufen und sagte, Joe könne gehen, sowie sie seine Papiere überprüft hätten, aber sie beide müssten sich sofort registrieren lassen, auch wenn sie von der Wehrpflicht befreit seien. «Ihr dürft schließlich nicht vergessen, dass Krieg ist», sagte der Inspektor.

«Na, wenn das jemand weiß, dann wir», sagte Joe.

Mrs. Olsen kam ganz aufgeregt mit Joes Papieren, und Joe eilte sofort in das Heuerbüro in East New York, und sie nahmen ihn als Bootsmann. Der Skipper war Ben Tarbell, der Erster Offizier auf der *Higginbotham* gewesen war. Eigentlich wäre Joe gern nach Norfolk zu Del gefahren, aber was soll's, jetzt war nicht die Zeit, an Land herumzuhocken. Er schickte ihr immerhin fünfzig Dollar, die er sich von Glen lieh. Er hatte ohnehin keine Zeit, sich darüber Gedanken zu machen, weil sie schon am nächsten Tag ablegten, mit versiegelter Order, was den Treffpunkt mit dem Geleitzug anging.

Im Geleitzug zu fahren war gar nicht so schlecht. Die Navy-Offiziere auf den Zerstörern und auf der *Salem*, dem Kommandoschiff, gaben die Befehle, aber die Kapitäne der Handelsschiffe verulkten sich gegenseitig mit Winksignalen. Es war schon ein Anblick, der Atlantik voller langer Reihen von Frachtern, alle von den Tarnkünstlern wie Barberpoles mit grauen und weißen Wellenmustern bemalt. Es gab in dem Konvoi alte Pötte, mit denen man sich in Friedenszeiten nicht mal nach Staten Island hinübergetraut hätte, und eines der neuen, aus frischem Holz zusammengepfuschten Schiffe des Shipping Board – irgendwer musste sich eine goldene Nase verdient haben – leckte so übel, dass es auf halber Strecke aufgegeben und versenkt werden musste.

Joe und Glen rauchten in Glens Kabine zusammen ihre Pfeife und quatschten über Gott und die Welt. Sie kamen zu dem Schluss, dass an Land alles Mist und dass Blauwasser der einzig richtige Ort für sie war. Joe bekam es gründlich satt, den Haufen Abschaum, den er als Mannschaft hatte, zusammenstauchen zu müssen. Sobald sie in die Zone kamen, begannen sämtliche Schiffe, Zickzackkurs zu steuern, und alle wurden weiß um die Kiemen. Joe hatte noch nie im Leben so viel geflucht. Alle paar Stunden gab es falschen U-Boot-Alarm, Flugzeuge warfen Wasserbomben, aufgeregte Geschützbedienungen feuerten auf alte Fässer, Seegrasbüschel, Lichtreflexe im Wasser. Sie waren froh, als sie nachts, im Kreuzundquer der Suchscheinwerferstrahlen, Blinksignale und umherhuschenden Patrouillenboote, in die Gironde einfuhren.

Die dreckigen, trampelnden Maultiere samt ihrem Gestank vom Schiff zu kriegen und das Gebrüll und Gefluche der Treiber loszuwerden war eine Erleichterung. Glen und Joe kamen nur für ein paar Stunden an Land und konnten Marceline und Loulou nicht finden. Mit all den neuen, von Amerikanern gebauten Stahl- und Betonpiers sah die Garonne allmählich so aus wie der Delaware. Nach dem Ablegen mussten sie mehrere Stunden vor Anker gehen, um ein leckes Dampfrohr zu reparieren, und sahen ein Patrouillenboot vorbeifahren, das fünf bis an den Dollbord gefüllte Rettungsboote im Schlepp hatte, also mussten die Fritze da draußen wohl recht fleißig sein.

Diesmal gab es keinen Geleitzug. Sie schlichen sich mitten in einer nebligen Nacht hinaus. Als einer der Matrosen mit einer Zigarette im Mundwinkel aus dem Vorschiff kam, schlug der Erste Offizier ihn zu Boden und sagte, er werde ihn, sobald sie zu Hause seien, als verdammten deutschen Spion verhaften lassen. Sie fuhren an der spanischen Küste entlang bis Finisterre. Der Skipper hatte gerade auf Südkurs gewechselt, als sie achtern ganz deutlich ein Periskop sichteten. Der Skipper packte selbst das Steuerrad und schrie durch das Rohr in den Maschinenraum, sie sollten ihm alles geben, was sie hatten, das war weiß Gott nicht viel, und die Geschützbedienung fing an drauflloszuballern.

Das Periskop verschwand, doch ein paar Stunden später überholten sie eine Art plumpe Ketsch, musste ein spanisches Fischerboot sein, das aufs Land zuhielt, wahrscheinlich auf Vigo, und in dem Starkwind, der aus Westnordwest blies, unter Schmetterling dahinjagte. Kaum hatten sie das Kielwasser der Ketsch gekreuzt, als ein dumpfer Knall ertönte, der das ganze Schiff erzittern ließ, und eine Wassersäule hochschoss, die alle durchnässte, die auf der Brücke standen.

Alles funktionierte wie am Schnürchen. Nr. 1 war die einzige Abteilung, die volllief. Zum Glück hatte die gesamte Mannschaft die Back verlassen und stand mit angelegter Rettungsweste mittschiffs an Deck. Die *Chemang* sackte mit dem Bug leicht ab, doch das war alles. Die Geschützbedienung war sich sicher, dass sie auf eine Mine gelaufen waren, die von der Ketsch gelegt worden war, und jagten ihr ein paar Schuss hinterher, aber das Schiff schlingerte in der schweren See so stark, dass die Schüsse ihr Ziel verfehlten. Die Ketsch verschwand ohnehin schon hinter der Insel, die die Einfahrt zur Reede von Vigo blockiert. Die *Chemang* kroch mit langsamer Fahrt auf den Hafen zu.

Als sie in die Fahrrinne gegenüber der Stadt Vigo kamen, stieg schon das Wasser an den Pumpen in Nr. 2, und im Maschinenraum stand es über einen Meter hoch. Sie mussten das Schiff auf den harten Sandbänken rechts von der Stadt auf Grund setzen.

Und so waren sie wieder an Land, standen mit ihren Bündeln vor dem Büro des Konsuls herum und warteten darauf, dass er ihnen einen Schlafplatz besorgte. Der Konsul war Spanier und sprach nicht so gut Englisch, wie man hätte erwarten dürfen, aber er behandelte sie ausgezeichnet. Die Liberale Partei von Vigo lud Offiziere und Mannschaft zu einem Stierkampf ein, der am Nachmittag stattfinden sollte. Und wieder ein krummes Ding: Der Skipper bekam ein Telegramm, er solle das Schiff den Vertretern von Gomez & Co. in Bilbao übergeben, die es so, wie es war, gekauft hatten und umregistrieren ließen.

Als sie in die Stierkampfarena kamen, bejubelte sie die Hälfte des Publikums und schrie: «Viva los aliados», und der Rest zischte und brüllte: «Viva Maura.» /242/ Sie dachten schon, es würde auf der Stelle zu einer Prügelei kommen, doch dann erschien der Stier, und alles wurde still. Der Stierkampf war verdammt blutig, aber die Jungs in den Glitzerkostümen waren flink auf den Beinen, und die Leute, die um Joe und seine Kameraden herumsaßen, boten ihnen ständig Wein aus kleinen schwarzen Schläuchen an und ließen Cognacflaschen herumgehen, sodass die Mannschaft bald ziemlich besoffen war und Joe größtenteils damit zu tun hatte, die Jungs im Zaum zu halten.

Danach gab die Gesellschaft der Freunde der Entente /243/ ein Bankett für die Offiziere, ein Haufen Kerle mit Schnurrbärten hielt feurige Reden, die kein Mensch verstand, und die Amerikaner johlten und sangen *The Yanks are Coming* und *Keep the Home Fires Burning* und *We're Bound for the Hamburg Show*. Der Chief, ein alter Bursche namens McGillicudy, führte ein paar Kartentricks vor, und der Abend war ein Riesenerfolg. Joe und Glen teilten sich ein Zimmer im Hotel. Das Zimmermädchen dort war furchtbar hübsch, ließ sich aber keine Dummheiten von ihnen gefallen. «Na, Joe», sagte Glen vor dem Einschlafen, «ist doch ein toller Krieg.»

«Tja, ich schätze, das war's dann wohl», sagte Joe.

«Ach was, das Beste kommt erst noch», sagte Glen.

Sie saßen zwei Wochen in Vigo herum, während die Offiziellen über ihren Status stritten, und sie bekamen es ziemlich satt. Dann wurden sie alle in einen Zug gesetzt, der sie nach Gibraltar bringen sollte, wo sie an Bord eines Shipping-Board-Schiffes gehen sollten. Sie verbrachten drei Tage im Zug und mussten auf harten Bänken schlafen. Spanien war eine einzige Kette hoher, staubiger Berge. In Madrid und in Sevilla stiegen sie jeweils um, und jedes Mal tauchte einer vom Konsulat auf und kümmerte sich um sie. In Sevilla angekommen, erfuhren sie, dass sie nicht nach Gib, sondern nach Algeciras fuhren.

In Algeciras angekommen, stellten sie fest, dass kein Mensch je von ihnen gehört hatte. Sie kampierten vor dem Konsulat, während der Konsul überallhin telegraphierte und schließlich zwei Lastwagen charterte, mit denen er sie nach Cádiz schickte. Das war vielleicht ein Land, Spanien, nur Felsen, Wein, Olivenbäume und vollbusige Weiber mit schwarzen Augen. Als sie in Cádiz ankamen, erwartete sie schon der Konsularagent mit einem Telegramm in der Hand. Der Tanker *Gold Shell* wartete in Algeciras darauf, sie an Bord zu nehmen, also hieß es zurück auf die Lastwagen und zusammengepfercht auf den harten Bänken durchgeschüttelt werden, die Gesichter mit Staub bedeckt, den Mund voll davon, und keiner hatte mehr einen Cent in der Tasche, um was zu trinken zu kaufen. Als sie gegen drei Uhr morgens in einer mondhellen Nacht an Bord der *Gold Shell* gingen, waren einige von den Jungs so müde, dass sie schon an Deck zusammensanken und einschliefen, die Köpfe auf ihren Seesäcken.

Die *Gold Shell* setzte sie Ende Oktober in Perth Amboy an Land. Joe kassierte seine ausstehende Heuer und fuhr auf dem schnellsten Weg nach Norfolk. Er hatte es satt, die Bande von Zuhältern in der Back zusammenzustauchen. Verdammt noch mal, er war fertig mit der Seefahrt; er würde sesshaft werden und zur Abwechslung mal ein bisschen Familienleben führen.

Er fühlte sich prima, als er mit der Fähre von Cape Charles herüberkam, vorbei an den Ripraps und aus der Bay voller schaumgekrönter Wellen in das glatte braune Wasser der von Schiffen wimmelnden Hampton Roads; vier große Schlachtschiffe vor Anker, U-Boot-Jäger, die hin und her flitzten, Frachter und Kohlenschiffe mit Tarnanstrich, etwas abseits ankernd etliche rote Munitionsbarkassen. Es war ein strahlender Herbsttag. Er fühlte sich wohl; er hatte dreihundertfünfzig Dollar in der Tasche. Er trug einen guten Anzug, war von der Sonne gebräunt und hatte gerade gut gegessen. Gottverdammich, jetzt wollte er ein bisschen Liebe. Vielleicht würden sie ja ein Kind bekommen.

Norfolk hatte sich ziemlich verändert. Alle in neuen Uniformen, Zwei-Minuten-Redner Ecke Main und Granby, Werbeplakate für Kriegsanleihen, Musikkapellen. Er erkannte die Stadt kaum wieder, als er von der Fähre hinaufspazierte. Er hatte Del geschrieben, dass er unterwegs zu ihr war, aber er machte sich Sorgen wegen des Wiedersehens, hatte in letzter Zeit keine Briefe von ihr bekommen. Er hatte immer noch einen Wohnungsschlüssel, aber er klopfte, bevor er die Tür öffnete. Es war niemand da.

Er hatte sich immer ausgemalt, wie sie ihm zur Tür entgegenstürzen würde. Aber es war erst vier, wahrscheinlich war sie noch bei der Arbeit. Hatte wahrscheinlich noch eine Freundin bei sich wohnen, hielten die Wohnung nicht sehr sauber ... Unterwäsche zum Trocknen auf eine Leine gehängt, Kleidungsstücke auf sämtlichen Stühlen, eine Schachtel mit angeknabberten Süßigkeiten auf dem Tisch ... Mannomann, hatten gestern Abend anscheinend gefeiert. Da war ein halber Kuchen, Gläser mit Alkoholresten, ein Unterteller voller Zigarettenstummel und sogar ein Zigarrenstummel. Na gut, hatte wahrscheinlich ein paar Freunde dagehabt. Er ging ins Badezimmer, rasierte sich und machte sich ein bisschen frisch. Klar, Del war schon immer beliebt gewesen, hatte wahrscheinlich ständig Freunde zu Besuch, zum Kartenspielen und so. Im Badezimmer stand ein Döschen Rouge, ein paar Lippenstifte lagen herum, die Wasserhähne waren mit Puder bestäubt. Er kam sich komisch vor, als er sich zwischen all diesen Frauensachen rasierte.

Er hörte sie auf der Treppe lachen, dazu eine Männerstimme; der Schlüssel klickte im Schloss. Joe klappte seinen Koffer zu und richtete sich auf. Del hatte sich einen Bubikopf schneiden lassen. Sie flog auf ihn zu und fiel ihm um den Hals. «Na, ist das die Möglichkeit, mein liebster Ehemann ist wieder da.» Joe schmeckte Schminke auf ihren Lippen.

«Mein Gott, bist du dünn, Joe. Du Ärmster, du musst schrecklich krank gewesen sein ... Wenn ich Geld gehabt hätte, wäre ich auf das nächste Schiff gestiegen und zu dir gekommen ... Das ist Wilmer Tayloe ... ich meine Lieutenant Tayloe, er hat erst gestern sein Patent bekommen.»

Joe zögerte einen Moment, dann streckte er ihm die Hand hin. Der andere hatte rotes, kurzgeschnittenes Haar und ein sommersprossiges Gesicht. Er trug eine Ausgehuniform aus Gabardine, ein glänzendes Koppel mit Schulterriemen und Ledergamaschen. Er hatte einen silbernen Streifen auf jeder Schulter und Sporen an den Stiefeln.

«Er geht morgen nach Übersee. Er wollte mich heute Abend zum Essen ausführen. Ach, Joe, ich habe dir so viel zu erzählen, Schatz.»

Joe und Lieutenant Tayloe standen herum und beäugten einander verlegen, während Del im Zimmer herumwuselte, aufräumte und dabei unentwegt auf Joe einredete. «Es ist schrecklich, ich komme zu nichts, und Hilda genauso wenig ... Du erinnerst dich doch an Hilda Thompson, Joe? Ja, sie wohnt jetzt bei mir, sonst könnte ich die Miete nicht aufbringen, aber wir beide arbeiten jetzt jeden Abend in der Rotkreuz-Kantine, und dann verkaufe ich noch Kriegsanleihen ... Hasst du die Hunnen nicht auch, Joe? Ach, ich hasse sie einfach, genau wie Hilda ... Sie überlegt, ihren

Namen zu ändern, weil er doch deutsch ist. Ich habe ihr versprochen, sie Gloria zu nennen, aber ich vergesse es andauernd ... Weißt du, Wilmer, Joe ist zweimal torpediert worden.»

«Na ja, ich schätze, die ersten sechs Mal ist es am schlimmsten», stammelte Lieutenant Tayloe. Joe brummte irgendetwas.

Del verschwand im Badezimmer und schloss die Tür. «Macht's euch bequem. Ich ziehe mich rasch an.»

Keiner von beiden sagte etwas. Lieutenant Tayloes Schuhe knarrten, wenn er sein Gewicht vom einen auf den anderen Fuß verlagerte. Schließlich zog er einen Flachmann aus der Hüfttasche. «Nehmen Sie einen», sagte er. «Meine Einheit geht irgendwann nach Mitternacht nach Übersee.»

«Na, wenn das so ist», sagte Joe, ohne zu lächeln. Als Della schön zurechtgemacht aus dem Badezimmer kam, sah sie wirklich sehr flott aus. Beim letzten Mal, als Joe sie gesehen hatte, war sie lange nicht so hübsch gewesen. Er fragte sich die ganze Zeit, ob er dem verdammten Frischling eine langen sollte, aber der verzog sich irgendwann, nachdem Del ihm gesagt hatte, er solle zur Rotkreuz-Kantine kommen und sie dort abholen.

Als er gegangen war, setzte sie sich auf Joes Knie, fragte ihn nach allem Möglichen, ob er schon sein Patent als Zweiter Offizier habe, ob er sie vermisst habe und wenn er doch nur ein bisschen mehr Geld verdienen könnte, sie wohne nämlich ungern mit einer Freundin zusammen, aber nur so könne sie die Miete bezahlen. Sie trank ein wenig von dem Whiskey, den der Lieutenant auf dem Tisch vergessen hatte, zauste Joe das Haar und streichelte ihn. Joe fragte sie, ob Hilda bald nach Hause komme, und sie sagte nein, Hilda sei verabredet und sie träfen sich hinterher in der Kantine. Aber Joe verriegelte trotzdem die Tür, und zum ersten Mal waren sie richtig glücklich miteinander, als sie eng umschlungen auf dem Bett lagen.

Joe wusste nicht, was er in Norfolk mit sich anfangen sollte. Del war den ganzen Tag im Büro und den ganzen Abend in der Rotkreuz-Kantine. Meistens lag er schon im Bett, wenn sie nach

Hause kam. Meistens brachte sie irgend so ein verdammter Army-Offizier nach Hause, und dann hörte er die beiden vor der Wohnungstür reden und scherzen, lag im Bett und stellte sich vor, wie der Kerl sie küsste oder befummelte. Wenn sie dann endlich reinkam, war er drauf und dran, sie zu verprügeln, er schnauzte sie an, sie stritten sich, schrien sich gegenseitig an, und am Ende sagte sie jedes Mal, er verstehe sie nicht, sie finde es unpatriotisch von ihm, dass er sie in ihrer kriegswichtigen Arbeit behindere, und manchmal versöhnten sie sich, und dann war er ganz verrückt vor Liebe, und sie machte sich in seinen Armen klein und niedlich und gab ihm winzig kleine Küsschen, von denen ihm fast die Tränen kamen, so glücklich machten sie ihn. Sie sah jeden Tag besser aus und kleidete sich wirklich flott.

Sonntagmorgens war sie regelmäßig zu müde zum Aufstehen, und er machte ihr Frühstück, und sie saßen zusammen im Bett und frühstückten, wie er es damals in Bordeaux mit Marceline gemacht hatte. Dann sagte sie ihm, sie sei verrückt nach ihm, was für ein schlauer Kerl er sei und wenn er sich doch bloß eine gute Arbeit an Land besorgen und einen Haufen Geld verdienen würde, damit sie nicht mehr arbeiten müsse, und Captain Barnes, dessen Familie millionenschwer sei, habe sie aufgefordert, sich von Joe scheiden zu lassen und ihn zu heiraten, und Mr. Cranfield im Büro von DuPont, der sage und schreibe fünfzigtausend im Jahr verdiene, habe ihr eine Perlenkette schenken wollen, aber sie habe sie nicht angenommen, weil sie das nicht richtig finde. Von solchem Gerede wurde Joe immer ganz mies zumute. Manchmal fing er an, davon zu reden, was sie tun würden, wenn sie Kinder hätten, aber dann machte Del immer gleich ein komisches Gesicht und meinte, er solle nicht solche Sachen sagen.

Joe tat sich nach Arbeit um und zog beinahe den Posten eines Vorarbeiters in einer der Werkstätten auf der Werft von Newport News an Land, aber im letzten Moment kam ihm einer zuvor und schnappte ihm die Stelle weg. Ein paarmal ging er mit Del, Hilda Thompson, ein paar Army-Offizieren und einem Fähnrich von einem Zerstörer zu Partys, aber sie behandelten ihn alle von oben herab, und Del ließ sich von jedem Kerl küssen, der wollte, verschwand mit allem, was sie aufgabeln konnte, in einer Telefonzelle, Hauptsache, es trug eine Uniform, und Joe machte ganz schön was mit. Er tat eine Billardkneipe auf, wo ein paar Bekannte von ihm verkehrten und wo er Maisschnaps bekam und sich oft ziemlich volllaufen ließ. Del wurde jedes Mal stinkwütend, wenn sie nach Hause kam und er betrunken war, aber inzwischen war ihm das egal.

Dann, eines Nachts, als Joe mit ein paar Jungs bei einem Boxkampf gewesen war und sich hinterher einen angetrunken hatte, sah er zufällig Del und irgendeinen verdammten Frischling die Straße entlangspazieren. Es war ziemlich dunkel, und es waren nicht viele Leute unterwegs, und sie blieben in jeder dunklen Einfahrt stehen, und der Frischling küsste und umarmte sie. Joe wartete, bis sie unter einer Straßenlaterne standen, um sicherzugehen, dass es auch wirklich Del war, dann ging er zu ihnen hin und fragte sie, was zum Teufel das eigentlich solle. Del hatte wohl einiges intus, denn sie fing mit schriller Piepsstimme, die ihn ganz verrückt machte, zu kichern an, und er holte aus und verpasste dem Frischling eine perfekte Links-rechts-Kombination auf den Punkt. Die Sporen klingelten, und der Frischling legte sich auf dem kleinen Stück Rasen unter der Straßenlaterne schlafen. Das fand Joe irgendwie komisch, aber Del wurde mordswütend und sagte, sie würde ihn wegen Verächtlichmachung der Uniform und Körperverletzung verhaften lassen, er sei nichts weiter als ein feiger, elender Drückeberger und was er sich überhaupt hier zu Hause herumtreibe, wo sämtliche Jungs an der Front seien und gegen die Hunnen kämpften. Joe wurde nüchtern, half dem Kerl auf und sagte den beiden, sie könnten sich zum Teufel scheren. Er verzog sich, bevor der Frischling, der ziemlich blau sein musste, Zeit hatte, mehr zu tun, als auszuspucken, ging geradewegs nach Hause, packte seinen Koffer und haute ab.

Will Stirp war in der Stadt, also ging Joe zu ihm, holte ihn aus dem Bett und sagte, mit dem häuslichen Leben sei Feierabend, ob Will ihm fünfundzwanzig Dollar leihen könne, er wolle nach New York. Recht so, verdammt noch mal, sagte Will, lieben und sitzenlassen sei für Leute wie sie das einzig Wahre. Sie quatschen bis zum Morgengrauen über Gott und die Welt. Dann legte Joe sich hin und schlief bis zum Spätnachmittag. Er stand gerade noch rechtzeitig auf, um das Schiff nach Washington zu erwischen. Er nahm keine Kabine, sondern drückte sich die ganze Nacht an Deck herum. Er kam mit einem der Offiziere ins Gespräch und setzte sich ins Ruderhaus, das gemütlich nach alten Pfeifen vom vergangenen Jahr roch. Während er dem Gluckern des Wassers vom Bug lauschte und zusah, wie der zuckende weiße Finger des Suchscheinwerfers Tonnen und Leuchttürme erfasste, berappelte er sich allmählich. Er sagte, er wolle nach New York, um seine Schwester zu besuchen und um sich beim Shipping Board ein Patent als Zweiter Offizier zu holen. Seine Geschichten vom Torpediertwerden kamen gut an, weil die von der *Dominion City* noch nicht mal auf der anderen Seite des großen Teichs gewesen waren.

Es war ein Gefühl wie in alten Zeiten, im frischen Novembermorgen im Bug zu stehen, den vertrauten, brackigen Geruch des Potomac-Wassers zu schnuppern, an den roten Backsteinbauten von Alexandria und Anacostia, am Arsenal und am Navy Yard vorbeizugleiten und das Monument im frühen Licht rosig aus dem Dunst ragen zu sehen. Die Kais sahen unverändert aus, auf der anderen Seite verankert die Yachten und Motorschiffe, das Schiff von Baltimore, das gerade hereinkam, die maroden Ausflugsdampfer, auf dem Kai die Austernschalen unter den Füßen, die überall herumstehenden Nigger-Schauerleute. Dann stieg er in die Straßenbahn nach Georgetown, und nur zu bald ging er die Straße mit den roten Backsteinhäusern entlang. Als er läutete, fragte er sich, warum er eigentlich nach Hause gekommen war.

Mum sah älter aus, war aber ziemlich gut beieinander und vollauf beschäftigt mit ihren Mietern und mit der Verlobung ihrer beiden Töchter. Janey, hieß es, mache sich beruflich ausgezeichnet, habe sich aber verändert, seit sie in New York sei. Joe sagte, er wolle nach New York, um sein Patent als Zweiter Offizier zu machen, und er werde sie ganz bestimmt besuchen. Als sie ihn nach dem Krieg und den U-Booten und so weiter fragten, wusste er nicht, was er ihnen sagen sollte, also veräppelte er sie ein bisschen. Er war froh, als es Zeit wurde, zur Washington Union Station zu fahren, um seinen Zug zu erwischen, obwohl sie verdammt nett zu ihm waren und anscheinend glaubten, so jung Zweiter Offizier zu werden wäre ein Riesenerfolg. Dass er verheiratet war, erzählte er ihnen nicht.

Auf der Zugfahrt nach New York saß Joe im Raucherabteil und schaute aus dem Fenster auf Farmen, Bahnhöfe, Reklametafeln und die schmutzigen Straßen und Fabrikstädte von Jersey in strömendem Regen, und irgendwie erinnerte ihn alles, was er sah, an Del, an Orte außerhalb von Norfolk und an gute Zeiten, die er als Kind erlebt hatte. Als er an der Penn Station in New York ausstieg, gab er als Erstes seinen Koffer in die Gepäckaufbewahrung, dann ging er die von Regen glänzende Eighth Avenue entlang bis zur Ecke der Straße, in der Janey wohnte. Er hielt es für das Beste, sie erst mal anzurufen, und ging dazu in einen Zigarrenladen. Ihre Stimme klang irgendwie kühl; sie sagte, sie sei sehr beschäftigt und habe erst morgen Zeit für ihn. Er kam aus der Telefonzelle und ging die Straße entlang, ohne zu wissen, wohin. Unterm Arm hatte er ein Päckchen mit zwei spanischen Schultertüchern, die er auf der letzten Fahrt für sie und Del gekauft hatte. Ihm war so trübsinnig zumute, dass er die Tücher und alles andere am liebsten in den nächsten Gully geworfen hätte, aber er überlegte es sich anders, ging zurück zur Gepäckaufbewahrung im Bahnhof und tat sie in seinen Koffer. Dann setzte er sich eine Zeitlang in den Wartesaal und rauchte eine Pfeife.

Gottverdammich noch mal, er brauchte was zu trinken. Er ging zum Broadway hinüber und von dort aus weiter in Richtung

Union Square, und er machte bei jedem Laden halt, der nach Kneipe aussah, aber nirgendwo bekam er etwas zu trinken. Der Union Square war hell erleuchtet und voller Plakate, die für den Eintritt in die Navy warben. Eine Seite des Platzes nahm ein großes Holzmodell eines Schlachtschiffs ein. Eine Zuschauermenge stand davor, und eine junge Frau im Matrosenanzug hielt eine Rede über Patriotismus. Wieder setzte kalter Regen ein, und die Menge zerstreute sich. Joe ging eine Straße entlang und in eine Kaschemme, die sich The Old Farm nannte. Offenbar sah er einem Bekannten des Barkeepers ähnlich, denn der grüßte ihn und schenkte ihm ein Gläschen Rye ein.

Joe kam mit zwei Burschen aus Chicago ins Gespräch, die Whiskey und Bier tranken. Sie sagten, das ganze Kriegsgeschrei sei nichts als burschwahse Propaganda, und wenn die Arbeiter in den Munitionsfabriken die Arbeit niederlegen und keine Granaten mehr produzieren würden, die andere Arbeiter umbrächten, dann gäbe es keinen verdammten Krieg. Joe sagte, sie hätten verdammt recht, aber immerhin könne man einen Haufen Geld verdienen. Die Jungs aus Chicago sagten, sie hätten selber in einer Munitionsfabrik gearbeitet, aber damit wäre jetzt Schluss, verdammt noch mal, und wenn die Arbeiter ein paar leichte Dollar verdienten, dann heiße das, die Kriegsgewinnler verdienten Millionen. Die Russen, sagten sie, hätten die richtige Idee gehabt, eine Revolution machen und die gottverdammten Kriegsgewinnler erschießen, und wenn sie nicht aufpassten, würde das hierzulande auch passieren, und es wäre verdammt noch mal nicht das Schlechteste.

Der Barkeeper beugte sich über den Tresen und sagte, sie sollten nicht so reden, sonst würde man sie noch für deutsche Spione halten.

«Wieso, du bist doch selber Deutscher, George», sagte einer von den Jungs.

Der Barkeeper wurde rot und sagte: «Namen haben überhaupt nichts zu bedeuten ... Ich bin ein patriotischer Amerikaner. Ich meine es nur gut mit euch. Wenn ihr unbedingt im Knast landen wollt, ist das nicht mein Bier.» Aber er gab eine Runde Drinks aus, und Joe hatte den Eindruck, dass er eigentlich einer Meinung mit ihnen war.

Sie tranken noch eine Runde, und Joe sagte, das stimme ja alles, aber was zum Teufel könne man denn machen? Die Jungs sagten, was man machen könne, sei, dem IWW beitreten, sich den roten Mitgliedsausweis besorgen und ein klassenbewusster Arbeiter sein. Joe sagte, solcher Kram sei nur was für Ausländer, aber wenn jemand eine Partei für ehrliche Männer gründen würde, die gegen die Kriegsgewinnler und die verdammten Bankiers kämpfte, wäre er sofort dabei. Die Burschen aus Chicago wurden langsam sauer und sagten, die Wobblys seien genauso ehrliche Männer wie er, politische Parteien seien Mist und alle Südstaatler Streikbrecher. Joe wich zurück, musterte die beiden und überlegte, wem er zuerst eine verpassen sollte, doch da kam der Barkeeper um das Ende des Tresens herum und trat zwischen sie. Er war dick, aber er hatte breite Schultern und zwei tückisch blickende blaue Augen.

«Passt mal auf, ihr Penner», sagte er, «und hört mir zu, klar bin ich Deutscher, aber bin ich deshalb für den Kaiser? Nein, das ist ein Schweinehund, ich bin Sozialist und lebe schon seit dreißig Jahren in Union City und habe ein eigenes Haus und zahle Steuern und bin ein guter Amerikaner, aber das heißt nicht, dass ich für den Bankier Morgan kämpfe, nie und nimmer. Seit dreißig Jahren kenne ich amerikanische Arbeiter in der sozialistischen Partei, und sie tun nichts anderes, als sich gegenseitig die Köpfe einzuschlagen. Jeder Scheißkerl hält sich für was Besseres als jeder andere Scheißkerl. Raus mit euch, ihr Nichtstuer … Sperrstunde … Ich mach jetzt dicht und gehe nach Hause.»

Einer der Burschen aus Chicago fing zu lachen an. «Tja, ich schätze, die Drinks gehen auf uns, Oscar … nach der Revolution wird das anders.»

Joe hatte immer noch Lust, sich zu prügeln, aber er gab mit seinem letzten Dollar eine Runde aus, und der Barkeeper, der von seiner Rede noch rot im Gesicht war, hob ein Glas Bier an den Mund. Er pustete den Schaum weg und sagte: «Wenn ich so daherrede, verliere ich meine Arbeit.»

Sie gaben sich alle die Hand, und Joe ging hinaus in den von Nordostböen gepeitschten Regen. Er fühlte sich beschwipst, aber nicht gut. Er ging wieder zurück zum Union Square. Die Reden der Werber waren vorbei. Das Schlachtschiffmodell lag im Dunkeln. Ein paar zerlumpte junge Burschen kauerten an der windgeschützten Seite des Rekrutierungszelts. Joe fühlte sich miserabel. Er ging hinunter in die U-Bahn und wartete auf den Zug nach Brooklyn.

Bei Mrs. Olsen war alles dunkel. Joe klingelte, kurz darauf kam sie in einem wattierten rosa Morgenmantel herunter und machte auf. Sie war wütend, weil er sie geweckt hatte, und schimpfte ihn wegen seiner Sauferei aus, aber sie gab ihm einen Schlafplatz, und am nächsten Morgen lieh sie ihm fünfzehn Dollar, um ihm über die Runden zu helfen, bis er Arbeit auf einem Shipping-Board-Schiff bekam. Mrs. Olsen sah müde und sehr viel älter aus, klagte über Rückenschmerzen und sagte, sie werde mit ihrer Arbeit nicht mehr fertig.

Am nächsten Morgen brachte Joe in der Speisekammer ein paar Regalbretter für sie an und trug eine Menge Müll hinaus, ehe er zum Büro des Shipping Board fuhr, um sich für die Offiziersschule anzumelden. Der kleine Jid hinterm Schreibtisch war nie zur See gefahren, stellte ihm eine Menge dämliche Fragen und sagte, er solle nächste Woche wieder vorbeikommen, dann werde er erfahren, wie es mit seiner Bewerbung weitergehe. Joe wurde wütend, sagte, er könne ihn am Arsch lecken, und schob ab.

Er ging mit Janey essen und in eine Show, aber sie quatschte genau wie alle anderen, schimpfte ihn aus, weil er fluchte, und er amüsierte sich nicht sonderlich. Die Umschlagtücher gefielen ihr allerdings, und er freute sich, dass es ihr in New York beruflich so gut ging. Er kam nicht dazu, mit ihr über Della zu reden.

Als er sie nach Hause gebracht hatte, wusste er nicht recht, was zum Teufel er mit sich anfangen sollte. Er hatte Lust auf einen Drink, aber der Abend mit Janey hatte die fünfzehn Dollar, die er von Mrs. Olsen geliehen hatte, aufgebraucht. Er ging in westlicher Richtung zu einer Kneipe in der Tenth Avenue, die er kannte, aber der Laden war geschlossen: kriegsbedingtes Alkoholverbot. Dann ging er zurück in Richtung Union Square, vielleicht saß dieser Tex, den er gesehen hatte, als er mit Janey über den Platz gegangen war, ja noch dort, und er konnte ein bisschen mit ihm quatschen. Er setzte sich auf eine Bank gegenüber dem Modellschlachtschiff und sah es sich genauer an: gar nicht mal schlecht gemacht. Teufel noch mal, wenn ich doch bloß nie ein richtiges Schlachtschiff von innen gesehen hätte, dachte er gerade, da schob sich Tex auf den Platz neben ihn und legte ihm die Hand aufs Knie. Sowie er ihn anfasste, wusste Joe, dass er den Kerl noch nie hatte leiden können, seine Augen saßen zu eng beieinander.

«Was schaust du denn so bedröppelt aus der Wäsche, Joe? Sag mir, dass du dein Patent kriegst.»

Joe nickte, beugte sich vor und spuckte bedächtig zwischen seine Füße.

«Wie findest du eigentlich das Schlachtschiffmodell, ziemlich raffiniert, was? Mein Gott, was haben wir für ein Schwein, dass wir nicht in Übersee sind und uns in den Schützengräben mit den Fritzen rumschlagen.»

«Och, ich hätte nichts dagegen», knurrte Joe. «Mir wär's egal.»

«Hör mal, Joe, ich hab einen Job an Land gezogen. Eigentlich dürfte ich nicht darüber quatschen, aber du bist in Ordnung. Ich weiß, du sagst nix. Ich hab zwei Wochen auf der Straße gesessen, hab was mit dem Magen. Mann, ich bin vielleicht krank, das kann ich dir sagen. Schwere Arbeit kann ich nicht mehr. Ein Bekannter von mir, der in nem Whitefront arbeitet, hat mich durchgefüttert, verstehst du. Na ja, ich sitze also auf einer Bank hier auf dem

Platz, da setzt sich ein ziemlich gut gekleideter Kerl neben mich und wanzt sich an mich ran. Sah für mich so aus wie einer von diesen Schwulen, die auf ne Nummer aus sind, verstehst du, und ich dachte, ich knöpf ihm ein paar Dollar ab, Scheiße, was soll man denn machen, wenn man zum Arbeiten zu krank ist?»

Joe saß zurückgelehnt da, die Beine ausgestreckt, die Hände in den Taschen, und fixierte die Silhouette des Schlachtschiffs vor den Gebäuden.

Tex redete schnell und schob sein Gesicht dabei dicht an das von Joe heran. «Stellt sich raus, der Scheißkerl ist ein Schnüffler. Scheiße, ich hab mir vor Angst fast in die Hosen gemacht. Ein Geheimagent. Burns ist sein Oberboss ... Aber er ist hinter Roten her, Drückebergern, deutschen Spionen, Kerlen, die das Maul nicht halten können ... und dann bietet er mir einen Job an, fünfundzwanzig Eier die Woche, wenn der kleine Willy sich gut macht. Ich hab nichts weiter zu tun, als rumzulungern und zuzuhören, was die Leute so reden, verstehst du? Wenn ich irgendwas höre, was nicht astrein ist, steck ich's dem Boss, und der ermittelt dann. Fünfundzwanzig die Woche, und außerdem dien ich meinem Land, und wenn ich mal in irgendeine Klemme gerate, haut Burns mich raus ... gar nicht so übel fürs Nichtstun, was, Joe?»

Joe rappelte sich hoch. «Ich fahr dann mal wieder nach Brooklyn.»

«Lass von dir hören ... du warst immer anständig zu mir ... du gehörst dazu, das weiß ich, Joe ... Ich bring dich mit dem Kerl zusammen, wenn du willst. Er ist in Ordnung, gebildet und all so was, und er weiß, wo man was zu saufen kriegt und Weiber, wenn man Lust hat.»

«Was soll's, ich fahr zur See, ich will raus aus dieser ganzen Scheiße», sagte Joe, kehrte ihm den Rücken und ging zur U-Bahn-Station.

Das Auge der Kamera 34

seine Stimme war dreitausend Meilen weit weg · die ganze Zeit wollte er immer wieder raus ausm Bett · seine Wangen waren hellrosa und das erstickte Atmen · nein mein Junge bleib mal lieber ganz ruhig liegen wir wollen nicht dass du dich noch schlimmer erkältest deswegen haben sie mich auch runtergeschickt damit ich bei dir bleibe und aufpasse dass du nicht aufstehst

der Raum mit dem Tonnengewölbe riecht nach Fieber und Tünche karbolisch kranken Itakern die Luftschutzsirene draußen hat einen Albtraum

(Mestre ist ein Kopfbahnhof und das Mondlicht über der Brenta und das Lazarett und das Munitionsdepot

karbolisch blaues Mondlicht)

die ganze Zeit versuchte er immer wieder aufzustehen · Kleiner bleib mal lieber ganz ruhig liegen · seine Stimme war in Minnesota aber kapiertihrdennnichtdassmanauchmalaufstehen muss · ich hab einen Termin · einewichtigeverabredungmussmichum diese Grundstücke kümmern hättniesolangimbettbleibendürfen ich werd meine Anzahlung verlieren · Herrgott noch mal findet ihr nicht ich bin auch so schon pleite genug?

Kleiner du musst ganz ruhig liegen bleiben · wir sind hier im Lazarett von Mestre du hast ein bisschen Fieber da kommt einem schon mal was komisch vor

Könnt ihr einen nichtmalinruhelassen? Ihr steckt mit ihnen unter einer Decke sosiehtsaus ich weiß die wollen mich bescheißen die halten michfürngottverdammtenidioten weilichdieseanzahlunggeleistethab denen werdichs zeigen · dukriegstgleicheineindiefresse

mein Schatten am Gewölbe klotzigtapsig taumelnd und schwankend von der einen rot zischelnden Kerze im rauen Winterlazarett karbolische Nacht über dem Schatten auf der Pritsche muss ihm die Schultern auf die Pritsche drücken Curley ist heiser trotz

(jetzt hört man die Motoren die Flugabwehrbatterien legen los muss toll sein da oben im Mondlicht ohne den Geruch nach Karbol und Latrinen und kranken Itakern)

lehn dich zurück und zünde dir an der Kerze eine Macedonia an er scheint zu schlafen sein Atmen so mühsam typisch für Lungenentzündung · höre mich selbst atmen · und das Wasser im Hahn ticken · Ärzte und Pfleger alle unten im Luftschutzkeller hören nicht mal einen kranken Itaker stöhnen

Mein Gott stirbt der Kerl etwa?

sie haben die Motoren gedrosselt · die kleinen Trommeln in meinen Ohren klar deswegen heißen sie Trommelfelle (da oben im blauen Mondlicht greift der österreichische Beobachter nach der Schnur die den Apfelkarren ausleert) die Kerzenflamme steht still und gerade

diesmal nicht aber wumm gegen die Schläfe weckte Curley und die Fensterscheiben im ersten Stock klirrten und die Kerzenflamme taumelte ging aber nicht aus das Gewölbe schwankt von meinem und Curleys Schatten verdammt ist der stark den Kopf voller Fiebermief Kleiner du musst im Bett bleiben (und wie sie den Apfelkarren ausgekippt haben) draußen hageln Granatsplitter durch die Gegend Kleiner du musst zurück ins Bett

Aber ich habeinentermin Herrdeshimmels können Sie mir nicht sagen wie ich zu meiner Einheit zurückkomme seien Sie kein Unmensch Dad ichhabsdochnichtbösgemeint esgehtdochnurumdiese Grundstücke

Die Stimme schwindet zu einem Wimmern ich ziehe ihm die Decke wieder bis zum Kinn hoch zünde die Kerze wieder an rauche noch eine Macedonia schaue wieder mal auf die Uhr muss bald Tag sein erst zehn abgelöst werd ich erst um acht

weit weg schraubt sich eine Stimme immer weiter in die Höhe und schwillt ab wie die Luftschutzsirene aiaiuuuTOO

Wochenschau XXV

Heute haben General Pershings Truppen die Domäne Belle Joyeuse und den südlichen Rand des Bois des Loges besetzt. Dabei trafen die Amerikaner nur auf geringen Widerstand durch Maschinengewehrstellungen. Der Vormarsch diente der Frontbegradigung. Im Übrigen bestanden unsere heutigen Aktivitäten an der Front hauptsächlich aus Artilleriebeschuss und Bombardement. In der Gegend von Belluno operieren Patrouillen als Voraustrupp der alliierten Truppenmassen, die sich in der Region Grappa durch den Quero-Pass ergießen

AUFSTÄNDISCHE MATROSEN TROTZEN ALLIIERTEN

Bonjour ma chérie
Comment allez-vous? /244/
Bonjour man chérie
How do you do?

nach einer längeren Unterredung mit dem Kriegs- und dem Außenminister kehrte Präsident Wilson heute Nachmittag ins Weiße Haus zurück, offenbar hoch erfreut darüber, dass die Ereignisse nach wie vor den von ihm vermuteten Verlauf nehmen

Avez-vous fiancé? cela ne fait rien
Voulez-vous coucher avec moi ce soir?
Wui, wui, combien? /245/

HELFEN SIE DER LEBENSMITTELVERWALTUNG
MELDEN SIE KRIEGSGEWINNLER

Lord Robert, die rechte Hand von Außenminister Balfour, fügte hinzu: «Wenn der Sieg kommt, wird die Verantwortung für Amerika und Großbritannien nicht auf den Staatsmännern, sondern auf den Völkern lasten.» Die Zurschaustellung von roten Fahnen auf unseren Straßen scheint ein Sinnbild ungezügelter Hemmungslosigkeit und ein Zeichen einer rechtsfeindlichen und anarchistischen Gesinnung zu sein, und sie repräsentiert wie die schwarze Flagge alles Abstoßende

LENIN FLIEHT NACH FINNLAND

ich fühle mich so richtig pudelwohl an diesem dritten Oktober. Am Sonntag bin ich rausgegangen und oberhalb des linken Knies von einer Maschinengewehrkugel getroffen worden. Ich liege im Lazarett und habe es sehr gemütlich. Ich schreibe mit der linken Hand, denn die rechte habe ich unter dem Kopf

AKTIENMARKT FEST, ABER BEGRENZT

Irgendwann mach ich den Hornisten kalt
Irgendwann, da kriegt er sein Fett
Ich nehme ihm sein Blechding weg
Und trample es in den Dreck
Und dann kriegt mich mein Leben lang
Kein Mensch mehr aus dem Bett

Ein Don Quixote aus Indiana

Hibben, Paxton, Journalist, Indianapolis, Ind., 5. Dez. 1880, E: Thomas Entrekin und Jeannie Merrill (Ketcham) H.; BA Princeton 1903, MA Harvard 1904

Zu der Zeit, als Hibben im Mittleren Westen aufwuchs, machten sich alle denkenden Männer dort Sorgen, dass etwas faul war mit der Republik Amerika, war's der Goldstandard, die Privilegierten, die Hochfinanz, Wall Street? Die Reichen wurden immer reicher, die Armen immer ärmer, Kleinbauern wurden zugrunde gerichtet, Arbeiter arbeiteten zwölf Stunden am Tag und kamen kaum über die Runden; die Profite waren für die Reichen da, Recht und Gesetz war für die Reichen da, die Polizei war für die Reichen da;

hatten die Pilgerväter etwa dafür die Köpfe in den Sturm gebeugt und die fliehenden Indianer mit Kugeln aus ihren Donnerbüchsen gespickt

und auf den steinigen Farmen von New England geschuftet;

hatten die Pioniere etwa dafür die Appalachen überquert,

langläufige Flinten quer über dem hageren Rücken,

eine Handvoll Mais in der Tasche der Wildlederjacke,

waren die Farmerjungs von Indiana etwa dafür ausgezogen, um Johnny Reb /246/ niederzuschießen und den schwarzen Mann zu befreien?

Paxton Hibben war ein kleiner, zänkischer Junge, Sprössling einer der besten Familien (die Hibbens hatten in Indianapolis einen Engros-Trockenguthandel); in der Schule mochten ihn die reichen Kinder nicht, weil er mit den armen Kindern herumzog, und die armen Kinder mochten ihn nicht, weil seine Leute reich waren,

aber er war der Musterschüler der Short Ridge High
gab die Zeitung heraus
gewann sämtliche Debatten.

In Princeton war er der junge Student, Herausgeber des *Tiger,* /247/ trank viel, machten keinen Hehl daraus, dass er hinter den Frauen her war, absolvierte sein Studium mit Bravour und war den Gottesfürchtigen ein Dorn im Auge. Für einen klugen jungen Mann seiner Klasse und seiner Position wäre es das Naheliegende gewesen, Jura zu studieren, aber Hibben wollte
reisen und Romantik à la Byron und de Musset, gepflegte Abenteuer in fremden Ländern,
also
bekam er, da seine Familie eine der besten in Indiana und außerdem mit Senator Beveridge befreundet war, einen Posten im diplomatischen Dienst:
Dritter und zweiter Sekr. Amerikanische Botschaft St. Petersburg und Mexiko City 1905–06, Legationssekr. und Geschäftstr. Bogotà, Kolumbien, 1908–09, Den Haag und Luxemburg 1909–12, Santiago de Chile 1912 (a. D.)
Puschkin anstelle von de Musset; St. Petersburg war pure Romantik für einen jungen Burschen,
vergoldete Kirchturmspitzen unter einem Platinhimmel
die eisgraue Newa, tief und rasch dahinfließend unter Brücken, die vom Geklingel der Schlittenglöckchen widerhallen;
man fährt von den Inseln nach Hause, mit der Mätresse des Großherzogs, der schönsten, amourösesten Sängerin neapolitanischer Straßenlieder;
man setzt ein Häuflein Rubel beim Glücksspiel in einem Saal, der von Kronleuchtern, Monokeln, auf weiße Schultern geträufelten Diamanten glitzert;
weißer Schnee, weiße Tischtücher, weiße Laken,

kaukasischer Wein, Wodka, so frisch wie Neumondheu, Kaviar und Stör aus Astrachan, finnischer Lachs, Schneehuhn aus Lappland und die schönsten Frauen der Welt;

aber es war 1905, Hibben verließ eines Abends die Botschaft und sah ein rotes Leuchten auf dem zertrampelten Schnee des Newski-Prospekts
und rote Fahnen
in den Furchen gefrorenes Blut, Blut, das in die Wagenspuren sickerte;
er sah die Maschinengewehre auf den Balkonen des Winterpalasts, sah die Kosaken die unbewaffneten Massen angreifen, die Frieden, etwas zu essen und ein bisschen Freiheit verlangten,
hörte das kehlige Dröhnen der russischen Marseillaise;
irgendein eigensinniger Zug im alten Amerikanerblut entflammte zu neuer Empörung, er zog die ganze Nacht mit den Revolutionären herum, fiel bei der Botschaft in Ungnade
und wurde nach Mexico City versetzt, wo es noch keine Revolution gab, nur Peones, Priester und die Stille der großen Vulkane.
die Científicos /248/ nahmen ihn in den Jockey Club auf,
wo er in dem prächtigen Gebäude aus blauen Puebla-Ziegeln sein ganzes Geld beim Roulette verlor und ihnen half, die letzten Kisten Champagner zu trinken, die von Cortez' Beute übrig geblieben waren.

Als Geschäftsträger in Kolumbien (er vergaß niemals, dass er seine Karriere Beveridge verdankte; er glaubte leidenschaftlich an Roosevelt, an Rechtschaffenheit und Reform, an die Antitrust-Gesetze und den Großen Stock, der die schwerreichen Gauner und Übeltäter verscheuchen und dem kleinen Mann das ihm Zustehende verschaffen würde) half er die Revolution zu deichseln, die dem Bischof von Bogotà die Kanalzone klaute; später ergriff er in der Verleumdungsklage gegen Pulitzer für Roosevelt Partei; /249/ er war ein Progressiver, er glaubte an den Kanal und an T. R.

Er wurde nach Den Haag abgeschoben, wo er während der wolkigen Erörterungen des Internationalen Gerichtshofes einschlief.

1912 schied er aus dem diplomatischen Dienst aus und ging nach Hause, um für Roosevelt Wahlkampf zu machen,

kam in Chicago gerade rechtzeitig an, um die Delegierten beim Nominierungsparteitag im Colosseum *Vorwärts, Christi Streiter* singen zu hören; hörte in den dichtgedrängten Stimmen und Jubelrufen das Getrampel der russischen Marseillaise, das düstere Schweigen der Peones, die kolumbianischen Indianer, die auf einen Erlöser warteten, hörte im Dröhnen des Kirchenliedes die gemessenen Rhythmen der Unabhängigkeitserklärung.

Das Gerede von sozialer Gerechtigkeit verläpperte; T. R. war ein Windbeutel wie alle anderen, der Elchbulle war mit dem gleichen Sägemehl ausgestopft wie die Grand Old Party.

Paxton Hibben kandidierte in Indiana als Progressiver für den Kongress, aber der Krieg in Europa hatte die Leute bereits von der Frage der sozialen Gerechtigkeit abgelenkt.

Kriegsberichterst. Collier's Weekly 1914–15, Mitarb. Associated Press in Europa 1915–17, Kriegsberichterst. Leslie's Weekly im Nahen Osten und Sekr. russische Komm. beim Hilfswerk für den Nahen Osten, Juni-Dez. 1921.

In jenen Jahren vergaß er den Diplomatenbademantel aus malvenfarbener Seide, die Toilettengarnitur aus Elfenbein und die kleinen Tête-à-têtes mit Großherzoginnen,

er ging als Beveridges Sekretär nach Deutschland, sah die deutschen Truppen im Stechschritt durch Brüssel marschieren,

sah Poincaré die langen, dem Untergang geweihten Stollen von Verdun inspizieren, zwischen Reihen verbitterter, blau uniformierter Soldaten am Rande der Meuterei,
sah die brandigen Wunden, Cholera, Typhus, die kleinen Kinder mit ihren vom Hunger aufgetriebenen Bäuchen, die madigen Leichen auf dem serbischen Rückzug, betrunkene alliierte Offiziere, die in den Bordellen von Saloniki angeekelte nackte Frauen die Treppen hinaufjagten, Soldaten, die Läden und Kirchen plünderten, französische und britische Seeleute, die in den Kneipen mit Bierflaschen aufeinander losgingen;
ging während der Bombardierung von Athen mit König Konstantin auf der Terrasse auf und ab, duellierte sich mit einem Vertreter der französischen Kommission, der aufgestanden und hinausgegangen war, als ein Deutscher im Speisesaal des Grande Bretagne zum Essen Platz genommen hatte; Hibben glaubte, das Duell sei ein Scherz, bis alle seine Freunde Zylinder aufsetzten. Er stellte sich hin, ließ den Franzosen zwei Schüsse auf ihn abgeben und schoss dann selbst in den Boden; wie überall, so geriet er auch in Athen ständig in Scherereien, ein schmächtiger, streitsüchtiger Mann, stets bereit, für seine Freunde, für Pechvögel, für irgendeine Idee eine Lanze zu brechen, zu draufgängerisch, um jemals mit Bedacht die Trittsteine für eine respektable Karriere zu legen.

Kommand. 1st Lieut. F.A., 27. Nov. 1917; Capt. 31. Mai 1919; Dienst im Kriegssammell. Grant; mit den 332ten E.A. in Frankreich. Finanzabt. S.O.S.; im Hauptquartier Büro des Gen.Insp. der A.E.F.; entl. 21. Aug. 1919; Capt. O.R.C. 7. Feb. 1920; reaktiv. 7. Feb. 1935.
Der Krieg in Europa war blutig, schmutzig und öde, doch der Krieg in New York offenbarte derart schleimige Abgründe von Niedertracht und Heuchelei, dass keiner, der

ihn erlebt hat, jemals wieder der Alte sein wird; in den Ausbildungslagern der Army war es anders, die Jungs glaubten an eine Welt, die für die Demokratie sicher war; /250/ Hibben glaubte an die Vierzehn Punkte, /251/ er glaubte an den Krieg, der den Krieg beenden wird. /252/

Mit Militärmiss. in Armenien Aug. bis Dez. 1919; Europa-Korresp. der Chicago Tribune; bei der Nahosthilfe 1920–22; Sekr. der Komm. des russischen Roten Kreuzes in Amerika 1922; stellvertr. Dir. der U.S. Nansen Hilfsmission 1923; Sekr. d. amerik. Komm. beim Hilfswerk für russische Kinder Apr. 1922

Im Hungerjahr, dem Cholerajahr, dem Typhusjahr ging Paxton Hibben mit einer Hilfsmission nach Moskau.

In Paris feilschte man immer noch über den Blutpreis, kabbelte sich um Spielzeugflaggen, um die Flussgrenzen auf Reliefkarten, das historische Geschick der Völker, während sich hinter den Kulissen die gewieften Akteure, die Deterdings, die Zaharoffs, die Stinnes, /253/ in aller Ruhe die Rohstoffe unter den Nagel rissen.

In Moskau herrschte Ordnung,
in Moskau gab es Arbeit,
in Moskau gab es Hoffnung;

die Marseillaise von 1905, *Vorwärts Christi Streiter* von 1912, die düstere Passivität der amerikanischen Indianer, der Infanteristen, die an der Front auf den Tod warteten, das alles schwang mit im ungeheuren Dröhnen der marxistischen *Internationale*.

Hibben glaubte an die neue Welt.

In Amerika

trieb irgendwer ein Foto auf, das Captain Paxton Hibben zeigte, wie er am Grab von Jack Reed /254/ einen Kranz niederlegte; man wollte ihn aus dem Officers' Reserve Corps rausschmeißen;

in Princeton, beim zwanzigsten Wiedersehenstreffen seines Jahrgangs, versuchten seine ehemaligen Kommilitonen, ihn zu lynchen; sie waren betrunken, und vielleicht war das Ganze nur ein Studentenulk, der zwanzig Jahre zu spät kam, aber sie hatten ihm schon eine Schlinge um den Hals gelegt,
lyncht den verfluchten Roten,
kein Raum mehr in Amerika für den Wandel, kein Raum mehr für die alten Gags: soziale Gerechtigkeit, Fortschrittlichkeit, Aufstand gegen Unterdrückung, Demokratie; schießt die Roten ab,
kein Geld für sie,
keine Arbeit für sie.

Mitgl. d. amerikanischen Schriftstellerverbandes, der Ges. der Kolonialkriege, der Veterans of Foreign Wars, der Am. Legion, Mitgl. d. Royal Society und der Am. Geogr. Society, Ritter des Stanislausordens (russisch), Offizier des Erlöserordens (griechisch), Orden des Heiligen Schatzes (japanisch). Clubs: Princeton, Newspaper, Civic (New York)
Werke: Konstantin und das griechische Volk, 1920; Die Hungersnot in Russland, 1922; Henry Ward Beecher, ein amerikanisches Porträt, 1927.
Gest. 1929.

Wochenschau XXVI

EUROPA AUF MESSERS SCHNEIDE

Tout le long de la Tamise
Nous sommes allés tous les deux
Gouter l'heure exquise /255/

unter solchen Umständen ist es erstaunlich, dass das Justizministerium den Kriegsdienstverweigerern mit regelrechter Gewogenheit, den überführten Anarchisten mit Milde und der überwältigenden Mehrheit dieser Leute, die sich noch nicht in Haft befinden oder bis dato nicht deportiert wurden, mit einer gewissen Gleichgültigkeit begegnet und zwar noch Jahre nach der Gründung der US Steel Corporation beschäftigte sich die Wall Street mit dem Problem der Messung des in den Boden eingebrachten Wassers

FERTIGSTAHL ETWAS BEWEGLICHER

Wohin gehen wir von hier, Jungs
Wohin gehen wir von hier?

WILDENTEN ÜBER PARIS

KUNSTDÜNGERINDUSTRIE VOM KRIEG ANGEREGT

Irgendwohin zwischen Harlem
Und ner Jersey-City-Pier

der Sieg hängt ebenso sehr von den Industriearbeitern ab wie von den Soldaten. Dass wir am Unabhängigkeitstag hundert Schiffe vom Stapel lassen konnten, ist eine großartige

Rekordleistung, die zeigt, was alles möglich ist, wenn wir uns, von Patriotismus angespornt, ins Zeug legen

BADEANSTALT LA SAMARITAINE
VON SEINE-HOCHWASSER ÜBERFLUTET

Worum's bei dem Krieg geht,
Das weiß ich nicht,
Aber ich hab garantiert
Bald die Übersicht.
Und darum, mein Schätzchen,
Versprech ich dir,
Ich bring dir nen König
Als Souvenir,
Und ich bring dir nen Türken
Und den Kaiser dazu,
Und dann lasst mit dem Krieg
Mich alle in Ruh

NACHKRIEGSPLÄNE VON AETNA EXPLOSIVES

HISTORISCHE STADT VERSINKT IN TRÜBSAL
SELBST SONNTAGSGLOCKEN SIND VERSTUMMT

Wohin gehen wir von hier, Jungs
Wohin gehen wir von hier?

Richard Ellsworth Savage

Erst in Fontainebleau, als sie auf dem Platz vor dem Schloss von Franz I. angetreten waren, bekamen sie zum ersten Mal die großen grauen Fiat-Sanitätswagen zu Gesicht, die sie fahren sollten. Schuyler unterhielt sich mit den französischen Fahrern, die die Autos übergaben, und berichtete, dass sie stinkwütend waren, weil sie nun wieder an die Front mussten. Sie wollten wissen, warum zum Teufel die Amerikaner nicht zu Hause bleiben und sich um ihren eigenen Kram kümmern konnten, anstatt hier herüberzukommen und ihnen sämtliche guten Embusqué-Posten wegzunehmen. An diesem Abend bezog die Einheit Quartier in einer Kleinstadt in der Champagne, in Teerpappe-Baracken, die nach Karbol stanken. Wie sich herausstellte, war es der 4. Juli, deshalb servierte der Maréchal-de-logis Champagner zum Abendessen, und ein General mit weißem Walrossbart erschien, hielt eine Rede, in der er erklärte, dass mit Hilfe von l'Amérique héroique la victoire gewiss sei, und brachte einen Toast auf le Président Wiilsonn aus. Bill Knickerbocker, der Chef der Einheit, erhob sich ein wenig nervös und brachte einen Toast aus auf la France héroique, l'héroique Cinquième Armée und la victoire zu Weihnachten. Das Feuerwerk steuerten die Boches bei, indem sie einen Luftangriff flogen, der alle in den bombensicheren Unterstand scheuchte.

Kaum waren sie unten angelangt, da sagte Fred Summers, hier rieche es scheußlich und er brauche sowieso was zu trinken, und er ging mit Dick hinaus, um ein Estaminet zu suchen, wobei sie sich dicht unter den Dachtraufen hielten, um nicht von Granatsplittern der Flugabwehrkanonen getroffen zu werden. Sie fanden eine Kneipe voller Tabakqualm und französischer Poilus, die *La Madelon* sangen. Alles johlte, als sie hereinkamen, und sie bekamen ein Dutzend Gläser gereicht. Sie rauchten ihre erste Caporal ordinaire, und alle spendierten ihnen Drinks, sodass sie zur Sperrstunde, als die Hörner die französische Entsprechung des Zapfenstreichs bliesen, leicht wackelig durch die stockfinsteren Straßen gingen, Arm in Arm mit zwei Poilus, die versprochen hatten, ihnen ihr Quartier zu suchen. Die Poilus sagten, la guerre sei une saloperie, la victoire sei une sale blague, /256/ und fragten gespannt, ob les Américains etwas über la révolution en Russie wüssten. Dick sagte, er sei Pazifist und er sei für alles, was dem Krieg ein Ende mache, und dann schüttelten sie sich gewichtig die Hand und redeten von la révolution mondiale. Als sie sich schon auf ihre Feldbetten gelegt hatten, richtete sich Fred Summers, in die Decke gewickelt, plötzlich bolzengerade auf und sagte auf seine typisch feierlich komische Art: «Leute, das hier ist kein Krieg, das ist ein gottverdammtes Irrenhaus.»

In der Einheit gab es noch zwei Jungs, die gern Wein tranken und in schlechtem Französisch plauderten; Steve Warner, der Gasthörer in Harvard gewesen war, und Ripley, der sein erstes Semester an der Columbia absolviert hatte. Zu fünft zogen sie miteinander herum, taten in den zu Fuß erreichbaren Dörfern Lokale auf, wo man Omelettes und Pommes frites bekam, und drehten jeden Abend die Runde durch die Estaminets; sie wurden als die Grenadine-Garde bekannt. Als die Einheit an die Voie Sacrée hinter Verdun verlegt und drei verregnete Wochen lang in einem zerstörten kleinen Dorf namens Érize-la-Petite einquartiert wurde, stellten sie ihre Feldbetten in derselben Ecke der alten, verfallenen Scheune auf, die man ihnen als Unterkunft zuwies. Es regnete den ganzen Tag und die ganze Nacht; den ganzen Tag und die ganze Nacht mahlten Lastwagen durch den tiefen Matsch der Straßen an ihnen vorbei und brachten Männer und Munition nach Verdun. Dick pflegte auf seiner Pritsche zu sitzen und durch das Tor die auf und ab hüpfenden, dreckbespritzten Gesichter der jungen französischen Soldaten zu betrachten, die zum Angriff vorgingen und betrunken und verzweifelt À bas la guerre, mort aux vaches, à bas la guerre /257/ schrien. Einmal kam plötzlich Steve herein, das Gesicht über dem triefenden Cape blass, die Augen wild, und sagte mit leiser Stimme: «Jetzt weiß ich, wie während der Schreckensherrschaft die Henkerskarren ausgesehen haben, das sind sie nämlich, Henkerskarren.»

Sie kamen schließlich in Reichweite der Geschütze, und Dick stellte zu seiner Erleichterung fest, dass er nicht mehr Angst hatte als alle anderen. Als sie zum ersten Mal auf Posten gingen, verfuhren sich er und Fred in den von Granaten zerfetzten Wäldern und versuchten gerade, den Wagen auf einer kleinen Erhebung, die so kahl war wie die Oberfläche des Mondes, zu wenden, als wie drei Peitschenhiebe drei Granaten aus einem österreichischen 88er an ihnen vorbeisausten. Hinterher wussten sie nicht mehr, wie sie aus dem Wagen und in den Graben gekommen waren, aber als der dünne, blaue, nach Mandeln riechende Rauch sich verzogen hatte, lagen sie beide flach im Dreck. Fred drehte durch, und Dick musste ihm den Arm um die Schultern legen und immerzu flüstern: «Na los, Junge, wir müssen es schaffen. Na los, Fred, wir legen sie rein.» Er empfand das Ganze als komisch und lachte unentwegt, während sie die Straße entlang in den ruhigeren Teil des Waldes zurückkehrten, wo man den Verbandsplatz geschickterweise direkt vor einer Batterie von 405ern eingerichtet hatte, sodass die Verwundeten jedes Mal, wenn ein Geschütz abgefeuert wurde, durch die Erschütterung fast von den Tragen geschleudert wurden. Nachdem sie eine Ladung zur Triage gefahren hatten, konnten sie bei ihrer Rückkehr zur Einheit drei gezackte Löcher von Granatsplittern in der Seitenwand des Wagens vorweisen.

Am nächsten Tag begann der Angriff mit unaufhörlichem Trommelfeuer, Gegenfeuer und schwerem Gasbombardement; die Einheit war drei Tage lang rund um die Uhr im Dienst, danach hatten sie alle die Ruhr und kaputte Nerven. Einer erlitt einen Beschießungsschock, obwohl er schon zu viel Angst gehabt hatte, um auf Posten zu gehen, und musste nach Paris zurückgeschickt werden. Ein paar Männer mussten wegen Ruhr in die Etappe. Die Grenadine-Garde überstand den Angriff recht gut, nur Steve und

Ripley bekamen eines Nachts auf P2 eine kleine Extradosis Senfgas ab und erbrachen sich jedes Mal, wenn sie etwas aßen.

In ihren dienstfreien Zeiten, die jeweils vierundzwanzig Stunden dauerten, trafen sie sich in einem kleinen Garten in Récicourt, wo die Einheit stationiert war. Niemand sonst schien von diesem Garten zu wissen. Er hatte zu einer rosafarbenen Villa gehört, die jedoch zu Staub zermalmt worden war, als wäre ein riesiger Fuß draufgetreten. Der Garten war unberührt und wegen mangelnder Pflege leicht verunkrautet, Rosen blühten, es gab Schmetterlinge, und an sonnigen Nachmittagen summten Bienen um die Blumen. Anfangs hielten sie die Bienen für ferne Arrivés und warfen sich flach auf den Bauch, wenn sie sie hörten. Mitten im Garten hatte es einmal einen Springbrunnen gegeben, in dessen Betonbecken sie sich zurückzogen, wenn es den Deutschen einfiel, die Straße und die nahegelegene Brücke unter Beschuss zu nehmen. Dreimal täglich erfolgte zu festen Zeiten ein Beschuss, zwischendurch kam die eine oder andere Granate außer der Reihe. Einer von ihnen wurde jeweils beauftragt, sich beim Copé anzustellen und Melonen aus Südfrankreich und Champagner für vier Franc fünfzig zu kaufen. Dann zogen sie, wenn die Sonne schien, die Hemden aus, um sich Rücken und Schultern zu wärmen, saßen in dem trockenen Brunnenbecken, aßen die Melonen, tranken den warmen, nach Apfelwein schmeckenden Champagner und redeten davon, dass sie nach ihrer Rückkehr in die Staaten eine Untergrundzeitung wie *La Libre Belgique* gründen würden, damit die Leute erfuhren, wie der Krieg wirklich war.

Am besten an dem Garten gefiel Dick das kleine Plumpsklo, wie das Plumpsklo auf einer Farm in New England, mit einem sauber geschrubbten Sitz und einem Halbmond in der Tür, durch den die Wespen, die an der Decke ein Nest hatten, geschäftig aus und ein summten. Dort saß er oft mit schmerzendem Bauch und lauschte den leisen Stimmen seiner Freunde, die sich in dem ausgetrockneten Brunnenbecken unterhielten. Beim Klang ihrer Stimmen fühlte er sich glücklich und zufrieden, während er sich mit ein paar alten, vergilbten Blättern eines *Petit Journal* von 1914, die noch am Nagel hingen, den Hintern wischte. Einmal kam er, seinen Gürtel schließend, heraus und sagte: «Wisst ihr was? Ich habe gerade gedacht, wie toll es wäre, wenn man die Zellen seines Körpers zu einer anderen Form von Leben umgestalten könnte … ein Mensch zu sein ist einfach nur lausig … ich wäre gern eine Katze, eine schöne Hauskatze, die gemütlich am Kamin sitzt.»

«Schon schlimm», sagte Steve, griff nach seinem Hemd und zog es an. Eine Wolke hatte sich vor die Sonne geschoben, und es wurde plötzlich kühl. Von fern war leise Geschützfeuer zu hören. «Schon schlimm, wenn man sich seiner eigenen Rasse schämen muss. Aber ich schwöre, das tu ich, ich schwöre, ich schäme mich, ein Mensch zu sein … damit ich jemals wieder einen Funken Selbstachtung empfinde, braucht es eine Riesenwelle der Hoffnung, so was wie eine Revolution … Gott, was sind wir für eine lausige, grausame, bösartige, dumme Art von schwanzloser Affe.»

«Tja, wenn du dir deine Selbstachtung verdienen willst, Steve, und die Achtung von uns anderen Affen, warum gehst du dann nicht runter, jetzt, wo sie gerade nicht schießen, und kaufst uns eine Flasche Champagnerwasser?», sagte Ripley.

Nach dem Angriff auf Hügel 304 kam die Division für zwei Wochen hinter Bar-le-Duc en repos /258/ und dann in einen ruhigen Abschnitt in den Argonnen namens Le Four de Paris, wo die Franzosen mit den Boches an der Frontlinie Schach spielten und die eine Seite jeweils die andere warnte, bevor sie unter einem Stück Graben eine Mine hochgehen ließ. In ihrer dienstfreien Zeit konnten sie in die bewohnte und unzerstörte Stadt Sainte-Menehould gehen und frisches Gebäck, Kürbissuppe und Brathähnchen essen. Als die Einheit aufgelöst wurde und man alle nach Paris zurückschickte, verließ Dick nur sehr ungern die lieblichen Herbstwälder der Argonnen. Die US-Army sollte den Sanitätsdienst übernehmen, der dem französischen Heer angegliedert war. Alle bekamen eine Kopie der ehrenvollen Erwähnung der Einheit; Dick Norton hielt ihnen unter Granatenbeschuss eine Ansprache, ohne ein einziges Mal das Monokel vom Auge fallen zu lassen, entließ sie als Gentlemen-Freiwillige, und das war das Ende der Einheit.

Abgesehen von einer gelegentlichen Granate der Dicken Bertha war es in jenem November in Paris ruhig und angenehm. Für Luftangriffe war es zu neblig. Dick und Steve Warner mieteten sich ein billiges Zimmer hinter dem Pantheon; tagsüber lasen sie viel Französisch, abends zogen sie durch die Cafés und Trinklokale. Fred Summers besorgte sich eine Arbeit beim Roten Kreuz, die ihm fünfundzwanzig Dollar die Woche einbrachte und schon am zweiten Tag nach ihrer Ankunft eine feste Freundin. Ripley und Ed Schuyler mieteten sich ziemlich nobel über Henrys Bar ein. Sie aßen jeden Abend gemeinsam und redeten sich die Köpfe darüber heiß, was sie tun sollten. Steve sagte, er werde nach Hause gehen und den Kriegsdienst aus Gewissensgründen verweigern, zum Teufel damit; Ripley und Schuyler sagten, ihnen sei ganz egal, was sie taten, Hauptsache, sie müssten nicht zur amerikanischen Armee, und sie redeten davon, der Fremdenlegion oder der Escadrille Lafayette[259] beizutreten.

Fred Summers sagte: «Leute, dieser Krieg ist der gewaltigste, lächerlichste Schwindel des Jahrhunderts, und ich bin dabei und die kreuzroten Schwestern auch.» Am Ende der ersten Woche hatte er zwei Stellen beim Roten Kreuz, die jeweils fünfundzwanzig Dollar einbrachten, und ließ sich von einer älteren französischen Marraine[260] aushalten, die ein großes Haus in Neuilly besaß. Als Dick das Geld ausging, lieh sich Fred von seiner Marraine etwas für ihn, aber er wollte sie keinem von ihnen vorstellen. «Ich will nicht, dass ihr wisst, worauf ich mich eingelassen habe», sagte er.

Eines Tages kam Fred Summers zur Mittagszeit vorbei und sagte, alles sei geregelt, er habe ihnen Arbeit besorgt. Die Itaker, erklärte er, seien nach der Geschichte von Caporetto[261] fix und fertig und könnten sich das Weglaufen einfach nicht abgewöhnen. Man sei der Meinung, es werde ihrer Moral aufhelfen, wenn man eine amerikanische Rotkreuz-Sanitätseinheit hinunterschickte. Er sei vorderhand für deren Zusammenstellung zuständig und habe sie alle dafür eingetragen.

Dick sagte sofort, er spreche Italienisch und glaube, der Moral der Italiener gut aufhelfen zu können, und so fanden sie sich am nächsten Morgen zur Bürozeit alle beim Roten Kreuz ein und wurden offiziell in die Einheit 1 des Amerikanischen Roten Kreuzes für Italien aufgenommen. Es folgte erneut eine Wartezeit von mehreren Wochen, in denen sich Fred Summers eine geheimnisvolle serbische Lady anlachte, die er in einem Café hinter der Place Saint-Michel aufgegabelt hatte und die ihnen das Haschischrauchen beibringen wollte, und Dick sich mit einem versoffenen Montenegriner anfreundete, der Barkeeper in New York gewesen war und dafür zu sorgen versprach, dass König Nikola von Montenegro ihnen allen einen Orden verlieh. Doch an dem Tag, an dem sie in Neuilly empfangen werden und den Orden angeheftet bekommen sollten, brach die Einheit auf.

Die aus zwölf Fiats und acht Fords bestehende Wagenkolonne rollte auf glatten Makadamstraßen südwärts durch den Wald von Fontainebleau und wand sich dann ostwärts durch die weinfarbenen Hügel von Zentralfrankreich. Dick fuhr ganz allein einen Ford und war so sehr damit beschäftigt, sich ins Gedächtnis zu rufen, was er mit den Füßen tun musste, dass er kaum auf die Landschaft achten konnte.

Am nächsten Tag fuhren sie über die Berge und hinunter ins Rhônetal, in ein üppiges Weingebiet voller Platanen und Zypressen, wo es nach Wein, Spätherbstrosen und dem Süden roch. Als sie Montélimar erreichten, kamen ihnen der Krieg und alle ihre Ängste wegen Gefängnis, Protest und Aufruhr nur mehr wie ein Albtraum aus einem anderen Jahrhundert vor.

In der stillen, rosig weißen kleinen Stadt bekamen sie ein herrliches Abendessen, Cèpes, Knoblauch und kräftigen Rotwein.

«Leute», sagte Fred immer wieder, «das ist kein Krieg, das ist eine gottverdammte Cook-Reise.» Sie schliefen sehr nobel in den großen Brokathimmelbetten im Hotel, und als sie am nächsten Morgen aufbrachen, lief ein kleiner Junge hinter Dicks Wagen her, rief Vive l'Amérique und schenkte ihm eine Schachtel Nougat, die örtliche Spezialität; es war wie im Schlaraffenland.

An jenem Tag löste sich die Kolonne bei der Einfahrt nach Marseille auf, die Disziplin ging flöten; die Fahrer hielten bei sämtlichen Weinstuben an der Straße an, um zu saufen und Würfel zu spielen. Der Pressemann des Roten Kreuzes und der Korrespondent der *Saturday Evening Post*, der berühmte Schriftsteller Montgomery Ellis, soffen sich einen fürchterlichen Rausch an, und man hörte sie hinten im Dienstwagen johlen und brüllen, während der kleine dicke Lieutenant bei jedem Halt mit rotem Kopf und hysterisch schnaufend an der Kolonne hin und her rannte. Irgendwann waren sie alle zusammengetrieben und fuhren in geschlossener Formation nach Marseille ein.

Sie waren gerade damit fertig, ihre Wagen in einer Reihe auf dem Hauptplatz zu parken, und die Jungs verzogen sich in die umliegenden Bars und Cafés, als einer namens Ford auf die schlaue Idee kam, mit einem Streichholz in seinen Benzintank hineinzuleuchten, und den Wagen in die Luft jagte. Die örtliche Feuerwehr kam mit Glanz und Gloria angerauscht und richtete, als Wagen Nr. 8 gründlich eingeäschert war, ihren Hochdruckschlauch auf die anderen, sodass man Schuyler, der von der Einheit am besten Französisch sprach, von einer Unterhaltung mit dem Zigarettenmädchen im Eckcafé loseisen musste, damit er den Kommandanten der Feuerwehr bat, um Gottes willen endlich aufzuhören.

Verstärkt um einen Burschen namens Sheldrake, einen Experten für Volkstanz, der in der berühmten Einheit 7 gedient hatte, speiste die Grenadine-Garde sehr gepflegt im Bristol. Sie setzten den Abend im Promenoir des Apollo fort, wo es von Petites femmes dermaßen wimmelte, dass sie von der Vorstellung gar nichts mitbekamen. Alles ging wild durcheinander, es wimmelte nur so von Weibern, die schrillen, grellen Hauptstraßen mit ihren Cafés und Cabarets, die schwarzen schwitzigen Straßenschluchten hinterm Hafen waren voller zerwühlter Betten, Matrosen, schwarzer und brauner Haut, sich windender Bäuche, purpurweißer Hängebrüste, reibender Schenkel.

Sehr spät fanden sich Steve und Dick allein in einem kleinen Restaurant wieder, wo sie Eier mit Schinken aßen und Kaffee tranken. Sie waren betrunken und schläfrig und stritten sich müde. Als sie bezahlten, sagte die Kellnerin, eine ältere Frau, sie sollten das Trinkgeld auf die Ecke des Tischs legen, und dann wären sie fast vom Stuhl gefallen, denn die Frau lüpfte seelenruhig ihren Rock und hob die Münzen mit ihren Schamlippen auf.

«Es ist ein Jux, ein gottverdammter Jux ... die Liebe ist ein Groschenautomat», sagte Steve in einem fort, und es kam ihnen ungeheuer komisch vor, so komisch, dass sie in eine schon früh geöffnete Bar gingen und dem Mann hinterm Tresen davon zu erzählen versuchten, aber er verstand sie nicht und schrieb auf ein Stück Papier den Namen eines Etablissements, dort könnten sie faire rigajig, une maison propre, convenable et de haute moralité. /262/

Dann sahen sie sich mit einem Mal torkelnd, stolpernd und vor Lachen brüllend eine endlose Treppe hinaufsteigen. Der Wind war höllisch kalt. Sie standen vor einer verrückt aussehenden Kathedrale mit Blick auf den Hafen, Dampfschiffe, große Weiten platingrauen Meers, eingefasst von aschgrauen Bergen. «Bei Gott, das ist das Mittelmeer.»

Im kalten, rüttelnden Wind und im weiten, metallischen Gleißen des beginnenden Tages wurden sie nüchtern und kamen gerade rechtzeitig in ihr Hotel zurück, um die anderen aus ihrem betrunkenen Schlaf zu wecken und sich als Erste bei den geparkten Wagen zum Dienst zu melden. Dick war so müde, dass er nicht mehr wusste, was er mit seinen Füßen tun sollte, und mit seinem Ford auf den Wagen vor ihm auffuhr, sodass seine Scheinwerfer zu Bruch gingen. Der dicke Lieutenant machte ihn mit schriller

Stimme zur Schnecke, nahm ihm den Wagen weg und setzte ihn zu Sheldrake auf einen Fiat, sodass er den ganzen Tag nichts weiter zu tun hatte, als verschlafen die Corniche zu betrachten, das Mittelmeer, die Städte mit ihren roten Dächern und die langen Ketten der Dampfer, die, aus Angst vor U-Booten dicht am Ufer ostwärts fuhren, im Geleit mit dem einen oder anderen französischen Zerstörer, der die Schornsteine alle an der falschen Stelle hatte.

Bei der Überquerung der italienischen Grenze wurden sie von Scharen italienischer Schulkinder mit Palmwedeln und Orangenkörben und von einem Mann mit Filmkamera empfangen. Sheldrake strich sich unentwegt den Bart, verbeugte sich und salutierte angesichts der Evviva-gli-americani-Rufe, bis ihn, zack, eine Orange zwischen die Augen traf, von der er fast Nasenbluten bekam. Ein anderer Mann in der Kolonne verlor um ein Haar ein Auge, als ein begeisterter Bewohner von Ventimiglia einen Palmzweig nach ihm warf. Es war ein großartiger Empfang. In San Remo kamen an jenem Abend auf der Straße immer wieder begeisterte Itaker auf die Jungs zugerannt, schüttelten ihnen die Hand und beglückwünschten sie zu il presidente Wiilsonn; irgendwer klaute sämtliche Ersatzreifen aus der Camionnette und außerdem den Koffer, den der Pressemann des Roten Kreuzes im Stabswagen liegengelassen hatte. In den Bars wurden sie überschwänglich begrüßt und übers Ohr gehauen. Evviva gli aleati.

Die ganze Einheit begann auf Italien zu fluchen, auf die Gummispaghetti und den sauren Wein, ausgenommen Dick und Steve, die plötzlich ihr Herz für die Itaker entdeckten und sich eine Grammatik kauften, um die Sprache zu lernen. Dick brachte, besonders vor den Rotkreuz-Offizieren, schon eine ganz gute Imitation des Italienischen zustande, indem er an sämtliche französischen Wörter, die er kannte, einfach ein O anhängte. Inzwischen war ihm alles egal. Die Sonne schien, Wermut war ein prima Getränk, die kleinen Städte, die Spielzeugkirchen auf den

Hügelkuppen, die Weinberge, die Zypressen und das blaue Meer, das alles glich einer Abfolge von Kulissen für eine altmodische Oper. Die Gebäude waren bühnenreif und von geradezu lächerlicher Pracht; auf jede kahle Wand hatten die verdammten Itaker Fenster, Kolonnaden und Balkone gemalt, mit dicken, tizianhaarigen Schönheiten, die sich übers Geländer beugten, mit Wolken und Scharen pummeliger Cupidos.

An jenem Abend parkten sie die Wagenkolonne auf dem Hauptplatz irgendeiner gottverlassenen kleinen Vorstadt von Genua. Sie gingen mit Sheldrake in eine Bar, um etwas zu trinken, und fanden sich in Gesellschaft des Korrespondenten der *Saturday Evening Post* wieder, der bald einen sitzen hatte und sagte, wie sehr er sie um ihr gutes Aussehen, ihre hoffnungsfrohe Jugend und ihren Idealismus beneide. Steve hielt dagegen und meinte voll Bitterkeit, die Jugend sei die beschissenste Zeit des Lebens, er solle verdammt noch mal froh sein, dass er schon vierzig sei und über den Krieg schreiben könne, anstatt darin kämpfen zu müssen. Ellis wies gutmütig darauf hin, dass sie doch auch nicht kämpften. Und Sheldrake wurde wütend, weil Steve fauchte: «Nein, natürlich nicht, wir sind gottverdammte Embusqués.» Er und Steve verließen die Bar und machten sich eilends aus dem Staub, bevor Sheldrake ihnen folgen konnte. Hinter der nächsten Ecke sahen sie eine Straßenbahn mit der Aufschrift *Genova,* und Steve stieg ohne ein Wort ein. Dick hatte nichts anderes zu tun, als ihm zu folgen.

Die Straßenbahn fuhr um einen Häuserblock herum und kam am Meer heraus. «Himmelherrgott, Dick», sagte Steve, «die verdammte Stadt brennt.» Hinter den schwarzen Rümpfen der aufs Ufer gezogenen Boote warf ein rosiges Lodern wie eine gigantische Lampenflamme einen breiten Lichtschein übers Wasser zu ihnen herüber. «Du lieber Himmel, Steve, meinst du, die Österreicher sind da drin?»

Die Straßenbahn schepperte dahin; der Schaffner, der kam und das Fahrgeld von ihnen kassierte, wirkte ganz gelassen. «Inglese?», fragte er. «Americani», sagte Steve. Der Mann lächelte, klopfte ihnen auf die Schulter und sagte etwas über Presidente Wiilsonn, was sie nicht verstanden.

Sie stiegen an einem großen Platz aus, umgeben von riesigen Arkaden, durch die laut pfeifend ein rauer, bittersüßer Wind fuhr. Auf dem sauberen Mosaikpflaster gingen feingekleidete Menschen im Mantel hin und her. Die Stadt war ganz aus Marmor. Sämtliche dem Meer zugewandten Fassaden leuchteten im Feuerschein rosig. «Die Tenöre, die Baritone und die Soprane stehen schon bereit, die Vorstellung kann beginnen», sagte Dick. Steve knurrte: «Den Chor stellen wahrscheinlich die gottverdammten Österreicher.»

Da ihnen kalt war, gingen sie in eines der blitzblanken, aus Nickel und Glas bestehenden Cafés, um einen Grog zu trinken. Der Kellner erzählte ihnen in gebrochenem Englisch, dass das Feuer von einem amerikanischen Tanker herrührte, der auf eine Mine gelaufen sei und schon seit drei Tagen brenne. Ein englischer Offizier mit länglichem Gesicht kam von der Bar herüber und sagte ihnen, er sei in geheimer Mission unterwegs; das mit dem Rückzug sei einfach furchtbar; der Rückzug sei noch nicht zum Stehen gekommen; in Mailand rede man davon, sich bis zum Po zurückfallen zu lassen; die verdammten Österreicher hätten nur deshalb noch nicht die ganze verdammte Lombardei überrannt, weil sie durch ihren schnellen Vorstoß selbst so sehr in Unordnung geraten seien, dass sie sich in fast genauso schlechter Verfassung befänden wie die verdammten Italiener. Diese italienischen Offiziere, die ständig vom Festungsviereck faselten, und wenn die französischen und britischen Truppen hinter den italienischen Linien nicht wären, hätten die Italiener längst Verrat begangen. Die französische Moral sei im Übrigen auch ziemlich wackelig. Dick erzählte ihm, dass jedes Mal das Werkzeug geklaut wurde, wenn sie die Fahrzeuge aus den Augen ließen. Der Engländer sagte, in dieser Gegend werde außergewöhnlich viel gestohlen; darum gehe es auch bei seinem Geheimauftrag; er versuche, eine ganze Wagenladung Stiefel aufzuspüren, die zwischen Ventimiglia und Saint-Raphaël verschwunden sei.

«Ein ganzer verdammter Waggon löst sich über Nacht in Luft auf … außergewöhnlich … sehen Sie die Kerle an dem Tisch da drüben, das sind alles österreichische Spione, jeder Einzelne von ihnen … aber ich kann mich auf den Kopf stellen, sie werden einfach nicht verhaftet … außergewöhnlich. Ein verdammtes Melodram ist das Ganze, nichts weiter, wie Theater. Nur gut, dass ihr Amerikaner endlich ins Spiel gekommen seid. Sonst würde man jetzt schon die verdammte deutsche Flagge über Genua wehen sehen.» Dann sah er plötzlich auf seine Armbanduhr, riet ihnen, sich an der Bar eine Flasche Whiskey zu kaufen, wenn sie noch etwas trinken wollten, weil gleich Sperrstunde sei, sagte Cheerio und eilte hinaus.

Sie tauchten wieder ein in die leere Marmorstadt, gingen dunkle Gassen und Sträßchen aus steinernen Stufen hinab, und auf jedem Mauervorsprung über ihnen lag Feuerschein, der immer heller und röter wurde, je mehr sie sich dem Hafen näherten. Immer wieder verliefen sie sich; endlich hatten sie Piers vor sich, das Mastengewirr dichtgedrängter Feluken, dahinter die roten Kämme der kleinen Hafenwellen, den Hafendamm und hinter dem Hafendamm die Flammenmasse des brennenden Tankers. Betrunken und aufgeregt gingen sie immer weiter durch die Stadt. «Weiß Gott, diese Städte sind älter als die Welt», sagte Dick immer wieder.

Während sie einen Marmorlöwen betrachteten, der wie ein Hund aussah und, von jahrhundertelangem Berührtwerden blankgewetzt, am Fuß einer Treppe stand, rief eine amerikanische Stimme sie an und wollte wissen, ob sie sich in dieser verdammten Stadt zurechtfänden. Es war ein junger Bursche, Matrose auf einem amerikanischen Schiff, das mit einer Ladung Maultiere herübergekommen war. Sie sagten, klar fänden sie sich hier zurecht, und gaben ihm einen Schluck aus der Flasche Cognac, die sie gekauft hatten. Sie setzten sich auf die Steinbalustrade neben dem Löwen, der wie ein Hund aussah, ließen die Flasche herumgehen und unterhielten sich. Der Matrose zeigte ihnen ein Paar Seidenstrümpfe, die er von dem brennenden Öltanker geborgen hatte, und erzählte ihnen, er habe mit einer Italienerin gevögelt, aber sie sei eingeschlafen, und er habe sie plötzlich über gekriegt und sich verkrümelt. «Dieser Krieg ist die reinste Hölle, stimmt's?», sagte er; sie fingen alle an zu lachen.

«Ihr Jungs kommt mir ziemlich anständig vor», sagte der Matrose. Sie reichten ihm die Flasche, und er nahm einen kräftigen Schluck. «Ihr seid prima Jungs», fügte er prustend hinzu, «und ich sag euch jetzt mal, was ich denke, ja ... der ganze verfluchte Krieg ist ein Schwindel, eine faule Geschichte, Beschiss von A bis Z. Ganz gleich, wie er ausgeht, Leute wie wir sind immer angeschissen, versteht ihr? Ich sage nur, man kann sich auf nichts verlassen ... jeder fährt auf seine eigene Art zur Hölle ... eins, zwei, drei, vorbei, versteht ihr?» Sie tranken den Cognac aus.

«Krepieren sollen sie alle!», johlte der Matrose und schmiss dem Löwen mit aller Kraft die Flasche gegen den Kopf. Der Genueser Löwe starrte weiter mit glasigen Hundeaugen geradeaus.

Ungehalten wirkende Leute, die offenbar nichts zu tun hatten, blieben stehen und wollten wissen, was da los war, also verzogen sie sich, und der Matrose schwenkte im Gehen seine Seidenstrümpfe. Sie fanden sein Schiff, das am Kai festgemacht war, und schüttelten einander an der Gangway endlos lange die Hände.

Dann mussten Dick und Steve zusehen, wie sie die gut fünfzehn Kilometer nach Ponte Decimo zurück schafften. Frierend und müde marschierten sie, bis ihnen die Füße weh taten, den Rest des Weges nahm sie dann ein italienischer Laster mit. Als sie ankamen, waren die Pflastersteine des Platzes und die Dächer der Fahrzeuge mit Raureif überzogen. Dick machte ein Geräusch, als er sich auf die Trage neben der von Sheldrake legte, und dieser wachte auf. «Was zum Teufel?», sagte er. «Halt die Klappe», sagte Dick, «siehst du denn nicht, dass du alle aufweckst?»

Am nächsten Tag kamen sie nach Mailand, riesige winterliche Stadt mit ihrem übergroßen, einem Nadelkissen gleichenden Dom, ihrer Galleria, in der sich Leute drängten, ihren Restaurants, Zeitungen, Huren, ihrem Cinzano und Campari-Bitter. Es folgte abermals eine Wartezeit, die sich die meisten mit endlosem Knobeln im Hinterzimmer des Cova vertrieben; dann zogen sie an einen Ort namens Dolo, der an einem zugefrorenen Kanal irgendwo in der Ebene des Veneto lag. Um zu der eleganten, mit Holzschnitzereien und Fresken ausgeschmückten Villa zu gelangen, in der sie einquartiert waren, mussten sie die Brenta überqueren. Eine Kompanie britischer Pioniere hatte die Brücke komplett vermint; sie sollte gesprengt werden, wenn der Rückzug sich fortsetzte. Sie versprachen, mit der Sprengung zu warten, bis Einheit 1 drüben war.

In Dolo gab es sehr wenig zu tun; es herrschte raues Winterwetter; während die meisten um den Ofen herumsaßen und sich beim Poker gegenseitig das Geld abnahmen, machte die Grenadine-Garde sich auf einem Benzinkocher Rumpunsch, las Boccaccio auf Italienisch und diskutierte mit Steve über Anarchismus.

Dick überlegte sehr oft, wie er es anstellen sollte, nach Venedig zu kommen. Der dicke Lieutenant, stellte sich heraus, machte sich Sorgen darüber, dass die Einheit keinen Kakao und dass der Kommissar des Roten Kreuzes in Mailand ihnen keine Frühstückskonserven geschickt hatte. Dick gab zu bedenken, dass Venedig einer der größten Kakaomärkte der Welt sei und dass man jemanden, der Italienisch sprach, hinschicken sollte, damit er Kakao kaufte; und so bestieg er eines Morgens, ordnungsgemäß mit Papieren voller Stempel versehen, in Mestre das kleine Dampfboot.

Auf der Lagune lag ein dünner Eisfilm, den mit einem Geräusch wie von zerreißender Seide der schmale Bug zerteilte, wo mit vom rauen Wind tränenden Augen Dick stand und, nach vorn über die Reling gebeugt, die langen Pfahlreihen und die hellroten Gebäude bestaunte, die aus dem grünen Wasser fahl zu blasenförmigen Kuppeln und kantigen, sich immer schärfer in den zinkgelben Himmel einätzenden Spitztürmen emporstiegen. Die buckligen Brücken, die grünschleimigen Treppen, die Paläste, die Marmorkais waren allesamt leer. Leben herrschte nur in einer Gruppe von Torpedobooten, die im Canal Grande vor Anker lagen. Dick vergaß den Kakao, spazierte über denkmalgeschmückte Plätze und die schmalen Straßen und Kais an den mit Eis gefüllten Kanälen der großen toten Stadt entlang, die zerbrechlich und leer wie eine abgestreifte Schlangenhaut auf der Lagune lag. Im Norden konnte er das Klopfen der Geschütze an der fünfundzwanzig Kilometer entfernten Piave hören. Auf dem Rückweg begann es zu schneien.

Ein paar Tage später zogen sie nach Bassano, hinter dem Monte Grappa, in eine Villa aus der Spätrenaissance, die mit Amoretten und Engeln ausgemalt und mit kunstvollen Draperien geschmückt war. Hinter der Villa toste Tag und Nacht die Brenta unter einer gedeckten Brücke hindurch. Dort verbrachten sie ihre Zeit damit, Leute mit erfrorenen Füßen abzutransportieren, heißen Rumpunsch in Cittadella zu trinken, wo sich das Lazarett und die Puffs befanden, und zu dem Fraß aus gummiartigen Spaghetti *The Foggy, Foggy Dew* und *The Little Black Bull Came Down From the Mountain* zu singen. Ripley und Steve beschlossen, zeichnen zu lernen, und verbrachten ihre freien Tage damit, architektonische Details oder die gedeckte Brücke zu zeichnen. Schuyler praktizierte sein Italienisch, indem er mit dem italienischen Leutnant über Nietzsche diskutierte. Fred Summers hatte sich von einer Mailänder Lady einen Tripper eingefangen; er sagte, sie müsse aus einer der besten Familien stammen, denn sie sei in einer Kutsche gefahren, außerdem habe sie ihn und nicht er sie aufgegabelt, und er verbrachte seine Freizeit größtenteils damit, sich irgendwelche Hausmittel, zum Beispiel Aufgüsse von Kirschenstängeln, zu brauen. Dick fühlte sich zunehmend einsam und melancholisch, hatte ein großes Bedürfnis nach Zurückgezogenheit und schrieb sehr viele Briefe nach Hause. Von den Briefen, die er zur Antwort bekam, ging es ihm schlechter, als wenn er keine bekommen hätte.

«Ihr müsst verstehen, wie es ist», schrieb er als Antwort auf einen begeisterten Erguss von Hilda über den «Krieg zur Beendigung des Krieges». «Ich glaube nicht mehr an das Christentum und kann deshalb nicht von diesem Standpunkt aus argumentieren, aber ihr, oder zumindest Edwin, tut das, und er sollte sich klarmachen, dass er, wenn er junge Männer drängt, sich in das bizarre Irrenhaus des Krieges zu begeben, alles in seiner Macht Stehende tut, sämtliche Prinzipen und Ideale zu untergraben, die ihm am heiligsten sind. Der junge Bursche, mit dem wir uns neulich Abend in Genua unterhalten haben, hatte völlig recht: Der Krieg ist eine faule Geschichte, ein dreckiger Schwindel, von Regierungen und Politikern aus Eigeninteresse angezettelt, von A bis Z Beschiss. Wenn die Zensur nicht wäre, könnte ich euch Dinge erzählen, von denen euch das Kotzen käme.»

Dann wieder überwand er plötzlich seine streitlustige Stimmung, sämtliche Phrasen über Freiheit und Zivilisation, die seinem Kopf entquollen, kamen ihm verdammt albern vor, und er zündete den Benzinkocher an, machte Rumpunsch und fand seine gute Laune wieder, während er mit Steve über Bücher, Malerei oder Architektur quatschte. In mondhellen Nächten brachten die Österreicher Leben in die Bude, indem sie Bombenflugzeuge schickten. Manchmal stellte Dick fest, dass es ihm eine Art bitteres Vergnügen verschaffte, nicht in den Unterstand zu gehen und es darauf ankommen zu lassen, zumal der Unterstand gegen einen direkten Treffer sowieso keinen Schutz bot.

Irgendwann im Februar las Steve in der Zeitung, dass Kaiserin Taitu von Abessinien gestorben sei. Sie hielten eine Totenwache. Sie tranken sämtlichen Rum, den sie hatten, und wehklagten, bis der Rest der Einheit dachte, sie seien verrückt geworden. In Decken gehüllt, saßen sie im Dunkeln um das offene, mondhelle Fenster und tranken warme Zabaione. Ein paar österreichische Flugzeuge, die seit geraumer Weile über ihnen dröhnten, drosselten plötzlich ihre Motoren und warfen unmittelbar vor ihnen eine Ladung Bomben ab. Die Flugabwehrgeschütze bellten schon einige Zeit, und Granatsplitter funkelten am monddiesigen Himmel, aber weil sie zu betrunken waren, hatten sie es nicht bemerkt. Eine Bombe klatschte in die Brenta, die anderen füllten den Raum vor dem Fenster mit rot zuckender Lohe, und die Villa bebte von einem dreifachen brüllenden Fauchen. Stuck fiel von der Decke. Sie hörten die Ziegel über sich vom Dach schlittern.

«Mann, jetzt wär fast Feierabend gewesen», sagte Summers. Steve fing an, *Come away from that window, my light and my life* zu singen, aber die anderen übertönten ihn mit einem dissonanten *Deutschland, Deutschland über alles.* Plötzlich fühlten sie sich allesamt sturzbetrunken.

Ed Schuyler stand gerade auf einem Stuhl und rezitierte den *Erlkönig,* als Feldmann, Sohn eines Schweizer Hotelbesitzers und mittlerweile Führer der Einheit, den Kopf zur Tür hereinsteckte und fragte, was zum Teufel das hier eigentlich solle. «Geht mal lieber in den Unterstand runter, einen italienischen Mechaniker hat's erwischt, und einem Soldaten, der die Straße raufkam, hat's beide Beine abgerissen … für solchen Blödsinn ist jetzt keine Zeit.»

Sie boten ihm etwas zu trinken an, und er zog wütend ab. Danach gingen sie zu Marsala über. Irgendwann im ersten Morgengrauen stand Dick auf und wankte ans Fenster, um sich zu übergeben; es goss wie aus Eimern, die schäumenden Stromschnellen der Brenta sahen im schimmernden Regen ganz weiß aus.

Am nächsten Tag mussten Dick und Steve nach Rova auf Posten. Als sie um sechs Uhr vom Hof fuhren, fühlte sich ihr Kopf wie ein Fesselballon an, und sie waren verdammt froh, dem Riesenkladderadatsch zu entgehen, den es in der Einheit geben würde. An der Front in Rova war es ruhig, es waren nur ein paar Fälle von Lungenentzündung und Geschlechtskrankheiten abzutransportieren, außerdem ein paar arme Teufel, die sich selbst in den Fuß geschossen hatten und unter Bewachung ins Lazarett geschickt werden sollten; doch in der Offiziersmesse, wo sie aßen, herrschte helle Aufregung. Tenente Sardinaglia war unter Stubenarrest gestellt worden, weil er dem Colonnello unverschämt gekommen war, saß seit zwei Tagen in seinem Quartier und hatte auf seiner Mandoline einen kleinen Marsch komponiert, den er den Marsch der Oberstärzte nannte. Hinter vorgehaltener Hand erzählte Serrati ihnen kichernd davon, während sie darauf warteten, dass die anderen Offiziere in die Messe kamen. Es lag alles an der Kaffeemaschine. Für die gesamte Messe gab es nur drei Macchine, eine für den Oberst, eine für den Major, und die dritte machte bei den nachrangingen Offizieren die Runde; tja, und vorige Woche hatten sie mal mit dieser Bella ragazza geschäkert, der Nichte des Farmers, bei dem sie einquartiert waren; sie hatte sich von keinem der Offiziere küssen lassen und sich aufgeführt wie eine Verrückte, als sie sie in den Hintern kniffen, und darüber war der Oberst wütend geworden, und noch wütender, als Sardinaglia fünf Lire mit ihm gewettet hatte, dass sie sich von ihm, Sardinaglia, küssen lassen würde, und er hatte ihr etwas ins Ohr geflüstert, sie hatte sich von ihm küssen lassen, worauf der Oberst knallrot im Gesicht geworden war und der Ordonnanz befohlen hatte, dem Tenente, wenn er an der Reihe sei, die Maschine nicht zu geben; Sardinaglia hatte die Ordonnanz geohrfeigt, es hatte Krach gegeben, und als Folge des Ganzen hatte Sardinaglia Stubenarrest bekommen, und die Amerikaner würden sehen, was für ein Affenzirkus das alles sei. Sie mussten eilends ernste Gesichter machen, weil in diesem Augenblick der Oberst, der Major und die beiden Hauptmänner hereinkamen.

Die Ordonnanz kam, salutierte, sagte mit fröhlicher Stimme: Pronto spaghetti, und alle setzten sich. Eine Zeitlang schlürften die Offiziere schweigend die langen, öligen, mit Tomatensauce überzogenen Spaghettifäden ein, der Wein wurde herumgereicht, und der Oberst hatte sich gerade geräuspert, um eine seiner lustigen Geschichten zum Besten zu geben, die alle zum Lachen brachten, als von oben das Klimpern einer Mandoline zu hören war. Der Oberst lief rot an und steckte sich eine Gabel voll Spaghetti in den Mund, anstatt etwas zu sagen. Da es Sonntag war, dauerte die Mahlzeit ungewöhnlich lang: Beim Dessert wurde die Kaffeemaschine, als Geste der Höflichkeit gegenüber gli Americani, Dick zuerkannt, und irgendwer holte eine Flasche Strega hervor.

Der Oberst befahl der Ordonnanz, die Bella ragazza zu holen, er wolle ein Glas Wein mit ihr trinken; die Ordonnanz wirkte angesichts dieses Befehls ziemlich sauer, wie Dick fand, ging jedoch die junge Frau holen. Sie erwies sich als hübsches, kräftiges Bauernmädchen mit olivfarbener Haut. Mit brennenden Wangen trat sie schüchtern vor den Oberst und bedankte sich sehr, aber sie trinke nichts Starkes. Der Oberst packte sie, sie musste sich auf seinen Schoß setzen, und er wollte sie zwingen, sein Glas Strega zu trinken, aber sie biss die hübschen, elfenbeinweißen Zähne zusammen und weigerte sich standhaft. Es endete damit, dass mehrere Offiziere sie festhielten und kitzelten und der Oberst ihr den Strega übers Kinn goss. Alles brüllte vor Lachen, ausgenommen die Ordonnanz, die kreidebleich wurde, und Steve und Dick, die nicht wussten, wo sie hinschauen sollten. Während die höheren Offiziere die junge Frau neckten, kitzelten und ihr mit den Händen in die Bluse fuhren, hielten die jüngeren Offiziere sie an den Füßen fest und strichen ihr mit den Händen an den Beinen nach oben. Schließlich fing sich der Oberst so weit, dass er mit Lachen aufhörte und sagte: «Basta, jetzt muss sie mir einen Kuss geben.» Aber sie riss sich los und rannte aus dem Zimmer.

«Geh und hol sie zurück», befahl der Oberst der Ordonnanz. Kurz darauf kam die Ordonnanz wieder, nahm Haltung an und sagte, er könne sie nicht finden. «Gut gemacht», flüsterte Steve Dick zu. Dick bemerkte, dass dem Mann die Beine zitterten. «So, du kannst sie nicht finden?», brüllte der Oberst und gab dem Mann einen Stoß; einer der Leutnants streckte einen Fuß vor, der Mann stolperte darüber und stürzte zu Boden. Alles lachte, und der Oberst versetzte dem Mann einen Tritt; dieser hatte sich gerade auf Hände und Knie aufgerichtet, als der Oberst ihm einen Tritt in den Hintern versetzte, sodass er wieder platt auf dem Boden landete. Die Offiziere brüllten allesamt vor Lachen, der Mann krabbelte zur Tür, während der Oberst hinter ihm herlief und ihm kleine Tritte verpasste, zuerst in die eine, dann in die andere Seite, wie ein Fußballspieler, der einen Ball vor sich hertreibt. Das versetzte sie alle in Hochstimmung, und sie tranken noch eine Runde Strega. Beim Hinausgehen packte Serrati, der mit den anderen gelacht hatte, Dick am Arm und zischte ihm ins Ohr: «Bestie ... sono tutti bestie.» /263/

Als die anderen Offiziere gegangen waren, nahm Serrati sie mit nach oben zu Sardinaglia, einem hochgewachsenen jungen Mann mit länglichem Gesicht, der sich selbst als Futurista bezeichnete. Serrati erzählte ihm, was passiert war, und sagte, er befürchte, die Amerikaner seien davon angewidert. «Einen Futuristen darf nichts anwidern, außer Schwäche und Dummheit», verkündete Sardignata etwas geschwollen. Dann sagte er ihnen, er sei dahintergekommen, mit wem die Bella ragazza in Wirklichkeit schlafe ... mit der Ordonnanz. Das, sagte er, widere ihn an; man sehe daran, dass alle Frauen Schweine seien. Dann forderte er sie auf, sich auf sein Feldbett zu setzen, und spielte ihnen den Marsch der Oberstärzte vor. Sie erklärten ihn für gelungen. «Ein Futurist muss stark sein, und nichts darf ihn anwidern», sagte er, immer noch auf der Mandoline klimpernd, «deswegen bewundere ich die Deutschen und die amerikanischen Millionäre so sehr.» Alle lachten.

Dick und Steve gingen hinaus, um ein paar Feriti /264/ einzuladen, die ins Lazarett transportiert werden sollten. Hinter der Scheune, wo sie die Wagen abgestellt hatten, saß die Ordonnanz, den Kopf auf die Hände gestützt, lange Tränenspuren im schmutzigen Gesicht. Steve ging zu ihm hin, klopfte ihm auf die Schulter und schenkte ihm ein Päckchen von den Mecca-Zigaretten, die der YMCA an sie verteilt hatte. Der Mann drückte Steve die Hand und machte ein Gesicht, als würde er sie ihm gleich küssen. Er sagte, nach dem Krieg würde er nach Amerika gehen, dort seien die Menschen zivilisiert, nicht solche Bestie wie hier. Dick fragte ihn, wo die junge Frau hingegangen sei. «Weggegangen», sagte er. «Andata via.»

Zur Einheit zurückgekehrt, stellten sie fest, dass dort der Teufel los war. Savage, Warner, Ripley und Schuyler hatten Befehl bekommen, sich im Zentralbüro in Rom zu melden; man wollte sie in die Staaten zurückschicken. Feldmann wollte nicht sagen, was vorgefallen war. Sie merkten sofort, dass die anderen Männer der Einheit sie argwöhnisch musterten und es tunlichst vermieden, mit ihnen zu sprechen, außer Fred Summers, der sagte, er kapiere es nicht, die ganze beschissene Geschichte sei doch sowieso ein einziges Irrenhaus. Sheldrake, der seinen Seesack und sein Feldbett in ein anderes Zimmer der Villa geschafft hatte, kam mit selbstgefälligem Gesicht zurück und sagte, er habe die Worte «aufwieglerische Äußerungen» gehört, und ein Offizier der italienischen Abwehr sei da gewesen und habe sich nach ihnen erkundigt. Er wünschte ihnen viel Glück und sagte, es sei aber auch zu blöd. Sie verließen die Einheit, ohne sich von jemandem zu verabschieden. Feldmann fuhr sie, ihre Seesäcke und ihr zusammengerolltes Bettzeug mit der Camionetta nach Vicenza. Am Bahnhof übergab er ihnen ihre Marschbefehle, sagte, es sei sehr schade, wünschte ihnen viel Glück und ging eilends weg, ohne ihnen die Hand zu geben.

«Verdammte Scheißkerle», knurrte Steve, «man könnte meinen, wir sind aussätzig.» Ed Schuyler las die Militärpässe durch, und sein Gesicht strahlte. «Freunde und Mitbrüder», sagte er, «mir ist danach, eine Rede zu halten ... das ist der bisher größte Beschiss ... ist euch eigentlich klar, dass das Ganze darauf hinausläuft, dass das Rote Kreuz alias die Gans, die goldene Eier legt, uns eine Gratistour durch Italien spendiert? Wir müssen erst in einem Jahr in Rom sein.»

«Halten wir uns von Rom fern, bis die Revolution kommt», schlug Dick vor.

«Marschieren wir mit den Österreichern in Rom ein», sagte Ripley.

Ein Zug schob sich in den Bahnhof. Sie drängten sich in ein Abteil erster Klasse; als der Schaffner kam und zu erklären versuchte, dass ihre Marschbefehle nur eine Fahrt zweiter Klasse vorsähen, verstanden sie kein Italienisch, sodass er sie schließlich dort sitzen ließ. In Verona stiegen sie aus, um ihre Seesäcke und Feldbetten nach Rom aufzugeben. Es war Abendessenszeit, also beschlossen sie, durch die Stadt zu spazieren und in einem Hotel zu übernachten. Am anderen Morgen sahen sie sich das alte Theater und die große, pfirsichfarbene Kirche San Zeno an. Dann saßen sie im Bahnhofscafé herum, bis ein Zug nach Rom kam. Der Zug war überfüllt mit Offizieren in hellblauen und hellgrünen Mänteln; in Bologna hatten sie es endgültig satt, im Gang auf dem Boden zu sitzen, und beschlossen, dass sie unbedingt den schiefen Turm sehen mussten. Dann fuhren sie nach Pistoja, Lucca, Pisa und trafen in Florenz wieder auf die Hauptstrecke. Wenn die Schaffner über ihre Marschbefehle den Kopf schüttelten, erklärten sie, man habe sie falsch informiert und sie hätten wegen Unkenntnis der Sprache den falschen Zug genommen.

In Florenz, wo es kalt war und regnete und sämtliche Gebäude so aussahen wie ihre Nachbauten, die sie von zu Hause kannten, setzte der Stationsvorsteher sie zwangsweise in den Express nach Rom, doch als der Zug anfuhr, stiegen sie heimlich auf der anderen Seite wieder aus und nahmen den Lokalzug nach Assisi. In einem Taxi, das sie für den ganzen Tag mieteten, fuhren sie von dort über Siena nach San Gimignano, wo es so viele Türme gab wie in New York, und standen schließlich eines schönen Frühlingsmorgens, gesättigt mit Malerei, Architektur, Öl, Knoblauch und Landschaft, im Dom von Orvieto und sahen sich die Fresken von Signorelli an. Sie blieben den ganzen Tag da, betrachteten das große Fresko vom Jüngsten Gericht, tranken den herrlichen Wein und wärmten sich draußen auf dem sonnigen Platz.

Als sie in Rom auf dem Bahnhof neben den Bädern des Diokletian ankamen, verstimmte sie die Aussicht, ihre Militärpässe abgeben zu müssen; sie waren verblüfft, als der Angestellte sie lediglich abstempelte und ihnen dann mit den Worten «Per il ritorno» /265/ zurückgab.

Sie gingen in ein Hotel, wuschen sich und legten ihr letztes Geld zusammen für eine Riesensause mit einem erstklassigen Essen, Frascati-Wein und Asti zum Nachtisch, einer Vaudeville-Show und einem Cabaret in der Via Roma, wo sie eine Amerikanerin kennenlernten, die sie die Baronesse nannten und die versprach, ihnen die Stadt zu zeigen. Am Ende des Abends hatte keiner von ihnen mehr genug Geld übrig, um mit der Baronesse oder einer ihrer bezaubernden Freundinnen nach Hause zu gehen, also nahmen sie sich mit ihren letzten zehn Lire eine Droschke und ließen sich zum Kolosseum fahren, um es bei Mondschein zu sehen. Die gewaltigen Ruinenmassen, die Steine mit ihren Inschriften, die Namen, die vornehmen römischen Namen, der alte Droschkenfahrer mit seinem wachsleinenen Zylinder und seinem üppigen Schnurrbart, der unterm letzten Viertel des zerklüfteten Mondes Bordelle empfahl, die gewaltigen, überall in die Nacht emporgetürmten Massen von Mauerwerk voller Bögen und Säulen, das in pompösen Akkorden in die Vergangenheit verklingende, dröhnende Wort Rom, das alles ließ ihnen den Kopf wirbeln, als sie zu Bett gingen, und Rom pochte ihnen in den Ohren, sodass sie nicht schlafen konnten.

Am nächsten Morgen stand Dick auf, als die anderen noch tief und fest schliefen, und ging zum Roten Kreuz; er war plötzlich nervös und machte sich Sorgen, sodass er sein Frühstück nicht hinunterbrachte. Im Büro sprach er mit einem korpulenten Major aus Boston, der offenbar etwas zu sagen hatte, und fragte ihn rundheraus, was zum Teufel eigentlich das Problem sei. Der Major druckste herum und führte das Gespräch in durchweg freundlichem Ton, gewissermaßen von Harvard-Student zu Harvard-Student. Er sprach von Indiskretionen und von der Überempfindlichkeit der Italiener. Genauer gesagt, habe dem

Zensor der Ton bestimmter Briefe nicht gefallen et cetera, et cetera. Dick sagte, er finde, er sollte seinen Standpunkt darlegen, und wenn das Rote Kreuz der Meinung sei, er habe seine Pflicht nicht getan, dann solle man ihn vor ein Kriegsgericht stellen, seiner Meinung nach gebe es viele Männer in seiner Position, die zwar pazifistische Ansichten hätten, nun aber, da das Land sich im Krieg befinde, durchaus bereit seien, zu tun, was sie könnten, um ihren Beitrag zu leisten, aber das heiße nicht, dass er von der Richtigkeit des Krieges überzeugt sei, und er finde, man müsse ihm erlauben, seinen Standpunkt darzulegen.

Der Major sagte, ja, das verstehe er durchaus et cetera, et cetera, aber junge Leute müssten sich klarmachen, wie wichtig Diskretion sei et cetera, et cetera, die ganze Sache sei zur allgemeinen Zufriedenheit aufgeklärt, eine bloße Indiskretion; tatsächlich sei der Vorfall beigelegt. Dick sagte immerzu, man müsse ihm erlauben, seinen Standpunkt darzulegen, und der Major sagte immerzu, der Vorfall sei beigelegt et cetera, et cetera, bis das Ganze ein bisschen albern anmutete und Dick das Büro verließ. Der Major versprach ihm einen Marschbefehl nach Paris, falls er sich mit dem dortigen Büro auseinandersetzen wolle. Dick kehrte verdutzt und wütend zum Hotel zurück.

Die anderen beiden waren ausgeflogen, also spazierten er und Steve durch die Stadt und sahen sich die sonnigen Straßen an, die nach brutzelndem Olivenöl, Wein und alten Steinen rochen, die barocken Kuppelkirchen, die Säulen, das Pantheon und den Tiber. Weil sie keinen Cent mehr in der Tasche hatten, konnten sie sich nichts zu essen oder zu trinken kaufen. Sie verbrachten den Nachmittag hungrig, hielten ein verdrießliches Nickerchen auf dem warmen Rasen des Pincio und kehrten ausgehungert und niedergeschlagen ins Hotel zurück, wo sie Schuyler und Ripley vorfanden, die in bester Stimmung Wermut und Soda tranken. Schuyler hatte einen alten Freund seines Vaters getroffen, Colonel Anderson, der den Auftrag hatte, das Rote Kreuz zu durchleuchten, hatte ihm sein Leid geklagt und ihm Informationen über kleine Schiebereien im Mailänder Büro gegeben. Colonel Anderson hatte ihn zum Lunch und zu Highballs ins Hôtel de Russie eingeladen, ihm hundert Dollar geliehen und ihm einen Posten in der Pressestelle verschafft. «Also, Freunde und Mitbrüder, evviva Italia und die verfluchten alleati, wir sind fein raus.»

«Und was ist mit dem Dossier?», fragte Steve aufgebracht.

«Ach, vergiss es, siamo tutti Italiani ... wer ist denn jetzt ein Defätist?»

Schuyler spendierte ihnen ein Essen, fuhr sie in einem Stabswagen zum Tivoli und zum Nemisee und setzte sie schließlich mit einer Einstufung als Hauptmann in ihrem Marschbefehl in den Zug nach Paris.

An ihrem ersten Tag in Paris ging Steve zum Büro des Roten Kreuzes, um sich nach Hause befördern zu lassen. «Zum Teufel damit, ich werde den Kriegsdienst verweigern», mehr sagte er nicht. Ripley trat in die französische Artillerieschule in Fontainebleau ein. Dick besorgte sich in einem kleinen Hotel auf der Île Saint-Louis ein billiges Zimmer und verbrachte seine Zeit damit, bei höherrangingen Rotkreuz-Vertretern vorzusprechen; die Namen hatte Hiram Halsey Cooper in einer sehr reservierten Antwort auf ein Telegramm genannt, das Dick ihm von Rom aus geschickt hatte. Die hohen Tiere schickten ihn von einem zum anderen.

«Junger Mann», sagte ein kahlköpfiger Offizieller in einem luxuriösen Büro im Hôtel de Crillon, «Ihre Ansichten offenbaren zwar eine unvernünftige, feige Gesinnung, sind aber völlig belanglos. Das amerikanische Volk ist entschlossen, sich den Kaiser zu holen. Dieses Ziel verfolgen wir mit jeder Faser und mit all unserer Energie. Wer auch immer der gewaltigen Maschinerie in die Quere kommt, die hundert Millionen Patrioten mit ihrer Energie und ihrer Hingabe zu dem edlen Zweck aufbauen, die Zivilisation vor den Hunnen zu retten, wird wie eine Fliege zerquetscht. Dass ein studierter Mann wie Sie nicht vernünftiger ist, wundert mich. Finger weg von der Kreissäge.»

Schließlich schickte man ihn zum Nachrichtendienst der Army, wo er auf einen jungen Burschen namens Spalding traf, den er vom College kannte und der ihn mit einem gequälten Lächeln begrüßte.

«Alter Junge», sagte er, «in solchen Zeiten dürfen wir uns nicht von unseren persönlichen Ansichten leiten lassen, stimmt's ...? Ich finde es regelrecht kriminell, sich den Luxus von persönlichen Meinungen zu leisten, regelrecht kriminell. Es herrscht Krieg, und wir alle müssen unsere Pflicht tun, und Leute wie du ermutigen die Deutschen, den Kampf fortzusetzen, Leute wie du und die Russen.»

Spaldings Vorgesetzter war ein Captain, der Sporen und auf Hochglanz polierte Ledergamaschen trug, ein streng dreinschauender junger Mann mit zartem Profil. Er trat auf Dick zu, schob sein Gesicht dicht vor dessen Gesicht und schrie: «Was würden Sie tun, wenn zwei Hunnen Ihre Schwester angreifen? Sie würden kämpfen, oder? ... Falls Sie kein elender Feigling sind ...»

Dick versuchte, darauf hinzuweisen, dass er seine bisherige Arbeit unbedingt fortsetzen wolle, er wolle mit dem Roten Kreuz zurück an die Front, er bitte lediglich um eine Gelegenheit, seinen Standpunkt darzulegen. Der Captain ging hin und her, schnauzte ihn an und schrie, jeder, der nach der Kriegserklärung des Präsidenten noch Pazifist sei, sei entweder ein Schwachkopf oder, noch schlimmer, ein völlig verkommenes Subjekt, und solche Leute wolle man nicht beim Amerikanischen Expeditionskorps; er werde persönlich dafür sorgen, dass Dick in die Staaten zurückgeschickt werde und dass man ihm niemals erlauben würde zurückzukommen, ganz gleich, in welcher Eigenschaft. «Für Drückeberger ist beim Expeditionskorps kein Platz.»

Dick gab es auf und ging zum Büro des Roten Kreuzes, um sich seinen Marschbefehl zu holen; er bekam einen für die *Touraine*, die in zwei Wochen von Bordeaux abgehen sollte. Seine beiden letzten Wochen in Paris verbrachte er damit, dass er im amerikanischen Lazarett in der Avenue du Bois de Boulogne ehrenamtlich als Krankenträger arbeitete. Es war Juni. In jeder klaren Nacht gab es Luftangriffe, und wenn der Wind günstig stand, hörte man die Geschütze an der Front. Die deutsche Offensive war in vollem Gang, die Front war Paris so nahe, dass die Ambulanzen die Verwundeten direkt aus den Feldlazaretten holten. Die ganze Nacht nahm die Zahl der Verwundeten zu, die auf ihren Tragen unter den frischbelaubten Bäumen längs der breiten Bürgersteige vor dem Lazarett lagen. Dick half mit, sie die Marmortreppe hinauf in die Aufnahme zu tragen. Eines Nachts teilte man ihn zum Dienst vor dem Operationssaal ein, und er musste zwölf Stunden lang Eimer voll Blut und Gaze hinaustragen, aus denen ab und zu ein zerschmetterter Knochen oder ein Stück Arm oder Bein ragten.

Als sein Dienst beendet war, ging er mit vor Müdigkeit schmerzenden Gliedern durch den nach Erdbeeren duftenden, frühen Pariser Morgen nach Hause und musste dabei an die Gesichter, Augen und schweißnassen Haare denken, die verkrampften, mit Blut und Dreck verkrusteten Finger, die Burschen, die scherzten und um eine Zigarette baten, und das blubbernde Ächzen der Lungendurchschüsse.

Eines Tages sah er im Schaufenster eines Juweliers in der Rue de Rivoli einen Taschenkompass. Er ging hinein und kaufte ihn; plötzlich hatte er einen fix und fertigen Plan im Kopf: Zivilkleider kaufen, seine Uniform auf der Pier in Bordeaux loswerden und in Richtung spanische Grenze aufbrechen. Mit etwas Glück und all den alten Marschbefehlen, die er in der Tasche hatte, müsste er es eigentlich schaffen; dann rasch über die Grenze, und sobald er dem Albtraum entkommen war, entscheiden, was er als Nächstes tun würde. Er setzte sogar schon einen Brief an seine Mutter auf.

Während er seine Bücher und seinen anderen Kram in seinen Seesack packte und ihn auf dem Rücken die Quais entlang zur Gare d'Orléans trug, ging ihm unentwegt Swinburnes *Song in Time of Order* durch den Kopf:

Solange drei Männer zusammenstehn
Hat kein König Gewalt über sie.

Himmel noch mal, er musste Verse schreiben: Die Leute brauchten aufrüttelnde Gedichte, die sie dazu ermutigten, gegen ihre kannibalistischen Regierungen aufzubegehren. Während er in dem Zweiter-Klasse-Abteil saß, baute er an einem Tagtraum von sich selbst, wie er in einer sonnenverbrannten spanischen Stadt saß, flammende Gedichte und Manifeste in die Welt setzte, in denen er junge Männer zum Aufstand gegen ihre Schlächter aufrief, Gedichte, die von geheimen Druckereien auf der ganzen Welt verbreitet würden, und dieser Tagtraum nahm ihn so gefangen, dass er die draußen vorbeigleitenden Vorstädte von Paris und die blaugrünen sommerlichen Felder kaum wahrnahm.

Lasst am Mast unsere Fahne wehen,
Dass das Rot wieder fliege im Wind,
Wenn von Wenigen nur Wenige noch stehen,
Wenn von zwanzig nur noch zehn übrig sind

Sogar das eintönige Geratter des französischen Eisenbahnzugs schien zu singen, als murmelte eine marschierende Menge die Worte in leisem Einklang:

Solange drei Männer zusammenstehn
Hat kein König Gewalt über sie.

Gegen Mittag bekam Dick Hunger und ging in den Speisewagen, um sich ein letztes luxuriöses Mahl zu gönnen. Er setzte sich einem gutaussehenden jungen Mann in französischer Offiziersuniform gegenüber. «Mein Gott, Ned, bist du das?»

Blake Wigglesworth warf auf die für ihn typische komische Art den Kopf zurück und lachte. «Garçon», rief er, «un verre pour monsieur.» /266/

«Wie lang warst du denn bei der Escadrille Lafayette?», stammelte Dick.

«Nicht lang ... sie wollten mich dort nicht.»

«Und die Navy?»

«Die haben mich auch rausgeschmissen, die verdammten Idioten glauben, ich hätte Tbc. ... garçon, une bouteille de champagne ... Und wohin bist du unterwegs?»

«Das erkläre ich dir gleich.»

«Ich fahre jedenfalls mit der *Touraine* nach Hause.» Wieder warf Ned lachend den Kopf zurück, und seine Lippen formten die Silben Blablablabla. Sein Gesicht, fiel Dick auf, war zwar sehr bleich und mager, die Haut unter den Augen und bis hinauf zu den Schläfen jedoch gerötet, und seine Augen glänzten etwas zu sehr.

«Tja, ich auch», hörte er sich sagen.

«Ich habe mich in die Nesseln gesetzt», sagte Ned.

«Ich mich auch», sagte Dick. «Und zwar gründlich.»

Sie hoben ihre Gläser, sahen einander in die Augen und lachten. Den ganzen Nachmittag saßen sie im Speisewagen, redeten, tranken und waren, als sie in Bordeaux ankamen, blau wie die Veilchen. Ned hatte sein ganzes Geld in Paris ausgegeben, und Dick hatte nur noch sehr wenig übrig, also mussten sie ihr Bettzeug und ihre Ausrüstung an zwei frisch eingetroffene amerikanische Lieutenants verkaufen, die sie im Café de Bordeaux kennenlernten. Fast kamen sie sich wie in der guten alten Zeit in Boston vor, als sie von Bar zu Bar zogen und nach der Sperrstunde nach Lokalen suchten, wo man noch etwas zu trinken bekam. Den größten Teil der Nacht verbrachten sie in einem eleganten Maison publique, das mit rosarotem Samt ausgepolstert war, und unterhielten sich mit der Puffmutter, einem vertrockneten Weib, das eine lange Oberlippe wie ein Lama hatte und ein schwarzes Abendkleid mit Pailletten trug; sie schloss die beiden ins Herz, und sie mussten da bleiben und Zwiebelsuppe mit ihr essen. Sie waren so sehr in das Gespräch vertieft, dass sie gar nicht an die

Frauen dachten. Die Alte war während des Burenkrieges in Transvaal gewesen und sprach ein merkwürdiges südafrikanisches Englisch.

«Vous comprennez, wir hatten sehr feine clientèle, alles Offiziere, sehr viel Eleganz, Anstand. Diese Johnnies vom veldt … mein lieber Mann … ganz schön vornehm, wisst ihr. Wir hatten zwei salons, ein salon englische Offiziere, ein *salon* Burenoffiziere, sehr vornehm, haben im ganzen Krieg nicht ein einziges Mal Krach angefangen, keine Prügelei … Vos compatriotes les Américains ce n'est pas comme ça, mes amis. Beaucoup Schweinehund, betrinken, machen verdammt Streit, machen Erbrechen, naturellement il y a aussi des gentils garçons comme vous, mes mignons, des véritables Gentlemen», und sie tätschelte beiden mit ihren hornigen, beringten Händen die Wangen. Als sie gingen, wollte sie beiden einen Kuss geben, begleitete sie bis zur Tür und sagte: «Bonsoir, mes jolis petits Gentlemen.»

Während der gesamten Überfahrt waren sie nach elf Uhr vormittags niemals nüchtern; es herrschte ruhiges, dunstiges Wetter. Eines Abends stand Dick allein auf dem Achterdeck neben dem kleinen Geschütz und suchte in seinen Taschen nach einer Zigarette, da spürte er im Futter seines Jacketts etwas Hartes zwischen den Fingern. Es war der kleine Kompass, den er sich gekauft hatte, damit er ihm über die spanische Grenze half. Voller Schuldgefühle fischte er ihn heraus und ließ ihn über Bord fallen.

Wochenschau XXVII

IHR VERWUNDETER KRIEGSHELD EIN BETRÜGER
SAGT EHEFRAU VOR GERICHT

Und inmitten von Krieg und Tod
Hilft die Schwester dir in der Not
Sie ist die Rose vom Niemandsland

laut den Aussagen der Tausende, die sich versammelt hatten, um dem Stapellauf beizuwohnen, und Augenzeugen der Katastrophe wurden, drehte sich das Gerüst offenbar wie eine gigantische Schildkröte um und schleuderte diejenigen, die darauf standen, ins acht Meter tiefe Wasser. Das geschah genau vier Minuten vor dem geplanten Stapellauf

Ach, in Paris die Schlacht
Hat mich zum Penner gemacht

BRITEN BEGINNEN OPERATION
AN AFGHANISCHER GRENZE

die führende Rolle im Welthandel, welche die Vereinigten Staaten sicheren Erwartungen zufolge nun übernehmen werden, hängt in sehr hohem Maße davon ab, wie klug und erfolgreich die Häfen des Landes genutzt und weiterentwickelt werden

Ich will nach Haus, ich will nach Haus
Die Granaten, sie heulen und pfeifen wie toll
Ich hab von den Gräben die Schnauze voll
Ach, schickt mich nach Hause übers Meer
Da kriegt mich der Allemand nie mehr

man hat einen Kreuzzug gegen Spielzeug begonnen, aber selbst wenn sämtliches deutsche Spielzeug beschlagnahmt und zerstört werden würde, wäre das noch immer nicht das Ende der deutschen Importe

20 CAFÉGÄSTE OPFER VON RAUBÜBERFALL

IN KRITISCHEN ZEITEN IN DENEN
SOZIALE UMWÄLZUNGEN DROHEN DÜRFEN
STAATSFEINDLICHE ZUSAMMENKÜNFTE
NICHT GESTATTET WERDEN

Bin noch voller Schwung
zum Sterben zu jung
Ich will nach Haus

Nancy genießt Nachtleben trotz Fliegerangriffen

KOFFERMORD
POLIZEI SUCHT TÄTOWIERTE FRAU

SOLDATENFRAU VON BEWUNDERER GETÖTET

Junger Mann soll Geld genommen haben, um für Beförderung eines Reserveoffiziers zu sorgen. Wie es scheint, handelte es sich bei den Männern um chinesische Kaufleute aus Irkutsk, Tschita und anderen Städten, die sich auf dem Heimweg nach Harbin befanden und ihre Gewinne mit sich führten, um sie in neue Bestände zu investieren

Ach in Paris die Schlacht
Hat mich zum Penner gemacht
Toujours la femme et combien

300 000 RUSSISCHE ADELIGE
VON DEN BOLSCHEWIKEN ERMORDET

Einheimische, britische und französische Bankiers wollen ausländische Investoren absichern

diese drei jungen Damen, die vor dreizehn Monaten nach Frankreich kamen, waren die erste Konzerttruppe zur Unterhaltung der Frontsoldaten. Am Abend des Vorstoßes auf Château-Thierry /267/ gaben sie nur drei Kilometer hinter der Front von der Eisenbahnlafette eines großen Schiffsgeschützes aus eine Vorstellung für die amerikanischen Truppen. Danach wurden sie dem Diensturlaubsgebiet Aix-les-Bains zugeteilt, wo sie tagsüber in der Kantine bedienten und abends auftraten und tanzten

So wenig Männer gibt's nirgendwo sonst
Beaucoup Rum beaucoup leger
Mutter erkennt ihren Sohn nicht mehr
Um die Freiheitsstatue wiederzusehn
Darfst du nicht in die Schlacht um Paris mitgehn

Das Auge der Kamera 35

immer saßen zwei Katzen mit einem Fell wie heiße Milch mit einem Schuss Kaffee, aquamarinblauen Augen und rußschwarzen Gesichtern im Fenster der Wäscherei gegenüber dem kleinen Milchgeschäft auf der Montagne Sainte-Geneviève wo wir frühstückten eingeklemmt zwischen den alten aneinandergedrängten schiefergrauen Häusern des Quartier Latin die sich im Nebel gemütlich über steile schmale Straßen beugten · winzige Straßen erleuchtet von verschiedenfarbigen Kreidelichtern vollgestopft mit unendlich kleinen Bars Restaurants Farbengeschäften und alten Drucken Betten Bidets schale Düfte kaum hörbares Zischeln brutzelnder Butter

Die Granate der Dicken Bertha explodierte mit einem Knallen nicht lauter als ein Kanonenschlag in der Nähe des Hotels in dem Oscar Wilde gestorben war wir rannten alle die Treppe hinauf um nachzusehen ob das Haus brannte aber die alte Frau deren Schmalz angebrannt war ärgerte sich schwarz

all die großen neuen Viertel in der Nähe des Arc de Triomphe waren verlassen aber im eselsohrigen vergilbten Paris der Carmagnole des Faubourg Saint-Antoine der Commune sangen wir

'suis dans l'axe
'suis dans l'axe
'suis dans l'axe du gros canon /268/

als die Granate der Dicken Bertha in der Seine landete gab es einen Concours de pêche /269/ in den kleinen hellgrünen Booten unter sämtlichen bärtigen Fischern die mit Netzen die Elritzen einsammelten die von der Explosion betäubt worden waren

Eveline Hutchins

Eveline zog zu Eleanor in eine schöne Wohnung am Quai de la Tournelle, die sich Eleanor irgendwie besorgt hatte. Es war die Mansarde eines grauen, zur Zeit von Richelieu erbauten und unter der Regentschaft von Louis Quinze renovierten Hauses mit abblätternder Fassade. Eveline bekam nie genug davon, zum Fenster hinaus und durch das filigrane Gitterwerk des schmiedeeisernen Balkongeländers auf die Seine zu schauen, wo Spielzeugdampfboote gegen die Strömung ankämpften, im

Schlepptau glänzend lackierte Schuten mit Gardinen und Geranien in den Fenstern ihrer rot und grün gestrichenen Deckshäuser, und auf die Insel gegenüber, wo die kühnen Schwünge der Schwebebögen die Apsis von Notre-Dame über die Baumwipfel eines kleinen Parks in schwindelerregende Höhe emporhoben. An einem kleinen Boulle-Tisch am Fenster tranken sie fast jeden Abend Tee, wenn sie vom Büro in der Rue de Rivoli nach Hause kamen, wo sie den Tag damit zubrachten, Bilder von zerstörten französischen Bauernhöfen, verwaisten Kindern und hungernden Kriegsbabys in Alben zu kleben, die nach Hause geschickt wurden, um in Spendensammelaktionen des Roten Kreuzes Verwendung zu finden.

Nach dem Tee ging Eveline in die Küche und sah Yvonne beim Kochen zu. Mit den Lebensmitteln und dem Zucker, den sie vom Kommissariat des Roten Kreuzes bezogen, betrieb Yvonne einen Tauschhandel, sodass das Essen sie fast nichts kostete. Anfangs hatte Eveline das zu unterbinden versucht, aber Yvonne hatte ihr einen Schwall von Argumenten entgegengehalten: ob Mademoiselle etwa glaube, Präsident Poincaré oder die Generäle oder die Minister, ces salauds de profiteurs, ces salauds d'embusqués, /270/ müssten auf ihre Brioches verzichten? Das sei das système D, ils s'en fichent des particuliers, des pauvres gens /271/ ... ihre, Yvonnes, Damen jedenfalls würden so gut essen wie irgendwelche alten Kamele von Generälen, wenn es nach ihr ginge, würde sie sämtliche Generäle vor ein Erschießungskommando stellen, und die Embusqués Minister und die Ronds de cuir /272/ gleich dazu. Eleanor sagte, die alte Frau sei von ihren Leiden leicht verrückt geworden, aber Jerry Burnham meinte, nicht sie, sondern der Rest der Welt sei verrückt.

Jerry Burnham war der kleine Mann mit dem roten Gesicht, der Eveline am Abend ihrer Ankunft in Paris bei dem Oberst aus der Klemme geholfen hatte. Hinterher lachten sie oft darüber. Er arbeitete für die United Press und tauchte im Zuge seiner Berichterstattung über die Tätigkeit des Roten Kreuzes alle paar

Tage bei ihr im Büro auf. Er kannte sämtliche Pariser Restaurants und führte Eveline zum Abendessen ins Tour d'Argent oder zum Mittagessen in die Taverne Nicholas Flame aus, und nachmittags spazierten sie zusammen durch die alten Straßen des Marais und kamen dann beide zu spät zur Arbeit.

Wenn sie sich dann abends in einem Café an einem guten ruhigen Tisch niedergelassen hatten, wo man ihr Gespräch nicht belauschen konnte (sämtliche Kellner seien Spione, sagte er), trank er viel Cognac und Soda und schüttete ihr sein Herz aus: dass seine Arbeit ihn anwidere, dass man als Korrespondent gar nichts mehr zu sehen bekomme, dass ihm ständig drei, vier Zensurbehörden im Nacken säßen, dass er gezwungen sei, geschönte Sachen einzuschicken, die Wort für Wort erstunken und erlogen seien, dass man seine Selbstachtung verliere, wenn man Jahr für Jahr so etwas tue, dass man als Zeitungsmensch schon vor dem Krieg nur wenig über dem Stinktier gestanden habe, dass es inzwischen aber gar keinen Ausdruck mehr für ihn gebe, der verächtlich genug sei.

Dann versuchte Eveline, ihn aufzuheitern, und sagte, er müsse, wenn der Krieg vorbei sei, unbedingt ein Buch wie *Le Feu* schreiben, in dem er wirklich die Wahrheit über den Krieg sage. «Aber der Krieg wird niemals vorbei sein ... er ist viel zu profitabel, verstehen Sie? Zu Hause scheffeln sie Geld, die Briten scheffeln Geld; sogar die Franzosen, sehen Sie sich Bordeaux, Toulouse und Marseille an, alle scheffeln sie Geld, und die verfluchten Politiker haben allesamt Bankkonten in Amsterdam oder Barcelona, die Schweinehunde.» Dann nahm er ihre Hand, kriegte das heulende Elend und versprach, er werde, wenn der Krieg tatsächlich ende, seine Selbstachtung zurückgewinnen und den großen Roman schreiben, den sie ihm zutraue.

Im Spätherbst kam Eveline eines Abends durch Schmutz und neblige Dämmerung nach Hause gestapft und stellte fest, dass Eleanor einen französischen Soldaten als Teegast hatte. Das freute sie, denn sie beklagte sich ständig, dass sie überhaupt keine Franzosen kennenlernte, nur professionelle Helfer und Rotkreuz-Damen, die ihr furchtbar auf die Nerven gingen; es dauerte einige Augenblicke, ehe ihr klar wurde, dass es sich bei dem Mann um Maurice Millet handelte. Sie fragte sich, wie sie jemals, selbst als junges Mädchen, auf ihn hatte fliegen können, so ältlich, teigig und altjüngferlich wirkte er in seiner gestärkten blauen Uniform. Unter seinen großen Augen mit den mädchenhaften langen Wimpern hatte er violette Ringe. Eleanor fand ihn offenbar immer noch wunderbar und sog jedes seiner Worte über l'élan suprême du sacrifice und l'harmonie mystérieuse de la mort /273/ auf. Er war Krankenträger in einem Lazarett in Nancy, war sehr religiös geworden und hatte sein Englisch fast ganz vergessen. Als sie ihn nach seiner Malerei fragten, zuckte er bloß die Schultern und gab keine Antwort. Zum Abendessen aß er sehr wenig und trank nur Wasser. Er blieb bis in den späten Abend, erzählte ihnen von wundersamen Bekehrungen, von der letzten Ölung in der Feuerlinie, von einer Vision, bei der er den jungen Jesus während eines Gasangriffs zwischen den Verwundeten auf einem Verbandsplatz habe umhergehen sehen. Après la guerre werde er in ein Kloster eintreten. Vielleicht ein Trappistenkloster. Nachdem er gegangen war, sagte Eleanor, das sei der anregendste Abend ihres Lebens gewesen; Eveline widersprach ihr nicht.

Maurice kam eines Nachmittags, bevor sein Urlaub zu Ende war, noch einmal wieder und brachte einen jungen Schriftsteller mit, der am Quai d'Orsay arbeitete, einen hochgewachsenen Franzosen mit rosigen Wangen, der aussah wie ein englischer Public-School-Junge und Raoul Lemonnier hieß. Er sprach offenbar lieber Englisch als Französisch. Er war zwei Jahre lang bei den Chasseurs Alpins an der Front gewesen und war dann reformé /274/ worden, entweder wegen seiner Lunge oder weil er einen Minister zum Onkel hatte, er wusste selbst nicht genau, warum. Alles sei sterbenslangweilig, sagte er. Tennis allerdings fand er großartig, und er fuhr jeden Nachmittag nach Saint-Cloud zum Rudern. Eveline entdeckte, dass das, was ihr schon den ganzen Herbst fehlte, eine Partie Tennis war. Er sagte, er möge Engländerinnen und Amerikanerinnen, weil sie sportbegeistert seien. Hier glaube jede Frau, man wolle sofort mit ihr ins Bett. «Die Liebe ist sterbenslangweilig», sagte er. Er und Eveline standen am Fenster, unterhielten sich über Cocktails (amerikanische Drinks hatten es ihm angetan) und sahen zu, wie sich die letzten purpurnen Streifen der Abenddämmerung auf Notre-Dame und die Seine herabsenkten, während Eleanor und Maurice in dem kleinen Salon im Dunkeln saßen und sich über den heiligen Franz von Assisi unterhielten. Sie lud ihn zum Essen ein.

Am nächsten Morgen sagte Eleanor, sie glaube, sie werde Katholikin werden. Auf dem Weg zum Büro musste Eveline mit ihr in Notre-Dame haltmachen, um die Messe zu hören, und beide entzündeten sie, für Maurice' Sicherheit an der Front, in der Nähe des Haupteingangs Kerzen vor einer Jungfrau Maria, deren Anblick Eveline fürchterlich auf die Nerven ging. Aber eindrucksvoll war es trotzdem, der Singsang der Priester, die Kerzen und der Geruch von kaltem Weihrauch. Sie hoffte jedenfalls, dass dem armen Maurice nichts passieren würde.

Zum Essen an jenem Abend lud sie Jerry Burnham ein, außerdem Miss Felton, die aus Amiens zurück war, und Major Appleton, der sich gerade in Paris aufhielt und irgendetwas mit Panzern zu tun hatte. Es war ein schönes Essen, Ente à l'Orange, obwohl sich Jerry, den ärgerte, dass Eveline sich so ausgiebig mit Lemonnier unterhielt, unbedingt betrinken musste, ziemlich ordinäre Reden führte, vom Rückzug bei Caporetto erzählte und behauptete, die Alliierten seien in schlimmer Verfassung. Major Appleton sagte, das dürfe er selbst dann nicht sagen, wenn es stimmte, und wurde ganz rot im Gesicht. Eleanor war ziemlich indigniert und sagte, für eine derartige Behauptung gehöre er eigentlich verhaftet, und nachdem alle gegangen waren, gab es zwischen ihr und Eveline einen ziemlichen Streit.

«Was wird nur dieser junge Franzose von uns denken? Du bist ein Schatz, Eveline, Liebes, aber du hast die vulgärsten Freunde.

Ich weiß nicht, wo du die immer aufgabelst, und diese Felton hat vier Cocktails, eine Viertelflasche Beaujolais und drei Cognac getrunken, ich habe es selbst kontrolliert.» Eveline fing zu lachen an, und sie lachten beide. Aber Eleanor sagte, sie führten ein viel zu bohemehaftes Leben, und das sei nicht richtig, wo doch Krieg sei und es in Italien und Russland so schlimm stehe und die armen Jungs in den Schützengräben und so weiter.

In jenem Winter füllte sich Paris allmählich mit Amerikanern in Uniform, Stabsfahrzeugen und Lebensmitteln aus dem Depot des Roten Kreuzes; und direkt aus Washington traf Major Moorehouse ein, der, wie sich herausstellte, ein alter Freund von Eleanor war und die Öffentlichkeitsarbeit für das Rote Kreuz übernehmen sollte. Noch bevor er da war, redeten alle von ihm, denn er war schon vor dem Krieg einer der bekanntesten Experten für Öffentlichkeitsarbeit in New York gewesen. Es gab niemanden, der noch nicht von J. Ward Moorehouse gehört hatte. Als Nachricht kam, dass er tatsächlich in Brest gelandet war, herrschte im Büro große Aufregung, und alles fragte sich bang, wen es wohl erwischen würde.

Am Morgen seiner Ankunft bemerkte Eveline als Erstes, dass Eleanor sich die Haare hatte ondulieren lassen. Dann wurde die gesamte Abteilung für Öffentlichkeitsarbeit kurz vor Mittag in Major Woods Büro gebeten, um Major Moorehouse kennenzulernen. Er war ziemlich korpulent, blauäugig, mit Haaren, die so hell waren, dass sie fast weiß wirkten. Seine Uniform saß gut, und sein Koppel mit Schulterriemen und seine Ledergamaschen glänzten wie Glas. Eveline fand sofort, dass er etwas Aufrichtiges und Gewinnendes hatte, wie ihr Vater, und das gefiel ihr. Und er wirkte trotz seiner ausgeprägten Hängebacken jung und sprach mit leichtem Südstaatenakzent. Er hielt eine kleine Ansprache darüber, wie wichtig die Arbeit des Roten Kreuzes für die Aufrechterhaltung der Moral von Zivilisten und Kombattanten sei und dass ihre Öffentlichkeitsarbeit zweierlei zum Ziel haben müsse, nämlich die Spendenbereitschaft der Leute zu Hause anzuregen und die Menschen über die Fortschritte ihrer Arbeit zu informieren. Das Problem im Augenblick sei, dass die Menschen nicht genug darüber wüssten, welch wertvolle Leistung die Beschäftigten des Roten Kreuzes erbrächten, und nur allzu geneigt seien, der unter dem Deckmantel des Pazifismus auftretenden Kritik der Deutschenfreunde, Miesmacher und Drückeberger, die mit Nörgelei und Krittelei rasch bei der Hand seien, Gehör zu schenken; und das amerikanische Volk und die vom Krieg gebeutelte Bevölkerung der alliierten Länder müssten von dem großartigen Opfer erfahren, das die Mitarbeiter des Roten Kreuzes brächten und das auf seine Art ebenso großartig sei wie das Opfer der braven Jungs in den Schützengräben.

«Selbst in diesem Augenblick, liebe Freunde, stehen wir unter Beschuss und sind bereit, das höchste Opfer zu bringen, damit die Zivilisation nicht vom Antlitz der Erde verschwindet.» Major Wood lehnte sich in seinem Drehstuhl zurück, und dieser gab ein Quietschen von sich, bei dem alle erschrocken aufblickten, und einige schauten zum Fenster hinaus, als rechneten sie damit, eine Granate der Dicken Bertha genau auf sich zufliegen zu sehen. «Sehen Sie», sagte Major Moorehouse schneidig, und seine blauen Augen blitzen, «genau das müssen die Leute empfinden ... den Kloß in der Kehle, den unbedingten Willen, die Nerven zu behalten, die Entschlossenheit weiterzumachen.»

Unwillkürlich fühlte sich Eveline bewegt. Sie warf einen raschen Seitenblick auf Eleanor, die genauso kühl und lilienhaft wirkte wie damals, als sie Maurice von dem jungen Jesus im Gasangriff hatte erzählen hören. Nie weiß man, was sie denkt, sagte sich Eveline.

Als J.W., wie Eleanor Major Woodhouse nannte, an jenem Nachmittag auf eine Tasse Tee bei ihnen hereinschaute, hatte Eveline das Gefühl, genau beobachtet zu werden, und war bemüht, sich von ihrer besten Seite zu zeigen; der Finanzberater; innerlich musste sie darüber kichern. Er wirkte etwas abgespannt, sagte nicht viel und wand sich sichtlich, als sie über Fliegerangriffe in mondhellen Nächten sprachen und darüber, dass Präsident Poincaré jeden Morgen persönlich die zerstörten Häuser aufsuchte und den Überlebenden sein Mitgefühl aussprach. Er blieb nicht lange und fuhr in einem Stabswagen irgendwohin, um sich mit irgendeinem hohen Offiziellen zu besprechen. Eleanor fand, dass er nervös und unruhig wirkte, und hatte den Eindruck, dass er lieber bei ihnen geblieben wäre. Sie begleitete ihn ins Treppenhaus und blieb eine ganze Weile weg. Eveline beobachtete sie genau, als sie ins Zimmer zurückkam, aber ihr Gesicht trug den gewohnten Ausdruck von fein gemeißelter Gelassenheit. Es lag Eveline auf der Zunge, sie zu fragen, ob Major Woodhouse ihr ... ihr ... aber ihr fiel keine passende Formulierung ein.

Eleanor blieb eine ganze Weile stumm; dann schüttelte sie den Kopf und sagte: «Arme Gertrude.»

«Wer ist das?»

Eleanors Stimme klang ein klein wenig blechern. «J. W.s Frau ... Sie hatte einen Nervenzusammenbruch und ist im Sanatorium ... die Anspannung, Liebes, dieser schreckliche Krieg.»

Major Moorehouse ging nach Italien, um die Öffentlichkeitsarbeit des Amerikanischen Roten Kreuzes dort zu reorganisieren, und zwei Wochen später wurde Eleanor per Anweisung aus Washington dem Büro in Rom zugeteilt. Damit blieb Eveline allein mit Yvonne in der Wohnung zurück.

Es war ein kalter, einsamer Winter, und die Arbeit mit all den Helfern ging Eveline schrecklich auf die Nerven, aber sie schaffte es, ihre Stelle zu behalten und sich abends gelegentlich mit Raoul zu amüsieren, der sie abholte und mit ihr in irgendeine petite boîte ging, von der er jedes Mal behauptete, sie sei sterbenslangweilig. Er ging mit ihr ins Aux Noctambules, wo man manchmal auch nach der Sperrstunde noch etwas zu trinken bekam; oder in ein kleines Restaurant auf der Butte Montmartre, wo sie einmal in einer kalten, mondhellen Januarnacht auf der Vortreppe standen und die Zeppeline anfliegen sahen. Kalt und tot lag Paris da, als wären die Häuser und Kuppeln Lage für Lage aus Schnee geformt, über ihnen funkelten frostig die Granatsplitter, und die Strahlen der Suchscheinwerfer waren die Fühler großer Insekten, die sich durch die milchige Dunkelheit bewegten. In Abständen erfolgte das rote, fauchende Aufflammen der Brandbomben. Nur einmal bekamen sie über sich zwei winzige silberne Zigarren zu Gesicht. Es sah so aus, als wären sie höher als der Mond.

Eveline stellte fest, dass Raouls Arm, der um ihre Taille gelegen hatte, nach oben geglitten war und dass seine Hand auf ihrer Brust lag. «C'est fou tu sais ... c'est fou tu sais»,/275/ sagte er mit Singsang-Stimme; sein Englisch schien er vergessen zu haben. Danach sprachen sie Französisch, und Eveline glaubte, schrecklich in ihn verliebt zu sein. Nachdem in den Straßen die Breloque/276/ ertönt war, gingen sie durch das dunkle, stille Paris nach Hause. An einer Ecke trat ein Gendarm auf sie zu und verlangte Lemmoniers Papiere. Im schwachen blauen Schimmer einer Ecklaterne prüfte er sie gründlich, während Eveline atemlos dabeistand und ihr Herz hämmern spürte. Der Gendarm gab die Papiere zurück, salutierte, entschuldigte sich vielmals und ging weg.

Keiner von beiden sagte etwas davon, aber Raoul schien ganz selbstverständlich davon auszugehen, dass er bei ihr in ihrer Wohnung schlafen würde. Rasch gingen sie durch die kalten, schwarzen Straßen nach Hause, ihre Schritte klackten laut auf den Pflastersteinen. Sie hing an seinem Arm; die Art, wie sich ihre Hüften beim Gehen gelegentlich berührten, hatte etwas Beklemmendes, Elektrisches, Unbehagliches.

Das Haus, in dem sie wohnte, war eines der wenigen in Paris, die keine Concierge hatten. Sie schloss die Haustür auf, und zusammen stiegen sie zitternd die kalte Steintreppe hinauf. Sie flüsterte ihm zu, er solle leise sein, wegen des Dienstmädchens. «Das ist sterbenslangweilig», flüsterte er, und seine Lippen streiften warm ihr Ohr.

«Hoffentlich findest du es nicht zu langweilig.»

Während er sich an ihrer Frisierkommode die Haare kämmte,

mit Kennermiene an ihren Parfümfläschchen schnupperte und sich ohne Hast und Verlegenheit im Spiegel bewunderte, sagte er: «Charmante Eveline, möchtest du meine Frau werden? Es ließe sich machen, weißt du. Mein Onkel, das Oberhaupt der Familie, mag die Amerikaner sehr. Es wäre natürlich sterbenslangweilig, der Ehevertrag und so weiter.»

«O nein, das entspräche überhaupt nicht meinen Vorstellungen», flüsterte sie kichernd und zitternd vom Bett aus. Raoul warf ihr einen wütenden, gekränkten Blick zu, sagte sehr förmlich gute Nacht und ging.

Als die Bäume vor ihrem Fenster zu knospen und die Blumenfrauen auf den Märkten Narzissen und Krokusse zu verkaufen begannen, ließ ihr das Gefühl, dass es Frühling war, die langen Monate allein in Paris noch trostloser erscheinen. Jerry Burnham war nach Palästina gegangen; Raoul Lemonnier hatte sich nie wieder bei ihr blicken lassen; Major Appleton kam jedes Mal, wenn er in der Stadt war, vorbei und erwies ihr ziemlich aufwändige Aufmerksamkeiten, aber er ging ihr einfach zu sehr auf die Nerven. Eliza Felton fuhr einen Krankenwagen, der dem amerikanischen Lazarett in der Avenue du Bois de Boulogne zugeteilt war, schaute an ihren freien Sonntagen herein und vermieste Eveline das Leben mit ihren Klagen darüber, dass Eveline nicht der heidnische Freigeist war, für den sie sie zunächst gehalten hatte. Niemand liebe sie, sagte sie, und sie hoffe, dass die Dicke Bertha ihrem ganzen Elend bald ein Ende machen werde. Es wurde so schlimm, dass Eveline sich sonntags gar nicht mehr zu Hause aufhalten konnte und den Nachmittag häufig in ihrem Büro verbrachte, wo sie Anatole France las.

Außerdem waren Yvonnes Marotten ziemlich anstrengend; mit ihren schmallippigen Kommentaren versuchte sie, über Evelines Leben zu bestimmen. Als Don Stevens, der in der grauen Uniform der Quäker-Sanitätseinheit hagerer denn je aussah, auf Urlaub kam, war das ein Gottesgeschenk, und Eveline kam zu dem Schluss, dass sie vielleicht doch in ihn verliebt gewesen war.

Sie erzählte Yvonne, er sei ihr Cousin, sie seien wie Bruder und Schwester zusammen aufgewachsen, und brachte ihn in Eleanors Zimmer unter.

Don befand sich wegen des Erfolgs der Bolschewiki in Russland in einem Zustand hochgradiger Erregung, aß ungeheure Mengen, trank sämtlichen Wein im Haus und ließ unentwegt geheimnisvolle Anspielungen auf Untergrund-Kräfte fallen, mit denen er in Kontakt stehe. Er sagte, in sämtlichen Armeen komme es zu Meutereien, was in Caporetto passiert sei, werde bald an der ganzen Front passieren, auch die deutschen Soldaten seien bereit zum Aufstand, und das wäre dann der Beginn der Weltrevolution. Er erzählte ihr von den Meutereien in Verdun, von ganzen Waggonladungen von Soldaten, die er mit dem Schrei «A bas la guerre» zum Angriff habe vorrücken sehen und die dabei auf die Gendarmen geschossen hätten.

«Eveline, wir stehen am Vorabend gewaltiger Ereignisse ... die Arbeiterklassen der Welt werden sich diesen Unsinn nicht mehr gefallen lassen ... verdammt, der Krieg hat sich beinahe gelohnt, wenn eine neue, sozialistische Zivilisation daraus hervorgeht.» Er beugte sich über den Tisch und küsste sie direkt vor der dünnen Nase von Yvonne, die gerade mit Brandy flambierte Pfannkuchen auftrug. Er drohte ihr scherzhaft mit dem Finger und hätte ihr mit seinem «Après la guerre finie» /277/ beinahe ein Lächeln entlockt.

In jenem Frühjahr und Sommer schien tatsächlich alles ins Wanken zu geraten, fast als hätte Don recht gehabt. Nachts hörte sie das gewaltige Tosen der Geschütze in unaufhörlichem Trommelfeuer an der zerbröckelnden Front. Das Büro schwirrte von verrückten Gerüchten: Die Britische Fünfte Armee habe kehrtgemacht und die Flucht ergriffen, die Kanadier hätten gemeutert und Amiens besetzt, Spione seien dabei, sämtliche amerikanischen Flugzeuge funktionsunfähig zu machen, die Österreicher brächen in Italien erneut durch. Dreimal bekam das Rotkreuz-Büro Anweisung, sämtliche Unterlagen zusammenzupacken und sich darauf vorzubereiten, Paris zu verlassen. Angesichts all dessen fiel es der Abteilung für Öffentlichkeitsarbeit schwer, in ihren Verlautbarungen die angemessene optimistische Haltung zu wahren, aber Paris füllte sich beruhigenderweise weiter mit amerikanischen Gesichtern, amerikanischen Militärpolizisten, Lederkoppeln und Konserven; und im Juli kam Major Moorehouse, der soeben aus den Vereinigten Staaten zurückgekehrt war, mit einem Bericht aus erster Hand über Château-Thierry ins Büro und verkündete, der Krieg werde in einem Jahr vorbei sein.

Am selben Abend lud er Eveline zum Essen ins Café de la Paix ein, und sie ließ dafür eine Verabredung mit Jerry Burnham sausen, der aus dem Nahen Osten und vom Balkan zurückgekehrt war, voller Geschichten von Cholera und Katastrophe. J.W. bestellte ein wunderbares Essen, er sagte, Eleanor habe ihm aufgetragen, festzustellen, ob Eveline nicht ein wenig Aufheiterung gebrauchen könne. Er sprach von der gewaltigen Ära der Expansion, die nach dem Krieg für Amerika anbrechen würde. Amerika, der gute Samariter, der die Wunden des vom Krieg zerrissenen Europa heilen werde. Es war, als ob er eine Rede probte, und als er damit fertig war, sah er Eveline mit einem komischen, selbstironischen Lächeln an und sagte: «Und der Witz daran ist, es stimmt tatsächlich.» Eveline lachte und stellte plötzlich fest, dass ihr J.W. wirklich sehr sympathisch war.

Sie trug ein neues Kleid von Paquin; gekauft hatte sie es mit Geld, das ihr Vater ihr zum Geburtstag geschickt hatte, und nach der Uniform war es eine Erleichterung. Sie waren schon mit Essen fertig, bevor sie richtig ins Gespräch gekommen waren. Eveline wollte ihn dazu bringen, dass er von sich erzählte. Nach dem Essen gingen sie ins Maxim, aber das war voller randalierender, betrunkener Flieger, und der Krach schien J.W. Angst zu machen, weshalb Eveline vorschlug, zu ihr nach Hause zu gehen und dort ein Glas Wein zu trinken.

Als sie, im Quai de la Tournelle angekommen, gerade aus J.W.s Stabswagen stiegen, sah sie Don Stevens die Straße entlangspazieren. Eine Sekunde lang hoffte sie, er würde sie nicht sehen, aber er machte kehrt und kam zurückgerannt. Ihn begleitete ein junger Bursche in der Uniform eines Private, der Johnson hieß. Sie gingen alle nach oben und saßen gedrückt in ihrem Wohnzimmer herum. Irgendwie konnten sie und J. W. über nichts anderes als Eleanor reden, und die anderen beiden saßen trübsinnig in ihren Sesseln und wirkten verlegen, bis J. W, schließlich aufstand, zu seinem Stabswagen hinunterging und wegfuhr.

«Gottverdammich, wenn ich eins hasse, dann ist es ein Kreuzrot-Major», brach es aus Don hervor, sobald sich die Tür hinter J. W. schloss.

Eveline war wütend. «Immer noch besser als ein falscher Quäker», sagte sie eisig.

«Sie müssen unsere Aufdringlichkeit entschuldigen, Miss Hutchins», sagte der junge Infanterist, der wie ein blonder Schwede aussah.

«Wir wollten dich eigentlich in ein Café abschleppen oder so was, aber dazu ist es jetzt zu spät», fing Don gereizt an. Der Infanterist unterbrach ihn: «Miss Hutchins, ich hoffe, Sie nehmen uns unsere Aufdringlichkeit nicht übel, oder vielmehr meine Aufdringlichkeit ... Ich habe Don gebeten, mich mitzunehmen. Er hat so viel von Ihnen gesprochen, und es ist ein Jahr her, dass ich eine richtig nette Amerikanerin gesehen habe.»

Er sprach in unterwürfigem Ton und hatte einen knatschigen Minnesota-Akzent, der Eveline anfangs zuwider war, doch als er sich schließlich verabschiedete und ging, fand sie ihn ganz sympathisch und verteidigte ihn, als Don sagte: «Er ist ein furchtbar netter Bursche, aber er hat was von einem Einfaltspinsel. Ich hatte befürchtet, dass du ihn nicht magst.» Anders, als er erwartet hatte, durfte Don nicht die Nacht mit ihr verbringen und zog mit sehr missmutigem Gesicht ab.

Im Oktober kam Eleanor zurück, im Gepäck eine Menge alter italienischer Bildtafeln, die sie für einen Apfel und ein Ei gekauft hatte. Im Büro gab es mehr Leute, als für die Arbeit gebraucht wurden, und sie, Eleanor und J.W. machten in einem Stabswagen eine Rundfahrt zu sämtlichen Rotkreuz-Kantinen im Osten Frankreichs. Es war eine herrliche Fahrt, das Wetter war erstaunlicherweise gut, fast wie ein amerikanischer Oktober, überall aßen sie in Offiziersmessen von Regiments-, Army-Corps- und Divisionsstäben zu Mittag und zu Abend, sämtliche jungen Offiziere waren überaus nett zu ihnen, J.W. war blendender Laune und brachte sie ständig zum Lachen, sie sahen Feldbatterien feuern, sahen einen Luftkampf und Fesselballons und hörten das Kreischen eines Arrivé. Während dieser Reise nahm Eveline zum ersten Mal eine gewisse Kühle in Eleanors Verhalten wahr, die sie kränkte; in der ersten Woche nach Eleanors Rückkehr hatten sie sich blendend verstanden.

Als sie nach Paris zurückgekehrt waren, ging es plötzlich sehr aufregend zu, alle möglichen Bekannten tauchten auf: Evelines Bruder George, der Dolmetscher im Hauptquartier des S.O.S. war, ein Mr. Robbins, ein Freund von J.W., der ständig betrunken war und eine komische Art zu reden hatte, außerdem Jerry Burnham und ein Haufen Zeitungsleute, sowie Major Anderson, der mittlerweile Colonel war. Sie gaben kleine Essen und Gesellschaften, und die Hauptschwierigkeit war, die Dienstränge schön auseinanderzuhalten und nur Leute einzuladen, die gut zueinander passten. Zum Glück waren ihre Freunde allesamt Offiziere oder Korrespondenten, die mit Offizieren auf einer Stufe standen. Nur einmal tauchte Don Stevens auf, unmittelbar bevor sie Colonel Appleton und Brigadier General Byng zu Gast hatten, und dass Eveline ihn zu bleiben bat, sorgte für eine überaus peinliche Situation, weil der General Quäker für Drückeberger der schlimmsten Sorte hielt, worauf Don an die Decke ging und sagte, ein Pazifist könne ein besserer Patriot sein als ein Stabsoffizier auf einem Druckposten, und Patriotismus sei ohnehin ein Verbrechen gegen die Menschheit.

Das Ganze wäre sehr unangenehm geworden, wenn nicht Colonel Appleton, der massenhaft Cocktails getrunken hatte, durch den zierlichen vergoldeten Stuhl, auf dem er saß, durchgebrochen wäre und der General gelacht und den Colonel mit einem schlechten Wortspiel über avoir du poise /278/ aufgezogen hätte, wodurch alle von der Auseinandersetzung abgelenkt wurden. Eleanor war sehr wütend über Don, und nachdem die Gäste gegangen waren, hatten sie und Eveline einen handfesten Streit. Am nächsten Morgen sprach Eleanor nicht mit ihr; Eveline ging los, um sich eine andere Wohnung zu suchen.

Wochenschau XXVIII

Oh die Adler, hoch sie fliegen
In Mobile, in Mobile

Amerikaner durchschwimmen bei glanzvoller Einnahme von Dünkirchen breiten Fluss und erklimmen steiles Kanalufer.

Bemerkenswert ist, dass die Compagnie Générale Transatlantique, besser bekannt unter dem Namen French Line, während des gesamten Krieges bei ihrem regulären Passagierdienst kein einziges Schiff verloren hat

ROTE FAHNE WEHT ÜBER BALTIKUM

«Ich habe Ägypten durchquert, um mich Allenby anzuschließen», sagte er. «Ich habe mit dem Flugzeug eine Strecke, für welche die Kinder Israels vierzig Jahre brauchten, in zwei Stunden zurückgelegt. Das müsste die Leute doch eigentlich dazu bringen, über den Fortschritt der modernen Wissenschaft nachzudenken.»

Ein Glück, die Kühe können nicht fliegen
In Mobile, in Mobile

PERSHING DRÄNGT FEIND WEITER ZURÜCK

SINGT FÜR VERWUNDETE SOLDATEN, WIRD NICHT WEGEN SPIONAGE ERSCHOSSEN

Je donnerais Versailles
Paris et Saint-Denis
Les tours de Notre-Dame
Les clochers de mon pays /279/

HELFEN SIE DER LEBENSMITTELVERWALTUNG MELDEN SIE KRIEGSGEWINNLER

dass die Konferenzteilnehmer in den meisten Punkten vollständige Übereinstimmung erzielten, sorgte unter den Teilnehmern für Zufriedenheit, aber auch für eine gewisse Überraschung

ROTE ZWINGEN HANDELSSCHIFFE ZUR FLUCHT

HUNNEN SUCHEN DAS WEITE

Auprès de ma blonde
Qu'il fait bon fait bon fait bon
Auprès de ma blonde
Qu'il fait bon dormir /280/

CHEZ LES SOCIALISTES LES AVEUGLES SONT ROI /281/

Die deutsche Regierung fordert den Präsidenten der Vereinigten Staaten von Amerika auf, Schritte zur Wiederherstellung des Friedens zu unternehmen, sämtliche kriegführenden Parteien von dieser Aufforderung zu unterrichten und sie zu ersuchen, zum Zweck der Aufnahme von Verhandlungen Bevollmächtigte zu entsenden. Als Grundlage für die Friedensverhandlungen akzeptiert die deutsche Regierung das Programm, das der Präsident der Vereinigten Staaten in seiner Botschaft an den Kongress vom 8. Januar 1918 sowie in seinen folgenden Verlautbarungen, insbesondere in seiner Rede vom 27. September 1918, dargelegt hat. Um weiteres Blutvergießen zu vermeiden, fordert die deutsche Regierung den Präsidenten der Vereinigten Staaten auf, den sofortigen Abschluss eines allgemeinen Waffenstillstandes zu Wasser, zu Lande und in der Luft herbeizuführen.

Joe Williams

Joe hatte sich eine Zeitlang in New York und Brooklyn herumgetrieben, Mrs. Olsen angepumpt und sich ständig besoffen. Eines Tages reichte es ihr, und sie warf ihn hinaus.

Es war verdammt kalt, und er musste ein paar Nächte lang in einem Obdachlosenasyl Unterschlupf suchen. Er hatte Angst, verhaftet und eingezogen zu werden, und ihm hing alles zum Hals heraus; am Ende heuerte er als gewöhnlicher Seemann auf der *Appalachian* an, einem großen, neuen Frachter, der nach Bordeaux und Genua fuhr. Dass er wieder wie ein Knastbruder behandelt wurde, das Deck schrubben und Rost klopfen musste, passte irgendwie dazu, wie er sich fühlte. In der Back waren hauptsächlich junge Landeier, die noch nie das Meer gesehen hatten, und ein paar alte Penner, die zu nichts taugten.

Am vierten Tag gerieten sie in einen üblen Sturm und übernahmen eine kleine Flutwelle, die steuerbords zwei Rettungsboote eindrückte; der Konvoi wurde zersprengt, und sie mussten feststellen, dass das Deck nicht ordentlich kalfatert war und ständig Wasser in die Back eindrang. Wie sich zeigte, war Joe der Einzige an Bord, den der Maat guten Gewissens ans Ruder stellen konnte, also zog man ihn vom Rostklopfen ab, und er hatte während seiner vierstündigen Wachen reichlich Zeit, darüber nachzudenken, wie beschissen alles war. In Bordeaux hätte er gern Marceline besucht, aber von der Mannschaft durfte keiner an Land.

Der Bootsmann ging an Land, besoff sich mit ein paar Infanteristen und kam mit einer Flasche Cognac für Joe, den er irgendwie in sein Herz geschlossen hatte, und jeder Menge Latrinenparolen zurück: Die Froschfresser bekämen Dresche, die Engländer und die Itaker bekämen noch fürchterlicher Dresche, und wenn wir Amerikaner nicht gewesen wären, wäre der Kaiser schon längst ins schöne Paris einmarschiert, und es stehe auch jetzt noch Spitz auf Knopf. Es war schweinekalt. Joe und der Bootsmann gingen in die Kombüse und tranken den Cognac zusammen mit dem Smutje, einem alten Hasen, der beim Goldrausch in Klondike dabei gewesen war. Sie hatten das Schiff für sich allein, weil die Offiziere alle an Land waren, um sich die Mesdemoiselles anzusehen, und alle anderen schliefen. Der Bootsmann sagte, das Ende der Zivilisation stehe bevor, der Smutje sagte, das sei ihm scheißegal, Joe sagte, ihm auch, und der Bootsmann sagte, sie seien gottverdammte Bolschewiken, und kippte aus den Latschen.

Es war eine komische Fahrt um Spanien herum, durch die Straße von Gibraltar und die französische Küste entlang nach Genua. Die ganze Strecke über zog sich eine einzige Kette aus getarnten Frachtern hin, griechische, britische, norwegische und amerikanische, die sich alle dicht an der Küste hielten und mit an Deck bereitgelegten Rettungswesten und an den Davits ausgeschwungenen Rettungsbooten dahinschlichen. Eine zweite Kette ohne Fracht passierte sie in entgegengesetzter Richtung, Transporter und Kohlenschiffe aus Italien und Saloniki, weiße

Lazarettschiffe, alle möglichen Seelenverkäufer von den sieben Meeren, rostige Frachter, deren Schrauben so weit aus dem Wasser standen, dass man sie noch ein paar Stunden schlagen hörte, nachdem ihr Rumpf längst außer Sicht war. Sobald sie ins Mittelmeer kamen, waren seewärts ständig französische und britische Schlachtschiffe zu sehen, außerdem die dämlich aussehenden Zerstörer mit ihren langen Rauchfahnen; von ihnen wurde man angerufen, und sie schickten einem ein Kommando an Bord, um die Schiffspapiere zu prüfen.

An Land sah es kein bisschen nach Krieg aus. Nachdem sie Gibraltar passiert hatten, herrschte sonniges Wetter. Die spanische Küste war grün, mit kahlen, rosaroten und gelben Bergen landeinwärts, und wie Zuckerwürfel darüber hingestreut kleine weiße Häuser, die sich hier und da zu kleinen Städten zusammenscharten. Sie durchfuhren den Golf von Lyon bei Nieselregen, treibendem Nebel und unangenehm kabbeliger See und rammten dabei um ein Haar eine große, mit Weinfässern beladene Feluke. Dann dampften sie in einem heulenden Nordwestwind an der französischen Riviera entlang; die kleinen Städte mit ihren roten Dächern glänzten hell, dahinter erhoben sich felsig die trockenen Hügel, und darüber zeichneten sich scharf die schneebedeckten Berge ab. Nachdem sie Monte Carlo passiert hatten, war es der reinste Spaß, die Häuser waren alle rosa, blau und gelb, in sämtlichen Tälern standen große Pappeln und hohe, spitze Kirchtürme.

In jener Nacht hielten sie nach dem großen Leuchtfeuer Ausschau, das auf der Karte Genua markierte, als sie voraus ein rotes Glimmen sichteten. Es ging das Gerücht, die Deutschen hätten die Stadt eingenommen und in Brand gesteckt. Der Zweite Offizier ging so weit, dem Skipper auf der Brücke vorzuhalten, sie würden alle in Gefangenschaft geraten, wenn sie ihren Kurs fortsetzten, und man solle lieber umkehren und den Hafen von Marseille anlaufen, aber der Skipper sagte ihm, das gehe ihn verdammt noch mal nichts an und er solle gefälligst das Maul halten, bis man ihn nach seiner Meinung frage. Das Glimmen wurde heller, je näher sie kamen. Wie sich herausstellte, stammte es von einem Tanker, der vor dem Hafendamm in Flammen stand. Es war ein großer, neuer Standard-Oil-Tanker mit leicht durchgesacktem Bug, aus dessen Rumpf Feuer strömte und sich auf dem Wasser ausbreitete. Man sah den Hafendamm, die Leuchttürme und dahinter die Stadt, die sich, einen roten Schimmer in sämtlichen Fenstern, die Hügel hinaufzog, und die Schiffe, die sich im Hafen drängten, wurden alle von der roten Lohe erhellt.

Nachdem sie vor Anker gegangen waren, nahm der Bootsmann Joe und ein paar von den jungen Burschen im Dingi mit, und sie ruderten zu dem Tanker hinüber, um nachzusehen, was an Bord eventuell zu machen sei. Das Achterschiff stand weit aus dem Wasser. Soviel sie sehen konnten, war niemand an Bord. Ein paar Itaker kamen mit einem Motorboot angefahren und quasselten auf sie ein, aber sie taten so, als verstünden sie nicht, was die Kerle meinten. Nahebei lag ein Löschboot in Bereitschaft, aber machen konnte es auch nichts. «Warum zum Teufel versenken sie das Ding nicht?», fragte der Bootsmann immer wieder.

Joe erblickte eine Strickleiter, die ins Wasser hing, und pullte das Dingi zu ihr hin. Die anderen hatten noch gar nicht angefangen, ihm zuzubrüllen, er solle zurückkommen, da war er schon halb oben. Als er von der Reling aufs Deck sprang, fragte er sich, was zum Teufel er hier oben eigentlich zu suchen hatte. Gottverdammich, ich hoffe, dass Ding fliegt in die Luft, sagte er laut zu sich selbst. Hier oben war es taghell. Der vordere Teil des Schiffs und das Meer drumherum brannten wie eine Fackel. Wahrscheinlich war das Schiff auf eine Mine gelaufen oder torpediert worden. Die Mannschaft war offensichtlich in aller Eile von Bord gegangen, denn achtern bei den Davits, wo die Rettungsboote gehangen hatten, lagen alle möglichen Kleidungsstücke und ein paar Seesäcke herum. Joe suchte sich einen schönen neuen Pullover aus und ging dann in die Kajüte hinunter. Auf einem Tisch fand er eine Kiste Havannazigarren. Er nahm eine heraus und zündete sie an. Es war ein gutes Gefühl, da zu stehen und sich eine Zigarre anzuzünden, während die gottverdammten Tanks ihn jeden Moment bis nach Halifax pusten konnten. Außerdem war es eine gute Zigarre. Auf dem Tisch lagen, in Seidenpapier eingewickelt, sieben Paar seidene Damenstrümpfe. Schönes Geschenk für Del, war sein erster Gedanke. Doch dann fiel ihm ein, dass er mit alldem fertig war. Er stopfte sich die Seidenstrümpfe trotzdem in die Hosentasche und ging zurück an Deck.

Der Bootsmann brüllte ihm vom Boot aus zu, er solle runterkommen, Herrgott noch mal, oder sie würden ihn zurücklassen. Er hatte gerade noch Zeit, eine Brieftasche vom Niedergang aufzuheben. «Es ist kein Benzin, sondern Rohöl. Das Ding kann noch eine Woche brennen», rief er den Jungs im Boot zu, während er langsam die Strickleiter hinabstieg, dabei an der Zigarre zog und über das Gedränge der Masten, Schornsteine und Ladebäume hinweg auf die allesamt rot überglänzten großen Marmorhäuser, alten Türme, Säulengänge und Hügel dahinter blickte. «Wo zum Teufel ist die Mannschaft?»

«Inzwischen wahrscheinlich alle an Land und stinkbesoffen, und das wäre ich jetzt auch gern», sagte der Bootsmann. Die Zigarren teilte Joe auf, doch die Seidenstrümpfe behielt er. «Verdammter Mist», knurrte der Bootsmann, «haben die denn keinen Sprengstoff?»

«Die verdammten Spaghettifresser wüssten doch gar nichts damit anzufangen, wenn sie welchen hätten», sagte einer von den jungen Burschen.

Sie ruderten zur *Appalachian* zurück und meldeten dem Skipper, der Tanker sei verlassen worden und die Hafenbehörde müsse selbst sehen, wie sie ihn loswerde.

Den ganzen nächsten Tag lag der Tanker brennend vor dem Hafendamm. Bei Einbruch der Nacht ging wie ein bengalisches Feuer einer der Tanks hoch, und das Feuer breitete sich immer weiter übers Wasser aus. Die *Appalachian* lichtete Anker und machte am Kai fest.

Am Abend gingen Joe und der Bootsmann an Land, um sich die

Stadt anzusehen. Die Straßen waren schmal, mit Stufen dazwischen, die hügelaufwärts auf breite Avenuen führten, mit Cafés und kleinen Tischen unter den Kolonnaden, wo das Pflaster aus polierten, zu Mustern gelegten Marmorsteinchen bestand. Es war ziemlich frisch, und sie gingen in eine Bar und tranken ein rosarotes, heißes Getränk mit Rum darin.

Sie liefen einem Itaker namens Charley über den Weg, der zwölf Jahre in Brooklyn gelebt hatte, und er führte sie in einen Laden, wo sie Unmengen von Spaghetti und gebratenem Kalbfleisch verdrückten und Weißwein tranken. Charley erzählte, dass man in der italienischen Armee wie ein Hund behandelt werde, der Sold betrage fünf Cent pro Tag, und nicht mal die bekomme man, und Charley war Feuer und Flamme für il presidente Wiilsonn und die vierzehn Punkte und sagte, bald würden sie einen Frieden ohne Sieg schließen, dann gebe es große rivoluzione in Italia und große Krieg gegen die Francese und die Inglese, die behandelten die Italiener wie Dreck.

Charley holte zwei Frauen herein, seine Cousinen, wie er sagte, Nedda und Dora, und eine setzte sich Joe auf den Schoß, und Jungejunge, die konnte vielleicht was verdrücken, und alle tranken sie Wein. Für die Zeche ging Joes ganzes Geld drauf.

Als er mit Nedda eine Außentreppe im Hof hinaufstieg, um mit ihr ins Bett zu gehen, sah er den Feuerschein des vor dem Hafen brennenden Tankers auf den kahlen Wänden und den Ziegeldächern der Häuser.

Nedda wollte sich nicht ausziehen, sondern Joes Geld sehen. Joe hatte keins mehr, also holte er die Seidenstrümpfe hervor. Sie machte ein missmutiges Gesicht und schüttelte den Kopf, aber sie war verdammt hübsch, hatte große schwarze Augen, und Joe wollte es unbedingt und rief nach Charley, und Charley kam die Treppe herauf, redete itakerisch mit ihr und sagte, klar nehme sie die Seidenstrümpfe und ob Amerika nicht das tollste Land der Welt sei und tutti aleati und presidente Wiilsonn große Mann für Italia.

Aber sie wollte noch immer nicht, bis sie aus der Küche eine alte Frau holten, die ächzend die Treppe hinaufstieg, die Strümpfe befühlte und offenbar sagte, sie seien aus echter Seide und einiges wert, denn das Mädchen legte den Arm um Joes Hals, und Charley sagte: «Klar, Mann, sie slafe ganze Nachte mit dir, mache gut Liebe.»

Aber gegen Mitternacht, als sie eingeschlafen war, hatte Joe plötzlich genug vom Herumliegen. Er konnte die Klos unten im Hof riechen, und außerdem krähte unentwegt und furchtbar laut ein Hahn, als säße er direkt unter seinem Ohr. Er stand auf, zog sich an und ging auf Zehenspitzen hinaus. Die Seidenstrümpfe hingen über einem Stuhl. Er nahm sie und steckte sie wieder ein. Seine Schuhe knarzten wie verrückt. Die Tür zur Straße war verriegelt und verrammelt, und sie aufzukriegen war eine Heidenarbeit. Gerade als er auf die Straße hinaustrat, fing irgendwo ein Hund an zu bellen, und Joe rannte los. Er verlief sich in einer Million kleiner, schmaler, steinerner Gassen, aber er schätzte, er würde irgendwann zum Hafen kommen, wenn er nur immer bergab lief. Dann sah er auf einigen Hauswänden wieder den rosigen Schimmer von dem Tanker und richtete sich danach.

Auf irgendeiner steilen Treppe begegnete er zwei Amerikanern in Khakiuniform und fragte sie nach dem Weg; sie spendierten ihm einen Schluck aus einer Flasche Cognac und sagten, sie seien unterwegs zur italienischen Front, es habe einen großen Rückzug gegeben, alles sei total dämlich, sie wüssten nicht, wo die dämliche Front sei, und würden jetzt einfach an Ort und Stelle warten, bis die dämliche Front zu ihnen komme. Er erzählte ihnen von den Seidenstrümpfen, das fanden sie verdammt komisch, und sie zeigten ihm den Weg zur Pier, wo die *Appalachian* lag, schüttelten ihm zigmal die Hand, als sie sich verabschiedeten, und sagten, die Itaker seien Schweine, und er sagte, sie seien Engel, dass sie ihm den Weg gezeigt hätten, und sie sagten, er sei auch einer, und dann tranken sie die Flasche Cognac leer, er ging an Bord und fiel in seine Koje.

Als die *Appalachian* die Heimreise antrat, lag der Tanker immer noch brennend vor dem Hafen. Unterwegs stellte sich heraus, dass Joe sich einen Tripper eingefangen hatte, und als er nach Brooklyn kam, durfte er mehrere Monate lang nichts trinken und ließ es einigermaßen ruhig angehen. Er ging zur Seefahrtsschule, die der Shipping Board am Platt Institute betrieb, bekam sein Patent als Zweiter Offizier und fuhr das ganze Jahr hindurch zwischen New York und Saint-Nazaire hin und her, auf einem neuen, in Seattle gebauten Holzschiff, das *Owanda* hieß und mit dem sie jede Menge Ärger hatten.

Er und Janey schrieben einander oft. Sie war mit dem Roten Kreuz in Übersee und sehr patriotisch. Allmählich glaubte Joe, dass sie vielleicht recht hatte. Jedenfalls, wenn man den Zeitungen glaubte, kriegten die Deutschen Dresche, und für einen jungen Burschen bot sich eine gute Gelegenheit, wenn man nicht gerade das Pech hatte, für einen Deutschenfreund oder einen Bolschewiken oder irgend so was gehalten zu werden. Immerhin musste die Zivilisation gerettet werden, wie Janey ständig schrieb, und es lag an uns Amerikanern, das hinzukriegen. Joe richtete ein Sparkonto ein und kaufte sich eine Kriegsanleihe.

Am Waffenstillstandstag war Joe in Saint-Nazaire. Abends war die Stadt außer Rand und Band. Alles ging an Land, kein Infanterist blieb mehr im Feldlager, kein Froschfresser-Soldat in der Kaserne, alle klopften sich gegenseitig auf die Schultern, ließen die Korken knallen, gaben einander Drinks aus, küssten jede hübsche Frau, wurden von alten Frauen und von französischen Veteranen mit Schnurrbart auf beide Wangen geküsst. Die Offiziere, der Skipper, der Steuermann und ein paar Marineoffiziere, die sie noch nie gesehen hatten, fingen in einem Café ein großes Fressen an, aber weiter als bis zur Suppe kamen sie nicht, weil in der Küche alles tanzte und weil man dem Koch so viele Gläser eingoss, dass er aus den Latschen kippte, und alle saßen da, sangen, tranken Champagner aus Wassergläsern und jubelten den alliierten Flaggen zu, die irgendwelche Frauen unentwegt durch den Saal trugen.

Joe zog auf der Suche nach Jeannette durch die Gegend, einer Frau, mit der er mehr oder weniger zusammen war, wenn er nach Saint-Nazaire kam. Er wollte sie finden, bevor er zu besoffen war. Sie hatte ihm versprochen, in dieser Nacht mit ihm zu coucher /282/, allerdings war das mit dem Waffenstillstand da noch nicht rausgewesen. Sie sagte, solange die *Owanda* im Hafen liege, schlafe sie mit keinem anderen, und er behandelte sie anständig und brachte ihr beaucoup /283/ Geschenke aus l'Amérique mit, außerdem du sucre und du café. Joe fühlte sich gut, er hatte ordentlich Kohle in der Tasche, und gottverdammich, amerikanisches Geld war dieser Tage was wert; und die paar Pfund Zucker, die er in den Taschen seines Regenmantels dabeihatte, kamen bei den Mesdemoiselles sogar noch besser an als Geld.

Er ging hinten in ein Haus, wo ein Cabaret war, lauter roter Plüsch mit Spiegeln, und die Musik spielte *The Star-Spangled Banner*, alles schrie Vive l'Amérique und hielt ihm Drinks unter die Nase, und dann tanzte er mit einem dicken Weib, und die Musik spielte irgendeinen verdammten Foxtrott. Er ließ die Dicke stehen, weil er Jeannette gesehen hatte. Sie hatte sich eine amerikanische Flagge über ihr Kleid drapiert und tanzte mit einem Riesenkerl von Senegalesen. Joe sah rot. Er zog sie weg von dem Nigger, einem Froschfresser-Offizier mit reichlich Lametta, und sie sagte «Wasnlos, chérie», und er holte aus und traf den verdammten Nigger mit voller Wucht genau auf den Punkt, aber der Nigger zuckte nicht mal. Sein schwarzes Gesicht zeigte ein leicht verdutztes Lächeln, als hätte er gerade was fragen wollen. Ein Kellner und zwei Froschfresser-Soldaten kamen an und wollten Joe wegziehen. Alles schrie und quasselte durcheinander. Jeannette versuchte, sich zwischen Joe und den Kellner zu drängen, und bekam einen Schlag gegen das Kinn, der sie flachlegte. Joe schickte ein paar Froschfresser auf die Bretter und zog sich langsam in Richtung Tür zurück, da sah er im Spiegel, wie ein großer Kerl in einer Feldbluse ihm eine mit beiden Händen gehaltene Flasche auf den Kopf heruntersausen ließ. Er versuchte noch, sich umzudrehen, aber es war zu spät. Die Flasche krachte ihm auf den Schädel, und weg war er.

Wochenschau XXIX

das Eintreffen der Nachricht sorgte für eine Überlastung sämtlicher Telefonleitungen der Stadt

Y fallait pas
Y fallait pas
Y fallait pa-a-a-a-as-y aller /284/

EINSATZ SCHWERER GESCHÜTZE IN HAMBURG

Im Custom House sang die Menge unter der Leitung von Byron R. Newton, dem Chef der Zollbehörde, *The Star-Spangled Banner* /285/

MORGAN SITZT AUF FENSTERBANK
STRAMPELT MIT DEN BEINEN UND LÄSST
LOCHSTREIFEN AUF MENSCHENMENGE REGNEN

unten an der Battery ließ das Löschboot *New York* ein Heulen ertönen, als die Nachricht dort eintraf, und ehe man Piep sagen konnte, brach überall im Hafen die Hölle los

Oh say can you see by the dawn's early light /286/

KRONPRINZ WEGEN KUSS FÜR MODISTIN
VON FRAUEN UNTER DRUCK GESETZT

Allons enfants de la patrie
Le jour de gloire est arrivé /287/

It's the wrong way to tickle Mary
It's the wrong place to go /288/

«Wir haben gegen den Teufel Krieg geführt, und alles damit verbundene Leid hat sich gelohnt», sagte William Howard Taft gestern Abend bei einer Siegesfeier

Ka-ka-katie, schöne Katie
Ich lieb dich inniglich
Und wenn der Mond scheint

Unipress, N. Y.
Paris dringend Brest Admiral Wilson der 16:00 (4 p.m.) vor Presse Brest Unterzeichnung Waffenstillstand bekanntgab erklärte später Bestätigung nicht zu erhalten Brest unterdessen in ausgelassener Feierlaune

ZWEI WAGEN IN QUEENS VON BEWAFFNETEN ÜBERFALLEN

überm Kuhstall
Wart ich bei der Kü-kü-küche auf dich

SONDERSCHWURGERICHT FÜR BOLSCHEWISTEN GEFORDERT

die Soldaten und Seeleute gaben der Feier als Einzige etwas Farbe. Sie stürzten sich mit ganzem Herzen ins Vergnügen und sprachen ausgiebig dem Alkohol zu, obwohl sie in Uniform waren. Einige dieser Heimkehrer sorgten später für einen Eklat, als sie eine Handvoll Steine sammelten und versuchten, an der Ecke Broadway und 42nd Street eine elektrische Anzeigetafel zu zerstören, auf der stand:

EIN WILLKOMMEN ZU HAUSE UNSEREN HELDEN

Oh say can you see by the dawn's early light
What so proudly we hailed at the twilight's last gleaming
When the rocket's red glare the bombs bursting in air
Was proof to our eyes that the flag was still there /289/

Das Auge der Kamera 36

jede Nacht wenn wir nach der letzten Inspektion die Abfalleimer leewärts über die Reling auskippten blieben wir noch einen Augenblick stehen um die steife Novemberbrise zu schnuppern das Peitschen der Gischt hinter den Ohren ein kurzer Blick auf die Schaumfetzen der springenden Wellen Schiffeversenker Menschenersäufer (in ihrem satten Purpur wiegten sich sanft Treibminen darunter fuhren Unterseeboote auf ebenem Kiel) einen Blick auf den mit tief dahinjagenden Wolkenfetzen verschleierten Himmel zu werfen, unsere Hände mal kurz von den schmierigen Henkeln der Eimer mit der Plempe zu nehmen, die sie nicht essen konnten (neun Mahlzeiten neun Mal den übrig gebliebenen Fraß versenkt neun lautstarke Kräche mit dem Steward der die gedünsteten Aprikosen nicht rausrücken will Inspektionen AaaachTUNG · klick klack Rührt euch mit der Taschenlampe in jeden Winkel des Blechgeschirrs geleuchtet · im schwankenden stickigen Gang neunmaliges Antreten seekranker die See fürchtender Infanteristen mit ihrem Essgeschirr in der Hand)

He Kammrad sag mir dass sie einen Waffenstillstand unterzeichnet haben · sag mir dass der Krieg vorbei ist · sie bringen uns nach Hause · Latrinenparolen alles Quatsch · jetzt erzähl ich dir mal was · schon beförderten wir die leeren Eimer drei eiserne Leitern hinunter in den wogenden würgenden Laderaum kletterten mit den vollen wieder rauf jedes Mal wenn das Schiff leicht schlingerte schwappte seitlich ein bisschen Plempe über

Miister Wiilsonn

In dem Jahr, in dem Buchanan zum Präsidenten gewählt wurde, /290/ kam Thomas Woodrow Wilson
als Sohn einer presbyterianischen Pfarrerstochter
im Pfarrhaus von Staunton im Tal von Virginia zur Welt; es war altes, schottisch-irisches Blut; der Vater war ebenfalls presbyterianischer Geistlicher und lehrte an theologischen Seminaren Rhetorik; die Wilsons lebten in einem Universum von Worten, die zwei Jahrhunderte calvinistischer Gottesmänner zu einem unumstößlichen Firmament zusammengefügt hatten,
Gott war das Wort,
und das Wort war Gott.
Dr. Wilson war ein angesehener Mann, der sein Zuhause, seine Kinder, gute Bücher, seine Frau und korrekte Syntax liebte und jeden Tag bei der Familienandacht mit Gott sprach;
er zog seine Söhne
zwischen Bibel und Wörterbuch groß

In den Jahren des Bürgerkriegs
den Jahren von Pfeife und Trommel, Pelotonfeuer und Proklamationen,
wohnten die Wilsons in Augusta, Georgia; Tommy war ein zurückgebliebenes Kind, lernte das Alphabet erst mit neun,

doch als er dann lesen lernte, war seine Lieblingslektüre Parson Weems' /291/
Life of Washington.

1870 wurde Dr. Wilson an das Theologische Seminar in Columbia, South Carolina, berufen; Tommy besuchte das Davidson College,
wo er eine gute Tenorstimme entwickelte;
dann ging er nach Princeton und wurde Debattenredner und Herausgeber des *Princetonian*. Der erste Artikel, den er im *Nassau Literary Magazine* veröffentlichte, war eine Würdigung Bismarcks.

Danach studierte er Jura an der University of Virginia; der junge Wilson wollte ein bedeutender Mann werden, wie Gladstone und die englischen Parlamentarier des 18. Jahrhunderts; er wollte die dicht besetzten Bänke im Namen der Wahrheit in seinen Bann ziehen; aber das Advokatendasein ärgerte ihn; in der Bücherluft von Bibliotheken, Vorlesungssälen und College-Kapellen fühlte er sich eher zu Hause, und es war eine Erleichterung, dass er seine Anwaltspraxis in Atlanta aufgeben und eine Dozentur für Geschichte an der Johns Hopkins University übernehmen konnte; dort schrieb er *Congressional Government.*
Mit neunundzwanzig heiratete er eine Frau mit einem Hang zur Malerei (während er um sie warb, unterwies er sie im richtigen Gebrauch des breiten «A») und bekam eine Stelle am Bryn Mawr College, wo er die Mädchen in Geschichte und politischer Ökonomie unterrichtete. Nachdem er an der Johns Hopkins seinen Doktor gemacht hatte, übernahm er eine Professur am Wesleyan College, schrieb Artikel, begann eine Geschichte der Vereinigten Staaten zu schreiben,
setzte sich vom Katheder aus für Wahrheit, Reformen,

verantwortungsbewusstes Regieren und Demokratie ein, erklomm sämtliche Stufen einer glanzvollen Universitätslaufbahn; 1901 bot ihm der Verwaltungsrat von Princeton das Präsidentenamt an;
er machte sich mit Feuereifer daran, die Universität zu reformieren, schuf sich glühende Anhänger und Feinde, entzweite den Campus,
und das amerikanische Volk las auf den Titelseiten immer öfter
den Namen Woodrow Wilson.

1909 hielt er Reden über Lincoln und Robert E. Lee,
und 1910
kamen die demokratischen Bosse von New Jersey, schwer bedrängt von Skandalreportern und Reformern, auf die glänzende Idee, die Nominierung für das Amt des Gouverneurs dem makellosen College-Präsidenten anzubieten, der regelmäßig ein so großes Publikum anzog,
indem er öffentlich für Das Recht eintrat.

Als Mr. Wilson in Trenton das Wort an die Delegierten richtete, die ihn zum Kandidaten nominierten, bekannte er sich dazu, auf der Seite des kleinen Mannes zu stehen (die Kleinstadt-Bonzen und ihre Handlanger sahen einander an und kratzten sich am Kopf); mit fester werdender Stimme fuhr er fort:
das ist der Mann, von dessen Urteil jedenfalls ich mich leiten lassen möchte, damit wir, wenn die Aufgaben sich mehren und die Tage kommen, da wir alle Verwirrung und Bestürzung empfinden, aus jenen dunklen Tälern, in denen die Klippen besonderer Privilegien unseren Pfad überschatten und verdunkeln, die Augen zu den Hügeln erheben können, wo durch die mächtige Bresche zwischen den zerklüfteten Zinnen die Sonne scheint, die Sonne Gottes,

die Sonne, welche die Menschen mit neuem Leben erfüllen soll,
die Sonne, welche sie von ihrer Leidenschaft und Verzweiflung befreien und uns emportragen soll in jene Höhen, die das verheißene Land eines jeden sind, der nach Freiheit und Vollendung dürstet.
Die Kleinstadt-Bonzen und ihre Handlanger sahen einander an und kratzten sich am Kopf; dann jubelten sie; Wilson narrte die Besserwisser, legte die Bonzen aufs Kreuz und wurde mit großer Mehrheit gewählt;

und so verließ er das nur halb reformierte Princeton, wurde Gouverneur von New Jersey
und versöhnte sich mit Bryan /292/
beim Jackson-Day-Dinner; als Bryan meinte: «Ich wusste natürlich, dass Sie mit meinem Standpunkt in der Währungsfrage nicht einverstanden sind», antwortete Mr. Wilson: «Ich kann nur sagen, Mr. Bryan, dass Sie ein ganz großer Mann sind.»
Er wurde Colonel House /293/ vorgestellt,
diesem Amateur-Merlin der Politik, der im Hotel Gotham seine Netze spann,
und auf dem Parteitag in Baltimore im darauffolgenden Juli war das Ergebnis des Puppenspiels, das Hearst /294/ und House hinter den Kulissen für die schwitzenden Delegierten inszenierten, während Bryan mit einem Taschentuch über dem verschrumpelten Kragen in den Wandelgängen herumdröhnte, dass Woodrow Wilson zum Präsidentschaftskandidaten nominiert wurde.
Dass die Progressiven in Chicago von Taft zu T. R. überliefen, sicherte ihm die Wahl;
Und so verließ er den nur halb reformierten Staat New Jersey (schonungslose Öffentlichkeit lautete der Slogan des Shadow-Lawn /295/-Wahlkampfs)

und ging ins Weiße Haus
als unser achtundzwanzigster Präsident.
Während Woodrow Wilson neben Taft, dem dicken Butterfass, der als Präsident T. R.s reaktionäre Bemühungen, das Unternehmertum unter staatliche Kontrolle zu stellen, munter zunichte gemacht hatte, die Pennsylvania Avenue entlangfuhr,
saß J. Pierpont Morgan /296/ Patiencen legend in seinem Büro in der Wall Street, rauchte zwanzig schwarze Zigarren am Tag und verfluchte die Torheiten der Demokratie.
Wilson geißelte die Kapitalinteressen, brandmarkte Privilegien, weigerte sich, Huerta /297/ anzuerkennen, und schickte die Miliz an den Rio Grande,
um eine Politik des wachsamen Abwartens zu betreiben. Er veröffentlichte *The New Freedom* und trug seine Botschaften an den Kongress persönlich vor, wie ein College-Präsident, der sich an Lehrkörper und Studentenschaft wendet.
In Mobile sagte er:
Ich möchte diese Gelegenheit ergreifen, um zu erklären, dass die Vereinigten Staaten sich niemals wieder auch nur einen Fußbreit fremden Bodens gewaltsam aneignen werden;
und ließ die Marines in Veracruz landen.

Wir erleben eine Wiedergeburt des Gemeinsinns, ein Wiedererwachen nüchterner öffentlicher Meinung, ein Wiederaufleben der Kraft des Volkes, den Beginn eines Zeitalters umsichtigen Wiederaufbaus,
doch die Welt hatte begonnen, sich um Sarajevo zu drehen.
Zuerst hieß es *Neutralität in Geist und Tat,* dann *Zu stolz, um zu kämpfen,* auch als die *Lusitania* sank und die Gefahr für die Morgan-Anleihen und die Geschichten der britischen und französischen Propagandisten sämtliche Finanzzentren des Ostens nach Krieg brüllen ließ, doch der

Sog des Trommelwirbels und der Geschütze war zu stark; in den besseren Kreisen bezog man seine Mode aus Paris und seine breiten As aus London, und dazu kam T. R. und das Haus Morgan.
Fünf Monate nach seiner Wiederwahl unter dem Slogan *Er hält uns aus dem Krieg heraus* peitschte Wilson die Armed Ship Bill durch den Kongress und erklärte, zwischen den Vereinigten Staaten und den Mittelmächten herrsche Kriegszustand:
Schrankenlose, grenzenlose Gewalt, Gewalt bis zum Äußersten.

Wilson wurde der Staat (Krieg ist die Gesundheit des Staates), Washington sein Versailles, bemannte die sozial angehauchte Regierung mit Ein-Dollar-pro-Jahr-Leuten aus den großen Konzernen und lotste die große Parade
aus Männern, Munition, Lebensmitteln, Maultieren und Lastwagen nach Frankreich. Bei jedem Sonnenuntergang standen fünf Millionen Mann vor ihren Dachpappe-Baracken stramm, während *The Star-Spangled Banner* gespielt wurde.
Der Krieg brachte den Achtstundentag, das Wahlrecht für Frauen, das Schlichtungsverfahren, hohe Löhne, hohe Zinssätze, Kostenzuschlagsverträge und das luxuriöse Vergnügen, Mutter eines gefallenen Helden zu sein.
Wenn man etwas dagegen hatte, die Welt für die Demokratie mit Kostenzuschlag sicher zu machen, wanderte man mit Debs ins Gefängnis.
Fast allzu schnell war die Show zu Ende. Prinz Max von Baden plädierte für die Vierzehn Punkte/298/, Foch/299/ besetzte die Brückenköpfe am Rhein, und der Kaiser lief auf dem Potsdamer Bahnsteig atemlos dem Zug hinterher, trug dabei einen Zylinder und, wie manche behaupten, einen falschen Bart.

Mit der Hilfe *von Gott dem Allmächtigen, von Recht, Wahrheit, Gerechtigkeit, Freiheit, Demokratie, Selbstbestimmung der Völker, ohne Entschädigungen, ohne Annexionen,*
und mit Hilfe von kubanischem Zucker, kaukasischem Mangan, Weizen aus dem Nordwesten, Baumwolle aus den Südstaaten, der britischen Blockade, General Pershing, der Taxis von Paris und des 75-mm-Geschützes
gewannen wir den Krieg

Am 4. Dezember 1918 fuhr Woodrow Wilson, der erste Präsident, der während seiner Amtszeit das Gebiet der Vereinigten Staaten verließ, an Bord der *George Washington* nach Frankreich,
der mächtigste Mann der Welt.

In Europa wusste man, wie Gas riecht, und man kannte den süßlichen, ekelerregenden Gestank nicht tief genug begrabener Leichen und die graue Haut verhungerter Kinder; man las in der Zeitung, dass Miister Wiilsonn für Frieden, Freiheit, Konserven, Butter und Zucker war;
nach einer rauen Überfahrt auf der *George Washington* landete er mit seinem Stab aus Experten und Fachleuten für Öffentlichkeitsarbeit in Brest.
La France héroique war zur Stelle mit Reden, singenden Schulkindern, Bürgermeistern mit roten Schärpen. (Bekam Miister Wiilsonn mit, wie die Gendarmen in Brest die demonstrierenden Werftarbeiter zurückprügelten, die ihm mit roten Fahnen entgegenzogen?)
Auf dem Bahnhof in Paris stieg er aus dem Zug auf einen breiten roten Teppich, der ihn zwischen zwei Reihen von Topfpalmen, Zylinderhüten, Ehrenlegionen, dekorierten Uniformröcken, Fräcken, Rosetten und Boutonnières zu einem Rolls-Royce führte. (Sah Miister Wiilsonn die Frauen

in Schwarz, die Krüppel auf ihren kleinen Wägelchen, die blassen, ängstlichen Gesichter entlang den Straßen, hörte er die schreckliche Qual in den Jubelrufen, während man ihn und seine Frau eilends ins Hôtel de Mûrat beförderte, wo man in einem Interieur voller Brokat, vergoldeter Uhren, verschnörkelter Vitrinen und vergoldeter Amoretten die Präsidentensuite vorbereitet hatte?)

Während die Experten das Prozedere der Friedenskonferenz organisierten, die Tische mit grünem Filz bezogen, die Protokolle arrangierten,

unternahmen die Wilsons eine Rundreise, um sich selbst ein Bild zu machen: Am Tag nach Weihnachten wurden sie im Buckingham-Palast empfangen; an Neujahr besuchten sie den Papst und den winzig kleinen italienischen König im Quirinal. (Wusste Miister Wiilsonn, dass man in den vom Krieg geschwärzten Bauernhäusern an der Brenta und der Piave vor seinem aus Illustrierten ausgeschnittenen Foto Kerzen anzündete?) (Wusste Miister Wiilsonn, dass die Menschen in Europa aus den Vierzehn Punkten eine Kampfansage gegen Unterdrückung herauslasen, so wie sie Jahrhunderte zuvor aus den fünfundneunzig Thesen, die Martin Luther an die Kirchentür in Wittenberg anschlug, eine Kampfansage gegen Unterdrückung herausgelesen hatten?)

Am 18. Januar 1919 versammelten sich inmitten dicht geschlossener Reihen von Uniformen, Dreispitzen und Goldlitzen, Auszeichnungen, Epauletten, Verdienstkreuzen und Ritterorden die Hohen Vertragschließenden Parteien, die alliierten und assoziierten Mächte im Salon de l'Horloge am Quai d'Orsay, um den Frieden zu diktieren,

aber die Vollversammlung der Friedenskonferenz war als Forum zu öffentlich, als dass man darin Frieden hätte schaffen können,

also bildeten die Hohen Vertragschließenden Parteien

den Rat der Zehn, begaben sich in den Gobelinsaal und begannen, umgeben von Rubens' *Geschichte der Maria de' Medici*,
den Frieden zu diktieren.
Aber der Rat der Zehn war als Forum zu öffentlich, als dass man darin Frieden hätte schaffen können,
also bildeten sie den Rat der Vier.
Orlando /300/ fuhr schmollend nach Hause,
und sie waren nur noch zu dritt:
Clemenceau,
Lloyd George,
Woodrow Wilson.
Drei alte Männer mischten die Karten
und teilten aus:
das Rheinland, Danzig, den polnischen Korridor, die Ruhr, Selbstbestimmung für kleinere Nationen, die Saar, den Völkerbund, Mandate, Mesopotamien, Freiheit der Meere, Transjordanien, Shantung, Fiume und die Yap-Inseln:
Maschinengewehrfeuer und Brandstiftung
Hungersnot, Läuse, Cholera, Typhus;
Öl war Trumpf.

Woodrow Wilson glaubte an den Gott seines Vaters,
sagte er jedenfalls der Gemeinde in der kleinen Kongregationalistenkirche in der Lowther Street in Carlisle in Schottland, wo sein Großvater gepredigt hatte, und es war an dem Tag so kalt, dass die Zeitungsleute, die in den alten Bänken saßen, allesamt ihre Mäntel anbehalten mussten.

Am 7. April ordnete er an, dass die *George Washington* in Brest unter Dampf bereitzuliegen habe, um die amerikanische Delegation nach Hause zu bringen;
Aber er fuhr nicht.

Am 19. April köderten der Falschspieler Clemenceau und der Falschspieler Lloyd George ihn für ihre gemütliche kleine Dreierrunde, die sie den Rat der Vier nannten.

Am 28. Juni war der Vertrag von Versailles fertig,
und Wilson musste nach Hause zurückkehren und den Politikern im Senat und im Repräsentantenhaus, die sich mittlerweile gegen ihn zusammengetan hatten, und der nüchternen öffentlichen Meinung und dem Gott seines Vaters erklären, wie er sich hatte über den Tisch ziehen lassen und inwieweit er die Welt sicher gemacht hatte
für die Demokratie und die Neue Freiheit.
Von dem Tag an, da er in Hoboken landete, stand er im Weißen Haus mit dem Rücken zur Wand, redete, um seinen Glauben an Worte zu retten, redete, um seinen Glauben an den Völkerbund zu retten, redete, um seinen Glauben an sich selbst und an den Gott seines Vaters zu retten.
Er strapazierte jede Faser seines Körpers und seines Verstandes, jedes Organ der Regierung, die seiner Kontrolle unterstand (wer ihm nicht beipflichtete, war entweder ein Gauner oder ein Roter; keine Gnade für Debs).
Die Wobblys in Seattle, deren Anführer im Gefängnis saßen, die Wobblys in Seattle, deren Anführer man gelyncht, die man wie Hunde abgeknallt hatte, die Wobblys in Seattle säumten vier Häuserblocks lang die Straße, als Wilson vorbeifuhr, standen stumm und mit verschränkten Armen da und starrten den großen Liberalen an, während er rasch vorbeigekarrt wurde, in seinen Mantel gemummelt, vor Erschöpfung abgezehrt, ein Zucken in einer Gesichtshälfte.
Die Männer in Overalls, die Malocher, ließen ihn schweigend vorüberfahren, nachdem man ihn auf der Strecke zuvor beklatscht und patriotisch bejubelt hatte.
In Pueblo, Colorado, war er ein grauer Mann, der kaum noch stehen konnte, ein Zucken in einer Gesichtshälfte:

Nun, da sich die Nebel über dieser großen Frage gelichtet haben, glaube ich, dass die Menschen die Wahrheit Aug in Auge und von Angesicht zu Angesicht erkennen werden. Eines gibt es, dem das amerikanische Volk stets zustrebt und die Hand entgegenstreckt, und das ist die Wahrheit von Gerechtigkeit, Freiheit und Frieden. Wir haben diese Wahrheit anerkannt, wir werden uns von ihr leiten lassen, und sie wird uns, und durch uns die Welt, auf Auen der Ruhe und des Friedens leiten, wie die Welt sie sich noch nie zu erträumen wagte.

Das war seine letzte Rede;

im Zug nach Wichita erlitt er einen Schlaganfall. Er brach die Vortragsreise ab, die das Land für den Völkerbund gewinnen sollte. Danach war er ein zugrunde gerichteter, gelähmter Mann, der kaum noch sprechen konnte;

an dem Tag, an dem er das Präsidentenamt an Harding übergab, beauftragte der gemeinsame Ausschuss von Senat und Repräsentantenhaus Henry Cabot Lodge, /301/ seinen lebenslangen Feind, dem Präsidenten den offiziell vorgesehenen Besuch im Executive Office abzustatten und ihm die offiziell vorgesehene Frage zu stellen, ob er eine Botschaft an den in gemeinsamer Sitzung zusammengetretenen Kongress zu richten habe;

Wilson gelang es aufzustehen, indem er sich mühsam an den Sessellehnen hochzog. «Senator Lodge, ich habe keine weitere Mitteilung zu machen, vielen Dank ... Guten Morgen», sagte er.

Er starb am 3. Februar 1924.

Wochenschau XXX

RIESENGESCHÜTZE DEMONTIERT?

Langhaarige Pfaffen erzählen viel Mist
Darüber, was Recht und was Unrecht ist
Und willst du was zu futtern haben
Darfst du an ihren Worten dich laben

PRÄSIDENT AUF DER ÜBERFAHRT LEICHT ERKÄLTET

Küchenchef, Kellner- und Küchenbrigade aus dem Biltmore Hotel

Jeder erdenkliche Komfort

Orchestermusik während der Mahlzeiten, Navy Yard Band zur Unterhaltung an Deck

Zu futtern gibt's im Himmel dann
So viel, wie man verdrücken kann

Die Stadt bietet ein Bild schrecklichster Zerstörung, besonders um das General Post Office, das vom Feuer komplett vernichtet wurde und von dem nur noch eine Ruine geblieben ist.

Hände falten
Schnauze halten

Drei Lastwagen voll Unterlagen gesammelt

infolge einer Knallquecksilber-Explosion in der Endmontage einer Zündkapselfabrik der E. I. DuPont de Nemours Powder Company wurden elf Menschen getötet und dreiundzwanzig verletzt, einige davon schwer; am Abend ließ Mrs. Wilson

Brieftauben fliegen ... *und welch großartiger Geist beseelte durchweg die Nation, welche Zielstrebigkeit, welcher unermüdliche Eifer, welch erhabene Unbeirrtheit offenbarte sich in ihrem glanzvollen Kraftakt, ihrer nie erlahmenden Leistungsfähigkeit. Ich habe gesagt, dass diejenigen von uns, die zu Hause geblieben sind, um für Organisation und Nachschub zu sorgen, viel lieber bei den Männern gewesen wären, die wir mit unserer Arbeit unterstützt haben, aber wir müssen uns keineswegs schämen* ... im Speisesaal sorgte ein Matrosenquartett für musikalische Unterhaltung

Bist du erst tot
ist vorbei die Not
und du kriegst Brot

GORGAS WÜRDE SOLDATEN IN HÜTTEN UNTERBRINGEN

800 WAFFENTRÄGER JUBELN BOLSCHEWIKEN ZU

Alles ging in geordneten Bahnen vonstatten, aber man hielt die Menge auf Abstand. Die auf den Hügeln in der Nähe des Kais versammelten Menschen brachen in laute Rufe aus, als die Barkasse des Präsidenten herangedampft kam. Von den Champs-Élysées aus wurde ein Umweg genommen, um die Seine auf dem Pont Alexandre III zu überqueren, eine Reminiszenz an ein anderes historisches Schauspiel, bei dem Paris sich selbst übertroffen hatte, um in der Person des Zaren einem absoluten Herrscher zu huldigen.

REDE VOR 1400 BÜRGERMEISTERN
VON SCHLOSSBALKON AUS

BRITISCHE NAVY AN ERSTER STELLE
ERKLÄRT CHURCHILL

Das Auge der Kamera 37

in alphabetischer Reihenfolge nach Dienstgrad mit zwei kalten Zeigefingern auf der Kompanie-Corona getippt *Bewilligt Klasse A & B VersPr C & D*

Aaaach-TUNG die Häkchen und Ösen am Hals schließen beengen den Adamsapfel führen das US und den Hermesstab zusammen

Rührt euch

draußen exerzieren sie im purpurnen Nieseln eines Winternachmittags in Ferrières-en-Gatinais von Chlodwig I. über den Skeletten dreier Jünger von notre seigneur Jésus-Christ gegründete Abtei *3. Lib Loan Schatzamt* Altian Politian und Hermatian *4. Lib Loan Schatzamt muss auf CL E oder auf anderem Formular sein Q. M. C. 38* jetzt regnet es kräftig und es gurgelt im Rinnstein · all die kleinen glasgrünen Bächlein murmeln · Alcuin war einmal Prior · und hinter den bemoosten Steinmauern knirschen Mühlräder und Chrodecild und Chlodomer wurden hier begraben

Beförderungen nur unter Eingänge vermerkt schläfrig auf der rostigen Corona geklackert im Quartier von O'Reillys Wanderzirkus allein bis auf den Leichenbestatter der seinen Dienst in seiner Koje abreißt und das trockene Husten des Burschen der Tbc hat und der Stabsarzt war nie nüchtern genug um ihn zu untersuchen

Das Jod das macht dich glücklich
Das Jod macht dich gesund

halb fünf · die Ausgeherlaubnis erwacht zum Leben zwischen den Verdauungstabletten in meiner Tasche

der Uffz vom Dienst und der Spieß gehen im Regenmantel durch das Tor des USAAS-Feldlagers in den laternenhellen Regen hinaus und begeben sich ohne einen Cent in der Tasche zum Cheval Blanc, wo sie mittels ihrer Winkelstreifen und viel Parlehwuh Drinks und Omelettes avec pommes frites schnorren und mit der apfelbäckigen Madeleine schäkern Dürfen wir mal in dem dunklen Flur zum Hinterzimmer stehen die Jungs Schlange und warten drauf zu der Frau in Schwarz von außerhalb reinzudürfen zehn Francs abzudrücken und dann zur Prophylaxestation zu rennen *Lsg. viol sk nicht L D viol. Go 41/14 r nach S C M*

draußen regnet es auf das Kopfsteinplaster der Stadt drinnen trinken wir Vin rouge parlez vous Froschschenkel dürfen wir coucher avec und der alte Landwehrmann am Nachbartisch trinkt verbotenen Pernod und meint · Tout est bien fait dans la nature à la votre aux Américains /302/

Après la guerre finie
Zurück in die Staaten, chérie

Dans la mort il n'y a rien de terrible Quant on va mourir on pense à tout mais vite /303/

am ersten Tag des neuen Jahrs ging ich nach dem Wegtreten mit einem Burschen aus Philadelphia auf den purpurnen wintergefurchten Straßen spazieren unterm purpurnen Stickmuster der ineinander verflochtenen Bäume voller Krähen die über uns kakelten über rötlichere Hügel in ein Dorf · wir werden eine lange Strecke gehen guten Wein trinken voller Merowinger-Namen Mühlräder glasgrüne Bächlein wo das Wasser aus alten steinernen Wasserspeiern gurgelt Madeleines rote Äpfel der Geruch von Buchenlaub wir werden Wein trinken der Bursche aus Philadelphia hat beaucoup Kies · winterlichen purpurnen Wein · am ersten Tag des neuen Jahr bricht die Sonne durch die Wolken

im ersten Dorf
bleiben wir wie angewurzelt stehen
um uns eine Wachsfigurengruppe anzusehen

der alte Mann hat das hübsche Bauernmädchen erschossen das wie Madeleine aussieht bloß jünger in die linke Brust geschossen liegt sie in ihrem Blut in den Furchen der Straße hübsch und mollig wie eine kleine Wachtel

Dann hat der alte Mann einen Schuh ausgezogen hat sich den Lauf der Flinte unters Kinn gehalten mit der großen Zehe den Abzug betätigt und sich die Schädeldecke weggepustet · wir stehen da schauen den nackten Fuß an den Schuh den Fuß im Schuh das erschossene Mädchen den alten Mann mit dem Jutesack über dem Kopf und die schmutzige nackte Zehe mit der er den Abzug betätigt hat · Faut pas toucher[304] bis der commissaire da ist procès verbal[305]

an diesem ersten Tag
im neuen Jahr
scheint die Sonne

Wochenschau XXXI

nachdem sie sich hastig gewaschen und angezogen hatten, kamen sie auf den barschen Befehl der Kommissare hin ins Parterre herunter und wurden in eines der hinteren Zimmer im Kellergeschoss gescheucht. Dort mussten sie sich im Halbkreis an der Wand aufstellen, und die jungen Großfürstinnen zitterten angesichts des ungewöhnlichen Charakters der Befehle und der finsteren Stunde. Sie konnten sich nur allzu gut denken, mit welchem Auftrag die Kommissare gekommen waren. Ohne den leisesten Versuch, seine Ankündigung abzumildern, wandte sich Jurowski[306] an den Zaren und erklärte, dass sie alle sterben müssten. Die Revolution sei in Gefahr, und der Umstand, dass es noch lebende Angehörige des Herrscherhauses gebe, erhöhe diese Gefahr zusätzlich. Sie zu beseitigen sei daher die Pflicht aller russischen Patrioten. «Damit ist Ihr Leben zu Ende», sagte er zum Schluss.

«Ich bin bereit», lautete die schlichte Antwort des Zaren,

während die Zarin, die sich an ihn klammerte, ihren Griff kurz löste, um sich zu bekreuzigen, ein Beispiel, dem die Großfürstin Olga und Dr. Botkin folgten.

Der Zarewitsch stand vor Angst gelähmt wie benommen neben seiner Mutter und brachte weder ein Flehen noch einen Protest über die Lippen, während seine drei Schwestern und die anderen Großfürstinnen zitternd zu Boden sanken.

Jurowski zog seinen Revolver und feuerte einen Schuss ab. Es folgte eine Salve, und die Gefangenen stürzten zu Boden. Wo die Kugeln ihr Ziel nicht fanden, vollendeten die Bajonette das Werk. Das vermischte Blut der Opfer bedeckte nicht nur den Boden des Raums, in dem die Hinrichtung stattgefunden hatte, sondern lief in Strömen durch den Flur.

Töchterlein

Die Trents wohnten in einem Haus in der Pleasant Avenue, das war die schönste Straße in Dallas, das war die größte und am schnellsten wachsende Stadt in Texas, das war der größte Staat in der Union und hatte den schwärzesten Boden und die weißesten Menschen, und Amerika war das großartigste Land der Welt, und Töchterlein war Dads einzigstes süßestes kleines Mädelchen. Ihr richtiger Name war Anne Elizabeth Trent nach ihrer armen lieben Mutter, die war gestorben, als Anne noch winzig klein gewesen war, aber Dad und die Jungs nannten sie Töchterlein. Buddy hieß mit richtigem Namen William Delaney Trent, wie Dad, der ein berühmter Anwalt war, und Busters richtiger Name war Spencer Anderson Trent.

Im Winter gingen sie zur Schule, und im Sommer stromerten sie auf der Ranch herum, die Großvater als Pionier gegründet hatte. Als sie ganz klein gewesen waren, hatte es noch gar keine Zäune gegeben, und draußen entlang den Flussbetten hatten noch ein paar herrenlose Rinder gegrast, doch als Töchterlein in die Highschool kam, war schon alles eingezäunt, man baute eine Makadam-Straße von Dallas zur Ranch, und Dad fuhr überallhin mit dem Ford, anstatt auf seinem schönen Araberhengst Mullah zu reiten, den er auf der Fat Stock Show in Waco von einem Viehzüchter bekommen hatte, der pleitegegangen war und sein Anwaltshonorar nicht hatte zahlen können. Töchterlein hatte ein cremefarbenes Pony namens Coffee, das mit dem Kopf nickte und mit dem Huf scharrte, wenn es ein Stück Zucker haben wollte, aber einige von ihren Freundinnen hatten schon ein Auto, und Töchterlein und die Jungs lagen Dad ständig in den Ohren, er solle doch ein Auto kaufen, ein richtiges Auto statt der elenden alten Blechkiste, mit der er auf der Ranch herumfuhr.

Als Dad in dem Frühjahr, in dem Töchterlein die Highschool abschloss, einen Pierce-Arrow-Tourenwagen kaufte, war sie der glücklichste Mensch auf der Welt. Am Vormittag vor der Abschlussfeier hatte sie in einem luftigen weißen Kleid vor dem Haus hinterm Steuer gesessen und auf Dad gewartet, der gerade aus dem Büro gekommen war und sich umzog, und dabei hatte sie gedacht, wie schön es wäre, wenn sie sich selbst sehen könnte, wie sie an diesem nicht allzu heißen Junivormittag in dem glänzend blanken, schwarzen Wagen saß, zwischen den blanken Messing- und Nickelarmaturen, unter dem blanken, blassblauen Himmel von Texas, inmitten des großen, platten, reichen Landes Texas, das sich zweihundert Meilen weit in alle Richtungen erstreckte. In dem kleinen ovalen Spiegel auf dem Kotflügel sah sie zur Hälfte ihr Gesicht. Es sah rot und sonnenverbrannt aus unter ihrem sandbraunen Haar. Wenn sie doch nur rotes Haar und buttermilchweiße Haut hätte wie Susan Gillespie, wünschte sie sich, als sie Joe Washburn die Straße entlangkommen sah, dunkelhaarig und mit ernster Miene unter seinem Panamahut. Sie setzte ein schüchternes Lächeln auf, gerade noch rechtzeitig, um ihm die

Bemerkung zu entlocken: «Wie reizend du aussiehst, Töchterlein, bitte entschuldige, wenn ich das sage.»

«Ich warte auf Dad und die Jungs, wir wollen zu den Feierlichkeiten. Ach, Joe, wir sind spät dran, und ich bin ganz aufgeregt ... Ich habe das Gefühl, ich sehe schrecklich aus.»

«Tja, amüsiert euch schön.» Er ging ohne Hast weiter und schob sich im Gehen den Hut in den Nacken. Etwas Heißeres als die Junisonne war aus Joes tiefdunklen Augen gekommen und war ihr als Erröten übers Gesicht, den Nacken hinab unter ihr dünnes Kleid und mitten über ihren Busen gestrichen, wo die kleinen Brüste, an die sie niemals zu denken versuchte, sich gerade erst bemerkbar zu machen begannen. Endlich kamen Dad und die Jungs heraus, alle blond, sonnenverbrannt und in Schale. Sie musste sich auf den Rücksitz setzen, neben Bud, der stocksteif dasaß.

Der kräftige Wind, der aufgekommen war, wehte ihnen feine Sandkörnchen ins Gesicht. Nachdem sie die Backsteingebäude der Highschool, die Menschenmenge, die luftigen Kleider, die Tribüne und die große Flagge mit den vor dem Himmel flatternden Streifen erblickt hatte, wurde sie so aufgeregt, dass sie sich hinterher an nichts mehr erinnern konnte.

Erst am Abend auf dem Ball, als sie ihr erstes Abendkleid trug, kam sie unter dem Eindruck von Tüll, Puder und Menschengewühl wieder zu sich, von Jungs, steif und verschüchtert in ihren dunklen Jacketts, und Mädchen, die sich in der Garderobe drängten, um gegenseitig ihre Kleider in Augenschein zu nehmen. Sie sagte kein Wort, während sie tanzte, sondern lächelte bloß, hielt den Kopf leicht schräg und hoffte, jemand würde abklatschen. Die Hälfte der Zeit wusste sie gar nicht, mit wem sie tanzte, sondern bewegte sich nur lächelnd durch eine Wolke aus rosa Tüll und bunten Lampen; Jungengesichter hüpften vor ihr auf und ab, versuchten, auf forschen Herzensbrecher zu machen, oder waren schüchtern und brachten kein Wort heraus, verschiedenfarbige Gesichter auf den gleichen steifen Körpern. Sie war ehrlich überrascht, als Susan Gillespie an der Garderobe, wo sie ihre Umschlagtücher holten, um nach Hause zu gehen, auf sie zukam und kicherte: «Meine Liebe, du warst die Königin des Balls.»

Als Bud und Buster am nächsten Morgen das Gleiche sagten und die alte schwarze Emma, die sie nach Mutters Tod alle großgezogen hatte, aus der Küche hereinkam und sagte: «Jesusmaria, Miss Annie, in der ganzen Stadt heißt es, Sie waren gestern Abend die Ballkönigin», da spürte sie, wie sie vor Glück am ganzen Leib errötete. Emma sagte, sie hätte es von dem halbblütigen Nichtsnutz, der die Milch ausfuhr, dann stellte sie das Eiergebäck auf den Tisch und ging hinaus, mit einem Grinsen so breit wie ein Klavier. «Tja, Töchterlein», sagte Dad mit seiner tiefen, ruhigen Stimme und tätschelte ihr den Kopf. «Ich fand es ja auch, aber ich dachte, ich bin vielleicht voreingenommen.»

Im Sommer kam Joe Washburn, der gerade sein Jurastudium in Austin abgeschlossen hatte und im Herbst in Dads Kanzlei eintreten würde, für zwei Wochen auf die Ranch. Töchterlein behandelte ihn abscheulich, sorgte dafür, dass der alte Hildreth ihm ein tückisches altes einäugiges Pony zum Reiten gab, legte ihm Hornechsen in seine Koje, reichte ihm beim Essen scharfe Chilisauce statt Ketchup oder versuchte, ihn dazu zu bringen, dass er sich Salz anstelle von Zucker in seinen Kaffee tat. Die Jungs wurden so sauer auf sie, dass sie nicht mehr mit ihr redeten, und Dad sagte, aus ihr würde noch ein richtiger Wildfang, aber irgendwie konnte sie nicht damit aufhören, sich so zu verhalten.

Dann ritten sie eines Tages alle zum Clear Creek hinüber, aßen dort zu Abend und gingen bei Mondschein in der tiefen Gumpe unter dem Felsvorsprung schwimmen. Nach einer Weile stach Töchterlein der Hafer, sie rannte auf den Felsvorsprung hinauf und sagte, sie werde vom Rand aus hinunterspringen. Das Wasser sah so gut aus, und obendrauf trieb zitternd der Mond. Alle schrien ihr zu, sie solle das sein lassen, aber sie machte direkt vom Rand aus einen perfekten Köpfer. Aber irgendwas ging schief. Sie war mit dem Kopf aufgeschlagen, es tat schrecklich weh. Sie schluckte Wasser, sie kämpfte gegen ein riesiges Gewicht an, das sie nach unten drückte, das Joe war. Das Mondlicht entströmte in einem Wirbel, der alles schwarz zurückließ, doch sie hatte die Arme um Joes Hals geschlungen, ihre Finger umklammerten die hervortretenden Muskeln seiner Arme. Sie kam zu sich, sein Gesicht schaute in ihres, der Mond war wieder am Himmel, und etwas Warmes lief ihr über die Stirn. Sie versuchte zu sagen: «Joe, ich will, Joe, ich will», aber alles versickerte in warme, klebrige Schwärze, nur seine Stimme hörte sie noch, tief, tief ... «beinahe selbst ertrunken ...», und Papas Stimme, scharf und zornig wie vor Gericht: «Ich habe ihr doch gesagt, dass sie nicht da runterspringen soll.»

Sie kam im Bett wieder zu sich, ihr Kopf tat fürchterlich weh, Dr. Winslow war da, und ihr erster Gedanke galt Joe und ob sie sich wie ein dummes kleines Ding verhalten und ihm verraten hatte, dass sie verrückt nach ihm war. Aber keiner sagte ein Wort davon, alle waren schrecklich nett zu ihr, nur Dad kam und hielt ihr, noch immer mit seiner Gerichtssaal-Stimme, eine Standpauke, von wegen sie sei leichtsinnig und ein Wildfang, und ihretwegen wäre Joe beinahe ums Leben gekommen, so sehr habe sie ihn gewürgt, als man sie beide aus dem Wasser gezogen habe. Sie hatte einen Schädelbruch und musste den ganzen Sommer über im Bett bleiben, und Joe war schrecklich nett zu ihr, schaute sie allerdings mit seinen scharfen schwarzen Augen irgendwie komisch an, als er zum ersten Mal zu ihr ins Zimmer kam. Solange er auf der Ranch blieb, las er ihr jeden Tag nach dem Mittagessen vor. Er las ihr *Lorna Doone* [307] ganz und *Nicholas Nickleby* [308] zur Hälfte vor, und sie lag, heiß und behaglich in ihrem Fieber, im Bett, spürte durch die Schmerzen in ihrem Kopf das Rumpeln seiner tiefen Stimme und musste die ganze Zeit an sich halten, um nicht wie ein albernes kleines Ding laut herauszuschreien, dass sie verrückt nach ihm sei und warum er sie denn nicht wenigstens ein kleines bisschen möge. Nach seiner Abreise machte das Kranksein keinen Spaß mehr. Manchmal kam Dad oder Bud und las ihr etwas vor, aber meistens war es ihr lieber, selbst zu lesen. Sie las den ganzen Dickens, zweimal *Lorna Doone* und Pooles *The Harbor*, /309/ wovon sie Lust bekam, nach New York zu fahren.

Im Herbst brachte Dad sie in ein Mädchenpensionat in den Norden, nach Lancaster in Pennsylvania, wo sie ein Jahr verbringen sollte. Während der Bahnfahrt war sie ganz aufgeregt und genoss jede Minute, aber Miss Tynges Pensionat war grässlich, die anderen Mädchen kamen alle aus dem Norden, waren furchtbar gemein, machten sich über ihre Kleider lustig und redeten von nichts anderem als Newport, Southampton und Matinée-Stars, die sie noch nie gesehen hatte; sie fand es schrecklich. Sie weinte jede Nacht nach dem Zubettgehen und dachte, wie sehr ihr die Schule verhasst war und dass Joe Washburn sie jetzt nie mehr mögen würde.

Als die Weihnachtsferien kamen und sie bei den beiden Miss Tynges und einigen Lehrerinnen bleiben musste, die auch zu weit weg wohnten, um nach Hause zu fahren, beschloss sie, dass sie genug hatte, verließ eines Morgens, noch bevor irgendwer aufgestanden war, das Haus, ging zum Bahnhof, kaufte sich einen Fahrschein nach Washington und stieg mit nichts als einer Zahnbürste und einem Nachthemd in ihrer Handtasche in den ersten Zug in Richtung Westen.

Zuerst fürchtete sie sich so ganz allein im Zug, aber in Havre de Grace, wo sie umsteigen musste, stieg ein furchtbar netter junger Mann zu, der Kadett in West Point war; sie unterhielten sich, lachten viel und amüsierten sich prächtig. In Washington bat er sie auf die allernetteste Weise, sie begleiten zu dürfen, und zeigte ihr die Stadt, das Capitol, das Weiße Haus und das Smithsonian Institute, spendierte ihr ein Mittagessen im New Willard und brachte sie am Abend zum Zug nach St. Louis. Er hieß Paul English. Sie versprach, ihm jeden Tag ihres Lebens zu schreiben. Sie war so aufgeregt, dass sie nicht schlafen konnte, lag in ihrem Bett im Schlafwagen und schaute zum Fenster hinaus auf die Bäume und kreisenden Hügel im schwachen Schneeschimmer und die ab und zu vorbeihuschenden Lichter; sie konnte sich genau erinnern, wie er aussah, wie sein Haar gescheitelt war und wie zuversichtlich er beim Abschied ihre Hand genommen und wie lang er sie gedrückt hatte. Zunächst war sie ein wenig nervös gewesen, aber er war ihr von Anfang an wie ein alter Freund vorgekommen, und er war furchtbar höflich und gentlemanlike gewesen. Er war ihre erste Eroberung.

Als sie eines sonnigen Wintermorgens zwei Tage später ins Zimmer spazierte, wo Dad und die Jungs gerade beim Frühstück saßen, da waren sie vielleicht überrascht; Dad wollte sie ausschimpfen, aber Töchterlein sah, dass er sich genauso freute wie sie. Ihr war es ohnehin egal, so schön war es, wieder zu Hause zu sein.

Nach Weihnachten gingen sie, Dad und die Jungs eine Woche lang in der Nähe von Corpus Christi jagen, amüsierten sich prächtig, und Töchterlein schoss ihr erstes Stück Rotwild. Als sie nach Dallas zurückkehrten, sagte Töchterlein, sie wolle nicht mehr ins Pensionat zurück, sondern würde stattdessen gern nach New York gehen, zu Ada Washburn, die an der Columbia studierte, und Kurse belegen, in denen sie wirklich etwas lernte. Ada war Joe Washburns Schwester, eine alte Jungfer, aber blitzgescheit, und machte gerade ihren Doktor in Pädagogik. Es kostete lange Auseinandersetzungen, weil Dad sich nun einmal darauf versteift hatte, Töchterlein auf ein Mädchenpensionat zu schicken, aber sie überzeugte ihn schließlich und reiste wieder ab, nach New York.

Im Zug las sie die ganze Strecke über *Les Misérables,* /310/ schaute hinaus auf die gräulich-bräunliche Winterlandschaft, die so gar nichts Lebendiges mehr zu haben schien, nachdem die breiten, von Winterweizen und Alfalfa blassgrünen Hügel von Texas hinter ihnen lagen, und ihr wurde immer aufgeregter und banger zumute, während sie New York Stunde um Stunde näher kam. In Little Rock stieg eine stämmige, mütterliche Frau zu, die ihren Mann verloren hatte und gar nicht mehr aufhören wollte, von den Gefahren und Fallstricken zu reden, die den Pfad einer jungen Frau in der Großstadt säumten. Sie bewachte Töchterlein so streng, dass diese gar keine Gelegenheit hatte, mit dem interessant aussehenden jungen Mann mit den tiefen schwarzen Augen ins Gespräch zu kommen, der in St. Louis zustieg und unentwegt irgendwelche Papiere studierte, die er aus einer braunen Aktentasche nahm. Sie fand, dass er Joe Washburn ein wenig ähnlich sah.

Als sie schließlich New Jersey durchquerten und die Fabriken und schmutzigen Industriestädte immer zahlreicher wurden, schlug Töchterleins Herz so schnell, dass sie nicht mehr still sitzen konnte, sondern andauernd hinausgehen und in der kalten, rauen Luft des Seitengangs mit den Beinen stampfen musste. Der dicke, grauhaarige Schaffner fragte sie mit gutmütig spöttischem Lachen, ob ihr Schatz sie am Bahnhof abholen werde, sie könne es ja offenbar gar nicht mehr erwarten. Da fuhren sie gerade durch Newark. Nur noch ein Halt.

Der Himmel war bleigrau über nassen Straßen voller Automobile, Nieselregen narbte Schneeflecken grau. Der Zug fuhr über weite, trostlose Salzmarschen, hier und da unterbrochen von einer unregelmäßigen Ansammlung von Fabrikanlagen oder einem schwarzen Fluss mit Dampfbooten. Menschen schien es überhaupt keine zu geben; es sah so kalt aus auf diesen Marschen, dass Töchterlein vom bloßen Anblick bang und einsam zumute wurde und sie am liebsten zu Hause gewesen wäre. Dann fuhr der Zug plötzlich in einen Tunnel ein, und der Dienstmann stapelte sämtliches Gepäck am vorderen Ende des Wagens. Sie schlüpfte in den Pelzmantel, den Dad ihr zu Weihnachten geschenkt hatte, und streifte sich ihre Handschuhe über die Hände, die ganz kalt waren vor Aufregung, weil sie befürchtete, Ada habe vielleicht ihr Telegramm nicht bekommen oder sei verhindert und könne sie nicht vom Bahnhof abholen.

Aber da stand sie schon auf dem Bahnsteig, sah mit ihrer Brille und ihrem Regenmantel so altjüngferlich aus wie eh und je und war in Begleitung einer etwas jüngeren Frau, die, wie sie sich herausstellte, aus Waco kam und Kunst studierte. Sie fuhren mit dem

Taxi eine weite Strecke durch überfüllte Straßen voller Schneematsch und gelben und grauen Schneehaufen entlang den Bürgersteigen.

«Wenn du vor einer Woche hier gewesen wärst, Anne Elizabeth, dann, das sage ich dir, hättest du einen richtigen Schneesturm erlebt.»

«Früher habe ich mir Schnee immer so vorgestellt wie auf Weihnachtskarten», sagte Esther Wilson, eine interessant aussehende junge Frau mit schwarzen Augen, einem länglichen Gesicht und einer tiefen, irgendwie tragisch klingenden Stimme. «Aber wie so vieles war das bloß eine Illusion.»

«New York ist kein Ort für Illusionen», sagte Ada scharf.

«Mir kommt das alles wie eine Illusion vor», sagte Töchterlein, die zum Fenster hinaussah.

Ada und Esther hatten eine schöne, große Wohnung in University Heights, wo sie das Esszimmer als Schlafzimmer für Töchterlein hergerichtet hatten. New York gefiel ihr nicht, aber es war aufregend; alles war grau und schmutzig, die Menschen schienen allesamt Ausländer zu sein, und niemand beachtete einen, außer dass einen auf der Straße ab und zu ein Mann ansprach oder in der U-Bahn absichtlich streifte, was ekelhaft war. Sie schrieb sich als Gasthörerin ein, besuchte Vorlesungen über Ökonomie, englische Literatur und Kunst und unterhielt sich gelegentlich ein wenig mit irgendeinem Jungen, der zufällig neben ihr saß, aber sie war deutlich jünger als alle, die sie kennenlernte, und fand offenbar nicht die richtigen Gesprächsthemen, die sie interessiert hätten. Manchmal ging sie mit Ada in eine Matinee oder fuhr sonntagnachmittags mit Esther dick eingemummelt oben im Bus ins Museum, und das machte auch Spaß, aber die beiden waren furchtbar spießig und erwachsen und zeigten sich ständig fassungslos über alles, was Töchterlein sagte und tat.

Als eines Samstags Paul English anrief und sie bat, mit ihm in eine Matinee zu gehen, war sie begeistert. Sie hatten ein paar Briefe gewechselt, einander seit Washington aber nicht mehr gesehen. Den ganzen Vormittag über zog sie erst das eine und dann das andere Kleid an, probierte verschiedene Frisuren aus und saß immer noch in der Badewanne, als er sie abholen kam, sodass Ada ihn die längste Zeit unterhalten musste. Als sie ihn sah, zerrann ihre ganze Begeisterung, so steif und eingebildet wirkte er in seiner Ausgehuniform. Unwillkürlich fing sie an, sich über ihn lustig zu machen, und benahm sich auf der Fahrt mit der U-Bahn so albern, dass er bei ihrer Ankunft im Astor, wohin er sie zum Mittagessen ausführte, ein stocksaures Gesicht machte.

Sie ließ ihn am Tisch sitzen, ging auf die Damentoilette, um zu sehen, ob sie nicht eine etwas vorteilhaftere Frisur zustande bringen konnte, und kam mit einer diamantengeschmückten älteren jüdischen Lady ins Gespräch, die ihre Handtasche vermisste, und als sie zurückkehrte, stand das Essen kalt auf dem Tisch, und Paul English sah unruhig auf seine Uhr. Das Stück gefiel ihr nicht, und während sie mit dem Taxi den Riverside Drive entlangfuhren, versuchte er frech zu werden, obwohl es heller Tag war, und sie gab ihm eine Ohrfeige. Er sagte, er habe noch nie jemand so gemeines kennengelernt, und sie sagte, sie sei nun mal gerne gemein, und wenn ihm das nicht passe, könne er sich sonst wohin scheren. Sie hatte sich schon vorher entschieden, ihn von ihrer Liste zu streichen.

Sie ging in ihr Zimmer, weinte und wollte nichts zu Abend essen. Ihr war hundeelend zumute, weil Paul English sich als solches Ekel erwiesen hatte. Sie war einsam, denn sie hatte niemanden, der mit ihr ausging, und auch keine Möglichkeit, jemanden kennenzulernen, weil sie ständig diese alten Jungfern dabeihatte. Sie lag auf dem Rücken auf dem Boden, betrachtete die Möbel von unten, wie sie es als kleines Mädchen getan hatte, und dachte an Joe Washburn. Als Ada hereinkam, lag sie immer noch dort, in völlig alberner Haltung mit in die Luft gestreckten Beinen; sie sprang auf, bedeckte Adas Gesicht mit Küssen, umarmte sie und sagte, sie sei ein kleiner Idiot gewesen, aber das sei jetzt vorbei und ob es im Eisschrank etwas zu essen gebe.

Dann lernte sie auf einer von Adas Sonntagabend-Partys, zu denen sie normalerweise nicht herauskam, weil alle so steif herumsaßen und sich bei Kakao und Muffins so ernst und tiefsinnig unterhielten, Edwin Vinal kennen, und mit einem Mal war alles anders, und sie begann, New York zu mögen. Er war ein magerer junger Bursche, der Kurse in Soziologie belegt hatte. Die Kakaotasse unbehaglich in der Hand balancierend, saß er auf einem Stuhl und schien nicht zu wissen, wohin mit seinen Füßen. Er sagte den ganzen Abend kein Wort, doch als er schon im Gehen war, griff er etwas auf, was Ada über Werte gesagt hatte, und begann wie ein Wasserfall zu reden, wobei er ständig einen Menschen namens Veblen[311] zitierte. Töchterlein fühlte sich irgendwie zu ihm hingezogen, fragte, wer Veblen sei, und er begann sich mit ihr zu unterhalten. Was er sagte, war ihr zu hoch, aber dass er einfach so mit ihr redete, beschwingte sie. Er hatte helles Haar, schwarze Augenbrauen und Wimpern und sehr blassgraue Augen mit kleinen goldenen Pünktchen darin. Die schlaksig-unbeholfene Art, wie er sich bewegte, gefiel ihr.

Am nächsten Abend kam er sie besuchen, brachte ihr eine Ausgabe von *Theorie der feinen Leute*[312] mit und fragte sie, ob sie Lust habe, auf der St.-Nicholas-Eisbahn mit ihm Schlittschuh zu laufen. Sie ging in ihr Zimmer, um sich fertigzumachen, und trödelte dann herum, puderte sich das Gesicht und betrachtete sich im Spiegel.

«Hey, Anne, Herrgott noch mal, wir haben doch nicht die ganze Nacht Zeit», rief er durch die Tür. Sie hatte noch nie Schlittschuhe an den Füßen gehabt, aber sie konnte Rollschuh laufen und war daher imstande, zur Musik der Kapelle an Edwins Arm im Kreis durch die große Halle zu gleiten, um die sich eine mehrstufige Galerie aus Lampen und Gesichtern zog. So gut hatte sie sich nicht mehr amüsiert, seit sie von zu Hause weggegangen war.

Edwin Vinal war Sozialarbeiter gewesen, wohnte in einer Mietshaussiedlung und hatte inzwischen ein Stipendium an der

Columbia, aber laut ihm waren die Professoren viel zu theoretisch und machten sich anscheinend nicht klar, dass sie es mit richtigen Menschen wie du und ich zu tun hatten. Töchterlein hatte schon Kirchenarbeit geleistet und armen weißen Familien zur Weihnachtszeit Geschenkkörbe gebracht und sagte, sie würde sich auch hier in New York gern in der Sozialfürsorge betätigen. Während sie sich die Schlittschuhe abschnallten, fragte er sie, ob sie das ernst meinte, und sie lächelte zu ihm auf und sagte: «Ich schwöre, dass ich das ernst meine.»

Und so fuhren sie am nächsten Abend eine Dreiviertelstunde lang mit der U-Bahn downtown und dann noch einmal eine lange Strecke oberirdisch bis zu einem Mietshaus in der Grand Street, wo sie warten musste, während er einer Gruppe schmierig aussehender junger Litauer oder Polacken oder dergleichen Englischunterricht gab. Dann gingen sie zu Fuß durch die Straßen, und Edwin machte sie auf die Zustände aufmerksam. Man kam sich vor wie im mexikanischen Teil von San Antonio oder Houston, nur dass es hier alle möglichen Ausländer gab. Alle sahen so aus, als hätten sie noch nie gebadet, und die Straßen rochen nach Müll. Überall hing Wäsche, und man sah Schilder in allen möglichen komischen Sprachen. Edwin zeigte ihr einige auf Russisch und Jiddisch, eines auf Armenisch und zwei auf Arabisch. Die Straßen waren schrecklich überfüllt, entlang dem Bordstein standen Handwagen, überall waren fliegende Händler, aus Restaurants drangen komische Essensgerüche und fremdländische Grammophonmusik. Edwin machte sie auf zwei müde aussehende, stark geschminkte Frauen aufmerksam, Straßenmädchen, wie er sagte, auf Betrunkene, die aus einer Kneipe gewankt kamen, einen jungen Mann mit karierter Mütze, laut ihm ein Anreißer, der Kundschaft für ein Bordell anwarb, und auf ein paar Jungs mit fahlen Gesichtern, laut ihm Gangster und Rauschgifthändler. Es war eine Erleichterung, als sie uptown wieder aus der U-Bahn herauskamen, wo ein frischer Wind, der nach dem Hudson River roch, durch die breiten leeren Straßen blies.

«Na, Anne, wie hat Ihnen Ihr kleiner Ausflug in die Unterwelt gefallen?»

«Ganz gut», sagte sie nach kurzem Schweigen. «Ich glaube, das nächste Mal nehme ich in meiner Handtasche einen Revolver mit ... Aber all diese Leute, Edwin, wie um alles in der Welt will man die denn zu anständigen Bürgern machen? Wir sollten nicht zulassen, dass alle diese Ausländer zu uns herüberkommen und unser Land in Unordnung bringen.»

«Sie haben ganz und gar unrecht», fuhr Edwin sie an. «Das wären alles anständige Menschen, wenn sie die Chance dazu hätten. Wir wären genau wie sie, wenn wir nicht das Glück gehabt hätten, in kleinen, wohlhabenden amerikanischen Städten in anständige Familien hineingeboren worden zu sein.»

«Wie können Sie denn so einen Unsinn reden, Edwin, das sind doch gar keine Weißen, und sie werden es auch niemals sein. Die sind genau wie Mexikaner oder so was, oder Nigger.» Sie fing sich gerade noch und verschluckte das letzte Wort. Direkt hinter ihr döste der farbige Fahrstuhlführer auf einer Bank vor sich hin.

«Sie sind wirklich die unbedarfteste kleine Heidin, die mir je untergekommen ist», sagte Edwin mit freundlichem Spott. «Dabei sind Sie doch Christin, oder? Tja, haben Sie je daran gedacht, dass Christus Jude war?»

«Also, ich falle gleich um vor Müdigkeit und kann mich nicht mehr mit Ihnen streiten, aber ich weiß, dass Sie unrecht haben.» Sie trat in den Fahrstuhl, der farbige Fahrstuhlführer stand gähnend auf und reckte sich. Das Letzte, was sie in dem rasch schmaler werdenden Lichtstreifen zwischen dem Boden des Fahrstuhls und der Decke der Eingangshalle von Edwin sah, war, dass er ihr mit der Faust drohte. Sie warf ihm eine Kusshand zu, ohne es eigentlich zu wollen.

Ada, die im Wohnzimmer saß und las, schimpfte ein wenig mit ihr, weil sie so spät nach Hause kam, aber Töchterlein berief sich darauf, dass sie zu müde und schläfrig sei, um ausgeschimpft zu werden.

«Was hältst du eigentlich von Edwin Vinal, Ada?»

«Ich finde, er ist ein prächtiger junger Kerl, meine Liebe, vielleicht ein bisschen ruhelos, aber das wird sich schon geben ... Wieso?»

«Ach, ich weiß nicht», sagte Töchterlein gähnend, «gute Nacht, Ada, Liebes.»

Sie nahm ein heißes Bad, legte viel Parfüm auf und ging zu Bett, konnte aber nicht schlafen. Von den schmutzigen Bürgersteigen taten ihr die Beine weh, und sie spürte, wie die Wollust, Dreck und den Geruch aneinandergedrängter Leiber ausdünstenden Häuserwände immer näher an sie heranrückten, trotz des Parfüms hatte sie immer noch den widerlichen Müllgestank in der Nase, und die blendende Helle von Straßenlaternen und Gesichtern stach ihr in die Augen. Als sie einschlief, träumte sie, sie hätte sich die Lippen geschminkt und ginge mit einem Revolver in der Handtasche auf und ab, auf und ab; Joe Washburn kam vorbei, und sie griff immer wieder nach seinem Arm, um ihn zum Stehenbleiben zu bewegen, aber er ging weiter, ohne sie anzusehen, genau wie Dad, und sie sahen auch nicht her, als ein dicker, bärtiger Jude ihr immer dichter auf die Pelle rückte, und er roch grässlich nach der East Side, nach Knoblauch und Wasserklosetts, und sie versuchte, den Revolver aus der Tasche zu ziehen, um auf ihn zu schießen, und er hatte die Arme um sie geschlungen und zog ihr Gesicht dicht an seines heran. Sie bekam den Revolver einfach nicht aus der Handtasche, und durch das dröhnende Geratter der U-Bahn in ihren Ohren hörte sie Edwin Vinals Stimme, die sagte: «Sie sind doch Christin, oder? Sie haben ganz und gar unrecht ... Christin, oder? Haben Sie je daran gedacht, dass Christus genau wie diese Leute gewesen wäre, wenn er nicht das Glück gehabt hätte, das Kind anständiger Leute gewesen zu sein ... Christin, oder ...»

Ada, die im Nachthemd an ihrem Bett stand, weckte sie auf. «Was ist denn los, Kleines?»

«Ich hatte einen Albtraum ... ist das nicht albern?», sagte Töchterlein und setzte sich kerzengerade im Bett auf. «Habe ich sehr laut geschrien?»

«Ich wette, ihr beide habt noch was Schweres gegessen, und deshalb ist es so spät geworden», sagte Ada und ging lachend in ihr Zimmer zurück.

In jenem Frühjahr trainierte Töchterlein ein Mädchen-Basketballteam im YWCA in der Bronx und verlobte sich mit Edwin Vinal. Sie sagte ihm, sie wolle mit dem Heiraten noch einige Jahre warten, und er sagte, an einer körperlichen Beziehung liege ihm nichts, das Wichtigste für sie beide sei, ein gemeinsames Leben zum Wohl der Menschen zu planen.

Sonntagabends, wenn das Wetter schön war, gingen sie zusammen in den Palisades Park, grillten sich ein Steak, saßen da, schauten zwischen den Bäumen hindurch auf die Lichter, die in der klotzigen, gezahnten Silhouette der Stadt nach und nach angingen, und unterhielten sich darüber, was gut, was böse und was wahre Liebe war. Auf der Rückfahrt standen sie Hand in Hand im Bug der Fähre zwischen den Scharen von Pfadfindern, Wanderern und Ausflüglern, schauten auf die große Masse erleuchteter Gebäude, die in den rötlichen Dunst entlang dem North River entschwanden, und unterhielten sich über die schrecklichen Zustände in der Stadt. Wenn Edwin ihr dann gute Nacht sagte, küsste er sie auf die Stirn, und sie fuhr mit dem Fahrstuhl nach oben und hatte das Gefühl, dass dieser Kuss eine Art Weihe war.

Ende Juni fuhr sie nach Hause, um drei Monate auf der Ranch zu verbringen, aber sie war dort in jenem Sommer sehr unglücklich. Irgendwie kam sie nie dazu, Dad von ihrer Verlobung zu erzählen. Als Joe Washburn für eine Woche zu Besuch kam, machten die Jungs sie rasend, zogen sie mit ihm auf und erzählten ihr, er sei mit einer Frau aus Oklahoma City verlobt, und sie wurde so wütend, dass sie nicht mehr mit ihnen sprach und zu Joe kaum noch höflich war. Sie bestand darauf, einen tückischen kleinen Schecken zu reiten, der bockte und sie ein-, zweimal abwarf. Eines Nachts fuhr sie mit dem Auto durch ein Gatter, sodass beide Schweinwerfer in Scherben gingen. Als Dad sie wegen ihres Leichtsinns ausschalt, sagte sie ihm, das könne ihm ganz gleich sein, denn sie werde in den Osten zurückkehren und sich selbst ihren Lebensunterhalt verdienen, und dann sei er sie los.

Joe Washburn behandelte sie mit der gleichen ernsten Freundlichkeit wie immer, und manchmal, wenn sie sich wie eine Verrückte gebärdete, erhaschte sie einen komischen, verständnisvollen, leicht spöttischen Schimmer in seinen scharfen Augen, und dann kam sie sich mit einem Mal ganz schwach und albern vor. Am Abend vor seiner Abreise trieben die Jungs auf dem Steinhaufen hinter dem Corral eine Klapperschlange in die Enge, und Töchterlein forderte Joe heraus, die Schlange aufzuheben und ihr den Kopf abzureißen. Joe holte rasch einen gegabelten Stock, klemmte die Schlange hinter dem Kopf in der Gabel ein und schmetterte sie mit aller Kraft gegen die Wand des kleinen Räucherhauses. Während sie sich mit gebrochener Wirbelsäule im Gras wand, trennte Bud ihr mit einer Hacke den Kopf ab. Ihre Rassel bestand aus sechs Gliedern und der Spitze. «Töchterlein», sagte Joe mit gedehnter Stimme und schaute ihr mit seiner unverwandt lächelnden Miene ins Gesicht, «manchmal redest du daher, als wärst du nicht ganz bei Trost.»

«Ein Feigling bist du, das ist alles», sagte sie.

«Töchterlein, du spinnst ... du entschuldigst dich bei Joe», schrie Bud, der mit rotem Kopf angerannt kam, die tote Schlange in der Hand. Sie machte kehrt, ging ins Ranchhaus und warf sich auf ihr Bett. Sie kam erst wieder aus ihrem Zimmer, als Joe am nächsten Morgen abgereist war.

In der Woche vor ihrer Rückkehr an die Columbia war sie ganz brav und versuchte, sich wieder mit Dad und den Jungs zu versöhnen, indem sie Kuchen für sie backte und sich um den Haushalt kümmerte, weil sie sich den ganzen Sommer über so gemein und verrückt aufgeführt hatte. Sie traf sich mit Ada in Dallas, und sie belegten gemeinsam ein Schlafwagenabteil. Sie hatte gehofft, dass Joe zum Bahnhof kommen würde, um sich von ihnen zu verabschieden, aber er war in Ölgeschäften in Oklahoma City. Auf der Fahrt in den Norden schrieb sie ihm einen langen Brief: Sie wisse gar nicht, was an jenem Tag mit der Klapperschlange in sie gefahren sei und ob er ihr nicht bitte verzeihen könne.

In jenem Herbst arbeitete Töchterlein hart. Trotz Edwins Einwänden hatte sie sich erfolgreich an der Journalistenschule beworben. Er wollte, dass sie für das Lehramt studierte oder Sozialarbeiterin wurde, aber sie sagte, der Journalismus biete mehr Möglichkeiten. Darüber kam es mehr oder weniger zum Bruch; zwar sahen sie einander noch sehr häufig, aber von Verlobung war nicht mehr viel die Rede.

Auf der Journalistenschule gab es einen Jungen namens Webb Cruthers, mit dem sich Töchterlein anfreundete, obwohl Ada sagte, er tauge nichts, und Töchterlein ihn nicht in die Wohnung mitbringen durfte. Er war kleiner als sie, hatte dunkles Haar und sah aus wie fünfzehn, dabei war er laut eigener Aussage einundzwanzig. Wegen seiner cremeweißen Haut nannten die Leute ihn Babyface, und er hatte eine merkwürdig treuherzige Art zu reden, als nähme er selbst nicht ganz ernst, was er da sagte. Er sagte, er sei Anarchist, und redete die ganze Zeit über Politik und den Krieg. Auch er ging mit ihr auf die East Side, aber mit ihm machte es mehr Spaß als mit Edwin. Webb wollte immer irgendwohin, wo er etwas trinken und mit den Leuten reden konnte. Er führte sie in Kneipen, rumänische Ratskeller, arabische Restaurants und mehr Lokale, als sie sich je hatte träumen lassen. Ganz gleich, wohin sie kamen, er kannte alle Welt, und er hatte offenbar überall Kredit, denn er hatte kaum je Geld, und sobald sie ausgegeben hatten, was Töchterlein bei sich hatte, musste Webb den Rest anschreiben lassen. Töchterlein trank nur ab und zu einmal ein Glas Wein, und wenn er zu sehr aus der Rolle fiel, ließ sie sich von ihm zur nächsten U-Bahn-Station bringen und fuhr nach Hause. Am nächsten Tag war er dann ein bisschen schwach und zittrig, schilderte ihr seinen Kater und erzählte komische Geschichten von Abenteuern, die er im Suff erlebt hatte. Er hatte ständig Pamphlete über Sozialismus und Syndikalismus und Ausgaben von *Mother Earth* /313/ oder *The Masses* /314/ in der Tasche.

Nach Weihnachten wurde Webb vollständig von einem Textilarbeiterstreik in Anspruch genommen, der in einer kleinen Stadt in New Jersey im Gange war. Eines Sonntags fuhren sie hin, um sich das Ganze anzusehen. In einem schmutzigen Backsteinbahnhof mitten in der verödeten Innenstadt stiegen sie aus dem Zug, vor Imbissbuden und leeren, des Sonntags wegen geschlossenen Läden standen ein paar Leute herum; in der Stadt schien nichts Besonderes los zu sein, aber das änderte sich, als sie zu den langgestreckten, flachen, eckigen Backsteingebäuden der Fabrik hinausgingen. Auf der breiten, matschigen Straße davor standen in Gruppen Polizisten in Blau und hinter den Maschendrahttoren kräftige junge Männer in Khaki. «Das sind speziell ernannte Deputys, die Schweinehunde», knurrte Webb mit zusammengebissenen Zähnen. Sie gingen ins Büro der Streikleitung, zu einer Bekannten von Webb, die dort die Pressearbeit machte. Am oberen Ende einer schmutzigen Treppe, auf der sich ausländische Männer mit grauen Gesichtern und Frauen in verschossenen, grau aussehenden Kleidern drängten, kamen sie in ein Büro voller Stimmenlärm und Schreibmaschinenklappern. Auf dem Flur stapelten sich Flugblätter, die ein müde aussehender junger Mann päckchenweise an Jungs in zerlumpten Pullovern ausgab. Webbs Bekannte, Sylvia Dalhart, eine junge Frau mit langer Nase und Brille, saß wild drauflostippend an einem Schreibtisch, auf dem sich Zeitungen und Zeitungsausschnitte stapelten. Sie winkte mit der Hand und sagte: «Webb, warte draußen auf mich. Ich will ein paar Zeitungsleute herumführen, und du kommst besser mit.»

Draußen auf dem Flur liefen sie einem Bekannten von Webb über den Weg, Ben Compton, einem hochgewachsenen jungen Mann mit langer dünner Nase und rot geränderten Augen, der sagte, er werde bei der Versammlung sprechen und ob Webb nicht auch sprechen wolle.

«Mein Gott, was könnte ich diesen Burschen schon sagen? Ich bin bloß ein popeliger Student, genau wie du, Ben.»

«Sag ihnen, die Arbeiter müssen die Welt erobern, sag ihnen, dieser Kampf ist Teil einer großen historischen Schlacht. Reden ist die leichteste Übung der Arbeiterbewegung. Die Wahrheit ist schließlich ganz einfach.» Er hatte eine explosive Art zu reden, mit einer Pause zwischen den Sätzen, als bräuchte jeder Satz eine Weile, um aus irgendeiner Tiefe seines Inneren nach oben zu kommen. Töchterlein schätzte ihn als attraktiv ein, obwohl er wahrscheinlich Jude war.

«Na schön, dann versuche ich eben, irgendwas über Demokratie in der Wirtschaft daherzustammeln.»

Sylvia Dalhart scheuchte sie bereits die Treppe hinunter. Bei ihr war ein blasser junger Mann in Regenmantel und schwarzem Filzhut; er kaute auf einer halbgerauchten Zigarre herum, die ausgegangen war. «Kollegen, das ist Joe Bigelow vom *Globe*.» Ihre Stimme hatte den leicht singenden Tonfall der Menschen aus dem Westen, der Töchterlein an zu Hause erinnerte. «Wir führen ihn ein bisschen herum.»

Sie gingen durch die ganze Stadt, in die Wohnungen von Streikenden, wo müde aussehende Frauen mit an den Ellbogen durchgescheuerten Pullovern magere Sonntagsessen aus Corned Beef und Kohl oder Schmorfleisch und Kartoffeln kochten, und bei manchen gab es nur Kohl mit Brot oder nur Kartoffeln. Dann gingen sie in eine Imbissstube in der Nähe des Bahnhofs und aßen etwas zu Mittag. Da offenbar kein Mensch Geld hatte, zahlte Töchterlein die Rechnung, und dann war es Zeit, zu der Versammlung zu gehen.

Die Straßenbahn war voller Streikender und ihrer Frauen und Kinder. Die Versammlung sollte in der Nachbarstadt stattfinden, weil in der Stadt, in der gestreikt wurde, alles der Fabrik gehörte und es keinerlei Möglichkeit gab, einen Saal zu mieten. Schneeregen hatte eingesetzt, und sie bekamen nasse Füße, während sie durch den Matsch zu der schäbigen Baracke stapften, wo die Versammlung stattfinden sollte. Als sie dort ankamen, war vor dem Eingang berittene Polizei. «Der Saal ist voll», sagte ihnen ein Polizist an der Straßenecke, «keiner darf mehr rein.»

Sie standen im Matsch herum und warteten auf jemanden, der etwas zu sagen hatte. Tausende von Streikenden waren da, Männer, Frauen, Jungen und Mädchen, und die älteren Leute unterhielten sich mit leiser Stimme in fremden Sprachen. Webb sagte immerzu: «Mein Gott, das ist ungeheuerlich. Irgendwer müsste was unternehmen.» Töchterlein hatte kalte Füße und wollte nach Hause.

Dann kam Ben Compton von hinten um das Gebäude herum. Leute umringten ihn. «Da ist Ben ... da ist Compton, guter Junge, Benny», hörte sie Leute sagen. Junge Männer bewegten sich durch die Menge und flüsterten: «Die Versammlung findet hier draußen statt ... lasst euch nicht vertreiben, Leute.»

Ben war auf den Sockel einer Straßenlaterne geklettert, hakte einen Arm um den Pfahl und begann zu sprechen. «Genossinnen und Genossen, hier wird der Arbeiterklasse eine weitere Beleidigung ins Gesicht geschleudert. Im Saal sind nicht mehr als vierzig Leute, und man schließt die Türen und will uns weismachen, dass er voll ist ...» Die Menge begann hin und her zu wogen, im Schneeregen hüpften Hüte und Schirme auf und ab. Dann sah Töchterlein, wie zwei Polizisten Ben Compton wegschleppten, und hörte das misstönende Klingeln des Streifenwagens.

«Schande, Schande», schrien die Leute. Sie begannen, vor den Polizisten zurückzuweichen; der Menschenstrom bewegte sich vom Versammlungssaal weg. Still und niedergeschlagen schoben sich die Leute in Richtung der Straßenbahngleise, angetrieben von dem Cordon aus berittener Polizei. Plötzlich flüsterte Webb ihr ins Ohr: «Ich muss mich mal eben auf Ihre Schulter stützen», und sprang auf einen Hydranten.

«Das ist ungeheuerlich», brüllte er, «ihr habt die Erlaubnis, den Saal zu benutzen, ihr habt ihn gemietet, und keine Macht der Welt hat das Recht, euch den Zugang dazu zu verwehren. Zur Hölle mit den Kosaken!»

Zwei berittene Polizisten hielten auf ihn zu, bahnten sich eine Gasse durch die Menge. Webb war vom Hydranten gesprungen und hatte Töchterlein bei der Hand gepackt. «Nichts wie weg», flüsterte er und rannte los, kreuz und quer durch die hastende Menge. Lachend und atemlos folgte sie ihm. Eine Straßenbahn kam die Hauptstraße entlang. Webb sprang im Fahren auf, aber sie schaffte es nicht und musste auf die nächste warten. Inzwischen ritten die Polizisten langsam in der Menge hin und her und lösten sie so auf.

Töchterlein taten die Füße weh, weil sie den ganzen Nachmittag durch Schneematsch gestapft war, und sie fand, dass sie nach Hause musste, ehe sie sich den Tod holte. Während sie am Bahnhof auf den Zug wartete, sah sie Webb. Er wirkte zu Tode verängstigt. Er hatte sich die Mütze tief ins Gesicht und seinen Schal übers Kinn gezogen und tat so, als kennte er Töchterlein nicht, als sie auf ihn zutrat. Sobald sie in dem überheizten Zug waren, schlich er sich den Gang entlang und setzte sich neben sie.

«Ich hatte Angst, irgendein Zivilbulle würde mich auf dem Bahnhof erkennen», flüsterte er. «Na, was halten Sie von dem Ganzen?»

«Ich fand es schrecklich ... sie sind alle so feige ... die Einzigen, die mir imponiert haben, waren die Jungs, die die Fabrik bewacht haben, das waren echte Kerle ... Und Sie, Webb Cruthers, Sie sind gelaufen wie ein Hase.»

«Nicht so laut ... Finden Sie etwa, ich hätte warten und mich verhaften lassen sollen wie Ben?»

«Das geht mich natürlich nichts an.»

«Sie haben keine Ahnung von revolutionärer Taktik, Anne.»

Bei der Überfahrt mit der Fähre froren sie beide und hatten Hunger. Webb sagte, er habe den Schlüssel zum Zimmer eines Freundes in der 8th Street, dort sollten sie besser hingehen, sich die Füße wärmen und Tee machen, bevor sie nach Hause fuhren.

Vom Fähranleger bis zu dem betreffenden Haus war es ein langer Fußmarsch, den sie beide in missmutigem Schweigen hinter sich brachten. Das Zimmer, das nach Terpentin roch und unaufgeräumt war, erwies sich als großes, nur mit einem Gasofen beheiztes Atelier. Es war eiskalt, also wickelten sie sich in Decken, zogen Schuhe und Strümpfe aus und wärmten sich die Füße an den Gasflammen. Töchterlein zog unter der Decke ihren Rock aus und hängte ihn über die Heizung. «Also, eins ist klar», sagte sie, «wenn jetzt ihr Freund hereinkommt, sind wir kompromittiert.»

«Wird er nicht», sagte Webb, «er ist übers Wochenende in Cold Springs.» Webb ging barfuß durch den Raum, setzte Wasser auf und machte Toast.

«Ziehen Sie mal lieber Ihre Hose aus, Webb, ich kann von hier aus sehen, wie das Wasser unten raustropft.» Webb errötete, zog die Hose aus und drapierte die Decke wie eine Toga um sich.

Lange Zeit blieben sie stumm und hörten über dem fernen Summen des Verkehrs nur das Zischen der Gasflamme und das unregelmäßige Surren des Kessels, in dem das Wasser gerade zu kochen anfing. Dann begann Webb plötzlich zu reden, nervös und abgehackt. «Sie halten mich also für feige, ja? Tja, vielleicht haben Sie recht, Anne ... nicht, dass mich das juckt ... Wissen Sie, es gibt Zeiten, da muss man ein Feigling sein, und Zeiten, da muss man den ganzen Kerl raushängen. Seien Sie mal eben noch still, ich will Ihnen was sagen ... Sie gefallen mir teuflisch gut ... und dass ich Ihnen das noch nicht gesagt habe, war feige von mir, verstehen Sie? Ich glaube nicht an Liebe oder irgend so was, das ist alles bourgeoiser Quatsch; aber ich finde, wenn Leute sich zueinander hingezogen fühlen, dann ist es feige von ihnen, nicht miteinander ... Sie wissen schon, was ich meine.»

«Nein, das weiß ich nicht, Webb», sagte Töchterlein nach kurzem Schweigen.

Webb sah sie leicht verdutzt an, während er ihr eine Tasse Tee und eine Scheibe Toast mit Butter und einer Scheibe Käse darauf brachte. Eine Zeitlang aßen sie schweigend; sie tranken in kleinen Schlückchen Tee, und es war so still, dass der eine die Schluckgeräusche des anderen hörte. «Was zum Henker meinen Sie denn jetzt damit?», blaffte Webb plötzlich los.

Mit dem heißen Tee im Magen und der trockenen Hitze der Gasflammen, die ihr über die Fußsohlen strich, fühlte sich Töchterlein in ihrer Decke warm und schläfrig. «Was meint man denn schon, wenn man irgendwas sagt», murmelte sie verträumt.

Webb stellte seine Teetasse ab und tigerte, die Decke hinter sich herschleifend, auf und ab. «Scheiße», sagte er plötzlich; er war in einen Reißnagel getreten. Er stand auf einem Bein und betrachtete seine Fußsohle, die schwarz war vom Schmutz auf dem Fußboden. «Aber Herrgott noch mal, Anne ... im Geschlechtlichen sollen die Leute frei und glücklich sein ... na los, warum nicht.»

Seine Wangen waren rosig, und seine schwarzen Haare, die dringend geschnitten werden mussten, waren verstrubbelt. Er stand immer noch auf einem Bein und betrachtete seine Fußsohle. Töchterlein begann zu lachen. «So sehen Sie furchtbar komisch aus, Webb.» Sie spürte eine sanfte Glut am ganzen Leib. «Geben Sie mir noch eine Tasse Tee und machen Sie mir noch einen Toast.»

Nachdem sie Tee und Toast bekommen hatte, sagte sie: «Wird es nicht langsam Zeit, dass wir nach Hause fahren?»

«Aber Herrgott noch mal, Anne, ich mache Ihnen doch unsittliche Anträge», sagte er schrill, halb lachend und halb in Tränen. «So hören Sie doch zu ... Verflucht, du sollst mir zuhören, du kleines Luder.»

Er ließ seine Decke fallen und stürmte auf sie zu. Sie konnte sehen, dass er völlig von Sinnen war. Er riss sie aus ihrem Sessel hoch und küsste sie auf den Mund. Es kam zu einer regelrechten Rauferei, da er drahtig und kräftig war, aber sie schaffte es, ihren Unterarm unter sein Kinn zu stemmen und sein Gesicht so weit wegzudrücken, dass sie ihm einen kräftigen Nasenstüber versetzen konnte. Seine Nase begann zu bluten.

«Seien Sie nicht albern, Webb», sagte sie schwer atmend. «Ich will so etwas nicht, jedenfalls noch nicht ... waschen Sie sich das Gesicht.»

Er ging zum Waschbecken und begann, sich vorsichtig das Gesicht abzutupfen. Töchterlein schlüpfte hastig in Rock, Schuhe und Strümpfe und ging dann zu ihm hin. «Das war gemein von mir, Webb, es tut mir furchtbar leid. Ich weiß nicht, wieso, aber ich bin immer gemein zu Leuten, die ich mag.» Webb sagte lange Zeit kein Wort. Seine Nase blutete immer noch.

«Fahren Sie nach Hause», sagte er schließlich, «ich bleibe hier ... schon gut ... meine Schuld.»

Sie zog ihren triefenden Regenmantel an und ging hinaus auf die abendlich glänzenden Straßen. Während der Heimfahrt mit dem Expresszug der U-Bahn dachte sie unentwegt mit warmen, zärtlichen Gefühlen an Webb, Gefühlen, wie sie sie auch Dad und den Jungs entgegenbrachte.

Sie bekam ihn mehrere Tage lang nicht zu Gesicht, dann rief er eines Abends an und fragte sie, ob sie Lust habe, am nächsten Morgen mit ihm Streikposten zu stehen. Es war noch dunkel, als sie sich am Fähranleger mit ihm traf. Beide froren sie, waren schläfrig und sagten während der Zugfahrt nicht viel. Vom Bahnhof aus mussten sie durch die glatten Straßen rennen, um rechtzeitig zur Fabrik zu kommen und sich in die Streikpostenkette einzureihen. Im blauen Frühlicht sahen die Gesichter kalt und verkniffen aus. Frauen hatten sich Schals um die Köpfe gebunden, von den Männern und Jungen hatten nur wenige einen Mantel. Die jungen Frauen zitterten in ihren billigen modischen Mäntelchen, die nicht wärmten. Die Polizei hatte bereits begonnen, die Spitze der Streikpostenkette zu sprengen. Einige der Streikenden sangen *Solidarity Forever*, /315/ andere schrien: «Streikbrecher, Streikbrecher», und stießen komische, langgezogene, johlende Rufe aus. Töchterlein war verwirrt und aufgeregt.

Plötzlich liefen alle um sie herum auseinander, rannten weg und ließen sie auf einem leeren Straßenabschnitt vor dem Maschendrahtzaun der Fabrik zurück. Drei Meter vor ihr rutschte eine junge Frau aus und stürzte. Töchterlein sah den verschreckten Ausdruck in ihren runden, schwarzen Augen. Sie trat vor, um ihr aufzuhelfen, aber zwei Polizisten, die ihre Knüppel schwangen, kamen ihr zuvor. Töchterlein dachte, sie würden der Frau aufhelfen. Sie blieb eine Sekunde lang wie angewurzelt stehen, als sie den Fuß des einen Polizisten vorschnellen sah. Er hatte der Frau voll ins Gesicht getreten.

Hinterher erinnerte sich Töchterlein nicht mehr, was dann geschehen war, nur dass sie gern einen Revolver gehabt hätte und mit den Fäusten auf das feiste rote Gesicht des Polizisten und auf die Knöpfe und das dicke, schwere Tuch seines Mantels eindrosch. Irgendetwas krachte ihr von hinten auf den Kopf; ihr wurde schwindlig und übel, und sie wurde in den Polizeiwagen geschoben. Vor ihr war die junge Frau mit eingeschlagenem, blutendem Gesicht. Weiter drin im Dunkel des Wagens waren andere Männer und Frauen, die fluchten und lachten. Aber Töchterlein und die Frau ihr gegenüber sahen einander benommen an und sagten nichts. Dann schloss sich die Tür hinter ihnen, und sie hockten im Dunkeln.

Sie wurden in Haft genommen, und man beschuldigte Töchterlein des Landfriedensbruchs, der schweren Körperverletzung, der Behinderung eines Polizeibeamten und der Anstiftung zum Aufruhr. Im Bezirksgefängnis war es gar nicht so übel. Der Frauentrakt war mit Streikenden überfüllt, sämtliche Zellen waren voller Frauen, die lachten und sich unterhielten, Lieder sangen und einander erzählten, wie sie verhaftet worden waren, wie lang sie schon saßen und wie sie den Streik gewinnen würden. In Töchterleins Zelle drängten sich die Frauen um sie und wollten wissen, wie sie hierhergekommen war. Sie kam sich schon fast wie eine Heldin vor. Gegen Abend wurde ihr Name aufgerufen, und man brachte sie zum Sergeant, vor dessen Schreibtisch Webb, Ada und ein Anwalt standen. Ada war wütend.

«Lies das, junge Dame, und dann überleg dir, wie das wohl zu

Hause ankommt», sagte sie und hielt ihr eine Zeitung unter die Nase.

JUNGE SCHÖNHEIT AUS TEXAS ATTACKIERT POLIZISTEN hieß eine Schlagzeile. Es folgte ein Bericht darüber, wie sie mit einem linken Kinnhaken einen Polizisten niedergestreckt habe.

Sie wurde gegen tausend Dollar Kaution freigelassen; vor dem Gefängnis löste sich Ben Compton aus der Gruppe von Reportern, die ihn umringten, und eilte zu ihr. «Glückwunsch, Miss Trent», sagte er, «das war verdammt mutig von Ihnen … hat bei der Presse einen sehr guten Eindruck gemacht.»

Sylvia Dalhart war bei ihm. Sie schlang die Arme um Töchterlein und gab ihr einen Kuss. «Das war riesig mutig von Ihnen. Hören Sie, wir schicken eine Delegation nach Washington zu Präsident Wilson, um ihm eine Petition zu übergeben, und wir wollen, dass Sie dabei sind. Der Präsident wird sich weigern, die Delegation zu empfangen, und Sie haben die Möglichkeit, vor dem Weißen Haus zu demonstrieren und sich noch mal verhaften zu lassen.»

«Also, eins ist klar», sagte Ada, als sie wohlbehalten im Zug nach New York saßen. «Ich glaube, du bist nicht mehr ganz bei Trost.»

«Du hättest das Gleiche getan, Ada, Liebes, wenn du gesehen hättest, was ich gesehen habe … wenn ich Dad und den Jungs davon erzähle, werden sie rotsehen … So etwas Ungeheuerliches habe ich noch nie gehört.» Dann brach sie in Tränen aus.

In Adas Wohnung zurückgekehrt, fanden sie ein Telegramm von Dad vor: *Komme sofort. Mach keine Aussage bis ich da bin.* Spät in der Nacht kam ein weiteres Telegramm: *Dad ernstlich erkrankt komm sofort nach Hause Ada nimm bestmöglichen Anwalt.*

Am Morgen bestieg Töchterlein verängstigt und zitternd den ersten Zug in Richtung Süden. In St. Louis bekam sie ein Telegramm, das lautete: *Keine Sorge Zustand stabil beidseitige Lungenentzündung.* So aufgeregt sie auch war, tat es ihr doch gut, die weite Landschaft von Texas zu sehen, die aufgehende Frühjahrssaat, die vereinzelt blühenden Wiesenlupinen. Buster holte sie am Bahnhof ab. «Tja, Töchterlein», sagte er, nachdem er ihr den Koffer abgenommen hatte, «beinahe hättest du Dad ins Grab gebracht.»

Buster war sechzehn und Kapitän der Highschool-Baseballmannschaft. Während er sie in dem neuen Stutz nach Hause fuhr, erzählte er ihr, wie die Dinge standen. Bud habe es an der Universität ziemlich wild getrieben und stehe kurz vor der Relegation, er habe sich mit einer jungen Frau aus Galveston eingelassen, die ihn zu erpressen versuche. Dad habe sich große Sorgen gemacht, denn er habe sich mit Ölgeschäften übernommen, und dass Töchterlein Schlagzeilen gemacht habe, weil sie einen Polizisten niedergeschlagen hatte, habe ihm beinahe den Rest gegeben. Emma sei mittlerweile zu alt, um ihnen den Haushalt zu führen, und nun sei es an Töchterlein, ihre verrückten Ideen aufzugeben, zu Hause zu bleiben und ihnen den Haushalt zu führen.

«Was sagst du zu dem Wagen? Schick, oder? Ich habe ihn selbst gekauft ... Ich habe oben bei Amarillo auf eigene Rechnung ein bisschen mit Optionen gehandelt, einfach aus Jux und Tollerei, und dabei fünftausend Dollar verdient.»

«Kluges Kerlchen. Ich sage dir, Bud, es tut gut, wieder zu Hause zu sein. Aber was diesen Polizisten angeht, hättest du genauso gehandelt, sonst wärst du nicht mein Bruder. Irgendwann erzähle ich dir das alles mal. Glaub mir, es tut gut, wieder Texasgesichter zu sehen, wenn man ewig nur diese fiesen New Yorker Wieselvisagen gesehen hat.»

Dr. Winslow erwartete sie im Flur, als sie hereinkamen. Er drückte ihr herzlich die Hand, sagte ihr, wie gut sie aussehe und dass sie sich keine Sorgen machen solle, er werde ihren Dad schon durchbringen, und wenn es das Letzte sei, was er auf Erden tue. Sie fühlte sich schrecklich, als sie das Krankenzimmer und Dads unruhiges, gerötetes Gesicht sah, und dass eine gelernte Krankenschwester das Haus führte, passte ihr überhaupt nicht.

Nachdem Dad wieder einigermaßen auf die Beine gekommen war, fuhren sie beide zwecks Luftveränderung für vierzehn Tage nach Port Arthur, wo sie bei einem alten Freund von Dad wohnten. Dad sagte, er werde ihr ein Auto kaufen, wenn sie dabliebe, und ihr außerdem diese dumme Geschichte, in die sie in New York hineingeraten sei, vom Hals schaffen.

Sie spielte wieder viel Tennis und Golf und ging oft unter Leute. Joe Washburn hatte geheiratet, lebte in Oklahoma und wurde mit Öl reich. Sie fühlte sich in Dallas wohler, seit er nicht mehr da war; ihn zu sehen brachte sie immer noch völlig aus der Fassung. Im Herbst ging Töchterlein nach Austin, um ihr Journalismusstudium abzuschließen, vor allem aber, weil sie glaubte, ihre Anwesenheit würde Bud auf dem Pfad der Tugend halten. Jeden Freitagnachmittag fuhren sie in ihrem Buick zusammen nach Hause. Dad hatte weit draußen vor der Stadt ein neues Haus im Tudorstil gekauft, und sie brachte ihre ganze freie Zeit damit zu, Möbel auszusuchen, Vorhänge aufzuhängen und die Zimmer einzurichten.

Sie hatte zahlreiche Verehrer, die ständig vorbeikamen und mit ihr ausgehen wollten, und musste sich einen Kalender für ihre Verabredungen zulegen. Zumal nach der Kriegserklärung wurde das gesellschaftliche Leben sehr hektisch. Sie war jede Minute auf den Beinen und bekam kaum noch Schlaf. Alle Welt wurde Offizier oder kam in die Offiziersausbildung. Töchterlein widmete sich der Rotkreuz-Arbeit und leitete eine Kantine, aber das befriedigte sie nicht, und sie bewarb sich immer wieder um eine Verwendung im Ausland. Bud ging nach San Antonio, um Pilot zu werden, und Buster, der bei der Miliz gewesen war, gab sein Alter falsch an, rückte als einfacher Soldat ein und kam in die Jefferson Barracks. Die Kantine hielt Töchterlein auf Trab, und sie bekam jede Woche ein bis zwei Heiratsanträge, aber sie sagte dann jedes Mal, sie habe nicht die Absicht, eine Kriegsbraut zu werden.

Dann kam eines Morgens ein Telegramm vom War Department. Weil Dad geschäftlich in Austin war, öffnete sie es. Bud war abgestürzt und ums Leben gekommen. Töchterleins erster Gedanke war, wie schwer das Dad treffen würde. Das Telefon klingelte; es war ein Ferngespräch aus San Antonio, die Stimme klang wie die von Joe Washburn.

«Bist du das, Joe?», fragte sie schwächlich.

«Töchterlein, ich möchte deinen Vater sprechen», sagte er mit seinem ernsten, gedehnten Tonfall.

«Ich weiß ... Ach, Joe.»

«Es war sein erster Alleinflug. Er war ein toller Kerl. Niemand scheint zu wissen, wie es dazu gekommen ist. Muss ein Materialfehler gewesen sein. Ich rufe in Austin an. Ich weiß, wo ich ihn erreichen kann ... Ich habe die Nummer ... Bis bald, Töchterlein.» Joe legte auf.

Töchterlein ging in ihr Zimmer, warf sich auf das ungemachte Bett und vergrub das Gesicht im Kissen. Eine Zeitlang versuchte sie sich vorzustellen, sie wäre noch nicht aufgestanden und hätte das Klingeln des Telefons und Joes Stimme nur geträumt. Dann dachte sie mit einem Mal so heftig an Bud, dass es war, als wäre er ins Zimmer gekommen: an die Art, wie er lachte, an den harten Druck seiner langen, schmalen Hand auf ihren Händen, als sie ihn das letzte Mal nach einem Urlaub zur Kaserne gefahren und er plötzlich ins Lenkrad gegriffen hatte und der Wagen in einer Kurve ins Schleudern geraten war, an den besorgten Ausdruck seines sauberen, mageren Gesichts über dem engen Kragen der Khakiuniform. Dann hörte sie wieder Joes Stimme: Muss ein Materialfehler gewesen sein.

Sie ging nach unten und sprang in ihren Wagen. An der Tankstelle, wo sie volltankte und Öl nachfüllen ließ, fragte der Tankwart sie, wie es den Jungs bei der Army gefalle. Sie hatte jetzt nicht die Zeit, ihm davon zu erzählen. «Prima, es gefällt ihnen großartig», sagte sie mit einem Grinsen, das ihr stärker weh tat als eine Ohrfeige. Sie telegraphierte Dad an das Büro seines Sozius, dass sie unterwegs sei, und fuhr los. Die Straßen waren in schlechtem Zustand; zu spüren, wie der Wagen durch die schlammigen Furchten pflügte und zu beiden Seiten einen Schwall Wasser hochschleuderte, wenn sie mit achtzig durch eine Pfütze raste, tat ihr gut.

Sie fuhr die ganze Strecke mit einem Durchschnitt von siebzig und kam vor Einbruch der Dunkelheit in Austin an. Dad war schon mit der Bahn nach San Antonio gefahren. Todmüde machte sie sich wieder auf den Weg. Sie hatte einen Platten, und ihn repariert zu bekommen dauerte ewig; es war Mitternacht, als sie vor dem Menger vorfuhr. Bevor sie hineinging, betrachtete sie sich automatisch in dem kleinen Spiegel. Sie hatte Schlammspitzer im Gesicht, und ihre Augen waren gerötet.

In der Eingangshalle saßen Dad und Joe Washburn Seite an Seite, beide hatten eine erloschene Zigarre im Mund. Ihre Gesichter ähnelten einander ein wenig. Es lag wohl an dem grauen, verhärmten Ausdruck, den sie beide trugen. Sie gab beiden einen Kuss. «Dad, du solltest schlafen gehen», sagte sie energisch. «Du siehst völlig fertig aus.»

«Ja, das sollte ich wohl ... man kann ohnehin nichts mehr machen», sagte er.

«Bitte warte auf mich, Joe, bis ich Dad versorgt habe», sagte sie mit leiser Stimme, als sie an ihm vorbeikam. Sie ging mit Dad nach oben in sein Zimmer, ließ sich das Nachbarzimmer geben, zauste ihm das Haar, küsste ihn sehr sanft und ließ ihn dann allein.

Als sie wieder in die Eingangshalle kam, saß Joe noch immer am selben Platz, und sein Gesicht hatte denselben Ausdruck. Sein Anblick machte sie zornig.

Ihre scharfe, energische Stimme überraschte sie selbst. «Bitte komm einen Augenblick mit nach draußen, ich möchte mir ein bisschen die Beine vertreten.» Der Regen hatte die Luft gereinigt. Es war eine klare Frühsommernacht.

«Hör zu, Joe, wer ist für den Zustand der Flugzeuge verantwortlich? Ich muss das wissen.»

«Töchterlein, was sind das denn für komische Reden … du solltest schlafen gehen, du bist völlig überdreht.»

«Beantworte meine Frage, Joe.»

«Aber Töchterlein, verstehst du denn nicht, niemand ist verantwortlich … Die Army ist eine große Institution. Fehler sind unvermeidlich. Diese oder jene Firma verdient sich eine goldene Nase. Du kannst sagen, was du willst, die Fliegerei steckt noch in den Kinderschuhen … uns allen waren die Risiken bewusst, als wir eingerückt sind.»

«Wenn Bud in Frankreich gefallen wäre, wäre es etwas anderes gewesen … aber hier … Joe, irgendjemand ist unmittelbar verantwortlich für den Tod meines Bruders. Ich will mit ihm reden, das ist alles. Ihr haltet mich alle für verrückt, ich weiß, aber ich denke an all die anderen Mädchen mit Brüdern, die sich zu Piloten ausbilden lassen. Der Mann, der diese Flugzeuge inspiziert hat, ist ein Landesverräter und gehört niedergeknallt wie ein Hund.»

«Pass mal auf, Töchterlein», sagte Joe, während er sie ins Hotel zurückbrachte, «wir führen jetzt einen Krieg. Auf Einzelschicksale kommt es nicht an, jetzt ist nicht der Zeitpunkt, seinen persönlichen Gefühlen freien Lauf zu lassen oder die Behörden mit Kritik in Verlegenheit zu bringen. Sobald wir die Hunnen verdroschen haben, haben wir reichlich Zeit, uns die Unfähigen und die Gauner vorzuknöpfen … so denke ich darüber.»

«Gute Nacht, Joe … pass ja gut auf dich auf. Wann bekommst du eigentlich deine Schwingen?»

«In ein paar Wochen.»

«Wie geht es Gladys und Bunny?»

«Denen geht es gut», sagte Joe; seine Stimme hatte etwas seltsam Gezwungenes angenommen, und er errötete. «Sie sind in Tulsa bei Mrs. Higgins.»

Sie ging zu Bett und lag in stiller, kalter Verzweiflung da, ohne sich zu rühren; sie war zu müde, um einzuschlafen. Als es Morgen wurde, ging sie zur Garage, um ihren Wagen zu holen. Sie tastete im Seitenfach der Tür nach ihrer Handtasche, in der stets ihr kleiner Revolver mit dem Perlmuttgriff steckte, und fuhr hinaus zum Fliegerhorst. Die Wache am Tor ließ sie nicht durch, also schickte sie Colonel Morrissey, der mit Dad befreundet war, eine kurze Nachricht, dass sie ihn unbedingt sofort sprechen müsse. Der Corporal war sehr nett, bot ihr in der kleinen Schreibstube am Tor einen Stuhl an und sagte ein paar Minuten später, er habe Colonel Morrissey am Apparat. Sie fing an, mit ihm zu reden, aber ihr fiel nichts Rechtes ein, was sie sagen konnte. Der Schreibtisch, die Schreibstube und der Corporal begannen heftig zu wanken, und sie fiel in Ohnmacht.

Sie kam in einem Stabswagen neben Joe Washburn wieder zu sich, der sie ins Hotel zurückfuhr. Er tätschelte ihr die Hand und sagte: «Ist schon gut, Töchterlein.» Sie klammerte sich an ihn und heulte wie ein kleines Mädchen. Im Hotel steckte man sie ins Bett und verabreichte ihr Bromid, und der Arzt ließ sie erst nach der Beerdigung wieder aufstehen.

Ab da geriet sie in den Ruf, leicht verrückt zu sein. Sie blieb weiter in San Antonio. Überall ging es sehr ausgelassen und aufgekratzt zu. Den ganzen Tag arbeitete sie in der Kantine, und abends ging sie aus, zum Essen und zum Tanzen, jeden Abend mit einem anderen Fliegeroffizier. Alle Welt hatte sich angewöhnt, Unmengen zu trinken. Es war wie damals auf den Highschool-Bällen, sie spürte sich durch einen strahlend erleuchteten Nebel schweben, einen Nebel aus Abendessen, Lichtern, Tanz, Champagner, verschiedenfarbigen Gesichtern und steifen, immergleichen Körpern von Männern, die mit ihr tanzten, nur dass sie diesmal mit ihnen schäkerte und sich von ihnen umarmen und küssen ließ, in Taxis, in Telefonzellen und Hintergärten.

Eines Abends begegnete sie Joe Washburn auf einer Gesellschaft, die Ida Olsen für einige Jungs gab, die auf dem Sprung nach Übersee waren. Es war das erste Mal, dass sie Joe trinken sah. Er war nicht betrunken, aber sie sah ihm an, dass er schon einiges intus hatte. Sie gingen hinten hinaus und setzten sich im Dunkeln nebeneinander auf die Küchentreppe. Es war eine klare, heiße Nacht voller Grillenzirpen, mit einem kräftigen, heißen Wind, der die trockenen Zweige der Bäume zum Rascheln brachte. Plötzlich nahm sie Joes Hand. «Ach, Joe, es ist schrecklich.»

Joe begann davon zu reden, wie unglücklich er mit seiner Frau sei, dass er mit seinen Ölpachten einen Haufen Geld verdiene, dass ihn das überhaupt nicht interessiere und wie satt er die Army habe. Man habe ihn zum Ausbilder gemacht und wolle ihn nicht nach Übersee gehen lassen, und er werde da draußen in der Kaserne fast verrückt.

«Ach, Joe, ich möchte auch nach Übersee. Mein Leben hier ist so albern.»

«Seit Bud tot ist, führst du dich ziemlich wild auf, Töchterlein», sagte Joe mit seiner sanften, tiefen, gedehnten Stimme.

«Ach, Joe, ich wünschte, ich wäre tot», sagte sie, legte den Kopf auf seine Knie und begann zu weinen.

«Nicht weinen, Töchterlein, nicht weinen», fing er an, dann küsste er sie plötzlich. Seine Küsse waren hart und hemmungslos, und sie sank schlaff und willenlos gegen ihn.

«Ich liebe niemanden außer dir, Joe», sagte sie plötzlich ganz ruhig. Aber da hatte er seine Selbstbeherrschung bereits wiedergewonnen. «Verzeih mir, Töchterlein», sagte er mit ruhiger Anwaltsstimme. «Ich weiß nicht, was in mich gefahren ist, ich muss verrückt geworden sein ... dieser Krieg macht uns alle verrückt ... Gute Nacht ... Hör mal ... äh ... streich das bitte aus deinem Gedächtnis, ja?»

In dieser Nacht fand sie keine Sekunde Schlaf. Um sechs Uhr morgens stieg sie in ihren Wagen, ließ volltanken und Öl nachfüllen und brach nach Dallas auf. Es war ein heller Herbstmorgen, blauer Dunst hing in den Bodensenken. Trockene Maisstängel raschelten auf den langgestreckten Hügeln, die der Herbst rot und gelb gefärbt hatte. Es war spät, als sie nach Hause kam. Dad war noch auf und las in Pyjama und Bademantel die neuesten Nachrichten vom Krieg.

«Tja, jetzt wird es nicht mehr lange dauern, Töchterlein», sagte er. «Die Hindenburglinie /316/ bröckelt. Ich wusste, unsere Jungs können es schaffen, wenn sie erst mal richtig loslegen.» Dads Gesicht war zerfurchter und sein Haar weißer, als sie es in Erinnerung hatte.

Sie machte eine Dose Campbell's-Suppe heiß, weil sie sich unterwegs nicht die Zeit genommen hatte, etwas zu essen. Dann aßen sie gemütlich miteinander zu Abend und lasen einen lustigen Brief von Buster aus Camp Merritt, wo seine Einheit darauf wartete, nach Übersee verlegt zu werden. Als sie in ihrem Zimmer zu Bett ging, kam sie sich wieder vor wie ein kleines Mädchen, sie hatte es schon immer gemocht, wenn sich eine Gelegenheit ergab, ganz allein gemütlich mit Dad zu plaudern; sie schlief ein, kaum dass ihr Kopf das Kissen berührte.

Sie blieb in Dallas und kümmerte sich um Dad; nur manchmal, wenn sie an Joe Washburn dachte, hatte sie das Gefühl, es keine Sekunde mehr ertragen zu können. Der Waffenstillstand kam, zuerst der falsche, dann der richtige, eine Woche lang spielte alle Welt verrückt, und es ging zu wie am Mardi Gras in New Orleans. Töchterlein kam zu dem Schluss, dass sie als alte Jungfer enden und für Dad den Haushalt führen würde. Buster kam nach Hause, sehr braun im Gesicht und voller Army-Jargon. Töchterlein begann, Vorlesungen an der Southern Methodist University zu besuchen, leistete Kirchenarbeit, lieh sich Bücher aus der Leihbücherei und backte Biskuitkuchen; wenn kleine Freundinnen von Buster zu Besuch kamen, spielte sie die Anstandsdame.

An Thanksgiving kamen Joe Washburn und seine Frau zum Essen. Da die alte Emma krank war, bereitete Töchterlein den Truthahn selbst zu. Erst als sie sich alle zu Tisch setzten und zwischen den gesalzenen Nüsschen in den kleinen Silberschalen und der Dekoration aus hell- und dunkelroten Ahornblättern die gelben Kerzen in den silbernen Leuchtern brannten, fiel ihr Bud ein. Sie fühlte sich plötzlich ganz schwach und rannte auf ihr Zimmer. Mit dem Gesicht nach unten lag sie auf ihrem Bett und lauschte den ernsten Stimmen der anderen. Joe kam an ihre Tür, um nachzusehen, was los war. Sie sprang lachend auf und erschreckte ihn fast zu Tode, indem sie ihn direkt auf den Mund küsste. «Mir geht's gut, Joe», sagte sie. «Und dir?»

Dann eilte sie zurück an den Tisch und sorgte für gute Laune, sodass alle das Essen sehr genossen. Beim Kaffee im anderen Zimmer verkündete sie, sie habe sich verpflichtet, für sechs Monate nach Übersee zu gehen, und zwar mit der Nahosthilfe, die an der Southern Methodist Freiwillige anwarb. Dad war wütend, und Buster sagte, jetzt, da der Krieg vorbei sei, solle sie zu Hause bleiben, aber Töchterlein meinte, andere hätten ihr Leben geopfert, um die Welt vor den Deutschen zu retten, da könne sie doch wohl sechs Monate für humanitäre Arbeit opfern. Als sie das sagte, mussten alle an Bud denken und waren still.

Eigentlich stimmte es nicht, dass sie sich verpflichtet hatte, aber sie tat es am nächsten Morgen, und dann kriegte sie Miss Frazer herum, die in China Missionarin gewesen war und das Ganze organisierte, und wurde noch in derselben Woche nach New York geschickt, mit der Anweisung, sich umgehend nach Rom, ihrem ersten Bestimmungsort, einzuschiffen. Während sie sich ihren Pass besorgte und ihre Uniform anmessen ließ, war sie die ganze Zeit so furchtbar aufgeregt, dass sie gar nicht merkte, wie düster Dad und Buster dreinschauten. In New York blieb ihr nur ein Tag Zeit. Als sich das Schiff mit heulender Sirene rückwärts von der Anlegestelle wegschob und den North River entlangzudampfen begann, stand sie mit im Wind wehendem Haar auf dem Vorderdeck, schnupperte den sonderbaren Dampfschiff-Hafen-Übersee-Geruch und kam sich vor wie eine Zweijährige.

Wochenschau XXXII

CARUSOS GOLDENE STIMME
SCHMETTERT SIEGESHYMNE VOR
VERSAMMELTER MENGE

Oh, oh, oh, wie ist der Krieg so schön
Wer wollte da nicht zum Barras gehn

vom Piz Umbrail bis zur Nordseite des Stelvio folgt sie dem Kamm der Rhätischen Alpen bis hinauf ins Quellgebiet von Etsch und Eisack, verläuft von dort über den Reschen, den Brenner und den Höhenzug der Ötztaler und der Zillertaler Alpen und quert sodann in südlicher Richtung das Toblacher Feld

Und ist das Wecksignal vorbei
Wird uns der Hintern schwer wie Blei
Und eh uns der Spieß keinen Tee serviert
Wird sich nicht aus dem Bett gerührt

VON LEBENSGEFÄHRTIN HYPNOTISIERT

mit den heutigen 318 steigt die Gesamtzahl der Verwundeten und Gefallenen auf 64 305; 11 760 haben im Gefecht das höchste Opfer gebracht, 6193 sind schwer verwundet worden

Oh, oh, oh, wie ist der Krieg so schön
Wer wollte da nicht zum Barras gehn
Nur Lumpen wollen Geld dafür sehn

in den Bauernhäusern auf dem Dorf werden die Amerikaner wie Gäste behandelt, die man in den besten Zimmern unterbringt und denen die Hausfrauen höflich die besten blank geputzten Samoware und Teekannen anbieten

Le chef de gare il est cocu

in den dichtbevölkerten Bezirken gewannen die Festlichkeiten dadurch eine spektakuläre Note, dass Gruppen von Ausländern in Tracht erschienen und eine karnevaleske Stimmung vorherrschte

BRITEN UNTERDRÜCKEN SOWJETS

Le chef de gare il est cocu
Qui est cocu? Le chef de gare
Sa femme elle l'a voulu /317/

es gibt keinen Grund zu der Annahme, dass diese leitenden Angestellten einer etablierten Nachrichtenagentur, die Zeitungen im ganzen Land beliefert, sich in einem Moment von höchster Bedeutung für die Menschen dieses Landes ihrer Verantwortung nicht bewusst waren. Schon die Vorwegnahme des Ereignisses wäre in einer Angelegenheit von solcher Tragweite ein ernstes Vergehen, für das die Verantwortlichen zur Rechenschaft gezogen werden müssten

Hat jemand was zu meckern?
Zu meckern? Woher denn, nee!
Es schmeißt nur immer jemand
Zwiebeln in unsern Tee!

FRIEDENSTAUBE AUS EDELSTEINEN
ALS GESCHENK FÜR MRS. WILSON

und der Wasserscheide des Predil, Podlaniska und der Idrija. Von dort aus biegt die Linie unter Ausschließung des gesamten Beckens der Save samt ihrer Nebenflüsse nach Südosten in Richtung Schneeberg ab. Von Schneeberg aus verläuft sie dergestalt in Richtung Küste, dass Castua, Mattuglia und Volusca mit eingeschlossen sind

Das Auge der Kamera 38

gestempelt unterschrieben und ausgehändigt · in ganz Tours riecht man die Lindenblüte · es ist heiß die Uniform klebt mir am Leib · die Feldjacke scheuert unterm Kinn

noch vor vier Tagen unerlaubt von der Truppe entfernt am Bahnhof von Saint-Pierre-des-Corps unter die Güterwaggons gekrochen und in der Buvette gewartet bis der wachhabende MP von der Tür wegschaute damit ich mich mit einer Zigarette im Mund (und bis zum Hals klopfenden Herzen) hinausschleichen konnte · dann in einer winzigen Schachtel von Hotelzimmer das Datum auf dem alten Marschbefehl geändert

aber heute

sprüht mein Entlassungsschein gestempelt unterschrieben und ausgehändigt in meiner Tasche Funken wie eine Römische Kerze

ich spaziere am Hauptquartier des SOS vorbei · he Soldat knöpfen Sie Ihre Uniformjacke zu (leck mich am Arsch Kumpel) und die lindenbeschattete Straße entlang zur Badeanstalt die einen Hof mit Blumen in der Mitte hat · das heiße Wasser strömt grün aus messingnen Schwanenköpfen in die Emaillewanne ich ziehe mich nackt aus seife mich am ganzen Körper mit der sauren rosa Seife ein und lasse mich in die warme tiefgrüne Wanne gleiten · durch den weißen Vorhang im Fenster streckt die Nachmittagssonne einen Finger herein der an der Decke länger wird · im Koffer habe ich einen Zivilanzug den ich mir von einem Bekannten geliehen habe · der einfache Soldat in der hinteren Reihe von Uncle Sams Sanitätskorps (Personenkennziffer … konnte mir die Nummer sowieso nie merken hab das Ding in die Loire geschmissen) läuft mit einem Gurgeln und Zischen den Abfluss runter und

nachdem ich der Dicken die die Handtücher einsammelt reichlich Trinkgeld gegeben und einen einladenden Blick gekriegt habe

trete ich hinaus in den Lindengeruch eines Julinachmittags und spaziere zu dem Café wo an den kleinen Tischen im Freien nur Offiziere ihren Gabardinehintern hinpflanzen dürfen bestelle einen Cognac den man keinem Uniformierten servieren kann der auf den Zug nach Paris wartet und setze mich in langen Hosen fest auf den eisernen Stuhl

ein anonymer Zivilist

Wochenschau XXXIII

**KANN MICH AN MORD NICHT ERINNERN
BEHAUPTET BRUDER**

Ich hab den Blues
Ich hab den Blues
Ich hab den Alkoho-ho-hol-Blues

DROHENDE SEIFENKRISE

mit dem Wiederbeginn der Pferderennen bei heiterem Sonnenschein hat Paris sein normales Leben wiederaufgenommen. An Dutzenden von Leinen hängen Abertausende von Fahnen sämtlicher Nationen und erzeugen einen märchenhaften Effekt, der wirklich erstaunlich ist

DROHBRIEFE ENTHÜLLT

Mein Land, das liebe ich, und wie!
Doch dieser Krieg macht mich traurig wie nie
Eigentlich mag ich das Kämpfen sehr
Doch ums Kämpfen geht's hier längst nicht mehr

im Vorzimmer stieß die Polizei auf eine Vielzahl mysteriös aussehender Päckchen, die lauter Flugschriften auf Jiddisch, Russisch und Englisch sowie Mitgliedsausweise der Industrial Workers of the World enthielten

STARKER WIND ERHÖHT GEFAHR FÜR MENSCHEN

WÄHREND VON FRIEDEN DIE REDE IST,
WÜTET WELTWEIT DER KRIEG

wie die Beamten sagten, wurden die Verhaftungen vom State Department angeordnet. Der Zugriff erfolgte so plötzlich, dass keiner der Männer Zeit hatte, sein Gepäck vom Schiff zu holen. Dann kam eine Beschwerde von zwei Geschäftsleuten aus Lure; die Lieferung sei angekommen, man habe die Säcke geöffnet, und sie hätten gewöhnlichen Gipsputz enthalten. Der riesige Wagen blieb kopfüber zwischen einigen Bäumen hängen, während die Insassen in den Sturzbach sieben Meter tiefer geschleudert wurden

Der Krieg hat mich böse angeschmiert
Denn er hat mir meinen Schnaps amputiert

GRÄUELTAT IN SEOUL

Ich hab den Alkoho-ho-hol-Blues

Laut Generalstaatsanwalt Palmer hat das Department of Justice sämtliche erforderlichen Beweismittel gegen die Packer in der Hand

L'École du Malheur Nous Rend Optimistes /318/

Die Einheit der freien Völker wird jedes ungerechte Ergebnis der Friedensverhandlungen von Paris verhindern

es ist nur allzu klar, dass der Völkerbund in Scherben auf dem Boden des Hôtel de Crillon liegt und dass die bescheidene Allianz, die vorteilhafterweise an seine Stelle treten könnte, nichts als ein vager Entwurf ist

WAS TUN MIT BOLSCHEWISTEN?
ERSCHIESSEN! WIE IN POLEN!

Hamburger strömen zusammen, um Ford zu sehen

HINWEISE AUF GROSSES KONSORTIUM
ZUR ERSCHLIESSUNG VON ASIEN

Mr. Hoover sagte: Fresst nicht so viel
Das fand ich schon damals nicht zivil
Dann hieß es plötzlich: Weniger heizen
Und jetzt will er mit dem Alkohol geizen

Allons-nous Assister à la Panique des Sots? /319/

Steine prasselten auf das Dach und krachten durch Fensterscheiben, und tobende Menschen brüllten durch das Schlüsselloch, während man drinnen über riesige Probleme zu entscheiden hatte, die Ruhe und Überlegung erforderten der Präsident jedenfalls sprach nicht mit den Führern der demokratischen Bewegungen

LIEBKNECHT AUF DEM WEG INS GEFÄNGNIS
UMGEBRACHT

Eveline Hutchins

Eveline war in eine kleine Bleibe in der Rue de Buci umgezogen, wo jeden Tag Markt war. Um ihr zu zeigen, dass sie ihr nichts nachtrug, hatte Eleanor ihr einige ihrer italienischen Tafelbilder geschenkt, mit denen sie den dunklen Flur schmücken konnte.

Anfang November begannen Gerüchte von einem Waffenstillstand durch die Stadt zu schwirren, und dann kam eines Nachmittags plötzlich Major Wood in das Büro gestürmt, das Eleanor und Eveline sich teilten, zerrte sie beide von ihren Schreibtischen weg, küsste sie beide und rief: «Endlich ist es so weit.» Ohne recht zu wissen, wie es dazu kam, küsste Eveline mit einem Mal Major Moorehouse direkt auf den Mund. Das Rotkreuz-Büro verwandelte sich in ein Studentenwohnheim am Abend eines Football-Sieges: Es war der Waffenstillstand.

Offenbar hatte plötzlich alle Welt Cognacflaschen und sang *There's a long long trail awinding* oder *La Madellon pour nous n'est pas sévère*.

Sie, Eleanor, J.W. und Major Wood saßen in einem Taxi und fuhren zum Café de la Paix.

Aus irgendeinem Grund stiegen sie unentwegt aus Taxis, und andere Leute stiegen ein. Sie mussten zum Café de la Paix, doch jedes Mal, wenn sie in ein Taxi stiegen, wurde es von der Menge angehalten, und der Fahrer verschwand. Doch als sie endlich ankamen, stellten sie fest, dass sämtliche Tische besetzt waren und Scharen von Menschen singend und tanzend durch sämtliche Türen ein- und ausströmten. Es waren Griechen, polnische Legionäre, Russen, Serben, Albaner in weißer Fustanella, ein Schotte mit Dudelsack und viele Frauen in elsässischer Tracht. Dass man keinen Tisch bekam, war ärgerlich. Eleanor meinte, man solle vielleicht woanders hingehen. J.W. war zerstreut und wollte telefonieren.

Nur Major Wood schien sich zu amüsieren. Er war ein grauhaariger Mann mit einem kleinen, grau melierten Schnurrbart und sagte in einem fort: «Ah, heute fliegen die Fetzen.» Er und Eveline gingen nach oben, um nachzusehen, ob sie dort Platz fanden, und trafen auf zwei australische Soldaten, die, umgeben von einem Dutzend Champagnerflaschen, auf einem Billardtisch saßen. Bald tranken sie alle Champagner mit den Australiern. Sie bekamen nichts zu essen, obwohl Eleanor sagte, sie sei am Verhungern, und als J. W. in die Telefonzelle zu kommen versuchte, fand er dort einen italienischen Offizier in enger Umarmung mit einer Frau.

Die Australier waren ziemlich betrunken, und einer von ihnen sagte, der Waffenstillstand sei wahrscheinlich bloß wieder ein verdammtes Stück Lügenpropaganda; also schlug Eleanor vor, sie sollten versuchen, in ihre Wohnung zurückzukommen, und dort etwas essen. J. W. sagte, ja, und unterwegs könnten sie an der Börse halten, damit er ein paar Telegramme absetzen könne. Er müsse sich mit seinem Börsenmakler in Verbindung setzen. Den Australiern passte es gar nicht, dass sie gingen, und sie wurden ziemlich unhöflich.

Lange standen sie inmitten wirbelnder Menschenmassen vor der Oper herum. Die Straßenlaternen brannten; die grauen Konturen der Oper waren an den Rändern von schimmernden Gasflammen eingefasst. Sie wurden angerempelt und umhergestoßen. Es fuhren weder Busse noch Automobile; ab und zu kamen sie an einem Taxi vorbei, das in der Menge gestrandet war und darin feststeckte wie ein Stein in einem Gebirgsbach. Endlich stießen sie in einer Nebenstraße auf einen Stabswagen des Roten Kreuzes, der bis auf den Fahrer leer war. Dieser war nicht allzu nüchtern und sagte, er wolle versuchen, den Wagen in die Garage zurückzubringen, könne sie aber zuerst zum Quai de la Tournelle fahren.

Eveline war schon am Einsteigen, als ihr das Ganze mit einem Mal fürchterlich auf die Nerven ging und sie das Gefühl hatte, sie bringe das nicht über sich. Im nächsten Augenblick marschierte sie Arm in Arm mit einem kleinen französischen Matrosen in einer Gruppe von Leuten mit, die hauptsächlich polnische Uniformen trugen, einer griechischen Flagge folgten und *la Brabançonne* sangen.

Wenig später wurde ihr klar, dass sie den Wagen und ihre Freunde aus den Augen verloren hatte, und sie bekam es mit der Angst. In diesem neuen Paris voller Bogenlampen, Fahnen, Musikkapellen und Betrunkener erkannte sie nicht einmal mehr die Straßen. Sie ertappte sich dabei, dass sie mit dem kleinen Matrosen auf dem asphaltierten Platz vor einer Kirche mit zwei Türmen tanzte, dann mit einem französischen Kolonialoffizier in rotem Umhang, dann mit einem polnischen Legionär, der etwas Englisch sprach und in Newark, New Jersey, gelebt hatte, dann plötzlich tanzten ein paar französische Soldaten, die sich an den Händen hielten, im Kreis um Eleanor. Das Spiel bestand darin, dass man einen von ihnen küssen musste, um den Kreis zu durchbrechen. Als sie das begriffen hatte, küsste sie einen von ihnen, und alles klatschte, jubelte und rief Vive l'Amérique. Eine neue Gruppe kam und tanzte immerzu um sie herum, bis sie es mit der Angst bekam. Schon begann sich ihr Kopf zu drehen, da erblickte sie am Rand der Menge eine amerikanische Uniform. Sie durchbrach den Kreis, stieß dabei einen kleinen dicken Franzosen um, fiel dem Infanteristen um den Hals, küsste ihn, und alles lachte, johlte und rief nach einer Zugabe. Er machte ein verlegenes Gesicht; der Mann in seiner Begleitung war Paul Johnson, Don Stevens' Freund.

«Ich musste jemanden küssen, verstehen Sie», sagte Eveline errötend. Der Infanterist lachte und wirkte amüsiert.

«Ich hoffe, es macht Ihnen nichts aus, Miss Hutchins, ich hoffe, diese Menschenmenge und alles andere macht Ihnen nichts aus», entschuldigte sich Paul Johnson.

Menschen umwirbelten sie tanzend und mit lautem Geschrei, und sie musste auch noch Paul Johnson küssen, bevor die drei sie gehen ließen. Abermals entschuldigte Paul sich feierlich und sagte: «Ist es nicht wunderbar, in Paris zu sein und den Waffenstillstand und alles andere zu erleben, wenn einem die Menschenmenge und so weiter nichts ausmacht … aber ganz ehrlich, Miss Hutchins, es sind schrecklich gutmütige Menschen. Keine Prügeleien oder dergleichen … Sehen Sie mal, Don ist in dem Café da.»

Don stand hinter einem kleinen, mit Zinkblech verkleideten Tresen im Eingang des Cafés und mixte Cocktails für eine Schar kanadischer und australischer Offiziere, die allesamt schwer betrunken waren.

«Ich kriege ihn von da nicht weg», flüsterte Paul. «Er hat mehr getrunken, als ihm guttut.» Sie holten Don hinter dem Tresen hervor. Kein Mensch schien für die Drinks zu bezahlen. In der Tür zog Don seine graue Mütze und rief: «Vive les quakers … à bas la guerre», und alles jubelte.

Eine Zeitlang zogen sie ziellos herum, ab und zu wurden sie aufgehalten und umtanzt, und dann küsste Don sie. Er war schwer betrunken, und ihr gefiel nicht, dass er sich verhielt, als wäre sie seine Freundin. Als sie auf die Place de la Concorde kamen, wurde sie allmählich müde und schlug vor, über die Brücke zu gehen und zu versuchen, zu ihrer Wohnung zu gelangen, dort habe sie etwas kaltes Kalbfleisch und Salat.

Paul sagte verlegen, er komme vielleicht besser nicht mit, da lief Don einer Gruppe Elsässerinnen nach, die die Champs-Élysées entlanghüpften und -tanzten. «Jetzt müssen Sie mitkommen», sagte sie. «Um zu verhindern, dass mich zu viele fremde Männer küssen.»

«Aber Miss Hutchins, Sie dürfen nicht denken, dass es irgendetwas zu bedeuten hat, dass Don einfach so wegläuft. Er ist leicht erregbar, besonders wenn er etwas getrunken hat.» Sie lachte, und sie gingen weiter, ohne noch etwas zu sagen.

Als sie bei ihrer Wohnung anlangten, kam die alte Concierge aus ihrem Kabuff gehumpelt und gab beiden die Hand. «Ah, Madame, c'est la victoire», sagte sie, «aber das macht meinen toten Sohn nicht wieder lebendig, nicht wahr?» Aus irgendeinem Grund fiel Eveline nichts anders ein, als ihr fünf Francs zu geben, und die Frau murmelte mit singender Stimme «Merci, M'sieur, Madame» und zog sich wieder zurück.

In Evelines winziger Wohnung wirkte Paul schrecklich verlegen. Sie aßen alles, was da war, bis auf den letzten Krümel altbackenen Brotes auf und unterhielten sich ein wenig über Belangloses. Paul saß auf der Stuhlkante und erzählte ihr von seinen Fahrten als Melder. Er sagte, wie wunderbar es für ihn gewesen sei, ins Ausland zu kommen, die Army zu erleben, europäische Städte zu sehen und Menschen wie sie und Don Stevens kennenzulernen, und er hoffe, es mache ihr nichts aus, dass er von all den Dingen, über die sie sich mit Don unterhalte, nicht viel verstehe. «Wenn das wirklich der Frieden ist, dann frage ich mich, was wir alle machen werden, Miss Hutchins.»

«Ach, nennen Sie mich doch Eveline, Paul.»

«Ich glaube wirklich, es ist der Frieden, Eveline, und zwar gemäß Wilsons Vierzehn Punkten. Ich persönlich finde, Wilson ist ein großer Mann, egal was Don sagt, ich weiß, er ist viel klüger als ich, aber trotzdem ... vielleicht war das der letzte Krieg, den es je gegeben hat. Gott, stellen Sie sich das vor ...»

Sie hoffte, er würde ihr zum Abschied einen Kuss geben, aber er gab ihr bloß unbeholfen die Hand und sagte in einem Atemzug: «Ich hoffe, Sie haben nichts dagegen, dass ich Sie besuche, wenn ich das nächste Mal in Paris bin.»

Für die Dauer der Friedenskonferenz hatte J.W. eine Suite im Crillon, wo seine blonde Sekretärin, Miss Williams, in einem kleinen Vorzimmer an einem Schreibtisch saß und Morton, sein englischer Kammerdiener, am Nachmittag Tee servierte. Eveline schaute gern am Spätnachmittag im Crillon vorbei, nachdem sie von ihrem Büro aus durch die Arkaden der Rue de Rivoli spaziert war. Die altmodischen Flure des Hotels waren mit Amerikanern bevölkert, die kamen und gingen. In J.W.s großem Salon servierte Morgan Leuten in Uniform oder Frack unaufdringlich Tee, und die von Zigarettenrauch geschwängerte Luft war voller augenzwinkernd erzählter Anekdoten.

J. W. faszinierte sie: Gekleidet in graue Anzüge aus schottischem Tweed, stets mit Bügelfalte (die Uniform eines Rotkreuz-Majors trug er längst nicht mehr), mit einem ungemein reservierten, angenehmen Auftreten, abgemildert durch die zerstreute Miene eines vielbeschäftigten Mannes, der ständig am Telefon verlangt wurde, von seiner Sekretärin Telegramme oder andere Mitteilungen bekam, sich mit jemandem zu einem im Flüsterton geführten Gespräch in eine der Fensternischen zurückzog, die auf die Place de la Concorde hinausgingen, oder für einen kurzen Augenblick zu Colonel House gebeten wurde; und dennoch, wenn er ihr einen Champagner-Cocktail reichte, kurz bevor sie alle an Abenden, an denen er keine offiziellen Verpflichtungen hatte, essen gingen, oder sie fragte, ob sie noch eine Tasse Tee wolle, dann spürte sie eine Sekunde lang in ihren Augen den direkten Blick zweier jungenhafter blauer Augen mit einem merkwürdigen, aufrichtigen, auch humorvollen Ausdruck, der sie neckte. Sie wollte ihn besser kennenlernen. Eleanor, hatte sie das Gefühl, beobachtete sie beide, wie eine Katze eine Maus beobachtet. Schließlich, sagte sich Eveline immer wieder, hatte sie keinerlei Rechte. Es war ja nicht so, dass zwischen ihnen wirklich etwas gewesen wäre.

Wenn J. W. beschäftigt war, gingen sie oft mit Edgar Robbins aus, der offenbar so etwas wie ein Assistent von J. W. war. Eleanor konnte ihn nicht ausstehen, sie sagte, sein Zynismus habe etwas Beleidigendes, aber Eveline hörte ihn gern reden. Er sagte, der Frieden werde entsetzlicher als der Krieg, nur gut, dass kein Mensch ihn je nach seiner Meinung zu irgendetwas frage, denn wenn er sie sagte, würde er mit Sicherheit im Gefängnis landen.

Robbins' Lieblingskneipe war Freddys Bar auf dem Montmartre. Dort saßen sie den ganzen Abend in den winzigen, verräucherten Räumen, während Freddy, der einen üppigen weißen

Bart wie Walt Whitman trug, auf der Gitarre spielte und dazu sang. Manchmal betrank er sich auch und gab Lokalrunden aus. Dann erschien aus dem Hinterzimmer seine Frau, ein derbes Weib, das aussah wie eine Zigeunerin, und beschimpfte ihn laut keifend. Manchmal standen Leute an den Tischen auf und rezitierten lange Gedichte über *La Grand' Route, La Misère, L'Assassinat* oder sangen alte französische Lieder wie *Les Filles de Nantes*. Wenn das Anklang fand, klatschten alle Anwesenden gemeinsam in die Hände. Sie nannten das einen Gutschein geben. Freddy lernte die beiden allmählich kennen und machte viel Aufheben, wenn sie kamen. «Ah, les belles américaines.» Robbins saß in düsterer Stimmung herum, trank einen Calvados nach dem anderen und riss ab und zu einen Witz über die Tagesereignisse auf der Friedenskonferenz. Er sagte, das Lokal sei ein Schwindel, der Calvados sei miserabel und Freddy sei ein dreckiger alter Penner, aber aus irgendeinem Grund wollte er immer wieder hin.

J. W. schloss sich ihnen ein paarmal an, und ab und zu nahmen sie auch irgendeinen Delegierten von der Friedenskonferenz mit, den ihre Kenntnis des Innenlebens von Paris dann schwer beeindruckte. J. W. war entzückt von den alten französischen Liedern, aber er sagte, er bekomme in dem Lokal immer Hautjucken und glaube, dass es dort Flöhe gebe. Eveline sah ihm gern zu, wenn er sich mit halbgeschlossenen Augen und zurückgelegtem Kopf ein Lied anhörte. Sie hatte das Gefühl, Robbins wisse die vielfältigen Potenziale von J. W.s Charakter nicht recht zu würdigen, und fuhr ihm jedes Mal über den Mund, wenn er zu einer sarkastischen Bemerkung über das hohe Tier, wie er ihn nannte, ansetzte. Sie fand es unschön von Eleanor, über dergleichen zu lachen, zumal da J. W. ihr offenbar sehr zugetan war.

Als Jerry Burnham aus Armenien zurückkehrte und feststellte, dass Eveline ständig mit J. Ward Moorehouse herumzog, regte er sich fürchterlich auf. Er führte sie zum Mittagessen ins Medicis auf dem linken Seineufer aus und konnte sich gar nicht beruhigen.

«Also wirklich, Eveline, ich habe Sie für einen Menschen gehalten, der nicht so leicht auf einen Bluff hereinfällt. Der Kerl ist doch nichts als ein gottverdammtes Megaphon … Ehrlich, Eveline, nicht dass ich mir einbilde, Sie würden sich in mich vergucken, ich weiß sehr wohl, dass ich Ihnen völlig egal bin, wieso auch nicht? … Aber Herrgott noch mal, ein verdammter Werbeheini.»

«Na, na, Jerry», sagte Eveline, den Mund voller Horsd'œuvre. «Sie wissen ganz genau, dass ich Sie mag … Sie gehen mir nur fürchterlich auf die Nerven, wenn Sie so reden.»

«Sie mögen mich nicht so, wie ich das gerne hätte … aber was soll's … Trinken Sie Wein oder Bier?»

«Suchen Sie einen schönen Burgunder aus, Jerry, damit uns ein bisschen warm wird … Aber Sie haben doch selbst einen Artikel über J. W. geschrieben … ich habe den Nachdruck im *Herald* gelesen.»

«Nur zu, streuen Sie ruhig Salz in die Wunde … Herrgott, ich schwör's, ich hänge diesen lausigen Beruf an den Nagel und … das war doch alles schlichter altmodischer Tinnef, und ich dachte, Sie hätten so viel Grips, um das zu merken. Gott, ist die Seezunge gut.»

«Köstlich … aber Jerry, Sie sind derjenige, der mehr Grips haben müsste.»

«Ich weiß auch nicht, ich dachte, Sie wären anders als andere Frauen aus der Oberklasse, verdienen sich Ihren Lebensunterhalt selbst und so weiter.»

«Wir wollen uns nicht streiten, Jerry, wir wollen uns amüsieren, wir sind in Paris, der Krieg ist vorbei, es ist ein schöner Wintertag, alle sind da …»

«Krieg vorbei, von wegen», sagte Jerry grob. Er ging Eveline auf die Nerven, und sie schaute zum Fenster hinaus auf das rötliche Wintersonnenlicht, den alten Medici-Brunnen und das zarte violette Filigranmuster der kahlen Bäume hinter dem hohen, schmiedeeisernen Zaun des Jardin du Luxembourg. Dann betrachtete sie Jerrys rotes, leidenschaftliches Gesicht mit der

Himmelfahrtsnase und das spröde, jungenhaft krause Haar, das schon leicht grau wurde; sie beugte sich vor und tätschelte ihm ein paarmal die Hand.

«Ich verstehe, Jerry, Sie haben Dinge gesehen, von denen ich keine Vorstellung habe ... das ist wohl der korrumpierende Einfluss des Roten Kreuzes.»

Er lächelte, schenkte ihr noch etwas Wein nach und sagte mit einem Seufzen:

«Sie sind verdammt noch mal die attraktivste Frau, der ich je begegnet bin, Eveline ... aber wie alle Frauen verehren Sie Macht, und wenn Geld die Hauptsache ist, dann ist es Geld, wenn Berühmtheit, dann Berühmtheit, und wenn es Kunst ist, dann sind Sie eine verdammte Kunstliebhaberin ... Ich schätze, ich bin genauso, nur mache ich mir selbst mehr vor.»

Eveline presste die Lippen zusammen und sagte nichts. Sie fror plötzlich, ihr war bang und einsam zumute, und sie wusste nicht, was sie sagen sollte. Jerry kippte ein Glas Wein hinunter und redete davon, seine Arbeit hinzuschmeißen, nach Spanien zu gehen und ein Buch zu schreiben. Er sagte, er wolle gar nicht so tun, als besäße er auch nur einen Funken Selbstachtung, aber Zeitungskorrespondent zu sein, das sei heutzutage einfach das Allerletzte. Eveline sagte, sie wolle nie mehr nach Amerika zurück, sie habe das Gefühl, das Leben dort würde ihr nach dem Krieg einfach schrecklich auf die Nerven gehen.

Nachdem sie Kaffee getrunken hatten, spazierten sie durch den Park. In der Nähe des Senatsgebäudes spielten ein paar ältere Herren im letzten, rötlichen Licht der Nachmittagssonne Krocket.

«Ach, ich finde die Franzosen wunderbar», sagte Eveline.

«Zweite Kindheit», knurrte Jerry.

Sie schlenderten ziellos durch die Straßen, lasen an Kiosken blassgrüne, gelbe und rosafarbene Theaterzettel und betrachteten die Schaufenster von Antiquitätenläden.

«Wir müssten schon wieder im Büro sein», sagte Jerry.

«Ich gehe heute nicht mehr hin», sagte Eveline. «Ich rufe an und sage, dass ich mich erkältet habe und nach Hause ins Bett gegangen bin ... Und ich glaube, das tue ich jetzt auch.»

«Nein, kommen Sie, wir schwänzen und lassen es uns gutgehen.»

Sie gingen in das Café gegenüber der Kirche Saint-Germain-des-Prés. Als Eveline vom Telefonieren zurückkam, hatte Jerry ihr einen Strauß Veilchen gekauft und Cognac und Selters bestellt.

«Eveline, wir wollen feiern», sagte er, «ich glaube, ich kable der Schweinebande, dass ich gekündigt habe.»

«Halten Sie das wirklich für klug, Jerry? Schließlich ist das eine wunderbare Gelegenheit, die Friedenskonferenz und das alles mitzuerleben.»

Ein paar Minuten später verabschiedete sie sich von ihm und ging nach Hause. Er durfte nicht mitkommen. Als sie an dem Fenster vorbeikam, an dem sie gesessen hatten, schaute sie hinein; er bestellte gerade einen weiteren Drink.

Der Markt in der Rue de Buci wirkte sehr freundlich im Licht der Gaslaternen. Überall roch es nach frischem Grün, Butter und Käse. Sie kaufte ein paar Brötchen zum Frühstück und etwas Gebäck, falls jemand zum Tee kam. In ihrem kleinen, rosa-weißen Salon mit dem Brikettfeuer im Kamin war es sehr gemütlich. Sie wickelte sich in eine Wolldecke und legte sich aufs Sofa.

Sie schlief, als es an der Tür klingelte. Es waren Eleanor und J. W., die sich erkundigen wollten, wie es ihr ging. J. W. hatte den Abend frei und wollte sie beide in die Oper mitnehmen, in eine Vorstellung von *Castor und Pollux.* /320/ Eveline sagte, sie fühle sich schrecklich, werde aber trotzdem mitgehen. Sie setzte Teewasser für die beiden auf und lief dann in ihr Schlafzimmer, um sich umzuziehen. Sie war so glücklich, dass sie unwillkürlich vor sich hin summte, während sie vor ihrer Frisierkommode saß und sich im Spiegel betrachtete. Ihre Haut sah ganz weiß aus, und ihr Gesicht hatte einen stillen, geheimnisvollen Ausdruck, der ihr gefiel. Sorgfältig legte sie ganz wenig Lippenstift auf und fasste ihr Haar zu einem Knoten im Nacken zusammen; ihr Haar ärgerte sie, es war nicht lockig und hatte keine besondere Farbe; einen Moment lang überlegte sie, doch nicht mitzugehen.

Dann kam Eleanor mit einer Tasse Tee in der Hand herein und forderte sie auf, sich zu beeilen, sie müssten nämlich noch zu ihr in die Wohnung und warten, während sie sich umzog, und die Oper fange früh an. Eveline besaß keine festliche Stola und musste daher einen alten Kaninchenfellmantel über ihrem Abendkleid tragen. In Eleanors Wohnung wartete schon Robbins auf sie; er trug einen Tuxedo, der leicht mitgenommen aussah. J.W. war in der Uniform eines Rotkreuz-Majors gekommen. Eveline hatte den Eindruck, dass er Sport trieb, weil seine Backen nicht mehr so stark aus dem hohen, engen Kragen hervorquollen.

Sie aßen in aller Hast im Poccardi und tranken eine Menge schlecht gemixter Martinis. Robbins und J.W. waren blendender Laune und brachten sie ständig zum Lachen. Eveline verstand jetzt, warum sie so gut zusammenarbeiteten. In der Oper, wo sie spät eintrafen, war es wunderbar, ein Geglitzer von Kronleuchtern und Uniformen. Miss Williams, J.W.s Sekretärin, saß bereits in der Loge. Eveline dachte, wie schön es sein müsse, für ihn zu arbeiten, und einen Moment lang beneidete sie Miss Williams heftig, sogar um ihr wasserstoffblondes Haar und ihre forsche, kühle Sprechweise. Miss Williams lehnte sich zurück und sagte, sie hätten etwas verpasst: Präsident Wilson und seine Frau seien gerade gekommen und mit einer großen Ovation empfangen worden, außerdem sei Maréchal Foch anwesend und, wie sie glaube, auch Präsident Poincaré.

In den Pausen zwischen den Akten kämpften sie sich, so gut es ging, in das überfüllte Foyer. Wie es sich ergab, ging Eveline mit Robbins auf und ab; dann und wann erspähte sie Eleanor zusammen mit J.W. und wurde ein wenig neidisch.

«Hier draußen ziehen sie eine bessere Show ab als auf der Bühne», sagte Robbins.

«Gefällt Ihnen die Aufführung nicht ... ich finde die Aufführung wunderbar.»

«Na ja, vom professionellen Standpunkt aus betrachtet ...»

Eveline beobachtete Eleanor, die gerade einem französischen General in roter Hose vorgestellt wurde; sie sah an diesem Abend auf ihre harte, kühle Art gut aus. Robbins versuchte, sie durch die Menge hindurch in die kleine Bar zu lotsen, aber sie gaben es auf, es standen zu viele Leute vor ihnen an. Robbins fing unvermittelt an, über Baku und das Ölgeschäft zu reden.

«Es ist schon komisch», sagte er, «während wir hier sitzen und uns unter der Aufsicht von Schulmeister Wilson herumkabbeln, sichert sich John Bull sämtliche künftigen Ölvorräte der Welt ... bloß damit die Bolschys sie nicht kriegen. Sie haben Persien und Mesopotamien, und der Teufel soll mich holen, wenn sie sich nicht auch Baku unter den Nagel reißen wollen.» Eveline langweilte sich und dachte im Stillen, dass Robbins wieder zu tief ins Glas geschaut hatte; da läutete es.

Als sie in ihre Loge zurückkehrten, saß dort in der hinteren Reihe ein Mann mit schmalem Gesicht, der keine Abendkleidung trug, und unterhielt sich leise mit J. W. Eleanor beugte sich zu Eveline herüber und flüsterte ihr ins Ohr: «Das war General Gouraud.» /321/

Die Lichter erloschen; Eveline vergaß sich völlig in der tiefen Pracht der Musik. In der nächsten Pause beugte sie sich zu J. W. hinüber und fragte ihn, wie es ihm gefalle. «Großartig», sagte er, und sie sah zu ihrem Erstaunen, dass er Tränen in den Augen hatte. Es entspann sich eine Unterhaltung über die Musik zwischen ihr, J. W. und dem Mann ohne Abendanzug, der Rasmussen hieß.

In dem hohen, mit Ornamenten überladenen Foyer war es heiß und voll. Mr. Rasmussen gelang es, eine der Balkontüren zu öffnen, und sie traten hinaus ins Freie, unter sich die Lichterketten der Avenue, die sich weiter weg in rötlich schimmerndem Nebel verloren.

«Das ist die Zeit, in der ich gern gelebt hätte», sagte J. W. träumerisch.

«Am Hof des Sonnenkönigs?», fragte Mr. Rasmussen. «Nicht doch, das muss in den Wintermonaten viel zu kalt gewesen sein, und ich wette, die sanitären Anlagen waren schrecklich.»

«Ach, es war eine herrliche Zeit», sagte J. W., als hätte er gar nicht zugehört. Dann wandte er sich an Eveline. «Sie werden sich doch nicht erkälten ... Sie bräuchten etwas zum Überziehen, wissen Sie.»

«Aber wie ich schon sagte, Moorehouse», sagte Rasmussen in ganz anderem Ton, «ich besitze gesicherte Informationen, dass sie Baku nicht ohne bedeutende Verstärkungen halten können, und bekommen können sie die von niemandem außer von uns.» Es läutete erneut, und sie eilten in ihre Loge zurück.

Nach der Vorstellung gingen sie ins Café de la Paix, um ein Glas Champagner zu trinken, bis auf Robbins, der Miss Williams in ihr Hotel brachte. Eveline und Eleanor saßen zu beiden Seiten von J. W. auf der gepolsterten Bank, Mr. Rasmussen saß ihnen gegenüber auf einem Stuhl. Er bestritt den größten Teil der Unterhaltung, nahm zwischen einzelnen Sätzen nervös einen Schluck Champagner oder fuhr sich mit den Fingern durch das störrische schwarze Haar. Er war Ingenieur bei Standard Oil. Er redete unentwegt über Baku, Mohommarah und Mossul: Die Anglo-Persian und die Royal Dutch bekämen im Nahen Osten einen immer größeren Vorsprung vor den USA und versuchten, Armenien in Form eines Mandats auf die Amerikaner abzuwälzen, ein Land, das die Türken bis auf den letzten Grashalm ausgeplündert hätten und in dem nichts als eine Unmenge hungernder Menschen übrig geblieben sei, die man füttern müsse.

«Wir werden sie wahrscheinlich ohnehin füttern müssen», sagte J. W.

«Aber mein Gott, Mann, da lässt sich doch etwas machen, auch wenn der Präsident die amerikanischen Interessen so weit vergessen hat, dass er sich von den Briten in jeder Hinsicht überfahren lässt, kann man doch die öffentliche Meinung mobilisieren. Unsere weltweite Vormachtstellung in der Ölproduktion steht auf dem Spiel.»

«Nun ja, die Frage der Mandate ist noch nicht geregelt.»

«Passieren wird Folgendes: Die Briten werden die Konferenz vor vollendete Tatsachen stellen ... nach dem Motto, was man gefunden hat, darf man behalten ... für uns wäre es besser, wenn die Franzosen Baku bekämen.»

«Und was ist mit den Russen?», fragte Eveline.

«Nach dem Prinzip der Selbstbestimmung haben die Russen überhaupt kein Anrecht darauf. Die Bevölkerung besteht im Wesentlichen aus Türken und Armeniern», sagte Rasmussen. «Aber Teufel noch eins, lieber sollen es die Roten kriegen als die Briten, wobei ich natürlich nicht glaube, dass sie sich lange halten werden.»

«Ja, ich habe verlässliche Informationen, dass Lenin und Trotzki sich zerstritten haben und binnen drei Monaten die Monarchie in Russland wiederhergestellt sein wird.» Nachdem sie die erste Flasche Champagner leer getrunken hatten, bestellte Mr. Rasmussen eine zweite. Als das Café schloss, klangen Eveline die Ohren. «Feiern wir durch», sagte Mr. Rasmussen.

Sie fuhren mit dem Taxi auf den Montmartre zum L'Abbaye, wo getanzt und gesungen wurde, wo es von Uniformen nur so wimmelte und alles mit dem Flaggen der Alliierten behängt war. J. W. bat Eveline um den ersten Tanz, und Eleanor wirkte ein wenig sauer darüber, dass sie sich mit Mr. Rasmussen begnügen musste, der überdies ein sehr schlechter Tänzer war. Eveline und J. W. unterhielten sich über die Musik von Rameau, und J. W. sagte erneut, dass er gern zu Zeiten des Hofes von Versailles gelebt hätte. Aber Eveline meinte, es könne doch nichts Aufregenderes geben, als gerade jetzt in Paris zu sein, wo praktisch vor ihrer Nase die gesamte Landkarte Europas neu gezeichnet werde, und J. W. sagte, vielleicht habe sie recht. Sie waren sich einig, dass die Kapelle so schlecht sei, dass man nicht dazu tanzen könne.

Als Nächstes tanzte sie mit Mr. Rasmussen, der ihr ein Kompliment zu ihrem Aussehen machte und sagte, er brauche in seinem Leben eine gute Frau; er habe sein ganzes Leben draußen im Busch verbracht, nach Gold gewühlt oder Schieferproben untersucht, und wenn sich Wilson jetzt von den Briten überfahren lasse und ihnen die künftigen weltweiten Ölvorräte abtrete, wo wir doch den Krieg für sie gewonnen hätten, dann sei er damit fertig. «Aber können Sie denn da nichts machen, können Sie Ihre Gedanken denn nicht der Öffentlichkeit vorlegen, Mr. Rasmussen?», sagte Eveline und lehnte sich leicht gegen ihn; in ihrem Kopf drehte sich ein verrücktes Champagnerglas.

«Das ist Moorehouse' Aufgabe, nicht meine, und seit dem Krieg gibt es keine Öffentlichkeit mehr. Die Öffentlichkeit wird verdammt noch mal tun, was man ihr sagt, und außerdem ist sie, wie der Allmächtige Gott, sehr weit weg ... wir müssen dafür sorgen, dass ein paar entscheidende Leute die Situation begreifen. Und der Schlüssel zu den entscheidenden Leuten ist Moorehouse.»

«Und wer ist der Schlüssel zu Moorehouse?», fragte Eveline draufgängerisch. Die Musik war verstummt.

«Wenn ich das bloß wüsste», sagte Rasmussen ernst und mit leiser Stimme. «Sie sind es aber nicht, oder?» Eveline schüttelte den Kopf und lächelte schmallippig, wie Eleanor.

Nachdem sie Zwiebelsuppe und etwas kaltes Fleisch gegessen hatten, sagte J. W.: «Gehen wir auf den Berg und lassen uns von Freddy ein paar Lieder vorspielen.»

«Ich dachte, es gefällt Ihnen dort nicht», sagte Eleanor.

«Tut es auch nicht, meine Liebe», sagte J. W., «aber ich mag die alten französischen Lieder.» Eleanor wirkte verstimmt und müde. Eveline wünschte, sie und Mr. Rasmussen gingen nach Hause; bestimmt wäre J. W. furchtbar interessant, wenn sie sich bloß allein mit ihm unterhalten könnte.

Bei Freddy war es fast leer und außerdem kalt. Es gab keinen Champagner, und keiner trank die Liköre, die sie bestellten. Mr. Rasmussen sagte, Freddy sehe aus wie ein alter Prospektor, den er einmal im Sangre-de-Cristo-Gebirge gekannt habe, und begann eine lange Geschichte über das Death Valley zu erzählen, ohne dass ihm jemand zuhörte. Allen war kalt, und sie waren schläfrig und stumm, während sie in dem alten, nach Schimmel riechenden Zwei-Zylinder-Taxi durch Paris nach Hause fuhren. J. W. wollte noch eine Tasse Kaffee, aber es schien nichts mehr offen zu haben.

Am nächsten Tag rief Mr. Rasmussen Eveline im Büro an und lud sie zum Mittagessen ein, und sie hatte alle Mühe, einen Vorwand zu finden, die Einladung abzulehnen. Danach schien Mr. Rasmussen überall zu sein, wo sie hinging, schickte ihr Blumen und Theaterkarten, kam mit dem Automobil vorbei, um sie zu Ausfahrten abzuholen, und ließ ihr kleine blaue Rohrpostbillette voller zärtlicher Botschaften zukommen. Eleanor mokierte sich über ihren neuen Romeo.

Dann tauchte Paul Johnson in Paris auf; er war zum Sorbonne School Detachment abkommandiert worden und pflegte am Spätnachmittag in ihrer Wohnung in der Rue de Buci vorbeizuschauen, wo er stumm herumhockte und sie schwermütig ansah. Er und Mr. Rasmussen saßen da und unterhielten sich über den Weizen- und Viehmarkt, während Eveline sich umzog, um mit jemand anders, gewöhnlich Eleanor und J. W., auszugehen. Eveline erkannte, dass J. W. sie genauso gern mitnahm wie Eleanor, wenn sie abends ausgingen; wahrscheinlich einfach deshalb, sagte sie sich, weil gut angezogene Amerikanerinnen in Paris zu dieser Zeit selten waren und weil J. W. sich gern mit ihnen zeigte und sie gern dabeihatte, wenn er mit wichtigen Leuten essen ging. Mittlerweile herrschte zwischen ihr und Eleanor ein steifer, nervös-sarkastischer Umgang, und nur ab und zu, wenn sie miteinander allein waren, unterhielten sie sich wie in alten Zeiten und lachten zusammen über Menschen und Ereignisse. Eleanor ließ keine Gelegenheit aus, sich über Evelines Romeos lustig zu machen.

Eines Tages tauchte ihr Bruder George mit den zwei Silberstreifen eines Captains auf den Schultern im Büro auf. Seine

Gabardineuniform saß wie angegossen, seine Ledergamaschen glänzten, und er trug Sporen. Er war beim Nachrichtendienst gewesen, man hatte ihn zu den Briten abkommandiert, und er kam gerade aus Deutschland, wo er im Stab von General McAndrews als Dolmetscher fungiert hatte. Er wollte zum Frühjahrssemester nach Cambridge, nannte alle Welt Wichte und Lumpen und sagte, das Essen in dem Restaurant, in das Eveline mittags mit ihm ging, sei schlicht und einfach umwerfend. Nachdem er sich mit der Bemerkung, ihre Ansichten seien unter aller Kanone, verabschiedet hatte, brach sie in Tränen aus.

Als sie an jenem Nachmittag unter düsteren Gedanken an ihren Bruder, der ein so grässlicher Schnösel von Offizier geworden war, das Büro verließ, begegnete sie unter den Arkaden der Rue de Rivoli Mr. Rasmussen; er hatte einen mechanischen Kanarienvogel dabei. Es war ein ausgestopfter Kanarienvogel, den man mit einem Schlüssel an der Käfigunterseite aufzog. Dann schlug er mit den Flügeln und sang. Sie musste an der Ecke stehenbleiben, und Mr. Rasmussen führte ihr das Spielzeug vor.

«Das schicke ich den Kindern nach Hause», sagte er. «Meine Frau und ich sind getrennt, aber ich liebe meine Kinder; sie leben in Pasadena ... Mein Leben ist sehr unglücklich verlaufen.» Dann lud er Eveline zu einem Cocktail in der Bar des Ritz ein.

Robbins war mit einer rothaarigen Zeitungsfrau aus San Francisco da. Sie setzten sich zu ihnen an ein Korbtischchen und tranken Alexanders. Die Bar war voll.

«Was nützt ein Völkerbund, wenn Großbritannien mit seinen Kolonien ihn beherrscht?», sagte Mr. Rasmussen säuerlich.

«Finden Sie denn nicht, dass irgendeine Art von Völkerbund besser ist als gar keiner?», meinte Eveline.

«Es kommt nicht darauf an, welchen Namen man einem Ding gibt, sondern darauf, wer dabei auf seine Kosten kommt», sagte Robbins.

«Das ist eine sehr zynische Bemerkung», sagte die Frau aus Kalifornien. «Für Zynismus ist jetzt nicht der richtige Zeitpunkt.»

«Und ob das der richtige Zeitpunkt ist», sagte Robbins, «wenn wir nicht zynisch wären, würden wir uns erschießen.»

Im März stand Evelines zweiwöchiger Urlaub an. Eleanor plante eine Reise nach Rom, um dabei mitzuhelfen, die Angelegenheiten des dortigen Büros abzuwickeln, und so beschlossen die beiden, gemeinsam mit der Bahn in den Süden zu fahren und ein paar Tage in Nizza zu verbringen. Sie mussten die feuchte Kälte von Paris aus den Knochen kriegen. An dem Nachmittag, als sie alles gepackt hatten und reisefertig waren, sich Schlafwagenreservierungen besorgt und ihre Marschbefehle hatten unterschreiben lassen, war Eveline so aufgeregt wie ein kleines Kind.

Mr. Rasmussen bestand darauf, sie zu verabschieden, und bestellte im Restaurant der Gare de Lyon ein großes Essen, von dem Eveline vor Aufregung kaum einen Bissen hinunterbrachte – der Geruch des Kohlenrauchs und der Gedanke daran, an einem Ort aufzuwachen, wo es sonnig und warm sein würde. Während des Essens erschien Paul Johnson; er sei gekommen, um ihnen mit ihrem Gepäck zu helfen. An seiner Uniform fehlte ein Knopf, und er wirkte trübsinnig und ungepflegt. Er wollte nichts essen, stürzte aber nervös mehrere Gläser Wein hinunter. Sowohl er als auch Mr. Rasmussen machten ein Gesicht wie sieben Tage Regenwetter, als Jerry Burnham erschien, sternhagelvoll und mit einem großen Strauß Rosen in der Hand.

«Heißt das nicht Eulen nach Athen tragen, Jerry?», sagte Eveline.

«Sie kennen Nizza nicht ... wahrscheinlich können Sie da unten Schlittschuh laufen ... wunderschöne Achten aufs Eis zaubern.»

«Jerry», sagte Eleanor mit ihrer frostigen kleinen Stimme, «Sie denken an St. Moritz.»

«Daran werden Sie auch denken», sagte Jerry, «wenn Sie erst den kalten Wind dort spüren.»

Unterdessen hatten Paul und Mr. Rasmussen das Gepäck der beiden aufgenommen. «Wir sollten uns jetzt wirklich auf die Socken machen», sagte Paul, der nervös mit Evelines Koffer hantierte. «Der Zug fährt gleich.» Sie hasteten durch den Bahnhof. Jerry Burnham hatte vergessen, eine Bahnsteigkarte zu lösen, und durfte nicht auf den Bahnsteig; er blieb zurück und durchwühlte, während er sich mit den Beamten stritt, seine Taschen nach seinem Presseausweis. Paul brachte die Koffer ins Abteil und gab Eveline hastig die Hand. Eveline spürte, wie sein Blick, ein ernster, gekränkter Blick aus Hundeaugen, den ihren suchte.

«Sie bleiben doch nicht zu lange, oder? Viel Zeit ist nicht mehr übrig», sagte er. Eveline hätte ihm gern einen Kuss gegeben, aber der Zug ruckte an. Paul stieg eilends aus. Mr. Rasmussen konnte nur noch ein paar Papiere und Jerrys Rosen durchs Fenster reichen und vom Bahnsteig aus traurig mit dem Hut winken. Es war eine Erleichterung, dass der Zug losgefahren war. Eleanor lehnte sich zurück und kam aus dem Lachen nicht mehr heraus.

«Ich muss schon sagen, Eveline. Du bist zu komisch mit deinen Romeos.» Eveline musste selbst lachen. Sie beugte sich vor und klopfte Eleanor auf die Schulter. «Wir wollen uns richtig gut amüsieren», sagte sie.

Als Eveline früh am nächsten Morgen aufwachte und zum Fenster hinausschaute, waren sie im Bahnhof von Marseille. Sie hatte ein komisches Gefühl, denn eigentlich hatte sie hier Zwischenstation machen und sich die Stadt ansehen wollen, aber Eleanor hatte darauf bestanden, bis Nizza durchzufahren; sie könne die Schäbigkeit von Hafenstädten nicht ausstehen, hatte sie gesagt. Doch später, als sie im Speisewagen ihren Kaffee tranken und auf die Pinien, die trockenen Hügel und Landzungen hinausblickten, die das Mittelmeer in blaue Teilstücke zerlegten, war Eveline wieder aufgeregt und glücklich.

Sie fanden gute Hotelzimmer, spazierten im kühlen Sonnenschein inmitten der verwundeten Soldaten und Offiziere sämtlicher alliierter Armeen durch die Stadt, schlenderten unter den grauen Palmen über die Promenade des Anglais, und allmählich merkte Eveline, wie ein kaltes Gefühl von Enttäuschung sie überkam. Da hatte sie zwei Wochen Urlaub und vergeudete sie in Nizza. Eleanor war nach wie vor aufgeräumt und fröhlich und schlug vor, sich in das große Straßencafé auf dem Platz zu setzen, wo eine Blaskapelle spielte, und vor dem Mittagessen einen kleinen Dubonnet zu trinken. Nachdem sie eine Zeitlang dort gesessen und die Uniformierten und die Unmengen aufgedonnerter Frauen betrachtet hatten, die nicht besser waren, als zu erwarten, lehnte sich Eveline auf ihrem Stuhl zurück und sagte: «Und was um alles in der Welt, Liebes, fangen wir jetzt, wo wir hier sind, mit uns an?»

Am nächsten Morgen wachte Eveline spät auf; das Aufstehen war ihr beinahe zuwider, denn sie konnte sich nicht vorstellen, wie sie den ganzen Tag die Zeit herumbringen sollte. Während sie dalag und die durch die Fensterläden einfallenden Sonnenlichtstreifen an der Wand betrachtete, hörte sie im Zimmer nebenan, in dem Eleanor wohnte, eine Männerstimme. Eveline erstarrte und lauschte. Es war die Stimme von J. W. Als sie aufstand und sich anzog, stellte sie fest, dass ihr Herz hämmerte.

Sie zog sich gerade ihr bestes Paar durchsichtiger schwarzer Seidenstrümpfe an, da kam Eleanor herein. «Was glaubst du wohl, wer aufgetaucht ist? J. W. Er ist mit dem Auto gekommen, um mich nach Italien zu verabschieden ... Bei der Friedenskonferenz wird es ihm allmählich zu stickig, sagt er, und er braucht dringend Luftveränderung ... Komm doch herüber, Eveline, Liebes, und trink Kaffee mit uns.»

Der Triumph ist ihrer Stimme deutlich anzumerken, dachte Eveline, was sind Frauen doch dumm. «Wunderbar, ich komme gleich, Liebling», flötete sie mit ihrer wohlklingendsten Stimme.

J. W. trug einen leichten grauen Flanellanzug mit hellblauer Krawatte, und sein Gesicht war rosig von der langen Fahrt. Er war bester Stimmung. Er war in fünfzehn Stunden von Paris hergefahren und hatte nach dem Essen in Lyon nur vier Stunden geschlafen. Sie tranken alle viel Kaffee mit heißer Milch und planten eine Ausfahrt.

Es war ein schöner Tag. Sanft rollte der große Packard die Corniche entlang. Sie aßen in Monte Carlo zu Mittag, sahen sich am Nachmittag das Kasino an, fuhren weiter und tranken Tee in einem englischen Tearoom in Mentone. Am nächsten Tag fuhren sie hinauf nach Grasse und sahen sich die Parfümherstellung an, und am Tag danach setzten sie Eleanor in den Rapide nach Rom. J. W. wollte gleich danach die Rückfahrt nach Paris antreten. Eleanors schmales weißes Gesicht wirkte etwas verloren, fand Eveline, wie es durch das Fenster des Schlafwagens zu ihnen herausschaute. Als der Zug abfuhr, standen Eveline und J. W. auf dem Bahnsteig in der leeren Bahnhofshalle, unter deren Glasdach der vom Sonnenlicht milchige Rauch wirbelte, und sahen einander mit einer gewissen Befangenheit an.

«Sie ist ein prima Kerl», sagte J. W.

«Ich mag sie auch sehr gern», sagte Eveline. Ihre Stimme klang falsch in ihren Ohren. «Ich wünschte, wir könnten mitfahren.»

Sie gingen hinaus zum Wagen. «Wo soll ich Sie hinbringen, Eveline, bevor ich losfahre, zurück zum Hotel?»

Wieder hämmerte Evelines Herz. «Wie wär's, wenn wir eine Kleinigkeit äßen, bevor Sie losfahren; darf ich Sie zum Mittagessen einladen?»

«Das ist sehr nett von Ihnen ... tja, warum nicht, irgendwo muss ich schließlich essen. Und zwischen hier und Lyon gibt es nichts, wo ein anständiger Mensch essen könnte.»

Sie aßen im Kasino mit Blick aufs Wasser. Das Meer war sehr blau. Draußen waren drei Segelboote mit Lateinersegeln zu sehen, die auf die Hafeneinfahrt zuhielten. In dem verglasten Restaurant war es warm und angenehm, und es roch nach Wein und in Butter gedünstetem Essen. Eveline begann es in Nizza zu gefallen.

J. W. trank mehr Wein als sonst. Er begann von seiner Kindheit und Jugend in Wilmington zu erzählen und summte sogar ein paar Takte von einem Lied, das er damals geschrieben hatte. Eveline war begeistert. Dann erzählte er ihr von Pittsburgh und setzte ihr seine Ansichten zum Verhältnis von Kapital und Arbeit auseinander. Zum Dessert aßen sie mit Rum flambierte Pfirsiche; kühn bestellte Eveline eine Flasche Champagner. Sie kamen prächtig miteinander aus.

Sie begannen sich über Eleanor zu unterhalten. Eveline erzählte, wie sie Eleanor im Kunstinstitut kennengelernt und dass Eleanor ihr in Chicago alles bedeutet habe, der einzige Mensch, der sich wirklich für die Dinge interessierte, für die sie sich auch interessierte, und wie begabt Eleanor sei, und wie geschäftstüchtig. J. W. erzählte, wie viel sie ihm in den schwierigen Jahren mit seiner zweiten Frau Gertrude in New York bedeutet habe und dass die Leute ihre wunderbare Freundschaft missverstanden hätten, die stets frei gewesen sei von allem Sinnlichen und Entwürdigenden.

«Ach wirklich?», sagte Eveline und schaute J. W. plötzlich in die Augen. «Ich hatte immer gedacht, Sie und Eleanor wären ein Liebespaar.» Eine Sekunde lang befürchtete sie, sie habe ihn schockiert.

Er legte auf komisch jungenhafte Weise die Stirn in Falten. «Nein, wirklich nicht ... ich habe mein Leben lang immer viel zu viel zu tun gehabt, um diese Seite meines Wesens zu entwickeln ... Heute denkt man anders über diese Dinge als früher.» Eveline nickte. Die tiefe Röte in seinem Gesicht schien ihre Wangen in Brand gesetzt zu haben. «Und jetzt», fuhr J. W. fort und schüttelte trübsinnig den Kopf, «jetzt bin ich über die vierzig hinaus, und es ist zu spät.»

«Wieso zu spät?» Eveline sah ihn mit leicht geöffneten Lippen und flammend roten Wangen an.

«Vielleicht musste erst der Krieg kommen, um uns Lebensart beizubringen», sagte er. «Wir haben uns viel zu sehr für Geld und materielle Dinge interessiert, erst die Franzosen haben uns Lebensart beigebracht. Wo könnten Sie zu Hause in den Vereinigten Staaten eine so schöne Atmosphäre wie hier finden?» J. W.s weit ausholende Geste schloss das Meer, die mit buntbekleideten Frauen und Männern in ihren besten Uniformen besetzten Tische und das helle Geglitzer von blauem Licht in Gläsern und Besteck ein. Der Kellner missdeutete die Geste und ersetzte die leere Flasche im Champagnerkübel routiniert durch eine volle.

«Mein Gott, Eveline, Sie sind so charmant, dass ich glatt vergessen habe, wie spät es schon ist und dass ich nach Paris zurückmuss und so weiter. Genau das hat mir mein Leben lang gefehlt, bis ich Sie und Eleanor kennengelernt habe ... mit Eleanor hat sich das natürlich alles auf einer höheren Ebene abgespielt ... trinken wir auf Eleanor ... die schöne, begabte Eleanor ... Eveline, Frauen haben mich mein Leben lang stark inspiriert, schöne, charmante, zarte Frauen. Viele meiner besten Ideen verdanke ich Frauen, nicht direkt, verstehen Sie, sondern aufgrund geistiger Anregung ... die Menschen verstehen mich nicht, Eveline, besonders einige Zeitungsfritzen haben ein paar sehr hässliche Sachen über mich geschrieben ... was soll's, ich bin ja selbst lange genug einer gewesen ... Eveline, darf ich Ihnen sagen, dass Sie ganz bezaubernd aussehen und ich mich von Ihnen verstanden fühle ... die Krankheit meiner Frau ... arme Gertrude ... ich fürchte, sie wird nie wieder die alte werden ... Wissen Sie, ich bin dadurch in eine höchst unangenehme Lage geraten; wenn irgendein Mitglied ihrer Familie zum Treuhänder ernannt wird, könnte das bedeuten, dass die erhebliche Summe, die die Familie Staple in mein Geschäft investiert hat, zurückgezogen wird ... das würde mich in große Verlegenheit bringen ... außerdem musste ich meine mexikanischen Engagements aufgeben ... die Ölbranche dort unten braucht unbedingt jemanden, der der mexikanischen Öffentlichkeit und der amerikanischen Öffentlichkeit ihren Standpunkt erklärt, ich wollte die großen Kapitalgeber dazu bringen, die Öffentlichkeit ins ...»

Eveline schenkte ihm Champagner nach. Ihr war leicht schwindelig, aber sie fühlte sich wunderbar. Am liebsten hätte sie sich vorgebeugt und ihm einen Kuss gegeben, damit er merkte, wie sehr sie ihn bewunderte und verstand. Das Glas in der Hand, redete er weiter, fast so, als spräche er vor einem Publikum von Rotariern.

«... die Öffentlichkeit ins Vertrauen zu ziehen ... Das musste ich alles über Bord werfen ... als ich den Eindruck hatte, die Regierung meines Landes braucht mich. Meine Position in Paris ist sehr diffizil, Eveline ... man hat den Präsidenten mit einer chinesischen Mauer umgeben ... Ich fürchte, seine Berater machen sich nicht klar, wie wichtig Öffentlichkeitsarbeit ist, wie wichtig es ist, die Öffentlichkeit bei jedem Schritt ins Vertrauen zu ziehen. Dies ist ein bedeutender historischer Moment, Amerika steht an einer Wegscheide ... ohne uns hätte der Krieg mit einem deutschen Sieg oder mit einem Verhandlungsfrieden geendet ... und jetzt versuchen ausgerechnet unsere Verbündeten, hinter unserem Rücken die natürlichen Ressourcen der Welt zu monopolisieren ... Sie erinnern sich, was Rasmussen gesagt hat ... tja, er hat völlig recht. Der Präsident ist von finsteren Intrigen umgeben. Nicht einmal die Chefs der großen Firmen machen sich klar, dass jetzt die Zeit ist, Geld auszugeben, und zwar reichlich. Mit genügend Mitteln hätte ich binnen einer Woche die gesamte französische Presse in der Tasche, und ich habe so eine Ahnung, dass sogar in England etwas zu machen wäre, wenn man es auf die richtige Weise anpackt. Außerdem stehen überall die Leute hinter uns, sie haben genug von autokratischen Regimes und Geheimdiplomatie, sie sind bereit, die amerikanische Demokratie und amerikanische demokratische Geschäftsmethoden mit offenen Armen willkommen zu heißen. Es gibt für uns nur einen Weg, der Welt die Vorteile des Friedens zu sichern: Wir müssen sie beherrschen. Mr. Wilson macht sich nicht klar, welche Macht eine moderne, auf wissenschaftlichen Erkenntnissen beruhende Öffentlichkeitsarbeit hat ... Seit drei Wochen bemühe ich mich um einen Gesprächstermin mit ihm, dabei haben wir uns zu Hause in Washington schon beinahe mit Vornamen angeredet ... Auf seinen persönlichen Wunsch hin habe ich in New York unter großen persönlichen Opfern alles stehen- und liegenlassen und einen

Großteil meiner Mitarbeiter mitgebracht ... und jetzt ... aber Eveline, meine Liebe, ich fürchte, ich rede Sie tot.»

Eveline beugte sich vor und tätschelte ihm die Hand, die auf der Tischkante lag. Ihre Augen leuchteten. «Ach, es ist wunderbar», sagte sie. «Ist es nicht schön, J. W.?»

«Ach, Eveline, wenn ich doch bloß frei wäre und mich in Sie verlieben dürfte.»

«Sind wir denn nicht ziemlich frei, J. W.? Und wir leben in Kriegszeiten ... Eigentlich geht mir dieser ganze konventionelle Unsinn von wegen Heirat und so weiter fürchterlich auf die Nerven, Ihnen nicht auch?»

«Ach, Eveline, wenn ich bloß frei wäre ... lassen Sie uns draußen ein bisschen frische Luft schnappen ... wir sitzen schon den ganzen Nachmittag hier.»

Eveline bestand darauf, die Rechnung zu bezahlen, obwohl sie dafür alles Geld brauchte, das sie bei sich hatte. Beide schwankten ein wenig, als sie das Lokal verließen, Eveline war leicht schwindelig, und sie lehnte sich an J. W.s Schulter. Er tätschelte ihr unentwegt die Hand und sagte: «Na, na, wir machen eine kleine Fahrt.»

Gegen Sonnenuntergang fuhren sie um das andere Ende der Bucht herum nach Cannes hinein. «So, nun müssen wir uns aber zusammennehmen», sagte J. W. «Sie wollen doch nicht etwa ganz allein hier unten bleiben, meine Kleine, oder? Wie wär's, wenn Sie mit mir nach Paris zurückfahren, wir machen unterwegs in ein paar malerischen Dörfern Station, machen eine richtige Reise daraus. Nur allzu wahrscheinlich, dass man hier in der Gegend Bekannte trifft. Ich schicke den Stabswagen zurück und miete einen französischen Wagen ... wir wollen kein Risiko eingehen.»

«Na schön, Nizza geht mir sowieso schon auf die Nerven.»

J. W. wies den Chauffeur an, nach Nizza zurückzufahren. Er setzte sie bei ihrem Hotel ab und sagte, er werde sie am nächsten Morgen um halb zehn abholen, sie müsse sich gründlich ausschlafen. Sie fühlte sich furchtbar im Stich gelassen, als er weg war;

sie ging auf ihr Zimmer, ließ sich eine Tasse Tee bringen, der kalt war und nach Seife schmeckte, und legte sich schlafen. Sie lag im Bett und dachte, dass sie sich wie ein ungezogenes kleines Luder verhielt; aber jetzt war es zu spät, um einen Rückzieher zu machen. Sie konnte nicht schlafen, ihr ganzer Körper fühlte sich wie durchgerüttelt an und kribbelte. So würde sie morgen früh wie ein Wrack aussehen; sie stand auf und durchwühlte ihre Handtasche, bis sie Aspirin fand. Sie nahm eine ganze Menge davon, legte sich wieder ins Bett und lag vollkommen still, sah jedoch unentwegt Gesichter, die sich aus der Verschwommenheit eines Halbtraums herausschälten und wieder verblassten, und ihr summten die Ohren von langen Abfolgen sinnlosen Geschwätzes. Manchmal war es Jerry Burnhams Gesicht, das sich aus den Nebeln herausbildete und langsam in das von Mr. Rasmussen, Edgar Robbins, Paul Johnson oder Freddy Sergeant verwandelte. Sie stand auf und ging lange Zeit zitternd im Zimmer auf und ab. Dann legte sie sich wieder ins Bett, schlief ein und wachte erst auf, als das Zimmermädchen an die Tür klopfte und sagte, ein Herr warte auf sie.

Als sie nach unten kam, tigerte J. W. in der Sonne vor dem Hoteleingang hin und her. Unter den Palmen neben dem Geranienbeet stand ein langgestreckter, niedriger italienischer Wagen. An einem kleinen eisernen Tischchen vor dem Hotel tranken sie miteinander Kaffee, ohne viel zu reden. J. W. sagte, er habe ein miserables Zimmer in einem Hotel mit schlechtem Service gehabt.

Sobald Eveline ihr Gepäck unten hatte, fuhren sie mit fast hundert Stundenkilometern los. Der Chauffeur raste wie der Teufel durch einen heulenden Nordwind, der noch zunahm, je weiter sie die Küste entlangkamen. Steif und staubbedeckt, waren sie gerade rechtzeitig in Marseille, um in einem Fischrestaurant am Rand des alten Hafens noch ein spätes Mittagessen zu bekommen. Wieder schwirrte Eveline der Kopf von Tempo, peitschendem Wind, Staub, vorbeiwirbelnden Weinstöcken, Olivenbäumen, grauen Felsenbergen und ab und zu einem wie mit der Laubsäge ausgeschnittenen Stück schieferblauen Meers.

«Sicher, der Krieg war schrecklich, J. W.», sagte Eveline. «Aber in dieser Zeit zu leben ist großartig. Endlich passiert etwas.» J. W. murmelte irgendetwas von einer Welle des Idealismus und aß seine Bouillabaisse weiter. Er schien heute nicht sonderlich gesprächig zu sein. «Bei uns zu Hause», sagte er, «hätten sie die Gräten bestimmt nicht im Fisch gelassen.»

«Was glauben Sie denn nun, wie sich die Ölsituation weiterentwickelt?», versuchte Eveline es erneut.

«Ich habe keinen blassen Dunst», sagte J. W. «Wir fahren mal lieber weiter, wenn wir noch vor Einbruch der Dunkelheit ankommen wollen.»

J. W. hatte den Chauffeur beauftragt, eine zusätzliche Decke zu kaufen, und sie mummelten sich unter dem kleinen Verdeck im Fond des Wagens ein. J. W. legte den Arm um Eveline und stopfte ihre Decke fest. «Jetzt haben wir es so richtig mollig warm», sagte er. Sie kicherten behaglich miteinander.

Der Mistral wurde so stark, dass die Pappeln auf der staubigen Ebene sich bogen, und dann begann der Wagen, die gewundene Straße nach Les Baux hinaufzuklettern. Dass er gegen den Wind ankämpfen musste, reduzierte ihre Geschwindigkeit. Es war dunkel, als sie in dem verfallenen Städtchen ankamen.

Sie waren die einzigen Gäste im Hotel. Es war kalt dort, und die Olivenholzknorren, die in den Kaminen brannten, spendeten keinerlei Wärme, sondern gaben nur kleine graue Rauchwölkchen ab, wenn ein Windstoß in den Schornstein fuhr, aber sie aßen ausgezeichnet zu Abend, tranken gewürzten Glühwein und fühlten sich gleich viel besser. Sie mussten ihre Mäntel anziehen, um in ihr Zimmer hinaufzugehen. Als sie die Treppe hinaufstiegen, küsste J. W. sie unterm Ohr und flüsterte: «Eveline, liebe Kleine, bei dir fühle ich mich wieder wie ein junger Mann.»

Nachdem J. W. längst eingeschlafen war, lag Eveline noch wach neben ihm und lauschte auf den Wind, der an den Fensterläden rüttelte, um die Dachecken johlte und weit unten über die öde Ebene heulte. Das Haus roch nach trockener, staubiger Kälte.

Ganz gleich, wie sehr sie sich an J. W. schmiegte, ihr wurde einfach nicht richtig warm. In ihrem Kopf drehte sich immerzu das gleiche quietschende Karussell aus Gesichtern, Plänen und Gesprächsfetzen und hinderte sie am zusammenhängenden Denken, am Einschlafen.

Als J. W. am nächsten Morgen feststellte, dass er sich am Waschbecken waschen musste, zog er ein Gesicht und sagte: «Ich hoffe, es macht dir nichts aus, so ohne jeden Komfort zu reisen, meine Kleine.»

Zum Mittagessen fuhren sie über die Rhône nach Nîmes, kamen unterwegs durch Arles und Avignon, kehrten dann wieder zur Rhône zurück und kamen spätnachts nach Lyon. Sie ließen sich das Abendessen aufs Zimmer schicken, nahmen ein heißes Bad und tranken erneut Glühwein. Als der Zimmerkellner das Tablett geholt hatte, warf sich Eveline auf J. W.s Schoß und begann ihn zu küssen. Es dauerte lange, bis sie ihn schlafen ließ.

Am nächsten Morgen regnete es heftig. Sie warteten ein paar Stunden in der Hoffnung, dass es aufhören würde. J. W. war in sich gekehrt und versuchte, Paris telefonisch zu erreichen, hatte aber kein Glück. Eveline saß in dem trostlosen Hotelsalon und las alte Ausgaben von *Illustration*. Auch sie wünschte, sie wäre wieder in Paris. Schließlich beschlossen sie aufzubrechen.

Der Regen schwächte sich zu einem Nieseln ab, aber die Straßen waren in schlechtem Zustand, und bei Einbruch der Dunkelheit waren sie erst bis Nevers gekommen. J. W. fing an zu schniefen und schluckte Chinin, um einer Erkältung vorzubeugen. In dem Hotel in Nevers nahm er zwei benachbarte Zimmer mit einem Bad dazwischen, sodass sie in dieser Nacht in getrennten Betten schliefen. Beim Abendessen versuchte Eveline, das Gespräch auf die Friedenskonferenz zu bringen, aber er sagte: «Warum fachsimpeln, wir sind früh genug wieder da, reden wir lieber über uns.»

Als sie sich Paris näherten, wurde J. W. allmählich nervös. Seine Nase hatte zu laufen begonnen. In Fontainebleau aßen sie sehr gut zu Mittag. J. W. fuhr von dort aus mit dem Zug weiter und wies den Chauffeur an, Eveline nach Hause in die Rue de Buci zu fahren und danach sein, J. W.s, Gepäck ins Crillon zu bringen. Eveline kam sich ziemlich verloren vor, während sie ganz allein durch die Vorstädte von Paris fuhr. Sie musste daran denken, wie aufgeregt sie gewesen war, als alle sie vor ein paar Tagen an der Gare de Lyon zum Zug gebracht hatten, und kam zu dem Schluss, dass sie kreuzunglücklich war.

Am nächsten Tag ging sie zur üblichen Zeit am Nachmittag ins Crillon. In J. W.s Vorzimmer war niemand außer Miss Williams, seiner Sekretärin. Sie starrte Eveline mit derart kaltem, feindseligem Blick direkt ins Gesicht, dass diese sofort dachte, sie müsse etwas wissen. Mr. Moorehouse, sagte sie, sei schwer erkältet, habe Fieber und empfange niemanden.

«Dann schreibe ich ihm ein paar Zeilen», sagte Eveline. «Nein, ich rufe ihn später an. Meinen Sie nicht, das ist das Beste, Miss Williams?»

Miss Williams nickte knapp. «Schön», sagte sie.

Eveline ging noch nicht. «Wissen Sie, ich bin gerade aus dem Urlaub zurückgekommen … ein paar Tage früher als geplant, weil ich mir in der Umgebung von Paris noch so vieles ansehen wollte. Ist das Wetter nicht fürchterlich?»

Miss Williams runzelte gedankenvoll die Stirn und machte einen Schritt auf sie zu. «Ja, sehr … Es ist ausgesprochen unerfreulich, Miss Hutchins, dass Mr. Moorehouse sich ausgerechnet jetzt erkälten musste. Hier sind gerade einige sehr wichtige Angelegenheiten anhängig. Und so, wie die Dinge bei der Friedenskonferenz liegen, ändert sich die Situation mit jeder Minute, sodass ständige Wachsamkeit erforderlich ist … Wir halten den jetzigen Augenblick in jeglicher Hinsicht für sehr bedeutsam … Zu dumm, dass Mr. Moorehouse ausgerechnet jetzt außer Gefecht gesetzt wird. Uns allen ist das furchtbar unangenehm. Und ihm selbst am allermeisten.»

«Das tut mir leid», sagte Eveline. «Ich hoffe sehr, es geht ihm morgen schon wieder besser.»

«Der Arzt sagte ja ... aber es ist ausgesprochen unerfreulich.»

Eveline zögerte noch immer. Sie wusste nicht, was sie sagen sollte. Dann fiel ihr Blick auf den kleinen Goldstern, der Miss Williams' Brosche zierte. Eveline wollte Freundschaft schließen. «Ach, Miss Williams», sagte sie, «ich wusste gar nicht, dass Sie einen lieben Menschen verloren haben.»

Miss Williams' Gesicht wurde frostiger und verkniffener denn je. Sie schien krampfhaft nach Worten zu suchen. «Äh ... mein Bruder war bei der Navy», sagte sie und ging zu ihrem Schreibtisch hinüber, wo sie sehr rasch zu tippen anfing. Eveline blieb noch eine Sekunde stehen und sah zu, wie Miss Williams' Finger über die Tasten huschten. Dann sagte sie matt: «Ach, das tut mir sehr leid», drehte sich um und ging hinaus.

Als Eleanor mit Unmengen von italienischem Damast im Gepäck nach Paris zurückkehrte, war J. W. wieder auf den Beinen. Eveline kam es so vor, als hätte Eleanors Redeweise etwas ungewohnt Kaltes und Sarkastisches. Wenn sie zum Tee ins Crillon ging, wechselte Miss Williams kaum ein Wort mit ihr, gab sich jedoch sichtlich Mühe, zu Eleanor höflich zu sein. Sogar Morton, der Kammerdiener, schien den gleichen Unterschied zu machen. J. W. drückte ihr ab und zu verstohlen die Hand, aber sie kamen nie mehr dazu, allein auszugehen. Eveline dachte allmählich daran, nach Amerika heimzukehren, doch der Gedanke einer Rückkehr nach Santa Fe oder zu einem Leben, wie sie es vorher geführt hatte, war ihr zutiefst zuwider. Jeden Tag schrieb sie J. W. lange, gequälte Briefe, in denen sie ihm schilderte, wie unglücklich sie war, doch wenn sie einander sahen, erwähnte er diese Briefe mit keinem Wort. Als sie ihn einmal fragte, warum er ihr nicht auch einmal ein paar Worte schrieb, sagte er rasch: «Ich schreibe niemals persönliche Briefe», und wechselte das Thema.

Ende April tauchte Don Stevens in Paris auf. Er war in Zivil, denn er hatte den Dienst bei der Wiederaufbau-Einheit quittiert. Er bat Eveline, ihn bei sich aufzunehmen, da er völlig abgebrannt sei. Eveline fürchtete sich vor der Concierge und möglichen Kommentaren von Eleanor oder J. W., falls sie dahinterkämen, aber sie war verzweifelt und verbittert, und was passierte, war ihr ohnehin ziemlich egal; also sagte sie, na schön, sie werde ihn bei sich aufnehmen, aber er dürfe niemand sagen, wo er wohne.

Don zog sie mit ihren bourgeoisen Vorstellungen auf und sagte, dergleichen werde nach der Revolution keine Rolle mehr spielen, und zu einer ersten Kraftprobe komme es am 1. Mai. Er veranlasste sie, *L'Humanité* /322/ zu lesen, und ging mit ihr in die Rue du Croissant, um ihr das kleine Restaurant zu zeigen, in dem Jaurès /323/ ermordet worden war.

Eines Tages erschien im Büro ein hochgewachsener junger Mann mit länglichem Gesicht, der irgendeine Uniform trug und sich als Freddy Seargeant entpuppte; er hatte gerade eine Stelle bei der Nahosthilfe bekommen und war ganz aufgeregt darüber, demnächst nach Konstantinopel zu kommen. Eveline freute sich über das Wiedersehen, aber nachdem sie den ganzen Nachmittag mit ihm verbracht hatte, merkte sie allmählich, dass das frühere Gerede über das Theater, über Dekoration, Muster, Farbe und Form sie nicht mehr groß interessierte. Freddy war restlos begeistert von Paris, von den kleinen Kindern, die auf den Teichen in den Tuilerien ihre Schiffchen schwimmen ließen, von den Helmen der Garde républicaine, die zur Begrüßung des belgischen Königspaars angetreten war, das gerade die Rue de Rivoli entlangfuhr, als sie vorbeikamen. Eveline war mieser Stimmung und zog ihn damit auf, dass er nicht durchgehalten habe, bis er Offizier geworden sei; er erklärte, ein Bekannter habe ihn beim Tarndienst untergebracht, ehe er gewusst habe, wie ihm geschah, mit Politik habe er sowieso nichts am Hut, und bevor er irgendetwas habe tun können, sei der Krieg vorbei gewesen und man habe ihn entlassen.

Sie wollten Eleanor bewegen, mit ihnen essen zu gehen, aber sie hatte eine geheimnisvolle Verabredung mit J. W. und einigen Leuten vom Quai d'Orsay und konnte nicht. Eveline ging mit

Freddy in die Opéra-comique, in eine Vorstellung von *Pelléas,* /324/ aber sie fühlte sich die ganze Zeit zappelig und hätte ihn beinahe geohrfeigt, als sie am Schluss sah, dass er weinte. Hinterher aßen sie im Café Néapolitain ein Orangenwassereis, und Freddy regte sich fürchterlich auf, als sie sagte, Debussy sei ein alter Hut; in mürrischer Stimmung brachte er sie mit einem Taxi nach Hause. In letzter Minute lenkte sie ein und bemühte sich, nett zu ihm zu sein; sie versprach, am nächsten Sonntag mit ihm nach Chartres zu fahren.

Es war noch dunkel, als Freddy am Sonntagmorgen erschien. Sie gingen aus dem Haus und tranken schläfrig eine Tasse Kaffee bei der alten Frau, die in der Einfahrt gegenüber einen kleinen Stand hatte. Bis zur Abfahrt des Zuges blieb ihnen noch eine Stunde, und Freddy schlug vor, Eleanor aus dem Bett zu holen. Er habe sich so darauf gefreut, mit ihnen beiden nach Chartres zu fahren; es werde wieder so sein wie in alten Zeiten, es sei doch furchtbar, wie das Leben sie alle auseinanderreiße. Also stiegen sie in ein Taxi und fuhren zum Quai de la Tournelle. Die große Frage war, wie sie ins Haus kommen sollten, denn die Eingangstür war verschlossen, und es gab keine Concierge. Freddy klingelte Sturm, bis schließlich der Franzose, der in der unteren Etage wohnte, empört im Bademantel herauskam und sie einließ.

Sie hämmerten an Eleanors Tür. Freddy schrie: «Eleanor Stoddard, stehen Sie sofort auf und kommen Sie mit uns nach Chartres.» Nach einer Weile erschien im Türspalt kühl, blass und gefasst Eleanors Gesicht über einem atemberaubenden blauen Negligé.

«Eleanor, uns bleibt gerade noch eine halbe Stunde, um den Zug nach Chartres zu erwischen, das Taxi draußen steht unter Volldampf, und wenn Sie nicht mitkommen, werden wir alle das bis an unser Lebensende bedauern.»

«Aber ich bin nicht angezogen ... es ist so früh.»

«Sie sehen bezaubernd aus, Sie können so gehen, wie Sie sind.» Freddy drängte sich durch die Tür und schloss Eleanor in die

Arme. «Eleanor, Sie müssen mitkommen ... Morgen Abend bin ich schon auf dem Weg in den Nahen Osten.»

Eveline folgte den beiden in den Salon. Im Vorbeigehen warf sie einen flüchtigen Blick durch die halb offene Tür des Schlafzimmers und schaute J. W. genau ins Gesicht. In einem hellblau gestreiften Pyjama saß er kerzengerade im Bett. Seine blauen Augen schauten geradewegs durch sie hindurch. Aus irgendeinem Impuls heraus zog sie die Tür zu. Eleanor bemerkte die Geste. «Danke, Liebes», sagte sie kühl, «da drin ist es so unordentlich.»

«Ach, nun kommen Sie schon, Eleanor ... Sie können doch unmöglich die alten Zeiten vergessen haben, so wie die hartherzige Hannah dort es offenbar getan hat», sagte Freddy mit weinerlich-schmeichelnder Stimme.

«Lasst mich mal überlegen», sagte Eleanor und klopfte sich mit dem spitz gefeilten Nagel ihres weißen Zeigefingers gegen das Kinn, «ich sage euch, was wir machen, ihr Lieben, ihr beide fahrt mit der lahmen Eisenbahn, ihr seid nämlich schon fertig, und ich laufe los, sowie ich angezogen bin, rufe J. W. im Crillon an und frage ihn, ob er mich hinfährt. Dann können wir gemeinsam zurückfahren. Wie wäre das?»

«Das wäre wunderbar, Eleanor, Liebes», flötete Eveline mit singender Stimme. «Großartig, ach, ich wusste, du würdest mitkommen ... nun müssen wir aber los. Falls wir einander verfehlen, sind wir um Mittag vor der Kathedrale ... Einverstanden?»

Benommen ging Eveline nach unten. Die ganze Fahrt nach Chartres über machte Freddy ihr bittere Vorwürfe, sie sei geistesabwesend und möge ihre alten Freunde nicht mehr.

Bis sie in Chartres ankamen, regnete es heftig. Sie verbrachten dort einen trübseligen Tag. Die Buntglasfenster, die man während des Krieges in Sicherheit gebracht hatte, waren noch nicht wieder eingesetzt worden. Die großen Heiligenfiguren aus dem 12. Jahrhundert hatten im strömenden Regen eine nasse, schleimige Anmutung. Freddy sagte, der Anblick der von Kerzen umgebenen schwarzen Madonna in der Krypta entschädige ihn für alle Unannehmlichkeiten der Fahrt, doch für Eveline war das nicht so. Eleanor und J. W. kamen nicht. «Kein Wunder, bei dem Regen», sagte Freddy. Für Eveline war es fast so etwas wie eine Erleichterung, festzustellen, dass sie sich erkältet hatte und ins Bett musste, sowie sie nach Hause kamen. Freddy brachte sie mit einem Taxi bis vor die Haustür, aber sie ließ ihn nicht mit heraufkommen, weil sie befürchtete, dass Don vielleicht da war.

Don war da, zeigte sich, was ihre Erkältung anging, sehr mitfühlend, steckte sie ins Bett und machte ihr eine heiße Limonade mit Cognac. Er hatte die Taschen voller Geld, da er gerade einige Artikel verkauft hatte, und er hatte einen Job: Er sollte für den Londoner *Daily Herald* nach Wien gehen. So bald wie möglich nach dem 1. Mai fahre er ab, «... falls sich hier nicht noch was ergibt», sagte er gewichtig. Er zog noch am selben Abend in ein Hotel und bedankte sich bei ihr, weil sie wie eine gute Genossin gehandelt und ihn aufgenommen habe, obwohl sie ihn nicht mehr liebte. Nachdem er fort war, kam ihr die Wohnung leer vor. Sie bedauerte beinahe, dass sie ihn nicht dabehalten hatte. Fiebernd und elend lag sie im Bett und schlief schließlich ein, krank, verängstigt und einsam.

Am Morgen des 1. Mai schaute Paul Johnson bei ihr herein, noch bevor sie aufgestanden war. Er trug Zivilkleidung und sah jung, schlank, nett, blond und attraktiv aus. Don Stevens, sagte er, habe ihn ganz rappelig gemacht, was die kommenden Ereignisse, von wegen Generalstreik und so weiter, angehe; er sei gekommen, um in der Nähe zu sein, falls Eveline nichts dagegen habe.

«Ich dachte, ich laufe besser nicht in Uniform herum, deshalb habe ich mir von nem Kumpel den Anzug hier geliehen», sagte er.

«Ich glaube, ich streike auch», sagte Eveline, «ich habe dieses Rotkreuz-Büro so satt, dass ich schreien könnte.»

«Mann, das wäre wunderbar, Eveline. Wir können herumlaufen und uns den ganzen Trubel ansehen ... Wenn Sie bei mir sind, ist alles gut … ich meine, ich werde ruhiger sein, wenn ich weiß, wo Sie sind, falls es Ärger gibt … Sie sind furchtbar leichtsinnig, Eveline.»

«Sie sehen richtig gut aus in dem Anzug, Paul … Ich habe Sie noch nie in Zivil gesehen.»

Paul errötete und schob unbehaglich die Hände in die Taschen. «Mein Gott, was werde ich froh sein, wenn ich endgültig wieder in Zivil bin», sagte er ernst. «Auch wenn das bedeutet, dass ich wieder arbeiten muss … Von diesen Sorbonne-Vorlesungen habe ich rein gar nichts … Wahrscheinlich sind alle zu nervös … und so langsam kann ich auch nicht mehr hören, was für Schurken die Boches sind, das ist offenbar alles, worüber die französischen Professoren reden können.»

«Gehen Sie raus und nehmen Sie sich ein Buch, ich stehe dann mal auf … Haben Sie mitbekommen, ob die alte Frau gegenüber schon Kaffee verkauft?»

«Ja», rief Paul vom Salon aus, in den er sich zurückgezogen hatte, als Eveline die Zehen unter der Bettdecke hervorstreckte. «Soll ich welchen holen?»

«Das wäre riesig nett, ja … Ich habe Brioches und Butter hier … nehmen Sie die emaillierte Milchkanne aus der Küche mit.»

Eveline betrachtete sich im Spiegel, bevor sie sich anzuziehen begann. Sie hatte Ringe unter den Augen und schwache Ansätze von Krähenfüßen. Frostiger als das feuchtkalte Pariser Zimmer war der Gedanke ans Altwerden. Er war so schrecklich aktuell, dass sie plötzlich in Tränen ausbrach. Aus dem Spiegel blickte ihr verbittert das tränenüberströmte Gesicht einer alten Hexe entgegen. Fest drückte sie sich die Handballen auf die Augen. «Ich führe so ein lächerliches Leben», flüsterte sie laut.

Paul war zurück. Sie hörte ihn im Salon rumoren. «Ich habe ganz vergessen, es Ihnen zu sagen … Don sagt, Anatole France /325/ wird bei den Mütileh von la Gähr /326/ mitmarschieren … Der Kaffee olé ist fertig, wenn Sie so weit sind.»

«Einen Moment noch», rief sie vom Waschbecken aus, wo sie

sich kaltes Wasser ins Gesicht spritzte. «Wie alt sind Sie, Paul?», fragte sie ihn, als sie komplett angekleidet, lächelnd und mit dem Gefühl, besonders gut auszusehen, aus ihrem Schlafzimmer kam.

«Frei, weiß und einundzwanzig ... wir trinken mal lieber den Kaffee, bevor er kalt wird.»

«So alt sehen Sie gar nicht aus.»

«Oh, ich bin alt genug, um Bescheid zu wissen», sagte Paul und wurde ganz rot im Gesicht.

«Ich bin fünf Jahre älter», sagte Eveline. «Und ich hasse das Älterwerden.»

«Fünf Jahre, das ist doch gar nichts», stammelte Paul.

Er war so nervös, dass er sich ganz viel Kaffee aufs Hosenbein kleckerte. «Ach, Mist, wie ungeschickt von mir», knurrte er.

«Das kriege ich ganz schnell raus», sagte Eveline und lief nach einem Handtuch.

Er musste sich in einen Sessel setzen, und sie kniete sich vor ihn und rubbelte mit dem Handtuch an der Innenseite seines Oberschenkels. Paul ließ es stocksteif, puterrot und mit zusammengepressten Lippen über sich ergehen. Er sprang auf, ehe sie fertig war. «Gehen wir raus, mal sehen, was los ist. Wenn ich doch bloß mehr darüber wüsste, worum es bei alldem geht.»

«Na, Sie könnten sich wenigstens bedanken», sagte Eveline, die zu ihm aufblickte.

«Danke, ja, das war furchtbar nett von Ihnen, Eveline.»

Draußen war es wie an einem Sonntag. In den Nebenstraßen hatten ein paar Geschäfte geöffnet, aber die eisernen Rollläden waren halb heruntergelassen. Es war ein grauer Tag; sie gingen den Boulevard Saint-Germain entlang und passierten viele Menschen, die in ihren besten Kleidern umherschlenderten. Erst als eine Eskadron der Garde Républicaine mit ihren glänzenden Helmen und dreifarbigen Helmbüschen vorübertrappelte, bekamen sie eine Ahnung von der Spannung, die in der Luft lag.

Drüben auf der anderen Seite der Seine waren mehr Menschen, und kleine Gruppen von Gendarmen standen herum.

An einer Kreuzung mehrerer Straßen sahen sie eine Ansammlung alter Männer in Arbeitskleidung mit einer roten Fahne und einem Transparent: L'UNION DES TRAVAILLEURS FERA LA PAIX DU MONDE. /327/ Ein Kordon republikanische Garde ritt mit gezogenem Säbel auf sie zu, die Sonne blitzte auf ihren Helmen. Die alten Männer rannten davon oder drückten sich in Hauseingänge.

Auf den Grands Boulevards sah man ganze Kompanien von Poilus in Stahlhelmen und schmutzigen blauen Uniformen um ihre Gewehrpyramiden herum stehen. Die vorüberwogenden Massen auf den Straßen jubelten ihnen zu, alles wirkte gutmütig und fröhlich. Eveline und Paul begannen müde zu werden; sie liefen schon den ganzen Vormittag herum. Sie fragten sich, wo sie wohl etwas zu essen bekämen. Dann fing es auch noch zu regnen an.

Als sie an der Börse vorbeikamen, trafen sie Don Stevens, der gerade aus dem Telegraphenamt gekommen war. Er war wütend und müde. Er war seit fünf Uhr auf den Beinen. «Wenn sie schon Unruhen haben wollen, warum zum Teufel dann nicht so rechtzeitig, dass man vor Redaktionsschluss noch ein Telegramm losschicken kann ... Tja, ich habe gesehen, wie Anatole France von der Place d'Alma vertrieben wurde. Müsste eigentlich eine gute Story ergeben, wenn bloß die verdammte Zensur nicht wäre. In Deutschland sieht es ziemlich ernst aus ... Ich glaube, dort wird etwas passieren.»

«Wird hier in Paris auch etwas passieren, Don?», fragte Paul.

«Wenn ich das bloß wüsste ... in der Avenue Magenta haben ein paar junge Burschen die Gitter um die Bäume herausgerissen und die Bullen damit beworfen ... Burnham da drin sagt, hinter der Place de la Bastille gäbe es Barrikaden, aber bevor ich da hingehe, brauche ich erst was zu essen ... Ich glaube es sowieso nicht ... Ich bin ziemlich erledigt. Was habt ihr beiden Bourgeois denn an einem solchen Tag auf der Straße verloren?»

«Hey, Kollege, nicht schießen», sagte Paul und hob die Hände.

«Warte, bis wir was zu essen bekommen», sagte Eveline lachend. Sie dachte, dass Paul ihr doch um einiges sympathischer war als Don.

Im Nieselregen klapperten sie unzählige Hintergassen ab, bis sie schließlich ein kleines Restaurant fanden, aus dem Stimmengewirr und Essensgerüche drangen. Mit eingezogenem Kopf schlüpften sie unter dem eisernen Rollladen am Eingang durch. Die dunkle Gaststube war voller Taxifahrer und Arbeiter. Sie quetschten sich ans Ende eines Marmortischs, an dem zwei alte Männer Schach spielten. Evelines Bein war an Pauls Bein gepresst. Sie rührte sich nicht; dann errötete er und rückte seinen Stuhl etwas ab. «Verzeihung», sagte er.

Sie aßen Leber mit Zwiebeln, und Don kam in seinem fließenden schlechten Französisch mit den alten Männern ins Gespräch. Sie sagten, die jungen Leute heutzutage seien zu nichts zu gebrauchen, früher hätten sie, wenn sie auf die Straße gingen, die Pflastersteine herausgerissen und die Bullen an den Beinen gepackt und von den Pferden gezerrt. Heute solle doch angeblich ein Generalstreik stattfinden, und was hätten sie zustande gebracht? ... Nichts ... ein paar Bengel hätten ein paar Steine geworfen, und ein einziges Caféfenster sei zu Bruch gegangen. So könne die Freiheit weder sich selbst noch die Würde der Arbeit verteidigen. Die zwei Alten setzten ihre Schachpartie fort. Don spendierte ihnen eine Flasche Wein.

Eveline, die nur halb zuhörte, lehnte sich zurück und überlegte, ob sie am Nachmittag J. W. aufsuchen solle. Seit jenem Sonntagmorgen hatte sie weder ihn noch Eleanor gesehen; aber das war ihr egal. Sie fragte sich, ob Paul sie heiraten würde und wie es wohl wäre, viele kleine Babys zu bekommen, die dann das gleiche jungenhaft flauschige, an ein Fohlen erinnernde Aussehen hätten wie er. Ihr gefiel es in diesem dunklen kleinen Restaurant, in dem es nach Essen, Wein und Caporal ordinaire /328/ roch, es gefiel ihr, dazusitzen und Don zuzuhören, wie er Paul Vorträge über die Revolution hielt.

«Wenn ich nach Hause komme, werde ich wohl erst mal ein

bisschen durchs Land ziehen, mir Arbeit als Erntehelfer und so was besorgen und mich genauer informieren», sagte Paul schließlich. «Im Augenblick weiß ich eigentlich gar nichts, bloß das, was ich von anderen höre.»

Nachdem sie gegessen hatten, saßen sie noch bei einem Glas Wein, als sie plötzlich eine amerikanische Stimme hörten. Zwei MPs waren hereingekommen, standen an dem mit Zinkblech verkleideten Tresen und tranken etwas. «Kein Englisch reden», flüsterte Paul. Steif saßen sie da und bemühten sich, so französisch wie möglich zu wirken, bis die zwei Khakiuniformen wieder verschwanden, dann sagte Paul: «Puh, ich hatte vielleicht eine Angst ... die hätten mich unter Garantie mitgenommen, wenn sie mich hier ohne Uniform entdeckt hätten ... und dann hätte es geheißen, ab in die Rue Sainte-Anne /329/ und auf Wiedersehen Paris.»

«Sie armer Junge, man hätte Sie bei Sonnenaufgang erschossen», sagte Eveline. «Gehen Sie sofort nach Hause und ziehen sich um ... Ich bin jetzt ohnehin erst mal für eine Weile beim Roten Kreuz.»

Don begleitete sie in die Rue de Rivoli. Paul flitzte eine andere Straße entlang, um nach Hause zu gehen und seine Uniform anzuziehen.

«Ich finde, Paul Johnson ist ein furchtbar netter Junge, wo hast du ihn eigentlich aufgegabelt, Don?», sagte Eveline in beiläufigem Ton.

«Er ist ein bisschen schlicht gestrickt ... völlig unbeleckter Bursche ... aber schon in Ordnung ... Kennengelernt habe ich ihn, als die Transporteinheit, bei der er war, an der Marne neben uns einquartiert wurde ... dann hat er diesen Druckposten bei der Poststelle gekriegt, und jetzt studiert er an der Sorbonne ... und das hat er auch bitter nötig ... keinerlei soziale Ideen ... Paul glaubt immer noch an den Klapperstorch.»

«Er muss aus derselben Gegend kommen wie du ... in den Staaten, meine ich.»

«Ja, sein Vater besitzt in irgendeinem kleinen Provinzkaff ein Getreidesilo ... Kleinbürger ... lausiges Milieu ... er ist trotzdem kein schlechter Kerl ... Verdammt schade, dass er nie Marx gelesen hat, das hätte seine Ansichten gefestigt.» Don machte ein komisches Gesicht. «Das gilt auch für dich, Eveline, aber dich habe ich längst als hoffnungslosen Fall aufgegeben. Hübsch anzusehen, aber zu nichts zu gebrauchen.» Sie waren stehengeblieben und unterhielten sich an der Straßenecke unter der Arkade.

«Ach, Don, deine Anschauungen gehen mir furchtbar auf die Nerven», begann sie, aber er fiel ihr ins Wort:

«Also, bis dann, da kommt ein Bus ... eigentlich dürfte ich nicht mit einem Streikbrecher fahren, aber bis zur Bastille ist es mir zu Fuß entschieden zu weit.» Er gab ihr einen Kuss. «Sei nicht sauer auf mich.»

Eveline winkte mit der Hand. «Amüsier dich gut in Wien, Don.» Er sprang auf die Plattform des vorbeirumpelnden Busses. Das Letzte, was Eveline sah, war, wie die Schaffnerin ihn hinunterzuschubsen versuchte, weil der Bus voll war.

Sie ging ins Büro und versuchte den Eindruck zu erwecken, als wäre sie schon den ganzen Tag da. Kurz vor sechs ging sie die Straße entlang ins Crillon und hinauf zu J. W. Dort war alles wie gehabt: Miss Williams saß blond und mit frostigem Gesicht an ihrem Schreibtisch, Morton reichte diskret Tee und Petits Fours, J. W. war, von den schweren, champagnerfarbenen Vorhängen halb verdeckt, in einer Fensternische in ein Gespräch mit einem Herrn im Cutaway vertieft, Eleanor, in einem perlgrauen Gesellschaftskleid, das Eveline noch nie gesehen hatte, plauderte vor dem Kamin zwitschernd mit drei jungen Stabsoffizieren. Eveline bekam eine Tasse Tee, unterhielt sich einen Moment lang mit Eleanor über dieses und jenes, sagte dann, sie habe noch eine Verabredung, und ging.

Im Vorzimmer fing sie im Vorbeigehen Miss Williams' Blick auf. Sie blieb einen Moment lang an deren Schreibtisch stehen. «Fleißig wie immer, Miss Williams», sagte sie.

«Es ist besser, man ist fleißig», sagte sie. «Dann kommt man nicht auf dumme Gedanken … mir scheint, dass man in Paris sehr viel Zeit verschwendet … ich hätte nie gedacht, dass es einen Ort gibt, wo die Menschen so viel Zeit vertrödeln.»

«Die Franzosen schätzen ihre Freizeit mehr als alles andere.»

«Freizeit ist gut und schön, wenn man etwas damit anzufangen weiß … aber dieses gesellschaftliche Leben kostet uns dermaßen viel Zeit … Leute kommen zum Mittagessen und bleiben den ganzen Nachmittag, ich weiß nicht, was wir dagegen tun können … das macht die Lage sehr schwierig.» Miss Williams sah Eveline unverwandt an. «Sie haben beim Roten Kreuz wohl nicht mehr so viel zu tun, oder, Miss Hutchins?»

Eveline lächelte süß. «Nein, wir leben nur für unsere Freizeit, genau wie die Franzosen.»

Ohne recht zu wissen, was sie mit sich anfangen sollte, überquerte sie die ausgedehnten Asphaltflächen der Place de la Concorde und bog auf die Champs-Élysées ein, wo die Rosskastanien gerade zu blühen begannen. Der Generalstreik schien so ziemlich vorbei zu sein, denn man sah ein paar Taxis auf den Straßen. Sie setzte sich auf eine Bank, und ein leichenhaftes Individuum in einem Gehrock setzte sich neben sie und versuchte, mit ihr anzubändeln. Sie stand auf und entfernte sich, so schnell sie konnte. Am Rond Point musste sie stehenbleiben, um einen Trupp fahrende Artillerie und zwei 75er durchzulassen. Der leichenhafte Mensch stand neben ihr, streckte die Hand aus und tippte sich dabei an den Hut, als wären sie alte Bekannte. Sie murmelte: «Das geht mir nun wirklich auf die Nerven», und stieg in eine Pferdedroschke, die am Bordstein stand. Sie dachte schon, der Mann wolle ebenfalls einsteigen, aber er stand bloß da und schaute ihr mit finsterem Gesicht nach, während die Droschke den Geschützen folgte, als gehörte Eveline zum Regiment. Zu Hause angelangt, kochte sie sich auf dem Gasherd einen Kakao und ging einsam mit einem Buch zu Bett.

Als sie am nächsten Abend in ihre Wohnung zurückkam, wartete dort Paul auf sie, in einer neuen Uniform, die Rundkappenschuhe auf Hochglanz poliert. «Paul, Sie sehen aus, als kämen Sie frisch aus der Waschmaschine.»

«Ein Freund von mir ist Sergeant in der Zeugmeisterei ... hat eine neue Kluft rausgerückt.»

«Sie sehen unbeschreiblich gut aus.»

«Sie meinen wohl, *Sie* sehen unbeschreiblich gut aus, Eveline.»

Sie gingen zu den Boulevards hinüber und aßen bei Noël Peters auf lachsfarbenen Plüschsesseln zwischen pompejischen Säulen zur Begleitung von süßlicher Geigenmusik. Paul hatte seinen Monatssold und sein Verpflegungsgeld in der Tasche und fühlte sich prima. Sie unterhielten sich darüber, was sie anfangen würden, wenn sie nach Amerika zurückkämen. Paul sagte, sein Vater wolle, dass er in das Büro eines Getreidemaklers in Minneapolis eintrete, aber er selbst wolle sein Glück lieber in New York versuchen. Er finde, als junger Mensch sollte man, bevor man sich endgültig entscheidet, vieles ausprobieren, damit man herausfinden könne, was zu einem passt. Eveline sagte, sie wisse nicht, was sie anfangen solle. Sie wolle nichts von dem tun, was sie bisher getan habe, das wisse sie immerhin, vielleicht würde sie gern in Paris leben.

«Bisher hat es mir in Paris nicht sonderlich gefallen», sagte Paul, «aber so mit Ihnen auszugehen, das gefällt mir prima.»

Eveline zog ihn auf. «Och, ich glaube nicht, dass Sie mich sonderlich mögen, anzumerken ist es Ihnen jedenfalls nicht.»

«Aber mein Gott, Eveline, Sie wissen so viel, und Sie sind so viel herumgekommen. Es ist riesig nett von Ihnen, dass Sie mich überhaupt mitkommen lassen, ehrlich, das vergesse ich Ihnen mein Leben lang nicht.»

«Wenn Sie doch bloß damit aufhören würden ... Ich kann es nicht leiden, wenn Menschen sich kleinmachen», brach es zornig aus Eveline heraus.

Sie aßen stumm weiter. Es gab mit Käse überbackenen Spargel.

Paul trank mehrere Schlucke Wein und sah sie mit dem gekränkten, dümmlichen Blick an, den sie nicht ausstehen konnte. «Mir ist heute Abend nach Party zumute», sagte sie etwas später. «Ich habe mich den ganzen Tag so elend gefühlt, Paul … irgendwann erzähle ich Ihnen das mal genauer … bestimmt kennen Sie das Gefühl, wenn einem alles, was man will, zwischen den Fingern zerbröckelt, sowie man es anfasst.»

«Na schön, Eveline», sagte Paul und schlug mit der Faust auf den Tisch, «Schluss mit dem Trübsalblasen, machen wir uns einen schönen Abend.»

Als sie Kaffee tranken, begann die Kapelle, Polka zu spielen, und die Leute tanzten zwischen den Tischen, angefeuert von den lauten «Ah, Polkaah, aaah»-Rufen des Geigers. Es war ein schöner Anblick, wie die schon etwas älteren Gäste unter den strahlenden Blicken des korpulenten italienischen Oberkellners herumwirbelten, der offenbar das Gefühl hatte, dass la gaîté /330/ nun endlich wieder nach Paris kam. Paul und Eveline ließen sich mitreißen und versuchten ebenfalls zu tanzen. Paul war sehr unbeholfen, aber irgendwie fühlte sie sich in seinen Armen besser und vergaß die entsetzliche Einsamkeit, die sie empfand.

Als die Polka in etwas Ruhigeres überging, zahlte Paul die gesalzene Rechnung, und sie gingen Arm in Arm hinaus, aneinandergeschmiegt wie alle Liebespaare in Paris, um im Maiabend, der nach Wein, frischen Brötchen und wilden Erdbeeren roch, über die Boulevards zu schlendern. Sie fühlten sich unbeschwert. Eveline lächelte immerzu. «Kommen Sie, wir machen uns einen schönen Abend», flüsterte Paul ab und zu, wie um sich Mut zu machen.

«Ich habe gerade gedacht, was meine Freunde wohl denken würden, wenn sie mich Arm in Arm mit einem betrunkenen Soldaten den Boulevard entlanggehen sähen», sagte Eveline.

«Nein, ehrlich, ich bin nicht betrunken», sagte Paul. «Ich vertrage viel mehr, als Sie denken. Und wenn es mit dem Friedensvertrag was wird, bin ich auch nicht mehr lange bei der Army.»

«Ach, das ist mir egal», sagte Eveline. «Mir ist egal, was passiert.»

Aus einem anderen Café drang Musik herüber, und sie sahen die Schatten der Tanzenden über die Fenster im ersten Stock gleiten. «Da wollen wir hin», sagte Eveline. Sie gingen hinein und die Treppe hinauf in den Tanzsaal, einen langen, verspiegelten Raum. Eveline sagte, sie habe Lust auf Rheinwein. Sie studierten die Karte ausführlich, und Eveline schlug schließlich mit einem komischen Seitenblick auf Paul Liebfrauenmilch vor. Paul wurde rot. «Ich wollte, ich hätte auch eine liebe Frau», sagte er.

«Na, wahrscheinlich haben Sie die ja ... eine in jedem Hafen», sagte Eveline. Er schüttelte den Kopf.

Als sie das nächste Mal tanzten, drückte er sie eng an sich. Er wirkte nicht mehr so unbeholfen wie zuvor. «Ich fühle mich in letzter Zeit ziemlich einsam», sagte Eveline, als sie sich wieder setzten.

«Sie einsam ... wo Ihnen die gesamte Friedenskonferenz nachläuft, und das AEF noch dazu ... Don hat mir gesagt, Sie seien gefährlich.»

Sie zuckte die Schultern. «Wann hat Don das denn herausgefunden? Vielleicht könnten Sie auch gefährlich werden, Paul.»

Beim nächsten Tanz legte sie die Wange an seine Wange. Als die Musik verstummte, sah es so aus, als wollte er sie küssen, aber er tat es nicht. «Das ist der schönste Abend, den ich je erlebt habe», sagte er. «Wenn ich doch bloß die Sorte Mann wäre, mit der Sie eigentlich gern ausgehen würden.»

«Das können Sie ja vielleicht werden, Paul ... Sie lernen offenbar schnell ... Nein, aber wir verhalten uns albern ... Ich hasse dieses Kokettieren und Herumflirten ... Wahrscheinlich wünsche ich mir Unmögliches ... vielleicht möchte ich heiraten und ein Kind bekommen.» Paul wurde verlegen. Stumm saßen sie da und betrachteten die Tanzenden. Eveline sah einen jungen französischen Soldaten, der sich vorbeugte und seine kleine Partnerin küsste; einander küssend, tanzten sie weiter. Eveline wünschte, sie wäre die Frau. «Trinken wir noch etwas Wein», sagte sie zu Paul.

«Meinen Sie wirklich? Na schön, was soll's, wir machen uns einen schönen Abend.»

Als sie in das Taxi stiegen, war Paul ziemlich betrunken, lachte und drückte sie an sich. Sobald sie in der Dunkelheit des Wagenfonds saßen, begannen sie sich zu küssen. Eveline hielt Paul einen Moment lang von sich weg. «Gehen wir zu dir anstatt zu mir», sagte sie. «Ich habe Angst vor meiner Concierge.»

«Na gut ... aber mein Zimmer ist furchtbar klein», sagte Paul kichernd. «Ist aber auch ganz egal, Sorgen machen bloß Falten.»

Nachdem sie den bösen, taxierenden Blicken des alten Mannes entronnen waren, der in Pauls Hotel die Zimmerschlüssel verwahrte, wankten sie eine lange, kalte Wendeltreppe hinauf und in ein kleines Zimmer, das auf einen Hof ging.

«Das Leben ist großartig, nur schlappmachen darf man nicht», sagte Paul und schwenkte die Arme, nachdem er die Tür verschlossen und verriegelt hatte. Es hatte wieder zu regnen begonnen, und der Regen rauschte wie ein Wasserfall auf das Glasdach unten im Hof. Paul pfefferte seine Mütze und seinen Waffenrock in eine Ecke und kam mit leuchtenden Augen auf sie zu.

Kaum waren sie im Bett, da schlief er mit dem Kopf an ihrer Schulter ein. Sie schlüpfte aus dem Bett, um das Licht auszuschalten und das Fenster aufzumachen, und schmiegte sich dann zitternd an seinen Körper, der warm und entspannt war wie der eines Kindes. Draußen pladderte der Regen auf das Glasdach. Irgendwo im Gebäude war ein junger Hund eingesperrt, der unaufhörlich verzweifelt jaulte und kläffte. Eveline konnte nicht schlafen. Es war, als wäre auch in ihr etwas eingesperrt und winselte wie der junge Hund. Durchs Fenster sah sie vor einem verblassenden, purpurdunklen Himmel einen Dachgiebel und Schornsteinhauben. Schließlich schlief sie ein.

Den nächsten Tag verbrachten sie miteinander. Eveline hatte wie üblich beim Roten Kreuz angerufen und sich krankgemeldet, und Paul hatte die Sorbonne völlig vergessen. Den ganzen Vormittag saßen sie in einem Café in der Madeleine im matten Sonnenschein und schmiedeten Pläne. Sie würden sich so bald wie möglich nach Hause schicken lassen, sich in New York Arbeit suchen und heiraten. Paul wollte in seiner Freizeit Ingenieurwissenschaften studieren. In Jersey City betrieben Freunde seines Vaters eine Firma für Getreide- und Futtermittelhandel, bei der er eine Stelle bekommen könnte. Eveline könnte ihr Dekorationsgeschäft wieder ankurbeln. Paul war glücklich und voller Zuversicht und hatte seine zaghafte Art vollkommen abgelegt. Eveline sagte sich immerzu, dass etwas in Paul steckte, dass sie in Paul verliebt war, dass sich aus Paul etwas machen ließ.

Für den Rest des Monats Mai waren sie beide ständig ein bisschen leichtsinnig. Sie gaben ihr ganzes Geld schon in den ersten Tagen aus, sodass sie in kleinen, mit Studenten, Arbeitern und armen Angestellten überfüllten Table-d'hôte-Restaurants essen mussten, wo sie Gutscheinhefte kauften, die ihnen Mahlzeiten für zwei oder zweieinhalb Francs sicherten. Eines Sonntags im Juni fuhren sie nach Saint-Germain und gingen im Wald spazieren. Eveline wurde öfter übel, und sie hatte Schwächeanfälle, die sie mehrmals zwangen, sich ins Gras zu legen. Paul sah furchtbar besorgt aus. Endlich kamen sie zu einer kleinen Siedlung am Ufer der Seine. Von der Nachmittagssonne grün und lila durchstrahlt, floss die Seine rasch dahin, knapp unterhalb niedriger, von Reihen riesiger Pappeln gesäumter Ufer. Sie setzten in einem kleinen Fährboot über, gerudert von einem alten Mann, den Eveline Chronos nannte. Auf halber Strecke sagte sie zu Paul: «Weißt du, was mit mir los ist, Paul? Ich bekomme ein Kind.»

Paul stieß einen leisen Pfiff aus. «Also, das hatte ich nun wirklich nicht vorgesehen ... ich schätze, es war ziemlich mies von mir, dass ich dir nicht schon davor einen Heiratsantrag gemacht habe ... wir heiraten sofort. Ich erkundige mich, was man tun muss, um in der AEF eine Heiratserlaubnis zu kriegen. Es ist schon gut, Eveline ... aber, Mannomann, das wirft alle meine Pläne über den Haufen.»

Sie hatten das andere Ufer erreicht und gingen durch Conflans zum Bahnhof, um mit dem Zug nach Paris zurückzufahren. Paul machte ein sorgenvolles Gesicht. «Meinst du, meine Pläne wirft es nicht über den Haufen?», sagte Eveline. «Wie eine Fahrt über die Niagarafälle in einem Holzfass, so kommt mir das vor.»

«Eveline», sagte Paul ernst und mit Tränen in den Augen, «wie kann ich das nur wiedergutmachen? ... Ehrlich, ich tue alles.» Pfeifend rumpelte der Zug den Bahnsteig vor ihnen entlang. Sie waren so in ihre Gedanken vertieft, dass sie ihn kaum bemerkten. Nachdem sie in ein Dritter-Klasse-Abteil eingestiegen waren, saßen sie einander kerzengerade, mit sich berührenden Knien, gegenüber und schauten stumm zum Fenster hinaus, ohne die Vororte von Paris wahrzunehmen. Schließlich sagte Eveline mit einem Kloß in der Kehle: «Ich will das kleine Balg haben, Paul, man muss alles mal erlebt haben.» Paul nickte. Dann konnte sie sein Gesicht nicht mehr sehen. Der Zug war in einen Tunnel eingefahren.

Wochenschau XXXIV

WELTWEITER MANGEL AN PLATIN

Il serait Criminel de Négliger Les Intérêts Français dans les Balkans /331/

SELBSTMORD IN GEFÄNGNISZELLE

dass United Cigar Stores diesen Monat bei $ 167 pro Anteil notiert, bedeutet $ 501 pro Anteil für die alten Aktien, auf welche die derzeitigen Aktieninhaber 27 Prozent Dividende pro Anteil ihres früheren Portfolios erhalten. Das Papier hat sich in Krieg und Frieden gut gehalten und steigende Dividenden erzielt

6 MENSCHEN IN OBERER ETAGE EINGESCHLOSSEN

Was wolln sie denn noch auf dem Bauernhof
Sie kennen ja nun Pariiieh

Wenn die Wall Street den Vertrag bräuchte, d. h., wenn die Geschäftswelt genau wissen wollte, in welchem Maße wir uns in Angelegenheiten verwickeln lassen, die uns nichts angehen, warum sollte sie sich dann die Mühe machen, das Gesindel zu bestechen, das Mr. Wilsons Gefolgschaft in Paris bildet?

ALLIIERTE FORDERN MAGYARISCHES VOLK AUF BELA KUNS REGIME ZU STÜRZEN

BLAUBART-RÄTSEL: 11 FRAUEN VERMISST

Enfin la France achète les stocks Américains /332/

Wie kriegst du sie wieder vom Broadway weg
Auf die Pauke haun
Bis zum Morgengraun

am Nachmittag boten die Boulevards ein ungewohntes Bild. Die Caféterrassen waren größtenteils menschenleer, Tische und Stühle hatte man weggeräumt. In manchen Cafés wurden die Gäste einzeln eingelassen und von arbeitswilligen Kellnern bedient, die jedoch ihre Schürze abgelegt hatten

NAVY-SEKRETÄRIN SCHREIT BEI SELBSTMORDVERSUCH IN WOHNUNG AM DRIVE NACH EX-VEREHRER

WÜNSCHE DER HEDSCHAS STOSSEN IN PARIS AUF KRITIK

um nicht vorzeitig Farbe zu bekennen, wird so getan, als würden einige Verbände aufgelöst; in Wirklichkeit jedoch werden diese Truppen mit allem Drum und Dran zu Koltschak /333/ verlegt

IWW IN MORDKOMPLOTT GEGEN WILSON VERWICKELT

10 000 Säcke verdorbene Zwiebeln gefunden

REICHER BÜRGER BEI TREPPENSTURZ UMS LEBEN GEKOMMEN

das neblige Wetter entzog das Kanonenboot schon bald nach dem Ablegen den Blicken, doch der Präsident winkte noch lange lächelnd mit dem Hut, während das Boot der *George Washington* entgegendampfte

STURZ DER SOWJETHERRSCHAFT GEWISS

Das Haus Morgan

Ich befehle meine Seele in die Hände meines Erlösers, schrieb John Pierpoint Morgan in seinem Testament, *im vollen Vertrauen darauf, dass Er sie, erlöst und in Seinem kostbarsten Blute reingewaschen, ohne Fehl und Tadel vor meinen himmlischen Vater bringen wird, und ich ersuche*

meine Kinder, unter allen Umständen und um jeden Preis, auch unter persönlichen Opfern, die heilige Lehre von der völligen Sündenvergebung durch das dereinst dargebrachte Blut Jesu Christi, und durch es allein, zu verfechten und zu verteidigen,
und in die Hände des Hauses Morgan, vertreten durch seinen Sohn,
befahl er,
als er 1913 in Rom starb,
die Kontrolle über die Geschäftsinteressen des Hauses Morgan in New York, Paris und London, über vier Nationalbanken, drei Treuhandgesellschaften, drei Lebensversicherungsgesellschaften, zehn Eisenbahnnetze, drei Straßenbahngesellschaften, ein Speditionsunternehmen, die Internationale Handelsmarine,
sowie,
nach dem Gelenkträger-Prinzip, durch personelle Verflechtungen von Aufsichtsräten,
Macht
über achtzehn weitere Eisenbahngesellschaften, U. S. Steel, General Electric, AT&T, fünf bedeutende Industrien;
die miteinander verflochtenen Kabel des Morgan-Stillman-Baker-Konzerns trugen den Kredit wie eine Hängebrücke, dreizehn Prozent des weltweiten Bankkapitals.

Der erste Morgan, der ein Kartell bildete, war Joseph Morgan, ein Hotelbesitzer in Hartford, Connecticut, der Postkutschenverbindungen organisierte und in Zeiten der Panik aufgrund eines der großen New Yorker Brände in den dreißiger Jahren des 19. Jahrhunderts die Aktien der Aetna Life Insurance aufkaufte;
sein Sohn Junius trat in seine Fußstapfen, zuerst im Trockengut-Geschäft, dann als Kompagnon von George Peabody, einem Bankier aus Massachusetts, der in London ein

riesiges Konsortial- und Handelsunternehmen aufgebaut hatte und mit Königin Victoria befreundet war;
Junius heiratete die Tochter von John Pierpoint, einem Bostoner Prediger, Dichter, Exzentriker und Sklavereigegner;
und ihr ältester Sohn,
John Pierpoint Morgan,
kam nach New York, um sein Glück zu machen, nachdem er in England erzogen worden war, in Vevey die Schule besucht und sich an der Universität Göttingen als hervorragender Mathematiker erwiesen hatte,
ein schlaksiger, griesgrämiger junger Mann von einundzwanzig Jahren,
gerade rechtzeitig zur Panik von '57.
(Krieg und Panik an der Börse, Pleiten, Kriegsanleihen: günstige Witterungsbedingungen für das Haus Morgan.)

Als bei Fort Sumter die Kanonen zu erdröhnen begannen, /334/ machte der junge Morgan einigen Umsatz mit dem Wiederverkauf ausrangierter Musketen an die US-Army und begann an der Goldhandelsbörse in New York von sich reden zu machen; mit dem Handel von Gold ließ sich mehr verdienen als mit dem Handel von Musketen; so viel zum Bürgerkrieg.
Während des Deutsch-Französischen Krieges gab Junius Morgan eine riesige Anleihe für die französische Regierung in Tours aus.
Zur selben Zeit kämpfte der junge Morgan mit Jay Cooke /335/ und den deutsch-jüdischen Bankiers in Frankfurt um die Finanzierung der amerikanischen Kriegsschulden (Deutsche und Juden konnte er nicht leiden).
Die Panik von '75 ruinierte Jay Cooke und machte J. Pierpoint Morgan zum Chefcroupier der Wall Street; er tat sich mit den Drexels aus Philadelphia zusammen und baute das Drexel Building, wo er dreißig Jahre lang mit rotem Ge-

sicht überheblich in seinem verglasten Büro saß, an seinem Schreibtisch schrieb, dicke schwarze Zigarren rauchte oder, wenn es um wichtige Fragen ging, in seinem internen Büro Patiencen legte; er war berühmt für seine Wortkargheit, Ja oder Nein, für seine Angewohnheit, Besuchern unversehens ins Gesicht zu springen, und für jene besondere Armbewegung, die *Was schaut dabei für mich heraus?* bedeutete.

'77 trat Junius Morgan in den Ruhestand; J. Pierpoint Morgan ließ sich in den Vorstand der New York Central Railroad berufen, und seine erste *Corsair* lief vom Stapel. Er liebte das Yachtsegeln und ließ sich gern von hübschen Schauspielerinnen Kommodore nennen.

Er gründete die Entbindungsanstalt am Stuyvesant Square und ging gern in die St. George's Church, um dort ganz allein in der Nachmittagsstille ein Kirchenlied zu singen.

Während der Panik von '93

rettete Morgan mit einem nicht unbeträchtlichen Gewinn für ihn selbst

den Staatssäckel der USA; Gold wurde knapp, das Land war ruiniert, die Farmer schrien nach einer Silberwährung, Grover Cleveland /336/ und sein Kabinett tigerten im blauen Zimmer des Weißen Hauses auf und ab, ohne zu einer Entscheidung zu kommen, im Kongress wurden Reden geschwungen, während die Goldreserven in den Unterschatzämtern dahinschmolzen; arme Menschen hungerten; Coxeys Armee /337/ marschierte auf Washington; lange Zeit brachte Grover Cleveland es nicht über sich, den Vertreter der Geldherren der Wall Street hinzuzuziehen; Morgan saß in seiner Suite im Arlington, rauchte Zigarren und legte in aller Ruhe Patiencen, bis der Präsident ihn endlich kommen ließ;

sein Plan, wie der Goldabfluss zu stoppen sei, war fix und fertig.

Danach galt, was Morgan sagte; als Carnegie verkaufte, baute er den Steel Trust auf.
J. Pierpoint Morgan war ein stiernackiger, jähzorniger Mann mit kleinen, schwarzen Elsteraugen und einem Gewächs auf der Nase; seine Kompagnons durften sich in der alltäglichen Tretmühle des Bankgeschäfts zu Tode schuften, während er in seinem Büro saß und schwarze Zigarren rauchte; wenn es etwas zu entscheiden gab, sagte er Ja oder Nein oder drehte sich einfach um und legte weiter Patiencen.

Jedes Jahr zu Weihnachten las ihm sein Bibliothekar *Eine Weihnachtsgeschichte* von Dickens aus dem Originalmanuskript vor.
Er mochte Kanarienvögel und Pekinesen und ging gern mit hübschen Schauspielerinnen segeln. Jede *Corsair* war schöner als die vorangegangene.
Als er mit König Edward speiste, saß er zur Rechten Seiner Majestät; mit dem Kaiser aß er tête-à-tête; er unterhielt sich gern mit Kardinälen oder mit dem Papst und versäumte keine Konferenz der episkopalischen Bischöfe;
Rom war seine Lieblingsstadt.

Er mochte erlesene Küche, alte Weine, hübsche Frauen und das Yachtsegeln, und er betrachtete gern seine Sammlungen und nahm ab und zu eine edelsteinbesetzte Schnupftabakdose in die Hand und starrte sie mit seinen Elsteraugen an.
Er sammelte die Autographen der Herrscher Frankreichs, besaß Vitrinen voller babylonischer Tontafeln, Siegel, Petschafte, Statuetten, Büsten,
gallisch-römische Bronzen,
merowingische Edelsteine, Miniaturen, Uhren, Tapisserien, Porzellan, Keilschriften, Gemälde sämtlicher alter Meister, der holländischen, italienischen, flämischen und spanischen,

Manuskripte der Evangelien und der Apokalypse,
eine Sammlung der Werke von Jean-Jacques Rousseau
und die Briefe von Plinius dem Jüngeren.
Seine Sammler kauften alles, was teuer oder selten war oder den Glanz des Imperialen trug, und er ließ es sich bringen und starrte es mit seinen Elsteraugen eingehend an. Dann kam es in eine Vitrine.
In seinem letzten Lebensjahr fuhr er auf einer Dahabije den Nil hinauf und starrte lange auf die großen Säulen des Tempels von Karnak.
Die Panik von 1907 und der Tod von Harriman, /338/ seinem großen Widersacher bei der Eisenbahnfinanzierung, hatten ihn zum unumstrittenen Herrscher der Wall Street und zum mächtigsten Privatbürger der Welt gemacht;
als alter Mann, des Purpurs müde und von Gicht geplagt, hatte er sich herabgelassen, nach Washington zu gehen, um die Fragen des Pujo-Ausschusses /339/ anlässlich der Money-Trust-Untersuchung zu beantworten: Ja, ich habe so gehandelt, wie es mir im Interesse des Landes am besten erschien.
So bewunderungswürdig war sein Imperium gefügt, dass sein Tod im Jahre 1913 an den Börsen der Welt nicht das leiseste Beben auslöste; der Purpur ging an seinen Sohn J. P. Morgan über,
der in Groton und Harvard und durch den Umgang mit der britischen herrschenden Klasse
zu einem eher konstitutionellen Monarchen erzogen worden war: *J. P. Morgan schlägt vor …*

Bis 1917 hatten sich die Alliierten über das Haus Morgan eine Milliarde und neunhundert Millionen Dollar geliehen:
wir gingen für die Demokratie und für die Flagge nach Übersee;
und am Ende der Friedenskonferenz gebot der Satz *J. P.*

Morgan schlägt vor über eine Macht von vierundsiebzig Milliarden Dollar.
J. P. Morgan ist ein stiller Mann, der sich nicht gern öffentlich äußert, aber während des großen Stahlstreiks schrieb er Gary: /340/ *Herzlichen Glückwunsch zu Ihrem Eintreten gegen die Gewerkschaftspflicht, mit dem ich, wie Sie wissen, absolut übereinstimme. Meiner Überzeugung nach geht es hier im Kern um amerikanische Freiheitsprinzipien, die sich gewiss durchsetzen werden, wenn wir nur fest bleiben.*
(Krieg und Panik an der Börse,
Maschinengewehrfeuer und Brandstiftung,
Pleiten, Kriegsanleihen,
Hunger, Läuse, Cholera und Typhus:
gute Witterungsbedingungen für das Haus Morgan.)

Wochenschau XXXV

der gestern zum zweiundfünfzigsten Mal ausgetragene Grand Prix de la Victoire war ein Ereignis, das den Anwesenden lange im Gedächtnis bleiben wird, denn noch nie in der Geschichte dieses klassischen Rennens hat Longchamps einen so prächtigen Anblick geboten

Halt die Flamme in der Heimat am Leben
Bis die Jungs zu Hause sind

LEVIATHAN KANN NICHT AUSLAUFEN

BOLSCHEWIKEN SCHAFFEN BRIEFMARKEN AB

KÜNSTLER IN NEW HAVEN DREHT GASHAHN AUF

EIN-DOLLAR-NOTE MIT BLUT BEFLECKT

Unsere Herzen zu ihnen sich heben

POTTASCHE URSACHE FÜR VERHANDLUNGSUNTERBRECHUNG

BÜRGERMEISTER STIRBT AN VERGIFTUNG VERSEHENTLICH SCHABENPULVER EINGENOMMEN

Unruhen und Raub entwickelten sich zum schrecklichsten Pogrom, von dem man je gehört hat. Binnen zwei bis drei Tagen verwandelte sich das Lemberger Ghetto in einen qualmenden Trümmerhaufen. Nach Schätzungen von Augenzeugen haben die polnischen Soldaten über tausend jüdische Männer, Frauen und Kinder umgebracht

TROTZKI ERSCHIESST LENIN BEI STREIT UNTER BETRUNKENEN

Sie wissen, was ich von Bier halte, sagte Brisbane hilfesuchend

Sind die Jungs noch so fern
Sie sehnen sich heim
Eines Silberstreifs Licht
Durch die Wolken bricht

PRÄSIDENT SPRICHT VON MAHNRUF DER TOTEN

BRIEF LIEFERT HINWEIS AUF BOMBENATTENTAT

In den bisherigen drei Folgen seines Interviews schilderte Emile Deen die Lage zwischen der Royal Dutch und der

Standard Oil Company, die der Beginn eines vom Krieg nur vorübergehend unterbrochenen Kampfes um die Kontrolle der Weltmärkte sei. «Die grundlegenden Faktoren», sagte er, «sind Neid, Unzufriedenheit und Argwohn.» Das außergewöhnliche industrielle Wachstum unseres Landes seit dem Bürgerkrieg, die Erschließung neuer Territorien, die Entwicklung von Ressourcen, das rasche Bevölkerungswachstum, das alles habe zur plötzlichen Entstehung vieler großer Vermögen geführt. Gibt es eine Mutter, einen Vater, eine Braut, einen Verwandten oder Freund eines der zwei Millionen in der Fremde kämpfenden Jungs, der Gott nicht dafür danken würde, dass die Wall Street dem Roten Kreuz H. P. Davison /341/ geschenkt hat?

AKTIENDIEB ERMORDET

Kehrt die Sonnenseite heraus
Bis die Jungs zu Hause sind

Das Auge der Kamera 39

Tageslicht dehnt sich aus rötlicher Stille schwindet ganz leise pochend in meine süße Dunkelheit weitet sich rot durch das warme Blut das warmsüßlich die Lider beschwert und erstrahlt jäh

gewaltig blau gelb rosa

heute ist Paris · rosiges Sonnenlicht dunstig auf den Wolken vor Flecken von Eierschalenblau · schrill tutet eine winzige Sirene träge rumpelt Verkehr rattert übers Pflaster Taxis quäken · das Gelb ist die Steppdecke durchs offene Fenster betont der Louvre seine gediegene Architektur aus rosig-grauem Stein zwischen Seine und Himmel und die Gewissheit von Paris

glänzend grün und rot tuckert der Schlepper gegen die Strömung an im Schlepp drei schwarze und mahagonilackierte Kähne · ihre Deckhausfenster haben grüne Läden Spitzengardinen und Töpfe mit blühenden Geranien · damit sie unter der Brücke durchkommen musste ein fetter Mann in Blau den kleinen schwarzen Schornstein flach aufs Deck legen

Paris kommt in den Augen des Dienstmädchens ins Zimmer die warme Wölbung ihrer Brüste unter dem grauen Kittel · der Geruch von Zichorie im Kaffee gekochte Milch und der knusprige Glanz auf den Hörnchen kleine Flöckchen sehr süßer ungesalzener Butter

im gelben Pappeinband des Buches das die liebenswürdige Miene meines Freundes nur halb verbirgt

Paris von 1919

paris-mutuel

Roulette-Rad das sich um den Eiffelturm dreht rotes Feld weißes Feld eine Million Dollar eine Milliarde Mark eine Trillion Rubel baisse du franc oder ein Mandat für Montmartre

Cirque Médrano das feierliche Auf und Ab stimmender Celli auf dem Podium in der Salle Gaveau Oboen und eine Triangel · la musique s'en fout de moi /342/ sagt die alte Marquise und lässt ihre Diamanten klingeln während sie vor Strawinsky davonläuft · aber das rote Pferdchen ist in die falsche Richtung gesprungen und wir haben unser ganzes Geld verloren

la peinture gegenüber der Madeleine · Cézanne Picasso Modigliani

Nouvelle Athènes

An den Kiosken stets in frischer Farbe la poésie von Manifesten und mit Kreide auf die Urinale gekritzelte Slogans L'UNION DES TRAVAILLEURS FERA LA PAIX DU MONDE

Revolution um den sich drehenden Eiffelturm

die unsere Diagramme vom vergangenen Jahr verbrennt die Daten fliegen vom Kalender wir machen alles neu heute ist Jahr 1 · Heute ist der sonnige Morgen des ersten Frühlingstages · Wir stürzen unseren Kaffee hinunter machen Katzenwäsche fahren in unsere Kleider rennen die Treppe hinunter treten hellwach in den ersten Morgen des ersten Tages des ersten Jahrs

Wochenschau XXXVI

DEM IMMERWÄHRENDEN RUHME FRANKREICHS

Ein deutscher Offizier fuhr über den Rhein
Parlehwuh

Deutsche bei Riga geschlagen Dankbare Pariser bejubeln Marschälle von Frankreich

Ein deutscher Offizier fuhr über den Rhein
Er mochte die Frauen und liebte den Wein
Hopplahopp und parlehwuh

HERZZEREISSENDE KLAGE DER EHEFRAU OFFENBART MACHENSCHAFTEN VON RIVALIN

Wilsons Ankunft in Washington sorgt für Unruhe. Flammende Reden bei Pariser Streikversammlung im Freien. Auf den Straßen von Fiume Café demoliert und Bomben geworfen. Pariser müssen für Fleisch tiefer in die Tasche greifen. Il Serait Dangereux d'Augmenter les Vivres. /343/ Bethmann Hollwegs /344/ Blut gerät in Wallung. Mysteriöse Kräfte hemmen Vormarsch der Antibolschewisten.

HUNNEN AN VERSCHWÖRUNGEN BETEILIGT

Oh Mademoiselle aus Armentières
Parlehwuh
Oh Mademoiselle ist schwer geknickt
Parlehwuh
Hat seit vierzig Jahren nicht ----
Hopplahopp und parlehwuh

letzter Tag in La Baule von Unfällen gekennzeichnet; gewerkschaftlich organisierte Lohnempfänger ergreifen Gelegenheit, Arbeitgebern zu drohen, die auf Veränderungen nicht vorbereitet sind. LEGT KRANZ AM GRAB VON LAFAYETTE NIEDER. Reichste Negerin gestorben. Yale-Wohnheime von wütenden Soldaten gestürmt. Goldmine in Schwierigkeiten.

BERLIN BEKOMMT DAUMENSCHRAUBEN ANGELEGT

Und dann nahm er mit aller Kraft
Ihr oben im Bett die Jungfernschaft
Hopplahopp und parlehwuh

KEIN PREISSTURZ INFOLGE VON FRIEDEN ERKLÄRT GESCHÄFTSWELT

SELBSTMORD AN BÜROSCHREIBTISCH

MODERNER BLAUBART HEUTE OPFER VON SCHWERMUT

Es handelt sich um keinen anderen als General Minus aus dem früheren zaristisch-russischen Generalstab, unter der Regierung Kerenski Truppenkommandeur in der Region Minsk. Pariser Polizisten drohen, sich der Streikbewegung anzuschließen, sodass Fässer mit der geheimnisvollen Aufschrift Mistelles nach Frankreich gelangen können. Angeblich hat ein einziger Spekulant binnen einer Woche einen Nettogewinn von fünf Millionen Francs erzielt.

Erst sah's so aus, als hätte er Glück
Doch im vierten Monat, da wurde sie dick
Hopplahopp und parlehwuh

die großen finanziellen Ressourcen, verbesserten Geräte und reichlich vorhandenen Rohstoffe Amerikas müssten dem französischen Genie bei der Wiederherstellung und Steigerung von Frankreichs industrieller Macht helfen, und mit vereinten Kräften die bezaubernde Landschaft, die wunderbaren Straßen, die ausgezeichneten Hotels und die gute Küche machen die Handelsmesse von Lyon zu einem der vom 45. Breitengrad geschnitten. Mit großen Bodenschätzen gesegnet, blickt es einer unabsehbar glänzenden Zukunft entgegen. Jeder, der den Versuch macht, die Kontrolle über die kommunalen Befugnisse zu übernehmen, wird auf der Stelle erschossen, bemerkte Bürgermeister Ole Hanson. Er selbst ist von eher kleinem Wuchs, aber er hat große Ideen, einen großen Verstand und große Hoffnungen. Bei der ersten Begegnung mit ihm fällt einem seine Ähnlichkeit mit Mark Twain auf.

Richard Ellsworth Savage

Als Dick und Ned am Morgen das Feuerschiff bei Fire Island sichteten, war ihnen ziemlich wackelig zumute. Die Aussicht, ohne Geld in der Tasche in Gottes eigenem Land anzukommen und sich der Einberufungsbehörde stellen zu müssen, stimmte Dick nicht gerade froh, und er machte sich Sorgen, wie seine Mutter wohl zurechtkommen würde. Ned beklagte sich nur über das für die Dauer des Krieges geltende Alkoholverbot. Von dem vielen Cognac, den sie während der Überfahrt getrunken hatten, waren sie beide ein bisschen hibbelig. Sie befanden sich bereits in den schiefergrünen, flachen Gewässern vor Long Island; jetzt war es nicht mehr zu ändern. Der dichte Nebel im Westen, dann die niedrigen, schachtelartigen Häuser, die so aussahen, als wären sie abgesoffen, dann der weiße Streifen Strand der Rockaways; die Holzachterbahnen von Coney Island; die üppig grünen Sommerbäume und die grauen Holzhäuser mit ihren weißen Faschen auf Staten Island; alles sah auf herzzerreißende Weise nach Zuhause aus. Als das Boot der Einwanderungsbehörde längsseits kam, sah Dick zu seinem Erstaunen Hiram Halsey Cooper in Khakiuniform und Ledergamaschen die Leiter heraufsteigen. Dick zündete sich eine Zigarette an und versuchte, einen nüchternen Eindruck zu machen.

«Welch eine Erleichterung, Sie wiederzusehen, mein Junge ... Ihre Mutter und ich sind ... äh ...» Dick unterbrach ihn, um ihm Ned vorzustellen. Mr. Cooper, der Majorsuniform trug, nahm ihn am Ärmel und zog ihn ein Stück zur Seite. «Ziehen Sie lieber Ihre Uniform an, wenn Sie an Land gehen.»

«In Ordnung, Sir, ich dachte nur, sie sieht ziemlich schäbig aus.»

«Umso besser ... Tja, da drüben geht es wohl ziemlich schlimm zu ... und keine Möglichkeit, sich von der Muse küssen zu lassen, wie? ... Heute Abend kommen Sie mit mir nach Washington. Wir haben uns Ihretwegen große Sorgen gemacht, aber das ist ja nun vorbei ... hat mir erst klargemacht, was für ein einsamer alter Mann ich bin. Hören Sie, mein Junge, Ihre Mutter ist doch die Tochter von Major General Ellsworth, nicht wahr?» Dick nickte. «Natürlich, das muss ja so sein, meine liebe Frau war nämlich seine Nichte ... Tja, beeilen Sie sich, ziehen Sie Ihre Uniform an, und nicht vergessen ... überlassen Sie das Reden mir.»

Während er sich die alte Norton-Harjes-Uniform /345/ anzog, dachte Dick, wie plötzlich Mr. Cooper gealtert war und wie er es anstellen sollte, ihn um fünfzehn Dollar anzupumpen, damit er seine in der Bar aufgelaufene Zeche bezahlen konnte.

In der Sommerabendsonne machte New York einen merkwürdig verlassenen, menschenleeren Eindruck; tja, hier war er zu Hause. In der Pennsylvania Station waren an allen Ausgängen Polizisten und Zivile postiert, die von sämtlichen jungen Männern, die nicht in Uniform waren, die Registrierungskarte verlangten. Während er und Mr. Cooper zum abfahrbereiten Zug rannten, erblickte er in einer Ecke, von einem Kordon schwitzender Polizisten zusammengepfercht, eine Gruppe niedergeschlagen wirkender Männer. Als sie ihre Plätze im Salonwagen des Congressional einnahmen, wischte sich Mr. Cooper mit einem Taschentuch das Gesicht. «Jetzt verstehen Sie sicher, warum ich gesagt habe, Sie sollen Ihre Uniform anziehen. Na, es war wohl ziemlich schlimm, wie?»

«Zum Teil schon», sagte Dick gleichgültig. «Aber ich komme trotzdem nicht gerne zurück.»

«Das weiß ich doch, mein Junge ... Sie haben nicht damit gerechnet, Ihren alten Mentor in der Uniform eines Majors anzutreffen ... tja, wir müssen alle mit anpacken. Ich bin bei der Beschaffungsabteilung des Zeugamts. Und der Chef unseres Personalbüros ist General Sykes; wie sich herausstellte, hat er gemeinsam mit Ihrem Großvater gedient. Ich habe ihm von Ihnen erzählt, von Ihrer Erfahrung an zwei Fronten und von Ihren Sprachkenntnissen und ... nun ja ... er ist natürlich sehr interessiert … ich glaube, wir können Ihnen umgehend ein Offizierspatent verschaffen.»

«Mr. Cooper, das ist …», stammelte Dick, «das ist außerordentlich anständig … verdammt nett von Ihnen, dass Sie sich so für mich einsetzen.»

«Mein Junge, wie sehr Sie mir gefehlt haben … unsere Gespräche über die Muse und über die Alten … wurde mir erst klar, als Sie fort waren.» Mr. Coopers Stimme ging im Rattern des Zuges unter.

Tja, nun bin ich zu Hause, sagte irgendetwas in Dicks Kopf unaufhörlich.

Als der Zug in der West Philadelphia Station hielt, war das einzige Geräusch das leise Surren der elektrischen Ventilatoren. Mr. Cooper beugte sich vor und klopfte Dick aufs Knie. «Nur eins müssen Sie mir versprechen … kein Friedensgerede mehr, bis wir den Krieg gewonnen haben. Wenn der Frieden erst mal da ist, darf er auch in unseren Gedichten vorkommen … dann dürfen wir uns alle für einen dauerhaften Frieden einsetzen … Und was diesen kleinen Vorfall in Italien angeht … das ist völlig belanglos … vergessen Sie das … kein Mensch hat je davon gehört.»

Dick nickte; er merkte, dass er rot wurde, und das ärgerte ihn. Dann sagte keiner von beiden mehr etwas, bis der Kellner durch den Waggon ging und rief: «Im Speisewagen vorn wird jetzt das Mittagessen serviert.»

In Washington (jetzt bist du zu Hause, sagte irgendetwas in Dicks Kopf unaufhörlich) hatte Mr. Cooper ein Zimmer im Willard, wo er Dick auf dem Sofa unterbrachte, da das Hotel voll war und man auch nirgendwo anders ein Zimmer bekommen konnte. Nachdem sich Dick in die Decke gewickelt hatte, hörte er, wie Mr. Cooper auf Zehenspitzen herangeschlichen kam und schwer atmend neben dem Sofa stehen blieb. Dick schlug die Augen auf und grinste.

«Tja, mein Junge», sagte Mr. Cooper, «schön, dass Sie wieder zu Hause sind … schlafen Sie gut», und legte sich wieder ins Bett.

Am nächsten Vormittag wurde er General Sykes vorgestellt. «Das ist der junge Mann, der seinem Land dienen möchte», sagte Mr. Cooper mit großer Gebärde, «so wie es schon sein Großvater getan hat ... und er war so ungeduldig, dass er schon vor seinem Land in den Krieg zog und in den freiwilligen Sanitätsdienst eintrat, zuerst bei den Franzosen und dann bei den Italienern.»

General Sykes war ein kleiner alter Mann mit hellen Augen und einer Hakennase, und er war stocktaub. «Ja, Ellsworth war ein prächtiger Bursche, wir haben zusammen am Feldzug gegen Geronimo teilgenommen ... Ah, der alte Westen ... bei Gettysburg war ich erst vierzehn, und hol's der Teufel, ich glaube, da war er gar nicht dabei. Nach dem Krieg haben wir dann in derselben Klasse West Point absolviert, der arme, alte Ellsworth ... Sie haben also schon Pulver gerochen, mein Junge?» Dick errötete und nickte.

«Sehen Sie, Herr General», schrie Mr. Cooper, «er möchte eine etwas ... äh ... verantwortungsvollere Aufgabe, als es beim Sanitätsdienst möglich ist.»

«Ja, sicher, das ist kein Ort für einen beherzten jungen Burschen ... Sie kennen doch Andrews, Major ...» Der General schrieb etwas auf einen Block. «Bringen Sie ihn mit diesem Schreiben zu Colonel Andrews, der wird sich kümmern, er muss über die Eignung entscheiden etc. ... Sie verstehen ... viel Glück, mein Junge.» Dick brachte eine passable Ehrenbezeigung zustande, dann waren sie draußen auf dem Flur.

Mr. Cooper lächelte breit. «Tja, das wäre erledigt. Ich muss zurück in mein Büro. Sie füllen die Formulare aus und gehen zur ärztlichen Untersuchung ... oder vielleicht findet die ja auch gleich im Stützpunkt statt ... Kommen Sie jedenfalls um eins zu mir ins Willard zum Essen. Gehen Sie direkt in mein Zimmer hinauf.» Dick salutierte lächelnd.

Den Rest des Vormittags brachte er damit zu, Formulare auszufüllen. Nach dem Essen fuhr er nach Atlantic City, um seine Mutter zu besuchen. Sie sah genau wie immer aus. Sie wohnte in einer Pension am Chelsea-Ende und war sehr in Sorge über Spione. Henry war als einfacher Soldat bei der Infanterie eingerückt und irgendwo in Frankreich stationiert. Mutter sagte, der Gedanke, dass der Enkel von General Ellsworth als gemeiner Soldat diene, mache sie wütend, aber sie sei zuversichtlich, dass er bald befördert werde. Dick hatte sie seit seinen Kindertagen nicht mehr über ihren Vater sprechen hören, und jetzt erkundigte er sich genauer nach ihm.

Er war gestorben, als sie noch ein ganz kleines Mädchen gewesen war, und hatte die Familie, gemessen an ihrem gesellschaftlichen Rang, in nicht allzu guten Verhältnissen zurückgelassen. Sie erinnerte sich nur noch an einen hochgewachsenen Mann in Blau, mit einem weißen Spitzbart und einem Schlapphut mit seitlich hochgeschlagener Krempe; als sie zum ersten Mal eine Zeichnung von Uncle Sam gesehen hatte, hatte sie geglaubt, es wäre ihr Vater. Er hatte stets eine kleine silberne Bonbonniere mit Bergahornpastillen in der Tasche, bei dem militärischen Begräbnis war sie schrecklich aufgeregt gewesen, und ein netter, freundlicher Offizier hatte ihr sein Taschentuch geborgt. Die silberne Bonbonniere hatte sie viele Jahre lang aufbewahrt, doch dann hatte sie sich zusammen mit allen anderen Sachen davon trennen müssen, als Dicks armer Vater … äh … Pech hatte.

Eine Woche später bekam Dick Post vom Kriegsministerium; der Umschlag war adressiert an Savage, Richard Ellsworth, 2nd Lieut., Zeugamt, und enthielt seine Ernennungsurkunde nebst dem Befehl, sich binnen vierundzwanzig Stunden in Camp Merritt, N.J., zu melden. Dort sah er sich zum Chef einer Kompanie von Soldaten ohne feste Kommandierung gemacht und wäre ohne den Sergeant völlig aufgeschmissen gewesen. Sobald sie auf dem Transporter waren, wurde es besser; er hatte zusammen mit zwei anderen 2nd Lieutenants und einem Major eine ehemalige Erster-Klasse-Kabine; Dick war ihnen gegenüber im Vorteil, weil er schon an der Front gewesen war. Der Transporter war die *Leviathan;* während Sandy Hook endgültig den Blicken entschwand, merkte Dick, dass er allmählich wieder der Alte wurde; er schrieb Ned einen langen Brief in Knittelversen, der folgendermaßen begann:

Sein Vater war ein Sträfling, die Mutter ohne Kies
Den Cognac er sich eimerweis durch die Kehle rinnen ließ
Jetzt aber ist er Leutnant und wird vom Staat verpflegt
Und hat zur schicken Uniform sich Haltung zugelegt
Es gibt weiß Gott viel Schlimmeres für einen hellen Knaben
Als einen Generalmajor zum Großpapa zu haben.

Die anderen beiden Frischlinge in der Kabine waren unscheinbare junge Burschen von der Leland Stanford, aber Major Thompson war ein Absolvent von Westpoint und steif wie ein Ladestock. Er war ein Mann mittleren Alters mit einem gelblichen, runden Gesicht, dünnen Lippen und einem Kneifer. Nach zwei Tagen Fahrt wurde er seekrank, und als Dick ihm über seinen Sergeant, der sich mit den Stewards angefreundet hatte, eine Flasche Whiskey besorgte, taute er ein bisschen auf, und es stellte sich heraus, dass er ein leidenschaftlicher Bewunderer Kiplings war, Copeland *Danny Deever* /346/ hatte lesen hören und sehr beeindruckt gewesen war. Außerdem war er Experte für Maultiere und Pferde und Verfasser einer Monographie mit dem Titel «Das spanische Pferd». Dick gab zu, dass er bei Copeland studiert hatte, und irgendwie kam heraus, dass er der Enkel des verstorbenen Generals Ellsworth war. Major Thompson begann sich für ihn zu interessieren und stellte ihm Fragen nach den Eseln, die die Franzosen für den Munitionstransport in den Schützengräben verwendeten, nach italienischen Kavalleriepferden und nach den Werken von Rudyard Kipling. Am Abend vor ihrer Ankunft in Brest, als wegen der Zone alle nervös waren und auf den verdunkelten Decks Ruhe herrschte, ging Dick auf die Toilette und las noch einmal den langen, launigen Brief, den er Ned am ersten Tag der Fahrt geschrieben hatte. Er zerriss ihn in kleine Schnipsel, warf diese in die Schüssel und spülte dann gründlich: keine Briefe mehr.

In Brest führte Dick drei Majore in die Stadt und bestellte ihnen im Hotel ein Essen und guten Wein; Major Thompson erzählte Geschichten von den Philippinen und vom Krieg mit Spanien; nach der vierten Flasche brachte Dick ihnen allen *Mesdemoiselle aus Armentières* bei. Ein paar Tage später wurde er von seiner Kompanie wegversetzt und nach Tours geschickt; Major Thompson fand, dass er jemanden brauchte, der für ihn Französisch sprach und mit dem er sich über Kipling unterhalten konnte, und hatte ihn in sein Büro abkommandieren lassen. Brest den Rücken zu kehren war eine Erleichterung, denn der Nieselregen, der Schlamm, die Disziplin, das dauernde Salutieren und Exerzieren und die Angst davor, bei den hohen Tieren in Verschiss zu geraten, sorgten dafür, dass alle ständig schlechte Laune hatten.

Tours war voller wunderschöner, cremig weißer Steingebäude, eingebettet in dichte Massen von blaugrünem Spätsommerlaub. Dick bekam Verpflegungsgeld und quartierte sich bei einer freundlichen alten Dame ein, die ihm jeden Morgen seinen Café au Lait ans Bett brachte. Er lernte jemanden von der Personalabteilung kennen, über den er zu erreichen versuchte, dass sein Bruder Henry von der Infanterie wegversetzt wurde. Er, Major Thompson, der alte Colonel Edgecombe und mehrere andere Offiziere aßen sehr oft miteinander; irgendwann kamen sie gar nicht mehr ohne Dick aus, der wusste, wie man ein Essen comme il faut bestellte, der die richtigen Weinjahrgänge kannte, mit den Französinnen parlehwuhen, Limericks verfassen konnte und der Enkel des verstorbenen Generals Ellsworth war.

Als der Postbeförderungsdienst in eine eigene Einheit umgewandelt wurde, zog dessen Leiter, Colonel Edgecombe, ihn von Major Thompson und seinen Pferdehändlern ab; Dick wurde einer seiner Gehilfen im Range eines Captains. Es gelang ihm umgehend, Henry von der Offiziersschule nach Tours versetzen zu lassen. Allerdings war es zu spät, um ihm mehr als den Rang eines First Lieutenant zu verschaffen.

Als Lieutenant Savage sich im Büro von Captain Savage meldete, sah er braungebrannt, mager und wütend aus. An jenem Abend tranken sie in Dicks Zimmer eine Flasche Wein miteinander. Das Erste, was Henry sagte, als sich die Tür hinter ihnen schloss, war: «So eine gottverfluchte, elende Schiebung ... Ich weiß nicht, ob ich auf meinen kleinen Bruder stolz sein oder ihm eine aufs Auge hauen soll.»

Dick schenkte ihm ein Glas ein. «Mutter muss da irgendwas gedreht haben», sagte er. «Ehrlich, ich hatte völlig vergessen, dass Großpapa General war.»

«Wenn du wüsstest, was wir Jungs an der Front über den SOS gesagt haben.»

«Aber irgendwer muss sich um den Nachschub kümmern, um das Feldzeug und ...»

«Und um die Mesdemoiselles und den Vin blanc», unterbrach Henry.

«Klar, aber ich war ganz tugendhaft ... dein kleiner Bruder benimmt sich anständig, und ehrlich, ich schufte wie ein Nigger.»

«Schreibst Liebesbriefe für Majore vom Nachschub, möchte ich wetten ... Teufel, es ist nicht zu fassen. Jedes Mal landet er mit der Schnauze in der Butter ... Trotzdem bin ich froh, dass es wenigstens einen in der Familie gibt, der Erfolg hat und den Namen des seligen Generals Ellsworth hochhält.»

«War's unangenehm in den Argonnen?»

«Lausig ... bis sie mich auf die Offiziersschule geschickt haben.»

«'17 hatten wir's dort im Sanitätsdienst richtig gut.»

«Das glaube ich gern.»

Henry trank mehr Wein und wurde etwas milder gestimmt. Ab und zu ließ er den Blick durch das große Zimmer mit den Spitzengardinen, dem blank gescheuerten Fliesenboden und dem großen Himmelbett wandern, schnalzte anerkennend mit der Zunge und murmelte: «Ziemlich edel.» Dick führte ihn aus, spendierte ihm in seinem Lieblingsbistrot ein schickes Essen, ging dann mit ihm zu Madame Patou und ließ Minette für ihn kommen, die hübscheste Frau im Stall.

Nachdem Henry nach oben gegangen war, blieb Dick im Salon noch ein paar Minuten bei einer Frau mit dem Spitznamen Schmutzige Gertie sitzen, die rot gefärbte Haare und einen großen, schlaffen, dick geschminkten Mund hatte, trank den schlechten Cognac und blies Trübsal.

«Vous triste?», sagte sie und legte ihm die feuchtkalte Hand auf die Stirn. Er nickte.

«Fièvre … trop penser … penser nicht gut … moi aussi.» /347/ Dann sagte sie, sie würde sich am liebsten umbringen, aber sie habe Angst davor, sie glaube zwar nicht an Gott, aber sie habe Angst davor, wie still es sein würde, wenn sie tot wäre.

Dick munterte sie auf. «Bientôt guerre finie. Tout le monde content wieder nach Hause gehen.» /348/

Sie brach in Tränen aus, und Madame Patou kam wie eine Möwe kreischend und krallend hereingestürzt, eine dicke Frau mit hässlichem Kinn. Sie packte Gertie bei den Haaren und begann sie zu schütteln. Dick war völlig durcheinander. Er konnte Madame Patou dazu bewegen, Gertie in ihr Zimmer zurückkehren zu lassen, ließ etwas Geld da und ging. Er fühlte sich schrecklich. Als er nach Hause kam, hatte er Lust, Verse zu schreiben. Er versuchte, sich in den süßen, schwer pulsierenden Gefühlszustand zu versetzen, den er jedes Mal erlebte, wenn er sich hinsetzte, um ein Gedicht zu schreiben. Aber er fühlte sich einfach nur elend und ging zu Bett. Die ganze Nacht ging ihm, halb grübelnd, halb träumend, Gerties Gesicht nicht aus dem Kopf. Dann erinnerte er sich an die Zeiten, die er mit Hilda in Bay Head erlebt hatte, und führte ein langes Selbstgespräch über die Liebe: Alles ist so verteufelt schäbig … ich habe die Schnauze voll von Huren und von Keuschheit, ich will Liebesaffären. Er begann zu planen, was er nach dem Krieg tun würde, wahrscheinlich nach Hause gehen und sich in Jersey einen Posten in der Politik besorgen; ziemlich schäbige Aussichten.

Er lag auf dem Rücken und starrte die von der Dämmerung fahle Decke an, da hörte er unten auf der Straße Henrys Stimme seinen Namen rufen; auf Zehenspitzen ging er die kalte, geflieste Treppe hinunter und ließ ihn herein.

«Warum zum Teufel hast du mich mit dieser Frau gehen lassen, Dick? Ich komme mir richtig mies vor ... O Gott ... überlässt du mir die Hälfte von deinem Bett? Morgen früh besorge ich mir ein Zimmer.» Dick suchte ihm einen Schlafanzug heraus und machte sich auf seiner Seite des Bettes klein. «Das Problem mit dir, Henry», sagte er gähnend, «ist, dass du ein alter Puritaner bist ... Du müsstest europäischer sein.»

«Du selber gehst aber mit keinem von diesen Ludern.»

«Moral habe ich keine, aber ich bin wählerisch, mein Lieber. Ein echter Sohn des Epikur», murmelte Dick schläfrig.

«Scheiße, ich komme mir vor wie ein schmutziger Schmierlappen», flüsterte Henry. Dick schloss die Augen und schlief ein.

Anfang Oktober wurde Dick mit einer Depesche nach Brest geschickt, die, wie der Colonel sagte, zu wichtig war, um sie einem Mannschaftsdienstgrad anzuvertrauen. In Rennes musste er zwei Stunden auf den Zug warten, und während er im Restaurant saß, kam ein Infanterist, der den Arm in der Schlinge trug, auf ihn zu und sagte: «Ach du Schande, hallo, Dick.» Es war Skinny Murray.

«Mann, Skinny, schön, dich zu sehen ... das muss jetzt fünf oder sechs Jahre her sein ... Mensch, wir werden alt. Na, setz dich ... nein, das geht nicht.»

«Ich hätte wohl salutieren müssen, Sir», sagte Skinny steif.

«Lass das doch, Skinny ... aber wir müssen was finden, wo wir reden können ... hast du noch Zeit, bevor dein Zug fährt? Die MPs würden nämlich mich festnehmen, wenn sie mich mit einem Mannschaftsdienstgrad essen und trinken sähen. Warte draußen, bis ich mit Essen fertig bin, dann suchen wir uns gegenüber eine Kneipe. Das riskiere ich.»

«Ich habe noch eine Stunde Zeit ... Ich fahre auf Urlaub nach Grenoble.»

«Da hast du aber Schwein ... bist du schwer verwundet worden, Skinny?»

«Granatsplitter in der Flosse, Captain», sagte Skinny und nahm Haltung an, während ein Sergeant der Militärpolizei steif durch das Bahnhofsrestaurant stakste. «Wenn ich die Vögel sehe, kriege ich Zustände.»

Dick schlang hastig sein Essen hinunter, zahlte und ging über den Bahnhofsvorplatz. Eines der Cafés hatte ein Hinterzimmer, das dunkel und ruhig war. Sie wollten sich gerade bei zwei Bier zum Plaudern niederlassen, da fiel Dick die Depeschenmappe ein. Er hatte sie im Restaurant liegenlassen. Atemlos flüsterte er, er sei gleich wieder da, und rannte über den Platz ins Bahnhofsrestaurant. Drei französische Offiziere saßen an dem Tisch. «Pardon, Messieurs.» Die Mappe war noch dort, wo er sie unterm Tisch abgestellt hatte.

«Wenn ich die verloren hätte, hätte ich mich erschießen müssen», sagte er zu Skinny. Sie plauderten über Trenton, Philadelphia, Bay Head und Dr. Atwood. Skinny war verheiratet und hatte eine gute Stelle in einer Bank in Philadelphia. Er hatte sich freiwillig zur Panzertruppe gemeldet und war vor Beginn des Angriffs von einem Granatsplitter erwischt worden, ein Riesenschwein für ihn, weil sein Haufen von einer Artilleriegranate ausgelöscht worden war. Er war gerade erst aus dem Lazarett entlassen worden und fühlte sich noch ziemlich schwach auf den Stelzen. Dick notierte sich seine Personaldaten und sagte, er werde für seine Versetzung nach Tours sorgen; genau solche Leute wie ihn bräuchten sie als Kuriere. Dann musste Skinny zu seinem Zug rennen, und Dick machte, die Depeschenmappe fest unter den Arm geklemmt, einen Spaziergang durch die Stadt, die in zarten Farben von blasser Fröhlichkeit im Herbstnieselregen lag.

Das Gerücht vom Waffenstillstand ließ Tours wie einen Bienenstock summen; es war ein einziges Saufen und Schulterklopfen, und Offiziere und Mannschaften tanzten Polonaise durch die Bürogebäude. Als sich herausstellte, dass es falscher Alarm gewesen war, verspürte Dick fast so etwas wie Erleichterung. In den folgenden Tagen trugen im Hauptquartier des Depeschendienstes alle eine geheimnisvolle Miene zur Schau, als wüssten sie mehr, als sie bereit waren preiszugeben. Am Tag des wirklichen Waffenstillstandes aß Dick wie in einem leichten Delirium mit Colonel Edgecombe und einigen anderen Offizieren zu Abend. Nach dem Essen begegnete Dick dem Oberst zufällig auf dem Hinterhof. Das Gesicht des Colonels war rot, sein Schnurrbart gesträubt. «Tja, Savage, ein großer Tag für alle», sagte er laut lachend.

«Alle?», sagte Dick schüchtern.

«Ja, die ganze Menschheit», röhrte der Colonel.

Dann nahm er Dick beiseite. «Was hielten Sie davon, nach Paris zu gehen, mein Junge? Wie es scheint, wird in Paris eine Friedenskonferenz stattfinden, und Präsident Wilson wird persönlich daran teilnehmen ... eigentlich fast nicht zu glauben ... und ich habe den Befehl bekommen, diese Einheit der amerikanischen Delegation zur Verfügung zu stellen, die demnächst kommt, um den Frieden zu diktieren; wir werden also Kuriere der Friedenskonferenz. Falls Sie natürlich der Meinung sind, Sie müssen nach Hause, dann ließe sich das wohl auch arrangieren.»

«O nein, Sir», unterbrach Dick ihn hastig, «ich habe mir schon Sorgen darüber gemacht, dass ich nach Hause fahren und mir Arbeit suchen muss ... Die Friedenskonferenz wird ein Riesenspaß, und mir ist jede Möglichkeit recht, durch Europa zu reisen.»

Der Colonel musterte ihn mit schmalen Augen. «So würde ich das nicht gerade formulieren ... der Dienst sollte stets an erster Stelle stehen ... was ich gesagt habe, ist natürlich streng vertraulich.»

«Aber ja, gewiss», sagte Dick, doch als er an den Tisch zu den anderen zurückkehrte, konnte er sich das Grinsen nicht ganz verkneifen.

Abermals Paris; und diesmal in einer neuen Gabardine-Uniform mit Silberstreifen auf den Schultern und die Taschen voller Geld. Gleich zu Anfang ging er sich das kleine Sträßchen hinter dem Pantheon ansehen, wo er im vorigen Jahr mit Steve Warner gewohnt hatte. Die hohen, kreidig-grauen Häuser, die Läden, die kleinen Bars, die großäugigen Kinder in den schwarzen Kitteln, die jungen Burschen mit der Mütze auf dem Kopf und dem Seidentuch um den Hals, das gedehnte Argot der Pariser: das alles stimmte ihn leicht traurig; er fragte sich, wie es Steve wohl ergangen war. Es war eine Erleichterung, ins Büro zurückzukehren, wo die Mannschaftsdienstgrade frisch eingetroffene Rollschreibtische und gelb lackierte Karteikästen hineinschleppten.

Der Mittelpunkt dieses Paris war das Hôtel de Crillon an der Place de la Concorde, seine Schlagader die Rue Royale, durch die unentwegt irgendwelche gerade eintreffenden Würdenträger, Präsident Wilson, Lloyd George, das belgische Königspaar paradierten, eskortiert von der Garde républicaine mit ihren Helmbüschen; Dick begann in einem Delirium zu leben: Fahrten nach Brüssel mit dem Nachtexpress, mit Beaune hinuntergespülter Hummer auf den roten Plüschsofas im Larue, Champagnercocktails in der Bar des Ritz, Austausch von Informationen bei einem Demi im Café Weber; es war wie in den alten Zeiten des Parteitags in Baltimore, nur dass es ihm völlig egal war; alles kam ihm schräg und komisch vor.

Eines Abends kurz nach Weihnachten nahm Colonel Edgecombe Dick zu einem Essen ins Voisin mit, an dem auch ein berühmter New Yorker Fachmann für Öffentlichkeitsarbeit teilnahm, der angeblich Colonel House sehr nahestand. Sie blieben einen Moment lang auf dem Bürgersteig vor dem Restaurant stehen und betrachteten die plumpe Kuppel der Kirche auf der anderen Straßenseite. «Wissen Sie, Savage, der Bursche ist mit einer Verwandten von mir verheiratet, einer von den Staples aus Pittsburgh ... aalglatt ... so kommt es mir jedenfalls vor. Sehen Sie ihn sich mal an. Sie sind zwar noch jung, aber Sie scheinen ein guter Menschenkenner zu sein.»

Mr. Moorehouse erwies sich als großer, blauäugiger Mann mit Hängebacken, ruhiger Stimme und einer Redeweise, die zuweilen etwas von einem Senator aus den Südstaaten hatte. In seiner Gesellschaft waren ein Mann namens Robbins und eine Miss Stoddard, eine zerbrechlich wirkende Frau mit sehr durchsichtiger, alabasterfarbener Haut und scharfer, zirpender Stimme. Dick fiel auf, dass sie verblüffend gut gekleidet war. Das Restaurant hatte etwas zu viel Ähnlichkeit mit einer episkopalischen Kirche; Dick sagte sehr wenig, war sehr höflich zu Miss Stoddard und hielt Augen und Ohren offen, während er das fürstliche Essen aß und sorgfältig den samtigen Wein kostete, den niemand sonst zu beachten schien. Miss Stoddard hielt das Gespräch in Gang, doch offenbar wollte sich niemand auf eine Äußerung über die Friedenskonferenz festlegen. Miss Stoddard erzählte mit ziemlicher Boshaftigkeit von der Ausstattung des Hôtel de Mûrat, von dem farbigen Dienstmädchen der Wilsons und von der Garderobe der Frau des Präsidenten, die sie beharrlich Mrs. Galt /349/ nannte. Dick war erleichtert, als sie bei Zigarren und Likör anlangten. Nach dem Essen erbot sich Colonel Edgecombe, Mr. Moorehouse im Crillon abzusetzen, da sein Stabswagen gekommen war, um ihn abzuholen. Dick und Mr. Robbins brachten Miss Stoddard in einem Taxi zu ihrer Wohnung gegenüber von Notre-Dame auf der Rive Gauche. An ihrer Haustür verabschiedeten sie sich von ihr. «Vielleicht kommen Sie demnächst einmal zum Tee, Captain Savage», sagte sie.

Der Taxifahrer weigerte sich, sie weiter zu befördern, sagte, es sei schon spät, er müsse nach Hause, nach Noisy-Le-Sec, und fuhr davon. Robbins nahm Dick am Arm. «Gehen wir um Gottes willen endlich was Anständiges trinken … Was hab ich diese großen Tiere satt.»

«Na schön», sagte Dick, «und wohin?»

Sie gingen den nebligen Quai entlang, vorbei an dem in Schatten gehüllten Klotz von Notre-Dame, sie unterhielten sich ziellos über Paris und darüber, wie kalt es war. Robbins war ein kleiner

Mann, dessen rotes Gesicht einen rechthaberischen Ausdruck trug. In dem Café, in das sie schließlich gingen, war es nicht viel wärmer als auf der Straße. «Dieses Klima bringt mich noch um», sagte Robbins und drückte das Kinn tiefer in den Mantelkragen.

«Da hilft nur wollene Unterwäsche, das habe ich bei der Army gelernt», sagte Dick lachend.

Sie ließen sich auf einer mit Plüsch bezogenen Bank neben dem Ofen am hinteren Ende des verqualmten, goldverschnörkelten Raums nieder. Robbins bestellte eine Flasche Whiskey, Gläser, Zitrone, Zucker und reichlich heißes Wasser. Es dauerte lange, bis das heiße Wasser kam, also füllte Robbins für jeden erst einmal ein Wasserglas zu einem Viertel mit unverdünntem Whiskey. Als er seines geleert hatte, glättete sich sein bislang schlaffes und müdes Gesicht, sodass er zehn Jahre jünger wirkte. «In dieser gottverdammten Stadt muss man sich einen ansaufen, wenn man es warm haben will.»

«Ich bin trotzdem froh, dass ich wieder im guten alten Paris bin», sagte Dick lächelnd und streckte unterm Tisch die Beine aus.

«Momentan der einzige lohnende Ort auf der Welt», sagte Robbins. «Paris ist der Nabel der Welt ... oder aber Moskau.»

Bei dem Wort Moskau blickte ein Franzose, der am Nachbartisch Dame spielte, vom Brett auf und starrte die beiden Amerikaner an. Dick konnte nicht einschätzen, was in diesem Blick lag; ihm wurde davon unbehaglich. Der Kellner kam mit dem heißen Wasser. Es war nicht heiß genug, also machte Robbins eine Szene und ließ es zurückgehen. Während sie warteten, goss er die Wassergläser erneut zur Hälfte mit Whiskey voll. «Wird der Präsident die Sowjets anerkennen?», fragte Dick mit unwillkürlich leiser Stimme.

«Darauf würde ich wetten ... ich glaube, er wird eine inoffizielle Delegation schicken. Hängt ein bisschen von Öl und Mangan ab ... Früher war es König Kohle, aber jetzt heißt es Kaiser Öl und Fräulein Mangan, Prinzgemahlin von Stahl. Das alles gibt’s in der rosaroten Republik Georgien ... Ich hoffe, ich komme da bald mal hin, es soll dort den besten Wein und die schönsten Frauen der Welt geben. Bei Gott, ich muss da unbedingt hin ... Aber das Öl ... Verflucht noch mal, das kapiert Wilson, dieser verdammte Idealist, einfach nicht; während sie ihm im Buckingham Palace üppige Essen auftischen, besetzt die britische Armee munter Mossul, den Karun, Persien ... laut der neuesten Latrinenparole steht sie schon in Baku ... der künftigen Ölmetropole der Welt.»

«Ich dachte, die Ölfelder von Baku sind am Versiegen.»

«Glauben Sie das bloß nicht ... Ich habe gerade mit einem geredet, der dort war ... ein komischer Bursche, heißt Rasmussen, Sie müssten ihn mal kennenlernen.» Ob wir zu Hause nicht reichlich Öl hätten, wandte Dick ein. Robbins schlug mit der Faust auf den Tisch.

«Man kann nie genug von irgendeiner Sache haben ... das ist das erste Gesetz der Thermodynamik. Ich zum Beispiel habe nie genug Whiskey. Sie sind noch jung, haben Sie jemals genug zum Vögeln? Tja, weder Standard Oil noch die Royal Dutch-Shell kann je genug Rohöl haben.»

Dick errötete und lachte etwas gezwungen. Er mochte diesen Robbins nicht. Der Kellner kam schließlich mit kochendem Wasser, und Robbins machte ihnen beiden einen Grog. Eine Zeitlang sagte keiner von ihnen etwas. Die Damespieler waren gegangen. Plötzlich wandte sich Robbins Dick zu und sah ihm mit seinen trüben Säuferaugen ins Gesicht. «Und was haltet ihr Jungs von alldem? Was denken die Burschen in den Schützengräben?»

«Wie meinen Sie das?»

«Ach, was soll's, ich meine überhaupt nichts ... aber falls ihr glaubt, der Krieg war beschissen, dann wartet erst mal, bis ihr den Frieden erlebt ... Mannomann, wartet erst mal, bis ihr den Frieden erlebt.»

«Ich glaube nicht, dass sich unten in Tours irgendwer über das eine wie über das andere groß Gedanken gemacht hat ... aber ich glaube auch nicht, dass irgendwer, der den Krieg miterlebt hat, ihn für die tollste Methode zur Regelung internationaler Probleme hält ... Das glaubt wohl noch nicht mal Black Jack Pershing /350/ persönlich.»

«Nun hör sich einer den an ... kann noch keine fünfundzwanzig sein und quatscht wie ein Buch von Woodrow Wilson ... ich bin ein Schweinehund, das weiß ich, aber wenn ich besoffen bin, dann sage ich, was mir gottverdammt noch mal passt.»

«Ich wüsste nicht, wozu lautes Geschwätz gut sein soll. Das Ganze ist ein großartiges, tragisches Schauspiel ... der Pariser Nebel riecht nach Erdbeeren ... die Götter lieben uns zwar nicht, aber wir sterben trotzdem jung ... Wer hat behauptet, ich wäre nüchtern?»

Sie tranken eine Flasche leer. Dick brachte Robbins einen französischen Reim bei:

Les marionnettes font font font
Trois petits tours et puis s'en vont /351/

Und als das Café zumachte, gingen sie Arm in Arm hinaus. Robbins summte:

Kopf hoch, Napoleon, bald bist du tot
Das Leben ist kurz und lustig

und sprach jede Petite Femme an, der sie auf dem Boul' Mich' begegneten. Dick ließ ihn schließlich vor dem Brunnen auf der Place Saint-Michel im Gespräch mit einem kuhartigen Weib mit Schlapphut zurück und trat den langen Heimweg zu seinem Hotel an, das gegenüber der Gare Saint-Lazare lag.

Die breiten Asphaltstraßen waren verlassen unter dem rötlichen Schein der Bogenlampen, doch hier und da auf Bänken entlang der Quais, unter den kahlen, tropfenden Bäumen am Ufer der Seine, saßen trotz der rauen Nacht immer noch eng aneinandergeschmiegt Paare im Würgegriff von l'Amour. An der Ecke des Boulevard Sébastopol schaute ihm ein blasser junger Mann, der in die entgegengesetzte Richtung ging, rasch ins Gesicht und blieb stehen. Dick verlangsamte ganz kurz seinen Schritt, ging dann aber weiter, vorbei an der Kette von Marktkarren, die die Rue de Rivoli entlangrumpelten, und holte tief Atem, um den Whiskeydunst aus seinem Kopf zu vertreiben. Die lange, hell erleuchtete Avenue, die zur Oper führte, war menschenleer. Vor der Oper standen ein paar Leute, eine Frau mit wunderschönem Gesicht am Arm eines Poilu lächelte ihm ausgiebig zu.

Kurz vor seinem Hotel stieß er mit einer Frau zusammen, die außerordentlich hübsch aussah, und fragte sie, ohne recht zu überlegen, was sie so spät noch auf der Straße mache. Sie lachte, bezaubernd, wie er fand, und sagte, das Gleiche wie er. Er ging mit ihr in ein kleines Hotel in der Straße hinter seinem Hotel. Man gab ihnen ein kaltes Zimmer, in dem es nach Möbelpolitur roch. Im Zimmer gab es ein großes Bett, ein Bidet und viele schwere, rotweinfarbene Behänge. Sie war älter, als er gedacht hatte, und sehr müde, doch sie hatte eine schöne Figur und sehr helle Haut; er stellte mit Befriedigung fest, wie sauber ihre Unterwäsche mit der hübschen Spitzenborte war. Sie saßen ein Weilchen auf der Bettkante und unterhielten sich leise.

Als er sie fragte, wie sie heiße, schüttelte sie den Kopf und lächelte. «Qu'est-ce que ça vous fait?»

«L'homme sans nom et la femme sans nom vont faire l'amour à l'hôtel du néant», sagte er.

«Oh, qu'il est rigolo, celui-là», kicherte sie. «Dis, tu n'es pas malade?» /352/ Er schüttelte den Kopf. «Moi non plus», /353/ sagte sie und begann sich an ihm zu reiben wie eine Katze.

Als sie das Hotel verlassen hatten, durchstreiften sie die dunklen Straßen, bis sie ein schon frühmorgens geöffnetes Café fanden. Eng aneinandergelehnt standen sie in schläfrig intimem Schweigen am Tresen, tranken Kaffee und aßen Croissants. Dann verabschiedete sie sich von ihm, um den Hügel hinauf in Richtung Montmartre zu gehen. Er fragte sie, ob er sie irgendwann wiedersehen könne. Sie zuckte die Schultern. Er gab ihr dreißig Francs, küsste sie und flüsterte ihr eine Parodie seines kleinen Verses ins Ohr:

Les petites marionnettes font font font
Un p'tit peu d'amour et puis s'en vont /354/

Sie lachte und kniff ihn in die Wange, und das Letzte, was er von ihr hörte, war ihr raues Kichern und: «Oh, qu'il est rigolo, celui-là.»

Zufrieden und schläfrig kehrte er in sein Zimmer zurück und sagte sich: Was meinem Leben fehlt, ist eine Frau, die zu mir gehört. Er hatte gerade noch Zeit, sich zu waschen, sich zu rasieren, ein sauberes Hemd anzuziehen und zum Hauptquartier zu eilen, um da zu sein, wenn Colonel Edgecombe, ein entsetzlicher Frühaufsteher, zum Dienst erschien. Er fand den Befehl vor, noch am selben Abend nach Rom abzureisen.

Als er in den Zug stieg, brannten ihm vor Müdigkeit die Augen. Für ihn und den Sergeant, der ihn begleitete, war am Ende eines Erster-Klasse-Wagens mit der Aufschrift Paris – Brindisi ein Abteil reserviert. Der Zug war überfüllt; die Leute standen auf den Gängen. Dick hatte seinen Uniformrock und sein Koppel samt Schulterriemen abgelegt und löste gerade seine Ledergamaschen, um sich schon vor der Abfahrt des Zuges auf einer der Bänke schlafen zu legen, als er in der Abteiltür ein mageres amerikanisches Gesicht sah.

«Verzeihung, sind Sie Ca-ca-captain Savage?» Dick setzte sich auf und nickte gähnend.

«Captain Savage, mein Name ist Barrow, G. H. Barrow, ich gehöre zur amerikanischen Delegation … Ich muss heute Nacht nach Rom, und im ganzen Zug ist kein Platz frei. Der Transportoffizier auf dem Bahnhof hat freundlicherweise gesagt, dass … äh … es vielleicht nicht den Vorschriften entspricht, Sie aber vielleicht ein Auge zudrücken und uns in ihrem Abteil mitfahren lassen …

ich habe eine ganz reizende junge Dame bei mir, die der Nahosthilfe angehört …»

«Captain Savage, es ist wirklich riesig nett von Ihnen, dass wir bei Ihnen mitfahren dürfen», meldete sich eine Stimme mit gedehntem texanischem Akzent, und eine Frau mit rosigen Wangen und einer dunkelgrauen Uniform schob sich an dem Mann namens Barrow vorbei und stieg ins Abteil. Mr. Barrow, der wie eine Stangenbohne gebaut war, einen vorstehenden, zuckenden Adamsapfel und Glubschaugen hatte, begann Taschen und Koffer ins Abteil zu wuchten. Dick war sauer und sagte steif: «Sie wissen ja wohl, dass es meinen Befehlen zuwiderläuft …», doch noch während er sich das sagen hörte, musste er plötzlich grinsen und meinte: «Na schön, wahrscheinlich werden Sergeant Wilson und ich bei Sonnenaufgang erschossen, aber nur zu.» In diesem Augenblick setzte sich der Zug in Bewegung.

Widerstrebend räumte Dick seine Sachen in eine Ecke, ließ sich dort nieder und schloss sofort die Augen. Er war viel zu müde, um sich die Mühe zu machen, mit irgendwelchen verdammten Weibern vom Hilfswerk eine Unterhaltung anzufangen. Der Sergeant setzte sich in die andere Ecke, und Mr. Barrow und die Frau belegten die Bank gegenüber mit Beschlag. Im Halbschlaf hörte Dick Mr. Barrows Stimme dahintuckern; ab und zu ging sie im Rattern des Expresszuges unter. Seine leicht stotternde Sprechweise erinnerte an einen unrund laufenden Bootsmotor. Die Frau sagte nicht viel außer ab und zu «Du meine Güte» und «Nein, so was». Es ging um die Lage in Europa: Präsident Wilson sagt … neue Diplomatie … neues Europa … dauerhafter Friede ohne Annexionen oder Entschädigungen. Präsident Wilson sagt … neues Einvernehmen zwischen Kapital und Arbeit … Demokratie im Wirtschaftsleben … in der ganzen Welt stehen die einfachen Menschen hinter dem Präsidenten. Verpflichtung. Völkerbund …

Dick schlief und träumte von einer Frau, die ihre Brüste an ihm rieb und dabei wie ein Kätzchen schnurrte, von einem Mann mit Glubschaugen, der eine Rede hielt, von William Jennings Wilson, der zum Inferno in Baltimore sprach, von Demokratie im Wirtschaftsleben einer Badeanstalt an der Marne in gestreifter Badehose, mit einem jungen Texaner mit rosigen Wangen, der gern … wie eine Strauchbohne … mit zuckendem Adamsapfel …

Er erwachte mit dem albtraumhaften Gefühl, dass ihn jemand würgte. Der Zug hatte angehalten. Im Abteil war es stickig. Die Deckenlampe war mit einer blauen Blende verdunkelt. Er stieg über jemandes Beine, trat hinaus auf den Gang und öffnete ein Fenster. Kalte Bergluft stach ihn in die Nase. Die Hügel im Mondlicht waren schneebedeckt. Neben dem Gleis stützte sich ein französischer Wachposten schläfrig auf sein Gewehr. Dick gähnte verzweifelt.

Die Frau von der Nahosthilfe stand neben ihm und sah ihn lächelnd an. «Wo sind wir denn gerade, Captain Savage? Ist das schon Italien?»

«Ich schätze, es ist die Schweizer Grenze … wir werden lange warten müssen, schätze ich … an diesen Grenzen dauert es eine Ewigkeit.»

«Menschenskind», sagte sie und hüpfte auf und ab, «es ist das erste Mal, dass ich eine Grenze überquere.»

Dick lachte und machte es sich wieder auf seinem Platz bequem. Der Zug fuhr in einen scheunenartigen, verwaist wirkenden Bahnhof ein, der nur sehr trübe beleuchtet war, und die zivilen Fahrgäste begannen samt ihrem Gepäck auszusteigen. Dick schickte den Sergeant mit seinen Papieren zur Militärkontrolle, lehnte sich zurück und schlief weiter.

Er schlief tief und fest und wachte erst am Mont Cenis wieder auf. Dann kam die italienische Grenze. Abermals kalte Luft, schneebedeckte Berge, eine leere Scheune von einem Bahnhof, wo alles ausstieg.

Während er sich schläfrig sentimental an seine letzte Fahrt nach Italien mit Sheldrake im Fiat erinnerte, ging er fröstelnd in die Bahnhofsbar und trank eine Flasche Mineralwasser und ein Glas Wein. Er nahm ein paar Flaschen Mineralwasser und ein

Fiasco Chianti mit ins Abteil und bot Mr. Barrow und der Frau davon an, als die beiden mit verärgerten, müden Gesichtern von der Polizei- und Zollkontrolle zurückkamen. Die Frau erklärte, sie dürfe keinen Wein trinken, weil sie sich bei ihrem Eintritt ins Hilfswerk schriftlich verpflichtet habe, weder zu trinken noch zu rauchen, aber sie trank etwas Mineralwasser und beklagte sich, dass es sie in der Nase jucke. Dann schmiegten sich alle wieder in ihre jeweilige Ecke und versuchten, noch etwas zu schlafen.

Bis sie in die Stazione Termini in Rom einfuhren, nannten sie einander alle beim Vornamen. Die Frau aus Texas hieß Anne Elizabeth. Sie und Dick hatten den ganzen Tag im Gang gestanden und hinausgeschaut auf die Städte mit den safrangelben Dächern, die Bauernhäuser, jedes mit einem blauen Farbfleck auf dem Putz hinter der Weinrebe über der Tür, die Oliven, die verkrümmten Gestalten der Reben auf ihren rot terrassierten Weinbergen; die fahle italienische Hügellandschaft, in der die spitzen Zypressen so dunkel aufragten, dass sie wie Schlitze in einer Leinwand wirkten. Sie hatte ihm alles erzählt: wie sie sich den ganzen Krieg über bemüht habe, nach Übersee zu kommen, dass ihr Bruder bei der Ausbildung zum Piloten in San Antonio ums Leben gekommen sei, wie nett Mr. Barrow auf dem Schiff und in Paris zu ihr gewesen sei, nur dass er sich leider an sie heranzumachen versuche und sich völlig albern aufführe, und das sei sehr unangenehm; Dick sagte, so albern sei es ja vielleicht gar nicht. Er merkte, dass es Anne Elizabeth gut gefiel, mit einem richtigen Army-Offizier, der an der Front gewesen war und Italienisch konnte und so weiter, nach Rom zu reisen.

Vom Bahnhof aus musste er mit seinen Depeschenmappen umgehend zu Botschaft, aber er fand noch Zeit, einen Anruf bei Miss Trent im Hilfswerk für den Nahen Osten zu vereinbaren. Auch Barrow schüttelte ihm sehr herzlich die Hand und sagte, man werde einander hoffentlich wiedersehen; ihm liege sehr daran, Kontakte zu Menschen herzustellen, die wirklich Bescheid wüssten.

Das Einzige, woran Dick an jenem Abend dachte, war, so rasch wie möglich fertig zu werden und schlafen zu gehen. Am nächsten Morgen rief er Ed Schuyler beim Roten Kreuz an. In einem teuren Restaurant in der Nähe des Pincio-Parks nahmen sie ein üppiges, weinseliges Mittagessen ein. Ed lebte wie Gott in Frankreich; er hatte eine Wohnung an der Spanischen Treppe und reiste viel. Er war dick geworden. Doch jetzt saß er in der Klemme. Der Ehemann einer Italienerin, mit der er herumzog, drohte, ihn zum Duell zu fordern, und er befürchtete, dass es einen Riesenwirbel geben und er seine Stelle beim Roten Kreuz verlieren würde.

«Der Krieg war in Ordnung, aber was einen wirklich fertigmacht, ist der Frieden», sagte er. Er habe Italien und das Rote Kreuz ohnehin satt und wolle nach Hause. Es sei nur so, dass es in Italien zur Revolution kommen werde, und er würde gern hierbleiben und das Ganze miterleben. «Na, Dick, für jemanden von der Grenadine-Garde hast du's ja anscheinend auch ganz gut getroffen.»

«Alles eine Kette von Zufällen», sagte Dick und rümpfte die Nase. «Das Leben geht seltsame Wege, weißt du das etwa nicht?»

«Und ob ich das weiß ... Wie es wohl dem armen alten Steve ergangen ist? Fred Summers ist, was ich zuletzt von ihm gehört habe, in die Polnischen Legionen /355/ eingetreten.»

«Steve sitzt wahrscheinlich im Gefängnis», sagte Dick, «wo wir auch hingehören.»

«Aber man hat nicht alle Tage Gelegenheit, so eine Show zu sehen.»

Es war vier Uhr, als sie das Restaurant verließen. Sie gingen in Eds Wohnung, setzten sich ans Fenster, tranken Cognac, schauten hinaus auf die gelben und grünspanigen Dächer und barocken Kuppeln der Stadt, die im letzten Sonnenlicht funkelten, erinnerten sich, welch gewaltigen Eindruck Rom auf sie gemacht hatte, als sie das letzte Mal zusammen hier gewesen waren, und unterhielten sich darüber, was sie nun, da der Krieg vorbei war, anfangen würden. Ed Schuyler sagte, er wolle eine Stelle als Auslandskorrespondent haben, die ihn in den Osten führen würde; er könne sich nicht vorstellen, ins Hinterland von New York zurückzukehren; er wolle unbedingt Persien und Afghanistan kennenlernen. Das Gespräch über seine Zukunft schlug Dick aufs Gemüt. Er fing an, auf dem gefliesten Boden hin und her zu tigern.

Es läutete, und Schuyler ging auf den Flur hinaus. Dick hörte Getuschel und eine Frauenstimme, die dünn und schrill italienisch sprach. Kurz darauf schob Ed eine kleine Frau mit langer Nase und riesigen schwarzen Augen ins Zimmer. «Das ist Magda», sagte er, «Signora Sculpi, darf ich Ihnen Captain Savage vorstellen.»

Jetzt mussten sie sich in einer Mischung aus Französisch und Italienisch unterhalten. «Ich glaube nicht, dass es regnen wird», sagte Dick.

«Wie wär's, wenn ich eine Frau für dich organisiere, und wir machen einen Ausflug und essen beim Kaiserpalast zu Abend ... vielleicht ist es ja noch nicht zu kalt.»

Dick fiel Anne Elizabeth ein, und er rief beim Hilfswerk an. Die texanische Stimme war entzückt, sagte, ihre Kollegen seien schrecklich und sie habe sich mit Mr. Barrow verabredet, werde ihn aber versetzen. Ja, wenn sie sie in einer halben Stunde abholten, werde sie fertig sein. Nach einem großen Gefeilsche zwischen Signora Sculpi und einem Droschkenkutscher mieteten sie einen zweispännigen Landauer, der ziemlich elegant, aber altersschwach war. Anne Elizabeth wartete schon vor der Tür auf sie.

«Diese alten Hühner gehen mir auf die Nerven», sagte sie und sprang in den Wagen. «Sagen Sie ihm, er soll sich beeilen, sonst erwischt uns Mr. Barrow noch ... Diese alten Hühner sagen, ich muss um neun zu Hause sein. Da drin geht es weiß Gott schlimmer zu als in der Sonntagsschule ... Es war riesig nett von Ihnen, dass Sie mich zu diesem Ausflug mit Ihren Freunden eingeladen haben, Captain Savage ... Ich wollte unbedingt ausgehen und mir die Stadt ansehen ... Ist sie nicht wunderbar? Wo wohnt eigentlich der Papst?»

Die Sonne war untergegangen, und es begann kühl zu werden. Im Palazzo dei Cesari war es kühl und menschenleer, deshalb tranken sie dort lediglich einen Wermut und fuhren zum Essen in die Stadt zurück. Nach dem Essen gingen sie in eine Vorstellung ins Apollo. «Ich werde schwer was aufs Dach kriegen», sagte Anne Elizabeth, «aber das ist mir egal. Ich will die Stadt sehen.»

Als sie ins Theater gingen, nahm sie Dicks Arm. «Wissen Sie, Dick ... unter all diesen Ausländern fühle ich mich irgendwie einsam ... ich bin froh, dass ich einen anständigen Mann bei mir habe ... Als ich in New York studierte, bin ich nach New Jersey gefahren, um mir einen Textilarbeiterstreik anzusehen ... Damals haben mich solche Sachen interessiert. Damals habe ich mich so gefühlt wie jetzt. Aber ich möchte nichts davon missen. Vielleicht fühlt man sich immer so, wenn man etwas wirklich Interessantes erlebt.»

Dick fühlte sich leicht beschwipst und war in zärtlicher Stimmung. Er drückte ihren Arm und beugte sich über sie. «Kein böser Mann wird dem kleinen Texas-Girl was tun», säuselte er.

«Sie halten mich wohl für ein bisschen beschränkt», sagte Anne Elizabeth in plötzlich ganz anderem Ton. «Aber o Gott, wie soll ich bloß mit diesen methodistischen Temperenzlern und Moralaposteln auskommen, mit denen ich da geschlagen bin! Damit will ich nicht sagen, dass ich ihre Arbeit nicht für ausgezeichnet halte ... es ist ein schrecklicher Gedanke, dass überall arme kleine Kinder verhungern ... Wir haben den Krieg gewonnen, und jetzt ist es an uns, in Europa zur Aussöhnung beizutragen, genau wie der Präsident gesagt hat.» Der Vorhang hob sich, und sämtliche Italiener um sie herum machten Pst. Anne Elizabeth fügte sich. Als Dick ihre Hand zu nehmen versuchte, zog sie sie weg und versetzte ihm einen leichten Klaps. «Na, hören Sie mal, ich dachte, Sie hätten die Highschool schon hinter sich», sagte sie.

Die Vorstellung war nicht berauschend, und Anne Elizabeth, die kein Wort verstand, ließ immer wieder den Kopf an Dicks

Schulter sinken und schlief ein. In der Pause gingen sie alle in die Bar, wo Anne Elizabeth pflichtschuldig Limonade trank. Als sie dann wieder zu ihren Plätzen hinaufgingen, kam es plötzlich zu einem Handgemenge. Ein kleiner, glatzköpfiger Italiener mit Brille hatte sich mit dem Aufschrei «Traditore» auf Ed Schuyler gestürzt. Er prallte so kräftig gegen ihn, dass beide das Gleichgewicht verloren und die mit rotem Teppich bespannte Treppe hinunterkullerten, wobei der kleine Italiener auf Ed einschlug und eintrat und dieser ihn, so gut es ging, auf Armeslänge von sich weghielt. Dick und Anne Elizabeth, die sich als sehr kräftig erwies, packten den kleinen Italiener, zogen ihn vom Boden hoch und drehten ihm die Arme auf den Rücken, während Signora Sculpi ihm schluchzend um den Hals fiel. Es war ihr Mann.

Unterdessen rappelte sich Ed mit puterrotem, belämmertem Gesicht hoch. Bis die italienische Polizei erschien, hatte sich alles wieder beruhigt, und der Geschäftsführer klopfte Ed nervös den Staub von der Uniform. Anne Elizabeth fand die Brille des kleinen Italieners, die stark verbogen war, und er führte seine immer noch schluchzende Frau hinaus. Als er mit seiner verbogenen Brille, die ihm zitternd auf der Nasenspitze saß, in der Tür stehenblieb und Ed mit der Faust drohte, sah er so komisch aus, dass Dick unwillkürlich lachen musste. Ed entschuldigte sich wortreich bei dem Geschäftsführer, der offenbar für ihn Partei ergriff und den Polizisten mit ihren glänzenden Hüten erklärte, der Ehemann sei pazzo/356/. Es läutete, und sie kehrten alle zu ihren Plätzen zurück. «Anne Elizabeth, Sie sind ja eine richtige Jiujitsu-Expertin», flüsterte Dick und berührte dabei mit den Lippen ihr Ohr. Sie kamen ins Kichern, sodass sie der Vorstellung nicht mehr folgen konnten und das Theater verlassen und in ein Café gehen mussten.

«Wahrscheinlich werden mich jetzt sämtliche Itaker für einen Feigling halten, wenn ich den armen kleinen Wicht nicht zum Duell fordere.»

«Klar, jetzt heißt's Zündplättchenpistolen auf dreißig Schritt … oder Auberginen auf fünf Meter.» Dick musste so heftig lachen, dass ihm die Tränen kamen.

Ed wurde sauer. «Das ist nicht komisch», sagte er, «dass mir auch so was Blödes passieren muss … anscheinend kann man sich nicht amüsieren, ohne andere Menschen unglücklich zu machen … arme Magda … für sie ist das scheußlich … Miss Trent, ich hoffe, Sie verzeihen diesen albernen Auftritt.» Ed stand auf und ging.

«Was um alles in der Welt war da eigentlich los, Dick?», fragte Anne Elizabeth, als sie wieder auf der Straße waren und das Wohnheim der Nahosthilfe ansteuerten.

«Na ja, ich vermute, der Signore Ehemann war eifersüchtig, weil Ed sich mit Magda herumgetrieben hat … oder das Ganze ist ein hübscher kleiner Erpressungsversuch … offenbar ist der arme Ed deswegen völlig am Boden zerstört.»

«Jedenfalls tun die Leute hier Dinge, die sie zu Hause nicht tun würden … Ich finde das schon eigenartig.»

«Ach, Ed gerät überall in die Bredouille … Er hat eine spezielle Begabung dafür.»

«Ich denke, es liegt am Krieg, und dann die europäischen Maßstäbe und so weiter, das lockert die Moral … Ich war nie prüde, aber dass mich Mr. Barrow schon am Tag unserer Landung aufgefordert hat, mit ihm in sein Hotel zu kommen, das hat mich dann doch überrascht … Zu Hause hätte er das niemals getan, nicht in tausend Jahren.»

Dick blickte ihr forschend ins Gesicht. «Andere Länder, andere Sitten», sagte er mit einem komischen Grinsen.

Sie lachte und blickte ihm scharf in die Augen, als wollte sie erraten, wie genau er das meinte. «Tja, das gehört wohl alles zum Leben», sagte sie. Im Halbdunkel des Eingangs wollte er sie knutschen, aber sie gab ihm nur einen raschen Kuss auf den Mund und schüttelte den Kopf. Dann packte sie seine Hand, drückte sie kräftig und sagte: «Wir wollen gute Freunde sein.» Während Dick nach Hause ging, schwirrte ihm der Kopf vom Duft ihres dunkelblonden Haars.

Er musste drei, vier Tage in Rom warten. Der Präsident sollte am 3. Januar eintreffen, und man hielt zu seiner Verfügung mehrere Kuriere in Bereitschaft. Bis dahin hatte Dick nichts weiter zu tun, als in der Stadt herumzuspazieren, den Kapellen zuzuhören, die *The Star-Spangled Banner* probten, und zuzusehen, wie die Flaggen gehisst und die Tribünen aufgebaut wurden.

Der 1. Januar war ein Feiertag; Dick, Ed, Mr. Barrow und Anne Elizabeth mieteten einen Wagen und fuhren zur Hadriansvilla und danach zum Mittagessen nach Tivoli. Es war ein verregneter Tag, die Straßen waren voller Schlamm. Anne Elizabeth sagte, die wellige, vom Winter gelbbraune Campagna erinnere sie an ihre Heimat, an die Gegend entlang der Middlebuster. /357/ In dem Restaurant oberhalb des Wasserfalls aßen sie Fritto misto und tranken eine Menge schönen, goldenen Frascati. Ed und Mr. Barrow waren sich einig, was das Römische Reich anging, und auch darin, dass die Alten sich auf die Lebenskunst verstanden hätten. Dick kam es so vor, als flirtete Anne Elizabeth mit Mr. Barrow. Er ärgerte sich darüber, dass Mr. Barrow seinen Stuhl dicht an ihren heranrücken durfte, als sie hinterher auf der Terrasse Kaffee tranken und in die tiefe Schlucht hinabschauten, die vom Dunst des Wasserfalls verschleiert war. Dick saß da und trank seinen Kaffee, ohne etwas zu sagen.

Als Anne Elizabeth ausgetrunken hatte, sprang sie auf und sagte, sie wolle zu dem kleinen runden Tempel hinaufsteigen, der wie ein Motiv eines alten Kupferstichs auf dem gegenüberliegenden Hang stand. Ed sagte, so kurz nach dem Essen sei ihm der Weg zu steil. Mr. Barrow meinte ohne Begeisterung, er werde, äh, mitgehen. Anne Elizabeth stürmte los, rannte über die Brücke und den Pfad entlang, rasch gefolgt von Dick, der in dem lockeren Kies und den Pfützen immer wieder ausrutschte und strauchelte. Als sie unten ankamen, legte sich der Dunst feucht und kalt auf ihre Gesichter. Der Wasserfall war direkt über ihnen. Sein Tosen erfüllte ihre Ohren. Dick blickte zurück, um festzustellen, ob Mr. Barrow nachkam.

«Er muss wohl umgekehrt sein», schrie er, um den Wasserfall zu übertönen.

«Ach, ich kann Leute nicht leiden, die nie irgendwo hingehen», schrie Anne Elizabeth. Sie packte seine Hand. «Rennen wir zum Tempel hinauf.» Außer Atem kamen sie oben an. Auf der anderen Seite der Schlucht konnten sie Ed und Mr. Barrow sehen, die noch immer auf der Restaurantterrasse saßen. Anne Elizabeth drehte ihnen eine Nase und winkte dann. «Ist das nicht herrlich?», sprudelte sie hervor. «Ach, ich bin ganz verrückt nach Ruinen und Landschaft ... ich würde gern durch ganz Italien reisen und mir alles ansehen ... Wo können wir denn heute Nachmittag noch hin? Ich habe keine Lust, zurückzugehen und den beiden zuzuhören, wie sie über das Römische Reich quatschen.»

«Wir könnten nach Nemi ... Sie wissen doch, dort ist der See, wo Caligula seine Galeeren hatte ... aber ich glaube nicht, dass wir da ohne den Wagen hinkommen.»

«Dann wären die beiden ja dabei ... Nein, machen wir lieber einen Spaziergang.»

«Es wird vielleicht regnen.»

«Na, und wennschon. Wir sind schließlich nicht aus Zucker.»

Sie gingen einen Pfad über die Hügel oberhalb der Stadt hinauf und fanden sich bald zwischen feuchten Wiesen und kleinen Eichenwäldchen wieder; weit unter ihnen erstreckte sich hellbraun die Campagna, und schwarze Zypressen hoben wie Ausrufezeichen die Dächer von Tivoli hervor. Es war ein regnerischer, frühlingssatter Nachmittag. Sie sahen, wie die Regenschauer als dunkelgraue und weißliche Schleier über die Campagna zogen. Unter ihren Füßen blühten kleine purpurrote Alpenveilchen. Anne Elizabeth pflückte immer wieder welche und hielt sie ihm zum Riechen vor die Nase. Sie hatte rote Wangen, ihr Haar war zerzaust, und sie konnte anscheinend vor lauter Glück nicht ruhig gehen, sondern musste immerzu laufen und hüpfen. Ein kleiner Regenguss durchnässte sie beide ein wenig, die Haare klebten ihnen in Strähnen an der Stirn. Dann kamen sie an eine Stelle, die in kühlem Halbschatten lag. Sie setzten sich auf die Wurzel einer großen Buche und blickten zu den länglichen, rotbraunen, spitzen Knospen auf, die vor dem Himmel schimmerten. Ihre Nasen waren erfüllt vom Geruch der kleinen Alpenveilchen. Dick war feuchtheiß vom Anstieg, vom nassen Unterholz, vom Wein, den er getrunken hatte, und vom Duft der kleinen Alpenveilchen. Er wandte sich Anne Elizabeth zu und sah ihr in die Augen. «Tja», sagte er.

Sie packte ihn an den Ohren und küsste ihn wieder und wieder. «Sag, dass du mich liebst», sagte sie immerzu mit erstickter Stimme. Er roch ihr dunkelblondes Haar, ihren warmen Körper und die Süße der kleinen Alpenveilchen. Er zog sie hoch, drückte sie an sich und küsste sie auf den Mund; ihre Zungen berührten sich. Durch eine Lücke in der Hecke zerrte er sie auf das Feld nebenan. Der Boden war zu nass. Auf der anderen Seite des Feldes stand eine kleine, mit Reisig gedeckte Hütte. Leicht schwankend gingen sie eng umschlungen darauf zu, sodass ihre Oberschenkel sich steif aneinanderrieben. Die Hütte war voller trockenem Maisfutter. Sie drehten und wanden sich in dem trockenen, knisternden Maisfutter. Sie lag mit geschlossenen Augen auf dem Rücken, die Lippen fest aufeinandergepresst. Er hatte eine Hand unter ihrem Kopf und versuchte mit der anderen, sie auszuziehen; irgendetwas zerriss unter seinem Griff. Sie begann ihn wegzustoßen. «Nein, nein, Dick, nicht hier ... wir müssen zurück.»

«Liebste ... ich muss ... du bist so wunderbar.»

Sie entwand sich ihm und rannte aus der Hütte. Er setzte sich auf, klopfte sich die trockenen Fitzel von der Uniform und hasste Anne Elizabeth.

Draußen regnete es kräftig. «Gehen wir zurück; Dick, ich bin verrückt nach dir, aber du hättest meinen Schlüpfer nicht zerreißen dürfen ... ach, du bist zum Verzweifeln.» Sie begann zu lachen.

«Man sollte nichts anfangen, was man nicht auch zu Ende bringen will», sagte Dick. «Ach, ich finde, Frauen sind schrecklich … außer Prostituierte … da weiß man wenigstens, was man kriegt.»

Sie ging zu ihm hin und küsste ihn. «Armer Kleiner … er ist so böse. Es tut mir so leid … Ich schlafe mir dir, Dick … versprochen. Es ist schwierig, verstehst du … in Rom nehmen wir uns irgendwo ein Zimmer.»

«Bist du noch Jungfrau?» Seine Stimme klang gezwungen und steif.

Sie nickte. «Komisch, was? … und das in Kriegszeiten … Ihr Jungs habt euer Leben riskiert. Dann kann ich *das* wohl auch riskieren.»

«Ich schätze, Ed leiht mir seine Wohnung. Ich glaube, er fährt morgen nach Neapel.»

«Aber du liebst mich doch auch wirklich, Dick?»

«Natürlich … wenn ich mich nur nicht so schrecklich fühlen würde … dabei ist miteinander zu schlafen etwas so Großartiges.»

«Ja, vielleicht … ach, ich wollte, ich wäre tot.»

Im strömenden Regen, der sich allmählich zu einem kalten Nieseln abschwächte, stapften sie den Hügel hinunter. Dick war erschöpft und durchnässt; der Regen begann ihm unter den Kragen zu laufen. Anne Elizabeth hatte ihren Alpenveilchenstrauß weggeworfen.

Ins Restaurant zurückgekehrt, erfuhren sie, dass die anderen zur Villa d'Este gefahren waren, aber bald wieder da sein würden. Sie tranken heißes Wasser mit Rum und versuchten sich an einem Kohlebecken in der Küche zu trocknen. «Ein schönes Paar begossener Pudel sind wir», kicherte Anne Elizabeth.

«Zwei ausgemachte Idioten», knurrte Dick.

Bis die anderen zurückkamen, war ihnen warm geworden, aber sie waren immer noch nass. Es war eine Erleichterung, mit Barrow diskutieren zu können, der sagte, wenn die heutige herrschende Klasse so viel von der Lebenskunst verstünde wie die alten Italiener, wäre er kein Sozialist.

«Ich dachte, das wären Sie längst nicht mehr», unterbrach Anne Elizabeth. «Ich bin jedenfalls ganz bestimmt keine Sozialistin; man muss sich nur ansehen, wie sich die deutschen Sozialisten im Krieg verhalten haben, und jetzt machen sie ein großes Geschrei und behaupten, sie wären schon immer für den Frieden gewesen.»

«Es ist möglich ... So ... Sozialist zu sein und gleichzeitig an unseren Präsidenten und an ... äh ... die Demokratie zu glauben», stammelte Barrow und rückte nahe an sie heran. «Darüber müssen wir uns einmal ausführlicher unterhalten, Anne Elizabeth.»

Dick bemerkte, dass ihm fast die Augen aus dem Kopf fielen, als er sie ansah. Ich schätze, er ist hinter ihr her, sagte er sich. Als sie in den Wagen stiegen, war es ihm egal, ob Barrow sich neben sie setzte oder nicht. Es regnete während der gesamten Rückfahrt nach Rom.

Die nächsten drei Tage war Dick vollauf mit Präsident Wilsons Besuch in Rom beschäftigt. Er bekam Karten zu diversen offiziellen Veranstaltungen, hörte unzählige Reden auf Italienisch, Französisch und Englisch, sah unzählige Zylinder und Dekorationen, salutierte unzählige Male und bekam vor lauter Strammstehen Rückenschmerzen. Im Forum Romanum war er der Gruppe um den Präsidenten so nahe, dass er hörte, wie der kleine Mann mit dem schwarzen Schnurrbart, der auf die Überreste des Romulus-Tempels hinwies, in steifem Englisch sagte: «Hier steht alles in Beziehung zu den Ereignissen des Weltkrieges.» Stille trat ein, und die etwas weiter weg stehenden Würdenträger spitzten die Ohren, um mitzubekommen, was Mr. Wilson sagen würde.

«Das ist wahr», erwiderte Mr. Wilson mit gemessener Stimme. «Und wir dürfen in diesen Ruinen nicht bloß Steine, sondern wir müssen darin unsterbliche Symbole sehen.» Von der Gruppe kam ein leises, anerkennendes Raunen. Beim nächsten Mal sprach der Italiener ein wenig lauter. Sämtliche Zylinder neigten sich leicht zur Seite, während die Würdenträger auf seine Antwort warteten.

«In Amerika», sagte er mit einer knappen Verbeugung, «haben Sie etwas Größeres, und Sie bergen es in Ihren Herzen.»

Vor all den vom Zahn der Zeit angenagten Säulen und endlosen Reihen bearbeiteten Gesteins ragte Mr. Wilsons Zylinder kerzengerade empor. «Ja», erwiderte er, «es ist der größte Stolz der Amerikaner, dass sie die ungeheure Menschenliebe unter Beweis gestellt haben, die sie in ihrem Herzen tragen.» Während der Präsident sprach, erblickte Dick zwischen den Hahnenfedern einiger italienischer Generalshüte kurz sein Gesicht. Es war ein graues, steinernes, kaltes Gesicht, gefurcht wie die Säulen und unter dem Zylinderhut sehr länglich. Das leichte Lächeln um den Mund wirkte wie nachträglich aufgemalt. Die Gruppe ging weiter und geriet außer Hörweite.

Am selben Nachmittag um fünf, als er sich mit Anne Elizabeth in Eds Wohnung traf, musste er ihr ausführlich von den offiziellen Empfängen erzählen. Er sagte, er habe auf dem Capitol, als der Präsident zum Ehrenbürger ernannt worden sei, nur eine goldene Replik der Wölfin gesehen, die Romulus und Remus säugte, und auf dem Forum dann sein Gesicht. «Ein schreckliches Gesicht, ich schwöre, es ist ein Reptiliengesicht, nicht das eines Warmblüters, oder wie das Gesicht eines dieser alten römischen Politiker auf einem Grabmal an der Via Appia ... Weißt du, was wir sind, Anne Elizabeth? Wir sind die Römer des 20. Jahrhunderts» – er brach in Gelächter aus –, «dabei wollte ich immer ein Grieche sein.»

Anne Elizabeth, eine große Bewunderin Wilsons, ärgerte sich zunächst über seine Worte. Er war nervös und aufgeregt und redete unaufhörlich weiter. Ausnahmsweise einmal verstieß sie gegen ihre Selbstverpflichtung und trank etwas heißen Rum mit ihm, weil es im Zimmer schrecklich kalt war. Von Eds Fenster aus konnten sie im Licht der Straßenlaternen einen kleinen Ausschnitt der Spanischen Treppe sehen, wo unaufhörlich ein dunkles Gewirr von Menschenmassen hin und her wogte. «Bei Gott, Anne Elizabeth, es ist schrecklich, wenn man darüber nachdenkt ... du weißt nicht, wie die Leute empfinden, Leute, die in

Bauernhütten für ihn beten ... wir haben keine blasse Ahnung, und wir trampeln auf ihnen herum ... wie die Belagerung von Korinth ... sie glauben, er bringt ihnen Frieden, er gibt ihnen die gemütliche Vorkriegswelt wieder. Es wird einem übel, wenn man all die Reden hört ... Lieber Gott, lass uns menschlich bleiben, solange es nur geht ... und keine Reptilienaugen und Steingesichter und Tinte statt Blut in unseren Adern kriegen ... Ich will verdammt noch mal kein Römer sein.»

«Ich weiß, was du meinst», sagte Anne Elizabeth und zerzauste ihm das Haar. «Du bist ein Künstler, Dick, und ich liebe dich sehr ... du bist mein Dichter, Dick.»

«Der Teufel soll sie alle holen», sagte Dick und schlang die Arme um sie.

Trotz des heißen Rums war Dick sehr nervös, als er sich auszog. Sie zitterte, als er sich zu ihr aufs Bett legte. Es klappte einigermaßen, aber sie blutete stark, und sie hatten nicht viel Spaß miteinander. Hinterher, beim Essen, wussten sie einander irgendwie nichts zu sagen. Sie ging früh nach Hause, und Dick wanderte zwischen den aufgeregten Menschenmassen, den Flaggen, Illuminationen und Uniformen trübsinnig durch die Straßen. Auf dem Corso herrschte dichtes Gedränge; Dick ging in ein Café und wurde von einer Gruppe italienischer Offiziere begrüßt, die darauf bestanden, ihn freizuhalten. Ein junger Bursche mit olivefarbener Haut und langen, schwarzen Wimpern, der Carlo Hugobuoni hieß, freundete sich besonders mit ihm an, machte den Unterhalter und stellte ihn an sämtlichen Tischen als il Captain Salvaggio Ricardo vor. Es war ein einziges Asti spumante und Evviva gli americani und Italia irredenta und Miister Wiilsonn, der la civiltà gerettet hatte, und evviva la pace, und am Ende nahmen sie Dick mit zu le belle ragazze. Zu seiner großen Erleichterung waren in dem Haus, in das sie ihn führten, sämtliche Frauen gerade beschäftigt, und Dick konnte sich davonstehlen, in sein Hotel zurückkehren und sich schlafen legen.

Als er am nächsten Morgen nach unten kam, um seinen Kaffee zu trinken, wartete in der Eingangshalle schon Carlo auf ihn. Carlo war sehr schläfrig; er hatte erst um fünf Uhr morgens eine Ragazza auftreiben können, aber jetzt stehe er seinem Caro Amico zur Verfügung und werde ihm die Stadt zeigen. Dick hatte ihn den ganzen Tag am Hals, trotz seiner Bemühungen, ihn loszuwerden, ohne ihn zu kränken. Er wartete, während Dick sich in der Militärmission seine Befehle holte, er aß mit ihm und Ed Schuyler zu Mittag, und Ed hatte alle Mühe, ihn wegzulotsen, damit Dick in Eds Wohnung gehen konnte, um sich mit Anne Elizabeth zu treffen. Ed nahm es von der lustigen Seite und sagte, da er Magda verloren habe, könne er dort ohnehin nichts Lohnendes anfangen, und er freue sich, dass Dick die Wohnung zu amourösen Zwecken verwende. Dann hakte er Carlo fest unter und entführte ihn in ein Café.

Dick und Anne Elizabeth waren sehr zärtlich und still. Es war ihr letzter gemeinsamer Nachmittag. Dick sollte noch am Abend nach Paris abreisen, und Anne Elizabeth rechnete jeden Tag mit ihrer Versetzung nach Konstantinopel. Dick versprach, alles daranzusetzen, sie dort besuchen zu können. Am Abend brachte Anne Elizabeth ihn zum Bahnhof. Dort wartete schon Carlo mit einer riesigen, in Silberfolie eingepackten Salami und einer Flasche Chianti. Der Bursche, der Dick begleitete, hatte die Depeschenmappen mitgebracht, sodass er nur noch einsteigen musste. Irgendwie wusste er nichts zu sagen, und es war eine Erleichterung, als der Zug losfuhr.

Sowie er sich bei Colonel Edgecombe meldete, wurde er umgehend wieder losgeschickt, diesmal nach Warschau. In Deutschland hatten sämtliche Züge Verspätung, die Leute waren leichenblass, und alles redete von einem bolschewistischen Aufstand. Während eines endlosen Aufenthalts in einem ostpreußischen Bahnhof ging Dick auf dem verschneiten Bahnsteig auf und ab und stampfte mit den Füßen, um sich warm zu halten, als plötzlich Fred Summers vor ihm stand. Fred fuhr als Wache für einen Versorgungswagen des Roten Kreuzes mit und lud Dick ein, ihm ein paar Stationen weit Gesellschaft zu leisten. Dick holte seine Depeschen und ging mit. Fred hatte den Begleitwagen mit einem Ölofen, einem Feldbett und einem großen Vorrat Wein, Cognac und Baker-Schokolade ausgestattet. Sie fuhren den ganzen Tag miteinander und unterhielten sich, während der Zug langsam über eine endlose, graue, gefrorene Ebene zuckelte.

«Das ist kein Frieden», sagte Fred Summers, «sondern ein elendes Massaker! Mein Gott, du müsstest mal die Pogrome sehen.»

Dick lachte und lachte. «Menschenskind, was tut das gut, deine Stimme zu hören, Fred, du alter Penner ... es ist wie in den guten alten Zeiten der Grenadine-Garde.»

«Ja, das war ein Mordsspaß», sagte Fred. «Hier draußen ist es viel zu schrecklich, um lustig zu sein ... bloß Hungernde und Verrückte.»

«Verdammt vernünftig von dir, dass du nicht Offizier geworden bist ... man muss so verdammt vorsichtig sein, was man sagt oder tut, dass man sich überhaupt nicht mehr richtig amüsieren kann.»

«Von dir hätte ich zuallerletzt erwartet, dass mal ein Captain aus dir wird.»

«C'est la guerre», sagte Dick.

Sie tranken und quatschten und quatschten und tranken so viel, dass Dick es mit seiner Depeschenmappe kaum in sein Abteil zurückschaffte. Als sie im Bahnhof von Warschau hielten, kam Fred mit einem Päckchen Schokoladenriegel angerannt. «Hier hast du eine kleine Hilfe, Dick», sagte er. «Eignet sich prima für Coucher avec. Gibt in ganz Warschau keine Frau, die nicht für einen Schokoladenriegel die ganze Nacht mit dir coucher geht.»

Als Dick nach Paris zurückkam, gingen er und Colonel Edgecombe zum Tee zu Miss Stoddard. Ihr Salon war groß und prächtig, mit italienischen Tafelbildern an den Wänden und gelben und orangefarbenen Damastbehängen; durch die schwere Spitze in den Fenstern sah man das purpurne Geäst der Bäume entlang dem Quai, die jadeschwarze Seine und das hohe Steingewirk der

Apsis von Notre-Dame. «Was für einen großartigen Rahmen Sie sich da geschaffen haben, Miss Stoddard», sagte Colonel Edgecombe, «und, wenn Sie das Kompliment verzeihen wollen, das Juwel ist seiner Fassung würdig.»

«Es sind schöne alte Räume», sagte Miss Stoddard, «man muss diese alten Häuser nur richtig zur Geltung bringen.» Sie wandte sich an Dick: «Junger Mann, was haben Sie an dem Abend, als wir alle miteinander gegessen haben, mit Robbins gemacht? Er redet nur noch davon, was für ein kluger Mensch Sie seien.»

Dick errötete. «Wir haben hinterher noch ein Glas ungewöhnlich guten Scotch miteinander getrunken ... Das muss es wohl gewesen sein.»

«Tja, ich werde Sie im Auge behalten müssen ... Ich traue diesen klugen jungen Männern nicht.»

Sie saßen um einen alten, schmiedeeisernen Ofen und tranken Tee. Ein dicker Major und ein hohlwangiger Standard-Oil-Mensch namens Rasmussen stießen zu ihnen, und später noch eine Miss Hutchins, die in ihrer Rotkreuz-Uniform sehr schlank und adrett wirkte. Sie unterhielten sich über Chartres, über die verwüsteten Regionen, über die allgemeine Begeisterung, die Mr. Wilson überall entgegenschlug, und über die Frage, warum Clemenceau stets graue Baumwollhandschuhe trug. Miss Hutchins sagte, das liege daran, dass er in Wirklichkeit Krallen statt Hände habe, weshalb man ihn auch den Tiger nenne.

Miss Stoddard nahm Dick in der Fensternische beiseite. «Wie ich höre, kommen Sie gerade aus Rom, Captain Savage ... Ich war seit Kriegsbeginn sehr oft dort ... Erzählen Sie mir, was Sie gesehen haben ... erzählen Sie mir alles ... mir gefällt es nirgendwo so gut wie in Rom.»

«Mögen Sie Tivoli?»

«Ja, schon, aber das ist doch wohl eher etwas für Touristen, meinen Sie nicht?»

Dick erzählte ihr, ohne Eds Namen zu nennen, die Geschichte von der Rauferei im Apollo, die sie sehr zu amüsieren schien.

Sie verstanden sich gut miteinander, während sie plaudernd am Fenster standen und die Straßenlaternen entlang dem Fluss grünlich aufglimmen sahen; Dick fragte sich, wie alt sie wohl war, la femme de trente ans. /358/

Als er und der Colonel sich verabschiedeten, begegneten sie im Flur Mr. Moorehouse. Er schüttelte Dick sehr herzlich die Hand, sagte, er freue sich sehr, ihn wiederzusehen, und bat ihn, am späten Nachmittag einmal bei ihm vorbeizuschauen, er wohne im Crillon und bei ihm seien oft interessante Leute. Dick fühlte sich merkwürdig beschwingt von dem Tee, dabei hatte er damit gerechnet, sich zu langweilen. Er begann zu überlegen, ob es nicht allmählich Zeit wurde, den Dienst zu quittieren, und auf dem Weg zurück zum Büro, wo er noch einiges zu erledigen hatte, fragte er den Colonel, welche Schritte er unternehmen müsste, um in Frankreich aus dem Dienst ausscheiden zu können. Er glaube, er werde in Paris eine Stellung finden.

«Also, wenn es Ihnen *darum* geht, ist dieser Moorehouse der Richtige für Sie ... ich glaube, er soll irgendeine Art von Öffentlichkeitsarbeit für die Standard Oil übernehmen ... Sehen Sie sich als Berater für Öffentlichkeitsarbeit, Savage?» Der Colonel lachte.

«Nun ja, ich muss an meine Mutter denken», sagte Dick ernst.

Im Büro fand Dick zwei Briefe vor. Einer war von Mr. Wigglesworth, der ihn davon unterrichtete, dass Blake eine Woche zuvor in Saranac an Tuberkulose gestorben war, der andere war von Anne Elizabeth:

Liebling,

ich sitze an einem Schreibtisch in diesem elenden Loch, in dem es nichts als alte Giftnudeln gibt, die mir schrecklich auf die Nerven gehen. Ich liebe dich so sehr. Wir müssen uns bald sehen. Was Dad und Buster wohl sagen würden, wenn ich aus Übersee einen gutaussehenden Ehemann mitbrächte? Zuerst würden sie wahrscheinlich im Dreieck springen, aber ich denke, das würde sich bald geben. Hol's der Kuckuck, ich habe keine Lust, an einem Schreibtisch zu sitzen, ich möchte durch Europa reisen und sämtliche Sehenswürdigkeiten sehen. Das Einzige, was mir hier gefällt, ist ein kleiner Strauß Alpenveilchen auf meinem Schreibtisch. Erinnerst du dich noch an die süßen kleinen rosa Alpenveilchen? Ich bin furchtbar erkältet und teuflisch einsam. Diese methodistischen Temperenzler und Moralprediger sind die widerlichsten Menschen, die mir je untergekommen sind. Hast du jemals Heimweh gehabt, Dick? Ich glaube nicht. Bitte lass dich umgehend wieder nach Rom zurückschicken. Ich wünschte, ich wäre da oben, wo die Alpenveilchen blühten, nicht so eine alberne kleine Zimperliese gewesen. Es ist schwer, eine Frau zu sein, Dick. Lass es dir an nichts fehlen, aber vergiss mich nicht. Ich liebe dich so.

Anne Elizabeth

Als Dick mit den beiden Briefen in der Innentasche seines Waffenrocks in sein Hotelzimmer kam, warf er sich aufs Bett und starrte lange Zeit zur Decke auf. Kurz vor Mitternacht klopfte Henry an die Tür. Er kam gerade aus Brüssel. «Was ist denn mit dir los, Dick, du siehst ja ganz grau aus ... bist du krank oder so was?»

Dick rappelte sich hoch und wusch sich am Waschbecken das Gesicht. «Nichts ist los», stieß er hervor. «Mir hängt wohl einfach nur die Army zum Hals raus.»

«Du siehst aus, als hättest du geweint.»

«Sinnlose Tränen», sagte Dick und räusperte sich mit einem kurzen Lachen.

«Hör mal, Dick, ich bin in der Klemme, du musst mir helfen ... Du erinnerst dich doch an diese Olga, die mit der Teekanne nach mir geworfen hat?» Dick nickte. «Tja, die behauptet, sie kriegt ein Kind und ich wäre der stolze Vater ... Lächerlich.»

«Tja, so was kommt vor», sagte Dick säuerlich.

«Aber Herrgott noch mal, Menschenskind, ich habe keine Lust, das Luder zu heiraten oder ihren Nachwuchs zu ernähren. Selbst wenn sie ein Kind kriegt, ist es wahrscheinlich nicht von mir ... Sie sagt, sie schreibt an General Pershing. Ein paar arme Teufel von Mannschaftsdienstgraden haben sie schon wegen Vergewaltigung zu zwanzig Jahren verknackt ... die gleiche Geschichte.»

«Zwei haben sie auch erschossen ... Gott sei Dank war ich nicht dem Kriegsgericht zugeteilt.»

«Stell dir mal vor, wie sich Mutter aufregen würde ... Pass auf, du kannst besser parlewuhen als ich ... Ich möchte, dass du mitkommst und mit ihr redest.»

«Na gut ... aber ich bin todmüde und fühle mich beschissen ...» Dick zog seinen Waffenrock an. «Hör mal, Henry, wie bist du denn bei Kasse? Der Franc fällt ständig. Wir könnten ihr vielleicht ein bisschen Geld geben, und wir fahren bald nach Hause, dann sind wir zu weit weg für eine Erpressung.»

Henry machte ein bedrücktes Gesicht. «Blöde Sache, wenn man seinem kleinen Bruder so was gestehen muss», sagte er, «aber ich habe neulich abends gepokert und bin ausgenommen worden ... ich bin komplett am Arsch.»

Sie gingen zu dem Lokal auf Montmartre, wo Olga als Garderobiere arbeitete. Es waren noch keine Gäste da, sodass sie mit ihnen an die Bar gehen und etwas trinken konnte. Sie gefiel Dick ziemlich. Sie war eine Wasserstoffblondine mit einem kleinen, harten, frechen Gesicht und großen braunen Augen. Dick redete ihr zu, sagte, sein Bruder könne wegen la Famille und weil er keine Stelle habe, keine Ausländerin heiraten, er werde bald aus der Army ausscheiden und wieder an einem Zeichentisch sitzen ... ob sie eine Ahnung habe, wie wenig ein Zeichner in einem Architektenbüro en Amérique verdiene? So gut wie gar nichts, und dann noch la chute du Franc, und als Nächstes treffe es vielleicht den Dollar, und *la* Révolution mondiale stehe bevor, und es wäre das Beste, ein braves kleines Mädchen zu sein und das Kind nicht zu bekommen. Sie begann zu weinen ... sie wünsche sich so sehr, zu heiraten und Kinder zu bekommen, und was un avortement angehe ... mais non, puis non. Sie stampfte mit dem Fuß auf und ging in ihr Garderobenkabuff zurück. Dick folgte ihr, tröstete sie, tätschelte ihr die Wange und sagte, que voulez-vous, so sei nun mal la vie, und ob sie sich ein Geschenk von fünfhundert Francs vorstellen könne. Sie schüttelte den Kopf, doch als er von tausend sprach, hellte sich ihre Miene auf, und sie gab zu, dass, que voulez-vous, so nun mal la vie sei. Als Dick sich verabschiedete, verabredeten die Frau und Henry mit fröhlichen Gesichtern, nachher, wenn la boîte schloss, miteinander nach Hause zu gehen.

«Tja, ich hatte zweihundert gespart, die werden dann wohl draufgehen ... versuch sie hinzuhalten, bis wir einen günstigen Wechselkurs kriegen ... und Henry, wenn du das nächste Mal Poker spielst, dann pass um Gottes willen auf dich auf.»

Am Tag vor der ersten Plenarsitzung der Friedenskonferenz eilte Dick ins Crillon, um Mr. Moorehouse aufzusuchen, der versprochen hatte, ihm und Colonel Edgecombe Karten zu besorgen; auf dem Weg nach oben erblickte er ein vertrautes Gesicht über einer französischen Uniform. Es war Ripley, der soeben aus der französischen Artillerieschule in Fontainebleau entlassen worden war. Er sagte, er versuche hier einen alten Freund seines Vaters zu finden, um zu sehen, ob er im Zusammenhang mit den Delegationen eine Arbeit bekommen könne. Er sei pleite, und Marianne die Dritte Republik wolle ihn nur behalten, wenn er in die Fremdenlegion eintrete, und das sei nun wirklich das Letzte, wozu er Lust habe. Nachdem Dick Colonel Edgecombe angerufen und ihm gesagt hatte, Mr. Moorehouse habe ihn leider keine Karten besorgen können und sie müssten es noch einmal über militärische Kanäle probieren, gingen er und Ripley in der Bar des Ritz einen trinken.

«Schick, schick», sagte Ripley mit einem Blick auf die dekorierten Uniformen und den Schmuck der Frauen.

«Was wolln sie denn noch auf dem Bauernhof ... sie kennen ja

nun Pariiieh», brummte Dick. «Wenn ich bloß wüsste, was ich anfangen soll, wenn ich raus bin aus der Army.»

«Frag mich was Leichteres ... na ja, irgendwo werde ich schon eine Arbeit kriegen ... wenn alle Stricke reißen, muss ich eben zurück an die Columbia und fertigstudieren ... Wenn bloß die Revolution käme. Ich will nicht zurück in die Staaten ... verdammt, ich weiß nicht, was ich tun soll.»

Dick wurde von diesem Gerede unwohl. «Méfiez-vous», zitierte er, «les oreilles ennemies vous écoutent.»

«Da sagst du was.»

«Hör mal, hast du irgendwas von Steve Warner gehört?», fragte Dick mit leiser Stimme. «Ich habe einen Brief aus Boston bekommen ... Ich glaube, er ist zu einem Jahr Gefängnis verurteilt worden, weil er sich nicht registrieren lassen wollte ... Da hat er noch Schwein gehabt ... Viele von diesen armen Teufeln haben zwanzig Jahre gekriegt. Tja, das kommt davon, wenn man sich in Gefahr begibt.» Den letzten Satz sagte Dick in normaler Lautstärke. Ripley musterte ihn eine Sekunde lang mit zusammengekniffenen Augen; dann unterhielten sie sich über anderes.

An jenem Nachmittag ging Dick mit Miss Stoddard zum Tee zu Rumpelmeyer und spazierte hinterher mit ihr zum Crillon, um Mr. Moorehouse aufzusuchen. Auf den Fluren des Hotels herrschte ein Gewimmel wie in einem Ameisenhaufen: hin und her eilende Khakiuniformen, Schreibstubenhengste, Botenjungen, Zivilisten. Aus jeder offenen Tür kam ein Schwall von Schreibmaschinengeklapper. Auf jedem Treppenabsatz standen Gruppen ziviler Experten in leisem Gespräch, wechselten Blicke mit Vorüberkommenden, machten sich auf Schreibblöcken Notizen. Miss Stoddard packte Dick mit ihren spitzen weißen Fingern am Arm. «Hören Sie nur ... das ist ja der reinste Dynamo ... was das wohl zu bedeuten hat?»

«Frieden jedenfalls nicht.»

Im Vorzimmer von Mr. Moorehouse' Suite stellte sie ihn Miss Williams vor, der müde wirkenden Blondine mit den scharfen Zügen, die seine Sekretärin war. «Sie ist ein Schatz», flüsterte Miss Stoddard, während sie in den Salon weitergingen, «keiner hier arbeitet so viel wie sie.»

In dem blauen Licht, das durch die bodentiefen Fenster hereinsickerte, standen sehr viele Leute herum. Ein Kellner mit einem Tablett voller Gläser schlängelte sich zwischen den Gruppen hindurch, und ein nach Kammerdiener aussehender Mensch mit einer Flasche Port ging auf Zehenspitzen umher. Manche hatten Teetassen, andere Gläser in der Hand, aber keiner achtete groß auf sein Getränk. An der Art, wie Miss Stoddard den Raum betrat und wie Mr. Moorehouse ihr ein Stück entgegenkam, merkte Dick sofort, dass sie es gewohnt war, hier Regie zu führen. Er wurde diversen Leuten vorgestellt, stand eine Zeitlang herum, hielt den Mund und spitzte die Ohren. Mr. Moorehouse sprach ihn an und erinnerte sich an seinen Namen, bekam jedoch im gleichen Augenblick mitgeteilt, dass Colonel House am Telefon sei, sodass Dick keine Möglichkeit mehr hatte, sich mit ihm zu unterhalten. Er wollte gerade gehen, als Miss Williams, die Sekretärin, sagte: «Captain Savage, entschuldigen Sie einen Augenblick ... Sie sind doch ein Freund von Mr. Robbins, nicht wahr?»

Dick lächelte sie an und sagte: «Wohl eher ein Bekannter, würde ich sagen. Er scheint ein sehr interessanter Bursche zu sein.»

«Er ist ein hochintelligenter Mann», sagte Miss Williams, «aber ich fürchte, er ist dabei, den Halt zu verlieren ... so, wie ich es sehe, hat diese Stadt etwas sehr Demoralisierendes ... für einen Mann. Wie will man denn mit seiner Arbeit fertig werden, wenn man drei Stunden fürs Mittagessen braucht und den Rest der Zeit in diesen elenden Cafés herumhockt und trinkt?»

«Sie mögen Paris nicht, Miss Williams.»

«Nein, ganz und gar nicht.»

«Robbins aber schon», sagte Dick maliziös.

«Und das nur allzu sehr», sagte Miss Williams. «Ich dachte,

wenn Sie mit ihm befreundet sind, könnten Sie uns vielleicht helfen, ihn wieder auf den rechten Weg zu bringen. Wir machen uns große Sorgen um ihn. Seit zwei Tagen ist er jetzt nicht mehr hier gewesen, und das in diesem überaus wichtigen Augenblick, wo überaus wichtige Kontakte zu knüpfen wären. J. W. arbeitet bis zur Erschöpfung. Ich habe solche Angst, dass er unter der Anstrengung zusammenbrechen wird … Und man bekommt einfach keine verlässliche Stenographin oder zusätzliche Stenotypistin … neben meiner Sekretärinnenarbeit muss ich auch noch die ganze Tipperei erledigen.»

«Ja, wir haben jetzt alle viel zu tun», sagte Dick. «Auf Wiedersehen, Miss Williams.» Sie schenkte ihm ein Lächeln, als er ging.

Als er Ende Februar von einer langen, trostlosen Reise nach Wien zurückkam, fand er einen weiteren Brief von Anne Elizabeth vor:

Liebster Dick,
danke für die schönen Ansichtskarten. Ich habe immer noch diesen Schreibtischposten und bin furchtbar einsam. Bitte versuche, wenn irgend möglich, nach Rom zu kommen. Hier geschieht etwas, was für uns beide eine große Veränderung mit sich bringen wird. Ich mache mir deswegen schreckliche Sorgen, aber ich habe großes Vertrauen zu dir. Ich weiß, du bist eine ehrliche Haut, Dicky Boy. Ach, ich muss dich einfach sehen. Wenn du nicht in den nächsten Tagen kommst, werfe ich vielleicht alles hin und komme nach Paris.

Deine
Anne Elizabeth

Dick saß mit einem 2nd Lieutenant von der Artillerie namens Staunton Wills, der an der Sorbonne studierte, bei einem Bier in der Brasserie Weber, als er den Brief las, und es überlief ihn kalt. Dann las er einen Brief von seiner Mutter, die sich über das Alleinsein im Alter beklagte, und einen von Mr. Cooper, der ihm eine Stelle anbot. Wills erzählte von einer Frau, die er im Théâtre Caumartin gesehen hatte und gern kennenlernen wollte, und fragte Dick in dessen Eigenschaft als Fachmann, wie er das anstellen solle. Dick zwang sich, ihm zu erklären, dass er ganz sicher mit ihr ins Gespräch käme, wenn er ihr über die *Ouvreuse* /359/ einen kleinen Brief zukommen ließe, und er zwang sich, die auf der Rue Royale hin und her gehenden Menschen mit Regenschirmen, die nassen Taxis und glänzenden Stabswagen zu betrachten, doch innerlich war er in Panik; sie bekam ein Kind; sie erwartete von ihm, dass er sie heiratete; ich will verdammt sein, wenn ich das tue. Nachdem sie ihr Bier ausgetrunken hatten, gingen er und Wills am linken Ufer der Seine entlang, betrachteten die alten Bücher und Kupferstiche an den Ständen der Antiquare und landeten schließlich bei Eleanor Stoddard, wo sie Tee tranken.

«Was schauen Sie denn so trübselig, Richard?», fragte Eleanor. Sie hatten sich mit ihren Teetassen in die Fensternische verfügt. Wills saß am Tisch und unterhielt sich mit Eveline Hutchins und einem Journalisten. Dick nahm einen Schluck Tee. «Mich mit Ihnen zu unterhalten ist mir immer ein großes Vergnügen, Eleanor», sagte er.

«Dann liegt es also nicht an mir, dass Sie so ein langes Gesicht ziehen?»

«Wissen Sie ... an manchen Tagen kommt es einem so vor, als ob man stagniert ... Ich habe es wohl einfach satt, eine Uniform zu tragen ... Ich möchte zur Abwechslung mal wieder Privatmensch sein.»

«Sie wollen doch nicht etwa wieder nach Hause?»

«Nein, nein, aber ich muss wahrscheinlich, um mich um meine Mutter zu kümmern, falls Henry es nicht tut ... Colonel Edgecombe sagt, er kann dafür sorgen, dass ich hier in Paris entlassen werde, das heißt, falls ich auf mein Recht auf Beförderung nach Hause verzichte. Dazu bin ich weiß Gott bereit.»

«Warum bleiben Sie denn nicht hier ...? Vielleicht könnten wir J. W. dazu bringen, dass er etwas für Sie arrangiert ... Hätten Sie Lust, einer seiner klugen jungen Männer zu werden?»

«Das wäre auf jeden Fall besser als die Niederungen der Politik in Jersey ... ich hätte gern eine Stelle, bei der ich viel auf Reisen bin ... Es ist lächerlich, weil sich mein Leben jetzt schon auf der Eisenbahn abspielt, aber noch habe ich das nicht satt.»

Sie tätschelte ihm die Hand. «Genau das gefällt mir an Ihnen, Richard, dieser Appetit, den Sie auf alles haben ... J. W. hat mehrmals davon gesprochen, was für einen hellwachen Eindruck Sie machen ... er ist genauso, er hat nie den Appetit verloren, deshalb wird er auch ein bedeutender Mann werden ... Sie wissen ja, dass Colonel House ihn ständig konsultiert ... Ich dagegen, ich habe den Appetit verloren.» Sie kehrten zum Teetisch zurück.

Am nächsten Tag kam Befehl, einen Mann nach Rom zu schicken; Dick ergriff die Gelegenheit. Als er Anne Elizabeths Stimme am Telefon hörte, durchlief ihn abermals eisige Panik, aber er bemühte sich um einen möglichst umgänglichen Ton. «Es ist so lieb von dir, dass du gekommen bist, Dicky Boy», sagte sie.

Sie trafen sich vor einem Café an der Ecke der Piazza Venezia. Die unbeherrschte Art, wie sie auf ihn zurannte, ihm um den Hals fiel und ihn küsste, machte ihn verlegen. «Schon gut», sagte sie lachend, «man wird uns einfach für ein verrücktes amerikanisches Paar halten ... O Dick, lass dich anschauen ... O Dicky Boy, du hast mir so gefehlt.»

Dick schnürte es die Kehle zu. «Wir können doch miteinander zu Abend essen, oder?», brachte er heraus. «Ich dachte, wir erwischen Ed Schuyler vielleicht noch.»

Sie hatte ein kleines Hotel in einer Nebenstraße ausgesucht. Dick ließ sich von ihr hinreißen; schließlich sah sie mit ihren geröteten Wangen ziemlich hübsch aus, und der Geruch ihres Haars ließ ihn an den Duft der kleinen Alpenveilchen auf dem Hügel über Tivoli denken; doch während er mit ihr schlief, in ihren Armen schwitzte und rackerte, drehten sich in seinem Kopf unablässig Rädchen: Was mache ich nur, mache ich nur, mache ich nur?

Sie kamen so spät zu Eds Wohnung, dass der schon nicht mehr mit ihnen rechnete. Er hatte bereits gepackt, denn er wollte von Rom aus nach Paris und am nächsten Tag nach Hause. «Prima», sagte Dick, «wir fahren mit demselben Zug.»

«Das ist mein letzter Abend in Rom, Herrschaften», sagte Ed, «gehen wir so richtig gepflegt essen, und zum Teufel mit dem Roten Kreuz.»

In einem Lokal vor der Trajanssäule nahmen sie ein aufwändiges Essen mit erstklassigen Weinen ein, aber Dick schmeckte nichts. Seine eigene Stimme klang ihm blechern in den Ohren. Er bemerkte, dass Ed sich gewaltig anstrengte, die Stimmung zu heben, neue Flaschen bestellte, mit dem Kellner scherzte, lustige Geschichten über seine Missgeschicke mit römischen Damen erzählte. Anne Elizabeth trank eine Menge Wein und sagte, die Drachen von der Nahosthilfe seien gar nicht so schlimm, wie sie sie dargestellt habe, sie hätten ihr einen Hausschlüssel gegeben, nachdem sie ihnen erzählt hatte, ihr Verlobter sei nur für diesen einen Abend in Rom. Unterm Tisch stupste sie unentwegt Dicks Knie an und wollte, dass sie *Auld Lang Syne* sangen. Nach dem Essen fuhren sie in einer Droschke spazieren und hielten am Trevi-Brunnen an, um Münzen hineinzuwerfen. Sie landeten schließlich in Eds Wohnung, wo sie auf Umzugskisten saßen, eine Flasche Champagner leer tranken, an die sich Ed plötzlich erinnert hatte, und *Auprès de man blonde* sangen.

Die ganze Zeit fühlte sich Dick innerlich nüchtern und kalt. Es war eine Erleichterung, als Ed betrunken verkündete, er werde jetzt zum letzten Mal einige hübsche römische Ladys aus seinem Bekanntenkreis besuchen und seine Wohnung den Promessi sposi /360/ überlassen. Nachdem er gegangen war, schlang Anne Elizabeth die Arme um Dick. «Gib mir einen einzigen Kuss, Dicky Boy, und dann musst du mich zu den methodistischen Temperenzlern und Moralaposteln zurückbringen … schließlich kommt es auf die private Moral an. Ach, ich liebe unsere private Moral.»

Dick küsste sie, dann trat er ans Fenster und schaute hinaus. Es hatte wieder zu regnen begonnen. Dünne Lichtbänder von einer Straßenlaterne schossen über die Steinstufen des Winkels der Spanischen Treppe, den er zwischen den Häusern sehen konnte. Anne Elizabeth kam zu ihm und legte den Kopf an seine Schulter. «Woran denkst du, Dicky Boy?»

«Hör zu, Anne Elizabeth, ich wollte schon die ganze Zeit darüber reden ... glaubst du wirklich, dass ...?»

«Es ist jetzt mehr als zwei Monate her ... Es kann gar nichts anderes sein, und ab und zu ist mir morgens auch ein bisschen übel. Heute habe ich mich auch ganz schrecklich gefühlt, nur habe ich das komplett vergessen, als ich dich gesehen habe.»

«Aber dir muss doch klar sein ... mir macht das schreckliche Sorgen. Da muss sich doch etwas machen lassen.»

«Ich habe es mit Rizinusöl und Chinin probiert ... was anderes weiß ich nicht ... ich bin bloß ein einfaches Mädchen vom Land.»

«Nun sei doch mal ernst ... du musst was unternehmen. Es gibt jede Menge Ärzte, die so was machen ... das Geld bringe ich schon irgendwie auf ... Was für ein Mist aber auch, dass ich morgen schon wieder zurück sein muss ... wenn ich doch bloß diese verfluchte Uniform los wäre.»

«Aber ich hätte ehrlich gesagt ganz gern einen Ehemann und ein Baby ... wenn du der Ehemann wärst, und das Baby wäre deins.»

«Das geht nicht ... Das kann ich mir nicht leisten ... Bei der Army lassen sie einen nicht heiraten.»

«Das stimmt nicht, Dick», sagte sie langsam.

Lange Zeit standen sie nebeneinander, ohne sich anzusehen, und schauten auf den Regen über den Dächern und den leicht phosphoreszierenden Bändern der Straßen. Sie sprach mit zittrig schwacher Stimme. «Du willst damit sagen, du liebst mich nicht mehr.»

«Natürlich liebe ich dich, ich weiß nicht, was Liebe ist ... wahrscheinlich liebe ich jede hübsche Frau ... und besonders dich, mein Schatz.» Dick hörte seine eigene Stimme wie die eines anderen in seinen Ohren klingen. Sie bedeckte seinen Hals über dem steifen Kragen des Waffenrocks mit Küssen. «Aber Liebling, verstehst du denn nicht, dass ich kein Kind ernähren kann, bevor ich keinen richtigen Beruf habe, und außerdem muss ich meine Mutter unterstützen; Henry ist so verantwortungslos, dass ich von ihm nichts erwarten kann. Aber jetzt muss ich dich nach Hause bringen; es ist schon spät.»

Als sie unten auf die Straße traten, hatte der Regen wieder nachgelassen. Sämtliche Fallrohre gurgelten, und unter den Straßenlaternen schimmerte das Wasser in den Rinnsteinen. Plötzlich gab sie ihm einen Klaps, rief: «Du bist», und rannte die Straße entlang. Er musste ihr nachjagen und fluchte leise. Auf einem kleinen Platz verlor er sie aus den Augen und wollte schon aufgeben und nach Hause gehen, als sie plötzlich hinter einem steinernen Phönix am Rand eines Brunnens hervor auf ihn zusprang. Er packte sie am Arm. «Sei doch nicht so verdammt kindisch», sagte er böse. «Siehst du denn nicht, dass ich krank bin vor Sorge?» Sie begann zu weinen.

Als sie an ihrer Haustür anlangten, wandte sie sich ihm plötzlich zu und sagte in ernstem Ton: «Hör zu, Dick, vielleicht verschieben wir das mit dem Baby auf später ... ich versuche es mal mit Reiten. Alle sagen, das funktioniert. Ich schreibe dir ... ehrlich, ich möchte dich auf keinen Fall in deiner Karriere behindern ... und ich weiß, du brauchst Zeit für deine Lyrik ... Du hast eine große Zukunft vor dir, das weiß ich ... wenn wir heiraten, würde ich auch arbeiten.»

«Anne Elizabeth, du bist wunderbar, vielleicht bekämen wir es irgendwie hin, wenn das Baby nicht wäre.» Er nahm sie bei den Schultern und küsste sie auf die Stirn. Plötzlich begann sie auf und ab zu hüpfen und sang dazu wie ein Kind: «Hurra, hurra, hurra, bald stehn wir vorm Altar.»

«Nun sei doch mal ernst.»

«Das bin ich ... bis in den Tod», sagte sie langsam. «Hör mal, komm morgen nicht zu mir ... ich habe eine Menge Versorgungsgüter zu kontrollieren. Ich schreibe dir nach Paris.»

Als er wieder im Hotel war, empfand er es als merkwürdig, sich seinen Pyjama anzuziehen und sich allein in das Bett zu legen, in dem er am Nachmittag mit Elizabeth gelegen hatte. Es gab Bettwanzen, das Zimmer roch, und er verbrachte eine miserable Nacht.

Die ganze Zugfahrt nach Paris über nötigte Ed ihn unentwegt zum Trinken und redete von der Revolution: Er wisse aus verlässlicher Quelle, dass die Gewerkschaften in Italien am 1. Mai die Fabriken besetzen würden. Ungarn sei rot geworden, genau wie Bayern, als Nächstes komme Österreich an die Reihe, dann Italien, dann Preußen und Frankreich; die amerikanischen Truppen, die man gegen die Russen in Archangelsk entsandt habe, hätten gemeutert: «Das ist die Weltrevolution, einfach grandios, dass wir das erleben dürfen, und wir haben ein Riesenschwein, wenn wir da mit heiler Haut rauskommen.»

Dick sagte mürrisch, dass er das nicht glaube; die Alliierten hätten alles gut im Griff. «Aber Dick, ich dachte, du wärst für die Revolution, sie ist der einzige Weg, diesem sinnlosen Krieg ein Ende zu machen.»

«Der Krieg ist vorbei, und alle diese Revolutionen sind nichts weiter als auf den Kopf gestellter Krieg ... man kann den Krieg nicht dadurch beenden, dass man alle seine Gegner erschießt. Das ist auch bloß Krieg.» Sie redeten sich in Rage und diskutierten wild. Dick war froh, dass sie allein im Abteil waren. «Aber ich dachte, du wärst Royalist, Ed.»

«War ich auch ... aber seit ich den König von Italien gesehen habe, bin ich davon abgekommen ... Ich schätze, ich bin für einen Diktator, den Mann auf dem weißen Pferd.»

Wütend und betrunken richteten sie sich auf beiden Seiten des Abteils zum Schlafen ein. Am Morgen wankten sie mit schmerzendem Kopf in die frische, kühle Luft eines Grenzbahnhofs hinaus und tranken dampfend heiße Schokolade, die ihnen eine rotbackige Französin in große weiße Tassen einschenkte. Alles war vereist. In strahlendem Zinnoberrot ging die Sonne auf. Ed Schuyler schwärmte von la belle, la douce France, und sie vertrugen sich wieder. Als sie die Banlieue erreichten, sprachen sie davon, sich am Abend Spinelli in *Plus Ça Change* ansehen zu wollen.

Nach dem Büro, allerlei Kleinkram, der zu erledigen war, und der Notwendigkeit, vor den Sergeants steif und militärisch aufzutreten, war es eine Erleichterung, am linken Seineufer entlang, wo an den Bäumen in Rosa und blassestem Grün die Knospen aufsprangen und die Bouquinistes im sich verdichtenden, lavendelblauen Dämmer ihre Buden zumachten, zum Quai de la Tournelle zu spazieren, wo alles wie vor zwei Jahrhunderten aussah, und langsam die kühle Steintreppe zur Wohnung von Eleanor hinaufzusteigen, die in einem elfenbeinfarbenen Kleid mit großen Perlen um den Hals hinterm Teetisch saß, Tee einschenkte und mit ihrer sanften, maliziösen Stimme den neuesten Klatsch aus dem Crillon und von der Friedenskonferenz weitergab. Dick hatte ein komisches Gefühl, als er sich später verabschiedete und sie sagte, sie würden sich jetzt ein paar Wochen nicht sehen, da sie nach Rom fahre, um im dortigen Rotkreuz-Büro einiges zu erledigen.

«Wie schade, dass wir nicht zur gleichen Zeit dort sein konnten», sagte Dick.

«Das hätte mir auch gefallen», sagte sie. «Arrivederci, Richard.»

Der März war ein elender Monat für Dick. Er schien überhaupt keine Freunde mehr zu haben und hatte sämtliche Leute im Kurierdienst gründlich satt. Wenn er vom Dienst kam, war es in seinem Hotelzimmer so kalt, dass er zum Lesen in ein Café gehen musste. Er vermisste Eleanor und die Nachmittage in ihrer gemütlichen Wohnung. Er bekam ständig beunruhigende Briefe von Anne Elizabeth; er wurde nicht recht schlau daraus; sie machte geheimnisvolle Andeutungen, dass sie beim Roten Kreuz eine bezaubernde Freundin von ihm kennengelernt und dass diese Begegnung ihr sehr viel bedeutet habe. Außerdem war er pleite, weil er Henry ständig Geld leihen musste, damit dieser Olga abfinden konnte.

Anfang April kam er von einer seiner ewigen Fahrten nach Koblenz zurück und fand im Hotel ein Rohrpostbillett von Eleanor vor. Sie lud ihn für kommenden Sonntag zu einem Picknick in Chantilly mit ihr und J. W. ein.

Um elf Uhr fuhren sie in J. W.s neuem Fiat am Crillon los. Mit von der Partie waren Eleanor in ihrem grauen, maßgeschneiderten Kostüm, eine stattliche, nicht mehr ganz junge Dame namens Mrs. Wilberforce, die Frau eines Vizepräsidenten von Standard Oil, und der hohlwangige Mr. Rasmussen. Es war ein schöner Tag, und alle spürten den in der Luft liegenden Frühling. In Chantilly machten sie einen Gang durch das Schloss und fütterten die großen Karpfen im Schlossgraben. Zu Mittag aßen sie im Wald, auf Schaumgummikissen. J. W. brachte alle zum Lachen, als er erklärte, er hasse Picknicks, und die Frage stellte, wieso selbst die klügsten Frauen meinten, einen ständig zu Picknicks mitschleppen zu müssen. Nach dem Essen fuhren sie nach Senlis, um sich die Häuser anzusehen, die die Ulanen während der Marneschlacht zerstört hatten. Beim Gang durch den Park des zerstörten Châteaus blieben Eleanor und Dick hinter den anderen zurück.

«Sie wissen auch nichts darüber, wann der Friedensvertrag unterzeichnet wird, oder, Eleanor?», fragte Dick.

«Im Augenblick sieht es nicht so aus, als würde ihn überhaupt jemand unterzeichnen ... die Italiener jedenfalls ganz bestimmt nicht; haben Sie gelesen, was D'Annunzio /361/ gesagt hat?»

«Sobald nämlich der Friedensvertrag unterzeichnet ist, ziehe ich Onkel Sams Livree aus ... Noch nie im Leben ist mir die Zeit so lang geworden wie bei der Army.»

«In Rom habe ich eine Freundin von Ihnen kennengelernt», sagte Eleanor und sah in von der Seite an. Dick überlief es kalt.

«Wen denn?», fragte er. Er hatte alle Mühe, seiner Stimme nichts anmerken zu lassen.

«Die Kleine aus Texas ... ein süßes kleines Ding. Sie sagt, Sie seien mit ihr verlobt!» Eleanors Stimme war kühl und sondierend wie das Instrument eines Zahnarztes.

«Das ist leicht übertrieben», sagte er mit kurzem, trockenem Lachen, «wie Mark Twain sagte, als man seinen Tod meldete.» Er merkte, dass er heftig errötete.

«Das will ich hoffen ... Sehen Sie, Richard ... ich bin so alt, dass ich, nun ja, zumindest Ihre unverheiratete Tante sein könnte. Sie ist ein süßes kleines Ding ... aber Sie sollten noch nicht heiraten, nicht dass es mich etwas angeht ... eine unpassende Ehe hat schon so manchen vielversprechenden jungen Burschen ins Verderben gestürzt ... eigentlich dürfte ich das gar nicht sagen.»

«Aber es gefällt mir, dass Sie solchen Anteil nehmen, wirklich, das bedeutet mir sehr viel ... ich weiß schon, Heiraten in Eile bereut man in Weile. Eigentlich bin ich ohnehin nicht sonderlich aufs Heiraten erpicht ... aber ... ich weiß auch nicht ... die ganze Sache ist sehr kompliziert.»

«Tun Sie nie irgendetwas Kompliziertes ... Das lohnt sich nie», sagte Eleanor ernst. Dick sagte nichts. Sie beschleunigte ihren Schritt, um die anderen einzuholen. Während er neben ihr herging, fiel sein Blick auf ihr kalt gemeißeltes Profil, das vom Auftreffen ihrer hohen Absätze auf den Pflastersteinen ganz leicht ruckelte. Plötzlich wandte sie sich lachend zu ihm. «Jetzt schimpfe ich Sie aber nicht mehr aus, Richard, nie wieder.»

Ein Schauer kündigte sich an. Sie saßen kaum im Wagen, als es auch schon zu regnen begann. Auf der Heimfahrt wirkten die protzigen Pariser Vororte im Regen grau und düster. Als sie sich in der Eingangshalle des Crillon voneinander verabschiedeten, gab J. W. Dick zu verstehen, dass es bei ihm im Büro eine Stelle für ihn gebe, sobald er den Dienst quittiert habe. Dick ging in gehobener Stimmung nach Hause und schrieb seiner Mutter:

… es ist nicht so, dass hier in Paris nicht alles überaus interessant wäre oder dass ich keine Leute kennengelernt hätte, die ganz nah dran sind an den aktuellen Ereignissen, aber eine Uniform zu tragen und mir ständig um die Army-Vorschriften, das Salutieren und dergleichen Gedanken machen zu müssen scheint meiner Konzentration auf die Arbeit nicht sehr förderlich. Aus meiner inneren Flaute komme ich wohl erst wieder heraus, wenn ich einen Zivilanzug trage. Man hat mir eine Stelle in J. Ward Moorehouse' Büro hier in Paris zugesagt; noch bekommt er für seine Dienste als Experte nur ein symbolisches Honorar, aber sobald der Friedensvertrag unterzeichnet ist, will er sein Geschäft wieder in Gang bringen. Er ist Berater für Öffentlichkeitsarbeit bei großen Firmen wie Standard Oil. Diese Art von Arbeit würde mir ermöglichen, nebenbei meine eigentliche Arbeit fortzusetzen. Alle sagen, eine solche Gelegenheit bietet sich nur einmal im Leben …

Als er das nächste Mal Miss Williams traf, lächelte sie breit und kam mit ausgestreckter Hand auf ihn zu. «Ach, ich bin so froh, Captain Savage. J. W. sagt, Sie stoßen demnächst zu uns … Ich bin überzeugt, das wird für alle Beteiligten eine erfreuliche und nützliche Erfahrung.»

«Nun ja, noch sollte ich das Fell des Bären nicht verteilen», sagte Dick.

«Doch, der Bär ist schon erlegt», sagte Miss Williams und strahlte ihn an.

Mitte Mai kam Dick schwer verkatert aus Köln zurück, wo er mit Fliegern und deutschen Frauen gefeiert hatte. Mit deutschen Frauen zu verkehren verstieß gegen den strikten Befehl des Hauptquartiers, und Dick war nervös, weil er befürchtete, sie seien vielleicht dabei gesehen worden, wie sie sich in einer für Offiziere und Gentlemen ungehörigen Art und Weise benommen hatten. Er hatte immer noch den Geschmack der Pfirsichbowle im Mund, als er an der Gare du Nord aus dem Zug stieg. Im Büro bemerkte Colonel Edgecombe, wie blass und wackelig er aussah, und zog ihn damit auf, dass man sich im besetzten Gebiet ja offenbar prächtig amüsiere. Dann schickte er ihn nach Hause, damit er sich ausschlief. In seinem Hotel fand er ein Rohrpostbillett von Anne Elizabeth vor:

Ich wohne im Continental und muss dich sofort sprechen.

Er nahm ein heißes Bad, ging zu Bett und schlief mehrere Stunden. Als er aufwachte, war es bereits dunkel. Bis er sich an Anne Elizabeths Brief erinnerte, verging einige Zeit. Er saß auf der Bettkante und schnallte sich missmutig die Ledergamaschen zu, um ins Continental zu gehen, da klopfte es an der Tür. Es war der Fahrstuhlführer, der ihm sagte, dass unten eine Dame auf ihn warte. Er hatte kaum ausgeredet, als auch schon Anne Elizabeth den Flur entlanggelaufen kam. Sie war blass und hatte auf einer Seite des Gesichts eine rote Prellung. Die Art, wie sie rannte, hatte etwas Angriffslustiges, das Dick sofort auf die Nerven ging. «Ich habe ihnen gesagt, ich wäre deine Schwester, und bin die Treppe hinaufgerannt», sagte sie und küsste ihn atemlos.

Dick gab dem Fahrstuhlführer ein paar Francs und flüsterte ihr zu: «Komm rein. Was ist denn los?» Er ließ die Tür halb offen.

«Ich sitze in der Tinte ... die Nahosthilfe schickt mich nach Hause.»

«Wieso denn?»

«Hab wohl einmal zu oft geschwänzt ... aber mir ist es ganz recht; sie gehen mir auf die Nerven.»

«Wo hast du denn die Verletzung her?»

«Bin in Ostia mitsamt dem Pferd gestürzt ... Ich habe italienische Kavalleriepferde geritten, das war vielleicht toll ... die gehen über jedes Hindernis.»

Dick musterte eingehend ihr Gesicht, ohne daraus schlau zu

werden. «Und», sagte er, «ist jetzt alles in Ordnung? ... Ich muss es wissen ... Die Sache liegt mir furchtbar im Magen.»

Sie warf sich mit dem Gesicht nach unten aufs Bett. Dick ging auf Zehenspitzen zur Tür und schloss sie sanft. Sie hatte den Kopf in die Armbeuge gelegt und schluchzte. Er setzte sich auf den Bettrand und versuchte sie dazu zu bringen, dass sie ihn ansah. Plötzlich stand sie auf und begann im Zimmer umherzugehen. «Nichts hilft ... ich werde das Baby bekommen ... Ach, ich mache mir solche Sorgen um Dad. Ich fürchte, es bringt ihn um, wenn er es erfährt ... Du bist so gemein ... du bist so gemein.»

«Aber Anne Elizabeth, sei doch vernünftig ... Können wir denn nicht gute Freunde bleiben? Man hat mir gerade eine sehr schöne Stelle angeboten, wenn ich den Dienst quittiere, aber ich kann mir in diesem Stadium keine Frau und kein Kind ans Bein binden, das musst du doch verstehen ... und wenn du heiraten willst, es gibt bestimmt jede Menge Burschen, die sich darum reißen würden, dich zu heiraten ... Du weißt doch, wie beliebt du bist ... Meiner Meinung nach hat die Ehe sowieso nichts zu bedeuten.»

Sie setzte sich auf einen Stuhl und stand gleich wieder auf. Sie lachte: «Wenn Dad oder Buster hier wären, würden sie dich wahrscheinlich zur Heirat zwingen ... aber das würde auch nicht viel helfen.» Ihr hysterisches Lachen ging ihm auf die Nerven; er zitterte vor Anstrengung, sich zu beherrschen und vernünftig zu reden.

«Warum nicht G. H. Barrow? Er ist ein prominenter Mann, und er hat Geld ... Er ist verrückt nach dir, das hat er mir selbst gesagt, als ich ihn neulich im Crillon getroffen habe ... Schließlich müssen wir doch vernünftig sein ... Es ist genauso wenig meine Schuld wie deine ... wenn du entsprechende Vorkehrungen getroffen hättest ...»

Sie nahm ihren Hut ab und strich sich im Spiegel die Haare glatt. Dann goss sie etwas Wasser ins Waschbecken, wusch sich das Gesicht und strich sich abermals die Haare glatt. Dick hoffte, sie würde bald gehen, egal, was sie tat, es machte ihn wahnsinnig.

Als sie auf ihn zutrat, standen ihr Tränen in den Augen. «Gib mir einen Kuss, Dick ... mach dir um mich keine Sorgen ... Irgendwie komme ich schon zurecht.»

«Es ist bestimmt noch nicht zu spät für einen Eingriff», sagte Dick. «Morgen erkundige ich mich nach einer Adresse und schicke dir ein paar Zeilen ins Continental ... Anne Elizabeth ... ich finde es großartig von dir, dass du dich so großartig verhältst.»

Sie schüttelte den Kopf, flüsterte auf Wiedersehen und eilte aus dem Zimmer.

«So, das hätten wir», sagte Dick laut zu sich selbst. Anne Elizabeth tat ihm schrecklich leid. Meine Güte, was bin ich froh, dass ich keine Frau bin, dachte er unentwegt. Er hatte mörderische Kopfschmerzen. Er verschloss die Zimmertür, zog sich aus und löschte das Licht. Als er das Fenster öffnete, schoss ein Schwall rauer, regnerischer Luft ins Zimmer, und ihm wurde gleich besser. Ed hatte recht, man konnte nichts tun, ohne andere Menschen unglücklich zu machen. Eine verdammt miese Welt. Die Straßen vor der Gare Saint-Lazare schimmerten wie Kanäle, wo sich das Licht der Straßenlaternen darin spiegelte. Es waren noch Leute auf den Bürgersteigen, ein Mann rief *«l'inTRANsigeant»,* /362/ quäkendes Hupen von Taxis. Er stellte sich vor, wie Anne Elizabeth allein in einem Taxi durch die nassen Straßen nach Hause fuhr. Er wünschte, er hätte ganz viele Leben, sodass er eines davon mit Anne Elizabeth hätte verbringen können. Könnte ein Gedicht darüber schreiben und es ihr schicken. Und der Duft der kleinen Alpenveilchen. In dem Café gegenüber drehten die Kellner die Stühle um und stellten sie auf die Tische. Er wünschte, er hätte ganz viele Leben, sodass er Kellner in einem Café sein und die Stühle umdrehen könnte. Die eisernen Läden rasselten herunter. Jetzt war die Zeit, wo die Frauen auf die Straße kamen, hin und her gingen, stehen blieben, zögerten, hin und her gingen, und die jungen hartgesottenen Burschen mit pilzfarbener Haut. Er begann zu frösteln. Er legte sich ins Bett, die Laken hatten einen klebrig feuchten Glanz. Trotzdem, Paris war kein Ort, wo man allein ins Bett ging, kein Ort, wo man allein in einem hupenden Taxi nach Hause fuhr, im Herzeleid hupender Taxis. Arme Anne Elizabeth. Armer Dick. Fröstelnd lag er zwischen den klammen Laken, die Augen wie von Sicherheitsnadeln offen gehalten.

Allmählich wurde ihm wärmer. Morgen. Halb acht: rasieren, Ledergamaschen umschnallen ... café au lait, brioches, beurre. Er würde Hunger haben, hatte nicht zu Abend gegessen ... deux œufs sur le plat. Bonjour M'ssieurs Mesdames. Klirrende Sporen ins Büro, Sergeant Ames, stehen Sie bequem. Den Tag in Khaki hingeschleppt; in der Dämmerung Tee bei Eleanor, soll mit Moorehouse reden, damit gleich nach Unterzeichnung des Friedensvertrags die Sache mit dem Job klargeht, ihr vom verstorbenen General Ellsworth erzählen, sie werden zusammen darüber lachen. Endlose Khakitage bis nach der Unterzeichnung des Friedensvertrags. Graubraun, öde, khaki. Armer Dick muss morgen nach Unterzeichnung des Friedensvertrags zur Arbeit. Armer Tom friert. Amer Dicky Boy ... Richard ... Er zog die Beine an, damit er sich die Füße reiben konnte. Armer Richard kalte Füße. Nach Unterzeichnung des Friedensvertrags.

Als seine Füße warm waren, war er schon eingeschlafen.

Wochenschau XXXVII

SOWJETISCHE WACHEN VERTRIEBEN

der amerikanische Oberkommandierende bezeugte den Toten und Verwundeten Achtung, ermahnte die Soldaten, Gott für den Sieg zu danken, und erklärte, alle hätten einen neuen Begriff von Pflichterfüllung gegenüber Gott und Vaterland gewonnen. Als die Nummern angezeigt wurden, stellte man fest, dass die von M. A. Aumonts Zimzizimi nicht darunter war. Das Fohlen hatte am Morgen einen Hustenanfall erlitten und war infolgedessen praktisch im letzten Moment zurückgezogen worden.

REPUBLIKANER WOLLEN WILSON IN DIE ZANGE NEHMEN

CHICAGO BEANTRAGT EX-KAISER VOR GERICHT ZU STELLEN

Johnny hol die Knarre raus
Knarre raus
Knarre raus
Und dann nehmen sie Reißaus

wir stehen vor großen Veränderungen in der Sozialstruktur dieses großen Landes, erklärte Mr. Schwab, der Mann, der zur Aristokratie der Zukunft gehört, wird ihr nicht aufgrund seiner Geburt oder seines Reichtums angehören, sondern weil er etwas zum Wohle des Landes getan hat

ERBARMUNGSLOSER VERNICHTUNGSKRIEG GEGEN DIE ROTEN

sie Reißaus
sie Reißaus

zur gleichen Zeit marschierten vor dem Kanzlerpalais mehrere Kolonnen Soldaten und Matrosen auf. Die Lage in Deutschland entwickelt sich zu einem Kopf-an-Kopf-Rennen zwischen amerikanischen Lebensmittellieferungen und dem Bolschewismus. Lloyd George ergreift bei Friedensverhandlungen für beide Seiten Partei.

Die tätowierte p'tite chérie
War tätowiert von Hals bis Knie
Die reinste Bildergalerie

BURLESON EIN BOLSCHEWIK
SAGT MACKAY VOM FELDPOSTDIENST

öffentliche Demonstrationen werden den Besuch des Präsidenten und der Herrscher Großbritanniens und Belgiens begleiten, denen zu Ehren eine ganze Reihe von Festlichkeiten stattfinden werden. Die Ironie der Situation liegt darin, dass die von den Sozialdemokraten so vehement geforderte Rede- und Pressefreiheit sich nun als Hauptgefahrenquelle für die neue Regierung erweist

Quer überm Kinn von Ohr zu Ohr
Ein Bild vom Royal Flying Corps
Am Rücken keck der Union Jack
Die hatte echt Humor!

das Kriegsministerium beschloss heute die Abgabe einer zurückhaltenden Stellungnahme zur Beinahe-Meuterei amerikanischer Truppen im Gebiet von Archangelsk und deren Weigerung, auf Befehl an die Front abzurücken, trotz polizeilicher Anordnung herrschte relative Ruhe, doch während der Zug sich durch die diversen Avenuen, Malakoff, Henri Martin, Victor Hugo und Trocadéro, sowie durch den Bezirk im aristokratischen Viertel von Paris bewegte, in dem Jaurès gelebt hatte, da hatte man das Gefühl, die Straßen wären vermint und der kleinste Vorfall könnte eine Explosion herbeiführen

RASCH ENTSANDTE VERSTÄRKUNGEN
BESEITIGEN GRUND ZU BEFÜRCHTUNGEN

Vom Nacken bis hinab zum A---h
Die King's Own Guards sind auf dem Marsch
Und um die Hüften voller Pracht
Tobt vehement ne Seekriegsschlacht

die Arbeiter Bayerns haben ihr Parteiengezänk überwunden und sich zu einem mächtigen Block gegen jede Herrschaft und Ausbeutung zusammengeschlossen; in Gestalt der Arbeiter-, Bauern- und Soldatenräte haben sie die gesamte Hoheitsgewalt übernommen

Und über der Niere war ganz genau
Sydney zu sehn aus der Vogelschau
Und meine Heimat auf ihrer Brust
Tennessee, hättst du's gewusst

FÜR DEN BOLSCHEWISMUS IN ERSTER LINIE
FRÜHERE EASTSIDER VERANTWORTLICH
ERKLÄRT DR. SIMONS

ARBEITER IN PALÄSTEN EINQUARTIERT

UKRAINER BESCHIESSEN ALLIIERTE MISSION

derzeit sieht es so aus, als legte man Landru /363/ den Tod sämtlicher Frauen zur Last, die in Frankreich verschwunden sind, und zwar nicht nur in den letzten zehn Jahren, sondern schon in den Jahrzehnten davor

Das Auge der Kamera 40

ich bin zu Fuß durch die ganze Stadt gegangen Generalstreik keine Busse · keine Taxis · die Eingänge der Metro verschlossen · Auf der Place d'Iéna habe ich rote Fahnen gesehen Anatole France mit weißem Bart Transparente MUTILÉS DE LA GUERRE und die Nussknackergesichter der Agents de sûreté

Mort aux vaches

auf der Place de la Concorde ritten die republikanischen Garden mit ihren Weihnachtsbaumhelmen in die Menge und verprügelten die Pariser mit der flachen Seite ihrer Säbel · Fetzen der *Internationale* entlang den Grands Boulevards lungern mit besorgtem Gesicht Soldaten im Helm mit auf den Boden gerichtetem Gewehr

Vive les poilus

an der Place de la République · à bas la guerre MORT AUX VACHES à bas la Paix des Assassins · sie haben die Schutzgitter um die Bäume weggerissen und werfen Steine und Gusseisenstücke auf die geschniegelten republikanischen Garden zischen pfeifen stoßen mit Regenschirmen nach den Pferden · Fetzen der *Internationale*

an der Gare de l'Est singen sie die ganze *Internationale* · die Gendarmerie nationale bahnt sich langsam einen Weg den Magenta entlang in einen Hagel von Steinen Pfiffen Eisenstücken die *Internationale* · Mort aux Vaches · Barrikaden wir müssen Barrikaden bauen · junge Burschen versuchen die Rollläden eines Waffengeschäfts aufzubrechen · Revolverschüsse eine alte Frau in einem Fenster wurde getroffen (Wessen Blut ist das da auf den Pflastersteinen?) wir rennen alle eine Seitenstraße entlang flüchten in Höfe Concierges versuchen die Außentüren vor der Kavallerie zu verschließen die in Zwölferreihe attackiert Knallfroschgesichter · angsterfüllt und gemein hinter ihren großen Schnurrbärten unter ihren Weihnachtsbaumhelmen

an einer Ecke laufe ich einem Freund über den Weg der ebenfalls rennt · Pass auf · Sie schießen scharf und es hat angefangen kräftig zu regnen und zusammen schlüpfen wir bevor der Rollladen herunterrasselt so gerade noch durch die Tür des kleinen Cafés · drinnen dunkel und ruhig ein paar ältere Arbeiter trinken am Tresen grummelnd ihr Glas · Ah les salops · Zeitungen gibt es keine · jemand sagte in Marseille und Lille habe die Revolution triumphiert · Ça va taper dur /364/ · Wir trinken Grog américain haben nasse Füße · am Nachbartisch spielen zwei ältere Männer bei einer Flasche Weißwein Schach

später lugen wir unter dem Rollladen vor der Tür hindurch in den kräftigen Regen auf den leeren Straßen nur ein zerknickter Regenschirm und eine alte karierte Mütze nebeneinander im sauberen Rinnstein dazu ein zerrissenes Flugblatt L'UNION DES TRAVAILLEURS FERA

Wochenschau XXXVIII

C'est la lutte finale
Groupons-nous et demain
L'Internationale
Sera le genre humain /365/

KUGELHAGEL IM REICHSTAG

ANGESTELLTE DES YMCA WEGEN UNTERSCHLAGUNG FESTGENOMMEN

erklärt, allein die Weisheit des Volkes könne die Nation bei einem solchen Unternehmen leiten SAGT USA MÜSSTEN DIE GRÖSSTE FLOTTE DER WELT BESITZEN *als ich in Italien war, bat mich eine kleine Gruppe hinkender, verwundeter italienischer Soldaten um ein Gespräch. Ich konnte mir nicht denken, was sie von mir wollten, und sie überreichten mir mit größter Schlichtheit, mit einer geradezu rührenden Schlichtheit, eine Bittschrift zugunsten des Völkerbundes.* Soldaten rebellieren vor Deutscher Oper

BEFEHL SÄMTLICHE GRIECHEN STERBEN ZU LASSEN

UNRUHEN UNTER KANADIERN IN BRITISCHEM FELDLAGER

Wacht auf, Verdammte dieser Erde,
Die stets man noch zum Hungern zwingt
Das Recht wie Glut im Kraterherde /366/

A qui la faute si le beurre est cher? /367/

HOHE GEWINNE IN DER WALL STREET

VIELE NEUE REKORDE

NE SOYONS PAS LES DUPES DU TRAVESTI BOLCHEVIQUE /368/

in Washington herrscht die Ansicht vor, dass die amerikanische Öffentlichkeit die Entsendung von Truppen nach Kleinasien vielleicht als ärgerlich empfinden könnte, dass die Menschen jedoch eher bereit wären, eine Armee einzusetzen, um südlich des Rio Grande für Ordnung zu sorgen. Die Streikenden drohen damit, ganz New York City lahmzulegen. Ordnung in Lahore wiederhergestellt. Streik der Leichenbestatter in Lille

US-TRUPPEN DROHEN MIT MEUTEREI

RASCHES URTEIL KALIFORNISCHER GESCHWORENER GEGEN ARBEITER IN SACRAMENTO

Völker, hört die Signale!
Auf zum letzten Gefecht!
Die Internationale
Erkämpft das Menschenrecht

BOLSCHEWISMUS KURZ VOR DEM ZUSAMMENBRUCH ERKLÄRT GEFLOHENER GENERAL

die französische Zensur erlaubt dem *Herald* nicht, zu berichten, was die chinesische Delegation getan hat, aber es wäre müßig zu leugnen, dass große Unruhe herrscht. Von Menschen, die man der Gelegenheit beraubt hat, sich ihren Lebensunterhalt zu verdienen, deren Kinder nach Essen schreien, die einer unbefristeten Stilllegung zahlreicher Industriezweige entgegensehen, die damit rechnen müssen, dass der gesamte Eisenbahnverkehr zum Erliegen kommt mit der Folge, dass das Alltagsleben völlig zerrüttet wird, kann man wohl kaum erwarten, dass sie die Lage ruhig und mit Gleichmut betrachten.

BRITEN BEMÜHEN SICH SEHR DEN KAISER WIE VERSPROCHEN AN DEN GALGEN ZU BRINGEN

man erklärt, die Koreaner seien zuversichtlich, dass Präsident Wilson mit dem Flugzeug zu ihnen kommen und sich ihre Ansichten anhören werde. Vermutlich wird eine auf dem Seoul Hill aufgepflanzte weiße Flagge den Landeplatz markieren

Töchterlein

Sie wurde kein bisschen seekrank und war allgemein beliebt auf der Überfahrt, die trotz der rauen See und der bitteren Kälte sehr lustig war. Ein Mr. Barrow, der im Sonderauftrag des Präsidenten unterwegs war, schenkte ihr viel Aufmerksamkeit. Er war ein sehr interessanter Mann, der über alles Bescheid wusste. Er war Sozialist gewesen und hatte der Arbeiterbewegung nahegestanden. Als sie ihm von ihren Erlebnissen beim Textilarbeiterstreik drüben in Jersey erzählte, fand er das sehr interessant. Abends spazierten sie Arm in Arm auf dem Deck hin und her, und ab und zu, wenn das Schiff besonders heftig schlingerte, fielen sie beinahe. Dass er ihr Avancen machte, fand sie etwas anstrengend, aber es gelang ihr, ihm das auszureden: Im Augenblick brauche sie einen guten Freund, sie habe eine sehr unglückliche Liebesaffäre hinter sich und könne sich irgendetwas in dieser Art überhaupt nicht mehr vorstellen. Er war furchtbar nett und mitfühlend, sagte, das könne er sehr gut verstehen, denn seine Beziehung zu Frauen sei sein Leben lang sehr unbefriedigend gewesen. In Liebe und Ehe müssten die Menschen frei sein, sagte er, und nicht von Konventionen oder Hemmungen gefesselt. Er glaube an leidenschaftliche Freundschaft. Sie sagte, daran glaube sie ebenfalls, doch als er sie schon am ersten Abend in Paris aufforderte, zu ihm aufs Zimmer zu kommen, sagte sie ihm gehörig die Meinung. Auf der Fahrt nach Rom war er dann wieder so nett zu ihr, dass sie ernsthaft überlegte, ihn zu heiraten, falls er ihr einen Antrag machte.

Im Zug war auch ein amerikanischer Offizier, Captain Savage, ein sehr gut gutaussehender Mann und lustiger Unterhalter, der mit wichtigen Depeschen nach Rom unterwegs war. Sowie sie Dick kennenlernte, war Europa wunderbar. Er sprach Französisch und Italienisch, schwärmte davon, wie schön die alten, verfallenden Städte seien, und verzog auf furchtbar lustige Weise den Mund, wenn er Geschichten über komische Ereignisse im Krieg erzählte. Er erinnerte sie ein wenig an Webb, nur war er viel netter und selbständiger und sah besser aus. Kaum hatte sie ihn gesehen, war Joe völlig vergessen, und was G.H. Barrow anging, so konnte sie den Gedanken an ihn nicht mehr ertragen. Wenn Captain Savage sie ansah, schmolz sie innerlich dahin; bis sie in Rom angekommen waren, hatte sie sich eingestanden, dass sie verrückt nach ihm war. An dem Tag, an dem sie zu mehreren einen Ausflug zu den Ruinen der Hadriansvilla und in die kleine Stadt machten, wo der Wasserfall war, und sie und Dick gemeinsam loszogen, war sie froh, dass er getrunken hatte. Die ganze Zeit wollte sie sich in seine Arme werfen. Die regnerische Landschaft, die dunkelhaarigen Menschen mit den lasziven Augen, die alten Namen der Städte, der Knoblauch und das Öl im Essen, die lächelnden Stimmen, die kleinen, magentaroten Wildblumen, die, wie er sagte, Alpenveilchen hießen, das alles versetzte sie in eine Stimmung, in der ihr alles egal war. Sie fiel beinahe in Ohnmacht, als er anfing, ihr Avancen zu machen. Ach, sie wünschte es sich so sehr, aber nein, nein, sie konnte in diesem Augenblick nicht, aber am nächsten Tag trank sie trotz der Selbstverpflichtung gegenüber der Nahosthilfe Alkohol und griff nach den Sternen. Es war nicht so unangenehm, wie sie erwartet hatte, aber so wunderbar war es auch nicht; sie hatte furchtbare Angst, und ihr war kalt und übel, genau wie in dem Augenblick, in dem sie ihm gesagt hatte, dass sie noch Jungfrau war. Doch am nächsten Tag war er ganz sanft und stark, und plötzlich war sie sehr glücklich. Als er nach Paris zurückmusste, blieb ihr nichts als die Büroarbeit und ein Haufen fade alte Jungfern, mit denen sie sich unterhalten konnte, und ihr wurde furchtbar elend zumute.

Als sie feststellte, dass sie schwanger war, erschrak sie im ersten Moment, machte sich im Grunde aber keine großen Sorgen; natürlich würde er sie heiraten. Dad und Buster würden zuerst wütend sein, aber er wäre ihnen ganz bestimmt sympathisch. Er schrieb Gedichte und würde Schriftsteller werden, wenn er aus der Army ausschied; bestimmt würde er berühmt werden. Er schrieb ihr nicht sehr oft, und als er auf ihren Wunsch hin nach Rom zurückkam, nahm er das Ganze nicht annähernd so nett auf, wie sie erwartet hatte; aber es musste natürlich auch ein Schock für ihn gewesen sein. Sie beschlossen, dass es vielleicht besser wäre, das Baby nicht gerade jetzt zu bekommen und mit dem Heiraten zu warten, bis er den Dienst quittierte, doch grundsätzlich schien es ihm damals mit dem Heiraten noch ernst zu sein. Sie probierte Verschiedenes und ging sehr häufig mit Lieutenant Grassi reiten, der das Eton College besucht hatte, perfekt Englisch sprach, überaus charmant zu ihr war und sagte, sie sei die beste Reiterin, die er je kennengelernt habe. Weil sie so oft mit Lieutenant Grassi reiten ging und spät nach Hause kam, wurden die alten Hexen vom Hilfswerk sauer und schickten sie nach Amerika zurück.

Auf der Zugfahrt nach Paris bekam es Töchterlein mit der Angst. Das Reiten hatte überhaupt nichts genützt, und der ganze Körper tat ihr weh von dem Sturz, den sie erlebt hatte, als sie mit einem von Lieutenant Grassis Kavalleriepferden eine Steinmauer nehmen wollte und es mit ihr stürzte und sich ein Bein brach. Das Pferd musste erschossen werden, und der Leutnant hatte sich deswegen ganz fürchterlich aufgeführt; letzten Endes zeigten diese Ausländer eben doch immer einen Zug von Gemeinheit. Sie machte sich Sorgen, dass man bemerken könnte, wie es um sie stand, denn sie war jetzt schon fast im vierten Monat. Sie und Dick würden sofort heiraten müssen, es ging nicht anders. Vielleicht wäre es ja sogar besser, den Leuten zu erzählen, sie wären in Rom von einem dicken, kleinen, alten Priester getraut worden.

Sowie sie Dicks Gesicht sah, als sie durch den Hotelflur auf ihn zurannte, wusste sie, dass alles vorbei war; er liebte sie kein bisschen mehr. Auf dem Nachhauseweg zu ihrem Hotel durch die schmierig nassen Straßen von Paris nahm sie kaum wahr, wohin sie ging. Sie war erstaunt, als sie dort ankam, denn sie hatte damit gerechnet, ja beinahe gehofft, sich zu verirren. Sie ging auf ihr

Zimmer und setzte sich auf einen Stuhl, ohne ihren tropfnassen Hut und Mantel abzulegen. Sie musste nachdenken. Alles war aus und vorbei.

Am nächsten Morgen ging sie ins Büro; man gab ihr ihre Papiere für die Heimfahrt, nannte ihr das Schiff und sagte, sie müsse in vier Tagen abreisen. Danach ging sie ins Hotel zurück, setzte sich wieder auf einen Stuhl und versuchte nachzudenken. So konnte sie nicht nach Dallas zurückkehren. Von Dick kam ein kurzer Brief mit der Adresse eines Arztes.

Bitte verzeih mir, schrieb er. Du bist eine wunderbare Frau, bestimmt wird alles wieder gut.

Sie zerriss das dünne blaue Papier in winzig kleine Fetzen, die sie zum Fenster hinauswarf. Dann legte sie sich aufs Bett und weinte, bis ihr die Augen brannten. Ihre Übelkeit meldete sich, und sie musste auf die Toilette im Flur. Als sie sich wieder hinlegte, schlief sie für eine Weile ein und erwachte mit einem Hungergefühl.

Der Tag hatte sich aufgehellt; Sonnenlicht strömte ins Zimmer. Sie ging nach unten zum Empfang und rief G. H. Barrow in seinem Büro an. Er wirkte hocherfreut und sagte, wenn sie sich eine halbe Stunde gedulden würde, werde er sie abholen und mit ihr zum Mittagessen in den Bois de Boulogne fahren; sie würden alles vergessen, außer dass es Frühling war und sie beide im Herzen schöne Heiden waren. Töchterlein machte ein saures Gesicht, sagte jedoch übers Telefon durchaus liebenswürdig, dass sie auf ihn warten werde.

Er erschien in einem modischen grauen Flanellanzug und einem grauen Fedora. In der dunkelgrauen Uniform, die sie so verabscheute, kam sie sich neben ihm trist vor. «Ach, meine Liebe ... Sie haben mir das Leben gerettet», sagte er. «Im F-f-frühling habe ich immer Selbstmordgedanken, außer ich bin verliebt ... Ich habe mich ... äh ... äh ... älter gefühlt und überhaupt nicht verliebt. Das müssen wir alles ändern.»

«Mir war auch so zumute.»

«Was ist denn los?»

«Vielleicht sage ich es Ihnen, vielleicht aber auch nicht.» Heute gefielen ihr seine lange Nase und sein langes Kinn beinahe. «Jedenfalls bin ich viel zu hungrig zum Reden.»

«Dann übernehme ich das Reden ...», sagte er lachend. «Das t-t-t-tue ich s-s-s-sowieso immer ... und ich spendiere Ihnen das b-b-b-beste Essen, das Sie je gegessen haben.»

Die ganze Droschkenfahrt über verbreitete er sich sehr geschwollen über die Friedenskonferenz und über den schrecklichen Kampf, den der Präsident habe führen müssen, um seinen Prinzipien nicht untreu zu werden. «Von allen möglichen finsteren Intrigen, von sämtlichen giftigen Gespenstern geheimer Verträge umgeben, mit zwei der gerissensten und skrupellosesten Drahtzieher aus der Staatskunst der Alten Welt als Gegnern ... Aber er hat weitergekämpft ... wir alle kämpfen weiter ... Es ist der größte Kreuzzug der Geschichte; wenn wir siegen, wird die Welt ein besserer Ort zum Leben sein, wenn wir unterliegen, wird sie dem Bolschewismus und der Verzweiflung anheimfallen ... Sie können sich vorstellen, Anne Elizabeth, wie bezaubernd es war, als übers Telefon plötzlich Ihre hübsche kleine Stimme mein Ohr kitzelte und mich, wenn auch nur für kurze Zeit, von all diesen Sorgen und Verpflichtungen wegrief ... es geht ja sogar das Gerücht, im Hotel Mûrat sei ein Giftanschlag auf den Präsidenten verübt worden ... der Präsident allein, mit ein paar Unterstützern, Sympathisanten und ergebenen Anhängern, tritt für Anstand, Fair Play und Vernunft ein, vergessen Sie das niemals ...»

Er quatschte und quatschte, als probte er eine Rede. Töchterlein hörte ihn undeutlich, wie über eine schlechte Telefonverbindung. Auch der Tag, die kleinen Blütenpagoden an den Rosskastanien, die Menschenmassen, die herausgeputzten Kinder, die Flaggen vor dem blauen Himmel, die Straßen mit den schönen Häusern hinter Bäumen, das kunstvoll verzierte Mauerwerk, die eisernen Balkone und blankgeputzten Fenster, die in der Maisonne glänzten, auch Paris war ganz klein und hell und weit weg wie ein Bild, das man durchs falsche Ende eines Fernglases betrachtet. Als dann in dem großen, glitzernden Gartenrestaurant das Mittagessen serviert wurde, war es ganz ähnlich, sie schmeckte nicht, was sie aß.

Er nötigte sie, ziemlich viel Wein zu trinken, und nach einer Weile hörte sie sich mit ihm reden. Noch nie hatte sie so mit einem Mann geredet. Er wirkte so verständnisvoll und freundlich. Sie ertappte sich dabei, dass sie ihm von Dad erzählte, und wie schwer es ihr gefallen sei, Joe Washburn aufzugeben, und wie ihr Leben ihr auf der Überfahrt plötzlich ganz neu erschienen sei … «Mir ist was Komisches passiert, das muss ich schon sagen … Ich bin immer gut mit allen ausgekommen, und jetzt geht das irgendwie nicht mehr. Bei der Nahosthilfe in Rom bin ich mit diesen alten Weibern nicht ausgekommen, und ich habe mich mit einem jungen Italiener angefreundet, der mich zum Reiten mitgenommen hat, und ich bin mit ihm nicht ausgekommen, und Sie erinnern sich doch an Captain Savage, der uns im Zug nach Italien in seinem Abteil hat mitfahren lassen, wir sind mit ihm nach Tivoli gefahren», ihre Ohren begannen zu dröhnen, als sie von Dick sprach. Sie würde Mr. Barrow alles erzählen. «Wir sind so gut miteinander ausgekommen, dass wir uns verlobt haben, und jetzt habe ich mich mit ihm gestritten.»

Sie sah, wie sich Mr. Barrows längliches, knubbeliges Gesicht über den Tisch zu ihr herüberbeugte. Wenn er lächelte, zeigte sich die sehr breite Lücke zwischen seinen Vorderzähnen. «Meinen Sie denn, Sie kämen mit mir einigermaßen aus, Annie-Mädchen?» Er schob seine dürre, von dicken Adern durchzogene Hand über den Tisch auf sie zu. Sie lachte und legte den Kopf schräg: «Im Augenblick kommen wir doch ganz prima miteinander aus.»

«Es würde mich sehr glücklich machen, wenn Sie … Sie machen mich ja ohnehin schon sehr glücklich, wenn ich Sie bloß ansehe … Seit Jahren bin ich nicht so glücklich gewesen, außer vielleicht in dem Mo-mo-moment, als die Satzung des Völkerbundes unterzeichnet wurde.»

Sie lachte erneut. «Nach Friedensvertrag ist mir im Moment nicht zumute, tatsächlich sitze ich furchtbar in der Tinte.» Sie ertappte sich dabei, dass sie aufmerksam sein Gesicht betrachtete; die Oberlippe wurde schmaler, er lächelte nicht mehr.

«Aber w-w-was ist denn los ... wenn ich auf irgendeine W-w-weise ... äh ... helfen könnte ... wäre ich der glücklichste Mensch der Welt.»

«O nein ... aber dass ich meine Arbeit verliere und in Schimpf und Schande nach Hause zurückmuss, geht mir gewaltig gegen den Strich ... darauf läuft es nämlich hinaus ... dabei ist es meine eigene Schuld, weil ich mich wie eine kleine Idiotin aufgeführt habe.»

Sie war kurz davor, die Nerven zu verlieren und loszuheulen, da meldete sich plötzlich die Übelkeit wieder, und sie musste schleunigst zur Damentoilette. Sie schaffte es gerade noch rechtzeitig. Die Toilettenfrau, unförmig und mit ledernem Gesicht, war sehr freundlich und mitfühlend; dass sie offenbar sofort Bescheid wusste, was los war, erschreckte Töchterlein. Sie konnte nicht viel Französisch, aber sie verstand immerhin, dass die Frau fragte, ob es Madames erstes Kind und in welchem Monat sie sei, und dass sie sie beglückwünschte. Plötzlich beschloss sie, sich umzubringen. Als sie zurückkam, hatte Barrow bereits gezahlt und ging auf dem Kiesweg vor den Tischen auf und ab.

«Sie Ärmste», sagte er. «Was ist denn nur los? Sie sind plötzlich leichenblass geworden.»

«Es ist nicht schlimm ... ich glaube, ich gehe nach Hause und lege mich hin ... ich glaube, die vielen Spaghetti und der Knoblauch in Italien sind mir nicht bekommen ... vielleicht liegt es auch am Wein.»

«Aber vielleicht kann ich Ihnen helfen, in Paris eine Arbeit zu finden. Können Sie maschineschreiben oder stenographieren?»

«Ich könnte es ja mal versuchen», sagte Töchterlein bitter. Sie hasste Mr. Barrow. Auf der Rückfahrt mit dem Taxi kam sie nicht ein einziges Mal zu Wort. Mr. Barrow redete unentwegt. Ins Hotel zurückgekehrt, legte sie sich aufs Bett und überließ sich den Gedanken an Dick.

Sie beschloss, nach Hause zu fahren. Sie blieb in ihrem Zimmer, und obwohl Mr. Barrow ständig anrief, mit ihr ausgehen wollte oder Vorschläge zu möglichen Jobs machte, weigerte sie sich, ihn zu treffen. Sie sagte, sie habe eine Gallenkolik und müsse das Bett hüten. Am Abend vor ihrer Abreise lud er sie ein, mit ihm und einigen Freunden essen zu gehen, und ohne recht zu überlegen, sagte sie zu. Er holte sie um sechs Uhr ab und ging mit ihr auf Cocktails in die Bar des Ritz. Sie hatte sich in den Galeries Lafayette ein Abendkleid gekauft und fühlte sich ausgezeichnet; wenn Dick jetzt hereinkäme, sagte sie sich, während sie den Champagnercocktail trank, würde sie nicht mit der Wimper zucken. Mr. Barrow redete von der Situation in Fiume, von den Schwierigkeiten, die der Präsident mit dem Kongress hatte, und dass er befürchte, das ganze große Werk des Völkerbundes sei gefährdet, da kam plötzlich Dick herein, der in seiner Uniform sehr gut aussah; er war in Begleitung einer blassen, älteren Frau in Grau und eines großen, ziemlich stämmigen Mannes mit blondem Haar, bei dem es sich laut Mr. Barrow um J. Ward Moorehouse handelte. Dick musste sie gesehen haben, aber er schaute nicht zu ihr her. Mittlerweile war ihr alles egal. Sie tranken ihre Cocktails und gingen hinaus. Auf dem Weg nach Montmartre ließ sie sich von Mister Barrow auf den Mund küssen, ein langer Kuss, der ihn in Hochstimmung versetzte. Es war ihr egal; sie hatte beschlossen, sich umzubringen.

An dem Tisch, den Mr. Barrow in der Hermitage hatte reservieren lassen, warteten auf sie ein Zeitungskorrespondent namens Burnham und eine Miss Hutchins, die beim Roten Kreuz arbeitete. Sie waren in großer Aufregung wegen eines gewissen Stevens, der von der Besatzungsarmee festgenommen worden war, offenbar weil man ihm bolschewistische Propaganda vorwarf; er war vors Kriegsgericht gestellt worden, und sie befürchteten, er werde erschossen. Miss Hutchins war äußerst aufgebracht und sagte, Mr. Barrow sollte sich deswegen sofort an den Präsidenten wenden, sowie dieser nach Paris zurückkehre. Bis dahin müssten sie dafür sorgen, dass die Hinrichtung aufgeschoben werde. Don Stevens, sagte sie, sei ein Journalist, der zwar radikale Ansichten vertrete, aber keinerlei Propaganda betreibe, und überhaupt sei es entsetzlich, einen Menschen zu erschießen, bloß weil er eine bessere Welt anstrebe.

Mr. Barrow war sehr verlegen, stotterte, druckste herum und sagte, Stevens sei ein ausgesprochen dummer junger Kerl, der zu viel über Dinge rede, von denen er keine Ahnung habe, aber er, Barrow, werde sich wohl trotzdem bemühen müssen, ihn freizubekommen, doch immerhin habe der Bursche nun wirklich nicht die richtige Gesinnung gezeigt ... Das brachte Miss Hutchins in Rage: «Aber sie werden ihn erschießen ... angenommen, Ihnen wäre das passiert ...», sagte sie immer wieder. «Verstehen Sie denn nicht, dass wir sein Leben retten müssen?»

Irgendwie wusste Töchterlein nichts zu sagen, da sie nicht wusste, wovon die anderen redeten; sie saß da und betrachtete die Kellner, die Lampen und die Gäste an den Tischen. Am Tisch gegenüber saß eine Gruppe attraktiv aussehender, junger französischer Offiziere. Einer von ihnen, ein hochgewachsener Mann mit Adlernase, sah sie an. Ihre Blicke trafen sich, und sie musste unwillkürlich grinsen. Die Jungs amüsierten sich offenbar prächtig. Eine Gruppe Amerikaner, herausgeputzt wie Zirkuspferde, ging zwischen ihr und den Franzosen hindurch. Es waren Dick, die blasse Frau, J. Ward Moorehouse und eine dicke Frau mittleren Alters, angetan mit unzähligen Smaragden und tief gefältelten, rosaroten Rüschen. Sie nahmen am Nebentisch Platz, auf dem schon den ganzen Abend ein «*Reservé*»-Schild stand. Alle wurden vorgestellt, und sie und Dick gaben einander sehr förmlich die Hand, als wären sie bloße Bekannte. Miss Stoddard, mit der sie sich in Rom so gut verstanden hatte, bedachte sie mit einem raschen, forschenden, kalten Blick, von dem ihr schrecklich zumute wurde.

Miss Hutchins ging sofort hinüber, begann von Don Stevens zu reden und drängte Mr. Moorehouse, umgehend Colonel House anzurufen, damit dieser in dem Fall etwas unternahm. Mr. Moorehouse blieb ganz ruhig und gelassen und sagte, sie müsse sich gewiss nicht ängstigen, Stevens werde bestimmt nur zu Ermittlungszwecken festgehalten, und er, Moorehouse, glaube ohnehin nicht, dass die Besatzungsarmee extreme Maßnahmen gegen einen Zivilisten und amerikanischen Bürger ergreifen werde. Miss Hutchins sagte, sie verlange lediglich einen Aufschub, Stevens' Vater sei nämlich mit La Follette /369/ befreundet und könne in Washington beträchtlichen Einfluss geltend machen.

Mr. Moorehouse lächelte, als er das hörte. «Falls sein Leben von Senator La Follettes Einfluss abhinge, hätten Sie, glaube ich, wirklich Grund zur Sorge, Eveline, aber ich kann Ihnen versichern, dass das nicht der Fall ist.» Miss Hutchins wirkte sehr verstimmt, als sie das hörte, kehrte an ihren Platz zurück und aß mürrisch weiter. Der Abend war jedenfalls verdorben. Töchterlein konnte sich nicht denken, weshalb sich alle auf einmal so steif und gezwungen gaben; vielleicht bildete sie es sich wegen ihr und Dick auch nur ein. Ab und zu sah sie ihn von der Seite an. Er wirkte ganz anders, als sie ihn gekannt hatte, wie er so etepetete und überkorrekt dasaß und sich ab und zu in leisem, wichtigtuerischem Flüsterton mit der Dicken in Rosa unterhielt. Am liebsten hätten sie einen Teller nach ihm geworfen.

Es war eine Erleichterung, als die Kapelle Tanzmusik zu spielen begann. Mr. Barrow war kein sehr guter Tänzer, und dass er ihr ständig die Hand drückte und den Nacken tätschelte, mochte sie gar nicht. Als sie das Tanzen hinter sich hatten, gingen sie in die Bar, um einen Gin-Fizz zu trinken. Von der Decke hingen Dekorationen in den Farben der Trikolore; die vier französischen Offiziere waren ebenfalls da; Leute sangen *La Madelon de la Victoire*, und sämtliche abgebrühten jungen Frauen lachten und redeten in lautem, schrillem Französisch. Mr. Barrow flüsterte ihr unentwegt ins Ohr: «Liebste, Sie müssen mir erlauben,

Sie heute Nacht nach Hause zu bringen … Sie dürfen nicht abreisen … Bestimmt kann ich das beim Roten Kreuz oder wo auch immer regeln … Ich habe so ein unglückliches Leben geführt, und ich glaube, ich würde mich umbringen, wenn ich Sie aufgeben müsste … könnten Sie mich denn nicht wenigstens ein bisschen lieben … ich habe mein Leben unerreichbaren Idealen geweiht, und nun werde ich alt, ohne auch nur für einen Augenblick wahres Glück erlebt zu haben. Sie sind die einzige Frau, die ich je gekannt habe, die im Herzen wirklich eine schöne Heidin zu sein scheint … die die Kunst des Lebens zu schätzen weiß.» Dann küsste er sie feucht aufs Ohr.

«Aber George, ich kann jetzt niemanden lieben … ich hasse die ganze Welt.»

«Lassen Sie mich versuchen, das zu ändern … geben Sie mir eine Chance.»

«Wenn Sie über mich Bescheid wüssten, würden Sie mich nicht haben wollen», sagte sie kalt. Wieder nahm sie einen merkwürdig verschreckten Ausdruck in seinem Gesicht wahr, ein Schmalwerden der Lippen über seinen weit auseinanderstehenden Zähnen.

Sie kehrten an den Tisch zurück. Nervös saß sie da, während die anderen sich bedächtig, mit langen Gesprächspausen, über den Friedensvertrag unterhielten, wann er unterzeichnet werden würde, ob die Deutschen ihn unterzeichnen würden. Dann hielt sie es nicht mehr aus und ging in die Damentoilette, um sich die Nase zu pudern. Auf dem Weg zurück zum Tisch warf sie einen Blick in die Bar, um zu sehen, was dort los war. Der französische Offizier mit der Adlernase bemerkte sie, sprang auf, schlug die Hacken zusammen, salutierte, verbeugte sich und sagte in gebrochenem Englisch: «Charmante Dame, wollen Sie nicht bleiben einen Moment und einmal trinken mit Ihrem ergebenen Diener?» Töchterlein ging zu ihnen an den Tisch und setzte sich. «Ihr Jungs scheint euch ja prächtig zu amüsieren», sagte sie. «Ich bin mit fürchterlichen alten Zirkuspferden hier … Sie gehen mir schrecklich auf die Nerven.»

«Permettez, Mademoiselle», sagte er und stellte sie seinen Freunden vor. Er war Flieger. Sie waren alle Flieger. Er hieß Pierre. Als sie ihnen erzählte, ihr Bruder sei ebenfalls Flieger gewesen und ums Leben gekommen, waren sie sehr nett zu ihr. Sie konnte nicht anders, als sie in dem Glauben zu lassen, ihr Bruder sei an der Front gefallen. «Mademoiselle», sagte Pierre feierlich, «erlauben Sie mir, mit allem gebührenden Respekt, Ihr Bruder zu sein.»

«Hand darauf», sagte sie. Alle gaben ihr feierlich die Hand, sie tranken Cognac aus kleinen Gläsern, doch danach bestellten sie Champagner. Töchterlein tanzte mit allen. Sie war sehr glücklich, ihr war egal, was geschah. Es waren junge, gutaussehende Burschen, die ständig lachten und nett zu ihr waren. Sie hatten einander bei den Händen genommen und tanzten mitten in der Bar Ringelreihen, während die Umstehenden in die Hände klatschten, da sah sie in der Tür plötzlich Mr. Barrows rotes, entrüstetes Gesicht. Als die Tür das nächste Mal durch ihr Blickfeld kreiste, rief sie über die Schulter: «Bin gleich wieder da, Herr Lehrer.» Das Gesicht verschwand. Ihr war schwindelig, aber Pierre fing sie auf und hielt sie fest; er roch nach Parfum, doch dass er sie festhielt, gefiel ihr trotzdem.

Er schlug vor, woanders hinzugehen. «Mademoiselle Schwestähr», flüsterte er, «erlauben Sie uns, Ihnen die mystères de Paris zu zeigen ... interher können wir zu Ihren Zirkuspferden zurückkommen ... wahrscheinlisch sie werden betrinken ... Zirkuspferde immer betrinken.» Sie lachten. Er hatte graue Augen und blonde Haare und sagte, er sei aus der Normandie. Sie sagte, er sei der netteste Franzose, den sie je kennengelernt habe. Sie hatte alle Mühe, an der Garderobe ihren Mantel zu bekommen, weil sie keine Marke hatte, und suchte ihn schließlich selbst heraus, während Pierre sich auf Französisch mit der Garderobiere unterhielt. Sie stiegen in einen langen, flachen grauen Wagen; noch nie hatte Töchterlein eine so rasende Fahrt erlebt. Pierre war allerdings auch ein guter Fahrer; er machte sich einen Spaß daraus, in vollem Tempo auf einen Gendarmen zuzuhalten und genau im richtigen Moment knapp auszuweichen. Sie fragte, was passiere, wenn er einen anfahre; er zuckte die Schultern und sagte: «Macht nichts … das sind … wie sagt man bei Ihnen? … Verdammte Bullen.»

Sie gingen ins Maxim, wo es ihnen zu ruhig war, dann in ein einfaches kleines Tanzlokal am anderen Ende von Paris. Töchterlein sah, dass Pierre überall bekannt und gern gesehen war. Die anderen Flieger lernten an verschiedenen Orten Frauen kennen und verschwanden nach und nach. Ehe sie sie es recht mitbekam, waren sie und Pierre in dem langen grauen Wagen allein. «Primo», erklärte er, «fahren wir zu Les Halles und essen Soupe à l'oignon … und dann ich nehme Sie mit auf eine kleine Tour en avion.»

«O ja, bitte. Ich bin noch nie geflogen … ich möchte gern fliegen und einen Looping drehen … versprechen Sie mir, dass Sie einen Looping fliegen.»

«Entendu», sagte er.

Leicht schläfrig saßen sie in einem kleinen, menschenleeren Esslokal, aßen Zwiebelsuppe und tranken noch etwas Champagner. Er war nach wie vor sehr freundlich und aufmerksam, schien sein Englischvokabular jedoch erschöpft zu haben. Sie dachte vage daran, ins Hotel zurückzukehren und den Zug zum Schiff zu nehmen, doch irgendwie konnte sie nichts anderes sagen als: «Fliegen Sie einen Looping, versprechen Sie mir, dass Sie einen Looping fliegen.»

Seine Augen waren leicht glasig geworden. «Mit Mademoiselle Schwestähr», sagte er, «ich mache nicht Liebe … ich mache Looping.»

Bis zum Flugplatz hinaus war es eine lange Fahrt. Ein schwaches Morgengrau legte sich über alles. Pierre konnte nicht mehr geradeaus fahren, sodass sie ein-, zweimal ins Steuer greifen musste, um die Richtung zu halten. Als sie mit einem Ruck am Flugfeld anhielten, sah sie die Reihe der Hangars, davor drei Flugzeuge in tiefstem Blau und hinter ihnen Reihen von Pappeln vor dem Silberrand der Ebene. Über ihren Köpfen hing der Himmel schwer durch wie ein nasses Zelt. Töchterlein stieg zitternd aus dem Wagen. Pierre schwankte leicht. «Vielleicht Sie gehen stattdessen ins Bett … ins Bett ist sehr gut», sagte er gähnend.

Sie legte den Arm um ihn. «Sie haben versprochen, mit mir zu fliegen und einen Looping zu drehen.»

«Na gut», sagte er gereizt und ging auf eines der Flugzeuge zu. Er machte sich eine Zeitlang am Motor zu schaffen, und sie hörte ihn auf Französisch fluchen. Dann ging er in den Hangar, um einen Mechaniker aufzuwecken. Töchterlein stand zitternd im heller werdenden Silberlicht. Sie wollte an nichts denken. Sie wollte fliegen. Der Kopf tat ihr weh, aber ihr war nicht übel. Als Pierre mit dem Mechaniker wiederkam, sah sie, dass dieser mit ihm stritt und ihn offenbar von dem Flug abbringen wollte. Sie wurde sehr wütend. «Pierre, Sie müssen mit mir fliegen», schrie sie die beiden Männer an, die schläfrig auf Französisch stritten.

«Na schön, Mademoiselle Schwestähr.» Sie legten ihr einen schweren Militärmantel um und schnallten sie sorgfältig auf dem Beobachtersitz fest. Pierre kletterte auf den Pilotensitz. Es sei ein Blériot-Eindecker, sagte er. Der Mechaniker warf den Propeller herum. Der Motor sprang an. Alles war vom Brüllen des Motors erfüllt. Plötzlich war sie nüchtern und hatte Angst, dachte an zu Hause, an Dad und Buster und das Schiff, das sie morgen nehmen würde, nein heute. Endlos lange passierte nichts anderes, als dass der Motor brüllte. Das Licht wurde heller. Sie nestelte an den Gurten, um sie zu lösen. Es war verrückt, einfach loszufliegen. Sie musste das Schiff nehmen. Das Flugzeug war angerollt. Es holperte übers Feld, holperte über den Boden. Sie waren immer noch auf dem Boden, holperten und hüpften dahin. Vielleicht würde es gar nicht abheben. Sie hoffte, es würde nicht abheben. Unter ihnen huschte eine Reihe von Pappeln hindurch. Das Motorengeräusch war in ein gleichmäßiges Dröhnen übergegangen, sie stiegen. Es war heller Tag; eine kalte, silberne Sonne schien ihr ins Gesicht. Unter ihnen lag wie ein Strand eine dicke weiße Wolkendecke. Sie fror schrecklich und war wie betäubt vom Dröhnen des Motors. Der Mann mit der Schutzbrille vor ihr drehte sich um und schrie etwas. Sie verstand es nicht. Sie hatte vergessen, wer Pierre war. Sie streckte die Hand nach ihm aus und schwenkte sie herum. Das Flugzeug stieg stetig weiter. Im Licht zu beiden Seiten der Wolkendecke sah sie Hügel aufragen, musste das Seinetal voller Nebel sein; wo war Paris? Sie stürzten in die Sonne, nein, nein, nicht, nicht, das ist das Ende. Die weißen Wolken waren eine Decke über ihnen, die Sonne beschrieb einen Kreis, zuerst schnell, dann langsam, dann stieg das Flugzeug wieder. Ihr war furchtbar schlecht, sie hatte Angst, ohnmächtig zu werden. So musste das Sterben sein. Vielleicht würde sie eine Fehlgeburt haben. Ihr Körper pochte vom Dröhnen des Motors. Sie hatte kaum noch genug Kraft, erneut die Hand nach ihm auszustrecken und die gleiche Bewegung zu machen. Das Gleiche noch einmal. Diesmal war es nicht so schlimm. Wieder stiegen sie auf in den blauen Himmel, Wind musste aufgekommen sein, denn das Flugzeug schlingerte leicht und sackte ab und zu in ein Luftloch, von dem ihr jedes Mal schlecht wurde. Das Gesicht mit der Brille drehte sich zu ihr um und wackelte hin und her. Sie meinte, die Lippen formten die Worte «Nicht gut»; doch nun sah sie Paris wie ein besticktes Nadelkissen, mit sämtlichen Kirchtürmen, dem Eiffelturm und den Türmen des Trocadéro, die durch einen milchigen Dunst aufragten. Sacré-Cœur auf dem Montmartre war ganz weiß und warf einen Schatten bis zum Park, der wie eine Landkarte aussah. Dann lag die Kirche hinter ihnen, und sie kreisten über grünem Land. Es war böig, und ihr wurde wieder übel. Plötzlich ein Geräusch, als ob etwas zerriss. Ein kleiner Draht, lose flatternd und vor dem Himmelblau glitzernd, begann zu jaulen. Sie versuchte, dem Mann mit der Schutzbrille etwas zuzuschreien. Er drehte sich um, sah sie winken und ging erneut in den Sturzflug über. Diesmal. Nein. Paris, der Eiffelturm, Sacré-Cœur, die grünen Felder kreisten. Sie stiegen wieder. Töchterlein sah den Schimmer einer Tragfläche, die ein Stück vom Flugzeug entfernt ganz allein dahinschwebte. Die kreisende Sonne blendete sie, während sie in die Tiefe trudelten.

Wochenschau XXXIX

der Anblick zerstörter Dörfer und gemarterter Erde, «das Werk von Unmenschen», bricht Mr. Hugh C. Wallace das Herz bei seinem Besuch in verwüsteten und von Granaten zerwühlten Gegenden

WHIPPET-PANZER AUF DER FIFTH AVENUE WECKEN BEGEISTERUNG FÜR KRIEGSANLEIHE

USA MOBILISIEREN IM FERNEN OSTEN GEGEN JAPANISCHE BEDROHUNG

Rule Britannia, rule the waves
Britains never never shall be slaves /370/

JUNGE FRAU IN YONKERS ERDROSSELT AUFGEFUNDEN

die Sozialrevolutionäre sind die Agenten Denikins, /371/ Koltschaks /372/ und der alliierten kaiserlichen Armeen. Ich gehörte zu den Organisatoren des Arbeiter-, Soldaten und Matrosenrats in Seattle. Diese Versammlung hier zeigt die gleiche Haltung, die sich schon bei unserer ersten Versammlung in Seattle herauskristallisierte, als 5000 Männer in Uniform teilnahmen. EX-KAISER VERBRINGT STUNDEN AM SCHREIBTISCH. Vereinfacht gesagt haben sie die Wahl zwischen revolutionärem Sozialismus und Anarchie. England hat sich bereits in den Sozialismus gestürzt, Frankreich zögert noch, Belgien ist verloren und Italien geht gerade verloren, während Lenins Schatten über dieser Konferenz immer länger wird

ZEHN SCHIFFE ERRICHTETEN BARRIERE
PLÖTZLICHEN TODES
VON DEN ORKNEYS BIS ZUM SKAGERRAK

KEINE KOHLE? VERSUCHT ES MIT TORF

Wollt ihr die Generäle finden?
Ich sag euch, wo sie sind
Wollt ihr die Generäle finden?
Ich sag euch, wo sie sind

die Massen wissen immer noch nicht, wie der Krieg angefangen hat, wie er geführt wurde und wie er endete, erklärte Maximilian Harden. /373/ Das Kriegsministerium wurde von Demonstranten gestürmt, die Herrn Neuring /374/ aus dem Gebäude zerrten und ihn in die Elbe warfen, wo er bei dem Versuch, ans Ufer zu schwimmen, erschossen wurde

ÜBLE PRAKTIKEN SCHULD AN HOHEN
LEBENSHALTUNGSKOSTEN
ERKLÄRT WILSON VOR DEM KONGRESS

Ich hab sie gesehen
Ich hab sie gesehen
Unten im
Tiefsten Bunker

Das Auge der Kamera 41

kommst du nicht mit zum Anarchistenpicknick · es findet ein Anarchistenpicknick statt doch du musst mitkommen zum Anarchistenpicknick heute Nachmittag es war weit draußen in Garches in einer Art Park dort hinzukommen dauerte ewig wir kamen zu spät da waren junge Burschen und Mädchen mit Gläsern und alte Männer mit ihren Schnurrbärten und langen weißen Kitteln und alle trugen schwarze Künstlerkrawatten · einige hatten Schuhe und Strümpfe ausgezogen und spazierten durch das hohe Gras · ein junger Mann mit Künstlerkrawatte las ein Gedicht vor · Voilà sagte eine Stimme c'est plûtot le geste prolétaire /375/ es war ein netter Nachmittag wir saßen im Gras und schauten uns le geste prolétaire an

Aber gottverdammich sie haben sämtliche Maschinengewehre der Welt sämtliche Druckerpressen Zeilensetzmaschinen Tickerbänder Lockenstäbe Zirkuspferde Ritz und wir · du · ich? · Mit bloßen Händen ein paar Lieder keine sehr guten Lieder plûtot le geste prolétaire

Les bourgeois à la lanterne nom de dieu /376/

et l'humanité la futurité la lutte des classes l'inépuisable angoisse des foules la misère du travailleur tu sais mon vieux sans blague /377/

es war kühl Frühsommerdämmerung zwischen den klassisch beschnittenen Bäumen als wir den Heimweg antraten · ich saß auf dem Oberdeck des Dritter-Klasse-Wagens mit der Tochter des *Libertaire* (das ist Patrick Henry /378/ immerhin unser gebt mir oder den Tod) ein nettes Mädchen ihr Vater sagte sie lasse sie nie allein ausgehen nie dürfe sie junge Männer sehen das sei so als lebte man im Kloster sie wolle Freiheit Brüderlichkeit Gleichheit und einen jungen Mann mit dem sie ausgehen könne · in den Tunneln brachte uns das Kohlengas zum Husten und sie wollte l'Amérique la vie le théâtre le faif o'clock le smoking le foxtrot · sie war ein nettes Mädchen wir saßen nebeneinander auf dem Oberdeck des Wagens und schauten auf die banlieue de Paris eine Wüste aus kleinen lebkuchenbraunen Backsteinhäuschen platt unterm breiten Düster des Abends sie und ich tu sais mon ami /379/ aber was für ein Saustall ist das hier?

Wochenschau XL

VERBRECHER IM STRÄFLINGSANZUG ZERSÄGT GITTER; ÜBERKLETTERT MAUERN; FLIEHT

Italiener! Vergesst allen Widrigkeiten zum Trotze niemals, dass in Fiume ein Leuchtfeuer brennt und dass alle großen Reden sich in den Worten zusammenfassen lassen: Fiume oder Tod.

Criez aux quatre vents que je n'accepte aucune transaction. Je reste ici contre tout le monde et je prépare de très mauvais jours

Criez cela je vous prie à tû-tête /380/

Der Aufruf zum Eintritt in die Armee erwähnt neben den allgemeinen Vorteilen von Reisen in fremde Länder die Aufstiegsmöglichkeiten, die Gelegenheiten zur Großwildjagd und zur Ausübung aufregender Wassersportarten

Chi va piano
Va sano
Chi va forte
Va 'la morte
Evviva la libertà /381/

ERDBEBEN IN ITALIEN RICHTET ZERSTÖRUNGEN WIE DER KRIEG AN

die jungen Frauen vom YWCA können nur auf Truppentransportern reisen; ein Teil der Flotte wird in See stechen, um Wilson zu helfen

DEMPSEY BESIEGT WILLARD DURCH K. O. IN DER DRITTEN RUNDE

Ils sont sourds.
Je vous embrasse.
Le cœur de Fiume est à vous. /382/

Joe Hill

Ein junger Schwede namens Hillstrom fuhr zur See, holte sich auf Segel- und Trampschiffen schwielige Hände, lernte Englisch in der Back der Dampfer, die die Strecke von Stockholm nach Hull befuhren, und träumte den Traum des Schweden vom Westen;
als er nach Amerika kam, fand er Arbeit in einer Kneipe in der Bowery, wo er die Spucknäpfe reinigen musste.
Er zog westwärts nach Chicago und arbeitete in einer Mechanikerwerkstatt.
Er zog westwärts und folgte der Ernte, lungerte in Arbeitsvermittlungen herum, zahlte so manchen Dollar für einen Job auf einer Baustelle, ging so manche Meile zu Fuß, wenn der Fraß zu mies oder der Boss zu streng war oder wenn es in der Schlafbaracke zu viele Wanzen gab;
las Marx und die Präambel des IWW und träumte davon,

das Gefüge der neuen Gesellschaft in der Hülle der alten zu errichten.
Er war beim Southern-Pacific-Streik in Kalifornien *(Casey Jones, two locomotives, Casey Jones)*, spielte abends nach dem Essen vor der Tür der Schlafbaracke Ziehharmonika *(Longhaired preachers come out every night)*, hatte ein Händchen dafür, Rebellenworte zu vertonen *(And the union makes us strong)*.

Entlang der Küste in Kochbuden, Absteigen, Dschungeln begannen Wobblys, Wanderarbeiter, Tippelbrüder Joe Hills Lieder zu singen. Sie sangen in den Bezirksgefängnissen im Staat Washington, in Oregon, Kalifornien, Nevada, Idaho, in den Arrestzellen von Montana und Arizona, sangen in Walla Walla, San Quentin und Leavenworth,
errichteten das Gefüge der neuen Gesellschaft in den Gefängnissen der alten.

In Bingham, Utah, organisierte Joe Hill die Arbeiter der Utah Construction Company in der Einen Großen Gewerkschaft, erwirkte einen neuen Lohntarif, kürzere Arbeitszeiten, besseres Essen. (Der Engel Moroni /383/ mochte Gewerkschafter genauso wenig wie die Southern Pacific.)
Der Engel Moroni berührte die Herzen der Mormonen, und sie kamen zu der Entscheidung, dass es Joe Hill war, der einen Lebensmittelhändler namens Morrison erschossen hatte. Der schwedische Konsul und Präsident Wilson setzten sich für ein Wiederaufnahmeverfahren ein, aber der Engel Moroni berührte die Herzen der obersten Richter des Staates Utah, und sie bestätigten den Schuldspruch. Er saß ein Jahr lang im Gefängnis, schrieb weiterhin Lieder. Im November 1915 wurde er im Gefängnishof in Salt Lake City an die Wand gestellt.
«Trauert nicht um mich, organisiert euch», waren die letz-

ten Worte, die er den Arbeitern des IWW sandte. Joe Hill stand an der Wand des Gefängnishofs, blickte in die Mündungen der Gewehre und gab den Feuerbefehl.
Man steckte ihn in einen schwarzen Anzug, legte ihm einen steifen Kragen und eine Schleife um den Hals, verfrachtete ihn zu einer Beisetzung mit allen Schikanen nach Chicago und fotografierte sein schönes, steinernes, starr in die Zukunft blickendes Gesicht.
Am 1. Mai verstreute man seine Asche im Wind.

Ben Compton

Die Geschichte aller bisherigen Gesellschaft ist die Geschichte von Klassenkämpfen … /384/

Die alten Leutchen waren Juden, aber in der Schule sagte Benny immer, nein, er sei kein Jude, er sei Amerikaner, denn er sei in Brooklyn geboren und wohne in 2531 25th Avenue in Flatbush, und das Haus gehöre ihnen. Der Lehrer in der siebten Klasse sagte, Benny schiele, und schickte ihn mit einem Brief nach Hause, also nahm sich Pop einen Nachmittag Urlaub von dem Juwelierladen, wo er mit einer Lupe im Auge Taschenuhren reparierte, um mit Benny zu einem Optiker zu gehen, der ihm Tropfen in die Augen träufelte und ihn winzig kleine Buchstaben von einer weißen Karte ablesen ließ. Als der Optiker sagte, Benny müsse eine Brille tragen, schien sich Pop zu freuen. «Uhrmacheraugen … schlägt nach seinem alten Herrn», sagte er und tätschelte Benny die Wange.

Die Stahlgestellbrille drückte schwer auf Bennys Nase und schnitt hinter den Ohren in die Haut ein. Er hatte ein komisches Gefühl, als Pop dem Optiker sagte, ein Junge mit Brille werde kein Herumtreiber und Baseballspieler wie Sam und Isidore, sondern er werde sich seinem Studium widmen und Anwalt und Gelehrter werden wie die Männer von früher. «Vielleicht auch Rabbi», sagte der Optiker, aber Pop sagte, Rabbis seien Nichtstuer und lebten vom Blut der Armen, er und die alte Dame äßen immer noch koscher und heiligten den Sabbat wie ihre Vorväter, aber die Synagoge und die Rabbis … er machte mit den Lippen ein Geräusch, als würde er ausspucken. Der Optiker lachte und sagte, er selbst sei Freidenker, aber für das gemeine Volk sei Religion etwas Gutes.

Als sie nach Hause kamen, sagte Momma, die Brille mache Benny schrecklich alt. Sam und Izzy schrien: «Hallo, Vierauge», als sie vom Zeitungen-Austragen nach Hause kamen, aber am nächsten Tag in der Schule erzählten sie den anderen Kindern, man komme ins Gefängnis, wenn man jemandem, der eine Brille trug, etwas tue. Sowie Benny die Brille trug, wurde er ein sehr guter Schüler.

In der Highschool schaffte er es in den Debattierclub. Als er dreizehn war, wurde Pop krank und konnte ein Jahr lang nicht arbeiten. Sie verloren das Haus, das schon fast abbezahlt war, und zogen in eine Mietwohnung in der Myrtle Avenue. Benny arbeitete abends in einem Drugstore. Sam und Izzy gingen von zu Hause weg, Sam fand Arbeit bei einem Kürschner in Newark; Izzy hatte angefangen, sich in Billardkneipen herumzutreiben, deshalb warf Pop ihn hinaus. Er war immer ein guter Sportler gewesen und freundete sich mit einem Iren namens Pug Riley an, der ihn in den Ring bringen wollte. Momma weinte, und Pop verbot seinen Kindern, je wieder Izzys Namen zu erwähnen; trotzdem wussten alle, dass Gladys, die Älteste, die drüben in Manhattan als Stenographin arbeitete, Izzy ab und zu einen Fünfdollarschein zukommen ließ.

Benny sah viel älter aus, als er war, und dachte kaum je an irgendetwas anderes als daran, Geld zu machen, damit die alten Leutchen wieder ihr eigenes Haus bekamen. Wenn er groß wäre, würde er Anwalt und Geschäftsmann werden und schnell einen

Haufen Geld verdienen, sodass Gladys das Arbeiten aufgeben und heiraten und die alten Leutchen ein großes Haus kaufen und auf dem Land leben konnten. Momma hatte ihm oft erzählt, wie sie in der alten Heimat, als sie noch ein junges Mädchen gewesen war, im Wald Erdbeeren und Pilze gesucht und an einem Bauernhaus haltgemacht und frische Milch getrunken hätten, die noch ganz warm und schaumig gewesen sei. Benny würde reich werden und mit ihnen allen eine Reise aufs Land machen, in eine Sommerfrische.

Als Pop sich so weit erholt hatte, dass er wieder arbeiten konnte, mietete er eine Hälfte eines Zweifamilienhauses in Flatbush, wo sie wenigstens vom Lärm der Hochbahn verschont blieben. Im selben Jahr schloss Benny die Highschool ab und gewann einen Preis für einen Aufsatz über das amerikanische Regierungssystem. Er war sehr groß und dünn geworden und litt unter schrecklichen Kopfschmerzen. Die alten Leutchen sagten, er sei zu schnell gewachsen, und gingen mit ihm zu Dr. Cohen, der im selben Häuserblock wohnte, seine Praxis jedoch in der Innenstadt, in der Nähe der Borough Hall, hatte. Der Doktor sagte, Benny dürfe nicht mehr nachts arbeiten und nicht zu viel studieren, er brauche etwas, was ihn an die frische Luft bringe und seinen Körper entwickle. «Arbeit allein macht auch nicht glücklich», sagte er und kraulte dabei seinen grauen Kinnbart. Benny sagte, er müsse in diesem Sommer Geld verdienen, denn er wolle im Herbst an die New York University. Dr. Cohen sagte, er solle reichlich Milchprodukte und frische Eier essen und irgendwohin gehen, wo er den ganzen Sommer in der Sonne sein und es ruhig angehen lassen könne. Er berechnete zwei Dollar.

Auf dem Nachhauseweg schlug sich der Alte immer wieder mit der flachen Hand gegen die Stirn und sagte, er sei ein Versager, dreißig Jahre lang habe er in Amerika gearbeitet, und nun sei er ein völlig verbrauchter, kranker alter Mann und könne nicht mehr für seine Kinder sorgen. Momma weinte. Gladys sagte, sie sollten nicht albern sein, Benny sei ein gescheiter Junge und ein guter Schüler, und wozu denn die ganze Bücherweisheit gut sei, wenn ihm keine Möglichkeit einfalle, wie er auf dem Land Arbeit finden könne. Benny ging zu Bett, ohne etwas zu sagen.

Ein paar Tage später kam Izzy nach Hause. Er läutete eines Morgens an der Tür, sowie der alte Herr zur Arbeit gegangen war. «Beinahe wärst du Pop begegnet», sagte Benny, der die Tür öffnete.

«Ach was. Ich hab um die Ecke gewartet, bis ich ihn hab gehen sehen ... Wie geht's euch denn so?» Izzy trug einen hellgrauen Anzug, eine grüne Krawatte und einen zum Anzug passenden Fedora. Er sagte, er müsse am Samstag nach Lancaster, Pennsylvania, und gegen einen philippinischen Federgewichtler antreten.

«Nimm mich mit», sagte Benny.

«Dafür bist du nicht hart genug, Kleiner ... zu sehr Muttersöhnchen.» Am Ende ging Benny doch mit. Sie fuhren mit der L bis zur Brooklyn Bridge und gingen dann zu Fuß quer durch New York bis zur Fähre. Sie kauften Tickets nach Elizabeth. Als der Zug auf einem Güterbahnhof hielt, schlichen sie nach vorn in den Gepäckwagen. In West Philadelphia sprangen sie ab und wurden von einem Bahnpolizisten verfolgt. Ein Brauereiwagen nahm sie mit und brachte sie bis West Chester. Den Rest des Weges mussten sie zu Fuß gehen. Ein mennonitischer Farmer ließ sie in seiner Scheune übernachten, doch am anderen Morgen gab er ihnen erst Frühstück, nachdem sie zwei Stunden lang Holz gehackt hatten. Bis sie in Lancaster ankamen, war Benny fix und fertig. Im Athletic Club legte er sich in der Umkleide schlafen und wachte erst auf, als der Kampf vorbei war. Izzy hatte den philippinischen Federgewichtler in der dritten Runde ausgeknockt und eine Börse von fünfundzwanzig Dollar gewonnen. Zusammen mit dem Schwarzen, der die Umkleide sauber hielt, schickte er Benny in eine Pension und zog mit den Jungs los, um die Puppen tanzen zu lassen. Am nächsten Morgen erschien er mit grünem Gesicht und blutunterlaufenen Augen; er hatte sein Geld komplett auf den Kopf gehauen, aber er hatte Benny eine Arbeit als Aushilfe bei einem Kerl besorgt, der sich ein bisschen als Boxkampfveranstalter bestätigte und in der Nähe von Mauch Chunk eine Baustellenkantine betrieb.

Es war ein Job beim Straßenbau. Ben blieb zwei Monate dabei und verdiente zehn Dollar die Woche plus Unterkunft. Er lernte ein Gespann fahren und Buchführung. Der Boss der Kantine, Hiram Volle, beschiss die Bauarbeiter bei der Abrechnung, aber weil die meisten von ihnen Itaker waren, juckte Benny das nicht groß, bis er sich mit einem jungen Burschen namens Nick Gigli anfreundete, der bei dem Trupp in der Kiesgrube arbeitete. Nick hing abends in der Kantine herum, bis sie zumachte; dann gingen sie zusammen spazieren, rauchten eine Zigarette und unterhielten sich. Sonntags gingen sie mit der Sonntagszeitung aufs Land hinaus, faulenzten den ganzen Nachmittag, lagen in der Sonne und unterhielten sich über die Artikel im Magazinteil. Nick kam aus Norditalien, und sämtliche Männer seines Trupps waren Sizilianer, also war er einsam. Sein Vater und seine älteren Brüder waren Anarchisten, genau wie er; er erzählte Benny von Bakunin /385/ und Malatesta /386/ und sagte, Benny solle sich schämen, dass er ein reicher Geschäftsmann werden wolle; studieren und lernen solle er unbedingt, vielleicht sollte er ja tatsächlich Anwalt werden, aber für die Revolution und die Arbeiterklasse arbeiten, denn Geschäftsmann zu werden bedeute, ein Hai und ein Räuber zu sein wie Volle, dieser Schweinehund. Er brachte Benny das Zigarettendrehen bei und erzählte ihm von sämtlichen Frauen, die in ihn verliebt seien; zum Beispiel die an der Kinokasse in Maunch Chunk; er könne sie jederzeit haben, wenn er wolle, aber ein Revolutionär müsse sehr darauf achten, mit welchen Frauen er sich einlasse, Frauen lenkten einen klassenbewussten Arbeiter nur von seinen Zielen ab, sie seien die größte Verführung der kapitalistischen Gesellschaft. Ben fragte ihn, ob er meine, dass er, Ben, den Job bei Volle hinschmeißen solle, weil Volle so ein Gauner sei, aber Nick meinte, jeder andere Kapitalist wäre genauso, und ihnen bleibe nichts anderes übrig, als auf *den* Tag zu warten.

Nick war achtzehn, hatte bittere braune Augen, und seine Haut war fast so dunkel wie die eines Mulatten. Ben fand ihn großartig, weil er schon so viel gemacht hatte; er hatte Schuhe geputzt, war Seemann gewesen, Bergarbeiter, Tellerwäscher, hatte in Textil- und Schuhfabriken und in einer Zementfabrik gearbeitet, schon alle möglichen Frauen gehabt und während des Paterson-Streiks drei Wochen im Knast gesessen. Wenn einer von den Itakern Ben auf dem Lagergelände allein irgendwohin gehen sah, rief er ihm zu: «He, Kleiner, wo ist Nick?»

Am Freitagabend gab es vor dem Schalter, wo der Bauleiter die Leute auszahlte, eine Auseinandersetzung. Nachts, als Ben sich hinten in der Baracke, in der die Kantine war, zum Schlafen auf seine Pritsche legte, kam Nick vorbei und sagte, die Bosse hätten die Männer beim Akkord beschissen und sie wollten morgen in den Streik treten. Ben sagte, wenn sie die Arbeit niederlegten, würde er das auch tun. Nick nannte ihn auf Italienisch einen tapferen Genossen, packte ihn an den Schultern und küsste ihn auf beide Wangen. Als am nächsten Morgen die Pfeife ertönte, traten nur wenige von den Männern zur Arbeit an. Ben stand in der Tür der Kochbaracke und wusste nicht recht, was er mit sich anfangen sollte. Volle bemerkte ihn und befahl ihm, das Gespann anzuschirren und zum Bahnhof zu fahren, um eine Kiste Tabak abzuholen. Ben schaute auf seine Füße und sagte, das könne er nicht, denn er streike. Volle brach in Gelächter aus und sagte ihm, er solle die Witze sein lassen, so was Komisches habe er noch nie gehört, dass ein Jid mit einem Haufen Itaker in den Streik trete.

Ben spürte, dass er am ganzen Körper kalt und starr wurde. «Ich bin genauso wenig ein Jid wie Sie ... ich bin ein gebürtiger Amerikaner ... und ich stehe zu meiner Klasse, Sie elender Gauner.»

Volle wurde weiß im Gesicht, trat auf ihn zu, hielt ihm seine große Faust unter die Nase und sagte, er sei gefeuert, und wenn er nicht so ein beschissener kleiner vieräugiger Jiddenzwerg wäre, würde er ihm die Fresse polieren, aber sein Bruder werde ihm sowieso eine Tracht Prügel verpassen, wenn er davon höre.

Ben ging zu seiner Pritsche, rollte seine Sachen zu einem Bündel zusammen und ging Nick suchen. Nick war ein Stückchen weiter die Straße runter, bei den Schlafbaracken, mitten in einem Haufen Itaker, die alle schrien und mit den Armen fuchtelten. Der Bauleiter und die Vorarbeiter erschienen mit Revolvern in schwarzen Holstern am Gürtel. Einer hielt eine Rede auf Englisch, einer eine auf Sizilianisch: sie seien eine grundanständige Firma, sie hätten ihre Arbeiter immer anständig behandelt, und wem das nicht passe, der könne sich zum Teufel scheren. Sie seien noch nie bestreikt worden und hätten nicht vor, damit anzufangen. In diesem Unternehmen stecke viel Geld, und die Firma werde sich bei ihrer Arbeit nicht von irgendwelchen gottverdammten Dummheiten behindern lassen. Wer beim nächsten Pfiff nicht die Arbeit aufnehme, sei gefeuert, könne sich schleunigst davonmachen und möge nicht vergessen, dass es im Staat Pennsylvania Gesetze gegen Landstreicherei gebe. Als die Pfeife erneut ertönte, gingen alle wieder an die Arbeit, außer Ben und Nick. Mit ihren Bündeln marschierten sie die Straße entlang. Nick hatte Tränen in den Augen und sagte: «Viel zu sanft, viel zu geduldig ... wir kennen unsere Stärke noch nicht.»

An jenem Abend stießen sie auf ein verfallenes Schulhaus, das etwas abseits der Straße hangaufwärts über einem Fluss lag. In einem Laden hatten sie sich etwas Brot und Erdnussbutter gekauft, setzten sich damit vor die Tür, aßen und unterhielten sich darüber, was sie jetzt anfangen sollten. Bis sie mit Essen fertig waren, war es dunkel. Ben war noch nie so nachts allein auf dem Land gewesen. In den Wäldern ringsumher raschelte der Wind, und unten im Tal schäumte der schnelle Fluss. Es war eine kühle Augustnacht, und es taute kräftig. Sie hatten nichts zum Zudecken, und Nick zeigte Ben, wie man es machte: Man zog die Jacke aus und legte sie sich über den Kopf, und man schlief gegen die Wand gelehnt, um sich auf den nackten Dielen nicht wund zu liegen. Er war kaum eingeschlafen, als er auch schon frierend und zitternd erwachte. Eine Fensterscheibe war zerbrochen; er konnte den Rahmen und die gezackten Glasstücke vor dem wolkigen Mondlicht sehen. Er lehnte sich zurück, musste wohl geträumt haben. Irgendetwas knallte aufs Dach, kullerte die Schindeln über ihm hinunter und fiel auf den Boden.

«He, Ben, was zum Henker war das?», ertönte heiser flüsternd Nicks Stimme. Beide standen auf und starrten durch die zerbrochene Fensterscheibe hinaus.

«Die war schon kaputt», sagte Nick. Er ging zur Eingangstür hinüber und öffnete sie. Beide zitterten in dem kalten Wind, der talaufwärts wehte und wie Regen in den Bäumen rauschte, während der Fluss unten ein ächzendes, mahlendes Geräusch machte wie eine Kolonne von Karren und Wagen.

Ein Stein schlug auf das Dach über ihnen und kullerte hinunter. Der nächste sauste zwischen ihren Köpfen hindurch und traf den rissigen Putz auf der Wand dahinter. Ben hörte das Klicken, mit dem Nick die Klinge seines Taschenmessers herausklappte. Er strengte seine Augen an, bis ihm die Tränen kamen, aber er konnte nichts als die sich im Wind regenden Blätter erkennen.

«Komm raus da ... komm her ... sag was ... du Scheißkerl», schrie Nick.

Es kam keine Antwort.

«Was meinst du?», flüsterte Nick über die Schulter Ben zu.

Ben sagte nichts; er hatte alle Mühe, nicht mit den Zähnen zu klappern. Nick schob ihn zurück ins Gebäude und zog die Tür zu. Sie stapelten die staubigen Bänke an der Tür auf und verbarrikadierten die untere Hälfte des Fensters mit Fußbodenbrettern.

«Einen mach ich auf jeden Fall kalt, wenn sie reinkommen», sagte Nick, «du glaubst doch nicht an Gespenster?»

«Quatsch, so was gibt's nicht», sagte Ben. Mit dem Rücken an dem rissigen Putz setzten sie sich nebeneinander auf den Boden und lauschten. Nick hatte das Messer zwischen sie gelegt. Er nahm Bens Finger und ließ ihn die Arretierung betasten, die die

Klinge einrasten ließ. «Gutes Messer ... Seemannsmesser», flüsterte er. Ben spitzte die Ohren. Nur das prasselnde Geräusch des Windes in den Bäumen und das stetige Mahlen des Flusses. Steine kamen keine mehr.

Am nächsten Morgen verließen sie das Schulhaus bei Tagesanbruch. Keiner von beiden hatte Schlaf gefunden. Bens Augen brannten. Als die Sonne aufging, trafen sie auf einen Mann, der eine gebrochene Feder an einem Lastauto reparierte. Sie halfen ihm, den Wagen mit einem Holzklotz aufzubocken, und er nahm sie bis Scranton mit, wo sie in einer Burgerbraterei, die von einem Griechen betrieben wurde, Arbeit als Tellerwäscher fanden.

... alle festen, eingerosteten Verhältnisse mit ihrem Gefolge von altehrwürdigen Vorstellungen und Anschauungen werden aufgelöst, alle neugebildeten veralten, ehe sie verknöchern können ... /387/

Tellerwaschen war nicht sehr nach Bens Geschmack, und so sagte er nach ein paar Wochen, als er den Preis für den Fahrschein zusammengespart hatte, er wolle wieder nach Hause, die alten Leutchen sehen. Nick blieb, weil eine Frau im Süßigkeitenladen sich in ihn verknallt hatte. Später wollte er nach Allentown, wo ein Bruder von ihm Arbeit in einem Stahlwerk hatte und gutes Geld verdiente. Das Letzte, was er sagte, als er Ben zum Zug nach New York brachte, war: «Benny, lerne und studiere ... werde großer Mann für Arbeiterklasse, und denk dran, zu viele Frauen schlechte Sache.»

Ben trennte sich nur sehr ungern von Nick, aber er musste für den Winter eine Arbeit finden, die ihm genügend Zeit zum Studieren lassen würde. Er legt die Prüfungen ab und immatrikulierte sich am College der City of New York. Als Starthilfe für ihn lieh sich der alte Herr hundert Dollar bei der Morris Plan Bank, und Sam schickte fünfundzwanzig aus Newark, damit er sich Bücher kaufen konnte. Er selbst arbeitete abends in Kahns Drugstore und verdiente so auch ein bisschen Geld. Sonntagnachmittags ging er in die Bücherei und las *Das Kapital* von Marx. Er schloss sich der Sozialistischen Partei an und besuchte bei jeder sich bietenden Gelegenheit Vorträge in der Rand School. Er arbeitete daran, ein wohlgeschärftes Werkzeug zu werden.

Im Frühjahr erkrankte er an Scharlach und war zehn Wochen in der Klinik. Als man ihn entließ, waren seine Augen so schlecht, dass er Kopfschmerzen bekam, wenn er auch nur eine Stunde las. Der alte Herr schuldete der Morris Plan Bank zusätzlich zu den ersten hundert Dollar weitere hundert plus Zinsen und Nachforschungsgebühren.

Bei einem Vortrag in der Cooper Union hatte Ben eine junge Frau kennengelernt, die in einer Textilfabrik in Jersey gearbeitet hatte. Sie war während des Paterson-Streiks festgenommen worden und auf der schwarzen Liste gelandet. Inzwischen war sie Verkäuferin bei Wanamaker, aber ihre Leute arbeiteten noch immer in der Botany Mill in Passaic. Sie hieß Helen Mauer, war fünf Jahre älter als Ben, hatte hellblondes Haar und schon die ersten Falten im Gesicht. Sie sagte, die sozialistische Bewegung bringe nichts; einzig die Syndikalisten hätten die richtige Idee. Nach dem Vortrag ging sie mit ihm auf ein Glas Tee ins Cosmopolitan Café in der Second Avenue und stellte ihn einigen Leuten vor, die, wie sie sagte, echte Rebellen seien; als Ben den alten Leutchen und Gladys von ihnen erzählte, sagte der alte Herr: «Pfui ... radikale Juden», und machte mit den Lippen ein Geräusch, als würde er ausspucken. Benny solle diese Dummheiten sein lassen und lieber arbeiten. Er werde langsam alt und habe außerdem Schulden, und wenn er krank werde, sei es an Benny, ihn und die Mutter zu unterhalten. Ben sagte, er arbeite unentwegt, aber es komme nicht auf die Familie an, er arbeite für die Arbeiterklasse. Der alte Herr wurde rot im Gesicht und sagte, seine Familie sei ihm heilig, und nach seiner Familie komme sein Volk. Momma und Gladys weinten. Der alte Herr stand auf, würgend und hustend hob er die Hände über den Kopf und verfluchte Ben, und Ben verließ das Haus.

Er hatte kein Geld und war noch vom Scharlach geschwächt. Er ging durch Brooklyn, über die Manhattan Bridge und weiter durch die East Side, die voller rötlicher Lichter war, voller Menschenmassen und Handkarren mit nach Frühling riechendem Gemüse, bis zu dem Haus in der East 6th Street, wo Helen wohnte. Die Vermieterin sagte, er dürfe nicht hinauf in ihr Zimmer. Helen sagte, das sei ihr ganz egal, aber noch während sie darüber stritten, begannen ihm die Ohren zu klingen, und er wurde auf dem Sofa im Hausflur ohnmächtig.

Als er wieder zu sich kam, lief ihm Wasser unter den Kragen, Helen half ihm die vier Treppen hinauf, und er musste sich auf ihr Bett legen. Unten schrie die Vermieterin etwas von Polizei, und Helen rief zu ihr hinunter, sie werde gleich morgen früh ausziehen, und keine Macht der Welt könne sie zwingen, früher zu gehen. Sie kochte Ben Tee, und sie saßen die ganze Nacht auf Helens Bett und unterhielten sich. Sie beschlossen, dass sie in freier Gemeinschaft zusammenleben würden, und verbrachten den Rest der Nacht damit, Helens Sachen zusammenzupacken. Sie besaß hauptsächlich Bücher und Pamphlete.

Am nächsten Morgen verließen sie um sechs Uhr das Haus, um sich ein Zimmer zu suchen, weil Helen schon um acht bei Wanamaker sein musste. Sie sagten der nächsten Vermieterin nicht direkt, dass sie verheiratet seien, doch als sie fragte: «Sie sind also Braut und Bräutigam?», nickten sie und lächelten. Zum Glück hatte Helen genug Geld bei sich, um die erste Woche im Voraus bezahlen zu können. Dann musste sie schleunigst zur Arbeit. Ben hatte kein Geld, konnte sich also nichts zu essen kaufen, lag den ganzen Tag auf dem Bett und las *Fortschritt und Armut.* /388/ Als sie abends nach Hause kam, brachte sie aus einem Delicatessen etwas zu essen mit. Während sie das Roggenbrot und die Salami aßen, waren sie sehr glücklich. Für eine so schlanke kleine Frau hatte sie große Brüste. Er musste in einen Drugstore gehen und Verhütungsmittel kaufen, denn wie könnte sie gerade jetzt ein Kind bekommen, sagte sie, wo sie doch all ihre Kraft der Bewegung widmen müssten. Im Bett gab es Wanzen, aber sie sagten einander, dass sie so glücklich waren, wie es im kapitalistischen System nur ging, und dass sie eines Tages in einer freien Gesellschaft leben würden, in der die Arbeiter sich nicht mehr in schmutzigen Absteigen voller Wanzen zusammendrängen oder mit Vermieterinnen herumstreiten mussten und Liebende Kinder haben konnten, wenn sie wollten.

Ein paar Tage später wurde Helen bei Wanamaker entlassen, weil man dort während der flauen Sommersaison Personal abbaute. Sie zogen nach Jersey, wo Helen bei ihren Leuten wohnte und Ben eine Stelle in der Versandabteilung einer Kammgarnfabrik bekam. Sie mieteten zusammen ein Zimmer in Passaic. Als es zum Streik kam, saßen er und Helen im Komitee. Ben entwickelte sich zu einem ziemlich guten Redner. Er wurde mehrmals festgenommen, einmal schlug ihm ein Polizeiknüppel fast den Schädel ein, und er landete für sechs Monate im Bau. Aber er hatte festgestellt, dass die Leute ihm zuhörten, wenn er auf eine Kiste stieg und eine Rede hielt, dass er reden und seine Meinung sagen und den dicht gedrängten, zu ihm aufblickenden Gesichtern ein Lachen oder einen Beifallsruf entlocken konnte. Als er im Gerichtssaal aufstand, um sein Urteil entgegenzunehmen, begann er eine Rede über den Mehrwert zu halten. Die Streikenden im Publikum johlten, und der Richter ließ den Saal räumen. Ben sah, dass die Reporter eifrig mitschrieben, was er sagte; er war froh, ein lebendes Beispiel für die Ungerechtigkeit und Brutalität des kapitalistischen Systems zu sein. Der Richter brachte ihn mit den Worten zum Schweigen, dass er ihm weitere sechs Monate wegen Missachtung des Gerichts aufbrummen werde, wenn er nicht still sei, und man brachte Ben in einem Automobil voller spezieller Deputys mit Schrotflinten ins Bezirksgefängnis. Die Zeitungen bezeichneten ihn als bekannten sozialistischen Agitator.

Im Gefängnis freundete er sich mit einem Wobbly namens Bram Hicks an, einem hochgewachsenen jungen Burschen aus Frisco mit blondem Haar und blauen Augen, der zu ihm sagte, wenn er die Arbeiterbewegung kennenlernen wolle, solle er Mitglied des IWW werden und an die Küste gehen. Bram war von Beruf Kesselmacher, hatte zur Abwechslung aber als Seemann angeheuert und war vollkommen abgebrannt in Perth Amboy gelandet. Er hatte in einer der Fabriken in der Reparaturschicht gearbeitet und zusammen mit den anderen die Arbeit niedergelegt. Als die Polizei die Streikpostenkette sprengte, hatte er einen Polizisten ins Gesicht geschlagen und wegen tätlicher Beleidigung sechs Monate gekriegt. Dass er ihn einmal am Tag beim Hofgang traf, war das Einzige, was Ben im Gefängnis aufrecht hielt.

Sie wurden beide am selben Tag entlassen. Zusammen gingen sie die Straße entlang. Der Streik war vorbei. Die Fabriken produzierten wieder. Die Straßen, in denen Streikposten gestanden hatten, der Saal, in dem Ben Reden gehalten hatte, wirkten ruhig und alltäglich. Er nahm Bram mit zu Helen. Sie war nicht da, aber nach einer Weile kam sie mit einem kleinen Engländer mit rotem Gesicht und Frettchennase an, den sie als Billy, einen englischen Genossen, vorstellte. Ben vermutete sofort, dass sie mit ihm schlief. Er ließ Bram bei dem Engländer im Zimmer und bat sie hinaus. In dem schmalen oberen Flur des alten Holzhauses roch es nach Essig. «Bist du fertig mit mir?», fragte er mit wackliger Stimme.

«Ach, Ben, sei doch nicht so konventionell.»

«Du hättest wenigstens warten können, bis ich aus dem Knast komme.»

«Aber verstehst du denn nicht, dass wir alle Genossen sind? Du bist ein tapferer Kämpfer und solltest nicht so konventionell sein, Ben ... Billy bedeutet mir nichts. Er ist Steward auf einem Passagierdampfer. Er ist bald wieder weg.»

«Dann bedeute ich dir also auch nichts.» Er packte Helen am Handgelenk und drückte so fest zu, wie er konnte. «Wahrscheinlich liege ich total falsch, aber ich bin verrückt nach dir ... ich dachte, du ...»

«Aua, Ben ... du redest Unsinn, du weißt doch, wie sehr ich dich mag.» Sie gingen ins Zimmer zurück und redeten über die Bewegung. Ben sagte, er werde mit Bram Hicks in den Westen gehen.

… er wird ein bloßes Zubehör der Maschine, von dem nur der einfachste, eintönigste, am leichtesten erlernbare Handgriff verlangt wird … /389/

Bram kannte sich aus. Zu Fuß, als blinde Passagiere in Gepäck- oder offenen Güterwagen oder per Anhalter auf Liefer- und Lastautos kamen sie bis Buffalo. Dort traf Bram in einer Absteige einen Bekannten, der ihnen eine Heuer als Deckarbeiter auf einem Walrücken besorgte, der leer nach Duluth zurückfuhr. In Duluth schlossen sie sich einer Kolonne an, die nach Saskatchewan befördert wurde, um dort bei der Weizenernte zu helfen. Zunächst fiel Ben die Arbeit sehr schwer, und Bram befürchtete, er werde schlappmachen, aber die Vierzehnstundentage draußen in Sonne und Staub, das reichliche Essen und der tiefe Schlaf auf den Heuböden der großen Scheunen begannen ihn abzuhärten. Wenn er in seinen verschwitzten Kleidern flach auf dem Stroh lag, spürte er durch den Schlaf hindurch das Kitzeln der Sonne auf Gesicht und Hals, die Anspannung seiner Muskeln, das Schwirren der Schnitter und Mähbinder entlang dem Horizont, das Dröhnen der Dreschmaschine, das Knirschen der Getriebe der Lastautos, die den roten Weizen zu den Silos fuhren. Er eignete sich den Jargon der Erntearbeiter an. Nach der Ernte arbeiteten sie in einer Obstkonservenfabrik am Columbia River, ein mieser, schweißtreibender Job im säuerlichen Gestank faulender Obstschalen. Dort lasen sie in der *Solidarity* vom Streik der Schindler und vom Kampf um die Redefreiheit in Everett und beschlossen, hinzugehen, um zu sehen, ob sie nicht mithelfen konnten.

An ihrem letzten Arbeitstag dort verlor Bram bei der Reparatur der Schneide- und Schälapparatur den Zeigefinger seiner rechten Hand. Der Firmenarzt sagte, ihm stehe keine Entschädigung zu, weil er bereits gekündigt habe und außerdem kein Kanadier sei … Ein kleiner Winkeladvokat erschien in der Absteige, wo Bram mit Fieber und dick bandagierter Hand auf dem Bett lag, und drängte ihn, die Firma zu verklagen, aber Bram schrie ihn an, er solle sich zum Teufel scheren. Ben sagte, das sei falsch von ihm, auch die Arbeiterklasse brauche ihre Anwälte.

Als die Hand halbwegs verheilt war, fuhren sie mit dem Schiff von Vancouver nach Seattle. Das IWW-Hauptquartier dort glich einem Picknickgelände, bevölkert mit jungen Männern, die aus allen Teilen der Vereinigten Staaten und Kanadas kamen. Eines Tages fuhr ein großes Kontingent mit dem Schiff nach Everett, um an der Ecke Whetmore und Hewitt Avenue eine Versammlung abzuhalten. Auf der Pier standen jede Menge Deputys mit Gewehren und Revolvern. «Die Jungs von der Handelskammer erwarten uns schon», ließ sich eine nervös kichernde Stimme vernehmen. Die Deputys hatten weiße Taschentücher um den Hals. «Da ist Sheriff McRae», sagte jemand. Bram schob sich näher an Ben heran. «Wir bleiben besser zusammen … Sieht so aus, als sollten wir eine Abreibung kriegen.» Die Wobblys wurden so schnell festgenommen, wie sie vom Schiff kamen, und ans Ende der Pier gescheucht. Die Deputys waren größtenteils betrunken, Ben roch die Whiskeyfahne des Kerls mit dem roten Gesicht, der ihn am Arm packte. «Beweg dich, du Scheißkerl …» Er bekam einen Gewehrkolben ins Kreuz. Er hörte das Krachen, mit dem Knüppel auf Schädel niedersausten. Wer Widerstand leistete, bekam das Gesicht mit einem Knüppel zu Brei geschlagen.

Die Wobblys mussten auf einen Lastwagen steigen. Mit der Dämmerung hatte ein kalter Nieselregen eingesetzt. «Jungs, wir zeigen ihnen, dass wir Mumm haben», sagte ein rothaariger Junge. Ein Deputy, der sich an der Rückseite des Lastwagens festhielt, wollte ihm mit dem Knüppel eins überziehen, verlor jedoch das Gleichgewicht und fiel herunter. Die Wobblys lachten. Der Deputy kletterte mit knallrotem Gesicht wieder auf den Wagen. «Euch wird das Lachen schon noch vergehen, bis wir mit euch fertig sind», schrie er.

Draußen im Wald, wo die Straße das Eisenbahngleis kreuzte,

mussten sie von den Lastautos steigen. Die Gewehre im Anschlag, standen die Deputys um sie herum, während der Sheriff, der sturzbetrunken war, sich mit zwei gutgekleideten Männern mittleren Alters darüber beriet, was zu tun sei. Ben hörte das Wort Spießrutenlaufen. «Hören Sie, Sheriff», sagte jemand, «wir sind nicht hier, um Unruhe zu stiften. Wir wollen nur unser verfassungsmäßiges Recht auf Redefreiheit wahrnehmen.» Revolverschwenkend wandte sich der Sheriff ihnen zu. «So, wollt ihr das, ihr Scheißkerle. Tja, wir sind hier in Snohomish County, und das werdet ihr nicht vergessen ... wenn ihr euch hier noch mal blicken lasst, beißen einige von euch ins Gras, mehr gibt's dazu nicht zu sagen ... Schön, Jungs, auf geht's.»

Die Deputys bildeten quer zum Eisenbahngleis zwei Reihen. Einen nach dem anderen packten sie die Wobblys und verprügelten sie. Drei von ihnen packten Ben. «Bist du ein Wobbly?»

«Klar bin ich das, ihr dreckigen, feigen ...», begann er. Der Sheriff kam auf ihn zu und holte aus. «Vorsicht, er hat ne Brille auf.» Eine große Hand nahm ihm die Brille ab. «Das lässt sich ändern.» Dann drosch ihm der Sheriff die Faust auf die Nase. «Sag, dass du keiner bist.» Bens Mund war voller Blut. Er biss die Zähne zusammen.

«Er ist ein Jid, gib ihm noch einen von mir mit.»

«Sag, dass du kein Wobbly bist.» Jemand hieb ihm einen Gewehrlauf gegen die Schienbeine, und er fiel vornüber. «Lauf», schrien sie. Die Schläge mit Knüppeln und Gewehrkolben dröhnten ohrenbetäubend.

Er versuchte, vorwärts zu gehen, ohne zu rennen. Er stolperte über eine Schiene und stürzte, schnitt sich den Arm an etwas Scharfem. Er hatte so viel Blut in den Augen, dass er nichts mehr sehen konnte. Ein schwerer Stiefel trat ihn immer wieder in die Seite. Er wurde ohnmächtig. Irgendwie stolperte er vorwärts. Jemand griff ihm unter die Arme, hielt ihn aufrecht und zerrte ihn über die Viehsperre auf dem Gleis. Ein anderer begann ihm mit einem Taschentuch das Gesicht abzuwischen. Irgendwo weit weg hörte er Brams Stimme: «Wir sind über die County-Grenze, Jungs.» Der Verlust seiner Brille, der Regen, die Nacht und die stechenden Schmerzen überall in seinem Rücken sorgten dafür, dass Ben überhaupt nichts sah. Hinter ihnen hörte er Schüsse und Schreie von anderen Jungs, die noch Spießruten laufen mussten. Er war der Mittelpunkt einer kleinen, ungeordneten Gruppe, die am Gleis entlangtrottete. «Genossen», sagte Bram mit seiner tiefen, ruhigen Stimme, «diese Nacht dürfen wir niemals vergessen.»

An der Haltestelle der Überlandbahn veranstalteten sie eine Sammlung unter den ramponierten und blutenden Genossen, um für die am schwersten Verletzten Fahrscheine nach Seattle zu kaufen. Ben war so benommen, und ihm war so übel, dass er den Fahrschein, den ihm jemand in die Hand drückte, kaum festhalten konnte. Bram und die anderen machten sich auf den fünfundvierzig Kilometer langen Fußmarsch zurück nach Seattle.

Ben lag drei Wochen im Krankenhaus. Die Tritte ins Kreuz hatten seine Nieren in Mitleidenschaft gezogen, und er litt die meiste Zeit unter schrecklichen Schmerzen. Das Morphium, das man ihm gab, benebelte ihn so sehr, dass er es kaum mitbekam, als man die Jungs einlieferte, die bei der Schießerei auf der Pier von Everett am 5. November/390/ verwundet worden waren. Als er entlassen wurde, konnte er kaum gehen. Alle seine Bekannten saßen im Gefängnis. Auf der Post fand er einen Brief von Gladys vor, dem fünfzig Dollar beilagen und in dem sie ihm schrieb, sein Vater wolle, dass er nach Hause komme.

Das Verteidigungskomitee gab sein Einverständnis; er sei genau der Richtige, um im Osten Gelder für sie zu sammeln. Für die Verteidigung der vierundsiebzig Wobblys, die in Everett im Gefängnis saßen und des Mordes beschuldigt wurden, würde man gewaltige Summen brauchen. Ben trieb sich noch ein paar Wochen in Seattle herum, erledigte dies und das für das Verteidigungskomitee und suchte nach einer Möglichkeit, wie er nach Hause kommen konnte. Ein Sympathisant, der bei einer Reederei arbeitete, verschaffte ihm schließlich einen Platz als Superkargo auf einem Frachter, der durch den Panamakanal nach New York fuhr. Die Seereise und die umständliche Schreibarbeit halfen ihm, wieder auf die Beine zu kommen. Trotzdem verging keine Nacht, ohne dass er mit einem erstickten Schrei aus einem Albtraum hochfuhr, in dem die Deputys kamen, um ihn Spießruten laufen zu lassen. Wenn er dann wieder einschlief, träumte er, er hinge in der Viehsperre fest, die Zacken zerrissen ihm die Arme, und schwere Stiefel träten ihn in den Rücken. Es wurde so schlimm, dass er all seinen Mut brauchte, um sich zum Schlafen in seine Koje zu legen. Die Männer auf dem Schiff hielten ihn für einen Drogensüchtigen und gingen ihm aus dem Weg. Es war ein großer Tag, als er die hohen Gebäude von New York im bräunlichen Morgendunst schimmern sah.

… sind im Laufe der Entwicklung die Klassenunterschiede verschwunden und ist alle Produktion in den Händen der assoziierten Individuen konzentriert, so verliert die öffentliche Gewalt den politischen Charakter … /391/

Ben wohnte in jenem Winter zu Hause, weil das billiger war. Als er Pop sagte, er werde in der Kanzlei eines radikalen Anwalts namens Morris Stein, den er in Zusammenhang mit der Geldbeschaffung für die Everett-Jungs kennengelernt habe, die Juristerei lernen, war der alte Herr hocherfreut. «Ein gescheiter Anwalt kann die Arbeiter und die armen Juden schützen und trotzdem Geld verdienen», sagte er und rieb sich die Hände. «Benny, ich habe immer gewusst, dass du ein guter Junge bist.» Momma nickte und lächelte. «Hierzulande ist es nämlich nicht so wie drüben unter den Kriegsherren, hier hat sogar jeder faule Strolch verfassungsmäßige Rechte, deswegen haben sie die Verfassung ja geschrieben.» Ben wurde von dieser Unterhaltung ganz übel.

Er arbeitete als Angestellter in Steins Kanzlei am unteren Broadway und sprach abends bei Protestversammlungen anlässlich des Everett-Massakers. Morris Steins Schwester Fanya, eine dünne, dunkelhaarige, wohlhabende Frau von um die fünfunddreißig, war eine glühende Pazifistin und hielt ihn dazu an, Tolstoi und Kropotkin /392/ zu lesen. Sie war überzeugt, Wilson werde das Land aus dem europäischen Krieg heraushalten, und schickte sämtlichen pazifistischen Frauenorganisationen Geld. Sie besaß ein Auto, und manchmal, wenn er an einem Abend mehrere Veranstaltungen hatte, chauffierte sie ihn durch die Stadt. Sein Herz hämmerte jedes Mal, wenn er den Saal betrat, in dem die Versammlung stattfand, und das Stimmengewirr und Geraschel des hereinströmenden Publikums hörte, Textilarbeiter auf der East Side, Hafenarbeiter in Brooklyn, Arbeiter von Chemie- und metallverarbeitenden Fabriken in Newark, Salonsozialisten und rot Angehauchte in der Rand School oder auf der unteren Fifth Avenue, die riesige anonyme Masse sämtlicher Klassen, Rassen und Berufe im Madison Square Garden. Er hatte jedes Mal kalte Hände, wenn er dem Vorsitzenden und anderen Rednern auf dem Podium die Hand gab. Wenn er an die Reihe kam, gab es jedes Mal einen Augenblick, in dem die Gesichter, die zu ihm aufblickten, zu einer einzigen rosa Masse verschwammen, das Summen des Saals ihn betäubte und er in panische Angst geriet, vergessen zu haben, was er sagen wollte. Dann hörte er ganz plötzlich seine eigene Stimme klar und deutlich artikulieren, spürte ihren Widerhall an Wänden und Decke, spürte, wie sich Ohren spitzten, Männer und Frauen sich auf ihren Stühlen vorbeugten, sah ganz deutlich die Reihen von Gesichtern, die Gruppen von Leuten, die sich an den Türen drängten, weil sie keinen Platz mehr fanden. Ausdrücke wie *Protest, Massenaktion, vereinigte Arbeiterklasse dieses Landes und der ganzen Welt, Revolution* ließen die Augen und Gesichter unter ihm aufleuchten wie den Schimmer eines Freudenfeuers.

Nach der Rede fühlte er sich klapprig, seine Brillengläser waren so beschlagen, dass er sie abwischen musste, und er empfand die ganze Unbeholfenheit seiner langen, schlaksigen Gestalt. Fanya eiste ihn los, so rasch sie konnte, sagte ihm mit leuchtenden

Augen, er habe großartig geredet, und chauffierte ihn, wenn die Versammlung in Manhattan stattgefunden hatte, downtown zu einem Abendessen im Keller des Brevoort oder im Cosmopolitan Café, bevor er mit der U-Bahn nach Brooklyn fuhr. Er wusste, dass sie in ihn verliebt war, aber sie sprachen nur selten über irgendetwas anderes als die Bewegung.

Als im Februar die russische Revolution ausbrach, kauften Ben und die Steins wochenlang sämtliche Zeitungen und lasen mit verzweifelter Aufmerksamkeit sämtliche Korrespondentenberichte; es war die Morgendämmerung des großen Tages. Überall auf der East Side und in den jüdischen Teilen von Brooklyn herrschte ausgelassene Stimmung. Die alten Leutchen weinten jedes Mal, wenn sie davon sprachen. «Als Nächstes Österreich, dann das Reich, dann England ... überall befreite Völker», sagte Pop. «Und zum Schluss Uncle Sam», fügte Ben hinzu und biss grimmig die Zähne zusammen.

An dem Apriltag, an dem Woodrow Wilson den Krieg erklärte, ging Fanya mit einem hysterischen Weinkrampf zu Bett. Ben besuchte sie in der Wohnung am Riverside Drive, die Morris Stein mit seiner Frau bewohnte. Sie war am Vortag aus Washington zurückgekommen, von einer Reise mit einer Friedensdelegation von Frauen, die versucht hatten, mit dem Präsidenten zu sprechen. Die Kriminalbeamten hatten sie vom Rasen des Weißen Hauses vertrieben, mehrere Frauen waren festgenommen worden. «Was haben Sie denn erwartet? ... Natürlich wollen die Kapitalisten den Krieg. Allerdings werden sie anders darüber denken, wenn sie merken, dass sie sich stattdessen eine Revolution eingehandelt haben.» Sie bat ihn, bei ihr zu bleiben, aber er sagte, er müsse zu den Leuten von *The Call*, und ging. Beim Verlassen des Hauses ertappte er sich dabei, dass er mit den Lippen ein Geräusch machte, als spuckte er aus, wie sein Vater. Er schwor sich, nie mehr hierher zu kommen.

Auf Anraten von Stein ließ er sich als Wehrpflichtigen registrieren, schrieb allerdings «Kriegsdienstverweigerer» auf die

Karte. Kurz danach kam es zwischen ihm und Stein zum Streit. Stein sagte, es bleibe nichts weiter, als sich dem Sturm zu beugen; Ben sagte, er werde gegen den Krieg agitieren, bis man ihn ins Gefängnis stecke. Das hieß, er verlor seine Stelle, und mit der Juristerei war ebenfalls Schluss. Kahn wollte ihn nicht mehr in seinem Drugstore arbeiten lassen, weil er befürchtete, die Polizei würde ihn hochnehmen, falls bekannt wurde, dass er einen Radikalen beschäftigte. Bens Bruder Sam arbeitete in einer Munitionsfabrik in Perth Amboy und verdiente gutes Geld; er schrieb Ben mehrfach, er solle den Quatsch lassen und sich dort ebenfalls eine Stelle besorgen. Sogar Gladys sagte ihm, es sei albern, mit dem Kopf durch die Wand zu wollen. Im Juli ging er von zu Hause weg und zog drüben in Passaic wieder mit Helen Mauer zusammen. Seine Nummer war noch nicht aufgerufen worden, sodass er ohne Weiteres Arbeit im Versand einer der Fabriken fand. Dort machte man Überstunden und verlor wegen der Einberufung ständig Arbeitskräfte.

Die Rand School war geschlossen worden, *The Call* verboten, und in Bens Bekanntenkreis fand Wilsons Betrachtungsweise mit jedem Tag neue Anhänger. Helens Leute und deren Freunde machten Überstunden und verdienten gutes Geld; wenn man von Proteststreiks oder revolutionären Bewegungen sprach, lachten sie nur oder wurden sauer; die Leute kauften Waschmaschinen, Kriegsanleihen und Staubsauger und zahlten Häuser an. Die Frauen kauften Pelzmäntel und Seidenstrümpfe. Helen und Ben planten, nach Chicago zu fahren, wo die Wobblys sich tapfer zur Wehr setzten. Am 2. September erfolgte die Massenfestnahme von IWW-Funktionären durch Beamte der Bundespolizei. Ben und Helen rechneten damit, ebenfalls verhaftet zu werden, blieben jedoch verschont. Auf dem Bett aneinandergekauert, verbrachten sie einen verregneten Sonntag in ihrem feuchtkalten Zimmer und versuchten zu entscheiden, was sie tun sollten. Sie fühlten sich, als würde ihnen der Boden unter den Füßen weggezogen. «Ich komme mir vor wie eine Ratte in der Falle», sagte

Helen immer wieder. Ab und zu sprang Ben auf, ging hin und her und schlug sich mit der flachen Hand gegen die Stirn. «Wir müssen hier etwas tun, schau doch, was sie in Russland tun.»

Eines Tages kam ein Rüstungsarbeiter in die Versandabteilung, um alle für eine Kriegsanleihe zu gewinnen. Er war ein großspuriger junger Mann in einem gelben Regenmantel. Ben führte während der Arbeitszeit nur ungern Diskussionen, deshalb schüttelte er bloß den Kopf und machte sich wieder an das Ladungsverzeichnis, das er gerade zusammenstellte. «Sie wollen Ihrer Abteilung doch nicht das Ergebnis vermasseln, oder? Bis jetzt ist es einhundertprozentig perfekt.»

Ben versuchte zu lächeln. «Zu blöd, aber es wird wohl nicht anders gehen.» Er spürte, wie sich die Blicke der anderen Männer im Büro auf ihn richteten. Der Mann im Regenmantel trat unbehaglich von einem Fuß auf den anderen. «Sie wollen doch nicht, dass die Leute Sie für einen Deutschenfreund oder einen Pazifisten halten, oder?»

«Die können mich halten, wofür Sie verdammt noch mal wollen, das ist mir egal.»

«Zeigen Sie mal Ihre Registrierungskarte, ich wette, Sie sind ein Drückeberger.»

«Jetzt hören Sie mal zu», sagte Ben und stand auf, «ich bin gegen den kapitalistischen Krieg, und ich werde nichts, aber auch gar nichts tun, um ihn zu unterstützen.»

Der junge Mann im Regenmantel kehrte ihm den Rücken. «Wenn Sie zu diesem feigen Dreckspack gehören, rede ich noch nicht mal mit ihnen.»

Ben machte sich wieder an die Arbeit. Als er an jenem Abend die Stempeluhr stach, trat ein Polizist auf ihn zu. «Zeigen Sie mal Ihre Registrierungskarte, Freundchen.» Ben zog die Karte aus seiner Innentasche. Der Polizist las sie sorgfältig durch. «Scheint in Ordnung zu sein», sagte er widerstrebend. Am Ende der Woche wurde Ben entlassen; Gründe wurden nicht genannt.

Voller Panik lief er nach Hause. Als Helen zurückkam, sagte

er, er werde nach Mexiko gehen. «Für das, was ich diesem Kerl über den Kampf gegen den Kapitalismus gesagt habe, könnten sie mich nach dem Spionagegesetz drankriegen.» Helen versuchte ihn zu beruhigen, aber er sagte, er werde keine Nacht mehr in diesem Zimmer schlafen, also packten sie ihre Sachen und fuhren mit der Bahn hinüber nach New York. Zusammen hatten sie ungefähr hundert Dollar gespart. Unter dem Namen Mr. und Mrs. Gold mieteten sie ein Zimmer in der East 8th Street. Am nächsten Morgen lasen sie in der *Times*, dass die Maximalisten unter dem Slogan «Alle Macht den Räten» die Regierung in Petrograd übernommen hatten. Sie saßen in einer kleinen Konditorei in der Second Avenue und tranken ihren Kaffee, als Ben, der zum Kiosk gelaufen war, um eine Zeitung zu holen, mit der Neuigkeit wiederkam.

Helen begann zu weinen. «Oh, Liebling, das ist zu schön, um wahr zu sein. Das ist die Weltrevolution ... jetzt werden die Arbeiter erkennen, dass die angeblich guten Zeiten ein Schwindel waren, dass der Krieg sich in Wirklichkeit gegen sie richtet. Jetzt werden die anderen Armeen zu meutern beginnen.» Ben ergriff unterm Tisch ihre Hand und drückte sie kräftig. «Jetzt müssen wir uns an die Arbeit machen, Liebling ... Lieber gehe ich hier ins Gefängnis, als nach Mexiko wegzulaufen. Ich hätte mich wie ein elender Feigling verhalten, wenn du nicht gewesen wärst, Helen ... Allein taugt ein Mann nichts.»

Sie stürzten ihren Kaffee hinunter und gingen zu Fuß zu den Ferbers in der 17th Street. Al Ferber war Arzt, ein kleiner, stämmiger Mann mit einer Wampe; er verließ gerade das Haus, um in seine Praxis zu gehen. Er kehrte mit ihnen in den Flur zurück und rief zu seiner Frau hinauf: «Molly, komm runter ... Kerenski ist mit einem Floh im Ohr aus Petrograd abgehauen ... als Frau verkleidet ist er weggelaufen.» Dann sagte er auf Jiddisch zu Ben, wenn die Genossen eine Versammlung abhalten wollten, um der Soldaten- und Bauernregierung Grüße zu senden, dann würde er hundert Dollar zur Deckung der Unkosten spenden, aber sein

Name dürfe nicht genannt werden, sonst würde er seine Praxis verlieren. Molly Ferber kam in einem gesteppten Morgenmantel herunter und sagte, sie würde irgendetwas verkaufen und ebenfalls hundert beisteuern. Sie brachten den Tag damit zu, Genossen aufzusuchen, deren Adresse sie hatten; das Telefon zu benutzen, wagten sie nicht, weil sie befürchteten, die Leitungen seien angezapft.

Die Versammlung fand eine Woche später im Empire Casino in der Bronx statt. In der ersten Reihe saßen zwei FBI-Agenten mit fleischigen Gesichtern und eine Stenographin, die alles mitschrieb, was gesagt wurde. Die Polizei sperrte die Eingänge, nachdem die ersten paar hundert Leute hereingekommen waren. Die Redner auf dem Podium hörten, wie man die Menge draußen mit Motorrädern auseinanderjagte. Soldaten und Matrosen in Uniform stahlen sich einzeln und zu zweien auf die Galerie und versuchten, die Redner mit Blicken einzuschüchtern.

Als der alte weißhaarige Mann, der den Vorsitz führte, an den vorderen Bühnenrand trat und sagte: «Genossinnen und Genossen, meine Herren vom Justizministerium, und nicht zu vergessen unsere jungen Sympathisanten oben auf der Galerie, wir sind heute zusammengekommen, um den siegreichen Arbeitern Russlands Grüße der unterdrückten Arbeiter Amerikas zu senden», sprangen alle auf und klatschten Beifall. Die wogende Menge draußen stimmte in den Beifall ein. Irgendwo hörte man einen Haufen Leute die *Internationale* singen. Man hörte Polizeipfeifen und das Dingdong eines Streifenwagens. Ben bemerkte Fanya Stein unter den Zuhörern; sie sah blass aus, und ihre Augen hefteten sich mit starrem, fiebrigem Blick auf ihn.

Als er an die Reihe kam, begann er seine Rede mit der Bemerkung, er könne wegen der freundlichen Sympathisanten aus Washington im Publikum nicht sagen, was er sagen wolle, doch wisse bestimmt jeder Mann und jede Frau im Publikum, sofern sie keine Klassenverräter seien, was er sagen wolle … «Die kapitalistischen Regierungen schaufeln sich ihr eigenes Grab, indem sie ihre Völker zur Schlachtbank treiben, in einen wahnsinnigen, unnötigen Krieg, von dem niemand profitieren kann außer Bankiers und Munitionsfabrikanten ... Die Arbeiterklasse Amerikas wird wie die Arbeiterklasse der übrigen Welt ihre Lektion lernen. Die Profiteure unterweisen uns im Gebrauch von Waffen; es wird der Tag kommen, an dem wir sie gebrauchen werden.»

«Das reicht, auf geht's, Jungs», schrie eine Stimme von der Galerie. Die Soldaten und Matrosen begannen die Leute von ihren Plätzen zu scheuchen. Von den Eingängen her umringte Polizei die Redner. Ben und noch ein paar andere wurden festgenommen. Die Männer im Publikum, die im wehrpflichtigen Alter waren, mussten ihre Registrierungskarten vorzeigen, ehe man sie gehen ließ. Ben wurde in eine geschlossene Limousine mit zugezogenen Vorhängen verfrachtet, bevor er mit Helen sprechen konnte. Er hatte kaum mitbekommen, wer ihm Handschellen angelegt hatte.

Sie hielten ihn drei Tage lang in einem ungenutzten Büroraum im Federal Building in der Park Row fest, ohne dass er etwas zu essen oder zu trinken bekam. Alle paar Stunden kam ein neuer Trupp Kriminalbeamte ins Zimmer gestampft und verhörte ihn. Mit pochendem Kopf und vor Durst einer Ohnmacht nahe, sah er sich umringt von länglichen gelben Gesichtern, feisten roten Gesichtern, pickligen Gesichtern, Säufer- und Drogengesichtern, spürte, wie sich die Blicke in ihn bohrten; manchmal scherzten sie und schmeichelten ihm, manchmal schüchterten sie ihn ein und drohten ihm; ein Trupp brachte Gummischlauchstücke mit, um ihn zu verprügeln. Er sprang auf und trat ihnen entgegen. Aus irgendeinem Grund verprügelten sie ihn nicht, sondern brachten ihm stattdessen Wasser und ein paar altbackene Schinken-Sandwiches. Danach konnte er ein bisschen schlafen.

Ein Beamter riss ihn von seiner Bank hoch und führte ihn in ein schön eingerichtetes Büro, wo er beinahe freundlich von einem älteren Herrn an einem Mahagonischreibtisch verhört wurde, auf dessen einer Ecke ein Rosenstrauß stand. Vom Geruch der Rosen wurde Ben übel. Der ältere Herr sagte, er dürfe seinen Anwalt sprechen, und Morris Stein kam herein.

«Benny», sagte er, «überlassen Sie alles mir ... Mr. Watkins hat sich bereit erklärt, sämtliche Anschuldigungen fallenzulassen, falls Sie versprechen, sich zur Militärausbildung zu melden. Wie es scheint, ist Ihre Nummer aufgerufen worden.»

«Wenn Sie mich freilassen», sagte Ben mit leiser, zitternder Stimme, «werde ich mich mit aller Kraft gegen den kapitalistischen Krieg stellen, bis Sie mich wieder festnehmen lassen.»

Morris Stein und Mr. Watkins sahen einander an und schüttelten nachsichtig die Köpfe. «Tja», sagte Mr. Watkins, «ich kann nicht umhin, Ihren Mut zu bewundern, und wünschte, er stünde im Dienst einer besseren Sache.» Am Ende wurde er gegen fünfzehntausend Dollar Kaution freigelassen, nachdem Morris Stein versichert hatte, er werde bis zum Prozesstermin jegliche Agitation unterlassen. Die Steins wollten ihm nicht sagen, wer die Kaution gestellt hatte.

Morris und Edna Stein gaben ihm ein Zimmer in ihrer Wohnung; Fanya war ständig da. Sie gaben ihm gut zu essen und versuchten ihn dazu zu bringen, dass er zu den Mahlzeiten Wein und vor dem Schlafengehen ein Glas Milch trank. Er interessierte sich für nichts, schlief so viel, wie er konnte, las sämtliche Bücher, die er in der Wohnung vorfand. Wenn Morris versuchte, mit ihm über seinen Fall zu reden, schnitt er ihm jedes Mal das Wort ab: «Das ist Ihre Sache, Morris ... tun Sie, was Sie nicht lassen können ... mir ist das völlig egal. Ob ich im Gefängnis sitze oder hier bin.»

«Na, das ist vielleicht ein schönes Kompliment», sagte Fanya lachend.

Helen Mauer rief mehrmals an, um ihn über alles auf dem Laufenden zu halten. Sie sagte jedes Mal, sie habe keine Neuigkeiten mitzuteilen, die sie ihm am Telefon sagen könne, aber er bat sie nie, ihn zu besuchen. Er entfernte sich niemals weiter von der Wohnung der Steins als bis zu einer Bank am Drive, wo er jeden Tag ein Weilchen saß und über den grauen Hudson hinweg auf die

Reihen der Holzhäuser und das graue Steilufer von New Jersey schaute.

An dem Tag, an dem sein Fall verhandelt wurde, war die Presse voller Hinweise auf deutsche Siege. Es war Frühling, und vor den breiten, schmutzigen Fenstern des Gerichtssaals schien die Sonne. Alles schien ganz einfach zu sein. Stein und der Richter machten ihre kleinen Scherze miteinander, der Staatsanwalt war geradezu liebenswürdig. Die Geschworenen erkannten auf «schuldig», und der Richter verurteilte ihn zu zwanzig Jahren Haft. Morris Stein legte Berufung ein, und der Richter setzte Ben gegen Kaution auf freien Fuß. Ben erwachte nur einmal zum Leben, nämlich als man ihm erlaubte, sich vor der Urteilsverkündung an das Gericht zu wenden. Er hielt eine Rede über die revolutionäre Bewegung, die er wochenlang vorbereitet hatte. Noch während er sprach, kam sie ihm albern und schwach vor. Mittendrin wäre er beinahe verstummt. Doch gegen Ende wurde seine Stimme kräftiger und erfüllte den Gerichtssaal. Sogar der Richter und die alten, schniefenden Gerichtsdiener merkten auf, als er zum Schluss die letzten Worte des Kommunistischen Manifests zitierte:

An die Stelle der alten bürgerlichen Gesellschaft mit ihren Klassen und Klassen-Gegensätzen tritt eine Association, worin die freie Entwicklung eines Jeden, die Bedingung für die freie Entwicklung Aller ist.

Die Berufung wurde endlos verschleppt. Ben fing wieder an, Jura zu studieren. Er wollte in Steins Kanzlei arbeiten, um für seinen Unterhalt aufzukommen, aber Stein sagte, das wäre zu riskant, der Krieg sei ohnehin bald zu Ende, die antikommunistische Hysterie werde sich legen, sodass er mit einem milden Urteil davonkommen werde. Er brachte ihm juristische Bücher mit und versprach, ihn, wenn er sein Examen bestehe, zu seinem Sozius zu machen, sowie man ihm seine Bürgerrechte wieder zuerkannt habe. Edna Stein war ein dickes, gehässiges Weib, das kaum mit ihm sprach; Fanya überhäufte ihn mit nervösen, liebevollen Aufmerksamkeiten, die ihm zuwider waren. Er schlief schlecht, und seine Nieren machten ihm zu schaffen. Eines Nachts stand er auf, zog sich an und ging, seine Schuhe in der Hand, auf Zehenspitzen den teppichbelegten Flur entlang in Richtung Tür, als Fanya mit aufgelöstem schwarzem Haar aus ihrem Zimmer kam. Sie trug ein Nachthemd, das ihre magere Gestalt und ihre flachen Brüste erkennen ließ. «Benny, wo wollen Sie denn hin?»

«Ich werde hier verrückt … Ich muss hier weg.» Seine Zähne klapperten. «Ich muss zurück in die Bewegung … Sie werden mich gleich wieder schnappen und ins Gefängnis stecken … aber es ist besser so.»

«Sie armer Junge, Sie sind doch gar nicht in der Verfassung.» Sie fiel ihm um den Hals und zog ihn in ihr Zimmer.

«Fanya, Sie müssen mich gehen lassen … vielleicht schaffe ich es ja über die mexikanische Grenze … andere haben es auch geschafft.»

«Sie sind verrückt … und was ist mit Ihrer Kaution?»

«Das ist mir egal … verstehen Sie denn nicht, dass wir etwas tun müssen.»

Sie hatte ihn auf ihr Bett gezogen und strich ihm über die Stirn. «Armer Junge … ich liebe dich so, Benny, kannst du denn nicht auch ein bisschen an mich denken … nur ein kleines bisschen … ich könnte dir in der Bewegung so gut helfen … Morgen reden wir darüber … Ich will dir helfen, Benny.» Er ließ sie seine Krawatte lösen.

Der Waffenstillstand kam und mit ihm Nachrichten von der Friedenskonferenz, von revolutionären Bewegungen in ganz Europa, von Trotzkis Armeen, die die Weißen aus Russland hinausjagten. Fanya Stein erzählte allen, sie und Ben seien verheiratet, und nahm ihn zu sich in ihre Atelierwohnung in der 8th Street, wo er dank ihrer Pflege die Grippe und eine doppelseitige Lungenentzündung überstand. An dem Tag, an dem der Arzt ihm zum ersten Mal wieder auszugehen erlaubte, fuhr sie mit ihm in ihrem Buick den Hudson entlang. Bei ihrer Rückkehr in der Frühsommerdämmerung fanden sie einen Eilbrief von Morris vor. Der Circuit Court hatte die Berufung abgewiesen, das Strafmaß jedoch auf zehn Jahre herabgesetzt. Am nächsten Tag um Mittag musste er sich melden, um von seinen Kautionsbürgen in den Gewahrsam des U. S. District Court übergeben zu werden. Wahrscheinlich würde er nach Atlanta kommen. Bald nach dem Brief erschien Morris persönlich. Fanya war zusammengebrochen und weinte hysterisch. Morris sah blass aus. «Ben», sagte er, «wir sind geschlagen … Sie müssen eine Zeitlang nach Atlanta … dort sind Sie in guter Gesellschaft … aber machen Sie sich keine Sorgen. Wir werden Ihren Fall dem Präsidenten vorlegen. Nun, da der Krieg vorbei ist, können sie der liberalen Presse keinen Maulkorb mehr anlegen.»

«Schon gut», sagte Ben, «es ist besser, das Schlimmste zu wissen.»

Fanya sprang vom Sofa auf, wo sie schluchzend gelegen hatte, und begann ihren Bruder anzuschreien. Die beiden stritten heftig, als Ben zu einem Gang um den Block die Wohnung verließ. Er ertappte sich dabei, dass er aufmerksam die Häuser betrachtete, die Taxis, die Straßenlaternen, die Gesichter der Leute, einen komischen Hydranten, der einen Torso hatte wie eine Frau, einen Stapel Mineralölflaschen im Schaufenster eines Drugstore, Nujol. Er beschloss, nach Brooklyn zu fahren, um sich von den alten Leutchen zu verabschieden. An der U-Bahn-Station blieb er stehen. Er hatte nicht die Kraft; er würde ihnen schreiben.

Am nächsten Morgen um neun ging er mit seinem Koffer in Morris Steins Kanzlei. Er hatte sich von Fanya versprechen lassen, dass sie nicht dorthin kam. Er musste sich mehrmals sagen, dass er ins Gefängnis ging, ihm war zumute, als träte er eine Geschäftsreise an. Er trug einen neuen Anzug aus englischem Tweed, den Fanya ihm gekauft hatte.

Der untere Broadway war in ganzer Länge von rot-weiß-blauen Fahnen durchzogen; wo er aus der U-Bahn trat, säumten Scharen von Büroangestellten, Stenographinnen und Botenjungen beide Bürgersteige. Polizisten auf Motorrädern hielten die Straße frei.

Aus der Gegend der Battery kamen die Klänge einer Militärkapelle, die *Keep the Home Fires Burning* spielte. Alle hatten gerötete, freudig erregte Gesichter. Im frischen Sommermorgen, der nach Hafen und Schiffen roch, fiel es schwer, nicht im Takt der Musik zu marschieren. Er musste sich immer wieder sagen: Das sind die Leute, die Debs ins Gefängnis geschickt haben, das sind die Leute, die Joe Hill erschossen, die Frank Little ermordet haben, das sind die Leute, die uns in Everett verprügelt haben, die wollen, dass ich zehn Jahre lang im Gefängnis verrotte.

Der farbige Fahrstuhlführer grinste ihn an, als er ihn nach oben beförderte. «Marschieren sie schon vorbei, Mister?» Ben schüttelte den Kopf und runzelte die Stirn.

Die Kanzlei wirkte sauber und blitzblank. Die Telefonistin hatte rote Haare und trug einen goldenen Stern. Über der Tür von Steins Büro war eine amerikanische Flagge drapiert. Stein saß an seinem Schreibtisch und unterhielt sich mit einem nach Großbürgertum aussehenden jungen Mann in einem Tweedanzug. «Ben», sagte Stein fröhlich, «darf ich Ihnen Stevens Warner vorstellen … er ist gerade aus Charlestown entlassen worden, musste ein Jahr absitzen, weil er sich nicht registrieren lassen wollte.»

«Nicht ganz ein Jahr», sagte der junge Mann, stand auf und gab Ben die Hand. «Ich durfte wegen guter Führung früher raus.»

Ben mochte ihn nicht mit seinem Tweedanzug und seiner teuer aussehenden Krawatte; mit einem Mal fiel ihm ein, dass er selbst ja auch so einen Anzug trug. Der Gedanke machte ihn sauer. «Wie war's denn?», fragte er kalt.

«Halb so wild, ich musste im Gewächshaus arbeiten … als sie dahintergekommen sind, dass ich schon mal an der Front war, haben sie mich ganz gut behandelt.»

«Wieso schon mal an der Front?»

«Na, im Sanitätsdienst … Die haben mich einfach für leicht verrückt gehalten … Jedenfalls war es eine verdammt lehrreiche Erfahrung.»

«Die Arbeiter behandeln sie anders», sagte Ben wütend.

«Und jetzt starten wir eine landesweite Kampagne, um auch die anderen Jungs freizukriegen», sagte Stein, stand auf und rieb sich die Hände, «als Erstes Debs ... Sie werden sehen, Ben, lange werden Sie nicht dort bleiben ... die Leute kommen schon wieder zur Vernunft.»

Vom Broadway drang ein Schwall Blasmusik und der regelmäßige Tritt marschierender Soldaten herauf. Sie schauten aus dem Fenster. Auf ganzer Länge der grauen Straßenschlucht flatterten Fähnchen, im rötlichen Sonnenlicht schimmerten sich entrollendes Tickerband und Papierschnipsel, schlängelten sich in den Schatten; die Leute schrien sich heiser.

«Verdammte Idioten», sagte Warner, «deswegen werden die Jungs den ganzen Schlamassel noch lange nicht vergessen.»

Morris Stein kam mit einem merkwürdigen Leuchten in den Augen ins Büro zurück. «Ich komme mir vor, als hätte ich vielleicht doch was verpasst.»

«Tja, ich muss los», sagte Warner und gab den beiden die Hand. «Sie haben wirklich Pech gehabt, Compton ... aber verlassen Sie sich drauf, wir werden Tag und Nacht daran arbeiten, Sie rauszuholen ... Ich bin mir sicher, dass die öffentliche Meinung sich ändern wird. Wir setzen große Hoffnungen auf Präsident Wilson ... schließlich waren seine Beziehungen zur Arbeiterschaft vor dem Krieg gar nicht so schlecht.»

«Falls ich rauskomme, werden es wohl die Arbeiter gewesen sein, die mich rausgeholt haben», sagte Ben.

Warners Augen sahen ihn forschend an. Ben lächelte nicht. Warner blieb noch einen Moment lang verlegen vor ihm stehen, dann gab er ihm erneut die Hand. Ben erwiderte den Händedruck nicht. «Viel Glück», sagte Warner und ging hinaus.

«Was war denn das, einer von diesen liberalen College-Jungs?», fragte Ben. Stein nickte. Er hatte sich in einige Papiere auf seinem Schreibtisch vertieft. «Ja ... großartiger Bursche, Steve Warner ... in der Bibliothek finden Sie Bücher und Zeitschriften ... ich bin in ein paar Minuten bei Ihnen.»

Ben ging in die Bibliothek und nahm ein Buch über Schadenersatzrechte aus dem Regal. Er las und las den kleingedruckten Text. Als Stein ihn holen kam, wusste er weder, was er gelesen hatte, noch, wie viel Zeit vergangen war. Wegen der Menschenmassen, der Musikkapellen und der endlosen Reihen marschierender Soldaten in Khaki und mit Helm kamen sie auf dem Broadway nur langsam voran. Als mit klingendem Spiel eine Regimentsfahne vorübergetragen wurde, bedeutete ihm Stein mit einem leichten Stups, den Hut abzunehmen. Er behielt ihn in der Hand, damit er ihn nicht noch einmal abnehmen musste. Tief atmete er die staubige, sonnige Luft der Straße ein, die voll war vom Parfümduft der Frauen, vom Benzingeruch aus den Auspuffen der Lastwagen, die die schweren Geschütze zogen, voller Gelächter, Geschrei und dem Schlurren und Stampfen von Füßen; dann verschluckte der dunkle Eingang des Federal Building die beiden.

Es war eine Erleichterung, als alles vorüber war und er allein mit dem Deputy im Zug nach Atlanta saß. Der Deputy war ein großer, griesgrämiger Mann mit bläulichen Tränensäcken. Da die Handschellen Ben in die Haut schnitten, nahm er sie ihm ab, außer wenn der Zug auf einem Bahnhof stand. Ben fiel ein, dass er an diesem Tag Geburtstag hatte. Er war dreiundzwanzig.

Wochenschau XLI

in Kreisen des British Colonial Office ist man der Überzeugung, dass die Verärgerung in Australien sich legen wird, sobald man sich dort klarmacht, dass die Substanz wichtiger ist als der Schatten. Vielleicht lässt sich festhalten, dass Pressevertreter, die darauf achten, ihre Telegramme früh aufzugeben, die Leidtragenden sind, weil ihre Telegramme in Körben landen. Andere, später aufgegebene Telegramme werden obendrauf gelegt, und am Ende werden die obenauf liegenden natürlich zuerst erledigt. Aber das darf man nicht als Beleidigung auffassen. Graf Brockdorff-Rantzau /393/ war sehr geschwächt, und nur sein körperlicher Zustand hinderte ihn daran, sich zu erheben.

SOLDATEN ÜBERFALLEN DROSCHENKUTSCHER

Sind die ersten auch gefallen,
Rüstet euch zur Tat!
Aus dem Blute unserer Toten
Keimt die neue Saat!

Abendkleider demoralisieren Jugend des Landes, sagt New York City Federation

SOLDATEN IN ÜBERSEE BEFÜRCHTEN VERLUST VON GOLD V

EINBERUFUNG EIN RÄTSEL

Ist in Frankreich feindliche Propaganda am Werk?

Brüder, seht, die rote Fahne
Weht uns kühn voran
Um der Freiheit heilges Banner
Schart euch, Mann für Mann!

FRANKREICH NOCH DIE GRENZE DER FREIHEIT

es werden Regelungen getroffen, denen zufolge das Wohlergehen und die Entwicklung rückständiger und kolonialer Gebiete als heilige Pflicht der Zivilisation gilt, über deren Erfüllung der Völkerbund wacht

ROTE WERDEN SCHWÄCHER VERLAUTET AUS WASHINGTON

Sind die ersten auch gefallen,
Rüstet euch zur Tat

der Verband der Werftarbeiter stimmte auf der gestern am frühen Abend Park Place 26 stattfindenden Versammlung dafür, morgen früh um 6 Uhr in den Ausstand zu treten

BURLESON LÄSST SÄMTLICHE TELEGRAPHISCHEN NACHRICHTEN UNTERDRÜCKEN

seine Antwort bestand darin, dass er seinen Anhängern befahl, die beiden Burschen auf der Stelle aufzuhängen. Man stellte sie unter Bäumen auf Stühle, befestigte Stricke an den Ästen und legte ihnen Schlingen um den Hals, und dann wurden sie so lange misshandelt, bis sie selbst mit den Füßen die Stühle umstießen, um ihren Qualen ein Ende zu machen

Das Auge der Kamera 42

vier Stunden lang stapeln wir Eisenschrott auf Flachwagen und vier Stunden lang zerren wir den Eisenschrott von den Flachwagen und stapeln ihn neben dem Gleis · HALTET DIE JUNGS IN FORM FÜR ZU HAUSE lautet der Slogan des YMCA · morgens zeigen die Schatten der Palmen nach Westen und am Nachmittag nach Osten wo Persien liegt die gezackten Alteisenstücke schneiden uns durch die Segeltuchhandschuhe in die Hände eine Art grauer Schlackenstaub verstopft uns Nase und Ohren brennt in den Augen · vier Ungarn · ein paar Spaghettifresser · ein Polack · Kanaken · Itaker · zwei kleine schwarze Kerle mit bläulichem Kinn die kein Schwein versteht

Ersatzteile die keine Einheit mehr verwenden wollte

verbeulte Kotflügel gesprungene Federn alte Spaten und Schaufeln Schanzgerät verbogene Lazarettbettgestelle · ein Berg von Schrauben und Muttern aller Größen · vier Millionen Kilometer Stacheldraht Hühnerdraht Hasendraht · hektarweise Wellblech quadratkilometerweise geparkte Lastwagen · lange Reihen von Lokomotiven abgestellt auf den gelben Schienen der Nebengleise

HALTET DIE JUNGS IN FORM FÜR ZU HAUSE die muffeligen Sergeants oben im Büro die den Schreibkram machen wissen nicht wo zu Hause ist haben unsere Einheiten verloren unsere Wehrpässe unsere Aluminiummarken Nikt spräken Engliss no entiendo comprends pas no capisco nje panimaju

Tag für Tag zeigen die Schatten der Pappeln nach Westen Nordwesten Norden Nordosten Osten · Wenn sie desertieren gehen sie immer nach Süden sagt der Corporal · ziemlich übel aber wie sollen wir ihm denn einen Entlassungsschein ausstellen wenn er keinen Wehrpass hat HALTET DIE JUNGS IN FORM für was denn verflucht der Krieg ist vorbei

Schrott

Wochenschau XLII

es war ein Galatag für Seattle. Nicht nur füllten riesige Menschenmengen die Straßen auf der Marschroute von der Pier in die Stadt, sondern später am Abend wurden außerdem Maschinengewehre in Stellung gebracht, und die Wachen ließen einen Hagel von Wurfgeschossen über sich ergehen, bis ihre Untätigkeit sie selbst so gefährdete, dass die Offiziere Feuerbefehl gaben. WÜRDE LICHT AUSMACHEN.

Präsident Lowell von der Harvard University hatte die Studenten aufgefordert, als Streikbrecher zu dienen: «Gemäß ihrer Tradition des Dienstes an der Öffentlichkeit wünscht die Universität in diesen Krisenzeiten die Ordnung aufrechtzuerhalten und das Recht des Gemeinwesens zu unterstützen.»

DREI ARMEEN KÄMPFEN UM KIEW

Nennt Situation ein Verbrechen gegen die Zivilisation

UM UNS UNVERWUNDBAR ZU MACHEN

während der Trauerfeier für Horace Traubel, den literarischen Nachlassverwalter und Biographen Walt Whitmans, brach heute Nachmittag in der Unitarian Church of the Messiah ein Feuer aus. Betroffen waren Zeitschriften, Schleppdampfer und Schiffswerften. 2000 Passagiere wurden in Le Havre aufgehalten, wo sich Mr. Wilson einschiffte, um die Pazifikflotte zu inspizieren, aber Tausende drängten sich zu beiden Seiten der Straße und waren offenbar damit zufrieden, den Präsidenten nur flüchtig zu sehen. Während die *George Washington* durch die überfüllte untere Bucht langsam ihrem Liegeplatz in Hoboken entgegendampfte, hießen sämtliche auf dem Wasser befindlichen Schiffe König Albert und Königin Elizabeth mit dem heiseren Geheul ihrer Sirenen willkommen

TIEFGUSSSTAHL WEITERHIN MARKTFÜHRER

Von dir, o du mein Land
Der Freiheit Unterpfand
Von dir ich sing

Paul Bunyan

Als Wesley Everest aus Übersee nach Hause kam und aus der Army entlassen wurde, nahm er seine frühere Arbeit als Holzfäller wieder auf. Seine Leute entstammten dem alten Geschlecht der Waldläufer und Eichhörnchenjäger von Kentucky und Tennessee, die dem Pfad gefolgt waren, den Lewis und Clark durch die riesigen, regenreichen Wälder des pazifischen Kontinentalabhangs gebahnt hatten. In der Army war Everest Scharfschütze gewesen und hatte für seine Leistungen einen Orden bekommen.
(Seit der Zeit der Siedler hatten sich die Macher des Westens und die Politiker und Lobbyisten in Washington um die riesigen, regenreichen Wälder des pazifischen Abhangs bemüht, mit dem Ergebnis, dass:

zehn Monopolgruppen, die insgesamt nur 1802 Inhaber umfassten, hundertzwölftausenddreihunderteins
[112 301]
Quadratkilometer Holz auf dem Stamm besaßen … eine Menge, die [abzüglich des bei der Verarbeitung anfallenden Ausschusses] genügend Bretter liefern würde, um eine über sechzig Zentimeter dicke und über acht Kilometer breite schwimmende Brücke von New York nach Liverpool bauen zu können;

Holz für den Gerüstbau, Holz zum Zusammenschustern von Wohnhäusern in Vorstädten, Holz für Reklametafeln, Holz für Hütten, Schiffe und Elendsviertel, Papierbrei für Boulevardblätter, Revolverblätter, Leitartikel, Inserate, Versandhauskataloge, Karteikarten, Army-Papierkram, Handzettel, Durchschlagpapier.)

Wesley Everest war ein Holzfäller wie Paul Bunyan. /394/

Die Waldarbeiter, Holzfäller, Schindler, Sägewerksarbeiter waren die Heloten des Holzimperiums; die IWW setzte Paul Bunyan die Idee von der wirtschaftlichen Mitbestimmung in den Kopf; ihre Organisatoren sagten, die Wälder sollten dem ganzen Volk gehören, Paul Bunyan sollte mit richtigem Geld anstatt mit Firmen-Bezugsscheinen bezahlt werden, er sollte einen anständigen Ort haben, wo er seine Kleider trocknen konnte, die vom Schweiß eines Tagwerks in Eiseskälte und Schnee nass waren, einen Achtstundentag, eine saubere Unterkunft, bekömmliches Essen; als Paul Bunyan aus Europa zurückkam, das er für die Demokratie der Großen Vier sicher gemacht hatte, schloss er sich der Gewerkschaft der Holzarbeiter an, um den pazifischen Abhang für die Arbeiter sicher zu machen. Die Wobblys waren Rote. Paul Bunyan fürchtet nichts auf dieser Welt.

(Im Sommer 1919 ein Roter zu sein war schlimmer, als im Sommer 1917 ein Hunne oder ein Pazifist zu sein.)

Die Holzbesitzer, die Sägewerks- und Schindelkönige waren Patrioten; sie hatten den Krieg gewonnen (in dessen Verlauf der Preis für Nutzholz von 16 Dollar für tausend Fuß auf 116 Dollar gestiegen war; in manchen Fällen bezahlte die Regierung sogar bis zu 1200 Dollar für tausend Fuß Fichte); sie machten sich daran, die Holzfällerlager von den Roten zu säubern;

die freien amerikanischen Institutionen mussten um jeden Preis erhalten werden;

also gründeten sie die Employers Association und die Legion of Loyal Loggers und sorgten dafür, dass es sich für Scharen von Ex-Soldaten lohnte, IWW-Versammlungslokale zu stürmen, Organisatoren zu verprügeln und zu lynchen und subversive Literatur zu verbrennen.

Am Memorial Day 1918 demolierten die Jungs von der American Legion, angeführt von einer Gruppe der Handelskammer, das Versammlungslokal der IWW, verprügelten alle, die sie dort antrafen, steckten einige von ihnen ins Gefängnis, pferchten den Rest der Jungs in einen Lastwagen und schafften sie über die County-Grenze, verbrannten die Papiere und Flugblätter und versteigerten die Einrichtung zugunsten des Roten Kreuzes; der Schreibtisch der Wobblys steht bis heute in der Handelskammer.
Die Holzfäller mieteten einen neuen Saal, und die Gewerkschaft wuchs weiter. Paul Bunyan fürchtet nichts auf dieser Welt.
Vor dem Waffenstillstandstag 1919 ging in der Stadt das Gerücht, dass das Versammlungslokal an diesem Tag gestürmt und kurz und klein geschlagen werden sollte. Ein junger Mann aus guter Familie mit angenehmen Umgangsformen, Warren O. Grimm, war Offizier bei den amerikanischen Truppen in Sibirien gewesen; das machte ihn zur Autorität in Fragen der Arbeiterbewegung und der Bolschewiken, und so bestimmten ihn die Geschäftsleute zum Anführer der Hundertprozentigen in der Citizens Protective League, damit sie Paul Bunyan Gottesfurcht beibrachten.
Als Erstes griffen sich die tapferen Patrioten einen blinden Zeitungshändler, verprügelten ihn und warfen ihn jenseits der County-Grenze in einen Graben.
Die Holzfäller holten juristischen Rat ein und kamen zu dem Schluss, dass sie das Recht hatten, ihr Versammlungslokal und sich selbst gegen einen Überfall zu verteidigen. Paul Bunyan fürchtet nichts auf der Welt.

Wesley Everest war ein Meisterschütze; am Waffenstillstandstag zog er seine Uniform an und füllte sich die Taschen mit Patronen. Wesley Everest machte nicht viel Worte; auf einer Versammlung in der Union Hall am

Sonntag vor dem Überfall war von der Möglichkeit einer Lynchaktion die Rede gewesen; Wesley Everett war, seinen olivgrünen Militärmantel über einem Arbeitsanzug, den Mittelgang auf und ab gegangen und hatte Literatur und Flugblätter verteilt; als die Jungs sagten, einen weiteren Überfall würden sie sich nicht gefallen lassen, blieb er mit den Papieren unterm Arm unvermittelt stehen, drehte sich mit braunem Papier eine Zigarette und lächelte ein komisches, stilles Lächeln.

Der Waffenstillstandstag war rau und kalt; vom Puget Sound wälzte sich Nebel heran und tropfte von den dunklen Ästen der Fichten und von den blanken Ladenfronten der Stadt. Warren O. Grimm befehligte die Abteilung Centralia der Parade. Die Ex-Soldaten trugen Uniform. Als der Zug an der Union Hall vorbeimarschierte, ohne anzuhalten, atmeten die Holzfäller drinnen auf, aber auf dem Rückweg hielt der Zug an. Irgendwer stieß einen schrillen Pfiff aus. Irgendwer schrie: «Los ... auf sie, Jungs.» Sie stürmten auf das Lokal zu. Drei Mann schlugen die Tür ein. Ein Gewehrschuss. Gewehre knallten auf den Hügeln hinter der Stadt, krachten hinten im Saal.
Grimm und ein weiterer Ex-Soldat wurden getroffen.
Die Parade löste sich in Unordnung auf, aber die Männer mit Gewehren sammelten sich wieder und stürmten das Lokal. Sie fanden in einem alten Eiskasten versteckt ein paar unbewaffnete Männer und auf dem oberen Treppenabsatz einen Jungen in Uniform mit erhobenen Händen.
Wesley Everest schoss das Magazin seines Gewehrs leer, ließ es fallen und flüchtete. Rennend bahnte er sich einen Weg durch die Menge hinten im Saal, hielt sie mit einer gebläuten Pistole in Schach, überkletterte einen Zaun, schlug einen Haken in eine Gasse und jagte die Straße dahinter entlang. Der Mob folgte. Sie ließen die Seilschlingen fallen,

mit denen sie Britt Smith, den IWW-Sekretär, lynchen wollten. Dass Wesley Everest sie von Britt Smith weglockte, verhinderte, dass sie diesen an Ort und Stelle lynchten.
Wesley Everest blieb ein-, zweimal stehen, um sich den Mob mit ein paar ungezielten Schüssen vom Leib zu halten, während er zum Fluss rannte und ans andere Ufer zu waten begann. Bis zur Taille im Wasser, blieb er stehen und drehte sich um.
Wesley Everest drehte sich um und blickte dem Mob mit einem komischen, stillen Lächeln entgegen. Er hatte seinen Hut verloren, und seine Haare troffen von Wasser und Schweiß. Sie machten Anstalten, sich auf ihn zu stürzen.
«Zurück», schrie er, «wenn Bullen unter euch sind, lasse ich mich verhaften.»
Der Mob stürzte sich auf ihn. Er schoss viermal aus der Hüfte, dann hatte seine Pistole Ladehemmung. Er zielte kaltblütig, riss am Abzug und erschoss den Vordersten. Das war Dale Hubbard, ebenfalls ein Ex-Soldat und Neffe eines der großen Waldbesitzer von Centralia.
Dann warf er seine Pistole weg und wehrte sich mit den Fäusten. Der Mob packte ihn. Einer schlug ihm mit dem Kolben einer Flinte die Zähne ein. Irgendwer brachte ein Seil, und sie machten sich daran, ihn aufzuhängen. Eine Frau drängte sich durch die Menge und löste die Schlinge von seinem Hals.
«Einen Mann am helllichten Tag aufzuhängen, dazu habt ihr nicht den Mumm», sagte Wesley Everest.
Sie brachten ihn ins Gefängnis und schleuderten ihn auf den Boden einer Zelle. Inzwischen nahmen sie die anderen Holzfäller in die Mangel.
In jener Nacht wurden in der Stadt die Straßenlaternen ausgeschaltet. Ein Mob schlug die Außentür des Gefängnisses ein. «Nicht schießen, Jungs, hier ist euer Mann», sagte der Wärter. Wesley Everest empfing sie stehend. «Sagt den

Jungs, ich habe mein Bestes getan», flüsterte er den Männern in den anderen Zellen zu.
Sie fuhren mit ihm in einer Limousine zur Brücke über den Chehalis River. Während Wesley Everest benommen auf dem Wagenboden lag, schnitt ihm ein Geschäftsmann aus Centralia mit einem Rasiermesser Penis und Hoden ab. Wesley Everest stieß einen gewaltigen Schmerzensschrei aus. Irgendwer hat sich erinnert, dass er nach einer Weile flüsterte: «Um Gottes willen, Leute, erschießt mich ... lasst mich nicht so leiden.» Dann hängten sie ihn im gleißenden Licht der Autoscheinwerfer an der Brücke auf.

Bei der gerichtlichen Untersuchung fand der Coroner das Ganze überaus lustig.
Er berichtete, Wesley Everest sei aus dem Gefängnis ausgebrochen, zur Brücke über den Chehalis River gerannt, habe sich eine Seilschlinge um den Hals gelegt, sei hinuntergesprungen, habe festgestellt, dass das Seil zu kurz gewesen sei, sei wieder hinaufgeklettert, habe sich ein längeres Seil um den Hals geschlungen, sei wieder hinuntergesprungen, habe sich das Genick gebrochen und den Körper mit Kugeln durchlöchert.
Sie stopften das verstümmelte Wrack in eine Packkiste und verscharrten sie.
Niemand weiß, wo sie die Leiche von Wesley Everest verscharrten, aber die sechs Holzfäller, die sie erwischten, sind im Zuchthaus Walla Walla begraben.

Richard Ellsworth Savage

Die Fialen und Strebebögen der Apsis von Notre-Dame wirkten im Sonnenlicht des Spätnachmittags krümelig wie Zigarrenasche. «Aber Sie müssen bleiben, Richard», sagte Eleanor, während sie durchs Zimmer ging und die Teesachen auf ein Tablett stellte, damit das Mädchen sie hinaustragen konnte. «Ich musste doch etwas für Eveline und ihren Mann tun, bevor sie abreisen ... immerhin ist sie eine meiner ältesten Freundinnen ... und ich habe alle ihre verrückten Verehrer eingeladen, zu uns zu stoßen.»

Draußen rumpelte eine Kolonne großer, mit Weinfässern beladener Karren den Quai entlang. Dick starrte hinaus in die graue Asche des Nachmittags. «Machen Sie doch bitte das Fenster zu, Richard, der Staub weht herein ... Mir ist natürlich klar, dass Sie früher wegmüssen, um zu J. W.s Pressetermin zu gehen. Wenn das nicht wäre, hätte er auch kommen müssen, der Ärmste, aber Sie wissen ja, wie beschäftigt er ist.»

«Na ja, ich habe auch nicht gerade unbegrenzt viel freie Zeit zur Verfügung ... aber ich bleibe und begrüße das glückliche Paar. Bei der Army hatte ich das Arbeiten verlernt.» Er stand auf und ging ins Zimmer zurück, um sich eine Zigarette anzuzünden.

«Deswegen brauchen Sie nicht so schwermütig zu sein.»

«Sie scheinen auch nicht gerade Freudentänze aufzuführen.»

«Ich finde, Eveline hat einen schweren Fehler gemacht ... Amerikaner sind einfach unglaublich leichtsinnig, was das Heiraten angeht.»

Dicks Kehle war wie zugeschnürt. Ihm fiel selbst auf, wie steif er sich die Zigarette in den Mund steckte, den Rauch inhalierte und ausstieß. Eleanors Blick lag kühl und forschend auf seinem Gesicht. Dick sagte nichts, versuchte, sich nichts anmerken zu lassen.

«Haben Sie das arme Mädchen geliebt, Richard?»

Dick errötete und schüttelte den Kopf.

«Sie brauchen nicht so abgebrüht zu tun ... nur als junger Mensch tut man so abgebrüht.»

«Von Army-Offizier sitzengelassen ... Schönheit aus Texas bei Flugzeugabsturz ums Leben gekommen ... aber die meisten Korrespondenten kennen mich und haben sich alle Mühe gegeben, mich rauszuhalten ... Was haben Sie denn von mir erwartet, dass ich ins Grab springe wie Hamlet? Alles, was in dieser Hinsicht nötig war, hat schon der ehrenwerte Mr. Barrow getan. Es war fürchterlich.» Er ließ sich in einen Sessel plumpsen. «Wenn ich doch bloß so abgebrüht wäre, dass mir alles egal ist. Wenn die Geschichte über uns hinwegtrampelt, ist keine Zeit für schöne Gefühle.» Er machte ein komisches Gesicht und begann aus dem Mundwinkel zu sprechen. «Schwester, ich will nichts weiter, als mir mit Onkel Woodrow die Welt ansehen ... le beau monde sans blague, tu sais.» Eleanor lachte ihr schrilles kleines Lachen, als sie draußen vor der Tür die Stimmen von Eveline und Paul Johnson hörten.

Eleanor hatte ihnen ein Paar kleine blaue Sittiche in einem Käfig gekauft. Sie tranken Montracher und aßen gebratene Ente mit Orangen. Mitten während des Essens musste Dick aufstehen und zum Crillon fahren. Es war eine Erleichterung, draußen an der frischen Luft zu sein, in einem offenen Taxi zu sitzen, am Louvre vorbeizufahren, der riesig wirkte im späten Dämmerlicht, in dem die Straßen von Paris leer und uralt schienen wie das Forum Romanum. Während der ganzen Fahrt vorbei an den Tuilerien spielte er mit dem Gedanken, dem Taxifahrer zu sagen, er solle ihn zur Oper fahren, zum Zirkus, zu den Festungsanlagen, ganz egal, wohin. Er setzte sein Pokergesicht auf, als er im Crillon am Portier vorbeiging.

Miss Williams bedachte ihn mit einem erleichterten Lächeln, als er in der Tür erschien. «Ich hatte schon befürchtet, Sie würden sich verspäten, Captain Savage.» Dick schüttelte den Kopf und grinste. «Schon jemand da?»

«Sie kommen in Scharen. Das wird auf den Titelseiten stehen», flüsterte sie. Dann musste sie ans Telefon.

Der große Raum füllte sich bereits mit Zeitungsleuten. Jerry Burnham gab ihm die Hand und flüsterte: «Hören Sie, Dick, wenn Sie uns mit einer getippten Erklärung abspeisen, dann kommen Sie hier nicht lebend raus.»

«Keine Sorge», sagte Dick grinsend.

«Wo steckt eigentlich Robbins?»

«Der ist weg vom Fenster», sagte Dick trocken, «ich glaube, er ist in Nizza und säuft sich um den letzten Rest seiner Leber.»

J. W. war durch die andere Tür hereingekommen und ging von einem zum anderen, gab Leuten, die er kannte, die Hand, wurde anderen vorgestellt. Ein junger Bursche mit zerstrubbeltem Haar und schlampig gebundener Krawatte drückte Dick einen Zettel in die Hand. «Fragen Sie ihn bitte, ob er einige dieser Fragen beantworten würde.»

«Fährt er nach Hause, um für den Völkerbund zu trommeln?», fragte ihn jemand in sein anderes Ohr.

Alle saßen; J. W. beugte sich über die Lehne seines Stuhls und sagte, das hier sei eine informelle Plauderei, schließlich sei er selbst ein alter Zeitungsmann. Dann trat kurzes Schweigen ein. Dick warf einen Blick auf J. W.s blasses, leicht schwammiges Gesicht und sah gerade noch, wie dieser mit einem Aufblitzen seiner blauen Augen kurz die Gesichter der Korrespondenten musterte. Ein älterer Mann fragte mit ernster Stimme, ob Mr. Moorehouse etwas über die Meinungsunterschiede zwischen dem Präsidenten und Colonel House sagen wolle. Dick lehnte sich zurück, um sich langweilen zu lassen. J. W. antwortete mit kühlem Lächeln, danach frage man am besten Colonel House selbst. Als jemand das Wort Öl sagte, richteten sich alle auf ihren Stühlen auf. Ja, er könne sagen, dass zwischen bestimmten amerikanischen Ölproduzenten und vielleicht der Royal Dutch-Shell definitiv eine Übereinkunft, eine Arbeitsbeziehung zustande gekommen sei, o nein, natürlich nicht, um Preise abzusprechen, sondern als Beweis für eine neue Ära internationaler Zusammenarbeit, die jetzt angebrochen sei und in der große Kapitalgruppen für Frieden und Demokratie zusammenarbeiten würden, und zwar einerseits gegen Reaktionäre und Militaristen und andererseits gegen die blutigen Kräfte des Bolschewismus. Und was mit dem Völkerbund sei? «Eine neue Ära», fuhr J. W. in vertraulichem Ton fort, «ist angebrochen.»

Stühle schurrten und knarzten, Stifte kratzten über Notizblöcke, alle waren sehr aufmerksam. Alle hielten fest, dass J. W. in zwei Wochen mit der *Rochambeau* nach New York fahren würde. Nachdem die Zeitungsleute gegangen waren, um rechtzeitig ihre Telegramme aufzugeben, gähnte J. W. und bat Dick, ihn bei Eleanor zu entschuldigen, er sei wirklich zu müde, um heute Abend noch zu ihr zu kommen. Als Dick wieder draußen auf der Straße war, stand immer noch ein kleiner Rest violetter Dämmerung am Himmel. Er nahm sich ein Taxi; verdammt noch mal, er konnte sich jetzt ein Taxi nehmen, sooft er wollte.

Bei Eleanor ging es recht steif zu, die Leute saßen im Salon und in einem Schlafzimmer herum, das mittels eines hohen, mit Spitze drapierten Spiegels zu einer Art Boudoir umfunktioniert worden war, und unterhielten sich unbehaglich und stockend. Der Bräutigam sah aus, als hätte er Ameisen unterm Kragen. Eveline und Eleanor standen in der Fensternische und unterhielten sich mit einem Mann mit hagerem Gesicht; wie sich herausstellte, handelte es sich um Don Stevens, der in Deutschland von der Besatzungsarmee festgenommen worden war und für den Eveline ihre sämtlichen Bekannten in Trab gehalten hatte. «Und jedes Mal, wenn ich in eine Klemme gerate», sagte er gerade, «finde ich immer einen kleinen Juden, der mir raushilft … diesmal war's ein Schneider.»

«Nun, Eveline ist weder ein kleiner Jude noch ein Schneider», sagte Eleanor eisig, «aber ich kann Ihnen sagen, dass sie eine Menge getan hat.»

Stevens kam quer durchs Zimmer auf Dick zu und fragte ihn, was für ein Mensch Moorehouse eigentlich sei. Dick errötete unwillkürlich. Er wünschte, Stevens würde nicht so laut reden. «Nun ja, ein Mensch von außergewöhnlichen Fähigkeiten», stammelte er.

«Ich fand, er ist eine aufgeblasene Null ... Was für eine Story sich diese verdammten Idioten von der bürgerlichen Presse erwartet haben, ist mir völlig schleierhaft ... ich war für den *Daily Herald* da.»

«Ja, ich habe Sie gesehen», sagte Dick.

«Nach dem, was Steve Warner gesagt hat, dachte ich, Sie gehören vielleicht zu den Leuten, die das System von innen überwinden wollen.»

«Ich lasse mich wohl eher überwinden.»

Stevens stand vor ihm und funkelte ihn an, als wollte er ihn schlagen. «Tja, wir werden bald genug wissen, wer auf welcher Seite steht. Nicht lange, und wir werden alle unser Gesicht zeigen müssen, wie man in Russland sagt.»

Eleanor unterbrach sie mit einer frisch geöffneten Flasche Champagner. Stevens ging zu Eveline zurück und unterhielt sich weiter mit ihr. «Lieber hätte ich einen Baptistenprediger im Haus», kicherte Eleanor.

«Verdammt, ich hasse Leute, denen es Vergnügen macht, anderen Leuten Unbehagen zu bereiten», knurrte Dick leise. Eleanor zeigte ein rasches, knappes Lächeln und gab ihm mit ihrer schmalen weißen Hand, deren Finger lange, spitze, rosa Nägel mit deutlich abgesetzten Halbmonden hatten, einen Klaps auf den Arm. «Ich auch, Dick, ich auch.»

Als Dick flüsterte, er habe Kopfschmerzen und wolle lieber nach Hause und zu Bett gehen, packte sie ihn am Arm und zog ihn in den Flur. «Unterstehen Sie sich, nach Hause zu gehen und mich mit diesen kalten Fischen allein zu lassen.» Dick zog ein Gesicht und folgte ihr zurück in den Salon. Sie schenkte ein Glas Champagner ein aus der Flasche, die sie noch in der Hand hielt. «Heitern Sie Eveline ein bisschen auf», flüsterte sie piepsig. «Sie geht gleich zum dritten Mal zu Boden.»

Dick stand stundenlang herum und unterhielt sich mit Mrs. Johnson über Bücher, über Theaterstücke, über die Oper. Keiner von beiden schien dem, was der andere sagte, folgen zu können. Eveline konnte den Blick nicht von ihrem Mann lassen. Er hatte etwas Jungenhaftes, leicht Tollpatschiges, das Dick irgendwie sympathisch war; er stand am Sideboard und ließ sich zusammen mit Stevens volllaufen, der unentwegt deutlich hörbare hässliche Bemerkungen über Parasiten und die affektierten Schnösel von der Bourgeoisie machte. Das ging lange Zeit so. Paul Johnson wurde übel, und Dick musste ihn ins Badezimmer bugsieren. Als er wieder in den Salon kam, gab es beinahe eine Prügelei mit Stevens, der nach einer Diskussion über die Friedenskonferenz plötzlich mit geballten Fäusten auf ihn losging und ihn eine gottverdammte Tunte nannte. Die Johnsons bugsierten Stevens hinaus. Eleanor kam zu Dick, legte ihm die Arme um den Hals und sagte, er sei großartig gewesen.

Paul Johnson kam noch einmal zurück, um die Sittiche zu holen. Er war leichenblass. Einer der Vögel war gestorben und lag, die Krallen in die Luft gestreckt, steif auf dem Käfigboden.

Gegen drei fuhr Dick mit einem Taxi zu seinem Hotel.

Wochenschau XLIII

den Radikalen wurden die Transparente entrissen, die Kleider zerfetzt und die Augen blau geschlagen, ehe die Soldaten und Ex-Soldaten von ihnen abließen

34 Todesopfer nach Genuss von Holzalkohol

Züge in Frankreich stehen möglicherweise bald still

Gerard meldet Kandidatur an

OBERSTER GERICHTSHOF MACHT LETZTE HOFFNUNG AUF FEUCHTE KEHLE ZUNICHTE

VON SIGNALRAKETEN HERBEIGERUFENER RETTUNGSKREUZER SUCHT SECHZEHN STUNDEN LANG VERGEBLICH

Amerika, ich liebe dich
Wie einen süßen Schatz

LES GENS SAGES FUIENT LES RÉUNIONS POLITIQUES /395/

WALLSTREET SCHLIESST SCHWACH: FURCHT VOR GELDVERKNAPPUNG

Von Meer zu Meer
Gilt mein Begehr
Nur meiner Liebe Platz

KLEINER CARUSO ERWARTET

seine Mutter, Mrs. W. D. McGillicudy, sagte: «Mein erster Mann wurde beim Überqueren der Gleise von einem Zug erfasst, mein zweiter Mann kam auf die gleiche Weise ums Leben, und jetzt ist es mein Sohn

So wie ein kleines Kindchen
Auf seiner Mutter Schoß

MASCHINENGEWEHRE MÄHEN MOBS IN KNOXVILLE NIEDER

Amerika, ich liebe dich

Flieger lebten sechs Tage von Schellfisch

die Polizei zwang die Demonstranten, diese Flaggen einzuholen und machte der Versammlung zur Auflage, keinerlei rote Embleme außer dem Rot im Sternenbanner der Vereinigten Staaten zu zeigen; es dürfte jedoch nicht indiskret sein und kann seinen Ruhm keinesfalls schmälern, wenn man festhält, dass General Pershing, als die Nachricht eintraf, aufgrund von Seekrankheit an seine Kabine gefesselt war. Alter 89er schätzt Kaugummi als kostbares Souvenir konnte bei abschließenden Völkerbunddebatten seine Heiterkeit nicht mehr wahren

Und es gibt hundert Millionen wie mich

Die Leiche eines Amerikaners

Dader Kongressdervereinigtenstaaaten durcheinengemeinsamenbeschluss vomviertenmärz denkriegsminister ermächtigthat denleichnameinesamerikaners mitnichtfeststellbareridentität derden amerikanischenexpeditionsstreitkräfteninеuropaangehört undwährenddeserstenweltkriegsseinlebenverlor indievereinigtenstaaten bringenzulassen damiter indergedächtnishalledesfriedhofsvonarlington beigesetztwerdenkann

In der Teerpappen-Leichenhalle in Chalons-sur-Marne suchten sie im Chlorkalk- und Leichengestank die Kiefernholzkiste heraus, die alles enthielt, was übrig war von
Eene meene ming mang ping pang da waren noch viele andere Kiefernholzkisten gestapelt, die enthielten, was man zusammengekratzt hatte von Richard Roe

und einer oder mehreren unbekannten Personen. Nur einer darf mit. Wie sind sie auf John Doe gekommen?
Achtet drauf, dass es kein Nigger ist, Jungs,
achtet drauf, dass es kein Spaghettifresser und auch kein Jid ist
woher soll man denn wissen, dass einer ein Hundertprozentiger war, wenn man nichts als einen Jutesack voller Knochen, Bronzeknöpfe mit dem aufgeprägten schreienden Adler und ein Paar Wickelgamaschen hat?
... und das würgende Chlor und der kotzige Drecksgestank der ein Jahr alten Leichen ...

Der Tag war insgesamt so bedeutungsvoll und tragisch, dass sich jeglicher Beifall verbot. Schweigen, Tränen, Lieder und Gebet, gedämpfte Trommeln und leise Musik waren heute die Ausdrucksmittel landesweiter Zustimmung.

John Doe wurde geboren (pochendes Getöse von verliebtem Blut im bebenden Höhenflug eines Manns und einer Frau allein ja zusammen taumelnd in
und neun Monate kränkelnder Dösigkeit, Erwachen in ängstlicher Qual und Schmerz und Blut und Schweinerei der Geburt). John Doe wurde geboren
und aufgezogen in Brooklyn, in Memphis, in Ufernähe in Cleveland, Ohio, im Gestank der Schlachthöfe in Chi, auf Beacon Hill, in einem alten Backsteinsteinhaus in Alexandria, Virginia, auf Telegraph Hill, in einem Fachwerk-Cottage im Tudorstil in Portland, der Stadt der Rosen,
in der Wöchnerinnenanstalt, die der alte Morgan am Stuyvesant Square gestiftet hatte,
auf der anderen Seite der Eisenbahngleise, draußen beim Country Club, in einer Bruchbude, Hütte, Mietskaserne, exklusiven Vorstadt;
Spross einer der besten Familien im Who's Who, gewann

den ersten Preis im Babywettbewerb in Coronado Beach, war Murmelchampion der Grundschulen von Little Rock, Basketball-Ass an der Booneville High, Quarterback in der Mannschaft der State Reformatory, wurde, nachdem er das Kind des Sheriffs vor dem Ertrinken im Little Missouri River gerettet hatte, nach Washington eingeladen und beim Händedruck mit dem Präsidenten auf den Stufen des Weißen Hauses fotografiert; –

obwohl dies ein Anlass zur Trauer war, zeigt eine solche Versammlung zwangsläufig eine gewisse Buntheit. In den Logen sieht man die Galauniformen ausländischer Diplomaten, die Goldtressen unserer eigenen wie auch der ausländischen Flotten und Armeen, das Schwarz der konventionellen Trauerkleidung amerikanischer Staatsmänner, die vielfarbigen Pelze und Mäntel der zur Trauerfeier erschienenen Mütter und Schwestern, das Olivgrün und Blau von Soldaten und Matrosen, das Schimmern von Musikinstrumenten und das Schwarzweiß der Roben eines Chors

– Laufbursche, Erntearbeiter, Schweinehirt, Pfadfinder, Maisaushülser-Meister von West Kansas, Boy im United States Hotel in Saratoga Springs, Bürobote, Hotelpage, Obstverkäufer, Telefonist, Hafenarbeiter, Holzfäller, Spenglergehilfe,
arbeitete für eine Schädlingsbekämpfungsfirma in Union City, stopfte Pfeifen in einer Opiumhöhle in Trenton, N.J. YMCA-Sekretär, Spediteur, Lastwagenfahrer, Ford-Mechaniker, verkaufte Bücher in Denver, Colorado: Madam, wären Sie bereit, einem jungen Mann zu helfen, der sich sein Studium durch Arbeit selbst finanziert?

Präsident Harding schloss seine Rede mit ehrfurchtsvollen Worten, die angesichts seines hohen weltlichen Amtes umso bedeutungsvoller wirkten:

Wir sind heute zusammengekommen, um einem Unbekannten Achtung zu bezeigen;
der Name dessen, der hier vor uns liegt, ist mit seiner unsterblichen Seele entflohen ...
als typischer Soldat dieser repräsentativen Demokratie kämpfte und starb er im Glauben an die unstreitige Gerechtigkeit der Sache seines Landes ...
indem er die Hand hob und die Tausende, die der Klang seiner Stimme erreichte, aufforderte, in das Gebet einzustimmen:
Vater unser, der du bist im Himmel, geheiliget werde dein Name

Nackt trat er in die Armee ein;
sie wogen dich, maßen dich, untersuchten dich auf Plattfüße, drückten deinen Penis, um festzustellen, ob du Tripper hast, schauten in deinen Hintern, um festzustellen, ob du Hämorrhoiden hast, zählten deine Zähne, ließen dich husten, hörten dein Herz und deine Lunge ab, ließen dich die Buchstaben von der Karte ablesen, erfassten deinen Urin und deine Intelligenz,
gaben dir für die Zukunft (unsterbliche Seele) einen Wehrpass)
und zum Um-den-Hals-Hängen eine Erkennungsmarke, in die deine Kennziffer eingeprägt war, händigten dir eine olivgrüne Ausrüstung, ein Essgeschirr und ein Exemplar der Kriegsartikel aus,
AaaaachTUNG, Bauch rein, du Schwanzlutscher, grins nicht so dämlich, Augeeeen rechts, wir sind doch hier nicht beim Kirchenkränzchen! Vorwääärts-MARSCH.

John Doe
und Richard Roe und eine oder mehrere unbekannte Personen
exerzierten, marschierten, kloppten Griffe, aßen Schweinefraß, lernten salutieren, durchhalten, sich auf den Latrinen

herumdrücken, verboten, an Deck zu rauchen, Wachdienst in Übersee, vierzig Mann und acht Pferde, Schwanzappell und das Ping von Granatsplittern und die schrillen Geschosse, die die Luft durchkämmen, und die Trommelspechte die Maschinengewehre, Dreck, Läuse, Gasmasken und das Jucken
Hör mal, kannst du mir sagen, wie ich zu meiner Einheit zurückkomme?

John Doe hatte einen Kopf
zwanzig Jahre und ein paar zerquetschte lang luden die Nerven der Augen, der Ohren, des Gaumens, der Zunge, der Finger, der Zehen, der Achselhöhlen, die wärmefühlenden Nerven unter der Haut das verwickelte Gehirn mit Schmerz, Süß, Warm, Kalt, Mein, Musst, Nicht, Sprüchen, Druckbuchstaben, Schlagzeilen:
Du sollst nicht, die Multiplikationstabelle, schriftliche Division, nun gilt's für alle braven Männer, klopft nur einmal an eines jungen Mannes Tür, das Leben ist schön, keine Sorge, die ersten fünf Jahre gilt Sicherheit zuerst, angenommen, ein Hunne vergewaltigt deine, *my country right or wrong*, jung gelernt, alt getan, was ich nicht weiß, macht, packt sie hart an, sag ihnen nichts, er hat nur bekommen, was er verdient hat, dieses Land gehört den Weißen, ins Gras beißen, westwärts gezogen, wenn es dir hier nicht passt, kannst du ja, ihn abgemurkst
Sag mal, Kumpel, kannst du mir nicht sagen, wie ich zu meiner Einheit zurückkomme?

Kann mir nicht helfen, ich fahre jedes Mal zusammen, wenn die Dinger losgehen, krieg Dünnschiss davon, ungelogen. Hab meine Erkennungsmarke beim Baden in der Marne verloren, bin mit einem Kerl aneinandergeraten, während wir aufs Entlausen gewartet haben, mit einer Frau namens Jeanne ins Bett gegangen (Liebesfilm feuchter französischer

Postkartentraum begann mit Salpeter im Kaffee und endete auf der Prophylaxestation), –
Sag mal, Soldat, kannst du mir um Gottes willen nicht sagen, wie ich zu meiner Einheit zurückkomme?

John Does
Herz pumpte Blut
lebendige pochende Stille von Blut in deinen Ohren
unten auf der Lichtung im Wald von Oregon, wo die Kürbisse kürbisfarben waren, strömte durch die Augen und die herbstfarbenen Bäume ins Blut, und die bronzefarbenen Kraniche hüpften durchs trockene Gras, wo winzige gestreifte Schnecken an der Unterseite der Halme hingen und die Fliegen summten, Wespen brummten, Wespen surrten, und der Wald roch nach Wein, Pilzen und Äpfeln, Honiggeruch des Herbstes strömte ins Blut,
und ich schmiss den Stahlhelm hin und den verschwitzten Tornister und lag platt auf dem Boden, während die Hundstagssonne meinen Hals, meinen Adamsapfel und die straffe Haut über dem Brustbein leckte.

Auf der Granate stand seine Nummer.

Das Blut sickerte in die Erde.

Der Wehrpass fiel aus dem Aktenschrank, damals, als der Quartermaster Sergeant stockbesoffen war und sie in aller Eile das Quartier räumen mussten.
Die Erkennungsmarke lag auf dem Grund der Marne.

Das Blut sickerte in die Erde, das Gehirn rann aus dem zertrümmerten Schädel und wurde von den Grabenratten aufgeleckt, der Bauch schwoll an und zog eine Generation Schmeißfliegen groß,

und das unverwesliche Skelett
und die in Khaki gehüllten Fetzen vertrockneter Eingeweide und Haut

schafften sie nach Chalons-sur-Marne
und betteten sie ordentlich in einen Kiefernholzsarg
und schafften sie auf einem Schlachtschiff heim in Gottes eigenes Land
und setzten sie bei in einem Sarkophag im Memorial Amphitheater des Nationalfriedhofs von Arlington
und breiteten die amerikanische Fahne darüber,
und der Hornist spielte den Zapfenstreich,
und Mr. Harding betete zu Gott, und die Diplomaten, Generäle, Admiräle, großen Tiere, Politiker und fein angezogenen Damen aus der Gesellschaftsspalte der *Washington Post* erhoben sich feierlich
und dachten, wie schön und traurig, Fahne, Gottes eigenes Land, es war, dass der Hornist den Zapfenstreich blies, und von den drei Salven klangen ihnen die Ohren.

An die Stelle, wo seine Brust hätte sein müssen, hefteten sie
Die Congressional Medal, das D.S.C., die Medaille Militaire, das belgische Croix de Guerre, die italienische Goldmedaille, die von Königin Marie von Rumänien geschickte Vitutea Militara, das tschechoslowakische Kriegskreuz, die Virtuti Militari der Polen, ein von Hamilton Fish jr. aus New York geschicktes Gebinde und ein kleines Wampum, präsentiert von einer Abordnung von Rothäuten aus Arizona in Kriegsbemalung und Federschmuck. Sämtliche Washingtoner brachten Blumen.

Woodrow Wilson brachte einen Strauß Mohnblumen.

DAS GROSSE GELD

Charley Anderson

Charley Anderson lag in einem grellroten Summen in seiner Koje. *Oh, Titine* /396/, der Teufel soll ihn holen, den Song von gestern Nacht. Mit brennenden Augen lag er platt auf dem Rücken; die Zunge war dicker, warmer, säuerlicher Filz in seinem Mund. Er wuchtete seine Füße unter der Decke hervor und ließ sie über die Kojenkante baumeln, große, weiße Füße mit rosigen Knubbeln an den Zehen; er setzte sie auf den roten Teppich und schleppte sich wacklig ans Bullauge. Er steckte den Kopf hinaus.

Statt der Pier nur Nebel, kleine, graugrüne Wellen, die gegen den sich abschuppenden Schiffsrumpf klatschten. Vor Anker. Über ihm kreischte, im Nebel verborgen, eine Möwe. Er fröstelte und zog den Kopf zurück.

Am Waschbecken benetzte er Gesicht und Hals mit kaltem Wasser. Wo das kalte Wasser auf seine Haut traf, lief sie rosig an.

Ihm wurde kalt und übel, und er schlüpfte wieder in seine Koje und zog sich die noch warme Decke bis zum Kinn hoch. Zu Hause. Hol ihn der Teufel, diesen Song.

Er sprang auf. Kopf und Magen pochten jetzt im Gleichtakt. Er zog den Nachttopf hervor und beugte sich darüber. Er würgte; es kam ein bisschen grüne Galle. Nein, ich will nicht kotzen. Er schlüpfte in seine Unterwäsche und die Gabardinehose seiner Uniform und seifte sich das Gesicht ein, um sich zu rasieren. Vom Rasieren wurde ihm melancholisch zumute. Was ich jetzt brauche, ist ein ... Er läutete nach dem Steward.

«Bonjour, M'sieur.»

«Hör zu, Billy, bring mir einen doppelten Cognac tuttswitt.»

Er knöpfte sich sorgfältig das Hemd zu und zog seine Uniformjacke an; er betrachtete sich im Spiegel, seine Augen hatten rote Ränder, sein Gesicht sah unter der Sonnenbräune grün aus. Plötzlich wurde ihm wieder übel; ein saures Würgen stieg ihm aus dem

Magen in die Kehle hoch. Gott, wie diese französischen Schiffe stinken. Ein Klopfen, das Froschfresser-Lächeln des Stewards, «Voilà, M'sieur», aus dem Glas kleckerte dünnes Bernsteingelb auf den weißen Teller.

«Wann legen wir an?»

Der Steward zuckte die Schultern und knurrte: «La brume /397/.»

Vor seinen Augen tanzten immer noch grüne Pünktchen, als er die nach Linoleum riechende Kajütstreppe hinaufstieg. An Deck drückte sich ihm der Nebel feucht aufs Gesicht. Er steckte die Hände in die Taschen und beugte sich vor. Kein Aas an Deck, ein paar Schrankkoffer, zusammengeklappte und aufeinandergestapelte Liegestühle. Luvwärts war alles nass. Über die messingumrandeten Fenster des Rauchsalons perlten Tropfen. Ringsumher nichts als Nebel.

Auf der nächsten Runde traf er Joe Askew. Joe sah großartig aus. Sein kleiner Schnurrbart saß akkurat unter seiner schmalen Nase. Seine Augen waren klar.

«Ist das nicht verfluchtes Pech, Charley? Nebel.»

«Ja, Mist.»

«Hast du n Kater?»

«Du siehst prima aus, Joe.»

«Klar, wieso auch nicht? Ich bin ganz schön fickrig, bin schon seit sechs auf. Zum Teufel mit dem Nebel, vielleicht liegen wir den ganzen Tag hier.»

«Ja, ist ne richtig dicke Suppe.»

Sie drehten ein paar Runden an Deck.

«Ist dir schon aufgefallen, wie's auf dem Schiff stinkt, Joe?»

«Weil es vor Anker liegt und der Nebel deinen Riecher anregt, schätze ich. Wie wär's mit Frühstück?» Charley blieb einen Moment lang stumm, dann holte er tief Luft und sagte: «Na schön, probieren wir's.»

Im Speisesaal roch es nach Zwiebeln und Messingpolitur. Die Johnsons saßen schon am Tisch. Mrs. Johnson sah blass und kühl aus. Sie hatte einen kleinen grauen Hut auf, den Charley noch nicht gesehen hatte, und war offenbar schon landfein. Paul lächelte matt, als Charley hallo sagte. Charley bemerkte, dass Pauls Hand zitterte, als er das Glas mit Orangensaft hob. Seine Lippen waren weiß.

«Hat schon jemand Ollie Taylor gesehen?», fragte Charley.

«Der Major fühlt sich nicht so besonders, könnte ich wetten», sagte Paul kichernd.

«Und wie geht es Ihnen, Charley?», flötete Mrs. Johnson zuckersüß.

«Ach, mir … mir geht's blendend.»

«Lügner», sagte Joe Askew.

«Also, ich kann mir nicht vorstellen», sagte Mrs. Johnson, «warum es bei euch Jungs gestern Nacht so spät geworden ist.»

«Wir haben gesungen», sagte Joe Askew.

«Ich kenne einen», sagte Mrs. Johnson, «der ist in Kleidern schlafen gegangen.» Ihr Blick fing den von Charley auf.

Paul wechselte das Thema: «Tja, wir sind wieder in Gottes eigenem Land.»

«Also ich kann mir nicht vorstellen», rief Mrs. Johnson, «wie es in Amerika sein wird.»

Charley schlang seine Öffs avec dü Beikönn hinunter und trank den Kaffee, der nach Bilge schmeckte.

«Worauf ich mich freue», sagte Joe Askew, «ist ein richtiges amerikanisches Frühstück.»

«Grapefruit», sagte Mrs. Johnson.

«Cornflakes mit Sahne», sagte Joe.

«Warme Maisküchlein», sagte Mr. Johnson.

«Frische Eier mit echtem Virginia-Schinken», sagte Joe.

«Weizenbrot und Frühstückswürstchen», sagte Mrs. Johnson.

«Scrapple», sagte Joe.

«Guter Kaffee mit richtiger Sahne», sagte Mrs. Johnson lachend.

«Ihr habt gewonnen», sagte Paul mit mattem Grinsen und stand vom Tisch auf.

Charley nahm einen letzten Schluck von seinem Kaffee. Dann sagte er, er wolle an Deck gehen und nachsehen, ob die von der Einwanderungsbehörde schon an Bord gekommen seien. «Was ist denn mit Charley los?» Er hörte Joe und Mrs. Johnson miteinander lachen, als er die Kajütstreppe hinaufrannte.

Sobald er an Deck war, kam er zu dem Schluss, dass er sich nicht übergeben würde. Der Nebel hatte sich ein wenig gelichtet. Achtern der *Niagara* konnte er die Schemen anderer vor Anker liegender Dampfer sehen und dahinter eine gerundete Form, bei der es sich um Land handeln könnte. Über ihm kreisten und kreischten Möwen. Irgendwo auf dem Wasser stöhnte in Abständen ein Nebelhorn. Charley ging nach vorn und beugte sich in den feuchten Nebel.

Joe Askew, der eine Zigarre rauchte, trat von hinten auf ihn zu und nahm ihn beim Arm. «Bleib lieber in Bewegung, Charley», sagte er. «Ist das nicht ein elendes Pech? Sieht aus, als wäre das gute alte New York beim großen Kladderadatsch torpediert worden … ich kann rein gar nichts sehen, du vielleicht?»

«Eben habe ich gedacht, ich sehe Land, aber jetzt ist es schon wieder weg.»

«Muss Atlantic Highlands gewesen sein; wir liegen vor dem Hook … Verdammt noch mal, ich will an Land.»

«Deine Frau holt dich ab, oder, Joe?»

«Müsste sie eigentlich … Kennst du irgendwen in New York, Charley?»

Charley schüttelte den Kopf. «Ich habe noch einen langen Weg vor mir, bis ich zu Hause bin … Und was ich dort anfangen soll, weiß ich nicht.»

«Verdammt, vielleicht liegen wir den ganzen Tag hier», sagte Joe Askew.

«Joe», sagte Charley, «wie wär's, wenn wir einen trinken … ein letztes Glas.»

«Die verdammte Bar ist geschlossen.»

Ihre Taschen hatten sie schon am Vorabend gepackt. Es gab

nichts zu tun. Sie verbrachten den Vormittag damit, im Rauchsalon Rommé zu spielen. Keiner war richtig bei der Sache. Paul ließ ständig seine Karten fallen. Keiner wusste, wer gerade dran war. Charley versuchte, jeden Blickkontakt mit Mrs. Johnson zu vermeiden und auch nicht auf ihren Hals zu starren, wo er in leichtem Schwung unter dem grauen Pelzbesatz ihres Kleides verschwand. «Ich kann mir nicht vorstellen», sagte sie erneut, «was ihr Jungs so spät in der Nacht noch zu reden gehabt habt … Ich dachte, wir hätten über Gott und die Welt geredet, bevor ich zu Bett gegangen bin.»

«Ach, wir haben schon Themen gefunden, aber die wurden größtenteils in Form von Gesang abgehandelt», sagte Joe Askew.

«Ich weiß, ich verpasse jedes Mal etwas, wenn ich schlafen gehe.» Charley bemerkte, dass Paul, der neben ihm saß, sie mit blassen, liebevollen Augen anstarrte. «Aber», sagte sie mit ihrem aufreizenden Lächeln, «aufbleiben ist einfach entsetzlich langweilig.»

Paul errötete und machte ein Gesicht, als würde er gleich in Tränen ausbrechen; Charley fragte sich, ob Paul an das Gleiche gedacht hatte wie er. «Also, mal sehen, wer ist mit Geben dran?», sagte Joe Askew lebhaft.

Gegen Mittag kam Major Taylor in den Rauchsalon. «Guten Morgen allerseits … Ich weiß, dass es niemandem schlechter geht als mir. Der Kommandant sagt, wir legen vielleicht erst morgen früh an.»

Sie räumten die Karten weg, ohne das Spiel zu beenden. «Na großartig», sagte Joe Askew.

«Mir ist es egal», sagte Ollie Taylor. «Ich bin ein Wrack. Der letzte der trink- und standfesten Taylors ist ein Wrack. Den Krieg haben wir ausgehalten, aber der Frieden hat uns fertiggemacht.» Charley blickte zu Ollie Taylors grauem Gesicht auf, das im fahlen, durch die Fenster des Rauchersalons einfallenden Nebellicht schlaff wirkte, und registrierte die weißen Strähnen in Haar und Schnurrbart des anderen. Herrgott, dachte er bei sich, ich höre mit der Sauferei auf.

Irgendwie brachten sie das Mittagessen hinter sich, dann gingen sie auseinander, um sich in ihren jeweiligen Kabinen hinzulegen. Auf dem Gang vor seiner Kabine traf Charley auf Mrs. Johnson. «Na ja, die ersten zehn Tage sind die schwersten, Mrs. Johnson.»

«Wieso sagen Sie nicht Eveline zu mir, wie alle anderen?» Charley lief rot an.

«Wozu soll das gut sein? Wir werden uns nie wiedersehen.»

«Wieso denn nicht?», sagte sie. Er schaute in ihre länglichen haselnussbraunen Augen; die Pupillen weiteten sich, bis das Braun ganz schwarz war.

«Mein Gott, gefallen würde mir das schon», stammelte er. «Glauben Sie bloß nicht, ich …»

Sie war bereits seidig an ihm vorbeigestrichen und den Gang entlang verschwunden. Er ging in seine Kabine und knallte die Tür zu. Seine Taschen waren gepackt. Der Steward hatte das Bett abgezogen. Mit dem Gesicht nach unten warf sich Charley auf den gestreiften, muffig riechenden Drillich der Matratze. «Der Teufel soll dieses Weib holen», sagte er laut.

Das Rasseln einer Dampfwinsch weckte ihn, dann hörte er die Glocke des Maschinentelegraphen klingeln. Er blickte zum Bullauge hinaus und sah einen gelb-weißen Zollkutter und dahinter Holzhäuser in diffusem, rosigem Sonnenlicht. Der Nebel lichtete sich; sie waren in den Narrows.

Bis er sich mit ein paar Handvoll Wasser den schmerzenden Schlaf aus den Augen gewischt hatte und an Deck gerannt war, schob sich die *Niagara* schon langsam über die grüngraue, schimmernde Bucht. Über ihnen hing wie ein geraffter Vorhang der rötliche Nebel. Eine rote Fähre kreuzte ihren Kurs. Rechts lag eine Reihe vier- und fünfmastiger Schoner vor Anker, dahinter ein Rahsegler und eine Gruppe gedrungener Shipping-Board-Dampfer, zum Teil noch mit den Streifen und Flecken eines Tarnanstrichs. Und direkt voraus im Dunst das schimmernde Auf und Ab der Hochhäuser von New York.

In seinem Trenchcoat trat Joe Askew zu ihm, seinen deutschen Feldstecher über die Schulter gehängt. Seine blauen Augen leuchteten. «Siehst du schon die Freiheitsstatue, Charley?»

«Nein … doch, da ist sie. Ich habe sie größer in Erinnerung.»

«Da ist Black Tom, wo die Explosion war.» /398/

«Sieht alles ziemlich ruhig aus, Joe.»

«Heute ist Sonntag, deswegen.»

«Ausgerechnet heute muss Sonntag sein.»

Inzwischen waren sie auf Höhe der Battery. Die langgestreckten Bogen der Brücken nach Brooklyn verschwanden im rauchigen Schatten hinter den fahlen Wolkenkratzern.

«Na ja, Charley, dort bewahren sie das ganze Geld auf. Wir müssen zusehen, dass wir ihnen was davon abknöpfen.»

«Wenn ich bloß wüsste, wie man das anstellt, Joe.»

Das Schiff lief an einer langen Reihe gedeckter Hellingen entlang. Joe streckte die Hand aus. «Mensch, Charley, schreib mir mal, ja? War alles in allem doch ein toller Krieg.»

«Mach ich ganz bestimmt, Joe.»

Zwei Schlepper bugsierten die *Niagara* gegen die kräftige Ebbe in die Helling. Über dem Kaigebäude wehten amerikanische und französische Flaggen, in den dunklen Eingängen standen Gruppen von winkenden Menschen. «Da ist meine Frau», sagte Joe Askew plötzlich. Er drückte Charley die Hand. «Mach's gut, Kleiner. Wir sind zu Hause.»

Ehe Charley wusste, wie ihm geschah, ging er, viel zu früh, die Gangway hinunter. Der Transportoffizier warf nur einen flüchtigen Blick in seine Papiere; der Zollbeamte sagte: «Ist bestimmt schön, wieder zu Hause zu sein, Lieutenant», während er seine Zettel auf Charleys Handkoffer klebte. Er kam an dem Burschen vom YMCA, den beiden Reportern und dem Typen vom Empfangskomitee des Bürgermeisters vorbei; die paar Leute und die verstreuten Koffer wirkten im gewaltigen gelben Düster des Kaigebäudes verlassen und verloren. Major Taylor und die Johnsons gaben sich die Hand wie Fremde.

Dann folgte er seinem kleinen Khakikoffer zu einem Taxi. Die Johnsons hatten sich bereits ein Taxi gesichert und warteten noch auf einen fehlgeleiteten Koffer. Charley ging zu ihnen hinüber. Er wollte etwas sagen, aber ihm fiel nichts ein. Paul sagte, er müsse sie unbedingt besuchen, wenn er in New York bleibe, aber er verharrte vor der Tür des Taxis, sodass Charley keine Möglichkeit hatte, mit Eveline zu sprechen. Er sah, wie Pauls Kiefermuskeln sich entspannten, als der Träger den vermissten Koffer brachte. «Besuchen Sie uns unbedingt», sagte Paul, stieg ein und knallte die Tür zu.

Mit einem letzten, flüchtigen Eindruck von länglichen, haselnussbraunen Augen und einem aufreizenden Lächeln kehrte Charley zu seinem Taxi zurück. «Wissen Sie, ob es im McAlpin immer noch Sondertarife für Offiziere gibt?», fragte er den Fahrer.

«Klar, wenn man Offizier ist, behandeln sie einen anständig ... aber als einfacher Soldat kriegt man einen Tritt in den Arsch», antwortete der Taxifahrer aus dem Mundwinkel und schaltete krachend.

Das Taxi bog auf eine breite, leere, gepflasterte Straße ein. Es fuhr ruhiger als die Pariser Taxis. Die großen Lagerhäuser und Markthallen waren allesamt geschlossen. «Mann, hier scheint ja nicht viel los zu sein», sagte Charley, der sich nach vorn gebeugt hatte, um durchs Fenster mit dem Fahrer zu reden.

«Hier ist überhaupt nichts los ... Warten Sie erst mal, bis Sie anfangen, sich nach einem Job umzusehen», sagte der Fahrer.

«Aber ich kann mich nicht erinnern, dass hier jemals so wenig los war.»

«Wieso soll hier was los sein ... Heute ist doch Sonntag.»

«Ach so, klar, das hatte ich vergessen.»

«Klar ist heute Sonntag.»

«Ja, jetzt weiß ich's wieder; heute ist Sonntag.»

Wochenschau XLIV

Yankee Doodle, wenn ich dich hör

COLONEL HOUSE TRIFFT AUS EUROPA EIN

OFFENBAR EIN SEHR KRANKER MANN

Yankee Doodle, wenn ich dich hör

LAND ZU EROBERN UND ENTFERNUNGEN ZU ÜBERWINDEN

ist es nicht an der Zeit, dass sich die Zeitungsverleger zu einer sinnvollen Initiative zur Beruhigung der aufgewühlten Gemüter zusammenschließen, also ruhig alle Nachrichten drucken, ohne jedoch allzu sehr auf mögliche Katastrophen abzuheben

LAGE WEITER FESTGEFAHREN –
KÄMPFE WEITEN SICH AUS

man hat zugelassen, dass die Geschäftsführung des Steel Trust die demokratischen Rechte, die man den Menschen dieses Landes als ihr unveräußerliches Erbe zugesichert hat, mit Füßen tritt

REEDER VERLANGEN SCHUTZ

Yankee Doodle, wenn ich dich hör
Yankee Doodle, wenn ich dich hör,
Spring ich auf und juble

die einzigen Überlebenden der Mannschaft des Schoners *Onato* werden bei ihrer Ankunft in Philadelphia festgenommen

ZUSTAND DES PRÄSIDENTEN GEBESSERT
ARBEITET VOM KRANKENBETT AUS

Ich komme, USA
Hipp, hipp, hurra

MAULKORB FÜR DIE PRESSE

Es gibt kein Land … so imposant

Charles M. Schwab, der aus Europa zurückgekehrt ist, war zum Mittagessen im Weißen Haus eingeladen. Er erklärte, unser Land sei zwar erfolgreich, aber nicht so erfolgreich, wie es wünschenswert wäre, denn es seien noch immer zahlreiche hinderliche Untersuchungen im Gange

… wie mein Land
Von Kalifornien bis Manhattan Island

Charley Anderson

Der Page mit dem Rattengesicht stellte die Koffer ab, kontrollierte die Wasserhähne am Waschbecken, öffnete das Fenster einen Spaltbreit, steckte den Schlüssel von innen ins Schloss, nahm dann so etwas wie Habachtstellung ein und sagte: «Sonst noch etwas, Lieutenant?»

Jetzt fängt das richtige Leben an, dachte Charley und fischte einen Vierteldollar aus seiner Hosentasche.

«Danke, Sir, Lieutenant.» Der Page trat von einem Fuß auf den anderen und räusperte sich. «Muss furchtbar gewesen sein da drüben, Lieutenant.»

Charley lachte. «Ach was, so schlimm war's gar nicht.»

«Ich wär auch gern dort gewesen, Lieutenant.» Grinsend entblößte er zwei Rattenzähne. «Ein Held zu sein muss wunderbar sein», sagte er und schob sich rückwärts zur Tür hinaus.

Charley blickte aus dem Fenster, während er die Uniformjacke aufknöpfte. Sein Zimmer lag hoch. Am Ende einer Straße aus schmutzigen Gebäudewürfeln sah er einige Säulen und die Dächer der neuen Penn Station, und weiter weg, jenseits des Zugdepots, ging hinter dem höheren Gelände am anderen Ufer des Hudson verschwommen die Sonne unter. Über ihm war alles purpurn und rosa. Ein Hochbahnzug ratterte schleifend durch die sonntagabendleeren Straßen. Der Wind, der durch den Fensterspalt hereinkam, roch kräftig nach Kohlenasche. Charley schloss das Fenster und ging sich Gesicht und Hände waschen. Das Hotelhandtuch fühlte sich weich und flauschig an und verströmte einen Hauch von Chlor. Er trat vor den Spiegel und kämmte sich. Und jetzt?

Er ging im Zimmer hin und her, spielte mit einer Zigarette und sah zu, wie der Himmel vor dem Fenster dunkel wurde, da ließ ihn das Klingeln des Telefons zusammenfahren. Es meldete sich Ollie Taylors höfliche, beschwipste Stimme. «Ich dachte, Sie wissen vielleicht gar nicht, wo man hier was zu trinken kriegt. Haben Sie Lust, in den Club zu kommen?»

«Mensch, das ist nett von Ihnen, Ollie. Ich habe mich gerade gefragt, was man in dieser Männerstadt mit sich anfangen kann.»

«Wissen Sie, es ist ziemlich furchtbar hier», fuhr Ollies Stimme fort. «Die Prohibition und das alles, es ist schlimmer, als man es sich in seinen kühnsten Vorstellungen ausmalen könnte. Ich hole Sie mit dem Taxi ab.»

«In Ordnung, Ollie, ich warte unten in der Eingangshalle.»

Charley zog seine Uniformjacke, wohlweislich ohne Koppel, an, strich sich noch einmal das struppige rotblonde Haar glatt und ging in die Eingangshalle hinunter. Er setzte sich in einen tiefen Sessel mit Blick auf die Drehtüren.

Die Eingangshalle war voll. Von irgendwo aus dem Hintergrund kam Musik. Er saß da, hörte sich die Tanzmelodien an und betrachtete die Seidenstrümpfe, die hohen Absätze, die Pelzmäntel und die hübschen Frauengesichter, die vom Wind leicht verkniffen waren, wenn sie von der Straße hereinkamen. Alles war unterlegt mit einem erlesenen Klirren und Knistern. Mein Gott, es war großartig. Von den Frauen blieben ein leiser Parfümduft und ein warmer Pelzgeruch zurück, wenn sie an ihm vorbeikamen.

Er überschlug, wie viel Kies er hatte. Er hatte eine Anweisung über dreihundert Dollar, die er von seinem Sold gespart hatte, außerdem in seiner Brieftasche vier gelbe Zwanziger, die er beim Poker auf dem Schiff gewonnen hatte, zwei Zehner und mal sehen wie viel Kleingeld. Die Münzen klirrten leise in seiner Hosentasche, während er sie betastete.

Über einem dicken Kamelhaarmantel nickte ihm Ollie Taylors rotes Gesicht zu. «Mein lieber Junge, New York ist am Ende ... in der Bar des Knickerbocker werden Eiscremesodas ausgeschenkt ...» Als sie zusammen in das Taxi stiegen, pustete er Charley eine kräftige Whiskeyfahne ins Gesicht. «Charley, ich habe versprochen, Sie zum Essen mitzubringen ... bloß zu Nat Benton. Sie haben doch nichts dagegen ... er ist ein prima Kerl. Die Damen möchten unbedingt einen richtigen Flieger mit Orden sehen.»

«Störe ich denn da auch nicht, Ollie?»

«Davon kann gar keine Rede sein, mein Lieber.»

Im Club schienen alle Ollie Taylor zu kennen. Lange Zeit standen er und Charley an einem dunkel vertäfelten Tresen in einer Gruppe weißhaariger älterer Herren mit von Bardunst braun gebeizten Gesichtern und tranken Manhattans. Jedes Mal, wenn jemand Charley ansprach, hieß es Lieutenant und Major dies und Major jenes. Charley befürchtete allmählich, Ollie würde sich dermaßen besaufen, dass man ihn keiner Abendgesellschaft mehr zumuten konnte.

Endlich wurde es halb acht, sie verließen die letzte Cocktailrunde, stiegen, jeder auf einer Nelke kauend, erneut in ein Taxi und fuhren uptown. «Ich weiß nicht, was ich denen erzählen soll», sagte Ollie. «Ich sage ihnen, dass ich gerade die schönsten zwei Jahre meines Lebens hinter mir habe, und dann schauen sie so komisch aus der Wäsche, aber ich kann doch auch nichts dafür.»

In dem Haus, wo sie zum Essen eingeladen waren, gab es Türsteher in Grün und Unmengen Marmor, und den Fahrstuhl zierten Einlegearbeiten aus verschiedenen Holzsorten. Nat Benton, flüsterte Ollie vor der Tür, sei Börsenmakler an der Wall Street.

Die Leute, die in einem blassrosa dekorierten Gesellschaftszimmer auf sie warteten, trugen allesamt Abendkleidung. Offenbar waren es alte Freunde von Ollie, denn sie machten viel Aufhebens um ihn, waren sehr herzlich zu Charley und ließen sofort Cocktails auffahren, sodass Charley sich wie der Mittelpunkt des Abends vorkam.

Unter den Anwesenden war auch eine bildhübsche junge Frau namens Miss Humphries. Sowie Charleys Blick auf sie fiel, beschloss er, sie anzusprechen. Ihre Augen, ihr luftiges blassgrünes Kleid und der Puder in der kleinen Mulde zwischen ihren Schulterblättern machten ihn leicht benommen, sodass er sich nicht traute, ihr allzu nahe zu kommen. Ollie sah die beiden beieinanderstehen, kam herbei und kniff Miss Humphries ins Ohr. «Doris, Sie sind zu einer hinreißenden Schönheit herangewachsen.» Er strahlte und schwankte leicht auf seinen kurzen Beinen. «Hm ... nur den Tapferen gebührt die Schöne ... wir kommen nicht alle Tage aus dem Krieg nach Hause, stimmt's, Charley, mein Junge?»

«Ist er nicht ein Schatz?», flüsterte sie, als Ollie sich abwandte. «Wir waren das reinste Liebespaar, als ich ungefähr sechs war und er Student.» Gerade als man so weit war, zu Tisch zu gehen, breitete Ollie, der noch zwei Cocktails getrunken hatte, die Arme aus und hielt eine Rede. «Seht sie euch an! Schöne, kluge, temperamentvolle Amerikanerinnen ... Da drüben hat's so was nicht gegeben, stimmt's, Charley? Drei Dinge, die findet man nirgendwo sonst auf der Welt: einen guten Cocktail, ein anständiges Frühstück und ein amerikanisches Mädchen, Gott segne sie.»

«Ach, er ist so ein Schatz», flüsterte Miss Humphries Charley ins Ohr.

Auf dem Tisch standen reihenweise Silbersachen, in der Mitte eine chinesische Schale mit Rosen und an jedem Platz mehrere Weingläser mit vergoldeten Stielen. Charley stellte zu seiner Erleichterung fest, dass er neben Miss Humphries saß. Sie lächelte zu ihm auf. «Mein Gott», sagte er und grinste ihr ins Gesicht, «ich weiß gar nicht, wie ich mich verhalten soll.»

«Ja, es ist wohl schon ein Unterschied ... zu drüben. Aber verhalten Sie sich einfach ganz natürlich. So mache ich es immer.»

«O nein, wenn man sich als Mann natürlich verhält, kommt man bloß in Schwierigkeiten.»

Sie lachte. «Vielleicht haben Sie recht ... Aber Sie müssen mir unbedingt erzählen, wie es dort drüben wirklich war ... Nie erzählt mir jemand alles.» Sie deutete auf die Palmen an seinem Croix de Guerre. «Ach bitte, Lieutenant Anderson, davon müssen Sie mir erzählen.»

Man trank Weißwein zum Fisch und Rotwein zum Roastbeef, und es gab ein Dessert mit reichlich Schlagsahne. Charley sagte sich immer wieder, er dürfe nicht so viel trinken, damit er sich nicht danebenbenahm.

Miss Humphries hieß mit Vornamen Doris. Auch Mrs. Benton nannte sie so. Sie hatte vor dem Krieg ein Jahr in einem Konvent in Paris zugebracht und fragte Charley nach Örtlichkeiten, die sie kannte, nach La Madeleine, dem Café Rumpelmayer und der Konditorei gegenüber der Comédie-Française. Nach dem Essen gingen sie und Charley mit ihren Kaffeetassen in eine Fensternische hinter einer großen, rosafarbenen Begonie im Messingtopf, und sie fragte ihn, ob er New York nicht auch schrecklich finde. Sie setzte sich auf die Fensterbank, und er stand vor ihr und schaute an ihrer weißen Schulter vorbei durchs Fenster auf den

Verkehr in der Straße unten. Es hatte angefangen zu regnen, und die Lichter der Autos malten lange, sich kräuselnde Streifen auf das schwarze Pflaster der Park Avenue. Er sagte, er glaube, dass er sich zu Hause trotzdem ganz wohl fühlen werde. Er überlegte, ob es in Ordnung wäre, ihr zu sagen, wie schön ihre Schultern waren. Er hatte sich schon fast dazu entschlossen, da hörte er, wie Ollie Taylor alle zusammentrommelte, um mit ihnen ins Varieté zu gehen. «Ich weiß, es ist euch lästig», sagte Ollie, «aber ihr dürft nicht vergessen, Kinder, es ist mein erster Abend in New York, also lasst mir meinen Willen.»

Sie standen unter der Markise beieinander, während der Türsteher Taxis herbeipfiff. In ihrem langen Abendcape mit Pelzbesatz stand Doris Humphries so dicht neben Charley, dass ihre Schulter seinen Arm berührte. Im peitschenden, von der Straße kommenden Regenwind roch er das warme Parfüm, das sie trug, den Pelz, ihr Haar. Sie ließen die älteren Leute zuerst in die Taxis einsteigen. Eine Sekunde lang lag sehr klein und kühl ihre Hand in seiner, als er ihr in den Wagen half. Er steckte dem Türsteher, der dem Taxifahrer mit ernster, beherrschter Lakaienstimme «Shanley's» zugemurmelt hatte, einen halben Dollar zu.

Zwischen den hohen Häuserblocks schnurrte das Taxi zügig downtown. Charley fühlte sich leicht benommen. Einen Moment lang traute er sich nicht, sie anzusehen, sondern schaute stattdessen hinaus, auf die Gesichter, Autos, Verkehrspolizisten und Passanten, die in Regenmänteln und mit Schirmen an Drugstorefenstern vorbeihasteten.

«Jetzt erzählen Sie mir, wofür Sie die Palmen bekommen haben.»

«Ach, die Franzmänner haben einfach ab und zu welche verteilt, um die Jungs bei Laune zu halten.»

«Wie viele Hunnen haben Sie abgeschossen?»

«Warum wollen Sie das wissen?»

Sie stampfte mit dem Fuß auf. «Nie erzählt mir jemand was ... Allmählich glaube ich, ihr alle wart nie an der Front.»

Charley lachte. Seine Kehle war leicht trocken. «Na ja, ich war ein paarmal darüber.»

Sie wandte sich ihm unvermittelt zu. Im Dunkel des Taxis sah er kleine Lichtpünktchen in ihren Augen. «Ah, ich verstehe ... Lieutenant Anderson, ich finde, ihr Flieger seid die feinsten Kerle, die es gibt.»

«Miss Humphries, ich finde, Sie sind ... eine Wucht ... Ich hoffe, das Taxi kommt nie an bei diesem Laden ... egal, wo das ist, wo wir hinfahren.» Eine Sekunde lang lehnte sie sich an seine Schulter. Er stellte fest, dass er ihre Hand hielt. «Aber ich heiße doch Doris», sagte sie mit Babystimmchen.

«Doris», sagte er. «Ich heiße Charley.»

«Charley, tanzen Sie gern?», fragte sie im gleichen Ton.

«Klar», sagte Charley und drückte kurz ihre Hand.

Ihre Stimme schmolz wie ein kleines Stückchen Zucker. «Ich auch ... Und wie.»

Bei ihrer Ankunft spielte die Kapelle gerade *Dardanella* /399/. Charley gab seinen Trenchcoat und seinen Hut an der Garderobe ab. Die buschigen Augenbrauen des Oberkellners wölbten sich über einer weißen Hemdbrust. Charley folgte Doris' schmalem Rücken, der Höhlung zwischen ihren Schulterblättern, wo seine Hand gern gewesen wäre, über den roten Teppich, zwischen den weißen Tischen, den gestärkten Hemdbrüsten und nackten Frauenschultern, durch den prickelnden Duft von Champagner, Käsetoast und warmen Rechauds, quer über eine Ecke der Tanzfläche, vorbei an den sich wiegenden Paaren bis zu dem runden weißen Tisch, wo bereits die anderen saßen. Zwischen den steifen Bügelfalten des frischen Tischtuchs schimmerten die Messer und Gabeln.

Mrs. Benton streifte sich die weißen Glacéhandschuhe ab und sah dabei das puterrote Gesicht von Ollie Taylor an, der gerade eine lustige Geschichte erzählte. «Tanzen wir», flüsterte Charley Doris zu. «Tanzen wir den ganzen Abend.»

Charley hatte Angst, zu draufgängerisch zu tanzen, also

hielt er ein wenig Abstand. Sie tanzte mit geschlossenen Augen. «Mann, Doris, Sie sind eine wunderbare Tänzerin.» Als die Musik verstummte, drehten sich die Tische, der Zigarrenrauch und die Leute noch ein Stückchen weiter um sie herum. Doris blickte aus den Augenwinkeln zu ihm auf. «Ich wette, Sie vermissen die Französinnen, Charley. Hat Ihnen gefallen, wie die Französinnen tanzen, Charley?»

«Sehr.»

Am Tisch tranken sie Champagner aus Kaffeetassen. Ollie hatte durch Boten zwei Flaschen vom Club herbringen lassen. Als die Musik wieder einsetzte, musste Charley mit Mrs. Benton und dann mit der anderen Lady tanzen, der mit den Brillanten und dem Ersatzreifen um die Taille. Er und Doris tanzten nur noch zweimal miteinander. Er sah, dass die anderen nach Hause wollten, weil Ollie immer betrunkener wurde. Er hatte einen Flachmann mit Whiskey dabei und hatte Charley ein paarmal in die Garderobe hinausgebeten, um einen Schluck mit ihm zu nehmen. Charley hatte jedes Mal nur so getan, als ob, weil er darauf hoffte, Doris nach Hause bringen zu dürfen.

Draußen stellte sich heraus, dass sie im selben Block wohnte wie die Bentons; Charley drückte sich am Rand der Gruppe herum, während die Damen sich ihre Capes umlegten, ehe sie zu den Taxis gingen, aber er erhaschte keinen Blick mehr von Doris. Es hieß bloß: «Gute Nacht, lieber Ollie, gute Nacht, Lieutenant Anderson», und der Türsteher knallte die Tür zu. Charley wusste kaum, welche von den Händen, die er geschüttelt hatte, ihre gewesen war.

Wochenschau XLV

Meinen Liebsten den lockt kein fremdes Luder
Mit künstlichem Haar und noch so viel Puder

wollte man nach einer einfachen Erklärung für seine Karriere suchen, fände man sie fraglos in der außergewöhnlichen Entscheidung, die Annehmlichkeiten eines Büroangestelltendaseins für die anstrengende Tätigkeit eines Streckenarbeiters aufzugeben. Wer schon in jungen Jahren so viel Urteils- und Willenskraft besaß, musste zwangsläufig über den Durchschnitt hinauswachsen. Er wurde zum Intimus von Bankiers

Mit ihren fetten Klunkern an jeder Hand
Führt das Weib aus St. Louis ihn am Gängelband

Wenn er es satthat, zu Fuß zu gehen, mit dem Fahrrad oder mit der Straßenbahn zu fahren, wird er sich wahrscheinlich einen Ford kaufen.

RAUBÜBERFALL AM HELLLICHTEN TAG:
PANIK UNTER PASSANTEN

Sobald seine Frau dahinterkommt, dass ein Ford wie der andere aussieht und dass fast jeder einen hat, wird sie ihn wahrscheinlich veranlassen, in die nächsthöhere soziale Gruppe überzuwechseln, deren augenfälligstes Merkmal der Dodge ist.

WILDE SCHIESSEREI FOLGT AUF

Der nächste Schritt ergibt sich, wenn die Tochter das College abschließt und die Familie in ein neues Haus zieht. Der

Vater möchte sparen. Die Mutter will, dass es ihren Kindern an nichts fehlt, der Tochter geht es um Sozialprestige, und der Sohn will reisen, liebt schnelle Autos und will etwas erreichen.

VON DREI STRASSENRÄUBERN VOR DEM HOTEL MAJESTIC ERMORDET

Die Abendsonne, die hab ich so satt
Die Abendsonne, die hab ich so satt
Weil mein Süßer mich verlassen hat

solche Heldentaten mögen auf einen gefährlichen Grad von Tollkühnheit hindeuten, aber sie offenbaren die Eigenschaften, die einen Jungen im Highschool-Alter zum anerkannten Führer einer Bande machten, zu einem Stachel im Fleische des Staates …

Der amerikanische Plan

Frederick Winslow Taylor (im Betrieb nannte man ihn Speedy Taylor) wurde in Germantown, Pennsylvania, geboren, und zwar in dem Jahr, in dem Buchanan zum Präsidenten gewählt wurde. /400/ Sein Vater war Anwalt, seine Mutter entstammte einer Familie von Walfängern aus New Bedford; sie las mit Vorliebe Emerson und gehörte der Unitarian Church und der Browning Society /401/ an. Sie war eine glühende Gegnerin der Sklaverei und Verfechterin demokratischer Verfahrensweisen; eine Haushälterin alter Schule, die von früh bis spät alle auf Trab hielt. Sie gab die Grundsätze richtiger Lebensführung vor:

Selbstachtung, Selbständigkeit, Selbstbeherrschung und einen kühl kalkulierenden Kopf für Zahlen.
Aber sie wollte ihren Kindern auch ein Verständnis für musische Dinge vermitteln, also bereiste sie mit ihnen drei Jahre lang den europäischen Kontinent und zeigte ihnen Kathedralen, die große Oper, römische Giebel und die alten Meister unter dem braunen Firnis in den wuchtigen, gedunkelten Goldrahmen.
Später war Fred Taylor ungehalten über diese vergeudeten Jahre und stampfte aus dem Zimmer, wenn das Gespräch auf musische Dinge kam; er war ein leicht reizbarer junger Bursche, liebte handfeste Scherze und war überaus geschickt darin, Vorrichtungen und Apparate zu bauen.
In Exeter war er Klassenbester und Kapitän der Baseballmannschaft, der erste, der den Überkopf-Wurf praktizierte. (Wenn die Schiedsrichter sich beschwerten, dass Überkopf-Würfe im Regelwerk nicht vorgesehen seien, antwortete er, sie brächten Ergebnisse.)
Als Junge hatte er Albträume, das Zubettgehen war schrecklich für ihn; er glaubte, die Albträume kämen vom Auf-dem-Rücken-Schlafen. Er bastelte sich einen Lederharnisch mit Holzpflöcken, die ihn piksten, wenn er sich umdrehte. Als Erwachsener schlief er im Sessel oder, von Kissen gestützt, aufrecht sitzend im Bett. Er litt sein Leben lang unter Schlaflosigkeit.
Er war ein erstklassiger Tennisspieler. 1881 gewann er mit seinem Freund Clark den Landesmeistertitel im Doppel. (Er benutzte einen selbstentworfenen, löffelförmigen Schläger.)

In der Schule brach er vor Überarbeitung zusammen, seine Augen ließen ihn im Stich. Der Arzt schlug körperliche Betätigung vor. Anstatt also nach Harvard zu gehen, erlernte er in der Werkstatt einer kleinen Firma, die Pumpen herstellte und einem Freund der Familie gehörte, das Handwerk des Modellbauers und Mechanikers. Er lernte, mit einer Drehbank umzugehen, sich wie ein Arbeiter zu kleiden und wie ein Arbeiter zu fluchen.

Fred Taylor rauchte weder, noch trank er Alkohol, Tee oder Kaffee; warum seine Kollegen samstagabends auf Zechtour gehen, sich betrinken und Krawall machen wollten, war ihm schleierhaft. Er wohnte zu Hause, und wenn er keine Technikbücher las, wirkte er in Liebhaberaufführungen mit oder trat abends ans Klavier, um mit passabler Tenorstimme *Ein Krieger kühn* oder *Ein spanischer Kavalier* vorzutragen.

Im ersten Jahr seiner Lehre in der Werkstatt arbeitete er unentgeltlich; in den beiden folgenden Jahren verdiente er anderthalb Dollar die Woche, im letzten Jahr zwei Dollar.

Pennsylvania wurde durch Eisen und Kohle reich. Mit zweiundzwanzig wurde Fred Taylor von den Midvale Iron Works eingestellt. Zuerst musste er einen Bürojob annehmen, aber der war ihm zuwider, und er arbeitete mit der Schaufel. Irgendwann erreichte er, dass man ihn an eine Drehbank stellte. Er war ein guter Mechaniker, arbeitete zehn Stunden am Tag und besuchte abends einen Ingenieurkurs. Binnen sechs Jahren stieg er vom Hilfsmechaniker zum Werkzeugausgeber, Vorarbeiter, Werkmeister, Leiter der Reparaturabteilung, Chefzeichner und Forschungsassistenten des Chefingenieurs der Midvale Plant auf.

In den Anfangsjahren war er einer von vielen Mechanikern im Betrieb, fluchte, scherzte und arbeitete mit den anderen, machte blau, wenn sie es auch taten. Nur nicht dem Boss mehr geben, als sein Geld wert ist. Doch als er Vorarbeiter wurde, stellte er sich auf die andere Seite des Zauns, die der Betriebsleitung, und *sammelte unter denen, die auf der Seite der Betriebsleitung stehen, die ungeheure Masse überlieferter Kenntnisse, die bisher nur in den Köpfen der Arbeiter, in ihrer manuellen Geschicklichkeit und Fertigkeit bewahrt werden.* Der Anblick einer unbenutzten Drehbank, eines unbeschäftigten Arbeiters war ihm unerträglich.

Die Produktion stieg ihm zu Kopf und kitzelte seine schlaflosen Nerven wie Alkohol oder Weiber am Samstagabend. Er trödelte nie, und er wollte verdammt sein, wenn irgendwer sonst trödelte. Die Produktion war ein Jucken unter seiner Haut.

Er verlor seine Freunde im Betrieb; sie nannten ihn Sklaventreiber. Er war ein stämmig gebauter Mann, jähzornig und mit scharfer Zunge.

An Jahren war ich ein junger Mann, aber Sie können mir glauben, dass ich damals viel älter war als heute, so beschwerlich, schäbig und verachtungswürdig war die ganze verdammte Geschichte. Es ist fürchterlich, so leben zu müssen, dass man keinem Arbeiter ins Gesicht sehen kann, ohne dort Feindseligkeit zu gewahren, und ständig das Gefühl hat, praktisch nur von Feinden umgeben zu sein.

Das war der Beginn des Taylor'schen Systems wissenschaftlicher Betriebsführung.

Für lange Erklärungen hatte er nichts übrig, und es scherte ihn nicht, wem er an den Karren fuhr, wenn es darum ging, den Gesetzen Geltung zu verschaffen, die seiner Überzeugung nach dem industriellen Prozess zugrunde lagen.

Wenn man auf gleich welchem Gebiet ein Experiment beginnt, muss man alles in Frage stellen, muss die Grundlagen in Frage stellen, auf denen das Ganze beruht, muss die

einfachsten, die selbstverständlichsten, die allgemein anerkannten Fakten in Frage stellen und alles beweisen,
mit Ausnahme der für den Yankee-Quäker geltenden Normen richtiger Lebensführung (die Schiffskapitäne von New Bedford waren die schlimmsten Sklaventreiber auf den Walfangmeeren). Er brüstete sich, niemals etwas von einem Arbeiter zu verlangen, was er nicht auch selbst tun konnte.
Er konstruierte einen verbesserten Dampfhammer, er standardisierte Werkzeuge und Geräte, er holte College-Studenten mit Stoppuhren und Diagrammen in den Betrieb und ließ sie Arbeitsabläufe tabellarisch erfassen und standardisieren. *Es gibt die richtige Methode, etwas zu tun, und gibt die falsche; die richtige bedeutet Produktionssteigerung, Kostensenkung, höhere Löhne, größere Gewinne:* der amerikanische Plan.
Er zerlegte die Tätigkeit des Vorarbeiters in getrennte Funktionen: Überwachung der Geschwindigkeit, Gruppenleitung, Zeitstudien, Arbeitsabläufe.
Die gelernten Mechaniker waren ihm zu stur, was er brauchte, waren schlichte Handlanger, die taten, was man ihnen sagte. War einer erstklassig und lieferte erstklassige Arbeit, war Taylor auch bereit, ihm einen erstklassigen Lohn zu zahlen; das war der Punkt, wo er Schwierigkeiten mit den Unternehmern bekam.

Mit vierunddreißig heiratete er, verließ Midvale und setzte auf das große Geld in Zusammenhang mit einer Zellstofffabrik, die ein paar Admirale und politische Kumpane von Grover Cleveland /402/ in Maine gegründet hatten;
die Panik von 93 machte dem Unternehmen den Garaus, also erfand Taylor für sich selbst den Beruf des beratenden Ingenieurs in der Geschäftsführung und begann durch vorsichtige Investitionen ein Vermögen aufzubauen.
Sein erster Vortrag vor der American Society of Mechani-

cal Engineers war alles andere als ein Erfolg, man erklärte ihn für verrückt. *Ich habe festgestellt,* schrieb er 1909, *dass jede Verbesserung von der Mehrzahl der Menschen nicht nur abgelehnt, sondern erbittert und wütend bekämpft wird.*
Er wurde von Bethlehem Steel gerufen. In Bethlehem stellte er seine berühmten Experimente bei der Verarbeitung von Roheisen an; er brachte einem Pennsylvania-Deutschen namens Schmidt bei, täglich siebenundvierzig anstatt zwölfeinhalb Tonnen Roheisen zu bewältigen, und veranlasste ihn zu dem Eingeständnis, dass er sich am Ende des Tages genauso gut fühlte wie vorher.
Besonders Schaufeln hatten es ihm angetan; für jede Arbeit musste es eine Schaufel geben, die das für diese Arbeit richtige Gewicht und die richtige Größe hatte; für jede Arbeit musste es einen Mann geben, der das für diese Arbeit richtige Gewicht und die richtige Größe hatte; doch als er begann, seine Leute entsprechend ihrer gesteigerten Arbeitsleistung zu bezahlen,
da begannen die Eigentümer, eine Bande gieriger, schmaläugiger Pennsylvania-Deutscher, einen Mordskrach zu schlagen; als Schwab 1909 Bethlehem Steel kaufte,
wurde Fred Taylor,
der Erfinder der Effizienz,
der die Produktion des Stampfwerks verdoppelt hatte, indem er die Geschwindigkeit der Haupttransmissionswellen von neunundsechzig auf zweihundertfünfundzwanzig Umdrehungen pro Minute erhöhte,
kurzerhand gefeuert.

Danach sagte Fred Taylor immer, er könne es sich nicht leisten, für Geld zu arbeiten.
Er fing an, Golf zu spielen (wobei er selbstkonstruierte Schläger benutzte) und Methoden auszutüfteln, wie sich

riesige Buchsbäume in den Garten seines Hauses verpflanzen ließen.
In Boxly in Germantown führte er ein offenes Haus für Ingenieure, Fabrikleiter, Industrielle;
er verfasste Abhandlungen,
lehrte an Colleges,
erschien vor einem Ausschuss des Kongresses
und predigte allerorten die Vorzüge wissenschaftlicher Betriebsführung und des Barth'schen Rechenschiebers/403/, des Kampfes gegen Verschwendung und Stillstand, der Ablösung des gelernten Facharbeiters durch den schlichten Handlanger (wie Schmidt, der Roheisenhandlanger), der exakt das ausführt, was man ihm sagt,
und im Akkord arbeitet:
Produktion;
mehr Stahlschienen, mehr Fahrräder, mehr Drahtspulen, mehr Panzerplatten für Schlachtschiffe, mehr Bettpfannen, mehr Stacheldraht, mehr Nadeln, mehr Blitzableiter, mehr Kugellager, mehr Dollarscheine;
(die alten Quäkerfamilien von Germantown wurden reich, die Millionäre von Pennsylvania zogen dank Eisen und Kohle Milliardäre heran)
die Produktion würde jeden erstklassigen Amerikaner, der bereit war, im Akkord zu arbeiten, nicht zu trinken, zu randalieren, nachzudenken oder müßig an seiner Drehbank zu stehen, reich machen.
Der fleißige Schmidt, der Roheisenmann, kann sein Geld investieren und Fabrikbesitzer werden wie Schwab und die anderen gierigen, schmaläugigen Pennsylvania-Deutschen, eine Vorliebe für Bach kultivieren, in seinem Garten in Bethlehem, Germantown oder Chestnut Hill hundertjährige Buchsbäume stehen haben
und die Grundsätze richtiger Lebensführung vorgeben;
den amerikanischen Plan.

Aber Fred Taylor sollte nicht erleben, wie der amerikanische Plan aufging;
1915 erlitt er einen Zusammenbruch und wurde in Philadelphia ins Krankenhaus gebracht.
Dort bekam er eine Lungenentzündung; die Nachtschwester hörte, wie er seine Uhr aufzog;
als sie am Morgen seines neunundfünfzigsten Geburtstages um halb fünf in sein Zimmer ging, um nach ihm zu sehen, hielt er die Uhr noch in der Hand und war tot.

Wochenschau XLVI

das sind die Leute, für die sich die fanatischen, gesetzlosen, anarchistischen Elemente der Gesellschaft in diesem Lande seit der Urteilsverkündung ins Zeug legen, und in jüngster Zeit haben sich ihnen viele brave, gesetzestreue Bürger angeschlossen, die von den raffinierten Argumenten jener Propagandisten irregeführt wurden

Die Zeiten sind hart, und die Löhne sind schlecht
Verlass sie, Johnny, verlass sie
Das Brot ist hart und statt Fleisch gibt's nur Salz
Wird Zeit, dass wir sie verlassen

BANKIERS BEGRÜSSEN ÄRA DER EXPANSION

WOHLSTAND FÜR ALLE ANGEBLICH GESICHERT

Sieht in der Vorliebe der Deutschen für Kaviar eine Gefahr für die Währungsstabilität

EX-SOLDATEN FORDERN ARBEITSPLÄTZE

Ob ich müde bin,
keiner kann's ermessen
Château-Thierry
war ganz schnell vergessen

WIR HEGEN DIE FREUNDSCHAFTLICHSTEN GEFÜHLE FÜR DIE SCHREIBMASCHINENBENUTZER VON NEW YORK CITY

KRAWALLE VOR DER ARBEITSVERMITTLUNG

Schiffe im Ozean,
Felsen im Meer,
Die schöne Blonde,
Will mich nicht mehr.

Das Auge der Kamera 43

Kehle schnürt sich zu wenn der Dampfer mit dem roten Schornstein die leise wogende schiefergraue Dünung zerwühlt und in weitem grün marmoriertem Bogen zitternd an dem roten Feuerschiff vorbeischwenkt

Rücken versteift sich bei der Erinnerung an die Kälte der Atlantikküste

und im Westen das Gezack der Holzhäuser überm unsichtbaren Land und Spinnengewebe der Achterbahnen und die Kaugummitürme von Coney und die Frachter mit den weit hinten liegenden Schornsteinen und die Trübnis jenseits von Sandy Hook

und warmklebrigsüß der Geruch der Salzmarschen

erinnerte Buchten silberne Einfahrten mit Gerüsten verbaut

schiefe Masten von Austernschonern vor geraden hohen Kiefern auf dem muschelweißen Strand

der klammkalte Mief eines Austernbootes im Winter

und Schaukelstuhlknarzen auf der Veranda des Laubsäge-Cottage und Onkelstimmen Pokerface-Geschichten seitlich aus dem großen Mund erzählt (von Missouri der sich nicht übers Ohr hauen ließ) die Rothaut im Büffelfellmantel verkauft Schlangenwurz mit rot gleißendem Redefeuer erstickender Schwefelgestank und das Hakenleiterscheppern durch die Backsteinstraße während die sich festklammernden Feuerwehrleute mit Onkelgesichtern ihre Gummimäntel anziehen

und das Knuspern von Weißmehlmuffins und Kaffee mit Sahne hastig hinuntergestürzt bevor der Zug geht und an Zeitungen erstickende Mietshausvormittage und die puderige Glätte neuer Dollarscheine und der Schlag eines Polizeiknüppels auf den Schädel eines Bürgers und die im Zeitungsdruck verschwommenen Gesichter von Menschen im Gefängnis

das Winseln und Kreischen der Kreissäge und der berauschende Duft rohen Holzes und durch Schlackenhaufen durch Feuerkraut durch verwüstetes Waldgelände wuchernd die Barackensiedlungen die Barackensiedlungen

was half's jene Jahre auf dem alten Friedhof neben der verfallenen Backsteinkirche zu begraben an jenem Morgen im Frühling als blaue Pfützen die sandigen Wege bedeckten und die Luft aus Veilchen und Fichtennadeln bestand

was half's jene verhassten Jahre im Latrinengestank bei Brocourt unter den Leuchtgranaten zu begraben

wenn heute der Zollinspektor mit dem schiefen Gesicht mit den sanften fiesen Sprüchen der schnurrenden Stimme dem Witzblatt-Gehampel dicker Hände ruckenden Daumens

(Sie haben also französische Bücher mitgebracht, soso?)

mein Onkel ist

Wochenschau XLVII

Berufsmöglichkeit für jungen Mann mit Zukunftserwartungen ... gute Position für aufgeweckten ... AUFSTIEGSCHANCE ... Lehrjunge ... Laufbursche ... Bürobote

JUNGER MANN GESUCHT

O sag mir, wie lang
Ich noch warten muss

GELEGENHEIT

für einen hellwachen, ambitionierten Buchhalter bei einer Bank, die ihre leitenden Angestellten aus den eigenen Reihen auswählt ... für einen Bauzeichner mit Erfahrung beim Bau von Fabrik- und Industriegebäuden aus Backstein, Holz und Stahlbeton ... für einen Bronzegießer ... Beschrifter ... Modellschreiner ... Autolackierer ... erstklassigen Schleifer und Polierer ... jungen Mann für eine Strumpf-, Unterwäsche- und Galanteriewarenfirma ... Hilfskraft in der Versandabteilung ... erstklassigen Kalligraphen mit Genauigkeit bei Zahlen ... energischen, arbeitsamen Mann zum Einsetzen der Pressformen in mechanische Pressen für Metallteile ...

Kundenwerber ... Geschmacksstoffchemiker ... Lastenfahrstuhlführer ... Immobilienverkäufer ... Versicherungsvertreter ... Versicherungsvertreter ... Fakturist ... Juwelier ... Schwerarbeiter ... Mechaniker ... Fräser ... Expedient ... Expedient ... Expedient ... Schuhverkäufer ... Schildermaler ... Werber für einen Fisch-Einzelhandel ... Lehrer ... Zeitnehmer ... Werkzeugmacher, technischer Zeichner, Vorarbeiter in der Werkzeugausgabe, Übersetzer, Maschinenschreiber ... Schaufensterdekorateur ... Packer

GELEGENHEIT FÜR

Dauert's noch lang
Oder ist jetzt Schluss

junger Mann, der keine Arbeit scheut
junger Mann fürs Büro
junger Mann fürs Lager
junger Mann als Stenograph
junger Mann als Reisender
junger Mann als Lehrling

GELEGENHEIT

O sag mir, wie lang

die Leitung eines kommunalen Strom-, Wasser- und Eiswerks in einer schönen, wachsenden, gesunden Stadt im Hochland von Florida ... eigenverantwortliche Leitung der Unterwäscheabteilung eines großen Versandhauses ... Mitarbeiter für Eisenbahn-Enquete ... Aufsicht über circa zwanzig Leute bei der Herstellung von Werkzeugen, Gussformen, Messlehren und Schablonen ... als Buchhalter in der Lagerabteilung ... für leichte Arbeit als Portier ... Bauingenieur ... Maschinen- und Stanzenprüfer ... Gebäudeschätzer ... Elektro- und Kraftwerksingenieur

Das Auge der Kamera 44

der namenlose Ankömmling

(der am Sattelknauf des unbeschlagenen weißen Hengstes

einen vollen Tornister hängen hatte

und in der Mulde der kahlen syrischen Berge wo die Agail kampiert hatten die Asche hatte ausglühen lassen als Morgendämmerung scharfschimmernd die Nacht wegriss von der zerfurchten Wüste und der weggeritten war zu den miststarrenden Dörfern und Sesamfeldern und Aprikosengärten)

rasierte sich in Damaskus den Bart ab

und trank vor dem Hotel in Beirut sitzend heißen Milchkaffee starrte die weiß aufragenden Berge des Libanon an und fummelte mit den auf dem Tisch gestapelten Briefen den Zeitungsausschnitten

die nicht an den Arabisch-Unkundigen gerichtet waren der sich so unbeholfen auf Kamelrücken gehievt und den Steiß wund geritten hatte

sondern an jemanden

der

(doch an diesem Abend im milden Nachtklima der levantinischen Küste machen sich die freundlichen Offiziellen Gedanken über weitere Verbesserungen

kaum gebadet sieht er sich für eine Rolle vorgesehen mit einem weißen Schlips ausgestattet den der Vizekonsul ihm sorgfältig bindet in ein gestärktes Hemd gezwängt in einen viel zu engen Frack eine viel zu weite Frackhose welche die freundliche Frau des Offiziellen ihm hinten kichernd mit Sicherheitsnadeln feststeckt die in dem Augenblick aufspringen in dem er sich vor der Gemahlin des Hochkommissars verbeugt · mangelhafte Kostümierung macht es unmöglich die Rolle des hervorragenden Forschungsreisenden zu spielen · und die an den Zehen schmerzhaft kneifenden Lackschuhe gingen beim Champagner und den Reden unterm Tisch verloren) der bei seiner Ankunft in Manhattan abermals den für jemand anders geschneiderten Abendanzug vorfindet

die angebotene Position die sich bietende Gelegenheit den gegen den Adamsapfel drückenden Kragenknopf während ein hölzernes Standbild auf zwei Reihen an einem Tisch sitzender frisch gebügelter Herren einkrächzt die ihre maßgeschneiderten Namen sehr elegant tragen

in Hemden gezwängt um Schlagzeilen für kilometerlange lichtjahrelange Zeitungsausschnitte zu liefern

Meine Herren ich bitte um Entschuldigung es war das falsche Klingelzeichen es beruhte auf einem Missverständnis dass ich auf der Bühne stand als der Vorhang sich hob das Gedicht in fremder Sprache das ich vortrug stammt nicht von mir eigentlich war es jemand anders der da sprach das bin nicht ich in der Uniform auf dem Schnappschuss ein bedauerlicher Irrtum eine Verwechslung der Wehrpass ist verlorengegangen der Gentleman auf dem Drehstuhl mit der roten Nelke im Knopfloch ist jemand anders als

derjenige der mit dem falschen Bart draußen auf der verregneten Straße stand und es geschafft hat sich ungesehen durch ein Gullyloch davonzumachen

der bleichgesichtige junge Mann der die konfektionierte Berufsmöglichkeit eines anderen trug

ist ganz sicher nicht

der Inhaber auch nur einer einzigen der Stellen auf die er sich bei der Arbeitsvermittlung beworben hat

Charley Anderson

Mit dreistündiger Verspätung kam der Zug in St. Paul an. Charley hatte schon eine Stunde vorher seinen Mantel an und seinen Koffer zugeklappt. Unruhig saß er auf seinem Platz und zog immer wieder seine neuen Wildlederhandschuhe an und aus. Wenn sie ihn bloß nicht alle am Bahnhof abholten. Vielleicht war ja nur Jim da. Vielleicht hatten sie sein Telegramm nicht bekommen.

Der Gepäckträger kam, bürstete ihm den Mantel ab und nahm seine Taschen. Durch die Dampfschwaden und das Schneetreiben vor dem Fenster konnte Charley nicht viel sehen. Der Zug verlangsamte seine Fahrt, hielt auf einem breiten, verschneiten Güterbahnhof, fuhr mit einem Ruck und einem mehrmaligen gequälten Schnaufen der Lokomotive wieder an. Den ganzen Zug entlang knallten die Puffer. Charleys Hände in den Handschuhen waren eiskalt. Der Schaffner steckte den Kopf ins Abteil und rief: «St. Paul.» Jetzt blieb ihm nichts übrig, als auszusteigen.

Sie waren alle da. Der alte Vogel und Aunt Hartmann mit ihren roten Gesichtern und langen Nasen sahen genau wie früher aus, aber Jim und Hedwig hatten beide etwas zugelegt. Hedwig trug einen Nerzmantel, und Jims Mantel sah verdammt teuer aus. Jim entriss Charley das Gepäck, Hedwig und Aunt Hartmann gaben ihm einen Kuss, und der alte Vogel klopfte ihm auf den Rücken. Sie redeten alle gleichzeitig auf ihn ein und stellten ihm alle möglichen Fragen. Als er sich nach Ma erkundigte, runzelte Jim die Stirn und sagte, sie liege im Krankenhaus, sie würden sie am Nachmittag besuchen. Sie verstauten das Gepäck in einem neuen Ford Sedan und quetschten sich dann unter großem Gekicher und Gekreische von Aunt Hartmann selbst hinein.

«Ich habe jetzt die Ford-Vertretung, weißt du», sagte Jim. «Ehrlich gesagt ist es uns hier draußen ziemlich gutgegangen.»

«Warte, bis du das Haus siehst, es ist komplett renoviert»,

sagte Hedwig. «Na ja, der Junge hat den Kaiser davongejagt. Ich kann dir sagen, dass wir in der deutsch-amerikanischen Gemeinde von Minneapolis stolz auf dich sind.»

Sie hatten ein üppiges Essen vorbereitet, Jim reichte ihm einen Whiskey, und der alte Vogel schenkte ihm unentwegt Bier ein und sagte: «Jetzt musst du uns alles erzählen.» Mit rotem Gesicht saß Charley da, aß Schmorhuhn und Klöße und trank Bier, bis er kurz vor dem Platzen war. Er wusste nicht, was er ihnen erzählen sollte, also riss er Witze, wenn sie ihn etwas fragten. Nach dem Essen gab ihm der alte Vogel eine seiner besten Havanna-Zigarren.

Am Nachmittag fuhren er und Jim ins Krankenhaus, um Ma zu besuchen. Unterwegs hatte Jim gesagt, sie sei wegen eines Tumors operiert worden und er befürchte, es sei Krebs, aber nicht einmal das hatte Charley eine Ahnung davon vermittelt, in welchem Zustand sie war. Ihr Gesicht auf dem weißen Kissen war eingefallen und gelb. Als er sich über sie beugte, um sie zu küssen, fühlten sich ihre Lippen dünn und heiß an. Ihr Atem ging mühsam. «Charley, ich bin froh, dass du da bist», sagte sie mit zitternder Stimme. «Schade, dass du nicht schon eher gekommen bist ... Nicht, dass ich es hier nicht bequem habe ... jedenfalls bin ich froh, meine Jungs bei mir zu haben, wenn ich gesund werde. Gott hat über uns alle gewacht, Charley, wir dürfen Ihn nicht vergessen.»

«Ma, wir dürfen uns nicht überanstrengen und aufregen», sagte Jim. «Wir müssen bei Kräften bleiben, um wieder gesund zu werden.»

«Aber Er ist doch so barmherzig gewesen.» Sie zog ihre kleine, vor Magerkeit blaue Hand unter der Decke hervor und betupfte sich mit einem Taschentuch die Augen. «Jim, sei so lieb und gib mir meine Brille», sagte sie mit kräftigerer Stimme. «Ich will mir den verlorenen Sohn mal genauer ansehen.»

Charley trat unbehaglich von einem Bein auf das andere, während sie ihn betrachtete.

«Du bist jetzt ein richtiger Mann und hast dir da drüben einen Namen gemacht. Ihr Jungs seid besser geraten, als ich zu hoffen wagte … Charley, ich hatte Angst, aus dir würde genauso ein Nichtsnutz werden wie dein Vater.» Sie lachten alle. Sie wussten nicht, was sie sagen sollten.

Sie nahm ihre Brille wieder ab und versuchte, sie auf den Nachttisch zu legen. Die Brille fiel ihr aus der Hand und zerbrach auf dem Betonboden. «Ach … meine Güte … na egal, hier brauche ich sie nicht oft.»

Charley hob die Scherben auf und verstaute sie sorgfältig in seiner Westentasche. «Ich lasse sie reparieren, Ma.»

Die Schwester stand in der Tür und gab ihnen mit dem Kopf ein Zeichen. «Also, auf Wiedersehen, bis morgen dann», sagten sie.

Kaum waren sie draußen auf dem Flur, spürte Charley, dass ihm Tränen übers Gesicht liefen.

«Na ja, so sieht's aus», sagte Jim stirnrunzelnd. «Die meiste Zeit steht sie unter Schmerzmitteln. Ich habe gedacht, in einem Einbettzimmer fühlt sie sich wohler, aber die verdammten Krankenhäuser nehmen es wirklich von den Lebenden.»

«Ich gebe was dazu», sagte Charley. «Ich habe ein bisschen Geld gespart.»

«Das ist wohl nicht mehr als recht und billig», sagte Jim.

Sie blieben kurz auf der Eingangstreppe stehen, und Charley atmete tief die kalte Nachmittagsluft ein, aber er bekam den Geruch von Äther, Arznei und Krankheit nicht aus der Nase. Das Wetter war schön geworden, es wehte ein eisiger Wind. Im Schein der untergehenden Sonne schimmerte der Schnee auf Straßen und Dächern hellrosa.

«Jetzt fahren wir ins Geschäft, mal sehen, was dort los ist», sagte Jim. «Ich habe dem Typen, der für mich arbeitet, gesagt, er soll ein paar Zeitungsleute anrufen. Ich habe mir gedacht, es wäre eine schöne kleine Gratisreklame, wenn sie in den Verkaufsraum kommen und dich interviewen.» Er klopfte Charley auf den Rücken. «Dieses Zeug von wegen Heimkehr des Helden ist für die ein gefundenes Fressen. Wickle sie ein bisschen ein, ja?»

Charley gab keine Antwort.

Als sie wieder im Wagen saßen, sagte er leise: «Mein Gott, Jim, ich weiß doch gar nicht, was ich sagen soll.»

Jim drückte mit dem Fuß den Anlasser. «Was hältst du davon, ins Geschäft einzusteigen, Charley? Es wird richtig gut laufen, das kann ich dir sagen.»

«Das ist nett von dir, Jim. Ich werd's mir überlegen.»

Zum Haus zurückgekehrt, gingen sie nach hinten in den neuen Verkaufsraum, zu dem Jim die Garage umgebaut hatte, einen ehemaligen Mietstall hinter dem Haus des alten Vogel. Der Verkaufsraum hatte eine große Schaufensterscheibe, auf der in schrägen blauen Lettern das Wort *Ford* prangte. Drinnen stand ein auf Hochglanz polierter Kleinlaster. Außerdem gab es einen grünen Teppich, einen mahagonifurnierten Schreibtisch, ein Telefon auf einem vernickelten Scherenarm und in der Ecke eine künstliche Palme in einer schicken Jardiniere. «Mach's dir bequem, Charley», sagte Jim, deutete auf den Drehstuhl und holte eine Zigarrenkiste hervor.

Charley setzte sich und suchte sich eine Zigarre aus. Jim lehnte sich gegen den Heizkörper, die Daumen in die Armlöcher seiner Weste gehakt. «Na, was hältst du davon, Kleiner, ziemlich toll, was?»

«Ziemlich toll, Jim.» Sie zündeten ihre Zigarren an und scharrten ein bisschen mit den Füßen.

Jim fing wieder an: «Aber auf die Dauer genügt das nicht. Ich muss mir was Großes in der Innenstadt besorgen. Das hier war mal eine zentrale Lage. Aber jetzt liegt es am Arsch der Welt.»

Charley brummte irgendetwas und paffte an seiner Zigarre. Jim ging ein paar Schritte auf und ab und sah Charley dabei unverwandt an. «Mit deinen Beziehungen zur Legion und zur Luftfahrt und all so was machen wir richtig was her. Alle anderen Ford-Händler im Bezirk haben einen deutschen Namen.»

«Lass es sein, Jim. Ich kann nicht mit Zeitungsleuten reden.»

Jim lief rot an, runzelte die Stirn und setzte sich auf die Schreibtischkante. «Aber du musst deinen Teil beitragen ... Was glaubst du denn, warum ich dich in die Firma reinnehme? Doch nicht, weil mein kleiner Bruder so schöne blaue Augen hat.»

Charley stand auf. «Jim, ich mache da nicht mit. Ich habe mich schon für ein Luftfahrtunternehmen bei meinem früheren Vorgesetzten verpflichtet.»

«Von Luftfahrt kannst du mir in fünfundzwanzig Jahren wieder was erzählen. Noch funktioniert das alles nicht.»

«Also, ein bisschen was haben wir schon in petto ... Wir greifen nach den Sternen.»

«Ja, darauf läuft es hinaus.» Jim stand auf. Seine Lippen wurden schmal. «Jedenfalls brauchst du nicht zu glauben, dass du den ganzen Winter in meinem Haus rumlungern kannst, bloß weil du ein Kriegsheld bist. Falls du dir das so gedacht hast, bist du auf dem Holzweg.» Charley brach in Gelächter aus. Jim trat auf ihn zu und legte ihm bittend die Hand auf die Schulter. «Hör mal, in ein paar Minuten sind diese Typen hier. Sei so nett, schmeiß dich in deine Uniform und steck dir sämtliche Orden an ... hab dich nicht so.»

Eine Zeitlang betrachtete Charley die Asche seiner Zigarre. «Was heißt hier, hab dich nicht so? Ich bin noch keine fünf Stunden im Haus, und schon hackst du wieder auf mir rum wie damals, als ich hier gearbeitet habe ...»

Jim verlor die Selbstbeherrschung, er begann zu zittern. «Also, das kannst du ganz leicht ändern», sagte er mit scharfer, abgehackter Stimme. Charley hatte große Lust, ihm eine auf sein mickriges Kinn zu geben. «Wenn Ma nicht wäre, bräuchtest du dir deswegen keine Gedanken zu machen», sagte er ruhig.

Jim blieb eine ganze Weile stumm. Die Runzeln in seiner Stirn glätteten sich. Er schüttelte den Kopf und machte ein ernstes Gesicht. «Du hast recht, Charley, bleib mal lieber hier. Wenn es ihr Freude macht ...»

Charley warf die nur halb gerauchte Zigarre in den Messingspucknapf und marschierte zur Tür hinaus, ehe Jim ihn aufhalten konnte. Er ging ins Haus hinüber, holte Hut und Mantel und machte einen langen Spaziergang durch den matschigen Schnee des grauen Nachmittags.

Die anderen waren gerade mit dem Abendessen fertig, als Charley zurückkam. Man hatte ihm sein Essen auf den Tisch gestellt. Niemand sagte etwas, bis auf den alten Vogel. «Wir dachten schon, ihr Luftfahrer lebt vielleicht auch von Luft», sagte er und lachte pfeifend. Niemand sonst lachte. Jim stand auf und verließ das Zimmer. Sowie Charley sein Essen hinuntergeschlungen hatte, sagte er, er sei müde, und ging zu Bett.

Charley blieb, während der November sich auf Weihnachten und Thanksgiving zuschleppte. Der Zustand seiner Mutter schien sich nicht zu bessern. Jeden Nachmittag ging er sie fünf bis zehn Minuten besuchen. Sie war stets heiter. Wenn sie von der Güte Gottes sprach und dass es ihr bald bessergehen werde, wurde ihm jedes Mal ganz schrecklich zumute. Dann versuchte er, das Gespräch auf Fargo, auf die alte Lizzie und die alten Zeiten in der Pension zu bringen, aber bis auf die Predigten, die sie in der Kirche gehört hatte, konnte sie sich offenbar nicht mehr so gut daran erinnern. Wenn er das Krankenhaus verließ, fühlte er sich erschöpft, und ihm war schwindelig. Den Rest seiner Zeit verbrachte er damit, in der Leihbücherei nach Büchern über Verbrennungsmotoren zu suchen, oder er verrichtete wie damals als kleiner Junge Gelegenheitsarbeiten für Jim in der Werkstatt.

Eines Abends nach Neujahr ging Charley mit ein paar Bekannten zum Elks Ball in Minneapolis. Der große Saal war voller Lärm und Papierlaternen. Er wanderte umher und schlängelte sich zwischen Gruppen von Menschen hindurch, die auf den nächsten Tanz warteten, als er plötzlich in ein schmales Gesicht und zwei blaue Augen schaute, die er kannte. Es war zu spät, um so zu tun, als hätte er sie nicht bemerkt. «Hallo, Emiscah», sagte er, um einen möglichst beiläufigen Ton bemüht.

«Charley ... mein Gott.» Einen Moment lang befürchtete er, sie würde in Ohnmacht fallen. «Lass uns tanzen», sagte er.

Sie hing schlaff in seinen Armen. Sie tanzten eine ganze Weile, ohne etwas zu sagen. Sie hatte zu viel Rouge aufgelegt, und er mochte ihr Parfüm nicht. Nach dem Tanz setzten sie sich in eine Ecke und unterhielten sich. Sie war noch nicht verheiratet. Sie arbeitete in einem Kaufhaus. Nein, sie wohne nicht mehr zu Hause, sie teile sich eine Wohnung mit einer Freundin. Er müsse sie mal besuchen. Es wäre wie in alten Zeiten. Er müsse ihr seine Telefonnummer geben. Nach all den Französinnen komme ihm hier wohl alles ziemlich zahm vor. Und wenn man bedenke, dass er Offizier geworden sei, ja, die Andersons brächten es zu etwas und dabei vergäßen sie wohl ihre früheren Freunde. Emiscahs Stimme war schrill geworden, und ihm gefiel nicht, dass sie ihm ständig die Hand aufs Knie legte.

Sobald er konnte, schützte er Kopfschmerzen vor und sagte, er müsse nach Hause. Er wartete nicht einmal mehr auf die Jungs, mit denen er hergekommen war. Der Abend war ihm ohnehin verdorben, wie er fand. Er fuhr ganz allein mit der Regionalbahn zurück. Es war mordsmäßig kalt. Höchste Zeit, sich aus diesem Kaff zu verabschieden. Er hatte jetzt wirklich rasende Kopfschmerzen und Schüttelfrost.

Am nächsten Morgen lag er mit Grippe flach und musste das Bett hüten. Hedwig brachte ihm stapelweise Kriminalromane, und Aunt Hartmann machte ein großes Getue um ihn, brachte ihm Toddys und Egg Flips, und er brauchte nur dazuliegen und zu lesen.

Als er wieder auf die Beine kam, ging er als Erstes ins Krankenhaus. Ma war noch einmal operiert worden und hatte es nicht sehr gut überstanden. Das Zimmer war abgedunkelt, und sie konnte sich nicht erinnern, wann sie ihn zuletzt gesehen hatte. Sie glaubte offenbar, sie wäre zu Hause in Fargo und er wäre gerade von seiner Reise in den Süden zurückgekommen. Sie hielt seine Hand ganz fest und sagte immer wieder: «Mein Sohn war verloren und ist mir wiedergegeben worden … Dem Herrn sei Dank für meinen Jungen.» Es kostete ihn so viel Kraft, dass er sich im Flur eine Zeitlang in einen Korbsessel setzen musste, als er das Zimmer verlassen hatte.

Eine Schwester trat zu ihm, blieb neben ihm stehen und fummelte mit einem Blatt Papier und einem Stift herum. Er blickte zu ihr auf, sie hatte rosige Wangen und hübsche dunkle Wimpern. «Sie dürfen sich davon nicht unterkriegen lassen», sagte sie.

Er grinste. «Ach, es geht schon … Ich habe nur bis vor kurzem noch mit Grippe flachgelegen, und das schlaucht einen ziemlich.»

«Wie ich höre, waren Sie Flieger», sagte sie. «Ich hatte einen Bruder beim Royal Flying Corps. Wir sind Kanadier.»

«Das waren prima Jungs», sagte Charley. Er überlegte, ob er sich mit ihr verabreden konnte, aber dann dachte er an Ma. «Bitte, sagen Sie mir ehrlich Ihre Meinung.»

«Eigentlich ist es gegen die Vorschriften, aber nach anderen Fällen zu urteilen, die ich erlebt habe, stehen ihre Chancen nicht allzu gut.»

«Das habe ich mir schon gedacht.» Er stand auf. «Sie sind eine Hübsche, wissen Sie das?»

Ihr Gesicht errötete von der gestärkten Haube bis zum weißen Kragen ihrer Schwesternkluft. Sie runzelte die Stirn, und ihre Stimme wurde eisig. «In einem solchen Fall ist es besser, wenn es schnell geht.»

Charley spürte einen Kloß in der Kehle. «Ja, ich weiß.»

«Na ja, auf Wiedersehen, Lieutenant, ich muss wieder an die Arbeit.»

«Vielen Dank», sagte Charley. Als er an die frische Luft kam, musste er unentwegt an ihr hübsches Gesicht und ihre schönen Lippen denken.

An einem matschigen Taumorgen Anfang März, als Charley gerade eine angeschmorte Dichtung aus einem Buick ausbaute, kam der Werkstattgehilfe und sagte, er werde vom Krankenhaus am Telefon verlangt. Eine kalte Stimme sagte, mit Mrs. Anderson gehe es zu Ende und man verständige besser die Angehörigen. Charley zog den Overall aus und ging Hedwig holen. Jim war nicht da, also nahmen sie einen der Wagen aus der Werkstatt. Charley hatte vergessen, sich die Hände zu waschen, sie waren schwarz von Schmierfett und Kohle. Hedwig gab ihm einen Lappen zum Abwischen. «Eines Tages, Hedwig», sagte er, «besorge ich mir eine saubere Arbeit in einem Zeichenbüro.»

«Jim wollte, dass du sein Verkäufer wirst», gab Hedwig schroff zurück. «Ich sehe nicht, wie du es zu irgendwas bringen willst, wenn du jedes Angebot ablehnst.»

«Na ja, vielleicht ergeben sich Angebote, die ich nicht ablehnen werde.»

«Ich wüsste gern, woher die kommen sollen, wenn nicht von uns», sagte sie. Charley gab keine Antwort. Danach sagten sie beide kein Wort mehr auf der langen Fahrt durch die Stadt. Als sie im Krankenhaus ankamen, stellten sie fest, dass Ma bereits ins Koma gefallen war. Zwei Tage später starb sie.

Bei der Beerdigung, der Gottesdienst war etwa zur Hälfte vorüber, spürte Charley, wie ihm die Tränen kamen. Er ging hinaus, schloss sich in der Werkstatt in der Toilette ein, setzte sich auf die Brille und weinte wie ein kleines Kind. Als die anderen vom Friedhof kamen, war er finsterer Stimmung, und niemand durfte ihn ansprechen. Nach dem Abendessen, als er Jim und Hedwig am Esstisch sitzen und mit Bleistift und Papier ausrechnen sah, wie viel das Ganze sie gekostet hatte, ging er an die Decke und sagte, er werde alles bis auf den letzten verdammten Cent bezahlen und sie bräuchten auch nicht zu befürchten, dass er weiter in dem gottverdammten Haus bleiben würde. Er ging hinaus, knallte die Tür hinter sich zu, rannte nach oben und warf sich auf sein Bett. Lange Zeit lag er in seiner Uniform da, ohne sich auszuziehen, starrte an die Decke und hörte salbungsvolle Stimmen «verstorben, schmerzlicher Verlust, Jenseits» sagen.

Am Tag nach der Beerdigung rief Emiscah an. Der Tod seiner

Mutter tue ihr furchtbar leid und ob er sie nicht abends mal besuchen wolle. Ehe er wusste, was er tat, sagte er zu. Er war trübsinnig, fühlte sich einsam und hatte das Bedürfnis, mit jemand anderem als Jim und Hedwig zu reden. Noch am selben Abend fuhr er zu ihr. Sie war allein. Die billige, kitschige Anmutung ihrer Wohnung gefiel ihm nicht. Er ging mit ihr ins Kino, und sie fragte ihn, ob er sich noch erinnere, wie sie zusammen *The Birth of a Nation* /404/ gesehen hätten. Er verneinte, obwohl er sich durchaus erinnerte. Er merkte, dass sie wieder mit ihm anbändeln wollte.

Auf der Rückfahrt lehnte sie den Kopf an seine Schulter. Als er vor ihrer Wohnung anhielt und zu ihr hinüberblickte, sah er, dass sie weinte. «Charley, willst du mir zur Erinnerung an alte Zeiten nicht einen kleinen Kuss geben?», flüsterte sie. Er küsste sie. Sie fragte ihn, ob er nicht mit heraufkommen wolle, und er stammelte, er müsse früh zu Hause sein. Sie sagte immerzu: «Nun mach schon. Ich fresse dich schon nicht, Charley», und schließlich ging er mit ihr nach oben, obwohl es das Letzte war, was er vorgehabt hatte.

Sie machte ihnen auf ihrem Gaskocher Kakao und erzählte ihm, wie unglücklich sie sei, es sei so anstrengend, den ganzen Tag hinterm Ladentisch zu stehen, die Kundinnen seien so gemein zu einem, die Abteilungsleiter kniffen einen ständig in den Hintern und erwarteten, dass man in den Umkleidekabinen mit ihnen herummachte. Eines Tages werde sie den Gashahn aufdrehen. Es tat ihm leid, sie so reden zu hören, und er musste sie ein bisschen streicheln, damit sie zu weinen aufhörte. Dann wurde er heiß und musste mit ihr schlafen. Als er ging, versprach er, sie nächste Woche anzurufen.

Am nächsten Vormittag bekam er einen Brief, den sie gleich nach seinem Weggang geschrieben haben musste und in dem es hieß, sie habe nie einen anderen geliebt als ihn. Noch am selben Abend versuchte er ihr nach dem Essen zu schreiben, er habe nicht die Absicht zu heiraten, schon gar nicht sie; er fand nicht die richtigen Worte und ließ es bleiben. Als sie am nächsten Tag anrief, sagte er, er sei sehr beschäftigt und müsse nach North Dakota fahren, um sich um ein Grundstück zu kümmern, das seine Mutter hinterlassen habe. Ihm gefiel der Ton nicht, in dem sie sagte: «Das verstehe ich natürlich. Ich rufe dich an, wenn du zurück bist, mein Lieber.»

Hedwig begann zu fragen, wer die Frau sei, die ihn ständig anrufe, und Jim sagte: «Nimm dich vor den Weibern in Acht, Charley. Wenn sie glauben, bei dir ist was zu holen, hängen sie sich an dich wie ein Blutegel.»

«Genau», sagte der alte Vogel, «das ist nicht mehr so wie bei der Army, wo du sagen kannst, auf Wiedersehen, mein Schatz, ich muss in den Krieg, heutzutage kriegen sie nämlich raus, wo du wohnst.»

«Keine Sorge», knurrte Charley, «ich bleibe in Bewegung.»

An dem Tag, an dem sie zur Eröffnung von Mas Testament in die Anwaltskanzlei gingen, machten sich Jim und Hedwig todschick zurecht. Charley wurde wütend, wenn er sie bloß ansah, Hedwig in einem neuen, schwarzen, maßgeschneiderten Kleid mit Spitzenbesatz am Halsausschnitt, Jim wie ein Leichenbestatter in dem Anzug, den er für die Beerdigung gekauft hatte. Der Anwalt war ein kleiner, älterer deutscher Jude mit weißem, sorgfältig über die kahle Schädelkrone gekämmtem Haar und einem Kneifer mit Goldrand auf der schmalen Nase. Er erwartete sie schon, als sie in die Kanzlei kamen. Feierlich lächelnd erhob er sich hinter seinem Schreibtisch, der mit Dokumenten in blauen Heftern übersät war, und verbeugte sich leicht. Dann setzte er sich, strahlte sie an, stützte die Ellbogen in den Wust von Papieren und rieb sanft die Fingerspitzen aneinander. Eine Zeitlang sagte niemand etwas. Jim hüstelte hinter vorgehaltener Hand, wie in der Kirche.

«Dann wollen wir mal sehen», sagte Mr. Goldberg mit sanftsüßer Stimme und einem leichten Bühnenakzent. «Müssten Sie nicht mehr Personen sein?»

Jim gab Antwort. «Esther und Ruth konnten nicht kommen.

Sie wohnen beide an der Küste ... Ich habe Vollmacht von ihnen. Ruth hat ihre Vollmacht auch von ihrem Mann unterschreiben lassen, für den Fall, dass Grundbesitz vorhanden ist.»

Mr. Goldberg gab ein missbilligendes Zungenschnalzen von sich. «Zu schade. Ich habe immer gern alle Beteiligten da ... Aber ich hoffe doch, in diesem Fall wird es keine Schwierigkeiten geben. Mr. James A. Anderson ist zum alleinigen Testamentsvollstrecker bestimmt worden. Sie verstehen natürlich, dass es in einem solchen Fall im Interesse aller Beteiligten liegt, das Testament nicht gerichtlich bestätigen lassen zu müssen. Das spart Ärger und Kosten. Und wenn einer der Vermächtnisnehmer Testamentsvollstrecker ist, erübrigt sich das ... Ich werde nun das Testament verlesen.»

Mr. Goldberg musste es selbst aufgesetzt haben, da es ihm erkennbar Vergnügen machte, es vorzulesen. Abgesehen von einem Vermächtnis von eintausend Dollar an Lizzie Green, die Mas Pension in Fargo geführt hatte, fiel der gesamte Nachlass, unbewegliches und bewegliches Vermögen, die Grundstücke in Fargo, die Kriegsanleihen und das Sparguthaben in Höhe von fünfzehnhundert Dollar, gemeinsam den Kindern zu, wobei Mr. James A. Anderson, der alleinige Testamentsvollstrecker, es zu verwalten und zu gegebener Zeit im Einvernehmen mit den anderen zu teilen habe.

«Gibt es dazu irgendwelche Fragen und Vorschläge?», fragte Mr. Goldberg liebenswürdig.

Charley entging nicht, dass Jim mit allem offenbar recht zufrieden war. «Es wurde angedeutet», fuhr Mr. Goldbergs gleichmäßige Stimme fort, die so sanft zwischen den Papieren zerschmolz wie Butter auf einem heißen Brötchen, «dass Mr. Charles Anderson, der, wie ich gehört habe, in Kürze an die Ostküste zu gehen gedenkt, bereit wäre, eine ebensolche Vollmacht wie seine Schwestern zu unterschreiben ... Das Geld soll zur Tilgung eines Hypothekendarlehens in die Anderson Motor Sales Co. investiert werden.»

Charley überlief es am ganzen Körper kalt. Jim und Hedwig sahen ihn mit gespannter Erwartung an. «Das juristische Kauderwelsch verstehe ich nicht», sagte er, «aber ich will so bald wie möglich meinen Anteil haben ... Es gibt da ein Unternehmen im Osten, in das ich Geld stecken will.»

Jims dünne Unterlippe begann zu zittern. «Mach keinen Blödsinn, Charley. Von Geschäften verstehe ich mehr als du.»

«Von deinen vielleicht, aber nicht von meinen.»

Nun mischte sich Hedwig ein, die Charley ansah, als könnte sie ihn umbringen. «Charley, lass Jim doch tun, was er für das Beste hält. Er will doch nur tun, was für uns alle das Beste ist.»

«Ach, halt die Klappe», sagte Charley.

Jim sprang auf. «Hör zu, Kleiner, in dem Ton redest du nicht mit meiner Frau.»

«Meine Freunde, meine lieben Freunde», säuselte der Anwalt und rieb die Finger aneinander, bis es so aussah, als würden sie gleich zu qualmen anfangen, «wir dürfen uns bei einem so ernsten Anlass nicht von unseren Gefühlen hinreißen lassen, nicht wahr ... so etwas muss friedlich am heimischen Herd besprochen werden ... in der freundlichen Atmosphäre des trauten Heims ...»

Charley stieß ein schnaubendes Lachen aus. «So war es schon immer, mein trautes Heim», sagte er halblaut, drehte den anderen den Rücken zu und schaute zum Fenster hinaus auf weiße Dächer und mit Eiszapfen behangene Feuertreppen. Der auf dem Schindeldach eines Holzhauses nebenan schmelzende Schnee dampfte in der Nachmittagssonne. Jenseits davon sah er tief verschneite Hinterhöfe und ein Stück sauberen Asphalt mit hin und her flitzenden Autos.

«Jetzt krieg dich wieder ein, Charley.» Jims Stimme hinter ihm war in einen flehenden Singsang übergegangen. «Du weißt doch, welche Vereinbarung Ford mit seinen Händlern getroffen hat ... Für mich heißt es, friss oder stirb ... aber als Investition ist das eine einmalige Gelegenheit ... Die Autos sind ja da ... Du kannst gar nicht verlieren, selbst wenn die Firma pleitegeht.»

Charley drehte sich um. «Jim», sagte er sanft. «Ich will mich nicht mit dir streiten … ich will meinen Anteil an dem, was Ma hinterlassen hat, in bar, so bald, wie ihr beide, du und Mr. Goldberg, das arrangieren könnt … Ich habe da was mit Flugzeugmotoren laufen, daneben sieht jede Ford-Vertretung wie eine billige Klitsche aus.»

«Aber ich möchte Mas Geld in eine sichere Sache stecken. Autos von Ford sind die sicherste Investition der Welt, stimmt's, Mr. Goldberg?»

«Jedenfalls sieht man sie überall. Vielleicht möchte der junge Mann noch ein wenig abwarten und sich die Sache überlegen … Ich kann ja schon einmal die ersten Schritte einleiten …»

«Von wegen erste Schritte! Ich will das, was mir zusteht, und zwar gleich. Wenn Sie das nicht hinkriegen, besorge ich mir einen anderen Anwalt.»

Charley nahm Hut und Mantel und ging.

Am nächsten Morgen erschien er wie üblich in seinem Overall am Frühstückstisch. Jim sagte, so wie er, Charley, über das Geschäft denke, wolle er nicht, dass er noch weiter dafür arbeite. Charley ging wieder nach oben in sein Zimmer und legte sich aufs Bett. Als Hedwig hereinkam, um das Bett zu machen, sagte sie: «Ach, du bist immer noch da?», ging hinaus und knallte die Tür hinter sich zu. Er hörte sie lautstark im Haus herumfuhrwerken und mit Sachen knallen, während sie und Aunt Hartmann die Hausarbeit machten.

Am späteren Vormittag ging Charley zu seinem Bruder hinunter, der sorgenvoll an seinem Schreibtisch über den Büchern saß. «Jim, ich will mit dir reden.»

Jim nahm die Brille ab und blickte zu ihm auf. «Was hast du auf dem Herzen?», fragte er mit der abgehackten Stimme, die man von ihm kannte.

Charley sagte, er werde Jim eine Vollmacht ausstellen, wenn er ihm sofort fünfhundert Dollar leihen würde. Später, wenn die Flugzeuggeschichte gut aussehe, werde er ihn eventuell daran beteiligen. Jim machte ein saures Gesicht. «Na gut», sagte Charley. «Sagen wir vierhundert. Ich muss raus aus diesem Kaff.»

Jim stand langsam auf. Er war so blass, dass Charley befürchtete, ihm sei übel. «Es will dir wohl einfach nicht in den Schädel, womit ich es zu tun habe ... na gut, dann soll dich der Teufel holen ... Wir beide sind fertig miteinander ... Hedwig wird das Geld auf ihren Namen bei der Bank leihen müssen ... Ich stecke bis zum Hals in Schulden.»

«Wie du es machst, ist mir egal», sagte Charley. «Ich muss hier weg.»

Zum Glück klingelte das Telefon, sonst wären sie einander an die Gurgel gegangen. Charley nahm ab. Es war Emiscah. Sie sagte, sie sei gestern in St. Paul gewesen und habe ihn dort auf der Straße gesehen; dass er wegfahren würde, habe er ihr nur gesagt, um sie abzuwimmeln, er müsse heute Abend zu ihr kommen, sonst wisse sie nicht, was sie tue, er wolle doch wohl nicht, dass sie sich umbringe, oder? Durch den Streit mit Jim und alles andere ohnehin schon schwer unter Druck, versprach er schließlich zu kommen. Schon bevor er das Gespräch beendet hatte, war Jim in den Verkaufsraum gegangen und unterhielt sich, ein breites Lächeln im Gesicht, mit einem Kunden.

Während der Fahrt mit der Regionalbahn beschloss er, ihr zu erzählen, er habe während des Krieges eine Französin geheiratet, doch als er bei ihr ankam, wusste er nicht, was er sagen sollte, so dünn und blass sah sie aus. Er ging mit ihr in ein Tanzlokal. Mit anzusehen, wie sie tat, als wäre sie glücklich, als wäre zwischen ihnen wieder alles in Ordnung, machte ihm ein schlechtes Gewissen. Als er wegging, verabredete er sich mit ihr für die nächste Woche.

Bevor dieser Tag kam, war er schon unterwegs nach Chicago. Richtig erleichtert fühlte er sich erst, als er die Stadt durchquert hatte und in den Zug nach New York gestiegen war. In seiner Tasche steckte ein Brief von Joe Askew, der ihm schrieb, er werde ihn abholen. Außerdem war da noch der Rest von den dreihundert Mäusen, die Hedwig schließlich herausgerückt hatte; zehn Dollar die Woche hatte sie ihm für Kost und Logis über den Winter berechnet. Aber im Zug nach New York hörte er auf, an all das zu denken, an Emiscah und die miese Zeit, die er erlebt hatte, und dachte nur noch an New York, an Flugzeugmotoren und Doris Humphries.

Als er am Morgen auf der unteren Liege aufwachte, schob er das Rollo hoch und schaute hinaus; der Zug fuhr gerade durch das Hügelland von Pennsylvania, die Felder waren frisch gepflügt, einige Bäume trugen schon einen grünen Flaum. Auf einem Hof pickte unter einem blühenden Birnbaum eine Schar gelber Küken. «Bei Gott», sagte er laut, «mit der Provinz bin ich fertig.»

Wochenschau XLVIII

die Steel Corporation steht sowohl physisch als auch finanziell als wahrer Firmengigant da

Die Leute in Georgia sind ganz verrückt
Nach nem neuen Tanz, der sie sehr entzückt
Er heißt Wackel Mit Dem Ding

BRAND IN STRASSENBAHNDEPOT

ZIGEUNERIN
WEGEN WAHRSAGEREI
VERHAFTET

Reitpeitsche beschleunigt Hochzeit

mit der ständig wachsenden Bedeutung der Stahlindustrie ist diese Stärke längst zu einer Binsenwahrheit geworden, doch um sie in die richtige Perspektive rücken zu können, müssen ihre Dimensionen bisweilen neu vermessen werden

VERBLÜFFUNG ÜBER GELDFORDERUNG DER DEMOKRATEN VON MAINE

wackel mit dem Ding

Geheimnisvolle Frau unternimmt Selbstmordversuch in Parkteich

wackel mit dem Ding

OLIVE THOMAS /405/ AN GIFT GESTORBEN

BRIEF WARNT: RAUS AUS WALL STREET

SPUR DES BOMBENWAGENS FÜHRT NACH JERSEY /406/

Wackel Mit Dem Ding

Ankunft des Warnbriefverfassers

LEICHE AN FAHRRAD FESTGEBUNDEN

SUCHE NACH DEM ZEITZÜNDER

Tin Lizzie

«Mr. Ford, der Automobil-Pionier», schrieb der Feuilletonist im Jahr 1900,
«Mr. Ford, der Automobil-Pionier, gab seinem Ross zunächst drei, vier kräftige Rucke mit dem Hebel rechts neben dem Sitz; das heißt, er bewegte den Hebel kräftig auf und nieder, um, wie er sagte, Luft mit Benzin zu mischen und die Ladung in den Explosionszylinder zu treiben ... Mr. Ford betätigte einen kleinen elektrischen Schalter, und es folgte ein Puff, Puff, Puff ... Das Puffen der Maschine ging in eine höhere Tonart über. Sie sauste mit etwa zwölf Kilometern pro Stunde dahin. Die Straße hatte tiefe Furchen, aber die Maschine bewegte sich mit geradezu traumhafter Gleichmäßigkeit darüber weg. Keinerlei Rütteln, wie es sogar einem Straßenbahnwagen eignet ... Inzwischen hatten wir den Boulevard erreicht, und der Automobil-Pionier ließ der Maschine durch leichtes Niederdrücken eines Hebels freien Lauf. Hui! Sie gewann mit ungeheurer Schnelligkeit an Tempo. Während sie dahinraste, war von hinten ein lautes Rattern zu hören, das neue Geräusch des Automobils.»
Zwanzig Jahre oder länger,
seit er mit sechzehn die Farm seines Vaters verlassen hatte, um in einer Maschinenhalle in Detroit zu arbeiten, war Henry Ford von Maschinen jederlei Art besessen. Zuerst waren es Uhren, dann konstruierte er einen Dampftraktor, dann baute er eine pferdelose Kutsche mit einem entsprechend angepassten Otto-Gasmotor, von dem er in *The World of Science* gelesen hatte, dann einen mechanischen Zweisitzer mit einem Einzylinder-Viertaktmotor, der nur vorwärts-, aber nicht rückwärtsfahren konnte;
endlich, neunzehnhundertacht, glaubte er, so weit zu sein, dass er es riskieren konnte, seinen Job bei der Detroit Edi-

son Company aufzugeben, wo er sich vom Nachtheizer zum Chefingenieur hochgearbeitet hatte, und all seine Zeit in die Arbeit an einem neuen Benzinmotor zu stecken

(Ende der Achtziger hatte er bei einer Zusammenkunft von Lichtwerksangestellten in Atlantic City Edison kennengelernt. Nachdem Edison einen Vortrag gehalten hatte, war er zu ihm gegangen und hatte ihn gefragt, ob er Benzin für einen brauchbaren Motortreibstoff halte. Edison hatte ja gesagt. Wenn Edison das sagte, stimmte es. Henry Ford bewunderte ihn sein Leben lang);

und, flott herausstaffiert mit fest zugeknöpfter Jacke, hohem Kragen und Melone, hinterm Hebel zu sitzen und mit seinem mechanischen Einspänner auf den ebenen, schlecht gepflasterten Straßen von Detroit hin und her zu fahren,

die großen Brauereipferde, die mageren Traber und die seidig glänzenden Renner mit den lauten Explosionen seines Motors zu erschrecken

und nach Leuten zu suchen, die so schwachsinnig waren, Geld in eine Fabrik für den Bau von Automobilen zu investieren.

Er war der älteste Sohn eines irischen Einwanderers, der während des Bürgerkrieges die Tochter eines wohlhabenden pennsylvania-deutschen Farmers geheiratet und sich in der Nähe von Dearborn in Wayne County, Michigan, als Farmer niedergelassen hatte;

wie so viele andere Amerikaner hasste der junge Henry in seiner Kindheit und Jugend das endlose Im-Matsch-Herumstapfen bei den täglichen Arbeiten, das Mistfahren und -gabeln, das Putzen der Petroleumlampen, Last, Schweiß und Einsamkeit des Landlebens.

Er war ein schlanker, rühriger junger Mann, ein guter Schlittschuhläufer und geschickt mit den Händen; am liebsten kümmerte er sich um die Pflege der Maschinen und ließ andere die schwere Arbeit verrichten. Seine Mutter hatte ihn ermahnt, nicht zu trinken, zu rauchen, zu spielen oder Schulden zu machen, und daran hielt er sich zeitlebens.

Als er Anfang zwanzig war, schenkte sein Vater ihm vierzig Morgen Land, um ihn aus Detroit wegzulocken, wo er als Mechaniker und Reparaturschlosser für die Drydock Engine Company arbeitete, die Maschinen für Dampfschiffe baute.

Der junge Henry baute sich ein modernes, rechteckiges weißes Wohnhaus mit falschem Mansardendach, heiratete und ließ sich auf der Farm nieder,

aber die landwirtschaftliche Arbeit durften die Angestellten besorgen;

er selbst kaufte sich eine Kreissäge, mietete einen Standmotor und ließ die Waldbestände abholzen.

Er war ein sparsamer junger Mann, der niemals trank, rauchte, spielte oder seines Nächsten Weib begehrte, aber das Leben auf der Farm hielt er nicht aus.

Er zog nach Detroit und tüftelte in seiner Freizeit jahrelang in der Backsteinscheune hinter seinem Haus an einem mechanischen Zweisitzer, der so leicht war, dass er die lehmigen Fuhrwege von Wayne County, Michigan, befahren konnte.

Im Jahr 1900 hatte er einen brauchbaren Wagen, für den er die Trommel rühren konnte.

Er war vierzig Jahre alt, bis die Ford Motor Company gegründet wurde und die Produktion in Gang kam.

Den ersten Automobilherstellern war es vor allem um Tempo zu tun. Man veranstaltete Rennen, um für die verschiedenen Modelle Reklame zu machen.

Henry Ford stellte persönlich etliche Rekorde auf, etwa auf der Bahn in Grosse Pointe und auf dem Eis des Lake St. Clair.

Mit seinem 999er schaffte er die Meile in neununddreißig vier fünftel Sekunden.
Aber er hatte es sich von jeher zur Gewohnheit gemacht, anderen die Schwerarbeit zu überlassen. Das Tempo, mit dem er sich beschäftigte, war das Tempo des Produktionsprozesses, die Rekorde, an denen ihm lag, waren Rekorde an effizienter Leistung. Er stellte Barney Oldfield ein, einen Kunstradfahrer aus Salt Lake City, damit er die Rennen für ihn fuhr.

Henry Fords Ideen beschränkten sich nicht auf die Konstruktion von Motoren, Vergasern, Magneten, Haltevorrichtungen, Befestigungen, Stanzen und Pressformen; er hatte auch Ideen, was den Absatz anging,
dass nämlich das große Geld mit kostengünstiger Massenherstellung zu machen war, mit raschem Umschlag, mit billigen, austauschbaren, leicht zu ersetzenden, standardisierten Einzelteilen;
erst 1909, nach jahrelangen Auseinandersetzungen mit seinen Partnern, brachte Ford das erste Model T heraus.

Henry Ford behielt recht.
In jener Saison verkaufte er über zehntausend Tin Lizzies, zehn Jahre später verkaufte er fast eine Million pro Jahr.
In jenen Jahren versetzte der Taylor-Plan Werksleiter und Fabrikanten im ganzen Land in Aufruhr. Effizienz hieß das Wort der Stunde. Mit dem gleichen Scharfsinn, mit dem man die Leistungsfähigkeit einer Maschine steigern konnte, ließ sich auch die Leistungsfähigkeit des Arbeiters steigern, der die Maschine herstellte.
1913 wurde bei Ford das Fließband eingeführt. In jener Saison lagen die Gewinne bei ungefähr fünfundzwanzig Millionen Dollar, aber man hatte Schwierigkeiten, die Arbeiter zu halten, Mechanikern schien es bei Ford nicht zu gefallen.

Henry Fords Ideen beschränkten sich nicht auf die Produktion.

Er war der größte Automobilhersteller der Welt; er bezahlte hohe Löhne; vielleicht wäre es für gelernte Arbeiter ein Anreiz, ihren Arbeitsplatz nicht aufzugeben, wenn man ihnen einen Anteil (einen sehr geringen Anteil) an den Gewinnen gewährte,

gutbezahlte Arbeiter könnten genügend Geld sparen, um sich eine Tin Lizzie kaufen zu können; an dem Tag, an dem Ford bekanntgab, dass arbeitsuchende, anständige, ordentlich verheiratete amerikanische Arbeiter Gelegenheit hätten, fünf Dollar am Tag zu verdienen (natürlich stellte sich heraus, dass die Sache einen Haken hatte; es gab immer einen),

wartete vor dem Werk in Highland Park die ganze kalte Januarnacht hindurch eine so gewaltige Menschenmenge, dass es zu Unruhen kam, als die Werkstore geöffnet wurden; Polizisten schlugen Köpfe blutig, Arbeitsuchende warfen mit Ziegelsteinen; Eigentum, Henry Fords Eigentum, wurde zerstört. Die Wachleute mussten die Feuerwehrschläuche aufdrehen, um die Menge zurückzutreiben.

Der amerikanische Plan; automobiler Wohlstand, der von oben nach unten durchsickert; wie sich herausstellte, hatte die Sache einen Haken.

Aber diese fünf Dollar pro Tag,

die braven, sauberen amerikanischen Arbeitern gezahlt wurden,

die weder tranken noch rauchten noch lasen noch nachdachten,

die keinen Ehebruch begingen

und deren Frauen keine Untermieter aufnahmen,

machten Amerika abermals zum Yukon der geschundenen Arbeiter der Welt;

schufen sämtliche Tin Lizzies und das motorisierte Zeitalter und machten nebenbei
Henry Ford, den Automobil-Pionier, den Bewunderer von Edison, den Vogelliebhaber,
zum bedeutenden Amerikaner seiner Zeit.

Aber Henry Fords Ideen beschränkten sich nicht auf Fließbänder und die Lebensgewohnheiten seiner Angestellten. Er steckte voller Ideen. Hier war ein Junge vom Lande, der nicht in die Stadt gegangen war, um dort reich zu werden, sondern reich geworden war, indem er die Stadt aufs Land gebracht hatte. Die aus McGuffeys Reader /407/ bezogenen Maximen und die Vorurteile und vorgefassten Meinungen seiner Mutter hatte er sich so rein und unabgegriffen bewahrt wie frisch gedruckte Geldscheine im Tresor einer Bank.
Er wollte, dass die Menschen von seinen Ideen erfuhren, also kaufte er den *Dearborn Independent* und startete eine Kampagne gegen das Zigarettenrauchen.
Als in Europa der Krieg ausbrach, hatte er auch dazu Ideen. (Der Argwohn gegen Militärs und das Kriegshandwerk gehörten genauso zur bäuerlichen Tradition des Mittleren Westens wie Sparsamkeit, Zähigkeit, Enthaltsamkeit und Gerissenheit in Gelddingen.) Jeder intelligente amerikanische Mechaniker konnte sehen, dass es niemals zum Krieg gekommen wäre, wenn die Europäer nicht eine Bande unwissender, unterbezahlter Ausländer gewesen wären, die tranken, rauchten, einen liederlichen Lebenswandel führten und nach unwirtschaftlichen Produktionsmethoden arbeiteten.
Als Rosika Schwimmer /408/ den Kordon aus Sekretärinnen und Bediensteten durchbrach, der Henry Ford umgab, und ihm bedeutete, dass er den Krieg beenden könne,
sagte er, gewiss, man werde ein Schiff chartern, hinüber-

fahren und die Jungs bis Weihnachten aus den Schützengräben holen.

Er charterte einen Dampfer, die *Oscar II*, und füllte ihn mit Pazifisten und Sozialarbeitern,
damit sie den Fürsten von Europa erklärten,
wie barbarisch und dumm ihr Tun war.
Es war nicht seine Schuld, dass der arme Richard /409/ mit seinem gesunden Menschenverstand nicht mehr die Welt regierte und dass die Pazifisten größtenteils Spinner waren,
die sich an Schlagzeilen berauschten.
Als William Jennings Bryan /410/ nach Hoboken fuhr, um ihn zu verabschieden, drückte irgendwer Bryan einen Käfig mit einem Eichhörnchen /411/ in die Hand; William Jennings Bryan hielt seine Rede mit dem Eichhörnchen unter dem Arm. Henry Ford warf American-Beauty-Rosen in die Menge. Die Kapelle spielte *Ich hab meinen Sohn nicht zum Soldaten erzogen*. Irgendwelche Witzbolde setzten weitere Eichhörnchen aus. Im Salon wurde ein durchgebranntes Paar von einem ganzen Aufgebot von Geistlichen getraut, und Mr. Zero /412/, der Humanist der billigen Absteigen, der zu spät auf der Pier eintraf,
sprang in den North River und schwamm dem Dampfer hinterher.
Die *Oscar II* wurde als schwimmendes Chautauqua /413/ bezeichnet. Henry Ford sagte, ihm komme sie vor wie ein Dorf im Mittleren Westen, doch bis sie Kristiansand in Norwegen erreichten, hatten die Reporter ihn bereits dermaßen verspottet, dass er kalte Füße bekommen und sich ins Bett gelegt hatte. Die Welt außerhalb von Wayne County, Michigan, war einfach zu verrückt. Mrs. Ford und die Firmenleitung schickten ihm einen episkopalischen Geistlichen hinterher, der ihn diskret nach Hause brachte,

und die Pazifisten mussten ihre Reden ohne ihn schwingen.

Zwei Jahre später stellte Ford Munition und Kriegsschiffe her; Henry Ford plante Einmannpanzer und Einmann-U-Boote, ähnlich wie das im Unabhängigkeitskrieg erprobte. Er teilte der Presse mit, dass er seine Kriegsgewinne an den Staat abtreten werde,
aber es gibt keinen Beleg dafür, dass er das je getan hat.

Eines brachte er noch von seiner Reise mit,
nämlich die Protokolle der Weisen von Zion. /414/
Im *Dearborn Independent* startete er eine Kampagne zur Aufklärung der Welt; die Juden waren schuld daran, dass die Welt nicht mehr so war wie Wayne County, Michigan, in der guten alten Zeit von Pferd und Wagen;
die Juden hatten den Krieg zu verantworten, den Bolschewismus, den Darwinismus, den Marxismus, Nietzsche, kurze Röcke und Lippenstift. Sie steckten hinter der Wall Street und den internationalen Banken, dem Mädchenhandel, dem Kino, dem Obersten Gerichtshof, dem Ragtime und dem illegalen Schnapsgeschäft.
Henry Ford brandmarkte die Juden, kandidierte als Senator, strengte eine Verleumdungsklage gegen die *Chicago Tribune* an
und war die Witzfigur der abhängigen großstädtischen Presse;
doch als die großstädtischen Bankiers sich in sein Geschäft zu drängen versuchten,
trickste er sie nach Strich und Faden aus.

1918 hatte er sich mittels Schuldverschreibungen Geld besorgt, um für die bescheidene Summe von fünfundsiebzig Millionen Dollar seine Minderheitsaktionäre auszukaufen.

Im Februar 1920 wurden einige dieser Schuldverschreibungen fällig, und er brauchte Bargeld, um sie zu bedienen. Angeblich besuchte ihn ein Bankier und bot ihm alle erdenklichen Vergünstigungen an, sofern ein Vertreter des Bankiers einen Sitz im Firmenvorstand bekäme. Henry Ford reichte dem Bankier seinen Hut
und machte sich daran, das Geld auf seine eigene Weise zu besorgen:
er verfrachtete sämtliche Autos und Ersatzteile, die er auf Lager hatte, zu seinen Vertragshändlern und verlangte sofortige Barzahlung. Soll sich der Andere Geld leihen, war schon immer sein Grundprinzip gewesen. Er legte die Produktion still und stornierte sämtliche Bestellungen bei seinen Zulieferern. Viele Vertragshändler wurden ruiniert, viele Zulieferer gingen pleite, aber als er seine Betriebe wiedereröffnete,
gehörten sie ihm ganz und gar,
so wie einem eine nicht durch Hypotheken belastete Farm ohne Steuerschulden gehört.
1922 setzte ein großes Tamtam ein, um Ford zum Präsidentschaftskandidaten hochzujubeln (hohe Löhne, Wasserkraft, Verteilung der Industrie auf die Kleinstädte), ein Bestreben, das hinter den Kulissen geschickt torpediert wurde
von einem anderen Stammtischphilosophen,
Calvin Coolidge;
doch 1922 verkaufte Henry Ford eine Million dreihundertzweiunddreißigtausendzweihundertneun Tin Lizzies; er war der reichste Mann der Welt.
Gute Straßen hatten die schmalen Furchen abgelöst, die das Model T in den Schlamm gepflügt hatte. Der große Automobilboom hatte eingesetzt. Der Produktionsprozess bei Ford wurde ständig verbessert; weniger Verschwendung, mehr Aufpasser, Vorarbeiter, Spitzel (fünfzehn Minuten Mittagspause, drei Minuten für einen Gang zur Toi-

lette, überall die taylorisierte Beschleunigung, nach unten greifen, Unterlegscheibe aufsetzen, Schraube festziehen, Sicherungssplint einstecken, nachuntengreifen Unterlegscheibeaufsetzen, Schraubefestziehen, nachuntengreifenaufsetzenfestschraubennachuntengreifenaufsetzen, bis der Produktionsprozess jedes Gramm Lebenskraft aufgesogen hatte und die Arbeiter abends als graue, zitternde leere Hüllen nach Hause gingen).
Ford kontrollierte den Produktionsprozess bis ins kleinste Detail, vom Erz in den Bergen bis zum fertigen Auto, das aus eigener Kraft vom Band lief, die Betriebe waren bis zum letzten zehntausendstel Zentimeter, gemessen an der Johansen-Skala, durchrationalisiert;
1926 wurde der Produktionsablauf vom Erz im Bergwerk bis zum verkaufsfertigen, sich aus eigener Kraft vorwärtsbewegenden Auto auf einundachtzig Stunden reduziert,
aber das Model T war veraltet.

Der Wohlstand der Neuen Zeit und der amerikanische Plan
(die Sache hatte einen Haken, sie hatte immer einen Haken)
hatten der Tin Lizzie den Garaus gemacht.
Ford war nur noch einer von vielen Automobilherstellern.
Als die Blase am Aktienmarkt platzte,
sagte Mr. Ford, der Stammtischphilosoph, triumphierend:
«Ich hab's euch ja gesagt.
Das kommt davon, wenn man spielt und Schulden macht.
Das Land ist gesund.»
Doch als das Land in ausgelatschten Schuhen und zerschlissenen Hosen, die Gürtel über leeren Bäuchen eng geschnallt,
die müßigen Hände von der Kälte jenes kältesten Märztages 1932 aufgesprungen und rissig,

von Detroit nach Dearborn zu marschieren begann und nach Arbeit und dem amerikanischen Plan fragte, da fiel den Leuten bei Ford nichts Besseres ein als Maschinengewehre.
Das Land war gesund, aber sie mähten die Marschierer nieder.
Sie erschossen vier von ihnen.

Als alter Mann ist Henry Ford
ein passionierter Antiquitätensammler
(lebt belagert auf der Farm seines Vaters, eingebettet in einen Besitz von Tausenden Morgen Millionärslandes, beschützt von einer Armee von Bediensteten, Sekretärinnen, Geheimagenten, Privatpolizisten unter dem Kommando eines ehemaligen englischen Berufsboxers,
in ständiger Angst vor den Füßen in kaputten Schuhen auf den Straßen, in Angst, dass Gangster seine Enkel entführen,
dass ein Spinner auf ihn schießt,
dass der Wandel und die müßigen, arbeitslosen Hände die Tore und die hohen Zäune durchbrechen;
beschützt von einer Privatarmee
vor dem neuen Amerika hungernder Kinder, leerer Bäuche und ausgelatschter Schuhe, die vor Suppenküchen Schlange stehen,
dem neuen Amerika, das die alten blühenden Farmlande
von Wayne County, Michigan, verschlungen hat,
als hätte es sie nie gegeben).
Als alter Mann ist Henry Ford
ein passionierter Antiquitätensammler.
Er hat das Farmhaus seines Vaters wiederaufgebaut und in genau den Zustand zurückversetzt, den er aus seiner Kindheit in Erinnerung hat. Er hat ein Dorf aus Museen für Zweisitzer, Schlitten, Kutschen, alte Pflüge, Wasserräder, veral-

tete Modelle von Automobilen gebaut. Er hat das Land nach Fiddlern durchkämmt, die die altmodischen Squaredances beherrschen.
Sogar alte Wirtshäuser hat er gekauft und in ihren ursprünglichen Zustand zurückversetzt, desgleichen Thomas Edisons erste Laboratorien.
Als er die Wayside Inn bei Sudbury, Massachusetts, kaufte, ließ er die neue Landstraße, auf der die neumodischen Autos röhrend, schlitternd und ölig zischend vorübersausten
(das neue Geräusch des Automobils),
von der Tür wegverlegen
und durch die alte, schlechte Straße ersetzen,
damit alles wieder so war
wie früher,
in der Zeit von Pferd und Wagen.

Wochenschau XLIX

Karobube, Karobube
Ziehst mir aus der Tasche Silber und Gold

GEHEIMNISVOLLER ZEUGE
BEI SCHMIERGELDUNTERSUCHUNG

Bürger Philadelphias in seinem Zimmer erschlagen

die gleichen Männer, die, wie man den Arbeitern vor noch nicht einmal einem Jahr weisgemacht hatte, auf den blutgetränkten Schlachtfeldern Frankreichs auch für sie die Demokratie verteidigten und die sie unbedingt unterstützen sollten, indem sie ihre letzte Kraft für die Produktion gaben – diese Männer kamen nun, um sie Demokratie zu lehren, und mitgebracht hatten sie ihre Mordinstrumente, ihre Schnellfeuergewehre, ihre Maschinengewehre, ihre Geschütze, die in wenigen Minuten eine drei Kilometer lange Straße räumen können, und die Helme, die die Arbeiter von Gary hergestellt hatten

Nein, Bananen
Bananen gibt's heut nicht

BAHNLOBBY BRINGT BUSNOVELLE ZU FALL

Betrunkene Soldaten in Röcken tanzen trotz brennender Häuser

SELBSTMÖRDERIN WAR MIT OLIVE THOMAS BEFREUNDET

Nach Selbstmord des Mannes: Ehefrau wird wahnsinnig

BARGELDNACHFRAGE IM OSTEN:
WAS STECKT DAHINTER?

das Geschäft besteht im Wesentlichen darin, Fabrikanten und Kaufleute durch den Ankauf von Schuldurkunden zu finanzieren, die sich aus dem Verkauf einer großen Vielfalt auf natürliche Weise auf den Markt gebrachter Produkte wie etwa Automobile, elektrische Geräte und Maschinen ergeben

Charley Anderson

«Misser Andson, Misser Andson, Telegramm für Misser Andson.» Im schwankenden Seitengang stehend, streckte Charley die Hand nach dem Telegramm aus und las die auf das Formular geklebten Buchstabenstreifen: HABE GRIPPE SCHREIB MIR ADRESSE BIS NÄCHSTE WOCHE JOE.

«So ein Mist», sagte er immer wieder vor sich hin, während er sich zu seinem Platz zurückschlängelte, vorbei an Frauen, die ihre Taschen zumachten, an einem grauhaarigen Mann, der sich die Jacke anzog, an dem mit Koffern beladenen Gepäckträger. «So ein Mist.» Der Zug bremste bereits ab, Grand Central war nicht mehr weit.

Auf dem grauen, unterirdischen Bahnsteig war wenig los, als er aus dem stickigen Pullmanwagen stieg und sich vom Gepäckträger seinen Koffer reichen ließ, alles wirkte verlassen. Den schweren Koffer schwingend, ging er die Rampe hinauf. Von der Zugfahrt hatte er Kopfschmerzen bekommen. Der Bahnhof war so groß, dass er nicht den belebten Eindruck machte, den Charley von New York in Erinnerung hatte. Durch das dicke Glas der riesigen Bogenfenster konnte er sehen, wie Regen die gegenüberliegenden Gebäude schraffierte. Ohne zu wissen, wohin er sich wenden sollte, wanderte er in der Halle umher und fand sich schließlich vor dem Fenster eines Buffets wieder.

Er ging hinein und setzte sich. Die Kellnerin war eine kleine, dunkelhaarige Frau mit mürrischem Gesicht und Ringen unter den Augen. Es war ein feuchtheißer Tag, der Geruch von Geschirrspülmittel und heißem Fett hing in Schwaden in der Luft. Als die Kellnerin sich vorbeugte, um das Gedeck für ihn aufzulegen, nahm er einen Hauch von feuchter Unterwäsche, Achselhöhlen und Talkumpuder wahr. Er blickte zu ihr auf und versuchte ihr ein Lächeln zu entlocken. Als sie sich umdrehte, um ihm den bestellten Teller Tomatensuppe zu holen, betrachtete er ihren vierschrötigen Hintern, der unter ihrem schwarzen Kleid hin und her wackelte. Der Regentag hier im Osten hatte etwas Schwüles und Lüsternes.

Er löffelte sich Suppe in den Mund, ohne sie zu schmecken. Noch ehe er fertig war, stand er auf und ging in die Telefonzelle. Er brauchte die Nummer nicht nachzuschlagen. Während er auf die Verbindung wartete, wurde er so nervös, dass ihm der Schweiß hinter den Ohren herunterlief. Als sich eine Frauenstimme meldete, blieb ihm seine eigene Stimme tief unten im Hals stecken. Schließlich brachte er es doch heraus: «Ich möchte bitte mit Miss Humphries sprechen ... Sagen Sie ihr, es ist Charley Anderson ... Lieutenant Anderson.» Er war immer noch mit Räuspern beschäftigt, da meldete sich in vertraulichem, schmeichelndem Singsang ihre Stimme. Natürlich erinnere sie sich noch an ihn, sagte ihre Stimme, wie lieb von ihm, dass er sie anrufe, natürlich müssten sie einander jetzt immerzu sehen, wie aufregend, am liebsten gleich, aber sie verreise übers Wochenende, ja, ein langes Wochenende. Aber ob er sie nicht nächste Woche anrufen wolle, nein, gegen Ende der Woche. Sie würde sich wahnsinnig freuen, ihn zu sehen.

Als er an seinen Tisch zurückkehrte, machte sich dort die Kellnerin zu schaffen. «Hat die Suppe nicht geschmeckt?», fragte sie ihn.

«Doch ... musste nur eben telefonieren.»

«Ach so, telefonieren», sagte sie mit neckischerer Stimme. Diesmal war sie es, die ihm ein Lächeln zu entlocken versuchte.

«Bringen Sie mir ein Stück Kuchen und eine Tasse Kaffee», sagte er, den Blick auf die Speisekarte gerichtet.

«Wir haben schöne Zitronen-Baiser-Torte», sagte die Kellnerin mit so etwas wie einem Seufzer, der ihn zum Lachen brachte. Lachend blickte er zu ihr auf, war wieder geil und darauf aus. «Na gut, Süße, dann eben Zitronen-Baiser-Torte.»

Als er den Kuchen gegessen hatte, zahlte er und ging erneut in die Telefonzelle. Irgendeine Frau war vor ihm darin gewesen und hatte einen starken Parfümgeruch zurückgelassen. Er rief im Century Club an, um festzustellen, ob Ollie Taylor in der Stadt war; man sagte ihm, er sei in Europa. Dann rief er die Johnsons an; sie waren die Einzigen, die er sonst noch kannte. Eveline Johnsons Stimme hatte am Telefon einen tiefen, gedämpften Klang. Als er ihr seinen Namen sagte, lachte sie und sagte: «Ja, natürlich möchten wir Sie gern sehen. Kommen Sie heute Abend zum Essen; dann stellen wir Sie dem neuen Baby vor.»

Als er am Astor Place aus der U-Bahn kam, war noch nicht Abendessenszeit. Er fragte den Zeitungsverkäufer nach dem Weg zur Fifth Avenue und spazierte an den ruhigen, roten Backsteinblocks entlang auf und ab. Er hatte den Nachmittag in einem muffigen Kino totgeschlagen und fühlte sich verschwitzt. Als er auf die Uhr sah, war es halb sieben. Er war erst für sieben Uhr bei den Johnsons eingeladen. Als er zum vierten Mal an dem Haus vorbeikam, beschloss er, die Treppe hinaufzugehen. Ihre Namen – Paul Johnson, Eveline Hutchins – waren auf ein Kärtchen über dem Klingelknopf gekritzelt. Er klingelte und nestelte an seiner Krawatte, während er wartete. Niemand machte auf. Er überlegte, ob er noch einmal klingeln sollte, da kam in flottem Schritt von der Fifth Avenue her Paul Johnson die Straße entlang, pfeifend und den Hut in den Nacken geschoben. «Hallo, Anderson, wo kommen Sie denn her?», fragte er mit verlegener Stimme. Er hatte mehrere Tüten mit Lebensmitteln dabei, die er auf dem linken Arm auftürmen musste, ehe er Charley die Hand geben konnte.

«Ich schätze, ich muss Ihnen gratulieren», sagte Charley. Paul sah ihn einen Moment lang verständnislos an; dann wurde er rot. «Ja, natürlich ... der Sohn und Stammhalter ... Nun ja, ein Wechsel auf die Zukunft, wie man so sagt ...»

Paul führte ihn in ein großes, spärlich möbliertes altmodisches Zimmer mit fließenden dunkelroten Vorhängen an den Fenstern. «Setzen Sie sich doch eben. Ich sehe mal nach, was Eveline macht.» Er zeigte auf ein Rosshaarsofa und ging durch eine Schiebetür ins Nebenzimmer.

Er war sofort wieder da und machte die Schiebetür sorgfältig hinter sich zu. «Das ist ja großartig. Eveline sagt, Sie essen mit uns. Sie seien gerade von da draußen zurückgekommen. Wie fanden Sie es denn so in der Provinz? Mich brächte da nichts mehr hin, und wenn ich Geld dafür bekäme. Das Leben in New York ist großartig, man darf nur nicht schlappmachen ... Hier, ich zeige Ihnen, wo Sie sich frisch machen können ... Eveline hat einen ganzen Haufen Leute zum Essen eingeladen. Ich muss eben noch mal zum Metzger ... Möchten Sie sich die Hände waschen?»

Das Badezimmer war dampfig und roch nach Badesalz. Jemand hatte gerade ein Bad genommen. Über der Wanne war Babykleidung zum Trocknen aufgehängt. Hinter der Tür hing eine rote Intimdusche und darüber eine Art gelbes Spitzennegligé. Charley wurde ganz komisch zumute. Als er sich die Hände abgetrocknet hatte, schnupperte er daran, und der Seifenduft stieg ihm zu Kopf.

Als er aus dem Bad kam, sah er Mrs. Johnson an dem weißen Marmorkaminsims lehnen, in der Hand einen französischen Roman mit gelbem Einband. Sie hatte ein langes, spitzenbesetztes Kleid mit Puffärmeln an und trug eine Lesebrille mit Schildpattgestell. Sie nahm die Brille ab, legte sie in das Buch und streckte ihm die Hand entgegen.

«Es freut mich sehr, dass Sie kommen konnten. Ich gehe noch nicht so viel aus dem Haus, also bekomme ich keinen Menschen zu sehen, außer man besucht mich.»

«Riesig nett von Ihnen, mich einzuladen. Ich war in der tiefsten Provinz. Wissen Sie, es tut einem richtig gut, Leute zu sehen, die man von drüben kennt ... Zum ersten Mal seit einiger Zeit fühle ich mich fast wieder wie in Paris.»

Sie lachte; er hatte ihr Lachen noch vom Schiff in Erinnerung. Dass er Lust bekam, sie zu küssen, machte ihn nervös. Er zündete sich eine Zigarette an.

«Würde es Ihnen etwas ausmachen, nicht zu rauchen? Aus irgendeinem Grund wird mir seit der Schwangerschaft von Tabakrauch übel, deshalb lasse ich niemanden rauchen. Ist das nicht gemein von mir?»

Charley errötete und warf seine Zigarette in den Kamin. Er begann in dem hohen, schmalen Raum hin und her zu gehen. «Wollen wir uns nicht setzen?», fragte sie mit ihrem trägen, irritierenden Lächeln. «Was haben Sie denn so vor in New York?»

«Muss mir einen Job suchen. Ich habe Pläne ... Sagen Sie, wie geht's denn dem Baby? Ich würde es gern sehen.»

«Na schön, wenn er aufwacht, mache ich Sie mit ihm bekannt. Sie können einer seiner Onkel sein. Aber jetzt muss ich mich ums Essen kümmern. Kommt es Ihnen nicht auch seltsam vor, dass wir alle in New York sind?»

«Ich wette, diese Stadt ist eine harte Nuss.»

Sie ging durch die Schiebetür in das Nebenzimmer, und kurz darauf roch es nach brutzelnder Butter. Charley ertappte sich dabei, dass er kurz davor war, sich erneut eine Zigarette anzuzünden, dann wanderte er im Zimmer umher, betrachtete die altmodischen Möbel, die drei weißen Lilien in einer Vase, die Regale voller französischer Bücher, bis Paul, schwitzend und rot im Gesicht, mit weiteren Lebensmitteln auftauchte und im Vorbeigehen sagte, er werde ihm etwas zu trinken besorgen.

Charley setzte sich aufs Sofa und streckte die Beine aus. Es war still in dem hohen Zimmer. Das leise Rascheln und Klappern, mit dem sich die Johnsons hinter der Schiebetür zu schaffen machten, und die französischen Essensgerüche hatten etwas Heimeliges. Paul kam mit einem Tablett voller Teller, Gläser und einer großen Flasche Wein zurück. Er legte eine Baguette auf die Marmortischplatte und deckte Thunfisch und Käse auf. «Tut mir leid, ich habe nichts da, um einen Cocktail zu machen ... ich bin erst spät aus dem Büro weggekommen ... wir haben nur diesen italienischen Rotwein.»

«Kein Problem ... ich halte mich da sowieso ein bisschen zurück ... hab zu viel im Kopf.»

«Sind Sie hier, um Arbeit zu suchen?»

«Ich habe einen Bekannten, mit dem tue ich mich bei einem Projekt zusammen. Erinnern Sie sich an Joe Askew, mit dem wir auf dem Schiff waren? Prima Kerl, oder? Das Blöde ist, der Idiot liegt mit Grippe flach, und damit bin ich zum Nichtstun verdammt, bis er wieder auf dem Damm ist.»

«Es ist alles viel mühsamer, als ich erwartet habe ... Mein alter Herr hat mich drüben in Jersey City bei einem Getreidehändler untergebracht ... bloß, damit ich über die Runden komme. Aber ich habe weiß Gott keine Lust, mein Leben lang an einem Schreibtisch zu versauern. Ich hätte es auch nicht gemacht, wenn der kleine Fremdling nicht gewesen wäre.»

«Na ja, wir haben da was, das wird mal richtig viel wert sein, wenn wir je die nötige Kohle aufbringen, um es zu entwickeln.»

Eveline öffnete die Schiebetür und brachte eine Schüssel Salat. Paul hatte gerade angefangen, vom Getreidehandel zu erzählen, verstummte jedoch und wartete darauf, dass Eveline etwas sagte.

«Schon merkwürdig», sagte sie. «Der Krieg ist vorbei ... und alle zieht es nach New York.»

Aus dem Hinterzimmer folgte ihr das dünne Geschrei eines Babys. «Damit ruft er zum Essen», sagte Paul.

«Wenn Sie ihn wirklich sehen wollen», sagte Eveline, «dann kommen Sie jetzt mit, aber ich stelle es mir furchtbar langweilig vor, anderer Leute Babys anzuschauen.»

«Ich würde gern», sagte Charley. «Hab ja keine eigenen zum Anschauen.»

«Woher wissen Sie das so genau?», sagte Eveline mit trägem, spöttischem Lächeln. Charley wurde rot und lachte.

Die Weingläser in der Hand, standen sie um das rosa Bettchen. Charley blickte auf ein zahnloses rosa Gesicht und zwei Patschhändchen hinab, die nach Luft griffen. «Jetzt müsste ich wohl sagen, dass er wie sein Daddy aussieht», sagte er.

«Der kleine Schatz sieht eher aus wie unser Darwin'scher Vorfahr», sagte Eveline kalt. «Als ich ihn zum ersten Mal gesehen habe, habe ich nur noch geheult. Hoffentlich wächst ihm noch ein

Kinn.» Charley ertappte sich dabei, dass er aus dem Augenwinkel Pauls Kinn musterte, das auch nicht sonderlich ausgeprägt war. «Er ist ein munteres kleines Kerlchen», sagte er.

Eveline brachte dem Baby ein Fläschchen aus der kleinen Küche neben dem Bad, dann gingen sie wieder ins andere Zimmer. «Wenn ich das hier so sehe, werde ich ganz neidisch», sagte Charley, als er Eveline Johnsons Blick auffing. Sie zuckte die Schultern. «Sie beide und das Baby, schön untergebracht, mit eigener Wohnung, einem Glas Wein und so weiter ... Daran merke ich, dass der Krieg wirklich vorbei ist ... Ich muss in die Hände spucken und mich an die Arbeit machen.»

«Keine Sorge», sagte Paul. «Das passiert noch früh genug.»

«Wenn unsere Gäste bloß kämen. Das Essen ist fertig», sagte Eveline. «Charles Edward Holden hat fest zugesagt ... er kommt immer zu spät.»

«Er hat gesagt, dass er vielleicht kommt», sagte Paul. «Da ist Al. Sein Klopfen kenne ich.»

Ein schlaksiger, blässlicher Mensch kam zur Tür herein. Paul stellte ihn Charley als seinen Bruder Al vor. Der Mann sah Charley einen Moment lang mit einem gereizt forschenden Blick seiner grauen Augen an. «Lieutenant Anderson ... Sagen Sie, wir sind uns doch schon mal irgendwo begegnet.»

«Waren Sie auch drüben?»

Der Mann schüttelte kräftig den Kopf. «Nein ... Es muss in New York gewesen sein ... Ich vergesse nie ein Gesicht.» Charley spürte, wie er rot wurde.

Ein hochgewachsener, abgezehrt wirkender Mann namens Stevens erschien mit einer kleinen, molligen jungen Frau. Charley bekam ihren Namen nicht mit. Sie hatte glattes, schwarzes, kurzgeschnittenes Haar. Der Mann namens Stevens schenkte niemandem Beachtung außer Al Johnson. Die junge Frau schenkte niemandem Beachtung außer Stevens. «Na, Al», sagte Stevens drohend, «haben die jüngsten Ereignisse deine Vorstellungen irgendwie geändert?»

«Wir müssen es langsam angehen, Don, wir müssen es langsam angehen … wir können nicht jede anständige menschliche Regung schlechtmachen … wir dürfen uns nicht von der Arbeiterklasse entfernen.»

«Also, wenn ihr jetzt von der Arbeiterklasse anfangen wollt, dann essen wir lieber, ohne auf Holden zu warten», sagte Eveline und stand auf. «Don wird jedes Mal unleidig, wenn er mit leerem Magen diskutiert.»

«Wer? Charles Edward Holden?», fragte Al Johnson mit einem Anflug von Respekt in der Stimme.

«Bloß nicht auf ihn warten», sagte Don Stevens. «Er ist nichts als ein bourgeoiser Schmutzfink.»

Charley und Paul halfen Eveline, einen Tisch hereinzutragen, der fertig gedeckt im Schlafzimmer stand. Charley gelang es, sich neben Eveline zu setzen. «Mann, das Essen ist großartig. Erinnert mich an das gute alte Paris», sagte er mehrfach. «Mein Bruder wollte mich in Minneapolis zum Teilhaber seiner Ford-Vertretung machen, aber wie soll man's auf dem Land aushalten, wenn man Paris gesehen hat?»

«Aber New York ist jetzt die Hauptstadt.» Die Art, wie sich Eveline beim Sprechen zu ihm beugte und wie ihre länglichen Augen ihn unentwegt zu taxieren schienen, hatte etwas Aufreizendes.

«Ich hoffe, ich darf Sie manchmal besuchen», sagte er. «Ich werde hier in New York noch ganz schön herumschlittern, bis ich festen Boden unter den Füßen habe.»

«Ach, ich bin immer hier», sagte sie, «und werde immer hier sein, bis wir uns ein verlässliches Kindermädchen für Jeremy leisten können. Der arme Paul muss andauernd Überstunden machen … Wenn wir doch bloß alle ganz schnell einen Haufen Geld verdienen könnten.»

Charley lächelte grimmig. «Geben Sie uns Jungs eine Chance. Wir sind das Khaki noch gar nicht richtig losgeworden.»

Er konnte dem Gespräch nicht recht folgen, deshalb lehnte er sich auf dem Sofa zurück und betrachtete Eveline Johnson. Paul sagte auch nicht viel. Nachdem er Kaffee gebracht hatte, verschwand er endgültig. Eveline und die kleine junge Frau am Kopfende des Tisches schienen Stevens für einen ziemlich wunderbaren Menschen zu halten, und Al Johnson, der neben Charley auf dem Sofa saß, beugte sich ständig über ihn, um Eveline mit erhobenem Zeigefinger irgendetwas auseinanderzusetzen. Hin und wieder sah es so aus, als würden Al Johnson und Stevens gleich aufeinander losgehen. Weil Charley, immerhin war er ganz neu in der Stadt, ihrem Gespräch nicht folgen konnte und außerdem gut gegessen und getrunken hatte, wurde er schläfrig. Schließlich musste er aufstehen und sich die Beine vertreten.

Niemand schenkte ihm Beachtung, also schlenderte er in die Küche, wo Paul gerade den Abwasch machte. «Lassen Sie mich abtrocknen», sagte er.

«Nein, ich habe ein bestimmtes System», sagte Paul. «Sehen Sie, Eveline ist fürs Kochen zuständig, da ist es nur gerecht, wenn ich den Abwasch mache.»

«Sagen Sie, bekommen die beiden Vögel keine Schwierigkeiten, wenn sie so daherreden?» Charley deutete mit dem Daumen in Richtung Vorderzimmer.

«Don Stevens ist ein Roter, also steht er sowieso auf der schwarzen Liste.»

«Ich will ja nicht behaupten, dass sie unrecht haben, aber mein Gott, wir müssen doch unseren Lebensunterhalt verdienen.»

«Al ist bei der *World*. Dort sind sie ziemlich liberal.»

«Da, wo ich herkomme, kann man den Mund nicht aufmachen, ohne in ein Hornissennest zu stechen», sagte Charley lachend. «Dort haben sie noch nicht mitgekriegt, dass der Krieg vorbei ist.»

Als der Abwasch erledigt war, gingen sie wieder ins Wohnzimmer. Don Stevens trat zu Charley. «Eveline sagt, Sie seien Flieger», sagte er stirnrunzelnd. «Sagen Sie uns, wie die Flieger denken. Sind sie für die Ausbeuter oder für die Arbeiterklasse?»

«Da fragen Sie mich was», sagte Charley gedehnt. «Die meisten Jungs, die ich kenne, wollen zur Arbeiterklasse gehören.»

Es klingelte. Eveline blickte lächelnd auf. «Das ist wahrscheinlich Charles Edward Holden», sagte Al. Paul machte die Tür auf. «Hallo, Dick», sagte Eveline. «Alle dachten, du wärst Charles Edward Holden.»

«Vielleicht bin ich das ja», sagte der flott gekleidete junge Mann mit den leicht hervortretenden Augen, der in der Tür erschien. «Ich fühle mich schon den ganzen Tag ein bisschen komisch.»

Eveline stellte den neuen Gast mit seinem militärischen Rang vor: «Captain Savage, Lieutenant Anderson.»

«Ha», sagte Stevens im Hintergrund. Charley bemerkte, dass Stevens und der Neuankömmling einander wortlos anstarrten. Nun wurde alles sehr verwirrend. Eveline und die Frau mit dem kurzgeschnittenen Haar begannen mit kühler Stimme höfliche Bemerkungen auszutauschen. Charley hielt es für an der Zeit, sich zu verziehen. «Ich muss los, Mrs. Johnson», sagte er.

«Warten Sie doch noch einen Moment, Anderson. Ich komme ein Stück mit», rief Al Johnson ihm quer durchs Zimmer zu.

Mit einem Mal schaute Charley Eveline tief in die Augen.

«Es hat mir sehr gefallen», sagte er.

«Kommen Sie doch irgendwann zum Tee», sagte sie.

«Ja, gerne.» Er drückte ihr kräftig die Hand. Während er sich von den anderen verabschiedete, hörte er Captain Savage und Eveline miteinander kichern. «Ich wollte nur mal sehen, wie die andere Hälfte lebt», sagte er. «Eveline, du siehst heute Abend zu schön aus.»

Im Frühlingsabend auf der Eingangstreppe zu stehen tat Charley gut. Nach dem Regen hatte die Stadtluft einen kühlen, sauberen Geruch. Er überlegte, ob Eveline ... Na ja, das wusste man erst, wenn man's probiert hatte. Al Johnson kam hinter ihm zur Tür heraus und nahm seinen Arm. «Hören Sie, Paul sagt, Sie kommen gerade von zu Hause.»

«Stimmt», sagte Charley. «Sehen Sie nicht das Stroh in meinen Ohren?»

«Mann, wenn Eveline gleichzeitig zwei oder mehr von ihren alten Verehrern zu Besuch hat, wird es ein bisschen heftig … Und die arme Kleine von Don, die ist ja praktisch erfroren, so eisig war sie zu ihr … Hören Sie, wie wär's, wenn wir beide irgendwo einen Whiskey trinken, um den Geschmack von dieser verdammten roten Tinte aus dem Mund zu kriegen?»

«Das wäre prima», sagte Charley.

Sie überquerten die Fifth Avenue und gingen die Straße entlang, bis sie zu einer schmalen schwarzen Tür kamen. Al Johnson klingelte, und ein Mann in Hemdsärmeln ließ sie in einen Flur ein, in dem es nach Toiletten roch. Durch den Flur gelangten sie in eine Bar. «Na, das sieht schon besser aus», sagte Al Johnson. «Schließlich habe ich nur einen freien Abend in der Woche.»

«Wie in der guten alten Zeit, die es nie gegeben hat», sagte Charley.

Sie setzten sich an einen kleinen runden Tisch gegenüber dem Tresen und bestellten Rye Whiskey. Al Johnson hob plötzlich seinen langen Zeigefinger. «Jetzt weiß ich wieder, wann ich Ihnen schon mal begegnet bin. Das war am Tag der Kriegserklärung. Wir waren alle im Little Hungary und stockbesoffen.»

Charley sagte, mein Gott, an dem Abend sei er einer Menge Leute begegnet.

«Doch, das war damals», sagte Al Johnson. «Ich vergesse nie ein Gesicht», und bestellte beim Kellner zwei Bier zum Nachspülen.

Um der alten Zeiten willen tranken sie noch einige Rye mit Bier. «Was soll's, New York ist auch bloß ein Kaff», sagte Charley, «ein richtiges Dorf.»

«Greenwich Village», sagte Al Johnson.

Sie tranken mehrere Whiskey auf die guten alten Zeiten, die sie im Little Hungary erlebt hatten. Dann gefiel es ihnen am Tisch nicht mehr, und sie stellten sich an den Tresen. Dort waren zwei blässliche junge Männer und eine mollige junge Frau mit strähnigem Haar, die eine bestickte Bulgarenbluse trug. Es waren alte Freunde von Al Johnson.

«Ein alter Zeitungsmensch», sagte Al Johnson, «vergisst nie ein Gesicht ... und auch keinen Namen.» Er wandte sich an Charley. «Colonel, darf ich Ihnen meine lieben, guten Freunde vorstellen ... Colonel ... äh ...» Charley hatte die Hand ausgestreckt und wollte gerade Anderson sagen, da kam Al Johnson mit: «Charles Edward Holden ... darf ich Ihnen meine Künstlerfreunde vorstellen ...»

Charley kam überhaupt nicht zu Wort. Die beiden jungen Männer fingen an, sich über das Stück auszulassen, das sie bei den Washington Square Players gesehen hatten. Die junge Frau hatte eine Stupsnase und blaue Augen mit Ringen darunter. Die Augen blickten schmachtend zu ihm auf, als sie ihm die Hand gab. «Nein, so was ... ich wollte Sie schon immer kennenlernen, Mr. Holden. Ich habe alle ihre Artikel gelesen.»

«Aber eigentlich bin ich gar nicht ...», fing Charley an.

«Colonel», sagte die Frau.

«Nur für eine Nacht», sagte Al mit einem Schlenker seiner Hand und bestellte noch eine Runde Whiskey.

«Ach, Mr. Holden», sagte das Mädchen, das seinen Whiskey hinunterkippte wie ein Landsknecht, «ist es nicht wunderbar, dass wir uns so kennenlernen? ... Ich habe Sie mir viel älter vorgestellt und nicht so gut aussehend. Aber jetzt müssen Sie mir alles über die Welt und das Leben erzählen, Mr. Holden.»

«Nennen Sie mich lieber Charley.»

«Ich heiße Bobbie ... sagen Sie Bobbie zu mir, ja?»

«Geht in Ordnung», sagte Charley. Sie zog ihn ein Stück weiter weg. «Ich habe mich fürchterlich gelangweilt ... Es sind nette Jungs, aber sie reden von nichts anderem als davon, dass Philip Jod getrunken hat, weil Edward ihn nicht mehr liebt. Ich hasse Privates, Sie nicht? Ich unterhalte mich gern, Sie auch? Ach, ich hasse Menschen, die nichts bewegen. Ich meine Bücher und die Weltlage und solche Sachen, Sie auch?»

«Klar», sagte Charley.

Sie waren am anderen Ende des Tresens angekommen. Al Johnson hatte offenbar eine Reihe anderer sehr lieber Freunde gefunden, mit denen er die alten Zeiten feiern konnte. Die junge Frau zupfte Charley am Ärmel. «Wie wär's, wenn wir irgendwo hingehen, wo man sich in Ruhe unterhalten kann. Hier höre ich meine eigenen Gedanken nicht.»

«Kennen Sie irgendwas, wo man tanzen kann?», fragte Charley. Sie nickte.

Draußen auf der Straße nahm sie seinen Arm. Der Wind hatte auf Norden gedreht und war kalt und böig. «Gehen wir zu Fuß», sagte sie, «oder ist das unter Ihrer Würde, Mr. Holden?»

«Nennen Sie mich lieber Charley.»

Sie gingen in östlicher Richtung eine Straße voller Mietshäuser und kleiner italienischer Läden entlang. Das Mädchen klingelte an einer Kellertür. Während sie warteten, legte sie ihm die Hand auf den Arm. «Ich habe etwas Geld ... ich möchte Sie einladen.»

«Das wäre mir nicht recht.»

«Na schön, dann machen wir halbe-halbe. Ich bin für die Gleichberechtigung der Geschlechter, Sie auch?» Charley beugte sich vor und gab ihr einen Kuss.

«Ach, das ist ein herrlicher Abend für mich ... Sie sind der netteste Prominente, dem ich je begegnet bin ... Die meisten von ihnen sind ziemlich fad, finden Sie nicht auch? Keine *joie de vivre*.»

«Aber», stammelte Charley, «ich bin nicht ...»

Während er sprach, ging die Tür auf.

«Hallo, Jimmy», sagte das Mädchen zu dem glatt wirkenden jungen Mann im braunen Anzug, der aufgemacht hatte. «Darf ich Ihnen meinen Freund vorstellen ... Mr. Grady ... Mr. Holden.»

Die Augen des jungen Mannes leuchteten auf. «Doch nicht Charles Edward ...» Das Mädchen nickte aufgeregt, sodass ihr eine breite Haarsträhne über ein Auge fiel. «Es freut mich sehr,

Sie kennenzulernen, Sir ... Ich gehöre zu Ihren treuesten Lesern, Sir.»

Errötend und unter Verbeugungen führte Jimmy sie zu einem Tisch an der Tanzfläche des kleinen Nachtlokals, in dem es heiß war von den Scheinwerfern, dem Zigarettenrauch und dem Gedränge der tanzenden Paare. Sie bestellten Whiskey und Welsh Rarebits. Dann packte sie Charleys Hand und zog ihn hoch. Sie tanzten. Sie rieb sich an ihm, bis er durch die Bluse hindurch ihre kleinen runden Brüste spüren konnte.

«Du meine Güte ... der Junge kann ja tanzen», flüsterte sie. «Vergessen wir alle, wer wir sind, was für ein Wochentag heute ist ...»

«Ich ... ich hab das schon vor zwei Stunden vergessen», sagte Charley und drückte sie.

«Du bist ein einfacher Bauernbursche und ich ein Barfußmädchen.»

«Da ist mehr Wahrheit als Dichtung dran», sagte Charley halblaut.

«Dichtung ... Ich liebe Gedichte, du auch?»

Sie tanzten, bis das Lokal schloss. Als sie auf die schwarzen, leeren Straßen hinaustraten, schwankten sie leicht. Sie stolperten an Mülltonnen vorbei. Vor ihren Füßen stoben Katzen zur Seite. Sie blieben bei einem Polizisten stehen und unterhielten sich mit ihm über die freie Liebe. An jeder Ecke blieben sie stehen und küssten sich. Während sie in ihrer Handtasche nach ihrem Schlüssel suchte, sagte sie nachdenklich: «Leute, die wirklich etwas bewegen, sind die besten Liebhaber, findest du nicht auch?»

Charley wachte vor ihr auf. Sonnenlicht strömte durch ein Fenster ohne Vorhänge. Die Frau schlief noch, das Gesicht ins Kissen gedrückt. Ihr Mund stand offen, und sie wirkte erheblich älter als in der Nacht zuvor. Ihre Haut war teigig und grün, ihr Haar strähnig.

Leise zog sich Charley an. Auf einem großen, zentimeterdick

mit Staub bedeckten Tisch voller merkwürdiger Aktzeichnungen fand er ein Stück Kohle. Auf die Rückseite eines gelben Papiers, auf dem die Hälfte eines Gedichts stand, schrieb er: Schön war's ... Auf Wiedersehen ... Viel Glück. Charley. Seine Schuhe zog er erst am Fuß der knarrenden Treppe an.

Draußen auf der Straße, im kalten, windigen Frühlingsmorgen, fühlte er sich wunderbar. Immer wieder musste er laut lachen. Ein hübsches kleines Städtchen war das. Er ging in ein einfaches Restaurant an der Ecke 8th Street und bestellte sich ein Frühstück aus Rührei, Bacon, Pfannkuchen und Kaffee. Beim Essen musste er unentwegt kichern. Dann fuhr er mit der Hochbahn uptown in die 42nd Street. Schmutzige Dächer, spiegelnde Fenster, schmutzige Glühbirnen in Leuchtschildern, Feuertreppen, Wassertanks, im böigen Sonnenlicht sah alles wunderbar aus.

Die Uhr in der Grand Central Station zeigte halb zwölf. Dienstmänner riefen die Namen westwärts fahrender Züge. Er holte seinen Koffer aus der Gepäckaufbewahrung und beschloss, ein Zimmer im Chatterton House zu nehmen. Joe hatte ihm geschrieben, er solle dort absteigen, es sei eine bessere Adresse als der YMCA. Der Griff des mit Blaupausen und technischen Fachbüchern vollgestopften Koffers schnitt ihm in die Hand, deshalb nahm er ein Taxi. Als der Angestellte am Empfang nach Referenzen fragte, zeigte er ihm seine Reserveoffizierspapiere.

Es gab einen Fahrstuhl, am Ende jedes trübe beleuchteten Flurs eine Toilette und eine Dusche, und in der kleinen Schuhschachtel von einem Zimmer, das man ihm gab, hing an der Innenseite der Tür eine umfangreiche Hausordnung. Ohne sich auszuziehen, warf er sich aufs Bett. Er war schläfrig. In sich hineinkichernd, blickte er zur Decke auf. Ein tolles kleines Städtchen.

Es lief daraus hinaus, dass er lange in dem stickigen, grün tapezierten kleinen Zimmer mit den wackeligen Möbeln im spanischen Missionsstil wohnen blieb. In den ersten Tagen klapperte er sämtliche Luftfahrtfirmen ab, die er im Telefonbuch verzeichnet fand, um festzustellen, ob er nicht einen befristeten oder Aushilfsjob bekommen konnte. Dabei lief er mehreren Leuten über den Weg, die er in Übersee gekannt hatte, aber keiner konnte ihm Arbeit versprechen. Wenn er nur ein paar Monate früher gekommen wäre; alle sagten, es herrsche gerade Flaute. Die Politiker täten überhaupt nichts für die kommerzielle Luftfahrt, so sei es nun mal, da sei nichts zu machen. Außerdem liefen zu viele ehemalige Flieger herum und suchten Arbeit.

Am Ende der ersten Woche, als er von einer Fahrt zu einer Maschinenbaufirma in Long Island City zurückkam, wo man ihm für den Spätsommer eine Stelle als Zeichner in Aussicht gestellt hatte, allerdings nur, falls man den Auftrag bekam, um den sich der Firmenvertreter in Washington bemühte, fand er einen Brief von Mrs. Askew vor: Joe sei schwerkrank, doppelseitige Lungenentzündung. Es werde einige Monate dauern, bis er in die Stadt kommen könne. Joe habe darauf bestanden, dass sie Charley schreibe, obwohl er ihrer Meinung nach noch zu krank sei, um sich um geschäftliche Dinge Gedanken machen zu können, aber sie habe es getan, um ihn zu beruhigen. Er lasse ausrichten, Charley dürfe seine Pläne auf keinen Fall anderen zeigen, ehe er ein Patent darauf bekommen habe, und er solle sich besser einen Job zur Überbrückung besorgen, bis sie beide die Sache richtig anpacken konnten.

Überbrückung, Scheiße; Charley saß auf seinem durchgelegenen Bett und zählte sein Geld. Vier Zehner, ein Zweidollarschein, ein Dollarschein und dreiundfünfzig Cent in Münzen. Bei acht Dollar Zimmermiete die Woche sahen seine Aussichten für den Sommer nicht allzu rosig aus.

Eines Tages erwischte er endlich Doris Humphries am Telefon, und sie lud ihn ein, sie am nächsten Nachmittag zu besuchen. Bei den Humphries war es genauso wie bei den Bentons an dem Abend, als er mit Ollie Taylor dort gewesen war, außer dass sie keinen Butler, sondern ein Mädchen hatten. Charley fühlte sich ziemlich unwohl, weil nur Frauen da waren. Doris' Mutter war eine hagere, aufgedonnerte Frau, deren forschender Blick, hatte er das Gefühl, geradewegs durch ihn hindurch bis in die Brieftasche in seiner Hose ging.

Es gab Tee und Kuchen, und Charley wusste nicht recht, ob er rauchen sollte oder nicht. Es hieß, Ollie Taylor sei wieder nach Übersee gegangen, nach Südfrankreich, und da Ollie Taylor die einzige Gemeinsamkeit war, über die er sich mit ihnen unterhalten konnte, versiegte das Gespräch ziemlich bald. In Uniform war es ihm leichter gefallen, sich mit reichen Frauen zu unterhalten, als in Zivil. Doch Doris lächelte ihn nett an und sprach in freundlichem, vertraulichem Ton darüber, wie satt sie den gesellschaftlichen Wirbel und das alles habe und dass sie sich eine Arbeit suchen wolle. Das ist nicht so einfach, dachte Charley. Sie beklagte sich, dass sie nie interessante Männer kennenlerne. Sie sagte, Charley und Ollie Taylor – Ollie sei natürlich ein Schatz – seien die einzigen Männer aus ihrem Bekanntenkreis, mit denen man sich unterhalten könne. «Wahrscheinlich hat der Krieg und der Aufenthalt in Übersee irgendwas mit Ihnen gemacht», sagte sie und blickte zu ihm auf. «Wenn man erlebt hat, was Sie erlebt haben, kann man sich selbst nicht mehr so ernst nehmen wie diese Salonlöwen, mit denen ich mich abgeben muss. Die reinsten Kleiderbügel.»

Als Charley das große Apartmenthaus verließ, war ihm ganz schwindelig, sodass er beim Überqueren der Straße fast von einem Taxi überfahren worden wäre. Im Abenddunkel ging er die breite, von Verkehr summende Avenue entlang. Doris hatte ihm versprochen, demnächst mit ihm in eine Show zu gehen.

Nachdem die Verabredung von Woche zu Woche verschoben worden war – sie habe so schrecklich viel zu tun, beklagte sie sich jedes Mal am Telefon, sie würde ja gern, aber sie habe so schrecklich viel zu tun –, hatte er, als er Doris eines Abends Anfang Mai abholte, um sie zum Essen auszuführen, nur noch zwanzig Dollar in der BrieftSasche. Er musste eine Zeitlang allein im Salon der Humphries auf sie warten. Das Klavier, die Stühle und Vorhänge waren mit weißen Tüchern verhängt, und der große, weiße Raum roch nach Mottenkugeln. Er hatte das Gefühl, zu spät gekommen zu sein.

Endlich erschien Doris, und sie sah in ihrem tief ausgeschnittenen Abendkleid so bleich, seidig und golden aus, dass es ihm den Atem verschlug.

«Hallo, Charley, hoffentlich sind Sie nicht schon verhungert», sagte sie in dem intimen Ton, der ihm stets das Gefühl vermittelte, sie schon lange zu kennen. «Wissen Sie, mein Zeitgefühl war noch nie das beste.»

«Mein Gott, Doris, Sie sehen wunderbar aus.» Er ertappte sie dabei, wie sie seinen grauen Straßenanzug musterte.

«Oh, verzeihen Sie», sagte sie. «Ich ziehe mich rasch um.» Etwas Kühles hatte sich in ihre Stimme eingeschlichen und war gleich wieder verschwunden. «Es dauert nicht lange.»

Er spürte, wie er errötete. «Ich schätze, ich hätte Abendkleidung anziehen sollen», sagte er. «Aber ich hatte so viel zu tun. Ich bin noch nicht dazu gekommen, mir meine Sachen aus Minnesota schicken zu lassen.»

«Selbstverständlich. Außerdem haben wir schon fast Sommer. Ich weiß nicht, was mir eingefallen ist. Ich war wohl in Gedanken ganz woanders.»

«Können Sie denn nicht so gehen, Sie sehen wunderschön aus.»

«Aber es wirkt so albern, wenn eine Frau wie ein Zirkuspferd herausgeputzt ist und der Mann trägt einen Straßenanzug. Außerdem wird es viel mehr Spaß machen … nicht so sehr gesellschaftliche Verpflichtung, verstehen Sie … Ehrlich, ich brauche nur fünf Minuten, keine Sekunde länger.»

Doris ging hinaus und kam eine halbe Stunde später in einem perlgrauen Straßenkleid wieder, gefolgt von einem Dienstmädchen mit einem Tablett, auf dem ein Cocktailshaker und Gläser standen.

«Ich dachte, wir könnten noch etwas trinken, bevor wir gehen. Hier wissen wir wenigstens, was wir bekommen», sagte sie.

Zum Essen ging er mit ihr ins McAlpin; er kannte nichts anderes. Es war schon acht Uhr. Die Theaterkarten brannten in seiner Tasche, aber sie schien es nicht eilig zu haben. Es war schon halb zehn, als er mit ihr in ein Taxi stieg, um zum Theater zu fahren. Das Taxi füllte sich mit dem leichten, berauschenden Duft ihres Parfüms und ihres Haars. «Doris, ich möchte Ihnen noch rasch etwas sagen», stieß er plötzlich hervor. «Ich weiß nicht, ob Sie jemand anderen besonders mögen. Nach dem, was Sie über Ihre männlichen Bekannten gesagt haben, glaube ich das allerdings eher nicht.»

«Machen Sie mir um Gottes willen keinen Antrag», sagte sie. «Wenn Sie wüssten, wie ich Heiratsanträge hasse, besonders in einem Taxi, das in einem Verkehrsstau feststeckt.»

«Nein, so war das nicht gemeint. So, wie ich im Augenblick dastehe, würden Sie mich sowieso nicht heiraten wollen … auf gar keinen Fall. Zuerst muss ich auf die Beine kommen. Aber das wird ziemlich bald so sein … die Luftfahrt ist die kommende Industrie, wissen Sie … Heute in zehn Jahren … Wir ehemaligen Piloten haben die Möglichkeit, gleich von Anfang an einzusteigen … Ich möchte, dass Sie mir eine Chance geben, Doris, und die anderen noch ein bisschen vertrösten …»

«Zehn Jahre auf Sie warten, na, das ist vielleicht eine romantische Vorstellung … meine Großmutter wäre begeistert gewesen.»

«Hätte ich mir denken können, dass Sie das nicht ernst nehmen. So, da wären wir.»

Charley bemühte sich, kein saures Gesicht zu machen, als er ihr aus dem Wagen half. Sie drückte ganz kurz seine Hand, als sie sich darauf stützte. Sein Herz begann zu hämmern. Während sie dem Platzanweiser in das dunkle Theater folgten, das voller junger Frauen und Jazz war, legte sie ihre kleine Hand ganz leicht auf seinen Arm. Über ihnen lag der lange, staubige Kegel des Scheinwerfers, der sich zu einem flittrigen Schimmer weitete, wo ein Mädchen mit roten Lippen in einem Organdykleid tanzte. Mit dem Arm drückte er Doris' Hand kräftig gegen seine Rippen. «Sie haben schon verstanden, was ich meine», flüsterte er. «Denken Sie darüber nach ... So wie Sie hat noch nie eine Frau auf mich gewirkt, Doris.» Sie setzten sich auf ihre Plätze. Die Leute hinter ihnen machten pst, also musste Charley den Mund halten. Er schaffte es nicht, Interesse für die Show aufzubringen.

«Charley, erwarten Sie sich nichts, aber ich finde, Sie sind ein prima Kerl», sagte sie, als sie beide, von der Hitze, den Lichtern und den vielen Menschen ganz benommen, herauskamen und in ein Taxi stiegen. Sie ließ sich von ihm küssen, aber das Taxi hielt furchtbar bald vor ihrer Wohnung. Am Fahrstuhl sagte er ihr gute Nacht. Sie schüttelte lächelnd den Kopf, als er sie fragte, ob er noch mit hinaufkommen dürfe.

Mit wackeligen Knien ging er durch das Nachtschwärmergewühl der Park Avenue und der 42nd Street nach Hause. Immer noch spürte er ihren Mund auf seinen Lippen, den Duft ihrer hellen, krausen Haare, ihre schmalen Hände auf seiner Brust, als sie ihn weggestoßen hatte.

Am nächsten Tag wachte er spät auf und fühlte sich so ausgepumpt wie nach einer dreitägigen Sauftour. Er kaufte sich die Zeitungen und gönnte sich in der Kaffeebar, die nach abgestandenem Spülicht stank, eine Tasse Kaffee und einen Doughnut. Diesmal sah er nicht unter Geschäftsanzeigen nach, sondern unter Mechaniker und Techniker. Am selben Nachmittag bekam er einen Job in einer Autoreparaturwerkstatt in der First Avenue. Dass er wieder bei Overall, Schmiere unter den Fingernägeln und Stechuhr gelandet war, passte ihm gar nicht, war aber nicht zu ändern. Als er nach Hause zurückkam, fand er einen Brief von Emiscah vor, der ihm vollends die Stimmung verhagelte.

Er zerriss den Brief, kaum dass er ihn gelesen hatte. Pustekuchen, schlimm genug, wieder Ventile einschleifen zu müssen, auch ohne noch mal mit dieser Geschichte anzufangen. Die Augen voller Tränen der Wut, setzte er sich aufs Bett. So ein verdammter Mist aber auch, dass jetzt alles über ihm zusammenschlug, nachdem er Offizier geworden und beim Sanitätskorps und bei der Escadrille La Fayette gewesen war und ein Mechaniker sich um sein Flugzeug gekümmert und die Drecksarbeit gemacht hatte. So ein gottverfluchtes, elendes Pech. Als er sich ein bisschen beruhigt hatte, stand er auf und schrieb Joe, er solle um Gottes willen so schnell wie möglich gesund werden, er, Charley, habe ein Stellenangebot bei Triangle Motors in Long Island City abgelehnt und zur Überbrückung einen Job als Automechaniker angenommen, und das habe er verdammt satt, und er wolle endlich mit ihrem kleinen Projekt loslegen.

Er arbeitete schon zwei Wochen in der Reparaturwerkstatt, bis er mitbekam, dass der Vorarbeiter an jedem Zahltag in einem ungenutzten Büroraum hinten im Gebäude eine Pokerpartie aufzog. Er stieg ein und spielte ziemlich vorsichtig. In den ersten zwei Wochen wurde er die Hälfte seines Lohns los, doch dann stellte er allmählich fest, dass er gar kein so schlechter Pokerspieler war. Er verlor nie die Beherrschung und hatte ein ziemlich gutes Gespür dafür, wie die Karten verteilt waren. Außerdem achtete er darauf, seine Gewinne nicht an die große Glocke zu hängen, sodass er den anderen mehr abknöpfte, als sie vermuteten. Der Vorarbeiter war ein dicker Ire mit großer Klappe, der nicht allzu begeistert davon war, dass Charley seine Gewinne schmälerte; er hatte sich angewöhnt, die Jungs selbst auszunehmen. Charley schmierte ihn ab und zu mit einem Drink, außerdem leistete er mehr als alle anderen, sobald er sich eingearbeitet hatte. Bevor er nach Hause ging, zog er sich jedes Mal seine guten Sachen an.

Doris bekam er nicht mehr zu sehen, ehe sie für den Sommer nach York Harbor fuhr. Die einzigen Leute, die er kannte, waren die Johnsons. Er ging zwei Mal die Woche zu ihnen. Er baute ihnen Bücherregale und half ihnen eines Sonntags, den Wohnzimmerfußboden zu streichen.

An einem anderen Sonntag rief er schon frühmorgens bei ihnen an, um sie zu fragen, ob sie Lust hätten, zum Baden nach Long Beach mitzukommen. Paul lag mit Halsschmerzen im Bett, aber Eveline sagte, sie werde mitkommen. Na gut, wenn sie es will, dann kann sie es haben, sagte er sich, während er durch den Schmutz der heißen, menschenleeren Sonntagmorgenstraßen downtown spazierte. Sie kam in einem locker sitzenden, gelben Seiden- und Spitzennegligé, das den Ansatz ihrer schlaffen Brüste zeigte, an die Tür. Ehe sie etwas sagen konnte, zog er sie an sich und küsste sie. Sie schloss die Augen und ließ sich in seinen Armen schlaff werden. Dann stieß sie ihn weg und legte den Finger auf die Lippen.

Er errötete und zündete sich eine Zigarette an. «Darf ich?», fragte er mit wackeliger Stimme.

«Irgendwann werde ich mich wohl wieder an Zigaretten gewöhnen müssen», sagte sie ganz leise.

Er trat ans Fenster, um sich zusammenzureißen. Sie folgte ihm, griff nach seiner Zigarette und nahm ein paar Züge. Dann sagte sie laut und mit gelassener Stimme: «Kommen Sie doch nach hinten und sagen Sie Paul guten Tag.»

Paul lag blass und verschwitzt in den Kissen. Auf einem Tischchen am Bett standen eine Kaffeekanne, eine geblümte Tasse mit Untertasse und ein Krug heiße Milch. «Tag, Paul, sieht so aus, als leben Sie wie Gott in Frankreich», hörte sich Charley mit herzlicher Stimme sagen.

«Wenn sie krank sind, muss man sie ein bisschen verwöhnen», flötete Eveline

Charley merkte, dass er zu laut lachte. «Hoffentlich ist es nichts Ernstes, alter Junge.»

«Nein, nein, ich hab's öfter mit dem Hals. Amüsiert euch schön am Strand, Kinder. Ich wünschte, ich könnte mitkommen.»

«Vielleicht wird es ja ganz grässlich», sagte Eveline. «Aber wenn es uns nicht gefällt, können wir jederzeit zurückkommen.»

«Hat keine Eile», sagte Paul. «Ich habe jede Menge zu lesen. Mir fehlt es hier an nichts.»

«Na, du kannst ja zusammen mit Jeremy die Junggesellenbude hüten.»

Eveline hatte einen Picknickkorb mit ein paar Sandwiches und einer Thermosflasche Cocktails gepackt. Sie sah sehr schick aus in ihrem hellgelben Sommerkleid und dem kleinen weißen Hut mit der vorn hochgeschlagenen Krempe, fand Charley, während er, den Korb und die Sonntagszeitung in der Hand, neben ihr die staubige, sonnige Straße entlangging. «Wir wollen uns amüsieren», sagte sie. «Ich habe mich schon so lange nicht mehr amüsiert.»

Als sie in Long Beach aus der Bahn stiegen, wehte von See her ein kräftiger, blauer Wind, getrübt von kleinen, kühlen Dunstschwaden. An der Promenade hatten sich Unmengen von Menschen niedergelassen. Die beiden gingen ein langes Stück am Strand entlang. «Wäre es nicht schön, wenn wir alle loswerden könnten?», sagte sie. Sie gingen weiter, ihre Füße versanken im Sand, das Donnern und Zischen der Brandung übertönte ihre Stimmen. «Das ist toll», sagte er immer wieder.

Sie gingen und gingen. Charley hatte unter den Kleidern seinen Badeanzug an; bevor sie eine Stelle fanden, die ihm gefiel, war ihm darin heiß geworden, und seine Haut juckte. Sie stellten ihren Korb hinter einer flachen Düne ab, und Eveline zog sich unter einem großen Badetuch aus, das sie mitgebracht hatte. Charley hatte ein wenig Hemmungen, Hemd und Hose vor ihren Blicken auszuziehen, aber das schien jetzt dran zu sein.

«Meine Güte, Sie sind aber gut gebaut», sagte sie.

Charley zupfte nervös am unteren Ende seines Badeanzugs. «Ich bin wohl ziemlich gesund», sagte er. Er betrachtete seine Hände, die rot und verschmutzt von der weißen, unter dem leichten Flaum sommersprossigen Haut seiner Unterarme abstachen. «Ich hätte furchtbar gern einen Job, bei dem meine Hände sauber bleiben.»

«Man soll den Händen eines Mannes ansehen, was er arbeitet … Das macht die ganze Schönheit von Händen aus», sagte Eveline. Sie war in ihren Badeanzug geschlüpft und ließ das Badetuch fallen. Es war ein blassblauer, einteiliger Badeanzug, der sehr eng anlag.

«Meine Güte, was haben Sie für eine hübsche Figur. Das ist mir auf dem Schiff als Erstes aufgefallen.»

Sie trat zu ihm und nahm seinen Arm. «Gehen wir ins Wasser», sagte sie. «Ich habe Angst vor der Brandung, aber es ist furchtbar schön ... Es macht einfach Spaß, finden Sie nicht auch?»

Ihr Arm fühlte sich ganz seidig an auf seiner Haut. Er spürte ihren nackten Schenkel an seinem nackten Schenkel. Ihre Füße berührten einander, während sie von dem warmen, lockeren Sand auf den festen, kühlen Sand traten. Eine breite, schäumende Meerwasserzunge leckte ihnen entgegen und nässte ihnen die Beine bis zu den Knien. Sie ließ seinen Arm los und nahm seine Hand.

Mit Brandung hatte er nicht viel Erfahrung, und ehe er sich's versah, hatte eine Welle ihn umgerissen. Prustend kam er wieder hoch, Mund und Ohren voller Wasser. Sie stand noch, lachte ihn an und streckte die Hand aus, um ihm aufzuhelfen. «Gehen wir weiter rein», rief sie. Sie tauchten unter der nächsten Welle hindurch und schwammen hinaus. Knapp hinter der Stelle, wo sich die Wellen brachen, dümpelten sie wassertretend vor sich hin. «Nicht zu weit raus, wegen dem Rippstrom ...»

«Was?»

«Strömungen», rief sie, den Mund dicht an seinem Ohr.

Erneut überflutete ihn ein Brecher, und er kam spuckend und nach Luft schnappend wieder an die Oberfläche. Sie ließ sich mit geschlossenen Augen und geschürzten Lippen auf dem Rücken treiben. Mit zwei Stößen schwamm er zu ihr hin und küsste ihr kaltes, nasses Gesicht. Er versuchte, sie um den Leib zu packen, aber eine Welle brach über ihren Köpfen. Während sie prustend hochkamen, stieß sie ihn von sich. «Jetzt habe ich Ihretwegen meine Badekappe verloren. Schauen Sie.»

«Da ist sie. Ich hole sie.» Er kämpfte sich durch die Brandung und bekam die Badekappe genau in dem Augenblick zu fassen, als die Gegenströmung sie nach unten sog. «Tolle Brandung», schrie er.

Sie folgte ihm und stand neben ihm im seichten Schaum, die kurzen Haare nass über den Augen. Sie strich sie mit der Hand zurück. «Da wären wir», sagte sie. Charley schaute in beide Richtungen am Strand entlang. Im grellen Nachmittagsgleißen war niemand zu sehen. Er versuchte den Arm um sie zu legen. Sie entzog sich seinem Griff. «Charley ... haben Sie denn keinen Hunger?»

«Nach Ihnen, Eveline.»

«Ich will jedenfalls was zu essen.»

Als sie gegessen und die Cocktails getrunken hatten, fühlten sie sich schläfrig und leicht beschwipst. Sie lagen nebeneinander auf dem großen Badetuch in der Sonne. Sie sorgte dafür, dass er seine Hände bei sich behielt. Er machte die Augen zu, war aber zu erregt, um schlafen zu können. Mit einem Mal redete er das Blaue vom Himmel herunter. «Joe kümmert sich um die Patentseite, verstehen Sie, und er weiß, wie man mit den Anwälten und den großen Jungs mit den dicken Brieftaschen umgeht. Ich habe Angst, dass irgendein krummer Hund irgendeinen Dreh findet und mir meinen Kram klaut, wenn ich versuche, es allein durchzuziehen. Das passiert normalerweise, wenn einer was erfindet.»

«Sagen die Frauen Ihnen eigentlich manchmal, wie attraktiv Sie sind, Charley?»

«In Übersee hatte ich keine Schwierigkeiten ... Sie wissen schon, Aviatör, Liötenang, Kroa dö Gähr, kuscheh, wui, wui ... das war in Ordnung, aber hierzulande schaut ein Mädchen einen Mann nicht an, außer er hat die Taschen voller Geld ... Sie machen einem was vor, bis man halb verrückt ist.» Es war dumm von ihm, aber er ließ sämtliche Bedenken fahren und erzählte ihr alles von Doris. «Aber nicht alle Frauen sind so», sagte sie und streichelte seinen Handrücken. «Manche sind auch ehrlich.»

Er durfte nichts weiter als unter dem Handtuch ein bisschen mit ihr kuscheln. Allmählich ging die Sonne unter. Fröstelnd und sandbedeckt standen sie auf, der Sonnenbrand machte sich bemerkbar. Auf dem Rückweg den Strand entlang war er mürrisch und trübsinnig. Sie redete über den Abend, die Wellen und die Möwen und drückte seinen Arm, während sie sich darauf stützte. Sie gingen in ein Hotel an der Promenade, um einen Happen zu essen, und damit war sein letzter Fünfer so ziemlich futsch.

Auf der Heimfahrt im Zug fiel ihm nicht mehr viel ein. An der Ecke ihrer Straße verabschiedete er sich von ihr, dann ging er zur Hochbahn in der Third Avenue hinüber und fuhr uptown. Die Bahn war voller Jungs und Mädchen, die von Sonntagsausflügen zurückkehrten. Er hielt die Augen nach einem Mädchen offen, das er aufgabeln könnte, aber es ergab sich nichts. Als er in sein kleines, muffiges, grün tapeziertes Zimmer kam, hielt er es darin nicht aus. Er zog wieder los und durchstreifte die Second und die Third Avenue. Eine Frau sprach ihn an, aber sie war ihm zu dick und zu alt. Er ging eine ganze Weile neben einer hübschen, molligen Kleinen her, aber als er sie ansprach, drohte sie damit, einen Polizisten zu rufen, also kehrte er in sein Zimmer zurück, duschte heiß und kalt und haute sich ins Bett. Er tat die ganze Nacht kein Auge zu.

In den nächsten Wochen rief Eveline ihn so oft an und hinterließ so viele Nachrichten für ihn, dass der Mann am Empfang ihn irgendwann beiseitenahm und darauf hinwies, dass das Haus nur für junge Männer von untadeligem christlichem Lebenswandel bestimmt sei.

Er gewöhnte sich an, früher Feierabend zu machen, um mit Eveline auszugehen, und Ende Juli warf ihn der Vorarbeiter hinaus. Der Vorarbeiter war ohnehin sauer, weil Charley beim Poker ständig so viel Geld gewann. Charley zog aus dem Chatterton House aus und nahm sich im Osten der Stadt, in der 15th Street, ein möbliertes Zimmer, wobei er der Wirtin erklärte, seine Frau arbeite außerhalb und könne ihn nur gelegentlich besuchen. Die Wirtin schlug zwei Dollar auf die Miete auf und ließ es dabei bewenden.

Es kam so weit, dass er den ganzen Tag nichts anderes tat, als auf Eveline zu warten und lausigen Gin zu trinken, den er in einem italienischen Restaurant kaufte. Der Gedanke an Paul machte ihm zu schaffen, aber Paul war schließlich kein spezieller Freund von ihm, und wenn er, Charley, es nicht wäre, dann wäre es vermutlich ein anderer. Eveline quatschte so viel, dass ihm schwindlig wurde, aber sie war wirklich ein schick aussehendes Stück und im Bett ganz prima. Nur wenn sie davon redete, sich von Paul scheiden zu lassen und ihn zu heiraten, wurde ihm leicht mulmig zumute. Als das Geld, das er von der Arbeit in der Werkstatt gespart hatte, aufgebraucht war, zahlte sie anstandslos für Mittag- und Abendessen, aber er konnte sie schlecht auch noch seine Miete übernehmen lassen, also machte er sich eines frühen Morgens im September aus dem Staub und brachte seinen Koffer zur Grand Central Station. Am selben Tag ging er beim Chatterton House vorbei, um seine Post abzuholen, und fand einen Brief von Emiscah vor.

Wie die anderen Penner setzte er sich im Park hinter der Leihbücherei auf eine Bank und las ihn:

Charley Boy,
du hast immer ein Herz aus Gold gehabt, und ich weiß, wenn du wüsstest, was für ein fürchterliches Pech ich gehabt habe, würdest du mir helfen. Zuerst habe ich meine Arbeit verloren, und hier herrschte diesen Sommer eine solche Flaute, dass ich keine andere finden konnte; dann war ich krank und musste dem Arzt fünfzig Dollar bezahlen, und so richtig auf die Beine gekommen bin ich seither nicht, also musste ich mein Sparkonto auflösen, und jetzt ist alles weg. Meine Familienangehörigen wollen nichts tun, weil sie auf irgendwelche grässlichen Lügengeschichten gehört haben, die so lächerlich sind, dass man gar nicht näher darauf eingehen muss. Aber jetzt brauche ich noch diese Woche zehn Dollar, sonst setzt mich die Vermieterin auf die Straße, und dann weiß ich nicht, was aus mir wird. Ich weiß, ich habe nichts getan, womit ich es verdient hätte, so unglücklich zu sein. Wenn du doch

bloß hier wärst und ich mich in deine großen starken Arme kuscheln könnte wie damals. Damals hast du deine arme kleine Emiscah geliebt. Bitte schicke mir um deiner armen Mutter willen, die jetzt tot ist, sofort express zehn Dollar, damit es nicht zu spät ist. Manchmal denke ich, es wäre besser, den Gashahn aufzudrehen. Die Tränen laufen mir übers Gesicht, sodass ich das Blatt nicht mehr sehen kann. Gott segne dich.

EMISCAH

Meine Freundin ist auch pleite. Du verdienst so gut, zehn Dollar werden dir nicht weh tun, und ich verspreche dir, ich werde nichts mehr von dir verlangen.

Charley, wenn zehn zu viel sind, dann schicke fünf.

Charley runzelte die Stirn, zerriss den Brief und steckte die Fetzen in die Tasche. Der Brief machte ihm zu schaffen, aber was hatte es für einen Sinn? Er ging zum Hotel Astor hinüber, auf die Herrentoilette, um sich zu waschen. Er betrachtete sich in einem der Spiegel. Der graue Anzug sah noch immer ganz gut aus, sein Strohhut war neu und sein Hemd sauber. Die Krawatte hatte eine ausgefranste Stelle, aber die war nicht zu sehen, wenn man das Jackett zugeknöpft ließ. Alles in Ordnung, sofern es nicht regnete; seinen anderen Anzug, seinen Trenchcoat und seine Offiziersstiefel hatte er bereits versetzt. Er hatte noch ein paar Dollar in Münzen, also ließ er sich die Schuhe putzen. Dann ging er hinauf ins Schreibzimmer und schrieb Joe, er sei völlig abgebrannt, Joe solle ihm schleunigst per Post fünfundzwanzig schicken und um Gottes willen nach New York kommen. Er gab den Brief auf und ging langsam den Broadway entlang downtown.

Er kannte nur einen Ort, wo er eine Mahlzeit schnorren konnte, nämlich die Wohnung der Johnsons, also bog er von der Fifth Avenue in ihre Straße ab. Paul machte auf und streckte ihm die Hand entgegen. «Hallo, Charley», sagte er. «Ich habe Sie seit einer Ewigkeit nicht gesehen.»

«Ich bin umgezogen», stammelte Charley, der sich wie ein Lump vorkam. «Zu viele Wanzen in der vorigen Bude ... Ich wollte bloß mal eben guten Tag sagen.»

«Kommen Sie rein, ich mache uns einen Drink. Eveline wird gleich da sein.»

Charley schüttelte den Kopf. «Nein, ich wollte nur kurz guten Tag sagen. Was macht der Kleine? Grüßen Sie Eveline von mir. Ich bin verabredet.»

Er ging zu einem Zeitungsstand an der Ecke der 8th Street und kaufte sämtliche Zeitungen. Dann setzte er sich in ein Speakeasy, das er kannte, und sah bei ein paar Gläsern aufgepepptem Bier die Stellenanzeigen durch. Er trank das Bier langsam und notierte sich die Adressen auf einem Blatt Papier, das er im Hotel Astor geklaut hatte. Eine Anzeige stammte von einem Gebrauchtwagenhändler, dessen Geschäftsführer mit Jim befreundet war. Charley hatte ihn zu Hause kennengelernt.

Mit Anbruch der stickigen Spätsommernacht flammten die Lichter auf, und die Fenster wurden dunkel. Als er das Bier bezahlt hatte, blieb ihm nur noch ein Vierteldollar. «Gottverdammmich, das ist das letzte Mal, dass ich in so was reinschlittere», murmelte er vor sich hin, während er durch die Straßen wanderte. Lange saß er auf einer Bank am Washington Square und dachte darüber nach, wie er den Geschäftsführer dieses Gebrauchtwagenladens bequatschen konnte.

Es begann leicht zu regnen. Inzwischen waren die Straßen leer. Er schlug seinen Kragen hoch und ging los. Seine Schuhe hatten Löcher, und bei jedem Schritt spürte er das kalte Wasser zwischen seinen Zehen schmatzen. Unter einer Bogenlampe nahm er seinen Strohhut ab und betrachtete ihn. Er war bereits außer Form geraten, und die Krempe sah aufgequollen und lappig aus. «Herr des Himmels, wie soll ich es bloß anstellen, mir morgen einen Job zu besorgen?»

Er machte auf dem Absatz kehrt und ging geradewegs zur Wohnung der Johnsons. Der Regen wurde mit jeder Minute heftiger. Er drückte den Klingelknopf unter dem Kärtchen Paul Johnson-Eveline Hutchins, bis Paul mit sehr verschlafenem Gesicht im Pyjama an die Tür kam.

«Sagen Sie, Paul, kann ich auf Ihrem Sofa schlafen?»

«Es ist ziemlich hart ... Kommen Sie rein ... Ich weiß nicht, ob wir saubere Bettwäsche haben.»

«Das geht schon ... Ist nur für heute Nacht ... Sehen Sie, ich bin beim Würfeln ausgenommen worden. Aber morgen bekomme ich Geld. Ich dachte, ich probier's mit einer Parkbank, aber das Scheißwetter hat nicht mitgespielt. Morgen hab ich zu tun, und ich muss den Anzug in Schuss halten, verstehen Sie?»

«Klar ... Sie sehen ja ganz durchnässt aus ... Ich leihe Ihnen einen Pyjama und einen Bademantel. Ziehen Sie mal lieber Ihre Sachen aus.»

Auf dem Sofa der Johnsons war es trocken und bequem. Nachdem Paul wieder zu Bett gegangen war, lag Charley in Pauls Bademantel da und schaute an die Decke. Vor dem hohen Fenster sah er den Regen durch das Licht der Straßenlaternen flimmern und hörte ihn unaufhörlich aufs Pflaster trommeln. Das Baby wachte auf und schrie, im anderen Zimmer ging das Licht an. Er hörte Pauls und Evelines schläfrige Stimmen und das Geraschel ihrer Schritte. Dann beruhigte sich das Baby wieder, das Licht ging aus. Im trommelnden Regen war alles wieder still. Er schlief ein.

Aufzustehen und mit ihnen zu frühstücken war kein Vergnügen, genauso wenig wie sich fünfundzwanzig Dollar von Paul zu leihen, obwohl Charley wusste, dass er es ihm in ein paar Tagen zurückzahlen konnte. Als Paul sich auf den Weg ins Büro machte, ging auch er, ohne Evelines herausfordernde Seitenblicke zu beachten. Nie mehr in so was reinschlittern, sagte er sich immer wieder.

Zuerst ging er zu einem Schneider und las hinter einem Vorhang den *American,* während sein Anzug gebügelt wurde. Dann kaufte er sich einen neuen Strohhut, ging zu einem Friseur, ließ sich rasieren, die Haare schneiden, das Gesicht massieren und die Nägel maniküren und ging dann zu einem Schuster, um sich die Schuhe besohlen und putzen zu lassen.

Inzwischen war es fast Mittag. Er fuhr mit der U-Bahn uptown und ergatterte dank seines Mundwerks einen Job als Verkäufer bei dem Gebrauchtwagenhandel, dessen Geschäftsführer ein Freund von Jim war. Als der Mann ihn fragte, wie es der Verwandtschaft in Minneapolis ging, musste er sich alles Mögliche ausdenken. Am selben Abend holte er seine Wäsche vom Chinesen und seine Sachen aus der Pfandleihe und kehrte ins Chatterton House zurück, diesmal in ein Zimmer mit brauner Tapete. Er gönnte sich ein gutes Essen und ging, todmüde, früh schlafen.

Ein paar Tage später kam ein Brief von Joe Askew mit den fünfundzwanzig Dollar und der Mitteilung, er sei wieder auf den Beinen und komme demnächst nach New York, um mit der Arbeit anzufangen. Inzwischen verdiente Charley ein bisschen Geld mit Provisionen, gewann oder verlor aber jede Nacht bis zu hundert Dollar bei einer Pokerpartie in der 63rd Street, zu der ihn einer der Verkäufer mitnahm. Die Spieler waren größtenteils Automobilverkäufer und Werbefritzen, denen das Geld locker saß, sodass manchmal dicke Einsätze zustande kamen. Charley schickte Paul per Post die fünfundzwanzig Dollar, die er ihm schuldete, und wenn Eveline ihn anrief, sagte er jedes Mal, er habe furchtbar viel zu tun und werde sich demnächst melden. Keine solchen Sachen mehr, nie wieder. Wenn er gewann, zahlte er die Hälfte des Gewinns auf ein Sparkonto ein, das er eröffnet hatte. Das Sparbuch trug er in der Innentasche seines Jacketts mit sich herum. Immer wenn er es dort spürte, kam er sich ziemlich gewieft vor.

Von Eveline hielt er sich fern. So weit downtown zu fahren war ihm zu mühsam, und er hatte es auch nicht mehr nötig, denn einer der anderen Verkäufer gab ihm die Telefonnummer eines Apartments in einer Art Hotel auf der West Side, wo eine gewisse

Mrs. Darling Zusammenkünfte mit angenehmen jungen Frauen arrangierte, wenn man sie früh genug am Tag verständigte. Es kostete fünfundzwanzig Mäuse pro Mal, aber die Mädchen waren gesund und jung, und hinterher gab es keinerlei Ärger. Dass er es sich leisten konnte, für so was fünfundzwanzig Mäuse zu verpulvern, gefiel ihm ziemlich, aber es zehrte an seinen Pokergewinnen. Nach jeder Zusammenkunft mit einer von Mrs. Darlings Telefonnummern kehrte er trübsinnig und angewidert in sein Zimmer im Chatterton House zurück. Die Mädchen waren in Ordnung, aber es machte einfach nicht so viel Spaß wie mit Eveline oder sogar mit Emiscah. Er musste dann jedes Mal an Doris denken und sagte sich, dass er sich verdammt noch mal eine richtige Frau zulegen musste.

Im Lauf der Wochen verkaufte er immer weniger Autos und spielte immer mehr Poker, und als das Telegramm kam, mit dem Joe Askew sich für den nächsten Tag ankündigte, war es mit seinem Job so ziemlich zu Ende. Ihm war klar, dass man ihn nur deshalb noch nicht rausgeschmissen hatte, weil der Geschäftsführer mit Jim befreundet war. Außerdem hatte er eine Pechsträhne und musste sämtliches Geld vom Sparkonto abheben. Als er zum Bahnhof fuhr, um Joe abzuholen, hatte er einen Brummschädel und nur noch zehn Cent in der Tasche. Am Vorabend hatte man ihn beim Red Dog ausgenommen.

Joe sah genauso aus wie immer, nur war er dünner, und sein Schnurrbart war länger. «Na, wie steht's?» Charley nahm Joes anderen Koffer, während sie den Bahnsteig entlanggingen.

«Dicke Suppe, niedrige Wolkendecke, massenhaft Luftlöcher.»

«Das kann ich mir denken. Du siehst aus, als hättest du ordentlich einen draufgemacht. Du bist hoffentlich imstande loszulegen.»

«Na klar. Kommt nur auf den richtigen Chef an ... War ich etwa nicht jeden Tag in der Abendschule?»

«Das glaube ich gern.»

«Wie geht's dir denn jetzt, Joe?»

«Inzwischen wieder ganz gut. Nur bin ich vor lauter Ungeduld fast verrückt geworden. Was für ein Scheißsommer das war ... Und was hast du so getrieben, du alter Penner?»

«Na ja, ich habe Informationen über die Theorie des Straight Flush gesammelt. Und Frauen ... was hab ich nicht alles über Frauen gelernt. Sag mal, wie geht's denn deiner Frau und den Kindern?»

«Prima ... Du wirst sie kennenlernen. Ich nehme mir für diesen Winter hier eine Wohnung ... Na ja, mein Lieber, jetzt heißt's auf sie mit Gebrüll. Wir tun uns mit Andy Merritt zusammen ... Du wirst ihn heute Mittag kennenlernen. Wo kann ich denn unterkommen?»

«Na ja, ich wohne in diesem besseren YMCA drüben in der 38th Street.»

«Ist mir recht.»

Als sie ins Taxi gestiegen waren, klopfte Joe ihm aufs Knie, beugte sich näher heran und fragte grinsend: «Wann bist du bereit, mit der Produktion anzufangen?»

«Morgen früh um acht. Der alte Bigelow in Long Island City ist gerade pleitegegangen. Ich habe seine Werkstatt gesehen. Würde nicht viel kosten, sie auf Vordermann zu bringen.»

«Wir fahren heute Nachmittag rüber. Vielleicht gibt er sich mit ein paar Anteilen zufrieden.»

Charley schüttelte den Kopf. «Diese Anteile werden mal richtig was wert sein, Joe ... gib ihm Bargeld oder Schuldscheine oder so was. Er ist sowieso nicht der Hellste. Das letzte Mal, als ich drüben war, wollte ich dort als Mechaniker unterkommen ... Mein Gott, ich hoffe, die Zeiten sind endgültig vorbei ... Das Problem ist nämlich, ich will heiraten, Joe, und um so heiraten zu können, wie ich will, brauche ich beaucoup Kohle ... Ob du's glaubst oder nicht, ich bin verliebt.»

«In sämtliche Revuegirls der Follies, möchte ich wetten ... Das ist wirklich zum Schießen ... Du und heiraten.» Joe lachte sich halbtot. Während er auf sein Zimmer ging, um sich zu waschen, besorgte sich Charley in dem Drugstore an der Ecke ein Bromo-Seltzer.

Sie aßen im Yale Club mit Merritt, der sich als junger Mann mit grauem Gesicht und eckigem Kinn erwies. Charley hatte immer noch bohrende Kopfschmerzen und außerdem das dumpfe Gefühl, dass er keinen besonderen Eindruck machte. Er hielt die Klappe und überließ Joe das Reden. Joe und Merritt sprachen über Washington, das Kriegsministerium und das Marineministerium und warfen mit Zahlen um sich, dass Charley das Gefühl hatte, er müsse sich kneifen, um festzustellen, ob er wach war oder träumte.

Nach dem Lunch fuhr Merritt mit ihnen in einem offenen Pierce-Arrow-Tourenwagen nach Long Island City. Als sie dann endlich zu dem Betrieb kamen, durch die langen, unaufgeräumten Hallen spazierten und Drehbänke, Elektromotoren, Stanz- und Druckgussmaschinen betrachteten, fühlte Charley sich eher in seinem Element. Er zückte ein Stück Papier und begann sich Notizen zu machen. Das schien Merritt schwer zu beeindrucken, also machte er noch viel mehr Notizen. Dann fing auch Joe an, sich Notizen zu machen. Als Merritt ein kleines Notizbuch zückte und ebenfalls Notizen zu machen begann, wusste Charley, dass er das Richtige getan hatte.

Sie aßen mit Merritt zu Abend und blieben danach noch mit ihm zusammen. Es war ziemlich anstrengend, weil Merritt zu den Leuten gehörte, die einen Menschen auf einen Blick einschätzen konnten, und nun versuchte, auch Charley einzuschätzen. Sie aßen in einem teuren französischen Speakeasy, wo sie hinterher noch lange bei Cognac und Soda saßen. Merritt hatte eine besondere Vorliebe dafür, Personal- und Gehaltslisten zu erstellen und Wörter wie Kapitalisierung, Abschreibung und Amortisierung auf kleine Zettel zu schreiben, alle gefolgt von großen Zahlen mit jeder Menge Nullen. Das Ganze lief offenbar darauf hinaus, dass Charley Anderson vom vergangenen Montag an als technischer Leiter zweihundertfünfzig die Woche (zahlbar in Vorzugsaktien) verdienen und dass die Frage, welchen Prozentsatz an Stammaktien er und Joe für ihre Patente bekommen sollten, auf einer Vorstandssitzung am nächsten Tag entschieden werden würde. Charley schwirrte der Kopf. Vom Cognac war seine Zunge ein bisschen schwer. Das Einzige, was ihm einfallen wollte, und er sagte es immer wieder, war: «Jungs, wir dürfen keine halben Sachen machen.»

Nachdem sie Merritt und seinen Pierce-Arrow schließlich zum Yale Club zurückgeschafft hatten, holten sie tief Atem. «Sag mal, Joe, ist der Kerl ein Finanzgenie oder ein Spinner? Er redet, als würden die Dollarscheine auf den Bäumen wachsen.»

«Er lässt sie dort wachsen. Nein, ehrlich ...» Joe Askew nahm ihn beim Arm, und seine Stimme sank zu einem Flüstern herab, «das wird mal der Durant /415/ der Luftfahrtfinanzierung.»

«Er scheint einen Liberty-Motor nicht vom Hinterteil eines Zeppelins unterscheiden zu können.»

«Er kennt den Innenminister, das ist verdammt viel wichtiger.»

Charley fing so zu lachen an, dass er nicht mehr aufhören konnte. Auf dem Rückweg zum Chatterton House stieß er unentwegt mit entgegenkommenden Passanten zusammen. Er hatte Tränen in den Augen. Er lachte und lachte. Als sie zum Empfang gingen, um nach Post zu fragen, und das lange blasse Gesicht des Angestellten sahen, stieß er Joe an. «Das ist unsere letzte Nacht in diesem Beerdigungsinstitut.»

Im Flur vor ihren Zimmern roch es nach alten Tretern, Duschen und Umkleideräumen. Charley musste erneut lachen. Lange saß er auf seinem Bett und kicherte vor sich hin. «Mein Gott, so gefällt's mir schon besser; besser als Paris.» Nachdem Joe zu Bett gegangen war, steckte Charley, immer noch kichernd, den Kopf zur Tür herein. «Fass mich an, Joe», rief er. «Ich bringe Glück.»

Am nächsten Morgen gingen sie im Belmont frühstücken. Dann kaufte Charley auf Joes Veranlassung bei Knox einen steifen

Hut, ehe sie downtown fuhren. Weil Charleys Haar etwas zu drahtig war, saß der Hut nicht gut, aber das Band roch vornehm nach Englischleder. In der U-Bahn nahm er ihn immer wieder ab und roch daran. «Hör mal, Joe, wenn ich das erste Mal Gehalt kriege, möchte ich, dass du mit mir einen schicken Anzug kaufen gehst ... dieses Mädchen hat's gern, wenn ein Mann sich gut anzieht.»

«Wenn's nach mir geht, mein Lieber», knurrte Joe, «kommst du sechs Monate lang Tag und Nacht nicht aus dem Overall raus. Wir müssen praktisch in diesem Betrieb wohnen, wenn was halbwegs Anständiges dabei rauskommen soll, mach dir da bloß nichts vor.»

«Klar doch, Joe, war bloß ein Scherz.»

Sie trafen sich in der Kanzlei eines Anwalts namens Lilienthal. Von dem Moment an, als sie der elegant gepolsterten Blondine am Empfang ihren Namen nannten, hatte Charley das erregende Gefühl, dass ein großer Deal in der Luft lag. Die Blondine lächelte und beugte sich zur Sprechanlage. «O ja, natürlich ... Mr. Anderson und Mr. Askew.» Ein magerer Bürogehilfe führte sie umgehend in die Bibliothek, einen langen, düsteren Raum mit ledergebundenen juristischen Folianten. Ehe sie Zeit hatten, sich zu setzen, erschien durch eine Mattglastür Mr. Lilienthal persönlich. Er war ein dunkelhaariger, birnenförmiger Mann ohne Hals und mit munterem Gebaren. «Ah, da haben wir ja unsere beiden Fliegerasse, auf die Minute pünktlich.»

Als Joe sie beide vorstellte, hielt Mr. Lilienthal Charleys Hand einen Moment lang in seinem kleinen, glatten, dicken Handteller fest. «Andy Merritt hat gerade Ihr Loblied gesungen, junger Freund, er sagt, Sie seien der kommende Kontakter.»

«Dabei habe ich ihm gerade gesagt, dass ich ihn sechs Monate lang nicht aus der Fabrik lasse. Er ist derjenige, der das Gefühl für die Motoren hat.»

«Na, vielleicht war ja der Kontakt mit den Motoren gemeint», sagte Mr. Lilienthal und hob eine dünne schwarze Augenbraue.

Der Anwalt führte sie in ein großes Büro mit einem großen,

leeren Mahagonitisch in der Mitte und einem blauen Chinateppich auf dem Fußboden. Merritt und zwei andere Männer waren schon da. Charley kamen sie vor wie eine Anzeige für ein Herrenbekleidungsgeschäft, wie sie da in ihren gutgeschnittenen dunklen Anzügen im blauen, gekräuselten Zigarettenrauch vor dem hellgrauen Licht standen, das durchs Fenster fiel. George Hollis war ein blasser junger Mann mit Mittelscheitel, der andere, Burke, war ein schlaksiger irischer Anwalt mit dunklem Gesicht, ein alter Freund von Joe, der, wie Joe erklärte, in Washington ihre Patente unter Dach und Fach bringen würde. Alle schienen sie Charley für einen tollen Kerl zu halten, doch er ermahnte sich ständig, die Klappe zu halten und das Reden Joe zu überlassen.

Den ganzen Vormittag saßen sie um den Mahagonitisch des Anwalts, rauchten Zigarren und Zigaretten und verbrauchten Unmengen von gelbem Konzeptpapier, bis der Tisch aussah wie der Boden eines nicht gesäuberten Vogelkäfigs und die Luckies auf Charleys Zunge bitter schmeckten. Mr. Lilienthal rief andauernd seine Stenographin, ein kleines, mäuschenartiges Geschöpf mit großen, grauen Augen, herein, damit sie ein Diktat aufnahm, und schickte sie dann wieder hinaus. Gelegentlich summte das Telefon, dann nahm er ab und sagte mit gelangweilter Stimme: «Meine liebe junge Dame, ist Ihnen noch nicht der Gedanke gekommen, dass ich in einer Besprechung sein könnte?»

Die Firma sollte Askew-Merritt Company heißen. Es wurde viel darüber geredet, in welchem Staat sie gegründet werden und wie die Aktien auf den Markt gebracht werden sollten, wie die Börseneinführung vonstattengehen und wie das Aktienkapital eingeteilt werden sollte. Als sie schließlich aufstanden, um Mittag essen zu gehen, schwirrte Charley der Kopf. Auf dem Weg zum Fahrstuhl suchten mehrere von ihnen die Toilette auf, und Charley schaffte es, sich vor das Urinal neben Joe zu stellen und ihm zuzuflüstern: «Joe, sag mir um Gottes willen, sind wir die Angeschmierten oder die?» Joe gab keine Antwort. Er verzog lediglich das Gesicht und zuckte die Schultern.

Wochenschau L

Schuld war nicht nur der Broadway

mit wenigen Ausnahmen lag und liegt die Führung unserer Regierungsgeschäfte in ehrlichen und kompetenten Händen, die Finanzen sind gesund und werden gut verwaltet, die wirtschaftlichen Interessen dieses Landes, auch die der Eigentümer, Führungskräfte und Angestellten, entspringen ehrenwerten und patriotischen Motiven, und die derzeitige wirtschaftliche Lage gewährleistet die Fortdauer von Vertrauen und Wohlstand

Du bist selbst schuld daran
Schieb's nicht nur auf den Broadway

GROSSES GESCHWORENENGERICHT BEFRAGT BASEBALLSPIELER

EIN VERBESSERTES SCHMIERSYSTEM, DAS EINE POSITIVE, BESTÄNDIGE BEÖLUNG DER GESAMTEN LAGERFLÄCHEN SICHERSTELLT

Tief im Herzen sehn ich mich so sehr
Nach der alten Clique, doch es gibt sie nicht mehr

die Dooling Shipbuilding Corporation hat weder direkt noch indirekt Bestechungsgelder irgendwelcher Art oder Beschaffenheit an Angestellte oder Vertreter des U.S. Shipping Board, der Emergency Fleet Corporation oder irgendeiner anderen Regierungsstelle gezahlt noch sich bereit erklärt, solche zu zahlen, noch wird sie solche zahlen

ERMORDETER REICHER IM KELLER VERGRABEN

Wie klang es so nett, das alte Quartett
Mit seinem Sweet Adeline
Lebt wohl für immer, ihr Mädels und Jungs
Ihr Liebsten und Freunde, für immer lebt wohl

EIN NEU KONSTRUIERTES SCHALTGETRIEBE, DAS
NICHT NUR FÜR GRÖSSERE KRAFT UND LANGLEBIGKEIT,
SONDERN AUCH FÜR VERBESSERTE LAUFRUHE SORGT

EINE NEUE KUPPLUNG – EINE INGENIEURSLEISTUNG,
DIE DER KRAFTÜBERTRAGUNG ETWAS WUNDERBAR
REIBUNGSLOSES VERLEIHT UND DAS SCHALTEN
DAMIT LEICHT UND GERÄUSCHARM MACHT

NEUE UND GRÖSSERE KUGELSCHEINWERFER
LIEFERN DIE VOLLKOMMENSTE BELEUCHTUNG,
DIE JE FÜR AUTOMOBILISTISCHE ZWECKE
ENTWICKELT WORDEN IST

GARY MACHT ROMANTISCHE VORSTELLUNGEN
DER ÖFFENTLICHKEIT FÜR ACHTSTUNDENTAG
VERANTWORTLICH

die für die Produkte von Abpackbetrieben erzielten Preise waren das Ergebnis rein ökonomischer Gesetze. Offizielle Zahlen beweisen, dass, wenn die Weizenpreise den Gesetzen von Angebot und Nachfrage genügen sollen

ROHEISENERZEUGUNG SCHARF GEDROSSELT

Und versucht eine Fremde, dich zu umgarnen
Scheinen rote Lampen vor Gefahr dich zu warnen
Also schieb's nicht nur auf den Broadway

Der bittere Trank

Veblen,

ein schwerfälliger Mann mit grauem Gesicht, voller Groll an seinen Schreibtisch gelümmelt, die Wange in die Hand gestützt, so drehte er, mit leise und sarkastisch gemurmelten, verwickelten Formulierungen, geschickt den logischen, unausweichlichen Strick des Faktischen, an dem die Gesellschaft sich aufhängen konnte,

sezierte das Jahrhundert mit einem Skalpell, so scharf, so komisch und so exakt, dass die Professoren und Studenten in neun von zehn Fällen gar nicht, und die Magnaten, die hochgeachteten Windbeutel und gefeierten Großmäuler überhaupt nie merkten, dass es vorhanden war.

Veblen

stellte zu viele Fragen, litt an einer angeborenen Unfähigkeit, ja zu sagen.

Sokrates stellte ebenfalls Fragen, leerte eines Nachts beim ersten Hahnenschrei den bitteren Trank,

doch Veblen

trank ihn in kleinen Schlucken im Laufe eines langen Lebens im Mief von Seminarräumen, im Staub von Bibliotheken, in der Muffigkeit billiger Wohnungen, wie sie sich ein armer Lehrer leisten kann. Er kämpfte wacker gegen den Bøyg/416/, gegen Pedanterie, Routine, Nichtstuer an Büroschreibtischen, Treuhänder, College-Präsidenten, die feisten Lakaien der herrschenden Geschäftemacher, dagegen, dass sämtliche gute Stellen für Jasager reserviert waren, nie genug Geld da war, jede keimende Hoffnung zunichtegemacht wurde. Weiß Gott, Veblen leerte den bitteren Trank.

Die Veblens waren ein Geschlecht von freien Bauern.

Die freien Bauern der schmalen norwegischen Täler waren ein halsstarriger, arbeitsamer Menschenschlag, Bauern, Milchbauern, Fischer, fest verwurzelt in den steinigen Äckern ihrer Vorväter, in ihren alten, gezimmerten Heimstätten mit den geschnitzten Giebeln, von denen sie ihre Namen herleiteten, in den Hochlandweiden, auf denen sie im Sommer ihr Vieh grasen ließen.

Anfang des neunzehnten Jahrhunderts wuchsen die Städte; Norwegen füllte sich mit Landlosen, mit Ladenbesitzern, Polizeibeamten, Geldverleihern, Gerichtsvollziehern, schwarz gekleideten Notaren mit steifen Kragen und Aktenmappen voller Zwangsvollstreckungen unterm Arm. Die Stadtbewohner begannen Profit aus dem Land zu ziehen und die Bauern um die Freiheit ihrer schmalen Farmen zu betrügen.

Die Kleinmütigen unterwarfen sich als Pächter und Tagelöhner; die Starken jedoch verließen das Land,

so wie ihre Vorväter Jahrhunderte zuvor das Land verlassen hatten, als Harald Schönhaar und der heilige Olaf die Freiheiten der Nordmänner, deren jeder Herr über seinen eigenen Fjord war, in Stücke schlugen, um Christen und Leibeigene aus ihnen zu machen,

nur dass die Nordmänner in alter Zeit westwärts nach Island, Grönland, Vinland gesegelt waren; jetzt war es Amerika.

Väterlicher- wie mütterlicherseits hatten die Vorfahren Thorstein Veblens ihre Heimstätten verloren, und mit ihnen die Namen, die sie als Freie kennzeichneten.

Eine Zeitlang versuchte Thomas Anderson, sich seinen Lebensunterhalt als wandernder Zimmermann und Tischler zu verdienen, doch 1847 fuhren er und seine Frau Kari Thorsteinsdatter auf einem Walfänger von Bremen aus übers Meer und ließen sich in einer norwegischen Kolo-

nie in Manitowoc County nieder, in der Nähe von Cato und einem Ort namens Valders, benannt nach dem Tal in der alten Heimat, aus dem sie alle gekommen waren;
dort wurde in dem Haus, das Thomas Anderson mit seinen eigenen Werkzeugen baute, als sechstes von zwölf Kindern Thorstein Veblen geboren.
Als Thorstein acht Jahre alt war, zog Thomas Anderson abermals westwärts, nämlich in die Schwarzerdeprärien von Minnesota, aus denen nur wenige Jahre zuvor die Sioux und die Büffel vertrieben worden waren. In der Besitzurkunde für die neue Farm nahm Thomas Anderson wieder den alten Hofstellennamen Veblen an.

Er war ein solider Farmer und Baumeister, ein geschickter Zimmermann, der erste, der Merinoschafe und einen Mähbinder importierte; er war ein angesehener Mann unter den Norwegern, die den Rand der Prärie bewirtschafteten und ihre Dialekte, die Lebensweise ihrer schmalen norwegischen Täler, ihre lutherischen Pastoren, ihre selbstgewebten Kleider, ihren selbsterzeugten Käse, ihr selbstgebackenes Brot und ihren Argwohn und ihre hartnäckige Abneigung gegen die Sitten der Städter beibehielten.
Die Städter waren größtenteils Yankees, schlau genug, um zwei Dollar wachsen zu lassen, wo zuvor nur einer gewachsen war, Ladenbesitzer, Zwischenhändler, Spekulanten, Geldverleiher, mit einem Händchen für Politik und Hypotheken; sie verachteten die skandinavischen Kleinbauern, von denen sie lebten und deren Töchter ihren Frauen die Küchenarbeit abnahmen.
Die Norweger waren wie schon ihre Vorväter der Überzeugung, dass es für einen ehrlichen Mann nur zwei Berufe gab, Farmer oder Prediger.

Thorstein wuchs zu einem kräftigen Burschen heran, der als faul und gewitzt galt. Er hasste die mühsame, immergleiche Schufterei des Landlebens. Wenn er las, war er glücklich. Zimmermannsarbeit gefiel ihm, desgleichen die Bedienung von Landmaschinen. Die lutherischen Pastoren, die ins Haus kamen, merkten, dass sein geschmeidiger Verstand mühelos um die Ecken ihrer Theologie kam. Es war schwer, ihn zur Farmarbeit anzuhalten, er hatte eine scharfe Zunge und war bekannt für die Spitznamen, die er Leuten anhängte; sein Vater beschloss, ihn Prediger werden zu lassen.

Als er siebzehn war, holte man ihn von dem Feld, auf dem er gerade arbeitete. Seine Tasche war bereits gepackt. Die Pferde waren angeschirrt. Man schickte ihn auf die Carleton Academy in Northfield, damit er sich dort auf das Carleton College vorbereitete.

Da es mehrere junge Veblens gab, die studieren sollten, baute ihr Vater ihnen ein Haus auf einem Grundstück in der Nähe des Campus. Essen und Kleidung wurde ihnen von der Farm geschickt. Bargeld bekamen sie nie zu sehen.

Thorstein sprach Englisch mit Akzent. Er litt an einer angeborenen Unfähigkeit, ja zu sagen. Sein Geist war geprägt von den nordischen Sagas, von der nüchternen Vernunft der Landarbeit seines Vaters, von den exakten Erfordernissen des Zimmermannshandwerks und der Dreschmaschinen.

Er brachte nie viel Interesse auf für die Theologie, Soziologie und Ökonomie des Carleton College, wo man emsig damit beschäftigt war, die schartigen Dogmen der alten, bibelfesten Händler New Englands so zurechtzustutzen, dass sie als Sinnsprüche für die Bürowände von Kommissionären taugten.

Veblens College-Jahre fielen in die Zeit, da Darwins Entstehungs- und Entwicklungslehren die festgefügte Welt der Arche Noah zertrümmerten,

da Ibsens Frauen die Portieren der viktorianischen Salons herunterrissen

und Marx’ mächtige Denkmaschine die ureigene Logik des Kontors aufbot, um das Kontor zu zerstören.

Wenn Veblen nach Hause auf die Farm kam, sprach er mit seinem Vater über diese Dinge, folgte ihm beim Pflügen durch die Furchen, brach eine Diskussion vom Zaun, während sie auf eine frische Ladung für die Dreschmaschine warteten. Thomas Anderson kannte Norwegen und Amerika; er hatte den vierschrötigen Verstand eines Zimmermanns und Baumeisters, einen Sinn für Werkzeuge und das sorgfältig gehortete, immerzu weiterentwickelte und Jahreszeit um Jahreszeit aufgebaute Wissen eines umsichtigen Farmers,

ein harter Wetzstein für den sich schärfenden Stahl von Thorsteins Verstand.

Am Carleton College galt der junge Veblen als brillanter, unsolider Exzentriker; niemand konnte verstehen, wieso ein Junge von solcher Befähigung sich nicht den Erfordernissen der Stunde widmete, nämlich mit Hilfe jeglicher noch halbwegs brauchbarer Trümmerstücke christlicher Ethik und Wirtschaftslehre des achtzehnten Jahrhunderts, die in den Köpfen der Professoren herumspukten, das Eigentum und die Profite zu schützen und das heilige, schon wackelige Gebäude mit dem neuen, starken wissenschaftlichen Tragwerk zu ertüchtigen, das Herbert Spencer /417/ zum Nutzen der Bosse hochzog.

Die Leute beschwerten sich, dass man nie wisse, ob Veblen es ernst meine oder ob er nur scherze.

1880 unternahm Thorstein Veblen den Versuch, sich seinen Lebensunterhalt als Lehrer zu verdienen. Ein Jahr an einer Akademie in Madison, Wisconsin, verlief nicht sonderlich erfolgreich. Im nächsten Jahr nahmen er und sein Bruder Andrew weiterführende Studien an der Johns Hopkins University auf. Die Johns Hopkins behagte ihm nicht, aber als Untermieter in einem alten Haus in Baltimore zusammen mit einigen verarmten Frauen aus guter Familie gewann er einen verächtlichen Einblick in eine bereits mottenzerfressene Etikette, die vom Merry Old England der Grundherren und Kavaliere über die üppige Muße in den hochherrschaftlichen Anwesen der Sklaven haltenden Plantagenbesitzer bis auf den heutigen Tag weitergegeben worden war.

(Die Talbauern hatten die Sitten von Außenstehenden seit je verachtet.)

Eher zu Hause fühlte er sich in Yale, wo er in Noah Porter einen puritanischen Granitschädel aus New England fand, mit dem sein norwegischer Granitschädel in manch heftigem Disput zusammenprallte. Dort machte er seinen Doktor. Freilich war immer noch unklar, auf welchem Gebiet der akademischen Welt er am ehesten seinen Lebensunterhalt verdienen konnte.

Er las Kant und schrieb preisgekrönte Essays. Aber er bekam keine Stelle. Sosehr er sich auch bemühte, er brachte das unerlässliche Ja einfach nicht über die Lippen.

Er kehrte mit einem gewissen unduldsamen Einblick in die Annehmlichkeiten höherer Gelehrsamkeit nach Minnesota zurück. Seinem leichten norwegischen Akzent hatte er das breite A hinzugefügt.

Zu Hause lungerte er auf der Farm herum, bastelte an technischen Erfindungen, las und unterhielt sich mit seinem Vater über Theologie und Philosophie. In den skandinavischen Kolonien waren die Weizenpreise zusammen mit dem Glauben an Gott und St. Olaf im Niedergang begriffen. Die Farmer des Nordwestens begannen ihren langen, aussichtslosen Kampf gegen die parasitären Geschäftemacher, die sie bis aufs Blut aussaugten. Die Farm war mit einer Hypothek belastet, Zinsen waren zu zahlen, stets waren Dünger und neue Maschinen anzuschaffen, um die Produktion zu beschleunigen und in einem halben Jahrhundert den Reichtum aus dem Boden zu pressen, den eine Million Jahre Büffelgras dort abgelagert hatten. Seine Brüder murrten ständig über den sarkastischen Faulenzer, der sich seinen Unterhalt nicht selbst verdiente.

Zu Hause traf er auch seine College-Liebe wieder, Ellen Rolfe, die Nichte des Präsidenten des Carleton College, ein Mädchen, in dessen Familie es Eisenbahnmagnaten und Geld gab. Die Leute in Northfield waren entsetzt, als herauskam, dass sie den affektierten, pedantischen, auf Bücher versessenen, schlechtgekleideten jungen norwegischen Tunichtgut zu heiraten gedachte.

Ihre Familie heckte einen Plan aus, um ihm eine Stelle als Ökonom bei der Santa Fe Railroad zu beschaffen, aber Ellen Rolfes Onkel büßte im falschen Moment die Verfügungsmacht über die Gesellschaft ein. Das junge Paar ließ sich in Stacyville nieder, wo es alles Mögliche tat, außer seinen Lebensunterhalt zu verdienen. Die beiden lasen Latein und Griechisch und botanisierten in den Wäldern, an den Zäunen und im Gesträuch am Straßenrand. Sie fuhren Boot auf dem Fluss, und Veblen begann mit seiner Übersetzung der *Laxdæla saga* /418/. Sie lasen *Ein Rückblick aus dem Jahre 2000* /419/ und Artikel von Henry George /420/. Sie schauten von außen auf ihre Welt.

91 kratzte Veblen genügend Geld zusammen, um an die Cornell gehen und weiterführende Studien betreiben zu können. Angetan mit einer Waschbärfellmütze und grauen Cordhosen, erschien er im Büro des Dekans der wirtschaftswissenschaftlichen Fakultät und sagte mit seiner leisen, sarkastischen, gedehnten Stimme: «Ich bin Thorstein Veblen»,

aber erst mehrere Jahre später, nachdem er sich an der neuen, neben der Weltausstellung entstandenen University of Chicago etabliert und *Theorie der feinen Leute* /421/ veröffentlicht hatte, das durch Howells' berühmte Rezension bekannt geworden war, erfuhr die Welt der höheren Gelehrsamkeit, wer Thorstein Veblen war.

Selbst als hervorragender junger Ökonom in Chicago lebte er nach Art eines Pioniers. (Die Talbauern hatten die Sitten von Außenstehenden seit je verachtet.) Seine Bücher bewahrte er in Packkisten auf, die hochkant an den Wänden standen. Seine einzigen Extravaganzen waren die russischen Zigaretten, die er rauchte, und die rote Schärpe, die er manchmal trug. Oberflächliches Geplauder lag ihm nicht. Wenn er Vorlesungen hielt, stützte er die Wange in die Hand und nuschelte seine langen Spiralsätze, die mit ihren ständigen Wiederholungen an die Edda erinnerten. Seine Sprache war eine Mischung aus Technikerjargon, wissenschaftlichem Latein, Slang und Roget's Thesaurus. Die anderen Professoren begriffen nicht, warum die Mädchen dermaßen auf ihn flogen.

Die Mädchen flogen dermaßen auf ihn, dass Ellen Rolfe ihn immer wieder verließ. Er unternahm ohne seine Frau Sommerreisen ins Ausland. Einmal gab es einen Skandal mit einem Mädchen auf einem Ozeandampfer.

Es wurde dermaßen getratscht (Veblen war ein Mensch, der sich nie erklärte, der das unerlässliche Ja einfach nicht über die Lippen brachte; die Talbauern hatten die Sitten von

Außenstehenden seit je verachtet, genau wie ihre Ansichten), dass seine Frau ihn verließ, um fortan allein auf einem Waldgrundstück in Idaho zu leben, und der Universitätspräsident ihn zum Rücktritt aufforderte.
Als es Veblen gelang, eine besser bezahlte Stelle an der Leland Stanford zu bekommen, fuhr er nach Idaho und überredete seine Frau, mit ihm nach Kalifornien zu gehen, aber in Palo Alto war es die gleiche Geschichte wie in Chicago. Er litt an Frauenproblemen, an seiner angeborenen Unfähigkeit, ja zu sagen, und an der unnatürlichen Neigung, sich mit der Arbeiterklasse anstatt mit den Profitmachern zu solidarisieren. Es gab die gleichen Klagen: seine Veranstaltungen seien weder konstruktiv noch anziehend für große Geldgeber, sie hülfen seinen Studenten nicht, ihr Brot zu buttern, in Phi Beta Kappa aufgenommen zu werden und sich die Rosinen aus den Hierarchien des akademischen Kuchens herauszupicken. Seine Frau verließ ihn endgültig. Er schrieb einem Bekannten: «Der Universitätspräsident missbilligt meine häuslichen Verhältnisse; ich auch.»
In einem Gespräch sagte er einmal: «Was soll man denn machen, wenn es die Weiber auf einen abgesehen haben?»
Er kehrte in die Hütte in den Wäldern von Idaho zurück.
Freunde versuchten, ihm einen Forschungsauftrag auf Kreta, einen Lehrstuhl an der Universität von Peking zu verschaffen, aber immer war da der Bøyg, Routine, die Lakaien der Geschäftemacher in sämtlichen Universitätsbüros … der bittere Trank für den Fragensteller.

Sein Freund Davenport verschaffte ihm einen Ruf an die University of Missouri. In Columbia wohnte er wie ein Eremit im Keller der Davenports, half bei der Hausarbeit, schreinerte sich einen Tisch und Stühle. Er war bereits ein verbitterter alter Mann mit grauem, von einem Gewirr fei-

ner Runzeln überzogenem Gesicht, einem Van-Dyke-Bart und gelben Zähnen. Nur wenige Studenten konnten seinen Vorlesungen folgen. Bei der College-Verwaltung war man oft überrascht und auch etwas verärgert darüber, dass Besucher aus Europa immer nur Veblen kennenlernen wollten. Das waren die Jahre, in denen er den größten Teil seiner Schriften verfasste, wobei er seine Ideen an seinen Studenten ausprobierte und nachts schrieb, langsam, mit violetter Tinte und einem selbstkonstruierten Füllfederhalter. Jedes Mal, wenn er ein Buch veröffentlichte, musste er beim Verlag eine Bürgschaft stellen. In *Theorie des Unternehmertums, Der Hang zu schöpferischer Arbeit* und *Die Kapitalinteressen und der gemeine Mann* /422/
erstellte er das neuartige Diagramm einer vom Monopolkapital beherrschten Gesellschaft,
beschrieb mit ätzender Ironie
die Sabotage der Produktion durch das Geschäft
die Sabotage des Lebens durch die blinde Gier nach Geldgewinnen,
und zeigte die Alternativen auf: eine Gesellschaft im Kriegszustand, im Würgegriff der Monopolbürokratien und durch das Gesetz vom abnehmenden Ertragszuwachs gezwungen, den gemeinen Mann um der Profite willen immer mehr zu schinden,
oder eine neue, auf Sachlichkeit und Vernunft beruhende Gesellschaft, beherrscht von den Bedürfnissen der Männer und Frauen, welche die Arbeit verrichten, und von den unglaublich gewaltigen Aussichten auf Frieden und Überfluss, die der technische Fortschritt bietet.

Das waren die Jahre, in denen Debs seine Reden hielt, die Gewerkschaften Zulauf hatten, die IWW von Demokratie in der Arbeitswelt sprach: In diesen Jahren hielt Veblen noch an der Hoffnung fest, dass die Arbeiterklasse den Produktionsapparat übernehmen würde, ehe das Monopolkapital die Völker des Westens wieder in die Finsternis hinabgestoßen hatte.

Das alles machte der Weltkrieg zunichte: Im Schutze der patriotischen Dekoration von Woodrow Wilsons Phrasen schlugen die Monopole zu. Die amerikanische Demokratie wurde zermalmt.

Immerhin bot der Krieg Veblen Gelegenheit, aus dem stickigen Treibhaus des akademischen Lebens auszubrechen. Man offerierte ihm eine Stelle bei der Lebensmittelverwaltung, er ließ dem Marineministerium eine Vorrichtung zum Aufspüren von U-Booten mittels Schleppnetzen aus starkem Bindedraht zukommen. (Inzwischen fand der Staat seine Bücher etwas verwirrend. Die Post verbot den Versand von *Das Deutsche Reich und die industrielle Revolution* /423/, während Propagandastellen es verbreiteten, um den Hass auf die Hunnen zu schüren. Pädagogen prangerten *Das Wesen des Friedens* /424/ an, während Experten in Washington Auszüge daraus zur Verstärkung von Wilsons Nebelwand verwendeten.

Für die Lebensmittelverwaltung verfasste Thorstein Veblen zwei Berichte: in dem einen empfahl er als kriegswichtige Maßnahme, die Forderungen der IWW zu erfüllen und die Arbeiterklasse zu versöhnen, anstatt alle ihre ehrlichen Führer zu verprügeln und ins Gefängnis zu stecken; in dem anderen wies er darauf hin, dass die Lebensmittelverwaltung ein unlauteres Unternehmen sei, bei dem es gar nicht darum gehe, die Produktivkräfte des Landes möglichst effektiv zu organisieren. Er schlug vor, der Staat solle im Interesse einer effektiven Kriegführung an die Stelle der Vermittlungsinstanz treten und den Farmern die benötigten Güter direkt im Austausch für Rohstoffe liefern;

aber das Unternehmertum auszuschalten entsprach durch-

aus nicht den Vorstellungen der Regierung davon, wie die Welt für die Demokratie sicherer zu machen sei,
also musste Veblen seinen Posten bei der Lebensmittelverwaltung räumen.
Er unterzeichnete die Proteste gegen den Prozess der hundertundeins Wobblys /425/ in Chicago.

Nach dem Waffenstillstand ging er nach New York. Trotz all der Unterdrückung der Kriegsjahre wehte ein frischer Wind. In Russland war der große Sturm der Revolte losgebrochen und schien sich nach Westen auszudehnen; in den kräftigen Böen aus der neuen Welt im Osten begannen die vom Krieg zermürbten Massen wieder zu sehen. In Versailles knallten Alliierte und Feinde, Magnaten, Generäle und politische Lakaien die Fensterläden zu, um den Sturm, das Neue, die Hoffnung draußen zu halten. Im donnernden Gleißen wurde eine Sekunde lang plötzlich klar, was Krieg hieß, was Frieden hieß.
In Amerika und Europa siegten die alten Männer. Die Bankiers in ihren Büros atmeten auf, die brillantenbehängten Greisinnen der müßigen Klasse machten sich wieder daran, in der kultivierten Stille ihrer Tresorgewölbe Coupons zu schneiden,
der letzte Hauch des revolutionären Ozons
verpuffte im Geflüster von Kneipendiskussionen.

Veblen schrieb für *The Dial,* /426/
hielt Vorträge an der New School for Social Research.
Er hatte immer noch Hoffnung, dass die Ingenieure, die Techniker, die Nichtprofiteure, die die Hände am Schaltbrett hatten, den Kampf aufnehmen würden, den die Arbeiterklasse verloren hatte. Er half, die Technical Alliance /427/ ins Leben zu rufen. Seine letzte Hoffnung war der britische Generalstreik.

Gab es denn keine Gruppe von Menschen, die kühn genug war, den prächtigen Apparat zu übernehmen, ehe die schweinsäugigen Spekulanten und die Jasager an den Büroschreibtischen ihn unwiderruflich zugrunde gerichtet hatten,
und mit ihm die Hoffnungen von vierhundert Jahren?

Niemand kam zu Veblens Vorträgen in der New School. Mit jedem Artikel, den er im *Dial* schrieb, ging die Auflage zurück.
Hardings /428/ Normalität, die neue Ära begann;
sogar Veblen erzielte einen kleinen Gewinn an der Börse.
Er war ein alter Mann und einsam.
Seine zweite Frau war in eine Nervenheilanstalt gekommen, weil sie an Verfolgungswahn litt.
Für einen herrenlosen Menschen schien es keinen Platz zu geben.

Veblen kehrte nach Palo Alto zurück,
hauste in seiner Hütte in den gelbbraunen Hügeln und beobachtete von außen die letzten gierigen Zuckungen des Profitsystems, das, wie er es formulierte, den systematischen Wahnvorstellungen der Dementia praecox anheimfiel.
Dort schloss er seine Übersetzung der *Laxdæla saga* ab.

Er war ein alter Mann. Er war oft allein. Er überließ den Waldratten, was sie sich aus seiner Speisekammer holen wollten. Ein Skunk, der sich um die Hütte herumtrieb, wurde so zahm, dass er sich wie eine Katze an Veblens Bein zu reiben pflegte.
Er erzählte einem Freund, er höre manchmal in der Stille ringsumher die norwegischen Stimmen seiner Kindheit, so klar und deutlich wie auf der Farm in Minnesota, wo er auf-

gewachsen war. Seine Freunde fanden es immer mühsamer, mit ihm zu reden, immer mühsamer, ihn für irgendetwas zu interessieren. Er baute ab. Die letzten Tropfen des bitteren Tranks.

Am 3. August 1929 starb er.

Unter seinen Papieren fand man eine mit Bleistift geschriebene Notiz:

Ferner wünsche ich im Falle meines Todes, sofern es sich ohne größere Umstände machen lässt, eingeäschert zu werden, und zwar so rasch und so billig wie möglich, ohne irgendwelche Rituale oder Zeremonien; meine Asche soll ins Meer oder in einen größeren Meereszufluss gestreut werden; außerdem wünsche ich, dass niemals und nirgendwo ein Grabstein, eine Grabplatte, ein Epitaph, eine Büste, eine Gedenktafel, eine Inschrift oder ein Monument irgendwelcher Art oder Beschaffenheit errichtet wird; dass keinerlei Nachrufe, Gedenkworte, Porträts oder Biographien noch irgendwelche von mir geschriebenen oder an mich gerichteten Briefe gedruckt, publiziert oder sonst wie vervielfältigt, kopiert oder in Umlauf gebracht werden;

Aber sein Andenken bleibt
fest in die Sprache gefügt:
das scharfe, klare Prisma seines Geistes.

Wochenschau LI

Bei uns scheint keine Sonne mehr

AUSHILFE GESUCHT: AUFSTIEGSMÖGLICHKEITEN

Stellen, die aufgeweckten, pünktlichen, erfahrenen jungen Mädchen und Frauen mit erstklassigen Referenzen ... gute Aufstiegsmöglichkeiten bieten

Seit Sally die Stadt
Verlassen hat

MÄDCHEN   MÄDCHEN   MÄDCHEN

Abonnentenwerberinnen ... Hauswartsfrauen ... Kassiererinnen ... Zimmermädchen ... Kellnerinnen ... Putzfrauen ... Büroangestellte ... Gesellschafterinnen ... Comptometer-Bedienerinnen ... Inkasso-Sachbearbeiterinnen ... Köchinnen ... Diktaphonkräfte ... Damen ... Multigraph-Bedienerinnen ... Elliott-Fisher-Bedienerinnen ... Fakturistinnen ... Gummiererinnen ... Handschuh-Einkäuferinnen ... Gouvernanten ... Friseusen ... Mannequins ... Gelegenheiten für modebewusste junge Damen ... intelligente junge Frauen

Bin im St. James Spital gewesen
Hab meinen Süßen dort gesehn
Hat ganz still auf nem Tisch gelegen
So bleich, so kalt, so schön

Bin zum Doktor raufgegangen

WIR HABEN HUNDERTE VON OFFENEN STELLEN

wir möchten freie Arbeitsstellen besetzen, wir bieten gute Gehälter, Provisionen, Prämien, Karrierechancen, Ausbildung, Aufstiegsmöglichkeiten, Weiterbildungsmöglichkeiten, Gesundheitsdienst … Ruheraum und eine Kantine, in der ein ausgezeichnetes Essen unter dem Selbstkostenpreis serviert wird

Lass sie gehn, lass sie gehn, Gott sei mit ihr,
Wohin sie auch immer zieh,
Und wenn sie durch die ganze Welt zieht,
So einen wie mich findt sie nie

Mary French

Nie konnte sich der arme Daddy gleich nach dem Abendessen ins Bett kuscheln, so wie er es gernhatte, die Leselampe über der linken Schulter, die Brille auf der Nase, die Zeitung in der Hand und eine frische Zigarre im Mund, ohne dass das Telefon klingelte oder an der Hintertür geklopft wurde, und dann schickte Mutter die kleine Mary aufmachen, und vor ihr stand leichenblass ein Bergmann, Wimpern und Augenbrauen ganz schwarz von Kohlenstaub, und sagte: «Doc French … bite kome snelle», und der arme Daddy stand gähnend in Pyjama und Bademantel vom Bett auf, strich sich das zerstrubbelte graue Haar aus der Stirn und bat Mary, aus dem Sprechzimmer seine Instrumententasche zu holen, und dann zog er los, band sich im Gehen den Schlips und blieb oft die ganze Nacht weg.

Bei den Mahlzeiten war es noch schlimmer. Wie es schien, konnten sie sich nie zu dritt zum Essen an den Tisch setzen, ohne dass das schreckliche Telefon klingelte. Dann ging Daddy, und Mary und Mutter saßen da und aßen allein zu Ende, saßen da, ohne ein Wort zu reden, die kleine Mary hatte die Beine hinter die Stuhlbeine gehakt und starrte auf das Bild zweier toter Wildenten in der Mitte der rötlich braunen Tapete über Mutters ordentlich frisiertem schwarzem Haar. Dann räumte Mutter das Geschirr ab, klüterte im Haus herum und murmelte dabei vor sich hin, dass der arme Daddy, wenn er sich mit seinen zahlenden Patienten nur halb so viel Mühe gäbe wie mit diesen elenden Ausländern und Bergleuten, heute ein reicher Mann wäre und sie sich nicht mit Hausarbeit zu Tode rackern müsste. Mary mochte es gar nicht, wenn Mutter gegen Daddy wetterte.

Der arme Daddy und Mutter kamen nicht gut miteinander aus. Mary erinnerte sich kaum noch an eine Zeit, als sie sehr klein war, da war alles anders gewesen, und sie hatten in Denver gewohnt, in einem sonnigen Haus mit blühenden Büschen im Garten. Das war, bevor Brüderchen heimgeholt wurde und Daddy sein investiertes Geld verlor. Immer wenn jemand Denver sagte, musste sie an «sonnig» denken. Jetzt wohnten sie in Trinidad, Colorado, wo alles schwarz wie Kohle war und die kahlen, hohen Hügel das Tal mit den Reihen verrußter Hütten verdunkelten, das Tal mit den Abraumhalden, den Bergleuten, größtenteils Mexikaner und Slawen, den schrecklichen Kneipen, dem erstickenden Hüttenrauch und den kleinen schwarzen Eisenbahnzügen. In Denver war es sonnig, und dort wohnten Weiße, richtige, saubere amerikanische Kinder wie Brüderchen, der heimgeholt worden war, und Mutter sagte, dass Brüderchen, wenn der arme Daddy sich so um sein eigen Fleisch und Blut gekümmert hätte, wie er sich um diese elenden Ausländer und Bergleute kümmerte, vielleicht noch am Leben wäre. Mary hatte in die Aufbahrungshalle mitkommen müssen, sie hatte solche Angst gehabt, aber Mutter hatte sie so fest an der Hand gehalten, dass es schrecklich weh tat, aber niemand achtete darauf, alle dachten, sie weine wegen Brüderchen, und Mutter zwang sie, ihn sich anzuschauen in dem Sarg unterm Glas.

Nach der Beerdigung wurde Mutter sehr krank und hatte

Tag und Nacht eine Pflegerin, und Mary durfte nicht zu ihr und musste ganz für sich allein im Garten spielen. Als Mutter wieder gesund war, kamen sie und Daddy nicht gut miteinander aus und schliefen in getrennten Zimmern, und Mary schlief in dem kleinen Vorraum dazwischen. Danach wurde der arme Daddy grau und sorgenvoll und lachte nie mehr im Haus, und dann ging es nur noch um die Investition, und sie zogen nach Trinidad, und Mutter ließ Mary nicht mit den Bergarbeiterkindern spielen, und wenn sie aus der Schule nach Hause kam, hatte sie Nissen in den Haaren.

Mary brauchte eine Brille, sie war gut in der Schule, und mit zwölf war sie so weit, auf die Highschool zu gehen. Wenn sie nicht für die Schule lernte, las sie sämtliche Bücher im Haus. «Das Kind wird sich noch die Augen verderben», pflegte Mutter am Frühstückstisch zu dem armen Daddy zu sagen, wenn er, die Augen vom Schlafmangel verquollen, herunterkam und in aller Eile frühstücken musste, um rechtzeitig zu seinen Hausbesuchen aufzubrechen.

In diesem Jahr schloss Mary die achte Klasse ab, als Beste in Französisch, amerikanischer Geschichte und Englisch, Miss Parsons kam eigens zu Mrs. French nach Hause, um ihr zu sagen, was für eine gute Schülerin die kleine Mary war und ein solcher Trost für die Lehrer nach all den elenden, dummen Ausländern, mit denen sie sich abgeben musste. «Meine Liebe», sagte Mutter, «glauben Sie nicht, dass ich nicht weiß, wie das ist.» Dann sagte sie plötzlich: «Miss Parsons, sagen Sie es nicht weiter, aber wir werden nächsten Herbst nach Colorado Springs umziehen.»

Miss Parsons seufzte. «Nun ja, Mrs. French, wir verlieren Sie nur sehr ungern, aber für das Kind ist es sicherlich das Beste. Die Schulverhältnisse sind dort einfach besser.» Den kleinen Finger gekrümmt, hob sie ihre Teetasse und setzte sie mit leise klirrender Untertasse wieder ab.

Mary saß auf dem kleinen Teppichhocker am Kamin und sah ihnen zu. «Ich sage das nicht gern», fuhr Miss Parsons fort, «weil ich hier geboren und aufgewachsen bin, aber Trinidad ist nicht der richtige Ort, um ein liebes kleines amerikanisches Mädchen großzuziehen.»

Großvater Wilkins war in jenem Frühjahr in Denver gestorben, und Mutter war die Begünstigte seiner Lebensversicherung, weshalb sie nun recht rücksichtslos ihren Willen durchsetzte. Der arme Daddy ging nur sehr ungern aus Trinidad weg, und die beiden redeten kaum mehr miteinander, und wenn, wurde Mary zum Lesen in die Bibliothek geschickt, während sie sich in der Küche überm schmutzigen Geschirr in den Haaren hatten. Dann saß Mary mit einem alten *Ivanhoe* /429/ mit rotem Prägeledereinband da und hörte den erbittert streitenden Stimmen zu, die durch die Brettertrennwand drangen. «Du hast mein Leben ruiniert, und ich lasse nicht zu, dass du jetzt auch noch das Leben des Kindes ruinierst», schrie Mutter mit dieser bösen Stimme, die Mary so furchtbar fand, und Mary saß weinend über dem Buch, bis sie wieder zu lesen anfing, und nach ein paar Seiten hatte sie alles vergessen bis auf die Freisassen in Lincolngrün, die Ritter zu Pferde und die Burgen. Anstatt in jenem Sommer im Yellowstone Park zelten zu gehen, wie Daddy es eigentlich vorgehabt hatte, zogen sie nach Colorado Springs.

In Colorado Springs wohnten sie zuerst in einer Pension, dann, als die Möbel kamen, zogen sie in den mit grünen Schindeln verkleideten Bungalow, der ihr Zuhause werden sollte und, ein ganzes Stück weit von dem roten Kiesweg zurückgesetzt, auf einem schütteren Rasen unter hohen Pappeln stand.

Im hohen Gras fand Mary die Überreste einer abgewetzten Krocketgarnitur. Während Daddy und Mutter sich mit den Möbeln beschäftigten, die die Männer von einem Wagen ins Haus trugen, rannte sie mit einem kaputten Mallet herum und schlug auf die alten, rissigen Kugeln ein, von deren roten, grünen, gelben und blauen Streifen kaum noch Farbe übrig war. Als Daddy mit müdem, grauem Gesicht und wirr in die Stirn hängendem Haar aus dem Haus kam, rannte sie, das Mallet schwingend, auf ihn zu und forderte ihn auf, Krocket mit ihr zu spielen. «Hab jetzt keine Zeit für Spiele», sagte er.

Mary brach in Tränen aus, und er hob sie auf seine Schultern, trug sie zur hinteren Veranda und zeigte ihr, wie sie es anstellen musste, auf das Dach des kleinen Geräteschuppens hinter der Küchentür zu klettern, von wo aus man die Mesa sehen konnte, und jenseits davon, hinter einem zerfransten Saum dahinjagender Mulltuchwolken, die blauen, gezackten Bergketten, die sich zu dem hoch aufragenden glatten Bergmassiv des Pikes Peak emportürmten. «Dort fahren wir mal mit der Zahnradbahn hinauf», sagte er mit seiner warmen, gemütlichen Stimme dicht an ihrem Ohr. Die Berge wirkten ganz weit weg, und vom Dahinrasen der Wolken wurde ihr schwindelig. «Nur unter uns», sagte er, «du darfst nicht immer weinen ... sonst werden die anderen Kinder in der Schule dich hänseln, Mary.»

Im September musste sie auf die Highschool. Es war schrecklich, auf eine neue Schule zu kommen, wo sie keine Freundinnen hatte. Die Mädchen im ersten Jahr kamen ihr so gut gekleidet und hochnäsig vor. Wenn sie die anderen Mädchen beim Gang über die Flure von Festen reden hörte, vom Country Club, von Tennispartien, Sommerhotels, Automobilen und Freundinnen in Internaten an der Ostküste kam sich Mary mit ihrer Brille, der Zahnspange, die ihr der Zahnarzt auf Betreiben ihrer Mutter eingesetzt hatte und von der sie leicht lispelte, ihren Sommersprossen und ihren Haaren, die nicht rot oder blond, sondern einfach sandfarben waren, wie eine elende Ausländerin vor, wie eines der streng riechenden, plärrenden Bergarbeiterkinder in Trinidad.

Die Jungs waren ihr sympathischer. Ein rothaariger Junge grinste sie manchmal an. Und sie ließen sie wenigstens in Frieden. Sie war eine gute Schülerin und fand die Lehrer großartig. In Englisch lasen sie *Ramona* /430/, und eines Tages ging Mary, die sich so ganz allein zu Tode fürchtete, auf den Friedhof, um das Grab von Helen Hunt Jackson zu besuchen. Es war wunderschön traurig an jenem Frühlingsnachmittag auf dem Evergreen Cemetery. Wenn sie groß war, beschloss sie, würde sie wie Helen Hunt Jackson werden.

Sie hatten ein schwedisches Hausmädchen namens Anna, und Mutter und Daddy waren kaum je zu Hause, wenn Mary von der Schule nach Hause kam. Daddy hatte eine Praxis in einem neuen Bürogebäude in der Innenstadt, und Mutter war ständig mit Kirchenarbeit beschäftigt, oder sie saß in der Bücherei und las sich in die Themen der Vorträge ein, die sie in den Frauenclubs hielt. Meistens aß Mary ganz allein zu Abend und las dabei ein Buch oder machte Schularbeiten. Danach ging sie in die Küche, half Anna beim Abwasch und versuchte, sie davon abzuhalten, nach Hause zu gehen und sie im Haus allein zu lassen. Wenn sie die Haustür aufgehen hörte, rannte sie atemlos hin. Für gewöhnlich war es nur Mutter, aber manchmal war es auch Daddy mit seiner Zigarre, dem müden Gesicht und den nach Tabak, Jod und Karbol riechenden Kleidern, und vielleicht konnte sie ihn dann dazu bewegen, sich zu ihr aufs Bett zu setzen, bevor sie einschlief, und ihr Geschichten von früher zu erzählen, von Bergleuten, Goldsuchern und dem Krieg zwischen den Schafhirten und den Viehzüchtern.

Marys beste Freundin auf der Highschool war Ada Cohn, deren Vater ein prominenter Anwalt aus Chicago war, der aus gesundheitlichen Gründen hierher hatte ziehen müssen. Mutter tat alles in ihrer Macht Stehende, um Mary davon abzuhalten, zu den Cohns zu gehen, und hatte deswegen heftige Auseinandersetzungen mit Daddy, dem sie vorwarf, es liege nur an seiner Ambitionslosigkeit, dass ihre Tochter darauf angewiesen sei, sich mit Juden und Gott weiß wem abzugeben, und wieso er nicht dem Country Club beitrete, und welchen Sinn es habe, dass sie sich abstrample, um ihm durch ihre Arbeit in der Kirche, in Frauenclubs und in der Gemeinde den Weg in die besseren Kreise zu ebnen, wenn er einfach weiter ein Armeleutedoktor bleibe und sich mit dem ganzen Abschaum in Billardsalons und, wer weiß, an noch schlimmeren Orten herumtreibe, anstatt sich in einer Stadt, in der es so viele wohlhabende kranke Menschen gebe, eine schöne Praxis aufzubauen; seien sie denn nicht aus ebendiesem Grund von Trinidad weggezogen?

«Aber, Hilda», sagte Daddy dann, «nun sei doch vernünftig. Eben weil Mary mit den Cohns befreundet ist, sind sie meine Patienten geworden. Es sind sehr nette Leute.»

Worauf Mutter ihn anstarrte und mit zusammengebissenen Zähnen zischte: «Wenn du doch nur einen Funken Ehrgeiz hättest.»

Mary rannte mit Tränen in den Augen vom Tisch weg, warf sich mit einem Buch aufs Bett, lag da und hörte die erhobenen Stimmen der beiden und dann Daddys schwere, langsame Schritte, das Zuknallen der Tür und wie er den Motor des Autos ankurbelte, um seine Hausbesuche zu machen. Oft lag sie mit zusammengebissenen Zähnen da und wünschte sich, Mutter würde einfach sterben, damit sie und Daddy allein und friedlich zusammenleben konnten. Dann durchlief sie ein kalter Schauder bei dem Gedanken, wie schrecklich es war, sich so etwas zu wünschen, und sie begann zu lesen, zunächst kaum imstande, durch ihre Tränen hindurch die Buchstaben zu sehen, um sich dann nach und nach in der Geschichte zu verlieren.

In einem waren Mutter und Daddy sich einig, nämlich darin, dass Mary auf ein wirklich gutes College im Osten gehen sollte. In dem Jahr, bevor sie die Highschool abschloss, hatte Mary sämtliche Aufnahmeprüfungen bestanden, außer der in Festkörpergeometrie. Sie konnte es kaum mehr erwarten.

Abgesehen von ein paar Tagen jeden Sommer, in denen sie mit Daddy zelten ging, und einem Sommermonat, den sie damit verbrachte, in der Praxis Anrufe entgegenzunehmen, die Patientenkartei und die Bücher zu führen und Rechnungen zu verschicken, war Colorado Springs ihr verhasst. Ihr einziger Freund war ein junger Bursche mit einem Klumpfuß namens Joe Denny, der Sohn eines Kneipenwirts in Colorado City. Er finanzierte sich sein Studium am Colorado College durch Arbeit. Er war ein verbitterter, flachshaariger Bursche mit bedächtiger Stimme und scharfgeschnittenem Kinn, ein hervorragender Mathematiker. Mehr als alles andere auf der Welt hasste er den Alkohol und John D. Rockefeller. Sie, Joe und Ada fuhren zu Sonntagspicknicks in den Garden of the Gods, zu den Austin Bluffs oder in einen der Canyons und lasen gemeinsam Lyrik. Ihre Lieblingsgedichte waren *The Hound of Heaven* und *The City of Dreadful Night.* [431] Eines Tages begeisterte Joe die beiden Mädchen damit, dass er sich oberhalb des kleinen Feuers, über dem sie ihren Speck brieten, auf einen flachen Felsen stellte und *The Man with the Hoe* [432] rezitierte. Zuerst glaubten sie, er habe es selbst geschrieben.

Wenn sie nach einem im Freien verbrachten Tag sonnengebräunt und fröhlich zurückkehrten, wünschte sich Mary jedes Mal, sie könnte ihre Freunde nach Hause mitbringen, wie Ada es tat. Die Cohns waren nett und lustig und baten einen ständig, zum Essen zu bleiben, obwohl der arme Mr. Cohn ein sehr kranker Mann war. Aber Mary traute sich nicht, jemanden nach Hause mitzubringen, weil sie befürchtete, Mutter würde unhöflich sein oder es gäbe eine jener lautstarken Auseinandersetzungen, zu denen es zwischen Mutter und Daddy ständig kam. In dem Sommer, bevor sie aufs Vassar College ging, redeten Mutter und Daddy überhaupt nicht mehr miteinander, nachdem Daddy eines Tages im Zuge eines fürchterlichen Krachs beim Abendessen gesagt hatte, er werde im November für Eugene V. Debs stimmen.

In Vassar waren die Mädchen, die sie kannte, besser angezogen als sie selbst und hatten die hochnäsige Art höherer Töchter, aber sie war zum ersten Mal in ihrem Leben beliebt. Die Lehrer mochten sie, weil sie ordentlich, ernsthaft und in jeder Hinsicht geradeheraus war, und die Mädchen sagten, sie sei zwar furchtbar hausbacken, aber ein lieber Kerl.

Das alles ging im zweiten Jahr kaputt, als Ada nach Vassar kam. Ada war ihre älteste Freundin, und weil Mary sie wirklich gernhatte, war sie entsetzt, als sie sich bei dem Wunsch ertappte, Ada würde an einem anderen College studieren. Sie war so üppig, so jüdisch und laut geworden, und ihre Kleider waren zu teuer und immer leicht daneben. Sie teilten sich ein Zimmer, und Ada bezahlte Mary den größten Teil ihrer Kleider und Bücher, weil Marys Taschengeld so gering war. Nach Adas Ankunft war Mary nicht mehr so beliebt wie früher, und die erfolgreichsten Mädchen mieden sie. Mary und Ada studierten Soziologie und sagten, wie wollten Sozialarbeiterinnen werden.

In Marys vorletztem Studienjahr fuhr ihre Mutter nach Reno und ließ sich von Daddy scheiden, wobei sie als Scheidungsgründe Trunksucht und seelische Grausamkeit angab. Mary war nie in den Sinn gekommen, dass der arme Daddy trank. Sie weinte und weinte, als sie in dem rot angestrichenen Zeitungsausschnitt davon las, den irgendein anonymer wohlwollender Freund ihr aus Colorado Springs zugeschickt hatte. Sie verbrannte den Ausschnitt im Kamin, damit Ada ihn nicht zu Gesicht bekam, und als Ada sie fragte, woher sie so rote Augen habe, sagte sie, sie habe weinen müssen, als sie von all den armen Soldaten gelesen habe, die im Krieg in Europa umkamen. Dass sie Ada belogen hatte, machte ihr schwer zu schaffen, und sie lag die ganze Nacht wach und sorgte sich deswegen.

Im nächsten Sommer bekamen sie beide eine Stelle in der Settlement-Arbeit am Hull House in Chicago/433/. Chicago war zum Fürchten, und die arme Ada war der Arbeit nicht gewachsen und ging nach Michigan, um sich einen Nervenzusammenbruch zu gönnen; es war so schrecklich, wie die armen Leute lebten, die aufgesprungenen, roten Knöchel der Frauen, die fremder Leute Wäsche wuschen, die grindigen Köpfe der kleinen Kinder, der Lärm und der staubige Wind in der South Halsted Street und der Gestank der Schlachthöfe; aber Mary fühlte sich wie vor Jahren als kleines Mädchen in Trinidad, wie in dem Sommer, als sie in Daddys Praxis gearbeitet hatte.

Als sie vor Beginn des neuen Studienjahrs für zwei Wochen nach Colorado Springs fuhr, stellte sie fest, dass Mutter sehr stilvoll in einer kleinen Suite im Broadmoor wohnte. Sie hatte ein Aktienpaket der American Smelting and Refining geerbt, als Onkel Henry bei einem Straßenbahnunfall in Denver ums Leben gekommen war, und verfügte nun über ein Jahreseinkommen von zwanzigtausend Dollar. Sie war zu einer eifrigen Bridgespielerin geworden, fuhr durchs Land und hielt in Frauenclubs Vorträge gegen das Frauenwahlrecht. Von Daddy sprach sie mit süßlicher, kalter, scharfer Stimme als von «deinem lieben armen Vater», und sie sagte zu Mary, sie müsse sich besser kleiden und aufhören, diese schreckliche Brille zu tragen. Mary wollte kein Geld von ihrer Mutter nehmen, weil sie der Ansicht war, niemand habe ein Anrecht auf Geld, das er nicht selbst verdient habe, aber sie ließ sich von ihr mit einem neuen Schneiderkostüm aus Tweed und einem schlichten Gesellschaftskleid mit Spitzenkragen und Spitzenmanschetten ausstatten. Mittlerweile kam sie mit ihrer Mutter etwas besser aus, aber zwischen ihnen blieb doch stets ein kaltes Gefühl von Spannung.

Mutter sagte, sie wisse nicht, wo Daddy wohnte, also musste Mary ihn in seiner Praxis aufsuchen. Die Praxis war schäbiger, als sie sie in Erinnerung hatte, und voller Patienten, die größtenteils völlig heruntergekommen wirkten, und es dauerte eine Stunde, bis er sich freimachen und mit ihr essen gehen konnte.

Sie aßen, auf Hockern sitzend, am Tresen des kleinen, einfachen Restaurants nebenan. Daddys Haar war mittlerweile fast weiß, sein Gesicht war schrecklich gefurcht, und er hatte große, graue Tränensäcke unter den Augen. Mary hatte jedes Mal einen Kloß in der Kehle, wenn sie ihn ansah. «Ach, Daddy, du müsstest dich ausruhen.»

«Ich weiß … ich müsste eine Zeitlang aus dieser Höhenlage raus. Die gute alte Pumpe funktioniert nicht mehr so gut wie früher.»

«Daddy, warum kommst du an Weihnachten nicht an die Ostküste?»

«Vielleicht, wenn ich das Geld auftreiben kann und jemanden finde, der für einen Monat meine Praxis übernimmt.»

Wie sehr sie seine tiefe Bassstimme liebte. «Es würde dir so guttun ... Es ist so lange her, dass wir zusammen etwas unternommen haben.»

Es war spät. Außer ihnen war niemand mehr da bis auf die Kellnerin mit dem verbissenen Zug um den Mund, die an einem der hinteren Tische ihren Lunch aß. In den Pausen zwischen Daddys schleppend gesprochenen Sätzen tickte laut die große Uhr mit dem müden Gesicht über der Kaffeemaschine.

«Ich hätte nie gedacht, dass ich mal meine Kleine vernachlässige ... du weißt ja, wie es ist ... aber so war's nun mal ... Wie geht es deiner Mutter?»

«Ach, Mutter ist obenauf», sagte sie mit einem Lachen, das in ihren Ohren blechern klang. Sie bemühte sich, Daddy zu beruhigen wie einen Fürsorgefall.

«Na ja, das ist ja nun alles vorbei ... Ich war nie der richtige Mann für sie.»

Mary spürte, wie ihr die Tränen in die Augen stiegen. «Daddy, darf ich die Buchhaltung deiner Praxis übernehmen, wenn ich Examen gemacht habe? Diese schreckliche Miss Hylan ist so schlampig ...»

«Ach nein, du hast was Besseres zu tun. Mich wundert ohnehin, wie viele Leute ihre Rechnungen bezahlen ... Ich bezahle meine nicht.»

«Daddy, ich werde dich an die Kandare nehmen müssen.»

«Das wirst du wohl, mein Töchterlein ... deine Settlement-Arbeit ist nur eine Vorübung, um deinen alten Herrn zu bessern, wie?» Sie spürte, wie sie errötete.

Sie hatte sich kaum an das Zusammensein mit ihm gewöhnt, da musste er in aller Eile zu einer Schwangeren, die seit fünf Tagen in den Wehen lag und ihr Baby immer noch nicht bekommen hatte. Sie ging nur sehr ungern zurück ins Broadmoor, zu den Pagen mit ihren Affenjäckchen und den aufgedonnerten alten Ziegen, die in der Eingangshalle saßen. An jenem Abend rief Joe Denny an und lud sie zu einer kleinen Ausfahrt ein. Mutter spielte

Bridge, also schlich sich Mary hinaus, ohne ihr ein Wort zu sagen, und traf sich mit ihm auf der Hotelveranda. Sie trug ihr neues Kleid und hatte die Brille abgenommen und in ihrer Handtasche verstaut. Sie sah Joe nur verschwommen, konnte aber immerhin erkennen, dass er gut und wohlhabend aussah und einen neuen kleinen Ford Roadster fuhr.

«Mary French», sagte er, «du bist ja ein richtig hübsches Mädchen geworden ... So einer wie ich hat jetzt wohl keine Chance mehr.»

Eine Zeitlang fuhren sie langsam durch den Park, dann hielt er an einer mondbeschienenen Stelle am Rand einer kleinen Schlucht, an deren Ende, jenseits der Zitterpappeln, man die Ebene sah, die sich dunkel schimmernd bis zum mondbeschienenen Horizont erstreckte. «Wie schön», sagte sie.

Er wandte ihr das ernste Gesicht mit dem spitzen Kinn zu und sagte leicht stotternd: «Mary, ich muss es einfach loswerden ... Ich möchte, dass wir beide uns verloben ... Ich gehe an die Cornell und werde Ingenieur ... Stipendium ... Wenn ich fertig bin, müsste ich in wenigen Jahren eigentlich ganz gut verdienen und imstande sein, eine Frau zu ernähren ... Es würde mich furchtbar glücklich machen ... wenn du vielleicht sagen würdest ... falls es bis dahin ... keinen anderen gibt ...» Seine Stimme erstarb.

Im Mondschein sah Mary die scharfgeschnittenen Züge seines ernsten Gesichts nur flüchtig. Sie konnte ihn nicht anschauen.

«Joe, ich dachte immer, wir sind gute Freunde, so wie Ada und ich. Wenn du so redest, macht das alles kaputt ... Wenn ich mit dem College fertig bin, möchte ich im sozialen Dienst arbeiten, und außerdem muss ich mich um Daddy kümmern ... Bitte nicht ... Von solchen Sachen wird mir immer ganz schrecklich zumute.»

Er streckte seine kräftige Hand aus, und sie schüttelten sich über dem Armaturenbrett feierlich die Hände. «Na gut, Schwester, wie du willst», sagte er und fuhr sie ohne ein weiteres Wort zum Hotel zurück. Sie saß noch lange auf der Veranda, betrachtete den September-Mondschein und fühlte sich schrecklich.

Als sie ein paar Tag später wegfuhr, um ans College zurückzukehren, war es Joe, der sie zum Bahnhof brachte, weil Mutter eine wichtige Ausschusssitzung hatte und Daddy im Krankenhaus sein musste. Sie gaben sich zum Abschied die Hand, und er klopfte ihr mehrmals nervös auf die Schulter und tat so, als hätte er einen trockenen Hals, aber er sprach nicht mehr von Verlobung. Mary war ungemein erleichtert.

Im Zug las sie *The Harbor* [434] von Ernest Poole, las noch einmal *Der Dschungel* [435] und war, als sie in jener Nacht in ihrem Pullmanbett lag, viel zu aufgeregt, um schlafen zu können, lauschte dem Geratter der Räder auf den Schienen, dem Geklapper der Weichen, dem fernen, gespenstischen Heulen der Lokomotive, erinnerte sich an die aufgedonnerten Frauen, die auf der Damentoilette vornehm taten und sie vom Spiegel wegschubsten, und an die feisten Geschäftsleute, die auf ihren Liegeplätzen schnarchten, dachte an die Arbeit, die zu tun war, um das Land zu dem zu machen, was es sein sollte, an die sozialen Verhältnisse, die Elendsviertel, die Baracken mit ihren schmutzigen, baufälligen Außenklos, an die Bergarbeiterkinder in ihren viel zu großen, schmierigen Jacken, die abgekämpften, über den Herd gebeugten Frauen, die in Abendkursen um Bildung sich mühende Jugend, an Hunger, Arbeitslosigkeit und Suff, an die Polizei, die Anwälte und die Richter, die stets bereit waren, ihren Unmut an den Schwachen auszulassen; wenn man den Leuten in den Pullmanwagen nur begreiflich machen könnte, wie die Dinge lagen; wenn sie ihr Leben opferte, so wie sich Daddy Tag und Nacht um seine Patienten kümmerte, dann würde sie vielleicht, wie Miss Addams [436] …

Sie konnte es kaum erwarten. Sie hielt es im Bett nicht mehr aus. Sie stand auf, setzte sich, ein Kribbeln am ganzen Leib, in die leere Damentoilette und versuchte *The Promise of American Life* [437] zu lesen. Sie las ein paar Seiten, ohne jedoch den Sinn der Worte zu erfassen; Gedanken jagten ihr durch den Kopf wie die Wolkenfetzen, die zu Hause durch den Pass und über die dunkle

Masse der Berge strömten. Ihr wurde kalt und fröstelig, und sie kehrte in ihr Bett zurück.

Auf der Taxifahrt durch Chicago wies sie den Fahrer plötzlich an, sie zum Hull House zu fahren. Sie musste Miss Addams unbedingt sagen, wie sie dachte. Doch als das Taxi mitten in dem vertrauten Elend der South Halsted Street am Bordstein hielt und sie zwei ihr bekannte Mädchen sah, die sich unter dem steinernen Vorbau miteinander unterhielten, verlor sie den Mut und sagte dem Fahrer, er solle zum Bahnhof fahren.

In Vassar kam ihr in jenem Winter alles schrecklich vor. Ada hatte sich auf Musik verlegt, studierte Violine und hatte nichts anderes im Kopf, als nach New York zu fahren und Konzerte zu besuchen. Sie behauptete, in Dr. Muck vom Boston Symphony Orchestra verliebt zu sein, und wollte sich nicht mehr über den Krieg, Pazifismus, Sozialarbeit oder irgendetwas dergleichen unterhalten. Die Außenwelt – der U-Boot-Krieg, der Krieg im Allgemeinen, die Wahlen – drang so lebhaft auf Mary ein, dass sie sich weder auf ihre Seminare noch auf Adas Geschwätz über berühmte Musiker konzentrieren konnte. Sie besuchte sämtliche Vorlesungen über aktuelle Ereignisse und die sozialen Verhältnisse.

Am meisten begeisterte sie in jenem Winter G. H. Barrows Vorlesung über «Die Verheißung des Friedens». Barrow war ein hochgewachsener dünner Mann mit buschigem grauem Haar, rotem Gesicht, stark hervortretendem Adamsapfel und leuchtenden Augen, die dazu neigten, etwas aus den Höhlen zu treten. Er stotterte leicht und hatte, wenn er redete, eine herzliche, vertrauliche Art. Mary fand ihn so nett, dass sie sich irgendwie sicher war, er müsse Arbeiter gewesen sein. Er hatte rote, knorrige Hände mit langen Fingern, ging mit sehnigen Schritten im Raum hin und her und nahm ständig seine Hornbrille ab und setzte sie wieder auf. Nach der Vorlesung kam er zu Mr. Hardwick nach Hause, Mrs. Hardwick reichte Limonade, Kakao und Sandwiches, und die jungen Frauen umringten ihn und stellten unzählige Fragen. Er war schüchterner als auf dem Katheder, aber er sprach wunderschön über das Vertrauen der Arbeiterklasse in Mr. Wilson, darüber, dass die Arbeiterklasse Frieden fordern werde und dass die Revolution in Mexiko (er war gerade in Mexiko gewesen und hatte dort allerlei Abenteuer erlebt) erst der Anfang gewesen sei. Überall auf der Welt werde die Arbeiterbewegung auf die Beine kommen und mit dem Schlamassel aufräumen, den die alte Ordnung angerichtet habe, aber nicht mit Gewalt, sondern mit friedlichen Methoden, den Methoden Wilsons. Als Mary an jenem Abend zu Bett ging, spürte sie immer noch das straffe, reizvolle, nervöse Tremolo, das zuweilen in Mr. Barrows Stimme trat. Es weckte ein wildes Verlangen in ihr, dem stickigen College-Leben zu entrinnen und in die Welt hinauszukommen. Nie war die Zeit so langsam verstrichen wie in jenem Winter.

Eines Tages im Februar, es herrschte matschiges Tauwetter, kehrte sie zwischen zwei Veranstaltungen in ihr Zimmer zurück, um ihre nassen Überschuhe zu wechseln, und fand unter der Tür ein gelbes Telegramm vor: KOMM LIEBER EINE WEILE NACH HAUSE MUTTER NICHT SEHR GESUND. Unterschrieben war es mit DADDY. Sie machte sich furchtbare Sorgen, war aber erleichtert darüber, dass sie einen Vorwand hatte, vom College wegzukommen. Sie nahm eine Menge Bücher mit, konnte im Zug jedoch nicht lesen. Ein Buch auf den Knien, saß sie auf dem grünen Plüsch des überheizten Pullmanwagens und starrte hinaus auf die flachen, schneebedeckten, von kahlen, violetten Bäumen gesäumten Felder, die Reklametafeln, die Baracken und blinden Backsteinfassaden der Läden entlang den neuen Betonstraßen, die kleinen Städte mit ihren baufälligen, vom Qualm der Fabrikschlote rußigen Holzhäusern und, während der Zug sich durch den Mittleren Westen schob, die langsam vorüberziehenden Scheunen und Wirtschaftsgebäude und dachte an nichts.

Daddy holte sie am Bahnhof ab. Seine Kleider sahen noch zerknitterter aus als sonst, und am Mantel fehlte ein Knopf. Sein Gesicht war voller neuer, kleiner feiner Runzeln, wenn er lächelte.

Seine Augen waren rot gerändert, als hätte er mehrere Nächte nicht geschlafen.

«Alles in Ordnung, Mary», sagte er. «Ich hätte dich nicht herbestellen sollen ... reiner Egoismus ... das Alter macht mich einsam.» Er nahm dem Dienstmann ihren Koffer ab und redete weiter, während sie den Bahnhof verließen. «Deiner Mutter geht es gut ... Ich habe sie durchgebracht ... Zum Glück habe ich Wind davon bekommen, dass sie krank ist. Noch ein Tag, und dieser verdammte Hotelarzt hätte sie umgebracht. Mit der Spanischen Grippe ist nicht zu spaßen.»

«Ist es schlimm hier, Daddy?»

«Sehr schlimm ... Ich möchte, dass du sehr vorsichtig bist, damit du dich nicht ansteckst ... Steig ein, ich fahre dich hin.» Er kurbelte den rostigen Tourenwagen an und bedeutete ihr, sich auf den Vordersitz zu setzen. «Du weißt doch, wie deine arme Mutter über Alkohol denkt? ... Na ja, ich habe sie vier Tage lang unter Alkohol gesetzt.»

Er stieg neben ihr ein, fuhr los und redete im Fahren weiter. Nach dem staubigen, stickigen Plüschgeruch des Schlafwagens tat die eisige Kälte ihr wohl. «So nett habe ich sie nie zuvor erlebt. Bei Gott, fast hätte ich mich wieder in sie verliebt ... Du musst darauf achten, dass sie sich nicht überanstrengt, wenn sie aufsteht ... Du kennst sie ja ... bei dieser Krankheit sind es die Rückfälle, die einen umbringen.»

Mary war plötzlich froh. Vor dem Blau über den breiten, stillen Straßen spreizte sich rosa, gelb und purpurn das kahle Geäst der Bäume. Auf den Rasenflächen lagen Flecken von gefrorenem Schnee. Der Himmel war ungeheuer hoch und von gelbem Sonnenschein erfüllt. Die Kälte ließ die kleinen Härchen in ihrer Nase erstarren.

Draußen im Broadmoor lag Mutter in ihrem hübschen sonnigen Zimmer im Bett, über dem Nachthemd trug sie ein rosa Bettjäckchen und auf dem ordentlich frisierten schwarzen Haar eine Boudoir-Haube aus Spitze. Sie sah blass aus, aber so jung und hübsch und irgendwie unbedarft, dass Mary eine Sekunde lang das Gefühl hatte, sie und Daddy wären die Erwachsenen und Mutter wäre ihre Tochter. Sofort begann Mutter unbeschwert über den Krieg zu reden, über die Hunnen und den U-Boot-Krieg, und was Mr. Wilson sich wohl dabei denke, dass er diesen Mexikanern keine Lektion erteile. Das wäre ganz bestimmt nicht so, wenn Mr. Hughes gewählt worden wäre; bestimmt sei von Rechts wegen eigentlich er gewählt worden, und die Demokraten hätten mit Hilfe irgendwelcher Gaunereien das Wahlergebnis gefälscht. Und dieser schreckliche Bryan mache das Land zum Gespött. «Meine Liebe, Bryan ist ein Verräter und gehört erschossen.»

Daddy grinste Mary an, zuckte die Schultern und ging mit den Worten: «Also, Hilda, schön im Bett bleiben, und bitte keine alkoholischen Exzesse.»

Als Daddy gegangen war, fing Mutter plötzlich zu weinen an. Mary fragte sie, was denn los sei, aber sie wollte es nicht sagen. «Es ist wohl die Grippe, die mich so wirr im Kopf macht», sagte sie. «Meine Liebe, ich habe es nur der Gnade Gottes zu verdanken, dass ich verschont geblieben bin.»

Mary ertrug es nicht, den ganzen Tag dazusitzen und sich anzuhören, wie sich ihre Mutter über Amerikas Kriegsbereitschaft ausließ, davon wurde ihr ganz elend; also ging sie am nächsten Morgen in Daddys Praxis, um zu sehen, ob sie ihn vielleicht kurz zu fassen bekäme. Das Wartezimmer war voll. Als sie ins Sprechzimmer hineinschaute, erkannte sie auf einen Blick, dass er die ganze Nacht nicht ins Bett gekommen war. Wie sich herausstellte, war Miss Hylan tags zuvor krank geworden und nach Hause gegangen. Mary sagte, sie werde sie vertreten, aber Daddy wollte das nicht zulassen. «Unsinn», sagte Mary, «ich kann am Telefon genauso gut ‹Praxis Dr. French› sagen wie diese schreckliche Miss Hylan.» Schließlich gab er ihr einen Mundschutz, und sie durfte bleiben.

Als sie den letzten Patienten abgefertigt hatten, gingen sie in das Restaurant nebenan, um etwas zu essen. Es war drei Uhr.

«Fahr jetzt lieber zu deiner Mutter», sagte er. «Ich muss meine Hausbesuche machen. Sie sterben wie die Fliegen. So etwas habe ich noch nie erlebt.»

«Zuerst gehe ich noch mal in die Praxis und räume den Schreibtisch auf», sagte Mary fest.

«Wenn jemand anruft und glaubt, es sei Grippe, dann sag, der Kranke muss sofort ins Bett, man soll ihm mit einer Wärmflasche die Füße warm halten und ihm reichlich anregende Getränke verabreichen. Sich an ein Krankenhaus zu wenden hat keinen Sinn, es gibt im Umkreis von hundert Kilometern kein freies Bett mehr.»

Mary ging zurück in die Praxis und setzte sich an den Schreibtisch. Es schienen furchtbar viele neue Patienten hinzugekommen zu sein; am letzten Tag waren Miss Hylan die Karteikarten ausgegangen, und sie hatte die Namen auf einem Schreibblock notiert. Es waren durchweg Grippefälle. Das Telefon klingelte unaufhörlich, während sie dort saß. Marys Finger wurden kalt, und sie fühlte sich am ganzen Körper zittrig, wenn sie die ängstlichen Männer- oder Frauenstimmen nach Doc French fragen hörte. Es wurde fünf, bis sie wegkam. Sie nahm die Straßenbahn zum Broadmoor.

Es versetzte ihr einen regelrechten Schock, als sie die Kapelle im Kasino zum Tanztee spielen hörte, die bunten Lichter sah und die ruhige Wärme der Hotelflure und die Atmosphäre von gepflegtem Luxus im Zimmer ihrer Mutter spürte. Mutter war ziemlich gereizt und wollte wissen, wozu ihre Tochter eigentlich nach Hause gekommen sei, wenn sie sie dann so vernachlässige. «Ich musste einiges für Daddy erledigen», war alles, was Mary antwortete. Mutter ließ sich endlos über ihre Bemühungen aus, Frauen deutscher Abstammung aus dem Woman's Tuesday Lunch Club zu vergraulen. Das setzte sich während des ganzen Abendessens fort. Danach spielten sie Cribbage, bis Mutter müde wurde.

Am nächsten Tag sagte Mutter, sie fühle sich ausgezeichnet und werde aufstehen und in einem Sessel sitzen. Mary versuchte, Daddy telefonisch zu erreichen, um ihn zu fragen, ob sie das dürfe, aber in der Praxis meldete sich niemand. Dann fiel ihr ein, dass sie gesagt hatte, sie werde um neun Uhr da sein, und sie eilte in die Stadt. Bis Daddy kam, wurde es elf Uhr, und das Wartezimmer war voll. Er war offensichtlich gerade bei einem Friseur gewesen und hatte sich rasieren lassen, aber er sah todmüde aus. «Ach, Daddy, ich wette, du hast kein bisschen geschlafen.»

«Doch, ich habe mich in einem der Arztzimmer im Krankenhaus zwei Stunden hingelegt. Gestern Nacht haben wir einige Patienten verloren.»

Die ganze Woche saß Mary an dem Schreibtisch im Wartezimmer von Daddys Praxis, nahm durch den Mundschutz hindurch Anrufe entgegen und sagte verschreckten Männern und Frauen, die mit hochroten Gesichtern dasaßen und die einsetzenden Rückenschmerzen und das steigende Fieber spürten, sie sollten sich keine Sorgen machen, Dr. French sei gleich wieder da. Um fünf machte sie Schluss und fuhr zum Hotel, um mit ihrer Mutter zu essen und sich ihr Gerede anzuhören, doch Daddys Arbeit fing da erst an. Sie redete ihm zu, sich wenigstens jede zweite Nacht zum Schlafen freizunehmen. «Aber wie soll das gehen? McGuthrie liegt ebenfalls auf der Nase, ich muss auch noch alle seine Patienten behandeln ... Diese verdammte Epidemie kann ja nicht ewig dauern ... Sowie sie ein bisschen nachlässt, fahren wir für zwei Wochen an die Küste. Was hältst du davon?» Er hatte einen trockenen Husten und graue Schatten unter den Augen, aber er beteuerte, er sei zäh und fühle sich glänzend.

Am Sonntagmorgen kam sie spät in die Stadt, weil sie mit Mutter zur Kirche hatte gehen müssen, und fand ihren Vater vor, wie er dösend auf einem Stuhl hockte. Als sie hereinkam, sprang er mit schuldbewusster Miene auf, und sie bemerkte, dass sein Gesicht stark gerötet war. «Seid wohl in der Kirche gewesen, wie, du und deine Mutter?», sagte er mit merkwürdig schnarrender Stimme. «Na ja, ich muss wieder an die Arbeit.» Während er, den weichen Filzhut tief in die Stirn gezogen, zur Tür hinausging, kam Mary der Gedanke, dass er vielleicht getrunken hatte.

An diesem Sonntag schienen nicht viele Anrufe zu kommen, deshalb ging sie so rechtzeitig nach Hause, dass sie am Nachmittag eine Ausfahrt mit Mutter machen konnte. Mrs. French fühlte sich ausgezeichnet und sprach davon, dass Mary im nächsten Herbst debütieren solle. «Schließlich bist du es deinen Eltern schuldig, ihre Position zu wahren.» Von solchem Gerede wurde Mary regelrecht übel. Als sie ins Hotel zurückkehrten, sagte sie, sie sei müde, ging auf ihr Zimmer, legte sich aufs Bett und las *Theorie der feinen Leute*.

Bevor sie am nächsten Tag das Hotel verließ, schrieb sie Miss Addams einen Brief, in dem sie von der Grippeepidemie berichtete und wissenließ, es herrsche in der Welt so viel Elend, dass sie einfach nicht ans College zurückkehren könne, und ob man ihr nicht am Hull House eine Arbeit zuweisen könne? Sie müsse das Gefühl haben, etwas Handfestes zu tun. Während der Straßenbahnfahrt in die Innenstadt fühlte sie sich ausgeruht und war froh, einen Entschluss gefasst zu haben; am Ende der Straßen konnte sie, im strahlenden Wintersonnenschein weiß wie Zuckerhüte, die Kette der Berge sehen. Sie wünschte, sie wäre mit Joe Denny auf einer Wanderung.

Als sie den Schlüssel in die Praxistür steckte, stach ihr der Karbol-, Jod und Alkoholgeruch in die Nase. Daddys Hut und Mantel hingen am Garderobenständer. Komisch, sie hatte seinen Wagen gar nicht am Bürgersteig stehen sehen. Die Mattglastür zum Sprechzimmer war geschlossen. Sie klopfte. «Daddy», rief sie. Es kam keine Antwort. Sie schob die Tür auf. Ach so, er schlief. Er lag auf der Couch, die Autodecke über den Knien. Ihr kam der Gedanke, wie schrecklich es wäre, wenn er sturzbetrunken wäre. Auf Zehenspitzen ging sie durchs Zimmer. Sein Kopf war zwischen Kissen und Wand eingezwängt. Sein Mund stand offen. Das mit grauen Bartstoppeln bedeckte Gesicht war verzerrt und aufgequollen, die Augen geöffnet. Er war tot.

Wie in Trance ging Mary ganz ruhig zum Telefon und rief in der Notfallambulanz an, um mitzuteilen, dass Dr. French einen Zusammenbruch erlitten habe. Sie saß noch immer am Telefon, als sie draußen die Glocke des Krankenwagens hörte. Ein Assistenzarzt in weißem Kittel kam herein. Sie musste wohl in Ohnmacht gefallen sein, denn als Nächstes nahm sie wahr, dass sie mit einem großen Wagen zum Broadmoor gefahren wurde. Sie ging geradewegs auf ihr Zimmer, schloss sich ein, legte sich aufs Bett und begann zu weinen. Irgendwann in der Nacht rief sie im Zimmer ihrer Mutter an. «Bitte, Mutter, ich will niemanden sehen. Ich will auch nicht zur Beerdigung. Ich will sofort zurück aufs College.»

Mutter machte ein fürchterliches Theater, aber Mary hörte gar nicht hin, und am anderen Morgen gab Mutter ihr endlich hundert Dollar und ließ sie gehen. Sie konnte sich nicht erinnern, ob sie ihrer Mutter zum Abschied einen Kuss gegeben hatte oder nicht. Sie fuhr allein zum Bahnhof und saß zwei Stunden im Wartesaal, weil der Zug in Richtung Osten Verspätung hatte. Sie empfand überhaupt nichts. Irgendwie nahm sie alles ungewöhnlich lebhaft wahr, den strahlenden Wintertag, die scharf umrissenen Gesichter der im Wartesaal sitzenden Menschen, die Farben der Illustrierten am Zeitungsstand. Der Gepäckträger meldete ihr die Ankunft des Zugs. Sie saß in dem Pullmanwagen und blickte hinaus auf den Schnee, das gelbe Gras, das rote Ödland, die Drahtzäune, die Viehpferche, die entlang der Gleise grau und gelblich aus dem Schnee aufragten, die Wassertanks, die kleinen Bahnhöfe, die Getreidesilos, die Eisenbahner mit ihren roten Gesichtern, ihren Ohrenschützern und Handschuhen. Früh am Morgen, als sie durch das Industriegebiet vor Chicago fuhren, schaute sie hinaus auf die Männer, junge und alte, die sich mit blechernem Henkelmann, das Gesicht gerötet und von der Morgenkälte verzerrt, auf den Bahnsteigen drängten, um zur Arbeit zu fahren. Aufmerksam betrachtete sie ihre Gesichter, studierte sie; das waren die Leute, die sie kennenzulernen erwartete, denn sie würde in Chicago bleiben, anstatt ans College zurückzukehren.

Das Auge der Kamera 45

der schmale gelbe Raum schwirrt von Geschwätz unter der niedrigen Decke und sich kräuselnde Zigarettenrauchranken winden sich blau und verblassen um Nasen hinter Ohren unter den Krempen von Frauenhüten in schelmischen Mienen wechselndes Lippenspiel das Zurückwerfen eines Zopfes die klugen Ich-weiß-Bescheid-Fältchen um die Augen alle mit Hilfe von Lippenstift Rouge Rasiercreme Klingen in ein bestimmtes Muster gestriegelt gebürstet gestutzt geschabt das hinausläuft auf

diese Frau mit der warmen Stimme die mit kehligem Lachen und leicht zurückgeworfenem Kopf hin und her geht und mit lockenden Blicken die Rollen in diesem Fünf-Uhr-Drama verteilt

jedem seine eigene Schublade

die Persönlichkeit muss sorgfältig auf das Gesicht abgestimmt werden

um das Wiedererkennen zu erleichtern steckt sie jedem von uns ein Abzeichen an

das Heute schließt das Morgen mit ein

Danke aber warum ich? Hemmungen? Allerdings auf Wiedersehen

rasch den vertrauensvoll auf den Stuhl neben der Tür geworfenen Hut geschnappt

draußen verebben die klirrenden Cocktailstimmen

selbst in diesem älteren Backsteinhaus das mit grüner Farbe orangeroten Kerzen und ein bisschen abgetönter Tünche auf

Greenwich Village macht

führen die Treppen auf und ab

durch einen Flur mit Reihen von Klingelknopfnamen die ungeordnete Schicksale Wirrnisse heraufbeschwören

auf die verregnete zweispurige Straße wo Taxis schlittern matschende Schritte klatschen Lichter schimmern auf dem Bogen einer Wange einem frisch geschminkten Lippenpaar einem wettergegerbten Nacken einer knorrigen schmutzigen Hand dem blutunterlaufenen Auge eines alten Mannes

Straße zweispurig bis zur Ecke der tosenden Avenue wo im Trällern des Regens und im Lärm alle vier Richtungen

(das Salzige in uns allen Ozean das Protoplasma das durch Zellen pulst wächst sich teilt auseinandersprießt in die Milliarden vielfältiger noch nicht bezeichneter noch nicht benannter

immer schlüpfen sie einem durch die Finger

die wechselhaften die unüberschaubaren Leben)

den Kompass narren

Mary French

Mehrere Wochen lang hatte die Ankündigung eines Vortrags Mary Frenchs Blick auf sich gezogen, sooft sie an der Anschlagtafel im Hull House vorbeikam: 15. Mai, G. H. Barrow: Europa – Probleme des Wiederaufbaus nach dem Krieg. Der Name kitzelte ihr Gedächtnis, doch erst als sie ihn tatsächlich den Vortragssaal betreten sah, fiel ihr wieder ein, dass er der nette, magere Dozent mit dem rosigen Gesicht war, der in Vassar in jenem Winter darüber gesprochen hatte, dass die Arbeiterklasse den Kriegseintritt verhindern werde. Es war noch dieselbe aufrichtige, zögernde Stimme, die manchmal am Anfang der Sätze leicht stotterte, dieselbe informelle Art, im Saal auf und ab zu gehen und mit übereinandergeschlagenen Beinen neben dem Wasserkrug auf dem Tisch zu sitzen. Auf dem Empfang hinterher gab sie nicht zu erkennen, dass sie ihm schon einmal begegnet war. Als sie einander vorgestellt wurden, freute sie sich, ihm einige Informationen geben zu können, als er wissen wollte, welche Aussichten Ex-Soldaten hätten, im Großraum Chicago Arbeit zu finden.

Am nächsten Morgen war Mary French völlig aus dem Häuschen, als sie ans Telefon gerufen wurde und Mr. Barrows Stimme sie fragte, ob sie am Nachmittag eine Stunde für ihn erübrigen könne; Washington habe ihn gebeten, für eine bestimmte Stelle gewisse inoffizielle Informationen zu beschaffen. «Sehen Sie, ich dachte, Sie könnten mir die ungeschminkte Wahrheit liefern, weil Sie täglich mit den entsprechenden Leuten zu tun haben.» Sie erklärte sich mit dem größten Vergnügen dazu bereit, und er bat sie, sich um fünf im Foyer des Hörsaals mit ihm zu treffen.

Um vier war sie in ihrem Zimmer, kräuselte sich die Haare, überlegte, was sie anziehen sollte, und versuchte zu entscheiden, ob sie mit oder ohne Brille gehen sollte. Mr. Barrow war riesig nett.

Sie hatten ein überaus interessantes Gespräch über die Lage auf dem Arbeitsmarkt, die alles andere als rosig aussah, und als Mr. Barrow sie einlud, in einem kleinen italienischen Restaurant im Loop, das er kannte, mit ihm zu Abend zu essen, sagte sie bedenkenlos ja, obwohl sie, seit sie nach dem Tod ihres Vaters vor drei Jahren Colorado Springs verlassen hatte, mit keinem Mann mehr ausgegangen war. Irgendwie hatte sie das Gefühl, Mr. Barrow schon seit Jahren zu kennen.

Trotzdem wunderte sie sich ein wenig über das nicht sehr feine Lokal mit Sägespänen auf dem Boden, in das er sie führte, und auch darüber, dass dort Alkohol ausgeschenkt wurde und er offenbar erwartete, dass sie einen Cocktail trank. Er selbst trank jedenfalls mehrere und bestellte danach Rotwein. Sie lehnte die Cocktails ab, nippte aber an dem Wein, um nicht gar zu altmodisch zu wirken. «Ich gebe zu», sagte er, «dass ich allmählich das Alter erreiche, in dem ich einen Drink brauche, um die Arbeit aus dem Kopf zu bekommen und mich entspannen zu können ... Das war drüben so großartig ... dass man zum Essen Wein trinken konnte ... Die Menschen dort wissen wirklich zu leben.»

Nachdem sie ihr Spumoni-Eis gegessen hatten, bestellte sich Mr. Barrow Brandy, sie trank den bitteren schwarzen Espresso, und sie saßen in dem stickigen, lauten Restaurant, das nach Knoblauch, saurem Wein, Tomatensauce und Sägemehl roch, vergaßen die Zeit und unterhielten sich. Sie sagte, sie habe mit Sozialarbeit angefangen, um mit dem wirklichen Leben in Berührung zu kommen, doch inzwischen fühle sie sich eingesperrt und so sehr als Teil einer Institution, dass sie sich oft frage, ob sie sich nicht besser dem Roten Kreuz in Übersee oder dem Wiederaufbauwerk der Quäker hätte anschließen sollen, wie es so viele junge Frauen getan hatten, doch sie verabscheue den Krieg so sehr, dass sie auch nicht auf die denkbar friedlichste Weise dazu beitragen wolle. Wäre sie ein Mann, hätte sie den Kriegsdienst verweigert, das wisse sie.

Mr. Barrow runzelte die Stirn und räusperte sich. «Natürlich meinten diese Leute es wohl ehrlich, aber sie haben einen schweren Fehler begangen und wahrscheinlich verdient, was sie bekommen haben.»

«Das glauben Sie wirklich?»

«Ja, meine Liebe, das glaube ich ... Inzwischen können wir alles verlangen; niemand kann es uns verweigern: höhere Löhne, die Gewerkschaftspflicht, den Achtstundentag. Aber es war schwer, anderer Meinung zu sein als alte Freunde ... in bestimmten Kreisen ist meine Haltung völlig missverstanden worden ...»

«Aber Sie können doch diese furchtbaren Gefängnisstrafen nicht gutheißen.»

«Die sollten nur die anderen abschrecken ... Sie werden sehen, sobald sich die Aufregung etwas legt, kommen alle diese Leute frei ... Mit Debs' Begnadigung ist jeden Tag zu rechnen.»

«Hoffentlich», sagte Mary.

«Der arme Debs», sagte Mr. Barrow, «ein einziger Fehler hat ein ganzes Lebenswerk zerstört, aber er hat ein großes Herz, das größte Herz der Welt.» Dann erzählte er ihr, er sei früher selbst Eisenbahner gewesen, auf dem Güterbahnhof in South Chicago; er sei Geschäftsführer des Ortsverbandes seiner Gewerkschaft geworden, er habe für die Eisenbahnergewerkschaft gearbeitet, sich die nötige Bildung anzueignen sei nicht leicht gewesen, und mit über dreißig, er habe in New York City gerade eine Artikelserie für den *Evening Globe* geschrieben, sei er plötzlich aufgewacht und ihm sei klargeworden, dass es in seinem Leben keine Frau gebe und dass er nichts von der Kunst des Lebens verstehe, nichts von all dem, was den Menschen dort drüben und inzwischen auch den Mexikanern ganz natürlich zufalle. Er sei eine unkluge Ehe eingegangen, habe eine unschöne Affäre mit einem Revuegirl gehabt, und eine Frau habe ihm fünf Jahre lang das Leben zur Hölle gemacht, doch nun, da er sich von alldem gelöst habe, fühle er sich, je älter er werde, oft einsam und wünsche sich etwas Gehaltvolleres als die kleinen Eroberungen, die man als Mann auf beruflichen Reisen nach Mexiko, Italien, Frankreich und England machen könne, kleine internationale Zwischenfälle, wie er sie mit schmallippigem Grinsen nannte, für den Augenblick ganz nett, aber letztlich doch nur Schall und Rauch. Natürlich halte er nichts von der bürgerlichen Moral, aber er suche bei einer Frau Verständnis und leidenschaftliche Zuneigung.

Wenn er redete, zeigte sich in der breiten Zahnlücke in seinem Oberkiefer zuweilen seine Zungenspitze. Mary sah seinen Augen an, wie sehr er gelitten hatte. «Ich halte natürlich auch nichts von der konventionellen Ehe», sagte sie. Woraufhin es aus Mr. Barrow herausbrach, sie sei so frisch, so jung, so unverbraucht, so reizend, genau das, was ihm in seinem Leben fehle, und seine Zunge begann ein wenig schwer zu werden, und Mary meinte, es werde Zeit für sie, ins Hull House zurückzukehren, sie müsse nämlich sehr früh aufstehen. Als er sie mit einem Taxi nach Hause brachte, drückte sie sich in die äußerste Ecke des Sitzes, aber er benahm sich tadellos, obwohl er ein wenig zu schwanken schien, als sie sich verabschiedeten.

Nach diesem Abend wurde ihr die Arbeit im Hull House mehr und mehr zur Last, zumal George Barrow, der zur Verteidigung der Politik des Präsidenten eine Vortragsreise durch das ganze Land unternahm, ihr mehrmals pro Woche schrieb. Sie schrieb ihm humorige Briefe zurück, in denen sie sich über die alten Jungfern im Hull House lustig machte und sagte, sie spüre instinktiv, dass sie sehr bald von hier fortgehen werde, genau wie damals von Vassar. Ihre Bekannten im Hull House konstatierten, wie hübsch sie geworden sei, seit sie sich die Haare kräuselte.

Eigentlich hatte Mary vorgehabt, ihren Urlaub in diesem Juni mit den Cohns in Michigan zu verbringen, doch als es so weit war, kam sie zu dem Schluss, dass sie einen klaren Schnitt machen musste; also nahm sie stattdessen die *Northland* nach Cleveland und besorgte sich Arbeit als Bedienung in der Eureka Cafeteria in der Lakeside Avenue, nicht weit vom Bahnhof.

Es war ziemlich unschön. Der Geschäftsführer war ein fetter Grieche, der die Mädchen in den Hintern kniff, wenn er am Tresen hinter ihnen vorbeiging. Die Mädchen schminkten sich und waren gemein zu Mary, kicherten, in Ecken gedrückt, über ihre Galane oder rissen mit den Aushilfskellnern schmutzige Witze. Nachts hatte sie, weil sie so lange auf den Beinen gewesen war, stechende Schmerzen im Rist ihrer Füße, und ihr schwirrte der Kopf von den Gesichtern, den fordernden Mündern, den forschenden Augen, die in den Stoßzeiten wie Perlen auf einer Schnur an ihr vorbeizuckten. Nachts, in dem großen, aus gelben Ziegeln gebauten Fremdenheim, das eine Bekanntschaft auf dem Schiff ihr empfohlen hatte, fand sie in dem Bett mit dem klapprigen Messinggestell keinen Schlaf und bekam den Geruch nach kaltem Fett und Abwasch nicht aus der Nase; verängstigt und einsam lag sie da, hörte, wie die anderen Mieter hinter den dünnen Zwischenwänden sich rührten, ins Badezimmer trampelten, mit den Flurtüren knallten.

Nachdem sie zwei Wochen in der Cafeteria gearbeitet hatte, kam sie zu dem Schluss, dass sie es keine Minute länger ertragen konnte, also kündigte sie und besorgte sich ein Zimmer im uptown gelegenen YWCA, wo man sehr nett zu ihr war, als man hörte, dass sie vom Hull House kam, und ihr eine Liste mit offenen Stellen in der Sozialarbeit zeigte, auf die sie sich bewerben könne, aber sie lehnte ab und sagte, sie müsse endlich einmal richtige Arbeit in der Industrie leisten; dann fuhr sie mit der

Bahn nach Pittsburgh, wo sie eine Bekannte hatte, die Hilfsbibliothekarin am Carnegie Institute war.

Sie kam spät an einem Sommernachmittag in Pittsburgh an. Als der Zug über die Brücke rollte, sah sie flüchtig das Licht der tiefstehenden Sonne rosa und orange auf einem Gewirr metallfarbener Rauchschwaden erblühen, die aus einer Wildnis von Schloten um die riesigen Wellblech- und Stahlträgergebäude entlang dem Flussufer quollen. Gleich darauf trat sie aus dem Waggon in das bräunliche Düster des Bahnhofs, und der Griff ihres Koffers schnitt ihr in die Hand. Aus einer schmutzigen Telefonzelle, in der es nach Zigarrenrauch roch, rief sie ihre Bekannte an.

«Mary French, wie nett!», tönte Lois Speyers komische Plapperstimme. «Ich besorge Ihnen gleich hier bei Mrs. Gansemeyer ein Zimmer, kommen Sie zum Abendessen her. Das ist eine Pension. Sie werden ja sehen ... Aber ich kann mir einfach nicht vorstellen, wieso jemand in Pittsburgh Urlaub macht.»

Mary merkte, dass sie in der Telefonzelle errötete und nervös wurde. «Ich wollte mal was Anderes sehen als das, was man bei der Sozialarbeit so zu sehen bekommt.»

«Jedenfalls ist es schön, jemanden zum Reden zu haben, ich hoffe, es bedeutet nicht, dass Sie den Verstand verloren haben ... Wissen Sie, an den Hochöfen werden keine Vassar-Absolventinnen eingestellt.»

«Ich bin keine Vassar-Absolventin», schrie Mary French in den Hörer und spürte, wie ihr die aufsteigenden Tränen in den Augen brannten. «Ich bin ein ganz normales arbeitendes Mädchen ... Sie hätten mich in dieser Cafeteria in Cleveland sehen sollen.»

«Kommen Sie erst mal hierher, Mary, ich hebe Ihnen was vom Abendessen auf.» Es war eine lange Fahrt mit der Straßenbahn. Pittsburgh war weiß Gott trostlos.

Am nächsten Tag klapperte sie die Personalbüros mehrerer Stahlfirmen ab. Wenn sie sagte, sie sei Sozialarbeiterin gewesen, erntete sie komische Blicke. Nichts zu machen; im Augenblick stelle man keine Bürokräfte oder Sekretärinnen ein. Tagelang nahm sie sich die Zeitungen vor und antwortete auf Stellenanzeigen.

Lois Speyer lachte nicht schlecht auf ihre freudlose, sarkastische Art, als Mary schließlich einen Job als Reporterin annehmen musste, den Lois ihr besorgt hatte, weil sie die Frau kannte, die beim *Times-Sentinel* für die Gesellschaftsspalte zuständig war.

Während der Pittsburgher Sommer sich in den August schleppte, heiß und stickig von Kohlengas und den würgenden Dämpfen der Hochöfen und Walzwerke, die das verqualmte Y der schmalen Flusstäler verstopften, war in der Redaktion davon die Rede, dass rote Agitatoren in die Betriebe eingedrungen seien. Oft sah man einen gewissen Mr. Gorman, von dem es hieß, er sei ein leitender Mitarbeiter des Sherman Service/438/, im Büro des Chefredakteurs eine Zigarre rauchen. Das Blatt begann sich mit Meldungen über Unruhen in fremden Ländern, über die russischen Bolschewisten, die Verstaatlichung der Frauen und die Niederlage von Lenin und Trotzki zu füllen.

Dann bestellte eines Nachmittags Anfang September Mr. Healy Mary French in sein Büro und bat sie, Platz zu nehmen. Als er zur Tür ging und sie fest schloss, dachte Mary eine Sekunde lang, er wollte ihr unsittliche Anträge machen, doch er sagte stattdessen auf seine überaus väterlich müde Art: «Miss French, ich habe einen Auftrag für Sie, den Sie bitte nur übernehmen, wenn Sie wirklich wollen. Ich habe selbst eine Tochter, und ich hoffe, sie wächst zu einer so netten, unkomplizierten und wohlerzogenen Frau heran, wie Sie es sind. Ich versichere Ihnen, wenn ich den Auftrag für erniedrigend hielte, würde ich Sie nicht darum bitten, ihn zu übernehmen ... das wissen Sie. Wir sind ein reines Familienblatt ... die Vulgaritäten überlassen wir anderen ... Sehen Sie, es geht kein einziger Artikel über meinen Schreibtisch, ohne dass ich überlege, ob es mir recht wäre, wenn meine Frau und meine Tochter ihn läsen.»

Ted Healy war ein großer, rundlicher, schwarzhaariger Mann mit rollenden grauen Augen, die denen eines Dorschs glichen.

«Worum geht es, Mr. Healy?», fragte Mary forsch; sie war zu dem Schluss gekommen, dass es mit Mädchenhandel zu tun haben musste.

«Nun ja, diese verdammten Agitatoren, Sie wissen, dass die einen Streik anzetteln wollen ... jetzt haben sie downtown ein Büro für Pressearbeit eröffnet. Ich traue mich nicht, einen von den Jungs hinzuschicken ... könnte Ärger mit diesen Gorillas kriegen ... Ich will keinen toten Reporter auf meiner Titelseite ... Aber Sie ... Sie sind ja gar keine Journalistin, Sie sind Sozialarbeiterin, Sie wollen die Sache von beiden Seiten betrachten ... Einer netten, unschuldig wirkenden Frau kann unmöglich etwas passieren ... Also, ich will wissen, was es mit den Leuten auf sich hat, die dort arbeiten ... in welcher Gegend von Russland sie das Licht der Welt erblickt haben und wie sie überhaupt in dieses Land gekommen sind ... wo das Geld herstammt ... Vorstrafen, Sie wissen schon ... Besorgen Sie so viele Informationen wie möglich. Das gibt ein wunderbares Sonntagsfeature.»

«Die Frage der Arbeitsbeziehungen interessiert mich tatsächlich sehr ... das ist ein wunderbarer Auftrag. Aber, Mr. Healy, sind die Verhältnisse in den Fabriken denn nicht ziemlich schlimm?»

Mr. Healy sprang auf und begann auf und ab zu gehen. «Darüber weiß ich genau Bescheid ... diese Itaker verdienen mehr als jemals in ihrem ganzen Leben, sie kaufen Aktien, sie kaufen Waschmaschinen und Seidenstrümpfe für ihre Frauen, und sie schicken ihren alten Leutchen Geld nach Hause. Unsere Jungs haben in den Schützengräben ihr Leben aufs Spiel gesetzt, und inzwischen haben die sich sämtliche guten Stellen geschnappt, dabei sind die meisten von ihnen auch noch feindliche Ausländer. Diesen Itakern geht es gut, vergessen Sie das nicht. Das Einzige, was sie sich nicht kaufen können, ist Grips. Und so kommen diese Agitatoren an sie heran. Sie sprechen ihre Sprache und setzen ihnen alle möglichen Flöhe ins Ohr, von wegen sie müssten nur aufhören zu arbeiten, dann könnten sie dieses Land in Besitz nehmen, das wir aufgebaut und zum großartigsten Land der Welt gemacht haben … Den armen Teufeln von Itakern nehme ich das nicht übel, die sind einfach unwissend; aber diese Roten, die die Gastfreundschaft unseres Landes in Anspruch nehmen und dann ihre teuflische Propaganda verbreiten … Mein Gott, wenn sie's ehrlich meinten, könnte ich ihnen verzeihen, aber sie haben es nur auf das Geld abgesehen, so wie alle anderen. Wir haben stichhaltige Beweise, dass sie von russischen Roten mit Geld und Edelsteinen bezahlt werden, die man dort drüben gestohlen hat; und damit geben sie sich nicht zufrieden, sondern sie knöpfen auch noch diesen armen unwissenden Itakern ihr Geld ab … Also, ich kann nur sagen, erschießen ist noch zu milde für die.» Ted Healy war rot im Gesicht. Ein Junge mit grünem Augenschirm kam mit einem großen Stapel Durchschlagpapier hereingestürzt. Mary French stand auf. «Ich fange gleich an, Mr. Healy», sagte sie.

Sie stieg an der falschen Ecke aus der Straßenbahn und stolperte über den unebenen Bürgersteig einer steilen, breiten, kopfsteingepflasterten Straße mit kleinen Kramläden, Billardkneipen, Friseursalons und italienischen Spaghettilokalen. Ein böiger Wind wirbelte Staub, Holzwolle und altes Zeitungspapier auf. Vor einem ungestrichenen Durchgang standen in Dreier- und Verergrüppchen ausländisch wirkende Männer, die sich leise unterhielten. Ehe sie den Mut fand, die lange, steile, schmutzige Treppe hinaufzusteigen, betrachtete sie eine Minute lang das Schaufenster eines Fotoateliers im Erdgeschoss, die kolorierten und vergrößerten Fotos von Babys mit allzu rosigen Bäckchen, die Familiengruppen, die stocksteifen Brautpaare. Oben blieb sie in dem unaufgeräumten Flur stehen. Aus den Zimmern zu beiden Seiten drang Schreibmaschinengeklapper und das Geräusch diskutierender Stimmen. Im Halbdunkel stieß sie mit einem jungen Mann zusammen. «Hallo», sagte er mit einer schroffen Stimme, die ihr gefiel, «sind Sie die Lady aus New York?»

«Nicht direkt. Ich bin aus Colorado.»

«Zu uns sollte eine Lady aus New York kommen und uns bei der Pressearbeit helfen. Ich dachte, das sind vielleicht Sie.»

«Genau deswegen bin ich hier.»

«Kommen Sie rein, ich bin Gus Moscowski. Ich bin hier so was wie der Laufbursche.» Er öffnete eine der Türen und führte sie in ein kleines, staubiges, mit Papierstapeln zugestelltes Büro, das fast völlig von einem großen, mit Zeitungsausschnitten übersäten Tisch eingenommen wurde, an dem zwei bebrillte junge Männer in Hemdsärmeln saßen. «Das hier sind die regulären Jungs.» Während sie sich mit den anderen beiden unterhielt, konnte sie kein Auge von ihm lassen. Er hatte blondes, kurzgeschorenes Haar und tiefblaue Augen, und in seinem billigen, an Knien und Ellbogen blankgewetzten Sergeanzug hatte er etwas von einem großen Bärenjungen. Die jungen Männer beantworteten ihre Fragen so höflich, dass sie nicht umhinkonnte, ihnen zu sagen, dass sie Material für ein Feature für den *Times-Sentinel* sammelte. Sie lachten sich kaputt.

«Aber Mr. Healy hat gesagt, er will ein ausgewogenes Bild, das beiden Seiten gerecht wird. Er glaubt, die Männer seien irregeführt worden.» Nun musste sie selbst lachen.

«Gus», sagte der Ältere von den beiden, «führ die junge Lady herum und zeig ihr ein paar Sehenswürdigkeiten ... Kann ja immerhin sein, dass Ted Healy den Verstand verloren hat. Ich zeige Ihnen erst mal, was Ted Healys Freunde mit Fanny Sellers gemacht haben.» Sie konnte das Foto, das er ihr unter die Nase hielt, nicht ansehen. «Was hat sie denn getan?»

«Sie hat versucht, die Arbeiterklasse zu organisieren, das ist das schlimmste Verbrechen, das man im Land dieses Menschen begehen kann.»

Es war eine Erleichterung, wieder draußen auf der Straße zu sein, und sie beeilte sich, während Gus Moscowski mit ausgreifenden Schritten grinsend neben ihr hertaperte. «Na ja, das Beste wird sein, ich zeige Ihnen als Erstes, wie Leute von zweiundvierzig Cent die Stunde leben. Zu dumm, dass Sie kein Polnisch können. Ich selber bin Polacke.»

«Aber Sie sind doch bestimmt hier geboren.»

«Klar, ich habe sogar einen Highschool-Abschluss. Wenn ich die Kohle zusammenkriege, will ich an der Carnegie Tech Maschinenbau studieren ... ich weiß auch nicht, warum ich mich mit diesen verdammten Polacken abgebe.» Er schaute ihr direkt ins Gesicht und grinste, als er das sagte. Sie lächelte zurück. «Ich verstehe das schon», sagte sie. Als sie um eine Ecke bogen, vorbei an einer Gruppe zerlumpter kleiner Kinder, die Matschkuchen machten, deutete er mit dem Ellbogen auf sie; es waren blasse, aufgedunsene, schmutzige kleine Kinder mit Tränensäcken unter den Augen. Mary wandte den Blick ab, aber sie hatte sie gesehen, so wie sie auch das Foto der toten Frau mit dem eingeschlagenen Schädel gesehen hatte. «Eine kleine Kostprobe aus der Kloake des Landes der unbegrenzten Möglichkeiten», sagte Gus Moskowski aus sehr tiefer Kehle.

Als sie an jenem Abend an der Ecke, die Mrs. Gansemeyers Pension am nächsten lag, aus der Straßenbahn stieg, zitterten ihr die Beine, und ihr tat das Kreuz weh. Sie ging direkt auf ihr Zimmer und legte sich ins Bett. Sie war zu müde, um etwas zu essen oder aufzubleiben und sich Lois Speyers sarkastischen Tratsch anzuhören. Sie konnte nicht schlafen. Sie lag in ihrem durchgelegenen Bett und lauschte den Stimmen der Mieter, die unten auf der Veranda schaukelten, dem Heulen der Lokomotiven und dem Scheppern der rangierenden Güterwagen unten im Tal und sah die ausgelatschten, kaputten Schuhe wieder vor sich, die über schmutzigen Schürzen gefalteten, abgearbeiteten Hände, die scharfe, ängstliche Knopfäugigkeit der Frauen, spürte wieder unter den Füßen das Beben der verrückten Treppen, die im Zickzack über die Hügel liefen, Hügel so schwarz und kahl wie Schlackenhaufen, wo die Stahlarbeiter in wirr durcheinandergewürfelten Hütten und langen schwarzen Reihen rauchzerfressener Bretterbuden wohnten, hatte in der Nase wieder den Geruch von wackeligen Plumpsklos, von Küchen, wo Kohl und Wäsche kochte, von ungewaschenen Kindern und trocknenden Windeln. Sie schlief sehr unruhig und hatte, wenn sie aufwachte, jedes Mal

Gus Moskowskis warme, derbe Stimme im Ohr und am ganzen Körper ein Kribbeln, Nachhall seiner Berührung – hart, flaumig, junger Bär –, als sein Arm den ihren gestreift oder er sie an einer Stelle, wo der Brettersteig durchgebrochen war und sie in der losen Erde darunter auszugleiten drohte, mit seiner großen Hand gestützt hatte. Als sie dann richtig einschlief, träumte sie weiter von ihm. Sie wachte früh auf und freute sich, weil sie ihn gleich nach dem Frühstück wieder treffen sollte.

Am Nachmittag kehrte sie in die Redaktion zurück, um den Artikel zu schreiben. Ted Healys Anweisungen entsprechend nahm sie alles darin auf, was sie über die jungen Leute, die das Büro leiteten, hatte herausfinden können. Keiner stammte aus einem Ort, der Russland näher lag als Canarsie auf Long Island. Sie bemühte sich, beide Seiten darzustellen, und bezeichnete die Arbeiter sogar als «möglicherweise irregeleitet».

Etwa eine Minute nachdem sie den Artikel dem Redakteur der Sonntagsausgabe hatte zukommen lassen, wurde sie in die Lokalredaktion beordert. Mit einem grünen Augenschirm auf der Stirn saß Ted Healy über einem Schwung Druckfahnen. Mary sah ihren Artikel zuoberst auf dem Stapel von Papieren unter seinem Ellbogen. Jemand hatte mit rotem Stift auf den oberen Rand gekritzelt: Warum tut man mir das an?

«Tja, junges Fräulein», sagte Healy, ohne aufzublicken, «da haben Sie einen erstklassigen Propagandaartikel für die *Nation* oder sonst ein salonkommunistisches Blatt in New York geschrieben, aber was zum Teufel glauben Sie denn, was wir damit anfangen können? Wir sind hier in Pittsburgh.» Er stand auf und streckte ihr die Hand entgegen. «Auf Wiedersehen, Miss French, ich wünschte, ich hätte irgendeine Verwendung für Sie, Sie sind nämlich ein mächtig kluges Mädchen ... und kluge Reporterinnen sind selten ... Ihren Gehaltszettel habe ich an die Kasse geschickt ...» Ehe Mary French zu Atem kommen konnte, stand sie auf der Straße, ein zusätzliches Wochengehalt im Portemonnaie, was letzten Endes recht anständig von dem alten Ted Healy war.

Lois Speyer machte ein entsetztes Gesicht, als Mary ihr an jenem Abend erzählte, dass sie gefeuert worden war, doch als Mary hinzufügte, sie sei gleich losgezogen und habe sich einen Job bei der Eisen- und Stahlarbeitergewerkschaft besorgt, für die sie die Pressearbeit machen werde, brach Lois in Tränen aus. «Ich habe gleich gesagt, Sie haben den Verstand verloren, und es stimmt … Entweder muss ich aus dieser Pension ausziehen oder Sie … und ich kann mich auch nicht mehr wie bisher mit Ihnen blickenlassen.»

«Das ist doch lächerlich, Lois.»

«Liebste, Sie kennen Pittsburgh nicht. Diese elenden Streikenden sind mir völlig egal, aber ich darf unter keinen Umständen meine Stelle verlieren … Sie wissen doch, dass ich Geld nach Hause schicken muss … Dabei haben wir es gerade so lustig miteinander gehabt, und da müssen Sie hingehen und alles verderben.»

«Wenn Sie gesehen hätten, was ich gesehen habe, würden Sie anders reden», sagte Mary French kalt. Danach waren sie keine sehr engen Freundinnen mehr.

Gus Moscowski besorgte ihr ein Zimmer mit schweren Spitzengardinen vor den Fenstern im Haus eines polnischen Ladenbesitzers, der ein Cousin seines Vaters war. Wenn sie bis in den späten Abend hinein gearbeitet hatten, begleitete er sie feierlich nach Hause, und sie arbeiteten immer bis in den späten Abend.

Mary French hatte noch nie im Leben so hart gearbeitet. Sie verfasste Pressemitteilungen, stellte Statistiken über Tuberkulose, Unterernährung bei Kindern und Kriminalität zusammen, fuhr mit Regionalbahnen und Bummelzügen nach Rankin, Braddock, Homestead und Bessemer und sogar bis Youngstown, Steubenville und Gary, schrieb die Reden von Foster[439] und Fitzpatrick[440] mit, erlebte, wie Versammlungen gesprengt wurden und die Staatspolizisten in ihren grauen Uniformen in Formation durch die ungepflasterten Gassen der Werkssiedlungen vorrückten, mit ihren Knüppeln auf Männer und Frauen einschlugen, kleine Kinder mit Fußtritten verscheuchten und alte Männer von ihren Veranden jagten. «Und wenn man bedenkt», sagte Gus von den Polizisten, «dass die Schweinehunde größtenteils selber elende Polacken sind. Wenn das nicht typisch Polacke ist, was?»

Sie interviewte Zeitungsleute aus der Großstadt, bemühte sich stundenlang, AP- und UP-Leute zu einer objektiven Berichterstattung zu bewegen, verbesserte die Grammatik in den englischsprachigen Flugblättern. Der Herbst war verflogen, ehe sie es recht gemerkt hatte. Die Gewerkschaft konnte ihr nur die allernötigsten Auslagen zahlen, ihre Kleider waren in schrecklichem Zustand, ihr Haar war nicht mehr gekräuselt, nachts konnte sie nicht schlafen, weil sie immerzu an das denken musste, was sie gesehen hatte, an die Verhaftungen, die blutigen Köpfe, das verwüstete Wohnzimmer einer Familie, das Sofa aufgeschlitzt, die Stühle kurz und klein geschlagen, der Geschirrschrank mit einer Axt zerhackt, nachdem die Staatspolizei mit ihrer Suche nach «Literatur» fertig gewesen war. Sie erkannte sich kaum wieder, wenn sie ihr Gesicht in dem grünfleckigen, goldgerahmten Spiegel über dem Waschbecken betrachtete, während sie sich morgens in aller Eile anzog. Sie sah hager und verzweifelt aus. Sie sah allmählich selbst wie eine Streikende aus.

Sie erkannte sich auch dann kaum wieder, wenn sie von Gus' Stimme Gänsehaut bekam oder wenn ihr Wohlbefinden davon abhing, wie oft er ihr im Lauf des Tages zulächelte, wenn er mit ihr sprach; eigentlich sah es ihr überhaupt nicht ähnlich, dass sie sich, sowie sie einen Moment lang den Kopf frei hatte, auszumalen begann, wie er sich ihr näherte, die Arme um sie legte, seine Lippen, seine großen festen Hände. Wenn sie dieses Gefühl überkam, musste sie die Augen schließen und spürte, wie ihr schwindelig wurde. Dann zwang sie sich, die Augen wieder aufzuschlagen, und tippte wild drauflos, und nach einer Weile war ihr Kopf wieder kühl und klar.

An dem Tag, an dem Mary French sich zum ersten Mal eingestand, dass die gutbezahlten Arbeiter nicht in den Ausstand treten und die schlechtbezahlten Arbeiter ihren Streik verlieren würden, wagte sie Gus nicht ins Gesicht zu sehen, als er sie abholen kam, um sie nach Hause zu bringen. Es war ein trüber, nieseliger, untypischer Novemberabend. Während sie wortlos die Straße entlanggingen, glühte der Nebel in der Gegend der Stahlwerke plötzlich rot. «Da geht's los», sagte Gus. Das Glühen wurde immer stärker, zuerst rosa, dann orange. Mary nickte und blieb stumm. «Was soll man machen, wenn die Arbeiterklasse nicht zusammenhält. Jeder verdammte Ausländer hält die anderen Ausländer für Pennbrüder, und die Amerikaner halten jeden für einen Pennbruder, außer dich und mich. Ist noch gar nicht so lange her, da waren wir in diesem Land alle Ausländer. Gott, ich weiß nicht, warum ich mich überhaupt mit ihnen abgebe.»

«Gus, was würden Sie machen, wenn wir den Streik verlieren? Ich meine, Sie persönlich.»

«Ich werde auf sämtlichen schwarzen Listen stehen. Das heißt, ich könnte in der Metallindustrie nie mehr Arbeit bekommen, und wenn ich der letzte Mensch auf Erden wäre ... Ach verdammt, ich weiß auch nicht. Wahrscheinlich einen falschen Namen annehmen und mich zur Navy melden. Es heißt, dort könnte man eine richtig gute Ausbildung kriegen.»

«Vielleicht sollten wir nicht darüber reden ... Ich weiß auch nicht, was ich anfangen würde.»

«Sie können überallhin und bei einer Zeitung unterkommen, so wie schon mal ... Wenn ich doch bloß so gebildet wär wie Sie ... Bestimmt werden Sie froh sein, diesen Haufen Paslacks loszuwerden.»

«Das ist die Arbeiterklasse, Gus.»

«Klar, wenn wir doch nur ein bisschen mehr Grips in unsere verdammten Schädel bekämen ... Wissen Sie, ich hab einen Bruder, der sich bis heute als Streikbrecher betätigt.»

«Wahrscheinlich sorgt er sich um Frau und Kinder.»

«Wenn ich ihn in die Finger bekäme, hätte er andere Sorgen ... Als Arbeiter hat man nicht das Recht, sich eine Frau und Kinder zuzulegen.»

«Aber vielleicht ein Mädchen ...» Ihre Stimme versagte. Während sie auf dem unebenen Bürgersteig neben ihm herging, klopfte ihr Herz so stark, dass sie befürchtete, er würde es hören.

«Reichlich Mädchen.» Gus lachte. «Sie sind zwanglos und ungeniert, die Polinnen. Das ist das einzig Gute.»

«Wenn ich doch nur ...», hörte Mary ihre Stimme sagen.

«Na, dann gute Nacht. Schlafen Sie gut, Sie sehen völlig fertig aus.» Er hatte ihr einen Klaps auf die Schulter gegeben, hatte sich umgedreht und war mit seinen langen, tapsigen Schritten davongegangen. Sie stand vor der Haustür. Als sie in ihr Zimmer kam, warf sie sich aufs Bett und weinte.

Einige Wochen später wurde Gus Moscowski beim Verteilen von Flugblättern in Braddock festgenommen. Sie war dabei, als er in dem schmutzigen Gerichtssaal, der dicht an dicht mit grau uniformierten Staatspolizisten besetzt war, vor den Richter gestellt und zu fünf Jahren verurteilt wurde. Er trug den Arm in der Schlinge, und die flachsblonden Stoppeln auf seinem Hinterkopf waren mit Blut verkrustet. Seine blauen Augen fingen ihren Blick auf, er grinste und winkte ihr mit seiner großen Hand übermütig zu. «Ach, so sieht's also aus?», knurrte eine Stimme neben ihr. «Na ja, von dem Schwanz wirst du erst mal nichts mehr haben, Baby.»

Links und rechts von ihr saß je ein stämmiger, grau uniformierter Staatspolizist. Sie führten sie aus dem Gerichtssaal und marschierten mit ihr zur Haltestelle der Regionalbahn. Sie sagte nichts, konnte jedoch die Tränen nicht zurückhalten. Sie hatte nicht gewusst, dass Männer so mit Frauen reden konnten. «Mach schon, stell dich nicht so an, ich und Steve hier, wir haben doppelt so viel in der Hose ... Schön blöd von dir, dass du für den Dreckskerl die Beine breit gemacht hast.»

Endlich kam die Bahn nach Pittsburgh, und sie setzten sie hinein, nicht ohne sie zu warnen, sie würden sie wegen Straßenprostitution hochnehmen, wenn sie sich noch einmal hier blickenlasse. Als die Bahn anfuhr, sah sie, wie die beiden einander auf die Schulter klopften und lachten. Zusammengekauert saß sie auf ihrem Platz hinten im Wagen, ihr Magen war in Aufruhr, ihr Gesicht starr. Ins Büro zurückgekehrt, sagte sie nur, die Kosaken hätten sie aus dem Gerichtssaal gescheucht.

Als sie hörte, dass George Barrow mit dem Untersuchungsausschuss des Senats in der Stadt sei, ging sie sofort zu ihm. Sie wartete in der Eingangshalle des Schenley auf ihn. Der stille Winterabend war ein einziger Klotz schwarzer Eiseskälte. Sie zitterte in ihrem dünnen Mantel. Sie war todmüde. Es kam ihr vor, als hätte sie seit Wochen nicht geschlafen. In dem großen, ruhigen Hotelfoyer war es warm, durch ihre dünnen Papiersohlen spürte sie den dicken Flor des Teppichs. Irgendwo im Hotel musste ein Bridgeturnier stattgefunden haben, denn durch die Eingangshalle kamen ständig Gruppen gutgekleideter älterer Damen, die sie an ihre Mutter erinnerten. Sie ließ sich in einen tiefen Sessel neben einem Heizkörper sinken und döste sofort ein.

«Sie Ärmste, wie ich sehe, haben Sie richtig geschuftet ... das ist etwas anderes als Sozialarbeit, möchte ich wetten.» Sie schlug die Augen auf. George trug einen pelzgefütterten Mantel mit Pelzkragen, aus dem sein magerer Hals und sein längliches, knubbeliges Gesicht so komisch wie der Kopf eines Marabus hervorstanden. Sie stand auf. «Ach, Mr. Barrow ... oder vielmehr George.» Er nahm ihre Hand in seine Linke und tätschelte sie sanft mit seiner Rechten. «Jedenfalls weiß ich jetzt, wie es in den Gräben an vorderster Front aussieht», sagte sie und musste über seinen freundlichen, komischen Gesichtsausdruck lachen.

«Sie lachen über meinen Pelzmantel ... aber es würde der Gewerkschaft nichts nützen, wenn ich eine Lungenentzündung bekäme, oder? ... Warum haben Sie denn keinen warmen Mantel? ... Süße kleine Mary French ... Genau der Mensch, den ich treffen wollte ... Macht es Ihnen etwas aus, wenn wir aufs Zimmer gehen? Hier möchte ich nicht so gerne reden, es gibt zu viele Lauscher.»

Oben in seinem quadratischen Zimmer mit den rosa Vorhängen und den rosa Lampen half er ihr aus dem Mantel. Stirnrunzelnd wog er ihn in der Hand. «Sie brauchen unbedingt einen warmen Mantel», sagte er. Nachdem er beim Zimmerkellner Tee für sie bestellt hatte, ließ er ziemlich demonstrativ die Tür zum Flur offen. Sie setzten sich zu beiden Seiten eines kleinen Tischchens am Fußende des Bettes, das mit Zeitungen und maschinengeschriebenen Blättern übersät war. «Sieh an, sieh an, sieh an», sagte er. «Das ist ein großes Vergnügen für einen einsamen alten Knacker wie mich. Hätten Sie Lust, mit dem Senator zu essen? ... Um mal zu sehen, wie die andere Hälfte lebt.»

Sie redeten und redeten. Ab und zu gab er einen Schuss Whiskey in ihren Tee. Er war sehr nett und sagte, er sei sich sicher, sämtliche Jungs kämen aus dem Gefängnis frei, sobald der Streik beigelegt sei, und er sei ja praktisch schon beigelegt. Er sei gerade in Youngstown gewesen und habe mit Fitzpatrick geredet. Er glaube ihn so ziemlich überzeugt zu haben, dass es jetzt darauf ankomme, die Männer wieder an die Arbeit zu schicken. Richter Gary /441/ habe ihm unter vier Augen zugesichert, dass niemand benachteiligt werde und dass sich bereits Fachleute mit dem Problem des Achtstundentags beschäftigten. Sowie die technischen Schwierigkeiten überwunden seien, werde sich das Leben des Stahlarbeiters insgesamt radikal zum Besseren wenden. Dann bot er Mary unvermittelt an, sie als seine Sekretärin einzustellen. Er sagte, ihre praktischen Erfahrungen mit den tatsächlichen Verhältnissen wären bei den Bemühungen, die Gesetzgebung zu beeinflussen, eine unschätzbare Hilfe. Wenn die große Anstrengung der unterbezahlten Stahlarbeiter nicht verpuffen solle, müssten ihre Forderungen in die Gesetzgebung einfließen. Das Zentrum des Kampfes verlagere sich nach Washington. Er habe den Eindruck, im Senat sei die Zeit reif. Sie sagte, sie sei vor allem dem Streikkomitee verpflichtet.

«Aber mein liebes, süßes Kind», sagte George Barrow und tätschelte ihr sanft die Hand, «in ein paar Tagen wird es kein Streikkomitee mehr geben.»

Der Senator war ein Südstaatler mit eisengrauem Haar und weißen Gamaschen, der Mary French, als er das Zimmer betrat, so ansah, als glaubte er, sie würde ihm eine Bombe unter die mächtige Wölbung seiner cremefarbenen Weste schieben, aber er war ganz Kavalier alter Schule, und sein väterlich respektvolles, feinfühliges Verhalten war wohltuend. Sie bestellten Essen auf Georges Zimmer. Der Senator zog George auf schwerfällig-behäbige Weise mit seinen gefährlichen bolschewistischen Freunden auf. Sie hatten eine Menge Rye Whiskey verdrückt, die verqualmte Luft von Georges Zimmer roch gewaltig danach. Als Mary aufbrach, um wieder ins Büro zu gehen, redeten die beiden davon, sich eine Varieté-Show anzusehen.

Die Leute im Streikbüro sahen abgespannt und verdrossen aus. Als sie ihnen von G. H. Barrows Angebot erzählte, rieten sie ihr, unbedingt zuzugreifen; natürlich wäre es wunderbar, wenn sie in Washington für die gemeinsame Sache arbeitete, außerdem könne man ihr ohnehin nicht einmal mehr ihre Auslagen bezahlen. Sie schrieb ihre Pressemitteilung fertig und sagte bedrückt gute Nacht. In jener Nacht schlief sie besser als seit Wochen, obwohl sie auf dem ganzen Nachhauseweg Gus Moscowskis blaue Augen, sein blutverkrustetes blondes Haar und sein übermütiges Grinsen bei ihrem Blickwechsel im Gerichtssaal verfolgten. Sie war zu dem Schluss gekommen, dass es, um die Jungs aus dem Gefängnis zu holen, das Beste wäre, wenn sie mit George nach Washington ginge.

Am nächsten Morgen rief George sie in aller Frühe im Büro an und fragte sie, wie sie sich wegen des Jobs entschieden habe. Sie sagte zu. Er fragte, ob sie mit fünfzig die Woche einverstanden sei; vielleicht könne er später auf fünfundsiebzig erhöhen. Sie sagte, so viel habe sie noch nie im Leben verdient. Er sagte, sie solle gleich ins Schenley kommen; sie müsse etwas Wichtiges für ihn erledigen. Als sie dort ankam, erwartete er sie mit einem Hundertdollarschein in der Hand in der Eingangshalle.

«Als Erstes, meine Liebe, möchte ich, dass Sie sich einen warmen Mantel kaufen. Hier sind zwei Wochenlöhne im Voraus ... Wenn Sie sich gleich am ersten Tag eine tödliche Lungenentzündung holen, werden Sie mir als Sekretärin nicht viel nützen.»

Im Salonwagen auf der Fahrt nach Washington übergab er ihr zwei große eckige Koffer voller Aussageprotokolle. «Glauben Sie ja nicht, mit diesem Job wäre keine Arbeit verbunden», sagte er, während er einen Umschlag nach dem anderen voller eng mit Stenogrammen beschriebenem Durchschlagpapier herausfischte. «Der andere Kram war romantischer», sagte er und spitzte einen Bleistift an, «aber das hier ist auf lange Sicht nützlicher.»

«Wer weiß», sagte Mary.

«Meine Liebe, Sie sind sehr jung ... und sehr süß.» Er lehnte sich in seinem grünen Plüschsessel zurück und betrachtete sie lange mit seinen leicht hervortretenden Augen, während draußen die schneebedeckten Hügel vorbeizogen, grün gestreift von flechtenbedeckten Felsen und schwarz gesäumt von kahlen Ästen. Dann platzte er damit heraus, ob es nicht lustig wäre, wenn sie gleich nach ihrer Ankunft in Washington heirateten. Sie schüttelte den Kopf und widmete sich wieder dem Problem des juristischen Beistands für die Streikenden, musste aber unwillkürlich lächeln, als sie sagte, sie wolle noch nicht heiraten; er war so nett gewesen. Sie hatte das Gefühl, einen wirklichen Freund in ihm zu haben.

In Washington richtete sie sich eine kleine Wohnung in einem Haus in der H Street ein; sie wurde ihr billig von Amtsträgern der Demokratischen Partei vermietet, die auszogen. Dort kochte sie oft Abendessen für George. Außer im Zeltlager hatte sie bisher noch nie gekocht, aber George war ein ziemlicher Experte und verstand es, italienische Spaghetti, Chili con Carne, Austerneintopf und echte französische Bouillabaisse zu machen. Er besorgte Wein von der rumänischen Botschaft, und sie pflegten nach langen Arbeitstagen im Büro sehr gemütlich miteinander zu essen. Er redete unentwegt von der Liebe und wie wichtig ein gesundes Sexualleben für Männer und für Frauen sei, sodass sie ihn schließlich ließ. Er war so zärtlich und sanft, dass sie eine Zeitlang glaubte, ihn vielleicht wirklich zu lieben. Er wusste über Verhütungsmittel Bescheid und ging sehr nett und humorvoll damit um. Mit einem Mann zu schlafen machte keinen so großen Unterschied in ihrem Leben, wie sie erwartet hatte.

Am Tag nach Hardings Amtseinführung kamen in der Eingangshalle des kleinen Gebäudes in der G Street, in dem sich Georges Büro befand, zwei verwahrlost wirkende Männer mit deformierten grauen Mützen auf sie zu geschlurft. Einer von ihnen war Gus Moscowski. Er hatte hohle Wangen und sah müde und schmutzig aus. «Hallo, Miss French», sagte er. «Darf ich Ihnen meinen kleinen Bruder vorstellen ... nicht den Streikbrecher, der hier ist in Ordnung ... Sie sehen aber gut aus.»

«Ach, Gus, man hat Sie freigelassen.»

Er nickte. «Neuer Prozess, Urteile aufgehoben ... Aber eins kann ich Ihnen sagen, im Knast ist es nicht lustig.»

Sie nahm sie mit in Georges Büro. «Mr. Barrow wird sicher aus erster Hand hören wollen, was es bei den Stahlarbeitern Neues gibt.»

Gus machte eine Geste, als schöbe er mit der Hand etwas von sich weg. «Wir sind keine Stahlarbeiter, wir sind Penner ... Ihre Freunde, die Senatoren, haben uns nach Strich und Faden verkauft. Jedes arme Schwein, das mal mit einem Streikenden über die Straße gegangen ist, steht auf der schwarzen Liste. Mein Alter hat seinen Job zurückgekriegt, allerdings zu fünfzig Cent statt zu einem Dollar zehn die Stunde, aber erst musste er beim Pfaffen die Bibel küssen und schwören, dass er nicht der Gewerkschaft beitritt ... ne Menge Leute gehen in die alte Heimat zurück. Ich und der Kleine, wir sind abgehauen und nach Baltimore gegangen, um uns irgendwo einen Job auf nem Schiff zu besorgen, aber auf den Kais stehen die Seeleute in Zehnerreihe an ... also haben wir uns gedacht, wir können uns genauso gut die Amtseinführung anschauen und mal sehen, was die fetten Jungs so machen.»

Mary versuchte, ihnen etwas Geld aufzunötigen, aber sie schüttelten den Kopf und sagten: «Wir brauchen keine Almosen, wir können arbeiten.» Sie waren gerade am Gehen, als George hereinkam. Er schien über ihre Anwesenheit nicht sonderlich erfreut zu sein und begann ihnen einen Vortrag über Gewalt zu halten; wenn die Streikenden nicht mit Gewalt gedroht und sich von einem Haufen bolschewistischer Agitatoren hätten irreleiten lassen, hätten die Leute, die von innen heraus über eine Beilegung des Konflikts verhandelten, viel bessere Bedingungen für sie herausholen können. «Ich will mich nicht mit Ihnen streiten, Mr. Barrow. Sie glauben vermutlich, dass Father Kazinski ein Roter ist und dass Fanny Sellers einem Polizisten den Schädel eingeschlagen hat. Und da behaupten Sie, Sie stehen auf der Seite der Arbeiter.»

«Aber George, sogar der Senatsausschuss hat eingeräumt, dass die Gewalt von den Deputys und den Staatspolizisten ausging ... Schließlich habe ich es selbst miterlebt», warf Mary ein.

«Natürlich, Jungs ... ich weiß doch, mit wem ihr's zu tun habt ... ich habe wirklich keine Sympathien für den Steel Trust ... Aber Mary, ich möchte den Jungs hier klarmachen, dass der Arbeiter in diesen Dingen oft selbst sein schlimmster Feind ist.»

«Wie man's auch dreht und wendet, der Arbeiter wird immer beschissen», sagte Gus, «und ich weiß nicht, ob es seine Freunde oder seine Feinde sind, die ihn übler bescheißen ... Na ja, wir müssen weiter.»

«Jungs, es tut mir leid, dass ich so viel Dringendes zu tun habe. Ich würde gern mehr über eure Erfahrungen hören. Vielleicht ein andermal», sagte George und setzte sich an seinen Schreibtisch.

Mary begleitete sie zur Tür und flüsterte Gus zu: «Und was ist mit der Carnegie Tech?» Seine Augen wirkten nicht mehr so blau wie damals, bevor er ins Gefängnis gekommen war. «Na, was wohl?», sagte Gus, ohne sie anzusehen, und schloss leise die Mattglastür hinter sich.

Als sie an jenem Abend miteinander aßen, stand Mary plötzlich auf und sagte: «George, für den Verrat an den Stahlarbeitern sind wir genauso verantwortlich wie alle anderen.»

«Unsinn, Mary, schuld sind die Anführer, die sich den falschen Moment für den Streik ausgesucht und sich von den Bossen alle möglichen verrückten revolutionären Vorstellungen haben andichten lassen. Die organisierte Arbeiterschaft fällt jedes Mal auf die Nase, wenn sie sich in die Politik einmischt. Gompers /442/ weiß das. Wir alle haben unser Bestes für sie getan.»

Mary French fing an, im Zimmer auf und ab zu gehen. Sie empfand plötzlich einen bitteren, unbeherrschbaren Zorn. «So haben auch die Leute in Colorado Springs immer geredet. Vielleicht wäre es besser, ich würde zu meiner Mutter zurückkehren und Wohltätigkeitsarbeit leisten. Immer noch besser, als vom Geld der Arbeiterklasse zu leben.»

Sie ging auf und ab. Er blieb am Tisch sitzen, den sie so sorgfältig mit Blumen und einem weißen Tischtuch gedeckt hatte, trank in kleinen Schlückchen seinen Wein, strich zuerst ein Stück Butter, dann ein Stück Roquefort auf den Rand eines Crackers, dann wieder etwas Butter und wieder ein Stück Käse, und kaute die ganze Zeit langsam. Sie spürte, wie der Blick seiner hervortretenden Augen über ihren Körper wanderte. «Wir sind bloß Pseudogewerkschafter», schrie sie ihm ins Gesicht und rannte ins Schlafzimmer.

Immer noch Käse und Cracker kauend, beugte er sich über sie und tätschelte ihr nervös die Schulter. «Wie kann man nur so etwas Gehässiges sagen … mein Kind, du darfst nicht so hysterisch werden … Das ist nicht der erste Streik, der ein schlechtes Ende genommen hat … Und sogar diesmal ist etwas dabei herausgekommen. Im ganzen Land waren unvoreingenommene Menschen entsetzt über die rücksichtslose Gewalt der Stahlbarone. Das wird die Gesetzgebung beeinflussen … Steh auf und trink ein Glas

Wein … Mary, warum heiraten wir eigentlich nicht? So zu leben ist einfach dumm. Ich habe ein bisschen Geld angelegt. Erst neulich habe ich in Georgetown ein hübsches kleines Haus gesehen, das zum Verkauf steht. Jetzt, wo die Preise fallen, ist genau der richtige Zeitpunkt, ein Haus zu kaufen … in sämtlichen Ministerien wird Personal abgebaut … Schließlich bin ich in einem Alter, in dem ich ein Recht darauf habe, mich häuslich niederzulassen und Frau und Kinder zu haben … Ich will nicht warten, bis es zu spät ist.»

Schniefend setzte Mary sich auf. «Ach, George, du hast doch noch reichlich Zeit … Ich weiß nicht, warum mir vor dem Heiraten graut … Heute Abend graut mir vor allem.»

«Meine arme Kleine, wahrscheinlich kündigt sich deine Regel an», sagte George und küsste sie auf die Stirn. Nachdem er nach Hause in sein Hotel gegangen war, beschloss sie, für eine Weile nach Colorado Springs zu fahren und ihre Mutter zu besuchen. Dann würde sie zusehen, dass sie bei einer Zeitung unterkam.

Ehe sie in den Westen aufbrechen konnte, stellte sie fest, dass ein Monat vergangen war. Sie wurde von Angst gepackt, ein Kind zu bekommen. George wollte sie nichts davon erzählen, denn sie wusste, er würde darauf bestehen, dass sie heirateten. Sie konnte nicht warten. Eines Nachts ging sie in die kleine Küche, steckte den Kopf in den Backofen und versuchte, das Gas aufzudrehen, aber irgendwie war es so unbequem, und sie bekam auf dem Linoleum so kalte Füße, dass sie wieder ins Bett ging.

Am nächsten Tag bekam sie einen Brief von Ada Cohn, die schrieb, wie großartig es ihr in New York gehe, wo sie die allerschönste Wohnung habe, fleißig Violine übe und in der nächsten Saison ein Konzert in der Carnegie Hall zu geben hoffe. Ohne den Brief fertig zu lesen, begann Mary French ihre Sachen zu packen. Sie war so rechtzeitig am Bahnhof, dass sie den Zehn-Uhr-Zug nach New York erreichte. Vom Bahnhof aus schickte sie George ein Telegramm: FREUNDIN ERKRANKT MUSSTE NACH NEW YORK SCHREIBE DIR.

Sie hatte Ada telegraphiert, die sie an der Pennsylvania Station abholte und sehr schön und reich aussah. Im Taxi sagte Mary zu ihr, sie müsse ihr Geld für eine Abtreibung leihen. Ada fing an zu weinen und sagte, natürlich werde sie ihr das Geld leihen, aber an wen könne sie sich bloß wenden? Dr. Kirstein zu fragen würde sie sich, ehrlich gesagt, nicht trauen, er sei nämlich so eng mit ihren Eltern befreundet, dass er sich schrecklich aufregen würde. «Ich will kein Baby. Ich will kein Baby», murmelte Mary unentwegt.

Ada hatte eine schöne Dreizimmerwohnung auf der Hofseite eines Gebäudes in der Madison Avenue mit einem hellbraunen Teppich, einem riesigen Flügel und reichlich Topfpflanzen und Blumen in Vasen. Dort aßen sie zusammen und gingen dann den ganzen Abend im Wohnzimmer auf und ab und versuchten nachzudenken. Ada setzte sich an den Flügel und spielte Bach-Präludien, um, wie sie sagte, ihre Nerven zu beruhigen, aber sie war so aufgewühlt, dass sie den Noten nicht folgen konnte. Schließlich schrieb Mary einen Eilbrief an George und bat ihn um Rat. Am nächsten Nachmittag bekam sie Antwort. George war untröstlich, nannte ihr jedoch die Adresse eines Arztes. Mary gab Ada den Brief zu lesen. «Was für ein schöner Brief. Ich mache ihm überhaupt keinen Vorwurf. Er scheint ein feiner, empfindsamer, schöner Charakter zu sein.»

«Ich hasse ihn», sagte Mary und bohrte sich die Fingernägel in die Handflächen. «Ich hasse ihn.»

Am nächsten Morgen ging sie allein zu dem Arzt und unterzog sich dem Eingriff. Danach fuhr sie mit einem Taxi nach Hause, und Ada steckte sie ins Bett. Dass Ada ständig mit gerunzeltem Gesicht auf Zehenspitzen ins Zimmer kam, ging Mary schrecklich auf die Nerven. Nach etwa einer Woche stand sie auf. Sie schien wieder auf der Höhe zu sein und begann sich in New York nach einem Job umzusehen.

Das Auge der Kamera 46

durch die Straßen gehen und durch die Straßen gehen und Cola-Schilder Lucky-Strike-Reklamen Preisschilder in Schaufenstern zufällig gehörte Gesprächsfetzen verstreutes Zeitungspapier die aus Mülltonnen hervorschauenden Schlagzeilen von gestern fragen

nach einer Zahlenreihe einer Handlungsformel einer Adresse die du nicht genau kennst du hast die Hausnummer vergessen die Straße liegt vielleicht in Brooklyn ein Zug der irgendwohin fährt eine Dampfschiffpfeife die dir in den Ohren gellt ein mit Kreide auf die Tafel einer Arbeitsvermittlung gekritzeltes Jobangebot

tun machen es muss noch was Anderes im Leben geben als verzweifelt durch die Straßen zu gehen beeil dich Underdog tu · mach

eine zum Handeln drängende Rede in dem überfüllten Saal nach dem Händeklatschen dem Schulterklopfen dem Lächeln anderer auf dem Podium das Scharren von Stühlen erwartungsvolle Stille die vereinzelten Huster während des ersten stotternden Versuchs frei zu reden mühsam nach einem Schlagwort zu suchen sie hören zu und dann von Schlagwort zu Schlagwort der mühelose Anstieg zum Applaus (wenn nicht jemand in deinem Kopf Lügner zu dir sagen würde und auf dem Union Square

damals als du dich auf einer Kiste stehend über Gesichter beugtest · eifrige junge eigensinnige alte die dazwischen stumpf vor Überarbeitung die Augen trübe vom Zeitunglesen · und versuchtest ihnen zu sagen was Sache ist · sie zum Lachen zu bringen ihnen zu sagen was sie hören wollen schwenk eine Fahne flüstert der innere Agitator ganz wild auf Erfolg)

plötzlich kommst du ins Stocken schämst dich läufst rot an der Schweiß bricht dir aus · warum nicht diesen im Wind mit den Füßen stampfenden Menschen sagen dass wir auf Treibsand stehen? · dass der Zweifel der Wetzstein der Einsicht sei ist zu hart schmerzt anstatt anzuspornen · John D. Rockefeller bestreiken den Schweinehund wenn die Bullen dich windelweich prügeln dient das dem Fortschritt der Menschheit · während ich nach einem Drink und einer Mahlzeit nach Hause gehe und Martials Epigramme lese (mit einiger Mühe in der wörtlichen Übersetzung der Loeb Classical Library) über den Verlauf der Geschichte nachsinne und über die Frage mit welchem Hebel man die Unternehmer aus ihrer Machtposition wuchten und (auch ich Walt Whitman) die Märchenbuchdemokratie wieder einführen könnte

und dabei die ganze Zeit in meiner Tasche der Brief dieses Studenten der mich auffordert ihm zu erklären wieso die Radikalen obwohl sie wie er zugibt recht haben · im Privatleben solche Arschlöcher sind

leg dich ins Bett Underdog (schäle die Zwiebel des Zweifels) das Buch ungelesen in der Hand und schwing auf der Wippe auf und ab vielleicht trotz allem doch Platzhirsch · mach

Geld · du hast verstanden was er gemeint hat der alte Sack mit dem weißen Bart neben dem kristallenen Tintenfass auf dem aufgeräumten blankpolierten Schreibtisch in dem walnussgetäfelten Büro der alte Sack in dessen Stimme sämtliche Geistliche deiner Kindheit dröhnten und das Hosianna falsch singender Frauenchöre schrillte · Alles was Sie sagen ist völlig richtig aber es gibt so etwas wie den Umsatz · und ich habe Töchter · ich bin überzeugt Sie werden am Ende anders denken · mach

Geld in New York (Lippenstift von den Lippen eines elegant gekleideten duftenden Mädchens geküsst um fünf Uhr in einem Taxi das die Park Avenue entlangsaust da am Ende jeder Querstraße der Westen golden lodert und weißer Rauch aus den Schornsteinen der Dampfer quillt die den Hafen verlassen und der Himmel mit Dollars gefüttert ist

die Niethämmer sind verstummt die Lastwagen der Produzenten in die Nebenstraßen abgeschoben

an jeder Straßenecke singen Gewinne

knistern in der Zündung von Autos säuseln sanft in Kugellagern funkeln in den Lichtern die in den Schaufenstern angehen quaken in den Sirenen dudeln in den Hupen glänzender importierter Millionärslimousinen

Dollars sind seidig in ihrem Haar schmiegsam in ihrem Kleid sprießen in den kunstvoll arrangierten Rosenblättern die du küsst werden beißend und knusprig in dem Speakeasy-Essen und stechend grell in den Drinks

machen die Girlandenmusikshow laut lösen den Lachanfall im Cabaret aus schwingen in der Schunkelschunkel-Kapelle klicken scharf im Gutenacht des Garderobenmädchens)

wenn nicht warum nicht? durch die Straßen gehen sich auf dem Bett wälzen die Augen brennen vom Schälen der spekulativen Zwiebel des Zweifels wenn jemand in deinem Kopf · Platzhirsch? · Underdog? · nicht (noch dazu mitten auf dem Union Square) Lügner zu dir sagen würde

Wochenschau LII

versammelt zu einem Gottesdienst für den teuren Entschlafenen, eine letzte halbe Stunde der Andacht und des Gedenkens an vollbrachte Taten und zunichtegemachte Werke; des Gedenkens an Freundschaft und Liebe; an das, was war und was hätte sein können. Warum nicht diese letzte halbe Stunde gut nutzen, warum nicht diesen letzten Gottesdienst so schön gestalten, wie es Frank E. Campbell in der Begräbniskirche (nicht konfessionsgebunden) vermag

SACK MIT LEICHE AUS DEM WASSER GEFISCHT

Chinatown, mein Chinatown, im bunten Lichtermeer
Wo Herzen ohne Heimat
Wogen hin und her

SCHLAGANFALL BRINGT DAS ENDE WÄHREND EHEFRAU IHM VORLIEST

Mrs. Harding las ihm mit leiser, beruhigender Stimme vor. Man hatte gehofft, dass er davon einschlafen würde

DAUGHERTY /443/ ÜBERNIMMT FÜHRUNG

So lange schon
Allein am Telefon
Wann ruft es endlich an

Zwei Frauenleichen im Gepäck des Mörders

ARBEITER MARSCHIEREN ZUM REICHSTAG STADT IM DUNKELN

RASENDE TAXIFAHRT ZUR VERHINDERUNG VON SELBSTMORD ENDET MIT KATASTROPHE IM BELMONT

Pershing tanzt in Argentinien Tango

HARDING-TRAUERZUG KRIECHT ACHTZIG KILOMETER DURCH MENSCHENMASSEN IN CHICAGO

Junge Arbeitslose stirbt an Gift

VIELE SEHEN COOLIDGE ABER NUR WENIGE HÖREN IHN

Ach, kennst du Susie
Die süße Susie
Die haut dich glatt um

Die Kunst und Isadora

Im Jahre achtzehnhundertachtundsiebzig nahm in San Francisco Mrs. Isadora O'Gorman Duncan, eine temperamentvolle Dame mit einer Vorliebe für das Klavierspiel, die Scheidung von ihrem Gatten in Angriff, dem prominenten Mr. Duncan, der sich, wie wir annehmen müssen, grob taktlos verhalten hatte; die ganze Sache machte sie dermaßen nervös, dass sie ihren Kindern gegenüber erklärte, sie könne nichts als ein wenig Champagner und Austern bei sich behalten; inmitten der Bitterkeit und der gegenseitigen Schuldzuweisungen des Familienzwists

gebar sie in eine Welt gasbeleuchteter, von zugrunde gerichteten Südstaatenschönheiten geführter Pensionen, Eisenbahnmagnaten, Schwingtüren, Männern mit Backenbärten, die Nelken kauten, um ihre Whiskeyfahne zu überdecken, Messingspucknäpfen, vierrädriger Droschken, Schoßjacken, Tournüren und langer, gerüschter Schleppkleider (eine Welt, in welcher der Vortrags- und der Konzertsaal unter der Herrschaft kultivierter Damen die Zentren eines nach Höherem strebenden Lebens waren) eine Tochter, die sie nach sich selbst auf den Namen Isadora taufte.

Der Bruch mit Mr. Duncan und die Entdeckung seiner Falschheit verwandelten Mrs. Duncan in eine bigotte Frauenrechtlerin, Atheistin und leidenschaftliche Jüngerin der Vorträge und Schriften von Bob Ingersoll/444/; statt Gott lies Natur, statt Pflicht Schönheit, und *arm sind die Menschen nur*/445/.

Mrs. Duncan hatte es schwer, ihre Kinder in der Liebe zum Schönen und im Hass auf Korsetts, Konventionen und menschengemachte Gesetze großzuziehen. Sie gab Klavierstunden, fertigte Stickarbeiten an und strickte Schals und Handschuhe.

Die Duncans waren ständig verschuldet.
Sie waren ständig mit der Miete im Rückstand.

Isadoras früheste Erinnerungen galten Lebensmittelhändlern, Metzgern und Vermietern, die man bauchpinseln musste, kleinen Handarbeiten ihrer Mutter, die man von Tür zu Tür verkaufte,
Koffern, die man zu Hinterfenstern hinausreichen half, wenn man sich, ohne die Rechnung zu zahlen, aus einer schäbig-eleganten Pension am Stadtrand von Oakland und San Francisco verdrückte.
Die kleinen Duncans und ihre Mutter bildeten einen Clan; die Duncans standen gegen eine rohe, schmutzige Welt. Die Duncans waren weder Katholiken noch Presbyterianer noch Quäker noch Baptisten; sie waren Künstler.

Als die Kinder noch recht klein waren, gelang es ihnen, mit Theateraufführungen in einer Scheune Interesse bei ihren Nachbarn zu wecken; die ältere Tochter, Elizabeth, gab Unterricht in Gesellschaftstanz; sie waren Weststaatler; die Welt war ein Goldrausch; sie schämten sich nicht, im Blickpunkt der Öffentlichkeit zu stehen. Isadora hatte grünliche Augen, rötliches Haar, einen schönen Hals und schöne Arme. Gewöhnlichen Tanzunterricht konnte sie sich nicht leisten, also erfand sie selbst Tänze.

Sie zogen nach Chicago, Isadora fand einen Job, sie tanzte für fünfzig die Woche zu den Klängen des *Washington Post March* im Masonic Temple Roof Garden. Sie tanzte in Clubs. Sie suchte Augustin Daly /446/ auf, sagte ihm, sie habe
DEN TANZ
entdeckt, und wirkte mit Ada Rehan /447/ bei einer Inszenierung des *Sommernachtstraums* in New York als Fee in Gazegewändern mit.

Die Familie folgte ihr nach New York. Man mietete einen großen Raum in der Carnegie Hall, legte Matratzen in die Ecken, hängte Draperien an die Wände und erfand das erste Greenwich-Village-Studio.

Nie waren sie dem Sheriff mehr als einen Schritt voraus, ständig brachten sie Geschäftsleute und Handwerker durch Bitten und Schmeicheleien um ihr Geld, blieben der Vermieterin die Miete schuldig, schwatzten reichen Philistern Almosen ab.

Isadora arrangierte Konzerte mit Ethelbert Nevin /448/

und tanzte in Newport vor den Damen der feinen Gesellschaft zu den Gedichten von Omar Chayyām. Als das Hotel Windsor abbrannte, verloren sie ihre sämtlichen Koffer sowie ihre sehr dicke unbezahlte Rechnung und fuhren mit einem Viehtransporter nach London,

um dem Materialismus ihrer amerikanischen Heimat zu entfliehen.

In London, im Britischen Museum,

entdeckten sie die Griechen;

DER TANZ war griechisch.

Unter den qualmenden Schornsteinen von London, auf den verrußten Plätzen, tanzten sie in Musselintuniken, ahmten Posen auf griechischen Vasen nach, besuchten Vorträge, Kunstgalerien, Konzerte, Theaterstücke, sogen in einem einzigen Winter fünfzig Jahre viktorianischer Kultur auf.

Zurück zu den Griechen.

Jedes Mal, wenn sie auf die Straße gesetzt wurden, weil sie die Miete nicht bezahlten, führte Isadora sie ins beste Hotel, mietete eine Suite und scheuchte die Kellner nach Hummer, Champagner und nicht saisonalen Früchten; nichts war zu gut für die Künstler, die Duncans, die Griechen;

und dem London der Neunziger gefiel ihre Unverfrorenheit.

In Kensington und sogar in Mayfair tanzten sie auf Gesellschaften in Privathäusern,
die Briten, von Prince Edward abwärts,
waren hingerissen von Isadoras präraphaelitischer Schönheit,
ihrer frisch-fröhlichen amerikanischen Unschuld
ihrem kalifornischen Akzent.

Nach London Paris zur Zeit der Weltausstellung von neunzehnhundert. Sie tanzte mit Loïe Fuller /449/. Sie war immer noch Jungfrau, zu schüchtern, um die Avancen des großen Meisters Rodin zu erwidern, und vollkommen verblüfft von dem merkwürdigen Verhalten von Loïe Fullers Zirkel verrückter lesbischer Schönheiten. Die Duncans waren Vegetarier und argwöhnisch gegen alles Vulgäre, gegen Männer und den Materialismus. Raymond fertigte für sie alle Sandalen an.
Isadora, ihre Mutter und ihr Bruder Raymond zogen in Sandalen, Stirnbändern und griechischen Tuniken durch Europa,
stiegen in den besten Hotels ab und führten das naturnahe Leben der Griechen in einem Geflatter unbezahlter Rechnungen.

Isadoras erster Soloauftritt fand in einem Theater in Budapest statt;
danach war sie die Diva, hatte eine Liebesaffäre mit einem Hauptdarsteller; in München spannten die Studenten ihr die Pferde ihres Wagens aus. Allenthalben Blumen, Händeklatschen und Champagner-Soupers. In Berlin war sie der letzte Schrei.
Von dem Geld, das sie auf ihrer Tournee durch Deutschland verdiente, nahm sie alle Duncans nach Griechenland mit. In Athen trafen sie mit einem Fischerboot aus Ithaka ein. Sie

posierten im Parthenon für Fotografen, tanzten im Theater des Dionysos, brachten einer Schar Straßenjungen den antiken Chor aus den *Schutzflehenden*/450/ bei und bauten sich als Wohnstätte einen Tempel auf einem Hügel mit Blick auf die Altstadt von Athen, aber es gab kein Wasser auf dem Hügel, und noch vor der Fertigstellung des Tempels ging ihnen das Geld aus,

also mussten sie im Hôtel d'Angleterre bleiben und dort Schulden machen. Als der Kredit aufgezehrt war, gingen sie mitsamt ihrem Chor nach Berlin zurück und brachten die *Schutzflehenden* in Altgriechisch auf die Bühne. Bei einer Begegnung mit Isadora, wie sie in ihrem Peplos an der Spitze einer wohlgeordneten Formation ihrer mit griechischen Tuniken bekleideten griechischen Jungen durch den Tiergarten marschierte, scheute das Pferd der Kaiserin,

und Ihre Majestät wurden abgeworfen.

Isadora war en vogue.

Nach St. Petersburg kam sie rechtzeitig zur Beisetzung der 1905 vor dem Winterpalast niedergeschossenen Demonstranten. Das tat ihr weh. Sie war so amerikanisch wie Walt Whitman; die mörderischen Herrscher der Welt zählten nicht zu den Ihren, die Demonstranten hingegen schon; Künstler standen nicht auf der Seite der Maschinengewehre; sie war eine Amerikanerin in einer griechischen Tunika; sie war für das Volk.

In St. Petersburg, das noch im Bann des Rokokoballetts des Sonnenkönigs stand,

fanden die Behörden ihre Art zu tanzen gefährlich.

In Deutschland gründete sie mit der Hilfe ihrer Schwester, die das Organisatorische übernahm, eine Schule und bekam ein Kind von Gordon Craig/451/.

Wie schon immer beabsichtigt, kehrte sie im Triumph nach Amerika zurück und ärgerte die heimischen Philister mit einer Tournee; ihre Anhänger wurden ständig schikaniert, weil sie griechische Tuniken trugen; in Amerika fand sie keine Freiheit für die Kunst.

Nach Paris zurückgekehrt, war sie ganz oben; Kunst hieß Isadora. Bei der Beerdigung des Prince de Polignac lernte sie den mythischen Millionär (den Nähmaschinenkönig) kennen, der ihr Mäzen werden und ihre Schule finanzieren sollte. Sie fuhr mit ihm auf seiner Yacht davon (alles, was Isadora tat, war Kunst),
um nur für ihn
im Tempel von Paestum zu tanzen,
aber es fing an zu regnen, und die Musiker wurden pudelnass. Also besoffen sie sich stattdessen alle.
Kunst war das Millionärsleben. Kunst war alles, was Isadora tat. Zur großen Empörung der Clubdamen und kunstbeflissenen alten Jungfern trug sie auf ihrer zweiten Tournee durch Amerika das Kind des Millionärs unter ihrem Herzen;
sie gewöhnte sich an, zu viel zu trinken, an die Rampe zu treten und die Logeninhaber zu beschimpfen.
Isadora stand auf dem Gipfel von Ruhm, Skandal, Macht und Reichtum, ihre Schule florierte, ihr Millionär war im Begriff, ihr in Paris ein Theater zu bauen, die Duncans waren die Priester eines Kults (Kunst war alles, was Isadora tat),
da blieb das Auto, mit dem ihre beiden Kinder von der anderen Seite von Paris aus nach Hause gebracht wurden, auf einer Seinebrücke stehen. Der Chauffeur vergaß, dass der Gang noch eingelegt war, und stieg aus, um den Motor anzukurbeln. Das Auto setzte sich in Bewegung, überfuhr den Chauffeur und stürzte von der Brücke in die Seine.
Die Kinder und ihr Kindermädchen ertranken.

Ihr restliches Leben ging voller Verzweiflung weiter
im Geschnatter empörter Mäuler, zwischen den spöttischen Gesichtern von Reportern, den Drohungen von Gerichtsvollziehern, den Vorhaltungen von Hoteldirektoren, die fällige Rechnungen präsentierten.
Isadora trank zu viel, sie konnte die Finger nicht von gutaussehenden jungen Männern lassen, sie färbte sich die Haare in verschiedenen Schattierungen von Hellrot, sie machte sich nie die Mühe, ihr Gesicht richtig zu schminken, kleidete sich nachlässig, achtete nicht mehr auf ihre Figur, verlor die Übersicht über ihr Geld,
aber ein großes Empfinden von Gesundheit
erfüllte den Saal,
wenn die birnenförmige Gestalt mit den prächtigen Armen von der Hinterbühne langsam nach vorne getappt kam.
Sie fürchtete sich vor nichts; sie war eine große Tänzerin.

In ihrer Heimatstadt San Francisco wollten die Politiker sie nicht in dem griechischen Theater tanzen lassen, das sie auf ihr Betreiben gebaut hatten. Überall, wohin sie kam, erregte sie bei den Philistern Anstoß. Bei Kriegsausbruch tanzte sie die *Marseillaise*, aber das empfand man als nicht recht schicklich, und sie erregte abermals Anstoß, als sie sich weigerte, Wagner aufzugeben oder angesichts der Schlächterei die richtigen schicklichen Gefühle
der Zufriedenheit zu bekunden.

Auf ihrer Südamerikatournee
gabelte sie überall Männer auf,
einen spanischen Maler, etliche Preisboxer, einen Schiffsheizer, einen brasilianischen Dichter,
krakeelte in Tangosälen, beschimpfte die Argentinier von der Rampe aus als Nigger, feierte in Montevideo und Brasilien rauschende Triumphe; aber wenn sie Geld hatte,

konnte sie nicht anders, als es auf skandalöse Weise auszugeben, für Tangotänzer, Almosen, Soupers nach der Vorstellung, für die generöse Geste, nein, nein, alles auf meine Rechnung. Die Impresarios hauten sie übers Ohr. Sie fürchtete sich vor nichts, schämte sich im Blickpunkt der Öffentlichkeit niemals vor dem Geschnatter empörter Mäuler, den Schlagzeilen der Abendzeitungen.

Als der Oktober die Hülle der alten Welt sprengte, erinnerte sie sich an St. Petersburg, an die Särge, die durch die stillen Straßen schwankten, an die weißen Gesichter, die geballten Fäuste in jener Nacht in St. Petersburg und tanzte den
Marche Slave
und schwenkte vor den Nasen der alten Bostoner Ladys in der Symphony Hall rotes Nesseltuch,
doch als sie voller Hoffnung auf eine Schule, auf Arbeit und auf ein neues Leben in Freiheit nach Russland fuhr, war es ihr zu enorm, zu schwierig: Kälte, Wodka, Läuse, kein Service in den Hotels, das Neue und das Alte noch immer in kunterbuntem Durcheinander, Saatbeet und Abfallhaufen, sie hatte nicht die nötige Geduld, ihr Leben war zu einfach gewesen;
sie gabelte einen blonden Dichter auf
und nahm ihn mit
nach Europa und in die Grandhotels.
Jessenin /452/ zerlegte während einer Sauforgie eine ganze Etage des Adlon in Berlin, er demolierte eine Suite im Continental in Paris. Als er nach Russland zurückkehrte, brachte er sich um. Es war zu enorm, es war zu schwierig.

Als es unmöglich wurde, Geld aufzutreiben für die Kunst, für die in den Hotelsuiten speisenden und trinkenden Scharen, für die Miete der Rolls-Royces, für die Verpflegung ihrer Schüler und Jünger,

fuhr Isadora an die Riviera, um ihre Memoiren zu schreiben und so dem amerikanischen Publikum etwas Geld abzuknöpfen, einem Publikum, das nach dem Krieg aufgewacht war, ein Bewusstsein entwickelt hatte für die Krassheit des Materialismus, für das Griechentum, für Skandale und Kunst und das noch einiges an Geld ausgeben konnte.
In Nizza mietete sie ein Atelier, aber sie konnte die Miete nicht zahlen. Mit ihrem Millionär hatte sie sich zerstritten. Ihr Schmuck, der berühmte Smaragd, der Hermelinmantel, die Kunstwerke, die sie von Künstlern bekommen hatte, das alles war längst versetzt oder von Hoteldirektoren gepfändet worden. Sie besaß nur noch die alten blauen Draperien, die ihre großen Triumphe erlebt hatten, eine rote Lederhandtasche und einen Pelzmantel mit geplatzter Rückennaht.
Sie konnte nicht aufhören, zu trinken oder dem nächstbesten jungen Mann um den Hals zu fallen; wenn sie doch einmal Geld hatte, schmiss sie eine Party, oder sie verschenkte es.
Sie versuchte sich zu ertränken, aber ein englischer Marineoffizier zog sie aus dem mondhellen Mittelmeer.

Eines Tages gabelte sie in einem kleinen Restaurant in Golfe-Juan einen gutaussehenden jungen Itaker auf, der eine Autowerkstatt betrieb und einen kleinen Bugatti-Rennwagen fuhr.
Mit der Behauptung, den Wagen vielleicht kaufen zu wollen, veranlasste sie ihn, sie zu einer kleinen Spritztour in ihrem Atelier abzuholen;
ihre Freunde wollten sie nicht weglassen, sagten, er sei bloß ein Mechaniker, aber sie bestand darauf, sie hatte ein paar Drinks intus (außer ein paar Drinks und einem gutaussehenden jungen Mann gab es auf der Welt nichts mehr, woran ihr lag);

sie stieg neben ihm ein,
warf sich mit typischem Schwung den Schal mit den dichten Fransen um den Hals,
wandte sich um und sagte
mit dem ausgeprägten kalifornischen Akzent, den ihr Französisch nie verlor:
Adieu, mes amis, je vais à la gloire. /453/
Der Mechaniker legte den Gang ein und fuhr an.
Der herabhängende Schal verfing sich in einem Rad und zog sich fest. Ihr Kopf wurde zur Seite gerissen. Der Wagen hielt sofort an; ihr Genick war gebrochen, ihre Nase eingedrückt, Isadora war tot.

Wochenschau LIII

Bye bye blackbird

SIND SIE NEW YORKS SCHÖNSTE STENOGRAPHIN?

Lieben kann mich keiner und auch nicht verstehen
Lauter Leidgeschichten wollen alle mir andrehen

BRITEN BESCHLIESSEN ALLEINGANG

auch Sie können rasch tanzen lernen, zu Hause, ohne Musik und ohne Partner ... erzielt die gleichen Ergebnisse wie ein erfahrener Masseur, nur schneller, leichter und preiswerter. Vergessen Sie nicht, nur heiratsfähige Männer im Vollbesitz ungewöhnlicher Körperkraft werden vom *Graphic* /454/ als Apollos akzeptiert

Mach mein Bett und mach auch Licht
Heut wird's spät, drum warte nicht

FRAU IM EIGENEN HEIM ALS EINBRECHERIN ERSCHOSSEN

Großherzog hier, um sich zu amüsieren

SONNENFINSTERNIS UM VIER SEKUNDEN VERSPÄTET

Betrachter downtown sehen Corona

andere sind noch schicker und bestehen aus prächtiger ottomanischer Seide, schwerem Satin, Seidencrêpe oder Côte de cheval, eventuell mit Verzierungen aus Straußenfedern

TOLLWÜTIGER HUND VERURSACHT PANIK
IN PENN STATION

UNGLÜCKLICHE GATTIN UNTERNIMMT
SELBSTMORDVERSUCH

die innen wie außen reich schattierte Schönheit der Oberflächenbehandlung kann nur der Hand eines Künstlers entstammen, der nach einem Ideal strebt. *Ersetzt das entstellende Fett durch gutes, normales, festes Gewebe.* Er berührt jeden Punkt im gesamten Spektrum menschlicher Bedürfnisse. Schwarz auf weiß mag es ein wenig albern wirken, aber er kann einem tatsächlich zeigen, wie man seinen Verstand wachsen lässt. Wenn Sie unter körperlichem Unwohlsein leiden, kann er Sie von Ihren Schmerzen befreien. Er kann Ihnen zeigen, wie Sie Ihre Ehe- und Beziehungsprobleme lösen. Er ist ein Experte in Fragen der Sexualität

Blackbird bye bye

Es war eine sehr träge, sehr rosa-weiße Peggy Joyce, die uns in einem sehr rosa-weißen Boudoir die kleine weiße Hand reichte

Margo Dowling

Als Margie groß genug war, pflegte sie an dunklen Winterabenden mit einer Laterne zum Bahnhof hinüberzugehen, um Fred abzuholen, wenn er mit dem Neunuhrvierzehn aus der Stadt zurückerwartet wurde. Margie sei sehr klein für ihr Alter, sagte Agnes immer, trotzdem war ihr der rote Tuchmantel mit dem an den Ohren kitzelnden Schaffellkragen zu klein und bot ihren rissigen Handgelenken keinen Schutz an den Abenden, an denen der graupelige Wind um die Ecke des Bahnhofs pfiff und der Drahtbügel der schweren Laterne ihr kalt in die Hand schnitt. Immer lief ihr ein Schauer über den Rücken und durch Hände und Füße vor Angst, Fred wäre nicht er selbst, würde torkeln und stolpern, wie er es manchmal tat, wäre ganz rot im Gesicht und würde so schrecklich reden. Mr. Bemis, der Stationsvorsteher mit den gebeugten Schultern, riss immer Witze darüber mit dem großen Joe Hines, dem Streckenarbeiter, der oft im Bahnhof herumwerkelte, wenn Züge kamen, und Margie blieb draußen stehen, um nicht hören zu müssen, wie sie sagten: «Na ja, wetten, dass Fred Dowlin' heute Abend wieder stinkbesoffen ankommt?» Eben in diesem Zustand brauchte er Margie mit der Laterne, weil der Bohlenweg zum Haus so schmal und rutschig war. Als sie noch sehr klein gewesen war, hatte sie geglaubt, es läge an der furchtbar schweren Arbeit in der Stadt, dass er so komisch ging, wenn er aus dem Zug stieg, aber bis sie acht oder neun war, hatte Agnes ihr erzählt, dass Männer so was nun mal taten, sich betrinken, obwohl sie es eigentlich nicht sollten. Also hatte sie jeden Abend das gleiche schreckliche Gefühl, wenn sie die Lichter des Zuges über das lange Gerüstpfeilerviadukt vom Zone Park herankommen sah.

Manchmal kam er überhaupt nicht, und dann ging sie weinend nach Hause; aber an den guten Tagen sprang er, vierschrötig in dem großen Mantel, der nach Pfeifenrauch roch, federnd aus dem Zug, beugte sich zu ihr herab und lüpfte sie mitsamt der Laterne: «Wie geht's Daddys bravem kleinem Mädchen?» Er gab ihr einen Kuss, und sie war so stolzglücklich, wie sie von da oben auf den gemeinen alten Mr. Bemis hinunterschaute und Freds Stimme tief aus seiner breiten Brust durch den Schal rumpelte: «Gute Nacht, Chief», und dann setzten sich die gelb erleuchteten Zugfenster in Bewegung, die roten Raupenaugen am Ende wurden immer kleiner und rückten näher zusammen, während der Zug über das Viadukt in Richtung Hammels verschwand. Sie hüpfte auf und ab auf seinen Schultern und spürte seine Armmuskeln an ihr hart werden wie Ruder, wenn er mit ihr den Bohlenweg entlangrannte und Agnes zurief: «Noch was zu essen übrig, Kleine?», und dann kam Agnes breit lächelnd an die Tür, wischte sich die Hände an der Schürze, auf dem Herd dampfte der große Topf mit heißer Suppe, in der Küche war es so gemütlichwarm und schön, und Margie durfte aufbleiben, bis sie einnickte, ihre Augen sandig wurden und der Sandmann zur Tür hereinkam, und zuhören, wie Fred von Billardpartien, Lotto, Pferderennen und schrecklichen Prügeleien in der Stadt erzählte. Dann trug Agnes sie ins Bett in dem kalten Zimmer, und Fred beugte sich pfeiferauchend über sie und erzählte ihr von Schiffbrüchen vor Fire Island, als er noch bei der Küstenwache gewesen war, bis die Lichtritzen um die Tür zur Küche immer verschwommener wurden, und obwohl sich Margie alle Mühe gab, wach zu bleiben, weil es ihr solche Freude machte, Freds tiefer Stimme zuzuhören, kam der Sandmann, von dem sie sich eingeredet hatte, er habe sie vergessen, hinter Fred ins Zimmer, und sie schlief ein.

Sie wurde älter und kam in der Grundschule voran, und diese Abende wurden immer seltener. Immer öfter war Fred betrunken, wenn er aus dem Zug stieg, oder er kam überhaupt nicht. Dann erzählte ihr Agnes Geschichten von früher und wie lustig es gewesen war, und manchmal hörte sie mitten in einer Geschichte auf und fing an zu weinen, sie erzählte, dass Agnes und Margies Mutter eng befreundet gewesen waren, beide waren sie Verkäuferinnen in der Kunstblumenabteilung von Siegel Cooper gewesen und sonntags oft nach Manhattan Beach gefahren, das ja so viel feiner war als Coney Island, natürlich nicht zum Oriental Hotel, das war viel zu teuer, sondern zu einem kleinen Strand in der Nähe, und dort war Fred Rettungsschwimmer gewesen.

«Damals hättest du ihn sehen sollen, mit seinen kräftigen gebräunten Armen und Beinen war er der schönste Mann ...»

«Aber er ist doch immer noch schön, oder, Agnes?», warf Margie dann ängstlich ein.

«Natürlich, Liebes, aber damals hättest du ihn sehen sollen.» Und Agnes erzählte weiter, wie viel Glück er beim Pferderennen gehabt und wie viele Menschen er vor dem Ertrinken gerettet habe, dass jedes Jahr sämtliche Konzessionäre zusammengelegt hätten, um ihm eine Prämie zu zahlen, und wie viel Geld er immer in der Tasche gehabt habe und ein wunderbares Lachen und dass er so ein fröhlicher Kerl gewesen sei. «Das war sein Untergang», sagte Agnes dann. «Er konnte einfach nicht nein sagen.»

Und dann erzählte Agnes von der Hochzeit, von den Orangenblüten und der Torte, und dass Margies Mutter Margery bei ihrer Geburt gestorben sei. «Sie hat ihr Leben für deines gegeben, vergiss das nie.» Wenn Agnes das sagte, war Margie jedes Mal ganz schrecklich zumute, so als wäre sie nicht sie selbst. Und dann hatte Fred eines Tages, als Agnes von der Arbeit gekommen war, ganz in Schwarz und mit einem steifen Hut auf dem Bürgersteig gestanden und sie um ihre Hand gebeten, weil sie Margery Ryans beste Freundin gewesen sei, und so hatten sie geheiratet, aber Fred kam nie darüber hinweg und konnte nie nein sagen, und deswegen fing er zu trinken an, verlor seinen Job am Holland's Beach, und an keinem der Strände wollte irgendwer ihn einstellen, weil er trank und sich so oft prügelte, also zogen sie nach Broad Channel, aber mit den Ködern, den Ruderbooten und der gelegentlichen Zubereitung des Fangs verdienten sie nicht genug, also hatte sich Fred in einer Kneipe in Jamaica einen Job als Barkeeper gesucht, weil er so ein schönes Lachen hatte, so gut aussah und alle ihn mochten. Aber das sei mehr denn je sein Untergang gewesen.

«Aber es gibt auf der ganzen Welt keinen feineren Menschen als Fred Dowling, wenn er er selbst ist ... Vergiss das nie, Margie.» Und dann begannen sie beide zu weinen, und Agnes fragte Margie, ob sie sie ebenso sehr liebhabe, wie wenn sie ihre leibliche Mutter wäre, und Margie weinte und sagte: «Ja, liebe Agnes.»

«Du musst mich immer liebhaben», sagte Agnes dann, «weil Gott anscheinend nicht will, dass ich selber kleine Kinder bekomme.»

Margie musste jeden Tag zum Zug, um nach Rockaway Park zur Schule zu fahren. In der Grundschule kam sie gut mit, sie mochte die Lehrer, die Bücher und das Singen, aber die anderen Kinder hänselten sie, weil ihre Kleider allesamt selbstgenäht waren und komisch aussahen und weil sie Irin und katholisch war und in einem Haus auf Pfählen wohnte. Das alles änderte sich, nachdem sie einmal zu Weihnachten in der Schulaufführung das Goldlöckchen gespielt hatte, und von da an fühlte sie sich in der Schule wohler als zu Hause.

Zu Hause war immer so viel zu tun, Agnes war ständig am Waschen, Bügeln und Schrubben, weil Fred kaum noch Geld nach Hause brachte. Betrunken, schmutzig und nach abgestandenem Bier und Whiskey riechend, kam er ins Haus getorkelt, fluchte und meckerte über das Essen und wieso Agnes nie mehr ein schönes Steak für ihn habe, wenn er aus der Stadt nach Hause komme, so wie früher, woraufhin Agnes in Tränen ausbrach und rief: «Mit welchem Geld denn?» Dann beschimpfte er sie übel, und Margie rannte in ihr Zimmer, knallte die Tür zu, schob manchmal sogar die Kommode davor, schlüpfte ins Bett und lag zitternd da. Manchmal, wenn Agnes, immerzu hektisch vor Angst, Margie könnte den Zug zur Schule verpassen, Frühstück auf den Tisch stellte, hatte sie ein blaues Auge, ihr Gesicht war gedunsen und verschwollen, weil er sie geschlagen hatte, und sie trug eine selbstmitleidige Duldermiene zur Schau, die Margie nicht ausstehen konnte. Und während Agnes am Herd stand und Kondensmilch mit Kakao heiß machte, murmelte sie unentwegt vor sich hin: «Gott weiß, ich habe mein Bestes getan und mir die Finger für ihn wund gearbeitet ... Ihr Heiligen Gottes, so kann es nicht weitergehen.»

Margies Träume drehten sich nur ums Weglaufen.

Im Sommer hätten sie es manchmal ganz schön gehabt, wenn sie nicht ständig hätten befürchten müssen, dass Fred ein bisschen zu viel trank. Am ersten sonnigen Frühlingstag holte Fred die Ruderboote aus dem Bootshaus und schuftete wie ein Wilder, dichtete sie ab, strich sie hellgrün und pfiff bei der Arbeit vor sich hin, oder er stand vor Tagesanbruch auf, grub nach Muscheln oder fing mit einem Kescher Elritzen als Köderfische, und dann war Geld da, hinten auf dem Herd köchelten große Töpfe mit Muschelsuppe nach Long-Island-Art und nach New-England-Art, Agnes war glücklich, sang und hatte vollauf damit zu tun, Anglern ihren Fang zuzubereiten und Sandwiches zu richten. Margie fuhr manchmal mit Anglern hinaus, und Fred brachte ihr im klaren Wasser des Kanals unter der Eisenbahnbrücke das Schwimmen bei und nahm sie mit auf die schlammigen Wattflächen, wo sie barfuß Muscheln und Blaukrabben suchten. Sportangler mit schicken Jacken, die ein Boot mieten wollten, schenkten ihr oft einen Vierteldollar. Wenn Fred eine nüchterne Phase hatte, war es herrlich im Sommer – der warme Geruch des Schlickgrases, die Frische des durch den Meeresarm hereinströmenden Wassers, das Jucken von Salzwasser und Sonnenbrand –, aber sobald Fred ein bisschen Geld zusammenhatte, fing er zu trinken an, Agnes' Augen waren die ganze Zeit rot, und das Geschäft ging den Bach hinunter. Margie konnte es nicht ausstehen, wie Agnes' Gesicht, wenn sie weinte, rot und hässlich wurde, und sie schwor sich, niemals zu weinen, wenn sie einmal groß war, ganz gleich, was passierte.

Während der guten Zeiten sagte Fred ab und zu, er wolle der Familie eine Freude machen, und dann zogen sie sich alle fein an, ließen das Haus in der Obhut des alten Hines, Joe Hines' Vater, der ein Holzbein und einen üppigen, buschigen weißen Backenbart hatte, fuhren mit der Bahn zum Strand und gingen die Promenade entlang zum Vergnügungspark am Holland's Beach.

Es waren viel zu viele Menschen da, und Margie hatte Angst, sich ihr hübsches Kleid schmutzig zu machen, das Licht war so blendend, Männer und Frauen mit sonnenverbrannten Armen und Beinen und zerstrubbeltem Haar lagen mit Sand bedeckt in der grellen Sonne, und Fred und Agnes tollten wie die anderen im Badeanzug herum. Margie fürchtete sich vor der gewaltigen, schäumenden Brandung, die über ihren Kopf hinwegrauschte, sie hatte auch Angst, wenn Fred sie in den Armen hielt, und dann war es schrecklich, dass er so weit hinausschwamm.

Hinterher schlüpften sie mit juckender Haut wieder in ihre Kleider und gingen die Promenade entlang, die Erdnusswägelchen schrillten, es roch nach Popcorn, Salzwasser-Toffee, Hotdogs, Senf und Bier, alles vermischt mit dem dröhnenden Rattern der Achterbahn, der Dampforgel des Karussells und unzähligen grässlichen Menschen, die schubsten und drängelten und einem auf die Zehen traten. Sie war zu klein, um über sie hinwegblicken zu können. Es war besser, wenn Fred sie auf die Schultern hob; sie war zwar klein für ihr Alter, aber eigentlich zu alt, um auf Vaters Schultern zu reiten, und sie zupfte ständig an ihrem hübschen blassblauen Kleid, damit es ihr nicht über die Knie hochrutschte.

Was ihr am Strand gefiel, war das Spiel, bei dem man eine

kleine Kugel über saubere, schmale, lackierte Bretter in Löcher mit Zahlen rollen ließ, und dort gab es einen Japsen in einem sauberen, gestärkten weißen Kittel und ganz viele Regale mit den allersüßesten Sachen als Preise: Teekännchen, kleine Chinesen, die mit dem Kopf nickten, Blumenvasen, ganz viele Reihen der hübschesten japanischen Puppen, zum Teil mit echten Wimpern, und Gläser, Becher und Krüge. Einmal gewann Margie eine kleine Teekanne, die wie ein Elefant geformt war und die sie jahrelang hatte. Fred und Agnes hielten anscheinend nicht viel von dem kleinen Japsen, der die Preise verteilte, aber Margie fand ihn hübsch, sein Gesicht war so glatt, er hatte so eine komische dünne Stimme, seine Lippen und seine Augenlider waren so deutlich gezeichnet wie bei den Puppen, und genau wie die hatte er lange, schwarze Wimpern.

Margie dachte manchmal, sie würde ihn gern wie eine Puppe in ihr Bett mitnehmen. Einmal sagte sie das laut, und Agnes und Fred lachten sie dermaßen aus, dass sie sich furchtbar schämte.

Aber am besten am Holland's Beach gefiel ihr das Varietétheater. Sowie man hineinging und die großen gepolsterten Türen sich hinter einem schlossen, waren die Menschenmassen, das Gelächter und der Lärm verschwunden. Meistens lief ein Film, wenn sie hineinkamen. Das mochte sie nicht sonderlich, doch am allerbesten auf der ganzen Welt gefielen ihr die illustrierten Songs, die als Nächstes kamen, die Bilder von schönen Ladys und Gentlemen in Farben wie von kolorierten Blumen, so schöne Kleider und große Hüte, die Worte mit Gänseblümchen und Vergissmeinnicht drum herum, und die Lady oder der Gentleman sangen sie vor dem verdunkelten Zuschauerraum. Immer sah man Boote auf dem gekräuselten Wasser eines Flusses und Damen, denen ans Ufer geholfen wurde, aber nicht wie am Broad Channel, wo das Licht so grell war und es nichts als schlammige Wattflächen und die schleimig-stinkigen Pfähle gab und die Landungsbrücke bei Ebbe im Schlick lag, sondern schöne, blau gekräuselte Flüsse mit herrlichen grünen Ufern und Trauerweiden, die daran herabhingen. Danach kam das Varieté: Akrobaten, dressierte Seehunde, Männer mit Strohhüten, die lustige Witze erzählten, und Ladys, die tanzten. Einmal waren es die Merry Widow Girls mit ihren großen, schwarzen, an einer Seite so wunderbar hochgeschlagenen Hüten, ihren Trikots und Schleppen in Blau, Grün, Purpur, Gelb, Orange und Rot, und ein gutaussehender junger Mann in einem Cutaway, der mit einer nach der anderen Walzer tanzte.

Das Problem bei den Ausflügen an den Holland's Beach war, dass Fred dort Bekannte traf, immer wieder durch Schwingtüren verschwand und mit glänzenden Augen und nach Whiskey und eingelegten Zwiebeln riechendem Atem wiederkam, und dann sah Margie mitten im schönsten Vergnügen, wie Agnes diese besorgte Duldermiene aufsetzte, und wusste, dass an diesem Tag Schluss mit lustig war. Als sie das letzte Mal zusammen an den Strand fuhren, ging ihnen Fred verschütt, obwohl sie überall nach ihm suchten, und sie mussten ohne ihn nach Hause fahren. Agnes schluchzte so laut, dass alle Leute im Zug sie anstarrten, und Ed Otis, der Schaffner, der mit Fred befreundet war, kam zu ihr und sagte, sie solle sich nicht so aufregen, aber davon schluchzte Agnes nur noch mehr. Margie schämte sich so sehr, dass sie beschloss, wegzulaufen oder sich umzubringen, sobald sie zu Hause war, damit sie den Leuten im Zug nie wieder gegenübertreten musste.

Diesmal tauchte Fred nicht wie üblich am nächsten Tag wieder auf. Joe Hines kam vorbei und sagte, jemand habe ihm erzählt, er habe Fred drüben in Brooklyn auf einer Sauftour gesehen und glaube, dass er eine ganze Weile nicht nach Hause kommen werde. Agnes schickte Margie zu Bett, und sie hörte noch stundenlang die Stimmen der beiden, wie sie sich in der Küche leise unterhielten. Sie schreckte aus dem Schlaf hoch und merkte, dass Agnes im Nachthemd zu ihr ins Bett schlüpfte. Ihre Wangen waren feuerrot, und sie sagte immerzu: «So eine Unverschämtheit, dabei ist er bloß ein schäbiger Streckengänger ... Margie ... Dieses Leben ist einfach nicht mehr auszuhalten, stimmt's, meine Kleine?»

«Bestimmt ist er nur gekommen, um sich aufzuspielen, der schreckliche alte Kerl», sagte Margie.

«So was Ähnliches ... Ach, es ist zu schrecklich, ich kann es nicht mehr ertragen. Ich habe mir weiß Gott die Hände für ihn wund gearbeitet.»

Plötzlich platzte Margie heraus: «Ja, wenn die Katze aus dem Haus ist, tanzen die Mäuse auf dem Tisch», und wunderte sich, wie lange Agnes darüber lachte, obwohl sie gleichzeitig weinte.

Im September, gerade als Agnes zum Schulanfang Margies Kleider herrichtete, kam der Hausverwalter, um die Quartalsmiete zu kassieren. Von Fred hatten sie nur ein einziges Mal gehört, als er ihnen einen Brief mit einem Fünfdollarschein geschickt hatte. Er schrieb, er sei in eine Schlägerei geraten und verhaftet worden, und dann habe er zwei Wochen im Gefängnis gesessen, doch inzwischen habe er Arbeit und werde nach Hause kommen, sobald er alles wieder halbwegs ins Lot gebracht habe. Doch Margie wusste, sie schuldeten die fünf Dollar und außerdem noch zwölf Dollar für Lebensmittel. Nachdem Agnes mit dem Hausverwalter gesprochen hatte, kam sie mit grässlich verheultem Gesicht in die Küche zurück und sagte zu Margie, sie würden in die Stadt ziehen. «Ich habe Fred Dowling immer gesagt, irgendwann kommt der Tag, wo ich es nicht mehr aushalte. Jetzt kann er selber sehen, wo er bleibt.»

Es war ein schrecklicher Tag, als sie ihre beiden Reisetaschen und den fürchterlichen alten, halbvermoderten Schrankkoffer mit Hilfe von Joe Hines, der immer dies und das für Agnes erledigte, wenn Fred nicht da war, zum Bahnhof schafften und den Zug bestiegen, der sie nach Brooklyn brachte. Sie gingen zu Agnes' Vater und Mutter, die in der Fulton Street im Hinterhaus eines kleinen Tapeziergeschäfts unter der Hochbahn wohnten. Der alte Mr. Fisher war Tapezierer und Stuckateur, und das ganze Haus roch nach Kleister, Terpentin und Gips. Er war ein kleiner grauer Mann, und Mrs. Fisher sah genauso aus wie er, nur dass er einen hängenden grauen Schnurrbart hatte und sie nicht. Sie stellten im Wohnzimmer eine Liege für Margie auf, aber sie merkte, dass sie ihnen lästig war. Sie mochte die beiden auch nicht und fand Brooklyn entsetzlich.

Es war eine Erleichterung, als Agnes, die in ihren Stadtkleidern, wie Margie fand, ziemlich schick aussah, eines Abends vor dem Essen nach Hause kam und verkündete, sie habe bei einer Familie in Brooklyn Heights eine Stelle als Köchin angenommen und werde Margie diesen Winter zu den Schwestern schicken.

Von dem Moment an, da Margie das Vestibül aus grauem Stein mit der weißen Marmorfigur in der Mitte betrat, war sie leicht verängstigt; das blieb so die ganze Zeit, die sie im Konvent verbrachte. Margie war nie sonderlich religiös gewesen, und die Schwestern waren angsteinflößend in ihrem triefenden Schwarz, mit ihren stets von gestärktem weißem Zeug umrahmten, ganz bleich aussehenden Gesichtern und Händen, dazu die große dunkle Kirche voller Kerzen, der Katechismusunterricht und die Beichte, und wie bei der Messe das kleine Glöckchen klingelte, damit alle die Augen schlossen, wenn der Erlöser zwischen lauter Engeln und Tauben in bernsteingelbem Lichterglanz auf den Altar herniederstieg. Komisch war auch, nachdem Agnes sie zu Hause nackt hatte herumlaufen lassen, dass sie sich, wenn sie einmal in der Woche badete, in der Wanne mit einem Tuch bedecken und sich sogar darunter einseifen musste.

Der Winter war ein langer, mühsamer Aufstieg auf Weihnachten hin, und nachdem sämtliche Mädchen so ausgiebig darüber geredet hatten, was sie an Weihnachten machen würden, war Margies Weihnachten schrecklich, ein spätes, tristes Essen mit den alten Leuten und nur ein, zwei Geschenken. Agnes sah blass aus, sie war todmüde von der Zubereitung des Weihnachtsessens für die Leute, für die sie arbeitete. Allerdings brachte sie einen Netzstrumpf voller Süßigkeiten und eine hübsche blondhaarige Puppe mit, die die Augen auf- und zumachen konnte, aber Margie war nach Heulen zumute. Nicht einmal ein Weihnachtsbaum.

Schon während sie am Tisch saß, dachte sie sich alles Mögliche aus, was sie den anderen Mädchen erzählen konnte.

Agnes gab ihr gerade einen Gutenachtkuss, legte ihren abgewetzten kleinen Pelzkragen um und schickte sich an, nach Brooklyn Heights zurückzukehren, da erschien schwer angetrunken Fred und wollte sie alle ausführen. Natürlich weigerten sie sich, er verzog sich wütend, Agnes ging weinend weg, und Margie lag die halbe Nacht wach auf der Liege, die man im Wohnzimmer der alten Leute für sie aufgestellt hatte, und dachte, wie schrecklich es war, arm zu sein und einen solchen Vater zu haben.

Außerdem war es öde, sich während der gesamten Ferien im Haus der alten Leute herumdrücken zu müssen. Nirgendwo konnte man spielen, und sie wurde wegen der kleinsten Kleinigkeit ausgeschimpft. Es war prima, wieder in den Konvent zu kommen, wo es eine Sporthalle gab und sie Basketball spielen und in der Pause mit den anderen Mädchen kichern konnte. Das Winterhalbjahr steuerte rasend schnell auf Ostern zu. Kurz vorher hatte sie Erstkommunion. Agnes nähte ihr das weiße Kleid, und sämtliche Schwestern verdrehten die Augen und sagten, wie hübsch und rein sie aussehe mit ihren goldenen Locken und blauen Augen, wie ein Engel, und Minette Hardy, ein älteres Mädchen mit einer Stupsnase, verknallte sich in sie und steckte ihr auf dem Spielplatz Schokoladenpfefferminzbonbons zu, in Zettel gewickelt, auf die sie kleine Mitteilungen gekritzelt hatte: Für Goldlöckchen mit einem lieben Gruß von ihrer lieben Minette und dergleichen.

Als das Halbjahr zu Ende ging, war sie todtraurig, und sie konnte den anderen Mädchen nichts von irgendwelchen Sommerplänen erzählen. Sie wuchs schnell in jenem Sommer, wurde linkisch, und ihre Brüste begannen sich zu entwickeln. Das schwüle, staubige, heiße Wetter schleppte sich bei den Fishers endlos hin. Es war schrecklich, mit den alten Leuten eingesperrt zu sein. Die alte Mrs. Fisher ließ sie niemals vergessen, dass sie eigentlich gar nicht Agnes' kleines Mädchen war und dass sie es dumm von ihrer Tochter fand, das Kind eines Taugenichts wie Fred großzuziehen. Als Gegenleistung für ihren Unterhalt versuchten sie, ihr möglichst viel Hausarbeit aufzuhalsen, und es gab jeden Tag Schelte, Tränen und Wutausbrüche.

Margie war überglücklich, als Agnes eines Tages nach Hause kam und sagte, sie habe eine neue Stelle und sie und Margie würden nach New York ziehen. Sie hüpfte auf und ab und schrie: «Prima, prima ... Ach, Agnes, wir werden reich.»

«Wohl kaum», sagte Agnes, «aber es ist auf jeden Fall besser, als Dienstmädchen zu sein.»

Sie gaben ihre Schrankkoffer und Taschen einem Spediteur, fuhren mit der Hochbahn nach New York und dann mit der U-Bahn uptown. Margie kamen die Straßen auf der Upper West Side erstaunlich breit und sonnig vor. Sie würden in der Amsterdam Avenue bei den Francinis wohnen, in einer kleinen Wohnung an der Ecke des Häuserblocks, in dem die Francinis eine Bäckerei betrieben, wo Agnes arbeiten würde. Die beiden bekamen ein kleines Zimmer, aber es gab darin einen Käfig mit einem Kanarienvogel und viele Pflanzen am Fenster, und die Francinis waren beide dicke fröhliche Menschen, die zu jeder Mahlzeit Kuchen mit Zuckerguss auf den Tisch brachten. Mrs. Francini war Großmutter Fishers Schwester.

Margie durfte nicht mit den anderen Kindern in der Straße spielen; die Francinis sagten, die Gegend sei für kleine Mädchen gefährlich. Sie kam nur einmal die Woche hinaus, nämlich sonntagabends, wenn alle zum Riverside Drive hinübergehen und von dort zu Grants Grabmal und wieder zurück wandern mussten. Von dem langsamen Tempo der Francinis, dem sie sich beim Gang durch die überfüllten Straßen anpassen musste, taten ihr die Beine weh. Den ganzen Sommer über wünschte sie sich Rollschuhe, doch da die Francinis und die Nonnen ständig von Gefahren redeten, traute sie sich allein nicht auf die Straße. Wovor sie solche Angst hatte, wusste sie nicht genau. Aber es gefiel ihr, Agnes und den Francinis in der Bäckerei zu helfen.

Im Herbst kehrte sie in den Konvent zurück. Eines Nachmittags, kurz nach den Weihnachtsferien, kam Agnes sie dort besuchen; sowie Margie zur Tür des Besuchszimmers hereinkam, sah sie, dass Agnes' Augen gerötet waren, und fragte, was denn los sei. In der Bäckerei war etwas Schreckliches passiert. Der arme Mr. Francini hatte beim Backen einen tödlichen Schlaganfall erlitten, und Mrs. Francini würde zu Onkel Joe Fisher aufs Land ziehen. «Und da ist noch etwas», sagte Agnes, lächelte und errötete. «Aber das kann ich dir jetzt nicht sagen. Du darfst nicht denken, dass die arme Agnes böse und schlecht ist, aber ich konnte das Alleinsein nicht mehr ertragen.»

Margie hüpfte auf und ab. «Ach, prima, Fred ist wieder da.»

«Nein, Liebes, das ist es nicht», sagte Agnes, gab ihr einen Kuss und ging.

An Ostern musste Margie die ganzen Ferien über im Konvent bleiben. Agnes schrieb, sie habe im Augenblick keinen Platz, um sie unterzubringen. Es waren noch andere Mädchen da, und es war ziemlich lustig. Dann holte Agnes sie eines Tages zu einem Ausflug ab und brachte in einem Karton direkt aus dem Geschäft ein neues, dunkelblaues Kleid und einen kleinen Strohhut mit rosa Blumen mit. Es war herrlich, wie das Seidenpapier raschelte, als sie die Sachen auspackte. Margie rannte in den Schlafsaal hinauf und zog mit klopfendem Herzen das Kleid an; es war das schönste und erwachsenste Kleid, das sie je gehabt hatte. Sie war erst zwölf, aber nach dem wenigen zu schließen, was sie in den winzigen Spiegeln, die man ihnen erlaubte, von sich erkennen konnte, wirkte sie darin sehr erwachsen. Sie rannte die leere graue Steintreppe hinunter, stolperte und landete in den Armen von Schwester Elizabeth. «Warum denn so eilig?»

«Meine Mutter ist gekommen, um mich zu einem Ausflug mit meinem Vater abzuholen, und das ist mein neues Kleid.»

«Wie schön», sagte Schwester Elizabeth, «aber du darfst nicht ...»

Margie war schon den Flur entlang ins Besuchszimmer geflitzt, hüpfte vor Agnes auf und ab und umarmte und küsste sie. «So ein schönes Kleid habe ich noch nie gehabt.» Auf der Fahrt mit der Hochbahn nach New York konnte Margie von nichts anderem reden als von dem Kleid.

Agnes sagte, sie würden in einem Restaurant essen, in dem Theaterleute verkehrten. «Wunderbar. Ich habe noch nie in einem richtigen Restaurant gegessen ... Er muss viel Geld verdient haben und reich geworden sein.»

«Er verdient viel Geld», sagte Agnes in merkwürdig stotterndem Ton, während sie von der Hochbahnstation aus in westlicher Richtung die 38th Street entlanggingen.

Anstelle von Fred erhob sich ein hochgewachsener, dunkelhaariger Mann mit langer, gerader Nase und würdevollem Auftreten vom Tisch, um sie zu begrüßen. «Margie», sagte Agnes, «das ist Frank Mandeville.» Margie gab durch nichts zu erkennen, dass sie nicht von Anfang an mit diesem Verlauf der Dinge gerechnet hatte.

Der Schauspieler reichte ihr die Hand und verbeugte sich, als wäre sie eine erwachsene junge Lady. «Aggie hat mir nie erzählt, dass sie so eine Schönheit ist ... was für Augen ... was für Haar!», sagte er mit seiner getragenen Stimme. Sie aßen wunderbar zu Mittag, und hinterher gingen sie ins Keith/455/, wo sie auf Orchesterplätzen saßen. Margie war ganz atemlos vor Aufregung darüber, mit einem richtigen Schauspieler zusammen zu sein. Er hatte gesagt, er werde am nächsten Tag zu einer zwölfwöchigen Tournee mit einem Gesangs- und Klavierprogramm aufbrechen und Agnes werde ihn begleiten. «Und danach kommen wir wieder und geben meiner Kleinen ein Zuhause», sagte Agnes. Margie war so aufgeregt, dass ihr erst, als sie im leeren Schlafsaal des Konvents im Bett lag, klar wurde, was das hieß, nämlich dass sie den ganzen Sommer über bei den Schwestern würde bleiben müssen.

Im Herbst verließ sie den Konvent endgültig und zog zu Mr. und Mrs. Mandeville, wie sie sich selbst nannten, in zwei Vorderzimmer, die ihnen ein Chiropraktiker untervermietet hatte. Es war ein großes, altes Stadthaus mit hoher Eingangstreppe, das weit im Westen der 79th Street lag. Margie gefiel es dort, sie kam bestens mit den Theaterleuten aus, die in den oberen Wohnungen wohnten und alle so gut gekleidet waren und so großstädtisch aussahen. Agnes sagte, sie müsse darauf achten, sich nicht verwöhnen zu lassen, weil alle von ihren blauen Augen und ihren Mary-Pickford-Löckchen schwärmten und von ihrer kessen Art, mit unbewegtem Gesicht komische Sachen zu sagen.

Frank Mandeville schlief immer bis zwölf, und Agnes und Margie frühstückten allein recht früh am Morgen, und dabei unterhielten sie sich flüsternd, um ihn nicht zu wecken, schauten zum Fenster hinaus auf die vorbeifahrenden Lastautos, Taxis und Möbelwagen, und Agnes erzählte Margie von Varietétheatern und einmaligen Gastspielen und wie glücklich sie sei, was für ein freies und ungezwungenes Leben sie führe, ganz anders als die tägliche Schinderei in Broad Channel, und dass Frank Mandeville, als sie ihn kennengelernt habe, pleite gewesen sei, deprimiert und kurz davor, den Gashahn aufzudrehen. Er sei jeden Tag um zwei Uhr nachmittags, wenn alle anderen Kunden schon weg gewesen seien, in die Bäckerei gekommen, um zu frühstücken. Er habe um die Ecke in der 104th Street gewohnt. Als er komplett abgebrannt gewesen sei, habe sie ihn anschreiben lassen, und er habe ihr so leidgetan, weil er das alles mit so viel Haltung getragen hatte und ohne Engagement war, und dann habe er Brustfellentzündung bekommen und sei Gefahr gelaufen, an Tuberkulose zu erkranken, und sie sei so einsam und unglücklich gewesen, dass sie sich nicht darum geschert habe, was die Leute dachten, sondern einfach bei ihm eingezogen sei, um ihn zu pflegen, und seither lebe sie mit ihm zusammen, und inzwischen seien sie für alle Mr. und Mrs. Mandeville, und er verdiene viel Geld mit seinem Programm The Musical Mandevilles.

Und Margie erkundigte sich nach Frank Mandevilles Partnern, nach Florida Schwartz, einer üppigen Frau mit harter Stimme und tizianrotem Haar – «Natürlich färbt sie es», sagte Agnes, «mit Henna» –, und ihrem Sohn Mannie, einem grässlichen Achtzehnjährigen mit Wespentaille, der Margie überhaupt nicht beachtete. Der Chiropraktiker im Erdgeschoss, den alle nur den Indianer nannten, war ein Verwandter von Florida, deshalb hatte es sich ergeben, dass sie alle in seinem Haus wohnten. «Theaterleute sind ein komisches Völkchen, aber ich finde, sie haben ein Herz aus Gold», pflegte Agnes zu sagen.

Die Musical Mandevilles probten nachmittags im Vorderzimmer, wo ein Klavier stand. Sie spielten alle möglichen Instrumente und sangen Songs, und Mannie, dessen Bühnenname Eddy Keller lautete, tanzte einen exzentrischen Tanz und imitierte Hazel Dawn /456/. Margie fand das alles wunderbar und glaubte vor Aufregung zu sterben, als Mr. Mandeville eines Tages beim Abendessen, das sie aus dem Feinkostgeschäft geholt hatten, plötzlich sagte, das Kind müsse Gesangs- und Tanzunterricht bekommen.

«Das ist doch rausgeschmissenes Geld, Frank», sagte Mannie, während er an einem Hühnerknochen knabberte.

«Dich hat keiner gefragt, Mannie», fauchte Florida.

«Ihr Vater hat früher immer gern getanzt und gesungen», warf Agnes auf ihre atemlos schüchterne Art ein.

In New York machte jeder Karriere, und Margie beschloss, ebenfalls Karriere zu machen. Jeden Tag ging sie den Broadway entlang zu ihrem Unterricht in einem Studio im selben Gebäude wie das Lincoln Square Theater. Im Oktober traten die Musical Mandevilles zwei Wochen lang dort auf. Fast jeden Tag holte Agnes sie vom Unterricht ab, sie setzten sich auf ein Sandwich und ein Glas Milch in eine Käse- und Milchbar und sahen sich dann die Vorstellung an. Agnes kam einfach nicht darüber hinweg, wie hübsch und jung Mrs. Schwartz im Rampenlicht aussah und wie schwermütig und würdevoll Frank wirkte, wenn er in seinem Operncape auf die Bühne kam.

Im Winter besorgte sich auch Agnes Arbeit; zusammen mit einer Miss Franklyn, einer rothaarigen Dame, die Theosophin war und das Kapital beisteuerte, betrieb sie einen künstlerisch angehauchten Teesalon in der 72nd Street, ganz in der Nähe des Broadway. Alle arbeiteten sie so hart, dass sie einander nur abends sahen, wenn Frank, Florida und Mannie in aller Eile einen Happen aßen, bevor sie zum Theater fuhren.

Als Margie ihren ersten Auftritt hatte, spielten die Musical Mandevilles in Newark. Sie sollte mitten in *Everybody's Doing It* in einem blauen Musselinkleid, das sie nicht mochte – sie wirkte darin wie eine Sechsjährige, meinte aber, sie müsste auf der Bühne erwachsen aussehen –, mit einem Reifen herauskommen, ein paar Ragtime-Schritte tanzen, dann einen Knicks machen, wie man es ihr im Konvent beigebracht hatte, und mit ihrem Reifen hinauslaufen. Frank hatte es wieder und wieder mit ihr geprobt. Bei den Proben brach sie oft in Tränen aus, weil Mannie so gemeine Bemerkungen machte.

Während sie auf ihr Stichwort wartete, hatte sie schreckliche Angst, und ihr Herz hämmerte, aber es war vorbei, ehe sie recht wusste, wie ihr geschah. Sie war aus den schmutzigen Kulissen in das warme, glitzernde Gleißen der Bühne hinausgelaufen. Man hatte ihr gesagt, sie solle nicht ins Publikum schauen. Nur einmal warf sie einen kurzen Blick in die verschwommene, lichtbestäubte Höhle mit den Reihen weißer Gesichter. Sie vergaß ein paar Zeilen ihres Songs und verpatzte ihren Auftritt, und hinterher weinte sie in der Garderobe, aber Agnes kam zu ihr und sagte, sie sei ganz reizend gewesen, Frank lächelte, und sogar Mannie fiel offenbar kein gemeiner Kommentar ein; also klopfte ihr Herz nicht mehr ganz so heftig, als sie das nächste Mal auftrat. Noch die kleinste Kleinigkeit, die sie darbot, rief in der diffusen Gesichterhöhle eine Reaktion hervor. Bis zum Ende der Woche bekam sie so viel Applaus, dass Frank beschloss, die Nummer *Everybody's Doing It* kurz vor dem Finale zu bringen.

Florida Schwartz hatte gesagt, Margery sei als Bühnenname zu vulgär, deshalb stand sie als Little Margo auf dem Plakat.

Den ganzen Winter und den folgenden Sommer über bespielten sie Keith-Varietés, schliefen in Pullmanwagen und allen möglichen Hotels, kamen nach Chicago, Milwaukee, Kansas City und in so viele andere Städte, dass Margie sich gar nicht alle Namen merken konnte. Agnes fuhr als Garderobiere mit, kümmerte sich um ihre Beförderung und war Mädchen für alles. Ständig wusch und bügelte sie und machte auf einem Spirituskocher Dosensuppe heiß. Irgendwann schämte sich Margie, weil Agnes auf der Straße neben Florida Schwartz so schäbig aussah. Wenn sie anderen Schauspielerkindern begegnete und die sie fragten, wer für sie der größte Publikumsliebling sei, antwortete sie jedes Mal Frank Mandeville.

Bei Kriegsausbruch waren die Musical Mandevilles wieder in New York und sahen sich nach neuen Auftrittsmöglichkeiten um. Eines Abends, während Frank seinen Plan erklärte, das Programm zu einer Westentaschen-Operette zu erweitern und so zu einer echten Sensation zu machen, gerieten er und die Schwartz sich wegen des Krieges in die Haare. Frank sagte, die Mandevilles entstammten einer langen Linie französischer Adeliger und die Deutschen seien barbarische Schweine und hätten keinen Begriff von Kunst. Die Schwartz gingen an die Decke und sagten, die Franzosen seien degeneriert, in Gelddingen könne man ihnen nicht trauen und Frank enthalte ihnen Einkünfte vor. Sie machten so einen Krach, dass die anderen Mieter gegen die Wand hämmerten und eine Dame mit einem Kamelgesicht, in einem mit roten und blauen Mohnblumen übersäten Morgenmantel, das Haar in Lockenwicklern, aus dem Kellergeschoss heraufkam und sie aufforderte, leise zu sein. Agnes weinte, Frank wies die Schwartz mit dröhnender Stimme aus dem Zimmer und befahl ihnen, sich nie mehr blickenzulassen, und Margie bekam einen fürchterlichen Lachkrampf. Je mehr Agnes mit ihr schimpfte, desto mehr kicherte sie. Erst als Frank in seinem flott geschneiderten, karierten Anzug sie in den Arm nahm und ihr übers Haar und über die Stirn strich, konnte sie sich allmählich wieder beruhigen. Als sie an jenem Abend zu Bett ging, war ihr immer noch ganz komisch zumute, und sie war innerlich immer noch ganz atemlos von dem Geruch nach Haarwasser, Pomade und ägyptischen Zigaretten, der sie in der Nase gekitzelt hatte, als sie an seiner Brust gelehnt hatte.

Im Herbst wurden die Zeiten hart, Varieté-Engagements waren schwer zu bekommen, und Frank hatte keine Partnerin für sein Programm. Agnes kehrte in Miss Franklyns Teestube zurück, und Margie musste den Gesangs- und Tanzunterricht aufgeben. Sie zogen in ein Zimmer mit einer durch einen Vorhang abgeteilten Nische, in der Margie schlief.

Der Oktober war in jenem Jahr sehr warm. Margie war kreuzunglücklich, weil sie den ganzen Tag im Haus herumsitzen musste, die Dampfheizung ließ sich nicht ganz abstellen, sodass es auch bei offenem Fenster viel zu heiß war. Im Haus roch es nach Brennschere, Schönheitscremes und Rasierseife. Sämtliche Zimmer waren an Theaterleute vermietet, und man konnte zu keiner Tageszeit ins Badezimmer hinaufgehen, ohne auf der Treppe Menschen mit schweren Augen in Bademänteln oder Kimonos zu begegnen. Die Art, wie die Männer Margie ansahen, wenn sie im Flur an ihnen vorbeistrich, hatte etwas Heißes und Klebriges, von dem ihr ganz komisch zumute wurde.

Am liebsten von allen hatte sie Frank. Agnes war ständig gereizt, hatte es entweder eilig, zur Arbeit zu kommen, oder kam todmüde von der Arbeit zurück, aber Frank sprach immer ganz ernsthaft mit ihr, als wäre sie eine erwachsene junge Lady. An den seltenen Nachmittagen, an denen er zu Hause war, gab er ihr Unterricht in Sprechtechnik und erzählte ihr Geschichten von der Zeit, als er mit Richard Mansfield /457/ auf Tournee gewesen war. Er ließ sie kleine Rollentexte lernen, die sie ihm vortragen musste, wenn er nach Hause kam. Wenn sie sie nicht konnte, wurde er sehr frostig, schritt auf und ab und sagte: «Nun ja, es liegt ganz bei dir, meine Liebe: Wenn du Karriere machen willst, musst du dich anstrengen ... das gottgegebene Talent hast du ... Aber ohne harte Arbeit ist das nichts wert ... Vielleicht willst du ja dein Leben lang in einem Teesalon arbeiten wie die arme Agnes.»

Dann lief sie zu ihm, schlang ihm die Arme um den Hals, gab ihm einen Kuss und sagte: «Ehrlich, Frank, ich werde mir furchtbar Mühe geben.» Wenn sie das tat oder wenn sie ihm das Haar zerzauste, wurde er ganz verlegen, sagte: «Na, na, Kind, keine Freiheiten», und schlug einen Spaziergang auf dem Broadway vor. Manchmal, wenn er ein bisschen Geld hatte, gingen sie zur St.-Nicholas-Eislaufbahn Schlittschuh laufen. Wenn sie von Agnes sprachen, nannten sie sie die arme Agnes, als wäre sie schwachsinnig. Agnes hatte etwas leicht Hinterwäldlerisches.

Meistens aber faulenzte Margie nur, las im Zimmer Zeitschriften oder lag auf dem Bett und spürte, wie die Stunden so entsetzlich langsam verrannen. Sie träumte von Jungen, die sie ins Theater oder in Restaurants ausführten, davon, in was für einem Haus sie wohnen würde, wenn sie eine berühmte Schauspielerin war, und was für Schmuck sie besitzen würde, oder sie erinnerte sich daran, wie der Indianer, der Chiropraktiker, ihr damals, als sie so schlimme Kopfschmerzen gehabt hatte, den Rücken massiert hatte. Er war kräftig, braun und sehnig und hatte in Hemdsärmeln mit seinen wuchtigen Händen ihren Rücken bearbeitet. Nur von seinen Augen wurde ihr komisch zumute; Augen wie die des Indianers sahen sie plötzlich an, wenn sie den Broadway entlangging, und dann beschleunigte sie ihren Schritt, wagte nicht, sich umzuschauen, um festzustellen, ob sie immer noch hersahen, und kam ganz atemlos und verängstigt zu Hause an.

Eines warmen Nachmittags im Spätherbst lag Margie auf dem Bett und las eine von Frank gekaufte Ausgabe von *Smart Set*, obwohl sie Agnes hatte versprechen müssen, die Finger davon zu lassen. Sie hörte einen Schuh knarren, sprang auf und stopfte die Zeitschrift unters Kopfkissen. Frank stand in der Tür und sah sie an. Sie brauchte nicht zweimal hinzusehen, um zu wissen, dass er getrunken hatte. Seine Augen hatten den entsprechenden

Ausdruck, und sein normalerweise blasses Gesicht war gerötet. «Haha, diesmal hab ich dich erwischt, kleine Margo», sagte er.

«Bestimmt denkst du, ich kann meine Rolle nicht», sagte Margie.

«Wenn ich doch bloß meine nicht könnte», sagte er. «Ich habe gerade den miesesten Vertrag meines Lebens unterschrieben … Die Welt wird Frank Mandeville bald auf der schmutzigen Bühne eines Burlesque-Theaters erleben.» Den Filzhut noch auf dem Kopf, setzte er sich aufs Bett und legte eine Hand vor die Augen. «Gott, bin ich müde …» Dann blickte er aus rot geränderten Augen starr zu ihr auf. «Kleine Margo, du weißt nicht, was es heißt, es mit der Welt aufnehmen zu müssen.»

Margie sagte mit leisem Kichern, dass sie eine ganze Menge wisse, setzte sich neben ihn aufs Bett, nahm ihm den Hut ab und strich ihm das verschwitzte Haar aus der Stirn. Irgendetwas in ihr fürchtete sich davor, das zu tun, aber sie konnte nicht anders.

«Gehen wir Schlittschuh laufen, Frank, es ist so furchtbar, den ganzen Tag im Haus herumzuhocken.»

«Alles ist schrecklich», sagte er. Plötzlich zog er sie an sich und küsste sie auf die Lippen. Ihr wurde schwindelig von dem Geruch nach Haarwasser, Zigaretten, Whiskey, Nelken und Achselhöhle, der von ihm ausging. Sie versuchte sich loszureißen. «Nicht, Frank, nicht.» Er hielt sie fest. Sie spürte, wie seine Hände zitterten, wie sein Herz unter seiner Weste hämmerte. Er hielt sie mit einem Arm gepackt und zerrte mit dem anderen an ihren Kleidern. Seine Stimme klang ganz anders als sonst. «Ich tu dir nicht weh. Ich tu dir nicht weh, Kind. Denk einfach nicht dran. Es ist nichts. Ich halte es nicht mehr aus.» Die Stimme winselte ihr unentwegt weiter ins Ohr. «Bitte. Bitte.»

Sie wagte nicht zu schreien, aus Angst, dass dann vielleicht Hausbewohner kämen. Sie biss die Zähne zusammen und schlug und kratzte nach dem großen, feuchtlippigen Gesicht, das sich auf ihres presste. Sie fühlte sich so schwach wie in einem Traum. Sein Knie schob ihre Beine auseinander.

Als es vorbei war, weinte sie nicht. Es war ihr egal. Er ging schluchzend im Zimmer auf und ab. Sie stand auf und brachte ihr Kleid in Ordnung.

Er kam zu ihr und schüttelte sie an den Schultern. «Wenn du jemals irgendwem was davon sagst, bringe ich dich um, du verfluchtes kleines Balg … Blutest du?» Sie schüttelte den Kopf.

Er ging zum Waschbecken und wusch sich das Gesicht.

«Ich konnte einfach nicht anders, ich bin kein Heiliger … Ich stehe fürchterlich unter Druck.»

Margie hörte Agnes kommen, das Knarren ihrer Schritte auf der Treppe. Agnes schnaufte schwer, während sie am Türknauf fummelte. «Was um alles in der Welt ist denn los?», sagte sie, als sie ganz außer Atem hereinkam.

«Agnes, ich habe deine Tochter ausschimpfen müssen», sagte Frank mit seiner Tragödenstimme. «Ich komme todmüde nach Hause und muss feststellen, dass sie diese schmutzige Zeitschrift liest … Ich dulde das nicht … nicht, solange ihr unter meiner Obhut steht.»

«Ach, Margie, du hast mir doch versprochen, es nicht zu lesen … Aber was ist denn mit deinem Gesicht passiert?»

Frank trat nach vorn in die Mitte des Zimmers und betupfte sich das Gesicht mit dem Handtuch. «Agnes, ich muss dir etwas beichten … Ich bin in der Stadt in eine Auseinandersetzung geraten. Ich hatte einen sehr aufreibenden Tag. Ich bin mit den Nerven am Ende. Was wirst du von mir denken, wenn ich dir sage, dass ich einen Vertrag bei einem Burlesque-Theater unterschrieben habe?»

«Aber das ist doch großartig», sagte Agnes. «Wir können das Geld weiß Gott gebrauchen … Wie viel verdienst du denn?»

«Es ist schändlich … zwanzig die Woche.»

«Ach, ich bin ja so erleichtert … Ich dachte schon, es wäre irgendwas Schreckliches passiert. Vielleicht kann Margie ja wieder Unterricht nehmen.»

«Wenn sie brav ist und ihre Zeit nicht damit vergeudet, Schundzeitschriften zu lesen.»

Margie war innerlich ganz zittrig. Sie spürte, wie ihr der kalte Schweiß ausbrach. Sie rannte nach oben ins Badezimmer, schloss die Tür zweimal ab, wankte zur Toilette und übergab sich. Dann saß sie lange Zeit auf dem Badewannenrand. Sie konnte an nichts anderes denken als daran, wegzulaufen.

Aber irgendwie wurde es nichts mit dem Weglaufen. An Weihnachten besorgten irgendwelche Bekannte von Frank ihr eine Rolle in einem Kinderstück. Sie bekam fünfundzwanzig Dollar pro Vorstellung und war der Liebling sämtlicher Damen der Gesellschaft. Darauf bildete sie sich einiges ein. Sie wurde beinahe dabei erwischt, wie sie, als das Theater während einer Probe abgedunkelt war, hinter ein paar alten Kulissen mit dem Jungen knutschte, der den Ritter spielte.

Es war schrecklich, mit Frank und Agnes in einem Zimmer zu wohnen. Nachts lag sie mit heißen Augen in der stickigen Nische wach und hörte die beiden. Sie wusste, dass sie sich bemühten, leise zu sein, und nicht wollten, dass sie sie hörte, aber sie konnte nicht anders, als die Ohren zu spitzen und den Atem anzuhalten, wenn die Sprungfedern des wackeligen alten Eisenbetts, in dem sie schliefen, leise zu knarren begannen. Nach solchen Nächten schlief sie lange, ein schrecklich tiefer Schlaf, aus dem sie am liebsten niemals erwacht wäre. Sie begann, Agnes gegenüber frech und bockig zu werden, und tat nie, was diese sagte. Es war leicht, Agnes zum Weinen zu bringen. «Hol der Teufel das Kind», sagte sie dann und wischte sich die Augen. «Ich werde einfach nicht mit ihr fertig. Das kleine bisschen Erfolg ist ihr zu Kopf gestiegen.»

In jenem Winter stand immer, wenn sie an seinem Sprechzimmer vorbeikam, der Indianer in der Tür, stand braun und sehnig in seinem weißen Kittel da und wollte mit ihr plaudern oder ihr ein Bild oder dergleichen zeigen. Er bot ihr sogar Gratisbehandlungen an, doch sie schaute ihm direkt in die merkwürdigen blauschwarzen Augen und hielt ihn hin. Dann ging sie eines Tages, als keine Patienten da waren, in seine Praxis und setzte sich ihm auf den Schoß, ohne ein Wort zu sagen.

Am besten im Haus aber gefiel ihr ein junger Kubaner namens Tony Garrido, der auf der Gitarre zwei Südamerikaner begleitete, die in einem Broadway-Cabaret den Maxixe tanzten. Sie begegnete ihm öfter auf der Treppe, wusste genau Bescheid und kam, lange bevor sie auch nur ein Wort miteinander gewechselt hatten, zu dem Schluss, dass sie in ihn verknallt war. Er sah ganz jung aus mit seinen großen braunen Augen und dem glatten, ovalen Gesicht, das von einem sehr hellen Kaffeebraun war, mit einer leichten Röte unter seinen hohen, langen Wangenknochen. Sie fragte sich immer, ob er am ganzen Körper so braun war. Sein Benehmen war höflich und schüchtern, und er hatte eine tiefe Erwachsenenstimme. Als er sie zum ersten Mal ansprach, an einem Frühlingsabend, als sie auf der Eingangstreppe stand und sich verzweifelt fragte, wie sie es vermeiden konnte, nach oben aufs Zimmer zu gehen, wusste sie, dass er auf sie fliegen würde. Sie zog ihn auf und fragte ihn, was für ein Mittel er verwende, um seine Wimpern so schwarz zu färben. Er antwortete, dasselbe, von dem ihr Haar so schön und golden geworden sei, und lud sie zu einem Eiscremesoda ein.

Hinterher gingen sie auf dem Drive spazieren. Er sprach gut Englisch mit einem leichten Akzent, den Margie sehr distinguiert fand. Sie hatten gleich aufgehört, miteinander zu flachsen, er erzählte ihr, wie groß sein Heimweh nach Havanna sei und wie sehr er sich danach sehne, von New York wegzukommen, und sie erzählte ihm, was für ein schreckliches Leben sie führe, dass sämtliche Männer im Haus sie ständig kniffen und sich auf der Treppe an sie drängten und dass sie ins Wasser gehen werde, wenn sie weiter mit Agnes und Frank Mandeville in einem Zimmer wohnen müsse. Und was diesen Indianer angehe, von dem würde sie sich nicht anfassen lassen, und wenn er der letzte Mann auf Gottes Erde wäre.

Sie kam erst nach Hause, als es für Tony Zeit wurde, downtown zu seinem Cabaret zu fahren. Anstatt zu Abend zu essen, gönnten sie sich noch zwei Eiscremesodas. Margie machte sich überglücklich auf den Heimweg. Beim Verlassen des Drugstores hatte sie eine Frau zu einer Bekannten sagen hören: «Mein Gott, was für ein hübsches Paar.»

Frank und Agnes schlugen natürlich einen Riesenkrach. Agnes weinte, und Frank steigerte sich in wilden Zorn hinein und sagte, er werde dem verfluchten Bohnenfresser den Schädel einschlagen, wenn er es wagte, ein hübsches, unschuldiges amerikanisches Mädchen auch nur mit dem kleinen Finger zu berühren. Margie schrie, sie werde tun, was ihr verdammt noch mal passe, und gab sämtliche Gemeinheiten von sich, die ihr nur einfielen. Sie hatte beschlossen, dass für sie nur in Frage kam, Tony zu heiraten und mit ihm nach Kuba durchzubrennen.

Tony schien von der Idee zu heiraten nicht sonderlich begeistert zu sein, doch immer wenn Frank mittags das Haus verließ, ging sie nach oben in Tonys kleines, vom Ende des Flurs abgeteiltes Zimmer, weckte ihn, streichelte ihn und knutschte mit ihm. Dann wollte er mit ihr schlafen, doch sie ließ ihn nicht. Das erste Mal, als sie ihn abwehrte, klappte er zusammen, weinte und sagte, das sei eine Beleidigung, in Kuba erlaubten die Männer den Frauen nicht, sich so zu verhalten. «Das ist das erste Mal in meinem Leben, dass eine Frau meine Liebe zurückweist.»

Margie sagte, das sei ihr egal: erst, wenn sie verheiratet seien und diesen schrecklichen Ort verlassen hätten. Eines Nachmittags schließlich bearbeitete sie ihn so lange, bis er ja sagte. Sie steckte sich ihr Haar hoch, zog das Kleid an, in dem sie am erwachsensten aussah, und sie fuhren mit der U-Bahn zum Marriage License Bureau. Beide hatten fürchterliche Angst, als sie vor den Beamten treten mussten; Tony war einundzwanzig, Margie behauptete, sie wäre neunzehn, und kam damit durch. Das Geld für die Heiratserlaubnis hatte sie aus Agnes' Portemonnaie geklaut.

In den Wochen, die sie warten musste, bis Tonys Vertrag auslief, wurde sie fast verrückt. Dann, eines Tages im Mai, als sie an seine Zimmertür klopfte, zeigte er ihr zwei Hundertdollarscheine, die er gespart hatte, und sagte: «Heute heiraten wir … Morgen fahren wir nach La ’avana. Dort können wir sehr viel Geld verdienen. Du wirst tanzen, und ich werde singen und Gitarre spielen.» Mit den feingliedrigen Fingern seiner schmalen Hand machte er die Gebärde des Gitarrespielens. Ihr Herz begann heftig zu klopfen. Sie rannte nach unten. Frank war schon aus dem Haus gegangen. Auf ein Stück Pappe, das in einem von Franks gestärkten Hemden aus der Wäscherei gekommen war, kritzelte sie ein paar Zeilen an Agnes:

Liebe Agnes,
sei nicht böse. Tony und ich haben heute geheiratet, und wir gehen nach Havanna auf Kuba, um dort zu leben. Sag Vater Bescheid, falls er auftaucht. Ich werde oft schreiben. Grüße an Frank.
Deine dankbare Tochter
Margery

Dann stopfte sie ihre Kleider in einen englischen Koffer aus Schweinsleder, der Frank gehörte und den er eben erst aus dem Pfandhaus ausgelöst hatte, und rannte, immer drei Stufen auf einmal nehmend, die Treppe hinunter. Tony erwartete sie bleich und zitternd vor der Haustür, seinen Gitarrenkasten und seinen Koffer neben sich. «Das Geld ist mir egal. Nehmen wir ein Taxi», sagte er.

Im Taxi packte sie seine Hand, sie war eiskalt. In der City Hall war er so durcheinander, dass er sein Englisch komplett vergaß und sie alles in die Hand nehmen musste. Vom Friedensrichter borgten sie sich einen Ring. In einer Minute war alles vorbei, und sie saßen wieder im Taxi und fuhren uptown zu einem Hotel. Margie konnte sich hinterher nicht mehr erinnern, welches Hotel es gewesen war, nur dass sie sehr nervös gewesen waren und der Mann an der Rezeption ihnen das Ehepaar erst abnahm, als sie ihm die Heiratserlaubnis gezeigt hatten, ein großes, mit einem Rand aus Vergissmeinnicht verziertes Blatt Papier. Auf ihrem Zimmer küssten sie einander hastig, dann wuschen sie sich, um zu einer Show zu gehen. Davor gingen sie im Shanley essen. Tony bestellte teuren Champagner, von dem sie beide kichern mussten.

Er sagte ihr immerzu, was für eine reiche Stadt La 'avana sei, dass man Künstler dort wirklich schätze und dass reiche Leute ihm fünfzig, hundert Dollar den Abend bezahlten, wenn er auf ihren Gesellschaften spiele. «Und wenn du dabei bist, Margo, bekommen wir zwei-, drei-, sechsmal so viel … wir mieten ein schönes Haus im Vedado, das ist ein sehr vornehmes Viertel, die Dienstboten sind dort sehr billig, du wirst leben wie eine Königin. Du wirst sehen, ich habe dort viele Freunde, viele reiche Leute mögen mich sehr.» Margie lehnte sich auf ihrem Stuhl zurück, betrachtete das Restaurant, die gutgekleideten Ladies and Gentlemen, die beflissenen Kellner, die silbernen Schüsseln, in denen alles serviert wurde, und Tonys lange Wimpern, die über seine rosigen Wangen streiften, während er davon erzählte, wie warm es dort sei, von der kühlen Meeresbrise, den Palmen und Rosen, den Papageien und Singvögeln in Käfigen, und dass in La 'avana jeder mit Geld um sich werfe. Margie kam es vor wie der einzige glückliche Tag, den sie je erlebt hatte.

Als sie am nächsten Tag aufs Schiff gingen, reichte Tonys Geld nur noch für die zweite Klasse. Sie fuhren mit der Hochbahn nach Brooklyn, um das Taxi zu sparen. Margie musste beide Koffer die Stufen hinaufschleppen, weil Tony sagte, er habe Kopfschmerzen und wolle auf keinen Fall die Gitarre fallen lassen.

Wochenschau LIV

der Vormittagshandel war in keiner Hinsicht bemerkenswert. In der ersten Stunde erfolgten die üblichen Käufe und Verkäufe zum Ausgleich von Salden, doch kurz nach elf Uhr waren die Kurse geringeren Schwankungen ausgesetzt und festigten sich allmählich

FRISEURKUNDEN AM TIMES SQUARE
NUR HALB RASIERT

Werden Ernte bei den Produzenten verfaulen lassen, bis die Preise sinken

RUSSISCHE BARONIN
BEGEHT IN MIAMI SELBSTMORD

... die Art von Mädchen, die man schnell vergisst
Nach dem Vergnügen in vollen Zügen

Coolidge sieht das Land dank seiner Politik blühen

LEOPARDENJAGD IN DEN WÄLDERN
VON JERSEY

LILIPUTANERIN AUGENZEUGIN DES MORDES

Es musste getan werden, und ich habe es getan, sagt Miss Ederle

ZWEIUNDVIERZIG ANGEKLAGTE
IN FLORIDA-VERFAHREN

Neuer Zeuge will gesehen haben, wie eine Frau, die Mrs. Hall ähnelte, in der Nähe des Tatorts ein Paar beschimpfte

mehrere hundert Zelte und andere leichte Unterstände, die von Ausflüglern auf einem Hügel südlich der Front Street mit Blick auf Hempstead Harbor errichtet worden waren, wurden von dem Tornado reihenweise niedergemäht wie Gras von einer Sense

Wenn ‹Hier kommt die Braut› erklingt
Wirst du draußen stehn

3000 MITTELLOSE AMERIKANER IN PARIS

Ich bin so arm
Mein Los ist schwer
Mit dem großen Glück
Wird es nichts mehr

HOCHWASSER IM NORDEN FORDERT NEUN TODESOPFER

ZUSTAND DES SCHEICHS VERSCHLECHTERT

Rudolph Valentino, der berühmte Leinwandstar, erlitt gestern in seinem Apartment im Hotel Ambassador einen Zusammenbruch. Mehrere Stunden später unterzog er sich

Der Adage-Tänzer

Der neunzehnjährige Sohn eines Tierarztes aus Castellaneta in Süditalien wurde, nachdem seine Eltern die Hoffnung aufgegeben hatten, mit ihm fertigzuwerden, wie so viele andere nicht zu bändigende junge Italiener nach Amerika verfrachtet, wo er auf sich allein gestellt sein würde und vielleicht per internationaler Postanweisung ein paar Lire nach Hause schicken konnte. Die Familie war mit ihm fertig. Aber Rodolfo Guglielmi wollte es zu etwas bringen.
Er bekam einen Job als Hilfsgärtner im Central Park, aber diese Art von Arbeit war das Letzte, was er sich wünschte; er wollte es zu etwas bringen; er hatte ständig ein Loch im Portemonnaie.
Er trieb sich um Cabarets herum, leistete Gelegenheitsarbeiten, fegte für die Kellner aus, wusch Autos; er war träge, schön, gut gebaut, schlank, gutmütig und eitel; er war der geborene Tangotänzer.
Liebeshungrige Frauen fanden ihn hinreißend. Mit der Zeit wurde er von Tanzsälen und Cabarets als Tangotänzer engagiert. Zusammen mit einer Frau namens Jean Acker unternahm er eine Varietétheater-Tournee und nannte sich Rudolph Valentino.
An der Westküste gestrandet, ging er nach Hollywood, wo er lange Zeit als Statist für fünf Dollar am Tag arbeitete; mit der Zeit bemerkten die Regisseure, dass er überaus fotogen war. In *Die vier Reiter der Apokalypse* bekam er seine Chance und wurde zum Gigolo sämtlicher Frauenträume.

Valentino verbrachte sein Leben im farblosen Gleißen von Scheinwerfern, in Zuckerbäckervillen, vollgestopft mit Nippes, Orientteppichen und Tigerfellen, in den Hochzeitssuiten von Hotels, in seidenen Bademänteln, in Privatautos.

Ständig war er dabei, in Limousinen ein- oder aus Limousinen auszusteigen
oder den Hals edler Pferde zu tätscheln.
Wohin er auch ging, heulten ihm die Sirenen der Motorradpolizisten voraus,
Blitzlichter flammten,
auf den Straßen drängten sich hysterische Gesichter, winkende Hände, aufgerissene Augen; sie streckten ihm ihre Autogrammhefte entgegen, rissen ihm Knöpfe ab, schnitten ihm einen Schoß seines bewunderungswürdig geschneiderten Abendanzugs ab; sie stahlen ihm seinen Hut und zerrten an seiner Krawatte; seine Diener zogen junge Frauen unter seinem Bett hervor; in Nachtclubs und Cabarets machten ihm junge Schauspielerinnen, die nach Starruhm lechzten, nächtelang Schafsaugen unter dick getuschten Wimpern.
Er wollte es zu etwas bringen unterm Gleißen der Millionendollar-Scheinwerfer
von El Dorado:
Der Scheich, der Sohn des Scheichs /458/;
öffentliche Auftritte.

Er heiratete seine frühere Varietépartnerin, ließ sich von ihr scheiden, heiratete die Adoptivtochter eines Millionärs, prozessierte gegen die Produzenten, welche die Filmkunst entwürdigten, gab auf einer Europareise eine Million Dollar aus; er wollte es im Scheinwerferlicht zu etwas bringen.
Als die *Chicago Tribune* ihn als rosa Puderquaste bezeichnete
und alle bedenklich den Kopf wiegten, weil er ein Sklavenarmband trug, das ihm, wie er behauptete, seine Frau geschenkt hatte, und weil er mit der Veröffentlichung eines kleinen Gedichtbändchens mit dem Titel *Tagträume* eine Neigung zu kitschigen Versen offenbarte, und als außer-

dem immer lauter über die Zeugenaussage in seinem Scheidungsverfahren getuschelt wurde, der zufolge er und seine erste Frau niemals miteinander geschlafen hatten,
da brach es ihm das Herz.
Er versuchte, die *Chicago Tribune* zum Duell zu fordern;
er wollte es zu etwas bringen
im machohaften, handfesten, Wildpferde zureitenden, Poker spielenden, börsenverrückten Amerika. (Er war ein leidlicher Boxer, saß gut zu Pferde, liebte die Wüste wie ein echter Scheich und war von der Sonne von Palm Springs braun gebrannt.) Er brach in seiner Suite im Hotel Ambassador in New York zusammen: Magengeschwür.

Als die Ärzte seinen elegant geformten Körper aufschnitten, stellten sie eine beginnende Bauchfellentzündung fest; die Bauchhöhle enthielt eine große Menge Flüssigkeit und Nahrungsmittelreste; die Eingeweide waren mit einer grünlich grauen Schicht überzogen; die vordere Magenwand wies ein rundes Loch von einem Zentimeter Durchmesser auf, in der unmittelbaren Umgebung der Perforation war das Magengewebe auf anderthalb Zentimetern nekrotisch. Der Blinddarm war entzündet und gegen den Dünndarm verdreht.
Als er aus der Narkose erwachte, war das Erste, was er sagte: «Und, habe ich mich wie eine rosa Puderquaste verhalten?»

Sein aufwendig massierter Schauspielerkörper kämpfte sechs Tage lang gegen die Bauchfellentzündung.
Die Telefonzentrale des Krankenhauses wurde mit Anrufen überschwemmt, auf sämtlichen Fluren türmten sich Blumen, auf der Straße draußen sammelten sich Menschenmassen, Filmstars, die behaupteten, mit ihm verlobt zu sein, nahmen den Zug nach New York.

Am späten Nachmittag fuhr eine Limousine vor dem Krankenhauseingang vor (wo gelangweilt, müde, übernächtigt die Zeitungsleute und Fotografen mit den schmutzigen Pfoten herumstanden, zu viele Zigaretten rauchten, kurze Abstecher in die nächste Kneipe machten, Witze rissen, Geheimtipps austauschten und darauf warteten, dass er noch vor Redaktionsschluss der Abendzeitungen das Zeitliche segnete), *und eine Frau stieg aus, die behauptete, Hausmädchen einer Tänzerin zu sein, die Valentinos erste Frau gewesen sei. Sie übergab einem Pfleger einen an den Filmstar adressierten Umschlag mit der Aufschrift* Von Jean *sowie ein Paket. Das Paket enthielt eine weiße Bettdecke mit Spitzenbesatz, in deren vier Ecken das Wort* Rudy *eingestickt war, ferner einen dazu passenden Kissenbezug, in dem ein blauseidenes, parfümiertes Kissen steckte.*
Rudolph Valentino war erst einunddreißig, als er starb.

Eigentlich hatte sein Management vor, aus seiner vielbeachteten Beisetzung eine große Sache zu machen, aber die Leute auf den Straßen waren völlig verrückt.
Während er in einem mit Goldbrokat bedeckten Sarg aufgebahrt lag, drängten sich draußen auf den Straßen Zehntausende von Männern, Frauen und Kindern. Hunderte wurden niedergetrampelt, trugen von den Hufen der Polizeipferde Verletzungen an den Füßen davon. Im Nieselregen verlor die Polizei die Kontrolle. Dichtgedrängte Menschenmassen flohen in Panik vor den Knüppeln und den Hufen der sich bäumenden Pferde. Die Begräbniskapelle wurde geplündert, Männer und Frauen prügelten sich um eine Blume, ein Stück Tapete, eine Scherbe von dem zerbrochenen Glasfenster. Schaufenster wurden eingeschlagen. Geparkte Wagen wurden umgestürzt und zertrümmert. Als es der berittenen Polizei nach wiederholten Versuchen schließlich gelang, die Menschenmenge vom Broadway

zu verdrängen, wo der Verkehr zwei Stunden lang zum Erliegen gekommen war, sammelte man dort achtundzwanzig einzelne Schuhe, eine Wagenladung Regenschirme, Zeitungen, Hüte, abgerissene Ärmel ein. Sämtliche Krankenwagen in diesem Teil der Stadt waren damit beschäftigt, in Ohnmacht gefallene Frauen und niedergetrampelte Mädchen abzutransportieren. Epileptiker bekamen Anfälle. Polizisten lasen kleine Gruppen verlassener Kinder auf.

Die *fascisti* schickten eine Ehrenwache, und die Antifaschisten verjagten sie. Noch mehr Aufläufe, zerbeulte Schädel, zertrampelte Füße. Als man der Öffentlichkeit den Zutritt zu den Räumen des Bestattungsunternehmens verwehrte, verschafften sich Hunderte schlagzeilenbesoffener Weiber Einlass, um den armen Leichnam zu besichtigen, indem sie behaupteten, ehemalige Tanzpartnerinnen zu sein, frühere Freundinnen, Verwandte aus der alten Heimat, Filmstars; alle paar Minuten fiel eine junge Frau vor der Bahre in Ohnmacht und wurde von den Zeitungsleuten wiederbelebt, die ihren Namen, ihre Adresse und ihren Anspruch auf Erwähnung in der Presse notierten. Frank E. Campbells Bestatter und Sargträger, würdevolle Träger, angetan mit schwarzem Tuch und daran befestigtem Trauerflor, waren am Rande eines Nervenzusammenbruchs. Diesmal hatte sogar der Chef von der Reklame genug.

Es dauerte zwei Tage, bis die Polizei die Straßen so weit geräumt hatte, dass die Kränze aus Hollywood hineingebracht und in den Abendzeitungen beschrieben werden konnten.

Der Trauergottesdienst gelang besser. Der Polizeipräsident ließ im Umkreis von vier Häuserblocks sämtliche Straßen absperren.

Viele Berühmtheiten nahmen am Gottesdienst teil.

Amerikas Sweetheart /459/, bitterlich schluchzend, auf dem

Kopf einen kleinen schwarzen Strohhut mit einem schwarzen, hinten zu einer Schleife gebundenen Band, in schwarzem Georgette auf Schwarz mit weißem Spitzenkragen und weißen Spitzenmanschetten, folgte dem Sarg,
der über und über mit rosa Rosen bedeckt war,
geschickt von einem Filmstar, einer Frau, die tief verschleiert auf der Beerdigung erschien, in Ohnmacht fiel und in ihre Suite im Hotel Ambassador zurückgebracht werden musste, nachdem sie den Reportern zuvor eine angeblich von einem der Ärzte verfasste Mitteilung gezeigt hatte, in der behauptet wurde, Rudolph Valentino habe sie kurz vor dem Ende
als seine künftige Braut bezeichnet.

In London verübte eine junge Frau Selbstmord.
Aus Europa eintreffende Verwandte wurden von Polizeireserven und italienischen Flaggen mit Trauerflor in Empfang genommen. Ex-Champion Jim Jeffries /460/ sagte: «Na ja, er hat es zu etwas gebracht.» Der Champion ließ sich mit den Worten zitieren, dass der Junge gern geboxt habe und ein großer Bewunderer des Champions gewesen sei.
Der Zug mit dem Sarg fuhr nach Hollywood ab.
In Chicago gab es unter den Menschen, die den Sarg sehen wollten, abermals etliche Verletzte, aber sie schafften es nicht mehr auf die Titelseiten.
Der Zug mit dem Sarg traf auf Seite 23 der *New York Times* in Hollywood ein.

Wochenschau LV

MENSCHENMASSEN AUF DEN STRASSEN

GEISTESKRANKER SPRENGT BANK
IN PITTSBURGH IN DIE LUFT

Krishnamurti /461/ erklärt, seine Botschaft sei das Glück der Menschheit

Türen zu
Sie kommen
durch die Fenster

AMERIKANISCHE MARINEINFANTERIE
LANDET IN NICARAGUA, UM AUSLÄNDER
ZU SCHÜTZEN

PANGALOS /462/ GEFASST; IN ATHEN INHAFTIERT

Fenster zu
Sie kommen
durch die Türen

Habe Liliputanerin gesehen, erklärt Zeugin, aber keine von beiden erkennt den Angeklagten wieder

NEW YORK HÄUFT FINANZMITTEL AN

die Gier nach Profiten und immer größeren Profiten wuchs ständig, und die Jagd nach dem leicht verdienten Geld wurde praktisch allgemein. Das alles lief auf den Versuch hinaus, sich fremden Besitz anzueignen, ohne eine entsprechende Gegenleistung zu erbringen

«Arzt», der bei Valentinos Begräbnis eine prominente Rolle gespielt hat, als ehemaliger Häftling entlarvt

HABE IHN NIE GESEHEN, SAGT MANAGER

Türen zu, sie kommen durch die Fenster
Mein Gott, sie kommen durch den Boden

Das Auge der Kamera 47

Sirenen blühen im Nebel über dem Hafen · Hörner in sämtlichen Farben Pfeifen jeglicher Form heben sich aus dem Fluss dazu das Strudeln von Schrauben das Pochen von Maschinen · Glocken

das stete gebrochene Rauschen der von Schiffsbugen durchschnittenen Wellen · aus dem unsichtbaren Gewühl recken sich tastend Fühler durchs Fenster brennen darauf

die Feder zu lösen

auf geht's noch heute Nacht schiff dich irgendwohin ein mach mit unterschreib auf der gepunkteten Linie tritt ein werde einer von

versetz den alten Regenmantel der Unsicherheit (in dem du allein herumhockst · aus dem auf dem Kopf stehenden Bild auf der Netzhaut forme mühsam aus Farbe Worte erinnertes Licht und dunkles Bemühen

um das Gestern wiederaufzubauen · um Papierfiguren auszuschneiden Wachstum zu simulieren · Zeitungspapier zu Gesichtern zu knüllen sie zu glätten und zu knittern in den verschiedenen kaum empfundenen Geschwindigkeiten der Zeit)

heute Nacht jetzt · füllt das Pochen und Lärmen des Aufbruchs den Raum · der Forschungsreisende sucht das Nötigste zusammen übt sich in einen Anfang ein besser auf die Straßen · zuerst ein Spaziergang · uptown · downtown · die Kais entlang unter der Hochbahn in Gesichter schauen in Taxis auf die Fahrer von Lastwagen auf alte Männer die in billigen Restaurants kauen betrunkene Penner Kotze sabbernd in Hintergassen was liest der Zeitungsverkäufer? was hat der ältere Itaker der Kastanien verkauft der Dicken hinter den Weckgläsern zugeflüstert? wo will sie hin die unscheinbare Kleine mit dem roten Hut die die U-Bahn-Treppe hinaufrennt und der Polizist der über die Straße hinweg mit dem anderen Polizisten Witze reißt? · und das Schmatzen eines Kusses von zwei Schatten im Eingang des Stadthauses und die mürrischen Gesichter an der Ecke klaffen plötzlich schwarz von Schreien beim dumpfen Geräusch eines Schlages ein Pfiff hastende Schritte · das Ereignis?

heute Nacht jetzt

doch stattdessen findest du dich selbst (wenn selbst der ständig meckernde Simulant ist der häufige Begleiter auf ziellosen Gängen) vergessen die Arbeitssuche · vergessen die Tafel auf die mit Kreide die Terminwaren gekritzelt sind

unter knabbernden Chinesen im Thalia wieder

die Ohren betäubt vom Zischen fremdartiger Becken dem Glucksen von Rasseln dem Pfeifen unbegreiflicher Flöten dem Schwingen und Quäken unverständlicher Worte · Musik aus einer anderen Welt Mätzchen Posen Kostüme

ein nicht bekannter Fremder

mit unbekanntem Ziel

den Hut tief heruntergezogen ins · hat er überhaupt eins? · Gesicht

Charley Anderson

Es war ein heller, metallfarbener Januartag, als Charley Anderson downtown fuhr, um mit Nat Benton zu lunchen. Er kam etwas zu früh ins Büro des Börsenmaklers, saß allein in dem Raum und schaute beim Warten durch die Stahlrahmenfenster auf den North River, die Freiheitsstatue und die schimmernde, vom Nordwestwind grün gekräuselte Bucht, getupft mit den weißen Rauchbäuschen der Schlepper, gestreift mit Gischtfetzen und dem schäumenden Kielwasser gegen den Wind fahrender Frachter, bunt schillernden Leichtern, Kähnen, Autofähren, Prahmen und den roten, wie abgesägten Passagierfähren. Ein Schoner mit grauen Segeln war vor dem Wind am Auslaufen.

Charley saß an Nat Bentons Schreibtisch, rauchte eine Zigarette und achtete darauf, dass sämtliche Asche in dem blankpolierten Messingaschenbecher landete, der neben dem Schreibtisch stand. Das Telefon summte. Es war die Telefonistin. «Mr. Anderson ... Mr. Benton lässt Sie bitten, sich noch einige Minuten zu gedulden. Er ist noch auf dem Parkett. Er wird gleich kommen.»

Kurz darauf steckte Benton sein mageres, blasses, auf einem langen Hühnerhals sitzendes Gesicht zum Türspalt herein. «Hallo, Charley ... bin gleich bei Ihnen.» Charley blieb Zeit für eine weitere Zigarette, ehe Benton wiederkam. «Sie sind bestimmt schon halb verhungert.»

«Ist schon gut, Nat, ich habe die Aussicht genossen.»

«Aussicht? ... Ach so, ja ... Ich glaube, ich werfe die ganze Woche lang keinen Blick aus diesem Fenster ... Dabei hat der alte Vanderbilt auf einer dieser verdammten roten Fähren angefangen ... Wahrscheinlich ginge es mir besser, wenn ich ab und zu mal die Nase aus dem Ticker nähme ... Kommen Sie, wir wollen was essen.» Während sie im Fahrstuhl hinunterfuhren, redete

Nat Benton weiter. «Man kriegt Sie weiß Gott nicht so leicht zu fassen.»

«Das erste Mal seit einem Jahr, dass ich aus meinem Overall rauskomme», sagte Charley lachend.

Sie spürten die beißende Kälte, als sie durch die Drehtür nach draußen kamen. «Wissen Sie, Charley, auf der Straße ist ziemlich viel von euch die Rede … Askew-Merritt ist gestern um fünf Punkte gestiegen. Neulich war einer aus Detroit hier, eine richtig große Nummer … Sie kennen die Firma Tern … der hat Sie überall gesucht. Wenn er das nächste Mal in der Stadt ist, essen wir zusammen.»

Als sie zu der Ecke unter der Hochbahn kamen, peitschte ein eisiger Windstoß ihre Gesichter und trieb ihnen die Tränen in die Augen. Es wimmelte von Menschen; Männer, Laufburschen, hübsche Stenographinnen, alle trugen die gleiche sorgenvolle Miene, die gleichen geschürzten Lippen wie Nat Benton zur Schau. «Reichlich kalt heute.» Benton japste nach Luft und zog seinen Mantelkragen zusammen. «Von diesen dampfbeheizten Büros verweichlicht man völlig.» Sie flüchteten sich in ein Gebäude und stiegen in den Warmebrötchengeruch eines Kellerrestaurants hinunter. Ihre Gesichter kribbelten immer noch von der Kälte, als sie sich gesetzt hatten und die Speisekarten studierten.

«Wissen Sie», sagte Benton, «ich habe den Eindruck, ihr Jungs könntet da draußen richtig gutes Geld verdienen.»

«Es war eine Heidenarbeit, den Laden in Gang zu bringen», sagte Charley, während er seinen Löffel in einen Teller Erbsensuppe tauchte. Er hatte Hunger. «Kaum schaut man weg, geht irgendwas kaputt, und alles bricht zusammen. Aber jetzt habe ich einen prima Typen als Werkmeister eingestellt. Einen Deutschen, der früher für die Fokker-Werke gearbeitet hat.»

Nat Benton aß Roastbeefsandwiches und trank dazu Buttermilch. «Ich habe eine genauso schlechte Verdauung …»

«Wie John D. Rockefeller», warf Charley ein. Sie lachten.

Benton nahm den Gesprächsfaden wieder auf. «Wie gesagt,

von der Fertigung verstehe ich nichts, aber ich war schon immer der Überzeugung, dass das Geheimnis des Geldverdienens in dieser Branche darin liegt, geeignete Leute zu finden, die für einen arbeiten. Entweder sie arbeiten für einen, oder man arbeitet für sie. Darauf läuft es doch hinaus. Zwar stellt ihr dort draußen in Long Island City das Produkt her, aber wenn ihr damit Geld verdienen wollt, müsst ihr hierher kommen … Stimmt doch, oder?»

Charley blickte von dem saftigen Lendensteak auf, das er gerade anschneiden wollte. Er fing an zu lachen. «Vermutlich», sagte er. «Man müsste schon ein kompletter Idiot sein, um sein Leben lang mit der Nase an einem Zeichenbrett zu kleben.»

Sie unterhielten sich eine Zeitlang über Golf, dann, beim Kaffee, sagte Nat Benton: «Charley, ich wollte Ihnen bloß einen Tipp geben, weil Sie mit dem alten Ollie und den Humphries und so weiter befreundet sind … verkauft bloß keine von euren Aktien. Wenn ich Sie wäre, würde ich so viel Bargeld wie möglich zusammenkratzen und damit alles aufkaufen, was an euren Aktien frei herumschwirrt. Dazu werden Sie bald Gelegenheit haben.»

«Sie glauben, der Kurs wird weiter steigen?»

«Also, ganz unter uns … Merritt und diese Leute machen sich Sorgen. Sie wollen verkaufen, also muss man mit einem Kursrückgang rechnen. Genau darauf warten diese Tern-Leute in Detroit, um billig reinzukommen, verstehen Sie, denen gefällt eure kleine Firma nämlich … Die halten euren Motor für eine prima Sache … Wenn es Ihnen recht ist, würde ich gern Ihr Wertpapierkonto verwalten, bloß aus alter Freundschaft, Sie verstehen.»

Charley lachte. «Mann, ich hätte nie gedacht, dass ich eines Tages ein Wertpapierkonto haben würde … Aber was soll's, vielleicht haben Sie recht.»

«Es wäre mir gar nicht lieb, wenn Sie eines Morgens aufwachen und feststellen, dass Sie auf dem kalten, kalten Pflaster liegen, verstehen Sie, Charley.»

Nachdem sie gegessen hatten, fragte Nat Benton Charley, ob

er schon einmal den Börsenbetrieb gesehen habe. «Wenn man es nicht kennt, ist es interessant zu sehen», sagte er und ging Charley voran über den Broadway, wo der beißende Wind ihnen ins Gesicht peitschte, und eine schmale, von hohen Bäumen beschattete Straße entlang in ein von Menschen wimmelndes Vestibül. «Mein Gott, von der Kälte fallen einem glatt die Ohren ab», sagte er.

«Da müssten Sie sie erst mal da erleben, wo ich herkomme», sagte Charley. Sie fuhren mit dem Fahrstuhl nach oben und kamen in einem kleinen Raum heraus, wo einige ältere Typen in Uniform Mr. Benton mit ziemlichem Respekt begrüßten. Nat trug sich in ein Buch ein, und man ließ sie durch eine schmale Tür auf die Besuchergalerie, wo sie einen Moment lang stehen blieben und hinunterschauten in eine große, grünliche, an einem Bahnhof erinnernde Halle, auf die Köpfe einer Vielzahl von Männern, die teils Uniform, teils weiße Abzeichen trugen und langsam um die Handelstische kreisten. Manchmal verdichtete und verknotete sich das Gedränge an einem, mal an einem anderen Tisch. Füßescharren und leises Maschinenklicken erfüllten die Luft und übertönten die Stimmen. «Macht nicht viel her», sagte Nat, «aber hier wechselt alles den Besitzer.» Er wies Charley auf die Tische hin, an denen verschiedene Klassen von Wertpapieren gehandelt wurden.

«Von Luftfahrtpapieren halten die wohl nicht viel», sagte Charley.

«Nein, der große Renner sind Stahl, Öl und die Automobilindustrie», sagte Nat.

«Wir lassen ihnen noch ein paar Jährchen Zeit ... was meinen Sie, Nat?», sagte Charley prahlerisch.

Er fuhr mit der Second-Avenue-Hochbahn uptown und dann über die Queensboro Bridge. An der Queens Plaza stieg er aus und ging zu Fuß zu der Werkstatt, wo er seinen Wagen unterstellte, einen Stutz Roadster, den er gebraucht gekauft hatte. Es herrschte dichter Verkehr, und er war müde und gereizt, bevor er die Firma erreichte. Der Himmel hatte sich zugezogen, und im Wind trieben Schneeflocken. Er bog von der Straße ab, stieg in der knirschenden Asche des Hofes vor dem Büro auf die Bremse, dann nahm er seinen gepolsterten Fliegerhelm ab, blieb, nachdem er den Motor abgestellt hatte, noch eine Weile im Wagen sitzen und lauschte dem Summen, Surren und Klappern des Betriebs. «Die Scheißkerle fangen an zu trödeln», murmelte er leise vor sich hin.

Er steckte kurz den Kopf in Joes Büro, aber Joe unterhielt sich gerade mit einem Typen in einem Waschbärpelz, der nach Wertpapierhändler aussah. Also lief er den Flur entlang zu seinem eigenen Büro, sagte: «Hallo, Ella, rufen Sie mir Mr. Stauch», und setzte sich an seinen Schreibtisch, der mit Notizen auf blauen und gelben Blättern übersät war. «Ganz schön blöd», dachte er, «sein Leben lang an einen Schreibtisch gefesselt zu sein.»

Stauchs ernstes, eckiges, blasses Gesicht, bekrönt von einem Wust farbloser Haare, die einem grünen Augenschirm entsprossen, beugte sich zu ihm. «Setzen Sie sich, Julius», sagte er. «Wie sieht's aus? ... Die Brünieranlage in Ordnung?»

«Ja, aber heute sind gleich zwei Stanzmaschinen kaputtgegangen.»

«So ein Mist. Sehen wir sie uns mal an.»

Als Charley ins Büro zurückkam, hatte er einen Schmierfettfleck auf der Nase. Er hielt noch ein öliges Mikrometer in der Hand. Er rief Joe an. «Hallo, Joe, gehst du schon nach Hause?»

«Klar, ich hab auf dich gewartet; was war denn das Problem?»

«Ich bin wie üblich auf dem Bauch in Schmierfett rumgekrochen.»

Charley wusch sich auf der Toilette Gesicht und Hände und rannte die gummibeschichteten Stufen hinunter. Am Eingang wartete Joe auf ihn. «Meine Frau hat den Wagen, nehmen wir deinen», sagte er.

«Das wird aber ein bisschen zugig, Joe.»

«Das halten wir aus.»

«Gute Nacht, Mr. Askew, gute Nacht, Mr. Anderson», sagte der alte Nachtwächter mit der blauen Mütze mit Ohrenklappen, als er hinter ihnen abschloss.

«Hör mal, Charley», sagte Joe, als sie sich in den Verkehrsstrom am Ende der Nebenstraße eingefädelt hatten. «Warum lässt du Stauch nicht mehr von der Routinearbeit erledigen? Auf mich macht er einen ziemlich tüchtigen Eindruck.»

«Auf jeden Fall hat er verdammt viel mehr Ahnung als ich», sagte Charley, während er mit zusammengekniffenen Augen durch die vereiste Windschutzscheibe spähte. Die Scheinwerfer der entgegenkommenden Autos warfen große, funkelnde Lichtblüten in das Schneegestöber. Auf der Brücke waren die Träger bereits mit sauberen weißen Streifen markiert. Vom Fluss und von der Stadt war nur ein mal dunkles, mal schimmerndes Schattengewirr zu sehen. Charley musste gewaltig aufpassen, dass der Wagen an den gefrorenen Stellen auf der Brücke nicht ins Rutschen kam. «Gut gemacht, Charley», sagte Joe, als sie von der Auffahrt langsam auf die in goldenes Licht getauchte Durchfahrtstraße hinunterrollten.

Jenseits der 59th mussten sie auf Schneckentempo abbremsen. Sie waren steif vor Kälte, und es war halb acht, bevor sie vor dem Eingang des Apartmenthauses vorfuhren, wo Charley schon den ganzen Winter bei den Askews wohnte. Mrs. Askew und zwei strohblonde Mädchen erwarteten sie an der Tür.

Grace Askew war eine wie gebleicht wirkende Frau mit fahlem Haar und zarten Falten am Hals, was ihr ein liebenswert zerknittertes, leidendes Aussehen verlieh. «Ich habe mir Sorgen gemacht», sagte sie, «weil ihr bei diesem Schneesturm nicht den Wagen hattet.»

Jean, das ältere Mädchen, hüpfte auf und ab und sang: «Schnee, Schnee, Schnee, jetzt liegt bald ganz viel Schnee.»

«Und Charles», sagte Grace mit spöttischer Stimme, während sie in das warm nach Essen riechende Wohnzimmer gingen, um sich die Hände an dem Gas-Kaminfeuer zu wärmen, «sie hat bestimmt an die zwanzig Mal angerufen. Offenbar glaubt sie, ich versuche Sie von ihr fernzuhalten.»

«Wer ... Doris?»

Grace schürzte die Lippen und nickte. «Aber zum Essen bleiben Sie besser da, Charles. Ich habe eine wunderbare Lammschulter mit Süßkartoffeln. Sie wissen doch, dass es Ihnen bei uns besser schmeckt als bei diesen schicken Veranstaltungen ...»

Charley war bereits am Telefon. «Ach, Charley», säuselte Doris' süß lispelnde Stimme, «ich hatte schon Angst, du wärst drüben auf Long Island eingeschneit. Ich habe dort angerufen, aber es hat sich niemand gemeldet ... Ich habe ein zusätzliches Gedeck aufgelegt ... Ich habe ein paar Leute zum Essen hier, die du bestimmt schrecklich gern kennenlernen würdest ... Er war Ingenieur unter dem Zaren. Wir warten alle auf dich.»

«Aber ehrlich, Doris, ich bin fix und fertig.»

«Die Abwechslung tut dir gut. Mutter ist in den Süden gefahren, und wir haben das Haus für uns. Wir warten ...»

«Schon wieder diese elenden Russen», knurrte Charley, während er in sein Zimmer eilte und in seinen Abendanzug schlüpfte. «Nun schau dir den Salonlöwen an», witzelte Joe, der im Sessel saß und, die Beine in Richtung Gaskamin gestreckt, die Abendzeitung las. «Daddy, was ist ein Salonlöwe?», tönte Jean.

«Grace, wären Sie so nett?» Errötend trat Charley auf Mrs. Askew zu, die beiden Enden seines schwarzen Querbinders hingen unter seinem Kragen hervor.

«Na, wenn das keine echte Liebe ist», sagte Grace und stand vom Stuhl auf – um die Enden zu binden, musste sie die Zungenspitze aus dem Mundwinkel strecken – «an einem solchen Abend.»

«Ich würde es eher Demenz nennen, wenn du mich fragst», sagte Joe.

«Daddy, was ist Demenz?», echote Jean, aber Charley zog bereits seinen Mantel an, während er in dem mit falschem Marmor verkleideten Treppenhaus voller Duftproben sämtlicher Mahlzeiten in sämtlichen Wohnungen dieser Etage auf den Fahrstuhl wartete.

Er zog seine Wollhandschuhe an, als er in den Wagen stieg. Im Park knirschte der Schnee unter den Reifen. Als er von der Zufahrtstraße auf die 59th einbog, kam er ins Schleudern, fing den Wagen ab, kam erneut ins Schleudern. Genau neben einem Polizisten, der an der Ecke stand und sich mit den Armen gegen die Brust schlug, fanden die Räder wieder Halt auf dem Pflaster. Der Polizist bedachte ihn mit einem finsteren Blick. Charley führte die Hand zu einem zackigen Salut an die Stirn. Der Polizist lachte. «Na, na, wer wird denn so unartig sein», sagte er und schwenkte weiter die Arme.

Als die Tür zur Wohnung der Humphries aufging, sanken Charleys Füße sofort in den tiefen Flor eines Orientteppichs ein. Doris kam ihm entgegen. «Wie lieb von dir, dass du bei diesem schrecklichen Wetter gekommen bist», flötete sie.

Er küsste sie. Wenn sie doch bloß nicht immer so viel fettigen Lippenstift auflegen würde. Er zog sie an sich, ihren schlanken Leib in dem blassgrünen Abendkleid. «*Du* bist lieb», flüsterte er.

Aus dem Salon hörte er Stimmen mit ausländischem Akzent und das Klirren von Eis in einem Shaker. «Wenn wir doch bloß allein wären», sagte er heiser.

«Ach, ich weiß, Charley, aber das sind Leute, die musste ich einfach einladen. Vielleicht gehen sie ja früh nach Hause.» Sie zupfte seinen Binder zurecht, strich ihm das Haar glatt und schob ihn vor sich her in den Salon.

Als der letzte von Doris' Gästen gegangen war, standen die beiden einander im Flur gegenüber. Charley holt tief Luft. Er hatte eine Menge Cocktails und Champagner getrunken. Er war verrückt nach ihr. «Mein Gott, Doris, das war vielleicht mühsam.»

«Es war süß von dir, dass du gekommen bist, Charley.»

Charley spürte bitteren, schwelenden Zorn in sich aufsteigen. «Hör zu, Doris, wir müssen miteinander reden ...»

«Ach, jetzt werden wir wieder ernst.» Sie zog ein Gesicht, während sie sich auf das Sofa sinken ließ.

«Jetzt hör mal zu, Doris ... ich bin verrückt nach dir, das weißt du ...»

«Aber Charley, wir haben es doch so schön miteinander ... das wollen wir doch nicht verderben ... weißt du, die Ehe ist nicht immer so lustig ... Die meisten meiner Freundinnen, soweit sie verheiratet sind, haben Grässliches erlebt.»

«Falls es eine Frage der Kohle ist, da kann ich dich beruhigen. Die Firma wird ganz groß rauskommen ... Ich lüg dich nicht an. Frag Nat Benton. Erst heute Nachmittag hat er mir erklärt, wie ich es anstellen kann, jetzt schon Geld reinzuholen.»

Doris stand auf, ging zu ihm hinüber und küsste ihn. «Ja, er ist ein armer alter Kindskopf ... bestimmt hältst du mich für ein grässliches, raffgieriges kleines Luder. Deswegen verstehe ich auch nicht, warum du mich unbedingt heiraten willst. Ehrlich, Charley, nichts auf der Welt täte ich lieber, als mein eigenes Geld zu verdienen. Ich hasse diese Luxusexistenz.» Er zog sie an sich. Sie stieß ihn weg. «Mein Kleid, Liebling, ja, das kostet Geld, nicht ich ... Und jetzt sei ein braver Junge, fahr nach Hause und leg dich ins Bett. Du siehst todmüde aus.»

Auf der Straße angelangt, stellte er fest, dass der Sitz des Wagens verschneit war. Die Motorkurbel ließ sich kaum drehen. Unmöglich, die Karre in Gang zu bringen. Er rief seine Werkstatt an, damit sie jemanden schickten, der den Wagen flottmachte. Da er nun schon mal in der Telefonzelle stand, konnte er auch Mrs. Darling anrufen. «Was für ein grässlicher Abend, Schätzchen. Na ja, für Mr. Charley lässt sich vielleicht was auf die Beine stellen, aber dass Sie sich so kurzfristig melden, noch dazu am Wochenende ... Na gut ... in ungefähr einer Stunde.»

Charley ging im Schnee vor dem Apartmenthaus auf und ab, während er darauf wartete, dass jemand von der Werkstatt kam. Noch immer stieg die schwarze, zornige Galle in ihm hoch. Als der Mechaniker schließlich kam und den Motor in Gang brachte, bat er ihn, den Wagen in die Werkstatt mitzunehmen. Dann ging er zu einem Speakeasy, das er kannte.

Die Straßen waren leer. Trockener Schnee wehte ihm ins Gesicht, als er die Stufen zu der Kellertür hinunterstieg. Die Bar war voller Männer und Frauen, angetrunken, brüllend und kichernd. Charley hatte große Lust, ihnen den gottverdammten Hals umzudrehen. Er kippte hintereinander vier Whiskey, dann ging er zu Mrs. Darling. Im Fahrstuhl nach oben merkte er, dass er blau war. Er gab dem Liftboy einen Dollar und sah aus dem Augenwinkel das freudige, überraschte Grinsen, mit dem der schwarze Junge den Schein einsteckte. Kaum war Charley drinnen, stieß er einen lauten Freudenschrei aus.

«Na, na, Mr. Charley», sagte die Farbige in gestärkter Haube und Schürze, die ihm geöffnet hatte, «Sie wissen doch, dass die Missis keinen Lärm mag … und Sie sind doch so ein höflicher junger Gentleman.»

«Hallo, Süße.» Er sah das Mädchen kaum an. «Mach das Licht aus», sagte er. «Denk dran, du heißt Doris. Geh ins Bad, zieh dich aus und vergiss nicht, Lippenstift aufzulegen, reichlich Lippenstift.» Er schaltete das Licht aus und riss sich die Kleider vom Leib. Im Dunkeln war es schwer, die Knöpfe durch die Knopflöcher seines gestärkten Hemdes zu fummeln. Er packte das Hemd mit beiden Händen und riss es vorn auseinander. «Und jetzt komm her, verflucht. Ich liebe dich, Doris, du Luder.» Sie zitterte. Als er sie packte, brach sie in Tränen aus.

Er musste ein bisschen Alkohol besorgen, um sie in Stimmung zu bringen, und soff deshalb auch selbst weiter. Am nächsten Tag wachte er spät auf und fühlte sich zu elend, um in den Betrieb zu gehen, er wollte überhaupt nirgendwo hin, er wollte nur trinken, also hing er den ganzen Tag in Mrs. Darlings plüschigem Salon herum und trank Gin und Bitter. Am Nachmittag kam Mrs. Darling zu ihm, sie spielten Streitpatience, sie erzählte ihm von einem Opernsänger, der ihr Leben ruiniert habe, und versuchte ihn dazu zu bringen, seinen Pegel mit Bier runterzutrinken. Am

Abend verlangte er, dass sie noch mal dasselbe Mädchen holte. Als sie kam, versuchte er ihr zu erklären, dass er nicht verrückt war. Er wachte allein im Bett auf und fühlte sich nüchtern und angeekelt.

Die Askews saßen beim Frühstück, als er am Sonntagmorgen nach Hause kam. Die Mädchen lagen auf dem Boden und lasen die Witzseiten. Auf sämtlichen Stühlen lagen Sonntagszeitungen. Joe saß im Bademantel bei seiner letzten Tasse Kaffee und rauchte dazu eine Zigarre. «Du kommst gerade rechtzeitig zu einer schönen Tasse frisch gebrühtem Kaffee», sagte er.

«Das muss ja eine tolle Dinnerparty gewesen sein», sagte Grace kichernd.

«Ich bin bei einer kleinen Pokerpartie eingestiegen», knurrte Charley. Als er sich setzte, klaffte sein Mantel auf, und sie sahen seine zerrissene Hemdbrust.

«Muss ein tolles Spiel gewesen sein, würde ich sagen», sagte Joe.

«Es war alles lausig», sagte Charley. «Ich mache mich mal eben frisch.»

Als er in Bademantel und Pantoffeln wiederkam, ging es ihm allmählich besser. Grace brachte ihm Frühstückswürstchen und warmes Cornbread. «Gehört habe ich ja schon von diesen Park-Avenue-Partys, aber noch nie von einer, die zwei Tage gedauert hat.»

«Bitte hören Sie auf, Grace.»

«Sag mal, Charley, hast du gestern Abend diesen Artikel im Wirtschaftsteil der *Evening Post* gelesen, in dem ein Aufschwung von Luftfahrtaktien vorausgesagt wird?»

«Nein … aber ich hatte ein Gespräch mit Nat Benton, du weißt schon, das ist ein Börsenmakler, von dem ich dir erzählt habe, ein Freund von Ollie Taylor … Na ja, der hat gesagt …»

Grace stand auf. «Also, wenn ihr am Sonntag von der Arbeit redet, dann verlasse ich das Zimmer, das wisst ihr doch.»

Joe nahm seine Frau am Arm und zog sie sanft auf ihren Stuhl zurück. «Lass mich nur noch eines sagen, dann bin ich still … ich hoffe, wir schaffen es noch mindestens fünf Jahre, nicht den Spekulanten in die Hände zu fallen. Es tut mir leid, dass das verdammte Zeug überhaupt notiert ist. Wenn ich Merritt und diesen Leuten bloß genauso trauen könnte wie dir und mir.»

«Darüber reden wir noch», sagte Charley.

Joe reichte ihm eine Zigarre. «Na schön, Gracie», sagte er. «Wie wär's mit einem kleinen Grammophonkonzert?»

Charley hatte den ganzen Winter über vorgehabt, Doris nach Washington mitzunehmen, wenn er mit einem der Flugzeug-Prototypen hinflog, um den Experten im Kriegsministerium einige seiner Patente vorzuführen, aber sie und ihre Mutter waren in der Woche davor nach Europa abgereist. Somit hatte er eines frühlingshaften Samstagabends nichts zu tun und rief deshalb die Johnsons an. Im Winter war er Paul einmal in der U-Bahn begegnet, und Paul hatte ihn in gekränktem Ton gefragt, warum er sich eigentlich nie mehr blickenlasse. Charley hatte wahrheitsgemäß geantwortet, er habe seit Monaten die Nase nicht aus dem Betrieb gesteckt. Jetzt war ihm ein bisschen komisch zumute, als er anrief, das Klingeln des Telefons und dann Evelines neckische Stimme hörte, die immer etwas leicht Spöttisches hatte: Wie schön, er müsse unbedingt gleich kommen und zum Essen bleiben, sie habe viele amüsante Leute da, sagte sie.

Paul machte ihm die Tür auf. Sein Gesicht hatte etwas Talgiges, das Charley bisher noch nicht aufgefallen war. «Willkommen, Fremdling», sagte er in gezwungen übermütigem Ton und klopfte ihm ein paarmal auf die Schulter, während sie in das überfüllte Zimmer gingen. Es waren ein paar sehr hübsche junge Frauen da, dazu junge Männer von unterschiedlicher Gestalt und Größe, Cocktailgläser, Tabletts mit Kleinigkeiten zum Essen auf Crackern, Zigarettenrauch. Alles quasselte und kreischte wie eine Batterie Drehbänke in einer Fabrikhalle.

Hinten im Zimmer saß groß, bleich und schön Eveline auf

einem Marmortisch neben einem kleinen Mann mit langer, gelber Nase und Tränensäcken. «Oh, Charley, Sie sehen aus, als schwimmen Sie in Geld … Darf ich Ihnen Charles Edward Holden vorstellen … Holdy, das ist Charley Anderson; er macht in Flugmaschinen … Charley, Sie sehen wirklich stinkreich aus.»

«Noch nicht», sagte Charley. Er musste sich das Lachen verkneifen.

«Warum machen Sie dann so ein vergnügtes Gesicht? Heute Nachmittag sind alle so furchtbar trist.»

«Ich bin nicht trist», sagte Holden. «Ich lasse mir nicht sagen, dass ich trist bin.»

«Natürlich nicht, Holdy, du bist nie trist, nur tendiert alles, was du sagst, zu Mord und Selbstmord.»

Alle lachten lauthals. Leute, die hören wollten, was Charles Edward Holden sagte, drängten Charley von Eveline weg. Er kam mit einer unscheinbaren jungen Frau ins Gespräch, die einen glänzenden grauen Hut mit einer großen, einem Scheinwerfer gleichenden Schnalle trug. «Erzählen Sie mir, was Sie machen», sagte sie.

«Wie meinen Sie das?»

«Na ja, ich meine, jeder hier macht irgendetwas, schreibt oder malt oder so etwas.»

«Ich? Nein, ich mache nichts dergleichen … ich stelle Flugzeugmotoren her.»

«Ein Flieger, o mein Gott, wie aufregend … Ich komme immer furchtbar gern zu Eveline, man weiß nie, wen man dort trifft … Als ich das letzte Mal hier war, habe ich Houdini /463/ knapp verpasst. Sie hat ein Händchen für Berühmtheiten. Aber für Paul ist es schwer, finden Sie nicht auch? … Paul ist so ein lieber Mensch. Sie und Mr. Holden … es ist alles so öffentlich. Ständig schreibt er über sie in seiner Kolumne … Ich bin natürlich auch sehr altmodisch. Die meisten Leute scheinen nichts dabei zu finden … Ehrlich zu sein ist natürlich großartig … Und natürlich ist er auch eine Berühmtheit … Ich finde jedenfalls, man soll ehrlich sein, was das eigene Liebesleben angeht, meinen Sie nicht auch? Da erspart man sich all diese schrecklichen Komplexe und dergleichen ... Aber es ist zu schade um Paul, so ein netter, anständiger junger Bursche ...»

Als die Gäste sich ein wenig verlaufen hatten, servierte ein Französisch sprechendes, farbiges Dienstmädchen ein Curryreisgericht mit zahlreichen kleinen Beilagen. Mr. Holden und Eveline bestritten die Unterhaltung allein. Es ging ausschließlich um Leute, von denen Charley noch nie gehört hatte. Er versuchte, einzuhaken und zu erzählen, wie man ihn damals in dieser Kneipe für Charles Edward Holden gehalten hatte, aber niemand hörte zu, und vielleicht war das ja ganz gut so. Man war gerade beim Salat angelangt, als Holden aufstand und sagte: «Meine Liebe, meine einzige Moral besteht darin, niemals zu spät ins Theater zu kommen, wir müssen uns beeilen.»

Er und Eveline verließen überstürzt das Haus und ließen Charley und Paul in Gesellschaft eines streitsüchtigen älteren Mannes und seiner Frau zurück, denen Charley gar nicht vorgestellt worden war. Sich mit ihnen unterhalten zu wollen hatte wenig Sinn, weil der Mann viel zu blau war, um zuzuhören, wenn irgendwer etwas sagte, und die Frau irgendeine private Auseinandersetzung mit ihm führte, von der sie sich nicht abbringen ließ. Als die beiden hinauswankten, blieben Charley und Paul allein zurück. Sie gingen eine Zeitlang in ein Kino, aber der Film war lausig, und so fuhr Charley verdrossen uptown und fiel ins Bett.

Am nächsten Morgen holte er in aller Frühe Andy Merritt ab und leistete ihm in dem großen, antiseptisch wirkenden Speisesaal des Yale Club beim Frühstück Gesellschaft. «Wird es holprig?», fragte Andy als Erstes.

«Laut gestrigem Wetterbericht kriegen wir schönes Wetter.»

«Was sagt Joe?»

«Er sagt, wir sollen unsere gottverfluchte Klappe halten und das Reden den anderen überlassen.»

Merritt trank in kleinen Schlucken seine letzte Tasse Kaffee.

«Wissen Sie, Joe ist manchmal ein bisschen übervorsichtig … er will eine kleine Provinzklitsche, die er selber leitet und die er seinen Enkeln vererben kann. Früher war das in Upstate New York ja alles gut und schön … aber wenn ein Geschäft heutzutage nicht expandiert, verpasst es den Anschluss.»

«Keine Sorge, wir expandieren schon», sagte Charley und stand auf, um Merritts breitschultrigem Tweedanzug zur Speisesaaltür zu folgen. «Wenn wir nicht expandieren würden, gäbe es uns gar nicht.»

Während sie sich auf der Toilette die Hände wuschen, fragte Merritt ihn, was er an Garderobe mitnehme. Charley lachte und sagte, wahrscheinlich habe er irgendwo ein sauberes Hemd und eine Zahnbürste. Merritt wandte sich ihm mit ernstem Gesicht zu. «Aber vielleicht müssen wir ausgehen … Ich habe uns eine kleine Suite im Waldman Park gemietet. Wissen Sie, in Washington kommt es sehr auf solche Sachen an.»

«Na ja, schlimmstenfalls kann ich mir einen Abendanzug leihen.»

Während der Portier Merritts großen Schweinslederkoffer und seine Hutschachtel auf dem Notsitz des Wagens verstaute, fragte Merritt mit besorgtem Gesicht, ob Charley nicht meine, dass das zu viel Gewicht sei. «Ach was, wir könnten ein Dutzend von der Sorte mitnehmen», sagte Charley und drückte mit dem Fuß den Anlasser. Rasch fuhren sie durch die leeren Straßen, über die Brücke und auf breiten, von niedrigen, schäbigen Häusern gesäumten Avenues in Richtung Jamaica. Bill Cermak hatte die Maschine schon aus dem Hangar geholt und alles vorbereitet.

Charley legte die Hand auf den Rücken von Bills ärmelloser, schmieriger Lederjacke. «Immer auf die Minute pünktlich, Bill», sagte er. «Darf ich dir Mr. Merritt vorstellen … Hören Sie, Andy … Bill kommt mit, wenn Sie nichts dagegen haben … Er kann diesen Motor aus alten Haarspangen und Kaugummi nachbauen, falls irgendwas schiefgeht.»

Bill hievte Merritts Koffer bereits in den hinteren Teil des Flugzeugs. Merritt zog einen dicken Ledermantel an und setzte eine Schutzbrille auf, wie Charley sie im Schaufenster von Abercrombie & Fitch gesehen hatte. «Meinen Sie, es wird holprig?», fragte Merritt erneut.

Charley machte ihm Mut. «Vielleicht ein bisschen über Pennsylvania ... aber wir dürften rechtzeitig zu einem guten Lunch da sein ... Na ja, Leute, das ist das erste Mal, dass ich in die Hauptstadt komme.»

«Geht mir genauso», sagte Bill.

«Bill ist noch nie aus Brooklyn rausgekommen», sagte Charley lachend.

Er fühlte sich gut, als er zum Pilotensitz hinaufkletterte. Er setzte seine Brille auf und rief Merritt über die Schulter zu: «Sie sitzen auf dem Beobachtersitz, Andy.»

Der Askew-Merritt-Anlasser funktionierte einwandfrei. Der Motor klang rund und leise wie eine Nähmaschine. «Was meinst du dazu, Bill?», rief Charley immer wieder dem Mechaniker hinter ihm zu. Im Vorfrühlingssonnenschein rollte die Maschine sanft über den weichen Rasen, machte ein paar Hüpfer, hob ab und ging in Schräglage, während Charley über die schiefergrauen Rechtecke von Brooklyn hinwegflog. Der leichte Nordwestwind zog Millionen kleiner Furchen in das opake Grün der Bucht. Dann überquerten sie die hässlichen Fabrikviertel von Bayonne und Elizabeth. Jenseits der rostroten Salzwiesen erstreckte sich Jersey in großen, flachen Rechtecken, manche gelb, manche rot, manche vom Grünschleier frischer Pflanzen überzogen.

Jenseits des Delaware fing sich das Sonnenlicht in Reihen mächtiger weißer Kumuluswolken. Es wurde tatsächlich ein bisschen holprig, und Charley ging auf siebentausend Fuß, wo es kalt und klar war und von Nordwest ein Achtzig-Stundenkilometer-Wind blies. Als er wieder runterging, war es Mittag, und in einer Wolkenlücke leuchtete hellblau der Susquehanna. Selbst auf zweitausend Fuß spürte er den warmen Frühlingsdunst des gepflügten Landes. Beim Tiefflug über die Farmen konnte er den weißen Flaum blühender Obstbäume sehen. Als er am oberen Ende der Chesapeake Bay einem kräftigen Sturmtief auswich, geriet er zu weit nach Süden und musste dem Potomac in nördlicher Richtung, zur glitzernden weißen Kuppel des Capitol und zum schimmernden Silber des Washington Monument folgen. Über Washington lag kein Rauch. Er musste eine halbe Stunde kreisen, ehe er das Flugfeld fand. Es gab so viel Grün, dass alles nach Flugfeld aussah.

«Tja, Andy», sagte Charley, als sie auf dem Rasen die Beine streckten, «wenn die Experten diesen Anlasser sehen, fallen ihnen die Augen aus dem Kopf.»

Merritts Gesicht sah blass aus, und er schwankte leicht beim Gehen. «Ich höre nichts», schrie er. «Muss mal pissen.»

Charley folgte ihm zum Hangar und überließ es Bill, den Motor durchzusehen. Merritt telefonierte nach einem Taxi. «Herr des Himmels, hab ich einen Kohldampf!», röhrte Charley. Merritt zuckte zusammen. «Ich brauche erst mal was zu trinken, um meinen Magen zu beruhigen.»

Als sie, die Füße auf Merritts riesigem Schweinslederkoffer, im Taxi saßen, sagte Merritt: «Eines sage ich Ihnen, Charley, für diesen Anlasser brauchen wir eine eigene Firma ... vielleicht auch eine eigene Produktionsstätte mit allem Drum und Dran. Standard Airparts würde sich gut machen.»

In dem riesigen neuen Hotel hatten sie zwei Zimmer und einen großen Salon mit rosa Sesseln. Von den Fenstern aus schaute man ins frische Grün des Rock Creek Park hinunter. Merritt sah sich mit beträchtlicher Zufriedenheit um. «Ich komme gern am Sonntag an», sagte er. «Da hat man die Möglichkeit, sich ein bisschen einzugewöhnen, ehe man mit der Arbeit anfängt.» Er fügte hinzu, dass er nicht glaube, im Speisesaal auf Bekannte zu treffen, nicht sonntags, aber wie sich herausstellte, brauchten sie eine ganze Weile, um zu ihrem Tisch zu gelangen. Unterwegs wurde Charley einem Senator, einem Firmenanwalt, dem jüngsten Mitglied des Repräsentantenhauses und einem Neffen des Marineministers vorgestellt. «Wissen Sie», erklärte Merritt, «mein alter Herr war mal Senator.»

Nach dem Lunch fuhr Charley wieder zum Flugfeld hinaus, um einen Blick auf die Maschine zu werfen. Bill Cermak hatte alles so blank poliert wie das Schaufenster eines Juweliers. Charley nahm ihn mit ins Hotel, um ihm einen auszugeben. Auf dem Flur vor der Suite waren Kellner, aus der offenen Tür drangen Zigarrenrauch und das laute Gewirr geselliger Stimmen. Bill legte einen dicken Finger an seine krumme Nase und sagte, er haue vielleicht lieber ab.

«Ja, hört sich wirklich nach oberen Zehntausend an. Pass auf, ich lasse dich in mein Zimmer und bringe dir was zu trinken, wenn es dir nichts ausmacht, ein bisschen zu warten.»

«Klar, ist mir recht, Boss.»

Charley wusch sich die Hände, rückte sich den Schlips zurecht und stürzte sich in den Salon wie jemand, der in einen kalten Swimmingpool springt.

Andy Merritt gab eine Cocktailparty mit trockenen Martinis, Hähnchensalat, Sandwiches, einer Schüssel Kaviar, Räucherfisch, zwei alten, silberhaarigen Gentlemen, drei zu stark geschminkten Südstaatenschönheiten mit belegten Stimmen, einem fetten Senator und einem sehr dünnen Senator mit hohem Kragen, etlichen blassen jungen Männern mit Harvard-Akzent und einem bleichen Menschen mit Goldzahn, der eine in zahlreichen Zeitungen erscheinende Kolumne mit dem Titel «Smalltalk aus der Hauptstadt» schrieb. Außerdem war ein junger Werbefachmann namens Savage da, den er bei Eveline kennengelernt hatte. Charley wurde reihum vorgestellt und trat von einem Fuß auf den anderen, bis er Gelegenheit fand, sich mit zwei halbvollen Gläsern Whiskey und einem Teller Sandwiches in sein Zimmer zu verdrücken. «Gott, ist das furchtbar dadrin. Ich traue mich nicht, den Mund aufzumachen, aus Angst, in ein Fettnäpfchen zu treten.»

Charley und Bill saßen auf dem Bett, aßen die Sandwiches und hörten sich das durchklirrte Stimmengewirr an, das aus dem

Zimmer nebenan drang. Als Bill seinen Whiskey getrunken hatte, stand er auf, wischte sich mit dem Handrücken den Mund ab und fragte, um welche Zeit er sich morgen früh bei ihm melden solle. «Neun Uhr reicht völlig ... Willst du wirklich schon gehen? ... Ich weiß nicht, was ich mit diesem Typen reden soll ... Wir könnten dich mit einer Südstaatenschönheit verkuppeln.» Bill sagte, er sei ein ruhiger Familienmensch und werde sich eine Unterkunft suchen und schlafen gehen. Sein Weggang bedeutete, dass Charley zu der Cocktailparty zurückkehren musste.

Als er in Merritts Zimmer zurückkam, sah er sich zwischen den wippenden Hütchen zweier hübscher Mädchen hervor von den schwarzen Augen des fetten Senators fixiert. Gleich darauf musste er sich von den beiden verabschieden. Die braunäugige war eine Blondine, die blauäugige hatte tiefschwarzes Haar. Ein leichter Duft nach Parfüm und Glacéhandschuhen blieb von ihnen zurück, als sie gegangen waren. «Na, was würden Sie sagen, welche von beiden die Hübschere ist, junger Mann?» Der fette Senator stand neben ihm und blickte mit allzu vertraulichem Lächeln zu ihm auf.

Charley spürte, wie es ihm die Kehle zuschnürte, er wusste nicht, warum. «Sie sind beide schön», sagte er.

«Man kommt sich vor wie der Esel zwischen zwei Heuhaufen», sagte der fette Senator mit einem leisen, von den Kinnfalten geschmeidig umspielten Schmunzeln.

«Buridans Esel /464/ ist an Gier gestorben, Senator», sagte der dünne Senator und steckte den Umschlag, auf dem er und Andy Merritt irgendwelche Zahlen ausgerechnet hatten, wieder in die Tasche.

«Genau wie ich, Senator», sagte der Fette mit wabbelnden Hängebacken und strich sich eine schwarze Haarsträhne aus der Stirn. «Ich sterbe jeden Tag ... Senator, würden Sie mit mir und diesen jungen Männern essen? Ich glaube, der alte Horace kocht uns Schildkrötensuppe.» Er legte eine kleine Patschhand dem dünnen Senator und die andere Charley auf die Schulter.

«Tut mir leid, Senator, meine Frau hat ein paar Bekannte in den Chevy Chase Club eingeladen.»

«Dann, fürchte ich, werden sich die jungen Leute damit abfinden müssen, mit zwei alten Knackern zu essen. Ich hatte gehofft, Sie würden die Kluft zwischen den Generationen überbrücken ... General Hicks kommt auch.» Charley sah einen leisen, zufriedenen Ausdruck über Andy Merritts ernstes, wohlerzogenes Gesicht huschen. Der fette Senator fuhr mit seiner geschmeidigen, gewichtigen Gerichtssaalstimme fort. «Wir sollten uns vielleicht besser auf den Weg machen ... Er hat sich für sieben angesagt, und diese alten Schlachtrösser sind in aller Regel pünktlich.»

Vor dem Hoteleingang fuhr geräuschlos ein großer schwarzer Lincoln vor, als die vier – Charley, Andy Merritt, Savage und der fette Senator – in die Nacht von Washington hinaustraten, die nach Öl auf Asphalt, den Auspuffgasen von Autos, frischem Laub und Glyzinienblüten roch. Das Haus des Senators war eine Fortsetzung seines Autos, groß, dunkel, leicht schimmernd und geräuschlos. Sie fläzten sich in große, schwarze Ledersessel, und ein alter, weißhaariger Mulatte servierte auf einem gravierten Silbertablett Manhattans.

Der Senator zeigte jedem der Männer gesondert, wo sie sich die Hände waschen konnten. Charley mochte es nicht sonderlich, dass die feisten Hände des Senators ihm den Rücken tätschelten, als er in ein großes, altmodisches Badezimmer mit eingebauter Marmorwanne geführt wurde. Als er vom Händewaschen zurückkam, stand die Falttür zum Esszimmer offen, und ein rüstig aussehender alter Gentleman mit weißem Schnurrbart und einem leichten Hinken ging ungeduldig davor auf und ab. «Ich rieche die Schildkrötensuppe schon, Bowie», sagte er. «Der alte Horace hat nichts verlernt.»

Bei Suppe und Sherry begann der General vom Kopfende des Tisches aus zu reden. «Natürlich ist diese ganze Arbeit mit Flugmaschinen von großem Interesse für den Fortschritt der Wissenschaft ... Ich muss sagen, Bowie, Sie sind einer der letzten

Menschen in dieser Stadt, bei denen man anständig zu essen bekommt … Vielleicht ergeben sich ja in ferner Zukunft gewaltige Möglichkeiten, aber als Militär muss ich Ihnen sagen, meine Herren, dass einige von uns durchaus nicht vom Wert dieser Maschinen überzeugt sind … Die Schildkrötensuppe ist bemerkenswert, Bowie … Ich will damit sagen, wir setzen nicht so viel Vertrauen in die Flugmaschine, wie man das offenbar beim Marineministerium tut … Ein gutes Glas Burgunder, Bowie, es gibt nichts, was ich lieber mag … Versuche sind eine großartige Sache, meine Herren, und ich will gar nicht bestreiten, dass vielleicht in ferner Zukunft …»

«In ferner Zukunft», echote Savage lachend, als er zusammen mit Merritt und Charley unter dem Portikus von Senator Planets Haus hervortrat. Ein Taxi wartete auf sie. «Wo darf ich Sie absetzen, meine Herren? … Das Problem mit uns ist, wir befinden uns bereits in der fernen Zukunft, wir wissen es bloß noch nicht.»

«In Washington weiß man es jedenfalls ganz bestimmt noch nicht», sagte Merritt, als sie in das Taxi stiegen.

Savage kicherte. «Der Senator und der General sind hoffnungslose Fossilien … als hätte man sie irgendwo ausgegraben. Aber machen Sie sich wegen des Generals keine Gedanken. Sobald er weiß, mit wem er es zu tun hat … Sie wissen schon … präsentable Leute, dann ist er sanft wie der Weihnachtsmann. Er ist für eine Regierung von Gentlemen für Gentlemen und durch Gentlemen.»

«Sind wir das nicht alle?», fragte Merritt streng.

Savage gab ein wieherndes Lachen von sich. «Der geborene Gentleman – seit Jahren suche ich einen.» Dann wandte er Charley seine hervortretenden Säuferaugen und sein lachendes Mopsgesicht zu. «Der Senator hält Sie für den kommenden Mann, er hat mich gebeten, Sie demnächst wieder mitzubringen. Der Senator ist sehr empfänglich, müssen Sie wissen.» Wieder stieß er ein Lachen aus.

Der Bursche muss ziemlich blau sein, dachte Charley. Er war

selbst leicht beschwipst von dem Napoléon Cognac, den sie zum Abschluss des Essens aus bauchigen Gläsern getrunken hatten. Savage setzte sie am Waldman Park ab und fuhr mit dem Taxi weiter. «Wer war das denn, Andy?»

«Ein wilder Bursche», sagte Merritt. «Einer von Moorehouse' hellen Jungs. Hell ist er durchaus, aber die Geschichten, die ich von ihm höre, gefallen mir nicht. Er will mit Askew-Merritt ins Geschäft kommen, aber in der Preisklasse sind wir noch nicht. Diese PR-Leute fressen einen arm.»

Während sie im Fahrstuhl nach oben fuhren, sagte Charley gähnend: «Ich hatte so gehofft, die beiden hübschen Mädchen würden zum Essen mitkommen.»

«Senator Planet hat nie Frauen zum Essen bei sich zu Hause ... Er hat einen komischen Ruf ... Überhaupt gibt es in dieser Stadt komische Leute.»

«Ja, das kommt mir auch so vor», sagte Charley. Er war todmüde und hatte sich kaum ausgezogen, da war er auch schon eingeschlafen.

Ende der Woche flogen Charley und Bill nach New York zurück; Andy blieb in Washington, um mit den Experten der Regierung Verträge auszuhandeln. Als sie die Maschine in den Hangar gerollt hatten, sagte Charley, er werde Bill mit seinem Wagen nach Hause fahren. Unterwegs hielten sie an einer Art Hofbräuhaus, um ein Bier zu trinken. Sie hatten Hunger, und weil Bill glaubte, seine Frau habe schon zu Abend gegessen, aßen sie Nudelsuppe und Schnitzel. Charley sah, dass es Wein gab, angeblich vom Rhein, und bestellte davon. Sie tranken den Wein und bestellten weitere Schnitzel. Charley erzählte Bill, laut Andy Merritt seien die Verträge mit der Regierung praktisch unter Dach und Fach und Andy habe immer recht und habe gesagt, es sei eine patriotische Pflicht, die Produktion auf breiter Basis zu kapitalisieren. «Verdammt noch mal, Bill, wir werden im Geld schwimmen. Wie wär's mit noch einer Flasche? Guter alter Bill, der Pilot ist nichts ohne seinen Mechaniker, der Geldgeber nichts ohne die Produktion. Du und ich, Bill, wir sind in der Produktion, und bei Gott, ich werde dafür sorgen, dass wir nicht hinten runterfallen. Wenn man uns übers Ohr hauen will, werden wir uns wehren, ich habe nämlich schon Angebote, große Angebote aus Detroit. Heute in fünf Jahren werden wir im Geld schwimmen, und ich sorge dafür, dass du dann auch im Geld schwimmst.»

Sie aßen Apfelkuchen, dann brachte der Wirt eine Flasche Kümmel. Charley kaufte die ganze Flasche. «Ist billiger, als wenn man jedes Glas einzeln bezahlt, stimmt's, Bill?» Bill wandte ein, er sei ein Familienmensch und mache sich lieber mal auf den Nachhauseweg. «Ich», sagte Charley und schenkte sich Schnaps ein, «ich hab kein Zuhause, wo ich hinkann ... Wenn sie wollte, könnte ich ein Zuhause haben. Ich würde ihr ein wunderbares Zuhause schaffen.»

Charley merkte, dass Bill Cermak fort war und dass er das alles einer stämmigen blonden Lady von unbestimmtem Alter und mit einem kräftigen deutschen Akzent erzählte. Er nannte sie Aunt Hartmann und sagte ihr, er würde sie zu seiner Haushälterin machen, falls er jemals ein Zuhause hätte. Sie leerten die Schnapsflasche und gingen zu Bier über. Sie strich ihm über den Kopf und nannte ihn ihren Wandervogel. Es gab eine Kapelle in bayerischer Tracht und einen stiernackigen Mann, der sang. Charley wollte für die anwesenden Gäste jodeln, aber sie zog ihn zum Tisch zurück. Sie war sehr kräftig und stieß ihn mit dicken roten Armen weg, wenn er zärtlich zu werden versuchte, aber wenn er sie in den Hintern kniff, schaute sie in ihr Bierglas und kicherte. Es sei genau wie früher zu Hause, sagte er ihr immer wieder, nur lauter und lustiger. Es war furchtbar lustig, bis sie im Wagen saßen und sie den Kopf an seine Schulter legte. Sie nannte ihn Schatz, und ihre langen Zöpfe hatten sich gelöst und hingen übers Lenkrad. Irgendwie schaffte er es zu fahren.

Am nächsten Morgen erwachte er in einer billigen Absteige auf Coney Island. Es war neun Uhr, er hatte fürchterliche Kopfschmerzen, und Aunt Hartmann saß rosig, breit und fleischig im Bett und verlangte Kaffee mit Schlagsahne. Er ging mit ihr in einer Wiener Bäckerei frühstücken. Sie aß viel, weinte viel und sagte, er dürfe sie nicht für schlecht halten, sie sei nämlich nur ein armes, arbeitsloses Mädchen und habe Mitleid mit ihm gehabt, weil er ein armer, obdachloser Junge sei. Er sagte, wenn er nicht bald ins Büro zurückkäme, wäre er bald im Ernst ein armer obdachloser Junge. Er gab ihr sämtliches Kleingeld, das er in der Tasche hatte, und eine falsche Adresse, ließ sie weinend bei einer dritten Tasse Kaffee in der Wiener Bäckerei zurück und machte sich auf den Weg nach Long Island City. Bei Ozone Park musste er anhalten und sich am Straßenrand übergeben. Mit dem letzten Tropfen Benzin schaffte er es gerade noch auf den Hof der Fabrik. Er schlich sich in sein Büro. Es war zehn vor zwölf.

Sein Schreibtisch war übersät mit zusammengehefteten Mitteilungen, Briefen und blauen Zetteln mit der Aufschrift DRINGEND. Er hatte Angst, Miss Robinson oder Joe Askew könnten merken, dass er wieder da war. Dann fiel ihm ein, dass er einen silbernen Flachmann mit altem Bourbon in der Schreibtischschublade hatte, ein Geschenk von Doris am Abend vor ihrer Abreise, damit er sie, wie sie scherzhaft gesagt hatte, leichter vergesse. Er hatte gerade den Kopf zurückgelegt, um einen Schluck zu nehmen, da sah er Joe Askew vor dem Schreibtisch stehen.

Joe stand breitbeinig da, stirnrunzelnd und mit erschöpftem Gesicht. «Herr des Himmels, wo hast du denn gesteckt? Wir haben uns wahnsinnige Sorgen um dich gemacht ... Grace hat eine Stunde mit dem Essen gewartet.»

«Warum habt ihr nicht im Hangar angerufen?»

«Es war niemand mehr da ... Stauch ist krank. Alles steht still.»

«Hast du von Merritt gehört?»

«Klar, aber das bedeutet, dass wir die Produktion umstellen müssen. Ehrlich gesagt, Charley, du gibst den Angestellten ein verdammt schlechtes Beispiel, wenn du im Büro säufst. Beim letzten Mal habe ich noch die Klappe gehalten, aber mein Gott ...»

Charley ging zum Wasserspender und zapfte sich ein paar Pappbecher Wasser. «Ich habe gestern Abend die Reise nach Washington gefeiert ... Schließlich werden wir dank dieser Verträge ganz groß rauskommen, Joe. Wie wär's mit einem kleinen Schluck?»

Joe runzelte die Stirn. «Du siehst aus, als hättest du schon reichlich geschluckt. Und wie wär's, wenn du dich rasieren würdest, bevor du ins Büro kommst? Wenn wir das von unseren Angestellten verlangen, sollten wir es auch selbst tun ... Verflucht noch mal, Charley, kapier endlich, dass der Krieg vorbei ist.» Joe machte auf dem Absatz kehrt und ging in sein Büro zurück.

Charley nahm einen weiteren kräftigen Schluck aus der Flasche. Er war wütend. «Das lasse ich mir nicht gefallen», murmelte er vor sich hin, «weder von ihm noch von sonst wem.» Dann klingelte das Telefon. Der Vorarbeiter der Montagehalle stand in der Tür. «Bitte, Mr. Anderson», sagte er.

Damit fing es an. Von da an schien alles schiefzugehen. Um acht Uhr abends hatte Charley sich noch immer nicht rasiert. Zusammen mit den Mechanikern von der Instandsetzung stand er neben einer kaputten Maschine, aß ein Sandwich und trank Kaffee aus einem Pappbecher. Bis er nach Hause in die Wohnung kam, war es Mitternacht, und er war fix und fertig. Er war wild entschlossen, Joe die Meinung zu sagen, aber es war kein Askew zu sehen.

Am anderen Morgen beim Frühstück zog Grace die Augenbrauen hoch, als sie Kaffee eingoss. «Na, wenn das nicht das verschollene Bataillon ist», sagte sie.

Joe Askew räusperte sich. «Charley», sagte er nervös, «ich hatte kein Recht, dich so runterzuputzen ... wahrscheinlich werde ich auf meine alten Tage zum Meckerpott. Der Betrieb ist schon die ganze Woche der reinste Saustall.»

Die beiden kleinen Mädchen begannen zu kichern.

«Ach, lass gut sein», sagte Charley.

«Kinderohren, Joe», sagte Grace und klopfte mahnend auf den Tisch. «Ich denke, wir müssen uns alle mal ausruhen. Du wirst diesen Sommer Urlaub machen, Joe. Ich selbst brauche auch dringend Urlaub, vor allem, um mich von Joes Trantüten zu erholen. Seit du weg warst, Charley, hat er keinen mehr gehabt, mit dem er sich unterhalten konnte, und hat mir lauter Trantüten ins Haus gebracht.»

«Das sind bloß ein paar Jungs, denen ich Arbeit zu besorgen versuche. Grace denkt, es sind Nichtsnutze, weil sie sich nicht so gut auf Smalltalk verstehen.»

«Ich denke nicht, sondern ich weiß, dass es Trantüten sind», sagte Grace. Die kleinen Mädchen fingen wieder an zu kichern. Charley stand auf und schob seinen Stuhl zurück.

«Kommst du, Joe?», sagte er. «Ich muss zu meiner Abrissmannschaft zurück.»

Es dauerte zwei Wochen, bis Charley, außer zum Schlafen, von der Fabrik wegkam. Am Ende dieser Zeit war Stauch mit seiner stillen, teilnahmsvollen, an einen Assistenzarzt im Operationssaal eines Krankenhauses erinnernden Art zurückgekehrt, und es begann aufwärtszugehen. An dem Tag, an dem Stauch schließlich in Charleys Bürotür erschien und sagte: «Die Produktion läuft jetzt wieder reibungslos, Mr. Anderson», beschloss Charley, schon mittags Feierabend zu machen. Er rief Nat Benton an, bat ihn, mit dem Lunch auf ihn zu warten, und schlich sich durch den Personaleingang hinaus, um Joe nicht zu begegnen.

In Nats Büro tranken sie etwas, bevor sie zum Essen in ein Restaurant gingen. Nachdem sie bestellt hatten, sagte Charley: «Na, Nat, was sagt der Nachrichtendienst?»

«Wie viele Anteile haben Sie?»

«Fünfhundert.»

«Irgendwelche anderen Aktien, irgendwas, was Sie als Sicherheitsleistung verwenden könnten?»

«Ein bisschen was ... ich habe zwei Riesen in bar.»

«Bargeld», sagte Nat verächtlich. «Ein Notgroschen für schlechte Zeiten – alles dummes Zeug. Warum lassen Sie es nicht arbeiten?»

«Davon rede ich doch.»

«Mal angenommen, Sie probieren es mit einem kleinen Spekulationsgeschäft in Auburn, bloß um einen Fuß in die Tür zu kriegen.»

«Aber was ist mit Merritt?»

«Immer mit der Ruhe ... Ich will Ihnen ein bisschen Kapital verschaffen, damit Sie sich auf Augenhöhe gegen diese Typen wehren können ... sonst werden Sie todsicher rausgedrängt.»

«Joe würde so was nie machen», sagte Charley.

«Ich kenne den Mann nicht persönlich, aber ich kenne die Menschen, und es gibt verdammt wenige, denen das Hemd nicht näher ist als der Rock.»

«Wahrscheinlich hauen einen alle übers Ohr, wenn sie können.»

«Ganz so würde ich es nicht formulieren, Charley. Es gibt in der Geschäftswelt ein paar prächtige Exemplare amerikanischer Männlichkeit.» An diesem Abend betrank sich Charley ganz allein in einem Speakeasy in den Fifties.

Bis Doris im Herbst aus Europa zurückkehrte, hatte Charley in Auburn zweimal einen Riesenreibach gemacht und war dabei, sämtliche Askew-Merritt-Aktien aufzukaufen, die er in die Finger kriegen konnte. Zugleich stellte er fest, dass er Kredit hatte, für ein neues Auto, für Anzüge von Brooks Brothers, für Mahlzeiten in Speakeasys. Das Auto war ein Packard-Sportwagen, mit einer langen, flachen, speziell angefertigten Karosserie und rotem Leder. Er fuhr damit zum Hafen, um Doris und Mrs. Humphries abzuholen, die mit der *Leviathan* eintreffen würden. Als er nach Hoboken kam, hatte das Schiff bereits angelegt. Charley parkte den Wagen und eilte zwischen den schäbigen Gruppen der dritten Klasse hindurch zu der Menge gutgekleideter Menschen, die im Mittelteil des Hafengebäudes plaudernd um Stapel von Schweinslederkoffern, Lacklederhutschachteln und Schrankkoffern, beklebt mit den Etiketten vornehmer Hotels, herumstanden. Unter dem H erblickte er die alte Mrs. Humphries. Ihr Gesicht über dem üppigen Pelzkragen sah aus wie eine verblasste Ausgabe von Doris; wie sehr, war ihm nie zuvor aufgefallen.

Sie erkannte ihn nicht sofort. «Nanu, Charles Anderson, wie überaus nett.» Ohne zu lächeln, streckte sie ihm die Hand entgegen. «Es ist wirklich sehr aufreibend. Doris musste ihre Schmuckschatulle natürlich in der Kabine vergessen ... Sie wollen jemanden abholen, vermute ich.»

Charley errötete. «Ich dachte, ich könnte Sie vielleicht nach Hause fahren, Ich habe jetzt einen großen Wagen. Ich dachte mir, Ihr Gepäck ließe sich darin besser unterbringen als in einem Taxi.»

Mrs. Humphries beachtete ihn kaum. «Da ist sie ja ...» Sie winkte mit einer behandschuhten Hand, die eine Krokodilledertasche hielt. «Hier bin ich.»

Doris kam durch die Menge gelaufen. Ihr Gesicht war erhitzt, ihre Lippen waren tiefrot. Ihr kleiner Hut und ihr Pelz hatten genau dieselbe Farbe wie ihr Haar. «Ich habe sie, Mutter ... – wie dumm von mir.»

«Jedes Mal, wenn ich das durchmache», seufzte Mrs. Humphries, «schwöre ich mir, nie mehr ins Ausland zu reisen.»

Doris beugte sich vor, um irgendetwas Gelbes in einen geöffneten Handkoffer zu stopfen.

«Hier ist Mr. Anderson, Doris», sagt Mrs. Humphries.

Doris fuhr herum, lief zu ihm hin, warf ihm die Arme um den Hals und küsste ihn auf die Wange. «Wie lieb von dir.» Dann stellte sie ihn einem jungen Engländer mit rotem Gesicht vor, der einen Mantel mit Schottenmuster trug und eine große Tasche mit Golfschlägern schleppte. «Ich weiß, ihr werdet einander mögen.»

«Sind Sie zum ersten Mal in den Staaten?», fragte Charley.

«Ganz im Gegenteil», sagte der Engländer und zeigte lächelnd seine gelben Zähne. «Ich bin in Wyoming geboren.»

Auf der Pier war es kühl. Mrs. Humphries setzte sich in den geheizten Wartesaal. Als der junge Mann mit den Golfschlägern sich entfernte, um sich um sein eigenes Gepäck zu kümmern, sagte

Doris: «Wie gefällt dir George Duquesne? Er ist hier geboren und in England groß geworden. Seine Mutter stammt aus einer Familie, die schon im Doomsday Book /465/ vorkommt. Ich habe bei ihnen gewohnt, in einer wunderschönen alten Abtei. Ach, ich hatte in England die schönste Zeit meines Lebens. Ich finde, George ist ein Schatz. Die Duquesnes sind im Bereich Kupfer aktiv. Sie sind fast wie die Guggenheims, nur dass sie natürlich keine Juden sind ... Aber Charley, ich glaube gar, du bist eifersüchtig – wie albern. George und ich sind eigentlich wie Bruder und Schwester, ganz anders als du und ich, aber er ist so amüsant.»

Die Familie Humphries brauchte einige Stunden, um durch die Zollkontrolle zu kommen. Sie hatten unzählige Gepäckstücke, und Doris musste einige Kleider verzollen. Als Mrs. Humphries feststellte, dass sie in einem offenen Wagen mit heruntergelassenem Verdeck uptown fahren sollte, machte sie ein finsteres Gesicht, und dass es sich um einen schicken Packard handelte, schien sie nicht milder zu stimmen. «Aber das ist ja ein richtiger Aussichtswagen», sagte Doris. «Mutter, das wird lustig ... Charley wird uns sämtliche Hochhäuser zeigen.» Während sich Mrs. Humphries, von Handgepäck umgeben, auf dem Rücksitz niederließ, murrte sie: «Dein lieber Vater, Doris, hat es nie gern gesehen, wenn eine Dame in einer offenen Kutsche fuhr, geschweige denn in einem offenen Automobil.»

Als Charley sie nach Hause gefahren hatte, ging er nicht in die Firma zurück. Er verbrachte den Rest des Tages bis Betriebsschluss in der Wohnung der Askews und telefonierte mit Bentons Büro. Seit dem Börsengang von Standard Airparts war Askew-Merritt stark gefallen. Er versetzte, was sich versetzen ließ, und wartete auf den Tiefststand, ehe er zu kaufen begann. Ab und zu rief er Benton an und sagte: «Was meinen Sie, Nat?»

Am Spätnachmittag hatte Nat noch immer keine nützlichen Ratschläge, also ließ Charley eine Münze entscheiden. Es kam Kopf. Er rief im Büro an und gab Anweisung, am nächsten Tag zum Anfangskurs mit dem Kaufen zu beginnen. Dann zog er sich um und haute ab, ehe Grace die Mädchen von der Schule nach Hause brachte; inzwischen redete er kaum noch mit den Askews. Er hatte die Firma gründlich satt und wusste, dass Joe ihn für einen Faulenzer hielt.

Als er seine Brieftasche vom einen Jackett ins andere steckte, klappte er sie auf und zählte sein Bargeld. Er hatte vier Hunderter und ein paar Münzen. Die Scheine waren druckfrisch, direkt von der Bank. Er hielt sie sich unter die Nase, um den süßlichen, scharfen Geruch der frischen Druckfarbe zu riechen. Ehe er sich bewusstmachte, was er da tat, hatte er sie geküsst. Er lachte laut auf und steckte die Scheine wieder in die Brieftasche. Herrgott, was ging es ihm gut. Sein neuer blauer Anzug saß hervorragend. Seine Schuhe waren geputzt. Er hatte saubere Socken an. Sein Bauch fühlte sich straff an unterm Gürtel. Er pfiff vor sich hin, während er auf den Fahrstuhl wartete.

Drüben bei Doris war George Duquesne, der sagte, die neuen Gebäude auf der Fifth Avenue sähen einfach umwerfend aus. «Ach, Charley, warte nur, bis du einen von Georges Alexanders zu kosten bekommst, die sind umwerfend», sagte Doris. «Das hat er nach dem Krieg in Konstantinopel gelernt. Er war nämlich bei der britischen Armee. Charley war übrigens eins von unseren Fliegerassen, George.»

Charley ging mit George und Doris im Plaza essen, dann zu einer Show und in einen Nachtclub. Dabei führte er George unentwegt hochprozentigen Alkohol zu, in der Hoffnung, dass der irgendwann aus den Latschen kippen würde, aber George wurde nur immer röter im Gesicht und immer stiller, dabei war er von vornherein nicht sonderlich gesprächig gewesen. Es wurde drei Uhr, und Charley war selbst schläfrig und ziemlich blau, ehe er George in seinem Hotel, dem St. Regis, abliefern konnte. «Und was machen wir jetzt?»

«Aber Liebling, ich muss nach Hause.»

«Ich hatte überhaupt noch keine Gelegenheit, mit dir zu reden – Mein Gott, ich hatte seit deiner Ankunft ja noch nicht mal

Gelegenheit, dich richtig zu umarmen.» Am Ende landeten sie im Childs am Columbus Circle und aßen Rührei mit Speck.

Doris sagte, es müsste schöne Orte für Verliebte geben, wo sie hingehen und in schöner Umgebung Ungestörtheit und ein Bett finden könnten. Charley sagte, Orte kenne er reichlich, aber besonders schön seien sie nicht. «Ich käme mit, Charley, ehrlich, wenn ich keine Angst hätte, dass es schäbig ist und alles verdirbt.»

Charley drückte kräftig ihre Hand. «Solange wir nicht verheiratet sind, habe ich gar kein Recht, so was von dir zu verlangen, Kleines.»

Während sie die Straße entlang zu der Stelle gingen, wo er seinen Wagen geparkt hatte, ließ sie den Kopf an seine Schulter sinken. «Willst du mich, Charley?», fragte sie mit winzig kleiner Stimme. «Ich will dich auch ... aber jetzt muss ich nach Hause, sonst macht mir Mutter morgen früh eine Szene.»

Den nächsten Samstagnachmittag brachte Charley damit zu, nach einer möblierten Bleibe in einem Haus ohne Aufzug zu suchen. Er mietete eine ganz in Grau gehaltene Einzimmerwohnung mit Kochnische und Bad von einer Künstlerin mit hennagefärbtem Haar und wallenden Batikgewändern, die sagte, sie wolle für sechs Monate ungetrübter Schönheit nach Capri. Er rief bei einer Stellenvermittlung an und besorgte sich einen japanischen Hausdiener, der sich um alles kümmern sollte. Am nächsten Tag beim Frühstück eröffnete er den Askews, dass er ausziehen werde.

Joe sagte zuerst gar nichts, doch nachdem er seine letzte Tasse Kaffee getrunken hatte, stand er stirnrunzelnd auf und ging ein paarmal im Wohnzimmer hin und her. Dann trat er ans Fenster und sagte leise: «Komm mal her, Charley, ich muss dir was zeigen.» Er legte Charley eine Hand auf den Arm. «Hör mal, Kleiner, es liegt doch nicht etwa daran, dass ich ständig so mies gelaunt bin, oder? Du weißt doch, ich mache mir Sorgen um das verdammte Geschäft. Ich habe das Gefühl, es wächst uns über den

Kopf … aber du weißt, Grace und ich, wir halten beide große Stücke auf dich. Ich hatte bloß das Gefühl, dass du zu viel Zeit in den Aktienmarkt steckst. Eigentlich geht mich das überhaupt nichts an. Jedenfalls, wir Jungs von dem alten Haufen, wir müssen zusammenhalten.»

«Klar doch, Joe, klar … Ehrlich, dass ich die verdammte Wohnung will, hat einen ganz anderen Grund. Du bist ein verheirateter Mann mit Kindern und brauchst dir über so was keine Gedanken zu machen, aber ich, ich habe keine feste Frau.»

Joe fing an zu lachen. «Immer noch der alte Schwerenöter, aber Himmelherrgott, warum heiratest du dann nicht?»

«Das will ich ja, verdammt noch mal», sagte Charley. Er lachte, genau wie Joe.

«Was ist denn so lustig?», fragte Grace hinter dem Kaffeespender hervor. Charley deutete mit dem Kinn auf die beiden kleinen Mädchen. «Nichts für Kinderohren», sagte er.

«Ihr seid gemein», sagte Grace.

An einem verschneiten Nachmittag vor Weihnachten, zwei Wochen nachdem Charley in seine Wohnung eingezogen war, kehrte er früh in die Stadt zurück und traf sich im Biltmore mit Doris. Sie sagte: «Gehen wir irgendwohin was trinken», und er sagte, er habe alles vorbereitet und sie müsse mitkommen und die komischen kleinen Sandwiches sehen, die Taki in allen möglichen Farben zubereite. Sie fragte, ob der Japs im Augenblick da sei. Er grinste und schüttelte den Kopf. Das Taxi brauchte nur ein paar Minuten, um sie zu dem umgebauten Stadthaus zu bringen. «Das ist aber gemütlich!» Doris war vom Treppensteigen ein wenig atemlos, als sie ihren Pelz öffnete. «Jetzt komme ich mir richtig verrucht vor.»

«Aber es ist ja nicht so, dass es ein Kerl wäre, den du nicht kennst», sagte Charley, «oder den du nicht magst.» Sie ließ sich von ihm küssen. Dann legte sie Mantel und Hut ab und setzte sich neben ihn auf die von der Heizung angewärmte Fensterbank.

«Niemand kennt die Adresse, niemand kennt die Telefonnummer», sagte Charley. Als er den Arm um ihre schmalen Schultern legte und sie an sich zog, ergab sie sich ihm mit einem sonderbaren kleinen Schauder und ließ sich auf seinen Schoß ziehen. Sie küssten sich ausgiebig, doch dann entwand sie sich ihm und sagte: «Charley, Liebling, du hast mich auf einen Drink eingeladen.»

Er hatte die Zutaten für Old Fashioneds in der Kochnische, außerdem einen Teller Sandwiches. Er trug die Sachen rein und stellte sie auf das runde Korbtischchen. Doris biss in mehrere Sandwiches, ehe sie entschied, welches ihr am besten schmeckte. «Dein Japs scheint ja ein richtiger Künstler zu sein, Charley», sagte sie.

«Die Japse sind geschickte Leute», sagte Charley.

«Alles ist herrlich, Charley, nur das Licht tut meinen Augen weh.»

Als er das Licht ausschaltete, war das Fenster hellblau. Die Lichter und Schatten der Taxis, die durch die verschneite Straße fuhren, und das Gleißen von den Läden gegenüber warfen ständig sich verändernde orange Rechtecke an die Decke. «Ach, es ist wunderbar hier», sagte Doris. «Sieh mal, wie märchenhaft die Straße aussieht mit all den Furchen im Schnee.»

Charley füllte die Old Fashioneds immer wieder mit Whiskey auf. Er brachte Doris dazu, ihr Kleid auszuziehen. «Du weißt ja, du hast mir gesagt, Kleider kosten Geld.»

«Ach, du alberner Kerl. Charley, magst du mich ein bisschen?»

«Wozu groß darüber reden – ich bin absolut verrückt nach dir. Du weißt, ich will immer mit dir zusammen sein. Ich will, dass wir hei–»

«Verdirb jetzt nicht alles, es ist so schön hier, ich hätte nie gedacht, dass etwas so sein könnte ... Charley, du verhütest doch, oder?»

«Na klar», sagte Charley mit zusammengebissenen Zähnen, ging zur Kommode und holte ein Kondom raus.

Um sieben Uhr zog sie sich eilends an, sagte, sie sei zum Essen verabredet und schon furchtbar spät dran. Charley begleitete sie nach unten und setzte sie in ein Taxi. «Also Liebling», sagte er. «Wir reden nicht mehr über das, was ich gesagt habe. Wir machen es einfach.» Als er die steile, knarrende Treppe hinaufstieg, hatte er noch den Geschmack ihres Mundes, ihres Haars auf den Lippen, und ihm platzte schier der Kopf von dem Parfüm, das sie benutzte. Ein kaltes, bitteres Gefühl wie das Gefühl der Seekrankheit packte ihn. «Mein Gott», sagte er laut und warf sich mit dem Gesicht nach unten auf die Fensterbank.

Die Wohnung, Taki, der Alkohollieferant, die Raten für das Auto und die Blumen, die er Doris täglich schickte, das alles ging jeden Monat mehr ins Geld, als er erwartet hatte. Kaum zahlte er etwas bei der Bank ein, musste er es auch schon wieder abheben. Er besaß eine Menge Aktien, die aber noch keine Dividende abwarfen. An Weihnachten musste er sich fünfhundert Mäuse von Joe Askew leihen, um Doris ein Geschenk kaufen zu können. Sie hatte ihm gesagt, er dürfe ihr keinen Schmuck schenken, also fragte er Taki, was seiner Meinung nach ein passendes Geschenk für eine sehr reiche und schöne junge Dame sei, und Taki sagte, ein Seidenkimono wäre sehr passend, also zog Charley los und kaufte ihr ein traditionelles chinesisches Gewand. Doris machte ein komisches Gesicht, als sie es sah, aber sie gab ihm ein flüchtiges Küsschen auf den Mundwinkel, weil sie bei ihrer Mutter waren, und sagte mit Singsangstimme: «Oh, wie lieb von dir.»

Mrs. Humphries hatte ihn zum Weihnachtsessen eingeladen. Das Haus roch nach Lametta und Tannengrün, auf den Stühlen lag viel Seidenpapier und anderer Kram. Die Cocktails waren schwach, und alle standen herum – Nat und Sally Benton, ein paar Nichten und Neffen von Mrs. Humphries, ihre Schwester Eliza, die stocktaub war, und George Duquesne, der von nichts anderem als von Wintersport redete – und warteten darauf, dass zu Tisch gebeten wurde. Die Gäste machten einen schlechtgelaunten und verlegenen Eindruck, ausgenommen Ollie Taylor, der gerade aus

Italien zurückgekehrt und in bester Weihnachtsstimmung war. Er verbrachte die meiste Zeit in der Speisekammer, hatte sein Jackett ausgezogen und bereitete einen, wie er es nannte, traditionellen Weihnachtspunsch zu. Damit war er so sehr beschäftigt, dass man ihn kaum zu Tisch brachte. Charley musste sich die ganze Zeit um ihn kümmern und kam den ganzen Tag nicht dazu, ein Wort mit Doris zu wechseln. Nach dem Essen und dem Weihnachtspunsch musste er Ollie in seinen Club zurückbringen. Ollie war stockbesoffen, saß fett und bleich im Taxi und brabbelte in einem fort: «Verdammt schöne Weihnachten.»

Nachdem er Ollie dem Portier übergeben hatte, war Charley unschlüssig, ob er zu den Humphries zurückkehren sollte, wo Doris und George bestimmt wieder die Köpfe zusammensteckten und sich mit irgendeinem dämlichen Spiel beschäftigten, oder ob er wie versprochen zu den Askews gehen sollte. Bill Cermak hatte ihn eingeladen, sich die Paslacks in Jamaica anzusehen, aber gleich hinzugefügt, dass es wohl nicht das Richtige wäre. Charley hatte gesagt, er werde bestimmt kommen, alles sei besser als die feinen Pinkel. Von der Penn Station schickte er den Askews ein Telegramm, mit dem er ihnen fröhliche Weihnachten wünschte. Die Askews würden bestimmt verstehen, dass er Weihnachten mit Doris verbringen musste. Im leeren Zug nach Jamaica machte er sich mit einem Mal Sorgen um Doris – vielleicht hätte er sie nicht mit dem Kerl allein lassen sollen.

Draußen in Jamaica waren Bill Cermak, seine Frau, ihre älteren Schwägerinnen, Schwäger und Freunde von Charleys Auftauchen geschmeichelt, aber auch etwas in Verlegenheit gebracht. Es war ein kleines Holzhaus mit grünem Ziegeldach in einer Reihe genau gleicher Häuser mit abwechselnd roten und grünen Dächern. Mrs. Cermak war eine stämmige Blondine, leicht beschwipst von dem üppigen Essen und dem Wein, der hellrote Flecken auf ihre Wangen gezaubert hatte. Charley musste etwas von dem Truthahn und dem Plumpudding essen, den sie gerade abgeräumt hatten. Dann machten sie Glühwein mit Nelken, Bill spielte auf dem Schifferklavier, alles tanzte, die Kinder schrien und trommelten und liefen einem zwischen den Beinen herum.

Als Charley sagte, er müsse jetzt gehen, begleitete Bill ihn zum Bahnhof. «War wirklich nett von Ihnen, dass Sie uns besucht haben, Boss», fing Bill an.

«Quatsch, ich bin doch kein Boss», sagte Charley. «Ich bin einer von den Mechanikern ... oder nicht, Bill? Du und ich, Bill, die Mechaniker gegen den Rest der Welt ... Und wenn ich mal heirate, kommst du mit deinem verdammten Akkordeon und spielst auf meiner Hochzeit. Damit wir uns recht verstehen, Bill – das dauert vielleicht gar nicht mehr lange.»

Bill verzog das Gesicht und rieb sich die lange krumme Nase. «Die Weiber sind prima, sobald man sie klargemacht hat, Boss, aber solange man sie nicht klargemacht hat, sind sie die Hölle.»

«Ich hab sie klargemacht, und wie ich sie klargemacht habe, deswegen muss sie mich heiraten und einen ehrbaren Mann aus mir machen.»

«So isses recht», sagte Bill Cermak. Sie gaben sich die Hand und standen lachend auf dem zugigen Bahnsteig, bis der Zug nach Manhattan einfuhr.

Während der Automobilausstellung rief eines Tages Nat an und sagte, Farrell, der Chef von Tern, sei in der Stadt und wolle sich mit Charley treffen, und Charley sagte, Nat solle am Nachmittag mit ihm auf einen Cocktail vorbeikommen. Diesmal musste Taki dableiben.

James Yardley Farrell war ein Mann mit rundem Gesicht, einem rötlich blonden Haarkranz und einem runden, kahlen Schädel. Als er zur Tür hereinkam, begann er zu rufen: «Wo ist er? Wo ist er?»

«Hier ist er», sagte Nat Benton lachend.

Farrell schüttelte Charley kräftig die Hand. «Das ist also der Mann, der weiß, wie es geht? Seit Monaten versuche ich, Sie zu erwischen ... Sie können Nat fragen, wie ich ihm auf die Nerven gegangen bin. Hören Sie, wie wär's, wenn Sie nach Detroit kämen? Für einen wie Sie ist Long Island City nicht der richtige Ort. Wir brauchen Ihr Knowhow bei uns draußen … und wenn wir was brauchen, dann sind wir auch bereit, dafür zu zahlen.»

Charley wurde rot. «Ich stehe eigentlich ganz gut da, Mr. Farrell.»

«Wie viel verdienen Sie?»

«Ach, für einen jungen Burschen reicht's.»

«Darüber reden wir noch. Aber bedenken Sie, dass sich in einer neuen Industrie wie der unsrigen die Verhältnisse sehr rasch ändern. Wir müssen die Augen offen halten, sonst werden wir abgehängt. Na schön, lassen wir das vorläufig … Aber eins kann ich Ihnen sagen, Anderson, ich sehe nicht untätig zu, wie unsere Branche den Bach runtergeht, weil sie sich in einer Unmenge Einmannklitschen verzettelt, die sich gegenseitig an die Gurgel gehen. Finden Sie nicht, dass es besser wäre, wenn wir uns an einen Tisch setzen und in aller Freundschaft und zum gegenseitigen Nutzen den Kuchen aufteilen, und ich sage Ihnen, junger Mann, es ist ein riesengroßer Kuchen.» Er senkte die Stimme zu einem Flüstern.

Das gelbe Gesicht zu einem dünnen diplomatischen Lächeln verzogen, kam Taki mit einem Tablett voller Bacardi-Cocktails herein. «Nein danke, ich trinke nicht», sagte Farrell. «Sind Sie Junggeselle, Mr. Anderson?»

«Na ja, so was Ähnliches. Aber ich werde es wohl nicht mehr lange bleiben.»

«In Detroit würde es Ihnen gefallen, ehrlich … Benton sagt, Sie kommen aus Minnesota.»

«Geboren bin ich in North Dakota.» Über die Schulter sagte er zu dem Japaner: «Taki, Mr. Benton möchte noch etwas zu trinken.»

«Bei uns geht es sehr ungezwungen zu», sagte Farrell.

Nachdem sie gegangen waren, rief Charley Doris an und fragte sie ohne Umschweife, ob sie sich vorstellen könne, nach ihrer

Heirat in Detroit zu leben. Sie stieß einen spitzen Schrei aus. «Was für ein entsetzlicher Gedanke … und wer hat irgendetwas von dieser entsetzlichen … du weißt schon, Existenzform gesagt? Ich will das grässliche Wort gar nicht in den Mund nehmen … Findest du nicht, dass wir es diesen Winter in New York schön hatten?»

«Doch, klar», antwortete Charley, «wahrscheinlich ginge es mir hier ja auch gut, wenn … einiges anders wäre. Ich dachte, du hättest vielleicht gern ein bisschen Abwechslung, das ist alles … Ich habe ein Angebot von einer dortigen Firma bekommen, verstehst du.»

«Charley, du musst mir versprechen, dass du nie wieder so etwas Albernes erwähnst.»

«Klar … wenn du morgen Abend mit mir essen gehst.»

«Morgen kann ich nicht, Liebling.»

«Wie wär's dann mit Samstag?»

«Na schön, ich lasse eine Verabredung sausen. Vielleicht kannst du mich nach dem Konzert in der Carnegie Hall abholen.»

«Wenn du willst, gehe ich sogar mit in das verdammte Konzert.»

«O nein, Mutter hat einen Haufen alte Damen eingeladen.» Sie sprach schnell, ihre Stimme näselte aus dem Hörer. «In der Loge wäre gar kein Platz mehr. Warte in der kleinen Teestube auf mich, in diesem russischen Café, wo du schon mal gewartet hast und so böse geworden bist.»

«Na gut, wie du willst … Hör mal, du kannst dir nicht vorstellen, wie du mir fehlst, wenn du nicht bei mir bist.»

«Wirklich? Ach, Charley, du bist ein Schatz.» Sie legte auf.

Charley legte den Hörer auf die Gabel und lehnte sich im Sessel zurück. Immer wenn er mit ihr telefonierte, zitterte er am ganzen Körper. «He, Taki, bring mir die Flasche Scotch … Sag mal, Taki», fuhr er fort und goss sich einen steifen Drink ein, «in eurem Land … ist es da auch so schwierig für einen Kerl, sich zu verheiraten?»

Der Japaner lächelte und verbeugte sich leicht. «In mein Land alles noch viel schwieriger.»

Als Charley am nächsten Tag aus der Firma nach Hause kam, fand er ein Telegramm von Doris vor, in dem es hieß, Samstag sei absolut unmöglich. «Zum Teufel mit dem Luder», sagte er laut. Den ganzen Abend rief er immer wieder dort an und hinterließ Nachrichten, aber nie war sie da. Irgendwann war ihm die Berührung des verdammten Hörers an seinen Lippen zuwider. Auch am Samstag war Doris nicht zu erreichen. Am Sonntagmorgen bekam er Mrs. Humphries an den Apparat. Die kalte, krächzende Altweiberstimme kreischte, Doris sei übers Wochenende kurz entschlossen nach Southampton gefahren. «Ich weiß, sie wird mit einer fürchterlichen Erkältung wiederkommen», fügte Mrs. Humphries hinzu. «Wochenendausflüge bei diesem Wetter.»

«Na dann, auf Wiedersehen, Mrs. Humphries», sagte Charley und legte auf. Als Taki ihm am Montagmorgen einen Brief mit Doris' Handschrift brachte, einen großen blauen Umschlag, der nach ihrem Parfüm roch, wusste er, sowie er ihn öffnete und noch bevor er ihn gelesen hatte, was darin stand.

Lieber Charley,
du bist so ein Schatz, und ich mag dich so und möchte dich so sehr zum Freund haben [unterstrichen]. Du weißt ja, was für ein albernes Leben ich führe, gerade verbringe ich ein absolut lächerliches Wochenende, und ich habe den anderen gesagt, dass ich rasende Kopfschmerzen habe, und bin zu Bett gegangen, bloß um dir schreiben zu können. Aber bitte, Charley, denk nicht mehr ans Heiraten und all so was. Von dem bloßen Gedanken wird mir körperlich übel, und außerdem habe ich George versprochen, ihn im Juni zu heiraten, und die Duquesnes haben einen Berater für Öffentlichkeitsarbeit – ist das nicht komplett albern –, aber er hat die Aufgabe, dafür

zu sorgen, dass die Duquesnes in der Öffentlichkeit beliebt bleiben, und er hat die ganze Geschichte an die Presse gegeben, wie George im schottischen Hochmoor und in der mittelalterlichen Abtei um mich geworben hat und so weiter. Und deshalb beeile ich mich auch so, dir zu schreiben, liebster Charley, weil du der beste Freund [zweimal unterstrichen] bist, den ich habe, und außerdem der einzige, der in der wirklichen Welt lebt, in der Wirtschaft, der Produktion, dem Arbeitsleben und so, wozu ich auch so gern gehören würde, und ich wollte, dass du es als Erster erfährst. Ach, liebster Charley, bitte denk nichts Grässliches über mich.

Deine dich liebende Freundin [dreimal unterstrichen]

D

Sei so lieb und verbrenne diesen Brief, ja?

Der Summer ertönte. Es war der Junge von der Werkstatt, der den Wagen brachte. Charley nahm Hut und Mantel und ging nach unten. Er stieg in den Wagen, fuhr hinaus nach Long Island City, ging die gummibeschichteten Stufen zu seinem Büro hinauf, setzte sich an den Schreibtisch, raschelte mit Papieren, telefonierte mit Stauch, aß in der Personalkantine mit Joe Askew, diktierte der neuen, flachsblonden Stenographin Briefe, und plötzlich war es sechs Uhr, und er manövrierte durch den dichten Verkehr nach Hause.

Bei der Fahrt über die Brücke verspürte er den plötzlichen Drang, das Steuer herumzureißen und aufs Gas zu treten, aber die verdammte Karre würde das Geländer ohnehin nicht durchbrechen, es gäbe bloß einen hässlichen Schrotthaufen aus ineinander verkeilten Personen- und Lastwagen.

Er hatte weder Lust auf zu Hause noch auf das Speakeasy, wo er den ganzen Winter über mehrmals die Woche mit Doris gegessen hatte, also bog er in die Third Avenue ein. Vielleicht würde er im Julius jemanden treffen. Er stellte sich an die Bar. Zum Trinken hatte er genauso wenig Lust wie zu allem anderen. Nach ein paar Gläsern Rye ging es ihm besser. Zum Teufel mit ihr. Es ging doch nichts über ein paar Drinks. Er war allein, er hatte Geld in der Tasche, er konnte alles tun, wozu er verdammt noch mal Lust hatte.

Neben Charley am Tresen standen zwei ziemlich fette Weiber ohne jeden Schick. Bei ihnen war ein Mann mit rotem Gesicht, der schon ziemlich betrunken war. Die Frauen unterhielten sich über Kleider, der Mann erzählte vom Wald von Belleau /466/. Er und Charley waren sofort alte Kumpel von den A. E. F. «De Vries heiße ich. Beruf: Lebemann», sagte der Mann und zupfte an den beiden Frauen, bis sie sich zu Charley umdrehten. Er legte mit großer Geste die Arme um die beiden und rief: «Darf ich dir meine Frau vorstellen.»

Sie tranken auf den Wald von Belleau, auf die Argonnen /467/, auf den Frontvorsprung von Saint-Mihiel /468/, auf die Schlacht um Paris. Die Frauen sagten, sie hätten große Lust, nach Hoboken zu fahren, ins Hofbräu. Charley sagte, er würde sie alle mit seinem Wagen hinfahren. Sie wurden ein bisschen nüchterner und waren bei der Überfahrt mit der Fähre ziemlich still. In dem Restaurant in der kalten, dunklen Straße in Hoboken bekamen sie nichts als Bier. Nachdem sie mit dem Essen fertig waren, sagte De Vries, er kenne eine Kneipe, in der es richtigen Alkohol gebe. Sie kurvten endlos um Häuserblocks und landeten in einer Spelunke in Union City. Nachdem sie so viel intus hatten, dass sie anfingen, Squaredance zu tanzen, meinten die Frauen, ob es nicht herrlich wäre, nach Harlem zu fahren.

Diesmal wirkte die Überfahrt mit der Fähre nicht sonderlich ernüchternd, denn sie hatten eine Flasche Scotch dabei. In Harlem flogen sie aus einem Tanzschuppen raus und landeten schließlich in einem Nachtclub. Der Lebemann fiel die mit rotem Teppich belegte Treppe hinunter, und Charley hatte alle Mühe, den Vorfall gegenüber der Geschäftsführung herunterzuspielen. Sie aßen Brathähnchen, tranken fürchterlichen Gin, den der farbige Kellner holen ließ, und tanzten. Charley dachte immerzu, wie schön er tanzte. Er kam einfach nicht dahinter, wieso er es nicht schaffte, bei einer der gutaussehenden Mulattinnen zu landen.

Am nächsten Morgen wachte er in einem Hotelzimmer auf. Er blickte sich um. Nein, im Bett lag keine Frau. Abgesehen davon, dass sein Kopf schmerzte und seine Augen brannten, ging es ihm gut. Magen in Ordnung. Einen Moment lang dachte er, er wäre soeben aus Frankreich eingetroffen. Dann fiel ihm der Packard ein, wo zum Teufel hatte er ihn stehenlassen? Er griff nach dem Telefonhörer. «Sagen Sie, welches Hotel ist das?» Das McAlpin, guten Morgen. Joe Turbinos Nummer fiel ihm ein, er rief ihn an und fragte, was das beste Mittel gegen einen Kater sei. Als er mit Telefonieren fertig war, ging es ihm nicht mehr so gut. Im Mund hatte er einen Geschmack wie vom Boden eines Hühnerstalls. Er schlief wieder ein. Das Telefon weckte ihn. «Ein Herr möchte Sie sprechen.» Dann fiel ihm die Sache mit Doris wieder ein. Der Bote von Joe Turbino brachte eine Flasche Whiskey. Charley nahm einen Schluck davon pur, trank eine Menge Eiswasser, nahm ein Bad, bestellte sich Frühstück aufs Zimmer, dabei war es bereits Mittag. Er steckte die Flasche Scotch in seine Manteltasche und ging auf einen Cocktail ins Frank & Joe.

An diesem Abend nahm er ein Taxi nach Harlem. Er zog von einem Schuppen zum nächsten und tanzte mit den Mulattinnen. In einem Frühstücksclub geriet er in eine Prügelei. Es war schon Tag, als er sich in einem weiteren Taxi wiederfand, das ihn downtown zu Mrs. Darling fuhr. Er hatte kein Geld, um den Taxifahrer zu bezahlen, und der Mann bestand darauf, im Fahrstuhl mit nach oben zu kommen und auf sein Geld zu warten. In der Wohnung war niemand außer dem farbigen Mädchen, und sie rückte fünf Dollar heraus. Sie versuchte Charley dazu zu bewegen, dass er sich hinlegte, aber er wollte ihr einen Scheck ausschreiben. Seine Unterschrift kriegte er zwar hin, aber nicht an der vorgesehenen Stelle auf dem Scheck. Das Mädchen wollte, dass er ein Bad nahm und zu Bett ging. Sie sagte, sein Hemd sei voller Blut.

Er fühlte sich prima, hatte sich gründlich gereinigt und im Friseursessel geschlafen, während der Friseur ihn rasiert und einen Eisbeutel auf sein blaues Auge gelegt hatte, und war noch einmal auf einen schnellen Drink ins Frank & Joe gegangen, als Nat Benton auftauchte. Der gute alte Nat war besorgt, fragte ihn nach seinem blauen Auge, und Charley zeigte ihm seine Knöchel, die er sich an dem Kerl aufgeschlagen hatte, aber Nat redete immerzu vom Geschäft, von Askew-Merritt und Standard Airparts, und sagte, wenn er nicht wäre, läge Charley bereits auf der Straße. Sie tranken ein paar Gläser miteinander, aber Nat redete unentwegt von Buttermilch und wollte, dass Charley ins Hotel mitkam und sich dort mit Farrell traf. Farrell halte große Stücke auf Charley und sei in der Branche der kommende Mann, auf Farrell könne man seinen letzten Dollar wetten. Und da war Farrell auch schon, und Charley zeigte ihm seine Knöchel und erzählte, wie er dem Typen in diesem lausigen Pokerspiel eine verpasst hatte, und er hätte sie alle fertiggemacht, wenn ihm nicht jemand von hinten mit einem sandgefüllten Strumpf eins übergezogen hätte. Detroit, klar. Er sei jederzeit bereit, nach Detroit zu gehen, nach Detroit oder sonst wohin. Verdammt noch mal, in einer Stadt, wo man gerade ausgenommen worden sei, halte einen schließlich nichts. Und diese verdammte Mulattin habe seine Brieftasche mit sämtlichen Adressen. Papiere? Klar. Ich unterschreibe alles, was Sie wollen, alles, was Nat sagt. Aktien, klar. Tausch ich alle miteinander um. Was zum Teufel braucht man Aktien in einer Firma in einer Stadt, wo man in einem Nepplokal ausgenommen worden ist? Detroit, klar, sofort. Nat, ruf ein Taxi, wir fahren nach Detroit.

Dann waren sie in der Wohnung, Taki plapperte, Nat kümmerte sich um alles, Farrell sagte: «Ich möchte gar nicht wissen, wie das Auge von dem anderen Kerl aussieht», und diesmal kriegte Charley seine Unterschrift einwandfrei hin. Zuerst landete sie auf der Tischplatte, aber dann setzte er sie unter den Vertrag, und Nat arrangierte den Umtausch seiner Askew-Merritt-Anteile gegen Tern-Aktien, und dann sagten Nat und Farrell, Charley sei bestimmt müde, und Taki quäkte immerzu, er müsse unbedingt sofort ein heißes Bad nehmen.

Am nächsten Morgen erwachte Charley stocknüchtern und so fertig wie eine aufgebahrte Leiche. Taki brachte ihm Orangensaft, den er aber gleich wieder von sich gab. Er ließ sich aufs Kissen zurücksinken. Er hatte Taki angewiesen, niemanden hereinzulassen, doch plötzlich stand Joe Askew am Fußende des Bettes. Joe sah blasser aus als sonst, runzelte genau wie im Büro besorgt die Stirn und zupfte an seinem schütteren blonden Schnurrbart. Er lächelte nicht. «Wie läuft's?», sagte er.

«So lala», sagte Charley.

«Du gehst also zu Tern, ja?»

«Joe, ich kann nicht mehr in New York bleiben. Ich bin fertig mit diesem Kaff.»

«Und mit 'ner ganzen Menge anderer Sachen auch, so wie's aussieht.»

«Joe, ehrlich, ich hätte das nicht gemacht, wenn ich nicht von hier wegmüsste ... und ich habe genauso viel reingesteckt wie du, manche sagen sogar, ein bisschen mehr.»

Joes dünne Lippen waren fest zusammengepresst. Er wollte etwas sagen, bremste sich und ging mit steifen Schritten aus dem Zimmer.

«Taki», rief Charley, «press mir eine halbe Grapefruit aus, ja?»

Wochenschau LVI

sein erster Schritt bestand darin, einen Schnellzug nach Miami zu nehmen, um festzustellen, ob die Firma, die mit dem von seinem Konzern finanzierten Bau betraut war, die Arbeiten nach Kräften beschleunigte, und um sich einen allgemeinen Überblick zu verschaffen

Perlend früh am Morgen

LUTHERANER ERSETZEN HÖLLE DURCH HADES

Welche Freude
Spür das Boot, es schaukelt leise
Welche Freude
Sieh die Schwarzen, scharenweise
Was ist's, was die Pfeife sagt
Alle an Bord, tuut tuut

LUFTAUSWERFER SCHULD AN
KRIEGSSCHIFFKATASTROPHE

Du bist in Ken-tucky, so viel steht fest

OZEANDAMPFER IN FLAMMEN

POLIZEI IST LUFTPOSTBANDITEN DICHT
AUF DEN FERSEN

Im schönsten Sommersonnenschein
Am Strand von Miami
Da wartet jemand auf mich allein
Am Strand von Miami

SEIT GESTERN UM DIESE ZEIT SIND FAST ZWEITAUSEND RAUCHER AUF CHESTERFIELDS UMGESTIEGEN

LEICHTBEKLEIDETE SCHÖNHEITEN GEFLÜCHTET

Sah eine Rose im Fenster stehn
Wo Rosen sind, dorthin möcht ich gehn
Good-bye Blues

die drei Weißen in seiner Begleitung scheinen einer primitiven nordischen Rasse anzugehören. Rein körperlich sind es prächtige Geschöpfe. Sie haben feines, flachsblondes Haar, blaugrüne Augen und weiße Haut. Die Körper der Männer sind mit einem feinen Flaum bedeckt

Will in Carolina mich schlafen legen
Mit einem Kissen unterm müden Haupt
Mich ausruhn von all meinen Wegen
Wie schön es klingt
Wenn die Nachtschwalbe singt
In Carolina

Das Auge der Kamera 48

westwärts nach Havanna Puerto México Galveston von Santander aus (die glasige Mündung das Gefühl von Hügeln welche die feuchte Nacht umschließen ab und zu tropft kalt ein Stern aus dem Regenhimmel eine Lichterreihe entströmt dem vermummten Ufer) dröhnt die Zwillingsschraube

endlich westwärts weg von den alten Jungfern im Ruhestand mit einer Vorliebe für Aquarelle von den alten Männern mit Krokodilaugen die ihre blutigen Krallen unter hübschen Baumwollhandschuhen verbergen der von Literatur zersetzten Landschaft · westwärts

denn ein alter Mann, der ist alt,
denn ein alter Mann, der ist grau,
doch ein junges Herz ist voll Liebe,
darum ich den Alten misstrau

bei Tisch westwärts im hell erleuchteten Salon die Großbusige Breithüftige · la bella cubana in einem tief ausgeschnittenen gelben Kleid deutet schelmisch mit dem scharfen rosigen Nagel ihres kleinsten Fingers

die kraushaarigen jungen Dandys aus Bilbao (lauter und lustiger) in derart eng sitzenden eiscremefarbenen Anzügen Seidenhemden gestreiften Krawatten (westwärts nach Havanna zum Zuckerboom) der Reiche hat einen Diamantring · allzu glänzende Augen schauen in die Richtung in die ihr kleiner Finger zeigt

denn ein junges Herz ist voll Liebe

sie flüstert · Er kam aus ihrer Kabine als ich auf dem Weg zum Bad war · Wieso kicherte sie in Nummer sechsundsechzig? der Reiche aus Bilbao bestellt Champagner

um ein Echo zu den Korken zu liefern die wie ein Artilleriesalut an dem langen Tisch knallen wo hochgewachsen mit ernster Miene und schwarzem Schnurrbart der mexikanische General sitzt nebst fünf hochgewachsenen Söhnen mit ernster Miene und blauen Wangen einem fetten Majordomus und ein paar ausdruckslosen hühnerartigen Frauen die eilends in schwarzer Seide hinausrascheln Taschentücher vor dem Mund sobald wir das Kap umfahren auf dem der Leuchtturm steht

westwärts (aus dem Alten in das Neue das ungeheure Neue das unentzifferte Neue) südliche Sommerüberfahrt (Ereignissen entgegen) das Rauschen in den Ohren das tiefe blaue Wogen die Sonne heiß auf dem Handrücken das Gefühl salziger Nässe auf dem Handlauf der Reling der Geruch nach Messingpolitur und Hochdruckdampf das vielfältig flackernde Gleißen von Licht

und jeden Mittag überessen wir uns an Horsd'œuvres trinken zu viel Wein während la bella kichernd mit rollenden Augen um anzudeuten wer mit wem geschlafen hat den kleinsten nadelspitzen Finger ausstreckt

la juerga [469]

leider erleidet der junge Dandy aus Bilbao der mit dem Diamantring mittschiffs (westwärts folgen in unserem Kielwasser die uralten Furien) einen Tritt von Venus' gefährlicher Zehe · begibt sich zu Bett · statt im Rauchsalon trinken wir unseren Kaffee in seiner Kabine · die Damen interessieren sich für seine Nöte

zwei gallegos [470] Vagabunden mit losem Mundwerk und Froschhals werden aus dem Zwischendeck heraufgebeten um zur Gitarre zu singen (Vichywasser und tiefe Klänge Argyrol [471] reimt sich auf rusiñol [472])

si quieres qu'el carro cante
mójele y déjele en rio
que después de buen moja'o
canta com' un silbí'o [473]

und lustige Geschichten tausendundeine Havannanächte der Tanz der Millionen · die schönen cubanas a ellas les gustan los negros [474]

aber wenn man an Deck tritt um ein bisschen salzige Abendluft zu schnappen gibt es mehr zu sehen als den im Indigo stampfenden Frachter · el rubio [475] · der Dandy aus Bilbao der keinen Diamantring hat bedrängt von schreienden Kubanern · vorneweg mit wogendem Busen la bella ein kleiner Mann mit grauen Koteletten wird auf el rubio zugeschoben sie schubsen ihn von hinten

escándalo [476]

abwechselnd streiten die Kontrahenten mit ihren Freunden die sie zurückhalten · reißen sich los · gehen mit wild fuchtelnden Armen aufeinander los · werden wieder eingefangen · auseinandergerissen

Schiffsoffiziere greifen ein

Bleich und zitternd werden die Kämpen weggeführt der mit den Koteletten in den Damensalon · el rubio nach achtern in den Rauchsalon

dort kauen wir die Beleidigungen durch · worum ging es eigentlich? no señor no · el rubio schnappt sich einen Briefbogen der Compagnie Générale Transatlantique doch die Finger weigern sich die Feder festzuhalten · während er sie in sein langes lockiges Haar flicht schreibt ein unbefugter Beobachter der in den Streit verwickelt worden ist unbedachterweise nach seinem Diktat in mangelhafter Orthographie

eine Duellforderung

und überbringt sie steinernen Gesichts den im Damensalon Versammelten · coño /477/

dann spazieren wir mit el rubio auf dem pochenden Achterschiff auf und ab beraten über Säbel Pistolen Fechtübungen

nun erscheint nur noch der westwärts fahrende Beobachter zu den Mahlzeiten · el rubio brütet am Fußende der Koje seines betripperten Freundes dumpf vor sich hin und bereitet sich auf das Schlimmste vor · Duellgerüchte versetzen das Schiff in Hochspannung bis mon commandant ein Bretone mit rotem Gesicht sämtliche Beteiligten aufsucht und erklärt derartiger Unfug werde von der Geschäftsordnung der Compagnie Générale Transatlantique ausdrücklich verboten und die musikalischen gallegos müssten zurück ins Zwischendeck von wannen sie gekommen · Verzweiflung

auftritt martialischen Schritts mi general Experte sagt er in Ehrensachen un militar · coño · vamos ob er versuchen dürfe die Beteiligten zu versöhnen

alle in den Rauchsalon wo schon traulich aufgereiht vier Champagnerflaschen in Weißmetallkübeln auf Eis stehen · coño · Sandwiches werden serviert · mi general räumt das Missverständnis aus irgendeine zufällig durch den Ventilator · vamos · gehörte Bemerkung in der Kabine der Dandys aus Bilbao über los negros und las cubanas · vieles bliebe besser ungesagt · doch die durch den Ventilator isolierte Ehre war auf jeden Fall intakt vorsichtig reichen die Kontrahenten einander die Hand coño palmas sombreros música · mi general bekommt das Ohr zugesprochen

im Zwischendeck singen und schrummen die gallegos

an der Bar vertraut el rubio mir an · dass es la bella mit dem ausgestreckten rosigen Finger und dem zarten Ohr an Ventilatoren gewesen sei die dem mit dem Diamantring den Tripper

und dass er selbst auch Befürchtungen habe · coño una puta indecente /478/

Ankunft in Havanna · ein opulent gekleideter Gatte mit Panamahut empfängt la bella · die jungen Dandys aus Bilbao gehen ins Sevilla-Biltmore und ich

Tanz der Millionen oder auch nicht wie gewohnt hat Geldmangel sein Haupt gereckt so unvermeidlich wie Einreisevisa

im Wirbel der Zuckerboompreise macht Ihr sehr Ergebener in der augustsengenden Sonne einen Rundgang durch die Stadt und die zuckrigen Nächte mit zwanzig Mäusen fünfzehn acht fünfzig dahinschwindend in der Tasche der Jeans auf der Suche nach lukrativen

und wie man nach Mexiko kommen könnte

oder sonst wohin

Margo Dowling

Margo Dowling war sechzehn, als sie Tony heiratete. Die Schiffsreise nach Havanna gefiel ihr sehr. Es war eine sehr raue Überfahrt, aber sie war keine Minute seekrank; Tony schon. Er wurde ganz gelb im Gesicht, lag die ganze Zeit in seiner Koje und stöhnte nur, wenn sie ihn dazu bewegen wollte, mit ihr an Deck zu gehen, um ein bisschen frische Luft zu schnappen. Die Insel kam in Sicht, bevor sie ihn in seine Kleider kriegen konnte. Er war so schwach, dass sie ihn anziehen musste wie ein Baby. Mit geschlossenen Augen und hohlen Wangen lag er auf seiner Koje, während sie ihm die Schuhe zuknöpfte. Dann rannte sie an Deck, um Havanna, um Kuba zu sehen.

Die See war immer noch rau. Die Wellen schleuderten Gischtsäulen gegen die großen Felsen unterhalb des Leuchtturms. Der junge Dritte Offizier mit dem schmalen Gesicht, der während der ganzen Überfahrt so nett zu ihr gewesen war, machte sie auf die Festung Morro hinter dem Leuchtturm und auf die kleinen Fischerboote mit den winzigen schwarzen und braunen Gestalten aufmerksam, die in dem gewaltigen Seegang auf und ab schaukelten. Die blasskaramellfarbenen Häuser auf der anderen Seite sahen so aus, als ragten sie direkt aus den Brechern auf. Sie fragte ihn, wo Vedado sei, und er zeigte in den über der Brandung hängenden Dunst. «Da wohnen die feinen Leute», sagte er. Es war sehr sonnig, und der Himmel war voller großer weißer Wolken.

Inzwischen waren sie schon im ruhigen Wasser des Hafens, vorbei an einer Reihe großer Schoner, die vor der Steilküste unterhalb der sonnigen Forts und Festungen ankerten, und sie musste nach unten in den Bilgenmief ihrer Kabine, um Tony auf die Beine zu bringen und ihre Koffer zuzumachen. Er war immer noch schwach und sagte, in seinem Kopf drehe sich alles. Sie musste ihm die Gangway hinunterhelfen.

Die baufällige Pier wimmelte von knopfäugigen, weiß und hellbraun gekleideten Leuten, die plappernd umherliefen. Alle schienen sie gekommen zu sein, um Tony abzuholen. Alte Damen mit Schultertüchern, pickelige junge Männer mit Strohhüten und ein alter Herr mit einem buschigen weißen Backenbart, auf dem Kopf einen Panamahut. Kinder mit Ringen unter den Augen liefen den Leuten zwischen den Beinen umher. Alle hatten hellbraune oder kaffeebraune Haut und schwarze Augen, eine einzige Niggerfrau war darunter, eine grauhaarige Alte in einem rosa Kleid. Alle weinten, warfen die Arme hoch, umarmten und küssten Tony, und es dauerte lange, bis irgendwer Margo überhaupt zur Kenntnis nahm. Dann scharten sich sämtliche alten Weiber um sie, küssten und begafften sie, kommentierten auf Spanisch lauthals ihr Haar und ihre Augen, und sie kam sich furchtbar dumm vor, weil sie kein Wort verstand, und fragte Tony immerzu, welche von ihnen seine Mutter sei, aber Tony hatte sein Englisch vergessen. Als er schließlich auf eine stämmige alte Dame mit Schultertuch deutete und la mamá sagte, war Margo sehr erleichtert, dass es nicht die Farbige war.

Wenn hier die feinen Leute wohnen, sagte sich Margo, als sie nach einer langen Fahrt durch lärmende, von Steinhäusern begrenzte Straßen voller Staub, öliger Gerüche, Fuhrwerke und Maultierkarren aus der Straßenbahn in die Gluthitze einer mit Steinen gepflasterten Gasse drängten, dann bin ich eine Millionenerbin.

Durch einen hohen Durchgang in einer schorfigen Mauer mit abblätterndem rosa Putz und schmalen, vergitterten Fenstern, die bis zum Boden reichten, gelangten sie in ein kühles, leicht ranzig riechendes Vestibül, das mit Korbstühlen und Topfpflanzen möbliert war. Ein Papagei in einem Käfig krächzte, ein fettes, schweinchenartiges weißes Hündchen verbellte Margo, und die alte Dame, von der Tony gesagt hatte, sie sei la mamá, trat auf sie zu, legte ihr den Arm um die Schultern und ließ einen Wortschwall auf Spanisch vom Stapel. Margo stand da und trat von einem Bein aufs andere. In dem Durchgang drängten sich die Nachbarn und starrten sie mit ihren Affenaugen an.

«Hör mal, Tony, du könntest mir wenigstens sagen, was sie sagt», klagte Margo gereizt.

«Mutter sagt, das ist dein Zuhause und du bist willkommen, solche Sachen halt. Jetzt musst du muchas gracias, mamá /479/ sagen.»

Margo brachte kein Wort heraus. In ihrer Kehle bildete sich ein Kloß, und sie fing an zu weinen.

Sie weinte noch mehr, als sie ihr Zimmer sah, einen großen, dunklen, mit zerrissenen Spitzengardinen verhängten Alkoven, der fast vollständig von einem großen Bett mit Eisengestell ausgefüllt wurde; auf dem Bett lag eine gelbe Steppdecke mit einem braunen Fleck. Als sie den großen, gesprungenen, mit Rosen bemalten Nachttopf darunter hervorlugen sah, hörte sie auf zu weinen und begann zu kichern.

Tony wurde sauer. «Jetzt musst du dich sehr nett benehmen», sagte er. «Meine Leute, die sagen, du bist sehr hübsch, aber nicht gut erzogen.»

«Ach, du kannst mich mal», sagte sie.

Solange sie in Havanna war, wohnte sie in diesem Alkoven mit nichts als einem Wandschirm vor der Glastür, die auf den Hof ging. Tony und die Jungs waren ständig unterwegs. Nie nahmen sie sie irgendwohin mit. Am schlimmsten wurde es, als sie feststellte, dass sie schwanger war. Tag für Tag lag sie ganz allein da, starrte den rissigen weißen Putz der Decke an, hörte das schrille Geplapper der Weiber auf dem Hof und im Vestibül, das Kreischen des Papageis und das Gekläff des weißen Hündchens, das Kiki hieß. Kakerlaken wuselten an den Wänden auf und ab und fraßen Löcher in die Kleider, die man nicht wegräumte.

Jeden Nachmittag drang ein heißes Viereck Sonnenlicht durch das Glasdach des Hofes und lief an der Bettkante entlang über den Fliesenboden, und dann wurde es in dem Alkoven gleißend hell und stickig.

Nie durfte sie aus dem Haus, es sei denn, eines der alten Weiber kam mit, und dann ging es normalerweise nur auf den Markt oder in die Kirche. Sie hasste den Markt mit seinem Dreck, den üblen Gerüchen und dem Gewühl von schwitzenden, drängelnden Negern und Chinesen, die sich laut schreiend über Hühnerkäfige und schleimige Fischstände hinweg unterhielten. La mamá, Tia Feliciana und Carná, der alten Niggerfrau, schien es dort zu gefallen. In der Kirche war es besser, wenigstens trugen die Leute dort bessere Kleidung, und die Rauschgoldaltäre waren oft voller Blumen, also ging sie regelmäßig zur Beichte, obwohl der Priester die paar spanischen Wörter, die sie zusammenzustückeln begann, ebenso wenig verstand wie sie seine Antworten. Jedenfalls war es besser, in der Kirche zu sein, als den ganzen Tag in der Hitze und den schlechten Gerüchen des Vestibüls zu sitzen und zu versuchen, sich mit den alten Weibern zu unterhalten, die nichts anderes taten, als sich zu fächeln und zu schwatzen, während das weiße Hündchen auf dem schmutzigen Polster eines kaputten vergoldeten Stuhls schlief und ab und zu nach einer Fliege schnappte.

Tony schenkte ihr keinerlei Beachtung mehr; sie konnte es ihm kaum verdenken, so rot waren ihre Augen und so geschwollen ihr Gesicht vom vielen Weinen. Tony war ständig mit einem älteren fetten Mann mit Babygesicht zusammen, der einen weißen Anzug trug und quer über seinem Wanst eine riesige, doppelte, goldene Uhrkette hängen hatte. Alle nannten ihn voller Respekt el señor Manfredo. Er war Zuckermakler und wollte Tony ein Musikstudium in Paris finanzieren. Manchmal kam er zu Besuch und saß auf einem Korbstuhl im Vestibül, den Spazierstock mit dem goldenen Knauf zwischen den fetten Knien. Margo hatte immer das Gefühl, dass irgendetwas an Señor Manfredo komisch war, aber sie bemühte sich, möglichst nett zu ihm zu sein. Auch er schenkte ihr keinerlei Beachtung. Er wandte kein Auge von Tonys Gesicht mit den langen schwarzen Wimpern.

Einmal rannte sie in ihrer Verzweiflung ganz allein zum Stadtpark, zu einem amerikanischen Drugstore, den sie eines Abends dort entdeckt hatte, als die alten Weiber sie zum Konzert einer Militärkapelle mitgenommen hatten, das dort stattfand. Jeder Mann, den sie passierten, glotzte sie an. Sie erreichte den Drugstore in vollem Lauf und kaufte so viel Rizinus und Chinin, wie sie für ihr Geld kriegen konnte. Auf dem Nachhauseweg kam sie anscheinend keinen Häuserblock weit, ohne dass irgendein Mann sie verfolgte und ihren Arm nehmen wollte. «Scher dich zum Teufel», sagte sie dann jedes Mal auf Englisch und ging nur umso schneller. Sie verlief sich, wurde beinahe von einem Auto überfahren und kam endlich atemlos zu Hause an. Die alten Weiber waren zurück und schlugen Krach.

Als Tony nach Hause kam, erzählten sie es ihm, und er machte ihr eine Szene und versuchte sie zu verprügeln, aber sie war stärker als er und verpasste ihm ein blaues Auge. Daraufhin warf er sich schluchzend aufs Bett, sie legte ihm kalte Kompressen aufs Auge, um die Schwellung zu lindern, streichelte ihn, und zum ersten Mal seit ihrer Ankunft in Havanna hatten sie es schön und innig miteinander. Nur leider kamen die alten Weiber dahinter, dass sie ihm das blaue Auge verpasst hatte, und alle zogen ihn deswegen auf. Die ganze Straße schien Bescheid zu wissen, und alle sagten, Tony sei ein Waschlappen. La mamá verzieh Margo nie und war von da an gemein und gehässig zu ihr.

Wenn nur das Baby nicht unterwegs gewesen wäre, wäre Margo längst weggelaufen. Von dem Rizinusöl bekam sie bloß schwere Koliken und von dem Chinin Ohrensausen. Aus der Küche stibitzte sie ein spitzes Messer, mit dem sie sich umbringen wollte, aber sie hatte nicht den Mut zuzustoßen. Sie dachte daran, sich mit dem Bettlaken aufzuhängen, aber auch das brachte sie nicht fertig. Sie versteckte das Messer unter der Matratze, lag den ganzen Tag auf dem Bett, träumte davon, was sie tun würde, wenn sie jemals in die Staaten zurückkäme, und dachte an Agnes und Frank, an Varieté-Shows, Tourneen und die St.-Nicholas-Eislaufbahn. Manchmal machte sie sich vor, das alles wäre nur ein langer Albtraum und sie würde im Haus des Indianers in ihrem Bett erwachen.

Sie schrieb Agnes jede Woche, und manchmal schickte ihr Agnes in einem Brief ein paar Dollar. Sie hatte fünfzehn Dollar gespart, in einer kleinen Krokodillederbörse, die Tony ihr bei der Ankunft in Havanna geschenkt hatte; eines Tages warf er zufällig einen Blick hinein, steckte das Geld in die Tasche und ging damit feiern. Sie war so fertig, dass sie ihn nicht einmal zur Rede stellte, als er nach einer Nacht in einem Rumbaschuppen mit Ringen unter den Augen nach Hause kam. Inzwischen ging es ihr viel zu schlecht, um überhaupt irgendwen zur Rede zu stellen.

Als die Wehen einsetzten, kam kein Mensch auf den Gedanken, sie ins Krankenhaus zu bringen. Die alten Weiber sagten, sie wüssten schon, was zu tun sei, und zwei Barmherzige Schwestern mit großen weißen Schmetterlingshauben begannen mit Schüsseln und Krügen voll heißem Wasser ein und aus zu huschen. Es dauerte den ganzen Tag, die ganze Nacht und einen Teil des nächsten Tages. Sie war überzeugt, dass sie sterben würde. Schließlich schrie sie so laut nach einem Arzt, dass man einen alten Mann mit gelben, vom Rheuma knotigen Händen und einem tabakfleckigen Bart holen ging; er sei, behaupteten sie, Arzt. Er trug an einem Band einen Kneifer mit Goldrand, der ihm ständig von der langen, verkrümmten Nase fiel. Er untersuchte sie und sagte, alles sei in bester Ordnung, und die alten Weiber standen grinsend hinter ihm und nickten. Dann packten Margo wieder die Wehen; es gab nicht anderes als die Wehen.

Als alles vorbei war, fühlte sie sich so schwach, dass sie glaubte, sie müsse tot sein. Man brachte es ihr, um es ihr zu zeigen, aber sie wollte nicht hinsehen. Als sie am nächsten Tag aufwachte, hörte sie neben sich ein dünnes Wimmern und konnte sich nicht vorstellen, was es war. Sie fühlte sich zu elend, um den Kopf zu drehen und es anzusehen. Die alten Weiber schüttelten über irgendetwas die Köpfe, aber das war ihr egal. Als man ihr sagte, sie sei zu schwach, um das Kind zu stillen, und man werde es mit der Flasche großziehen müssen, war ihr das ebenfalls egal.

Ein paar Tage verstrichen in leerer Erschöpfung. Dann war sie imstande, etwas Orangensaft und heiße Milch zu trinken, und konnte sich auf den Ellbogen aufstützen und das Baby betrachten, wenn man es ihr brachte. Es sah furchtbar klein aus. Es war ein Mädchen. Das arme kleine Gesichtchen sah verrunzelt und alt aus wie das eines Affen. Irgendetwas stimmte mit den Augen nicht.

Sie ließ den alten Arzt holen, und er setzte sich mit sehr ernstem Gesicht auf die Bettkante und putzte mit seinem großen, sauberen Seidentaschentuch unentwegt seinen Kneifer. Er nannte sie immer wieder arme kleine niña und gab ihr schließlich zu verstehen, dass das Baby blind sei, dass ihr Mann an einer verborgenen Krankheit leide und dass sie sich, sobald es ihr bessergehe, zur Behandlung in eine Klinik begeben müsse. Sie weinte nicht und sagte kein Wort, sondern lag nur da und starrte ihn mit brennenden Augen an, Hände und Füße eiskalt. Sie wollte nicht, dass er ging, das war alles, woran sie denken konnte. Sie ließ sich von ihm über die Krankheit und die Behandlung informieren und tat so, als verstünde sie nur ganz wenig Spanisch, bloß damit er nicht wegging.

Ein paar Tage später legten die alten Weiber ihre besten schwarzen Schultertücher um und brachten das Kind in die Kirche, um es taufen zu lassen. Das kleine Gesichtchen sah schrecklich blau aus inmitten all der Spitze, mit der sie es herausgeputzt hatten. In der Nacht wurde es beinahe schwarz. Am Morgen war es tot. Tony weinte, die alten Weiber führten ein Riesentheater auf, und sie gaben viel Geld aus für einen kleinen weißen Sarg mit silbernen Griffen, einen Leichenwagen und einen Priester für den Trauergottesdienst. Hinterher kamen die Barmherzigen Schwestern und beteten an Margos Bett, der Priester kam und redete mit den alten Weibern in einem wunderschönen Tragödenton, wie Frank ihn anschlug, wenn er seinen Cutaway trug, doch Margo lag einfach nur mit geschlossenen Augen und fest zusammengepressten Lippen im Bett und hoffte, ebenfalls zu sterben. Ganz gleich, was man zu ihr sagte, sie gab weder Antwort, noch machte sie die Augen auf.

Als es ihr wieder so gutging, dass sie aufstehen konnte, weigerte sie sich, in die Klinik zu gehen, wie es Tony tat. Sie sprach weder mit ihm noch mit den alten Weibern. Sie tat so, als verstünde sie nicht, was sie sagten. La mamá pflegte ihr auf ihre typisch gehässige Art ins Gesicht zu schauen, den Kopf zu schütteln und «Loca» zu sagen. Das hieß «verrückt».

Margo schrieb verzweifelte Briefe an Agnes: Sie müsse um Gottes willen irgendetwas verkaufen und ihr fünfzig Dollar schicken, damit sie nach Hause fahren könne. Es würde schon reichen, wenn sie bloß bis Florida käme. Sie würde sich Arbeit besorgen. Was für Arbeit, wäre ihr egal, wenn sie nur wieder in Gottes eigenes Land zurückkehren könne. Sie schrieb lediglich, Tony sei ein Nichtstuer und in Havanna gefalle es ihr nicht. Das Baby und ihre Krankheit erwähnte sie mit keinem Wort.

Dann hatte sie eines Tages eine Idee: Sie war doch amerikanische Staatsbürgerin, oder nicht? Sie würde zum Konsulat gehen und sich erkundigen, ob man sie nicht nach Hause befördern konnte. Es dauerte Wochen, bis es ihr gelang, ohne eines der alten Weiber das Haus zu verlassen. Als sie das erste Mal, mit ihrem einzigen guten Kleid herausgeputzt, zum Konsulat kam, hatte es geschlossen. Das nächste Mal ging sie morgens hin, während die alten Weiber auf dem Markt waren, und sprach mit einem Angestellten, einem flachsblonden amerikanischen College-Boy. Mein Gott, wie gut es tat, wieder Amerikanisch zu sprechen.

Sie merkte, dass er von ihr schwer angetan war. Er gefiel ihr auch, aber sie ließ es sich nicht anmerken. Sie sagte ihm, sie sei krank und müsse in die Staaten zurück, man habe sie unter Vorspiegelung falscher Tatsachen, nämlich mit dem Versprechen eines Engagements im Alhambra, hierhergelockt.

«Das Alhambra», sagte er. «Mein Gott, Sie sehen gar nicht nach dieser Sorte von Frau aus.»

«Bin ich auch nicht», sagte sie.

Er hieß George. Er sagte, wenn sie einen Kubaner geheiratet habe, könne er nichts machen, da man bei einer Heirat mit einem Ausländer seine Staatsbürgerschaft verliere. Und wenn sie nun gar nicht richtig verheiratet seien?, sagte sie. Sie habe doch gesagt, sie sei nicht diese Sorte von Frau, sagte er. Sie begann zu heulen und sagte, es sei ihr egal, welche Sorte von Frau sie sei, sie wolle einfach nach Hause. Er sagte, sie solle am nächsten Tag wiederkommen, er wolle sehen, was das Konsulat tun könne, und ob sie nicht Lust habe, am Nachmittag mit ihm im Miami Tee zu trinken.

Abgemacht, sagte sie und eilte nach Hause. Es ging ihr besser als seit langem. Kaum war sie allein in dem Alkoven, nahm sie die Heiratserlaubnis aus ihrer Tasche, zerriss sie in winzig kleine Fetzen und warf diese in die schmutzige gelbe Schüssel des Wasserklosetts hinten im Hof. Ausnahmsweise einmal funktionierte die Spülung, und das mit Vergissmeinnicht verzierte Papier verschwand restlos in der Kanalisation.

Am Nachmittag bekam sie einen Brief von Agnes mit einer Zahlungsanweisung über fünfzig Dollar auf die National City Bank. Sie war so aufgeregt, dass ihr fast das Herz stehenblieb. Tony zog irgendwo mit dem Zuckermakler herum. Sie schrieb ihm einen kurzen Brief – nach ihr zu suchen habe keinen Zweck, sie sei nach Hause zurückgekehrt – und steckte ihn mit einer Nadel an der Unterseite des Kissens auf dem Bett fest. Dann wartete sie ab, bis die alten Frauen zur Mittagsruhe weggedöst waren, und rannte aus dem Haus.

Sie würde nicht zurückkommen. Sie hatte nichts als die Kleider, die sie auf dem Leib trug, und in ihrer Handtasche ein paar kleine, billige Schmuckstücke, die Tony ihr kurz nach ihrer Heirat geschenkt hatte. Sie ging ins Miami, bestellte auf Englisch, damit alle mitbekamen, dass sie Amerikanerin war, ein Eiscremesoda und wartete auf George.

Sie hatte solche Angst, dass sie alle Augenblicke meinte, gleich vom Stuhl zu kippen. Wenn George nun nicht kam? Aber er kam und freute sich wahnsinnig, als er die Zahlungsanweisung sah, denn das Konsulat, sagte er, habe für Fälle wie den ihren keine Mittel. Er werde die Anweisung am nächsten Morgen einlösen und ihr beim Kauf des Fahrscheins und auch sonst behilflich sein. Sie sagte, das sei riesig nett von ihm, dann beugte sie sich plötzlich vor, legte die Hand mit dem weißen Glacéhandschuh auf seinen Arm, schaute ihm tief in die Augen, die genauso blau waren wie ihre, und flüsterte: «George, Sie müssen noch mehr für mich tun. Sie müssen mir helfen, mich zu verstecken ... Ich habe solche Angst vor diesem Kubaner. Sie wissen doch, wie schrecklich die sind, wenn sie eifersüchtig werden.»

George wurde rot und begann ein wenig herumzudrucksen, aber Margo erzählte ihm, was erst neulich in ihrer Straße passiert sei: Ein Mann, ein Offizier, sei nach Hause gekommen und habe seine Liebste, nun ja, mit einem anderen Mann ertappt ... Sie könne die Geschichte ebenso gut so erzählen, wie sie sich abgespielt habe, George sei ja wohl nicht so zartbesaitet: Die beiden hätten miteinander im Bett gelegen, der Offizier habe sämtliche Kugeln seines Revolvers auf den Mann abgefeuert, die Frau dann mit einem Tranchiermesser durch die Straße gejagt und ihr auf dem Marktplatz fünf Stiche versetzt. Margo begann zu kichern, als sie so weit gekommen war, und George fing an zu lachen. «Ich weiß, Sie finden das komisch ... aber für die Frau war es das gar nicht. Sie ist vor aller Augen gestorben, ohne einen Faden am Leib.»

«Na, dann wollen wir mal sehen, was wir tun können», sagte George, «um Sie vor dem Tranchiermesser zu bewahren.»

Was sie taten, war, mit der Hershey-Elektrobahn nach Matanzas zu fahren und sich ein Hotelzimmer zu nehmen. Dort aßen sie zu Abend und tranken eine Menge Ginfizz, und George, der gesagt hatte, er werde weggehen und anderntags so rechtzeitig wiederkommen, dass er sie zum Schiff bringen könne, wurde vom Ginfizz, vom Mondschein, vom Hundegebell und vom Krähen der Hähne romantisch. Eng umschlungen spazierten sie durch die stillen, kalkweißen, mondbeschienenen Straßen, und er verpasste die letzte Bahn nach Havanna. Margo war alles egal, Hauptsache, sie war nicht allein in dem gruseligen, leeren, weiß getünchten Hotel, noch dazu, wo der Mond so hell schien. Außerdem mochte sie George.

Am nächsten Morgen beim Frühstück sagte er, sie müsse ihm erlauben, ihr noch fünfzig Dollar zu leihen, damit sie erster Klasse fahren könne, und sie sagte, sie werde es ihm ganz bestimmt zurückzahlen, sobald sie in New York Arbeit gefunden habe, und er müsse ihr jeden Tag schreiben.

Er kehrte mit der ersten Bahn nach Havanna zurück, weil er ins Büro musste, und sie fuhr später ganz allein durch die gleißend grüne, von Insekten schrillende Landschaft und nahm von der Fähre ein Taxi direkt zum Schiff. Auf der Pier erwartete sie George mit ihrem Fahrschein, einem kleinen Strauß Orchideen – die ersten, die sie je bekommen hatte – und etwas Geld, das sie in ihre Handtasche steckte, ohne es zu zählen. Die Stewards schienen sich sehr darüber zu wundern, dass sie kein Gepäck hatte, deshalb musste George ihnen sagen, sie habe Hals über Kopf von zu Hause aufbrechen müssen, weil ihr Vater, ein sehr reicher Mann, in New York erkrankt sei. Sie und George begaben sich geradewegs in ihre Kabine, er war sehr traurig darüber, dass sie abreiste, und sagte, sie sei die schönste Frau, die er je kennengelernt habe, und er werde ihr jeden Tag schreiben, aber sie nahm kaum wahr, was er sagte, solche Angst hatte sie, Tony würde auf der Suche nach ihr zum Schiff kommen.

Endlich ertönte der Gong, George küsste sie mit verzweifelter Heftigkeit und ging an Land. Sie traute sich nicht an Deck, bis sie die Glocke des Maschinentelegraphen hörte und das Zittern des Schiffes spürte, das sich rückwärts von der Pier wegschob. Beim Ablegen sah sie durch das Bullauge, wie sich ein eleganter dunkelhaariger Mann in weißem Anzug, möglicherweise Tony, von den Polizisten losriss und laut rufend und mit den Armen fuchtelnd bis ans Ende der Pier rannte.

Vielleicht lag es an den Orchideen, an ihrem Aussehen oder an der Geschichte von der Krankheit ihres Vaters, jedenfalls bat der Kapitän sie an seinen Tisch, sämtliche Offiziere machten ihr den Hof, und sie amüsierte sich prächtig. Das einzige Problem war, dass sie erst nachmittags an Deck konnte, weil sie nur das eine Kleid hatte.

Sie hatte George gebeten, ein Telegramm für sie aufzugeben, sodass Agnes sie vom Schiff abholte, als sie in New York ankam. Es war Spätherbst, und Margo trug nichts als das leichte Sommerkleid, deshalb sagte sie zu Agnes, sie werde ihr für die Heimfahrt ein Taxi spendieren. Erst als sie in das Taxi stiegen, fiel ihr auf, dass Agnes Schwarz trug. Als sie fragte, warum, sagte Agnes, Fred sei vor zwei Wochen im Bellevue gestorben. Man habe ihn sturzbetrunken in der 23rd Street aufgelesen, und er sei gestorben, ohne noch einmal das Bewusstsein wiederzuerlangen. «Ach, Agnes, ich hab es gewusst ... ich hatte auf dem Schiff so eine Vorahnung», schluchzte Margo.

Nachdem sie sich die Augen getrocknet hatte, sah sie Agnes genauer an. «Nein, liebe Agnes, wie gut du aussiehst», sagte sie. «Was für ein hübsches Kostüm. Hat Frank ein Engagement?»

«O nein», sagte Agnes. «Weißt du, Miss Franklyns Teesalons laufen recht gut. Sie expandiert und hat mich zur Geschäftsführerin der neuen Filiale in der 34th Street gemacht, ich bekomme fünfundsiebzig Dollar die Woche. Warte nur, bis du unsere neue Wohnung ganz in der Nähe des Drive siehst. Ach, Margie, du hast bestimmt Schreckliches durchgemacht.»

«Na ja», sagte Margo, «es war ziemlich schlimm. Seine Familie ist ziemlich wohlhabend und prominent und so weiter, aber es ist schwer, sich an ihre Sitten zu gewöhnen. Tony ist ein Nichtstuer, und ich hasse ihn wie sonst nichts auf der Welt. Aber es war trotzdem eine wichtige Erfahrung ... ich möchte sie auf keinen Fall missen.»

Frank empfing sie an der Wohnungstür. Er war dicker geworden, seit Margo ihn das letzte Mal gesehen hatte, und sein Haar war an den Schläfen angegraut, was ihm etwas Distinguiertes verlieh und ihn wie einen Geistlichen oder einen Botschafter wirken ließ. «Die kleine Margo … Willkommen zu Hause, mein Kind. Was für eine schöne junge Frau du geworden bist.» Als er sie in die Arme nahm und auf die Stirn küsste, roch sie wieder den Geruch von Haarwasser und Pomade, den sie von ihm in Erinnerung hatte. «Hat Agnes dir erzählt, dass ich mit Mrs. Fiske auf Tournee gehe? Die liebe Minnie Maddern /480/ und ich sind zusammen aufgewachsen.»

Die Wohnung war ein wenig dunkel, aber sie hatte einen Salon, ein Esszimmer, zwei Schlafzimmer, ein schönes großes Bad und eine Küche. «Als Erstes», sagte Margo, «nehme ich ein heißes Bad. Ich glaube, ich habe nicht mehr warm gebadet, seit ich aus New York fortgezogen bin.»

Während Agnes, die sich den Nachmittag freigenommen hatte, wegging, um fürs Abendessen einzukaufen, ging Margo in ihr hübsches kleines Zimmer mit den Chintz-Vorhängen an den Wänden, zog ihr dünnes, zerknittertes Sommerkleid aus und schlüpfte in Agnes' wattierten Morgenrock. Dann setzte sie sich in den Lehnsessel im Salon und speiste Frank mit Gemeinplätzen ab, als er sich nach ihrem Leben in Havanna erkundigte.

Nach und nach mogelte er sich auf die Lehne ihres Sessels und sagte ihr, wie attraktiv sie geworden sei. Dann versuchte er sie plötzlich zu packen. Sie war darauf gefasst gewesen und versetzte ihm im Aufspringen eine schallende Ohrfeige. Sie merkte, dass sie hysterisch wurde, als er keuchend auf sie zukam.

«Rühr mich nicht an, du alter Bock», schrie sie, «rühr mich nicht an, sonst erzähle ich Agnes alles, und wir schmeißen dich hochkant raus.» Sie wollte still sein, aber sie konnte sich nicht bremsen. «Rühr mich nicht an. Ich hab mir da unten eine Krankheit eingefangen, wenn du mich anrührst, kriegst du sie auch.»

Frank war so entsetzt, dass er am ganzen Leib zu zittern begann. Er ließ sich in den Lehnsessel sinken und fuhr sich mit den langen Fingern durch das glatte, silbrig schwarze Haar. Sie knallte ihre Zimmertür zu und schloss ab. Während sie dort drinnen allein auf dem Bett saß, wurde ihr klar, dass sie Fred nie wiedersehen würde, und sie überlegte, ob es nicht vielleicht doch eine Vorahnung gewesen war, als sie auf dem Schiff erzählt hatte, ihr Vater sei erkrankt. Tränen traten ihr in die Augen. Bestimmt war das eine Vorahnung gewesen. Die Dampfheizung zischte gemütlich. Sie legte sich aufs Bett, das so bequem war mit seinen sauberen Kissen und der seidenen Decke, und schlief, immer noch weinend, ein.

Wochenschau LVII

vor Beginn der Séancen in Harvard legte das Medium seine gesamte Kleidung ab. Zu seiner Ausrüstung zählten elektrische Taschenlampen, Glocken, große Megaphone und Körbe, alles mit Leuchtfarbe versehen

Mein Bruder kommt
mit Ananas
pass auf, der Zirkus fängt an

IST BEREIT, SICH DER UNTERSUCHUNG ZU STELLEN

als am Hosenbein des Professors gezogen wurde, waren die Füße des Mediums weit von seinen Füßen entfernt. Eine Glühbirne an der Decke ging immer wieder an und aus. Türsummer ertönten. Ein teleplastischer Arm ergriff verschiedene Gegenstände auf dem Tisch und zog an Dr. B.s Haaren. Dr. B. steckte seine Nase in den Doughnut und forderte Walter auf, so kräftig wie möglich zu ziehen. Er wurde an der Nase gezogen.

Wir einigten uns auseinanderzugehn
Doch mein Kummer will einfach nicht vergehn

UNGLÜCKLICHE FRAU UNTERNIMMT SELBSTMORDVERSUCH

ZAHNARZT DES SCHEICHS VERSÖHNT

Finanzierung das einzige Problem

Ich dachte, ich käme schon zurecht
doch nun
Stell ich fest, es geht mir schlecht

Damen der Gesellschaft bemühen sich vergebens um Stellen als Kammerzofen der Königin

NONNE HEIRATET MARINER

Mein Herz ist schwer

KÖNIGIN EHRT UNBEKANNTEN SOLDATEN

Polizei schützt Königin vor Menschenmassen

Unterm träumenden Chinamond
Wurde das liebende Herz belohnt

PROFESSOR FOLTERT RIVALEN

KÖNIGIN SCHLÄFT BEI ABFAHRT DES ZUGES

Sozialer Konflikt braut sich zusammen

COOLIDGE DRÄNGT AUF VERÖFFENTLICHUNG

Ich fand sie im Abendsonnenschein
Am Ende des Tages, ganz allein

Polizist füttert Kanarienvogel mit 500 Dollar aus Nachlass von reicher Braut

Während die Dämmerung niedersank
Sagte ich:
Ich liebe dich
Im schö-ö-önen Ma-an-ila-a-a

VERLASSENER APOLLO HOFFT NOCH IMMER AUF RÜCKKEHR VON REICHER BRAUT

Margo Dowling

Agnes war ein Schatz. Als Dr. Dennison sagte, ohne Operation sei Margos Gesundheit in großer Gefahr, nahm sie dafür einen Kredit auf, und danach pflegte sie Margo wie damals, als sie ein kleines Mädchen gewesen war und die Masern gehabt hatte. Die Ärzte sagten, Margo werde nie wieder ein Kind bekommen können. Sie fand das nicht so schlimm, aber Agnes weinte und weinte.

Als es Margo besserging und sie daran denken konnte zu arbeiten, kam es ihr so vor, als hätten Agnes und sie schon immer zusammengelebt. Der Old Southern Waffle Shop lief so gut, dass Agnes fünfundsiebzig Dollar die Woche verdiente, und das war ein Glück, denn Frank Mandeville bekam kaum noch Engagements, weil, wie er sagte, echte Unterhaltung seit dem Krieg einfach nicht mehr gefragt sei. Seit er und Agnes in der Little Church Around the Corner[481] geheiratet hatten, war er schwermütig und ehrsam geworden und verbrachte den größten Teil seiner Zeit damit, im Lambs Club Bridge zu spielen und von den alten Zeiten zu erzählen, als er mit Richard Mansfield auf Tournee gegangen war. Als Margo wieder auf den Beinen war, klapperte sie einen ganzen trübseligen Winter lang die Bühnenagenturen ab. Eines Nachmittags fiel Flo Ziegfelds[482] Blick auf sie, als sie mit vielen anderen jungen Frauen in einem Vorzimmer saß. Gerade als sich ihre Augen begegneten, verzog sie das Gesicht zum leisesten Anflug eines fröhlichen Lächelns; am nächsten Tag engagierte Mr. Herman sie als Tänzerin in der ersten Reihe für die neue Revue. Die Proben waren das Anstrengendste, was sie je erlebt hatte.

Agnes sagte von Anfang an, sie werde dafür sorgen, dass Margo sich nicht mit einem Haufen billiger Hupfdohlen gemeinmachte, und so kam sie, obwohl sie jeden Morgen um Punkt neun im Geschäft sein musste, jeden Abend nach den Spätproben oder den Auftritten zum Theater, um Margo abzuholen. Erst als Margo Tad Whittlesea kennengelernt hatte, einen Halfback aus Yale, der seine Wochenenden nun, da die Footballsaison vorüber war, in New York verbrachte, sah Agnes hin und wieder davon ab: Wenn Tad Margo abholte, blieb Agnes zu Hause. Sie hatte Tad an einem Sonntagabend zum Essen in ihre Wohnung eingeladen, ihm sorgfältig auf den Zahn gefühlt und erklärt, für einen Millionärssohn wirke er ziemlich bodenständig und die Verantwortung für Margo werde ihm guttun.

An diesen Abenden hatte Margo es eilig, die blonden Locken unter die blaue Samtmütze zu streichen, das Pelzcape umzulegen, das nicht aus echtem Silberfuchs war, aber von weitem in etwa so aussah, die staubige, stickige Garderobe mit ihren Gerüchen nach Brennscheren, Kakaobutter, Achselhöhlen und alten Kulissen hinter sich zu lassen und die zugige Betontreppe hinunterzurennen, vorbei an dem alten Luke mit dem grauen Gesicht, der sich in seinem kleinen Glaskasten den Mantel anzog, um nach Hause zu gehen. Wenn sie hinaustrat in den kalten Wind auf der Straße, atmete sie tief durch. Sie ließ sich nie von Tad am Bühneneingang abholen, wo all die anderen Kavaliere warteten. Sie liebte es, ihn in seinen blankpolierten braunen Schuhen inmitten von lauter Menschen in Abendkleidung breitbeinig in der Lobby des Astor stehen zu sehen, den Waschbärmantel offen, sodass man seine gestreifte Krawatte und das weiche, zerknitterte Hemd sehen konnte.

Tad war ein schlichter junger Mann mit gerötetem Gesicht, der nie viel sagte. Von dem Augenblick an, in dem er ihr in das Taxi half, das sie zu einem Nachtclub fahren würde, war Margo diejenige, die redete. Sie brachte ihn mit ihren Geschichten über die anderen Revuegirls, die Tänzer und die Garderobieren zum Lachen. Manchmal wollte er eine bestimmte noch einmal hören, damit er sie sich besser einprägen und seinen Kommilitonen auf dem College erzählen konnte. Die Geschichte, wie die Tänzer, die praktisch allesamt vom anderen Ufer waren, einen jungen Mann – Maisie De Mars Freund – mit einem Fluch belegt hatten, sodass er selbst ebenfalls ein warmer Bruder geworden war, jagte ihm eine Heidenangst ein. «Es gibt doch eine ganze Menge Sachen, von denen man gar nichts weiß», sagte er.

Margo zog die Nase kraus. «Du hast ja noch nicht mal die Hälfte gehört, mein Schatz», sagte Margo.

«Aber es ist doch bloß eine Geschichte.»

«Aber nein, ehrlich, Tad – es ist alles wahr. Wir haben sie in ihrer Garderobe schreien und johlen hören, sie standen im Kreis um ihn herum und haben ihn verflucht. Ich sage dir, wir hatten ganz schön Angst.»

An diesem Abend gingen sie ins Childs /483/ am Columbus Circle, um Spiegeleier und gebratenen Speck zu essen. «Mann, Margo», sagte Tad mit vollem Mund, während er eine zweite Portion Butterkuchen aß, «ich finde, das ist kein Leben für dich. Du bist die klügste Frau, die ich je kennengelernt habe, und außerdem verdammt kultiviert.»

«Keine Sorge, Tad, die kleine Margo wird bestimmt nicht den Rest ihres Lebens in einer Revuetruppe tanzen.»

Auf dem Heimweg im Taxi machte er sich an sie heran, und das überraschte sie, denn er war eigentlich nicht der zudringliche Typ. Und besoffen war er auch nicht – er hatte nur eine Flasche kanadisches Bier getrunken. «Ach, Margo, du bist schon eine tolle Frau ... Du trinkst nicht, und knutschen lässt du dich auch nicht.»

Sie tupfte ihm einen Kuss auf die Wange. «Das musst du verstehen, Tad», sagte sie. «Ich muss mich auf die Arbeit konzentrieren.»

«Du denkst wahrscheinlich, ich bin bloß ein dummer Klotz.»

«Du bist ein netter Junge, Tad, aber am besten gefällst du mir, wenn du die Hände bei dir behältst.»

«Eine tolle Frau», seufzte Tad und sah sie über den flauschigen, aufgestellten Kragen seines Mantels hinweg mit großen Augen an.

«Nur eine Frau, die Männer schnell vergessen», sagte sie.

Es wurde zur Gewohnheit, dass Tad sonntags bei ihnen zu Mittag aß. Er kam früh und deckte mit Agnes den Tisch, und nach dem Essen krempelte er die Ärmel auf und half beim Abwasch. Dann spielten sie zu viert Karten und tranken ein Glas Eisenwein aus dem Drugstore. Margo hasste diese Nachmittage, aber Agnes und Frank schienen sie zu genießen, und Tad brach immer erst in letzter Minute auf, um sich mit seinem Vater im Metropolitan Club zu treffen, und sagte, er habe sich noch nie im Leben so gut amüsiert.

An einem verschneiten Sonntagnachmittag drückte Margo sich unter dem Vorwand, sie habe Kopfschmerzen, vor dem Kartenspiel, lag den ganzen Nachmittag auf dem Bett, hörte dem Zischen der Dampfheizung zu und weinte beinahe vor Rastlosigkeit und Langeweile. Als Tad gegangen war, kam Agnes im Negligé herein und sagte mit leuchtenden Augen: «Margo, du musst ihn heiraten. Er ist ein so netter Junge. Stell dir vor, er hat uns erzählt, dass er hier zum ersten Mal in seinem Leben das Gefühl hat, zu Hause zu sein. Er ist von Dienstboten und Reitlehrern und so aufgezogen worden. Ich hätte nie gedacht, dass ein Millionär so nett sein kann. Er ist wirklich ein Schatz.»

«Er ist kein Millionär», widersprach Margo und verzog das Gesicht.

«Sein Vater hat einen Sitz an der Börse», rief Frank von nebenan. «So was kauft man sich nicht mit Zigarettencoupons, mein liebes Kind.»

«Tja», sagte Margo, reckte sich und gähnte, «jedenfalls würde ich bestimmt keinen Verschwender heiraten.» Sie setzte sich auf, sah Agnes an und hob belehrend den Finger. «Ich weiß jetzt, warum er sonntags so gern kommt: Er kriegt was zu essen, und es kostet ihn keinen Cent.»

Jerry Herman, der glatzköpfige, verschrumpelte Besetzungschef mit dem gelblichen Teint, wurde von allen Tänzerinnen gefürchtet. Als Regina Riggs sagte, sie habe gesehen, dass Margo eines Samstags zwischen den Vorstellungen bei Keene mit ihm gegessen habe, hörten die anderen nicht auf, sich das Maul darüber zu zerreißen. Es machte Margo sauer, sie hatte eine regelrechte Wut im Bauch, wenn sie sie in der Garderobe hinter ihrem Rücken tuscheln und kichern hörte.

Regina Riggs hatte ein breites Gesicht und stammte aus Oklahoma. Ihr wirklicher Vorname war Queenie, und sie war schon bei Ziegfeld gewesen, als auf dem Broadway noch Pferdekutschen gefahren waren. Eines Tages, als sie nach einer Vormittagsprobe gemeinsam die Treppe hinuntergingen, nahm sie Margos Arm. «Hör zu, mein Kind», sagte sie, «ich werd dir jetzt mal was über diesen Typen verraten. Du weißt, ich kenne die Branche in- und auswendig, und die können mich alle kreuzweise ... und darum lass dir sagen: Es gibt nicht eine einzige Frau, der es irgendwas gebracht hätte, mit diesem Windei ins Bett zu gehen. Viele haben's probiert – ich vielleicht auch. Gegen diesen Kerl kommst du nicht an, und ein wunderschöner schneeweißer Körper ist so ziemlich das Billigste, was in dieser Stadt zu haben ist. Du hast so was Frisches, Unschuldiges, darum hab ich gedacht, ich klär dich mal auf.»

Margo sah sie aus großen blauen Augen an. «Aber nein, was denkst du dir nur? Wie kommst du darauf, dass ich ...» Sie begann zu kichern wie ein Schulmädchen.

«Schon gut, Kleine, vergiss es ... Ich glaube, du hältst wirklich durch, bis die Hochzeitsglocken läuten.» Beide lachten. Von da an waren sie gute Freundinnen.

Aber nicht mal Queenie erfuhr, dass Margo eines späten Samstagabends nach einer anstrengenden Probe für eine neue Nummer, die am Montag im Programm sein sollte, in Jerry Hermans Roadster gestiegen war. Er hatte gesagt, er werde sie nach Hause bringen, doch am Columbus Circle fragte er sie, ob sie nicht Lust habe, mit ihm nach Connecticut zu seinem Haus auf dem Land zu fahren und sich richtig auszuruhen. Von einem Drugstore aus rief Margo Agnes an und sagte, es seien auch für den ganzen Sonntag Proben angesetzt und darum werde sie bei Queenie Riggs übernachten, deren Wohnung viel näher am Theater liege. Unterwegs versuchte Jerry sie auszufragen. «Du hast was, das andere nicht haben, Kleine», sagte er. «Ich wette, es gibt was, das du für dich behältst ... ein Geheimnis ...»

Während der ganzen Fahrt erzählte Margo ihm von ihrer Kindheit auf einer kubanischen Zuckerplantage, von dem großen Stadthaus ihres Vaters in Vedado, von kubanischer Musik und kubanischen Tänzen, von ihrem Vater, der durch den Zuckertrust zugrunde gerichtet worden sei, sodass sie die Familie als Kinderschauspielerin in englischen Krippenspielen habe durchbringen müssen, und von ihrer frühen, unglücklichen Ehe mit einem spanischen Adeligen. Doch das alles liege nun hinter ihr, und das Einzige, was sie interessiere, sei ihre Arbeit. «Das wäre eine tolle Geschichte für die Presse», war alles, was Jerry Herman dazu sagte.

Als sie vor einem beleuchteten Farmhaus unter vielen hohen

Bäumen hielten, blieben sie noch für einen Augenblick im Wagen sitzen und erschauerten in dem kühlen Dunst, der von einem Bach in der Nähe aufstieg. Im Dunkeln wandte er sich zu ihr und sah forschend in ihr Gesicht. «Du weißt doch, wie das mit den drei Affen ist, Kleine?»

«Klar», sagte Margo. «Nichts sehen, nichts hören, nichts sagen – nichts Schlechtes jedenfalls.»

«Genau», sagte er. Dann ließ sie sich küssen.

Das Farmhaus war sehr hübsch eingerichtet. Im Kamin brannte ein Feuer, und es waren noch zwei Männer in karierten Holzfällerhemden und ein paar komisch wirkende Frauen mit Park-Avenue-Stimmen und Pariser Kleidern da, die, wie sich herausstellte, in der Inneneinrichtungsbranche tätig waren. Die beiden Männer waren Kulissenmaler. Jerry briet Spiegeleier und Speck für alle, und sie tranken starken Cider und amüsierten sich großartig, auch wenn Margo nicht wusste, wie sie sich verhalten sollte. Um etwas zu tun zu haben, nahm sie eine Gitarre, die an der Wand hing, und spielte *Siboney* und ein paar andere Lieder, die Tony ihr beigebracht hatte.

Eine der Frauen sagte, Margo müsse eigentlich mit einer kubanischen Nummer auftreten, und ihr stockte fast das Herz. Als man zu Bett ging, drang das erste bläuliche Tageslicht durch den Nebel vor den Fenstern. Kichernd und scherzend aßen sie im Morgenrock ein rustikales Frühstück, und am Sonntagnachmittag fuhr Jerry sie in die Stadt und setzte sie am Drive in der Nähe der 79th Street ab.

Frank und Agnes waren außer sich. Tad hatte den ganzen Tag immer wieder angerufen. Er war im Theater gewesen und hatte erfahren, dass überhaupt keine Proben angesetzt waren. Margo sagte boshaft, sie habe eine kleine Sondernummer einstudiert, und wenn irgendein College-Bürschchen glaube, er könne sich in ihre beruflichen Belange einmischen, habe er sich geschnitten. Als er am nächsten Wochenende zu Besuch kam, wollte sie ihn nicht sehen.

Doch eine Woche später, am Sonntag gegen zwei, als Agnes im Begriff war, das Mittagessen auf den Tisch zu bringen, trat Margo aus ihrem Zimmer, und da saß Tad und ließ den Kopf hängen und die großen Hände zwischen den Knien baumeln. Auf dem Stuhl neben ihm lag eine grüne Blumenschachtel, und als Margos Blick darauf fiel, wusste sie, dass American-Beauty-Rosen darin waren. Tad sprang auf. «Mann, Margo, sei bitte nicht sauer. Ohne dich macht mir alles keinen Spaß.»

«Ich bin nicht sauer, Tad», sagte sie. «Ich will nur ganz deutlich machen, dass ich Beruf und Privatleben auf keinen Fall vermischen will.»

«Klar, ich hab schon verstanden.»

Agnes kam strahlend lächelnd hinzu und stellte die Rosen in eine Vase. «Oh, hab ich ganz vergessen», sagte Tad und zog eine mit rotem Leder bezogene Schatulle hervor. «Es ... es ist n-nämlich so», stotterte er, «d-dass mein Dad mir ein paar A-Aktien zum Spielen gegeben hat, und letzte Woche haben sie richtig was abgeworfen, und da hab ich die hier gekauft, aber die können wir wohl nur tragen, wenn wir zusammen ausgehen, oder?» Es war eine Perlenkette. Die Perlen waren eher klein und nicht gut abgestimmt, aber es waren Perlen.

«Mit wem sollte ich wohl sonst irgendwohin gehen, wo ich so was tragen kann, du Einfaltspinsel?», sagte Margo und spürte, dass sie errötete. «Und es sind bestimmt keine künstlichen?» Tad schüttelte den Kopf. Sie fiel ihm um den Hals und küsste ihn.

«Mann, sie gefallen dir ja wirklich», sagte Tad und sprach rasch weiter. «Da ist noch was ... Dad gibt mir diesen Sommer für zwei Wochen die *Antoinette*, das ist seine Yacht, damit ich und meine Freunde ein bisschen herumschippern können, und ich wollte dich und Mrs. Mandeville fragen, ob ihr mitkommen wollt. Ich würde Mr. Mandeville auch fragen, aber –»

«Unsinn», sagte Agnes. «Ich bin sicher, die Sache bleibt auch ohne mich in den Grenzen des Anstands. Ich würde nur seekrank werden. Es war immer schrecklich, wenn der arme Fred mich mitgenommen hat zum Fischen.»

«Das war mein Vater», sagte Margo. «Er war immer gern draußen auf dem Wasser … mit einem Segelboot oder so … Darum bin ich wahrscheinlich auch eine so gute Seglerin.»

«Na wunderbar», sagte Tad.

In diesem Augenblick kehrte Frank Mandeville im Cut und einen Spazierstock mit silbernem Knauf in der Hand, von seinem Sonntagsspaziergang zurück, und Agnes eilte in die Küche, um den Kalbsrollbraten, das Gemüse und den Erdbeerkuchen auf den Tisch zu bringen. Die warmen, würzigen Düfte erfüllten die Luft der kleinen Wohnung schon seit einiger Zeit.

«Mann, hier gefällt's mir!», sagte Tad, als sie sich zum Essen setzten, und lehnte sich zurück.

Den Rest des Frühjahrs hatte Margo ihre liebe Not, zu verhindern, dass Tad und Jerry einander über den Weg liefen. Sie und Jerry sahen sich nie im Theater; sie hatte von Anfang an keinen Zweifel daran gelassen, dass sie nicht vorhatte, Beruf und Privatleben zu vermischen, und er hatte sie mit seinen schlauen Fischaugen scharf angesehen und gesagt: «Hmm, ich wollte, mehr junge Damen wären wie du. Sonst habe ich immer alle Hände voll zu tun, sie mir vom Hals zu halten.»

«So ein Pech aber auch», sagte Margo. «Der Valentino des Besetzungsbüros.» Sie mochte Jerry Herman ganz gern. Er war voller Geschichten über die Welt des Theaters. Das Problem war nur: Als sie sich näherkamen, ging er dazu über, Margo ihren Anteil an der Restaurantrechnung zahlen zu lassen, und zeigte ihr Fotos von seiner Frau und seinen Kindern in New Rochelle. Sie arbeitete hart an ihren kubanischen Liedern, aber aus der Nummer wurde nichts.

Im Mai ging die Show auf Tournee. Lange konnte Margo sich nicht entscheiden, ob sie mitfahren sollte oder nicht. Queenie Riggs sagte, das solle sie auf keinen Fall tun. Für sie selbst sei das ja ganz in Ordnung, denn sie habe allen Ehrgeiz verloren, es sei denn den, in irgendeinem Kaff einen Vertreter aufzugabeln und zu heiraten, bevor er wieder nüchtern war, aber für Margo Dowling, die ihre Karriere noch vor sich habe, komme das nicht in Frage. Lieber den ganzen Sommer freischaffend als eine Hupfdohle auf Tournee.

Als sie den Tourneevertrag nicht unterschrieb, war Jerry Herman stinksauer. Vor allen Büroangestellten und den wartenden Frauen, die vorsprechen wollten, wurde er laut. «Ja, das habe ich kommen sehen! Da ist ihr was zu Kopf gestiegen, und jetzt denkt sie, sie ist Peggy Joyce. Aber mir reicht's – mit dir bin ich fertig!»

Margo sah ihm fest in die Augen. «Sie müssen mich verwechseln, Mr. Herman. Ich habe ganz sicher nie irgendetwas angefangen, mit dem Sie fertig sein könnten.» Die anderen Frauen kicherten, als sie hinausging, und Jerry Herman sah aus, als würde er sie am liebsten erwürgen. Es bedeutete, dass sie in Produktionen, bei denen er für die Besetzung verantwortlich war, keine Engagements mehr bekommen würde.

Sie verbrachte den Sommer in der heißen Stadt, saß in Agnes' Wohnung herum und hatte nichts zu tun. Frank lauerte immer auf eine Gelegenheit, sich an sie heranzumachen, sodass sie die Zimmertür abschließen musste, wenn sie zu Bett ging. Sie lag den ganzen Tag in diesem schrecklichen, stickigen kleinen Zimmer mit den pelzigen grünen Tapeten und dem schmutzigen Fenster, durch das man aschgraue Hinterhöfe, ein paar Götterbäume und stets vollbehängte Wäscheleinen sah. Tad war gleich zu Beginn der Semesterferien nach Kanada gefahren. Margo verbrachte die Tage damit, in Zeitschriften zu blättern, neue Frisuren auszuprobieren, ihre Fingernägel zu maniküren und sich auszudenken, wie sie dieses elende, schäbige Leben hinter sich lassen könnte. «Schäbig» war ein Wort, das sie in letzter Zeit oft benutzte. Es ging ihr ständig durch den Kopf: schäbig, schäbig, schäbig. Sie kam zu der Erkenntnis, dass sie in Tad Whittlesea verliebt war.

Im August schrieb Tad aus Newport, seine Mutter sei krank und der Bootsausflug müsse auf den Winter verschoben werden.

Agnes weinte, als Margo ihr den Brief zeigte. «Na ja, im Meer gibt's noch andere Fische», sagte Margo.

Sie und Queenie, die nach einem Streit mit dem Inspizienten aus der Tournee ausgestiegen war, klapperten wieder die Besetzungsbüros ab. Sie probten vier Wochen für eine Revue, die am Premierenabend durchfiel. Schließlich fanden sie etwas bei den Greenwich Village Follies. Der Regisseur wollte Margo ihre kubanische Nummer machen lassen, und sie bekam ein spezielles Kostüm und alles, aber dann wurde sie kurz vor den Kostümproben wieder aus dem Programm genommen, weil die Show zu lang war.

Sie wäre am Boden zerstört gewesen, wenn Tad nicht nach Thanksgiving zurückgekehrt und jeden Samstagabend mit ihr ausgegangen wäre. Er sprach oft von dem Bootsausflug, den sie in den Winterferien machen würden. Es hing alles von seinen Examen ab.

Nach Weihnachten war sie wieder freischaffend. Frank hatte es an den Nieren und musste das Bett hüten, und Margo dachte nur daran, wie sie dieser stickigen Wohnung entfliehen könnte, wo sie Frank pflegen und den größten Teil der Hausarbeit erledigen musste, denn Agnes kam oft erst um zehn oder elf von der Arbeit nach Hause. Frank lag mit blassem, eingefallenem Gesicht verdrießlich im Bett und beanspruchte viel Aufmerksamkeit. Agnes beklagte sich nie, aber Margo war es so leid, in New York herumzuhängen, dass sie einen Vertrag als Unterhalterin in einem Cabaret in Miami unterschrieb, obwohl Queenie und Agnes ein Riesentheater veranstalteten und sagten, damit ruiniere sie ihre Karriere.

Es war Februar, und sie stritt sich noch mit dem Agenten darüber, wer die Reisekosten übernehmen würde, als Agnes eines Morgens in ihr Zimmer kam und sie weckte.

Margo sah sofort, dass etwas Besonderes geschehen war, denn Agnes strahlte über das ganze Gesicht. Tad war am Telefon. Er hatte eine Bronchitis und wollte mit einem Tutor in der Karibik auf dem Boot seines Vaters einen Monat Urlaub vom College nehmen. Das Boot lag in Jacksonville, Florida. Bis zum Eintreffen des Tutors wollte er noch ein bisschen mit dem Boot herumfahren. Ob Margo vielleicht Lust hätte, mitzukommen und eine Freundin mitzubringen? Eine, die nicht allzu sehr über die Stränge schlug? Am liebsten Agnes, sagte er, aber wenn das wegen Mr. Mandevilles Krankheit nicht möglich sei, falle ihr ja vielleicht jemand anders ein. Margo schnappte vor Aufregung nach Luft. «Ach, Tad, wie wunderbar!», stieß sie hervor. «Ich wollte diese Woche sowieso in den Süden fahren. Du kannst wahrscheinlich Gedanken lesen.»

Queenie Riggs erklärte sich bereit mitzukommen, obwohl sie sagte, sie sei noch nie auf einer Yacht gewesen und habe Angst, sich falsch zu benehmen. «Ich hab als Kind viel Zeit in Ruderbooten verbracht», sagte Margo. «Das ist mehr oder weniger dasselbe.»

Als sie an der Penn Station aus dem Taxi stiegen, wurden sie von Tad und einem schmächtigen Bürschchen mit glatt zurückgekämmten Haaren erwartet. Sie waren alle sehr aufgeregt, und die beiden Männer hatten eine Ginfahne. «Ihr Frauen kauft euch jetzt mal die Fahrscheine», sagte Tad, nahm Margo am Arm und steckte ein paar Scheine in die Tasche ihres Pelzmantels. «Die Reservierung lautet auf deinen Namen. Ihr habt ein Privatabteil und wir auch.»

«Zwei Schlaumeier», flüsterte Queenie, als sie sich in die Schlange vor dem Schalter stellten.

Der andere hieß Dick Rogers. Margo merkte gleich, dass er Queenie zu alt und unkultiviert fand. Auch über ihr Gepäck machte Margo sich Sorgen: Neben den schweinsledernen Koffern der Männer nahmen ihre Taschen sich sehr schäbig aus. Als sich der Zug in Bewegung setzte, fühlte sie sich ziemlich mies. Das war ein Riesenfehler, dachte sie. Und Queenie warf den Kopf in den Nacken, zeigte ihren Goldzahn und schrie und kreischte, als wäre sie auf einem Feuerwehrfest.

Die vier setzten sich im Salon der beiden Frauen an den kleinen Tisch, tranken etwas Gin und entspannten sich. Als der Zug aus dem Tunnel fuhr und draußen Lichter vorbeihuschten, zog Queenie das Rollo herunter. «Richtig gemütlich hier», sagte sie.

«Also, erst mal muss ich mir einfallen lassen, wie wir euch Mädels an Bord kriegen. Dad wird nichts dagegen haben, solange er denkt, dass wir euch in Jacksonville getroffen haben – aber wenn er rauskriegt, dass wir euch aus New York mitgebracht haben, ist die Hölle los.»

«Ich glaube, in Jacksonville wartet eine Anstandsdame auf uns», sagte Rogers. «Eine Perle. Sie ist blind, taub und spricht kein Wort Englisch.»

«Ich wollte, wir hätten Agnes dabei», sagte Tad. «Das ist Margos Stiefmutter. Mann, die ist schwer in Ordnung.»

«Also, Mädels», sagte Rogers und trank gluckernd einen Schluck aus der Ginflasche, «wann fangen wir denn nun an zu knutschen?»

Nachdem sie im Speisewagen gegessen hatten, kehrten sie schlingernd zum Salon der beiden Frauen zurück und tranken noch mehr Gin, und Rogers schlug vor, sie könnten doch Strip-Poker spielen, aber Margo sagte nein. «Ach, komm, sei kein Spielverderber», kicherte Queenie, die schon ziemlich einen sitzen hatte. Margo zog ihren Pelzmantel an. «Tad muss früh ins Bett», sagte sie. «Er soll sich von seiner Bronchitis erholen.» Sie nahm ihn an der Hand und zog ihn hinaus auf den Gang. «Komm, wir lassen die beiden mal ein bisschen allein. Das Problem mit euch College-Jungs ist: Wenn eine Frau etwas unkonventionell ist, denkt ihr, sie ist leicht zu haben.»

«Ach, Margo ...» Sie traten hinaus in die kalte, klirrende Luft der Aussichtsplattform. Er drückte sie durch den Pelzmantel hindurch an sich. «Du bist klasse.»

Als die Frauen sich gerade ausgezogen hatten, um zu Bett zu gehen, erschien Rogers im Bademantel und sagte, Margo werde im Abteil nebenan verlangt. Also legte sie sich dort schlafen, ließ

Tad aber nicht in ihr Bett. «Ehrlich, Tad, ich hab dich gern», sagte sie und spähte unter der Decke des oberen Betts hervor, «aber du weißt ja, wie es ist: Einem einfachen Mädchen wie mir hilft der Himmel nur, wenn es sich selbst hilft. Und in meiner Familie geht man erst zum Traualtar und dann ins Bett.»

Tad seufzte und drehte sich auf dem unteren Bett zur Wand. «Ach Mann ... Darüber hab ich auch schon nachgedacht.»

Sie knipste das Licht aus. «Willst du mir denn nicht mal einen Gutenachtkuss geben, Tad?»

Mitten in der Nacht klopfte es an der Tür, und Rogers trat ein, ziemlich zerzaust. «Wir müssen wieder tauschen», sagte er. «Ich hab Angst, dass der Schaffner uns erwischt.»

«Der Schaffner kann mich mal», knurrte Tad, aber Margo war schon zur Tür hinausgeschlüpft und huschte in ihr Abteil.

Beim Frühstück im Speisewagen zog Margo die beiden Männer wegen der dunklen Ringe unter ihren Augen auf, und als Rogers eine Platte Austern bestellte, konnte sie gar nicht mehr aufhören zu kichern. Bevor sie in den Bahnhof von Jacksonville einfuhren, ging Tad mit Margo auf die Aussichtsplattform und fragte sie, warum zum Teufel sie nicht auf der Stelle heiraten sollten – schließlich sei er frei, weiß und einundzwanzig. Margo begann zu weinen, und dann lächelte sie unter Tränen und sagte, da gebe es viele Gründe.

«Ach, verdammt», sagte Tad, als sie aus dem Zug auf den sonnigen Bahnsteig traten, «wir kaufen jetzt trotzdem einen Verlobungsring.»

Sie fuhren mit einem Taxi zum Hotel. Unterwegs ließ Tad den Chauffeur vor einem Juweliergeschäft halten, kaufte einen Platinring mit einem Solitär und bezahlte mit einem Scheck. «Sein alter Herr muss Millionär sein», flüsterte Queenie Margo ins Ohr, mit einer Stimme, als wären sie in einer Kirche.

Danach fuhren sie zum Mayflower Hotel. Dort hatten die Frauen ein Doppelzimmer und gingen hinauf, um sich frisch zu machen. Sie wuschen ihre Unterwäsche und legten die Kleider auf die Betten. «Wenn du meine Meinung hören willst», sagte Queenie, als sie Margo die Haare wusch, «kriegen die beiden Sonnyboys gerade kalte Füße. Mein Leben lang hab ich mir gewünscht, mal auf einem schönen Boot zu fahren, aber das können wir uns jetzt wohl an den Hut stecken. Ach, Margo, ich hoffe, ich hab's nicht vermasselt.»

«Tad tut alles, um was ich ihn bitte», sagte Margo verdrossen.

«Das wollen wir mal abwarten», sagte Queenie. «Aber jetzt streiten wir uns, statt das Leben zu genießen. Oder ist das etwa nicht das schickste Zimmer im schicksten Hotel von ganz Jacksonville, Florida?»

Margo konnte nur lachen. «Und – wer ist schuld?»

«Immer musst du das letzte Wort haben», sagte Queenie, stürmte aus dem dampfigen, nach Shampoo duftenden Badezimmer und knallte die Tür zu.

Um eins kamen die Männer, um sie abzuholen. Sie packten alles wieder ein und checkten aus. In einem Lincoln, den Tad gemietet hatte, fuhren sie zum Hafen. Es war ein herrlicher, sonniger Tag. Die *Antoinette* ankerte im St. Johns River, darum mussten sie mit einem kleinen Motorboot hinausfahren.

Der Matrose war ein gutaussehender junger Mann in Weiß; er legte die Hand an die Mütze und half den Frauen beim Einsteigen. Als Margo die Hand auf seinen Arm legte, spürte sie die harten Muskeln unter dem weißen Stoff und bemerkte, wie das Sonnenlicht die goldgelben Haare auf seinem gebräunten Handrücken hervortreten ließ. Sie setzte sich auf das weiche dunkelblaue Kissen und sah zu, wie Tad dem Matrosen das Gepäck anreichte. Tad war blass von seiner Krankheit und hatte dieses komische, breite, einfältige Gesicht, aber auch er war ein kräftiger, gutgebauter junger Mann. Plötzlich verspürte sie den Wunsch, ihn zu umarmen.

Tad stellte sich ans Steuer und fuhr so schnell, dass es den Frauen den Atem verschlug und sie fürchteten, das aufspritzende Wasser könnte die Sportkleider ruinieren, die sie zum ersten Mal trugen. «Was für ein schönes Schiff», seufzten sie, als sie die *Antoinette* sahen, groß und weiß, mit einem Deckhaus aus Mahagoni und einem dicken gelben Schornstein.

«Ich wusste gar nicht, dass es ein Motorboot ist», sagte Queenie. «Mensch, damit könnte man ja glatt den Ozean überqueren.»

«Sie läuft mit Diesel», sagte Tad.

«Tun wir das nicht alle?», sagte Margo.

Tad fuhr so schnell, dass sie die kleine Außenbordtreppe aus Mahagoni rammten, die zum Deck hinaufführte. Sie knackte und knarrte, als würde sie gleich abbrechen, aber den Matrosen gelang es, größeren Schaden abzuwenden.

«Nicht so stürmisch», rief Rogers kichernd.

«Verdammt», sagte Tad und sah sauer aus, als sie an Bord gingen. Die Frauen waren froh, endlich auf dieser schönen Yacht und nicht mehr auf dem wackligen kleinen Motorboot zu sein, wo sie ständig Angst haben mussten, ganz nass zu werden.

Auf der Yacht waren gutaussehende Offiziere in weißen Uniformen, und an Deck standen unter einem Sonnensegel ein gedeckter Tisch und ein philippinischer Butler mit einem Tablett voll Cocktails und raffiniert komponierten Sandwiches. Eilig setzten sie sich, die Männer sagten, sie hätten großen Hunger. Es gab gegrillten Hummer in einer rosaroten Sauce, kalte Hähnchenbrust und Salat. Dazu tranken sie Champagner. Margo war noch nie im Leben so vergnügt gewesen.

Während sie aßen, fuhr die Yacht langsam den Fluss hinunter, fort von den wackligen Piers und den schmutzigen alten Dampfbooten. Die breite braune Wasserfläche war getupft mit grünen schwimmenden Inseln aus Wasserhyazinthen. Der Wind brachte von den hinter Baumgewirr verborgenen Ufern einen eigenartig feuchten, sumpfigen Geruch mit. Einmal sahen sie ein Dutzend große weiße Vögel mit langen Hälsen auffliegen. Tad sagte, es seien Reiher.

«Ich wette, die sind ganz schön teuer», sagte Queenie.

«Sie stehen unter Naturschutz», sagte Rogers.

Zum Kaffee tranken sie kleine Gläser Brandy, und als sie aufstanden, waren sie alle leicht beschwipst. Margo beschloss, dass Tad der netteste Junge war, den sie je kennengelernt hatte, und dass sie ihn beim nächsten Mal nicht zurückweisen würde, ganz gleich, was dann geschah.

Nach dem Essen zeigte Tad ihnen das Boot. Der Speiseraum war wunderbar, mit Spiegeln und weißer und goldfarbener Täfelung, und die Kajüten waren unglaublich gemütlich. Die der beiden Frauen war wie ein altmodischer Salon eingerichtet. Während des Essens hatte das Personal ihre Kleider in die Schränke gehängt.

Im Lauf der Bootsbesichtigung verschwanden Rogers und Queenie irgendwo, und mit einem Mal waren Margo und Tad allein und betrachteten das Foto des Segelboots, mit dem Tads Vater die Bermuda-Regatta gewonnen hatte. Dabei streifte seine Wange die ihre, und im nächsten Augenblick küssten sie sich.

«Mann, du bist toll», sagte Tad. «Ich bin bei so was ein bisschen ungeschickt … hab keine Erfahrung.»

Sie drückte sich an ihn. «Ich wette, davon hast du jede Menge.» Er verriegelte mit der freien Hand die Tür. «Wirst du tun, was der Ring gesagt hat, Tad?»

Als sie danach an Deck gingen, benahm Tad sich irgendwie seltsam: Er wich ihrem Blick aus und unterhielt sich nur mit Rogers. Queenie sah erhitzt und zerknittert aus, als hätte man sie durch eine Mangel gedreht, und schwankte leicht. Margo sagte ihr, sie solle sich frisch machen und ihre Frisur in Ordnung bringen. Sie wünschte sich, sie hätte Queenie nicht mitgebracht. Als Margo sich in dem großen Spiegel im oberen Salon betrachtete, fand sie, dass sie selbst taufrisch aussah.

Das Boot hatte gestoppt. Tad sprach mit dem Kapitän und kehrte mit finsterem Gesicht zurück. «So ein Mist», sagte er. «Wir müssen zurück nach Jacksonville – ein Lager in der Ölpumpe hat sich festgefressen.»

«Aber das ist doch prima», sagte Rogers. «Dann können wir das örtliche Nachtleben erkunden.»

«Und ich würde gern wissen», sagte Queenie, «wo eigentlich die Anstandsdame ist, die ihr Jungs uns versprochen habt.»

«Mann», sagte Tad, «wir haben Mrs. Vinton vergessen. Sie hat bestimmt den ganzen Tag am Hafen gewartet.»

«Zu schade», sagte Margo, und alle lachten außer Tad, dessen Gesicht sich weiter verfinsterte.

Es war schon dunkel, als sie nach Jacksonville zurückkehrten. Sie hatten sich andere Kleider angezogen und ihre Taschen gepackt. Beim Umziehen hatte Queenie dummes Zeug geredet: «Der Junge will dich heiraten, Margo – du wirst sehen.»

«Lass uns nicht darüber reden.»

«Du behandelst ihn wie den letzten Dreck.»

«Und wen geht das was an?», hatte Margo scharf gesagt. Queenie war rot geworden, hatte stumm weitergepackt und Margo spüren lassen, dass sie gekränkt war.

Verdrossen aßen sie im Hotel zu Abend. Danach schleppte Rogers sie in ein Speakeasy, das er entdeckt hatte. Margo wollte nicht und sagte, sie habe Kopfschmerzen, aber die anderen sagten, sie solle kein Spielverderber sein, und so ging sie schließlich doch mit. Es war eine Spelunke mit Wachstuch auf den Tischen und Sägespänen auf dem Boden. An der Bar im Nebenraum standen Fremde, Italiener oder Kubaner oder so. Queenie sagte, es sei nicht gerade ein Ort, an dem Mamas kleines Mädchen gesehen werde wolle.

«Wer zum Teufel soll uns hier schon sehen?», sagte Tad, noch immer schlecht gelaunt.

Rogers versuchte sie aufzumuntern. «Wollen wir denn nicht das Leben kennenlernen?»

Margo hörte nicht mehr zu. Sie starrte durch die Tür zur Bar. Einer der Fremden dort war Tony. Er war älter geworden, und sein Gesicht wirkte aufgedunsen – aber kein Zweifel: Es war Tony. Er sah abgerissen aus und trug einen völlig zerknitterten weißen

Anzug mit ausgefransten Hosensäumen, und wenn er sprach, schwenkte er die Hüften wie eine Frau. Margos erster Gedanke war: Wie hatte sie für diese Schwuchtel jemals etwas empfinden können? Aus dem Augenwinkel sah sie Tads missmutiges Gesicht, sein nettes, helles, zerzaustes Haar und seine adrette Kleidung. Sie musste schnell handeln. Gerade als sie sagen wollte, sie müsse jetzt wirklich wieder zurück ins Hotel, schoben sich Tonys große schwarze Augen und dunkle Wimpern in ihr Blickfeld. Er kam in seinem tänzelnden Gang an ihren Tisch, breitete die Arme aus und rief: «Querida mia – was machst du denn hier?»

Sie stellte ihn als Antonio de Garrido vor, ihren Partner bei einer kubanischen Tanznummer in den Keith Theaters, aber er machte ihr einen Strich durch die Rechnung, indem er sie als seine liebe Frau bezeichnete. Sie spürte, wie Tad bei diesen Worten zusammenzuckte. Dann aber, ganz unvermittelt, bemühte er sich um Tony und bestellte ihm etwas zu trinken. Er und Rogers steckten flüsternd die Köpfe zusammen und lachten. Und dann fragte Tad Tony, ob er sie nicht auf ihrer Kreuzfahrt begleiten wolle.

Sie sah, dass Tad sich betrunkener stellte, als er war. Als die beiden Männer aufstanden, um zu gehen, wusste sie, was kam. Tads Gesicht war knallrot. «Wir müssen wegen des Maschinenschadens mit dem Skipper reden», sagte er. «Vielleicht wird Señor de Garrido so freundlich sein, die Damen zum Hotel zu begleiten. Und tut nichts, was ich nicht auch tun würde.»

«Bis morgen früh, ihr Süßen», sagte Rogers.

Als sie zur Tür hinaus waren, stand Margo auf. «Na ja, in dieser Spelunke herumzusitzen hat wohl nicht viel Zweck. Da hast du uns ja was Schönes eingebrockt, Tony.»

Tony hatte Tränen in den Augen. «Bei mir ist alles sehr schlecht. Ich dachte, vielleicht erinnert sich meine kleine Margo ... wir haben uns doch sehr gerngehabt. Du kennst meinen patrón, Margo? Don Manfredo musste ganz plötzlich weg aus Havanna. Ich hatte gehofft, wir würden nach Paris reisen, aber er fuhr nur nach Miami. Jetzt sind wir keine Freunde mehr. Wir hatten Pech beim Roulette. Das Geld reicht nur noch für ihn selbst.»

«Warum suchst du dir keine Arbeit?»

«In diesen Kleidern? Ich schäme mich, mein Gesicht zu zeigen. Vielleicht könnten deine Freunde …»

«Du hältst dich von ihnen fern, verstanden?», fuhr Margo ihn an.

«Du hättest Rückfahrscheine kaufen sollen», jammerte Queenie. «Beim nächsten Mal denk daran: Wenn du irgendwohin fährst, immer mit Rückfahrschein.»

Tony brachte sie mit einem Taxi zum Hotel und bestand darauf zu bezahlen. Den Abschied gestaltete er als große Szene: «Kleine Margo, wenn wir uns nie mehr wiedersehen, dann denk daran, dass ich dich geliebt habe. Ich werde mich töten.» Als sie mit dem Fahrstuhl hinauffuhren, sahen sie ihn noch immer auf dem Bürgersteig vor dem Hoteleingang stehen.

Am nächsten Morgen wurden sie von einem Pagen geweckt, der ihnen auf einem Silbertablett einen Briefumschlag brachte. Es war ein Brief von Tad an Margo, die Handschrift war furchtbar krakelig. Er schrieb, die Kreuzfahrt sei abgesagt, denn der Tutor sei eingetroffen, und sie müssten seinen Dad in Palm Beach abholen. Er hatte fünf Zwanziger beigelegt.

«Oh, wie nett», rief Queenie und setzte sich im Bett auf, als sie das Geld sah. «Zu Fuß wäre das ein weiter Weg gewesen. Ehrlich, der Junge ist ein Kavalier.»

«Ein Bauer ist er», sagte Margo. «Fünfzig für dich, fünfzig für mich. Gut, dass ich in Miami ein Engagement habe.» Sie war erleichtert, als Queenie verkündete, sie werde mit dem nächsten Zug in das gute alte New York zurückkehren. Margo wollte keinen Einzigen von dieser ganzen Bande je wiedersehen.

Sie hatten noch nicht fertig gepackt, als plötzlich Tony in der Tür stand. Er sah ziemlich krank aus. Margo war so nervös, dass sie ihn anschrie: «Wer hat dich denn reingelassen?»

Tony ließ sich in einen Sessel fallen, legte den Kopf an die

Lehne und schloss die Augen. Queenie machte ihre Reisetasche zu, trat zu ihm und musterte ihn. «Der Typ sieht ziemlich verhungert aus. Ich glaube, ich bestelle ihm einen Kaffee oder so. Stimmt das, was er gesagt hat? Dass er dein Mann war?»

Margo nickte.

«Tja, du wirst irgendwas für ihn tun müssen. Armer Kerl. Ziemlich am Ende, oder?»

«Da könntest du recht haben», sagte Margo und sah sie beide mit heißen, trockenen Augen an.

An jenem Tag fuhr sie nicht nach Miami. Tony war krank und konnte nichts bei sich behalten. Wie sich herausstellte, hatte er seit einer Woche nichts gegessen und gestern Nacht schwer getrunken. «Ich wette, der nimmt irgendwas», flüsterte Queenie Margo ins Ohr.

Als Queenie zum Bahnhof aufbrach, mussten sie beide weinen. «Danke für die schöne Zeit, auch wenn sie nur kurz war», sagte Queenie.

Danach steckte Margo Tony ins Bett. Als man an der Rezeption Einwände erhob, sagte sie, es handele sich um ihren Mann. Sie mussten sich erneut einschreiben. Sie fühlte sich furchtbar, als sie «Mr. und Mrs. Antonio de Garrido» ins Gästebuch schrieb, doch als es einmal dastand, sah es gar nicht mal schlecht aus.

Tony brauchte drei Tage, um wieder auf die Beine zu kommen. Margo musste einen Arzt kommen lassen, der Tony Bromid und warme Milch verschrieb. Das Zimmer kostete sieben Dollar fünfzig am Tag, und der Arzt, die Medizin und das beim Zimmerservice bestellte Essen gingen ins Geld. Wie es aussah, würde sie den Ring, den Tad ihr geschenkt hatte, versetzen müssen.

Sie lebte wieder mit Tony zusammen und kam sich vor, als würde sie in einem Theaterstück spielen. Irgendwie mochte sie ihn noch immer, aber das hier war ganz und gar nicht das, was sie sich vorgestellt hatte. Als es ihm langsam besserging, malte er sich voller Zuversicht aus, was für hinreißende Nummern sie zusammen aufführen könnten. Vielleicht hatte das Cabaret in

Miami, bei dem sie unterschrieben hatte, Interesse. Immerhin war er ja ein freundlicher Mensch.

Doch immer wenn sie ausging, um sich die Haare ondulieren zu lassen oder sonst irgendetwas zu besorgen, war Tony bei ihrer Rückkehr in Gesellschaft eines der Liftboys, eines schmierigen, schwarzhaarigen Burschen, der ebenfalls Hispano zu sein schien. Als sie Tony darauf ansprach, lachte er und sagte: «Das ist nichts. Wir sprechen spanisch miteinander, sonst nichts. Er ist sehr aufmerksam.»

«Ja, sehr», sagte Margo. Sie fühlte sich so mies, dass ihr ohnehin alles egal war.

Eines Morgens war Tony verschwunden, ebenso wie das Geld in ihrer Handtasche und sämtlicher Schmuck bis auf den Diamantring, den sie am Finger trug. Als sie die Rezeption anrief und fragte, ob er die Rechnung beglichen habe, hieß es, er habe lediglich hinterlassen, dass sie um zwölf geweckt werden wolle. Niemand hatte ihn hinausgehen sehen. Der schmierige Liftboy war ebenfalls fort.

Margo hatte nur noch ihren Pelzmantel und fünfzehn Cent. Sie bat nicht um die Rechnung, wusste aber, dass sie fünfzig, sechzig Dollar betragen würde. Sorgfältig und mit Bedacht zog sie sich an und beschloss, in einem Schnellimbiss eine Tasse Kaffee zu trinken. Das war alles, was sie sich als Frühstück leisten konnte.

Es war ein warmer Frühlingstag, die geparkten Wagen glänzten in der Sonne, die Häuser und Geschäfte und Zeitungsstände wirkten frisch und luftig. Margo ging mit schrecklich leerem Magen die Hauptstraße von Jacksonville hinauf und hinunter. Sie betrachtete die Schaufenster von Kurzwarenläden, billigen Juweliergeschäften und Pfandleihen und studierte sorgfältig die Kinoprogramme. Mit einem Mal stand sie am Busbahnhof. Sie las die Preistabellen und Fahrpläne der Busse nach Miami und New Orleans und Tallahassee und Orlando und Tampa und Atlanta, Georgia, und Houston, Texas, und Los Angeles, Kalifornien. Im Busbahnhof gab es einen Schnellimbiss. Sie ging hinein, um ihre fünfzehn Cent auszugeben. Beim Pfandleiher würde sie mehr kriegen, wenn sie was im Magen hatte, dachte sie, als sie sich an die Theke setzte und einen Kaffee und ein Sandwich bestellte.

Wochenschau LVIII

Deine Augen glühn und saugen
mir die Seele aus dem Leib.
Valencia!
Deine Lippen sind die Klippen
Meines Lebens, holdes Weib.

was seinerseits typisch ist für das große Drama, das sich im Miami von heute abspielt. Noch vor zwanzig Jahren, als da, wo jetzt die Bay of Biscayne Bank ist, der Stall einer Farm, und da, wo jetzt die First National Bank ist, ein öffentlicher Grillplatz war, gab es hier, wo dieses ultramoderne Hotel mit Club steht, nichts als Urwald. Mein Vater und ich haben kleine Stücke davon gerodet und Gemüse angebaut, das ich dann an unserem Stand vor dem Hotel Royal Palm verkauft habe, damals ein prächtiges Hotel am Rand der Wildnis. Vor acht Jahren noch habe ich Tomaten

Valencia!

SUCHE NACH VERMISSTER BEUTE

FRAU ALS ANFÜHRERIN VON STRASSENRÄUBERN

Träger Strom fließt nach dem Süden,
Wo mein Sehnen Frieden sucht

RADIUM GIRLS LECKTEN AN PINSELN /484/

diese Halbinsel war jeden Monat weiß, obwohl es einige Monate gab, in denen West-Florida allenfalls als hell dargestellt

EVANGELISTINNEN ERWARTEN CHRISTUS IN NEW YORK

Wenn die kleine gelbe Meise
Kommt geflogen still und leise

Wir wollen, dass Sie unser Kreditsystem zu Ihrem größtmöglichen Vorteil nutzen. Kleine Anzahlungen und den Rest nach Belieben in kleinen Raten.

Keine Tränen wird's mehr geben
Wenn sie anstimmt ihre Weise

FORDERT, STREIKS ALS VERBRECHEN ZU BEHANDELN

Wenn sie anstimmt ihre Weise
Und die süßen Töne schweben
Wenn die kleine gelbe Meise

schon frühmorgens frisch und munter, etwaige Müdigkeit oder andere Folgen einer soeben beendeten langen, strapaziösen Reise waren ihm nicht anzumerken. Sein hervorragend geschnittener Seidenanzug, durch Webart, Textur und Farbe ausnehmend gut geeignet für tropische Sommertage, wies keine einzige Falte auf. Die Krawatte mit der edelsteinbesetzten Nadel und der Fingerring standen als kleine Details in perfektem Einklang mit der makellosen Kleidung. Obgleich klein von Statur und im Auftreten zurückhaltend, erteilte er Bauaufträge im Wert von 20 Millionen Dollar mit ebenso wenig Aufhebens wie ein Fahrgast, der beim Straßenbahnschaffner einen Fahrschein kauft.

Die Camper von Kitty Hawk

Am siebzehnten Dezember neunzehnhundertdrei erhielt Milton Wright, Bischof der Kirche der Vereinigten Brüder und vormaliger Herausgeber des *Religious Telescope*, in seinem Holzhaus in der Hawthorn Street in Dayton, Ohio, ein Telegramm von seinen Söhnen Wilbur und Orville, die sich in den Kopf gesetzt hatten, ihren Urlaub in den Dünen an der Küste von North Carolina zu verbringen, wo sie in einem kleinen Zeltlager lebten und mit einem selbstgebauten Segelflugzeug experimentierten. Das Telegramm lautete:

ERFOLG DONNERSTAG MORGEN VIER FLUEGE ALLE MIT 33 KM/H GEGENWIND START AUSSCHLIESSLICH MIT MOTORKRAFT VON EBENER ERDE DURCHSCHNITTSGESCHWINDIGKEIT 50 KM/H LÄNGSTER FLUG 57 SEK. INFORMIERT PRESSE WEIHNACHTEN DAHEIM

Die Zahlen stimmten nicht ganz, denn der Telegraphist hatte Orvilles hastig gekritzelte Schrift nicht richtig entziffern können,
aber Tatsache ist,
dass zwei junge Fahrradmechaniker aus Dayton, Ohio,
das erste brauchbare Flugzeug der Geschichte
entworfen, konstruiert und geflogen hatten.

Nachdem wir den Motor ein paar Minuten hatten warm laufen lassen, löste ich das Drahtseil, mit dem die Maschine festgemacht war, und sie begann, sich gegen den Wind in Bewegung zu setzen. Wilbur lief mit und hielt die eine Tragfläche, damit die Maschine auf der Startbahn im Gleichgewicht blieb. Im Gegensatz zu dem Start bei Windstille am 14. kam sie bei einem Gegenwind von 43 km/h nur sehr langsam auf Tempo. Wilbur konnte mithalten, bis sie nach etwa zwölf Metern abhob. Einer von der Sicherheitsbereitschaft löste die Kamera aus, als die Maschine das Ende der Startbahn erreicht und etwa einen halben Meter Höhe gewonnen hatte. Das Steigen und Sinken gestaltete sich sehr sprunghaft, teils wegen unsteter Luftbewegungen, teils weil wir noch nicht genug Erfahrung im Steuern besaßen. Der Flug endete fünfunddreißig Meter nach dem Abheben mit einem unvermittelten Sturz. Er dauerte zwar nur zwölf Sekunden, war aber der erste in der Geschichte der Menschheit, bei dem eine bemannte Maschine sich aus eigener Kraft in die Luft erhoben und sich ohne Geschwindigkeitsverlust vorwärtsbewegt hatte, um schließlich an einem Punkt zu landen, der ebenso hoch liegt wie der Startpunkt.

Etwas später an diesem Tag wurde die Maschine von einer Bö erfasst und umgeworfen. Sie begrub einen Mann der Küstenwache unter sich, der versucht hatte, sie festzuhalten, und hätte ihn dabei fast getötet;
das war schade,
aber die Brüder Wright waren so glücklich, dass es ihnen egal war,
denn sie hatten bewiesen, dass das verdammte Ding fliegen konnte.

Nachdem diese Punkte eindeutig geklärt waren, packten wir unsere Sachen zusammen und kehrten nach Hause zurück in dem Wissen, dass das Zeitalter der Flugmaschinen endlich begonnen hatte.

Weihnachten verbrachten sie in Dayton, Ohio, wo sie in den siebziger Jahren in eine Familie hineingeboren worden waren, deren Vorfahren sich achtzehnhundertvierzehn westlich der Alleghenies niedergelassen hatten, in Dayton, Ohio. Dort hatten sie Grundschule und Highschool besucht, in der Kirche ihres Vaters am Gottesdienst teilgenommen, Baseball und Hockey gespielt, an Barren und Trapez geturnt, Zeitungen verkauft, sich aus allerlei alten Teilen vom Schrottplatz eine Druckmaschine gebaut, Drachen konstruiert und an mechanischen Apparaten gebastelt, und in der ganzen Stadt kannte man sie als anstellige Jungen, die alle möglichen Arbeiten erledigten, um sich auf ehrliche Weise etwas zu verdienen.

Die Leute behaupteten, ein Spielzeug, das der Bischof eines Tages nach Hause gebracht habe – ein Hubschrauber, der angeblich mittels zweier von Gummibändern angetriebener Propeller in der Luft schweben konnte –, habe seine beiden jüngsten Söhne dazu gebracht, sich für das Fliegen zu interessieren,

sodass sie nicht heirateten, wie andere junge Männer es taten, sondern zu Hause blieben, die ganze Zeit an irgendwas herumbastelten, sich ihr Geld mit Akzidenzdruck

und Fahrradreparaturen verdienten

und bis spät in der Nacht Bücher über Aerodynamik lasen.

Sie waren angesehene Mitglieder der Kirchengemeinde, ihre Fahrradwerkstatt lief gut, auf ihr Wort war Verlass. Man schätzte sie in Dayton.

In jenen Tagen wurden Flugapparate von allen Stammtischphilosophen verlacht. Langleys[485] und Chanutes[486] ge-

scheiterte Versuche kommentierte man landauf, landab mit einem höhnischen «Ich hab's ja gleich gesagt». Das große Problem der Wrights war, einen Ort zu finden, der so abgelegen war, dass sie ihre Versuche durchführen konnten, ohne sich zum allgemeinen Gespött zu machen. Außerdem hatten sie nur wenig Geld;
sie waren Mechaniker; wenn sie etwas brauchten, bauten sie es selbst.

Ihre Wahl fiel auf Kitty Hawk,
auf die großen Dünen und Sandflächen, die sich seewärts des Albemarle Sound nach Süden in Richtung Hatteras erstrecken,
eine riesige Sandfläche,
vollkommen leer bis auf eine Station der Küstenwache, ein paar Fischerhütten und die Schwärme von Moskitos und die Zecken und Sandflöhe im Strandhafer,
und darüber die Möwen und die gewandt herabstoßenden Seeschwalben, abends Fischadler und Kraniche, die auf großen Schwingen über die Salzmarschen flogen, gelegentlich Seeadler,
und die Brüder Wright verfolgten ihren hohen Flug,
wie Leonardo es schon Jahrhunderte zuvor getan hatte,
mit scharfem, aufmerksamem Blick,
um die Gesetze des Fliegens zu ergründen.
Sechs Kilometer von den Hütten entfernt errichteten die Wrights ein Lager und einen Schuppen für die Gleitapparate. Es war ein weiter Weg, und sie mussten Lebensmittel und Werkzeug und alles andere, das sie vielleicht brauchen würden, mitnehmen; im Sommer war es dort heiß wie in einem Backofen, und die Moskitos waren die reine Hölle;
aber sie waren allein
und fanden, dass dieser lockere Sand einen Sturz besser dämpfen würde als alles andere.

Mit einem Gleitapparat, bestehend aus zwei Tragflächen und einem Heck, bei dem man, auf dem Bauch liegend, durch Hüftbewegungen die Verwindung der Tragflächen kontrollierte, hoben sie von morgens bis abends immer wieder von einer hohen Düne namens Kill Devil Hill ab
und lernten fliegen.

Einmal gelang es einem von ihnen, für ein paar Sekunden auf der Stelle zu schweben
und mit einem Aufwind ein wenig an Höhe zu gewinnen,
und sie beschlossen, dass es an der Zeit war,
ihren Doppeldecker mit einem Motor zu versehen.

In ihrer Werkstatt in Dayton, Ohio, bauten sie einen Windkanal – das war ihr erster großer Beitrag zur Wissenschaft vom Fliegen – und erprobten Modellflugzeuge.
Es gelang ihnen nicht, Hersteller von Benzinmotoren zu interessieren, also bauten sie selbst einen.
Es funktionierte. Nach jenem Weihnachten neunzehnhundertdrei taten die Brüder Wright es nicht mehr nur zum Spaß; sie gaben die Fahrradwerkstatt auf, bekamen vom Besitzer, dem örtlichen Bankier, die Erlaubnis, eine große Kuhweide für Übungsflüge zu nutzen, und wenn sie nicht an ihrem Apparat arbeiteten, machten sie Werbung, sorgten sich um Patente, Patentverletzungen und Spionage und versuchten, Regierungsbeamte zu interessieren und aus den aalglatten, komplizierten, schrecklich entmutigenden Worten von Anwälten schlau zu werden.
Binnen zwei Jahren hatten sie ein Flugzeug entwickelt, das, über der Weide kreisend, fünfunddreißig Kilometer am Stück zurücklegen konnte.
Die Leute im Überlandbus verrenkten sich, aufgeschreckt vom Knattern des alten Wright-Motors und dem Anblick des weißen Doppeldeckers, den Hals, wenn sie an der

Weide vorbeifuhren. Es sah aus, als würden zwei übereinander montierte Bügelbretter in fünfzehn Meter Höhe durch die Luft fliegen. Die Kühe hatten sich bald daran gewöhnt.

Als die Flüge länger wurden,
fanden die Wrights Investoren,
führten Prozesse
und lagen nachts wach, um den Schlaf gebracht vom Sirren der Phantom-Millionen, schlimmer als die Moskitos in Kitty Hawk.

Neunzehnhundertsieben fuhren sie nach Paris,
ließen sich mit Abendanzügen und Seidenzylindern ausstaffieren,
lernten, Trinkgeld zu geben,
sprachen mit Regierungsexperten, gewöhnten sich an goldene Tressen und Aufschübe, an Spitzbärte und die ausgebreiteten Hände von Politikern. Zum Zeitvertreib
spielten sie Diabolo in den Tuilerien.

Sie veranstalteten Flugvorführungen in der Nähe von Fort Myers, wo es den ersten tödlichen Unfall gab, des Weiteren in St. Petersburg, Paris, Berlin; in Pau waren sie die große Attraktion,
sodass der Hoteldirektor
kein Geld für das Zimmer wollte.
Alphonso von Spanien schüttelte ihnen die Hand und ließ sich in der Maschine sitzend fotografieren,
König Edward wohnte einer ihrer Vorführungen bei,
der Kronprinz wollte unbedingt mitfliegen,
es begann Orden zu regnen.

Sie wurden beglückwünscht vom russischen Zaren
und vom italienischen König, von Amateursportlern, Emporkömmlingen und päpstlichen Würdenträgern,
und ausgezeichnet von einer Gesellschaft zur Förderung des Weltfriedens.

Aeronautik wurde zum Modesport.
Die Wrights waren anscheinend nicht sonderlich beeindruckt von Polstermöbeln und Tressen und goldenen Medaillen und Paradepferden;
sie blieben praktisch orientierte Mechaniker
und bestanden darauf, alles selbst zu erledigen,
bis hin zum Befüllen des Tanks.

Neunzehnhundertelf waren sie wieder in den Dünen bei Kitty Hawk. Sie hatten ein neues Segelflugzeug.
Orville blieb damit neuneinhalb Minuten in der Luft. Das war lange Zeit der Weltrekord für antriebslosen Flug.
Im selben Jahr starb Wilbur in Dayton an Typhus.
Die Fülle neuer Namen: Farman, Blériot, Curtiss, Ferber, Esnaut-Peltrie, Delagrange;
die schnaubenden Detonationen von Bomben, das Jaulen und Prasseln von Schrapnellen, das unvermittelte Rattern von Maschinengewehren, nachdem der Motor dort oben abgestellt worden ist,
und wir werfen uns in den Schlamm,
machen uns klein, drücken uns in die Winkel zerstörter Mauern,
die Brüder Wright verschwanden aus den Schlagzeilen,
aber nicht einmal die Schlagzeilen oder der bittere Dunst der Druckerschwärze oder die Gasschwaden oder das Geplauder der Aktienhändler auf dem Börsenparkett oder das Getöse von Phantom-Millionen oder die Reden hoher Offiziere bei der Kranzniederlegung an neuen Denkmälern

können die Erinnerung
an den kalten Dezembertag tilgen,
an dem zwei zitternde Fahrradmechaniker aus Dayton, Ohio,
zum ersten Mal erlebten, dass sich ihr selbstgebauter Apparat
aus dünnen Hickoryleisten,
verklebt mit Arnsteins Fahrradkitt
und bespannt mit Musselinbahnen, die sie mit der Nähmaschine ihrer Schwester im Hof ihres Hauses in der Hawthorn Street in Dayton, Ohio, zusammengenäht hatten,
in die Luft schwang,
hoch über den Dünen und dem breiten Strand
bei Kitty Hawk.

Wochenschau LIX

der Fremde, der Detroit zum ersten Mal besucht und sich für das geschäftige Wirtschaftsgetriebe unserer modernen Zeit interessiert, wird dort einen staunenswerten industriellen Bienenstock vorfinden; sollte er Naturliebhaber sein, wird ihm nicht entgehen, wie bemerkenswert die Lage der Stadt ist, liegt sie doch an jener stolzen Schifffahrtsstraße, der Detroit seinen Namen verdankt /487/; ein Liebhaber von Geschichte und Geschichten hingegen wird Legenden und Aufzeichnungen entdecken, die zu den unterhaltsamsten und lehrreichsten des Kontinents gehören

Ich sehne mich nach Omaha,
Nach meinem kleinen Häuschen da,

DETROITS AUTOMOBILHERSTELLER SIND DIE BESTEN DER WELT

Ich will zu Pa,
Ich will zu Ma,
Ich sehne mich nach Omaha.

DETROIT IST FÜHREND BEI DER HERSTELLUNG VON

PHARMAZEUTISCHEN PRODUKTEN
HERDEN ÖFEN HEIZUNGEN
RECHENMASCHINEN
FARBEN UND LACKEN
SCHIFFSMOTOREN
OVERALLS
SALZ- UND SODAPRODUKTEN
SPORTSCHUHEN
SPIRALBOHRERN
SCHAUKÄSTEN
KORSETTEN
BENZINLÖTLAMPEN
LASTWAGEN

Bitte, lieber Radiomann,
Bitte tu, was ich nicht kann,
Ich fühle mich so einsam hier,
Schick meine Mama heim zu mir.

DAS DYNAMISCHE DETROIT IST UNTER DEN ERSTEN BEI

HÜTTEN- UND MASCHINENBAUERZEUGNISSEN
MESSING UND MESSINGPRODUKTEN
TABAK UND ZIGARREN
ALUMINIUMGUSSERZEUGNISSEN
EISEN UND STAHL
SCHMIERVORRICHTUNGEN
GUSSEISEN
METALLBETTEN

Nach Haus, wo meine Wiege stand,
Auf Gottes Erde das schönste Land:
Kalifornien, meine Heimat!

«DETROIT – WO DAS LEBEN LEBENSWERT IST»

Charley Anderson

Das Erste, was Charley hörte, als er aus dem Cockpit stieg, war Farrell, der rief: «Charley Anderson, der Mann, der weiß, wie's geht! Willkommen im kleinen alten Detroit!» Und dann sah er Farrells rundes Gesicht, als dieser über den grünen Rasen auf ihn zukam, und den großen, weit aufgerissenen Mund. «Ziemlich holprig, oder?»

«Vor allem verteufelt kalt», sagte Charley. «Soll das hier ein Flugplatz sein?»

«Wir sind dabei, der Handelskammer einzuheizen. Vielleicht könntest du denen auch mal ein paar Worte dazu sagen.»

«In dem Matsch da bin ich jedenfalls ganz schön ins Schlingern gekommen. Mann, ich hab's so eilig gehabt, dass ich nicht mal eine Zahnbürste mitgenommen habe.»

Charley zog die Handschuhe aus. Sie hatten sich mit Öl aus

einem Leck vollgesogen, das ihm beim unruhigen Flug über die Hügel Probleme bereitet hatte. Ihm tat der Rücken weh. Gut, dass Bill Cermak da war, um die Kiste in den Hangar zu schieben. «Na, dann mal los», sagte er.

«Prima», rief Farrell und legte ihm die Hand auf die Schulter. «Wir fahren bei mir vorbei und schauen mal, ob wir was zum Anziehen für dich finden.»

In diesem Augenblick fuhr ein Taxi auf das Rollfeld. Taki stieg aus. Er eilte mit Charleys Koffer herbei und war ganz außer Atem. «Hatten eine gute Flug, Sir?»

«Check», sagte Charley. «Hast du mir eine Wohnung besorgt?»

«Sehr schöne billige Wohnung mit Aufzug gegenüber von Museum of Municipal Art», keuchte Taki mit seiner Quietschstimme.

«Das nenne ich einen prompten Service», sagte Farrell und stellte den Fuß auf den Anlasser seiner kittgrauen Lincoln-Limousine. Der Motor schnurrte seidig.

Taki verstaute den Koffer, und Charley setzte sich neben Farrell. «Taki findet, wir haben keine Kultur», sagte er lachend. Farrell zwinkerte.

Es war schön, neben dem gutgekleideten Farrell hinter dem großen, leise surrenden Motor zu sitzen und sich einer sanften Schläfrigkeit hinzugeben, als sie auf breiten, schnurgeraden Boulevards in die Stadt fuhren. Hier und da kamen sie an einer Baustelle vorbei, und dann roch es nach neuen Ziegeln, rohem Holz und frischem Zement. Ein rauer Wind, durchzogen von kleinen Schwaden sumpfiger Wärme, brachte von den Feldern und Gärten einen Hauch von Vorfrühling mit.

«Da ist unsere bescheidene Hütte», sagte Farrell, bog in eine geschwungene Zufahrt ein und bremste an der Ecke eines langen grauen Hauses, das sich mit seinen Spitzbogenfenstern und gotischen Türmchen wie eine Kathedrale ausnahm. Sie stiegen aus, und Charley folgte ihm zwischen Reihen von in Töpfen gepflanzten Buchsbäumen hindurch, über eine Terrasse und durch eine verglaste Tür in ein Billardzimmer mit reich geschnitzter Decke. «Das ist mein Spielzimmer», sagte Farrell. «Irgendwo muss man sich ja entspannen. Hier ist ein Bad, da kannst du dich umziehen. Ich bin in zehn Minuten wieder da.»

Das Bad war groß, ganz in Jadegrün gehalten und mit Couch, Sessel und Stehlampe ausgestattet. In einer Ecke lagen ein Paar Hanteln und Keulen. Charley duschte und zog frische Kleider an. Er band sich gerade seine schönste Krawatte um, als Farrell durch die Tür rief: «Alles in Ordnung da drinnen?»

«Check», sagte Charlie und trat hinaus. «Ich fühle mich wie ein Millionär.»

Farrell sah ihn mit einem seltsamen Blick an und lachte. «Warum auch nicht?»

Das Büro befand sich in einem von mehreren unfertigen Bürogebäuden, die im Kreis um den Grand Circus Park errichtet wurden. «Du hast doch nichts dagegen, dass ich dich erst mal mit unseren Werbeleuten bekannt mache, oder?», sagte Farrell. «Eddy Sawyer ist ein toller Bursche. Danach setzen wir uns in meinem Büro zusammen und essen was.»

«Check», sagte Charley.

«Hier ist Ihr Flieger, Eddy», rief Farrell und schob Charley in ein großes, helles Büro mit orangeroten Vorhängen. «Eddy Sawyer, das ist Charley Anderson, unser neuer technischer Berater. Sagen Sie Bescheid, wenn Sie ihn durch die Mühle gedreht haben.»

Eddy Sawyer war ein kleiner Mann mit blondem Haar, einem gelblichen Teint und den Manieren und der Ausdrucksweise eines Oberschülers, der sich das Rauchen angewöhnt hat. Er schüttelte Charley kräftig die Hand, fragte ihn, wie ihm diese neuen Büroräume gefielen, erläuterte, das Orangerot stehe für Optimismus, erkundigte sich, ob Charley beim Fliegen je übel werde, erklärte, bei ihm sei das jedes Mal der Fall, was in dieser Branche natürlich ein verdammtes Pech sei, und holte unter seinem

Schreibtisch eine Flasche Whiskey hervor. «Ich wette, J. Y. hat Ihnen noch nichts angeboten. Der Mann lebt von Luft – der reinste Salamander.»

Charley sagte, er wolle nur einen kleinen Schluck, und Eddy Sawyer stellte zwei Gläser, in denen bereits Eiswürfel waren, und einen Siphon auf den Tisch. «Sagen Sie stopp.» Charley nippte an seinem Glas, während Eddy seins hinunterstürzte, sich in seinem Drehstuhl zurücklehnte und sagte: «Nun, Mr. Anderson, dann würde ich, wenn's Ihnen nichts ausmacht, gern Ihre Lebensgeschichte hören – jedenfalls die druckfähigen Teile. Wir wollen sie noch nicht sofort verwenden, aber es ist immer gut, das Material schon mal zu haben – dann kann man es einsetzen, wenn die Situation es erfordert.»

Charley errötete. «Da gibt's eigentlich nicht viel zu erzählen.»

«Wunderbar», sagte Eddy Sawyer, schenkte nach und stellte die Flasche beiseite. «So fangen die besten Geschichten an.» Er drückte auf einen Knopf, und eine Stenographin mit Lockenkopf und einem hübschen, rosigen Puppengesicht kam herein und setzte sich mit ihrem Block auf die andere Seite des Tischs. Während Charley durch seine Geschichte stolperte, ermahnte er sich ständig: Pass auf, alter Junge, mach dich nicht gleich am ersten Tag zum Idioten. Noch bevor sie fertig waren, streckte Farrell den Kopf durch die Tür und sagte, sie sollten kommen, man erwarte sie bereits.

«Na, habt ihr alles erledigt? Charley, ich möchte dir unseren Verkaufsdirektor vorstellen: Joe Stone – Charley Anderson. Das sind Mr. Frank und Mr. O'Brien, unsere juristischen Sturmgeschütze, und das hier ist Mr. Bledsoe von der Produktion – das wäre dann also dein Ressort.»

Charley schüttelte Hände. Ein Kopf mit glattgekämmtem schwarzem Haar und Mittelscheitel, zwei Glatzen, ein stahlgrauer Kopf mit Bürstenschnitt. Kneifer, Schildpattbrille, ein kleiner Schnurrbart.

«Ja, ja, wir sind fertig», stotterte Eddy Sawyer nervös. «Ich weiß jetzt so viel über ihn, dass ich ihn jederzeit erpressen und mich zur Ruhe setzen könnte.»

«Ein toller Anfang, junger Mann», sagte Cyrus Bledsoe, der grauhaarige Mann, schroff. «Ich hoffe, Sie haben auch noch ein paar andere Ideen.»

«Check», sagte Charley.

Mit Ausnahme von Bledsoe, der knurrte, er esse nie zu Mittag, gingen dann alle in den Athletic Club, wo ein Séparée und Cocktails auf sie warteten. Als sie mit dem Aufzug hinauffuhren, sagte eine Stimme hinter Charley: «Wie geht's denn so, Charley?», und als Charley sich umdrehte, fand er sich Andy Merritt gegenüber, dessen dunkelgrauer Anzug noch besser zu sitzen schien als sonst. Sein säuerliches Lächeln war außergewöhnlich dünn.

«Was machen Sie denn hier?», entfuhr es Charley.

«Detroit», sagte Andy Merritt, «ist eine Stadt, die mich schon immer ganz besonders interessiert hat.»

«Wie geht's eigentlich Joe?», fragte Charley.

Andy Merritt verzog schmerzlich das Gesicht, und Charley hatte das Gefühl, er hätte lieber den Mund halten sollen. «Als ich ihn zuletzt gesehen habe, war er bei bester Gesundheit», sagte Merritt. Wie sich herausstellte, würde er ebenfalls an dem Essen teilnehmen.

Als die Filets mignons serviert waren, erhob sich Farrell und hielt eine Rede. Dieses Essen markiere den Beginn einer neuen Ära in der Herstellung von Flugzeugteilen und Motoren. Das Flugzeug dürfe nicht mehr am Rocksaum der Automobilindustrie hängen, denn es werde die Autohersteller im Handumdrehen in einen Haufen Fahrradfabrikanten verwandeln. Eine Millionenbranche müsse auch auf Millionenart gemanagt werden. Es gab beifällige Rufe und Applaus, doch Farrell hob die Hand und sprach über Charley Andersons Laufbahn als Fliegerass und Erfinder und sagte, dies sei ein sehr glücklicher Tag, ein Tag, auf den er lange gewartet habe, denn heute könne er diesen Mann im Schoß der Tern-Familie willkommen heißen. Eddy Sawyer ließ

Anderson hochleben, und Charley musste aufstehen und sagen, wie sehr er sich freue, hier zu sein, in den großen Weiten und dem eigentlichen industriellen Herzen des Landes, und wenn man vom industriellen Herzen des Landes spreche, meine man im Grunde das industrielle Herz der ganzen Welt. Eddy Sawyer ließ ihn abermals hochleben, und dann widmeten sich alle ihrem Pfirsich Melba.

Als sie ihre Hüte in der Garderobe im Erdgeschoss holten, klopfte Andy Merritt Charley auf die Schulter und sagte: «Das war eine sehr gute Rede. Wissen Sie, ich finde schon seit einiger Zeit, dass wir einen entschlossenen Schritt tun müssen. Große Geschäfte macht man nicht mit Kleinstadtideen. Das ist das Problem mit dem guten alten Joe, der übrigens ein ganz wunderbarer Mensch ist … aber eben ein Kleinstadtmensch.»

Charley sah sich die Wohnung an. Taki hatte alles sehr schön hergerichtet, mit Blumen in Vasen und so weiter. «Sehr schick», sagte Charley. «Wie gefällt es dir in Detroit?»

«Sehr interessant», sagte Taki. «Mr. Ford hat erlaubt Besichtigung von Highland Park /488/.»

«Mann, du verschwendest wirklich keine Zeit. Bei euch zu Hause gibt's keine Fließbänder, stimmt's?»

Taki grinste und nickte. «Sehr interessant», sagte er noch einmal mit Nachdruck.

Charley zog Jacke und Schuhe aus und legte sich auf das Wohnzimmersofa, um ein kleines Nickerchen zu machen, doch er hatte, wie ihm schien, kaum die Augen geschlossen, als Taki grinsend und sich verbeugend in der Tür stand.

«Tut mir sehr leid, Sir: Ferngespräch – Mr. Benton.»

«Check», sagte Charley.

Taki hatte ihm Pantoffeln bereitgestellt und den Bademantel diskret auf den Sessel neben dem Sofa gelegt. Als er am Telefon stand, bemerkte Charley, dass es bereits dämmerte und die Straßenlaternen eingeschaltet wurden.

«Hallo, Nat.»

«Hallo, Charley. Na, wie geht's Ihnen?»

«Prima», sagte Charley.

«Ich wollte Ihnen nur sagen, dass Sie und Andy Merritt bei der nächsten Versammlung der Tern-Aktionäre zu Vizepräsidenten ernannt werden sollen.»

«Woher wissen Sie das?»

Nat lachte nur.

«Der reinste Nachrichtendienst», sagte Charley.

«Tja, dafür sind wir da», sagte Nat. «Übrigens, Charley: Hier hat sich ein kleiner Pool gebildet. Ich beteilige mich daran, und ich dachte, Sie würden vielleicht auch mitmachen wollen. Am Telefon kann ich's Ihnen nicht in allen Einzelheiten erklären, aber ich hab Ihnen heute einen Brief geschickt.»

«Ich habe aber kein Geld zur Verfügung.»

«Sie könnten Aktien im Wert von zehntausend hinterlegen. Nur für kurze Zeit.»

«Check», sagte Charley. «Man muss nach den Sternen greifen, und dieses Jahr ist mein Glücksjahr.»

Die Fabrik war groß. Charley fuhr am nächsten Morgen in einem neuen Buick hin, den er beim Händler nebenan gekauft hatte. Der Mann schien ihn zu kennen und wollte nicht einmal eine Anzahlung haben. «Es ist mir eine Ehre, Ihnen ein Konto eröffnen zu dürfen, Mr. Anderson», sagte er.

Der alte Bledsoe schien ihn erwartet zu haben und führte ihn herum. Große Dachfenster ließen Licht in die Hallen. Nirgends war ein Treibriemen zu sehen, jede Maschine hatte ihren eigenen Motor. «Farrell denkt, ich bin rückständig, weil ich nicht die ganze Zeit über Millionen rede, aber verdammt – wenn's irgendwo eine modernere Fabrik als die hier gibt, fress ich einen Scheißdynamo.»

«Mann, ich dachte, wir in Long Island City wären ziemlich auf der Höhe der Zeit, aber das hier schlägt wirklich alles.»

«Soll es ja auch», knurrte Bledsoe.

Zuletzt stellte er Charley die Betriebsingenieure vor und

führte ihn in den Raum neben dem Konstruktionsbüro, in dem er in Zukunft arbeiten sollte. Bledsoe schloss die Milchglastür, und dann setzten sie sich im silbrigen Licht, das durch das Dachfenster fiel, einander gegenüber an den Tisch. Bledsoe zog einen Stumpen hervor und bot Charley ebenfalls einen an. «Haben Sie so was schon mal geraucht? Das macht einen klaren Kopf.»

Charley sagte, er wolle alles wenigstens ein Mal probieren. Sie zündeten die Stumpen an, und Bledsoe stieß gewaltige blaue, beißende Rauchwolken aus und sagte: «Also, Anderson, ich hoffe, Sie sind hierhergekommen, um mit uns zu arbeiten, und nicht, um mit Ihren verdammten Aktienpaketen zu jonglieren. Ich weiß, Sie sind ein Kriegsheld und so und machen was her, aber ich hab das Gefühl, es könnte sein, dass Sie außerdem auch was im Kopf haben. Ich sag das jetzt nur einmal und dann nie mehr: Wenn Sie mit uns arbeiten, dann arbeiten Sie mit uns – wenn nicht, setzen Sie sich lieber ins Büro Ihres Börsenmaklers, wo Sie hingehören.»

«Aber Mr. Bledsoe», stammelte Charley, «das ist die Chance, auf die ich gewartet habe. Ich bin doch bloß ein Mechaniker. Das weiß ich.»

«Na, das hoffe ich. Wenn Sie das sind und kein verdammter Anleihenverkäufer, dann wissen Sie, dass unsere Motoren beschissen sind, genauso beschissen wie die Kisten, in die sie eingebaut werden. Wir liegen zehn Jahre hinter den anderen zurück und müssen aufholen. Wir haben einen Produktionsapparat, mit dem wir sie alle an die Wand drücken können – wenn wir nur erst die richtigen Konstruktionen haben. Und jetzt gehen Sie nach Hause und betrinken Sie sich oder gehen Sie in nen Puff – tun Sie, was immer Sie tun, wenn Sie sich den Kopf zerbrechen, und denken Sie über dieses verdammte Problem nach.»

«So was mache ich nicht mehr», sagte Charley. «Davon hab ich in New York genug gehabt.»

Bledsoe stand abrupt auf, sodass die Asche des Stumpens auf seine Alpakaweste fiel. «Dann sollten Sie heiraten.»

«Daran hab ich auch schon gedacht, aber leider weiß ich nicht, wer der zweite Name auf dem Trauschein sein könnte», sagte Charley und lachte.

Bledsoe lächelte. «Konstruieren Sie mir einen ordentlichen, leichten, zuverlässigen, luftgekühlten Sechzehnzylindermotor, und ich sage meiner Tochter, sie soll Sie mit den hübschesten Mädchen von Detroit bekannt machen. Sie kennt sie alle. Und falls Sie's auf Geld abgesehen haben – die schwimmen in Geld.» Das Telefon summte. Bledsoe nahm den Anruf an, murmelte etwas vor sich hin und stapfte hinaus.

Gegen Mittag kam Farrell und lud Charley zum Essen ein. «Hat dir der alte Bledsoe eine Predigt gehalten?», fragte er. Charley nickte. «Nimm es dir nicht zu Herzen – er bellt, aber er beißt nicht. Er wäre nicht hier, wenn er nicht der beste Werksleiter im ganzen Land wäre.»

Bei einem Tanzabend im Country Club, zu dem Farrell und seine Frau, eine hagere, missvergnügte Blondine, ältlich und mit Diamanten behängt, ihn mitnahmen, lernte Charley Bledsoes Tochter Anne kennen. Sie war eine breitschultrige junge Frau in einem rosaroten Kleid mit einem großen, freundlich lächelnden Mund und kräftigem Händedruck. Charley gefiel sie auf Anhieb. Sie tanzten zu *Just a Girl That Men Forget*, und sie erzählte ihm, sie fliege leidenschaftlich gern und habe schon fünf Flugstunden genommen. Charley sagte, wenn sie sich für eine Curtiss-Robin nicht zu schade sei, werde er sie jederzeit gern mitnehmen. Sie antwortete, er solle lieber keine leeren Versprechungen machen, denn was sie sich vornehme, das tue sie auch. Dann unterhielten sie sich über Golf, und er verriet ihr mit keinem Wort, dass er in seinem ganzen Leben noch nie einen Golfschläger in der Hand gehabt hatte.

Als er mit zwei Tellern Hühnersalat vom Buffet zurückkehrte, saß sie unter einem japanischen Lampion an einem runden Tisch, in Gesellschaft eines blassen jungen Mannes, der sich als ihr Bruder Harry erwies, und einer jungen Frau mit wunderschönem aschblondem Haar und einem leichten Südstaatenakzent, die Gladys Wheatley hieß und mit Harry Bledsoe verlobt zu sein schien (oder so ähnlich). Er hatte einen silbernen Flachmann, aus dem er Gin in die Obstbowle gab, hielt ihre Hand und nannte sie Glad. Sie waren allesamt jünger als Charley, bemühten sich aber sehr um ihn und sagten immer wieder, dass Detroit eigentlich ein grässliches Provinznest sei. Als Charley ein bisschen Gin intus hatte, erzählte er zum ersten Mal in seinem Leben Geschichten aus dem Krieg.

Er fuhr Anne nach Hause. Der alte Bledsoe öffnete die Tür. Er hatte eine Nummer des *Engineering Journal* in der Hand und sagte: «Wie ich sehe, habt ihr euch miteinander bekannt gemacht.»

«Ja, Dad, wir sind schon gute Freunde», sagte Anne. «Charley wird mir das Fliegen beibringen.»

Bledsoe schnaubte und knurrte: «Sie fahren jetzt nach Hause und kümmern sich um diesen Motor, junger Mann», bevor er die Tür vor Charleys Nase schloss.

Den ganzen Sommer hielten es alle für ausgemacht, dass Charley und Anne verlobt waren. An ruhigen Nachmittagen machte er ein, zwei Stunden früher Feierabend und lieh sich am Flugplatz eine Maschine aus, damit Anne Gelegenheit hatte, Flugstunden zu sammeln, und sonntags spielten sie Golf. Sonntags morgens stand Charley früh auf und nahm Golfstunden bei einem Lehrer im Sunnyside Club, wo ihn niemand kannte. An den Samstagen aßen sie oft bei den Bledsoes zu Abend und gingen anschließend zum Tanzen in den Country Club. Gladys Wheatley und Harry waren gewöhnlich mit von der Partie. Bei den anderen jungen Leuten im Club galten sie als Quartett. Der alte Bledsoe schien es mit Wohlgefallen zu sehen, dass Charley sich mit seinen Kindern zusammentat, und behandelte ihn wie ein Familienmitglied. Charley war vergnügt, die Arbeit machte ihm Spaß, und nach den Jahren in New York fühlte er sich in Detroit wie zu Hause. Er und Nat machten ein paar vorteilhafte Börsengeschäfte. Als Vizepräsident und technischer Berater der Tern Company verdiente er fünfundzwanzigtausend Dollar im Jahr.

Der alte Bledsoe murrte, das sei eindeutig zu viel für einen jungen Ingenieur, freute sich aber, dass Charley das meiste davon in eine kleine Versuchswerkstatt investierte, in der er und Bill Cermak einen neuen Motor entwickelten. Bill Cermak war mit seiner Familie von Long Island nach Detroit gezogen und steckte voller Ideen für mechanische Verbesserungen. Charley hatte so viel zu tun, dass er keine Zeit hatte, an Frauen zu denken oder mehr zu trinken als hin und wieder ein Gläschen in Gesellschaft. Er fand Anne nett und war gern mit ihr zusammen, betrachtete sie aber nie als eine Frau, mit der er eines Tages vielleicht mal ins Bett gehen würde.

Am ersten Wochenende im September luden die Farrells die jungen Bledsoes und Gladys Wheatley zu einer Bootspartie ein. Charley hatte das Gefühl, endlich auf der Sonnenseite des Lebens angekommen zu sein, und schlug vor, Taki als Barmann und Steward mitzunehmen. Er fuhr die Bledsoes in seinem Buick zum Yachtclub. Anne verstand nicht, warum er so guter Stimmung war. «Drei Tage auf einem langweiligen Kahn herumsitzen und sich von den Moskitos stechen lassen», sagte sie in demselben knurrigen Ton wie ihr Vater. «Dad hat recht, wenn er sagt, dass er nichts dagegen hat, sich bei der Arbeit anzustrengen – aber doch nicht in seiner Freizeit.»

«Jedenfalls werden wir in guter Gesellschaft leiden, Annie.» Charley legte ihr den Arm um die Schultern. Harry, der allein auf dem Rücksitz saß, kicherte.

«Du brauchst dich gar nicht zu mokieren, Kleiner», sagte Anne, ohne sich umzudrehen. «Du und Gladys fummelt in aller Öffentlichkeit aneinander herum, dass einem ganz anders wird.»

«Der starke Ritter der Lüfte wird schwach», sagte Harry.

«Check», sagte Charley und errötete. Sie waren im Yachtclub angekommen. Zwei junge Burschen in Matrosenkleidung nahmen das Gepäck aus dem Kofferraum.

Farrells Boot war eine schnelle Fünfzehn-Meter-Yacht mit Decksalon und Korbsesseln, viel frisch lackiertem Mahagoni und poliertem Messing. Farrell trug eine Kapitänsmütze und ging mit besorgter Miene auf dem schmalen Deck auf und ab, als das Boot in einer leichten, feuchten Brise aus dem Hafen glitt. Es war später Nachmittag, und der Fluss roch nach Abfällen und Sumpfgewächsen. «Immer wieder schön, auf dem Wasser zu sein, findest du nicht, Charley? Der einzige Ort, wo sie einen nicht erwischen können.»

Inzwischen entschuldigte sich Mrs. Farrell bei den Damen für die beengten Verhältnisse. «Ich versuche ständig, Yardley dazu zu bewegen, ein Boot mit mehr Platz zu kaufen, aber ich habe das Gefühl, dass es auf jedem, das er kauft, noch enger zugeht als auf dem davor.»

Charley hörte ein leises Klingeln aus der Pantry. Als Taki mit einem Tablett voller Manhattans erschien, bekamen alle gute Laune. Charley sah Taki mit dem Tablett vor Gladys stehen und fand, dass sie wunderbar aussah: ganz in Weiß, das üppige helle Haar mit einem weißen Seidentuch zusammengebunden.

Anne stand lächelnd neben ihm, der Fahrtwind wehte ihr das braune Haar ins Gesicht. Die Maschine war laut, und die Doppelschraube wirbelte so viel Wasser auf, dass er nicht mit ihr sprechen konnte, ohne dass die anderen es hörten. «Annie», sagte er unvermittelt, «ich finde, es ist langsam an der Zeit zu heiraten.»

«Ach, Charley, dabei bist du doch noch ein halber Junge.»

Charley wurde es ganz warm. Mit einem Mal hatte er großes Verlangen nach einer Frau. Es fiel ihm schwer, die Stimme zu beherrschen. «Na ja, aber wir sind beide alt genug, um keine Dummheiten zu machen. Was hältst du von dem Gedanken? Finanziell hab ich dieses Jahr ziemlich Glück gehabt.»

Anne nippte an ihrem Cocktail, sah ihn an und lachte. Der Wind wehte ihr das Haar ins Gesicht. «Und was soll ich jetzt tun? Mich nach deinem Kontostand erkundigen?»

«Aber ich habe dabei an dich gedacht.»

«Check», sagte sie.

Farrell rief ihnen zu: «Wie wär's mit einem Spielchen vor dem Essen? Hier draußen wird's reichlich windig – gehen wir lieber in den Salon.»

«Aye, aye, Käptn», sagte Anne.

Vor dem Essen spielten sie Penny-Poker und tranken Manhattans, und danach spielten die Farrells und die Bledsoes Rommé. Gladys sagte, sie habe Kopfschmerzen, und Charley ging, nachdem er dem Spiel eine Weile zugesehen hatte, an Deck, um den Rauch der Zigarre, die er sich nach dem Essen angezündet hatte, aus der Lunge zu bekommen.

Das Boot lag in einer kleinen Bucht vor Anker, nicht weit von einer beleuchteten Pier, die vom Ufer ins Wasser ragte. Hinter einer felsigen Landzunge, auf der eine hohe Fichte mit dunklem, wirrem Geäst eine Gruppe bebender Birken überragte, ging der Halbmond unter. Am Ende der Pier war irgendeine Art von Clubhaus, durch dessen große Fenster Licht flirrte; Tanzmusik erklang, mal lauter, mal leiser. Charley setzte sich in den Bug. Die Mannschaft hatte sich zurückgezogen, er hörte leise Stimmen und roch Zigarettenrauch, der aus der winzigen Luke vor dem Ruderhaus kam. Er beugte sich vor und betrachtete die kleinen grauen Wellen, die gegen den Rumpf schlugen. «Mann, jetzt bist du auf der Sonnenseite», sagte er zu sich selbst.

Als er aufsah, stand Gladys neben ihm. «Ich dachte, du wärst schon zu Bett gegangen, junge Lady», sagte er.

«Und da dachtest du, du wärst mich für wenigstens einen Abend los?» Sie lächelte nicht.

«Ist es nicht ein schöner Abend, Glad?»

Er nahm ihre Hand; sie war eiskalt und zitterte. «Du solltest dich nicht erkälten, Glad», sagte er.

Sie bohrte ihre langen Fingernägel in seine Hand. «Willst du Anne heiraten?»

«Vielleicht. Warum? Du wirst Harry heiraten, oder?»

«Nichts auf der Welt könnte mich dazu bringen, ihn zu heiraten.»

Charley legte ihr den Arm um die Schultern. «Du armes kleines Mädchen, dir ist ja ganz kalt. Du solltest längst im Bett sein.» Sie legte den Kopf an seine Brust und begann zu weinen. Er spürte die heißen Tränen auf der Haut und wusste nicht, was er sagen sollte, sondern stand da und drückte sie an sich. Der Duft ihres Haars stieg ihm in die Nase, schwindelerregend wie einst der Duft von Doris' Haar.

«Ich wollte, wir wären nicht auf diesem verdammten Boot», flüsterte er. Sie sah zu ihm auf, ihr Gesicht war rund und weiß. Als er sie küsste, erwiderte sie den Kuss. Er presste sie an sich und spürte ihre kleinen Brüste. Für einen Augenblick durfte er die Zunge zwischen ihre Lippen schieben, dann stieß sie ihn weg.

«Wir sollten so was nicht tun, Charley. Ich hab mich nur plötzlich so einsam gefühlt.»

Charleys Stimme klang heiser. «Das sollst du nie mehr sein. Nie mehr, wirklich ... nie mehr.»

«Ach, mein lieber Charley.» Sie küsste ihn noch einmal, rasch und mit Bedacht, und eilte davon.

Er ging allein auf und ab und wusste nicht, was er tun sollte. Er war jetzt verrückt nach Gladys. Er konnte nicht zu den anderen gehen und mit ihnen reden. Er konnte nicht zu Bett gehen. Schließlich stieg er durch das Vorderluk hinunter in die Pantry, wo Taki in seiner weißen Jacke kühl und gelassen dasaß und in einem dicken Buch las, und ging in seine Kabine. Dort zog er den Badeanzug an, lief hinauf und sprang über die Reling ins Wasser. Es war nicht so kalt, wie er erwartet hatte, und er schwamm eine Weile im Mondschein umher. Erst als er die Heckleiter hinaufstieg, bekam er eine Gänsehaut. Farrell, eine Zigarre zwischen den Zähnen, beugte sich vor, nahm seine Hand und zog ihn an Bord.

«Ha, der Mann aus Gusseisen», rief er. «Die Mädels haben uns Anfängern das Fell über die Ohren gezogen und sind mit ihrem Gewinn zu Bett gegangen. Zieh dir deinen Bademantel an – wir trinken noch einen und spielen eine halbe Stunde Red Dog oder sonst irgendwas Albernes, bevor wir uns schlafen legen.»

«Check», sagte Charley und hüpfte, um das Wasser abzuschütteln.

Während er sich in seiner Kabine abtrocknete, hörte er die Frauen in ihrem Salon kichern und plaudern. Er war in großer Verlegenheit, als er sich neben Harry setzte, der ein wenig betrunken und albern war, und so trank er ein halbes Glas Rye Whiskey und verlor achtzig Dollar. Es freute ihn, dass der Gewinner Harry war. «Glück im Spiel, Pech in der Liebe», sagte er sich, als er im Bett lag.

Eine Woche später, nachdem sie in Charleys Wohnung, beaufsichtigt von Takis Grinsen und seinem nickenden schwarzen Kopf, Tee getrunken hatten, stellte Gladys ihn ihren Eltern vor. Laut Farrell war Horton B. Wheatley – gerötetes Gesicht, graues Haar, kleiner silbergrauer Schnurrbart – ein maßgeblicher Mann in der Security Trust Company. Mrs. Wheatley war ältlich; sie hatte eine hübsche Alabama-Stimme und ein verblühtes Gesicht, so schlaff und faltig wie ein zusammengefallener Luftballon. Als Gladys Charley vorstellte, fiel Mr. Wheatley ihr ins Wort: «Na ja, Sir, so was in der Art hatten wir erwartet. Natürlich ist es noch zu früh, um irgendetwas zu entscheiden, aber ich kann nur sagen, mein Junge, dass ich meine Tochter lieber einem jungen Mann wie Ihnen gebe, der sich hochgearbeitet hat, auch wenn wir noch nicht sehr viel über Sie wissen, als einem Burschen wie Harry, der auf seine Art ja ganz nett ist, aber noch nie irgendwas anderes getan hat, als die Schulstunden zu nehmen, die sein Vater bezahlt hat. Wir, meine Frau und ich, sind sehr stolz, Sie kennenzulernen, mein Junge, und dass Sie und unser kleines Mädchen ... sie ist alles, was wir haben auf dieser Welt, darum liegt sie uns so am Herzen.»

«Ihre Eltern sind ... von Ihnen gegangen, Mr. Anderson?», erkundigte sich Mrs. Wheatley. Charley nickte. «Oh, das tut mir so leid. Gladys sagt, Sie haben in St. Paul gelebt?»

Mr. Wheatley unterbrach sie. «Mr. Anderson, Mutter, war im Krieg eines unserer hervorragendsten Fliegerasse. Er hat sich im Kampf für unsere Fahne die Sporen verdient, Mutter, und seine ganze Laufbahn ist für mich ein Musterbeispiel dafür – passen Sie auf, mein Junge, jetzt werden Sie erröten –, dass die amerikanische Demokratie besser als alle anderen geeignet ist, den Intelligentesten und Tüchtigsten zum Erfolg zu verhelfen und die Schwächlinge auszumerzen. Um eins, Mr. Anderson, möchte ich Sie schon jetzt bitten: dass Sie am nächsten Sonntag mit uns in die Kirche gehen und vor meiner Sonntagsschulklasse einen kleinen Vortrag halten. Ich bin sicher, Sie haben nichts dagegen, den jungen Leuten ein paar inspirierende und richtungsweisende Worte zu sagen.»

Charley errötete und nickte. «Ach, Daddy», sagte Gladys und legte beiden die Arme um die Schultern, «bitte zwing ihn nicht dazu. Sonntag ist der einzige Tag, an dem der arme Junge zum Golfspielen kommt. Und du weißt ja, ich habe immer gesagt, dass ich keinen Sonntagsschullehrer heiraten werde.»

Mr. Wheatley lachte, und Mrs. Wheatley schlug die Augen nieder und seufzte. «Na ja, ein Mal – das wird er schon aushalten, oder, mein Junge?»

«Natürlich», hörte Charley sich sagen. «Es wird mir eine Ehre sein.»

Am Tag darauf aßen Mr. Wheatley und Charley im University Club zu Mittag. «Nun, mein Sohn, ich würde sagen, die Würfel sind gefallen», sagte Mr. Wheatley, als sie sich in der Lobby trafen. «Wenn die Wheatley-Frauen sich was in den Kopf gesetzt haben, können wir nichts weiter tun, als uns der Entscheidung zu beugen. Ich wünsche euch beiden alles Glück der Welt, mein Sohn.» Beim Essen sprach Mr. Wheatley über die Bank, die Tern-Aktien und die Fusion mit Askew-Merritt, durch die die Kapitalausstattung der neuen Tern Aviation Company etwas mehr als verdoppelt werden würde. «Sie wundern sich, dass ich über all das Bescheid weiß, Charley. Ja, das habe ich mir gedacht: Als Ingenieur ist der Junge ein Genie, aber er hat kein Auge für die finanzielle Seite … ihm ist gar nicht klar, was sein Anteil an diesem Konzern für ihn und die Finanzwelt bedeutet.»

«Ich kenne ein paar ziemlich fähige Leute, die mich auf dem Laufenden halten», sagte Charley.

«Schön und gut», sagte Mr. Wheatley, «aber da es ja jetzt in der Familie bleibt, wollen Sie vielleicht meinen Rat, auf der Basis zwanzigjähriger Erfahrung im Bankgeschäft zu Hause in Birmingham und jetzt hier, in dieser großartigen neuen, schwindelerregenden Stadt Detroit.»

«Ich werde ihn sehr gern befolgen, Mr. Wheatley», stotterte Charley.

Dann sprach Mr. Wheatley von einem Seeufergrundstück bei Grosse Pointe, das er den Kindern zur Hochzeit schenken wolle. Sie müssten allerdings sofort darauf bauen, und sei es nur als Investition in eine der exklusivsten Wohngegenden der ganzen Vereinigten Staaten von Amerika. «Und wenn Sie nach dem Essen mit in mein Büro kommen, mein Sohn, zeige ich Ihnen die Pläne für das hübscheste englische Haus, das Sie je gesehen haben. Ich hab es von Ordway & Ordway entwerfen lassen, als Überraschung für Mutter und Gladys. Tudor-Fachwerk nennt sich das. Ich dachte, ich übergebe das Ganze euch Kindern, denn jetzt, wo Gladys heiratet, wird es für Mutter und mich sowieso zu groß sein. Ich steuere das Grundstück bei, Sie bauen das Haus, und dann übertragen wir alles auf Gladys und eure etwaigen Kinder.»

Als sie sich nach dem Essen erhoben, nahm Mr. Wheatley Charleys Hand und schüttelte sie. «Und ich hoffe und bete, dass ihr Kinder haben werdet, mein Sohn.»

Kurz nach Thanksgiving waren auf den Gesellschaftsseiten aller Detroiter Zeitungen lange Berichte über einen Ball, den Mr. und Mrs. Horton B. Wheatley veranstaltet hatten, um die bevorstehende Verehelichung ihrer Tochter Gladys mit Mr. Charles Anderson, dem Fliegerass, Erfinder und Leiter der Forschungsabteilung der großen Tern-Flugzeugwerke, bekanntzugeben.

Von diesem Tag an sprach der alte Bledsoe kein Wort mehr mit Charley, doch Anne kam beim Halloween-Tanz im Country Club zu ihm und Gladys und sagte, sie habe vollstes Verständnis und wünsche ihnen alles Glück.

Einige Tage vor der Hochzeit kündigte Taki. «Aber ich dachte, du würdest bei uns bleiben», sagte Charley. «Ich bin sicher, meiner Frau würde das auch gefallen. Vielleicht sollten wir dir mehr zahlen.»

Taki grinste und verbeugte sich. «Bedauerlicherweise habe ich nur Erfahrung mit Haushalt von Junggesellen. Aber ich wünsche für Zukunft vollkommene Zufriedenheit.»

Am meisten schmerzte Charley, dass Joe Askew, den er brieflich gebeten hatte, sein Trauzeuge zu sein, nur ein Wort telegraphierte: «Nein.»

Die Trauung fand in der Emmanuel Baptist Church statt. Charley trug einen Cutaway und neue schwarze Schuhe, die sehr drückten. Er musste sich ermahnen, nicht ständig den Krawattenknoten zurechtzurücken. Nat Benton kam als sein Trauzeuge aus New York und war eine große Hilfe. Als sie in der Sakristei warteten, zog Nat einen Flachmann hervor und wollte Charley überreden, einen Schluck zu trinken. «Sie sehen ein bisschen blass um die Nase aus, mein Lieber.» Charley schüttelte den Kopf und zeigte mit dem Daumen in die Richtung, aus der die Orgelmusik kam. «Haben Sie die Ringe?» Nat grinste, nahm einen Schluck und räusperte sich. «Tja, Charley, Sie sollten mir gratulieren, dass ich aufs richtige Pferd gesetzt hab. Wenn meine Börsentipps genauso gut wären, würde ich längst im Geld schwimmen.»

Charley war so nervös, dass er stotterte. «K-keine Sorge, Nat, ich kümmere mich um Sie.» Sie lachten und fühlten sich besser. Ein Kirchendiener erschien in der Tür und winkte ihnen.

Gladys mit ihrem weißen gerüschten Satinkleid, dem Spitzenschleier, den Orangenblüten und dem kleinen Pagen in weißem Satin, der ihre Schleppe hielt, kam ihm vor wie jemand, den er noch nie zuvor gesehen hatte. Beide sagten ziemlich laut «Ja» und sahen einander dabei nicht an. Beim anschließenden Empfang gab es mit Rücksicht auf die Wheatleys nur alkoholfreien Punsch. Charley glaubte zu ersticken, weil der Duft der Blumen und der Pelze ihm den Atem nahm und er ständig Konversation mit den aufgedonnerten alten Damen machen musste, denen er vorgestellt wurde und die alle dasselbe sagten: Was für eine schöne Hochzeit. Er hatte sich gerade losgeeist und ging hinauf, um sich umzuziehen, als er den ziemlich betrunkenen Ollie Taylor in der Halle über einen Orientteppich stolpern und der Länge nach vor Mrs. Wheatleys Füße fallen sah, die soeben sehr blass und verweint und nach Lavendel und Orchideen duftend aus dem Empfangssaal trat. Charley ging weiter.

Obwohl kein Alkohol ausgeschenkt wurde, hatten Nat und Farrell deutlich getankt, denn ihre Augen glänzten und ihre Lippen waren feucht, als sie in das Zimmer traten, in dem Charley einen braunen Anzug für die Reise anzog. «Ihr Glückspilze», sagte er. «Wo habt ihr was zu trinken her? Mann, ihr hättet Ollie Taylor nichts geben dürfen.»

«Ollie ist weg», sagte Nat. Und dann sagten beide im Chor: «Wir kümmern uns um alles.»

«Mann», sagte Charley, «ich hab gerade gedacht, wie gut es war, dass ich die Einladungen an meinen Bruder und seine Bande in Minneapolis so spät abgeschickt habe, dass sie unmöglich kommen konnten. Ich sehe geradezu, wie mein alter Onkel Vogel die Witwen in den Hintern kneift und *Hochzeit* schreit.»

«Schlimm, das mit Ollie», sagte Nat. «Dabei ist er der gutherzigste Mensch der Welt.»

«Armer alter Ollie», sagte Charley. «Er hat sich nicht mehr im Griff.»

Da klopfte es an der Tür. Es war Gladys; ihr kleines Gesicht war blass und von goldenem Haar umspielt und sah, umkränzt von einem gewaltigen Chinchillakragen, ganz wunderbar aus. «Charley, wir müssen gehen. Du böser Junge, ich glaube, du hast dir noch nicht einmal die Geschenke angesehen.»

Sie führte ihn in ein Wohnzimmer im ersten Stock, so vollgestopft mit Gläsern, Silberbesteck, Blumen, Rauchgarnituren, Toilettesets und Cocktailshakern, dass es aussah wie in einem Kaufhaus. «Ist das nicht hübsch?», sagte sie.

«Ich hab so was noch nie gesehen», sagte Charley. Einige Gäste traten durch die andere Tür ein, gingen aber gleich wieder zurück in die Halle. «Wie viele Detektive sind engagiert?», fragte Charley.

«Vier», sagte Gladys.

«Na gut», sagte Charley, «dann nichts wie weg.»

«Zeit, dass wir uns zurückziehen», sagten Nat und Farrell im Chor und bogen sich plötzlich vor Lachen. «Oder dürfen wir die Braut jetzt küssen?»

«Check», sagte Charley. «Meinen Dank an alle Mitwirkenden.»

Gladys wedelte mit der Hand. «Ihr seid Schätzchen, alle beide ... aber jetzt fort mit euch.»

Charley wollte sie umarmen, aber sie schob ihn weg. «Daddy hat unser Gepäck an die Hintertür bringen lassen. Wir müssen uns beeilen. Ach, ich werde noch verrückt.»

Sie eilten die Hintertreppe hinunter und luden die Koffer in ein Taxi. Charleys war aus braunem Schweinsleder, ihrer war glänzend schwarz. Sie verströmten einen neuen, teuren Geruch. Charley sah Farrell und Nat unter der Kolonnade der großen, im Kolonialstil gebauten Veranda hervoreilen, doch bevor sie das Konfetti werfen konnten, trat der Fahrer aufs Gaspedal, und sie fuhren davon.

Am Bahnhof waren nur die Wheatleys. Mrs. Wheatley in ihrem weiten Nerzmantel weinte, während Mr. Wheatley Reden über das amerikanische Heim schwang, ganz gleich, ob ihm jemand zuhörte oder nicht. Als der Zug sich endlich in Bewegung setzte, weinte auch Gladys, und Charley saß ihr gegenüber, fühlte sich unwohl und wusste nicht, was er jetzt tun sollte.

«Ich wollte, wir wären geflogen.»

«Du weißt ganz genau, dass das bei diesem Wetter unmöglich gewesen wäre», sagte Gladys und brach erneut in Tränen aus.

Um irgendetwas zu tun zu haben, bestellte Charley Essen aus dem Speisewagen und ließ vom farbigen Schlafwagenschaffner einen Eiskübel für den Champagner bringen.

«Ach, meine Nerven», stöhnte Gladys und drückte die behandschuhten Hände auf die Augen.

«Aber Schatz, es ist ja niemand sonst da ... nur du und ich», sagte Charley sanft.

Sie begann zu kichern. «Ja, ich glaube, ich bin ein bisschen albern.»

Als der Schaffner grinsend und mit respektvoller Anteilnahme die Champagnerflasche geöffnet hatte, nippte sie nur an ihrem Glas, während Charleys seins in einem Zug austrank und sogleich nachschenkte. «Ja, Glad, das ist das wahre Leben.» Als der Schaffner gegangen war, fragte Charley sie, warum sie gar nichts trinke. «Im Country Club warst du kein Kind von Traurigkeit.»

«Ich will auch nicht, dass du trinkst.»

«Warum?»

Sie lief rot an. «Mutter sagt, wenn die Eltern betrunken sind, kriegen sie schwachsinnige Kinder.»

«Ach, mein armes Schäfchen», sagte Charley. Tränen traten ihm in die Augen. Sie saßen lange da und sahen einander an, während der Champagner in den Gläsern schal wurde und mit dem Ruckeln des Zuges auf den Tisch schwappte. Als das gegrillte Hühnchen kam, wollte Gladys keinen Bissen essen. Charley aß beide Portionen, trank den Champagner und kam sich wie ein Schwein vor.

Der Zug ratterte und rumpelte durch die verschneite Nacht. Als der Schaffner das Geschirr abgeräumt hatte, zog Charley sein Jackett aus, setzte sich neben sie und wollte zärtlich werden, doch er durfte sie nur umarmen und küssen wie vor der Hochzeit. Als er versuchte, ihr das Kleid auszuziehen, schob sie ihn fort. «Warte, warte.»

Sie ging ins Bad, um sich umzuziehen, und brauchte zum Verrücktwerden lange. Er saß im Pyjama in dem eisigen, rußigen Luftzug, der durch den Fensterspalt hereinstrich, bis seine Zähne klapperten. Schließlich klopfte er an die Tür zum Bad. «Alles in Ordnung, Glad? Was ist los, Schatz?»

Sie kam in einem flaumigen Spitzennegligé heraus und hatte zu viel Make-up aufgelegt. Die Lippen unter dem fettigen Lippenstift bebten. «Oh, Charley, bitte nicht heute Nacht in diesem Zug – das ist so gar nicht schön.»

Plötzlich überkam Charley eine unbezähmbare Wut. «Aber du bist meine Frau. Und ich bin dein Mann, verdammt.» Er schaltete das Licht aus. Ihre Hände waren eiskalt. Als er sie an sich presste, spürte er, wie sich die Muskeln seiner Arme hinter ihrem schlanken Rücken kraftvoll anspannten. Es fühlte sich gut an, den Seidenstoff und die Spitzen zu zerreißen.

Danach musste er das Bett verlassen und sich mit einer Decke auf das Sofa legen. Gladys blutete stark. Keiner von beiden schlief. Am nächsten Morgen war sie sehr blass, und die Blutung hatte nicht aufgehört, sodass sie schon fürchteten, sie müssten die Reise irgendwo unterbrechen und einen Arzt aufsuchen. Gegen Abend fühlte sie sich besser, konnte aber noch immer nichts zu sich nehmen. Den ganzen Nachmittag lag sie dösend auf dem Sofa, und Charley saß, einen Stoß ungelesener Zeitschriften auf dem Schoß, neben ihr und hielt ihre Hand.

In Palm Beach stiegen sie aus dem Zug. Grünes Gras, Palmen und blühende Hibiskussträucher – sie fühlten sich, als wären sie aus einem Gefängnis entlassen worden. Gladys sah die großen Zimmer der Ecksuite im Royal Poinciana Hotel, die sie reserviert hatte, weil ihre Eltern auf ihrer Hochzeitsreise ebenfalls dort gewohnt hatten, sie sah die Blumensträuße, die Freunde dorthin geschickt hatten, schlang die Arme um Charleys Hals und küsste ihn, noch bevor der letzte Page hinaus war. «Ach, Charley, bitte verzeih mir, dass ich so schrecklich war.»

Am nächsten Morgen lagen sie nach dem Frühstück glücklich im Bett und blickten hinaus auf das Meer hinter den Palmen, rochen die salzige Luft und hörten das Donnern der Brandung. «Oh, Charley», seufzte Gladys, «so soll es von jetzt an immer sein.»

Ihr erstes Kind kam im Dezember zur Welt. Es war ein Junge. Sie nannten ihn Wheatley. Als Gladys aus dem Krankenhaus entlassen wurde, kehrte sie nicht in die Wohnung zurück, sondern zog in das neue Haus draußen bei Grosse Pointe, in dem es noch immer nach frischem Putz und Farbe roch. Wegen der Krankenhausrechnung, der Kosten für neue Möbel und Weihnachten musste Charley bei der Bank einen Kredit über zwanzigtausend aufnehmen. Er telefonierte mehr denn je mit Nat Bentons Büro in New York. Gladys kaufte viele neue Kleider, und überall im Haus standen Tiffanyvasen voller Fresien und Narzissen, selbst auf dem Frisiertisch in ihrem Badezimmer. Mrs. Wheatley sagte, sie müsse diese Leidenschaft für Blumen wohl von ihrer Großmutter aus der Familie Randolph geerbt haben, denn die Wheatleys seien noch nie imstande gewesen, eine Blume von der anderen zu unterscheiden. Das nächste Kind war ein Mädchen. Mit gelblichem, abgezehrtem Gesicht lag Gladys im Krankenhaus, neben sich auf dem Nachttisch einen großen Strauß mit leuchtenden, glänzenden Orchideen, die Charley für fünf Dollar pro Blüte beim Blumenhändler bestellt hatte, und sagte, sie wolle das Mädchen am liebsten Orchid nennen. Schließlich einigten sie sich darauf, sie nach Gladys' Randolph-Großmutter Marguerite zu nennen.

Gladys erholte sich nur sehr langsam von dieser Geburt und musste sich mehreren kleinen Eingriffen unterziehen und drei Monate das Bett hüten. Als sie wieder auf den Beinen war, ließ sie den großen Raum neben dem Kinderzimmer und dem Zimmer des Kindermädchens in Weiß und Gold streichen, um es als Schlafzimmer zu benutzen. Damit war Charley überhaupt nicht einverstanden, denn es lag so weit wie möglich von seinem

Schlafzimmer entfernt. Wenn er im Bademantel zu ihr kam und mit ihr ins Bett gehen wollte, hielt sie ihn mit einem kühlen Lächeln auf Distanz, und wenn er sie drängte, gab sie ihm ein paar Küsschen auf die Wange und sagte, er solle keinen Lärm machen, sonst werde er die Kinder wecken. Manchmal war er vor Ärger den Tränen nahe. «Herrgott, Glad, liebst du mich denn gar nicht mehr?» Dann antwortete sie, wenn er sie wirklich liebe, wäre er an dem Abend, als sie die Smyth Perkinses zu Gast gehabt habe, nach Hause gekommen, anstatt im letzten Moment anzurufen und zu sagen, er habe noch im Büro zu tun.

«Aber Herrgott, Glad, wie soll ich denn die Rechnungen bezahlen, wenn ich nicht arbeite?»

«Wenn du mich wirklich lieben würdest, wärst du rücksichtsvoller», sagte sie, und in ihrem Gesicht erschienen zwei geschwungene Falten, die von den Nasenflügeln bis zu den Mundwinkeln reichten, genau wie bei ihrer Mutter. Dann küsste Charley sie sanft, sagte: «Meine arme Kleine», ging in sein Zimmer und kam sich gemein vor. Wenn sie ihn dann endlich doch einmal in ihr Bett ließ, lag sie kalt und reglos da und sagte, er tue ihr weh, worauf er schließlich in das große Schlafzimmer mit dem Himmelbett zurückkehrte, so angespannt und nervös, dass er mehrere gut eingeschenkte Whiskeys brauchte, um Schlaf zu finden.

Eines Abends fuhr er mit Bill Cermak, der bei Flint jetzt Werkmeister war, zu einem Gasthaus auf der anderen Seite von Windsor, um mit ihm die Schwierigkeiten mit den Formgießern und Werkzeugmachern zu besprechen, doch nach einigen Whiskeys schnitt er stattdessen das Thema Ehe an. «Sag mal, Bill, hast du eigentlich manchmal Probleme mit deiner Frau?»

«Na klar, Boss», sagte Bill und lachte. «Jede Menge. Aber meine Alte ist schon in Ordnung. Sie kennen sie ja – nette Kinder, gute Köchin, will immer, dass ich in die Kirche gehe.»

«Wie kommst du eigentlich dazu, mich ‹Boss› zu nennen? Hör sofort damit auf.»

«Sie sind eben stinkreich.»

«Scheiß drauf. Komm, trink noch einen.» Charley stürzte seinen Whiskey hinunter. «Und ein Bier hinterher, wie in alten Zeiten. Weißt du noch ... die Weihnachtsparty draußen in Long Island City und die Blondine an der Theke? Herrgott, ich hab gedacht, ich wüsste, wie man mit Frauen umgehen muss ... aber meine Frau kommt anscheinend einfach nicht auf den Geschmack.»

«Sie haben doch schon zwei schöne Kinder. Vielleicht stecken Sie Ihre Ziele zu hoch.»

«Ob du's glaubst oder nicht: nur ein einziges Mal, seit unsere Kleine geboren ist.»

«Die meisten Frauen kommen nach einer Weile in Schwung. Darum sind die Jungs auch so sauer auf Ihren verdammten Effizienzexperten.»

«Stauch? In der Produktion ist er ein Genie.»

«Kann schon sein, aber er macht die Jungs so fertig, dass sie keine Energien mehr haben für die Reproduktion.» Bill lachte und wischte sich den Bierschaum vom Mund.

«Mein lieber Bill», sagte Charley, «bei Gott, eines Tages bring ich dich in den Vorstand.»

Bill lachte nicht mehr. «Jetzt mal im Ernst: Der verdammte Dickschädel lässt die Jungs so schuften, dass sie abends keinen mehr hochkriegen, und dann machen ihre Frauen ihnen die Hölle heiß. Ich bin sein verlängerter Arm, und mich halten sie natürlich auch für einen Scheißkerl. Aber sie haben recht.»

Charley lachte. «Du bist doch selbst ein Dickschädel, Bill, und ich weiß nicht, was ich da machen soll – ich bin ja auch bloß Angestellter. Wir müssen effizient produzieren, sonst fegen die anderen uns weg. Ford baut seit neuestem auch Flugzeuge.»

«Aber Sie werden die besten Leute verlieren. Mit Sklaven kann man vielleicht Automobile bauen, aber für Flugzeugmotoren braucht man Facharbeiter.»

«Ach, verdammt, ich wollte, ich könnte an diesem verdammten Motor herumbasteln und müsste mir nicht andauern Sorgen ums Geld machen. Ich bin pleite, Bill. Lass uns noch einen Whiskey trinken.»

«Sie sollten lieber was essen.»

«Klar, bestell ein Steak … oder was du willst. Ich geh jetzt mal pinkeln. Das ist das Einzige, wofür man nicht bezahlen muss. Sag mal, Bill, findest du, dass ich einen Schmerbauch kriege? Pleite, mit Schmerbauch, und meine Frau will nicht mit mir schlafen. Glaubst du, ich bin ein Säufer, Bill? Manchmal denke ich, ich sollte es lieber lassen. Früher hab ich nie eine Niete gezogen, wenn ich was getrunken hatte.»

«Nein, Sie sind ein richtig schlauer Bursche, einer der schlauesten, ein echter Könner, wenn's um Dreipunktlandungen geht, und außerdem ein begnadeter Pokerspieler.»

«Aber was bringt mir das, wenn meine Frau nicht mit mir ins Bett will?»

Charley wollte nichts essen, und so aß Bill beide Steaks. Charley trank Whiskey aus einer Flasche, die er unter dem Tisch versteckt hielt, und spülte mit Bier nach. «Aber jetzt sag mal: Lässt deine Frau dich ran, wenn du willst? Und die Frauen von den Jungs in der Fabrik geben gar keine Ruhe?»

Auch Bill war jetzt etwas betrunken. «Meine Frau macht, was ich sage.»

Schließlich musste Bill Charleys neuen Packard zur Fähre fahren. In Detroit hielt er an einem Drugstore und flößte Charley eine Menge Sprudelwasser ein, doch als sie zum Wagen zurückkehrten, sackte Charley hinter dem Steuer zusammen, und Bill musste ihn nach Hause bringen. Charley hörte, wie er sich in Grosse Pointe mit den Männern vom Wachdienst herumstritt, die allesamt sehen wollten, dass Mr. Anderson tatsächlich sturzbetrunken auf dem Rücksitz lag, bevor sie Bill passieren ließen, doch das war ihm vollkommen egal, ja eigentlich fand er es so komisch, dass er kichern musste. Am allerkomischsten war, dass der Hausmeister Bill helfen musste, Charley in sein Schlafzimmer zu bringen. «Der

Boss ist ein bisschen daneben», sagte Bill jedes Mal und klopfte sich feierlich an den Kopf. «Überarbeitet. Hat zu viel nachgedacht.» Im Schlafzimmer kam Charley zu sich und murmelte mit schwerer Zunge: «Du bist ein feiner Kerl, Bill ... George, rufen Sie ein Taxi für Mr. Cermak ... Der Glückspilz fährt nach Hause zu seiner Frau.» Dann streckte er sich, den einen Schuh ausgezogen, den anderen noch am Fuß, auf dem Bett aus und schlief ein.

Als er das nächste Mal aus New York und Washington zurück war, rief er Bill in der Fabrik an. «Hallo, Bill, wie geht's? Macht deine Frau noch immer, was du sagst? Ha, ha. Mir geht's beschissen, war eine sehr anstrengende Geschäftsreise, verstehst du? Ich hab noch nie im Leben mit so vielen Gaunern so viel getrunken. Falls du gefeuert wirst, mach dir keine Sorgen – du stehst auf meiner privaten Lohnliste, verstehst du? Wir werden die ganze Belegschaft feuern. Wenn's ihnen nicht passt, für uns zu arbeiten, sollen sie doch sehen, ob's ihnen passt, für jemand anders zu arbeiten. Dies ist ein freies Land, und ich will keinem im Weg stehen ... Hör mal, wie lange wirst du brauchen, um die kleine Moth fertig zu machen, du weißt schon, die Nummer 16, meinen kleinen Moskito? Wenn wir sie schnell genug trimmen können, damit man zeigen kann, dass sie die Vorgaben erfüllt ... Mensch, Bill, wenn wir das hinkriegen, sind wir gemachte Männer. Dann brauchst du dir keine Sorgen mehr zu machen, ob deine Kinder wohl irgendwann mal aufs College gehen können ... verdammt, dann könnt du und deine Alte auch noch aufs College gehen ... Check!»

Charley legte den Hörer auf. Miss Finnegan, seine Sekretärin, stand in der Tür. Sie hatte rotes Haar, einen sehr schönen Teint und ein paar Sommersprossen auf der kleinen spitzen Nase. Und sie kleidete sich ausgesprochen vorteilhaft. Während Charley seine Anweisungen gab, sah sie ihn aus großen, feuchten, hellbraunen Augen an. Er warf sich in die Brust und zog den Bauch ein. «Verdammt», sagte eine Stimme in seinem tiefsten Inneren, «vielleicht könnte ich Elsie Finnegan flachlegen.» Jemand hatte einen Topf mit blauen Hyazinthen auf seinen Schreibtisch gestellt; sie verströmten einen Frühlingsduft, der ihn sogleich an Bar-le-Duc und Forellenfischen am Red River denken ließ.

An einem anderen, ebenfalls von Blumendüften erfüllten Frühlingsmorgen fuhr Charley vom Büro zur Fabrik, um die Anderson Moskito zu testen. Es war ihm zum ersten Mal gelungen, Elsie Finnegan zu küssen – als er gegangen war, hatte sie zitternd und zerzaust an ihrem Schreibtisch gesessen. Bill Cermak hatte angerufen und gesagt, die kleine Maschine sei perfekt eingestellt und einsatzbereit. Charley war erleichtert, endlich aus dem Büro herauszukommen, wo er seit Stunden versuchte, Nat Bentons Büro zu erreichen. Es ging um ein Aktienpaket, das er, wie er bereits telegraphiert hatte, mit Gewinn verkaufen wollte. Nachdem er Elsie Finnegan geküsst hatte, sagte er ihr, sie solle etwaige Anrufe zum Flugplatz durchstellen. Es war ein gutes Gefühl, durch die entstehende Stadt zu fahren, auf der Hauptstraße die mit Baumaterial beladenen Lastwagen zu umkurven und seine Kraft und sein Können im perfekten Wechselspiel von Kupplung und Gas und der seidenweichen Reaktion des Wagens zu spüren. An der Pforte erwartete ihn der Anruf aus New York. Die Verbindung war glasklar. Nat hatte dreizehntausend für ihn. Als Charley auflegte, dachte er an die arme kleine Elsie – aber er würde ihr etwas wirklich Nettes kaufen. «Wunderbarer Tag, nicht wahr, Joe?», sagte er zum Pförtner.

Bill erwartete ihn neben der neuen Maschine am Tor des Hangars und wischte sich mit Putzwolle das Öl von den dicken Fingern. Charley klopfte ihm auf die Schulter. «Guter alter Bill. Ist das nicht ein wunderbarer Tag?» Er zog die Handschuhe und den gutgeschnittenen Übergangsmantel aus. «Ich muss sagen, ich fühle mich einfach großartig. Hab gestern an der Börse dreizehntausend gemacht – das reinste Kinderspiel.»

Während Charley einen Overall anzog, schoben die Mechaniker die Maschine auf das Flugfeld, damit Bill sie noch einmal genau inspizieren konnte. «Mann, ist die schön!» Im Sonnenlicht schimmerte das kleine Aluminiumflugzeug auf dem grünen Rasen wie ein Schmuckstück in der Auslage eines Juweliers. Löwenzahn und Klee blühten zwischen dem Gras, und kleine weiße Falter stoben vor Bills schweren schwarzen Arbeitsstiefeln auf, als er zu Charley kam und in seiner blauen Montur mit gesenktem Kopf neben ihm stand. Charley zwinkerte ihm zu. «Jetzt lächle doch mal, du alter Miesepeter. Ist das nicht ein prächtiges Wetter?»

Bill wandte den breiten Schädel und sah ihn an. «Okay, Mr. Anderson, Sie haben mich immer gut behandelt, schon damals, in Long Island. Sie kennen mich: arbeiten, nach Hause gehen, Maul halten.»

«Was ist los, Bill? Soll ich versuchen, noch eine Lohnerhöhung für dich rauszuholen? Check.»

Bill schüttelte den Kopf und rieb sich mit dem schwarzen Zeigefinger die Nase. «Tern war mal ein guter Arbeitsplatz – gute Arbeit, gutes Geld. Sie kennen mich, Mr. Anderson, ich bin kein Bolschewik ... aber auch kein Kollegenschwein.»

«Aber verdammt, Bill, warum sagst du denen nicht, sie sollen noch ein bisschen Geduld haben? Wir arbeiten an einer Gewinnbeteiligung. Ich hab selbst an der Drehbank gestanden, ich hab überall in diesem verdammten Land als Mechaniker gearbeitet, ich weiß, wie schwer es die Jungs haben. Aber ich weiß auch, wie schwer es die Firma hat. Mann, wir sind noch im Aufbau, wir stecken immer mehr Kapital in dieses Geschäft. Wir haben eine Verantwortung gegenüber den Investoren. Was glaubst du denn, wohin die Moneten fließen, die ich gestern gemacht hab? In die Firma natürlich. Früher war's prima in der Werkstatt – alle haben geflachst, geraucht und schmutzige Geschichten erzählt. Aber für so was ist der Druck heute einfach zu groß. Wenn nicht alle Abteilungen wie geschmiert funktionieren, sind wir geliefert. Wenn die Jungs eine Gewerkschaft wollen, sollen sie eine haben. Trommle sie zusammen und sag ihnen das, aber sag ihnen auch, dass wir jetzt ein bisschen Patriotismus brauchen. Sag ihnen, dass die Industrie an vorderster Front kämpft. Wir schicken Eddy Sawyer, der soll mit ihnen reden und ihnen klarmachen, wo unsere Probleme liegen.»

Bill Cermak schüttelte den Kopf. «Das haben schon ganz andere versucht.»

Charley runzelte die Stirn. «Na gut», sagte er ungeduldig, «dann wollen wir mal sehen, wie sie sich macht.»

«Sie ist ein Prachtstück.»

Das Brüllen des Motors übertönte alles andere. Der Mechaniker kletterte aus der Kanzel, und Charley setzte sich auf den Pilotensitz, Bill Cermak stieg hinter ihm ein. Die Maschine rollte über den Rasen. Charley drehte sie in den Wind und gab Gas. Sie hatte sich gerade vom Boden gelöst, da gab es einen Ruck. Als es Charley vorwärtsriss, schaltete er die Zündung aus.

Sie trugen ihn auf einer Bahre über das Flugfeld. Bei jedem Schritt der Männer rieben zwei gezackte Sachen in seinem Bein aneinander. Er wollte ihnen sagen, dass irgendwas in seiner Seite steckte, aber seine Stimme war ganz dünn und heiser. Im Schatten des Hangars stützte er sich mit den Ellbogen auf. «Was ist eigentlich passiert? Was ist mit Bill?» Die Männer schüttelten den Kopf. Dann sackte er wieder weg wie ein absaufender Motor.

Im Krankenwagen wollte er den Mann im weißen Kittel nach Bill Cermak fragen und versuchte sich zu erinnern, wie das alles passiert war, aber das Bein tat so weh, dass er alle Kraft zusammennehmen musste, um nicht zu schreien. «Heh, Doc», krächzte er, «können Sie mir nicht die Aluminiumsplitter aus der Seite ziehen? Die Kiste muss sich überschlagen haben, wahrscheinlich war die Tragfläche zu schwach. Aber jetzt heb mir doch mal den Motor von der Brust. Heh, Doc, warum dauert das so lang?»

Im Krankenhaus waren viele Männer in weißen Kitteln, die sich flüsternd um ihn herumbewegten. Es roch stark nach Äther. Das Problem war, dass er keine Luft bekam. Jemand musste eine Menge Äther verschüttet haben. Nein, nicht ins Gesicht. Der Motor röhrte. Er musste sich getäuscht haben. Das Dröhnen des Motors verwandelte sich in einen angenehmen Singsang. Ja, die

Maschine lag prima in der Luft, ruhig und solide wie einer dieser großen Bomber. Als er zu sich kam, hielt eine Schwester seinen Kopf, während er sich in eine Schüssel übergab.

Als er das nächste Mal erwachte, um Gottes willen nicht noch mehr Äther, aber nein, es waren Blumen, und Gladys stand mit einem Strauß Duftwicken und verkniffenem Gesicht neben dem Bett. «Hallo, Glad – wie geht's meinem Mädchen?»

«Oh, Charley, ich hab mir solche Sorgen gemacht. Wie fühlst du dich? Ach, Charley, dass ein Mann in deiner Position bei Testflügen sein Leben aufs Spiel setzt ... Warum überlässt du das nicht den Leuten, die dafür bezahlt werden, kannst du mir das mal sagen?»

Charley wollte etwas fragen. Da war etwas, vor dem er sich fürchtete. «Geht's den Kindern gut?»

«Wheatley hat sich das Knie aufgeschürft, und die Kleine hat, glaube ich, erhöhte Temperatur. Ich habe Dr. Thompson angerufen, aber wahrscheinlich ist es nichts weiter.»

«Geht's Bill Cermak gut?»

Gladys' Lippen bebten. «Ja», sagte sie knapp. «Tja, das heißt wohl, dass wir unsere Abendgesellschaft absagen müssen. Die Edsel Fords wollten kommen.»

«Aber nein, wieso denn? Ich kann ja im Rollstuhl sitzen. Mann, die haben mich ganz schön bandagiert. Ich hab mir wohl ein paar Rippen gebrochen.»

Gladys nickte. Ihr Mund wurde ganz klein und schmal. Plötzlich begann sie zu weinen.

Die Schwester kam herein und sagte tadelnd: «Aber Mrs. Anderson.» Es war Charley ganz recht, dass Gladys hinausging und ihn mit der Schwester allein ließ.

«Sagen Sie, Schwester, könnten Sie wohl den Arzt holen? Sagen Sie ihm, es geht mir gut, und ich möchte gern wissen, wie groß der Schaden ist.»

«Sie sollten sich jetzt gar keine Gedanken machen, Mr. Anderson.»

«Ich weiß, aber sagen Sie Mrs. Anderson, sie soll sich mit dem Büro in Verbindung setzen.»

«Aber es ist Sonntag, Mr. Anderson. Unten waren eine Menge Leute, aber ich glaube, der Doktor hat noch keinen Besuch erlaubt.»

Die Schwester war eine junge Frau mit einem frischen Gesicht und einem ganz leichten schottischen Akzent. «Sie sind bestimmt aus Kanada», sagte Charley.

«Stimmt», sagte sie.

«Ich kannte mal eine wunderbare Krankenschwester aus Kanada», sagte er. «Wenn ich bei Verstand gewesen wäre, hätte ich sie geheiratet.»

Der Stationsarzt war ein Mann mit rundem Gesicht und einer jovialen Art, die an einen Oberkellner erinnerte. «Sagen Sie, Doc, muss es eigentlich sein, dass mein Bein so verdammt weh tut?»

«Ihr Bein haben wir noch gar nicht eingerichtet. Sie haben versucht, sich eine Rippe in die Lunge zu bohren, aber das ist Ihnen nicht ganz gelungen. Wir mussten ziemlich viele Knochensplitter entfernen.»

«Aber nicht aus der Lunge, oder?»

«Zum Glück nicht.»

«Aber warum haben Sie nicht auch gleich das Bein gerichtet?»

«Nun, wir warten auf Dr. Roberts aus New York. Mrs. Anderson hat darauf bestanden. Wir sind natürlich sehr erfreut – immerhin ist er eine Kapazität auf diesem Gebiet. Es wird ein weiterer kleiner Eingriff erforderlich sein.»

Erst als Charley aus der Narkose für diese zweite Operation erwachte, sagte man ihm, Bill Cermak sei an einem Schädelbruch gestorben.

Drei Monate lag Charley, das Bein im Streckverband, im Krankenhaus. Die Rippenbrüche verheilten schnell, doch das Atmen fiel ihm noch immer schwer. Gladys kümmerte sich um die Rechnungen und kam jeden Nachmittag kurz zu Besuch. Sie war stets in Eile und sehr besorgt. Charley musste Moe Frank, seinem

Anwalt, der ein paarmal pro Woche kam, um alles Nötige zu besprechen, eine Vollmacht erteilen. Er selbst konnte nicht viel sagen, denn er hatte so große Schmerzen, dass ihm das Sprechen schwerfiel.

Am liebsten war es ihm, wenn Gladys Wheatley mitbrachte. Er war jetzt drei und fand das Krankenhaus spannend. Er sah gern zu, wenn die Schwestern die Gewichte und Züge des Gestells einstellten, an dem Charleys Bein hing. «Daddy lebt in einem Flugzeug», sagte er dann. Er hatte blondes Haar, seine Nase bildete sich langsam aus, und Charley fand, dass er ihm ähnlich sah.

Marguerite war noch zu klein, um ihrem Vater viel Spaß zu machen. Gladys brachte sie und das Kindermädchen nur ein einziges Mal mit, und da schrie die Kleine beim Anblick des furchterregenden Gestells derart, dass man sie hinausbringen musste. Danach ließ Gladys sie zu Hause. Gladys und Charley hatten einen erbitterten Streit darüber, ob Wheatley ihn besuchen dürfe, denn sie wollte verhindern, dass sich ihm die Erinnerung an seinen Vater im Krankenhaus zu sehr einprägte. «Aber Glad, er wird das ganz schnell überwinden, schneller jedenfalls als ich.» Gladys kniff die Lippen zusammen und sagte nichts. Als sie gegangen war, hasste Charley sie und fragte sich, was sie beide geritten hatte, Kinder in die Welt zu setzen.

Schließlich merkte er, dass alle Welt erwartete, er werde den Rest seines Lebens ein Krüppel bleiben, und von diesem Augenblick an ging es mit ihm bergauf. Dennoch war es Winter, als er auf Krücken nach Hause zurückkehrte. Noch immer hatte er gelegentlich nervöse Atembeschwerden. Er humpelte durch das Haus, es kam ihm fremd vor. Gladys hatte während seiner Abwesenheit sämtliche Räume neu gestaltet und die Hausangestellten ausgewechselt. Es fühlte sich nicht wie sein Zuhause an. Am besten waren die Massagen, die er dreimal pro Woche bekam. Die Tage gingen dahin – er spielte mit den Kindern und unterhielt sich mit Miss Jarvis, dem steifen, ältlichen englischen Kindermädchen. Wenn sie zu Bett gegangen waren, saß er im Wohnzimmer, trank

Scotch mit Soda, war nervös und fühlte sich aufgedunsen. Herrgott, er wurde fett. Gladys war immer kühl wie ein Bergsee; selbst wenn er einen Wutanfall hatte und sie beschimpfte und verfluchte, stand sie nur da und sah ihn mit einem Ausdruck kalten Abscheus auf dem sorgfältig zurechtgemachten Gesicht an. Sie lud oft Gäste ein, gab den Angestellten aber zu verstehen, Mr. Anderson gehe es nicht gut genug, um an diesen Gesellschaften teilzunehmen. Er begann sich in seinem eigenen Haus wie ein armer Verwandter zu fühlen. Einmal, als die Farrells zu Gast waren, zog er einen Smoking an und humpelte auf Krücken hinunter. Es war kein Gedeck für ihn aufgelegt, und alle sahen ihn an, als wäre er ein Gespenst.

«Na bitte», rief Farrell mit bellender Stimme. «Ich wollte nach dem Essen mal raufgehen und mich ein bisschen mit dir unterhalten.» Wie sich herausstellte, wollte Farrell sich hauptsächlich über die Fünfhunderttausend-Dollar-Klage unterhalten, die Cernaks Witwe auf Betreiben irgendeines gottverdammten Winkeladvokaten eingereicht hatte. Farrell hatte die Idee, Charley könne doch mal mit ihr reden und sie dazu bringen, Vernunft anzunehmen und eine kleine Rente zu akzeptieren. Charley sagte, das werde er auf keinen Fall tun. Nach dem Essen trank er zu viel, stieß mit der Krücke das Kaffeegeschirr um und ging kochend vor Wut zu Bett.

Was ihm, außer der Beschäftigung mit seinen Kindern, am meisten Spaß machte, waren seine Aktiengeschäfte und die Ferngespräche mit Nat, der ihm sagte, er entwickle langsam das richtige Fingerspitzengefühl für den Aktienmarkt. Nat warnte ihn, und Charley wusste selbst nur zu gut, dass seine Position bei Tern gefährdet war und er hinausgedrängt werden würde, wenn er nicht bald etwas unternahm, aber er fühlte sich zu elend, um an den Vorstandssitzungen teilzunehmen. Allerdings verkaufte er etwa die Hälfte seiner Anteile in kleinen Paketen. Nat sagte ihm immer wieder, wenn er sich jetzt anstrenge, könne er die Kontrolle über die ganze Firma übernehmen, bevor Andy Merritt seinen Reorganisationsplan durchgesetzt habe, aber Charley war nervös und angeschlagen und wollte sich nicht anstrengen. Er konnte nur grummeln und meckern und Julius Stauch anrufen und aus jeder Kleinigkeit eine große Sache machen. Stauch hatte die Arbeit an dem Eindecker weitergeführt und eine kleine Maschine entwickelt, die alle Tests mit Glanz und Gloria bestanden hatte. Wenn Charley dann den Hörer auflegte, schenkte er sich einen Scotch ein, setzte sich auf das Sofa am Fenster und murmelte: «Diesmal bist du wirklich am Arsch.»

Eines Abends kam Farrell vorbei und redete lange mit ihm. Er sagte, Charley müsse Urlaub machen, einen Angelurlaub zum Beispiel, denn wenn er so weitermache, werde er nie gesund werden. Er habe mit Dr. Thompson gesprochen, und der habe gesagt, wenn er, Charley, sich je ohne Krücken bewegen wolle, brauche er drei Monate Urlaub bei viel Bewegung.

Gladys konnte nicht mitkommen, denn die alte Mrs. Wheatley war krank, und so saß Charley allein auf dem Rücksitz des Lincoln, in zahlreiche Decken gewickelt, mit einem Flachmann voll Whiskey und einer Thermosflasche voll Kaffee, und ließ sich vom Chauffeur nach Miami fahren.

In Cincinnati fühlte er sich so schlecht, dass er den ganzen Tag im Hotelbett verbrachte. Er ließ sich vom Chauffeur aus einem Reisebüro Broschüren über Florida bringen und schickte schließlich Nat Benton ein Telegramm, in dem er ihn bat, mit ihm eine Woche in dem Anglercamp in Key Largo zu verbringen. Am nächsten Morgen stand er früh auf. Er hatte gut geschlafen und fühlte sich deutlich besser, die Reise begann ihm zu gefallen. Trotzdem kam er sich idiotisch vor, weil er sich wie eine alte, in Decken gehüllte Frau herumkutschieren ließ. Er fühlte sich einsam, denn mit dem Chauffeur konnte man nicht reden. Er war ein säuerlich blickender Kanadier, den Gladys ausgesucht hatte, weil sie es vornehm fand, ihre Anweisungen durch das Sprachrohr auf Französisch zu geben. Charley war sicher, dass der Bursche ihn unterwegs bei den Kosten für Benzin, Öl und Reparaturen beschwindelte. Dieser verdammte Lincoln war ein Fass ohne Boden.

In Jacksonville schien die Sonne. Charley gönnte sich das Vergnügen, den Chauffeur zu entlassen, sobald sie vor dem Hotel vorgefahren waren. Dann ging er mit einer Flasche Schwarzgebranntem, den ihm der Page verkauft hatte, zu Bett und schlief tief und fest.

Am nächsten Tag schlief er aus und erwachte durstig, aber gut gelaunt. Nach dem Frühstück zog er aus dem Hotel aus und fuhr ein bisschen in der Stadt herum. Es fühlte sich gut an, den Koffer zu packen, sich ans Steuer zu setzen und den Wagen selbst zu fahren.

Im Sonnenlicht, unter großen weißen Wolken und dem blauen Himmel machte Jacksonville einen beschaulichen, leicht heruntergekommenen Eindruck. Am Schnellimbiss neben dem Busbahnhof hielt er an, um etwas zu trinken. Er fühlte sich so gut, dass er beim Aussteigen die Krücken im Wagen ließ und ohne sie über den warmen Bürgersteig zum Eingang humpelte. Der Wind ließ die Zeitschriften und das rosarote und lindgrüne Papier der Zeitungen im Ständer vor dem Fenster des Buffets flattern. Als Charley sich auf den Hocker an der Theke setzte, war er außer Atem. «Eine Limonade, aber ohne Zucker bitte», sagte er zu dem rattengesichtigen Jungen hinter dem Tresen.

Doch der beachtete ihn gar nicht, sondern sah in eine andere Richtung. Charley spürte, dass ihm die Zornesröte ins Gesicht stieg. Sein erster Gedanke war: Ich lasse ihn rausschmeißen. Dann folgte er dem Blick des Jungen: Am anderen Ende der Theke saß eine Blondine und aß ein Sandwich. Sie war ausgesprochen hübsch und trug einen kleinen schwarzen Hut, ein gutsitzendes blaugraues Kostüm und weiße Spitzen an Kragen und Manschetten. Sie hatte einen verblüfften Gesichtsausdruck, als hätte sie gerade etwas außerordentlich Witziges gehört. Charley vergaß zu humpeln, als er zu dem Hocker neben ihr ging. «Was ist jetzt mit meiner Limonade?», rief er dem Jungen dabei aufgeräumt zu.

Die junge Frau betrachtete Charley. Ihre Augen waren von einem vollkommen reinen Blau. «Wissen Sie vielleicht, wie lange der Bus nach Miami braucht, Mister?», sagte sie. «Der Kerl hinter der Theke hält sich für witzig – aus dem ist nichts Vernünftiges rauszubekommen.»

«Wir können's ja ausprobieren», sagte Charley.

«Schon komisch, die Leute hier in Florida. Nichts als Witzbolde.»

«Nein, ich meine es ernst. Wenn Sie sich von mir hinfahren ließen, würden Sie einem kranken Mann eine große Freude machen.»

«Und Sie sind sicher, dass mich kein Schicksal, schlimmer als der Tod, erwartet?»

«Bei mir sind Sie vollkommen sicher, Miss. Ich bin praktisch ein Krüppel. Meine Krücken liegen im Wagen.»

«Und wie kam das?»

«Flugzeugabsturz.»

«Sie sind Pilot?»

Charley nickte.

Sie musterte ihn von Kopf bis Fuß. «Jedenfalls nicht so eine halbe Portion wie Lindbergh.»

Charley errötete. «Ich hab ein bisschen zugenommen, weil ich mit dem verdammten Bein nicht mehr viel herumkomme.»

«Na, ich kann's ja mal versuchen. Wenn ich in Ihren Wagen steige und in Buenos Aires aufwache, hab ich eben Pech gehabt.»

Charley wollte ihren Kaffee und das Sandwich bezahlen, aber das ließ sie nicht zu. Irgendetwas an ihr brachte ihn zum Lachen. Als er aufstand und sie ihn humpeln sah, spitzte sie die Lippen. «Ui, das sieht ziemlich schlimm aus.» Beim Anblick des Wagens blieb sie wie angewurzelt stehen. «Mensch, wir sind ja die reinsten Millionäre!»

Lachend stiegen sie ein. Ihre Art zu reden machte ihn heiter und beschwingt. Ihren Namen wollte sie ihm nicht verraten. «Nennen Sie mich einfach Madame X», sagte sie.

«Dann müssen Sie mich aber Mr. A nennen», sagte Charley.

Kichernd und lachend fuhren sie nach Daytona Beach, wo sie

haltmachten, um im Meer zu baden. Charley schämte sich, als er schmerbäuchig und bleich über den Strand humpelte, während sie in ihrem blauen Badeanzug schlank und braun gebrannt war. Sie hatte eine gute Figur, auch wenn ihre Hüften ein wenig breit waren. «Immerhin sind meine Beine noch gleich lang. Der Arzt sagt, wenn ich die richtigen Übungen mache, bin ich bald wieder tipptopp.»

«Bestimmt. Und ich hab Sie in dem Drugstore für einen Geldonkel gehalten.»

«Ich finde, Sie sind eine Wucht, Madame X.»

«Passen Sie bloß auf, dass Sie mir nichts Schriftliches geben, Mr. A.»

Als er aus dem Wasser kam, tat Charleys Bein furchtbar weh, doch er hatte zum ersten Mal seit Monaten einen Riesenappetit. Nach einem ausgiebigen Fischessen fuhren sie weiter. Unterwegs legte sie den hübschen kleinen Kopf an seine Schulter und schlief ein. Obwohl er bereits müde war, machte es ihm Freude, auf der schnurgeraden glatten Betonstraße zu fahren. Als sie abends in Miami ankamen, ließ sie sich an einem kleinen Hotel unweit des Bahnhofs absetzen und verbot ihm, sie hineinzubegleiten.

«Ach, bitte», sagte er, «können wir uns nicht wiedersehen?»

«Na klar. Sie können mich jeden Abend im Palms sehen. Da trete ich auf. Ich bin in der Unterhaltungsbranche.»

«Dass Sie unterhaltsam sind, habe ich gemerkt, aber ich wusste nicht, dass Sie damit Geld verdienen.»

«Sie haben mir einen großen Gefallen getan, Mr. A. Jetzt kann ich's Ihnen ja sagen ... Ich war vollkommen pleite, meine letzten Kröten sind für dieses Sandwich draufgegangen, und wenn Sie mich nicht hierhergefahren hätten, hätte ich diesen Job abschreiben können. Eines Tages erzähle ich Ihnen mal die ganze Geschichte.»

«Sagen Sie mir Ihren Namen, dann rufe ich Sie an.»

«Nein, sagen Sie mir Ihren.»

«Charles Anderson. Ich werde mich im Miami Biltmore zu Tode langweilen.»

«Dann sind Sie also wirklich ein Mr. A. Na, dann auf Wiedersehen, Mr. A, und noch mal tausend Dank.»

Sie verschwand im Hotel. Charley war bereits verrückt nach ihr, allerdings auch so müde, dass er es gerade noch zum Hotel schaffte. Er ging auf sein Zimmer, ließ sich ins Bett fallen und schlief zum ersten Mal seit Monaten ein, ohne sich vorher betrunken zu haben.

Als Nat Benton eine Woche darauf eintraf, war er überrascht, Charley in so guter Verfassung vorzufinden. «Es geht eben nichts über einen Tapetenwechsel», sagte Charley lachend. Gemeinsam fuhren sie hinaus zu den Keys. In Charleys Brieftasche steckte ein Foto von Margo Dowling; es war von einem Fotografen angefertigt und zeigte sie in dem spanischen Kostüm, in dem sie auftrat. Er war jede Nacht im Palms gewesen, doch es war ihm nicht gelungen, mit ihr auszugehen. Bei jedem seiner Vorschläge hatte sie den Kopf geschüttelt, das Gesicht verzogen und gesagt: «Eines Tages erzähle ich Ihnen die ganze Geschichte.» Immerhin hatte sie ihm am vergangenen Abend eine Telefonnummer gegeben, damit er sie anrufen konnte.

Nat sprach viel über den Aktienmarkt und die große Reorganisation von Tern und Askew-Merritt, auf die Merritt drängte, aber dann sagte Charley nur: «Ach, was soll's, reden wir lieber von was anderem.» Das Lager war in Ordnung, aber die Moskitos fielen über sie her. Sie verbrachten einen schönen Tag am Riff und angelten Barrakudas und Zackenbarsche. Sie nahmen einen Krug Rum mit aufs Boot und angelten, tranken und aßen Sandwiches. Charley erzählte Nat von dem Absturz. «Ganz ehrlich, ich glaube, es war nicht meine Schuld. So was passiert eben, da kann man nichts machen. Und jetzt fühle ich mich, als hätte ich meinen letzten Freund auf dieser Welt verloren. Ehrlich, ich würde alles, wirklich alles dafür geben, wenn Bill noch am Leben wäre.»

«Na ja», sagte Nat, «aber er war ja bloß ein Mechaniker.»

Eines Tages, als sie betrunken und mit nach Fisch stinkenden Händen und Hosen vom Angeln zurückkehrten, die Gesichter von der Sonne verbrannt und noch ganz benommen vom Geruch und Dröhnen des Motors und dem Hüpfen des Boots auf den Wellen, erwartete sie ein Telegramm von Nats Büro:

UNBEKANNTE STOSSEN TERN AB STOP VIEREINHALB PUNKTE GEFALLEN STOP ERBITTEN ANWEISUNGEN

«Anweisungen? Verdammt», sagte Nat und warf seine Sachen in den Koffer. «Wir fahren rauf und sehen uns das an. Wir können in Miami ein Flugzeug chartern.»

«Nehmen Sie ruhig das Flugzeug», sagte Charley kühl, «ich fahre mit dem Zug.

In New York saß er den ganzen Tag im Hinterzimmer von Nat Bentons Büro, rauchte zu viele Zigarren, behielt hilflos und nervös den Ticker im Auge, fuhr in Taxis in der Stadt herum und holte sich Absagen von allen möglichen bleichgesichtigen Freunden von Nat und Moe Frank. Am Ende der Woche hatte er vierhunderttausend Dollar und sämtliche Flugzeugaktien verloren.

Während er dasaß und den Geschäftsmann spielte, zählte er wie ein Schuljunge die Minuten bis Börsenschluss, denn dann konnte er uptown zu einem Speakeasy in der 52nd Street fahren und sich mit Sally Hogan treffen, einer jungen Frau mit hennarotem Haar, deren Bekanntschaft er gemacht hatte, als er mit Nat Benton im Club Dover gewesen war. Sie war die erste Frau, die er in New York kennengelernt hatte. Eigentlich war sie ihm gleichgültig, aber er brauchte eben eine Frau. Im Hotel waren sie als Mr. und Mrs. Smith abgestiegen.

Eines Morgens, als sie im Bett frühstückten, klopfte es leise an der Tür. «Herein», rief Charley in der Annahme, es sei der Etagenkellner. Zwei schäbig gekleidete Männer stürzten herein, gefolgt von O'Higgins, einem Winkeladvokaten, dem Charley in Detroit ein paarmal begegnet war. Sally schrie auf und versteckte den Kopf unter dem Kissen.

«Hallo, Charley», sagte O'Higgins. «Tut mir leid, aber Pflicht ist Pflicht. Sie leugnen nicht, dass Sie Charles Anderson sind, oder? Ich dachte, Sie erfahren es lieber von mir persönlich als aus irgendeinem Schriftsatz: Mrs. Anderson hat in Michigan die Scheidung eingereicht. Okay, Jungs, das war's.»

Die beiden schäbigen Männer verbeugten sich servil und gingen hinaus.

«Was für ein hinterhältiges, widerwärtiges Spiel – »

«Als Sie in Jacksonville Ihren Chauffeur entlassen haben, hat Mrs. Anderson ein paar Detektive auf Sie angesetzt.»

Charley hatte plötzlich so mörderische Kopfschmerzen, dass er sich kaum rühren konnte. Am liebsten wäre er aufgesprungen und hätte diesem Scheißkerl O'Higgins eins verpasst, doch er konnte nur daliegen und es über sich ergehen lassen. «Aber ihre Briefe klangen ganz anders. Sie hat mir die ganze Zeit geschrieben. Zwischen uns hat es nie irgendwelchen Streit gegeben.»

O'Higgins schüttelte den roten Lockenkopf. «Tja, schade», sagte er. «Wenn Sie mit ihr sprechen, können Sie vielleicht eine einvernehmliche Lösung vereinbaren. Mein Rat in diesen Dingen ist: Vermeiden Sie eine Gerichtsverhandlung. Tut mir wirklich leid, mein Lieber, dass ich Ihnen und Ihrer charmanten Freundin solche Unannehmlichkeiten bereiten muss. Ich hoffe, das wird nicht zwischen uns stehen, Charley, alter Freund. Ich dachte, es wäre netter, offener und anständiger, die Nachricht persönlich zu überbringen – damit Sie dabei ein freundliches Gesicht sehen gewissermaßen. Ich bin sicher, diese Sache lässt sich in aller Freundschaft regeln.» Er stand da und rieb sich die Hände, dann nickte er und ging auf Zehenspitzen zur Tür. Dort blieb er, eine Hand an der Klinke, stehen und winkte mit der anderen zum Bett. «Bis später, Sally», rief er. «Wir sehen uns dann in der Kanzlei.» Leise schloss er die Tür. Mit entsetztem Gesicht sprang Sally auf und wollte ebenfalls hinausrennen. Trotz seiner Kopfschmerzen begann Charley zu lachen. «Keine Angst, Kleine», rief er. «Geschieht mir ganz recht – was bin ich auch für ein Trottel. Ich weiß doch, dass wir alle irgendwie über die Runden kommen müssen. Also komm wieder ins Bett.»

Wochenschau LX

Traf Céline eine Schuld? Dem jungen Scotty erschien die Ehe wie ein bloßes Spiel, ein allgemein respektiertes Abenteuer. Doch als Céline begann, Geld und extravagante Dinge zu fordern, die er sich nicht leisten konnte, kam sie ihm da auf halbem Weg entgegen? Oder war sie blind für die tiefere Bedeutung des geheiligten Wortes Gattin?

GAUNER UM AKTIENGEWINN BETROGEN
DECKT MORDKOMPLOTT AUF

UM ENTSCHEIDUNG ÜBER GUSSEISENROHRE
ZU WIDERRUFEN

In einem spanischen Städtchen
Und einer Nacht wie dieser

zu Beginn der Woche förderten freundlichere Aussichten die Spekulationsbereitschaft. Vor allem den günstigen Wetterbedingungen ist es zu verdanken, dass die in letzter Zeit in diversen Branchen verzeichnete Zögerlichkeit verschwunden ist

Wieder verliebt,
Und der Frühling erblüht,

Wieder verliebt,
Und mein Herz erglüht

JUCKREIZ VERSCHWINDET NACH EINER NACHT

Tausende glückliche, erfolgreiche Frauen verdienten mit einem Mal das Doppelte oder Dreifache ihres bisherigen Lohns und konnten manchmal

Yes, sir, that's my baby,
That's my baby na-ow!

AFFENPROZESS: ANWÄLTE BERATEN SICH /489/

Geheimnisvoller Mr. Y will aussagen

das exquisite Replikat eines sonnendurchfluteten französischen Landhauses am Rhone-Ufer thront kühn auf dem Rücken der Sunset Ridge, hoch über der schönsten Seenlandschaft New Jerseys, wo jedes Fenster ein Bild von überraschender Schönheit einrahmt

Und ein Lied summt der Wind:
Lauf nicht in der Welt herum wie ein Kind,
Sondern bleibe zu Hause, sei wieder ein Kind.

NACHBARN ERWIRKEN GERICHTSBESCHLUSS GEGEN NÄCHTLICHE SCHREIE IN TÜRKISCHEM BAD

GESAMTE STADTPOLIZEI AUF GANGSTERJAGD

EINBRUCH DER CONGOLEUM-AKTIEN ERÖFFNET MÖGLICHKEITEN

in der sechsten Woche in Folge hat die Zahl der beladenen Güterwaggons die Millionenmarke überschritten, was darauf hindeutet, dass die Konjunktur allgemein gut ist und überall neue Rekorde aufgestellt und gebrochen werden

Leb wohl, Ost, und leb wohl, West,
Leb wohl, Nord und der ganze Rest,
Hallo, Swan-ee, hallo

Margo Dowling

Nach dem Frühjahr in Miami kehrte Margo nach New York zurück, und alle waren ganz aus dem Häuschen, wie blendend sie aussah: braun gebrannt, blaue Augen, das Haar gebleicht von der Sonne Floridas. Doch schon bald hatte sie alle Hände voll zu tun. Den Mandevilles ging es gar nicht gut. Frank hatte drei Monate im Krankenhaus gelegen; man hatte ihm eine Niere entfernen müssen. Als er entlassen wurde, ging es ihm so schlecht, dass Agnes ihre Stelle aufgab, um ihn zu pflegen. Sie und Frank hatten sich der Christlichen Wissenschaft zugewendet und wollten von Ärzten nichts mehr wissen. Sie dozierten ausgiebig über richtige Gedanken und sagten, Miss Jenkins, eine Heilpraktikerin, die Agnes in ihrem Teesalon kennengelernt hatte, habe Frank das Leben gerettet. Sie schuldeten dem Arzt und dem Krankenhaus fünfhundert Dollar und sprachen die ganze Zeit von Gott. Zum Glück war Mr. Anderson, Margos neuer Freund, ein sehr reicher Mann.

Mr. A, wie sie ihn nannte, bot ihr immer wieder an, ihr eine Wohnung an der Park Avenue einzurichten, doch sie sagte jedes Mal nein, nichts da. Wofür er sie eigentlich halte – eine Mätresse? Allerdings hatte sie nichts dagegen, dass er für sie ein bisschen

Geld am Aktienmarkt investierte und ihr Kleider und Schmuck kaufte und Wochenenden in Atlantic City und Long Beach mit ihr verbrachte. Er war Flieger gewesen und im Krieg ausgezeichnet worden und besaß große Anteile an Flugzeugfirmen. Er trank mehr, als ihm guttat, er war ein massiger, raumgreifender Mann, der älter wirkte, als er war, gern redete und, wenn er getrunken hatte, nicht ganz einfach zu handhaben war, aber er war auch großzügig, das Lachen fiel ihm leicht, und wenn er gute Laune hatte, erzählte er Witze. Margo fand ihn insgesamt ziemlich in Ordnung.

«Außerdem, was soll man denn machen, wenn ein Mann zum Hörer greift und mal eben tausend Dollar für einen verdient?», sagte sie, wenn sie Agnes ärgern wollte.

«Margie, so was darfst du nicht sagen», sagte Agnes dann, «das klingt so materialistisch.» Agnes sprach überhaupt viel von Liebe und richtigen Gedanken und davon, dass man gut und wahrhaftig sein solle. Da hörte Margo lieber Mr. A zu, wenn er von seinen dicken Börsengeschäften erzählte, von den Flugzeugen, die er entworfen hatte, und dass er ein Netz von Fluglinien organisieren werde, neben dem sich die Pennsylvania Railroad wie eine Vorstadtbuslinie ausnehmen werde.

Abend für Abend saß sie mit ihm in irgendeinem Speakeasy in den Fifties, trank Whiskey und hörte zu, während er von seinen Geschäften und Aktienspekulationen erzählte und dass er es dieser Detroiter Bande, die ihn aus Standard Airparts rausdrängen wolle, zeigen werde und von seiner Scheidung und was die ihn koste. Eines Abends im Stork Club zeigte er ihr Fotos von seinen Kindern und begann zu weinen. Das Gericht hatte die Kinder soeben seiner Frau zugesprochen.

Ja, Mr. A hatte seine Sorgen. Eine der schlimmsten war die Rothaarige, mit der er von den Detektiven seiner Frau im Hotel erwischt worden war. Sie erpresste ihn, indem sie drohte, ihn wegen Nichterfüllung eines Eheversprechens zu verklagen und die ganze Geschichte an die Boulevardpresse zu verkaufen. «Wie schrecklich», sagte Agnes, wenn Margo ihr mittags bei einer Tasse Kaffee davon erzählte. «Wenn er doch nur die richtigen Gedanken hätte … Du musst mit ihm reden und versuchen, ihm die Augen zu öffnen. Wenn er es nur begreifen würde, wäre alles ganz anders. Ein erfolgreicher Mann wie er sollte voller richtiger Gedanken sein.»

«Er ist aber voller Canadian Club – das ist sein eigentliches Problem. Du solltest mal sehen, was für ein Theater es ist, ihn nachts nach Hause zu bringen.»

«Du bist der einzige Mensch, den er hat», sagte Agnes und sah zum Himmel. «Ich finde es edel und gut, dass du dich um ihn kümmerst.»

Margo bezahlte die aufgelaufenen Rechnungen und eröffnete, um etwas Sicherheit zu haben, ein Sparkonto bei der Bowery Savings Bank. Sie hatte das Gefühl, sich am Aktienmarkt allmählich ein bisschen auszukennen. Trotzdem fand sie es schändlich, nicht zu arbeiten, und es machte sie ganz irre, an Sommernachmittagen in der Wohnung herumzusitzen, während Agnes Frank mit leiernder Stimme aus *Wissenschaft und Gesundheit mit Schlüssel zur Heiligen Schrift* vorlas, und so beschloss sie, die Modehäuser abzuklappern, um zu sehen, ob sie eine Stelle als Modell bekommen könnte.

«Ich will mehr über Kleider wissen», erklärte sie Agnes. «Meine sehen immer aus wie alte Mehlsäcke.»

«Bist du sicher, dass Mr. A nichts dagegen hat?»

«Wenn er was dagegen hat, kann er mich mal», sagte Margo und warf den Kopf zurück.

Im Herbst fand sie eine Stelle bei Piquot, einem neuen Studio für französische Abendkleider in der 57th Street. Es war recht anstrengende Arbeit, aber abends hatte sie frei. Wenn sie Mr. A aus den Augen lasse, vertraute sie Agnes an, werde irgendein Flittchen sich ihn todsicher schnappen. Agnes war überglücklich, dass Margo endlich nicht mehr im Showgeschäft arbeitete. «Ich hatte immer das Gefühl, das ist nicht das Richtige für dich», sagte sie. «Aber jetzt kannst du eine Kraft des Guten für Mr. Anderson sein.» Wenn Margo ihnen von seinen Börsenspekulationen erzählte, dachten Frank und Agnes gute Gedanken über Mr. Anderson.

Jules Piquot war ein Franzose in mittleren Jahren. Er hatte ein rundes Gesicht und einen komischen, watschelnden Gang und glaubte, alle Frauen seien verrückt nach ihm. Auf Margo hielt er große Stücke – aber vielleicht hatte er nur herausgefunden, dass ihr Gönner, wie er ihn nannte, ein Millionär war. Er sagte, sie müsse sich ihren herrlichen goldenen Teint unbedingt erhalten und das Haar glatt tragen anstatt der Locken, die sie seit ihrer Zeit als Ziegfeld-Girl hatte. «Wozu Amerikanerinnen verkaufen schöne Kleider, wenn alle ausse'en so rosisch, als würden melken die Kü'?», sagte er. «Was man braucht für eine interessante Kleid, ist 'ier.» Er schlug sich mit der feisten, beringten Hand an die Brust. «Drama. Aber in Amerika wollen alle nur die perfekt Sechsunddreißisch.»

«Sie finden uns wahrscheinlich schrecklich unkultiviert», sagte Margo.

«Wenn isch nur 'ätte Kapital», seufzte Piquot kopfschüttelnd und ging wieder in sein Büro im Zwischengeschoss, das ganz verglast und mit eierschalenweißen Möbeln und Aluminiumbeschlägen ausgestattet war, «isch würde machen New York zu die eleganteste Stadt der Welt.»

Margo gefiel es, in Pariser Modellen oder Piquots eigenen elegant fallenden Kreationen auf dem dicken, hellbeigen Teppich auf und ab zu gehen. Es war auf jeden Fall besser, als in einer Revue mit dem Hintern zu wackeln. Die Vorführräume waren gut beheizt und makellos sauber, und es hing ein leiser bitterer Geruch nach neuen Stoffen, Färbemitteln und Mottenkugeln in der Luft, unterlegt mit einem Duft nach parfümierten Orientzigaretten. Für die Modelle gab es ein kleines Hinterzimmer, wo sie sich, wenn keine Kundinnen da waren, ausruhen, Zeitschriften lesen und sich über Kosmetik, Theater und Football unterhalten konnten. Es gab nur zwei andere fest angestellte Frauen und nicht allzu viele Kundinnen. Es hieß, Piquot werde bald pleitegehen.

Als er nach Weihnachten einen Ausverkauf veranstaltete, schickte Margo eines Montagmorgens Agnes hin, damit sie ihr drei atemberaubende Abendkleider für je dreißig Dollar kaufte. Sie hatte ihr die Kleider vorher genau beschrieben und tat, als würde sie sie nicht kennen, als sie auf und ab ging und die neuen Frühjahrsmodelle vorführte.

Piquots Pleite stand jetzt offenbar kurz bevor. Schuldner stürmten das kleine Büro im Zwischengeschoss, die Löhne waren seit drei Wochen nicht ausgezahlt worden, und Piquots Mondgesicht bekam viele kleine Sorgenfalten. Margo kam zu dem Schluss, dass sie gut daran tat, sich nach einer anderen Stelle umzusehen, zumal es ihr immer schwerer fiel, mit dem Alkoholkonsum von Mr. A umzugehen. Jeden Morgen las sie die Börsennachrichten. Sie hatte nicht mehr so viel Vertrauen zu den Tipps, die Mr. A ihr gab, seit sie eines Tages Sinclair-Aktien gekauft hatte: Sie hatte Geld nachschießen müssen und war mit dreihundert Dollar Verlust aus der Sache rausgekommen.

An einem Samstag herrschte plötzlich große Aufregung im Studio. Piquot kam aus seinem Büro gestürmt, schwenkte die kurzen Arme und trieb, mal ärgerlich, dann wieder lachend und kichernd, die Verkäuferinnen und Modelle vor sich her und gebärdete sich wie ein neuer Hahn auf dem Hühnerhof. Jemand würde kommen und Fotos für *Vogue* machen. Der Fotograf, der schließlich erschien, war ein schmaler, jüdischer junger Mann mit fahlem Teint und Tränensäcken. Er hatte eine richtige große Fotografenkamera und viele Blitzlichtbirnen, in denen ein silbriges Geknitter war und die Piquot unbeholfen und unter Ausrufen der Verwunderung aufsammelte. «Ein wunderbar Erfindung. Isch 'abe nie Fotos machen lassen, weil isch verabscheue Explosions und wegen die Gefahr von Feuer.»

Es war ein warmer Februartag, und in den dampfbeheizten Vorführräumen war es heiß und stickig. Wenn der junge Mann unter seinem schwarzen Tuch hervorkam, war er schweißgebadet. Piquot ließ ihn keine Sekunde in Ruhe. Er musste Piquot in seinem Büro, Piquot am Zeichentisch, Piquot mit seinen Entwürfen fotografieren. Die Frauen dachten schon, sie würden nie mehr an die Reihe kommen. Der Fotograf sagte immer wieder: «Lassen Sie mich meine Arbeit machen, Mr. Piquot. Mir schwebt etwas Künstlerisches vor.» Die Frauen kicherten. Schließlich zog Piquot sich in sein Büro zurück und schmollte. Sie sahen ihn durch die Glaswand: Er saß am Schreibtisch und stützte den Kopf in die Hände. Danach ging es ruhiger zu.

Margo und der Fotograf verstanden sich sehr gut. Er flüsterte ihr immer wieder zu, sie solle dafür sorgen, dass ihr Chef nicht durchs Bild lief. Bevor er hinauf in die Etage ging, wo die Kleider genäht wurden, steckte er ihr seine Visitenkarte zu und fragte sie, ob er sie vielleicht einmal an einem Sonntag in seinem Studio fotografieren dürfe. Es sei ihm sehr wichtig, und sie brauche nichts zu bezahlen. Sie sagte, sie werde am nächsten Sonntagnachmittag kommen. Auf der Karte stand: Margolies – künstlerische Fotografien.

Am nächsten Sonntag lud Mr. A sie zum Mittagessen ins Pennsylvania Hotel ein, und danach überredete sie ihn, zu Margolies' Atelier zu fahren. Sie nahm an, dass dieser junge Jude finanziell nicht besonders gut gestellt war, und fand, Mr. A könne für einen Satz Fotos ruhig etwas bezahlen. Mr. A war missmutig, denn er hatte den großen Wagen aus der Garage geholt und wollte eigentlich mit ihr am Hudson entlangfahren, aber er ließ sich breitschlagen.

Margolies' Atelier war seltsam. Alles war mit schwarzem Samt verhängt, und unter dem schmutzigen Dachfenster standen Wandschirme in diversen Größen und Farben – schwarz, weiß, gelb, grün, silbrig – in dem großen, staubigen Raum herum. Auch der junge Mann war seltsam und benahm sich, als wäre er vollkommen überrascht. «Das hier ist vorbei», sagte er. «Das Atelier gehört meinem Bruder Lee. Er ist im Ausland – ich halte für ihn die Stellung. Mich interessiert eigentlich nur die wahre Kunst der Zukunft.»

«Und die wäre?», fragte Mr. A.

«Der Film. Mein Name ist Sam Margolies. Wenn Sie ihn noch nicht gehört haben, werden Sie ihn bald hören.»

Mr. A setzte sich mürrisch auf einen mit staubigem Samt behängten Hocker und knurrte: «Na gut, aber beeilen Sie sich. Wir wollen noch eine Spritztour machen.»

Sam Margolies schien unzufrieden, weil Margo in Straßenkleidung gekommen war. Seine grauen Augen musterten sie mit einem verdrießlichen Blick. «Vielleicht werde ich nicht viel tun können. Ich kann nicht arbeiten, wenn man mich drängt. Ich hatte Sie mir in einer prächtigen schwarzen Robe im spanischen Stil vorgestellt.»

Margo lachte. «Ich bin nicht ganz der Typ.»

«Sie sind der Typ einer Infantin von Velázquez.» Wenn er etwas sagte, das ihm ernst war, hatte er einen deutlichen ausländischen Akzent.

«Ich war mal mit einem Spanier verheiratet. Seitdem hab ich von spanischen Adeligen und allem, was dazugehört, die Nase voll.»

«Warten Sie, warten Sie», sagte Margolies und umkreiste sie. «Jetzt sehe ich es: erst in Straßenkleidung, und dann ...» Er eilte hinaus und kehrte mit einem schwarzen Spitzentuch zurück. «Eine Infantin am Hof des spanischen Königs.»

«Sie haben keine Ahnung, wie es ist, mit einem verheiratet zu sein», sagte Margo. «Und mit seinen hochwohlgeborenen Verwandten unter einem Dach zu leben.»

Während Sam Margolies sie in Straßenkleidung posieren ließ, ging Mr. A auf und ab und fingerte an seiner Zigarre herum. Draußen zogen anscheinend Wolken auf, denn der Himmel über dem Dachfenster verdüsterte sich. Sam Margolies schaltete die Scheinwerfer ein, und das Fenster färbte sich blau, als gehörte es zu einer Kulisse. Als er sie mit dem spanischen Schal posieren ließ und ihr sagte, sie solle die Kleider und auch die Unterwäsche ausziehen, sodass sie oberhalb der Taille nur noch spanische Spitzen trug, merkte sie, dass Mr. A seine Zigarre hatte ausgehen lassen und wie gebannt zusah. Seine Augen blitzten im Widerschein der Lampen.

Als der Fotograf fertig war und sie die schmutzigen Stufen hinuntergingen, sagte Mr. A: «Ich mag den Kerl nicht. Er kommt mir vor wie ein Zuhälter.»

«Ach nein, er ist eben nur einfach sehr künstlerisch», sagte Margo. «Wie viel wollte er für die Fotos haben?»

«Viel», sagte Mr. A.

In der unbeleuchteten, nach Kohl riechenden Eingangshalle zog er sie an sich und küsste sie. Durch das Glas der Tür sah sie im Laternenlicht das Schneegestöber über der leeren Straße. «Ach, zum Teufel mit ihm», sagte Mr. A und strich mit den Händen über ihren Rücken. «Du bist eine tolle Frau, weißt du das? Mann, dieses Haus gefällt mir direkt – erinnert mich an alte Zeiten.»

Margo schüttelte den Kopf und blinzelte. «Schade um unseren Ausflug», sagte sie. «Es schneit.»

«Ach was, Ausflug», sagte Mr. A. «Lass uns einfach mal so tun, als wären wir ein Paar, und wenn's nur für einen Abend ist. Zuerst gehen wir ins Meadowbrook und trinken was. Mann, ich wollte, ich hätte dich kennengelernt, bevor ich reich war, als ich noch in irgendwelchen verwanzten Absteigen gehaust hab.»

Sie legte für einen Augenblick den Kopf an seine Brust. «Charley, du bist die Nummer eins», flüsterte sie.

An jenem Abend rang er ihr ein Versprechen ab: Sobald Agnes, wie sie es vorhatte, mit Frank nach New Jersey ins Haus seiner Schwester gezogen war, um zu sehen, ob die Landluft ihm vielleicht guttun würde, würde Margo zu ihm ziehen. «Wenn du wüsstest, wie satt ich dieses wilde Leben habe.»

Sie sah unverwandt in seine trüben blauen Augen. «Glaubst du denn, mir gefällt es, Mr. A?»

An diesem Abend hatte sie Charley Anderson sehr gern.

Nach jenem Sonntag rief Sam Margolies sie fast jeden Tag an, entweder in der Wohnung oder bei Piquot, und schickte ihr gerahmte Fotos, aber sie weigerte sich, ihn zu treffen. Sie hatte genug im Kopf und war jetzt allein in der Wohnung, da es Agnes mit Hilfe der Heilpraktikerin und ausgiebiger Lektüre von *Wissenschaft und Gesundheit* gelungen war, Frank aufs Land zu bringen. Sie musste Rechnungen bezahlen und bekam täglich Briefe von Tony, der ihre Adresse herausgefunden hatte und schrieb, er sei krank. Er bat sie um Geld und die Erlaubnis, sie besuchen zu dürfen.

Eines Montagmorgens traf sie etwas verspätet bei Piquot ein. Die Tür war verschlossen, und davor standen in heller Aufregung die anderen Angestellten. Piquot war tot in der Badewanne aufgefunden worden. Er hatte sich mit Zyankali vergiftet, und nun gab es niemanden, der die ausstehenden Löhne zahlen würde.

Auf die Nachricht von Piquots Tod wurde Margo ganz unheimlich zumute – sie traute sich nicht nach Hause. Stattdessen ging sie zu Altman und kaufte ein paar Sachen, und gegen Mittag beschloss sie, Mr. A im Büro anzurufen, um ihm von Piquot zu erzählen und ihn zu fragen, ob er mit ihr zu Mittag essen wolle. Da der arme Piquot tot und sie nun arbeitslos war, würde ihr wohl nichts anderes übrigbleiben, als Mr. A um Geld zu bitten. Zweitausend müssten eigentlich reichen, und dann konnte sie auch den Brillantring, den Tad ihr geschenkt hatte, wieder auslösen. Vielleicht würde sie Mr. A einen guten Börsentipp entlocken. Doch als sie anrief, sagte man ihr, Mr. Anderson werde erst gegen drei Uhr kommen. Also ging sie zu Schrafft und aß ganz allein inmitten von lauter gackernden, mit Einkäufen beladenen Frauen ein paar Hühnerpastetchen.

Sie war am Abend mit Mr. A verabredet, und zwar in einem französischen Speakeasy in der 52nd Street, in dem sie oft zu Abend aßen. Als sie vom Friseur kam, wo sie sich das Haar hatte waschen und legen lassen, war es noch zu früh, um sich umzuziehen, doch sie legte trotzdem verschiedene Kleider heraus, denn sie wusste nicht, was sie sonst tun sollte, und in der leeren Wohnung war es so still und einsam. Sie beschäftigte sich lange mit ihren Nägeln und probierte dann ein Kleid nach dem anderen an. Die verknitterten Kleidungsstücke türmten sich auf dem Bett. Jedes schien einen Fleck zu haben. Sie war den Tränen nahe, als sie sich schließlich für ein blassgelbes Abendkleid von Piquot entschied, bei dem sie sich nicht ganz sicher war, ob es ihr wirklich stand, in den Pelzmantel schlüpfte und mit dem schäbigen Fahrstuhl hinunter in die säuerlich riechende Eingangshalle fuhr. Der Liftboy besorgte ihr ein Taxi.

In der Eingangshalle des altmodischen, in ein Restaurant umgewandelten Herrenhauses standen weiße Säulen, und Lampen verströmten ein warmes, teures, gedämpftes Licht. Als sie den dicken Teppich betrat, fühlte sie sich zum ersten Mal an diesem Tag wohl. Der Oberkellner führte sie unter Verbeugungen zu einem Tisch, und dort saß sie dann, trank einen Old Fashioned, spürte die Blicke der anwesenden Männer und grinste innerlich bei dem Gedanken daran, was die anderen bei Piquot wohl über eine Frau sagen würden, die bei einer Verabredung mit ihrem Freund als Erste erschien. Sie wünschte sich, er würde bald kommen, damit sie ihm die Geschichte erzählen konnte und sich nicht mehr vorstellen musste, wie der arme Piquot wohl ausgesehen hatte: zusammengesunken in der Badewanne, vergiftet mit Zyankali. Sie musste es unbedingt loswerden.

Anstelle von Mr. A trat ein frisch wirkender blonder junger Mann mit langem Schädel und kräftigem Kinn an ihren Tisch. Sie richtete sich auf und sah ihn abweisend an, doch ihre Miene hellte sich auf, als er sich vorbeugte und in vertraulichem Ton und mit starkem Brooklyn-Akzent sagte: «Miss Dowlin' ... Entschuldigung ... Ich bin Mr. Andersons Sekretär. Er musste in dringenden Angelegenheiten nach Detroit fliegen, und weil er weiß, dass Sie sehr gern die Premiere von *Music Box* sehen wollen, hat er mich gebeten, Karten zu besorgen. Hier sind sie – ich hätte mich beinahe prügeln müssen, um sie zu bekommen. Der Boss hat gesagt,

Sie möchten vielleicht Mrs. Mandeville mitnehmen.» Das alles sagte er sehr schnell, als fürchtete er, sie könnte ihn unterbrechen; nun holte er tief Luft und lächelte.

Margo nahm die beiden grünen Karten und klopfte damit verärgert auf den Tisch. «Zu dumm ... Es ist schon so spät, ich weiß nicht, wen ich jetzt noch einladen könnte. Mrs. Mandeville ist auf dem Land.»

«Wie schade. Und wenn ... ich den Boss vertreten würde?»

«Sie sind ja ein ganz Kesser», sagte sie und musste plötzlich lachen. «Aber wohl kaum richtig angezogen.»

«Keine Sorge, Miss Dowlin'. Essen Sie zu Abend – ich bin gleich wieder da, und zwar im Abendanzug, und dann gehen wir ins Theater.»

Tatsächlich erschien er um Punkt acht, mit straff zurückgekämmtem Haar und einem abgeschabten Smokingjackett, dessen Ärmel etwas zu kurz waren. Als sie ins Taxi stiegen, fragte sie ihn, ob er es einem Ober abgenommen habe, und er legte die Hand an den Mund und flüsterte: «Ganz unter uns, Miss Dowlin' – es ist geliehen.»

Zwischen den Nummern machte er sie auf all die Prominenten im Publikum aufmerksam, unter anderem auf sich selbst. Sein Name war Clifton Wegman, aber alle nannten ihn Cliff, und er war dreiundzwanzig, konnte Mandoline spielen und war am Pooltisch ein Ass.

«Tja, Cliff, ich würde sagen, Sie sind ein vielversprechender junger Mann.»

«Mit Aussicht auf Erfolg?»

«Davon bin ich überzeugt.»

«Ein allseits beliebter Absolvent der New York School of Business ... wartet auf seine Chance.»

Sie amüsierten sich großartig. Nach der Vorstellung sagte Cliff, er habe Hunger – immerhin habe er ja nicht zu Abend gegessen, sondern erst die Karten und dann den Smoking besorgen müssen, und so ging sie mit ihm in den Club Dover, damit er etwas in den Magen bekam. Er hatte einen ziemlichen Appetit. Es war ein Vergnügen, ihn ein Beefsteak mit Champignons verputzen zu sehen. Sie tranken ein paar Gläser und lachten wie verrückt über die Darbietungen, und als er im Taxi zudringlich wurde, gab sie ihm eine Ohrfeige, aber nur eine ganz leichte. Bei dem Mundwerk, das der Junge hatte, kam er wirklich mit allem davon.

Als sie vor der Haustür standen, fragte er, ob er mit hinaufkommen dürfe, und bevor sie wusste, was sie da sagte, hatte sie schon geantwortet: ja, sofern er sich wie ein Gentleman benehme. Er sagte, bei einer Frau wie ihr werde es ihm schwerfallen, doch er wolle sich bemühen. Vor der Wohnungstür lachten und alberten sie, bis sie den Schlüssel fallen ließ und sie beide in die Knie gingen, um ihn aufzuheben, und als sie aufstand, errötend von dem Kuss, den er ihr gegeben hatte, sah sie, dass der Mann, der zusammengesunken auf der Treppe neben dem Fahrstuhl hockte, Tony war.

«Gute Nacht, Cliff – danke, dass Sie ein armes kleines Arbeitermädchen nach Hause gebracht haben», sagte sie freundlich.

Tony kam auf die Beine und steuerte auf die offene Wohnungstür zu. Sein Gesicht hatte einen grünlichen Schimmer, und seine Kleider sahen aus, als hätte er die ganze Nacht in der Gosse gelegen.

«Das ist Tony», sagte Margo. «Er ist ein ... Verwandter. Es geht ihm nicht gut.»

Cliff sah zwischen den beiden hin und her. Dann stieß er einen leisen Pfiff aus und ging die Treppe hinunter.

«So», sagte Margo, «und jetzt sagst du mir sofort, warum du mir hier auflauerst. Ich hätte große Lust, dich als Einbrecher verhaften zu lassen.»

Tony konnte kaum sprechen. Seine Lippe war blutig und geschwollen. «Kann nirgends hin», stieß er hervor. «Eine ganze Bande hat mich zusammengeschlagen.» Er schwankte, und sie musste ihn am Ärmel seines schmutzigen Mantels festhalten, damit er nicht umfiel.

«Ach, Tony», sagte sie, «du siehst wirklich beschissen aus. Na, dann komm rein … aber wenn du irgendwelche Tricks versuchst wie letztes Mal, breche ich dir sämtliche Knochen, ich schwör's dir.»

Sie packte ihn ins Bett. Am nächsten Morgen ging es ihm so schlecht, dass sie einen Arzt kommen ließ. Der konstatierte Drogenentzug und Unterkühlung und empfahl eine Kur in einem Sanatorium. Tony lag bleich und zitternd im Bett. Er weinte viel, war aber folgsam wie ein Lämmchen und sagte, er werde alles tun, was der Doktor sage. Einmal packte er Margos Hand und bat sie, ihm den Diebstahl ihres Geldes zu vergeben, damit er in Frieden sterben könne. «Du wirst nicht sterben, du nicht», sagte sie und strich ihm mit der anderen Hand das schweißnasse Haar aus der Stirn. «Keine Chance.» Dann machte sie einen Spaziergang auf dem Drive und versuchte zu einem Entschluss zu gelangen. Ihr war übel von dem aufdringlichen, eklig-süßlichen Geruch des Paraldehyds, das der Arzt Tony als Beruhigungsmittel gegeben hatte.

Ende der Woche kehrte Charley Anderson aus Detroit zurück und kam zum Abendessen in ihre Wohnung in der 52nd Street. Er sah sorgenvoll und erschöpft aus. Sie erzählte ihm die traurigen Neuigkeiten, doch er reagierte unwirsch und sagte, er sei im Moment knapp an Geld, seine Frau habe alle Konten gesperrt, und er habe an der Börse massive Verluste erlitten; er könne fünfhundert Dollar für sie lockermachen, doch dafür werde er Sicherheiten leisten müssen. Sie sagte, dann werde sie eben wieder nach Miami gehen und als Unterhaltungskünstlerin im Palms arbeiten, und er sagte, wunderbar, aber sie solle sich vorsehen, dass er nicht kommen werde, um sich von ihr aushalten zu lassen.

«Ich weiß nicht, warum mich alle für einen lausigen Millionär halten. Ich will aus der ganzen Sache nur mit so viel Geld rauskommen, dass ich mich um die Entwicklung von Motoren kümmern kann. Ohne diese verdammte Scheidung hätte ich mich schon längst zurückgezogen. Diesen Winter mache ich klar Schiff und höre auf. Ich bin ja eigentlich bloß ein dummer Schrauber.»

«Du willst raus, und ich will rein», sagte Margo und sah ihn an. Sie mussten beide lachen.

«Komm, gehen wir zu dir», sagte er. «Die anderen sind ja auf dem Land.»

Sie schüttelte, noch immer lachend, den Kopf. «Nein, da wimmelt's von spanischen Verwandten.»

Sie holten in seinem Hotel einen Koffer und fuhren mit dem Taxi nach Brooklyn zu einem Hotel, wo man sie als Mr. und Mrs. Dowling kannte. Unterwegs gelang es ihr, ihn auf tausend raufzuhandeln.

Am nächsten Tag brachte sie Tony in ein Sanatorium in den Catskills. Er war ein braver Junge, tat, was sie sagte, wollte sich nach seiner Entlassung Arbeit suchen und sprach von Ehre und Männlichkeit. Zurück in New York, rief sie im Büro an und erfuhr, Mr. A sei wieder in Detroit, habe seinem Sekretär aber Anweisung gegeben, ihr einen Fahrschein und ein Schlafwagenabteil zu besorgen und sich um die übrigen Details im Zusammenhang mit ihrer Reise zu kümmern. Sie schloss ihre Wohnung ab, und das Büro übernahm es, die Möbel einzulagern, ihre Sachen zu packen und alles andere zu erledigen.

Am Bahnhof wurde sie von Cliff erwartet. Er lächelte selbstsicher und hatte den Hut in den Nacken geschoben. «Oh, wie nett von ihm», sagte Margo, als sie die Maiglöckchen, die Cliff ihr überreichte, am Pelzmantel befestigte und zwei Gepäckträger sich auf ihre Koffer stürzten.

«Nett von wem?», flüsterte Cliff ihr zu. «Vom Boss oder von mir?»

Im Abteil standen Rosen, und Cliff hatte *Theatre* und *Variety* und *Zit's Weekly* und *Town Topics* und *Shadowland* besorgt.

«Du meine Güte – wie großzügig», sagte sie.

Er zwinkerte ihr zu. «Der Boss hat gesagt, ich soll Sie stilvoll verabschieden.» Er zog eine Flasche aus der Manteltasche. «Das ist ein Teacher's Highland Cream. Auf Wiedersehen.» Er verbeugte sich und entfernte sich durch den Gang.

Margo machte es sich in ihrem Abteil bequem und wünschte sich beinahe, Cliff wäre nicht so schnell gegangen. Er hätte sich wenigstens mit dem Abschied ein wenig Zeit lassen können. Herrje, war der Junge forsch. Doch kaum hatte der Zug sich in Bewegung gesetzt, da war Cliff wieder da, die Hände in den Hosentaschen, mit gespanntem, erwartungsvollem Gesicht und eifrig Kaugummi kauend.

«Und?», sagte sie und runzelte die Stirn. «Was jetzt?»

«Ich habe einen Fahrschein nach Richmond», sagte er. «Ich komme nicht genug herum. Man muss mal raus aus dem Büro.»

«Man wird Sie feuern.»

«Aber nein. Heute ist Samstag. Am Montagmorgen bin ich frisch und munter im Büro.»

«Aber er wird es herausfinden.»

Cliff zog den Mantel aus, faltete ihn sorgfältig zusammen und legte ihn auf die Ablage. Dann setzte er sich ihr gegenüber und schloss die Abteiltür. «Nur wenn Sie es ihm sagen.»

Sie wollte aufspringen. «Was für eine Unverschämtheit.»

Er fuhr im selben Ton wie zuvor fort: «Sie werden ihm nichts sagen, und dafür werde ich ihm nichts von dem, äh ... Herrn auf der Treppe sagen.»

«Sie Dummkopf, das war doch bloß mein Ex-Mann.»

«Wenn das so ist, freue ich mich schon darauf, Ihr Ex-Freund zu sein ... Nein, ganz im Ernst: Ich weiß, dass Sie mich mögen. Alle mögen mich.» Er beugte sich vor und nahm ihre Hand. Seine war eiskalt. «Mal ehrlich, Margo: Was ist jetzt anders als neulich Abend? Niemand wird etwas erfahren. Überlassen Sie alles nur mir.»

Margo kicherte. «Man sollte Ihnen ein Schild umhängen, Cliff.»

«Und was soll darauf stehen?»

«Vorsicht – Frisch gestrichen.»

Sie setzte sich neben ihn. Unter dem Rütteln und Rumpeln des Zuges spürte sie, dass er zitterte. «Was für ein komischer Junge», sagte sie. «Du hattest die ganze Zeit Schiss.»

Wochenschau LXI

Hoch hoch hoch
In den Bergen
Die Wolken ich sah

Einfallsreichtum, harte Arbeit, gewaltige Ressourcen sowie die Kraft und der Wille, etwas Besonderes zu schaffen, etwas Schöneres, das dem Geschmack und dem wohlerwogenen Urteil der begüterten Schichten mehr entspricht als das, was das heutige Coral Gables ausmacht, etwas, das morgen womöglich noch besser, noch größer, noch berückender sein wird

Hoch hoch hoch in den Bergen

RIESIGES LUFTSCHIFF
BRICHT WÄHREND DER FAHRT ENTZWEI

hier werden sich Jung und Alt einfinden, um sich in belebendem Salzwasser zu erfrischen oder um in den Loggien mit Blick auf den schimmernden Pool zu plaudern, und abends werden zarte Musikklänge zum Tanz locken

Dem Himmel so nah

Wer frühzeitig investiert, wird im größten Maß von der raschen und erheblichen Wertsteigerung profitieren, die mit solchen prägnanten Entwicklungen einhergeht

Woher stammt der Mann, dem das Gold blitzt im Mund?
Er kommt aus dem Süden und tut uns kund

INNENSTADTGRUNDSTÜCKE IN JUPITER FÜR ZEHN MILLIONEN DOLLAR VERKAUFT

wie Aladin mit seiner Wunderlampe haben Kapitalisten, Investoren und Bauunternehmer das einst öde Sumpfland in eine wunderschöne, von einem Netzwerk schimmernder Boulevards durchzogene Stadt verwandelt

Ihr Schläfer erwacht,
Die Augen schlagt auf,
Die Sonn steht am Himmel
In ihrem Lauf!
Reckt euch und streckt euch
Zu gähnen hört auf

RIESIGE GOLDFELDER BEI TAMPA

wie kostbares Tuch aus Saphirblau und Jadegrün, besetzt mit Myriaden von Edelsteinen, üben die vielfarbigen Gewässer des unteren Atlantiks einen beständigen Zauber aus. Der Ort, an dem Sie Freude, Zufriedenheit und Glück so gewiss finden werden, dass Sie nicht vorbeigehen dürfen, wenn Sie nicht die außergewöhnlichste Gelegenheit Ihres Lebens versäumen

SPRUNG AUS DEM FENSTER: MANN FOLGT FRAU IN DEN TOD

Lulu lässt sich gerne gehen,
Was wir Jungs nicht gerne sehen

Eine Abteilung Motorradpolizisten führte den Zug an und bahnte den weiß gekleideten Marschierern den Weg. Hinter ihnen fuhr A. P. Schneider, der Zeremonienmeister, gefolgt von Mr. Sparrows Marschkapelle und den Mitgliedern der Malergewerkschaft. Hinter ihnen marschierten, in dieser Reihenfolge: die Filmvorführer, die Zigarrenmacher, die Glaser, die Musiker, die Schildermaler und die Bruderschaft der Eisenbahner. Das Ende des ersten Teils bildeten die Metzger.

Der zweite Teil des Zugs bestand aus dreitausendfünfhundert Zimmerleuten. Der dritte Teil wurde von der Clown Band angeführt, gefolgt von Elektrikern, Schmieden, Stuckateuren, Druckern, Journalisten, Aufzugbauern, Postangestellten, Installateuren und Heizungsmonteuren.

Im vierten Teil schließlich marschierten Schweißer, Maurer, die Bruderschaft der Lokomotivführer, Kranführer, die Mitglieder der Typographengewerkschaft, Dreher, Dachdecker, Installateure, Schneider und Maschinisten

Niemals bring die Lulu mit,
Denn ich bring sie selber mit

Charley Anderson

Wirst sehen, Cliff: Das wird besser als gut», sagte Charley zu seinem Sekretär, als sie aus der Enge des Aufzugs in die geschäftig summende Lobby des Woolworth Building traten.

«Klar, Sir», sagte Cliff und nickte bedächtig. Er hatte ein schmales Gesicht, dessen dünne, helle Haut sich unter dem braunen Filzhut über hohe Wangenknochen und eine schmale Nase spannte. Wenn er etwas sagte, öffnete er den schmallippigen Mund mit dem spitzen Kinn darunter nie sehr weit. «Klar, besser als gut.»

Sie traten durch die Drehtür auf den Bürgersteig am unteren Broadway, wo sich an diesem nieseligen, ungemütlichen Spätnachmittag im Februar die Menschen drängten. Charley zog ein paar dicke Briefumschläge aus der Tasche seines englischen Regenmantels und gab sie Cliff. «Bring die rauf ins Büro und überzeug dich davon, dass sie in Nat Bentons Privatsafe landen. Morgen werden sie dann zur Bank gebracht ... Danach hast du Feierabend. Ruf mich morgen um neun an, ja? Gestern warst du ein bisschen spät dran ... Bis dahin werde ich mir jedenfalls über gar nichts mehr den Kopf zerbrechen.»

«Klar, Sir, schlafen Sie gut, Sir», sagte Cliff und verschwand in der Menge.

Charley hielt ein Taxi an und ließ sich auf den Rücksitz sinken. Bei Wetterlagen wie dieser hatte er noch immer Schmerzen im Bein. Er unterdrückte einen Seufzer. Wie war doch gleich die Nummer, verdammt? «Die Park Avenue uptown», rief er dem Fahrer zu. Die Hausnummer fiel ihm einfach nicht mehr ein. «Zur East 52nd Street. Ich zeige Ihnen das Haus.» Er ließ sich zurücksinken. Gott, bin ich müde, flüsterte er. Er saß da, durchgeschüttelt vom Bremsen und Beschleunigen des Taxis. Der Gürtel drückte ihn. Er stellte ihn ein Loch weiter, fühlte sich besser, zog eine Zigarre aus der Brusttasche und biss die Spitze ab.

Er brauchte eine Weile, um sie anzuzünden, denn jedes Mal, wenn er das Streichholz daran halten wollte, ruckte der Wagen, und als sie schließlich brannte, schmeckte sie ihm nicht. «Ach, ich hab heute sowieso schon zu viel geraucht – was ich brauche, ist was zu trinken», murmelte er.

Ruckweise fuhr das Taxi uptown. Hin und wieder nahm er aus dem Augenwinkel die grauen Umrisse anderer Männer in anderen Taxis oder Privatwagen wahr. Sobald er ein paar Gestalten ausgemacht hatte, traten andere an ihre Stelle. Auf der Lafayette Street war der Verkehr flüssiger. Der ganze Strom aus Metall, Glas, Polstern, Mänteln, Hüten, Fleisch und Blut bewegte sich uptown. Die Wagen bremsten und beschleunigten, kuppelten und schalteten im Gleichklang, als würden sie alle vom selben Mechanismus gesteuert. Charley saß zusammengesunken da und spürte das Fett unter dem Gürtel und den Fettwulst des Kinns an seinem steifen Kragen. Warum zum Teufel konnte er sich nicht an die Hausnummer erinnern? Er war doch seit einem Monat jeden Abend dort gewesen? Eine Ader in seinem linken Augenlid hörte nicht auf zu pochen.

«Bonjour, Monsieur», sagte der unlivrierte Portier. «Wie geht es Ihnen, mon capitaine?», sagte Freddy, der Besitzer mit den Nagetierzähnen und dem schwarzen, straff zurückgekämmten Haar, und verbeugte sich. «Monsieur dinieren heute Abend mit Mademoiselle?»

Charley schüttelte den Kopf. «Ich erwarte um sieben einen Bekannten zum Essen.»

«Bien, Monsieur.»

«Bringen Sie mir einen Scotch und Soda – aber nicht den Fusel, den Sie mir gestern andrehen wollten.»

Freddy lächelte matt. «Es war ein Versehen, Monsieur Anderson. Wir haben die originalen Flaschen. Ich kann sie Ihnen zeigen. Die Etiketten sind noch nass vom Salzwasser.»

Charley grunzte und ließ sich in einen Sessel in einer Ecke der Bar sinken.

Er trank den Whiskey pur und nippte dann an dem Sodawasser. «He, Maurice, bringen Sie mir noch einen», rief er dem grauhaarigen Schweizer Ober mit dem runzligen Gesicht zu, «aber einen doppelten, in einem Highballglas. Ich bin ganz erledigt.»

Der Whiskey wärmte ihm den Bauch. Er setzte sich auf und grinste den Ober an. «Na, Maurice? Sie haben mir noch gar nicht gesagt, wie Sie die Situation an der Börse einschätzen.»

«Ich bin mir nicht sicher, Sir. Sie kennen sich besser aus, Mr. Anderson. Wenn Sie nur wollten, könnten Sie mir einen Tipp geben.»

Charley streckte die Beine aus und lachte. «Besser als gut, was? Ach, verdammt, es ist eine Plackerei. Ich will nicht mehr daran denken.»

Als er Eddy Sawyer zwischen den Gesichtern, den dunklen Anzügen, den gläserhaltenden Händen an der Bar auf sich zukommen sah, fühlte Charley sich gut. Er stand auf. «Eddy, alter Junge, wie geht's? Und wie steht's im guten alten Detroit? Die halten mich für einen ziemlichen Schweinehund, stimmt's? Raus mit der Sprache, Eddy.»

Eddy seufzte und ließ sich in den tiefen Sessel neben ihm sinken. «Das ist eine lange Geschichte, Charley.»

«Was hältst du von einem Bacardi mit einem Schuss Absinth? Gut, also zwei davon, Maurice.»

Eddys Gesicht war gelb und faltig wie ein Sommerapfel, der zu lange am Baum gehangen hat. Als er lächelte, schossen die Falten von den Mundwinkeln und den Augen über seine Wangen. «Charley, mein Lieber – schön, dich zu sehen. Du weißt, dass man dich das Wunderkind der Luftfahrtbranche nennt, oder?»

«Ist das alles?» Charley klopfte mit der erloschenen Zigarre auf den Messingrand des Aschenbechers. «Da hab ich schon Schlimmeres gehört.»

Als sie ihren dritten Cocktail intus hatten, konnte Charley gar nicht mehr aufhören zu reden. «Du kannst J. Y. was von mir ausrichten: Es gab mal eine Zeit, da hätte ich ihn glatt aus dem

Geschäft werfen können, aber ich hab's nicht getan. Und warum nicht? Weil's mir scheißegal war. Meine Aktien haben mir gehört, während diese Herrschaften alles verpfänden mussten, was sie hatten. Ich dachte: Ach, was soll's, es sind doch Freunde. Der gute alte J. Y. Verdammt, hab ich zu Nat Benton gesagt, als er wollte, dass ich klare Verhältnisse schaffe, solange das noch ging, verdammt, das sind doch Freunde von mir. Lassen wir sie ein Stück auf dem Trittbrett mitfahren. Und jetzt sieh dir an, wie sie sich mit Gladys gegen mich zusammengetan haben. Weißt du, wie viel Alimente ich an Gladys zu zahlen habe? Viertausend Dollar im Monat. Der Richter ist ein Freund von ihrem alten Herrn und kriegt wahrscheinlich einen Anteil. Sie hat mir die Kinder weggenommen, meine Konten sind gesperrt. Tolle Sache, was – einem Mann die Kinder wegzunehmen? Ja, Eddy, ich weiß, du hattest nichts damit zu tun, aber wenn du wieder in Detroit bist und diese feigen Scheißkerle siehst, die sich hinter einer Frau verstecken, weil sie mich auf andere Weise nicht kriegen konnten, dann sag ihnen von mir, dass ich vorhabe, sie bis aufs Hemd auszuziehen. Ich fange gerade an, dieses Spiel zu verstehen, und ich hab einiges in Gang gesetzt. Das Wunderkind, hm? Sag ihnen, das war noch gar nichts. Die denken, ich bin bloß ein dummer Erfinder ... bloß ein Mechaniker wie Bill Cermak. Ach was, lass uns was essen.»

Sie setzten sich an einen Tisch, und der Ober legte verschiedenfarbige Horsd'œuvres auf Charleys Teller. «Nehmen Sie das weg und bringen Sie mir ein Steak.»

Eddy aß mit Appetit. Er sah Charley an und legte das Gesicht in spöttische Falten. «Mal wieder ein typischer Fall von ‹Die Zeche zahlt immer die Frau›.»

Charley lachte nicht. «Gladys hat in ihrem ganzen Leben noch nie was bezahlt. Du kennst sie so gut wie ich. Diese Wheatleys sind allesamt Geizkragen. Sie ist genau wie ihr Alter. Na ja, die Lektion hab ich gelernt: keine reichen Zicken mehr. Sie hat sich benommen wie eine Scheißhure. Aber sag ihnen das, wenn du wieder bei deinen Brötchengebern in Detroit bist. Ich weiß doch, warum sie dich geschickt haben: Die wollen wissen, ob der alte Junge noch immer so viel verträgt. Ach ja, er säuft sich zu Tode – das ist es doch, was man sich erzählt, oder? Also, dich trinke ich jederzeit unter den Tisch, lieber Eddy, darauf kannst du Gift nehmen. Sag ihnen, dass der alte Junge auf Draht ist wie eh und je und ein gutes Stück klüger. Die dachten, mit der Scheidung hätten sie mich kleingekriegt, aber sie werden schon sehen. Und sag Gladys, wenn sie nur einen falschen Schritt macht, nur einen einzigen ... Ist ja nicht so, als würde ich sie nicht beobachten lassen ... Sag ihr, dann hole ich mir die Kinder zurück und nehme ihr alles ab, bis auf den letzten Cent. Mir doch egal, wenn sie dann auf der Straße steht.»

Eddy klopfte ihm auf die Schulter. «Tja, alter Freund, ich muss los. Schön zu sehen, dass du noch immer am Ball bist und es dir so gut geht.»

«Besser als gut», rief Charley und lachte. Eddy war verschwunden. Der alte Maurice brachte ihm das Steak, das er in der Küche hatte aufwärmen lassen, aber Charley konnte nichts essen. «Nehmen Sie's mit nach Hause, Sie haben Frau und Kinder», sagte er. Das Lokal hatte sich geleert, denn die Theatervorstellungen hatten begonnen. «Bringen Sie mir eine Flasche Champagner, Maurice – vielleicht kriege ich dann dieses Steak runter. So macht man es doch drüben, in der alten Heimat, oder? Sagen Sie mir nicht, dass ich zu viel getrunken habe ... Das weiß ich. Aber wenn jeder, dem man je vertraut hat, einen nach Strich und Faden betrogen hat, ist einem alles scheißegal, stimmt's, Maurice?»

Ein Mann mit kurzgeschnittenem schwarzem Haar und getrimmtem schwarzem Schnurrbart, der vor einem Cocktailglas an der Theke saß, sah Charley an. «Scheißegal, sage ich», rief Charley dem Mann zu, als er dessen Blick bemerkte. «Oder?»

«Quatsch, nein. Aber was hab ich damit zu tun?», sagte der Mann und kam auf Charleys Tisch zu.

«Maurice, bringen Sie diesem Gentleman ein Glas.» Charley erhob sich schwankend und verbeugte sich höflich. Der Rausschmeißer, der aus einer kleinen Tür ganz hinten im Raum getreten war, wischte sich die roten Hände an der Schürze ab und verschwand wieder. «Mein Name ist Anderson. Freut mich, Sie kennenzulernen, Mr. ...»

«Budkiewitz», sagte der schwarzhaarige Mann und trat schwankend und mit finsterer Miene an den Tisch.

Charley wies auf einen Stuhl. «Ich bin betrunken ... beaucoup Champagner-Kribbelwasser. Trinken Sie auch ein Glas.»

«Mit Vergnügen, wenn Sie mich so nett einladen. Trinken ist immer besser als kämpfen. Auf die alten Tage in der Rainbow-Division /490/!»

«Waren Sie auch drüben?»

«Klar. Stellen Sie's da hin.»

«Das waren Zeiten.»

«Und dann kommt man zurück, und hier gibt's nichts als einen Haufen hinterhältige Schweinehunde.»

«Geschäftsleute! Zur Hölle mit denen! Hinterhältige Schweinehunde!»

Mr. Budkiewitz stand auf und machte wieder ein finsteres Gesicht. «Und welche Branche meinen Sie?»

«Gar keine. Entspannen Sie sich, mein Lieber.» Mr. Budkiewitz setzte sich wieder. «Ach, verdammt, bringen Sie uns eine neue Flasche, Maurice, aber eine kalte. Haben Sie je Champagner in Saumur getrunken, Mr. Budkibbitzer?»

«Ob ich in Saumur getrunken habe? Aber ja. Da bin ich drei Monate gedrillt worden.»

«Das hab ich mir gleich gedacht: Der Bursche war in Übersee», sagte Charley.

«Das können Sie laut sagen.»

«Was machen Sie so, Mr. Buchanan?»

«Ich bin Erfinder.»

«Dann sind wir Kollegen. Schon mal vom Askew-Merritt-Anlasser gehört?»

Er hatte noch nie vom Askew-Merritt-Anlasser gehört, und

Charley hatte noch nie von der Autorinse-Waschmaschine gehört, aber bald nannten sie einander Charley und Paul. Paul hatte ebenfalls Ärger mit seiner Frau und sagte, er werde lieber ins Gefängnis gehen als Alimente zahlen. Charley sagte, er werde auch ins Gefängnis gehen.

Stattdessen gingen sie in einen Nachtclub, wo sie zwei bezaubernde Frauen kennenlernten. Charley erzählte den bezaubernden Frauen, er werde Paul, dem guten alten Paul, bei seinem Start in der Waschmaschinenbranche helfen. Sie fuhren mit den beiden Frauen im Taxi zu allen möglichen Lokalen unter der Hochbahn und schließlich zu einem Haus im Village. Charley wollte die Frauen, diese süßen, hübschen Frauen, bei einer Revuetruppe unterbringen. Er erklärte, wie er die Scheißkerle in Detroit bis aufs Hemd ausziehen werde. Und dann erklärte er, wie er die Frauen in einer Revue unterbringen werde, damit sie ihr Hemd ausziehen könnten. Es war alles sehr komisch.

Im Morgenlicht erwachte er in einem Raum mit zerrissenen Rollos. Der gute alte Paul war weg, ebenso wie die Frauen, und er saß allein an einem Tisch voll Zigarettenstummel und Rotweinpfützen und sah das stechende Gleißen, das durch die Risse fiel. Es war kein Hotel und auch kein Bordell, sondern eine Bruchbude mit ein paar Tischen, und es stank nach kaltem Zigarrenrauch und kalten Spaghetti mit Tomatensauce und billigem Rotwein. Jemand rüttelte ihn – ein fetter Itaker und ein junger Itaker mit Pomadenfrisur. «Wie spät ist es?»

«Spät genug, um zu zahlen und zu verschwinden. Hier is die Rechnung.»

Auf dem Zettel standen eine Menge Zahlen. Charley musste ein Auge schließen, um sie lesen zu können. Die Summe betrug fünfundsiebzig Dollar. Die Itaker wirkten bedrohlich.

«Sie ham gesagt, wir solln den Mädels je fünfundzwanzig geben.»

Charley griff in die Tasche. Dort war nur ein Dollar. Wo zum Teufel war seine Brieftasche geblieben? Der junge Itaker spielte mit einem kleinen Totschläger aus Leder, den er aus der hinteren Hosentasche gezogen hatte.

«n Hunderter is nich zu viel für das, was Sie gesoffen ham, und die Mädels und so. Und wenn Sie irgendwelche Zicken machen, wird's teurer. Sie ham doch ne Uhr, oder? Hier geht's ordentlich zu.»

«Wie spät ist es?»

«Sagen Sie's mir.»

«Lassen Sie mich im Büro anrufen. Mein Sekretär wird mich abholen.»

«Wie is die Nummer? Und wie heißt der?» Der junge Itaker warf den Totschläger in die Luft und fing ihn wieder auf. «Ich rede mit ihm. Sie kommen billig aus der Sache raus. Wir wollen schließlich keinen Ärger ham.»

Nachdem sie im Büro angerufen und gesagt hatten, Mr. Anderson sei krank und wolle sofort abgeholt werden, gaben sie ihm Kaffee mit Rum. Danach war ihm noch übler als zuvor. Endlich stand Cliff vor ihm, adrett und frisch rasiert. «Na ja, Cliff, ich vertrage das Zeug nicht mehr so gut wie früher.»

Im Taxi sackte er weg.

Als er die Augen aufschlug, lag er in seinem Hotelbett. «Die müssen mir was in den Kaffee getan haben», sagte er zu Cliff, der am Fenster saß und eine Zeitung las.

«Also, Mr. Anderson, wir haben uns ziemliche Sorgen gemacht. Zum Glück wussten diese Vögel nicht, wer ihnen da ins Netz gegangen war, sonst hätte es zehn Riesen gekostet, Sie rauszuholen.»

«Du bist ein guter Junge, Cliff. Von jetzt an kriegst du eine Gehaltszulage.»

«Ich glaube, das habe ich schon mal gehört, Mr. Anderson.»

«Weiß Benton davon?»

«Ganz verschweigen konnte ich es nicht. Ich hab ihm gesagt, Sie hätten schlechten Fisch gegessen.»

«Nicht schlecht für einen jungen Burschen. Gott, ich frage

mich, ob ich dabei bin, ein Säufer zu werden. Wie sieht's downtown aus?»

«Miserabel. Mr. Benton hat gestern wie verrückt versucht, sich mit Ihnen in Verbindung zu setzen.»

«Herrgott, hab ich einen Schädel ... Sag mal, Cliff, glaubst du, dass ich dabei bin, ein Säufer zu werden?»

«Hier sind ein paar Tabletten, die der Arzt dagelassen hat.»

«Welcher Tag ist heute?»

«Samstag.»

«Oh Gott, und ich dachte, es wäre Freitag.»

Das Telefon klingelte. Cliff griff zum Hörer. «Es ist der Masseur.»

«Sag ihm, er soll raufkommen. Ist Benton noch in der Stadt?»

«Klar ist er in der Stadt, Mr. Anderson. Er versucht, Merritt zu erreichen und das Gemetzel zu verhindern. Ausgerechnet Merritt.»

«Ach, verdammt, das erfahre ich noch früh genug. Der Masseur soll reinkommen.»

Nach der Massage, die eine reine Qual war, besonders die aufgeräumten, mit deutschem Akzent vorgetragenen Bemerkungen über das Wetter und die gerade beginnende Eishockeysaison, die der große, blond gelockte Schwede mit der Statur eines Rausschmeißers machte, fühlte Charley sich imstande, zur Toilette zu gehen und etwas grünliche Galle zu erbrechen. Anschließend duschte er kalt, legte sich wieder ins Bett und rief Cliff, der im Salon Briefe tippte, zu, er solle vom Pagen einen Eisbeutel bringen lassen.

Dann ließ er sich in die Kissen sinken und fühlte sich ein wenig besser.

«Heh, Cliff, lass doch mal ein bisschen Licht herein. Wie spät ist es?»

«Etwa Mittag.»

«Herrje ... Haben irgendwelche Frauen angerufen?»

Cliff schüttelte den Kopf.

«Na Gott sei Dank.»

«Da hat einer angerufen und gesagt, er ist Taxifahrer und Sie hätten ihm gesagt, Sie könnten ihm einen Job in einer Flugzeugfabrik besorgen. Ich hab ihm gesagt, Sie sind nach Miami abgereist.»

Charley ging es immer besser. Er lag in dem weichen, bequemen Bett, den Kopf auf dem leise knisternden Kissen, und sah sich in dem großen, sauberen Hotelzimmer um. Es befand sich in einer der obersten Etagen. Silbriges Licht strömte durch die großen Fenster. Durch den Spalt in den gerafften Vorhängen sah er ein Stück Himmel, so hell und flauschig wie Seidenpflanzensamen. Charley hatte das unbestimmte Gefühl, etwas geleistet zu haben – wie jemand, der sich von den Strapazen einer langen Reise oder einer gefährlichen Bergtour erholt.

«Cliff, wie wär's mit einem kleinen Gin, einem Spritzer Bitter und einer Menge Eis? Ich glaube, das wäre genau das, was mich wieder auf die Beine bringt.»

«Mr. Anderson, der Arzt hat gesagt, Sie sollen damit aufhören und jedes Mal, wenn Sie was trinken wollen, eine von den Pillen da nehmen.»

«Aber jedes Mal, wenn ich eine nehme, muss ich kotzen. Wofür hält der mich – für einen Morphinisten?»

«Na gut, Mr. Anderson, Sie sind der Boss», sagte Cliff mit verkniffenem Mund.

«Schon besser, mein Junge. Danach probier ich's mit ein bisschen Grapefruitsaft, und wenn der unten bleibt, gibt's ein gutes Frühstück, und die Herrschaften können mich mal ... Und wo bleiben die Zeitungen?»

«Hier sind sie, Mr. Anderson, ich habe den jeweiligen Wirtschaftsteil aufgeschlagen.»

Charley überflog die Börsenkurse. Er sah noch immer unscharf, aber wenn er ein Auge zukniff, ging es besser. Eine Kurzmeldung ließ ihn hochfahren.

«He, Cliff, hast du das gelesen?»

«Klar», sagte Cliff. «Ich hab doch gesagt, es sieht schlecht aus.»

«Aber wenn die weitermachen, heißt das, dass Merritt und Farrell sich die Vollmachten der anderen Aktionäre gesichert haben.»

Cliff legte den Kopf schief und nickte bedächtig.

«Wo zum Teufel ist Benton?»

«Er hat gerade angerufen, Mr. Anderson, und ist jetzt auf dem Weg hierher.»

«Dann gib mir diesen Drink, bevor er kommt. Und räum das hier weg und bestell ein Frühstück.»

Hinter dem Etagenkellner mit dem Frühstückstablett trat Benton ins Zimmer. Er trug einen braunen Anzug und einen Derby. Trotz der eleganten Aufmachung sah sein Gesicht aus wie ein altes Geschirrtuch. Charley sprach als Erster.

«Also, Benton, bin ich auf den Arsch gefallen?»

Benton zog langsam und methodisch die Handschuhe aus und legte sie, zusammen mit Hut und Mantel, auf den Mahagonitisch am Fenster.

«Das Pflaster ist ganz gut gepolstert», sagte er.

«Cliff, bitte erledige noch den Rest der Korrespondenz.» Cliff ging hinaus und schloss leise die Tür. «Merritt war also geschickter als wir?»

«Er und Farrell spielen sich die Bälle zu, und Sie können nichts weiter tun als die Niederlage einstecken und für das nächste Spiel trainieren.»

«Herrgott noch mal, Benton ...»

Benton ging am Fuß des Betts auf und ab. «Hat gar keinen Zweck, mich zu beschimpfen. Heute bin ich mal derjenige, der schimpft. Was soll man von einem Mann halten, der in einem kritischen Augenblick auf Sauftour geht? Das nenne ich feige. Sie haben gekriegt, was Sie verdient haben, und ich hatte große Mühe, meine eigene Haut zu retten, das kann ich Ihnen sagen. Na ja, ich hatte Sie für einen Gewinner gehalten, Anderson, und ich glaube noch immer, wenn Sie die Dummheiten lassen würden, könnten

Sie in zehn Jahren wirklich reich sein. Ich will Ihnen jetzt mal was sagen, junger Mann: Sie haben aus Ihrem Kriegsruhm rausgeholt, was drin war, und das war weiß Gott eine ganze Menge mehr, als die meisten geschafft haben. Und was die Erfinderei angeht: Sie wissen so gut wie ich, dass damit kein Geld zu machen ist, es sei denn, Sie sind ein Genie darin, das Zeug an den Mann zu bringen. Sie hatten am Anfang einen ganz großen Erfolg und dachten, Sie wären ein Wunderkind, dem alles gelingt, was es sich in den Kopf setzt.»

«Aber Herrgott, Nat, glauben Sie nicht, ich bin intelligent genug, um das zu wissen? Die verdammte Scheidung und die lange Zeit im Krankenhaus – das hat mich irgendwie aus der Bahn geworfen.»

«Ausreden.»

«Was soll ich denn Ihrer Meinung nach tun?»

«Sie sollten für eine Weile aus dieser Stadt verschwinden. Was ist mit der Firma Ihres Bruders in Minnesota?»

«Zurück in die Provinz und Tin Lizzies verkaufen? Eine tolle Zukunft.»

«Was glauben Sie, wie Henry Ford sein Geld gemacht hat?»

«Ich weiß. Aber seine Händler verdienen so gut wie nichts. Nein, ich muss einfach wieder in Form kommen. In Florida hat's mir immer gefallen. Vielleicht fahre ich hin und lege mich einen Monat lang in die Sonne.»

«Prima, solange Sie die Finger von Grundstücksspekulationen lassen.»

«Aber klar, Nat. Ich werd nicht mal Poker spielen. Ich will mich nur ausruhen und mein Bein auf Vordermann bringen. Und wenn ich dann zurückkomme, fliegen die Fetzen. Schließlich habe ich ja immer noch die Standard-Airparts-Anteile.»

«Die werden nicht mehr gehandelt.»

«Check.»

«Tja, Sie Optimist, meine Frau erwartet mich zum Mittagessen. Gute Reise.» Benton ging hinaus.

«Cliff?», rief Charley durch die geschlossene Tür zum Salon. «Lass dieses verdammte Frühstück abräumen – das war doch nicht so gut. Und ruf Parker an – er soll den Wagen fertig machen und die Reifen überprüfen. Ich fahre am Montag nach Florida.»

Im nächsten Augenblick steckte Cliff den Kopf durch die Tür. Sein Gesicht war gerötet. «Soll ich ... Werden Sie mich dort brauchen, Sir?»

«Nein. Ich brauche dich hier. Du sollst die Jungs downtown für mich im Auge behalten. Ich muss jemanden vor Ort haben, dem ich vertrauen kann. Aber ich sag dir, was du für mich tun kannst: Fahr nach Trenton und begleite Miss Dowling bis Norfolk. Dort werde ich sie abholen. Sie ist in Trenton und besucht ihre Familie. Ihr alter Herr ist gerade gestorben oder so. Das machst du doch gern, oder? Da kommst du mal ein bisschen herum.»

Charley beobachtete Cliffs Gesicht. Der kniff den Mund zusammen und verbeugte sich wie ein Butler. «Sehr wohl, Sir.»

Charley ließ sich wieder in die Kissen sinken. In seinem Kopf hämmerte es, sein Magen fühlte sich noch immer wie verknotet an. Wenn er die Augen schloss, sah er taumelnde rote Lichter. Er dachte an Jim, und ihm fiel ein, dass der ihm den Anteil des mütterlichen Erbes, der ins Geschäft geflossen war, nie zurückgezahlt hatte. Aber Jim hatte auch kein Flugzeug, keine zwei Wagen, keine Suite im Biltmore, keinen Sekretär, der alles, aber auch wirklich alles für einen tut, und keine Frau wie Margo. Er versuchte ihr Gesicht heraufzubeschwören, ihre komische verwunderte Art, die Augen aufzureißen, wenn sie im Begriff war, etwas Witziges zu sagen, aber er konnte sich an gar nichts erinnern. Er fühlte sich elend, und vor seinen Augen tanzten die roten Lichter. Nach einer Weile schlief er ein.

Als er gen Süden aufbrach, war er noch immer so klapprig, dass er sich von Parker fahren ließ. In seinem neuen Kamelhaarmantel, die Hände im Schoß, saß er trübsinnig da, starrte in die donnernde Leere des Holland Tunnel, dachte an Margo und Bill Edwards, den Patentanwalt, mit dem er in Washington wegen eines Gerichtsverfahrens sprechen musste, erinnerte sich an die Rechnungen in Cliffs Schreibtischschublade und fragte sich, woher er das Geld für diesen Patentstreit mit Askew-Merritt nehmen sollte. Aber er hatte tausend Dollar in der Tasche, und das war ein gutes Gefühl. Mann, Geld ist schon eine feine Sache, dachte er.

Sie fuhren aus dem Tunnel hinaus in einen regengrauen Morgen und den Lärm der Lastwagen, die durch Jersey City rumpelten. Dann ließ der Verkehr allmählich nach, und sie durchquerten das flache Ackerland von New Jersey, das winterlich fahl und strohgelb dalag. In Philadelphia ließ Charley sich zur Bond Street fahren. «Mit dem Wagen dauert mir das zu lang», sagte er zu Parker. «Ich nehme den Abendzug. Kommen Sie in Washington ins Waldman Park.»

Er nahm sich ein Abteil im Salonwagen, legte sich hin und versuchte zu schlafen. Aber der Zug rüttelte und rumpelte so, und der graue Himmel, die lavendelfarbenen Felder, die gelben Wiesen und die frühlingverheißenden roten, grünen und blassgelben Knospen der Bäume machten ihn so melancholisch, so deprimiert, dass er es in diesem verdammten Abteil nicht mehr allein aushielt und in den Clubwagen ging, um eine Zigarre zu rauchen.

Er saß im Ledersessel und zog den Zigarrenschneider aus der Westentasche, als der korpulente Mann im Sessel neben ihm von dem blau eingebundenen Aktenordner aufblickte, in dem er gelesen hatte. Charley sah schwarze Augen, ein glattes Gesicht mit bläulichen Bartschatten und einen kahlen Schädel, auf dem eine sorgfältig in Form eines Vogelflügels arrangierte Strähne lag, und erkannte den Mann nicht gleich.

«Na so was! Charley, mein Junge – Sie sind wohl verliebt.»

Charley richtete sich auf und streckte die Hand aus. «Hallo, Senator», sagte er und stotterte ein bisschen wie damals. «Fahren Sie auch in die Hauptstadt?»

«Mein trauriges Los.» Senator Planet musterte ihn von Kopf bis Fuß. «Ich habe gehört, Sie hatten einen Unfall.»

«Eine ganze Reihe von Unfällen», sagte Charley und errötete. Senator Planet nickte verständnisvoll und schnalzte bedauernd mit der Zunge. «Schade ... schade ... Tja, seit Sie und der junge Merritt damals in Washington mit mir zu Abend gegessen haben, ist eine Menge Wasser den Fluss hinuntergeflossen. Wir werden alle nicht jünger.» Charley hatte das Gefühl, dass es dem Senator erhebliches Vergnügen bereitete, mit seinen schwarzen Augen die schlaffe Haut über Charleys Kragen und den dicken Bauch unter seiner Weste zu betrachten. «Ja, ja, wir werden alle nicht jünger», wiederholte der Senator.

«Sie aber schon, Senator», sagte Charley. «Ich würde schwören, Sie sehen jünger aus als damals.»

Der Senator lächelte. «Ich hoffe, Sie verzeihen mir meine Bemerkung, aber Ihre Karriere ist eine der sensationellsten, die ich in meinen langen Jahren in der Politik verfolgen durfte.»

«Na ja, es ist eine neue Industrie. Die Dinge entwickeln sich schnell.»

«Beispiellos», sagte der Senator. «Wir leben in einer Zeit beispiellosen Fortschritts ... überall außer in Washington. Sie sollten öfter mal in unser stilles Dörfchen kommen, Sie haben dort viele Freunde. Ich entnehme den Zeitungen, wie Mr. Dooley /491/ zu sagen pflegte, dass es bei Ihnen in Detroit erhebliche Umstrukturierungen gibt. Ich nehme an, man sucht nach einer breiteren Kapitalbasis.»

«Trotzdem sind schon einige trotz breiter Kapitalbasis rausgeflogen», sagte Charley und dachte, der Senator würde gar nicht mehr aufhören zu lachen. Senator Planet zog ein seidenes, mit Initialen versehenes Taschentuch hervor, wischte sich die Tränen aus den Augen und legte seine schwere Hand auf Charleys Knie. «Weiß Gott, mein Junge, und darauf sollten wir einen trinken.»

Der Senator bestellte zwei Gläser Mineralwasser und gab aus einer Flasche gutem Rye Whiskey, die er aus seiner Reisetasche hervorholte, diskret einen großzügigen Schuss hinein. Charley begann sich besser zu fühlen. Der Senator sagte, mit dem Ausbau der Flugverbindungen seien höchst interessante Entwicklungen zu erwarten. Wenn diese große Nation ihren Rückstand in Hinblick auf den Lufttransport aufholen wolle, seien Subventionen erforderlich, da sei man sich weitgehend einig. Es stelle sich natürlich die Frage, welcher der konkurrierenden Konzerne das Vertrauen der Regierung genieße. Mit den Flugverbindungen sei weit mehr Geld zu machen als mit der Herstellung von Flugzeugen und Apparaturen. «Das Vertrauen der Regierung, mein Junge.» Bei dem Wort *Vertrauen* blitzten die schwarzen Augen des Senators. «Und das ist der Grund, warum ich mich so freue, Sie hier zu treffen. Lassen Sie sich doch öfter mal in unserem Städtchen am Potomac blicken, mein Junge.»

«Check», sagte Charley.

«Und wenn Sie in Miami sind, schauen Sie doch mal bei meinem alten Freund Homer Cassidy vorbei. Er hat ein hübsches Boot und fährt bestimmt gern mit Ihnen raus zum Fischen. Ich werde ihm schreiben. Wenn ich mich nur freimachen könnte, würde ich nächsten Monat selbst mal eine Woche dort verbringen. Da unten ist im Moment eine Menge Geld zu machen.»

«Werde ich tun – sehr nett von Ihnen, Senator.»

Als der Zug in die Union Station einfuhr, waren beide bester Stimmung. Sie sprachen über Haupt- und Nebenverbindungen, Flughäfen und Grundstücksfragen. Charley war nicht ganz klar, ob er Senator Planet einspannte oder ob es umgekehrt war. Am Taxistand verabschiedeten sie sich geradezu liebevoll voneinander.

Am nächsten Nachmittag fuhr er durch Virginia. Es war ein schöner, sonniger Tag. Auf den geschützten Seiten der Hügel waren schon die ersten roten Blüten der Judasbäume zu sehen. Er hatte zwei Flaschen von dem guten Rye Whiskey dabei, die Senator Planet ihm ins Hotel geschickt hatte. Während der Fahrt begann er sich über Parker zu ärgern. Der Chauffeur betrog ihn bei den Abrechnungen für Benzin, Öl und Ersatzteile nach Strich und Faden. Letzten Monat hatte Charley acht neue Reifen bezahlt.

Was machte dieser Schmarotzer eigentlich damit – aß er sie etwa? Als sie die mautpflichtige Brücke bei Norfolk überquerten, war Charley regelrecht wütend und musste sich beherrschen, um diesem Scheißkerl nicht eins in die glatte, bleiche Domestikenvisage zu verpassen. Als sie am Hotel angekommen waren, platzte er.

«Parker, Sie sind gefeuert. Hier sind Ihr Monatslohn und Geld für einen Fahrschein nach New York. Wenn ich morgen noch Ihr Gesicht sehe, lasse ich Sie wegen Diebstahl verhaften. Sie wissen so gut wie ich, was ich damit meine. Ihr verdammten Chauffeure haltet euch für so schlau, aber ich weiß Bescheid. Ich hab für mein Geld genau so hart gearbeitet wie Sie. Und darum fahre ich von jetzt an selbst.» Das glatte, ausdruckslose Gesicht des Manns war ihm zuwider.

«Sehr wohl, Sir», sagte Parker kühl. «Soll ich Ihnen die Uniform ins Hotel bringen lassen?»

«Sie können sich die Uniform in den –» Charley stapfte mit hochrotem Gesicht auf dem Bürgersteig vor dem Hoteleingang auf und ab, beobachtet von kichernden farbigen Pagen. «Ihr da, kommt her – schafft mein Gepäck rein und bringt den Wagen in die Garage. Okay, Parker, Sie haben Ihre Anweisungen.»

Er marschierte ins Hotel, nahm die größte Doppelsuite, die sie hatten, und schrieb sich unter seinem Namen ein. «Mrs. Anderson wird gleich kommen.» Dann rief er in den anderen Hotels an, um herauszufinden, wo Margo war. «Hallo, Kleine», sagte er, als er schließlich ihre Stimme hörte. «Komm rüber. Du bist Mrs. Anderson – keine weiteren Fragen. Die können mich alle mal. Ich lass mir von keinem vorschreiben, was ich tun oder lassen soll, mit wem ich mich treffen und was ich mit meinem Geld machen soll. Das habe ich endgültig satt. Komm her, ich kann's nicht erwarten, dich zu sehen.»

Als sie eintrat, gefolgt von einem Pagen mit ihrem Gepäck, sah sie hübscher denn je aus. «Ach, Charley», sagte sie, als der Page hinaus war, «das ist wirklich die Crème de la Crème. Hast du Öl gefunden?» Nachdem sie durch alle Zimmer gegangen war, setzte sie sich neben ihn und schmiegte sich an ihn. «Ich wette, du hast denen an der Börse die Hölle heißgemacht.»

«Die wollten mich reinlegen, aber das schaffen sie nicht, glaub mir. Komm, trink was. Wir schickern uns einen an, du und ich. Mann, ich hatte Angst, du kommst vielleicht nicht.»

Sie frischte vor dem Spiegel ihr Make-up auf. «Ich? Mich kriegt man doch leicht rum», sagte sie mit dieser leisen, rauen Stimme, bei der ihn immer ein Schauer überlief.

«Wo ist eigentlich Cliff?»

«Unser junger Freund mit dem schmalen Gesicht, der so freundlich war, mich zu diesem Treffen mit dem Herrn und Meister zu begleiten? Er ist mit dem Sechs-Uhr-Zug zurückgefahren.»

«Verdammt! Ich wollte ihm etwas sagen.»

«Er hat gesagt, dass du gesagt hast, dass er am Dienstagmorgen wieder im Büro sein soll, und das ist er, und wenn er fliegen muss. Wenn alle deine Angestellten so sind wie er, müssen sie dich vergöttern. Er konnte gar nicht mehr aufhören zu sagen, was für ein toller Typ du bist.»

«Na ja, sie wissen eben, dass ich ganz normal bin, dass ich mich hochgearbeitet hab und ihren Standpunkt verstehe. Ist noch nicht so lange her, dass ich selbst an der Drehbank gestanden hab.»

Charley fühlte sich gut. Er schenkte nach. Margo nahm sein Glas und schüttete die Hälfte des Whiskeys darin zurück in die Flasche. «Wir wollen doch nicht, dass du allzu beschickert wirst, Mr. A», sagte sie mit dieser neuen leisen, zärtlichen Stimme.

Charley riss sie an sich und küsste sie auf den Mund. «Mann, wenn du wüsstest, wie sehr ich mich danach gesehnt habe, eine wirklich gute Frau ganz für mich allein zu haben. Ich hatte ein paar grässliche Zicken. Gladys ... mein Gott, was für eine Zicke! Die hätte mich fast ruiniert. Sie hat versucht, mich bis auf den letzten Cent auszunehmen, und sich mit Leuten gegen mich verbündet, von denen ich dachte, sie wären Freunde. Aber du wirst sehen – denen werde ich's zeigen. In fünf Jahren kommen sie auf dem Bauch angekrochen. Ich weiß nicht, wem ich es verdanke, aber irgendwie hab ich eine Nase für das große Geld. Nat Benton sagt das auch. Ich weiß, dass es so ist. Ich kann mich auf mein Gespür verlassen. Diese anderen Typen sind doch allesamt reich geboren.»

Als sie das Abendessen bestellt hatten und, während sie darauf warteten, ein kleines Gläschen tranken, zog Margo ein paar Rechnungen aus der Handtasche. Charley steckte sie ein, ohne einen Blick darauf zu werfen. «Ich kümmere mich darum», sagte er.

«Ich würde dich ja nicht damit behelligen, wenn ich ein eigenes Konto hätte, Mr. A», sagte sie.

«Wie wär's mit zehntausend in der First National Bank, sobald wir in Miami sind?»

«Wie du willst, Charley. Du weißt ja, dass ich von Geld nur verstehe, was nicht über meinen Wochenlohn hinausgeht. Wie alle einfachen Arbeiter. Meine letzten Kröten sind für meine Familie in Trenton draufgegangen. In diesem Land ist Sterben teuer.»

Charley traten Tränen in die Augen. «Dein Vater, Margery?»

Sie verzog das Gesicht. «Mein Alter hat's mit der Keeley Cure /492/ übertrieben und den Löffel abgegeben, als ich noch ein kleines Mädchen mit langen Zöpfen war. Nein, es war der zweite Mann meiner Stiefmutter, und ich liebe meine Stiefmutter, ob du's glaubst oder nicht. Sie war die einzige Freundin, die ich je hatte. Irgendwann erzähle ich dir mal von ihr. Es ist eine ziemlich erstaunliche Geschichte.»

«Wie viel hat es gekostet? Ich regele das.»

Sie schüttelte den Kopf. «Ich hab meine Verwandten noch nie einem anderen aufgehalst.»

Als der Etagenkellner mit einem Tablett voll Silberschüsseln erschien, gefolgt von einem zweiten, der einen bereits gedeckten Tisch schob, löste sie sich aus seiner Umarmung. «Das ist das wahre Leben», flüsterte sie in einem Ton, der ihn zum Lachen brachte.

Die Fahrt nach Miami war ein Mordsspaß. Das Wetter war gut.

Als sie weiter nach Süden kamen, überzog ein zarter grüner Frühlingsschleier die Bäume rechts und links. Unter den Kiefern blühten Blumen, Vögel zwitscherten, der Wagen lief traumhaft. Auf der betonierten Straße blieb Charley etwas unter hundert. Er fuhr vorsichtig und genoss die Fahrt, die gute Vierradbremse, das gelassene Schnurren des Motors unter der Haube. Margo war eine kluge Frau, sie war in ihn verliebt und machte ständig Witze. Sie tranken gerade so viel, dass ihnen die gute Laune erhalten blieb. Spät am Abend erreichten sie Savannah, fühlten sich gut und betranken sich dermaßen, dass der Direktor des großen alten Hotels drohte, sie vor die Tür zu setzen. Das war, als Margo einen Aschenbecher durch das Oberlicht geworfen hatte.

Sie waren zu betrunken, um im Bett viel Spaß miteinander zu haben, und als sie aufwachten, hatten sie einen Kupfergeschmack im Mund und entsetzliche Kopfschmerzen. Margo sah abgezehrt aus. Als sie ins Bad ging, war sie grünlich im Gesicht und hatte Tränensäcke. Charley machte ihr zum Frühstück eine Prärieauster /493/ und sagte, das hätten die englischen Flieger drüben auch immer getrunken, aber sie gab es gleich wieder von sich – das Eigelb war noch ganz. Bevor sie an der Kette zog, rief sie ihn, um ihm zu zeigen, dass es in der Kloschüssel schwamm. Es blickte sie an, als wäre es gerade erst aus der Schale gelöst worden. Trotz ihres schrecklichen Katers mussten die beiden lachen.

Es war elf Uhr, als sie sich auf den Weg machten. Charley fuhr gemächlich auf der kurvigen Straße durch den bewaldeten Süden von Georgia mit seinen kleinen Buchten und Salzmarschen, von denen Kraniche und einmal ein ganzer Schwarm Reiher aufflogen. Als sie in Jacksonville ankamen, waren sie einigermaßen betrunken und wollten nicht mehr essen als ein Lammkotelett, hinuntergespült mit einem lausigen Gin, den sie dem farbigen Pagen für acht Dollar die Flasche abgekauft hatten. Er behauptete, es sei beste englische Ware, vergangene Nacht erst aus Nassau gekommen. Sie tranken das Zeug mit einem Spritzer Bitter und gingen zu Bett.

Auf der Fahrt von Jax nach Miami brannte die Sonne heiß. Charley wollte das Verdeck aufmachen, damit sie frische Luft hatten, aber davon wollte Margo nichts wissen. Wieder brachte sie ihn zum Lachen. «Eine Frau opfert einem Mann alles außer ihrem Teint.» Unterwegs konnten sie nichts essen, aber Charley trank hin und wieder einen Schluck Gin. In Miami fuhren sie zum Palms, wo Margo gearbeitet hatte, und wurden von Joe Kantor, Eddy Palermo und den Jungs in der Band mit großem Hallo begrüßt. Alle sagten, sie sähen aus wie auf der Hochzeitsreise, und fragten frotzelnd nach dem Trauschein. «Bloß eine Zufallsbekanntschaft», sagte Margo. «Ich hab ihn am Busbahnhof in Jax aufgegabelt.» Charley bestellte das beste Essen, das hier serviert wurde, außerdem Drinks und Champagner für alle. Trotz seines Beins tanzten sie den ganzen Abend. Irgendwann fiel er um, und man brachte ihn hinauf ins Zimmer der Kantors. Als er erwachte, saß Margo angekleidet und frisch wie eine Blume auf der Bettkante. Es war später Vormittag. Sie hatte sein Frühstück auf einem Tablett mitgebracht.

«Also, Mr. A», sagte sie, «du bist hierhergefahren, um dich auszuruhen. Fürs Erste gibt's keine Nachtclubs mehr. Ich habe uns einen kleinen Bungalow am Strand gemietet, und um auch nur den Anschein irgendeines Skandals zu vermeiden, wirst du im Hotel untergebracht – das wird dir gefallen. Was wir brauchen, ist der ausgleichende Einfluss echter Häuslichkeit. Und du und ich, Mr. A, lassen ab sofort die Finger vom Alkohol.»

Der Bungalow war im spanischen Missionsstil gebaut und kostete eine Menge, aber sie amüsierten sich prächtig in Miami Beach. Sie machten Einsätze beim Hunderennen und an den Roulettetischen, und Charley fand Anschluss an eine allnächtliche Pokerrunde, und zwar durch Homer Cassidy, Senator Planets alten Freund, einen großen, lächelnden, kultivierten Südstaatler mit weißem Haar und ausgebeultem weißem Leinenanzug, der ins Hotel kam, um ihn zu besuchen. Nachdem sie lang und breit über dies und jenes geplaudert hatten, rückte Cassidy damit heraus, er sei dabei, Grundstücksoptionen für das Gelände des neuen Flughafens zu kaufen, und in Anbetracht von Charleys guten Verbindungen bereit, ihn an dem Geschäft zu beteiligen, allerdings brauche er dafür sofort bares Geld. Beim Poker hatte Charley immer großes Glück und gewann so viel, dass seine Brieftasche stets gut gefüllt war, doch das galt nicht unbedingt auch für sein Bankkonto. Er begann Nat Bentons Büro in New York mit Telegrammen zu bombardieren.

Margo versuchte, ihn vom Alkohol fernzuhalten; betrinken konnte er sich nur, wenn er mit Cassidy hinausfuhr. Margo wollte nicht fischen; sie sagte, ihr gefalle nicht, wie die Fische sie ansähen, wenn sie aus dem Wasser gezogen würden. Eines Tages ging Charley zum Steg, um mit Cassidy hinauszufahren, stellte aber fest, dass der Nordwind, der morgens aufgekommen war, zu sehr aufgefrischt hatte. Das war ein verdammtes Glück, denn gerade als Charley den Steg verlassen wollte, kam ein Fahrradbote von Western Union. Der Wind wurde mit jeder Minute stärker und wehte Charley kalten Staub ins Gesicht, als er das Telegramm las. Es war vom Senator: REGIERUNG WILL PEGASUS HAFER GEBEN. Sobald Charley nach Miami Beach zurückgekehrt war, führte er ein Ferngespräch mit Benton. Als am nächsten Tag gemeldet wurde, Fluglinien würden staatliche Zuschüsse erhalten, schossen die Flugzeugaktien in die Höhe. Charley verkaufte alle Papiere, die er besaß, zu Höchstpreisen und hatte am Nachmittag, als die Zeitungen das Dementi brachten, seine Schäfchen im Trockenen.

Eine Woche später war der Kurs um zwanzig Punkte gefallen, und er begann, Aktien zurückzukaufen. Jetzt hatte er das Geld, um seine Kredite zu refinanzieren und sich an Cassidys Optionsgeschäften zu beteiligen. Als er Cassidy sagte, er wolle einsteigen, fuhren sie mit dem Boot hinaus, um alles zu besprechen. Ein farbiger Boy machte ihnen Mint Juleps. Sie saßen mit ihren Angeln im Heck und trugen große Strohhüte, um ihre Augen vor der Sonne zu schützen. Die Drinks standen auf einem Tisch hinter ihnen. Als sie weit genug draußen waren, warfen sie die Angeln nach Fächerfischen aus.

Der Himmel war blau. Große, weiche, rosa-weiße Wolken mit lavendelfarbenen Unterseiten trieben dahin. Der Wind wehte stark genug gegen den Golfstrom an, um kleine scharfe Wellen zu erzeugen, grün an den Kämmen und blau und violett in den Tälern. Das Boot folgte langen Strängen senfgelber Algen, doch sie bekamen keine Fächerfische zu sehen. Cassidy fing einen Delphin, und Charley verlor einen. Das Boot schaukelte dermaßen, dass Charley seinen Magen mit Mint Juleps beruhigen musste.

Den größten Teil des Vormittags kreuzten sie vor der Mündung des Miami River. Jenseits der steilen dunklen Wellen konnten sie das noch sonnige braune Wasser der Bucht und vor dem Horizont die neuen Gebäude sehen, weiß leuchtend in einem roten Netz aus Stahlstreben. «Wenn gebaut wird, geht mir das Herz auf», sagte Homer Cassidy mit einer ausladenden Geste der blau geäderten Hand, an der ein großer, alter goldener Siegelring glänzte. «Und das ist erst der Anfang. Ach, mein Junge, ich kann mich noch an eine Zeit erinnern, da war Miami der Arsch der Welt, ein Haufen Bretterbuden zwischen der Eisenbahn und dem Fluss, und ich sage Ihnen, die Moskitos haben einen aufgefressen. Ein paar Landeier haben Frühtomaten angebaut und die Hälfte der Zeit mit Fieber herumgelegen – und jetzt sehen Sie sich das an. Und die da oben in New York wollen Ihnen einreden, dass der Boom in sich zusammenfällt.»

Charley nickte und sagte nichts. Er kämpfte mit einem Fisch, der angebissen hatte. Sein Gesicht lief rot an, und vom Kurbeln hatte er einen Krampf in der Hand.

«Bloß ein kleiner Bonito», sagte Cassidy. «Das sagen sie auch immer: dass man hier nicht gut fischen kann … Alles bloß Propaganda für die Westküste. Aber ich muss zugeben, ich hab's schon vor Jahren kommen sehen, als ich noch mit dem alten Flagler /494/ zusammengearbeitet habe. Das war ein Mann mit Visionen. Ich bin mit ihm in dem ersten Zug über die Dammstrecke nach Key

West gefahren. Damals war ich einer der Verantwortlichen für die Streckenführung. Schulkinder streuten Rosen auf seinen Weg vom privaten Salonwagen zur Kutsche. Beim Bau der Strecke haben uns die Hurricans fast tausend Menschenleben gekostet. Und jetzt das neue Miami. Und Miami Beach, was sagen Sie zu Miami Beach? Flaglers Traum ist wahr geworden.»

«Na ja, am liebsten würde ich», begann Charley und hielt inne, um einen großen Schluck von dem frischen Mint Julep zu nehmen, den der farbige Boy ihm gerade gereicht hatte. Der Anflug von Seekrankheit war verschwunden, und er fühlte sich wunderbar. Cassidys Helfer war mit seiner Angel nach vorn gegangen, um einen neuen Köder zu befestigen, und so saß Charley am Heck der Motoryacht, spürte, wie ihm die Sonne auf den Rücken brannte und die Gischt auf seinem Gesicht trocknete, und hatte keine Sorgen und nichts weiter zu tun, als an dem Julep zu nippen. «Ach, Cassidy, das ist das wahre Leben. Warum darf man mit seinem Leben nicht machen, was man will? Was ich gerade sagen wollte: Am liebsten würde ich aus diesem ganzen Kram aussteigen ... aus diesen Investitionen und dem ganzen Quatsch. Mit einem bisschen Geld, damit ich mir ein Haus kaufen und an Motoren herumbasteln und Flugzeuge konstruieren kann und so ... Ich hab immer gedacht, wenn ich aussteige und Geld genug habe, baue ich mir meinen eigenen Windkanal – darin testet man nämlich die Flugzeugmodelle.»

«Natürlich», sagte Cassidy, «und die Luftfahrt wird Miami ... Stellen Sie sich das vor: in achtzehn, vierzehn, zehn Stunden von New York hierher ... das brauche ich Ihnen ja nicht zu sagen ... Und Sie und ich und der Senator, wir werden mit diesem Flughafen die Gründerväter sein. Ja, mein Junge, ich hab mein Leben lang auf die Gelegenheit gewartet, mal richtig zuzuschlagen. Mein Leben lang hab ich für andere gearbeitet, als Anwalt für die Eisenbahn, als Richter und so weiter, aber jetzt sieht's so aus, als wäre die Zeit gekommen, mal was für mich selbst zu tun.»

«Nehmen wir mal an, die entscheiden sich für einen anderen

Standort – dann stehen wir dumm da. Hat's alles schon gegeben», sagte Charley.

«Unmöglich, mein Junge. Es ist der ideale Ort, das wissen Sie selbst. Ich sollte Ihnen das jetzt nicht sagen, aber Sie werden's sowieso rausfinden: Also, Sie kennen ja unseren gemeinsamen Freund in Washington ... er ist einer der weitblickendsten Menschen im ganzen Land, und ... das Geld, das ich in diese Sache stecke, stammt nicht von Homer Cassidy, denn Homer Cassidy ist blank. Das macht mir im Augenblick ein bisschen Sorgen: Ich bin nur sein Strohmann. Aber in all den Jahren, in denen ich mit Senator Planet zusammengearbeitet habe, hat er, bei meiner Seele, nie auch nur einen einzigen Cent in irgendwas gesteckt, das nicht todsicher gewesen wäre.»

Charley grinste. «Dieser alte Halunke.»

Cassidy lachte. «Sie wissen ja: Man sieht nur, was man sehen will. Wie wär's mit einem Schinkensandwich?»

Sie aßen Sandwiches und tranken noch etwas. Charley wurde redselig. Es war ein großartiger Tag. Cassidy war ein feiner Kerl. Er genoss das Leben. «Komisch», sagte Charley, «als ich Miami zum ersten Mal gesehen hab, war ich auch auf einem Boot. Damals hätte ich nicht gedacht, dass ich noch mal herkommen und Geld scheffeln würde. Aber damals gab's auch noch nicht all diese hohen Gebäude. Ich bin mit einem Küstendampfer nach New York gefahren. Ich war fast noch ein Junge und hatte mir den Mardi Gras in New Orleans angesehen. Danach war ich total pleite. Auf dem Boot nach New York hab ich so ein Florida-Landei kennengelernt ... das war wirklich ein komischer Typ. Wir sind also zusammen nach New York gefahren. Er hat gesagt, man müsste rüber nach Europa und sich den Krieg ansehen, und so haben wir verdammten Idioten uns freiwillig zu einer Sanitätseinheit gemeldet. Und dann bin ich zu den Fliegern gegangen. Das war mein Einstieg in die Branche. Miami war mir damals völlig egal.»

«Na ja, mir hat Flagler zu einem Start verholfen», sagte Cassidy, «und ich schäme mich nicht, das zu sagen. Ich hab damals die Wegerechte für die Florida East Coast gekauft. Flagler hat mir zum Start verholfen, und Miami hat er ebenfalls zum Start verholfen.»

Als sie abends sonnenverbrannt und ein bisschen betrunken zurückkehrten, verstauten sie die Optionen in dem Safe in Richter Cassidys Büro und gingen hinüber ins Palms, um sich nach den Strapazen des Geschäftslebens ein wenig zu entspannen. Margo trug ihr silbriges Kleid und sah atemberaubend aus. Außerdem war eine schlanke, dunkelhaarige, irisch aussehende Frau namens Eileen da, die Cassidy schon lange zu kennen schien. Die vier aßen zu Abend. Cassidy trank zu viel, schwadronierte von dem großen Flughafen und sagte, er sei bereit, den Frauen einige Parzellen abzutreten. Charley war ebenfalls betrunken, aber nicht genug, um nicht zu wissen, dass Cassidy lieber den Mund halten sollte. Als er mit Eileen tanzte, sagte er ihr in ernstem Ton ins Ohr, sie solle dafür sorgen, dass ihr Freund die Klappe hielt, bis der Standort des Flughafens offiziell war. Margo sah, dass sie die Köpfe zusammensteckten, wurde eifersüchtig und machte sich sehr offensichtlich an Cassidy heran. Als Charley mit ihr tanzte, stellte sie sich taub und gab keine Antwort.

Er brachte sie zum Tisch und ging an die Bar, um noch etwas zu trinken. Dort geriet er in Streit mit einem mageren Kerl, der aussah wie ein Florida-Landei. Eddy Palermo stürzte herbei, mit einem öligen Lächeln auf dem Gesicht, das die Farbe und Form einer Olive hatte. «Mit diesem Gentleman können Sie sich nicht schlagen, Mr. Anderson. Das ist unser Bezirksstaatsanwalt. Ich bin sicher, die beiden Herren werden sich wunderbar verstehen ... Mr. Pappy, Mr. Anderson war im Krieg eines unserer Fliegerasse.»

Sie ließen die Fäuste sinken und starrten einander an, während der kleine Itaker nickend und grinsend zwischen ihnen stand. Charley streckte die Hand aus. «Na gut, schlag ein, Kumpel», sagte er, doch der Staatsanwalt musterte ihn bösartig und steckte die Hände in die Taschen. «Scheißstaatsanwalt», murmelte Charley. Ihm wurde schwindlig, er musste sich an der Wand abstützen. Er drehte sich um und ging hinaus. Draußen stieß er auf Eileen, die gerade auf der Toilette gewesen war und vor dem Spiegel neben der Garderobe über ihr glattes schwarzes Haar strich. Der Whiskey, der Zigarrenrauch, das pochende Summen der Musik, das Scharren der Füße – das alles nahm ihm die Luft. Er musste hinaus, ins Freie. «Komm, Kleine, wir machen eine Spritztour und lassen uns ein bisschen durchpusten.» Bevor sie den Mund aufmachen konnte, zog er sie hinaus auf den Parkplatz.

«Aber ich finde, wir sollten die anderen nicht allein lassen», wandte sie ein.

«Die sind zu betrunken, um das zu merken. Außerdem sind wir in fünf Minuten wieder da. Ein bisschen frische Luft tut kleinen Mädchen gut, besonders wenn sie so hübsch sind wie du.»

Das Getriebe knirschte, weil er das Kupplungspedal nicht ganz durchgetreten hatte, und zugleich ging der Motor aus. Charley startete noch einmal und gab Gas. Der Motor stotterte ein paarmal, kam dann aber auf Touren. «Na bitte», sagte Charley. «Gar nicht so schlecht, die Karre.» Während er fuhr, sprach er aus dem Mundwinkel mit Eileen. «Das war das letzte Mal, dass ich in dem Laden war. Diese kleinen Landei-Politiker von irgendwo in den Sümpfen sollen mir bloß nicht blöd kommen – die kaufe und verkaufe ich wie eine Tüte Erdnüsse. Genau wie dieses Schwein Farrell. Den kauf ich mir auch. Du kennst ihn nicht – es reicht, wenn du weißt, dass er ein mieser Verbrecher ist, einer der miesesten Verbrecher im ganzen Land, und er dachte, die alle dachten, sie könnten mich einfach ausbooten wie den armen alten Joe Askew. Aber den Mann, der weiß, wie's geht, und sich die ganzen Apparate ausdenkt, den können sie gar nicht ausbooten. Und ich bin schlau genug, sie in ihrem eigenen Spiel zu schlagen. Wir haben hier unten was laufen, das größer ist, als die je zu träumen gewagt haben. Und mit denen in Washington ist alles besprochen.

Das wird eine ganz große Sache, Schätzchen, das Größte, was du je gesehen hast, und für dich fällt auch was dabei ab. Von jetzt an können wir's uns gutgehen lassen. Und wenn du's dir dann gutgehen lässt, wirst du nicht mehr an den armen alten Charley Anderson denken, den Mann, der dir den Tipp gegeben hat.»

«Ach, es ist so kalt», stöhnte Eileen. «Lassen Sie uns umkehren. Ich zittere.»

Charley beugte sich zu ihr und legte ihr den Arm um die Schultern. Der Wagen machte einen Schlenker, aber Charley zwang ihn wieder zurück auf die Straße.

«Oh, bitte seien Sie vorsichtig, Mr. Anderson. Sie fahren hundertdreißig. Bitte, Sie machen mir Angst.»

Charley lachte. «Was für ein süßes kleines Mädchen. Gut, jetzt fahren wir sechzig – wir gondeln gemütlich mit sechzig dahin. Und jetzt wenden wir und fahren zurück, denn kleine Mädchen müssen jetzt ins Bett. Wenn ich am Steuer sitze, brauchst du keine Angst zu haben. Wenn's was gibt, das ich kann, dann Fahren. Die Sache ist nur: Ich fahre nicht gern. Ja, wenn ich jetzt meine Kiste hier hätte ... Würdest du gern mal einen kleinen Rundflug machen? Ich hätte sie ja mitgebracht, aber sie lag an der Kette, wegen der Reparaturkosten. Musste einen neuen Motor einbauen. Aber jetzt kann ich's mir gutgehen lassen. Ich werde einem der Jungs sagen, er soll sie herfliegen. Dann machen wir uns eine schöne Zeit – du und ich und Margo. Margo ist eine wunderbare Frau, auch wenn sie ganz schön aufbrausend ist. Das ist noch was, worin ich Experte bin: gute Frauen erkennen.»

Auf dem Rückweg nach Miami sahen sie den langen Streifen der Morgenröte hinter dem breiten, mit toten Kiefern, halbfertigen Häusern, geschlossenen Tankstellen und Imbissbuden gesprenkelten Ödland.

«Jetzt haben wir Rückenwind, da bist du im Handumdrehen wieder zu Hause.» Sie fuhren neben einem Bahngleis her und sahen vor sich zwei rote Lichter. «Ob das der Zug aus New York ist?» Sie überholten ihn jetzt – erst den beleuchteten Aussichtswagen, dann die Schlafwagen, die bis auf die Lichter hinter den Milchglasscheiben der Waschräume dunkel waren. Dann kamen der Gepäckwagen, der Postwagen und die riesig aufragende schwarze Lokomotive, die im Licht der Autoscheinwerfer leicht schimmerte. Der Zug verdeckte den roten Streifen am Horizont. «Die fahren ja nicht besonders schnell.» Als sie den Führerstand passierten, ertönte ein Pfiff. «Pah, ich bin vor ihm am Bahnübergang.» Vor ihnen waren der Übergang und der lange Scheinwerferstrahl der Lokomotive, neben dem die roten und gelben Ränder der Wolken am Horizont sehr blass und weit entfernt wirkten. Die Schranke war geschlossen. Charley trat aufs Gas. Die Scheinwerfer zerklirrten, als der Wagen die Schranke durchbrach. Das Gleißen des Lokomotivscheinwerfers blendete sie, der Pfiff gellte in ihren Ohren. «Keine Angst, wir sind durch», rief Charley. Auf dem Gleis schlingerte der Wagen und blieb stehen.

Er trat mit dem Fuß auf den Anlasser. Der Zusammenstoß war gar nichts. Als er zu sich kam, wusste er sofort, dass er in einem Krankenhaus war. Die erste Frage, die ihm einfiel, war, ob er einen Kater haben würde. Er konnte sich nicht bewegen. Es war dunkel. Vom Grund einer tiefen Grube konnte er eine Zimmerdecke sehen. Er sah das Häubchen einer Schwester und dann ihr Gesicht, als sie sich über ihn beugte. Und die ganze Zeit redete er. Er konnte nicht aufhören zu reden.

«Und ich dachte schon, das war's. Sagen Sie, Schwester, wo sind wir runtergekommen? Am Flughafen? Mir würd's bessergehen, wenn ich mich erinnern könnte. Es war nämlich so: Ich hatte eine süße Kleine mitgenommen, damit sie ein Gefühl für diese neue Boeing-Kiste kriegt, Sie kennen das Ding ja. Ich war scheißwütend auf irgendjemand, wahrscheinlich auf meine Frau, die arme alte Gladys – hat sie mich vielleicht über den Tisch gezogen? Aber nach dieser Flughafensache werde ich alles aufkaufen und die ganze Bande rausschmeißen. Sagen Sie, Schwester, was ist eigentlich passiert? Es war doch am Flughafen, oder?»

Gesicht und Haar unter dem weißen Schwesternhäubchen

waren gelblich. Sie hatte ein schmales Gesicht, keine Lippen und schmale Hände, die sich aus seinem Sichtfeld bewegten und die Decke unter seinem Kinn glatt strichen.

«Sie müssen ganz ruhig sein», sagte sie, «sonst muss ich Ihnen noch eine Spritze geben.»

«Sind Sie aus Kanada? Ich wette, Sie sind aus Kanada.»

«Nein, aus Tennessee. Warum?»

«Dann hab ich mich geirrt. Wissen Sie, jedes Mal wenn ich in einem Krankenhaus war, waren die Schwestern aus Kanada. Ist es nicht ziemlich dunkel hier drinnen? Ich wollte, ich könnte Ihnen sagen, wie es passiert ist. Haben die schon im Büro angerufen? Wahrscheinlich trinke ich zu viel. Wenn das hier vorbei ist, kümmere ich mich nur noch ums Geschäft. Ich sage Ihnen, in dieser Branche muss man ständig auf Draht sein. Kann ich bitte etwas trinken?»

«Ich bin die Nachtschwester. Es ist noch nicht Tag. Sie müssen etwas schlafen.»

«Ich nehme an, die haben im Büro angerufen. Bevor irgendjemand irgendwas anrührt, soll Stauch sich die Kiste ansehen. Komisch, Schwester, ich habe kaum Schmerzen, aber ich fühle mich schrecklich.»

«Das sind die Spritzen», sagte sie mit leiser, energischer Stimme. «Jetzt ruhen Sie sich aus, und morgen, wenn Sie aufwachen, geht es Ihnen schon ein ganzes Stück besser. Ich gebe Ihnen etwas Wasser, um den Mund auszuspülen.»

«Check.»

Er konnte nicht aufhören. «Es war nämlich so: Ich hatte Streit mit irgendeinem Typen. Hören Sie mir zu, Schwester? Ich glaube langsam, ich hab irgendwas an mir, dass alle so auf mich losgehen. Früher hab ich immer gedacht, dass jeder mein Freund ist, aber jetzt weiß ich, dass sie alle Verbrecher sind. Sogar Gladys – die ist die Schlimmste von allen. Ich glaube, mein Durst kommt vom Kater.»

Die Schwester stand wieder an seinem Bett. «Ich fürchte, jetzt müssen wir Ihnen doch noch ein bisschen mehr geben. Entspannen Sie sich und denken Sie an was Schönes. So ist es gut.»

Er spürte etwas Kühles, Feuchtes an seinem Arm und dann einen Stich. Das harte Bett, in dem er lag, zerbröselte langsam unter ihm. Er versank, aber nicht in süßem Schlaf, sondern in Dunkelheit.

Diesmal stand ein gestärkter Kittel an seinem Bett. Es war Tag. Die Schatten waren anders. Die stämmige Frau hielt ihm ein paar Papiere unter die Nase und sagte mit harter, munterer Stimme: «Guten Morgen, Mr. Anderson, kann ich irgendwas für Sie tun?»

Charley war noch immer in einem tiefen Brunnenschacht. Der Raum, die stämmige Frau und die Papiere waren irgendwo hoch über ihm. Rings um seine Augen war es glühend heiß.

«Ich fühle mich, als wäre ich gar nicht ganz da, Schwester.»

«Ich bin die Direktorin. Wir müssen einige Formalitäten erledigen, wenn es Ihnen nichts ausmacht und Sie sich kräftig genug fühlen.»

«Hatten Sie schon mal das Gefühl, dass Sie etwas nicht zum ersten Mal erleben? Sagen Sie, wo … ich meine, in welcher Stadt …? Nein, sagen Sie's mir nicht, ich erinnere mich an alles.»

«Ich bin die Direktorin. Wenn es Ihnen nichts ausmacht: Die Verwaltung würde den Scheck für die erste Woche gern im Voraus haben, und außerdem fallen ein paar Gebühren an.»

«Keine Sorge, ich habe Geld. Aber geben Sie mir erst mal was zu trinken, Herrgott.»

«Das sind die Bestimmungen.»

«In meinem Jackett muss ein Scheckheft sein. Oder setzen Sie sich mit Cliff in Verbindung … mit Mr. Wegman, meinem Sekretär. Er wird Ihnen einen Scheck ausstellen.»

«Machen Sie sich deswegen keine Sorgen, Mr. Anderson. Die Verwaltung hat einen Blankoscheck ausgestellt. Ich trage Ihre Bank ein, und Sie unterschreiben. Das wären dann zweihundertfünfzig Dollar.»

«Bankers' Trust, New York. Mann, meine Unterschrift kriege ich so gerade eben noch hin.»

«Den Fragebogen soll später die Schwester ausfüllen. Der ist für unsere Unterlagen. Auf Wiedersehen, Mr. Anderson, ich hoffe, Sie haben einen angenehmen Aufenthalt bei uns, und wünsche Ihnen baldige Genesung.» Und dann war der gestärkte Kittel verschwunden.

«Heh, Schwester», rief Charley. Plötzlich hatte er Angst. «Was für ein Laden ist das hier? Wo bin ich eigentlich? Schwester! Schwester!» Er rief, so laut er konnte. Auf Gesicht und Hals brach ihm der Schweiß aus und rann in Augen und Ohren. Er konnte Kopf und Arme bewegen, aber seine Magengrube war weg. Er hatte kein Gefühl in den Beinen. Sein Mund war ausgetrocknet.

Eine neue, hübsche, rosige Schwester beugte sich über ihn. «Was kann ich für Sie tun, Mister?» Sie tupfte sein Gesicht ab und zeigte ihm die Klingelschnur, die neben seiner Hand hing.

«Schwester, ich hab so schrecklichen Durst», sagte er mit schwacher Stimme.

«Sie dürfen nur den Mund ausspülen. Der Doktor hat gesagt, Sie dürfen erst essen und trinken, wenn er eine Drainage gelegt hat.»

«Wo ist dieser Doktor? Warum ist er nicht da? Warum ist er nicht sofort gekommen? Wenn er nicht gut ist, feuere ich ihn und nehme mir einen anderen.»

«Da ist Dr. Snyder», sagte die Schwester in ehrfürchtigem Flüsterton.

«Also, Mr. Anderson, das war knapp. Sie dachten wahrscheinlich, Sie wären mit einem Flugzeug unterwegs. Komisch – ich habe noch nie einen Piloten kennengelernt, der ein guter Autofahrer war. Mein Name ist Snyder, Dr. Ridgely Snyder aus New York. Dr. Booth, Ihr behandelnder Arzt, hat mich hinzugezogen. Möglicherweise werden wir Ihr Innenleben noch ein bisschen zusammenflicken müssen. Als man Sie geborgen hat, lag, wie ich höre, ein großer Teil des Wagens quer über Ihrem Körper. Sie hatten sehr großes Glück, dass Sie nicht am Unfallort gestorben sind. Sie verstehen?»

Dr. Snyder war ein großer Mann mit flachen, glattrasierten Wangen, breiten Händen und breiten Fingernägeln. Ein Lied, das der alte Vogel immer gesungen hatte, ging Charley durch den umnebelten Kopf, als er den großen, breiten, dicklichen Doktor in seinem weißen Kittel da stehen sah: wie Kaiser Wilhelm, der Schlächter – dabei kennen sie sich gar nicht.

«Mein Kopf arbeitet nicht besonders gut – ich glaube, das sind die Spritzen. Tun Sie, was Sie können, Doc, und sehen Sie nicht aufs Geld. Ich hab gerade ein kleines Geschäft eingefädelt, dass denen die Ohren klingen werden. Sagen Sie mal, Doktor, was ist eigentlich aus der Kleinen geworden? Da war doch eine Frau mit mir im Wagen, oder?»

«Oh, machen Sie sich über die keine Sorgen. Ihr geht's gut. Sie ist aus dem Wagen geschleudert worden. Eine leichte Gehirnerschütterung, ein paar Prellungen. Sie wird sich schnell erholen.»

«Ich hatte Angst zu fragen.»

«Wir müssen noch einen kleinen Eingriff vornehmen, die Därme vernähen – sehr interessantes Problem. Aber machen Sie sich gar keine Sorgen, Mr. Anderson, das sind nur ein paar Stiche hier und dort. Wir werden sehen, was wir tun können. Eigentlich wollte ich hier meinen Urlaub verbringen, aber bei einem Notfall wie diesem stehe ich natürlich gern zur Verfügung.»

«Danke, Doc, für alles, was Sie tun können. Ich glaube, ich sollte nicht so viel trinken. Sagen Sie mal, warum darf ich eigentlich kein Wasser trinken? Komisch – als ich zu mir gekommen bin, hab ich gedacht, ich bin mal wieder in ner Kaschemme gelandet. Doris hat's gar nicht gefallen, wenn ich so geredet hab, von wegen schlechter Grammatik und eines Offiziers und Gentlemans nicht würdig und so. Aber wissen Sie, Doc, wenn man mal so weit ist, dass man sie kaufen und verkaufen kann wie eine Tüte Erdnüsse, ist es einem egal, was sie denken. Vielleicht ist es gar nicht so schlecht, dass ich hier liege – eine schöne Gelegenheit, mir das

Trinken abzugewöhnen und mal über alles nachzudenken. Haben Sie mal über alles nachgedacht, Doc?»

«Im Augenblick denke ich nur an eins, Mr. Anderson, nämlich dass Sie sich absolut ruhig verhalten sollten.»

«Okay, tun Sie, was Sie zu tun haben. Und schicken Sie mir diese hübsche Schwester rein, damit ich mich mit ihr unterhalten kann. Über den alten Bill Cermak. Das war der einzige anständige Kerl, dem ich je begegnet bin. Er und Joe Askew. Ich frag mich, wie er sich gefühlt hat, als er gestorben ist. Das letzte Mal, als ich, sagen wir mal, ernsthaften Schaden genommen hab, sind wir beide abgestürzt ... mit der neuen Moskito. Da stecken jetzt Millionen drin, aber die Schweinehunde haben mir die Aktien geklaut ... Sagen Sie, Doktor, Sie sind noch nie gestorben, oder?»

Nichts als die weiße Zimmerdecke, heller am Fenster. Charley fiel die Klingelschnur neben seiner Hand ein. Er klingelte und klingelte. Es kam niemand. Er zerrte an der Schnur, bis er spürte, dass irgendwo irgendwas abriss. Das Gesicht der hübschen rosigen Schwester erblühte über ihm wie eine Nahaufnahme in einem Film. Ihre jungen, selten geküssten Lippen bewegten sich. Er sah, dass sie tadelnd mit der Zunge schnalzte, doch wegen des Ferngesprächrauschens in seinen Ohren hörte er nicht, was sie sagte. Erst als er selbst sprach, legte sich seine Angst. «Passen Sie mal auf, Schwester», hörte er sich sagen und freute sich, es zu hören, «ich zahle hier die Rechnung, und ich will, dass alles so ist, wie ich es haben will. Und ich will, dass Sie sich zu mir setzen und mir zuhören. Wollen mal sehen ... was hab ich zu dem Vogel vorhin gesagt? Er ist vielleicht Arzt, aber er sieht aus wie Kaiser Wilhelm, der Schlächter. Sie sind zu jung, um das Lied zu kennen.»

«Sie haben Besuch, Mr. Anderson. Soll ich Ihnen das Gesicht feucht abwischen?»

Charley wandte den Kopf. Der Wandschirm war beiseitegeschoben. Im hellgrauen Rechteck der Tür stand Margo. Sie trug etwas Gelbes und sah ihn an, mit Augen, so rund wie die eines Vogels.

«Du bist hoffentlich nicht sauer, Margery.»

«Ich bin mehr als sauer. Ich bin besorgt.»

«Alles wird gut, Margo. Ich hab einen prima Arzt aus New York, der flickt mich schon wieder zusammen. Er sieht aus wie Kaiser Wilhelm, der Schlächter, bis auf den Schnurrbart. Stell dir vor, den Schnurrbart hatte ich glatt vergessen. Sieh mich nicht so an. Ich werd schon wieder. Wenn ich rede, geht's mir besser. Ich wette, ich bin die größte Quasselstrippe, die sie hier je hatten. Mensch, Margo, wenn ich weiter so gesoffen hätte, wäre ich vielleicht noch ein Säufer geworden. Vielleicht ganz gut, so ein kleiner Denkzettel.»

«Sag mal, Charley, kannst du mir einen Scheck ausschreiben? Du weißt, ich brauche Geld, und du wolltest mir doch eine Provision für dieses Flughafen-Geschäft geben. Und ich muss dir einen Anwalt besorgen. Eileens Familie will dich verklagen, und dieser Bezirksstaatsanwalt hat einen Haftbefehl beantragt. Ich hab dein New Yorker Scheckheft mitgebracht.»

«Herrgott, Margo, ich hab ein bisschen Geld verdient, aber ich bin nicht die Bank von England.»

«Aber Charley, du hast gesagt, du würdest ein Konto für mich eröffnen.»

«Lass mich erst mal aus dem Krankenhaus raus sein.»

«Ach, Charley, du armer Unglücksvogel ... glaubst du vielleicht, es macht mir Spaß, dir ausgerechnet jetzt auf die Nerven zu gehen? Aber ich muss essen wie alle anderen, und mit einem bisschen Geld könnte ich auch diesen Staatsanwalt ruhigstellen und die Sache aus den Zeitungen und so weiter raushalten. Du kannst dir ja vorstellen, was die daraus machen werden ... Aber dazu brauche ich Geld, und zwar schnell.»

«Na gut, dann schreib fünftausend. Du hast Glück, dass ich mir nicht den Arm gebrochen habe.»

Die hübsche, rosige Schwester kam wieder herein. Ihre Stimme war scharf und eisig. «Sie müssen jetzt gehen.»

Margo beugte sich zu ihm und küsste ihn auf die Stirn. Charley kam sich vor, als läge er in einem Glaskasten. Da war die Berührung ihrer Lippen, der Geruch ihres Kleids, ihres Haars, des Parfüms, das sie immer trug, doch er fühlte nichts. Er sah ihr nach, es war wie eine Szene in einem Film: das Wiegen ihrer Hüften unter dem engen Kleid, das nervöse Fächeln mit dem Scheck, damit die Tinte trocknete.

«Hier geht's ja zu wie bei einem Run auf eine Bank», sagte er zur Schwester. «Die denken wohl, die Firma steht nicht ganz so gut da, wie sie sollte. Aber jetzt gebe ich Anweisung, verstanden? Sagen Sie denen am Empfang, dass ich keine weiteren Besuche wünsche. Sie und ich und Dr. Kaiser Wilhelm, das reicht, verstanden?»

«Sie werden jetzt sowieso verlegt», sagte die hübsche, rosige Schwester so munter, als würden sie zu einer Revue oder einem Baseballspiel gehen.

Ein Pfleger kam herein. Der Raum drehte sich, ein grauer Korridor zog vorbei, doch die Bewegung ließ Schmerzkrämpfe durch seine Beine zucken. Er versank erneut in saurer, kotzbitterer Finsternis. Als er ein Licht sah, war es sehr weit entfernt. Seine Zunge war trocken, er war so durstig. Alles lag in einem rötlichen Nebel. Er sagte etwas, doch er war ganz woanders. Er spürte, dass aus seiner Kehle Worte kamen, konnte sie aber nicht hören, nur die Stimme des Arztes, der Bauchfellentzündung sagte, als wäre das eine tolle Party, als würde er sagen frohe Weihnachten. Da waren noch andere Stimmen. Seine Augen waren offen, aber da waren noch andere Stimmen. Wahrscheinlich ein Delirium. Da war Jim, er saß da und machte ein verwirrtes, säuerliches, trübseliges Gesicht wie damals, als Junge, wenn er sonntagnachmittags über seinen Büchern gesessen hatte.

«Bist du das, Jim? Wie kommst du denn hierher?»

«Wir sind geflogen», sagte Jim. Es überraschte Charley, dass andere ihn hören konnten, denn seine Stimme klang wie von sehr weit entfernt. «Es ist alles in Ordnung, Charley ... Du darfst dich nur nicht anstrengen. Ich kümmere mich um alles.»

«Kannst du mich hören, Jim? Es klingt wie eine schlechte Verbindung.»

«Alles in Ordnung, Charley. Wir kümmern uns um alles. Du musst dich jetzt ausruhen. Sag mal, Charley, nur vorsichtshalber: Hast du eigentlich ein Testament gemacht?»

«Hat da einer was von Bauchfellentzündung gesagt? Das ist übel, oder?»

Jims Gesicht war lang und bleich. «Es ist … es ist nur ein kleiner Eingriff. Ich dachte, es wäre vielleicht gut, wenn du mir eine Vollmacht ausstellst, die alle anderen aufhebt, damit du dir um nichts mehr Sorgen zu machen brauchst. Ich hab alles vorbereitet. Ich habe Richter Grey als Zeugen mitgebracht, und Hedwig wird jeden Augenblick kommen. Sag mal, bist du mit dieser Frau verheiratet?»

«Ich verheiratet? Nie wieder! Guter alter Jim – will immer irgendwelche Unterschriften. Schade, dass ich mir nicht den Arm gebrochen hab. Na, was hältst du jetzt von Flugzeugen, Jim? Für den praktischen Einsatz noch nicht geeignet? Aber geeignet genug, um mehr Geld damit zu machen, als du mit deinen Tin Lizzies je verdient hast. Sei mir nicht böse, Jim. Und besorg mir viele gute Ärzte, Jim. Ich bin ziemlich krank und schrecklich heiser. Sag ihnen, sie sollen mir was zu trinken geben, Jim. Ich will mit dir quatschen wie damals, als wir am Red River geangelt haben, obwohl's da gar nichts zu angeln gab. Wir sollten hier mal angeln gehen, das geht prima, direkt von Miami aus. Ich hab das Gefühl, als würde ich wieder absacken. Sag dem Arzt, er soll mir was geben. Das war eine Spritze. Danke, Schwester, jetzt geht's mir prima, bin wieder ganz klar. Ich sag dir, Jim, da liegt was in der Luft … Postbeförderung … Flughäfen … neue Fluglinien … und wir die Gründerväter. Die dachten, sie hätten mich kleingekriegt, aber ich hab sie reingelegt. Herrgott, Jim, ich wollte, ich könnte aufhören zu quatschen und einfach mal schlafen. Aber dieses Absacken ist kein Schlaf, es ist irgendwie unecht.»

Er musste weiter reden, aber es hatte keinen Zweck. Er war

zu heiser. Er hatte solchen Durst, und seine Stimme war bloß ein leises Krächzen. Sie konnten ihn nicht hören. Er musste sich irgendwie verständlich machen, aber er war zu schwach. Er fiel, er trudelte und wurde hinabgesogen in

Wochenschau LXII

STERNE VERHEISSEN COOLIDGE UNGLÜCK

Wenn du der Welt nicht sagen kannst,
Sie sei ein treues Mädchen,
Dann sage lieber nichts

der ältere Way hatte seit einigen Jahren versucht, ein bestimmtes Selleriespritzmittel auf den Markt zu bringen. Die Ermittlungen nach seiner Anzeige wegen Körperverletzung ergaben, dass Way bedroht und aufgefordert worden war, keine weiteren Briefe zu schreiben, brachten aber auch die Tatsache ans Licht, dass die führenden Sellerieproduzenten ein Spritzmittel verwendeten, das ein tödliches Gift enthielt

Solang sie bereut,
Braucht sie Mitleid

BERGARBEITER SCHILDERN DIE SCHRECKEN DER TODESMINE

und da die Banken in Florida gegenwärtig mit gewissen Schwierigkeiten zu kämpfen haben, werden Schecks nicht so schnell eingelöst, wie es wünschenswert wäre. Um Verzögerungen zu vermeiden, senden Sie uns bitte keinen bankbestätigten Scheck, sondern eine Express-Geldanweisung

Dem Schmetterling gleich, gefangen vom Regen,
Träumt sie von Blumen,
Träumt sie vom Wehen
Des Windes über besonnten Wegen

TOURISTEN ÜBERFALLEN TANKSTELLE

KURSANSTIEG TROTZ GEWINNMITNAHMEN

das Klima erzeugt Optimismus, und im hellen Sonnenschein und der samtenen Brise vom Atlantik oder dem Golf von Mexiko hat jedweder Pessimismus einen schweren Stand

Oh man weiß, dass es nicht mehr regnen wird

HURRICAN FEGT ÜBER SÜDFLORIDA HINWEG

SÜDFLORIDA VERWÜSTET
1000 TOTE – 38 000 OBDACHLOS

BROADWAYSCHÖNHEIT VERPRÜGELT

Gar buschig ist des Fuchses Schwanz,
Der Ratte Schwanz wohl kaum,
Dem Häschen fehlt ein Schwänzchen ganz,
Es hat nur etwas Flaum

HILFSFONDS FÜR FLORIDA WEIT UNTERFINANZIERT

KRIEGSRECHT DROHT

Man weiß, dass es nicht mehr regnen wird

Polizeiangaben zufolge verbrachte die Gruppe den Samstagabend im Hillside Park, einem Vergnügungspark bei Belleville, und begab sich gegen Mitternacht zum Bungalow. Die Bagley-Mädchen sagten aus, sie hätten sich in ihr Zimmer zurückgezogen, und als die Männer hereingekommen seien, sei eines der Mädchen aus dem Fenster gesprungen

Trotzdem wüsste ich gerne, wie aus der Ferne
Man weiß, dass es nicht mehr regnen wird

Margo Dowling

Von Kopf bis Fuß in schwarzen Crêpe gehüllt, stieg Agnes aus dem Schlafwagen. Sie hatte zugenommen, und ihr Gesicht hatte etwas Graues, Zerfurchtes, das Margo zuvor nie aufgefallen war. Margo legte den Kopf an Agnes' Schulter und begann mitten im belebten, sonnigen Bahnhof von Miami zu weinen. Sie stiegen in den Buick und fuhren zum Strand. Agnes achtete weder auf den Wagen noch auf den uniformierten Chauffeur oder sonst irgendetwas. Sie nahm Margos Hand, und dann sah jede zu ihrer Seite hinaus auf die sonnigen Straßen voll träge schlendernder Menschen in Sommerkleidern. Margo tupfte ihre Augen mit einem Spitzentaschentuch ab. «Solltest du nicht Schwarz tragen?», fragte Agnes. «Würdest du dich in Schwarz nicht besser fühlen?»

Erst als der blaue Buick vor der Tür des Bungalows am Strand anhielt und Raymond, der Mulatte mit dem schmalen Gesicht, eilfertig und mit respektvollem Lächeln das Gepäck auslud, bemerkte es Agnes. «Was für ein schöner Wagen», rief sie.

Margo zeigte ihr das Haus und die mit Fliegengitter geschützte Veranda unter Palmen mit Blick auf das dunkelblaue Meer, das grüne Wasser am Strand und die weiße Brandung. «Einfach zu schön», sagte Agnes und ließ sich in eine gepolsterte Hängematte sinken. «Gott, bin ich müde.» Sie begann wieder zu weinen. Margo ging zu dem hohen Spiegel in der Eingangshalle, um sich herzurichten. «Na», sagte sie, als sie rosig und frisch gepudert zurückkehrte, «wie gefällt dir das Haus? Netter Schuppen, oder?»

«Ach, aber wir werden nicht hier bleiben können. Was sollen wir denn jetzt machen?», sagte Agnes zwischen Schluchzern. «Ich weiß, das ist alles nur die falsche Wirklichkeit der Materie. Ach, wenn er doch nur die richtigen Gedanken gedacht hätte.»

«Die Miete ist jedenfalls für einen Monat bezahlt», sagte Margo.

«Aber die Ausgaben», schluchzte Agnes.

Margo betrachtete durch die Fliegentür einen großen schwarzen Tanker am Horizont. Sie wandte den Kopf und sagte schnippisch über die Schulter: «Es hält mich ja nichts davon ab, ein paar Optionen zu verkaufen, oder? Ich sage dir, hier unten ist gerade ein Boom. Vielleicht können wir da was rausschlagen. Ich kenne in dieser Stadt jeden, der irgendwas ist. Du wirst schon sehen, Agnes.»

Eliza, das schwarze Hausmädchen, brachte auf einem silbernen, mit einem Spitzendeckchen versehenen Tablett eine silberne Kaffeekanne, Tassen und einen Teller mit Toast. Agnes schlug ihren Schleier zurück, trank mit winzigen Schlückchen etwas Kaffee und knabberte an einem Stück Toast. «Nimm dir auch Marmelade», sagte Margo und zündete sich eine Zigarette an. «Ich dachte, Frank und du haltet nichts von Trauer.»

«Ich kann nicht anders. Es tröstet mich. Ach, Margo, denkst du je daran, dass sie alle noch unter uns sein könnten, wenn wir nur nicht so schrecklich ungläubig wären?» Sie trocknete ihre Tränen und wandte sich wieder dem Kaffee und dem Toast zu. «Wann ist die Beerdigung?»

«Die ist in Minnesota. Seine Familie hat alles in die Hand genommen. Für die bin ich so was wie Rattengift.»

«Der arme Mr. Anderson. Du armes Kind musst am Boden zerstört sein.»

«Du solltest sie mal sehen. Sein Bruder Jim würde die Pennys einstecken, die man einem Toten auf die Augen legt. Er hat damit gedroht, mich zu verklagen. Er will, dass ich ein paar Sicherheiten herausrücke, von denen er behauptet, sie hätten Charley gehört. Soll er nur. Mein Anwalt ist Homer Cassidy, und in dieser Stadt geschieht, was er sagt … Agnes, du musst dieses Witwenzeug ausziehen und dich benehmen wie ein normaler Mensch. Was würde Frank sagen, wenn er hier wäre?»

«Aber er ist doch hier!», rief Agnes und begann erneut zu schluchzen. «In diesem Augenblick wacht er über uns. Das weiß ich!» Sie trocknete ihre Tränen und schluchzte auf. «Oh, Margie, im Zug hab ich darüber nachgedacht, ob du und Mr. Anderson vielleicht heimlich verheiratet wart. Er muss ein riesiges Vermögen hinterlassen haben.»

«Das meiste ist fest angelegt. Aber Charley war anständig und hat mich immer versorgt.»

«Denk doch nur: zwei so schreckliche Ereignisse in einem einzigen Winter.»

«Agnes», sagte Margo und stand auf, «wenn du nicht aufhörst, so zu reden, schicke ich dich wieder zurück nach New York. Bin ich denn nicht schon deprimiert genug? Deine Nase ist ganz rot, das sieht furchtbar aus. Mach es dir gemütlich. Ich muss mich um ein paar Sachen kümmern.»

«Ich kann nicht hierbleiben, ich fühle mich so fremd.»

«Na gut, du kannst mitkommen, wenn du diesen grässlichen Schleier abnimmst. Beeil dich, ich bin mit jemandem verabredet.»

Sie wartete, bis Agnes ihre Frisur hergerichtet und eine weiße Bluse angezogen hatte. Das schwarze Kleid stand ihr eigentlich sehr gut. Margo sagte ihr, sie solle ein wenig Make-up auflegen.

«Na bitte – jetzt siehst du ganz bezaubernd aus», sagte sie dann und gab ihr einen Kuss.

«Ist das wirklich dein Wagen?», sagte Agnes, als sie sich in die Polster des blauen Buick sinken ließ. «Ich kann's gar nicht glauben.»

«Soll ich dir die Zulassung zeigen?», sagte Margo. «Okay, Raymond, Sie wissen ja, wo das Maklerbüro ist.»

«Klar doch, Miss», sagte Raymond und legte den Finger an den glänzenden Mützenschirm. Der Motor unter dem makellosen Lack der Kühlerhaube begann zu schnurren.

Im Maklerbüro füllte das gewohnte ältliche Publikum die Bänke: Männer in leichten Anzügen und leinenen Knickerbockers, die Strohhüte auf den Knien hielten, und Frauen in rosaroten und lindgrünen, hellbraunen und weißen Sommerkleidern. Margo kam sich immer vor wie in einer Kirche: das Geflüster, das ehrerbietige Benehmen, die flinken, aufmerksamen jungen Männer an den langen, mit Ziffernkolonnen bedeckten Tafeln, das Rattern des Telegraphen und die feste Stimme, die von dem Ticker auf dem Tisch am hinteren Ende des Raums die aktuellen Kurse ablas. Als sie hineingingen, fragte Agnes in eingeschüchtertem Flüsterton, ob sie nicht lieber im Wagen warten solle, bis Margo alles erledigt habe. «Nein, bleib nur hier», sagte Margo. «Siehst du, die Jungs da notieren die Börsenkurse auf den Tafeln. Langsam kenne ich mich aus.» Zwei ältere Herren mit weißem Haar und breiten jüdischen Nasen erhoben sich lächelnd von einer der hinteren Bänke und machten ihnen Platz. Einige Leute drehten sich um und starrten Margo an. Sie hörte, wie eine Frau ihrem Mann etwas zuzischte, in dem der Name Anderson vorkam. Man flüsterte und stieß einander an. Margo fühlte sich elegant gekleidet und kümmerte sich nicht darum.

«Na, meine Liebe», schnurrte Richter Cassidys Stimme hinter ihr, «kaufen oder verkaufen?» Margo drehte sich um. Ein Lächeln ließ einen Goldzahn in dem breiten, geröteten Gesicht unter dem silbrigen Haar aufblitzen, das dieselbe Farbe hatte wie der graue

Leinenanzug, auf dessen Weste sich die doppelte Uhrkette über dem ausladenden Bauch spannte und ebenfalls golden funkelte. Margo schüttelte den Kopf. «Heute tut sich nicht viel», sagte sie. Richter Cassidy wies mit dem Kopf zur Tür und stand auf. Margo folgte ihm und zog Agnes hinter sich her. Als sie hinaus in den luftigen Sonnenschein der kurzen, zum Strand führenden Straße traten, stellte Margo ihm Agnes als ihren Schutzengel vor.

«Ich hoffe, Sie wollen uns heute nicht wieder enttäuschen wie gestern, meine Liebe», begann Richter Cassidy. «Vielleicht hätte Mrs. Mandeville Lust, uns zu –»

«Ich fürchte nein», unterbrach ihn Margo. «Die Ärmste ist so erschöpft. Sie ist ja gerade erst aus New York gekommen. Wir wollen uns nämlich ein paar Grundstücke ansehen, Agnes. Raymond wird dich nach Hause fahren – ich hab alles für dich vorbereitet, und das Mittagessen ist bestellt. Ruh dich gut aus.»

«Ja, natürlich, das wird mir guttun», sagte Agnes errötend. Margo half ihr in den Buick, den Raymond vom Parkplatz geholt hatte, gab ihr einen Kuss und ging mit Richter Cassidy zu seinem Pierce-Arrow-Tourenwagen, der schimmernd und blitzend in der heißen Mittagssonne stand.

Der Richter fuhr den Wagen selbst. Margo saß neben ihm auf dem Beifahrersitz. Sobald er den Motor angelassen hatte, fragte sie: «Und? Was ist mit dem Scheck?»

«Nun, meine Liebe, ich fürchte, keine Deckung heißt keine Deckung. Ich nehme an, wir können die Erben haftbar machen.»

«Das wäre ungefähr dann, wenn die erste Rate für eine Grabstelle fällig ist.»

«Ja, solche Dinge brauchen viel Zeit. Der Junge scheint seine Angelegenheiten in ziemlicher Unordnung hinterlassen zu haben.»

«Armer Kerl», sagte Margo und sah durch die Reihen der Palmen hindurch auf den braunen Strand von Biscayne Bay. Auf den grünen Inseln ragten hier und da neue, weiß verputzte Gebäude auf und wirkten fehl am Platz wie Theaterkulissen, die am helllichten Tag auf dem Bürgersteig standen. «Ich hab wirklich mein Bestes getan, um ihn in der Spur zu halten.»

«Natürlich ... natürlich besaß er sehr umfangreiche Firmenanteile ... Es war dieses verrückte New Yorker Leben. Hier unten gehen wir es entspannter an, wir lassen die Früchte am Baum reifen.»

«Orangen», sagte Margo. «Zitronen.» Sie lachte, doch der Richter lachte nicht mit.

Für eine Weile schwiegen sie. Sie hatten das Ende der Dammstraße erreicht, fuhren zwischen gelben Lagerhäusern hindurch und tauchten in den dichten Verkehr von Miami ein. Überall erhoben sich inmitten von Gerüsten und Baumaterial neue hohe Gebäude, verputzt wie Schichttorten. Als sie im Dröhnen der Betonmischer und umweht von Baustellenstaub auf der provisorischen Holzbrücke über den Miami River rumpelten, sah Margo den Richter mit großen, runden Augen und unbewegtem Gesicht an und sagte: «Dann werde ich wohl die Klunker versetzen müssen.»

Der Richter lachte und sagte: «Ich kann Ihnen versichern, dass die Bank äußerst entgegenkommend sein wird, also zerbrechen Sie sich darüber nicht den hübschen kleinen Kopf. Wenn ich mich nicht irre, sind Sie jetzt im Besitz sehr bedeutender Grundstücksoptionen.»

«Und Sie könnten mir nicht ein paar tausend für die laufenden Kosten darauf leihen?»

Sie fuhren jetzt auf einer neuen, breiten Betonstraße durch dichtes tropisches Buschwerk. «Meine Liebe», sagte Richter Cassidy freundlich, «das könnte ich schon um Ihretwillen nicht. Stellen Sie sich vor, was für ein Gerede das geben und welche falschen Schlüsse man daraus ziehen würde. Wir hier unten sind ein bisschen altmodisch. Wir nehmen das Leben entspannt, aber wenn auch nur der Hauch eines Skandals ... Schon allein mit einer so charmanten Beifahrerin durch Miami zu fahren ist eine Torheit – eine sehr angenehme Torheit allerdings. Aber Sie müssen verstehen, meine Liebe: Ein Mann in meiner Position kann sich gewisse

Dinge nicht erlauben. Bitte missverstehen Sie mich nicht – ich habe in meinem ganzen Leben noch nie einen Freund abgewiesen, aber in diesem Fall würde mir ein solches Handeln leider falsch ausgelegt werden. Nur ein Ehemann oder ein –»

«Soll das etwa ein Heiratsantrag sein?», unterbrach sie ihn scharf. Ihre Augen brannten, es fiel ihr schwer, die Tränen zurückzuhalten.

«Nur ein anwaltlicher Rat.» Der Richter seufzte. «Leider bin ich schon verheiratet.»

«Wie lange wird dieser Boom noch anhalten?»

«Muss ich Sie wirklich daran erinnern, welche Art von Mensch nie ausstirbt?»

«Nicht nötig», sagte Margo schroff.

Sie bogen auf den Parkplatz hinter dem großen, neuen, karamellbraunen Hotel ein. Als sie ausstieg, sagte Margo: «Manche von denen können es sich vielleicht leisten, Geld zu verlieren, aber wir nicht, oder?»

«Im optimistischen Wortschatz der Jugend existiert dieses Wort gar nicht, meine Liebe.» Väterlich führte er sie in den Speisesaal. «Ah, da sind die Herren ja.»

An einem runden Tisch in der Mitte des gutbesetzten Saals saßen zwei junge Männer mit feistem Gesicht und großem Mund. Sie trugen rosarot gestreifte Hemden, nilgrüne Krawatten und weiße Anzüge. Kauend standen sie auf und schüttelten Margo die Hand, als der Richter sie vorstellte. Es waren Zwillinge. Als sie sich wieder gesetzt hatten, zwinkerte der eine ihr zu und drohte ihr scherzhaft mit dem dicken Zeigefinger. «Wir haben Sie im Palms gesehen, Sie schlimmes Mädchen.»

«Na, Jungs», sagte der Richter, «wie steht's?»

«Könnte nicht besser sein», sagte der eine mit vollem Mund.

«Es ist nämlich so, dass diese junge Dame ein paar kleinere Investitionen mit raschem Ertrag tätigen will.» Die Zwillinge grunzten und kauten weiter.

Nach dem Essen fuhren sie zum Venetian Pool /495/, wo William

Jennings Bryan im Schatten einer gestreiften Markise auf dem Floß in einem Sessel saß und an die versammelte Menge eine Ansprache hielt. Sie konnten nicht verstehen, was er sagte, sondern hörten nur das Gelächter und den Beifall in den Pausen zwischen den Sätzen. «Wissen Sie, Richter», sagte einer der Zwillinge, als sie sich zwischen den Menschen am Rand des Publikums hindurchschoben, «wenn der alte Knabe seine Zeit nicht mit Politik verschwendet hätte, wäre er bestimmt ein erstklassiger Auktionator geworden.»

Margo fühlte sich müde und mitgenommen. Sie folgte den Zwillingen in das Maklerbüro, das voller schwitzender Männer in Hemdsärmeln war. Der Richter besorgte ihr einen Stuhl. Sie saß, einen Stapel Baupläne auf dem Schoß, da und klopfte mit dem weißen Ziegenlederschuh auf die Fliesen. Die Preise waren allesamt so hoch. Sie kannte sich nicht aus und, wünschte, Mr. A wäre da, um sie zu beraten. Er hätte gewusst, was eine sichere Anlage war. Die Bänke auf dem Rasen vor dem Gebäude waren ebenfalls dicht besetzt. Von überallher ertönten laute Rufe. Die Auktion begann. Die Zwillinge auf dem Podium schwenkten die Arme und klopften mit dem Hammer. Der Richter ging hinter Margos Stuhl auf und ab und erzählte jedem, der es hören wollte, vom großen Boom. Als er innehielt, um Luft zu holen, drehte sie sich zu ihm um und sagte: «Würden Sie mir bitte ein Taxi besorgen, Richter Cassidy?»

«Ich werde Sie selbst nach Hause fahren, meine Liebe. Es ist mir ein Vergnügen.»

«Gut», sagte Margo.

«Eine sehr kluge Entscheidung», flüsterte ihr der Richter ins Ohr.

Als sie sich aus der Menge entfernten, verließ einer der Zwillinge das Podium und eilte ihnen nach. «Miss Dowlin'», sagte er, «dürften Al und ich Sie mal besuchen?»

«Klar», sagte Margo lächelnd. «Ich stehe unter Dowling im Telefonbuch.»

«Na dann, bis bald.» Er drehte sich um und schob sich zwischen den Menschen hindurch wieder zum Podium, wo sein Bruder den Hammer schwang. Sie hatte schon befürchtet, keinen großen Eindruck gemacht zu haben. Jetzt spürte sie, dass die müden Falten in ihrem Gesicht sich glätteten.

«Na, was meinen Sie? Wie macht sich Coral Gables?», fragte Cassidy, als er ihr in den Wagen half.

«Jemand verdient sich eine goldene Nase damit», sagte Margo trocken.

Im Haus nahm sie den Hut ab, bat Raymond, der abends auch als Butler tätig war, ein paar Martinis einzuschenken, trieb für den Richter eine Zigarre auf und entschuldigte sich für einen Moment. Oben saß Agnes in einem lavendelfarbenen Nachthemd in ihrem Zimmer am Frisiertisch und feilte sich die Nägel. Wortlos ließ Margo sich auf das Bett fallen und begann zu weinen. Agnes stand auf und sah groß und weich und sanft aus, als sie zum Bett kam.

«Aber Margie, du weinst doch sonst nie …»

«Ich weiß», schluchzte Margo, «aber es ist alles so furchtbar. Unten ist Richter Cassidy – könntest du dich ein bisschen mit ihm unterhalten?»

«Ach, du arme Kleine. Ja, das kann ich machen … aber eigentlich ist er wegen dir hier. Du hast wirklich viel durchmachen müssen.»

«Ich will nicht mehr tanzen müssen», schluchzte Margo, «nie mehr.»

«Nein, das wäre mir auch nicht recht. Ich werde ihm Gesellschaft leisten. Zum ersten Mal seit Monaten fühle ich mich richtig ausgeruht.»

Als Margo allein war, hörte sie sofort auf zu weinen. «Ich bin wirklich genau so schlimm wie Agnes», murmelte sie, stand auf und ließ sich ein Bad ein. Es war schon recht spät, als sie ein Nachmittagskleid anzog und hinunterging.

Der Richter sah ziemlich missmutig aus. Er paffte an seiner

Zigarre und nippte an seinem Cocktail, während Agnes über die Kraft des Glaubens sprach. Seine Miene hellte sich auf, als er Margo die Treppe hinunterkommen sah. Sie ging zum Grammophon und legte Tanzmusik auf. «In Ihrem Haus komme ich mir vor wie dieser griechische Held im Haus der Sirenen – ich vergesse Familienbande, Verpflichtungen, einfach alles», sagte der Richter und kam, sich in den Hüften wiegend, auf sie zu. Sie tanzten. Agnes ging hinauf. Margo merkte, dass der Richter drauf und dran war, zudringlich zu werden, und fragte sich, wie sie dann reagieren sollte, als unvermittelt Cliff Wegman eintrat. Der Richter musterte den jungen Mann misstrauisch. Margo sah, dass er fürchtete, in eine Falle geraten zu sein.

«Mr. Wegman. Ich wusste gar nicht, dass Sie in Miami sind.» Sie hob die Nadel von der Platte und schaltete das Grammophon ab. «Richter Cassidy – das ist Mr. Wegman.»

«Freut mich, Sie kennenzulernen, Richter. Mr. Anderson hat oft von Ihnen gesprochen. Ich war sein Privatsekretär.» Cliff sah hager aus und wirkte nervös. «Ich bin gerade erst angekommen», sagte er, zu Margo gewandt. «Hoffentlich störe ich nicht.» Er grinste. «Ich arbeite jetzt für den Verwalter von Mr. Andersons Nachlass.»

«Der arme Kerl», sagte Richter Cassidy. «Ich hatte die Ehre, ein guter Freund von Lieutenant Anderson zu sein.» Kopfschüttelnd ging er über den dicken pflaumenfarbenen Teppich zu Margo. «Aber nun, meine Liebe, müssen Sie mich entschuldigen – die Pflicht ruft. Es war mir ein großes Vergnügen.»

Margo begleitete ihn zu seinem Wagen. Das Abendrot verblasste zu Grau. Im Pfefferbaum neben dem Haus sang eine Nachtigall.

«Wann kann ich Ihnen den Schmuck bringen?», fragte sie und beugte sich über den Vordersitz zum Richter.

«Kommen Sie gegen Mittag in meine Kanzlei, dann gehen wir gemeinsam zur Bank. Die Schätzung geht natürlich zulasten des Kreditnehmers.»

«Na gut. Und bis dahin haben Sie sich vielleicht überlegt, wie ich daraus möglichst schnell mehr machen kann. Was hat man von einem Boom, wenn man ihn nicht nutzen kann?»

Der Richter beugte sich zu ihr und wollte sie küssen. Seine feuchten Lippen streiften ihr Ohr, als sie sich abwendete. «Sie vergessen sich, Richter.»

Im Wohnzimmer ging Cliff auf und ab wie ein wildes Tier im Käfig. Als er sie sah, blieb er stocksteif stehen und kam dann mit geballten Fäusten auf sie zu, als wollte er sie schlagen. Er kaute Kaugummi, und mit der mahlenden Bewegung seines schmalen Kinns sah er aus wie ein Schaf.

«Der Boss hat ja ganz gut für das kleine Waisenmädchen gesorgt.»

«Wenn du bloß gekommen bist, um mir das zu sagen, kannst du gleich wieder in den Zug steigen und zurückfahren.»

«Nein, nein, Margo, ich bin geschäftlich hier.»

«Geschäftlich?» Margo ließ sich in einen mit rosarotem Stoff bezogenen Sessel fallen. «Setz dich doch, Cliff. Es war eigentlich nicht nötig, hier hereinzuplatzen, als müsstest du eine gerichtliche Vorladung zustellen, oder? Geht es um Charleys Nachlass?»

«Ach was, Nachlass! Ich will, dass du mich heiratest. Im Moment sieht's bei mir finanziell zwar nicht so gut aus, aber ich hab eine große Karriere vor mir.»

Margo schrie auf und legte den Kopf in den Nacken. Sie konnte gar nicht mehr aufhören zu lachen. «Nein, Cliff, wirklich nicht», stieß sie schließlich hervor. «Im Augenblick würde ich keinen heiraten wollen. Ach, Cliff, du bist süß. Ich könnte dich küssen.» Er wollte sie umarmen, aber sie stand auf und schob ihn fort. «Und ich will nicht, dass so was meiner Karriere in die Quere kommt.»

Cliff runzelte die Stirn. «Ich werde keine Schauspielerin heiraten. Damit musst du dann aufhören.»

Wieder musste Margo lachen. «Auch keine Filmschauspielerin?»

«Ach, verdammt, du machst dich nur über mich lustig, aber ich bin verrückt nach dir.» Er ließ sich auf das Sofa sinken und vergrub das Gesicht in den Händen.

Sie setzte sich neben ihn. «Vergiss es, Cliff.»

Er sprang auf. «Das kann ich dir sagen: Es wird dir gar nichts bringen, dich mit diesem alten Geier Cassidy einzulassen. Er ist verheiratet und außerdem ein so krummer Hund, dass er seitwärts durch die Tür gehen muss. Er hat den Boss bei diesem Flughafengeschäft ganz schön übers Ohr gehauen. Aber das ist für dich wahrscheinlich gar nichts Neues. Wahrscheinlich hast du mitgemacht und deinen Anteil gekriegt. Und dann findest du es wahnsinnig komisch, wenn einer den ganzen Weg hierher an den Arsch der Welt kommt und dir den Schutz seines Namens anbietet. Na gut, mir reicht's. Gute ... Nacht!» Er stürmte hinaus und schlug die Tür zur Eingangshalle so fest zu, dass eine Scheibe zerbrach und die Scherben klirrend zu Boden fielen.

Agnes eilte aus dem Esszimmer herbei. «Oh, wie schrecklich», sagte sie. «Ich habe alles gehört. Ich dachte, der arme Mr. Anderson hätte dir vielleicht einen Treuhänderfonds hinterlassen.»

«Der Junge hat nicht alle Tassen im Schrank», sagte Margo. Eine Minute später klingelte das Telefon. Es war Cliff, der sich mit tränenerstickter Stimme entschuldigte und fragte, ob er nicht zurückkommen und alles besprechen dürfe.

«Auf gar keinen Fall», sagte Margo und legte auf. «Tja, Agnes», fuhr sie fort, als sie vom Telefon zurückkehrte, «so viel dazu. Wir müssen uns jetzt was überlegen. Und was den alten Gauner Cassidy betrifft, hat Cliff recht. Aber ich habe sowieso nie wirklich mit ihm gerechnet.»

«So ein respektabler Mann», sagte Agnes und schnalzte tadelnd mit der Zunge.

Raymond verkündete, das Essen sei fertig. Margo und Agnes aßen allein, jede an einem Ende des langen, mit Spitzendeckchen und silbernen Utensilien verzierten Mahagonitischs. Die Suppe war kalt und versalzen. «Ich hab diesem verdammten Mädchen tausendmal gesagt, sie soll nichts mit der Suppe machen – nur aus der Dose in einen Topf schütten und aufwärmen», sagte Margo verärgert. «Ach, Agnes, bitte – wenn du dich um den Haushalt kümmern würdest! Ich kriege sie einfach nicht dazu, irgendwas richtig zu machen.»

«Sehr gern», sagte Agnes. «Aber ich habe natürlich noch nie einen so großen Haushalt geführt.»

«Das wird auch nicht nötig sein», sagte Margo. «Wir müssen uns verkleinern.»

«Vielleicht sollte ich Miss Franklyn schreiben und sie fragen, ob sie eine Stelle für mich hat.»

«Warte noch damit», sagte Margo. «Wir können ein paar Monate bleiben. Ich habe so ein Gefühl, dass es Tony guttun würde, hier zu sein. Wir könnten ihm doch einen Fahrschein schicken, damit er herkommen kann. Oder meinst du, er würde ihn verkaufen und sich wieder Drogen besorgen?»

«Aber er ist doch geheilt. Er hat mir selbst gesagt, dass er ganz davon weg ist.» Agnes begann zu weinen. «Ach, Margo, du bist immer so großzügig, genau wie deine Mutter. Immer denkst du an andere.»

Als Tony in Miami ankam, war er bleich wie ein Mehlwurm, aber nachdem er eine Weile am Strand in der Sonne gelegen und in der Brandung gebadet hatte, war er bald wieder in Form. Er benahm sich tadellos, schien überaus dankbar und half Agnes im Haushalt, denn Eliza hatten sie entlassen; Agnes erklärte, das Mädchen sei zu nichts zu gebrauchen und sie – Agnes – werde die Arbeit gern allein erledigen. Bekannten, die zu Besuch kamen, stellte ihn Margo als kubanischen Verwandten vor, doch er und Agnes ließen sich ohnehin meist nicht blicken, wenn sie Gesellschaft hatte. Tony war entzückt, als Margo vorschlug, er könne doch Autofahren lernen. Nach kurzer Zeit hatte er den Bogen raus, und so konnten sie Raymond ebenfalls entlassen. Eines Tages, als sie im Begriff waren, nach Cocoanut Grove zu fahren, wo Margo sich mit ein paar großen Immobilienhändlern treffen wollte, fragte sie Tony im Scherz, ob er nicht mal Raymonds Uniform anprobieren wolle. Sie stand ihm hervorragend. Sie sagte, er solle sie tragen, wenn er sie zu ihrer Besprechung fuhr, und er bekam einen Wutanfall und sprach von Ehre und Männlichkeit. Sie beruhigte ihn, indem sie sagte, es sei doch nur ein Scherz gewesen, und er antwortete: Nun, wenn es ein Scherz sei … und trug die Uniform. Margo merkte, dass sie ihm gefiel: Er stolzierte darin vor dem Spiegel in der Eingangshalle auf und ab.

Mit den Immobilienpreisen in Miami ging es bergab, doch Margo gelang es, mit ihren Optionen hunderttausend Dollar Gewinn zu machen – jedenfalls auf dem Papier. Das Problem war nur, dass sie ihren Gewinn nicht zu Geld machen konnte.

Die Zwillinge, die sie in Coral Gables kennengelernt hatte, gaben ihr viele Ratschläge, doch sie war auf der Hut, und Ratschläge waren dann auch alles, was sie von ihnen bekam. Sie erschienen immer abends und an Sonntagen, aßen alles, was Agnes im Eisschrank hatte, leerten sämtliche Flaschen und schwangen große Reden über die vielen schönen Geschäfte, an denen sie alle teilhaben lassen wollten. Agnes sagte, sie sei jedes Mal, wenn sie den Sand aus ihren Strandschuhen schüttele, darauf gefasst, einen der Zwillinge darin zu finden. Sie selbst luden nie ein, ja sie brachten nicht mal hin und wieder eine Flasche Whiskey mit. Agnes war nachsichtig mit ihnen, weil Al ihr den Hof machte, während Ed sich um Margo bemühte.

Eines Sonntags, als sie den ganzen Nachmittag am Strand in der Sonne gelegen und Cocktails getrunken hatten, drang Ed in Margos Zimmer ein, als sie sich nach dem Baden umziehen wollte, und versuchte, ihr den Morgenrock vom Leib zu reißen. Sie gab ihm eine Ohrfeige, aber er war betrunken und verdoppelte seine Anstrengungen. Sie musste Tony rufen, damit er den erbosten Ehemann spielte. Tony war kreidebleich und zitterte am ganzen Körper, schaffte es aber immerhin, einen Stuhl zu nehmen, den er Ed über den Schädel ziehen wollte – da kamen Al und Agnes, um zu sehen, was der Lärm zu bedeuten hatte. Al hielt zu Ed, verpasste Tony einen Faustschlag und schrie, er sei ein Zuhälter und diese Weiber seine elenden Huren. Sie hätten die beiden nie aus dem Haus gekriegt, wenn Agnes nicht zum Telefon gegangen wäre und gedroht hätte, die Polizei zu rufen. Die Zwillinge sagten, das werde ihnen nichts nützen, denn schließlich sei die Polizei dazu da, Frauen wie sie aus der Stadt zu jagen, aber immerhin zogen sie sich an und verschwanden, und Margo sah sie nie wieder.

Als sie fort waren, bekam Tony einen Weinkrampf und sagte, er sei kein Zuhälter und dieses Leben sei unerträglich, und wenn sie ihm nicht Geld gäben, damit er nach Havanna zurückkehren könne, werde er sich umbringen. Um ihn zum Bleiben zu bewegen, mussten sie ihm versprechen, Miami so bald wie möglich zu verlassen.

«Du weißt doch, dass du eigentlich nach Kalifornien willst, Tony», sagte Agnes und tätschelte ihn wie ein Kind.

«Die Sandflöhe am Strand sind inzwischen die reinste Plage», sagte Margo und ging ins Wohnzimmer, um noch einen Cocktail für alle zu mixen. «Hier ist die Luft raus – es ist Zeit zu verschwinden. Ich hab jedenfalls genug.»

Es war ein glühend heißer Tag, als sie ihre Sachen in den Buick luden und auf der US Route 1 nach Norden fuhren, am Steuer Tony, der nicht seine Uniform trug, sondern einen neuen, taillierten weißen Leinenanzug. Der Wagen war derart mit Gepäck und Hausrat vollgestopft, dass Agnes auf dem Rücksitz kaum Platz hatte. Obenauf lag Tonys Gitarre, und Margos Überseekoffer war auf den Kofferraum geschnallt. «Du meine Güte», sagte Agnes, als sie von der Toilette der Tankstelle in West Palm Beach kam, wo sie zum Tanken gehalten hatten, «wir sehen aus wie ein Wanderzirkus.»

Zusammen hatten sie etwa hundert Dollar. Margo vertraute das Geld Agnes an, damit sie es in ihrer großen schwarzen Handtasche verstaute. Am ersten Tag redete Tony von nichts anderem als dem großen Erfolg, den er beim Film haben würde. «Wenn Valentino es geschafft hat, ist es für mich ein Klacks», sagte er und reckte den Hals, um sein scharfes braunes Profil in dem kleinen Rückspiegel zu betrachten.

Sie übernachteten auf Campingplätzen, alle in einer Hütte, um Geld zu sparen, und aßen aus Konserven. Agnes fand es herrlich. Sie sagte, es erinnere sie an alte Tourneezeiten, als Margo ein Theaterkind gewesen sei. Margo sagte, Theaterkind – verdammt, wenn sie das höre, komme sie sich vor wie eine alte Schachtel. Am Nachmittag klagte Tony gewöhnlich über stechende Schmerzen in den Handgelenken, und Margo musste sich ans Steuer setzen.

Entlang der Küste von Alabama, Mississippi und Louisiana waren die Straßen entsetzlich schlecht. Besser wurden sie erst in Texas, doch dort regnete es oft. Sie dachten schon, Texas würde gar kein Ende mehr nehmen. Agnes sagte, sie habe nicht gewusst, dass es auf der Welt so viel Alfalfa gebe. In El Paso mussten sie zwei neue Reifen kaufen und die Bremsen einstellen lassen. Agnes machte ein besorgtes Gesicht, wenn sie das Geld in ihrer Tasche zählte. In den letzten Tagen, als sie durch die Wüste nach Yuma fuhren, hatten sie nur noch eine Dose Bohnen und ein paar Frankfurter Würstchen. Es war schrecklich heiß, aber in den staubigen Drugstores der seltenen Wüstenkäffer, durch die sie kamen, durften sie nicht mal eine Coca-Cola kaufen, denn Agnes sagte, sie müssten jeden Cent sparen, wenn sie nicht vollkommen blank in Los Angeles ankommen wollten. Als sie kurz vor Yuma durch den Staub der noch nicht fertiggestellten Landstraße fuhren, überholte sie ein schimmernder Expresszug der Southern Pacific: die neue bullige Lokomotive, Schlafwagen, Speisewagen, Salonwagen mit sommerlich gekleideten Männern und Frauen, die lässig auf der Aussichtsplattform standen. Der Zug schob sich langsam an ihnen vorbei. Die farbigen Schaffner beugten sich grinsend aus den Fenstern der Salonwagen und winkten. Margo dachte daran, wie sie im Privatabteil nach Florida gefahren war, und seufzte.

«Keine Sorge, Margie», rief Agnes von hinten, «wir sind fast da.»

«Da? Aber wo denn? Das würde ich wirklich zu gern wissen», sagte Margo. Ihr stiegen die Tränen in die Augen. Der Wagen rumpelte durch ein Schlagloch, dass die Federn ächzten.

«Wenn ich mich erst ein bisschen orientiert habe», sagte Tony, «verdiene ich Tausende pro Woche, und dann reisen wir in einem privaten Salonwagen.»

In Yuma waren die Campingplätze voll, und sie mussten sich ein Hotelzimmer nehmen, was sie einiges kostete. Sie waren vollkommen erledigt, und Margo wachte mitten in der Nacht auf und hatte Fieber von der Hitze, dem Staub und den Strapazen. Am Morgen war das Fieber verschwunden, aber ihre Augen waren rot und verquollen, und sie sah schrecklich aus. Ihr Haar war strähnig und trocken wie ein Hanfseil und musste dringend gewaschen werden.

Sie waren zu erschöpft, um es zu genießen, als sie am nächsten Tag über die nach Blumen duftenden Berge und hinunter ins San-Bernardino-Tal fuhren, wo es zahllose gepflegte Obstbäume und viele noch mit Blüten gesprenkelte Orangenhaine gab und Bewässerungsgräben Kühle verströmten. In San Bernardino sagte Margo, sie müsse sich wirklich unbedingt das Haar waschen lassen, und wenn es das Letzte sei, das sie in diesem Leben tun werde. Sie hatten noch immer fünfundzwanzig Dollar, die Agnes vom Haushaltsgeld in Miami gespart und bisher geheim gehalten hatte. Bevor Agnes und Margo zu einem Schönheitssalon gingen, gaben sie Tony ein paar Dollar, damit er den Wagen waschen lassen konnte. Abends aßen sie in einem Restaurant eine warme Mahlzeit für einen halben Dollar, und danach gingen sie ins Kino. Sie übernachteten in einer schönen, geräumigen Hütte auf dem Campingplatz an der Straße nach Pasadena, den die Frau im Schönheitssalon ihnen empfohlen hatte, und brachen am nächsten Morgen früh auf, noch bevor sich der feuchte weiße Nebel aufgelöst hatte.

Die Straße war gut und führte kilometerlang zwischen Orangenhainen hindurch. Als sie Pasadena erreichten, war die Sonne aufgegangen, und Margo und Agnes erklärten, dies sei der schönste Ort, den sie je gesehen hätten. Immer wenn sie an einem besonders schönen Anwesen vorbeifuhren, deutete Tony darauf und sagte, dort würden sie wohnen, wenn er sich erst ein bisschen orientiert habe.

Sie sahen Wegweiser nach Hollywood, fuhren aber irgendwie durch den Ort, ohne ihn zu bemerken, und hielten vor einem kleinen Maklerbüro. Die möblierten Bungalows, die der Mann ihnen anbot, waren zu teuer, und außerdem wollte er eine Monatsmiete im Voraus haben. Sie landeten schließlich in einer staubigen Bungalowsiedlung am Rand von Venice, deren Besitzer offenbar von dem Buick und dem aufgeschnallten Überseekoffer beeindruckt war und nur eine Wochenmiete verlangte. Margo fand das Haus schrecklich, aber Agnes war bester Stimmung und sagte, Venice erinnere sie an alte Zeiten in Holland's Beach. «Das ist es ja gerade», sagte Margo. Tony ging hinein und ließ sich aufs Sofa fallen, und Margo musste die Nachbarn bitten, ihnen beim Hineintragen des Gepäcks und des großen Koffers zu helfen. Dort blieben sie monatelang, viel länger, als Margo später zugeben wollte.

Margo meldete sich als Margo de Garrido bei einer Schauspieleragentur an und bekam wegen ihrer schönen Kleider und der bei Piquot erlernten Art, sie zu tragen, sogleich Angebote als Statistin in Szenen, die in der gehobenen Gesellschaft spielten. Tony saß in der Agentur herum oder ging mit einem breitkrempigen, bei einem Kostümausstatter gekauften Cordobahut, eng geschnittenen Hosen und manchmal sogar Cowboystiefeln und Sporen vor den Toren eines Studios auf und ab, wo gerade die Darsteller für einen spanischen oder lateinamerikanischen Film ausgewählt wurden, aber der eine Typ, den es hier in Hülle und Fülle gab, war der des Latinos. Tony wurde mürrisch, geradezu zickig, und gewöhnte sich an, affektierte junge Männer aufzulesen und mit ihnen in der Stadt herumzufahren, bis Margo ihn zur Rede stellte und sagte, der Wagen sei ihr persönliches Eigentum und er solle sich nicht unterstehen, seine Knaben mit nach Hause zu bringen. Er wurde wütend und stürmte hinaus, aber Agnes, die den Haushalt besorgte und das Geld verwaltete, das Margo heimbrachte, wollte ihm kein Taschengeld geben, solange er sich nicht entschuldigte. Tony blieb zwei Tage fort und kehrte reumütig und hungrig zurück.

Von da an musste er die alte Chauffeursuniform tragen, wenn er Margo zum Studio fuhr. Sie wusste, dass er dann, sobald er sie abgesetzt hatte, nach Hause fahren würde, um sich umzuziehen, und dann konnte Agnes den Wagenschlüssel an sich nehmen. Wenn Margo dann nach einem langen Arbeitstag heimkam, stellte sie fest, dass er den ganzen Tag herumgelungert, auf der Gitarre *Oh man weiß, dass es nicht mehr regnen wird* geklimpert, in allen Betten gelegen und überall Zigarettenasche verstreut hatte. Er sagte, Margo habe seine Karriere zerstört. Am meisten verhasst war ihr seine Art zu gähnen.

Sie lebten drei Jahre am Stadtrand von L. A. und zogen von einem Bungalow zum anderen. Margo wurde ziemlich regelmäßig als Statistin beschäftigt, erregte aber nie die Aufmerksamkeit eines Regisseurs. Sie schaffte es, ein bisschen Geld beiseitezulegen; es reichte gerade für die Darlehenszinsen, war aber nie genug, um ihren Schmuck bei der Bank in Miami auszulösen. Eines Sonntags fuhren sie am Nachmittag nach Altadena und hielten auf dem Rückweg bei einer Werkstatt, um einen Reifen flicken zu lassen. Vor der Werkstatt standen ein paar Gebrauchtwagen zum Verkauf. Um sich die Wartezeit zu vertreiben, schlenderte Margo hin und sah sie sich an. «Sie möchten nicht zufällig einen Rolls-Royce kaufen, Lady?», sagte der Mechaniker, als er den Wagenheber unter dem Buick hervorzog. Margo stieg in die große schwarze Limousine mit dem roten Wappen auf den Türen und probierte die Sitze aus. Sie waren auf jeden Fall sehr bequem. Sie beugte sich hinaus und rief: «Was soll er denn kosten?»

«Tausend Dollar – das ist praktisch geschenkt.»

«Sagen wir die Hälfte, und wir sind im Geschäft.»

Agnes war aus dem Buick gestiegen und kam hinzu. «Margo, bist du verrückt geworden?»

«Vielleicht», sagte Margo und fragte, wie viel sie ihr für den Buick geben würden. Der Mechaniker rief seinen Boss, einen jungen Mann mit Krötengesicht und Monogramm auf dem Seidenhemd. Margo und er feilschten eine gute Stunde lang. Tony machte eine Probefahrt und sagte, der Wagen laufe traumhaft. Er war ganz aufgeregt bei der Vorstellung, einen Rolls fahren zu dürfen, auch wenn es ein alter war. Schließlich akzeptierte der Mann den Buick und fünfhundert Dollar in wöchentlichen Zehn-Dollar-Raten. Sie setzten einen Vertrag auf, wobei Margo Richter Cassidy und Tad Whittlesea als Referenzen angab, montierten die Nummernschilder und fuhren nach Santa Monica, wo sie zu jener Zeit wohnten. Als sie in Beverly Hills in den Santa Monica Boulevard abbogen, sagte Margo wie nebenbei: «Sag mal, Tony, ist dieses Wappen mit dem gepanzerten Arm und dem Schwert nicht ganz ähnlich wie das der Grafen de Garrido?»

«Die Leute hier sind in diesen Dingen so dumm, dass sie den Unterschied kaum merken würden», sagte Tony.

«Dann lassen wir es dran», sagte Margo.

«Ja», sagte Tony, «es sieht gut aus.»

Die anderen staunten nicht schlecht, als Tony sie am nächsten Morgen in seiner schmucken grauen Uniform zum Studio fuhr, doch Margo verzog keine Miene. «Das ist bloß unsere alte Familienkutsche», sagte sie, als eine der Statistinnen sie fragte. «Sie war verpfändet.»

«Und das da ist Ihre Mutter?», fragte die andere und zeigte auf Agnes, die in ihrem besten schwarzen Kleid und mit erhobener Nase im Fond des davongleitenden riesigen Wagens saß.

«Aber nein», sagte Margo kühl. «Das ist meine Gesellschafterin.»

Viele Männer bemühten sich um Margo, aber es waren meist Statisten, Kameramänner, Requisiteure oder Kulissenarbeiter, und weder Margo noch Agnes fanden es sinnvoll, sich mit ihnen abzugeben. Nach all den Freunden und Verehrern in Miami, nach all den Geschäften, die sie dort abgeschlossen hatte, war es für Margo ein einsames Leben. An den meisten Abenden spielten Agnes und sie Zank-Patience oder Bridge zu dritt, sofern Tony da und nicht zu schlecht gelaunt war. Manchmal gingen sie ins Kino oder, wenn es warm genug war, an den Strand. Sie fuhren auf dem abendlich belebten Hollywood Boulevard zu Grauman's Chinese Theater, wenn es dort eine Filmpremiere gab. Der Rolls sah elegant aus, und Margo besaß noch ein Abendkleid, das nicht ganz aus der Mode war, und so dachten alle, sie seien Filmstars.

An einem staubigen Samstagnachmittag mitten im Winter war Margo besonders niedergeschlagen, denn die Mode hatte sich geändert, und sie konnte ihre alten Kleider nicht mehr tragen, hatte aber kein Geld für neue. Sie sprang von ihrem Stuhl auf, wischte die Karten vom Tisch und rief, sie brauche ein bisschen Ablenkung, sonst werde sie noch verrückt. Agnes schlug vor, nach Palm Springs zu fahren und sich das neue Hotel anzusehen. Wenn es nicht zu teuer sei, könnten sie dort zu Abend essen und danach in einer einfachen Touristenunterkunft am Saltonsee übernachten. Dann würden sie vielleicht auch endlich mal die Kälte des Los-Angeles-Nebels aus den Knochen kriegen.

In Palm Springs fand Agnes, dass alles viel zu teuer aussah, und wollte gleich weiterfahren, aber Margo war sofort in ihrem Element. Tony trug seine Uniform und musste im Wagen warten. Als Margo ihm sagte, er solle sich an einem Imbissstand etwas zu essen besorgen, machte er ein so finsteres Gesicht, dass sie dachte, er würde gleich platzen, doch weil der Portier in der Nähe war, wagte er keine Widerworte.

Sie gingen zur Damentoilette und frischten ihr Make-up auf, und dann schlenderten sie unter den großen Dattelpalmen umher und ließen den Blick über das übrige Publikum schweifen in der Hoffnung, vielleicht irgendwelche Filmschauspieler zu erkennen.

Plötzlich hörte Margo eine vertraute Stimme. Ein dunkelhaariger junger Mann mit schmalem Gesicht und einem weißen Sergeanzug, der sich gerade mit einem dicken, glatzköpfigen, wichtig wirkenden Juden unterhielt, starrte sie an. Er verließ seinen Gesprächspartner und kam auf sie zu, steifbeinig wie ein Offizier, der seine Kompanie inspiziert. «Miss Dowling», sagte er, «was für ein glücklicher Zufall für uns beide!»

Margo sah lächelnd in das bleiche Gesicht mit den schweren Tränensäcken. «Sie sind der Fotograf», sagte sie.

Er starrte sie an. «Sam Margolies», sagte er. «Ich habe ganz Amerika und Europa nach Ihnen abgesucht. Bitte kommen Sie morgen Vormittag um zehn zu Probeaufnahmen in mein Büro. Irwin wird Ihnen die Einzelheiten erklären.» Er wies nonchalant auf den dicken Mann. «Das ist Mr. Harris ... Miss Dowling ... Verzeihen Sie – ich nehme es nur selten auf mich, Menschen miteinander bekannt zu machen, aber ich möchte, dass Irwin Sie kennenlernt. Dies ist eine der schönsten Frauen von ganz Amerika, Irwin.» Er strich mit der Hand dicht vor Margos Gesicht hinab, als formte er sie aus Lehm. «Normalerweise wäre es unmöglich, ihre Schönheit festzuhalten. Nur ich kann dieses Gesicht auf die Leinwand bringen.»

Margo überlief ein Schauer. Sie hörte Agnes nach Luft schnappen und verzog die Mundwinkel zu einem feinen spöttischen Lächeln.

«Siehst du, Irwin?», rief Margolies und packte den anderen an den Schultern. «Sie ist der Geist der Komödie. Aber warum in aller Welt sind Sie nicht zu mir gekommen?» Er sprach wieder mit jenem seltsamen ausländischen Akzent. «Was habe ich Ihnen getan, dass Sie mich so missachten?»

Margo gab sich gelangweilt. «Das ist Mrs. Mandeville, meine ... Gesellschafterin. Wir sehen uns gerade ein wenig in Kalifornien um.»

«Was gibt es denn da zu sehen außer den Filmstudios?»

«Vielleicht könnten Sie Mrs. Mandeville mal eins von diesen

Studios zeigen. Sie würde zu gern mal einen Eindruck davon bekommen, und ich kenne in diesem Teil der Welt wirklich niemanden ... keine Menschenseele.»

«Selbstverständlich. Ich werde morgen jemanden anweisen, Ihnen zu zeigen, was immer Sie sehen wollen – es ist ja doch alles nur langweilig und vulgär ... Irwin, das ist das Gesicht, das ich für die Rolle der jungen Blondine gesucht habe, du weißt schon. Und du kommst mir mit Agenturen und Statistinnen, aber das ist alles Unsinn – ich will keine Schauspielerinnen ... Aber Miss Dowling, wo haben Sie nur gesteckt? Im letzten Sommer hatte ich halb damit gerechnet, Sie in Baden-Baden zu treffen. Sie sind der Typ für Baden-Baden. Ein lächerlicher Ort natürlich, aber irgendwohin muss man ja fahren. Wo waren Sie?»

«Florida ... Havanna ... Sie wissen schon.» Margo fiel auf, dass er bei ihrer letzten Begegnung das A noch nicht so breit ausgesprochen hatte.

«Und haben Sie das Schauspielen aufgegeben?»

Margo zuckte die Schultern. «Die Familie hat sich furchtbar angestellt.»

«Ich fand es immer schrecklich, sie auf der Bühne zu sehen», warf Agnes ein, die auf eine Gelegenheit gewartet hatte, auch etwas zu sagen.

«Beim Film wird es Ihnen gefallen», sagte der dicke Mann beruhigend.

«Liebe Margo», sagte Margolies, «es ist zwar keine sehr große Rolle, aber Sie sind perfekt dafür, einfach perfekt. Ich kann das latente Mysterium in Ihnen herausbringen ... Hab ich's dir nicht gesagt, Irwin: Wir müssen raus aus dem Studio, hinaus in die Welt, das Buch des Lebens aufschlagen! Ausgerechnet in dieser lächerlichen Karawanserei finden wir *das Gesicht*, den Geist der Komödie, das Lächeln der Mona Lisa. Das ist ein berühmtes Bild, das in Paris hängt und angeblich fünf Millionen Dollar wert ist. Frag mich nicht, woher ich wusste, dass sie heute hier sein würde – ich wusste es eben. Natürlich können wir erst nach den Probeaufnahmen ganz sicher sein – vorher lege ich mich nie fest.»

«Aber Mr. Margolies, ich weiß nicht, ob ich das kann», wandte Margo ein. Ihr Herz klopfte. «Und wir werden nicht lange hier bleiben. Ich habe dringende Termine in Miami. Familienangelegenheiten, Sie verstehen.»

«Das spielt gar keine Rolle. Ich werde Ihnen einen Agenten besorgen, wir werden jemanden hinschicken. Details kümmern mich nicht. Grundstücksgeschäfte, nehme ich an?»

Margo nickte unbestimmt.

«Vor ein paar Jahren wurde das Haus, das wunderschöne Haus, in dem wir wohnten, ins Meer gespült», sagte Agnes atemlos.

«Sie werden ein besseres bekommen, in Malibu Beach oder Beverly Hills ... Mir sind Häuser zuwider ... Aber ich bin unhöflich, ich habe Sie aufgehalten ... Vergessen Sie Miami. Hier gibt es alles ... Sie erinnern sich, Margo: Ich habe Ihnen damals gesagt, dass die Zukunft dem Film gehört ... Ihnen und ... Sie wissen schon, diesem großen Automobilmagnaten, ich habe seinen Namen vergessen ... Ich habe Ihnen gesagt, dass Sie von mir hören würden. Ich mache selten Voraussagen, aber ich irre mich nie. Ich glaube nämlich an meinen sechsten Sinn.»

«Oh ja», rief Agnes, «da haben Sie ja so recht: Wenn man fest daran glaubt, dass man es schafft, kann man gar nicht scheitern, das sage ich Margo auch immer.»

«Sehr schön formuliert ... Dann also morgen früh um zehn bei Continental Attractions, Miss Dowling. Ich werde jemanden zum Tor schicken, damit die Bescheid wissen und Ihr Chauffeur Sie bis zu meinem Büro fahren kann. Telefonisch bin ich praktisch nie zu erreichen. Nicht mal Irwin schafft das, wenn ich an einem Film arbeite. Es wird eine Erfahrung für Sie sein, mich bei der Arbeit zu sehen.»

«Tja, wenn ich Zeit habe und mein Chauffeur das Studio findet ...»

«Sie werden es einrichten können», sagte Margolies und zog

Irwin Harris am Ärmel seines weißen Flanellanzugs zum Speisesaal. Gutgekleidete Leute sahen ihnen nach. Dann starrten sie Margo und Agnes an.

«Komm, wir gehen zum Imbissstand und erzählen es Tony», flüsterte Margo. «Die werden denken, wir sind ein bisschen exzentrisch. Herrgott, ich hätte nie gedacht, dass er *der* Margolies ist.»

«Ist das nicht wunderbar?», sagte Agnes.

Sie waren so aufgeregt, dass sie keinen Bissen hinunterbrachten, und fuhren noch am selben Abend nach Santa Monica zurück. Margo ging sogleich zu Bett, um am nächsten Morgen ausgeruht zu sein.

Als sie um Viertel vor zehn am Tor des Studiogeländes eintrafen, lag dort keine Anweisung von Mr. Margolies vor. Niemand wusste etwas von Probeaufnahmen. Sie warteten eine halbe Stunde. Agnes war den Tränen nahe, Margo dagegen lachte. «Ich wette, der Typ hatte irgendwas genommen, und jetzt hat er alles vergessen.» Innerlich aber war ihr zum Heulen zumute. Tony hatte gerade den Motor angelassen und war im Begriff wegzufahren, denn Margo wollte nicht wartend vor den Toren des Studios gesehen werden, als sich eine weiße Pierce-Arrow-Limousine an ihnen vorbeischob. Auf dem Rücksitz saß ganz allein Margolies im weißen Flanellanzug und mit einer weißen Baskenmütze. Er spähte in den Rolls-Royce, und Margo sah ihn überrascht zusammenzucken, als er sie erkannte. Er klopfte mit dem Porzellangriff seines Stocks gegen die Trennscheibe. Der Wagen hielt an, Margolies stieg aus, beugte sich zum offenen Seitenfenster des Rolls-Royce und nahm Margos Hand. «Ich bitte nie um Entschuldigung. Ich muss oft Menschen warten lassen. Sie kommen jetzt mit mir. Ihre Freundin wird Sie um fünf Uhr abholen. Ich habe Ihnen viel zu sagen und zu zeigen.»

In einem langen, kastenförmigen Gebäude fuhren sie mit dem Aufzug hinauf. Margolies führte sie durch mehrere Büros, wo junge Männer in Hemdsärmeln an Zeichenbrettern arbeiteten,

Stenotypistinnen tippten und Schauspieler auf Bänken saßen. «Frieda, ich brauche sofort Probeaufnahmen von Miss Dowling», sagte er zu der Sekretärin, die im letzten Raum an einem großen Schreibtisch saß, und führte Margo in sein Büro, an dessen Wänden chinesische Bilder hingen. Ein wuchtiger, reich geschnitzter Stuhl stand, angestrahlt von einem kleinen Scheinwerfer, vor einem wuchtigen, reich geschnitzten Schreibtisch.

«Bitte nehmen Sie dort Platz. Ach, Margo, meine Liebe, wie soll ich Ihnen die Begeisterung erklären, die mich überkommt, wenn mir ein Gesicht begegnet, das von keiner Kamera beschmutzt ist? Ich sehe keine Anstrengung – Sie sind vollkommen unbekümmert. Keltische Frische, gepaart mit der Grandezza einer edlen Spanierin. Ich sehe, dass Sie noch nie vor einer Kamera gestanden haben ... Entschuldigen Sie mich.»

Er ließ sich in den tiefen Sessel hinter dem Schreibtisch sinken und begann zu telefonieren. Hin und wieder kam eine Stenographin und notierte, was er ihr mit leiser Stimme diktierte. Margo saß da. Es schien, als hätte Margolies sie vergessen. Es war warm und stickig, und sie wurde müde. Sie kämpfte gegen den Schlaf an, als Margolies unvermittelt aufsprang und sagte: «Kommen Sie, meine Liebe, gehen wir hinunter.»

In einem nach Gips riechenden Raum im Untergeschoss stand Margo eine Weile vor ein paar Kameras herum. Danach lud Margolies sie zum Mittagessen im belebten Restaurant auf dem Studiogelände ein. Sie spürte, dass alle Blicke sich auf sie richteten: die Neue, die Margolies zum Mittagessen ausführte. Beim Essen fragte er sie nach ihrem Leben auf der großen Zuckerrohrplantage in Kuba und als Debütantin in New York, und dann erzählte er von Karlsbad und Baden-Baden und Marienbad und sagte, Südkalifornien sei dabei, seine anfängliche lachhafte Vulgarität hinter sich zu lassen. «Wir haben hier alles, was es irgendwo anders gibt.»

Nach dem Mittagessen sahen sie sich im Vorführraum die Rohabzüge an. Auch Mr. Harris war dabei und rauchte eine Zigarre.

Niemand sagte etwas, als Margos großes schwarz-weißes Gesicht erschien und sie lächelte, sich umwandte, das Gesicht verzog, den Mund öffnete und schloss, den Kopf in den Nacken warf, die Augen verdrehte. Obwohl Margo sich gern auf Fotos betrachtete, wurde ihr von diesem Anblick ganz schwindlig. Sie konnte sich nicht daran gewöhnen, dass alles so groß war. Hin und wieder grunzte Mr. Harris, und dann glühte das Ende seiner Zigarre rot auf. Margo war erleichtert, als der Film zu Ende war und sie im Dunkeln saßen. Das Licht ging an, und sie verließen den Vorführraum, vorbei an dem hemdsärmeligen Vorführer, der die Tür zu dem kleinen schwarzen Verschlag, in dem der Projektor stand, aufgerissen hatte und Margo musterte. Sie konnte nicht erkennen, ob er sie gut oder schlecht fand.

Auf dem Absatz der Außentreppe blieb Margolies stehen, streckte kühl die Hand aus und sagte: «Auf Wiedersehen, liebe Margo. Hundert Leute warten auf mich.» Margo dachte, das sei wohl alles gewesen, doch er fuhr fort: «Das Geschäftliche besprechen Sie mit Irwin – ich habe für so was keinen Sinn. Ich bin sicher, Sie werden einen sehr angenehmen Nachmittag verbringen.»

Er ging zurück in den Vorführraum und schwang dabei seinen Stock. Mr. Harris erklärte, Mr. Margolies werde es sie wissenlassen, wenn er sie brauche – bis dahin würden sie den Vertrag ausarbeiten. Ob sie einen Agenten habe? Falls nicht, schlage er vor, zur Wahrung ihrer Interessen seinen Freund Mr. Hardbein hinzuzuziehen.

Im Büro setzte sich Mr. Harris hinter den Schreibtisch, und Mr. Hardbein, ein spöttischer, abgebrüht wirkender Mann mit hagerem Gesicht, setzte sich neben sie, und mit einem Mal lag vor ihr ein Dreijahresvertrag über dreihundert Dollar pro Woche. «Ach herrje», sagte sie, «das ist eine lange Zeit – bis dahin werde ich es sicher gründlich satthaben. Hätten Sie etwas dagegen, wenn ich meine Gesellschafterin Mrs. Mandeville kommen lasse? Ich kenne mich mit solchen Dingen gar nicht aus.» Dann rief sie

Agnes an. Bis sie eintraf, unterhielt Margo sich mit den beiden Herren über das Wetter.

Agnes war wunderbar. Sie sprach von Verpflichtungen, von wichtigen geschäftlichen Entscheidungen, die zu treffen seien, und dem Vermögen, das verwaltet werden müsse, und sagte, dieser Betrag rechtfertige wohl kaum, dass Miss Dowling ihre Weltreise unterbreche, nicht wahr, meine Liebe, und wenn sie überhaupt in einem Film mitwirken werde, dann nur, um ihrem alten Freund Mr. Margolies einen Gefallen zu tun, und selbstverständlich habe Miss Dowling ihrem Beruf stets Opfer gebracht, wie sie selbst übrigens auch, und sie, Agnes, sei bereit, sich die Hände wund zu arbeiten, um Margo eine Chance auf den Erfolg zu geben, an den sie glaube und den sie ganz bestimmt haben werde, denn wenn man mit reinem Herzen an etwas glaube, werde Gott alles so einrichten, wie es sein solle. Dann sagte sie, wie furchtbar es sei, wenn ein Mensch an nichts glaube, und als das Büro um fünf geschlossen wurde und sie zum Wagen gingen, war in Agnes' Handtasche ein Dreimonatsvertrag über fünfhundert Dollar pro Woche. «Ich hoffe, die Geschäfte haben noch geöffnet», sagte Margo. «Ich brauche dringend was Neues zum Anziehen.»

Auf dem Beifahrersitz saß ein Mann mit hartem, fahlem Gesicht und hellblondem Haar. Er trug Reitkleidung. Margo und Agnes stiegen ein und musterten finster seinen flachen Hinterkopf. «Fahr uns zu Tasker & Harding am Hollywood Boulevard – du weißt schon, das Pariser Modeatelier», sagte Agnes. «Ach, wie schön, dass du endlich ein paar neue Kleider kriegst», flüsterte sie Margo ins Ohr.

Als Tony den Fremden an der Ecke Hollywood und Sunset Boulevard absetzte, verbeugte dieser sich steif und knapp und ging davon. «Ich weiß nicht, wie oft ich dir schon gesagt habe, dass du deine Freunde nicht mit meinem Wagen herumfahren sollst, Tony», sagte Margo. Sie und Agnes setzten ihm so zu, dass er, als sie zu Hause ankamen, sehr wütend war und sagte, er werde morgen ausziehen.

«Ihr habt mich immer nur ausgebeutet und mir Steine in den Weg gelegt. Das war Max Hirsch. Er ist ein österreichischer Graf und berühmter Polospieler.» Am nächsten Tag packte er tatsächlich seine Sachen und verschwand.

Fünfhundert Dollar pro Woche waren nicht so üppig, wie Margo und Agnes gedacht hatten. Zunächst einmal kassierte Mr. Hardbein als Agent zehn Prozent, und Agnes bestand darauf, weitere fünfzig Dollar für die Tilgung des Darlehens in Miami auf die Seite zu legen, damit Margo ihren Schmuck zurückbekam. Auch der Umzug in das neue Haus im besseren Teil von Santa Monica kostete eine Menge. Sie mussten eine Köchin und ein Hausmädchen bezahlen, und da Tony fort war, brauchten sie auch einen Chauffeur. Und dann die Kleider und der Pressemann und die vielen Wohltätigkeitsveranstaltungen, auf denen das Studio bestand. Agnes war wunderbar. Sie kümmerte sich um alles. Wenn man mit ihr über Geld sprechen wollte, legte Margo die Finger an die Schläfen, schloss die Augen und stöhnte: «Es ist schrecklich, aber ich habe einfach keinen Kopf für Geschäfte.»

Es war Agnes, die das neue Haus aussuchte, eine Villa im puerto-ricanischen Stil mit entzückenden Balkonen und vollständig mit antiken spanischen Möbeln ausgestattet. Abends saß Margo im großen Wohnzimmer in einem Sessel vor dem Kamin und spielte mit Agnes Zank-Patiencen. Sie bekamen einige Einladungen von Schauspielern und Leuten, die Margo im Studio kennenlernte, doch sie hatte nicht vor, auszugehen, bevor sie wusste, wer zu den tonangebenden Kreisen in dieser Stadt gehörte. «Sonst lassen wir uns noch mit ein paar Versagern ein, die uns mehr schaden als nützen.»

«Nur zu wahr», seufzte Agnes. «Denk nur an diese grässlichen Zwillinge in Miami.»

Erst eines Sonntagabends, als Sam Margolies ihnen seinen ersten Besuch abstatten wollte, tauchte Tony wieder auf. Er stand um sechs Uhr betrunken vor der Tür und sagte, er und Max Hirsch wollten eine Poloschule eröffnen und daher brauche er sofort tausend Dollar. «Aber Tony», sagte Agnes, «woher soll Margie denn so viel Geld nehmen? Du weißt doch, wie hoch unsere Ausgaben sind.» Tony machte eine große Szene, er weinte und wütete und rief, Agnes und Margo hätten seine Bühnenkarriere ruiniert und jetzt seien sie dabei, seine Filmkarriere zu ruinieren. «Ich war zu duldsam», schrie er und schlug sich an die Brust. «Ich habe mich von Frauen ruinieren lassen.»

Margo sah immer wieder auf die Kaminuhr. Es war beinahe sieben. Schließlich gab sie ihm fünfundzwanzig Dollar und sagte, er solle in ein paar Tagen wiederkommen. «Er kokst wieder», seufzte sie, als er fort war. «Eines Tages dreht er noch durch.»

«Armer Junge», sagte Agnes bekümmert. «Er ist kein schlechter Kerl, nur schwach.»

«Ich fürchte nur, dass dieser Krautfresser ihn in die Klauen bekommt und uns einen Haufen Ärger macht. Der Typ hat ein Gesicht wie ein Staatsgefängnis. Das Beste wird sein, ich nehme mir einen Anwalt und lasse mich scheiden.»

«Aber denk doch an die Presse», warnte Agnes.

«Egal», sagte Margo. «Tony muss aus dem Bild verschwinden. Ich hab ein für alle Mal genug von diesem kubanischen Hampelmann.»

Sam Margolies kam eine Stunde zu spät. «Wie friedlich es hier ist», sagte er. «Wie schaffen Sie das nur in diesem hektischen Hollywood?»

«Ach, Margo ist im Grunde ein stiller, arbeitsamer Mensch», sagte Agnes, nahm ihren Nähkorb und ließ die beiden allein.

Er setzte sich in den Sessel, ohne die Baskenmütze abzunehmen, und streckte die krummen Beine zum Feuer. «Ich hasse die Künstlichkeit dieser Stadt», sagte er.

«Ach, tatsächlich?», fragte Agnes von der Tür.

Margo bot ihm einen Cocktail an, doch er sagte, er trinke keinen Alkohol. Als das Hausmädchen das Essen servierte, mit dessen Zubereitung Agnes den ganzen Tag verbracht hatte, aß er nur ein Stück Toast und etwas Salat. «Ich esse und trinke nie zu den

Mahlzeiten – ich komme nur, um zuzusehen und mich zu unterhalten.»

«Darum sind Sie wohl auch so dünn geworden?», scherzte Margo.

«Erinnern Sie sich, wie ich damals ausgesehen habe? Meine New Yorker Zeit. Sprechen wir lieber nicht darüber. Ich habe keine Erinnerung. Ich lebe ausschließlich in der Gegenwart. Im Augenblick denke ich an den Film, in dem Sie die Hauptrolle spielen werden. Ich gehe nie auf Partys, aber heute Abend müssen Sie mich zu Irwin Harris begleiten. Es werden ein paar Leute da sein, die Sie kennenlernen müssen. Zeigen Sie mir Ihre Kleider. Ich werde eins aussuchen. Von jetzt an müssen Sie mich mitnehmen, wenn Sie sich ein Kleid kaufen.» Er folgte ihr die knarzende Treppe hinauf in ihr Schlafzimmer. «Wir brauchen eine andere Umgebung für Sie. Das hier geht nicht. Viel zu bieder.»

Es war ein eigenartiges Gefühl, mit Sam Margolies auf den palmengesäumten Straßen von Beverly Hills zu fahren. Er hatte sie das alte gelbe Abendkleid von Piquot anziehen lassen, das Agnes erst kürzlich von einer französischen Schneiderin in Los Angeles hatte umarbeiten und verlängern lassen. Ihre Hände waren kalt, und sie fürchtete, Margolies könnte ihr Herz an die Rippen hämmern hören. Sie wollte etwas Witziges sagen, aber ihr fiel nichts ein, und wozu auch? Margolies lachte ohnehin nie. Sie fragte sich, was er wohl dachte. Vor der Straßenbeleuchtung im Hintergrund sah sie die Silhouette seines Gesichts, die schmale Stirn unter dem schwarzen Haarschopf, die fleischigen Lippen, die Adlernase. Er saß steif da, die Hände im Schoß, und trug noch immer den weißen Flanellanzug und ein weißes Halstuch mit einer Diamantnadel in Form eines Golfschlägers. Als der Wagen in ein Grundstück einbog und auf eine Reihe hell erleuchteter hoher Fenster zu fuhr, wandte er sich zu ihr und sagte: «Sie befürchten sicher, dass Sie sich langweilen werden, aber Sie werden überrascht sein. Sie werden feststellen, dass wir hier etwas haben, das dem gesellschaftlichen Leben in Europa oder New York, das

Sie gewohnt sind, ganz ebenbürtig ist.» Als er ihr das Gesicht zuwandte, fiel das Licht auf das Weiß seiner Augen, die schweren Tränensäcke und die dicken feuchten Lippen. Er drückte ihr die Hand, als er ihr aus dem Wagen half, und flüsterte: «Sie werden hier die eleganteste Frau sein, wenn auch nur insofern, als Ihr Stern eben heller strahlt als andere.»

Der Butler öffnete die Tür, und Margo musste ein Kichern unterdrücken. «Wie Sie reden», sagte Margo. «Als wären Sie ein ... ein Genie.»

«Ja, so nennt man mich», sagte Margolies mit lauter Stimme, straffte die Schultern und nahm Haltung an, während sie durch die große Glastür in die Halle trat.

Am schlimmsten war es in der Garderobe. Die Frauen, die ihr Make-up auffrischten oder die Frisur zurechtrückten, drehten sich allesamt zu ihr um und musterten sie mit einem Blick, der bei den Schuhen begann, über ihre Strümpfe nach oben wanderte, keinen Haken, keine Öse ihres Kleids ausließ, am Hals nach Falten und im Haar nach einem unechten Schimmer suchte. Sogleich wusste sie, dass sie ein Hermelincape hätte tragen sollen. Eine alte Dame in einem Kleid aus zerstoßenem Eis stand rauchend neben der Toilettentür und hatte Röntgenaugen; Margo hatte das Gefühl, dass sie das Preisschild an ihrem Schuh lesen konnte. Sie übergab dem farbigen Dienstmädchen ihren Mantel, bekam ein sehr freundliches Lächeln und fühlte sich gleich besser. Als sie hinausging, spürte sie die Blicke, die an ihrem Rücken hingen wie eine Konservendose am Schwanz eines Hundes. Reiß dich zusammen, die werden dich nicht fressen, sagte sie sich, als sie hinausging. Sie wünschte, Agnes wäre da, um ihr zu sagen, wie reizend alle waren.

Margolies erwartete sie in der von funkelnden Kronleuchtern erhellten Eingangshalle. Ein Orchester spielte, und in einem Saal wurde getanzt. Margolies führte Margo zu einem offenen Kamin am anderen Ende. Irwin Harris und Mr. Hardbein, die sich in ihren engen Abendanzügen zum Verwechseln ähnelten, traten zu ihnen und begrüßten sie. Margolies schüttelte ihnen die Hand, ohne sie auch nur anzusehen, und setzte sich dann in einen großen, geschnitzten Lehnstuhl, der ganz wie der in seinem Büro aussah, mit dem Rücken zur Gesellschaft an den Kamin. Mr. Harris forderte Margo zum Tanz auf. Von da an war es nicht anders als jede beliebige Abendgesellschaft mit gutgekleideten Gästen. Jedenfalls bis sie mit Rodney Cathcart tanzte.

Sie erkannte ihn sofort, doch es war verblüffend, dass sein Gesicht Farbe hatte und dass unter dem verwegen geschnittenen Abendanzug warmes Blut und Muskeln waren. Er war ein hochgewachsener, sonnengebräunter junger Mann mit goldfischblondem Haar und einer englischen Art zu nuscheln. Ihr war kühl, sie fröstelte, doch damit war es vorbei, als sie mit ihm tanzte. Nach dem ersten Tanz bat er sie um noch einen. Zwischen den Tänzen führte er sie zum Buffet am Ende des Raums und versuchte sie zum Trinken zu bewegen. Sie ließ sich einen Scotch mit Soda in einem großen blauen Glas geben, nippte aber nur daran, während er mehrere Scotchs hinunterkippte und eine große Portion Geflügelsalat aß. Er war anscheinend ein bisschen betrunken, schien aber nicht betrunkener zu werden. Da er nichts sagte, sagte sie auch nichts. Sie fand es herrlich, mit ihm zu tanzen.

Während sie tanzten, konnte sie hin und wieder in dem riesigen Spiegel über dem Kamin den ganzen Raum überblicken. Einmal, als sie den richtigen Winkel erwischte, glaubte sie zu sehen, dass Margolies sie hinter den Schnitzereien des Lehnstuhls am Feuer hervor unverwandt anstarrte. Der Widerschein des Feuers verlieh seinem Gesicht etwas Warmes, Lebendiges, das sie zuvor nicht bemerkt hatte. Doch sogleich schoben sich wieder blond gelockte und kahle Köpfe, nackte und bedeckte Schultern in ihr Blickfeld, und sie konnte diesen Teil des Raums nicht mehr sehen.

Gegen Mitternacht stand Margolies neben dem Tisch mit dem Scotch. «Oh, hallo, Sam», sagte Rodney Cathcart, «wie geht's, wie steht's?»

«Wir müssen jetzt aufbrechen, das arme Kind ist ganz müde von all dem Lärm. Du musst Miss Dowling jetzt leider nach Hause gehen lassen, Rodney.»

«Kein Problem», sagte Rodney Cathcart und schenkte sich noch einen Scotch ein.

Als Margo ihren Mantel geholt hatte, erwartete Mr. Hardbein sie in der Eingangshalle. Er drückte ihr die Hand und verbeugte sich. «Miss Dowling, ich muss sagen, Sie haben großen Eindruck gemacht. Alle Damen wollen wissen, womit Sie Ihr Haar färben.» Ein Lachen rumpelte hinter seiner breiten Weste. «Würden Sie mich in meinem Büro aufsuchen? Wir könnten einen Happen essen und dies und das besprechen.»

Margo überlief ein Schauer. «Das ist furchtbar freundlich von Ihnen, Mr. Hardbein, aber ich gehe nie in Büros. Ich habe einfach keinen Kopf für Geschäfte. Aber besuchen Sie uns doch mal.»

Sie trat hinaus in den Portikus und sah, dass Rodney Cathcart neben Margolies in dem langen weißen Wagen saß. Margo grinste und setzte sich so gelassen zu ihnen, als hätte sie geradezu erwartet, Rodney Cathcart hier vorzufinden. Der Wagen setzte sich in Bewegung. Keiner sagte etwas. Sie hatte keine Ahnung, wohin sie fuhren – diese von Palmen und Straßenlaternen gesäumten Avenues sahen alle gleich aus. Sie hielten vor einem großen Restaurant. «Ich dachte, wir nehmen einen kleinen Imbiss. Immerhin haben Sie den ganzen Abend nichts gegessen», sagte Margolies und drückte Margos Hand, als er ihr aus dem Wagen half.

«Genau», rief Rodney Cathcart, der als Erster ausgestiegen war. «Vom Tanzen kriegt man einen Riesenhunger.»

Der Oberkellner verbeugte sich fast bis zum Boden und führte sie durch einen Speisesaal voller Augen zu einem für sie reservierten Tisch am Rand der Tanzfläche. Margolies bestellte Zwieback und Milch, Rodney Cathcart aß ein Steak, und Margo nahm ein paar Bissen von der Hummerpastete.

«Jetzt brauche ich erst mal einen Drink», knurrte Cathcart,

nachdem er die letzte Bratkartoffel gegessen hatte, und schob den Teller von sich.

Margolies hob zwei Finger. «Ist hier verboten. Wie albern wir sind in diesem Land. Wie albern sie sind.» Er sah Margo an. Sie war im Begriff zu blinzeln, beherrschte sich aber im letzten Augenblick, sodass nur das eine Lid etwas zuckte, und schenkte ihm das verhaltene Lächeln, von dem er in Palm Springs so viel Aufhebens gemacht hatte. Er sprang auf und sagte: «Kommen Sie, Margo – ich muss Ihnen etwas zeigen.» Während sie und Rodney Cathcart ihm über den roten Teppich zum Ausgang folgten, spürte sie, dass eine kleine Welle der Erregung durch das Restaurant lief, genau wie damals, wenn sie sich nach Charley Andersons Tod irgendwo in Miami hatte sehen lassen.

Margolies hielt vor einem großen cremefarbenen Apartmenthaus. Sie fuhren im Aufzug nach oben. Er öffnete mit einem Sicherheitsschlüssel eine Tür und führte sie hinein. «Das», sagte er, «ist meine kleine Junggesellenwohnung.»

Es war ein großer, dunkler Raum mit einer Empore am einen Ende, an deren Brüstung bestickte Stoffe hingen. Die Wände waren voller Ölgemälde, und jedes wurde von einem eigenen Lämpchen beleuchtet. Der Boden war mit mehreren Lagen von Orientteppichen bedeckt, und auf den Sofas entlang der Wände lagen Löwen- und Zebrafelle. «Oh, was für eine wunderschöne Wohnung», rief Margo.

Margolies drehte sich lächelnd zu ihr um. «Ein bisschen fürstlich vielleicht, hm? Eher das, was man im Schloss eines kastilischen Granden sieht.»

«Absolut», sagte Margo.

Rodney Cathcart legte sich der Länge nach auf eins der Sofas. «Sag mal, alter Knabe», sagte er, «hast du vielleicht noch was von diesem guten kanadischen Bier? Mit einem Schuss Guinness vielleicht?»

Margolies ging in die Beiküche, die Schwingtür schloss sich hinter ihm. Margo ging umher und betrachtete die bunten Bilder und die Unzahl chinesischer Figürchen in den Vitrinen. Sie fand das alles ein bisschen unheimlich.

«Oh, äh … Margo», sagte Cathcart, «kommen Sie doch mal her. Ich mag Sie. Sie müssen mich Si nennen, das tun alle meine Freunde. Es klingt amerikanischer.»

«Meinetwegen», sagte Margo und schlenderte zum Sofa.

Cathcart streckte die Hand aus. «Schlagen Sie ein», sagte er. Als Margo ihm die Hand gab, packte er zu und wollte sie auf das Sofa ziehen. «Wollen Sie mich nicht küssen, Margo?» Er hatte einen sehr festen Griff. Sie spürte, wie stark er war.

Margolies kehrte mit einem Tablett voller Flaschen und Gläser zurück und stellte es auf ein Ebenholztischchen neben dem Sofa. «Hier arbeite ich», sagte er. «Ohne die richtige Umgebung ist ein Genie hilflos. Setzen Sie sich dorthin.» Er wies auf das Sofa, auf dem Cathcart lag. «Den Löwen habe ich selbst geschossen. Entschuldigen Sie mich einen Moment.» Er ging die Treppe hinauf zur Empore, wo ein Licht aufflammte. Dann wurde eine Tür geschlossen, und das Licht erlosch. Der Raum wurde nur noch von den Lampen über den Bildern beleuchtet. Rodney Cathcart setzte sich auf. «Herrgott, Schwester, trink doch mal was.»

Margo begann zu kichern. «Na gut, Si, dann geben Sie mir einen kleinen Gin», sagte sie und setzte sich neben ihn.

Er sah gut aus. Sie ließ sich von ihm küssen, aber sogleich wanderte seine Hand an ihrem Bein hinauf, und sie musste aufstehen und zur gegenüberliegenden Wand gehen, um sich die Bilder anzusehen. «Ach, komm, sei nicht albern», seufzte er und ließ sich wieder zurücksinken.

Von oben war kein Laut zu hören. Das war Margo etwas unheimlich; sie fragte sich, was Margolies dort tat. Sie ging wieder zum Sofa, um sich Gin nachzuschenken, und Rodney Cathcart sprang unvermittelt auf, schlang von hinten die Arme um sie und biss sie ins Ohr. «Hören Sie auf, sich wie ein Neandertaler zu benehmen», sagte sie und stand stocksteif da. Sie fürchtete um ihr Kleid und wollte sich nicht auf ein Handgemenge mit ihm einlassen. «Aber ich bin ein Neandertaler», flüsterte er ihr ins Ohr. «Und ich finde dich äußerst erregend.»

Margolies stand vor ihnen und hielt einige Papiere in der Hand. Margo wusste nicht, wie lange er da schon gestanden hatte. Cathcart ließ sich auf das Sofa fallen und schloss die Augen.

«Setzen Sie sich, Margo Darling», sagte Margolies mit ruhiger Stimme. «Ich werde Ihnen eine Geschichte erzählen – mal sehen, ob sie in Ihnen eine Saite anschlägt.»

Margo spürte, dass sie errötete. Hinter ihr atmete Rodney Cathcart so tief und ruhig, als wäre er eingeschlafen.

«Sie sind der wirbelnden Hektik der europäischen Hauptstädte überdrüssig», sagte Margolies. «Ihr Vater ist ein alter Armeeoffizier, Ihre Mutter ist tot. Sie gehen viel aus, auf Bälle und zu Abendgesellschaften. Man hält um Ihre Hand an. Ihr Vater ist ein französischer oder vielleicht spanischer General. Das Vaterland ruft ihn. Er wird nach Afrika geschickt, um einen Aufstand der Barbaren niederzuschlagen. Er will Sie in einem Kloster unterbringen, aber Sie sind entschlossen, ihn zu begleiten. Können Sie mir folgen?»

«Oh ja», sagte Margo eifrig, «ich würde als blinder Passagier mitfahren, um in seiner Nähe zu sein.»

«Auf demselben Schiff ist ein junger Amerikaner, der in die Fremdenlegion eingetreten ist, aus Gründen, die wir später erfahren werden. Das ist Ihr Freund Si. Sie begegnen einander und verlieben sich. Dann wird Ihr Vater sehr krank. Inzwischen sind Sie in einem Wüstenfort, das von heulenden, blutdürstigen Wilden belagert wird. Si schleicht sich durch die feindlichen Linien, um das Medikament zu holen, das Ihr Vater braucht. Bei seiner Rückkehr wird er als Deserteur verhaftet. Sie eilen nach Tanger und benachrichtigen den amerikanischen Konsul, damit er interveniert. Das Leben Ihres Vaters wird gerettet. Sie eilen zurück und kommen gerade rechtzeitig, um die standrechtliche Erschießung zu verhindern. Si ist amerikanischer Staatsbürger und wird ausgezeichnet. Der General küsst ihn auf beide Wangen und vertraut seine entzückende Tochter Sis starken Armen an ... Sie dürfen mit niemandem darüber reden. Ergründen Sie es. Es ist natürlich nur eine rohe Skizze. Die Story ist idiotisch, bietet dem Regisseur aber gewisse Möglichkeiten. Ich sehe Sie vor mir: Sie setzen alles, Ihren guten Ruf, ja sogar Ihr Leben aufs Spiel, um den Mann zu retten, den Sie lieben ... Ich werde Sie jetzt nach Hause bringen. Sehen Sie? Si ist eingeschlafen. Er ist bloß ein Tier, eine blonde Bestie.»

Als Margolies ihr den Mantel umlegte, ließ er die Hände für einen Augenblick auf ihren Schultern ruhen. «Noch etwas, das Sie ergründen sollen ... mit Ihrem Herzen – nicht mit Ihrem Kopf, sondern mit Ihrem Herzen. Sagen Sie jetzt nichts. Besprechen Sie es mit Ihrer charmanten Gesellschafterin. In einiger Zeit, wenn wir den Film gedreht haben, will ich, dass Sie meine Frau werden. Ich bin ein freier Mann. Vor Jahren, in einer anderen Welt, hatte ich eine Frau, wie man als Mann eben eine Frau hat, aber wir kamen überein, dass wir uns nicht verstanden, und gingen getrennte Wege. Bis dahin werde ich zu beschäftigt sein. Sie haben keine Vorstellung, wie viel Detailarbeit mit einem Film verbunden ist. Wenn ich einen Film mache, kann ich an nichts anderes denken, aber wenn die schöpferische Arbeit getan ist, in drei Monaten vielleicht, will ich, dass Sie mich heiraten. Sagen Sie jetzt nichts.»

Sie sagte tatsächlich nichts, während sie durch den dichten, feuchtkalten Morgennebel nach Santa Monica fuhren. Als der Wagen vor ihrem Haus hielt, beugte sie sich zu Margolies und strich ihm über die Wange. «Sam», sagte sie, «Sie haben mir einen wunderschönen Abend geschenkt.»

Agnes war ganz aufgeregt, weil Margo so spät heimkam. Sie ging in ihrem Morgenmantel auf und ab und hatte alle Lampen eingeschaltet. «Als du gegangen warst, Margie, hatte ich so ein unbestimmtes dumpfes Gefühl, und darum habe ich Madame Esther angerufen, um sie zu fragen, was sie davon hielt. Sie hatte eine Botschaft für mich von Frank. Du weißt ja, beim letzten Mal hat sie gesagt, dass er versucht, hinderliche Einflüsse aus dem Weg zu räumen.»

«Und wie lautet die Botschaft?»

«‹Der Erfolg ist zum Greifen nah – sei entschieden.› Oh, Margie, du *musst* ihn heiraten. Das ist es, was Frank uns sagen will.»

«Ach Gott», sagte Margo und ließ sich in ihrem Zimmer aufs Bett fallen, «ich bin völlig erledigt. Sei ein Schatz, Agnes, und häng mein Kleid auf.»

Margo war zu aufgeregt, um zu schlafen. Es war zu hell. Wenn sie die Augen schloss, sah sie das Licht als rötlichen Schimmer. Sie musste schlafen. Wenn sie keinen Schlaf bekam, würde sie entsetzlich aussehen. Schließlich bat sie Agnes, ihr ein Aspirin zu bringen.

Agnes stützte ihr mit einer Hand den Rücken und reichte ihr mit der anderen das Glas Wasser, mit dem sie die Tablette hinunterspülen konnte, und Margo fühlte sich genau wie damals, als kleines Mädchen, wenn sie krank gewesen war und Agnes ihr Medizin gegeben hatte. Plötzlich träumte sie, dass sie gerade *Everybody's Doing It* zu Ende brachte und in der rosigen Höhle aus Gesichtern stürmischer Applaus aufbrandete und sie in die Kulissen ging, wo Frank Mandeville in seinem schwarzen Umhang sie erwartete, und sie warf sich ihm in die Arme, und der Umhang schloss sich um sie, sodass sie keine Luft bekam, und dann lag sie auf dem Boden, und er lag auf ihr und zerrte an ihrem Kleid, und hinter ihm sah sie Tony, ganz in Weiß, mit einer weißen Baskenmütze und einem diamantenbesetzten Golfschläger am Halstuch, und er sprang lachend und applaudierend auf und ab. Es waren wohl ihre Schreie gewesen, die Agnes herbeigerufen hatten. Aber nein, Agnes erzählte ihr etwas. Zitternd setzte Margo sich auf.

«Ach, es ist schrecklich.» Agnes war ganz aufgelöst. «Tony ist da und will dich unbedingt sprechen, Margie. Er hat die Zeitungen gelesen, und überall steht, dass du und Rodney Cathcart die Hauptrollen in Mr. Margolies neuem Film spielen werdet. Tony ist ganz außer sich. Er sagt, er ist dein Mann, und es ist seine Sache, deine geschäftlichen Angelegenheiten zu regeln. Er sagt, dazu ist er berechtigt.»

«Diese kleine Ratte», sagte Margo. «Bring ihn rauf. Wie spät ist es überhaupt?» Sie sprang aus dem Bett, ging zum Frisiertisch und richtete ihr Gesicht her. Sie hörte die beiden die Treppe hinaufkommen, zog ihr Bettjäckchen aus rosaroter Spitze an und legte sich wieder hin. Als Tony eintrat, war sie sehr verschlafen. «Tony?», sagte sie. «Was ist denn los?»

«Du verdienst dreitausend die Woche, und ich muss hungern. Gestern hatten Max und ich kein Geld für Essen. Man will uns aus der Wohnung werfen. Nach Recht und Gesetz habe ich Anspruch auf alles Geld, das du verdienst. Ich war zu nachgiebig, ich habe mich betrügen lassen.»

Margo gähnte. «Wir sind nicht in Kuba, mein Lieber.» Sie setzte sich auf. «Hör zu, Tony – lass uns als Freunde auseinandergehen. Der Vertrag ist noch gar nicht unterschrieben, aber wenn es so weit ist, könnten wir dich ein bisschen ausstatten, damit du und dein Freund eine Poloschule in Havanna aufmachen könnt. Dein Problem ist, dass du Heimweh hast.»

«Ach, wäre das nicht wunderbar?», rief Agnes. «Kuba ist für so was genau das Richtige ... all die Touristen und so.»

Tony warf sich in die Brust. «Wir sind Christen, Margo. Wir glauben an etwas. Wir wissen, dass die Kirche die Ehescheidung verbietet. Agnes versteht so was nicht.»

«Ich bin eine viel bessere Christin als du, das weißt du ganz genau», rief Agnes schrill.

«Keine Diskussion über Religion vor dem Frühstück, Agnes», sagte Margo und zog die Beine unter der Bettdecke an. «Agnes und ich glauben, dass Mary Baker Eddy /496/ die Wahrheit gelehrt hat. Setz dich her, Tony. Du wirst zu dick – die Jungs werden dich nicht mehr mögen, wenn du deine knabenhafte Figur verlierst ... Hör zu, Tony, du und ich, wir haben miteinander ziemlich harte Zeiten durchgestanden.» Er setzte sich auf die Bettkante und zündete eine Zigarette an. Sie strich ihm das störrische schwarze Haar aus der Stirn. «Du wirst mir doch nicht dazwischenfunken, wenn ich die größte Chance meines Lebens kriege?»

«Ich war ein Schwein, ich tauge nichts», sagte Tony. «Wie wär's mit tausend im Monat? Das ist bloß ein Drittel von dem, was du verdienst. Du würdest es nur zum Fenster rauswerfen. Frauen brauchen kein Geld.»

«Von Frauen hast du keine Ahnung. Aber du weißt, dass das Geldverdienen in dieser Branche Geld kostet.»

«Na gut, dann eben fünfhundert. Ich verstehe nichts von Zahlen, das weißt du. Du weißt, dass ich eigentlich ein Kind bin.»

«Ich verstehe von Zahlen genauso wenig. Geh mit Agnes hinunter und besprich es mit ihr, während ich bade und mich anziehe. Gleich kommt die Schneiderin, und ich muss mir noch die Haare machen lassen. Ich habe heute Nachmittag ungefähr hundert Termine. Braver Tony.» Sie tätschelte seine Wange. Sanft wie ein Lamm ging er mit Agnes hinaus.

Nachdem Margo gebadet hatte, kam Agnes herauf und sagte tadelnd: «Wir hätten uns schon längst von Tony scheiden lassen sollen, Margie. Dieser Österreicher, der ihn in den Krallen hat, ist ein übler Bursche. Und du weißt ja, was Mr. Hays [497] von Skandalen hält.»

«Ich weiß, dass ich ein verdammter Idiot war.»

«Ich muss Frank fragen. Heute Nachmittag habe ich einen Termin bei Madame Esther. Vielleicht weiß Frank einen verlässlichen Anwalt.»

«Zu Vardaman können wir nicht gehen. Er ist sowohl Mr. Hardbeins als auch Sams Anwalt. Eine Frau muss verrückt sein, irgendwas zu unterschreiben.»

Das Telefon klingelte. Es war Mr. Hardbein, der wegen des Vertrags anrief. Margo schickte Agnes zu ihm. Den ganzen Nachmittag stand sie vor dem hohen Spiegel, während die Schneiderin sich mit Nadeln im Mund an ihrem Kleid zu schaffen machte, und fragte sich, was sie tun sollte. Als Sam gegen fünf kam, um die neuen Kleider zu sehen, steckte ihr Kopf noch unter der Trockenhaube.

«Wie überaus attraktiv Sie mit diesem Ding über dem Kopf aussehen», sagte er. «Und dann dieses Spitzennegligé und das kleine Dreieck aus Brüsseler Spitzen zwischen den Knien ... Das werde ich mir merken. Ich habe ein fotografisches Gedächtnis – ich vergesse nie etwas, das ich gesehen habe. Das ist das Geheimnis der visuellen Phantasie.»

Als Agnes mit dem Rolls kam, um sie abzuholen, hatte Margo ihre liebe Not, Sam Margolies loszuwerden. Er bestand darauf, sie mit seinem eigenen Wagen zu fahren, wohin sie wollten. «Sie dürfen keine Geheimnisse vor mir haben, Margo Darling», sagte er sanft. «Sie werden sehen, dass ich alles, alles verstehe. Ich kenne Sie besser als Sie sich selbst. Darum weiß ich, dass ich Sie führen kann. Ich habe alle Facetten Ihres Gesichts und Ihrer unschuldigen Mädchenseele studiert, die so voller Verlangen ist. Nichts, was Sie tun, kann mich überraschen oder schockieren.»

«Wie schön», sagte Margo.

Verärgert ging er hinaus.

«Aber Margo, du solltest Mr. Margolies nicht so behandeln», jammerte Agnes.

«Er braucht mich mehr als ich ihn», sagte Margo. «Er muss einen neuen Star herausbringen. Man sagt, dass er ohnehin auf dem absteigenden Ast ist.»

«Mr. Hardbein sagt, das liegt nur daran, dass er seinen Pressemann gefeuert hat.»

Es war schon spät, als sie endlich losfuhren. Madame Esthers Haus lag in einem heruntergekommenen Innenstadtviertel von Los Angeles. Sie ließen sich vom Chauffeur zwei Blocks vorher absetzen und gingen durch eine Gasse, die zwischen staubigen Bungalows hindurchführte; sie sahen aus wie der, in dem sie gewohnt hatten, als sie vor Jahren an die Westküste gekommen waren. Margo stieß Agnes an. «Erinnert dich das an was?»

Agnes sah sie an. «Wir dürfen uns nur an die schönen, angenehmen Dinge erinnern, Margie.»

Madame Esthers Haus war ein großes altes Holzhaus mit breiten Veranden und einem Schieferdach. Hinter allen schmutzigen Fenstern waren die Rollos heruntergelassen. Agnes klopfte an eine kleine Tür mit Milchglasfenster an der Rückseite des Hauses. Sogleich öffnete eine dünne, altjüngferliche Frau mit kurzem grauem Haar. «Sie kommen spät», flüsterte sie. «Madame ist sehr ungehalten. Sie mögen es nicht, wenn man sie warten lässt. Es wird schwer sein, die Kette zu durchbrechen.»

«Gibt es neue Nachrichten von Frank?», flüsterte Agnes.

«Er ist sehr wütend. Ich fürchte, er wird nicht mehr antworten. Geben Sie mir Ihre Hand.»

Sie nahm Agnes' Hand, und diese nahm Margos Hand, und dann gingen sie hintereinander durch einen düsteren, nur von einer kleinen roten Glühbirne beleuchteten Flur und traten in einen vollkommen dunklen Raum, der voller Menschen war. Man hörte sie atmen und mit den Füßen scharren.

«Ich dachte, es wäre eine private Séance», flüsterte Margo.

«Pst», zischte Agnes ihr ins Ohr. Als ihre Augen sich an die Dunkelheit gewöhnt hatten, sah Margo Madame Esthers großes, aufgedunsenes Gesicht über einem riesigen runden Tisch schweben, an dem die schemenhaften Gestalten anderer Menschen saßen. Diese machten Margo und Agnes Platz. Margo hielt die feuchte Hand ihres Nachbarn. Vor Madame Esther lagen viele kleine Notizblöcke. Es war ganz still, Margo hörte nur Agnes' heftiges Atmen.

Es schienen Stunden zu vergehen, bis etwas geschah. Dann sah Margo, dass Madame Esthers Augen weit geöffnet waren – doch es war nur das Weiß zu sehen. Aus ihrem Mund kam eine tiefe Baritonstimme und sprach Worte in einer Sprache, die Margo nicht verstand. Jemand in der Runde antwortete in derselben Sprache und stellte offenbar Fragen. «Das ist Sidi Hassan, der Inder», flüsterte Agnes. «Er hat schon ein paar erstklassige Börsentipps gegeben.»

«Ruhe!», schrie Madame Esther so schrill, dass Margo ängstlich zusammenzuckte. «Frank wartet. Nein, er musste woanders hin. Er lässt ausrichten, dass alles gut wird. Er lässt ausrichten, dass er morgen die gewünschten Informationen geben wird und dass sein kleines Mädchen unter keinen Umständen irgendwelche Schritte unternehmen soll, ohne sich vorher mit ihrer lieben Agnes besprochen zu haben.»

Agnes stieß ein hysterisches Schluchzen aus. Jemand tippte Margo auf die Schulter. Dieselbe grauhaarige Frau führte sie zur Hintertür. Sie hielt Agnes ein Riechfläschchen unter die Nase. Bevor sie die Tür mit dem Milchglasfenster öffnete, sagte sie: «Das wären dann fünfzig Dollar, bitte. Fünfundzwanzig pro Person. Und Madame sagt, die schöne junge Frau darf nicht mehr kommen – es könnte gefährlich für sie sein, denn wir sind von feindlichen Einflüssen umgeben. Mrs. Mandeville muss kommen und die Botschaften hören. Madame sagt, ihr kann nichts passieren, denn sie hat das Herz eines Kindes.»

Als sie hinaus auf die Gasse traten, stellten sie fest, dass es inzwischen Abend war und überall Lichter brannten. Margo schlug den Pelzkragen hoch, damit niemand sie erkannte.

«Siehst du, Margie», sagte Agnes, als sie sich in die tiefen Sitze des alten Rolls sinken ließen, «alles wird gut, denn der liebe Frank wacht über uns. Er sagt, dass du Mr. Margolies sofort heiraten musst.»

«Na ja, es wird schon nicht schlimmer sein als ein Dreijahresvertrag», sagte Margo. Sie sagte dem Chauffeur, er solle so schnell wie möglich fahren, denn Sam wollte mit ihr zu einer Premiere in Grauman's Theater gehen.

Das Erste, was sie sahen, als sie in die Auffahrt einbogen, waren Tony und Max Hirsch, die auf der Marmorbank im Garten saßen. «Ich werde mit ihnen reden», sagte Agnes. Margo eilte hinauf und zog sich um. Sie saß im Slip am Frisiertisch und betrachtete sich im Spiegel, als Tony hereingestürzt kam. Als er ins Licht trat, sah sie, dass er ein blaues Auge hatte. «Bist du seit neuestem ein Freund des Boxsports?», fragte sie, ohne sich umzudrehen.

«Das hat mir Max verpasst, weil ich nicht herkommen wollte», stieß Tony atemlos hervor. «Du musst mir tausend Dollar geben, Margo, sonst bringt er mich um. Wir werden das Haus nicht ohne einen Scheck verlassen, aber wir brauchen außerdem Bargeld, denn Max gibt heute Nacht eine Party, und ohne Bargeld rückt der Schmuggler keine Flasche raus. Max sagt, du willst dich scheiden lassen. Wie kannst du das tun? Für die Kirche gibt es keine Scheidung. Das ist eine Sünde, die ich nicht auf mich laden werde. Du kannst dich nicht scheiden lassen.»

Margo stand auf und drehte sich zu ihm um. «Gib mir mal das Negligé, es liegt auf dem Bett. Nicht dass ich mir noch den Tod hole. Sag mal, Tony, findest du, dass ich dick werde? Letzte Woche hab ich zwei Pfund zugenommen ... Hör zu, Tony, dieser Krautfresser wird noch dein Verderben sein. Du solltest ihn loswerden und irgendwo noch eine Kur machen. Es wäre doch schade, wenn die Bullen von der Bundesbehörde dich wegen irgendwelcher Drogensachen schnappen würden. Erst gestern haben sie in San Pedro eine große Razzia veranstaltet.»

Tony brach in Tränen aus. «Du musst es mir geben. Er bricht mir jeden Knochen im Leib.»

Margo sah auf die Armbanduhr, die auf dem Frisiertisch neben der großen Puderdose lag. Acht Uhr. Sam würde jeden Moment da sein. «Na gut», sagte sie, «aber nächstes Mal werden hier Männer von einem Wachdienst sein, verstehst du? Irgendwelche Zicken, und ihr landet im Knast. Und wenn ihr denkt, Sam Margolies weiß nicht, wie man der Presse das Maul stopft, seid ihr schiefgewickelt. Geh runter und sag Agnes, sie soll einen Scheck ausstellen und dir alles Bargeld geben, das im Haus ist.» Margo fuhr fort, sich anzuziehen.

Ein paar Minuten später kam Agnes hinauf. «Was sollen wir denn tun? Ich habe ihnen den Scheck und zweihundert Dollar gegeben. Ach, es ist furchtbar. Warum hat Frank uns nicht gewarnt?

Ich weiß doch, dass er über uns wacht – warum hat er uns nicht gesagt, was wir gegen diesen schrecklichen Mann tun können?»

Margo ging in den Ankleideraum und schlüpfte in ein neues Abendkleid. «Was wir tun werden? Als Allererstes morgen früh den Scheck sperren. Und dann rufst du bei einem Wachdienst an: Die sollen zwei Männer schicken, die das Haus rund um die Uhr bewachen. Ich hab's satt!»

Wütend ging Margo in ihrem neuen, mit Pailletten und Straußenfedern besetzten weißen Kleid auf und ab. Ihr Blick fiel auf den großen, dreiteiligen Spiegel, der zwischen den Betten stand. Sie stellte sich davor und musterte die drei Margos in dem weißen Paillettenkleid. Ihre Augen blitzten blau, und ihre Wangen waren gerötet. Von hinten kam Agnes mit dem Strassreif, den sie im Haar tragen wollte. «Oh, Margie», rief sie, «du hast noch nie so bezaubernd ausgesehen!»

Das Hausmädchen kam und sagte, Mr. Margolies sei gekommen. Margo gab Agnes einen Kuss und sagte: «Wenn die Wachmänner da sind, wirst du keine Angst mehr haben.» Sie legte die Hermelinstola um, die man ihr am Nachmittag zur Ansicht geschickt hatte, und ging hinaus zum Wagen. Rodney Cathcart lümmelte im Smoking auf dem Rücksitz. In seinem schmalen, sonnengebräunten Gesicht leuchtete das perfekte Gebiss, als er ihr zulächelte. Sam stieg aus, um ihr in den Wagen zu helfen. «Margo Darling, Sie rauben uns den Atem», sagte er. «Ich wusste, dass das das richtige Kleid ist.» Seine Augen leuchteten heller als sonst. «Dies ist ein sehr wichtiger Abend. Das sagen die Sterne. Ich werde Ihnen nachher alles erklären. Ich habe unsere Horoskope erstellen lassen.»

Im überfüllten, lauten Vestibül mussten Margo und Rodney Cathcart ein paar Worte über ihren neuen Film und die Zusammenarbeit mit Regisseur Sam Margolies in ein Mikrophon sagen, bevor sie im Kreuzfeuer der Blicke und Blitzlichter in die Lobby gingen. Als der Conférencier versuchte, Margolies ebenfalls ein paar Sätze zu entlocken, drehte dieser sich brüsk um und marschierte, ohne links oder rechts zu sehen, ins Theater, als wäre er allein.

Nach der Premiere gingen sie in ein Restaurant und saßen eine Weile an ihrem Tisch herum. Rodney Cathcart bestellte Lammkoteletts. «Du solltest nicht zu viel essen, Si», sagte Margolies. «Das Hauptgericht gibt's in meiner Wohnung.»

Und tatsächlich: Als das Restaurant sich langsam leerte und sie zu Margolies' Wohnung fuhren, war dort ein großer Tisch mit Räucherlachs und Hummersalat gedeckt, und ein philippinischer Butler servierte ihnen Champagner. Diesmal hatte Margo keine Hemmungen und aß und trank, bis sie nicht mehr konnte. Rodney Cathcart verputzte fast den ganzen Lachs, wobei er murmelte, der sei «ganz famos», und sogar Sam aß einen Teller Hummersalat, obwohl er sagte, das werde wohl sein Tod sein.

Margo war schon ziemlich beschwipst, als sie feststellte, dass Margolies und der Filipino verschwunden waren und sie allein mit Si auf dem Sofa mit dem Löwenfell saß. «Du wirst Sam also heiraten», sagte Si und stürzte ein Glas Champagner hinunter. Sie nickte. «Braves Mädchen.» Si zog das Smokingjackett und die Weste aus und hängte beides sorgsam über eine Stuhllehne. «Ich hasse Kleider», sagte er. «Du musst mich mal auf meiner Farm besuchen ... Da ist was los.»

«Aber du siehst darin so gut aus.»

«Stimmt», sagte Si.

Er nahm sie und zog sie auf seinen Schoß.

«Aber Si, das sollten wir nicht ... nicht auf Sams Löwenfell.»

Si drückte die Lippen auf die ihren und küsste sie. «Findest du mich aufregend, ja? Du solltest mich nackt sehen.»

«Nein, nicht», sagte Margo. Sie konnte nichts tun, er war einfach zu stark. Seine Hände waren überall. «Ach, was soll's – mir doch egal», sagte sie.

Er stand auf und schenkte ihr noch ein Glas Champagner ein. Für sich selbst füllte er die Schale, in der vorher Eiswürfel gewesen waren. «Sams Löwenfell», sagte er. «So ein Quatsch. Ja, ja, den

Löwen hat er geschossen, allerdings in einem Gehege. Auf einer von diesen Scheißlöwenfarmen haben sie die ältesten Exemplare verhökert, damit ein paar Herrschaften was zu schießen hatten. Man konnte die Viecher gar nicht verfehlen. Es war reiner Mord.» Er stürzte den Champagner hinunter und warf sich auf sie. Umklammert von seinen Armen fiel sie rücklings auf das Sofa.

Ihr war schwindlig. Sie ging im Raum auf und ab und versuchte, zu Atem zu kommen. Si zog sorgfältig die Weste und das Smokingjackett an. «Gute Nacht, mein Kätzchen», sagte er, und dann war er verschwunden. Ihr war schwindlig.

Sam war wieder da und zeigte ihr ein Stück Papier mit vielen Zahlen. Während sie versuchte, daraus schlau zu werden, musterte er sie mit glänzenden, vorquellenden Augen. Seine Hände zitterten. «Heute Nacht», sagte er immer wieder, «heute Nacht kreuzen sich unsere Lebenslinien … Wir sind schon miteinander verheiratet, ob wir es wollen oder nicht. Ich glaube nicht an den freien Willen. Du etwa, Darling Margo?»

Ihr war schwindlig. Sie brachte kein Wort heraus. «Komm, meine süße Kleine, du bist müde», schnurrte Margolies. Sie ließ sich in sein Schlafzimmer führen, wo er sie sanft auszog und sie zwischen die schwarzseidenen Laken des großen Himmelbetts legte.

Es war heller Tag, als Sam sie nach Hause fuhr. Der Wachmann legte den Finger an die Hutkrempe, als sie in die Auffahrt bogen. Es war beruhigend, das vierschrötige Gesicht des Mannes zu sehen. Agnes war bereits auf und ging, eine Zeitung in der Hand, in ihrem geblümten wattierten Morgenrock im Wohnzimmer auf und ab. «Wo bist du denn gewesen?», rief sie. «Ach, Margie, wenn du so weitermachst, wirst du noch deine Schönheit ruinieren, und das ausgerechnet jetzt, wo deine Karriere … Sieh dir das an, aber erschrick nicht und denk daran, dass es besser so ist.»

Sie gab Margo die *Times* und zeigte mit dem manikürten, rosarot lackierten Zeigefingernagel auf eine Überschrift. «Habe ich dir nicht gesagt, dass Frank über uns wacht?»

HOLLYWOODKOMPARSE BEI PARTY ERMORDET

Bekannter Polospieler verschwunden

Matrosen verhaftet

George Cook und Fred Costello, Marinematrosen auf dem Schlachtschiff *Kenesaw*, wurden festgenommen, als sie, von Alkohol und Drogen betäubt, im Untergeschoss des Wohnhauses 2234 Higueras Drive in San Pedro angetroffen wurden, wo laut Anwohnern ein Saufgelage stattgefunden hatte. In ihrer unmittelbaren Nähe stieß man auf einen jungen Mann, der infolge eines Schlages mit einem stumpfen Gegenstand eine Schädelfraktur erlitten hatte und als Antonio Garrido identifiziert wurde, ein kubanischer Staatsangehöriger, der für verschiedene bekannte Filmstudios als Komparse tätig war. Als die Polizei sich nach telefonischen Beschwerden von Anwohnern Zugang verschaffte, lebte er noch. Der vierte Beteiligte, ein Deutscher namens Max Hirsch, der einigen Aussagen zufolge ein österreichischer Adeliger ist und sich mit dem gutaussehenden Kubaner eine Wohnung in einer eleganten Bungalowanlage in Mimosa teilte, war geflohen, bevor die Polizei am Ort der Tragödie eintraf. Bis zum frühen Morgen hat die Polizei ihn noch nicht ausfindig machen können.

Es war, als würde der Raum sich in großen Kreisen um sie drehen. «Mein Gott!», flüsterte sie. Als sie hinaufging, musste sie sich am Treppengeländer festhalten. Sie riss sich das Kleid vom Leib, ließ ein heißes Bad ein, legte sich in die Wanne und schloss die Augen.

«Ach, Margie», jammerte Agnes im Schlafzimmer, «dein schönes neues Kleid ist ganz ruiniert.»

Margo und Sam Margolies flogen nach Tucson, um sich dort trauen zu lassen. Nur Agnes und Rodney Cathcart waren dabei. Nach der Zeremonie drückte Margolies dem Friedensrichter einen nagelneuen Hundertdollarschein in die Hand. Der Rückflug war ziemlich unruhig: Über der Wüste schüttelte die große, laute, dreimotorige Ford-Maschine sie kräftig durch. Margolies' Gesicht unter der weißen Baskenmütze nahm alle möglichen Farben an, doch er sagte, er genieße den Flug. Rodney Cathcart und Agnes übergaben sich ungeniert in die dafür vorgesehenen Pappbehälter. Margo spürte, dass ihr hübsches Lächeln sich zu einem verzweifelten Grinsen verfestigte, schaffte es aber, ihr Hochzeitsfrühstück bei sich zu behalten. Als die Maschine endlich am Flughafen zum Stehen kam, ließen sie die Kameraleute eine halbe Stunde warten, bis sie sich so weit erholt hatten, dass sie lächelnd und mit frischen, geröteten Gesichtern die Gangway hinuntergehen konnten, empfangen vom Konfettiregen der Stewardessen und dem Surren der Filmkameras. Rodney Cathcart musste eine halbe Flasche Scotch trinken, bevor seine Beine nicht mehr unter ihm nachgaben. Margo lächelte über einem großen Strauß gelber Orchideen, die im Flughafen in einem Eisschrank auf sie gewartet hatten, und Agnes war überglücklich, denn auch für sie hatte Sam Orchideen – in diesem Fall lavendelfarbene – besorgen lassen, und er bestand darauf, dass sie zusammen mit den anderen die Gangway hinunterschritt.

Nach der gleißenden Wüstensonne und dem Schlingern durch zahlreiche Luftlöcher war es eine Erleichterung, wieder in ihrer stillen Garderobe auf dem Studiogelände zu sein. Um drei waren sie fertig geschminkt. In einem kleinen Raum im Erdgeschoss machte Margolies sich daran, Nahaufnahmen von Margo und Rodney Cathcart zu machen, während sie eng umschlungen dastanden, im Hintergrund eine Ecke des Wüstenforts. Auf Sis nackter Brust kreuzten sich zwei Patronengurte, und auf seinem Kopf war das Barett der Fremdenlegion. Margo trug ein weißes Abendkleid und Satinschuhe mit hohen Absätzen. Wegen der Patronengurte fiel die Umarmung recht linkisch aus. Margolies stieg immer wieder von dem kleinen Podest hinter der Kamera, schwenkte den Stock mit dem Porzellanknauf und stolzierte ins

Scheinwerferlicht, wo Si und Margo sich ein Dutzend Mal umarmten und voneinander lösten, bis sie endlich eine Position fanden, die ihm gefiel. «Mein lieber Si», sagte er, «du musst es die Leute fühlen lassen. In jedem Zucken deiner Muskeln müssen sie die Leidenschaft spüren ... aber du stehst da wie eine Holzpuppe. Alle lieben sie, diese zerbrechliche, schöne, bebende Frau, die bereit ist, alles für den Mann zu geben, den sie liebt. Und Margo Darling: Du wirst ohnmächtig, du sinkst in seine Arme. Wenn seine starken Arme nicht wären, würdest du zu Boden fallen. Si, mein Lieber, du bist kein Sportlehrer, der einer jungen Dame das Schwimmen beibringt, sondern ein verzweifelter Liebender, der dem Tod ins Auge sieht ... Alle haben das Gefühl, ihr beide zu sein. Du liebst Margo an ihrer Stelle, du bist die Millionen, die Liebe und Schönheit und Aufregung wollen – aber vergiss sie, sei ganz locker, mein Freund, vergiss mich, vergiss die Kamera ... Ihr beide seid allein und versucht verzweifelt, den Augenblick festzuhalten, ihr seid allein, eure beiden klopfenden Herzen sind das Einzige, was es gibt: du und die schönste Frau der Welt, der neueste Liebling der Nation ... Gut ... Ja, so ... Kamera!»

Wochenschau LXIII

doch wenige Minuten später verschwand das trügerische Land so rasch und geheimnisvoll, wie es erschienen war, und vor mir lag wieder die Weite des stummen Meeres ohne das geringste Lebenszeichen

Nachtschwalben rufen,
Der Abend ist nah,
Ich eile heim in meinen Himmel

LINDBERGH IN LEBENSGEFAHR
IM BUG SEINES BOOTES VON WELLE ÜBERRASCHT

Weit in den Bergen von Tennessee,
Den Sünden der Welt sehr fern,
Putzt Old Kellys Sohn sein Gewehr und denkt
An Zeb Turneys Tochter so gern.

VON RIESIGEN MENSCHENMASSEN BEJUBELT

Macht Fotos von der Mastspitze

Dan ist ein heißblütger Jüngling,
Erzogen in strenger Zucht,

DIE STADT BEJUBELT DIE KÜHNE TAT AUS VOLLEM HERZEN

FLIEGER FÜHRT KUNSTSTÜCKE VOR

Sein Herz ist entbrannt in Liebe zu ihr,
Die Flinte entschlossen er lädt.

SPITZEN DER GESELLSCHAFT BRECHEN
BEIM ANBLICK DES FLIEGERS IN JUBEL AUS

VERWIRRUNG IM HOTEL

der Flieger wurde beinahe hinausgeschleudert, als sich in der Menge eine Lücke auftat und der Wagen beschleunigte

Über die Berge geht er dahin,
Sein Herz ist so rein wie die Lilie,
Feuer im Blick und die Flinte bereit,
Sucht er nach Zeb Turneys Familie.

FESTPARADE DER SHRINER
IN STRÖMENDEM REGEN

Konfettiparade bringt Verkehr auf dem Broadway zum Erliegen

Schüsse ertönen im Mondenschein,
Schüsse ertönen im Wind

LINDY SOLL GROSSE FLUGGESELLSCHAFT LEITEN

Die Mär von Dan Kellys nächtlicher Tat
Rasch in sämtliche Täler kam,
Wie er Zeb Turneys Clan erschoss
Und zur Frau die Tochter nahm

ein kleiner Mann mit Halbglatze und angespannten Gesichtszügen löste sich rasch aus der Menschenmenge, die ihn bislang verborgen hatte, und stieg schnell in die Maschine, als fürchtete er, man könnte ihn daran hindern. Er war barhäuptig und trug gewöhnliche Kleidung, anstelle eines Mantels jedoch eine Lederweste. Er zwängte sich neben Chamberlin und sah weder auf die Menschenmenge noch auf seine Frau, die mit großen, verwunderten Augen seitlich vor der Maschine stand. Der Motor röhrte, das Flugzeug bewegte sich zum Anfang der Startbahn, kehrte um, beschleunigte und hob mit einem perfekten Start

Architekt

An einem schwülen Frühsommertag des Jahres achtzehnhundertsiebenundachtzig traf ein achtzehnjähriger, lang aufgeschossener junger Mann mit schönen Augen und einer attraktiv arroganten Kopfhaltung in Chicago ein und hatte noch sieben Dollar in der Tasche – das war, nach Abzug dessen, was er in Madison, Wisconsin, für den Fahrschein bezahlt hatte, alles, was ihm von dem Geld geblieben war, das ihm der Pfandleiher für Plutarchs *Biographien*, Gibbons *Verfall und Untergang des römischen Imperiums* sowie einen alten Mantel mit Pelzkragen gegeben hatte.

Bevor er aufbrach, um eine Laufbahn in einem Architekturbüro zu beginnen (an der University of Wisconsin wurde dieses Fach nicht unterrichtet, sodass sein Kopf unbelastet war von geistlosen Beaux-Arts-Entwürfen), hatte er die Kuppel des neuen Staatskapitols in Madison einstürzen sehen, weil der Mörtel der Stützpfeiler schlecht war, weil Bauunternehmer minderwertige Materialien verwendet hatten, um den Politikern ihren Anteil zu sichern, weil die Pläne des Architekten einen winzigen, aber tödlichen Fehler enthalten hatten;

nie vergaß er das Getöse des stürzenden Mauerwerks, die umherfliegenden Gipsbrocken, die emporquellende Staubwolke, die zerschmetterten Körper der Toten und Sterbenden, die man hinaustrug, die ausdruckslosen Gesichter, fahl von Staub.

Er ging durch die Innenstadt von Chicago, überquerte auf den verschiedenen Brücken den Chicago River, spazierte im Klappern und Klirren des Verkehrs, dem Rasseln der Fuhrwerke, dem Stampfen der großen Kaltblüter, dem Tuten der Schlepper mit ihren Lastkähnen, den heiseren Signalen der Seedampfer, die auf das Heben einer Brücke warteten,

pläne armselig sind infolge der feudalistischen Abgaben an das parasitäre Kapital, das jede Entwicklung nutzt, um den Fortschritt zugunsten der Couponschneider zu behindern:

Der ordnungsgemäß verstädterte Bürger ist zum Makler geworden, dessen Handel und Wandel hauptsächlich auf menschliche Schwächen abzielt oder auf den Ideen und Erfindungen anderer beruht, er betätigt Hebel und drückt Knöpfe, die dank sinnreicher Maschinen seine Kraft vergrößern … und über ihm, neben ihm und sogar tief in seinem Herzen, wenn er schläft, tickt der Miettaxameter und treibt diesen begierigen Konsumenten in den unaufhörlichen Kampf für oder gegen mehr oder weniger barmherzige oder unbarmherzige Gewinne.

Den jungen Männern, die Tag und Nacht Pläne für *neue Ansammlungen von Mietzellen, übereinandergestapelt auf hartem Pflaster*, entwerfen,
predigt er
die Horizonte seiner Kindheit,
eine Zukunft, in der es nicht um die Kurssteigerung von hundert ausgewählten Aktien um ein paar Punkte geht, nicht um eine Zunahme von Transportleistungen, die Vervielfachung des Kreditvolumens oder die Erhöhung des Zinssatzes für Tagesgeld,
sondern um neue, von Grund auf klare, den Zwecken und Bedürfnissen gemäße Konstruktionen,
die sich an einer amerikanischen Zukunft orientieren anstatt an der schmerzdurchdrungenen Vergangenheit Europas und Asiens. Usonia nennt er das breite, wimmelnde Band dieser neuen Nation, das sich vom Atlantik bis zum Pazifik über den gewaltigen Kontinent spannt. Er predigt das Projekt Usonia:

Es ist unschwer zu erkennen, dass das Durcheinander plumper Zweckbauten aus der technischen Kindheit unserer Entwicklung das Land verunstaltet wie ein unförmiges Gerüst, das ein edles Bauwerk verbirgt ... Die rohen Zwecke der Pionierzeit sind erreicht. Nun kann man das Gerüst abbauen, damit das eigentliche Werk, die Kultur einer neuen Zivilisation, zutage treten kann.

Frank Lloyd Wright hat, wie so viele Prediger, Propheten, Mahner, ein stürmisches Leben. Er hat Kinder und Auseinandersetzungen mit seinen Frauen, er überschreitet Grenzen, hat mit Behörden, Scheidungsgerichten und Konkursen zu kämpfen, und immer ist ihm die Boulevardpresse auf den Fersen und macht aus jedem seiner Missgeschicke eine Schlagzeile für die Abendausgabe: aus seinen Affären, aus dem albtraumhaften Brand seines Hauses in Wisconsin.
Es ist eine eigenartige Ironie des Schicksals,
dass das Bauwerk, das seine Handschrift am deutlichsten trägt, das Imperial Hotel in Tokio, als eines von wenigen Gebäuden bei dem schweren Erdbeben von 1923 praktisch keinen Schaden genommen hat (der Tag, an dem er die telegraphische Nachricht erhielt, das Hotel sei unbeschädigt und habe Hunderten Menschen das Leben gerettet, war, schreibt er, einer der glücklichsten seines Lebens)
und dass die meisten Amerikaner aus deutschen Publikationen von seinem Werk erfuhren.
Sein Leben ist voller hochtrabender, nie vollendeter Projekte. (Wie oft hört der Prediger den hohlen Widerhall seiner Stimme in einem leeren Saal, wie oft wischt der Zeichner den Staub von seinen sorgsam entworfenen Plänen, wie oft sieht der Architekt die zusammengerollten Grund- und Aufrisse im Archivschrank vergilben?)
Zweimal hat er sein Haus im Tal seines Großvaters in Wis-

consin wiederaufgebaut, nach Bränden und Katastrophen, von denen viele andere Männer sich nicht erholt hätten.
Er arbeitet in Wisconsin,
ein aufrechter, schlanker, weißhaariger Mann, seine Söhne sind Architekten, aus aller Welt kommen Studenten, um von ihm zu lernen
und die neue Stadt zu entwerfen (die er Broadacre City nennt).
Nähe und Ferne sind bedeutungslos geworden (um sich die neue Stadt vorzustellen, muss man alle eingewurzelten Gewohnheiten der Vergangenheit auslöschen und die Nation mit den neuen Werkzeugen von Grund auf errichten). Für den Architekten gibt es nur Zwecke:
die unglaubliche Vielfalt der Funktion, Stärke und Spannkraft von Metallen,
den Dynamo, die Stromspule, das Radio, die Fotozelle, den Verbrennungsmotor,
Glas,
Beton;
und Bedürfnisse. (Sagt uns, ihr Doktoren der Philosophie: Was sind die Bedürfnisse des Menschen? Das Mindeste, was der Mensch braucht, ist, nicht eingesperrt, nicht verängstigt, nicht hungrig, nicht frierend, nicht ohne Liebe zu sein und nicht für eine Macht zu arbeiten, die er nie gesehen hat
und die sich keinen Deut um die Zwecke und Bedürfnisse irgendwelcher Männer, Frauen oder Kinder schert.)
Ein Haus zu bauen bedeutet, das Leben der Arbeiter und der Hausbewohner zu bauen.
Die Häuser bestimmen den Charakter einer Kultur wie die Zellen der Bienenwaben die Funktionen der Bienen.
Vielleicht wurde der hochmütige Planer, der Betonvordenker, der künstlerische Bohemien reicher Damen, die sich mit der verblüffenden Gestaltung ihres Hauses einen

Namen machen wollen, durch die Logik von Zweck und Bedürfnis und seinen lebenslangen Kampf gegen die Widerstände stiftungsgebundener Gelder gezwungen,
Pläne zu zeichnen, deren Verwirklichung eine neue Lebensweise erfordert;
nur in Freiheit können wir die usonische Stadt bauen. Seine Pläne erwachen zum Leben. Seine Entwürfe begeistern junge Männer wie einst Walt Whitmans Worte:
Frank Lloyd Wright,
der Stammvater des neuen Bauens,
nicht ohne Ehre, außer im eigenen Land.

Wochenschau LXIV

SELTSAMER FISCH IM SARGASSOMEER GEFANGEN

nachts, wenn der Rest der Fabrik nur trübe beleuchtet war, machten sich in dem langgestreckten Gebäude hinter dem Forschungslabor undeutliche Gestalten mit hässlichen Gasmasken zu schaffen

ALKOHOLSCHMUGGEL VERBINDET NATIONEN

Ich sitz am Wassertank herum
Und warte aufn Zug

FRAU ERSCHLAGEN – FREUND VERHAFTET

Wirtschaft sieht Wahlen gelassen entgegen

SCHLIMME BEFÜRCHTUNGEN
BEUNRUHIGEN MOSKAU

AUFTRITTSVERBOT
FÜR GEWERKSCHAFTSFÜHRER

und angesichts der Berichte aus Moskau steht einem der Verstand still. Diese Mörder haben sich aus der menschlichen Gesellschaft ausgeschlossen und sich als tollwütige Hunde erwiesen, die eine Gefahr für die ganze Welt

BONUSSE VERTREIBEN WEIHNACHTSSORGEN
AN DER WALL STREET

Mein Mädel in den Bergen ließ
Ich stehn allein im Regen

UNSERE LUFTÜBERLEGENHEIT WIRD BEJUBELT

EIN LAND, SO STEIL, DASS ES ZU BERGE STEHT

Ich hab den Sheriff umgelegt,
Und jetzt hab ich Probleme

Hat sich in der Stille der Nacht etwas auf leisen Sohlen angeschlichen?

TROTZKI GREIFT STALIN AN

Mann auf offener Straße erwürgt

Ich weine leise in mich rein,
Denn mein Mann ließ mich allein

DAME DER GESELLSCHAFT MIT AXT ANGEGRIFFEN
FAHNDUNG NACH TÄTERIN

SCHÜTTELT HELDEN DIE HAND

MÄDCHEN STIRBT NACH RÄTSELHAFTEM SPRUNG

Er ist ein Mann, der eine Frau
Wie ich es bin, benötigt

Über Mexiko im Nebel verirrt

RUSSLAND ANGEBLICH IN AUFRUHR

Ich tanze unter Tränen, denn
Nicht dich halt ich in Armen

600 HINRICHTUNGEN IN KANTON

PROPHEZEIEN FÜR KOMMENDES JAHR
HOCHKONJUNKTUR

diese Überprüfung übernimmt unsere Investorenberatung für Sie: Wir analysieren jedes in Ihrem Besitz befindliche Wertpapier und nehmen eine unparteiische Einschätzung und Bewertung vor. Wir informieren Sie regelmäßig über bedeutsame Entwicklungen. Im Falle plötzlich auftretender Risiken setzen wir uns sofort mit Ihnen in

Das Auge der Kamera 49

zu Fuß von Plymouth nach North Plymouth durch die raue Luft der Massachusetts Bay bei jedem Schritt ein kleines kaltes Squisch durch die Sohle des einen Schuhs

der Blick vorbei an den grauen Holzhäusern unter dem hellblauen Aprilhimmel auf die weißen Boote die in den flaschenklaren Untiefen ankern auf die gelben Sandbänke und die schiefergraue Bucht nach Osten blau gekräuselt

hier sind sie an Land gegangen die Einwanderer die Puritaner die Zerstörer von Schlössern die Königsmörder die Unterdrückung hassten hier standen sie zusammen nachdem sie auf dem überfüllten nach Bilgewasser stinkenden Schiff übergesetzt hatten · auf diesem Strand der niemandem gehörte · zwischen dem Ozean der niemandem gehörte und dem riesigen Wald der niemandem gehörte und der sich über die Berge erstreckte wo es nur noch Wildwechsel gab und grüne Flusstäler wo die Rothäute ihren hoch aufschießenden Mais anbauten und immer weiter und weiter in den unvorstellbaren Westen

dreihundert Jahre wühlten sich die Einwanderer in den Westen

und heute

zu Fuß von Plymouth nach North Plymouth ist plötzlich hinter einer Biegung hinter einem kleinen Teich und gelb bezweigten grün beflaumten Weiden die Seilerei · riesige Schuppen und Hallen eine Werkssiedlung alle Häuser gleich groß und schmutzig grau ein hoher viereckiger Kamin große Dachflächen aufgereihte Quadrate und Rechtecke die den Blick auf das Meer versperren · Plymouth Cordage · wo ein anderer Einwanderer gearbeitet hat der Unterdrückung hasste und eine Welt ohne Zäune wollte · als sie ihn feuerten wurde er Fischhändler · die Einwanderer in den dunklen Häusern kannten ihn und kauften ihm seinen Fisch ab und hörten ihm zu folgten seinem Karren von Tür zu Tür · frag sie · Wie war er denn so? · warum haben sie Angst über Bart zu reden weil sie ihn kannten ängstliche Augen die sich furchtsam schwarz verengen? · der Friseur der Mann im Gemüseladen seine Zimmerwirtin · ängstlich fragen sie Warum glauben sie uns nicht? Wir kennen ihn Wir haben ihn jeden Tag gesehen Warum glauben sie uns nicht dass wir an dem Tag Aale gekauft haben?

nur der Junge hat keine Angst

Bleistiftgekritzel in meinem Notizbuch Erinnerungsfetzen halbe Sätze das Bemühen Worte zu setzen und Sätze zu fügen um aus verstümmelten Erinnerungen die unumstößliche (O Pontius Pilatus) Wahrheit zu rekonstruieren

der Junge geht braunäugig und schüchtern mit mir zum Bahnhof erzählt dass Bart ihm bei den Hausaufgaben geholfen hat will vorankommen in der Welt · warum sollte es ihm schaden Bart gekannt zu haben? will auf die Boston University · wir verabschieden uns mit Handschlag · lass dir keine Angst machen

wie gewohnt der Raucherwagen · wie gewohnt das Potpourri der Gesichter die in der einbrechenden Dunkelheit gemütlich heimwärts in Richtung Boston schaukeln · wie kann ich sie fühlen lassen was unsere Väter und Onkel die Unterdrückung hassten an diese Küste trieb · wie sagen · Lasst euch keine Angst machen · wie kann ich ihnen vor Augen führen wer deine Unterdrücker sind Amerika

erneuere die verbrauchten Worte schleimig geworden in den Mündern von Rechtsanwälten Staatsanwälten Universitätsrektoren Richtern · wie kannst du ohne die alten Worte nach Plymouth gebracht von Einwanderern die Unterdrückung hassten wie kannst du ohne sie wissen wer deine Verräter sind Amerika

oder dass der Fischhändler der im Gefängnis von Charlestown sitzt einer deiner Gründerväter ist Massachusetts?

Wochenschau LXV

STURM LEGT U-BAHN LAHM
STROMAUSFALL DURCH BLITZSCHLAG UND ÜBERFLUTUNGEN

Ach, die Liebe, die dumme Liebe,
Sie kommt in der Nacht wie die Diebe

PUBLIKUM BEJUBELT FRIEDENSTAUBE
ANGEBLICH $ 100 000 GETEILT

KRACH BEUNRUHIGT BÖRSE

Kursverfall in Chicago beeinträchtigt Handel

Damit ich den Schädel mir einschlagen kann,
Einen Hammer gib mir in die Hand,
Denn der Whiskey hat mir die Kraft geraubt
Und die Huren mein bisschen Verstand

VERTRAUEN AUF SCHLAUCHBOOTE

Doch lieben will ich meinen Schatz,
Solang im Meer noch Wasser ist

Dieser neue Riesenscheinwerfer kann auf drei Kilometer Entfernung Sonnenbrand verursachen

Bis alle Steine geschmolzen sind
Ach, ist die Liebe nicht schwer?

Der Klageschrift zufolge wurde Smythe am 12. Juli 1924 in der Fabrik bei Okmulgee eingestellt, wo er die Viskosität des Schmieröls prüfen sollte. Dazu musste er Benzol in einen Bottich gießen, wo es erhitzt und eingekocht wurde, damit die Rückstände untersucht werden konnten. Tag für Tag atmete er dabei die nicht unangenehm riechenden Benzoldämpfe ein.

Etwa ein Jahr später schnitt sich Smythe beim Rasieren und stellte fest, dass die kleine Wunde stundenlang stark blutete. Auch das Zahnfleisch blutete nach dem Zähneputzen, und als das auch nach mehreren Tagen nicht aufhörte, suchte er einen Arzt auf. Die Diagnose lautete, die Benzoldämpfe hätten die Wände der Blutgefäße zerstört.

Nach achtzehn Monaten der Bettlägerigkeit, während der er nur unter dem Einfluss von Opiaten schlafen konnte, wurden ihm Mandeln und Milz entfernt. Mittlerweile erhielt er regelmäßig Transfusionen, um den ständigen Blutverlust einigermaßen auszugleichen.

Insgesamt erhielt er mehr als siebzehn Liter Blut durch Infusion in die Armvenen. Als diese zerstört waren, musste man ihn operieren, um andere Gefäße im Inneren des Körpers zugänglich zu machen. Der Klageschrift zufolge war er in dieser Zeit bis acht Stunden vor seinem Tod bei Bewusstsein und litt starke Schmerzen.

Mary French

Ihre erste Stelle in New York bekam Mary French durch eine von Adas Freundinnen. Ihre Aufgabe bestand darin, den ganzen Tag in der Skulpturenausstellung einer Kunstgalerie in der 8th Street zu sitzen und die Fragen von Damen in wallenden Batikgewändern zu beantworten, die nachmittags kamen, um beim Kunstgenuss gesehen zu werden. Nach zwei Wochen war die Frau, deren Vertretung sie übernommen hatte, wieder da, und Mary, die sich immer sagte, sie wolle eine Arbeit, die mit dem wirklichen Leben zu tun habe, fand eine Stelle in der Abteilung für Damenoberbekleidung bei Bloomingdale. Als die Sommerflaute kam, wurde sie entlassen, doch sie schrieb einen Artikel über die Arbeitsbedingungen von Kaufhausmitarbeitern für den *Freeman* /499/ und bekam daraufhin von der Textilarbeitergewerkschaft den Auftrag, Löhne, Lebenshaltungskosten und Gewinnspannen in der Textilindustrie zu untersuchen. Es gefiel ihr, sich stundenlang durch Statistiken zu arbeiten und mit den Funktionären, den sprücheklopfenden Radikalen, den Arbeitern und Arbeiterinnen zu sprechen, die in das beengte, schmuddelige Büro kamen, wo sie mit zwei, drei Kolleginnen saß. Endlich hatte sie das Gefühl, etwas zu tun, das einen Bezug zum wirklichen Leben hatte.

Ada war mit ihrer Familie nach Michigan gezogen, sodass Mary die Wohnung in der Madison Avenue für sich allein hatte. Sie war erleichtert, dass Ada fort war; sie mochte sie noch immer, aber ihre Interessen waren so verschieden, und sie hatten dumme Auseinandersetzungen über die Bedeutung von Kunst und sozialer Gerechtigkeit, nach denen sie erschöpft und so verärgert waren, dass sie manchmal tagelang nicht miteinander sprachen. Außerdem fand jede den Freundeskreis der anderen unerträglich. Das alles änderte aber nichts daran, dass Mary Ada mochte. Sie waren so alte Freundinnen, und Ada hatte so großzügig für die Streikkomitees, den Rechtshilfefonds und alles andere, was Mary vorgeschlagen hatte, gespendet. Sie war eine sehr freigebige Frau, aber ihre Haltung war insofern hoffnungslos, als sie den Standpunkt der Reichen teilte, und sie besaß keinerlei soziales Bewusstsein. Auch die Wohnung mit ihrem pastellfarbenen Nippes und dem echten Whistler, den zu dicken Teppichen, dem zu weichen Bett und den grässlichen kleinen Satinquasten überall ging Mary auf die Nerven, aber da sie so wenig Geld verdiente, war es sehr hilfreich, keine Miete zahlen zu müssen.

Am Abend der großen Versammlung im Madison Square Garden zur Begrüßung der aus dem Gefängnis von Atlanta entlassenen Klassenkämpfer erwies sich Adas Wohnung als sehr praktisch. Man hatte Mary gebeten, auf dem Podium Platz zu nehmen, und dort hörte sie einige Mitglieder des Komitees sagen, sie hätten noch keinen Ort gefunden, wo sie Ben Compton unterbringen könnten. Sie bräuchten ein ruhiges Versteck, wo er sich ausruhen könne, ohne von den FBI-Leuten beobachtet zu werden, die ihn seit seiner Ankunft in New York nicht aus den Augen ließen. Mary ging zu ihnen und schlug im Flüsterton ihre Wohnung vor, und dann wartete sie nach der Versammlung in einem gelben Taxi an der Ecke 29th und Madison Avenue, bis ein hochgewachsener bleicher Mann, der die karierte Mütze tief ins Gesicht gezogen hatte, die Tür aufriss und sich zitternd neben ihr auf den Rücksitz fallen ließ. Als der Wagen anfuhr, setzte der Mann eine Nickelbrille auf. «Dreh dich um – werden wir von einer grauen Limousine verfolgt?», fragte er.

«Ich sehe nichts», sagte Mary.

«Und wenn du was sehen würdest, würdest du nichts merken», knurrte er.

Sicherheitshalber stiegen sie an der Grand Central Station aus, gingen, ohne miteinander zu sprechen, ein Stück die Park Avenue hinunter, dann nach Westen in eine Querstraße und schließlich die Madison Avenue wieder hinauf. Vor dem Hauseingang zupfte Mary ihn am Ärmel. In der Wohnung sagte er, sie solle den Riegel vorschieben, und ließ sich, ohne den Mantel auszuziehen oder die Mütze abzunehmen, in einen Sessel fallen.

Er sagte nichts. Seine Schultern zitterten. Mary wollte ihn nicht anstarren. Sie wusste nicht, was sie tun sollte, machte sich im Wohnzimmer zu schaffen, zündete das Gasfeuer im Kamin an, rauchte eine Zigarette und ging schließlich in die kleine Küche, um Kaffee zu kochen. Als sie wieder ins Wohnzimmer kam, hatte er Mantel und Mütze abgelegt und wärmte die grobknochigen Hände am Gasfeuer.

«Du musst entschuldigen, Genossin», sagte er mit heiserer, brüchiger Stimme. «Ich bin fix und fertig.»

«Mach dir über mich keine Gedanken», sagte sie. «Ich dachte, du möchtest vielleicht Kaffee.»

«Keinen Kaffee ... lieber heiße Milch», sagte er eilig. Seine Zähne klapperten, als wäre ihm kalt. Sie brachte ihm einen Becher heiße Milch. «Könnte ich bitte etwas Zucker haben?», sagte er und lächelte beinahe.

«Natürlich», sagte sie. «Das war eine tolle Rede vorhin – so beherrscht und doch feurig. Es war die beste Rede des Abends.»

«Hat man nicht gemerkt, wie aufgeregt ich war? Ich hatte Angst, ich würde die Nerven verlieren und müsste die Rede abbrechen. Bist du sicher, dass niemand diese Adresse und Telefonnummer kennt? Und dass uns niemand gefolgt ist?»

«Ich bin sicher, dass sie dich hier nicht finden. Die Madison Avenue ist der letzte Ort, wo sie suchen werden.»

«Ich weiß, dass sie mich beschatten», sagte er mit einem Schaudern und ließ sich wieder in einen Sessel sinken.

Sie schwiegen lange. Mary hörte nur das Zischen der Gasflamme im Kamin und das leise Schlürfen, mit dem er die heiße Milch trank. Schließlich sagte sie: «Es muss schrecklich gewesen sein.»

Er stand auf und schüttelte den Kopf, als wollte er nicht darüber sprechen. Er war ein junger, schlaksiger Mann, doch als er vor dem Kamin auf und ab ging, waren seine Schritte eigenartig schleppend wie die eines Greises. Sein Gesicht war weiß wie ein Pilz, und unter den Augen waren bräunliche Verfärbungen.

«Es ist wie bei einem, der lange krank war und wieder laufen lernen muss, verstehst du?», sagte er. «Achte einfach nicht darauf.»

Er trank mehrere Becher warme Milch und ging dann zu Bett. Mary schloss die Tür ihres Schlafzimmers und legte sich mit ein paar Büchern und Broschüren aufs Bett. Sie wollte noch einige juristische Details nachlesen.

Nach einer Weile wurde sie müde und kroch unter die Decke. Ein Klopfen weckte sie. Sie schlüpfte in ihren Bademantel und öffnete die Tür. Draußen stand Ben Compton, zitternd und in Hemdhose. Er hatte die Brille abgesetzt, sie hatte eine rote Druckstelle auf seinem Nasenrücken hinterlassen. Sein Haar war zerzaust, die grobknochigen Füße waren nackt. «Ent-entschuldige, Genossin», stammelte er, «aber würde es dir was ausmachen ... würde es dir was ausmachen, wenn ich ... wenn ich mich neben dich auf das Bett legen würde? Ich kann nicht schlafen. Ich kann nicht allein sein.»

«Ach, du armer Kerl. Komm, leg dich ins Bett, du zitterst ja.» Sie legte sich neben ihn, behielt aber Bademantel und Hausschuhe an.

«Soll ich das Licht ausmachen?» Er nickte. «Möchtest du ein Aspirin?» Er schüttelte den Kopf. Sie deckte ihn zu, behutsam und fürsorglich. Er lag auf dem Rücken, starrte mit weit offenen schwarzen Augen an die Decke und biss die Zähne zusammen. Sie legte ihm wie einem Kind die Hand auf die Stirn, um zu fühlen, ob er Fieber hatte. Er erschauerte und wich zurück. «Nicht anfassen», sagte er.

Mary machte das Licht aus und versuchte zu schlafen. Nach einer Weile nahm er ihre Hand und hielt sie fest. Sie lagen nebeneinander im Dunkeln und sahen an die Decke. Nach und nach lockerte sich sein Griff; er schlief ein. Sie lag mit offenen Augen neben ihm und rührte sich nicht, aus Angst, sie könnte ihn wecken. Jedes Mal, wenn sie einschlief, träumte sie, dass FBI-Beamte die Tür eintraten, und schreckte hoch.

Als sie am nächsten Morgen ins Büro ging, schlief er noch. Sie legte ihm ihren Reserveschlüssel und einen Zettel hin, auf dem stand, Essen und Kaffee seien im Eisschrank. Als sie am Nachmittag mit dem Aufzug hinauf zu ihrer Wohnung fuhr, hatte sie Herzklopfen.

Ihr erster Gedanke war, dass er fort war. Das Schlafzimmer war leer. Dann merkte sie, dass die Badezimmertür geschlossen war, und hörte von drinnen ein Summen. Sie klopfte an die Tür. «Bist du das, Genosse Compton?», rief sie.

«Bin gleich fertig.» Seine Stimme klang fester und ähnelte mehr der tiefen, volltönenden Stimme, mit der er seine Rede gehalten hatte. Lächelnd trat er aus dem Badezimmer, unter Marys lavendelfarbenem Bademantel sahen seine langen Beine mit den stacheligen schwarzen Haaren eigenartig aus.

«Ich habe gebadet, dreimal hintereinander. Der Arzt hat gesagt, heiße Bäder tun mir gut. Du weißt schon – zum Entspannen.» Er hatte eine in rosarotes Leder gebundene Ausgabe von Oscar Wildes *Dorian Gray* unter den Arm geklemmt. Jetzt zog er sie hervor und schwenkte sie. «Und dabei hab ich diesen Mist gelesen. Aber jetzt fühle ich mich besser. Sag mal, Genossin, wem gehört die Wohnung hier eigentlich?»

«Einer Freundin von mir. Sie ist Geigerin und kommt erst im Herbst zurück.»

«Schade, dass sie nicht da ist, sonst könnte sie uns was vorspielen. Ich würde gern gute Musik hören. Aber vielleicht bist du ja musikalisch.»

Mary schüttelte den Kopf. «Möchtest du etwas essen? Ich hab was mitgebracht.»

«Ich kann's versuchen ... wenn's nicht zu schwer ist. Meine Verdauung ist ziemlich gestört. Du findest also, dass ich gut gesprochen habe?»

«Deine Rede war wunderbar», sagte sie.

«Nach dem Essen werde ich mir mal die Zeitungen ansehen, die du mitgebracht hast. Wenn uns die Presse nur nicht immer das Wort im Mund verdrehen würde.»

Sie wärmte eine Dose Erbsensuppe, machte Toast und briet Eier mit Speck, und er aß alles, was sie ihm vorsetzte. Beim Essen unterhielten sie sich über die Bewegung. Sie erzählte ihm, was sie bei dem großen Stahlarbeiterstreik erlebt hatte, und merkte, dass er begann, sich für sie zu interessieren. Kaum hatten sie aufgegessen, da erbleichte er, rannte ins Badezimmer und gab alles wieder von sich.

«Ach, Ben, du Armer», sagte sie, als er blass und zitternd zurückkehrte. «Das ist ja schrecklich.»

«Komisch», sagte er mit schwacher Stimme, «als sie mich damals aus dem Knast in Bergen, New Jersey, entlassen haben, ging's mir prima ... aber diesmal hat's mich voll erwischt.»

«Haben sie dich schlecht behandelt?»

Er biss die Zähne zusammen, seine Wangenmuskeln spannten sich an, doch er schüttelte nur den Kopf. Plötzlich nahm er ihre Hand, und seine Augen füllten sich mit Tränen. «Mary French, du bist einfach zu gut zu mir», sagte er.

Mary konnte nicht anders: Sie schlang die Arme um ihn.

«Du kannst dir nicht vorstellen, was es für mich bedeutet, eine so ... eine so liebe Genossin zu finden», sagte er und löste sich sanft aus ihrer Umarmung. «Jetzt lass uns mal sehen, was die Zeitungen aus meiner Rede gemacht haben.»

Nachdem Ben sich etwa eine Woche in der Wohnung versteckt hatte, stellten die beiden eines Samstagabends fest, dass sie sich verliebt hatten. Mary war so glücklich wie noch nie in ihrem Leben. Den ganzen Sonntag alberten sie herum wie Kinder, und abends gingen sie in den Park, um die Musikkapelle zu hören. Im Badezimmer bewarfen sie sich mit Schwämmen, und als sie sich auszogen, neckten sie einander; eng umschlungen schliefen sie ein.

Obwohl sie, wenn überhaupt, nur nachts ausgingen, bekamen

Bens Wangen in den nächsten Tagen etwas Farbe, und sein Gang wurde elastischer. «Du hast es geschafft, dass ich mich wieder wie ein Mann fühle, Mary», sagte er jeden Tag ein Dutzend Mal. «Langsam bekomme ich das Gefühl, ich könnte was tun. Immerhin steht die revolutionäre Arbeiterbewegung in diesem Land noch am Anfang. Aber das Blatt wird sich wenden, du wirst sehen. Mit Lenins und Trotzkis Siegen in Russland hat es angefangen.» Mary war berührt von der Art, wie er diese drei Worte aussprach: Lenin, Trotzki, Russland.

Nach ein paar Wochen begann er, sich mit radikalen Arbeiterführern zu treffen. Wenn sie am Feierabend nach Hause ging, wusste sie nie, ob er da sein würde. Manchmal kam er erst um drei, vier Uhr, müde und hohlwangig, die Taschen voller Broschüren und Flugblätter. Adas hübsches Wohnzimmer füllte sich langsam mit schlecht gedruckten Zeitungen und hektographierten Blättern. Auf dem Kaminsims stand zwischen Adas musizierenden Porzellanfigürchen eine dreibändige, mit Randbemerkungen versehene Ausgabe von *Das Kapital*. Abends las er Mary aus einem Aufsatz vor, an dem er arbeitete, wobei er sich an Lenins *Was tun?* orientierte. Dann fragte er sie mit gerunzelter Stirn, ob er sich klar ausgedrückt habe und ob einfache Arbeiter verstehen würden, was er meine.

Eines Sonntags im August fuhr er mit ihr nach Coney Island, wo er sich mit seiner Familie verabredet hatte; er meinte, es sei leichter, sich an einem belebten Ort zu treffen. Er wollte nicht, dass die Bullen ihn zum Haus seiner Familie verfolgten und dann seine Eltern belästigten oder seine Schwester drangsalierten, die eine gute Stelle als Sekretärin eines bedeutenden Geschäftsmanns hatte. Als sie sich dann trafen, dauerte es eine Weile, bis die Comptons von Mary Notiz nahmen. Sie saßen an einem großen runden Tisch bei Stauch und tranken Malzbier. Mary musste sich beherrschen, um nicht unruhig hin und her zu rutschen, als alle Comptons sie ansahen. Die Eltern waren nett und höflich, doch sie merkte, dass sie es lieber gesehen hätten, wenn sie nicht mitgekommen wäre. Bens Schwester Gladys musterte sie nur mit einem harten, bösen Blick und ignorierte sie fortan. Sam, ein stämmiger, wohlhabend wirkender Jude, der laut Ben ein eigenes kleines Unternehmen, vermutlich einen Ausbeutungsbetrieb, besaß, war von öliger Verbindlichkeit. Nur Izzy, der jüngste Bruder, hätte seinem Aussehen nach ein Arbeiter sein können, war aber wahrscheinlich bloß ein kleiner Gangster. Er behandelte Mary mit anzüglicher Vertraulichkeit – sie merkte, dass sie für ihn die «Braut» seines Bruders war. Sie alle bewunderten Ben, das war deutlich: Er war der helle Kopf und hatte studiert. Dabei beklagten sie seinen Radikalismus, als wäre es eine Krankheit, die er sich unglücklicherweise zugezogen hatte. Dennoch: sein Name in der Zeitung, der tosende Beifall im Madison Square Garden, die Reden, in denen er als Held der Arbeiterklasse bezeichnet wurde – das alles beeindruckte sie.

Als sie mit Ben zum U-Bahnhof ging, flüsterte er erbittert: «Tja, das ist die jüdische Familie ... Wie fandest du sie? Fühlt sich an wie eine Zwangsjacke. Wenn ich jemanden umgebracht hätte oder ein paar Bordelle betreiben würde, wär's kein bisschen anders. Nicht mal als Held der Arbeiterklasse entkommt man ihnen.»

«Aber das hat doch auch seine guten Seiten, Ben. Sie würden alles für dich tun. Meine Mutter und ich hassen uns.»

Ben brauchte etwas zum Anziehen und Mary ebenfalls, aber weil von ihrem Wochenlohn nie genug übrig blieb, wandte sie sich zum ersten Mal in ihrem Leben an ihre Mutter und bat sie um fünfhundert Dollar. Ihre Mutter schickte einen Scheck und einen sehr freundlichen Brief, in dem sie schrieb, sie sei gerade ins State Committee /500/ der Republikaner gewählt worden und bewundere Marys Selbständigkeit, denn sie sei immer der Ansicht gewesen, dass Frauen ebenso sehr das Recht hätten, ihren Lebensunterhalt zu verdienen, wie Männer, und vielleicht hätten Frauen in der Politik einen besseren Einfluss, als sie früher gedacht habe, und durch ihren Entschluss, auf eigenen Beinen zu stehen, beweise Mary Charakterfestigkeit, doch sie hoffe, sie werde bald einsehen, dass ihr eine ebenso interessante berufliche Laufbahn offenstehe, wenn sie nach Colorado Springs zurückkehre und die gesellschaftliche Position einnehme, zu der die Stellung ihrer Mutter sie berechtige.

Als Ben den Scheck sah, war er so entzückt, dass er Mary gar nicht fragte, wofür das Geld denn sei. «Fünfhundert Dollar – das ist genau das, was ich brauche», sagte er. «Ich wollte es dir nicht sagen, aber sie wollen, dass ich einen Streik anführe, drüben in Bayonne ... Textilarbeiter ... du weißt schon, in den alten Munitionsfabriken, wo jetzt Kunstseide hergestellt wird. Es ist eine harte Stadt, und die Arbeiter sind so arm, dass sie sich die Gewerkschaftsbeiträge nicht leisten können, aber es gibt eine gute, radikale Gewerkschaft. Es ist wichtig, dass wir in den neuen Industrien Fuß fassen. Das ist nämlich genau das, wo die alten Arbeiterverräter von der AFL /501/ versagen. Die fünfhundert Dollar müssten für die Druckkosten reichen.»

«Aber Ben, du bist doch noch gar nicht bei Kräften. Und ich habe Angst, dass sie dich wieder verhaften.»

Er küsste sie. «Mach dir keine Sorgen.»

«Ich wollte dir von dem Geld etwas zum Anziehen kaufen.»

«Das hier ist ein guter Anzug. Was ist dagegen einzuwenden? Den hat mir schließlich Uncle Sam gegeben. Wenn die Sache in Schwung kommt, holen wir dich, dann kannst du für uns die Öffentlichkeitsarbeit machen ... und gleichzeitig mehr über die Textilindustrie erfahren. Ach, Mary, dass du dieses Geld aufgetrieben hast ... du bist eine wunderbare Frau!»

Im Herbst kehrte Ada zurück, und Mary mietete eine kleine Zweizimmerwohnung in der West 4th Street im Village, damit Ben eine Bleibe hatte, wenn er nach New York kam. Der Winter war unerhört anstrengend, denn sie arbeitete nicht nur in der Dokumentationsstelle der Gewerkschaft, sondern erledigte auch die Öffentlichkeitsarbeit für die Streiks, die Ben in verschiedenen Städten in New Jersey anführte. «Das ist nichts im Vergleich zu dem, was wir leisten müssen, wenn wir endlich Arbeiterräte haben», sagte Ben, als sie ihn fragte, ob sie nicht bessere Arbeit leisten würden, wenn sie nicht immer so vieles gleichzeitig tun müssten.

Sie wusste nie, wann er kommen würde. Manchmal war er eine ganze Woche lang jeden Abend da, dann wieder blieb er einen Monat fort, und sie hörte von ihm nur durch Pressemeldungen über Versammlungen, Streikbrecher und gerichtliche Verfügungen. Einmal beschlossen sie, zu heiraten und ein Kind zu kriegen, aber dann sagten die Genossen, er müsse kommen und die Arbeiterschaft in den Orten um Passaic organisieren, und Ben sagte, ein Kind werde ihn nur ablenken, und sie seien ja noch jung, und für so was werde nach der Revolution noch reichlich Zeit sein. Jetzt sei die Zeit zu kämpfen. Natürlich könne sie ein Kind haben, wenn sie unbedingt wolle, aber dadurch werde sie monatelang ausfallen, und er glaube, es sei nicht der richtige Zeitpunkt. Es war das erste Mal, dass sie sich stritten. Sie sagte, er sei herzlos. Er sagte, sie müssten ihre persönlichen Gefühle zugunsten der Arbeiterklasse zurückstellen, und stürmte wütend hinaus. Schließlich ließ sie das Kind abtreiben, aber um das bezahlen zu können, musste sie ihre Mutter erneut um Geld bitten.

Sie stürzte sich intensiver denn je in die Arbeit für das Streikkomitee. Manchmal schlief sie wochenlang nur vier, fünf Stunden pro Nacht. Sie rauchte viel. Immer lag eine brennende Zigarette auf der Kante ihrer Schreibmaschine. Die feine Asche fiel auf das Papier, das die Hektographiermaschine ausstieß. Wann immer man sie im Büro entbehren konnte, ging sie reiche Damen um Spenden an, beschwatzte liberal gesinnte Prominente, sich an der Streikfront festnehmen zu lassen, überredete Journalisten zu wohlwollenden Artikeln und fuhr im Land herum, um sozial gesinnte Menschen zu finden, die bereit waren, Kautionsbürgschaften zu übernehmen. Die streikenden Arbeiter, die Männer, Frauen und Kinder in den Streikpostenketten und Suppenküchen, die Menschen, mit denen sie in trostlosen Wohnungen sprach, aus denen man die Möbel getragen hatte, weil sie die letzte Rate nicht hatten bezahlen können, die Busse voller Streikbrecher, die Polizisten und Deputys, die mit abgesägten Schrotflinten die hohen Zäune rings um die stillen, schwarzfenstrigen, riesig aufragenden Fabrikgebäude bewachten – das alles zog in einer Art Traumnebel an ihr vorbei wie eine Bühnenshow, während sie tippte und vervielfältigte, Briefe schrieb, Petitionen verfasste und die öde Büroarbeit machte, die ihre Tage und Nächte ausfüllte.

Sie und Ben hatten kein gemeinsames Leben mehr. Er riss sie ebenso mit wie die Arbeiter, wenn er bei den Versammlungen unter Getrampel und Applaus zum Podium ging, mit geröteten Wangen und leuchtenden Augen zu ihnen sprach und sich direkt an jeden Mann, jede Frau wandte, sie ermutigte, sie warnte und ihnen wirtschaftliche Zusammenhänge erklärte. Die Fabrikarbeiterinnen waren verrückt nach ihm. Mary wurde ganz schlecht, wenn sie sah, wie die anderen Frauen ihn anhimmelten oder eine frische, vollbusige Frau ihn im Korridor vor dem Büro ansprach und die Hand auf seinen Arm legte. Mary saß mit trockenem Mund vom vielen Rauchen und einen bitteren Geschmack auf der Zunge an ihrem Schreibtisch, musterte ihre gelblich verfärbten Finger, strich sich das unordentliche, strähnige Haar aus der Stirn und fand sich schlecht gekleidet, unattraktiv und verblüht. Wenn er ihr, nur ihr allein, ein Lächeln schenkte, bevor er sie vor versammelter Mannschaft zusammenstauchte, weil sie die Matrizen für die Flugblätter noch nicht getippt hatte, war sie den ganzen Tag glücklich. Doch die meiste Zeit schien er vergessen zu haben, dass sie einander einmal geliebt hatten.

Nachdem AFL-Funktionäre aus Washington mit teuren Mänteln und Seidenschals, Männer, die Zigarren für fünfundzwanzig Cent rauchten und auf den Boden des Büros spuckten, Ben die Streikleitung abgenommen und den Arbeitskampf beigelegt hatten, kam er eines Nachts, als Mary gerade zu Bett gehen wollte, in die Wohnung in der 4th Street. Seine Augen waren vor Übermüdung gerötet, seine Wangen eingefallen und grau. «Ach, Ben», sagte sie und brach in Tränen aus. Er war kalt, verbittert, verzweifelt. Stundenlang saß er auf der Bettkante und erzählte mit scharfer, monotoner Stimme von dem faulen Kompromiss und dem Streit zwischen den radikalen Linken einerseits und den Sozialisten und Gewerkschaftsfunktionären alter Schule andererseits und dass jetzt, wo alles vorbei sei, seine Verhandlung wegen Missachtung des Gerichts anstehe.

«Ich schäme mich so, dass meine Verteidigung vom Geld der Arbeiter bezahlt werden soll. Ich würde auch ins Gefängnis gehen, aber es ist ein Präzedenzfall. Wir müssen jeden Fall durchfechten, und es ist eine Möglichkeit, uns die liberalen Anwälte, diese miesen Trickser, zunutze zu machen. Das Ganze kostet eine Menge, und die Gewerkschaft ist pleite, und mir gefällt es nicht, dass sie Geld für mich ausgeben ... aber sie sagen, wenn wir meinen Fall gewinnen, werden die Anklagen gegen die anderen Jungs fallengelassen.»

«Weißt du, was du jetzt brauchst?», sagte sie und strich ihm das Haar aus der Stirn. «Ein bisschen Ruhe und Entspannung.»

«Das sagst ausgerechnet du?», sagte er und band sich die Schuhe auf.

Es dauerte lange, bis sie ihn bewegen konnte, sich ins Bett zu legen. Halb bekleidet und zitternd saß er im Dunkeln auf der Bettkante und redete über die Fehler, die man bei dem Streik gemacht hatte. Als er seine Kleider endlich ausgezogen hatte und aufstand, um sie über den Stuhl zu legen, sah er in dem breiten grauen Lichtstreifen, den die Straßenlaterne vor dem Fenster ins Zimmer warf, wie ein Gerippe aus. Beim Anblick der eingefallenen Brust und der tiefen Höhlen hinter dem Schlüsselbein brach sie erneut in Tränen aus.

«Was ist los?», fragte er barsch. «Heulst du, weil du keinen Valentino im Bett hast?»

«Quatsch! Ich hab bloß gedacht, dass du ein bisschen aufgepäppelt werden müsstest. Du arbeitest so viel, du armer Kerl.»

«Eines Tages heiratest du einen gutaussehenden jungen Börsenmakler von der Sorte, wie du sie aus Colorado Springs kennst. Ich weiß, was ich zu erwarten habe, aber das ist mir scheißegal ... Ich kann auch allein kämpfen.»

«Sag so was nicht, Ben. Du weißt doch, dass ich mit Leib und Seele ...» Sie zog ihn an sich. Unvermittelt küsste er sie.

Am nächsten Morgen hatten sie einen heftigen Streit über den Wert ihrer Recherchen. Sie sagte, er solle sich nichts einbilden – schließlich sei der Streik ja nicht besonders erfolgreich gewesen. Ben ging ohne Frühstück aus dem Haus, und Mary marschierte in geballter, elender Wut uptown, kündigte und fuhr ein paar Tagte später nach Boston, um in dem gerade gebildeten Komitee am Fall Sacco und Vanzetti /502/ zu arbeiten.

Sie war noch nie in Boston gewesen. An sonnigen Wintertagen hatte die Stadt mit ihren Backsteinhäusern etwas, das an altmodische Stahlstiche gemahnte und ihr gut gefiel. Sie fand ein kleines Zimmer am Rand der Slums hinter dem Beacon Hill und beschloss, dass sie, wenn der Fall erst gewonnen war, ein Buch über Boston schreiben würde. In einem muffigen kleinen Schreibwarenladen kaufte sie ein paar Schulhefte und begann sich Notizen für den geplanten Roman zu machen. Der Geruch des zartblau linierten Papiers gab ihr das Gefühl eines neuen, frischen Anfangs. Von nun an wollte sie das Leben studieren. Sich nie mehr mit einem Mann einlassen. Zu Weihnachten schickte ihre Mutter ihr einen Scheck. Mit dem Geld kaufte sie sich neue Kleider und einen flotten Hut. Sie benutzte wieder Lockenwickler.

Ihre Aufgabe bestand darin, Verbindung zu Journalisten aufzunehmen und Nachrichten zu lancieren, die Sacco und Vanzetti in ein gutes Licht rückten. Es war mühsam. Obwohl die meisten Journalisten, die sich mit dem Fall befasst hatten, die beiden für unschuldig hielten, fanden sie, es seien ja schließlich bloß zwei Itaker-Anarchisten, also wozu die Aufregung? Eines Samstagabends, nachdem sie im Gefängnis von Dedham mit Sacco und in Charleston mit Vanzetti gesprochen hatte, versuchte sie, einem Mann von United Press, der sie in ein italienisches Restaurant in der Hanover Street eingeladen hatte, zu erklären, was für einen Eindruck die beiden auf sie gemacht hatten.

Er war der einzige Journalist, mit dem sie sich anfreundete – ein schrecklicher Trinker, aber er hatte viel gesehen und eine sanfte, distanzierte Art, die ihr gefiel. Aus irgendeinem Grund mochte er sie, zog sie aber gnadenlos mit dem auf, was er als ihren jugendlichen Fanatismus bezeichnete. Wenn er sie zum Essen einlud und sie nötigte, viel Rotwein zu trinken, sagte sie sich, das sei keine verschwendete Zeit, sondern wichtig, um den Kontakt zur Presse zu halten. Er hieß Jerry Burnham.

«Aber Jerry, wie können Sie das zulassen? Wenn der Staat Massachusetts diese beiden unschuldigen Menschen trotz der weltweiten Proteste umbringt, wird es in Amerika keine Gerechtigkeit mehr geben.»

«Wann hat es die denn je gegeben?», fragte er mit einem bitteren Lachen und beugte sich vor, um ihr nachzuschenken. «Schon mal von Tom Mooney /503/ gehört?» Durch das lockige weiße Haar wirkte sein aufgedunsenes rotes Gesicht eigenartig jugendlich.

«Aber sie haben etwas so Aufrichtiges, Friedliches – man spürt bei ihnen etwas von Größe. Ja, wirklich: Es sind große Männer.»

«Umso bemerkenswerter, dass sie nicht schon vor Jahren hingerichtet worden sind.»

«Aber das werden die Arbeiter, die einfachen Leute, nicht zulassen.»

«Die einfachen Leute haben den meisten Spaß daran, wenn große Männer gefoltert und hingerichtet werden. Wenn es nicht zu weit hergeholt ist: Wer war es noch, der unseren Freund Jesus Christus gekreuzigt sehen wollte?»

Jerry Burnham brachte ihr das Trinken bei. Er selbst lebte in einem beständigen Nebel und führte sich den Alkohol so sorgsam, ja umsichtig zu wie ein Hochseilartist, der auf seinem Kopf einen gedeckten Tisch balanciert. Er war es gewohnt, vierundzwanzig Stunden am Tag Nachrichten weiterzuleiten, und erledigte seine Telegramme und die anderen Büroarbeiten so routiniert, als würde er seine Rechnung in einem Speakeasy bezahlen und um die Ecke ins nächste gehen. Seine Nieren waren schwer angeschlagen, und er sagte, er trinke nur noch Wein, aber wenn Mary in sein Büro kam, roch sein Atem oft nach Whiskey. Er war ein hoffnungsloser Fall, und jedes Mal, wenn sie mit ihm ausging, schwor sie sich, es sei das letzte Mal – sie wollte keine Zeit verschwenden, wo doch jede Minute kostbar war. Aber dann knickte sie doch wieder ein, sagte lächelnd zu und verschwendete einen weiteren Abend damit, Wein zu trinken und sich seine Geschichten anzuhören. «Es wird alles mit Blindheit und plötzlichem Tod enden», sagte er eines Nachts, als er sie mit dem Taxi nach Hause gebracht hatte. «Aber was soll's? Wen kümmert's? Wen auf diesem verdammten, verlausten Planeten kümmert das auch nur das mikroskopisch kleinste bisschen?»

Als ein Revisionsantrag nach dem anderen abgelehnt wurde, der unangenehme Bostoner Frühling in den warmen Sommer überging, der Bericht der vom Gouverneur eingesetzten Kommission ungünstig ausfiel und keine andere Hoffnung mehr blieb als eine Begnadigung durch den Gouverneur, arbeitete Mary immer fieberhafter. Sie verfasste Artikel, sprach mit Politikern und Ministern, stritt sich mit Redakteuren, hielt in Gewerkschaftshäusern Reden. Sie schrieb ihrer Mutter beschämend demütige Bittbriefe und bat sie unter allen möglichen Vorwänden um Geld. Jeder Cent, den sie erübrigen konnte, floss in die Arbeit des Komitees – immer mussten Papier, Briefmarken, Telegramme, Telefongespräche bezahlt werden. Nächtelang versuchte sie, Kommunisten, Sozialisten, Anarchisten und Liberale zur Zusammenarbeit zu überreden. Wenn sie durch die gepflasterten Straßen irgendwohin eilte, flüsterte sie vor sich hin: «Sie müssen gerettet werden, sie müssen gerettet werden», und wenn sie dann schließlich im Bett lag, waren ihre Träume voller unlösbarer Aufgaben: Sie versuchte, eine zerbrochene Teekanne zusammenzukleben, aber immer wenn sie eine Seite fertig hatte, zerbröckelte sie wieder; sie wollte einen Riss in ihrem Rock flicken, aber wenn sie unten angekommen war, hatte sich der Faden oben schon wieder gelöst; sie versuchte, ein zerrissenes Stück Papier wieder zusammenzusetzen, ein Telegramm von größter Wichtigkeit, doch sie konnte es nicht richtig sehen, alles war verschwommen, und dabei ging es um ein Beweisstück, mit dem man eine neue Verhandlung würde erzwingen können, doch ihre Augen waren zu schlecht, und wenn es ihr endlich gelungen war, die verzerrten, pulsierenden Buchstaben eines Wortes zu entziffern, hatte sie das vorangegangene schon wieder vergessen; sie ging einen steilen Hügel hinauf, zwischen schwarzen, ausgeräumt wirkenden, unmöglich schiefen Häusern, in denen Stahlarbeiter wohnten, und der Hügel war so steil, dass sie bei jedem Schritt zurückrutschte und rutschend um Hilfe schrie. Dann hörte sie eine warme, beruhigende Stimme, nicht unähnlich der von Ben Compton, wenn es ihm gutging, die sagte, die öffentliche Meinung werde es nicht zulassen, die Amerikaner hätten schließlich Sinn für Gerechtigkeit und Fairplay, die Arbeiterklasse werde sich erheben; sie sah Versammlungen, Slogans, Spruchbänder, Transparente, deren Schrift erst nach und nach lesbar wurde: PROLETARIER ALLER LÄNDER, VEREINIGT EUCH!, sie nahm an Protestdemonstrationen teil, marschierte mitten in der Menge. SIE WERDEN NICHT STERBEN!

Morgens schreckte sie aus dem Schlaf hoch, wusch sich, zog sich hastig an und eilte zum Büro des Komitees. Unterwegs trank sie ein Glas Orangensaft und eine Tasse Kaffee. Sie war stets die Erste. Wann immer sie nur für einen Augenblick nachließ, sah sie im Geist ihre Gesichter vor sich: das scharfgeschnittene blasse Gesicht des Schuhmachers mit den blitzenden Augen und den Philosophenbart des Fischhändlers mit dem nachdenklichen, furchtlosen Blick. Und hinter ihnen sah sie den elektrischen Stuhl, so deutlich, als stünde er hier, in diesem stickigen, beengten Büro.

Der Juli verging zu schnell. Der August begann. Immer mehr Leute erschienen im Büro des Komitees: alte Freunde, Wobblys, die per Anhalter von der Westküste gekommen waren, Politiker, die es auf die Stimmen der Italiener abgesehen hatten, Anwälte, die der Verteidigung Vorschläge machen wollten, Schriftsteller, arbeitslose Journalisten, Verrückte und Scharlatane aller Art, angelockt von Gerüchten über einen gewaltigen Verteidigungsfonds. Als Mary eines Nachmittags aus Pawtucket zurückkehrte, wo sie im Gewerkschaftshaus gesprochen hatte, saß G. H. Barrow an ihrem Schreibtisch. Er hatte einen ganzen Stapel Telegramme an Senatoren, Abgeordnete, Minister und Gewerkschaftsfunktionäre geschrieben, in denen er diese aufforderte, sich im Namen der Gerechtigkeit, der Zivilisation und der Arbeiterklasse den Protesten anzuschließen. Es waren lange, teure Telegramme – Mary sah sie durch und rechnete aus, wie viel sie kosten würden. Sie wusste zwar nicht, wie das Komitee sie bezahlen würde, gab sie aber trotzdem dem Botenjungen, der auf dem Korridor wartete. Kaum zu glauben, dass diese Worte ihr Herz vor ein paar Wochen noch höher hatten schlagen lassen, und erschreckend, dass sie ihr jetzt so bedeutungslos vorkamen wie das, was auf den Kärtchen stand, die man von Wahrsageautomaten für einen Cent bekam. Eben diese Worte las und schrieb sie seit sechs Monaten jeden Tag.

Mary hatte keine Zeit, von der Begegnung mit George Barrow peinlich berührt zu sein. Sie gingen in eine Cafeteria, aßen einen Teller Suppe und sprachen nur über den Fall Sacco und Vanzetti, als hätten sie einander nie gekannt. Vor dem Parlamentsgebäude wurde wieder demonstriert, und als sie die Cafeteria verließen, sagte Mary zu ihm: «Tja, George, wie wär's, wenn du hingehen und dich festnehmen lassen würdest? Es ist noch nicht zu spät für die Abendausgabe. Dein Name würde uns wieder auf die Titelseite bringen.»

Er lief rot an und stand hochgewachsen, nervös und mit hervorquellenden Augen in seinem schicken hellgrauen Anzug auf dem belebten Bürgersteig vor dem Lokal. «Aber meine Liebe, wenn ich das Gefühl hätte, dass es etwas nützen würde ... würde ich mich mit Freuden verhaften lassen oder mich vor einen Lastwagen werfen. Aber ich fürchte, das würde mich um den letzten Nutzen bringen, den ich noch habe.»

Bleich vor Wut sah Mary ihn an. «Dachte ich's mir doch, dass dir das zu riskant ist», sagte sie langsam und betont und spuckte ihm die Worte vor die Füße. Dann drehte sie sich um und eilte zurück ins Büro.

Als sie selbst festgenommen wurde, war sie irgendwie erleichtert. Sie hatte beschlossen, Polizisten aus dem Weg zu gehen, denn man hatte ihr gesagt, ihre Arbeit sei zu wertvoll und sie dürfe nicht ausfallen, aber sie musste mit einem Bündel Schilder, das die neue Demonstrantengruppe vergessen hatte, den Hügel hinauf zum Parlament laufen. Im Büro war niemand, den sie hätte schicken können. Gerade überquerte sie die Beacon Street, als plötzlich rechts und links von ihr zwei große, überaus höfliche Polizisten erschienen. Der eine sagte: «Entschuldigung, Miss – machen Sie bitte kein Spektakel und kommen Sie mit», und kurz darauf saß sie in einem dunklen Streifenwagen. Unterwegs zur Wache hatte sie das beruhigende Gefühl, hilflos und aller Verantwortung enthoben zu sein. Zum ersten Mal seit Wochen war sie entspannt. Auf der Wache in der Joy Street wurden ihre Personalien aufgenommen, aber man sperrte sie nicht in eine Zelle. Sie saß mit zwei jüdischen Näherinnen und einer gutgekleideten Frau in einem geblümten Sommerkleid und mit einer Perlenkette auf der Bank gegenüber dem Schalter des Wachhabenden und sah zu, wie die männlichen Demonstranten eingeliefert und in die Zellen gebracht wurden. Die Polizisten waren höflich, alle waren gut aufgelegt. Das Ganze war wie ein Spiel – kaum zu glauben, dass es dabei tatsächlich um etwas ging.

Unter den Festgenommenen, die auf der steilen Straße vor der Wache aus den Gefangenentransporter stiegen, fiel ihr ein hochgewachsener Mann auf, den sie nach den Fotos im *Daily* als Donald Stevens erkannte. Er war eingerahmt von zwei Polizisten mit geröteten Gesichtern, die ihn an den Armen hielten. Sein Kragenknopf war abgerissen, und die Krawatte sah aus, als hätte jemand daran gezerrt. Marys erster Gedanke war, wie gut er aussah. Er hatte stahlgraues Haar, sonnengebräunte Haut und leuchtende graue Augen über hohen Wangenknochen. Als man ihn abführte, folgte ihr Blick seinen breiten Schultern ins Dämmerlicht des Zellentraktes. Die Frau neben ihr flüsterte in ehrfurchtsvollem Ton, dass man ihn nicht wie die anderen wegen Belästigung und Störung festgenommen habe, sondern wegen Anstiftung zum Aufruhr. Fünftausend Dollar Kaution. Weil er versucht habe, auf dem Boston Common eine Versammlung abzuhalten.

Nach etwa einer halben Stunde erschien der kleine Mr. Feinstein vom Büro in Begleitung eines hochgewachsenen, modisch gekleideten Herrn in einem Leinenanzug, der Kaution für Mary stellte. Zur selben Zeit wurde auch Donald Stevens gegen Kaution entlassen. Zu viert verließen sie die Wache und gingen den Hang hinunter. An der nächsten Ecke sagte der Mann im Leinenanzug: «Sie beide sind zu wertvoll – wir konnten Sie nicht den ganzen Tag dadrin lassen. Vielleicht sehen wir uns im Bellevue? Suite D, im ersten Stock.» Er winkte ihnen und ging davon. Mary brannte so sehr darauf, mit Donald Stevens zu sprechen, dass sie vergaß, den Mann nach seinem Namen zu fragen. Alles passierte so schnell, dass sie gar nicht wusste, wo ihr der Kopf stand.

Sie zupfte Donald Stevens am Ärmel. Sie und Mr. Feinstein hatten Mühe, mit seinen langen Schritten mitzuhalten. «Ich heiße Mary French», sagte sie. «Was können wir tun? Wir müssen doch etwas tun.»

Er wandte sich zu ihr und lächelte breit, als sähe er sie gerade zum ersten Mal. «Ich habe von Ihnen gehört», sagte er. «Sie sind eine beherzte Frau und haben tapfer gekämpft, trotz dieser Liberalen in Ihrem Komitee.»

«Aber auch die haben getan, was sie konnten», sagte sie.

«Wir müssen die gesamte Arbeiterklasse von Boston auf die Straße bringen», sagte er mit tiefer, knurrender Stimme.

«Wir haben die Textilarbeiter, aber das ist alles.»

Er schlug mit der Faust in die Hand. «Was ist mit den Italienern? Was ist mit dem North End? Wo ist euer Büro? Seht euch an, was wir in New York auf die Beine gestellt haben – warum geht das nicht auch hier?»

Vertraulich, ja beinahe zärtlich beugte er sich zu ihr, und sogleich fielen die Müdigkeit und Gehetztheit von ihr ab. Unwillkürlich legte sie die Hand auf seinen Arm.

«Wir reden jetzt mit eurem Komitee», fuhr er fort, «und dann mit dem italienischen Komitee. Und dann nehmen wir uns die Gewerkschaften vor.»

«Aber Don, uns bleiben nur noch dreißig Stunden», wandte Mr. Feinstein mit trockener, müder Stimme ein. «Ich vertraue mehr auf den politischen Druck, der auf den Gouverneur ausgeübt wird. Sie wissen ja, dass er sich Hoffnungen auf eine Präsidentschaftskandidatur macht. Ich glaube, er wird die Strafen umwandeln.»

Im Büro erwartete sie Jerry Burnham. «Ah, die Jungfrau von Orleans», rief er. «Ich wollte gerade gehen und die Kaution für Sie stellen, aber wie ich sehe, sind Sie schon wieder auf freiem Fuß.»

Jerry und Donald Stevens kannten sich offenbar bereits. «Na, Jerry», sagte Stevens barsch, «bringt das Ihre zynische Pose nicht ein bisschen ins Wanken?»

«Ich wüsste nicht, warum. Dass Universitätsrektoren Schweine sind, ist mir nicht neu/504/.»

Donald Stevens wich zur Wand zurück, als müsste er sich beherrschen, Jerry keinen Kinnhaken zu verpassen. «Ich verstehe nicht, wie es sein kann, dass ein Mann, der noch einen Rest von Männlichkeit in sich hat, kein Roter ist – auch wenn er ein kleinbürgerlicher Schreiberling ist.»

«Mein lieber Don, Sie sollten inzwischen gemerkt haben, dass wir Angehörigen der Journaille unsere Männlichkeit ungefähr zur Zeit des großen Kriegs wie Huren verhökert haben – das heißt, sofern wir sie jemals besessen haben, worüber man vermutlich geteilter Meinung sein kann.»

Donald Stevens war bereits im Hinterzimmer verschwunden. Mary sah in Jerrys gerötetes Gesicht und wusste nicht, was sie sagen sollte.

«Also, Mary, wenn Sie sich im Lauf des Tages eine kleine Erfrischung gönnen wollen – und ich glaube, die könnten Sie gut gebrauchen –, wissen Sie ja, wo Sie mich finden.»

«Ich werde keine Zeit haben», sagte Mary kühl. Aus dem Hinterzimmer hörte sie Stevens' tiefe Stimme. Sie eilte ihm nach.

Die Anwälte hatten versagt. Während sie darüber redeten, diskutierten, stritten, wie ein Protest in letzter Minute organisiert werden könnte, spürte Mary, wie die Stunden, die letzten Stunden der beiden Männer, verstrichen. Sie spürte die Minuten verrinnen wie das Blut aus einer durchschnittenen Pulsader. Sie fühlte sich schwach und elend. Ihr Kopf war leer. Es war regelrecht erleichternd, auf der Straße zu sein und trabend mit Donald Stevens Schritt zu halten. Sie gingen von einem Komitee zum anderen. Es war beinahe Mittag, aber es kam nichts in Gang. Auf der Hanover Street hielt neben ihnen ein blasser Italiener in einer schäbigen Limousine. Stevens öffnete die Beifahrertür. «Genossin French, das ist Genosse Strozzi – er wird uns fahren.»

«Sind Sie eingebürgert?», fragte sie mit besorgtem Stirnrunzeln.

Strozzi schüttelte den Kopf und grinste. «Vielleicht schenken sie mir einen Fahrschein zurück nach Italien.»

Später konnte Mary sich nicht erinnern, was sie den Rest des Tages getan hatten. Sie fuhren in alle ärmeren Bostoner Vororte, aber oft waren die Männer, die sie suchten, nicht zu Hause. Einen großen Teil der Zeit verbrachte Mary in Telefonzellen und wurde falsch verbunden. Irgendwie wollte ihr nichts gelingen. Ihre Augenlider fühlten sich an wie Sandpapier, und sie starrte mit stumpfem Blick auf die Männer und Frauen, die sich im Büro des Komitees drängten. Stevens hatte seine anfängliche bissige Art abgelegt, sprach mit Gewerkschaftern, Sozialisten, Priestern und Anwälten und war dabei sarkastisch und distanziert. «Die beiden sind tapfere Männer. Es geht jetzt nicht mehr darum, ob sie gerettet werden oder nicht, sondern darum, die Kraft der Arbeiterklasse zu retten», sagte er. Überall war man sich einig: Bei einer Demonstration würde es zu Gewalt kommen, und das würde die Chance mindern, dass der Gouverneur die Strafe in letzter Minute umwandelte. Mary hatte allen eigenen Schwung verloren. Mit einem Mal war sie Donald Stevens' Sekretärin. Wenn sie kleine Botengänge für ihn erledigen konnte, fühlte sie sich wenigstens nicht so unglücklich.

Spät am Abend klapperte sie sämtliche italienischen Restaurants in der Hanover Street ab und suchte nach einem Anarchisten, mit dem Stevens sprechen wollte, aber alle Lokale waren leer, und es herrschte eine bedrückende Stille. Totenwache. Die Menschen hielten auf Abstand, als könnten sie sich sonst mit irgendetwas anstecken. Ganz hinten in einem kleinen Speakeasy im ersten Stock saß Jerry Burnham allein an einem Tisch, vor sich ein Glas Whiskey und eine Flasche Ginger Ale. Er war kreidebleich und schwankte leicht. Er starrte sie an, ohne sie zu sehen. Der Kellner beugte sich über ihn und schüttelte ihn. Er war hoffnungslos betrunken.

Es war gut, wieder ins Büro zurückzukehren, wo Stevens inzwischen versuchte, einen Generalstreik zu organisieren. Als sie eintrat, sah er sie fragend an. «Wieder nichts», sagte sie bitter. Er legte den Telefonhörer auf, stand auf, ging zu den Kleiderhaken an der schmutzig gelben Wand und nahm Hut und Mantel. «Sie sind todmüde, Mary French. Ich bringe Sie jetzt nach Hause.»

Sie mussten einen Umweg von mehreren Blocks machen, um die Polizeiabsperrung um das Parlamentsgebäude zu umgehen. «Haben Sie schon mal bei einem Tauziehen mitgemacht?», fragte Stevens. «Man zieht mit aller Kraft, aber die anderen sind einfach schwerer, und man fühlt, wie man gezogen wird. Sie ziehen stärker, als man selbst ziehen kann ... Ach, ich rede wie ein Defätist. Wir sind doch keine Scheißliberalen», sagte er und lachte freudlos. «Sind Anwälte nicht das Letzte?»

Sie standen vor dem Haus mit dem Erker, in dem Mary wohnte. «Gute Nacht, Don», sagte sie.

«Gute Nacht, Mary. Versuchen Sie zu schlafen.»

Der Montag war wie ein Sonntag. Sie wachte spät auf und quälte sich aus dem Bett. Sie musste sich überwinden, sich anzuziehen, ins Büro zu gehen und die trübseligen, niedergeschlagenen Mienen zu sehen. Die Menschen auf der Straße schienen den Blick abzuwenden, wenn sie vorbeiging. Totenwache. Die Straßen waren still, selbst der Verkehrslärm schien gedämpft, als duckte sich die ganze Stadt unter dem Schrecken der Vollstreckung, die am Abend erfolgen sollte. Der Tag verging mit monotonem Gemurmel, Zeitungsartikeln, Telefongesprächen. Totenwache. Am Abend wurde Mary von einer grimmigen Erregung gepackt, als sie und Don Stevens nach Charlestown fuhren, um sich dem Protestzug anzuschließen. Sie hatte nicht damit gerechnet, dass es so viele Demonstranten sein würden. Vereinzelt erklangen Lieder, verwehte Fetzen der *Internationale* hingen über den Köpfen der Menschen, die dicht gedrängt auf der von schäbigen Häusern mit leeren Fenstern gesäumten Straße standen. Totenwache. Zu Marys Rechter war ein kleiner Mann mit Brille, der sagte, er sei Musiklehrer, zu ihrer Linken eine jüdische Näherin, Mitglied der Gewerkschaft der Damenstrumpfwirkerinnen. Sie hakten sich unter. Don ging ein Stück vor ihnen, in der ersten Reihe. Sie überquerten die Brücke und marschierten auf dem Kopfsteinpflaster einer schlecht beleuchteten Straße unter einer Hochbahn. Über ihnen donnerten Züge. «Nur noch ein paar Blocks bis zum Charlestown-Gefängnis», rief einer.

Diesmal setzten die Polizisten ihre Knüppel ein. Man hörte das Trappeln der Pferdehufe auf dem Kopfsteinpflaster und das dumpfe Klatschen der Knüppel. In der Ferne die Sirenen der Polizeiwagen. Mary hatte große Angst. Ein Lastwagen fuhr auf sie zu. Sie sprang beiseite und stellte sich hinter einen Stahlpfeiler der Hochbahn. Zwei Polizisten packten sie, doch sie klammerte sich an den schmutzigen Pfeiler. Einer der beiden schlug ihr mit dem Knüppel auf die Hand. Sie war nicht sehr verletzt, sie saß in einem Gefangenentransporter, sie hatte ihren Hut verloren, und ihr Haar war aufgelöst. Wenn sie vorhatte, sich öfter an solchen Sachen zu beteiligen, dachte sie unvermittelt, würde sie sich die Haare schneiden lassen müssen. «Weiß jemand, wo Don Stevens ist?», rief sie in die Runde.

«Sind Sie das, Mary?», hörte sie seine Stimme aus dem Dunkel weiter vorn.

«Wie geht's Ihnen, Don?»

«Ganz gut. Wirklich. Kopf und Ohren haben ein bisschen was abgekriegt.»

«Er blutet schlimm», sagte ein anderer Mann.

«Los, Genossen, lasst uns singen!», rief Don. Mary vergaß alles andere, als sie einfiel und ihre Stimme zusammen mit der von Don und den anderen im Gefangenentransporter erklang, zusammen mit den Menschen, die über die Brücke zurückgetrieben wurden:

Wacht auf, Verdammte dieser Erde …

Wochenschau LXVI

HOLMES VERWEIGERT AUFSCHUB

Die stets man noch zum Hungern zwingt

Winzige, aus Korea eingeschleppte Wespen kämpfen mit asiatischen Käfern auf Leben und Tod

JUNGE KILOMETERWEIT DURCH
ABWASSERKANAL GESPÜLT
LEBEND GEBORGEN

VERSAMMLUNGSVERBOT IN CHICAGO

Das Recht wie Glut im Kraterherde

Washington behält Radikale im Auge

Nun mit Macht zum Durchbruch dringt

AUCH PARIS, BRÜSSEL, GENF UND MOSKAU PROSTESTIEREN

Völker, hört die Signale,
Auf zum letzten Gefecht,

Geologe sechs Tage in Höhle verirrt

Die Internationale

SACCO UND VANZETTI MÜSSEN STERBEN

Erkämpft das Menschenrecht.

Ich habe im Todestrakt oft an dich gedacht: der Gesang, die lieben, zarten Stimmen der Kinder auf dem Spielplatz, so viel Leben und Freude in Freiheit, nur ein paar Schritte entfernt von der Mauer um die eingesperrte Qual von drei /505/ *eingesperrten Seelen. Sie haben mich immer an dich und deine Schwester erinnert, und ich habe mir die ganze Zeit gewünscht, ich könnte euch sehen, aber ich glaube, es ist besser, wenn ihr nicht in den Todestrakt kommt, damit ihr nicht den schrecklichen Anblick von drei Menschen ertragen müsst, die auf den elektrischen Stuhl warten.*

Das Auge der Kamera 50

sie haben uns von der Straße geknüppelt · sie sind stärker · sie sind reich · sie heuern und feuern die Politiker die Zeitungsredakteure die alten Richter die Kleingeister mit makellosem Ruf die Universitätsrektoren die Strippenzieher in den Wahlbezirken (hört zu Geschäftsleute Universitätsrektoren Richter · Amerika wird seine Verräter nicht vergessen) sie bezahlen die Männer mit den Gewehren · die Uniformen die Streifenwagen die Gefangenenwagen

also gut ihr habt gewonnen · ihr werdet diese tapferen Männer unsere Freunde heute Nacht umbringen

es gibt nichts mehr zu tun · wir sind besiegt · wir die Besiegten versammeln uns in der Salem Street in alten schmuddeligen Schulzimmern schleppen uns die schmutzige knarzende Treppe hinauf sitzen mit gebeugtem Kopf auf Schulbänken und hören die alten Worte derer die Unterdrückung hassten · heute Nacht erneuert in Schweiß und Todesqual

unsere Arbeit ist getan · die hingekritzelten Sätze · die nächtelang getippten Presseerklärungen die Druckerei und der stechende Geruch frisch gedruckter Flugblätter · rasch zu Western Union Telegrammworte aneinanderreihen die Suche nach stechenden Worten damit du fühlst wer deine Unterdrücker sind Amerika

unsere Nation Amerika ist besiegt worden von Fremden die unsere Sprache auf den Kopf gestellt und die klaren Worte unserer Väter genommen und in etwas widerlich Schleimiges verwandelt haben

ihre bezahlten Männer sitzen auf der Richterbank sie sitzen zurückgelehnt und mit den Füßen auf dem Tisch unter der Kuppel des Parlamentsgebäudes sie haben keine Ahnung von dem woran wir glauben sie haben die Dollars die Gewehre die Armee die Kraftwerke

sie haben den elektrischen Stuhl gebaut und bezahlen den Henker der den Schalter umlegt also gut wir sind zwei Nationen

unsere Nation Amerika ist besiegt worden von Fremden die ihre eigenen Gesetze mitgebracht und die Weiden eingezäunt und die Wälder für Zeitungspapier abgeholzt und unsere schönen Städte in Slums verwandelt und unserem Volk Reichtümer abgepresst haben und wenn sie wollen bezahlen sie den Henker der den Schalter umlegt

aber wissen sie dass die alten Worte der Einwanderer heute Nacht in Blut und Todesqual erneuert werden wissen sie dass die alten amerikanischen Worte derer die Unterdrückung hassten heute Nacht aus dem Mund einer alten Frau aus Pittsburgh kommen aus dem Mund eines heiseren Kesselschmieds aus San Francisco der auf Güterzügen quer durchs Land gefahren ist um hier zu sein aus dem Mund eines Sozialarbeiters aus Back Bay aus dem Mund eines italienischen Druckers eines Hobos aus Arkansas · die Sprache der besiegten Nation ist heute Nacht nicht vergessen in unseren Ohren

die Männer im Todestrakt haben die alten Worte erneuert bevor sie starben

Wenn all dies nicht gewesen wäre, hätte ich mein Leben vielleicht damit verbracht, an Straßenecken zu stehen und vor spottenden Menschen Reden zu halten. Ich wäre vielleicht unbekannt und unbeachtet gestorben, ein Gescheiterter. Das ist unser Erfolg und unser Triumph. Nie hätten wir hoffen dürfen, in einem bis zum natürlichen Tod durchlebten Leben so viel für Toleranz, Gerechtigkeit und das Verständnis der Menschen füreinander tun zu können wie jetzt durch bloßen Zufall.

jetzt ist ihre Arbeit getan · die Einwanderer die Unterdrückung hassten liegen still in schwarzen Anzügen in einem kleinen Beerdigungsinstitut im North End · in der Stadt ist es ruhig · die Männer der siegreichen Nation lassen sich nicht auf der Straße sehen

sie haben gesiegt warum haben sie Angst sich auf der Straße

zu zeigen? auf der Straße sieht man nur die niedergeschlagenen Gesichter der Besiegten · die Straße gehört der besiegten Nation · die ganze Strecke zu dem Friedhof wo die Leichname der Einwanderer verbrannt werden sollen · wir stehen im Nieselregen am Bordstein wir stehen dicht gedrängt auf dem Bürgersteig stumm und blass und starren bang auf die Särge

wir sind besiegt Amerika

Wochenschau LXVII

wenn alles in Aufruhr ist, herrscht immer Chaos, sagte Mr. Ford. Arbeit kann Wunder vollbringen und das Chaos überwinden. Wenn die russischen Massen erst gelernt haben, mehr zu wollen, als sie haben, wenn sie weiße Kragen wollen, Seife, bessere Kleider, bessere Schuhe, bessere Wohnungen, bessere Lebensbedingungen

Ich hebe den Finger und sage du-du
na-na
gut-gut
komm-komm

STAHLFUSION REPUBLIC-TRUMBULL BESCHLOSSEN

Am schönen Amazonasstrand
Da fanden wir uns ein,
Doch unsrer Liebe Unterpfand

ÜBERVERKÄUFE AM WEIZENMARKT AUF NEUEM REKORDSTAND

rissen die Männer der freiwilligen Feuerwehr als Erstes die Fenster auf, um den Rauch abziehen zu lassen. Dies führte dem Feuer Luft zu, sodass es, angefacht von einem kräftigen Seewind, rasch um sich greifen

REKORDUMSATZ IN VERSICHERUNGSPAPIEREN IM WEITEREN VERLAUF DES BÖRSENTAGES

kam es vor dem Gebäude zu chaotischen Szenen. Gutgekleidete Damen gingen auf und ab, rangen die Hände und konnten nichts unternehmen, um ihr Eigentum zu retten, während aus den Fenstern der oberen Stockwerke ein Regen aus Truhen, Koffern und Kleidungsstücken niederging. Schmuck und andere Gegenstände im Wert von vielen tausend Dollar landeten auf dem Rasen und wurden von Schaulustigen aufgesammelt, die allerlei Objekte einfach einsteckten und sich entfernten

MAKLERKREDITE AUF NEUEM REKORDSTAND

Nimm deinen grauen Himmel,
Mach ihn zu blauem Himmel
Und feg die Spinnweben vom Mond

MÄRKTE OPTIMISTISCH

mehr über neue Einsatzmöglichkeiten für Zement. Wie man einen profitablen Zementhandel aufbaut. Wie man das Material beurteilt. Wie man kalkuliert. Wie man Beton armiert. Wie man Schalungen, Straßen, Bürgersteige, Böden, Fundamente, Gräben, Keller anlegt

Auch wenn die Iren und die Balten
Von diesen Dingen nicht viel halten,
Kann der Franzose sich nicht irren

STERNENBANNERBANDE ÜBERFÄLLT LOKALE

MORD ENTLARVT FRIEDLICHES ZUSAMMENLEBEN IM QUÄKERSTAAT ALS WUNSCHTRAUM

Pokergewinner gepriesen

Arme Rose von Hollywood,
So ganz allein,
Und niemand weiß, was es heißt,
So allein zu sein

BANKVERKAUF BRINGT FÜNFHUNDERT MILLIONEN

Ich liebe die sorgenzerfurchte Stirn,
Das Silber in deinem Haar,
Ich küsse die Hände, die für mich
Gearbeitet Jahr um Jahr

CARBONIC KAUFT SICH IN TROCKENEIS EIN

ÜBERDREHTER TANZ UMS GOLDENE KALB AM BROADWAY

die umfassende Berichterstattung über steigende Kurse, die weite Verbreitung der Tickerdienste, die Ausstattung der Maklerfilialen mit Tickern sowie die transparenten, vergrößerten Trans-Lux-Projektionen der Börsenkurse – all dies hat natürlich dazu geführt, dass sich landesweit das Interesse auf den Aktienmarkt richtet

Armer kleiner reicher Junge

William Randolph Hearst war ein Einzelkind, das einzige Küken im reich und weich gepolsterten Nest von George und Phebe Hearst.
Achtzehnhundertfünfzig hatte George Hearst seine Familie und die Farm in Franklin County, Missouri, verlassen und war mit einem Ochsengespann nach Kalifornien aufgebrochen. (Neunundvierzig hatte der plötzliche gewaltige Glanz des Goldes über dem Westen aufgeleuchtet;
und die jungen Männer hatten anderes im Kopf, als zu pflügen, die Schweine zu füttern, den Weizen zu dreschen,
wenn jenseits der Berge das Feuer des Goldes brannte. Auf den Spuren der Ochsenwagen kam die Cholera. Die Männer starben an Lagerfeuern oder in hastig errichteten verwanzten Hütten, sie wurden von feindlichen Indianern erledigt oder schossen einander im Streit über den Haufen.)
George Hearst war einer der wenigen, die es schafften;
er hatte einen Riecher für die richtige Stelle
und einen hervorragenden Blick für goldführende Quarzadern;
nach sieben Jahren in El Dorado County war er Millionär. Anaconda /506/ steckte in den Anfängen, er besaß ein Sechstel der Ophir Mine /507/ und Anteile an der Comstock Lode /508/.
Einundsechzig kehrte er, die Taschen voll Nuggets, nach Missouri zurück, heiratete Phebe Apperson, fuhr mit ihr per Schiff über Panama nach San Francisco, der neuen hügeligen Hauptstadt der Minen-Millionäre, und kaufte ihr ein herrschaftliches Anwesen am Golden Gate, an der gewaltigen, nebelumwallten Pazifikküste.
Er besaß riesige Ländereien, züchtete Vieh und Rennpferde, schürfte in Mexiko, beschäftigte in seinen Bergwerken und

auf seinen Farmen fünftausend Männer, verlor und gewann gewaltige Summen mit Minengeschäften, spielte Poker um einen Hunderter pro Chip und hatte stets einen Beutel Goldmünzen für alte Freunde dabei, die es nicht so gut getroffen hatten.
Er starb in Washington,
als Senator,
ein ungeschliffener Diamant, ein kerniger, überaus beliebter weißbärtiger alter Mann mit der schmalen, scharfgeschnittenen Nase und dem Falkenblick des Vorreiters, mit dem schwarzen Schlapphut und den buschigen Brauen eines Pioniers aus alten Tagen.

Dreiundsechzig bekam Mrs. Hearst einen Sohn.
Nichts war zu gut für ihn.
Die Hearsts vergötterten ihn;
er wuchs zu einem hoch aufgeschossenen, schlaksigen Jungen heran, ernstblickend und eigenwillig und umgeben von Dienstboten, Angestellten, Hausmeistern, Aufsichtspersonen, Schmarotzern und Pensionisten; seine Großeltern verwöhnten ihn; er tat, wozu er Lust hatte. Für Mrs. Hearsts Jungen immer nur das Beste vom Besten.
Kein Mangel an Nuggets, Zwanzig-Dollar-Goldmünzen und großen Silberdollars.
Der Junge hatte kaum Freunde; er war zu reich, um sich in der ruppigen Demokratie der Jungen, die damals in San Francisco heranwuchsen, mit anderen zu vertragen. Er war zu zaghaft und zu überheblich; er war nicht beliebt.
Mit Eiscreme, ausländischen Süßigkeiten, teurem Spielzeug, Ponys und Feuerwerk kaufte seine Mutter ihm Spielkameraden, doch die verachtete er – er sehnte sich stets nach den anderen.
Er liebte es, Erwachsenen Streiche zu spielen; als das neue Palace Hotel mit einem Empfang für General Grant eröffnet

wurde, machten er und ein Freund sich einen Spaß daraus, Vogelschrot auf das Glasdach des Innenhofs zu werfen und die dort versammelten hohen Tiere und Würdenträger in helle Aufregung zu versetzen.

Wohin sich die Hearsts und ihr Gefolge auch wandten – überall kauften und kauften sie:
die kalifornische Küste rauf und runter, Ranches und Bergarbeiterstädte,
in Nevada und Mexiko,
im Palast von Porfirio Díaz /509/
der alte Hearst war in der Welt herumgekommen, hatte unter Armen und Reichen gelebt, das Elend der Goldsucher geteilt, sich mit einem Packesel einen Weg durch die Wildnis gebahnt. Mrs. Hearsts kleiner Junge sehnte sich sein Leben lang nach dieser Welt,
die sich im Dunst der Millionen vor ihm verbarg;
der Junge hatte Grips, Appetit und einen starken Willen,
doch er schaffte es nie, sich von den vergoldeten Schürzenbändern zu lösen;
aus Abenteuer wurde Spektakel, eine Tour durch die Slums.
Man schickte ihn nach St. Paul's, ein hochexklusives Internat in Concord, New Hampshire. Seine Streiche versetzten die Schule in Aufruhr. Er wurde hinausgeworfen,
bekam Privatunterricht und ging nach Harvard,
wo er als kaufmännischer Leiter des *Harvard Lampoon* /510/
und brillanter Unterhalter Furore machte; er trank kaum Alkohol und war ein Mann der leisen Töne; er machte die anderen betrunken und zahlte die Rechnungen, kaufte das Feuerwerk zur Feier von Clevelands Wahl zum Präsidenten und engagierte die Marschkapellen;
er besorgte die Sahnetörtchen, mit denen sie aus der Loge im Old Howard die Schauspieler bewarfen,

die Kanonenschläge, die sie in den Laternen der Pferdeomnibusse platzierten,

den Champagner für die Revuegirls.

Er wurde relegiert und der Universität verwiesen, weil er, wie es heißt, einigen Professoren Nachttöpfe geschickt hatte, jeder versehen mit dem geschmackvoll eingravierten Porträt des jeweiligen Adressaten.

Er ging nach New York. Zeitungen waren seine Leidenschaft. Schon in Boston hatte er viel Zeit in Redaktionen verbracht. In New York war er fasziniert von Pulitzers /511/ neuem Journalismus. Er wollte nicht selbst schreiben – er wollte ein Zeitungsmensch sein. (Zeitungsmenschen gehörten zu der scharf konturierten Welt, die er deutlich vor sich sehen wollte, zu jener echten Welt, die der Dunst der Millionen vor ihm verbarg, zur ungeordneten niederen Welt der amerikanischen Demokratie.)

Mrs. Hearsts Junge wollte ein Zeitungsmensch und Unterstützer der Demokratischen Partei sein. (Zeitungsmenschen sahen und hörten, was echte Männer taten, sie aßen, tranken, scherzten, frotzelten, stritten, gingen zu Huren wie echte Männer – das war das echte Leben.)

Er kehrte nach Kalifornien zurück, ein stiller, sanft lächelnder, ernstblickender junger Mann,

gekleidet nach der neuesten Londoner Mode.

Als sein Vater ihn fragte, was er mit seinem Leben anfangen wolle,

sagte er, er wolle den *Examiner* leiten, ein dahinsiechendes Lokalblatt in San Francisco, das sein Vater von einem bankrotten Schuldner übernommen hatte. Es war eine bescheidene Bitte. Der Alte verstand zwar nicht, warum Willie nicht eine Mine oder eine Ranch wollte, sondern dieses Käseblatt, aber Mrs. Hearsts Junge bekam immer, was er wollte.

Der junge Hearst ging in die Redaktion des *Examiner*
und stellte alles auf den Kopf. Er verstand sich darauf, intelligente junge Männer zu finden und zu nutzen, er verstand sich darauf, seine eigene lüsterne Sehnsucht nach den Begierden und Lastern der einfachen, besitzlosen niederen Männer und Frauen zu nutzen (wer durch die Slums flaniert, sieht nur die Straßenhuren, die Rauschgifthöhlen, die Striplokale, und wenn er dann in sein Villenviertel zurückkehrt, behauptet er zu wissen, wie die Arbeiterklasse lebt);
er verstand sich auf den kleinsten gemeinsamen Nenner;
Dünger für seine Karriere,
die Fäulnis der Demokratie. Daraus entstand ein üppig wucherndes Presseimperium. (Vielleicht sah er sich selbst als jungen Gaius Julius, der seine Millionen verschleudert, Embleme und Traditionen in den Staub tritt, Privilegien, Monopole und Wichtigtuer in öffentlichen Ämtern verspottet;
Caesars Leben war, wie das seine, der Streich eines Millionärs. Vielleicht hatte W.R. schon mal von Republiken gelesen, die zugrunde gegangen waren;
auch Alkibiades spielte gern Streiche.)
Der *San Francisco Examiner* steigerte die Auflage, befriedigte die lüsternen Sehnsüchte besitzloser Menschen
und wurde zum *König der Tageszeitungen* /512/.

Nach George Hearsts Tod verkaufte Mrs. Hearst die Anteile an Anaconda für siebeneinhalb Millionen. W.R. bekam von seiner Mutter das Geld, um in den New Yorker Zeitungsmarkt einzusteigen; er kaufte das *Morning Journal*
und nahm den Kampf mit der Pulitzer-Presse auf;
dabei ging es darum, wer aus dem kopfschüttelnd staunenden Publikum
das meiste Geld rausholen konnte.
In der Politik trat er für die Demokraten und den kleinen

Mann ein. Sechsundneunzig unterstützte er Bryan/513/; an der Westküste bekämpfte er die Southern Pacific und ihre Anwälte sowie die Strom- und Wasserversorger, die den ursprünglichen Siedlern den Staat Kalifornien wegnehmen wollten; sechsundneunzig erschienen seine drei New Yorker Zeitungen am Tag der Präsidentschaftswahl mit einer Rekordauflage von eineinhalb Millionen Exemplaren, wodurch die *New York World* gezwungen war, den Verkaufspreis auf einen Cent zu senken.

Wenn es keine Nachrichten gibt, muss man sie machen.
«Liefern Sie Fotos, dann liefere ich den Krieg», soll er an Remington in Havanna telegraphiert haben. Nachdem Mark Hanna/514/ die innenpolitischen Konflikte geklärt und McKinley ins Weiße Haus verholfen hatte, erwiesen sich die Ereignisse auf Kuba als überaus förderlich für die Auflagenzahlen./515/
Hearst beauftragte einen seiner intelligenten jungen Männer, Evangelina Cisneros, eine hübsche kubanische Unabhängigkeitskämpferin, aus dem Kerker befreien zu lassen, in den Gouverneur Valeriano Weyler sie hatte werfen lassen, und bereitete ihr einen großen Empfang auf dem Madison Square.
Denkt an die Maine*!*/516/
Als McKinley gezwungen war, Spanien den Krieg zu erklären, hatte W. R. bereits Vorkehrungen getroffen, einen britischen Dampfer zu kaufen und im Suezkanal zu versenken, doch die spanische Flotte nahm einen anderen Weg.
Er charterte die *Sophia* und die *Buccaneer* und fuhr mit einer transportablen Druckerpresse und einer Flotte von Schleppern nach Kuba,
fuhr im Beiboot durch die Brandung, schwenkte einen Revolver, nahm am Strand sechsundzwanzig unbewaffnete, halb ertrunkene spanische Matrosen gefangen und zwang

sie, vor der Kamera niederzuknien und die amerikanische Fahne zu küssen.
Die Kapitulation der spanischen Garnison in Manila trieb die Auflage des *Morning Journal* auf
eine Million sechshunderttausend.

Als die Spanier besiegt waren, gab es niemanden mehr, gegen den er Hetzkampagnen fahren konnte, nur die Mormonen. Polygamie war für das Publikum auf den billigen Plätzen ein beständiger Kitzel, ebenso wie das Sexleben der Reichen, die Zeichnungen halbnackter Frauen und prähistorische Ungeheuer im Vierfarbdruck. Er entdeckte die Tränendrüsenjournalistinnen Annie Laurie, Dorothy Dix und Beatrice Fairfax. Er räumte Cartoons viel Platz ein: die Katzenjammer Kids, Buster Brown, Krazy Kat. Reg dich auf, wenn die Leserschaft aufgeregt ist;
die Leitartikel seiner Zeitungen droschen auf reiche Übeltäter ein, auf Konzerne, auf die Republikanische Partei, auf Hanna und McKinley, und zwar so schrill, dass nach McKinleys Ermordung die meisten Republikaner der Ansicht waren, Hearst sei irgendwie dafür verantwortlich.
Seine Antwort bestand darin, das *Morning Journal* in *The American* umzubenennen
und mit schwarzem Gehrock und einem großen Hut
ins Scheinwerferlicht zu treten:
das Holz, aus dem man Präsidenten schnitzt,
der Millionär als Kandidat des kleinen Mannes.

Bryan machte ihn zum Präsidenten des Verbandes demokratischer Clubs und riet ihm, in Chicago eine Zeitung zu gründen.
Nach Bryans zweiter Niederlage hielt Hearst sich an Charles F. Murphy aus New York und wurde in den Kongress gewählt.

Während des Wahlkampfs war sein Hauptquartier im Holland House; am Wahlabend gab es ein großes Gratisfeuerwerk im Madison Square Garden; eine Raketenbatterie explodierte am Boden und tötete oder verletzte an die hundert Menschen; auch das war eine Nachricht, die Hearsts Männer gemacht hatten, aber sie stand nicht auf den Titelseiten der Hearst-Zeitungen.
Im Repräsentantenhaus war er unbeliebt; es war wieder genau wie in der Schule. Der schlaffe Händedruck, die ernstblickenden, dicht beieinanderstehenden Augen neben der langen Nase, das kleine, schwache, verächtliche Lächeln – unter den Schulterklopfern in Washington wirkte all das fehl am Platz. Ohne seine bezahlten Handlanger fühlte er sich unwohl.

Sehr viel schöner fand er es, im Holland House Feste für Schauspieler und Premierengäste zu veranstalten. Damals, als der Broadway noch an der 42nd Street endete,
war Millicent Willson eine Tänzerin in *The Girl from Paris*; sie und ihre Schwester traten darin als Schwestern auf; sie gewann einen Beliebtheitswettbewerb des *Morning Telegraph*
und die Hand von
William Randolph Hearst.

Neunzehnhundertvier gab er eine Menge Geld aus, um auf dem Parteitag in Chicago seinen Namen in Leuchtschrift zu sehen und die Nominierung zum Präsidentschaftskandidaten der Demokraten zu bekommen, aber Richter Parker und die Wall Street brachten ihn um diesen Erfolg.
Neunzehnhundertfünf trat er in New York zur Bürgermeisterwahl an, mit einem Programm, das auf kommunale Beteiligungen an gewissen Industrien setzte.
Neunzehnhundertsechs wäre es ihm beinahe gelungen,

dem würdevoll bärtigen Hughes das Amt des Gouverneurs abzunehmen. Überall im Land gab es Clubs, die seine Präsidentschaftskandidatur unterstützten. Seinen Weg in die Politik ließ er sich Millionen kosten – er gab sie aus nach dem Motto: «Noch einen Walzer, Willie!»

Er schaffte es, seinen Konkurrenten James Gordon Bennett wegen der Veröffentlichung unsittlicher Anzeigen im *New York Herald* vor Gericht zu zerren und eine Verurteilung zu einer Strafe von 25 000 Dollar zu erwirken, eine Tat, die ihn in gewissen Kreisen nicht beliebter machte.

Neunzehnhundertacht veröffentlichte er Enthüllungsreportagen über Standard Oil und die Archbold-Briefe /517/, aus denen klar hervorging, dass die Konzerne alle möglichen Politiker im großen Stil schmierten. Er selbst war Kandidat der Independence Party, die, wie seine Gegner behaupteten, fast ausschließlich aus Hearst-Angestellten bestand.

(Seine Millionärskollegen betrachteten ihn als Verräter an seiner Klasse; als er mit diesem Vorwurf konfrontiert wurde, entgegnete er:

Sie wissen, dass ich an Privatbesitz glaube, und Sie kennen meinen Standpunkt zum Thema Privatvermögen. Ist es nicht besser, dass ich die Unzufriedenen in diesem Land vertrete und nicht irgendein anderer, der zum Privatbesitz vielleicht nicht dieselbe Einstellung hat wie ich?)

Obwohl er der größte Pressemagnat Amerikas war, Eigentümer von Hunderten Quadratkilometern Weideland und riesigen Erzminen in Kalifornien und Mexiko,

war seine finanzielle Situation 1914 so verworren, dass er Mühe hatte, einen Kredit über eine Million aufzunehmen,

und in der Politik war er das reinste Gift.

Doch trotz all der Millionen, die er ausgab,

trotz all des Könnens, mit dem er seine eigenen Gedanken in die Köpfe des Publikums auf den billigen Plätzen pflanzte,

gelang es ihm nicht, den schmalen Rubikon /518/ zwischen Amateur- und Berufspolitik zu überschreiten (vielleicht kam er zu leicht über Enttäuschungen hinweg, indem er sich einen erstklassigen Schriftsteller kaufte oder einen bestickten Schuh, der angeblich Karl dem Großen gehört hatte, oder das vergoldete Bett, in dem angeblich die Mätresse eines Königs geschlafen hatte).

Manchmal stand er hoch genug über dem Kampfgeschehen, um den Überblick zu bewahren. Er bot die ganze Macht seiner Zeitungen und all sein Können als Verleger auf, um sein Land während des Weltkriegs /519/ bei Verstand und politisch neutral zu halten;

er war gegen Kriegskredite an die Alliierten und unterstützte Bryan in seinem einsamen Bemühen, die Interessen der Vereinigten Staaten als Ganzes höher zu stellen als die Interessen der Morgan-Banken und der anglophilen Geschäftsleute an der Ostküste;

dafür nannte man ihn deutschfreundlich,

und als Amerika in den Krieg eintrat, schleuste man in seine Dienerschaft Detektive ein;

Geheimagenten durchsuchten seine privaten Papiere und das Speisezimmer in seinem Haus am Riverside Drive, um Gerüchten nachzugehen, man habe in den Fenstern seltsame farbige Lichter gesehen.

Er war gegen den Versailler Vertrag und den Völkerbund der Siegermächte

und bewies schließlich, dass er nicht weniger patriotisch war als alle anderen,

indem er für die allgemeine Wehrpflicht eintrat,

die Titelseiten seiner Zeitungen mit blau-weiß-roten Rän-

dern und kleinen amerikanischen Fahnen vor und hinter dem Datum versehen ließ,
unermüdlich versuchte, jenseits des Rio Grande Unruhe zu stiften,
und den Glauben an das Yankee-Doodle-Gespenst befeuerte:
die größte Marine der Welt.

Die New Yorker unterstützten ihn, indem sie seinen Kandidaten Honest John Hylan zum Bürgermeister wählten,
aber Al Smith /520/, damals noch der Held des kleinen Mannes, klopfte ihm auf die Finger, als er versuchte, wieder auf den Lautsprecherwagen der Demokraten zu steigen.

Obwohl er enorme Mittel für gefälschte Dokumente aufwendete, gelang es ihm nicht, einen Krieg mit Mexiko anzuzetteln.
Obwohl er Filmstudios mit Hunderttausenden überschüttete, gelang es ihm nicht, seine Lieblingsschauspielerin /521/ zum Liebling der Nation zu machen.
Immer öfter zog sich der Pressezar auf sein Schloss bei San Simeon an der Pazifikküste zurück, wo er einen Zoo anlegen ließ, seinen Flirt mit der Filmindustrie fortsetzte und ganze Lagerhäuser mit Gobelins, mexikanischen Sätteln, Zierrat, Porzellan, Brokatstoffen, Stickereien, antiken Kommoden, Tischen und Stühlen, dem Plunder des alten Europa füllte,
wo er einen andalusischen Palast und einen maurischen Bankettsaal errichten ließ und nun seinen Lebensabend verbringt, auf das angenehmste bewundert von Filmstars, Werbeleuten, Drehbuchautoren, PR-Größen, Kolumnisten und steinreichen Chefredakteuren,
ein Monarch jenes neuen El Dorado,
wo die aufgewärmten Träume aller Ghettos
zu einem Opiumrauch verdichtet werden,

der die Besitzlosen weit beängstigender benebelt
als die klirrenden Unmengen goldener Zwanzig-Dollar-Münzen,
die der alte Hearst in alten Zeiten aus dem El Dorado County herausholte (durch das Gesetz der Trägheit bleibt das Reich des gedruckten Wortes weiterhin mächtig, doch diese Macht über die Träume
der Jugend in aller Welt
wächst und wuchert wie ein Krebsgeschwür),
und aus dem Nebel der Westküste ertönt hin und wieder die nörgelnde Stimme eines alten Mannes,
der eine Umsatzsteuer fordert,
der alle, die für die Rechte der Arbeiter eintreten, mit unflätigen Worten beschimpft,
der die Roten einsperren will,
der die Annehmlichkeiten Baden-Badens unter der Blut-und-Knüppel-Herrschaft des schönen Adolf preist (Hearsts höchstpersönliche Lieblingserfindung, der kleinste gemeinsame Nenner, an die Macht gequollen
aus dem Moder und der Fäulnis der Demokratie),
der sich über die kalifornische Einkommensteuer beklagt und in schrillen Tönen vor den Gefahren durch Gedanken warnt, die an Universitäten gedacht werden.
Deportieren. Einsperren.

Bis zu seinem Tod
werden die gewaltigen, endlos rotierenden Druckerpressen gedruckte Worte für ihn ausspucken, werden die surrenden Projektoren landauf, landab Bilder für ihn zeigen,
den erschöpften Caesar, alt geworden über dem Geldausgeben
und nie Manns genug, den Rubikon zu überschreiten.

Richard Ellsworth Savage

Dick Savage ging die Lexington Avenue entlang zum Büro im Graybar Building. Der Dezembermorgen war scharf wie eine Stahlklinge, gleißende Lichtstrahlen bohrten sich in seine Augen, zersplittert und zurückgeworfen von den Schaufensterscheiben, den Brillengläsern der Passanten, den Chromringen der Autoscheinwerfer. Er war sich nicht ganz sicher, ob er einen Kater hatte oder nicht. Im Schaufenster eines Juweliers sah er vor dem Hintergrund aus schwarzem Samt sein Gesicht: die Partie unter den Augen war aufgedunsen und verquollen wie auf den Fotos des Prinzen von Wales. Er fühlte sich elend und innerlich angeschlagen wie eine faule Birne. In einem Drugstore bestellte er ein Bromo-Seltzer. Er stand an der Theke und betrachtete sich in dem Spiegel hinter dem Glasregal mit den Ginger-Ale-Flaschen: der neue dunkelblaue Wintermantel sah jedenfalls gut aus. Die schwarzen Augen des Sodazapfers suchten seinen Blick.

«Schwere Nacht, was?» Dick nickte und grinste. Die Knöchel der schmalen Hand, mit der sich der andere über das wie Lackleder glänzende Haar strich, waren gerötet. «Ich hatte erst um halb zwei Feierabend, und nach Hause brauch ich mit der U-Bahn eine Stunde. Da hab ich natürlich keine Chance –»

«Ich muss los, sonst komme ich zu spät ins Büro», sagte Dick, zahlte und trat, leise rülpsend, hinaus auf die im Morgenlicht funkelnde Straße. Er ging schnell und atmete dabei tief ein und aus. Als er schließlich mit ein paar anderen untersetzten, gutgekleideten Männern um die vierzig, leitenden Angestellten, die wie er verspätet zur Arbeit kamen, im Aufzug stand, hatte er stechende Kopfschmerzen.

Er hatte sich kaum an den Schreibtisch gesetzt und die Beine ausgestreckt, als die Gegensprechanlage klickte und Miss Williams' Stimme erklang: «Guten Morgen, Mr. Savage – Sie werden bereits erwartet. Mr. Moorehouse bittet Sie in sein Büro, er möchte vor der Konferenz noch kurz mit Ihnen sprechen.»

Dick stand auf, trat ans Fenster, wiegte sich vor und zurück und starrte mit gespitztem Mund über die aschgrauen Blocks, die sich wie eine Reihe Gussformen bis zum Kraftwerk in Richtung Osten erstreckten, auf die Brücke und das Stück Fluss, das unter dem stahlblauen Himmel stahlblau glänzte. Auf dem riesigen Neubau, der an der Ecke 42nd Street Träger um Träger emporwuchs, ratterten die Niethämmer. Sie schienen in seinem Kopf zu sein wie der Bohrer eines Zahnarztes. Er erschauerte, rülpste und ging mit eiligen Schritten durch den Korridor, der zu dem großen Eckbüro führte.

J. W. starrte an die Decke, sein breites Gesicht mit den Hängebacken war so ausdruckslos wie das einer Kuh. Ohne zu lächeln, sah er Dick aus blassen Augen an. «Ist Ihnen eigentlich klar, dass es in diesem Land fünfundsiebzig Millionen Menschen gibt, die, wenn sie krank sind, nicht zum Arzt gehen können oder wollen?» Dick setzte eine Miene auf, die lebhaftes Interesse signalisierte. Er hat mit Ed Griscolm gesprochen, dachte er. «Das sind genau die Leute, für die Bingham-Produkte gedacht sind. Dieser gewaltige Markt ist erst ansatzweise erschlossen.»

«Man müsste diesen Menschen das Gefühl geben, dass sie schlauer sind als die großen Tiere, die in teure Sanatorien gehen», sagte Dick. J. W. runzelte nachdenklich die Stirn.

Ed Griscolm kam herein, ein bleicher, hochgewachsener Mann mit einem enthusiastischen Funkeln in den Augen, das immer wieder hervorblitzte wie eine Leuchtreklame. Er hatte die Angewohnheit, seine Arme abzuspreizen, als wäre er ein Cheerleader und im Begriff, das Signal zum Anfeuern der Mannschaft zu geben.

«Hallo», sagte Dick ohne besondere Wärme.

«Einen wunderschönen guten Morgen, Dick. Etwas verkatert, wie ich sehe – mein herzliches Beileid.»

«Ich sagte gerade», fuhr J. W. mit schleppender, gleichmäßiger

Stimme fort, «dass wir zwei Dinge betonen müssen: Erstens haben sie ihren potenziellen Markt von fünfundsiebzig Millionen Kunden noch nicht mal annähernd erschlossen, und zweitens kann eine gutgeführte Kampagne die Vorurteile ausräumen, die viele Menschen gegenüber rezeptfreien Arzneimitteln haben, und ihnen stattdessen ein Gefühl des Stolzes vermitteln.»

«So was in der Art wie: ‹Sparsamkeit ist vernünftig›», warf Ed ein.

«Selbstmedikation», sagte Dick. «Wir sagen ihnen, dass der Sodazapfer im Drugstore an der Ecke heutzutage genauso viel von Medizin versteht wie vor fünfundzwanzig Jahren der Hausarzt.»

«Die denken, Patentmedizin ist was für Hinterwäldler», rief Ed. «Wir müssen Patentmedizin auf die Park Avenue bringen.»

«Rezeptfreie Arzneimittel», sagte J. W. tadelnd.

Dick schaffte es, sein Lächeln verschwinden zu lassen. «Wir müssten die ganze Idee in ihre Einzelteile zerlegen.»

«Genau.» J. W. nahm den Brieföffner aus Elfenbein, hob ihn auf Augenhöhe und betrachtete ihn aus verschiedenen Blickwinkeln. Es war so still, dass sie das Brausen des Straßenverkehrs und das Pfeifen des Windes am stählernen Fensterrahmen hören konnten. Dick und Ed Griscolm hielten den Atem an. «Die amerikanische Öffentlichkeit ist anspruchsvoller geworden», sagte J. W. «Als ich noch ein junger Mann in Pittsburgh war, dachten wir nur an visuelle Werbung, an den Reiz für das Auge. Aber die Ansprüche sind größer geworden, und wir müssen andere Reize finden und mit Vorurteilen aufräumen ... ‹Bingo› – das ist viel zu altmodisch, ganz falsch. Man müsste sich ja schämen, wenn beim Mittagessen im Metropolitan Club eine Flasche Bingo auf dem Tisch stehen würde ... Darüber müssen wir sprechen. Gestern sah es beinahe so aus, als wäre Mr. Bingham bereit – er schreckt nur vor den Kosten der Kampagne zurück.»

«Keine Sorge», krähte Ed Griscolm, «wir werden den alten Knacker schon rumkriegen.»

«Ich glaube, wir sollten ihn ganz behutsam auf den rechten

Weg führen, genau wie Sie gestern Abend gesagt haben, J. W.», bemerkte Dick leise und verbindlich. «Ich habe gehört, Halsey von Halsey O'Connor hat versucht, den alten Bingham zu einer Entscheidung zu drängen, und musste sich mit einem Nervenzusammenbruch ins Bett legen.» Ed Griscolm brach in meckerndes Gelächter aus.

J. W. lächelte matt und erhob sich. Wenn J. W. lächelte, lächelte Dick ebenfalls. «Ich glaube, wir werden ihm die Vorteile vor Augen führen können, die unser Name bietet ... Solidität ... verzweigte Geschäftsverbindungen ...», sagte J. W. und ging durch den Korridor in den Konferenzsaal mit dem großen ovalen Mahagonitisch, wo jetzt alle Mitarbeiter versammelt waren. Sein beträchtlicher Bauch wiegte sich beim Gehen hin und her. Dick und Ed Griscolm trugen je einen Stapel hellblauer Schnellhefter mit maschinengeschriebenen Exposés und folgten ihm mit einem Schritt Abstand. Als sich alle unter dem üblichen Räuspern und Husten gesetzt hatten und J. W. begann, von den fünfundsiebzig Millionen Menschen zu sprechen, eilte Ed Griscolm hinaus und kehrte mit einem sauber gezeichneten und in Rot, Blau und Gelb beschrifteten Diagramm zurück, einer schematischen Darstellung der vorgeschlagenen Kampagne. Beifälliges Gemurmel erhob sich.

Dick bemerkte, dass Ed Griscolm ihm einen triumphierenden Blick zuwarf. Er sah aus dem Augenwinkel zu J. W., der das Diagramm ausdruckslos musterte, ging zu Ed und klopfte ihm auf die Schulter. «Sehr gut, Ed», flüsterte er ihm zu. Griscolms verkniffener Mund entspannte sich zu einem Lächeln.

«Nun, meine Herren, ich erwarte eine angeregte Diskussion», sagte J. W. mit einem perfiden Funkeln seiner blassblauen Augen, das für eine Sekunde so kalt war wie das der Brillanten in seinen Manschettenknöpfen.

Die anderen redeten, doch Dick starrte auf J. W.s Hände, die auf den maschinengeschriebenen Exposés vor ihm ruhten. Aus den Ärmeln des perfekt sitzenden, zweireihigen grauen Jacketts ragten altmodische gestärkte Manschetten, und aus diesen wiederum ragten zwei fleischige, eigenartig hinterwäldlerisch wirkende Hände mit Altersflecken. Während der ganzen Diskussion sah Dick immer wieder auf diese Hände, schrieb irgendwelche Wörter auf seinen Notizblock und strich sie wieder durch. Ihm fiel nichts ein. Sein Gehirn fühlte sich an wie ausgekocht. Er kritzelte sinnlose Phrasen. Ist's die Leber? Ist es Kater? ... Bingham hilft dem jungen Vater.

Die Konferenz dauerte bis nach eins. Alle gratulierten Ed Griscolm. Dick hörte sich sagen, der Entwurf sei prima, man brauche aber einen etwas anderen Ansatz.

«Na gut», sagte J. W., «dann lassen Sie sich übers Wochenende diesen etwas anderen Ansatz einfallen – das gilt für alle Anwesenden. Ich bin Montagmittag mit Mr. Bingham zum Essen verabredet und will ihm ein perfektes Konzept vorlegen können.»

Dick Savage ging in sein Büro und unterschrieb die Briefe, die seine Sekretärin ihm auf den Schreibtisch gelegt hatte. Plötzlich fiel ihm ein, dass er mit Reggie Talbot zum Mittagessen im 63 verabredet war, um Reggies neue Freundin kennenzulernen. Er sprang auf und eilte los. Den Schal legte er erst im Aufzug um.

In dem Lokal herrschte wie jeden Samstagmittag reger Betrieb. Dick entdeckte die beiden in einer Nische ganz hinten, wo sie im Gekräusel des Zigarettenrauchs die Köpfe zusammensteckten. «Oh, Dick, hallo», rief Reggie, sprang auf, nahm Dicks Hand und zog ihn sanft lächelnd zum Tisch. «Ich hab nicht im Büro auf dich gewartet, weil ich mit dieser jungen Dame verabredet war ... Jo, das ist Mr. Savage, der einzige Mann in New York, dem alles egal ist ... Was willst du trinken?»

Die junge Frau sah wirklich phantastisch aus. Als Dick sich neben sie auf die mit rotem Leder bezogene Bank setzte, gegenüber von Reggie mit seinem schmalen, aschblonden Kopf und den großen, fragenden hellbraunen Augen, fühlte er sich müde und versoffen.

«Sagen Sie, Mr. Savage, wie geht es mit dem Bingham-Auftrag

weiter? Ich bin so gespannt, und Reggie kann von gar nichts anderem mehr reden. Ich weiß, das ist eine indiskrete Frage.» Ihre schwarzen Augen unter den langen Wimpern sahen ihn ernst an. Die beiden waren wirklich ein schönes Paar.

«Du hast also aus der Schule geplaudert, hm?», sagte Dick, nahm ein Grissino und biss ein Stück ab.

«Ach, Dick, Jo und ich, wir reden über alles ... aber es bleibt natürlich alles unter uns. Und ehrlich: Alle Jüngeren fanden es eine Schande, dass J.W. deinen ersten Entwurf nicht genommen hat. Wenn er nicht aufpasst, werden wir wegen Griscolm noch den Auftrag verlieren. Sein Entwurf funktioniert einfach nicht. Ich glaube, der Alte leidet langsam an Hirnerweichung.»

«Ja, ich hab in letzter Zeit auch manchmal gedacht, dass es mit J.W.s Gesundheit anscheinend bergab geht. Wirklich schade – er ist der brillanteste Kopf der ganzen Branche.» Dick hörte den schmierigen Unterton in seiner Stimme. Er schämte sich vor den beiden jungen Leuten und hielt abrupt inne. «Tony», rief er dem Kellner zu, «bringen Sie uns ein paar Cocktails. Für mich meinen Spezialdrink, Sie wissen schon: Bacardi mit einem Schuss Absinth. Mann, ich fühle mich, als wäre ich hundert.»

«Hast du mal wieder die Kerze an beiden Enden brennen lassen?», fragte Reggie.

Dick verzog das Gesicht zu einem schiefen Grinsen. «Ach so, *die* Kerze meinst du», sagte er. «Die macht mir eine Menge Probleme.» Alle drei erröteten. Dick schmunzelte. «Hätte nicht gedacht, dass es in New York noch drei Leute gibt, die bei so was rot werden.»

Sie bestellten noch mehr Cocktails. Dick spürte, dass der Blick der ernsten, dunklen Augen auf ihm ruhte. Jo prostete ihm zu. «Reggie sagt, dass Sie im Büro sehr nett zu ihm gewesen sind. Er sagt, wenn Sie nicht gewesen wären, hätte man ihn rausgeschmissen.»

«Wer würde es denn übers Herz bringen, nicht nett zu ihm zu sein? Sehen Sie ihn sich doch an.»

Reggie wurde krebsrot.

«Er sieht gut aus, das muss man sagen», erwiderte Jo. «Die Frage ist: Hat er auch was im Kopf?»

Nach der Zwiebelsuppe und dem dritten Cocktail fühlte Dick sich besser. Er sagte ihnen, er beneide sie darum, jung zu sein und zu heiraten, und versprach, als Trauzeuge zur Verfügung zu stehen. Als sie ihn fragten, warum er nicht heirate, trank er verwirrt ein paar Schlucke und sagte, sein Leben sei ein Scherbenhaufen: Er verdiene fünfzehntausend im Jahr, habe aber nie Geld, er kenne ein Dutzend schöne Frauen, habe aber nie eine Freundin, wenn er eine brauche. Während er redete, entwarf er im Hinterkopf bereits ein Memorandum über die Freiheit, sich selbst zu heilen. Er konnte einfach nicht aufhören, an diesen verdammten Bingham-Auftrag zu denken.

Es wurde bereits dunkel, als sie das Lokal verließen. Neiderfüllt setzte er die beiden in ein Taxi. Das Essen und der Alkohol in seinem Bauch verströmten Wärme, und er fühlte sich beschwingt und bereit für Liebe. Er blieb für einen Augenblick an der Ecke Madison Avenue stehen und betrachtete die vorweihnachtliche Menschenmenge, die auf dem Bürgersteig vor den hell erleuchteten Schaufenstern vorbeiströmte, all diese Gesichter, die im schräg einfallenden Licht des kalten Abends ausnahmsweise rosig und gesund aussahen. Dann nahm er ein Taxi zur 12th Street.

Das farbige Dienstmädchen, das ihn einließ, trug eine hübsche Spitzenschürze. «Hallo, Cynthia.»

«Hallo, Mr. Dick, wie geht's Ihnen?»

Dick spürte das Blut ungeduldig in den Schläfen pochen, als er auf dem alten, unebenen Parkettboden auf und ab ging. Lächelnd kam Eveline aus einem der hinteren Zimmer. Sie hatte in Eile zu viel Puder aufgelegt, und das betonte die Falten, die von den Nasenflügeln bis zu den Mundwinkeln reichten, und ließ die Nase aussehen, als wäre sie mit Mehl bestäubt, doch ihre Stimme hatte noch immer einen wunderbar melodischen Klang. «Dick! Und ich dachte schon, du hättest mich aufgegeben.»

«Ich habe geschuftet wie ein Kuli, und jetzt funktioniert mein Gehirn nicht mehr. Ich dachte, es würde mir guttun, dich zu besuchen.»

Sie setzten sich nebeneinander auf das wacklige altmodische Rosshaarsofa. Sie reichte ihm eine Zigarettenschatulle aus chinesischem Porzellan.

«Wie geht's Jeremy?», fragte er aufgeräumt.

Ihre Stimme war tonlos. «Er ist mit Paul über Weihnachten in den Westen gefahren.»

«Bestimmt fehlt er dir. Ich bin auch ein bisschen enttäuscht. Ich mag den kleinen Kerl.»

«Paul und ich haben endlich beschlossen, uns scheiden zu lassen … im gegenseitigen Einvernehmen.»

«Ach, Eveline, das tut mir leid.»

«Warum?»

«Ich weiß nicht … vielleicht wirklich eine dumme Bemerkung. Aber ich habe Paul immer sehr gemocht.»

«Es wurde alles viel zu mühsam. Auch für ihn ist es besser so.»

Sie saß in ihrem etwas zu jugendlichen Nachmittagskleid neben ihm, eingehüllt in eine kühle Bitterkeit, und er hatte das Gefühl, als hätte er sie gerade erst kennengelernt. Er nahm ihre schmale, blau geäderte Hand, legte sie auf das Tischchen, das vor dem Sofa stand, und streichelte sie. «Aber dich mag ich lieber», sagte er. Es klang unaufrichtig in seinen Ohren, wie etwas, das er zu einem Kunden sagen würde. Er stand auf. «Soll ich Settignano anrufen und ihm sagen, er soll uns Gin bringen? Ich muss was trinken. Ich krieg das Büro nicht aus dem Kopf.»

«Wenn du nach hinten gehst, zum Eisschrank, findest du perfekt gemixte Cocktails. Ich hab sie gerade erst gemacht. Später kommen noch ein paar Gäste.»

«Wann denn?»

«Um sieben. Warum?» Ihr koketter Blick folgte ihm, als er durch die Glastür zur Küche ging.

In der Beiküche stand das farbige Dienstmädchen und setzte den Hut auf.

«Cynthia, Mrs. Johnson behauptet, dass hier irgendwo Cocktails sind.»

«Ja, Mr. Dick – ich geb Ihnen Gläser.»

«Ist heute Ihr freier Abend?»

«Ja, Sir, und ich geh in die Kirche.»

«Am Samstagabend?»

«Ja, Sir. In unserer Kirche ist jeden Samstagabend Gottesdienst. In letzter Zeit haben viele sonntags nicht mehr frei.»

«Ich hab in letzter Zeit überhaupt nicht mehr frei.»

«Das ist ja wirklich schlimm, Mr. Dick.»

Auf unsicheren Beinen kehrte er ins Wohnzimmer zurück, in den Händen das Tablett mit dem wackelnden Cocktailshaker und zwei klirrenden Gläsern.

«Ach, Dick, ich werde dich noch vor der Trunksucht retten müssen. Deine Hände zittern, als wärst du ein Tattergreis.»

«Das bin ich ja auch. Ich mache mir wahnsinnige Sorgen, ob dieser verdammte Patentmedizinkönig am Montag unterschreibt oder nicht.»

«Sprich nicht davon ... das klingt ja schrecklich. Ich hab selbst geackert wie verrückt. Ich will nämlich ein Stück rausbringen.»

«Wie schön! Von wem ist es?»

«Charles Edward Holden. Ein großartiges Stück. Ich bin furchtbar aufgeregt, aber ich glaube, ich weiß genau, wie man es auf die Bühne bringen muss. Du hast nicht zufällig Lust, ein paar tausend Dollar zu investieren, Dick?»

«Ich bin total pleite, Eveline. Mein nächstes Gehalt ist gepfändet, ich muss meine Mutter unterstützen, damit sie so leben kann, wie sie es gewohnt ist, und mein Bruder Henry hat eine Ranch in Arizona, die mit einer dicken Hypothek belastet ist. Ich dachte, Charles Edward Holden wäre bloß ein Zeitungsschreiber.»

«Er hat eine Seite, die noch nie richtig zum Vorschein gekommen ist. Für mich ist er der echte Dichter des modernen New York. Wart's ab, du wirst sehen.»

Dick schenkte sich noch einen Cocktail ein. «Lass uns doch mal über uns reden. Ich fühle mich so kaputt. Ach, Eveline, du weißt, was ich meine. Wir waren doch immer ziemlich gute Freunde.» Sie ließ ihn ihre Hand halten, ohne den Druck zu erwidern. «Du weißt ja, wir haben immer gesagt, dass wir uns nur körperlich zueinander hingezogen fühlen ... aber ist das denn nicht wunderbar?» Er rückte näher an sie heran, gab ihr einen Kuss auf die Wange und versuchte, ihren Kopf zu drehen. «Hast du denn gar nichts übrig für mich armen Sünder?»

«Das geht nicht, Dick.» Sie stand auf. Ihre Lippen bebten, und sie sah aus, als sei sie kurz davor, in Tränen auszubrechen. «Es gibt da jemanden, den ich sehr gernhabe ... sehr, sehr gern. Ich habe beschlossen, nicht mehr so sinnlos dahinzuleben.»

«Wer ist es? Dieser verdammte Zeitungsschreiber?»

«Das spielt doch keine Rolle.»

Dick vergrub das Gesicht in den Händen. Als er sie sinken ließ, musste er lachen. «Ich bin wirklich ein Glückspilz – immer da, wo man mich braucht, abgefüllt mit Alkohol und Samstagabendromantik ...»

«Dir mangelt es doch bestimmt nicht an Möglichkeiten.»

«Heute schon. Ich fühle mich elend und einsam. Mein Leben ist ein Scherbenhaufen.»

«Was für ein großes Wort.»

«Ich finde es eigentlich ziemlich gut. Aber ganz ehrlich: Ich weiß ich nicht mehr, wo oben und unten ist ... Gestern Abend ist mir was Komisches passiert. Eines Tages, wenn du mich wieder magst, werde ich's dir erzählen.»

«Warum gehst du nicht zu Eleanor? Sie gibt eine Party für die Bojaren.»

«Will sie wirklich diesen grässlichen kleinen Prinzen heiraten?» Eveline nickte. Aus ihrem Blick sprach dieselbe kühle Bitterkeit wie vorhin. «Na ja, ich nehme an, in der Dekorationsbranche macht so ein Adelstitel was her. Warum hat sie eigentlich nicht in dein Stück investiert?»

«Ich will sie nicht fragen. Obwohl sie vor Geld stinkt – sie hat im Herbst sehr gut verdient. Wahrscheinlich werden wir alle auf unsere alten Tage geizig. Was hält eigentlich der arme Moorehouse von diesem Prinzen?»

«Ich wollte, ich wüsste, was in seinem Kopf vorgeht. Seit Jahren arbeite ich für ihn, aber ich weiß noch immer nicht, ob er ein Genie oder ein aufgeblasener Schwätzer ist. Ist er vielleicht auch bei Eleanor? Ich würde ihn heute Abend gern kurz sprechen. Das ist eigentlich eine hervorragende Idee. Ach, Eveline, du tust mir doch immer irgendwie was Gutes.»

«Bevor du hinfährst, solltest du anrufen. Sie ist imstande und lässt dich vor der Tür stehen, wenn du unangemeldet kommst – ganz besonders, wenn das Haus voller russischer Emigrantinnen mit Diademen ist.»

Dick ging zum Telefon und rief Eleanor an. Er musste lange warten, bis sie an den Apparat kam. Ihre Stimme klang rau und schrill. Sie sagte, er solle doch lieber nächste Woche einmal zum Abendessen kommen. Dick musste sich ins Zeug legen.

«Ich würde aber so gern deinen berühmten Prinzen kennenlernen, Eleanor. Und ich möchte dich um etwas sehr Wichtiges bitten – immerhin bist du ja schon immer mein Schutzengel gewesen. Zu wem soll ich denn gehen, wenn ich in Schwierigkeiten bin, wenn nicht zu dir?»

Schließlich gab sie nach und sagte, er könne kommen, dürfe aber nicht lange bleiben. «Du kannst dich mit dem armen J. Ward unterhalten – er wirkt immer ein bisschen verloren.» Sie stieß ein kreischendes Lachen aus, das den Hörer erbeben ließ und sich in sein Ohr bohrte.

Als er zum Sofa zurückkehrte, hatte Eveline sich in die Kissen sinken lassen und lachte lautlos in sich hinein. «Dick», sagte sie, «du bist wirklich ein Überredungskünstler.» Er verzog das Gesicht, gab ihr einen Kuss auf die Stirn und ging.

In Eleanors Wohnung funkelten Kandelaber und Kristallgläser. Als sie ihn an der Wohnzimmertür begrüßte, war ihr kleines, schmales Gesicht so glatt und zerbrechlich wie Porzellan und eingerahmt von sorgsam gelocktem Haar und einer großen Kristallbrosche, die ihren Spitzenkragen zusammenhielt. Aus dem Zimmer waren tiefe, dröhnende und helle, melodiöse Stimmen zu hören, die Russisch sprachen. Es roch nach Tee und Holzkohle.

«Ah, Richard, da bist du ja», flüsterte sie hastig. «Vergiss nicht, der Großfürstin die Hand zu küssen ... sie hat wirklich Schreckliches durchgemacht. Du wirst ihr den kleinen Gefallen doch tun, oder? Und ich mache mir Sorgen um Ward – er wirkt furchtbar müde, ich hoffe, er hält durch. Er ist der Typ, der ohne große Vorwarnung zusammenklappt – du weißt schon: diese großen, stiernackigen Blonden.»

Ein großer silberner Samowar stand auf dem Boulle/522/-Tisch vor dem Marmorkamin, und daneben thronte eine füllige ältere Frau, die eine Brokatstola umgelegt hatte. Sie trug eine Hochfrisur und eine dicke Puderschicht auf dem müden, fleckigen Gesicht und war sehr huldvoll, doch ihre Augen funkelten, und sie häufte Kaviar aus einer Kristallschüssel auf ein Stück Schwarzbrot und lachte mit vollem Mund. Rings um sie her waren Russen in allen Altersstufen und Verfallsstadien, einige in russischen Tuniken, andere in billigen Straßenanzügen, dazu ein paar altbacken wirkende junge Frauen und zwei Jünglinge mit Pomadenhaar und Chorknabengesicht. Man trank Tee oder Wodka aus kleinen Gläsern und löffelte Kaviar. Dick wurde dem Prinzen vorgestellt, einem jungen Mann mit dunklem Teint, schwarzen Augenbrauen und schmalem Schnurrbart, der eine schwarze Tunika und weiche schwarze Stiefel trug und eine unerhört schmale Taille hatte. Alle waren munter und fröhlich und unterhielten sich zwitschernd und dröhnend auf Russisch, Französisch und Englisch. Eleanor lässt sich nicht lumpen, dachte Dick, als er den Löffel in die Schüssel mit dem grauen, grobkörnigen Kaviar tauchte.

J. W. stand bleich und erschöpft in einer Ecke. An der Wand

hinter ihm hing eine Ikone, vor der drei Kerzen brannten. Dick erinnerte sich deutlich, ebendiese Ikone vor ein paar Wochen auf einem Hintergrund aus rotem Brokat in Eleanors Schaufenster gesehen zu haben. J.W. unterhielt sich mit einem Geistlichen in einem schwarzen Priesterrock mit violetten Besätzen, der, wie Dick feststellte, als er zu ihnen trat, einen schweren irischen Akzent hatte.

«Das ist Archimandrit O'Donnell, Dick», sagte J.W. «Habe ich das richtig gesagt?»

Der Archimandrit nickte grinsend.

«Er hat mir von den griechischen Klöstern erzählt.»

«Wo man in einem Korb raufgezogen wird?», fragte Dick.

Das grinsende, schlaffe Gesicht des Archimandriten wackelte auf und ab. «Ich habe die Ehre und das Vergnügen, die liebe Eleanor in die Mysterien des wahren Glaubens einführen zu dürfen. Ich war eben dabei, Mr. Moorehouse von meiner Bekehrung zu erzählen.» Er musterte Dick mit unverhohlen taxierendem Blick. «Vielleicht kommen Sie mal vorbei, Mr. Savage, und hören sich unseren Chor an. In der Musik lösen Zweifel sich auf wie Zucker in einem Glas Tee.»

«Ja, wirklich schön, der russische Chor», sagte J.W.

«Finden Sie nicht, dass unsere liebe Eleanor seither glücklicher und jünger aussieht?» Der Archimandrit sah sich strahlend in dem vollen Raum um. J.W. nickte zweifelnd. «Ach, sie ist eine so reizende, anmutige Person», fuhr der Archimandrit fort, «und auch so verständig. Vielleicht möchten Sie, Mr. Moorehouse und Mr. Savage, am Sonntag zu unserem Gottesdienst kommen und danach mit mir zu Mittag essen. Ich habe ein paar Ideen für ein Büchlein über meine Erlebnisse auf dem Berg Athos. Es wäre sicher sehr unterhaltsam.» Zu seinem Erstaunen merkte Dick, dass der Archimandrit ihn in den Hintern kniff, und trat hastig einen Schritt beiseite, sah jedoch, dass der Geistliche ihm unverkennbar zuzwinkerte.

Der große Raum war erfüllt von Gläserklingen und Trinksprüchen; hin und wieder ging ein Glas zu Bruch. Einige junge Männer sangen mit lauten, tiefen Stimmen, die die Kristalllüster leise klirren ließen. Der Kaviar war aufgegessen, doch zwei Dienstmädchen mit weißen Schürzen trugen einen Tisch herein, auf dem, umrahmt von Horsd'œuvres, ein großer gekochter Lachs lag.

J. W. stieß Dick an. «Wir sollten irgendwohin gehen, wo wir in Ruhe reden können.»

«Genau das wollte ich auch gerade sagen. Ich glaube, ich habe einen neuen Ansatz – und diesmal wird's funktionieren.»

Sie schoben sich zwischen den anderen Gästen hindurch zur Tür, als eine junge Russin in Schwarz mit schönen schwarzen Augen und hochgewölbten Brauen ihnen nacheilte. «Oh, Sie dürfen noch nicht gehen – Leocadia Pawlowna ist so gern in Ihrer Gesellschaft. Es gefällt ihr hier, es ist alles so informell, so unkonventionell. Das gefällt uns so an Leonora Iwanowna: Sie ist Boheme, und wir sind Boheme. Wir lieben sie.»

«Wir haben leider etwas Geschäftliches zu besprechen», sagte J. W. ernst.

«Ach, Geschäfte», sagte die Russin und schnippte mit den Fingern. «Wie unschön. Amerika könnte so schön sein, wenn nicht immer diese Geschäfte wären.»

Auf der Straße seufzte J. W. «Arme Eleanor», sagte er, «da hat sie sich auf was eingelassen. Diese Russen werden ihr die Haare vom Kopf fressen. Glauben Sie, sie wird diesen Prinzen Mingraziali wirklich heiraten? Ich habe Erkundigungen über ihn eingeholt – er ist tatsächlich das, was er behauptet zu sein. Aber lieber Himmel!»

«Mit Diadem und allem Drum und Dran», sagte Dick, «und das Datum steht auch schon fest.»

«Immerhin ist Eleanor eine ausgezeichnete Geschäftsfrau», sagte J. W. «Sehr erfolgreich, wie Sie wissen.»

J. W.s Wagen wartete vor dem Haus. Der Chauffeur stieg, eine Decke über dem Arm, aus, öffnete ihm die Tür und wollte sie gerade wieder schließen, als Dick sagte: «J. W., haben Sie ein paar

Minuten Zeit? Ich würde gern mit Ihnen über den Bingham-Auftrag sprechen.»

«Ach, natürlich, das hatte ich ganz vergessen», sagte J. W. mit müder Stimme. «Kommen Sie doch mit raus nach Great Neck und essen Sie mit mir. Ich bin dort draußen allein – bis auf die Kinder.»

Lächelnd stieg Dick ein. Der Chauffeur schloss die Tür der schweren Limousine.

Beim Essen im Speisezimmer der Moorehouses mit seiner bemalten italienischen Täfelung herrschte eine düstere Atmosphäre. Der Raum lag in einem Halbdunkel, der Butler und ein zweiter Diener servierten lautlos, und an der langen, von Kerzen beleuchteten Tafel saßen nur Dick, J. W. und Miss Simpson, die überaus kultivierte englische Gouvernante mit dem bemerkenswert langen Gesicht. Danach gingen sie in J. W.s kleine Bibliothek, um zu rauchen und über den Bingham-Auftrag zu reden. Dick schickte ein stilles Dankgebet zum Himmel, als der Butler mit einer Flasche Scotch, Eis und Gläsern erschien.

«Wo haben Sie den denn aufgetrieben, Thompson?», fragte J. W.

«Er liegt seit der Vorkriegszeit im Keller, Sir. Die Kisten, die Mrs. Moorehouse in Schottland gekauft hat. Ich wusste, dass Mr. Savage einen guten Tropfen zu schätzen weiß.»

Dick lachte. «Das ist der Vorteil eines schlechten Rufs», sagte er.

«Der beste Whiskey, den man kaufen kann, so viel ist sicher», sagte J. W. ernst. «Ich habe dem Alkohol nie viel abgewinnen können, darum hab ich ihn aufgegeben, schon vor der Prohibition.» Er zündete sich eine Zigarre an, nahm ein paar Züge und warf sie ins Feuer. «Ich glaube, ich werde heute nicht mehr rauchen. Der Arzt sagt, drei Zigarren am Tag schaden mir nicht, aber ich fühle mich die ganze Woche schon völlig verbraucht. Ich sollte mit den Aktiengeschäften aufhören. Fangen Sie gar nicht erst damit an, Dick.»

«Von dem, was meine Gläubiger mir lassen, kann ich mir nicht mal ein Lotterielos kaufen.»

J. W. ging ein paar Schritte durch den kleinen Raum, an dessen Wänden Regale voller ungelesener, in Leder gebundener Bücher bekannter Schriftsteller standen, und blieb mit auf dem Rücken verschränkten Händen vor dem florentinischen Kamin stehen. «Mir ist die ganze Zeit kalt, wahrscheinlich habe ich eine schlechte Durchblutung. Vielleicht weil ich Gertrude besucht habe. Die Ärzte haben endlich zugegeben, dass ihr Fall hoffnungslos ist. Für mich war das ein großer Schock.»

Dick stand auf und stellte sein Glas ab. «Das tut mir sehr leid, J. W. Aber es kommt vor, dass Geistesstörungen ganz überraschend verschwinden.»

J. W. presste die Lippen zusammen, seine schweren Wangen bebten. «Nicht bei Schizophrenie. In allen anderen Dingen war ich ziemlich erfolgreich ... Ich bin ein einsamer Mann. Wenn ich daran denke, dass ich vor langer Zeit mal Lieder schreiben wollte ...»

Er lächelte. Dick lächelte ebenfalls und streckte ihm die Hand hin. «Schütteln Sie die Hand eines minderbegabten Dichters», sagte er.

«Immerhin», sagte J. W., «werden meine Kinder Vorteile genießen, wie ich sie nie hatte. Würde es Sie langweilen, wenn wir hinaufgehen und ihnen gute Nacht sagen, bevor wir uns den Geschäften zuwenden? Ich möchte sie Ihnen gern zeigen.»

«Natürlich nicht – ich liebe Kinder», sagte Dick, «mir ist es ja bis heute nicht gelungen, selbst ganz erwachsen zu werden.»

Am Kopf der Treppe wurden sie von Miss Simpson empfangen, die den Finger an die Lippen legte. «Die kleine Gertrude schläft schon.» Auf Zehenspitzen schlichen sie durch den weiß gestrichenen Flur. Die Kinder lagen im Bett, jedes in einem kleinen, an ein Krankenhauszimmer erinnernden Raum, in dem es wegen des geöffneten Fensters recht kalt war. Auf jedem Kissen lag ein Kopf mit strohblondem Haar. «Staple, der Älteste, ist zwölf», flüsterte

J. W., «dann kommt Gertrude und dann Johnny.» Staple begrüßte sie höflich, Gertrude schlief weiter, als sie das Licht anschalteten, und Johnny fuhr mit weit aufgerissenen blauen Augen aus einem Albtraum hoch und rief mit dünner, verängstigter Stimme: «Nein! Nein!» J. W. setzte sich auf die Bettkante, tröstete ihn und strich ihm über das Haar, bis er wieder eingeschlafen war. «Gute Nacht, Miss Simpson», flüsterte er, und dann schlichen sie wieder hinunter. «Na, wie finden Sie sie?», fragte er und sah Dick strahlend an.

«Wirklich ein schöner Anblick. Sie sind zu beneiden, J. W.»

«Ich bin froh, dass ich Sie eingeladen habe. Ohne Sie wäre ich heute Abend allein gewesen. Ich sollte öfter Gäste haben.»

Sie setzten sich in die Sessel am Kamin und sprachen über die Kampagne, die Bingham vorgelegt werden sollte. Als die Uhr zehn schlug, begann J. W. zu gähnen.

Dick erhob sich. «Wollen Sie meine ehrliche Meinung hören, J. W.?»

«Nur zu, mein Junge – Sie wissen, Sie können mir alles sagen.»

«Also», sagte Dick und stürzte den letzten warmen, dünnen Rest Whiskey hinunter, «ich glaube, wir sehen den Wald vor lauter Bäumen nicht und verzetteln uns in nebensächlichen Details. Sie sagen, der alte Herr ist ziemlich dickköpfig, einer von denen, die es vom Zeitungsjungen zum Generaldirektor gebracht haben. Ich finde, das hier setzt die Ideen, die Sie vor einem Monat skizziert haben, nicht deutlich genug um.»

«Um ehrlich zu sein: Ich bin auch nicht ganz zufrieden.»

«Gibt es hier eine Schreibmaschine?»

«Ich nehme an, Thompson oder Morton können irgendwo eine auftreiben.»

«Ich glaube, ich könnte Ihren Grundgedanken etwas besser herausarbeiten. In meinen Augen ist es eine der großartigsten Ideen, die es in der Wirtschaftswelt je gegeben hat.»

«Es ist natürlich das Werk der ganzen Firma.»

«Lassen Sie mich den Entwurf übers Wochenende auseinandernehmen und neu zusammensetzen. Wir haben dabei ja nichts zu verlieren. Den alten Herrn muss es vor Begeisterung umhauen, sonst schnappt Halsey ihn uns weg.»

«Die sind hinter ihm her wie ein Rudel Wölfe», sagte J. W., gähnte und erhob sich. «Gut, ich überlasse es Ihnen.» An der Tür blieb er stehen und drehte sich um. «In Gesellschaftskreisen sind diese russischen Aristokraten natürlich hoch angesehen. Das ist für Eleanor eine große Gelegenheit ... aber ich wollte, sie würde es nicht tun. Sie müssen wissen, Dick, Eleanor und ich haben eine sehr schöne freundschaftliche Beziehung. Der Rat und der Zuspruch dieser kleinen Frau haben mir immer sehr viel bedeutet. Ach, ich wollte, sie würde es nicht tun. Na ja, ich gehe nun zu Bett.»

Dick ging hinauf in das große Schlafzimmer, wo englische Jagdszenen hingen. Thompson brachte ihm eine Flasche Whiskey und eine dieser neuen geräuschlosen Schreibmaschinen. Die ganze Nacht saß Dick in Pyjama und Morgenrock am Tisch, rauchte Zigaretten, trank Whiskey und schrieb auf der Maschine. Das tat er noch immer, als das Dunkel vor den Fenstern sich grau färbte und er zwischen den schweren Vorhängen hindurch die schwarzen, durchbrochenen Silhouetten graupelbeladener Bäume erkennen konnte, die eine durchweichte Rasenfläche umstanden. Von den vielen Zigaretten hatte er einen pappigen Geschmack im Mund. Vor sich hin pfeifend, ging er in das mit Delphinfresken geschmückte Badezimmer und ließ die Badewanne ein. Er fühlte sich übernächtigt und benommen, aber er hatte eine neue Kampagne skizziert.

Als J. W. gegen Mittag mit den Kindern vom Gottesdienst kam, war Dick angekleidet und frisch rasiert und ging auf der Terrasse in der kalten Luft auf und ab. Seine Augen fühlten sich ausgehöhlt an, und in seinem Kopf wummerte es, aber J. W. war entzückt von seinem Entwurf.

«Natürlich: Selbstbedienung, Selbständigkeit, Individualismus – das hab ich den Jungs ja von Anfang an gesagt. Das wird mehr als eine Werbekampagne – es wird eine Kampagne für amerikanische Lebensart. Nach dem Essen werde ich Miss Williams mit dem Wagen holen lassen, damit sie ein paar Diktate aufnimmt. Da ist noch viel mehr drin, Dick.»

«Natürlich», sagte Dick errötend. «Ich habe im Grunde nur Ihr ursprüngliches Konzept wiederhergestellt.»

Beim Mittagessen saßen die Kinder mit am Tisch, und Dick unterhielt sich mit ihnen, fragte sie alles Mögliche und erzählte seinerseits von den Kaninchen, die er als Junge in New Jersey gehabt hatte. J. W. strahlte. Nach dem Essen spielte Dick im Billardraum im Keller mit Miss Simpson, Staple und Gertrude Tischtennis; der kleine Johnny sammelte die Bälle ein. J. W. zog sich für ein Nickerchen zurück.

Später stellten sie das Exposé zusammen, das Miss Williams tippen sollte. Sie saßen zu dritt am Kamin und kamen gut voran, als Thompson erschien und ehrerbietig fragte, ob Mr. Moorehouse einen Anruf von Mr. Griscolm entgegennehmen wolle. «Na gut, Thompson, stellen Sie ihn durch», sagte J. W.

Dick erstarrte. Er konnte Griscolms blecherne, aufgeregte Stimme am anderen Ende der Leitung hören. «Keine Sorge, Ed», sagte J. W. «Ruhen Sie sich aus, mein Lieber, dann können Sie morgen den endgültigen Entwurf, den Miss Williams und ich gestern Nacht ausgearbeitet haben, nach allen Regeln der Kunst zerpflücken. Mir sind in der Nacht noch ein paar Änderungen eingefallen – Sie wissen ja: Manchmal muss man die Dinge überschlafen. Oder spielen Sie doch heute Nachmittag ein bisschen Handball. Es tut einem enorm gut, ein bisschen ins Schwitzen zu kommen. Wenn das Wetter nicht so eklig wäre, würde ich selbst eine Runde Golf spielen ... Na gut, dann bis morgen, Ed.»

J. W. legte auf. «Wissen Sie, Dick», sagte er, «ich glaube, Ed Griscolm sollte ein paar Wochen Urlaub in Nassau oder so machen. Er ist nicht mehr ganz auf der Höhe. Ich werde es ihm mal vorschlagen. Er war immer ein sehr wertvoller Mitarbeiter.»

«Einer der klügsten Köpfe der Branche», sagte Dick lahm. Sie wandten sich wieder der Arbeit zu.

Am nächsten Morgen fuhr Dick mit J.W. in die Stadt. Unterwegs stieg er an der 57th Street aus, um zur Wohnung seiner Mutter in der 56th zu gehen und das Hemd zu wechseln. Als er ins Büro kam, begrüßte ihn die Telefonistin in der Lobby mit einem breiten Grinsen. Alle waren mit der Vorbereitung der Präsentation beschäftigt. Am Empfang stieß er auf die unvermeidliche Miss Williams. Ihr säuerliches, altjüngferliches Gesicht verzog sich zu einem zuckersüßen Lächeln. «Ach, Mr. Savage – Mr. Moorehouse lässt fragen, ob Sie Lust hätten, um zwölf Uhr dreißig im Plaza mit ihm und Mr. Bingham zu Mittag zu essen.»

Er verbrachte den Vormittag mit Routinearbeiten. Gegen elf rief Eveline Johnson ihn an und wollte ihn sprechen. Er fragte, wie es gegen Ende der Woche wäre. «Aber ich bin doch hier, im selben Gebäude», sagte sie in gekränktem Ton.

«Oh, na gut, komm rauf – aber ich bin ziemlich beschäftigt. Du weißt ja, wie es montags ist …»

In dem hellen, harten Licht, das vom bedeckten Himmel durch die Fenster strömte, hatte Eveline etwas Angespanntes. Sie trug einen abgeschabten grauen Mantel mit Pelzkragen und einen stachligen grauen Strohhut, der ihren Kopf umschloss und irgendwie altmodisch wirkte. Die Falten, die sich von den Nasenflügeln zu den Mundwinkeln zogen, waren tiefer und härter denn je. Dick stand auf und nahm ihre Hände. «Du siehst müde aus, Eveline.»

«Ich glaube, ich kriege die Grippe.» Sie sprach schnell. «Ich bin nur zu dir gekommen, um mal ein freundliches Gesicht zu sehen. Um Viertel nach elf habe ich einen Termin bei J.W. Meinst du, er gibt mir was? Wenn ich zehntausend auftreibe, übernehmen die Shuberts den Rest. Aber es muss sofort sein, denn irgendjemand hat eine Option darauf, die morgen abläuft. Ach, ich bin es so leid, nichts zu tun! Holden hat wunderbare Ideen für die Produktion und will mir das Bühnenbild und die Kostüme überlassen … Wenn das Stück bei irgendeinem Broadwayproduzenten landet, wird er es vollkommen verhunzen. Du weißt, es ist großartig, Dick.»

Dick runzelte die Stirn. «Das ist kein guter Zeitpunkt, Eveline. Wir sind heute Morgen alle voll eingespannt.»

«Ich will dich auch gar nicht länger stören.» Sie standen am Fenster. «Wie hältst du bloß diese Niethämmer den ganzen Tag aus?»

«Aber Eveline, dieses Hämmern ist Musik in unseren Ohren, es lässt uns singen wie Kanarienvögel bei Gewitter. Das ist der Klang der Wirtschaft. Wenn J. W. auf mich hört, wird das da drüben unser neues Büro.»

«Bis bald.» Sie legte ihm die Hand mit dem abgewetzten grauen Handschuh auf den Arm. «Ich weiß, dass du ein gutes Wort für mich einlegen wirst. Ohne dich läuft hier doch gar nichts.»

Sie hinterließ einen zarten, vertrauten Duft nach Parfüm und Pelz. Dick ging mit gerunzelter Stirn vor dem Schreibtisch auf und ab. Er war mit einem Mal fahrig und nervös und beschloss, hinauszugehen, etwas frische Luft zu schnappen und vielleicht vor dem Essen noch einen Schluck zu trinken. «Sagen Sie allen Anrufern, ich bin um drei wieder da», wies er seine Sekretärin an. «Ich muss etwas erledigen und habe später eine Besprechung mit Mr. Moorehouse.»

Im Aufzug traf er J. W., der ebenfalls hinunterfuhr und einen neuen Mantel mit großem Fuchskragen und einen neuen grauen Fedora trug. «Dick», sagte er, «wenn Sie sich im Plaza verspäten, drehe ich Ihnen den Hals um. Sie sollen unser Amor mit Pfeil und Bogen sein.»

«Und Bingham den Gnadenschuss geben?» Als sich der Fahrstuhl in Bewegung setzte, rauschte es in Dicks Ohren.

J. W. nickte lächelnd. «Übrigens, ganz unter uns: Was halten Sie von Mrs. Johnsons Plan, ein Stück zu produzieren? Natürlich, sie ist eine bezaubernde Frau und war mal eng mit Eleanor befreundet. Dick, mein Lieber, warum heiraten Sie sie nicht?»

«Wen? Eveline? Aber sie ist doch schon verheiratet.»

«Ich hab nur laut nachgedacht – achten Sie gar nicht darauf.» Sie traten aus dem Fahrstuhl und gingen im mittäglichen Gedränge durch die Grand Central Station. Die Sonne war herausgekommen und warf lange, schräge, staubdurchtanzte Lichtbalken unter das hohe blaue Deckengewölbe. «Aber was halten Sie von dieser Idee? Meine Mittel sind im Augenblick am Aktienmarkt mehr oder weniger gebunden, müssen Sie wissen, aber ich könnte natürlich einen Kredit aufnehmen.»

«Theatersachen sind immer riskant», sagte Dick. «Eveline ist eine großartige Frau und hat wirklich Talent und so, aber ich weiß nicht, ob sie Geschäftssinn hat. Ein Stück zu produzieren ist ein Wagnis.»

«Ich helfe alten Freunden gern, aber mir ist der Gedanke gekommen, dass die Shuberts wohl selbst investieren würden, wenn mit dem Stück Geld zu machen wäre. Mrs. Johnson ist natürlich eine Künstlerin.»

«Natürlich», sagte Dick.

Um halb eins wartete er in der Lobby des Plaza auf J. W. und lutschte Pastillen, die den Geruch der drei Whiskeys überdecken sollten, die er sich auf dem Weg hierher bei Tony genehmigt hatte. Um Viertel vor eins sah er J. W.s große, birnenförmige Gestalt mit den hellblauen Augen und dem straff zurückgekämmten aschblonden Haar aus der Garderobe kommen. Neben ihm ging ein hochgewachsener, hagerer Mann mit zerzaustem weißem Haar, das teils die Ohren bedeckte. Sobald die beiden die Lobby betraten, hörte Dick die heisere, rechthaberisch laute Stimme des Mannes.

«… nie einer von denen, die den Mund halten, wenn auf den Märkten Unrecht geschieht. Es war ein langer Kampf, und wenn ich von der Warte der siebzig Jahre, die die alten Propheten dem Menschen auf dieser Welt zugemessen haben, zurückblicke, muss ich zugeben, dass ich in materieller wie spiritueller Hinsicht größtenteils erfolgreich war. Vielleicht liegt es daran, dass ich eigentlich für die Kanzel bestimmt war, aber ich hatte immer das Gefühl, ein Gefühl übrigens, das unter den hervorragenden Geschäftsmännern in diesem Land sehr verbreitet ist, Mr. Moorehouse, nämlich dass materieller Erfolg nicht alles ist – man muss auch danach streben zu dienen. Darum sage ich Ihnen ganz offen, dass diese dunkle Verschwörung mich bekümmert und gekränkt hat. Wer meinen Beutel stiehlt, /523/ nimmt Tand, doch wer den … wie ging das noch? Mein Gedächtnis ist nicht mehr das, was es mal war … doch wer den guten Namen mir … Ah, guten Tag, Mr. Savage.»

Dick war überrascht, wie fest der Händedruck war. Vor ihm stand ein hagerer, schlaksiger alter Mann mit weißem Haarschopf, großem, vorspringendem Kinn und sonnenverbrannter Haut, die in Falten hing wie die eines Bluthundes. Neben ihm wirkte J. W. klein und schwächlich.

«Freut mich sehr, Sie kennenzulernen, Sir», sagte E. R. Bingham. «Ich habe meinen Mädchen oft gesagt: Wenn ich in Ihrer Generation groß geworden wäre, hätte ich sicher erfüllende, nützliche Arbeit in Ihrer Branche leisten können. Aber für einen jungen Mann, der nichts als die vortreffliche Tradition des moralischen Eifers und der natürlichen Religion mitbrachte, beides Dinge, die ich sozusagen mit der Muttermilch eingesogen habe, war der Weg ins Leben zu meiner Zeit leider erheblich steiniger. Damals mussten wir uns mächtig ins Zeug legen, und wenn wir gefahren sind, dann mit alten, dreckigen Fuhrwerken und nicht in luxuriösen Automobilen.»

E. R. Bingham schwadronierte mit dröhnender Stimme und steuerte auf den Speisesaal zu. Blasse Ober eilten herbei, zogen Stühle zurück, deckten den Tisch, brachten Speisekarten. «Ich brauche so was nicht, Junge», sagte er zum Oberkellner, «denn ich lebe nach den Gesetzen der Natur und ernähre mich ausschließlich von Gemüse, Nüssen und Rohmilch. Bringen Sie mir etwas gekochten Spinat, einen Teller geraspelte Karotten und ein Glas unpasteurisierte Milch. Als ich mich vor einigen Tagen auf Wunsch einer der großen Versicherungsgesellschaften in dieser Stadt von einem berühmten Arzt untersuchen ließ, war er vollkommen perplex. Er konnte kaum glauben, dass ich ihm keinen Bären aufgebunden hatte, als ich ihm gesagt hatte, ich sei einundsiebzig. ‹Mr. Bingham›, sagte er, ‹Sie haben die hervorragende Konstitution eines vierzigjährigen Sportlers.› Hier, fühlen Sie mal, junger Mann.» Er hielt Dick seinen Bizeps unter die Nase. Dick befühlte den Muskel mit zwei Fingern. «Wie ein Schmiedehammer», sagte er und nickte. Doch E. R. Bingham fuhr bereits fort: «Wie Sie sehen, lebe ich, was ich predige, Mr. Moorehouse ... und von anderen erwarte ich dasselbe. Und ich will hinzufügen, dass sich unter all den von Bingham Products und der Rugged Health Corporation hergestellten Heil- und Arzneimitteln kein einziges befindet, das Mineralien, Drogen oder andere ungesunde Stoffe enthält. Immer wieder habe ich auf Hunderttausende Dollar verzichtet und ein Präparat aus dem Angebot genommen, das nach Meinung von Dr. Gorman und den anderen tüchtigen Männern und Frauen in unserer Forschungsabteilung schädlich oder suchterzeugend sein könnte. Unsere Arzneien und Diätkuren bestehen ausschließlich aus Naturheilmitteln, aus Kräutern und Wildpflanzen aus aller Herren Länder, die gemäß den Rezepturen weiser Männer und den Erkenntnissen gründlicher medizinischer Forschung verarbeitet werden.»

«Möchten Sie jetzt gern einen Kaffee, Mr. Bingham, oder lieber später?»

«Kaffee, Sir, ist ein tödliches Gift, nicht anders als Alkohol, schwarzer Tee und Tabak. Wenn die kurzhaarigen Frauen und die langhaarigen Männer und die Spinner in den medizinischen Fakultäten, die den Amerikanern das Recht auf die freie Wahl des Wegs zu Gesundheit und Wohlbefinden beschneiden wollen, ihre Aktivitäten auf die Ausrottung dieser Gifte beschränken würden, die den jungen Männern die Manneskraft und unseren herrlichen jungen Frauen die Fruchtbarkeit rauben, hätte ich nichts an ihnen auszusetzen, ja, ich würde alles tun, um sie zu fördern und zu unterstützen. Eines Tages werde ich mein gesamtes Vermögen in den Dienst einer solchen Kampagne stellen. Ich weiß, dass die einfachen Menschen in diesem Land genau so denken wie ich, denn ich bin einer von ihnen, geboren und aufgewachsen auf einer Farm und erzogen von gottesfürchtigen Farmern. Das amerikanische Volk muss vor Spinnern geschützt werden.»

«Das, Mr. Bingham», sagte J. W., «wird der Grundton der Kampagne sein, die wir entworfen haben.» Die Ober brachten die Fingerschalen. «Also, Mr. Bingham», sagte J. W. und erhob sich, «es war mir ein großes Vergnügen. Leider muss ich Sie verlassen, denn auf mich wartet eine wichtige Vorstandssitzung, aber Mr. Savage ist mit der Materie gründlich vertraut und kann all Ihre Fragen beantworten. Die Besprechung mit Ihrer Verkaufsabteilung findet, glaube ich, um fünf statt.»

Sobald er gegangen war, beugte E. R. Bingham sich über den Tisch und sagte: «Junger Mann, ich brauche heute Nachmittag dringend etwas Unterhaltung. Vielleicht möchten Sie mich als mein Gast irgendwohin begleiten. Sicher kennen Sie das Sprichwort: Vergnügt sein geht über reich sein ... Mein Hauptquartier ist seit jeher in Chicago, und wenn ich nach New York komme, bin ich gewöhnlich zu beschäftigt. Vielleicht können Sie eine Revue oder eine Matinee mit Musikdarbietungen empfehlen. Ich bin ein Mann aus dem Volk – lassen Sie uns irgendwohin gehen, wo das einfache Volk hingeht.»

Dick nickte verständnisvoll. «Wollen mal sehen ... Montagnachmittag ... Ich muss im Büro anrufen ... Es gibt bestimmt was, aber im Augenblick fällt mir nur eine Burlesque-Show ein.»

«Aber das ist doch genau richtig: Musik und junge Frauen. Ich habe große Hochachtung vor dem menschlichen Körper. Meine Töchter sind Gott sei Dank überaus ansehnliche Vertreterinnen ihres Geschlechts. Der Anblick schöner weiblicher Körper ist entspannend und beruhigend. Kommen Sie mit, ich lade Sie ein. Es wird mir helfen, in dieser Sache zu einer Entscheidung zu kommen. Unter uns: Mr. Moorehouse ist ein höchst außerordentlicher Mann. Ich glaube, er wird unserer Kampagne die nötige Würde verleihen. Dabei dürfen wir aber nicht vergessen, dass wir uns an die einfachen Leute wenden.»

«Aber die einfachen Leute sind nicht mehr so einfach wie früher, Mr. Bingham. Heutzutage wollen sie es ein bisschen raffinierter», sagte Dick und folgte Mr. Bingham, der mit raschen Schritten zur Garderobe ging.

«Ich trage niemals Hut oder Mantel, junges Fräulein, nur diesen Schal da», dröhnte Mr. Bingham.

«Haben Sie Kinder, Mr. Savage?», fragte E. R. Bingham, als sie im Taxi saßen.

«Nein, ich bin im Augenblick nicht verheiratet», sagte Dick nervös und zündete sich eine Zigarette an.

«Erlauben Sie einem Mann, der alt genug ist, Ihr Vater zu sein, Sie auf etwas hinzuweisen», sagte E. R. Bingham, nahm Dicks Zigarette mit zwei langen, knotigen Fingern und warf sie aus dem Fenster. «Junger Freund, Sie vergiften sich mit Narkotika und zerstören Ihre Manneskraft. Als ich etwa vierzig war, hatte ich wirtschaftlich schwer zu kämpfen. Meine große Firma steckte damals noch in den Kinderschuhen. Ich war ein körperliches Wrack, ein Sklave von Tabak und Alkohol. Von meiner ersten Frau hatte ich mich getrennt, und hätte ich eine Frau gehabt, dann wäre ich nicht imstande gewesen ... ihr Mann zu sein. Eines Tages sagte ich zu mir: ‹Doc Bingham› – damals nannten meine Freunde mich Doc –, ‹wie Christian in *The Pilgrim's Progress* bist du unterwegs in die Stadt des Verderbens, und wenn du tot bist, werden weder Kind noch Kegel eine Träne um dich weinen.› Ich begann, mich mit der richtigen Pflege des Körpers zu befassen. Mein Geist war, darf ich sagen, bereits entwickelt durch den vertrauten Umgang mit den Klassikern in meiner Jugend und ein Gedächtnis, das von vielen phänomenal genannt wird. Das Resultat war Erfolg in allen Lebensbereichen. Eines Tages werden Sie meine Familie kennenlernen und sehen, wie viel Anmut und Schönheit man in einem gesunden amerikanischen Heim finden kann.»

E. R. Bingham redete noch immer, als sie ihre Plätze am Laufsteg der Burlesque-Show einnahmen. Ehe Dick es sich versah, schwangen Frauen vor seinen Augen die nackten, hier und da von Impfnarben gezeichneten Beine. Die Musik schmetterte, die Frauen wackelten mit dem Hintern, sangen und zogen sich aus, ein Geruch nach Staub und Achselhöhle, nach Puder und Schminke lag in der Luft, und das gleißende Scheinwerferlicht ließ E.R. Binghams weißen Haarschopf aufleuchten. Er war besonders entzückt, als eine der Frauen sich zu ihm beugte und gurrte: «Was für ein hübscher Opa!», worauf sie ihn singend anschmachtete und ihren knappen Schurz vor seinen Augen schwenkte. E.R. Bingham stieß Dick an und flüsterte: «Besorgen Sie mir ihre Telefonnummer.» Als sie weitertanzte, rief er mehrmals: «Bei Gott, ich fühle mich wie ein junger Mann.»

In der Pause rief Dick Miss Williams an und bat sie, den anderen auszurichten, sie sollten während der Konferenz nicht rauchen. «Sagen Sie J.W., der alte Knacker hält Zigaretten für Sargnägel.»

«Aber Mr. Savage!», sagte Miss Williams tadelnd.

Um fünf versuchte Dick, seinen Begleiter hinauszubugsieren, doch E.R. Bingham bestand darauf, bis zum Ende der Show zu bleiben. «Keine Sorge», sagte er, «die fangen nicht ohne mich an.»

Im Taxi, unterwegs zum Büro, lachte er in sich hinein. «Bei Gott, so ein Paar nackte Beine – das macht mir immer viel Freude: die Göttlichkeit des menschlichen Körpers ... Vielleicht, junger Freund, sollten wir die Sache heute Nachmittag für uns behalten.» Er schlug Dick wuchtig aufs Bein. «Macht Spaß, mal ein bisschen zu schwänzen.»

In der Konferenz wurde der Vertrag mit Bingham Products unterzeichnet. Mr. Bingham war mit allem einverstanden und schenkte den Vorgängen kaum Beachtung. Recht bald sagte er, er sei müde und brauche jetzt Schlaf. Gähnend ging er hinaus und überließ die Einzelheiten Mr. Goldmark und einem Vertreter der J. Winthrop Hudson Company, in deren Händen die Werbung für Bingham Products lag. Unwillkürlich bewunderte Dick die ruhige, überlegene Art, mit der J.W. die beiden behandelte. Nach der

Konferenz betrank sich Dick und versuchte, sich im Taxi an eine Frau, die er kannte, heranzumachen, aber es wurde nichts daraus, und so kehrte er in seine leere Wohnung zurück und fühlte sich miserabel.

Am nächsten Morgen verschlief er. Das Telefon weckte ihn. Es war Miss Williams. Ob Mr. Savage wohl so gut sein wolle, eine Reisetasche zu packen und zum Bahnhof bringen zu lassen, damit er Mr. Moorehouse nach Washington begleiten könne. «Und, Mr. Savage», fügte sie hinzu, «entschuldigen Sie, dass ich es sage, aber alle hier sind der Meinung, dass wir den Bingham-Auftrag ausschließlich Ihnen zu verdanken haben. Mr. Moorehouse hat gesagt, Sie hätten wohl Hypnose angewendet.»

«Danke, Miss Williams, das ist sehr lieb von Ihnen», sagte Dick mit seiner nettesten Stimme.

Im Zug nahmen sie ein Privatabteil. Miss Williams kam ebenfalls mit, und während der ganzen Fahrt wurde gearbeitet. Dick sehnte sich nach einem Schluck, wagte aber nicht, nach der Flasche Scotch in seiner Tasche zu greifen, denn das würde Miss Williams nicht entgehen, und dann würde sie, wie es ihre Art war, eine unbestimmte, säuerlich-entschuldigende Bemerkung machen, und er wusste ja, dass J. W. fand, er trinke zu viel. Er war so angespannt, dass er rauchte, bis sein Mund vollkommen ausgetrocknet war und er zu Kaugummi übergehen musste.

Dick fütterte J. W. mit neuen Ideen, bis der sagte, er sei ein wenig müde und wolle ein Nickerchen machen; Dick ging also mit Miss Williams in den Speisewagen, um eine Tasse Tee zu trinken, und erzählte ihr witzige Geschichten, über die sie sich ausschütten wollte vor Lachen. Als sie durch die verrauchten Tunnel von Baltimore fuhren, fühlte er sich reif für die Gummizelle. Vermutlich hätte er noch vor der Ankunft in Washington allen möglichen Leuten erzählt, er sei Napoleon, wenn es ihm nicht gelungen wäre, einen guten Schluck aus der Scotchflasche zu nehmen, während Miss Williams auf der Toilette und J. W. tief in den Briefwechsel zwischen Bingham Products und ihrem Washingtoner Lobbyisten Colonel Judson versunken war, in dem es um die drohende Gesetzesvorlage zur Lebensmittelqualität ging.

Als Dick endlich in seinem Zimmer der Ecksuite war, die J. W. im Shoreham jedes Mal nahm, schenkte er sich eine gute Portion Scotch ein, die er in Ruhe mit Soda und Eis trinken wollte, während er ein witziges Telegramm an die Frau entwarf, mit der er abends im New Yorker Colony Club zum Essen verabredet war. Er hatte kaum an seinem Glas genippt, als das Telefon klingelte. Es war E. R. Binghams Sekretärin, die vom Willard anrief, um zu fragen, ob Dick mit Mr. und Mrs. Bingham sowie ihren Töchtern in ihrer Suite zu Abend essen wolle. «Da müssen Sie auf jeden Fall hin», sagte J. W., als Dick ihn fragte, ob er am Abend gebraucht werde. «Und wenn Sie nicht aufpassen, besiegele ich den Vertrag mit Bingham, indem ich Sie mit einer seiner zauberhaften Töchter verheirate.»

Bei den Bingham-Töchtern handelte es sich um drei dralle junge Frauen namens Hygeia, Althea und Myra. Mrs. Bingham war eine dicke, verblühte, flachgesichtige Blondine mit einer runden Nickelbrille. Die Einzige, die weder eine Brille trug noch Raffzähne hatte, war Myra, die mehr nach ihrem Vater zu geraten schien. Auf jeden Fall redete sie ebenfalls wie ein Wasserfall. Sie war auch die Jüngste, und E. R. Bingham, der in altmodischen Pantoffeln umherging und den Hemdkragen geöffnet hatte, sodass man ein Stück seines roten Flanellunterhemds sehen konnte, stellte sie als die Künstlerin der Familie vor. Unter viel Gekicher erzählte sie Dick, sie wolle in New York Malerei studieren, und sagte, er sehe aus, als habe er ein künstlerisches Temperament.

Beim Essen herrschte einige Verwirrung, denn Mr. Bingham ließ ein Gericht nach dem anderen zurückgehen und bekam schließlich einen Wutanfall, weil der Kohl zu lange gekocht hatte und die rohen Karotten nicht reif waren. Er beschimpfte und verfluchte die Kellner und ließ den Geschäftsführer kommen. Letztlich aßen sie lediglich Kartoffelsuppe, gekochte, mit gehackten Haselnüssen bestreute Zwiebeln und Vollkornbrot mit Erdnussbutter und tranken dazu Coca-Cola. Dann erschienen zwei junge Männer von NBC mit einem Mikrophon, um Mr. Binghams Acht-Uhr-Vortrag über gesunde Lebensweise aufzunehmen. Mit einem Mal lächelte E. R. Bingham wieder freundlich, und Mrs. Bingham kehrte aus dem Schlafzimmer zurück, in das sie weinend und sich die Ohren zuhaltend geflohen war, um die schlimmen Worte, die ihr Mann gebrauchte, nicht hören zu müssen. Jetzt tauchte sie mit geröteten Augen und einem Riechfläschchen in der Hand wieder auf, nur um gleich wieder hinausgeschickt zu werden. E. R. Bingham verkündete mit donnernder Stimme, am Mikrophon seien Frauen eine zu große Ablenkung, bestand jedoch darauf, dass Dick blieb und seinen Vortrag über Gesundheit, richtige Ernährung und Körperertüchtigung hörte, gefolgt von der Ankündigung des jährlichen Marschs von Washington nach Louisville, der von *Rugged Health*, dem Hausorgan von Bingham Products, veranstaltet wurde und den er, E. R. Bingham, während der ersten drei Tage persönlich anführen werde, um, wie er sagte, der Jugend das Tempo vorzugeben.

Nach der Aufnahme erschienen Mrs. Bingham und die Töchter gepudert und geschminkt, mit Brillantohrringen, Perlenketten und Chinchillamänteln. Sie luden Dick und die beiden Radioleute ein, sie ins Keith-Albee /524/ zu begleiten, doch Dick sagte, er habe noch zu tun. Bevor Mrs. Bingham ging, musste Dick ihr versprechen, sie zu Hause in Eureka zu besuchen. «Kommen Sie und bleiben Sie einen Monat, junger Freund», unterbrach E. R. Bingham sie mit dröhnender Stimme. «Wir werden schon einen Mann aus Ihnen machen. In der ersten Woche Orangensaft, Wasseranwendungen, Massagen und Ruhe. Danach bauen wir Sie auf: Weizenvollkorn, viel Milch und Sahne, ein bisschen Boxen oder Leichtathletik und viel Bewegung in Sonne und frischer Luft in leichter, nicht beengender Kleidung. Sie werden ein ganzer Mann sein, das Großartigste, was die Natur hervorbringt – mit den Worten des unsterblichen Dichters: das Vorbild der Lebendigen. /525/ Das ungesunde New Yorker Leben, das Ihren Körper vergiftet, werden Sie ganz vergessen haben. Ja, besuchen Sie uns dort draußen, junger Mann. Nun gute Nacht – ich werde meine Atemübungen machen und zu Bett gehen. Wenn ich in Washington bin, stehe ich um sechs Uhr auf, hacke ein Loch ins Eis auf dem See im West Potomac Park und nehme ein Bad. Wie wär's – wollen Sie morgen mitkommen? Die Pathé-Wochenschau wird auch da sein. In Ihrer Branche könnte Ihnen das nützlich sein.»

«Ein andermal vielleicht, Mr. Bingham», sagte Dick und machte, dass er fortkam.

Im Shoreham hatten J. W., Senator Planet und Colonel Judson, ein glatter, rosiger Mann mit einem Krötengesicht und angenehm liebenswürdigen Manieren, soeben zu Abend gegessen. Der Senator erhob sich und schüttelte Dick herzlich die Hand. «Nun, mein Lieber, wir waren schon darauf gefasst, Sie in einem Tigerfell zu sehen. Hat der alte Knabe Ihnen seinen Brustumfang demonstriert?»

J. W. runzelte die Stirn. «Diesmal nicht, Senator», sagte Dick nur.

«Aber Senator», sagte J. W. mit einiger Ungeduld und nahm offenbar einen unterbrochenen Gesprächsfaden wieder auf, «es geht doch ums Prinzip. Wenn die Regierung in das Wirtschaftsleben eingreift, schafft sie einen Präzedenzfall, und das wäre das Ende von unternehmerischer Freiheit und privater Initiative in diesem Land.»

«Und der Beginn einer roten bolschewistischen Tyrannei», fügte Colonel Judson zornig hinzu.

Senator Planet lachte. «Ist das nicht ein bisschen sehr zugespitzt formuliert, Joel?»

«Diese Gesetzesvorlage will dem amerikanischen Volk das Recht auf Heilmittel eigener Wahl beschneiden. Ein Haufen fauler Regierungsangestellter und Schreibtischhengste will uns vorschreiben, welches Abführmittel wir nehmen sollen und welches nicht. Und wie immer bei solchen Dingen werden die Spinner und Wichtigtuer das Sagen haben. Dabei hat das amerikanische Volk das Recht zu entscheiden, welche Produkte es kaufen will. Das Ganze ist eine Beleidigung der Intelligenz unserer Mitbürger.»

Der Senator trank den letzten Schluck aus seiner Kaffeetasse. Dick bemerkte, dass große Schwenker voll Brandy auf dem Tisch standen. «Nun», sagte der Senator langsam, «das mag ja stimmen, aber das Vorhaben ist sehr populär, und Sie dürfen nicht vergessen, dass ich in dieser Sache nicht ganz frei bin. Ich muss mich nach den Wünschen meiner Wählerschaft richten.»

«In meinen Augen», unterbrach ihn Colonel Judson, «ist dieses sogenannte Gesetz zur Lebensmittelqualität nichts weiter als ein Klassengesetz zum Wohl der Ärzteschaft. Natürlich wollen die Ärzte, dass wir sie konsultieren, bevor wir eine Zahnbürste oder eine Schachtel Lakritz kaufen.»

J. W. fuhr fort, wo er aufgehört hatte. «Die wissenschaftlich entwickelten Naturheilmittel sollen den Laien befähigen, frei und selbständig zu entscheiden und kleinere Beschwerden zu behandeln, ohne einen Arzt aufsuchen zu müssen.»

Der Senator trank schweigend seinen Brandy aus.

«Bowie», sagte Colonel Judson, griff nach der Flasche und schenkte ihm nach, «Sie wissen so gut wie ich, dass die einfachen Leute in Ihrem Staat sich ihre Freiheiten nicht von irgendwelchen Schnüfflern und Wichtigtuern aus Washington beschneiden lassen wollen. Und wir haben Geld und sind gut organisiert – beides könnte Ihnen im Wahlkampf nützlich sein. Mr. Moorehouse ist im Begriff, eine der größten Aufklärungskampagnen zu starten, die dieses Land je gesehen hat, damit die Leute, sowohl in den Städten als auch auf dem Land, die Wahrheit über Naturheilmittel erfahren. Er wird eine Woge erzeugen, die der Kongress nicht wird ignorieren können. Es wäre nicht das erste Mal, das kann ich Ihnen versichern.»

«Hervorragender Brandy», sagte der Senator. «Armagnac war jahrelang mein Lieblingsgetränk.» Er räusperte sich, nahm eine Zigarre aus dem Kistchen in der Mitte des Tischs und zündete sie in aller Ruhe an. «Ich habe in letzter Zeit viel Kritik einstecken müssen für das, was einige – selbstverständlich verantwortungslose Menschen – als meine reaktionären Verbindungen zu Großunternehmen bezeichnen. Sie kennen diesen demagogischen Zungenschlag.»

«In Zeiten wie diesen kann sich eine intelligent geführte Organisation als äußerst nützlich für einen Politiker erweisen», sagte Colonel Judson ernst.

Senator Planets schwarze Augen funkelten. Er strich eine schwarze Strähne zurück, die ihm in die niedrige Stirn gefallen war und eine kahle Stelle auf seinem Schädel entblößt hatte. «Ich würde sagen, es kommt darauf an, wie groß diese Hilfe sein wird», sagte er und erhob sich. «Das Parallelogramm der Kräfte.»

Auch die anderen standen auf. Der Senator streifte die Asche von seiner Zigarre.

«Die öffentliche Meinung», sagte J. W. gewichtig. «Das ist es, was wir Ihnen anbieten.»

«Tja, Mr. Moorehouse, Sie müssen mich jetzt entschuldigen, ich habe noch einige Reden vorzubereiten. Es war ein höchst angenehmer Abend. Dick, Sie müssen unbedingt mal zum Essen kommen, solange Sie in Washington sind. Wir haben Sie bei unseren kleinen Abendgesellschaften vermisst. Gute Nacht, Joel, bis morgen.»

J. W.s Diener half dem Senator in seinen pelzgefütterten Mantel.

«Mr. Bingham liegt sehr viel am Gemeinwohl, Senator. Er ist bereit, eine sehr beträchtliche Summe aufzuwenden.»

«Das wird er auch müssen», sagte der Senator.

Als Senator Planet gegangen war, saßen die anderen eine Weile schweigend da. Dick schenkte sich ein Glas Armagnac ein. «Mr. Bingham kann unbesorgt sein», sagte Colonel Judson schließlich. «Aber es wird ihn eine Stange Geld kosten. Bowie und seine Freunde versuchen, den Preis zu treiben. Ich kenne sie in- und auswendig – immerhin bin ich seit fünfzehn Jahren in dieser Stadt.»

«Es ist entwürdigend und absurd, dass sich ein anerkanntes Wirtschaftsunternehmen solcher Methoden bedienen muss», sagte J. W.

«Sie nehmen mir das Wort aus dem Mund, J. W. Wenn Sie meine Meinung hören wollen: Dieses Land braucht einen starken Mann, der all diese Politiker in die Wüste schickt. Glauben Sie mir – ich kenne die Bande. Aber unser kleines Abendessen war äußerst wertvoll. Sie haben der Situation ein neues Element hinzugefügt: das wertvolle Element der Würde. Gute Nacht, meine Herren.»

J. W. stand bereits mit ausgestreckter Hand da, sein Gesicht war sehr blass.

«Ich muss gehen», sagte Colonel Judson. «Sie können Ihrem Klienten versichern, dass dieses Gesetz nie verabschiedet wird. Ruhen Sie sich aus, Mr. Moorehouse. Gute Nacht, Captain Savage.» Colonel Judson klopfte ihnen mit beiden Händen freundlich auf die Schulter. Die Zigarre zwischen die Zähne geklemmt, ging er hinaus und hinterließ ein breites Lächeln und eine stinkende blaue Rauchwolke.

Dick wandte sich zu J. W., der sich auf einen mit rotem Samt bezogenen Stuhl hatte sinken lassen. «Geht es Ihnen gut, J. W.?»

«Nur eine kleine Magenverstimmung», sagte J. W. mit schwacher Stimme. Sein Gesicht war schmerzverzerrt, seine Hände umklammerten die Armlehnen des Stuhls.

«Wir sollten wohl auch zu Bett gehen», sagte Dick. «Wie wär's, wenn Sie sich morgen von einem Arzt untersuchen lassen?»

«Mal sehen. Gute Nacht», sagte J. W. Er sprach mit Mühe und hatte die Augen geschlossen.

Dick war gerade eingeschlafen, als es klopfte. Er fuhr hoch und ging barfuß zur Tür. Es war Morton, J. W.s alter englischer Diener. «Ich bitte um Verzeihung, Sir, dass ich Sie geweckt habe», sagte er. «Ich mache mir Sorgen um Mr. Moorehouse. Dr. Gleason ist bei ihm. Ich fürchte, er hatte einen Herzanfall. Er hat sehr große Schmerzen, Sir.» Dick zog seinen Morgenmantel aus roter Seide und Hausschuhe an und ging ins Wohnzimmer der Suite, wo er auf den Arzt traf. «Das ist Mr. Savage, Sir», sagte der Diener. Der Arzt war ein grauhaariger Mann mit einem grauen Schnurrbart und einer gewichtigen Art. Er sah Dick streng an und sagte: «Mr. Moorehouse braucht für einige Tage absolute Ruhe. Es ist eine leichte Angina pectoris, vorläufig nicht lebensbedrohlich, aber eine mehrmonatige Erholungspause ist angezeigt. Er sollte sich möglichst bald gründlich untersuchen lassen. Schärfen Sie ihm das morgen früh ein. Sie sind Mr. Moorehouse' Geschäftspartner, nicht wahr, Mr. Savage?»

Dick errötete. «Ich bin einer von Mr. Moorehouse' Mitarbeitern.»

«Nehmen Sie ihm so viel Arbeit wie möglich ab», sagte der Arzt.

Dick nickte. Er kehrte in sein Zimmer zurück, legte sich aufs Bett und konnte den Rest der Nacht nicht schlafen.

Als Dick am nächsten Morgen in J. W.s Zimmer trat, saß dieser auf ein paar Kissen gestützt im Bett. Sein Gesicht war bleich und zerknittert, und er hatte Ringe unter den Augen.

«Ich bin ganz schön erschrocken, Dick», sagte er. Seine Stimme war so schwach und zittrig, dass Dick fast die Tränen kamen.

«Und wir erst», sagte er.

«Tja, Dick, ich glaube, ich muss E. R. Bingham und eine Reihe anderer Aufträge auf Ihre Schultern laden. Und ich habe mir gedacht, dass ich vielleicht die Kapitalstruktur der Firma ändern sollte. Was würden Sie zu Moorehouse, Griscolm & Savage sagen?»

«Ich glaube, es wäre ein Fehler, den Namen zu ändern. Immerhin ist J. Ward Moorehouse eine nationale Institution.»

J. W.s Stimme war noch immer zittrig, aber etwas lauter. Er musste sich ständig räuspern. «Vielleicht haben Sie recht, Dick», sagte er. «Ich möchte noch so lange durchhalten, dass ich meinen Jungs zu einem guten Start verhelfen kann.»

«Wollen wir wetten, dass Sie mit Ihrem Zylinder zu meiner Beerdigung kommen werden, J. W.? Vielleicht war es ja tatsächlich nur eine Magenverstimmung, wie Sie gesagt haben. Wir können uns nicht auf die Diagnose eines einzelnen Arztes verlassen. Wie wär's mit einem kleinen Ausflug zur Mayo-Klinik? Sie müssen sich mal gründlich durchsehen lassen – Ventile einschleifen, Vergaser einstellen und so weiter. Und übrigens, J. W.: Mr. Bingham sollte doch wohl lieber nicht erfahren, dass seine geheiligten Naturheilmittel von einem Mann betreut werden, der im Jahr lumpige fünfzehntausend verdient, oder?»

J. W. lachte matt. «Das werden wir noch regeln. Sie sollten noch heute Vormittag nach New York fahren und das Büro übernehmen. Miss Williams und ich halten hier die Stellung. Sie hat zwar Haare auf den Zähnen, aber sie ist eine Perle, das kann ich Ihnen sagen.»

«Sollte ich nicht lieber bleiben, bis ein Spezialist Sie untersucht hat?»

«Dr. Gleason hat mir irgendwas verpasst, und jetzt geht's mir ganz gut. Ich habe meiner Schwester Hazel telegraphiert, sie ist Lehrerin in Wilmington und die Einzige der Familie, die ich nach dem Tod meiner Eltern noch öfter gesehen habe. Sie hat jetzt Weihnachtsferien und wird heute Nachmittag kommen.»

«Hat Morton Ihnen die Eröffnungskurse gebracht?»

«Sie steigen und steigen – so was habe ich noch nicht gesehen. Aber wissen Sie, Dick, ich glaube, ich werde alles verkaufen und mich eine Weile ausruhen. Schon komisch, wie sehr einen so was mitnimmt.»

«Auf Sie und Paul Warburg /526/ ist Verlass», sagte Dick.

«Vielleicht ist es das Alter», sagte J. W. und schloss für eine Weile die Augen. Sein Gesicht schien zu einer Masse aus grauen und bläulichen Falten zusammenzufallen.

«Schonen Sie sich ein bisschen, J. W.», sagte Dick und schlich auf Zehenspitzen hinaus.

Er nahm den Elf-Uhr-Zug und war rechtzeitig im Büro, um alles in die Hand zu nehmen. Den anderen sagte er, J. W. habe eine leichte Grippe und müsse für ein paar Tage das Bett hüten. Es hatte sich so viel Arbeit angestaut, dass er Miss Hilles, seiner

Sekretärin, einen Dollar fürs Abendessen gab und sie bat, um acht wieder ins Büro zu kommen. Für sich selbst ließ er aus dem Delicatessen ein paar Sandwiches und einen Pappbecher Kaffee kommen. Es war Mitternacht, als alles erledigt war. In den leeren Korridoren des trübe beleuchteten Gebäudes begegnete er zwei alten Frauen, die mit Eimern und Schrubbern anrückten, um die Büros zu putzen. Der Nachtfahrstuhlführer war alt und bleich. Es hatte geschneit, doch der Schnee war zu Matsch geschmolzen, und die Lexington Avenue lag dunkel und menschenleer da wie eine Straße in einem verlassenen Dorf. Ein kalter Wind schlug ihm ins Gesicht und pfiff um seine Ohren, als er uptown ging. Er dachte an die Wohnung in der 56th Street, in der die Möbel seiner Mutter standen, er dachte an die vergoldeten Sessel im Wohnzimmer und all die trostlosen Dinge, die er seit seiner Kindheit kannte: «Hirsch, von der Meute gestellt», die Stiche vom Forum Romanum in seinem Zimmer, die Betten aus Vogelaugenahorn; er sah das alles so deutlich vor sich, als wäre er dort. Schlimm genug, wenn seine Mutter da war, aber unerträglich, wenn sie in St. Augustine war. Verdammt, dachte er, es wird Zeit, dass ich mir ein anderes Leben leisten kann.

Er hielt ein Taxi an und fuhr zum 63. Dort war es warm und behaglich. Als die platinblonde Garderobiere ihm aus dem Mantel half, flachste sie mit ihm über die Idee, von der er ihr nun schon seit Beginn des Winters erzählte: dass er und sie nach Miami fahren und beim Pferderennen in Hialeah ein Vermögen gewinnen würden. In der Tür zum Lokal blieb er kurz stehen und ließ den Blick durch den niedrigen Raum gehen: sorgfältig frisierte Köpfe, Tische, Gläser, Zigarettenrauch, der sich im rosigen Licht kräuselte. Er sah Pat Doolittles schwarzen Haarschopf. Sie saß mit Reggie und Jo im Alkoven.

Der italienische Kellner kam herbei und rieb sich die Hände. «Guten Abend, Mr. Savage – wir haben Sie schon vermisst.»

«Ich war in Washington.»

«Kalt da unten?»

«Ach, es ging so», sagte Dick und setzte sich neben Pat auf die rote Lederbank.

«Na, wen haben wir denn da?», sagte sie. «Ich denke, du wuselst im Capitol herum und vergiftest das amerikanische Volk.»

«Vielleicht sollten wir lieber ein paar Abgeordnete aus dem Westen vergiften», sagte Dick.

Reggie streckte seine Hand aus. «Ich bin dabei, Alec Borgia. Nachdem du mit unseren Landesvätern im Senat gemauschelt hast, trinkst du wahrscheinlich nur noch Bourbon.»

«Ja, klar, Bourbon ... Leute, bin ich erledigt! Ich muss was essen – hab das Abendessen ausfallen lassen. Ich komme gerade aus dem Büro.»

Reggie hatte offenbar einen sitzen, Pat ebenfalls; Jo war nüchtern und sauer. Da muss ich was tun, dachte er und legte den Arm um Pats Taille. «Hast du mein Telegramm gekriegt?»

«Ich hab mich kaputtgelacht», sagte Pat. «Ach, Dick, wie schön, dass du dich wieder in die trinkende Klasse eingereiht hast.»

«Sag mal, Dick», fragte Reggie und beugte sich vor, «ist eigentlich was dran an dem Gerücht, dass unser alter Wetterhahn umgekippt ist?»

«Mr. Moorehouse hatte eine Magenverstimmung, aber als ich hierhergefahren bin, ging es ihm schon wieder besser», sagte Dick, ein bisschen zu getragen, wie er fand.

«So geht's allen, die nicht trinken», sagte Reggie. Die Frauen lachten. Dick kippte in rascher Folge drei Bourbon hinunter, merkte aber gar nichts – er war nur hungrig und erschöpft. Er hielt gerade nach dem Kellner Ausschau, um ihn herbeizuwinken und zu fragen, was zum Teufel eigentlich aus seinem Filet mignon geworden sei, als er Reggie sagen hörte: «Immerhin ist J. Ward Moorehouse ja kein Mensch, sondern ein Name. Wie soll man Mitleid haben, wenn ein Name krank wird?»

Dick fühlte Zorn in sich aufsteigen. «Er ist eine der sechzig wichtigsten Persönlichkeiten in diesem Land», sagte er. «Und du, Reggie, verdienst bei ihm dein Geld.»

«Du lieber Himmel», rief Reggie, «der Mann auf dem hohen Ross.»

Pat wandte sich lachend zu Dick. «In Washington scheint man ja ziemlich heilig geworden zu sein.»

«Nein, ihr wisst, dass ich ganz gern mal ein bisschen flachse, aber J. W. hat, ganz gleich, ob man seine Methoden gut findet oder nicht, mehr als jeder andere in diesem Land dafür getan, den amerikanischen Geist zu formen, und wenn ein solcher Mann krank wird, finde ich solche Studentenwitzchen einfach geschmacklos.»

Reggie war betrunken und sprach mit gekünsteltem Südstaatendialekt. «Ho, Bruder, ich hab ja ganich gewusst, dass du Mistah Moahouse *persönlich* bis – ich hab gedacht, du wärs so n armer Lohnsklave wie wir andern Neger.»

Dick wollte den Mund halten, konnte es aber nicht. «Ob's dir gefällt oder nicht – die Formung des amerikanischen Geistes ist eine der wichtigsten Aufgaben in diesem Land. Ohne uns wäre die amerikanische Wirtschaft ganz schön in der Klemme. Die Art, wie die amerikanische Wirtschaft ihre Geschäfte macht, mag uns gefallen oder nicht, aber sie ist eine Tatsache, so unumstößlich wie der Himalaya, und kein Geflachse wird daran etwas ändern. Einzig die Öffentlichkeitsarbeit schützt unsere Wirtschaft vor fanatischen Spinnern und Demagogen, die nur darauf warten, die industrielle Maschinerie zu sabotieren.»

«Hört, hört», rief Pat.

«Du wirst die Erste sein, die schreit, wenn die Erträge der Pfandbriefe deines Vaters gekürzt werden.»

«Senator», sagte Reggie salbungsvoll, nachdem er noch einen Old Fashioned gekippt hatte, «gestatten Sie mir, Ihnen meinen Dank auszusprechen, aus tiefstem Herzen Dank, Senator, für die wertvollen Dienste, die Sie diesem großen Gemeinwesen geleistet haben, das sich vom großen Atlantischen Ozean bis zum weiten, herrlichen Pazifischen Ozean erstreckt.»

«Halt den Mund, Reggie», sagte Jo. «Lass ihn in Ruhe essen.»

«Das sind ja ganz schön vaterländische Reden, Dick», sagte Pat. «Aber wahrscheinlich hast du recht.»

«Wir müssen realistisch sein», sagte Dick.

«Jetzt verstehe ich», sagte Pat und warf lachend den Kopf in den Nacken. «Er hat dir die Gehaltserhöhung gegeben.»

Dick nickte und grinste unwillkürlich. Seit er etwas im Magen hatte, fühlte er sich besser. Er bestellte noch eine Runde und sagte, er wolle nach Harlem fahren und in Small's Paradise /527/ tanzen; er sei zu müde, um zu Bett zu gehen, und wolle sich ein bisschen entspannen. Pat sagte, Harlem gefalle ihr, aber sie habe kein Geld dabei.

«Ich lade euch ein», sagte Dick. «Ich habe jede Menge Geld.»

Als sie hinausgingen, steckte in den Handtaschen der Frauen und den hinteren Hosentaschen der Männer je eine Flasche Whiskey. Im Taxi sangen Reggie und Pat *The Fireship*. Dick schüttete Whiskey in sich hinein, um den Vorsprung der anderen aufzuholen. Die Treppe zu Small's hinunterzugehen war, als würde man in einen warmen, mit wuchernden Wasserpflanzen bewachsenen Teich eintauchen. Die Luft war schwer von dem Geruch nach Puder, Parfüm, Lippenstift und Kleidern, der die Mulattinnen umgab, und vibrierte wie lebendiges Fleisch im weich balancierten Rhythmus der Musik. Dick und Pat begannen sogleich zu tanzen und hielten einander eng umschlungen. Sie bewegten sich in perfekter Harmonie. Er spürte ihre Lippen unter seinem Kinn und küsste sie. Sie erwiderte den Kuss. Als die Musik aufhörte, waren sie taumelig. Mit betrunkener Würde kehrten sie an ihren Tisch zurück. Als die Band weiterspielte, tanzte Dick mit Jo. Er küsste auch sie, doch sie schob ihn zurück. «Hör auf damit, Dick.»

«Reggie wird nichts dagegen haben – es bleibt ja alles in der Familie.» Sie standen, eingezwängt zwischen anderen sich wiegenden Tanzpaaren, neben Reggie und Pat. Dick ließ Jos Hand los und legte sie auf Reggies Schulter. «Reggie, hast du was dagegen, dass ich deine zukünftige Frau ein einziges Mal küsse?»

«Nur zu, Senator», sagte Reggie mit schwerer Zunge, «geh so

weit, wie du willst.» Pat hatte Mühe, ihn auf den Beinen zu halten. Jo sah Dick mit einem giftigen Blick an und wandte für den Rest des Tanzes den Kopf ab. Sobald sie wieder am Tisch waren, sagte sie zu Reggie, es sei schon nach zwei und sie wolle jetzt nach Hause, denn sie jedenfalls müsse morgen arbeiten.

Als Dick und Pat allein waren, wollte er sie noch einmal küssen, doch sie sagte: «Ach, Dick, geh mit mir mal irgendwohin, wo es richtig verrufen ist. Keiner will mir die richtig schlimmen Clubs zeigen.»

«Ich dachte, für den Anfang ist das hier verrufen genug», sagte er.

«Aber hier geht's ja ziviler zu als am Broadway, und außerdem bin ich keine Anfängerin. Ich bin die neue Frau.»

Dick brach in schallendes Gelächter aus. Sie lachten beide und tranken darauf und hatten einander sehr gern, und mit einem Mal fragte Dick sie, warum sie nicht immer zusammen sein könnten.

«Wie gemein, Dick. Das ist nicht der richtige Ort für einen Heiratsantrag. Dann würde man sich ja sein Leben lang daran erinnern müssen, dass man sich ausgerechnet in Harlem verlobt hat ... Ich will das Leben sehen.»

«Na gut, junge Dame, dann lass uns gehen. Aber beschwer dich nicht, wenn's dir zu verrufen wird.»

«Ich bin doch kein kleines Mädchen», sagte sie ärgerlich, «und an den Klapperstorch glaube ich auch nicht mehr.»

Dick zahlte, und sie tranken den Rest aus der Whiskeyflasche. Draußen schneite es. Straßen, Treppen, Bürgersteige waren weiß, unschuldig, still und glitzerten im Laternenlicht. Dick fragte den schwarzen Portier mit den leuchtend weißen Augäpfeln nach einer Kneipe, von der er gehört hatte, und der Mann gab dem Taxifahrer die Adresse. Dick begann sich prima zu fühlen. «Mensch, Pat, ist das nicht toll?», sagte er. «Diese jungen Leute vertragen nichts mehr – da müssen schon Erwachsene wie wir kommen. Und Reggie wird ein bisschen zu frech, findest du nicht auch?»

Pat hielt seine Hand. Ihre Wangen waren gerötet, und ihr Gesicht wirkte angespannt. «Ist das nicht aufregend?», sagte sie. Das Taxi hielt vor einer ungestrichenen Kellertür, über der in einem Kranz aus tanzenden Schneeflocken eine einzelne Glühbirne brannte.

Sie hatten Mühe, eingelassen zu werden. Es waren keine anderen Weißen da. Der Raum war ein einfacher Heizungskeller, in den man Tische und Stühle gestellt hatte. Von den Heizungsrohren unter der Decke hingen Luftschlangen. Eine dicke braune Frau in einem rosaroten Kleid und mit großen, rollenden Augen und zuckendem Mund führte sie zu einem Tisch. Sie schien Gefallen an Pat zu finden. «Komm, Schätzchen, setz dich», sagte sie. «Wo bist du nur mein Leben lang gewesen?»

Der Whiskey war alle, also tranken sie Gin. In Dicks Kopf wirbelte alles Mögliche herum. Er konnte nicht aufhören, davon zu reden, wie sauer er auf diesen Blödmann Reggie war. Da hatte Dick im Büro nun ein Jahr lang die Hand über ihn gehalten, und trotzdem wollte er anscheinend frech werden. Dieser Wicht.

Die Musik kam von einem Klavier, wo ein schlanker Schwarzer in die Tasten griff. Dick und Pat tanzten und tanzten, und er wirbelte sie herum, bis die hellhäutigen und weniger hellhäutigen Gäste johlten und klatschten. Dann stolperte er und ließ sie los, sodass sie gegen einen Tisch taumelte, an dem mehrere Frauen saßen. Dunkle Köpfe wurden in den Nacken geworfen, rosige Gummilippen verzogen, Münder aufgerissen, Goldkronen und Elfenbeinzähne blitzten, und es ertönte brüllendes Gelächter.

Dann tanzte Pat mit einer hübschen Mulattin in einem gelben Kleid und Dick mit einem braunen jungen Mann mit weichen Händen und einem engsitzenden Anzug in der gleichen Farbe wie seine Haut. Er flüsterte Dick ins Ohr, sein Name sei Gloria Swanson /528/. Dick löste sich aus seiner Umarmung, ging zu Pat und zog sie von der Mulattin weg. Dann bestellte er eine Lokalrunde, die wieder ein Lächeln auf die missmutigen Gesichter zauberte. Er hatte Schwierigkeiten, Pat in den Mantel zu helfen. Die dicke Frau war sehr hilfsbereit. «Na klar, Schätzchen», sagte sie, «ihr wollt doch nicht die ganze Nacht durchsaufen und euch euer gutes Aussehen versauen.» Dick umarmte sie und gab ihr zehn Dollar.

Im Taxi bekam Pat einen hysterischen Anfall und schlug und biss ihn, als er sie festhielt, damit sie nicht die Tür aufriss und hinaus in den Schnee sprang. «Du machst alles kaputt, du denkst immer nur an dich selbst», schrie sie. «Und du bringst nie was zu Ende.»

«Aber Pat, ehrlich», sagte er flehend, «ich fand, die Grenze war erreicht.» Als das Taxi in der Park Avenue vor dem großen, klotzigen Apartmenthaus hielt, in dem sie wohnte, hatte sie den Kopf an seine Schulter gelegt und weinte leise. Er brachte sie im Aufzug hinauf und küsste sie lange, bevor er sie die Tür aufschließen ließ. Eng umschlungen standen sie schwankend da und rieben sich aneinander. Dann hörte Dick das Summen des Aufzugs, öffnete die Wohnungstür und schob Pat hinein.

Als er aus dem Haus trat, wartete das Taxi auf ihn. Er hatte vergessen, den Fahrer zu bezahlen. Der Gedanke, nach Hause zu gehen, war unerträglich. Er fühlte sich nicht betrunken, sondern enorm unternehmungslustig und kühl und unschuldig erregt. Patricia Doolittle war ihm verhasster als irgendjemand sonst. «Diese Schnepfe», sagte er immer wieder vor sich hin. Er fragte sich, wie es wohl wäre, noch mal zu dieser Kaschemme zu fahren und zu sehen, was passierte, und dort küsste ihn die dicke Frau, wackelte mit ihren Brüsten, umarmte ihn und nannte ihn ihren lieben Jungen, und er hatte eine Flasche Gin in der Hand und schenkte allen ein und tanzte mit Gloria Swanson, der ihm ins Ohr summte: Krieg ich's jetzt gleich oder ... muss ich noch wa-harten?

Es wurde Morgen. Dick rief, sie könnten jetzt nicht aufhören und müssten bei ihm frühstücken. Und dann waren alle weg, und er stieg nur mit Gloria und einem strammen jungen Schwarzen, den Gloria als seine Freundin Florence vorstellte, in ein Taxi. Er hatte ziemliche Probleme, den Schlüssel ins Schloss zu fummeln. Etwas sehr Weiches traf ihn am Hinterkopf. Er stolperte und schlug in dem blassblauen Streifen Licht, der durch die Spitzengardinen seiner Mutter kroch, der Länge nach hin.

Als er erwachte, lag er ausgezogen auf dem Bett. Es war heller Tag. Das Telefon klingelte. Er ließ es klingeln. Er setzte sich auf. Ihm war schwummrig, aber nicht übel. Er strich sich über den Hinterkopf und sah Blut an seiner Hand. Der Typ hatte ihm wohl eins mit einem sandgefüllten Strumpf verpasst. Er stand auf und war zwar etwas unsicher auf den Beinen, konnte aber gehen. Schmerz rollte durch seinen Kopf wie Donner. Er griff nach der Stelle auf dem Nachttisch, wo er immer seine Uhr ablegte. Keine Uhr. Seine Kleider waren ordentlich über den Stuhl gehängt. Die Brieftasche war noch da, nicht aber das Geld. Er setzte sich auf die Bettkante. Was für ein verdammter Vollidiot! So was darfst du nie, nie, nie wieder tun! Jetzt kannten sie seinen Namen und seine Telefonnummer. Herrgott, jetzt konnten sie ihn erpressen. Er stellte sich vor, dass seine Mutter aus Florida zurückkehrte und erfuhr, dass ihr Sohn jetzt fünfundzwanzigtausend im Jahr verdiente und Juniorpartner von J. Ward Moorehouse war, aber leider von zwei Nigger-Strichjungen erpresst wurde. Oh Gott! Und Pat Doolittle und die Bingham-Töchter. Sein Leben wäre ruiniert. Eine Sekunde lang wollte er in die Küche gehen und das Gas aufdrehen.

Er riss sich zusammen und nahm ein Bad. Dann zog er sich sorgfältig an, schlüpfte in den Mantel, setzte den Hut auf und ging hinaus. Es war neun, das sah er auf einer Uhr im Schaufenster eines Juweliers auf der Lexington Avenue. Im selben Fenster war auch ein Spiegel. Er musterte sein Gesicht. Nicht so übel, würde später aber übler werden, doch vor allem brauchte er eine Rasur und musste das geronnene Blut am Hinterkopf abwaschen.

Er hatte zwar kein Bargeld mehr, aber sein Scheckheft. In der Nähe des Grand Central gab es ein türkisches Bad. Die Bademeister flachsten, das müsse ja eine Mordsschlägerei gewesen sein. Dick hatte seine anfängliche Panik inzwischen überwunden und prahlte, der andere sehe noch viel schlimmer aus. Sie nahmen seinen Scheck, und er bekam sogar noch ein bisschen Wechselgeld, sodass er sich ein Gläschen vor dem Frühstück leisten konnte. Als er ins Büro kam, hatte er noch immer schlimme Kopfschmerzen, fühlte sich aber einigermaßen in Form. Allerdings musste er die Hände in die Taschen stecken, damit Miss Hilles nicht sah, wie sehr sie zitterten. Gott sei Dank waren bis zum Nachmittag keine Briefe zu unterschreiben.

Ed Griscolm kam rein, setzte sich auf die Schreibtischkante und redete über J. W.s Gesundheitszustand und den Bingham-Auftrag, und Dick war zuckersüß zu ihm. Ed erzählte ausführlich von einem Angebot, das Halsey ihm gemacht habe, und Dick sagte, er könne ihm natürlich nicht raten, aber was ihn betreffe, so sei der einzige Ort im ganzen Land, wo er wirklich sein wolle, diese Firma, besonders jetzt, da größere Projekte als je zuvor in Aussicht seien – er habe auf der Fahrt nach Washington mit J. W. ein langes Gespräch darüber geführt.

«Wahrscheinlich hast du recht», sagte Ed. «Na gut, dann haken wir das einfach unter saure Trauben ab.»

Dick stand auf. «Ehrlich, Ed, du darfst nicht glauben, dass J. W. deine Arbeit nicht zu schätzen weiß. Er hat sogar was von einer Gehaltserhöhung gesagt.»

«Jedenfalls war es nett, dass du ein gutes Wort für mich eingelegt hast», sagte Ed, und dann schüttelten sie sich freundschaftlich die Hand.

Im Hinausgehen drehte sich Ed noch einmal um. «Sag mal, Dick, könntest du dir mal den jungen Talbot vornehmen? Ich weiß, dass ihr befreundet seid, darum würde ich das gern dir überlassen. Er hat schon wieder angerufen und gesagt, dass er mit Grippe im Bett liegt – das ist jetzt schon das dritte Mal in diesem Monat.»

Dick runzelte die Stirn. «Ehrlich gesagt, ich weiß nicht, was ich mit ihm machen soll, Ed. Er ist ja ein netter Bursche, aber wenn er sich nicht reinkniet, werden wir ihn wohl entlassen müssen.

Auch wenn er ein fröhlicher Saufkumpan ist, können wir nicht dulden, dass die Arbeit leidet. Diese jungen Leute trinken sowieso zu viel.»

Als Ed gegangen war, entdeckte Dick auf seinem Schreibtisch einen großen lavendelfarbenen Umschlag mit dem Vermerk «Persönlich». Als er ihn öffnete, schlug ihm ein starker Parfümduft entgegen. Es war eine Einladung von Myra Bingham zur Einweihung ihres Ateliers am Central Park South. Er war noch dabei, sie zu lesen, als aus der Gegensprechanlage Miss Hilles' Stimme ertönte: «Ein Anruf von Mr. Henry B. Furness von der Furness Corporation – er möchte mit Mr. Moorehouse sprechen.»

«Stellen Sie ihn zu mir durch, Miss Hilles, und notieren Sie in meinem Terminkalender eine private Einladung ... am 15. Januar um fünf Uhr: Empfang bei Miss Myra Bingham, Central Park South 36 ...»

Wochenschau LXVIII

WALL STREET PERPLEX

Das ist nicht die Dreizehn, sondern die Sechzig,
Du musst auf das richtige Gleis

MARKT WIRD SICH ERHOLEN

Auftragslage rückläufig

BERGARBEITERSTREIK IN COLORADO
POLIZEI SETZT MASCHINENGEWEHRE EIN
5 TOTE, 40 VERLETZTE

als Tausende Büroangestellte zur Mittagszeit aus den Gebäuden strömten, erschienen Sympathisanten mit Schildern und Transparenten und begannen, auf und ab zu marschieren, wurden aber nicht nur von den Angestellten, sondern auch von den Arbeitern einer benachbarten Baustelle ausgepfiffen und verspottet

NEUE VERKAUFSMETHODEN VORGESTELLT

Rettungsmannschaften versuchen, das gekenterte Schiff aufzurichten, und warten auf Schwimmkräne

Er rief dem schwarzen Heizer zu:
Leg ein paar Schaufeln drauf,
Und wenn wir über den Berg erst sind,
Hol'n wir die Zeit schon noch auf.

Ich finde Ihre Kolumne interessant und möchte Sie um einen Rat bitten: Ich habe viertausend Dollar gespart und will sie investieren, um mein Einkommen aufzubessern. Soll ich Aktien kaufen?

POLIZISTENMÖRDER SCHNIPPT ZIGARETTENSTUMMEL WEG UND GEHT ZITTERND ZUR HINRICHTUNG

THEATERAGENTUREN IN MÄDCHENHANDEL VERWICKELT

Sittenstrolch aus der Anwaltskammer ausgeschlossen

Die Rechtssozialisten
Und Opportunisten
Säen Zwietracht und reiten
Auf hohem Ross

Schwafeln von Sozial-ismus
Und machen Fasch-ismus
Und retten das Kapital
Für den Boss

MOSKAUER PARTEITAG SCHLIESST ABWEICHLER AUS

Von Lynchburg nach Danville ist es weit,
Kilometerlang geht es bergauf,
Da war das Durchschnittstempo weg,
Und deswegen gingen sie drauf.

JAGD AUF MÖRDER UNTER ARBEITERAKTIVISTEN

hier sieht man ein gefährliches Beispiel dafür, wie die bürgerliche Ideologie im entscheidenden Augenblick das Klassenbewusstsein zerstört und einen Mann, der gestern noch ein Freund der Arbeiterklasse war, zu einem erbärmlichen Propagandisten des Imperialismus macht

ROTE STREIKPOSTEN ZU GELDSTRAFEN VERURTEILT

Wir gehen morgens aus dem Haus,
Und sagen adieu zu den Kleinen,

NOCH IMMER HOFFNUNG AUF BERGUNG

Mit hundertfünfzig geht es bergab,
Volldampf, der Kessel glüht,
Man fand seine Leiche, die Hand am Ventil,
Vom Dampf zu Tode verbrüht.

SAALSCHLACHT BEI EINIGUNGSGESPRÄCHEN

POLIZISTEN SCHÜTZEN KOMMUNISTEN

AMERIKANISCHE HANDELSKAMMER RUFT ZU ZUVERSICHT AUF

REALWERTE NICHT BETROFFEN

Obwohl wir schuften tagein und tagaus,
Müssen sie vor Hunger weinen.
Und wenn am Zahltag zum Laden wir gehen,
Die Rechnungen zu begleichen,

PRÄSIDENT SIEHT WOHLSTAND FÜR ALLE

Bleibt kein Cent mehr übrig für Kleidung und Schuh',
Doch die Bosse sind nicht zu erweichen.

MIT DER DAMPFWALZE GEGEN RADIKALE

BERGARBEITER GEHEN GEGEN STREIKBRECHER VOR

Unsere Kinder wachsen in Armut auf,
Weil die Löhne zum Leben nicht reichen.
Drum Arbeiter alle, landauf und landab,
Reiht entschlossen euch bei uns ein,
Für sie wolln erkämpfen wir den Sieg,
Das kann keine Sünde sein.

GLOCKENSPIELKLÄNGE VOM SINGENDEN TURM

der Präsident erklärte, man könne den zunehmenden Wohlstand breiter Schichten nicht betrachten, ohne über die zu lächeln, die vor kurzem noch so sehr gefürchtet hätten, unser Land könnte in die Hände einiger weniger reicher Persönlichkeiten fallen

ZUSCHAUER BEJUBELN ZEREMONIE

auf einer winzigen Insel, wie ein grüner Edelstein mitten in dem See gelegen, der den singenden Turm widerspiegelt, nahm der Präsident heute an der Einweihung des Vogelschutzgebietes und des Glockenspiels teil und erfüllte damit den Traum eines kleinen Einwandererjungen

Das Auge der Kamera 51

am Ende des Tals im Schatten der Berge auf dem rissigen Boden einer windschiefen Hütte ist ein Mann halb sitzend halb liegend gestützt von einer alten Frau zwei Mädchen mit faltigen Gesichtern vielleicht jung · im Kamin flackern Flammen über Kohlenbrocken und beleuchten sein Gesicht so weiß und schlaff wie Teig · schwärzen den eingefallenen Mund den angespannten Hals den Bauch riesig angeschwollen von der Verletzung die er sich bei der Arbeit an der Kippstelle zugezogen hat

das barfüßige Mädchen bringt ihm einen Blechbecher voll Wasser · die Frau wischt ihm mit ihrem schmutzigen Ärmel den Schweiß vom Gesicht · das Feuer beleuchtet flackernd seine vom Fieber geweiteten Augen die ängstlichen Augen der Frau die bleichen Gesichter der Fremden

ohne Hilfe wird der Mann in dem von dunklen streikstillen Bergen umschlossenen Tal sterben (mein Vater ist gestorben wir wissen wie es ist einen Menschen sterben zu sehen) die Frau wird ihn auf die wackelige Pritsche legen und die Bergarbeiter werden ihn begraben im Gefängnis ist es hell zu warm die Dampfheizung zischt wir sprechen durch grün lackierte Gitterstäbe mit einem hochgewachsenen alten Mann mit weißem Schnurrbart ein paar lächelnden Bergarbeitern in Hemdsärmeln einem Jungen · die Gesichter bleich von der Arbeit unter Tage haben bereits die fahle Blässe von Gefangenen

Fremde was können wir den Toten sagen? · Fremde was können wir den Gefangenen sagen? · der Parteifunktionär spricht schnell durch die Gitterstäbe schließt euch uns an keiner anderen Gewerkschaft wir schicken euch Tabak Süßigkeiten Solidarität unsere Anwälte werden Schriftsätze verfassen Redner werden bei Versammlungen eure Namen rufen eure Namen werden auf den Schildern von Streikposten und Demonstranten stehen · die Männer in der Zelle zucken die Schultern und lächeln schwach unsere Augen sehen durch die Gitter in ihre Augen · was kann ich sagen? · (auf einem anderen Kontinent habe ich durch die vergitterten Kellerfenster hinter den Stiefeln des zerlumpten Wachpostens Gesichter gesehen ich habe die humpelnden fußkranken Gefangenen gesehen die vor Tagesanbruch von Soldaten mit aufgepflanzten Bajonetten durch die Straßen getrieben wurden · ich habe die Salven gehört

ich habe in jenen fernen tieferen Tälern die Toten gesehen) · was können wir den Gefangenen sagen?

im Büro des Gesetzeshüters stehen wir an der Wand der Gesetzeshüter ist ein dicker Mann mit wütenden Augen und einem dicken Kürbiskopf er sitzt da und starrt uns ungebetene Fremde an die mit Waffen behängten Deputys glotzen durch die offene Tür · sie bewachen die Minen · sie blockieren die Suppenküchen der Bergarbeiter · sie sperren die Straße die ins Tal führt · die angemieteten Wachleute sind schussbereit (sie haben uns zu Fremden im Land unserer Geburt gemacht sie sind eine Eroberungsarmee die unbemerkt eingesickert ist sie haben sich heimlich die Bergkuppen gesichert sie erheben Mautgebühren sie stehen an den Eingängen der Minenschächte · sie stehen an den Wahllokalen · sie sind dabei wenn der Gerichtsvollzieher die Möbel der zwangsgeräumten Familie aus der Mietskaserne auf den Bürgersteig tragen lässt sie sind dabei wenn die Bank eine Farm versteigert sie liegen im Hinterhalt und eröffnen das Feuer wenn streikende Arbeiter angeführt von der Fahne die Serpentinenstraße hinauf zu ihrer Mine marschieren und wen sie nicht erschießen den werfen sie ins Gefängnis)

der Gesetzeshüter hinter dem Schreibtisch starrt mit wütenden Augen sein Gesicht kriegt Flecken so rot wie der Hals eines Truthahns und hinter ihm steht die Macht die auf Maschinengewehren und abgesägten Schrotflinten und Tränengas und Reizgas beruht die Macht die die einen ernährt und die anderen verhungern lässt

er sitzt gemütlich an seinem Schreibtisch sein Rücken ist gedeckt er fühlt sich stark hinter ihm stehen der Staatsanwalt der Richter der selbst Anteile besitzt der Lokalpolitiker der Bergwerksdirektor der Vorstand · der Kraftwerksdirektor der Marionettenspieler an der Konzernspitze

er greift zum Telefon

die Deputys drängen sich an der Tür

wir haben nur Worte

Macht und Übermacht

Als Edisons Vertreter in London achtzehnhundertachtzig das erste Telefon in Betrieb nahm, annoncierte er in der Zeitung die Stelle eines Sekretärs und Stenographen. Der eifrige junge Cockney mit zart sprießendem Backenbart, der sich dafür bewarb,

hatte soeben seine Stelle als Laufbursche verloren. In seiner Freizeit hatte er Stenographie und Buchhaltung gelernt, er hatte abends Diktate des Herausgebers der englischen *Vanity Fair* aufgenommen und für die Zeitungen Parlamentsreden mitgeschrieben. Er stammte aus einer Familie von Abstinenzlern und Kleinkrämern und rannte bereits mit seinem dicken Schädel gegen die Klassenschranken an, die junge Männer seines Standes zu einem Leben an Schreibpulten und als Befehlsempfänger in billigen Jacketts verdammten. Wer eine Stelle bei einer amerikanischen Firma hatte, stand auf der Sprosse einer Leiter, die bis in den blauen Himmel reichte.

Er tat sein Bestes, sich unentbehrlich zu machen; als der Telefondienst eröffnet wurde, durfte er die erste halbe Stunde den Klappenschrank bedienen. Edison wurde auf seine wöchentlichen Berichte über den Stand der Elektrifizierung in England aufmerksam,

ließ ihn kommen und machte ihn zu seinem Privatsekretär.

Samuel Insull traf an einem ungemütlichen Märztag des Jahres einundachtzig in Amerika ein. Er wurde sofort nach Menlo Park gebracht. Man zeigte ihm die Laboratorien, die regelmäßigen Reihen von Glühbirnen, die das verschneite Gelände beleuchteten, betrieben mit elektrischem Strom aus dem ersten Kraftwerk der Welt. Edison gab ihm sogleich etwas zu tun, es dauerte bis Mitternacht. Am nächsten Morgen um sechs war er wieder zur Stelle; für Unsinn wie geregelte Arbeitszeiten oder Urlaub hatte Edison nichts übrig. Von diesem Tag bis zu seinem siebzigsten Lebensjahr arbeitete Insull pausenlos; kein Unsinn wie geregelte Arbeitszeiten oder Urlaub. Die Elektrizität verwandelte die Leiter in einen Aufzug.

Der junge Insull machte sich auch bei Edison unentbehrlich und kümmerte sich mehr und mehr um dessen geschäftliche Angelegenheiten. Er war, wie Edison zu sagen pflegte, unermüdlich, unerbittlich und zuverlässig wie die Gezeiten, und er war wild entschlossen aufzusteigen.

Zweiundneunzig brachte er Edison dazu, ihn nach Chicago zu schicken und zum Präsidenten der Chicago Edison Company zu machen. Jetzt war er sein eigener Herr. *Mein technisches Können*, sagte er einmal in einer Rede, als er der Zar von Chicago und so unangefochten war, dass er sich den Luxus klarer Worte leisten konnte, *hat sich meist darauf beschränkt, aus einem Dollar möglichst viel herauszuholen.*
Er war ein steifer, arroganter Mann mit rotem Gesicht und einem kurzgestutzten Schnurrbart; er wohnte am Lake Shore Drive und erschien jeden Tag pünktlich um zehn nach sieben im Büro. Er brauchte fünfzehn Jahre, um die fünf Elektrizitätskonzerne zur Commonwealth Edison Company zu verschmelzen. *Ich entdeckte sehr früh, dass es, wie bei anderen Versorgungsunternehmen, in erster Linie darauf ankommt, ein Monopol zu schaffen.*
Als er seine Macht über die Stromversorgung gefestigt hatte, wandte er sich der Gasversorgung zu und weitete seinen Geschäftsbereich auf die umliegenden Gemeinden im Norden von Illinois aus. Wenn ihm Politiker in die Quere kamen, kaufte er sie, wenn ihm Gewerkschaftsführer in die Quere kamen, kaufte er sie. Seine Macht wuchs unglaublich. Bankiers verachtete er – seine Handlanger waren Anwälte. Er sorgte dafür, dass sein eigener Anwalt zum Justiziar der Stadt Chicago ernannt wurde, und bestimmte durch ihn die Geschicke der Stadt. Als er zu seiner Verwunderung feststellte, dass es in Chicago ein paar unbestechliche Männer gab (darunter sogar zwei junge Anwälte: Richberg und Icks), beschloss er, dem Publikum etwas zu bieten:
Big Bill Thompson /529/, den großen Baumeister, der «King George eins auf die Nase geben» wollte und auf die Jagd nach Baumfischen ging,
und das Opernhaus von Chicago.
Es war zu einfach. Die Gemeinden hatten Geld, und jede Minute kam ein Bürger hinzu. Seit der Gründung von Middle

West Utilities im Jahr neunzehnhundertzwölf begann Insull, sein Imperium mit Hilfe von Steuermitteln auszuweiten. Die Aktionärsversammlungen seiner Gesellschaften waren öffentlich, um den Dienst an der Allgemeinheit in den Vordergrund zu stellen: Der Kleinaktionär konnte den ganzen Tag herumsitzen und den großen Tieren zuhören. Es macht Spaß, übers Ohr gehauen zu werden. Betriebsgewerkschaften hypnotisierten die Betriebsangehörigen; jeder musste Unternehmensaktien kaufen, jeder musste losziehen und Aktien verkaufen: Büroboten, Monteure, Schaffner. Selbst Owen D. Young/530/ fürchtete ihn. *Nach meiner Erfahrung steigert nichts die Arbeitsleistung so effektiv wie lange Schlangen von Arbeitslosen vor den Fabriktoren.*

Der Krieg stopfte den Progressiven/531/ den Mund (Schluss mit den unsinnigen Forderungen, Konzerne müssten zerschlagen und Monopole verboten werden, Schluss mit dem Gerede vom Wohl der Öffentlichkeit) und trug Insull zum Gipfel seiner Macht.

Er war Vorsitzender des Verteidigungsrates des Staates Illinois. *Jetzt*, sagte er entzückt, *kann ich machen, was ich will.* Damit verbunden: ein ständiger Platz im Scheinwerferlicht und der Purpur des Zaren. Alle, denen nicht gefiel, was Samuel Insull tat, waren Verräter. Chicago war gut beraten, den Mund zu halten.

Die Insull-Gesellschaften breiteten sich aus und verschmolzen und drängten Konkurrenten aus dem Geschäft, bis Samuel Insull und sein Bruder Martin, der als stiller Teilhaber fungierte, durch die Hebelkraft von Anteilsgesellschaften, Direktorenposten oder Sperrminoritäten

Kraftwerke, Kohlebergwerke und Transportunternehmen in Illinois, Michigan, den Dakotas, Nebraska, Arkansas, Oklahoma, Missouri, Maine, Kansas, Wisconsin, Virginia, Ohio, North Carolina, Indiana, New York, New Jersey,

Texas, Kanada, Louisiana, Georgia, Florida und Alabama kontrollierten.
(Jemand hat ausgerechnet, dass ein Dollar von Middle West Utilities siebzehnhundertfünfzig Dollar kontrollierte, die von der öffentlichen Hand in stromerzeugende Unternehmen investiert worden waren. Durch die treuhänderische Bündelung der Aktienanteile und dementsprechende Stimmrechtsübertragungen kontrollierte Insull die beiden größten Anteilsgesellschaften und damit ein Zwölftel der Stromerzeugung der USA.)
Samuel Insull kam zu dem Schluss, dass ihm all das gehörte wie einem anderen Mann das Geld, das er in der Hosentasche hat.
Bankiers hatte er immer verachtet. In Chicago hörten einige auf sein Kommando. Die New Yorker Bankiers aber lagen auf der Lauer; für sie war er ein Blender, und hinter vorgehaltener Hand sagten sie, seine Finanzstruktur sei unsolide. Es juckte sie in den Fingern, die Hebel zu bedienen, die so leicht und mühelos diese gewaltige lebensbestimmende Macht steuerten,
diese Übermacht, wie Insull sie gern nannte.

Ein gewisser Cyrus S. Eaton, ehemaliger Baptistenprediger aus Cleveland, war der David, der diesen Goliath zu Fall brachte. Ob es nun stimmte oder nicht – er machte Insull weis, die Wall Street stehe hinter ihm.
Er erwarb in großem Stil Aktien der drei Chicagoer Elektrizitätswerke. In panischer Angst, die Kontrolle über diese Unternehmen zu verlieren, begann Insull dagegenzuhalten. Schließlich ließ Reverend Eaton sich auskaufen. Das kostete den alten Mann zwanzig Millionen Dollar.
Dann kam der Börsenkrach.
Die Kurse fielen. Insulls Beteiligungsgeflecht war so komplex, dass kein Buchhalter es je hätte entwirren können.

Zischend strömte das Gas aus dem löchrigen Ballon. Insull überwand seinen Zarenstolz und warf sich vor den Bankiers auf die Knie.

Jetzt war er da, wo sie ihn haben wollten. Um das Gesicht des wankenden Zaren zu wahren, machte man ihn zum Konkursverwalter seiner eigenen Konzerne, doch der alte Mann konnte sich von der Illusion, das ganze Geld gehöre ihm, nicht trennen. Als man herausfand, dass er die Gelder der Aktionäre benutzte, um den Börsenmakler seines Bruders zu bezahlen, wurde es sogar einem Bundesrichter zu viel. Insull musste von allen Posten zurücktreten.

Er saß in fünfundachtzig Vorständen und war Vorstandsvorsitzender von fünfundsechzig und Aufsichtsratsvorsitzender von elf Unternehmen; die Unterzeichnung aller Rücktrittserklärungen dauerte drei Stunden.

Zur Würdigung seiner Verdienste um die Monopolisierung legten seine ehemaligen Gesellschaften zusammen und gewährten ihm eine Pension von jährlich achtzehntausend Dollar. Die Öffentlichkeit dagegen wollte ihn vor Gericht sehen. Als er kein Geld mehr zu verteilen hatte, wandten sich Presse und Politiker gegen ihn. Ein Aufstand gegen Spekulanten lag in der Luft. Samuel Insull deutete die Zeichen richtig und floh mit seiner Frau nach Kanada.

Auslieferungsersuchen. Er floh nach Paris. Als die Behörden nicht lockerließen, entkam er nach Italien, flog sodann nach Tirana und weiter nach Saloniki und fuhr schließlich mit dem Zug nach Athen. Dort verkroch sich der alte Fuchs. Und in Athen redete das Geld mit ebenso süßer Zunge wie damals in Chicago.

Der amerikanische Botschafter versuchte, seine Auslieferung zu erwirken. Insull bezahlte einen Chor aus griechischen Anwälten und Politikern und saß Kaffee trinkend in der Lobby des Grande Bretagne, während sie den Botschafter in ein Netz aus juristischen Hindernissen und Gesetzes-

auslegungen verstrickten, das so unentwirrbar war wie das von Insulls Beteiligungen. Demosthenes' Nachfahren waren begeistert. Der uralte Juckreiz so mancher hellenischer Hand wurde vorübergehend gelindert. Samuel Insull richtete sich in Athen behaglich ein, war bewegt beim Anblick des Parthenon, betrachtete die grasenden Ziegen auf dem Pendeli, besichtigte den Areopag, bewunderte Phidias zugeschriebene Marmorfragmente, sprach mit örtlichen Bankiers über eine Restrukturierung der griechischen Elektrizitätswerke und befürwortete angeblich den Abbau mazedonischer Braunkohle. Er war der Liebling der Athener Gesellschaft; Madame Kuriumdjuglu, die temperamentvolle Frau eines Dattelhändlers aus Bagdad, widmete sich seinem Wohlbefinden. Als das Auslieferungsersuchen abgewiesen wurde, erklärte der alte Herr noch im Gerichtssaal, während er sich aus den Umarmungen seiner vier Anwälte befreite: *Griechenland ist ein kleines und doch großes Land.*
Das Idyll fand ein Ende, als die Roosevelt-Regierung begann, Druck auf das griechische Außenministerium auszuüben. Inzwischen sammelten Staatsanwälte in Chicago ganze Wagenladungen an Beweisen und erhoben immer schwerer wiegende Anklagen.
Nach zahlreichen Aufschüben (sowohl seine Anwälte als auch seine Ärzte schworen bei allen Heiligen, es werde ihn umbringen, das wohltuende Klima der attischen Ebene zu verlassen),
wurde er – zur Empörung von Madame Kuriumdjuglu und anderen Angehörigen der guten Gesellschaft – zum unerwünschten Ausländer erklärt und angewiesen, Griechenland zu verlassen.
Er charterte die *Maiotis*, einen kleinen, schmutzigen griechischen Frachter, und versetzte die internationalen Presseagenturen in helle Aufregung, indem er mit unbekanntem Ziel verschwand.

Angeblich wollte dieser neue Odysseus nach Aden oder zu den Inseln der Südsee, andere sagten, er folge einer Einladung nach Persien. Nach einigen Tagen tauchte er ziemlich seekrank am Bosporus auf, unterwegs nach Rumänien, hieß es, wo er auf Anraten von Madame Kuriumdjuglu Zuflucht bei ihrem Freund Lupescu suchen wollte.
Auf Ersuchen des amerikanischen Botschafters holten die Türken ihn mit dem größten Vergnügen von seinem griechischen Frachter und steckten ihn in eine nicht sehr behagliche Zelle. Wieder schwebte auf geheimnisvolle Weise Geld aus England herbei, heilender Balsam floss, Anwälte befassten sich, Dolmetscher erklärten, Ärzte stellten Diagnosen;
aber Ankara ließ sich nicht beirren,
und Insull wurde nach Smyrna gebracht und dem Stellvertretenden Staatsanwalt übergeben, der die ganze weite Reise gemacht hatte, um ihn festzunehmen.
Die Türken verweigerten Madame Kuriumdjuglu, die aus Bukarest zurückgekehrt war, wo sie für Insull Arrangements getroffen hatte, an Land zu gehen und mit ihm zu sprechen. Auf dem Dampfer kam es zu einem Handgemenge mit türkischen Beamten, in dessen Verlauf die arme Frau über Bord ging
und nur mit Mühe aus dem Bosporus gefischt werden konnte.
In dieser ausweglosen Situation begab sich der alte Mann fügsam an Bord der *Exilona* und kehrte nach Amerika zurück. Er begann, seine Memoiren zu schreiben, freundete sich mit Mitreisenden an, wurde bei Sandy Hook von Bord geholt und schnellstens nach Chicago gebracht, um vor Gericht gestellt zu werden.
In Chicago war man gehässig genug, ihn für ein paar Tage ins Gefängnis zu stecken. Wildfremde Menschen, schrieben die Zeitungen, wollten einen Teil der Kaution in Höhe

von zweihundertfünfzigtausend Dollar stellen. Er wurde in ein Krankenhaus verlegt, das er selbst gestiftet hatte. Solidarität. Führende Geschäftsleute von Chicago ließen sich dort mit ihm fotografieren. Henry Ford stattete ihm einen Besuch ab.

Der Prozess war einfach großartig. Die Vertretung der Anklage verhedderte sich in den technischen Feinheiten des Finanzwesens. Der Richter war ihm wohlgesinnt. Die Insulls waren die Stars des Gerichtssaals.

Sie waren Menschen wie du und ich, beantworteten lächelnd die Fragen der Reporter, posierten für die Fotografen und fuhren mit dem Bus zum Gericht. Die Investoren hatten ihr Geld verloren, aber auch die Insulls, ließen sie die Öffentlichkeit wissen, waren ruiniert: Der Kapitän war mit seinem Schiff untergegangen.

Im Zeugenstand plauderte der alte Samuel Insull auf das liebenswürdigste und erzählte seine Lebensgeschichte: von seinem Aufstieg vom Laufburschen zum Kraftwerkmagnaten, von seinen Bemühungen, den angerichteten Schaden wiedergutzumachen, von seiner Liebe zu Frau und Kindern. Er leugnete nicht, Fehler gemacht zu haben – wer machte keine? –, aber es waren ehrliche Fehler gewesen. Samuel Insull weinte. Sein Bruder Martin weinte. Die Rechtsanwälte weinten. Mit erstickter Stimme berichteten führende Männer der Chicagoer Geschäftswelt, wie viel Insull für die Wirtschaft der Stadt getan habe. Bei den Geschworenen blieb kein Auge trocken.

Von der Staatsanwaltschaft in die Enge getrieben, gestand Insull, ja, er habe etwa zehn Millionen Dollar falsch verbucht, aber das sei ein ehrlicher Irrtum gewesen.

Das Urteil lautete: nicht schuldig.

Unter Tränen lächelnd, stiegen die Insulls, bejubelt von einer Menschenmenge, in ihre Limousine. Tausende um ihre gesamten Ersparnisse gebrachte Investoren, schrieben die

Zeitungen, lasen die Gerichtsreportagen und weinten beim Gedanken an das, was Mr. Insull hatte durchmachen müssen. Und die Bankiers freuten sich, denn sie hatten das Geld eingesteckt.

Umgeben von einem Heiligenschein, genießt der entthronte Monarch der Stromerzeugung, der Laufbursche, der es zu etwas gebracht hat, die letzten Jahre seines Lebens und verzehrt die Pension von jährlich einundzwanzigtausend Dollar, die die Vorstände seiner ehemaligen Unternehmen ihm pflichtgemäß bewilligt haben. *Nach fünfzig Jahren Arbeit*, sagte er einmal, *habe ich meinen Posten verloren.*

Mary French

Mary hatte Überstunden machen müssen und kam erst vom Büro, als die Versammlung schon fast vorbei war. Es gab keine Sitzplätze mehr, und so blieb sie hinten stehen. Vor ihr standen so viele Menschen, dass sie Don nicht sehen, sondern nur seine laute, harte Stimme hören und die gespannte Aufmerksamkeit in den Pausen spüren konnte. Als nach seinen letzten Worten jubelnder Applaus aufbrandete und der Saal mit einem Mal voller Stimmen und Scharren von Stuhlbeinen und Füßen war, ging sie vor den anderen hinaus und durch die Gasse zum Hintereingang. Don trat gerade durch die schwarze Stahltür ins Freie und sagte über die Schulter etwas zu zwei Delegierten der Bergarbeiter. Er blieb kurz stehen und hielt den beiden mit einem langen Arm die Tür auf. Auf seinem Gesicht war ein beseeltes Lächeln, und seine Augen glänzten wie so oft, wenn er zu Menschen gesprochen hatte – es war der Blick eines Mannes, dachte Mary dann, der gerade bei seiner Liebsten gewesen war. In der Gruppe, die sich in der engen Gasse um ihn drängte, bemerkte er sie nicht gleich, und dann zog er sie mit, ohne sie anzusehen, während er mit den Männern sprach und in Richtung Straßenecke eilte. Blicke folgten ihnen, als sie an den Grüppchen vorbeigingen, die auf dem Bürgersteig vor dem Eingang zum Saal standen. Mary überlief es angenehm, als sie in den Augen der Kürschner und Näherinnen das Gefühl stolzer Zusammengehörigkeit sah.

Erst als sie in einer kleinen Imbissbude unter der Hochbahn saßen, wandte Don sich zu ihr, nahm ihre Hand und drückte sie. «Müde?»

Sie nickte. «Du denn nicht?»

Er lachte und knurrte: «Nein, ich bin nicht müde. Ich bin hungrig.»

«Genossin French, ich dachte, wir hätten dir den Auftrag gegeben, dafür zu sorgen, dass Genosse Stevens regelmäßig was zu essen kriegt», sagte Rudy Goldfarb. Die Zähne in seinem dunklen, italienisch wirkenden Gesicht blitzten.

«Wenn er eine Rede halten soll, will er nichts», sagte Mary.

«Das hole ich dann nach», sagte Don. «Sag mal, Mary, du hast nicht zufällig ein bisschen Kleingeld? Ich hab keinen Cent in der Tasche.»

Mary nickte und lächelte. «Meine Mutter hat wieder was geschickt», flüsterte sie.

«Geld», unterbrach Steve Mestrovich sie, «wir brauchen Geld, sonst erledigt.»

«Der Lastwagen ist heute gefahren», sagte Mary. «Darum bin ich zu spät zur Versammlung gekommen.»

Mestrovich fuhr sich mit der schmutzigen Pranke über das bleiche Gesicht. Seine kurze Nase war mit schwarzen Mitessern übersät. «Wenn Kosaken ihn nicht fangen.»

«Eddy Spellman ist ein schlauer Bursche. Er schlängelt sich durch wie ein Schatten – ich weiß auch nicht, wie er das macht.»

«Sie wissen nicht, was diese Kleider bedeuten für unsere

Frauen und Kinder. Halten nichts zurück, Miss French, nur weil zu zerrissen und kaputt ist – so zerrissen und kaputt wie die Kleider von unsere Kinder können die Sachen nicht sein.»

«Eddy hat auch fünf Kartons Kondensmilch dabei. Und sobald er wieder da ist, schicken wir noch mehr.»

«Sag mal, Mary», sagte Don unvermittelt und sah von seiner Suppe auf, «sollten wir nicht mal Sylvia anrufen? Ich hab vergessen, sie zu fragen, wie viel bei der Sammlung rausgekommen ist.»

Der junge Goldfarb stand auf. «Ich werde sie anrufen – du siehst müde aus, Genossin French. Hat einer fünf Cent?»

«Ich hab fünf Cent», sagte Mestrovich. Er warf den Kopf in den Nacken und lachte. «Sehr witzig … Bergarbeiter mit fünf Cent. Bei uns kommt Bergarbeiter mit fünf Cent in einen Rahmen und wird geschickt an Mister Carnegie Museum … Ist sehr selten.» Er lachte schallend, stand auf und setzte die Bergarbeitermütze mit dem langen Schirm auf. «Gute Nacht, Genossen, ich gehe Brooklyn. Komitee um neun, ja, Miss French?»

Als er hinausging, ließen die schweren Schritte seiner schwarzen Stiefel die Zuckerdosen auf den Tischen klirren. «O Gott», sagte Mary und hatte plötzlich Tränen in den Augen, «das war sein letztes Geld.»

Goldfarb kehrte zurück und sagte, die Sammlung habe nicht viel eingebracht. Neunundsechzig Dollar und ein paar Zusagen. «Ihr wisst schon, bald ist Weihnachten … An Weihnachten sind alle pleite.»

«Henderson hat eine beschissene Rede gehalten», sagte Don. «Er wird immer mehr zum Sozialfaschisten.»

Mary saß da, fühlte die Erschöpfung in allen Knochen und wartete darauf, dass Don nach Hause gehen wollte. Sie war zu müde, um dem Gespräch zu folgen, aber hin und wieder stachen ihr die Wörter «Zentralkomitee», «Ausschluss», «Abweichler» oder «Splittergruppe» ins Ohr. Schließlich tippte Don ihr auf die Schulter, und sie erwachte und ging neben ihm durch die dunklen Straßen.

«Schon komisch, Don», sagte sie, «aber immer, wenn du über Parteidisziplin sprichst, schlafe ich ein. Wahrscheinlich, weil ich nichts davon hören will.»

«Sentimentalitäten haben da nichts zu suchen», sagte Don wütend.

«Ist es denn sentimental, wenn man sich mehr für die Rettung der Bergarbeitergewerkschaften interessiert als für die Parteidisziplin?», fragte sie und war mit einem Mal wieder hellwach.

«Ja, ja, wir alle wollen sie retten, aber wir müssen uns an die Parteilinie halten. Viele von den Jungs – Goldfarb zum Beispiel und Ben Compton – halten die Partei für eine Art von Debattierclub, und wenn sie nicht aufpassen, fliegen sie demnächst hochkant raus, du wirst sehen.»

Als sie die Treppe hinauf in den fünften Stock gestiegen waren und in ihrer armseligen kleinen Wohnung standen – Mary hatte immer Vorhänge aufhängen wollen, aber bisher nie Zeit dafür gehabt –, wurde Don plötzlich von Müdigkeit übermannt, ließ sich auf das Sofa fallen und schlief in den Kleidern ein. Mary rüttelte ihn, gab es aber bald auf. Sie zog ihm die Schuhe aus, deckte ihn zu, legte sich ins Bett und versuchte zu schlafen.

Hellwach starrte sie ins Dunkel und zählte abgewetzte Hosen, fadenscheinige Wollunterwäsche, alte Uniformhemden mit abgeschnittenen Ärmeln, löchrige Socken in ungleichen Paaren. Sie sah rachitische Kinder in Lumpen und mit aufgetriebenen Hungerbäuchen, sie sah ausgezehrte Frauen mit ungekämmtem Haar und abgearbeiteten Händen, sie sah Jungen mit blutenden Kopfverletzungen von den Knüppeln der privaten Wachtrupps, das Foto eines von Maschinengewehrkugeln durchsiebten Bergmanns. Sie stand auf, ging ins Badezimmer und trank zwei, drei Schlucke Gin aus der Flasche, die sie im Medizinschränkchen aufbewahrte. Das Zeug brannte in der Kehle. Hustend legte sie sich wieder ins Bett und fiel in heißen, traumlosen Schlaf.

Gegen Morgen legte Don sich zu ihr und weckte sie. Er küsste sie. «Liebste», sagte er, «ich hab den Wecker auf sieben gestellt.

Pass auf, dass ich nicht verschlafe – ich hab eine sehr wichtige Komiteesitzung. Ich verlasse mich auf dich.» Im nächsten Augenblick schlief er tief und fest wie ein Kind. Sie lag neben seinem starken, schlaksigen Körper und lauschte auf seinen regelmäßigen Atem. Im Bett mit ihm fühlte sie sich wohlig und geborgen.

Eddy Spellman hatte es wieder geschafft und die Hilfsgüter in verschiedenen Streiklokalen der Bergarbeitergewerkschaft im Raum Pittsburgh abgeliefert, auch wenn er den Deputies, die ihm bei Greensburg aufgelauert hatten, nur knapp entkommen war. Sie hätten ihn wohl geschnappt, wenn ihn nicht ein Whiskeyschmuggler, den er kannte, gewarnt hätte. Derselbe Schmuggler hatte ihm auch geholfen, als er auf dem Rückweg an einer abschüssigen Stelle bei Johnstown in eine Schneewehe gerutscht war. Eddy lachte darüber, als er Mary beim Einladen der nächsten Lieferung half.

«Er wollte mir eine Flasche Whiskey schenken. Er ist ein guter Typ, Miss Mary, allerdings ein ziemlich harter Brocken – so wird man eben, wenn man in dem Geschäft arbeitet. Aber für seine Freunde tut er alles. ‹Nein, Ed›, hab ich zu ihm gesagt, als er mir eine Flasche zustecken wollte – er heißt nämlich auch Eddy –, ‹trinken werd ich erst, wenn die Revolution gesiegt hat, und dann wird's mir so gutgehen, dass ich gar nichts zu trinken brauche.›»

Mary lachte. «So sollten wir's alle machen, Eddy. Aber nachts bin ich manchmal so müde und entmutigt.»

«Ja», sagte Eddy und wurde ernst, «es macht einen ganz fertig, wenn man daran denkt, dass die anderen so viele Waffen und so viel Geld haben, und wir haben nichts.»

«Aber etwas sollst du haben, Genosse Spellman, bevor du die nächste Fahrt machst, und zwar warme Handschuhe und einen guten Mantel.»

Sein sommersprossiges Gesicht errötete bis an die Haarwurzeln. «Ehrlich, Miss Mary, mir wird's dabei gar nicht kalt. Der Motor von diesem alten Schrotthaufen wird so heiß, dass er mich auch bei der größten Kälte warm hält. Nach der nächsten Fahrt braucht das Ding neue Kupplungsbeläge, und das wird mehr kosten, als uns bleibt, wenn wir die Milch bezahlt haben ... Ich sag Ihnen, in den Kohlerevieren sieht's diesen Winter richtig übel aus.»

«Aber die Bergarbeiter haben einen wunderbaren Kampfgeist», sagte Mary.

«Stimmt, Miss Mary. Die Sache ist nur: Wenn man nichts im Bauch hat, ist es mit dem Kampfgeist irgendwann vorbei.»

Am Abend kam Don ins Büro, um Mary zum Essen abzuholen. Er war bester Stimmung, und sein hageres, knochiges Gesicht hatte mehr Farbe. «Na, mein Mädchen», sagte er, «was würdest du davon halten, nach Pittsburgh zu ziehen? Nach dem Plenum werde ich vielleicht hinfahren und die Arbeiter in West-Pennsylvania und Ohio organisieren. Mestrovich sagt, sie brauchen einen, der ihnen ein bisschen Mut macht.»

Eddy Spellman sah von dem Kleiderstapel auf, den er gerade verschnürte. «Das kann ich nur bestätigen, Genosse Stevens.»

Mary überlief es kalt. Don musste die Blässe bemerkt haben, die sich auf ihrem Gesicht ausbreitete. «Wir gehen kein Risiko ein», fügte er eilig hinzu. «Die Bergarbeiter werden sich gut um uns kümmern, oder, Eddy?»

«Ja, klar. Wo die Gewerkschaft stark ist, seid ihr auf jeden Fall sicherer als hier in New York.»

«Tja», sagte Mary. Ihre Kehle war trocken und wie zugeschnürt. «Wenn du gehen musst, musst du wohl gehen.»

«Ihr zwei müsst jetzt was essen», sagte Eddy. «Ich mach das hier fertig ... werd sowieso hier schlafen, da spar ich mir das Geld für die Absteige. Sorg dafür, dass Miss Mary was Gutes zu essen kriegt, Genosse Stevens. Nicht dass sie noch krank wird. Wenn sich alle Parteigenossen so reinhängen würden wie sie, hätten wir schon im nächsten Frühling die allerschönste Revolution.»

Sie gingen lachend hinaus und zur Bleecker Street, wo sie sich vergnügt an einen Tisch in einem italienischen Restaurant setzten und das Menü für fünfundsiebzig Cent und eine Flasche Wein bestellten. «Eddy ist ein großer Bewunderer von dir», sagte Don lächelnd.

Als Mary ein paar Wochen später an einem eiskalten Winterabend nach Hause kam, packte Don gerade seinen Koffer. Unwillkürlich stieß sie einen kleinen Schrei aus – es fiel ihr immer schwerer, ihre Nerven im Zaum zu halten. «Oh, Don, musst du etwa jetzt schon nach Pittsburgh?»

Er schüttelte den Kopf und fuhr fort zu packen. Dann klappte er den Kofferdeckel zu, ging zu ihr und nahm sie in die Arme.

«Ich muss mit du-weißt-schon-wem nach Russland ... wichtige Parteiangelegenheiten.»

«Ach, Don, ich würde so gern mitkommen. Ich war noch nie in Russland oder sonst irgendwo.»

«Ich werde nur einen Monat weg sein. Das Schiff legt um Mitternacht ab. Und Mary, Liebste ... wenn irgendjemand nach mir fragt – ich bin in Pittsburgh.»

Mary begann zu weinen. «Ich werde sagen, ich weiß nicht, wo du bist. Ich kann einfach nicht lügen.»

«Mary, liebe Mary, es sind doch bloß ein paar Tage ... sei nicht albern.»

Sie lächelte unter Tränen. «Aber ich ... ich bin furchtbar albern.»

Er gab ihr einen Kuss und klopfte ihr sanft auf den Rücken. Dann nahm er den Koffer, zog die große, karierte Mütze tief ins Gesicht und eilte hinaus.

Mit bebenden Lippen ging Mary in dem engen Zimmer auf und ab und kämpfte gegen ein hysterisches Schluchzen an. Um irgendetwas zu tun, begann sie zu überlegen, wie sie die Wohnung herrichten könnte, damit sie nicht mehr ganz so trostlos aussah, wenn Don zurückkam. Sie schob das Sofa vor das Fenster, stellte den Tisch davor und die Stühle um den Tisch. Sie beschloss, Türen und Fenster weiß zu streichen und für die Vorhänge einen knallroten Stoff zu besorgen.

Am nächsten Morgen trank sie gerade ihren Kaffee aus einer gesprungenen Tasse ohne Untertasse und fühlte sich mutterseelenallein in der leeren Wohnung, als das Telefon klingelte. Anfangs erkannte sie die Stimme nicht und war verwirrt. «Wer ist denn da?»

«Aber Mary», sagte die Stimme entrüstet, «du kennst mich doch – Ben Compton. B-E-N, Ben. Ich muss mit dir sprechen. Können wir uns irgendwo treffen? Nicht bei dir.»

Mary bemühte sich, keinen kühlen, förmlichen Ton anzuschlagen. «Ich habe heute uptown eine Verabredung zum Mittagessen mit einer Frau, die vielleicht für die Bergarbeiter spenden will. Eine schreckliche Zeitverschwendung, aber nicht zu ändern. Bevor ich mir nicht ihre ganze lange, traurige Geschichte angehört habe, wird sie keinen Cent rausrücken. Wie wär's um halb drei vor der Public Library?»

«Lieber drinnen. Draußen sind's zwanzig Grad minus, und ich hab gerade eine Grippe hinter mir.»

Ben war so gealtert, dass Mary ihn kaum erkannte. Das ungekämmte Haar, das unter der Mütze hervorsah, war grau meliert. Er beugte sich zu ihr, blickte sie durch dicke Brillengläser forschend an und gab ihr nicht die Hand. «Ich sag's dir lieber gleich – wenn du's nicht schon weißt, wirst du's bald genug erfahren: Sie haben mich aus der Partei ausgeschlossen, als Abweichler und Renegat ... das ist natürlich ein Haufen Unsinn. Aber das macht nichts – ich bin noch immer Revolutionär. Ich werde die Arbeit außerhalb der Partei fortsetzen.»

«Ach, Ben, das tut mir so leid», war alles, was Mary einfiel. «Ich weiß ja nur, was ich im *Daily* lese. Ich finde das alles so schrecklich.»

«Lass uns gehen, der Aufseher da beobachtet uns.»

Draußen zitterte Ben vor Kälte. Seine geröteten Handgelenke ragten unter einem abgetragenen grünen Mantel hervor, dessen Ärmel viel zu kurz für seine langen Arme waren. «Wohin sollen wir denn nur gehen?», sagte Mary.

Schließlich entschieden sie sich für einen im Souterrain gelegenen Automatenimbiss und unterhielten sich leise bei einer Tasse Kaffee. «Ich wollte nicht zu dir kommen, weil ich Stevens nicht begegnen will. Er und ich sind nie Freunde gewesen, das weißt du ja. Und jetzt hält er zu dieser Kominternbande. Wenn sie erst mal alle, die was im Kopf haben, beseitigt haben, schafft er's womöglich noch ins Zentralkomitee.»

«Aber Ben, man kann doch anderer Meinung sein und trotzdem –»

«Eine Partei aus Jasagern – wunderbar! Aber eigentlich wollte ich dich sehen, Mary. Ich fühle mich plötzlich so einsam, so abgeschnitten ... Wenn wir damals nicht so dumm gewesen wären, hätten wir das Kind bekommen ... dann würden wir uns noch immer lieben. Ach, Mary, du warst so gut zu mir, als ich aus dem Gefängnis gekommen bin. Sag mal, wo ist eigentlich deine Freundin Ada, die Musikerin mit der schicken Wohnung?»

«Ach, sie ist so verrückt wie immer. Im Augenblick zieht sie mit einem Geiger herum.»

«Ich fand Musik schon immer schön ... Ich hätte dich festhalten sollen, Mary.»

«Das alles ist lange her», sagte Mary kalt.

«Bist du glücklich mit Stevens? Nicht dass es mich was anginge.»

«Ben, was soll das? Wieso willst du dieses alte Zeug aufwärmen?»

«Weißt du, als junger Mann denkt man oft: ‹Ich werde alles opfern›, aber wenn man dann von dieser Seite des Lebens abgeschnitten ist, merkt man, dass man nicht mehr so gut ist, wie man mal war, verstehst du? Zum ersten Mal in meinem Leben habe ich keinen Kontakt zu anderen. Ich hab mir gedacht, du könntest mich vielleicht bei einem Hilfskomitee unterbringen. Die nehmen's auch mit der Parteilinie nicht so genau.»

«Ich kann mir nicht vorstellen, dass sich die ILD /532/ über störende Einflüsse freuen würde», sagte Mary.

«Dann bin ich für dich also auch ein störender Einfluss ... Na gut, darüber wird die Arbeiterklasse entscheiden.»

«Lass uns nicht davon reden, Ben.»

«Ich wollte dich fragen, ob du Stevens bitten könntest, bei den entsprechenden Stellen vorzufühlen ... wenn es nicht zu viel verlangt ist.»

«Aber Don ist im Augenblick gar nicht da.» Bevor sie es merkte, war es schon heraus.

Ben sah sie scharf an. «Er ist nicht zufällig mit gewissen anderen Genossen nach Moskau gefahren?»

«Er ist im Geheimauftrag der Partei in Pittsburgh. Und um Gottes willen hör auf damit. Du wolltest mich nur treffen, um mich auszuhorchen.» Sie sprang auf, ihre Wangen waren flammend rot. «Adieu, Ben Compton ... Bist du vielleicht nicht nur ein Abweichler, sondern auch ein Spitzel?»

Plötzlich zerfloss sein Gesicht wie das eines Kindes, bevor es in Tränen ausbricht. Er saß da, starrte sie an und rührte mit dem Löffel im leeren Becher. Sie war schon halb die Treppe hinauf, als sie, einem Impuls gehorchend, wieder umkehrte, zum Tisch ging und auf seinen gebeugten Kopf hinabsah.

«Ben», sagte sie mit sanfterer Stimme, «ich hätte das nicht sagen sollen ... ohne Beweis. Ich glaube es auch nicht.»

Ben Compton sah nicht auf. Sie ging wieder die Treppe hinauf, trat hinaus in den schneidenden Wind, eilte im nachmittäglichen Gedränge durch die 42nd Street zur U-Bahn und fuhr zum Union Square.

An Silvester bekam Mary im Büro ein Telegramm von Ada Cohn: BITTE SETZ DICH MIT DEINER MUTTER IN VERBINDUNG WOHNT IM PLAZA REIST NACH EUROPA WILL DICH SEHEN KENNT ADRESSE NICHT WAS SOLL ICH IHR SAGEN. Am Neujahrstag war im Büro nicht viel zu tun. Mary war die Einzige, die erschienen war, und so rief sie am Vormittag im Plaza an und bat, mit Mrs. French verbunden zu werden. Jemand dieses Namens war dort nicht bekannt. Sie rief Ada an. Ada redete ohne Punkt und Komma: Marys Mutter habe wieder geheiratet, einen Mann namens Blake, sehr prominent, Bundesrichter im Ruhestand, und so attraktiv, mit einem weißen Knebelbart, und sie, Ada, wolle sich unbedingt mit Mary treffen, und Mrs. Blake sei so nett zu ihr gewesen und habe sie zum Essen ins Plaza eingeladen und sich mit ihr über Mary unterhalten, und sie habe zugeben müssen, dass sie sich eigentlich gar nicht mehr sahen, obwohl sie doch Marys beste Freundin sei, und sie sei auf einer Silvesterparty gewesen und habe solche Kopfschmerzen, dass sie gar nicht üben könne, und für den Nachmittag habe sie ein paar reizende Leute eingeladen – ob Mary nicht auch kommen wolle, es werde ihr bestimmt gefallen.

Adas Geplapper klang so albern, dass Mary am liebsten einfach aufgelegt hätte. Stattdessen sagte sie, sie werde jetzt noch einmal versuchen, ihre Mutter zu erreichen, und danach zurückrufen. Es endete damit, dass sie nach Hause ging, ihr bestes Kleid anzog und zum Plaza fuhr, um sich mit dem Richter und Mrs. Blake zu treffen. Sie versuchte, einen Friseur zu finden, der ihr das Haar in Locken legen könnte, aber weil Neujahrstag war, hatten alle Geschäfte geschlossen.

Der Richter und Mrs. Blake waren im Begriff, in einem großen privaten Ecksalon zu Mittag zu essen. Der Blick ging auf die verschneiten Hügel des Central Park und das Gewirr kahler Äste, durchschossen vom raschen, schimmernden Hin und Her des Verkehrsstroms. Marys Mutter wirkte um keinen Tag gealtert. Sie trug ein grünes Kleid mit einem kleinen weißen Spitzenkragen und sah wirklich bezaubernd aus. Entspannt saß sie da, und die Ringe an ihren Fingern funkelten in dem grauen Winterlicht, das durch die großen Fenster fiel. Der Richter sprach mit weicher, sanfter Stimme über die verlorene Tochter und das gemästete Kalb, bis Marys Mutter ihn unterbrach und sagte, sie wollten eine Vergnügungsreise nach Europa machen; sie hätten beide am selben Tag große Gewinne am Aktienmarkt gemacht und fänden, sie hätten etwas Erholung verdient. Dann fuhr sie fort, was für Sorgen sie sich gemacht habe, weil all ihre Briefe an Marys letzte Adresse als unzustellbar zurückgekommen seien, und dass sie mehrmals an Ada geschrieben habe, aber die habe immer geantwortet, Mary sei in Pittsburgh oder Fall River oder irgendeinem anderen grässlichen Ort, um die Arbeiter zu unterstützen, und dass sie der Meinung sei, Mary solle endlich aufhören, sich für die Armen und Unglücklichen aufzuopfern, und sich etwas mehr um ihre eigene Familie kümmern.

«Wie ich höre, bist du eine sehr gefährliche junge Dame, Mary», sagte der Richter sanft und tat Selleriecremesuppe auf. «Ich hoffe, du hast keine Bombe mitgebracht.» Beide schienen das für einen großartigen Witz zu halten und lachten herzlich. «Aber mal im Ernst», fuhr der Richter fort, «ich weiß, dass soziale Ungleichheit eine sehr gefährliche Sache ist, ein Schandfleck für die amerikanische Demokratie. Aber wenn man älter wird, meine Liebe, lernt man zu leben und leben zu lassen und beginnt zu verstehen, dass man für das Gute auch ein wenig Schlechtes in Kauf nehmen muss.»

«Mary, Liebes, warum fährst du mit Ada nicht auch nach drüben und erholst dich ein bisschen? Ich gebe dir das Geld dafür, ich weiß, es wird dir guttun. Du weißt, dass ich deine Freundschaft mit Ada nie so richtig gutgeheißen habe. Bei uns ist man in solchen Dingen vielleicht etwas altmodisch. Aber hier scheint sie überall dazuzugehören, jedenfalls kennt sie anscheinend alle prominenten Musiker. Wie gut sie selbst als Musikerin ist, kann ich natürlich nicht beurteilen.»

«Liebe Hilda», sagte der Richter, «Ada Cohn hat ein Herz aus Gold. Ich finde, sie ist eine reizende Frau. Ihr Vater war ein sehr angesehener Rechtsanwalt. Wir hatten doch beschlossen, unsere Vorurteile ein wenig beiseitezulegen, nicht, Liebling?»

«Der Richter erzieht mich», sagte Marys Mutter und lachte kokett.

Mary war so angespannt, dass sie am liebsten geschrien hätte.

Das schwere, fette Essen, die Beflissenheit der Kellner und die väterliche Freundlichkeit des Richters ließen sie beinahe würgen. «Hör zu, Mutter», sagte sie, «wenn du wirklich Geld erübrigen kannst, dann gib mir etwas für unseren Milchfonds. Die Bergarbeiterkinder haben ja schließlich keine Schuld.»

«Aber Liebes, ich habe doch schon größere Summen an das Rote Kreuz gespendet. Immerhin hatten wir da draußen in Colorado einen Bergarbeiterstreik, der viel schlimmer war als der in Pennsylvania. Ich habe schon immer gesagt: Wenn du dich für die Lage der Arbeiterschaft interessierst, solltest du das zu Hause in Colorado Springs tun. Du hättest nicht in den Osten gehen müssen, um dich mit solchen Dingen zu befassen.»

«Sogar die IWW /533/ reckt wieder ihr hässliches Haupt», sagte der Richter.

«Ich hege keine Sympathien für die Taktik der IWW», sagte Mary steif.

«Das will ich auch hoffen», sagte ihre Mutter.

«Aber könntest du mir nicht ein paar hundert Dollar geben, Mutter?»

«Damit du sie dann diesen grässlichen Agitatoren gibst, die vielleicht keine Wobblys sind, aber bestimmt ebenso schlimm.»

«Ich verspreche, dass jeder Cent dafür verwendet wird, Milch für die Kinder zu kaufen.»

«Aber damit liefert man die Bergarbeiter diesen elenden russischen Agitatoren aus. Wenn sie Milch an die Kinder ausgeben können, macht sie das natürlich beliebt, und das versetzt sie in die Lage, diese armen unglücklichen Einwanderer schlimmer als je zuvor in die Irre zu führen.» Der Richter beugte sich vor und legte seine blau geäderte Hand in der weißen, gestärkten Manschette auf die von Marys Mutter. «Nicht, dass es uns an Mitgefühl für die armen Frauen und Kinder der Bergarbeiter fehlt oder dass wir nicht wüssten, wie entsetzlich die Arbeitsbedingungen in der ganzen Bergbauindustrie sind – das wissen wir nämlich nur zu gut, nicht wahr, Hilda? Aber –»

Mary merkte plötzlich, dass sie ihre Serviette zusammengefaltet und sich zitternd erhoben hatte. «Ich sehe keinen Grund, diese Unterhaltung fortzusetzen, die für dich, Mutter, bestimmt ebenso unangenehm ist wie für mich.»

«Vielleicht kann ich vermitteln», sagte der Richter lächelnd und stand, die Serviette in der Hand, ebenfalls auf.

Mary hatte das entsetzliche Gefühl, als legte sich ein eiserner Ring um ihren Kopf. «Ich muss gehen, Mutter, ich fühle mich heute nicht wohl ... Gute Reise. Ich will mich nicht streiten.» Bevor einer der beiden sie hindern konnte, ging sie hinaus und den Flur entlang zum Aufzug, um hinunterzufahren.

Mary war so erregt, dass sie mit jemandem reden musste, und so ging sie in eine Telefonzelle und rief Ada an. Adas Stimme war tränenerstickt. Sie sagte, es sei etwas Schreckliches passiert, sie habe ihren Gästen abgesagt und Mary müsse sofort kommen. Noch bevor Ada die Tür ihrer Wohnung in der Madison Avenue öffnete, roch Mary Forêt Vierge, das Parfüm, das Ada benutzte, seit sie in New York war. Sie trug einen seidenen, grün und rosarot geblümten Morgenrock mit vielen kleinen Troddeln und fiel Mary um den Hals. Ihre Augen waren gerötet, und sie schluchzte.

«Aber was ist denn passiert, Ada?», fragte Mary gelassen.

«Ach, ich hatte einen schrecklichen Streit mit Hjalmar. Wir haben uns für immer getrennt. Und natürlich musste ich den Gästen absagen – die hatte ich ja nur seinetwegen eingeladen.»

«Wer ist Hjalmar?»

«Ein sehr schöner Mann – und ein sehr abscheulicher. Aber lass uns lieber von dir reden, Mary. Ich hoffe, du hast dich mit deiner Mutter und Richter Blake vertragen.»

«Ich bin einfach gegangen. Wozu soll ich mich mit ihnen streiten? Sie stehen auf der einen Seite der Barrikade und ich auf der anderen.»

Ada ging im Zimmer auf und ab. «Ach, ich hasse solche Gespräche, ich fühle mich dann immer schrecklich. Du musst wenigstens was trinken. Ich jedenfalls brauche was. Ich bin schon den ganzen Tag so nervös, dass ich nicht üben kann.»

Mary blieb den ganzen Nachmittag bei Ada. Sie tranken Gin-Rickeys, aßen die Sandwiches und Törtchen, die in der Küche für die Gäste bereitstanden, und redeten über alte Zeiten und Adas unglückliche Liebesgeschichte. Ada gab Mary alle Briefe zu lesen, die Hjalmar ihr geschrieben hatte, und Mary fand, er sei ein verdammter Idiot und sie könne von Glück sagen, ihn los zu sein. Dann weinte Ada, und Mary wies sie zurecht, sie solle sich schämen, sie wisse ja gar nicht, was wirkliches Unglück sei. Kleinlaut ging Ada zu ihrem Schreibtisch und stellte mit zitternder Hand einen Scheck über hundert Dollar für den Milchfonds aus. Sie ließ von Longchamps /534/ ein Abendessen bringen und erklärte, das sei der schönste Nachmittag gewesen, den sie seit Jahren erlebt habe. Mary musste versprechen, zu dem Konzert zu kommen, das Ada nächste Woche im kleinen Saal der Aeolian Hall geben würde. Als Mary aufbrach, steckte Ada ihr ein paar Dollar für das Taxi zu. Beide schwankten ein wenig, als sie im Korridor auf den Aufzug warteten. «Wir sind zwei regelrechte alte Schnapsdrosseln geworden», sagte Ada fröhlich. Es war gut, dass Mary ein Taxi nahm, denn sie konnte sich kaum noch auf den Beinen halten.

Die Situation der Bergarbeiter in Pittsburgh verschlimmerte sich in diesem Winter zusehends. Wohnungen wurden zwangsgeräumt. Familien mit kleinen Kindern mussten in Zelten oder ungeheizten, mit Teerpappe bezogenen Bretterbuden hausen. Mary kam sich vor wie in einem Albtraum. Sie schrieb Briefe, vervielfältigte Flugblätter, sprach auf Versammlungen der Textil- und Pelzarbeiterinnen, ging wohlhabende Liberale um Spenden an. Es kam nie genug Geld herein. Sie verzichtete auf ihren Lohn, sodass sie Ada bitten musste, ihr Geld für die Miete zu leihen. Sie war abgemagert und hustete oft. Zu viele Zigaretten, lautete ihre Erklärung. Eddy Spellman und Rudy Goldfarb machten sich Sorgen um sie. Offenbar waren sie zu dem Schluss gekommen, dass sie nicht genug aß – jedenfalls stellten die beiden, wenn sie von draußen hereinkamen, immer wieder eine Papiertüte mit Sandwiches oder einen Pappbecher voll Kaffee auf die Ecke ihres Schreibtischs. Einmal brachte Eddy ihr einen Topf Hüttenkäse mit, den seine Mutter in Scranton gemacht hatte. Sie konnte nichts davon essen und hatte ein schlechtes Gewissen, wenn sie ihn, mit grünem Schimmel überzogen, im Eisschrank sah, in dem kein Eis mehr war, weil sie aufgehört hatte zu kochen, seit Don fort war.

Eines Abends kam Rudy breit grinsend ins Büro. Eddy stand gebeugt da und verschnürte für die nächste Fahrt alte Kleider zu Ballen. Rudy gab ihm einen leichten Tritt in den Hintern. «Verdammter Trotzkist!», rief Eddy und packte ihn an der Krawatte. «Du musst lächeln, wenn du das sagst», antwortete Rudy und gab ihm ein paar freundschaftliche Stupse. Alle mussten lachen. Mary kam sich vor wie eine altjüngferliche Lehrerin, vor der zwei Schuljungen eine Show abzogen.

«Ich rufe die Versammlung zur Ordnung», rief sie.

«Das mit dem Trotzkismus wollten die mir anhängen, aber sie haben's nicht geschafft», sagte Rudy, rückte die Krawatte zurecht und strich sich über das zerzauste Haar. «Aber was ich sagen wollte, Genossin French: Ich dachte, es interessiert dich vielleicht, dass ein gewisser Genosse morgen mit der *Aquitania* ankommt ... in der Touristenklasse.»

«Bist du sicher?»

«Ich hab das Telegramm gesehen.»

Mary war zu früh am Hafen und musste zwei Stunden warten. Sie versuchte, Zeitungen zu lesen, doch ihr Blick glitt über die Zeilen, ohne etwas aufzunehmen. Im Wartesaal war es zu warm und draußen zu kalt. Rastlos ging sie auf und ab, bis sich die gewaltige schwarze Stahlwand mit ihren beleuchteten Bullaugen endlich vor die Fenster der Landungsbrücke schob. Marys Hände und Füße waren eiskalt. Ihr ganzer Körper sehnte sich danach, von seinen Armen umschlossen zu werden, seine raue tiefe Stimme zu hören. Die ganze Zeit spukte am Rand ihrer Gedanken eine unbestimmte Sorge herum, denn sie hatte seit seiner Abreise keinen einzigen Brief von ihm bekommen.

Plötzlich war er auf der Landungsbrücke, allein, den billigen Koffer in der Hand. Er trug einen neuen deutschen Regenmantel mit Gürtel, aber die alte karierte Mütze. Sie stand vor ihm. Er umarmte sie kurz, gab ihr aber keinen Kuss. In seiner Stimme war ein seltsamer Ton. «Hallo, Mary – ich hab nicht erwartet, dich hier zu sehen. Ich will nicht auffallen.» Er sprach leise und verstohlen und wechselte den Koffer nervös von einer Hand zur anderen. «Wir sehen uns in ein paar Tagen – ich werde ziemlich beschäftigt sein.»

Ohne ein weiteres Wort drehte sie sich um und lief davon, rannte atemlos zur Hochbahnstation in der Ninth Avenue. Als sie die Wohnungstür öffnete, waren die neuen roten Vorhänge wie ein Schlag ins Gesicht.

Sie konnte nicht ins Büro gehen. Die Vorstellung, den Jungs und den anderen Leuten gegenüberzutreten, die sie kannten, die sie und Don als Paar kannten, war unerträglich, also rief sie an und sagte, sie habe eine schwere Grippe und müsse ein paar Tage im Bett bleiben. Sie verbrachte den ganzen Tag in der Trostlosigkeit der engen Wohnung. Gegen Abend nickte sie auf dem Sofa ein, schreckte aber hoch, als sie im Treppenhaus Schritte hörte. Es war nicht Don; wer immer es war, ging hinauf in die nächste Etage. Danach tat sie kein Auge mehr zu.

Am nächsten Morgen – sie lag im Bett und war gerade eingedöst – klingelte das Telefon. Es war Sylvia Goldstein, die sagte, wie leid es ihr tue, dass Mary die Grippe habe, und fragte, ob sie irgendwas für sie tun könne. Oh, nein, nein, antwortete Mary mit tonloser Stimme, es gehe ihr ganz gut, sie müsse nur das Bett hüten. «Na, du wusstest ja wahrscheinlich die ganze Zeit Bescheid über den Genossen Stevens und die Genossin Lichfield, ihr wart ja immer so gut befreundet ... Sie haben in Moskau geheiratet. Sie ist eine englische Genossin. Gestern Abend hat sie bei der großen Versammlung im Bronx Casino gesprochen. Sie hat jede Menge ganz rote Haare, irgendwie toll, aber manche Genossinnen glauben, dass sie gefärbt sind. Viele Genossen wussten gar nicht, dass ihr euch getrennt habt, Genosse Stevens und du ... Ist es nicht traurig, dass so was in der Bewegung passieren muss?»

«Ach, das ist alles lange her. Wiedersehen, Sylvia», sagte Mary knapp und legte auf. Dann rief sie einen Alkoholschmuggler an, den sie kannte, und ließ sich eine Flasche Gin bringen.

Am nächsten Nachmittag klopfte es leise an der Tür, und als Mary sie einen Spaltbreit öffnete, stand dort Ada, eingehüllt in einen Silberfuchsmantel und eine Wolke von Forêt Vierge.

«Ach, Mary, da bist du ja – ich hab doch gewusst, dass irgendwas los ist. Manchmal habe ich für so was einen sechsten Sinn. Als du nicht zu meinem Konzert gekommen bist, war ich erst sauer, aber dann hab ich mir gesagt: Die Arme ist bestimmt krank. Also bin ich zu deinem Büro gefahren. Da war ein unerhört gut aussehender junger Mann, und den habe ich dazu gebracht, mir zu verraten, wo du wohnst. Er hat gesagt, du hast Grippe, und da bin ich natürlich gleich hergekommen. Warum bist du nicht im Bett? Du siehst schrecklich aus.»

«Mir geht's gut», murmelte Mary dumpf und strich sich das strähnige Haar aus dem Gesicht. «Ich hab überlegt ... wie wir die Hilfsaktionen besser organisieren können.»

«Du kommst jedenfalls sofort mit, legst dich in mein Gästebett und lässt dich von mir ein bisschen aufpäppeln. Ich glaube nicht, dass das eine Grippe ist – eher Überanstrengung. Wenn du nicht aufpasst, kriegst du noch einen Nervenzusammenbruch.»

«Vielleicht so was in der Art.» Mary brachte die Worte kaum heraus. Sie schien keinen eigenen Willen mehr zu besitzen und tat alles, was Ada sagte. Als sie in dem sauberen, nach Lavendel duftenden Gästebett lag, bestellte Ada im Drugstore ein Schlafmittel, und bald darauf schlief Mary tief und fest. Sie blieb einige Tage, aß alles, was Adas Dienstmädchen ihr brachte, trank alles, was Ada ihr zusammenmischte, und hörte die Geigenklänge aus dem benachbarten Zimmer, wo Ada den ganzen Vormittag übte.

Nachts aber konnte sie nur schlafen, wenn sie das Schlafmittel genommen hatte. Es war, als hätte sie alle Willenskraft verloren. Manchmal dauerte es eine halbe Stunde, bis sie sich dazu durchringen konnte, aufzustehen und zur Toilette zu gehen.

Nach einer Woche bei Ada hatte sie das Gefühl, sie sollte wieder nach Hause gehen. Adas gespielt unschuldig eingestreute Bemerkungen über unglückliche Liebesaffären, gebrochene Herzen und die Schönheit des Verzichts gingen ihr auf die Nerven, und so fuhr sie ihrer Freundin jedes Mal über den Mund, wenn sie davon anfing. «Wie schön», sagte Ada dann, «du hast deine spitze Zunge wiedergefunden.»

Ada erwähnte mehrmals, sie kenne jemanden, der seit Jahren ganz verrückt nach Mary sei und sie unbedingt wiedersehen wolle. Schließlich gab Mary nach und sagte, sie werde sie zu einer Cocktailparty bei Eveline Johnson begleiten, wo dieser gewisse Jemand, wie Ada versicherte, ganz bestimmt auch sein werde. «Außerdem sind Evelines Partys die allerbesten. Ich weiß nicht, wie sie das macht, denn sie hat nie Geld, aber bei ihr trifft man immer die interessantesten Leute von New York. Immer. Übrigens auch Radikale. Ohne ihre kleine Kommunistenbande könnte Eveline gar nicht leben.»

Mary zog eins von Adas Kleidern an, auch wenn es ihr nicht besonders gut passte, und ließ sich am Morgen des Tages bei Saks, Adas bevorzugtem Friseur, das Haar ondulieren. Bevor sie sich auf den Weg machten, tranken sie noch ein paar Cocktails. Im letzten Augenblick erklärte Mary, sie wolle doch nicht auf die Party gehen, denn sie hatte herausgefunden, dass es sich bei dem geheimnisvollen Jemand um George Barrow handelte. Doch Ada schenkte ihr noch einen Cocktail ein, und mit einem Mal fühlte Mary sich draufgängerisch und sagte: «Na gut, dann mal los.»

Ein lächelndes farbiges Dienstmädchen mit Spitzenhäubchen und Spitzenschürze öffnete ihnen und führte sie zu einem Schlafzimmer, wo sie ihre Mäntel zu den anderen auf das Bett legen konnten. Als Ada am Frisiertisch ihr Make-up auffrischte, flüsterte Mary ihr zu: «Stell dir bloß mal vor, was das Hilfskomitee mit dem Geld machen könnte, das diese Frau für sinnlose Unterhaltung zum Fenster rauswirft.»

«Aber sie ist ein Schatz», flüsterte Ada aufgeregt zurück. «Wirklich, du wirst sie mögen.»

Die Tür hinter ihnen wurde geöffnet, Stimmengewirr ertönte, Gelächter und Gläserklingen, es roch nach Parfüm, Zigarettenrauch, Toast und Gin. «Ah, Ada», sagte eine laute Frauenstimme.

«Eveline, meine Liebe, du siehst wunderbar aus. Das ist Mary French, meine älteste Freundin – ich hab dir ja gesagt, dass ich sie mitbringen würde.»

Mary schüttelte die Hand einer hochgewachsenen schlanken Frau in einem perlgrauen Kleid. Ihr Gesicht war sehr blass, ihre Lippen waren sehr rot, und ein schwarzer Lidstrich betonte ihre großen Augen. «Schön, dass ihr gekommen seid», sagte Eveline Johnson und setzte sich zwischen die Mäntel auf dem Bett.

«Es klingt wie eine tolle Party», sagte Ada.

«Ich hasse Partys – ich weiß auch nicht, warum ich welche veranstalte», sagte Eveline Johnson. «Tja, ich sollte wohl zurück in die Menagerie ... Ach, Ada, ich bin so müde.»

Mary ertappte sich dabei, dass sie die tiefen, bitteren Falten unter dem Make-up rings um Mrs. Johnsons Mund und ihre angespannten Halsmuskeln musterte. Das oberflächliche Leben fordert seinen Tribut, dachte sie.

«Was ist mit dem Stück?», fragte Ada. «Ich war so aufgeregt, als ich davon gehört habe.»

«Ach, das ist doch schon längst Geschichte», sagte Eveline Johnson zurechtweisend. «Im Augenblick plane ich ein Ballett – ich will es zu einer amerikanischen Kunstform machen. Ich werde dir bei Gelegenheit davon erzählen.»

«Und ist der Filmstar schon gekommen?», fragte Ada kichernd.

«O ja, die Stars kommen immer pünktlich.» Eveline Johnson seufzte. «Sie ist sehr schön – du wirst sie kennenlernen.»

«Natürlich kommt jeder gern auf deine Partys, Eveline.»

«Ich weiß nicht, warum – ich finde diese Leute so langweilig.» Eveline Johnson führte sie durch eine doppelflügelige Schiebetür in einen hohen Raum, in dem wegen der abgedunkelten Lampen und des Zigarettenrauchs schummriges Licht herrschte und wo sie sogleich in das Gedränge gutgekleideter Menschen eintauchten, die Cocktailgläser in den Händen hielten, sich unterhielten, das Gesicht verzogen, lachend den Kopf in den Nacken warfen. Es gab zu wenig Platz zum Stehen, und so setzte Mary sich auf das Ende eines Sofas neben ein Tischchen mit Marmorplatte. Die anderen auf dem Sofa unterhielten sich untereinander und beachteten sie nicht. Ada und die Gastgeberin waren hinter einer Wand aus dunklen Anzügen und Abendkleidern verschwunden.

Mary hatte eine ganze Zigarette geraucht, als Ada zurückkehrte, gefolgt von George Barrow. Sein schmales Gesicht war gerötet, und der Adamsapfel über dem Kragen sprang weiter vor denn je. Er hatte in jeder Hand ein Cocktailglas. «Schau, schau, die kleine Mary French, nach so vielen Jahren», sagte er mit forcierter Fröhlichkeit. «Wenn du wüsstest, wie mühsam es war, diese Gläser durch das Gedränge zu tragen.»

«Hallo, George», sagte Mary beiläufig. Sie nahm das Glas, das er ihr reichte, und trank es in einem Zug aus. Da es nicht das erste war, wurde ihr etwas schwindlig. Irgendwie gelang es George und Ada, sich rechts und links von Mary auf das Sofa zu quetschen.

«Ich will alles über den Bergarbeiterstreik hören», sagte George und runzelte die Stirn. «Zu dumm, dass die rebellischen Arbeiter ausgerechnet in dem Moment in Ausstand getreten sind, in dem ein Streik den Bossen in die Hände gespielt hat.»

Mary wurde wütend. «Das ist genau das, was ich von einem Mann wie dir erwartet habe. Wenn wir auf einen günstigen Moment warten würden, gäbe es überhaupt keine Streiks. Für die Arbeiter gibt es keinen günstigen Moment.»

«Und was für ein Mann ist ein Mann wie ich?», fragte George

Barrow mit, wie Mary fand, gespielter Demut. «Das frage ich mich tatsächlich oft.»

«Ach, ich will nicht diskutieren, ich bin die Diskussionen so leid. Bring mir lieber noch einen Cocktail, George.»

Gehorsam erhob er sich und schlängelte sich zwischen den anderen Gästen hindurch. «Also bitte, Mary, keinen Streit mit dem armen George ... er ist so nett», zischte Ada in einer Art Bühnenflüstern. «Weißt du, dass Margo Dowling hier ist? Und ihr Mann und Rodney Cathcart ebenfalls. Sie sind immer zusammen. Im Augenblick sind sie unterwegs zur Riviera.»

«Ich kann Filmstars schon auf der Leinwand nicht ausstehen», sagte Mary, «da will ich sie im wirklichen Leben erst recht nicht sehen.»

Ada war verschwunden. George kehrte mit zwei Cocktails und einem Teller mit gebeiztem Lachs und Gurkenscheiben zurück, doch sie wollte nichts essen. «Aber wäre das nicht ratsam bei so viel Alkohol?» Sie schüttelte den Kopf. «Na, dann esse ich das eben selbst. Weißt du was?», fuhr er fort. «Ich frage mich in letzter Zeit oft, ob es mir nicht besserginge, wenn ich Expressagent in Süd-Chicago geblieben wäre und ein nettes Arbeitermädchen geheiratet und einen Haufen Kinder in die Welt gesetzt hätte. Sogar wenn ich ein eigenes Geschäft aufgemacht hätte, wäre ich bestimmt reicher und glücklicher als jetzt.»

«Na, du siehst nicht gerade aus, als wärst du arm dran.»

«Weißt du, es verletzt mich, wenn ihr Roten mich Arbeiterverräter nennt. Mag sein, dass ich an Kompromisse glaube, aber ich habe auch einiges an Dollars und Cents für die Arbeiter rausgeschlagen. Ihr Kommunisten wollt einfach nicht sehen, dass jedes Ding zwei Seiten hat.»

«Ich bin nicht in der Partei», sagte Mary.

«Ich weiß, aber du arbeitest für sie. Wie kommt ihr darauf, dass ihr besser wisst, was gut für die Bergarbeiter ist, als ihre wahren, erprobten Anführer?»

«Wenn die Bergarbeiter je ein direktes Mitspracherecht gehabt hätten, hättet ihr schon gesehen, wie sehr sie euch Verrätern vertrauen.»

George Barrow schüttelte den Kopf. «Ach, Mary, Mary … immer noch die Alte – dickköpfig und warmherzig.»

«Quatsch! Ich habe überhaupt keine Gefühle mehr. Ich hab doch gesehen, wie es an der Front zugeht. Man braucht kein gutes Herz, um zu sehen, auf wen die Schrotflinten zielen.»

«Mary, ich bin ein sehr unglücklicher Mann.»

«Hol mir noch einen Cocktail, George.»

Diesmal hatte Mary Zeit für zwei Zigaretten. Die nickenden, plappernden Gesichter, die Kleider und Gesten schwebten im verrauchten Dunst. Es herrschte schon etwas weniger Gedränge, als George aufgeregt und lächelnd zurückkehrte. «Ich hatte Gelegenheit, ein paar Worte mit Miss Dowling zu wechseln, sie ist wirklich sehr charmant … Aber weißt du, was Red Haines mir erzählt hat? Ich frage mich, ob es stimmt. Er sagt, ihre Karriere ist vorbei, sie taugt nicht für den Tonfilm. Über die Lautsprecher hört ihre Stimme sich an wie das Krächzen einer alten Krähe.» Er kicherte beschwipst. «Da ist sie – sie geht gerade.»

Die Unterhaltungen im Raum erstarben. Durch verwirbelte Schwaden von Zigarettenrauch sah Mary eine kleine Frau mit blauen Augenlidern, einem hellblonden Lockenkopf und einem Gesicht, so ebenmäßig wie das einer Porzellanpuppe. Sie trug ein gelbes Kleid und viele große Saphire, wandte den Kopf und lächelte jemandem zu, bevor sie durch die Schiebetür verschwand. Sie war in Begleitung eines hochgewachsenen Schauspielers mit sonnengebräuntem Gesicht und eines bleichen kleinen Mannes mit O-Beinen. Eveline Johnson war bei ihnen und redete atemlos und hektisch wie immer auf sie ein.

Mary betrachtete das alles durch einen summenden Nebel, als wäre es ein Schauspiel und sie säße in einer verrauchten Loge. Ada kam und blieb vor ihr stehen, machte große Augen und riss den Mund beim Sprechen weit auf. «Ist das nicht eine herrliche Party? Ich hab mich mit ihr unterhalten – sie hat eine so wunderbare Art. Ich weiß gar nicht, warum, aber ich hatte sie mir irgendwie ordinärer vorgestellt. Angeblich kommt sie ja aus der Gosse.»

«Aber keineswegs», sagte George. «Sie stammt aus einer adeligen spanischen Familie auf Kuba.»

«Ada, ich möchte nach Hause», sagte Mary.

«Einen kleinen Moment noch – ich habe noch gar keine Gelegenheit gehabt, mich mit Eveline zu unterhalten. Sie ist heute sehr nervös und sieht schrecklich müde aus, die Arme.»

Ein sehr bleicher junger Mann ging an ihnen vorbei und lachte über die Schulter einer älteren Frau in einem Kleid aus Silberlamé zu, die ihm folgte. Sie reckte den dürren, faltigen, mit einer dicken Puderschicht bedeckten Hals, ihre Hakennase bebte, und die Augen über den schlecht kaschierten Tränensäcken waren glotzend aufgerissen.

«Ada, ich möchte nach Hause.»

«Ich dachte, du und ich und George könnten gemeinsam essen gehen.» Mary sah verschwommene Gesichter, die größer wurden, wenn sie auf sie zukamen, und die Form veränderten, wenn sie vorbeigingen und ins Halbdunkel entschwanden wie Fische in einem Aquarium, die immer das Maul auf- und zumachten.

«Ja, wie wär's?», sagte George. «Haben Sie vielleicht Charles Edward Holden gesehen, Miss Cohn? Er ist meist eine der Hauptattraktionen auf Evelines Partys.» Der treuherzige Hundeblick, den George aufsetzte, wenn er redete, war Mary zuwider. «Das ist mal ein wirklich intelligenter Mensch. Ich könnte mich die ganze Nacht mit ihm unterhalten.»

Ada kniff die Augen zusammen, beugte sich vor und sagte George mit Bühnenflüstern ins Ohr: «Er hat sich mit einer anderen verlobt. Eveline ist am Boden zerstört, ein Nervenbündel.»

«George, wenn wir noch bleiben wollen», sagte Mary, «musst du mir noch einen Cocktail bringen.»

Eine Frau mit breitem Gesicht und sehr roten Wangen, die ein Paillettenkleid trug und neben Mary auf dem Sofa saß, beugte sich zu ihr und flüsterte vernehmlich: «Ist das nicht schrecklich? Ich sage Ihnen, ich finde es höchst undankbar von Holdy nach allem, was Eveline für ihn getan hat ... in gesellschaftlicher Hinsicht, meine ich. Sie hat ihn überall eingeführt, und jetzt stehen ihm alle Türen offen. Ich kenne seine Verlobte: ein kleines Luder wie aus dem Bilderbuch, und nicht mal vermögend.»

«Still», sagte Ada, «da kommt sie ... Tja, liebe Eveline, die Bosse und Könige ziehen sich zurück – sieht so aus, als wären bald nur noch wir Plebejer übrig.»

«Sie kam mir nicht besonders intelligent vor», sagte Eveline und ließ sich in einen Sessel sinken.

«Ich bringe dir was zu trinken», sagte Ada, doch Eveline schüttelte den Kopf.

«Was Sie brauchen, meine Liebe», sagte die Frau mit dem breiten Gesicht und beugte sich vor, «ist eine schöne, ausgedehnte Reise. Ab Ende Januar ist es in New York nicht auszuhalten. Ich werde es jedenfalls gar nicht erst versuchen – ich glaube, ich würde einen Nervenzusammenbruch bekommen.»

«Ich glaube, ich würde gern mal nach Marokko fahren», sagte Eveline, «wenn ich nur das nötige Geld zusammenkratzen könnte.»

«Fahren Sie nach Tunis, meine Liebe. Tunis ist einfach göttlich.»

Nach dem Cocktail, den George Barrow ihr gebracht hatte, saß Mary eingehüllt in einen leeren, hasserfüllten Nebel da, sah Gesichter, hörte Stimmen. Sie musste sich zusammenreißen, um nicht von der Sofakante zu rutschen. «Ich muss jetzt wirklich aufbrechen.» Auf dem Weg zur Tür stützte sie sich auf Georges Arm. Sie konnte ganz gut gehen, nur das Sprechen bereitete ihr Schwierigkeiten. Im Schlafzimmer half Ada ihr in den Mantel. Eveline Johnson mit ihren großen haselnussbraunen Augen und der neckenden Singsangstimme kam, um sie zu verabschieden.

«Ada, es war zu schön, dass du da warst. Ich fürchte nur, es war einfach zu langweilig ... Ach, Miss French, ich wollte mich so gern mit Ihnen über die Bergarbeiter unterhalten, aber ich finde einfach keine Gelegenheit mehr, mit anderen Leuten über das zu sprechen, was mich wirklich interessiert. Weißt du, Ada, ich glaube, das war das letzte Mal ... Einfach zu langweilig.» Sie legte die schmale Hand an die Schläfe und rieb mit den Fingern langsam über die Stirn. «Ich hoffe nur, dass sie bald gehen ... Ich habe solche Kopfschmerzen.»

«Willst du nicht was dagegen nehmen?»

«Doch, natürlich. Ich habe ein ausgezeichnetes Schmerzmittel. Sag mir Bescheid, wenn du wieder mal Bach spielst, Ada ... ich komme gern. Es ist so albern, sein Leben damit zu verbringen, irgendwelche Räume mit irgendwelchen Leuten zu füllen, die sich im Grunde gegenseitig hassen.»

Eveline begleitete sie bis zur Eingangshalle, als wollte sie sie eigentlich gar nicht gehen lassen. In ihrem dünnen Kleid stand sie in dem kalten Wind, der durch die offene Eingangstür hereinfuhr, als George zur Ecke ging, um ein Taxi zu besorgen.

«Geh wieder rein, Eveline», sagte Ada, «du holst dir noch den Tod.»

«Auf Wiedersehen – schön, dass ihr da wart.» Als die Tür sich langsam schloss, sah Mary Eveline Johnsons schmale Schultern. Sie zitterte, als sie zurück zu ihrer Wohnung ging.

Mary schwankte und fühlte sich in der kalten Luft mit einem Mal sehr betrunken. Ada legte ihr den Arm um die Taille und stützte sie. «Ach», sagte sie Mary ins Ohr, «wenn doch nicht alle so unglücklich wären.»

«Es ist die Verschwendung», brach es aus Mary heraus, die plötzlich ihre Sprache wiederfand. Ada und George Barrow halfen ihr ins Taxi. «Das Essen und das Geld, das sie verschwenden, während unsere Leute in ihren Baracken aus Teerpappe verhungern.»

«Die Widersprüche im Kapitalismus», sagte George Barrow mit anzüglichem Grinsen. «Wie wär's mit was zu essen?»

«Bringt mich erst nach Hause. Aber nicht in Adas Wohnung.»

Mary schrie beinahe. «Ich hab dieses Schmarotzerleben satt. Morgen gehe ich wieder ins Büro. Ich muss heute Abend noch anrufen und fragen, ob die Kondensmilch angekommen ist.» Sie nahm Adas Hand und drückte sie. Plötzlich war es wieder wie früher, in alten Zeiten. «Du warst so gut zu mir, Ada ... Wirklich, du hast mir das Leben gerettet.»

«Ada ist das perfekte Heilmittel für Hysteriker wie uns», sagte George Barrow. Das Taxi hielt neben den Mülltonnen vor Marys Haus. «Danke, ich schaff's allein hinauf», sagte sie schroff und wieder wütend. «Wenn ich so übermüdet bin, vertrage ich keinen Alkohol, das ist alles. Gute Nacht. Meine Sachen hole ich morgen.»

Ada und Barrow fuhren im Taxi davon und steckten plaudernd und lachend die Köpfe zusammen. Sie haben mich jetzt schon vergessen, dachte Mary, als sie hinaufging. Das Treppensteigen ging ganz gut, doch sie hatte Mühe, den Schlüssel ins Schloss zu stecken. Als sie die Tür endlich geöffnet hatte, ging sie auf dem kürzesten Weg zum Wohnzimmersofa, legte sich hin und fiel sofort in einen bleiernen Schlaf.

Am nächsten Morgen fühlte sie sich so ausgeruht wie seit Jahren nicht mehr. Sie stand früh auf und aß unterwegs zum Büro in einem Childs ein ausgiebiges Frühstück mit Spiegeleiern und Speck. Als sie ins Büro trat, war Rudy Goldfarb bereits da und saß an ihrem Schreibtisch.

Er sprang auf und starrte sie für einen Augenblick an, ohne etwas zu sagen. Seine Augen waren gerötet, und sein sonst straff zurückgekämmtes Haar hing ihm wirr in die Stirn. «Was ist denn los, Rudy?»

«Sie haben Eddy erwischt.»

«Du meinst, er ist verhaftet?»

«Nix verhaftet – erschossen.»

«Sie haben ihn umgebracht.» Übelkeit stieg in ihr auf. Der Raum begann sich um sie zu drehen. Sie ballte die Fäuste, und er stand wieder still. Rudy berichtete, ein paar Bergarbeiter hätten Eddys Wagen im Straßengraben gefunden. Zuerst hätten sie gedacht, er habe einen Unfall gehabt, doch als sie Eddy Spellman aus dem Fahrerhaus gezogen hätten, habe er ein Loch in der Schläfe gehabt.

«Wir müssen eine Protestdemonstration veranstalten ... Wissen die von der Partei schon Bescheid?»

«Ja, sie versuchen, den Madison Square Garden zu kriegen. Ach, Genossin French, er war ein so guter Typ.»

Mary zitterte am ganzen Leib. Das Telefon klingelte. Rudy nahm den Hörer ab. «Sie müssen sofort ins Parteibüro kommen, Genossin French. Sie sollen die Beauftragte des Komitees für die Protestdemonstration werden.»

Mary ließ sich auf den Schreibtischstuhl sinken und begann, die Namen von Organisationen zu notieren, die benachrichtigt werden mussten. Plötzlich hob sie den Kopf und sah Rudy unverwandt an. «Weißt du, was wir tun müssen? Wir müssen das Hilfskomitee nach Pittsburgh verlegen. Wir sollten in Pittsburgh sein – das habe ich schon die ganze Zeit gespürt.»

«Riskant.»

«Wir hätten von Anfang an in Pittsburgh sein sollen», sagte Mary leise und mit Nachdruck.

Wieder klingelte das Telefon. «Für dich, Genossin French.»

Kaum hatte Mary den Hörer am Ohr, da begann Ada zu reden und zu reden. Anfangs verstand Mary gar nicht, worum es überhaupt ging.

«Aber Mary, mein Schatz, hast du denn keine Zeitung gelesen?»

«Nein, das hab ich doch schon gesagt. Du meinst die Sache mit Eddy Spellman?»

«Aber nein, mein Schatz! Ach, es ist einfach zu schrecklich. Du erinnerst dich – wir waren erst gestern auf ihrer Cocktailparty ... Eveline Johnson ... es ist so furchtbar. Ich habe mir sämtliche Zeitungen kommen lassen. Die Boulevardpresse behauptet natürlich, es sei Selbstmord.»

«Ada, ich verstehe kein Wort.»

«Aber ich versuche ja gerade, es dir zu erklären ... Es nimmt mich so mit, dass ich kaum sprechen kann. Eine so wunderbare Frau, so talentiert, eigentlich eine Künstlerin. Als das Dienstmädchen heute Morgen kam, hat sie sie tot in ihrem Bett gefunden. Und wir waren vor zwölf Stunden noch bei ihr – es ist grauenhaft. In einigen Zeitungen steht was von einer Überdosis Schlaftabletten. Aber das kann keine Absicht gewesen sein. Wenn wir doch nur etwas gewusst hätten. Vielleicht hätten wir etwas tun können – du weißt ja, sie hat über Kopfschmerzen geklagt. Kannst du nicht zu mir kommen? Ich kann jetzt nicht allein sein, ich fühle mich so schrecklich.»

«Ich kann nicht, Ada. In Pennsylvania hat es einen sehr ernsten Zwischenfall gegeben, und ich habe alle Hände voll zu tun, um eine Protestdemonstration zu organisieren. Wiedersehen, Ada.» Mary legte auf und runzelte die Stirn. «Rudy, wenn Ada Cohn noch mal anruft, sagst du ihr, ich bin nicht da. An einem Tag wie heute habe ich zu viel zu tun, um mich mit hysterischen Weibern abzugeben.» Sie setzte ihren Hut auf, nahm ihre Unterlagen und eilte zur Sitzung des Komitees.

Vagabund

Der junge Mann steht am Rand der betonierten Straße. Die eine Hand hält einen abgewetzten Koffer aus Kunstleder, die andere ist zu einer lockeren Faust mit in die Höhe gerecktem Daumen geballt
und beschreibt einen kleinen Bogen, wenn eine Limousine vorbeizischt oder ein Lastwagen vorüberrumpelt; der Wind, den die Wagen erzeugen, zerzaust sein Haar und wirft ihm Staub ins Gesicht.
Ihm ist schwummrig, der Hunger ist ein Knoten in seinem Bauch,

die eine Ferse unter dem durchgescheuerten Strumpf ist wund, die Füße in den rissigen Schuhen schmerzen, die löchrige Unterwäsche klebt an der Haut, wie es Kleider tun, in denen man geschlafen hat; in der Nase hat er noch den schalen Geruch mutloser, in einem Lager zusammengepferchter Leiber, den Karbolgestank des Gefängnisses, die hageren Wangen sind schamrot vom stechenden Blick der Polizisten und Deputies und Eisenbahnbullen (die essen dreimal täglich eine ordentliche Mahlzeit, sie tragen solide gearbeitete Uniformen, sie haben Frauen, mit denen sie schlafen, und Kinder, mit denen sie nach dem Abendessen spielen können, sie arbeiten für die bedeutenden Männer, die sich alles erkaufen können, sie werfen sich in die Brust im Bewusstsein der Macht, die hinter ihnen steht). Hau ab, verschwinde. Lass dich hier nicht mehr sehen, wenn du weißt, was gut für dich ist. Was, frech werden? Bist ein ganz harter Bursche, wie?

Die Faust trifft das Kinn, der Knüppel knallt auf den Kopf, der Arm wird gepackt und auf den Rücken gedreht, das Knie landet mit voller Wucht im Unterleib,

der Gang auf wunden Füßen zur Stadt hinaus, um neben der zischenden, dahinrasenden Kette von Wagen zu stehen und zu warten, wo der Geruch nach Äther und Blei und Benzin mit dem stummen Grasgeruch der Erde verschmilzt.

Augen, schwarz vor Verlangen, suchen die Augen der Fahrer, nimm mich mit, hundert Kilometer die Straße runter.

Am blauen Himmel summt ein Flugzeug. Der Blick folgt der silbernen Douglas, die einmal in der Sonne aufblitzt und sich dann ruhig ins Blau bohrt und entschwindet.

(Die Passagiere des Transkontinentalflugs sitzen bequem, es sind bedeutende Männer mit Bankkonten und hochbezahlten Positionen; Portiers begrüßen sie, Telefonistinnen wünschen ihnen einen guten Morgen. Gestern Abend haben sie Newark nach einem guten Abendessen und ein paar

Drinks mit Freunden hinter sich gelassen. Das Dröhnen der Motoren, als die Maschine schräg in den tintigen Dunst aufstieg. Lichter blieben zurück. Eine Stunde über eine silberne Tragfläche hinweg auf den großen einsamen Mond starren, der durch sich verdichtende Wolkenfetzen nach Westen eilt. Quer durch Ohio eine Kette von Leuchtfeuern.
Bei Cleveland verliert die Maschine in einer sanften Spirale an Höhe, die Kette der Lichter am See bildet einen Kreisbogen. Dann wieder dröhnender Aufstieg; zusammengesunken auf dem weich gepolsterten Sitz die ereignislose, mondbeschienene Nacht verdösen.
Chi. Ein kurzer Blick auf den Großen Wagen. Wieder eine Spirale aus der kühlen Höhe hinunter in die Hitze, die voller Staub und Gestank nach abgebrannter Prärie ist.
Jenseits des Mississippi kriecht die Morgendämmerung von hinten durch das trübe Halbdunkel über der flachen Weite. Weiße Nebelpfützen in den Hügeln von Iowa, Farmen, Zäune, Silos, stählernes Blitzen eines Flusses. Die blinkenden Augen der Leuchtfeuer färben sich im Tageslicht rötlich. Bäche ädern die erodierten Hügel.
Omaha. Große Kumuluswolken, von kupfern brodelnd über cremefarben bis hin zu Silberweiß ziehen braune Regenröcke über die heiße Ebene. Rotes und gelbes Ödland, die winzigen gehörnten Gestalten von Rindern.
Cheyenne. Die kühle Höhenluft riecht nach Präriegras.
Die dichtgedrängten Wolken im Westen platzen und fliegen in Fetzen über strohgelbe Hügel dahin. Indigoblaue Berge ragen kantig auf. Die Maschine zerteilt eine gewaltige zerfallende Wolkenbank und schlingert hüpfend über grüne und purpurrote Berge in das sonnige Gleißen des Großen Salzsees.
Der Passagier des Transkontinentalflugs denkt an Verträge, Gewinne, Urlaubsreisen, an den gewaltigen Kontinent zwischen Atlantik und Pazifik, an elektrischen Strom und

Drähte, in denen Dollars summen, an die Enge der Städte und die Weite der Hügel, den Indianerpfad, der zur Karrenspur führt, zur asphaltierten Landstraße, zur betonierten Startbahn, zu Eisenbahnen und Flugzeugen – er denkt an die Geschichte der von Milliarden Dollar getriebenen Beschleunigung,

und während des unruhigen Fluges über die Wüste nach Las Vegas

wird ihm übel, und er kotzt das Steak und die Pilze, die er in New York gegessen hat, in die Papptüte. Macht nichts – er hat Silber in der Tasche, Dollarscheine, Wechsel, beglaubigte Schecks, und in L. A. gibt es jede Menge Restaurants.)

Der junge Mann wartet an der Straße; das Flugzeug ist verschwunden; wenn ein Wagen vorbeizischt, beschreibt der Daumen einen kleinen Bogen. Seine Augen suchen die Augen der Fahrer. Hundert Kilometer die Straße runter. Ihm ist schwummrig, der Magen ist ein Knoten, Verlangen kribbelt auf seiner Haut wie Ameisen:

zur Schule gegangen, in den Büchern stand was von Chancen, Anzeigen versprachen raschen Aufstieg, ein eigenes Haus, übertrumpfe deinen Nachbarn, der Radiosänger flüsterte von schönen Frauen, von Leinwänden lockten Geister platinblonder Frauen, auf den Tafeln in den Büros wurden Millionengewinne verzeichnet, Gehaltsschecks für rührige Hände, der leere Schreibtisch eines Direktors mit drei Telefonen;

ihm ist schwummrig, Verlangen ist ein Knoten in seinem Bauch; seine untätigen Hände sind klamm, er wartet neben dem dahinströmenden Verkehr.

Hundert Kilometer die Straße runter.

ANMERKUNGEN

DER 42. BREITENGRAD

/1/ **Washington, D.C.:** Die Stadt wurde zwar 1790 gegründet, der Umzug der Regierung dorthin erfolgte aber erst im Jahr 1800, also hundert Jahre vor den hier geschilderten Ereignissen.

/2/ **General Nelson A. Miles:** (1839–1925), machte sich 1898 als Kommandeur der Invasion Puerto Ricos im Spanisch-Amerikanischen Krieg einen Namen und kommandierte die amerikanischen Truppen während der Aufstände auf den Philippinen. Er war von 1895 bis 1903 der Oberkommandierende der United States Army.

/3/ **Lake Michigan reicht … die Hand:** Der Sanitary and Ship Canal wurde 1900 fertiggestellt und verband den Lake Michigan mit dem Mississippi.

/4/ **Bimetallismus:** Forderung nach einer Deckung des Dollars durch Silber und Gold.

/5/ **William Jennings Bryan:** (1860–1925), führendes Mitglied der Demokratischen Partei und dreimaliger Präsidentschaftskandidat.

/6/ **Briten … geschlagen:** Im Burenkrieg wurden von Oktober 1899 bis Mai 1900 zweitausend britische Soldaten in der Kleinstadt Mafeking (heute Mahikeng) belagert.

/7/ **Schanghai … Hongkong … Peking:** Im Frühjahr und Sommer 1900 griffen Angehörige der regierungstreuen chinesischen «Bewegung der Verbände für Gerechtigkeit und Harmonie» («Boxerbewegung») Ausländer und chinesische Christen an und belagerten die Gesandtschaften Deutschlands, Frankreichs, Großbritanniens, Italiens, Japans, Österreich-Ungarns, Russlands und der USA (in westlicher Diktion: «Boxeraufstand»).

/8/ **drohen uns mit Fäusten:** Dos Passos und seine Mutter wurden, als sie sich während des Burenkriegs in Brüssel aufhielten, für Engländer gehalten und von einem Pöbel durch die Straßen gejagt.

/9/ **Eugene Victor Debs:** (1855–1926), Gründungsmitglied der Gewerkschaft Industrial Workers of the World (IWW; s. /27/) und fünfmaliger Präsidentschaftskandidat der Socialist Party of America. Weil er zur Wehrdienstverweigerung aufgerufen hatte, wurde er 1918 wegen Aufwiegelung zu zehn Jahren Gefängnis und Aberkennung der bürgerlichen Ehrenrechte auf Lebenszeit verurteilt.

/10/ **YMCA:** Young Men's Christian Association – Christlicher Verein junger Männer.

/11/ **Maria Monk:** 1836 erschien das Buch *The Awful Disclosures of Maria Monk*, in dem die Verfasserin behauptete, sie sei als Nonne von katholischen Priestern zum Sex gezwungen worden. Die Geschichte war zwar frei erfunden, doch das Buch war äußerst erfolgreich und begründete ein ganzes Genre.

/12/ **Togo Heihachiro:** (1848–1934), Oberbefehlshaber der japanischen Marine, die 1905 in der Schlacht von Tsushima die russische Ostseeflotte vernichtend schlug.

/13/ **Bajan:** Panzerkreuzer der russischen Marine, wurde 1906 durch japanische Artillerie vor Port Arthur versenkt.

/14/ **auf der Nordsee getötet:** Die in den Fernen Osten entsandte russische Ostseeflotte beschoss im Oktober 1904 vor der Doggerbank etwa dreißig englische Fischerboote, in der Annahme, es handele sich um japanische Torpedoboote. Es gab mehrere Tote. Der Zwischenfall brachte Großbritannien und Russland an den Rand eines Krieges.

/15/ **Zar gewährt Verfassung:** In einem Manifest vom 30. Oktober 1905 gewährte Zar Nikolaus II. bürgerliche Freiheiten, ein allgemeines Wahlrecht und die Einrichtung einer Volksvertretung.

/16/ **The Appeal to Reason:** sozialistische Wochenzeitung mit einer Auflage von 500 000 Exemplaren (1910).

/17/ **Looking Backward or Life in the Year 2000:** (dt. *Ein Rückblick aus dem Jahre 2000 auf das Jahr 1887*), von Edward Bellamy, eines der meistverkauften Bücher in den USA (nach *Uncle Tom's Cabin* und *Ben Hur*), hatte enormen Einfluss auf sozialistische Gruppierungen und führte zur Gründung von mehr als einem Dutzend utopischen Gemeinschaften.

/18/ **Strand Magazine:** Die 1891 gegründete englische Monatszeitschrift veröffentlichte eine Mischung aus Erzählungen und Artikeln zu Kultur, Technik und Zeitgeschichte und enthielt als eine der ersten Zeitschriften zahlreiche Fotos. Die amerikanische Ausgabe wurde 1916 eingestellt.

/19/ **Wenn der Schläfer erwacht:** *When the Sleeper Wakes* ist ein dystopischer Roman von H. G. Wells, in dem ein Mann nach zweihundertjährigem Schlaf erwacht und feststellt, dass er durch geschickte Machenschaften seiner Stellvertreter unermesslich reich geworden ist und eine Trust-Oligarchie die ganze Welt beherrscht.

/20/ **Ingersoll:** 1896 brachten die Brüder Robert und Charles Ingersoll die industriell gefertigte Taschenuhr «Yankee» zum Preis von einem Dollar auf den Markt. Sie wurde insgesamt mehr als vierzig Millionen Mal verkauft.

/21/ **Harriman:** 1901 übernahm Edward H. Harriman, der Besitzer der Union Pacific Railroad, die Kontrolle über die Southern Pacific Railroad.

/22/ **Teddy:** Theodore Roosevelt (1858 – 1919) benutzte die Wendung «Speak softly, but carry a big stick» (Sprich sanft, aber nimm einen großen Stock mit) zum ersten Mal als Vizepräsident im September 1901. Während seiner Präsidentschaft galt sie als eine der Leitlinien seiner Außenpolitik.

/23/ **C. P. R.-Zug:** «Big Four Train» der Central Pacific Railroad Company.

/24/ **Kongo-Freistaat:** 1908 sorgten Berichte über die menschenunwürdigen Ausbeutungspraktiken im Kongo international für Aufsehen und Empörung.

/25/ **Thaw-Prozess:** Im Januar 1908 fand in New York der aufsehenerregende Mordprozess gegen Harry K. Thaw, Sohn des Kohle- und Eisenbahnmagnaten William Thaw, statt.

/26/ **Ferrer:** Francesc Ferrer i Guàrdia (1859–1909) war ein spanischer Anarchist und Reformpädagoge. Nach anarchistischen Aufständen in Barcelona wurde er ohne jegliche Beweise zum Tode verurteilt und hingerichtet, was weltweit Empörung auslöste.

/27/ **Industrial Workers of the World:** «IWW», eine 1905 in Chicago von Delegierten verschiedener Einzelgewerkschaften, Sozialisten, Anarchisten und militanten Arbeiterführern gegründete weltweite Gewerkschaft, die in den USA Anfang des 20. Jahrhunderts eine maßgebliche Rolle bei zahlreichen spektakulären Streiks spielte. Ihre Mitglieder werden auch als «Wobblys» bezeichnet.

/28/ **Gibson Girl:** Charles Gibson (1867–1944) zeichnete in seinen Illustrationen für verschiedene Zeitschriften einen sportlichen, sehr selbstbewussten Frauentypus, der in den USA von den 1890er Jahren bis zum Ersten Weltkrieg mode- und stilprägend war.

/29/ **WFM:** Die 1893 gegründete *Western Federation of Miners* war eine radikale Bergarbeitergewerkschaft, die maßgeblich an gewaltsamen Arbeitskämpfen in Cripple Creek (1893) und Leadville (1896) beteiligt war.

/30/ **IWW:** s. /27/.

/31/ **Clarence S. Darrow:** (1857–1938), bekannter Rechtsanwalt und Mitbegründer der *American Civil Liberties Union*, die sich für Bürgerrechte und eine liberale Politik einsetzte.

/32/ **American Legion:** eine 1919 gegründete sehr konservative Veteranenorganisation.

/33/ **Ich Will Winseln:** «I Won't Work», despektierlich für IWW.

/34/ **Vincent Saint John:** (1876–1929), einer der einflussreichsten Arbeiterführer der USA und Gründungsmitglied der IWW.

/35/ **Frederick Albert Cook:** (1865–1940), amerikanischer Entdecker, der behauptete, am 21. April 1908 den Nordpol erreicht zu haben. Im Dezember 1909 kam eine Kommission der Universität Kopenhagen zu dem Schluss, Cooks spärliche Aufzeichnungen seien nicht geeignet, diese Behauptung zu beweisen.

/36/ **Gipsys Bataillone:** Am 19. Oktober 1909 führte der Erweckungsprediger Gipsy Smith seine Anhänger durch das Rotlichtviertel von Chicago, um ihnen das Ausmaß der Sünde zu demonstrieren.

/37/ **Molly Maguires:** eine ursprünglich irische Geheimorganisation, die in den 1870er Jahren in den Kohlebergwerken von Pennsylvania aktiv war. Sie übte Druck auf Besitzer, Ingenieure, Vorarbeiter usw. aus, die Arbeiter unfair behandelten. Die Gruppe wurde durch Unterwanderung enttarnt, zwanzig Mitglieder wurden 1876 vor Gericht gestellt, in einem fragwürdigen Prozess zum Tode verurteilt und hingerichtet.

/38/ **Mexiko:** Francisco Ignacio Madero (1873 – 1913) rief 1910 von Texas aus eine Revolution gegen den mexikanischen Präsidenten Porfirio Díaz aus, vertrieb diesen aus dem Amt und wurde 1911 Präsident. 1913 wurde er durch General Huerta abgesetzt und bei einem angeblichen Fluchtversuch erschossen.

/39/ **Científicos:** eine Gruppe von Intellektuellen, die die Entwicklungsdiktatur von Porfirio Díaz unterstützten, weil sie glaubten, durch die Befriedung des Landes und eine stabile staatliche Ordnung technischen und wirtschaftlichen Fortschritt durchsetzen zu können.

/40/ **ein paar Federales:** José Victoriano Huerta Márquez (1850 – 1916) war von Porfirio Díaz zum Brigadegeneral ernannt worden. Díaz' Nachfolger Francisco Madero beließ ihn auf diesem Posten. Im Februar 1913 bekam Huerta das Oberkommando über die Armee, wandte sich gegen Madero und setzte ihn ab. Huerta war bis zum 15. Juli 1915 Präsident Mexikos.

/41/ **zwischen Hund und Wolf:** nach frz. «entre chien et loup» (in der Abenddämmerung).

/42/ **Mein Herz ist jetzt bei ihm:** Catherine Lee Wright im August 1910 in einem Interview der *Kokomo Daily Tribune* über ihren Mann, den Architekten Frank Lloyd Wright, nachdem dieser mit Mamah Cheney, der Frau eines guten Freundes, nach Europa durchgebrannt war. Zu Frank Lloyd Wright s. Kapitel «Architekt» in *Das große Geld.*

/43/ **Die Sonnenschein-Bewegung:** *The Sunbeam Movement* war ein Lern- und Ausbildungsprogramm der Heilsarmee für sechs- bis elfjährige Mädchen.

/44/ **Kimmel:** Am 30. Juli 1898 verschwand der Bankkassierer George Kimmel spurlos. Seine Schwester, zu deren Gunsten er kurz zuvor eine Lebensversicherung abgeschlossen hatte, wollte ihn für tot erklären lassen. Die Versicherungsgesellschaft stellte eigene Ermittlungen an und präsentierte einen Strafgefangenen, der unter dem Namen Andrew White einsaß, unter partiellem Gedächtnisverlust litt und behauptete, Kimmel zu sein. Sowohl seine Schwester als auch seine Mutter widersprachen und bezeichneten ihn als Verrückten und Hochstapler. Eine Gerichtsverhandlung im Jahr 1912 brachte keine Klarheit.

/45/ **Christus der Anden:** Der *Cristo Redentor de los Andes* ist eine sechs Meter hohe Christusstatue an der Grenze zwischen Chile und Argentinien. Sie wurde 1904 zur Feier der friedlichen Beilegung eines Grenzkonflikts auf einer Passhöhe errichtet.

/46/ **Neue Freiheit: New Freedom** war der Slogan des späteren Präsidenten Woodrow Wilson im Wahlkampf 1912.

/47/ **Josephus Daniels:** (1862–1948), Zeitungsverleger aus North Carolina und Verfechter der Prohibition, war unter Präsident Wilson Marineminister.

/48/ **Jean Jaurès:** (1859–1914), französischer Historiker und Sozialist, der am 31. Juli 1914, also unmittelbar vor Ausbruch des Ersten Weltkriegs, von einem französischen Nationalisten ermordet wurde.

/49/ **Louvain niedergebrannt:** In einer «Strafaktion» setzten deutsche Truppen am 29. August 1914 den Kern der belgischen Stadt Louvain (fläm. Leuven) in Brand, wobei auch die fünfhundert Jahre alte Universitätsbibliothek vernichtet wurde.

/50/ **Arnold Bennett:** (1867–1931), englischer Schriftsteller, bekannt vor allem als Verfasser realistischer Romane und Erzählungen.

/51/ **Vorsitzender einer neuen Partei:** Die 1912 von Theodore Roosevelt gegründete Progressive Party erzielte mit Forderungen nach einem Sozialversicherungssystem, dem Achtstundentag und dem Frauenwahlrecht zunächst beachtliche Erfolge, ging aber 1918 in der Republican Party auf.

/52/ **der geständige Richeson:** (im Original «Richardson») C. V. T. Richeson hatte seine Verlobte ermordet und wurde am 14. Oktober 1911 hingerichtet.

/53/ **YWCA:** Young Women's Christian Association, das für Frauen bestimmte Gegenstück zum YMCA (s. /10/).

/54/ **Fünf Männer sterben:** Der Engländer Robert F. Scott und vier Begleiter erreichten am 17. Januar 1912, einen Monat nach Amundsens Gruppe, den Südpol, starben aber auf dem Rückweg an Unterernährung und Kälte.

/55/ **Rough-Riders-Kostüme:** Der spätere Präsident Theodore Roosevelt stellte anlässlich des spanisch-amerikanischen Krieges 1896 das 1. US-Freiwilligen-Kavallerieregiment auf, das hauptsächlich aus Veteranen der Indianerkriege, Bergarbeitern, Cowboys und Glücksrittern, d.h. waffen- und pferdekundigen Männern, bestand und mit anderen Uniformen als die regulären Kavallerieeinheiten ausgestattet war. Die Zeitungen bezeichneten diese Soldaten als «Roosevelt's Rough Riders» (Roosevelts raue Reiter).

/56/ **Denkt an die Maine:** 1898 explodierte aus ungeklärten Gründen der Panzerkreuzer USS *Maine* im Hafen von Havanna und sank. Der «Maine-Zwischenfall» gab den USA einen Anlass zum Krieg gegen Spanien.

/57/ **das «tätige Leben»:** Theodore Roosevelt in einer Ansprache im Hamilton Club in Chicago: «Ich rede nicht unwürdigem Müßiggang das Wort, sondern einem tätigen Leben.»

/58/ **Halleyscher Komet:** Der Halleysche Komet zeigt sich ungefähr alle 75 Jahre, das hier erwähnte Erscheinen war im April 1910.

/59/ **Longyu:** Die Kaiserinwitwe starb am 22. Februar 1913.

/60/ **Oliver Goldsmith:** (1728–1774), irischer Schriftsteller (*Der Pfar-*

rer von Wakefield), Arzt und Verfasser einer umfassenden Naturgeschichte.

/61/ **Samuel Johnson:** (1709 – 1784), englischer Gelehrter, Lexikograph, Schriftsteller und Kritiker.

/62/ **John Keats:** (1795 – 1821), englischer Dichter und einer der bedeutendsten Vertreter der englischen Romantik.

/63/ **Cor cordium:** Titel eines Gedichtes des englischen Dichters Algernon Charles Swinburne (1837 – 1909).

/64/ **Alfred Tennyson:** (1809 – 1892), einer der bekanntesten und einflussreichsten englischen Dichter des 19. Jahrhunderts.

/65/ **Lycidas:** Klagegedicht von John Milton (1608 – 1684).

/66/ **Adonais:** Klagegedicht von Percy Bysshe Shelley (1792 – 1822).

/67/ **Dante Gabriel Rossetti** (1828 – 1882) und **Edward Burne-Jones** (1833 – 1898): führende Vertreter der Präraffaeliten, einer englischen Gruppe von Malern, die stark von den italienischen Malern des 14. und 15. Jahrhunderts beeinflusst waren.

/68/ **John Ruskin:** (1819 – 1900), britischer Schriftsteller, Maler, Kunsthistoriker und Sozialphilosoph, der für eine Verschmelzung von Kunst, Politik und Wirtschaft eintrat.

/69/ **Walter H. Pater:** (1839 – 1894), britischer Schriftsteller und Kunsthistoriker, der das Ideal eines durch Askese gezügelten «ästhetischen Lebens» propagierte.

/70/ **Barbizon:** französisches Dorf, in dem sich Landschaftsmaler Mitte des 19. Jahrhunderts zu einer Künstlerkolonie zusammenfanden.

/71/ **Auditorium Building:** 1889 von D. Adler und L. Sullivan erbauter Gebäudekomplex in der Innenstadt von Chicago, der ursprünglich ein Hotel, einen Bürobau und einen Konzertsaal mit über 4300 Plätzen umfasste.

/72/ **Vae victis:** Ausspruch des Gallierkönigs Brennus, nachdem er in einer Schlacht gegen die Römer gesiegt hatte: «Wehe den Besiegten.»

/73/ **20th Century Limited:** ein luxuriöser Nachtzug, der von 1902 bis 1967 zwischen New York und Chicago verkehrte.

/74/ **Blarney Stone:** ein Teil der Zinnen von Blarney Castle unweit von Cork. Der Legende nach verleiht er jedem, der ihn küsst, die Gabe schmeichlerischer Beredsamkeit.

/75/ **c'est la pure vérité:** frz. Das ist die reine Wahrheit.

/76/ **Tout ça …:** frz. Das ist alles schrecklich aufgeblasen.

/77/ **Auditorium Annex:** 1893 erbautes Luxushotel in unmittelbarer Nachbarschaft des Auditorium Building.

/78/ **Minnie Maddern Fiske:** (1865–1932), in den ersten Jahrzehnten des 20. Jahrhunderts eine der führenden amerikanischen Theaterschauspielerinnen.

/79/ **Guy Bates Post:** (1875–1968), Theater- und Filmschauspieler, der in zahlreichen Broadway-Produktionen auftrat.

/80/ **Armory Show:** eine Ausstellung moderner Kunstwerke, die im Februar und März 1913 in New York und anschließend in Chicago und Boston gezeigt wurde und großen Einfluss auf die Entwicklung der modernen amerikanischen Kunst hatte.

/81/ **Maiastra:** Im Original «Brancusi's ‹Golden Bird›»; die Skulptur «L'Oiseau d'or» entstand jedoch erst 1919.

/82/ **Mary Garden:** (1874–1967), berühmte britische, später amerikanische Opernsängerin, die «Sarah Bernhardt der Oper».

/83/ **die Armours:** Die 1867 von den Gebrüdern Armour gegründete Armour & Co. war einer der fünf größten fleischverarbeitenden Konzerne der USA.

/84/ **bei den Shuberts:** Die Brüder Lee, Samuel und Jacob Shubert waren bedeutende Theaterproduzenten und betrieben eine große, bis heute existierende Theaterkette.

/85/ **Captain Marryats Romane:** Frederick Marryat (1792–1848) war ein britischer Marineoffizier und Verfasser zahlreicher Abenteuerromane.

/86/ **IWW:** s. /27/.

/87/ **Mitgliederversammlungen der Elks:** Der Benevolent and Protective Order of Elks ist eine der zahlreichen säkularen Bruderschaften in den USA, die sich meist sozialen, kulturellen oder wohltätigen Zwecken verschrieben haben.

/88/ **The Sons of Italy in America:** eine 1905 gegründete Organisation zur Unterstützung italienischer Einwanderer.

/89/ **Kiwanis:** 1915 gegründeter Wohltätigkeitsclub, dessen Ziele die Freundschaftspflege unter Mitgliedern sowie karitatives Engagement sind.

/90/ **Crowds:** Gerald Stanley Lee: *Crowds – A Moving-Picture of Democracy* (1913) ist eine Sammlung von Essays über die Bedeutung von Gruppen für die amerikanische Demokratie.

/91/ **Jean Jaurès:** s. /48/.

/92/ **International News Service:** 1909 von Randolph Hearst gegründete Nachrichtenagentur.

/93/ **Anaconda:** Die Anaconda Copper Mining Company war einer der größten Bergbaukonzerne des frühen 20. Jahrhunderts.

/94/ **Brevoort:** 1851 eröffnetes und vor allem bei Europäern beliebtes Hotel an der Ecke 8th Street und Fifth Avenue. Es wurde 1954 abgerissen.

/95/ **Bustanoby:** Den Brüdern Bustanoby gehörten mehrere Luxusrestaurants in New York, u. a. im Flatiron Building und im Chrysler Building.

/96/ **der furchtlose Wolfe:** James Wolfe (1727–1759) war ein britischer Armeeoffizier, der 1759 in der Schlacht auf der Abraham-Ebene bei Quebec den Sieg über die französischen Truppen unter dem Kommando des Marquis de Montcalm errang, allerdings den dort erlittenen Verwundungen erlag.

/97/ **Chautauqua:** eine Bewegung der Erwachsenenbildung in den ländlichen Gebieten der USA. Die Veranstaltungen fanden meist im Sommer und in großen Zelten statt und verbanden bildende und unterhaltsame Elemente.

/98/ **Ouvert par la censure:** frz. Von der Zensur geöffnet.

/99/ **Connecticut Western Reserve:** ein großes Stück Land im Nordosten des heutigen Bundesstaates Ohio, das von König Charles II. der Kolonie Connecticut zugesprochen und von dem späteren gleichnamigen Bundesstaat an Siedler verkauft worden war.

/100/ **Horatio Alger:** (1832–1899), populärer amerikanischer Schriftsteller, in dessen Werken es arme, aber ehrliche Jungen durch harte Arbeit (und eine selbstlose Heldentat, die ihnen die Gunst eines Gönners einträgt) zu Reichtum und Ansehen bringen.

/101/ **der blaue Peter:** Signalflagge, die das baldige Auslaufen des Schiffes anzeigt.

/102/ **Roger David Casement:** (1864–1916), irischer Nationalist, der während des Ersten Weltkriegs mit Deutschland über eine Unterstützung des irischen Widerstandes verhandelte. Er wurde von den Iren als Nationalheld betrachtet, von den Briten aber als Verräter angeklagt, zum Tode verurteilt und am 3. August 1916 hingerichtet.

/103/ **Científicos:** s. /39/.

/104/ **Venustiano Carranza:** (1859–1920). Der politische Anführer der revolutionären, gegen den diktatorisch regierenden Machthaber Victoriano Huerta (s. /40/) gerichteten Kräfte, wurde 1917 zum Präsidenten gewählt, 1920 durch einen Putsch abgesetzt und auf der Flucht ermordet.

/105/ **Emiliano Zapata:** (1879–1919), einer der führenden Protagonisten der mexikanischen Revolution und, zusammen mit Pancho Villa, einer der Gegenspieler von Präsident Carranza, der ihn in einen Hinterhalt locken und ermorden ließ.

/106/ **AFL:** Die *American Federation of Labor* wurde 1886 gegründet und war einer der ersten Gewerkschaftsverbände der USA.

/107/ **Samuel Gompers:** (1850–1924), Gründer und langjähriger Präsident der *American Federation of Labor*. Gompers, eine der Schlüsselfiguren der amerikanischen Gewerkschaftsbewegung, war ein entschiedener Gegner des Sozialismus und trat für eine Beschränkung der Einwandererzahlen ein.

/108/ **Steinmetz:** Charles Proteus Steinmetz, geboren als Carl August Rudolph Steinmetz (1865–1923).

/109/ **Lusitania:** Das britische Passagierschiff auf der Transatlantikroute wurde am 7. Mai 1915 von einem deutschen U-Boot versenkt. Dabei kamen 1198 Menschen ums Leben, darunter 128 Amerikaner.

/110/ **Hippodrome:** Name eines 1905 eröffneten Theaters an der Sixth Avenue zwischen West 43rd und West 44th Street. Es verfügte über 5300 Plätze und eine hochmoderne Bühnentechnik und galt als das größte Theater der Welt.

/111/ **Fords Friedensschiff:** 1915 charterte Henry Ford die *Oscar II* und fuhr, begleitet von zahlreichen Pazifisten, nach Skandinavien, um Friedensgespräche zu initiieren. Die von der ungarischen Feministin Rosika Schwimmer angeregte Mission erntete viel Spott.

/112/ **Lusitania-Note:** Nach der Versenkung der *Lusitania* am 7. Mai 1915 trat Außenminister William Jennings Bryan am 9. Juni 1915 zurück, um eine Note an die deutsche Regierung, in der Präsident Wilson bei Fortsetzung des uneingeschränkten U-Boot-Krieges mit dem Abbruch der diplomatischen Beziehungen drohte, nicht übermitteln zu müssen.

/113/ **Emma Goldman:** (1869–1940), in den USA und Europa aktive Anarchistin, Antimilitaristin und Feministin.

/114/ **Patrick Henry:** (1736–1799), prominenter Vertreter der amerikanischen Unabhängigkeitsbewegung. Von ihm stammt der Satz: «Gebt mir Freiheit oder gebt mir den Tod!»

/115/ **It's a long way to Tipperary:** Das Lied von Jack Judge (1878–1938) wurde erstmals 1912 öffentlich vorgetragen und entwickelte sich zu so etwas wie der inoffiziellen Hymne der britischen Soldaten.

/116/ **Joseph Jacques Joffre:** (1852–1931), von 1911 bis zu seiner Ablösung 1916 Oberbefehlshaber der französischen Armee.

/117/ **Thomas Mooney:** (1882–1942), Arbeiteraktivist in San Francisco, der für einen 1916 dort verübten Bombenanschlag in einem unfairen Prozess zum Tode verurteilt wurde. Auf Bitten Präsident Wilsons wandelte der kalifornische Gouverneur die Strafe in eine lebenslange Freiheitsstrafe um, von der Mooney bis zu seiner Rehabilitierung 22 Jahre verbüßte.

/118/ **Engel von Mons:** Am 26. August 1914 kamen zwei britische Divisionen beim Rückzug nach der Schlacht bei Mons (Belgien) unter schweren Beschuss. Am 29. September 1914 erschien in der *Lon-*

don Evening News eine Erzählung von Arthur Machen, der die glückliche Rettung der britischen Soldaten Sankt Georg und einer Armee von mit Langbogen bewaffneten Engeln zuschrieb, deren Pfeilregen die deutschen Truppen aufgehalten habe. Viele Leser hielten die Geschichte für wahr, und «die Engel von Mons» wurde zum geflügelten Wort.

/119/ **L'Age d'Airain:** «Das eherne Zeitalter» (Bronzezeit), Skulptur von Auguste Rodin (1875/76).

/120/ **Bartzausel:** Charles Evans Hughes (1862–1948) war bei den Präsidentschaftswahlen 1916 von Wilson geschlagen worden.

/121/ **Edith Louisa Cavell:** (1865–1915), in Belgien tätige englische Krankenschwester, die während der deutschen Besatzung Belgiens wegen Fluchthilfe für alliierte Soldaten zum Tode verurteilt und hingerichtet wurde.

/122/ **James Abbott McNeill Whistler:** (1834–1903), Maler des Realismus.

/123/ **Jonathan O. Armour:** (1863–1927), Sohn des «Schlachthofkönigs» Philip D. Armour, zur Zeit des Ersten Weltkriegs größter Lebensmittelproduzent der USA.

/124/ **Boches:** Im ersten Jahrzehnt des 20. Jahrhunderts aufgekommene französische despektierliche Bezeichnung für Deutsche.

/125/ **Roosevelt-Jungs:** Im März 1917 erlaubte der Kongress Theodore Roosevelt, vier Divisionen aus Freiwilligen aufzustellen, die in Frankreich an der Seite der Alliierten kämpfen sollten. Präsident Wilson verhinderte jedoch die Entsendung und ließ das Amerikanische Expeditionskorps (AEF) aufstellen, das ab Mai 1917 an den Kampfhandlungen teilnahm.

/126/ **Méfiez-vous:** frz. Achtung – Feind hört mit!

/127/ **Monsieur c'est la petite visite:** frz. Monsieur, das ist der kleine Kontrollgang.

/128/ **La Follette:** der US-Politiker Robert M. La Follette (1855–1925).

/129/ **Ingersoll:** Robert G. Ingersoll (1833–1899) war Rechtsanwalt und Politiker und einer der führenden amerikanischen Redner seiner Zeit.

/130/ **Burke:** Der britische Staatsphilosoph und Politiker Edmund Burke (1729–1797) gilt als geistiger Wegbereiter des Konservatismus.

/131/ **Edwin Thomas Booth:** (1833–1893), einer der berühmtesten amerikanischen Schauspieler seiner Zeit. Zu seinen Geschwistern gehörten die Schauspieler Junius Brutus Booth und John Wilkes Booth; der Letztere war es, der Präsident Lincoln ermordete.

/132/ **Junius-Briefe:** «Junius Papers», meist «Brutus Papers», rhetorisch brillante Essays, in denen die Einwohner New Yorks 1787 aufgefordert wurden, der amerikanischen Verfassung die Zustimmung zu verweigern. Sie fanden starke Verbreitung und wurden weithin diskutiert. Das Pseudonym «Brutus», mit dem sie unterschrieben waren, bezieht sich entweder auf Lucius Junius Brutus, der den letzten römischen König Tarquinius stürzte, oder auf Marcus Junius Brutus, einen der Mörder Julius Caesars.

/133/ **Daniel Webster:** (1782–1852), Anwalt, Senator und zweimaliger Außenminister der USA; seine «Erwiderung an Hayne» gilt als eine der größten Reden in der Geschichte des amerikanischen Senats.

/134/ **Boss Keyes:** Elisha W. Keyes (1828–1910) war Bürgermeister und Postmeister von Madison, Wisconsin. Als Vorsitzender der republikanischen Partei von Wisconsin schuf er ein System der Patronage.

/135/ **The Argosy:** amerikanisches Magazin, das sich mit Abenteuergeschichten an eine jugendliche Leserschaft wandte.

/136/ **Nonpartisan League:** 1915 gegründete amerikanische Partei mit sozialistischer Ausrichtung. Der NPL-Politiker William «Wild Bill» Langer wurde 1932 zum Gouverneur von North Dakota gewählt und saß von 1940 bis zu seinem Tod 1959 im Senat.

/137/ **Farmer-Labor Party:** 1918 gegründete Partei, die im Schulterschluss mit vielen Gewerkschaften die Interessen der Farmer und Arbeiter vertrat. Nach einigen Erfolgen spaltete sie sich und spielte ab 1925 keine landesweite Rolle mehr.

/138/ **Henry George:** (1839–1897), politischer Ökonom und Journalist, dessen Werke enormen Einfluss auf die Reformbewegungen um die Jahrhundertwende hatten. Von seinem Buch *Progress and Poverty* (dt. *Fortschritt und Armut*) wurden weltweit mehrere Millionen Exemplare verkauft, womit es in den 1890er Jahren alle anderen Bücher außer der Bibel übertraf. Befürworter einer Einheitssteuer auf Landbesitz.

/139/ **The Birth of a Nation:** das finanziell erfolgreichste Werk der Stummfilmzeit, ursprünglich *The Clansman*, ein dreistündiger Historienfilm von David W. Griffith aus dem Jahr 1915 mit deutlichen rassistischen Untertönen, der enormen Einfluss auf die amerikanische Selbstwahrnehmung hatte und maßgeblich zur Neugründung des Ku-Klux-Klan beitrug.

/140/ **Mardi Gras:** die französische Bezeichnung für den Faschingsdienstag, der in New Orleans besonders ausgelassen gefeiert wird.

/141/ **The New York Call:** eine von der Socialist Party gegründete Tageszeitung, die von 1908 bis 1923 erschien.

/142/ **Tin Lizzie:** der populäre Name für das Ford Model T, das erste am Fließband montierte Automobil der Welt, von dem insgesamt 16,5 Millionen Stück hergestellt wurden; s. Kapitel «Tin Lizzie» in *Das große Geld*.

/143/ **Morgan-Kredite:** Der amerikanische Bankier John Pierpont Morgan, Jr., war maßgeblich an der Finanzierung des Ersten Weltkriegs beteiligt. 1914 gewährte er Russland Kredite über 12 Millionen Dollar, ein Jahr später lieh er Frankreich 50 Millionen Dollar. Alle Munitionskäufe der Briten wurden über Morgans Unternehmen abgewickelt.

/144/ **Wenn ich … für diese Rechte steht:** Die Passage ist ein Ausschnitt aus einer Rede, die Woodrow Wilson im September 1910 auf dem Parteitag der Demokraten in Trenton, New Jersey, hielt, auf dem er zum Kandidaten für das Amt des Gouverneurs gekürt wurde. Bei den Wahlen setzte er sich gegen den Republikaner Vivian M. Lewis durch.

/145/ **die Glasglocke:** «The bellglass», Dos Passos' Bezeichnung für Harvard.

/146/ **Copey:** Spitzname von Charles Townsend Copeland (1860 – 1952), einem Dichter, Schriftsteller und Professor in Harvard, bekannt für seine Lesungen.

/147/ **Der Mann, der König sein wollte:** *The Man Who Would Be King*, Erzählung von Rudyard Kipling (1865 – 1936).

/148/ **Urnenbestattung:** *Hydriotaphia*, Abhandlung von Sir Thomas Browne (1605 – 1682).

/149/ **Ein Nachtquartier:** *A Lodging for the Night*, Erzählung von Robert Louis Stevenson (1850 – 1894), deren Protagonist François Villon ist.

/150/ **Handelsstörer:** Um die englische Wirtschaft vom Nachschub abzuschneiden, griff die deutsche Admiralität in den Überseegebieten auf Hilfskreuzer, also umgerüstete bewaffnete Handelsschiffe oder Passagierdampfer, zurück.

/151/ **eine große Schlacht:** Die Schlacht bei Mons fand am 23./24. August 1914 zwischen Verbänden der deutschen 1. Armee und den Hauptkräften der British Expeditionary Force statt, die sich der drohenden Umfassung und Vernichtung durch einen geordneten Rückzug entzogen.

/152/ **Gesetz zur Verteidigung des Reiches:** Der Defence of the Realm Act wurde am 8. August 1914, vier Tage nach dem Kriegseintritt Großbritanniens, verabschiedet und im Laufe des Krieges mehrfach ergänzt. Er räumte der Regierung weitreichende Vollmachten zur Einschränkung der bürgerlichen Freiheiten ein.

/153/ **(There'll Be) A Hot Time in the Old Town Tonight:** 1896 veröffentlichter Song von Theodore A. Metz (Musik) und Joe Hayden (Text), der zu Beginn des 20. Jahrhunderts zu einem populären Titel amerikanischer Militärkapellen wurde.

/154/ **Zone:** Am 4. Februar 1915 erklärte Deutschland die Gewässer rund um England zum Kriegsgebiet, am 24. Februar 1915 befahl die deutsche Reichsregierung den uneingeschränkten U-Boot-Krieg gegen Handelsschiffe kriegführender und neutraler Länder in diesen Gewässern, die als U-Boot-Blockadezone oder kurz Zone bezeichnet wurden.

/155/ **Die Vier Reiter:** *The Four Horsemen of the Apocalypse,* Film von Rex Ingram, basierend auf dem Roman *Die apokalyptischen Reiter* von Vicente Blasco Ibáñez, mit Rudolph Valentino in der Hauptrolle. Offensichtlich ist Dos Passos hier ein Datierungsfehler unterlaufen, denn der Film hatte erst am 6. März 1921 Kinopremiere.

/156/ **Adieu, Broadway:** 1917 von Billy Baskette auf einen Text von C. Francis Reisner und Benny Davis komponierter Song *Goodbye Broadway, Hello France*, der während des Ersten Weltkriegs in den USA sehr populär war.

/157/ **Good Morning Mr. Zip Zip Zip:** 1918 erschienener Ragtime von Robert Lloyd, während des Ersten Weltkriegs eines der beliebtesten Stücke bei US-Soldaten. Dos Passos gibt hier eine auf das Soldatenleben gemünzte Textvariante.

/158/ **The Little Shepherd of Kingdom Come:** 1903 erschienener Roman von John Fox jr., der im amerikanischen Sezessionskrieg spielt (*Der kleine Hirte von Kingdom Come*).

/159/ **Gleichnis von den anvertrauten Talenten:** bei Lukas (19, 12–27) und Matthäus (25, 14–30) in zwei ähnlichen Versionen überliefert.

/160/ **The Smart Set:** die von 1912 bis 1923 erschienene Literaturzeitschrift *A Magazine of Cleverness.* **The Black Cat:** von 1895 bis 1923 erschienene populäre Literaturzeitschrift.

/161/ **India's Love Lyrics:** eine Sammlung von Gedichten vor indischer

Kulisse von Adela Florence Nicholson (1865–1904), veröffentlicht unter dem Pseudonym Laurence Hope.

/162/ **Parteitag in Baltimore:** die Democratic National Convention vom 25. Juni bis zum 2. Juli 1912, auf der Woodrow Wilson zum Präsidentschaftskandidaten der Demokratischen Partei nominiert wurde.

/163/ **Gedicht über Maecenas:** Gemeint ist wahrscheinlich die Widmung an seinen Gönner Maecenas, die Horaz dem 23 v. Chr. erschienenen ersten von drei Büchern seiner Oden voranstellte.

/164/ **Yard:** Der Harvard Yard, eine 9 Hektar große umzäunte Grasfläche mit 27 Toren, ist der älteste Teil des Campus der Harvard University, ihr historischer Mittelpunkt und ihr modernes Zentrum.

/165/ **Union:** Das Harvard Union, ein historisches Gebäude Ecke Quincy und Harvard Street, das 1900 erbaut wurde und fünfzig Jahre lang als Erstsemester-Mensa diente.

/166/ **Monthly … Advocate … Crime:** *The Harvard Monthly* und *The Harvard Advocate* waren studentische Literaturzeitschriften; bei *Crime* handelt es sich um *The Harvard Crimson*, eine Studentenzeitung.

/167/ **Mem:** Die Memorial Hall, ein Gebäude unmittelbar nördlich des Harvard Yard, mit Theater, großem Speisesaal und einem Querschiff, das als Gedenkhalle für die im Sezessionskrieg aufseiten der Union gefallenen Harvard-Absolventen dient.

/168/ **Rinehart O Rinehart:** Dieser Ruf obskuren Ursprungs war in den ersten Jahrzehnten des 20. Jahrhunderts Kennzeichen der Studentenkultur an der Harvard University.

/169/ **Old Howard:** Das Howard Athenaeum (1845–1953), eines der berühmtesten Theater in der Geschichte von Boston.

/170/ **The Hill of Dreams:** 1907 erschienener Roman von Arthur Machen.

/171/ **Back Bay:** vornehmer Stadtteil von Boston, berühmt für seine viktorianischen Sandsteinhäuser.

/172/ **Literary Digest … Conning Tower:** *The Literary Digest* (1890–

1935) war eine Publikumszeitschrift mit großer Auflage, bekannt für ihre Grafik und ihre politische Berichterstattung; *The Conning Tower* war eine populäre Zeitungskolumne von Franklin P. Adams.

/173/ **Amy Lowell:** (1874–1925), Frauenrechtlerin und Dichterin, erhielt 1926 posthum den Pulitzer-Preis für Lyrik.

/174/ **Armed Ship Bill:** am 1. März 1917 im Repräsentantenhaus verabschiedetes Gesetz, das als Reaktion auf den uneingeschränkten deutschen U-Boot-Krieg die Bewaffnung amerikanischer Handelsschiffe anordnete.

/175/ **Morituri te salutant:** Der Legende nach begrüßten die römischen Gladiatoren vor dem Kampf mit dieser Formel (lat.: Die Todgeweihten grüßen dich) den Herrscher.

/176/ **Les dieux … des pingouins:** Romane von Anatole France (1844–1924), *Die Götter sind durstig* (1912) und *Die Insel der Pinguine* (1908).

/177/ **Spahi:** Angehöriger einer nach der Eroberung Algeriens gegründeten nordafrikanischen Kavallerietruppe, deren Offiziere stets Nationalfranzosen waren.

/178/ **Eugene Victor Debs:** s. /9/.

/179/ **IWW:** s. /27/.

/180/ **Gebt mir die Freiheit oder gebt mir den Tod:** s. /114/.

/181/ **Liberty Loans:** auch Liberty Bonds oder Liberty Loan Bonds genannt, waren Kriegsanleihen, die während des Ersten Weltkriegs in den USA zur Deckung der Kriegskosten aufgelegt wurden.

/182/ **La Libre Belgique:** während des Ersten Weltkriegs veröffentlichte Untergrundzeitung.

/183/ **Junius-Briefe:** In diesem Fall, anders als bei /132/, zwischen 1769 und 1772 anonym in London veröffentlichte Schriften, die König, Minister, Parlament, Staatsbeamte und Politiker kritisierten.

/184/ **Areopagitica:** 1644 erschienene Abhandlung von John Milton über die Pressefreiheit.

/185/ **Solange drei Männer …:** aus dem 1852 entstandenen Gedicht «A Song in Time of Order» von Algernon Charles Swinburne (s. /63/).

/186/ **William Albert Wirt:** (1874–1938), Schulleiter der Schulen in Gary, Indiana, entwickelte ab 1907 ein auf der progressiven Erziehungsphilosophie aufbauendes Schulmodell.

/187/ **Seven Arts:** eine von 1916 bis 1917 monatlich erscheinende Literaturzeitschrift.

/188/ **George Edward Creel:** (1876–1953), leitete von 1917 bis zum Waffenstillstand mit dem Deutschen Reich das Committee on Public Information, eine von Präsident Wilson geschaffene Propaganda-Organisation.

/189/ **Ohio Gang:** Ohio-Bande war die Bezeichnung für eine Gruppe von Politikern und Industriellen im engsten Umfeld von Warren C. Harding, dem 29. Präsidenten der Vereinigten Staaten. Mehrere dieser Leute waren in finanzielle Skandale verwickelt.

/190/ **Idyllen des Königs:** der ab 1859 erscheinende Gedichtzyklus von Alfred Lord Tennyson (1809–1892) über König Arthur *(The Idylls of the King)*.

/191/ **Aglavaine et Sélysette:** 1896 veröffentlichtes Theaterstück des belgischen Dichters und Bühnenautors Maurice Maeterlinck (1862–1949).

/192/ **Mary Garden:** s. /82/.

/193/ **Trilby:** vor der Jahrhundertwende populärer Roman des englischen Schriftstellers George du Maurier (1834–1896).

/194/ **A. B. C. Restaurants:** 1864 ins Leben gerufene Kette von Tea Rooms der 1862 gegründeten Aerated Bread Company Ltd.

/195/ **Edward Gordon Craig:** (1872–1966), britischer Schauspieler, Regisseur, Bühnenbildner, Grafiker und Autor, der als einer der wichtigsten Theaterreformer des 20. Jahrhunderts gilt.

/196/ **Berna Eli «Barney» Oldfield:** (1878–1946), Auto-Rennfahrer und -Pionier, der erste Mensch, der mit einem Auto die Geschwindigkeit von 60 mph, knapp 100 km/h, erreichte.

/197/ **Tess of the d'Urbervilles:** kein Theaterstück, sondern ein Roman des englischen Schriftstellers Thomas Hardy (1840–1928).

/198/ **Stanislawski … Gregory … Bakst:** Konstantin Sergejewitsch Stanislawski (1863–1938) war ein russischer Schauspieler, Regisseur und Theaterreformer, Vertreter des Naturalismus; Lady Isabella Augusta Gregory (1852–1932) war eine irische Dramatikerin und Folkloristin; Léon Bakst (1866–1927) war ein russisch-französischer Maler und Bühnenbildner.

/199/ Belgisches Hilfswerk: Die Kommission für das Belgische Hilfswerk war eine von amerikanischen Freiwilligen ins Leben gerufene, international verankerte Organisation, die sich während des Ersten Weltkriegs um die Nahrungsmittelversorgung der Zivilbevölkerung in dem von deutschen Truppen besetzten Belgien kümmerte und deren erster Leiter Herbert Hoover, der spätere Präsident der Vereinigten Staaten, war.

/200/ Vantine: ein Geschäft für orientalisches Kunsthandwerk und Antiquitäten in New York.

/201/ The Call: die von 1908 bis 1923 erscheinende sozialistische Tageszeitung *The New York Call.*

/202/ Metropolitan Magazine: 1895 gegründete illustrierte Zeitschrift.

/203/ Masses: 1911 gegründete sozialistische Illustrierte, erschien bis 1917.

/204/ Kuhn, Loeb & Co.: 1867 gegründete Investmentbank mit Hauptsitz in New York City. Die Bank fusionierte 1977 mit Lehman Brothers.

/205/ Margaret Higgins Sanger: (1879–1966), Frauenrechtlerin und Aktivistin der Bewegung für Geburtenkontrolle, Zwangssterilisation und Eugenik.

/206/ Le Feu: In seinem Roman *Le Feu. Journal d'une escouade (Das Feuer. Tagebuch einer Korporalschaft)* verarbeitete Henri Barbusse (1873–1935) seine Erfahrungen im Ersten Weltkrieg.

/207/ méfiez-vous ...: frz. Achtung, Feind hört mit!

/208/ Enfin ...: frz. Schließlich ist Krieg

/209/ Faut pas ...: frz. Davon darf man sich nicht irremachen lassen, wie?

/210/ Les avions ...: frz. Die Flugzeuge ... die Deutschen.

/211/ C'est ...: frz. Das sind Schrapnelle, mein Fräulein.

/212/ C'est ...: frz. Das sind die Fokker, denen sind wir völlig egal.

/213/ **Permettez ...:** frz. Erlauben Sie, mein Fräulein.

/214/ **Ah, mon colonel:** frz. Ah, Herr Oberst, das ist verboten.

/215/ **à quatorze heures précisément:** frz. Genau um vierzehn Uhr.

/216/ **Boches:** s. /124/.

/217/ **arrivé:** frz.; hier wohl: Treffer.

/218/ **Poilu:** umgangssprachliche Bezeichnung für einen französischen Soldaten des Ersten Weltkriegs.

/219/ **abri:** frz. Unterstand.

/220/ **die Bürde des weißen Mannes:** das 1899 erschienene Gedicht *The White Man's Burden* von Rudyard Kipling, das dieser unter dem Eindruck der US-amerikanischen Eroberung der Philippinen verfasste und das als programmatische Rechtfertigung imperialistischer Eroberungen gilt.

/221/ **Maine:** s. /56/.

/222/ **Rough Riders:** s. /55/.

/223/ **Rubikon:** Der Fluss, den Caesar im Römischen Bürgerkrieg mit seinen Truppen überschritt als Signal der Auflehnung gegen den Senat; metaphorisch für: Es gibt kein Zurück.

/224/ **Sugar Trust:** populäre Benennung für die American Sugar Refining Company, gegr. 1891, die zu ihrer Blütezeit nahezu 100 Prozent der US-amerikanischen zuckerverarbeitenden Industrie kontrollierte.

/225/ **Thomas C. Platt:** (1833 – 1910), Politiker, der in den Jahren 1897 bis 1907, in denen er New York im Senat vertrat, als graue Eminenz der New Yorker Republikaner galt.

/226/ **Leon Frank Czolgosz:** (1873 – 1901), anarchistischer Aktivist, verübte am 6. September 1901 ein Attentat auf den Präsidenten McKinley, der den dabei erlittenen Verletzungen acht Tage später erlag.

/227/ **Booker T. Washington:** (1856 – 1915), schwarzer Pädagoge, Sozialreformer und Bürgerrechtler.

/228/ **Elchbulle:** Bull Moose war der Spitzname Theodore Roosevelts, der sowohl vor als auch nach dem Attentat auf ihn häufig zu sagen pflegte, er fühle sich «stark wie ein Elchbulle».

/229/ Portagen: Stellen, an denen Boote von einem Gewässer in ein anderes umgetragen werden.

/230/ nom de dieu: frz. Verflixt noch mal.

/231/ fais ce que voudras: frz. Tu, was du willst.

/232/ Sauté Bourguignon: frz. Rindsbraten.

/233/ Bouquet: frz. Duftnote.

/234/ Estaminets: frz. Kneipen.

/235/ Cèpes provençales: frz. Provenzalisches Steinpilzgericht.

/236/ Promenoir: frz. Wandelhalle.

/237/ Vin de Cassis petite fille tellement brune tête de lune qui aimait le Winntährspohr: frz. Johannisbeerwein klein Mädchen so braun Mondgesicht mag Wintersport.

/238/ Campanili: ital. Glockentürme.

/239/ beaucoup: frz. viel.

/240/ On les aura: frz. Wir werden sie besiegen.

/241/ Mon petit lapin: frz. Mein Häschen.

/242/ Viva los aliados ... Viva Maura: span. Es leben die Alliierten! ... Es lebe Maura! Antonio Maura y Montaner (1853–1925) erlebte zwischen 1903 und 1921 fünf Amtszeiten als spanischer Ministerpräsident und setzte sich während des Ersten Weltkrieges für eine Neutralität Spaniens ein.

/243/ Entente: frz. Die Siegermächte des Ersten Weltkriegs (Frankreich, Großbritannien, USA, Italien).

/244/ Bonjour ma chérie ...: frz. Guten Tag, meine Liebe, wie geht es Ihnen?

/245/ Avez-vous fiancé ...: frz. Haben Sie (einen) Verlobten? Das macht nichts. Wollen Sie heute Abend mit mir schlafen? Ja, ja, macht wie viel?

/246/ Johnny Reb: auch Johnny Rebel, die Personifizierung der Südstaaten oder, weniger allgemein, der Konföderierten während des amerikanischen Bürgerkriegs.

/247/ The Princeton Tiger: seit 1882 von Studenten der Universität Princeton herausgegebene satirische Zeitschrift.

/248/ Científicos: s. /39/.

/249/ **Joseph Pulitzer:** (1847–1911), Journalist, Herausgeber und Zeitungsverleger. Die 1883 von ihm übernommene *New York World* entwickelte sich zu einer der einflussreichsten Zeitungen des Landes und brachte akribisch recherchierte Reportagen über Korruption und andere Missstände sowie die ersten Cartoons. 1909 deckte die *New York World* den Bestechungsskandal um den Panamakanal auf, d. h. die Zahlung von 40 Millionen US-Dollar an die French Panama Canal Company, woraufhin Pulitzer von Roosevelt und dem Finanzier J. P. Morgan verklagt wurde. Aus dem Verleumdungsprozess ging Pulitzer siegreich hervor.

/250/ **für die Demokratie sicher:** Am 2. April 1917 forderte Präsident Woodrow Wilson in einer Rede vor beiden Häusern des Kongresses: «Die Welt muss sicher gemacht werden für die Demokratie.» Mit dieser Rede begründete er den Kriegseintritt der Vereinigten Staaten.

/251/ **Vierzehn Punkte:** Das am 8. Januar 1918 in einer programmatischen Rede vor beiden Häusern des Kongresses vorgestellte Vierzehn-Punkte-Programm von Woodrow Wilson skizzierte die Grundzüge einer Friedensordnung für das vom Ersten Weltkrieg erschütterte Europa.

/252/ **Krieg, der den Krieg beenden wird:** The War that will End War ist der Titel einer 1914 erschienenen Schrift von H. G. Wells (1866–1946).

/253/ **die Deterdings, die Zaharoffs, die Stinnes:** Sir Henri Wilhelm August Deterding (1866–1939) war ein niederländischer Industrieller, Hauptaktionär des Shell-Konzerns und einer der reichsten Männer der Welt; Basil Zaharoff (1849–1936) war der bedeutendste Waffenhändler Europas; Hugo Stinnes (1870–1924) war ein deutscher Großindustrieller.

/254/ **Jack Reed:** richtig: John Silas Reed (1887–1920), Journalist und 1919 Begründer und Vorsitzender der ersten kommunistischen Partei der USA.

/255/ **Tout le long de la Tamise …:** frz. Die Themse entlang / Gingen wir zu zweit / Zu genießen die köstliche Tageszeit.

/256/ La guerre … une saloperie …: frz. Der Krieg sei eine Schweinerei, der Sieg ein schmutziger Trick.

/257/ À bas …: frz. Nieder mit dem Krieg, Tod den Bullen.

/258/ en repos: frz. Zum Ausruhen.

/259/ Escadrille La Fayette: im Ersten Weltkrieg eine Einheit der französischen Luftstreitkräfte, die überwiegend aus kriegsfreiwilligen amerikanischen Piloten bestand und nach dem Kriegseintritt der Vereinigten Staaten in deren Streitkräften aufging.

/260/ Marraine: frz. Patin, Gönnerin.

/261/ Caporetto: Schauplatz der Zwölften Isonzoschlacht (24. bis 27. Oktober 1917), bei der die Mittelmächte den italienischen Truppen eine verheerende Niederlage beibrachten.

/262/ faire rigajig, une maison propre, convenable et de haute moralité: frz. Ringelreihen tanzen – ein sauberes, ordentliches und unbescholtenes Haus.

/263/ Bestie … sono tutti bestie: ital. Tiere … das sind alles Tiere.

/264/ Feriti: ital. Verletzte.

/265/ Per il ritorno: ital. Für den Heimweg.

/266/ Garçon … un verre: frz. Ober, ein Glas für den Herrn.

/267/ Château-Thierry: Die an der Marne etwa auf halbem Weg zwischen Paris und Reims gelegene Stadt war am 18. Juli 1918 Schauplatz eines Gefechts zwischen amerikanischen und deutschen Truppen.

/268/ [je] suis dans l'axe du gros canon: frz. Ich bin in der Schusslinie der dicken Kanone.

/269/ Concours de pêche: frz. Um-die-Wette-Fischen.

/270/ ces salauds …: frz. Die elenden Profiteure, die elenden Drückeberger.

/271/ ils s'en fichent des particuliers …: frz. Privatleute / arme Leute sind ihnen völlig egal.

/272/ Ronds de cuir: frz. Bürohengste.

/273/ l'élan suprême du sacrifice … l'harmonie mystérieuse de la mort: frz. Der höchste Opferdrang … die geheimnisvolle Harmonie des Todes.

/274/ réformé: frz. Ausgemustert.

/275/ C'est fou tu sais: frz. Das ist verrückt, weißt du.

/276/ Breloque: Trommlereinheit, die die Soldaten zusammenruft.

/277/ Après la guerre finie: ungelenkes Frz. Wenn der Krieg vorbei ist.

/278/ avoir du poise: Haltung (engl. poise) bzw. Gewicht (frz. poids) haben.

/279/ Je donnerais Versailles ...: Strophe des frz. Liedes «Auprès de ma blonde»: Ich gäbe Versailles, Paris und Saint-Denis, die Türme von Notre-Dame und die Glocken meiner Heimat.

/280/ Auprès de ma blonde ...: Refrain des frz. Marschliedes aus dem 17. Jh., das seit dem 18. Jh. große Popularität genießt: Wie tut es gut, bei meiner Blonden zu schlafen.

/281/ Chez les socialistes ...: frz. Unter den Sozialisten sind die Blinden König.

/282/ coucher: frz. schlafen gehen.

/283/ beaucoup ...: frz. Viel ... Zucker ... Kaffee.

/284/ [Il ne] fallait pas y aller: frz. Man hätte nicht hingehen sollen.

/285/ The Star-Spangled Banner: ab 1931 offizielle Nationalhymne der USA.

/286/ Oh say can you see ...: Beginn von «The Star-Spangled Banner»: O sagt, könnt ihr sehen / im frühen Licht der Morgendämmerung ...

/287/ Allons enfants de la patrie: Beginn der frz. Nationalhymne, der «Marseillaise».

/288/ It's the wrong way ...: parodistische Refrain-Variante («Das ist die falsche Art, Mary zu kitzeln») von «It's a long way to Tipperary»; s. /115/.

/289/ Oh say ...: O sagt, könnt ihr sehen / Im frühen Licht der Morgendämmerung, / Was wir so stolz grüßten / Im letzten Schimmer der Abenddämmerung? / Dessen breite Streifen und helle Sterne / Die gefahrvollen Kämpfe hindurch / Über den Wällen, die wir bewachten, / So stattlich wehten?

/290/ in dem Jahr: James Buchanan (1791–1868) wurde 1856 zum 15. Präsidenten der Vereinigten Staaten gewählt.

/291/ Parson Weems: die gewöhnliche Bezeichnung für Mason Locke

Weems (1759–1825), einen Reisebuchhändler und Autor, der unmittelbar nach dem Tod George Washingtons die erste Biographie über diesen verfasste.

/292/ **versöhnte sich mit Bryan:** William Jennings Bryan (s. /5/) gehörte vom 5. März 1913 bis zum 9. Juni 1915 als Außenminister dem Kabinett von Woodrow Wilson an.

/293/ **Colonel House:** Edward Mandel House (1858–1935), Diplomat und Politiker, der wichtigste außenpolitische Berater von Präsident Wilson.

/294/ **Hearst:** William Randolph Hearst (1863–1951), Verleger und Medien-Tycoon.

/295/ **Shadow Lawn:** Anwesen in West Long Branch, New Jersey, das Präsident Wilson im Sommer zeitweise als Amtssitz nutzte.

/296/ **John Pierpont Morgan:** s. /143/.

/297/ **Huerta:** s. /40/.

/298/ **Vierzehn Punkte:** Prinz Max von Baden (1867–1929), vom 3. Oktober bis 8. November 1918 Reichskanzler, übermittelte am 4. Oktober ein Waffenstillstandsgesuch auf Grundlage der Vierzehn Punkte (s. /251/) an Präsident Wilson.

/299/ **Foch:** Ferdinand Jean Marie Foch (1851–1929), französischer Militär, war ab 1918 gemeinsamer Oberbefehlshaber der Alliierten an der Westfront.

/300/ **Vittorio Emanuele Orlando:** (1860–1952), italienischer Rechtswissenschaftler und Politiker, war von 1917 bis 1919 Präsident des Ministerrats des Königreichs Italien.

/301/ **Henry Cabot Lodge:** (1850–1924), von 1893 bis 1924 Senator für seinen Heimatstaat Massachusetts. Bekannt wurde er als Wortführer der republikanischen Opposition gegen den Beitritt der USA zum Völkerbund, der dann ohne amerikanische Beteiligung gegründet wurde.

/302/ **Tout est bien fait …:** frz. In der Natur ist alles wohlgestalt, auf Euer Wohl, Amerikaner.

/303/ **Dans la mort …:** frz. Der Tod hat nichts Schreckliches an sich. Wenn es ans Sterben geht, denkt man an alles, aber schnell.

/304/ **Faut pas toucher:** frz. Nichts anfassen.

/305/ **procès verbal:** frz. Verhör.

/306/ **Jurowski:** Der bolschewistische Offizier Jakow Jurowski leitete das Erschießungskommando, das am 17. Juli 1918 die Zarenfamilie exekutierte.

/307/ **Lorna Doone:** Roman des englischen Autors Richard Doddridge Blackmore (1825–1900).

/308/ **The Life and Adventures of Nicholas Nickleby:** sozialkritischer Roman des englischen Schriftstellers Charles Dickens (1812–1870).

/309/ **The Harbor:** sozialkritischer Roman (1915) von Ernest Poole (1880–1950).

/310/ **Les Misérables:** Roman des französischen Schriftstellers Victor Hugo (1802–1885).

/311/ **Thorstein Bunde Veblen:** (1857–1929), Ökonom und Soziologe, war einer der Gründerväter der amerikanischen Institutionenökonomik und Wirtschaftswissenschaft, s. Kapitel «Der bittere Trank» in *Das große Geld*.

/312/ **Theorie der feinen Leute:** The Theory of the Leisure Class, eine 1899 erschienene «ökonomische Untersuchung der Institutionen» von Thorstein Veblen.

/313/ **Mother Earth:** von 1906 bis 1918 bestehende anarchistische Zeitschrift, herausgegeben von Emma Goldman und Alexander Berkman.

/314/ **The Masses:** s. /203/.

/315/ **Solidarity Forever:** Lied der IWW, geschrieben von Ralph Chaplin (1887–1961) zur Melodie von *John Brown's Body,* erstveröffentlicht im Januar 1915 in *Solidarity,* der von 1909 bis 1917 erschienenen Zeitung der IWW.

/316/ **Hindenburglinie:** eigentlich Siegfriedlinie oder Siegfriedstellung, im Ersten Weltkrieg eine Defensivstellung der deutschen Truppen an der Westfront von März 1917 bis Oktober 1918. Sie wurde erst kurz vor dem Waffenstillstand durchbrochen und erstreckte sich in Nordfrankreich von Arras über Saint-Quentin bis Soissons.

/317/ **Le chef de gare …:** frz. Der Bahnhofsvorsteher ist ein Gehörnter / Wer ist ein Gehörnter? Der Bahnhofsvorsteher / Seine Frau hat es so gewollt.

/318/ **L'École du Malheur …:** frz. Die Schule des Unglücks macht uns zu Optimisten.

/319/ **Allons-nous Assister …:** frz. Werden wir die Panik der Dummköpfe erleben?

/320/ **Castor et Pollux:** Oper von Jean-Philippe Rameau (1683–1764), uraufgeführt am 24. Oktober 1737.

/321/ **Henri Joseph Eugène Gouraud:** (1867–1946), im Ersten Weltkrieg Armeekommandant und in der Zwischenkriegszeit Hochkommissar der Levante und Gouverneur von Paris.

/322/ **L'Humanité:** die Zeitung der französischen Kommunistischen Partei.

/323/ **Jean Jaurès:** s. /48/.

/324/ **Pelléas et Mélisande:** Oper von Claude Debussy (1862–1918), uraufgeführt am 30. April 1902 in Paris in der Opéra Comique.

/325/ **Anatole France:** (1844–1924), kriegskritischer französischer Schriftsteller, erhielt 1921 den Literaturnobelpreis.

/326/ **Mütileh …:** Die 1917 gegründete Vereinigung der französischen Kriegsversehrten, Association générale des mutilés de la Guerre.

/327/ **L'union …:** frz. Die Einheit der Arbeiter wird den Weltfrieden herbeiführen.

/328/ **caporal ordinaire:** Untergefreiter, gewöhnlicher Soldat, Fußvolk.

/329/ **Rue Sainte-Anne:** die neurologisch-psychiatrische Klinik in der Pariser Rue Sainte-Anne.

/330/ **gaîté:** frz. Fröhlichkeit.

/331/ **Il serait criminel …:** frz. Es wäre verbrecherisch, die französischen Interessen auf dem Balkan zu vernachlässigen.

/332/ **Enfin la France …:** frz. Endlich kauft Frankreich amerikanische Aktien.

/333/ **Alexander Wassiljewitsch Koltschak:** (1874–1920), Admiral der russischen Marine und Monarchist.

/334/ **Kanonen:** Die Beschießung von Fort Sumter durch konföderierte Truppen am 12. April 1861 war die erste Kampfhandlung des Amerikanischen Bürgerkriegs.

/335/ **Jay Cooke:** (1821–1905), Finanzier, der die Kriegführung der Union während des Bürgerkriegs und die Entwicklung der Eisenbahnen im Nordwesten der USA mitfinanzierte.

/336/ **Grover Cleveland:** (1837–1908), der 22. (1885–1889) sowie der 24. (1893–1897) Präsident der Vereinigten Staaten.

/337/ **Coxeys Armee:** Jacob Sechler Coxey Sr. (1854–1951), Politiker, der zweimal (1894 und 1914) einen unter dem Namen «Coxey's Army» firmierenden Protestmarsch von Arbeitslosen nach Washington anführte.

/338/ **Tod von Harriman:** Edward Henry Harriman (1848–1909), Eisenbahnunternehmer.

/339/ **Pujo-Ausschuss:** Unterausschuss des amerikanischen Kongresses, von 1912 bis 1913 eingesetzt zur Untersuchung des sog. Money Trust, eines Zusammenschlusses von Bankiers und Finanziers, die eine starke Kontrolle über die Finanzen der Nation ausübten; benannt nach seinem Vorsitzenden, dem demokratischen Abgeordneten Arsène Paulin Pujo (1861–1939).

/340/ **Elbert Henry Gary:** (1846–1927), Rechtsanwalt, Richter und Unternehmer, 1901 Mitbegründer von U. S. Steel.

/341/ **Henry Pomeroy Davison:** (1867–1922), Bankier, der mit dem Eintritt der Vereinigten Staaten in den Ersten Weltkrieg 1917 zum Chairman des War Council des Amerikanischen Roten Kreuzes ernannt wurde und in dieser Eigenschaft eine überaus erfolgreiche Spendenkampagne leitete, mit deren Erträgen die Finanzierung von Rotkreuz-Ambulanzen an den verschiedenen Fronten ermöglicht wurde.

/342/ **La musique ...:** frz. Die Musik schert sich nicht um mich.

/343/ **Il Serait Dangereux ...:** frz. Es wäre gefährlich, die Lebensmittelpreise zu erhöhen.

/344/ **Theobald von Bethmann Hollweg:** (1856–1921), von 1909 bis 1917 deutscher Reichskanzler.

/345/ **Norton-Harjes-Uniform:** benannt nach Richard Norton, einem bekannten Archäologen, der 1914 das American Volunteer Motor Ambulance Corps gründete, und Henry Herman Harjes, einem französischen Bankier und Millionär, der Norton durch namhafte Spenden unterstützte. Dos Passos trat dem Corps 1917 bei.

/346/ **Danny Deever:** 1890 veröffentlichtes Gedicht von Rudyard Kipling (s. /147/), eine seiner ersten *Barrack-Room-Ballads*, Balladen aus dem Soldatenleben.

/347/ **Fièvre ...:** frz. Fieber, zu viele Gedanken, ich auch.

/348/ **Bientôt ...:** frz. Bald Krieg zu Ende, alle froh.

/349/ **Mrs. Galt:** Die zweite Ehefrau von Präsident Woodrow Wilson hieß mit vollem Namen Edith White Bolling Galt Wilson.

/350/ **Black Jack Pershing:** John Joseph Pershing (1860–1948) wurde 1917 zum Oberbefehlshaber der US-Streitkräfte in Europa ernannt. Der Spitzname verdankt sich seiner Dienstzeit beim 10. Kavallerieregiment, wo er afroamerikanische Soldaten führte.

/351/ **Les marionnettes:** frz. Kinderlied «Ainsi font, font, font, les petites marionnettes», Die kleinen Marionetten drehen, drehen, drehen / Drei Runden, und dann gehen sie weg.

/352/ **Qu'est-ce que ...:** frz. Spielt doch keine Rolle ... Der Mann ohne Namen und die Frau ohne Namen werden im Hotel zum Nichts miteinander schlafen ... Oh, was für ein Witzbold ... Sag, du bist doch nicht krank? ... Ich auch nicht.

/353/ **Moi non plus:** frz. Ich auch nicht

/354/ **Les petites ...:** frz. Die kleinen Marionetten machen, machen, machen / Ein bisschen Liebe, und dann gehen sie weg.

/355/ **Polnische Legionen:** weitgehend unabhängige Formationen, die gegen das zaristische Russland gekämpft hatten.

/356/ **pazzo:** ital. verrückt.

/357/ **Middlebuster Road:** der alte Name der Straße, die Cuero, Texas, mit Victoria, Texas, verbindet.

/358/ **La Femme de trente ans:** Titel eines Romans von Honoré de Balzac (1799–1850) (*Eine Frau von dreißig Jahren*).

/359/ **Ouvreuse:** frz. Platzanweiserin.

/360/ **I promessi sposi:** deutsch *Die Verlobten* oder *Die Brautleute*, ist der Titel eines Romans von Alessandro Manzoni (1785–1873).

/361/ **Gabriele D'Annunzio:** (1863–1938), italienischer Schriftsteller und Dichter, spätromantischer Vertreter des Symbolismus, gilt als Ideengeber für den italienischen Faschismus.

/362/ **L'Intransigeant:** französische Tageszeitung, die von Juli 1880 bis 1948 in Paris erschien und sich ab 1906 zur auflagenstärksten konservativen Zeitung in Frankreich entwickelte.

/363/ **Henri Désiré Landru:** (1869–1922), wurde 1919 verhaftet, wegen der Ermordung von zehn Frauen und einem Jungen 1921 zum Tode verurteilt und im darauf folgenden Jahr hingerichtet.

/364/ **Ça va taper dur:** frz. Es wird hart / nicht leicht werden.

/365/ **C'est la lutte finale …:** frz. Refrain der *Internationale*: Völker, hört die Signale! / Auf zum letzten Gefecht! / Die Internationale / erkämpft das Menschenrecht.

/366/ **Wacht auf, Verdammte dieser Erde …:** Beginn der *Internationale*.

/367/ **À qui la faute …:** frz. Wer ist schuld, wenn die Butter teuer ist?

/368/ **Ne soyons pas les dupes …:** frz. Lassen wir uns von der bolschewistischen Maskierung nicht für dumm verkaufen.

/369/ **Robert Marion La Follette Sr.:** (1855–1925), Politiker der Republikanischen Partei, war Abgeordneter im Repräsentantenhaus und diente von 1901 bis 1906 als Gouverneur von Wisconsin und von 1905 bis 1925 im Senat.

/370/ **Rule Britannia …:** ungenau zitierter Refrain eines englischen patriotischen Liedes aus dem 18. Jahrhundert, der sog. inoffiziellen Nationalhymne Englands: Herrsche, Britannia! Britannia beherrsche die Wellen; / Briten werden niemals Sklaven sein.

/371/ **Anton Iwanowitsch Denikin:** (1872–1947), Generalleutnant in der kaiserlich-russischen Armee und einer der wichtigsten Kommandeure der Weißen Armee, die im Bürgerkrieg gegen die Herrschaft der Bolschewiki und die Machnowschtschina kämpfte.

/372/ **Koltschak:** s. /333/.

/373/ **Maximilian Harden:** (1861–1927), deutscher Publizist, Kritiker, Schauspieler und Journalist. Er strengte Prozesse gegen Berater und Freunde des Kaisers Wilhelm II. an, die zu mehreren Rücktritten führten.

/374/ **Gustav Neuring:** (1879 – 1919), deutscher Politiker, nach der Novemberrevolution von 1918 zunächst Vorsitzender des Arbeiter- und Soldatenrates, dann Volksbeauftragter und schließlich Minister für Militärwesen. Nachdem Kriegsbeschädigte und Verwundete gehört hatten, dass ihre Pensionen gekürzt werden sollten, ermordeten sie ihn am 12. April.

/375/ **Voilà … c'est plutôt …:** frz. Das ist schon eher die proletarische Geste.

/376/ **Les bourgeois …:** frz. Hängt die Bürger in Gottes Namen an die Laternen.

/377/ **et l'humanité la futurité …:** frz. und die Menschheit die Zukünftigkeit der Klassenkampf die unermessliche Angst der Menge das Elend des Arbeiters weißt du mein Lieber, ganz ehrlich.

/378/ **Patrick Henry:** s. /114/ und /180/.

/379/ **tu sais mon ami:** frz. Also hör mal, mein Freund.

/380/ **Criez …:** frz. Ruft in alle vier Winde, dass ich keine Verhandlungen akzeptiere. Dabei bleibe ich, gegen den Rest der Welt, und ich bereite mich auf sehr unschöne Tage vor. Ruft das, ich bitte euch, aus voller Kehle.

/381/ **Chi va piano …:** ital. Sprichwort: Wer leise/langsam geht / Geht sicher / Wer laut/stark geht / Geht in den Tod / Es lebe die Freiheit.

/382/ **Ils sont sourds …:** frz. Sie sind taub / Ich küsse euch / Das Herz von Fiume gehört euch.

/383/ **Moroni:** Prophet im Buch Mormon, der dem Religionsgründer Joseph Smith als Engel erschienen sein soll.

/384/ **Die Geschichte … von Klassenkämpfen:** Der Satz entstammt dem Manifest der Kommunistischen Partei von Karl Marx und Friedrich Engels.

/385/ **Alexandrowitsch Bakunin:** (1814 – 1876), russischer Revolutionär, einflussreicher Denker, Aktivist und Organisator der anarchistischen Bewegung.

/386/ **Errico Malatesta:** (1853 – 1932), italienischer Anarchist.

/387/ **alle festen, eingerosteten Verhältnisse:** Marx/Engels: *Das Kommunistische Manifest.*

/388/ **Fortschritt und Armut:** Progress and Poverty: An Inquiry into the Cause of Industrial Depressions and of Increase of Want with Increase of Wealth: The Remedy (Eine Untersuchung über die Ursachen der industriellen Krisen und der Zunahme der Armut bei zunehmendem Reichtum) ist ein 1879 erschienenes Buch des amerikanischen Sozialtheoretikers und Ökonomen Henry George (1839 – 1897), das zur Auslösung der Ära des Progressivismus und zur sozialen Reformbewegung des Georgismus beigetragen hat. S. /138/.

/389/ **er wird ein bloßes Zubehör der Maschine:** Marx/Engels: *Das Kommunistische Manifest.*

/390/ **Schießerei auf der Pier von Everett:** Das sogenannte «Everett-Massaker», auch bekannt als «Blutiger Sonntag», war eine bewaffnete Konfrontation zwischen Ortsbehörden und Mitgliedern der IWW am 5. November 1916, die zu zahlreichen Toten und Verletzten auf beiden Seiten führte.

/391/ **sind im Laufe der Entwicklung die Klassenunterschiede verschwunden:** Marx/Engels: *Das Kommunistische Manifest.*

/392/ **Pjotr Alexejewitsch Kropotkin:** (1842 – 1921), russischer Anarchist, Geograph und Schriftsteller.

/393/ **Ulrich Graf Brockdorff Rantzau:** (1869 – 1928), deutscher Diplomat und 1918/19 Außenminister, der erste Außenminister, der sein Amt nach der Abdankung des Kaisers antrat, und der erste der Weimarer Republik. Mit dem übrigen Kabinett Scheidemann, das den Friedensvertrag von Versailles nicht unterzeichnen wollte, trat er im Juni 1919 zurück.

/394/ **Paul Bunyan:** sagenhafter Holzfäller aus einer sogenannten «tall tale», einer Geschichte, die natürliche Phänomene in eine märchenhafte Erzählung einzubetten versucht.

/395/ **Les gens sages …:** frz. Kluge Menschen meiden politische Versammlungen.

/396/ **Je cherche après Titine:** 1917 entstandener Foxtrott-Shimmy von Léo Daniderff, Text von Bertal-Maubon und Henri Lemonnier.

/397/ **La brume:** frz. Der Nebel.

/398/ **Black Tom … Explosion:** Sprengstoffanschlag, den vermutlich deutsche Agenten am 30. Juli 1916 auf die Umschlags- und Lagerungseinrichtung für Munitionsgüter auf Black Tom Island in Jersey City, New Jersey, verübten, um die Verschiffung dieser Güter an die Entente-Mächte – und damit ihren Einsatz auf dem europäischen Kriegsschauplatz – zu verhindern.

/399/ **Dardanella:** von Ben Selvin und seinem Orchester gespieltes Instrumentalstück aus dem Jahr 1920, die erste Single, die die Verkaufszahl von drei Millionen Exemplaren überschritt.

/400/ **in dem Jahr, als Buchanan …:** s. /290/.

/401/ **Browning Society:** In den Browning Societies fanden sich Menschen zusammen, um über die Werke des englischen Dichters und Dramatikers Robert Browning (1812 – 1889) zu diskutieren.

/402/ **Steven Grover Cleveland:** (1837 – 1908), s. /336/.

/403/ **Barth'scher Rechenschieber:** Der amerikanische Mathematiker und Ingenieur Carl Georg Barth (1860 – 1939) hatte den Gebrauch von Rechenschiebern zur Ermittlung von optimalen Maschineneinstellungen eingeführt und populär gemacht.

/404/ **The Birth of a Nation:** s. /139/.

/405/ **Olive Thomas:** (1894 – 1920), amerikanische Schauspielerin der Stummfilmzeit. Sie beging in einem Pariser Hotel Selbstmord.

/406/ **Bombenwagen:** Am 16. September 1920 explodierte in der Wall Street in New York eine in einem Pferdefuhrwerk versteckte Bombe, die 33 Menschen in den Tod riss.

/407/ **McGuffeys Reader:** Lehrbücher für die ersten sechs Klassen der Grundschule, die von Mitte des 19. bis Mitte des 20. Jahrhunderts in den USA stark verbreitet waren.

/408/ **Rosika Schwimmer:** (1877–1948), ungarische Feministin und Pazifistin, s. /111/.

/409/ **Poor Richard:** Unter diesem Pseudonym (Der arme Richard) gab Benjamin Franklin zwischen 1732 und 1758 einen jährlich erscheinenden Almanach heraus.

/410/ **William Jennings Bryan:** (1860–1925), s. /5/ und /292/.

/411/ **Eichhörnchen:** Das englische Wort (squirrel) bedeutet auch so viel wie Spinner, Exzentriker.

/412/ **Mr. Zero:** Urbain Ledoux (1874–1941), später unter dem Alias Mr. Zero bekannt, setzte sich besonders für Arbeitslose ein.

/413/ **Chautauqua:** s. /97/.

/414/ **Die Protokolle der Weisen von Zion:** ein auf Fälschungen beruhendes antisemitisches Pamphlet. Sie wurden zu Beginn des 20. Jahrhunderts von unbekannten Autoren verfasst und sollen geheime Dokumente eines angeblichen Treffens von jüdischen Weltverschwörern sein.

/415/ **William Crapo «Billy» Durant:** (1861–1947), der Gründer des Automobilkonzerns General Motors und Mitbegründer der Chevrolet Motor Car Company.

/416/ **Bøyg:** ein unsichtbares, übernatürliches Wesen aus *Peer Gynt* von Henrik Ibsen (1828–1906).

/417/ **Herbert Spencer:** (1820–1903), englischer Philosoph und Soziologe, der die Vorstellung des «survival of the fittest» auf die gesellschaftliche Entwicklung anwandte und damit den Evolutionismus begründete, der als Vorläufer des Sozialdarwinismus gilt.

/418/ **Laxdæla saga:** isländische Saga aus dem 13. Jahrhundert.

/419/ **Ein Rückblick aus dem Jahre 2000:** s. /18/.

/420/ **Henry George:** (1839–1897), s. /138/.

/421/ **Theorie der feinen Leute:** s. /312/.

/422/ **Theorie ...:** *The Theory of Business Enterprise* (1904), *The Instinct of Workmanship and the State of the Industrial Arts* (1914), *The Vested Interests and the Common Man* (1919).

/423/ **Das Deutsche Reich ...:** *Imperial Germany and the Industrial Revolution* (1915).